"十二五"国家重点图书出版规划项目

国家出版基金资助项目

中国社会科学院A类重大项目

现代化进程中的外国文学 （上 册）

陆建德◎ 主编

中国社会科学出版社

图书在版编目（CIP）数据

现代化进程中的外国文学／陆建德主编 . —北京：
中国社会科学出版社，2015.12
ISBN 978 - 7 - 5161 - 7268 - 1

I. ①现…　II. ①陆…　III. ①世界文学—文学研究
IV. ①I106

中国版本图书馆 CIP 数据核字（2015）第 301095 号

出　版　人	赵剑英
责任编辑	罗　莉
责任校对	张依婧
责任印制	戴　宽

出　　版	中国社会科学出版社
社　　址	北京鼓楼西大街甲 158 号
邮　　编	100720
网　　址	http://www.csspw.cn
发　行　部	010 - 84083685
门　市　部	010 - 84029450
经　　销	新华书店及其他书店

印刷装订	北京君升印刷有限公司
版　　次	2015 年 12 月第 1 版
印　　次	2015 年 12 月第 1 次印刷

开　　本	710 × 1000　1/16
印　　张	103.75
插　　页	2
字　　数	1701 千字
定　　价	398.00 元（全 2 册）

总 目 录

上　册

第一编　18、19 世纪英国文学中的现代话题

第二编　对现代化进程中诸多问题的批判

第三编　法国与德国：对现代文明的批判与推进

第四编　俄罗斯的经验：本土与西化

下　册

第五编　美国文学与社会发展的互动

第六编　殖民主义和第三世界国家现代化

第七编　社会和语言、文化

第八编　城市·乡村·速度·生态

目　　录

（上　册）

第二编　对现代化进程中诸多问题的批判

第三编　法国与德国：对现代文明的批判与推进

第四编　俄罗斯的经验：本土与西化

序　言

　　本书的书名是《现代化进程中的外国文学》，首先需要对其中的关键词"现代化"略作解释。

　　1981 年，英国诗人斯蒂芬·斯班德与画家大卫·霍克尼访问中国，当时"实现四个现代化"的话语在全国都非常流行，相关的标语口号和宣传画处处可见。斯班德受邀来到一所大学，英文系的学生为"来自远方的客人"献上一台节目，以示"热烈欢迎"之意。斯班德在他的游记里特意提到，一位穿得漂亮的女生上台朗诵华兹华斯的小诗《致布谷鸟》，一位男生则用丰富的肢体语言"表演"了雪莱的《西风颂》，其神情就像中式建筑前面的石狮，看起来威严，却不会造成实质性的伤害。为什么英国浪漫主义时期的诗作特别让亚洲人着迷，这是斯班德未能解答的。轮到他上台了，他念了自己一首小诗《词语》，大致说词语像一条滑溜溜的小鱼，我们想抓住它，它总是逃掉，① 甚至还在我们手上咬一口。斯班德接着建议那些好学的中国青年读读艾略特、叶芝和奥登的诗歌，大概这些现代派诗人不再简单相信词语和现实之间完全对应的关系。② 讨论现代化的进程，有时也感到"现代化"的概念就同斯班德诗里的那条小鱼一样，好像看得真切，却抓不到。不过它要比小鱼厉害多了，一旦被它咬了，伤口可不容易长好。

　　关于现代化的理论，19 世纪下半叶就出现了，比如说社会达尔文主义其实就是其中之一。这方面的理论到了 20 世纪就更多，几乎到了"众声喧

---

① 英国哲学家大卫·休谟在讨论人的"同一性"（identity）时也说，"我从来抓不住我自己"。
② 斯蒂芬·斯班德、大卫·霍克尼：《中国日记》，伦敦，1982 年，第 178—180 页。

哗"的地步。① 为了方便起见，我们不妨来看看《不列颠百科全书》对
"现代化"（modernization）的界说：

> 社会学中指从一个传统的乡村的农业社会转化成一个非宗教的城市
> 工业社会。人类文明进程自史前时期起可以分为三个主要阶段。第一
> 阶段表现为原始社会和公社的出现。第二阶段原始社会联结起来，并
> 转化为文明状态。第三阶段始于 18 世纪产业革命，持续至今，现代工
> 业文化在世界范围内日益普及。

这里的分期也许是有争议的，巧的是本书也从 18 世纪初期的文学作品开
始。《不列颠百科全书》该词条撰写人接下来谈到第三阶段的思想特征：

> 现代思想的力量在一定程度上一向是一种反作用力，这种力量通过
> 与先行于它的思想作比较或对照，又通过抵制或否定先行于它的思想
> 而衍生出意义和动力。这一观点产生一个将现代化看做一个个体化、
> 专门化和抽象化过程的总观点。第一，现代社会结构将个人作为基本
> 单位，而不是如同农业社会那样将群体或群落作为基本单位。第二，
> 现代机构在一个劳动分工高度发达的社会体系中担负着有限的、专门
> 化的任务。第三，现代机构服从由科学方法和科学发现取得合法性的
> 一般规则，而不是隶属于特定的群体或个人的权力或特权或受制于风
> 俗习惯与传统。

本书中不少章节可以理解为对上面说到的"反作用力"的探讨。需要
强调的是现代思想与先于它的思想并不完全处于对立的状态，它们你中有
我，我中有你，往往难以剥离。而且所谓的"个人化"完全不是绝对的，
它受到文化、宗教等因素的制约，一些自以为"个体化"程度很高的社会

---

① 参见谢立中、孙卫平主编《二十世纪西方现代化理论文选》，上海三联书店 2002 年版；刘小枫
《现代性社会理论绪论——现代性与现代中国》，上海三联书店 1998 年版。其实在社会学、经济学乃至政
治学里种种关于发展的理论，都可以纳入这一范畴。

又呈现出明显的群体特征、共同体意识和国家归属感。① 同样的道理也适用于各种"现代机构"，即它们未必能超越风俗习惯，② 超越国家之间、利益集团之间的博弈。但是现代性的悖论也被词条撰写人注意到了：

> 从一开始，现代性便具有两副面孔。一副是能动的、有远见的、进步的、预示着空前的丰富、自由与满足。另一副同样清晰可见的面孔是冷酷无情，暴露出疏远、贫困、犯罪和污染等许多新问题。现代性的许多特征增强到超出某种水平便产生一种对抗性反应。③

可以说，本书比较着重于这里所说的"对抗性反应"的研究。

在我国，"现代化"一词从新文化运动以来就经常出现于报章，或许是在日文的影响下，"现代化"原来称作"近代化"。我国率先从事现代化研究的罗荣渠先生曾呼吁取消"近代化"这一提法，④ 但是在国内史学界仍未得到有力的呼应，或许始于 19 世纪中后期的洋务运动与 20 世纪五六十年代的社会发展毕竟有所差别。⑤ 在英语世界就不一样了，比如美国普林斯顿大学国际问题研究中心负责组织九位著名学者撰写的《中国的现代化》，就把中国历史上两个分水岭年代——1840 年和 1949 年——连接起来考察，论述了一百多年来中国在政治结构、经济发展、社会整合和科技进步等方面的起步、彷徨、动摇、发展、挫折和再发展的艰难历程，给读者以很强的历史纵深感。⑥

究竟何为现代化？《不列颠百科全书》的定义并不一定适用于所有国

---

① 美国总统奥巴马在 2011 年的感恩节致辞上忘了说"上帝保佑美国"，很多人以为他故意为之，愤愤不平。

② 如美国的度量衡至今未用公制。

③ 《不列颠百科全书》（国际中文版）第 11 卷，中国大百科全书出版社 1999 年版，第 281 页。

④ 罗荣渠：《现代化新论——世界与中国现代化进程》（增订版），商务印书馆 2004 年版，第 6—8 页。

⑤ 如中国社会科学出版社 2010 年出版的《张之洞与中国近代化》（冯天瑜、陈锋主编）。

⑥ 吉尔伯特·罗兹曼主编：《中国的现代化》，国家社会科学基金"比较现代化"课题组译，江苏人民出版社 2005 年版。这部著作其实是美国"接触中国"的外交政策的产物，由美国国家科学基金会和国家人文科学基金会联合赞助，1974 年底开始酝酿，1980 年付梓。书中比较 19 世纪、20 世纪之交的日本、俄国和中国的部分对中国学者来说极有启发性。

家。其实不同的历史时期、不同的地方或国家，在各有特点的发展过程中面临不同的问题和挑战，人们对现代化的理解存在着巨大的差异。可以说，"现代化"是一个流动不居的概念，人们对它的理解或关于它的标准与时俱进，往日的"现代化"可能与今日的"现代化"格格不入。在本书的写作过程中，我们对这一点感受尤深，个别作者有时几乎抱有比较悲观的情绪，这也不难理解。20世纪50年代的中国提出了赶英超美的口号，而当时我们把现代化与一国的钢铁产量相联系，整个社会为提高钢产量想尽一切办法，"土法炼钢""小高炉"等"新生事物"仿佛在不断吹奏着"现代化"的凯歌，但是当时环境保护意识缺失，大量树木被砍伐，用作"小高炉"的燃料，生态遭到严重破坏，其结果是可悲的，关于这些疯狂行为的研究讨论却不够充分。中国2014年的粗钢产量高达8.227亿吨，为全球产量的49.5%，可是却成了我们的负担。目前钢铁行业仍然处于高产量、高成本和低利润的状态，行业供大于求的态势将继续存在。为了完成单位GDP能耗下降20%的目标，2010年以来，淘汰落后产能和减产限电的运动正在中国的高耗能行业蔓延，钢铁业首当其冲，一度使得钢铁供应量减少。尽管钢铁总量得到了一定控制，但是马上被下降的需求所抵消，库存积压依然严重。钢铁工业消耗大量能源，"节能减排"在我国却是相对新鲜的概念。"十一五"规划首次提出万元GDP能耗下降百分之二十的约束性指标，但是该目标最终以微小距离（0.9%）未能完成，2011年是"十二五"规划开局之年，万元GDP能耗降低的目标依然难以完成。① 又如环保部从2011年11月开始制定PM2.5环境质量标准，2016年开始实施（实际上如所周知，实施时间提前了），而我国在2011年执行的是非常宽松的PM10基本控制项目。PM2.5指的是大气中直径小于或等于2.5微米的颗粒物，它们污染生态环境，甚至可以进入肺部，危害人体健康。并不是说，现代化的标准是PM10，而后现代的标准是PM2.5。其实我们可以说，现代化进程实际上是一个不断发现问题的过程。从欧美各国的文学史来看，作家从来没有沾沾自喜地欢呼时代的进步，反之，他们不断推敲进步，质疑进步，像牛虻那样为社会的平衡发展做出了重大的贡献。还应该交代的是发达国家

---

① 见2011年11月23日《新京报》。

在现代化进程中并没有将"现代化"作为举国奋斗前进的目标，各国只是忙于处理、应对具体的事务，现代化不期而至，形式上也有所不同，如英国致力于解决工业化带来的大量问题，法国则发生了革命。在中国，现代化的口号还略有计划经济时代的色彩，近年来，讲得更多的是"建设和谐社会"和"奔小康"。

清末民初以来，文学在现代化过程中的作用一直是我国知识分子极为关心的话题。有感于小说陶熔诱掖、熏浸刺提的力量，梁启超把小说提高到"群治"的层面来认识，他的同辈中有人甚至提出"无文学不足以立国"。蔡元培先生在《中国新文学大系》总序中说，中国的思想革命始于文学革命。我们还可以加上一句：域外文学的引进又是新文学运动的先声，中国现代文学的奠基人莫不是翻译家。本书研究的是外国文学，但是考虑到翻译作品在 20 世纪初期的中国发挥了难以想象的巨大作用，特设一章专论林纾的贡献。

本书继承前贤的社会关怀，以欧美国家（主要是英、美、法、德、俄）18 世纪至 20 世纪的文学为研究对象，着意于文学与社会的互动，探讨文学如何形成"舆论的气候"（怀特海语），并对价值观念的演变和社会、经济政策的制定产生巨大作用。文学不仅反映世界，还积极参与改变世界，因此在现代化过程中也是一只看不见的手。现在看来，外国文学还可以为科学发展观以及和谐社会的理念提供借鉴。

前些年，我国媒体乃至整个社会青睐经济话题，几乎到了痴迷的程度，人们似乎忽略了文学，忽略了文学认识和改造世界的作用。马克思在谈到 19 世纪英国一批杰出小说家时说，他们在自己的卓越的书籍中向世界揭示的政治和社会的真理，比一切职业政客、政论家和道德家加在一起所揭示的还要多。恩格斯也曾指出，巴尔扎克的小说提供了一部生动的法国社会史，从他小说中的经济细节我们可以学到很多东西，那些细节要比当时的史学家、经济学家和统计学家的著作更深刻。正是这些无与伦比的出色描写改变了人们对一些问题的看法并影响了历史的进程。我们现在谈马克思主义的时候还应该记住马克思主义创始人对文学的巨大热情，他们的阅读经验是令人赞叹的。中国还没有一位莎士比亚专家能像马克思那样熟悉莎士比亚的戏剧。

我国外国文学界在 20 世纪五六十年代曾着重介绍西方工人阶级文学或无产阶级文学，考虑得较多的是作品是否有利于无产阶级最终战胜资产阶级，或作者是否指出一条肯定普遍适用的正确的革命道路。当时学界不可能取"现代化"的视角，也没有意识到"现代化"可以包含苏联的经验，也可以容纳截然不同于苏联经验的历史过程。

本书所指"现代化"有具体的历史背景，便于操作。西方国家的现代化大致起源于 18 世纪初，随着商业精神的兴起、农业社会向工业社会的逐步转化和"民主"政治的确立，浩繁的文学作品在记载、反映复杂的社会变迁的同时还对经济基础和社会关系产生潜移默化的影响。在 18 世纪的法国和 19 世纪的德国，哲学革命是政治变革的先导。海涅的名言经常被人引用：教授安静的书斋可以孕育出翻天覆地的思想。

卢梭是不是法国革命的先驱可以不论，现在经济学界经常讨论的"经济人"概念倒确实是来自 18 世纪初一位荷兰旅英医生曼德维尔的诗作《蜜蜂的寓言》。作者提出一个令时人惊骇无比的观点：人人追求自己的利益，社会反而因此得益；也就是说，私人的恶德将使社会变为天堂。曼德维尔故作惊人之语，受到来自各方的猛烈批判。但是他的一些见解或多或少地反映在 18、19 世纪英国的"政治经济学"之中。本书首章就是对《蜜蜂的寓言》的讨论。有趣的是，就在英国就是否应该允许公开发表《蜜蜂的寓言》展开激烈争论的时候，小说出现了。这种新的文学形式前途不可限量，个人观念的流行与小说的流行有着复杂的关系。而英国 18 世纪上半叶的小说家如笛福和菲尔丁并不是书斋里的作家，他们深深卷入了现代化的进程，用文学和政论干预生活。由于英国率先在世界上实行工业化，本书中关于英国文学的论述多一些，这也是我国英语文学研究的队伍比较齐整所致。18 世纪英国社会的美德观，以及发财致富的"英雄"的演化，19 世纪英国中上阶层的公共精神和责任感，这些是以往不大为我们所关注的话题，然而它们或许是英国核心价值和软实力的重要组成部分，对英国的强盛做出过不容忽视的贡献。长期在普林斯顿大学担任东亚系主任的 M. J. 列维擅长比较中国和日本的现代化以及社会变迁。他认为日本工业化进行顺利的一个重要原因是它没有像中国那样毁坏社会中控制越轨行为的系统，从而在很大程度上控制了社会成员行为的方向。而且日本有一个群体，他们很容易转变为计划制定者和行政管理者，亦即现代化的推动者和实行者。① 明治时期日本的"中国通"如宗方小太郎等人多年生活于中国，交游极广，他们曾经极其尖锐地指出晚清社会普遍的腐败，全民的腐败："有治国之法而无治理之人。"这些问题在我国很难展开讨论，那么我们能从 19 世纪英国文学中得到一点启发吗？其实一个世纪之前两位杰出人物曾就中国的出路辩论过。1905 年，严复与孙中山在伦敦相见，他们谈到祖国的未来。严复主张深入持久的渐进，他说："以中国民品之劣，民智之卑，即有改革，害之除于甲者将见于乙，泯于丙者将发之于丁。为今之计，惟急从教育上着手，庶几逐渐更新乎！"孙中山的回答很有意思："俟河之清，人寿几何！君为思想家，鄙人乃实行家也。"② 梁启超访游欧洲时看到巍峨的教堂，不禁感叹：最初的建设者，无缘欣赏很多年以后竣工时的壮观，这并不影响他们为建筑打好基础。严复多年从事教育，他就是这样一位不求急效的建设者、实行家。

欧美国家现代化的进程不是同步的，各国所面临的问题也无不带有自身的特点。不考虑本国自身特点或国情，或套用别国模式的现代化，往往要走不少歪路。放之四海而皆准的现代化模式或规律并不存在。例如，俄罗斯的现代化伴随着文学界对本国文化的评价，这和中国比较像。本书第四编专谈 19 世纪俄罗斯文学，重点介绍、评论的是俄罗斯作家关于本土化与西化的争论。美国独立后在文化上还依赖欧洲，爱默生的出现使得美国现代化进程带有鲜明的美国意识形态的印记。各国的差别还可以举出很多。第三世界国家现代化的道路更是曲折漫长。我们组织了关于印度的专门研究，或许可以与我国的经验相比较。印度的问题与中国的问题不尽相同，如印度的种姓制度是中国没有的，这个所谓的"世上最大的民主国家"至今仍摆脱不掉种姓意识的纠缠，但是两国又多相同之处。我们可以看看下面的例子。奈保尔在"印度三部曲"中向读者介绍了 19 世纪中期一位英国战地记者，以及由他所报道的英军镇压印度反英起义的经过。

新闻史上第一位战地记者威廉·霍华德·罗素因报道克里米亚战争闻名。1857 年，隶属于东印度公司的印度军人发动反英起义，罗素作为《泰

---

① 列维：《"中日现代化因素之比较"再探讨》，载《二十世纪西方现代化理论论文选》，第 1146 页。

② 见严璩编《侯官严先生年谱》，载王栻主编《严复集》，中华书局 1986 年版，第 1550 页。

晤士报》特派记者历尽艰辛赶到印度记述这次事件，他的《印度日记：
1858—1859》于1860年在英国出版。罗素自述，他所做的无非就是描述事
物外表在他的感官上所留的印象，也就是说，他力求客观报道，对历史事
件不做深层次的分析。然而，印度裔英国作家奈保尔在书中读出不少深层
次的内容：罗素旅行于一个已被他的同胞仔细探索过的世界。他在去印度
的路上到过不少地方，在日记中他只是一笔带过，因为已有英国人作过详
尽的介绍。罗素的省略反映了一个民族巨大的集体认知能力。奈保尔最感
到惊讶的是罗素在印度———一个叛乱的国家———来来去去十分方便，安全无
虞。罗素详细描写了英军1858年3月攻打勒克瑙的经过。攻城成功后著名
的凯泽巴宫遭劫掠，奥德王国的无数赏心悦目的建筑被毁，这是印度文化
史上的浩劫。但奇怪的是有一大群印度平民兴高采烈地跟随着向勒克瑙进
发的英军，支援外国征服者去打败他们的兄弟。大多数随军平民是印度教
徒，他们有的是替军队照料绵羊、山羊和火鸡的赶畜人，有的则是苦力，
搬运各种各样的货品柜和箱子。每到一个营地，帐篷已经搭好，仆佣（主
要是穆斯林）出来迎候。餐桌上食品丰富，啤酒、葡萄酒一应俱全，庞大
的军仆阵营使征服者的生活在这非常时期依然十分舒适。罗素承认，"很难
相信我们是在敌人的国度里"。从罗素的文字来判断，当时的印度人根本不
理解这场战争的性质，人们仍在田间劳作，也有不少人想谋求英军中军仆
的职位。围攻勒克瑙的军队主要由苏格兰高地人和锡克人组成。九年前
（即1849年）英国人借印度兵之力打败锡克王国，现在锡克人在印度兵起
义之时站到英国人一边。锡克兵为向印度兵报一箭之仇在整个勒克瑙战役中
表现得极其凶残，他们一心雪恨，凭着本能在打印度的内战，对他们所效劳
的帝国体制没有任何认识。读到这些记载，谴责英国人的狡猾或者把英军的
胜利归功于金钱的力量是没有意义的。现代化也需要强大的国家意识和社会
共同体的内聚力，19世纪的印度任殖民者摆布，也可以归咎于文化上的弱
点。八国联军进入天津、北京的时候，不少中国民众的表现也令人浩叹。

　　本书的基本思路是在一个大框架下突出个案，在作品、作家研究方面
有所创新。各章节撰写者的专业语种背景不同，但大家都重史料，重文本，
尽量避免空洞的理论话语，在研究与现代化相关话题的同时又把学术研究
推到新的高度。大致说来，本书有这样一些特点：

　　第一，我们以往写文章时重视的是翻天覆地的革命，评价一部外国文学作品往往要看它是否宣传无产阶级暴力革命。19 世纪俄罗斯批评家杜勃罗留波夫曾说，你在一个筐子里边，要把筐子推翻是很难的，但是你走到筐子外边，就很容易把它推翻。这是一种"不在其位、不谋其政"的态度，也许在俄罗斯有其合理性，不过也应该倾听今日俄罗斯人的更为复杂的观点。有些国家的作家更愿意用较为温和的方式来看待自己国家的种种弊端，如英国费边社的宗旨是在英国以渐进的方式推行英国式的社会主义，该社的名字来自古罗马将军费边·马克西姆斯（这位将军的战术其实也体现于中国抗日战争时期的持久战之中）。英国工党登上政治舞台就是费边社不懈奋斗的结果。这种改良渐进的现代化观念也是我们研究的对象。本书还介绍了 19 世纪德国文学里关于人的和谐发展的理念以及康德、歌德、洪堡等德国思想家、文学家如何看待社会剧变的得失。19 世纪中叶，欧洲大陆不断传来社会动荡和政治暴动的消息，英国却相对平安。欧陆激进派以为社会转型可以甚至应该通过极端手段毕其功于一役，英国人则是脚踏实地，不断地修修补补。他们是补锅匠式的改革家，而不是砸锅的革命者。英国工业史家诺拉斯的一段说明是非常有意义的：

　　　　现状的完全颠覆（bouleversement）不符英国人的性格。事实上没有英国字可以解释 bouleversement。英国对于先例是热心附从的，当需要变动时，除了"修补"，便不多作。但他们继续修补，直至锅子的补丁最后变成一个新锅子。虽然它的形式和大小会在修补的进程中完全变更，但它常常保存有最初的锅子形迹。法国是把锅子打破，并将碎片抛开而着手造一个完全不同材料的新锅子。其一般的结果，法国任何变迁是属于智识的，即预先想出的智识计划之果，法国人每每喜欢从最初的地方开始做事。英国的变动，虽然结局也或许是彻底的，但只是渐进地实验的结果；捉住具体的问题，且捉住由此而发生的新问题。这不仅是工场立法的历史，而且是英国十九世纪其他一切工业立法的历史。[①]

──────────

　　① 诺拉斯（L. C. A. Knowles）：《英国产业革命史论》，张格伟译，商务印书馆 1936 年版，第 150—151 页。法文 bouleversement 的意思是"混乱、颠倒、动乱"等，其动词形式为 bouleverser。

这段文字的最后两句尤其紧要。在 1850 年前后，英国的议会不断针对时弊及时立法，范围非常广泛，而整个国家机器又有强大的执法能力。这些行之有效的新法案又成了各国工业化过程中极有价值的参照。英国政府还会临时成立专门委员会就某一社会问题组织调查，以求解决。阿诺德和特罗洛普等英国著名作家就曾经担任过这些调查委员会的委员，他们的创作是与社会实践紧密联系的。中国正在建设具有中国特色的法治社会，十八届四中全会审议通过了《中共中央关于全面推进依法治国若干重大问题的决定》，这也是现代化进程中关键的一步。英国精英阶层深入社会基层制定与时俱进的法规，我们也可以参考相关的经验。当今我国的现代化事业进入了新的阶段，明年（2016 年）是"十三五"规划的开局之年。改革开放三十多年来的社会实践告诉我们，安定团结的局面来之不易，稳妥的渐进主义有其合适的一面，对此我们已经形成共识。难就难在执政能力和全民素质的提高。

第二，现代化是现当代中国人民奋斗追求的目标，它的种种现象在欧美国家出现时却往往是被批评的对象。五四运动的时候，新青年和他们的导师崇拜"德""赛"两先生，这当然是值得肯定的。但是我们现在提倡的科学要比当时的"赛先生"现实、成熟得多，两者并不是完全一致的。在真正科学发达的国家，"科学"反而没有至尊的地位。这实际上牵涉到一个科学发明和经济发展最终为什么社会目标服务的问题。有些欧美国家的"语言生态"值得我们认真注意。卢梭对科学和文明的责疑，福楼拜对科学至上观的批判，英国小说家对"机械"和"进步"观念的嘲讽，无数作家对自然环境的关爱，所有这一切制约了某些趋势，形成一种思想观念的平衡，有利于现代化进程往较为温和、健康的方向发展。在这相对平衡的体系里，新与旧能够互相包容调适，融为一体。假如我们把现代化进程中的国家比为一艘帆船，那么，新旧调和的文学既是船上的风帆，也是舱底的压载。只图新，只有风帆，也许有速度，但很快会倾覆；只守旧，只有压载，就不会长风破浪。

第三，对文学、文化、教育的偏重。在有的国家的现代化进程中，民族语言与文学起到了决定性的影响。以色列是一个极其独特的国家，两千多年以来犹太民族用它的宗教和文化维系了自己的民族认同，19 世纪中后期开始，一些优秀的犹太裔人士又通过复兴希伯来语、创作新的希伯来文学来打造民族凝聚力。其他一些国家的民族语言和文学也在现代化过程中起到至为关键的作用。中国社会科学院外国文学研究所近年来有好几位研究人员得到国外的国家级奖章，因为他们翻译了那些国家优秀的文学作品。每个国家都为自己的文学传统自豪，因为文学是一国核心价值最生动全面的体现，是民族历史的活生生的见证，称之为民族或国家的灵魂，绝不为过。但是每个国家又有特殊的国情，对印度人来说，英语是殖民者的语言，可是英语却起到统一诸邦的作用，领导印度独立运动的甘地等人，都接受过英式教育，他们在投身政治活动的同时，又不断呼吁国人移风易俗。如果印度不从种姓制度的传统走出来，就没有现代化进程可言。介绍印度古代和现代文学的时候，这句话是不得不说的。

　　在本书的写作过程中，我们不免经常想到中国的情况。现代化进程包括社会的方方面面。我们以往讨论狄更斯小说中的监狱，会说那套惩罚机制专门压迫穷人。假如换一个角度看这问题，也许我们会发现，英国执法部门能有效地对任何欠债人进行惩处，何尝不是国家权威和治理能力的体现！19 世纪欧洲文学作品里常有执行遗嘱、托管财产、破产拍卖等场景，这些难道不是法治的形象体现吗？要说现代化进程中的社会建设和法治精神的培养，我们要走的路还十分漫长。

　　20 世纪头十年的晚清政府就如一辆破旧的大车，经不起赶车人和后座上诸多催逼者的折腾，终于散了架。戊戌变法时鲁莽操切的"大跃进"又一次重演。改革的中枢失去了必不可少的领导之力，种种关于新政的条文沦落为纸上的狂想。地方势力纠集党徒，请愿国会，弹劾军机，成立宪友会和咨议局联合会，拒绝铁路收归国有，莫不呈露出藐视、胁迫中央的意图。时局至此，国家分崩离析，指日可待。清廷 1901 年推行新政的时候，"就建立一个具有征集资源和协调地方活动能力的中央集权政体来看，中国比日本、俄国何止落后 40 年！"① 这是美国学者的浩叹。可见当时的中国真正欠缺的是治理，所谓的"专制"只是虚名而已。清朝为民国所取代，地方政权落入比晚清政府更加自私的团体手里，这些自私集团无法驾驭家庭

---

① 吉尔伯特·罗兹曼主编：《中国的现代化》，第 435 页。

和秘密会社的强大分裂势力。真正巨大的变化发生在 1949 年。"从 18 世纪末开始并在 20 世纪加剧起来的政府衰弱,应当说更多出自国内原因而非国外影响,恰恰是在建立起一个强有力的中央政府这点上,中华人民共和国与过去真正决裂了。"① 用我们的话来说,只有社会主义能够救中国。

与过去决裂的中国踏上康庄大道,然而我们对现代化的理解不是一成不变的。早在 1945 年,在党的七大的政治报告《论联合政府》中,毛泽东同志说:"在抗日战争结束以后⋯⋯中国工人阶级的任务,不但是为着建立新民主主义的国家而奋斗,而且是为着中国的工业化和农业近代化而斗争。"② 改变落后的农业国,建成先进的工业国,是毛泽东同志这一时期对国家建设目标的表达方式。1957 年 3 月,毛泽东同志在党的全国宣传工作会议上的讲话中提出了三个现代化:"我们一定会建设一个具有现代工业、现代农业和现代科学文化的社会主义国家。"③ 这一提法已经与"四个现代化"的提法大致相同。1959 年末至 1960 年初,在读苏联《政治经济学教科书》笔记中,毛泽东同志对这一提法作了完善和补充。他说:"建设社会主义,原来要求是工业现代化,农业现代化,科学文化现代化,现在要加上国防现代化。"④ 这里的"原来要求",指的就是他在全国宣传工作会议上的讲话中提出的要求。"四个现代化"即工业现代化、农业现代化、国防现代化、科学技术现代化。1964 年 12 月,周恩来总理在第三届全国人民代表大会第一次会议的政府工作报告中首次提出,在 20 世纪内,把中国建设成为一个具有现代工业、现代农业、现代国防和现代科学技术的社会主义强国,并宣布了实现"四个现代化"目标的"两步走"设想。第一步,用 15 年时间,建立一个独立的、比较完整的工业体系和国民经济体系,使中国工业大体接近世界先进水平;第二步,力争在 20 世纪末,使中国工业走在世界前列,全面实现农业、工业、国防和科学技术的现代化。改革开放后,邓小平同志一再谈及"四个现代化",他尤其强调科学技术的现代化。他在全国科学大会开幕式上说:

---

① 吉尔伯特·罗兹曼主编:《中国的现代化》,第 409 页。
② 《毛泽东选集》第 3 卷,人民出版社 1991 年版,第 1081 页。
③ 《毛泽东文集》第 7 卷,人民出版社 1999 年版,第 268 页。
④ 《毛泽东文集》第 8 卷,人民出版社 1999 年版,第 116 页。

　　在二十世纪内，全面实行农业、工业、国防和科学技术的现代化，把我们的国家建设成为社会主义的现代化强国，是我国人民肩负的伟大的历史使命。……在无产阶级专政的条件下，不搞现代化，科学技术水平不提高，社会生产力不发达，国家的实力得不到加强，人民的物质文化生活得不到改善，那么，我们的社会主义政治制度和经济制度就不能充分巩固，我们国家的安全就没有可靠的保障。①

　　我们的目标达到了，也没有完全达到——因为我们的标准变化了。改革开放后，中国道路就是以转轨为基本特色，即"把计划经济转到市场经济的轨道上来，以公正自由的市场竞争取代行政干预和特权垄断，同时保持和完善整个社会制度的社会主义性质，以实现比自由主义现代性更高更彻底的另类现代性"。② 中国的体量太大了，转轨速度太快就非常危险，休克疗法就是一例，整个国家势必付出很多不必要的代价；速度太慢，也会丢失掉转瞬即逝的机会。如何平稳过渡，是对中国人民的巨大考验。本书编撰者的态度是乐观的，相信小康社会必将在不远的未来出现在中华大地，"中国梦"必将实现。

　　改革开放以来中国所取得的巨大成就不必在此一一胪列，但是有一点必须强调，数亿人口在如此短暂的时间内脱贫，这是人类历史上前所未见的。我们还面临着难以想象的挑战。2011 年中华环保民间组织可持续发展年会在广州召开，国家环境保护部一位总工程师透露，我国环境污染仍然严重，26% 的环保重点城市空气质量达不到国家二级标准，20% 的水质为劣五类，还有约 10% 的耕地面积重金属超标。此外，环境污染事件威胁群众健康问题比较突出，全国每年平均有 150 起污染事故；2011 年 1 月至 8 月，全国发生 11 起重金属污染事件，其中 9 起为血铅事件。③ 矿难和重大交通事故接二连三，食品安全问题一再曝光，所有这一切都凸显了社会治理的难度。2015 年 12 月，北京市政府两次因空气严重污染发出红色预警。

---

　　① 《邓小平文选》，人民出版社 1983 年版，第 82—83 页。

　　② 曹天予：《中国道路的理论和实践》"代跋"，见曹天予主编《现代化、全球化与中国道路》，社会科学文献出版社 2003 年版，第 401 页。

　　③ 详见 2011 年 11 月 7 日《广州日报》。

我国环境总体污染恶化的趋势没有根本扭转。毋庸讳言，有关执法部门负有不可推卸的责任，然而，一些普遍存在于民间的价值倾向、风俗习惯是不是也值得检讨？中国是一个公开祭拜财神的国度。现代化不能没有财力，但是在金钱张牙舞爪的地方，财神将吞噬现代化的成果。社会风俗习惯的改变在现代化进程中的作用，还值得引起更多的关注。诚然，外国文学并不能直接服务于我们的现代化事业，好在它能让我们多一点比较的意识，能让我们对现代化进程中的各种积极和消极的因素有更深刻的了解。在大力提倡文化发展和构建中国特色核心价值观念的今天，本书的意义或许超过了写作时的预期，令人欣慰。

文学研究不能完全与历史研究相隔绝，这是本书准备就绪时编者的一点感想。习近平总书记不久前说，我们不仅要熟悉改革开放以来三十多年的历史，还要熟悉整个中国近代史，而且是从 18 世纪末就开始的近代史。"现代化进程中的外国文学"已经结项，但是编者意犹未尽，还想结合中国近代史来讨论现代化与中央集权的关系。

如果温习一下清史，尤其是晚清新政，不难发现，地方主义与中央集权是一对非常重要的矛盾。纵览世界各国的现代化进程，中央集权实属必不可少的一环。19 世纪德国、意大利统一，国力大增，而英国、法国都在此前的几百年以自己的方式实现了中央集权。美国独立以后，临时性的邦联政府难以实行对十三州的有效统治，名存实亡；各州自行其是，即便自治颇得法，还是无法协调各州的关系。现代意义上的美国实际上诞生于 1787 年通过的《美利坚合众国宪法》。《独立宣言》（1776）罗列一些泛泛的原则，将炮火集中于英国国王乔治三世的种种罪状，而《美利坚合众国宪法》规定了美国本国的统治与治理的性质，是一份重要得多的、体现了联邦党人中央集权思想的历史文献。

《共产党宣言》第一部分列举资产阶级在历史上所起的"非常革命的作用"时有这样一段话："资产阶级日甚一日地消灭生产资料、财产和人口的分散状态。它使人口密集起来，使生产资料集中起来，使财产聚集在少数人的手里。由此必然产生的结果就是政治的集中。各自独立的、几乎只有同盟关系的、各有不同利益、不同法律、不同政府、不同关税的各个地区，现在已经结合为一个拥有**统一的**政府、**统一的**法律、**统一的**民族阶级利益和**统一的关税**的**统一的**民族。"① 分散状态的结束也就是欧洲封建时代的结束。"政治的集中"在英文版中是"political centralization",也可译作"政治上的中央集权"。在欧洲,这一集中始于 16、17 世纪(甚至更早)的绝对君权主义,在工业化和现代化背景下逐渐变革、完善。《共产党宣言》里说的"现代的国家政权"是高度集权统一的,这是任何国家现代化的先决条件。后发国家要走向现代化,也必须具有 19 世纪中期"现代的国家政权"的一些特征。中国的中央集权始于秦朝的郡县制,历史悠久,但由于地域广大,交通不发达,"普天之下"的中央权力往往不能深入地方,故有"天高皇帝远"之说。封建虽废,实际上是上下悬隔,藩镇割据状态在各朝都不同程度地存在,有的地方甚至与世隔绝。晚清一些知识界代表人物倾心于无政府主义,其理由就是中央政府对地方并无治理之力,倒是无政府主义切近现实,最易推广。②

中央政府衰弱是中国现代化的最大障碍。晚清中国省界森严,派系林立,国力分散,几乎不是统一的国家。林纾在 1901 年称各省简直是"无数不盟之小国"。刘鹗在《老残游记》的第一回就用八桅大船来比喻大清帝国,八个管帆的人"各人管各人的帆,仿佛在八只船上似的,彼此不相照"。确实,当时的中国几乎是分裂的,看不见中央政府统一指引之手,社会治理程度低得惊人。1901 年,因八国联军进入北京而"西狩"的清廷在西安发布变法上谕,地方自治和中央集权很快成为一对尖锐的矛盾。

这对矛盾在财政上表现得尤为突出。太平天国运动爆发后,地方督抚以厘金的形式自筹军饷。曾国藩在奏折里直言财政失控之弊:"户部之权日轻,疆臣之权日重。"③ 从此中央几乎不能插手地方,军权和地方财权政务也难以过问,督抚的权力已大于中央。但是,督抚自己对地方上层层复层层的贪渎也苦无办法。1907 年年底,御史赵炳麟奏请置国家预决算制度,作为预备立宪的一部分。半年后他又奏道:"我朝财政之散,实由于财权之纷。各部经费,各部自筹,各省经费,各省自筹,度支部臣罔知其数。至州县进款出款,本省督抚亦难详稽,无异数千小国,各自为计,蒙蔽侵耗,

---

① 《马克思恩格斯选集》第 1 卷,人民出版社 1995 年版,第 277 页。
② 详见"内部发行"的《无政府主义思想资料选》上下册,北京大学出版社 1984 年版。
③ 转引自何烈《清咸、同时期的财政》,台湾编译馆 1981 年版,第 402 页。

大抵皆是。"① 当时甚至没有统一的币制，各省自行开设的官银钱局开铸银圆、铜钱的现象很普遍，市场上流通中外、新旧、官私各种货币，名目之多，世所仅见。晚清最后两三年的财政制度建设颇有生气，朝廷收入大大提高，出现中央集权的迹象，但是地方财政是中央难以涉足的领地，保路运动就是最好的例证。辛亥革命来临，中央立即失去地方财政支持，币制依然混乱不堪。

在美国汉学家费维恺眼里，晚清政府征税能力很弱，与明治时期的日本形成了鲜明对比。国民收入中受中央控制的部分仅仅约百分之三，中央政府不能用财政手段来促进经济发展，社会公平正义更无从谈起，国家听任强欺弱，大吃小。明、清数百年间，人口剧增，朝廷每年的财政收入却维持在低水平上（从 1712 年至 19 世纪六七十年代，中央政府年度收入三四千万两银子，其中绝大部分为田赋）。② 中央财政能力如此低下，却以"仁政""德政"自欺欺人，国家在面临内乱或外侮的时候无法调配各地资源，也在意料之中。

日本从 1873 年后把国家的主要收入来源直接置于中央政府控制之下，在财政集权上取得惊人成就。明治初年（1868），政府岁入三千三百余万圆，经常性税款仅约十分之一；到了明治三十七年，亦即日俄战争时，政府岁入跃增至二亿二千九百余万圆，百分之九十以上为经常性收款。与明治初年相比，经常性收款增加七十二倍，临时收款减半。这一方面说明日本工商业发展神速，一方面说明中央集权成效显著，举国统治程度大大提高。③ 在中国，政治上的软弱（所谓的"无为而治"）和财政紧张互为因果。中央政府的"济民之道"实为消极被动的亡国之道。

实行新政而没有强大的中枢，这是晚清最后十年的基本特点。明治维新撤藩设县，王政复古，积聚了巨大的爱国向心力。然而向心力在中国却是缺失的。戊戌变法时保浙会、保川会、保滇会成立，足以表明地方意识太强，暗含了分裂的种子。辛亥革命后各省独立，国家税收几乎停顿，孙中山、袁世凯都是借债度日。"共和"只是弱政府欺人的招牌，为无政府状

---

① 转引自章开沅主编《清通鉴》，共四册，岳麓书院 2000 年版，第 4 册，第 1104 页。

② 费正清、刘广京：《剑桥中国晚清史》下卷，中国社会科学出版社 1993 年版，第 76 页。费维恺撰写的下卷第一章《1870—1911 年晚清帝国的经济趋向》揭示了所谓的"帝国"中央实际上非常虚弱的真相。

③ 大隈重信主编：《日本开国五十年》上下册，1908 年，上海社会科学院出版社 2007 年影印版，上册，第 146—147 页。

态和割据提供了某种程度的合法性。袁世凯去世后，地方势力更加不可阻挡，战争频发。① 后来一些名流深恐中央集权伤及自己的地方利益，鼓吹"联省自治"，他们好像怀念秦以前"封国土、建诸侯"的时代，或想回到统一前的德国、意大利，回到已经被历史证明完全失败的邦联制下的美国。

北伐胜利后，财权下行的趋势得以扭转，国民党政府的国库收入约占国民生产总值的百分之五至七，明显高于晚清，但是中央集权的程度离现代化的要求距离甚远。决定性的转变则发生于 1949 年。20 世纪上半叶的各届中国政府都想在中央集权、提高统治程度上有所作为，但是只有毛泽东同志领导下的中国共产党取得了成功。峻厉的中央集权为现代化的改革打下了基础。

上海解放后不久，金融投机活动导致银圆涨价三倍，随后物价大幅上涨。中央统一部署，取得平抑物价的重大胜利。到了 1950 年春天，全国财政收支大致平衡，银行存款大大增加，社会的稳定又进一步保证了经济的稳定。所有这一切都是统一财政的结果。政府财政收入从 1950 年的 65 亿元增至 1951 年的 133 亿元，到了 1957 年，财政收入约占经济产值的 30%，这一中央集权的趋势是现代化进程的切实体现。20 世纪 50 年代初期政府恢复国民经济，消灭土匪，推行社会改革，都有赖于中央集权。

是否实行有效的中央集权，是美国一些最优秀的学者考察中国现代化成败的重要衡量标准，前面提到的由吉尔伯特·罗兹曼主编的《中国的现代化》就是一例，而这一特点也反映于费正清的《伟大的中国革命：1800—1985》（英文版出版时间为 1986 年；中文版由刘尊棋译，世界知识出版社 2000 年版）。两部著作都从 18 世纪末开始，作者不戴冷战的有色眼镜，对新中国的成就表示肯定，但是视角、概念与表述都与国内同类著作非常不同，或许因此而更具借鉴意义。《中国的现代化》在评论"中华人民共和国的政策"时指出，1949 年后的中央政府具有在全国范围内实施政策的权威，改写了历史，而"一个单一而有权威的中央政府的建立"是经济

①　"中国在 1916 年以后丧失了政治统一，即缺乏一个全国政府，在此后的几十年中，又为恢复统一的政府进行过斗争，以越来越激进的思路试验过一系列的外来政治形式，在适应国情方面又总不太得法。……中国 35 年的权威丧失使它失去了国家权力的指导力量，而在此期间，其他现代化中的国家却在最大程度上有目的地运用这种权力来推进现代化的变革。"吉尔伯特·罗兹曼主编：《中国的现代化》，第 279—280 页。

增长和社会整合的"首要因素"①。可以说，中央集权是毛泽东和中国共产党为中国现代化奠定的基础。这部著作用很大的篇幅比较了中、日、俄三国在 19 世纪下半叶至 20 世纪前期的现代化过程，认为中国的中央集权程度一直低于日俄两国相应时期的水平，故而中国未能像日俄那样又快又好地缓解各权力中心与行政及社会各等级之间的紧张关系。在这些作者看来，中央集权与市场刺激机制、法治社会和个人自由非但是不矛盾的，还能有效促进。对"大跃进"和"文化大革命"时期的失误，罗兹曼等人的分析完全出乎中国读者的意料。比如他们批评一些匆忙制定而又强制执行的趋于极端的政策，认为"大跃进"时期的"人民公社"有悖现代化中央集权的原则，"分权化现象又有进一步发展"；② 费正清则强调"人民公社"追求自给自足的目标，偏离各地区平衡发展的正道，实际上促成了"分散主义"和一个个孤岛。那些地方上的积极分子摆脱了来自中央的"有秩序的程序"，"像无政府主义者一样为追求自由而抛弃一切束缚"。③《中国的现代化》对农村问题也别具只眼，作者发现，生产队（往往由自然村组成）在财务上享有太大独立性，无法监管："除了偶然有上级的文件传达之外，它们就是与世隔绝的。这就使地方主义成为无法治愈的顽症。"于是各种各样的地区性混乱和突发事件成为中国现代化进程中的特点。作者并不讳言在有的时期中央有点失控。"整个 70 年代，中央政府一直比较软弱。中国没有建立起足以强化中央利益的对地方上的牢固控制。实际上，是地方的情况而不是中央的方针决定了国家的大多数政策。"④ 这样的观点未必正确，

① 吉尔伯特·罗兹曼主编：《中国的现代化》，第 410 页。

② 同上书，第 448 页。

③ 费正清：《伟大的中国革命：1800—1985》，刘尊棋译，世界知识出版社 2000 年版，第 358、355 页。

④ 吉尔伯特·罗兹曼主编：《中国的现代化》，第 449 页。中国历史上的县级政府极小，主要运作依赖胥吏，县官并不一定掌握实权。当下农村社会的分权特征尤其应该引起警惕，可惜下面这一席话还是美国人说的："地方上的权势人物在家乡有根深蒂固的基础，上面委派下来的外籍官员只是在不过多地干预地方事务时才被他们承认为自己队伍中的成员。这些所谓的地头蛇日益缺乏社会责任感，却承担起以前一直由政府担负的许多职责，处心积虑地为家庭和宗族谋取私利。这种从官方管理到非官方管理的转变，对于农村社会的繁荣也许有其积极的一面，但它也强化了地方主义。而地方主义与强有力的中央领导或动员分散的资源是水火不相容的。……竞争激烈的小规模的生产及分配单元的存在，凡此都加剧了地方社会的分权特征。"《中国的现代化》，第 444 页。

但绝不愚蠢（因服务对象是美国有关部门），中国读者不妨把它理解为善意的批评。时至今日，中国已经到了新的发展阶段，反而会有一些动机可疑的"专家"误导舆论，将昔日明确指出来的毛病说成理应追求的政策目标。

20 世纪七八十年代的中国远落后于美国，上述美国学者对中国的分析和评价体现了他们对现代化和治国之道的理解，很多地方触及我们的盲点，今天读来仍然未觉过时。中国共产党在 50 年代初期的中央集权为中国现代化创造了有利条件，但是并没有理顺各种关系。十八届三中全会以后，国家治理、社会治理的紧迫性日益凸显，改革依然是艰难的爬坡工程，始终必须详为筹备，循序渐进。中央集权面临着全新的挑战，必须与新的形势相适应。中央政府下放审批权，地方和个人的积极性将充分调动起来，市场进一步完善，但是这并不意味着我们将听任地方主义和费正清所说的"分散主义"对现代化进程造成破坏性冲击。中国处于社会主义初级阶段，说明我国的社会治理程度还比较低下，很多方面甚至未必能够达到《共产党宣言》里所说的"现代的国家政权"的统一性，城乡差别就是其中之一。中国人口众多，未富先老，资源短缺的状况将长期存在，甚至更为严重，生态环境局部改善、整体恶化的趋势也有待扭转。有效的国家和社会治理必须充分体现一致性，比如就环境保护、垃圾处理、公共卫生和食品安全来说，不容许城乡或不同地区继续采用不同标准。新的税种（如房产税、遗产税）的推行、实行全民财产申报制度又对中央统一事权提出更高的要求。美国的食品和药物管理署（FDA）、国内税务局（IRS）、证券交易委员会（SEC）和环境保护署（EPA）等政府部门的正常运转是国家社会治理的基本保证，其他发达国家也都有类似的制度安排。建立起可以在能力和权威上与之相媲美的中央集权机构，其意义不下于一场革命。不然，中国就只能在前现代与现代之间徘徊。

最后，编者还是要将话题拉回到文学。中国特色的社会主义如能加强灵活而讲求实效的中央集权，并借此提升整个国家的治理程度，那当然是中国人民最大的福祉。但是仅仅以行政手段推行中央集权还远远不够，而且，中央集权绝不意味着否定地方各级政府以及个人的积极性和责任感，绝不意味着政府包办一切。"中国梦"是一个伟大的理想，其实现离不开全民和社会基层的配合和积极参与，离不开共同体意识的培养，离不开坚定有效、持之有恒的国家治理。脱离这三者，"中国梦"就难以体现于日常生活的诸多细节，非常容易变成舆论上漂浮的理念。编者将这三者结合在一起谈，是出于自己的焦虑，也是出于自己的希望——希望当代中国文学界通过润物无声的方式在每个中国人的心中深深植入"共同体"的意识以及与之相伴随的公德。"中国精神"呼唤文学的表达。

一百多年前，梁启超撰文（《论中国国民之品格》）谈国家治理之难。他写道："中国人缺于自治之力，事事待治于人。治之者而善也，则大纲初举，终不能百废俱兴也。治之者而不善，则任其弛堕毁败，束手而无可如何。然中国治人者能力之程度，去待治者不能以寸也，故一群之内，错乱而绝无规则，凡桥梁河道墟市道路以至一切群内之事，皆极其纷杂芜乱，如散沙，如乱丝，如失律败军，如泥中斗兽，从无一人奋起而整理之，一府如是，一县如是，一乡一族亦罔不如是。"按照他的分析，晚清社会之所以"凌乱无法"，国民之所以"放荡无纪"，不外四个原因：爱国心之薄弱，独立性之柔脆，公共心之缺乏，自治力之欠阙。梁启超发问：四万万人有高尚德操，联合起来形成"国民完粹之品格"，"群治"何难之有？①

梁启超也曾写小说，翻译小说，也曾进入民初政界，企图像王安石那样变风俗、立法度。他的个人能力在特定的历史语境下无法施展，"国民完粹之品格"虚无缥缈，于是他对当时的中国政治完全失望，转而投入他认为更适合于他的教育和学术。

伟大的、日新月异的变化正在我们眼前发生，令梁启超痛心的举国失

---

①　梁启超：《饮冰室文集》之十四，第4—5页，《饮冰室合集》第6册，中华书局1989年版。严复在翻译《法意》时写了一条按语，内容与此几乎雷同："吾游欧、美之间，无论一沟一塍一廛一市，莫不极治缮葺完，一言蔽之，无往非精神之所贯注而已。反观吾国，虽通衢大邑，广殿高衙，莫不呈丛脞抛荒之实象。……盖吾国公家之事，在在任之以官。官之手足耳目，有限者也，考绩之所不及，财力之所不供，彼于所官之土，固无爱也。而著籍之民，又限于法，虽欲完治其地而不能。若百千年之后，遂成心习，人各顾私，而街巷城市，以其莫顾恤也，遂无一治者。夫人于所生之地，祖父子孙之所钓游，田宅坟墓之所托寄，治善则身受其福，治恶则世被其殃，以常情言，是宜有无穷之爱者矣。顾谋国者以钤制其民之私便，必使之无所得于其间，乃转授全权于莫知谁何、视此如传舍之人，使主其地，而又以文法之繁，任期之短，簿书而外，一无可施。呜呼！如是之制，虽与之以五洲之名都，天下之雄邑，穷极治洁，如今日之荷兰、瑞士之所有者，比及十年，未有不鞠为茂草者也。……而最病者，则通国之民不知公德为底物，爱国为何语，遂使泰西诸邦群呼支那为苦力之国。何则？终身勤动，其所恤者，舍一私而外，无余物也。"《孟德斯鸠法意》，严复译，商务印书馆1981年版，第373—374页。

治的惨景早已一去不复返了。但是，一味欢呼成就并不利于社会的进步。我以为梁启超的"新民"观和上面那段引文还是值得反复阅读的，因为有的现象依然小规模存在。当今，由于共同体意识、公民责任感和服从规则的习惯并没有在整个社会蔚然成风，国家治理的方方面面依然面临巨大的挑战。比如：清明前后，居民区周围看得到很多纸灰堆，十字路口较集中，有的还是在绿化地带，像草坪上一个个疥疮。我相信，那些纸灰燃烧之前是"天地银行"发行的"路路通"冥钱，数额都是以亿计的。在这些由玉皇大帝和阎罗共同签字盖章的纸币上，寄托了少数民众对幸福生活的向往。祭奠者不会想到收拾纸灰（比如说装到塑料袋子里，再扔入垃圾箱），① 他们走了，正如年三十在公共空间燃放鞭炮的人往往留下一地狼藉，回家看电视春晚。又比如：运载水果的卡车在公路上倾覆，路边居民一哄而上，不是伸出援助之手，而是"不捡白不捡"；村民免费使用地下水，任意浪费，一旦收费，就让水龙头滴水，恨不得自家小水表不走；农贸市场（即"墟市"）的商贩为了货物的"品相"，屡屡使用违禁化学品，即便在北京的超市，蘑菇中最常见的口蘑（学名双孢菇）都是"漂洗"过的。这样的事例不涉及命案，算不上极端，然而其性质同样非常令人不安：为私利不择手段，陌生人的利益与我无关；"社会"看不见，摸不着，为什么要我来负责？诸如此类反社会的行为，即使不多，我们看在眼中，也应痛在心上。

与这些现象相联系的是主城区之外的"凌乱无法"。走出北京的五环，进入乡村，"纷杂芜乱"尚未绝迹，生活在这种环境下的百姓不能自治，依然"事事待治于人"！我们看不见乡政府的治理之手，有的基层组织机构人员的心灵看来是有点麻木了。可是批评政府部门失职，并没有抓住问题的实质。请看下面这条消息。

2015 年深秋，来自环境保护部和财政部的消息称，自 2008 年农村环境"以奖促治"政策实施以来，中央财政累计安排农村环境综合整治资金 315 亿元，主要用于道路修筑、垃圾运转、污水收集处理和饮用水安全。这笔巨款覆盖面还十分有限，仅 7 万个村庄受惠。总体上看我国农村环境状况不容乐观，还有三亿农村人口的饮水不达标。"十三五"期间，中央政府还

---

① 香港法律规定，奠祭者必须在金属桶内焚纸钱，奠祭完毕，还要用水把焚烧物彻底扑灭。

将继续加大这方面的财政投入。① 读到这则并不是非常显眼的消息，编者赧愧汗下。一国现代化和社会治理的程度，往往反映于细节，或者说由细节所暴露的习惯与风尚。政府出手大方，逢治必赏，未必能真正提高村民的自治能力。整治工程能否收到长期的功效，还是未知之数；"人各顾私""事事待治于人"的"心习"不改，脏乱差的环境还会卷土重来。环境之所以难治，归根结底，还是民德、民智和民品太低。

在古代，中国人的社会意识是发育不全的。"社"是指土神，"社会"则是指春秋两季的社日祭祀土神的赛会。现代意义上的"社会"（《现代汉语规范词典》释义："以物质生产活动为基础而相互联系的人类生活共同体。"）是很新的观念，一直到晚清才开始使用。中国作为一个社会主义国家，在社会基层，"相互联系的人类生活共同体"的意识却有点单薄，这不能不说是沉重的前现代遗产的包袱。近年媒体宣传的洪战辉等人的事迹，都是以个人或家庭独自承担照顾家中的老弱病残成员为特点。这些模范人物面对的困难几乎难以置信，他们孤零零地应对，可见社会组织和国家还不能为这些困难家庭提供帮助或福利保障。我国自古以来以孝治天下，过分强化家庭的作用，强大的社会共同体意识反而无由产生。其实，没有社会共同体的大家，小家也无法真正得到有效的保护。

改造"心习"必须多管齐下，而文学是其中之一。如果作家热衷于书写丑恶（包括官场腐败），书写一己的小算盘、小聪明，使得读者也潜移默化，视之为生存之道（"鸟为食亡，人为财死"），那么我们的社会就容易沦落为一个一大批互不关属的、游离的单子的集合体，那些单子有着坚硬的自我，互相碰撞、倾轧，无法协调合作，形成"群力"。一百多年前中国社会一盘散沙，就是这种可悲状况的体现。以便宜吃亏与否来看待生活，就容易对社会和周围的人产生戒备和敌意，而这敌意对共同体来说可以是致命的：人们以为自己身处的社会不值得信任，防人之心不敢稍稍松懈，甚至必须先发制人。结果普遍的猜忌和冷漠就不断侵蚀社会机体，败坏公共道德，削弱命运共同体意识。把一个千百年来形成的猜疑社会改造成信任社会，其意义不亚于20世纪的伟大革命。没有一个创造凝聚力的想象的

---

① 《第一财政日报》，2015年10月27日。

共同体，这一目标就不可能达到。我们的社会已经出现很多可喜的变化，比如公平正义意识和规则意识加强了，行为正在变得文明，义工在想不到的地方出现，慈善事业得到越来越广泛的尊敬，对陌生人的同情和爱心表现在社会生活的方方面面，但是这种新出现的势头还有待作家来发现，并且用敏感的心灵、成熟的笔法来呈现。"中国梦"的魅力应该体现在这些与日常生活紧密相连的具体的"中国故事"之中。

　　我们一度相信，不近人情的冷漠和反社会的自私行为全都是社会造成的，彻底改造这个社会的制度，一切问题将自动烟消云散（"根本解决"）。把一切罪过归咎于社会，那就否定了个人的责任。仅仅强调个人责任还不够，没有强有力的国家治理的切实步骤，个人的修养还是非常苍白的。行之以渐的教育、唤醒良知的文学与言必信、行必果的国家治理交相为用，共同体观念才会在社会基层扎下根来。一旦有了无形而又无处不在的命运共同体观念，"中国梦"就不会是悬浮在空中的宏大叙事，它必然体现于无数叫不出名字的细小而温暖的事例之中，体现于习惯成自然的举手投足，体现于城里城外一个个社区的整洁和秩序。相信会有一天，我们不管走到国内的什么地方，心里都有安全感，对陌生人也微微一笑，因为我们知道这里是家，是祖国。没有什么软实力强过这种内心的舒坦。

第一编

18、19 世纪英国文学中的现代话题

第一章

"新观念"的登场

——《蜜蜂的寓言》中的个人与社会

　　伯纳德·曼德维尔（1670—1733）出生在荷兰一个医生世家，1685 年入莱顿大学修哲学和医学，1691 年获医学博士学位，成为开业医生。1696 年前后，他为学习英语来到伦敦，1699 年与一个英国姑娘结婚，此后长期旅居英国，直到 1733 年去世。从 1703 年起，曼德维尔开始用英语发表作品，先是翻译了拉·封丹的寓言，后来出版了引起很大争议的著作《蜜蜂的寓言》。关于他的生平和性格，后人知之甚少。在为牛津大学出版社 1924 年出版的《蜜蜂的寓言》评注版撰写的长篇导论中，F. B. 凯驳斥了有些 18 世纪批评家对曼德维尔的人身攻击，但他能找到的关于曼德维尔性格的唯一积极证据是本杰明·富兰克林的一段话。富兰克林 1724 年 12 月到伦敦购买印刷机器，因为没钱，在印刷所打工，一直滞留到 1726 年 7 月才返回费城。那一段时间正是曼德维尔成为引起争议的热门人物的时候，但富兰克林眼中的曼德维尔却截然不同。他在《自传》中写道："里昂斯博士带我到奇普塞德某巷一家名叫霍恩斯的酒馆，把我介绍给《蜜蜂的寓言》的作者曼德维尔博士，他在那儿有个俱乐部。他爱开玩笑，十分有趣，是俱乐部的灵魂。"① 18 世纪是俱乐部盛行的时代，多以酒馆或咖啡店作为聚

---

　　① F. B. Kaye, "Introduction", Bernard Mandeville, *The Fable of the Bees*, *or Private Vices*, *Public Benefits*, With a Commentary, Critical, Historical, and Explanatory by F. B. Kaye（Oxford University Press, 1924, Indianapolis: Liberty Fund, 1988）, p. 29. 参看《本杰明·富兰克林自传》，诠申译，河北人民出版社 1985 年版，第 42 页。

会场所。最有名的俱乐部当然是 60 年代成立的以约翰逊博士为中心的"文学俱乐部"。曼德维尔既然能成为一个俱乐部的中心，想必也具有像约翰逊博士那样的谈吐机智，不是论敌眼中无法无天的人面魔鬼（Man-Devil）。虽然曼德维尔既不是大思想家，也不是大文学家，但在 18 世纪英国文学史上却占有特殊的地位。他继承并进一步发展了霍布斯的"性恶论"，认为人的所有追求都以利己为原动力。但这种利己的动机不但不损害社会，反而带来了社会的繁荣，这就是他在《蜜蜂的寓言》中提出的著名等式或悖论：私人的恶德＝公众的利益。我们在此将先探讨《蜜蜂的寓言》的基本内容和风格特点，然后分析曼德维尔在 18 世纪英国作家中的影响，最后结合我国现实谈几点看法。

一　《蜜蜂的寓言》的基本内容

1705 年 4 月 2 日，曼德维尔匿名出版了一本二十多页的小册子《抱怨的蜂巢：或骗子变作老实人》（以下简称《抱怨的蜂巢》）。这是一首四步抑扬格双韵诗，共有四百多行。诗中描绘了蜂国人人自私自利，社会繁荣昌盛的局面。后来，居民们突然良心发现，要改过自新，做毫无私心、克己奉公的正人君子，结果是商业萧条，社会衰退，理想国变成了荒原。这个小册子发表以后没有引起多大反响。到了 1714 年，小册子经过修订再版，这也是用《蜜蜂的寓言——私人的恶德、公众的利益》（以下简称《蜜蜂的寓言》）为书名的第一版。这一版增加了 20 段评论和题为《美德之起源》的论文。曼德维尔在论文中公然提出道德的来源不是上帝，而是被基督教视为首恶的"傲慢"。这一版仍然没有引起太大反响。又过了九年，曼德维尔在 1723 年出版了《蜜蜂的寓言》的第二版。这一版不仅增加了两段"评论"，使原有的评论大为扩充，而且又添了两篇论文：《论慈善和慈善学校》和《社会本质之探究》。这一次曼德维尔终于引起读者的广泛注意，各种批评文章潮水般涌来，米德塞克斯的大陪审团更裁定《蜜蜂的寓言》有害公益。曼德维尔在 1724 年版的序言中写道："在本书结尾的'声明'当中，读者自会看到我不得不为自己说的话。读者还会在其中看到那个大陪审团的裁定，以及一封致尊敬的 C 爵士的信。"① 到了这一版，《蜜蜂的寓言》基本定型，后来出版的 1725 年、1728 年、1729 年和 1732 年版基本上大同小异，只有个别文字的修订。

F. B. 凯在《导论》中写道："就在第一部的各个版本不断出现的时候，曼德维尔也在撰写《蜜蜂的寓言》的第二部，包括序言和六篇对话，目的在于扩充并维护他的观点。该书 1728 年（封面标明 1729 年）出版，书名是《蜜蜂的寓言·第二部·由第一部作者所撰》。该书独立出版——实际上，是由另一个出版商出的。"② 后来《蜜蜂的寓言》第一部和第二部仍分别出版，直到 1733 年才第一次作为一部书的两卷一起出版。凯的现代评注版是两卷本。企鹅经典版的编者菲利普·哈斯认为第 2 卷实际上与《蜜蜂的寓言》关系不大。他在序言中指出："这一卷篇幅不小的著作与《蜜蜂的寓言》的联系只不过是继续探讨作者在《蜜蜂的寓言》中提出的论点，正如曼德维尔后来的所有著作一样……但是，新著缺少《蜜蜂的寓言》的讽刺意味，其形式是完全不同的。"③ 因此，企鹅经典版只收第一卷。中译本为了全面介绍曼德维尔的观点，对原文两卷的内容作了删减压缩而成单卷本。

考察《蜜蜂的寓言——私人的恶德、公众的利益》出版史，值得注意的是为何 1723 年版引起如此轩然大波，而早期的版本却很少引起人们注意。答案在中译本删除的《论慈善和慈善学校》这篇长文。在凯编辑的评注版中，这篇文章长达 70 页，是三篇论文中最长的。而论文涉及的内容——慈善与慈善学校——更是当时的潮流。从常理来看，慈善和慈善学校当然是值得赞扬的善举，是人性为善的表现形式。但是，曼德维尔却逆潮流而动，论证说慈善的根本原因是人们的"骄傲、自负和怜悯"等"激情"，而这些严格看来都不是"德"或"善"，而是"恶"。曼德维尔不仅从行善人的动机方面来攻击慈善事业，而且从慈善的效果方面论证说慈善

---

① 曼德维尔：《蜜蜂的寓言——私人的恶德、公众的利益》，肖聿译，中国社会科学出版社 2002 年版，第 6 页。以下出自该书的引文只在文中注明页码。序言虽然标明"1714 年序言"，但最后两段是 1724 年版增加的内容。

② Kaye，"Introduction"，pp. 35 – 38.

③ Philip Harth，"Introduction" to *The Fable of the Bees*，ed.，Philip Harth，Harmondsworth：Penguin Books，1970，p. 12.

学校有害无利。他从效果方面的分析主要有两点：一是穷孩子生来就是做苦力的，让他们上学是浪费了宝贵的工作时间；二是穷孩子上学以后将不再甘于做苦力，这更影响社会生产力，并进而导致劳工成本上升，物价上涨，出口竞争力下降，最终破坏经济。他写道："与做工相比，上学是荒废时光；孩子们在这种条件下生活得越长，就越不适合他们长大以后要从事的劳动，从体力和意愿方面来看都是如此。对于那些将要在繁重痛苦的环境中生活的穷人，他们越早进入这种环境，就越容易耐心地忍受这种生活。"① 这种观点不仅与我们今天强调的每个人必须享有的受教育权是格格不入的，就是在当时关注自己脸面的中产阶级也不愿承认，虽然事实上直到 19 世纪初大量使用童工仍然是许多资本家的发财之道。②《论慈善和慈善学校》是使《蜜蜂的寓言》臭名昭著的导火索，但从思想史来看，曼德维尔最有影响或最有争议的仍是他关于"私人的恶德＝公众的利益"的悖论，而这一悖论却蕴涵着深刻的科学道理。

《抱怨的蜂巢》是一首四百多行的诗歌，采用的不是当时最为流行的五音步英雄双韵体，而是勃特勒在讽刺诗《赫底布拉斯》中用的四音步双韵体，这种形式更自由轻松，带有滑稽色彩。③ 全诗可分成两大部分：第 1—215 行是第一部分，描写蜂国的繁荣景象；第 216—433 行是第二部分，描写居民变诚实之后产生的恶果。两部分长度大致相当，所以也可以称为前半部分和后半部分。每一部分又可以分成三小部分，各包括长短不同的几个诗节，而且两大部分的三小部分之间也可以说有相当清晰的对应关系。第一部分的第 1—3 小节（第 1—58 行）带有总论性质；第 4—8 小节（第 59—130 行）分别描述律师、医生、牧师、军人和政客等不同职业人士；第 9—15 小节是综合论述。蜂巢中的每一个体虽然都只为自己谋利，整个社会却相当繁荣昌盛："因此，每个部分虽都被恶充满，／然而，整个蜂国却是一个乐园。"（第 19 页）第二部分描写的恰恰是相反的情景。第 16—

① Bernard Mandeville, *The Fable of the Bees*, *or Private Vices*, *Public Benefits*, With a Commentary, Critical, Historical, and Explanatory by F. B. Kaye, p. 288.

② 参阅 J. H. Plumb, *England in the Eighteenth Century* (Harmondsworth: Penguin Books, 1950), pp. 87–98.

③ 参阅 A. R. Humphreys, "The Literary Scene", in *From Dryden to Johnson* (vol. 4 of *The Pelican Guide to English Literature*), ed., Boris Ford, Penguin Books, 1957, p. 65.

18 小节描写蜂国居民开始良心发现，忏悔自己的邪恶，向天主发出了这样的祈祷："好心的神，吾辈若诚实该有多好！"（第 20 页）主神被这种祈祷感动，下令"使那个抱怨的蜂巢全无欺诈"（第 20 页）。蜂国立刻就出现了一种新景象："半点钟之后，在整个蜂国里／一镑的价值跌至仅值一文钱。"（第 21 页）第 19—24 节分别描述律师、医生、牧师、政客和军人等的情形。人人诚实相待，没有坑蒙欺骗；人人勤俭节约，没有奢侈铺张。没有人打官司，律师失业了；很少有人生病，于是医生也没有了生意。第 25—30 节描写了这一变革带来的总体效果：物价下跌、商业萧条、工业衰退、失业严重；曾经繁荣兴旺的蜂国变成了"万户萧疏"的不毛之地："他们纷纷飞进一个空树洞里，／以便去安享满足与诚实无欺。"（第 27 页）著名批评家马丁·普拉斯在其专著中引了下面五行诗："我们发现，恶德亦可带来益处，／只要经过正义的修剪约束；／人民若要有富饶强国，／必定不可缺少种种恶德，／如同饥渴才会使人去吃去喝。"（第 28 页，略有改动）然后，普拉斯指出，"曼德维尔后来重新拣起寓言，并用长篇的注释或'评论'、论文，直到最后的六篇对话来扩充，他倾向于忽略寓意的第二行，而强调最后三行。不长的一首诗发展成了对道德家的攻击，对自然主义，甚至进化论社会观的辩护"。① 全诗的最后一节写道："因此不必抱怨：只有傻子／想使大蜂国变诚实。／享有世上各种便利，既赢得／战争，且要生活得安逸，／不存在大恶；但这不过／是头脑里的一个理想国。"（第 28 页，略有改动）

在论文《美德之起源》中曼德维尔写道："立法者及其他智者为建立社会而殚精竭虑、奋力以求的一件最主要的事情，一向就是使将被他们治理的人们相信：克服私欲，这比放纵私欲给每个个人带来的益处更多；而照顾公众利益亦比照顾个人利益要好得多。"（第 32 页）他对这些所谓的"立法者"和"智者"嗤之以鼻，认为他们所做的只不过是用杜撰的道德说教使人们放弃自己的本能要求和欲望。马克西米利安·E. 诺瓦克对曼德维尔的观点做了这样的归纳："他把社会机构看作是聪明人设计的用来控制弱者和约束强者的工具。宗教的作用是捉弄穷人。婚姻看上去行之有效，

---

① Martin Price, *To the Palace of Wisdom*, Garden City, New York: Doubleday, 1965, p. 106.

实际上不过是约束性欲的手段。女子的羞怯不是一种美德，而是教养的结果。实际上，最温柔的女子如果说出自己的私心，必让情场老手瞠目结舌。社会统治者关心的是防止民众造反，所以要使穷人愚昧无知，一味傻干。"①作为对早期资本主义社会的分析，曼德维尔并非要改变现存秩序，只不过是把人所共知但羞于启齿的话说了出来。

　　曼德维尔生活和创作的 18 世纪早期是英国讽刺文学的黄金时代，《抱怨的蜂巢》的内容也与传统的讽刺诗歌有很多相像之处。那么可不可以把它当作一首讽刺诗来读呢？路易·杜蒙特在《从曼德维尔到马克思》中提到塞尔比－比格 1897 年在《英国道德家选集》导论中的观点，即曼德维尔是个讽刺作家，所谓"私人的恶德、公众的利益"是反讽（或讽喻，Irony），旨在抨击有些人的荒唐观点。他的这种看法与批评界的传统观点大相径庭，杜蒙特也认为这是对曼德维尔的简单化解释，完全忽略了曼德维尔带有启蒙运动特色的对传统道德的怀疑主义批评。他指出："实际上，把曼德维尔对奢侈的观点看作反讽是不可能的，因为这种观点与他对劳动分工和总的经济现象的兴趣是紧密联系的。"②杜蒙特无疑是正确的，自从 F. B. 凯的评注版《蜜蜂的寓言》1924 年问世之后，批评界对曼德维尔的基本观点已经形成共识，但塞尔比－比格的不准确观点却也给我们一定启示，因为在讽刺文学中反讽观点与正面陈述有时是难以区分的。斯威夫特的反讽名作《一个小小的建议》通过缜密的数字计算，提出解决爱尔兰饥荒问题的出路在于把婴儿养一两年后出售给富人作佳肴。但是直到 20 世纪 80 年代仍有学者认为该文是某人的真正建议。

　　就《蜜蜂的寓言》来看，虽然塞尔比－比格把所谓"私人的恶德、公众的利益"解为反讽有失偏颇，但曼德维尔信誓旦旦地强调对严格主义道德观的坚持显然是在作秀，他对有些恶德的描写也很难说没有讽刺成分在内。菲利普·哈斯在为企鹅经典版所撰写的长篇序言最后指出："曼德维尔是斯威夫特和莎夫茨伯里同时代的人，提到他的著作应该使我们既想到后者，也想到前者。不管《蜜蜂的寓言》在其他什么方面引起我们的注意，

---

　　①　Maximillian E. Novak, *Eighteenth Century English Literature*, London：Macmillan, 1983, p. 29.

　　②　Louis Dumont, *From Mandeville to Marx：The Genesis and Triumph of Economic Ideology*, Chicago：University of Chicago Press, 1977, p. 71.

它是英国讽刺文学黄金时代的一颗明珠。"① 但是，与一般讽刺作品相比，我们必须注意一个明显的区别：诗的前半部分对奢侈、贪婪、坑骗等的描写像是讽刺，但诗歌的后半部分对所谓诚实蜂国的描写恰恰是对讽刺家心目中理想国的抨击，是对讽刺的讽刺。当然，我们也必须承认，曼德维尔的描写似乎也暗示他对于人们不诚实的表现并不恭维，他对于人性弱点是有充分认识的，这正是他的现实主义深刻性的所在。曼德维尔实际上既讽刺了现代社会存在的坑蒙诓骗等现象，也讽刺了想要恢复田园生活理想国的道德幻想。作为一个现实主义作家，曼德维尔清楚地认识到现实中存在的恶，并实事求是地分析其原因，指出现代社会与小国寡民的古代社会是不同的经济结构，因此不能用老眼光看问题。正是这种现实主义精神使他提出了一些被后来的经济学家奉为圭臬的重要观点，虽然当时的道德家和学者多对他指责攻击。

F. B. 凯指出，曼德维尔的对手有两个，一是传统的宗教严格主义者（Rigorists），他们认为鉴于人的堕落本性，只有抵制私欲的行为才是德行，追求私利的动机都是恶；二是以莎夫茨伯里为代表的乐观理性主义者，他们认为人的本性为善，符合道德的行为是理性行事。② 曼德维尔对恶的定义正是综合了上述两种立场的结果：只有不受私欲推动的理性行为才是美德，但观察现实生活却发现人的行为都是受私欲和激情左右的，因此都来自于恶德。F. B. 凯这样总结说："换言之，他利用了论敌自己的标准来向他们表明，按照他们的标准，他们在一生中没有做一件符合美德的事；如果真要按照那些原则行事，他们必然将使社会归于崩溃。与此同时，曼德维尔自己在这个舞台的中间开怀大笑，这更使他的批评者恼羞成怒。"③ 马丁·白特斯廷在《从斯威夫特到斯特恩对自由思想的批评》一文中，把理性主义者和曼德维尔为代表的性恶论者作为与传统基督教观点对立的两种自由思想。三种观点排列开来组成一种三角关系：性恶论把曼德维尔和宗教严格主义联系起来，对传统宗教的批评把两种自由思想联系起来，而对利他

---

① Philip Harth，"Introduction" to *The Fable of the Bees*，p. 43.

② Kaye，"Introduction"，pp. 120 – 122. 参阅刘意青主编《英国 18 世纪文学史》（增补版），外语教学与研究出版社 2005 年版，第 66—69 页。

③ Kaye，"Introduction"，p. 126.

道德的推崇则把乐观的理性主义者与传统宗教严格主义者联系起来。[1] 但是，必须看到，曼德维尔之所以像宗教严格主义者那样界定恶德只不过是一种论辩策略，是为了使传统观点更加显得荒诞，从而对其产生釜底抽薪的作用。F. B. 凯就指出，大多数与曼德维尔论战的人后来都或多或少地放弃或修正了严格主义对恶德与美德的定义。[2] 另一类批评家是休谟和亚当·斯密为代表的反宗教严格主义者。F. B. 凯指出："他们以比较温和的态度对待《蜜蜂的寓言》……他们同意曼德维尔的分析，但是当曼德维尔得出他的严格主义结论'所有这一切都来源于恶'时，他们就像休谟所说的，如果恶产生了世上的善，那么我们的术语就有问题；这种恶不是恶而是善。"[3] 这就是从功利主义出发重新界定的道德观，它从 18 世纪后期开始逐渐占据了主导地位。

杜蒙特在论述曼德维尔的贡献时，特别强调的是他把经济学同传统伦理学区分开来："道德规范研究人与人之间的关系，不管是否涉及到物，而曼德维尔把获利、财富、物质繁荣看作社会生活的核心。我们可以把《蜜蜂的寓言》，尤其是那首诗，视为自始至终关注这种重心的变化：道德（或许）适于（过去）小而稳定的社会，不适于今天大而有活力的社会（经济）。"[4] 这是一种关于社会历史发展的进步观点，在当时是很先进的；这种进步历史观到了 19 世纪才成为主流。曼德维尔把经济发展同道德伦理区分开来，使他能够更清楚地观察认识经济生活的特点，并提出许多发人深思的观点。他的这种区分也可以说是经济学从道德伦理变为科学的开端，没有这种区分就不可能建立真正的经济科学。他强调的大社会与小社会，发展缓慢或停滞的社会与富有活力、发展迅速的社会的区别是很有见地的观点。联系到陶渊明在《桃花源记》中表现的小国寡民、自得其乐的情景，我们可以说在那种社会，道德约束本身就可以保证社会的延续；但是，那种社会已经一去不复返了，要恢复小国寡民的田园生活只是乌托邦式的幻

---

[1]　参看 Martin C. Battestin, "The Critique of Freethinking from Swift to Sterne", *Eighteenth - Century Fiction*15（April - July 2003），pp. 341 - 420.

[2]　Kaye, "Introduction", p. 128.

[3]　Ibid. , p. 130.

[4]　Louis Dumont, *From Mandeville to Marx: The Genesis and Triumph of Economic Ideology*, pp. 76 - 77.

想。王曙光在《理性与信仰：经济学反思札记》中写道："英国政治学家贝拉米（Richard Bellamy）在其著作《自由主义和现代社会》中描绘了'自由主义'的发展历程：十七世纪在英国兴起的自由主义是一种'道德性自由主义'，而其后的自由主义则是一种道德诉求日益萎缩并逐渐让位于没有道德承诺的'经济性自由主义'。"① 在这个使经济学摆脱传统道德束缚的转变过程中，曼德维尔无疑是起了重要作用的。

二 《蜜蜂的寓言》对 18 世纪文学的影响

F. B. 凯在《蜜蜂的寓言》导论中探讨了曼德维尔在三个方面的影响：文学、伦理学和经济学。F. B. 凯指出："他在文学上的影响很有限。《蜜蜂的寓言》没有直接的模仿者；它的影响仅限于给别的作家提供了解释或阐发的素材。这些作家包括蒲柏、约翰逊、亚当·斯密和伏尔泰。"② F. B. 凯论述《蜜蜂的寓言》的文学影响的内容只有两三页，关于英国作家则只提到了蒲柏诗歌中近似曼德维尔的内容和《约翰逊传》中记录的关于曼德维尔的谈话，等等。他在这一节最后写道："这一切只不过是曼德维尔影响中一个很不重要的方面。他的重大影响是在伦理学和经济学方面。"③ 这无疑是正确的。杨春学先生撰写的《中译本序言》也主要是从伦理学和经济学两个方面论述了《蜜蜂的寓言》的影响和意义，中译本作为"国外经济学名著译丛"的一种出版本身就表明了《蜜蜂的寓言》的基本定位。当 F. B. 凯的评注版 1924 年问世的时候，18 世纪文学研究或者说整个机构化的英国文学研究正处在起步阶段。但在后来的 80 年里，18 世纪英国文学研究获得了前所未有的发展，关于曼德维尔在英国文学中的地位和他对英国文学的影响的研究也进一步深入。因此，我们现在可以从更广的范围来看曼德维尔与 18 世纪英国文学的联系与影响。这一节将把《蜜蜂的寓言》与其问世以后著名作家的作品加以比较探讨，力求更好地把握它的影响。我们要探讨的作家除了 F. B. 凯提到的蒲柏和约翰逊之外，还有笛福、斯威夫特、理

---

① 王曙光：《理性与信仰：经济学反思札记》，新世界出版社 2002 年版，第 83 页。

② Kaye，"Introduction"，p. 118.

③ Ibid.，p. 120.

查逊和菲尔丁等人，其中笛福和斯威夫特大致属于曼德维尔的同代人，蒲柏稍晚，而理查逊、菲尔丁和约翰逊则基本上是在曼德维尔去世之后才登上文坛的。把这几位 18 世纪文坛早期和中期著名作家的作品与曼德维尔作品相比较，可以使我们看清当时社会思想发展的大致轮廓。

笛福比曼德维尔年长约十岁。比较两人的名字，可以发现一个有趣的现象。曼德维尔的全名本来是伯纳德·德·曼德维尔，这是荷兰人取名的习惯；但从 1715 年开始，他在作品署名和个人签名时把姓和名之间的"德"字去掉了。① 我们不知道他这样做的确切动机，但很可能是为了使自己的名字听起来更像英国人的名字。与此相反，笛福本姓是一个音节的"福"，他的父亲叫詹姆斯·福，后来他似乎觉得这个姓太没有气派，便在1695 年前后给自己的姓加了一个音节，变成了"笛福"（Defoe），他增加的恰恰是曼德维尔所省略的两个字母。笛福在伦敦文坛第一次出名是 1702年发表《对付不从国教者的简便办法》，讽喻性地提出从肉体上消灭不从国教者。文章最初曾被托利党人当作是正面进言，大加欢呼；等到他们发现自己上了当，便恼羞成怒，将作者逮捕入狱，枷刑示众。后来笛福被先后当政的托利党人和辉格党人笼络，成了党派斗争的笔杆子。1719 年在他将近六十岁的时候，出版了《鲁滨孙漂流记》，并一发不可收拾，此后几年连续发表了四五部小说。约翰·罗伯特·莫尔认为在同时代的主要作家中笛福可以说是与曼德维尔最相类，"从个人背景到兴趣和文学风格都很接近"。② 笛福"在他活跃生涯的大部分时间就私人的恶德是公众的利益这一悖论有很多议论。早在 1689 年，《税收非负担》一文的作者就曾论辩说挥霍堕落的人提供了最多的税收"。③

笛福的《鲁滨孙漂流记》表面看来似乎和曼德维尔搭不上边，但仔细分析却可以发现很有趣的联系。鲁滨孙违抗父命，执意出海冒险从传统观点来看显然是恶德；他一心一意为自己谋利，发财致富，与曼德维尔所表现的蜂国人人追名逐利的现实也是一致的。鲁滨孙在历险过程中也曾多次

---

① Kaye, "Introduction", p. 17.

② John Robert Moore, "Mandeville and Defoe", in *Mandeville Studies*, (ed.) Irvin Primer, The Hague: Martinus Nijhoff, 1975, p. 119.

③ Ibid., p. 122.

忏悔自己违背天意的行为，但他最后却成了荒岛的殖民者，落难船长的搭救者和富有的商人，其行为于己于人于国都有利。《鲁滨孙漂流记续集》还表现老年的鲁滨孙后来又在外甥的鼓动下出海，不仅视察了他的殖民小岛，而且还从印度往中国贩鸦片，又从中国贩丝绸瓷器到欧洲。这充分表明在鲁滨孙（笛福）眼里，利用各种手段，竭力发财致富是天经地义的，而且对社会无害。这不就是私人的恶德等于公众的利益的翻版吗？普拉斯指出："曼德维尔与《鲁滨孙漂流记》的作者笛福之间的争议在于意志的两重性：一种认为意志是理性的自我控制，另一种认为意志是对自然的控制，是强制性而非理性的冲动。在克鲁梭身上，这种冲动最终与自我控制相吻合……曼德维尔通过使他笔下的技工一心一意地对付自然而省却了这种麻烦。在曼德维尔看来，其他人仍然只是被动地接受强烈的冲动，千方百计地把冲动理性化或掩盖起来，实际上冲动无处不在。第三条道路曼德维尔赋予了使徒们，他们刻意为道德目的而行动。克鲁梭就是在第三条道路上前进的，尽管他犹豫不决，有时自我欺骗，但总怀有希望。"[①] 为什么会出现这种情况呢？普拉斯认为原因在于笛福虽然仅年长十岁，却属于较早一个时期的清教传统，这种传统对道德观念仍比较重视。[②] 这种分析对于《鲁滨孙漂流记》是有道理的，但是我们也看到在笛福后来发表的《摩尔·弗兰德斯》和《罗克珊纳》等小说中，道德探索逐渐减弱，而受利己意志驱使的物质追求则得到进一步加强。这种变化似乎说明，越到笛福的后期，他与曼德维尔的区别或距离就变得越小了。

　　斯威夫特 1667 年出生于爱尔兰，大致与曼德维尔同龄。他的第一部有影响的著作《木桶的故事》1704 年出版，可以说两人差不多同时登上文坛。此后斯威夫特不断在英格兰和爱尔兰之间往返，有时长期住在伦敦，很有可能曾经看过《抱怨的蜂巢》。他 1707 年发表的《论反对废除基督教》从表面上来看当然与《抱怨的蜂巢》风马牛不相及，但是细心分析却能找到一些相似的地方。巴兹尔·威利的《18 世纪背景》一书第六章"讽刺中的'自然'"包括两节："一、曼德维尔"，"二、关于斯威夫特的小注"，这是颇具匠心的。他指出，斯威夫特在论文中区分了"真正的"基督

---

① Price, *To the Palace of Wisdom*, p. 127.

② Ibid., p. 126.

教和"名义的"基督教：前者近似一种理想状态，而后者是人们日常习惯的状态。写作《论反对废除基督教》的起因是政府准备取消宗教"审查条例"（Test Act），给不从国教者以同等权利。作为高教会派的斯威夫特对此坚决反对，并把它比作取消基督教。威利写道，斯威夫特"对在现代社会实行'真正的'基督教可能引起的后果的描述，与曼德维尔关于把道德引进蜂巢产生的后果的描述非常相似"①。下面是威利《论反对废除基督教》的引文："我希望没有读者会认为我不明智到为真正的基督教挺身辩护，这种真正的基督教在古时候（如果我们可以相信那时候的作者）曾对人的信念和行为有过影响：提出恢复真正的基督教当然是个荒唐的计划；那将是破坏基础：一下子毁掉王国的全部巧智和一半学问；毁坏事物的整个架构和机体；那会破坏商业，消灭艺术和科学及其教授；简言之，把我们的法院、交易所和商店变成荒原；那会像贺拉斯的建议一样荒唐，他曾建议罗马人一起离开他们的城市，在世界的某个偏远地区找个新地方，这样来治愈他们那腐败的风俗。"② 可能有人会说，最后一个分句清楚表明斯威夫特借鉴的是贺拉斯，但这未尝不是作者的障眼法。这段话虽不能证明斯威夫特的描写是受到曼德维尔的影响，至少表明两人的思维观点是很相近的。威利也指出了斯威夫特的区别："他并不像曼德维尔那样认为蜂巢要强大就必须邪恶；实际上，他作为讽刺家的特点恰恰表现在他认为蜂巢应该而且可以受到标准的指引，这些标准是柏拉图或西塞罗可以接受的——这是古代圣哲和现代英国国教会所代表的理性、'自然'和文明的标准。"③ 在这一点上我们可以清楚看到斯威夫特和曼德维尔作为讽刺家的区别：斯威夫特希望能铲除邪恶（虽然他并未天真地相信这种理想），曼德维尔则从经济和社会发展的观点认为有些恶是不可避免甚至于不可或缺的。

　　1726 年，斯威夫特出版了他的名著《格列佛游记》。从英国小说史上看，《格列佛游记》是对《鲁滨孙漂流记》的反讽：鲁滨孙海外冒险，在荒岛生活 28 年仍保持清醒头脑，最后胜利返回英国，成了富有的商人；格

---

①　Basil Willey, *The Eighteenth Century Background* (1940; London & New York: ARK Paperbacks, 1986), p. 102.

②　Ibid., pp. 102 - 103.

③　Ibid., p. 103.

列佛周游列国，备受折磨，最后几乎成了不理世人、甘居马厩的疯子。但是，作为在《蜜蜂的寓言》引起极大争议的 18 世纪 20 年代的产物，《格列佛游记》似乎也受到曼德维尔的影响。最明显的例子是《格列佛游记》第四卷对人形兽性的亚乌的描写。他们肮脏不堪、贪得无厌、粗鄙淫荡、好逸恶劳，集中了几乎所有能够想象得到的一切恶习。而这样的动物最后被格列佛认作同类，无疑是对人类尊严的极大嘲弄，作者也因此被视为臭名昭著的恨世者。莱斯利·斯蒂芬在《18 世纪英国思想史》中指出："曼德维尔同斯威夫特一样鄙视人类；但是，他的鄙视没有把他逼疯，只是使他找到嘲笑的机会。他鄙视自己，也鄙视邻人，并愿意处在可鄙的状态。他是个嘲笑者，不是个厌世者。'你们都是亚乌'，他似乎在说，'我也是个亚乌；所以，让我们吃吧，喝吧，乐吧。'"① 在归纳介绍 18 世纪研究学者对曼德维尔的反应时，F. B. 凯引了斯蒂芬的话，然后写道："对这段话我们必须做这样的补充，即曼德维尔并没有真正觉得人是亚乌；他只不过认识到一些事实，这些事实使与他脾性不同者把人称为亚乌。"② 正是由于认识到并正视人类的弱点，接受人类的弱点及其社会原因，曼德维尔才能用现实主义的态度对待现代社会，并在经济学和伦理学方面做出了开拓性的贡献。用菲利普·平库斯的话说："斯威夫特在《格列佛游记》中撕去了社会的文明伪装以揭露内在的亚乌真面目，曼德维尔在《蜜蜂的寓言》中表明正是内在的亚乌创造了我们知道的唯一文明。"③

F. B. 凯在导论中提到法国作家拉罗什福科对曼德维尔的影响，指出"两人都坚持人是情感动物，不是理性动物，人的行为动机说到底是自爱"。他还说曼德维尔的基本观点几乎是对罗什福科的格言"美德经常不过是伪装起来的恶"的阐释，只是要把"经常"改为"总是"。④ 拉罗什福科的格言在 18 世纪的英国影响很广，斯威夫特也深受影响。他在 1731 年创作的《斯威夫特博士之死》的核心就是拉罗什福科的另一著名格言："好友遭不

---

① Leslie Stephen, *History of English Thought in the Eighteenth Century*, vol. II（London：John Murray, 1927），p. 34.

② Bernard Mandeville, *The Fable of the Bees*, *or Private Vices*, *Public Benefits*, With a Commentary, Critical, Historical, and Explanatory by F. B. Kaye, vol. II, p. 405.

③ Philip Pinkus, "Mandeville's Paradox", in *Mandeville Studies*, p. 200.

④ Kaye, "Introduction", p. 105.

幸，自己常窃喜。"（直译是：好朋友遭遇不幸时我们总能找到点快乐。）
在诗中，斯威夫特描写了他的死讯在朋友中引起的反应：女王对他终于死
了感到欣慰；他贵妇人中的朋友甚至不愿让他的死讯打断自己正在玩的牌
戏。他最好的朋友蒲柏和盖伊也不过是在十天半月的时间里常怀念他。这
首诗共484行，只比《抱怨的蜂巢》稍长，而且也是用带有滑稽色彩的四
音步抑扬格双韵体。这些方面的相似使我们觉得斯威夫特很可能是受到曼
德维尔的启发。从《论反对废除基督教》，到《格列佛游记》，再到《斯威
夫特博士之死》，这些作品在很多方面都表现了与曼德维尔的相似性，虽然
我们不能忘记两人的基本立场是针锋相对的：斯威夫特是道德严格主义者，
面对现代社会的种种腐败堕落感到痛心疾首，因此对社会发展的看法是悲
观的；曼德维尔实际上是具有自由思想的现实主义者，他虽然也认识到现
代社会的问题，但却用历史发展的眼光来对待，从而为现代经济学提供了
有益的观点。

亚历山大·蒲柏出生于光荣革命的1688年，1711年发表《论批评》
一举成名，1712年发表了被誉为戏拟英雄史诗代表作的《劫发记》。此后
十几年蒲柏专心翻译荷马史诗，1720年出版《伊利昂纪》，1725年出版
《奥德修纪》。他在1728年发表的《群愚史诗》共有三卷，在第3卷的结
尾，愚国的女王昏昏欲睡，她的众多子孙也都没有了精神。"正像一个人跳
入湖中所引起，/一个涟漪出现了，又是一个涟漪；/愚国女王对其臣民的
效果，/恰如从一个涟漪到另一个。"在她的众多臣子中就有曼德维尔，而
且是与名叫摩根的所谓反宗教的"道德哲学家"出现在同一行："摩根和曼
德维尔也不再唠叨。"[1] 1729年蒲柏出版了《群愚史诗》评注版，为诗中提
到的人物增加了注释，但没有为曼德维尔加注，可见其广泛的知名度；蒲
柏把曼德维尔列在讽刺对象中，至少表明自己不赞成他的观点。威廉·威
姆塞特在《蒲柏诗文选》加的注是这样写的："伯纳德·德·曼德维尔同样
为自己是道德哲学家而自豪，他是名著《蜜蜂的寓言》的作者。他力图证
明所谓美德是无赖杜撰的，基督教的美德是傻瓜强加的，恶德是必需的，

---

[1] Alexander Pope, *Selected Poetry and Prose*, ed. with an Introduction by William K. Wimsatt, Second Ed. (New York: Holt, Rinehart & Winston, 1972), p. 414.

而且是社会繁荣昌盛的唯一和充足的源泉。"① 这样来概括《蜜蜂的寓言》的主旨虽然有失偏颇，但大致符合 18 世纪读者对曼德维尔著作的看法。

蒲柏虽然像当时的绝大多数学者作家一样反对曼德维尔的基本观点，但并不表明他对其观点全盘否定。恰恰相反，18 世纪 30 年代发表的《人论》和《道德书札》在许多方面表现了曼德维尔的影响。F. B. 凯在导论的脚注中写道，埃尔温和考托普编的蒲柏著作集指出《道德书札》之三的第 13—14 行，第 25—26 行；《人论》第 2 卷第 129—130 行，第 157—158 行，第 193—194 行和第 4 卷第 220 行与曼德维尔有关。但 F. B. 凯认为，说《人论》第 2 卷第 129—130 行，第 157—158 行和第 4 卷第 220 行与曼德维尔有关似乎有疑问，《人论》第 2 卷第 193—194 行源于曼德维尔的可能性较大，《道德书札》的诗行显然是来自曼德维尔。另外，蒲柏在《人论》第 2 卷第 240 行的手稿中曾化用《蜜蜂的寓言》的副标题："公共利益从私人恶德中得来"。② 可能因为与曼德维尔的标题太相近，而曼德维尔在当时是臭名昭著、颇有争议的人物，蒲柏不想与他产生瓜葛，所以在定稿中没有使用。F. B. 凯在脚注中还指出："我相信，进一步的研究会发现更多蒲柏借鉴曼德维尔的内容。"③ 他的预言是正确的。《人论》第 1 卷最后一段开始有这么两行："停下吧，别把秩序叫做不完善：/该得之福正赖我们所抱怨。"（第 281—282 行） 这显然让人想起《抱怨的蜂巢》结束段的"寓意"。同一段还有这样两行："一切纠纷，都是未理解的和谐；/ 一切部分的恶，都是总体的善。"④ 同样与曼德维尔的悖论有异曲同工之妙。《人论》第 3 卷中对自然秩序和人的自爱的分析也使人想起曼德维尔的《蜜蜂的寓言》。特别有意思的是，蒲柏在这一节的结尾部分化解了曼德维尔关于私人的恶德是公众的利益的悖论，方法是把个人与大众，或者说个体与整体统一起来："人，就像慷慨的葡萄藤，支持生命；/他的力量得自他所给予的护拥。/行星各自绕着自己的轨道，/但同时又在把太阳环绕；/因此，灵魂有两个运动无休止，/一个为自己，一个为整体。/上帝和自然就是这

① Alexander Pope, *Selected Poetry and Prose*, p. 475.
② Kaye, "Introduction", pp. 108 – 119.
③ Ibid., p. 119.
④ Alexander Pope, *Selected Poetry and Prose*, pp. 201 – 202.

样主宰全宇，/使自爱与社会和谐为一。"① 这当然是蒲柏的理想化观念，与曼德维尔的现实主义描绘是截然不同的，但至少表明他对曼德维尔所关注的人性中的"恶德"很有同感。

蒲柏的《人论》是以写给博林布鲁克子爵的四封书札的形式而作的，目的在于用诗歌形式阐发当时流行的思想观念。博林布鲁克虽然在政治上是詹姆斯党复辟派，在思想上却信奉莎夫茨伯里的乐观主义自由思想，也就是自然神论。蒲柏的诗也反映了这种特点。但与莎夫茨伯里不同的是，蒲柏在诗中也没有忽略曼德维尔所强调的人的自爱、贪婪、傲慢等所谓恶，而是把这些恶纳入包容一切的统一体中。从这个角度来看，我们可以把从莎夫茨伯里经曼德维尔到蒲柏的论辩过程，看作由肯定（理性/善）到否定（激情/恶）再到否定之否定（激情加理性/善与恶包容）的辩证过程。劳拉·布朗分析了《人论》在基本观点上存在的矛盾，一方面说存在的都是合理的，另一方面又抨击不合理现象的存在；一方面申明理性的力量，另一方面又强调激情的主导作用；一方面赞美无私的善举，另一方面又特别关注人自爱的本质。她认为这些矛盾并不是蒲柏自己认识上的矛盾，而是当时社会条件下思想意识矛盾的反映。而曼德维尔关于私人的恶德是公众的利益的悖论就是这些矛盾的典型表现。因此，关于曼德维尔与蒲柏之间的联系，布朗写道："虽然蒲柏不是简单地模仿曼德维尔，曼德维尔对《人论》的影响也不是唯一甚或最重要的，我们在诗中发现的哲学上的困境和矛盾在结构上与曼德维尔著作中那著名的道德悖论是相似的。"② 但是两者的区别是很清楚的：曼德维尔可以说是放弃了传统基督教道德而专注于资本主义经济，"《人论》从哲学上来看则是悬在资本主义伦理与传统基督教道德两者之间"。③ 也正是在这个意义上，曼德维尔被誉为现代经济学的开拓者之一，而蒲柏则只不过用诗歌形式重述了流行的观点。但同样引人注目的是，曼德维尔因其大胆的悖论而备受责难，蒲柏则因对当时流行意识的诗化表现而广受青睐。《18 世纪英国文学》的编者写道："《人论》不是博物馆藏品——它包含了很多真理。它是 18 世纪诗歌的埃佛勒斯峰，正如

---

① Alexander Pope, *Selected Poetry and Prose*, p. 220.

② Laura Brown, *Alexander Pope* (Oxford: Basil Balckwell, 1985), p. 90.

③ Ibid., p. 91.

《失乐园》（蒲柏特意引用了该诗的一句）是 17 世纪诗歌的埃佛勒斯峰。"①
虽然这种比喻不见得完全恰当，但仔细想来也不无道理：从对 18 世纪流行
意识的反映方面来看，可以说很难找出另一部更有代表性的诗作。

　　由于曼德维尔的著作是匿名发表的，在相当长时期内人们不知道曼德
维尔其人。从 1723 年《蜜蜂的寓言》第二版开始，由于著作遭谴责，作者
出来辩解，这样曼德维尔的名字才传播开来。斯威夫特的《论反对废除基
督教》及其他著作和笛福《鲁滨孙漂流记》都没有提曼德维尔的名字或许
因作者匿名所致，蒲柏除了在《群愚史诗》第 3 卷提到曼德维尔的名字外，
在《人论》和《道德信札》中都没有提曼德维尔的名字。1733 年曼德维尔
去世以后，形势就有了变化，著名小说家塞缪尔·理查逊和亨利·菲尔丁
都曾在著作中指责曼德维尔。理查逊让《克拉丽莎》的男主人公拉夫雷斯
用曼德维尔为自己的罪恶行径辩护。在致贝尔福德的信中，拉夫雷斯写道：
"我把得到这位女士看作自己幸福不可缺少的部分：人们都争取获得使他们
幸福的东西而不管别人会怎么看，不是很自然的吗？"② 这是典型的一切为
个人私利服务的观点。由于他对克拉丽莎的引诱强暴，最后恰恰证明了少
女的父母和监护人所谓警惕与男人交往的警告。拉夫雷斯认为："即使最坏
的事情发生了，我仍然没有逾越可敬的朋友曼德维尔的原理，私人的恶德
是公众的利益。"③ 现代批评家马丁·白特斯廷引这段话来支持他的观点，
即理查逊从传统基督教思想反对曼德维尔等所代表的自由思想观点。④ 黄梅
则更注意曼德维尔与霍布斯的区别："在理查逊笔下（也许 18 世纪初期的
英国社会实况也的确如此），真正有影响的不是霍布斯主义以集权国家调
节、控制自私人性的政治设想，而恰恰是他认为人们各自为一己私利而彼
此争夺的世界观和人性观。不仅拉夫雷斯，连克拉丽莎的挚友安娜对世界

---

　　① Geoffrey Tillotson, et al., ed., *Eighteenth – Century English Literature* (New York: Harcourt Brace Jovanovich, 1969), p. 634. 埃佛勒斯峰即珠穆朗玛峰。

　　② Samuel Richardson, *Clarissa, or The History of a Young Lady* (Harmondsworth: Penguin Books, 1985), p. 847.

　　③ Ibid..

　　④ Martin C. Battestin, "The Critique of Freethinking from Swift to Sterne", *Eighteenth – Century Fiction*15 (April – July 2003), p. 365.

及人与人之间的关系也持有类似的见解。"①

菲尔丁对曼德维尔的反应则更复杂。他在 18 世纪 30 年代曾有一段时期比较青睐自由思想，对莎夫茨伯里的理性主义自然神论和曼德维尔私欲与激情主导行动的观点都有所涉猎，但从 30 年代末以后，他逐渐与上述两种自由思想拉开了距离。菲尔丁在著作中直接提到曼德维尔有两次，第一次是在 1751 年 12 月出版的《阿米莉亚》第 3 卷第 5 章，第二次是在 1752 年 3 月 4 日的《科文特加登杂志》。② 菲尔丁在拼写中特意省略了曼氏大名的最后两个字母，变成了 Mandevil（人面魔鬼）。《阿米莉亚》前三卷叙述布思在监狱中与以前的恋人马修斯的谈话，谈话的主要内容是布思与阿米莉亚从恋爱到结婚以后的故事。在第 3 卷第 5 章布思讲到自己在直布罗陀战斗中受伤，战友鲍波·詹姆斯对他关怀备至，这完全是受激情驱使，而不受美德或宗教影响。

> "您用不着花费很大心思要我相信您的学说，"马修斯小姐笑嘻嘻地回答道，"我一直来鼓吹同样的观点。您所提到的那两个词，我认为它们只不过充当了一种外衣，伪善的人们披上它们可以更好地欺骗世界罢了。曼德维尔是个可爱的人，自从我念了他的书以后，我就一直有着这样的看法。"
>
> "小姐，请原谅我，"布思回答道，"我希望你不要同意曼德维尔的看法，他以极为歪曲的形式描述了人性。人们心中能够具有极为善良的感情，他却把它从他的体系中排除出去，而企图从高傲或恐惧的卑鄙冲动中来解释那种善良感情的作用或能力。然而，人们心中确实是存在爱的，就像人们心中确实是存在恨一样。存在爱的理由同样可以用来说明存在恨。"
>
> "我确实不知道，"那位女士回答道，"我从没有对这种事情进行过很多的思考。我所知道的是，当我念曼德维尔的书时，我认为他所说的话都是对的；我时常听人们说，他证明宗教和美德只不过是有名无

---

① 黄梅：《推敲"自我"：小说在 18 世纪的英国》，三联书店 2003 年版，第 191 页。

② Martin C. Battestin, *A Henry Fielding Companion* (Westport, CT: Greenwood Press, 2000), pp. 96–97.

实的东西罢了。不过，如果他否认爱这样的东西，那毫无疑问是错误的。……我恐怕也能指责他的不是。"①

在这段对话中，虽然布思自己关于感情的观点显然与曼德维尔的观点是一致的，菲尔丁却把反面角色马修斯刻画成曼德维尔的信徒，而由布思出面对曼德维尔否定爱这种美好感情来予以谴责，从而在一定程度上与曼德维尔区别开来。到小说快要结束时，布思更因读了巴罗的布道文而放弃了曼德维尔的激情观点，皈依了宽容派国教会。现代批评家一般都认为布思的形象带有自传性质，他对曼德维尔观点的复杂性也在一定程度上表现了菲尔丁对待曼德维尔的复杂态度。白特斯廷写道："虽然菲尔丁的主人公拥抱了基督教而不再彷徨，哈里森博士对作为布思的怀疑论之基础的激情心理的确认表明，作者自己还没有完全解决曾经长期困扰他的决定论难题。这个难题清楚显现在菲尔丁在小说结尾强调的道德主题与小说叙事本身表现的相反信息之间的矛盾中。"②

勒洛依·史密斯的《菲尔丁与曼德维尔："与德行作战"》是研究这个问题的主要文献。他指出："曼德维尔显然属于菲尔丁斥之为'政治哲学家'的一伙反理性主义怀疑论者，他们嘲笑人对来世报赏的希望，'与德行作战'，否定爱的存在，这伙人中也包括把恶德称作'国家之主要利益'的人。"③ 史密斯这段引文涉及菲尔丁的《斗士》杂志，以及《约瑟夫·安德鲁斯的经历》《论交往》《真爱国者》《汤姆·琼斯》等著作。虽然从18世纪30年代末开始菲尔丁就显然与曼德维尔"划清了界线"，他"也经常有意无意地运用与曼德维尔有关的一些观点……有时菲尔丁利用的人物反映了曼德维尔对人性和社会的解释，而他在《约瑟夫·安德鲁斯的经历》中对自负的定义与曼德维尔有关那种激情的看法相近。菲尔丁在《江奈生·魏尔德传》中对伟人的讽刺的基础在曼德维尔早有先见……在他的行为模式和最终实现审慎的价值方面汤姆·琼斯真实表现了曼德维尔对理想伴侣

---

① 亨利·菲尔丁：《阿米莉亚》，吴辉译，译林出版社2004年版，第116页。

② Battestin，"The Critique of Freethinking from Swift to Sterne"，p. 378.

③ Leroy W. Smith，"Fielding and Mandeville：The 'War Against Virtue'"，*Criticism*3（1961），p. 9.

的描绘"。① 我们可以说菲尔丁的反面人物一般都是曼德维尔关于人皆为私利激情所左右观点的支持者,如魏尔德和布利菲等。但在布思身上事情比较复杂,而布思又与菲尔丁本人关系密切,因此又可证明菲尔丁自己对曼德维尔的观点虽不能赞成,但却清楚其深刻意义。

关于菲尔丁与曼德维尔的复杂联系,还可以举出另一个突出的例子。在《汤姆·琼斯》中奥维资雇用斯威克姆和斯佥厄两个人负责汤姆和布利菲的教育,这两个人前者是宗教严格主义者,后者是理性主义自然神论者,正是曼德维尔在著作中所针对的两大敌手,在小说中也都是被嘲弄的对象。② 虽然我们不能因此推论说菲尔丁就是站在曼德维尔一边,至少可以说他们有不少相似甚至相同的观点。史密斯指出:"曼德维尔和菲尔丁的观点常表现得惊人的相似,一个重要原因是两人都对什么构成人的幸福具有实际兴趣,而不拘泥于指导人行为正误的抽象原则。"③ 这一点也解释了为什么理查逊对曼德维尔的观点是比较清楚的反击,而菲尔丁的观点就复杂得多。关于菲尔丁与曼德维尔的区别,史密斯指出,"他们的区别主要源于菲尔丁的这个信念,人拥有的激情既有邪恶的,也有圣洁的"。④ 伯纳德·哈利森在分析菲尔丁和曼德维尔的区别时也指出,"菲尔丁作为道德家的一大优点,就是他总能清楚认识到生理欲望同人性需要之间的区别",而"恰恰相反,在曼德维尔心目中,一切区别全消失了。人不过是各种贪婪欲望的混合体"。⑤

如果说理查逊和菲尔丁都指名道姓地抨击曼德维尔,坚定的道德家和基督教信徒约翰逊博士对曼德维尔的高度评价就更加引人注目。F. B. 凯编的评注版《蜜蜂的寓言》扉页所列的历代作家对《寓言》的评论中,为首的就是约翰逊博士对他的传记作者鲍斯威尔说的话:"我想,我读曼德维尔是在 40 或 50 年以前……他大大地打开了我观察真实生活的眼界。"⑥ 詹姆

---

① Leroy W. Smith, "Fielding and Mandeville: The 'War Against Virtue'", *Criticism*3 (1961), p. 9.

② 亨利·菲尔丁:《弃儿汤姆·琼斯史》,张谷若译,上海译文出版社 1993 年版,第 146—147 页。

③ Smith, "Fielding and Mandeville: The 'War Against Virtue'", pp. 9 - 10.

④ Ibid., p. 11.

⑤ Bernard Harrison, *Henry Fielding's "Tom Jones": The Novelist as Moral Philosopher*, Sussex University Press, 1975, pp. 81 - 82.

⑥ 曼德维尔:《蜜蜂的寓言——私人的恶德、公众的利益》,肖聿译,封 2。

斯·L. 克利夫德在传记《年青的山姆·约翰逊》中写道，大约在 1729 年前后，"他第一次读到曼德维尔的著作，但与许多人不同，他并没有觉得《蜜蜂的寓言》的悖论——个人的恶德产生公众的利益——骇人听闻或不可理喻。他从一开始就对曼德维尔赤裸裸的现实主义性格和深刻洞见印象很深，所以此后他就对'自己和他人的原始腐败之污点特别警惕'"。① 鲍斯威尔的《约翰逊传》是英国传记文学经典之作，它的一个突出特点就是大量引用传主的谈话。这些谈话大都是作者根据自己的记录或记忆写成的，当然不能等同于传主的原话，但基本精神是保持下来的，因此我们一般把传记中的话当作传主的原话，F. B. 凯在其评注版所引的约翰逊论曼德维尔的话也是如此。现代约翰逊研究专家弗兰克·布雷迪在为自己编辑的节略本《约翰逊传》所写的序言中指出："鲍斯威尔真正强调的是他的记录的本质真实；只有录音机之类设备可以精确地记录每一个字。对鲍斯威尔著作的可信性的最清楚证据是，除了几个显而易见的自我表现者，熟悉约翰逊的人都没有说《传》不准确。"② 因此，我们仍然可以引《约翰逊传》作为探讨约翰逊对曼德维尔观点的基本材料。在这里，我们发现一个有趣的现象，这就是，F. B. 凯所引的一句话实际上出现在一大段关于曼德维尔的谈话最后。把上下文联系起来，或许可以使我们更加全面地了解约翰逊的观点。

F. B. 凯在导论中曾指出约翰逊关于奢侈有利于社会发展的观点与曼德维尔如出一辙，并引了约翰逊不少论著作证。在《约翰逊传》中，关于曼德维尔的最长一段话也是由奢侈引起的：

他像往常一样为奢侈辩护："你在奢侈方面花钱，必然有利于穷人。不，你把钱花在奢侈上比直接给穷人对他们更有利：因为，把钱花在奢侈上就给穷人创造了工作，而给他们钱则使他们懒散。当然，我承认，为了慈善直接把钱给穷人可能比把钱花在奢侈上更有美德；尽管那也可能包括傲慢。"西沃德小姐问道，这不就是曼德维尔的"私

---

① James L. Clifford, *Young Sam Johnson* (New York：McGraw–Hill Book，1955)，p. 126.

② Frank Brady， "Introduction" to *Boswell's Life of Johnson*, ed. and abridged by Frank Brady （New York：New American Library，1968），p. 12.

人的恶德等于公众的利益"吗？约翰逊答："那本书的缺陷是，曼德维尔既没有定义恶德，也没有定义利益。他把一切给予快乐的东西都视为恶。他的道德概念极狭隘，是修道院的道德，把快乐本身看作是恶，恰如把吃鱼加盐视为恶，因为盐使鱼的味道更好；他还把财富看作公众利益，而这并不总是如此。快乐本身不是恶。拥有一个花园是种快乐，可我们都知道这没什么不好。同时，在现实社会，有许多快乐是恶，但因太适合我们而几乎不可避免。天堂的幸福属于快乐与美德和谐一致的那种情况。曼德维尔举一个人在酒馆里喝醉酒为例，说这是公众利益，因为公众得到了钱。但是，必须考虑到，这件事所带来的利益，包括酒店主、制酒商、麦芽商和农夫的利益，可能比不上它给这个醉酒的人和他的家庭的伤害。这才是检验善恶的方法，看它对全体产生的善多，还是恶多。善可能产生于恶，但不是从恶本身；比如，强盗可能从一个人那儿抢了钱，给了另一个更需要用钱的人。在这里善产生了，但不是从抢劫本身所致，而是通过财产的转移。我读曼德维尔是在四十年，或者说，我相信，五十年前。他没使我感到困惑不解，他大大地打开了我观察真实生活的眼界。不，很清楚，社会的幸福依赖美德。"①

　　这一段话显然不是一次谈话的原始记录，可能是归纳了约翰逊关于曼德维尔的各种观点综合而成。四五十年前读曼德维尔指他在大学期间（1727—1729），正是有关曼德维尔的争议最盛的时候，约翰逊不感到困惑说明他与曼德维尔有同感。他在谈话中关于奢侈的观点与曼德维尔是一致的，而他说慈善行为可能包括傲慢因素也是曼德维尔的观点。他批评曼德维尔道德观念太狭窄也有道理，但如前所述，曼德维尔之所以非要（表面）坚持严格主义道德观是有特殊用意的。而约翰逊关于检验善恶要看对全体的效果而定的观点，则显然表现了功利主义道德观的影响。他最后的结论——"社会的幸福依赖美德"表面上看与曼德维尔是背道而驰的，出现在刚刚肯定曼德维尔的一句话之后更显得矛盾；但从全段来看，这不过是

---

① *Boswell's Life of Johnson*, ed. and abridged by Frank Brady, pp. 462－463.

表明了作为道德家的约翰逊与专门关注物质利益、经济繁荣的曼德维尔的区别。而且，我们还必须注意到，从某种意义上来看，专门关注物质利益和经济繁荣也可以说是曼德维尔的一种姿态，因为从他的著作的字里行间我们仍不时感觉到道德讽刺家存在。他是人，不过有时戴上一层（在当时人看来）魔鬼的面具。

三 曼德维尔的现代意义

曼德维尔在生前和身后都曾引起广泛的争议。道德家直斥他与魔鬼无异，"即使是从他的思想观点中吸取了不少观念的学者，例如休谟、斯密，亦不例外。倒是在 20 世纪，对他的思想给予积极评价的学者较为普遍。其中，以哈耶克的评价最高，常常称其为 18 世纪最伟大的思想家之一"。① 曼德维尔的观点当然有其偏激的一面，但他强调的追求私利是社会经济发展原动力的观点有重大意义。18 世纪后期古典经济学创始人亚当·斯密提出的关于自由经济和劳动分工的观点与曼德维尔如出一辙，而斯密的古典经济学是马克思主义经济学的重要来源。马克思就是在对资本主义生产进行深刻分析的基础上，提出了从资本主义到共产主义的宏伟蓝图。我们也必须看到，曼德维尔的观点毕竟是资本主义发展初期对社会发展的现实主义分析，它在与传统的道德观念划清界限的同时，也带着以利己为出发点的资本主义经济发展本身的一些缺陷。我们在简述曼德维尔基本观点时，提到他的诗歌与讽刺诗相近的内容，这可以解释为他对于资本主义生产关系弊端有某种直觉，但缺乏全面深刻的认识；在高度发展的资本主义社会，这些问题会越来越突出。任何事物都有其两重性。对道德束缚的摆脱虽然促进了自由经济思想的发展，在自由经济已过黄金时代的后现代时期，种种新的社会矛盾促使经济学家和伦理学家重新审视这种摆脱的利弊。

新中国成立后经过土地改革，农民拥有了土地，可以在自己的土地上耕作收获，生产力得到了极大的调动，经济获得了很快的发展。在这一阶段，虽然新社会给人带来的思想影响是巨大的，我们必须承认最根本的原

---

① 曼德维尔：《蜜蜂的寓言——私人的恶德、公众的利益》"中译本序言"（杨春学），第16页。

因是农民可以为了改善自己的物质生活而劳作，是为自己谋利益。"获得了土地的农民努力生产，发家致富。"① 但是，从 20 世纪 50 年代中后期开始，由于农村实行了相当激进的社会主义改造，从合作社到人民公社，片面追求"一大二公"，结果集体化程度越来越高，农民的生产积极性和主动性却没有提高，生产发展缓慢甚至停滞倒退。60 年代初期试行的"三自一包"是在特殊形势下的特殊政策，目的仍是调动农民为自己谋利益的积极性，并收到了很好的效果。但到了"文化大革命"，"三自一包"成了刘邓路线的一大罪状，农村又在"学大寨"的浪潮中走上了完全无视经济规律的道路，使农村经济受到根本性的打击。直到改革开放时期，才迎来了"家庭联产承包责任制"为特征的发展时期。从提倡"大公无私"而经济停滞的六七十年代，到为"物质刺激""个人利益"正名而获得经济高速发展的八九十年代的巨变，似乎也证明了曼德维尔观点的合理内核。我国的发展和遭遇的挫折几乎就可以看作是《蜜蜂的寓言》中表现的从繁荣到萧条的变化的反复：50 年代初期到中期是第一个繁荣期；从 50 年代后期到 70 年代中期基本上是萧条期，虽然其中也有短暂的恢复；从 70 年代末改革开放开始进入了新的繁荣发展期。

但是，"事物都是一分为二的"，对私利的强调虽然在促进经济的迅速发展中起了重要作用，对道德问题的忽略则可能带来严重的社会问题。陆建德在《才智之士凯恩斯》一文中写道，凯恩斯"将人类的需要分为满足生存之需的绝对需要和满足虚荣心和优越感的相对需要。他乐观地预测，再过一百年，随着经济问题的彻底解决，绝对需要将退出历史舞台，那时人类将直面永恒的问题：怎样生活才有意义？他还说，两百年来，人们一直将某些最令人厌恶的品质说成是合理的（大概是指曼德维尔《蜜蜂寓言——私人的罪过，公众的得益》一书），但是一个世纪后，对金钱的爱好将被视为'可憎的病态，是一种半属犯罪、半属变态的性格倾向'"。② 在经济学发展史上，前有 18 世纪古典经济学的奠基人亚当·斯密，后有 20 世纪新经济学的泰斗凯恩斯，这是英国人为经济学做出的世人瞩目的贡献。

---

① 曹树基：《国家与农民的两次蜜月》，《读书》2002 年第 7 期，第 19 页。

② 陆建德：《破碎思想体系的残编：英美文学与思想史论稿》，北京大学出版社 2001 年版，第 76 页。

斯密的自由经济理论和劳动分工理论深受曼德维尔的影响，凯恩斯关于政府干预的新经济理论虽然从表面上看与曼德维尔的观点是相悖的，但他同样以对私利或扩大了的私利的追求为基础，这是任何经济理论所无法逾越的，也是曼德维尔最重要的贡献。我们从前面的分析中已经看到，18世纪批评者的观点集中在肯定私欲作用的前提下怎么处理道德问题：能否把道德伦理像曼德维尔所做的那样从经济生活中彻底清除出去？实践证明是不行的，虽然纯理论经济学可以尽量避免这类问题。作为大经济学家的凯恩斯能够深刻地反省经济追求的本质是难能可贵的，而且更可贵的是他的现实主义态度，那就是只有在生存之需得到解决之后，人类才可能重新审视那些被说成是合理的"某些最令人厌恶的品质"。他的观点不禁让人想起马克思主义经典作家关于共产主义的构想，只有在物质极大丰富，人的思想极大提高的前提下才可以实现。现在从凯恩斯的时代已经过去近一百年了，我们不能不说他的预言是太过于乐观了，因为从全球来看，彻底解决经济问题仍是相当艰巨的任务。

不过，凯恩斯的话也给我们另外一点启示，就是在解决经济发展问题的过程中我们似乎就应对那些被说成是合理的"最令人厌恶的品质"保持一定的警惕。由于18世纪初的特殊形势，曼德维尔在著作中有意曲解或回避道德问题，这既有论证策略的考虑，也是为经济学开拓一片天地的需要。而后来的批评者和学者在道德与经济关系方面的探讨在一定程度上弥补了曼德维尔的不足。作为古典经济学奠基人的亚当·斯密在《国富论》之外写了《道德情感论》似乎也不是巧合，而是代表了他的深刻思想。虽然从纯粹经济意义上来说道德有负面的局限，但人类社会的发展毕竟不是简单的经济发展，道德建设也是必不可少的。前面我们曾经提到普拉斯的观点，指出曼德维尔在他的论述中较少注意"只要经过了正义的修剪约束"这一句。这句话虽然在原文中并不显眼，而且不论是从《抱怨的蜂巢》本身，还是从《蜜蜂的寓言》全书来看，曼德维尔都没有十分关注怎样经过"正义的修剪约束"，这句话的重要性却是无论怎么估计都不过分的。用通俗的话说，这句话就是依法办事：人都有追求私利的欲望，但这种追求必须符合法律。要做到有法可依，有法必依，才能使经济生活顺利进行。

但是，法律也不是万能的，很难涵盖大千世界的方方面面，因此道德约束的无形力量也应该得到重视。把依法治国与以德治国有机地结合起来，才能更好地促进经济生活繁荣有序地顺利发展。在这方面，发生在 18 世纪英国围绕曼德维尔引起的争论对我们可能会有所启发。虽然从经济发展的规律来看，曼德维尔的观点显然是先进的，是符合历史发展潮流的；但左中右各派批评家对他的攻击却也表明无视道德伦理的经济学理论是难以让人接受的。当前，我国经济学界和伦理学界围绕着经济规律和道德伦理作用所展开的争论是有益的。争论的目的不在于证明谁是谁非（很多情况下无从证明），而在于保持一种经济发展中的道德自觉或自律，在广大公民中进一步加强依法办事和道德约束相辅相成的意识。当代中国经济学和伦理学界在探讨道德滑坡、伦理重建的问题时也都认为这与社会结构的变化密切相关。王曙光指出："在当代社会，由于社会构成的复杂性，人口流动性加剧和道德弱化的趋势增强，道德的维系力量逐渐呈弱化趋势，这正是一个由熟人构成的'乡土社会'与一个由陌生人构成的现代市场社会的根本区别。"① 在这种新情况下如何加强道德伦理建设是一个新的课题。我国改革开放以来经济发展取得的成就是有目共睹的，但同时产生的伦理道德方面的问题也是不容忽视的。从依法治国的基本理念的形成到以德治国思想的提出，从而形成规范市场经济发展的两个轮子；从重点关注物质文明到物质文明、精神文明和政治文明建设并重，再到"十七大"提出的科学发展观与建设和谐社会等新观念，都表明了社会主义市场经济发展中不断探索、不断革新的过程。

---

① 王曙光：《理性与信仰：经济学反思札记》，第 100 页。

第二章

"英雄"的演化：从茉儿到帕梅拉

　　1720 年到 1740 年，短短 20 年间，英国的社会思想氛围发生了某种戏剧性的变化。当时两位重要小说家丹尼尔·笛福（1660—1731）和塞缪尔·理查逊（1689—1761）的两部重要作品，即《茉儿·佛兰德斯》（以下简称《茉儿》）（1722）和《帕梅拉》（1740）从一个角度折射出这种转变。

　　《茉儿》被不少人看作是笛福最优秀的小说，[①]《帕梅拉》更是一经问世即引起强烈的反响。两书就题材看有明显的相似性。它们都以女性为主人公，而且两位女主人公即小说题目所分别标示的茉儿和帕梅拉均是出身贫苦的下层女子。她们的人生"冒险"都从当家庭女仆起步，也都曾被主人家少爷追求引诱。因此有评论家用"帕梅拉式处境"来形容茉儿的早期经历。[②]经历了人生风风雨雨，她们最终又都成了生活富裕、能享受仆人服务的闲适"淑女"。不过，与这些近似之处相比，她们所选择、所经历的不同道路却更耐人寻味。因为，正是这些不同体现并呼应了社会的整体变化。

　　考虑到小说是西方现代社会成型期里应运而生的一种主流文学形式，其主人公（hero，也即"英雄"）是具有代表性的时代主角，这两部关键作品所体现出的"英雄"的演化非常值得关注。茉儿和帕梅拉之间的差异及其所蕴含的社会文化意义，就是本章试图探讨的问题。

---

　　① 参看 Virginia Woolf, "Defoe", in *The Common Reader* (HBJ, 1953), pp. 89 – 97; Ian Watt, *The Rise of the Novel* (University of California Press, 1967), chapter 4; A. D. McKillop, *The Early Masters of English Fiction* (University of Kansas Press, 1956), pp. 28 – 33.

　　② A. D. McKillop, *The Early Masters of English Fiction*, p. 28.

一　人生流水账中的详与略

《茉儿·佛兰德斯》一书初版时的封面文字如下：

> 大名鼎鼎的茉儿·佛兰德斯的人生浮沉录，她生于新门监狱，除童年外在六十余年变幻人生中，曾十二年为娼，五次嫁人（一次嫁给自己的弟弟），十二年当窃贼，八年作为罪犯被流放到美洲弗吉尼亚，最后终于致富，诚实生活并悔罪皈神。[①]

可见该书问世之际把卖点设定在耸人听闻上，突出色情、犯罪，甚至还有乱伦，等等。这些话题在当时的英国社会都确实很受关注。然而这个卖点又和全书的叙述形成巨大的反差。小说以老年茉儿的口吻平铺直叙地讲述她一生的经历，用《鲁滨孙漂流记》式的平实而理性的账簿风格[②]贯穿始终，写卖淫绝少色情渲染，说犯罪几乎不涉血腥细节甚至少有惊险。

有评论着重指出茉儿使用"图表口吻"（voice of tabulation）[③]。的确，全书的流水账风格首先体现于对"统计"和技术细节的热衷与执着——其基本内容可以很容易地放入包含如下几个项目的统计表里。

主要社会关系	时间跨度	钱财收支	主要事件	生育子女

我们可以在该表第一纵列里依次列入和她发生密切关系的重要人物（多为男人），然后在后边四列里分别填入有关内容。如此梳理一下，便可以清楚看出笛福是严格地循着这几条线索统计式地记录茉儿的人生流水账。

---

① Daniel Defoe, *Moll Flanders* (Norton, New York, 1973, a Norton critical ed.), ed., Edward Kelly, p. 1. 本章中该书引文均出自这一版本，此后在正文中仅注明页码。译文参照梁遇春译本《摩尔·弗兰德斯》，人民文学出版社 1987 年版。

② 参看黄梅《推敲"自我"：小说在 18 世纪的英国》，三联书店 2003 年版，第 2 章。

③ Terence Martin, "The Unity of *Moll Flanders*", in *Moll Flanders* (Norton), p. 371.

对茉儿来说，第一个重要人物是养育她长大的"嬷嬷"。茉儿原本小名"白蒂"，出生在新门监狱，母亲因从店里偷了几块布料获罪被判死刑，后改判流放美洲。她先由亲眷收养，继而被吉卜赛人拐带流浪，后来在两三岁时由科尔切斯特市政当局交给当地一家孤儿院的主管嬷嬷抚养。

这段生活是她人生的准备阶段。其中有两个细节十分重要。首先，茉儿说，老嬷嬷出身体面人家，很有修养，因此，她童年时虽然衣食简陋，却受到了很好的教育，虔诚敬神，整洁礼貌并且精通女红和家务，风度可人，"同上过舞蹈学校一样"（第9页）。那时英国女孩子没有正式上学的权利，多数只学学做针线活儿之类。而进舞蹈学校或从师学跳舞是从宫廷和贵族社会传出的习俗，被认为是获得高雅风度的重要途径。[①] 因此，茉儿的这番交代意在强调，她虽然是孤儿，却从小具备了当"淑女"的素养。

与此相关的另一个值得注意的细节是，大约在茉儿八岁时当地治安官曾吩咐送她去做女仆，[②] 她哭着苦求不肯去，表示不想当女仆，要做有身份的"女士"。[③] 嬷嬷听她说要靠纺纱（一天可挣三便士）缝衣（一天四便士）当"女士"，哭笑不得。小茉儿还提到邻近一位太太，说她就是自己心目中自食其力的可敬淑女。嬷嬷不禁叹说：当那样的"女士"当然不难，因为她是不名誉的女人，有好几个私生子。这段文字引起了很多评论者的

---

① 笛福对于剥夺女子受教育权利颇感不平，曾在《计划论》中设"女子学院"一节专文讨论。见《笛福文选》，徐式谷译，商务印书馆1997年版，第179—187页。关于舞蹈、舞蹈学校以及舞师，参看 C. J. Rawson, *Henry Fielding and the Augustan Ideal Under Stress*（Routledge & Kegan Paul，1975），chapter 1；Peter Earle, *The Making of the English Middle Class*（University of California Press，1989），pp. 56 – 59；Jacques Revet, "The Use of Civility", in Roger Chartier（ed.），*A History of Private Life*（Belknap Press，1989，tr. A. Goldhammer），p. 195，等等。

② 笛福本人赞成雇用童工，还曾举出科尔切斯特市的实践作为正面事例（参看 Maximillian E. Novak, *Economics and the Fiction of Daniel Defoe*，University of California Press，1962，p. 84）。因此，对于小茉儿不肯做佣人一事，笛福的态度很可能是首鼠两端。

③ 原文 Gentlewoman，或译"淑女"。梁译本作"贵妇人"，不够恰当，但很难确切翻译。其对应是"绅士"（gentleman），为近代以来英国社会分层的关键词之一。绅士和淑女（也称 lady）原为贵族和士绅（gentry，一般指没有贵族头衔的地产主）阶层男女成员的通称，18 世纪以降在英国逐渐被"普及"为包括中等阶层在内的全体追求社会尊荣的有产人士的标签（参看 E. P. Thompson, *Customs in Common*，New Press，New York，1993，p. 16；R. Gilmour, *The Idea of Gentleman in the Victorian Novel*，George Allen & Unwin，London，1981，p. 5）。笛福本人对贵族生活和绅士身份也十分企慕，参看 Michael Shinegel, *Daniel Defoe and Middle – Class Gentility*（Harvard University Press，1968），chapter 1；G. M. Trevelyan：*English Social History*（Longmans，1946），p. 307，等等。

重视，有些人着力强调其中的讽刺意味。① 但或许更重要的是，这最早的人生表态揭示了白蒂/茉儿终身的抱负和梦想——即要做有身份的"女士"。这是她一生奋斗的动力，是她和其他许多（真实的或虚构的）18 世纪英国人共同的目标，也是这部矛盾重重的小说中一条贯穿的主线。

天真未凿的孩子为什么对"女士"和"女仆"的差异有如此强烈的感受？小茉儿的态度表明，当时英国的社会分化是何等显豁，等级观念又是多么地深入人心。女仆的艰辛劳作和不幸命运人人都耳熟能详；而衣着光鲜的"女士"则是小女孩们眼中美好生活的象征。一方面，小茉儿向往自食其力并受人尊敬的生活，却不知"劳动"和"绅士淑女"是水火不容的。一老一少寥寥数语的对话表达了孩子的纯真、朴实而正当的愿望，也折射出社会现状的荒谬和扭曲。另一方面，她把"坏"女人当作淑女样板，又表明她对"淑女"身份的理解完全依据衣着举止等外在的物质标志。

茉儿住在嬷嬷那里主要靠揽针线活为生，直到 14 岁时嬷嬷去世。她到底拗不过命运还是做了女仆。好在女主人早先就赏识她，一向待她不错。她和主人家的女儿一道长大，小姐们跳舞弹琴唱歌读书写字说法文的技艺也都一一学会了。到 17 岁，茉儿出落得如一朵鲜花，漂亮得抢眼，把东家两位少爷都迷住了。

从这时起茉儿步入了她人生奋斗的主战场。

嬷嬷死后她女儿侵吞了茉儿做针线挣来的少许零钱。也就是说，大少爷开始向她发动进攻时，她的财产约等于零。大少爷是位风流公子，他先是说好听的话，进而偷偷亲她，有一天还把她堵在房间里放倒在床上长久吻她，然后塞钱给她。如此一段时间后大少爷安排她出门办事，自己也借故溜出半道在一处预订地点和她幽会。茉儿失身的代价是激动人心的"一百金镑"（第 24 页）。大少爷的偷情在暗中进行，二少爷洛宾却因公开了他对白蒂的喜爱在家里引起轩然大波。大少爷看清形势后迅速决定：了断他和茉儿的关系并力劝她嫁给弟弟。略经波折，他说服茉儿接受了 500 镑现金作为他"放浪行为"的"赔偿"（第 44 页）。

洛宾成为茉儿的第一任丈夫，婚姻持续了五年，留下两个孩子。洛宾

---

① 参看 Ian Watt, *The Rise of the Novel*, p. 121.

因病去世后，他家人把孩子领回。茉儿清点家产，发现算上早先大少爷给的钱，自己如今是"揣着 1200 镑钱财的孀妇"（第 47 页）。她接受了初恋的教训，不再上"爱情"的当，把婚姻视为经营，决定"嫁人就要嫁得好"。在众多追求者中她选择了一名做呢绒布料生意的"绅士商人"（第47—48 页）。这是她的"淑女"梦的自然延伸。当初，洛宾本是两兄弟中更正直更真心爱她的一个，可茉儿却对他没有多少感情。茉儿心目中的理想丈夫要像大少爷那样有风度，佩带宝剑很潇洒，出入宫廷也不丢人。不过，用老茉儿放在括号里的话说，她"被自己的'绅士'妄想驱向了毁灭"（第 48 页）。那位布商大把花钱：他们夫妇去牛津等地逛了一遭，乘六马豪华车，用了六名穿号衣的仆人当跟班和侍童，摆足了爵爷和贵妇人的架子。12 天下来，约 93 镑家当烟消云散。如此"爽"了两年多以后布商破产逃亡国外，一个孩子（未点明性别）已死。茉儿多方抢救劫余的财物，勉强凑得约 500 镑，境况已大大不如第一次孀居之时。

茉儿改称佛兰德斯太太，再次以寡妇身份易地居住。此时她早已洞察世事，深知"婚姻是谋求利益、进行交易之权术的产物，与爱情毫不相干，或是没有太大关系"，而男人择偶时"唯一重要的条件就是钱"（第 53—54 页）。她在观望和等待中过了一段时日，待再次盘点家底时发现手头现钱已从 540 镑降到 460 镑。眼看坐吃山空，她认定抓到手一个"好"丈夫乃是当务之急，于是和临时结盟的女友精心设计双簧，互相帮助，假装有大笔财产，引诱合格男士上钩。茉儿骗到手的男人就是她的北美弗吉尼亚丈夫。她随丈夫远赴美洲，见到婆婆，听她讲述往事，渐渐猜出婆婆其实是自己的亲娘，而丈夫竟是异父同母的弟弟！乱伦婚姻难以为继。经过许多摩擦、争吵和列举条件签字画押的谈判，八年后茉儿离开美洲的亲人，带了"一大批货物"返回英国。

由于天气原因船货大部损失。孤立无助的茉儿只剩下区区"两三百镑"（第 83 页）财产，只得到温泉城巴思碰碰运气。于是下一个进入流水账的便是"巴思绅士"。那位先生是"十足的绅士"（第 86 页），因太太精神错乱，夫妻不谐，来巴思散心。女房东暗中拉纤，撮合他和茉儿。先生一再申明心无邪念，而且在相当长时间里维持两人关系的"清白"。倒是茉儿更能直面本人的动机，坦认从一开头自己就存了当情妇被包养的打算，因实在不知有什么别的法子能拢住那有钱的男人。他们同居六年，生养了三个孩子并有一个男孩活了下来。茉儿懂得"这类事情常常不能维持长久"，未雨绸缪地留心攒钱，第一次分娩时已存下约 200 畿尼私房。果不其然，那位绅士重病一场后突然改"邪"归正，安排了孩子，又给了 50 镑支票就与茉儿绝交了。看到大势已去，茉儿并不纠缠，只借口要回弗吉尼亚额外讨到了"最后的 50 镑"（第 99 页）。

"这时我开始数计。"茉儿一一陈说她如何从美洲亲属手中又索要到一批货物，和金匠打交道如何吃了亏，等等，结算下来此时大约共有 450 镑，"拿了这些积蓄（stock），我还得再入世途"，尽管如今已是四十有二，不比当年了（第 100 页）。她故技重演，扮作富孀，就财产经管问题请教两位在银行任职的专业人士，并使其中之一成为自己的仰慕者。而后她随一名萍水相逢的女人去物价低廉的北方碰运气。北方兰开夏之行的积极成果是：她和那女人的"兄弟"、一位据说在爱尔兰广有地产（号称每年有 1000—1500 镑收益）的绅士迅速结了婚。婚后逍遥了一两个月，她和她的兰开夏丈夫吉米便发现这场婚姻是"双重骗局"（第 116 页），两人其实都没有对方所指望的钱财。他们虽彼此欺骗却也气味相投，又一起过了若干销魂日子，最后竟有点"难舍难分"（第 124 页）。相比起来男方表现得更豪爽些：茉儿瞒下留在银行的钱和手头的部分钞票，只说有 30 镑的钞票和现钱，吉米却不但交出自己所有余款，临别还把剩下的 10 畿尼金币、金表以及多少值点钱的戒指之类都留给了茉儿，让早已心如铁石的茉儿生出几分感动。当然，对于这点我们也不能不像茉儿一样有所保留：茉儿作为缺乏谋生手段的女人自然需要更加看紧自己不太丰满的钱包，而那个男人的真实财务状况其实谁也不知道。

七个月北方冒险的另一后果是茉儿再次怀孕在身，并因此结识了她成年后最重要而持久的女性朋友，即她的"保姆"——B 太太。B 太太那时经营接生。她周到地照料茉儿坐月子，还替她新生的儿子找了养母。于是全无拖累的茉儿又和那位如今业已离婚（且前妻已死）的银行朋友联系上，再度"出阁"。过了五年"安闲满意的生活"（第 147 页）之后，她的银行丈夫因投资失败郁闷成疾，不治而死。

48 岁的茉儿拖着一个儿子，有出无入，两三年内陷入绝境。此时茉儿已经很难出卖色相,不得已开始行窃,从偶一为之到正式拜师求教并由老朋友"保姆"销赃,最后成了该行业中的佼佼者,以"茉儿·佛兰德斯"知名于世。十年成功的偷窃生涯使她积累了相当的资产,早已衣食无忧,但却欲罢不能。最后,茉儿一次偷衣料时失风,重蹈母亲覆辙,进了新门监狱,时年 60 岁。经老保姆多方营救,悔罪自新的茉儿和也落入法网的兰开夏丈夫、著名路匪吉米一道流徙美洲。在美洲他们改头换面八年殖民拓荒发了财,近七十岁时终于又以体面身份重返英伦。

老年茉儿以平和的口气讲述这漫长多事的一生,一个最引人注意之点就是叙述的详略之别。

不妨先举几个"详"的例子。

大少爷引诱茉儿时的过程是一一详录的,虽然文字简洁,却是音容笑貌历历在目,每笔钱财交易分明入账。布商丈夫逃走后茉儿如何把丈夫廉价典押 30 镑的布料赎回分割后再卖得百余镑,后来又如何与女友互相帮助、"捕捞"男人的技术细节也记述得相当详尽。她们互为对方放谣言号称有钱,继而巧用言语周旋谈"情"。在全书叙事中笛福几乎没有给茉儿任何机会展示她在音乐跳舞等方面的淑女才艺,然而她和来自美洲的(候补)丈夫的对话却多少让我们领教了她的机智和修养。他们用钻石在玻璃上刻字①做对答,茉儿写出"钱钞就是美德,黄金即为命运""我是穷人:让我们见证你究竟有多仁厚"等格言式话语(第 63 页)。她一边卖弄才华炫示妙语,一边半吐真情诉说世相,同时又遮遮掩掩骗人上钩,真是一石数鸟。婚事办过后她便扮出无辜面孔哭穷,强调从未说过自己富有;然后再挤牙膏般零敲碎打地交出些小钱,给那失望的男人一些安慰,等等。这些一一记录在案的手法步步为营,缜密周到,大有资格进入为操此"业"者编写的教科书。

"详"的突出例子还包含与巴思绅士的一段交道。那位先生了解到茉儿经济窘境,一日叫她把自己的钱全都拿来。茉儿遵命,总共拿来六个金币和若干零钱。先生看都不看,吩咐茉儿打开桌上的一个木匣:

---

① 用钻石在玻璃窗特别是旅店玻璃窗上刻字是 18 世纪习俗。

　　我照办了。匣子里有许多金币，我觉得大约有二百个……他拿过匣子，拉着我的手，让我把手放进去，抓上满满一把。

　　我拿了以后，他让我把钱放到我膝头的裙裾上，然后，他又……把我的钱全都倒在他的钱里面，然后叫我回去，把这些钱都带回我自己的房间里去。

　　我特别详细地讲述这段经过，是因为这里面所含的好心肠，表现了我们彼此交往的情意。（第88—89页）

　　这里，一如在其他地方，茉儿"特别详细"的叙述涉及的是钱。虽然她强调男人对她的"情意"和"好心肠"，但是她后来主动委身的作为表明，她显然深知这"共产"姿态所包含所意味的性交易。"情意"和钱及性的交易密不可分地纠结在一起。

　　也许更值得注意的还有B太太的接生价目单。怀孕多时的茉儿经人介绍找到B太太，后者非常专业地提供了三种收费单。其中之一如下：

　　　1. 寄宿她家三月含伙食，每周10先令………6镑
　　　2. 分娩期一月看妇费、小儿床用品租费………1镑10先令
　　　3. 付为小孩行洗礼的教士、教父和书记………1镑10先令
　　　4. 洗礼日晚餐，按五位友人出席计…………1镑
　　　5. 她本人的接生费及与教区打交道费用………3镑3先令
　　　6. 专门伺候她的女仆…………………………10先令

总计13镑13先令

（第128—129页）

　　这是低档标准，还另有中、高档收费，根据不同质量的条件和服务，分别要价26镑18先令和53镑14先令。我们就不一一详细抄录了。

　　这一段特别有趣。因为它无关茉儿的人生。如果从茉儿的角度，只说明B太太价格公道、服务周全即可，大可不必把她的三种收费标准一一详列。从叙事上说，也很难想象老茉儿几十年后对多年前某些自己并没有全都采用的价目表能精确到先令地背记下来。这一超常的"详细"与其说表

达了茉儿的财经记忆力,不如说凸现了 B 太太的几乎令人震惊的经营规模和作者笛福的压抑不住的商业兴趣。如此规范而细致的收费菜单只有在相当规模企业化经营的情况下才会产生。而笛福呢,一旦碰到一个可能的商业话题和经营方案,就简直是难以割舍。也就是说,在这一刻和其他许多叙述中的"财经"时刻,笛福把自己的兴趣和情感极大地投进了叙述人茉儿乃至 B 太太们。此类瞅准商机又能以极为地道的方式经营的典型案例是笛福的心爱,走笔至此他情不自禁要大加生发,细细罗列。

享受同等待遇的还有茉儿的偷窃生涯。这段生活大约历时十年,占茉儿的"奋斗"生涯(从 17 岁开始恋爱计起)不到五分之一,在叙述中所占篇幅则超过四分之一。此外,就其所包含的"主要事件"来说,也是各段生活中最多的。老茉儿几乎是兴致勃勃地讲述了她所有重要的有一定特色和代表性的行动。如,第一次是在饥寒交迫中出于一闪之念顺手牵羊取走一女仆的包裹。此后又连哄带骗地偷了一个小女孩的项链。后来的经历还包括捡拾别的窃贼逃跑时扔下的丝绸料,打破住户窗子"顺"走两只戒指,在人家失火之际趁乱打劫,女扮男装巡街行窃,到伦敦以外地区活动以及两次几乎暴露(分别在新教会堂和某银匠铺子里)的偷盗经历,等等。她通过"保姆"结识了一名资深同道,正式拜师学"艺"的过程即是这一时期内诸多的事件之一:

> 她(指保姆)介绍给我的这位同道有三样本领,就是:到店里偷货物,偷票簿钱夹,以及偷太太们身上的金表……
>
> 最后她叫我亲自动手。她先向我演示她的技艺,待我有几次很机灵地从她身上摘下金表之后,她便给我指出了一个目标,那是位怀孕的年轻太太,挂着一块很诱人的金表;事情定在她走出教堂的时候办;我师傅走在那位太太身边,下台阶时假装摔倒,猛地撞在那太太身上,让她吓了一跳,两人同时惊恐地喊叫起来;与此同时,我在碰撞发生之际抓住了那位太太的表,抓得恰到好处,她猛然一跳,表上的挂钩就松开了,她自己却全然不知;我立刻走开去,留下的我师傅慢慢从她的假惊吓中平静下来,与此同时,那位太太也渐渐平静了,于是发现她的表被人偷了;哎,我的同伙说,肯定是把我撞倒的那班坏蛋干

的，可惜这位女士没有发现得更早一点，要不我们就能抓住他们。（第
157页）

叙述采用中性口吻，听不出有多少悔恨。相反，对那些很成功很具操
作性的合作行窃手法的录述透着隐约的欣赏和赞叹，几乎对其成就有洋洋
自得之感。

还有茉儿对在火灾中劫来的财物的清点：

　　　　除了许多家用银器——那已经很值钱了——以外，我发现还有一条
旧式金链，上面作坠的小盒已经坏了，所以我估计已经有好几年没用
了，可金子的价值并不因此减少；还有一小匣葬礼用戒指，一枚女用
结婚戒指，一些旧金坠盒的碎片，一只金表，一个钱袋，里面有大约
值24镑的古金币，此外还有几件值钱的东西。（第161页）

茉儿清点财物的热忱与荒岛上的鲁滨孙在沉船上发现钱币时一般无二。
当然，对账簿的倚重并不仅仅是笛福的个人偏好。16世纪至18世纪里
欧陆新记账方式（double entry）传入英国并逐渐进入主流话语。18世纪初
有人写文《绅士会计：揭示簿记的秘密》（1715），称"簿记乃是专注于事
物本质与真相的思想活动"，把簿记活动提升到追求真理的高度。因此，我
们的确不应把笛福笔下的诸多"清单"过于简单地解读成贪婪或唯钱是论，
而应意识到账簿语言乃是笛福的相当复杂的叙述策略和叙述姿态的组成部
分。[1]但是另一方面，我们也不应在对历史和叙述的细节考证中迷失，不应
忘记，账簿语言能和"真理/真相"搭界，获得某种崇高地位，是与笛福时
代里经济活动以及工商资本的位置和重要性迅速提升直接相关的。也就是
说，账簿语言和统计风格在笛福，既是叙事策略选择，又是表达核心内
容——即主人公的经济活动——的必然载体，甚至它本身也是被再现的
"内容"之一。在后两个层面上，它都体现了对"物"和获取"物"（钱是
其集中代表）的活动的无以复加的重视："在茉儿的充斥着物的世界里重要

---

① 参看 Sandra Sherman, *Finance and Fictionality in the Early Eighteenth Century*: *Accounting for Defoe*
（Cambridge University Press, 1996）, p. 131.

的事就是对物品的数计、度量、定价、称量、估值,从而判断对其所有者来说它们所代表的财富和所意味的社会地位。"①

与"详"对照,茉儿的叙述简略起来也是很触目的。

比如,她和第一个丈夫洛宾的五年婚姻被她用两句话打发了:"我跟这个丈夫同居的五年光景内的家庭琐事同我自己的情形与目下所说的故事没有多大关系。我要讲的只是我同他养了两个孩子,相处五年后他死了。"(第46页)同样,和银行丈夫的五年共处也只用寥寥两段话半页纸:"我和这个丈夫过着极端安静的生活……"按说这两段婚姻是茉儿再三表示渴求的那种安宁"淑女"(或"准淑女")生活,但是在她的叙述中却一笔带过,不含任何"事件",也不曾举任何一个实例说明其"好"在哪里。作为一种反复出现的叙述安排,这不能不引起注意,让人感到"淑女"只是个欲望符号,茉儿对平静主妇生活本身其实没有丝毫兴趣。

对婚姻如此,对纯粹的"性"也并无更多关心。容貌出众的茉儿在48岁前主要是以色相谋生,其后则主要靠偷窃。然而在茉儿的回忆录中,没有金钱交易的男女关系不引发任何兴奋。有关茉儿受大少爷勾引的几段文字多少是例外,相当生动而真切地表达了少女的情欲萌动。但是,叙述更着意突出的是对每笔钱的强烈反应:头一次到手五个畿尼"比爱情更让她意乱神迷,兴奋得简直不知身在何地了";接下来得到"满把的金币"更是让她满脑子都是"甜言蜜语和金币"(第20—21页)。这段经历是茉儿的"启蒙教育",使她认识到对漂亮女人来说性交易远比手工劳动更来钱。②叙述把自然(生理)的驱动力和金钱的诱惑扭结在一起,使茉儿走向卖身聚财的"堕落"步伐势不可当。

简约处理的另一类突出例子是关于孩子。对于历次与男人发生关系生养的子女,流水账的交代是清楚的:头婚生两个孩子;和布商生一个孩子(未提性别)但死了;在美洲生了三个孩子死了一个;和巴思情夫生三个孩子,死二存一(子);和兰开夏丈夫生一子并通过"保姆"交人抚养;和银行丈夫生的两个孩子(或至少其中之一)亦交"保姆"请人代养。总计

---

① Dorothy Van Ghent, *English Novel: Form and Function* (Rinehart, New York, 1953), p. 35.

② 参看 Ellen Pollark, "*Moll Flanders*, Incest, and the Structure of Exchange", in Roger D. Lund (ed.), *Critical Essays on Daniel Defoe* (C. K. Hall, 1997), p. 209.

下来，她共生养了十二个孩子，可能存活了八个。在婴儿死亡率高企的 17、18 世纪，三分之二的孩子能活下来已经很可欣慰了。不过，值得注意的是，这些孩子大抵只被简单提上一句，多数连性别都没有说明，有的连生死也交代得不明确。而且，一旦女主人公的生活场景转换（即统计表头栏中的男性社会关系改变），他们就从叙事中完全消失。

　　以茉儿有关头两个孩子的述说为例。茉儿两句话概括了与洛宾的五年婚姻，继而准确说明丈夫死后她落下 1200 镑钱，然后才以不经意的口气顺带说：两个孩子"were indeed taken happily off my hands, and that was all they got by Mrs Betty."（第 47 页）这句话里，两个孩子是被动的行为对象，主体则是接手领养他们的洛宾的父母，做母亲的"我"只作为间接的宾语出现，在过程中几乎不起任何作用。只有含糊的"happily"一词可能与"我"相关。那个副词的效用至少是一箭三雕：可以理解为"高兴"，也可以理解为"幸运"；可以说是从孩子角度出发的（在祖父母家长大未来生活较有保障因而"幸运"），可以说是从两位老人出发的（特别是后半句话说孩子"是他们从白蒂姑娘身上得到的一切"，似乎在提示这一角度，暗指把孙辈看作一种值得欣喜的"获得"）。但这喜悦也很可能是从白蒂/茉儿本人的角度出发的。[①] 因为这一安排最合她的意，使得她"一个人在世界上无牵无挂，年纪轻轻容貌俏丽……兜里还有可观的钱财"（第 47 页）。有评论就此说道："简而言之，这里发生的事是把所有主观的、情感的和道德的经验——茉儿的五年婚姻和为母生活的事实所暗含的——都转换成兜里的和存在银行的钱钞，转换成可数计的实物。这是个骇人的转换公式，因其简明、唐突和彻底而令人惊骇。"[②]

　　和孩子相关的叙述"例外"详细的地方有两处。其一有关孩子送人抚育。她临盆生第 10 个孩子（其父为兰开夏丈夫吉米）之际得知她的银行朋友已经离婚并打算娶她。新生的男孩便成了妨碍新企划的"主要困难"。茉儿号称不愿和孩子分开，却默许保姆安排找来一个外地乡下女人，"那女人受了 10 个金镑，就把小孩领去，使他永远不再麻烦我了。假使每年我再另外给她 5 镑，我什么时候想看孩子，她就得把他送到保姆家，或者我到乡

---

　　① 梁译本就是按这层意思处理的，译作"我也很高兴"（第 50 页）。
　　② Dorothy Van Ghent, *English Novel: Form and Function*, p. 38.

下去……"（第135—138页）。又一个孩子就这样被处理了。对比茉儿有关偷窃所得物件种类品相的详细清单，反看她对子女的讲述，确实让人错愕。这里，一如其他各处，当母亲的全然不曾提到这个孩子的名字、长相或脾性，唯一相关的细节是她和保姆辩论寄养孩子的得失和开销！

另一个破例得到详述的是茉儿的美国儿子汉弗莱。小说接近收尾时老年茉儿流放到了美国，在弗吉尼亚打听到儿子的近况并看到了正在散步的儿子和前丈夫/弟弟：

> 当母亲的这样看到自己的儿子，一个家境富裕、英俊潇洒的年轻绅士，却不敢认他，不敢特别关注他，该是多么难过；请任何读到本书的做母亲的人想想，想想我是多么痛心地遏制住了自己；我心里多么渴望拥抱他，想俯在他身上哭一场；我当时是如何感觉肝肠寸断，脏腑翻腾……他走过以后，我站在那里痴痴望着，浑身发抖，直到最后看不见了；然后坐到草地上，就是刚才我看准的地方，假作是要躺下休息一下，但实际上我翻转身……面朝下哭了，亲吻着他踩踏过的土地。（第252页）

这是全书中茉儿作为母亲的最煽情时刻。她的动情可能是真的，但对照她此前此后的表现，也有不少可疑之处。如前所说，茉儿从来不提她的那些消失了的孩子（要等到笛福的最后一部小说《罗克萨娜》，被遗弃的孩子们才会以复仇者的面目复现并担任重要角色）。与吉米重逢和流放美国的重要事件居然都没有使她提一句他们两人的孩子。此外，茉儿在美洲撒下了两个孩子，所以汉弗莱应还有一名弟弟或妹妹，母子相见竟也全然没有提到。因此，很可怀疑的是，使茉儿大动感情（或说引起笛福注意的）的究竟是母亲的思子之情还是在蛮荒的美洲之地那个"家境富裕"的绅士儿子所具有的经济价值。她此后的精彩表演似乎更印证了后一种猜测。她摸清情况，首先确认了母亲给她留下了若干遗产的好消息。而后她苦思良久，设计出万全之策，既不让兰开夏丈夫发现她过往的美洲历史，又不扰动那个业已神志昏乱、两眼失明的美洲丈夫/弟弟和他家的邻居。茉儿说服吉米辗转跋涉，迁移到马里兰的某地定居拓荒，约一年后再以探望侄儿的名义设法与儿子私下见面相认，并从儿子手里获得了母亲留下的农庄，外加一袋五十五个西班牙金币和相当数量的牛马牲畜和生产工具。关于她和儿子的交往，有一段讲述值得引出。其中包含两项内容，一是她送给儿子一块从英国带来的金表，另一项是母子签约：

　　我送他一件东西……那是一块金表……我说我没什么别的值钱东西给他，我希望他为我的缘故常常吻吻这只表。确实，我没有告诉他这是我在伦敦一个礼拜会堂从一位太太那里偷来的。这也是题外话。

　　……这只表的价值不低于他那一袋西班牙金币；不，就是在伦敦估价也不下于他的赠品，而在那个地方，就要值双倍的价钱。最后他收下了，吻着，对我说这只表在他眼里将是一笔债，我在世之日，他就一直还这笔债。

　　过了几天，他带来把产业转赠我的文件，连同代书文件的人，我痛快地签了字后把文件还给他并千百次地亲吻他；因为真的，从不曾有哪个别的母亲和温顺孝子之间交换物件比我们更情意绵绵。第二天他带给我他亲笔撰写并盖章的契约，里面载明他将尽力为我经营并改善那个种植园，每年负责凑成 100 镑，照我的指令将收入寄给我，无论我在什么地方。……他对我说，因为我是在秋收前要回土地，有权享有当年收益，他就付我价值一百镑的西班牙金币，请我给他一张收据，说今年截止到下个圣诞节为止的款项已付清……（第 264—265 页）

　　模范儿子汉弗莱是个多么出众的诚信生意人！她们母子又是怎样令人赞叹地明算各自馈赠的价值并一丝不苟交款签约！"款"和"约"的重要细节无一省略、全部在案。这一段精彩奇文可与 B 太太的收费价目表媲美。也就是说，这两处关于孩子的"例外"根本不是例外——被详述的依然是生意经，至多是夹杂了几丝母子情。

　　对比叙述中的一详一略，我们可以看出，笛福是把茉儿的一生当作敛财史和奋斗史写的。述及主人公十年偷窃生涯时，叙述高频率地使用"生意"（business）和"营生"（trade）等词，突出了茉儿对聚财"事业"的自觉。此外，讲述请银行人士做理财咨询、谈论婚姻市场以及她和兰开夏丈夫的交道时也多次用"business"一词。很显然,在茉儿看来,有关"钱"的事都是需要认真对待的"公事",对色相和性的经营也是直言不讳的"生意"。所以,她在窃贼生涯中遇到一绅士因醉酒精神恍惚地和她调情的时候,一刻不忘地牢记着"我的买卖就是谋他的钱(My business is his money)"(第 177 页)。

在笛福笔下,trade 和 business 是褒义词。他以欣赏和同情的笔调详细记述茉儿最终指向淑女身份的曲折奋斗历程。最后,美洲冒险实现了她一生的目标。新大陆为她洗了钱,换了身份,成了"新世界里的新人"(第244 页)。她那位出身上层人家的兰开夏丈夫吉米"受的是绅士的教育,不但毫无务实经验,而且生性疏懒"(第 117、257 页),宁可背上枪去林子里游荡也不愿经营劳作——拦路打劫的生意与打猎近似,另作别论。对此,茉儿虽然偶尔略有烦心,总的来说却如伍尔夫说,是欣赏而骄傲的。[1] 她一手打理在美洲的拓荒事业和家庭生意,八年后由奴隶耕作的农场已经每年有 300 镑净收入。在从英国进货做买卖的时候,茉儿没有忘记千里迢迢专为吉米购买长假发、银柄剑、漂亮的鸟枪和精致的马鞍——"总之我能想到的一切能使他开心的,同时显出他本是位非常潇洒的绅士的东西。"(第266 页)这份清单不完全是"爱"的表征,更多倒是茉儿的新形象工程,宣示着他们在美洲的生活方式。吉米不但不下田,甚至不必参与具体的经营管理,终日只打猎游乐,这是他们家位列绅士淑女阶层的最重要标志之一。

成功的结局表达了对茉儿一生追求的最终肯定。当然,在对茉儿童年和少年时代的描述里同情的立场已相当清晰:她和嬷嬷关于"淑女"的对话,她面对大少爷的诱惑时耳热心跳的感受等,都写得栩栩如生,真切而感人,极大地拉近了读者和女主人公的距离。茉儿从小立下进入绅士淑女世界的心愿,她日后皮卡罗式生涯中一系列的"冒险"都是"企图达到这同一目标的不同尝试"。[2] 全书的内在整体性也正在于这贯穿始终的追求。对于茉儿来说,实现这一向往的唯一可能途径是通过对钱的获取和积累(以便购买"体面"生活方式的所有外在符号)。由此也就生成了本书的另

---

[1] Virginia Woolf, "Defoe", in *The Common Reader*, p. 93.

[2] Terence Martin, "The Unity of *Moll Flanders*", in *Moll Flanders*, pp. 369 – 370.

一贯穿的因素，即对财物收支的始终如一的强烈关注和全书叙述的统计/账簿风格。

　　如很多评论者指出，茉儿旨在获得"女士"身份和安宁富裕生活的经济"打拼"，是当时英国诸多中等阶级人士（包括某些特别有"野心"的中等以下人士）的共同奋斗。在这个意义上说，茉儿是她的时代乃至后世现代人的代表。瓦特说："茉儿·佛兰德斯和拉斯蒂涅以及于连·索黑尔[1]一样是现代个人主义的典型产物，她认为有责任用一切可能的手段为自己挣取最多的财富和最高的社会尊荣。"[2] 不妨认为，对茉儿的描述和肯定是对当时社会新兴个人奋斗主流意识的表达和认同。

二　罪犯"英雄"的困惑

　　茉儿因偷窃蹲过监狱。她不是个别的特例，而是笛福式"英雄"的典型代表。哈兹里特曾颇不以为然地说，笛福的主人公除了一两个例外，"都是最恶劣最卑下的家伙——监狱和妓院里的垃圾——窃贼、娼妓、氓流、海盗等等"[3]。不论他对此的臧否是否中肯，笛福的六部主要小说中的确有四部都以"罪犯"为中心人物。

　　这也并非笛福一个人心血来潮。《茉儿》等作品成书之际，英格兰因为经济转轨、传统乡村社区瓦解、失地人口增加等因素，正在经历着犯罪高峰期，全民族因此对于犯罪问题生出了强烈的关注、焦虑乃至好奇和兴趣。[4] 当时坊间充斥着所谓的"罪犯自传"。如有的学者指出，这类（由各式文人炮制的）以"罪犯/恶棍"为主角的作品天然就是自相矛盾的：它们既把罪犯描述为骇人听闻的反面样板，又把他们写成经悔罪求得神恩的范例；既从这些法外之徒的角度表达了某种社会抗议，又通过他们的受罚和

---

①　分别为法国巴尔扎克的小说《高老头》和司汤达的小说《红与黑》中的人物。

②　Ian Watt, *The Rise of the Novel*, p. 94.

③　W. Hazlitt, *Complete Works of William Hazlitt* (J. M. Dent, London, 1933), ed., P. P. Howe, vol. 16, p. 388.

④　参看 Robert Mayer, *History and the Early English Novel* (Cambridge University Press, 1997), p. 201; Lincoln B. Faller, "Criminal Opportunities in the Eighteenth Century", in Lund (ed.), pp. 17 – 34.

悔过维护了既有的社会和伦理秩序。①

笛福的小说承袭了这类流行作品的某些基本特点和与生俱来的内在矛盾，但又有若干明显的甚至是本质性的差别。

首先，作者在《茉儿》一书前言中明白表示，该小说意在展现主人公"罪恶"生活以警示世人。然而他没有采用罪犯文学（菲尔丁的《大伟人魏尔德传》是一例）常用的夸张讽刺手法，而是如前所说把讲述权交给茉儿本人，以朴素纪实笔法一一录述她的人生事件，在极大程度上认可、认同她的奋斗。在笛福笔下，童年的茉儿从一开始就赢得了读者的同情，她成年后的奋斗特别曲折，特别艰苦，甚至不得不走社会所不允许的途径，多数时候是迫于她的下层人的严酷生存境遇。如英国马克思主义学者凯特尔所说，茉儿对淑女身份的向往最初并非来自个人主义，而是出于对自由、对仆人所得不到的更美好的人际关系的渴望，是 18 世纪英国男性世界的现实状况迫使她成了个人主义者。② 在这个意义上，小说表达了对逼良为娼的社会的批评。另一方面，对茉儿的认同态度和设身处地的记述又使该文类中必不可少的忏悔主题和道德说教显得尴尬唐突，使"悔罪"的姿态含糊而可疑，从而让小说叙事呈现一种更深刻更触目的分裂。

让我们先看看有关忏悔的一些段落。

小说通篇不时有老年茉儿评论当年行为的话，显示"忏悔"主题的持续存在和重要地位。悔罪发生在坐牢期间。茉儿因偷窃败露进了新门监狱后被那里"地狱般的嘈杂、吵闹、骚扰和臭气"（第 214 页）吓坏了。经历了惊恐不安、麻木不仁和自暴自弃的几个阶段，最后在面临死刑③之时经老保姆荐来的牧师④点拨，她终于对往日的作为感到痛悔不已："'永生'

---

① 参看 Lennard J. Davis, *Factual Fiction: The Origin of the English Novel* （Columbia University Press, 1983）, pp. 123 – 137.

② 参看 Arnold Kettle, "In Defence of Moll Flanders", in Kettle, *Literature and Liberation* （Manchester University Press, 1988）, ed. , G. Martin & W. R. Owen, p. 137.

③ 当时在英国对侵犯富人产权的轻罪（如小偷小摸或偷猎）的惩罚极其严酷，茉儿母亲的遭遇是例证。《茉儿》一书未对此直接评论，但女主人公从监狱（出生）到监狱的人生历程显然包含有关社会现状的质疑。

④ 原文为 Minister，指不从国教的新教牧师。此前，新门监狱那位酗酒的专职（国教）牧师（the Ordinary）却没能有效地教化茉儿。这一处理与笛福的教派归属有关，也涉及当时监狱的腐败状况。

这个词连带它所有的神秘意义在我面前出现了"（第 225 页）。

　　然而，茉儿"悔过自新"后的表现却颇有趣。牧师为她争取到了免于死刑、改判流配的宽大处理。她便开始了新的筹划。她首先设法（撒了个小谎）与关在同一监狱里的吉米见了面。吉米把自己做强盗拦路打劫的历史和盘托出，茉儿却一如既往地半遮半掩。她自称因贫困偷过东西，又说自己被误认为是大盗茉儿·佛兰德斯，其实罪不当罚。这令我们回想起当初她与美洲丈夫、银行丈夫和保姆等人周旋的方式：她在行骗时总是间接造势留下回转余地，摊牌时即使面对自己所喜欢、信任的人也决不露底。悔罪后的茉儿可说分毫未改。

　　她说服本无死刑之虞的吉米和自己一起流放，又费尽周折争取到两人同船出发。同时，通过忠实老保姆用偷得的钱财精心置备移民用品和货物、打点船长水手长并安顿好随身携带的款物。上船后，"我们办的第一件正事（business）就是合计我们的本钱"（第 243 页），结果发现两人共有现金354 镑和其他一些财物。显而易见，如果说茉儿逃出新门"地狱"的愿望十分强烈，这位女士想进入的可绝非上帝的天国，而是另有发财机会的"新世界"。

　　在船上茉儿延续着她一贯的说谎习惯和生存策略。而且笛福也有意识地强调这一点。他让茉儿在算账后明白地说，她和吉米是"把两份不义之财合起来一同闯天下"。紧接着她又告诉我们她还在老保姆处打埋伏留了300 多镑，若到美洲后诸事顺利再由后者置办货物发过去，此外她还在随身的水手箱里藏了些金银品，"全都是当年偷来的"（第 244 页）。茉儿讲述偷东西的经历时，每每说是"魔鬼"在怂恿她。此时她悔罪了，却仍在千方百计利用"魔鬼"的遗产把流放转化为雄心勃勃的殖民冒险和商业航行。后来，茉儿说到送儿子一块金表联络母子感情时，再一次专门点明那表是从某教会会堂偷来的（见前节引文）。阅读至此，读者难免要掩卷哂笑。而且，回溯前面的叙述可以看出，茉儿曾由师傅协助在一教堂（church，通常指国教教堂）门口偷得金表，而她在会堂（meeting house，可指不从国教教派的礼拜场所）外行窃的企图却没有得逞。很多人觉得这段叙事上有纰漏。① 不过，是否有"错"并不重要。不论是笛福行文匆促写后忘前，还是他有意让茉儿卖破绽，都无损老年叙述者对往事信马由缰的讲述。真正值得注意的是茉儿以及她背后的笛福不依不饶地反复强调她手头可以调度的金钱资本的原罪来历。

同样令人齿冷的还有吉米的皈依。抵达美洲后茉儿迁徙到马里兰定居垦殖，次年回弗吉尼亚看望儿子。回家她带来一只船，上载"三匹鞍鞯齐全的马，几只猪，两头牛，还有许许多多别的东西……这些是世上女人所难得的最孝顺、最会承意的儿子的礼物"。她向现任丈夫吉米汇报探亲经过，先说丢失了金表，然后说"侄儿"人如何好，怎样归还了她母亲留下的地产并将代为经营，给他看了那一百镑当年的地产收入：

> 然后我掏出那一鹿皮袋的金币，这，我亲爱的，我说，就是那金表。我的丈夫高高举起双手，狂喜地说道，**上帝竟这样赐福于我这忘恩的狗！——可见，凡是仁爱感动了人心的时候，上天的恩惠在所有明事理的人心里都会生出同样的效力。**然后我让他知道在这些东西之外我的单桅船里还有什么，我指的是马匹、猪、牛和其他垦荒用品；这一切增加了他的惊奇，使他的心充满感激；我相信从那时起他就成了真诚的忏悔皈依者，一个完全改过自新的人，上帝的神恩所挽救的浪荡子、路匪和强盗中没有人比他更好。（第 265 页，黑体为原文中的斜体）

神恩的力量竟如此滑稽地通过物品来实现！这段话几乎有如精心设计的反讽。但是茉儿的语气是如实说事，非但毫无贬义，相反在褒扬吉米浪子回头。从她在美洲大获全胜的结果看，叙述全盘认可了她和吉米离开新门后的作为。那么，笛福为什么要安排茉儿以魔鬼的遗产为基础走"自新"之路并再三强调这一点呢？为什么在众多的孩子里偏偏要让乱伦产生的后代来做孝道的全权代表和发迹的助推器呢？为什么刻意保留并凸显茉儿审慎的说谎习惯呢？又为什么如此触目地罗列吉米皈依的物质诱因呢？

---

① 参看 Ian Watt, *The Rise of the Novel*, pp. 98 – 99.

伊安·瓦特等人认为，这类令人疑窦丛生的讲述大都不是有意营造反讽，却表达了作者未充分自觉的巨大思想矛盾。这一判断基本符合小说实况。笛福同情茉儿的立场是贯穿始终的，因此悔罪后的新世界之行被表述为奋斗的继续和最终获得胜利的人生突围。设身处地，曾在商界摸爬滚打的笛福把茉儿利用偷窃成果（作为原始积累）再图发家的行为看作是自然的选择，把皈依的物质回报看作信仰的组成部分。然而与此同时，一向敏感直面社会文化矛盾的笛福至少模糊而不安地意识到了茉儿最终作为资产者和殖民者的"成功"里包含某种无法回避的"原罪"，而且承认，除非彻底放弃财产和她一生奋斗的目标，甚至"悔罪"的言辞和姿态都不能改变这一事实。

类似的自相矛盾渗透在叙述的方方面面。

茉儿的第一人称讲述常常诉说"贫困"（Necessity）对她的巨大威胁和迫力，让读者理解、同情她的所作所为。可是另一方面，行文中却又不时跳出一些扎眼的词语，如"伪君子""婊子""荡妇"等，表达出一种与此截然相反的自我定位。

比如，巴思情人和茉儿分手时，她写信索要去美洲的盘缠。然后她直言说自己其实根本没有离开英国的打算，"此举"（the business）不过是最后诈取 50 英镑，自称"是婊子加淫妇"（第 98—99 页）。又如，银行朋友（后结婚）最初表示要离婚娶她时，她假意反对，还明白地说自己是在做"伪君子""玩弄"这位忠厚的追求者（第 110 页）。谈到他们即将办婚事，茉儿又说：

> 这位诚实的绅士将怎样被我愚弄！他万万想不到，同一个婊子离了婚，又落入另一个婊子的怀抱！想不到他将娶一个跟兄弟俩都上过床，同自己的弟弟生过三个孩子的女人！一个在新门监狱里出生的女人，她母亲曾是个淫妇、现在是被流徙他乡的窃贼！一个同十三个男人睡过，与他相识后还生过一个孩子的女人！（第 142 页）

这段文字用明确而强烈的语言概述自己的一生，和后来她在狱中悔罪时斥责自己"作恶、卖淫、通奸、乱伦、撒谎、欺骗，总而言之除了杀人叛国以外无恶不作"(第218页)的言论如出一辙。茉儿说,这是她入狱以前绝无仅有的良心发现、悔意萌生的时刻。尽管这类自我诋毁不代表茉儿的决定行动方略的主导意志,却传达了值得重视的视角转换,展示了某种大相径庭的评判标准:以社会上通行的"正人君子"(或者说生活相对安定的有产人士?)的是非观和道德观念来评判、命名茉儿的行径。

与此相仿的还有一些听来很尴尬的议论和说教。茉儿回顾幼年经历时居然谈起英国的救助制度如何不及法国;交代如何偷走小女孩脖子上价值12镑到14镑的金珠项链时竟忍不住掉头批评女孩母亲的"虚荣心"和女仆的"糊涂粗率"(第152页)。她讲毕在礼拜会堂外偷金表失败但侥幸逃脱一事后,用相当长一个段落分析当时的情况,说被偷的女士虽然把自己的表拴牢靠了,却还是个"傻瓜"——倘若她感到有人拉扯自己的表时处置正确,不大喊大叫却及时抓住近旁那个人,就能抓住窃贼,简直像是要为公众提供防扒指南。还有,她这样评论最后一名和她发生性瓜葛的绅士:"一个傻瓜让自己的肉欲弄糊涂了,分不清年老和年轻的女人……所罗门说,他们好像牛往屠宰地,直到箭穿他的肝①……"(第176—177页),而后继续用约两页篇幅数落那位有家有室的体面绅士因酒色乱性的行为是如何的可鄙而又可笑。

这类说辞出自窃贼或前窃贼茉儿,有点滑稽也有点匪夷所思。很显然,在写这些篇章以及讨论"移民的意义"之类话题时,笛福把自己作为时政议论文撰稿人的社会关怀塞进了不曾上学读书也不曾游历欧洲大陆的茉儿,难免显得角色错位。但是这"错位"体现了不容忽视的视角转换和立场漂移,即从占据中心位置的茉儿奋斗史中腾挪出来,从其他(受害者和/或社会制度安排)的角度来考虑某个问题或现象。小说情节设置一再让女主人公在不择手段的人生冒险中遭遇双重欺骗、乱伦婚姻的陷阱,也在一定程度上表达着类似的揭示社会后果和道德代价的视点迁移。同样的情况也发生在一些有关偷窃的段落中。比如,她第一次偷东西后惊骇地意识到自己成了窃贼并面临坐牢丢命的前景,并且在好几天里为失主而感到不安:"也许……那是个像我这样的穷寡妇的东西,她卷起这包东西去卖,想换一点

---

① 典出《圣经·旧约》"箴言"第7章第22—23节。

面包给她自己和她可怜的孩子吃，她们失去了本来能换得的一点东西，正饿着伤心呢"（第 150 页）。从茉儿的立场转到被窃者的处境，这是一个巨大的跨越，是笛福给茉儿的馈赠，是她不同于一般窃贼的地方。与责备贪欢的醉酒绅士等言论一样，上述念头是从他人或社会共同体的角度出发的。以茉儿想象中那位失去了糊口之粮的穷寡妇为参照，她的偷盗行径无论如何是不可原谅、必遭审判的。

小说的矛盾性也突出地体现于记述"保姆"B 太太时的两种笔调。

有人认为，《茉儿》的主结构是"母系的"（matriarchal），三个比较重要的女性人物，养母嬷嬷、美洲的亲妈和"保姆"，是茉儿的榜样（role model）并且规定了她的人生轨迹。[①] 三人都是自立的女性，其中嬷嬷给了茉儿做淑女的梦想和必要素养，母亲兆示了她从监牢到监牢的历程并提供了在美洲奋斗成功的先例。不过，书中除茉儿以外真正着墨较多的女性人物只有"保姆"。她第一次亮相以接生婆面目出现。当时茉儿刚和吉米分手，有孕在身，处境尴尬。她向 B 太太解释自己确有丈夫。B 太太表示"在她看来所有请她来接生的太太都是结了婚的女人。'每个怀孕的女人，'她说，'总有个男人做那孩子的父亲……你到底是个正式妻子还是个姘头，对于我来说都是一样。'"（第 127 页）她的这番话颠覆了"好女人"和"坏女人"的世俗道德定义和分界，具有茉儿所不及的思想彻底性。另外，把失贞的"堕落女子"和卖淫女开发为服务对象，又提示了她过人的生意眼。

"保姆"摸底弄清茉儿并非一文不名之后，便进而拿出了我们前边引证过的那份很吸引眼球的接生价目表。出租产房受理接生只是 B 太太的合法身份和洗钱途径。她不靠这个赢利，所以收费才特别低廉。她的主业和财源与卖淫相关：请她接生的女主顾大都是妓女和未婚者。茉儿说：她在"保姆"宅里住了大约四个月，其间至少有十二名"烟花女子"来她家分娩，另有三十二人在外居住由她照料临盆（第 132 页）。这证实了收费单所暗示的经营规模。显然，在那个尚无有效避孕手段的时代，B 太太的生意是卖淫业和上层社会男性丰富多样性游戏和性交易的必要补充。不仅如此，

她还提供其他相关配套服务:比如打胎,比如雇乡下农妇收养婴儿,等等。总之,她是在法网边缘讨生活的人。

茉儿谈到这些,就开始用斥责和否定的语气。她说:"我现在落入这个女人手中,读者也许希望我说说她的那些邪恶勾当是怎样的;但那样就会让世人都看到女人想摆脱私通怀孕带来的麻烦是多么轻易,未免太鼓励恶行了。"(第131页)这句话和前后的叙述都有抵触。前面茉儿刚刚详尽陈说了B太太的生意如何井井有条以及她如何细致周到地照料困境中的临产女人,字里行间充满谢意和弦外的敬仰之音;之后她又继续基本不含贬义地讲述了很多细节,包括"保姆"如何帮她妥帖地处理孩子,等等。而这句话却突然借助"读者"的(社会的和法律的)判断,把"保姆"界定为"邪恶"的。此处和其他地方出现的"读者"是耐人寻味的。一方面叙述者推想识文断字的"读者"对B太太的营生感兴趣,另一方面又毫不含糊地认为在他们眼里这类活动是"邪恶"的。于是,叙述者茉儿在这两方面都迎合心目中的"读者",谈及"保姆"时而信赖钦佩,时而又鄙薄谴责;一时说"保姆"无微不至照料自己,一时又说得知那些妓女的事后她感到"触目惊心,厌恶自己居住的地方"(第132页)。

那位精明、世故的老B太太究竟是怎样的女人?小说"前言"说:她阅历极为丰富,"似乎在不多数年里曾先后是出类拔萃的淑女、娼妓、鸨母、接生婆、产房业主、所谓的典当商、孩童安置人①、窝贼窝赃人,总而言之,她自己也是贼,还是诸贼的豢养者";说她的故事足可另成一书,可惜限于篇幅不能在此一一交代(第6页)。她在小说中出场正处在其人生第五阶段即主营接生时期,当时买卖兴隆、生活体面,被茉儿称为"女士"。后来她遭了官司,接生干不下去了,便改行以旧货买卖为幌子收赃销赃,直接介入犯罪活动。这时她再次收留了陷入困境的茉儿。有一天茉儿给她看自己"偶然"窃得的物品问她该如何处置,她便发表意见说:既然东西已经拿了,若不想进监狱被绞死,就得把赃物留起来,"而且,孩子,你不是比他们更需要这东西吗?我希望你每个礼拜都能碰到一桩这样的便宜事"(第156页)。这下两位老相识才彼此"明了戏",成了生意上的合作者。

---

① 指专门为人安置私生子女的人。

在"保姆"推荐的师傅的调教下，茉儿主攻偷表业务，成了高明的职业窃贼。而"保姆"则以优惠价格替她销赃，为她物色合作者、探听消息或打掩护，还变着法子督促她上街"工作"，包括教她着男装行窃。有时茉儿看到其他同道落入法网生出洗手不干之意，却难挡她"天天鼓唆"（第163页）。对此茉儿有十分现实主义的分析："她现在真是干着一桩百无一失的生意，因为我得的东西她是有份的，所冒的危险她却无份。"（第167页）有时茉儿甚至把"保姆"和贪欲的"魔鬼"等量视之，都说成是"诱惑者"。在这个意义上"保姆"和茉儿的亲妈以及其他一些临时女性盟友一样，都至少部分地带有反面色彩。

然而，从始至终"保姆"和茉儿打交道极讲信义，很多时候超越了私利。她第一次为茉儿接生，十分热忱周到，却没赚什么钱。对这位帮助自己渡过难关的女强人，茉儿又敬又爱，说她是"我的（新）保姆"（第132页）；彼此谈话时甚至叫她"妈妈"。尽管在 B 太太家生孩子的女人们可能全都称她"妈妈"（那是妓女对老鸨的通常称呼），但对茉儿来说，这一称谓的确表达了内心的亲切而信赖的感受："我临产和产后，她照顾我非常尽心，即使她是我的亲妈，也不过如此。"（第133页）后来，茉儿再来求助时 B 太太又无条件地收留了她，几乎是允许茉儿免费吃住（茉儿揽针线活儿所得恐怕可以忽略不计），还帮助茉儿"处理了"她和银行丈夫所生的孩子。就算她有放长线钓大鱼的念头，以她的阅历也必定十分明白：指望在茉儿身上捞"油水"是很不可靠的。应该认为，这种"慷慨"和"义气"部分地就是 B 太太在江湖上的生存之道，是她的本质之一。

茉儿入狱后"保姆"非但没有侵吞茉儿的财产远走高飞，还出面前后奔走，花钱打通关节为茉儿谋求减刑。她的行动即便有防范茉儿出卖她的意图，却也很可能反而引起注意暴露自己，算不上特别有利于自我保护。可以说，在这个阶段"保姆"成了友谊和信义的代表，是茉儿"真正的母亲"（第221页）、"亲爱的朋友，世上唯一的朋友"（第241页）、"世上最忠实的朋友，虽说不是讲究宗教原则的人"（第244页）。更何况，"保姆"本人在这期间率先悔过皈依上帝并专请来牧师劝导狱中的茉儿，从而成了后者改弦更张的促因。不过，就对茉儿的态度看，"保姆"在悔罪前后并无重要变化。对于茉儿来说，她亦师亦母，是忠实可信的朋友，也是生意上的合伙人。

不仅如此,"保姆"似乎还传达着很多对世态的更复杂微妙的认识。她敏锐地觉察到种种非法活动所需要的关联服务并着力开发、规范经营,却不愿直接介入偷抢卖淫。这固然是出于谨慎,是求"百无一失",但有的时候却也未必。比如,她从事接生时与众多风尘女子打交道,却决不许男人在她的房子勾留或从事性交易,甚至公开宣布:尽管她照料"失身"(debauched)女子,却不允许哪个女人在她那里失身。笛福自然顾不上揭示她的深层心理。但是从她说的凡生孩子的女子必有"丈夫"的那番话里我们能感到成熟女性透辟的见识,感到某种毫不含糊的女性立场。我们有理由认为,她这样做不仅是为了避免使自家的经营地点变成直接的卖淫场所,也表明她对造成女人困境的权势男性的"放浪"(debauching)行为持某种负面和不屑的看法。

关心女性处境的笛福把许多表达女性立场的议论"派"给了各色的女性人物,包括这位见多识广的"职业女性",也包括茉儿本人,还有茉儿做女仆时东家小姐以及另一位赫赫有名的女主人公罗克萨娜等。她们说:

> 如今的行市(Market)不利于我们女人。一个年轻姑娘长得漂亮,出身上等人家,有教养,通情达理,聪明伶俐,风度优雅,温良恭俭,方方面面都好到无以复加,但是只要是她没有钱,人们就不会睬她,好像她根本没有那些长处一样,因为现如今只有钱才能抬女人;男人玩的这套把戏完全是有利于他们。(第17页)

又说:天真的少女们应该戒除虚荣,学会保护自己;女人若是不善于自卫和报复,就会是"世界上最苦的生灵"(第55页);对于欺侮她们的男人,女人应该以其人之道还治其人之身,"尽可能骗一骗欺骗者"(第61页),等等。茉儿的母亲和"保姆"更是以自己谋生创业的经历提示了女性可能选择的自立之路。在争取并拓展女性生存空间方面叙述者茉儿和"保姆"的思想取向显然是一致的。书中这些次要女性人物虽然未必真的构成了全书的"母系结构",但却有力地烘托了茉儿的奋斗,并相当清晰地表达了当时女性(至少是其中部分人)的社会困境和利益诉求。

总之，B 太太作为茉儿的导师、合伙人和知己，所担当的社会、文化和性别角色几乎和茉儿是同一的。对 B 太太的矛盾刻画，再一次表达了作者对茉儿本人的自相抵牾的态度。

从上述种种矛盾频出的处理我们可以看出，虽然笛福把下层女子茉儿写成百折不挠的当代创业英雄，他也确实在很大程度上把她视为"罪者"和社会的"问题"。这种分裂体现了笛福思想的深刻含糊性和巨大包容能力。他敏锐地感受到了茉儿式人生实践的矛盾性和多面性，却还没有形成一种统摄的眼光或能充分自圆其说的道德话语。

因为茉儿过去的行为在某个意义上被认为是"罪"，她回溯往事时常用"魔鬼"（Devil）一词指称驱动她的力量，特别是贪婪和贫穷造成的诱惑。该词最集中最频繁地出现在有关行窃生涯的讲述中。描述第二次偷窃（欺骗并扒窃一小女孩）行径的段落里"魔鬼"一词一连出现了三次（第 151 页）。与此同时，她在讲述中又为自己多方回护，说：她的（银行）丈夫过世后自己和孩子生活无靠，贫穷成了"最可怕的魔鬼"，"如果说贪婪是万恶之源，贫穷……便是最坏的陷阱"（第 147 页），等等。她有过及时罢手的念头，第一次顺手牵羊偷了别人的包裹后，她曾惊恐地想："我现在成了什么人呀？小偷！下一次我就会被抓，被送进新门监狱，被审判丢掉性命！"（第 150 页）可是"贫穷"的压力每每能驱散恐惧和道德反思。茉儿强调：面临挨饿前景，她其实没有选择余地。

当然，对茉儿来说贫穷的驱迫和贪婪的诱惑是两位一体的。笛福笔下的另一位女性创业者罗克萨娜说："对穷人来说贫困和需求是无法抵挡的诱惑，而对其他人，虚荣和豪华（great things）也同样是无从抵制的。"[1] 对此，茉儿肯定会举双手赞同。从童年起她所向往的就不仅是衣食无忧，而是要以绅士淑女的方式"体面""风光"地生活。以茉儿本人提供的资料，在当时，如果在伦敦过体面日子，雇仆人，有社交，每年须开销百镑以上；但在物价便宜的北方（如曼彻斯特）一年花 6 镑就可保食宿（第 102、117 页），后一价格远低于茉儿漫长一生中多数时间里的个人财产收益。也就是说，她若肯满足于温饱或小康，就根本没有必要挖空心思去"冒险"。茉儿

---

① D. Defoe, *Roxana* (Penguin, 1987), p. 100.

自己也曾明明白白地说:她背弃银行朋友、转而投奔兰开夏丈夫,图的是人家许诺给她的每年有 600 镑收益的土地,是"大庄园和种种华贵物品的辉煌景象"(第 112—113 页)。因此,她偷起东西来也不能仅仅满足于填饱肚子。她和她师傅合作偷了 21 块金表,攒下近 200 镑私产却仍不思罢手,我们毫不奇怪。她说自己曾愿意跟吉米去天涯海角,哪怕是乞讨为生,我们却会报以嘲讽的微笑。因为,即使她有过这样的一闪念,也决没有让它主宰自己的行动,相反却一直死死把着有关自己身份和财产的秘密。她成了窃贼后,曾表示:若是当初有诚实干活吃饭的机会自己就不会与坏人为伍,沦落至此,我们也很怀疑——因为她曾无数次放弃"诚实"而温饱的生活,选择更危险、道义上也更可疑的发迹机会。在很多时候早已悔罪的茉儿并非可信赖的讲述者。但有时她又坦认"那个拉我走进罪恶之途的殷勤的魔鬼把我抓得太紧了,绝不让我回去;贫穷既把我带到泥坑里,贪婪就把我留在里面,直到没法回头"(第 158 页)。如此,茉儿成了"英国干这个行当的人中最富有的一个……有 700 镑现款,此外还有衣服戒指,一些金银器皿,两只金表,全是偷来的"(第 197 页),却仍想多捞一把,最后进了新门监狱。当叙述的笔锋一再指向贪婪的"魔鬼"时,针对新型资本主义创业活动的质问便被凸显出来。如麦基恩说,作品的两面性含糊性"反映了他(笛福)对交换价值世界某些令人不安的特征的深切疑虑(uncertainty),虽然总的来说他是那个商业世界的热情拥护者"。[1]

因此,虽然我们可以赞成凯特尔的判断,说自相矛盾是《茉儿》一书的"鲜活血液"和"勃勃生气",但就笛福而言,这样处理的主旨并不完全如凯特尔所说是想通过这位英国文学中最先出现的"重要平民女英雄"[2]所遭遇的压制和苦难展示对社会的批判,更重要的或许是在传达某种深刻的社会困境和伦理困惑。笛福欣赏茉儿们的勇气和追求,深感其非法的发家途径在当时社会格局下几乎是唯一现实的可能;但是又敏锐地意识到她的虚荣和贪婪,并因其对社会机理和道德秩序所造成的破坏而感到困惑焦虑。

---

[1] Michael Mckeon, *The Origins of the English Novel* (Johns Hopkins University Press, 1991), p. 206.

[2] Arnold Kettle, *Literature and Liberation*, pp. 130 – 138.

三 帕梅拉的“天路历程”

如前所说，茉儿的人生路径既是客观“必然性/贫困”所指定的，也是根植于淑女梦的主观决策；既被社会所制约，又在某个程度上是她个人的自由选择或至少是自主采取的适应（外界）举措。① 因此，当老茉儿回顾当年与大少爷的恋爱时，曾意识到其实存在着另外的可能性：“如果我规规矩矩，顾及道德和名誉拒绝他，那位公子就会或是看出他的企图没有实现的可能从而停止向我进攻，或者堂堂正正地向我求婚……”（第21页）

约二十年后，理查逊笔下的帕梅拉正是选择了茉儿在人生起步阶段没有踏上的那条另外的人生之路。

《帕梅拉》问世前后，正值英国社会中道德改良运动高涨。中产阶级和清教主义有千丝万缕的联系，主要由他们酝酿发起的改良风俗道德的时潮不仅谋求向“上”突进对统治阶级有所影响，也广泛地向“下”深入。② 充斥伦敦坊间的说教类或指南类书籍中包括不少专为学徒和仆佣写的读物。作为这个改造和自我改造运动的一个方面，写信的风气也开始浸染妇女和下层人，被人们看作修养品性提高自身的有效途径。③ 在这种情势下，学徒出身的中年印刷商塞缪尔·理查逊应友人之请，动手撰写一系列作为范文的“私人尺牍”。他的初衷是指点文化水平不高的中下阶级人士特别是年轻女子如何写信，同时也让那些人得些道德教益。那些示范信札中有不少挑选人生转折的关口——比如择偶等——为写信的契机。这一写作活动激发了理查逊的文学想象，一发而不可收。他索性暂时中断“尺牍”写作，先完成了一部有相当长度的书信体故事，即《帕梅拉》，又名《美德有报》。

小说的主人公帕梅拉年方十五，和茉儿一样在有权有势人家做女仆。和茉儿不同的是，她有虔诚严肃、家教有方的双亲，因此小小年纪就笃信上帝，规矩自律。她在致父母的信件和私人日志中讲述自己如何抵制少东

---

① Johan Richetti, "The Novel and Society: The Case of Daniel Defoe", in Lund (ed.), p. 134.

② 参看 A. D. McKillop, *The Early Masters of English Fiction*, pp. 52 – 55; J. P. Hunter, *Before Novels* (Norton, New York, 1990), pp. 248 –273.

③ 参看 Ruth Perry, *Women, Letters, and the Novel* (AMS, New York, 1980), chapter 3.

家 B 先生的引诱威逼、捍卫自己的贞洁品格，终得善报，明媒正娶地嫁给了 B 先生。这部小说一问世便引起轰动，竟至洛阳纸贵，12 个月中 5 次再版，成了最畅销书籍。一时间赞美声和反对声一浪高过一浪。有人这样描述当时的空前盛况:

> 出现了一大批说教性的罗曼司（romance）。其中之一是最近出版的，它使世界因两种对立的看法而分裂，一派把它捧上了天，另一派对之嗤之以鼻。特别是在女性中出现了两大阵营，即帕梅拉党和反帕梅拉派。……有的人认为那位年轻处女乃是淑女之典范;有的人甚至毫不迟疑地在讲道台上推荐这部罗曼司。另一些人则与此相反，在书中看到的是一个计谋多端的伪善女子的行径……①

如有呼风唤雨的魔法，《帕梅拉》招出了许多仿作和续作。其中，弘扬帕梅拉的有《帕梅拉在上流社会中》《帕梅拉传》《H 夫人回忆录》《著名的帕梅拉》等;而抨击的一方除了有菲尔丁的重磅炸弹《莎梅拉》（1741）以外，还有《反帕梅拉》《真正的帕梅拉》等。帕梅拉之争名副其实成了文学文化生活中的一大热点。凑热闹的还有改编的戏剧、帕梅拉诗歌、蜡像、绘画［仅约瑟夫·海莫尔（Highmore，1692 - 1780）为《帕梅拉》作的插图就有十二幅］，等等，不一而足。据说这部小说甚至带动了扇子和平顶草帽等一些相关产品的热销，俨然已具备了现代流行艺术产品的特征。②

如此强烈的反响说明这部小说准确地触及了当时各阶层人所共同关心的问题。

异乎寻常的"帕梅拉热"在很大程度上源自那部小说对新的道德秩序和政治秩序的展示和推进。许多学者指出，理查逊从出身、经历和感情上都和笛福一样是伦敦东区的"市民"，与笛福乃至班扬的思想和创作有直接

---

① 转引自 Richard Gooding，"Pamela，Shamela，and the Politics of the Pamela Vogue"，*Eighteenth - Century Fiction*，vol. 7，No. 2，p. 109.

② Ian A. Bell，*Henry Fielding*，London：Longman，1994，p. 57;参看 Jocelyn Harris，*Samuel Richardson*（Cambridge University Press，1987），p. 38.

的承继关系。① 他的作品，包括《帕梅拉》，被普遍认为具有"进步"政治含义，麦基恩和南希·阿姆斯特朗等众多评论者都提供了非常政治化的解读。② 曾师从心理分析批评和巴赫金理论而近年来特别注重性别研究的特丽·卡瑟尔用更戏剧性的语言把该小说称之为"革命性的故事"，说它的情节安排是文学中伟大的狂欢式情节之一，把不同类、不相容的事物——高贵和低贱，主人和奴仆，浪子和贞女，等等——联结在了一起。由此，它创造了一个变动不居的世界，向社会上主导的类别观念和等级观念提出了挑战，从而释放出僭越和变易的魔力。③ 当代英国马克思主义学者伊格尔顿则认为："17 世纪革命之后中产阶级满足于安栖在传统社会的标帜后面，与位居其上的社会权贵磋商结成意识形态同盟。在新话语形成的过程中理查逊的小说占有一个中心位置"；因而帕梅拉等"不仅是小说人物，还是公共神话，是浩大道德论战的工具和进行对话、缔结盟约和展开意识形态战争的象征符号空间"。④

这类看法中虽然有过甚之辞，但多数是言之有据的。《帕梅拉》一书中通过人物言行直接表达阶级意识和政治意识的例证可以说比比皆是。帕梅拉曾这样评论 B 先生们的言行："看高贵者是何等傲慢"（第 254 页）⑤；又曾如此感叹自己的处境："倒霉的穷人又有什么法子对抗那些打定主意要以势压人的阔佬呢？"（第 99 页）还有："我……不过是大人物的玩物，是财富可玩于股掌之上的小球而已。"（第 256 页）理查逊更是借"编辑"之口明白地指出：不道德的纨绔子诱奸女主人公的行为是"财产和权势合谋加害纯洁与清寒"（第 91 页），千真万确是一场阶级之战。在 18 世纪的英国，"家庭服务"一方面留有封建社会的印记，一方面包含新兴的雇佣关系⑥；

① Mark Kinkead - Weekes, *Samuel Richardson*, London: Methuen, 1973, pp. 463 – 483.

② 参看 Michael Mckeon, *The Origins of the English Novel*, pp. 364 – 381; Nancy Armstrong, *Desire and Domestic Fiction* (Oxford University Press, 1987), pp. 108 – 134.

③ Terry Castle, *Masquerade and Civilization*, Stanford University Press, 1986, p. 135.

④ Terry Eagleton, *The Rape of Clarissa*, New York: Basil Blackwell, 1985, pp. 4 – 5.

⑤ 该书引文页码出自 Richardson, *Pamela, or Virtue Rewarded* (New York: Norton, 1958)；译文参照吴辉译《帕梅拉》，译林出版社 1997 年版。

⑥ Michael Mckeon, *The Origins of the English Novel*, p. 369.

婚姻更是"中产阶级和上等阶级中进行社会战争的首要武器"。[①] B 先生身兼主人、地主、当地治安法官和议会议员多重身份,他"所代表的权威不只是单纯的政治和司法权力,而且涉及主仆、长幼、富贫、男女等盘根错节的传统关系",[②] 因此,他如何对待俊俏女仆帕梅拉的小小私人决定,牵涉到许多基本的意识形态问题乃至"政治"问题。

小说的情节安排鲜明地体现了权力的斗争以及某种权力的转移。[③] 无须批评家的指点,普通读者都能意识到这部作品的核心是灰姑娘式的转变史、发迹史,是小女仆帕梅拉把她贫寒的姓氏"安德鲁斯"置换成显赫的"B 太太"的惊险历程。尽管帕梅拉的发迹并不是下层劳动者的命运的真实写照,[④] 但却真切地表达了某种阶级意愿和社会动向。理查逊试图以手中的笔来重塑英国社会,并最终让谦虚冷静的葛兰底森爵士和帕梅拉夫人取代了旧贵族阶级的佻达纨绔成为社会楷模。正是这种触目的意图使《帕梅拉》成为一种有的放矢的社会文本。

帕梅拉和 B 先生两人深知各自心目中的"plot"是格格不入的。"Plot"一词既指"计划""阴谋",也指文学作品的"情节"设置,在这部小说中两重含义同时存在。[⑤] B 先生要求帕梅拉交出她的信札/日志,他说:"你讲述事件,或按照你的情节思路,或按照我的情节谋划,挺有点罗曼司味道"(第 242 页)。可见他不但深知两人对事态的理解和设想大相径庭,而且颇有点旁观阅读的审美乐趣。但是对帕梅拉来说,"情节"安排却是生死攸关的。她对另一个女仆说:"他可能会屈尊地认为,我还不错,足以充任他的媵妾,那些能毁掉可怜女人的事情却不丢男人的脸……"(第 36 页)在另一些场合,她曾对 B 先生本人说,"摧毁我的声名就是你的荣耀"(第 218—219 页)、"邪恶者的荣誉对贤德者来说就是羞愧和耻辱"(第 126—127 页)。她"颁"给 B 先生大量"邪恶""下作""歹毒""卑劣"之类的形容词,B 先生本人也很明白他在帕梅拉的脚本中扮演的是"魔鬼的化

---

① P. A. Langford, *A Polite and Commercial People*, p. 112.

② Richard Gooding, "Pamela, Shamela, and the Politics of the Pamela Vogue", *Eighteenth - Century Fiction*, vol. 7, No. 2, p. 111.

③ P. M. Spacks, *Desire and Truth* (University of Chicago Press, 1990), chapter 3 - 4.

④ 参看 Carol H. Flynn, *Samuel Richardson* (Princeton University Press, 1982), pp. 7 - 13.

⑤ 参看 Jocelyn Harris, *Samuel Richardson*, pp. 30 - 31; P. M. Spacks, *Desire and Truth*, p. 92.

身"（第 30 页）。

两人之间的确存在深刻的利益对立和观念对立。

B 先生显然认为自己对帕梅拉享有近似于封建领主的无边权力，可以为所欲为。为了迫使帕梅拉就范，B 先生谎称送她回家，强行将她带到自己在林肯郡乡下的一处住所软禁起来。对 B 先生以及许多上层社会的公子哥儿来说，占有一个漂亮的小处女是添光彩的事；他的绅士邻居们也都觉得将一个小小女佣收房不仅无伤大雅，而且理所当然。然而，他们的看法与帕梅拉的自我认识南辕北辙。帕梅拉不止一次地强调自己的"自由身"，强调她对品德和"荣誉"的看重。她说，B 没有权力把她像个小偷或强盗一样囚禁起来。在林肯郡看守她的女人朱基斯指责她说："你从他那里把你自己抢走了。""我怎么就变成了他的财产？"帕梅拉反驳："除了盗贼号称对赃物拥有的占有权以外，他对我能有什么权力？"朱基斯惊呼这是"直截了当的叛逆"（第 129 页）。帕梅拉还驳斥对方自称是在对主人尽责的说法："我希望，你不会为世界上任何一个主人去做非法的或邪恶的事。"（第 111 页）

对一无所有的帕梅拉来说，"好名声和不可侵犯的贞操"是"最宝贵的财产"（第 198—201 页），是通向尊严和最后救赎的通行证。她的人生计划是弥尔顿/班扬式的，至少她自认为如此。像弥尔顿笔下的基督和班扬的基督徒，我们的虔诚的女主人公必须通过"考验"来创造自己的身份。正如她的父亲所郑重教导的，经受诱惑是苦痛的事，然而"没有诱惑我们就无法了解自己，也无从了解我们所能做的事"（第 20 页）。弥尔顿在《复乐园》中用一系列与战争相关的军事用语（如"挫败""反击""战胜"等）来形容基督和魔鬼撒旦的沙漠交锋，与此相似，B 先生和帕梅拉之间的对峙也被表述为一种战事。当然，这一善与恶的"战争"基本上是语言之争，是一场旷日持久的辩论。

我们不妨引述一段对话，作为他们一系列舌战中的一例。B 先生第一次表明自己的意图后，帕梅拉说：

　　"如果您害怕仆人们知道您对一可怜的卑微女子的企图……那么主人您应更怕全能的主，我们一生中的一举一动全在他面前。所有的人，不论最伟大的人还是最渺小的,也不论自以为如何,最终都得向他交账。"

他拉住我的手,带着开玩笑的揶揄态度,说道:"讲得好,我的漂亮的布道者!等我在林肯郡的牧师一过世,我就给你披戴上长袍高帽,你顶他的缺形象一定不错。——我希望。"我因他的讥笑有点气恼,说道:"先生您的良心应是您的布道者。那您就不需要别的牧师了。""好了,好了,帕梅拉,"他说,"别再来这套不受欢迎的陈词滥调了"……

……

"算了,"他说,"你是个不知好歹的东西;不过我觉得,有这么双漂亮的酥手和那样可人的皮肤……却得去干粗活,未免可惜,而你如果回家免不了得这样;这样吧,我劝她(杰维斯太太)在伦敦弄所房子,等我们这些议员到城里时就向我们出租寓所;你可以充当漂亮女儿,有你在,房子自然不会空置,她肯定能大大赚上一笔。"

他的粗野的玩笑让我好心乱气急;我原本就快要哭了,这下眼泪立刻涌了出来……"哎,你犯不着这么鄙视这件事!——你对德行真是有挺浪漫的偏爱……不过,我的孩子(他讥笑地说),请务必想想,那样的话你会有多好的机会每天给好杰维斯大妈讲故事,有多少题材给你的爹妈写信,还能精彩绝伦地给青年公子哥儿们讲道授德。"(第66—67页)

这段谈话所包含的对比充分地揭示了两个对话者以及小说整体的一些基本特征。

B 先生在和帕梅拉谈话时明显持游戏态度,轻松潇洒,很有创造性。他可以一会儿想象帕梅拉着教士衣袍,一会儿设想她置身妓院,玩味起这两种虚构的情景都乐趣无穷。他那些粗俗无礼的玩笑不大派得上实际用场,甚至无补于引诱小女仆的打算——他似乎沉浸于自己兴高采烈、妙语横生的亵渎言辞而忘乎所以。在这场对话中,如果说受迫害者帕梅拉不可思议地成了秩序和权威的坚定捍卫者,那么 B 先生则显得对一切都玩世不恭——对宗教和教士,政治和"我们议员们"的身份和责任,对虔诚妇女之间的友情和女性对浪漫爱情故事的喜好，甚至对他所欣赏的女人的身体和荣誉。但是，B先生这种自由想象的根基却是他手中的权力——他确实握有权柄能派任领地上的牧师，也能左右帕梅拉这样的小女仆的命运。在很大程度上，肆无忌惮的B先生是从复辟时代喜剧中直接走出来的类型人物，他的怀疑主义和享乐主义是一种文学的和社会的传统。

帕梅拉似乎意识到了，在财产和权势不均等的社会里，如果人人都以张扬个人意愿为原则，那么自己这类下层人物的意志肯定无法与来自统治阶级的B先生们抗衡。"激情"（passion）一词再三在B先生本人的话中出现，是他为所欲为的辩护词。然而对他来说女仆的个人感情却根本无足轻重。在上述对话的结尾，又羞又气的帕梅拉终于点明了这背后的权势问题："您干得不错……拿我这么个可怜女孩子寻开心：可是，让我说明白，若不是您那么有钱有势而我又贫穷微贱，您决不至于那样侮辱我。"（第67页）

因此，帕梅拉需要一套与B先生大不相同的语言才能与之抗衡。由于B先生们作为社会中坚失效，便生出了帕梅拉的道德责任。小说开局不久，小帕梅拉看明了B先生的心思，不由得感叹整个贵族和士绅阶级的败坏：

> 无疑这世界快完蛋了！因为，就我听到的，绅士们几乎全都像他（指B先生）那么坏！——而且，看看这些坏榜样的后果吧。格罗夫宅的马丁先生家前三个月里就生了三胎（私生子），一个是他自己的，一个是马夫的，一个是看林人的……除了他，方圆十英里内还有两三个和他一样的老爷。（第68页）

在引诱与反引诱的角斗中，帕梅拉把自己看作是为所有神圣事物——上帝、社会、道德秩序以及个人的尊严和价值——而进行抗争的被迫害的"可怜少女"，① 说起话来一本正经，调子很高。在前面那段和B先生的对话中，她作为现场发言人和事后的记录者，小心翼翼地用语言为自己塑造敬畏上帝的贞洁少女的形象。与无所顾忌的B先生相反，帕梅拉时时刻刻不忘自己有多重听众或读者——放浪形骸的主人兼追求者B先生、作为收

---

① 参看 J. Richetti, *Popular Fiction Before Richardson* (Oxford: Clarendon, 1992), pp. 125 – 127.

信人的严父以及她最终的裁判者天父上帝。他们是她必须应付的三重男权代表。因此她字斟句酌。

帕梅拉对权威的态度十分耐人寻味。在历史的特定时刻，当代表秩序的权势者以调笑权威的姿态出现时，底层人的"革命性"要求就可能会相反采取维护某些权威的立场。在帕梅拉的言谈中，世俗的和宗教的权威被用来卫护自己的权利。首先被诉诸的权威就是上帝——上帝不仅是帕梅拉勇气的来源，是她最终的认可者和"唯一的避难所"，也是"一切将来的福祉"的保证。她在签名时总是在自己的名字前加上形容词"恪守本分的"；为自己辩护时从不遗漏提及上帝的机会。把"全能的主"引入谈话，她不仅表达了对 B 先生的责备，也委婉地流露了力图说服后者的心愿。当然，她也不会拒绝旧秩序和旧规范可能提供的保护。她不断地自称是"微不足道的""可怜的""卑贱的"，决不是无的放矢。有意无意地，她在提醒 B 先生中世纪保护妇幼的骑士风范以及领主对其属民所负有的责任。当她对"一位像老爷他那样身份的主子不惜玷污自身……和我这样的可怜仆人动手动脚"（第 29 页）表示不满时，听来好像她不是因为受到迫害和侮辱而愤恨，反倒是为 B 先生破坏了主人或保护人的荣誉和行为规范而苦恼。

同时，帕梅拉的言谈又映现着注重个人信仰和良知的新教信念。这一源于 16 世纪宗教改革的思想传统一方面晕染出现代个人主义的色彩，另一方面又由于曾受英国内战时期激进清教主张的浸润从而随时可能转化为张扬平等权利的社会政治理想。① 正因如此，帕梅拉才会在另一些场合或是宣布"虽然我的身份只跟地位最低微的奴隶一样，但是我的灵魂却跟公主的同样重要"（第 164 页）；或是表示自己在精神上其实比"富贵的人"更优越："如果我的心有一天也会被他们的恶习毒化污染……那么，天主，请让我远离他们的高贵境地吧。"（第 271 页）如前面所引述，她对 B 先生谆谆地说："……主人您应更怕全能的主，我们一生中的一举一动全在他（指上帝）面前，所有的人，不论最伟大的人还是最渺小的，也不论自视如何，最终都得向他交账"。在这段话的英语原文中，神被大写，被说成是"全能"，然而在语法上又处于宾语或修饰语的位置上。而"我们"则是主语兼

---

① 参看 A. MacIntyre, *A Short History of Ethics*（New York：Macmillan, 1966），pp. 149–150；C. Hill, *The World Turned Upside Down*（Penguin, 1988），chapter 4 & 7.

主体，是谈话的关注中心。由此，帕梅拉巧妙地从神的权威推导出人的价值以及不同地位的人在精神上的平等。

如果说帕梅拉和 B 先生的舌战表达了两个阶级和两种人生态度的冲突，那么，她有关"三个包裹"的选择则突出地表现了她作为新型个人的自我塑造或自我"制作"意识。①

事情的缘起是这样的：帕梅拉发现 B 先生引诱她的企图后请求辞职回家，得到 B 先生的口头许可。她开始收拾衣物，于是产生了大名鼎鼎的"三个包裹"。其中，一包是老夫人在世时赏给她的一些丝绸细布衣裙；一包是老夫人去世后 B 先生送给她的"礼物"；另一包则是她专为回家备下的一些农家土布衣衫。她对此无比重视，一次又一次地提及她的第三个包裹并详细数说其中内容（第 40—42、51、101 页），从中我们可以隐约听出对清单和物品的某种耳熟的热忱。然而，与鲁滨孙和茉儿们不同的是，她赋予了三个包裹极端重要的象征意义。第一包物品与她往日在 B 宅的含糊地位以及与仆人身份不相称的教养有关联。18 世纪前期富贵人家的贴身男女佣人地位高于一般仆役，常常身着主人的旧衣物。帕梅拉在老夫人手下的位置似乎更高，更难以确定，介于小女伴、小宠物甚至小儿女之间。她不必干粗活，也不仅和茉儿一样有机会识字、读书并熟练掌握唱歌跳舞、绣花女红等全套淑女基本功，而且多愁善感，对读故事写长信十分上瘾。这时，她意识到自己"受的教育不对头"，一旦不再和老太太做伴，那些夫人小姐的服装就"不适合于"她。至于"邪恶的第二包"，照她所说乃是"耻辱的标价"，因为 B 先生企图以此收买她的品格和贞洁。她说：既然我不为先生做他要办的事，怎么能拿他的报酬？因此，她打算只带属于自己的第三包衣服回家。她表示："我亲爱的第三包"是"我清贫生活的伴侣，我忠贞品格的见证"（第 75—77 页）。对帕梅拉来说，对三个包裹的态度意味着人生目标的确认和自我身份的选择。在西方童话故事里，少男少女常常碰到需要三中选一的时刻。他们的命运也常常由此一锤定音。帕梅拉敏感地抓住了这一考验关口，弃绝主人阶级加诸她的外衣和形象，选择了回家并准备承当劳动生活。即使她可能过于天真地把"贫穷而正直"（第 90

---

① 参看 Nancy Armstrong, *Desire and Domestic Fiction*, pp. 108 – 134.

页)的生活浪漫化,即使她的决心并没有被真正的艰苦生活所检验,她的判断和选择已经体现了与茉儿·佛兰德斯或罗克萨娜大不相同的人生追求。

帕梅拉和B先生就地位问题的"正式"谈判是帕梅拉自我塑造努力的集中表现,也是斗争的高潮。B先生以书面契约的形式正式向帕梅拉提出"包养"条件,包括当即赠送500英镑现金和年收入高达250镑的一处房地产,一条一条环环相扣,细致入微,一如笛福式笔下各色的商业谈判。很显然,理查逊对此类交易并不生疏。然而他不但在女主人公的言辞中小心地剔除或限制金钱话语,[①] 而且让她明白地发言,与敛财逐利意识形态划清界限。面对优厚得足以让茉儿们欣喜若狂的经济承诺,帕梅拉岿然不动。"钱财,先生,不是我的重要的福祉。"她义正词严地说。不仅如此,她还针对B先生强调自己有权有势的话回答说:"我知道我所有的抵抗都微弱无力,对我来说无补于事;我担心,你想毁掉我的意愿决不亚于你的势力;但是我敢对你说,我决不自愿出售我的贞操。"(第198—199页)

这一表态用正式语言宣布了三个包裹所代表的选择并最终使B先生改变了他对两人关系的构想,成为情节发展的转折点。"写者"帕梅拉在日记中把自己的答复并列放在B先生的提议旁边,一条一条针锋相对。在这部小说里,使灰姑娘式女主人公命运发生巨变的不是神通广大的仙女或教母,而是那些秉承清教徒精神自传的传统的有魔力的词句和文本。书写和文字不仅是和上帝对话的途径,更是社会交流中的"通货"。言说能力是人的社会等级的一种标志——如瑞凯提说:"帕梅拉写起东西来特别流利条畅,字正腔圆,这表明她注定要升到更高的社会地位。"[②]

不从18世纪背景来考虑两个人的身份差异,就很难理解帕梅拉的写作行为的惊心动魄的"侵权"色彩。女学者阿姆斯特朗说:当理查逊让"帕梅拉获得自我再现的权利",并把她和B先生之间的等级关系转化为需要"谈判"的性别关系时,就已经预设了(在阶级和性别上的)双重低贱者

---

① 有关帕梅拉婚后生活的记述中,凡涉及财物处置的内容或是体现B先生的大度(如对帕梅拉父母和一些好仆人的安排),或是展示帕梅拉的济贫善举;谈到华丽器物衣饰时虽有津津乐道的细节,但每每必加上解释文字说明保持B家体面的重要。这些都表明理查逊在涉及金钱话语和物质追求时的高度自觉、小心翼翼的态度。

② Richetti, "Representing An Under Class", in Filicity Nussbaum & Laura Brown (ed.), *The New Eighteenth Century*, New York:Methuen, 1997, p. 85.

帕梅拉作为主体、作为自身的主宰、作为B先生的平等对手和社会改造者的一种新身份。① 这里，特别值得注意的是，不仅女性书写和两性谈判的出现本身改绘了社会政治势力地图，而且帕梅拉在这一过程中所阐发的立场实际上重新设计了那个时代最有代表性的自我的蓝图。帕梅拉的人生起点和茉儿·佛兰德斯几乎相同，她所遭遇的诱惑和罗克萨娜的某些经历不无近似。然而帕梅拉做出了不同的选择。可以说理查逊为自己的阶级和时代改写或修正了笛福式的个人奋斗者。《帕梅拉》是对笛福所展示的道德困惑的一个尝试性的解答。不同于茉儿和罗克萨娜，也不同于一个世纪以后的蓓基·夏普②，帕梅拉"向上"的人生轨迹几乎与信仰的天路历程全线吻合，它不是被描述成实现野心或欲望的不择手段的奋斗，相反却是克服、调整欲望并追求神恩的过程；不是对秩序的破坏，而是对秩序的维护与重建。在当时的文化语境中，帕梅拉的道德"高调"并不像某些后世人所指摘的那样是空洞或虚伪的说辞，而是在多重对话和冲突中展开的对人生取向的思考和探求。

四　人生设计的另一面

当然，小说中的矛盾和对立并不仅仅存在于男女主人公之间，也存在于他们各自的内心。

在《帕梅拉》这个多种声音交锋谈判的话语场中，B先生不是彻头彻尾的类型化反面发言人，而是游戏于不同的声音之间，体现了种种犹疑和内在冲突，具有一定的深度和立体感。小帕梅拉一方面按照她的道德分类毫不通融地把他划入撒旦的阵营；但是另一方面，作为一个心态复杂的记录员，她原原本本地记下了他的种种难以简单归纳的表演。B先生兴致勃勃地说不干不净的亵渎话，实属一个正在解体的群体的常规态度——他们已经不再相信有关自身光荣的神话。B先生的语言给人以痛快宣泄之感，其魅力正在于那"不信"。直到他接受帕梅拉为自己编织的新神话之前，他

---

① Nancy Armstrong, *Desire and Domestic Fiction*, pp. 109 – 121.

② 19世纪英国作家萨克雷的小说《名利场》（1849）中的一个主要人物，她出身低微，工于心计，不择手段想爬到较高社会等级。

是十分"现实主义"的,对自己的意图和现存的阶级和性别秩序的真相都毫不隐讳。尽管他将帕梅拉定位为伪善的小荡妇和威什福特夫人①式的女子是一种误读,但他在很多时候也准确地洞察了后者的真实心态。母亲去世后,B 先生把她遗留的一些内衣之类送给帕梅拉,小女仆立刻羞红了脸。他不由得微微一笑:"不要脸红,帕梅拉:莫非你以为我不知道漂亮姑娘们也穿鞋袜?"(第 12 页)这有节制的嘲弄表明 B 先生是个机智风趣的对话者。他对少女"羞怯"背后的摇动春心看得一清二楚,忍不住半是劝慰半是戏谑地指出所谓的"得当"举止中的虚伪成分。

作为一个浪荡子,作为文化史中不时复现的虚无颓放倾向的代表,B 先生在相当长一段时间里是帕梅拉的迫害者和论战对手,但实际上他又只是个半心半意的引诱者,"并非不可救药的浪子"(第 222 页)。他在如何对待帕梅拉的问题上几度逡巡不定,出尔反尔。他先是打算让帕梅拉走人而后反把她软禁起来;他一度打算强行占有她但事到临头又打了退堂鼓;他嘲笑帕梅拉的写作却又被深深吸引,等等。他是帕梅拉最忠实而热切的理想读者。② 他曾向帕梅拉解释说,尽管他对她记述的事情同样知道得一清二楚,但是他不知道她"怎样讲述它们"(第 251 页)。因而这位对"怎样讲述"也即对组织故事的那个"更大的符号系统"③ 耿耿于怀的贵族青年就怀着读连载故事的热忱不断索取、拦截、偷阅后者的书信日记,并终于被那个讲述方式所折服。后来这些文字几乎成了"经典",帮助当上了 B 太太的帕梅拉完成征服亲戚、邻居,改造家庭甚至上层社会的伟大事业。B 先生原本就有可能向两个不同方向发展,他的被击败也是一种"胜利",是"女性特质的力量"使他承认了"自身本性中比较温善的一面"。④

如果说 B 先生不是黑白分明的简单人物,那么与他抗争的帕梅拉也许更值得深究。她把自己想象成抵御撒旦引诱的基督教英雄,否认自己有任何现世的抱负或物质上的企求。她写诗自问自答道:"……究竟什么是幸福/那不过是平静和自觉清白无辜"(第 89 页)。然而她的叙述中常常突然

---

① 英国剧作家威廉·康格里夫(1670—1729)的作品《如此世道》(1700)中的人物。

② 参看 Michael Mckeon, *The Origins of the English Novel*, p. 361.

③ Roland Barth, *Image – Music – Text*, New York: Hill and Wang, 1984, p. 116.

④ Margaret Doody, *A Natural Passion*, Oxford: Clarendon, 1974, p. 49, 另参看 p. 112.

出现空缺和沉默，还有屡见不鲜的前后抵触的含混言说。它们告诉读者帕梅拉心中的另一种追求。

帕梅拉发现 B 先生的"邪恶"用心后，曾再三请求准许她辞职回家。可是当她终于得到了准许后却又借口她的"职责所在"，在 B 先生家里拖宕多时并加倍勤勉地精心为她那位"坏"主子绣制了一个精致的背心。更有甚者，她有意无意地不断出现在 B 先生面前，让那个当时多少有心和这小"巫婆"一刀两断的主子恼火多于得意。她号称厌恶 B 先生对她的追求，但是对他如何看待自己却又耿耿于怀。她小心翼翼、半就半推的抗拒恰到好处，使 B 先生不能为所欲为，又不致彻底失去兴趣。

帕梅拉和 B 先生的引人注目的"谈判"更是突出的例证。她表示坚决不做 B 先生的外室，然而同时又不忘申明自己绝没有其他意中人："唯一可能最被我珍视的那位绅士，却图谋让我遭受无可挽回的毁誉。"（第 198 页）她的这一声明被堂而皇之地记录下来，没有添加挖苦或反讽的音调。帕梅拉或有意充当道德导师的作者理查逊似乎都未因这段话在逻辑上和道德上的明显纰漏（"珍视"图谋使自己"毁誉"的人？）而感到尴尬。在他们看来，这自相矛盾的说法是当然甚至必然的。待到 B 先生在帕梅拉的双关的语言和姿态的引导下终于提出了"光荣的"求婚，她就喜形于色地点出了"爱"这个危险的字眼，并提到了她那颗"一丁点儿、一丁点儿都靠不住的心"（第 260—261、235 等页），毫不在乎这和她本人早先宣称讨厌 B 先生的言论有多大冲突。

帕梅拉的模棱两可的语言和自相矛盾的行动大都和她明言的道德关怀有所抵触，却指示出她内心潜藏的欲望——少东家对于她的性吸引力和某种与他相关的隐隐约约不可言说的人生"图谋"。她曾很令人信服地论证了抵制 B 先生的必要性：

> 如果我不顾廉耻，他会供养我，直到把我毁了，直到他变了心；因为，据我读到的书上说，即使是坏男人，老跟同一个人干坏事也会心烦的，会乐于换换胃口。那么，可怜的帕梅拉就得被赶走，被看作是被弃的坏女人，人人都会看不起她；而且，活该如此……因为，不能维护自己的德行的人就只能丢尽脸面。（第 36 页）

此段言论引人注意之处不在它对于"堕落女人"的无比鄙视,而在帕梅拉不输于茉儿和罗克萨娜的讲求功利的思维方式。我们不免有点惊讶,一个年仅 15 岁的姑娘何以能如此老于谋算、深谙人情。但是,这番考量确实标志出理查逊赋予帕梅拉的一个基本特征,即她并不十分天真单纯,也不一味心系天国。她对"美德"的强调和坚持至少有一半是出于对个人现世福利的关怀。在现存性别秩序的条件下,有什么能比做一个可敬的循规蹈矩者更能保护甚至提升她的利益呢?她显然已经掂量过了。我们已注意到,她在和 B 先生的交锋中如何娴熟地以公认的行为准则为武器,又是反驳争辩,又是诱导劝说。她口口声声把谨慎的准则奉为至上,但是实际上又把它作为工具,作为防守和进攻的武器。

B 先生正式求婚后,帕梅拉自我庆贺地向父母通报他打算为她和她的家庭做哪些经济安排,并对出任 B 太太这一社会角色表现出极大的热忱。这些都表明那位"天使"绝非仅只关心精神上的报偿。正因如此,帕梅拉对自己的胜利成果才十分敏感、十分珍重。她起初总是自称"可怜虫"(第 25、29、69 页),一旦与 B 先生结了婚,就不断强调自己脱胎换骨地"上升"到了"尊贵的地位"(第 424 页)。B 先生的姐姐戴弗斯夫人起初不愿接纳这个出身低贱的姑娘进入家庭,趁 B 不在家时强迫帕梅拉和自己的女仆一起吃饭。这时帕梅拉宁可挨饿也决不屈尊就范。她对戴弗斯的傲慢女仆说:"如你所说,我已经今非昔比;近来我有幸和更好的人做伴,因此不能再低就你这种人。"(第 412 页)

帕梅拉最终凭她无可挑剔的行止成为正宗的淑女楷模。我们在前边的注释中曾提到"绅士淑女"在 18 世纪英国社会分层中的重要性。帕梅拉便是在小说中出现的凭借自身品质争得上层社会入场券的中下阶级人士的代表。与帕梅拉大肆张扬的以"考验与得救"为主旨的基督教人生设计并行,还有一个和茉儿类似的以"淑女"身份为目标的追求自我提升的计划。后者虽然更多的是通过主人公言行中的漏洞和矛盾表达的,但却最终得到了小说的整体情节安排的支持。彼得·布鲁克斯把"情节"定义为"统领全书的线索和叙述的意图"。① 在这个意义上,灰姑娘式的美梦成真的发展才

---

① Peter Brooks, *Reading for the Plot*, New York:A. A. Knopf, 1984, p. 37.

是这部小说的主导的情节线索。理查逊对笛福的修正毕竟只是局部的"修补"：在人生的根本追求上，帕梅拉是"茉儿以及罗克萨娜的自以为是的同类"，[1] 她分毫不爽地驾驶命运的小船准确抵达婚姻的港湾并收获了所有的人生奖赏。理查逊这部小说的副题很可以不用"美德有报"，而改为"有节制的欲望得到报偿"。

如果说班扬式的追求更大程度上是新兴阶级的宣言和道德武器，那么灰姑娘式的攀升则是他们的社会梦想。通过婚姻，两种追求的模式愉快地结合了。这是《帕梅拉》大得民心的真正秘密所在。早在弥尔顿为"婚姻之爱"喝彩之前，英国文学中已有不少诗文将婚姻理想化。[2] 婚姻由于它和基督教神话中的伊甸园的联系，常常被想象成一种人间乐园。随着婚姻被升华为神赐的报偿，宗教追求和世俗追求两套情节便汇合成一。不须说，这一神圣婚姻的象征本身也是含糊的、多义的，它半是掩盖了、半是揭示了主人公的私人欲望。一方面它充满了宗教影射和寓意，另一方面，又不可避免地指向具体的人和情景，指向婚姻所必然涉及的社会、经济和情感的"交易"。这里，如伊格尔顿所说："歧义含糊乃是意识形态机器运转的润滑油。"[3]

和灰姑娘故事一样，帕梅拉地位的上升并没有改变她所存身的社会秩序。那些对《帕梅拉》之类作品持"革命论"的评议者显然言重了。它在更大程度上是一部"交涉商讨之书"，"奔走"于美德得报的社会重组设想和既存的等级秩序之间，企图既给予下层女主人公以发言的声音，又不使旧秩序从根本上伤筋动骨[4]；既保留平民弱女子个人奋斗的理想，又去除茉儿式挣扎所造成的社会溃疡和道德失范。

在《帕梅拉》引发的多声部"大合唱"中，不少作品（如菲尔丁名篇《莎梅拉》）把帕梅拉改写成钻头觅缝设法卖身的无耻小人。他敏锐地抓住了帕梅拉的道德经背后的物欲旁白，把它们上升为唯一的动机并触

① Frank Bradbrook, "Samuel Richardson", in B. Ford（ed.）, *From Dryden to Johnson*, Penguin, 1957, p. 299.

② 参见 J. Milton, *Paradise Lost*, Bk. IV, l. 750；参看沈弘《迟暮的爱情更加刻骨铭心》，《世界文学》1999 年第 3 期。

③ Terry Eagleton, *The Rape of Clarissa*, p. 35.

④ 参看 Ian A. Bell, *Henry Fielding*, p. 59.

目地展示了出来。不过，既然理查逊已经设置了 B 先生来嘲笑、挖苦帕梅拉，预先把菲尔丁要说的话讲了出来，并让它们在小说的框架里最终成为无效的语言，菲尔丁对莎梅拉的刻画虽然尖刻机智，却很难说表达了多少独创之见。他把莎梅拉写成彻头彻尾的自私自利者，表明他有意对《帕梅拉》与帕梅拉所体现的多重声音和意图的对话与冲突视而不见。在《莎梅拉》的映衬下，理查逊的原作反倒更凸显出原本不易让人欣赏到的深刻的一面。大约正是在这个意义上，麦基恩说，《莎梅拉》和《安德鲁斯传》都是对《帕梅拉》的反响，是对它的否定，也是对它的进一步完成。①

　　小说的兴起、女性成为文化消费生力军以及女作家的出现，是 18 世纪里意义深远的文化事件。这些变化几乎是同步发生的，② 归根结底与迅猛的经济发展密切相关。在工商业增长和殖民扩张进程中，旧的生活模式已被侵蚀。经济、社会、文化的种种不同质的发展给中产阶级女性造成新的限制和挤压，也带来了新的发展空间和自我想象，特别是文学中的新的自我发现和自我表达。由于劳动分工和生产与生活场所的分离，中产阶级妇女渐渐被排除在生产和经营之外，被骤然抛入该阶级前所未见的财富和无所事事的闲暇中。但是另一方面，随着家庭日用品的迅速商品化，他们成了经济的另一个关键环节即消费过程中举足轻重的因素。她们还是看戏、听音乐、逛街和游公园等大众娱乐的主要参与者。穿着华美、举止得体、教养优良的女性自身也变为成功工商人士装潢门面的一种标志物。笛福抱怨说："生意人虚荣而愚蠢，力图让他们的妻子成为淑女，真的，他让她在楼上客厅端坐，接待来访者，喝茶，款待邻居，或乘坐马车外出……"③ 这些争做文雅淑女的女人不再从事家务劳动，甚至羞于提篮上街买菜。

　　几乎所有优秀的文人都不吝笔墨地关注有关妇女的问题，引导"品位"和"趣味"潮流的艾狄生曾不止一次撰文讨论服装服饰。过去被认为是败坏世道

① Michael Mckeon, *The Origins of the English Novel*, p. 395.

② Jane Spencer, *The Rise of the Woman Novelist*, Oxford: Basil Blackwell, 1986, p. iii.

③ Defoe, *The Complete English Tradsman* (Augustus M. Kelley, 1969, reprints), vol. 1, p. 292.

人心的虚构故事被改造成"供年轻女性阅读的戏剧化了的行为指南"，① 不少女作家的小说几乎"逐字逐句地照搬、呼应行为指南书籍"。② 除了衣着用品等包装以外，新一代淑女的"软件"构成主要包含两个方面。其一是以上层贵族女子为蓝本的举止、风度和修养，其要点可从（由嬷嬷及 B 家老夫人调教的）茉儿和帕梅拉的教养中略见一斑。③ 其二是虔诚的信仰和严谨的德行。这些同样在帕梅拉身上得到了鲜明的体现。她言必称上帝，而且把贞洁的重要性提到空前高度，作为"美德"（virtue）的核心。这一点只有放到一个高度倚重婚姻制度的社会中才可以理解。"女人的贞洁无比重要，"约翰逊博士曾说，"因为所有的财产权都有赖于它。"④ 女冒险家茉儿·佛兰德斯、罗克萨娜之流显然无助于确保家业继承人的血统，因此不可避免地被帕梅拉们取代了。财产继承要求确保血统纯洁；婚姻市场的运行又要求一定的自由度。自由必然带来风险，所以需要加倍地强调当事人的德行、审慎和技巧。⑤ 总之，对于资产阶级新秩序来说，女德问题是与产权攸关的大事。

日渐有闲的中产阶级妇女成了印刷品的忠实消费者，越来越多的下层女性也加入了不断扩张的读者群，⑥ 专为低收入读者服务的流通图书馆随之应运而生。很多学者认为 18 世纪小说读者的主体是女性。尽管这一说法未必准确⑦，但是我们至少可以说，不论从哪个角度看女性阅读都已经是不可忽视的社会现象。虚构的女性人物——如夏洛特·伦诺克斯（1720—1804）的《女性吉诃德》（1752）中耽于幻想的阿拉贝拉或亨利·麦肯齐的《重情者》中因爱情而"堕落"的爱米莉·阿特金斯

---

① Jane Spencer, *The Rise of the Woman Novelist*, p. 142.

② Mary Poovey, *The Proper Lady and the Woman Writer*, University of Chicago Press, 1984, p. 38.

③ *Pamela's Daughters*（Utter & Needham, New York：Macmillan, 1936）一书指出，帕梅拉曾修习的种种才艺"正好是当时淑女教育的全部科目"（p. 10）。

④ Boswell, *Life of Johnson*, Oxford：Clarendon, 1964, vol. 2, p. 457.

⑤ P. A. Langford, *Polite and Commercial People*, pp. 112 – 113.

⑥ 参看 Laura Brown, *Ends of Empire：Women and Ideology in Early Eighteenth – century English Literature*, Ithaca：Cornell University Press, 1993, p. 14.

⑦ 有的学者对当时一些图书馆实况的研究表明：借书者中女性所占的比例其实不足百分之三十。参看 April London, "Historiography, Pastoral, Novel", in *Eighteenth – Century Fiction*, vol. 10, #1, pp. 55 – 56.

等——的经验常常提醒我们注意小说阅读在何等程度上左右了读者的人生构想或"自我塑造"。由于女性读者群开始形成,由于她们的趣味和好恶对书籍的出版发行产生了举足轻重的影响,曼利(1663—1724)和海伍德(1693—1756)之流粗通文墨的女人得以在18世纪初靠卖罗曼司故事为生。同样,也由于存在这样一个热衷于从阅读中获得人生教益的群体,理查逊才会津津乐道地和他的女性朋友兼读者讨论、修改他的作品,帕梅拉也才有可能获得第一主人公兼道德权威的中心地位。很显然,如果说理查逊的《帕梅拉》部分地脱胎于兴盛一时的指南类说教文学,那么至少它的"母系"祖先是曼利和海伍德的"引诱小说"。不过,理查逊赋予了旧引诱故事以新的主题和新的使命,把它成功地改写成备受欢迎的新灰姑娘神话。

不过,《帕梅拉》等小说发布的操行指南言论不仅(如某些女权主义者所强调)是对女性思想和行为的规训或压制女性的新策略,而且也是整个中产阶级界定自身新身份的努力,是他们自我塑造、自我提升,分享社会领导责任并全盘革新道德规范的宏伟计划的重要组成部分。

理查逊等男性作者自认为有责任与复辟时代罗切斯特伯爵所代表的贵族恶德抗争并彻底改写茉儿们所演示的绅士淑女之路。他们不仅认同帕梅拉所演示的虔诚而高洁的自我形象,而且也认同她和其他女主人公所代表的"美德受难"(virtue in distress)的社会处境。如南希·阿姆斯特朗说,"现代个人首先是个女人","……对新的女性理想的传播,将英国小说的历史和英国中产阶级得势的过程联系起来"。① 以理查逊最后一部小说《葛兰底森》(1753)的同名男主人公为代表的商业社会新"绅士"大大不同于旧式尚武的英勇骑士,而是更近似于所谓"淑女"。一些带有女性色彩的特征,比如对细腻、文雅和"精美"(refined)的讲求,开始主导全社会的趣味。可以说,理查逊为新的社会领导和社会秩序"造像",发挥了重要的作用。

帕梅拉及其"美德得报"的故事提供了一个相对可以自圆其说的神话,化解了茉儿们的创业原罪并展示出一整套道德规范和正面人生设计样本;

---

① Nancy Armstrong, *Desire and Domestic Fiction*, pp. 8 – 9.

但与此同时却又遮蔽、抹杀了许多的社会弊端和痛苦，丢失了笛福笔下更原生态的庞杂世态图景和粗粝人生真相，失去了那个未定型的特定历史时刻所包含的多样性、丰富性和充盈激荡的生气。

第三章

作家与社会治理

——从菲尔丁的两篇论文谈起

现代性是一个热门话题，在 18 世纪的英国就已经引起广泛关注，菲尔丁也不例外。虽然就其教育背景和创作传统来看菲尔丁属于古典作家，但他对现代性问题并不陌生。他早期的许多剧作以讽刺现代社会的种种腐败堕落现象为主旨，而他自己最看重的五幕喜剧就是《现代丈夫》（*Modern Husband*）。到了他创作的后期，现代性问题似乎更占据了重要地位。劳拉·布朗（Laura Brown）在《现代性的寓言》（*Fables of Modernity*）一书中指出："现代性的代表特征一直集中于大都市的社会空间。尤其是在马克思主义传统中，对现代性的批评是巴黎、伦敦和柏林这类欧洲大都市的街道、人群和建筑物所引起的。"① 在英国最著名的大都市是伦敦，而这个大都市的重要代表意象就是排水沟。当时城市公共设施才处于起步阶段，排水沟都是明沟，一遇大雨泛滥成灾，污水横流。斯威夫特曾在名诗《城市阵雨》中对此有十分生动深刻的描写。作为伦敦西区的治安法官，菲尔丁的作用与排水沟的作用类似：把污泥浊水（邪恶犯罪）排掉，保持城市的干净（安全）。菲尔丁关注的除了直接处理犯人，还包括消除犯罪根源，改善人民生活。虽然这一切并不是他这个治安法官所能解决的，但他毕竟做了不懈的努力。

1748 年年底，菲尔丁在宫廷大臣贝德福特公爵的帮助下得到了威斯敏

---

① Laura Brown, *Fables of Modernity*: *Literature and Culture in the English Eighteenth Century*, Ithaca: Cornell University Press, 2001, p. 29.

斯特区治安法官的职位，次年负责的地区又扩大到整个米德塞克斯郡。在当时，米德塞克斯郡基本上把伦敦城环抱。作为米德塞克斯郡的治安法官，菲尔丁负责的范围相当大，只有伦敦老城除外，因此后人一般把菲尔丁看作伦敦大都市警察制度的创立者。威斯敏斯特区是议会和王宫所在地，此地的治安法官也有"宫廷法官"（court justice）的称谓，并常常受到政敌的攻击。菲尔丁在选举中采取措施支持政府的候选人，这虽然有知恩图报的因素，实际上他也是从内心支持以帕赖姆（Henry Pelham）为首的政府。1749年菲尔丁发表了他的代表作《汤姆·琼斯》，其基本政治态度同样是支持现政府，反对詹姆斯党（Jacobites）人叛乱。1750年菲尔丁参与创立了"通用登记处"（Universal Register Office）这个职业中介机构。他创办这个机构的原因，一是为了给找工作的人与雇主提供帮助，二是为自己提供新的经济来源。前者应该说是与治安有关的，而后者似乎也表明菲尔丁经济上并不宽裕。之所以如此，重要原因是他为官比较清廉，不像前任那样不择手段地为自己敛财。1751年年底菲尔丁发表《阿美莉亚》，这是英国文学史上第一部以伦敦生活为主题的社会批判小说。1752年，菲尔丁创办了他一生中的最后一份杂志——《科文特加登杂志》（*The Covent - Garden Journal*），这份杂志有三个作用：对文坛现象加以评论，为自己的作品进行辩护，同时宣传博街（Bow Street，菲尔丁办案的地方）案例，并为通用登记处做广告。这一切活动都与伦敦这个现代大都市有着密切关系：正是大都市的发展引来大批流浪求职者，而无职或失业者的增加引起犯罪率的升高。要解决这些问题，一方面要建立更加完善的治安办案组织，博街帮办（Bow Street Runners）应运而生；另一方面要开展职业介绍，促进就业。探讨犯罪根源，是社会改革家的任务，而利用小说来为除恶扬善做舆论准备正是作家之长。可以说菲尔丁一生最后几年的工作生活与伦敦这个迅速发展中的现代大都市有着千丝万缕的联系，而他的两篇重要社会论文更是旨在直接为解决现代社会问题而出谋划策。

菲尔丁在担任治安法官期间写作了多篇社会论文，但最重要的是1751年1月发表的《关于近来盗匪剧增之原因的调查报告》（简称《调查报告》）和1753年发表的《关于切实为穷人提供生计以改进其道德并使之变为社会有用成员的建议书》（简称《建议书》）。现代批评家对两份重要文献的评论有很大分歧。早期的批评家多以此强调菲尔丁的激进社会改革思想。1966 年马尔文·泽克（Malvin Zerker）发表专著《菲尔丁的社会论文》（简称《社会论文》），对此进行了深入研究。他指出，菲尔丁的观点并非激进，而是很保守的。菲尔丁在《调查报告》中提出的观点主要反映了当时的一般看法，没有太多的创新性。《调查报告》与其他类似论文相比的突出特点是菲尔丁对英国历史和相关法律的熟悉，这是许多论文所做不到的，而恰恰反映了菲尔丁的优势：他身为律师兼治安法官，又是对历史充满兴趣的著名作家。虽然《调查报告》在 1751 年 1 月 19 日发表以后不久，政府就在 2 月 1 日成立了专门委员会研究打击犯罪问题，但这并不能证明委员会是在菲尔丁论文的影响下成立的。[1] 后来在编辑菲尔丁社会论文的注释中，泽克仍然认为自己的观点基本上站得住脚，虽然又补充说后来委员会在制定决议时可能参考了菲尔丁的《调查报告》。[2] 关于菲尔丁的另一篇重要社会论文《建议书》，泽克则强调，菲尔丁关于在每个郡建立一个可以为 5000 人提供工作的贫民习艺所（Workhouse）的建议并非他的独创，而是受到别人的影响而提出的。在撰写《调查报告》时菲尔丁本来考虑的只是改进各教区济贫院的管理。[3]

总起来说，泽克的目的在于打破以往批评家对菲尔丁论文作用的过于拔高，从而能够比较客观公正地加以评价。对此，马丁·白特斯廷（Martin Battestin）赞扬说，泽克的论著"一劳永逸地破除了关于菲尔丁的社会哲学是'民主的'或'理想化'的无根据假设"。[4] 泽克对菲尔丁论著中所谓保守（甚至反动）性的指责，主要是菲尔丁对穷人特别严厉，缺乏平等观念，力图保持现有穷人富人不平等地位等方面。对于这一结论，批评家也有分

① Malvin R. Zirker, *Fielding's Social Pamphlets*, Berkeley & Los Angeles：University of California Press, 1966, pp. 32 – 42.

② Malvin R. Zirker, "General Introduction" to *An Enquiry into the Causes of the Late Increase of Robbers and Related Writings*, Middletown, Conn.：Wesleyan University Press, 1988, p. lix, Note 2.

③ Ibid., p. lxxiii.

④ Martin C. Battestin, "Fielding and Ralph Allen：Benevolism and Its Limits as an Eighteenth – Century Ideal", *Modern Language Quarterly* 28（1967）, p. 272. 在《亨利·菲尔丁传》（Martin and Ruthe R. Battestin, *Henry Fielding：A Life*, New York：Rutledge, 1989）中，白特斯廷称泽克的论著是"关于这个问题的最权威研究"（第 514 页）。

歧。罗纳德·鲍尔逊（Ronald Paulson）在书评中就一针见血地指出："泽克削弱了他的论证——或读者的耐心——因为他从 20 世纪自由派的观点来观察菲尔丁，从而对菲尔丁做出了过于简单的否定评价……作为一部学术著作，该书之论证惊人的片面，有时甚至无端地曲解菲尔丁的清晰原意。"[①]菲尔丁在小说里表现了人道主义态度，而在社会论文中却表现得有些无情，这两者之间的矛盾应该如何看呢？W. A. 斯派克（W. A. Speck）认为：两者之间的"联系应该从他对下层民众的意识态度中去找。在关于人的本性和理性控制行为的作用的论争中，他站在乐观主义者一边，而这才使他对人的弱点持很严厉态度"[②]。斯派克又指出，"正是因为他对下层民众的潜力具有很高的期望，菲尔丁才对他们的弱点严厉斥责"[③]。批评是仁者见仁、智者见智的事，有分歧并不奇怪，我们要做的是对问题进行具体分析。从历史的观点来看，虽然菲尔丁的一些见解不见得符合现代自由主义标准，但在当时提出来却有重要意义。同样需要注意的是，菲尔丁的观点是以给当权者建言献策这样的形式提出的，这种特殊的读者也在一定程度上影响了他的论证角度和行文语气。

　　《关于近来盗匪剧增之原因的调查报告》包括献词、序言和 11 章，是菲尔丁所有社会论文中最长的。威斯林版菲尔丁社会论文集的书名是《〈关于近来盗匪剧增之原因的调查报告〉和相关著作》，可见这篇论文的重要性。菲尔丁在序言中指出英国社会大致分成三个阶级：贵族、绅士和普通人，他只涉及普通人[④]。然后，他从社会发展的角度，分析了普通人的变化。他指出，普通人在古时候比较简单，其中的上层是自由佃农或半自由的农奴，再就是地位更低的奴仆等。他们都要对自己所服务的贵族或绅士效忠，行为受到约束。与这些人比起来，有一技之长的艺人工匠地位略高一点，虽然他们不能形成一个独立的阶级。但是，随着社会经济和工商业的发展，很多手艺人和工匠发展成了小业主，甚至在商贸活动中发家致富。

---

　　① 　Ronald Paulson, "Review", *Journal of English and Germanic Philology* 67（1968）, p. 163.

　　② 　W. A. Speck, *Society and Literature in England 1700 – 1760*, London: Gill & Macmillan, 1983, p. 164.

　　③ 　Ibid. , p. 166.

　　④ 　Henry Fielding, *An Enquiry into the Causes of the Late Increase of Robbers and Related Writings*, ed. , Malvin R. Zirker, p. 67.

社会各阶级地位发生了很大变化，国家法律却没有发生相应的变化，这是造成现在社会问题的重要原因。然后，菲尔丁进一步指出，他要关注的不是普通人中地位升高变富的人，而是最贫困的人，他们同样受到现代商业发展的影响，但是结果不是走向致富，而是犯罪；因为商业发展必然带来奢侈，而穷人追求奢侈又没有物质条件来实现，这就导致抢劫犯罪增长。在序言结尾，菲尔丁引了考尼尔斯·米德尔顿（Conyers Middleton）1741 年所著《西塞罗传》中的一段话，强调奢侈带来的危害："努力工作达到富足，富足引向奢侈，奢侈引向无纪律和道德堕落"，直到整个社会秩序大乱，民不聊生[1]。为了避免这种悲剧出现，菲尔丁在正文中分 11 章论述了盗匪剧增之原因以及现有法律在打击盗匪方面的缺陷。这 11 章大致可以分成三个部分：第一部分论述奢侈是抢劫犯罪的原因，第二部分论述济贫法和流浪者法的执行不力造成抢劫犯罪上升，第三部分论述司法程序等方面的问题。

第 1 章至第 3 章论述奢侈问题。菲尔丁指出，他主要论述奢侈对于下等人的危害，不涉及上等人，因为上等人一是有条件奢侈，二是他们的奢侈可以促进消费，对社会是有作用的。但对于下等人则不然，一来他们没有条件奢侈，若想奢侈就得偷盗；二来他们是社会财富的创造者，若沉溺于奢侈，不仅耽误创造财富的时间，而且可能损害身体，从而根本不能创造财富。这虽然只是简单地指出了社会现实状况，但是也有一定的讽刺含义：上等人只享乐，对于社会财富的创造没有贡献；下等人创造了财富却不能享受，只能忍受苦难生活。从表面意义来看，这很像《国际歌》表现的思想：穷人是财富的创造者，富人是寄生虫；但与《国际歌》号召穷人造反打碎旧世界的主题不同，菲尔丁并不认为这种社会现实本身有不合理之处，他只是要穷人了解这一点，远离奢侈，减少犯罪，从而保持社会安定。关于穷人的奢侈问题菲尔丁主要论述了三点：一是戏剧歌舞等娱乐场所，二是酗酒，三是赌博。

关于第一点，菲尔丁说本来娱乐活动是为了调节人的工作压力而开展的，但是，现在很多人却把娱乐当成了生活的根本。对上等人来说这也没

---

① Henry Fielding, *An Enquiry into the Causes of the Late Increase of Robbers and Related Writings*, ed., Malvin R. Zirker, p. 74.

有多少害处，因为他们本来就无所事事，游手好闲，苦于无法消磨时光。但对于下层百姓，沉溺于娱乐场所则不仅要花费宝贵的钱财，而且还耽误时间，影响工作。影响了工作就挣不着钱，还想要去娱乐场所，没有别的办法，只好偷盗抢劫。因此，娱乐场所的泛滥是盗匪增长的一个重要原因，或者说是首要原因。菲尔丁抱怨说，由于人们过于沉溺戏剧娱乐，虽然现在伦敦已经有了三个剧院，有人还要建第四个剧院。这当然与他自己在18世纪30年代当剧作家时的观点是截然不同的。但是，菲尔丁的观点也有一定道理。在身为治安法官的菲尔丁看来，戏剧歌舞总与色情交易、道德败坏有着千丝万缕的联系，因此下层劳动者应该远离这类场所。关于酗酒，菲尔丁涉及了一个当时特别突出的社会问题。随着酿酒技术的快速发展，杜松子酒（Gin）成了流行饮料。由于它的价格很低——一便士可以买一品脱——某种意义上造成了下层百姓的酗酒之风。菲尔丁的朋友、著名画家霍格斯（Hogarth）曾用画作来描绘当时酗酒泛滥的场面：有正在给孩子喂奶的母亲自己沉溺喝酒，孩子都要掉到地上了母亲却全然不知；有的母亲甚至给婴儿灌酒。由于酿酒业提供了可观的税收，政府虽然颁布了一系列限酒法令，但都执行不力。关于酗酒与犯罪的关系，菲尔丁认为有的人因为没钱买酒便会偷盗；而喝醉了酒之后因为丧失理性，更容易犯罪。他还从孕妇酗酒对下一代的损害方面论述了酗酒的危害。酗酒在当时造成的危害可与现代的吸毒相比。关于赌博的危害，菲尔丁指出它不仅使许多人倾家荡产，更易引发新的犯罪，不仅包括为了获得赌资而犯罪，还包括赌徒之间因钱财纠纷引起的打斗甚至行凶杀人等。

在论述了戏剧娱乐、酗酒和赌博三个导致犯罪的原因之后，菲尔丁在第四章转而探讨关于救助穷人问题。这一章是全文最长的，而菲尔丁在两年之后更特意撰写了《关于切实为穷人提供生计以改进其道德并使之变为社会有用成员的建议书》，足见他对这一问题的高度重视。菲尔丁指出英国有许多关于救助穷人的法律，但是穷人问题却仍然十分严重。原因就是法律太多，而具体执行的措施却不够。于是就产生了有法不依，执法不严的问题。菲尔丁把穷人分成三类：没有工作能力者，有能力却不愿意工作者，有能力且愿意工作但没有工作者。他认为，第一种穷人为数不多，主要是先天或因伤病致残，丧失劳动能力的人。对于这类穷人，只要现有的救助措施能得到落实，就可以解决问题。有能力且愿意工作的人占穷人的绝大多数。法律规定教区长负责，但是并没有说明到底应该怎么做。而实际的负责人由于没有工作动力，只凭良心行事，所以效果不好，因此很多穷人就成了无业游民。菲尔丁认为理想的形势是采取措施实现广泛就业，让有能力并愿意工作的人都有工作做。① 有能力但不愿意工作的人在菲尔丁看来是犯罪的来源：虽然英国法律规定对这些人要强制他们劳动，但实际执行的效果并不好。菲尔丁认为，对于这些人必须采取强制措施。为了能实现广泛就业，菲尔丁赞成实行固定的低工资制：工资低，产品成本就低，就有竞争力；工资低工人为了维持最低生活，就必须多工作，而工资高就会鼓励人们懒惰。② 菲尔丁的这些主张从人道主义观点来看是背道而驰的，受到现代批评家的抨击。但是，如果从他当时的社会环境和他作为治安法官的工作主旨来看，却不能说没有道理。菲尔丁认为，在制定了固定低工资制度之后，所有拒绝工作的人，都是不可救药的懒汉，必须强制劳动，这样才能让他们自食其力，不至于在社会上流浪，惹是生非。虽然强迫劳动也有无视基本人权的嫌疑，但是菲尔丁的思考也并非毫无见地。

菲尔丁在第 5 章探讨了对收赃销赃者的惩处问题，认为这也是抢劫频繁发生的一个重要原因。他在这一章开始就指出："对各种偷窃的一个有力支持是可以轻易而安全地销赃。"他还引古语说："若没人收赃，也就没有人偷窃。"③ 他指出，在当时的伦敦，销赃是轻而易举的事。偷窃之后一两天，窃贼就会看到这样的广告，只要他把某物送到某处，他会得到奖赏，而失主不会追问赃物来自何处。产生这种情况的一个重要原因是有些受害者急于找回自己失窃的东西，于是乐意付出一定的赎金。这有些像现在的有赏寻物启事，不过寻回的不是自己丢失的，而是被偷窃的东西。菲尔丁赞成大法官托马斯·帕克爵士的观点，认为这种行为实际上是纵容犯罪，应该是非法的。更为严重的是，即使受害者自己没有登广告寻物，窃贼销赃也毫无困难。一方面，当铺老板财迷心窍，看到可以廉价收当的机会就不放过；另一方面，盗窃团伙已经建成了完整的销赃网络。1725 年被判绞

---

① Fielding, *An Enquiry into the Causes of the Late Increase of Robbers and Related Writings*, p. 110.

② Ibid., pp. 116 – 117.

③ Ibid., p. 125.

刑的盗窃团伙大头目江奈生·魏尔德就享有"捉贼大王"（thief – taker general）之称：他一方面是盗窃集团的首领，收受享用盗窃成果，另一方面又可以随时把自己不满意的喽啰出卖掉，获得政府的奖金，因为当时法律规定，如果告密者提供的线索最后导致罪犯被处决，就可以得到 40 镑赏金。[①]除了严厉打击有组织的犯罪团伙，菲尔丁还提出了一些具体的建议，包括禁止刊登招赃广告，对当铺业加强管理，收受赃物是犯罪行为，低价收当本身就可以作为犯罪证据，等等。[②]

第六章探讨关于流浪者的法律，这也是全文中比较长的一章。菲尔丁认为无业流浪者是犯罪的重要来源，因为他们可以很轻易地逃脱惩罚。他回顾说英国历史上曾经制定了很多关于流浪者的法律，严格限制人员流动，每个人都必须在自己的居住地工作，不得随意离开。这些法律曾经得到比较好的执行，在许多地方甚至可以说曾经达到路不拾遗、夜不闭户的安定局面。[③] 但是，随着工商业的发展，人员流动越来越频繁，原有的法律执行情况越来越差。他举出一个有趣的现象：如果人们发现了一个勤奋工作的外乡人，当地人会努力把他赶走，因为他的存在威胁着当地人的生意；而对于一个游手好闲的外乡人，当地人则不会在意，因为他并不构成真正的威胁。菲尔丁分析了最新的流浪法，认为这一法律在农村可能有效，但在城市却没有多大效力，而当下面临的最大犯罪问题正是在城市：城市很大，道路街巷纵横交错，犯罪分子在作案之后可以轻易地逃脱。菲尔丁不无幽默地指出，考虑到存在如此大量穷困潦倒的流浪者，"我们倒要对抢劫犯罪没有成百上千地增加感到惊奇；这些流浪者没有都成为窃贼，一定会叫我们赞叹他们的诚实，或者怀疑他们的能力或勇气。"他认为，解决问题的办法是严格执行流浪法，赋予治安法官更大的权力，以惩罚流浪者，并把流浪者遣返原籍。他最后写道："如果我们找不到，或者不愿意实行治愈懒散的办法，我们至少可以使穷人在当地挨饿或乞讨：如果他们在那里偷窃或

---

① Gerald Howson, *Thief – Taker General: The Rise and Fall of Jonathan Wild*, London: Hutchinson, 1970, pp. 281 – 282.

② Fielding, *An Enquiry into the Causes of the Late Increase of Robbers and Related Writings*, p. 130.

③ Ibid, pp. 133 – 134.

抢劫，他们就会立刻被处决或流放。"① 这一段话也是菲尔丁受到现代批评家指责的重要理由：他对穷人表现得太严酷无情。但是，如果从菲尔丁身为伦敦治安法官的特殊身份来看，我们或许应该对他更宽容一些。

从第 7 章到第 11 章，菲尔丁探讨的是司法程序对于打击盗窃犯罪的影响，从抓捕罪犯，到起诉、审判、赦免和死刑的执行方式等各个环节。菲尔丁指出，虽然法律规定抓捕罪犯不仅是警官，也是每个人的责任，并且规定提供的线索最后导致罪犯被处决，就可以得到 40 镑奖金，但在实际行动中民众很少积极参与。主要原因有四点：从个人的方面来看，民众不愿意找麻烦，不清楚法律规定，嫌告密者名声不好，而政府允诺的奖金也往往不兑现。菲尔丁希望公众读了他的论文后能了解有关法律规定，积极参与抓捕罪犯，并希望政府在兑现奖金方面要言行一致。关于起诉的困难，菲尔丁认为一是受害者心肠软，不愿意起诉犯人，二是起诉要费时费钱费力，民众有顾虑。关于心肠软的问题，菲尔丁指出对个人的侵犯就是对他人、对整个社会的侵犯，因此真正好心肠的人应该毫不犹豫地起诉罪犯，将其绳之以法。关于起诉费时费钱的问题，菲尔丁指出两先令的起诉费虽然不多，但是对一些不富裕的人仍然是个负担，因此应该取消，同时在起诉的程序、时间等方面进行改革。关于审判问题，菲尔丁指出突出的困难是证据不易获得，而法律规定仅有告密者（多数是同伙为了自己减轻惩罚）的证词不足以定罪。抢劫一般都是在黑夜或昏暗的地方发生的，有时罪犯还化装或戴面具，因此当事人很难指认罪犯。菲尔丁对同伙的证词不可信这一点很不以为然，他分析说从各种情况来看，我们应该认为同伙的证词是可信的，因为很难想象有人会冒着做伪证的风险而指控清白的人。② 在这里，菲尔丁的推理应该说是有些过于天真了。

菲尔丁在第 10 章对国王经常发布死刑赦免令提出了批评。他认为，虽然从常理来说赦免死刑犯总是体现了一种人道关怀，但是国王的这种权力却对抢劫犯罪起到鼓励纵容作用，因为即使罪犯被抓住了，也遭到起诉，并被判有罪，他仍然可以寄希望于国王的赦免。菲尔丁指出，"公正而诚实

---

① Fielding, *An Enquiry into the Causes of the Late Increase of Robbers and Related Writings*, pp. 141, 144.
② Ibid., pp. 161 – 162.

地说，虽然对于法官来说仁慈更可爱，严厉却是个更值得欢迎的美德"①。
因此他主张严格执法，不能轻易赦免罪犯。菲尔丁强调严惩罪犯的目的不
是为了报复罪犯，而是为了警示他人不犯罪："任何一个具有常识或人性的
人都不会把一条人命与价值几个先令的赃物等量齐观，或者认为法律给窃
贼判死刑是为了报复（正如某个人所做的）。恐惧的警示作用是唯一目的，
一个人被杀是为了千百人不被杀。"②

第 11 章，即全文最后一章探讨死刑的执行问题。在 18 世纪的伦敦，
死刑犯被公开执行绞刑，一般每隔五六周举行一次。根据法律史学家列
昂·雷德辛诺维奇的研究，从 1749 年到 1754 年，也就是在菲尔丁担任治
安法官期间，在伦敦和米德塞克斯共有 389 人被判处死刑，其中 283 人被
处决。③ 每逢处决犯人的日子，伦敦就像过节一样，万人空巷，市民涌到死
刑犯将要经过的街道和刑场观看。画家霍格斯曾经描绘过这种场面。公开
执行死刑的原意大概也是为了对大众起警示作用，但是由于在伦敦死刑场
面经常出现，人们已经司空见惯，其杀一儆百作用逐渐被欢乐宣泄作用所
取代，几乎有点像是狂欢节了。菲尔丁对这种处决方式进行了分析，认为
它的作用不好。有的死刑犯死不悔改，往往把受刑的一天变成了他向民众
炫耀展示的机会，与其说是警诫其他人远离犯罪，不如说是引诱潜在的罪
犯成为真正的罪犯。菲尔丁提出了三点反对公开绞刑的理由，一是死刑判
决应该尽快执行，越快越好；二是死刑的执行应该在一定程度上是非公开
的；三是死刑执行应该是庄重严肃的，这才能起到震慑作用。④ 在菲尔丁的
论文发表三十多年后的 1783 年，伦敦的死刑执行终于从泰本（Tyburn）转
到老贝利监狱的院内。虽然菲尔丁的论文不一定是这一改革的直接原因，
但他关于死刑执行的观点显然代表了改革的方向。

在全文结尾部分，菲尔丁写道："到此为止，我已竭尽全力完成了我给
自己在论文中定的任务。我努力探究了这一邪恶（抢劫）产生的根源，论
述了它的源头在哪里，以及它后来接纳（得到）的支流（帮助），直到最

---

① Fielding, *An Enquiry into the Causes of the Late Increase of Robbers and Related Writings*, p. 164.
② Ibid., p. 166.
③ 转引自 *An Enquiry into the Causes of the Late Increase of Robbers and Related Writings*，第 167 页注 7。
④ Ibid., pp. 169 – 170.

后变成现在要吞噬一切的汹涌巨流。"① 他在此处用富有感染力的形象比喻归纳了自己的基本观点。他认为在穷人中蔓延的奢侈是抢劫犯罪增加的根源，济贫法和流浪法的执行不力和收赃销赃的简便易行是助长抢劫犯罪的重要因素，而在抓捕罪犯和起诉审判等方面的缺陷更使抢劫犯罪难以得到及时有力的打击。所有这些因素汇集一起，导致了抢劫犯罪大幅增加的恶果，正像众多支脉的汇入使小河变成了巨流。菲尔丁接着指出："在此我必须再次重申，如果本文前半部分可以得到立法的重视，从而有效地制止下层民众的奢侈，迫使穷人去工作，为勤奋的人提供机会，本文后半部分几乎是不必要的。实际上，如果不解决本文前半部分提出的问题，解决后半部分问题的一切努力，提供的一切药方，都只不过起点缓冲的作用。它们可能会对疾病起忍耐或镇痛作用，但不能完全解决问题。"② 我们可以指责菲尔丁，说他缺少人道主义感情，没有看到穷人也需要娱乐消遣。但是，我们更应该看到他不过是说出了一些大实话。穷人由于收入少，必须把全部精力投入到工作中，这样才能维持生活，而如果像富人一样沉溺于消遣娱乐当中，就必然生活拮据，甚至难以糊口，最后可能会走上犯罪道路。菲尔丁相当清醒地认识到穷人是社会财富的创造者，没有他们的劳动创造，富人或上等人就不能享乐。他缺少的是人生来平等的理想观点，看到的是人生来就分成穷人富人的社会现实，因此才发出了制止穷人享乐的呼吁。在信奉尊卑有别的等级制度方面，菲尔丁与他的绝大多数同代人是一致的，毕竟只有到了法国大革命之后，人生来平等的信条才得到广泛的赞同。

菲尔丁观点的最根本局限并不是他缺少人道主义感情，而是他没有看到穷人流浪的真正根源并不是他们不愿意劳动，而是由于工商业发展（尤其是毛纺织业的发展）导致的圈地运动使许多农民失去了土地，不得不走上流浪之路。而过时又执行不力的济贫法没有给穷人提供必要的保障。作为一个思想比较保守的改革者，菲尔丁对社会发展的认识有很大的局限性，他的社会哲学使他认为最好的社会秩序是当权的富人用好权，并对无权的穷人给予关照。亨利·奈特·米勒指出："菲尔丁强烈抨击那些忽略或未能实现这种理想的人；但是他从没有表露要改变社会结构本身的欲望。他关

---

① Fielding, *An Enquiry into the Causes of the Late Increase of Robbers and Related Writings*, p. 171.

② Ibid. , pp. 171 – 172.

注改进滥用权力恰恰是因为这些滥用威胁到了社会秩序和现有政权的继续存在。"① 至于广大穷人，菲尔丁给出的告诫是安分守己，不要违法作乱。他在《调查报告》中关注的就是一方面要穷人勤奋劳动，远离奢侈，另一方面要严厉打击，震慑犯罪，从而保持社会安定，因为这是他治安法官的责任。

1753 年 2 月，菲尔丁发表了《关于切实为穷人提供生计以改进其道德并使之变为社会有用成员的建议书》，并把它献给当朝首相亨利·帕赖姆。菲尔丁在献词中提到他曾经与帕赖姆谈过此事，并在以前的文章（即《调查报告》）中做过暗示。菲尔丁在《调查报告》第四章探讨了有关济贫法的问题，并且暗示自己有解决问题的方法，准备在适当的时机提出来。根据这些情况，学界曾经认为菲尔丁早在 1751 年初就有了建议的原型，或者说已经在撰稿，大型贫民习艺所或济贫工厂是菲尔丁的创新。但是，泽克在《社会论文》中论证说建立贫民习艺所是自从 17 世纪末以来的热门话题，议会早在 1722 年就通过了贫民习艺所法案。就在菲尔丁的论文发表之前的两年，又有多人撰写有关的论文，因此菲尔丁不过是积极地介入了这个热门话题。泽克在《〈关于近来盗匪剧增之原因的调查报告〉和相关著作》导论中还指出，菲尔丁的论文发表之后得到了比较热烈的反响。大多数评论都是正面的，只有托利党人才由于政治偏见对菲尔丁进行指责。但是，到了 18 世纪末，学者对菲尔丁的建议则给予了比较严厉的批评，这主要是因为到了那个时期，社会对穷人的态度起了重要变化，不再简单地把穷人视为劳动力，而开始当作同等的人来看待。② 总之，虽然菲尔丁的《建议书》可能不是他的独创，但提出这一建议本身体现了他对贫困问题的重视，而具体详细的建议更凝结着他对这一严重社会问题的认真思考。我们没有必要把他拔高成专注于一般民众疾苦的人道主义典范，而应该从他身为当权者的臣仆的角度来审视他的观点。

作为有律师背景的治安法官，菲尔丁既充分汲取他人的观点，又结合

---

① Henry Knight Miller, *Essays on Henry Fielding's Miscellanies: A Commentary on Volume One*, Princeton: University Press, 1961, p. 102.

② Malvin R. Zirker, "General Introduction" to *An Enquiry into the Causes of the Late Increase of Robbers and Related Writings*, p. lxxxii.

自己的亲身经历，为了减少犯罪而探索解决贫困问题。他的出发点不是一般的人道主义理想，而是实际的社会治安需要。但是，菲尔丁在《建议书》的导论部分仍然满怀深情地描述了穷人的悲惨处境。他写道：

> 大家对贫民的不法行为远比对他们的悲惨遭遇熟悉，因而也就不去同情他们。这些人在阔人面前只是乞讨、偷窃，甚至抢劫，然而当没有人看到他们时，他们则挨饿受冻，生活困苦不堪。如果穿过伦敦近郊走访一下贫民区，景象是如此凄惨，只要稍有心肝的人就不能不深感同情。生活中每样必需品他们都缺乏，肚子受到饥饿的袭击，身上没有可以御寒的东西，到处是垃圾，因而必然产生疾病。如果这片景象只能触动一个人的鼻孔而不能触动他的心肝，这样一个人该是什么材料制成的呀！①

这段充满深情的话也引起了对菲尔丁持比较强烈批评态度的泽克的注意。他在威斯林版菲尔丁文集社会论文卷的导论中引了这段话，并加以评论说："在（18）世纪中期，虽然伦敦穷人的生存条件极为悲惨，像这样充满同情和理解的观察可惜是极为少见的，尤其是在直接论述穷人问题的作品中。"②

菲尔丁的《建议书》包括两个部分：第一部分是建议书基本内容，第二部分是针对可能的批评意见而作的说明。《建议书》基本内容共有 59 条，大致分成四个方面。第 1 条至第 13 条说明贫民习艺所的规模和对管理人员的要求；第 14 条至第 22 条具体说明哪些人应该进贫民习艺所；第 23 条至第 42 条是贫民习艺所的管理规范；第 43 条至第 59 条是惩治和监管措施。《建议书》提出在米德塞克斯郡建立一个贫民习艺所，可容纳 6000 人：男性 3000 人，女性 2000 人，教养犯 1000 人。米德塞克斯郡当时的人口大约 120 万（包括伦敦），占全国人口的五分之一。如果贫民习艺所取得成功，

---

① 译文引自萧乾《菲尔丁——英国现实主义小说奠基人》，上海译文出版社 1984 年版，第 96 页。萧乾误为出自《调查报告》。

② Malvin R. Zirker, "General Introduction" to *An Enquiry into the Causes of the Late Increase of Robbers and Related Writings*, p. xxii.

就可以在全国推广。可进贫民习艺所的主要有三部分人：一是有劳动能力但不愿意劳动的流浪乞讨人员，他们将被迫使进贫民习艺所劳动；二是比较轻微的罪犯，他们将在贫民习艺所内的教养院劳动教养；三是有劳动能力，也愿意劳动，但没有劳动资料或机会的闲散失业人员，他们可以自愿进入贫民习艺所。《建议书》规定的贫民习艺所人员生活劳动条件相当苛刻。每天早 4 点起床，5 点做晨祷，晚上 9 点熄灯。教养所的人员从早 6 点工作到晚 7 点，其他人员从早 6 点工作到晚 6 点，中间只在上午 9 点和中午 1 点的两餐时间各休息一个小时。贫民习艺所人员不能随意外出，不能喝酒，男女分别劳动和生活。在贫民习艺所的人员进所以后每人发给两个先令的预付金，以后每周发两个先令，直到自己的产品有了收入时再扣除。教养所的人员每周发一先令。同时规定，强制入所的人在有了收入之后，每一先令收入要扣除两个便士作为住所的公共开支，自愿入所的人每一先令收入要扣除一个便士作为公共开支，类似于税收。因此，泽克在导论中指出："菲尔丁比此前的任何贫民习艺所计划设计者都更准确和具体，特别是关于贫民习艺所组织管理的建议。"①

　　菲尔丁在《建议书》的第二部分对自己的建议做了进一步的说明。关于为何要建立可容纳 6000 人的贫民习艺所问题，菲尔丁指出以往的贫民习艺所都是以教区为单位，规模很小，效果不好。有的疏于管理，有的工人没有事做，而有些事又没有人会做。他认为，大规模和小规模的贫民习艺所在管理上大同小异，而规模大就能有比较好的效益。由于工人多，他们的技艺也是多种多样的，这样就可以从事各种不同的工作。另外，贫民习艺所的组织和管理都是很费心血的事，在一个教区的范围内很难找到合适的管理人员，而在全郡的范围内就有比较大的选择余地。针对反对者可能提出的 6000 人的贫民习艺所不可能容纳米德塞克斯郡的流浪乞讨人员问题，菲尔丁指出虽然表面上看起来这里的流浪乞讨人员远不止几千，可能在数万人。但是，这些人的绝大部分是从英国其他地方来的。他们大多正是因为在首都地区可以容易地流浪乞讨为生才来的，少数本来愿意工作的人也是因为没有机会工作才堕落为流浪乞讨者的。如果米德塞克斯郡建立

　　① Malvin R. Zirker, "General Introduction" to *An Enquiry into the Causes of the Late Increase of Robbers and Related Writings*, p. lxxxi.

了贫民习艺所，流浪乞讨人员不能像以前一样游手好闲地混饭吃，他们也就不会从家乡涌到首都来了。因此，菲尔丁认为 6000 人可以满足需要，若不能满足再增大容量也不困难。

关于建立如此大规模的贫民习艺所的资金问题，菲尔丁知道这是个难点，所以在《建议书》正文中他并没有列具体数字。在说明中，菲尔丁算了几笔账。一笔是现在的济贫税，米德塞克斯郡济贫税收入约为 70000 镑，纳税人觉得是个很大负担，但并没有很好解决贫民问题。第二笔账是那些确实没有劳动能力需要帮助的穷人的数量。他引用爱尔兰人威廉·皮提特爵士（Sir William Petty）的计算方法，每 500 人中大约有一人会因残疾丧失劳动能力，那么在米德塞克斯郡的 120 万人口中，自然残疾而没有劳动能力者不过 2400 人，按每人每年 6 镑的最低生活需要来计算，只需 13600 镑（菲尔丁计算有误，应为 14400 镑）；再按皮提特关于七岁以下儿童占人口四分之一的观点来计算，儿童约有 30 万人，其中大约百分之一属于该救助的穷人，这样也就是 3000 人；按每人每年生活费 3 镑计算，需要 9000 镑。菲尔丁写道："米德塞克斯用于没有劳动能力穷人的全部费用是 22600 镑，只相当于济贫税的四分之一。如果米德塞克斯郡的慈善院、救济院和其他慈善捐助机构不能更进一步降低这个数字，把费用降到现有费用的六分之一，那我就是大大地受骗，或者说那些资金被乱用了。"① 在这里菲尔丁的计算仍然不够准确，这也是他在身体健康状况很差的情况下完成《建议书》的一个证明。菲尔丁在这一部分的说明向我们揭示了一个残酷的现实：七岁以上的儿童就可以被看作是有劳动能力的人了。第三笔账是建立贫民习艺所的费用，他在《建议书》正文中没有提，而在说明中给了一个数字：10 万镑，并在括号中加注说这包括建房、装修和购置设备的费用。这笔巨大资金从哪里来呢？难道要再加一项济贫税吗？菲尔丁认为没有必要，可以通过发行长期债券或彩票来筹集。此外菲尔丁还说明了其他方面的一些问题。

综合分析菲尔丁的《建议书》和他做的说明，有几点特别值得注意。首先，菲尔丁设想的大型贫民习艺所反映了历史发展的要求。随着现代

① Fielding, *An Enquiry into the Causes of the Late Increase of Robbers and Related Writings*, p. 263.

工商业的发展，传统的以教区为单位的贫民习艺所已经不能适应需要，建立大规模的贫民习艺所势在必行，正如大规模工厂生产将取代家庭作坊生产一样。但是，考虑到菲尔丁的建议是在工业革命开始之前提出的，我们也不难看出他对这种大规模工场在建设和管理上的复杂性和困难性明显估计不足。菲尔丁建议中一个颇有新意的观点是组织工人学习新技术。他在第40条写道："为了更好地向劳工传授我国的制造技术和工艺（Manufactures and Mysteries），并把外国的制造技术和工艺介绍到我国，主管将在最初三年每年花费若干镑，并在以后每年花费若干镑，用于请人向劳工介绍我国和外国的制造技术。"① 他又在说明中进一步写道："正是这一点要求主管必须是能力很强的人；必须总是由具有丰富知识和经验的人来做。如果他具有这些条件并利用这些条件履行他的职责，那么，我毫不怀疑欧洲的绝大部分先进技术可以通过这种方式介绍到我国。"② 在论述贫民习艺所的论文中专门谈到介绍引进国外先进技术，这是十分难得的，表现了他对现代技术作用的重视。菲尔丁的《建议书》还有一个突出特点就是明确规定对执法管理人员失职或贪污的严厉惩罚。《建议书》提出主管要每月举行一次商品交易会，出售贫民习艺所劳工的产品。他在说明中写道："公开交易将大大鼓励劳工的热情，同时可以防止出现舞弊，而对于舞弊所有公共机构都必须严加防范，经常严格调查，并给予最严厉打击。"③《建议书》第47条专门明确规定："任何出纳、保管、文书或其他人员如果蓄意在自己负责的账本上弄虚作假，在依据法律程序认定之后，将被视为犯重罪，要流放七年。"④《建议书》第54条还规定了米德塞克斯郡在每年和每季的例会时都将审查贫民习艺所的工作，包括主管及其助手的工作，因为菲尔丁从对英国以往法律执行情况的研究中发现，好的法律得不到严格的执行是根本问题。

　　如果说《建议书》对于贫民习艺所劳工生活和人身自由的严格限制表现了菲尔丁的某种严厉或不人道，他也在某些方面表现了一定的宽容

① Fielding, *An Enquiry into the Causes of the Late Increase of Robbers and Related Writings*, p. 247.
② Ibid. , p. 274.
③ Ibid. , p. 265.
④ Ibid. , p. 250.

和体谅。《建议书》第 26 条规定对于因故被监禁的人在 24 小时内只给他们面包和水。在说明中，菲尔丁写道："实际上，使犯罪的人回归理性和秩序的最有效办法就是禁闭和限食；尤其后者对于心灵的疾患常常同对于肉体疾病一样有效。说真的，这是一个很合适的惩罚，而且不像那些和羞辱连在一起的惩罚那样产生恶劣的后果：因为只要让罪犯一次感到羞辱，他就再也不怕羞辱了，而羞辱感往往是阻止人作恶的强大力量。"[1]在谈到主管对于犯了小错的劳工的处理方法时，菲尔丁写道："对于保证社会的和谐秩序来说，最好的办法是对小的过失给予较轻的惩罚……这类惩罚应当包括斥责，并努力让犯错误的人认识到这种斥责是为了他好。但是必须记住，这些人是些较好的，比较温和的人，可以从这种方式中得到教益；因此在这种教诲中要尽量不用羞辱。"[2]这些论述从一个方面展示了菲尔丁充满人道主义的性格，正如他在小说中所一贯表现的那样。

菲尔丁在说明的最后一段直接向某些敌对的人发话。有的人可能认为他的《建议书》不过是要公众出资为自己建房子，即菲尔丁本人有意当贫民习艺所的主管。菲尔丁引贺拉斯的诗歌说等着自己的不是几百平方尺面积的大房子，而是六尺长两尺宽的小地方。他写道："雄心或贪婪都不可能给我提起希望或制定蓝图，因为我的目的只不过是在某种安逸中度过余生，并尽量使我的家人不至于沦落到受我在此提出的法律保护的地步。"[3]我们记得斯威夫特所作讽刺文《一个小小的建议》中的叙述者最后曾说他的夫人已经过了生育的年龄，他并不指望从自己的建议中获益。但是，斯威夫特的叙述者是在调侃，而菲尔丁则实际上已经病入膏肓，只是他的职责不允许他倒下。菲尔丁在世的时间只剩下不足两年了。此外，在《调查报告》的最后一页，菲尔丁为他参与创立的"通用登记处"做广告，而在《建议书》的最后一页，我们看到的是为菲尔丁和他妹妹萨拉的小说作品做的广告。从这个角度来说，菲尔丁的现代商业意识还是很强的。

由于整天纠缠于治安管理的繁琐事务中，看到的是贫困与犯罪相辅相成的严酷现实，菲尔丁在他生命的最后几年变得有些悲观失望。在他的最

---

① Fielding, *An Enquiry into the Causes of the Late Increase of Robbers and Related Writings*, p. 269.

② Ibid., p. 275.

③ Ibid., p. 277.

后一部小说《阿美莉亚》中，读者看不到弥漫在《汤姆·琼斯》中的喜剧气息，取而代之的是令人压抑窒息的悲剧氛围。监狱形象笼罩全书，男女主人公处处遭遇欺骗与迫害的陷阱，最后因为偶然因素而发现的财产导致男女主人公的幸福结局让人感到很不真实。在他的社会论文中，菲尔丁关注的也是贫穷导致犯罪，进而引发社会动荡不安等问题，并试图提出一些解决问题的方法。虽然他提出的这些方法并非济世良方，但他的探索努力却表现了一个富有社会责任感的作家面对社会问题的认真思考。他的悲观失望与英国工业革命就要开始、新的时代就要到来的前景似乎不太合拍，但从另一方面来说，正是诸多社会问题的存在催生了新时代的到来。逝世于 1754 年的菲尔丁没有看到工业革命后的英国，但他在工业革命开始前看到的英国社会面临的问题却与处于所谓"后现代"时期的我们面临的诸多困境有些异曲同工。处于现代性开端的菲尔丁与处在"后现代"时期的我们有类似的困惑，更何况从某种意义上来说今天的中国也是处在现代性的开始阶段。如果说西方学者针对菲尔丁的社会论文往往从新自由主义角度给予非人道、不自由等指责，我们却不妨从社会变革方面探讨他可以带给我们的启示。

第四章
约瑟夫和范妮的菲尔丁

《约瑟夫·安德鲁斯的经历》（以下简称《约瑟夫传》）1742 年出版。这是菲尔丁的第一部小说，情节略嫌芜杂，组织也比较松散，还有一些前后矛盾，甚至词句不通的地方。但是这部小说一直都有人看，"人人丛书""企鹅丛书"，还有其他出版社的廉价本，久印不衰。原因之一是它的篇幅较短，适于作教材，有类于狄更斯的《艰难时世》。更重要的，在于它是早期英国小说的一个范例，对涉及小说缘起的许多问题，都能有所说明。① 故事前后矛盾，是由于构思不周全。但是作者构思的缺口，也为后人留下了机会。把矛盾之处，揆之以作者的言论行迹和写作的背景，我们可以想见他的爱憎，他的希望与恐惧，他对风气的抗拒与附和，进而想见当时的世道人心。

一

菲尔丁写《约瑟夫传》时，正是《帕梅拉》大为流行的时候。讨论《约瑟夫传》，先须于此有所了解。《帕梅拉》是理查逊的小说，出版比《约瑟夫传》早两年。18 世纪的英语里没有"best seller"的说法。但是

---

① 此书有两个汉语译本：一本是《约瑟夫·安德鲁斯的经历》，译者王仲年，上海平明出版社 1955 年出版；另一本的译者是伍光建，1928 年上海商务印书馆首次出版，1954 年北京作家出版社标点、修订后，重排出版，名为《约瑟·安特路传》。笔者对原文的理解，跟上述两位译者略有出入，引用原著一律重新翻译。译文取自 Henry Fielding, *Joseph Andrews and Shamela*, ed., Martin C. Battestin, Boston：Houghton Mifflin, 1961。译文注出页数，同时标明原著的卷和章，以便使用不同版本的读者。

《帕梅拉》在当时的流传之广和影响之大，比得上今天的所谓"畅销书"。
举几个例子。

先看蒙塔古夫人的一封家信，日期是 1754 年 12 月 8 日。信的一开头就
说：

> 我这里现在是沸反盈天，以本地人的话说，是 sotto sopra。不仅这
> 座小城，首府贝加莫、全省、邻省布雷西亚，甚至整个威尼斯都一概
> 如是。起因很像帕梅拉的故事，太像了，我觉得简直就是《帕梅拉》
> 的翻版。真不知道这本蠢书当初是怎么写出来的，简直是邪门。它的
> 外文译本之多，就我所知，任何其他现代作品都比不上。眼下的这桩
> 事最能说明它的影响。这事要是到了理查逊的手里，准又是一部小说，
> 能有七八卷长。

蒙塔古夫人（Lady Mary Wortley Montagu），英国著名的"蓝袜"女性，
晚年侨居意大利，她这是给住在国内的女儿讲述当地的新闻。[①] 以下是信的
摘要：

> 信中所说的小城叫洛韦雷（Lovere），属威尼斯共和国。蒙塔古夫
> 人在那里认得一家人，姓阿登吉，殷实，但不显赫。主人是姐弟俩，
> 都没有结婚，家政由女的主持。十年前，这家的女主人在修道院遇见
> 一个讨布施的女孩子，衣着破旧，然而漂亮动人。询问她的身世，说
> 叫奥克塔维娅，八岁，有一个哥哥，修鞋，生意不好，讨钱是为母亲，
> 她年岁大了，不能劳作。答话大方有礼，女主人很喜欢，就把她领回
> 家，换上整齐衣裳，做了仆人。一做就是九年。九年中，奥克塔维娅
> 学会了读、写、算；缝补裁剪，腌酿烹调，也逐渐胜过了女主人，但
> 勤谨谦恭，和刚来的时候一样。家主的宾客朋友，对她都格外注目。

> 奥克塔维娅成年之后很少抛头露面，除了教堂哪儿也不去。但是，

---

① 原文见 *The Selected Letters of Lady Mary Wortley Montagu*, ed., Robert Halsband, New York:
St. Martin's Press, 1971, pp. 258 – 262.

主人家的房前街头，总站着一排穿着入时的男人。城里的女贩经常无端地来家里推销货物，——显然是为这些男人传话的。女主人明白了，奥克塔维娅长得太出众了，还是尽早给她找一个人家，免得出乱子。当地好几个富厚的商人来提婚，条件优渥。可是奥克塔维娅说，她不想嫁人。

19 岁那年，奥克塔维娅还是从阿登吉家辞了工。原因，照邻居传言，是男主人对她过于热情；女主人解释，是她想找工钱更高的人家。她去到邻近的贝加莫城，伺候一位老伯爵夫人。老夫人非常喜欢奥克塔维娅，临终特别嘱咐伯爵——她的儿子，不要亏待这个仆人。其实伯爵早就在暗地里勾引奥克塔维娅，已经有半年了。奥克塔维娅不干，拒绝得坚定，但是并不声张。老夫人一死，不论伯爵出什么价钱，提什么条件，都留不住奥克塔维娅。她换了一个人家，当管家，主人是一个老法官，也是单身，住在同一座城里。这位伯爵，蒙塔古夫人见过，信里说他"人长得帅，教养在意大利也不多见，游历过欧洲，巴黎的时髦做派，一点儿不落地都学回来了，舞姿优美，骑术、剑术也都受人称道，太太小姐们喜欢，先生少爷们佩服"。——蒙塔古夫人崇尚知识，不趋流俗，这样的评价，并不是夸奖。可是伯爵看自己，感觉不错。以他的潇洒风流，一个乡下的姑娘竟然不为所动，他不甘心。他不断地派人到法官家里，给奥克塔维娅送信。

三个月之后，奥克塔维娅回到了洛韦雷的阿登吉家。她是偷跑出来的。她说，老法官也打她的主意，勾引不动，竟至求婚。她请求旧主人，即便不愿意再雇她，也让她在家里躲一躲。女主人同意她留下，但对她的出逃不表赞同。她认为法官年事已高，又是有脸面的人，总不至于以强凌弱。再说，仆人能嫁给法官，应该是荣耀。奥克塔维娅有她的说法，——结婚是神圣的事，她不爱老法官，不能在宣誓的时候口不从心。

又过了半个月，阿登吉家的男主人一早来到蒙塔古夫人的住处，说是带来了《帕梅拉》的故事。蒙塔古夫人告诉他，书她早看过了，不喜欢。他说，他要讲的是真人真事。原来，头一天下午，他家门前来了一条大船，——洛韦雷在湖区，交通多走水路，载着一辆华贵的马车和四个骑马的仆役。车上下来一位老神甫，求见女主人，说是伯爵派他来迎娶奥克塔维娅。又说，伯爵就在不远的地方等候，人到了就举行婚礼。奥克塔维娅这次没有拒绝，只是要求找一位她在当地认识的神甫，陪同前往。主人依了她，奥克塔维娅就这么嫁走了。阿登吉先生说，他跟伯爵家里是世交，促成了这桩荒唐事，对伯爵的亲戚，恐怕不好交代。蒙塔古夫人觉得，他心里还是挺嫉妒伯爵的。

蒙塔古夫人给女儿写过很多信，后来结集出版，这可能是最长的一封，原文在她的《书信选》里占 5 页。此处详为征引，是因为其中的事情确实有很像《帕梅拉》的地方。读过《帕梅拉》的人，可用以比较，没有读过的，也可由此推知小说情节的大概。——一个女孩子，漂亮，聪明，因为家里穷，很小就进了一个富贵人家，给老夫人作贴身仆人。因为老夫人的调教，举止得体，笔下通顺。大户人家的太太小姐该懂该会的，有过之无不及。老夫人死后，儿子 B 先生当家。B 先生勾引帕梅拉，帕梅拉坚拒不从，但是拒绝得很有分寸，很有教养，同时不断地给父母写信，缕述自己的遭遇和心情。B 先生截下信读了，越读越惊奇，越读越佩服。他觉得帕梅拉不像是一个仆人，也不该是一个仆人，就把她娶了。

这封信说明《帕梅拉》在 18 世纪的知名度。它不仅是读物，是谈资，还是品评人物、事件的一个比附。这封信也反映了当时对《帕梅拉》的一种看法。今天的人讨论《帕梅拉》，大都侧重它的形式，它的叙述、表达的方法。当时的人所关心的，却是它的社会影响。在信的末尾，蒙塔古夫人报告了奥克塔维娅成为伯爵夫人之后的一些作为，是参加婚礼的当地神甫回来说的。奥克塔维娅为了减少支出，遣散了伯爵多余的仆人；伯爵本人也依她的劝告，戒了赌。他还托神甫给岳母带了一封信，请她来家里同住。奥克塔维娅也写了一封信，背地里叫神甫带给她母亲。信里嘱咐老太太待在家里，不要来，缺什么，她会送过去。蒙塔古夫人找补这点"余绪"，很说明她的态度。冗员要裁，用度要省，穷亲戚可以周济，却不能接来做一家，这些都是有钱人通常的持家之道。然而，看到一个仆人骤然当家做主，而且当得很有决断，蒙塔古夫人心里不舒服。她觉得奥克塔维娅早就有谋产业、谋地位的心计，不是一个思不出其位的本分人，而伯爵则是坦诚有余，而涉世欠深。她用的是"tender"这个字，直译就是"嫩了一点"。蒙塔古夫人对奥克塔维娅的看法，也是她对《帕梅拉》的看法。当时持这种看法的，远不止她一人。

　　然而，欣赏《帕梅拉》的也是大有人在。下面两个例子都是英国本土的事情，时间不详，但应该都在《帕梅拉》出版之后不久。18世纪的英国，买得起书的人不多，能读书的人也不多。所谓"读者"，很多是朗读，——读给旁人听。伦敦以西的斯劳（Slough），在运河和铁路开通之前是一个小镇。当地的村民每天聚在一起"听书"，——听《帕梅拉》。他们听到帕梅拉最后终于嫁给了B先生，兴奋非常，一起涌到教堂去敲钟庆贺。斯雷尔夫人（Hester Thrale），后来是约翰逊博士的好朋友。她的日记里也有一条类似的消息：她有一个姑姑，住在兰克夏的普雷斯顿，在18世纪算是偏僻的地方，当地的报纸连载《帕梅拉》的节选。一天早晨，老太太听见钟声，还望见教堂的尖顶上飘着彩旗，就叫女仆，问是什么事。女仆进来，一脸的欢畅满足，说："嘿，太太，可怜的帕梅拉总算是结婚了！今天早上的报纸说的。"[1] 两个小镇上的听众，或者身为仆人，或者有当仆人的子女、亲戚。这并不是特意选出来的，而是当时英国下层民众的常情。《帕梅拉》是一个仆人的故事，一个仆人交了好运的故事，这样的故事他们喜欢。

　　再举一个例子，见于理查逊重印《帕梅拉》时的前言。前言里都是他收到的读者来信。其中一封来自他的朋友希尔（Aaron Hill），日期是1740年12月7日。希尔说，收到寄赠的《帕梅拉》，他每天晚上都给家里人朗读，两个女儿都听得很入神。有一个男孩，每次不邀自来，故事的情节、词句，长记不忘，很多段落都能背诵。这是一个穷人的孩子，希尔收养的，后来送到理查逊的印刷厂当了学徒。也许自知是寄人篱下，又是"旁听"，

---

[1] 引自 Allen McKillop，"Wedding Bells for Pamela"，*Philological Quarterly*（1949），XXVIII，II，p. 325.

他不愿意打扰主人，听到动情的地方，只是在角落里抱头掩泣。① 希尔是兼爱写作的富商，他的女儿爱听《帕梅拉》，是因为故事生动逼真。这个穷孩子则是动了身世之感。

理查逊把《帕梅拉》寄赠希尔和其他的朋友，并没有说明是自己的作品，只说是自己印的一本书。对于读者的反应，他没有把握。他没有想到，《帕梅拉》会一版再版，大行于世。他更没有想到，《帕梅拉》会成为议论和说教的根据，还会成为其他作品创作的渊源。当时的两本书，可以说明这个情形。

一本名为《反帕梅拉，揭露假无邪》，1741 年出版，仿照《帕梅拉》，以书信体讲故事。女主人公叫 "Tricksy"，意思是 "花招儿"，先在衣帽店做学徒，后来在贵族家里做仆人。她给母亲写信，报告自己在两处的艳遇。母亲回信给她出主意，教她利用主人的好色，尽量牟取利益。18 世纪的英国小说大都有解说内容的副标题，譬如《帕梅拉》的副标题就叫 "Virtue Rewarded"——美德有好报。"花招儿" 的故事副标题很长，由之可见全书主旨："一个以真人真事为据的故事。内容丰富新奇，既可资娱乐，又兼顾警世。告诫人们，不要轻信，由一时印象而起的爱情是不可靠的。青年绅士必读。"②

另一本书名为《赠女仆》，1743 年出版。当时的仆人收入微薄，很少有买书的。这本书是准备由雇主买了送给仆人的，因此这样命名。这份礼物，照当时的标准归类，属于 "conduct book"，也就是操作守则。书里有很大的篇幅教女仆对付性骚扰。——如果男主人是单身，尤其要加小心，因为他更加没有节制。要学习帕梅拉，"告诉他，他看错了人"。要以长远为计，拒绝当前的小恩小惠。"长远" 何指，书里没有明说。但是在人人谈论《帕梅拉》的时候，下面的话应该是很清楚的："假如你以自己的言行，把他的不轨图谋变成为对你的美德的敬意，那将是多么的荣耀！此后他对

---

①　信的全文载于 Anna Laetitia Barbauld, ed., *The Correspondence of Samuel Richardson*, London, 1804, vol. I, pp. 53 – 58. 参看 Ducan Eaves & Ben D. Kimpel, *Samuel Richardson: A Biography*, Oxford University Press, 1971, p. 120.

②　Eliza Haywood, *Anti - Pamela: or, Feign' d Innocence Detected*, London, 1741. 全文影印见于 *The Pamela Controversy: Criticisms and Adaptations of Samuel Richardson's Pamela*, 1740 – 1750, ed., Thomas Keymer and Peter Sabor, London: Pickering & Chatto, 2001, vol. 3.

你的友情，较之你满足他一时的淫欲，所能带来的好处会多多了。"①

举这两本书为例，是因为它们虽然意旨相反，却出自同一个作者——女作家海伍德（Elizabeth Haywood）。她何以要这样做？是为了投机赚钱。她何以能这样做？是因为《帕梅拉》创造了市场需求。需求之大，可见于1741 年 12 月，也就是《帕梅拉》出版一年以后，理查逊收到的一封信。写信的是一位印刷厂主，理查逊的同行。信里提到《帕梅拉》带动了各地的印刷业务："您为同业做了大好事。您看各个厂家所忙的事情，有印盗版的，印批评质问的，印讽刺玩笑的，印表彰推荐的，还有的印续编补遗，印仿制的作品，再加上改编、翻译，我从来没见过这么多的花样儿。"② 所谓"改编"指的是根据《帕梅拉》的故事写的剧本。批评质问，除了报刊上的文章，还有诗。表彰推荐的形式，包括牧师的布道讲章。有人说，《帕梅拉》所引起的欣赏赞誉和横议指摘，好比一种"多媒体文化现象"，并不为过。③ 这种现象，就是《约瑟夫传》的写作背景。

二

在《约瑟夫传》之前，菲尔丁也写过一篇讽刺嘲弄《帕梅拉》的小品，语言十分诙谐。此处不拟多谈，只交代和本文有关的两点。一是《帕梅拉》里的主人公叫"B 先生"，故事里说他出自本郡望族，广有田产，身为议员。理查逊如此称呼，意在强调此人虚构不实，避免名誉官司。"B"可以是 Bush，也可以是 Baker，任何以 B 开头的姓都适用。菲尔丁在小品里把这个字坐实了，说是姓 Booby——布比。如今英语里还有这个字，意思是头脑简单，智能不高，booby - prize 是给得分最低的人发的奖，booby - trap 是傻瓜才去上的当。没有姓这个的，它表达了菲尔丁对 B 先生以及《帕梅拉》

① *A Present for a Servant Maid*, London, 1743. 关于这两本书的作者的判定，参看 Alan McKillop, *Samuel Richardson：Printer and Novelist*, Chapel Hill：University of North Carolina Press, 1935, pp. 79 - 80.

② Solomon Lowe to Richardson, 21 December 1741. 这封信没有出版，原件藏 Forster Collection of Manuscripts, Victoria and Albert Musuem, London, 编号 XVI, I, fo. 78. 本文引用来源：Thomas Keymer & Peter Sabor, ed., *The Pamela Controversy*, London：Pickering & Chatto, 2001, vol. I, p. xiii.

③ Terry Eagleton, *The Rape of Clarissa*, Oxford：Blackwell, 1982, p. 5.

的评价。①《约瑟夫传》里沿用了这个姓。二是这篇小品所说的，也是主仆之间的际会发展成了婚姻，但是毫无爱情，全是色诱，而且女仆是积极主动的一方。18 世纪的英国妇女，无论地位高低，说她对异性积极主动，是深含贬义的。这一点也见于《约瑟夫传》。小品以女仆为名，叫作 Shamela，不妨译为《色梅拉》。

　　说《约瑟夫传》情节芜杂，组织欠工，主要是因为有些很占篇幅的人物，比如亚当姆斯，丰满、传神，但是其气质风度跟整个故事的变化发展没有太大的关系。笔者在此论及的人物，主要是约瑟夫，兼及范妮；所要讨论的问题，是约瑟夫的形象在故事的结尾跟先前有所不同。所谓先前，指故事的前十章。以下是一简略的介绍：

　　　　约瑟夫是帕梅拉的哥哥，从小就在布比家做仆人。布比先生是《帕梅拉》中的 B 先生的叔父，萨默塞特郡的大地主，准男爵（baronet），头衔够不上贵族院的席位，但可以世袭。约瑟夫刚来布比家的时候，派在果园里赶鸟。他有一条好嗓子，应该很适合这个差事。可是他的声音过于甜蜜，一吆喝，不但停在树上的鸟不走，本来在园子外边的也飞进来了。于是就改派他给司狗的当助手。所"司"的是猎狗，——猎狐是当时乡间绅士喜好的消遣，通常要用十几、二十条狗，司狗的用号角或者哨子发令。② 约瑟夫的嗓音比号角高亮圆润，猎狗听见就分心。司狗的仆人自然不高兴，布比先生就把约瑟夫调到马号去了。

　　　　约瑟夫在马号是得其所哉，因为他的骑术极好。乡间的绅士经常赛马，——这是兼带赌博的运动，约瑟夫无往不胜，下注的人都要先问清楚哪匹马是他骑的。他还有更露脸的事，——拒绝贿赂，给多少钱都不作弊。布比太太知道了这件事，认为约瑟夫诚实可靠，就把他要过去做跟班。布比夫妇每年天气暖和的时候，住在伦敦，享受都市生活。

---

　　① Book 4，chapter 12 中，Adams 说："There are several Boobys who are squires，but I believe no baronet now alive." 当时的读者一定感到十分可笑（p. 280，同一页有"Sir Thomas Booby of Somersetshire"之说）。

　　② 参看 J. H. Plumb, *Georgian Delights*, Boston：Little Brown，1980，pp. 43 – 45.

约瑟夫当了跟班，就随同前往。

约瑟夫到了伦敦以后，有了一些变化。以下是菲尔丁的描述：

　　年轻的安德鲁斯一到伦敦，就虚心地结交其他披彩的同行。这伙人就在他身上下功夫，让他嫌弃自己原来的活法儿。他把头发剪成了最新的式样，尽心地维护保持：一上午都用纸套着，出门在外也是如此，下午再卸掉纸套，梳理成型。不过，像赌钱、喝酒、骂人这一类城里的跟班常有的恶习，他们却没能教会他。他的闲工夫大都花在音乐上了，而且还真有长进。听歌剧，他懂行，是所有跟班的舆论领袖，每一段唱，是喝彩还是喝倒彩，大家伙都听他的。起哄闹事，不管在剧场还是其他公众场所，他也经常打先锋。布比太太去教堂（这是难得有的事情），他跟着，举止中也比过去少了一点该有的恭敬虔诚。但是，尽管他外表上捯饬，尽管在伦敦的时髦少年里，穿号衣和不穿号衣的都算上，他最漂亮，最体面，他内心里可一点儿也没学坏。

　　布比太太过去常说，"小约瑟"是英国最体面漂亮的跟班，可惜不够潇洒。现在约瑟夫可没这个毛病了，相反，她倒是常说："嘿！这家伙还真精神。"她看出来了，这是城里的风气在这个老实人的身上起的作用。她到海德公园散步，总带着约瑟夫。累了，——她差不多每分钟都觉得累，就靠在他的胳臂上，跟他闲聊，一点也不见外。下车总得攥着他的手，有时候怕站不稳，攥得就特别紧。早晨要是有信来，她就让他直接送到床边。吃饭的时候，她眼睛总瞟着立在一旁的约瑟夫，只要不失身份，无伤妇德，她尽量地放纵自己。（第 1 卷第 4 章，第 20 页）

以上两段的言外之意，译文不能传达完全，须要另加一点解释。"披彩的同行"（party – coloured brethren）指的是和约瑟夫一样给大户人家当跟班的男仆。说"披彩"，是因为他们照例都穿号衣，——一种在袖口、两襟和下摆镶边的制服。① 仆人如此打扮，是主人为了显示地位和财富。号衣有专名，叫作"livery"，是很常见的词，形容某人穿着号衣，说"liveried"就行，也是常见的说法。此处说"party - coloured"——"披彩"，是贬义，这个词常用来形容毛色驳杂不纯的狗。跟班的是主人的门面，身材相貌经过挑选，比杂毛狗当然要体面。但是他们的口碑不佳，因为他们往往模仿阔少的做派，在伦敦尤甚。斯威夫特的《仆人指南》名为操行守则，实际是讽刺挖苦仆人，其中有关于"披彩"的佐证："谋差事，尽可能挑选一下，看看主人发给的号衣是不是太显眼，太怯。黄绿相间的，穿上就显出你是个跟班；镶边也会暴露身份，除非是银色的，不过跟班的大都摊不上那个颜色，除了在公爵门第，或者遇上一个刚刚继承了产业，挥霍钱财的主儿。你能希望得到的是蓝色的号衣，要不就是灰褐色的——经霜打了的树叶的那种颜色，镶边要红的。套上这么一身外衣，里边配上主人穿剩的衬衫，借一把剑，再加上你天生就有而且经过改进的自信，只要没人认识你，你想冒充谁就是谁。"② 约瑟夫跟这些人通殷勤，混迹其间，沾染了他们的习惯。有钱人一般上午不出门，可以在家里把头发用纸套起来，以俟成型。仆人没有闲暇，戴着纸套满街跑差，不管是出于无奈还是故意炫耀，都不免丑陋庸俗。至于听戏闹事，也是当时跟班的风气。剧场为了招徕有钱的主顾，专为他们的跟班设了免费的座位，通常集中在最高层的悬廊，离舞台很远。这些人看戏并不安分，任意评论，而且嘈杂，经常跟楼下买了票的观众争吵纠缠，甚至打架斗殴。菲尔丁早年是剧作家。他的一个剧本，就是因为跟班的闹事而停演的。1759 年，伦敦的各个剧场因为不堪骚扰，一致决定，取消了"跟班席"。

　　说约瑟夫倾心歌剧，而且十分在行，实际上是贬损。歌剧从意大利传入英国，首次在伦敦演出是 1705 年，此后的几十年中，愈益普及，但也有不少非议。非议之一，是所有的词句，无论生死攸关，还是平淡家常，一律出之以歌曲，不自然。艾迪生主办的《观察家》，当年流传最广，影响最大，至今还有很多种选本行世，几乎每一本都会选入他对歌剧的抨击。以

---

　　① 参看 Phillis Cunnington, *Costume of Household Servants：From the Middle Ages to 1900*, London：Adam and Charles Black, 1974, pp. 15 - 35.

　　② 译自 Jonathan Swift, *Directions to Servants*, London：Hesperus Press, 2003, p. 41.

下是 1711 年 4 月 3 日刊出的评论："意大利的宣叙调刚上英国舞台的时候，观众莫名其妙，前所未有的莫名其妙。将军们下命令是唱，妇女们传个话也是唱，大家感到非常奇怪。谈恋爱的唱情书，从头到尾，连最后的署名都谱着曲子，咱们英国人听了怎么能不笑呢！"① 从意大利来的男演员，有一类叫作"castrati"，自幼就去了"势"，专唱女声。这就更使一些人感到不自然了。约瑟夫欣赏和模仿的是哪一路，菲尔丁没有点明，但以仆人的身份，爱好歌剧，自己还唱，此事本身就是笑柄。外来文化，在任何民族都会遇到偏见、抵制。"崇洋媚外"的人越贫贱，引起的反感就越强烈。他们追攀的对象，离自己的社会地位太远，因此被看作是不伦不类。这和说约瑟夫做头发其实是一个意思。

布比太太在公开的场合眷顾约瑟夫，明目张胆，不顾体面。约瑟夫却是听任摆布，就像一只被动的宠物，有生命，无性格，有力量，无主张。他在乡下看管园圃，招得群鸟毕至；狩狐，让猎狗分心；在城里当跟班，又让女主人痴迷反常。禽兽怀其好音，夫人取其相貌，这种联想对布比太太有欠恭维，对约瑟夫也含有贬义。菲尔丁在第二章里说约瑟夫在园子里赶鸟，曾把他比作柏雷亚柏斯（Priapus）。按通常的注释，这是古希腊诸神之一，照管田园，呵护繁殖，18 世纪的英国人对戳在田里的草人也作如此称呼。这个解释不错，但是这个比喻，在当时还有旁的含义。此前，有史学家写书，专论 18 世纪英国各个阶层的文化娱乐。对照阅读，可知当时的上流社会中有时髦人士，耽玩希腊和意大利的古代民间艺术。柏雷亚柏斯的各种雕像是他们竞相收购的古董之一。雕像的基本形态是体魄健壮的裸体青年男性，在古代民间可能是生殖力的象征。英国的纨绔珍重它们，收集传看，意在炫耀男色。② 菲尔丁用柏雷亚柏斯做比喻，并不单指田夫野老对草人的称呼，因为约瑟夫是太太欲望的对象，攘着靠着，都是无可无不可，跟富家主摆弄赏玩的器具有相通的地方。这层意思在下面的例子里更加清楚：

---

① 译自 Josehp Addison and Richard Steele, *The Spectator*, ed., Gregory Smith, London: Everyman's Library, 1930, vol. 1, p. 106.

② 见 John Brewer, *The Pleasures of the Imagination: English Culture in the Eighteenth Century*, New York: Farrar Straus Giroux, 1997, pp. 262 – 269.

　　布比先生在伦敦突然得暴病去世了。丈夫死后的第七天，布比太太传话，叫约瑟夫送茶到她房里去。以下是主仆之间的一场对话。太太躺在床上，招呼约瑟夫在她旁边坐下。然后，不经意地把手搭在了他的手上，问他是不是爱过谁？约瑟夫听了有些糊涂，答说自己还年轻，不着急考虑这种事情。太太说："尽管你年轻，我想你不会没有过那种感觉。说实话，约瑟，是哪个姑娘有福气，老盯着你，招上你的喜欢了？"约瑟夫说，他和所有见过的女人，从来没有过另眼相看的事。太太说："那么说来，你是谁都喜欢了。你们这些漂亮男人，跟漂亮女人一样，老是三心二意。不过，要是说你心里没有偏爱，我才不信。你刚才的说法儿，我看是想保密。保密是好习惯，我不生气。一个年轻人，要是把跟太太小姐们的亲密关系告诉给别人，那倒是不好。"约瑟夫说："太太小姐！夫人，我保证，我从来没敢想过哪位太太小姐！"太太说："别装得太谦虚了，那样有时候反而是没有礼貌。现在你告诉我，要是真有一位太太喜欢你，要是她觉得你比别的男人都好，亲近你，那亲近的劲儿，是出身跟她一样的男人才敢想的，你不至于自以为了不起就出卖她吧？像你一样的漂亮男人，总是为了显摆自己，牺牲我们的名誉，根本不在乎我们屈尊信任他们，是多大的面子。跟我说实话，约瑟，你比他们，是不是多一点儿脑子，也多一点儿德行？你能保密吗？我的约瑟？""夫人，"约瑟夫说："您该不是在责备我，说我泄露您家里的秘密吧？您要是赶我走，我希望您能向别的雇主证明我不是乱说话的人。"太太叹了口气，说："我不想赶你走，也不能赶你走"。她说着，在床上稍稍坐起来，露出一段稀世少有的白脖子。约瑟夫看见，脸就红了。太太假装吃惊地说："我这是在干什么？我单独和一个男人在一起，不加防备，光着身子，躺在床上。你要是起坏心，我怎么保护自己？"约瑟夫忙说自己没有坏心。"没有，"太太说："你可能不管那个叫坏心，你的心可能也不坏。"约瑟夫发誓，说他的心确实不坏。太太说："你没听明白。我的意思是，你要是真的打我的主意，那不算有坏心；可是别人会说你有坏心。你会说，别人不会知道。如果是那样，不就全看你能不能保密了？如果是那样，我的名声

不就全都攥在你手里了？如果是那样，你不就成了我的主子了？"约瑟
夫连忙请求，叫夫人别着急，他从来就没想过要对她做什么坏事，他
宁愿死一千次，也不会让夫人有什么理由怀疑他。太太说："我还就是
要怀疑你。你难道不是男人吗？我的长相，多少还说得过去吧？你是
怕我让你吃官司吧？我希望你怕。可是，天知道，我永远也下不了狠
心去告你。我心软。你说，约瑟，你不觉得我应该原谅你吗？"约瑟夫
说："说实话，我永远也不会做对不起夫人的事。""你说什么？那还不
叫对不起我？你以为我会心甘情愿？"约瑟夫说："我不懂您的意思，
夫人。""你不懂？那你不是白痴就是装傻。我算是看走眼了。滚到楼
下去！别让我再看见你的脸！你那一套假正经骗不了我！"（第 1 卷第 5
章，第 22—24 页）

　　约瑟夫下了楼，就赶紧给妹妹帕梅拉写信，请她向主人布比代谋一
份差事；不行的话，就问问教堂里有没有工作，他识字，又有一条好
嗓子，——约瑟夫还不知道帕梅拉嫁给布比的事，以为她还在跟当地的
牧师要好。他还说，自己的女主人一定是疯了，对他欲行非礼，神态
言行，就跟他在戏里看见过的一样。要是妹妹帮不了他，他就回布比
庄园，请教庄园上的助理牧师亚当姆斯，他挺赏识自己的。

　　这是一幕闹剧，情节滑稽，言语夸张，读过《色梅拉》的人会感到似
曾相识。这样的闹剧，在《约瑟夫传》的前十章里，重复了好几次。布比
太太家里，好男色的妇女还不止她一个。女管家既老又丑，也看中了约瑟
夫，不断地从厨房里拿好吃的给他。言谈话语，也模仿上流社会的时髦，
可是她识字太少，说到要紧的地方，总是言不及义。对她的一番情意，约
瑟夫直到被开除，还是木然无所领会。

　　菲尔丁是在拿《帕梅拉》的故事开玩笑。当时有不少人讥笑理查逊，
说他描写的女仆是极意作态，以德邀宠。上文所引的蒙塔古夫人的信，表
达的就是这种看法。菲尔丁把话反过来说。他描写一个男仆，还是帕梅拉
的哥哥，诚心诚意地抱持贞洁，不存非分之想，同时又要小心伺候主人，
尽仆人的职分。结果顺从也不好，反抗也不好，顾此失彼，进退两难。玩
笑的意思，还可以参照斯威夫特的《仆人指南》来说明。斯威夫特 1745 年

去世，《仆人指南》同年出版，他未及见。书中历数当时大户人家仆人的种种刁顽，以下翻译的是跟男仆有关的几条：

厨师、管家、马夫、采买，还有其他和家用支出有关系的仆人，要把主人的全部家产当成自己所管的那一份差事的开销。譬如厨师，若是他估计主人的岁入是一千镑，就应该明白，每年买一千镑的肉，足够用的，犯不上节省。管家、马夫、车夫都应该这么想。每一项开销都要花到家，给主人争面子。

给主人买东西，要替卖主着想。不论买什么，都不要讲价钱，要多少付多少。这是给主人争面子，也是给你自己挣零花钱。而且你要想，就算主人吃了亏，他也比那些卖东西的赔得起。

老爷太太主人经常责备仆人进出房间不知道关门。可是他们都不明白，门得先打开才能关上，这一开一关，就是双份的劳动，所以最省时间，最省力气，也是最好的办法，是既不开也不关。他们要是怕你忘记关门，老跟你唠叨，你就在出门的时候使劲地摔它一下，让屋子里四壁颤动，器物摆设哗啦啦地响，让老爷太太知道你守他们的规矩。

仆人被派出去送信，总要在外面滞留不归，晚个两小时，四小时，六小时，反正不多吧。血肉之躯，谁能抵挡这种诱惑呢？你到家的时候，老爷会发火，太太会责备，叫你脱衣服，说要揍你，赶你走。你得准备好一些理由，必须是在任何情况下都用得上的。比如说，你叔叔来看你来了，走了四十多里路，明天一大早就得往回赶；或者说，有一个丢了差事的仆人，借了你的钱不还，想逃到爱尔兰去；或者说，你有一位仆人老同事，就要上船去巴巴多斯群岛了；要不就是你爸爸送来一头牛，叫你卖，你一直到九点钟才找着牛贩子；或者说，你有一个堂兄弟，挺亲的，下礼拜六就要处绞刑了，你去告别；或者说，你绊到一块石头上，崴了脚，在一家铺子里歇了三个小时才能动弹；或者说，有人家从楼上窗户倒马桶，浇到你身上了，你得把自己弄干净，等气味散尽了才能回来；或者说，你被抓去做水手，到治安官那里说理，等了三个小时，费了不少唇舌才被放了；或者说，治安官误认你是一个逃债的，把你关了一晚上；或者说，你在外边，听说主人在酒馆被人打了，焦急万分，找了一百多家酒馆。

如果你发现老爷太太喜欢你，就找一个机会告诉他们你要走，说得委婉一点儿。他们要是舍不得你，问你为什么要走，你就说，你最愿意跟着他们，可是身为佣工，不得不替自己打算。告诉他们，当仆人不像继承祖产那样不劳而获，你的活儿太重，工钱又太低。老爷听了你的话，可能会给你每个季度涨五个到十个先令。要是他们真的让你走，而你又不想走，就找一个仆人，让他告诉老爷，说经他劝告，你决定干下去。

如果你年轻，长得又帅，伺候太太吃饭的时候，跟她说话要低声耳语，把鼻子凑到她脸上。要是你嘴里的气味好，不妨照她脸上哈气。据我所知，这种做法在好几个人家都有好效果。①

《仆人指南》是公认的讽刺作品。但其所以为讽刺，在于观点、口气，不在于事例。今天的人或许怀疑这些事情是捏造。约翰逊写的《斯威夫特小传》出版仅比《仆人指南》晚十年。其中提到《仆人指南》，说这篇文字证明斯威夫特"非常善于观察，不想大事的时候，就留心日常的小事。从文章可以看出，他有记录所见所闻的习惯。因为这么多的具体事例，不可能是靠记性攒起来的"。② 这些事例，反映了当时的主仆关系，也反映了雇主对仆人的一种流行的看法。对照这些事例，就不难明白菲尔丁的意思：如果主仆关系有可能变成男女关系，而仆人还恪守本分，不知道从中占一点便宜，那么此人只能是仆人中的一个另类，是一块笑料。

第 10 章之后，小说的内容渐趋繁复芜杂。布比太太求爱遭到拒绝，气

---

① 选译自 Jonathan Swift, *Directions to Servants*, pp. 1－13.

② 译自 Samuel Johnson, *Selected Poetry and Prose*, ed. by Frank Brady and W. K. Wimsatt, Berkeley：University of California Press, 1978, p. 465.

愤不过，就叫约瑟夫领了工钱走人。约瑟夫上路往回走，——回布比家在萨默塞特郡的庄园，他的未婚妻范妮是布比家的女仆，他是去找她。路上先遇到了牧师亚当姆斯，后来又遇到了来伦敦找他的范妮。三人同行，遭逢了许多始料不及的事情。这些事情的因由始末，枝蔓旁及，占了全书一半的篇幅，笔者在此不拟讨论。简而言之，他们走了好几天才到达布比庄园。

前后相继，其他的人物也来到了布比庄园。先是布比太太。她从伦敦回来，仍然在打约瑟夫的主意，用了种种的办法来阻止他跟范妮结婚。接着是小布比，也就是帕梅拉的丈夫 B 先生。他刚结婚，带着帕梅拉来认亲，一是认布比太太，他的姊母，二是认约瑟夫，帕梅拉的哥哥。帕梅拉以为，自己既然成了布比家的人，约瑟夫也就因此提高了地位。范妮出身贫贱，身为仆人，字都不识一个，约瑟夫娶她有辱身份，劝他取消婚事。她丈夫也说，他既然娶了帕梅拉，就不嫌弃她的亲戚，只要约瑟夫放弃范妮，他一定尽力提携。如何提携，布比太太早就想好了。约瑟夫英俊健壮，骑马是好身手，她要侄子在陆军里给约瑟夫捐一个官职。这在当时，确实是一条改善地位的出路。帕梅拉还跟约瑟夫说，如果他们的父母在场，也会是这个主意。但是约瑟夫不干，态度十分坚决。菲尔丁的叙述，直接引语用得不多，但在此处有一段约瑟夫跟布比先生的对话，十分精彩：

　　约瑟夫说："我喜欢谁，我父母管不了。他们要是一时昏了头，或者想要高攀，我也犯不上迁就他们，牺牲自己的幸福。再说，我妹妹没承想地得了富贵，我父母要是因此就心高气傲，看不起同类，我也不觉得是什么好事儿。不管怎么说，我绝不能不要范妮。就算你能高抬我，跟高抬我妹妹似的，我也不能不要范妮。"布比说："你这么打比方，你妹妹和我倒真得谢谢你。但是，范妮根本就没有帕梅拉那么漂亮，德行也比不上帕梅拉一半。既然你不客气，说起我娶你妹妹的事，我就得告诉你，我跟你，可不一样。凭我的条件，我可以由着性子，随心所欲。我要是不这么活着，就是傻瓜。可你要是也想这么活着，那你就是傻瓜。"约瑟夫答话说："凭我的条件，我也能由着性子，随心所欲。范妮就是我的全部快乐。只要我有好身体，就能靠劳动养

活她，让她过上她生来该过的日子，那也是她愿意过的日子。"①（第 4 卷第 8 章，第 259 页）

约瑟夫的倔强，不仅限于言词。来布比太太家做客的，还有一个阔少，带着仆人调戏范妮。约瑟夫两次跟他们动手，都是凶狠果决，毫不犹豫，一掌一声响，一拳一记痕，全然不在乎阔亲戚作何感想。

在小说的结尾，布比庄园来了一位住在附近乡间的绅士，家道小康，颇有教养。他早年丢失了一个儿子，这回经人指认，原来就是约瑟夫。不论是讲血统出身，还是讲裙带关系，约瑟夫的社会地位都变了。然而，他一本初衷，娶了范妮，留在乡下，做了一个自食其力的农民。

笔者所要讨论的问题，即由此而起。在前 10 章里的约瑟夫，沾染了城市的奢靡，但又没有彻底地浸透。他赶时髦，却又不能像有的跟班那样，完全不理会传统的道德规范，毫不拘束地只管放荡。布比太太是上等人，是雇主，他知道遵守尊卑的分际；可布比太太又是一个女人，爱上了他，主动地投怀送抱，如果满足她的要求，他就要逾越主仆的界限。菲尔丁描绘的，是一个无所适从，惶恐卑屈，含糊暧昧的窝囊废。故事结尾时的约瑟夫，却是一个出言直爽、简单执着的乡下汉子，有主见，有担当，而且极有自尊，——不该是自己的，给也不要，该是自己的，抢也不给，刚猛憨直，如火烈烈。稍微留心的读者，都会有这两种完全不同的印象。

再仔细一点的读者，还会发现一处情节蹊跷的地方，——约瑟夫的未婚妻范妮。自第 1 卷第 11 章起，范妮频频出现，对她的身世、相貌、人品也多有描写，交代得十分仔细：范妮幼孤，是布比庄园自家养大的仆人，和

---

① 引文中"就算你能高抬我，跟高抬我妹妹似的"，原文是"though I could raise her as high above her present station as you have raised my sister"，在此处讲不通，疑是笔误。根据上下文义，菲尔丁想说的似乎是"though I could be raised as high above my present station as you have raised my sister"，遂据此猜测出译。小说仓促成书，笔误不少，如下文提到的约瑟夫所穿的号衣。另有一例菲尔丁在其他著作里的笔误，可作为笔者猜测的旁证。1741 年 3 月，菲尔丁有一时评，攻击当时的首相沃尔浦尔，其中有一句："Let him look to it, who squanders the Patrimony left him by his Ancestors, and entails Beggary upon his Prosperity"。最后一个词"prosperity"，拼写正确，但有悖上下文义，应为"posterity"之误。参看 Ronald Paulson, *The Life of Henry Fielding*，Oxford：Blackwell Publishers，2000，p. 180.

约瑟夫相爱有年，感情极好。两人还没有结婚，是为了预先存下一点养家的钱，这是牧师亚当姆斯的劝告。然而，在前十章里，竟然没人知道约瑟夫有一个未婚妻，包括约瑟夫自己。在上文所引的例子里，布比太太一再追问约瑟夫有没有相好，他只字未提范妮。给帕梅拉写信，他也只是说如果被解雇，要回到乡下去找牧师亚当姆斯。可见范妮是后来插入故事里的一个人物。插入之后，前面的文字并没有为她有所改动，做一些相应的铺垫。

类似的破绽，《约瑟夫传》里还有一些。譬如在第 1 卷第 10 章里，约瑟夫被布比太太开除，临走，交回了布比家的号衣，是借穿了另一个男仆的便服上路的。但是在同卷第 14 章里，有人在旅店里看到约瑟夫穿的号衣，便以之断定他是布比家的仆人。像这样的破绽，在《汤姆·琼斯》里就很难找到了。《约瑟夫传》成书仓促，未得从容经营，因而在安排情节、状写人物的时候前后失顾。但是我们也因而获得了一个机会，可以对故事的构思做一些推测和猜想。

三

《帕梅拉》风行一时，菲尔丁有所不忿，要写一个也是关于仆人的故事，与之相对。这是《约瑟夫传》的缘起，没有疑义。小说仓促成书，约瑟夫的风度气质，前后出落未能一致，这也是事实。但是菲尔丁对于约瑟夫这个人物，有没有一个首尾呼应的构思呢？

约瑟夫被布比太太开革，离开伦敦往乡下走，路上遇见范妮和牧师亚当姆斯。第 3 卷第 3 章里，他们曾在一户人家投宿，主人叫威尔逊，自言本是世家子弟，受过很好的教育，早年无行，和伦敦的各色纨绔交游，放纵潦倒，把祖产挥霍光了。落魄的时候写过剧本，也写过诗，都不足以维持生计。后来认识了一位酒商的女儿，愿意嫁给他，婚后变卖了妻子继承的产业，两人在乡间买了地，过田园生活。威尔逊夫妇早年丢失过一个儿子，就是约瑟夫。但是父子相认是在第 4 卷第 15 章，小说的结尾。

第 1 卷第 8 章，布比太太情不自禁，第二次叫约瑟夫到她房里问话。菲尔丁对约瑟夫有如下的描写：

约瑟夫·安德鲁斯先生，现年 21 岁。他身材中等偏高，四肢生得妥帖匀称，既体面，又强壮，大腿小腿比例合度，肩膀宽阔结实，双臂下垂的时候，舒展大方，有力而不笨拙；头发是深棕色，略带卷曲，随意后披。他的额头很高，眼睛是深色的，明亮又甜蜜；鼻梁隆起，有如罗马人；牙齿白净整齐，嘴唇厚实红软；胡须只在上唇和下颌显得粗硬，在气色极好的两颊，却长得浓密柔软。他的面相看上去既和气，又富于感情，文词难以描摹。此外，他的衣着极其整洁；他的风神气度，会使那些于贵族人物见识不多的人，从中感受到高贵。（第 1 卷第 8 章，第 30—31 页）

这段文字的含意，可以随上下文的范围而有所不同。现代的英美学者，讨论一个词或者一段话与其周遭文字的语义关联，常说"context"，通常译为"语境"。钱锺书先生把这个观念释为"终始"，用在此处非常切当。[1]"终始"，意味着上下文义的起止可以伸缩，语境囊括的大小可以变化。上面一段对约瑟夫面貌肢体的形容，如果仅就其前后紧接的情节理解，所说的就是布比太太眼中的男色。但是，如果读者将其"终始"放宽一些，看完全书，知道了故事的结局，知道了约瑟夫的亲生父母是谁，再反观这段描述，就会感到其中有关于约瑟夫真实身份的消息。第 1 卷里还有另一处类似的端倪。在第 14 和第 15 章里，约瑟夫住在一家客栈，因为遭了抢，衣不遮体，主人就把他当流浪汉安置。可是店里的女仆跟老板说，约瑟夫的皮肤细润光滑，手也很软，可能是个绅士。

英国革命中，国王被处死，查尔斯王子逃亡欧洲大陆。路上，他担心自己的皮肤过于白皙，会暴露身份，就学传奇故事里骑士化装穷人的方法，穿上了灰色的长袜，脸上也抹了颜色，是用核桃外层的青皮煮成的。然而他沿途多次被忠于王室的臣民认出来，得到帮助。这番经历见于查尔斯王子的《脱险记》，王政复辟之后，有多种版本流传。当时有人评论说，王者气象，是自然天成，不必说出来，旁人一望而知。一位美国学者曾经以此为例，说明英国十七八世纪关于出身门第的一种俗谈。他还举了另外一个

---

① 见钱锺书《管锥编》第 1 卷，中华书局 1979 年版，第 170 页。

例子，出自 17 世纪的《霍利斯家传》。霍利斯家族是久历年代的贵族，传中讲到，家族最早的一支到 17 世纪已经败落飘零。这一支的后裔是一个孤儿，在伦敦街头乞讨。家族的另一支正当显贵之时。其中一位是伯爵，他在去议会的路上遇到这个乞儿，吩咐跟班的先领他回家。家里的仆人看他不衫不履，就安排他干粗活。伯爵回来，在厨房看见他，仔细打量，感到相貌不俗，再问姓名，果然是同宗。① 这两个例子的共同之处，是认为一个人的出身门第掩盖不住，也剥夺不走，即便其人不自知，也会自显于外。这种俗谈，在当时并不是人人受信，但是说菲尔丁的看法与此相类，应该没有疑义。《汤姆·琼斯》是他的代表作，构思的主线就是出身血统。汤姆是弃儿，生身父母，直到故事的结尾才弄清楚。他从小偷窃打架，顶撞老师，长大纵酒纵情，以至流浪从军，但是一切作为总透出一种高贵的气质，所到之处，如影随形。

由此推断，约瑟夫真正的出身并非贫贱，是菲尔丁在构思伊始就有的设想。他所下的伏笔，如果将其上下文义的终始限制在第一卷，就只有讽刺嘲弄的意味。这是因为《约瑟夫传》前半的行文大半是拿《帕梅拉》开玩笑，嘲笑理查逊所歌颂的仆人的美德和因此而生的际会姻缘。兴之所至，随意挥洒，玩笑开得太大了，约瑟夫被写得轻浮浅薄，而且窝囊无用，几乎成为被布比太太和女管家强食的弱肉。但是，就通篇而言，约瑟夫的故事有首尾呼应的地方。这是一个仆人交了好运，提高了地位的故事。这个故事和《帕梅拉》的不同之处，在于约瑟夫所交的好运跟主人的赏识眷顾毫无关系。布比太太自是布比太太，约瑟夫自是约瑟夫。

但是，菲尔丁怎么会在十章之后，忽然想起要在故事里加进范妮这样一个人物呢？

把范妮跟《约瑟夫传》的写作背景相联系，可以看出两层意思。先说第一层。第 2 卷第 12 章有一段专写范妮：

---

① 见 Michael McKeon, *The Origins of the English Novel, 1600 – 1740*, Baltimore: The Johns Hopkins University Press, 1987, pp. 212 – 213, 239 – 240. 他所征引的材料来源分别是 *Charles II's Escape from Worcester: A Collection of Narratives Assembled by Samuel Pepys*, ed., William Matthews, Berkeley: University of California Press, 1966, 和 Gervase Holles, *Memorials of the Holles Family: 1493 – 1656*, ed., A. C. Wood, London: Royal Historical Society, 1937.

范妮今年19，高挑的个头，一副动人的女性身材，不过并不是轻巧单薄的那种，那种女人看起来像是标本，挂在解剖室里合适，没有别的用处。范妮的身材正好相反，丰实硕硕，乳房尤其饱满，几乎要把紧身胀破了。两胯宽广，用不着裙撑子帮忙。臂膀露在外面，骨肉相当，看看就知道，藏在衣服里的肢体是同样地匀称合度。手脚因为劳作晒红了，但是卷起袖子，或是撩起脖子下的方巾，就会现出白皙的皮肤，胜过意大利的颜料。头发繁荣茂盛，是栗色的，她自己剪短了，每个礼拜上教堂的时候，照着时兴的式样烫出卷儿来，垂在肩上。高额头，高鼻梁，弯弯的浓眉。嘴唇红润，照太太小姐们的标准，下嘴唇往外凸得多了一点儿。牙齿白净，可是长得不够整齐。出过天花，脸上只留下一个坑，在左边，挺大，看上去跟个酒窝儿似的，邻近有一个真的酒窝儿，小得多，只能当陪衬。白脸皮被太阳晒得有点儿粗糙，但是透出一片春花才有的朝气，太太小姐们宁愿用自己脸上的白嫩来交换。待人接物虽然拘谨，却非常有感情，微笑的时候，有一种无法描绘也无法模仿的甜。一句话，她的高尚可爱，自然天成，胜过任何的人工培养和训练，见者无不惊奇。（第2卷第12章，第128—129页）

如此详繁切至地描写女人的身体，在理查逊的作品里从来都没有。然而，要说明这段文字里的社会和阶级的成见，却需要把它和《帕梅拉》并观。①

理查逊写《帕梅拉》，声言是有补世教，体裁又是书信和日记，于情于理，都不便让女主人公自我夸赞。但是，B先生不顾地位悬殊，娶一个仆人，于情于理，其原因都不能仅限于帕梅拉在书信和日记里表达的思想道德。理查逊必须想办法，对帕梅拉的容表风貌有所交代。以下是几个例子：

我答完话，尽量地克制慌乱，屈膝行了个中规中矩的礼，退出房间。离开之际，我听见托尔夫人说："她说得真好！"又听见布鲁克斯

① 《帕梅拉》有吴辉的汉语译本，1997年南京译林出版社出版。本章引用，一律自行翻译，所据版本为 Samuel Richardson, *Pamela*, New York: Norton, 1958. 原文的出处以信的次第标明。

夫人说："看看这身段！我这辈子没见过这么标致的脸和身段。我看，她的出身肯定比你说的要高。"

这是《帕梅拉》第 23 封信里的事。帕梅拉告诉父母，男主人 B 先生宴请当地的缙绅，女宾们听说他家里有一个女仆，盛传十分漂亮，吵着要见见，于是就把她叫到了众人面前。夫人们看到她，都说名下不虚。你一句，我一句，帕梅拉承受不住夸奖，赶紧告退。

女宾们的品评，并不暗示帕梅拉真的出身高贵。理查逊不相信人的品位高下有种，可以世代相传。言谈举止，风度气质，在他看来，跟识字写信一样，是可以学的。（理查逊写《帕梅拉》的缘起，还就是教人写信！）岂止是行为举止，就连社会地位，只要肯努力，一样可以改变。他自己从学徒做到印刷厂主，又成了知名的作家，本身就是证明。B 先生之所以对帕梅拉一见倾心，是因为她被老夫人长年调教，耳濡目染，已经完全是一副大家闺秀的样子。小说开篇，就对此有所申明。帕梅拉在第一封信里说，她服侍老夫人，除了写信、记账、弄弄针线，所学的其他事情，都远不合一个仆人的地位，要是被遣散，很难再到别的人家帮佣。她在第 29 封信里，想象还乡之后的尴尬，说得更加具体："就连村上的人庆祝五朔节，我都无法参与。因为我一直跳的舞式，是米奴哀、利戈顿，还有各种法国舞，跟那些挤奶姑娘跳不到一起。"在同一封信里又说："我在书里看过，有一位了不起的主教，因为信仰将受烧身的极刑。事前为了考验自己的坚韧，他把手指伸进烛火里去烤。前天，厨房里的下女莉切尔把一个锡镴盘子刷洗了一半走开了，我就想试试自己能不能干这一类活。我发现我能行，虽然一下一下地，干得慢一点儿。只是手上磨出了两个水泡。"

可见帕梅拉虽然身为女仆，却接受了富家小姐的教养，熏染既久，一旦遭逢变故，竟有积习难改之感。婚姻双方出自不同的阶级，低就或者高攀，在 18 世纪的英语里有个贬称，叫"misalliance"，意思是门户失类。但是在理查逊的小说里，B 先生择偶失类之前，先有了帕梅拉文化习尚的失类。因而各位女宾才夸赞帕梅拉言辞礼貌得体，身材纤秀苗条；因而帕梅拉才痛感自己的优雅娇柔，不胜劳作，和家乡的村姑无法以类相从。这在理查逊，自然是委婉曲折地解释帕梅拉何以特见赏识，为她的婚姻铺垫张本。菲尔丁对此不以为然。他的别样观感就体现在状画范妮的文字里。

范妮胸前丰满，腰下宽阔，这是说她宜于生养；高大健壮，饱经日晒，这是说她能够吃苦耐劳；拘谨不善言辞，这是说她没念过书，没见过世面；而且脸上有麻子，牙齿不整齐，还是个"地包天"。如此种种集于一身，今天的读者一看就能明白，范妮不是大家闺秀，也不像一个大家闺秀。对于当时的读者，对于读过而且熟悉《帕梅拉》的读者，菲尔丁的这番描写还有别的意思。他想说：这是一个女仆，女仆就是这个样子，就应该是这个样子。结尾的一句里的"高尚可爱"，原文是 gentility，十八九世纪的英语形容绅士淑女气质优雅，高人一等，用的也是这个字。之后的"人工的培养和训练"，原文是 art，指的是跟自然相对的人为努力。当时很多中产之家，为了提高自己和子女的文化品位，请人教授音乐、舞蹈，其他诸如社交场合的举止仪范、书信的遣词用句，也都有书籍可供自学。这些都可以称为 art。菲尔丁说范妮的气质高尚，人工远不能及，是针对《帕梅拉》，也是针对想要提高身价的中产阶级，——美在于自然本分，不在于改头换面，你该是谁，就是谁！

然而，菲尔丁在故事里插入范妮这样一个人物，用意还不仅是影射《帕梅拉》。因为没有范妮，约瑟夫就不是菲尔丁想要的样子。

妹妹嫁了上等人，裙带关系可以润及己身，约瑟夫为了范妮，毅然不顾。后来，约瑟夫找到了生身父母，论家世，自己的身价也高了，他仍然不改初衷，和范妮结了婚。这样的情节安排，是标举约瑟夫的有情有义。但是，约瑟夫笃守的情义，不仅是他跟范妮之间的男女旧情，更是他自己多年来作为仆人，以劳作为生的本来面目。这一层意思，仍然和《约瑟夫传》的写作背景有关，但是背景的范围要广一些，不仅限于《帕梅拉》，涉及当时的社会风习，还涉及菲尔丁本人的言行事迹，身世之感。要有所说明，必须求助于文学以外的证据。

四

菲尔丁有一篇文章，谈本人的见闻，此处为省篇幅，摘要叙述。地点在萨默塞特郡，《约瑟夫传》里的布比庄园也在这个郡，距离伦敦一百多英里，在 18 世纪中期，大概有三四天的路程。菲尔丁在一家客栈旁听了一位青年跟店主人的对话。这位青年，菲尔丁称之为"beau"。这个词，有译成"花花公子"的，也有译成"俊哥儿"的，其实不必是公子，也不必长得体面，只是格外注意打扮。这位青年人模仿当时的一位喜剧名角的扮相，戴一顶惹眼的高帽，跟别人说话，不管认不认识，总要把外套敞开，显出里边的坎肩做工讲究，镶有金边。可是明眼人一看，就知道那是二手货。一脸的无知、傲慢、暴躁。开口就抱怨头天晚上喝的酒味道不正。主人客气地说，店里的酒是从伦敦进的货，口碑一向不错。青年人不依不饶，问是从哪一家进的。店主很耐心，告诉他酒商叫科比。青年人听了就说："噢，你说的是汤姆，人不错，我跟他老在一起喝酒，上好红酒。他在伦敦的酒商里算是数得上的。不过他也没有几个钱，穷！也就是有个十万镑吧，小数目！明年我们还要选他当市长呢。"店主人说，那准是另外一个人，因为卖给他酒的科比先生不叫汤姆，叫理查德。青年人说，汤姆跟理查德是兄弟，两人合伙做生意。店主人知道他是撒谎，不想再敷衍，就告诉他："我觉得你弄差了，我说的那位先生根本没有兄弟。"青年人恼羞成怒："你胡扯！你才弄差了！你们这些乡下佬！我一直住在伦敦，还不如你弄得清楚？"最后是主人道歉，青年人出门，临走还说："我是绅士，不会跟土包子一般见识。"

事情过后，店主人告诉菲尔丁，听别的客人说，那位青年人是伦敦商家的"跑外"，也就是给乡下的顾客送货的。住在店里，花钱十分大方，头天晚上还替其他的客人付了酒账。不久之后，菲尔丁在伦敦的一家麻纱店里，看到这位青年人正在工作，谦恭诚勉，衣着朴素，看上去就是一个尽心尽职的店员，跟在乡下冒充阔少的时候判若两人。

这篇文字，见于菲尔丁自编的《科文特加登杂志》（ *The Covent - Garden Journal* ）第 33 号 （1752）。[①] 菲尔丁从 1748 年起担任公职，负责伦敦的治安，在任上对伦敦的警政有意义长远的建树，此处无暇旁及。但是他当时的一桩举措，跟杂志有些关系。他与人合伙创建了一个商业机构，叫作

---

① Henry Fielding, *Covent - Garden Journal and A Plan of the Universal Register - Office*, ed., B. A. Goldgar, Middletown, Connecticut：Wesleyan University Press, 1988. 这篇文章的署名是 R. S.，可能取材于菲尔丁早年的旧稿，参看 Goldgar 的导言。

"通用登记处"（Universal Register Office），业务包括代人谋求职业、雇用仆人、借贷资金、买卖和出租房屋，用现在的话说，是一个中介事务所。[①] 办杂志是为了给事务所登广告，做宣传。菲尔丁的这篇见闻虽然不是广告，却也是从侧面宣传身份认证的必要，因此很难断定是创作还是纪实。但是有两点值得注意：一是它所说的必是一种普遍的社会现象，否则无法取信于读者。这种现象就是随着商业发达而来的人口流动。二是菲尔丁的着眼之处，并不是由地域和职业上的流动引起的混乱。店员在本来面目无人知晓的环境里，假装高人一等，他的过犯，他的可厌和可笑，在于僭越自大。笛福在小说里屡屡描写这种阶级地位的欺诈。最相似的一例，见于《荡妇列传》。小说的女主人公茉尔嫁了一个呢料商人，两人出于虚荣，雇了六个仆人和一辆马车，冒充贵族。他们到牛津大学，声称要资助子侄念书，学校里的人还真相信他们。[②] 菲尔丁所说的客栈店主，明知店员的真实身份，却不当面揭穿，显然是对这种改头换面、招摇过市的人见得多了。

但是这种现象，并不是早已有之。广为流传的《佩皮斯日记》里有一则记载，可以为证。佩皮斯是裁缝的儿子，人极聪明，又受过很好的教育，靠裙带关系，也靠自己的勤奋努力，在海军部历任要职。他是皇家学会的创始人之一，曾任主席。前文提到的查尔斯二世的《脱险记》，就是国王口述，由他笔录的。他的社会地位，比起菲尔丁见到的店员和笛福笔下的呢料商人，要高多了，也稳固多了。1669 年 5 月 10 日，佩皮斯在日记里写道：

> 和克里德同行，走了一程。他说，传闻我的轿车和几匹马都十分漂亮，劝我不要过于出众。听说车马惹人注意，暗暗吃惊，因为这正是我担心的事情。昨天在公园里，波维就跟我说起我外套袖子上镶的金

① Henry Fielding, *Covent - Garden Journal and A Plan of the Universal Register - Office*, pp. 7 - 8. 事务所创立宗旨第四条说，军队、政府、教堂里的工作，如果任职者有权出售，也可为之中介。由此可见英国社会今昔之别。

② 见 Daniel Defoe, *Moll Flanders*, ed., G. A. Starr, Oxford：Oxford University Press, 1971, pp. 60 - 62.

边，当时就十分不安。以后去宫廷，再不可如此装束。……为此专程去了一趟裁缝店。①

文中的克里德，是佩皮斯的同事，波维，是约克公爵，也就是当时国王的弟弟的管账，两个人的地位跟佩皮斯差不多。他们的话，不论是忠告还是威胁，都说明当时的阶级界限比较严格，从下层攀爬上来的人，做人要小心。

菲尔丁时代的英国，世道变了。詹宁斯（Soame Jenyns，1704 – 1787）的父亲是伦敦富商，他本人是多年的下院议员，好发议论，有"蓝袜男性"之称。以下是他在 1755 年写的一段时评，语带讽刺，但却反映了实情：

> 如今每一个手艺人看上去都像是商人，每一个商人看上去都像是绅士，每一个绅士看上去都像是贵族。咱们国家的人口一律高贵，平民绝无仅有……最低贱的工匠的儿子，在慈善学堂里识了几个字，妄想置身高阶，居然到海关来申请体面的职务，想做验货的官员，也不想想自己的父亲是干什么的。同样出身的女孩子，如今也在出售或者裁缝高档女装，要不就是侍奉贵妇人，有的竟然当起了家庭教师，这个职业，在过去只限于教士的遗孤，还得是受过良好教育的。律师的书记，城里的学徒，如今也打扮得像是骑兵军官，养狗，养女人，在剧场里发表意见，在酒店里高谈阔论。城里的商人不坐账房，要去娱乐场所；乡间的绅士不理田产，要参与政治，两者都是非其所宜，有害无益。下院的议员，有一点名望的，都迫不及待要获取爵位，穿着打扮，车马仪从，日常开销，处处攀比贵族。②

斯莫利特的小说《汉弗莱·克林克》1771 年出版，是菲尔丁身后的事了，但其中对英国社会的描写，应该是菲尔丁的见闻所及。书中说到温泉疗养地巴斯：

---

① 译自 Samuel Pepys, *The Short Pepys*, ed., Latham, Berkeley：University of California Press, 1985, pp. 1018 – 1019.

② 译自 *The World*, p. 125；见 *British Essayists*, London, 1817, vol. 28, p. 111.

巴斯是四方观瞻所集，凡是暴发户，都要配上时髦的行头，到此地来露一露脸：有东印度公司的文书、职员，箱笼里满是殖民地的不义之财。有从美洲来的种植场主、黑人的监工、二道贩子，他们如何赚的钱，不能跟外人说。有买办、代理、承包商，英国近年来接连两次参加战争，自己民族的血肉就是这些人的致富之源。还有放债的，当捐客的，形形色色，干什么营生的都有。全都是一些出身低贱，毫无教养的人。他们忽然变得富裕了，富裕的程度，早年间的人见都没见过。他们当然要发狂——自大狂，虚荣狂，不知天高地厚的狂！这些人花钱既无趣味又无节制，极尽荒唐地挥霍，因为逞富是他们评论人物的唯一标准。所有这些人都赶着往巴斯来，因为在这个地方，只要有钱，他们就可以和公爵、侯爵、伯爵，还有其他的贵族出入同样的场所。①

菲尔丁不是暴发户，也不喜欢暴发户。就家世和本人的境地而言，他的情形跟暴发户正好相反。

菲尔丁的父系，上推四代是伯爵门第。高祖和曾伯祖在内战前后的政治、外交中极为活跃。封爵是在 17 世纪初，斯图亚特王朝入主英国之后，在当时是"新贵"。经过一个世纪的广结姻亲，由微渐著，到了汉诺威王朝，也可以算是旧望世家了，上文提到的蒙塔古夫人就是菲尔丁的表姐。菲尔丁的祖父和父亲都不是长子，不继承爵位和产业，靠个人的本事和家庭的关系在教会和军队谋生，这也是贵族众子的常例。祖父任神职，差一点没做到主教。父亲 17 岁即进入陆军，59 岁时升为中将。所以，菲尔丁虽然因为世远亲疏，跟爵位无缘，论出身，仍然算得上贵族圈子里的人。他母亲去世得早，父亲再婚，童年和弟妹长于外家。外祖父是著名的律师，多年担任王座大法官，受封及身而止的爵士，置有多处田产。舅父也是名

---

① 译自 Tobias Smollett, *Humphry Clinker*, ed. , Angus Ross, London：Penguin Books, 1985, pp. 65 – 66.

律师，菲尔丁成年以后受过专门的法律训练，就是靠他的帮助。①

菲尔丁早年的教育，是在伊顿公学和荷兰的莱登大学，书念得不错，尤其是古典文学，这跟他后来成为作家有很大的关系。但是当时作家的地位和后世大不一样，收入不好，也不很受尊重。这不仅是因为著作权得不到保护，盗版猖獗，还因为写作和以写作为生是两回事，隐含的意义不同，有身价高下之分。文字功夫，如同音乐、舞蹈、骑术、剑术，是一种修养，偶一为之，可以烘托身份的高尚，贵族及其子弟尤不可缺。如若操之为业，就如同票友下了海，等而下之，和乐师、舞师、骑师、剑师，没有什么两样了。这种观念，和 18 世纪英国的 dilettantism 或者 amateurism 一样，——"事事通，事事稀松"，出自贵族及有钱人自我欣赏，自我表现的风气。②近现代的学者搜寻档案，发现有菲尔丁的父亲和外家之间的官司记录。纠纷起于他母亲陪嫁的田产和几个孩子的抚养权。从官司的证词，可知菲尔丁的父亲生活放纵，开销无度。还有其他年代晚一些的记录，证明由于父亲的负债和几度再婚，菲尔丁没有任何祖产可以继承。他当作家，把文字和文学修养当成谋生的技能，是不得已。理查逊在 1755 年已经是名成功就的小说家，但仍然要扩建自己的印刷厂，不想离开老本行。这也是当时作家地位的一个旁证。③

菲尔丁的作家生涯，几乎一个字就可以说尽——穷。仅看《约瑟夫传》出版前后的情况即可证明。1740 年 11 月，和《帕梅拉》的出版同时，菲尔丁有一场败诉的官司，原因是拖欠煤铺的账，数目是 27 镑。同年 12 月，又因为欠账被告上法庭，这一次的债务是和别人一起欠的，总数达 200 镑。因为数目大，菲尔丁被司法拘系三周，下一步就该入狱了。后来把他的债

① 有关菲尔丁的家世及早年生活，见 Martin and Ruthe Battestin, *Henry Fielding：A Life*, New York：Routedge, 1989, pp. 1 – 52. 关于其高祖 William Feilding、叔曾祖 Basil Feilding 及外祖父 Sir Henry Gould, *Oxford Dictionary of National Biography*（New York：Oxford University Press, 2004）列有详细词条。"菲尔丁"一姓的英文拼写，可以是 Feilding。

② C. J. Rawson 有一篇文章 "Gentlemen and Dancing – Masters"，其中讲到当时贵族要求子弟习舞，却又不可纯熟精到有如舞师。因为舞蹈只是"一技"，做到专门的程度，有失贵族身份。对文字功夫的看法，应属于同一风气。详见 *Henry Fielding and the Augustan Ideal Under Stress*, London：Routledge & Kegan Paul, 1975, pp. 9 – 12. 关于作家在当时的地位，参看 A. S. Collins, *Authorship in the Days of Johnson*, New Jersey：Augustus M. Kelley, 1973, pp. 13 – 15.

③ 见 Duncan Eves & Ben D. Kimpel, *Samuel Richardson：A Biography*, pp. 500 – 501.

务和别人的析开，减到了 28 镑。然而拘系尚未解除，就传来了他父亲再次结婚的消息。新的继母年纪很轻，父亲身后如果有什么遗产，菲尔丁也无从继承了。次年 3 月，菲尔丁又借债 197 镑，一年以后，为此再次陷入法律纠纷。当时的币值很难和今天的准确换算。但是钱的多少，可以从《约瑟夫传》的稿酬粗略估计。小说 1742 年 2 月出版，印了 1500 份（把裁过的印张码好，系在一起，一本书一摞，叫作 set——"份"，买主另找人装订，所以同一本书，在 18 世纪可以有不同的封皮，甚至不同的册数），书商付给菲尔丁 183 镑。①

这些情况，都是后来的人为了研究菲尔丁，周咨博访，从公私档案里钩稽出来的。关于那一段生活，菲尔丁自己的文字，只有一小段。1743 年 4 月，他出版了三卷的《诗文集》（*Miscellanies*），在前言里为文稿编订的拖延向读者致歉，因为其中很多人是预付了定金的。他说："去年冬天，我痛风甚剧。我心爱的孩子病危，躺在床上。另一张床上，是我的妻子，情形也好不了多少。其他伴随而来的种种，也都是一个贫病之家所常有的窘况。"② 18 世纪的英国作家，专靠写作为生的，过得好的不多。但是菲尔丁一定觉得自己比许多人更卑屈、更穷。他留下了那么多的著作，其中极少说到自己的生活。这可能是因为他不像理查逊那样喜欢保存信件，——日常生活的情况，一般是在书信里透露的。还可能是因为他觉得自己的窘境不堪言，或者不屑言。

没有身世之叹，不等于没有身世之感。18 世纪的英文里有一个称呼："教化作家"（ethic writer），以后很少见，指的是就社会问题、道德行为发表评论的作家。菲尔丁也算一个。他对自身经历、遭遇的感受，常常隐伏在这些文章里。1740 年 2 月 16 日，杂志《斗士》（*Champion*）发表了菲尔丁的一篇长文，讨论慈善救济。③ 这篇文章常常被人提起，因为它主张惩罚

---

① 关于菲尔丁的债务、拘系，父亲的最后一次婚姻，见上引 Battestin, *Henry Fielding*, pp. 288 – 289, 295 – 296, 300, 341, 351 – 352. 关于《约瑟夫传》所得稿酬，见 Ronald Paulson, *The Life of Henry Fielding*, p. 137.

② Henry Fielding, *Miscellanies*, ed., Henry Knight Miller, Oxford: Clarendon Press, 1972, p. 14. 1752 年以前，英国使用旧历，每个年度从 3 月起算。文中"去年冬天"应指 1740—1741 年间的冬天。

③ 原文见 Henry Fielding, *Contributions to the Champion and Related Writings*, ed., W. B. Coley, Oxford: Clarendon Press, 2003, pp. 181 – 186. 本章下文所引该文均出于此，不再注明。

街头的乞丐，理由是他们大都是散淡放荡的懒人，有力劳动而不为。这个观点，在八年以后菲尔丁秉执警政的时候，变成了他的政策。但此处要说的，却是菲尔丁认为需要赈济的人。

这些人分为五类，其中有受到当政的势力排挤，无法在军队和教会里谋到职位的世家子弟，有因为意外的事故陷入贫穷的专业人士，还有尚未成名，因而没有收入的艺术家和科学家。这三类人的困难，菲尔丁是一笔带过，语焉不详。对另外两类人的情况，他说得十分详细。一类是因为欠债入狱的：

> 他们有的是因为花钱的时候考虑欠周，有的是因为遇到了不幸，还有的是因为讲义气帮助朋友。由于债主的贪婪、急躁、缺乏仁慈，还由于我国法律的冷酷无情，他们遭受拘禁，远离可怜的妻子儿女，远离亲戚朋友的安慰，远离可以自救及养家的谋生手段，远离牲畜都能享受的新鲜空气。身处孤寒的人通常能得到的些许依靠，在他们也是一无所有，尤其是没有希望，这是最重要的，也是最后的依靠。他们被关押的地方，生活决无便利可言，因为生活的必需品在此处比其他地方的便利还要难得。跟他们同住的，是最恶劣的犯人。这些人比他们还要幸运一点，因为不用等太久，法官就会放了他们，或者送他们去死。

这段的原文是一整个长句子，从头念到尾，让人觉得气紧，似乎可以感到作者心情的急切，好像要把很多委屈一下子都倒出来。再一类，就是力图保持体面的破落户，这一类人，菲尔丁觉得是最需要社会关心的。他说：

> 仅为活命，真正必需的物质条件并不多，缺乏这些条件的人也不多。真正处境艰难的，是那些活得跟自己的出身教养不相称的人，是那些失去了自己习以为常的生活方式的人。他们长养于上流社会之中，而自身财产却又不多，一方面不能心甘情愿地降低旧有的身份，另一方面又不懂得量入为出。为了保持所谓上等人的面子，开销上比照更

加有钱和有地位的人，一味奢华，自陷于贫穷艰难的境地。讲慈善，首先应该顾及这样的对象。

菲尔丁设身处地，体贴入微的同情心，其来有自。在为《斗士》写稿的时候，他欠了三份债。三个债主都是穷追不舍，不依不饶。上文提到，他在一年以后因为其他的债务被拘系，有明文为证。此次是否真的入狱，监狱的记录缺失，无法确知。但是欠债的原因却有记录。有一份是因为住了太好的房子，付不起租金。

还有一份债务欠的是车马行。这家车马行的男主人 1733 年过世，有学者核对了报纸上的讣告，上面说他的买卖"在同行里声名最著，服务对象都是有地位的人"。所谓"有地位的人"，原文里是"Persons of Quality"。菲尔丁的伯曾祖，第二代伯爵，在"新贵"之时，远攀异国显贵，声称他们是奥地利哈布斯堡王室的后裔。20 世纪的学者证明这个亲缘关系是捏造的。菲尔丁当时对此深信不疑。他的印章刻有鹰徽，是哈布斯堡王朝的象征。[①] 如此自视，当然是有地位的人，出门当然要有车马。把菲尔丁告上法庭的是车马行的女主人，声称他自 1739 年底，多次租用轻、重轿车，敞篷快车，还有各种马匹，欠账 30 镑，同时要求罚款 20 镑。[②]

"炫耀性消费"（Conspicuous consumption），指的是以物质消费显示自己的身价，也就是奢侈。这是 20 世纪的英语里才有的词，但是这种现象的历史要久远得多。租车马，撑门面，知其不可而为之，菲尔丁像谁？像上文提到的佩皮斯和茉尔，甚至有点像他自己笔下冒充阔少的店员。但是菲尔丁本人一定不会同意这个比较。他的"不可"，仅仅是因为财力有限。他们的"不可"，在于他们的"体面"是假的，非其所当享。他们奢华，是失其本色。而他要是不奢华，也是失其本色。一星期之后，菲尔丁意犹未尽，又给《斗士》写了一篇文章，其中告诫有钱的人，要照顾像他这样的人的自尊心：

① 见 W. L. Cross, *The History of Henry Fielding*, New Haven：Yale University Press, 1918, pp. 1 – 13, 以及上引 Battestin, *Henry Fielding*, p. 7.

② 官司记录及车马行情形，见上引 Battestin, *Henry Fielding*, 第 265 页及第 654 页注 17。

造访人家，或有主人，论出身跟他们平等甚至还要高贵，而论钱财却是远远不及。此时言谈应该避免有失礼貌的暗示。譬如说人家住得远了一点儿（也就是说在房租低廉的地区）；或者说，老房子住起来真是不方便，此前不知道伦敦城里还有这样的地方。还有其他不该说的话，譬如说墙上应该挂画；或者在天冷的时候说屋里铺上地毯会暖和一些；或者说假发戴歪了，须要整一整，可惜没有一面镜子；或者说，用小炉子取暖，其实更费煤。①

菲尔丁就社会问题和行为道德发表的评论，多于他的小说。这些文字是可以，而且是应该和他的小说并观的。因为它们是同一个人的思想、感情的不同方式的表达。约瑟夫是一个仆人，似乎不能跟菲尔丁相提并论。但他是菲尔丁想象出来的人物，既是菲尔丁用来玩笑《帕梅拉》的工具，又是表达菲尔丁社会理想的媒介。约瑟夫身份的改变，与他的所作所为无关。如此的情节安排，其意若曰：德行操守，不是改变地位的手段。这其实是一种社会偏见，针对《帕梅拉》，也针对中产阶级敬业奋斗，以求进身的理想。约瑟夫的身份改变之后，菲尔丁还要替他安排一个着落，一个归宿。这个归宿，就是范妮。

从上面征引的文字可以看出，在文化风习的新旧替换之时，在各色人等社会地位的升沉转移之中，菲尔丁的阶级意识非常的深刻，非常的坚实，耿耿在抱，不能忘怀。他见不得暴发户忘乎所以的奢侈。就连一个店员在出差的时候，使气妄为，发一点小小的狂，满足一下虚荣心，他也不能容忍。他言论行迹所守的原则，是紧紧地抱住过去不放。

约瑟夫在身份改变之后，于范妮旧情不忘。他所体现的理想，是在个人的境遇变化之时，持常守故。这是菲尔丁的理想。约瑟夫经过了几天的行程，从伦敦回到乡下，一改俯仰随人，毫无个性的面目，变得出言直爽，行动果决，其近因，是范妮，其远因，是菲尔丁对风气的反抗。

18 世纪的英国，仆人很多。但仆人是一种营生，不是一个行业。没有行会组织保护他们的利益，没有服务质量和报酬高低的规定，也没有师徒

---

① 原文见 Henry Fielding, *Contributions to the Champion and Related Writings*, p. 187.

授受，资格认定的制度。英国国歌的作曲家阿恩（Thoma Arne）和菲尔丁同时代，父亲开棺材铺，对他的音乐爱好不表同情。为了听歌剧，阿恩常常在晚上穿上号衣，混进戏院的跟班席里去。号衣是从父亲铺子里偷的，——棺材铺里总有几件号衣供死者的家属租用，在葬礼上临时雇人，打扮成仆人，以显气派。① 由此可见，仆人的身份，是谁都可以借来用一用的。约瑟夫、范妮成全了菲尔丁的想象和追求，正如号衣之于阿恩和死者的家属。他们身上，有菲尔丁的影子。本章的题目也正是此意。

---

① 见 Mary Nash, *The Provoked Wife: the Life and Times of Susannah Cibber*, Boston: Little, Brown, 1977, pp. 19 - 20. 传主是 Thomas Arne 的妹妹。

第五章

约翰逊与英国 18 世纪的政治

　　说到塞缪尔·约翰逊，可以先提一下他与中国读者的缘分。约翰逊曾撰文赞美中国的建筑别具风格；他鼓励朋友游历长城，以开阔眼界和胸襟；约翰逊是一位传记写作的高手，早在 18 世纪 40 年代初期就写了一篇关于孔子的传记。英美读者的约翰逊经典之作当属《英语词典》《拉塞拉斯》《漫游者》《闲人》《英国诗人评传》。如果说这些是约翰逊的精品，那么它们只是冰山一角。约翰逊的许多作品不为人知，他的写作范围极为广泛，哲学、文学、历史、政治、宗教等自不待言，甚至还涉及法律、医药和商业。

　　1709 年 9 月 18 日，约翰逊出生在英国斯塔福德郡（Staffordshire）的利奇菲尔德镇（Lichfield），父亲出身低贱，靠地方慈善机构的捐助才完成初等教育，后来学徒于一个出版商，并且自己也从事图书的采购、制作和装订。约翰逊的母亲家境殷实，社会地位较高。约翰逊出生时，父亲 52 岁，母亲也年过四十。小塞缪尔出生后身体虚弱，后来又因奶妈的缘故感染了结核病，导致眼睛发炎，视力严重受损。

　　年幼的约翰逊饱受疾病的折磨，8 岁时，他又开始表现出神经系统紊乱的迹象。约翰逊的传记作者记载了他的一些奇特的举止，比如抽搐，手语，情不自禁地发声和重复别人的话等。这些对约翰逊的个人生活和职业生涯都有很大的影响。18 世纪的教育理论受洛克的影响，强调教师应当为人师表，约翰逊的症状外加做淋巴手术在脸上和颈部留下了多处疤痕使得谋求教师职位和创办学校的希望成为泡影。

　　约翰逊聪颖好学，博闻强记，8 岁开始在当地的语法学校学习拉丁文。

虽然饱受老师的"棍棒之苦"，但毕竟学得了精湛的拉丁文，鲍斯威尔认为没有人可以与约翰逊的拉丁文相比相埒。16 岁时约翰逊到斯多厄桥（Stourbridge）的表兄家做客①，这极大地拓展了他的社交和思想。

1728 年 10 月，由于亲戚的帮助和一位朋友的许诺，约翰逊到牛津大学的彭布鲁克学院（Pembroke）注册入学。约翰逊在此住了 13 个月，后来朋友的承诺并没有兑现，他不得已退学。辍学后的约翰逊一度坠入精神崩溃的深渊，甚至动过自杀的念头。1732 年约翰逊和朋友一起前往伯明翰。约翰逊为《伯明翰周报》（*The Birmingham Journal*）撰写文章，从此开始了自己的职业生涯。1735 年初，约翰逊在伯明翰的一位姓波特的商人朋友病故，约翰逊娶了此人的妻子。波特夫人当时已经 46 岁，而约翰逊只有 25 岁。

约翰逊用妻子的钱，在家乡附近设立私校，教授拉丁文和希腊语。不到两年，学校赔本，只好关闭解散。1737 年 3 月 2 日，为家庭债务所迫，约翰逊和他的一个学生加里克②动身赶往伦敦闯天下。到伦敦后，他应聘在凯夫（Edward Cave）主编的《绅士杂志》（*The Gentleman's Magazine*）做助理编辑。③ 收入稳定后，约翰逊回到利奇菲尔德镇，将夫人带至伦敦。约翰逊夫妇住在格拉布街的西面（据《英语词典》的说法，这里的居民多为"穷文人、作家、字典编纂人与打油诗人"）。

1738 年，匿名长诗《伦敦》（London）为约翰逊赢得了地位，尽管只得到十个吉尼的稿费。几乎同时，蒲柏的诗作《一千七百三十八》（One Thousand Seven Hundred and Thirty – Eight）也发表了。这两首诗颇有共同之处，同为模仿诗作，同为讽刺诗，其政治含义一望而知。桂冠诗人蒲柏对《伦敦》大加称赞，并急于让人了解这首诗作者的情况。

在此后的 4 年中，约翰逊为《绅士杂志》撰稿谋生。此一时期他最大的贡献是《利利普特国的辩论》（Debates in Magna Lilliputia），或者简称为

---

① 约翰逊的表兄福特（Cornelius Ford）当时 31 岁，风流倜傥，才智过人，任剑桥大学的学监，出入于伦敦，与许多著名的诗人相识（如蒲柏），甚至跟切斯特菲尔德伯爵有私交。约翰逊本来只打算停留一周，结果一待就是一年多的时间。

② 后来成为英国著名的戏剧表演家。

③ 早在来伦敦之前，约翰逊就给凯夫写信（当时约翰逊还不敢用自己的真名），建议凯夫删除插科打诨之类的文字，代之以格调高雅的诗歌和箴言。

《议会辩论》，主要撰写议会讲演词和报道议会辩论的情况。在伦敦生活期间，约翰逊结识了诗人塞维奇（Richard Savage），并成为好朋友。与塞维奇的关系不利于约翰逊的工作和家庭生活。①

同一时期，约翰逊还写了一定数量的人物传记，《塞维奇传》（*The Account of the Life of Mr. Richard Savage*，1743）乃是顶峰之作。因为受雇而写，约翰逊一般不去证实事情的真伪，而是依靠前人的说法。但是约翰逊毕竟阅历丰富，往往以自己的生活经历或者经验为参考，尤其为学者写传记时更是如此。约翰逊还为哈利图书馆（当时英格兰最大的图书馆）的馆藏图书编订详细的评介书目。约翰逊的父亲曾因为购买德比勋爵的图书馆而破产，所以他深知书目的商业价值。而且，借此机会约翰逊进一步扩充自己的阅读，为后来编写词典做了准备。

1745 年，约翰逊提出一个重新刊定莎士比亚全集的计划，但是因为版权问题不得不放弃了。此时，他的经济状况很糟糕，幸得朋友帮忙，才免遭牢狱之灾。约翰逊还曾考虑转行做律师，但没有证书这样的想法无异于白日梦。1746 年，约翰逊与书商签订合同编写一部《英语词典》，他的生活有了很大的改观。根据合同，约翰逊可以得到 1500 吉尼，预付的钱款使约翰逊搬家住到高夫广场 17 号（一直住到 1759 年），成为一个独立的作家。1755 年，两卷本的《英语词典》问世，这是英语史上的一件大事，它标志着现代英语标准语的正式开始。约翰逊编纂方法被后来《牛津英语大词典》的编者所采用，可见其影响之深。不过需要提醒读者，18 世纪词典和百科全书尚没有完全分开，学者依然抱有文艺复兴时期的理想，企图将所有的知识集中在一本书里。约翰逊以词典为教科书，广泛介绍 17 世纪和18 世纪英国的作家作品和思想文化，其伦理关怀和教育后人的目的在大量的引文中（11.6 万条）历历可见。

其实，从写于 18 世纪 40 年代中后期的文字可以看出约翰逊的视野转向伦理道德。约翰逊的另一首长诗《徒劳的人世愿望》（The Vanity of Human Wishes，1749）是对 40 年代后期道德和伦理关注的高度概括。约翰逊

---

① 约翰逊和凯夫之间似发生裂痕，1739 年 8 月到 1740 年 2 月约翰逊离开伦敦，几乎没有给《绅士杂志》写过文字。而同一时间，约翰逊夫人却留在伦敦，说明夫妻之间的关系比较紧张。参见德玛丽亚（Robert DeMaria，Jr.）《约翰逊传》，布莱克威尔出版社 1993 年版，第 73 页。

本来就有办报的兴趣，而《英语词典》的预付款使得约翰逊能够独立创办《漫游者》（*The Rambler*，1750－1752），当然这样做也是为缓解编纂词典工作的单调乏味。《漫游者》乃是约翰逊的"醇酿"，它的主题凝重，句法工整，措辞讲究。本着同样的旨趣，约翰逊还为《冒险者》（*The Adventure*，1753）和《闲人》专栏（*The Idler*，1758－1760）撰写了大量的"道德文章"。在这些文字中，约翰逊同读者一起探讨人生，思考社会，评议文学。比较而言，后两者的文字更加轻松自如，晓畅明了，因而赢得了更多的读者。

18世纪50年代，约翰逊经历了两次亲人的离别。1752年，约翰逊的妻子去世；1759年，年逾90的母亲去世。母亲病逝后，留下了一笔债务，约翰逊所能做的自然是动笔写作偿还债务，尽儿子的一点责任和孝心。谁料到，约翰逊用7个夜晚完成的《拉塞拉斯》（*The History of Rasselas, Prince of Abyssinia*）竟然成了他最受欢迎的一部作品。18世纪末，这本书已经修订出版50多次，其中国外的版本有20余种（6种不同的语言）。

《拉塞拉斯》标志着约翰逊创作高峰的终结。就个人生活而言，约翰逊越来越离开艺术创作，更多的是一位公开的谈话者。尽管约翰逊穷困不堪，住处寒碜，但是他享有盛名，常参加一些社交活动，成为艺术家的代言人。1762年，英王室授予约翰逊每年300英镑的恩俸（pension），以奖励其文学成就。1764年，约翰逊和朋友一起成立了一个享誉伦敦的文学俱乐部。同一时期，约翰逊结识了苏格兰青年鲍斯威尔和酿酒富商史雷尔先生。鲍斯威尔没有愧对约翰逊，给世人留下了一部不朽的传记。史雷尔夫妇热情好客，约翰逊很快成了他们家庭里的一员。

18世纪60年代以后，约翰逊多次修订自己的《英语词典》；1765年完成《莎士比亚戏剧集》评注，1773年又重新修订。1766年到1770年间，约翰逊帮助自己的朋友起草了《英国法律之讲义》（A Course of Lectures on the English Law，1767－1773），这件事极为保密，一直不为人知。1773年，约翰逊在鲍斯威尔的陪同下出游苏格兰，后来写出了《苏格兰西部诸岛游记》（*A Journey to the Western Islands of Scotland*，1775）。1777年，约翰逊应书商的要求为英国诗人的选集逐一作序，后来这些序言被单独收编成集，也就是所谓的《英国诗人评传》（*Lives of the English Poets*，1779－

1781）。另外，约翰逊在70年代写了一些为后人争论不休的政治宣传小册子。①

英国历史上的18世纪习惯上也被称为"约翰逊的时代"，可见约翰逊在英国人心中的地位。1984年12月13日是约翰逊逝世200周年的纪念日，《泰晤士报》发表社论说，约翰逊比其他任何人都更有资格做"英国的主保圣人"，因为"语言乃是英国人的主要荣耀"，约翰逊的工作和著述则在很大程度上促使英语成为一种世界语言。②

哈德逊（Nicholas Hudson）的近作《塞缪尔·约翰逊与现代英格兰的形成》（*Samuel Johnson and the Making of Modern England*）向我们证明，约翰逊的重要性不仅仅在英语语言一个方面，更在于他给英国文化发展所带来的持久和深刻的影响。18世纪是英国历史上关键的时期，经济蓬勃发展，社会成分分化重组，政党和内阁体制初具规模。约翰逊生活在这样瞬息万变的社会现实之中，并对这些变化做出有力而复杂的回应。哈德逊认为，约翰逊的职业生涯不仅标示了"现代英格兰的形成"的进程，而且还赋予它一定的意义，为其指明前进的方向③。因而可以将约翰逊作为英国由前现代过渡到现代社会进程的一个组成部分。哈德逊要读者关注一个双向互动的过程：约翰逊不仅仅为蓬勃发展的社会现实所塑造，同时也构建了正在形成中的"英国的"特点。当然，约翰逊毕竟是文人，哈德逊更加关注他对诸种观念（阶级、政党、报刊、公众、国民性和帝国）的评论以及这些评论中潜在的矛盾。

作者的独特之处在于强调约翰逊之于维多利亚时期英国人的影响。维多利亚时期托利党分子如狄思累利和吉卜林等视约翰逊为本党的精英，对约翰逊赞不绝口，所谓"托利主义可称誉的一切都可以冠之于约翰逊"。其实，这些保守党人赞誉的是现代意义上的托利主义：从新兴中产阶级的角度出发，保守地认可或者接受现存的社会秩序。不独托利党分子，托马

---

① 《虚惊一场》（*The False Fire*，1770）、《近来福克兰群岛事务之思考》（*Thoughts on the Late Transactions Respecting Falkland's Islands*，1771）、《爱国者》（*The Patriot*，1774）和《征税非暴政》（*Taxation No Tyranny*，1775）等。这些政治论文是受人雇佣而作的，但是约翰逊并没有完全放弃自己的立场。

② 参见黄梅《推敲"自我"：小说在18世纪的英国》，三联书店2003年版，第268页。

③ Nicholas Hudson, *Samuel Johnson and the Making of Modern England*, Cambridge：Cambridge University Press, 2003, p. 5.

斯·卡莱尔（Thomas Carlyle）也在《论英雄，英雄崇拜和历史上的英雄事迹》（*On Heroes and Hero – Worship and the Heroic in History*，1841）一书中说约翰逊体现着"伟大的英国精神"。依哈德逊的观点，大多数维多利亚时代的人认为约翰逊透彻地表述了英国的国民特性，体现了大英帝国的精神。作者自称为"修正主义者"，来补充维多利亚时期的一些说法，故在文章中屡屡将约翰逊与维多利亚时期政治和经济等方面的思想观念联系比较，梳理其中的发展脉络。近年来，有关 18 世纪的研究越来越多，中国读者不必被 19 世纪的说法所左右（维多利亚时期的英国同二战以后的英国不可同日而语）。本章沿用了《塞缪尔·约翰逊与现代英格兰的形成》一书的框架，尤其挑选了几个争议较大的政治史问题，辅之以近来史学的进展，向中国读者介绍约翰逊和英国 18 世纪的政治状况。

一　约翰逊的政治定性问题

约翰逊的政治定性成了一个不解之谜。约翰逊的早期传记作者称其为"詹姆士党人"[1]（这是鲍斯威尔在传记中的说法）或者顽固的托利党人，维多利亚时期多数人将约翰逊看作托利分子。当然，近来也有人谈及约翰逊的辉格主义倾向。产生这样的分歧有两个原因。第一，以前人们多以鲍斯威尔的《约翰逊传》来了解这位历史人物，而不是通过约翰逊本人的作品。要知道，约翰逊和鲍斯威尔的社会和思想背景迥异，年龄相差甚远（相差 30 岁），《约翰逊传》记载的百分之九十是约翰逊晚年的言谈；而且，《约翰逊传》的版本之间也有较大的出入。[2] 第二，历史学家对 18 世纪的看法本身就相互抵触，甚至针锋相对。

因为后文涉及 18 世纪政治史较多，这里简单介绍有关 18 世纪政治史的争论，其中最重要的是所谓的"辉格党史学观"和"纳米尔学派"的争论。"辉格党史学观"起源于两个辉格党人（伯克和麦考利）出于政治目

---

[1]　指英国 1688 年革命失败后拥护流亡的斯图亚特王朝国王詹姆士二世及其后嗣的分子，他们出入于设在法国（后在意大利）的流亡宫廷。

[2]　参见格林（Donald Greene）《约翰逊的政治观念》"第二版导言"，乔治亚大学出版社 1990 年版，第 42 页。

的的宣传，中间经过辉格党历史学者（尤其屈维林夫妇）的阐发，已经载入英美大学的教科书，广为人知。[①]"辉格党史学观"的解释如下：18世纪为两党争斗的时代，两党分别有自己的纲领，轮流入主政府。乔治一世和二世在位时由辉格党执政；由于乔治一世和乔治二世对政治不关心，行政权归于议会多数党领袖的原则建立起来。1760年可以算是一个"分水岭"，乔治三世上台，托利党得宠。因为乔治三世自小受到博林布鲁克[②]的《爱国君王论》（*The Idea of Patriotic King*）的熏陶，意欲将汉诺威王朝失去的特权夺回来。为实现这些，就要瓦解原来的辉格党家族，恢复托利党人在政府中的地位。同时，乔治三世通过恩赐等手段收买人心，培植心腹（所谓的"国王之友"）。按着"辉格党史学观"的说法，国王一意孤行推进自己的政策，结果导致威尔克斯事件和美洲的独立。当然这些倒行逆施也使得辉格党重新兴起（以罗金汉姆侯爵为首，伯克乃是其代言人）。伯克揭露了乔治三世的个人独裁，保证了政治重新回到君主立宪的轨道上来。美洲革命以后，乔治三世已经失信于人民，不得不承认历史的现实，这样内阁向议会多数党负责的原则重新建立起来。由此可见，托利党代表"反动"，是后来保守党的前身；而辉格党代表"进步"，是后来自由党的前身。

　　但是到了20世纪30年代，英国大史学家刘易斯·纳米尔（Sir Lewis Namier）[③]猛烈地攻击这样的历史观念，从而影响了以后的史学发展。有学者认为在西方史学界，20世纪30年代到70年代可以算作"纳米尔时代"，自80年代纳米尔的影响开始减弱，但依旧很大。[④]纳米尔的方法十分独特：他将研究锁定在1761年的下院，详尽地调查了几乎每个议员的政治状况：他们如何得到议员的位置？他们的家族究竟是托利党还是辉格党？他们所忠诚的党派是哪些：宫廷、辉格党世家，或者托利党领袖？结果证明，乔治三世并没有接受博林布鲁克的观念，他的行为合乎宪法。没有所谓的"国王之友"，托利党也没有重整旗鼓，乔治三世的大臣都属于辉格党人，

---

①　《约翰逊文集》第10卷"导言"，耶鲁大学出版社1977年版，第14页。

②　博林布鲁克（1678—1751），英国18世纪政治家兼风流才子。

③　原为波兰犹太人，后移民到英国。

④　奥布赖恩（Conor Cruise O'Brien）：《伟大的旋律》"导论"，芝加哥大学出版社1992年版，第41页。

议会的席位主要被辉格党把持；"党派原则"并不重要，两党之间可以相互通融；对派别的忠诚和对王室的忠诚一样重要。总之，"辉格党的史学观"纯粹是胡言乱语，当时的政客都是浅薄之徒，一心中饱私囊，决不会为党派的意识形态所左右。① 纳米尔所揭示的乃是 1761 年的政治结构，这样的结构始自 1714 年辉格党上台，独霸政坛。

当然，也有人挑战纳米尔的观点，认为直到 1760 年乔治三世登基，托利党应该算作是一个"政党"。科利（Linda Colley）试图证明 18 世纪 30 年代和 40 年代间托利分子在组织和政策上的连贯性。克拉克（J. C. D. Clark）和克鲁克汉克斯（Eveline Cruikshanks）则将这样的连贯性归因于托利分子对放逐于外的斯图亚特家族和"君权神授"观念的忠诚。② 这些人对纳米尔的反击并不到位，纳米尔并不否认当时存在着不同的政治团体，或者说政党组织，而是说这些团体和组织不像今天的政党界限分明，讲究原则。《保守党——从皮尔到撒切尔》③ 一书的作者追述现代英国政党的起源，将其定于 19 世纪 60 年代和 70 年代，归因于狄思累利的组织才能。我们知道自 19 世纪中期以来英国的政治体制发生变化，下院中的多数党可以独断地使用立法和行政权力，因而党派的界限愈加分明。这样的做法一直持续到今天的英国，所以现代英国党派观念自然不同于 18 世纪的观念。

二战以后，尤其在 20 世纪 50 年代，纳米尔的历史阐释逐渐被认可，乃至声名显赫。当时英美弥漫着保守主义的气息，人们不再相信意识形态是政治行为的基础，认为政客皆是自私自利之徒，狗苟蝇营之辈。故有人批评纳米尔的著作乃是迎合了当时的时势。④ 但是，纳米尔的两本书《乔治三世即位时英国的政治结构》和《美国革命时代的英国》分别写于 1929 年和 1930 年，当时并没有影响。对于纳米尔的评价最好听一听历史学家普拉姆⑤的说法。年轻时，普拉姆本想投师纳米尔，但是纳米尔当时的兴趣已经从 18 世纪政治史转移，故他只得师从屈维林。虽然如此，纳米尔的影响左

---

①　参见普拉姆（J. H. Plumb）《如何成为一个史学家》，乔治亚大学出版社 1988 年版，第 16 页。

②　Nicholas Hudson, *Samuel Johnson and the Making of Modern England*, p. 80.

③　Robert Blake, *The Conservative Party from Peel to Thatcher*, London：Fontana Press, 1985.

④　奥布赖恩：《伟大的旋律》"导论"，第 41 页。

⑤　英国史学家，代表作为《稳固的政局》《沃尔波尔传》等。

右了普拉姆20多年。普拉姆晚年写回忆性的文字，对自己的两位前辈有较为客观的评价。普拉姆认可纳米尔对"辉格党史学观"的批评。但是，他认为纳米尔太执迷于细节，而且主要考察下院的作用，这样必然忽略了一些更重要的事实，比如上院在政治中的作用，民间的激进运动，地方选举，以及英国国民政治意识逐渐成熟等。我们知道，20世纪六七十年代以后，这些成为政治史研究的重点。此外，普拉姆认为政治史的意义在于连续性，要考虑更长的历史阶段。其实，纳米尔后来也认识到他所描述的1761年的政治结构并非一直保持下去，后来随着美洲问题的出现和加剧，两党的对立不再是徒有虚名。① 我们知道，两党对峙出现在18世纪80年代，而法国大革命以后，两党对立越加严重。

笔者认可纳米尔的说法，至少自1714年（辉格党执政）到18世纪60年代初（乔治三世上台），两党之分已经没有多大的意义。所谓的区分无非是"在朝"和"在野"，亦即服务于国王之内阁的辉格党权贵和那些内阁之外自谋利益的反对派。我们不妨以英国的第一任"首相"沃尔波尔为例来稍加说明。一般人不假思索就将之归为辉格党人，因为他在1721—1742年间把持英国的政坛。但是，我们知道由于托利党已经退出政府，辉格党内部分为若干的派别，相互攻讦。沃尔波尔所依靠的力量中，除了几个辉格党团体外，大多数是代表乡绅地主利益的非党派议员。当他遭到弹劾时，恰恰得到这些非党派议员（其中多为托利党分子）的帮助，才保住自己的位置。许多学者认为他并非纯粹的党人，在某些场合他以辉格党人自称只是为了把自己同那些忠诚于斯图亚特王朝的托利党人分开来，从而赢得王室和辉格党老帮派的支持。②

那么如何来看待约翰逊呢？上面提到的"辉格党史学观"和"纳米尔学派"必然影响了约翰逊研究。克拉克和鄂斯伽恩－希尔（Erskine－Hill）试图证明约翰逊是一个保守的托利党人，甚至是一个"詹姆士党人"。两个人假设18世纪前半期托利党和辉格党之间的确存在着一条政治分界线，其肇始在于是否承认汉诺威王朝的合法性。因而，在他们看来直到1745年（最后一次詹姆士党人叛乱），"托利党人"一词始终有詹姆士主义的内涵。

---

① 普拉姆：《如何成为一个史学家》，第17页。
② 参见阎照祥《英国政治制度史》，人民出版社1999年版，第219页。

唐纳德·格林（Donald Greene）站在纳米尔的立场上，认为约翰逊所谓的"托利分子"有具体的所指，具体说用来指代"乡村绅士"（country gentle-man）中的反对派，同时约翰逊与许多辉格党分子过往甚密，也认同他们的政治观念。约翰逊是一个独立的文人，本来不必依附于任何一个标签。但当时知识分子的内部分裂为不同的派别：以沃尔波尔为首的官方辉格派；鼓吹自由主义的辉格党反对派；虚假的无党派主义者。约翰逊自诩为"托利党人"，这样可以不受党派的限制，畅所欲言（当然他们之间的确有共同之处，下文就要论及）。

笔者认为，在论及约翰逊的政治观念的学者当中，格林的著作是最为详尽，而且最有说服力的。《约翰逊的政治观念》初版于 1960 年，1990 年格林为本书的第二版写了长达六十多页的导言，依然坚持三十年前的观点，这里不妨稍加介绍。

17 世纪 70 年代中期以来，围绕着宗教和王位继承等问题，议会中的政治分歧日益加深，终于导致托利党和辉格党的诞生。大致而言，托利党人代表着地主阶级的利益，主张扩大王权，限制议会的作用。他们认可英国国教，对清教徒实行镇压。辉格党中既有贵族，也有商人、金融家和自由职业者。他们要求限制王权，增强议会的权力。他们主要是较为激进的国教教徒，主张实行宗教宽容政策，但对天主教满怀仇恨。1678—1681 年间，围绕着"排除法案"托利党和辉格党的确有区别：辉格党希望将詹姆士二世排除在外；而托利党则反对。1688 年，为了避免天主教的全面复辟，两党的领袖捐弃前嫌，联合发动政变，邀请荷兰的执政者威廉武装干涉英国。威廉和安妮女王期间，两党有时合作，有时争吵。安妮女王病危之际，根据《王位继承法》，英国王位的权力应当由汉诺威王室继承，故以哈利和博林布鲁克为首的托利党人企图政变，使得流亡国外的觊觎王继位，但最终顾全大局，主动放弃政变。所以乔治一世登基之后痛恨哈利和博林布鲁克，"托利党"一词贬值。想入主中央政府的人被称作辉格党分子，而留在地方政府，不时地批评中央政府的被称为托利党分子。从这个意义上讲，沃尔波尔是辉格党人；他的反对者（普特尼、卡特莱特、切斯特菲尔德勋爵或者老皮特等）也是辉格党人。在 1714 年到 1760 年间，如果说沃尔波尔和他的后继者可以通过政府的委任或者恩俸等手段对辉格党分子加以控制，那么对于托利党而言，连这样的领导都没有，更没有组织原则，所以当时的政党与今日的政党不可同日而语。

那么，约翰逊所谓的"托利党人"或者"乡村绅士"中的反对派是指哪些人呢？我们先看一下 18 世纪下院的构成。当时下院的成员大致有三类：第一，职业政客或者派别的领导（一旦竞选成功，就会得到丰厚的回报，甚至可以加爵）；第二，禄虫官吏（他们支持任何当选的党派）；第三，独立非党派分子（大多为"乡村绅士"，当然也会有一些商人）。① 这些"乡村绅士"进入下院的目的不在于跻身政府高官的行列，而在于保持他们在地方上的影响和身份。1714 年以前这些"乡村绅士"中还包括一些自认为是辉格党分子的人。但是后来，当沃尔波尔等人在各种辉格党团体组织中取得统治地位时，"乡村绅士"中比较积极的辉格党分子被吸入其中。当"乡村绅士"中的辉格党成分被纳入政府中后，剩下来的也就是约翰逊所谓的"托利党人"。他们孤立不合群，对政府的任何政策都抱有怀疑的眼光。他们自以为代表了英格兰人的传统，所谓最小的政府也是最好的政府。他们反对殖民扩张，主张自足自给的经济模式。一般的职业政客来来去去，而这些托利党人则受到选民的欢迎，常常连任。他们一般不管国家事务，但是他们的作用也不能被忽视。

约翰逊去伦敦之前，尤其在表兄福特家和自己的家乡利奇菲尔德镇，已经同辉格党分子往来并谈论政治，对他们的观点较为清楚。约翰逊后来回忆其中一位对自己影响甚大的辉格党分子时，很有感慨地说道，"曾经有一位言辞激烈的辉格党人，我常常与之争论，但是随着他的死去，我的托利主义也就随之淡化"。② 这句话有两点值得我们注意。首先，约翰逊当时只有 18 岁，同辉格党人的争论可以促进他的政治成熟；当然他也领教了这些衣食无忧的人在茶余饭后如何侈谈自由。再者，这也说明约翰逊的观点在辩论时会更加极端，常常出乎本意。1737 年初到伦敦之际，约翰逊曾跟"宽底派"（Broad - bottom）往来。这一派中既有辉格党人，也有托利党人，领头人物是切斯特菲尔德勋爵等辉格党分子，他们不满沃尔波尔政府

① 1714 年到 1784 年间，五分之一的下院议员会用"托利党"称呼自己，他们多为"乡村绅士"。
② 参见克利夫德（J. L. Clifford）《年轻的约翰逊》，麦克格罗 - 希尔图书公司 1955 年版，第 120 页。

将托利党排挤出局的做法，一心要弥合政党之间的分歧，自诩为"爱国分子"。约翰逊在 18 世纪 30 年代末 40 年代初的文字同这一派的观点互通声气，比如批评政治团体之间的党同伐异，叹惋有德之士的见弃蒙羞。①

后来约翰逊从事《议会辩论》的写作，对政治的了解越来越多，也就逐渐摆脱了辉格党和"宽底派"的影响，而树立起自己的托利党"原则"。那么，约翰逊的政治"原则"是什么呢？约翰逊在《英语词典》中对"托利党人"的定义有两点：忠于"古有的宪法"（the ancient constitution），附属并效忠于国教。我们先来说一说国教问题。约翰逊相信国教，欲保持国教在国家政治中的地位，这是他一生不变的信念。约翰逊晚年第 4 次修订《英语词典》时，增加了许多为国教辩护的文字。在约翰逊最极端的文字中，他也从来不攻击教会人员。如果说词典的说法尚不足以表明约翰逊的观点，那么他在鲍斯威尔的纠缠下，曾经谈过两党的区别。约翰逊写道："在宗教问题上他们的看法不相同。托利党人不赞成给予教会太多的权力，但希望他们有相当的影响。而辉格党人主张限制教会人员的权力。"②

再来说说约翰逊所谓的"古有的宪法"。在英国光荣革命之前，人们尚没有社会契约论、天赋人权论和人民主权说等理论去鼓动宣传，只能借助"古有的宪法"观念。此一观念宣称从很古的时候起，英国就有议会和法律习惯来制约王权或者其他违法行为。约翰逊很喜欢法律，他的家乡也以教授法律闻名，而且他的朋友中多有学法律的。但是约翰逊家境困顿，难以承担费用高昂的法律课程。后来，他一直想谋得法律方面的工作，未果。约翰逊在判断政治行为时，常常以法律或者法律习惯为"原则"。

1741 年《议会辩论》中有一篇文字可以说明约翰逊所谓的托利党人的原则。"爱国分子"1741 年 2 月提出动议，要求国王将沃尔波尔从政府中永远罢黜。他们没有得到托利党人的支持，因为在托利党人看来，这样做有失公正，卑鄙下流，因此愤然而去。事后，辉格党人讥笑托利党人背叛"爱国分子"的行为，讥之为"尔等鼠辈"（Sneakers）。而托利党人则认为他们这样做是为了法律和正义。在约翰逊看来，沃尔波尔的人品和他的一

① 参见克利夫德《年轻的约翰逊》，第 216—219 页。作者指出，这一时期约翰逊同塞维奇交往密切，约翰逊的两篇猛烈攻击政府的文章受他的影响。

② 格林：《约翰逊的政治观念》，第 14 页。

些做法遭到一些质疑和谩骂，但是这些并不是以证据为基础。而且"爱国分子"在辩论期间就准备将沃尔波尔驱逐出去的做法更是违背英国法律。托利党反对辉格党人的寡头政治，反对他们的恩赐制度和自私自利。一言以蔽之，辉格党就是"否定原则"。①

乔治三世登基以后，各党派相互倾轧更加严重。乔治三世企图摆脱辉格党权贵的束缚，任命被排挤在外的托利党人。一些托利党人自然愿意拥护乔治三世，而他们的政敌出于政治目的，宣称托利党人一向拥护王室的特权，反对自由。逐渐地，托利党人的所指也发生了变化。格林认为1714年以后"托利党"一词至少有三种不同的语义："乡村绅士"中的反对派（也就是约翰逊所认同的）；1760年后指那些支持布特和诺斯内阁的人；后来，还有更加松散的用法，指那些支持小皮特及其继承者的人，或者说反对法国革命的人。②鲍斯威尔的用法介于后两者之间，读者须留意他和约翰逊所谓的"托利党人"并非一回事。

当然，约翰逊的思想也发生了变化。早在编写《英语词典》的时候，约翰逊就开始批判地认同主流的政治观念，逐渐改变年轻时反对派的激进立场。1762年受恩俸后，约翰逊的政治态度开始变得保守，当然，这样的保守主义并不缺乏怀疑的精神（约翰逊批评过布特和诺斯内阁，很难说他是第二种意义的"托利党人"）。在《英国法律之讲义》中，约翰逊的保守倾向得以加固，更加强调社会的制度层面（尤其政府和国教的地位），而漠视个人权利。约翰逊在18世纪70年代受人雇佣而写了一些政治宣传小册子，主要针对美洲问题和威尔克斯选举问题。在文中约翰逊都是援引历史上的习惯做法，以之为依据来驳斥对手。约翰逊的政治观基本建立在实用哲学的基础上，反对抽象的自由或自然的主权说。

我们不必夸大约翰逊立场的变化。首先，年轻时涉世不深，尤其当时生活坎坷，经济拮据，并且受到塞维奇等"宽底派"的影响。稍后，约翰逊认可了实用政治观念，而且越到老年越坚持务实的态度，不仅在政治立场上，在写作计划上也是如此。其次，约翰逊和乔治三世在气质上相投也是一个不可忽视的因素。1762年，英王室授予约翰逊每年300英镑的恩

① 参见鲍斯威尔的《约翰逊传》（New York：Modern Library，1931），第271页。
② 格林：《约翰逊的政治观念》，第13页。

俸。这是一件令人啼笑皆非的事情，因为在约翰逊自己的《英语词典》中，恩俸是"付给与某人能力不相称的津贴。在英国，通常指付给政府中有卖国行为的费用"。约翰逊就此事向朋友征求意见，一夜未能合眼，但最终还是接受了。乔治三世登基，意欲摆脱辉格党权贵的束缚，所以笼络当时的托利党分子，这是"恩俸"颁发的背景。约翰逊在"七年战争"（1756—1763）期间曾经写过反对战争，反对皮特的文章，这与乔治三世的想法不谋而合，因为正是乔治三世结束了这场战争。"纳米尔学派"使得人们更全面地了解了乔治三世，我们知道乔治三世对科学和艺术非常热心。他意欲提高文人的地位（不管其真正的用心何在），仅此一点也会博得约翰逊的忠诚。1767 年，约翰逊与乔治三世在国王图书馆相遇，对此约翰逊津津乐道。1768 年，约翰逊参与国王的图书收集工作，后来去欧洲大陆购买书籍。总之，以上这些因素加在一起，更加造就了约翰逊保守主义的写作生涯和政治立场。

二 约翰逊和中产阶级的形成

让我们从政治结构转入 18 世纪的社会结构。克拉克在《英国社会：1660—1832》[1] 一书中认为，整个 18 世纪，甚至到 1815 年，英国是一个传统保守的农业社会，保王思想占优势，国教占主导地位，一群享有特权的土地贵族把持国家的命脉。按此观点，则 18 世纪的英国同其他欧洲大陆的国家（法国和西班牙）没有区别，都是在"旧制度"的统治下。或者说 18 世纪的英国社会同斯图亚特时期或者都铎时期的英国没有多少区别。克拉克的说法相对于 18 世纪初或许是成立的。在 17 世纪的革命中，国王和民众都被驯服了；在 18 世纪初期，贵族牢牢地把持政局，英国是一个稳固的等级社会。这些贵族将自己的时代比作罗马时代，因而 18 世纪前半期也被称为"奥古斯都时代"。

但是，笔者更加赞成以朗福德为首的历史学家的阐释。[2] 他们认为虽然

---

[1] J. C. D. Clark, *English Society*, *1660 – 1832*: *Religion*, *Ideology*, *and Politics during the Ancien Regime*, Cambridge: Cambridge University Press, 2000.

[2] 参见朗福德（Paul Langford）：《温文尔雅的经商之民》，牛津大学出版社 1989 年版。

英国社会由贵族、国王和教会来把持，但是毕竟革命后的社会已经发生了
变化。君主立宪制在欧洲是独一无二的，英国国教的地位也绝非不可动摇，
至少它要同各种各样的不服从国教的新教思潮抗争。贵族对社会的控制并
非牢不可破，尤其商业、金融和工业的发展创造了巨额的财富，这些必然
要侵蚀原来的等级制度，使得社会的流动性变大。统治阶级不得不让步，
扩大自己的组成成分，从而将一些有财产的中等阶层纳入。当然，到了 18
世纪中下期，新旧贵族和中等阶层越来越惧怕底层民众，担心他们会带来
犯罪、混乱、暴动甚至革命，从而危及社会的稳定和繁荣。随着美洲革命
和法国革命的出现，贵族和中等阶层的态度急速转向保守主义。

　　这里涉及中等阶层及其在 18 世纪政治中的作用的研究。我们知道，自
西欧近代早期的"中等阶层"（the middling orders）到近现代的"中产阶
级"（the middle class），其成员构成和社会属性经历了一个复杂的演变过
程。因而，中产阶级起源和发展演变的历史成为近年来西方史学界研究的
热点问题，而且已经出版了一定数量的专著。① 《中产阶级文化的起源》
（*The Origins of Middle - class Culture：Halifax，Yorkshire，1660 - 1780*）将中
产阶级的起源定在 18 世纪，确切地说工业革命的前期。哈德逊也认为，随
着工业主义的到来和法国革命所引起的恐慌，亦即等到 1780 年才能恰如其
分地使用"中产阶级"这一术语。而约翰逊生活的时代恰恰是从"阶层"
到"阶级"的过渡时代，故哈德逊通过对约翰逊文字的阐释来探讨"中等
阶层"到"中产阶级"的过渡。按哈德逊的说法，约翰逊的前瞻性超乎某
些历史学者的假定，他界定了后来被称为中产阶级的价值观念和社会
角色。②

　　朗福德在谈论 18 世纪社会成分变化时，提到"绅士"一词的弹性，所
谓任何人只要穿得像绅士就可以被认为是绅士。③ 但是，在 16 世纪和 17 世
纪，阶层的划分并不完全取决于财富。财富历来只是等级的外在标志；等
级的划分实际上主要基于家世、教育和社会角色等。当然，到了 17 世纪末

---

① 参见约翰·斯梅尔（John Smail）《中产阶级文化的起源》"前言"，陈勇译，上海人民出版社
2006 年版。

② Nicholas Hudson, *Samuel Johnson and the Making of Modern England*, p. 12.

③ 参见摩根（Kenneth O. Morgan）编《牛津英国通史》，牛津大学出版社 1999 年版，第 439 页。

18 世纪初期，由经商和投机而带来的财富大量涌入英国，原来等级划分的标准受到了挑战。菲尔丁曾言"没有任何事像商业引入那样根本改变人们的关系，国民从此面目一新"。① 其实巨变并不发生在社会的顶层，而是发生在"中等阶层"中。菲尔丁发现人们不再以出身和血统来确认乡绅，相反却以财富和奢侈品来为乡绅定位。在他看来，这些新兴的阶层都因为"经商"而发家致富，等级错位和混乱已经腐蚀了整个社会秩序。

　　一方面，社会流动性较大，人们越来越从经济方面来定义新兴的中等阶层；另一方面，这些中等阶层羡慕乡绅和贵族所独具的荣誉和举止，亦即研究者所谓的"向贵族看齐"。这一暧昧态度说明以商业为本的中等阶层渴望融入传统的乡绅精英之中。② 18 世纪初流行行为指南之类的书籍，主要是针对刚刚发家致富的商人们而编写的。这些书的目的在于以财富和行为举止为中介，通过整合土地贵族和商业精英来创造一个新的统治阶级。这样一个统治阶级正在形成绝非凭空臆想，土地贵族与富商之间的通婚便是一个绝好的例子。能够与殷实之家联姻对贵族而言不失为弥补家运的途径之一。而且英国实施长子继承制，贵族家庭的幼子不得不进入城市经商谋生。可以说这种贵族和商人的相互渗透构成英国社会生活的一大特点。但这样的合二为一并非一帆风顺，而是困难重重。首先，商人们实用的价值观与贵族和乡绅的行为标准相去甚远。另外，这个新兴的中等阶层内部也是矛盾重重，经常在社会地位上和政治上分化为两个派别：实用商人（其内部还可以分为内向的商业和金融资本家与外向的产业资本家③）和专业人士（约翰逊就是其中的代表）。

　　据哈德逊的观点，约翰逊的文字进一步确认了这一社会转型时期社会成分重构中的两个特点。其一，约翰逊认为出身理应附属于财富，这样商人就可以加入乡绅精英中；其二，以学识和美德来体现中等阶层的声望，强调中产阶级的独立性在于他们的思想作用，从而将其同将要出现的以劳动为特点的工人阶级分开。④

---

① Nicholas Hudson, *Samuel Johnson and the Making of Modern England*, p. 13.

② Ibid., p. 15.

③ 哈贝马斯：《公共领域的结构转型》，曹卫东等译，学林出版社 2004 年版，第 69 页。

④ Nicholas Hudson, *Samuel Johnson and the Making of Modern England*, p. 13.

　　约翰逊对于拜金主义的腐蚀作用耿耿于怀，正是这一担心使得约翰逊始终不渝地为古典教育辩护。《漫游者》宣扬的是古典知识和美德，每篇文章都是以关乎某一话题的拉丁文引文开始，接下来概括传统上关于这一话题的说法，然后谈自己的经验。据耶鲁版的编者统计，《漫游者》中引文或者文学典故共计669条，其中406条为希腊和罗马作者。而在后者中，贺拉斯一人就占103条。约翰逊全力所辩护的理想恰恰是后来的中产阶级自我意识不可或缺的内容。18世纪中期，曾经兴起中等阶级创办学校的运动，这些学校都是以实用教育为主。① 但在18世纪最后的二三十年里，教育者认识到仅施以实用教育远远不够，又重新认识到古典教育的重要性：以文学作品培养孩子的道德情操，使他们充满想象力和责任感。这样的教育理念最终导致19世纪英国公学中古典教育的兴起，乃至20世纪依然广泛存在着对于文学价值的深信不疑。②

　　尽管约翰逊曾经奚落和讥讽过商人，但他深知商业对于社会大有裨益。因身体所限，约翰逊很少旅游。但是1773年，在鲍斯威尔的陪同下他们一起到苏格兰高地旅游，并于1775年出版了《苏格兰西部诸岛游记》。在《游记》中，约翰逊除了记载一路的活动和见闻外，还不断地抒发自己的感想和见解。约翰逊对英格兰文明的倾心在文中处处可见，他不断地提及苏格兰的贫穷和粗野，屡屡赞美英国商业对落后和野蛮的苏格兰社会的影响。

　　约翰逊对于商业和商人的态度十分复杂，这说明社会转型时期中等阶层的内部分化。商业的发展的确推动了社会发展进程，而这一社会进程必然伴随着弊病。财富越来越重要，而等级作用必然会日减，社会秩序动荡，这是英国现代化不可避免的。18世纪60年代和70年代的英国社会经历了一系列的动乱，比如"威尔克斯事件"和戈顿领导的暴动③等。其实早在40年代，伦敦的商人就抱怨他们所担负的土地税太重。他们认为应该减少一些"衰败"的选区，增加伦敦和其他一些商业城市在议会中的席位。在

---

　　① 参见摩根编《牛津英国通史》，第442页。
　　② 参见特里·伊格尔顿（Terry Eagleton）的《文学理论导论》第1章"英语的兴起"，明尼苏达大学出版社1985年版。
　　③ 1780年6月2日至9日在伦敦发生，由乔治·戈顿勋爵煽动起来的反对天主教的骚乱。详见鲍斯威尔《约翰逊传》，第925—927页。

18 世纪中期，商人、小乡绅和政治激进分子逐渐对议会的代表制度提出抱怨。60 年代，同样是这些商人发现自己同美洲人的贸易受到政府对美洲政策的影响，向政府请愿，要求改变对美洲的政策。在皮特时期，只有较短的一段时间他们不再同政府发生冲突。60 年代末这些不满的商人借着"威尔克斯事件"将自己的愤怒发泄出来。

　　鉴于国内关于"威尔克斯事件"的介绍大致只是谈到一个方面（促进了议会制度的改革），在此不妨多花些笔墨加以介绍。威尔克斯本人后来也承认自己不是"威尔克斯分子"。他是一个精明的商人，利用当时的政治形势挽回了自己的财产。1763 年，威尔克斯为皮特等政客效力，积极宣传反对派的观点以对抗布特内阁。4 月，议员威尔克斯在其主办的报纸《北不列颠人》第 45 号上匿名发表文章，批评国王和政府。内阁将威尔克斯逮捕（议员本来享有豁免权），并且取消威尔克斯的议员资格。但是通过皮特同党的干预，大法官以政府行为破坏议会权力为由，将威尔克斯开释。同年秋天，下院又搜集威尔克斯的文章，再次控告他犯诽谤罪，将其除名。威尔克斯逃到国外，法院对他缺席审判（诽谤和淫秽罪）。

　　1768 年，威尔克斯的经济条件恶化，不得不冒险回国竞选议员（议员不必因为债务遭逮捕）。起初，威尔克斯想竞选伦敦市的议员，落选。后来又竞选米德尔塞克斯的议员，结果获得胜利。1768 年 4 月，威尔克斯因为以前的违法行为被罚款 1000 英镑，且服刑 22 个月。在服刑期间，米德尔塞克斯发生骚乱和暴动。为了平息这些，1769 年 2 月下院通过决议取消了他的资格。但在后来的补缺选举中，米德尔塞克斯的选民两次将威尔克斯再选，下院以不具资格为由否定。后来又进行了一次选举，另一个选民当选（虽然票数少于威尔克斯，但是其资格没有问题）。结果引起更大的骚乱。威尔克斯的支持者乃是伦敦市的商人团体，其中有伦敦市市长、老皮特（此时为查塔姆勋爵）和朱涅斯①。此事沸沸扬扬持续了五六年的时间，后来议会和威尔克斯各自得到了满足。下院依然认为 1768 年的选举无效。在服刑期间，威尔克斯的支持者筹集大量的钱为其偿还债务；1774 年威尔克斯重新被选为米德尔塞克斯的议员，后来当选市长（Lord Mayor），在 80

---

① 乔治三世的批评者，朱涅斯乃是笔名，真实身份不得而知。

年代因有效镇压哥顿暴动而闻名。

这就是约翰逊《虚惊一场》的写作背景。文章一开始，约翰逊对这件事做了简洁明了的回顾，然后征引先例来证明下院的做法合法，最后对选举中的丑陋行为进行了讽刺。约翰逊自己对这篇文章的评价极高，认为它的论证严谨细腻，因为在文章中他通过大量地征引先例来论证下院对议员的制约。约翰逊一如既往坚决否认选民，或者任何政治实体拥有所谓的"自然权利"。在约翰逊看来，权力的存在乃是一个无可辩驳的事实，任何政治活动不能无视它的存在。约翰逊指出，在断定有争议的选举方面，还有更严重的破坏代表原则的做法，人们不必为威尔克斯"虚惊一场"。约翰逊在《虚惊一场》中写道："以前是农民的叛乱，而现在则是一帮商贩。"要知道，约翰逊曾经帮他的父亲经营书籍，乃是商人之子。约翰逊敏锐地察觉到商人致富必然导致新的政治诉求，一旦这些得不到满足则有可能危及社会秩序稳定。西方史学界已经看到"威尔克斯事件"中政治和经济的复杂性，并不简单地将"威尔克斯"等同于"自由"。在鲍斯威尔的传记中约翰逊屡屡为主从关系以及一些传统的权利辩护，也许他想以此来抑制商业社会所带来的不可避免的混乱影响。

约翰逊绝非仅仅一味赞颂或者留恋已经逝去的等级制度。他也认识到只有将土地贵族和商业精英结合起来，才能维护中产阶级的利益。但是，18 世纪下半期，骚乱越来越多，尤其随着美洲问题的出现和加剧，民众骚乱，商业集团的不满和一些政治激进运动结合，使得社会中的新旧贵族和中产阶级感到担心。人们会采取不同的方式来对待社会巨变，保守主义者不免会诉诸传统的美德或者等级来反对激烈的变革。按格林的说法，这样的保守分子可以分为两类：浪漫的和怀疑的。[①] 浪漫的保守主义者（如伯克）美化历史，对历史进行抽象化和理想化，并将这些投射到现在和将来，我们知道在《法国革命论》（*Reflections on the Late Revolution in France*，1790）中伯克也表现出对贵族的同情，对传统美德的赞美。约翰逊属于后者（还有霍布斯、休谟和吉本）。他们反对无缘无故地一举更张英国的文化制度；在他们看来，改革者所带来的幸福不会多于改革所带来的混乱。但

---

① 格林：《约翰逊的政治观念》，第 253 页。

是，两者的目的却有着惊人的相似。在他们看来，贵族或者等级制度为抵御民众的叛乱或者威胁提供了盾牌，从而为中产阶级保持阶级内部的团结和统一（尤其商人和专业人士之间）提供了一个范例。

三　约翰逊和报刊的政治功能

由于哈贝马斯的影响，近来的研究越来越关注"资产阶级公众领域"（the bourgeois public sphere）。在哈贝马斯看来，这些公众领域是由以资产阶级为核心的进行社会评论活动的人聚集而成的。这些人作为自由的公民来讨论社会的普遍利益问题。他们的讨论可以形成公众舆论，公众舆论进而可以就国家事务进行批评、影响、监督和控制。诚然，也有学者对哈贝马斯的理想化提出批评。[1]

像一些历史学者所指出的那样，即便是在寡头政治体制下，议会和内阁也只是权利和影响的一个来源。[2] 18 世纪的公众的确可以通过其他的渠道（尤其通过报刊）对政治和公众事务施加影响。那么报纸是如何具有政治功能呢？按哈贝马斯的说法，首先宫廷失去了其在公共领域中的核心地位，"城市"将其文化功能承担了过来。然后，一系列新的机构（比如咖啡馆和报刊）加强了"城市"的核心地位。咖啡馆首先是文学批评中心，其次也是政治批评中心。在批评过程中，一个介于贵族社会和市民阶级知识分子之间的有教养的中间阶层开始形成了。[3] 哈贝马斯提到的两个机构之间的联系非常紧密。咖啡馆的人往往借助一两份报纸组成自己的圈子。报刊关注生活的方方面面，起初，道德讨论占据核心的地位，渐渐地，人们开始将关注的焦点指向政治。这就为报纸和杂志成为公众的批判工具奠定了基础。

但是，自 1474 年英国第一位印刷商威廉·卡克斯顿（William Caxton）印行第一本英文书，而后几百年印刷始终被认定是危险的行业受到严格限制。仅有伦敦、牛津和剑桥有数的几家印刷坊容许存在。英国最早的定期

---

① 参见哈贝马斯《公共领域的结构转型》，"序言"。

② Nicholas Hudson, *Samuel Johnson and the Making of Modern England*, p. 109.

③ 参见哈贝马斯《公共领域的结构转型》，第 2 章第 5 节"公共领域的诸种机制"。

报纸是 1621 年在伦敦出版的《每周新闻》（*Weekly News*），它的内容受到官方限制。1695 年，新闻许可证制度废止，伦敦和外省出现多家报纸。但是，当时的运作环境仍然非常困难，报纸一旦触怒当局，随时将被查封。此外，政府开征印花税，新闻纸税和广告税也限制了报纸的出版发行。同时，统治阶层还以叛国罪与诽谤罪的方式对报刊进行控制。① 在这样的环境里，报刊如何成为公众的批判工具呢？

我们知道，18 世纪初期英国政坛形成了党派之争。为政治斗争的需要，两派分别创办报纸，出现了第一批以政治立场定位的党派报纸。可以说，18 世纪党派报刊成为期刊和杂志的主体。按哈贝马斯的说法，真正创造了具有现代风格的政治新闻事业的是以博林布鲁克为首的托利党反对派，他们懂得如何利用大众舆论为政治目的服务。1726 年博林布鲁克出版的《匠人》（*Craftsman*）以及随后问世的《绅士杂志》（1731）标志着报刊真正成为具有政治批判意识的公众的批评机构。② 当时的报刊对政府的批评十分激烈，难怪休谟夸赞英国报刊的言论自由。

此外，18 世纪初公众的教育水平和政治意识提高了。以前的政治史研究一般都忽视了民众的政治意识，而关注贵族或者其他的社会精英。经历了 17 世纪 40 年代的动荡，50 年代的克伦威尔的共和国和护国政治，以及后来的复辟，民众极大地锻炼了自己的政治意识。他们积极阅读报刊和政治宣传的小册子，在咖啡馆里讨论国事（查理二世对此极为警惕）；民众对于共和思想和自然神论的思想并不陌生。安妮女王时期的选举活动使民众的政治意识进一步提高。1694 年"三年期法"要求经常举行选举，其结果就是这个时期的选举竞争特别激烈，在 18 世纪最初的 20 年里进行了 10 次大选，这是历史上前所未有的。在大选期间，公众辩论的论坛日益扩大和普及。约翰逊的家乡选举尤其热闹，民众对于党派的操控行为心知肚明。一般的乡绅也围绕着战争与和平、王位继承、国教和不顺从国教等问题参加讨论。所以 18 世纪辉格党的独霸政坛也没有将民众完全排除在政治之外，或者也不能将民众的政治意识一笔抹杀。

1737 年刚到伦敦时，约翰逊应聘在《绅士杂志》做助理编辑。从 1740

---

① 参见哈贝马斯《公共领域的结构转型》，第 39 页。
② 同上书，第 3 章第 8 节"英国发展的样板"。

年底到 1743 年为其撰写议会讲演和报道议会辩论，这些汇集起来就是《议会辩论》。《议会辩论》说来是历史的产物，从中可以窥见政府和出版界之间的对立。议会本来有权保障其活动的秘密性，不受国王的干涉。起初，议会只允许一些简略报告发表，但坚决禁止公众接触这些报告。自从安妮女王登基后，《大不列颠政治状况》（*The Political State of Great Britain*）和《历史记录》（*Historical Register*）承担报道议会辩论的任务。他们极其谨慎地刊登议会报告，而且都偏袒政府。[①] 但是，公众要求更多地了解政府的决议和辩论，而不满足于简报。从 18 世纪 30 年代初开始，《绅士杂志》和随后同其相左的《伦敦杂志》（*London Magazine*）开始对议会辩论进行报道。在这种情况下，议会不得不反复重申有关出版方面的禁令，并于 1738 年明确规定报刊不得在两届会议之间发表议会辩论，否则可以追究其法律责任。

这一规定改变了报道议会辩论的进程，因为约翰逊开始以独特的方式来报道议会的辩论。当时，反对派和公众将批评的矛头指向沃尔波尔，《绅士杂志》主编凯夫也参与其中，正在物色新的撰稿人，恰逢其时，约翰逊被选中。约翰逊时代的文人崇尚罗马人的讽刺文字，讽刺高手如斯威夫特和蒲柏者大有人在，讽刺的手法变幻无穷。约翰逊的做法就是改换姓名，比如首相沃尔波尔一般被称为 Sir Robert Walpole，而约翰逊将之改为 Sir Retrob Walelop，当时的读者一望而知，而政府也无能为力。不过，即便这样，凯夫也曾经被法庭传唤过，而且当时一直有传言说约翰逊为政府所通缉。《议会辩论》中的讲演和报道涉及 17 世纪和 18 世纪的重大主题：自由、民权、战争、法律、政府的腐败、常备军队等。约翰逊本人并没有参加议会的辩论，但是他可以从别的报刊转载和加工（当时通行的做法），或者以自己的想象加以润色。

当然，问题还有另一面。18 世纪的公众并不像哈贝马斯设想的那样相信报纸的作用，报刊未必一定是理性的政治话语或承担积极的政治功能。许多公众认为报纸被某些小集团利用和控制，从而实现自己的政治目的；或者，如反对派所说，报纸总是站在政府的立场。当集体性的抗议和暴力不断升级时，人们更认识到报纸的作用在于煽动无政府分子的情绪，而非

---

① 参见哈贝马斯《公共领域的结构转型》，第 72 页。

让公众得知重要的事情。所以，18 世纪人们一直关注报纸的控制和滥用问题。约翰逊初到伦敦时曾经参与报刊自由的争辩，《为剧院核准者一辩》（A Compleat Vindication of the Licensers of the Stage，1739）就是一篇出色的政治讽刺文章。在文章中约翰逊假借为剧院核准者辩护，实际对政府的措施进行挖苦和讽刺。在文章最后，他甚至主张取消所有的学校，从而杜绝思想传播的危险。一般说来，约翰逊在《议会辩论》中的立场都是不偏不倚，但是涉及新闻自由时，他言辞激烈，不依不饶。

另一方面，约翰逊早在《冒险者》的几篇文章中就表达了对报刊的担忧。"七年战争"时，约翰逊又开始关注报刊的滥用问题。当此之际，报刊上尽是号召与法国作战的气势汹汹的宣传，这让约翰逊想起 20 年前"詹金斯耳朵之战"（1738—1740）时的战争宣传。1738 年，英国的走私船长詹金斯控告西班牙人的残酷和暴虐，向议会出示了被他们割下的耳朵，这就成了对西班牙开战的借口。1739 年，沃尔波尔顶不住舆论的压力，向西班牙宣战。当时，反对派火上浇油，煽动人们的爱国情绪，但是战争并没像所料的那样取得丰硕的果实。1756 年时约翰逊已经从"詹金斯耳朵之战"的战争宣传中学了一课，他开始强烈地批评报纸的浅薄和固执，担心政府操控报刊来误导大众。1756 年海军将军贝恩（Admiral Bying）审判案使得这一问题尤为突出。贝恩被指控胆小怕事，没能率舰队与法国人抗战，最终被枪决。但实际情况是政府在决策上有失误，以重兵把守国土，只派了少量的海军赶往地中海的梅诺卡岛。英军装备不足，贝恩只能选择投降。[1]政府为了掩饰自己的过错，在国内刊登一些偏颇的信息，将民众对政府的不满转移到贝恩身上。在约翰逊看来，公众不够理性，急于报复法国人，反倒帮了政府的大忙，使贝恩成为政府宣传的牺牲品。贝恩的审判是由报纸和公众进行的，而非法律和制度，这才是约翰逊的愤怒所在。约翰逊对于报刊的蛊惑作用深有感触，《闲人》第 7 期（1758 年 5 月 27 日）谈到报刊的普及，所谓不能无一日没有报刊，同时约翰逊也提到报刊的弊端，好事之人为了满足公众的好奇往往不顾事实，炮制蜚闻。[2]

不过，约翰逊从来没说要限制报刊自由。他承认，国家得益于信息的

---

① 《约翰逊文集》第 10 卷，第 214 页。

② 《约翰逊文集》第 2 卷，第 23 页。

传播，尽管报纸作为一种传播媒介常为人所诟病。约翰逊向来注重教育公众，使之成为"第二立法者"（the secondary legislator）。比如在贝恩审判中，约翰逊公开了许多公众不知道的材料，让公众自己来判断。面对 18 世纪 60 年代和 70 年代威尔克斯等激进分子甚嚣尘上的"爱国主义"宣传时，约翰逊并没有像其他的保守分子那样要求对这些采取严厉的措施。相反，他主张以其人之道还治其人之身，针锋相对，出语激烈。一般的读者都认为约翰逊思想太多偏见，言辞咄咄逼人，气势汹汹，这多少是由于 18 世纪 70 年代的几篇政治论文所致。

四　约翰逊和政治伦理学

在当今世界，自由主义与社群主义是两种重要的思想理论。一方面，19 世纪以来的各种自由主义过分强调个人的权利和利益，他们忽视了在制度和个人权利的背后还有社会情感、共同利益和公共德性。他们有时也关心所谓的弱势群体，这种关心也未必是这些弱势群体本身，而更多的是为了表达他们反社会控制，反国家机器的理论。[①] 而社群主义则又片面地强调了社会共同体的情感联系，以及个人相互之间的共同命运。他们将这种内在的情感和公共美德视为社会组织和政治群体唯一的支撑点和归宿，而忽视了法律制度的支撑。

因而有的学者主张回到 18 世纪的古典政治学，尤其以休谟和斯密为代表的英国古典政治学。诚如某些学者所言，英国政治哲学最具有创造性的地方在于，在人性的认识方面，他们偏重情感，而非理性，这同非主流的古希腊思想（古代的智者学派和伊壁鸠鲁主义）一脉相承。但是这种基于人性情感的道德理论却通过休谟的人为德性和斯密的"看不见的手"的提升和转型，成为关注公共社会、讲究政治德性和积极构建政治社会的理论，反而与古代占主导地位的理性主义政治理论（柏拉图和亚里士多德为其代表）相一致。[②]

18 世纪的思想，尤其作为道德论者，不外乎两个来源。他们所用的术

---

① 列奥·施特劳斯：《自然权利与历史》，彭刚译，三联书店 2007 年版，第 55 页。

② 参见高全喜《休谟的政治哲学》，北京大学出版社 2004 年版，第 3 页。

语和关注都来自希腊文化，或者更确切地说，来自西塞罗的斯多葛主义。道德哲学的目标依然是指引个人获得幸福，幸福乃是伦理学的目的。约翰逊将哲学看作医疗的工具，把自己当作读者的"心灵医生"，他的作品只有在古代哲学（尤其罗马哲学）的幸福论范围内才可以得到解释。就现代思想而言，18世纪的道德论者得益于洛克的经验心理主义，霍布斯和曼德维尔关于社会自私自利性质的自然主义描述，沙夫茨贝里独创的"道德感"以及哈奇森阐发的"仁爱"思想。[①] 当然，就约翰逊而言，艾迪生（Joseph Addison）也是一个重要的影响。约翰逊所办期刊的名称（《漫游者》《闲人》和《冒险者》）自然让我们想起艾迪生的《闲谈者》和《旁观者》。在《旁观者》第10期，艾迪生自诩将哲学带到"俱乐部和会场"以及"茶桌和咖啡馆"，好比苏格拉底"将哲学从天上带到人间"。约翰逊对这个说法很熟，而且一再引用。[②] 哲学家不能忽视世俗世界，如果一味地关注自己，或者将自己幽闭起来，必不会幸福。这一点在《拉塞拉斯》中最明显不过了。

　　休谟将伦理学和实用道德学加以区分。伦理学在于对人性抽象的思辨，是关于人性的理论科学；实用道德学则是关于实际行为规则和生活方式的学问。约翰逊显然属于后者，他认为人性的理论分析已经到了极致，唯需要实践来完善。笔者以为约翰逊的重要性在于其伦理观念并不回避当时出现的社会问题，并且紧紧地同他的政治观念交织在一起，使他不同于沙夫茨贝里和哈奇森等人，而同休谟比较接近。我们知道沙夫茨贝里和哈奇森更专注于美学，尤其哈奇森的思想限于仁爱的范围，并没有对当时存在的日益尖锐化的社会问题作出深入的解释。约翰逊虽然受霍布斯和曼德维尔的影响，承认自私的本性，但并没有得出虚无主义或者简单的享乐主义结论。

　　我们不妨从哈德逊所谓的"公众精神"（public spirit）入手来看约翰逊的政治伦理观念。"公众精神"是18世纪公众舆论中一个响当当的词。[③] 在

---

① 难怪休谟在《人性论》的"前言"夸赞英国的人性研究。
② 《约翰逊文集》第3卷，第132页。
③ 哈贝马斯认为笛福第一次真正将"党派精神"变成"公众精神"，参见哈贝马斯《公共领域的结构转型》，第70页。

整个 18 世纪，"公众"和"民众"这样的字眼常常出现在激进主义者的话语之中。比如，"公众精神"被誉为全心全意忠于民族利益，而非个人利益，这就将伦理道德与国家发展合二为一。"公众精神"好比一个社会实体的"灵魂"；一个社会没有"公众精神"，就仿佛一个人被剥夺了"灵魂"，只留下了最初的元素。对于博林布鲁克等"爱国分子"而言，他们希冀一个没有党派的国家，因而"公众精神"的敌人就是"小集团"。沃尔波尔及其政府的罪孽就在于不能以大公无私的精神来弘扬爱国主义和泛爱大众的理想。沃尔波尔的格言"只要肯出钱，没有不可以被收买的"（every man has his price）绝好地体现了私利之于国家的戕害。约翰逊本人于 1740 年为《绅士杂志》撰稿《布雷克传》，称颂布雷克"勇敢耿直，粪土财富，忠心爱国"。同一年，约翰逊还写了《德雷克传》，将德雷克塑造成为一个忠诚的爱国者、无私的领袖和虔诚的基督徒。其目的在于使沃尔波尔政府难堪，因为他们未能像布雷克和德雷克那样英勇地回击西班牙人。这些都是约翰逊早期的文章，当时他同"爱国分子"往来甚密，难免不受其影响。

从 18 世纪 50 年代开始，尤其随着英法"七年战争"和美洲问题的出现，城市的报刊在语调上越来越激进，公众精神和爱国精神携起手来，反对个人聚敛钱财，要求为公众福祉尽心尽力。"伟大的平民"威廉·皮特因为情操高尚和恪尽职守得到《北不列颠人》的褒奖。[1] 约翰逊对于为了共同利益而大公无私的宣扬越来越不耐烦。这种怀疑的背后是约翰逊已经意识到资本所带来的社会变革，尤其公众精神所寄寓其中的美德与经济发展现实之间的冲突。[2]

这样的冲突早已因曼德维尔的讽刺文章《蜜蜂的寓言》（*Fable of the Bees*，1714）而引起世人的关注。曼德维尔所谓的"公众精神"不过是神话而已，由一帮自私自利的政客所炮制，用以操纵公众。从经济观点来看，公众无非是自私自利的；社会绝不能以"公众精神"来维系，须以法律和政府来抑制公众的贪欲。曼德维尔的言论引起轩然大波。人们不仅攻击曼德维尔的言论，还说沃尔波尔就是曼德维尔鼓吹的怪物。贝特认为约翰逊

---

[1] Nicholas Hudson, *Samuel Johnson and the Making of Modern England*, p. 113.

[2] Ibid..

深受曼德维尔影响，用约翰逊的话说，"曼德维尔开启了我的生活观念"。①约翰逊承认人类动机的自私本质，让我们听一听约翰逊在布道词中的说法："每个人都应该知道，我们的一举一动，无论勇往直前，还是忍辱负重，要么出于短期的满足，要么出于长久的回报。"②

沿着曼德维尔往前追溯，最终发现霍布斯的影响。霍布斯的道德哲学理论是绝对自私和完全利己的人性自私论，他从机械的感觉论出发，在人性中看到各种如饥似渴的情欲，他对文艺复兴以后兴起的人性善论和培根的人性论持否定和怀疑态度。其实，18 世纪的伦理学不能否认私利和欲望的作用。洛克从人性论出发，认为幸福就在每个人的欲望的满足之中。约翰逊对于幸福的说法与之颇为相似："幸福就是从一个欲望到另一个欲望的过程，而非从一个满足到另一个满足。"③虽然沙夫茨贝里宣称纯粹的自私不存在，但他也承认人们经验中的快乐的重要，因而他的理论仍然不能排除对利己主义的自爱的肯定。在休谟看来，在指导人的意志和行为方面，情感总是主人，而理性总是为情感服务和服从情感的。休谟断言仁爱的本性更是永远不能胜过和克服自私本性的。我们可以看出 18 世纪的道德论者无法摆脱激烈竞争着的资本主义现实，不得不肯定利己本性所要求的一切是合理的。但同时又反对霍布斯的利己主义，试图强调公共利益，证明道德义务的普遍合理性，用仁爱、普遍公正来调解社会生活。

我们看一看约翰逊如何来解决这个矛盾。约翰逊也曾设想公众精神的可能性，但是，最终将这些同报纸所激起的民众狂热相联系。中年以后的约翰逊对民众狂热（无论是政治的还是宗教的）都十分警惕，认为这是文明衰落的标志。在约翰逊看来，民众狂热可以变成社会灾难，正是这一态度使得他对米尔德塞克斯选举的争执的态度较为保守。他认为，普通百姓应该关心自己的私事，不该卷入公共事务中，尤其不要被空洞的口号所蛊惑；同样，在《征税非暴政》中，约翰逊揭露美洲宣传者花言巧语愚弄民众的把戏。晚年的约翰逊倾向于认为社会由一群自私自利的个人组成，要求人们对集体大公无私是不可能甚至有害的，因而公众必须将自己的意愿

①　参见贝特（W. J. Bate）《约翰逊传》，康特堡特出版社 1998 年版，第 101 页。
②　《约翰逊文集》第 14 卷，第 149 页。
③　参见鲍盖（Adam Potkay）《渴望幸福》，康奈尔大学出版社 2000 年版，第 68 页。

置于法律和政府之下，唯有这样才能确保社会的秩序和稳定。

说到用法律和政府来解决人的私利问题，我们又一次溯源至霍布斯。在霍布斯看来，自然法的实行，契约的实现，必须有一个强大的公共权力或共同的力量来保证。这个公共权力或共同的力量就是利维坦，即国家。霍布斯认为君主制虽有其弊端，但是总比没有绝对权威而任臣民争乱的战争状态好。所以国家最大的危害就在于臣民不服从君主，违背立国的契约。我们知道，霍布斯和洛克在解释自己的国家理论时，都假设了一种"自然状态"。霍布斯把人类的"自然状态"描绘成充满战争和暴力的状态，而洛克则把"自然状态"说成是令人神往的"黄金时代"。而休谟和约翰逊都认为这是"无聊的虚构"，所以我们不难理解约翰逊对任何"自然权利"无情的批评。休谟认为人类社会最初结合的力量是男女两性关系，后来扩大到亲子关系，逐渐形成范围更大、关系更多的社会。人们在长期的社会生活中养成相应的习惯和性情。而约翰逊的政治理论不需要任何假设①，甚至连休谟这样的解释都不需要。政府或者国家的主权乃是一切的基础，君主和等级乃是社会不可或缺的成分，当然民众可以以武力反抗滥用权力的行为。在指明最终的权力归于政府之后，约翰逊也主张最大程度地限制权力的滥用。君主和民众应该明白，社会的稳定和民众的自由并不取决于空洞的天赋人权，而是来自两者的协商。当权者要警惕滥用权力，而民众不该妄称人权。所以约翰逊说："托利主义者并不想给政府实权，只不过希望民众尊重政府而已。"②

约翰逊政治伦理观的现实性还表现在对"古有的宪法"的认识。前面提到英国人对于自己的"古有的宪法"十分自豪，但对它有不同的政治阐释：辉格党认为不列颠人已经实行了民主制度，撒克森人将议会变成政府不可或缺的机构；保守派则认为，不列颠人和撒克森人还是懵懵懂懂的野蛮人，更遑论民主制度和议会机构。在《英国法律之讲义》中，约翰逊追溯了有关法律的历史，告诉我们古代的不列颠人和撒克森人尚属于蒙昧野蛮之人，不可能具有民主等成熟的政治意识。约翰逊和钱伯斯关于"古有的宪法"的看法较为审慎，他们强调始自阿尔弗雷德大王的"古有的宪

法"，经由诺曼底征服，历经一个不断改善的过程，这一过程一直持续到18 世纪。这一有机的渐进过程与其说为"民主"和"正义"等原则所驱使，不如说是一系列为了利益折中妥协的结果。①

五　约翰逊和美洲问题

我们知道，20 世纪 80 年代以来，大英帝国史的研究成为史学研究的重要课题，国际学术界出版了大量的相关著作。但是，由于英美学者大多站在本国或者本民族的立场，其研究目的是为了证明大英帝国的合理性和正义性，因而过分宣扬殖民扩张的积极意义，而不提殖民行径给被殖民地区带来的消极后果。② 哈德逊也不例外，他赞同西莱③（J. R. Seeley）关于帝国形成的说法，即帝国是"稀里糊涂地得来的"（were originally acquired absentmindedly）。依哈德逊的观点，18 世纪初英国人所采取的殖民行动多出于商业利益，不是领土扩张，其目的只是"制衡"法国和西班牙。众所周知，近代的殖民制度产生于 14 世纪至 15 世纪的欧洲，而英国加入殖民活动的时间较晚。此后，为了各自的利益新旧殖民国家不断地冲突。如果说在 16 世纪和 17 世纪，英国参与大陆战争还是出于宗教原因（17 世纪英国和荷兰之间的战争并不完全出于宗教原因），那么时至 18 世纪宗教分歧已经不是欧洲关系的主要问题，商业和殖民地争夺成为主要的目标。

在"詹金斯耳朵之战"和"七年战争"之间，约翰逊也经常提及法兰西帝国的罪恶和英国"海洋统辖"的仁慈。约翰逊最为爱国的文字见于《布雷克传》，其目的在于激怒英国读者，让他们对英国的敌人同仇敌忾。约翰逊责怨詹姆士一世坐视西班牙人、荷兰人和法国人攫取了大部分的世界贸易份额。在 1738 年的"国会辩论"中，他将西班牙人（文中称为 Iberian）的贪婪和残暴与英国（文中称为 Lilliput）加以比较，称颂英国人的做法可以教化远土之民，亦即美洲（文中称为 Columbia）的当地居民。与

---

① Nicholas Hudson, *Samuel Johnson and the Making of Modern England*, p. 140.

② 参见张亚东《重商帝国：1689—1783 的英帝国研究》"前言"，中国社会科学出版社 2004 年版，第 6 页。

③ 西莱（1834—1895），维多利亚时期的史学家。

此同时，约翰逊也表达了极为矛盾的观点，即英国应该采取一切可能的措施来保护其贸易和种植园，使它们不受外国侵略者的扰攘。一般读者以为约翰逊是一个大英帝国的叫嚣者，其实约翰逊一贯反对殖民扩张，尤其反对领土意义上的扩张。从他早期的翻译作品《阿比西尼亚游记》中可以看到约翰逊对天主教徒殖民行径的谴责。① 前面已经提到，约翰逊同"乡村绅士"一样都反对殖民扩张，主张自足自给的经济模式。所以 1756 年"七年战争"开始之际，他反对老皮特的殖民扩张政策，同情美洲殖民者，尤其是当地的印第安人，反而对英国人冷眼相待。

不断地同西班牙和法国作战引发了英国人的爱国热情，使人们更加关注英国殖民地的利益。18 世纪中期，尤其等到"七年战争"之后人们更加广泛公开地思考帝国的性质问题。一时间，经济和国际政策的看法和争论层出不穷，这些争论实际上涉及帝国的性质，尤其宗主国和殖民地的关系。英国对北美的态度上发生了变化，英国人已经从原来的重商主义转向帝国统治，其结果就是美洲的独立。美洲革命问题向来聚讼纷纭，"牛津大英帝国史"丛书的第 5 卷将 30 年来的美洲革命研究加以归纳分类，整理出三种解释：大西洋学派（宏观考察大英帝国的内外政策和机制）；社会历史学派（从研究 13 个殖民地的结构入手探讨革命的原因）；意识形态学派（强调洛克的思想或者共和思想对革命的作用等）。② 各家的看法都自成一说，有的契合神似，有的则相去甚远。笔者在此不想，也没有可能对美洲独立问题追根溯源，只来分析约翰逊 1775 年为诺斯政府反对美洲革命而写的《征税非暴政》一文，同时来看他的观点与现代史学进展间的契合。

先来看一下文章写作的背景。读者须知，1775 年美洲独立已经到了不可挽回的地步。诚如《牛津英国史》第 12 卷（《乔治三世的统治》）作者所言，美洲革命的起因在于社会根源，可以说北美殖民地（尤其新英格兰）从一开始就在政治、经济、文化和生活方面与母国有较大的不同。③ 18 世纪前半除了贸易控制外，英国政府对殖民地管理松散，各殖民地的自治权力较大。但这并非像伯克所说"善意的疏忽"，或者西莱所谓"稀里糊涂得

① 约翰逊曾于 1732 年建议沃伦翻译戈兰德（Joachim Le Grand）的《阿比西尼亚游记》。
② 温克斯（R. W. Winks）编：《史学研究》，牛津大学出版社 1999 年版，第 95 页。
③ 沃特森（J. S. Watson）：《乔治三世的统治》，牛津大学出版社 1960 年版，第 173 页。

来的帝国",而是英国政府推行重商主义的结果。随着时间的推移,美洲发展成了一个不同于英国的社会。恰在此时,英国政府企图加强对美洲的管理,将之纳入帝国的体系当中。导致英国改变政策的重要因素就是"七年战争"的胜利。就美洲而言,战争的胜利使得北美不必依附于英国,因为法国的威胁已经被解除了。就英国而言,美洲的战略意义在"七年战争"之后更加明显,故英国人要确保"航海条例"的贯彻实施①;同时为防卫美洲英国的债务增加(战争结束时英国的国债达到 1.3 亿英镑,是战前的两倍),英国人希望美洲人能承担一部分债务。其实早在 1763 年之前,政府官员已经在讨论这些事宜,但是战争结束使得这些更有必要。所以,自1763 年到 1773 年英国政府内部已经达成共识,可以说这样的共识一直持续到 1775 年(19 世纪的史学家不这样认为)。

为了达到上述目的,1764 年格伦威尔内阁通过"美洲岁入法案"(或者称为"糖税法案"),1765 年又通过"驻军法案"。美洲人虽然对此满腹狐疑,但并不质疑英国议会的征税权。② 英国政府没有就此停住,又在1765 年通过"印花税法案"。应该说印花税不同于以前的征税,因为它是美洲人所谓的"内部税"(课税的目标乃是个人,而不是海关的商品)。这一法案在美洲遭到抵制;在英国国内一些商业集团给内阁施加压力,抱怨这一法案影响英国的社会稳定和经济繁荣。罗金汉姆内阁取消该法案乃是各种压力之结果,并不意味着他接受了美洲人的观点。而且罗金汉姆不敢造次,生怕这样一来留下一个危险的先例,又附加了一个《权利申明法案》。

1766 年皮特组阁,内阁皆由同情美洲的派别把持,但是双方的紧张关系仍然没有任何缓解的迹象。其实,在涉及贸易问题时,皮特已坚持大英帝国的征税权利,只是当时的美洲人没有看清这一点。③ 谢尔本勋爵企图寻找新的出路解决国债,不想再一次回到税收的老路上来。但是,唐森德以

---

① 1651 年通过,可以说是"第一个从广义角度阐明英格兰商业政策的议会法律文件",这是英国殖民政策形成的标志。

② 当时唯有皮特认为议会没有对美洲征税的权利。

③ 马歇尔(P. J. Marshall)编:《牛津 18 世纪大英帝国史》,牛津大学出版社 1998 年版,第 331页。

为美洲人只是反对内部税，不会反对外部税。借助这一区分，唐森德自以为想出一个好主意，决定对玻璃、纸张、铅、茶和颜料等商品在美洲征收进口税，这就是所谓的"唐森德法案"。该法案的目的并不在于解决英国的财政问题，而是解决驻美洲的帝国官员的费用（他们的收入既然来自当地议会，则行动必受地方议会的左右）。史学家认为，无论格伦威尔的"美洲岁入法案"，还是后来的"唐森德法案"，都尽可能减少同美洲的摩擦。[①]所以当时内阁成员并没有阻挠这样的做法，甚至罗金汉姆侯爵也对美洲人的行为不满，没有阻挠。

　　1768年10月皮特和谢尔本勋爵退出政府，强硬派人物拜福德公爵加入内阁，仿佛英国要采取强硬的措施。但是政府没有为唐森德的征税辩护，而是收回所有的税种，只保留了茶税。现代史学家认为这些税种其实也增加了英国商人的成本（英国商人的不满也在于此），只有茶税有利可图，所以保留茶税并不像以前认为的那样只是象征性的。诺斯内阁向来被19世纪的史学家认为是乔治三世的托利党内阁，但其政策仍然是保证让美洲人向英国缴税，同时又不激怒美洲人。

　　1770—1773年是相对平静的日子，按照安德鲁斯的观点，由于保守分子和中立人士都希望同英国保持贸易往来，当时美洲的激进分子不能左右局势。[②]但是由于英国政府授予东印度公司向美洲输出茶叶的垄断权，结果导致"波士顿倾茶事件"。1774年通过的"强制法案"显然是为了报复波士顿激进分子的行为。"强制法案"规定：殖民地议会的成员由选举改为委任；法官与执法官由原来的议会推选改为总督任命；被控谋反的人要押往英国审判。这一法案在美洲引起全面的恐慌，保守分子也不得不担心自己的生命和财产受到危及。殖民地纷纷联合，激进分子的宣传得到了更多人的支持，原来的经济问题已经变成政治问题：美洲人从不反对纳税，到只反对"内部税"，直到最后质疑议会的征税权。局势越来越危险，当时任何和解政策均得不到欢迎，只得动武来解决。

　　在美洲，1774年9月5日到10月26日，美洲大陆会议在费城召开，此乃美洲走向独立过程中重要的一步。大陆会议通过一些"决议"：要求享

①　安德鲁斯（C. M. Andrews）：《美洲革命的殖民地背景》，耶鲁大学出版社1931年版，第135页。
②　同上书，第152页。

有独立的财政立法权；向国王和大英帝国的臣民致信，要求享有英国人的一切特权；并且要求刚刚成立的魁北克加入美洲的独立运动。这些在英美广为宣传，诺斯政府为了反对美洲革命的宣传，故请约翰逊撰写《征税非暴政》。后来，诺斯政府感到约翰逊的措辞至为激烈，便删改原文，舒缓语气。当此之际，美洲独立已经到了不可逆转的地步，绝非一篇文章所能扭转乾坤。按格林的说法，约翰逊的目的在于为英国臣民的权利作自我辩护，仿佛在昭示世人，以求裁决。

　　文章开始，约翰逊单刀直入将问题挑明：美洲和英国争执的关键在于美洲认为英国的征税不合乎宪法。美洲人从来不否认自己受到英国的保护，但却宣称他们自己有权决定是否缴纳或者缴纳多少，约翰逊认为这是不可理喻的。此问题关乎殖民地的性质，故约翰逊简单回顾了殖民地的历史。不同于古代国家，近代国家多为中央集权，不允许个人或者公司占土地为己有。中央政府可以通过在当地选举代表治理殖民地，但是主权所归乃是政府，可以随时收回许可状。英美的争执乃是本于不同的政治结构：殖民地坚持认为自己的权力来自英王的特许，在地方管理时以习惯法为依据；而在英国，自从 17 世纪的革命以降，议会的立法和行政权力越来越大。约翰逊站在议会的立场上，这是现代史学家和法学家所认同的。①

　　依着洛克的说法，政府的税收权来自于纳税人推选的代表的同意，但是美洲人认为自己在英国没有代表。约翰逊针锋相对地问道，即便在英国有几个纳税人可以选举自己的代表呢。约翰逊认为代表不一定出自实际的民选，英国议会乃是帝国议会，因而殖民地拥有"实质的代表"。② 约翰逊继续辩论，既然美洲人已经漂洋过海也就意味着他们没有办法行使这样的权利。所以，为美洲人在英国议会推选代表会有一定的实际困难。约翰逊指出，美洲政客并不关心这些"空幻的荣誉"，他们所要的是"实实在在的金钱"。此说并非空穴来风，1988 年艾格奈尔的专著《强大的帝国：美洲革命溯源》认为美洲革命主要是由种植园主和商人所领导，他们害怕自己的经济地位被危及。所以我们可以理解约翰逊在《征税非暴政》中的讽刺：

---

① 《约翰逊文集》第 10 卷，第 405 页。

② 　这也是格伦威尔的观点，而且格氏以爱尔兰为例来说明代表权和课税权不必相联系。

何以奴隶主叫嚣着要自由？① 在美洲以"自由"为口号，叫嚣不止的要算南方的种植园主（杰斐逊和帕特立克·亨利）。在涉及国家利益的大事上，约翰逊不相信商人，这也表现在该文中："国家大事不可问计于商人，因为他们所思者并非荣誉，而是利益"；商人并不在乎公众之利益，而是关注财富之增多。②"七年战争"之后，为了安抚印第安人，英国政府规定在制定出明确的土地政策以前，美洲人不得向西部移民。这一禁令的初衷很好，但是一些弗吉尼亚商人和土地投机家早就以西部土地为目标大规模进行土地投机活动，禁止向西部移民的政策使得华盛顿的土地投机成为泡影。③ 所以许多学者认为，虽然殖民地和英国都抱怨对方破坏宪法，究其实乃是双方的社会精英争权夺利。

接下来约翰逊列举大陆会议的违法行为。成立大陆会议意味着美洲人自认为是一个主权国家，美洲人不仅同英国进行经济对抗，还组建军队，并跟其他国家结盟，引诱魁北克加入他们的叛乱，波士顿人也是违法的。约翰逊将矛头指向美洲的宣传者和政客（当然也包括英国的），他视富兰克林为"唯恐天下不乱之徒"。约翰逊认为他们明明是自谋利益，却花言巧语。宣传者和政客明知只有议会才能征税，却嫁祸国王（美洲宣传者将乔治三世说成"议会的头领"④），蛊惑人心。在文章的最后，约翰逊主张动用武力，要知道议会已经做出武力征服的决定。其实，约翰逊假设了一个理想的结果：双方不必动手，只要英国大兵压境，美洲人举手投降。

约翰逊的文章在当时遭到猛烈的攻击，说明当时政府和反对派、激进分子间的分化。诺斯内阁之初，深得民心。但是美洲问题依然如故，民众开始质疑诺斯内阁。民众的呼声越来越高，抱怨土地贵族的利益与国民背道而驰；他们对议会代表制度不满。国内激进运动的宣传者（普莱斯、朱涅斯等人）向民众奔走疾呼，民众也感到自己的政治权利被剥夺，故许多英国人同情美洲人（伯明翰、布里斯托尔等城市的中产阶级对美洲尤其同情）。⑤

---

① 《约翰逊文集》第 10 卷，第 454 页。

② 同上书，第 415 页。

③ 参见温克斯编《史学研究》，第 101 页。

④ 参见安德鲁斯《美洲革命的殖民地背景》，第 167 页。

⑤ 参见普拉姆《美国经历》（J. H. Plumb, *The American Experience: the Collected Essays of J. H. Plumb*, New York: Harvester Wheatsheaf, 1989），第 66 页。

　　值得注意的是两国激进运动不同的命运：战争使得美国的激进运动更加激烈；而英国的则被削弱了。[①] 在英国，下层民众将自己的经济困难归怨于美洲的动乱，他们变得更加爱国和支持政府。英国的商人后来也担心美洲和法国或者西班牙联盟，所以 1775—1777 年间各种商业团体纷纷转而支持英国的战争。亲美的人士不敢公开同激进运动有任何往来，害怕招致猜疑。而在美国，战争使得政府走向革命或者采取更加激进的措施。激进分子的人数渐渐增多，他们从犹豫不决的工商业者手中夺来领导权，并且赢得更多的下层群众和商人的支持，从而形成统一的政策。在这样的条件下，自然权利和平等等政治口号对美洲人是必要的，所以在战争的召唤下，美洲的激进运动和爱国主义联手而行。我们可以以佩恩为例子来说明激进者在两国人民心中的形象。佩恩在英国乃是人人得而诛之的作乱者，而在美洲革命期间，则成了精神领袖，安德鲁斯认为他一个人可以抵得上美洲全部知识分子的宣传。[②] 但是革命后的美国似乎忘记了这个为了革命奔走喧呼的人。1801 年，佩恩受杰斐逊（当时为美国的第三任总统）的邀请访美，但他发现革命时的激情已经荡然无存，迎接他的是政客的污蔑和诽谤。

　　在美洲问题上，我们不能不提伯克的观点。在最初的冲突中，伯克已经断言，美洲人不可能接受英国的课税，由此可能导致对英国主权的质疑。后来，这样的质疑发生了。伯克又断言倘若英国人以武力来解决美洲问题，那么美洲必走上独立的道路，乃至与英国的敌国（法国和西班牙）携起手来。独立战争爆发以后，伯克继续为美洲事业公开地辩护，甚至要英国不惜放弃对美洲的所有主权。[③] 伯克比之于约翰逊有着惊人的洞察力。不过，我们要看到伯克的立场和他本人的家庭背景（爱尔兰人）相关：爱尔兰的情况跟美洲极为相似，伯克在内心将两者比较，希望爱尔兰走美洲的路。另外，我们还要看到，伯克乃是罗金汉姆侯爵的得力助手，尤其在下院成为他的传声筒。伯克清晰地表达了罗金汉姆集团在美洲问题上的观点，这从他关于美洲的讲演可以看出。但是，当时的伯克只是罗金汉姆集团中的一员干将，该集团成员的观点相差无几。而且，伯克相信老辉格党权贵依

---

① 普拉姆：《美国经历》，第 67 页。
② 参见安德鲁斯《美洲革命的殖民地背景》，第 64 页。
③ 参见爱德蒙·伯克《美洲三书》"译者引言"，缪哲译，商务印书馆 2005 年版。

然可以左右政坛，甘愿在其中扮演一个角色。可以说，伯克真正开始表达他个人的观点，不再受罗金汉姆集团的影响，要等到 1782 年以后。那么罗金汉姆集团是否能够解决美洲问题呢？罗金汉姆集团并没有认识到美洲问题更深刻的社会原因，更不可能预见到以后的议会改革。可以肯定，他们不会由衷地接受美洲独立所带来的影响。辉格党当时也没有统一的对美洲的政策，只是以此为借口来攻击诺斯内阁。故当时的波罗汉姆勋爵发问道：有人竟会如此无知，以为如果伯克或者福克斯为乔治三世的内阁，他们会自动隐退，而不是镇压美洲的叛乱？[1] 不过，英国人不愧为经商之民，约克镇的失败使他们受到巨大的震撼，不想负担一场毫无意义或者毫无利润的战争。要知道，当时英国的人口乃是美洲的 3 倍，倘若倾全国之力而开战于美洲，其结果不可想象。

在欧美历史研究中，美洲革命和法国革命常常被相提并论。关于法国革命，我们最好听一听法国贵族托克维尔的经验之谈，他生活的时期恰恰是大革命以后法国社会动荡不安的时代。1830 年当七月王朝登基，托克维尔在思想上发生了重大的变化，他认识到法国社会正在日益走向平等，英国式的贵族自由主义已经脱离了时代。其实这也是美洲革命的意义所在。18 世纪的英国形成了典型的贵族政治制度，君主专制已经过去，而民主政治尚未到来，只有少数贵族把持政权，一般的民众并没有参政的权利。美洲人同样拒绝了英国式的贵族自由主义。在托克维尔看来美国才代表着欧洲的未来，因而他完成《旧制度与大革命》后转而去考察美国社会，最终写出皇皇巨著《论美国的民主》。

这两次革命都提出了一些口号，如自由、民主、平等和人权。虽然这些观念已经被现代社会所认可，但是它们的真正价值并非在一次革命中就全部显现出来，毋宁说只有在漫长的历史演进中才渐渐被人们理解和接受。当读者在历史的起源同这些概念碰撞时，决不能将当代的理念等同于 18 世纪历史语境下的意义。那是约翰逊的时代，英国社会处在一个转型期，社会上流行着各种各样的激进主义和保守主义。在这些人的话语之中（无论是保守主义者，还是激进主义者），自由、民主、平等和人权这些词汇的现

---

[1] 参见普拉姆《美国经历》，第 71 页。

代意义尚未完全开显出来，因而晦涩难解，因人而异。尤其，这些词语的背后掩饰着各种各样的利益。作为读者，须有良好的洞察力和理解力，在异常繁杂的词语中把握历史行进的脉络，也许我们会看到革命者的意图和他们的历史作用往往相左，换言之，在革命的动机和革命的结果之间总是存在着裂痕。

第六章

《理智与情感》和"思想之战"

简·奥斯丁（1775—1816）说，她写作有如在一小片象牙上工笔绘画，所涉不过乡村中三四户人家的一小段生活。[①] 然而她的小说自 1811 年问世以来一直深受读者喜爱，影响持续而深远。在当代英语世界，人数可观的奥斯丁迷是个相当有"势力"的群体。因为她/他们的存在，有关奥斯丁的各式各样影视作品、续作、戏仿以至由奥斯丁出任主人公的侦探小说等层出不穷，构成了以奥斯丁为招牌的兴旺的文化工业。

以往，西方评论者大都把奥斯丁的名气归结于她的艺术造诣和她对人性的洞察。不过，自 20 世纪中期"新批评"渐渐式微后，越来越多的人意识到艺术形式与思想内涵密不可分，意识到奥斯丁小说对当时社会生活和思想建设的深刻介入，从而把对她的重视和理解都提到了新的高度。如威廉斯所说：并非只有惊天动地的拿破仑战争才算大事，历史有许多暗流，当时英格兰地产主家庭生活的社会史（也即奥斯丁的题材）就是最重要的事态之一。[②]

本章标题中"思想之战"的说法来自英国著名学者玛丽琳·巴特勒的《简·奥斯丁和思想之战》（1975）一书。巴特勒和达克沃斯[③]等是最早关注奥斯丁小说思想内涵的评家，他们都强调奥斯丁的保守倾向。巴特勒认

[①] 见奥斯丁 1814 年 9 月 9 日及 1816 年 12 月 16 日致侄女安娜·奥斯丁和侄儿詹姆斯·爱德华·奥斯丁 – 李的信，R. W. Chapman（ed.），*Jane Austen's Letters*（Oxford：Oxford University Press，1952，2nd ed.），pp. 401，469；参看朱虹选编《奥斯丁研究》，中国文联出版社 1985 年版，第 361—362 页。

[②] Raymond Williams，*The Country and the City*（Oxford：Oxford University Press，1973），p. 113.

[③] Alistair Duckworth，*The Improvement of the Estate*（Baltimore：Johns Hopkins University Press，1971）一书作者。

为，在奥斯丁开始写作的 18 世纪 90 年代里，由于法国革命造成巨大冲击，英国思想文化界存在激烈的论战。论争的一方为张扬情感主义、信赖个人追求、推崇"自然"的激进派（雅各宾派），另一方是重视理性、责任和自我节制、强调群体关系、讲求"人工"或"艺术"的保守派（反雅各宾派）；而奥斯丁深受后者影响。《理智与情感》一书是"反雅各宾寓言"的一个鲜明代表。①

确实，奥斯丁的很多作品有强烈的思想指向并积极参与了当时的政治、伦理讨论。诸如"理智"和"感情"之类的词语两百多年来一直是英国社会中的意识形态关键词。②《理智与情感》一书从本质上说不是在演绎浪漫的爱情史，而是在展示并展开思想论争。③ 不过，巴特勒一派的学者过分注意它与简·韦斯特（Jane West，1758－1852）的《饶舌者的故事》（1797）等"两姊妹小说"的相似之处，孤立地剖析埃丽诺·达什伍德和她妹妹玛丽安所分别代表的"理智"和"情感"的对立，从而或多或少地忽略了她们所共同分享的大生存环境，忽略了小说中最重要的论争营垒首先在两位女主人公和约翰·达什伍德们之间划分。与此相关，过多地着眼于个人与社会的冲突，过于强调法国大革命所引发的"激进"和"保守"之争，也使一些评家在相当程度上淡化了一个由来已久并涉及面更广的重大文化讨论，即在一个正在生成的敛财逐利社会（acquisitive society）里，艾迪生、斯蒂尔、笛福及理查逊等一脉相承就人的社会角色和行为规范所进行的长期的思考和探究。④

如果我们把埃丽诺和玛丽安的对照和对话更多地放到这个背景里考察，就不会简单地用"激进""保守"之类词汇来界定奥斯丁所传达的信息。

---

① 参看 Marilyn Butler, *Jane Austen and the War of Ideas*（Oxford：Clarendon Press，1975）；玛·巴特勒：《浪漫派、叛逆者及反动派：1760—1830 年间的英国文学及其背景》，黄梅、陆建德译，辽宁教育出版社、牛津大学出版社 1998 年版，第 157—171 页。

② Raymond Williams, *Keywords：a Vocabulary of Culture and Society*, Fontana Press，1976，pp. 280 - 282.

③ Claire Tomalin, *Jane Austen*, New York：Vintage，1999，p. 155.

④ Frank W. Bradbrook, *Jane Austen and her Predecessors*（Cambridge：Cambridge University Press，1966）一书提到（第 28—50 页），切斯特菲尔德勋爵（Lord Chesterfield）、约翰逊博士、格·吉斯伯恩博士（Dr. Gregory Gisborne）和简·韦斯特等人都直接参与了这场讨论。另参看 R. H. Tawney, *The Acquisitive Society*（New York：Hacourt Brace and Howe，1920）。

本章试图把达什伍德家两姐妹在多重社会语境中的人生波折和对应选择看作是构思某种局部抵制"敛财逐利社会"的私人乌托邦的尝试。也就是说，我们不仅对巴特勒的观点有所拒斥，对与她唱反调的一些论者也不尽认同。因为后一类评论大抵像巴特勒们一样聚焦于个人与群体的冲突，只不过他们与巴特勒相反，侧重揭示奥斯丁作品中个人意志对社会制约的反抗，以"颠覆性"取代"保守"说。① 两方的观点其实都更多地反映了"我们时代无视个人与群体生活之间相互依存关系的思想偏向"，② 而在奥斯丁笔下，对这两者的展示和探查是多方位的，紧张和对立只是其中一个侧面。通过两姐妹的婚事，奥斯丁一方面借情感主义的批判锋芒讽刺抨击金钱逻辑，同时借某些"保守"思想资源（如新古典主义文化所主张的明智、均衡以及约翰逊对人性和人欲的辨析等③）修正那种很唯我的滥情姿态。与此同时，她严峻的现实主义眼光又使代表正面出路的思想试验也被笼罩在某种冷嘲的阴影中。

一 约翰·达什伍德们的世界

如巴特勒等指出，《理智与情感》和《饶舌者的故事》写于同一时期，④ 而且都对比描写姐妹二人的不同人生态度和婚姻结局。不过，奥斯丁的小说与后者有一个重要的区别，就是其中的背景人物相对广泛丰富，并被放到了非常突出的位置上。

《理智与情感》以极富象征意味的"父之死"开场，首先讲述了两桩丧事和由此而来两次遗产继承。先是老乡绅达什伍德去世，他的侄儿亨利·达什伍德继承了诺兰庄园。可是亨利本人不到一年便也撒手归西。按照老达什伍德的遗嘱，诺兰庄园及其附属地产必须留给男性子嗣即亨利前妻所

① 参看 David Monaghan, "Introduction", in David Monaghan (ed.), *Jane Austen in a Social Context* (Houndmills: Macmillan, 1981), pp. 4–6.

② Julia Prewit Brown, *Jane Austen's Novels: Social Changes and Literary Form*, Cambridge: Harvard University Press, 1979, p. 24.

③ 奥斯丁深受 18 世纪新古典主义（奥古斯都）文学的影响。参看 Penelope Joan Fritzer, *Jane Austen and Eighteenth - Century Courtesy Books* (Westport CT: Greenwood Press, 1997), p. 2.

④ 奥斯丁开始撰写《理智与情感》的初稿即《埃丽诺与玛丽安》时，《饶舌者的故事》尚未发表。

生的儿子约翰及约翰的儿子哈里。亨利的续弦达什伍德太太和她的三个女儿（埃丽诺、玛丽安和玛格丽特）能得的财产"微乎其微"。

亨利临终前要求儿子约翰照料继母和妹妹，后者迫于常情不得不应允。约翰为人精明，办事得体，是很受世人尊敬的有产者。他经过权衡，打算送给妹妹们每人 1000 镑，并且很为自己的慷慨而感动。但是：

> 约翰·达什伍德太太根本不赞成丈夫资助他几个妹妹。从他们小宝贝的财产中挖掉 3000 镑，岂不是把他刮成穷光蛋了吗？……自己的儿子，而且是独生子，怎么忍心剥夺他这么一大笔钱呀？几位达什伍德小姐与他只是同父异母兄妹，她认为这根本算不上什么亲属关系，她们有什么权利领受他这样慷慨的资助。众所周知，人们历来不认为同父异母子女之间存在什么感情，他为什么偏要把自己的钱财无端送给异母妹妹，毁了自己，也毁了他们可怜的小哈里？（第 2 章）①

夫妻俩你来我往地议论：老爷子准是糊涂了，再说，帮忙也不必一出手就是 3000 镑，"那些妹妹一出嫁，钱不就都无影无踪啦"。约翰说，把钱减一半，也管够她们发财了。太太应声道："当然是发大财了！世上哪个做哥哥的能这样照应妹妹，即使是对待亲妹妹，连你的一半也做不到！"约翰得意地自称"做事不喜欢小家子气"，再转念一想，觉得不如每年给继母家 100 镑年金。太太范妮说，这虽然比一下子出手 1500 要好，"不过，要是达什伍德太太活上 15 年，我们岂不是上了大当！"她随即举例说，当年她父亲立遗嘱规定给三名老仆支付养老年金，结果一年年下来，想甩都甩不掉，眼看钱被刮走了，自己却做不得主。约翰醒悟过来：其实偶尔给几个小钱，送上三五十镑，比年金强多了——"因为钱多了，她们只会大手大脚"。范妮说：

> "我认为你父亲根本没有让你资助她们的意思。我敢说，他所谓的

---

① 所用版本为 Jane Austen, *Sense and Sensibility*（Harmondsworth：Penguin，1967），全书共 50 章。其他有的版本（如 Oxford University Press 版）采用三卷形式，各卷章数分别为 22、14、14 章。译文参照孙致礼译本（译林出版社 1996 年版）。本章所引仅标出章节。

帮助，不过是让你合情合理地帮点忙，比如替她们找一所舒适的小房子啦，帮她们搬搬东西啦，等季节到了给她们送点新鲜野味啦，等等。我敢以性命担保，他没有别的意思……想一想，你继母和她的女儿靠着7000镑得来的利息，会过上多么舒适的日子啊。况且每个女儿还有1000镑……总计起来，她们一年有500镑的收入，就那么四个女人家，这些钱还不够吗？她们的花销少得很！维持家用不成问题。她们一无车，二无马，也不用雇仆人。她们不跟外人来往，什么开支也没有！你看她们有多舒服！一年500镑哪！我简直无法想象她们怎么能花掉一半。……论财力，她们给你点倒差不多。"

她还对继母分得了家用器皿和台布之类物品表示愤恨。"那套瓷器餐具……依我看是太漂亮了，"范妮说，"她们能住得起的房子根本配不上。……你父亲光想着她们。我实对你说吧，你并不欠你父亲的情，也不必理睬他的遗愿。"他们最后断定，约翰对父亲的承诺，落实到待继母搬家时"邻居式"地帮帮忙就足够了，再多不但"绝无必要"，而且"非常不合体统"（第2章）。

在这段戏剧性对话中，范妮一方面贬损、排斥约翰和父亲及异母妹妹之间的关系、感情和责任，另一方面用感情色彩非常强烈的词语把资助妹妹之举说成毁掉儿子一生的灾难，最终成功地把拟议中的资助额度从1000镑降至为零。谈到这一章时伊安·瓦特说，奥斯丁从没有写过比这更有力量、更精彩夺目的讽刺文字。[①] 要充分体味其中的挖苦，我们首先得对当年英国绅士和准绅士们居家度日的"政治经济学"有所了解。据科普兰综述，当时各档次"绅士"家庭年收入大约从100镑到4000镑。前者是下限，刚刚够在温饱之余雇个把佣人干粗活并加盟流通图书馆借书看。两者之间，几乎每百镑一个档次，家庭收入可以相当精确地通过住房、仆人、家具、马匹和车辆等消费标志体现出来。年收入高于4000镑的人家就超出普通绅士范围了。他们将货真价实地位列"上等社会"，可以毫无顾虑地花钱，还

---

① Ian Watt, "On *Sense and Sensibility*", in Ian Watt（ed.），*Jane Austen: A Collection of Critical Essays*（Englewood Cliffs, N. J.: Prentice – Hall, 1963），p. 43.

可以在伦敦另置办一处城里住宅供社交季节使用，等等。①

　　具体到亨利的继室达什伍德太太，丈夫死后她收入骤减，还有三个待嫁女儿，已落到士绅群体的下层。而约翰·达什伍德呢，他在生母去世时已经继承了母亲的一半财产，结婚时从女方得了一大笔钱，待父亲去世便得到了母亲遗产的另一半，② 从叔祖父老达什伍德传下来的诺兰庄园每年还可给他另外增添 4000 镑收入。可见他此时已是巨富，其"价值"与《傲慢与偏见》中令人垂涎的单身男性达西（年收入 1 万镑）或彬利（5000 镑）旗鼓相当，虽未必一定能达到前者水准，却肯定会超出后者很多。按照范妮合计婆婆家财产和收入的计算公式（也是通用公式），我们可知仅诺兰庄园就值 8 万镑以上，约翰一家总资产肯定大大超过 10 万镑。与这个数字相比，他打算资助妹妹们的 3000 英镑可以说丝毫不伤筋动骨。然而，就为这小小馈赠，约翰迫于老父临终恳求才动念，还要沾沾自喜，说明他何等小器。正因如此，范妮的话在约翰听来才有不可抗拒的说服力。

　　在第 33 章里约翰另有一场出色的表演。此次兄妹再相逢已是在伦敦。那时达氏母女早已搬家租住远亲约翰·米德尔顿爵士的一处乡舍，埃丽诺和玛丽安随约翰爵士的丈母娘詹宁斯太太到伦敦小住。

　　约翰到伦敦两天后为妻子订制图章，在一家珠宝首饰店与妹妹们不期而遇。他首先表示早想去看妹妹们却实在抽不出时间，又说听人讲米德尔顿夫人和詹太太都很有钱，而且处处照应继母一家——"不过，那也是理所当然的，她们都是有钱人，和你们又沾亲带故，按理应该对你们客客气气，提供各种方便，让你们过得舒舒服服……"一番话说得埃丽诺在一旁为他羞愧不已。"羞愧"一句是炉火纯青的奥斯丁式妙笔。约翰自私得那么堂而皇之、刀枪不入，那么完完全全沉浸于自己的逻辑之中，似乎全然忘记了自己比米德尔顿或詹宁斯们更"沾亲带故"，很可能也更有钱，忘记了他们夫妇把继母和妹妹从老宅扫地出门连一个指头的忙都没有帮。这种种事实都不再点明，只是暗藏在听者兼受害者埃丽诺的"羞愧"中，让读者

---

① Edward Copeland, "Money", in Edward Copeland & Juliet McMaster（ed.）, *The Cambridge Companion to Jane Austen*（外语教育出版社 2001 年版），pp. 135 – 137.

② 这一细节透露了另一个遗产继承安排，即亨利·达什伍德前妻去世时，她名下财产一半由儿子继承，另一半由丈夫享有生前使用利息的权利，丈夫死后则归儿子所有。

自去体味徐徐渗出的层层挖苦。

翌日约翰到詹太太家拜访，正赶上布兰登上校来访，约翰便向埃丽诺打听他的来历和家产，又说自己的丈母娘费拉斯太太正在力促长子爱德华娶个阔媳妇。扯出妻舅爱德华不是信口闲聊，而是因为他和范妮及费太太都看出埃丽诺与爱德华的关系不一般，这样放话为的是让埃丽诺彻底断念。不过，提起费太太，约翰便开始情不自禁地赞美她老人家"高贵的精神"，原因是他们一进城老太太就塞给范妮两百镑钞票，"真是求之不得呀"。埃丽诺说他们自己的收入已经很高了。于是约翰发表了一段关键性谈话：

> "让我说呀，可不像许多人想象的那么高。不过，我倒不是叹穷叫苦，我们的收入无疑是相当不错的，我希望有朝一日会更上一层楼。正在进行的诺兰公地的圈地耗资巨大。另外，我这半年里还置了点地产——东金汉农场，你一定记得那地方，老吉布森以前住在那里。那地块无论从哪个方面看，对我都十分理想，紧挨着我家的地产，因此我觉得有义务把它买下来。假如让它落到别人手里，我将会受到良心的责备。人要为自己的便利付出代价，我已经花费了一笔巨款。"
>
> "你是不是认为那地其实值不了这么多钱？"
>
> "哦，我想那倒不至于。我买后第二天本来可以再卖掉的，还能赚钱。不过，说到付款，我当初倒真有可能会遭逢不幸呢，因为那时股票的价格很低，我若不是碰巧有足够的现钱存在银行，就得大蚀其本地卖股票了。"（第33章）

听听！他正在圈占村庄公地的田土，在购买吞并邻家的地产，而且染指金融投资和投机（买卖股票）。可见约翰绝非一般的抠门乡村绅士，他是雄心勃勃谋求更上层楼的农业资本家。在奥斯丁写作的年代里，英国传统农村社会正处在解体前的最后挣扎阶段，[①] 大规模圈地是农村资本主义化的

---

① 奥斯丁侄儿曾回忆在那一带农村工业化运作如何取代了农村家庭妇女的手工纺纱，等等。参看 J. E. Austen‐Leigh, *A Memoir of Jane Austen* (Oxford：Clarendon, 1926)，pp. 41–42.

关键"动作"之一。① 威廉斯说：当时的英国社会处于活跃而复杂的发展过程中，并非"划一而固定"，其时"敛财逐利的正宗资本主义社团与农业资本主义的瓜葛最为明显"。② 出身于地主世家的约翰·达什伍德作为农村资本的精明代表，正是那个时代的典型人物。

范妮和她的母亲费太太与约翰构成了巩固的利益和思想同盟。若说有区别，只是那母女俩自私得更冷酷、更粗俗，有时也更糊涂任性一些。她们希望爱德华"出人头地"（第 3 章），处心积虑撮合他和贵族阔小姐莫顿的婚事。后来爱德华因为和穷姑娘私下订婚被母亲剥夺继承权，布兰登出于同情给他提供了一份年俸两百镑的牧师职务。约翰闻说此事，大发感慨：

> "哦，握有那样收入的职位，若是在已故牧师病重、位置马上要出现空缺时处理，他本可以到手 1400 镑的。……现在嘛，委实有点太晚了，再推销也不好办了，可是布兰登上校是个聪明人呀！……他竟然这么没有远见！"（第 41 章）

他的反应恐怕出乎多数人的意料。他不推敲布兰登的动机，不探讨其道德取向，甚至忘了站到费太太立场上谴责爱德华，也不为爱德华（毕竟是近亲）感到庆幸，而是直奔牧师职位背后的金钱交易。当时，一地最重要地主士绅常有权举荐并决定出任本堂区牧师的人选。约翰的头脑立刻换算出这一权力值多少现金。想到布兰登不能未雨绸缪、及早挂单沽售即将出空的神职，将一个赚钱机会白白放空，他不禁扼腕痛惜！此事不直接涉及他本人和小家庭的利益，而是事关思想的"正道"。这类本能反应充分揭示了约翰们的思维方式，也说明 19 世纪初英国社会生活已经市场化到何种地步。

约翰是奥斯丁笔下少有的鲜明生动的农业资本家形象，一言一语那么活灵活现，给读者带来无穷乐趣，几乎让人想猜测他的原型究竟是奥斯丁

---

① 在中古时代英国乡村有公地供全村人放牧牛羊等，自 12 世纪以来有权势的个人开始圈占公地。圈地的一个高峰期在 1450—1640 年间，所圈土地多用于养羊；另一高峰则在 1750—1860 年，占地主要是为了提高农业生产效率。

② R. Williams, *The Country and the City*, p. 115.

近旁的哪一位。正因为约翰不像他妻子和丈母娘那么狭隘得近似无理，自私得类乎恶毒，就更反映和代表了敛财逐利的思想逻辑，在更大程度上可被视为资本的人格化。他把财产的增长当作自己的"义务"和"良心"，"认为个人有增加自己的资本的责任，而增加资本本身就是目的"①，是巴赫金所说的那种表达特定话语（思想）体系的"说话人"（speaking person）。② 在他来说，斤斤计较、六亲不认地全心维护资本利益乃是天经地义的原则。他理直气壮地图谋私利，毫不掩饰地向一切有钱人致敬，但很少生出不利己的损人之心——他的自私是非个人化的。如叙述者说："这位年轻人心眼并不坏，除非你把冷漠无情和自私自利视为坏心眼。"（第 1 章）这里，反讽的芒刺穿透过平静的语句，指向个人行为之外的世道。

另一个对于小说情节发展及思想表达至关重要的背景人物是露西·斯蒂尔小姐。

露西是故事讲到一半才中途（第 21 章）登场的。她和姐姐南茜是詹宁斯太太的亲戚，喜欢热闹的约翰·米德尔顿爵士和詹太太便请她们来做客。斯蒂尔姐妹看上去挺时髦，也很热情，露西尤其俏丽可人。她们对米德尔顿家的巴顿庄园赞不绝口，对主人万分敬重，特别是对米家孩子无比宠爱，最后连不好客的米夫人都不由得夸起她们来。达氏姐妹少不得被拖来认识新朋友，目睹了露西如何爱意盎然、无比耐心地忍受甚至怂恿小孩子们无理取闹的场面。

露西听到约翰爵士拿玛丽安和埃丽诺的心上人开玩笑。不久后她便开始向埃丽诺吐诉心曲。她问埃丽诺是否了解费拉斯太太的人品性格，然后吞吞吐吐地解释说，爱德华曾在她舅舅家读书，他们因此相识相爱以至私订终身，只因她太穷不可能得到费太太认可，两人不敢公开婚约。她拿出爱德华的信物和亲笔信件（按当时习俗，只有订婚的男女才通信）等给埃丽诺看，称埃丽诺是自己最信赖的朋友并恳请她保密。

露西订婚的事被南茜不小心捅出去以后引起轩然大波。爱德华通告露

---

① 语出马克斯·韦伯。见马克斯·韦伯《新教伦理与资本主义精神》，于晓、陈维纲等译，三联书店 1987 年版，第 35—36 页。

② M. M. Bakhtin, *The Dialogic Imagination*, Austin：University of Texas Press, 1981, trans. C. Emerson & M. Holquist, p. 333.

西说自己将陷入贫困，把选择权交给了她。露西信誓旦旦要和他共渡艰危。她写信给埃丽诺，说困境深化了她和爱德华心心相印的幸福，求埃丽诺帮爱德华在教会谋个职，也没忘请她向"詹宁斯太太、约翰爵士、米德尔顿夫人以及那些可爱的孩子们"问候致意（第38章）。她谦卑的求助信确实生了效。

不过，此后事态发展却令众人目瞪口呆。不显山不露水露西完成了战略大转移。没过多久露西致信爱德华，宣布说"鉴于我肯定早已失去了你的爱情，我认为自己有权利去爱另外一个人"，还说自己爱上了爱德华的弟弟，"我们两人彼此离开了就活不下去……"（第49章）。爱德华鄙薄她的文笔。不过，就其想达到目的看，露西的信是无懈可击的——把毁约的责任全推给了爱德华，还很周到地提醒他应保持惯有的"宽怀大度"。

露西·斯蒂尔是小说中出身最微贱的人物之一。叙述没有细致交代她父亲的境况，只说她比埃丽诺社会地位更低，很可能也更穷。从她舅舅在家里收学生维持生计①看，他也不是宽裕人家。斯蒂尔姐妹总是寄住在各种亲戚朋友家，转战于社交界边缘，伺机步入婚姻市场。她们受的教育极为有限，平素连零用钱都缺少，我们甚至不清楚在衣料十分昂贵的十八九世纪之交她们靠什么维持体面甚至时髦的衣装（凭露西的十分了得的女红功夫？）。② 而要挣到在各家白吃白住白玩的出入证，又谈何容易！达氏姐妹的遭遇已经表明，在那个世道里亲戚关系是可讲可不讲的。斯蒂尔姐妹所能依靠的主要是露西一张战无不胜的甜嘴巴。还有她的谦恭和勤劳。米德尔顿夫人只需提提女儿对某件礼物的期待，露西就会立刻放弃打牌坐到烛台下去编织，还一脸的喜幸，仿佛这是天底下最让她高兴的事儿。不是每个人，甚至不是每个地位卑微的穷人都能当这么好、这么有用的陪客的。约翰·达什伍德夫妇撇下有血缘关系的妹妹而邀请她们来家小住，就是露西的能力的证明。

露西和埃丽诺打交道也是进退有序。她从邻居闲谈得知埃丽诺是危险的情敌。这与她新近对爱德华的观察相吻合。于是她自曝订婚秘闻，让埃丽诺及早出局。她对埃丽诺之类的淑女吃得很准。她诉诸埃丽诺的荣誉感

---

① 这正是奥斯丁父亲的重要收入来源之一。
② 小说第36章点出了她们姐妹俩对衣装多么上心。

和良心，反复恳谈，不让后者对爱德华的情意有任何反弹的机会，也从不放过不露声色地伤害后者的机会。露西对付费拉斯兄弟的手段更是高明无比。她先是以忠贞情爱的名义断然拒绝在爱德华失宠时解除婚约。很显然，即使失去继承权的爱德华也聊胜于无。后来，因哥哥倒霉而得了一大笔家产的纨绔哥儿罗伯特自告奋勇来劝她退婚。她把握时机小心迎合，让罗伯特觉得自己马上就要成功。结果一次次恳谈下来，罗伯特十分满意地发现自己的魅力远远超过哥哥。于是露西摇身变为罗伯特·费拉斯太太，充分展示了她出神入化的看人下菜碟的功夫，也典型地体现了恩格斯所说的资产阶级中"婚姻的缔结……完全依经济上的考虑为转移"[1] 的情状。最终这位高明的婚事谋略家成功地推销了自己，让我们深信若有机会她定能掌控更大规模的商务。

露西是《理智与情感》乃至所有奥斯丁小说中最高明而稳妥的成功"野心家"（若不计早期少年习作中的苏珊夫人）。与她相比，夏绿蒂·卢卡斯嫁柯林斯不过是谋温饱的本分行为，玛丽·克兰福德的自私不过是有钱人漫不经心的自我放纵，甚至魏肯的恶行也只是东一榔头西一棒子地满足一时私欲。[2] 如果说约翰·达什伍德和费拉斯母女体现了立在明处的有产者的唯利是图，那么露西则代表了尚藏在暗处的"谋产者"的精明和狡黠。[3] 而且，与开口资产闭口价格的约翰相反，露西满嘴情意，几乎完全不提钱字。谋求财富的目的被深深藏在符合通行道德观念的语言和行动之下。

小说中还有其他一些背景人物具有比较纷杂的过渡色彩。他们在思想上与约翰·达什伍德有根本的相似之处，但不那么心无旁骛地逐利。

关键男性人物威洛比是其中之一。他先是以浪漫恋人自居，热情洋溢地追求玛丽安，在关键时刻却为了 5 万镑财产背弃了爱情。如埃丽诺最后概括，"自己的享乐，他自己的安适，是他高于一切的指导原则"。（第 47

---

① 恩格斯：《家庭、私有制和国家的起源》，《马克思恩格斯选集》第 4 卷，人民出版社 1972 年版，第 75 页。

② 这里提到的分别是《傲慢与偏见》和《曼斯菲尔德庄园》中的人物。

③ 露西作为一类人物，其刻画之精彩、内涵之复杂似乎唯有后来萨克雷笔下的蓓基·夏普可比。参看 Barbara Hardy, *A Reading of Jane Austen* (London：Athlone Press, 1979), p. 71.

章）若说他和约翰·达什伍德有所不同，就在于他尚能为这一选择感到痛苦。

约翰·米德尔顿爵士和他的丈母娘詹宁斯太太是另外两例。他们在书中出任代理家长——一个在达什伍德母女无家可归之时把自家的小乡舍廉价租给她们居住；另一个热忱地请埃丽诺姐妹到伦敦做客。他们都慷慨待人。他们都谴责威洛比背信弃义，詹太太还曾对费拉斯母女"为金钱和门第"大吵大闹表示不屑（第 37 章）。从这些表现看，两人与约翰·达什伍德有相当的差异。然而，与《饶舌者的故事》中循循善诱的父亲相反，他们已沦为相对无关紧要的滑稽人物。他们心里虽存有某些传统的亲情和善意，却缺少文化修养，也没有明晰的道德准则和社会责任感，因而触目地体现了"家长"在社会生活和精神生活中的失效。约翰爵士本应为一方领袖，却只热衷打猎，天冷了不能出门就靠大宴宾客来解闷儿。他们都很有钱，自家的联姻事务也处理得很符合经济利益原则，很难想象如果面临重要选择他们会担当实质性的损失。约翰爵士好和年轻姑娘议论哪个人"值得追求"（第 9 章），评判标准就是家产，与约翰·达什伍德向妹妹推荐"适宜"对象的腔调并无差别。詹太太呢，她替"落难"的爱德华设想如何靠微薄收入与露西结婚度日，算得丝丝入扣，还由衷叹道："而且，他们每年要生一个孩子！老天保佑！他们将穷到什么地步！"（第 37、38 章）

更能说明问题的是，得知威洛比背信弃义之后，詹太太会一边斥责那个负心人，一边立刻想到取代玛丽安的格雷小姐有 5 万镑家当。显然，她看来，在"一方有的是钱，另一方钱很少"的情况下，变心势在必然。而后，几乎不经任何过渡或转折，她便开始乐观地鼓吹布兰登一年两千镑的收入和他的家宅德拉福。她说，布兰登对玛丽安来说实在是太理想啦，只有一个微不足道的小小障碍或麻烦，即传说中的布兰登的"私生女"——"不过花不了几个钱，就能打发她去当学徒，那样一来又有什么要紧？"而德拉福"可是个风景优美、古色古香的好地方"。她一一列举那里的优点，花园和果树，鸽棚和鱼塘，教堂和公路，牧师寓所和肉铺，等等，巨细无遗。这位班奈特太太式的母亲把重要与不重要、相称与不相称的事物统统都拉扯到一起，和盘端出，可谓妙语连珠。她的话非常物质化，非常实用主义，甚至内含某种冷酷（如处理那个她觉得无关紧要的所谓"私生女"

的法子），背后的逻辑则和约翰·达什伍德原则惊人地相似。然而另一方面，她的话也包含某种真诚率直，丝毫不故作高雅，连自己曾在布兰登家大快朵颐、吃坏肚子也不回避。最后，她总结说："羊肩肉味道好，吃着这块忘前块。我们要是能忘掉威洛比就好啦！"（第30章）毕竟，她的心思还是盼玛丽安好起来。不过，出彩之处却在以吃羊肉的民间谚语来比喻令少女痛不欲生的浪漫爱情经历。这种粗俗的物质化语言真是十分的詹宁斯太太特色。

形形色色中间人物各有特点，精彩纷呈。这是奥斯丁写众生世相的高明之处。不过，尽管程度和情况各不相同，可以说约翰·达什伍德和露西·斯蒂尔的思想在那些中间人物身上也已深入神髓，暗中主导他们的行为方向。

约翰·达什伍德代表了小说中的"世道"。生活在这样一个世界里，女性达什伍德们被迫搬家；埃丽诺对爱德华的感情遭到来自费拉斯母女和露西的双重阻挠；玛丽安神采飞扬的初恋最终在金钱原则上触礁。可以说，埃丽诺姐妹的命运在很大程度上是由约翰·达什伍德和他们所代表的原则决定的；姐妹俩的共同的人生探索和彼此间的思想分歧也是以那个敛财逐利的世界为背景的。巴巴拉·哈代在分析奥斯丁的书中"感情与激情"时指出：小说中两位女主人公被其他一些人物所围绕，而他们的情感生活是"败坏的，冷酷的，虚假的"，正是针对这样一种环境与背景，"我们探究真感情的艰难存在"[1]。她对背景的强调可说是切中肯綮。

二 理智与情感的姐妹"血缘"

《理智与情感》中提到约翰·达什伍德的第一句话是：他"不像家里其他人那样感情强烈"（第1章）。这句话为他定了性，指出他和继母一家的最根本差异在于是否注重感情。小说的标题以及这类陈述点明，叙事将在重感情和不重感情的人的对比和冲突中展开，从而把全书放进了18世纪情

---

[1] Barbara Hardy, *A Reading of Jane Austen*, p. 41.

感主义（sentimentalism）思潮的历史文化框架中。因此，在进一步讨论小说中达什伍德姐妹所代表的"理智"（sense）与"情感"（sensibility）之前，有必要简单介绍情感主义的缘起。

"为什么，"有研究者问道，许多严肃文学家都"在特定的历史时刻纷纷来关注情感呢？"[①] 一位法国历史学家曾指出，文艺复兴以后，西方诸国的贵族从武士转化为廷臣，促使上等和中等阶级的习俗、趣味乃至心理状态趋向于"文雅"和"精致"。[②] "善感"是在国内大规模武装冲突消除后现代社会条件下形成的一种现代品性："现代的安定、闲暇和教育生成了某种细腻的感性和精美的德行……在更严峻的年代里被压抑的人类同情心，特别是对弱者和不幸者的同情，迅速地膨胀，社会良心开始关注囚犯、儿童、动物和奴隶。"[③] 对个人感情的强调与家庭形态调整（向核心家庭过渡）同步。女性的地位也日渐突出。以理查逊的葛兰底森[④]为代表的新一代"绅士"是名副其实的"温良君子"（gentle man），具有温和细致、善解人意等许多传统上被认为是"女性"专有的特征。文学中其他模范"善感者"（如约里克[⑤]和哈里等人）所体现的被动和无能也被认为是一种典型的女性特征。

在一个重要的层面上，情感主义又是 18 世纪英国人对"现代社会"的一种有意识的回应、批评或矫正。福柯曾注意到忧郁的泛滥和"商人国家"有某种内在关系。[⑥] 换句话说，约翰·达什伍德们的敛财逐利行径对人际关系的冲击逼出了某些应对、调整甚至抗争。情感主义思潮最直接最重要的先驱者是洛克的学生、友人和恩主（第三代）沙夫茨伯里伯爵（本名安·阿·库珀，1671—1713）。他不赞成霍布斯的人性自私论，明确反对"利益

---

① P. M. Spacks, *Desire and Truth: Functions of Plot in Eighteenth – Century English Novels*, Chicago: University of Chicago Press, 1990, p. 115.

② Norbert Elias, *The History of Manners*, Oxford: Basil Blackwell, 1982, trans. , Edmund Jephcott, pp. 229 – 333.

③ J. M. S. Tompkins, *The Popular Novel in England: 1770 – 1800*, London: Methuen, 1961（First published in 1932）, pp. 92 – 93.

④ 理查逊同名小说的主人公。

⑤ 斯特恩小说中的人物。

⑥ 参看 Michel Foucault, *Madness and Civilization*（New York: Vintage Books, 1973, trans. , Richard Howard）, pp. 212 – 214.

驱动世界"的流行观点,① 主张弘扬人的"天然爱心"。② 著名哲学家休谟和亚当·斯密等也曾深入探讨人的感觉和感情。"情感"派思想家还常以传统文明为鉴照,批评现代社会使人"失去爱的纽带",成了"彼此隔离的孤立个体"③。

在情感主义思潮的播散中,小说起了关键的作用。理查逊的小说《帕梅拉》(1740)问世之后,情感主义和眼泪崇拜在英国迅速成为流行的时尚,讨论"情感"(sensibility)和"感伤"(sentimental)的文章著述层出不穷,④ 甚至有期刊索性起名叫《情感杂志》(*Sentimental Magazine*)。诸多畅销故事,如《素朴儿》(1744)、《威克菲尔德的牧师》(1766)、《重情者》(1773)等,连篇累牍地罗列天真而善感的主人公们催人泪下的遭遇。这些重情者们的被动、无能和失败在相当程度上是针对世俗能力观和成功观的,以讲求功利的现代人以及浇漓败坏的世风为对照。"情感热"还催生了哥特小说和浪漫主义诗歌。沉思忧郁的诗人气质,对废墟遗址的倾心青睐,对山色湖光的沉迷热衷,等等,这些先期浪漫主义情调与情感主义趣味共同构筑着当时的文化时尚。

达什伍德太太及其女儿们是"感情强烈"的人。她们是约翰·达什伍德原则的受害者。她们受约翰夫妇排挤,在失去亲人和原有收入以后又失去了安身之地。另一方面,她们又是约翰的金钱逻辑的抵制者。她们讲求人际间的亲情、友爱以及必要的自我节制和自我牺牲。小说有意细致地描述了她们在逆境中如何搬家、安家并与新邻居们相处,渲染她们一家人彼此依存,相互关怀。

玛丽安有两次在心情沮丧之时碰到爱德华来访,都打起精神来欢迎客人。叙述用揶揄的口吻议论说:"爱德华是普天之下因为不是威洛比而能被宽恕的唯一来访者。"话说得简洁而俏皮,似贬似褒。来客如若不是威洛比

---

① 参看 Ian Watt, "On *Sense and Sensibility*", pp. 44 – 45.

② 参看 G. Tillotson, et al. (ed.), *Eighteenth Century English Literature* (New York: Harcourt Brace & World, 1969), pp. 282 – 284.

③ 转引自 Jochen Schulte – Sasse, "Afterword", in Jay Caplan, *Framed Narratives* (Minneapolis: University of Minnesota Press, 1985), pp. 102 – 104.

④ 参看 Markman Ellis, *The Politics of Sensibility* (Cambridge: Cambridge University Press, 1996), pp. 5 – 9, 38.

就需要"宽恕"，玛丽安渴望见到爱人的情状由此跃然纸上。她沉溺于一己的荒唐之处也被这短短半句话挑透，显得颇为扎眼。不过，她毕竟能够跳出自己的感受，能"为姐姐感到高兴"（第 15 章），因此爱德华的"被宽恕"也使玛丽安因其善良本质而得到旁观的述者和读者的谅解。

在奥斯丁笔下，婚姻是使"利与礼"① 两大主题纠结在一起的核心事件，② 也是不同人物、不同思想自我展示并彼此角逐的生活舞台和战场。面对婚姻的试金石，达什伍德女性们坚守着"情感"底线。她们的父亲至少不是完全唯钱是论的：虽然头一位太太家资丰厚，但续弦时却没有考虑财产。她们的母亲、第二任达太太坚持感情至上的观点，大力栽培女儿们的浪漫情怀。达什伍德太太看出爱德华·费拉斯没有经济自立能力，却不阻拦他和埃丽诺的交往——"因为财产不等而拆散一对志趣相投的恋人，这与她所有的原则都是格格不入的"（第 3 章）。多少得益于这位母亲的调教和庇护，不论埃丽诺还是玛丽安在择偶时都明确地把两情相悦放在第一位。玛丽安曾高调宣布，出于务实考虑而安排的婚事"根本算不上婚姻"，"只是一种商业交易，双方都想损人利己"（第 8 章）。埃丽诺虽说被妹妹认为是太务实，太不热烈，其实一直在内心固守自己的感受，不曾因任何经济因素而动摇，后来遭遇露西搅局，仍不肯轻易改变初衷。

她们的态度与约翰·达什伍德及露西之流形成鲜明对照。约翰不但自己娶了阔太太并时时紧"傍"阔丈母娘，还帮后两位敲边鼓，力促爱德华与莫顿小姐攀亲。爱德华和露西的婚约曝光后，他又立刻转头鼓吹费拉斯家次子罗伯特和莫顿小姐的婚事。他一本正经地对埃丽诺讲他的想法，后者忍不住插嘴道："想来那位小姐在这件事上是没有选择权的。"很典型的，约翰反问"选择权"什么意思，然后轻描淡写地继续说：嫁给兄弟俩中的哪一个都没有区别，关键只是谁处在长子地位（第 41 章）。的确，对于约翰来说，婚姻如公司联营，作为结婚对象的具体个人乃至双方当事人的意愿根本无关紧要，关键只是谁是家族财产的法人代表。

在奥斯丁笔下，婚姻市场中的众生都是标了价的。比如，《曼斯菲尔德

---

① 原文为 Property and Propriety，两词词源紧密相关，而且头尾都押韵，很难译。前者指财产，后者指立身行事、修养品质是否合宜、到位；两者都是确定人的社会身份的基本参考指标。

② 参看 Tony Tanner, *Jane Austen*（Houndmills：Macmillan, 1986），"Introduction".

庄园》一开篇就说：仅有 7000 镑的玛利亚·沃德小姐"运气好"，出人意料地嫁入财大位高的从男爵家，全村人为之惊叹，她的当律师的叔叔承认，对应于这档婚事她的身价至少欠缺 3000 镑。[①] 约翰把所有的人和人际关系货币化的本事当然不下于那位律师。他看到玛丽安因失恋痛不欲生面容憔悴，马上断定她的"价值"大打折扣，年收入有五六百镑的男人是否肯接受她已经很成问题；于是他积极地把年收入 2000 镑的布兰登推荐给埃丽诺。

而正式加盟"情感"阵营的则有爱德华和布兰登上校。与哈里之类的善感者相比，他们虽然不那么古怪，却似乎同样"被动"而"无能"。爱德华拒绝"出人头地"，让他的母亲和姐姐痛心不已——他不愿意从政，不谋求发财，也不肯娶家人相中的莫顿小姐，最终选择了没有多少油水的牧师职务和相对贫寒的妻子。被埃丽诺赞为"心地温厚"（第 10 章）的布兰登年过三十，外表木讷寡言，骨子里却是真正的有情人。他对青年时代恋人念念不忘，肩负起照料她的私生女的责任；而且对与她相貌性情相似的玛丽安也一往情深。布兰登把可以卖个好价钱的牧师职位无偿提供给爱德华，也算是对费拉斯家金钱暴政的一个小小侧面狙击吧。

一个很能说明"情感派"行为原则的细节是爱德华和埃丽诺对待露西的态度。多时以来，爱德华一直在为少年时代莽撞订婚而暗自懊悔，认识埃丽诺后更是如此。然而他却不允许自己毁约。因为他以为露西爱他并一心指靠着他。婚约泄露后母亲向他施压，他本可以顺水推舟甩掉露西，可是他认为，除非露西表示要解约，否则他应当一生背十字架，兑现承诺。爱德华的态度有点中世纪遗风。到了 21 世纪的今天，我们虽然很难断定这是能给双方带来幸福的明智决定，却仍不能不从这种把荣誉、责任和对弱势者的担当放在首位的抉择中看到传统道德风范所包含的某种近乎英勇的高贵气度。同样，此时埃丽诺已经明明白白地知道，协助爱德华经济独立很可能就意味着促成他和露西的婚事，从而使自己的爱情彻底破灭，却按"原则"行事，撇开私念恳请布兰登上校帮助爱德华。

不过，虽然都注重情感、反对唯利是图，埃丽诺和玛丽安的表现却很

---

① Jane Austen, *Mansfield Park*, Penguin, 1967, p. 39.

不相同，产生的社会效果也不一样。英国 20 世纪前期的马克思主义文论家考德威尔曾说，文学艺术作品有如梦境，是在思想中进行的代价最小的人生（或社会）试验。① 奥斯丁似乎有意在这部小说里探讨姐妹俩谁代表"真感情"，她们对于金钱社会的抵制哪一种是真正可敬而又切实可行的。

小说的叙事主线围绕她们的几乎平行的恋爱经历展开。

17 岁的玛丽安率真坦荡，热情奔放，特别讲究艺术情趣和恋人间的心心相印。她宣布说："跟一个趣味与我不能完全相投的人一起生活，我是不会幸福的。他必须与我情投意合；我们必须醉心于一样的书，一样的音乐。"因此她对姐姐心仪的爱德华评价不高，觉得他虽然为人不错，却缺少生气，音乐绘画造诣有限，读考柏的诗时无精打采——"要是连考柏的诗都打动不了他，那他还配读什么！"（第 3 章）

仿佛是呼应玛丽安内心的渴盼，一天她外出登山遇雨伤了脚，被英俊青年威洛比搭救回家。英雄救美的奇遇让熟读浪漫故事的玛丽安不仅满腔感激，更生出许多憧憬。她和前来探望的威洛比谈得热火朝天，立刻成了知己。他们第一次会见之后，埃丽诺对妹妹说：你一个上午很有成绩呀！在所有重大问题上都摸清他的看法了，了解了他对考柏、司各特以及蒲柏②等的看法。照这个速度下去，"再见一次面他就能把对于美景和再婚的看法说清楚，以后你可就没有什么好问了"。埃丽诺的话相当尖刻，很显然对妹妹毫无遮拦的热切态度以及以过于简单化的趣味评判不以为然。对此，玛丽安朗朗地大声反驳道："我一直太自在，太快活，太坦率了。我违背了恪守礼节的陈腐观念！我不该那么坦率，那么诚挚，而应该沉默寡言，无精打采，呆头呆脑，虚虚掩掩。"（第 10 章）很多人读到这里，击节赞赏玛丽安的真挚和勇气。但是她的这段应答其实在偷梁换柱，把两人的分歧焦点转换成坦诚与虚饰、率真个人意愿与陈腐社会习俗之间的矛盾。如此一来，她加倍地自觉理直气壮，我行我素，在邻人外客面前也无拘无束地和威洛比卿卿我我。她不经主人邀请和许可就与威洛比一道擅入后者姑妈家艾伦汉宅园游玩，还振振有词地自我辩护说，"假如我的所作所为确有不当之处，我当时定会有所感觉……而一有这种认识，我就不可能感到愉快"（第

---

① 参看《考德威尔文学论文集》，陆建德等译，百花洲文艺出版社 1995 年版，第 159—242 页。

② 均为当时重要的文学家。

13 章）。拿一己的快乐来证明行为的得当，高度认可人的本能感受及其权威性，这番话可说是沙夫茨伯里性善论的回音。

威洛比突然告辞离开乡间，这位自命是多情恋人的姑娘"把镇定自若视为一大耻辱"（第 16 章），少吃不睡，眼泪长流，或不停弹奏、吟唱他们共同欣赏过的乐曲，或独自外出游荡，淋漓尽致地演绎发挥伤别的情怀。然而，直到抵达伦敦之后再三给威洛比写信却不得回音，她的痛苦才开始变得真实而沉重。最后的毁灭性打击来自一次晚会上的相见。当时，玛丽安看到了威洛比，"心里突然一高兴，整个面孔都红了。她迫不及待就想朝他那里奔去"。正和一位阔小姐交谈的威洛比拖了好一阵才不尴不尬地过来应酬她们。玛丽安沉浸在自己的激动中，根本没有觉察其中有变，连珠炮般地抛出一个个问题："难道你没有收到我的信？难道你不想和我握握手？"（第 28 章）在当时，未婚女孩于公众场合如此主动地和男人打招呼是不合礼数的，玛丽安却丝毫没有想到这点。那脱口而出、旁若无人的两句"难道"活灵活现地表达了纯情少女的痴迷、焦虑和无畏。

与玛丽安不同，埃丽诺"思想敏锐，头脑冷静，虽然年仅 19 岁，却能为母亲出谋划策。……她心地善良，性格温柔，感情强烈，不过她会克制自己"（第 1 章）。需要强调的是，这位头脑冷静的姐姐所代表的"理智"（sense）和约翰·达什伍德夫妇的算计完全是两回事。在英语里，特别是在 18 世纪，sense 一词若取其与"理性"或"智性"相关的含义，几乎等同于 good sense 或 common sense，说人的时候是指通情达理，思考判断行事中肯合度。对于深受约翰逊博士影响的奥斯丁们来说，敛财逐利的贪婪计较压根儿不能划入"sense"的范畴。因此，叙述介绍埃丽诺时一再提到"心"和"感情"（顺便说，她母亲评判爱德华时也首先肯定他的"心"），明确标示出埃丽诺是在"感情"阵营里，她和玛丽安的分歧乃是同一营垒内的论争。

对于男人，埃丽诺最看重的是人品，而不是玛丽安津津乐道的情趣。她喜欢爱德华不是一见钟情，而是因为两人相处时彼此心有灵犀。她不把私下的好感和以结婚为目标的公开"恋爱"姿态混为一谈。埃丽诺意识到爱德华本人态度很迟疑，他的家人又在策划有利可图的联姻，因此她非常审慎，连在妹妹面前说了几句好话称赞他都会暗自后悔不迭。她应对别离甚至失恋的方式也和玛丽安大相径庭。在叙事涉及的时段里，埃丽诺和爱德华基本上是人分两地，即使偶然相见爱德华也显得心事重重，态度暧昧。埃丽诺苦恼地观望，强按下起伏的心潮，[①] 坚忍而耐心地等待事态明朗。她等来的是露西·斯蒂尔居心叵测的表白。对于埃丽诺，爱德华订婚的消息不啻当头一棒。不过，年仅19岁的埃丽诺的反应几乎让人惊叹。她有超越一己、设身处地替别人着想的本事。她思忖，当初爱德华年少而孤单，露西也必定更单纯可爱一些，因而前者的行为并非不可理解。埃丽诺不失礼貌地对待露西并信守保密的诺言；同时一如既往地操持家务，送往迎来。只是有一次，她一边暗暗自嘲，一边将詹宁斯太太为妹妹准备的号称能够治疗失恋的药酒一饮而尽，让我们窥见了她心里的苦涩和悲伤。

直到露西订婚的事沸沸扬扬地传出来以后，埃丽诺才赶紧抢在外人之前向妹妹说明情况。正因为威洛比负心而伤心欲绝的玛丽安立刻失声痛哭。于是，"埃丽诺倒成了安慰者，妹妹痛苦的时候她要安慰妹妹，自己痛苦的时候还得安慰她"（第37章）。这句陈述用的是叙事人低调的中性口吻，只讲实况，不加评说。但是感受却显然是埃丽诺的。这一细节入木三分地揭示了玛丽安那种天真无心的自私：她放纵自己的感受，丝毫没有想到如此行事把额外的痛苦和负担加到了已经备受打击的姐姐身上。另一方面，不过年长两岁的埃丽诺虽然心里痛楚，对妹妹的表现也不那么满意，却仍担当了"安慰者"的角色。这让我们联想到她不仅是母亲的助手，而且一向是家里的顶梁柱。父亲去世后，母亲和妹妹一味伤心，在诺兰庄园寄人篱下的半年时间里与哥哥嫂嫂周旋的任务全由她独力担当。母亲看中的房子，她认为"太大住不起"，力促母亲搬到巴顿乡舍居住。她的冷静务实是不那么有权有势的女性达什伍德们的生存依靠之一。所以玛丽安才会对母亲说："要是离了她，我们可怎么办啊？"（第3章）在某个意义上，玛丽安们在一段时间里可以放任自己的浪漫幻想和喜怒哀乐，是因为有埃丽诺操持俗务，遮风挡雨。而且，她们愈是沉溺于多情表演，埃丽诺就只得愈加强调

---

① 参看 Mary Waldron, *Jane Austen and the Fiction of her Time* (Cambridge：Cambridge University Press, 1999), chapter 3.

理智，谨慎行事。①

如果说玛丽安代表了 18 世纪末某些典型的情感主义浪漫姿态，那么她的恋爱挫折以及埃丽诺提供的对照或许可以说体现了奥斯丁对这一思潮的修正或再定位。情感主义讲究同情心，但更强调人性本善并肯定个人追求，几乎不可避免会导向某种唯我主义，背离其反对贪婪自私的初衷。② 如马克思所说，人的本质在其现实意义上是一切社会关系的总和。③ 善恶不是人的抽象自然本质，而是在特定历史条件中调节人际关系的道德观念。纯良如玛丽安，一旦她奉行个人感情和个人追求高于一切的信条，也必然会陷入伤人害己的自私泥潭。恰如她后来意识到的，她为别人，特别是姐姐和母亲，想得太少了。她看不起詹太太之流，无视社会习俗，并不完全证明她脱俗勇敢，也常常表现了对他人的轻慢和蔑视。她的一些"违规"行为——如她和威洛比私入艾伦汉宅园，到伦敦后主动给威洛比写信等——发出了错误的信号，使旁观者纷纷误认为她和威洛比已经正式订婚。她确认威洛比的背叛后，曾绝望地悲呼："米德尔顿夫人和帕尔默太太！我怎么能忍受她们的怜悯！"（第 29 章）此时她的感受和语言都是朴实而强烈的，令人为之动容。然而，具有讽刺意味的是，恰恰是她过去对他人和习俗的漠视使自己处在了这种易受伤害的位置上。也就是说，直到对别人的忽视给自身带来伤害时，玛丽安才注意到他者的存在。埃丽诺在责备妹妹的态度时说："一件事是愉快的，并非总能证明它是恰当的。"（第 13 章）矛头直指以私人感受为出发点的情感主义圭臬。

情感主义的自我中心倾向还有另一个深刻的社会根源。如《帕梅拉》一书所揭示的，情感主义"美德"是阶级权力再分配中的一种自觉的文化武器，是中等阶级群体和个人谋求更高社会地位、争取更大社会影响的方式。正因如此，不论在虚构作品中还是在当时的实际生活里，展示自身的"善感性"都常常是一种自我关注、自我赞美、自我提升的行为，而且很有

---

① 参看 Ruth apRoberts, "Sense and Sensibility, or Growing up Dichotomous", in Harold Bloom （ed.）, *Jane Austen*（New York：Chelsea House, 1986）, p. 52.

② Mary Poovey 曾尖锐指出浪漫爱情本质上与资本主义社会是"非常相容的"，见 Poovey, *The Proper Lady and the Women Writer*（Chicago：University of Chicago Press, 1984）, p. 236.

③ 参看马克思《关于费尔巴哈的提纲》，《马克思恩格斯选集》第 1 卷，人民出版社 1972 年版，第 18 页。

成效。比如，由于忧郁和神经质被不少人视作道德敏感性的体现，歇斯底里、哭泣和晕厥便成为许多淑女和准淑女们争相表演的节目。① "情"的话语和抽象"责任"之类空洞词句一样，已经可以为任何人所用、用在任何人身上。范妮·达什伍德谈到自家利益和儿子的前途时，用的是无限夸张的煽情语言。她丈夫约翰议论爱德华不听从母亲安排时责备他不负"责任"，固执"无情"（第 37 章）。露西更是开口便大谈她对爱德华以及其他各色人的深情厚谊，以致詹太太夸赞她"很有理智，也很有感情"（第 38 章）。某些特定趣味更是常常与真正的修养或高尚的情操分家。粗鄙自私的罗伯特·费拉斯张扬他对"乡舍"的喜爱。薄情寡信的威洛比熟读浪漫诗歌并时时卖弄，连一匹打算送给玛丽安的小马也要借雪莱诗作命名为"麦布女王"（第 12 章）。他们都把"时尚符号"挂在嘴边以在某个圈子里提高身价。连玛丽安也未能完全避免自我欣赏和角色意识。她对自然美景的热爱表现得相当外露和夸张。她会高声大气地嚷着说："我以前（在诺兰庄园）……一边走一边观赏秋风扫落叶，纷纷扬扬的，多么惬意！那季节，激起了多少深切的情思！"（第 16 章）

　　玛丽安把个人感情和想象放到至高的位置上，当作唯一的事实和标准，另一个后果便是缺乏知人和自知之明。用埃丽诺的话说，她缺少"根据常识和观察得出的合理见解"（第 11 章）。她误读了威洛比和布兰登，并且在很大程度上误读了自己。威洛比并非如她所想是一腔赤忱的重情者；布兰登不是她描绘的乏味老男人；而且她本人也不那么超凡脱俗。她理直气壮地说："富裕和堂皇与幸福有什么关系？……宽裕的生活条件就足够了，更多的财富并不能给人带来真正的幸福。"这些话当然不错。不过，当埃丽诺追问她"你的宽裕的标准是什么"时，她竟坦然回答：最多一年一千八百到两千镑（第 17 章）。玛丽安心目中的理想生活有非常具体的物质内容——她希望和威洛比一道居住在乡间宅邸里，被美丽风景环绕，享受音乐和诗歌，有若干仆人，有马有车，还要有男人打猎用的行头和猎狗——比照前文提到的绅士收入状况，可知这属于中上层士绅生活。怪不得埃丽诺说她所谓的"宽裕"远远超过自己眼中的"富有"。总之，玛丽安的浪

---

① 参看 J. M. S. Tompkins, *The Popular Novel in England: 1770 – 1800*, pp. 102 – 103.

漫须以相当数量的财产为基础，可是她对此缺乏觉悟，自以为与约翰爵士和詹宁斯太太等判若霄壤。与她不同，埃丽诺对自身的"俗"是有认识的，能够比较冷静地判断自身的真相。这也是她比较谦和，不那么自认为鹤立鸡群的缘故。埃丽诺的"理智"乃是经过矫正的"感情"，它不仅受责任和理性双重指导，也建立在善于体察世界、体察他人和自己的基础之上。

威洛比的背叛宣告了玛丽安的浪漫实践的失败。由于她无权无钱的地位，玛丽安的自私所伤害的主要是她本人。在奥斯丁笔下，一如在《女性吉诃德》（1752）、《艾米琳》（1788）、《玛丽》（1788）① 等作品中，女性乃是多情幻想的受害者。这类作品一方面揭示了女性生存空间的促窄；另一方面又尖锐地指出浪漫爱情幻想常常是对女性的误导，而非解放的前奏。近年对奥斯丁的评论中，有一派强调她对父权社会主流意识形态的顺从（conformity），另一派突出她对社会现状及性别关系现状的批判。其实两面的论证并非水火不容，因为"保守的"奥斯丁和"激进的"沃斯通克拉夫特有很多相通之处。②《玛丽》中的母亲热衷于阅读爱情罗曼司，在幻境中消磨生命，所以她的女儿玛丽决意反其道而行之。奥斯丁对达什伍德两姐妹的处理表达了不无相似的用意。她似乎同样认为，老一套情感主义话语和姿态已经失效，而且女性由于其弱势地位更易沦为浪漫幻想的受害者。埃丽诺的理智和审慎在这个意义上既是道德原则也是女性的自我保护。也就是说，对姐妹俩命运的展示既包含对约翰·达什伍德世界的批评和抗议，也试探提出了自我调整的建议和现实主义的生存策略。③ 有人把书中的"理性"更多地理解为观察外在危险和他者权势的透镜，④ 就是强调后一层含义。

如我们在本章开头时所说，达什伍德姐妹的思想在许多基本点上是一

---

① 分别为英国女作家夏洛特·伦诺克斯（1720—1804）、夏洛特·史密斯（1748—1806）和玛丽·沃斯通克拉夫特（1757—1797）的小说，后两位女作家通常被认为在政治上是"激进"的。

② 参看 Jane Spencer, *The Rise of the Woman Novelist*: *From Aphra Behn to Jane Austen*（Oxford: Basil Blackwell, 1986），p. 168; David Monaghan, "Jane Austen and the State of Women", in David Monaghan（ed.），*Jane Austen in a Social Context*, p. 107. 译文见朱虹选编《奥斯丁研究》，第 336 页。

③ 参看 Mary Walden, *Jane Austen and the Fiction of her Time*, p. 75.

④ Nina Auerbach, "Jane Austen and Romantic Imprisonment", in David Monaghan（ed.），*Jane Austen in a Social Context*, pp. 20, 24.

致的。她们都坚决抵制过度的金钱诱惑。她们的文学和艺术趣味基本一致（玛丽安曾盛赞姐姐的绘画）。埃丽诺坚决否认自己尊重习俗是屈从别人的见解——事实上，就信守内心的感受和判断而言，她确实并不输于玛丽安。存在于埃丽诺和玛丽安所代表的"理智"与"感情"两者间的是姐妹关系，甚至可说是同一奥斯丁心态的不同侧面。玛丽安得知姐姐早在数月之前就已得知爱德华和露西订婚之事，不禁对她能一直镇定从容地应对家务关心他人而惊讶万分。这件事成为促使玛丽安反省自己的契机。此后不久她大病一场。值得注意的是，玛丽安的病没有发生在刚刚发现威洛比背信弃义之时，而是被安排在她萌生自责之心以后。

我们有理由认为，这病不尽如詹太太所说是失恋引起的身体不适的后果，而在某种意义上是精神上的置之死地而后生。"玛丽安注定有个特殊的命运。她注定要发现自己的看法是错误的，而且用她的行动否定自己最爱的格言。"（第 50 章）"新生"后的玛丽安最终嫁给了布兰登，她的人生态度和埃丽诺以及爱德华已几乎完全一致。他们一道在风景如画的拉德福村安居，构建起一个小小的世外桃源。

因此，把姐妹俩一个看作代表激进的法国式个人主义，一个代表保守思潮，是过于简单化的归纳。两位女主人公的差异和区别是"姐妹内部"分歧，映现了英国情感主义思潮的内在矛盾性。埃丽诺的"保守"包含了对情感主义的反思，又在另一个层面上构成对约翰·达什伍德世界的更深入的批评，因为它揭示了情感主义本身的虚伪和自私。哈里或约里克式的姿态是难以持久的。在英国，后世得以传承的"情感"，即狄更斯主张必须向各种人际关系中注入的"情和感"① 以及乔治·艾略特笔下所流露的喜和忧，是经过奥斯丁审核并"过滤"的更平衡、更内化、更深挚也更富于自审的"情"，也即巴·哈代所说的需要探讨的"真感情"。

---

① 狄更斯原话为："我认为……各种雇佣关系，一如其他一切现世人际关系，都必须包含某些情和感……否则这些关系会出毛病，会从内核败坏，并再不能孕育出结实的果。"见 Dickens，"On Strike"（1854），in Michael Slater（ed.），*The Dent Uniform Edition of Dickens' Journalism*（London：J. M. Dent，1998），vol. 3，p. 199.

三 埃丽诺的言说与沉默

坦纳曾令人信服地指出,这部小说中充斥着秘密、隐瞒和沉默。① 不过,他没有相应说明的是,这本书其实也是非常"喧闹"的。就篇幅而言,主要以直接引语构成的戏剧性对话场面大约占全书的一半。这是个相当高的比例。书中所有的人物都在一定程度上是"善说者"。即使平时相对寡言的布兰登也曾长篇大套地向埃丽诺讲述往事。

察看书中不同的言说方式,有些人取的是相对"自然"的态度。这类说者中最口无遮拦的是约翰·达什伍德夫妇、约翰·米德尔顿夫妇及詹宁斯太太等人。因为他们乃是最有钱有势的一群。权势者发布以自身利益为宗旨的权势话语当然无须多顾忌——约翰·达什伍德便是典型代表。他觉得自己讲的都是天经地义的公理,根本想不到世上还能有不同的原则,自然心直口快。约翰·米德尔顿爵士和詹太太有所不同。他们一个是旧贵族的代表,一个是从伦敦欠体面地区发家的新富商人的遗属,都热衷社交,也都缺乏文化教养。所以,他们有如韦斯特笔下的"饶舌者",专好做媒拉纤,议论隐私,传播闲话。他们追问埃丽诺的意中人,盘诘布兰登突然去伦敦的缘由,如此等等。至于话背后的逻辑或"意识形态",他们自己是不太自觉的,因而传达的信息也常常是混乱的。如前所述,他们有时用金钱逻辑考量事物,有时又用一种更古老的比较讲究信义、互助和关爱的话语待人论事。他/她们有足够的钱保障自己的生活方式和说话方式不受阻碍,不懂也不必顾及什么"情趣"。属于这类人的还有费拉斯太太和她的次子罗伯特以及帕尔默夫妇等人。他/她们或在某些场合里滔滔不绝,或在其他情况下懒得开口,对"说话"采取比较随心所欲的态度。他们的沉默也基本与"保密"无关。

另一组人则在"说话"的问题上体现了相对自觉、敏感、复杂有时甚至自相矛盾的态度。

其中,爱德华和布兰登上校隐瞒过往的历史是出于不得已。布兰登面

---

① 见 Tony Tanner, *Jane Austen*, "Introduction".

对追问和打趣不肯交底，有时是为了被监护人的名誉和利益，有时是因为对自己的爱情缺乏信心。爱德华的处境更为尴尬：他起初因为家庭压力不敢公开和露西订婚的事，后来发觉自己爱上了埃丽诺却仍被旧婚约束缚，不知该怎么说话才是。他和玛丽安开玩笑，嘲弄她对歪脖树之类的迷恋，表现了一定的幽默感和说话技巧，但是多数时候他却欲言又止，吞吞吐吐，甚至狼狈不堪地顾左右而言其他。玛丽安的表现则先后有别。最初她是个口心如一的直说派，理直气壮不亚于她的哥哥约翰；后来她受到挫折陷入痛苦，随之变得寡言少语。他们的缄默都或多或少印证了坦纳的判断——沉默和保密在很多时候是与社会压力相关的。①

　　始"乱"终弃的威洛比和巧舌如簧的露西也属于这类有很强自觉意识的说者或不说者。他们都能滔滔不绝。但是，威洛比和玛丽安大谈诗歌和艺术时小心地掩饰着他金钱至上的思想主旨。露西更是所说常非所想。那位反派阴谋家在言说方式上出人意料和诸多正面人物相近，透露出她人生状况的一个根本要点：她社会地位卑微并受到种种压制，处境之艰难甚至过于一时遭逢坎坷和困境的爱德华或玛丽安们。这一点常常被叙述者使用的强烈反感语气所掩盖，却是露西的曲折的言说和行为方式的根本动因之一。卑微者露西认同主导社会的金钱逻辑和金钱秩序，但是要求适当改变现有分配格局，力图把自己挪入有财有势人群。这也是帕梅拉和当时诸多英国中等或中下等人士的梦想。不过，露西是彻底的巧言令色、口是心非，全然没有帕梅拉真诚的一面。

　　当然，最有趣而且最值得深究的是头号女主人公埃丽诺的言说和沉默。

　　埃丽诺是擅长言辞的说者之一。她掌握好几种不同的言说姿态、语调和话语。埃丽诺和"自己人"（包括母亲、妹妹以及爱德华、布兰登等）谈话，如第 15 章中提请母亲注意威洛比和玛丽安的关系，态度非常直率。而与异母兄长约翰、约翰爵士及詹宁斯太太等应酬之时，则是别人话多，她的话少。她的话有时是完成"说谎任务"（第 21 章）的虚言；有时是以简短间接引语一带而过的不咸不淡的社交套话；也有时既是敷衍，也是挖苦和驳斥，比如前面提到，她哥哥约翰表示，既然爱德华娶莫顿小姐无望

---

① Tony Tanner, *Jane Austen*, "Introduction".

就应设法让罗伯特娶她，埃丽诺淡然笑着提起那位小姐的"选择权"。

埃丽诺和玛丽安与威洛比有一段关于布兰登上校的对话，非常有趣。

率先发表意见的是威洛比。他说，"布兰登就是那么一种人，口头上人人称赞他，内心里谁也不在意他；大家都说愿意见到他，可是谁都想不到去和他谈话"。玛丽安应声嚷道："这正是我的看法。"对此，埃丽诺表示异议。她说约翰爵士一家还有自己都是很看重上校的。威洛比马上应道：他能得你垂爱当然很有面子，但是被詹宁斯太太和米德尔顿夫人们夸奖简直是耻辱呀。"不过，"埃丽诺也有话回击，"也许像你和玛丽安这种人的非议足可以抵消米德尔顿夫人和她妈妈的敬重。如果说她们的赞许是责备，那你们的责备就是赞许了……"

> "达什伍德小姐，"威洛比大声说道，"你对我太不客气了。你是在设法说服我，让我违心地接受你的看法。但这是办不到的。任凭你多么善于花言巧语，你都会发现我是执着不变的。我之所以不喜欢布兰登上校，有三个无可辩驳的理由：其一，我希望天晴时，他偏要吓唬我说有雨；其二，他对我的车幔吹毛求疵；其三，我怎么说他也不肯买我那匹棕色牝马。如果我告诉你我认为他的品格在其他方面无可指摘能让你心下高兴，我会乐于那么说。不过，这么应承会给我带来痛苦，作为回报，你不能剥夺我一如既往不喜欢他的权利。"（第10章）

在这段三人谈中，玛丽安的表现最乏善可陈。她高声大气、不假思索地附议威洛比，自信而痴迷的少女情态毕现无余。值得注意的是她"嚷"了三次，而埃丽诺却一次都没有。玛丽安是这部小说中最爱"嚷"的人。①好事但缺乏细察能力和体谅之心的詹宁斯太太和约翰爵士也经常要"嚷"一下或高声大气地说"悄悄话"。埃丽诺虽然偶尔会提高声调，却很少"嚷"。几个"嚷"写活了那个少年不识愁滋味的兴高采烈的玛丽安。作为对比，威洛比的口才令人不敢小觑。他议论布兰登的话，从"表面上"到

---

① "嚷"原文为 cry，也有"哭泣"之意。在该书中奥斯丁几乎不曾用后一词义。该书前半部中约有20次用 cry 一词表达玛丽安的说话方式。但后半部中她的行事风格发生巨大变化，在有关她的记述里这个词基本消失。

"内心里"，句子工整对称，语气尖刻俏皮。面对埃丽诺的驳斥，他最后的答复也十分机警。其中，讲自己"执着"一句是说给玛丽安听的。联系到他卖弄才艺、推崇乡舍的热忱，这番贬低布兰登的轻薄话也透露着聪明公子哥儿讨好红颜知己的意图。不过，他又故意列举三个鸡毛蒜皮的理由作为不喜欢布兰登的依据，凸显一种游戏态度，让人无法与之争论；同时痛快地承认上校别的方面"无可挑剔"，把"让步"的姿态呈给埃丽诺看。他的表演可谓八面玲珑。怪不得这次谈话以及整个章节都以威洛比的话收场。因为他几乎把话说"绝"了。

　　更让人惊异的是，和威洛比唱对手戏的"才女"是谨言慎行的埃丽诺。如果说这番嘴上功夫较量体现了威洛比最有魅力的一面，那么它也反衬出埃丽诺作为"对手"的十足成色——她那句尖刻而齐整的对仗句（"如果说她们的赞许是责备，那你们的责备就是赞许了"）迫使威洛比大举应战。他的这番招架虽然凸显出机敏的口才，却也暴露了他的轻佻。他故意选那些本无理可讲的小事为理由，似乎在潇洒地表示和女士们不能较真；实质上却是在逃避埃丽诺的严肃的道德评判。这时，埃丽诺几乎把威洛比当作自己人，所以她的言辞既尖锐，又诚恳，几乎与她说妹妹"一上午收获很大"之类的讥诮话是一样的。人们常常把谨慎克己与枯燥无味连在一起。然而埃丽诺说话虽偶尔略显沉滞①，总的来说却不乏味。相反，她是讽刺的智者——读者可以明显感受到她与威洛比对垒时的乐趣。

　　埃丽诺也常常缄口不语。而且她的无言是全书中最色彩缤纷的沉默。

　　埃丽诺的沉默大致有两种。对她来说，刻骨铭心的私人情感是很难启齿的。因为她像爱德华、布兰登一样有为难之处。一次，詹宁斯太太逼达什伍德家小妹玛格丽特说出埃丽诺的"心上人"，玛格丽特不知所措，说话破绽百出，众人哄堂大笑。埃丽诺努力陪着笑脸，心里"滋味是苦涩的"（第 12 章）。埃丽诺深知爱德华家人排斥她，他本人态度也不明朗，她对两人关系只得守口如瓶。但事态还不止于此。明明深有苦衷却要被旁观者当作谈资笑料，是雪上加霜。此刻，女主人公的无言的确浸透着多重酸涩。更何况，真情常常是无法说的。小说接近收尾之际，爱德华来到巴顿乡舍，

---

　　① 道·布什强调这一面，认为奥斯丁对埃丽诺的言谈风格的处理不很成功。见 Douglas Bush, *Jane Austen* (London: Macmillan, 1975), pp. 87 – 88.

在解释露西婚事真相时他心慌意乱，随手拿起剪刀乱剪，把刀鞘剪得稀烂。待他终于说明白与露西成婚的其实是他弟弟罗伯特，埃丽诺就"再也坐不住了，她跑出房间，刚一关上门，便喜不自禁地哭了起来"（第48章）。有评论把爱德华剪碎刀鞘的举动读作打破社会束缚的象征①，似显牵强。这里，毋宁说无意识的动作凸显出埋伏在言辞之下（或之外）的百感交集的"沉默"。因为，此刻爱德华嘴里讲的是露西，心里念的却是埃丽诺，而真正的深情是难以用言辞表达的。埃丽诺的反应——跑出房间关上门哭了起来——却是完全无言的，在人前哪怕是亲人面前甚至几乎是无声的。她的表现回应了她们一家最初听说露西结婚一事时出现的心慌意乱的冷场和肝肠寸断的沉默。情到深处是不可说亦不可看的，所以埃丽诺走到了家人视线之外。在奥斯丁笔下，情感从一种公众姿态变成私密的体验。② 奥斯丁用无言时刻把"真感情"与帕梅拉式情感表演中所包含的功利心区别开来。

埃丽诺的第二种无言则是她作为听者和"思者"的沉默。巴特勒注意到该书包含英国小说中"第一例有相当长度的'自由间接体'（free indirect style）叙述"③，被用来表达人物的内心感受。

关于这类沉默，书中有很多例子。

比如，和露西打交道时埃丽诺常常只能当听众。在伦敦时范妮曾邀请两位妹妹和斯蒂尔姐妹去她家聚会。露西摆足了紧张的姿态求埃丽诺"可怜可怜"她，因为她马上就要见到她"未来的婆婆"。"埃丽诺本可以提醒她：她们就要见的很可能是莫顿小姐的婆婆，而不是她露西的婆婆……但是她没有这样做，只是情真意切地对她说，她的确同情她。"（第34章）两个人一说一听中有很多未出口的话。埃丽诺吞下话不说，是她和自家人打交道时不常有的做法。已到嘴边的挖苦话由叙述者转述出来，传达出她对露西的深刻反感和冷眼旁观时的讥讽眼光。但她终于没有说出那些话又并非虚伪，却是出于有力量的自我管制。埃丽诺不肯完全听任自己的好恶和直觉，强使自己转换立场，为露西着想。那天晚会上，费拉斯太太和范妮

①　参看 Tony Tanner，*Jane Austen*，"Introduction"．

②　参看 James Thompson，*Between Self and World*（Univ. Park：Penn. State University Press，1988），pp. 46－47.

③　Marilyn Butler，*Jane Austen and the War of Ideas*，p. 190；其他很多批评家重视这一记述手法。

有意冷落埃丽诺，争相向露西示好，露西事后又借此炫耀。看到她们自私的嘴脸，埃丽诺觉得又是可鄙，又是有趣。她意识到，由于和爱德华的恋爱关系已经无望，费太太们不再有力量折磨自己。旁观者的立场和讽刺家的洞察源自对婚姻规划和小我悲欢的超越。在这类场合，讽刺被埋进陈述，女主人公冷眼旁观的视角和叙述者几乎重合。

第37章中约翰·达什伍德向妹妹们通报爱德华订婚消息引发的风波，其过程也可圈可点。他先说范妮怎样歇斯底里发作，费太太如何伤心，又说斯蒂尔姐妹辜负了范妮请她们做客的一番好心，如今范妮万般后悔当初没有请两位妹妹。"他说到这里停住了，等着对方道谢。接受谢意之后，他又继续说下去。"与前面提到的埃丽诺和约翰在商店碰面一节一样，这个场面也是通过埃丽诺的眼光摄取的。约翰不觉得没有请妹妹到自己家居住有悖情理，相反把范妮一句表示后悔的空话当作是对妹妹们的巨大恩惠，还要收一份感谢的"红利"。埃丽诺也就顺水推舟给了句客气话。不过，此刻读者已经深知埃丽诺其实是眼尖嘴利的才女，她在分明无可"谢"之处道谢，别的什么都不说，显得很"有意思"。

还可另举一例。威洛比结婚后听说玛丽安病重，赶到姐妹俩寄住的地方探望，并和埃丽诺长谈。他走后埃丽诺陷入沉思。叙述用相当篇幅记录了她纷乱的思绪。她痛恨这个男人，又被他吸引，为他痛心，被他表达的对玛丽安的强烈依恋所打动，甚至生出希望他成为鳏夫的念头。埃丽诺早已听布兰登宣讲过那位公子哥儿此前的劣迹，因此这种动摇颇有点出格，不但再次证实了她和玛丽安的内在相通，也间接表现了威洛比所具有的强烈性感魅力。① 这一插曲不仅给威洛比提供了表演和说话的机会，更揭示了"理智"在埃丽诺头脑中运作的过程。经过一番心情动荡之后，埃丽诺达到了察人论事的超然境界——她得出结论，断定威洛比"才貌出众，天生坦率诚实而又亲善多情；只因过早有了独立经济来源，染上了游手好闲、放荡不羁、喜好奢侈的坏习气……而奢侈虚荣又使他变得冷漠自私"，并决定把他从自己和家人的未来生活中彻底删除（第44章）。这里，重要的不是

---

① 参看 Julia Prewit Brown, *Jane Austen's Novels: Social Changes and Literary Form*, pp. 13 - 14.

埃丽诺对威洛比"深刻的双重洞察"① 是否完全无误,而是这一姿态非常趋近叙述者的立场。她真正感兴趣的,是对世事和世人的恰当理解。

通观全书,可以说在这类沉默时刻里埃丽诺的态度与叙述者十分接近。全书从埃丽诺角度出发讲述的内容最多。即使一些并非埃丽诺所能知情的场面,如第 2 章中约翰·达什伍德夫妇的私房话,采用的是全知叙述者的角度,但语气、态度和记述方式与从埃丽诺视角出发的那些篇章(如刚刚提到的第 37 章)几乎难以区分,有某种意味深长的混淆或重合。这似乎暗示着,埃丽诺与威洛比和露西之类打交道时之所以能有某种超越的姿态,是因为她在境界上已经不是婚姻市场上设摊叫卖的小贩,而是一位潜在的女性写者或讲述人。在这个意义上,埃丽诺命运的重心已不在婚事,而在审视,不仅审视妇女命运,也"审视资本主义社会"②,并"坦率而清醒地揭示社会的经济基础"③。

也正因此,埃丽诺的眼光中包含深刻的自嘲。

她敏锐地看出母亲、妹妹乃至自己与大哥约翰及詹太太们有相似之处。后两位一致认为,爱德华的收入不足养家。爱德华和埃丽诺在其他障碍都已清除的情况下也推迟结婚——"他们两人还没有热恋到忘乎所以的地步,认为一年 350 镑会给他们带来舒适的生活。"(第 49 章)这句话包含自我揶揄。的确,他们虽不贪得无厌,却也像约翰一样明白,结婚是新经济实体的组建,得有适当财力保障其日常运转,还得把詹太太提到的每年添一个孩子考虑进去。④ 连姐妹俩的母亲、浪漫的达什伍德太太也有实际的一面,她后来"想把玛丽安和布兰登上校撮合到一起的愿望,虽然比约翰磊落得多,也着实够热切的了"(第 50 章)。叙述直白把她的态度和约翰·达什伍德相提并论,话音里有明确无误的婉讽。

部分地由于这种洞察,约翰·达什伍德所体现出的金钱社会中"亲族

---

① Nina Auerbach, "Jane Austen and Romantic Imprisonment", in David Monaghan (ed.), *Jane Austen in a Social Context*, p. 25.

② 朱虹:《英国小说的黄金时代:1813—1873》,中国社会科学出版社 1997 年版,第 30 页。

③ 语出 W. H. Auden, "Letter to Lord Byron" (1937), in Auden, *Collected Longer Poems* (New York: Vintage, 1969), p. 41.

④ 简·奥斯丁的嫂子和弟媳中有两位生了 11 个孩子并死于难产。参看 Claire Tomalin, *Jane Austen: A Life* (New York: Vintage, 1997), p. 277.

相食"（*family cannibalism*）① 现象在小说中是用滑稽手法表现的，其可能的残酷后果被淡化，而其荒唐则被拿来观赏取乐。他是书中最重要的批判目标，却也是喜剧乐趣的主要来源。有关他的文字是尖刻的，也是宽容带笑的。对露西的处理当然远远没有这么大度。与写约翰时典型奥斯丁式矜持反讽不同，叙述提及斯蒂尔姐妹有时会直说无文。第22章开头记述埃丽诺对露西的初印象，说后者"天生机敏，谈吐往往恰如其分，饶有风趣"，但没有受过教育，"粗鄙不堪"（illiterate），"本来通过教育可以得到充分发挥的才能被荒废了"。"illiterate"一词有"文盲"之意。这层意思与露西和多人通信的事实相抵牾，自然不成立，但选用这个词传达了埃丽诺强烈的反感。接下来叙述称露西在巴顿庄园四下大献殷勤、百般趋奉的行径"实在太不体面，太不正直，太不诚实"。一连用三个"太不"，激烈的否定性文字贬斥了露西，也表达了埃丽诺内心的不快和私见。这类直接议论露西的话虽是从埃丽诺的角度出发，却加盖了叙述者权威认证的印章，如 D. A. 米勒议论小说中另一个段落时所说，在埃丽诺的观察和叙述之间仅存一种技术性的形式差异，并不含对前者的讽刺。②

令人惊叹的是，有这类评价在先，叙述竟没有把厌恨转换成恶有恶报的处置，相反却意味深长地给露西安排了大获全胜的结局。她不仅如愿嫁了财产远多于爱德华的罗伯特，而且最终成功化解了费太太的恼怒。她的"自私与精明，最初使罗伯特陷入窘境，后来又为他摆脱窘境立下汗马功劳"：

> 露西在这一过程中的行为及其获得的荣华富贵，可以被视为一个极其鼓舞人心的事例，说明对于自身利益，只要刻意追求，锲而不舍，不管表面上看来有多大阻力，都会取得圆满成功，除了要牺牲时间和良心之外，别无其他代价。（第50章）

---

① 语出 Nina Auerbach, "Jane Austen and Romantic Imprisonment", in David Monaghan（ed.）, *Jane Austen in a Social Context*, p. 24.

② D. A. Miller, *Jane Austen, or The Secret of Style*, Princeton：Princeton University Press, 2003, p. 21. 米勒讨论的是埃丽诺初见罗伯特·费拉斯的情景。

　　露西的成功是对约翰·达什伍德秩序的主导地位的再确认。对此奥斯丁和埃丽诺们没有任何不切实际的幻想。也就是说，这部小说中不仅存在分别针对玛丽安式浪漫情调和金钱霸权的双重思想战争；更有双重的共存意识——一方面赞同"情"的重要，另一方面在很大程度上承认约翰·达什伍德世界的现实存在。埃丽诺和她背后的叙述者虽然处于那个世界的边缘，但是她们的眼光无法达及有产绅士之外的天地。让詹太太大惊小叹的最"惨"境地是只能雇"一个包揽全部家务的粗壮女仆"（第38章），落到士绅群体的底层①；全书叙事最边远的外沿就是布兰登的被监护人伊莱莎。其他阶层人的生活或其他社会安排的可能性根本无法进入视野。在这个意义上奥斯丁的小说不可能是颠覆性的。

　　很多人觉得，"这本书的主导基调是阴暗的"，② 并把这种印象归结于玛丽安最后不得不退而求其次嫁给布兰登的妥协决定。其实，"阴暗"不在于玛丽安的个人命运，而在于那个让露西成功、让威洛比背叛、让约翰·达什伍德们得意洋洋的世道，在于正面人物的无能为力。十分耐人寻味，埃丽诺的"喜剧"结局不是她和爱德华争取来的，而是露西自我运作的副产品，是捡露西的"剩儿"。正面人物"消极被动"，固然与他们拒绝逐利有关，但是作者显然也有意要凸显她笔下私人乌托邦的偶然性和局限性（否则她可以做别样的叙述安排）：它寄生在约翰·达什伍德世界的某些缝隙中，苟存于被后者恩准的小小一隅。

　　不过，从另一个角度看，既然读者感知到结局的某种"阴暗"，那么批判锋芒和思想之战就仍然存在。有评论指出：奥斯丁把个人经验与其社会背景联系起来，从而成为"第一位发明适当形式表达对新型社会的批评见识"③ 的伟大作家。可以说，奥斯丁小说自出版以来从未断档，一直被阅读被喜爱，"从不需要被再发现或恢复地位"，④ 其根本原因之一正在于约

---

　　① 参看 Edward Copeland，"Money"，in Edward Copeland & Juliet McMaster（ed.），*The Cambridge Companion to Jane Austen*（外语教育出版社2001年版），pp. 135－137. 另见 Daniel Pool，*What Jane Austen Ate and Charles Dickens Knew*（New York：Touchstone，1993），pp. 219－220.

　　② Claire Tomalin，*Jane Austen：A Life*，p. 158.

　　③ Ann Benfield，"Jane Austen and the Novel of Social Consciousness"，in Monaghan（ed.），*Jane Austen in a Social Context*，p. 30.

　　④ James Thompson，*Between Self and World*，p. 5.

翰·达什伍德的当代性，在于资本主义全球化把他们的思想秩序和社会秩
序推行到五洲四海。这也是她对"铜臭"（brass）威力的描写令 20 世纪的
诗人奥登深感不安的缘故。① 不过，奥登们似乎低估了奥斯丁对铜臭世界的
抵抗和质问。实际上"她的小说并不将社会'永恒化'：相反却使之遭到质
疑"。② 她不仅生动地写出了那个世道。小说通过埃丽诺们的眼光、叙述的
臧否乃至对"大团圆"结局的温情企盼让读者隐隐感受到一种持续的压力，
从绅士世界的内部发动起经久的批判，揭示金钱秩序的荒唐和残酷，撒播
着对某种变化、对某种新乌托邦的渴望，谋求并促进对现代主体和现代社
会的修正。

---

① 参看 W. H. Auden, "Letter to Lord Byron" (1937), in Auden, *Collected Longer Poems*, p. 41.

② Tanner, *Jane Austen*, p. 12.

第七章

华兹华斯与葛德汶:"一场大病"

华兹华斯的《序曲》①以相当篇幅谈到诗人自己年轻时的两次幼稚病,一是追随法国革命中的激进政治理念,二是与英国当时无政府主义思想家威廉·葛德汶(William Godwin,1756–1836)的唯理性哲学的纠缠。华氏自称这后一种经历是"一场大病"(that strong disease),它比前一次更有伤害力,使其灵魂落入"最低潮"(the soul's... lowest ebb)。② 然而,在以华兹华斯当时精神状况为对象的研究中,一些涉及葛德汶主义与诗人之关联的专题论述经常有焦距模糊或力度不够的嫌疑,似尚未充分说清楚诗人的精神世界到底发生了何种变化。而不说清这一环节,会妨碍我们认识文学思维与抽象理念之间经常发生的抗争关系,或不利于理解为什么华兹华斯及以后的文学家会强调诗意视角的重要性。笔者认为,此话题对于华氏研究和把握现代思想传统走向都有十分重要的意义。本章审视这场"大病",探讨葛德汶的思想如何成为又一种负面力量,促使华氏经历一位诗人在后革命时期可能经历的典型转变,即弃绝激进理念而去倾听他在《丁登寺》一诗中提到的所谓"人性悲曲"。

曾作为《抒情歌谣集》编者的 R. L. 布赖特和 A. R. 琼斯这样解释华兹华斯与葛德汶的关系:"华兹华斯初受葛德汶的各种理论观点影响时,正遭受着一种情绪颓丧的折磨,今天或可称之为精神崩溃。"他们暗示,华氏转向葛德汶是为寻求安慰,但真正帮他解决问题的是诗人的妹妹和新的居住

---

① 除另标明出处,本章使用《序曲》1805 年文本,英文原作见 William Wordsworth, *The Prelude*: *1799*, *1805*, *1850*, New York, London: W. W. Norton, 1979. 中文为笔者所译。

② 华兹华斯:《序曲》(1850) 第 11 卷, 第 306—307 行。

环境，这些才"使他恢复了心灵的平静"。他们补充说："新环境……使他的心灵能够饮汲从大自然中涌出的幽深的、恢复元气的泉水，但却不需要太多智性思维方面的努力。"①

这样的说法较有代表性，也基本可信，使我们对当时的情况有大致的把握，但这正是笔者所谓模糊观点之一例。华氏本人在《序曲》中的自我描述实际上简单易懂，② 我们不必另作发挥。葛氏理论的相关性主要不是如何医治诗人的崩溃，而是导致真正的崩溃，使他与情感和直觉完全疏离。因此，华氏所经历的不只是从革命的冲击中恢复过来，而更多的是如何摆脱葛德汶的影响，而这后一种恢复尤其需要心灵的力量，不光是情感的，也必然要有智性的努力。的确，其妹妹和大自然是关键因素，但它们所体现或象征的因素亦十分重要，因为某处自然的居住环境本身并不会涌出足够的"恢复元气的泉水"。诗歌与诗人的自我意识（其妹妹的功劳）、熟悉的大自然与对往日的回忆、与乡间普通人的接触、友人柯尔律治的启发以及《法国革命论》作者伯克的影响——这些共同创造了我们所知道的成熟的华兹华斯。可以说，他的精神磨难并非那种"对革命失望，于是回到内在世界"的类型，而是富有创造性，其智性上的意义远高于该类型之水平。

新历史主义评论家玛杰莉·列文森在谈到华兹华斯的"命运"（fortunes）如何在 1795 年和 1798 年间转好时说："当华兹华斯结识柯尔律治、科特尔（Cottle）和葛德汶后，他首次找到自己的文人圈子，于是开始了一段创作力明显活跃的时期。"③ 葛德汶对华氏的影响当然不只是消极的，但如此历史描述欠精确，因为前者与后者"创作力"之间的因果关系如果存在的话，那它主要是反作用力，即近切的缠恋导致背弃。从政治经济角度对思想史的"写盖"（overwriting）使列文森列举出诗人"在 1792 年至 1796 年间"经历的一系列苦恼，但却完全略去他的"最低潮"。我们理解任何类型的历史主义学者择用历史素材的做法，比如重社会史，轻思想史，

---

① 见 R. L. 布赖特和 A. R. 琼斯所编华兹华斯《抒情歌谣集》"序言"（"Introduction", William Wordsworth, *Lyrical Ballads*, eds., R. L. Brett & A. R. Jones, London: Methuen, 1991), p. xxxi.

② 尤其见《序曲》1805 年本第 10 卷第 805 行及以下。

③ 见玛杰莉·列文森《华兹华斯鼎盛期的诗篇：论文四篇》（Marjorie Levinson, *Wordsworth's Great Period Poems: Four essays*, Cambridge: Cambridge University Press, 1986), 第 19 页。

但当列文森补充说"华兹华斯与大自然不幸的离别结束于1793年"时，其观点中的疑问就更加凸显出来。她援引《丁登寺》，以证明诗人如何"痴痴地（fondly）回忆（他的）回归"。① 但按照华氏自己的时间表，1793年他与自然的关系恰以"视觉的霸道"（the tyranny of the eye）为特征，② 简单讲就是一种过于直接而浅表的关系。此外，《丁登寺》的创作年（1798）才是最有意义的"回归"年，1793年时华氏的"葛德汶时期"尚未开始，这意味着还将有更严重的理念折磨使他远离自然和平凡的人世。

　　列文森认为："毫无疑问，华兹华斯将政治兴趣和诗歌兴趣置换，这标志着他背离了启蒙运动式的人道主义（humanitarianism），而转向一种更具理论性的、更超然平允的（disinterested）、更聚焦于精神层面的博爱形态（大致上就是浪漫式的同情心）。"③ 此说只能增加概念的混乱，它所依赖的是政治性评论家常用的印象式解释，即以为某些作家肯定倾向于忽略现实疾苦而空谈博爱。是否有这种转变呢？若借用大卫·辛普森的语汇，可以说华氏与葛德汶的决裂实质是对理论或理念的反抗，是对那种"超然平允"的理性的背离，④ 是对抽象的个人概念的不满。他当然仍有理论兴趣，但那主要是他在诗歌的字里行间展开与葛德汶理论的批判性对话，而如果他与葛氏的决裂标志着理论或理念的失败，那么他最初对后者的追随才是一种转向理念的行为，才更直接地表现"政治兴趣"。1794年初，华氏的精神生活非常艰难，方向感全无，一些潜在而重要的问题都压迫着心智，而葛德汶的理念之所以逻辑上成为下一步的选择，是因为至少当时在华氏眼中，他允诺一些新的、现成的社会改革方案；其理论旨在使迷惘的大众拔离个人情感偏见的泥沼；它与华氏本人信仰目标的转移相耦合，即他新近认为个人的理性才是社会自由的基础；此外，从实用角度看，它能满足诗人既

---

　　① 以上参见玛杰莉·列文森《华兹华斯鼎盛期的诗篇：论文四篇》，第18页。

　　② 见《丁登寺》第84行；《序曲》第11卷，第170—175行；《序曲》（1850）第12卷，第127—131行。

　　③ 见玛杰莉·列文森《华兹华斯鼎盛期的诗篇：论文四篇》，第19—20页。

　　④ 辛普森认为许多"雅各宾派的"著述（包括葛德汶的理论）"流于过分沉迷理性和哲学的语言"。他说："体系、命题以及各种理论观念越来越多地为冷血的社会改革者和自诩的激进政治家所使用。"见大卫·辛普森《浪漫主义、民族主义和对理论的反抗》（David Simpson, *Romanticism*, *Nationalism*, *and The Revolt against Theory*, the University of Chicago Press, 1993），第171页。

不愿放弃革命精神又厌恶暴力的心理。华氏新传记的作者斯蒂芬·吉尔甚
至推论道，此时的诗人并非停止了对真理的探求，而是"刚醒悟到真正的
战场到底在哪里"。① 简言之，葛德汶理论具革命的和理想主义的外表，同
时又提供不含非理性成分的社会方案，这些是华氏在其"共和派"阶段结
束后立刻转向葛德汶的一些明显原因。

　　英国学者邓肯·吴提出，1794 年 6 月之前，华氏肯定已经读过葛德汶
的《政治正义论》（*An Enquiry Concerning Political Justice*）一书。② 吴部分依
赖尼古拉斯·洛的研究，但洛也指出华氏的葛德汶阶段大致发生于 1793 年
至 1795 年间。③ 他们都暗示，诗人在得知罗伯斯庇尔死去之前就已经与葛
德汶发生关联。依照华氏本人的说法，该阶段始于英法开战后以及共和派
军队开始入侵邻国时，当时各种"舆论"（opinions）满天飞，使诗人焦苦
不堪：

> 当时一切事物都迅速颓败，
> 不过，却有一种哲学，声称
> 能够使人类的愿望摆脱情感的
> 支配，能将其永久地移入更纯净的
> 活动空间。在那样的年代，该理论
> 立即受到欢迎。④

　　"哲学"指葛德汶在《政治正义论》中提出的唯理性思想，在《序曲》
1850 年文本内，华氏将其改为"理论的构想"（speculative schemes），以突
出其左倾乌托邦性质。1794 年时，华氏视此哲学为一盏明灯，用洛的话
讲，他以为它能"带领人类走向和平的变革"。一年后他对葛氏的教诲已到

---

　　① 见斯蒂芬·吉尔《华兹华斯传》（Stephen Gill，*William Wordsworth：A Life*，Oxford，New York：
Oxford University Press，1989），第 86 页。

　　② 见邓肯·吴《华兹华斯的阅读 1770—1799》（Duncan Wu，*Wordsworth's Readings 1770 – 1799*，
Cambridge，England；New York，USA：Cambridge University Press，1993），第 66 页。

　　③ 见尼古拉斯·洛《华兹华斯与柯尔律治：激进的年代》（Nicholas Roe，*Wordsworth and Coleridge：
The Radical Years*，Oxford：Clarendon Press，1988），第 80 页。

　　④ 见华兹华斯《序曲》第 10 卷，第 801—810 行。

入迷程度,洛认为他于 1795 年首遇葛氏时,竟以为终有机会面见他心仪已久的"贤哲"或"智者英雄"。[①] 然而是年入秋时华氏的热情已渐冷却,倒并非由于他发现这位贤哲提出虚假的政治正义,而是意识到,葛氏唯理的推论方式实际上妨碍一个人辨识并弘扬那些"普遍的原理"(general principles)。虽说该理论以自由为主旨,但却不能给心灵以自由。就这样,华氏的葛德汶阶段持续了不足两年时间,再过几个月,他已进入精神复原期。

时间上,有两件事与他的恢复阶段相重合,也在一定程度上使该阶段成为可能,1795 年也因此显得很重要。一是 9 月份诗人与妹妹多萝茜重逢,二是在此前后初识柯尔律治。如果说多萝茜的作用主要是让他记起自己诗人的职分,那么,柯尔律治对他的影响则更积极,更具思想意义。吉尔指出,"柯尔律治(在华氏之前)已看清葛德汶的面目,这一点令人瞩目"。[②] 根据洛的观点,柯尔律治能够看出"罗伯斯庇尔与葛德汶之间潜在的相似性",前者"鲁莽激进,直奔'遥远的目标',后者则同样遥望'远景中的'政治正义"。[③] 洛认为:"柯尔律治最内在的恐惧是他感到葛德汶的抽象的和无原则的(unprincipled)[④] 哲思有可能导致政治和社会崩溃,最终导致暴力,如法国所见证的那种。"[⑤] 将葛德汶与暴力联系在一起,这让人意想不到,对华氏肯定是个可怕的启示。洛暗示,《序曲》第 10 卷的许多诗行都表明,诗人通过遣词造句上的相似性,将恐怖时期与他本人葛德汶式思维并置,以勾画其"智性的迷惘",印证了柯尔律治的影响。一个人为崇高的事业而择用的手段能反过来使他困惑,理念的演练能导致流血,这正是柯氏的认识,而这在华氏自我检讨中得到附和,如:"被错误的推论愚弄……心灵……越来越困惑,/ 它被误导,让我也做错事。"[⑥]

具体讲,葛德汶到底说了什么,使华氏回到文学创作领域?更确切一点,华氏如何解读葛氏言论呢?我们无法确知他对《政治正义论》的细读程度,但有充分证据表明他熟知葛氏观点。他的许多诗行可以说是与葛氏

① 以上参见尼古拉斯·洛《华兹华斯与柯尔律治:激进的年代》,第 197、194 页。
② 见斯蒂芬·吉尔《华兹华斯传》(Stephen Gill, *William Wordsworth: A Life*),第 111 页。
③ 见尼古拉斯·洛《华兹华斯与柯尔律治:激进的年代》,第 219 页。
④ 也作"无道德的"讲。
⑤ 见尼古拉斯·洛《华兹华斯与柯尔律治:激进的年代》,第 219 页。
⑥ 见《序曲》第 10 卷,第 883—888 行。

的公开商榷，我们在阅读时，应能体会到诗人的不安与反感。首先，他不能接受葛氏有关心灵（mind）的论点。葛德汶断言，"人类所有知识都是感知的结果"。这在华氏听起来仅是局部正确。葛氏强调说：

> 我们所熟悉的人类心灵只是一种感知的机能，除此之外它什么也不是。我们所有的知识、所有思想以及我们作为智能动物所拥有的一切都来自感觉印象（impression）。世间所有的心灵初始时只拥有绝对的无知。①

如果心灵不过是一面空白的写板（tabula rasa），那么我们的行动又是怎样的呢？

> 首先，人类的行为和秉性是环境与事件的产物，而并非天性使然；其次，我们自主行为的总体趋向实质上并不依赖直接的和即刻的感官冲动，而是取决于智知性（understanding）所做出的决策。②

人类行为既受制于环境，又由智知性支配，因此永远不可能是独立的。在其散文类著作中，华氏质疑此观点，认为总有些行为属于例外。《论伦理观念》一文表明，他曾试图证明有"偶然的和不确定的"行为。③ 至于环境的概念，葛德汶的含义是，人的生活幸福与否完全受外部舆论决定，而舆论又为政治机制（institutions）运作所决定。我们可立即联系一下现代新历史主义者的观点，即他们也认为所谓诗人的创作自主只是神话。而在葛氏一方，他也可以顾及语境一类的现代概念，因为他一步步具体反驳了有关三种类型独立精神活动的说法，即内在固有的原则、天性、原始的个体秉性差别（母体中带来的印记）。他认为，即使天性也要打上环境的

---

① 见威廉·葛德汶《政治正义论》（William Godwin, *An Enquiry Concerning Political Justice*, Harmondsworth, England: Penguin Books, 1976），第59页。

② 同上书，第28页。

③ 见威廉·华兹华斯《论伦理观念》（William Wordsworth, "Essay on Morals", *The Prose Works of Wordsworth*, eds., W. J. B. Owen & Jane W. Smyser, Oxford: Clarendon Press, 1974, vol. I），第103页。

烙印。①

　　葛德汶此类观点有明显的目的性，背后有理念的支撑。他所倚赖的思想背景主要涉及英国经验主义者约翰·洛克（John Locke，1632 – 1704）和大卫·哈特雷（David Hartley，1705 – 1757）的理论（都曾影响过华兹华斯），通过重复和展开他们的一些为人熟知的说法，他启动其独特的启蒙工程，为的是开阔读者眼界，体现自由式（liberal）思维的效力。他力图证明，一个人完全可以抛开偏见，自学自通，获取新知识。他强调后天习得，是要表达对心灵“展开”（unfold）②其天生固有资源之能力的怀疑，而这正是华氏日后看重的一点。应看到，葛氏的环境决定论实含乐观意味，并不因“决定”概念而显沉重。通过勾勒认知链环（即，印象—记忆—联想功能—“经历增长”—知识—智慧③），他认为“这是智性生命所经历的简单易见的和无可反驳的历史……只要我们继续感知、记忆或反思，（我们的积累）必然会持续增加”。④葛氏之意当然不只在认识论，最终他着眼于社会改革，在社会历史领域展示其乐观思想。《政治正义论》最初的章节旨在为“政治改良”（political melioration）⑤扫清道路，既然人类可以凭后天的努力或人为的手段完善自我⑥，那么由人类组成的社会机体和建构的领域也可以有所作为，付出的努力不会白费，一加上一肯定等于二。从这种意义上讲，葛氏思想体现现代早期对“社会进步”笃信的开端，而成熟的华兹华斯则以负面的回应成为所谓“背时而动”的人，也就是我们爱说的“反动派”（reactionary）。

　　葛氏的改良观当然也包括选择行为本身的改良，其背后的假设是，选择好一点、知道得清楚一点——这本是我们人性的一部分。他的推论总显出可行的一面，是因为他概念中的真理与华氏所指有实质不同，因为当他论及“谋求真理”（the Cultivation of Truth）⑦时，他基本上将真理等同为科

---

① 见威廉·葛德汶《政治正义论》，第28—30页。
② 同上书，第30、35页。
③ 同上书，第60页。
④ 同上。
⑤ 同上书，第39页。
⑥ “人是可以变完善的。”见威廉·葛德汶《政治正义论》，第58页。
⑦ 见威廉·葛德汶《政治正义论》第5章。

学和知识。① 不仅如此，按这种逻辑，心灵也成了"科学的论题（topic）"②。他说：

> 心灵的确是一种真实的因素，是宇宙中那条巨链上一个不可或缺的环节。但是，它并非像人们有时以为的那样，属于某种至高无上的类型，以至能取代所有其他的必然因素，甚至不受任何规律和事物运作方式的制约。③

"巨链"在此指一系列事件与行为，它们依循"必然的和普遍的规律"④ 而发生并联结在一起。于是，"恰当地讲，人类心灵理论本属于……机械论⑤体系，因机械作用过程而形成的智知活动无非是一系列现象按先后顺序的正常排列，不含任何不确定的事件……"⑥

显然，葛德汶坚守的是洛克和哈特雷式的经验论与科学观，并以此托垫其社会改良思想。但是，华兹华斯着眼于他所坚信的高一级的真理，因此他以为心灵作为追求和接受这种真理的实体，肯定要高于一般机械因素。后来的法国象征派诗人或如陀思妥耶夫斯基笔下的"地下人"（见《地下室手记》）都曾深深地怀疑将数理规则用于社会思想领域的做法，与他们一样，华氏也产生类似的怀疑，对葛德汶那种毫不松动、毫不反省的常识性逻辑深感不安。他有关生命即是记忆的思想与葛氏所言并无大异，葛氏的"链条"和"序列"一类的概念也并非完全不可接受，然而，诗人怀疑有无可能"追溯我当时感知的历史，/找到经历的起始点"⑦。当他斥责"用几何的原理""划分"人类心智的科学企图时，他多半想到葛氏的说法，认为他将心灵分裂，"像用各种图形划定省份"。若重读以下诗行：

---

① 见威廉·葛德汶《政治正义论》，第 143 页。
② 同上书，第 160—168 页。
③ 同上书，第 169 页。
④ 同上书，第 162 页。
⑤ 原文"Mechanism"，哲学上一般与之相对立的是 Vitalism（活力论）。
⑥ 见威廉·葛德汶《政治正义论》，第 175 页。
⑦ 华兹华斯：《序曲》第 2 卷，第 365—366 行。

　　谁能说清习惯何时养成，种子

　　何时萌发？谁能挥着手杖，

　　指出"我心灵之长河的这一段源自

　　那方的河水"？①

　　我们会感到诗人是在回应对立观点中的"链条"和"区段"概念，如葛氏所言："意识显然是记忆的各个活动部门（departments）之一。"②

　　葛氏为华兹华斯所不能认同的第二点是有关革命的说法。在厌恶暴力和怀疑社会突变、巨变等方面，诗人与葛氏的立场相同，但在创作《序曲》时，他已经在总体上与后者的革命观拉开距离。诗中一些行段表明，他不再像葛氏那样毫不犹豫地区分激情与理性。③葛德汶说："我们将进行许多次改革，但再也不需要革命。……革命是激情（passion）的产物，与清醒镇静的理性（reason）无关。"④葛氏将革命中的罪恶归咎于激情（某种内在固有的和"落后的"因素）而非理性，也是为社会改良和渐变打开方便之门，将来顺理成章地取缔政府。他认为："政府这种建制只会教我们往后看，让我们诚惶诚恐地敬奉祖训，以求完美，似乎人类心智竟有专事堕落、不思进取的本质。"⑤这种对社会病因的不同诊断自然导致对前人之定论的拒斥，葛氏视点之"进步性"也在于此。他预见到论敌的信条：

　　（一个人）是由情感和偏见支配的，不可能由纯粹的理性和真理左右。一个聪明人的本分就是不去损害他本人或别人的幻念和偏见，幻念是有用的，偏见是有益的。倘若他所企图建立的社会不能利用幻觉来防止我们陷入各种邪恶，而理性又不可能使我们免于幻念，那么，无论他采取什么方式，他都是人类最险恶的敌人。⑥

　　① 华兹华斯：《序曲》第2卷，第208—215行。
　　② 见威廉·葛德汶《政治正义论》，第177页。
　　③ 原词"Reason"，一个有许多层面的词，只好大事化小直译成"理性"，另见"个人理性"。华氏认为，葛德汶概念中的"理性"接近"理念""推理""理智"等较抽象、较机械的概念。
　　④ 威廉·葛德汶：《政治正义论》，第127页。
　　⑤ 同上书，第127—129页。
　　⑥ 同上书，第142—143页。

葛氏的结论是："任何整体或局部信奉如此信条的人多半都是贵族的同党，信奉越深，乃至陷入现实的后果，就越是同党。"①

然而，尽管华氏也嘲讽作为偏见动物、被激情与幻觉驱使的人类，但苦涩下面是对人性本质因素的正面认可。革命中的人群确实疯狂，但疯狂也可以由理念或"构想"一类的东西引起，这未尝不是更直接的原因。在《序曲》第9卷中，他所见的法国显然"到处充溢着/激情，如蝗虫肆虐的原野"。② 他也知道这是何种激情：

> 那是个万民骚动的
> 时刻——就连最温和的人也变得燥热
> 不安，各种情绪或观点相互
> 撞击、冲突，让平静的家庭充满
> 激扬的叫喊。③

似乎他偷听到那些家庭辩论。渐渐地，华氏意识到那类冷血构想家会给人间带来真正危险，这些人"能攻善守/靠的都是不恭敬（impiety）"。④一些时下流行的词，如"激情""舆论""理性"或葛氏所谓的"镇静的理性"，开始在他眼中显出不同的色调。《序曲》的重心偏向"温慈"（tenderness）的境界，诗尾反复出现此概念，而温慈也是一种激情，或可能更加饱和，另外还有想象、感情（emotion）、亲情以及平静中的沉思。反过来讲，革命的骚乱也可归咎于华氏心目中这类激情的枯竭，是心灵内在资源的排空过程，这也是葛氏理论的实质。在"激情"与"镇静的理性"之间，后者更可能接近疯狂。

分歧的第三点是，华氏对葛德汶根据社会价值划分人类的功利思维产生反感。《政治正义论》中费尼龙主教与男仆的例子为人熟知，其含义是，

---

① 威廉·葛德汶：《政治正义论》，第143页。
② 华兹华斯：《序曲》第9卷，第178—179行。
③ 同上书，第164—168行。
④ 华兹华斯：《序曲》第10卷，第115—116行。

我们有必要在危险时帮助能对人类福祉起更大作用的人。具体讲,火灾时,应该先救主教,而非仆人。葛德汶的博爱思想并未动摇,在较模糊的意义上讲,他也不否认人类平等:

> 但是在现实中,我们中的某人很可能比别人更有价值、更重要。一个人比兽类更有价值,因为其所拥有的更高级的才能可让他享有更高雅、更真实的幸福。同样,肯布雷的声名显赫的主教比他的男仆更有价值,而如果他的宅第燃起大火,如果只能保全两者之一,那么我们都会判定谁是首选,很少有人会犹豫不决。[①]

而且,当我们救了主教的命,我们的所为有益于更多的人,因为他的命"有助于"普遍的福祉,许多民众会因此获益。可见,保全他的生命(而非其男仆的)与社会正义原则相一致,尤其当我们坚持"纯正""无瑕的"正义。[②] 社会思想家的所谓个体关注和现实兴趣常能迅速地转变为抽象思维。

我们再次看到,葛氏如此观点的背后是涉及改良与进步的思想。为人类进步和大众利益的缘故,可以牺牲掉某物,甚至某人,以昭示纯真的正义。如果我们意识到这里面有马基雅维里式的目的可以开罪手段的逻辑,这应该是自然的感觉。我们有理由推测,华氏不仅对这种怪异的"辩证唯物"观感到不安,也无法接受葛氏竟如此固执地一路论证自己的逻辑,并显得如此正确、唯物、有理性、毋庸置疑。葛德汶甚至批判有些人试图诉诸幻觉或某种具有诗意的正义原则来反驳他的客观准则,他提议我们应学会采用"天使的"眼光,做到无偏见:

> 那些人用另一种方式声称,一旦人们不再受欺骗,一旦其眼前的那层薄雾被揭去,使他们看到事物的真实面目,那么,他们就不再向善或感到幸福。但是,根据与此相对的理论体系,衡量美德的最可靠的准则就是把我们自己摆在一个天使般的不偏不倚的观察者位置,去推

---

① 见威廉·葛德汶《政治正义论》,第70页。

② 同上书,第71页。

测，从拔高的角度审视我们人类，不受人类偏见的影响，然后设想这样一个观察者会如何评估我们周围人的真实境况，并依此去行动。①

不过，葛德汶否认此做法有盘算之嫌。在《政治正义论》的一个附录中，他捍卫自己的立场，不承认自己未看清"激情之举"与"冷漠的、无情的、数学式的计算"之间的区别。他说："如果我拯救费尼龙性命的举动不是因为我对该人奇异而杰出的品质有热烈的爱慕，不是因为我有为千百万人谋取福利或使他们生活改善的崇高渴望，那么，我就是一个怪物，不配人类的称号……"② 简单说，拯救主教的行为就是激情之举。

可以想象，一个将要创作《塌毁的茅舍》《决心与自主》《康伯兰的老乞丐》等作品的诗人对如此将功利式推理和激情相混淆的做法会感到何等不安。以华氏的"乡间男孩"背景，葛德汶式冷硬的公允太过邪异，尤其其言外之意，即主教肯定比男仆更有德行。葛氏问道："一个老实的农夫可能会有加图③所具有的美德吗？一个才智低弱、教育有限的人可能会像最高尚的天才或掌握最多信息（information）与科学的智者那样达到道德的完美吗？"④ 对葛德汶来讲，美德所依凭的是对幸福的欲望，尤其是对所欲之物的价值和性质的明悉或感悟，而不是靠无知或无修养；"卓越的美德（不可能）存在于理解力低弱的心灵中。"⑤ 葛氏视野所够及不到的是，智力高强者是否也有大恶的潜能？在此意义上，其以下断言最无法使华氏信服："……有才华的人即使犯了错误，也不缺少美德……他们不具备一错到底的可能。"⑥

不管靠外在目光还是心灵目光所及，成熟的华兹华斯看到截然不同的情况，而这成熟期正是与葛德汶无声论争的成果。可以说，诗人"后危机"诗歌创作的动机之一就是要将"恭敬（还给）/理所当然的对象"，⑦ 至少

---

① 见威廉·葛德汶《政治正义论》，第 73 页。

② 同上书，附录 II，第 325 页及以下。

③ 指小加图（Marcus Porcius Cato，95—46 B. C.），罗马政治家，曾被视为道德典范。

④ 威廉·葛德汶：《政治正义论》，第 147 页。

⑤ 同上书，第 149 页。

⑥ 同上书，第 150 页。

⑦ 华兹华斯：《序曲》第 12 卷，第 236—237 行。

他本人有此表白。下面会谈到诗人的具体回应，在此可先行判定，他与葛氏功利主义道德观的决裂与现代早期的其他相关思想一起，启动了反工具理性式思维的批评传统，其主张之一就是对人类复杂的心理活动有更充分的认识。在社会层面上，该传统认为，由于理性思维、科学智知力和后天研得的知识并不必然代表高一级的脑力活动，那么它们也不能必然成为将人类分为高低贵贱等级的理由；其他途径未尝不能产生德美行佳的公民。与他所崇敬的乔叟一样，华氏也怀有中世纪式对农夫（ploughman）的理想式好感，以为耕作者比从事其他营生的人更端正。

使华氏反弹的第四点是葛德汶有关私有财产的思想。葛氏直截了当地鞭挞"财产的邪恶"，认为所谓邪恶的产生是因为私有财产会导致社会动乱，穷人会谴责政府"将一切好处都集中在有数的个别人身上，而给其他人留下的只有贫困、依属、苦难"。① 《政治正义论》的第八章含有最明显的早期社会主义因素，其中说到为什么私有财产是社会机体的毒瘤。在谈到"现行的财产制度导致邪恶"时，他甚至断言私有财产是万恶之源。② 当然，大多数情况下，葛氏最终关注的是正义与平等，其真正的敌人是社会中的不平等，但华兹华斯总觉得葛氏坚信私有财产本身是邪恶的。此外，华氏的财产概念含泥土味，更多地涉及土地或牲畜，而葛氏概念的诗意则差多了。叙事诗《麦克尔》以人类对后代和对土地的爱为支撑，与葛德汶剥夺我们后一种爱的努力形成反差。需要注意的是，葛氏的财产论镶嵌在他的整个理念框架中，同样，华氏的相对观点也与一系列因素形成有机关联，包括诗人近期恢复的对大自然和英国的热爱；其扩展了的、面向本质生活形态和情感的视野与同情心；以及他对轻浮躁动的政治行为和理念演练的厌倦。

第五点是，葛氏主要观点中有一种强烈的、必然的倾向，即他顺理成章地相信，福利或幸福是人类所追求的唯一的或唯一符合逻辑的、常识性的目标。人类欲念的同一性是其理论的基点，也是他提出能满足所有人最佳需求的最佳的、普遍可行的政府（或无政府）形式的依据。他说：

---

① 威廉·葛德汶：《政治正义论》，第 24 页。
② 同上书，第 292 页及以下。

　　如果某种形式的政府能使某国人民幸福，那它何以不能为他国创添福祉呢？人类的相同点远远多于不同点。我们有共同的感官，给我造成痛苦的感官印象通常也是你的苦难之源。当然，人们的习惯和品味不尽相同，但这都是偶然的变数。对于人类来说，只有一种完美，只有一种最荣耀之物，只有一类事能为人类心灵带来最强烈的欢娱，只要这个心灵是有条理的、健康的。而其他一切都是偏差和错误，是需要医治而不是培植的病症。①

　　葛德汶以此立论为前提，发展了一系列涉及欢快与痛苦的概念。由于主要与政治思维相关，而不是华兹华斯所习惯的诗意构想，葛氏理论可被剥得只剩一副骨架，再简单明了不过：痛苦是绝对的恶（evil②），欢快是绝对的善。"除了痛苦以外，再无他物具完全意义上的恶"，而且——

　　　　可以补充说，痛苦之为恶永不改变。道德探究的全部课题无怪乎欢快与痛苦、幸福与不幸，获得前者，避免后者，这是唯一惬怀之事。极尽人类想象的一切钻研也无法为这种善的概论增加一个字，因此可以断言，只要有痛苦，就有恶，反之，恶则不存。③

　　葛德汶并非意识不到，在各种复杂的人类感觉之间划疆立界会有武断之嫌，但他凭一番左推右闪，仍做出常识性结论：

　　　　在我们人世间，各种感觉不会在相互独立中产生，而都是连结在一起……也会有乐极生悲之事，这种被痛苦超出的欢快虽属最终意义上的善，亦是相对的恶。也会有……有益的痛苦。然而，这些不会改变最初的命题：只要掺杂着恶，善即非纯善……④

---

① 威廉·葛德汶：《政治正义论》，第 126 页。
② 也包含"痛"和"不幸"之意。
③ 威廉·葛德汶：《政治正义论》，第 105—106 页。
④ 同上书，第 184 页。

可见，葛氏总能显得恰当、正确。不过，如果我们回顾一下那个联结起歌德、华兹华斯、济慈、陀思妥耶夫斯基、波德莱尔、尼采以及弗洛伊德等名姓的思想传统，就会感到葛氏关于欢快与痛苦的定义过于简单，导致有关人类需求、自由和福祉的简单结论。从后者的以幸福概念为基点的理性哲学转移到诗歌的领域，我们会明白华氏为何和如何铺展欢与痛的复杂画面，以及为何此画面关系到其有关个人精神康健的特有思想。葛氏涉及人类幸福的乐观断言充溢着傲慢，诗人听起来很不耐烦，于是在他对现代教育家的蔑视中，还要多加上一位"贤哲"为标靶：

> 这些圣人，试图以先见之明控制
> 所有偶发事件，像用刑具
> 将我们拢集在他们所指定的道路上。
> 但是，他们何时能学懂，
> 这世界的进步本不由理性
> 引导，而是有更圣明的神灵为我们
> 引航？——一双更高明的眼睛，
> 万福之福的本源，最关注我们的健康——
> 即使在我们一事无成的时光。①

可以说，以上五个方面见证了华氏与葛式理念构想的持续搏击，这些构想或具革命性，或是政治的、抽象的、傲慢的，但无论如何都缺乏华氏所看重的诗意洞思。尼古拉斯·洛也倾向于在《序曲》第 10 卷的一些片断与葛德汶之间做合理的联系，他认为找出这种紧密关联后，一些诗段就会"理解起来更加容易"，②尤其要考虑到诗人可能亲自出席过葛氏的一些讲演。洛指出："1795 年时，在信奉葛德汶主义的同时代人中，没有任何人能达到相应的自我转变，唯有华兹华斯脱颖而出，而他的变化过程只有以众人的经历为背景才凸显出来，因为他们也体味了对葛德汶和同期政治状

---

① 华兹华斯：《序曲》第 5 卷，第 380—388 行。

② 尼古拉斯·洛：《华兹华斯与柯尔律治：激进的年代》（Nicholas Roe, *Wordsworth and Coleridge: The Radical Years*），第 195 页。

况的幻灭，但此经历并未结出相应的果实。"①"果实"（fruit）形象带有苦涩的意趣，但也是浪漫——或华兹华斯式——文思中对那种促成和丰富精神旅程的负面力量的认知。主要是在这种意义上，而不是文化唯物论者强调的那种基本不含讽刺、不含悖论的意义上，我们才发现和肯定诗人与时代的关联。华氏本人在《序曲》第 10 卷中叙述了他与葛氏理论纠缠的经历，正如他紧接下来所说的，他追溯了"大事件的翕动中／一颗年轻心灵的运转……"②另外，在全诗近尾处，他说：

> 这部历史
> 已到达约定的终点：一个诗人的
> 心灵，经历了所有最突出的事物，
> 受到砥砺与训诫，达到完满，
> 而我忠实地描绘了这一过程。③

法国革命和葛德汶理论当然都属"最突出的事物"，是对任何诗人的最珍贵的馈赠。

华氏意识到，葛氏理论有一种潜在的妄称：追奉理性必能促成个人的自我革命。他反省自己曾——

> 厌倦了其他的
> 追求，只渴望找到一位可靠的
> 导师，于是开始寻找更加崇高的
> 境界——我希望人类能挣脱
> 那毛虫般的生存状态，尽展
> 自由的彩翼，做自己的主人，在无忧中

---

① 尼古拉斯·洛：《华兹华斯与柯尔律治：激进的年代》（Nicholas Roe, *Wordsworth and Coleridge：The Radical Years*），第 198 页。

② 华兹华斯：《序曲》第 10 卷，第 943—944 行。

③ 华兹华斯：《序曲》第 13 卷，第 269—273 行。

享受欢乐。①

这是一种激变的比喻，指泥土中的蠕虫挣脱低俗的出身而变成空中的彩蝶。此前诗人已对此形象有所解释:

> 多么愉快! 多么
> 光荣! 凭着自知和自制，看清
> 世间的一切弱点，以坚定的手段
> 摈除自然、时代与现实的一切偶然，
> 是它们配制出旧时那种孱弱的
> 生命存在；然后将社会的自由
> 建筑在它自己的基础之上，那就是
> 个人心灵的自由……②

"摈除……偶然"之概念在以上谈论第五个方面时已涉及，它表明，唯理性者妄称其道德指南的正确性、精确性和排他性，以为革命性的变形过程（metamorphosis）除此别无依赖。然而，在华氏看来，如此独特的向导完全可能成为混乱的真源，因为葛氏的"自治"概念和人类成为自己"主人"的说法与诗人心目中的生命的法理、信念和情感相去甚远，因此会导致更多的"偶然"。葛氏论点与"具体境况的光线"之说有关，如他本人相信，个人的自由——

> 高于通常的法规，
> 无盲目的禁锢，让人以主人的气派
> 选定唯一的向导——具体境况的光线，
> 由独立的智力领会其瞬间的光芒。③

---

① 华兹华斯:《序曲》第 13 卷，第 832—838 行。
② 同上书，第 818—825 页。
③ 同上书，第 826—829 行。

在华氏诗剧《边界人》（*The Borderers*, 1796 - 1797）中，邪恶的奥斯瓦尔多（Oswald）就持如此立场，他劝导年轻的首领玛玛杜克（Marma-duke）说，过去那些"发霉的规矩"太专横了[1]，应摆脱它们，争取新的生命。玛玛杜克因杀死一无辜者而一直承受着内疚的重负，但奥斯瓦尔多对他说，他当时不过遵守了"唯一的法律"——"当时当地的法律，/产生于具体境况的明晰的光芒"[2]，因此，他只不过挣脱了"自然的机制"（institute of Nature）的束缚[3]，成为超俗的人，一只高翔的"雄鹰"[4]。也就是说，杀生的冲动是一时的念头，并不倚赖先前的思想或行为；按此逻辑，将来的生活也不必受此次行为的影响。所谓"独立的智力"之含义，多在于此。华氏意识到这里面有巨大的破坏力和灾难性。

可见，对于华兹华斯来说，葛氏理论对社会与文化的颠覆性并不逊于法国革命最坏的一面。奥斯瓦尔多相信，只要让思想一步步运转下去，内疚或悔恨就会消失，[5] 这不过是狂热主义的一种新形式。刚刚告别其共和派经历的华氏眼下正经受着个人的悔恨，或承担着他强加给自己的集体的疚痛，但他终能意识到，一个人如欲摆脱"希望的演练"，不能去依赖另一种演练。实际上，这种新的形式只能使他陷入最严重的精神疾苦。在谈及他如何"越来越糊涂"时，他回忆道：

> 当时
> 我的确如此，牵缠着各种各样的
> 情绪、概念以及信仰的不同
> 形态，就像拖着罪犯上法庭
> 审判，试探着让心智公开地确立
> 她的正当的权利与名誉，时而
> 相信，时而怀疑，不停地纠缠着

---

[1] 华兹华斯：《边界人》第 3 卷，第 1488—1492 行。

[2] 同上书，第 1494—1495 行。

[3] 同上书，第 1575—1576 行。

[4] 同上书，第 1515 行。

[5] 同上书，第 1560—1562 行。

冲动、动机、是与非、道德义务的

根据、法规的内容以及赏罚的因由，

还要从每一事物中寻找证据，

直至尽失坚定的信念，终于

厌倦，让矛盾的概念耗尽精力，

最后在绝望中放弃了是与非的探寻……①

在最终的意义上讲，葛德汶讲话或思维的方式最让诗人反感，毕竟他的有些观点难以从逻辑上推翻，因此，华氏对他的反驳有时不是靠理论推理，而是凭直觉怀疑其基本的话语方式，是一位诗人对一种政治经济类的、机械的、自恃正确的和充满抽象理念的异类思维的厌恶。这就是为什么在《序曲》第10卷中，接下来那些"调整"其灵魂的因素（包括妹妹多萝茜的小溪般的声音、"大自然本身"、"人间的爱"和"对早年生活的情感"）② 与葛德汶理论形成鲜明的对照，这在主题上具有重要的意义。哈特曼指出：

> 黑格尔与华兹华斯进入了一个哲学与艺术结盟的时代，结盟是为抵抗政治对心灵的占有或盗用（appropriation）。席勒论美学教育的信件（1795）中已经约略地暗示了这种结盟，而只有它才能恢复静思，使其成为这个越来越工业化、注重行动、非私人化的世界所应有的"绿化带"。③

"非私人化"（deprivatize）似乎也可成为葛德汶抨击的目标，然而在华氏眼中，葛德汶那种以利益概念为中心的政治话语最多只能勾勒出一个干瘪的人类个体，甚至并未充分地"私人化"，因为被剥夺了使他成为充实生命存在（being）的其他各种质素。这种话语体现专横，具压迫性，令人窒息，它"占用了"其他话语的空间。年轻诗人济慈在一封信中将"充满兴奋感（Sensations）的生活"与充满"思想"（Thoughts）的生活做对比，并

---

① 华兹华斯：《序曲》第10卷，第887—900行。

② 同上书，第904—926行。

③ 见杰弗里·哈特曼《不显眼的华兹华斯》（*The Unremarkable Wordsworth*，London：Methuen，1987），第185—186页。

表达了对后者的沮丧感："我对这种事（想象）更感兴趣，因为我从来体会不到怎么光凭连续的推理就能论知某事物的真实性——但也许只能这样。"①华氏完全能体会到同样的沮丧。若与后来的思想史相联系，可以认为，他与葛氏的争论大致以下面两套概念为相互对立的支点：文学思维与科学话语、想象与经验、感情与冷理性、悲剧视角与功利的乐观主义，以及静默的冥思与理念的构想等。

华氏清楚哪种立场与他本人的气质有亲和性，因此，1794 年他拜错对象的举动（并不比追随罗伯斯庇尔更光荣）可以说是自我伤害。日后他反思道：

> 当时我就是如此
> 向自己开战，盲从新的偶像，
> 恰似一位弃世别俗的罩头
> 修士，竭尽全力，要将心灵
> 曾经汲取力量的所有源泉
> 通通切断；或像那位轻舞
> 魔杖即可让宫殿或山林
> 消失的奇人，② 我也动用三段论式的
> 推理（逻辑学的诱惑，总在近旁
> 恭候你），片刻间摧毁生命中的奥秘，
> 夺取它们的灵魂。然而，不管
> 理性付出或将要付出何种
> 努力，不管它如何去抬举或陶冶，
> 恰恰是这些奥秘，漫及以往的
> 和未来的所有人类聚居地，曾经
> 并且将永远使四海一家，结为
> 兄弟。摧毁了这些，史学家的笔下
> 就只有空洞，甚至本富有更多

---

①　《致本杰明·贝雷，1817 年 11 月 22 日》（To Benjamin Bailey, Nov. 22, 1817）。

②　指莎士比亚《暴风雨》中的普洛斯彼罗所具有的奇术。

绝对真理的诗人也苍白无力。①

　　弃世的修士、苍白的逻辑推理、心灵的源泉、诗人的更加绝对的真理，以及生命情感的奥秘——所有这些都揭示了诗人在寻找光源的过程中其内心所经历的深层的和痛苦的辗转。在他一些年后创作的《漫游》(The Excursion) 中，游荡者 (the Wanderer) 这一人物回顾他因理念的演练而患上典型的精神疾病，并直言道，他宁愿"让传统的同情心（支配），／（拜向）最粗朴的愚昧"，也不想——

　　　　去看、去听那些
　　　　富有理智的乏味的重复，其中
　　　　已无灵魂，情感也无立足之地，
　　　　而知识，不恰当地始于对外在事物冰冷的
　　　　观察，最后完结于形式的推理。②

　　似乎语者的心灵弃绝了一个黑暗的主观世界，而转向另一种黑暗，它虽以粗朴的 (rustic) 乡间为腹地，竟犹如光芒一般，但这是富有成果的转变，尤其在文学意义上。今天的新派评论家责备华兹华斯不能像启蒙运动的主将那样，以精确的社会经济类视角聚焦于现实事件。美国学者托马斯·麦克法伦 (Thomas McFarland) 对这一评价做出回应:"但是，无论是狄德罗，还是葛德汶，还是克莱布 (George Crabbe，1754 - 1832)，让他们任何人启动最狂野的想象力，也不可能写出一首在质量上哪怕稍稍接近《塌毁的茅舍》(The Ruined Cottage) 的诗。"不仅这三位，甚至"再加上伏尔泰的以及整个法国启蒙运动的宏阔无比的思想伟业，《塌毁的茅舍》那种质量的诗也产生不出来"。③ 富有意味的是，麦克法伦的有关章节被命名

---

　　①　华兹华斯:《序曲》第 11 卷，第 74—92 行。
　　②　华兹华斯:《漫游》，第 614—623 行。
　　③　托马斯·麦克法伦:《浪漫主义与卢梭的遗产》(Thomas McFarland, *Romanticism and the Heritage of Rousseau*, Oxford: Clarendon Press, 1995)，第 269 页。

为《模糊的领域》。①

　　从这个角度看，华氏回到"原我"的过程同时也是重寻与自己气质相近或相同的思维话语的旅程，这一旅程具有内在的宏大气度，充盈着丰实的含义，对比之下，今人的话语如果也能反映我们自己的某种内在历程的话，大概属于较猥琐的那类。我们当然有批评的自由，当然可以将新历史主义或任何话语反复用在华氏身上，只是有时难免让人觉得是一些工薪学人在诗人巨影下从事的异类理念的小型演练，我们在享受学术自由的同时，也应偶尔虚心地接受一点这种批评。从华氏本人角度看，当人们谈论其后危机阶段时，有必要意识到这是两种心理境界的重合，一种是"后革命的"，一种是"后葛德汶的"，后者之意义不啻前者。《序曲》中，诗人曾视其回归为返往心灵之"天然的优雅与温慈"的过程，而这种天然的美德曾一时屈服于"时世及其/灾难性议题的过分重压"。② 武断一点讲，时代的重压及其"议题"（issues）主要指法国革命的极端形态和葛德汶式的极端理论，《序曲》所涉及的无非是这两种负面力量。后一种造成更严重的病症，因为它不能让诗人将大自然请出来，为他追随这种理论的行为开脱，没有这一余地。一个人似乎可以自然而然地成为革命者，却不能以同样的方式变成葛德汶主义者。与我们当今的某些类型一样，后一种重病比前者更具理念性质。

　　华氏本人的确使用过自然的形象，描述其葛德汶阶段，只是他眼前的

---

　　① "The Realm of the Vague"，尾章，其中作者专门谈到浪漫思维的一种强有力的类型（mode）：象征（symbol）。结构派评论家德曼（Paul De Man）认为它的地位低于 C. S. 路易斯（Lewis）所说的另一种"表意的类型"：比喻（allegory），而麦克法伦为寻求支持，则将路易斯有关"比喻不是个谜"的认识与柯尔律治的"诗人在创构象征时，所代表的普遍真理会在其心灵中无意识地发挥着作用"之说相联系，另提及浪漫时代评论家德昆西（Thomas De Quincey, 1785－1859）对"浪漫的喻比倾向（the Romantic tropism）"的概括，即认为那种"朦胧如影的半在之物（half－being）"才是诗人们的兴趣所在。这后一种说法与德曼"对清晰、对明白无误之思想的热衷"相去甚远。麦克法伦相信，鉴于三位主要评论家对象征思维的如此认识，只有象征才指向最终的"实在"（actuality），或才是"对人类感知的直接的交代"。他然后援引威廉·詹姆斯的话："我们的形象通常是模糊的……"（以上见托马斯·麦克法伦《浪漫主义与卢梭的遗产》，第 271、273—275、291—301 页）。我们也可另外参考布莱克（William Blake）有关"寓言或比喻"低于"灵视（Vision）或想象"的论点（见 "A Vision of the Last Judgment"中的有关说法）。当然，象征与比喻之争并无定论。

　　② 华兹华斯：《序曲》第 11 卷，第 46—48 行。

画面是一位航海者在一片荒凉的大海上远远驶离象征恒久价值的富饶海岸:

> 岸上本有许多
> 花丛,生长着无畏的挚爱与幸福的
> 谢意,香气飘来,时时刻刻
> 都告知海岸即在眼前,但若有
> 咒语禁止航海者上岸,那芬芳
> 又有何用?那些甜美的记忆——
> 似乎当时也并不牢靠——又有
> 何用?我当时着意的只是荒凉的
> 海区,我的差事是驶向别岸。①

真理近在咫尺,是"甜美"之源,但理论的"咒语"——尤其葛德汶那种——不断将航海者推向异岸,离开如家的原岸。根据诗人的认识,原岸除代表谢意与爱等美好情感外,也指向更大的人类家庭和那些为"理性的目光"所鄙视但却为诗人们所热衷"描述"的人们。② 回到我们的论题,有理由提及诗人一直关注的一个相关概念:生活中的普遍原理(general principles)。恒久价值之岸必然代表人类生存的某种底线,某种支撑各种其他道理的道理,某种脱离了社会虚荣、政治虚伪、理念远航,甚至浮夸式语言的精神与感情状态。于是,大自然、底层社会生活的画面、乡间的寡言少语的人们、真正的思想力量以及基本的、永在的人类情感——这些都成了满足诗人心理需要的因素。主要出于这种原因,而不是出于某些传统类型的评论家所认为的诗人对穷苦人的社会同情,华兹华斯才"转向/你们——凄寂的大路与蜿蜒的小径;/你们富有我所珍重的一切,/充盈着人性的善良与大自然的欢愉"。③ 他开始"打量、/观察、询问所遇到的人们,无保留地/与他们交谈",而当他这样做时,

---

① 华兹华斯:《序曲》第 11 卷,第 48—56 行。
② 同上书,第 62、67—73 行。
③ 华兹华斯:《序曲》第 12 卷,第 123—126 行。

> 凄寂的乡路变做
> 敞开的学校，让我以极大的乐趣
> 天天阅读人类的各种情感，
> 在这所学校中洞见人类灵魂的
> 深处，而漫不经心的目光只看见
> 肤浅。①

　　他发现了一个全新的世界，也可称作全新的"书籍"，似乎印证了布莱克在《天堂与地狱的婚姻》（*The Marriage of Heaven and Hell*）中所说的："倘若感知的门扉被冲洗干净，任何事物都会向人们展示其原本的面目：无限。"② 宽阔宏大的天地取代了葛德汶所许诺的单薄狭隘的自由状态。

　　简单一点讲，这种向以上各种因素转移的心理过程是以后革命时期对情感的饥渴为特点的。由于革命动乱和葛氏理论的作用，华氏感觉到内在的空亏，这两种事物都不能"让我充分满足"，于是，"我仍然渴望/找出具体的事实与情景，引起/更贴近我们个人生活的同情"。③ "大自然的欢愉"与"人性的善良"紧密相连，这是需要仔细品味的。当然，这并不意味着华氏否认城市环境也能创造出"贴近我们个人生活的同情"，华兹华斯式的心灵不是这样运转的。只是相对诗人新的观察探索而言，乡间是效率更高的空间，精神养分更浓缩，在此意义上他才把乡间比作宏阔而激涌的海洋，以揭示其与情感琼浆的关联：

> 早年在我心中，漫游大地的人们
> 如置身于宏大壮观的场面，就像海上的
> 景象包围着水手，任他在风暴或
> 黑暗中行驶于惊涛骇浪之间。同样的
> 宏大，但这里却远比海上可爱。④

---

① 华兹华斯：《序曲》第 12 卷，第 161—168 行。
② 见该作中的 "A Memorable Fancy"，Plate 14。
③ 华兹华斯：《序曲》第 12 卷，第 116—119 行。
④ 同上书，第 153—157 行。

"可爱"与"宏大"加在一起，使这片"海洋"有别于葛德汶哲学的"荒凉"的海。

华氏以这片代表原本真理的海洋或海岸为壮观的背景，着手批驳葛德汶的具体观点。《序曲》中有关章节并不难找，其中第 12 卷最为突出，是对后来极具特色的短诗创作的理论铺垫，尤其是《抒情歌谣集》中的作品。华氏专门提到他对乡间寡言少语者的兴趣，他将其沉默视作"心灵的力量"或内在完整性的标示:

> 多常见，当他们的外表浑身上下尽现
> 粗鄙，内在的圣仪却在进行，
> 不像那流金着彩的庙宇，却恰似
> 一座小小的山区教堂，为里面
> 纯朴的礼拜者遮住风雨和骄阳。①

诗人说他将歌颂这些，"直截了当地以实质的事物为题材……"②。"实质的事物"是关键概念，它表明，华氏向社会下层的心理倾斜说到底并不是一种社会姿态，而是企图寻获超然的价值，或他所认为的"人类皆有的内心"（the universal heart）。③

"实质的事物"恰好也有美学价值，属于以上麦克法伦所说的"模糊的领域"。而且，它们常常具有悲哀的质调。在这种意义上讲，《丁登寺》一诗中所提到的"人性悲曲"最能够体现和界定后革命和后葛德汶心灵所渴求的精神食粮，因为与悲曲的质素掺融在一起的是艺术、人道主义同情心、甜美、模糊以及普遍的、恒久的价值。哈特曼另说道:

> 哲学与艺术可能的结盟靠的是我们所学知的"美学"概念所代表的因素，因此，它永远以一种延迟结构（a structure of postponement）为

---

① 华兹华斯:《序曲》第 12 卷，第 223—230 行。
② 同上书，第 231—234 行。
③ 同上书，第 219 行。

特点，即对终结关闭状态的怀疑或延缓；对尚余因素的强调或对往日再现的重视；以及——更不确定的是——对某种"兴奋"（elation）概念的热衷，它同时拥含历史现实和心灵自由。①

他说他解读华诗用的批评程序就是把"一个不清楚的名词'Aufhe-bung'（'elation'）和一个模糊的概念（'美学的'）"联系在一起。② 回到我们自己的分析，我们可以认为华氏结束了葛德汶式的驶向精确性和封闭性的航程，回到宽阔的、不精确的、富有含义暗示和言外泛音的"芳香的海岸"（或"咆哮的大海"）。在最深层的意义上，我们发现理念与美学的对峙，甚至，就理念与美学而言，也可是散文语言与音乐的对峙（至少音乐更接近诗歌）。当然，在华氏的世界中，美学概念由于与情感、道德、哲学和艺术融合在一起而变得强劲有力。这种对峙关系完全可能存在于诗人的意识中，也可以解释为什么他较任意地、较理想化地将少言寡语的人们归类为更具美德的群体。

需要指出的是，华氏所指的高级的、非理念的（non‑ideological）、美学的因素必然含有哀痛的意味，这也恰恰是"甜美"的根源，是我们的"兴奋"可能产生的原因。或许，正是由于诗人在《丁登寺》中对其心路历程的自我勾勒，我们都已习惯了有关他在 1796 年之前遭受了巨大内心损失的说法，或者说他受到"训诫"和"抑制"的体会中含有沉重的悲剧感，于是认为他新近听到的人性悲曲是一种忧婉的补偿。这一印象当然基本准确，诗人的创伤与试图振作起来的努力也一定是巨大的，但是，我们在看待诗人本人悲剧性生活内容和他对生活的悲剧意识时，应该更细心一些，因为这两者有所不同。尽管无论怎样我们也难以过高估计诗人对一段辉煌往日——尤其他在大自然怀抱中的日子——的怀旧情绪，然而，根据《丁登寺》诗中一个显见的技术细节，"那段时光已经经过去，／它的阵痛般的喜悦如今都已消逝"，这两行应该具体指诗人对自然之爱的一种形态，或过程中的一个阶段。前面提到，当时他只顾眼前，无所思考，景色之外的、

---

① 杰弗里·哈特曼：《不显眼的华兹华斯》，第 186 页。
② 同上书，第 182 页。

遥远一些的美完全体会不到。① 诗人明白地告诉我们,"我并不为此/感到沮丧,"并说他着眼于"丰厚的补偿"。② "丰厚的"当然也暗示着不小的收获。尽管悲曲的训诫和抑制力量也是"充裕的"(ample),但或许我们可以更多地品味并欣赏一位诗人的丰厚收获所具有的意义,尤其华氏认为他因"提升的思想"而收获欢乐,说他对"更深入地渗融在万物中的某种因素"产生"崇高的意识"。③ 华氏后来创作的《不朽的启示》(Ode:Intimations of Immortality)一诗尽管笼罩着较沉郁的怀旧情绪,但却重复了有关丰厚补偿的观点:

> 虽然旧日的那般明亮的辉光
> 已永远地在我的视野中消逝,
> 尽管再无法寻回草中的绚丽
> 和花中的辉煌,但这有何妨;
> 我们不会悲伤,而将在
> 余存的事物中寻获力量,
> 包括了一直如斯并将一如既往的
> 原本始初的同情心;
> 包括了源自人类苦难的
> 慰藉心田的思想;
> 包括了能让我们看透死亡的信念,
> 包括了将产生的哲思的未来的时光。

另外,

> 多亏了我们借以生存的人心,
> 多亏了它的温慈、它的欣喜和它的忧虑,
> 对我来说,最最卑微的花朵也能引出

---

① 华兹华斯:《丁登寺》,第81—84行。
② 同上书,第85—88行。
③ 同上书,第92—96行。

常常是超越了眼泪的深沉的思想。

　　随着年岁的增长，诗人学会用生动的，甚至戏剧性的方式表达他的损失和他经历过危机后而产生的力量，所用的语汇常常具有新柏拉图主义的特色。我们当然不可能断然否认这戏剧性中肯定也有彻头彻尾的真诚，有阴沉而凝重的心思，不过，倘若我们对诗人的表意诗语产生一点哲学的意识与思考，就会看到，他本人这种受到哲思支撑与维系的损失感实际上却表达了对任何真实生活损失之客观性或实在性的否定，即并无绝对的失败与毁灭。华氏哲学毕竟掺入宗教、美学和玄学等因素，因此与葛德汶的理念演练和他对得与失的常识性解析大相异趣。具讽刺意味的是，恰恰由于诗人占据的哲思制高点，他寻获丰厚补偿时的谢意肯定有一小部分应给予葛氏理论，因为这是他在危机年月中所经历的重要内容之一。

　　因此，"悲曲"并不必然意味着诗人本人变得悲哀了，倾听此乐的能力是一种正面的才华，表现全面而充分的智性。文学思维压倒了理念的演练。而且，不仅仅是倾听，更经常的是投射，因为在华氏语法中，择取或寻获常常与创造无甚区别。《序曲》中的一些诗行需要更注重字面含义的解读，如果我们曾经挖掘过它们的间接寓意，现在则需多思考其直接的"面值"。以上说到诗人确定了其作为作家的使命，即他要写"实质的事物"，要以人心为"主题"，他还具体补充道：

> 我可以
> 择取悲伤或痛苦的亲情，但悲伤
> 成为乐事，痛苦也不会折磨
> 听众，因为悲痛中闪烁着光辉，
> 再现人类与人性的荣耀。①

　　不是痛苦，而是快乐，至少可以说悲哀的曲子能引起快感。此外，诗人明言，像"痛苦的亲情"这样的情感可以揭示基本的人类状况（"人性"

---

① 华兹华斯：《序曲》第 12 卷，第 244—248 行。

或我们到底为何物）。考虑到诗人的思想与艺术事业所具有的如此明显而重要的意义，考虑到后革命（与后葛德汶）语境，我们可以不计较华氏所展示的同样明显却又相当机械的姿态："择取悲伤"。我们可以更好地理解为什么他暗示，只要一位艺术家"紧紧跟随大自然""在人间施展其创造才能"，其职业就得到保证，就能写出好诗，其精神疾病就能得到治愈。

第八章

特罗洛普和政治

一　特罗洛普和政治

世界文学史上不乏这样的作家：他们有自己的职业，写作只是业余爱好。英国杰出小说家安东尼·特罗洛普（1815—1882）就是一位"业余作家"，从1834年到1867年的三十多年时间里，他一直服务于英国（包括爱尔兰）的邮政部门，英国乡间邮递路线的设计，路边铸铁圆柱形邮筒的推广使用，莫不记载着他的劳绩。这位邮政官员有个怪习，每天早上六点到九点，不管灵感是否袭来，都是他雷打不动的写作时间。他数十年如一日，居然写下了47部小说，成了维多利亚时期最多产的小说家之一。特罗洛普作品的声誉几经沉浮，早已取得经典的地位，不过他在我国的名气恐怕还远不能跟狄更斯、萨克雷、乔治·爱略特和勃朗特姐妹等人相比。记得约在十年前，一度被称为"解构主义者"的米勒教授（J. Hillis Miller）来北京讲"叙事学理论"，他回答问题时从上衣口袋掏出一本牛津蓝皮袖珍版特罗洛普小说，脸上溢出喜悦。假如听众中有人说，特罗洛普居然受理论大师喜爱，那么他在中国的地位也将提高了。米勒教授在20世纪60年代就写文章探讨特罗洛普小说中爱情主题的社会性质，他会如此谦虚地回应对他的恭维："我只是给特罗洛普作注而已，他的重要性不必由我来确认。"

英国学者迈克尔·萨德利尔在20世纪20年代把特罗洛普小说分为十类，第一类"巴塞特郡记事"，共6册，出版时间从1855年直至1867年，使他一举成名的《巴彻斯特养老院》（1855）就是该系列的第一部小说。"巴塞特郡记事"涉及英国教会和教区的日常生活，也称教会小说。其实

"改革"也是这系列小说的主题。就以《巴彻斯特养老院》来说,它既暴露了教会内部由于历史原因而产生的种种弊端以及个别既得利益者(如温良的院长哈丁先生和他贪婪的女婿、会吏长格伦雷先生)之间巨大的反差,又让人们警惕改革口号背后汹汹而来的不受制裁的自私势力。

巴塞特郡位于英格兰西南部,纯粹是作者虚构出来的地方,使读者联想到哈代的"威塞克斯"(也在英格兰西南部,与巴塞特郡相邻?)和福克纳的"约克纳帕塔法"。特罗洛普熟悉巴塞特郡和郡府所在地巴彻斯特的角角落落,他穿街走巷,整天观察那里的人物,并与他们交谈,情意款洽。美国作家霍桑曾任美国驻利物浦领事,对英国社会文化颇多感受。他说,特罗洛普的小说是典型的英国特产,有实实在在的分量,"就好像一个巨人从地球上劈下一大块地来,把它置放在一个玻璃匣子下。所有的居民都忙着日常事务,没想到他们是供人观赏的。这些书和牛排一样,是地道的英国货。……需要在英国住过才能完全读懂它们,但是我依然认为,人性会使它们在任何地方都取得成功。"霍桑在这里想说的,大概就是特罗洛普从本土摄入的生活养料如此充足,平常在他手中也化为新奇了。确实,特罗洛普的功力来自对生活细致的观察,据说他小说中人物的言谈、衣着和举止都与地位和身份相称,不奇中又有变化之奇,经得起英国读者老练挑剔的审视,这本领绝不是异想天开的"元小说"实验大师所能随意模仿的。

特罗洛普的第二类作品是政治或议会小说,也称派利塞小说,因小说主人公普兰泰吉尼特·派利塞得名。这类小说也有6部,分别为《你能原谅她吗?》《菲尼亚斯·芬》《尤斯塔斯家族的钻石》《菲尼亚斯归来》《首相》《公爵的儿女们》。首尾两部分别出版于1864年和1880年。1976年,英国广播公司(BBC)将它们拍成电视连续剧,共26集,又掀起一股特罗洛普热。派利塞小说和"巴塞特郡记事"的创作时间部分重叠。派利塞最初出现于"巴塞特郡记事",是公爵爵位继承人,很早步入政坛,任议员,后来成为奥姆尼姆公爵,当上财政大臣和首相。他是世家子弟,性格内敛,行为端谨,是个融贵族、绅士与政治家于一体的人物,多少代表了作者心目中踏踏实实践履责任、乡绅出身的政界领袖。派利塞小说与狄思累利的政治小说不同,并不以政治议题为经纬。想在政界施展抱负的青年和他们的婚恋,显赫之家与议会盘根错节的联系,男女冒险家一般而言不成功的经历，个人与社会共同体以及国家难以割裂的关系，公共事务包括选举中的操守，这些是构成派利塞小说的要素。奥姆尼姆公爵小心翼翼地防备太太干政，从首相的位置退下来后又愿意在内阁略尽绵薄，这种细节今日读来很有触动。就和"巴塞特郡记事"一样，派利塞小说并不受当时版本的 PC（"政治立场正确"）主导，比如，"腐败选区"也可能为优秀青年打开登进之门；门第观念则对圈外的野心家有所防范。

特罗洛普生活的时代，急速发展的英国招来一些文人的猛烈抨击，也激起一些沾沾自喜的赞叹。身处嬗递之际的社会，特罗洛普则是喜中有忧，忧中有喜。对一些新生的事物，他不作过瘾的谴责。例如，作为邮政稽查官，他能够欣赏火车给生活带来的方便。他经常出差，在火车上也坚持创作，效果与书房几乎一样。他担忧金融资本和投机心理给社会带来破坏性的冲击，责备"这时代商业上的行为不检"，但是他并不否认对财富的追求，并不讳言他自己的写作掺杂了金钱动机，毕竟他的母亲、通俗作家弗朗西斯·特罗洛普（1780—1863，《美国风俗见闻》作者）曾经靠了她那支无比勤快的笔维持了一家人不失体面的生活。他在《自传》中常常提及稿费。据他自己统计，到 1879 年，他的出版物给他带来 7 万英镑的收益，这在当时是很可观的数目。他曾说，世界究竟是不是变得越来越邪恶，这是困扰了有史以来一切思想家的问题。"然而，人变得不那么残酷、不那么喜欢暴力、不那么自私、不那么野蛮了，这是毫无疑义的。——但是他们也变得不那么诚实了吗？如果这样的话，一个在诚实方面一天不如一天的世界能被认为处于进步状态吗？"特罗洛普本人并没有给出明确的答案。他怀疑进步，同时又怀疑自己的怀疑。他写道，卡莱尔、罗斯金以及他们的信徒对当今的时代喊出了一个震天的"不"字。他们咬牙切齿，声嘶力竭，仿佛世界每况愈下，简直糟糕透顶。特罗洛普显然无法认同这类观点。教育得到普及，人们的生活更加舒适，身体更加健康，这些是有目共睹的事实。但是他承认，不诚实的精神四处蔓延，相关人物甚至爬到高位，如果听之任之，那么社会所取得的成绩就不值得骄傲了。

特罗洛普的政见或者说他对自己所处社会的评价多年未变。他的《自传》大概作于 1876 年（后来时有增补），但是早在二十年前，他就对卡莱尔提出批评。卡莱尔在《过去与现在》等著作中讨伐时代新潮，他发明的短语"现金交易"（cash payment）对马克思主义也有所启发，但是他宁愿回到 12 世纪的修道院去寻求有意义的生活方式。特罗洛普在《巴彻斯特养老院》中称卡莱尔为"悲观主义者·道学博士"，认为他的过失就在于善恶是非太分明，"决不把任何邪恶的事看作善行而加以接受，也决不把任何善良的事看作邪恶而加以排斥"。特罗洛普所信奉的可能接近美国批评家特里林曾阐述过的"道德现实主义"。他指出，卡莱尔没有认识到，"在这个世界上，没有一件善良的事是完美无疵的，也没有多少邪恶的事里绝对没有一点儿善良的种子"。我们以往爱用"三七开""四六开"来评价历史人物的功过，评价传统文化则作一番"精华"和"糟粕"的区分，好像优缺点有着一目了然的边界线。特罗洛普的道德现实主义是全然不同的。正是由于对善恶交织共生的复杂性有深刻的体认，他没有在派利塞小说中对秩序和变动、理想和现实等形成对照的选项做出简单的选择，态度时常显得比较暧昧。然而他的犹豫也是他的小说魅力所在。这正是左晓岚博士在其著作里充分探讨的话题。①

在 19 世纪的英国，各种矛盾日益突出，贫富不均，阶级对立，很多受过良好教育的英国青年首先想到的是如何改变不公的现象，而不是冷笑着袖手旁观，以示高洁。要说参政议政的背后不带丝毫虚荣的动机，那也不尽然。但是概言之，从政在当时的英国意味着出于爱国的情怀提供公共服务，完全是一种在上中层社会得到认可而且受敬重的抱负。

特罗洛普很早就有志于政治。他进伦敦邮政总署工作不久，一位亲戚问他，未来有何打算。他直率地回答，想当一名议会议员。对方笑着说，还从未听说邮局里出过议员。话音里透出一点奚落，这倒更刺激了特罗洛普从政的愿望。他在《自传》里写道："我一直认为，进入英国议会应该是每个受过教育的英国人的最高抱负。"为什么呢？因为"议会成员比外面的人达到更高的地位"。这里"地位"指的不是"当官"的荣耀或社会学意义上的地位，特罗洛普补充道，它"指的是不收取报酬为自己的祖国服务是一个人所能做的最了不起的工作，指的是在所有研究领域中，研究政治最能使人有用于同胞，指的是在一切生活中，公共的政治需要做出最大的

---

① 参见左晓岚《特罗洛普：动态社会与小说世界》，上海交通大学出版社 2009 年版。

努力"。

最好还是让特罗洛普自己来谈谈他的政见。他称自己为"一个开明的（也可译成'程度较高的'）、但仍然是保守的自由派"（an advanced，but still Conservative Liberal），并就此作出解释。下面这些文字对我们了解 19 世纪英国政治很有帮助，或许还能纠正对自由派的认识上的偏差。国内近年来关于"自由主义"的讨论很多，如果确有对立的两方，那么批评者与赞同者大致有个共识：自由主义者珍视个人自由，以个人权利而不是社会责任为本位。英国可以说是自由主义的发祥地，但是 19 世纪中叶的英国自由主义与美国二战后的所谓"新自由主义"判然有别。特罗洛普说，他最为关心的是因出身造成的不平等，即多数人受苦受难，而少数人不必通过自己的努力，生下来双手就塞满礼物。就他自己而言，生活条件大致与那些享有充裕物质、教育和特权（liberty，也指自由）的人处于同一层面。这个阶层的成员看到那些没有文化而又麻木的人辛苦劳作还食不果腹，总会感到一点痛苦，生出一点社会待人不公的感觉：

　　这种对不公的意识，在很多热情但是有失平衡的人身上激发一种愿望，那就是以公开标榜的平等解决一切问题。这些人经过一番努力，发现他们反对造物主的律令时无能为力。思想者和研究者的心智被迫承认，显见的不公正令人咋舌，但是不平等却是上帝的旨意。今天使所有人平等，可是上帝把他们创造出来就是那个样子，明天他们就不平等了。所谓的保守派，有良知、讲慈善的保守派见此状况，确信这些不平等源自神意，告诉他自己，他的责任就是保存它们。他认为，世界的福祉能否保存，取决于君王和他周围农民的距离是否保持。也许，我还应该加一句，这责任并不是不愉快的，因为他感觉到自己就是君王之一。

特罗洛普批评道，这种保守派虽然看到一点问题，而且看得很清楚，可惜视野太窄，他没看到的是不断缩小上面说到的距离也是上帝的旨意。渐趋平等的进程从未间断，然而他视之为恶，于是施加压力，一味延缓它的实现。保守派人士当然也敬畏上帝，热爱邻居，但是他们在后面拉扯，使得那进程比他们的对手们所希望的减慢一些。自由派则与保守党相对立，不过特罗洛普把自由派跟激进党人区别开来：

> 他也知道不平等来自天意，同样反对为了追求乌托邦式的幸福而使社会突然陷于混乱。但是他明白这个道理：这些（不平等的）距离日益缩小，这不断接近的过程就是他梦想的一系列迈向人类千禧年的步伐。他甚至愿意帮助很多人在梯子上稍稍登进，他也知道，当他们朝他走上来的时候，他必须往下迎候。他心里真正惦念的是一种平等的趋势。我不用平等这个词，它让人生厌，使人联想到……毁灭和神智错乱的民主。出于这样的考虑，他知道他身边必须有警卫，确保自己不致受到引诱走得太快，因此他一路上乐见保守派的对手相伴，对他有所制约。

这就是开明的保守自由派的形象写生了。有限度的、逐步实现的平等原则是他的核心价值。特罗洛普调和折中，在两难之间寻找一条渐进、稳妥之路。

对特罗洛普而言，一个持有政见的人，首先要想到为他人谋幸福，不然就是"政治阴谋家、江湖骗子、魔术师"。他同时对从政的陷阱有所意识。政治家很难不失初心，到头来支持或反对一种措施，容易对人而不对事，用艾略特诗剧《大教堂凶杀案》中坎特伯雷大主教贝克特的话来说，"跟政界人物斗争，能使自己的事业不讲原则，非因他们做了什么，而因他们有何等的身份"。"不讲原则"的原文就是"political"，指只顾党派利益（见 OED 即《牛津英语大词典》该词第四条释义）。从政之路上的这种危险并没有阻挡特罗洛普实现梦想的冲动。他 1867 年有意参选议员，后因外部原因未果。第二年他作为自由党代表参加约克郡贝弗利地方的议员席位竞选，甚至到当地拉选票，最终失败。这次挫折成了他莫大的遗憾，难得的是他以平和之气看待，并没有在小说里一味渲染英国政界的黑暗。不以个人的进退得失作为评断是非的标准，这其实也是特罗洛普衡量绅士的标准之一。英国当时对选民还有资格要求，当议员纯粹是为了荣誉和责任感，不仅不拿取薪酬，自己还得负责一大笔开销（特罗洛普花费了 400 英镑）。

19 世纪末期，民主的精神在英国更加深入人心，劳工也可以参加议会竞选，议员支薪就提上议事日程了。这在 19 世纪中期还是无法想象的。平等的观念带来的这一变化也可能使家境贫寒的年轻人视从政为谋生之道。这又一次表明，用心良好的改革措施往往也在播下弊端的种子。

在 19 世纪的英国，政界、学术界和文化界的人士往往同属一个阶层，他们有共同的教育背景和共同的朋友，交往非常密切，而且出于坦诚和信任，争论起来也不留情面。当时英国政界多作家，比如曾经风靡一时的爱德华·布尔沃－利顿任议员多年，还做过殖民大臣，他极有文才，小说、诗歌、戏剧，几乎无所不能。他的小说《帕勒姆，一位绅士的经历》（1827）中的同名主人公是个热爱时尚的才智之士，又有从政的热望，也许就像作者本人。这本书曾吸引过无数读者，连康拉德笔下木讷的老水手辛格尔顿（《水仙号上的黑家伙》中人物）也在航海时翻阅。在维多利亚时期，数度出任过首相的狄思累利、格莱斯顿和约翰·罗素（哲学家罗素的祖父）都是文人、作家。罗素热爱诗歌，编辑了八卷本的《托马斯·摩尔回忆录、日记和通信》，狄思累利写过一系列重要小说，出色的古典学者格莱斯顿的《荷马和荷马时代研究》是该领域最优秀的著作之一。当时议员人文修养之高是后来民主时代的议会成员难以企及的，希腊文和拉丁文两者都不知晓的议员恐怕是一个也不会有。就在特罗洛普参选的时候，维多利亚时期的大思想家穆勒就是议员。与这些人士共处一堂议事立法，当然值得自豪。不过金融界的巨头（如罗特希尔德银行集团创始人犹太裔的梅耶·罗特希尔德的孙子莱昂内尔·内森·罗特希尔德）也在挤入政界（《如此世道》里的犹太人梅尔莫特就是议员），特罗洛普对那些家庭背景不明、在资本投机市场上翻云覆雨的人物总是抱有很深的成见。

另外，英国的公学（public schools）所灌输的价值观念也使年轻学生积极入世。《汤姆·布朗的学校生活》是反映 19 世纪公学生活的经典，数度拍成电影，作者休斯本人是自由党议员，长期致力于工人教育和合作运动。特罗洛普上过温彻斯特和哈罗两所著名公学，为时达十二年之久。由于家庭拮据，他作为走读生的求学经历并非十分愉快，毕业后也未能像不少同学那样进入古老的大学，但是他不可能不受公学精神氛围的熏染。如果他在 1868 年竞选成功，那么肯定会在威斯敏斯特见到一些往日的同学。或许议会小说的创作多少给予竞选失败后的特罗洛普些许心理补偿。

英国的一些传统制度也确保最杰出的人士参与国家立法和行政，这恐怕是特罗洛普为政界所吸引的原因之一。漫长的工业革命期间，所谓的经济上的自由放任实际上是个神话，英国议会内部各种各样的委员会（committees）推出很多法案，防止经济和社会的发展失控，背离人们当时接受的公平原则。比这类委员会级别更高的是由首相推荐、国王任命的调查委员会（Royal Commissions），它们由德高望重的人士主持，专门就一些重大社会问题如童工、工会和穷人的居住条件等展开堪称透彻的调查，然后写出具有立法意义的报告。这些报告在很大程度上体现出了"对正义和仁爱的让步"（恩格斯语），缓解了阶级矛盾，维护了弱者权益和社会稳定。英国学界的精英一般视社会、文化和政治为不可分割的整体，马修·阿诺德长期任政府的督学，他的《文化与无政府状态》就是生动的一例。他们乐于在这些调查委员会任职，通过撰写报告为民立法，改良社会。"达尔文的斗狗"赫胥黎就曾担任过好几个皇家委员会的成员，调查的内容从活体解剖、传染病防治和英国学校的科学教学一直到捕鱼。大概不会有英国学者称他参与这些活动是在浪费时间。恩格斯的《英国工人阶级状况》出版后的四五十年时间里，英国经历了几乎是翻天覆地的变化，但是没有出现大规模动乱，约束人们行为的规范也大致得以延续，这在一定程度上要归功于那些里程碑式的报告和无数的议会法案，归功于现实世界里的派利塞和他的朋友们。

我国学界的研究课题喜爱扎堆，特罗洛普是长期受冷落的。朱虹先生是我国介绍特罗洛普的先驱，她早在 1982 年第 11 期《读书》杂志上发表《从特罗洛普想到的》一文，一方面纪念特罗洛普逝世一百周年，一方面讨论当时困扰我国外国文学译介和评论的标准问题。两年后，她又在《外国文学研究集刊》第 8 辑上发表长文，全面论述这位小说家的生平与创作。1986 年，收入"外国文学名著丛书"的《巴彻斯特养老院》和《巴彻斯特大教堂》由上海译文出版社出版，译者主万先生写了内容十分翔实的《译者序》。近年来，殷企平教授在论 19 世纪英国小说的力作《推敲"进步"话语》里也分析讨论过派利塞小说之一《尤斯塔斯家族的钻石》，把这一领域的研究推向深入。五卷本英国文学史中的《英国 19 世纪文学史》（外语教学与研究出版社 2006 年版）收有一篇特罗洛普的专论，是该卷主编钱青教授写的。左晓岚博士的英文著作《特罗洛普：动态社会与小说世界》于 2009 年由上海交通大学出版社印行。但是总的来说，这方面的研究远远不够。现在我们谈核心价值观念体系的建构，特罗洛普的小说能给我们很多启发。

二　特罗洛普的"派利塞小说"和他的政治观

（一）从特罗洛普的兴衰谈起

据说有人就英国政治活动的内在规律向曾担任过英国首相的哈罗德·麦克米伦先生和曾做过财政大臣和工党领袖的休·盖茨克尔先生①寻求指点迷津，两位著名政治家的回答惊人地相似：答案全在特罗洛普（Anthony Trollope，1815－1882）的小说里。这个回答乍一看令人费解，因为他们推荐的特罗洛普从未真正涉足政坛，他 1868 年竞选议会议员没有成功，他的私交中也没有什么著名的政治家，作为一个勤奋的作家他除了获准旁听议会辩论之外对政治活动的知识大多源于历史书籍②、报纸杂志和文人俱乐部，他对政治哲学也未曾深究。那么两位资深的政治家何故力推特罗洛普这位"门外汉"呢？难道他们不知道政治活动的深奥与复杂？③

喜爱特罗洛普的政治小说的政治家不止麦克米伦和盖茨克尔，两度担任英国首相的温斯顿·丘吉尔晚年也读过发表于他出生前后的特罗洛普的

---

①　莫里斯·哈罗德·麦克米伦（Maurice Harold Macmillan，1894－1986），英国政治家，在 20 世纪 30 年代支持丘吉尔反对英国对希特勒的绥靖政策。他任首相期间（1957－1963）曾致力于使英国加入欧洲经济共同体。休·托德·内罗·盖茨克尔（Hugh Todd Naylor Gaitskell，1906－1963），英国政治家，曾任财政部大臣（1950—1951）和工党领袖（1955—1963）。

②　应出版家威廉·布莱克伍德之约，特罗洛普曾撰写《恺撒评注》（The Commentaries of Caesar，1870 年出版）。特罗洛普还断断续续用五年时间研读古罗马政治家、雄辩家、著作家西塞罗，并于 1880 年出版《西塞罗传记》。

③　参见 A. O. J. 考克莎特《特罗洛普的自由党思想》，见托尼·贝尔拉姆编辑《特罗洛普》（托托瓦：巴恩斯和挪贝尔 1980 年版），第 161 页；理查德·马伦、詹姆斯·芒森合著：《企鹅版特罗洛普研究指南》（伦敦：企鹅书局 1996 年版），第 93—94 页。

派利塞小说，当谈到特罗洛普的时代和 20 世纪的最大区别时，他说道："在那个（维多利亚）时代上流社会和政治活动密不可分"。① 英国前首相约翰·梅杰不仅爱读特罗洛普的作品，而且还是特罗洛普研究会的会员。1997 年竞选连任首相败北之后不久，他在位于伦敦的英国特罗洛普研究会总部做演讲时曾风趣地感谢选民给他留出空闲来做这次讲演。② 特罗洛普 1875 年发表了一本书名为《首相》的长篇小说，作为以派利塞为中心人物的六本系列政治小说的第五部，该书叙述了派利塞担任首相的经历并以主人公辞别首相职务而结束。梅杰作为刚刚卸任的首相在此演讲，恐怕与小说中的派利塞会有某种同感。

在英国，文人学者关注政治生活，视社稷安危为己任，甚至从政治国久成惯例，且成功者较多③，比特罗洛普年长 11 岁的狄思累利便是一例，他曾连续 16 年担任保守党领袖并两度荣登首相宝座。他既是政治家也是小说家，发表过《西比尔》（*Sybil*）、《康宁兹比》（*Coningsby*）、《坦克雷德》（*Tancred*）和《安狄米恩》（*Endymion*）等带有政治倾向的小说。然而政治家们依然如此看好特罗洛普，究竟为何？第一是因为他曾在爱尔兰当邮政视察员助理长达 18 年之久，爱尔兰和英国的特殊关系使他对政治特别关注，在他去世的那一年（1882）5 月和 8 月他还两度前往爱尔兰。他的大儿子亨利·特罗洛普在父亲的《自传》前言中写道："他对爱尔兰的悲惨的境况非常关注和忧虑。对爱尔兰他特别熟悉，很少有人能与他相比。"④ 第二是由于他写出了政治、经济、社会、文化与人性的错综复杂的关系。他探求人性的弱点在政治活动、社会交往、文化环境以及生活细节中的种种表现，以便唤起人们努力消除虚伪、欺骗和诡诈等堕落行为。第三是因为他展现人物性格时所表现出的道德关怀和率直风格。他观察社会和政治舞台上的人物精辟透彻，并从自己的观察和实践中捕捉事件和人

① 理查德·马伦、詹姆斯·芒森合著：《企鹅版特罗洛普研究指南》，第 401 页。

② 英国特罗洛普研究会（Trollope Society）官方网站：http：//www. trollopesociety. org.

③ 参见约翰·郝内珀林《特罗洛普与政治》，伦敦：麦克米兰出版公司 1977 年版，第 113 页；陆建德：《破碎思想体系的残编：英美文学与思想史论稿》，北京大学出版社 2001 年版，第 38、57 页；马修·阿诺德：《文化与无政府状态》"译本序"，韩敏中译，三联书店 2002 年版，第 5、18 页注。

④ 安东尼·特罗洛普：《自传》（英文版），迈克尔·萨德勒和弗雷德里克·佩奇编辑，牛津大学出版社 1980 年版，第 xxiv 页。以下该书名加引文页码放在文中括弧内。

物，从而真实地再现了维多利亚时代中期社会和政治生活的本来面貌。第四是因为他的政治态度谨慎而务实，不企求一蹴而就的尽善尽美的社会制度。像19世纪大多英国文人一样，他不仅关心社会现实和政治改革，认真搜索材料研究政治，而且积极参与政治活动，不囿于党派成见，反对激进派和自由派人士急于求成的改革方案，呼吁改革不应以牺牲社会稳定和损害民族长远利益为代价。除此之外，像许多同时代的优秀小说家一样，他珍视英国的文化传统，他的思想大多来自他所生活的时代和国度，他所表现的东西也不外乎他真正观察到的社会政治现实。他最关心的问题不是政治体制的优劣，而是各种无形的社会传统制约机制，如社会道德、绅士精神等文化积淀，以及在这种环境中个人道德水准的高下。他文如其人，作品朴实无华，他的创作不是为了迎合某种宏大空泛的理论或好高骛远的理想，而是为了探索人性自身缺陷并弘扬"任何宝贵的、有久恒价值的事物"①。

　　陆建德博士在《破碎思想体系的残编》中写道："在英国，由于文化传统的制约，个人一般来说有所归属，社会质地比较绵密。以有的美国作家之见，这为英国小说家提供了取之不竭的原材料，令人钦羡。"② 安东尼·特罗洛普就是这样一位熟稔本土生活、尊重民族文化传统的小说家。他的作品不仅受到维多利亚时代普通读者的欢迎，而且也得到了当时同行的好评，如萨克雷、乔治·爱略特、纳撒尼尔·霍桑、托尔斯泰等。③ 二战后读者和学者对特氏的作品依然兴趣不减，评价甚高：英国著名历史学家阿萨·布里格斯（Asa Briggs，1921 － ）称赞特罗洛普是"为他们的时代特色做出特殊贡献的人物之一"。④ 作为牛津大学出版社为纪念特罗洛普逝世百年而出版的派利塞系列小说的总编辑，麦柯麦科（W. J. Mc Cormack）在总序言中写道："特罗洛普具有严肃的道德关怀，稳健的政治思维和清醒的艺

---

① 马修·阿诺德：《文化与无政府状态》，韩敏中译，第196页。

② 陆建德：《破碎思想体系的残编：英美文学与思想史论稿》，第128页。

③ N.约翰·霍尔：《特罗洛普传记》，共2卷，纽约：牛津大学出版社1991年版，第157、226—227、246、401页。参阅特罗洛普《斯卡伯勒的婚约》"译者序"，吴信强译，上海译文出版社1992年版，第3页。

④ 阿萨·布里格斯：《维多利亚人》（*Victorian People*），芝加哥大学出版社1965年版，第18页。以下该书名简称《维》，加引文页码在正文中以括弧标出。

术头脑。"① 文学评论家迈克尔·萨德勒（Michael Sadleir）称他是"一个时代的代言人",② 此言虽略显夸张，但不无道理。如果说他是维多利亚时代的代言人之一，则毫无夸张之嫌。朱虹先生也认为特罗洛普堪称"英国文学史中的一位奇人"。③ 可见他是中外学术界广泛认可的维多利亚时代优秀的小说家。

特罗洛普一生创作甚丰，共撰写了 69 本书，其中除了政论、文学评论、演讲，包括 47 部长篇小说、60 篇短篇小说、4 部游记、3 部传记、书信集 2 卷④。在他的长篇小说中，有两组是系列小说，一组名叫巴塞特郡小说，或称作教会题材小说，共有 6 本。这组小说的背景是巴塞特郡，用特罗洛普的话说，这个想象出来的郡"是我为英国增添的一个新郡"（《自传》，第 154 页）。他的这一伟大创举，先于哈代的"威塞克斯郡"小说和福克纳的"约克纳帕塔法"神话王国。另一组系列小说是前面提到过的派利塞小说。这些小说陆续发表于 1864 年至 1880 年间。这段时间正是英国维多利亚时代的黄金阶段：经济快速发展，殖民地不断增多，英国已经成为真正的"日不落"帝国。与此同时，英国国内也在经历着前所未有的社会变革和政治改革。特罗洛普的这组小说恰好为维多利亚中期的社会描绘了一幅准确、全面而又清晰的全景式历史画卷。当时的英国知识阶层对社会的发展趋势深为关切，积极表达自己的政见和文化观。特罗洛普的小说深刻反映了他对一时一地的政治和永恒的人性弱点的复杂思考。从政治、社会、文化和历史的角度看，他的小说是很有价值的。韩敏中教授在《文化与无政府状态》（1869）译本序中说："他（马修·阿诺德）在英国向现代社会转型的时期所提出的问题至今仍是无法绕过去的重大问题。"⑤ 用此

---

① 见特罗洛普：《你能原谅她吗？》，伦敦：牛津大学出版社 1982 年版，麦柯麦科为牛津大学出版社纪念特罗洛普逝世百年而出版的派利塞系列小说所作的总序言，第 vii 页。

② 迈克尔·萨德勒：《特罗洛普评论》第三版，伦敦：牛津大学出版社 1961 年版。这个短语在书中用作第一章的题目。

③ 朱虹：《英国小说的黄金时代：1813—1873》，中国社会科学出版社 1997 年版，第 214 页。

④ N. 约翰·霍尔编辑：《特罗洛普书信集》，共 2 卷，斯坦福大学出版社 1983 年版。32 年前，布拉德福·艾伦·布斯（Bradford Allen Booth）编辑的《特罗洛普书信集》（牛津大学出版社 1951 年版）仅有一卷，其内容也只有霍尔搜集编辑的《书信集》的二分之一。

⑤ 马修·阿诺德：《文化与无政府状态》"译本序"，韩敏中译，第 2 页。

话来评价特罗洛普的小说，尤其是他的派利塞小说，也是恰当的。梅绍武、朱虹、钱青、陆建德、张禹九等专家学者都曾为介绍和研究特罗洛普作了不少努力，中央电视台《海外剧场》栏目也曾于 2004 年 10 月播出了根据特罗洛普的《如今世道》（*The Way We Live Now*）改编的电视剧《浮华世界》，此剧由英国 BBC 公司推出、英国著名电视人安德鲁·戴维斯编剧兼导演。然而我们对特罗洛普作品的翻译还不到十分之一，有关介绍也只有寥寥数篇，对他的深入研究更不多见。对大多中国读者来说他的名字远不如他的同时代作家（如狄更斯、乔治·埃略特、萨克雷、勃朗特姐妹、哈代等）那样耳熟能详。实际上，他的作品不仅在数量上远远超过上述作家，而且名篇佳作甚多，可他的作品在中国至今没有得到应有的关注和普及。

这种状况和特罗洛普的声誉在欧美学术圈内的起落不无关系。托尼·贝尔拉姆认为，19 世纪 50 年代末，他的声誉几乎可以与萨克雷和狄更斯媲美，钱青教授在《英国 19 世纪文学史》中也指出到 19 世纪 60 年代初"特罗洛普名气仅次于狄更斯"。① 然而在他去世之后大部分作品便渐渐失宠，从学术界到出版界他的名字几乎销声匿迹长达 25 年之久，好在他的 6 部巴塞特郡系列小说中还有几部一直拥有众多读者。特罗洛普去世时，除了《星期六评论》对他的文学成就给予较为公允和充分的肯定之外，《时报》《旁观者》和《世界报》的观点均有失偏颇。② 萨德勒认为上述报刊的贬抑之词反映了那个时代的特征：实用主义者骚动不安，势利文人自命不凡，他们要在畸形和变态中寻求美感，鄙视对传统的尊重，轻蔑朴素的友谊，这一切皆因为离经叛道正在成为雅致的时尚。在作者去世之后不久发表的这些评论，还未来得及经过时间的检验就已经产生了不小的负面影响，致使这位坦诚而又朴素的文学大师的作品长期遭受冷遇。正如萨德勒所言，作家的"名声往往因为公众的趣味突变而受损。过度和常见的操劳使人们顾不上对艺术的爱好，结果也往往损害作家和画家的名声。新成长的一代作家和画家表现出了这种反应，他们的长辈的长处对于他们来说恰恰是最

---

① 托尼·贝尔拉姆编：《特罗洛普》，第 1 页；钱青主编：《英国 19 世纪文学史》，外语教学与研究出版社 2006 年版，第 307 页。

② 唐纳德·斯莫里编：《安东尼·特罗洛普：批评传统系列》（伦敦和纽约，1969 年），第 503—511 页。

碍眼的短处。有教养的公众温顺，热衷于现代的东西，弃旧偶像而拜倒在新的壮观面前"。① 雪利·罗宾·莱特文在《特罗洛普小说中的绅士》一书中对作家遭受冷遇的原因也作了分析，他认为特罗洛普被贬抑的年代正是英国人背离了自己的传统的年代，这个传统就是英国人的绅士传统。一般认为世人已经习惯于要么屈服，要么造反，然而唯独英国人例外，他们两者都不为。英国人这种避免极端的民族特点也与他们的另一个特点密切相关，即绅士的道德规范。这种道德规范之于社会行为一如语法之于语言行为，人们有意无意地受制于它。② 这就是文化的规约力，但是这种规约力在某种特定的政治和社会条件下会暂时被某种从众心理促成的"时尚"所遮蔽。

（二）从《新西兰人》到"派利塞小说"

研究特罗洛普的政治小说不能不读他在克里米亚战争期间（1853—1856）撰写的《新西兰人》，③ 这是一部严肃的社会批评专著。当时英国、法国、土耳其等国与俄国为争夺欧洲东南部，尤其是达达尼尔海峡的控制权而交战。由于英军指挥失误以及军需品供给问题，结果大批士兵病饿而死。消息经《伦敦时报》著名战地记者威廉·拉塞尔（William Russell）传回国内，全国上下一片哗然，英国人担心民族危亡正在逼近，知识界很多人撰文批评政府工作不力，由此引发一系列改革举措。实际上，克里米亚战争只是诱因。1851 年英国作为世界最大强国曾在伦敦举办水晶宫大博览

① 《特罗洛普自传》"导言"（迈克尔·萨德勒），张禹九译，湖南人民出版社 1987 年版，第 2 页。

② 雪利·罗宾·莱特文：《特罗洛普小说中的绅士》，伦敦：麦克米兰出版公司 1982 年版，第 55—57 页。

③ 安东尼·特罗洛普：《新西兰人》，N. 约翰·霍尔编辑，牛津：克拉伦登出版社 1972 年版。在该书引言第 4 页，特罗洛普写道，我们这个时代有位大作家描述了一个新西兰人的形象：那人是未来的旅行者，着装华丽，是有教养的艺术家，他站在伦敦桥的废墟上画素描，面前是残垣断柱和破败不堪但尚未倒塌的圣保罗大教堂的圆顶。根据该书编辑霍尔考证，新西兰人这个形象取自麦考利的"预言"，麦考利的论文收集在德国历史学家利奥波德·冯·兰克（1795—1886）的著作《教皇历史》中，该论文在《爱丁堡评论》第 145 期（1840 年 10 月）上发表。麦考利原文谈论的是罗马天主教堂永不枯竭的生命力。特罗洛普在《新西兰人》中避开了麦考利的话题，只谈英国最终的衰落。新西兰人这个形象倒也不是麦考利首创，而是引自英国作家、历史学家沃尔浦尔（Horace Walpole, 1717–1797），见 Peter Cunningham 编《霍勒斯·沃尔浦尔书信集》第 6 卷，第 153 页。

会，标志大英帝国迈入鼎盛时期，英国不可能在短短几年之内就衰败到令人担心的程度。问题在于在巨大物质财富的背后隐藏着政治、社会、文化和道德危机，出现了类似于阿诺德在《文化与无政府状态》中所说的"混乱和令人困惑的复杂局面"。[①] 在此背景下，特罗洛普像许多英国文人一样开始对英国社会作全面考察并写就了《新西兰人》一书，书中涉及英国社会的各个方面：上至王室下至平民、从上议院到下议院、从宗教到军队、从文学艺术到消遣娱乐、从报刊媒体到法律和医术。该书表现出特罗洛普忧国忧民的责任意识，强烈的社会和道德关怀。他对政治抱有强烈的关注和向往，因此才对政治腐败、道德滑坡和社会虚伪忧心忡忡。

特罗洛普一向崇尚坦率真诚，故而对 19 世纪 30 年代以来日渐严重的欺骗、奸诈、腐败等道德沦丧行为忧惧不安，他非常担心英国的强国地位会因此而逐渐衰落。这种民族忧患意识在他的政论集《新西兰人》中表现得尤为明显。他试图用古代大帝国的衰败作为历史警示以唤起人们的醒悟。他认为一个国家，一个政党，一个社会，如同一个人，一旦一味地妄自尊大、欲壑难填、悖德腐败，导致自我毁灭，只是或早或晚而已。

值得一提的是，翻开《新西兰人》，扉页上赫然印着一句简短而有力的卷首引语："忠实真诚有益无害"（It's gude to be honest and true）[②]。此言本是苏格兰爱情歌谣中的一句，特罗洛普用这句话作社会批评专著的卷首语，乍一看似乎不太协调，可读完全书方见其良苦用心。这句话既是他一生的写照，又是他严肃的道德准则，也是他评价政治活动和审视社会现象的准绳。在该书的结束语中，他三次引用这句歌词，告诫英国人迅速戒除欺骗、奸诈和虚伪，以延缓国败民衰的日子的到来。在特罗洛普看来，无论是对于民族还是对于个人，诚实无疑是最重要最伟大的美德。针对英国有可能出现衰落的趋势，特罗洛普认为英国公民除了以诚实劳动在某种程度上可聊以自慰之外，或许没有别的办法能彻底阻止英国衰落的进程。尽管特罗洛普像许多英国的有识之士一样都感到了问题的迫切性，但是他并不悲观，而是一直寄希望于传统的社会制约机制的恢复与完善以及国民道德素质的

---

① 马修·阿诺德：《文化与无政府状态》，韩敏中译，第 195 页。

② 据霍尔考证，此句引自詹姆斯·约翰逊（James Johnson）的《苏格兰歌曲珍品集》第 5 卷（1796）第 412 页，歌名为"为远行的人举杯祝福"。彭斯曾于 1792 年以同名发表过这首诗。

提高。全书闪烁着一种令人震撼的道德锋芒："如果我们是一个诚实的民族，或者能成为一个诚实的民族"①，英国衰败的日子就会很遥远。总之，诚实是全书的主调。

特罗洛普认为最为令人担忧的是议会议员们在政治操作背后的动机和道德问题，他对议会议员为盲目效忠本党而言不由衷的花言巧语非常痛恨。他认为充斥议会的大话空话假话只是为了误导舆论和民众，掩盖事实真相，捞取政治资本，以实现某种党派或个人私利，这是政治腐败和道德滑坡的明显标志。② 他在《新西兰人》里抨击那些虚伪的议员们"对公众讲话时总要痛斥邪恶行为，似乎这些行为已经卑鄙到非人所能为，但是这些邪恶行为在政客之间最多不过是不值一提的微小过失。公之于众的过错被看作十恶不赦，而同样的过错在议员的私下交谈中却成为轻松的笑料"（《新》，第110页）。真是绝妙的嘲讽！特罗洛普对议会的批评实际上主要集中在下议院，他认为"在唐宁街和财政部，高级官员相对来说还比较诚实，然而一旦他们作为立法者到了下议院，他们就获准甚至必须玩弄谬见和诡计"（《新》，第108页）。他讽刺道："如欲获取和保住政府高官的地位，就必须学会用虚假的理由来捍卫真实的意图，或用狡猾的诡辩抵制无端指责。"实际上，"假话充斥下议院，人们也就不再指望听到任何真话了"（《新》，第121页）。这些话并非耸人听闻，十多年后，政客们对第二次改革法案的操纵手腕表明，那的确是一个"追逐私利的年代"（《维》，第299页）。他们往往是以党派对抗的表象遮掩着谋取私利的意图，其目标是台下人意欲取代台上人而绝无服务国家或捍卫民众利益之诚意。上台意味着必须瓦解对方，毁谤方能带来席位。特罗洛普在《新西兰人》中指出："是惧怕而非喜爱让大臣们学会了到何处去寻求支持……国人都已看得明白，政治上的支持无非是权宜之计。由此我们对自己领路人的领导原则的信心也就丧失殆尽。"（《新》，第120—121页）18年后在《菲尼亚斯归来》中，小说家又借布伦特福特伯爵之口说道："如果能使某位大臣惧怕你，他就会来拉拢你。年轻人发迹，大多得益于好斗而招人厌烦。每天晚上议会开会期间你

① 安东尼·特罗洛普：《新西兰人》，第12页。以下书名简称《新》，加页码放在文中括弧内。

② 乔治·奥威尔在《政治与英语语言》一文中写道："如果思想可以败坏语言，语言也能败坏思想。"见吴景荣等编《当代英文散文选读》上册，商务印书馆1980年版，第95页。

先用前一半时间抨击某个大臣，到了后一半时间你肯定能获得任命。"① 在这种情况下所谓的少数派反对党的主要目标已经不是真正捍卫民主平等、关心大众疾苦，也不是维护政府的有效运转，而是如何操纵民意笼络民心以击败对手，执掌大权，这样他们便可将权力和荣誉不仅分发给自己的支持者，也会用于安抚抨击自己的人。

特罗洛普还批评议会议员常常把权力作为拉帮结派的工具，诸如施惠赐恩、授爵授勋等。他认为党派相斗的主要目的多在于此，纲领、信念、良心等皆可暂置脑后。更有甚者，那些政治冒险家和机会主义分子常常把政治当作一种游戏，或利用他人，或被他人利用，更多的是二者兼有，用特罗洛普的话说是"获取私利的权宜之计"（《新》，第121页）。在这种游戏中全然找不到诚实、公允、原则和爱国精神的影子。对此类政治腐败的根源特罗洛普也有入木三分的分析：

> 获得了行政权力的官员同时也得到了权力带来的利益和诱惑，他们会使自己及其亲信获取非法利益。一旦获得这样的权力，他们是不会不用的。这就是腐败的含义。所有的政治腐败皆归结于此。……人们争夺分发面包的权力以及这种权力带给他们的显赫地位。而获取或守住这种地位的古老手段就是他们竟能置体面、身份和原则于不顾去弄虚作假、密谋勾结、玩弄权术。（《新》，第107页）

特罗洛普认为，凡是把党派和个人的眼前利益凌驾于国家和民众的长期利益之上，凌驾于道德良心之上的议员充其量只能算作党派的奴仆。他们颠倒黑白的谎言久而久之已经形成一种模式："如果斯密斯先生在议会之外把黑色说成白色，他必然会失去信用，人们渐渐就把他看作骗子。但是如果他在议会里把黑色说成白色，便不会有人因此谴责他；可是一旦他果真把黑色说成黑色，他就会被看作不切实际、难以驾驭、无用的议员，所以也就完全不适合再担任此职。"（《新》，第122页）稍后，特罗洛普又嘲讽道："任何迫于环境压力把黑色说成白色的可敬的议员都会以谎言毁坏英

---

① 安东尼·特罗洛普：《菲尼亚斯归来》，伦敦：牛津大学出版社1983年版，第322页。以下该书名简称《菲》，加引文页码置文中括弧内。

国的形象。不幸的是每个可敬的议员都有能力为此添砖加瓦。"(《新》,第130页)他在《自传》第20章中曾将派利塞系列小说中的派利塞这一理想的政治家与普通政客作了一个不无揶揄的比较:派利塞在恪守政治原则和道德规范方面是趋炎附势、投机取巧的政客所无法比拟的:

> 一般的政府成员或在野党员有主见,面皮厚,很能干……这样一来便丝毫没有人情味了……人们通常甘愿被塑造成型,制成工具,或用来建造或用来拆毁……不流露多少个人痛苦……我对他们始终不解,质地那么坚硬的石头竟然这么快就被磨成光滑的圆卵石。我心目中的政治家——我考虑已久的政治家——是不掉队政治家,尽管他的面皮不能变厚。他应当有地位有才智有议会习惯,并以此为国效劳;他也应当有纯洁、永不熄灭、永不枯竭的爱国之情。我认为这才是我们的政治家的美德。①

官员的腐败往往和社会风气有关。在特罗洛普看来,没有传统道德约束和健全的法规制约的普选权对更多更严重的政治腐败和公德沦亡只能起到推波助澜的作用。早在19世纪60年代初期他就在《北美游记》(*North America*,1862)第2卷中称美国的普选权是对"民主权利的滥用"(the tyranny of democracy)②。1832年和1867年的两次选举改革法案之后,越来越多的英国中下层民众获得了选举权,于是竞选议会席位的政客们转而以贿赂手段拉拢选民,这种行为已是危险的不道德行为,但是更为可怕的是,多数选民不仅乐于接受贿赂,甚至期待或公开要求竞选者施以贿赂,视他们手中的选票为待价而沽的商品。诚如歌德所言,如果只是解放了思想而没有相应地增加自我克制能力就会产生致命的危险。难怪特罗洛普一再呼吁,一切不道德的行为都是危险的,但是为大众普遍认可的不道德的行为,其危险会再大十倍。持这种观点的不止特罗洛普一人,和他同时代的沃尔特·白哲特也指出:"选举活动既耗费财力又激烈对抗,与投票人经常的接

---

① 《特罗洛普自传》,张禹九译,第256—257页。
② 转引自约翰·郝尔珀林《特罗洛普与政治》,第20页;又见维多利亚·葛兰迪宁《安东尼·特罗洛普》,纽约:阿尔弗雷德·A.诺普夫公司1993年版,第318页。

触会导致道德败坏。"（《维》，第 97 页）年过六旬的特罗洛普在撰写《自传》时禁不住流露出对政治虚伪败坏社会风气的忧愤："某些人的不诚实到了非常惊人的地步，青云直上，高官厚禄，如此猖獗霸道又如此冠冕堂皇，便有理由担心这会教坏世上的男男女女，使他们觉得这种不诚实——如果这种不诚实变得冠冕堂皇的话——并不可憎。"① 特罗洛普曾于 1868 年在贝弗利选区竞选议会议员，这次切身经历不仅使他更直接更清楚地认识到他的竞选伙伴和对手以及双方的组织者的操纵手腕，尤其是贿赂选民的手段，而且也让他目睹了当地选民为蝇头小利而出卖选票的行为。对他们来说，钱夹子比信念更重要，"政治上的清白在公民看来竟然是可憎的"。② 社会风气如此之败坏，选民如此之贪婪，以至于"想要成为议员就不得不在竞选时屈身折节以取悦选民，以便大功告成之后再挺起腰杆重树尊严"（《维》，第 108 页）。这使人想起培根在《论高位》一文中的名言："要升到高位上，其过程有时是卑污的；然而人们却借着使自己蒙辱的手段达到尊严的地位。"

在贝弗利竞选议员的经历也使特罗洛普清醒地认识到自由党（竞选）人和保守党（竞选）人也不过是半斤八两。政治纯洁在两党竞选人的眼里和在选民的眼里是一样的可憎。这些观点在后来的政治小说里也常有体现。在《公爵的儿女们》（1879—1880）中作者写道："议会竞选活动可不是一件好差事。没有什么能比这事更令人厌恶、更肮脏龌龊、更伤害尊严的了。同样的话不得不在村舍、窝棚和茅屋里重复再三，而里边的穷人只明白又到了他们接受阿谀奉承而不用殷勤取悦别人的时候了。"③ 所有这一切足以把一个有幸当上议员者的自豪感一扫而光。

实际上，对选民的失望加深了特罗洛普对盲目大规模地推行民主选举的怀疑，所以他真正担心的是维多利亚中期的民主改革是否真正能造福于英国人民。创作于 1869 年（即特罗洛普在贝弗利竞选议员失利的第二年）的《继承人拉尔夫》因为故事情节和人物关系等缘故而通常不被列入特氏

---

① 《特罗洛普自传》，张禹九译，第 253 页。

② 同上书，第 218 页。

③ 安东尼·特罗洛普：《公爵的儿女们》，伦敦：牛津大学出版社 1983 年版，第 55 章，第 443 页。以下该书书名简称《公》，加引文页码置文中括弧内。

的政治系列小说之中，但是就其政治内容和主题思想而言，把它看作政治小说并不过分。在小说中，当托利党人托马斯·安德伍德站出来呼吁竞选行为必须纯洁公正时，连他的支持者最初对此都深感吃惊，甚至厌恶，后来他们只好要么充耳不闻，要么嘲笑蔑视。作为托马斯·安德伍德的竞选伙伴，格里芬博特姆则不像安德伍德那样"愚钝"和"不识时务"。在竞选时他不是"慷慨解囊"，就是"乐善好施"，故而在选区内受人爱戴。对这类破费他本人则非常满意，因为他明白，只要他能成为议会议员，成为内阁成员的座上客，他的社会地位和经济地位就会得到保障。安德伍德因呼吁纯洁公正而被斥为白痴，而格里芬博特姆则非常务实，他有明确的目标，也清楚必须为此目标付出相应的代价。他付出了金钱，得到了席位，自然很是满足。格里芬博特姆及其支持者对肮脏的政治腐败的依赖犹如他们对空气的依赖。书中的主人公安德伍德在珀西克罗斯和菲尼亚斯·芬在坦柯威尔的竞选经历常使人想起小说家在贝弗利的竞选遭遇：特罗洛普曾对自由党的一位竞选组织者说，竞选双方都"不应有请客、行贿的行为，甚至连一瓶啤酒也不能给"，① 谁料那位组织者听后竟对他嗤之以鼻，那鄙视的神态中显露出某种久经世故的练达。这两本小说充分反映了特罗洛普在贝弗利竞选议员失利之后的政治思考和道德关怀。他对安德伍德的褒扬和对格里芬博特姆以及支持者追随者的鞭挞足见其强烈的社会使命感和对公众道德滑坡的忧虑，他清醒地意识到广大选民对竞选中的腐败行为应负更多的责任。难怪维多利亚时代的许多知识界人士普遍担心，操之过急的大规模的政治改革和不顾客观现实的民主理想往往会事与愿违，所以"社会的进步不能躐等求之"。②

　　然而对议会下院和选民的深深失望并没有使特罗洛普减退其政治热情和社会责任感。虽然他对政治腐败深恶痛绝，但他对政治从不采取玩世不恭和消极遁世的态度。如同他对人性的弱点和社会的阴暗面的态度一样，他从不把政治腐败看作不可救药的恶魔。在他看来，腐败乃源自天生人性

----

① 《特罗洛普自传》，张禹九译，第 218 页。
② 参见乔治·艾略特小说《费利克斯·霍尔特》的附录《致工人辞》；陆建德：《破碎思想体系的残编：英美文学与思想史论稿》中《伯克论自由》一文；陆建德：《思想背后的利益：文化政治评论集》"自序"，广西师范大学出版社 2005 年版。

中的阴暗一面或利己的天性，所以需要用道德的力量和绅士的精神来加以匡正。尽管一些评论家认为特罗洛普随着年事增高，尤其是在经历了贝弗利竞选议员的失利（1868）之后，"逐渐走向悲观"（Progress to Pessimism）[1]，但苟同上述观点就意味着忽视特罗洛普严肃的批判态度背后的政治热情、民族责任心和社会关怀。事实上，正如《新西兰人》所示，早在19 世纪 50 年代中期，随着对其所处的时代和社会的认识加深，特罗洛普就已经显示出认真严肃的态度和针砭时弊的勇气。直到作者 58 岁开始创作《如今世道》的 1873 年，他那严肃的政治态度和批判性的审视目光并无实质性的改变。其实，给特罗洛普简单地贴上"悲观"的标签无助于正确理解他的政治态度和价值取向。尽管特罗洛普在政治姿态上一直是他在《自传》里声称的"进步且又保守的自由党人"（《自传》，第 294 页），而且一生都站在自由党一边，但在政治问题上他从不简单地从党派利益出发，而是把国家民族的长远发展和持久稳定作为自己判断是非的准则。只要是激进的举措，尤其是为一党一己之利的权宜之计，不管它出自哪个政党，特罗洛普都敢于批评。他在政治小说中塑造了许多带有冒险主义和机会主义倾向的自由党议员，例如乔治·瓦韦萨（George Vavasar）、费迪南·罗佩兹（Ferdinand Lopez）和弗兰克·格雷斯多克（Frank Greystock），唯命是从的党羽党仆邦廷（Bonteen）、拉特勒（Ratler）、伯令顿·厄勒（Barrington Erle）和鲍特（Bott）等，他们多是作者讥评的对象。所以，与其说特罗洛普晚年沮丧和悲观，倒不如说他一生都对社会和政治现实持有严肃的道德态度和锐利的批判眼光。他始终认为"对自己的国家不充满希望是不可能的"（《新》，第 208—209 页）。这也是他批评的目的所在。他 19 岁那年刚进邮局当职员不久曾对自己的叔叔说他"希望当一名议会议员"，[2] 在《新西兰人》第 7 章中他断言："英国把她最审慎最优秀的公民送进议会。"（《新》，第 106 页）这话说在他文学生涯的早期，60 年代中期他还写道："能在自

---

① A. O. J. 考克莎特：《安东尼·特罗洛普——批判性研究》，伦敦：克林斯出版社 1955 年版。这是该书第 2 章的标题。又见 David Skilton, *Anthony Trollope and his Contemporaries*（Longman, 1972），pp. 30 – 31；Robert M. Polhemus, *The Changing World of Anthony Trollope*（University of California Press, 1968），pp. 59, 186；James Pope Hennessy, *Anthony Trollope*（Jonathan Cape, 1971），p. 145；Tony Bareham, ed., *Anthony Trollope*（Barnes & Noble, 1980），p. 10.

② 《特罗洛普自传》，张禹九译，第 209 页。

己的名字后面写上'议员'二字对英国人来说是最值得骄傲和最应该自豪的。"① 到 53 岁他还在努力竞选议会议员，直到晚年，他还在《自传》中写道："在英国当议员应当成为每一个受过教育的英国人的最高志向。"（《自传》，第 291 页）由此可见，他对历经岁月检验而又历久不衰的以议会制度为基础的英国政体的尊重是一以贯之的。这也说明特罗洛普对议会议员的批评和对议会制的尊重并不矛盾。

特罗洛普对英国议会的信心不仅源自其对英国政体的尊重，而且基于他对长期的文化积淀所形成的传统的尊崇，尤其是贵族的治国责任和绅士的道德传统。1832 年第一次选举改革法案通过之后，维多利亚社会经历了一系列大规模的政治改革和社会变动。像托马斯·卡莱尔、沃尔特·白哲特、马修·阿诺德②等知识界有识之士一样，特罗洛普对那些大刀阔斧的果敢行动深感忧虑，他觉得，没有像帕默斯顿勋爵这样的稳健的政治家来领导国家是不可想象的。19 世纪，随着工业革命的进一步发展，拥有土地的贵族在政治方面逐步让位于城市工商业巨富，但是，财富和权势的剧增并不能自然而然地把这些财富的拥有者突然推到贵族的行列。赵强在《贵族的魅力》一文中认为："财富和权势并非贵族的惟一标志，西谚曰'三代出一贵族'，讲的便是超越物质的内涵。……在世俗化的浪潮中，有钱有势的人多如过江之鲫，而真正的贵族却少如凤毛麟角。……我们心目中的贵族并不是一种生活方式，而是一种思想方式，一种自然而然抗拒世俗化的思维习惯。"③ 所以虽经社会巨变，但在普遍珍视文化传统的英国，传统贵族阶层的影响在社会、文化、思想意识等领域还在起着重要的作用。④ 学者政治家格莱斯顿曾断言："如果重视贵族的传统在英国有点过头的话，那不是因为贵族拥有什么立法上的特权，也不是因为他们有什么独享的法规；恰恰相反，应该说在某种程度上是因为社会各个阶层普遍存在的对贵族阶层

---

① 特罗洛普：《你能原谅她吗？》，赫特福德郡，维尔：沃兹沃斯经典丛书，1996 年，第 386—387 页。以下该书名简称《你》，加引文页码放在文中括弧内。

② 参见阿萨·布里格斯：《维多利亚人》，第 4、9、10 章；马修·阿诺德：《文化与无政府状态》，第 6 章 "自由党的实干家" "结论" 部分，韩敏中译，第 194、201、204 页。

③ 《中华读书报》2002 年 12 月 18 日。

④ 参见阿萨·布里格斯《维多利亚人》，第 19 页；理查德·马伦、詹姆斯·芒森：《企鹅版特罗洛普研究指南》，第 13 页。

根深蒂固的好感或偏爱。"（《维》，第 99—100 页）特罗洛普一贯赞成由贤达贵族，即"我们英吉利民族上流社会中最精华的一万人"（《你》，第 1 页）组成的执政团来治理国家，在日久岁深的各种传统和信仰面临激烈挑战的社会变革年代，他的这一立场更加坚定。他认为在所有社会阶层中贵族是执政的最佳人选，这一立场背后的思想是他相信贵族的出身、财产、地位、身份和教治以及由此产生的社会责任意识等因素使他们更适宜担当治国大任，同时这一立场的社会基础是长久的文化积淀所形成的民众对贵族阶层的普遍敬服，而且这种敬服已近乎一种不假思索的民族习性或群体行为。

这一观点在他的派利塞小说中也反复出现。他用派利塞这一世家贵族的公爵形象贯穿 6 本政治小说显然意义重大，旨在说明世袭贵族的存在和传统绅士的遗风是社会稳定和道德守成的堡垒。特罗洛普研究专家、《当代评论》杂志编辑理查德·马伦和专治 19 世纪宗教史的牛津大学历史教授詹姆斯·芒森认为："从特罗洛普的第二本小说（ *The Kellys and the O' Kellys* ，1848）开始，他已经展示了刻画贵族人物的才华，在他的笔下，贵族人物因幽默而更富人性，但又不因幽默而显得荒诞。他笔下的贵族人物既没有狄更斯式的偏见，又没有萨克雷式的尖刻。"[1] 他在《新西兰人》中也说道："各种政府形式常常是而且必须是某种形式的执政团。执政者应该是一个民族中的精英。"（《新》，第 135 页）当然，特罗洛普心目中的精英也不全是指世袭的贵族，还包括真正具有道德良心和社会责任感的绅士。不过，特罗洛普也承认，选择这些精英的尝试有时也不是那么成功，以至于一些在品德上远非精英的人走上政治舞台。但是无论哪种情况出现，执政的权力都应该由特别挑选出来的少数精英来掌握。

赞成贵族精英执政并不说明特罗洛普认为贵族阶层十全十美，他对 19 世纪英国的现实并非熟视无睹，他在《新西兰人》中写道："只贪图个人享受的贵族不宜执政。玩忽职守、背弃公众信任的贵族必然招致众怒。"（《新》，第 15 页）不过在他看来除了选择贵族精英执政也没有更好的选择。他接着写道："我们听到许多有损于贵族形象的言论，人们常常议论权

---

[1] 理查德·马伦、詹姆斯·芒森：《企鹅版特罗洛普研究指南》，第 14 页。

力集中于贵族手中所带来的危险。如果真是那样，执掌国政的权力又该交给谁呢？如果贵族不能正确地治理国家引导民众，他们的存在还有何意义？"他接着又说："贵族的主要责任，也可以说唯一责任，就是治国。"（《新》，第 18 页）特罗洛普对议会下院不断地废止世袭贵族的做法多有微词，他认为这种做法与最极端最危险的民主倾向相差无几。1832 年的选举改革法案实施之后贵族阶层政治权利日渐式微，特罗洛普称此为"令人悲叹的趋势"（《新》，第 18、107 页）。此言虽有守旧之嫌，但却体现了他对社会稳定和国家前途的隐忧。

　　然而，主张贵族执政并非意味着他一概反对社会阶层之间的流动性。在派利塞系列小说中，除了派利塞和乔舒亚·蒙克等遵循道德规范、坚持正义原则的贵族政治家之外，作者还塑造了一位来自爱尔兰中下阶层的菲尼亚斯·芬。芬能从一个爱尔兰穷小伙子进入议会，经常出入伦敦权贵的豪宅厅堂就是社会阶层流动性的一个佐证。派利塞能最终同意自己的子女与平民的子女结婚也是一个例证。特罗洛普承认社会阶层之间有一定流动性可为出身于下层社会但道德修养良好的人士提供担任公职的机会，但是作者认为这种流动性应该是有限的、谨慎的。他在《自传》中写道："一个阶层应向另一阶层敞开大门；但是宣称根本不存在大门，不存在限制措施，不存在差别，则不仅对这一阶层无益对另一阶层也无益。"（《自传》，第 40 页）他相信有些职位是非绅士莫属的，尽管可以允许一些例外。特罗洛普的谨慎不无原因。如果罗佩兹之类投机冒险分子或梅尔默特（《如今世道》）之类肆无忌惮的暴发户进入议会，或占据要职，后果不堪设想。

　　所以特罗洛普主张贵族执政与他对中产阶级的看法不无关系，他历来认为中产阶级，特别是工商界的新富的特殊地位决定其不适于从政，比起贵族阶层和下层社会，中产阶级经受权力和物质诱惑的考验要多得多。特罗洛普一贯认为政治与商业的结合必会导致灾难性的结果。贵族的身份、地位和财产使他们较少因物质或权力的诱惑而堕落。菲尼亚斯·芬的良师乔舒亚·蒙克与派利塞相似，也是一位具有良知而又坚持原则的贵族议员，是特罗洛普尊敬的政治家。他稳健持重，有胆有识，敢于坚持自己的主见，无论这样做会给自己带来祸与福。与几乎一无所有的菲尼亚斯·芬不同的是蒙克是有足够财产的贵族，他不必担心因坚持原则丢了饭碗，因为他不依赖担任公职的薪金。当蒙克对菲尼亚斯谈论改革的时候，他只谈什么样的方案和措施能更有利于国家的稳定和发展以及平民的生活水平的提高。具有这样身份和思想的人物在《菲尼亚斯·芬》，甚至在所有派利塞系列小说中一直是作者赞赏的对象。这个人物表达了特罗洛普的情怀：占据议会席位的应该是拥有财产的人而不是靠政治吃饭且唯命是从的党仆或喜欢投机冒险的官员。蒙克在《首相的儿女们》中担任了首相职务，显而易见，特罗洛普还是倾向于让贵族担任要职，因为经济独立是政治独立的保障。与此相对，股票经纪人、律师、医生和新闻记者等常常要面对各种诱惑，这与作者对人性的弱点的认识不无关系。甚至连菲尼亚斯·芬这样正直的议员也不得不承认领取薪金的议员很难在下议院保持政治独立（《菲》，第352 页）①。特罗洛普的政治小说展示了一个又一个欲步入政界的中产阶级人物的命运。他们会在自己认为必要的时候或为权丧志或拿原则做交易以打开进入政坛的大门，一如他们为了体面要比贵族多花一倍的钱才能"享受到那些昂贵的娱乐消遣和社交乐趣"（《新》，第 168 页）。无论属于哪个政党，他们很容易蜕变为政党仆从。特罗洛普在《新西兰人》中概括了他对这类人的看法。绝大多数向上攀爬的政府职员和议会议员难免沦为"随风而倒之人，对庇护人总是唯命是从……在政治生涯的任何阶段他们都在嘲弄政治纯洁的思想，对他们来说良心的不安是件荒唐愚蠢的事，公认的真理无异于政治梦想"（《新》，第 117 页）。

但是特罗洛普并不主张完全排除中下阶层人士进入议会，他批评的锋镝主要指向那些背弃道德不择手段的官员和来自工商界的政治投机冒险分子。在特罗洛普的眼里，政界并非一团漆黑。虽然体制自身不尽完美，很多议员肆无忌惮，但并不是所有的人都甘愿随波逐流或同流合污。少数来自社会中下层的议员虽因坚持道德准则而屡屡受挫，但他们也是民族和社会的希望所在。在《菲尼亚斯·芬》中，作为逐渐成熟的自由党议会议员和政府官员，菲尼亚斯·芬能以道德良心和国家利益为准绳，曾冒着断送自己的政治生涯的危险拒绝贸然赞同激进派为自由党的私利而推行的机会主义改革主张。这种令人钦赞的骨气和勇气带来的结果自然是解甲归田，

---

① 参见亚瑟·鲍勒德《特罗洛普的绅士观》，见约翰·郝尔珀林编《特罗洛普逝世百年纪念文集》，伦敦：麦克米兰出版公司 1982 年版，第 86—94 页。

也使他暂时无法继续倡导执政的公心和良知的自律。这看起来似乎是一种失败，但是特罗洛普判断是非善恶的标准主要是看行为的动机，而不是只看其结果。这一标准在派利塞后来的首相生涯中也有体现。

与菲尼亚斯·芬的思想和行为相反，来自中下阶层或工商界的议员大多是毫无原则立场的党仆党附或政治投机冒险分子，他们是特罗洛普反对和讽刺的对象。这类人物的形象代表就是派利塞系列小说中的邦廷先生，他是庸俗的新派自由党人的典型化身。在《菲尼亚斯·芬》第十四章中特罗洛普直截了当地说道，自由党议员邦廷先生"实在是喜欢大声叫嚷的、激进的而又自以为是的人"。作为唯命是从的自由党党仆，邦廷"对官场上的不正当途径相当熟悉"。由于他"自己从未有过任何重要的政治见解"，他成为自由党"可资利用的人"。① 在《菲尼亚斯·芬》第六十九章，菲尼亚斯宁愿放弃殖民事务部副部长的职务和下院议员的席位，并冒着与本党分道扬镳的危险，也不愿违心地跟随自由党反对保守党提出的爱尔兰佃耕权提案。此事激起他的两位自由党同事拉特勒和邦廷的蔑视。前者是自由党党纪督导员，他讽刺道："芬，对你我一直感到不安，我知道你总有一天会挣脱党纪的束缚。当然固执己见也是很令人敬仰的壮举。"邦廷也连忙讥讽道："芬，事实上，你是特殊材料制成的，不愿听凭摆布，所以不适宜做议员。……你是世界上最勇壮魁梧的烈马，在草原上显得很雄伟，但是你不会接受缰绳的束缚。"（《菲·芬》，第295—296页）在《菲尼亚斯归来》第32章邦廷又说："从认识他开始我就没有喜欢过他，因为我始终认为他不是一匹听话的辕马。"（《菲》，第280页）由于他的谗言，菲尼亚斯在下届政府里没有得到任何职位。所以作者评价邦廷是"党仆中的党仆"，是"可资利用的、无聊的、不择手段的政客"。虽然派利塞系列小说没有展现维多利亚中期的政治机构，但是它们确实再现了比政治机构更为重要的东西，即人性、社会生活与政治生活的复杂关系，因为政治机构正是基于这种关系而建立的。

一个更为突出的政治投机分子就是《首相》中的费迪南·罗佩兹。据传他有犹太人背景，以欺诈的手段在伦敦做股票经纪人，对自己出身、背

---

① 特罗洛普：《菲尼亚斯·芬》，牛津大学出版社1982年版，第344、376、395页。以下该书名简称《菲·芬》，加引文页码放在文中括弧内。

景和国籍他一直讳莫如深。他自负、矫情、野心勃勃、利欲熏心、不择手段地向上爬，用他的岳父沃顿男爵的话讲，他不是"一位英国绅士"。然而一个偶然的机会他结识了首相夫人，这使他突然做起了当议会议员的美梦，后来他竟作为自由党候选人去竞选希尔维布里奇镇的议员席位。为了竞选成功，他千方百计取悦首相夫人以利用首相的影响或得到首相的支持。在遭到首相拒绝后他竞选失败，因此他讹诈首相并最终导致其下台。后来他因商业欺诈等不法手段而破产，因道德败坏而为社会所唾弃，迫于社会道德环境的压力他最后以自杀告终。这样的中产阶级商人或企业家在特罗洛普的小说里大都是以政治上经济上的欺诈行为而身败名裂。这类谋求议会席位以保护和提高自己的社会地位和经济实力的人都是小说家的批判对象，因为他们的目的不是无私地为国效力。由此可见，特罗洛普始终认为没有财产且缺乏道德自律的人不应做议会议员，否则他们容易丧失人格尊严，更有甚者，走向腐败堕落。

　　有趣的是特罗洛普好像有意把罗佩兹塑造得与当时任英国首相的狄思累利似像非像：犹太背景、外族血统、激进的思想，更重要的是以欺骗和牺牲他人来谋求自己的升迁。由于在特罗洛普的小说中，犹太人大多和经商、金融投机或放贷有关，读者往往认为他对犹太人怀有偏见。其实，与其说他对犹太人怀有偏见倒不如说他对狄思累利本人一向存有芥蒂，因为在现实生活中特罗洛普一直对狄思累利的政治手腕持有反感并颇多微词，在文学创作中一再把他作为创作原型加以讽刺和批判。特罗洛普开始写《首相》一书时，狄思累利 1874 年第二次竞选连任首相大获全胜刚过六个月，这有可能让特罗洛普感到不快，罗佩兹的塑造与此不无关系。特罗洛普有生之年一向反驳评论界批评他的人物与真人雷同，但是在他言明死后方能发表的《自传》中，他不无讽刺地写道，他的人物非常真实，"他们之于我……正如一党统治之于狄思累利。"（《自传》，第 180 页）他在《新西兰人》中写道："犹太人的智慧不可能突然使人变得伟大和优秀。"特罗洛普研究专家、《新西兰人》编辑 N. 约翰·霍尔认为此句"明显是指狄思累利"（《新》，第 27 页）。在该书第八章特罗洛普还影射狄思累利"是保守党政治纲领的首倡者（the prime mover of their politics），尽管当时德比伯爵无疑是保守党首相"（《新》，第 134 页）。特罗洛普相信狄思累利缺乏真诚，把严肃的政治问题当作权力游戏。后来在 1871 年出版的《继承人拉尔夫》中他还讥讽狄思累利是维多利亚时代"伟大的改革家"。①

特罗洛普对狄思累利的批评和讥讽早已是公开的秘密，他的同时代人大多能够看得出。除了罗佩兹之外，派利塞小说中的保守党党首道博尼与狄思累利之间也有诸多相似之处。在《菲尼亚斯归来》第 13 章，作者把保守党首相道博尼比作闻名欧洲的 18 世纪意大利冒险家亚历山德罗·卡里欧斯特罗。实际上，特罗洛普认为道博尼的言行确实能代表当时的保守党领袖的政治手腕。为了能在议会里占据多数以保全自己的首相职位，他竟能置托利党的传统和原则于不顾，抢在自由党之前推动大规模的甚至是激进的社会和政治改革，抢占了自由党的传统阵地。教会改革的问题本是自由党酝酿已久但认为时机尚未成熟，因而准备留作后用的一步重棋，不料现在竟被这位"不顾后果的卡里欧斯特罗"抢走作为捣毁自由党阵脚的重磅炸弹。道博尼在缺少党内多数支持的情况下突然来了一个一百八十度的立场转变，给自由党来了一个始料未及的突然袭击，抢在自由党之前提出教会改革议案，意欲取消政府对英国国教会的支持，使政教分离。为了重振保守党的雄风，也为了能同自己的党共荣辱同生死，那些保守党的党羽见风使舵，不惜牺牲良知和原则转而支持道博尼的议案。与此相似的是，自由党人本来一直在等待时机准备提出教会改革议案，可现在却因为自己的提案被对手先声夺人地抛了出来，所以自由党人即刻转而反对自己原来一直在酝酿的举措。真可谓"党同伐异，此妍彼丑"（周邦彦《汴都赋》）。自由党人因为这即将到口的面包——薪金、职务和内阁的权力——被人突然夺取而愤怒不已。伯令顿·厄勒（Barrington Erle）认为自由党人对这项议案必须群起而攻之。拉特勒惊呼："他们没有权利这样做，他们必须下台。"颇具讽刺意义的是，邦廷不无愤怒地接着说"政治活动中没有任何诚实可言"，并声称对生活已经深感厌倦。

显而易见，大规模的令人目不暇接的改革议案大多是出自党派争斗的权宜之计，充其量只是他们的击败对手的工具而已。不过作者在此主要目的还是要借这位"极富破坏性的""野蛮的"保守党领袖道博尼暗讽狄思

---

① 理查德·马伦、詹姆斯·芒森合著：《企鹅版特罗洛普研究指南》，第 122 页。

累利在推动第二次选举改革法案过程中的不顾后果的激进行为（leap in the dark）。阿萨·布里格斯也认为狄思累利重操作手段而轻政治原则，他推动第二次选举改革法案所运用的闪电战术既让自由党人感到意外，更令他自己的保守党人吃惊（《维》，第296页）。除了道博尼和罗佩兹之外，还有一些人物与狄思累利或多或少地类似：《如今世道》中的麦尔墨特，派利塞小说中的约瑟夫·伊米利斯。他们虽有很多不同，但共同的特点是要么具有犹太人背景，要么在政治上投机冒险，或二者兼而有之。

在《新西兰人》中，特罗洛普还特意用一章的篇幅批评当时报界，尤其是《时报》，用华而不实的语言制造轰动效果，控制舆论，误导民众。他认为如果一家报纸的势力大到足以控制舆论的时候，舆论就会失真。"任何不受制约的权力都会被人滥用"（《新》，第36页），报刊也是一样。民众的盲从盲信也令特罗洛普忧虑，尤其可怕的是政府官员或宗教首领与报界相互勾结，他们经常利用报刊颠倒黑白以攻击或击败对方。报纸编辑及记者的介入常常会打破一个地区或城镇安宁的生活。在六部巴塞特郡系列小说以及《菲尼亚斯归来》和《首相》等政治小说里，常有报纸编辑或新闻记者混淆视听所带来的可怕后果，总是导致正直善良但却比较木讷的官员被迫辞职。所以，特罗洛普写道，报纸原来是反映民意，后来就引导民意，"现在它们推动民意"（《新》，第31页）。在《菲尼亚斯归来》中，道博尼就任首相不久，《人民旗帜报》的编辑昆特斯·斯莱德立刻感到自己义不容辞地应该成为首相的喉舌。不久前被他贬斥为傲慢的贵族和吸血鬼的人现在在他的笔下突然变成自天而降的国家利益的捍卫者。如果说前边提到的邦廷、拉特勒、厄勒、鲍特和菲茨吉朋是政坛上的党羽，那么斯莱德就是报界的党仆。他不知疲倦，也不知廉耻地献身于自私的目标。比起议员在议会的表现，他攻击其他报纸和报界同仁的手段毫不逊色。他认为报刊编辑"和内阁成员几乎同样重要，他们都要为保卫自己的地位而战"。作为议员他们必须争夺发言的机会，即使得到机会，不是出席的议员难以过半，就是总有一些昏昏欲睡的议员。与他们相比，报纸编辑们的权力要大得多。

（三）从"派利塞小说"看绅士理念与治国理想

在特罗洛普看来，虽然贵族的身份和财产对于从政非常重要，但是仅此还不能保证他们会成为理想的治国栋梁，他们还应具有绅士的素质和报国的热情及责任感。是否具有这些品质是特罗洛普鉴别小说人物高下的标准，也是他评判现实生活言行的准绳。绅士的形象和理念在特罗洛普的作品中占据重要的地位。这也是英国文化传统的真实反映。英国诗人霍普金斯（1844—1889）1883 年在致友人的信中写道："如果说英国人给世人留下了绅士的理念，那么即使英吉利民族没有做出什么别的成就，他们依然为人类做出了巨大的贡献。"①

维多利亚时代的绅士概念对现代读者来说较难把握，特罗洛普及其同时代人对此也时有争议。从出身和职业来讲，贵族成员生来就是绅士，尽管也有人持有异议；国教神职人员、军官和议会议员因其职业而成为绅士；工商界名流因其财富和势力的增长自然也要求进入绅士的队伍；像特罗洛普一样在邮政局工作多年的文职人员一般也被看作绅士。其他人则不能看作绅士。这种以出身高低、职业差别和财富多寡为基础的绅士标准一直遭到质疑，直到 19 世纪后期才逐渐形成一种妥协：在伊顿、哈罗和拉格比三所公学接受传统的文科教育者不论出身高低都被认可为绅士。

除了出身和职业的差别之外，更重要的绅士标准是品德素质修养，这些修养大多是从中世纪的武士气概和风范演变而来的，如诚实、谦恭、宽容、慷慨、荣誉感、彬彬有礼和扶弱救困等。绅士的身份、职责、举止以及绅士概念的界定在维多利亚文学中是常见主题之一，在特罗洛普的作品中也是不断出现。尽管绅士的定义始终众口不一，但是成为绅士依然是维多利亚人共同的追求（狄更斯《远大前程》中的皮普的经历就是一个很好的例证）。在写就于 1882 年的一部短篇小说里，特罗洛普解释说："维多利亚时代一个重要的社会分界线就是看你是否能成为绅士。"② 特罗洛普承认自己不能确切地回答什么人可称得上绅士，不过他说，当读者读到他塑造的人物时，他们自然能辨别出谁是绅士谁不是绅士。他认为凡是努力在社

---

① 罗宾·吉尔默：《维多利亚小说中的绅士观》，伦敦，1981 年，第 1 页。

② 特罗洛普："The Two Heroines of Plumplington"（http://www.jimandellen.org/trollope/plumplington.html）。

会中争得一席之地的人都坚信"如果没有绅士的身份是断然不能成功的"。① 这说明在现实生活中社会对绅士还是有一个公认的宽泛概念，在他和他同时代人的心目中也有约定俗成的尺度，所以他在《自传》里称赞派利塞是"完美的绅士"（《自传》，第 361 页），而在 1877 年 10 月 7 日给儿子亨利的信中，他把在瑞士认识的一个英国人描述为"人不坏，但还够不着绅士的称号"。② 在《你能原谅她吗?》中作者把投机取巧的股票经纪人乔治·瓦韦萨不无嘲讽地描述为"从各方面看像是个绅士"（《你》，第 186 页）。《首相》开篇对费迪南·罗佩兹的介绍也显示特罗洛普对绅士的理解："大家一般认为罗佩兹并非出身名门望族，但是也把他看作'绅士'。尽管他做金融投机生意，或者说原来做过，人们还是勉强接受他进入这一最令人尊敬的社会阶层。金融投机本身是不会赢得进入这一社会阶层的门票的，而律师、牧师、军官和医生等职业人士则可以进入绅士阶层。"（《首相》，第 3 页）由此可见，作者戏称罗佩兹为"绅士"只是因为他徒有绅士的外表。

特罗洛普在小说中高度关注绅士问题不是因为他要探讨人们的阶级差别，而是因为他具有对人性的道德关怀和深沉的社会责任感，他的目的是要借助小说探讨绅士的道德环境和道德选择，从而加深对人性本身的理解。莱特文在《特罗洛普小说中的绅士》一书中说："人们的行为基于他们如何理解自己以及自己所处的环境，而不是基于什么社会'力量'、生物'冲动'、心理'驱动'、'阶级斗争'或所谓放之四海而皆准的'体系'。"③在特定的时段、特定的社会和文化氛围以及特定的道德处境中，人们选择做什么、不做什么、如何做、何时做等等，往往是主观而自觉地选择，故能显露其道德水准。他们的选择取决于他们如何看待善与恶，如何处理个人与他人、个体与社会之间的关系。所以特罗洛普对绅士失德的批评往往甚于对普通人的评判，貌似绅士的人则往往是他批评的对象。他在《三文

---

① 特罗洛普：《首相》，伦敦：特罗洛普研究会 1991 年版，第 1 页。以下该书名加引文页码放在文中括弧内。

② N. 约翰·霍尔编：《特罗洛普书信集》，第 739 页。

③ 雪利·罗宾·莱特文：《特罗洛普小说中的绅士》，第 x－xi 页。

书》中说，绅士犯罪应该受到比普通人更为严厉的惩罚。① 由此可见，在作者的心目中出身和职业作为判断绅士的标准逐渐淡化，而道德标准和个人行为规范则愈加重要，其中诚实被认为是绅士最基本的品质。此外，特罗洛普所理解的绅士并非传统意义上的游手好闲、无所事事之士。

谈到特罗洛普的绅士，不能不首先想到派利塞。在小说家塑造的众多人物形象中，他称派利塞是理想的政治家首先是因为他是"完美的绅士"。他真诚、正派、勤劳、自律，勤恳敬业，不求安逸，具有坚定的贵族报国的责任意识和高尚无私的道德风范，在政治活动中他代表着政治纯洁的一面。总之，作为绅士，他几乎是无可挑剔的。特罗洛普相信，一般来说，某些职业，尤其是政府要职，只有像派利塞那样的绅士才可以胜任。所以他说"只有这样勤奋工作的伟大的政治家才能肩负起治国的重任"（《新》，第18页）。

为了表达这一信念，特罗洛普在这组政治小说中着力塑造了派利塞这一形象。实际上，派利塞在巴塞特郡（或称教会题材）系列小说的第五部（《阿灵顿的小宅院》，1862—1864）中已经出现。那时他25岁左右，是一个有抱负有前途的下院议员，又是叔父奥姆尼姆公爵的继承人，未婚妻是18岁的苏格兰最富有的继承人格兰柯拉·麦柯拉斯基。从派利塞小说开始派利塞夫妇逐渐成为故事的主角。作者在派利塞这个人物的塑造上很下功夫，仔细地记录他在具体的活动范围内的言行举止，逼真而感人。特罗洛普善于表现中心人物处在进退两难之地的痛苦抉择过程，以此检验他们的道德水准。他们的最终选择往往显现出文明教化的潜力、无形的道德规范的制约、理智的思考和为人处事的原则，同时作者的道德关怀也体现在此过程之中。特罗洛普认为人们的行为取决于他们在具体环境中如何看待善与恶和义与利，所以他认为小说家应设法使美德闪射出动人之光，使恶行黯然失色，而人物艰难的抉择过程通常也应是小说最精彩的部分。这一点在中心人物派利塞身上展现得尤为突出。

在派利塞系列小说的第一部（《你能原谅她吗?》）中，格兰柯拉嫁给了政治热情有余而浪漫情趣不足的下院议员派利塞，这在一定程度上导致

---

① 特罗洛普：《三文书》（*The Three Clerks*），第44章。

妻子对婚前钟情的勃戈·菲茨杰拉德念念不忘，几乎导致婚姻破裂。就在派利塞意识到自己对议会事务过于专注对妻子关心太少，并承诺要带她到意大利度假之时，内阁做出决定让他担任财政大臣一职。这使他陷入了两难的境地：一方面是他向往已久且努力为之辛勤准备的内阁职位，是实现自己贵族报国的政治抱负的机会；另一方面是他对妻子的诺言。经过艰难的思想斗争，他不顾辉格党元老圣·班盖公爵的再三规劝，不顾几乎是众望所归的内阁决议，毅然决定放弃这次机会。但是他心情沉重，因为他明白这样的机会不会再来，度假回来他可能在政治生活中已无足重轻，但是他坚持信守诺言。这看似古板，甚或自私的决定凸显了派利塞的人格魅力和道德水准。

　　在《菲尼亚斯·芬》中，当派利塞年迈的叔父向继承了大批遗产的古斯勒遗孀求婚时，他非常明白叔父决定续弦对自己的公爵爵位继承权可能带来直接威胁，但他处之泰然，丝毫不为所动。作为财政大臣和首相的内阁成员他依然夜以继日地忙于编制财政预算。当格兰柯拉担心这个仅次于皇家地位的公爵爵位会成为他人的囊中之物并督促他采取对策时，派利塞平静地说道："如果他决定续弦我们也无法阻拦。"（《菲·芬》，第 176 页）而且当天晚上他还是把财政预算提交议会审议，所以他真正关心的是国家而非私利。古斯勒太太也钦叹道："对派利塞来说，下议院要比公爵爵位重要得多。在英国没有人会比他对这个爵位更冷漠。"（《菲·芬》，第 201 页）实际上，派利塞内心是不愿继承公爵爵位的，因为按照英国议会的惯例，继承了贵族爵位的下议院议员只能做上议院议员，这就意味着他必须到上议院任职，离开他心爱的实实在在的工作，即编制预算尽量减少平民的税负。对公爵爵位的冷漠态度代表了特罗洛普的政治理想，即只有无私报国、责任心强、辛勤工作的贵族才能担当治国大任。后来他的叔父并未再娶，到了派利塞系列小说的第四部（《菲尼亚斯归来》），老公爵久病辞世。派利塞认为"叔父的去世对他是一个沉重的打击，在他看来财政大臣要比奥姆尼姆公爵重要得多"（《菲》，第 268 页）。实际上直到《菲尼亚斯归来》第 2 卷第 59 章派利塞还在惋惜因继承了公爵爵位而丧失了在下议院工作的机会。到了该系列小说的第五部《首相》中，兼有公爵爵位和首相宝座的派利塞还是一直闷闷不乐。因为他不能像以前在下议院那样做实实在在的工作。虽然议会开会期间的大量工作使他略感安慰；但是他认为事实上他仍然无实事可做。在他看来所有的实实在在工作似乎都被同事从他的手里抢走了。作为首相，虽然他有私人秘书等可以吩咐调遣，虽然也有很多信函文件要经他批阅，而他却认为自己被困在徒有虚名的权力之中，犹如木偶式的首相，不能真正服务于国家。

派利塞从来不屑于利用自己的地位和权力为自己网罗政治势力或谋取私利，也反对妻子这样做。他担任首相之初，组阁尚未完成，他的妻子格兰柯拉就郑重地向丈夫提出她要担任女王的女侍长。在当时这是一位女性在英国王室里所能担任的最高职务。这个要求让派利塞非常震惊，因为他对利用职权任人唯亲非常厌恶。虽然他知道首相安排自己的夫人担任女王的女侍长并非没有先例，但他随即断然拒绝了妻子的要求，因为"我不愿人们认为这个职位是我安排的"（《首相》，第58页），其实他更担心的是这样做的严重后果。格兰柯拉对丈夫的拒绝也深感震惊，不亚于他对她所提要求的震惊。后来派利塞对妻子闷闷不乐也深感难过，但是他还是从大局出发逐渐说服妻子理解他拒绝的原因。

派利塞就任首相不久，格兰柯拉就跃跃欲试意欲凭借自己雄厚的财力大办宴会款待宾客，为其丈夫网罗势力笼络人心。她雄心勃勃要用自己的能言善辩和优雅的风度、迷人的魅力宴请并影响伦敦的所有议会议员和各界要人。一旦有人拒绝接受她的影响，她将把此人视为另类。随即她不顾丈夫的一再反对，连续不断地在自己的乡间豪宅大肆举办奢侈的宴会。派利塞明白在英国显赫的社会地位对政治家尤其重要，但是他宁愿这种显赫地位是来自他的真实能力和工作业绩而非基于雄厚的财富和奢侈的宴请等社交活动，他认为后者是一种被动的显赫。他妻子的本意是要帮助丈夫，但是在这些盛宴上出现的一系列伸手要官和以私情代替原则的事件却让派利塞深为反感。

前文提到，在《首相》中，首相夫人格兰柯拉在她举办的一次盛宴上结识了费迪南·罗佩兹，不久便向他暗示希尔维布里奇选区的补缺选举对他是一个良机，他当时也认为只要有首相和首相夫人的帮助那个选区的席位一定非他莫属。当首相得知妻子背着自己对希尔维布里奇选区的选举施加影响时，他非常生气。派利塞的贵族出身、首相身份和绅士修养使得他不会也不能欺瞒别人，更不能欺骗自己，他当然不会同意。当他妻子试图说服他帮助罗佩兹当上议会议员："我认为罗是个讨人喜欢的人，我相信他前途有望。"派利塞反唇相讥道："你可能是认为他前途有望，才相信他是个讨人喜欢的人。"接着首相又解释道："地产拥有者一人操纵议员选区的影响正在日益减退，本着良心和原则做事的人是否还愿意用自己的影响操纵选举一直是一大问题。"（《首相》，第 171—172 页）实际上，自从派利塞担任首相以来，格兰柯拉一直试图说服丈夫接受恩赐制——以恩赐换取受恩赐者的支持和拥护。但是派利塞明白，被一人或一家族所操纵的国会议员选区 1832 年已经废除。所以他立即公开声明自己没有推荐或支持任何人去参加希尔维布里奇选区的议员竞选，同时也禁止他的妻子继续干预选举。罗佩兹自然是大败而归，他立刻恼羞成怒并写信用讹诈的方式逼迫首相偿还他在竞选活动中花费掉的 500 英镑（其实他花掉的 500 英镑还是以参加竞选之名从他岳父那里索要的）。首相认为虽然罗佩兹的无理要求实在过分，但是他妻子毕竟也有不可推卸的责任，而且妻子的错误实质上也是他自己的错误，所以他决定让秘书满足了罗佩兹的要求。

　　此事后来传到了《人民旗帜报》的编辑昆特斯·斯莱德的耳中，他曾因未被邀请参加首相夫人在其豪宅举办的大型宴会而耿耿于怀，后来曾给派利塞写过一封半是威胁半是请求的信：如果首相邀请他参加那些高官名流的聚会，他将以自己控制的报纸为喉舌为首相服务。言外之意无须言表。但是他的要求被首相果断地拒绝了。此时他终于找到了报复首相的机会，他随即纠集首相的对手，大肆渲染夸张，歪曲事实，在报纸上连篇累牍地发表文章制造舆论攻击首相。在此背景下，身为公爵的派利塞主动辞去了首相职务。他既不愿屈尊去与斯莱德之流对簿公堂，更不愿屈节采取任何不体面的手段以保全自己的权力和地位，这是因为不仅他自己为人做事一贯坚持诚实和低调的原则，而且也不能容忍自己的家眷利用自己的地位和权势做出任何违背原则的事情；一旦这样的事情发生，他既不遮掩，也不包庇，而是以绅士般的道德勇气去承担责任。他不争不夺，任劳任怨，低调从政，对反对派的过激行为宽宏大量，从不用大而无当的政治口号或哗众取宠的政治手腕欺世盗名。他像林中的大树一样，"因为它们似乎比其他任何事物都更愿意顺从于它们必须接受的生活的方式"（威拉·卡瑟语），这也使人想起陆建德博士在《文明的面纱》一文中引用的那段对弗吉尼亚·伍尔夫的评价，那段话稍加修改非常适合派利塞：他没有埋怨，没有指责，对"文明的面纱"的尊重在他身上已不是一种外在的装饰，它已融为他的自我意识的一部分。

在英国历史上，据传起源于亚瑟王时代的嘉德勋位一般是由君主授予的英国爵士的最高勋位，后来改为由首相提名再由君主授予。在《首相》第 64 章，嘉德爵士的辞世给首相派利塞出了一道难题。据传女王打算把嘉德勋位授予现在已是奥姆尼姆公爵并担任首相的派利塞，他也有资格得到这个荣誉，而且他的妻子格兰柯拉一直在鼓动他去争取这个代表最高荣誉的蓝色绶带。可他一口拒绝，并说这个勋位应该授予他人。当辉格党元老圣·班盖公爵告诉他女王有意把绶带授予他并敦促其毛遂自荐时，他也断然拒绝。老公爵又拿罗伯特·沃尔浦尔①和其他首相曾把嘉德勋位授予自己作为先例劝他接受，可他却说他不是罗伯特·沃尔浦尔。经过再三劝说，他依然认为作为首相他无法接受老公爵的建议。

新近故世的嘉德爵士曾享有巨大的地产和很高的地位，但是他生活堕落名声不好，对国家也无大贡献。他的侄子费吉特侯爵这时从长期客居的意大利致函首相，意欲得到这一在他的家族世袭多代的嘉德勋位，并承诺如果他能得到这个勋位他会坚决支持首相的联合政府。派利塞的前任各位首相对于这个家族都不得不奉承、笼络甚至敬畏，而他却竟然不认识这位显赫家族的后代。圣·班盖公爵告诉他这位新侯爵是仅次于奥姆尼姆公爵的英国豪门富户，而且财富、地位和领地多寡都是授予嘉德勋位时要考虑的重要因素。派利塞却反问道：财富多寡与嘉德勋位有何干系？如果一个人对国家贡献巨大、品德高尚，财富不足也不应妨碍他获得嘉德勋位。

出于无奈，老公爵又建议派利塞推荐德拉蒙勋爵，其理由是这样做能赢得他及其追随者对首相的支持。可这在派利塞的眼里又是一桩政治交易，所以不能接受。实际上他心目中已经有了人选——俄里波德勋爵。这一人选着实让圣·班盖公爵震惊得目瞪口呆：因为此人缺乏政治影响力，把世人如此觊觎的嘉德勋位授予一位对自己和本党均无大用的人，这可

① 罗伯特·沃尔浦尔（Sir Robert Walpole, 1676 – 1745），英国政治家，第一任财政部大臣，领导辉格党政府，被认为是英国第一位首相（虽然该职务直到 1905 年才正式承认）。

是政治活动中的大忌。然而派利塞有他的原则和理由：虽然他不认识财大气粗的费吉特侯爵，但他了解默默无闻的俄里波德勋爵，此人五十年如一日勤奋工作，不动声色地致力于提高劳动阶层的生活水平，尤其是在居住条件和教育方面；他不善口若悬河，却主持过无数次会议，并以极大的耐心听完他人雄辩的发言；他生活俭朴，以便用他有限的财力慷慨地回报社会；他注重德行，胸襟开阔，与世无争；他从不求名图利，然而渐渐赢得了公众的关注；更重要的是他乐意默默地为国家服务。虽然俄里波德勋爵本人连做梦都没有想到自己会得到嘉德勋位，但派利塞坚信他受之无愧：

> 圣·班盖公爵提醒派利塞，俄里波德勋爵继承爵位以来一直是支持保守党的，所以按照惯例嘉德勋位以及诸如此类的奖赏不应该授予他，而应该授予本党人士。如果反其道而行之不仅必然惹怒自由党人及其盟友，而且还会招致对手的奚落。一旦保守党上台他们肯定会把权力和荣誉赠予自己的朋友，即使我们任命了他们的朋友，他们也不会任命我们的朋友。尽管俄里波德勋爵很优秀，但他不爱出头露面，不是最佳人选。派利塞反驳道，已故费吉特侯爵作为嘉德爵士挥金如土寻欢作乐，他是最佳人选吗？所以最佳人选的标准应该改变，其中最重要的一条是要看他是否对国家对大众有贡献。

结果派利塞还是坚决不随众意俯仰，违背全体自由党的意愿将嘉德勋位授予保守党人士俄里波德勋爵，这一决定惹恼了他的大部分支持者。这在一定程度上也是他后来在政治上失利的原因。如果他不能掌握政权，他如何实施他的同时也是特罗洛普的政治理想呢？这就是派利塞与他的塑造者所面临的困境。不过派利塞的选择实践了阿诺德在《文化与无政府状态》中主张的"公正无私""能不以党派宗派利害为转移的、客观公允的思考（disinterestedness）"。[①] 陆建德博士在评论《泰晤士报文学增刊》实行作者匿名制的利弊时写道："自觉追求持正公允的立场，这是文明对艾略特和里

---

① 马修·阿诺德：《文化与无政府状态》"译本序"，韩敏中译，第8、22页。

奇蒙的含义。"① 从政治原则上讲，自觉追求持正公允的立场也是文明对派利塞的含义。

派利塞坚持原则并非意味着他傲慢无礼、不近人情，更不能把他的行为看作固执己见、抱残守缺。他明白哪些原则必须坚持，哪些原则可以修正。随着社会的变化他的确在某些方面渐渐修正了自己原来坚持的一些信念和原则，这是否有伤绅士规范和形象要从他的道德态度和他所处的社会环境的复杂性说起。一方面他认为贵族的身份、地位和行为规范等必须维护，否则社会秩序和传统文化就会遭到破坏。而另一方面，作为自由党人他还有一些相对开明的信念。在派利塞系列小说的最后一部《公爵的儿女们》中，当美国姑娘伊莎贝尔自豪地说在美国平民可以当上总统，而在英国平民却当不了首相时，他回答道："如果一个人凭借自己的智慧才干当上了首相，没有人会过问他父辈祖辈的身份。贵族阶层从各个社会阶层吸纳精英已经由来已久。"（《公》，第 390 页）派利塞说出此话时也许还没有意识到他将要面对的棘手的问题：他的儿子要娶出身平民的美国姑娘为妻，而他的女儿则要嫁给英国乡绅的儿子。作为公爵和首相，他的出身、身份、所受的教育以及本能都使他不愿也不能接受儿女们的选择。所以他就不得不面对艰难的内心冲突，也不得不因自我怀疑而深思并痛苦。仅此不能说明他言行不一，或者说虚伪。经过仔细调查和深思熟虑他发现自己无法否认儿女们的理由：女儿选择的对象虽然是普通乡绅的儿子，但也是个真正的绅士，而儿子挑选的对象虽说是美国暴发户的后代，但也具有良好的品格素质。可他还是难以接受他们，他担心的是社会阶层方面的流动性有可能随着工业化的进展而加剧，从而给英国的政治、社会和文化传统带来负面影响。为了子女的幸福也是出于对晚辈的选择的尊重，派利塞经过痛苦的思索，最后还是做出了让步，并为他们操办了婚事。这说明他不是一个思想僵化的人，他甚至还谆谆告诫子女，决定一个人的优劣高下主要应看其人格品质而不能只注重出身和地位。人的身份高低和财富多寡只能决定其生活安逸程度的不同，不能决定他能否成为真正的绅士。实际上，派利塞在担任首相前后一直都能和来自不同背景的议员们协同工作，如来自乡

---

① 陆建德：《书评专刊：文化生态的保护者》，见陆建德《潜行乌贼》，人民文学出版社 2008 年版，第 238 页。

绅阶层的议员约翰·格雷和来自爱尔兰下层社会的议员菲尼亚斯·芬。他这种适应社会变化的努力和能力实际上是他完整人格的一个必要的组成部分，这非但无损于他的绅士形象，反而显示出他开明豁达的包容能力。

派利塞的豁达和包容折射出了作者心目中理想的绅士标准。这使人想起约翰·亨利·纽曼（1801—1890）在《一所大学的设想》中给绅士所下的定义："绅士从不给他人带来痛苦。……他努力为身边的人清除一切障碍，以便他们能无拘无束地自由行动。"① 特罗洛普塑造的派利塞几乎完美地体现了纽曼心目中理想的绅士所应具备的素质：无私、关怀、宽容、同情、克制、忍耐、谦让、与人为善、虚怀若谷。由此可见，特罗洛普的道德态度中富有人情味的一面，他通过派利塞身处的种种道德紧张关系使读者对绅士的素质有了更加充分和全面的认识。

如前所述，尽管绅士的标准比较笼统，但在派利塞身上却体现得非常具体而生动。他身贵而不虚荣势利，富有而不夸耀铺张，位高而不骄横淫逸。他把自己的出身、地位和爵位视为对国家的责任、为社会服务的手段。在《你能原谅她吗？》中派利塞对他的同僚约翰·格雷说过："一个人不因出身豪门而贤明，不因位尊而德高，也不因富有而幸福……命运让我继承了我叔父的公爵爵位，但我不认为我可以因此而自豪。"（《你》，第630页）作者反复强调派利塞对财富的关注是基于为国效力的抱负而非满足个人享受和野心，因为在特罗洛普看来财富是贵族政治家公允执政的基石，而且特权意味着特别的责任。派利塞是富有政治抱负的贵族后裔，他从青年时代起就有坚定的报国决心。当他与最富有的继承人格兰柯拉成婚之后作者评述道："他需要足够的财富以实现服务国家的政治目标，这财富与个人享受毫无干系，但财富立刻给他提供了磐石般的稳定的基础，而这种基础对我们有影响力的稳健的贵族政治家是如此必不可少。"（《你》，第305页）派利塞本人也确实把财富和地位看作是一种不可推卸的社会责任，这也是派利塞在《公爵的儿女们》中对下一代反复强调的重要的训诫。

派利塞身上更为突出的绅士特点是他的木讷（dullness），这也是特罗洛普特别欣赏的具有民族意义的特点。在《你能原谅她吗？》第24章中，作

---

① 纽曼：《一所大学的设想》，哈罗德·布鲁姆编，"现代文化思想先驱丛书"，纽约，1983年，第156—157页，王佐良译文。

者强调派利塞并非才华超群、聪颖过人。他虽然木讷，但值得信赖。派利塞也"为自己的木讷感到自豪，虽然木讷，但他依然能征服听众，对此他也感到欣慰。在准备议会演讲词时他孜孜推敲，审慎言词，追求准确，力戒矫饰。……他深信滥用修辞的雄辩口才有碍诚实的政治思想的表达"。他妻子格兰柯拉曾评价丈夫说："他很聪明，就是木讷。"（《你》，第200—201、372页）这似乎自相矛盾的话里既饱含着小说家对派利塞赞许又暗藏着对那些相信绝对理性、高喊美妙动听的空洞理论的幻想家的讽刺，也是对那些为了个人或党派利益而有意超前推进激进的政治或社会改革的议员们的揶揄。就连资深的自由党议员蒙克爵士在考虑支持派利塞担任财政大臣时也说："我相信他算不上聪慧伶俐，但是我认为我们不太需要聪慧伶俐。聪慧伶俐的财政大臣是世界上危险的人物，这样的人已经让我们受够了。"（《你》，第284页）

实际上，派利塞对第一次改革法案以来议会里的争权夺利以及与之伴生的空洞的政治口号和激进的权宜之计一目了然，对政治腐败给社会秩序和传统文化带来的威胁也一清二楚，在作者眼里，派利塞的木讷不失为针对这种威胁的一种抗衡力。在《你能原谅她吗？》中，特罗洛普塑造了一位名字叫范恩斯班（Finespun）的财政大臣，在首相布洛克勋爵和贯穿多部小说的辉格党元老圣·班盖公爵的眼里他是卓越的官员，但也是危险的政治家。圣·班盖公爵说：

> 我钦羡他的品质和天赋，但是在我看来他是英国最危险的政治家。他素有崇高的政见——很诱人的政见；但是他的政见不是高远得令人难以捕捉，就是离奇得无法派上实际用场。我相信他像太阳一样诚实，可是我们这些站在地球上的凡夫俗子既无法理解也不能欣赏太阳的诚实。对政治他缺乏应有的直觉，总是靠推理和论证做出判断。政治上，我更愿意相信直觉判断而非工于心计。管理三百年之后的英国他也许会比谁做得都好，但是如何管理目前的英国我认为他知之甚少。（《你》，第236—237页）

因此，首相布洛克虽然喜欢他雄辩的支持，但对他过于活跃的举动也是深感不安，更厌恶他空洞而又宏大的政见。从上议院到内阁人们都支持由比较木讷的派利塞来取代他。这一举动说明英国政坛，尤其是上议院，普遍支持以温雅高尚、心平气和的稳健派来抗衡激进的改革家。

特罗洛普的《三文书》发表于 1857 年，其中的哈里·诺尔曼也是一个品德高尚但有点木讷的人物，他认为，如果因身居高位而无法谨慎决策，稳重从事，那么最好辞去高位。① 在特罗洛普看来，这样的木讷对政府要员和党派领袖来说是优点而非弱点。这样的人头脑冷静，反对贸然采取激进的改革措施，努力保证社会的长期稳定和经济的稳步发展。他不允许任何人利用情绪或偏见煽动民众以达到自私的目的。维多利亚时代的知识界不乏头脑清醒之士，他们和特罗洛普一样对大规模的社会经济改革持谨慎的态度。阿萨·布里格斯在《维多利亚人》一书中写道，"'木讷'的英国人确保了'良好'的自我克制"，难怪白哲特和特罗洛普都喜欢维多利亚中期那种"恰到好处的'木讷风格'"（《维》，第 121 页）。布里格斯还引用白哲特的话说："我们嗤骂为鲁钝（stupidity）的品质实际上是苍天特意赐给我们的智谋才略，以便我们能在行动上保持清醒稳健，在判断上确保可靠无误，当然，鲁钝的品质在普通人看来算不上什么令人鼓舞的东西。"② 但是布里格斯断言，特罗洛普的小说恰好证明"鲁钝的品质"确实很令人鼓舞。

斯迪芬·克里尼（Stefan Collini）等在《崇高的政治学》（*That Noble Science of Politics*，1983）一书中就白哲特对"鲁钝"的推崇作了进一步探讨。他们从《沃尔特·白哲特著作集》中引用的几段话非常值得回味："假如一个自由的民族期盼享有循序渐进的、永久而又广泛的自由的话，我认为这个民族最主要的心智就是鲁钝，我这样讲，恐怕会招致你们讥笑。……毋庸赘言，英国人具有真正明智的鲁钝，这是无与伦比的。……无论国家还是个人，都有可能因聪明有余而不能冷静务实，或因鲁钝不足

① 约翰·郝尔珀林：《特罗洛普与政治》，第 8 页。
② 白哲特：《沃尔特·白哲特著作集》第 4 卷，第 52 页，引自阿萨·布里格斯《维多利亚人》，芝加哥大学出版社 1965 年版，第 121—122 页。

而丧失自由。"① 克里尼接着评论道："法国作为一个政体，其麻烦就在于他们不善鲁钝。"② 换言之，英国人因其鲁钝和木讷才享有繁荣和稳定，相反，法国人因缺少鲁钝和木讷而饱受剧变、内乱，甚至自我毁灭之苦。他们对理性的宏伟蓝图坚信不疑，对毕其功于一役的热情如此之高，结果他们反受理性之害。"鲁钝"的英国人永远也不会把"自由、平等、博爱"的口号当作切实可行的至理名言，因为那些口号太含糊、太抽象、太遥远。他们对经验的积淀和古老的传统非常珍惜。在经济、政治、社会和宗教快速发展和变革的维多利亚时代，英国人仍能享有相对安宁和稳定的进步，这不能不归功于他们特有的鲁钝或木讷。

　　特罗洛普和白哲特分别用"木讷"和"鲁钝"来表达他们特指的意义，这两个词既和本义有关又和本义不同，这是一种"自我贬低"式的幽默。英国历史学家、著名传记学家利顿·斯特雷奇（Lytton Strachey，1880—1932）在为哈廷顿勋爵（Lord Hartington）作传时也运用了这一技巧，绝非偶然。作为著名的传记作家，斯特雷奇非常重视"鲁钝"，几乎可以把它看作一种民族特点。在《维多利亚时代的著名人物》中，他笔下的哈廷顿勋爵和特罗洛普的主人公派利塞惊人地相似。哈廷顿勋爵曾先后在格莱斯顿、索尔兹伯里和鲍尔弗三位首相手下做过不同部门的内阁大臣，三次谢绝首相的职位。"他不曾追逐私利，从不高亢激昂，更不会空想幻想"。斯特雷奇运用克制的陈述巧妙地凸显了哈廷顿勋爵的基本品格：他以不慌不忙（温雅稳重）著称，"他动作缓慢（持重稳健），理解迟钝（细腻周全），才思不敏（深思熟虑），表达迟缓（表态谨慎），不急于做出决定，不急于采取行动"，但是，斯特雷奇断言，他"绝非愚蠢；所以我们很有理由认为，他本能地，或许下意识地理解了某个事态的基本情况，但是他对自己也不曾明确表达出来过"。③ 然而，英国人发现哈廷顿具有——

　　　　他们非常珍爱的品质——公正、稳健、判断力……在任何情况下，

---

　　① 白哲特：《沃尔特·白哲特著作集》第4卷，第50—53页，引自斯迪芬·克里尼、唐纳德·温奇著《崇高的政治学》，剑桥大学出版社1983年版，第170页。

　　② 斯迪芬·克里尼、唐纳德·温奇：《崇高的政治学》，第170页。

　　③ 同上书，第225页。

哈廷顿勋爵都绝对不会卓越超群、才思敏锐、举动惊人、慷慨激昂、深奥莫测。这一切都让人觉得轻松安宁。……人们喜爱他不仅仅是因为他为人诚实，更重要的是他的诚实是英国式的诚实——一种英国人崇拜的偶像身上特有的那种自然而然的诚实。……人们爱他平易近人……人们爱他从不装腔作势……但人们最爱的还是他的木讷。① （笔者译并加着重号）

这就是斯特雷奇所说的古怪的英国人的性格，也是特罗洛普笔下的派利塞的特点。哈廷顿所享有的信任也是小说中派利塞享有的信任。斯特雷奇强调了英国人对哈廷顿这样的绅士型的政治家的偏爱，把他的品格提升为整个民族的品格，这和特罗洛普对他的"完美的绅士"的赞赏有异曲同工之妙——派利塞是"英国为之骄傲的政治家之一，这样的政治家比她的任何资源都更值得我们为之骄傲，这样的政治家给国家带来的是保守思想和进步思想相结合的精美产物，它是国家目前的实力之所在，也是国家未来安全的最佳保障"。特罗洛普赞佩派利塞是"虽然木讷，值得信赖"（《你》，第 200 页）。赋予中心人物木讷的品格反映了小说家对复杂的英国国民性格的敏锐感悟，也显示出他对所处时代的潮流与期望的精确理解。他极力推崇能够在快速变革的过程中坚守传统道德以确保社会稳定的政治家。

派利塞被同行甚至被批评家和读者视为不识时务、不会"务实"的首相，这主要是因为他坚守"道德良心的律令"，② 不愿也不会见风使舵或借风造势以提高或加强自己的地位。他"痛心于政治清明之无望，不忍为同流合污之苟安"（蔡元培语）。在他的道德天平上廉正、原则、正直、诚实和尊严与党派纷争、宗派纠葛以及私利的追求不能并存。特罗洛普特别重视派利塞的诚实，这是绅士品质的核心，也是派利塞人格的基石。圣·班盖公爵对他的评价是：他是一位"很有特色之人……他的诚实与别人不同，其特点是毫不含糊、近乎绝对，与他人的虚伪和欺骗言行不共戴天"。（《首相》，第 236 页）罗宾·吉尔默（Robin Gilmour）在《维多利亚小说

---

① 斯迪芬·克里尼、唐纳德·温奇：《崇高的政治学》，第 246—247 页。
② 参见陆建德《破碎思想体系的残编：英美文学与思想史论稿》，第 56 页。

中的绅士观》一书中指出：

> 这种近乎苛求的诚实作为政治家的优点又像是一把双刃剑。格兰柯拉从派利塞在希尔维布里奇的补选活动中的中立立场看到了这一点，首相的同僚从俄里波德被授予嘉德勋位一事中也看到了这一点。小说一再强调他的道德良心使他脸皮薄、很敏感，故对政治活动中的卑鄙勾当不屑一顾。而另一方面他的态度淡漠和慎言谨行使得他无法广交朋友，他的联合政府也因此受到一些影响。但是与这些劣势相比，首相具有一种在特罗洛普看来与政治手腕相比越发少见的素质，一种源自一丝不苟的诚实的素质。这就是至关紧要的公允无私的素质，这也是真正的绅士的特点，是特罗洛普塑造的稳中求变的首相的最高美德。①

虽然派利塞在崇尚成功与腾达的社会里是一个"失败"的首相，但是他（和他的塑造者）坚信行为的动机要比其结果更为重要。作者赞赏的是他的思想境界和绅士风范，他虽败犹荣，有点像阿诺德在《文化与无政府状态》中对牛津运动的评价：

> 政治上我们没有成为赢家，没有能使我们的主要观点获得赞同，没有能阻止对立面的前进，没有能成功地与现代世界同步行进。但是，我们已于不知不觉之中对国人的思想产生了影响，我们培育起的感情洪流冲蚀和削弱了对手们似已占领的阵地，我们保持着同未来的沟通联系。②

派利塞的率真偶尔甚至天真的本性和绅士品格常常使人想到他的作者。特罗洛普本人也堪称绅士。在现实生活中，他坦诚、率直、正派、勤奋，对英国邮政事业的发展功不可没。他孜孜不倦地著书撰文，对国家、社会、民众，甚至自己小说中的人物都充满了强烈的关注和关怀。他心仪古典文

---

① 罗宾·吉尔默：《维多利亚小说中的绅士观》，第 177 页。
② 马修·阿诺德：《文化与无政府状态》，韩敏中译，第 24 页。

化，注重从中获取借鉴，爱读《奥德赛》和《伊利亚特》，钻研拉丁语言和文学，在晚年还出版了《恺撒评论》（1870）、《西塞罗传记》（1880）。在文学创作方面，他是富有人情味的作家，他从不简单地评判人物的善与恶，而是仔细考察他们所处的环境。尽管他对丧失道德原则的政坛人物深恶痛绝，但还是对他们抱有几分同情，有时也理解他们身不由己的处境和人性本身的弱点。他曾把官场上的人比作在峡谷中浴血奋战的士兵，而历史学家不过是坐在山头上评头论足罢了。他的人物有血有肉，复杂且真实，丰满又厚重，如同我们自己和我们身边的人，他用凡人的语言表达凡人的荣辱成败和喜怒哀乐，给读者以真实感和亲切感。与狄更斯相比，特罗洛普的人物画廊中几乎没有十全十美、超乎常人的"英雄"人物。在他所写的场面上活动的人物，再完美的也有缺陷和弱点，再粗鄙的身上也会偶有亮点。无论在生活中还是在小说中，特罗洛普心目中的理想的政治家首先必须是"完美的绅士"，他以自己心爱的人物派利塞和自身的经历改变了社会对贵族和绅士的偏见，即他们不必劳动，只需游手好闲。这显示出作为一个关心国家政治前途的作家，他更关心政治和社会生活背后的道德意识，这也是英国文学的伟大传统。

第九章

"神圣的责任"

——乔治·艾略特小说中的责任观念

一 乔治·艾略特与 19 世纪英国的责任观念

美国评论家莱昂内尔·特里林在谈到简·奥斯丁的《曼斯菲尔德庄园》（1812）时说，责任（Duty）在 19 世纪英国文化中是一个核心观念。他认为，那时候，人们"说"起责任来都很动感情；但奇怪的是，他们在作品中"写"起责任来的时候，并不像在生活中那样：责任似乎只是和家庭的小圈子，和枯燥沉闷联系在一起。不解此情的美国作家赫尔曼·梅尔维尔将约瑟夫·康拉德看作第一个扩展了责任观念并使之兴味盎然的英国作家。[①] 诚然，康拉德将责任观念投诸茫茫海上，向读者展示了英国商船队的压舱石；但在 19 世纪英国文学中，并不乏将责任观念加以扩展并使之有声有色的作家[②]。小说家乔治·艾略特就是一个突出的例子。她不仅将责任观念由家庭生活拓展到社会生活领域[③]，还从词义变迁的角度诠释和重建"责任"，使之重生感召和凝聚之力。

"责任"无疑是乔治·艾略特生活和创作中的一个关键词。在她去世

---

① Lionel Trilling, *The Opposing Self*, New York: Viking, 1959, p. 217, footnote 1.

② 乔治·艾略特甚为仰慕的诗人华兹华斯也被特里林称为"颂扬责任的桂冠诗人"。

③ 社会生活领域原亦有责任观念，在 19 世纪英国小说中也有反映。如奥斯丁《曼斯菲尔德庄园》中的托马斯爵士要去履行他在议会中的责任（第 2 章），《傲慢与偏见》中的柯林斯牧师用责任指称教堂的礼拜仪式（第 13 章）。艾略特对责任观念的扩展，主要表现在她将责任由与具体的职位相连扩至整个社会生活中的一种责任意识。

后，诗人阿尔杰农·查尔斯·斯温伯恩写诗悼念：

> 神圣的责任，和殷殷渴求正义的
> 目光如炬的思想，在她前方孤悬，
> 闪烁着严肃的辉光，
> 是她唯一明确不移的指路明星。①

　　在艾略特看来，责任的神圣性源自它对人的自我发展和社会维系所起的作用。一方面，责任观念是个人"自我"完善的指路明灯，"它之于道德生命，就如强大的中枢神经之于动物生命"②；另一方面，它又是一种融聚社会的力量，社会成员对责任的觉识影响着该社会的和谐发展。

　　评论家们从伦理、哲学、宗教、社会思潮、女性等角度探讨过艾略特的责任观念③，这从侧面反映了该观念在艾略特小说中的重要性。但这些评论都在不同程度上忽略了艾略特对责任的思考中所带的一种"语言忧虑"，即在社会变迁中，一些关键词的词义发生了变化，但并不一定与其

---

① Gordon S. Haight, ed., *A Century of George Eliot Criticism*, London：Methuen, 1966, p. 149.

② George Eliot, *Scenes of Clerical Life*, Harmondsworth：Penguin, 1973, p. 320.

③ 虽然这些批评为数不多，分量却不轻。亨利·詹姆斯认为，对道德责任和人生辛酸的觉识是艾略特天性中最根深蒂固的部分（David Carroll, ed., *George Eliot：The Critical Heritage*, London：Routledge, 1971, p. 493）。巴巴拉·哈代认为，艾略特在小说中坚持把人与人之间的关系看作一种责任，以替代弱化了的基督教伦理（Arthur Pollard, ed., *The Victorians*, Harmondsworth：Penguin, 1993, p. 188）。威利也认为，正是由于责任失去了它在宗教层面上的神圣性，艾略特才更加强调它的绝对性（Basil Willey, *Nineteenth - Century Studies*, Harmondsworth：Penguin, 1973, p. 257）。沙特尔沃斯从当时的社会科学和自然科学思潮出发，认为艾略特小说的中心剧情都源于一种冲突，即主人公有寻求自我实现的愿望，却与社会责任的要求有冲突（Sally Shuttleworth, *George Eliot and Nineteenth - Century Science*, Cambridge：Cambridge University Press, 1986, p. xi）。米尤兹从女性的视角来看，认为社会的变迁带来了新的观念，这使得女作家在有意无意间探寻着女性的新地位和"女性的新责任"；艾略特的信仰是"把接受个人的位置作为责任，守孝道，爱亲人，自我牺牲，自我约束"，如果女性"不能履行命运所要求的责任，则必定会遭受痛苦"（Hazel Mews, *Frail Vessels：Woman's Role in Women's Novels from Fanny Burney to George Eliot*, London：Athlone, 1969, pp. 5, 98 - 99）。霍洛韦从伦理学的角度分析了艾略特的责任观，认为对于艾略特，尽责任即是隐忍克制，这是德性的根本成分，也是她小说中的主要道德现实（John Holloway, *The Victorain Sage*, New York：Norton, 1965, p. 126）。乔治·莱文从哲学的角度出发，认为艾略特虽然有宿命论思想，但她依然强调道德义务和责任，在她的小说世界中，"责任是第一位的"（Gordon S. Haight, ed., *A Century of George Eliot Criticism*, pp. 349 - 354）。

表征的思想和价值观念的嬗变一致，从而影响到社会道德和文化的传承。艾略特所处的维多利亚时期是英国由农业社会向工业社会过渡的转型时期，也是工业化进程中价值观念重塑的时代，如劳伦斯·德克尔所说："从女王加冕到执政 60 年大典是生机盎然的 60 年，日新月异，不断发展，创造着新的观念和好恶，塑造着新的知识和社会价值体系。"① "责任"也在经历着变化。虽然它在 19 世纪英国生活中是一个常用词汇（《牛津英语词典》的例句显示，当时"责任"在其各义项上出现的频率都非常高，远多于 18 世纪和 20 世纪），但人们对它的认识和使用很混乱，责任作为一种抽象观念的力量也有所减弱。艾略特尝试在小说中使责任重生力量。她曾说，使她有勇气写作的唯一原则，就是使读者重新认识到"那些将人们团结在一起，并赋予生命以更高价值的最根本的观念"②。这种语言忧虑或可解释，为什么"责任"一词在 19 世纪其他英国小说家的作品中也时常出现，但在艾略特的小说中却总让人感到一种特别的意味。

小说注定离不开它诞生的时代。小说家和他用来写小说的语言决定了这一点。乔治·艾略特曾在《米德尔马契》（1871—1872）中写道："没有一个人，他的内心如此强大，以致外界的力量不能对它产生巨大的影响。"③ 她对责任的思考亦是应时而生，为此，我们不妨再回到当时的氛围中。

（一）

19 世纪英国的工业化导致了日趋明显的社会分裂。一些文人开始纠正 18 世纪以来过于强调个人互不相属的倾向，注重社会整体，人与人之间的责任便成为他们写作的重点。很多英国人对社会分裂感触良深。早在 1829 年，一呼百应的托马斯·卡莱尔就声称："现在的社会，一言以蔽之，正在

---

① Clarence R. Decker, *The Victorian Conscience*, New York: Twayne, 1952, p. 12.

② Gordon S. Haight, ed., *The George Eliot Letters*, New Haven: Yale University Press, 1954, 1978, vol. IV, p. 472.

③ George Eliot, *Middlemarch*, Harmondsworth: Penguin, 1965, p. 896. 凡引自该书的译文均参考项星耀译本（《米德尔马契》，人民文学出版社 1987 年版），个别地方略有改动。

迅速地土崩瓦解。"① 工业化使得城市化成为社会变革中最显著的特征②，而城市化本身就带着一种分裂倾向。不仅乡村中原来共同体性质的社会生活逐步解体，不断扩大的城市中也弥漫着利己主义的气息。恩格斯在 19 世纪 40 年代描述过当时的大城市："人类分散成各个分子……这种一盘散沙的世界在这里是发展到顶点了。"③ 伴随着这些分裂趋势，社会有机论作为一种思潮，在 19 世纪逐渐形成影响。它将社会看成是个体相互依存的有机体，重视个人在社会中的位置和责任。

　　首先，责任在格外为人珍惜的家庭生活中是一种融聚力量。在简·奥斯丁的小说中，我们经常看到责任对个人意志、情感、喜好起着一种矫正作用，并能与亲情融为一体，维系着甜蜜的家庭生活。④ 艾略特从另一个角度来阐释责任的这种作用，她笔端少了奥斯丁的轻松和幽默，人物多是在情感矛盾和痛苦之中选择责任。《米德尔马契》中女主人公多萝西娅在闺阁中一度憧憬着担起为人妻的责任，认为"结婚就是要承担更高的责任"⑤；当她与卡苏朋结婚后，却发现这种美好的责任如果依附错了对象，也只能是一厢情愿。蜜月归来，她的激情已被卡苏朋的寒气冻结，白雪素裹的大地又给她的心境平添了几分萧凉，但她仍期待"责任将以新的形式出现，带来新的启示，赋予妻子的爱以新的含义"⑥。她发现，责任的这种新形式就是隐忍和温情。于是，她试图以此唤起卡苏朋的情感共鸣："她目前似乎

---

① Thomas Carlyle, "Signs of the Times", in *Scottish and Other Miscellanies*, London: Dent, 1915, p. 225.

② Carol Dyhouse, "The Condition of England 1860 - 1900", in Laurence Lerner, ed., *The Victorians*, London: Methuen, 1978, p. 80.

③ 恩格斯：《英国工人阶级状况》，人民出版社 1956 年版，第 59 页。

④ 《理智与情感》中玛丽安娜最终认识到："每当我回首往事，总能发现我对责任的疏忽和情感的放纵。"（第 46 章）《曼斯菲尔德庄园》中托马斯爵士也后悔没教育女儿们"用责任感来控制自己的喜好和脾性"（第 48 章）。《爱玛》中奈特利对弗兰克·邱吉尔迟迟不来拜望再婚的父亲和继母感到愤慨，认为弗兰克没有尽到责任（第 18 章）。《劝导》中安妮听从拉塞尔夫人的劝导，拒绝了温特沃思的求婚，并视此拒绝为责任；八年后她与温特沃思再续前缘，但并不后悔前举，甚至认为"强烈的责任感是女人的一份不错的嫁妆"（第 23 章）。奥斯丁有时还直接将"责任与亲情"连用（如《理智与情感》第 27、37 章），这也暗示了二者在家庭生活中的同等地位。

⑤ *Middlemarch*, p. 64.

⑥ Ibid., p. 307.

向往着一条道路，在这条道路上，她的责任就是温柔体贴。"① 在小说中，多萝西娅在这条道路上并非孤行，同路的还有银行家布尔斯特罗德的妻子。布尔斯特罗德丑行曝光后，人人喊打，他妻子却没有和他"划清界线"，而是和他一起承担耻辱，默默地尽着自己的责任。艾略特在这部小说的写作期间有一封给友人的信，可以作为这种责任的注释。她在信中讲述了一位妻子恪尽己责，最终使酒鬼丈夫忏悔己过，重新做人。她很是赞赏这种容忍的救赎作用："这与那种动物性的嫁鸡随鸡截然不同。这是责任，是人类的同情。"②

其次，许多文人不仅认识到了责任对家庭融聚的作用，还将责任从家庭这个有机体扩展到了国家、社会这个大的有机体，强调人的社会责任。继爱德蒙·伯克之后，约翰·罗斯金、F. H. 布拉德利等人都有这类言论（艾略特的好友赫伯特·斯宾塞更是当时社会有机论思想的集大成者）。艾略特的《弗洛斯河上的磨坊》（1860）中就有这种转变的萌芽。女主人公麦琪在情感的旋涡中用责任来抑制自己，竭力避免伤害他人。其后的《罗慕拉》（1863）更明显地探讨了责任的这种转变。小说叙述者评价了女主人公罗慕拉在情感上由"小家"向"大家"的转变："在她眼里，'家'的含义很少是她时常孤独静坐的巴尔迪街的寓所，而是环绕着佛罗伦萨的屋舍楼塔。"③ 这一评价画龙点睛：情感的转变与责任的转变一致，都依附于"家"的所指的转变。当时佛罗伦萨还是文艺复兴时期，罗慕拉的丈夫蒂托虽为文士，其野心与操行却比《奥赛罗》中的伊阿古更甚，出卖了所有他能出卖的人。罗慕拉不愿向卑劣的丈夫尽妻子的责任，要出走；但在修士的苦劝下，她留了下来，为危难中的佛罗伦萨尽公民的责任，从而诠释了社会责任这一"更高的责任"。此后，戏剧诗《西班牙吉卜赛》（1868）中女主人公为了吉卜赛人的事业忍痛放弃爱情，小说《但尼尔·狄隆达》（1876）中主人公狄隆达追寻犹太民族的责任，都暗示了社会责任之重。

---

① *Middlemarch*, p. 400.
② *The George Eliot Letters*, vol. V, pp. 132 – 133.
③ George Eliot, *Romola*, Harmondsworth: Penguin, 1980, p. 452.

（二）

宗教的式微也削弱了责任观念的神圣性。在 18 世纪笛福的笔下，鲁滨孙·克鲁索在为自己的离家出走而忏悔时，还能意识到自己抛弃了"对上帝、对父亲的责任"①，可见责任的宗教和世俗意义并重。到了 19 世纪，宗教的状况更加复杂：尽管有以"责任"为口号的清教思想的复兴②，也有各种挽救宗教权威的尝试，但"责任"的宗教意味显然呈淡化之势。乔治·艾略特本人的信仰也经历了一次激变：最初追随福音教派（这在很大程度上影响了她的责任观念），笃信上帝；在接触激进的神学思想后，开始理性地看待上帝，一度拒绝去教堂礼拜，被父亲赶出家门。这次转变使她逐渐意识到，拒绝了上帝的神性后，还应找出新的社会融聚力量。她觉得，责任就有这种力量。这种认识与当时富有宗教感的人本主义（Religion of Humanity）不无关系。她曾应弗雷德里克·迈尔斯之邀，访问剑桥大学三一学院。从迈尔斯的回忆中，我们也能感受到她的这种思想：

> 我还记得，五月的剑桥，一个细雨蒙蒙的黄昏，曾与她漫步在三一学院的院士花园。她的步子比平日要快些，谈起了长久以来经常作为号角来激励人们的三个词——上帝、永生、责任——她极其热切地称，第一个如何难以想象，第二个如何难以置信，而第三个又如何确定无疑，如何绝对。③

随着"上帝""永生"的号召力逐渐弱化，"责任"便显得弥足珍贵。这在艾略特对牧师角色的塑造中体现得比较明显。

牧师依然是 19 世纪英国社会中的重要角色。《米德尔马契》中多萝西娅的丈夫卡苏朋也是一位牧师。他非常重视责任，甚至于"他的行为如果不符合责任这个观念，他就觉得不舒服"④。但他的责任观中总带着自私的

---

① Daniel Defoe, *Robinson Crusoe*, New York: Oxford University Press, 1972, p. 8.

② Clarence R. Decker, *The Victorian Conscience*, p. 29.

③ 转引自 Basil Willey, *Nineteenth - Century Studies*, p. 214.

④ *Middlemarch*, p. 411.

影子，他给责任穿上的是他那件道貌岸然、自我中心的外衣。他和《傲慢与偏见》（1813）中那位言必称责任的柯林斯牧师一样，用责任作为自己私念的借口。《米德尔马契》中的另一位牧师费厄布拉泽则与卡苏朋相反，使责任带上了一种充满活力、鼓舞人心的力量。他靠的不是他的布道，而是在生活中切实地履行对他人的责任。他曾说，他"不想把自己的利益变成别人的责任"①；而市长的公子弗雷德无意中把自己的利益变成了这位牧师的责任。费厄布拉泽受到了考验。原来，弗雷德爱上了玛丽，央求费厄布拉泽从中撮合，但费厄布拉泽自己也暗恋着玛丽。不过，他忍痛牺牲了自己的爱情，甘为别人做嫁衣，"正直无私地履行了责任"②。J. H. 米勒曾说，多萝西娅生活在一个没有上帝的世界中，她要从卡苏朋牧师身上寻出一个上帝，来指引她的生活；然而在一个没有上帝的世界中，谁也成不了别人的上帝。③ 不过，费厄布拉泽的自我牺牲精神也能使这个"没有上帝的世界"和谐起来，责任可以成为将社会融为一体的力量，成为华兹华斯所说的"指路明灯"④，指引人的生活。多萝西娅在卡苏朋去世后的心境也许有些暗示："她前面还有着漫长的道路，它显得坦荡空旷，没有任何路标，但是在她一步步朝前走的时候，她会得到指导，遇到同路的人的。"⑤ 我们在接下来的故事中看到，在这看似空旷的大地上，她得到了"责任"的指导，与她"同路的人"便是牧师费厄布拉泽。

（三）

在社会转型时期，社会分化使人们对自己的社会地位感到迷惑，责任感也随之淡化。维多利亚时期社会各阶层中都有一些重塑责任观念的努力。贵族阶层仍有位高责重的传统。女王作为王室和国家的代表，其责任感在当时是一面旗帜。登基元日，她就立志"鞠躬尽瘁，为国尽责"⑥。为她作

---

① *Middlemarch*, p. 206.

② Ibid., p. 562.

③ J. H. Miller, *The Form of the Victorian Fiction*, Cleveland, Ohio: Arete, 1979, pp. 114 – 115.

④ 《米德尔马契》中有两章引用了华兹华斯颂扬责任的诗句作为题词，其中第 80 章引用的是《责任颂》第 6 节，而该诗第 1 节将责任比作"指路明灯"。

⑤ *Middlemarch*, p. 830.

⑥ Asa Briggs, *The Age of Improvement*, 2nd ed., Harlow, England: Pearson, 2000, pp. 395 – 396.

传的利顿·斯特雷奇也认为"责任心"是女王毕生的特色："责任、良心、道德——是的！女王的生活向来由这些高高的指路明灯来指引。"① 史学家威廉·莱基后来写了一篇文章，题目就是《作为一种道德力量的女王》。他指出，女王的"责任感如此持久强大，她的全部行动和乐趣都为之所辖"②。此外，贵族教育中也存在着根深蒂固的责任观念。公学是贵族教育的摇篮，拉格比公学校长托马斯·阿诺德就教学生以"使命和责任"③。在中下层民众中也有类似的"责任"教育。塞缪尔·斯迈尔斯在其风靡一时的《自助》（1859）一书中，每章会都提到"责任"；他在晚年特意写了《人生的职责》（1880），对他的读者说："我们父辈的任务是争取权利，但我们这代人的任务是教育和宣传义务与责任"④。

　　尽管维多利亚时期有着种种唤醒责任观念的努力，人们对"责任"的认识和使用却依然混乱，这无形中削弱了责任作为一种抽象观念的力量。狄更斯对滥用责任的情形讽刺颇多。《艰难时世》（1854）中提到，"哲学家们"认为贱买贵卖是"人类的全部责任（不是一部分，而是全部责任）"⑤，所以有人就不愿给自己孤弱无依的母亲买礼物，因为这带不来利润，显然不符合贱买贵卖的"责任"。《双城记》（1859）中给银行当跑腿的杰里因为妻子干涉他夜间盗墓这一正当"业务"，就认为妻子"天生缺少责任感，就像泰晤士河里原本没有木桩一样，需要敲打进去才行"⑥。不难想象，杰里的妻子如果有他所谓的责任感，就该认为盗墓是丈夫的正业。《大卫·科波菲尔》（1849—1850）中有位自私的岳母，想娱乐散心却又不愿自掏腰包，便劝女婿出资让女儿去散心，并声称她陪女儿散心是不怕麻烦的，因为这是她的责任，毕竟"责任，是世间头等大事"⑦。从这些例子可见，责任常常成为冠冕堂皇的借口。狄更斯有时也会笔锋一转，加重批判的语气。《马丁·瞿述伟》（1843—1844）中伪君子佩斯匿夫为掩饰自己

① Lytton Strachey, *Queen Victoria*, Stockholm：The Continental Book，1945，p. 264.

② 见 Eugene C. Black, ed., *Victorian Culture and Society*, New York：Walker，1974，p. xvii.

③ Basil Willey, *Nineteenth - Century Studies*, p. 60.

④ 塞缪尔·斯迈尔斯：《人生的职责》，李柏光等译，北京图书馆出版社1999年版，第12页。

⑤ Charles Dickens, *Hard Times*, Harmondsworth：Penguin，1994，p. 103.

⑥ Charles Dickens, *A Tale of Two Cities*, Harmondsworth：Penguin，1994，p. 156.

⑦ Charles Dickens, *David Copperfield*, New York：Bantam，1981，p. 601.

不光彩的举动,将知情的学生兼佣人贫掐逐出家门,声称这是"对社会尽自己应尽的责任"。叙述者感叹道:"哎,想起来总太迟、又时常被忘记、夸口吹牛的责任,总是被人欠着;待到偿还时,很少不是动用惩罚,外加暴怒。人类何时才能了解你呢?"① 当时有很多人都注意到有假"责任"之名行不义之事的现象。马修·阿诺德的好友,诗人阿瑟·休·克劳就曾写道:

> 一些虚假的东西令我战栗,
> 一些心灵的胡作非为和非法的活动,
> 我们是如此易犯这些错误,
> 带着我们可怕的责任观念。②

就在《罗慕拉》成书之前,威尔基·柯林斯的《白衣女人》(1860)问世,一时间洛阳纸贵。小说中珀西瓦尔·格拉德对妻子的压迫令人发指,让人感到了那"可怕的责任观念"。格拉德强迫妻子在她不知情的文件上签字,遭到拒绝后,他凶相毕露,搬出家法:"妻子的责任就是不违背丈夫"③。非独婚后生活中才有滥用责任的情形,在谈婚论嫁阶段,家长也经常用责任来要求子女服从。其中,金钱是一个众所周知的因素。奥斯丁《劝导》(1818)中的史密斯夫人就曾说:"为钱而结婚的事儿太多了,大家也就见怪不怪了。"④ 特罗洛普《索恩医生》(1858)中的阿拉贝拉夫人说得更加露骨,她希望儿子娶个有钱的妻子,不说他要为钱而结婚,却说他要"和钱结婚",这是他"唯一责任"⑤;还郑重其事地补充说,"有时候,责任是最重要的,是高于一切的"⑥。在艾略特的《但尼尔·狄隆达》中,凯瑟琳·阿罗波因特的父母反对她嫁给一文不名、地位不尊的犹太音乐家,并以剥夺她的财产继承权相要挟。他们认为与贵族联姻是凯瑟琳的

---

① Charles Dickens, *Martin Chuzzlewit*, Ware: Wordsworth, 1997, p. 480.

② 转引自 J. W. Burrow, "Faith, Doubt and Unbelief", in Laurence Lerner, ed., *The Victorians*, p. 172.

③ Wilkie Collins, *Lady in White*, London: Collins' Clear – Type, n. d., p. 240.

④ Jane Austen, *Persuasion*, Harmondsworth: Penguin, 1994, pp. 200 – 201.

⑤ Anthony Trollope, *Doctor Thorne*, London: Dent, 1908, p. 41.

⑥ Ibid., p. 153.

责任："当责任与愿望冲突时，她必须服从责任"；而凯瑟琳则反驳道："人们可以轻松地把他们想让别人做的事冠以责任这个神圣的字眼儿。"①这已经是艾略特小说中对责任最严厉的"批评"了。她在小说中尽量正面地使用责任，很少描写盗用责任名义的情形。她试图使自己小说中的责任带上一种神圣性，引起读者的共鸣。因此，她的小说中虽不乏坏丈夫逼迫妻子，却很少像《白衣女人》中的格拉德那样打出责任的旗号。她的小说世界中可能会有狄更斯《荒凉山庄》（1852—1853）中斯金波那样的人，却不会说斯金波那样的话："我是世界上最能不负责任的人啦。我这一辈子就没有负过责任，也不可能负责任"；"责任是我永远不能了解——或者不屑了解的东西"。②

（四）

艾略特对责任的表层意义和深层意义都格外关注，她对责任的思考本身也含着作家对自己启蒙责任的觉识③。如她所说："作为艺术家，我的责任就是永远尽最大努力，对同胞们的情感和观念产生一些作用。"④。但无可否认，作家的视野并不包罗万象，艾略特对责任的思考也不是面面俱到。

在 19 世纪的英国，责任还和其他许多词汇紧密地联系在一起。譬如流行程度仅次于"上帝"的"工作"（work）⑤。和卡莱尔等作家一样，艾略特也将工作视为一种责任。她笔下的亚当·比德、凯莱布·高思等认真工作的人都是很有责任感的人。她在《米德尔马契》中曾写道："我们的责任感使我们必然想做些工作，这样，我们不得不抛弃游手好闲的作风。"⑥ 这种思想主要是针对当时贵族阶层中的闲散风气，但也经常被错误地用来苛求贫苦大众。对于后一点，艾略特的小说中没有涉及，但狄更斯曾在《老

---

① George Eliot, *Daniel Deronda*, Harmondsworth：Penguin, 1967, p. 289.

② Charles Dickens, *Bleak House*, New York：Bantam, 1992, pp. 493, 771.

③ 她曾在笔记中写道："任何发表作品的男性或女性都必然起着教师的作用，或影响着公众的思想"（*Essays and Leaves from a Note‐Book*, p. 278）；也对一位女作家说过，事实上，每个作家都是教师，都会影响读者（*The George Eliot Letters*, vol. IX, p. 213）。

④ *The George Eliot Letters*, vol. VI, p. 289.

⑤ Walter E. Houghton, *The Victorian Frame of Mind*, New Haven：Yale University Press, 1957, p. 242.

⑥ *Middlemarch*, p. 501.

古玩店》（1840—1841）中借孟佛莱瑟斯女子学校对"工作"至上的教育，讽刺了对工作观念的滥用。

责任也受到了维多利亚时期流行的"进步"观念的影响。雷蒙德·查普曼曾谈及此点："责任与乐观主义的结合是时代的特征，它为两种观念所支撑：一是边沁式的，即借助立法，社会可以得到改善；一是科学的，即人已成为自然的主人。"① "进步"观念中所蕴含的乐观精神使很多人过于自信地夸大了自己和民族的责任，如为人诟病的"白种人的担子"。艾略特对这种责任观着墨甚少，但她也从另一个角度对"进步"观念下的"责任"做出了深刻的思考。这就涉及维多利亚时期的另一个关键词——"改革"。

二 "改革"与责任观念

（一）艾略特的"改革小说"

"改革"（Reform）也是 19 世纪英国的流行词汇。雷蒙德·威廉斯将之列入他探讨"文化与社会"的《关键词》一书。随着 19 世纪工业化进程的推进，英国经历了政府机构、法律、教会、军队、教育、经济等领域的一系列改革②，逐渐完成了由农业社会向工业社会的转型。其中，以三次议会改革法案为主的民主改革最具代表性。1832 年，第一次改革法案得以通过，新兴的工业城市从传统的农业区手中夺得了较为公平的代表权，中产阶级的代表权扩大（工人阶级没有获得选举权）；1867 年第二次改革法案将选举权扩大到了城镇工人；1884—1885 年第三次改革法案将选举权进一步扩大到农业工人，英国政体就这样逐步民主化。在这样的改革年代，许多文人学士在思考自己身边的改革，他们的言论在很大程度上影响着那时尤其是后来人们对改革的认识。其中，小说家们对社会变革的体悟和反思

---

① Raymond Chapman, *The Victorian Debate*, New York：Basic Books, 1968, p. 40.

② 对于改革之多，利顿·斯特雷奇曾调侃地描述女王的应接不暇："五年间（1869—1874）天天闹着改革——爱尔兰教会与爱尔兰土地制的改革、教育的改革、议会选举法案的改革、陆海军组织的改革、司法的改革。她不赞成，她奋斗，她生气……"（Lytton Strachey, *Queen Victoria*, p. 212. 译文参考里敦·斯特莱切《维多利亚女王传》，卞之琳译，商务印书馆 1992 年版，第 211 页）。

也渐具影响。特罗洛普甚至戏称，要改革社会，由每月连载的小说来推行会更加有效。① 狄更斯揭露了许多亟待改革的社会弊端，同时也注意到了许多改革举措自身的弊端。乔治·艾略特显然也关注改革，并在 19 世纪六七十年代创作了《罗慕拉》《菲利克斯·霍尔特》《米德尔马契》三部"改革小说"。如果说狄更斯善于用浪漫的夸张将社会弊端加以放大，艾略特则喜欢将对这些弊端的思考消融到故事的肌理之中。

在改革问题上，乔治·艾略特的小说体现了一种典型的英国气质。巴兹尔·威利说得极好："对任何问题，都看其两面：既崇仰理想又容忍平庸，既纳新又恋旧，既批评传统的形式又维护它的核心。"② 在初涉文坛的中篇小说《阿莫斯·巴顿的悲情》（1857）中，她描述了受"进步"观念影响的明哲们对未来的信心和对改革的热情，暗示了自己对过去的眷恋和由之而生的伤感："巨大的进步！明哲会这样赞叹，会为新警察制度、什一税代偿法、一便士邮递，以及所有保证人类进步的事物感到欢欣鼓舞……我大概算不得明哲，偶尔也会对古老的陋习感到情深意切，会漾着甜意，眷恋教区书记还带着重重鼻音、牧师还穿着高筒靴子的那些日子，会对庸误偏陋之事消逝的身影发出一声叹息。"③ 这声叹息中反映出的时间观意味深长。一方面，"进步"观念带来一种直线前进的时间观，形成一种乐观态度，相信现在胜过以往，而未来则会更好。如果不注意这种衡量所采用的物质标准，很可能会盲目地贬低过去，危及文化传统的传承，所以叙述者没有"感到欢欣鼓舞"。艾略特本人也有一种危机感，认为"过于相信未来更美好是不道德的"④。另一方面，这声叹息本身又是扎根于这种时间观的。正是相信时间直线向前，而非轮回，才会对一去不返的事物感到惋惜和眷恋。艾略特对当时工业化进程的物质层面基本肯定，所担忧的是其精神层面。相对于代表着过去的马车，她设想了一种象征着未来的交通工具（值得注意的是，她没有拿划时代的火车来做对比）："后人或许会像子弹出膛一般，在气压的作用下从温彻斯特飞到纽卡斯尔，这是我们诸多希望中的

① 特罗洛普：《巴彻斯特养老院》，主万译，上海译文出版社 1986 年版，第 174 页。

② Basil Willey, *Nineteenth - Century Studies*, pp. 214 - 215.

③ *Scenes of Clerical Life*, pp. 41 - 42.

④ Gordon S. Haight, *George Eliot: A Biography*, Oxford: Oxford University Press, 1978, p. 99.

一个美好的结果；不过，那种从我们城乡的一端到另一端的老式走法虽然缓慢，却是留在记忆中的更加美好的事物。枪筒里的飞速旅行无诗无画，苍白得只剩了一声惊呼'哦！'而幸福的乘客坐在驿车顶上，迎来晨曦，送走暮霭，聆听着英国生活的百态故事，观看着英国城乡的各样劳作，感受着天地的万千变化，堪称当代的奥德修斯。"① 这种对比生动地展现了艾略特面对"进步"观念而生的历史感和危机感，与她对当时的激进改革和文化传承的思考一脉相承。

在艾略特的改革小说中，《菲利克斯·霍尔特》对改革的思考最为突出。《罗慕拉》以文艺复兴时期佛罗伦萨的民主改革为背景，却与 19 世纪的英国很是相似。小说对改革的思考又延续到了其后的《菲利克斯·霍尔特》和《米德尔马契》。后两部小说直接写 1832 年前后英格兰中部城乡的变革，雷蒙德·威廉斯认为它们属于他所界定的那种"社会变革小说"，即它们的作者能在工业革命、民主改革、由乡入城的危机中追溯自己时代的根源②。后两部小说的改革背景确实醒目。1832 年议会改革法案已经成为英国历史上的一个坐标，在维多利亚时期人们的眼中也是个极大的事件。比起《米德尔马契》来，《菲利克斯·霍尔特》的政治意味更浓。它的出版商约翰·布莱克伍德读了手稿后欣喜不已，认为"故事背景是 1832 年改革法案刚刚通过之后"，"这么一幅，甚至可以说一组描绘英国生活、习俗和言论的图景，还从来没有人写过"。③ 而小说成书的时间（1866）也很惹眼，正是 1867 年第二次议会改革法案的前夕，人们对改革的热烈讨论余温尚存。布莱克伍德认为，该小说"在当前的争论中价值无量"④。

《菲利克斯·霍尔特》的副标题为"激进主义者"，在当时也很醒目。据《牛津英语词典》，该词指"（在政治方面）主张'激进的改革'；或在

---

① George Eliot, *Felix Holt*, Harmondsworth：Penguin, 1972, pp. 75 – 76. 以下对该书的引用只在引文后注明页码。

② Raymond Williams, *The English Novel：from Dickens to Lawrence*, London：Hogarth, 1984, pp. 13 – 14.

③ *The George Eliot Letters*, vol. IV, p. 247.

④ Ibid. .

民主路线的政治改革方面持有最先锋的观点，属于自由党中最激进的派别"①。但素来保守的出版商布莱克伍德却对艾略特说："我觉得，我和我父亲都是菲利克斯·霍尔特那样的激进主义者。"② 其原因在于，艾略特对激进主义的思考别有深意，小说对激进主义者的刻画实际上是对激进主义的批判。小说的政治思考与其故事情节水乳交融，如威廉·迈尔斯所说，艾略特强调社会问题中的个人因素，善于通过个人的成长来把握历史的变革③。

　　小说有两条叙事线索，一为英格兰中部集贸市镇特雷拜在 1832 年议会改革法案通过后的议员竞选，一为特兰萨姆庄园的地产继承案。小说主要写了两个"激进主义者"：菲利克斯·霍尔特和哈罗德·特兰萨姆。两人都自称激进主义者，又都名不副实。菲利克斯出身于工人阶层，刚从格拉斯哥求学归来，甘居特雷拜市后街，虽清贫却不愿放弃工人身份，关注改革；哈罗德·特兰萨姆属于有田产基业的乡绅子弟，在伊顿公学受过教育，刚由东方致富归来，准备以激进派的身份参加议员竞选。地产案线索与竞选线索交织在了一起，地产案悬念的逐步揭开与竞选活动的开展同步进行，竞选代理人是一个突出的交叉点。哈罗德此前常居国外，需要一个熟悉乡情的帮手，便起用了他的家庭律师杰明做竞选代理人。但他又认为家族的衰落正与杰明的办事不力和中饱私囊有关，因此决定采用兔死狗烹的策略，先利用杰明，等竞选成功后再打击他。不过，杰明也掌握着哈罗德所不知道的两个秘密。一是特兰萨姆庄园地产案。操纵此案的杰明清楚，哈罗德并非真正的地产继承人，真正继承人还被他蒙在鼓里，他随时可以抛出这张王牌。另一个秘密就是，哈罗德是他和特兰萨姆夫人的私生子。杰明手握这两个把柄，作为将来挟制哈罗德的撒手锏。杰明是个有商业头脑的人，对政治不感兴趣，因此又让助手约翰逊律师来具体运作竞选事宜。约翰逊也不甘心只作杰明的工具，一直在寻找控制杰明的办法，突破口也是特兰

　　① 在 19 世纪早期的议会改革中，辉格党提出按财产比例来分配权力；激进派则主张按人头来分配权力，要求一人一票。辉格党在 1832 年改革法案中实现了目标，而激进派经过长期的斗争，直到 1928 年才实现普选。

　　② *The George Eliot Letters*，vol. IV，p. 246.

　　③ William Myers，"George Eliot：Politics and Personality"，in John Lucas，ed.，*Literature and Politics in the Nineteenth Century*，London：Methuen，1971，p. 107.

萨姆庄园地产案。杰明控制的地产继承人在选举日的骚乱中丧生，而约翰逊却找到了另一个继承人——牧师莱昂的养女埃丝特。在选举线索中，哈罗德、杰明、约翰逊依次利用后者；在地产案线索中，三者又如螳螂捕蝉般反向挟制。耐人寻味的是，人物的内心世界在地产案线索中得到了细致的展露，但在选举线索中却是关闭的；人物在选举线索中也没有了地产案线索中的那种道德困境。

《菲利克斯·霍尔特》验证了艾略特对德国史学家里尔（Wilhelm Heinrich Riehl）的一段评论："如果一个人有着足够的道德和知识面，不让过时的结论或专业观点侵蚀他的观察，能致力于研究我们社会各阶层的自然历史，特别是那些小商店主、工匠和农民，研究他们受当地环境影响的程度，他们的原则和习惯，他们对传教之人的态度，宗教教义在何种程度上影响了他们，各个阶层如何相互影响，他们对于社会的分裂或发展的立场中有哪些倾向；并且，做此研究之后，他能将他的观察结果佐以翔实具体的事实资料，写成书，对社会改革者和政治改革者都将是一个莫大的帮助。"[1]艾略特为了能再现三十多年前的"自然历史"，在大英博物馆中查阅了当年的报刊，并阅读了某个激进主义者的传记，以弥补儿时记忆的不足。但这毕竟是三十多年后的回顾，她对改革的诸多弊端有了更为深刻的认识。她觉察到了社会各阶层在选举改革中缺乏责任意识；批判了当时盲目夸大改革功效的"机器"信仰；指出了改革中的无政府倾向对文化传承的危害；并从"改革"对民众的误导出发，反思观念的力量，以及观念传播者的责任意识。

（二）改革中责任意识的缺失

早在1848年欧洲革命后，艾略特就曾谈道：在英国，"自私自利的激进主义和对野蛮的口腹之欲的贪恋（在农乡和矿区尤甚），远远多于对正义的感悟和渴望"[2]。小说对选举改革的反思也聚焦这两种弊端，揭示了社会各阶层责任意识的缺乏。

"自私自利的激进主义"矛头所指是哈罗德等选举机制的参与者。首

---

[1] *Essays and Leaves from a Note-Book*, p. 186.

[2] *The George Eliot Letters*, vol. I, p. 254.

先，作为候选人，哈罗德抛开自己家族的托利党传统，改称激进派，不过是看到了这股新兴力量在竞选中处于较为有利的地位。如他所说，"激进派的枝条正在成长，而一半的托利党栎树却在腐烂"（第96页）。而且他竞选议员的直接目的并非为改革社会，他并不关心当时国内的民主危机、经济萧条和下层民众的困境。议员的席位只是他再兴家业、重振家声的台阶。无独有偶，在故事背景时间相近的《米德尔马契》中，市长文西也是"为了商业利益，准备在政治上大干一场"①。小说也讽刺了投票人社会责任意识的淡薄。《菲利克斯·霍尔特》中的酒店老板"把他的选票看成一种投资，要从中赚取最大的利润"（第216页）；《米德尔马契》中的零售商也在寻思该如何投票才不致得罪主顾："我必须知道，这会给我的钱柜和账本带来什么影响"②。竞选代理人是小说批判的重点。特雷拜市当时有三个人在竞选议员，除了打激进牌的哈罗德外，还有托利党的德伯里、辉格党的加斯廷，其中加斯廷与哈罗德都属自由派旗下。为孤立并击败加斯廷，约翰逊前往加斯廷控股的矿区，买酒来贿赂并无选举权的矿工，煽动他们在选举日闹事，将这股有可能为加斯廷所利用的力量扭转过来，给加斯廷制造麻烦。不料后来选举日局面失控，矿工们制造了一场人伤宅焚的灾难。菲利克斯对约翰逊利用工人的无知来谋私利的行为愤怒不已："只要全国有四分之三的人在选举中只看到自己的私利，在私利中又只看到某种贪欲，那么解开竞选中的欺诈操作这团乱麻又有什么用呢？"（第238页）他把候选人比作贪婪的鳕鱼，民众不过是它的食物。愤愤不平的菲利克斯在去牧师莱昂家的路上，直接把哈罗德咒作贪婪自私的"自由派鳕鱼"（第239页）。这个比喻的讽刺力量爆发在哈罗德到莱昂家游说时。由于"自由派"③这一称号在当时既可以指称哈罗德，也可以指称加斯廷，所以哈罗德

---

① *Middlemarch*, p. 156.

② Ibid. , p. 544.

③ 据《牛津英语词典》，自由派（Liberal）作为政治观点，指支持政体改革和一系列法律或政府改革，以争取自由或民主，与保守派（Conservative）相对。该释义举的例子便取自《菲利克斯·霍尔特》："哈罗德打算采取自由派的立场。"在19世纪初，辉格党中的思想较为先锋的一支被称作"自由派"，后来与激进派联合，组建了"自由党"，而辉格党中相对保守的力量便与托利党联合，形成"保守党"，英国两大党派由"辉格""托利"转为"自由""保守"。不过，在小说所写的故事时间里，自由党尚未组建。

以"鱼"作比来区分自己与加斯廷同中有异:"你肯定能区分自由派和自由派的不同,我们都知道,鱼和鱼可不一样。"(第 268 页)在菲利克斯看来,哈罗德就是鳕鱼。至少,在蛊惑矿工问题上,哈罗德尽管最初不知情,但知情后仍缺乏足够的责任心来制止事态的发展;矿工在选举日闹事,哈罗德也未能挺身而出来挽回局面。

小说揭露选举机制中"自私自利"的毒瘤,旨在说明单纯机制上的改革于事无补。同时,尚未加入到选举机制中来的工人阶级也缺乏对选举腐败的认识和抵制,一个重要的原因就是他们还有着"对野蛮的口腹之欲的贪恋",即酗酒。如狄更斯在《荒凉山庄》中暗示,在议会选举期间,"金币和啤酒"将被散往全国各地。[1] 菲利克斯认为工人的酗酒使其难以抵制这些诱惑,就如莎士比亚《暴风雨》中的凯列班:"当凯列班还是凯列班的时候,你就是把他变成一百万个,他也还会对任何一个提着酒瓶的特林鸠罗顶礼膜拜,唯命是从。"(第 369 页)他认为,"对他们来说,扩大选举权不过是增加了畅饮大醉的机会"(第 219 页)。

菲利克斯对嗜酒的忧虑并非夸张。在 19 世纪的英国小说中,偶尔有人品尝矿泉水,时常有人喝茶,但更多时候人们是在饮酒。《双城记》的叙述者认为他生活的时代与故事发生的时代很相似:"这是一个饮酒的时代,大多数人都在拼命地喝。"[2] 要诋毁一个人,莫过于给他戴上疯子或酒鬼的帽子。艾略特与已有妻室的乔治 · 亨利 · 路易斯同居,起初为时人所诟,但随着艾略特在文坛声誉日隆,开始有人为她辩护,把路易斯的妻子说成是"不可救药的酒鬼"[3]。这在小说中也不罕见。《艰难时世》中银行家庞得贝在吹嘘自己白手起家的奋斗史时,不但把自己说成是孤儿,还要说有个"酒鬼"外婆看护过他,以此表示自己吃尽了身为酒鬼亲属的苦头。在小说中,工人酗酒几成固定不变的套话。还是在《艰难时世》中,工人布拉克普尔向庞得贝提到自己妻子酗酒时,庞得贝想都不想,张口即描绘出她酗酒的后果:"她酗酒了,丢了工作,卖了家具,当了衣服,大搞破坏。"[4]

---

[1] Charles Dickens, *Bleak House*, p. 523.

[2] Charles Dickens, *A Tale of Two Cities*, p. 92.

[3] Gordon S. Haight, *George Eliot: A Biography*, p. 490.

[4] Charles Dickens, *Hard Times*, p. 64.

恩格斯在《英国工人阶级状况》（1845）中曾详尽地描述了工人酗酒的普遍程度和由此带来的社会及道德问题。他写道："工人酗酒是十分自然的。据艾利生郡长说，在格拉斯哥，每个星期六晚上至少有 3 万个工人喝得烂醉。这个数字确实没有夸大，在这个城市里，1830 年每十二幢房子中有一家酒店，而在 1840 年每十幢房子中就有一家。……1830 年颁布的啤酒法案便利了所谓 jerry‐shops 的开设（在这些酒店里许可卖零杯的啤酒），这也助长了酗酒的风气，因为几乎每一家的门前都有酒店了。几乎在每一条街上都可以找到几家这样的啤酒店，而在乡下，只要有两三幢房子在一起，其中就必然有一家 jerry‐shop。此外，还有很多 hush‐shops，即没有获得许可的秘密酒店……"① 巧的是，菲利克斯曾经求学的地方正是恩格斯拿来举例的苏格兰工业大城格拉斯哥。

菲利克斯对工人状况的忧虑除了酗酒之习外，还有知识的匮乏。我们从他的一段演说词中可以看到，他将酗酒和无知视为有碍工人发挥政治力量的两大问题："就以各行业的工人为例。假如有选举权的人中百分之三十的人还有些理智，有些决断的能力，有些使其能为集体谋福的美好情感；而剩下的百分之七十，一半的人对政治一知半解，不知道该做何决断，也没多少美好的情感，把该拿来养家糊口的钱去喝了酒，另一半虽然不喝酒，却要么太无知，要么太吝啬，要么太愚蠢，除了把别人收买他的五先令装到口袋里，不知道该怎样为自己谋划些好出路。就这样，那有理智的百分之三十又怎么能左右局势，发挥政治力量呢？"（第 401 页）他特意强调，工人的无知使他们很容易被收买："比如说，有个人叫杰克，他兜里没几个钱，却有七个孩子，一周有十二或十五个先令的薪水，可能还要少些。杰克不识字——我不说这是谁的错——他从来就没有过学习的机会。他知道的少得可怜，甚至可能认为是上帝制定了'济贫法'。要是随便哪个人说作坊的模式是《圣经》里定的，他也不会反对。当他看到一位风度翩翩的陌生人走到他跟前，而这个人又恰巧是我说的那种要收买选票的人，而且，这时候的舆论还不足以令这种人因自己的行动而感到不安，那么杰克会怎么做呢？"（第 402 页）菲利克斯虽未提出教育体制的改革，却也尽一己之

---

① 恩格斯：《英国工人阶级状况》，第 171—172 页。

力，到矿区试办周末学校，劝诫工人学习知识，认清自己的政治权利和责任，抵制政治体制中的腐败。艾略特在小说发表后写的《菲利克斯·霍尔特致工人辞》中，再次重申了这种思想：

> 只有当我们每个人都有了知识、远见和良心，使我们能审慎明断地使用选举权，我们获得的选举权才能极大地促进社会的进步。①

（三）改革中的"机器"信仰

在当时的改革中，除了责任意识的缺乏外，还有一种"机器"信仰，将单纯的政治改革视为解决一切社会问题的灵丹妙药。19世纪30年代，许多人对政治改革期望过殷，"在那个伟大的改革年，希望是非常强大的"（第271页）。但艾略特深感激进的变革并不适于英国，因为"英国人是慢慢爬的人"②。这种热情到了六七十年代有所冷却。在《米德尔马契》的尾声中，我们听到叙述者在19世纪70年代来回顾威尔在30年代的热情："威尔成了热情的社会活动家，当时议会改革运动还刚开始，大家信心百倍，认为黄金时代即将到来，这是我们大多已感到失望的今天所不能想象的。"③《菲利克斯·霍尔特》的叙述者也作如是回顾：

> 那时候，热情的改革者极其信任政治变革的效用，简直达到了无以复加的地步，许多时至今日人们谈起来仍底气不足、莫衷一是的改革举措，当时的人们却谈得兴起，干得带劲，就像在谈论和处置一笔就快要复归原主的财产一般。（第271页）

这种热情是有其时代特色的。1829年，托马斯·卡莱尔在《爱丁堡评论》上发表了文章《时代之兆》，指出当时是"无可争议的机器时代"④。

---

① *Essays and Leaves from a Note – Book*, p. 260.

② *The George Eliot Letters*, vol. I, p. 254.

③ *Middlemarch*, p. 894.

④ Thomas Carlyle, "Signs of the Times", in *Scottish and Other Miscellanies*, p. 266.

在这样的时代，"除了手，人的心和脑也变得机械化了……人们希求并为之
奋斗的不是内在的完美，而是外在的结合和安排，是机构和政体——是这
样或那样的机械论。所有的努力、情感、观念都转向了机械论，带上了机
器的性质"①。他认为，当时的政治最明显地表露了那种深厚的、几乎独一
无二的"机器"信仰，"对单纯的政治安排的迷恋"本身即是一个时代
特征：

> 改革一下政府！良好地构建立法，有效地监督行政，明智地管理司
> 法，这就是人类幸福所缺乏的全部内容。②

巴西尔·威利在《十九世纪研究》中认为，卡莱尔正确地诊断了维多
利亚时期"民主"的弱点和虚伪之处，其一就是"笃信政治上扩大选举权
的好处，却在目标、理念或灵魂上极度匮乏"③。卡莱尔的态度在当时及稍
后许多年里都很有代表性。到了 19 世纪 60 年代，卡莱尔仍在嘲讽那种认
为扩大选举权就能带来太平盛世的"幻想"④，驳斥那些认为没有选举权人
就不成其为人的"谬论"⑤。当时的马修·阿诺德也看到，中产阶级对 1832
年的议会选举法案有着一种"工具信仰"⑥，而且"英国人从来就会轻易相
信"：

> 有了选举权就如有了大家庭、大企业或强健的肌肉一样，其本身就
> 起了教化、完善人性的作用。⑦

对"工具"的盲信，既容易使人无视工具本身的缺陷，又容易使人把
工具当成目的。阿诺德认为，"文化的有关完美的观念，才是新生民主力量

---

① Thomas Carlyle, "Signs of the Times", in *Scottish and Other Miscellanies*, pp. 288 – 289.

② Ibid., pp. 231 – 232.

③ Basil Willey, *Nineteenth – Century Studies*, p. 139.

④ Thomas Carlyle, "Shooting Niagara: And After?", in *Scottish and Other Miscellanies*, p. 305.

⑤ Ibid., p. 306.

⑥ 马修·阿诺德：《文化与无政府状态》，韩敏中译，第 26、24 页。

⑦ 同上书，第 26 页。

的真正需要"①。

在这方面，艾略特与卡莱尔、阿诺德同气相求。菲利克斯认为那种以为政治改革可以解决一切问题的念头正是出于对"机器""工具"的迷信，他也在寻找工人的真正需要："我是激进主义者，但我想要的是比选举权更深一些的根。"（第368页）菲利克斯对"根"的解释展现在他与约翰逊的论战中。在选举游说时，约翰逊"贩卖"激进派的观点，挑起工人的反抗情绪，他并未考虑过工人的福祉。选举提名日，约翰逊演讲了一番，套用了工人运动的话语。他的观点与19世纪40年代宪章运动中提出的要求相仿："我们劳动人民，要想得到作为人所应享的份额，就必须得到普选权，议会必须每年选举一次，必须以投票方式进行表决并设立平等的选区。"（第397页）菲利克斯接着他的话题来反驳，用工业革命的科技代表——蒸汽机——来比喻当时的选举改革。这样既便于听众理解，又醒目地暗示了改革中的"机器"信仰。菲利克斯认为，作为"人"所应享有的份额，不是仅靠改革选举机制就能带来的；而且，要使选举机制发挥作用，还需要改革人们的"激情、情感和欲望"。他用"机器"来比喻选举机制，用机器的驱动力"水或蒸汽"来比喻选举机制的内在动力："关于选举权、选区、议会必须每年选举一次，以及其他诸如此类的机制，都是些机器，而推动它们运转的力量——水或蒸汽——必须来自人性，来自人们的激情、情感和欲望。机器能否做出有益的工作，全靠这些情感的好坏。"（第400页）菲利克斯进一步提出：

> 我来告诉大家究竟什么是天底下最有力的，那就是舆论，也就是社会上关于对错、关于荣辱的主导信念。这才是推动机器运转的蒸汽。政治自由能比一个我们都不信奉的宗教使我们好多少呢，如果人们看到它遭到毁谤和亵渎时却嬉笑依旧、无动于衷？当舆论停步不前、人们对社会责任的信念没有提高、腐败不被看作莫大的耻辱时，当人们在议会内外把关涉万民福祉的事当作一己私利的屏障而毫无羞耻感时，那么，多么新颖的选举机制都补救不了我们的处境。（第401页）

① 马修·阿诺德：《文化与无政府状态》，韩敏中译，第27页。

这段话并没有与维多利亚时期一并成为历史。

（四）无政府状态与文化传承

改革中的"机器"信仰加剧了当时已经引起注意的无政府状态。《菲利克斯·霍尔特》中对无政府状态的直接描述是矿工们在选举日的"骚乱"。从起因上说是一场骚乱，是约翰逊的贿赂和蛊惑、矿工自身的酗酒和无知所致，无组织无目的；从过程来看，也确是一场骚乱。宣读《骚乱法令》，派出警察阻止，都无法阻止矿工打砸店面、鞭笞矿主、袭击庄园，就连混在队伍中引导矿工减轻或避免破坏的菲利克斯也失去了对队伍的控制。如叙述者所言，"破坏精神趋向极致，就和没有理智的孩子一样"，"务必要彻底摧毁"（第 424—425 页）。这一章的题词引用的是莎士比亚《尤利乌斯·恺撒》中的句子："恶作剧，你就来了"（第 421 页）。在混乱的场面中，透着一种失控的无政府状态的破坏力。

对《菲利克斯·霍尔特》中描写的选举骚乱，评论者一般会追溯到 1832 年纳尼顿地区的同类事件①，认为当时艾略特正在该地一家寄宿学校读书，可能目睹此事。但在那前后，一直到艾略特写作这本小说期间，动荡的气氛从未间断。我们从 E. P. 汤普森《英国工人阶级的形成》中，可以感受到那时的激进运动：18 世纪六七十年代的威尔克斯激进运动、1780 年的戈登暴乱、1795 年和 1820 年伦敦街头骚扰国王事件、1831 年的布里斯托尔暴乱、1839 年的伯明翰斗牛场暴乱、1811 年至 1813 年的卢德运动、1816 年的东盎格利亚暴乱、1830 年的"最后劳工暴动"、1839 年和 1842 年的丽贝卡暴乱、1842 年的"活塞暴乱"等②。就在《菲利克斯·霍尔特》出版的前一年，伦敦海德公园还发生了工人流血事件。在这样的氛围中，艾略特对骚乱的理解已经超出了少年时代的记忆，对无政府状态的忧思也更为深刻，以致在她描写选举闹剧时（如《米德尔马契》第 51 章），

---

① 对纳尼顿地区的骚乱，艾略特的许多传记中都有记载，但叙述的立场可能有所不同。如，Gordon S. Haight, *George Eliot：A Biography*, p. 328；J. W. Cross, ed., *George Eliot's Life as Related in her Letters and Journals*, New York：Crowell, 1884, p. 14.

② E. P. Thompson, *The Making of the English Working Class*, Harmondsworth：Penguin, 1968, pp. 66 – 67. 译文参考 E. P. 汤普森《英国工人阶级的形成》，钱乘旦等译，译林出版社 2001 年版，第 55 页。

我们也能感受到混乱场景中潜在的危险气息。无独有偶，在狄更斯的《匹克威克外传》（1836—1837）里，19世纪30年代的选举闹剧中也暗含着一种危险①。拉格比公学校长托马斯·阿诺德在1834年的一封信中说，"我们社会的不安定状况似乎未见好转"，"那些工会，是种可怕的作恶工具，随时会发动暴乱或进行暗杀。不知道还有什么力量可以抵制它"②。《菲利克斯·霍尔特》和盖斯凯尔夫人的《玛丽·巴顿》（1848）分别描写过19世纪30年代的骚乱和暗杀，却都没给这些行动以明确政治主张，突出了混乱和危险的气息。

混乱也在考验人物的责任感。我们看到，"一心为着工人"的哈罗德没有露面；向工人宣扬激进改革的约翰逊见事不好，早早溜走；只有时常批评工人的菲利克斯挺身而出，力图挽救矿工。艾略特在小说出版后的次年所写的《菲利克斯·霍尔特致工人辞》（以下简称《致辞》）中详尽地剖析了这种无政府状态的危害，倡导责任意识。当时正值第二次议会改革法案即将使城镇工人获得选举权，布莱克伍德请艾略特以菲利克斯的口气写这篇《致辞》："新的改革法案一实施，工人们就要经受考验。如果他们行为不当，就会使国家陷入被动；但不管怎样，最大的受害者还是工人阶级本身。"③ 这篇《致辞》对当时无政府状态的担忧很明显：

---

① 当匹克威克与塔普曼、斯诺德格拉斯一行来到伊斯顿威尔时，正赶上支持斯拉姆基当选议员的群众在街上游行。从"吼叫""野生动物园""小声地"等用词，可以体会到叙述声音中的恐惧味道：
"永远要斯拉姆基！"正直而独立的人们高呼道。
"永远要斯拉姆基！"匹克威克先生附和着，摘下了帽子。
"不要菲茨金！"群众高呼。
"当然不要！"匹克威克先生高喊。
"万岁！"然后又是一阵吼叫，就像到了该吃冷肉的钟点时，大象敲响钟声，整个野生动物园里发出的吼声。
"谁是斯拉姆基？"塔普曼先生小声地问。
"我也不知道，"匹克威克先生小声地回答，"嘘——什么都别问。在这种场合，最好的办法是，群众做什么我们做什么。"
"但，要是有两伙群众呢？"斯诺德格拉斯先生提醒了一下。
"那就跟着人最多的那一伙喊。"匹克威克先生回答道。
（Charles Dickens, *The Pickwick Papers*, Harmondsworth: Penguin, 1994, p. 190.）
② 转引自 Lytton Strachey, *Eminent Victorians*, Garden City, 1918, p. 224.
③ *The George Eliot Letters*, vol. IV, p. 398.

现在，变革正被巨大的危险笼罩着。任何一群数量庞大的无知之众，对什么是善还带着低俗、野蛮的观念，现在却得了这样一种信念，即他们手里有权力了，想干什么就可以干什么了，可以想见，这会带来什么样的混乱。①

这并非危言耸听。马修·阿诺德在 19 世纪 60 年代写的《文化与无政府状态》中，就反复谈起工人的无政府倾向："愿上哪儿游行就上哪儿游行，愿上哪儿集会就上哪儿集会，愿从哪儿进去就从哪儿进去，想起哄就起哄，想恫吓就恫吓，想砸烂就砸烂。"② 艾略特等作家对无政府状态的担忧，不仅在其对社会秩序的破坏，更在其对文化传统的破坏。如后者蒙受损失，工人阶级自然也会深受其苦。

在小说中，菲利克斯对工人的批评主要在无知和嗜酒两方面，还指出工人具有破坏性和建设性两种力量。他认为破坏性的力量就是无知："一种是损害的力量——用大量的人力和物力毁掉已经做成的事物，浪费和破坏，恃强凌弱，撒谎争吵，乱语中伤。这就是无知者的力量。这种力量永远做不出木凳、种不了土豆，你还以为它能有益于治理一个大国、制定合理审慎的法律、为千百万人提供衣食住宅？无知的力量将和邪恶的力量导致同样的苦果，它会带来苦难。"（第 399 页）在《致辞》中，无知也常与嗜酒相联系。"无知"曾化身为水手，"拆掉自己船上的木头来温酒"③，这是一种破坏自身存在的社会（"船"）、自取灭亡的无知。这种忧虑在她后期的写作中愈加明显，她在《但尼尔·狄隆达》中写过一段题词，把无知比作"一个瞎眼的巨人"（也是酒鬼）：

"知识就是力量"是句老话了，但有谁适时地考虑或论述过无知的力量？知识缓缓地积攒起来的东西，无知一小时之内就可以把它摧毁。知识通过一个个世纪耐心节俭地增添着新的发现并做好记录，而无知为了做顿晚餐，就把这些记录填到灶中，好几代人的精神被付之一炬，

---

① *Essays and Leaves from a Note – Book*, p. 261.

② 马修·阿诺德：《文化与无政府状态》，第 45 页；又见该书第 49、81 页。

③ *Essays and Leaves from a Note – Book*, p. 256.

烤香了他一顿晚餐。知识又花了六天，通过培养人的理解力、提炼和增加人的需要，将它自己转化为人的技能，使生活多姿多彩起来，而无知却在第七天醉醺醺地走来，拎着一桶油和一根火柴，随口一句"不要了"——五彩缤纷的创造登时蜷缩成一团焦黑。①

她在散文集《泰奥弗拉斯托斯·萨奇印象》（1879）中谈到过对文化、文明濒危的忧惧，曾提及那"危险的"捣毁机器的"斯温运动"②，并引用了圣伯夫在法国1848年革命后的感想："没有什么能像这样一个危机中的文明如此快速地崩溃；几个世纪的成果在三个星期内消失殆尽。文明，生活，是通过学习、创造形成的……过上几年太平日子，人们就会忘记这个真理；他们开始相信文化是与生俱来的，是与天性一般无二的东西。野蛮就在两步开外，人一旦失足，它就开始作恶。"③ 这使我们想起爱德蒙·伯克曾在法国大革命后提醒自己的英国同胞："暴怒和疯狂在半小时之内可以毁掉的东西，要比审慎、深思熟虑和远见在一百年之中才能建立起来的东西还多得多。"④ 乔治·艾略特1871年旅法时，也对当时巴黎古老的土伊勒里宫在起义行动中遭到焚毁甚感"悲伤"，认为"这是全世界的损失"。⑤

要摆脱无知，自然要靠知识，而无知却容易导致盲动，破坏知识成果。因此，《致辞》由担忧无知对文化、文明的破坏转到阐述知识的重要性。《致辞》中提出一种"社会的共同财富"，它不比物质财富，不能带来"豪华家具和雕鞍骏马"，却能提升人的生活，这种财富就是"世世代代沿袭相传的知识，科学，诗歌，思想，情感，行为的陶冶，伟大的记忆和对重大记录的阐释"⑥。这与马修·阿诺德在次年出版的《文化与无政府状态》中对"文化"所下的定义极其相似："通过阅读、观察、思考等手段，得到当

---

① *Daniel Deronda*, p. 268.

② *Impressions of Theophrastus Such*, p. 86. 指1830年失业的农业工人捣毁机器的"斯温运动"。

③ *Impressions of Theophrastus Such*, p. 86.

④ 柏克：《法国革命论》，何兆武等译，商务印书馆1998年版，第218页。

⑤ *The George Eliot Letters*, vol. V, p. 158. 土伊勒里宫位于巴黎卢浮宫旁，初建于1564年，曾为法王亨利五世王后卡特琳德·美迪西的宫室。

⑥ *Essays and Leaves from a Note-Book*, pp. 264-265.

前世界上所能了解的最优秀的知识和思想。"① 艾略特显然赞同阿诺德的这一定义，从她在阿诺德与实证主义者弗雷德里克·哈里森的论战中所持的态度上就可以看出来。哈里森不仅是艾略特的好友，忠实的读者，还是她创作小说时的法律顾问。《菲利克斯·霍尔特》中错综复杂的地产案就经过了哈里森的指导。但艾略特在这场论战中站在了哈里森的对立面，认同阿诺德的文化定义："我认为'文化'这个字眼能代表古今各种具有影响力的成果所达到的最高智力成就。"② 《致辞》认为，对这种精神财富的享有能"使人成其为人"，是任何单纯的政治体制所不能胜任的③；但它又极易受到损害，"是一种更为精巧细致的财富，而我们却更容易在不知不觉中给它带来危害，我们损害它却不自知"④。这种财富不仅利于今人，更是泽被后代；因此，对它的破坏，"不仅是在损害自己继承下来的遗产，也是在损害子孙后代的遗产"⑤。菲利克斯主张工人要逐步学着分享这一财富，强调它的传承需要社会的安定有序，也同时需要工人的耐心。⑥

《致辞》倡导审慎、渐进的改革。菲利克斯说："我是个激进主义者，而且，我不是个有头衔的、有法国厨师、有上流社会敲门砖的激进主义者。我期盼着巨大的变革，我渴望着巨大的变革。但我不希望这种巨大的变革，就这么轻率地一扫，急促而来。大力士拿着大扫帚清理肮脏的马厩自然是好，但让他去苗床除草就不太妥当，他的大扫帚很快就会把苗床整成荒地。"⑦ 他告诫工人阶级不要让自己的无知和盲动破坏现有的秩序和遗产："要灌溉一片土地，必须先分配好水利资源，否则会颗粒无收。我们有老的渠道、岸堤、泵井，在有了新的之前或老的结构已经逐步完成改善之前，我们必须继续使用它们。但仅仅是因为需要有个新泵井，在还没有可供使用的新机器之前就拆毁旧井，就是愚蠢的行动。"⑧ 因此，他强调改革中的

①　马修·阿诺德：《文化与无政府状态》，第 147 页。

②　*The George Eliot Letters*, vol. IV, p. 395.

③　*Essays and Leaves from a Note - Book*, p. 267.

④　Ibid. , pp. 264 - 265.

⑤　Ibid. , p. 266.

⑥　Ibid. , pp. 264 - 265.

⑦　Ibid. , pp. 263 - 264.

⑧　Ibid. , p. 250.

责任意识：

> 我努力想让大家记住的是，在改善世界时所应有的审慎、三思，以使公共秩序不遭破坏，以使我们的社会，也就是我们的生命所组成的这个活生生的有机体，不致受到致命的打击。①

把社会看作像人的身体一样的有机体，通过渐进改革来促进它的发展，反对无政府状态，强调责任意识，是《致辞》的主要思想。约翰·罗斯金同年在《时与潮》（1867）中，也是通过给工人写信的方式，阐述渐进改革的意义，号召工人提高责任意识。

（五）观念的力量与启蒙者的责任

《但尼尔·狄隆达》中有个犹太人的俱乐部讨论过观念在社会变革中的作用，有人提出："一些离实践最远的观念力量最大。不经理解就已在传播，不假思索就进入语言中了。"② 这种"不经理解"的观念时常产生破坏力量。《菲利克斯·霍尔特》中的矿工并不知道"激进派""改革"到底为何物，却被这些幌子引了去，酿成悲剧。约瑟夫·巴特温指出，艾略特并没有赋予骚乱中的工人任何政治主张，就是在突出他们是被人利用的。③ 当时的工人阶级并没有选举权，改革中真正受益的是中产阶级，矿工的闹事不过是候选人打击竞选对手的手段，于矿工自身没有任何益处。艾略特觉察到了观念的力量，对宣讲这些观念的"启蒙者"的责任也就格外重视。

1832 年前后，特雷拜市的"党派意识还很淡薄"，人们的政治立场和主张也不鲜明。约翰逊用抽象的党派名称来煽动矿工的反抗情绪，让他们支持哈罗德·特兰萨姆，反对他们的矿主加斯廷："你们知道啥是托利党人——他们一心想着把工人当牛赶。托利党人就这样。辉格党人要都是加斯廷那样，也好不到哪儿去。辉格党人就是要打倒托利党人，夺过他们的鞭子。特兰萨姆既不属于辉格党，也不属于托利党，他是工人的朋友……"

---

① *Essays and Leaves from a Note – Book*, p. 261.

② *Daniel Deronda*, p. 583.

③ Joseph Butwin, "The Pacification of the Crowd", in *Nineteenteh – Century Fiction*, Dec. 1980, p. 369.

（第230—231页）实际上，他的听众对这些概念的理解非常模糊。叙述者曾有一大段诙谐的评论，暗示了当时的特雷拜人对党派的认识还很混乱，在选举中的态度还在动摇：

> 特雷拜人可能依然没有弄清楚托利党、辉格党和激进派各自的定义，但这些称呼却仿佛带上了强烈的光荣或耻辱的印记，定义反倒会削弱这些印象。至于从某种观点的持有者的性情品德来裁断其观点好坏的简便办法，在特雷拜肯定行不通。这是因为，该市的议会改革论者并非都是好心肠的爱国人士，也并非都是正义的忠实信徒，而且其中确有一位在选举改革的热潮中被查出使用了不正当的手段——许多托利党人常常不无鄙夷地提及此事，认为这很明显地表明，要求改革代表体制的呼声不过是空洞的骗局，无须多言。再说，并不是所有的托利党人都一心想着把工人阶级压榨成农奴。谁也不会否认，彩带厂的那个检查员，开口闭口扩大选举权，就是个比韦思先生更加专横的人物；而慷慨大方的韦思先生主要的政治信条不过就是说，给那些在乡下没有家畜的人选举权简直就是乱弹琴。不过，另一方面，也有些托利党人花了大量的闲暇泛泛地叱骂伪君子、激进主义者、不从国教者、无神论者，但他们自己那怒火炽烧的尊容、一神论的咒骂、想借东西时张口就来的那种坦白，自然也没有明显地展示出他们的观点就能拯救社会。
>
> 议会改革论者还是占据了上风。车轮明显地在朝他们拉的方向转，他们正在斗志昂扬地大干。但他们要是把国家拉向毁灭，其他的人更有必要从后面拽住轮子，要是可能的话，让它停下来。特雷拜和其他地方一样，有人号召大家在即将来临的选举中"团结"起来，但也有不少人都是些"墙头草"——都是些见风使舵、头脑实际的人，决不会在有合情、切实的理由反对某些观点时还顽固地抱着那些观点不放；还有些人觉得两边都附和一下是乡邻之间最和气的事，所以还吃不准是该团结起来呢，还是干脆就不去投票。投这个而不投那个绅士的票，似乎很不公平。（第128—129页）

人们对"改革"的认识也同样模糊。小说的楔子中明显地暗示了"外省人"并不理解"改革":

> "改革",在他们脑中不过是混乱的一锅粥:焚烧草垛、工会、诺丁汉暴乱,以及所有动用骑兵队的场面。(第80页)

可见,在一般乡民眼中,改革是同暴乱等激进运动联系在一起的,并没有约翰逊等人所演说的美好前景。在《米德尔马契》中,人们对改革的认识也不高明。乡绅布鲁克的佃户在集市上听了些"一知半解的政治言论"后,就认为改革是让佃户们翻身赶走地主。[①]

在艾略特看来,民众政治意识的觉醒和对政治责任的认识是用好选举权的前提,在不具备这一前提时盲目鼓吹选举权的力量并不足取。而作为"启蒙者"的约翰逊,却利用工人的无知,借"改革"的口号蛊惑工人闹事,显然没有责任心。艾略特在《米德尔马契》中塑造威尔时又延续了这一忧思。

威尔·拉迪斯拉夫在米德尔马契要算外来人,他是牧师卡苏朋的表侄,对卡苏朋的夫人多萝西娅很是爱慕。在米德尔马契的竞选风潮中,他为多萝西娅的伯父、乡绅布鲁克编辑激进的《先驱报》,为布鲁克的竞选造势。威尔编报,不是为了政治,也不是为了启蒙民众,他曾对同为外乡人的医生利德盖特说:"你以为群众读报,是为了改变自己的观点吗?我们是在拼命为妖魔的晚宴调酒,'调啊调,调啊调,能调的人都来调呀',至于将来,谁知道他会站在哪一边。"[②] 这番话显然缺少"启蒙者"的责任感,受到了"对社会责任有着豁达大度、不同寻常的观点"的利德盖特的批评:"你们写政论文章的人的拿手好戏,就是对一个措施大肆宣传,好像这是万应灵丹"[③]。利德盖特所批评的实际上就是当时改革中的"机器"倾向,威尔便是在为这种倾向推波助澜。其实,威尔这么做也非出自本意,他这时还在艺术中漫游,对政治并没有多大的兴趣,言论上的责任感自然无从产生。

---

① *Middlemarch*, p. 432.

② Ibid. , p. 505.

③ Ibid. , pp. 179, 505.

虽然他编的《先驱报》上挂着曾主张激进改革的政治家查尔斯·詹姆斯·福克斯的话，但小说并没有告诉读者威尔在报上写了些什么。不过，从《菲利克斯·霍尔特》中约翰逊的煽动性言论导致的后果，我们也能感受到小说对威尔的否定态度，叙述者对威尔和他的东家布鲁克的描述也证实了这一点。

威尔编报，直接的目的是借此留在米德尔马契，离他心仪的多萝西娅近一些。叙述者说，"威尔很清楚，要不是为了多萝西娅，他才不会待在米德尔马契"①；又说，"要不是想跟多萝西娅待在一个地方，又不知道还有什么别的事好干，他这时不会在这里思考英国人民的需要，或者抨击英国政治家的手腕"，而且，他在"政治上，也只是热烈地同情一般的自由和进步"。② 这番话不仅揭示了威尔编报的真正动机，也讽刺了威尔的政治态度。同情"一般的""自由和进步"不过是把玩文字游戏，搬弄观念的旗帜，对"具体"谁的"自由"、何种"进步"毫不在意，所谓"英国人民的需要"也就成了空谈。布鲁克也是擅长空谈的人。他竞选议员，不像哈罗德那样带有自私的目的，但问题正在于他无目的。他的口头禅是"我们需要些观念"③，喜欢指导威尔畅谈"自由、人权、解放"④，但他自己对这些观念却同样不求甚解，也不考虑观念的具体背景，只是说说而已。他庄园上佃农的屋舍破敝不堪，连多萝西娅都看不下去了，他却不愿出资修缮，还给那些几乎要塌陷的农舍起了个美名："自由民之家"。叙述者对这个"自由民"做了一番讽刺："似乎是指一个人想离开就可以自由地离开，可惜世上还没有供他'迁徙'的天堂。"⑤ 这自然又是对玩弄概念的一个嘲讽。

"自由民之家"看似一个插曲，其实暗含着叙述者的批判。一方面，布鲁克的乡绅贵族阶层虽然在参与国家政治体制，却缺乏应有的责任心，如多萝西娅所说："要是我们对近在眼前的不幸也不闻不问，不想改革，那么我们就无权更进一步，为社会谋求更大的福利"⑥。另一方面，威尔的散漫

---

① *Middlemarch*, p. 473.
② Ibid., p. 501.
③ Ibid., p. 548.
④ Ibid., p. 304.
⑤ Ibid., p. 433.
⑥ Ibid., p. 424.

也令人担忧。在米德尔马契的知识阶层中，只有利德盖特在积极地改革当地落后的医疗状况；牧师卡苏朋属于传统的知识阶层，却只顾闭门钻研，不问现实；而威尔却在搬弄流行的观念，并不清楚自己的责任，也没有看到这样做的后果。

当时就有读者感到，小说中"所有的人物都受到了责任的考验，但威尔却完全没有责任心"①。就威尔办报的态度而言，这样说并不过分。而且威尔身上还有另一种令人担忧的品质，那就是他的反抗精神。一向在艺术中"漫"游的威尔突然转向政治，手中的画笔写起了激扬文字，叙述者不免要做一番解释来过渡一下，但这一解释中也含着讽刺的味道："他的热烈天性，使他在那些跟生活和行动息息相关的事物面前，不能无动于衷，他那种一触即发的反抗精神，也促进了他的社会意识的高涨。"② 这种"一触即发的反抗精神"并不为艾略特所称道，《菲利克斯·霍尔特》中的牧师莱昂就曾为此批评过菲利克斯：

> 反抗的权利即是寻求更高统治的权利，而不是在单纯的混乱无序中游荡。因此，请不要说"自由即是特权"一类的话。（第 242 页）

牧师所说的"混乱无序"也是当时许多文人对无政府状态的担忧。

在批判约翰逊和威尔缺乏启蒙者责任意识的同时，艾略特也在寻找理想的启蒙者形象。菲利克斯便是一种尝试。菲利克斯出身工人阶层，他在学成归乡后，放弃了跻身中产阶级的机会，坚守自己的下层身份，却又能超越自己阶层的利益，从整个社会有机体的角度来看待改革。菲利克斯批评了工人的现状，告诫工人不要盲信"改革"的旗帜，而是从加强自身教育出发，逐渐认识自己的政治权利和责任。这样，他就很像柏拉图《理想国》中那个率先逃离洞穴的人，在洞外沐浴了阳光的真理，返回洞中劝告自己先前的同胞，他们看到的不是真理，只是虚幻的影子，阳光在洞外。评论家凯瑟琳·加拉赫认为，菲利克斯其实就是马修·阿诺德在《文化与无政府状态》中所说的阶级内部的"异己分子"：

---

① David Carroll, ed., *George Eliot: The Critical Heritage*, p. 318.

② *Middlemarch*, p. 501.

因此，当我们用野蛮人、非利士人和群氓的概念区分人群的时候，大家一定要懂得其中含有的一层意思，即我们始终认为在各个阶级的内部都存在着一定数量的异己分子（假如能如此称呼他们的话），也就是说，有这么一些人，他们的指导思想主要不是阶级精神，而是普泛的符合理想的人性精神，是对人类完美的热爱。①

继菲利克斯之后，利德盖特、但尼尔·狄隆达都可看作是艾略特找寻启蒙者形象的尝试。

艾略特擅长从伦理、道德角度来思考社会变革，史学家 G. M. 扬格因此称她为"维多利亚大变革时代的道德家"②。她对"责任"等观念的重视，既是应时而生，又根源于英国重视责任的传统。艾略特忧思"改革"等在当时未经理解的观念所带来的破坏力，并非反对改革。她也认识到民主改革为大势所趋，但观念的深入人心需要有一个过程，因而改革中的激进倾向并不可取，更不必说毫无责任感地拿"改革"的旗号牟取私利了。这种审慎的态度在英国的社会转型时代发挥了重要的作用。如休·塞西尔所说："进步依靠守旧思想来使它成为明智、有效和切合实际的行动。如果没有守旧思想，进步就纵然不是有害的，也是徒劳的。蒸汽的膨胀和汽油的爆炸，只有当它们被装在罩壳箱里的时候才有用处。没有枪杆，子弹等于废物。一个人只有强烈地意识到在探索陌生事物时所要遭遇的危险并抱着这样的观念控制他前进的愿望，他才有可能做出明智而有效的进步。"③激进的左翼批评家雷蒙德·威廉斯在《文化与社会》中批评艾略特，认为《菲利克斯·霍尔特》和 19 世纪 60 年代卡莱尔的《孤注一掷，然后?》、阿诺德的《文化与无政府状态》一样，夸大了工人阶级的恶习，低估了工人阶级的力量，而且菲利克斯对耐心和审慎的强调，实际是"默许"了社

---

① Catherine Gallagher, *The Industrial Reformation of English Fiction*, Chicago and London: University of Chicago Press, 1988, pp. 235, 244. 译文引自马修·阿诺德《文化与无政府状态》，第 84 页。

② G. M. Young, *Portrait of an Age: Victorian England*, Oxford: Oxford University Press, 1977, p. 3.

③ 休·塞西尔:《保守主义》，杜汝楫译，商务印书馆 1986 年版，第 6 页。

会上的邪恶。① 且不说《菲利克斯·霍尔特》中对工人酗酒和无知的描述确有其据，单就对激进主义的批评来说，艾略特对当时英国社会的稳步发展就做出了贡献。

尽管身为"维朝三大作家"之一（语出艾略特的一位早期的中文译者②），乔治·艾略特在我国却很久没有得到足够的重视。清末民初是中国社会现代转型之肇始，随着西学东渐，许多新观念、新名词漂洋而来，"'解放'呀，'改造'呀，'社会革命'呀，种种声浪遍地都是，真可谓极一时之盛了"③。这些新词超出了当时大多数人的理解力，无怪数年之后，阿Q还将"自由党"听成"柿油党"，胡国光的太太还把"委员"听成"桂圆"，这和《菲利克斯·霍尔特》中矿工不知道"激进派"为何物一样。在这种情况下，启蒙者的责任观念尤为重要。不过，艾略特对此的深思显然没有引起清末民初学者的注意。国人对她真正意义上的译介，已经是20世纪20年代末、30年代初的事了④。在经历了50年代和80年代两次译介热潮后，艾略特渐受关注，但对她后期小说的研究迄今仍很薄弱。现在，无从知道学堂书斋之外是否还有人肯读艾略特厚厚的"三卷本"小说，但翻开她的小说，我们会很自然地感觉到她那个时代的烙印，一个似乎离我们很遥远，却又很相近的时代。也许，我们还能在字里行间感受到古罗

---

① Raymond Williams, *Culture and Society*: *1780 - 1950*, London: Chatto and Windus, 1959, p. 107.

② 《织工马南传》的译者施瑛，在写于1938年的译本（上海启明书局1939年版）"小引"中说："八九年前在大学读书，Silas Marner 为英文课本，与狄更斯、柴克莱并称维朝三大作家。"

③ 葛懋春等编：《无政府主义思想资料选》，北京大学出版社1984年版，第494页。

④ 国人对乔治·艾略特的译介始自20世纪30年代，以梁实秋、施瑛的两个《织工马南传》译本为代表。1950年，张毕来译的《亚丹·比德》出版，当时译者认为这是继《织工马南传》之后第二本艾略特的中译作品（上海书报杂志联合发行所1950年版，第811页），其实梁实秋译的《吉尔菲尔先生的情史》（1945）和朱基俊译的《河上风车》（1940）已于此前出版。50年代的译本还有《弗洛斯河上的磨坊》（祝融、郑乐译）、《织工赛拉斯·马南》（曹庸译），都是艾略特的早期小说。到了80年代，除了前举早期小说的重译，如周定之译《亚当·比德》（1984）、张玲译《牧师情史》（1983）等，后期小说中的《米德尔马契》（项星耀译）、《罗慕拉》（即《仇与情》，王央乐译）也首次有了译本。迄今，除《菲利克斯·霍尔特》《但尼尔·狄隆达》外的五部长篇小说均已有译本。艾略特大多数的中短篇小说、诗歌和散文作品尚无中译。王佐良先生译过她的一首短诗《加入这神圣的合唱团》，张玲先生摘译了她部分文章的选段（乔治·艾略特等著：《小说的艺术》，张玲等译，中国社会科学文献出版社1999年版）。另一部关于她的传记被收入"西方思想家译丛"在台湾翻译出版（艾西顿：《乔治·艾略特》，彭淮栋译，联经出版社1985年版）。

马作家西塞罗的那句名言："任何一种生活，无论是公共的还是私人的，事业的还是家庭的，所作所为只关系到个人的还是牵涉他人的，都不可能没有其道德责任；因为生活中一切有德之事均由履行这种责任而出，而一切无行之事皆因忽视这种责任所致。"①

---

① 西塞罗：《西塞罗三论》，徐奕春译，商务印书馆 1998 年版，第 91 页。

第十章

对历史的道德叩问

——狄更斯小说中的监狱

在 19 世纪欧洲文学史上，狄更斯是涉及监狱最多的作家之一。狄更斯小说中的监狱，有肯定的一面，也有否定的一面。但在表现监狱正面性质的时候，狄更斯笔下的监狱只是一种抽象的存在，一种类型化的东西；而在表现监狱反面性质的时候，监狱便成为一种现实的存在，一种具体影响它所涉及的每一个人的肉体与精神的东西。因此，在狄更斯的小说中，监狱在整体上呈现出否定的色彩。狄更斯对英国监狱持批判的态度，其批评的出发点与标准是人道主义和道德。狄更斯的道德批判给我们提供了许多值得思考的问题。与郭嵩焘等中国晚清外交家们对英国监狱的称颂相比较，狄更斯对英国监狱的批判显得格外严厉。这里既有个人主体的因素，又有民族与文化的原因。

按照福柯的说法，欧洲现代监狱制度形成于 18 世纪末 19 世纪初。[①] 这个时间基本与欧洲现代化的进程同步。说得更准确一些，欧洲现代监狱制度实际上是在欧洲现代化进程的推动下发展的，它实际上是欧洲现代化进程在监狱领域里的表现。而作为最早发动工业革命，资本主义最先发达的欧洲国家，英国的现代监狱制度在 19 世纪已基本发展成熟。监狱潜移默化地深入到社会生活的各个方面，影响着人们生活的各个方面。狄更斯敏感地表现了这一生活现象及其对人们的影响。他的 15 部长篇小说，几乎每一部都涉及到了监狱，有的小说如《小杜丽》等，更是以监狱作为人物活动

① 参见福柯《规训与惩罚》，刘北成、杨远婴译，三联书店 2003 年版，第 260 页。

的主要场所。在 19 世纪欧洲文学史上，狄更斯是涉及监狱最多的作家之一。因此，研究狄更斯小说中的监狱，不仅有助于我们了解狄更斯和他的小说，而且有助于我们从一个侧面了解当时英国乃至欧洲的监狱，了解从对监狱的描写中折射出来的狄更斯对监狱以及英国现代化进程的态度与看法。

一　狄更斯小说中监狱的作用与特点

在狄更斯的小说中，监狱不是一个单向性的东西，而是一个有着多重意义与作用的复合体。在不同的作品以及同一作品的不同部分，监狱起着不同的作用，有着不同的意义。

（一）

在现代社会，监狱是一种必不可少的专政工具，它通过限制罪犯的自由，维持着社会的稳定，保证着社会的正常运转。从这个意义上说，监狱是社会正义与秩序的保卫者。但是，监狱是人运作的，本身并不能自动识别好人与罪犯。如果由于某种原因，监狱里关押的不是罪犯，而是无辜者，那么，监狱的性质便起了完全相反的变化。如果说，所有的腐败中，司法的腐败是最大也最为可怕的腐败，那么，社会黑暗中，监狱的黑暗也就是最大也最为可怕的黑暗。

狄更斯的小说多方面地揭露了这种黑暗。在他的笔下，由于法律的不公，法官的草菅人命，律师的玩弄条文，监狱里关的往往是一些善良的百姓，真正的罪犯反而逍遥法外，《匹克威克外传》很好地描绘出了这种情况。匹克威克先生打算雇一个仆人，在与房东巴德尔太太商量时，却引起一直仰慕着匹克威克先生的巴德尔太太的误会，以为他在向自己求婚，以至晕倒在匹克威克的怀里。这本来是日常生活中的一个小插曲，虽然有点滑稽与尴尬，但过去了也就过去了。然而此事被名叫道逊与福格的两个律师知道之后，却平地起了波浪。两个讼棍虽然明知是巴德尔太太误会，但为了得到代理费，却怂恿巴德尔太太告匹克威克毁弃婚约，在法庭里颠倒黑白、威胁证人，并且为了赢得官司，特意选择在 2 月 14 日英国传统的情人节开庭审判，以获得陪审团对巴德尔太太的同情。法官闭着眼睛，什么也没听，但却装着在听，用一支没有墨水的笔在本子上装模作样地写着什么。在这种情况下，毫无过错的匹克威克输了官司，被法庭判罚750英镑的毁约赔偿金。但更可恶的是，由于匹克威克坚持真理，宁愿坐牢，也不愿付这不合理的赔偿费，两个律师为了得到代理费，又将自己的雇主巴德尔太太送进了监狱。监狱成了两个讼棍手里的工具，要关谁就关谁。他们为了自己的一点利益，颠倒黑白、为所欲为，成为人人害怕的角色，社会却奈何不了他们。这只能说明这个社会出了毛病。

道逊与福格只是普通的法律从业人员，其能量再大还有一个限度，如果为非作歹的是一个有着更大权势的人，受害者付出的就不仅仅是坐牢或金钱之类的事情，而是自己的命运与生命。《双城记》中的梅尼特医生就是这样一个受害者。这位医生在一个多云的月夜被厄弗里蒙地侯爵兄弟叫去看病，得知了一个可怕的秘密。侯爵弟弟为了得到一个美丽的农妇，逼死了她的丈夫，杀死了她的弟弟，她的父亲悲伤郁闷而死，农妇与她腹中的胎儿也力竭而亡。医生无法承受这样的秘密，写信将此事告诉了朝廷的大臣，以求得到内心的安宁。然而这封信却落到了侯爵兄弟的手里。尽管梅尼特已在信中写明，这件事除了大臣，他没有告诉任何人，而且也决不会告诉任何人。但侯爵兄弟仍然用国王宠幸他们时赏赐给他们的空白逮捕令，把梅尼特关进了巴士底狱。如果不是法国大革命爆发，医生就将在那里终其一生，连他的妻子也不知道他到哪里去了。应该指出的是，厄弗里蒙地侯爵兄弟还只是普通的贵族，那么，推想一下，比他们权势更大的贵族比如那位"巧克力爵爷"乃至国王本人，又会怎样地胡作非为？在他们的手中，监狱完全成了维护自己利益、镇压人民的工具。

有论者指出，狄更斯在《双城记》中对法国大革命和革命前贵族特权的描写是不真实的。[①] 从历史的角度看，也许是如此。但小说不是历史，小说家也不是历史学家。狄更斯这样写，当然是为了表达他对当时英国监狱和社会的一种看法。虽然巴士底狱是在法国，但只要联系《双城记》中代尔那在英国法庭中那黑白颠倒的受审，就可看出，在狄更斯的眼里，英国

---

① 参见约翰·格劳斯《双城记》，载罗经国编选《狄更斯评论集》，上海译文出版社1981年版。

的监狱与法国的监狱并没有什么区别。

与监狱相连的社会如此,监狱内部同样黑暗。《匹克威克外传》《小杜丽》等对监狱的肮脏、混乱、伙食低劣,监狱管理人员对囚犯的漠不关心、营私舞弊、中饱私囊等有比较详细的描写。匹克威克先生入狱后,狱卒故意把他与几个混混儿关在一起,使他不堪其扰,不得不向看守另租一个房间。小说写道,匹克威克所在的弗利特监狱,看守出卖看守间的床位得到的进项,相当于有着伦敦郊外一条小街的产权的人一年的收入。① 匹克威克在监狱看到,肮脏、潮湿、阴暗的地下室里也住着人,不禁感到吃惊,但看守却习以为常。满目的悲惨与凄凉使匹克威克头痛、心痛,他只好把自己关在房间里,不到晚上不出门。

肉体的摧残还是其次,监狱最残酷的,还是对人心灵的摧残。它使囚犯的性格扭曲,丧失了自尊、自立甚至起码的生活能力。先看《匹克威克外传》中的一个人物。这是一个小矮子,因欠9英镑的债和45英镑的费用,被关在监狱17年,完全失去了正常生活的能力。有一次他在外面喝酒待久了,超过了监狱关门的时间,看守威胁他以后再不按时归来就把他关在监狱外面。他吓坏了,从此再也不敢迈出监狱一步。《小杜丽》中的一个囚犯与此相似。他长期待在监狱,有一次偶尔上街,街上的行人熙熙攘攘,车马来来去去,一切都乱糟糟的,他吓得不轻,不知如何行动,只好马上返回监狱,从此不敢出去。监狱的目的是限制人的自由,给人以惩罚,以使人不敢轻易犯罪。因此,监狱应该是一个令人望而生畏、避之唯恐不及的地方。然而这些囚犯却不仅把监狱当作自己的栖身之处,而且当作自己"精神的家园",这不仅是这些囚犯本身的异化,也是监狱的异化。《小杜丽》中的杜丽先生则是另外一种类型。这位出身绅士阶层的人因负债被关进债务人监狱,长期的监禁使他的性格发生扭曲。他试图以提高自己的自尊来抵抗不幸的命运和因坐牢给他带来的可能的侮辱与轻视。他以马夏尔西(伦敦债务人监狱名——笔者)之父自居,国王一样地坐在自己的牢房里,接受其他囚犯的朝拜,以恩赐的态度接受他们的馈赠。他不顾女儿小杜丽的能力,强求她做她力不能及的事情,以维持他自己的体面与尊严。

---

① 参看《匹克威克外传》,蒋天佐译,上海译文出版社1979年版,第548页。

这种自尊一直影响到他出狱后的所作所为。福柯认为，惩罚的最终目的是造成人们的认同，建立心中的自律，使人们不需惩罚就自动地不去做社会禁止的事情。从某种意义上说，长期的关押使杜丽先生所产生的这种畸形的自尊，也成为了他心中的一种自律，使他难以回复正常的状态。这也是监狱的惩罚所造成的一种结果，但却不是福柯所说的那种正面的结果，而是一种负面的结果。

（二）

不过，在狄更斯的小说中，监狱也没有失去它惩罚罪犯的功能。狄更斯笔下的反面人物，作者为他们设计的最终结局，主要有三种：一种是死亡，如《艰难时世》中的庞得贝，《老古玩店》中的奎尔普，《双城记》中的厄弗里蒙地侯爵等；一种是受到内心的惩罚，或者失去财产地位，陷入贫困之中，如《小杜丽》中的克林南姆夫人，《马丁·朱述尔维特》中的俾克史涅夫，《奥列佛·退斯特》中的班布尔夫妇等；再一种就是被送进监狱，如《匹克威克外传》中的金格尔主仆，《大卫·科波菲尔》中的希普、利提摩，《尼古拉斯·尼克尔贝》中的史奎尔斯、马尔贝利，《马丁·朱述尔维特》中的乔纳斯·朱述尔维特等。乔纳斯没有进入监狱，就在路上服毒自杀了，但即将被关进监狱，是他服毒自杀的直接原因。在这些人面前，监狱呈现出正面的作用。

在这里，讨论《艰难时世》中的一个例子是有意义的。主人公葛擂硬是个功利主义的信徒，认为"什么都得出钱来买。不通过买卖关系，谁也决不应该给谁什么东西或者给谁帮忙"。[1] 在他的教育下，他的儿子汤姆变得极端自私自利，偷窃了自己的雇主庞得贝的银行里的现金。事情败露之后，葛擂硬求助于自己的一个私交——马戏团老板史里锐，将自己的儿子送到海外去，正准备动身的时候，葛擂硬过去的学生、汤姆现在的同事毕周跑来将汤姆抓住了。高傲的葛擂硬只好低声下气地向毕周求情：

"毕周，"葛擂硬先生垂头丧气，可怜巴巴地毕恭毕敬跟他说："你

---

[1] 狄更斯：《艰难时世》，全增嘏、胡文淑译，上海译文出版社1998年版，第315页。

有心肝没有？"……

葛擂硬先生叫道："难道你那颗心不能为怜悯所左右？"……

"……我想现在只有一个办法可以打动你的心。你在我创办的学校里读了好多年书，只要你想到我们花了多少心血帮助你念书，你就可以放弃眼前的利益放我儿子走了。我苦苦地哀求你，希望你想一想前情。"

他甚至想贿赂毕周。

葛擂硬先生接着说："你想的不过是升级，那么你要多少钱才能抵偿你的升级损失呢？"①

葛擂硬知道他儿子犯了罪，而且以此为耻，并且也愿意将儿子的罪行公之于众（实际上他后来也公布了），但他却不愿儿子被关进监狱——虽然这样他还能经常再见到他，而宁愿费尽周折，把他送往国外，哪怕从此无缘再见一面。这只能说明，葛擂硬不愿让儿子受到监禁的惩罚，在他看来，与逃亡海外比较，儿子的被关进监狱是件更为可怕更为耻辱的事情。不仅对他和他的家族是如此，对他儿子本人也是如此。

但是这样一来，狄更斯小说中的监狱就呈现出两种色彩：既是迫害好人的地方，又是惩罚罪犯的场所。由此形成一种悖论。造成这种悖论的原因，可以从两个方面探讨。从客观上看，在狄更斯生活的时代，现代监狱制度还未完全完善，而资本主义法律本身也有镇压人民、维护统治集团利益的一面，因而，普通人民不可避免地存在着被冤屈的现象。这是一方面。另一方面，任何社会，只要它还是一个正常的社会，它的监狱就不可能不关押一些真正意义上的罪犯，否则这个社会就无法正常运转，19 世纪的英国当然也不例外。从这个角度看，狄更斯笔下的监狱应是当时社会生活的如实反映。从作者主观上看，狄更斯对当时英国的法律制度与司法机关总体上持否定的态度。他曾多次强调这样的信念："我对于管理国家的人，一般来说，是毫无信心的，我对于被统治的人民，一般来说，是有无限信心的。"② 在《艰难时世》中，工人斯蒂芬想与自己酗酒而又精神失常的妻子

---

① 狄更斯：《艰难时世》，全增嘏、胡文淑译，第 313—315 页。
② 参见狄更斯《致鲁登斯的信》，1869 年，《狄更斯书信集》第 4 卷，第 251 页。

离婚，然后再与自己心爱的女工瑞茄结婚。资本家庞得贝却告诉他："是有
这么条法律……但是这条法律对你根本不适用。这需要钱。需要大量的
钱。"[1] 普通民众没钱，自然只有受有钱人、受法律的摆布。但是另一方面，
狄更斯又无法否定监狱的惩罚犯罪作用，否则，他笔下的社会在功能上便
会缺失一个重要的环节，而对反面人物的惩罚也因此失去了一个有效的手
段。因为不能把他们关进监狱，对他们的惩罚就只能是让他们死亡、穷困
或者忍受内心的煎熬了。而这些惩罚，从现实的意义上说，都比不上监狱
的惩罚。这对以扬善惩恶为己任的狄更斯来说是不能接受的。两个方面原
因的合力，形成了这种悖论的现象。

　　但是深入观察，我们又可发现，在狄更斯的小说中，在对恶人的惩罚
方面，监狱只是一种象征，一种类型化的东西。作者满足于把反面人物送
进监狱，以此证明他们受到了惩罚，从而达到对他们的否定。至于他们关
进监狱之后的情况，作者很少去详细描绘，如《尼古拉斯·尼克尔贝》中
的史奎尔斯与马尔贝利，小说只是在最后交代他们被关进了监狱。或者把
他们的进入监狱描写成如鱼得水，如《大卫·科波菲尔》中的希普和利提
摩。这两个人坏事做绝，后来一个因为欺诈银行，一个因为抢劫主人被判
入狱。然而在监狱里，两人竟然都成了模范囚犯，不仅受到狱卒的青睐，
而且生活上也受到无微不至的关怀：

　　　　有好几位绅士，听到这个话，深为感动，于是第三个发话的人，硬
　　挤到前面，以满含感情的口气问，"你觉得那个牛肉怎么样？"

　　　　"谢谢你，先生，"乌利亚往这个发话的人那方面瞧着，说，"昨儿
　　的牛肉，不大可心，因为老了点儿"。……

　　　　一阵嗡嗡声发出，一部分是对二十七号这样天神一般的心情表示满
　　意，一部分是对那个包伙食的商人表示愤慨，因为他惹得二十七号抱
　　怨（这种抱怨，克里克先生马上就记在本子上）；嗡嗡之声平息了以
　　后，只见二十七号站在我们的正中间，好象自以为他是一个应受夸奖
　　赞美的博物馆里一件有价值的主要物件一样。[2]

———————————

① 狄更斯：《艰难时世》，全增嘏、胡文淑译，第 85 页，
② 狄更斯：《大卫·科波菲尔》，张若谷译，上海译文出版社 1989 年版，第 1241 页。

　　罪犯成了众星捧月似的人物，他的任何要求或者抱怨，都会得到监狱当局的回应和满足。这样，监狱对他们的惩罚就只具有一种象征的意义，是从性质上对于他们和他们的所作所为的一种否定，而在现实的层面，监狱对他们实际上不构成惩罚。而对于正面人物与普通民众，监狱的惩罚则是现实存在的，作者详细地描写了监狱对他们肉体和心灵的双重摧残。比如《双城记》中的梅尼特医生。18 年的监禁，使他从一个意气风发的年轻医生，变成一个苍老憔悴、毫无个人意志甚至不能在开着门的房间里正常待着的鞋匠（因为他已经习惯被关在紧闭的牢房里），变成了一具行尸走肉。再如《匹克威克外传》中匹克威克在监狱时的房东，一个皮匠。他因继承了一千英镑的遗产而遭遇官司，庞大的诉讼费耗尽了他包括那笔遗产在内的所有财产，最后因欠诉讼费被关进监狱。在监狱苦待二十多年后，于贫病中去世。两相对照，监狱对恶人宽松对好人严酷的特点便突现出来。因此，尽管狄更斯笔下的监狱也是惩罚罪犯的场所，但在总体上仍呈现出否定的色彩。这与作者对于监狱与法律制度的批判态度在总体上是一致的。

（三）

　　监狱作为一个机构，自然需要一批从业人员。狄更斯笔下的监狱看守，大致可以分为三类。一类是职业型的。他们以看守为职业，就像其他人以木匠、铁匠为职业一样，就个人品质而言，谈不上好但也谈不上坏，对待犯人也不特别苛刻。如果不违规或者对个人有点好处，他们也愿意给犯人帮点忙。但由于职业的关系，他们对于囚犯们的苦难司空见惯，因此也谈不上什么同情。如《匹克威克外传》中的洛卡。另一类可以称为良善型。这一类人大多也以看守为职业，但他们的良心还没有被看守的职业完全消磨净尽，对犯人还有着一定的同情，能够把自己放在与犯人同等的地位上，设身处地地为犯人着想，为他们做点力所能及的事情，如《小杜丽》中的小约翰。

　　但最值得注意的是第三类。这类看守都是社会上的不良分子，在成为看守前，这些人大多品行不良、道德有亏、谋生乏术，走投无路之后，便投身监狱，成为看守，监狱成为他们的栖身之地，衣食之源。如《大卫·

科波菲尔》中的克里克。他以前是个卖啤酒花的小商人，后来亏了本，生意做不下去了，便改行办起了教育，成为一个叫作撒伦学堂的校长，其全部本事，就是打骂学生。大卫形容他"除了会动蛮行凶而外，其它一无所能；他不配为人师表，也就象他不配当海军提督或者陆军司令一样"。① 后来他成了一个地方的治安法官，管理着一个监狱。再如《马丁·朱述尔维特》中的窃尾·史癫姆。这位朱述尔维特的族人志大才疏，总以为自己有着宏才大略，可是无人赏识，于是整天怨天尤人、牢骚满腹，与些不三不四的人鬼混，却从不正正经经地做点事情。生活上是得过且过，能借就借，但却很少想着要还，还总是责怪社会待他不公，没有好好地把他照管起来。最后在走投无路之中，做了"公差"。

但他自己并不看好这份差使。在与老马丁对话的时候，他这样责怪老马丁：

"……让骨肉之亲来当这个差使，说不定连您都会觉得玷辱家门。要想别这么着，倒得拿金钱来疏通呢。"……

"……您瞧瞧我！您族中有这么一个人，一个小拇指上的才学，比其余那些位脑子里的凑到一块儿还都多呢，如今打扮成警官模样，您瞧见了能不觉得丢脸吗？我干上了这个营生就为的要臊您的皮啊。"②

老马丁也似乎认为这是个丢人的差使：

"你跟你挑选的那些朋友过荒唐鬼的日子，要是真已经落到了这步田地，"那个老头子答声儿说。"那就请你安分守己吧。你是用正当手段挣饭吃呢，我希望；那倒也差强人意啊。"③

值得注意的是，这些人的出场，大都是在与真正的罪犯如希普、乔纳斯·朱述尔维特等打交道的时候，或是逮捕他们，或是管理他们。但都没

---

① 狄更斯：《大卫·科波菲尔》，张若谷译，第135—136页。
② 狄更斯：《马丁·瞿述伟》下册，叶维之译，上海译文出版社1983年版，第516页。
③ 同上书，第516页。

有起到多少积极的作用。史癫姆在逮捕乔纳斯的时候，受了乔纳斯100英镑的贿赂，支开手下人，让他在一间房子里单独待了5分钟以上，使他为自己的自杀、逃避法律的惩罚做好了准备。（虽然他最后将这钱还给了乔纳斯，但结果却已造成。）克里克在管理监狱的时候，对囚犯"关怀备至"，单是吃的，那些"老老实实、勤苦工作"的"水手、士兵、工人"500人中，也没有一个有囚犯们"吃得一半那么好"。而之所以要给囚犯这么好的待遇，是因为监狱里实行了一种"制度"，为了这种制度，必须让囚犯们吃得好。这种制度就是狄更斯认为最不人道的单人囚禁制度。"它的主要优点就是：囚人完全与别的囚人隔绝——所有被囚禁的人，没有一个人知道其余任何别人的情况。"这样，就能使"被囚禁的人，心神受到约束，导向健全的心境，因而生出真诚的懊悔与痛恨"。但实际上，这种制度培养出来的，只能是虚伪与仇恨。在这种制度下如鱼得水的，只能是希普、利提摩那样的恶人，他们借忏悔与坦白，发泄自己的怨恨、不满、恶意与欺诈，同时使这些恶意得到满足，但却得到"模范囚犯"的称号。[①] 狄更斯如此描写这些"不良分子看守"和他们的所作所为，一方面显示出他对于司法机关的不信任，另一方面也显示了他对于监狱的作用和看守人员的一种怀疑和轻视的心理。

不过，在具体的处理方式上，对于这些"不良看守"，狄更斯同样采取了具体否定与抽象肯定相结合的方法。在体现监狱对于恶人的否定作用的时候，他们以一种正面的姿态出现。如对史癫姆带人来逮捕乔纳斯时的那段描写：

"你瞧见那门了吗？"马可的声音接过来说。他正从那个方向走来。"你瞧瞧吧！"

他一瞧，眼光就在那儿钉住了。作恶降殃、如影随形的门坎，有老父垂死时的足迹，有娇妻表现出无限忧愁的步态，有老司帐每天落于其上的人影儿，有他这杀人凶犯从这里迈过去的脚步，来证明这是祸福无门，唯人自招——如今在门口儿站着的都是些什么人呢？……

---

① 狄更斯：《大卫·科波菲尔》，张若谷译，第1238—1239页。

又进来了三个人，马上动起手来，让他再也跑不了。事情办得又麻利又快，他的眼光还一会儿也没从告发者脸上挪开呢，两个手腕就已经一齐上了手铐。①

对于乔纳斯而言，法律是何等威严、何等缜密。作为法律的使者的史癫姆等人又是何等的可畏，三下五除二地就把他捆了起来，彻底粉碎了他的任何希望。所谓天网恢恢，疏而不漏。正当老马丁等人对他无可奈何，准备离去的时候，监狱却对他招手了。这是何等的大快人心。但是不良看守的正面姿态也只是在作为法律的抽象的代表，作为监狱的抽象的象征的时候才存在，一旦进入对他们的具体描写的时候，他们的否定的一面便突出出来了。

综上所述，在狄更斯的小说中，监狱既是揭露社会黑暗的地方，又是惩罚罪犯的场所；既是普通民众谋生的所在，又是不良分子聚集之处，呈现出两面性。但是，在表现监狱正面性质的时候，狄更斯笔下的监狱只是一种抽象的存在，一种类型化的东西；而在表现监狱反面性质的时候，监狱便成为一种现实的存在，一种具体影响到它所涉及的每一个人的肉体与精神的东西。因此，在狄更斯的小说中，监狱在整体上呈现出否定的色彩。狄更斯对当时英国的法律与司法机构总体上持否定的态度，但在一些具体的现实层面上他又看到或者说无法否定监狱的正面作用。在小说中，他突出、具体化了监狱反面的一面，淡化、抽象化了监狱正面的一面。这样，他就在对监狱进行全面反映的同时，突出了对监狱的批判。现实主义要求作家如实地反映现实生活，但狄更斯又是一个有着强烈倾向和爱憎好恶的作家，从不在作品中隐瞒自己的思想感情。对监狱的这种处理方法满足了这两方面的要求。

二　对监狱的道德批判

狄更斯在总体上对英国监狱持否定的态度，其原因是多方面的。但笔

---

① 狄更斯：《马丁·瞿述伟》下册，叶维之译，第513—514页。

者以为，最重要的还是因为，他对英国监狱的批判，实际上是一种基于人道主义立场的道德批判。

（一）

　　作为社会对于反社会的个体进行惩罚的场所，监狱是一种历史的必然。作为社会的组成部分，监狱又不可避免地要纳入人们道德评判的范畴。出发点不同，人们对于监狱的评价也会大不一样。狄更斯出生于 1812 年，19世纪 30 年代开始小说创作，1870 年去世。在他创作的整个时期，正是英国现代监狱制度发展并走向成熟的时期。就世界范围看，客观地说，这一时期英国的监狱及其制度，应该是先进的。这一点，在比狄更斯稍后一点的中国晚清改革家们访问英国监狱的记载中显示得比较清楚。① 这一点我们在本章第三节还要谈到。

　　自然，狄更斯对自己时代的英国监狱持否定态度并不意味着他对监狱的历史作用与积极效果没有看到，但他在自己的小说中淡化了监狱的历史作用与积极效果，突出的则是监狱道德上阴暗的一面。以狄更斯小说中经常出现的债务人监狱为例。这类监狱滥觞于 12 世纪的英国王室对于欠债者的监禁。这种监禁的部分原因是惩罚，部分原因是为刺激他们日后还钱。后来法律逐渐扩展了司法机关对民事债务人的关押监禁权力。因债务关系而被监禁的人越来越多，在狄更斯生活的时代达到高潮。狄更斯是一个人道主义者，而他的人道主义思想更多的不是表现在历史而是道德的领域。他从人道主义出发，认为这种监狱伤害了良善有时甚至是无辜的人，摧残了被关押者的身体，扭曲了他们的灵魂。如前文提到的《匹克威克外传》中的皮匠与《小杜丽》中的杜丽先生，正是两个典型代表。

　　狄更斯对债务人监狱的批判是有力的。但是冷静思考，我们也可发现，狄更斯的批判实际上回避了债务人监狱的历史性问题，即它的存在有无其历史的合理性，它在历史上是否起了一定的积极作用。债务人监狱由于其特殊性，被关押的人往往在主观上并没有什么过错，他们因某种不可抗拒的原因陷入债务之中，因无力还债而被关押。从感情与人道的角度来看，

---

　　①　钱锺书主编，王立诚编校：《郭嵩焘等使西记六种》，三联书店 1998 年版。

这些人的确是值得同情的。但正如福柯所说："我们都意识到监狱的各种弊病，知道虽然它并非无效，但也是有危险的。然而人们无法'想象'如何来取代它。它是一种令人厌恶的解决办法，但是人们似乎又不能没有它。"①债务人监狱的出现有其历史必然性。19 世纪的英国，随着工业革命的迅速发展，旧的土地贵族不断衰落，新兴资产阶级不断崛起。另一方面，随着资本主义侵入农村，农村的自给自足经济受到破坏，农民大批破产。加上这时资本主义经济尚不十分规范，由此导致人们之间错综复杂的债务关系。为了保证社会、经济的正常发展，就必须理清这些债务关系，保证债主们能够按时拿回自己的贷款。作为国家法律上的强制措施，就是设立债务人监狱，以国家的力量逼迫债务人还债。因此，债务人监狱在历史上的积极意义是不可否认的。它不仅保证了当时英国经济与社会的正常发展，而且建立了一种以诚信为基础的债务制度与社会意识。经过这种阵痛，按时还债、有债必还、债务活动必须有相关证据，已经深入英国民族的潜意识，成为大家遵守的社会风气。而这又为现代商业活动建立了良好的基础。马克思认为，人们只能在已有条件的基础上解决问题，因为问题本身也只有在解决它的条件基本形成之后才能提出。狄更斯显然并没有明白这个道理。他看到了债务人监狱的消极的一面，却没有看到这种负面的效果是为了解决当时英国的债务问题所必须付出的一种代价，没有看到在当时的英国，设立债务人监狱是解决债务问题的最好办法之一——虽然在现在的条件下，也许可以找到一种更为人道的解决办法。在这种情况下，他对债务人监狱的批判就是一种舍弃了历史维度的批判，是一种道德意义上的批判。

对监禁的不良效果的批判也是如此。毫无疑问，任何监禁都会对被监禁者的肉体与灵魂产生一定的影响。问题的关键在于，被监禁者的被监禁是否合理，这种影响与他的过失是否相配。如果对他的监禁是合理的，对他的肉体与灵魂的影响与他所犯的过失相当，那么，这种监禁与影响就是他所应付出的代价。对于这种合理的代价表示同情，或者对实施这种合理惩罚的机构进行批判，这种同情与批判虽然是有价值的，但只能是道德的而不是历史的。

---

① 福柯：《规训与惩罚》，刘北成、杨远婴译，第 260 页。

（二）

狄更斯对英国监狱的批判具有单维度的特点。他把道德作为评判监狱的主要标准，并把这一标准贯彻到评价的各个方面，而较少考虑其他的因素。这一点在他对于道德"恶"的处理上表现得比较明显。

在《路德维西·费尔巴哈和德国古典哲学的终结》一文中，恩格斯在批判费尔巴哈道德观的贫乏与肤浅时，曾引用黑格尔的话："有人以为，当他说人本性是善的这句话时，是说出了一种很伟大的思想；但是他忘记了，当人们说人本性是恶的这句话时，是说出了一种更伟大得多的思想。"接着，恩格斯指出："在黑格尔那里，恶是历史发展的动力的表现形式。这里有双重意思，一方面，每一种新的进步都必然表现为对某一神圣事物的亵渎，表现为对陈旧的、日渐衰亡的、但为习惯所崇奉的秩序的叛逆，另一方面，自从阶级对立产生以来，正是人的恶劣的情欲——贪欲和权势欲成了历史发展的杠杆，关于这方面，例如封建制度的和资产阶级的历史就是一个独一无二的持续不断的证明。但是，费尔巴哈就没有想到要研究道德上的恶所起的历史作用。"[1] 道德与历史之间，存在着错综复杂的关系。有的时候，在一定的条件下，道德上的善有可能阻碍历史的发展，而道德上的恶则有可能成为历史发展的动力。

但是狄更斯对于道德"恶"的历史作用的认识则比较模糊，至少，在他的小说中他没有表现出这一认识。对他来说，"恶"就是"恶"，恶的东西在包括历史领域在内的任何领域都是没有价值的。

我们可以以狄更斯小说中的贫民习艺所为例进行分析。按照福柯的说法，贫民习艺所是"监狱统一体"中的一个有机组成部分。[2] 在自己的小说中，狄更斯也是把它当作一种准监狱看待的。

在世界上，英国是最早开展"济贫"活动的国家。14 世纪，英国资本主义经济开始发展，为了解决劳动力不足的问题，保护有产者的利益，

---

① 《马克思恩格斯选集》第 4 卷，人民出版社 1995 年版，第 237 页。

② 参见福柯《规训与惩罚》，刘北成、杨远婴译，第 342 页。福柯认为，在现代社会，禁闭、司法惩罚与各种规训机构之间的界限倾向于消失，"倾向于构成一个宏大的'监狱连贯统一体'"。这个统一体包括"遗弃儿童或贫穷儿童的收容所，孤儿院，习艺所，甚至出现了工厂—修道院"等。

1349 年，英国颁布并实施了《劳工章程》，规定所有有劳动能力的人必须在其居住地工作，对有劳动能力的无业人员实行外出限制，禁止慈善机构给身体健全的流浪者和乞丐提供帮助。它通过此法限制人口流动，打击懒惰行为。15 世纪末，英国为了发展纺织业，开始大规模的"圈地运动"，这一运动持续了三百多年，导致大批农民破产，无业流民增多。为了限制无业流民，维持社会秩序，1531 年，英国议会颁布了一项严厉惩罚身体健全的乞丐的法令。然而到了 16 世纪后期，英国政府逐渐认识到，对流浪者的惩罚措施不足以维持社会秩序，政府应采取措施帮助他们，否则，会引发重大的社会问题。1601 年英国颁布《济贫法》（*Poor Law*，俗称"旧济贫法"，1843 年修订后称为"新济贫法"），1948 年《济贫法》被废除。新旧济贫法前后历时三百多年。[1] 贫民习艺所（workhouse）就是根据《济贫法》建立起来的。从历史上看，这些贫民习艺所以及贫民收容所、贫民救济院之类的设施是起过一定的积极作用的。它们一方面吸收、安置了"圈地运动"所产生的部分流浪者，解决了部分贫民的生存问题，也促进了手工工场的发展，为正在发展的英国资本主义工业提供了一批熟练的劳动者。[2] 但是另一方面，这类机构也存在很多弊端：对接受救济者持歧视态度，加以多种限制；不尊重受救济者的人权与人格；剥夺其选举权与被选举权等政治权利；管理人员损公肥私，不负责任；贫民的生活质量不高；等等。因此，这类机构在当时就受到社会的不少抨击。

由此可见，作为一种历史的存在，贫民习艺所之类的设施既有一定的历史作用，也有不少道德上的弊病。我们既不能因为其历史作用而忽视其道德上的"恶"，也不能因为其道德上的"恶"而否定其历史作用。但是，狄更斯在自己的小说中，主要关注的则是其道德上的恶。他对这种恶的认识是十分深刻的，批判也非常尖锐。本来，英国的济贫法就是以其恩赐性与惩戒性而闻名于世的。依据这种法律建立起来的贫民习艺所之类的设施更是把这些弊病全方位地进行了扩展。在贫民习艺所里，贫民们被剥夺了人格和尊严，没有任何权利，完全听凭管理人员处置。《我们共同的朋友》

---

① 参见董登新《也谈美国的穷人》（http：//blog. cnfol. com/invest/articles/475380. html）。

② 参见 Robert J. Flaherty 等拍摄的纪录片《工业化英国》的文字介绍（http：//www. douban. com/subject/1468110/）。

中，收容院将贫民夫妻子女分开收容，使他们骨肉不能团聚。《小杜丽》中，救济院的管理人员故意刁难院里收容的老人们，"在他举止态度正常的时候，他们不让他经常外出的；在他举止态度不正常的时候，他们更是将他看得牢牢的了"。南迪先生过生日想和女儿一家待在一起，却只能找其他的借口请假，如果说是自己的生日，"他们会把他关在里面的；因为这样的老人原就不该出生，还过什么生日"。① 在习艺所里，贫民们基本的生活需要得不到保障。《奥列佛·退斯特》的开头，就是贫民收容所的董事们开会讨论减少贫民们的伙食费，因为他们"光吃饭不做事"。在他们的管理下，收容所每天只开三顿稀粥，一个星期两次，每次给一根葱，星期日加个面卷子。在这样的生活条件下，贫民们体重日益减轻，人数迅速减少，棺材店老板却生意兴隆，董事们的腰包也鼓了起来。小说中奥列佛要求再添一点粥的场面是惊心动魄的，它形象地反映了孩子们被饥饿折磨的程度。而另一方面，管理人员却为非作歹，损公肥私，利用贫民发财。董事们克扣贫民的口粮，减少一切可能减少的费用，将省下的费用装进自己的口袋。教区小吏班布尔随身带着一根藤条，见谁不顺眼就给一下。这类机构不容许任何不满和反抗，哪怕是正当的。奥列佛只因代表饥饿的孩子们向管事的要求再添一点粥，就受到了严厉惩罚。管理人员将他单独禁闭，让他在严寒的天气站在天井里用冷水冲洗，并且每隔一天带他到孩子们吃饭的地方鞭打示众，甚至哪怕贴钱，也要把他赶出收容所。狄更斯明确指出，贫民习艺所之类机构的种种弊端并不是由于哪个个人或哪个个别的管理机构，而是由这类设施和"济贫法"本身造成的。也正因为如此，《我们共同的朋友》中的老人希格登太太宁愿饿死，也不愿让自己和自己收养的孤儿约翰尼等被贫民收容院等"慈善机构"收容。

　　自然，狄更斯笔下的贫民习艺所不一定完全符合历史的真实。我国晚清外交官薛福成在英期间，曾访问过一家"贫孩院"（孤儿院）：

　　　　这个院"规模宏敞。院中男女孩凡三百余人。有厨房，有书库，有浴室，有饭厅，有读书堂，有讲经堂，有做工所，有演艺场，有洗

---

① 狄更斯:《小杜丽》，金绍禹译，上海译文出版社 1993 年版，第 503、506 页。

衣所，有男孩卧室，有女孩卧室，秩然不紊。养牛二十五头，日取其乳以供院中之用。凡贫孩二岁以上，即可送入院中；迨二十岁左右，皆成一艺以去，俾能自给衣食，无饥寒之虑焉。是时适值午饭之后，须赴场操演，以舒其筋骨，总办邀余观之。有孩一班，专奏兵乐，其余则演枪法、阵法，无不手势娴习，步伐整齐，盖游乐也，而操练之意寓焉。又邀余听诸孩奏乐，年皆不过十岁左右，而按之乐谱，悉协官商。又邀余听七岁以内诸孩演唱，调皆一律，虽甚幼稚而意象严肃，无有敢跛倚哗笑者。其教导皆用女师，亦颇爱诸孩如其子。聪颖之孩，常有成学业以去者；其次则出为兵丁，为乐工，为画师，为木匠，为裁衣，及一切众技，岁有若干人。诸孩所造器皿，无不精巧，即代鬻之，以供本孩之用。於戏！至矣尽矣，毫发无遗憾矣。吾不意古圣先王慈幼之道、保赤之经，乃于海外遇之也"。①

与狄更斯笔下的贫民习艺所比较起来，简直是人间天堂。

我们无意考察两种描写哪一种更接近历史的真实。作为作家，狄更斯为了完成自己的构思，有虚构的权利。而薛福成短暂的访问，也不一定就看到了全部的真实。问题的关键在于，狄更斯对于贫民习艺所的批判，完全是从道德的角度进行的。这种批判角度使他忽视了贫民习艺所以及济贫法在历史上的积极作用，从而使他不能对贫民习艺所进行全面正确的描写。

这种道德批判的单维度也贯穿在狄更斯小说对英国监狱的描写之中。这是狄更斯笔下的监狱在整体上呈现出否定色彩的一个重要原因。然而，监狱是一种历史的存在，不仅仅只有道德的内涵。如果只从道德的角度去进行衡量，对监狱的认识就可能出现片面化，从而无法达到对于历史存在的全面认识。狄更斯对债务人监狱、贫民救济院的认识实际上都存在这个问题。这种单维度有时甚至会引起一些矛盾。如在自己的小说中，狄更斯一再反复地批判监狱中犯人们的非人道的生活。但在《大卫·科波菲尔》中，他又对犯人们生活得比普通民众还好表示愤慨。而仔细分析我们又可知道，使狄更斯愤怒的是享受这种生活的犯人是两个道德败坏者，而不是

---

① 钱锺书主编，王立诚编校：《郭嵩焘等使西记六种》，第321—322页。

犯人能够享受这种生活本身。① 这就必然产生这样一种矛盾：假如是两个道德上没有瑕疵的犯人，他们是否应该享受这种生活？这种矛盾必然会在一定程度上影响狄更斯批判的力度。福柯认为，一般民众同情犯人，但却没有谁觉得犯人应该比民众生活得更好。当囚犯的利益与民众的利益发生冲突时，民众一般倾向于维护自己的利益。1845 年 3 月，法国"印刷工人听说要在默伦监狱里建立一个印刷厂时，向大臣递交了一封信。信中说：'你是在受到法律公正惩罚的罪人与为了养家糊口和国家繁荣而省吃俭用、诚实劳作的公民之间做出了选择。'"② 显然，与狄更斯的道德批判相比，福柯的论述更侧重历史的维度。

（三）

我们指出狄更斯对于英国监狱的批判是从道德的角度进行的，而且这种批判具有单维的特点，这种特点影响了他对监狱这一历史存在的全面认识，在一定程度削弱了他的批判的力度。但这并不意味着狄更斯对监狱的道德批判是没有价值的。众所周知，由于英国资本主义的相对民主性，19世纪英国作家中出现了一批以狄更斯为首的人道主义者和道德批判家。他们从人道、道德的角度对英国社会各个阴暗面进行了全面猛烈的揭露与批判，并且导致了某些方面的改革。从这个角度看，他们不仅是社会黑暗的批判者，而且是社会进步的推动者。而在其中，狄更斯的批判又是最全面最深刻的之一。

狄更斯对监狱的道德批判给我们提供了许多值得思考的问题。

首先，是历史评价与道德评价的关系问题。历史以社会的发展为目标，道德以社会的和谐为目标，两者并不是一致的。因此，历史与道德，两者各有自己的评价标准。一个事物，既可以从历史的角度进行评价，也可以从道德的角度进行评价，两种评价都是有价值的，但也都有自己的片面性。我们既不能以历史的片面性来否定道德的片面性，也不能以道德的片面性来否定历史的片面性。然而，两者的辩证结合又不是一件容易的事情。对于文学创作来说，也并非一定必需。作家可以根据自己的构思选择历史或

---

① 狄更斯：《大卫·科波菲尔》，张若谷译，第 1238—1239 页。
② 参见福柯《规训与惩罚》，刘北成、杨远婴译，第 271 页。

道德的角度。在这种情况下，确定他们的单维批判的价值的标准便只可能有两个，一是他们的批判在其维度本身的范围内是否全面正确深刻，一是他们的批判是否完全忽视了另一维度。狄更斯对监狱的道德批判本身是全面而深刻的，而且这种批判虽然具有单维度的特点，但并非没有意识到监狱的历史维度。在这个意义上，我们说，狄更斯的批判是成功的。

　　其次，是历史的进步与道德的进步之间关系的问题。从总体上看，历史的进步总会带来或促进道德的进步。但是，两者之间也不是一对一成正比例的关系。这有两个方面的原因。其一，是在某些局部或某些层次，历史的进步与道德的进步之间有一种脱节的现象，某些能够促进历史发展的措施甚至可能带来道德的退步。比如，有些新药如果不经过动物试验阶段，直接在人体上做试验，可能会大大缩短试制的时间，加快成功的过程。但是这样做的结果，肯定会导致道德的沦丧。而一旦对个体生命的不尊重形成风气，任何科技的进步和通过这种进步所导致的社会的发展都是没有意义的。其二，道德作为一种调整人际关系、规范人们行为的准则，是为自己的时代、社会所决定，为自己的时代、社会服务的。因此，不同的时代、社会对道德的要求是不同的，道德的内涵与规定性也有区别，因此某些内容具有不可比性。比如，农耕社会重视空间位置，强调邻里关系，"远亲不如近邻"；而现代社会重视的则是结构关系，人们之间的关系由人们在社会结构中所处的位置决定，邻里关系的重要性大大下降。这两者之间就存在一种不可比性。我们不能以现代社会中人与人之间的结构关系去否定农耕社会的空间关系，也不能以农耕社会的空间关系来否定现代社会的结构关系。我们甚至不能抽象地判断两种关系的好坏，而只能根据具体的时代与社会来进行判断。这样，历史的进步与道德的进步之间就存在着许多复杂的不确定因素，由此形成两者之间的张力。狄更斯的道德批判未能很好地利用这两者之间的张力，这是他的道德批判的一个不足。但是另一方面，他从道德的角度审视历史，看到了许多单从历史的角度看不到的东西，这又是他的道德批判的深刻性所在。

　　再次，是在历史上处于前列的社会存在的道德完美的问题。人类社会总是一个阶段一个阶段地向前发展的。从生产力及与此相关的社会物质文明的发展来说，总是后一个阶段优于前一个阶段，在发展的过程中处于前列的社会存在优于处于后面的。但从道德的角度来看却不一定绝对如此。因为道德调整的是人的行为和人与人之间的关系，任何社会存在，只要涉及人，就存在道德的问题，不管它处于什么样的发展阶段。狄更斯的道德批判启示我们，即便在历史的发展过程中处于前列的社会存在，从道德的角度看也不可能是十全十美的，作家应该对其保持批判的态度，而不能对其顶礼膜拜。

三　狄更斯与晚清中国四外交官笔下的英国监狱的比较

有比较才有鉴别。如果给狄更斯小说中的监狱引入一个参照系，那么我们对于它的认识将会更加的准确、深刻。

这个参照系我们选择了 1998 年三联书店出版的以钱锺书为主编，朱维铮为执行主编的《中国近代学术名著》丛书中的一册——《郭嵩焘等使西记六种》（王立诚编校）。其中收辑了郭嵩焘、刘锡鸿、薛福成和宋育仁四人使西期间的六种日记或笔记。朱维铮在《导言》中举出了三个理由，说明为什么将这四人的作品合为一集："第一，他们首先都是驻英外交官，所记也都以在英伦的见闻为主……第二，他们在英国的时间虽有先后，但活动范围和观察对象大致相同，而且都不通任何一种西方语言，就是说见闻所受主观限制相同。第三，他们都属于晚清'正途'出身的汉族士大夫……显然都属于如后来张之洞所说'在海外不忘国，见异俗不忘亲，多智巧不忘圣'的那种'知本'人物。"① 而四人在英伦时本着考察、学习的态度，对于英国的监狱及其制度都给予了高度的关注，并做了比较详细的记载。这就给我们对他们和狄更斯笔下的监狱进行比较研究提供了有利的条件。

（一）

就《郭嵩焘等使西记六种》看，四人中，郭嵩焘参观监狱的次数是最

---

① 钱锺书主编，王立诚编校：《郭嵩焘等使西记六种》，第 4 页。本节凡出自该书的引文，均直接在文后标出页码。

多的，而且记载最为详细。在郭嵩焘的记载中，最重要的是在香港和伦敦的两次参观。两次的记载大体一致，以在伦敦参观敦威拉监狱更为详细：

　　这里收系犯人 1165 人，"凡屋四区，上下五层，其下一层为黑狱。梗法不听约束者闭之黑狱中，减其食。自平地起为四层，如花瓣四出，每区左右得屋七十二间。"第一层织布，第二层织毯，第三层制造皮鞋，钉、钻、绳、板之属毕具，第四层析棕与毛分之，以供制毯之用。"每层置一狱吏监之"。

　　"自工具外，屋各一床、一被、一毯、一几、一案。……黎明起……盥洗毕，就工。辰正饭，赴礼堂诵经。复就工，未初饭。"饭后可散步一小时，"以宣导其郁气……复入就工，至夜复饭。日三饭，就工以六时为率。再后隙地右为圆屋一区，铁栅环之，筑墙为甬道，约甬道十余。凶强不服约束，则令食后逞步其中，而狱吏坐圆屋中监之。"

　　"中为数厂"，一铁厂，一白铁器具厂，一木厂。做工的均为犯人。"盖凡入监，必考知其工艺，分厂充役。其无艺者，就其心力所能为，课使习之。制布、制毯及诸工作，入狱后学习，十常逾九。又有洗衣厂，犯人衣服分区记数，洗而烘之叠之，皆分派供役，亦有吏监之。"

　　"左为病馆，医士一人经理，每房一人。衾被之属皆温洁。病重者置之楼上，亦每房一人。其一大厅，设卧榻十，则以处病重不能生者。"

　　"四区最下一层，中为厨房"，有伙房、有洗涤房、有锅炉房。皆犯人自己操作。"犯人三饭皆面食。早佐以阿非茶。午为正餐：肉一方，汤一盂，番薯五枚。晚佐以小面粥。……每房一间，皆设响铃，以备犯人或有急传唤。而响铃分区记数，每房门旁悬一牌，编列字号，铃响则牌自张，即知某房传唤。精妙微至，一至于此。"

　　"主监官居前楹，右旁为礼拜堂。犯人日一诵经，礼拜日则再诵。以耶稣立教，专示改过，务使犯人领解此义。……前设浴堂，犯人始至，先就堂澡浴，更换衣服（衣裤棕色，即以所制毯为之，可以一望而别，知其为犯人也），其故衣服并发回其家。"

"其械具别置一屋，枪刀罗列，云防犯人或谋聚逞，即用以击之。有九尾鞭，用绳为之，凡九。犯人有殴辱所管狱官者，鞭之，鞭辄皮裂；非是，不轻用刑也。前槛上设望楼，四区屋道毕见，以凭瞭望，自第四层起凡百余级乃上达。询知监牢一切工作皆犯人为之，亦一奇也。观其区处犯人，仁至义尽，勤施不倦，而议政院犹时寻思其得失，有所规正，此其规模气象，固宏远矣。（……一监中狱吏数十人，询其职，当兵逾十年，诚实知事理，选充狱吏）"（第87—89页）

四人中，刘锡鸿为郭嵩焘使英之副使，也是郭嵩焘的对头。他不满郭氏过于倾向西方而忘中华根本，也由于个人的利益，常向清廷告密。郭嵩焘后来受到清廷惩处，与他大有关系。但他对于英国监狱的肯定却似不在郭氏之下：

"英制之待罪囚，如此其优，人犹不堪，至有坠楼求死之事。盖拘苦为素所未经，则役作辛劳，已不如家居之优游自适，不在乎重以惩之也。夫斗狠由于悍戾，为盗迫于饥寒，其人未尝不知法而自禁。然忿之所起，贫之所逼，当时实无如何。不驯其勃发之气，不予以谋生之技，则虽严刑示惩，卒难免再蹈于后。英人知此，故立为规教以约之，制为役限以课之，调适其身体，使不至以颓弱而自废。然后其出狱也，可以忍性，可以效功，可以耐劳，不复为斗殴盗贼之行。伦敦百姓，类皆安静勤奋，有由然矣。又闻有侯士呵佛哥勒格神者，译言改过房也。童子孤贫，无父兄之教，或父兄实不能教，致陷匪彝者，官中勾摄至其地，饮食驯诲之，莅以师傅，慈以保姆，俟其成人，学艺既足，然后放归。英之育成人材，用心为良苦矣！"（第247—248页）

然"英人狱制之善，余虑其有所饰以美观也。二十三日，偕博郎出门，突至其他禁犯之所觇之，饲养、督教无异，房室之洁亦无异。该处禁犯一千八百人，据司狱云：每人工作所成毯布器物，均鬻诸外。获价至百息零，则给其人五息零，余充公。岁入货价，足敷狱所一切支应，或且赢焉。在狱者，禁不得言语，犯则减其食一次，通国例式

也，此则曩赴奔敦维辣时所未询及。"（第 263 页）

就《使西记六种》看，四人中见识颇高、最敢发议论的薛福成关于英国监狱的记载却最少，但仍记述了他对一家"贫孩院"（孤儿院）的访问。在详细地对贫孩院的各个方面做了介绍之后，薛福成指出，"法生于义。中律尚理，西律原情。尚理则恐失理，故不免用刑；原情则唯求通情，故不敢用刑。然理可遁饰，情难弥缝。故中律似严而实宽，西律似宽而实严，亦各行其是而已"。（第 327 页）

宋育仁的记载与郭嵩焘有点类似，比较详细，但更注重拘留这一环节：

> "英伦大狱四所，往观其一，为未定罪犯颂系处。巡捕逮捕人犯至，集于一所，各置一室。扃户，通言于牖。胥一人，询其姓名、里居、年岁，书之于牍。引至浴所，令先解衣，胥一人审其形状、身材，及身手刺花纹部位、式样，楬之于牍，以验有无再犯。要囚则照影留像，以防逃匿。斠竟，入就浴，留其衣襦，易以狱中所备衣襦，如常式。"狱室整齐、干净，里面"置书三册：一耶稣经，一《旧约》诗歌，一异闻小说。令犯肆习修省"。被捕之后，马上审讯，"小犯二三日定狱，迟无过七日；重犯四十日定谳，迟无过两月。有医师一人司治囚病，药物必齐"。狱中有律师。"狱官如有苛待罪犯、尅减饮食[二]节，狱囚得赴律师，书所欲告达于按察。按察司临狱，问之事实，狱官必咎。"狱中还有囚病死所。放置病死囚犯。有礼拜堂，"坐狱者非病必至。教师为宣讲，令改过自新"。（第 355—356 页）

对比当时中国的监狱，宋育仁不禁大为感慨："中国之政弊，莫狱为甚。文告既繁，相遁以伪。大讼至系至数年不决，小讼则一听官吏以意为轻重。听断无时。不肖之吏，恃刑求狱，动加桎梏；捕役狱卒，皆藉敲剥为生，相倚为奸，而狱官不诘。民未定罪，先受非法刑求，及入狱门，又有狱吏之私刑拷掠。观于外域之狱政，益恍然其中国迁流之失，大远于先王明刑弼教之心。"从此出发，宋育仁指出，"中国之教，本在人伦……故中国之律，虽百变而不离宗，以伦常为大例。外国之教，本在不夺人之权利，亦屡改而不易其初，以权利为大例。其教则陋于中夏，而其以刑弼教之用，则深合于先王除苛解娆，不以禁暴安人者害人，固当取鉴，以自悟中国今日之非"。（第 356—358 页）

（二）

四位出使英国的晚清外交官，虽然都是张之洞所说的"知本"之人，但其思想、观点，甚至品行并不一致。其中，郭嵩焘是学者型的政治家，他不满意于汉学与理学，而主张全面学习西方："窃以为方今治国之要，其应行者多端，而莫急于仿照西法，以立富强之基。""虽使尧舜生于今日，必急取泰西之法推而行之，不能一日缓也。"① 其主张之坚决，要求之迫切，由此可见一斑。而刘鸿锡出身低微，当了出使英国的副钦差大臣之后，似有"小人得志"之嫌，常向清廷密告正使郭嵩焘言行中不合法度之处，以换取自己的升迁。刘氏思想上保守，道学家气味较浓。四人中，薛福成是干练的洋务派，思想敏锐，而且敢发议论，具有"西学中源"的思想。他强调效法西人，认为时代变了，法也不得不变。在他看来，西法西学"乃天地间公共之道，非西人所得而私"，而且这些东西，中国古代圣人的学说中早就有了，西人不过是"因中国圣人之制作而踵事增华"。这样，中国人学习西法西学，不仅不必踌躇，而且简直就是名正言顺，因为这不过是把老祖宗的东西重新拿回来加以继承。与薛福成一样，宋育仁也具有"西学中源"的思想，而且比薛福成更为虔诚。如果说薛氏提倡西学中源还有策略上的原因，那么，宋氏则基本上是相信西学中源说的。他以经义为尺度进行中西比较，一方面认为中国的体制的确不如西方体制，一方面又认为向西方学习，不过是复兴中国早已失落的名教传统而已。② 因此，他在赞赏英国的监狱制度的同时，又认为它"深合于先王除苛解娆，不以禁暴安人者害人"的原则，根源还是来自中国。

但是，尽管有以上分歧，四人在对英国监狱本身的看法上却惊人的一致。

---

① 郭嵩焘：《养知书屋文集》卷 28，光绪十八年刊本，转引自《郭嵩焘等使西记六种》"导言"，第 27 页。

② 参见《郭嵩焘等使西记六种》"导言"第 7 节。

其一，他们都认为英国监狱以人为本，尊重犯人的基本权利，满足犯人的基本需求。"英制之待罪囚，如此其优"。他们笔下的英国监狱，设施齐备，整洁，基本的生活必需品齐全。犯人伙食较好，早餐有咖啡（阿非茶），中餐有肉有汤，晚餐有稀饭。监狱有澡堂，犯人可洗澡。有医生，给犯人看病。有囚病死所，放置病死囚犯。有教堂，犯人可以做礼拜，得到精神上的慰藉。尤其重要的是，监狱中有一套申诉机制，以保证犯人不受虐待，受到虐待之后有地方申诉，有关部门受理之后，"按察司临狱，问之事实，狱官必咎"。有了这道关口，囚犯们的权益便得到了根本的保证。

其二，他们一致赞赏英国监狱体制的合理。这表现在几个方面。首先，英国监狱有一套完整的制度。犯人从被捕、审讯、宣判，到服刑、释放，都有一套完整的程序和规定，大家有法可依，操作起来也就容易做到有条不紊。其次，英国监狱体制既考虑到了监狱管理的需要，也考虑到了囚犯们的应有权利。如监狱的设施，既便于监管，也保证了犯人的基本生活需要。在囚犯的管理上，监狱有着绝对的权威。但另一方面，制度也为犯人设定了申诉的渠道，保证了犯人应有的权利。再次，监狱的各项制度得到了较好的执行。不仅犯人，狱方也能够严格遵守。刘锡鸿辑录英人马格理的谈话，说明英人能够守法的原因。第一是英国法虽简"而必行之，历久不易"；第二是英国"犯法之官，永不录用，亦不使有谋食之他途，故皆谨守其度以为治"，老百姓也因此畏官；第三是在英国，"犯法之民，凡官皆可斥治，若以非职而置度外，则人转訾其惰"。刘锡鸿听后，"相对默然久之"（第231页）。自然，马格理所说，不一定是英国人守法的全部甚至主要原因，但刘锡鸿的辑录却说明当时出使英国的这些外交官的确认为英人是守法的。

其三，管理得当。从四位外交官的有关记述中，我们可以看出，他们对于英国监狱的管理是十分赞赏的。郭嵩焘参观的香港、伦敦的监狱，犯人的饮食起居，工作学习，都有一定之规。狱方管理，井井有条。从犯人入狱时的登记，到平时的监视、劳动的安排，都有专人负责，有条不紊。监狱管理人员都经过挑选，"当兵逾十年，诚实知事理"，才能"选充狱吏"。而犯人一方，虽然大都是社会上的顽劣分子，但入狱之后，则大都能服从管教，遵守狱规。郭嵩焘在狱吏的导引下"遍游各监牢及运石及铁球处，有至百余人布列一处者，举手示之，皆趋就行列，或至三列，立处截然齐一，皆举手额角以为礼。即禁锢室中，启外牢门扬声喝之，皆起立，当门垂手外向，节度整齐可观"（第 6—7 页）。即使是"贫孩院"的孩子，虽然还只有几岁，但演唱时，也都"调皆一律，虽甚幼稚而意象严肃，无有敢跛倚哗笑者"。而更令晚清外交家们拍案惊奇的是，狱中的工作，从做饭到修建监视犯人的"望楼"，都由犯人自己承担。显然，没有良好的组织与管理，这是不可能的。

　　其四，是监狱的效果，四位外交官明显是持肯定态度的。福柯认为，任何惩罚制度"最终涉及的总是肉体，即肉体及其力量、它们的可利用性和可驯服性、对它们的安排和征服"。[1] 监狱的目的从来都不仅仅是惩罚，它还必须改造，把犯人变成良善的能够参与社会建设的公民，至少变成对社会无害的人。在郭嵩焘们的眼里，英国监狱是达到了这一目的的。薛福成写道，英国以前实行的也是严刑峻法，但效果不佳。"西历一千七百五十年，法益苛而民益顽，议院乃议尽改旧法，减省刑罚。"罪犯"又得延状师申辩，无威吓逼勒之虞，无搒掠银铛之苦，虽犯罪不得相屈辱。牢狱亦亢爽洁净，不致酿为疫疬，且设学堂、书库、医院、庖厨于其中。……行之不过五六十年，而顽梗潜消，民多知耻。其收效之捷有如此者。"（第 327 页）刘锡鸿也赞扬英人对于犯罪之人，"立为规教以约之，制为役限以课之，调适其身体，使不至以颓弱而自废。然后其出狱也，可以忍性，可以效功，可以耐劳，不复为斗殴盗贼之行。伦敦百姓，类皆安静勤奋，有由然矣"。即使"贫孩院"的孩子，经过几年学习，也都能习成一艺，然后出院走入社会，自食其力。

　　总之，相对中国监狱，在晚清四外交官的眼里，英国的监狱可圈可点，是效仿的楷模。

（三）

　　而狄更斯小说中的监狱，恰恰与四位外交官笔下的监狱相反。

---

　　① 福柯：《规训与惩罚》，刘北成、杨远婴译，第 27 页。

　　首先，是监狱与犯人的关系。英国监狱对于犯人漠不关心，犯人应有的权利得不到任何保证。监狱只满足于把人关进来，至于这被关进来的人是否冤屈，则与它无关。对于监狱的管理人员来说，犯人不仅是他们管理的对象，而且也是他们谋利的工具。《奥列佛·退斯特》中的贫民习艺所，更是以摧残儿童为能事。管理人员千方百计节省开支，克扣儿童的伙食费，使习艺所的儿童一天到晚饥肠辘辘。有一天，奥列佛实在忍受不了饥饿的煎熬，大着胆子走向粥台，想要再添一点粥，竟受到严厉的惩罚，最后被赶出了习艺所。

　　其次，是英国监狱的体制。作为一个小说家，狄更斯没有系统地描写监狱的体制，但他却详细地描写了这种体制所造成的后果。在他的笔下，监狱虽然也关了一定的罪犯，但主要关的却是匹克威克、小杜丽、梅尼特之类的好人。自然，监狱里也有些规章制度，但从来没有认真执行过。在马夏尔西监狱，按照章程，到了某些规定的时候，"某个部里头就有人来走走过场，巡视巡视。至于他来巡视什么，不要说别人说不清，他自己也不明白。在那种真正称得上英国作风的时刻，即便当时牢房外面有走私犯待着，他们也装模作样，走进坚固的牢房和死胡同，而那个巡视员也装模作样，干他的巡视差事。一旦巡视员走过了场，事情也不了了之，他便大摇大摆又走出去了"。① 在狄更斯的笔下，监狱是一个黑暗的渊薮，那里法律不公，律师们玩弄条文，看守草菅人命，好人受气，坏人得意。这样的监狱，其体制不可能是好的。

　　再次，是监狱的管理。在《匹克威克外传》《小杜丽》《双城记》等作品中，狄更斯对监狱的肮脏、混乱、伙食低劣，监狱管理人员对囚犯的漠不关心、营私舞弊、中饱私囊等做了比较详细的描写。在《匹克威克外传》里，狄更斯利用匹克威克入狱的机会，对他所在的弗利特监狱予以特写。监狱肮脏、黑暗、拥挤、潮湿，犯人们由于长期的关押，失去了正常的身形与肤色。而监狱看守不去想法完善监狱的管理，而是想法从犯人身上谋利，将自己掌握的房子租给犯人，并公开违反狱规，偷卖烧酒。② 监狱管理的不善一方面是由于缺乏合理的规章制度或者虽有规章制度但没有得到严

---

① 狄更斯：《小杜丽》，金绍禹译，第 81 页。

② 狄更斯：《匹克威克外传》，蒋天佐译，上海文艺出版社 1961 年版，第 680—765 页。

格的遵守，另一方面也与看守人员的素质有着密切的关系。狄更斯小说中的监狱看守，不少是老弱病残，还有一些本来就是社会上的不良分子。这些人在成为看守前大多品行不良、道德有亏、谋生乏术，走投无路之后，便投身监狱，成为看守，监狱成为他们的栖身之地，衣食之源。这样的人来做监狱看守，监狱的管理可想而知。

最后，是监狱产生的效果。狄更斯笔下的监狱，虽然也有惩罚罪犯的一面，但这往往是次要的、象征性的，作者着力描写的，是监狱对犯人的摧残。这种摧残不仅是肉体上的，更是心灵上的。如《匹克威克外传》中那个小矮子，《小杜丽》中的杜丽先生。这些人出狱之后是无法再度融入社会的，实际上也是如此。而一些地地道道的恶人在监狱里却如鱼得水。如前文提及的《大卫·科波菲尔》中的希普和利提摩。而他们的内心，充满的则是仇恨与怨怒，渴望报复。①

这样的人出狱之后也必然再度成为社会的祸害。这样，狄更斯便通过正反两种囚犯形象，突出了监狱效果消极的一面。

（四）

对于同一对象，狄更斯与四位外交官的看法竟然如此不同，这是值得我们深思的。

狄更斯生于 1812 年，1870 年去世。四位外交官中，郭嵩焘与刘锡鸿到英国最早，但也已是 1876 年，这中间有个时间差。四位外交官看到的英国监狱与狄更斯时代的英国监狱有所不同，总体上有一定的改进，这是应该承认的。但这不是造成双方看法差异的主要原因。福柯指出：

> 通观 18 世纪，无论在司法机构外，无论在日常的刑罚实践中，还是在对现行制度的批判中，我们都会发现有一种关于惩罚权力运作的新策略。就其严格意义而言，无论是法学理论中提出的"改革"，还是各种方案中规划的"改革"，都是这种策略在政治上或在哲学上的体现，其首要目标是：使对非法活动的惩罚和镇压变成一种有规则的功

---

① 狄更斯：《大卫·科波菲尔》，张若谷译，第 1238—1243 页。

能，与社会同步发展；不是要惩罚得更少些，而是要惩罚得更有效些；或许应减轻惩罚的严酷性，但目的在于使惩罚更具有普遍性和必要性；使惩罚的权力更深地嵌入社会本身。[①]

这说明，欧洲监狱的现代化进程从 18 世纪就开始了。福柯的论述虽然主要以法国的史实为依据，但由于英国工业革命早于法国，因此，监狱现代化的进程至少不会晚于法国。这也就意味着，狄更斯时代的英国监狱与四位外交官看到的英国监狱，两者之间的差异只是一种渐进发展的结果，而不可能有质的突变。

既然监狱本身的变化不可能使双方的看法产生如此大的差异，我们就必须将目光投向别的方面。

首先吸引我们注意的是双方不同的主体因素与出发点。四位外交官是抱着赞赏与学习的态度来考察英国监狱的。自从 1840 年英国用炮艇打开了中国的大门之后，西方在军事、经济、政治、思想、文化乃至习俗等方面的优势逐渐为国人所认识。清代有识的知识分子及部分官吏逐渐认识到，要改变这种状况，重振中华雄风，就必须向西方学习。四位外交官正是在这种氛围中成长起来的，同时也是这种氛围的制造者，对西方的一切他们都抱着一种积极学习的态度。这是一方面。另一方面，四位外交官对国内体制、文化以及统治阶层的保守都程度不同地有所不满，希望借用西方的榜样来促进国内的改革——当然也包括法律体制的改革。这决定了他们必然从积极的方面来观察英国的监狱。不但易于、善于发现英国监狱的亮点，而且将英国监狱中一些负面的东西也从正面做了理解。比如，英国监狱有鞭刑，有刑具，有在犯人颈上刺记号的做法，有对于犯人进行惩罚的各种措施，如"减其食"、单独监禁、"运石及铁球"、转铁轴等，但四人都各自从正面角度加以解释。如郭嵩焘认为，狱方惩罚犯人在囚室转铁轴，是为了"劳其筋骨，导其血脉，使不至积郁生病"；而对一些强徒，在其颈上刺"0"做标记，逐出香港，也是为了香港的安定，"罚当其罪"（第 8页）。

---

① 福柯：《规训与惩罚》，刘北成、杨远婴译，第 91 页。

　　此外，我们还需注意，四人是以外交官的身份来到英国的，而且都不懂英语和其他西方语言，因而他们看到的英国监狱，更多是其外表的、形式方面的、能够供人参观的东西，而对其内在的，不深入调查、不深入监狱内部就无法知道的东西，他们并不一定有机会了解。这就必然造成他们与英国监狱之间的隔膜，但他们并没有自觉到这一点，因此，他们也就不可避免地会把自己看到的当作英国监狱的真相甚至全部真相，从而在判断上产生某种程度的误差。这是一方面。另一方面，四位外交官除刘锡鸿出身社会底层，其他三人都出身于社会中上阶层，四人都是读书人出身，长期周旋于中国官场，是典型的中国士大夫的思想与心态。以这样一种身份、思想与心态参观英国监狱，他们自然很难设身处地，进行换位思考，而是从自己的主观出发，采取"六经注我"的方法，解释所看到的现象，这样就难免产生误差。如郭嵩焘在香港参观监狱，"有至百余人布列一处者，举手示之，皆趋就行列，或至三列，立处截然齐一，皆举手额角以为礼。即禁锢室中，启外牢门扬声喝之，皆起立，当门垂手外向"。这其实是当时英国监狱的狱规，但郭氏不知这一点，大赞"节度整齐可观"，留下了深刻印象（第8页）。有学者把他们称作"好人"，认为他们对于当时英国社会及其制度、文化等不够了解，而从良好的主观想象出发，来解释自己的所见所闻，因而难免天真之处。[1]

　　狄更斯则不同。作为一个伟大的人道主义者，狄更斯不仅对社会底层有着深厚的同情，而且他自己就出身于社会底层，他的父亲曾因欠债进过债务人监狱，他自己也随着家庭，在监狱生活过一段时间。成名之后，他也常常造访监狱。因此，狄更斯对英国监狱的了解远远超过中国的四位外交官。狄更斯采取的是一种批判的态度，虽然他对英国监狱也有肯定的描写，但更多的则是否定。由于了解甚悉，狄更斯对于英国监狱的内幕、本质与真相当然更为清楚，而批判的态度也使他更倾向于将其消极的一面揭示出来。这样，狄更斯小说中的英国监狱与四位外交官笔下的同一对象自然会有天壤之别。

　　更重要的是，四位外交官考察英国监狱的出发点是历史现实——有着

---

　　[1]　参见许章润《清末对于西方狱制的接触和研究——一项法的历史与文化考察》，《南京大学法律评论》1995年秋季号。

"先进"与"落后"之分，而他们的参照系又是中国监狱及其制度，相比之下，英国的监狱自然是学习的楷模。而狄更斯观察英国监狱的出发点是人道主义与道德。道德总是只有相对的完善，而不可能达到绝对完善的程度。而监狱无论怎样完善，从人道与道德的角度看，也不可能令人完全满意。这是由它的性质所决定的。这样，狄更斯看到的，自然大多是阴暗的一面。

应该指出的是，狄更斯小说中的监狱也不是英国监狱的全部真相。为了达到批判的目的，狄更斯对英国监狱消极一面的描写是夸大了的。如他小说中对于监狱看守的负面描写，其中就有夸大的成分。也许，只有把双方的描述综合起来，才有可能接近 19 世纪英国监狱的真相。

如果换个角度思考，狄更斯与四位外交官笔下英国监狱的不同就不仅仅是个人主体的因素，这里还有民族与文化的原因。中华民族有着辉煌的文明，但在近代却落在了英国等西方国家的后面。对于郭嵩焘等清朝政府中的改革派来说，英国的确是他们心中的楷模。尽管除了郭嵩焘之外，其他三人或多或少都流露出了"西学中源"的思想，认为西方当时的思想与做法都是中国古代圣人学说与思想的合理延伸与发展。但是在他们看来，圣人的学说与思想在中国已经失传或歪曲了，本真的圣人思想只有到西方的理论与实践中去寻找——虽然他们用的是"深合于先王除苛解娆，不以禁暴安人者害人""吾不意古圣先王慈幼之道、保赤之经，乃于海外遇之也"之类的话。因此，他们在英国的游历，某种程度上是怀着一种膜拜的态度的。这种态度使他们在一定程度上丧失了反思与批判的精神，在监狱这种具体的体制与设施方面更是如此。这决定了他们只可能从正面的角度观察与理解英国的监狱。从这个角度看，"外国的月亮比中国的圆"，不一定是崇洋媚外的表现，而是弱势民族中思想敏感者可能陷入的一种陷阱。

从文化的角度看，到四位外交官生活的清代为止，中国文化有两个特点，一是中央集权下的官本位制，一是儒家思想居于统治地位。官本位制强调等级，等级越下的待遇越差，也越没有权利。囚犯在社会的最底层，地位在"草民"之下，其境遇可想而知。儒家虽有"仁者爱人""民贵君轻"的思想，但在社会运转中起作用的主要还是"君君臣臣父父子子"

"克己复礼""名正言顺"等强调等级秩序的思想。"仁者"虽要"爱人"，但这是从"仁者"的品德、修养等角度谈的，而不是从"人"也即民众本身的权利的角度谈的。处于高位的"仁者"如果不"爱人"，"人"还是得按照"君君臣臣父父子子"的秩序服从"仁者"的统治。两个方面的合力造成了中国监狱的黑暗，囚犯权益的毫无保障。习惯了这种现状的郭嵩焘们来到英国，看到英国的囚犯们相对而言要好一些的生活，看到囚犯们的权益在制度层面上能够得到一定的保障，自然会在一定程度上产生"人间天堂"的想法，从而对英国监狱进行肯定。

而狄更斯则不同。狄更斯生活的英国是当时世界上最强大，也自视最高的国家，民族的主要任务不是向外国学习，而是自我的提升与完善。这使英国人具有很强的自信心。这种自信心导致了他们的反思精神。像狄更斯这样的社会精英更是如此。在他的《游美札记》中我们可以看见，狄更斯对任何事情都有自己的看法，或肯定，或否定，或赞扬，或批判，从来没有迟疑或模棱两可的地方。本着这种自信心与反思精神来看英国监狱，狄更斯当然不可能只看到积极的方面或者只从积极的方面来解释自己所看到的一切。从文化的角度看，欧洲文化受古希腊、罗马文化的影响很大，而古希腊、罗马文化洋溢着一种对人（自由民）的尊重的精神。就英国本身的历史看，早在 1215 年，国王就被迫与贵族签署了"大宪章"，承认了贵族与自由民的权利。1265 年，国会的雏形形成，并且逐渐发展成为国家的权力机构。到了狄更斯生活的 19 世纪，广大民众特别是拥有一定财产的市民阶层已经具有较大的权利，在下议院有了自己的代表，个人的权利得到社会的承认。而自文艺复兴时期兴起的人道主义思想更是强调人与人之间的平等。在这样的背景下，在 19 世纪的英国，个人的权利得到承认，即使成为囚犯，其应有的权利也不应被剥夺。因此，对于狄更斯来说，英国监狱对于犯人应有权益的保护是一种理所当然的事情，他关心的是这种保护够不够，是否落到了实处，犯人还有哪些应有的权益没有得到保护。而在他看来，监狱在这方面还做得很不够，这决定了他对英国监狱的批判态度。

马克思指出："人们自己创造自己的历史，但是他们并不是随心所欲地创造，并不是在他们自己选定的条件下创造，而是在直接碰到的，既定的、从过去承继下来的条件下创造。"① 在个人的主观因素后面隐藏着民族与文化的因素，任何人都跳不出他所生活的社会与时代。这一点，可能是狄更斯与四位外交官自己也没有想到的。

① 马克思：《路易·波拿巴的雾月十八日》，《马克思恩格斯选集》第 1 卷，人民出版社 1972 年版，第 603 页。

第 二 编

对现代化进程中诸多问题的批判

第一章

悔 悟 激 情

——重读《弗兰肯斯坦》

英国作家玛丽·雪莱（Mary Shelley）的名作《弗兰肯斯坦》（*Franken-stein*）（1818），由于涉及"人造人"的内容，一向被认为属于批判"滥用科学"的经典科幻小说，自问世以来，它一直是世界科幻作家们推崇甚至模仿的对象，也成了我们"诠释人与技术间关系的一个全面的框架"。[①] 然而，小说刻画的不只是人类与科技进步间存在冲突这一"不朽"的主题，展现的也不仅仅是技术层面上的"滥用科学"及其后果，更重要的是它还表现了隐藏在其背后深层的个人以及时代的心理和意识形态。具体地说，它是借 19 世纪初科学技术空前发展的"现代"社会语境，揭示资产阶级个人主义价值观下，人类无所顾忌、狂妄地自我奋斗的丑态及其对社会构成的巨大危害。作家十分自觉地将哥特式风格融于这部科幻作品，深刻而前瞻性地反思了现代化进程中个人追求与社会道德、传统价值观之间存在的尖锐矛盾，"丰富地表现了当时文学和情感的氛围"[②]。也许正是小说所蕴含的丰富的人性关怀和超前的社会"忧患意识"，在"后现代"的今天，它仍是英美文化中的一个热点。我们重读这本经典名著，依然具有振聋发聩、匡正人心的现实意义。

---

① Jon Turney, *Frankenstein's Footsteps*, Yale University Press, 1998, p. 2.

② Diane Johnson, "Introduction" to *Frankenstein*, Bantam Books, 1991, p. x.

一

《弗兰肯斯坦》包含丰富的道德寓意，其形式和内容都显示了这一点。就形式而言，传统书信体的框架将三个叙述者层层内嵌的"自白"统一起来，从作为表层结构的探险家沃尔顿给姐姐的信，引出他在航海途中的所见所闻——科学家维克多·弗兰肯斯坦向"我"（沃尔顿）追述他悲剧性的科学探索历程，再由此引出他的科学实验作品——怪物的一番告白。多层次的叙述，螺旋般向内延伸，隐喻了沃尔顿的北极探险，实质上是人类心灵世界的探索之旅，或者说是对"人性责任和现在称为科学的知识体系的一种道德上的探索"①。

当然，它的道德内涵更明显地体现在作品的内容上——主要是主人公弗兰肯斯坦对自己悲剧人生的悔悟。他以无比痛切的语气追忆自己狂热的自我追求和由此带来的灾难，现身说法，告诫他的"听众"沃尔顿放纵个人激情、贪求知识和个人成功是极其危险的，教导他为人处世必须宁静平和，并履行好自己对家庭和社会应尽的责任和义务。总之，从形式到内容，小说分明是对有关人性、德行等"个人"问题展开的一番审视和检讨，因此，它所体现的"道德倾向"也决非仅如作者的丈夫、当红浪漫主义诗人珀西·雪莱（Percy B. Shelley）在小说前言里所提到的："……仅限于避免当下小说的软弱无力……想表现家庭情感的温和可亲和普通美德的高尚卓越"②。（笔者怀疑大诗人是否真正认真阅读，那样的评判未免失之片面。）

我们知道，在18世纪的英国，有关"个人"的观念，比如现代个人主义，是"变化了的历史境遇中出现的新思想"③，代表了当时新兴资产阶级的理想。然而，在这之前的欧洲，个人主义一直是被诟病甚至惩戒的对象，不少文学作品就形象地传达了这样的"信息"：例如被伊安·瓦特（Ian Watt）称作"西方文明的四部个人主义神话"中的其中三部——《浮士德》

---

①　安德鲁·桑德斯：《牛津简明英国文学史》，谷启楠、韩加明、高万隆译，人民文学出版社2000年版，第505页。

②　Mary Shelley, *Frankenstein*, Bantam Books（reissue edition, 1991），Preface, p. xxviii.

③　黄梅：《推敲"自我"：小说在18世纪的英国》，三联书店2003年版，第7页。

《堂吉诃德》《唐·璜》——均写到了主人公们类似的命运遭际，那就是，他们大胆的个人主义追求"在政治和意识形态上与反宗教改革势力冲突"①，结果成了传统权威的牺牲品或殉道士。只有第四部"神话"的主人公鲁滨孙·克鲁索"生逢其时"，他的自我奋斗精神与18世纪新兴资产阶级的理想不谋而合而"有幸"成为"第一个现代个人主义神话的代表"②。而到19世纪浪漫主义时期，崇尚自由、解放、自我进取的个人主义思想更作为一种"正面"和"积极"的品质受到广泛推崇。曾惨遭"镇压"的三位个人主义者在新的"语境"下不仅"重获新生"，甚至还成了不少西方人心目中的偶像。对于当时这种意识形态的转变，在浪漫主义思潮中"应运而生"的《弗兰肯斯坦》却"反戈一击"，做出了深刻的质疑和反思。

通读《弗兰肯斯坦》，我们首先注意到作者使用频率极高的一个词"激情"（passion）或它的同义词"冲动"（impulse/drive），无论是沃尔顿的北极探险，中心人物弗兰肯斯坦的科学研究，还是怪物对其创造主的穷追不舍，他们的行为无不受一种超常激情的驱使。激情是什么？根据《牛津英语词典》（*Oxford English Dictionary*），这个词源为拉丁文 passio 的词，原指病理学上的"疾患""病痛"，后逐渐演变成现代的词义："受外界强烈刺激和影响，人表现出的某种强烈的、难以抑制的欲望或情绪。"无论是生理还是心理的，也无论是字面还是比喻意义上的，词源中"疾患""病痛"的本义有助于我们理解它为什么在18世纪的英国被当作"一个需要医治的疾病"、一个"日常行为的道德问题"（ethical issues of behavior in daily life）③。在一本题为《激情教义，释义及改善》（*Doctrine of the Passions，Explained and Improved*）的"行为指南"书（conduct books）中，作者伊萨克·瓦茨（Issac Watts）牧师这样描述"激情"：它们"在适当的控制下，有助于实现人生有价值的目的"，但是，假如"对之不加管束，放任自流，或若滥用，或用之不当，那么它们就成为各种灾祸的源头"。他指出，"那

---

① Ian Watt, *Myth of Modern Individualism：Faust，Don Quixote，Don Juan，Robinson Crusoe*, Cambridge，1996，p. x.

② 参见 Ian Watt, *Myth of Modern Individualism：Faust，Don Quixote，Don Juan，Robinson Crusoe*, p. xi.

③ 参见 Geoffrey Sill, *The Cure of the Passion and the Origins of the English Novel*，Cambridge University Press，2001，pp. 8 – 10.

些放任自流的激情会打破人类社会的一切约束和安宁，并使人类社会变成野兽部落，或使世界成为一个野兽的荒原"。反之，"如果这些自然的巨大能量服从理性的管制"，那么它们将"使我们获得安逸和幸福，并将使我们的友邻也同享福祉"。① 瓦茨没能在书中对"激情"的确切含义和它在人体内的具体"运作"作出明确的界定和描述，但从他含糊的论述中，我们看到激情是一把双刃剑，它既可以带来福利，也可以招致灾祸。由于其潜在的病态对个人和社会的肌体与心智构成的威胁，预防和管理激情的使命不光是神学家、哲学家和医生们的事，还成了有使命感的小说家们"推敲"的对象。玛丽·雪莱显然直面这个主题，试图以一出惊心动魄的人生悲剧为我们提供一部个人主义激情失控的反面教材，达到警示世人管理激情的目的。

在弗兰肯斯坦的自白里，他始终把那害己又害人的激情称作"恶魔"，忏悔自己当年麻痹大意、对它放任自流，最后非但没有实现人生抱负，反而导致可怕的灾难。让我们看看这个"病魔"是如何侵入弗兰肯斯坦的身心，一步步将他吞噬的。首先，他的家庭背景以及个人气质多少显示了这种危险的倾向。他出生在日内瓦的名门望族，祖宗几代人都是共和国的功臣，父亲"几乎把自己的青春岁月都献给了国家的繁琐事务"②，将近晚年才娶妻生子，维克多·弗兰肯斯坦明显"遗传"了父辈们的事业心，自幼就有"远大的抱负，向往着伟大崇高的事业"（第 187 页）。在性格上，他自述"落落寡合"，"有时脾气暴躁冲动"；从小专"以探索世界本源为乐"，对自然科学有超乎寻常的"好奇心"和"求知欲"（在 18 世纪，"好奇心"和"求知欲"是"激情"的代名词）；少年时代，一本神秘学家的书更使他对所谓的"科学"走火入魔，由于没有人及时引导和指正［作为求知向导的父亲"只轻描淡写地一语带过"（第 9 页）］，他一度沉溺其中并产生日后导致他"毁灭的冲动"。为追求知识，并为"在外面的大世界里争取自己的位置"，心高气傲的他背井离乡，独自踏上去异乡求学之路，从此也开始了他孤立自我的精神漫游。求学期间，他将一切置之度外，包括

---

① 转引自 Geoffrey Sill, *The Cure of the Passion and the Origins of the English Novel*, p. 1.

② 玛丽·雪莱：《弗兰肯斯坦》，丁超译，中国人民大学出版社 2004 年版，第 1 页。本章所引小说的引文均出自该版本，仅在引文后标明页码。

与亲友们的联系，数年如一日，"全身心"地发愤图强，以响应他"灵魂的大声呼喊"："我一定要取得更大的、远远超过前人的成绩……我一定要独辟蹊径，探索未知的神力，向世人揭开造化最深邃的奥秘"（第 18 页）。在掌握了一套高深的科技知识后，弗兰肯斯坦立刻觉得自己无所不能。于是他怀着"惊愕"和"狂喜的激情"，开始了一项空前的惊世伟业——创造新的人类物种。就这样，他毫无警惕性地被"飓风般"的激情一步步地卷入毁灭的深渊。

弗兰肯斯坦在自白中口口声声说他的"造人"工程旨在为人类谋福利，可实际上那更是他进行自我发展，取得"荣耀"的途径。他的所作所为诠释了伊安·瓦特曾在《现代个人主义神话》中总结的"个人主义者"的几大鲜明特征："过度的自我"、"醉心于做别人从未做过的事"、"追求命运自主"和"一心一意，不惜代价地追求自己的选择"。[①]

在个人成功和荣耀的心理驱动下，他丧失了作为一个科学家应有的理性头脑和科学精神。不要说"造人"的念头是他"得意忘形"时"想象力"的产物，工程的整个执行过程也显得意气用事，为避免过于精细繁复的工序影响进度，他甚至改变原计划，偷工减料，将人体各部分任意放大，造了一个高约 8 英尺左右的巨人，充分暴露出他的浮躁和急功近利。大功还没告成，他早已想入非非："时而在遐想的天国里尽情遨游，时而为自己过人的才干而陶醉，时而又沉醉在对伟大成果的向往之中。"（第 187 页）为了独享荣耀，他不顾科研惯例，拒绝与他人分享研究成果；他离群索居，选择了"屋顶阁楼一间说囚室更恰当些的、偏僻的卧室里"偷偷摸摸地进行实验，这本身就隐喻了他错乱的精神以及误入歧途的学术追求。他甚至不惜违背自己的良知，作践活的生灵，在坟场墓穴，干"亵渎神灵的"勾当。所有这些做法与他那堂皇的"造福人类"的初衷，形成巨大的反差。

就这样，激情这个病魔在不知不觉中占据弗兰肯斯坦的身心，并牢牢控制了他的思想："我象着了魔一样，被一股不可抗拒、近乎疯狂的冲动驱使着，我好象丧失了全部的心智和知觉，一心一意地要为这个目标而奋斗"（第 25 页），小说的字里行间弥漫令人窒息的那种急切和焦灼不安，诸如

---

① Ian Watt, *Myth of Modern Individualism*: *Faust*, *Don Quixote*, *Don Juan*, *Robinson Crusoe*, p. 122.

"毫不松懈的激情""令人喘不过气来的热望"之类的表述更是俯拾皆是。由于这个病魔愈演愈烈，弗兰肯斯坦的身体每况愈下，身心处于崩溃的边缘。他这样追述自己当年"造人"时的情形："我由于过于投入而双颊逐渐苍白，由于长期足不出户而变得日趋消瘦"；"每天晚上我都受着一种慢性热病的折磨，我变得神经质，极度痛苦，就是一片落叶都令我心惊肉跳，我象犯了罪似地躲避着我的同伴。"（第41页）"我的脉搏跳得奇快，非常猛烈，仿佛每根血管都在颤抖；有时，我则因为疲劳和浑身乏力，几乎晕倒。"（第30页）

　　然而，即使如此病入膏肓，当年的弗兰肯斯坦也毫不觉悟，哪怕在后来的忏悔中，他还是把"激情"看作是凌驾在他意志之上，冥冥中控制他命运，并最终导致他毁灭的"恶魔"。宿命的语气给整部作品笼罩上一层神秘阴郁的面纱，透过它，主人公被激情异化、分裂的人格清晰可见。一方面，他善良多情，胸怀"造福人类"的雄心壮志，一心想成就惊天动地的创世伟业；另一方面，他又软弱得无力驾驭自己的情绪，把握自己的命运，任凭激情泛滥酿成大祸，不仅自身难保，还殃及无辜，弄得家破人亡，邻里不安。作为病态激情与科学联姻的产物，他的创造物注定是科学怪兽，他/它那巨型、丑陋的面貌实际上就是创造者被激情膨胀和扭曲了的自我形象。有学者就认为弗兰肯斯坦和他的怪物存在不少共性："他们是同一感性的被物化了的组成部分、他们代表了人类个性中善恶的密切争斗……恶在内心，在人自己的作品和创造物中。"① 实际上，"弗兰肯斯坦"几乎成了后来科幻作品中具有双重性格的科学家的"原型"人物。

　　对于弗兰肯斯坦这个艺术形象，过去曾有人认为是作家一时心血来潮的产物。诚然，该小说的诞生缘起于作家夫妇和朋友一起度假时，闲来无事，编故事助兴的那段插曲②。但笔者认为那绝不是作者突发奇想，凭空杜撰出来的，它必定是时代的产物，体现着时代的风貌。我们知道，作家生活在整个西方社会经历深刻历史变化的时期，当时，英、法、美等国相继

---

① 玛里琳·巴特勒：《浪漫派、叛逆者及反动派》，黄梅、陆建德译，辽宁教育出版社、牛津大学出版社1998年版，第249页。

② 参见玛丽·雪莱1831年为该小说第三版所写的 "Author's Introduction"，*Frankenstein*，Bantam Books，1991，pp. xxii – xxv.

完成了工业革命，科学技术文明空前发达，天文、地理、物理、生物等学科也有了很大的发展。经过科学理性洗礼的广大民众普遍盲从科学并对科技改变世界抱有各种幻想，他们迷信科学知识是一件魔力无边的法宝，如小说中所谓的，它"永远能为你提供精神食粮，使你不断探索，发现奇迹"（第22页）。弗兰肯斯坦对科学狂热的激情可谓是当时社会风尚的集中体现，而他因激情疯狂追求科学，到头来却反被科学所累所害这一具有浓重反讽意味的悲剧故事，分明表达了作者对科技潜在危害的清醒认识。在演绎人类激情失控的灾难的同时，也道出了科技知识的两面性：它可以造福人类，但若用之不当，可以伤害甚至毁灭人类。她试图通过弗兰肯斯坦的悲剧，说明一切为达目的——不管是宏大的诸如"全人类的福祉"，还是具体个人的所谓自我实现——而无所顾忌，不择手段地追求、使用科技的做法，都是危险和招致灾祸的冒险，从而警示人类对科技这把双刃剑保持足够的防范意识。玛丽·雪莱的这一观点可以说奠定了西方世界对科技文明比较慎重戒备的文化传统，她首创的这一关于科技与社会道德传统的主题，在许多科幻作品中反复出现并沿用至今。相比之下，我国国民对这位"赛先生"似乎还普遍地信任有加，迷信甚至崇拜它的现象也并非少见。好在不少有识之士已自觉地关注起了这一问题。早在1982年由陈渊、何建义合译的《弗兰肯斯坦》中译本①问世，那正是全国人民意气风发地迎接"科学的春天"的历史时刻，该小说的译介应该具有深远的意义。

在小说中，扮演弗兰肯斯坦"听众"的是沃尔顿船长，他如同柯尔律治（Samuel T. Coleridge）笔下《古舟子咏》里那位听老水手忏悔的青年，看似超脱，实际上他直接参与小说价值体系的建构。他对弗兰肯斯坦大有相见恨晚之感，不仅仰慕他的"风度"和"教养"，而且认同他的理想和追求，实际上他何尝不是另一个弗兰肯斯坦呢！与弗兰肯斯坦一样，他也"志存高远"，早在童年阅读他叔叔的那些航海游记时，他就下定决心，长大了也要做一个不畏艰险，敢于为全人类带来"不可估量的利益"的人。这次史无前例的北极探险可谓是他多年的夙愿，为此他不惜违背父亲临终不许他从事航海事业的遗愿，也不惜放弃舒适的生活甚至牺牲自己的生命，

---

① 玛丽·雪莱：《弗兰肯斯坦》，陈渊、何建义译，江苏科学技术出版社1982年版。

铤而走险。在性格上他也与弗兰肯斯坦一样，容易冲动，自述"比一般人更富于不着边际的奇特的幻想"（第 6 页），比如在读诗时，他会受诗人们"奔涌的诗情"的激发，浮想联翩，想象自己也成了诗歌圣殿中的一员，跻身于荷马和莎士比亚等大家之列（第 3 页）；说到这次探险的缘由，他忍不住向姐姐"披露"了他心头的"秘密"，他说自己之所以对危险而又神秘的海洋情有独钟，得归功于"现代诗人们最富想象的诗篇"对他的影响，"在我心灵深处，有一股我也不能解释的潜流在奔涌"（第 8 页）。不难看出，那股"在奔涌"的"不能解释的潜流"就是那危险的激情。对于探索那块世人从未涉足的禁区，沃尔顿显然也是头脑发热。他明知极地是荒凉严寒之所，"风雪迷雾之乡"，却情不自禁把它想象成"美妙的、令人喜悦的一方乐土"。他为自己将"踏上从没有留下世人脚印的大地"，而"心潮澎湃，满腔的激情不由自主地往外喷涌"（第 9 页）。想到自己将"给人类及其子孙后代带来不可估量的福利"（第 2 页），他的心中"升腾起一股热情……似乎已飘上天空"（第 2 页）。他慷慨激昂地向姐姐发誓：为了"让日月星辰见证我的胜利"，实现至高无上的"荣耀"，"什么也不能阻止我那颗坚定的心和坚强的意志"（第 8 页）。这里人物无比高亢激越的语气，简直就是当时的浪漫主义诗歌。作者借机暗讽了当时某些激进的浪漫主义诗人对"全人类自由解放"事业不着边际的"激情"和行为，其中不无自己的丈夫——雪莱的影子。

　　然而，这位浪漫个人主义者与离群索居的"孤胆英雄"弗兰肯斯坦有所不同，沃尔顿渴望亲情、友情，渴望与他人分享自己的思想（他写的封封家信本身就说明了这一点）。在那帮"粗俗的"、对"光辉的探险活动"缺乏责任心的水手们中间，沃尔顿深感孤独和寂寞。他在信中叹息道："当我因成功的激情而容光焕发时，没有人分享我的喜悦；倘若失望向我袭来，也不会有人在沮丧中给我支持"（第 5 页）。另外，与弗兰肯斯坦相比，这位船长还不乏自知之明，他自觉单枪匹马去成就一项史无前例的伟业，很可能心有余而力不足。他特别向姐姐坦言自己尽管满腔热情，"但它们需要管理"，"我十分渴望有位朋友，他通情达理，不会对我的异想天开嗤之以鼻，而是满怀爱心地调节我的思想和情绪。"（第 5 页）这儿"管理"一词是笔者自译，原著中是英文"keeping"一词，根据上下文，作者很显然是在借沃尔顿之口，阐发有关调控激情的主题，与前面笔者引用的牧师的思想是一致的（笔者参考的译文有误译）①。与弗兰肯斯坦狭路相逢，这位刚从激情的噩梦中醒来的过来人，成了他北极探险旅途上的向导，人生的导师。

沃尔顿船长从弗兰肯斯坦那里学到了他劫难后悟出的人生真谛："一个完美的人应该时时保持一颗平和宁静的心灵，决不让激情或某个转瞬即逝的欲望来干扰他的平静。对知识的追求也不例外。如果你致力研究的工作削弱了你对别人的关爱，破坏了自己的生活准则，无意去接受那些简单质朴的人生乐趣，那么，那种研究一定是不正确的，也就是说，是不适合为之费神费力的。"（第40页）他的训诫无疑是一帖清醒剂，起了及时"调节"和"管理"沃尔顿激情的作用，避免了他被危险的激情引向更深的歧途而重蹈弗兰肯斯坦覆辙的悲剧。虽然船队在被冰川围困几天后，无功而返，不免使壮志未酬的沃尔顿深感遗憾和惆怅，但前车之鉴，让他获取的是比"荣耀"更宝贵的人生智慧。

二

《弗兰肯斯坦》继承了欧洲文学传统对个人主义的反思和批判，在文中就有不少"互文"的蛛丝马迹，其中小说的副标题——"现代的普罗米修斯"，就为我们解读作品主人公预置了一个参照原型。首先，弗兰肯斯坦在试验室里"赋予没有生命的泥塑木偶以生命"（第25页）的举动，与古希腊神话中普罗米修斯仿照神的模样，用泥土捏人如出一辙。其次，普罗米修斯从宙斯那里窃取生命的火种到人间，与弗兰肯斯坦以科学知识创造新人类，都带有"造福人类"的动机。最主要的，他们虽一个是凡人，另一个是神祇，性格中却都有致命的弱点，那就是狂妄的自以为是。不管是弗兰肯斯坦造人还是普氏盗火给人，他们的举动都是对神性的挑战，是触犯禁忌的"越规"行为，他们不仅自食其果，还给各自生活的世界带来巨大的灾难。有学者这样总结普罗米修斯人性中的缺陷："他的过错源发于性格上的桀骜不驯，具体表现为对激情的自以为有正当理由的放纵，体现为对

---

① 小说的引文均参考玛丽·雪莱《弗兰肯斯坦》，丁超译，中国人民大学出版社2004年版。

'悲剧英雄的缺点'（*hubris*）的随意表露以及由此而必定造成的伤害缺乏必要的戒心。"① 这里的 *hubris* 就意味着"过分的"行为或"越轨"。

然而有意思的是，正是普罗米修斯这样一位有"缺陷"、被"捆绑"的形象，在浪漫主义时期一些被"重写"或"改写"的版本里却得到空前美誉，甚至还获得了"解放"。如就在作者夫君珀西·雪莱所作的诗剧《解放的普罗米修斯》（1819）中，他成了一个"勇敢、神圣、坚毅而富有耐心的、对抗万能权威"的英雄，一个"消除了野心、妒嫉、复仇和自我膨胀这些污点"的神②。在该剧的序言中，诗人写道："普罗米修斯……具有最完美的道德和思想的天性，受最纯洁和最真诚的动机的激励，追求最美好、最高尚的目的。"③ 诗人如此美化和盛赞普罗米修斯，与当时社会崇尚的个人主义价值观一拍即合，同时，在这位神身上，恐怕也投射了那时满腔热情追求自由、反抗暴政的诗人"理想的"自我形象。而在同时代另一位浪漫主义诗人、作者夫妇的好友拜伦（Lord Byron）的笔下，却是另一种情形。拜伦在1816年7月（几乎与玛丽创作《弗兰肯斯坦》同时）写的诗歌《普罗米修斯》中，把普罗米修斯描写成与众神作对的神，由于犯了一些"严重的错误"，受到命运残酷的折磨。诗人这样描写普罗米修斯："一个符号/对于凡人的命运来说，""象你一样，人部分是神/一条源头纯洁的混浊的河流"（第2卷，45—48）④。

弗兰肯斯坦——玛丽·雪莱的"现代版"普罗米修斯——似乎综合了那位神话人物的优缺点，表达了作者既同情又质疑批判的态度。就他放弃个人舒适的物质享受，勤奋进取，以造福人类社会的初衷而言，不愧为具有"最美好和最高尚的目的"；而就为达目的，不顾社会道德规范和禁忌地自我奋斗，导致严重后果看，他无疑也是"一条混浊的河流"。由于犯下无法弥补的错误，弗兰肯斯坦自然难逃残酷的报复。尽管作者没有让她的"现代的普罗米修斯"经受神话原型那样钉在高加索巉岩上天天经受巨鹰的

① 陈中梅：《普罗米修斯的 *hubris*——重读〈被缚的普罗米修斯〉》，载《外国文学评论》2001年第2期，第76页。

② 转引自 Chen Jia, *A History of English Literature*, The Commercial Press, 1988, vol. 3, p. 104.

③ Duncan Wu, ed., *Romanticism: An Anthology*, Blackwell, 1994, p. 877.

④ 参见 Dennis Walder, ed., *The Realist Novel*, Routledge, 1995, p. 69.

撕咬的折磨，但他为自己的"严重错误"祸及亲友而备受良心煎熬，生不如死。在奥克内岛为怪物造女伴时，成为怪物的囚徒的弗兰肯斯坦顾影自怜，叹息道"我情愿在这块贫瘠的岩石岛屿上度过余生，当然这儿的生活会枯燥乏味，但是我将可以不受任何干扰，也毋庸担心飞来横祸"（第144页），那悲惨凄凉已与普罗米修斯被束缚在岩石上受刑的形象相差无几了。只是，神话中原型的惩罚来自妒嫉的上帝；而后者，具有讽刺意味的是，来自科学与自己放纵的激情结合的产儿——怪物。

小说中还有一条贯穿全文的"互文"线索，那就是弗兰肯斯坦追求自我实现，挑战神性，创造生命的野心，与《失乐园》中雄心勃勃，反抗上帝暴政，追求自由意志（free will）的撒旦遥相"互文"。与普罗米修斯一样，撒旦也颇受包括雪莱、拜伦和布莱克等浪漫主义诗人，以及作者本人的推崇，原因"很大程度上在于这个形象体现了意志的自由"，代表激情和人类富于想象的灵魂。[①] 但正是他这种不屈的对于自由意志的追求成了他堕落的根本原因。在《失乐园》中，撒旦为个人自私的复仇目的，不择手段引诱人类犯罪以毁灭他们。弥尔顿虽然在史诗中情不自禁地流露出对他不畏强权、百折不挠的反抗精神的钦佩之情，但他还是明确地反对将自由意志的追求建立在侵犯别人自由的基础上。他曾说："谁侵犯他人的自由，自己便首先失去自由，变成奴隶。"[②] 两位个人主义的追求者也因此有相似的结局。小说在接近尾声时，万念俱灰的弗兰肯斯坦把自己比喻成那个雄心勃勃，誓与上帝决一雌雄，而最后以失败告终的撒旦："……（我）就像那个天使长，一心追求渴望万能的权威，到头来却被永远禁锢在地狱之中。"（第187页）在溢于言表的同情主人公不幸遭遇的同时，显示了作者对个人主义追求的深刻反思。

---

① 转引自肖明翰《〈失乐园〉中的自由意志与人的堕落和再生》，《外国文学评论》1999年第1期，第71页。

② 格里尔逊：《弥尔顿之为人与其诗》，载殷宝书选编《弥尔顿评论集》，上海译文出版社1992年版，第228页。

三

弗兰肯斯坦的悲剧之源是他病态的个人主义激情，整部小说几乎可说是他失败人生的忏悔录。他一再责备自己当年对它缺乏警惕防范之心，没有进行及时有效的调节和控制，一旦激情酿成灾祸，即覆水难收，留下永恒的遗憾。这就是激情的可怕，也是必须如疾病般加以防范和医治的原因所在。经历人生劫难的弗兰肯斯坦，领悟到治疗个人主义激情的灵丹妙药就是保持一颗宁静平和之心，从自我关注中摆脱出来，回归自然，融入家庭和社会。

在治疗激情这个心理、德行上的疾患时，作家认同浪漫主义关于大自然对身心健康的看法。在作品中，弗兰肯斯坦每次与大自然亲近，他急躁而疲惫的身心就得到有效的缓解和滋养，"大自然赋予我最愉快的心情的神力"（第 42 页）。然而，弗兰肯斯坦几年如一日疯狂地追求知识和目标，不仅断绝了一切社会关系，也远离了大自然。而正是在与大自然疏离的过程中，他的自我欲望日益膨胀、异化。只有在劫难之后，他才重新体会大自然对于自己身心健康的意义：当他的"造人"理想破灭，陷入绝望、恐惧的深渊惶惶不可终日时，与好友亨利的一次郊外远足，把他带回久违的真实自然的世界。在大自然的怀抱里他"兴高采烈，无拘无束"。哪怕后来他悔恨交加，深陷复仇的"激情漩涡"（第 78 页）而无力自拔时，弗兰肯斯坦也从大自然中得到片刻的宁静和解脱。蒙坦佛特山的巍峨险峻，山顶雷霆万钧的冰川运动，使他油然而生"庄严肃穆的狂喜"（a sublime ecstasy）（第 69 页）。在对大自然的敬畏中，他"顿悟"人类的渺小卑微和欲望的荒唐可笑："为什么人类要吹嘘自己是超越自然的万物之灵，其实我们无时无刻不受到外界的制约。如果我们的冲动只是因为饥渴，也许我们反倒更加自由了。"（第 69 页）

弗兰肯斯坦敏感、孤傲的个性，使他对自我的关注远远超过对别人的关心，他会为个人的利益自私地断绝与外界的一切联系，包括家人、恋人和朋友，而自己却无时无刻不被他们牵挂着，友情、亲情、爱情永远是他身心的庇护所。当实验失败理想遭受重创时，儿时的好友亨利的出现，使他"突然感到内心平静，充满安宁温馨"（第 45 页）。这位热情开朗、豁达大度的朋友，不仅给他悉心体贴的照顾，还唤起他心头美好的情感，"爱的感觉在我的心中复苏，恢复了往日的快乐"（第 33 页）。在对往事的追忆中，弗兰肯斯坦情不自禁地赞美真挚的友谊："我曾经只求利己，结果禁锢的是自己的心灵，心胸也变得更加狭窄，最后还是你亲切诚挚的情谊给了我温暖，开阔了我的眼界，扩展了自己的胸怀。我又变成多年前的我，爱别人也被别人所爱，快乐、无忧无虑的人。"（第 41—42 页）体会了人间真情的弗兰肯斯坦对友谊似乎也有了独到的见解："我们是上天创造却还未成形的生命，如果没有一位比我们自己更贤明，更完善，也更可贵的高洁之士——我们所称道的朋友就应该是这样的人——来搀扶提携，使我们软弱的、满是瑕疵的天性臻于完美，那我们就不能算是一个完整的人，只能算半个人。"（第 16 页）作者礼赞友谊的力量，无异于告诫世人完善自我，走出个人主义狭隘思想，必须融入社会，与他人建立起亲切友好的关系。

克服个人主义激情，除了将自己的思想和追求与他人、社会联系起来外，还要保持平和宁静的心态。这里作者似乎特别强调女性化的价值观和道德趋向。在作者笔下女性人物是美德和爱的化身，无论弗兰肯斯坦的母亲，青梅竹马的恋人伊丽莎白，还是沃尔顿的姐姐，无不宁静淡泊，克己为人，她们的无私忘我的美德影响着周围的人，特别是男性们弃恶从善。由于她笔下的男性人物，都有强烈的使命感和事业心，个个胸怀大志，追求造福人类的"荣耀"，小说呈现两种价值观的对照：一种是宁静、朴实，追求和谐自然的人际关系的女性化价值观，另一种则是野心勃勃，追求事业和自我成功的竞争型男性化价值观。作者显然更认同女性的价值观和处世方式，并质疑男性追求的真正意义，她甚至认为那种舍弃自己应有的最基本的关怀，而"一心一意"追求大而无当的所谓事业是道德上的错误。一些学者认为玛丽·雪莱的性别意识和思想很保守，与她激进前卫的父母、著名哲学家威廉·哥德文（William Godwin）和著名女权主义先驱玛丽·沃夫斯通克拉夫特（Mary Wollstonecraft）风格迥然不同，也与激越的丈夫雪莱大相径庭。确实如此，也许正是她长期受激进思想的浸染，对其中成败得失有了超过她年龄的成熟（或保守？）判断。在弗兰肯斯坦的追忆中，作者特意让他将伊丽莎白当年写给求学时的自己的信一字一句全文复述，虽有失自然真实，但我们不难理解作家的良苦用心，她何尝不在表明作家自己所崇尚的价值观和生活方式。那份健康清新的家居生活和邻里关系与在异国他乡孤独地挣扎、渴望出人头地的弗兰肯斯坦那焦躁不安的内心世界形成多么鲜明的对比。

作家崇尚女性化价值观，并把那些恬静善良、安分守己的女性看成是男性道德的向导，例如在弗兰肯斯坦眼中，伊丽莎白是"一盏神龛里面的长明灯"，"她的心时刻都在呵护着我们……她是爱的化身……使人心灵变得温柔了，如果没有她守护在我的身边，把我驯服得和她一样温文尔雅，我就会整天都板着脸去看书阅读，而且同时会因为热情冲动变得低俗。而克莱瓦尔估计会让什么邪恶念头乘虚而入，不再心灵高尚。"（第8页）然而，值得注意的是，由于当时资产阶级保守的性别意识形态，女性的向导作用不能得以有效地发挥，比如弗兰肯斯坦的母亲，在他儿时的生活中，只"分享乐趣"，而在引导求知方面她没有任何发言权。而她舍己救人，过早离世，在弗看来更成了自己"将来苦难的一个预兆"。后来弗兰肯斯坦离家"到社会上去争取自己的位置"，那盏留守家园的"长明灯"从此再也照不到未婚夫的身影，这何尝不是他迷失并最终毁灭于黑暗的自我激情的因素呢?! 母亲们的缺席或过早"离席"（沃尔顿从没提及母亲，他"最美好的年华"是在姐姐的"温柔和女性气质的呵护下"度过的），隐含了对资产阶级社会生活领域性别化，忽视和压抑女性作用的批判。

总之，在全文沉重阴郁的忏悔基调中，壮美的大自然，真挚无私的友情、亲情和爱情，始终是最温馨动人的一抹暖色。它们是治愈狭隘的个人主义激情的良药。然而对于弗兰肯斯坦，明白这一切都已太晚了，由于他长期缺乏对自我个人主义激情的防范和调控，激情的洪流不可避免地漫过理性的堤坝，不仅将他本人所有的希望和欢乐席卷而去，更可怕的，扰乱了本来平静的社会秩序，吞噬了那些善良无辜的亲友的生命，他们安分守己，本可以平平安安度过一生。这是一个狂热个人主义者的"罪"与"罚"，也表明了现代个人主义对传统价值观、生活方式和人际关系所构成的巨大威胁和破坏。

第二章

一段"进步"的历史

——浅谈狄思累利的小说

假如狄思累利（Benjamin Disraeli，1840 – 1881）的名字在我国还不算陌生，那多半是因为他的那句名言，即新兴的英国工业社会已经分化成贫富悬殊的"两个民族"。[①] 至于他的具体作品，国内的研究性专论极少。在国外，评价狄氏小说的文字虽已重重叠叠，但大都局限于两个视角，即通过狄氏的小说剖析他的政治观和社会观，以及关注他作品中的种族情结。笔者以为，作为小说家，狄思累利的最大贡献莫过于他用小说书写了历史。更具体地说，他书写了一部对"进步"的推敲史。

"进步"成为一个社会的主流话语似乎是 19 世纪的事情——当时的英国似乎比以往任何时期的任何国度都痴迷于一种宏伟的构想，即人类社会因财富的无限增长而无止境地朝着幸福状态进步。为这一宏伟蓝图摇旗呐喊的麦考莱（Thomas Babington Macaulay，1800 – 1859）是维多利亚时代"最受欢迎的作家"。[②] 他那成为畅销书的《詹姆斯二世即位以来的英国史》（*The History of England from the Accession of James the Second*）紧紧围绕着一个主题，即"英国历史是一部值得强调的进步史"。[③]

确实，与工业革命相伴而行的"进步"带来了空前的物质繁荣。到了 1870 年，英国的经济实力已经远在其他国家之上：它的工业生产约占世界的三分之

---

① 详见小说《西比尔》（*Sybil or The Two Nations*，1845）第 1 卷第 5 章。

② Walter E. Houghton，*The Victorian Frame of Mind：1830 – 1870*，New Haven and London：Yale University Press，1957，p. 39.

③ 转引自 Walter E. Houghton，出处同上。

一，铁和煤的产量占世界的二分之一，贸易总额占世界的四分之一；而且，"英国商船的吨位高居各国首位。伦敦成为世界唯一的金融中心"。①

然而，发热的进步速度是以什么为代价的呢？

马克思于1856年4月14日在伦敦的一次演讲中曾经作出过下列回答：

> 技术的胜利，似乎是以道德的败坏为代价换来的。随着人类愈益控制自然，个人却似乎愈益成为别人的奴隶或自身的卑劣行为的奴隶。甚至科学的纯洁光辉仿佛也只能在愚昧无知的黑暗背景上闪耀。我们的一切发现和进步，似乎结果是使物质力量具有理智生命，而人的生命则化为愚钝的物质力量。现代工业、科学与现代贫困、衰颓之间的这种对抗，我们时代的生产力与社会关系之间的这种对抗，是显而易见的、不可避免的和毋庸争辩的事实。②

恩格斯在《英国工人阶级状况》中曾经披露过有关无产者穷困潦倒的大量事实，这些也都可以看作"进步"的沉重代价。且不说广大无产者的痛苦，即便那些无温饱之虞的人，为了追求"进步"的速度，也往往要割舍生活中许多宝贵的东西，如道德关怀、审美情趣和天伦之乐，等等。这种割舍意味着对生命的意义或幸福生活这样一些命题的简单化理解。在19世纪的英国，这方面最典型的例子恐怕要数内森·罗思柴尔德（Nathan Mayer Rothschild，1779－1886）③那流传甚广的"格言"；"把……精神和

---

① 余开祥：《西欧各国经济》，复旦大学出版社1987年版，第187页。

② 马克思：《在〈人民报〉创刊纪念会上的演说》，载《马克思恩格斯选集》第2卷，人民出版社1972年版，第79页。

③ 罗思柴尔德家族是欧洲声名显赫的银行世家。创始人迈耶·阿姆谢尔·罗思柴尔德（Mayer Amschel Rothschild，1744－1812）及其五个儿子组建了以法兰克福、伦敦、巴黎、维也纳和那不勒斯为主要基地的国际银行集团。内森·罗思柴尔德是迈耶的第二个儿子，于1804年在伦敦建立分行。罗思柴尔德们的发家史是一部典型的"进步"史：他们从倒卖古董、像章以及走私棉布、粮食和军火起家，一跃而为称霸欧洲乃至全球的金融巨头——他们曾一度被称为"欧洲的最高统治者"；据19世纪30年代一家美国杂志上的记载，当时欧洲和北美的"任何一个政府都要向他们咨询，否则就无法运转"。（详见 Niall Ferguson，*The House of Rothschild*：*Money's Prophets*，*1798－1848*，New York：Viking Penguin，1999，p. 19.）德国诗人海涅于1841年这样写道："金钱是我们这个时代的神，而罗思柴尔德则是神的代言人。"（出处同上，第19页）这一情形几乎可以作为麦考莱的"进步"学说的注解，难怪麦考莱跟罗思柴尔德家族过从甚密——根据弗格森的记载，麦考莱曾是内森·罗思柴尔德的座上客。（出处同上，第195页）

灵魂投入生意，全身心地投入生意，把一切都投入生意，这就是通向幸福的道路。"① 这样的幸福观实际上就是当年边沁（Jeremy Bentham，1748 – 1832）所谓"最大多数人的最大幸福"② 这一原则的翻版，因而它所隐含的"进步"充其量是单向度的，或者是畸形的。

即便所有的进步在实质和方向上无懈可击，其速度的快慢本身也是一个容易被忽视但又是不容忽视的大问题，而 19 世纪英国的主流话语恰恰忽视了这一问题——在以麦考莱为代表的"进步观"的熏陶下，越来越多的英国人都生成了一种一往无前的"豪迈"气概；他们不但相信"进步"，而且总嫌"进步"的速度不够快。这种对速度的狂热追求导致了一些新的社会现象。乔治·爱略特（George Eliot，1819 – 1880）就观察到了一个史无前例、发人深思的速度新现象："现在连空闲也变成了急切的。"③ 阿诺德（Matthew Arnold，1822 – 1888）曾经把所有这些现象称为"现代生活的病态的匆忙"。④

除了阿诺德之外，当时对病态的"进步"提出质疑的主要还有托马斯·卡莱尔（Thomas Carlyle，1795 – 1881）、约翰·亨利·纽曼（John Henry Newman，1801 – 1890）和约翰·罗斯金（John Ruskin，1819 – 1900）等人，其中以卡莱尔的批评为时最早、言辞最为激烈。他的《时代特征》（*Signs of the Times*，1829）、《旧衣新裁》（*Sartor Resartus*，1833）和《文明的忧思》（*Past and Present*，1843）等著作都涉及了人类在工业化进程中所付出的精神代价。他看到了科学技术的进步，但是他更看到了被科技进步所掩盖的精神贫困。他不顾举世颂歌滔滔，发出了惊世骇俗的言论："就灵魂和人格的真正意义而言，我们或许落后于人类文明的大多数时期。"⑤ 也就是说，就精神层面而言，人类不是进步了，而是退步了。类似

---

① Niall Ferguson, *The House of Rothschild*：*Money's Prophets*，*1798 – 1848*，p. 198.

② 详见 Kenneth O. Morgan, *The Oxford History of Britain*, Oxford：Oxford University Press，2001，p. 491.

③ George Eliot, *Adam Bede*, Hertfordshire：Wordsworth Editions，1997，p. 438.

④ 转引自 Richard D. Altick, *Victorian People and Ideas*, New York and London：W. W. Norton，1973，p. 97.

⑤ Thomas Carlyle, *Critical and Miscellaneous Essays*, （ed.）H. D. Trail, London：The Centenary Edition，1901，vol. 2，pp. 76 – 77.

的观点一次又一次地出现在了卡莱尔的论著中。

　　然而，卡莱尔的上述言论在当时还无法进入前面所说的、由麦考莱等人把持的"正史"，或者说只能算是"外史"或"野史"。就像卡扎米安（Louis Cazamian，1877－1965）所说的那样，虽然卡莱尔是当时最有洞察力的英国思想家，但是他"缺乏跟他那天才相称的、对社会的直接影响以及广泛的声誉……于 1830 年和 1850 年之间，只有少数人理解他，并且想方设法使他被公众理解。真正传播他的思想的不是别人，正是关心社会的小说家：狄更斯、狄思累利和金斯利"。①

　　也就是说，19 世纪至少出现了两类有关"进步"的史书：一类是为之唱颂歌的"正史"，另一类是针对"进步"的推敲史——这后一类的最活跃的书写者是一批有良心、有洞察力、有社会责任感的小说家，他们创作了一批具有真正史书价值的小说。狄思累利就是这样一位小说家。

一　用小说书写历史

　　狄思累利的小说还可以看作雷蒙德·威廉斯的一个著名观点的例证：19 世纪上半叶的英国出现了一种新型小说。威廉斯是针对托马斯·卡莱尔的一个观点而作出上述判断的。后者鉴于工业革命引起的一系列变化，认为小说这一形式在反映历史真实方面已经落伍，因而会被史书取而代之。威廉斯首先指出卡莱尔的预言已被历史事实所否定，然后又强调小说尽管没有像卡莱尔所说的那样死去，然而却朝着卡莱尔中心论断的方向经历了一个脱胎换骨的过程。换言之，小说没有被史书取代，而是在某种意义上取代了史书，或者说"正在变成史书，变成描写当代的史书"。② 撰写这类"史书"的新型小说家不是像司各脱那样在中世纪寻觅素材，而是在自己所处的时代——尤其是在伴随工业革命的诸多危机中——找到了活水源头。关于这类新型小说的意义，威廉斯有过如下精辟的论述：

---

　　① Louis Cazamian，*The Social Novel in England 1830－1850*，translated by Martin Fido，London and Boston：Routledge & Kegan Paul，1973，p. 7.

　　② Raymond Williams，*The English Novel*：*from Dickens to Lawrence*，London：Chatto and Windus，1973，p. 13.

从狄更斯到劳伦斯，我们得到的是一段可以从中汲取勇气的历史。这一历史不是一连串的先例，而是一组有关人生的意义，一组把人类连接在一起的意义。具有重要意义的是，这段历史并没有用其他方式得到记录：假如这些小说没有写成，一个民族的一部分历史就必然会明显地苍白许多。当我们阅读了这些小说以后，就会对相应的思想史和一般社会史产生不同的认识。小说比其他任何有关人类经验的记载都更深刻、更早地捕捉到了一种问题意识，即对社会群体、人的本质以及可知的人际关系所引起的问题的认识。①

遗憾的是，威廉斯所开列的新型小说家的名单并没有把狄思累利包括在内。在威氏看来，是狄更斯先捕捉到了上面引文中所说的"问题意识"，发现并清晰地表达了农业文明向工业文明转型时期的那种"尚未进入史书的、压迫在人们心头的复杂体验"。②威氏甚至认为，"在简·奥斯丁和司各脱之后，在狄更斯开始创作之前，英国小说史出现了一种停顿，一种间歇：并非小说的实际产出停顿了，而是创造或再造小说新形式和小说新生代的生机停顿了"。③

情形果真如此吗？

狄思累利至少跟狄更斯同时捕捉到了工业革命给人类社会带来的新压力、新震荡、新的人际关系、新的生活节奏和新的情感结构。④威廉斯在其名著《英国小说：从狄更斯到劳伦斯》中追溯那段"新小说史"时，是以狄更斯的《董贝父子》为开端的。该小说发表于1847年至1848年，而狄思累利的三部同样以描写当下历史为己任的小说《柯宁斯比》（Coningsby）、《西

---

① Raymond Williams, *The English Novel: from Dickens to Lawrence*, London: Chatto and Windus, 1973, p.191.

② Ibid., pp.11 – 17.

③ Ibid., pp.26 – 27.

④ "情感结构"（structures of feeling）一语最先由威廉斯提出，是一种与"世界观"或"意识形态"相区别的概念。威氏把它界定为尚未在政治学、经济学、社会学、哲学和史学等领域中得到表述或充分表述的"流动中的社会体验"。详细介绍见笔者和胡玲玲合著论文《论〈我们如今的生活方式〉中的情感结构》，《外语教学》2003年第1期，第87页。

比尔》（*Sybil*）和《坦克雷德》（*Tancred*）① 分别发表于 1844 年、1845 年和 1847 年，都早于《董贝父子》的问世时间。

狄思累利不但把伯克、柯比特、威灵顿公爵和谢尔本（Shelburne）等众多真实人物以及他们代表的历史事件揉进了自己的小说，而且多次以作者的身份直接在小说中对当下或刚过去的时世进行评点，如《西比尔》第 1 卷第 5 章中的一句："鼓吹建立仅以财富和辛劳组成的乌托邦，并在哲学词藻的掩盖下攫取财物，积累资本，甚至互相掠夺，这就是过去 12 年中实行普选制的英国所拼命追求的一切。"② 狄思累利这种写实的方法在当时引起了积极的反响。《西比尔》发表后才 4 天，他就收到了一位读者的来信，其中包含这样的赞扬："您用激动人心的语言，以及生动而隽永的风格，忠实地描绘了这个国家真实的社会状况，描述了可恶的贫富悬殊现象……"③ 当然，在随后的一个半世纪里，西方评论界就狄思累利是否真诚地同情劳苦大众这一问题发生过不少争论。不过，狄思累利用大量的笔墨揭示英国社会两极分化的现实（详见本章第三节中的分析），这是不争的事实。

书写当代史往往带有影响舆论的目的，狄思累利对此毫不讳言。他在《柯宁斯比》第 5 版的前言中这样写道：

> 笔者本来并不打算采用小说这一形式作为传播自己建议的工具，但是思量再三之后，笔者决定利用写小说这一方法。从当今时代的特性来看，小说提供了影响舆论的最佳机会。④

不管狄思累利影响舆论的目的是什么（他曾经两度当选英国首相，在政治上是个颇有争议的人物），以上这段话从侧面给了我们一个暗示：狄思累利所选择的写作方法和形式与前文所说的"正史"不同，这本身是否也意味着对那些"正史"的内容的挑战呢？

---

① 这三部小说通常被称为"青年英格兰三部曲"（Young England Trilogy），是狄思累利所有的 14 部小说中最有名的，而其中又以前两部更为出色。

② Benjamin Disraeli, *Sybil or The Two Nations*, Oxford and New York: Oxford University Press, 1981, pp. 30 – 31.

③ 转引自 Sheila M. Smith, "Introduction", *Sybil or The Two Nations*, p. vii.

④ 转引自 Louis Cazamian, *The Social Novel in England 1830 – 1850*, p. 183.

只要我们稍稍翻阅一下狄思累利的作品，就会发现他担当起了用小说改写历史的重任。《西比尔》开篇不久后有这样一段评述："假如英国历史的撰写者中有一位既知识丰富，又不乏勇气，那么世人就会比在阅读尼布尔撰写的罗马史时还要惊愕。概而言之，我国现有史书中所有重大事件都被扭曲了，大部分历史的重要原因都被遮蔽了，一些主要的人物从未出现，而且所有出现的人物不是被误解，就是被歪曲。"① 在《西比尔》接近尾声处，作者又强调有关英国"以往十个朝代的历史记载全部是幻觉而已"。② 正是针对这些被扭曲了的历史，以及那些还未来得及进入史书的当下时世，狄思累利写下了《柯宁斯比》和《西比尔》等经典篇章。虽然这些篇章未在威廉斯"钦定"的史书型小说之列，但是它们在许多方面都符合威氏所说的新型小说的特征，即回应并创造性地发现了工业大潮冲击下的社会变化——"不仅是社会机构和地貌景致等外部形式的变化，而且是内部情感、体验和自我认识方面的变化"。③

也就是说，透过狄思累利笔下的诸多个人体验，我们可以瞥见一种深邃的历史意识：我们有时候会产生出被历史的桎梏压迫得喘不出气来的感觉，有时候又会感受到从历史之河汩汩流出的一丝睿智——一种催人反思的睿智。

从某种意义上说，狄思累利展现给我们的是一部维多利亚文化史。阿姆斯特朗认为，维多利亚时代在人类文化研究史中占有至关重要的地位，因为正是在这一时期人们才"开始把文化作为一个范畴来构想"。④ 不管我们是否同意阿姆斯特朗的观点，至少有一点可以肯定："文化"的内涵和外延在维多利亚时期发生了很显著的变化。这种变化最突出的征兆包括我们前面提到的有关"进步"的宏大叙述，也包括消费文化的兴起以及经济和文化之间的断裂。假如没有狄思累利的小说，我们对这些变化的质感，尤其是这些变化给维多利亚人带来的酸甜苦辣，都不会有像今天这样的深入了解。

---

① Sheila M. Smith, *Sybil or The Two Nations*, pp. 14–15.

② Ibid., p. 421.

③ Raymond Williams, *The English Novel: from Dickens to Lawrence*, p. 191.

④ Isobel Armstrong, *Victorian Poetry: Poetry, Poetics and Politics*, London: Routledge, 1993, p. 3.

下面就让我们沿着狄思累利的足迹，重新勘探那一段似远又近的历史。

二　进步的异化

弗莱（Northrop Frye）在他的《现代百年》中指出，现代世界上常见一种"狂奔逐猎"般的心态："总有什么在催逼着你往前赶，越来越快，越来越快，致使你最终感到绝望。这种心态，我称之为进步的异化。"① 弗莱所说的这种心态，于一个半世纪以前就曾在狄思累利的笔下得到了生动的描绘。

翻开狄思累利的"青年英格兰三部曲"，"进步"的字眼及其有关意象和场景会不断地迎面扑来。不光是这些小说的主要人物，即便是次要人物，也常常在思考并谈论着"进步"。例如，《柯宁斯比》和《西比尔》中都出现了一个名叫泰德波尔的政客，他好跟别人争论，而且有一个中心论点，即"我们必须与时代共同进步"。② 又如，《柯宁斯比》中的迷尔班克先生露面的频率不算太多，但是我们从他的口中也可以听到这样一句声明："我是进步的信徒。"③

然而，这"进步"背后的含义是什么呢？许多人所津津乐道的"进步"正在把 19 世纪的英国带向何方？

这正是柯宁斯比和艾格里蒙特（分别为《柯宁斯比》和《西比尔》的男主人公）不断思考着的问题。柯宁斯比和艾格里蒙特都是有政治抱负的青年，而且对精神生活和纯真的爱情都有着热烈的追求，可是他们却发现自己的追求跟时代的潮流竟是那样不合拍，他们判断事物的标准也跟社会上通行的价值观是那样格格不入。这使他们深深地陷入了困惑、焦虑和痛苦。描写柯宁斯比这种感受的词语频频出现，如"迷乱""烦恼""充满痛苦""心绪烦乱""心中一团乱麻""在烦恼的海洋中漂流"，等等。④

---

① 诺斯洛普·弗莱：《现代百年》，盛宁译，辽宁教育出版社、牛津大学出版社1998年版，第8页。

② Sheila M. Smith, *Sybil or The Two Nations*, p. 264.

③ Benjamin Disraeli, *Coningsby*, Oxford and New York：Oxford University Press, 1982, p. 151.

④ Ibid., pp. 108, 109, 129.

是什么使柯宁斯比等人对社会环境的感应陷于迷乱？

是弗莱所说的"狂奔逐猎"，或者说是贝尔所说的那种前所未有的、"万物倏忽而过"的景象：

> 在十九世纪，人类旅行的速度有史以来第一次超过了徒步和骑牲畜的速度。他们获得了景物变换摇移的感觉，以及从未经验过的连续不断的形象，万物倏忽而过的迷离。①

这样的迷离不仅会带来烦恼和痛苦，而且往往使那些有独立人格、不愿意随波逐流的人显得"背时"。柯宁斯比对新兴工业城市曼彻斯特的评判在当时就显得"出格"——在他看来，这座象征着科技进步、被许多人引以为豪的城市其实是"太超前了"。② 柯宁斯比所反对的"超前"无疑跟弗莱所说的"进步的异化"有着意思上的重合，其中共同隐含的问题之一是物质文明和精神文明的严重脱节。这一点已经由《柯宁斯比》的叙事者直接点明："英国的物质文明在迅速地发展，可是我们道德文明的发展却与其不成比例。我们急匆匆地赚钱，急匆匆地生育，急匆匆地制造机器，殊不知我们的精神状态以及机构组织已经完全跟不上这种速度了。"③

艾格里蒙特的思考有着相似的性质：

> 过去的几个世纪给成百万劳苦人民带来了什么变化？他们的统治者确实在进步。这种进步为少数人的阶级积累了满世界的财富，使这些财富的拥有者踌躇满志，自诩为各民族之最……可是劳苦大众的进步跟这些统治者的进步是否相称呢？④

"进步的异化"还包括侯维瑞先生在论述西方现代派文学时所指出的"异化"，即"在高度物化的世界里人的孤独感与被遗弃感"——侯维瑞先

---

① 丹尼尔·贝尔：《资本主义文化矛盾》，赵一凡等译，三联书店 1992 年版，第 94 页。

② Benjamin Disraeli, *Coningsby*, p. 139.

③ Ibid., p. 61.

④ Sheila M. Smith, *Sybil or The Two Nations*, p. 59.

生以达罗卫夫人为例说明这种异化感："与旁人即使近在咫尺也仿佛隔着一层无法逾越的精神壁垒；即使生活在一座有数百万人的闹市里，也会感到幽闭的恐怖。"[1] 事实上，这种身居闹市却倍感寂寞的情形在狄思累利的笔下已经初见端倪：

> 我们刚进入大城市时，伴随着我们的是一种令人忧伤的感觉，甚至是局促不安的感觉。到了晚上，这种感觉尤其强烈。这个硕大城市的存在竟然跟我们毫无关系，一切都是那样陌生，让我们感到自己是那样地微不足道。这样的感觉难道不会在我们的心头形成压迫？[2]

以上这段描述出现在《柯宁斯比》中。值得注意的是，狄思累利此处描写的"硕大城市"就是伍尔夫后来描写的伦敦；叙述者感受异化的地点也跟达罗卫太太身处的地点一样，即熙来攘往的伦敦街头——天下熙熙，皆为利来；天下攘攘，皆为利往。

如果我们对狄氏笔下人们普遍的行为方式作一考察，就会对那股"进步"潮流有更深的理解。《西比尔》的开篇耐人寻味：为参加 1837 年的赛马会，赌民们于前一天晚上就早早来到了赛马会馆，一个个"想到第二天的比赛就心跳不已，同时又为如何赢得赌注而绞尽脑汁"。[3] 这一场景看似跟小说的情节无关，但是却为弥漫于全书的价值气氛做了有力的铺垫：艾格里蒙特和西比尔回归精神家园的道路可谓荆棘丛生，他们好比在逆水行舟，因为周围的人都在急匆匆地赶奔致富之路——无论是驱使工人们每天工作 20 小时的沃德盖特城的小五金作坊主的残忍，还是马奈爵爷变着法儿压低手下人工钱的狡诈，都在精神实质上与赌赛马毫无二致。

赛马会只是一种局部现象，但是它可以被看作整个维多利亚社会的缩影：当时举国上下都在从事着一种更大规模的、工业社会特有的赌博活动——炒股。艾格里蒙特在为宗教信仰日趋凋敝而痛心疾首的同时，竟然

---

[1]　侯维瑞：《现代英国小说史》，上海外语教育出版社 1985 年版，第 19—20 页。

[2]　Benjamin Disraeli, *Coningsby*, p. 134.

[3]　Ibid. , p. 1.

发现"英国公众可以忍受一切,因为他们都忙于铁路股票的买卖而无暇旁顾"。① 这里的铁路意象跟赛马意象遥相呼应,它们不仅共同象征着赌徒心理,而且还象征着对速度的狂热追求。狄思累利写作之时,正值"铁路狂潮"(the railroad mania)席卷英国之际。作为迅猛发展的工业和科技的标志,"铁路使速度这一概念渗入了全民意识。在这一方面,铁路所起的作用超过了维多利亚时期的任何科技发明。"② 这种速度意识导致了阿诺德当年嗤之以鼻的"现代生活的病态的匆忙",也就是弗莱后来所说的"进步的异化"。

除了全民忙于炒股票之外,《西比尔》中还记载了另一个全民现象:"放债欠债成了国民习惯";更糟的是,"赊购成了所有交易的主宰,而不是偶尔为之的辅助手段",其结果则是助长了"不诚实之风"。在信贷原则的支配下,当时英国的"对外贸易无异于赌博,而国内贸易的基础却是一种病态的竞争"。③ 假如信贷原则支配的只是经济活动,那情形本来还可以忍受,但是如狄思累利之笔所示,投机取巧的风气已经渗入了人的精神领域,影响着公共生活和私人生活的方方面面。除了艾格里蒙特和西比尔及其父亲之外,几乎所有人的行为都带有不诚实的特点。艾格里蒙特的哥哥马奈爵爷是这方面的典型。在私人生活中他就不仁不义:他曾经暗地里施加影响,把艾格里蒙特的初恋对象阿拉贝拉占为妻子,接着又在怂恿弟弟参加议会竞选后拒绝承担费用,使不掌握经济大权的弟弟背上了负债不还的罪名。明明是对弟弟横刀夺爱,毁其名誉,马奈爵爷却一有机会便要宣称自己是如何地关爱弟弟。例如,他总是不忘提醒弟弟:后者从母亲那儿得到的一千英镑资助是从他的口袋里掏出来的(实际上他母亲用的是她丈夫的遗产,只不过是这笔财产须每年从长子马奈那里提取而已)。

在公共生活中,马奈爵爷是同样的虚伪。他逢人便标榜自己"爱民如子",大言不惭地进行这样的表白:"我希望全国各地的人民都能像在我的领地里那样生活安康。"④ 可是事实又如何呢?他每星期只付给手下的农场

---

① Benjamin Disraeli, *Coningsby*, p. 231.

② Richard D. Altick, *Victorian People and Ideas*, New York and London: W. W. Norton, 1973, p. 96.

③ Sheila M. Smith, *Sybil or The Two Nations*, p. 20.

④ Ibid. , p. 150.

工人们八先令的工钱，使后者沦为"全国最悲惨的那一部分人口"，① 但是他却美其名曰："工人工资越高就越要变坏。他们只会把钱在啤酒店里挥霍掉。"②

欺诈之风还侵入了法律领域。律师哈顿的所作所为就是一个触目惊心的例子：他在卷宗上弄虚作假，帮助许多骗子"发现"了能够证明贵族血统的家谱——这些骗子或借此继承产业，或借此混入议会，而哈顿本人则乘机大敲竹杠，发了一笔又一笔的横财。西比尔的父亲杰拉德本该继承莫布雷地产，但是由于哈顿在法律文件上做了手脚，因此财产落入他人之手。哈顿这种瞒天过海骗取财产的行径是维多利亚社会骗子横行的写照。

需要特别指出的是，欺诈之风和上文中分析的炒股之风皆出于同一种社会心态：迫不及待地奔致富/进步之路。

在狄思累利笔下，"进步"还表现为对在消费潮流中落伍的恐惧。前文提到的赛马会馆一幕包含这样一个细节：在会馆酒吧里用餐的人们虽然享用的是山珍海味，可是一个个都提不起精神，因为他们"未成年就穷尽了生活的乐趣"。③ 这些人中最典型的要数芒特彻斯尼先生和夫人——"厌倦"一词成了他俩的口头禅：他们对美酒感到厌倦，对八月份的美好天气感到厌倦，对走亲访友感到厌倦，对购物更感到厌倦。芒特彻斯尼等人的厌倦心态是他们超前消费、过度享乐的必然结果——他们生怕在消费潮流中落伍，因而小小年纪就穷奢极欲，到头来却变成对什么都不感兴趣的行尸走肉。他们的"厌倦"也就是一百多年以后弗莱所说的"绝望"，是"进步的异化"所特有的症状。

朱丽叶·约翰和艾丽斯·詹金斯等西方学者认为，消费文化出现可以被看作"现代性"的一个特征，而这种消费文化大约兴起于维多利亚女王执政时期——当时"判定价值的标准发生了重心转移，即由强调生产和再生产过程中的劳动转变为注重消费者的趣味和欲望"。④ 可以说，狄思累利

---

① Sheila M. Smith, *Sybil or The Two Nations*, p. 151.

② Ibid. , p. 109.

③ Ibid. , p. 2.

④ Juliet John and Alice Jenkins, "Introduction", in *Rethinking Victorian Culture*, (ed.) Juliet and Alice.

是最早记载这段消费文化史的作家之一。从他的作品里我们看到，虽然前文提到的"厌倦心态"在当时还只是局部现象，但是其先期征兆——贪图安逸和超前消费——已经相当严重。除了《西比尔》中芒特彻斯尼等人的所作所为之外，《柯宁斯比》中的蒙默斯爵爷及其同伙的骄奢淫逸也都可看作消费文化的缩影。更具有普遍意义的是《柯宁斯比》中所记载的一种时尚：伦敦的大街上一早就会一片嘈杂喧嚣，因为人们正忙于"购买不需要的物品"。① 这种超前消费、过度消费、为消费而消费的风气在 21 世纪的人类社会可谓愈演愈烈，是狄思累利早早预见到了这一严重后果，所以他在《坦克雷德》中写道："欧洲人津津乐道地谈着进步，其实是错把安逸当成了文明。"② 这不失为一句警世之言。

三　两个民族和一种冲动

《西比尔》中最出名的恐怕要数下面这段对话：

> 艾格里蒙特微笑着说："不过，不管你怎么说，我们的女王统治着有史以来最伟大的民族。"
>
> "哪一个民族？"年轻一点儿的那个陌生人（笔者按：指史蒂芬·莫利）问道："要知道她统治着两个民族。"
>
> 陌生人就此打住。艾格里蒙特缄默不语，但是眼神里却透着询问的意思。
>
> "是的"，年轻一点儿的那个陌生人停顿了片刻之后又说。"两个民族。两者之间没有交流，没有同情；彼此不了解对方的习惯、思想和情感，就好像他们居住在不同的区域，甚至居住在不同的星球上。他们的教养不同，食物不同，风俗不同，甚至所遵循的法律也不同。"
>
> "你指的是——"艾格里蒙特有点儿摸不着头脑，
>
> "富人和穷人。"③

---

① Benjamin Disraeli, *Coningsby*, p. 20.

② Benjamin Disraeli, *Tancred*, London：Peter Davies, 1927, p. 233.

③ Sheila M. Smith, *Sybil or The Two Nations*, pp. 65 – 66.

　　关于贫富悬殊现象的描述很多，但是很少有人能像狄思累利那样用如此生动的比喻来加以概括。这一比喻的意义在于它指出了 19 世纪中叶英国社会问题的严重性：贫富两极分化已经达到了无以复加的地步。在狄思累利的小说中，关于"两个民族"互相隔阂和对立的具体描述俯拾皆是。前文所分析的"消费浪潮"可以被视为富人们醉生梦死的一个典型例子。与此相对的是劳苦大众生不如死的惨状，其中最触目惊心的是年轻姑娘们在矿井下劳役的情景："这些英国未来的母亲们赤裸着上半身，穿着粗布裤子的双腿之间拴着一条皮带，上面系着一根铁链，借此拉着一桶桶煤块。每天要这样爬行 12 小时——有时甚至是 16 小时——的竟是一个个英国姑娘！而且，她们爬行的是崎岖而又黑暗的道路，上面还布满着坑坑洼洼。"[①] 一个更具普遍意义的例子是马奈镇普遍家庭的居住状况："不管人口多少，不管男女老少，也不管是否有人生病，全家人都得挤在一个屋子里睡觉。"[②]不仅如此，这些房屋的顶上还开着口子，墙上也到处都是裂缝；更糟糕的是屋前屋后到处是"粪便和垃圾，腐烂并散发着病菌"。[③]

　　值得深思的是，上述情形发生在当时最富有的国家。早在狄思累利开始创作之前，英国就享有"世界工厂"的称号；直到狄思累利第一次担任首相时（1868），英国的经济实力仍然远在其他国家之上。然而，这"最伟大"的国家偏偏患上了"两个民族"的顽疾，其病根究竟出在何处呢？

　　狄思累利的诊断其实在本章第二节中有所暗示：英国的物质文明和道德文明/精神信仰之间出现了断裂。这种断裂可以被看作丹尼尔·贝尔所说的"经济冲动力"和"宗教冲动力"的畸形演变。贝尔认为，资本主义精神中原先有两个互相制约的基因，即"经济冲动力"和"宗教冲动力"；科技和经济的迅猛发展导致了"宗教冲动力的耗散"，因而"对经济冲动力的约束也逐渐减弱"。[④] 这两种冲动力的失衡，也正是狄思累利关注的焦点。

　　《西比尔》和《柯宁斯比》都反映了这样一个严峻的现实：主宰人们行

①　Sheila M. Smith，*Sybil or The Two Nations*，p. 140.

②　Ibid. ，p. 52.

③　Ibid. ，pp. 52 – 53.

④　丹尼尔·贝尔：《资本主义文化矛盾》，赵一凡等译，第 30 页。

为方式和社会发展的只剩下了一种驱动力，即经济冲动。柯宁斯比和埃弗林汉姆曾经有过一次讨论，他们的结论是"功利精神"已经成为"时代精神"。① 我们知道，狄思累利生活于功利主义盛行的年代，其特点是简化人和事物发展的动因或目的。前文已经提到，边沁就曾经把"最大多数人的最大幸福"简单地归结为公平竞争和市场供求关系。此外，当时的英国社会上还流行着与穆勒和亚当·斯密类似的观点——前者认为"幸福……是唯一可以被描述为目的的东西"②；后者则公开宣扬贪欲能推动国民财富的观点，主张公平交易只需"诉诸（人的）自利之心"，甚至主张在保护商人的利益时"不用考虑人民的利益"，因为商人"由于考虑自己的利益，即使在荒欠的年份，也会被引导到像有智虑的船主有时不得不对待他的船员那样，去对待人民"。③ 狄思累利本人对这种功利主义的"简化特征"有过分析。在《为英国宪法一辩》④ 一文中，他一针见血地指出："功利主义者只承认一种或两种影响人类的动机，即对权力的欲望和对财产的欲望……"⑤

这种简化导致了什么样的实际结果呢？除了前文所说的"两个民族"之外，狄思累利至少还诊断出这样一个主要病症：信仰——政治信仰和宗教信仰——的丧失。

在狄思累利的笔下，抱着"坚定"的政治立场而积极投身政治活动的人可谓多如牛毛，可是真正具有政治信仰的人却寥若晨星，这也是柯宁斯比和他的爷爷蒙默斯勋爵之间发生冲突的根本原因。蒙默斯要柯宁斯比代表保守党竞选议员资格，不料竟遭到孙子的拒绝——柯宁斯比坚持要在搞清楚保守党的职责（"保守党应该保守什么"是书中人物频频涉及的话

---

① Benjamin Disraeli, *Coningsby*, p. 118.

② 转引自 Raymond Williams, *Key Words*, London: Fontana Press, 1976, p. 327.

③ 亚当·斯密：《国民财富的性质和原因的研究》，杨敬年译，陕西人民出版社2001年版，分别见上卷第18页和下卷第574页。

④ 这是一篇政论文，英文题目为 "A Vindication of the English Constitution in a Letter to a Noble and Learned Lord by Disraeli, the Younger"。布莱克（Robert Blake）曾经在 *Disraeli* (London: Eyre and Spottiswoode, 1996, p. 128) 一书中称其为"第一篇严肃的政治文学作品"。

⑤ 转引自 Sheila M. Smith, "Introduction", in *Coningsby*, Oxford: Oxford University Press, 1982, p. xiii.

题）、入党并参加活动的思想动因等重大问题之后才能参加竞选。参选还是不参选？富有政治热情的柯宁斯比在这一问题上几度陷入痛苦的沉思。在蒙默斯看来，这种哈姆莱特式的犹豫简直是匪夷所思。对蒙默斯及其周围大多数人来说，只要有利可图（蒙默斯的目的只有一个，即通过柯宁斯比的竞选为家族再争得一个爵位，并借此获得更多的财产），就可以匆匆祭起一面政党大旗，而丝毫不顾背后是否有真正的信仰支撑。

《西比尔》中的情形亦是如此。马奈勋爵怂恿弟弟艾格里蒙特参加竞选的目的也带有十分明显的功利色彩。他在后者初次赢得竞选胜利后说："你初次竞选就能获胜，这真是很棒。这表明你有算计的能力，而我尊重的就是这种能力。在这世界上，算计就是一切。运气之类的玩意儿根本就不存在，千万不要指望运气。如果你能继续精确地算计，你就一定能飞黄腾达。"① 他在接下去的谈话中又一连四次用了"算计"一词，前后一共用了七次。② 马奈并非书中唯一的算计大师。靠在法律文件上做手脚算计他人钱财的哈顿、百般克扣矿工实物工资的狄格斯父子等人都比马奈有过之而无不及。就连平时主张正义的莫利在关键时刻也露出了"算计本色"：西比尔的父亲杰拉德因参加宪章运动而身陷险境，莫利乘机向西比尔开出条件——只要后者嫁给他（至少先答应放弃对艾格里蒙特的爱），他就设法挽救杰拉德。

确实，19世纪的英国凭着"算计"及其隐含的功利主义思想，发展成了不可一世的经济强国。然而，狄思累利却看到了这种成就其实是得不偿失——"经济冲动力"一枝独秀的代价实在惨重：它不仅产生出了"两个民族"这样的怪胎，而且导致了信仰的丧失。

优秀的小说具有预言功能。狄思累利的小说在这方面堪称上乘：它们所批判的功利主义毒素，以及盲目"进步"的病态心理，仍然在威胁着进入21世纪以后的人类社会。

我们不妨再以一个不无预言性质的例子来作为结束语：狄思累利不仅

---

① Sheila M. Smith, *Sybil or The Two Nations*, p. 67.

② Ibid. , pp. 67 – 70.

在《柯宁斯比》中指出男主人公"出生于一个在所有方面都缺乏忠诚的年代"①，而且在《西比尔》中以第一人称坦言读者们正"处在一个缺乏政治忠诚的时代，一个情感卑劣的时代，一个思想猥琐的时代"。② 一百多年以后，弗莱仍然还在发问："在这个世界上，我们的忠诚究竟应该奉献给谁?"③ 这难道不能算是对狄氏预言的一种应验?

① Benjamin Disraeli, *Coningsby*, p. 109.
② Sheila M. Smith, *Sybil or The Two Nations*, p. 420.
③ 诺斯洛普·弗莱:《现代百年》，盛宁译，第87页。

第三章

对"机械时代"的回应

——《奥尔顿·洛克》的启示

　　金斯利（Charles Kingsley，1819－1875）在我国一直受到冷落，但是西方学术界对他的兴趣却有增无减。卡扎米安和威廉斯曾经分别把他的《奥尔顿·洛克》（Alton Locke，1850）视为"社会小说"和"工业小说"的主要代表作之一。① 20世纪70年代以后，金斯利研究方面最具影响的是凯瑟琳·佳拉赫、帕特里克·布兰特林格和萝丝玛丽·博登海默（Rosmarie Bodenheimer）。他们虽然在不同程度上接受了卡扎米安和威廉斯的观点，但是都逐渐把研究重心移向了《奥尔顿·洛克》的语言和叙事结构层面。例如，佳拉赫虽然仍旧把小说主人公奥尔顿·洛克看作工人阶级的代表，但是却更多地把他视为写作本身的比喻，并且断言整部小说的最终目的在于揭示叙事作品的一个普遍特性，即叙事作品"不可能塑造出一个完整的人物的自我形象"。② 进入21世纪以后，蒙克（Richard Menke）和戈特利布（Evan M. Gottlieb）在跟佳拉赫等人对话的基础上，分别把"文化资本"（Cultural Capital）和"文化语言"（the language of culture）等概念引入了金斯利研究。他们得出的结论非常相似。蒙克提出，洛克在成为诗人的过程

---

　　① 分别见 Louis Cazamian, *The Social Novel in England* 1830－1850（London and Boston： Routledge & Kegan Paul, 1973）和 Raymond Williams, *Culture and Society： 1780－1950*（London： Chatto & Windus, 1959）.

　　② Catherine Gallagher, *The Industrial Reformation of English Fiction： Social Discourse and Narrative Form, 1832－1867*, Chicago and London： University of Chicago Press, 1985, p. 90.

中所积累的文化资本（一种知识形式）决定了他必然"损害自己的政治立场"。① 言下之意，成了诗人的洛克不可能在真正意义上对操纵"文化生产场"（the sphere of cultural production）的统治阶级构成任何威胁。戈特利布说得更为直露：金斯利写作的真正动机是"为中产阶级的统治寻找理由"，并且"向中产阶级读者提供安慰，提醒他们不用害怕"。② 戈特利布的中心论点是，金斯利的小说只是证明了"在政治上很活跃的工人阶级诗人是不可能存在的"。③

蒙克和戈特利布的观点公允吗？《奥尔顿·洛克》对 21 世纪的人类社会究竟有哪些启示？本章将在这些方面试作回答。

一　金斯利和他的时代

假如我们接受蒙克和戈特利布的观点，我们就无法对卡扎米安和科勒姆斯（Brenda Colloms）等人记载的史实作出恰当的解释。根据这些记载，金斯利从小就养成了疾恶如仇的品格。由于他的父亲担任克拉夫利（Clovelley）教区长的缘故，他从小有机会亲身感受贫民区的种种苦难，目睹工业革命带来的种种弊端。如卡扎米安所说，"在克拉夫利的经历决定了他的社会思想的主要特征"。④ 1844 年，金斯利跟基督教社会主义运动的创始人莫里斯（Frederick Denison Maurice，1805 – 1872）结成莫逆之交，并积极投身于体现基督教社会主义思想的各种公共事业。下面这段话简明而独特地反映了他的社会观、宗教观、伦理观和审美观：

> 一个人在遇见丑恶现象时应该立即予以抨击，否则我决不相信他对善和美有着真诚的爱。因此，你们必须把我看成一个在上帝指引下驱逐社会弊端的人，一个对弊端穷追不舍的人——弊端不除……国难未

---

① Richard Menke, "Cultural Capital and the Scene of Rioting: Male Working – Class Authorship in *Alton Locke*", *Victorian Literature and Culture*, vol. 28, Number 1, 2000, p. 92.

② Evan M. Gottlieb, "Charles Kingsley, the Romantic Legacy, and the Unmaking of the Working – Class Intellectual", *Victorian Literature and Culture*, vol. 29, Number 1, 2001, pp. 55 – 63.

③ Ibid. , p. 58.

④ Louis Cazamian, *The Social Novel in England 1830 – 1850*, p. 242.

已，我心不甘。①

金斯利的强烈情感和鲜明性格也由此可见一斑。他在谈论工厂和矿区的污秽、嘈杂以及资本家对工人残酷剥削等景象时曾经说过意思相仿的话："只有在这些现象面前感到坐立不安的人，才称得上是一位有教养的人。"②很难想象，这样一位爱憎分明的人会像蒙克和戈特利布所说的那样，用转弯抹角的方法去为残酷压迫工人的统治阶级寻找理由或安慰。

科勒姆斯的有关传记也跟蒙克等人的观点相悖。据科氏记载，金斯利在创作《奥尔顿·洛克》时"心中充满着怒火，一心想要教育世人……即把富有思想的人们的注意力吸引到工人们所遭受的种种不公正待遇上来"。③需要强调的是，金斯利并非简单地想要通过自己的小说来发泄心中的愤懑，而是要引起人们对工业革命浪潮下社会不公正现象的深层次思考。当然，即便从表面上看，当时英国的社会问题也已经发展到了极其尖锐的地步。工业革命为少数幸运儿创造了空前的财富，可是给广大平民带去的却是饥饿、贫困、疾病和死亡——狄思累利就曾经用"两个民族"来形容过当时两极分化的严重性。④可以说，金斯利在描写"两个民族"方面并不亚于狄思累利。富兰克林（J. Jeffrey Franklin）曾经把金斯利的另一部小说《酵母》（Yeast，1848）跟狄思累利的"青年英格兰三部曲"相比，并认为"《酵母》的题材其实就是青年英格兰"。⑤事实上，就"两个民族"的问题而言，《奥尔顿·洛克》比《酵母》更加接近"青年英格兰三部曲"——《奥尔顿·洛克》中反映贫富悬殊的例子比比皆是，远远超过了《酵母》。

不过，金斯利更关心的是社会不公正现象背后的深层次原因。在这一

---

① 转引自 Fanny Kingsley, *Charles Kingsley*, *His Letters and Memories of His Life*, vol. I, Cambridge and London：Cambridge University Press, 1962, p. 121.

② Ibid. .

③ Brenda Colloms, *Charles Kingsley*, London：Constable, 1975, p. 112.

④ 详见 Benjamin Disraeli, *Sybil or The Two Nations*, Oxford and New York：Oxford University Press, 1981, pp. 30 – 31.

⑤ J. Jeffrey Franklin, *Serious Play*：*The Cultural Form of the Nineteenth – Century Realist Novel*, University of Pennsylvania Press, 1999, p. 255.

点上，我们不能忽视卡莱尔对他的影响。① 小说《奥尔顿·洛克》的副标题是"裁缝和诗人"（Tailor and Poet），而且主人公洛克的裁缝身份影响了整个故事的进展，这实际上是呼应了卡莱尔的名著《旧衣新裁》（*Sartor Resartus*）。后者既以衣衫讽喻历史（人类的历史被戏讽为不同服装互相更替的历史），又以衣衫暗指人类在工业化进程中所付出的精神代价，即灵魂的丧失。卡莱尔在《旧衣新裁》中把当时的世界比喻成了"一个巨大的、毫无生气的、深不可测的蒸汽机"②，并且在《时代特征》（"Signs of the Times"）中给那个时代下了一个定义，即"机械的时代"；③ 最使卡莱尔痛心疾首的是"不光人的手变得机械了，而且连人的脑袋和心灵都变得机械了"。④ 跟卡莱尔一样，金斯利把机械化了的精神世界看成对人类的最可怕的危险。

是什么造成了精神世界的机械化？

金斯利生活在这样一个时代：为了给工业革命推波助澜，各种时髦的理论和术语粉墨登场，各显神通。除了我们所熟知的边沁的"最大多数人的最大幸福"原则和麦考莱的"进步"学说之外，李嘉图有关"经济人"的定义在当时也十分流行。李氏认为他的定义有助于"社会的和谐"："经济人只不过是一种原子；它充斥着由私利为单一导向的能量，并且能够通过跟同类的互相作用而产生整个社会的和谐状态。"⑤ 李嘉图的理论跟边沁、麦考莱等人的理论有着一个共同的倾向，即简化倾向。在他们的词典里，社会的福音简化成了"竞争的福音"，复杂的人性简化成了单一的私利性质，活生生的人简化成了可以随时拆散或组合的经济单位，道德秩序简化成了一套套干瘪的公式和"规律"，管理社会的艺术简化成了一条条抽象的原则——逻辑、算计、头脑的冷静和理论的清晰成了压倒一切的信条和标准，而情感、想象和理想却被逐出了理性王国。

---

① 光是小说的前十章中，卡莱尔的名字就直接出现了五次（分别参见 1968 年 Georg Olms Verlagsbuchhandlung 版本的第 20、68、102、104、116 页）。

② Thomas Carlyle, *Sartor Resartus*, Oxford：Oxford University Press, 1987, p. 127.

③ 转引自 Raymond Williams, *Culture and Society：1780 – 1950*, London：Chatto & Windus, 1959, p. 72.

④ Ibid., p. 73.

⑤ 转引自 Louis Cazamian, *The Social Novel in England 1830 – 1850*, p. 18.

　　李嘉图和边沁等人还对数学表现出极度的痴迷和狂热。在他们的影响下，"本体化微积分"（the ontological calculus）、"愉快的算术"（the arithmetic of pleasure）、"算术世界观"（the arithmetical outlook）以及诸如此类的术语变得非常走俏。① 与这些术语相伴而行的是"利润""计算""增长""量化"等词语。这些术语在经济领域里有其合理性，可是它们侵入了其他诸多领域，甚至在道德领域和审美领域里也开始发号施令，这就导致了卡莱尔所说的"机械时代"。

　　金斯利就生活在这个"机械时代"中。

二　回应"机械时代"

　　《奥尔顿·洛克》是对上述"机械时代"的回应。该书的副标题——"裁缝和诗人"——起到了最主要的点题作用：它不是蒙克等人所说的"安慰中产阶级的课题"，而是对卡莱尔的名著《旧衣新裁》的直接呼应。前文其实已经暗示，卡莱尔和金斯利笔下的"衣服"和"裁缝"意象都包含了对精神信仰的关注——由理性主义者为了功利目的而裁剪、编织起来的世界充其量是一层层华丽的"外衣"，终究会露出灵魂丧失后的破绽和丑陋。

　　小说以风起云涌的宪章运动为背景。为小说 1884 年版作序的休斯（Thomas Hughes）曾经盛赞该书作者，称其为"在紧急关头站在工人阶级一边的最直言不讳、最有威力的作家"。② 卡扎米安也认为该书表明金斯利是一位"天才作家"，称赞他"在小说的伪装下，决定性地表现了他那个时代最重要的目标和理想"。③ 卡扎米安和休斯都把关注的焦点放在了小说的社会政治层面（卡氏所说的目标和理想主要指金斯利等人当时提出的社会改革方案），这固然有他们的道理。不过，金斯利在书中曾经通过洛克之口，明确地点明了自己写作的首要宗旨："本书是我的思想情感成长史。"④

---

　　①　转引自 Louis Cazamian, *The Social Novel in England 1830–1850*, p. 18.

　　②　Thomas Hughes, "Prefatory Memoir", in *Alton Locke*, Charles Kingsley, Hildesheim：Georg Olms Verlagsbuchhandlung, 1968, p. x.

　　③　Louis Cazamian, *The Social Novel in England 1830–1850*, p. 241.

　　④　Charles Kingsley, *Alton Locke*, 1968, p. 74.

确实，《奥尔顿·洛克》在很多方面都称得上一部典型的"成长小说"
（Bildungsroman）。

小说主人公洛克出生在贫穷的伦敦东区。在他不记事的岁月，以小本生意为生的父亲不幸去世，母亲含辛茹苦地把他和妹妹苏珊拉扯成人。由于受教会的影响，本来就郁郁寡欢的母亲对孩子们严厉有加。她认为在后者"确信自己的罪孽"并"皈依上帝"之前，做母亲的没有任何权利对他们怀有"精神上的爱"。①

母亲的严厉并未给洛克的性格着上深沉的宗教底色，真正使他走上心灵探索之路的是他去一家裁缝店当学徒之后的经历。裁缝作坊可以被看作维多利亚工业社会的一个缩影：洛克跟着师傅们从早到晚地从事机械劳动，不仅所得甚微，而且工作环境极其恶劣——许多人挤在一个狭小污浊、因不通风而臭气逼人的阁楼里。摧残人的卫生环境、高强度的劳作以及营养不良等因素经常使工人们遭受疾病乃至死亡的侵袭。就是在这样一个污浊的环境中，洛克开始思考人生的意义。也就是说，在一般人首先会为自己的基本生存而焦虑的时候，洛克首先考虑的是精神层面的东西。他最感不安的是自己"失去了方向盘"②，最渴望的是满足自己的精神需求。所幸的是，他遇上了一位好心人——爱尔兰书商麦凯。后者不仅免费借书给他，而且还这样告诫他："散漫的阅读只会给青少年带来祸害"，因此阅读"必须始于自律，并且框以方法"。③ 在麦凯的指导下，洛克如饥似渴地阅读起维吉尔和弥尔顿等人的诗作，奠定了他日后从事诗歌创作的基础。更重要的是，麦凯还以自己对穷人的深切同情影响洛克：他亲自带着后者深入贫民窟体验生活（小说第八章中有一段关于他俩看望一位老妇人、三位被迫卖身的姑娘——其中一位已经病入膏肓——的描写，非常感人），同时教育他要从穷苦人的生活中汲取"诗歌的要素"。④ 可以说，麦凯是洛克在精神探索之路上的启蒙老师。

洛克的另一位启蒙老师是克罗思韦特。后者是宪章运动的领袖人物，

---

① Charles Kingsley, *Alton Locke*, p. 4.

② Ibid., p. 27.

③ Ibid., p. 34.

④ Ibid., p. 100.

洛克就是在他的影响下投入了宪章运动的。克罗思韦特是一位既充满生活气息又不同凡响的人物——他体弱瘦小，面颊呈病黄色，生活的重压使他在 25 岁时看上去就像 40 岁，可是他却处处透出一种精神力量和人格魅力。在工友们常常借酒浇愁的情况下，他仍然洁身自好，滴酒不沾；虽然平时寡言少语，但是在关键时刻却口若悬河，显露出清晰的思路和丰富的情感。西方一些评论文章简单地把克罗思韦特说成是引诱洛克变成激进分子的"教唆犯"，这是一种非常轻率的结论。事实上，克罗思韦特跟洛克一样，虽然都热衷于社会改革，但是更致力于精神上的探索。应该说，从一开始起，克罗思韦特就对简单的机构改革抱怀疑态度。对以代议制为轴心的政治改革他更加持批判态度——他曾经向洛克这样评价英国的议员们：

> 他们代表的是财产，而我们却身无分文。他们代表的是社会地位，而我们却毫无地位。他们代表的是既得利益，而我们却得不到任何利益。他们代表的是雄厚的资本，而压榨我们的恰恰是这些资本。在他们所代表的制度下，雇主们毫无责任心，雇员们沦为奴隶，老板们相互倾轧，打工者相互竞争——他们宣扬这样的制度，并为它感到荣耀，而实际上这一制度正在把我们一个个生吞活剥！他们由少数人选定，代表的是少数人的利益，可他们却要为多数人制定法律——你根本无法知道这些法律是否代表了人民的利益！[1]

在克罗思韦特看来，制度的改革之所以会走歪路，是因为它背离了上帝的指引。因此，他始终强调有两种性质截然不同的改革：一种是上帝指引下的改革，而另一种是背离了上帝指引的改革。上举例子中所批判的机构改革和政治改革虽然表面上是一种"民主"，但是它并未在实质上解决社会地位高低和阶级差别等矛盾，因而克罗思韦特告诉洛克：只有"上帝不分地位和等级"，而且出身低微的人依照上帝的指引才能够变成"托马斯·卡莱尔所说的未经官方认可的英雄"。[2]

在克罗思韦特和麦凯的影响下，洛克完成了一次精神和观念上的重要

---

[1] Charles Kingsley, *Alton Locke*, pp. 116 – 117.

[2] Ibid., p. 116.

转变。他原先对社会问题的见解带有以边沁为代表的"进步"话语的烙印，但是他后来意识到边沁等人关于社会/机构改革的主张流于机械，缺乏精神上的力量。下面是一段他对自己观念转变的总结：

> 起初我把人简单地视为外部环境——即人不由自主地置身其间的某个社会，或政治意义上的外部体系——的产物和傀儡（恐怕我们中间太多的人如今仍然持有这样的看法）。毫无疑问，我当时是中了邪，这真是可恶。不过，在过去的二十年里，边沁及其信徒们、经济学家们、高教会成员们所鼓吹的正是那样的观点，并且还博得了相应门派的交口称誉。持上述观点的人不外乎两类。一类人宣称：世界可以由便宜的面包、自由的贸易以及"自由工业"——说白了，也就是"资本的专制"——这一奇特形式而得到再生。不管怎么说，"自由工业"只是某种外在的制度、环境或"遁术"——这种遁术着眼于人的周围世界，而对人的内心世界却视而不见。另一类人的灵丹妙药则是建立更多的教堂和更多的学校，聘用更多的牧师。假如这些教堂、学校和牧师都是优质的，那么这一类药方的确有其长处，的确会胜过便宜的面包和自由的贸易。然而，在我们工人看来，我所说的这后一类人在把质量和数量作权衡时，似乎只把质量放在次要地位。他们期待着世界的再生，但是他们所做的却不是让世界变得更符合宗教精神（假如真是如此，那么最乐意促成这一状况的当属宪章派们自己，尽管这么说似乎有些矛盾），而只是一味地增设机构，即增加某个"教会体制"和某个外部环境，或增添某个"遁术"。我现在总算明白了一个道理：振兴世界不能依靠增设体制的办法（再好的体制也不能解决根本问题），而只能依靠发扬光大上帝的精神。①

洛克的这段反思对理解小说的中心思想至关重要。尤其值得注意的是，金斯利通过洛克之口直接批驳了边沁以及当时走红的经济学家们，指出了他们的理论和思想方法中的一个痼疾，即在处理质量和数量的关系时本末

---

① Charles Kingsley, *Alton Locke*, p. 119.

倒置。

换言之，金斯利通过洛克的故事传达了这样一个观点：社会/机构改革必须服务于宗教目的。在这一点上，金斯利其实跟纽曼十分相像。虽然他曾经与纽曼在后者皈依天主教的问题上发生过论战，但是陆建德下面这段有关纽曼的评价也适用于金斯利：“纽曼并不反对善行……但善行必须服务于宗教的目的……匆匆投入社会改革，对精神上的痼疾和一整套值得怀疑的价值观念不闻不问，甚至姑息纵容，有可能舍本逐末，把‘民主’、‘自由’和‘生活水平’等手段等同为目的。”① 不无巧合的是，前文所引用洛克的那段反省与纽曼的见解十分吻合。就在那段引文前面，洛克还意识到自己跟其他许多参加宪章运动的工人“错把手段当成了目的”。②

离开了崇高的目的，人类社会的一切活动必然流于机械。金斯利对“机械时代”的挑战是多角度的，但是其中最具特色的是他从“自由”的意义入手，探赜索隐，进而揭露了自由外衣掩盖下高尚灵魂的缺席。这也将是本章下一节的中心话题。

三　叩问自由

从某种意义上说，《奥尔顿·洛克》是对自由的一次叩问。反过来说，自由的精神叩问了主人公洛克等人的心灵。

从社会和政治纬度看，洛克追随克罗思韦特参加了如火如荼的宪章运动，并且用自己的诗歌抨击了社会弊病——虽然他一度为了追求虚无缥缈的爱情而同意阉割自己诗歌的政治锋芒，但是他在后来的反省中一直对此痛悔不已。也就是说，小说首先展现的是维多利亚社会中以洛克为代表的工人阶级争取基本生存权利和自由的斗争史。在洛克生长的时代，工人确实获得了“自由”，但是他们只是变成了可以自由交换、可以随时拆散或组合的经济单位。他们有了出卖劳动力或身体的自由，但是却没有丰衣足食的自由。前文提到的缝纫作坊以及伦敦贫民窟中的种种惨状都说明了这一

---

① 陆建德：《破碎思想体系的残编：英美文学与思想史论稿》，北京大学出版社 2001 年版，第 59 页。

② Charles Kingsley, *Alton Locke*, p. 118.

点。正因为如此,洛克等人积极参加了宪章运动;他们争取的是丰衣足食的自由,以及由代议制所象征的政治自由。

然而,赋予《奥尔顿·洛克》这部小说更高价值的是对自由观念另一层含义的叩问。前面已经提到,金斯利把这部小说界定为一部"精神成长史",而这心路历程始终环绕着一个核心问题:什么是自由?

小说主人公洛克在投身于宪章运动的同时,也开始了对社会改革的意义的思考。除了前面提到的关于手段和目的之间关系的思考以外,洛克在反思中还确立了这样的认识:"我所需要的与其说是外部环境的改革,不如说是内心的改革。"① 洛克生活在一个人人热衷于追求外部自由的年代。除了工人们所推动的宪章运动以外,当时英国的两个主要政党——辉格党和托利党——所提倡的政治改革和社会改革也都着眼于用外部体制或程序来确保所谓的自由。前文所引的洛克的那段反思中所说的"两类人"就是指辉格党和托利党:其中的一个鼓吹用便宜的面包和自由竞争来振兴社会,而另一个则主张建立更多的教堂,兴建更多的学校,聘用更多的牧师,误以为这样就能够增进人类社会的自由。

确实,在洛克所生活的年代里,追求自由成了一种普遍的自觉意识:政党要员们在标榜着自由,新闻媒体在宣传着自由,资本家们在实践着自由,工人们在争取着自由——尽管他们对自由的理解不尽相同。

不过,洛克的对"自由"的实际感受却是迷惘和痛苦。他逐渐认识到当时漫天飞的美好词语——如"自由普选权""自由贸易""新闻竞争"等——并不能给他这样的贫苦工人带来多少自由(除了他们能自由地出卖劳动力或身体之外)。事实上,至少有两种"自由"——自由竞争和新闻自由——给他带来了切肤之痛。

先说"竞争自由"。洛克原先的裁缝老板去世之后,其子下决心改变他父亲的传统经营方法(原先的经营方法至少还能让工人们勉强维持生活),开始让工人们自由招标——要价最低、出活最多者可以把活揽到自己家中去干;这种迫使工人们互相"自由竞争"的手段使洛克和工友们的工作量增加了三分之一,而实际工资却减少了一半。这一切的发生只是因为他们

---

① Charles Kingsley, *Alton Locke*, p. 119.

有了一位"燃烧着 19 世纪伟大精神"的新老板，他"决心走在时代的前面"，也就是"决心抓紧致富"。① 顺便在此提一句：这位新裁缝老板可以被看作"进步"——也就是本书中多次提到的带有"速度"含义的"进步"概念——的化身。

再说"新闻自由"。奥富林先生（某家报纸的编辑）连哄带骗地说服洛克撰写有关剑桥大学的报道文章，然后在没有征得他同意的情况下把文章改得面目全非，变成了诽谤奥富林先生政敌的炮弹。当洛克前去指责奥富林先生时，后者竟然大言不惭地把所谓的"新闻自由"跟"卖点"联系在了一起："先生，我懂得经营之道，也懂得为人之道，而且比你更有信念，因而我知道什么样的报纸才能卖钱……"② 这种混乱的价值观确实给报商们带来了赚钱的自由，但是带给洛克的却是深深的羞辱和痛苦。

对贫穷而诚实的工人来说，以上两种"自由"恰恰意味着不自由。正是为了反抗这种"自由"带来的不自由，洛克义无反顾地加入了工友们的行列，成了宪章运动中的一名积极分子。虽然金斯利为这一情节着墨颇多，但是他更为关注的是洛克在参加宪章运动时的思考和感受。洛克在这一过程中经受的最大考验是他出版诗集时面临的抉择：他本来写诗是为了展现工人们所遭受的不平等待遇，并抨击统治阶级的罪行，但是为了发表这些诗歌，他不得不同意出版商对这些诗歌进行政治阉割的要求。蒙克等人据此把整部小说看成金斯利对统治阶级的投降或安慰，这一观点忽视了一个重复出现的细节，即洛克作出妥协后一直痛苦万分。在小说开篇不久，洛克就用插叙的手法暗示自己曾经"背叛了自己的阶级"，③ 并对这一背叛持批评态度。在他同意冲淡自己的政治立场以后，他感到了"良心的重击"。④ 事实上，他一直都为自己不能用诗歌仗义执言而深感内疚。他后来卷入反抗统治阶级的暴力行动也是因为他想弥补自己对本阶级的亏欠。

仅就公正性而论，以洛克等人为代表的宪章运动所追求的自由跟当时的两大政党以及大大小小的资本家们所追求的自由有着天壤之别，但是两

① Charles Kingsley, *Alton Locke*, p. 109.
② Ibid. , p. 241.
③ Ibid. , p. 56.
④ Ibid. , p. 168.

者之间有一个共同点：它们都以外部的自由形式为特征。前文已经提到，英国的两个主要政党当时提出的改革都仅仅着眼于数字和体制。那么，宪章运动所代表的改革又是怎样的呢？1833 年出台的《人民宪章》主要提出了六点政治主张：工人取得普选权；秘密投票；代表权平等分配；议会每年选举一次；每个选民都同样有被选举的权利；议会代表支薪。① 这些改革要求当然都是正义的、合理的，但是它们仍然没有超越这样一个特性：它们所隐含的自由理想仍然是建立在数字基础上的自由。

《奥尔顿·洛克》的重要价值在于它挣脱了当时居主流地位的、痴迷于各种数字的加减以及外部体制的改动的思维模式。金斯利并非像蒙克等人声称的那样，只是为了打消统治阶级的顾虑，只是为了消除后者对工人斗争的恐惧，而提出了一个更深刻的问题：工人们讨还自由以后怎么办？与此密切相关的另一个问题是：究竟什么是自由？

金斯利在一篇题为《教会给劳动者的告诫》的文章中曾经区分过真假"自由"："有两种自由———一种是假的自由，即一个人可以自由地做他喜欢做的事情；另一种是真的自由，即一个人可以自由地做他应该做的事情。"② 金斯利此处强调的是一种悖论，或者说是一种更高境界上的自由：这种自由首先意味着服从。换言之，自由只是一种手段，而不是目的；自由必须服务于一种更高的目的。陆建德博士在评论柯尔律治以及维多利亚时期思想家纽曼、卡莱尔、罗斯、阿诺德、佩特（Walter Horatio Pater, 1839 – 1894）和乔治·艾略特等人时曾经指出，这些杰出人物都把"道德良心的律令"和"道德的兴味"当作不容置疑的最终标准。③ 金斯利所提倡的自由，也正是以服从于这种良心的律令为前提的。

在小说《奥尔顿·洛克》中，最高境界的自由的化身当属麦凯和埃莉诺。

前文提到，麦凯和克罗思韦特同为洛克的"启蒙老师"。他俩都希望洛克成为人民事业的捍卫者，但是麦凯所采取的方法与克罗思韦特的不同：他对贫苦工人有着深切的同情（他亲领洛克访贫问苦就是例证），但是他没

---

① 参见阿尼克斯特《英国文学史纲》，戴镏龄等译，人民文学出版社 1980 年版，第 365 页。

② 转引自 Thomas Hughes, "Prefatory Memoir", in *Alton Locke*, Charles Kingsley, p. xxxiii.

③ 见陆建德《破碎思想体系的残编：英美文学与思想史论稿》，第 5—56 页。

有匆匆投入社会政治改革，其原因是他把道德修炼和心灵的改造放在了更重要的位置。他赞成洛克等人投身于争取自由的正义事业，但是他主张在投身正义事业之前先要看清什么是正义；因此他首先致力于开启人的心智，培育人的心灵。应该说，麦凯的影响为洛克的基督教社会主义思想打下了坚实的基础。

使洛克的基督教社会主义思想成型的是埃莉诺。洛克出狱以后身染伤寒，得到了埃莉诺的悉心照料。其间，他俩就自由、平等和博爱等问题作了无数次深入的讨论。在谈到宪章运动等具体事例时，埃莉诺一再向洛克强调：工人们争取普选权和其他权益的斗争本身无可厚非，但是"你们在争取这些权益之前，应该先使自己无愧于这些权益"。①

小说的最后一章（第41章）以"自由、平等和博爱"为标题。在埃莉诺的劝说下，洛克跟克罗思韦特一起踏上了移民美国的旅程。埃莉诺在为洛克送行时又一次对后者说："自由、平等和博爱就在人的内心。先在你自己心中实现它们，然后再设法使它们变为普遍的现实。自由、平等和博爱不是来自外部，不是来自宪章和共和体制，而是来自人的内心……"② 金斯利在这里开出了一帖救世的药方，至于这帖药方的疗效究竟如何，恐怕与本书的宗旨无关。与本书宗旨有关的是：金斯利通过《奥尔顿·洛克》这部小说提出了一个人类至今仍然必须面对的问题：自由来自何方？自由以后怎么办？最高境界的自由是什么？

金斯利的自由观很可能是受了伯克（Edmund Burke，1729 – 1797）的影响——金斯利对自由的叩问，跟伯克当年的有关论述极其相似。早在1789年，伯克就曾指出："在世界上所有大而无当的术语中，自由一词的意义是最不确定的。"③ 正因为如此，伯克在《法国革命论》（*Reflections on the Revolution in France*，1790）以及许多书信和演讲中阐述了他关于自由的思想。他曾经这样自问自答：

---

① Charles Kingsley, *Alton Locke*, p. 407.

② Ibid. , pp. 432 – 433.

③ Edmund Burke, *The Philosophy of Edmund Burke*：*A Selection from His Speeches and Writings*，（ed.）Louis I. Bredvold and Ralph G. Ross, Ann Arbor：The University of Michigan Press, 1967, p. 71.

没有智慧和德行的自由是什么呢？它是万恶之首。没有了指引和约束，自由就是愚蠢、邪恶和疯狂。①

下面的一段论述更为精确和精彩：

对……堕落的人来说，必须用高度的约束状态来替代自由。尽管这种状态并不好，然而它能在一定的程度上把人从最坏的奴役状态——即盲目而残酷的激情对人的专制——中拯救出来。

……（自由）不是孤立的、与外界隔离的、个人的、自私的自由，仿佛每个人都能按照自己的意愿来调节自己的全部行为似的。我所说的自由是社会的自由。它是一种事物的状态，在这种状态下自由通过同等的克制而得到保障。自由是事物的构成状态，在这种状态下任何个人、任何团体、任何数量的人都找不到侵犯别人自由的手段，都无法侵犯社会里其他任何个人——任何阶层的人——的自由。的确，这种自由其实是正义的另一个名称；它通过明智的法律而彰显，通过良好的机构而得到保障。②

金斯利在《奥尔顿·洛克》中所要表达的其实就是伯克此处所概括的思想。跟伯克一样，金斯利所追求的是人类社会最高境界的自由，即先由内心准则指引并约束，再由明智的法律和良好的机构加以保障的自由。

四 错把信仰作外衣：毒瘤似的自由

金斯利用比较的手法描绘了洛克追随自由的心路历程。跟洛克形成对照的是他的表兄弟乔治。刚开始和乔治结交时，洛克不无纳闷地发现：自己的这位表哥竟然一点都不像他那明显散发着铜臭的父亲（也就是洛克的叔父）。后者是个靠经营杂货店起家的暴发户。他虽然不时地接济一下洛克

---

① Edmund Burke, *The Philosophy of Edmund Burke: A Selection from His Speeches and Writings*, (ed.) Louis I. Bredvold and Ralph G. Ross, p. 73.

② Ibid., p. 71.

一家，但是他跟侄子见面时连握手都不愿意——只是因为他太穷。乔治真正开始跟洛克有接触时，已经是剑桥大学的一位学生。洛克发现他非常和蔼可亲；就连遇上一位熟悉的扫烟囱工人时，乔治也从不放弃主动打招呼的努力。

随着两人交往的加深，洛克发现乔治为人处事都严格地奉行了一个原则，即所作所为是否划得来——"划得来"成了他的口头禅。一旦从这个角度看问题，洛克就找到了乔治对社会底层的人也和颜悦色的根本原因："他发现这样做划得来"。① 乔治对衣着、外貌十分讲究，对走路的姿态也颇有研究，因而在众人面前总是"显得神气、自信，几乎有将军的风度"。② 他对从事体育活动有着浓厚的兴趣，并且在竞技方面精益求精，这样做的原因也是"他可以借此跟绅士们来往，因而很划得来"。③ 这里所说的"绅士"指的是那些贵族子弟。乔治的父亲虽然有钱，但是暴发户在当时的社会地位毕竟不够稳固，因此乔治要想在上层社会长期立足，就必须在言谈举止方面向贵族们看齐。

乔治用来跟"划得来"配套的还有两句格言：一是"等待良机"，二是"要征服就得先屈服"。他在巴结郎代尔爵爷（埃莉诺的丈夫）、莉莲以及她在牛津大学当院长的父亲时表现出了十二分的耐心和高超的艺术。他曾经对洛克在贵族们面前不卑不亢的态度进行"善意"的批评，并劝告洛克"应该连续好几个月用'我的老爷'去称呼郎代尔爵爷"。④ 他的"屈服"和"等待"确实被证明非常"划得来"：他赢得了郎代尔爵爷等人的信任，得以自由地出入上流社会，而且还征服了美貌的莉莲——后者还意味着财产以及她父亲在上层社会中的影响。

假如自由意味着为所欲为，那么乔治就是自由的化身。他的自由和潇洒可以说达到了无以复加的地步，世上任何珍贵的东西——如亲情、友谊、人格、尊严、道德和信仰，等等——都不能给他带来一丁点儿的约束，都不能唤起他半点儿神圣的感情。在对待莉莲的态度上，他就和洛克形成了

---

① Charles Kingsley, *Alton Locke*, p. 71.
② Ibid. , p. 72.
③ Ibid. , p. 71.
④ Ibid. , p. 156.

鲜明的对照：洛克真诚而热烈地爱着莉莲，这种爱达到了神圣的境界，就连呼喊她的名字都会被他视为亵渎，而乔治对莉莲并没有真正的爱——他在初次遇见莉莲以后曾在背后用粗俗的语言对她评头论足。具有讽刺意味的是，最终赢得莉莲的是玩世不恭的乔治，而不是心地善良的洛克。

　　洛克和乔治在信仰问题上也形成了强烈的反差：洛克皈依基督教是一个长期而痛苦的过程——他先是跟母亲的教条发生冲突，后来又相继接受克罗思韦特、麦凯和埃莉诺的影响；更重要的是，他经受了社会最底层生活的磨难，经历了宪章运动给他带来的种种考验（包括是否要背叛自己的阶级而出版诗集这样的道德抉择给他带来的痛苦）。可以说，他的思想转变是一个水到渠成、瓜熟蒂落的过程，其中不乏各个层面生活经验的淬砺。相形之下，乔治"接受"宗教信仰的过程却显得格外轻松、潇洒。他在内心里根本就不信教，却摇身一变而成了英国国教的一员，最后还担任了该教会的牧师职务。他甚至劝洛克也走同样的道路："我劝你选择跟我同样的道路……不择手段地来剑桥上学，然后担任圣职。"① 当洛克直言不能昧着良心去接受自己并不相信的教义时，乔治随即报以冷嘲热讽，同时又"好心"地告诉他这是"变成绅士的唯一方法"。② 乔治的所作所为反映了维多利亚时期的部分社会现实以及部分人的心理现实：出身寒门的暴发户虽然有钱，但是跟世袭的贵族绅士们相比，他们的社会地位仍然低人一等；要想改变这一现实，他们只有一条路可走，即穿上牧师的外衣。在这些人的心中，本来应该作为人生最高目的的信仰沦落成了一种实用的工具。

　　乔治是金斯利塑造得最为生动的人物。他所代表的那种把信仰当作外衣随意挑选或更换的自由是维多利亚时代的一颗毒瘤。可悲的是，21 世纪的人类社会中仍然生长着类似的毒瘤。重读金斯利的作品，应该有助于我们消除这样的毒瘤。

---

① Charles Kingsley, *Alton Locke*, p. 147.

② Ibid. .

第四章

理性滥用的讽刺画

——《布瓦尔与佩库歇》初探

在福楼拜留给世界的文学遗产中，有一部作品对于 19 世纪科学的滥用和科学体系内部存在的问题进行过最系统的思考，这部作品就是福楼拜的遗著《布瓦尔与佩库歇》。作为一部科学省思录式的作品，《布瓦尔与佩库歇》应当说是法国文学对于世界文学的独特贡献，也是法国文学对于知识学和科学史的一项贡献。不过，这项贡献对于知识学和科学史来说并不是建构性的，而是通过对科学体系的内部问题和世俗科学主义的展示、批判、警告、拆台和消解，揭露科学普遍主义的虚妄。同时该作能够引发人们对于科学体系的内部问题、科学结论的确定性、科学的使用、科学行为与自然生态的关系等系列相关问题进行思考，这些课题对于生活在当今科学时代的人们来说是无法回避的。

一

《布瓦尔与佩库歇》是福楼拜在长达至少三十年构思的基础上创作的一部罕世奇书。在该作漫长的构思、写作过程中，揭发和批判世俗愚昧（含科学蠢行）的决心在福楼拜的脑子里始终未曾动摇过。早在 1830 年底，福楼拜只有 9 岁的时候，他就在一封信中谈到自己要写下一些关于"愚蠢的事情"的喜剧，因为当时有一位女士在访问他父亲时说了很多"愚蠢的事情"。① 而作为一本专门描绘人类蠢行的书，最后的作品《布瓦尔与佩库歇》显然可以看作是对他 9 岁时文学理想的一个实现。19 世纪 40 年代后，福楼拜从未停止过留意和记录诸如此类的人类愚蠢言行。1842 年左右，福楼拜或许是受到了巴塞尔梅·莫里斯的一个短篇故事《两个职员》（*Les Deux Greffiers*）的启发，产生了写"两个誊写员的故事"的意念。② 50 年代初，福楼拜决定以人类蠢话为内容编撰一本《流行观念辞典》，而他最早提到的这本辞典的"序言"便是《布瓦尔与佩库歇》的雏形。在 1850 年给路易·布耶的一封信中，福楼拜说："《流行观念辞典》……这样一部书将涵盖人类所有的领域，将以一个很好的序言开头，在这个序言里，我们将指出这部书是怎样打算让公众顺从传统、秩序和传统道德，并以读者无法说出我们是否在拖他们的后腿的方式写作。"③ 这里所谓"读者无法说出我们是否在拖他们的后腿的方式"，实际上是指计划中使用的"反讽"手法，它表面上似乎打算让公众顺从传统秩序和道德，实际上其意图乃是在于嘲讽人们对于传统道德的信从，拖其后腿。1852 年，《流行观念辞典》及其"序言"的意图愈益清晰，在给路易丝·高莱的信中，福楼拜揭示道：

> 我肯定正在转向高度的喜剧。有时，我有一种嘲笑同类的冲动，我将在未来某天，从今天起十年内，在一部涉及面广泛的长篇小说里做到。此时一个旧念头来到我的脑海——这就是我的《流行观念辞典》。特别是它的序言极大地刺激着我，按照我所构想的样子（它本身将是一本书），任何法律都不会拿我怎么样，虽然我攻击一切。它将是对于任何被普遍认可的事物的历史性赞辞（按：反话——引者）。我将证明多数总是正确，少数总是错误。我要把伟人放在白痴的祭坛上宰杀，把殉道士交给刽子手——并且利用所有可能的烟花图景将这种风格推向

---

① 参见福楼拜 1831 年 1 月 1 日前夕致厄内斯特·谢瓦里埃（Ernest Chevalier）信，见 Gustave Flaubert, *The Letters of Gustave Flaubert 1830–1857*（以下简称《书信一集》），ed., Francis Steegmuller, Cambridge, Mass.: Belknap Press, 1980, p. 3; 以及 Francis Steegmuller, ed., *The Letters of Gustave Flaubert 1857–1880*（以下简称《书信二集》），Cambridge, Mass.: Belknap Press, 1982, p. 193.

② 《书信二集》，第 193 页；或参见李健吾《福楼拜评传》，湖南人民出版社 1980 年版，第 320、325、326 页。

③ 福楼拜 1850 年 9 月 4 日于大马士革致路易·布耶信，见《书信一集》，第 127 页。

极端。例如：我将展示，在文学中，愚蠢由于与常人接近而成为唯一合法的存在，相应地，一切独创性都被谴责为危险的和可笑的，等等。我将宣称，这种为人类在所有领域的平庸所做的辩解——它自始至终都是喧闹的和反讽的，充满引用、试验（它将证明自己的反面）和令人恐怖的教科书（这很容易找到）——旨在坚决消除所有的离心行为，无论它们是什么。①

但是由于长期写作《包法利夫人》《萨朗波》《情感教育》《圣安东尼的诱惑》等作品，以及出于担心内容"单调"等原因，这个"从今天起十年内"将《流行观念辞典》的"序言"当作"一本书"（"它本身将是一本书"）来写的愿望并没有实现。② 1872 年，在决定安排主人公"抄袭""化学、医学、农学"等科学学科，并给予该书以"百科全书"的形式③，且全书酝酿已经趋于成熟的时候，福楼拜对布莱恩夫人（Madame Charles Brainne）谈起他的意图："所有这些都是为了一个目的，即向这个时代倾泻我的愤怒。我最终会宣布我的思想方法，发泄我的不满，吐出我的愤恨，呕出我的胆汁，喷射我的怒火，表达我的义愤。我将把这本书献给圣·波利卡普的在天之灵"。④ 直到 1874 年《圣安东尼的诱惑》付梓，福楼拜终于写下了《布瓦尔与佩库歇》的第一个句子。创作之初，福楼拜还在信中向布莱恩夫人谈到他那种"与日俱增"的、"对置身于低能行为的人们的蔑视"态度，并称《布瓦尔与佩库歇》隐藏着丰富的"低能的矿藏"⑤，指出这本书的"隐在目的是要让读者惊慌失措，以致疯狂"。⑥ 综上，我们看

① 福楼拜 1852 年 12 月 16 日致路易丝·高莱。见《书信一集》，第 175—176 页。

② 在上面引文所涉及的时间（福楼拜所说的"从今天起十年"）的最后一年，即《萨朗波》完成和出版的 1862 年，他尚不能确定是写"激情的书"（如《情感教育》和《圣安东尼的诱惑》）还是写"抄写员的故事"。后来"抄写员的故事"之被搁置，其原因在于：福楼拜预想到"效果单调"，改变它有"可怕的困难"。事实上，后来的《布瓦尔与佩库歇》虽然很有喜剧成分，但读者仍然能够感受到该书的不可忍受的单调。见《书信二集》，第 241 页。

③ 在 1872 年 8 月 18 日致热奈特夫人的信中，福楼拜把这"两个主人公的滑稽故事"称为"一种批评的百科全书"。《书信二集》，第 192 页。

④ 参见《书信二集》，第 192 页。

⑤ 福楼拜 1878 年 8 月（星期四）致布莱恩夫人信，无日期。《书信二集》，第 244 页。

⑥ 参见《书信二集》，第 241 页。

到，福楼拜对于《布瓦尔与佩库歇》的写作目的已经定位得很清楚了。

《布瓦尔与佩库歇》讲述的是两个退休的巴黎抄写员在位于法国西部诺曼底地区的沙维尼奥尔镇的乡间田园所进行的一系列知识试验（包括科学试验）的过程。这些试验涉及的学科有：农学、园艺学、化学、医学、生理学、地质学、矿物学、人类学、考古学、历史学、诗学、美学、政治学、哲学、宗教、教育，等等，整体上采用的是戏拟或喜剧版的百科全书格式。在历经种种对于科学行为的滑稽模仿、科学原理的试验，以及在遭受世人冷落、嘲笑的一系列令人忍俊不禁的失败之后，二人决定重新回到自己过去的、平庸的抄写生活。① 表面上看，人们有可能难以分辨作者的意见，因为作者的观点正如在其他作品中一样隐藏得很深，从不直接说出。不过作品的风格以及作者的书信均已经表明，嘲弄和讽刺（主要借助于反讽的话语策略）乃是写作这部小说的最终目的。

就小说的主要行动而言，两位主人公的所作所为是被当作笑料来处理的。同时作品所涉及的其他人与事，乃至于从科学到美学、教育学的一切知识部门，也都被放到这个滑稽故事的框架中来展示，并得到喜剧化的处理，这不能不使我们怀疑作者关于现代科学世界和社会在态度上的严肃性。福楼拜1879年12月16日在给查尔斯·特南特夫人（即青年时代结识的英国人葛楚德·科里尔小姐）的信中谈到该书构想时说："我打算检阅一切现代观念。女性形象很少，爱情根本没有……我想公众将不会怎么理解这样一本书。想在里面看到男爵夫人和子爵结婚的读者将会失望，但我在为少数几颗特殊的心灵而写作。"② 也就是说，此书的妙处将很难被世人领悟，因为他谈的主要是与科学相关的高深问题，与表达自己的科学和知识观念有关，只适宜于有类似趣味者阅读。李健吾先生指出，在这部作品中，"被嘲笑的是人类所自负的向上的进取，我们从科学得来的种种无大无小的知

---

① 重回抄写生活，甚至抄写从邻近造纸厂论斤购买的废纸的结局安排是福楼拜学者德莫赖斯特（Demorest）所发现的一份续集计划的一部分。见李健吾《福楼拜评传》，第323页。让·布鲁内（Jean Bruneau）也指出，二人在全部的实验流于破产之后，转向了对于全人类（包括福楼拜本人）的愚蠢观念和见解的百科全书即"蠢话录"（sottisier）的抄写，这实际上认同了上面所提到的福楼拜未完成的续集计划的存在。见《书信二集》，第193页。

② 福楼拜1879年12月16日致查尔斯·特南特夫人信。《书信二集》，第263页。

识"。① 在此基础上，联系到科学主义主题，我们还可以做一些更具体的引申和理解，我们认为，如果从以下几个方面去把握的话，则会更全面地了解作品的意图：一是讽刺以两个主人公为代表的资产者滥用科学的荒诞行径、危害以及他们的愚蠢（他们虽然放弃以往的抄写职业，从事科学冒险，但这种冒险就其实质而言则是对于科学行为的滑稽而危险的模仿，仍然是一种对于百科全书的抄袭行为）；二是讽刺围绕在两位主人公周围的世俗社会、大众的平庸与愚蠢；三是揭示科学体系内部的混乱和自相冲突。联系第一和第三这两个层面来看，作者既安排他们模仿资产者的科学狂热和对于现代进步神话的迷信，讽刺从他们身上表现出来的那种对于启蒙理性进行狂热追求的郝麦式的资产阶级根性，又安排他们反省科学自身的能力和缺陷，暴露启蒙理性用科学思维去解决一切社会问题的意图的虚妄。可以说，福楼拜与两位主人公的秉性是异同各半的，因为他们身上既表现了福楼拜所不认同的盲目追求启蒙理性的方面，又表现了福楼拜对于启蒙理性的怀疑一面。不过总体而言，作者的根本意图还是在于，讽刺发生于现代资产阶级社会中的一切，同时把重点放在发生于现代社会中的一系列科学和知识领域的不当努力。这里只分析作品与科学主题相关的方面。

福楼拜在对查尔斯·特南特夫人谈到该书的科学主题时，曾说该书"副标题或许是：'论科学方法的缺乏'。简言之，我打算检阅一切现代观念"。② 这里存在的所谓"论科学方法的缺乏"的副题，决不意味着作者要对一个属于科学体系内部的科学方法论的理论问题进行探讨，而实际上是要揭露打着科学旗号所进行的种种改造社会的行为的虚妄，嘲笑科学使用过程中的荒唐做法和谬误，属于科学主义范畴。李健吾先生认为，福楼拜与卢梭在攻击人类一切知识方面有一种表面的类似性，区别只是在于，福楼拜憎恨的对象并非学问或科学本身（相反，他认为应当为科学而科学，正如为艺术而艺术），而是资产阶级用来招摇撞骗和哗众取宠的学问。他因此认为，《布瓦尔与佩库歇》的目的并不是在于讽刺科学本身，而是在于讽刺资产阶级的追风、虚荣、自负的禀性："如果我们感觉《布瓦尔与佩库歇》嘲笑科学，问题不在科学，却在科学的对手：他们资产阶级的生性，

---

①　见李健吾《福楼拜评传》，第 343 页。

②　福楼拜 1879 年 12 月 16 日致查尔斯·特南特夫人信。《书信二集》，第 263 页。

和他们方法的残缺。……福氏自己注释他的小说道：'小题目应该是科学方法的残缺'。总之我的野心是，检阅近代一切观念"。① 我们认为李健吾先生所说的这部作品的用意在于讽刺资产阶级的附庸风雅、装模作样（表现在观念、语言、行为诸方面）的观点无疑是正确的，然而涉及科学本身，我们不得不说，福楼拜确有嘲笑科学的一面，或者，当时的科学确实也存在不少问题。考虑到福楼拜与科学关系的复杂性，我们应当把作品的主题扩大来看，我们认为，除了讽刺资产阶级之外，福楼拜对于科学本身的态度也是值得深究的。他对科学的存在虽然是尊重的，甚至主张"为科学而科学"，② 但他也决非对任何科学结论和做法都采取信奉和崇拜的态度。因为福楼拜不仅反对现代世界的非科学人士对于科学方法和结论的随处滥用，同时也对科学者的科学原则和结论本身始终保持自己的独特看法和清醒头脑，乃至持有怀疑态度。这两方面在《布瓦尔与佩库歇》中都有充分体现。

二

就布瓦尔与佩库歇的科学狂热而言，《布瓦尔与佩库歇》的确是一部由一个"疯子"所写的、关于两个"疯子"追寻科学知识的伪百科全书。③为他们疯狂阅读、接受和检验的科学著作和成就有《罗雷百科全书》《动物磁气疗法施行者教程》、四卷本的《农家》、以主张将物理化学应用于农业而著称的法国农学家和政治家加斯帕兰伯爵的农学著作、卢克-豪瓦尔德的气象学著作、布瓦塔尔的园艺学著作《花园建筑师》、瑞尼奥教授以及吉拉尔丹的化学教程、倍比的定律、亚历山大·洛特的解剖学教材、里什朗和阿德隆的生理学论文、法国化学家弗朗索瓦·拉斯帕依的《健康手册》、

① 见李健吾《福楼拜评传》，第 350 页。另外，让·布鲁内（Jean Bruneau）等人在《福楼拜文集》（1972 年由伽利马出版社出版）中也认为，这部小说的意图是要展示"'科学方法的残缺'所导致的危害"，转引自《书信二集》，第 193 页。

② 1878 年 8 月福楼拜对布莱恩夫人说："我常常感到要被这本可怕的书击碎了。……应当是为科学而科学，然而取而代之的却是，它被交付于一系列特殊的兴趣和激情。"1878 年 8 月，《书信二集》，第 244 页。

③ 1872 年 8 月 18 日致热奈特夫人："我将必须阅读好多我不知道的东西——化学、医学、农学。我现在在读医学。只有一个神经病、一个疯子才会写这样一本书！"《书信二集》，第 192 页。

莫兰医生的卫生学论著、贝克雷尔的医学论文、布丰的《大自然的各时期》、德潘的《法国自然界的奇迹和美丽景观》、法国数学家贝尔特朗的《书简》、比较解剖学和古生物学家居维叶关于地球公转的《演说》、博内的《地质旅行指南》、拉马克与圣伊莱尔的生物学学说、埃里·德·博蒙的地质学学说、奥尔比尼的《自然通史》，等等。他们还对林奈的分类法、万·海尔蒙关于生命本源的地心之火学说、生机学说、布朗学说，以及认为任何疾病都与某脏器病变有关的脏器学说非常着迷，并崇拜荷兰医生海尔曼·波尔哈夫、法国医生弗朗索瓦·布鲁塞、威尼斯医生考尔纳罗。另外，布瓦尔足足有一箱子数学书，他甚至为自己没有能进巴黎综合工科学院（按：哈耶克曾将该校称为"唯科学主义傲慢的根源"[1]）读书而懊悔。然而正如福楼拜所言，这两个资产阶级"疯子"的一切科学追求的失败不仅没有什么严肃性和悲剧性可言，而且为科学领域内部的相应追求抹黑（福楼拜曾说他要"将伟人放在白痴的祭坛上宰杀"），把真正的科学研究推向绝路。

　　正是因此，福楼拜决定向这个时代喷射自己积蓄一生的"怒火"。所谓为科学而献身的真理的追求，一经放在哗众取宠的资产阶级白痴的台面上扮演，立刻就会制造出一系列令人捧腹的笑料，产生令人意想不到的喜剧效果。他们冲着火烧火燎的太阳奔跑，是为了检验"表皮受水是否能缓解口渴"这个见解的正确性。为了找到身体重量与能量获取的关系，佩库歇每天模仿桑克托里尤斯的行为，用天平称量自己的饮食、排泄物和体重，并进行数字记录。他们附庸时尚，将温度计塞进病人的屁股，使本堂神甫义愤填膺。为了弄清摇晃胸部和臀部是否能够提高洗澡水的温度，布瓦尔摆动了三个小时的肚子，但结果适得其反。尤其是二人尝试使用磁气疗法、催眠术为病人治病的情景，有几分类似于早期精神分析医生敲击癔病女人卵巢的骇人做法，这种治疗虽有一定的成就感，然而对"来就诊的病人当中很可能有卖淫的人"的怀疑，使他们的治疗行为变成了笑柄。[2] 他们甚至

---

　　① 哈耶克：《科学的反革命：理性滥用之研究》，第二部分第 11 章"唯科学主义傲慢的根源：巴黎综合工科学院"，冯克利译，译林出版社 2003 年版，第 113 页。

　　② 《布瓦尔与佩库歇》，见《福楼拜小说全集》（下），刘益庾、刘方译，人民文学出版社 2002 年版，第 315 页。本章下文凡引用该小说均出自此版本，页码在引文后标出。

打算展开生殖实验，所幸并未付诸实践，否则其后果将一定与淫秽的臆想、色情和性游戏有染。不断地变换身份，从事各种科学冒险，使他们的行为与招摇撞骗难以区分。

在这部充满嘲讽和逐一列举蠢行的遗著中，与福楼拜另一部未竟作品《流行观念辞典》的主题条目有密切关系的、所谓科学的陈词滥调和时尚观念不断地映入我们的眼帘，它们是福楼拜重点嘲讽的资产阶级科学文化观念之一部分。在遭遇生理学的时候，布瓦尔与佩库歇被所有关于年龄、性别和气质，以及"牙垢里存在三种微小动物""味觉位于舌头""饥饿感来自胃部"的"陈词滥调"所吸引。读了莫兰大夫的卫生学论著，他们竟发现所有的肉类都有弊病，所有的菜肴都在被禁止之列，因为据说香肠猪肉、烟熏鲱鱼之类全都"煮不烂"，鱼越肥大，"越难消化"，蔬菜使胃"反酸"，意大利通心粉、牛奶、咖啡、巧克力均"难于消化"，晨起一杯水"有危险"，"神经质的人应当完全禁止喝茶"，诸如此类（第179页）。博内的《地质旅行指南》中竟然有那么多的"陈词滥调"："通晓被访问国的语言""穿着朴素""身上带钱不能过多"，以及为了避免麻烦而宜于用"工程师身份"，等等。然而当他们按照资产阶级的所有这些生活教训行动的时候，就没有一条这样的教训不在实践中出乖露丑。当时科学领域最流行的陈词滥调莫过于"人是从猴子变的"这一生物进化论观点，然而在该书怀疑论的嘲讽语调里，这一观点一经布瓦尔提出、引申（布瓦尔说："在比较女人、母狗、鸟和青蛙的胎儿时……我看得更远！人是鱼的子孙！"），便成为众人的笑柄（第198—199页），直至二人对人类学、生物学和地质学都产生厌腻感为止。

在福楼拜笔下，布瓦尔与佩库歇既是受到嘲讽的对象，同时又有不少可爱之处。他们之所以受到嘲讽，乃是因为他们的的确确是资产者，并对科学的陈词滥调表现出了稀有的狂热和迷信。而他们的可爱之处，则源于他们又担当了资产阶级陈词滥调的批判者的角色，体现了福楼拜本人对抗社会的、厌世的和极端的气质。他们因为厌恶都市的堕落和大众的平庸才来到这穷乡僻壤的，他们不为名利，花尽自己的万贯家私，目的就是干出一番事业，这是一般实利主义者难以做到的事情。由此可看出，他们热爱科学的举动实与福楼拜本人对于艺术的狂热有太多一致之处。最关键则是，布瓦尔与佩库歇被赋予了这样一种使命，即通过自我牺牲，现身说法，觉悟并反省普遍盛行的科学主义的谬误和危害，发现科学领域内部存在的许多问题。当福楼拜以他们二人作为讽刺的对象时，二人身上暴露出了堂吉诃德主义的底色，堂吉诃德根据骑士小说塑造自己的生活，与之相似，他们二人则把百科全书和科学小册子全盘搬进自己的生活，以至于混淆了生活与书本的界限，让纯粹理性的狂热成为生存的主宰者。我们当然不能认为福楼拜与他的两位主人公毫无相似之处。福楼拜也是爱好科学之人，阅读科学著作众多，与他的人物非常类似，以至于相互之间你中有我，我中有你。[①] 然而区别在于，福楼拜反对滥用科学原理和结论，所以他正是要用两位主人公的一系列不当做法，表达他对整个时代滥用科学行为的思考，让"他们的心灵发展出一种令人吃惊的能力，既理解愚蠢，又认识到它的不可忍受"，[②] 然后从中获得教训。

在主人公疯狂的伪科学历险中，科学主义、科学真理的滥用、科学真理的普适化努力成为《布瓦尔与佩库歇》质疑和嘲讽的核心对象。以化学和化学的普适性问题为例。在投身于有机化学研究后，布瓦尔与佩库歇遭遇了将化学和原子理论应用于人体所带来的困惑：他们在生物体身上发现了构成矿物的同样物质，认为这是一个奇迹，然而在想到人体内也像火柴一样含磷、像鸡蛋白一样含蛋白质、像路灯一样含有氢气时，"他们便有一种类似委屈的感觉"。应当说，这种委屈感是现代科学将人类当作一种物质来进行思维和研究的结果。虽然这种委屈的感觉始终伴随着他们，但在将科学原理应用于一切领域的雄心推动之下，他们仍然决定做一些尝试。化学原理的滥用也对他们自身为害不浅，如布瓦尔使用化学混合液制造饮料，把自己闹出了肠绞痛等系列疾病。对于他们的行为，他们的熟人沃考贝依大夫责备道："我并不否认化学的重要性，请相信这点！然而，如今人们把化学到处乱塞！它在医学领域影响极坏。"（第 164 页）这无疑是对将化学滥用于医学领域这一做法的谴责。由化学

---

① 福楼拜说："布瓦尔与佩库歇占有了我，以至于我变成了他们。他们的愚蠢是我的，我正在死于愚蠢。"福楼拜 1875 年 4 月（星期四）致翟乃蒂夫人信，无日期。见《书信二集》，第 217 页。让·布鲁内说，"他们最终变成了福楼拜，正如福楼拜自己变成了他们"。见《书信二集》，第 193 页。

② 让·布鲁内语。转引自《书信二集》，第 193 页。

推及普遍科学，所遇到的问题和作者的觉醒都是同样的，然而我们发现，这种觉醒却是在做尽科学蠢事的主人公身上发生的，这说明布瓦尔与佩库歇既是对滥用科学的蠢行进行现身说法的人，又兼有自我批判和对抗科学普遍主义的身份。以下便是他们对于科学的普适性和人类的傲气的怀疑：布瓦尔说，"科学是根据无限空间的一角提供的数据建立起来的，它也许并不适合人们尚不知道的其他地方，而那些地方远比地球大，人们也不可能发现它们"（第 182 页）。由于认识到宇宙的浩渺无边和地球的微不足道，他们对人类科学的普遍意义产生了怀疑，发现科学只是一种极为有限的事物。佩库歇根据自己用天文望远镜观天的经验，谈到银河的后面有着无限多的星云和星星，以及太阳比地球大一百万倍和天狼星比太阳大十二倍这个事实。基于天地万物都是协调一致的这个道理，他们猜想其他的星球如天狼星、火星和金星上有人类存在的可能，只是身体相貌有所不同，而且有商人、有宪兵，人们同样打仗，同样废弃国王。即使是看到有几颗流星突然陨落，他们也感叹"有几个世界正在消失"，并由此引申道："如果轮着我们地球翻跟头，其他星球的公民也不会比我们现在看见他们消失更激动。这样的想法可以削减大家的傲气。"（第 182 页）这样一来，人类的科学还算得了什么呢？

　　科学原理的滥用和科学的妄自尊大，在《布瓦尔与佩库歇》中是以自然的毁灭以及人与自然和谐关系的失去为代价的。早在 19 世纪七八十年代（这个时间要远早于海德格尔追问技术的时间），福楼拜就已通过布瓦尔与佩库歇的荒唐行径对动物的所谓科学化饲养和科学试验进行了嘲讽，他重在突出这种科技迫害行为给动物命运所造成的负面影响。实际上我们看到，福楼拜与海德格尔所反省的正是同一个问题，即自然的"现代"命运问题，而这个问题恰是由人类的同一种"现代"行为所导致的。在福楼拜小说所揭示的 19 世纪三四十年代这个时期（此时孔德实证主义已流行开来），两位主人公布瓦尔与佩库歇就已经开始了科学化饲养。为了更快催肥家畜，他们半个月给他们放一次血，导致三头公牛在一周内死亡，不久，25 只羊也命归黄泉。在用狗做生理学试验的时候，他们考虑给狗注射磷、让它吸煤气和喝有毒的饮料，最终决定在狗身上进行脊髓接触磁化钢实验，把狗弄得浑身是血，落荒而逃，几乎发疯。

其他生命也免不了为之付出代价："他们放过血的鸽子，无论空腹抑或满腹，全都在同一时段死去。沉到水下的小猫，过五分钟都丧命了。他们给一只鹅填了茜草，结果那只鹅的骨膜全变成了白色。"（第172页）他们还违反自然规律，强行让不同种的动物交配，盼望着公牛与母马、公猪与母牛、公山羊和母绵羊、公狗与母猪、几只母鸡与一只公鸭之间，以及公山鹑与公山鹑之间都能够干出他们所想望的"丑事"，进行非正常配种、杂交或同性恋，"希望它们能产出一些怪物"，这种行为与早期作品《随你喜欢》（*Quidquid volueris*）中的人猿交配试验如出一辙。

布瓦尔与佩库歇在农业种植方面对于化学原理和肥料的狂热，更是给自然以及农业本身都带来了无法估量的危害。这种危害从下面的叙述可见一斑：

> 他（布瓦尔）受佩库歇的鼓动，对肥料产生了狂热的兴趣。他在堆肥坑里堆上了树枝、动物血、肠子、羽毛以及他能找到的一切东西。他使用比利时溶液、瑞士浸液、碱水、大西洋熏鲱鱼、被海浪冲到岸上可作肥料的海藻、破布片；还弄来鸟粪层，并设法人工制造鸟粪。为把他的耕作原则贯彻到底，他竟不容许别人白白丢失自己的小便，从而取消了小便处。人们把动物死尸搬到他的院子里，他便用来熏自己的土地。田地里到处摆放着切成碎块的腐臭的动物尸体，布瓦尔在一片恶臭中却满心欢喜。他用安放在一辆有活动拦板的两轮载重车上的水泵对准待收割的庄稼喷洒粪水。见有人显出厌恶的神情，他说："这可是金子呢！这可是金子！"（第140—141页）

其结果正如人们所预料的，油菜籽又瘦又小，燕麦实难恭维，小麦有气味，整体产量大为降低，土地的质量也发生了退化。从这里，人们分明可看出，农业上对于所谓科学理性的狂热的滥用，既违反了真正的科学精神，也违反了自然规律，不仅会破坏农业，而且还会扭曲、毁坏大自然给予人类的原有馈赠。联系19世纪法国的农业科学普及状况，我们说，布瓦尔与佩库歇的行为决不只是一种艺术的夸张，而且还是对于生活真实的某种概括，因为这种精神（即科学主义或科学的过度追求）确是福楼拜时代的一个缩影，而福楼拜历来对之都是持讽刺态度的。如在1862 年 7 月致热奈特夫人的一封信中，福楼拜曾对雨果的《悲惨世界》（*Les Misérables*）这种所谓的"陈腐的东西"进行过咒骂。福楼拜说《悲惨世界》中"那个关于肥料的段落一定会让伯累坦（Eugene Pelletan，1813－1884）着迷"，是"为基督教—社会主义的乌合之众、为哲学—福音主义的寄生虫而设计的"。① 我们查阅《悲惨世界》得知，在描写冉·阿让穿越巴黎地下道的那个段落中，雨果曾经呼吁法国农业家以"进步"的名义，学会使用人类的大便，把它变为肥料，而伯累坦则是法国左翼政治家和《市场社会》的作者，是当时倡导"进步"（一个为福楼拜所诅咒的概念）的主要人物，可见雨果与圣西门以后的科学主义趋势有着怎样密切的联系。几乎可以说，福楼拜在《布瓦尔与佩库歇》中所使用的把大便变为肥料的这个经过夸大的嘲讽性情节，在很大程度上是出于对雨果作品中"那个关于肥料的段落"的厌恶以及对科学—进步神话的反感而设计的。

随着科学演出的结束，布瓦尔与佩库歇终于觉悟到宇宙万物和谐关系的重要。他们为圣皮埃尔的《和谐》所描述的情景激动着："植物的和谐；陆地、空间、水中的和谐；人类、兄弟甚至夫妻之间的和谐；一切都谈到了，而且没有忽略向维纳斯，向微风和爱情祈求灵感。鱼有鳍，鸟有翅，种子有皮，他俩对这一切都感到惊异；并时刻思索着其中的哲理，用这种哲理可以在大自然中发现善意，把自然看作圣樊尚·德·保尔一类的圣人，因为这类圣人永远播撒着有益的甘霖！"（第 183 页）然而这种和谐已经随着人类的科学开发而逐渐消失：那些令他们激动的大自然的奇迹，如龙卷风、火山和原始森林，按照德潘的《法国自然界的奇迹和美丽景观》所记录的，本来在法国各地都还有不少，"不过，无须多久奇妙景观就该绝迹了。钟乳石洞正在堵塞，活火山正在熄灭，冰山正在变热，可以容纳讲经人的古树在水准测量员的刀斧下正在死去"（第184 页）。尽管他们的行为与招摇撞骗难以区分，但他们在科学冒险行为中所显示的终极关怀又非一般的科学者所能相比：在考虑世界的来源和

---

① 　福楼拜在 1862 年 7 月致热奈特夫人的信，无日期。《书信二集》，第 30—31 页。

走向时，他们为地球将变为不毛之地而发愁，也为地壳激变所带来的地球毁灭、地心之火的蔓延、英法海岸的摇晃、欧洲被深渊吞没、世界末日的到来而担忧，以至于他们心烦意乱、吃不下饭。与对自然的探索、认识相比，大自然的生命和存在本身就足以使他们感动：佩库歇"不觉沉入幻想，他想象自己周围分散存在着无数的生命，有嗡嗡叫着的昆虫，有隐蔽在草坪下面的水泉，有植物的液汁，有鸟窝里的鸟儿，有风、云、整个大自然；他们无意去发现自然的奥秘，却被它的力量所吸引，深深沉浸在它的庄严雄伟之中"（第 200 页）。无论从哪个方面来看，布瓦尔与佩库歇的夸张模仿和观念都渗透着福楼拜本人的自然哲学观和唯灵论思想。这种追求整体有机关系和重视宇宙生命的精神烙印从布瓦尔与佩库歇在面对人体解剖学教材和插图时的表现即可看出：在这些基于机械论观念基础的生理学模拟物中，掌骨使他们愁眉苦脸，蝶骨使他们失去了勇气，他们认识到人体在解剖学家那里只不过是一堆骨骼、关节、肌肉和韧带的原子论的合成物而已，为此，他们彻底放弃了解剖学。看到有人鞭打动物，佩库歇竟也敢冲上去为动物的权利作一番辩护，因为"只要我们有灵魂，它们就同我们一样也有灵魂"，他因此被一位俗人说成是"亵渎宗教的人"（第 412—413 页）。

三

对于福楼拜而言，敢于揭橥理性滥用和科学行为之害，已足以表明其作为一位人文知识分子的终极价值关怀和良心，这对于世俗社会就科学使用方法及科学普遍主义问题作出深沉的思考具有鞭策作用。然而，除此之外，福楼拜对于科学体系内部的问题竟然也敢不揣浅陋，发表种种质疑和意见，等于把科学的全部题域（包括上文所述科学的使用和下文将涉及的科学的本体问题的探讨两个方面）都翻了个底朝天，这实在是一般的头脑所不敢为和不能为的。福楼拜去世后，未竟的《布瓦尔与佩库歇》就已被人称为"大师的绝响"；莫泊桑说，它是"对相互对立的科学体系的一种绝妙的批评，借矛盾的事例矛盾的规则（所谓不容争辩的规则），让两种体系相互抵消。这是一本历史书，揭示人类智慧的弱点，揭示世人普遍而永恒的愚蠢"。① 即是说，在《布瓦尔与佩库歇》这部作品中，愚蠢竟然成为科学体系内部的一个令人无法原谅的根本弱点，由于这种弱点的存在，科学不仅没有获得发展，而且走向了自我消解。

一个重要表现在于，科学体系内部存在着永远无法消除的自相冲突。这是福楼拜经过广泛阅读所发现的科学愚蠢的重要方面，也是《布瓦尔与佩库歇》着力探讨的方面。我们可按照作品给定的顺序，从农林和园艺学入手。两位主人公看到，在泥灰石问题上，普维推荐的做法，却遭到罗雷教程的反对；生石膏问题，富兰克林有例在先，瑞耶费尔和瑞果先生却不以为然；在休耕问题上，勒克莱尔曾记录休耕不可或缺，然而加斯帕兰的记录却推翻了休耕和轮作制；图尔鼓励耕翻土地而贬低肥料，贝特松则主张既不用肥料也不用犁地。在进入生理学领域的时候，二人看到，波莱利认为心脏的力量可以举起 18 万斤的重量，基也尔却认为只能够举起八盎司，诸如此类。在进入医学领域时，医学原则的混乱令他们触目惊心：他们翻阅医生给病人开的处方，万分惊讶地发现镇静剂有时竟是兴奋剂，催吐药竟是催泻药，同样的药物竟适合各种不同的病症，一种病竟可以由完全对立的治疗方法治愈。莫兰大夫认为香肠猪肉、烟熏鲱鱼等都对健康有害，贝克雷尔却认为它们完全健康有益。卡斯佩认为人在洗海水浴以前必须以凉水洗身，贝京却要求人们在汗流浃背时入海。而且他们在医书里竟然找不到一条关于健康、疾病和疾病素的合理定义。总之"在比利牛斯这边是真理，在山那边是谬误"。由于无边的混乱无法克服，他们终于摆脱了一切禁忌，丢掉一切荒唐可笑的医学告诫，寻求在不受科学见解约束的状态下生活。

对于福楼拜而言，科学术语和结论的确定性是另一个值得怀疑的问题。气象学方面，两位主人公发现的是自然变化的不可预测性，以及相应的气象学术语的荒诞和理论的贫乏。为了掌握天气的变化，他们依据卢克－豪瓦尔德的气象学分类和术语系统来研究天气，但结果却是，他们发现诸如雨云、卷云、层云、积云这样的分类术语，不仅无法用来确定已有的云朵的类别，而且无法理解和概括正在变化的各种云朵的不确定性。传统上依

---

① 亨利·特罗亚：《不朽作家福楼拜》，罗新璋译，世界知识出版社 2001 年版，第 471 页。

据水蛭的行为来衡量天气的做法也不可靠，因为他们通过实验表明，四只水蛭在同样的气象背景下，竟然有相互冲突的行动，这也显示出自然的变化是无一定之规的，而理论定则及其术语系统则是贫乏的和不可靠的。在地质学中也是如此，一种通行的做法是给岩石定名和分层，然而石头的五颜六色和表面上种类繁多的小疙瘩使他们怀疑黏土、泥灰岩、花岗岩、片麻岩等分类的纯粹性；术语也使他们万分恼火："为什么分泥盆纪、寒武纪、侏罗纪？仿佛用这些词表明，那里的土地就只能在剑桥附近的德文郡和汝拉山脉而不能在别处似的！根本分不清楚；对此而言是系，对彼而言是纪，对第三者而言就成了纯粹的地层"；同时地层的薄层纹混在一起、乱作一团，令他们想起达罗依的劝告：不必相信地质的分期（第191页）。他们通过研究居维叶和布隆尼亚尔二人的学说，发现地质学这门科学实际上"从根基上被动摇了"。居维叶是以主张地质学的激变论而闻名于世的，而布隆尼亚尔的《论地质教学》中的观点却博得了他们更大的同情，后者关于地质分期的观点完全把流行的定规给消解了，如他认为，同样年代的地层拥有的化石可能不同，相隔遥远的地方拥有的化石可能相同，往昔的蕨等同于今日的蕨，当代大量的植形动物可在古老的地层找到，今天的变化可以说明往日的变化，同样的原因一直在起作用，大自然没有突变，地质分期是空想，等等。这样一来，"天地万物再也没有一定之规了"（第195页），而且"他们对始新世、中新世、朱利奥山、朱利亚岛、西伯利亚猛犸以及被所有的作者一成不变地比作'勋章——可靠的证据'的化石已感到腻烦"（第199页）。继之他们反对在地质学领域作出结论，原因在于："我们仅仅了解欧洲的几个地方，其他地方，包括大洋深处，永远也认识不了"。同时，他们还否定有机、无机之分，不相信有"矿物界"的存在，因为"无机物也参与燧石、白垩，也许还有金的形成！难道钻石过去不是碳？难道煤不是植物的结合体？将煤烧到不知多少度就可以得到木屑；这么着，一切都在过去，一切都在崩塌，一切都在变化。天地万物是由变化无常的、转瞬即逝的物质构成的"（第200页）。西医系统中的确定的结论使他们陷入迷途：拉斯帕依的《健康手册》一度以其"意见的明确性"而吸引他们。这一明确的意见就是"所有的疾病都来自虫子"，如虫子弄坏牙齿、把肺挖出窟窿、使肝肿大和引起肠鸣等，该意见提出樟脑是摆脱这些疾病的最佳药物。但是在这种意见的指导之下，他们的治疗让税务官越来越气闷，福罗得了痔疮，布瓦尔得了胃病，佩库歇得了严重的偏头疼。他们为此而怀疑医学。脏器学说也一度使他们着迷，这种学说也有一个明确的意见，即认为"任何疾病都与某脏器病变有关"，这遭到了他们的怀疑。虽然医生们顽固地坚持"所有的疾病都来自虫子"这一结论，但他们的自相矛盾之处，在于他们无法确知淋巴结核的病菌从哪里来，引起疾病的传染疫气又到哪里去，面对各种病例，他们仍然无法区分病因与后果，正如其中的一位医生所说的，"因和果是混在一起的"。这种以推理的非逻辑来证明结论的确定性的做法，等于消解了结论的确定性。

作品关于植物学分类问题的讨论无疑是对生物学真理的确定性的最大威胁，因为在这里，布瓦尔与佩库歇所热衷于寻找的乃是令植物学家感到万分惶恐的所谓"例外"和"例外的例外"。1880 年 4 月 7 日，福楼拜致信屠格涅夫道："现在我的最强烈愤慨直接指向了植物学家。要让他们中的任何一个人理解我看得很清楚的一个问题是不可能的。你靠自己都会明白这个道理，并将吃惊于他们大脑的洞察力有多么贫乏。"[1] 福楼拜所说的"我看得很清楚的一个问题"是指《布瓦尔与佩库歇》第 10 章的一个段落所提出的问题。福楼拜通过不懈地探讨，不仅发现了植物学分类"规则中的例外"，而且发现了"例外的例外"。他还曾打算写信告诉外甥女卡罗琳：莫泊桑已经通过请教"植物园里的植物学教授（对园丁的戏称——引者）"找到了问题的答案。[2]

《布瓦尔与佩库歇》第 10 章的这个段落涉及的是布瓦尔与佩库歇对被他们收留的孩子维克托和维克托琳娜进行植物学教育的内容。在讲解前，佩库歇在黑板上写下了关于植物分类学的一个"公认的原则"："一切植物都具有叶、萼和花冠，花冠包含子房或盛种子的果皮"。佩库歇随即命令两个学生去田野采集植物标本，先看见什么就采什么。值得引起注意的，是随后的四个发现与植物分类学的"公认的原则"之间的冲突：第一，维克托采来的是黄花毛茛，维克托琳娜采到的是一簇草莓，然而佩库歇在这两种植物里根本没有发现"盛种子的果皮"。第二，在对佩库歇的知识缺乏信

---

① 福楼拜 1880 年 4 月 7 日致屠格涅夫信。《书信二集》，第 272 页。

② 参见《书信二集》，第 272 页。

任的情况下，布瓦尔在一本名为《女士之惧》的书里发现了一幅蓝蝴蝶花的插图，这朵花里的子房"并非位于花冠之内"，而在花瓣之下的"茎内"。第三，布瓦尔与佩库歇的花园里长有猪殃殃和正在开花的铃兰，他们发现这两种茜草科的植物都并没有萼。第四，他们竟偶然发现这两种茜草科的植物里长有花萼。福楼拜在这里明确指出："黑板上写的公认原则是不符合实际的"，并通过佩库歇之口指出公认原则的"例外"的存在，同时还通过布瓦尔之口，指出公认原则的"例外的例外"的存在问题——"那是个例外！"佩库歇说；但他们在偶然间发现一种草里也长有花萼，"好哇！如果例外本身都不能名副其实，那该相信谁呀？"（第 409—410 页）所谓"公认的原则"的"例外"和"例外的例外"的存在，直接将科学概念和科学结论的确定性置于不确定之中，从而消解了科学话语的稳定性和权威性。

　　基于上述原因，我们认为，《布瓦尔与佩库歇》可以当作一部专门讨论科学和知识问题的小说，或一部学术小说、思想小说、观念小说来读。这种理解应当说是能够符合福楼拜的写作意图的。1874 年，福楼拜曾提到《布瓦尔与佩库歇》是一部与《圣安东尼的诱惑》"同类型"的小说，它们都与其他那些"纯粹而简单"的叙事小说不同（不过，即使是像《包法利夫人》和《情感教育》这样的"纯粹而简单"的小说或"直来直去的小说"［straight novels］，也是被人们当作现代小说和反小说来看的）。① 斯迪格缪勒在此基础上认为，福楼拜的《圣安东尼的诱惑》和《布瓦尔与佩库歇》在以下意义上是"同类型"的小说，即它们都把一系列"场景"当作"展示观念的媒介"来使用，其中《圣安东尼的诱惑》展示的是"宗教观念"，而《布瓦尔与佩库歇》展示的则是"科学观念"。② 关于这一点，福楼拜本人无论是在写作以前，还是在写作过程中，都是有着非常清晰的意识的。为了写这部作品，他大约读了 1500 本学术著作，他认识到："为了构思这样一部作品，一个人必须接受教育！"为了完成其中的第三章，他花费了大量时间阅读了化学、医学和地质学书籍，而每门学科在他的草稿纸上都大约留下了"30 页以内"的篇幅，这几乎就是学术探讨。至于其中的

① 福楼拜 1874 年 5 月 1 日致乔治·桑信。《书信二集》，第 212 页。
② 参见斯迪格缪勒的注释。《书信二集》，第 212—213 页。

故事和次要人物，则被他放到次要地位，或仅仅当作传统纯文学作品的一个象征来看，正如他所说的："那必定只是行动上的虚饰，一种连续的故事，目的是为了使作品不至于看起来象一篇学术论文。"①

　　既然如此，那么，这里势必会产生艺术与反艺术相冲突的问题：若说《布瓦尔与佩库歇》是一部学术小说，那么文学的文学性将被置于何种地位？这是否会与福楼拜一向所倡导的为艺术而艺术的原则发生冲突？我们认为，从某个视角看，这种冲突在福楼拜那里的确是存在的。其实早在1874年，远在俄国的屠格涅夫（Ivan Turgenev）就已经有过类似的担心，他写信对福楼拜说，《布瓦尔与佩库歇》的故事非常"迷人而有趣"，是斯威夫特和伏尔泰式的主题，但却对福楼拜有可能会"处理得过分"和"填入太多知识"表示忧虑，希望他能够明快地，也是更艺术地处理这个主题。② 然而福楼拜却表示，虽然他对屠格涅夫的意见非常尊重，但仍然不能按照他的批评意见处理这个主题，原因在于："如果它被处理得简洁明快，那将是一个幻想——它或多或少会有点意思，但却失去了分量和雄辩。反之，如果我给予它细节和发展（指对于不同科学知识的无休止的模仿行为——引者），我将似乎能够对我的故事充满信心，它会变成某种庄重的甚至是令人敬畏的东西。最大的危险就是单调和令人厌烦，这是让我害怕的东西，如果这样的话，还得一直对它进行压缩和删节。此外，关于它我永远不会写任何短小的东西。如果不是从头到尾地推进一个'观念'，我将无法把它解释清楚"。③ 令我们高兴的是，这种学术小说自它写下时起便获得了另一种令人无法预知的意义：它虽然如屠格涅夫所担心的那样"处理得过分"并"填入太多知识"，但却获得了"分量和雄辩"；它不仅没有迷恋任何一种学术知识，而且对任何学术领域来讲，它都又脱变为一种消解的力量，因此它实际上是一种反对追求任何确定性价值的、消解学术的学术小说；而把科学的追求和学术变成喜剧的大手笔，则同时又把在人物刻画和故事构造上所形成的"缺陷"加以弥补，使这部作品成为以学术思想为真正主人公的艺术作品，一部不落俗套的"反小说"。

---

①　福楼拜1875年4月致翟乃蒂夫人信，无日期。《书信二集》，第217页。
②　屠格涅夫1874年7月12日致福楼拜信。《书信二集》，第214页。
③　福楼拜1874年7月29日致屠格涅夫信。《书信二集》，第215页。

这显然与自然主义的科学崇拜和左拉式的科学化小说没有任何相似之处。它呼应了福楼拜向来就有的一个观点，即不应该从任何确定的和完成的意义上看待或得出科学的"结论"，因为人类没有下结论的权力。以卢克莱修为例，虽然福楼拜对他表示了崇敬之情，但在科学观念上他却不能与之苟同，因为"卢克莱修的令人不可忍受的地方是他的物理学，他把这种物理学当作确定的东西来表述。这是因为他还没有充分地'怀疑'自身的贫弱：他想解释，想下结论。如果他只是拥有伊壁鸠鲁的精神，而不是他的体系，那么他的著作的所有方面都可能是不朽的和重要的"。① 这使我们认识到：拥有科学的精神，而不是拥有科学的体系，恰是福楼拜得以在艺术中拒斥科学主义的观念基础。

当然，在福楼拜的作品系统中，愚蠢的主题以及科学的讽刺画并不是《布瓦尔与佩库歇》所独有的。在考察福楼拜的其他作品时，我们发现《包法利夫人》《圣安东尼的诱惑》等作品在主题上均与科学相关。尤其是《包法利夫人》，它通过与布瓦尔和佩库歇非常类似的一个人物——药剂师郝麦来切入对科学问题的思考，混入了《布瓦尔与佩库歇》早期构思中的某些与科学相关的讽刺性画面（如歌颂科学、滥用化学、为病人胡乱治病却获得十字勋章等），应当说是《布瓦尔与佩库歇》的先驱。② 但《布瓦尔与佩库歇》毕竟是一部专事揭露滥用科学之害的作品，而且毁灭性地参与了科学自身内部问题的讨论，其意义自非一般的纯小说所能比。有学者谓："作为浓缩了福楼拜关于人类愚蠢成见的书，《布瓦尔与佩库歇》给博学之士和'阐释者'提供了一个金矿"，③ 近年来西方学界就这部作品所展开的讨论已足以印证这一论断的正确性。④ 不过，在已经难以承受工具理性之累

---

① 福楼拜 1861 年致热奈特夫人信，无日期。《书信二集》，第 20 页。

② 《包法利夫人》中的资产者、药剂师郝麦非常崇拜科学，迷信关于"科学"和"进步"的陈词滥调，曾在文章中赞颂科学的威力道："光荣属于高贵的学者！……光荣！三倍的光荣！难道我们不该高声呐喊：瞎子将要看见，聋子将要听见，跛子将要行走如常？上天先许给它的选民的，科学如今为全人类完成！"见《包法利夫人》，《福楼拜小说全集》（上），李健吾、何友齐译，人民文学出版社 2002 年版，第 168 页。

③ 参见《书信二集》，第 241 页。

④ 不过目前西方学界就福楼拜作品及《布瓦尔与佩库歇》所展开的讨论大多局限于诗学、语言学和精神分析学领域，基本脱离了现代西方社会的主流文化背景。从 Naomi Schor 和 Henry F. Majewski 编的 *Flaubert and Postmodernism*（Lincoln and London：University of Nebraska Press，1984）一书可见一斑。

的现代性反思和全球文明的后现代重建的背景下，与文学叙事学、语言学和精神分析学的关注相比，在学术上发掘福楼拜及其他作家作品的文化介入价值或科学文化意义，① 已经显得非常迫切了。

---

① 西方学界普遍按照福楼拜生前所推崇的纯艺术论教条，认为福楼拜的作品是反对介入社会问题的（如萨特等），然而他们没有想到，福楼拜对于现代社会的看法难道不可能以另外一种方式，在诸如《布瓦尔与佩库歇》这样的作品中得以表现吗？也许在攻击人类现代科技方面，我们很难再找到比《布瓦尔与佩库歇》更集中、规模更大和火力更猛烈的作品。

第 三 编

法国与德国：对现代文明的
批判与推进

第一章

幻想与现实:卢梭对现代文明的批判

在法国启蒙思想家当中，让－雅克·卢梭（1712—1778）具有特别重要的地位，他在哲学、政论、小说、回忆录、音乐、戏剧、植物学等领域里都做出了卓越的贡献，影响深远。他在政治上是现代民主政治的奠基者，在文学上是浪漫主义运动的先驱，他的教育思想则是西方现代教育制度的基础。正如德国评论家彼得·哥尔达美尔所说："在1760年以后的几十年里，没有一个有文化修养的人，他的思想和感受不曾在某种方式上受到卢梭的影响，而在1789年的法国革命实践中，卢梭的思想直接获得最深刻的决定性表现。"① 为了理解卢梭的思想及其根源，首先有必要大致地回顾一下他所生活的时代。

一 卢梭生活的时代

卢梭于1712年6月28日出生在日内瓦共和国一个钟表匠家庭里。从1798年到1814年，这个民主共和国成为法国雷曼省首府，到1815年拿破仑王朝覆灭后才并入瑞士联邦，所以卢梭被认为是法国作家而不是瑞士作家。

1535年，日内瓦接受了加尔文②的教义，成为一个信仰新教的城市。

---

① 彼得·哥尔达美尔:《介绍卢梭〈论人类不平等的起源和基础〉》，载《论人类不平等的起源和基础》，李常山译，东林校，商务印书馆1997年版，第189页。

② 让·加尔文（1509—1564），欧洲宗教改革家，加尔文教的创始人。他生于法国，因法国政府迫害新教徒，逃往瑞士巴塞尔，并应邀到日内瓦领导当地的宗教改革运动。

这个小小的共和国周围大多是信仰天主教的君主专制国家，它的边界受到天主教会的严密监视。为了在大国的包围中生存下去，日内瓦共和国在社会生活中实行一套严格的清规戒律，禁止酗酒、跳舞、赌博、通奸、卖淫，特别是不准建立任何剧场来演戏，就连人们该穿什么样的衣服、宴会上吃多少菜都有严格的规定，违者予以严惩。它还通过民间节日庆典等文化活动，培育人民强烈的爱国主义精神，军民共庆节日时的热烈场面，给幼年的卢梭留下了极为深刻的印象，成为他的人民主权学说的现实来源。

在卢梭生活的时代，日内瓦共和国是一个独立的民主国家，人口约有两万，分为公民、有产者、居民和普通人四等，公民的等级最高。卢梭的祖先是为了躲避法国的宗教迫害而于1549年逃难到日内瓦来的，后来虽然没有出过什么达官贵人，但是由于投奔到日内瓦的时间最早，后代也有人靠手艺和做生意发家致富，所以不仅获得了公民的身份，而且居住在属于贵族和富人的上城区里。卢梭是公民的儿子，当然具有公民的身份。在《忏悔录》的开头，卢梭特别说明"我于一七一二年生于日内瓦，父亲是公民伊萨克·卢梭，母亲是女公民苏萨娜·贝纳尔"。① 他一生都强调自己是日内瓦公民，为自己是这个民主共和国的公民而骄傲。

然而卢梭却没有从公民的身份中得到什么好处，倒是从出生起就充满了苦难，正如他自己所说的那样："我没有高贵的门第和出身，但我却得到了另一种我特有的东西：我以不幸著称于世。"② 他生下来的时候半死不活，患有先天性的膀胱和尿道畸形，10天后他的母亲苏珊就因患产褥热去世了。母亲的死使卢梭的心灵永远处于孤独之中，极大地影响了他的性格、爱情和人生。

卢梭从小就喜欢读书，尤其爱读普卢塔克③的《希腊罗马名人比较列传》，古代伟人和英雄的丰功伟绩深深打动了他，培养了他酷爱自由的共和主义思想，以及不屈不挠的高傲性格。每逢过节，父亲就带他到附近的圣日尔韦广场去看庆典活动。特别是每年12月11日和12日的攻城节，要举行阅兵和游行，来纪念自由的日内瓦在1602年击败萨瓦公国（现在法国东

---

① 卢梭：《忏悔录》第1部，黎星译，人民文学出版社1980年版，第2页。
② 卢梭：《忏悔录》第2部，范希衡译，徐继增校，人民文学出版社1982年版，第816页。
③ 普卢塔克（46—119），罗马帝国时期的希腊传记作家和伦理学家。

南部的萨瓦省）的敌人。公民们或穿礼服，或穿军装，老百姓在阅兵时都成了临时的军人。人们常在这里谈论关于日内瓦这座城市以及共和国的各种事务，这些都给幼小的卢梭留下了非常深刻的印象。正如贝纳丹·德·圣皮埃尔[①]在《让－雅克·卢梭生平》中所说的那样："在他父亲那个时代，日内瓦没有一个有教养的公民不熟谙普卢塔克的作品。卢梭跟我说过，有一段时间，人们对雅典的街道比对日内瓦的街道还要熟悉。青年人在交谈中开口闭口总是谈到立法权，谈到建立和改造社交圈子的各种方式。"[②]

但日内瓦也最早使卢梭尝到了社会不公正的滋味。他10岁的时候，父亲在打猎时与一个牧场主争吵，后来用剑把那个人刺伤了。由于那个人当过陆军上尉，父亲为了不进监狱，不得不丢下只有10岁的卢梭逃离日内瓦。这件事情给他幼小的心灵里留下了创伤，他由此体会到了世界上的人有贫富之分、强弱之分，而他的事业就是要捍卫被压迫者的权利，使人民获得自由、平等和主权。卢梭当时被送到波塞村的朗贝西埃牧师家里寄宿。波塞村位于萨莱沃山的山脚下，那里景色优美，卢梭过着自由自在的田园生活，从此终生都保持着对大自然的无比热爱。

1725年4月，卢梭被送到雕刻师阿贝尔·迪科曼家里去学徒，他不但要做各种重活和杂活，艰辛备尝，而且经常受到体罚，因而深深地体会到人间的不平。后来他终于忍无可忍，在16岁那年逃出了日内瓦，结识了比他大13岁的华伦夫人，不久成为她的情人，在她的身边度过了10年的幸福时光，同时刻苦自学了哲学、拉丁文、音乐、物理学、几何学和植物学等方面的知识，获得了非常全面的文化修养，为建立自己的哲学体系与道德原则奠定了基础。他还研究了音乐家拉摩[③]的《和声学》（1722）等音乐理论，发明了音乐简谱法，用阿拉伯数字来代替音符，用短线来表示音程的长短，既方便又实用，因此一直沿用至今。在读书和研究音乐的闲暇，他就去采集植物，与农民一起采摘葡萄，和华伦夫人在大自然里漫步，陶

---

① 贝纳丹·德·圣皮埃尔（1737—1814），法国小说家，卢梭晚年的忠实朋友，以小说《保尔和薇吉妮》著称。

② 贝纳丹·德·圣皮埃尔：《让－雅克·卢梭的生平》，载《一个孤独的散步者的遐想》，张驰译，湖南人民出版社1985年版，第186页。

③ 让－菲力普·拉摩（1683—1764），法国作曲家。

醉于田园的风光和山区的美景之中。1738 年 3 月，华伦夫人有了一个新情人，卢梭在精神上受到了沉重的打击，就毛遂自荐到总检察长德·马布里先生家里去做了一年家庭教师，然后来到了巴黎。

法国是日内瓦的近邻，当时是个典型的封建制国家。自从 1715 年路易十四去世之后，法国连年对外发动战争，人民负担沉重，加剧了国内矛盾，封建制度已经摇摇欲坠。当时的法国人分为三个等级：第一等级是僧侣，第二等级是贵族，他们虽然只占人口的百分之一，却占有大量的土地，享有种种封建特权，过着奢侈腐化的生活。农民、城市贫民和手工业者等都属于第三等级，他们没有政治地位，经济上备受剥削，要用五分之四的收入来缴纳苛捐杂税，特别是占人口绝大多数的农民，生活更为艰难。因此，法国 18 世纪的主要矛盾是农民与封建主的矛盾，第一个真正的经济学派，就是认为土地是财富的唯一源泉的重农学派。城市与农村之间的冲突，自然就成为当时许多思想家，特别是卢梭最为关心的问题。卢梭在《爱弥儿》中曾经指出："城市是坑陷人类的深渊。经过几代人之后，人种就要消灭或退化；必须使人类得到更新，而能够更新人类的，往往是乡村。"① 这无疑是卢梭后来写作《爱弥儿》的一个重要原因。

卢梭来到巴黎以后，结识了一些作家，当过法国驻威尼斯大使的私人秘书，于是开始研究政治理论，观察威尼斯的行政体制，在理论和资料方面为他后来写作《社会契约论》做了充分的准备。大使蒙太居出身贵族，专横愚蠢，卢梭经常和他争吵，最后不得不恼火地离开威尼斯。他回到巴黎后到处申诉告状，上流社会里却没有人关心和理解他的愤怒，这段经历使他切身体验到了平民与贵族之间的不平等，也成了他日后写作《论人类不平等的起源和基础》的材料。

卢梭先后发表了《论科学与艺术》和《论人类不平等的起源和基础》，成名之后他发奋写作，完成了三部互相关联的重要作品：爱情小说《新爱洛伊丝》（1761）提出了理想的爱情和家庭道德，政治著作《社会契约论》（1762）提供了一个理想的社会模式，教育小说《爱弥儿》（1762）提出了培养一个健康人的教育计划。健康的个人组成理想的家庭，理想的家庭组

---

① 卢梭：《爱弥儿》上卷，李平沤译，商务印书馆 1986 年版，第 43 页。

成理想的社会，这就是卢梭为之奋斗的目标。

《爱弥儿》和《社会契约论》出版后遭到查禁，卢梭被迫出国流亡。他本来就健康不佳、生性敏感，长期不稳定的漂泊和过度劳累，加上遭受的一系列迫害和精神上的孤独，使他不断受到被迫害妄想症的折磨，最终逐渐近乎疯狂。在应休谟①之邀去英国期间，他在百科全书派的抨击下病情发作，与休谟大吵一场之后匆忙回到法国，隐姓埋名地继续漂泊。1778 年 7 月 2 日他突然病逝，被埋葬在埃尔姆农维尔公园里的杨树岛上。

随着资本主义的发展，资产阶级的力量日益壮大，他们与教会和贵族明争暗斗，致力于经商发财，扩大经济实力，但是在政治上始终受到封建势力的排挤和压迫，形势迫使他们与第三等级中的其他阶层联合起来，推翻封建专制制度，因而导致第三等级与教会和贵族的矛盾日益尖锐，各个地区、各个阶层的反抗愈演愈烈，最终导致了法国大革命的爆发。1794 年 4 月 14 日，根据国民公会颁布的法令，卢梭的遗骸在当年 10 月 11 日迁入了巴黎的先贤祠，卢梭的纪念碑也于同年在日内瓦揭幕。

日内瓦共和国是卢梭的祖国，法国则是他奋斗成名、遭受迫害和最终安息的地方。综上所述，可见两者在政体、风俗和文化等方面的特点，对于卢梭政治思想的形成有着极为重要的影响。

二　卢梭对现代文明的批判

卢梭属于激进的资产阶级民主主义者，他不仅抨击贵族阶级，而且第一个批判资产阶级，因此被视为左派的领袖。他对现代文明的批判，主要体现在《论科学与艺术》《论人类不平等的起源和基础》《社会契约论》这三篇论著之中，大致可以归纳为以下几个方面。

（一）否定科学和艺术的进步作用

1749 年 7 月，第戎科学院进行有奖征文，题目是《科学和艺术的复兴是否有助于净化风俗》。卢梭看了之后无比激动，浮想联翩："我一看到这

---

① 大卫·休谟（1711—1776），英国哲学家、历史学家和经济学家。

个题目，我登时就看到了另一个宇宙，自己变成了另一个人。"① 在狄德罗②的鼓励下，他写了名为《论科学与艺术》的论文去应征，由于观点新颖独特、文笔优美雄辩而以第一名中选，发表后一举成名。

这篇论文的中心思想是否定现代社会的文明。全文分为两个部分。

在第一部分里，卢梭从历史方面来论述科学与艺术所起的伤风败俗的作用，他指出只有在劳动者的粗布衣服下面才有健康的身体，华丽的装饰只能显示一个人的富有，或者掩盖身体上的某种畸形。他认为科学和艺术是点缀在束缚人们的枷锁之上的花束，随着科学和艺术的发展，人们的灵魂越发腐败。艺术使人们丧失了淳朴的风俗，变得邪恶而虚伪；优雅后面隐藏着怀疑和猜忌、冷酷和戒备、仇恨和背叛。埃及这个文明古国，在哲学和美术繁荣以后，不断地被外族所征服；曾经战胜过亚洲的希腊，艺术进步之后就永远被奴役；自从出了一大群放荡不羁的作家之后，罗马就失去了它的辉煌。他还特地举中国为例：

> 我们眼前不就有这一真理的充分证据吗？在亚洲就有一个广阔无垠的国家，在那里文章得到荣誉就足以导致国家的最高禄位。如果各种科学可以敦风化俗，如果它们能教导人们为祖国而流血，如果它们能鼓舞人们的勇气；那末中国人民就应该是聪明的、自由的而又不可征服的了。然而……无论是大臣们的见识，还是法律所号称的睿智，还是那个广大帝国的众多居民，都不能保障他们免于愚昧而又粗野的鞑靼人的羁轭的话；那末他们的那些文人学士又有什么用处呢？他们所满载的那些荣誉又能得到什么结果呢？结果不是充斥着奴隶和为非作歹的人们吗？③

相反，没有沾染上浮华知识的民族却造就了自己的幸福，例如波斯就曾轻而易举地征服了亚洲。

---

① 卢梭：《忏悔录》第 2 部，范希衡译，徐继增校，第 433 页。

② 德尼·狄德罗（1713—1784），法国启蒙思想家、戏剧理论家和小说家，《百科全书》的组织者和主编。

③ 卢梭：《论科学与艺术》，何兆武译，商务印书馆 1997 年版，第 13—14 页。

在第二部分里,卢梭从科学和艺术本身来加以论证。他认为科学与艺术都是从我们的罪恶中诞生的:"天文学诞生于迷信;辩论术诞生于野心、仇恨、谄媚和撒谎;几何学诞生于贪婪;物理学诞生于虚荣的好奇心;这一切,甚至于道德本身,都诞生于人类的骄傲。"① 科学产生于闲逸,反过来又滋长闲逸,所以它首先造成了无可弥补的时间损失。作家文人则连游手好闲都不如,他们是在用诡辩动摇信仰、毁灭德行、嘲笑祖国和宗教。科学与艺术永远伴随着奢侈,不肯媚俗的艺术家则因贫困潦倒而死去。奢侈与善良的风俗背道而驰,奢侈之风的流行会带来趣味的腐化,削弱尚武的勇气和战斗力,所以贫穷的民族往往能够征服富裕的国家。

《论科学与艺术》是卢梭第一篇重要的政治论文,是卢梭全部理论的出发点。他经受了许多苦难和不公正的对待,对上流社会的虚伪和贵族的荒淫无耻深有体会,所以他肯定人生来是善良的,赞美劳动人民的朴实自然,认为是社会使人堕落,而文明则是掩盖了社会的罪恶,因此他对科学和艺术采取了完全否定的态度,把古代神话和雅典的文艺都视为道德堕落的产物,观点的偏激是显而易见的。

尽管如此,这篇论文仍然具有重要的意义。首先他肯定"人生来是善良的",这是卢梭理论体系的要点之一,仅仅这个观点就非同寻常,因为它与基督教的"原罪"说是截然对立的,是要从根本上动摇天主教这根封建制度的主要支柱。其次,他作为一个出身平民和自学成才的知识分子,从自身的经历中形成了他的代表小资产者的激进民主主义观点,赞美劳动者的淳朴和美德,抨击贵族社会的腐朽和没落,无疑具有揭露和批判社会现实的进步意义。

卢梭其实并不敌视科学和艺术,相反地还爱好科学,他在华伦夫人家里曾因进行化学实验而受伤就证明了这一点,他对人类的进步也确实充满了赞赏之情:

　　看一看人类是怎样通过自己的努力而脱离了一无所有之境,怎样以自己的理性的光芒突破了自然所蒙蔽着他的阴霾,怎样超越了自身的

---

① 卢梭:《论科学与艺术》,何兆武译,第21页。

局限而神驰于诸天的灵境，怎样像太阳一样以巨人的步伐遨游在广阔无垠的宇宙里，那真是一幅宏伟壮丽的景象。①

卢梭要抨击的实际上是贵族阶级的文明和生活方式，因为现代文明是为贵族服务的，而贵族的豪华生活又以人民的贫困为前提，所以他才认为是文明造成了人类的堕落，才会反对带来文明的科学和艺术。他也许意识到了这一点，才会在论文的开头就声明"我自谓我所攻击的不是科学本身"，但是他在写作的时候激情有余，论证却不够严谨，以至于把当时贵族社会里的文化混同于一般的文化，认为是科学、文学和艺术窒息了人们天生热爱自由的情操，由此得出了笼统否定一切科学艺术的武断结论，从而给了攻击他的人以可乘之机。

卢梭后来认为"这篇作品虽然热情洋溢，气魄雄伟，却完全缺乏逻辑与层次。在出自我的手笔的一切作品之中，要数它最弱于推理，最缺乏匀称与谐和了"。② 不过这篇论文虽然还不够成熟，观点失于偏激，但是从中已经可以看出他后来由《社会契约论》和《爱弥儿》等著作构成的理论体系的萌芽。不仅如此，论文中也不乏关于文学艺术的精彩论述：

> 一切艺术家都愿意受人赞赏。他的同时代人的赞誉乃是他的酬报中最可珍贵的一部分。如果他不幸生在那样一个民族，生在那样一个时代，那儿一味趋时的学者们是被轻浮的少年们在左右着自己的文风；那儿人们向剥夺他们自由的暴君牺牲了自己的情趣……那时候，为了要博得别人的赞赏，他会做出什么事情来呢？各位先生，他会做的是什么事情呢？他就会把自己的天才降低到当时的水平上去的，并且宁愿写一些生前为人称道的平庸作品，而不愿写出唯有在死后很长时期才会为人赞美的优秀作品了。③

这段话几乎是对当代艺术现状的预见，至今仍然具有深刻的现实意义。

---

① 卢梭：《论科学与艺术》，何兆武译，第 6 页。
② 卢梭：《忏悔录》第 2 部，范希衡译，徐继曾校，第 435 页。
③ 卢梭：《论科学与艺术》，何兆武译，第 25—26 页。

（二）批判造成不平等的社会制度

1754 年，第戎科学院再次颁布征文题目："人类不平等的起源是什么？人类的不平等是否为自然法所认可？"卢梭又写了一篇题为《论人类不平等的起源和基础》的论文去应征。

卢梭在序言里概括了要论述的问题：人类所有的进步都与原始状态背道而驰，知识越多就越使人失去本性。论文阐述了人类的两种不平等：一种是自然的或生理上的不平等，涉及的是自然状况，即人的年龄、健康、体力和智力的差异；另一种是精神上或政治上的不平等，这种不平等是被人们认可的，例如一部分人的特权就是如此。

卢梭认为人在自然状态下孤独生活是人类的黄金时代。那时候原始人与野兽和平相处，与动物一样有自我保护的本能，因而很少生病，也用不着别人的帮助，倒是有许多闲暇来享受生活。他们思想单纯，没有善恶之分，情欲也不像现代人那样强烈，所以没有交往和争执，也就用不着创造语言。但是为了抵御自然灾难，原始人不得不共同生活。随着联系和交往的增多，经过无数世纪的演化之后，他们逐渐完善了各种方言，结合成家庭和小社会，乃至有共同风俗的民族。社会里的人需要依赖他人，就会意识到他人的目光，于是就产生了自尊心，使"公众的重视具有了一种价值。最善于歌舞的人、最美的人、最有力的人、最灵巧的人或最有口才的人，变成了最受尊重的人。这就是走向不平等的第一步；同时也是走向邪恶的第一步"①。

卢梭认为人生来是平等的，自由是天赋的人权。但是进入文明社会以后，人与人之间的相互依赖造成了不平等、压迫和奴役，彼此之间的关系变得虚伪，爱情也达到了时常给人带来灾难的狂热程度。种种不平等促使人们显示自己的能力，导致了浮夸的排场、欺人的诡计以及随之而来的一切邪恶，产生了虚荣、轻蔑、羞惭、羡慕、报复等种种观念。总之人生来是善良的，现代人没有原始人那种本能的怜悯心，所以人由善变恶是社会造成的后果。

---

① 卢梭：《论人类不平等的起源和基础》，李常山译，东林校，第 118 页。

卢梭进一步指出:"谁第一个把一块土地圈起来并想到说:这是我的,而且找到一些头脑十分简单的人居然相信了他的话,谁就是文明社会的真正奠基者"①,这就说明了私有财产的出现和私有观念的产生是人类不平等的根源。农业的发展导致土地的分配,产生了所有权,从而打破了人类最初的平等。一个人只有损害他人才能扩大自己的财产,所以富人就像饿狼一样,为了争夺财产而使社会陷入了战争。为了保护自己的私有财产,对付占大多数的穷人,富人开始制定有利于自己的制度,这就是社会和法律的起源,人类天赋的自由从此就永远消失了。

富人和强者建立了由富人剥削穷人的国家和政府。政府的腐化最终导致专制,出现了暴君的统治,人们被迫像奴隶般地盲目服从。不过既然统治者可以使用暴力,那么人民当然也可以用暴力推翻他,这样暴力的使用就平等了。"当他被驱逐的时候,他是不能抱怨暴力的。以绞杀或废除暴君为结局的起义行动,与暴君前一日任意处理臣民生命财产的行为同样合法。暴力支持他;暴力也推翻他。"②

归根结底,卢梭得出了这样的结论:

> 如果我们从这些各种不同的变革中观察不平等的进展,我们便会发现法律和私有财产权的设定是不平等的第一阶段;官职的设置是第二阶段;而第三阶段,也就是最末一个阶段,是合法的权力变成专制的权力。因此,富人和穷人的状态是为第一个时期所认可的;强者和弱者的状态是为第二个时期所认可的;主人和奴隶的状态是为第三个时期所认可的。这后一状态乃是不平等的顶点,也是各个阶段所终于要达到的阶段,直到新的变革使政府完全瓦解,或者使它再接近于合法的制度为止。③

《论人类不平等的起源和基础》是卢梭理论体系的核心,也是他后来的政治论著《社会契约论》的基础。与《论科学与艺术》一样,它的主旨也

---

① 卢梭:《论人类不平等的起源和基础》,李常山译,东林校,第111页。
② 同上书,第146页。
③ 同上书,第141页。

是说明历史看起来是在发展和进步，实际上却在不断加剧人与人之间的不平等，但是它所包含的思想却要成熟得多。它进一步追究造成人类的堕落和不平等的原因，指出私有制是人类不平等的起源，从而纠正了《论科学与艺术》中关于科学和艺术是罪恶之源的提法，在立论和论证方面无疑都更为全面和深刻。

卢梭虽然表明了他对自然状态的拥护和对社会状态的蔑视，却并未因此低估甚至否定社会的作用，而是充分认识到是社会造成了语言、工艺、科学和艺术等方面的巨大成就。他着重抨击的其实是社会的种种弊端：除了私有财产、不平等和奴役之外，还有现代人唯利是图和对别人幸灾乐祸的心态，以及现实存在的售卖假药、环境污染、职业病、拦路抢劫等种种社会问题。而奢侈本身则是所有灾祸中最大的灾难，奢侈之风所到之处，在使工业和艺术繁荣的同时，导致了农业凋敝、人口减少，最终被那些没有什么艺术的蛮族所灭亡。

卢梭读过当时的各类政治、哲学、历史著作和游记等书籍和资料，对各种观点既兼容并蓄又并不盲从，而是在研究的基础上加以综合和取舍，批判地运用前人的研究成果，从中得出自己的独特见解。他认为社会的发展虽然是进步，但是这种进步只会加剧人与人之间的不平等。人民设立的制度，反过来会压迫人民；封建领主本来应该是保护人民的，结果却变成了实行专制的暴君；最终人民又会起来推翻暴政，争取新的平等。卢梭对人类从平等到不平等、再到平等的发展过程的阐述，显示出他具有关于矛盾转化的辩证思想。恩格斯把《论人类不平等的起源和基础》誉为"辩证法的杰作"，在《反杜林论》里引证卢梭的阐述后指出："这样，不平等又重新转变为平等，但不是转变为没有语言的原始人所拥有的旧的自发的平等，而是转变为更高级的社会契约的平等。压迫者被压迫。这是否定的否定。"[①] 他甚至把卢梭与马克思相提并论："我们在卢梭那里不仅已经可以看到那种和马克思《资本论》中所遵循的完全相同的思想进程，而且还在他的详细叙述中可以看到和马克思所使用的完全相同的整整一系列辩证的说法：按本性说是对抗的、包含着矛盾的过程，一个极端向它的反面的转

---

① 恩格斯:《反杜林论》,《马克思恩格斯选集》第3卷,人民出版社1997年版,第483页。

化，最后，作为整个过程的核心的否定的否定。"①

卢梭抨击贵族的专制统治和为贵族服务的文化，封建婚姻则是其中的一个重要方面。他主张在平等的基础上自由恋爱和婚姻自主，对包办的封建婚姻进行了猛烈的鞭笞和沉痛的控诉：

> 凭借父权公开地侮辱人道的种种情况，不是更常见而更危险的事情吗？……有多少幸福的婚姻因为男女双方地位悬殊而终被拆散或遭到干涉，有多少贞洁的妇人丧失了贞操！有多少因利害关系而结成，却被理性与真正爱情所否定的离奇婚姻！甚至有多少忠实而有品德的夫妇，只因错配了姻缘而双方都感到痛苦！有多少因为父母的贪婪而受害的不幸的青年，耽溺于放荡的生活，或者在流泪中过着悲惨的日子，呻吟在他们内心所拒绝、却被金钱促成的、不能离异的结合之中！他们之中如果有人，在野蛮的暴力还没有强使他们在罪恶或绝望中度其一生以前，由于自己的勇气和美德毅然脱离人世，那或许是更幸福的！②

卢梭在爱情小说《新爱洛伊丝》里描绘了家庭教师圣普乐和贵族小姐朱丽的纯洁爱情和不幸结局，向只以门第决定婚姻的封建制度提出了强烈的抗议。他借开明的英国绅士爱德华之口，对贵族进行了公开的斥责：

> 那么您如此引为骄傲的贵族出身有什么光荣？它对于国家的荣誉或人类的幸福有什么用？法律和自由的不共戴天的敌人，在它大放光彩的那些国家的大多数，除了专制的势力和对人民的压迫之外，还能产生什么呢？在一个共和国里，您敢于以毁灭道德和人性的阶层、以每人夸耀奴隶制和羞于做人的阶层为光荣吗？③

小说里的人物或早夭，或守寡，总之都没有得到自己理想的爱情。他

---

① 恩格斯：《反杜林论》，《马克思恩格斯选集》第3卷，人民出版社1997年版，第483页。
② 卢梭：《论人类不平等的起源和基础》，李常山译，东林校，第163—164页。
③ 卢梭：《新爱洛漪丝》第1卷，伊信译，商务印书馆1997年版，第197页。

们的悲剧是社会造成的：婚姻中的门第之见拆散了朱丽和圣普乐，而道德的拘束又使圣普乐无法与朱丽守寡的表姐结合。《新爱洛伊丝》谴责了封建社会的道德标准，实际上宣扬了卢梭的政治理想，呼吁给每个人以应有的自由。小说满足了民众要求个性解放的愿望，体现了法国大革命前夕人民反封建的激情，因此出版后大受欢迎。

在法国封建社会危机四伏、山雨欲来的时候，《论人类不平等的起源和基础》的进步意义是毋庸置疑的。它把矛头公开指向当时的社会制度，注定不可能得到社会的支持和褒奖，而是要受到抨击和围攻。尤其是卢梭关于使用暴力争取平等的思想，更为后来的法国大革命提供了理论基础。但是另一方面，由于雅各宾派的恐怖专政所造成的影响，有些人又把发生的灾难归咎于启蒙思想家，而首当其冲的则是卢梭。"有人指责卢梭是大革命暴力的根源。约瑟夫·德·梅斯特尔[1]早在1794年、波纳尔[2]早在1796年，右翼的政治思想谴责的就不仅是卢梭的《社会契约论》，而且是他本人和他的全部著作了。"[3]

在这部著作出版近半个世纪、法国大革命刚刚过去的时候，斯塔尔夫人[4]在她的名著《论文学》（1800）里，对卢梭的这一重要思想给予了公正的评价。她认为卢梭"没有发现什么东西，然而他把一切都燃成熊熊烈火。他的平等思想比对自由的热爱掀起了更大的风暴，启发出性质完全不同的许多问题，激起了更加猛烈的行动；这种平等思想，带着它的伟大和渺小处，流露在卢梭作品的每一行中，通过人性中的善或恶而牢牢地攫住了人心"。[5]

《论人类不平等的起源和基础》长期受到误解和歪曲，除了别有用心的攻击以外，也有论著本身的原因。卢梭对人类的自然状态的描绘，对孤独的野蛮人的描述，以及把第一个圈地的人说成是私有制的起源等，都是出

---

[1] 梅斯特尔伯爵（1753—1821），法国作家和哲学家，他支持国王和教皇，反对法国大革命。

[2] 路易·德·波纳尔子爵（1754—1840），法兰西学士院院士，君主政体的维护者。

[3] 让-路易·勒赛克尔：《让-雅克·卢梭，一位经典作家的现代性》，巴黎：拉鲁斯出版社1973年版，第237页。

[4] 斯塔尔夫人（1766—1817），法国作家、文学评论家，著有《论文学》《德意志论》和多种小说。

[5] 斯塔尔夫人：《论文学》，徐继增译，人民文学出版社1986年版，第230页。

于他具有浪漫色彩的想象，而不是实际考察的结果，不是历史上或者史前确实存在过的状态。但也正因为论文中想象的成分多于现实的成分，卢梭才没有立即受到迫害。

《论人类不平等的起源和基础》的开头有一篇献词，题为《献给日内瓦共和国》，因为卢梭当时对他的祖国抱有好感，对它的政体大加赞赏，认为它既合理又完善，甚至愿它永世长存。他在献词中扼要阐述了理想的国家体制，认为每个人要想自由地生活，就应该生活在由法度适宜的民主政府治理的国家里，立法权属于全体公民，人民有权批准法律，选举最能干、最正直的人员来掌管司法和治理国家，从而表明他对社会的发展依然抱有希望，这实际上就是后来《社会契约论》的先声。他曾经打算像孟德斯鸠的《论法的精神》那样，写一部名为《政治体制》的巨著，但最终放弃了这个计划，只完成了这部巨著的理论性序言《社会契约论》。

《社会契约论》开宗明义，提出了"人是生而自由的，但却无往不在枷锁之中"这个著名的命题。卢梭指出唯一自然的社会就是家庭，人性的首要法则是维护自身的生存。强力并不构成权力，不能迫使人民服从。他认为奴役权是不存在的，是非法的和荒谬的，"放弃自己的自由，就是放弃自己做人的资格，就是放弃人类的权利"①。

《社会契约论》发挥了《论人类不平等的起源和基础》里"天赋人权"和"人生来是自由的"思想，批判了强者拥有特权、奴役天生合理之类的封建法权观念。卢梭认为权力的运用必须体现人民的意志，只有全体社会成员订立的"契约"，才可以成为人间一切合法权威的基础。卢梭所说的社会契约，就是每个社会成员把自身的一切权利全部都转让给整个集体，作为全体不可分割的一部分，置于公意的最高指导之下；也就是说，人类因此丧失了天然的自由，却获得了社会的自由。在这种理想的社会里，"基本公约并没有摧毁自然的平等，反而是以道德的与法律的平等来代替自然所造成的人与人之间的身体上的不平等；从而，人们尽可以在力量上和才智上不平等，但是由于约定并且根据权利，他们却是人人平等的"。② 社会契约的任务就在于既能发挥社会的作用，又能保障每个社会成员的自由，换

① 卢梭：《社会契约论》，何兆武译，商务印书馆1990年版，第5页。
② 同上书，第34页。

句话说，这个社会里不存在统治与被统治的关系，每个人无须屈服于别人的意志，也不使别人屈服于自己的意志。国家应该是人民订立的社会契约的产物，也就是全体社会成员民主协商的结果。

卢梭认为每个人在缔结契约时必须把自己的全部权利转让给整个集体，把自己当作这个集体的不可分割的一部分，他们服从的是公意而不是权力。一切权力都是属于人民的，在法律面前人人平等，这就是卢梭著名的人民主权思想。他指出众意是个别意志的总和，着眼于私人利益；公意着眼于公共利益，永远是公正的，因此社会契约使人类有了更加美好和稳定的生活方式。但是要把权利和义务结合起来，就需要有约定和法律，而法律乃是公意的行为，是应该由服从法律的人民来制定的，擅自发号施令绝不能成为法律。他还认为政府是在臣民与主权者之间建立的一个中间体，负责执行法律和维持社会的自由。

对卢梭来说，只能有一种国家形式，即人民至高无上，不让统治者行使最高权力，他在这一点上是从不让步的。在纪念卢梭诞生 250 周年的大会上，法兰西学士院院士让－盖埃诺这样说过："他与旧制度的对立比其他所有的哲学家都更为深刻。其他人是在设法解决，如果我可以这么说的话，是在提出一些和解的办法。他则从不和解。"① 这在他对君主政体和教会的批判中得到了充分的证明。卢梭认为政府可以分为民主制、贵族制和国君制，然而真正的民主制是从来不曾有过，也永远不会有的。世袭的贵族制是政府之中最坏的一种，国君制政府往往是小人掌权，所以永远不如共和制政府。他对国君制政府进行了尤为深刻的嘲弄，揭露了封建君主政体的本质：

　　有一种最根本的无可避免的缺点，使得国君制政府永远不如共和国政府，那就是……在国君制之下，走运的人则每每不过是些卑鄙的诽谤者、卑鄙的骗子和卑鄙的阴谋家；使他们能在朝廷里爬上高位的那点小聪明，当他们一旦爬了上去之后，就只能向公众暴露他们的不称职……一个真正有才能而能出任阁臣的，几乎就像一个傻瓜能出任共

① 法国纪念卢梭委员会编：《让－雅克·卢梭和他的作品》，巴黎：克兰克西埃克出版社 1962 年版，第 9 页。

和国政府的首脑一样，是同样罕见的事。①

卢梭认为没有一种政府形式适合于一切国家，而且政府最终会由于滥用职权而蜕化，民主制退化为群氓制，贵族制退化为寡头制。主权是不能代表的，议员不可能是人民的代表，例如英国人在选举议员时是自由的，议员选出之后他们就成了奴隶。主权也是不可转让和不可分割的，分权的做法是骗人的勾当，是肢解人民的主权。他认为官吏不是主人，只是在承担国家赋予他们的职务。公意是不可摧毁的，无论如何都不能剥夺公民的投票权："每一个人既然生来是自由的，并且是自己的主人，所以任何别人在任何可能的借口之下，都不能不得他本人的认可就役使他。断言奴隶的儿子生来就是奴隶，那就等于断言他生来就不是人。"②

如果说卢梭在《论科学与艺术》和《论人类不平等的起源和基础》里提出了问题的话，那么他的《社会契约论》提供的就是一个答案，即在现实社会不公正和不平等的情况下，提出了一个民主和平等的理想社会的原则。也就是说，解决的办法不是倒退到原始时代，而是致力于建设一个理想的社会。《社会契约论》系统地提出了解决人类不平等的方法，即推翻封建专制制度，建立以社会契约为基础的民主共和政体。也就是解决了使不平等的文明社会通过社会契约的方式，成为一个自由平等的社会和国家的问题。

《社会契约论》是卢梭最为深刻和成熟的政治理论著作，是世界政治学说史上最著名的古典文献之一，标志着民主思想史上的一个重要阶段，但是也有着明显的局限性。当时的法国处于前资本主义的工业化时期，城市的平民和农民在逐渐变成无产阶级。卢梭不了解历史的演变和他那个时代的经济情况，只能用乌托邦来代替具体的经济纲领。他虽然正确地指出了私有制是人类不平等的起源，却没有考虑废除私有制，只是提出对财产加以限制。实际上他的理想正是小生产者的劳动私有制，是小生产者的原始的平等，这种小生产者的"不患寡而患不均"的心态，表明他理想的平等只能是一种空想。

---

① 卢梭：《社会契约论》，何兆武译，第96—97页。
② 同上书，第139页。

《社会契约论》是一部推论性的著作，提出的是按逻辑推论的理想社会模式，而不是具体的革命纲领。卢梭设想的主权只能属于统治阶级，是不可能真正为人民所共有的。尽管卢梭的本意是维护人的自由，希望在社会发展的条件下运用人民主权，把人的天然自由上升为法律范围内的社会的自由，但是其中有些观点相当抽象、难以理解是。例如众意是个别意志的总和，着眼于私人利益；公意着眼于公共利益，永远是公正的。可是从着眼于私人利益的众意中，怎么可能得出公正的公意呢？如果主权者自认为代表公意，公意就取决于主权者个人的意志，那么关于公民在交出自己的天然自由以服从公意，同时又能与从前一样自由的推论似乎就难以成立了。

卢梭具有浪漫主义的气质和非凡的想象力，善于思考关于未来的问题，这就使他的著作具有一种预见性。他擅长逻辑思辨、分析推理，而且语调激昂，因此他的文章就像演说一样令人信服。法国大革命爆发以后，从吉伦特派[①]到雅各宾派[②]，甚至有些贵族都崇拜他的学说，雅各宾派的领袖罗伯斯庇尔[③]、马拉[④]都自称是卢梭的学生，并且把《社会契约论》作为雅各宾派政治纲领的基础。《社会契约论》宣扬自由、平等、博爱，提出了没有社会平等就没有真正的自由的思想观点，在世界上产生了巨大而深远的影响。

然而卢梭推断出来的结论往往是激进的甚至是极端的，具有超前的意识和非理性的乌托邦色彩。他提出的天赋人权、自由平等和人民主权的思想，以及公民选举领袖的共和制度往往并不现实，脱离了当时大多数人的接受能力。尤其在雅各宾派专政时期，罗伯斯庇尔宣称"我的意志就是公意"，从而导致了血腥的镇压。正是这种理论上的缺陷，使卢梭的敌人得以歪曲他的学说的本意，有了攻击他的借口。卢梭因此受到封建统治势力的压制和迫害，这就是他在成名之后反而备受孤立，直到当代才越来越受到景仰的原因。

---

① 法国大革命中代表工商业资产阶级利益的温和的共和派。
② 法国大革命中代表中小资产阶级利益的革命民主派。
③ 罗伯斯庇尔（1758—1794），法国大革命时期雅各宾派的领袖。
④ 马拉（1743—1793），法国大革命时期雅各宾派的主要领导人之一。

（三）抨击宣扬奴役的基督教教义

卢梭在《社会契约论》中对基督教进行了猛烈的抨击。他把宗教分为人类的宗教和公民的宗教：人类的宗教即普遍的宗教，没有庙宇和仪式，只是发自内心地崇拜上帝，这是福音书的基督教，与今天的基督教是截然不同的。公民的宗教服从本国的神及其教义，把对神明的崇拜与对法律的服从结合在一起，君主就是教主。然而这种宗教全是谬误和谎话，是欺骗人民的空洞仪式。"民族的区分就造成了多神的局面，并且由此就产生了神学上的与政治上的不宽容"，"政治的战争也就是神学的战争"①，因为要使其他民族皈依，只有进行征服和奴役。神权与政权不可能并行不悖，所以在"基督教国家里不可能有良好的政体，而且人们永远也无从知道在主子与神父之间究竟应当服从哪一个"②。

卢梭拒绝把上帝与教会混为一谈，认为基督教只关心天上的事物，与共和国是矛盾的，基督徒的祖国不属于这个世界：

> 基督教只宣扬奴役与服从。它的精神是太有利于暴君制了，以致暴君制不能不是经常从中得到好处的。真正的基督徒被造就出来就是作奴隶的；他们知道这一点，可是对此却几乎是无动于衷；这短促的一生在他们的心目之中是太没有价值了。③

基督教获得胜利后就变成了最狂暴的专制主义，因此卢梭主张应该宽容一切能够宽容其他宗教的宗教，把胆敢说"教会之外，别无得救"的人驱逐出国家之外。这种观点等于是向基督教宣战，理所当然地引起了教会和神职人员的仇视。《社会契约论》正因为猛烈地批判了封建的社会制度和教会，所以刚刚出版就被当局下令禁止和焚毁。

《爱弥儿》是一部讨论教育问题的哲理小说，副标题就是"论教育"，但是对教会进行了同样猛烈的抨击，尤其是批判了教会对人民的欺骗。从

---

① 卢梭：《社会契约论》，何兆武译，第171—172页。
② 同上书，第174—175页。
③ 同上书，第183页。

中世纪以来，教会一直垄断着教育。拉伯雷在《巨人传》里对教会进行了无情的嘲弄，提出了自己的人文主义理想：建立"德廉美修道院"，这里没有任何清规戒律，唯一的院规就是"做你所愿做的事"。这种反映资产阶级要求个性解放的教育方针，在讲究等级制度的封建社会里只能是一种幻想，而《爱弥儿》却第一次对这种顺应自然和本性的教育方针作了具体的论述。在用政治著作对西方的现代文明和社会秩序进行观念形态上的批判之后，卢梭借教育爱弥儿的机会，来证明社会是如何毒害人心的，他通过爱弥儿的成长过程论述了自己的教育思想，也就是要培养旧制度和旧秩序的掘墓人。

《爱弥儿》分为五卷，叙述爱弥儿从出生到长大成人的各个时期。卢梭把人在成年之前的年龄分为五个阶段，分别提出了针对不同年龄的教育原则。它重申了《论人类不平等的起源和基础》中把自然与社会对立起来的观点，开篇第一句话就是"出自造物主之手的东西，都是好的，而一到了人的手里，就全变坏了"。① 由此可见，《爱弥儿》与《社会契约论》是相辅相成的：在社会使人堕落的情况下，唯一的办法就是对儿童进行合乎自然的教育，这一点从婴儿时期开始就要予以注意。儿童与成人不同，孩子的天性是完美的，对他们的教育要合乎自然的节奏，尊重他们自由独立的个性，培养他们健康的体格和感情。

卢梭反对把婴儿包裹在襁褓里，因为束缚会给他们造成痛苦，甚至会影响他们的脾气和性格。他认为穷人不需要受什么教育，自己就能够成长为人，而富人则因财富而腐化堕落，成为偏见的受害者，所以他们应该受教育，而且不应该待在坑害人类的城市里，应该到有利于身心健康的农村去。应该让他们学会忍受身体的痛苦，克制自己的欲望。对儿童的错误不能为惩罚而惩罚，而是要使他们知道撒谎等不良行为会造成的自然后果。为此卢梭把爱弥儿送到乡下去，使他远离城市的不良风俗。对于进入青春期的少年，要教育他们学习和工作，因为"劳动是社会的人不可或免的责任。任何一个公民，无论他是贫或是富，是强或是弱，只要他不干活，就是一个流氓"。② 爱弥儿会干农活，也学了木工手艺。要对男女青年进行道

---

① 卢梭:《爱弥儿》上卷，李平沤译，第5页。
② 同上书，第262页。

德教育和爱情教育,包括正确的性教育,培养他们善良的情感、善良的意志和善良的判断。爱是相互的,把自爱之心扩大到爱别人,自爱就可以成为美德。爱人类就是爱正义。

但是到此为止教育工作才做了一半,还要使人履行作为社会成员的义务,也就是进行公共教育。公共教育是针对公民的教育,它的作用是灌输有利于国家的爱国主义,因此是政府的首要任务。国家应该了解公民的行为和思想,公民不能脱离国家的监督。公共教育实际上是与个人教育矛盾的:爱祖国胜于爱人类,这就从根本上违反了平等原则,等于承认人类是不平等的了。但是以儿童为出发点的教育,在现实中又必须以社会为归结点,因为如果没有社会,这些由家庭教育培养出来的"自由的个人"也就不可能存在。

这正是卢梭思想上的矛盾之处。他自己经历过这两种教育:他在日内瓦被培养成一个公民,而在生命的暮年却选择成为一个自由而独立的人。在写于1755年的《论政治经济学》和写于1772年的《关于波兰政府的思考》里,卢梭主张政府必须进行公民教育,因为要爱国就要捍卫自己的国家,甚至准备为国牺牲;对公共利益的关注也能够遏制每个人的利己之心。但是在生命的暮年,他切身体验到自由的珍贵,所以要捍卫个人的自由,不主张对同时代的人进行公共教育。

社会的健康发展必须以国民的良好教育为基础,而爱弥儿所受的训练都是出于同样的原则:人生来是善良的,从幼年开始进行的教育,可以保障个人的幸福和集体的持久存在。卢梭认为教育要顺乎天性,促进儿童的自然发展,使他们免受社会偏见和恶习的影响。他直言不讳地指出,要接受教育的是富人而不是穷人,要反对的是封建专制的精神奴役和教会煽动的宗教狂热。爱弥儿是属于新时代的人,他只从社会里吸取合理的东西,与学校里通过灌输偏见而培养出来的贵族青年是完全不同的。

《爱弥儿》是一部充满理想色彩的哲理教育小说,卢梭在书里注重的不是教育实践,而是在宣扬自己的哲学观点。爱弥儿是一个虚构的人物,置身于一切社会关系之外,完全脱离了社会现实,所以卢梭对他运用的教育方法也只能出自幻想。他提出的是一些抽象的原则,如何应用则要由教师们根据实际情况而定。卢梭自己也清楚这一点,所以他在序言中就预先说明："人们将来会认为，他们所阅读的，不是一种教育论文，而是一个空想家对教育的幻想。有什么办法呢？我要叙述的，不是别人的思想，而是我自己的思想。"①

除了教育问题之外，卢梭也对基督教的教义进行了直接的抨击。他无情地嘲笑了教会对人的欲望的压制："我们的欲念是我们保持生存的主要工具，因此，要想消灭它们，实在是一件既徒劳又可笑的行为；这等于是要控制自然，要更改上帝的作品。如果上帝要人们从根铲除他赋予人的欲念，则他是既希望人生存，同时又不希望人生存了；他这样做，就要自相矛盾了……所以，我发现，所有那些想阻止欲念的发生的人，和企图从根铲除欲念的人差不多是一样愚蠢。"②

《爱弥儿》第四卷里有一章名为"信仰自白，一个萨瓦省的牧师述"，这位牧师系统地阐述了自己的宗教观。他认为教会武断一切、排斥异己，而哲学家都自以为是，说出来的道理都对人有害，是糟糕的哲学把人弄得如同野兽。他认为是上帝推动着宇宙万物的运动，所以大自然是那样和谐；人是地球的主宰，然而人可以按照自己的意愿行事，滥用上帝赋予的自由去做坏事，使地球上充满了罪恶，这是不能由上帝承担责任的。我们造成了自己的悲伤和痛苦，作恶的就是我们自己。坏人得意和好人受压的现象，在宇宙万般皆和的情景中显得刺目，然而只是和人的肉体一样是暂时的，无形的灵魂在身体死亡之后能够继续存在，因此可以假定是不死的。灵魂深处生来就有一种正义和道德的原则，这个原则就是良心。

"信仰自白，一个萨瓦省的牧师述"是全书最重要的部分，它集中论述了卢梭的哲学思想和宗教观。卢梭是自然神论者，他相信灵魂不灭和上帝的存在，但否定教会宣扬的神圣启示，认为唯一值得爱弥儿信仰的是自然宗教，这种以智慧和情感为基础的自然宗教否定了教义、奇迹和神秘，否定了教会的权威和宗教里的一切非理性的东西。在卢梭生活的时代，农民都信仰基督教，教会唯恐《爱弥儿》会煽起民众对教士们的仇恨，所以对卢梭的迫害才不遗余力。

卢梭信仰的是自然宗教，认为上帝要求的是内心的敬拜，是精神上的

---

① 卢梭：《爱弥儿》上卷，李平沤译，第3页。
② 同上书，第288页。

真实敬仰，而不在于衣服的式样和跪拜的姿势。所以他反对启示宗教："礼拜形式之所以千奇百怪，正是由于启示的荒唐。"① 奇迹不可信，自称传达上帝旨意的人是骗子。要找到正确的宗教，就要对各种宗教进行研究，不能偏听偏信。"我绝不相信一个人所必须知道的东西经书上全都有了……我之所以这样反复地谈到经书，是因为欧洲到处是经书充斥……所有的书不都是人做的吗？一个人为什么要在读过经书之后才能懂得他的天职呢？在没有经书以前大家又是凭什么办法知道他的天职的呢？……天主教徒在大谈其教会的权威……这样地闹嚷一阵有什么用处呢？"② 传教是荒唐的，除非是疯子才会相信关于两千年前的上帝的生死。卢梭反对的是以迷信和狂热为特征的启示宗教，认为人的意志是自由的，上帝存在与灵魂不朽是使人弃恶从善的道德基础。崇拜什么神无关紧要，重要的是信仰要真诚地发自内心，所以不管哪一个国家和哪一个教派，最要紧的是内心的崇拜。

　　卢梭以自然神论来否定超自然的上帝的存在，否定教会把持教育事业的合法性，充分体现了他反封建、反教会的革命精神和激进的民主主义思想。《爱弥儿》对基督教的抨击达到了前所未有的程度，出版后立即遭到查禁和焚毁，但卢梭同时又通过一些合乎逻辑的论据来证明上帝和灵魂的存在，以此来抨击百科全书派的唯物主义和无神论，这样就使自己陷入了腹背受敌的孤立境地。他因此不得不辗转逃亡，处处都受到攻击，直到1770年被宣布赦免后才回到巴黎。

三　卢梭与百科全书派矛盾的根源

　　启蒙思想家们都是封建社会制度的批判者，他们为了宣传科学、理性和启蒙思想，教育人民去学习科学知识和文化艺术，以摆脱宗教意识和各种偏见，作家们曾经团结起来进行共同的斗争，形成了一个独立的社会阶层，而百科全书派就是这个联盟的核心。然而"这种结盟不是铁板一块，启蒙作家间的差异甚大，因观点和性格不合而争吵的事情时有发生，例如

---

① 卢梭：《爱弥儿》下卷，李平沤译，第426页。
② 卢梭：《爱弥儿》上卷，李平沤译，第439页。

卢梭到后期几乎与所有的人交恶"。① 卢梭与百科全书派经历了一个从友好合作到反目成仇的过程，其中虽有性格等方面的因素，但最主要的是政治立场和思想方面的分歧，所以他们之间的矛盾不是个人的问题，而是有着深刻的社会背景和思想根源。

百科全书派所代表的阶级利益，大致可以分为三类：第一类是孟德斯鸠，他出身于穿袍贵族世家，本人既是拥有大量土地的封建领主，又是经商致富的资产者，因此成为主张调和封建贵族与资产阶级利益的温和派。第二类的人数最多，包括经商致富的伏尔泰②、拥有爵位的霍尔巴赫和当过包税官的爱尔维修③等，他们都是金融家和资本家，代表着大资产阶级的利益。他们相信人能够成为自然的主人，在自由制度下增长起来的财富会给所有的人带来幸福，因而赞扬科学和技术的发展，向往未来的繁荣和进步，梦想建立一个由理性来统治的社会。第三类是卢梭，他出身平民，熟悉乡村和农民的生活，既经历过种种艰难困苦和打击迫害，对上流社会的腐朽和堕落也有深刻的认识，所以具有最为激进的反封建的民主主义思想。正因为如此，百科全书派在社会改革方面大多主张改良主义，他们都喜欢开明的君主，寄希望于贤明的国王。而卢梭作为小资产阶级利益的代表，对封建专制制度的批判最为坚决，提出的政治理论也最为激进。正如马克思所说的那样："卢梭不断避免向现存政权作任何即使是表面上的妥协"④。

卢梭与百科全书派的对立有许多表现形式，例如在宗教思想方面，百科全书派大多信仰理性、唯物主义和无神论，卢梭则主张自然神论，认为无神论是富人的一种发明，因为只有对社会秩序感到满意的人才不再需要上帝。卢梭并不信仰唯物主义，他的哲学和宗教思想不如其他启蒙思想家先进，但是在当时的法国，信仰基督教的农民占人口的绝大多数，卢梭主张保持农民和老百姓的信仰，就更能为第三等级说话，更能代表他们的利益。"卢梭因为保持了一种宗教信仰，所以更容易和他那一时代的小资产阶级和人民相接近……恩格斯曾经指出，在法国，唯物主义起源于贵族，百

---

① 罗芃等：《法国文化史》，北京大学出版社 1997 年版，第 113 页。
② 伏尔泰（1694—1778），法国哲学家、剧作家和小说家，启蒙运动的主要代表人物之一。
③ 爱尔维修（1715—1771），法国哲学家、启蒙思想家。
④ 《马克思恩格斯全集》第 16 卷，人民出版社 1965 年版，第 36 页。

科全书派始终是和人民有距离的。"① 所以相比之下，教会才把卢梭视为不共戴天的敌人，对他的迫害也最为残酷。

卢梭出身平民，从来都不想成为作家或哲学家，他在《论科学与艺术》里嘲笑作家惯用诡辩，而哲学家更是一群骗子：

> 我只是要问：什么是哲学？最有名的哲学家的著作内容是什么？这些智慧之友的教诲又是什么？我们听到他们说的话，难道不会把他们当做一群江湖骗子，每个人都站在广场的一角喊道：到我这边来吧，惟有我才是不骗人的。一个说根本就没有什么物体，一切都只是表象；另一个又说除了物质之外，就没有别的实体，除了世界之外，再没有什么神。这一个宣称根本就没有德行，也没有罪恶，道德的善恶全是虚诞的；那一个又说，人就是豺狼，而且确乎是有意在吃人的。啊！伟大的哲学家们，为什么你们不把这些有益的教训只保留给你们的朋友、你们的子孙呢？②

卢梭列举的这四位哲学家分别是指英国唯心主义哲学家贝克莱（1682—1753）、法国唯物主义哲学家霍尔巴赫（1723—1789）、荷兰唯理主义哲学家斯宾诺莎（1632—1677）和英国机械唯物主义哲学家霍布斯（1588—1679），其中霍尔巴赫还是百科全书派的重要成员，他家里的沙龙就是他们的活动中心。百科全书派自然不会同意卢梭的观点，所以尽管《论科学与艺术》引起了巨大的反响，达朗贝尔③在《百科全书》的序言里，格里姆④在《文艺通讯》里，还是对卢梭提出了批评。

卢梭与伏尔泰和狄德罗的矛盾众所周知，其实他起初对伏尔泰非常崇拜。他在华伦夫人家里居住的时候，阅读了伏尔泰的全部作品，特别爱读《哲学通讯》：

----

① 勒赛克尔：《让－雅克·卢梭》，载《论人类不平等的起源和基础》，李常山译，东林校，第14页。

② 卢梭：《论科学与艺术》，何兆武译，第33—34页。

③ 达朗贝尔（1717—1783），法国数学家、自然科学家、哲学家，启蒙运动的代表人物之一。

④ 格里姆男爵（1723—1807），德国作家、文学评论家。

我们把伏尔泰所写的文章都读了，一篇也没有漏掉。我对他的作品所发生的兴趣，引起我要学会用优雅的风格写文章的愿望，于是我竭力模仿这位作家文章的绚丽色彩，他的作品的优美文笔已经使我入了迷。过了不久，他的《哲学书简》出版了。虽然这不是他最好的著作，然而正是这些书信有力地吸引我去探求知识，这种新产生的兴趣，从此就一直没有熄灭。①

伏尔泰出身于富裕的资产阶级家庭，而且靠经商和投机发了大财，得以出入上流社会，成了一个贵族们争相恭维的名人。他由于写诗讽刺摄政王而被送进巴士底狱，又因与一个小贵族发生口角而遭到贵族仆人的殴打，被迫到英国流亡了三年。他从切身的经历中认识到专制政体的罪恶，在英国资产阶级革命后的政治制度、社会环境和科学成就的影响下，他赞同唯物主义，主张信仰自由，决心为进步、科学和平等而奋斗。他把英国的君主立宪制奉为楷模，出于对开明君主的幻想，曾应邀到柏林去投靠早有交往的普鲁士国王腓特烈二世，担任国王的高级侍从，最后在备受屈辱的情况下狼狈不堪地逃离柏林，在边境被拘留了五个星期才得以离开普鲁士。

但无论如何，伏尔泰毕竟是一个富人，所以他收到卢梭赠给他的《论人类不平等的起源和基础》之后，在书上写下了"打算让穷人掠夺富人的流氓哲学"的评语，并且发表了著名的谢卢梭赠书的信，进行了尖刻的讽刺：

> 先生，我收到了你抨击人类的新书。为此，我对你表示感谢。人们将欣赏你的直言不讳，可是你不可能使他们改弦易辙。谁也不会用更加强烈的色彩描绘人类社会的劣迹，而我们由于无知和软弱对此是惯于逆来顺受的。从来没有人为了把我们说得愚不可及如此用尽心机；读了你的书，我们不禁萌生用四条腿爬行的欲望。②

---

① 卢梭:《忏悔录》第 1 部，黎星译，第 265 页。
② 伏尔泰:《致卢梭》，范希衡译，载冯至主编《世界散文精华》，江苏文艺出版社 1994 年版，第 357—358 页。

卢梭似乎预料到了这一点，所以在《论人类不平等的起源和基础》的"作者附注"里，他预先声明重返原始时代的看法是"按照我的论敌的想法得出的结论；我愿意先把它指出，也愿意我的论敌因得出这样的结论而感到羞愧"。由此可见，他在写作这篇论著时与伏尔泰已经有了矛盾。由于伏尔泰的讽刺尽管犀利仍不失优雅，卢梭也不想花费时间和精力来进行论战，所以就写了一封尽可能客气的回信。但伏尔泰对此却念念不忘，十多年以后还在小说《天真汉》（1767）里影射卢梭。天真汉在印第安部落中长大，在黑暗腐朽的法国社会上处处碰壁，由此揭露了封建社会的种种弊病，但是他在监狱里向一个受迫害的冉森派[1]教徒学习了各种知识，具备了哲学头脑，从此脱胎换骨，由野兽变成了人，小说以此宣扬文明的民族高于未开化的民族，实际上是反驳了卢梭否定文明的观点。

伏尔泰虽然受过贵族的凌辱，但是他对上流社会的感情是与卢梭截然不同的，他热爱戏剧就是一个明显的例子。他认为戏剧可以提高道德和增强理性，对社会风俗有利，他的理想是成为高乃依[2]和拉辛[3]那样的古典主义剧作家。他一生写了五十多个富于启蒙精神，但是遵守古典主义"三一律"的剧本，甚至在他晚年的定居地、位于法国和瑞士边境的菲尔奈建造了家庭剧院，亲自登台扮演角色。在伏尔泰的鼓动下，达朗贝尔为《百科全书》第七卷写了一个名为《日内瓦》的条目，对日内瓦人禁止在自己的领土上演戏表示惋惜，批评他们信仰的新教，认为要使日内瓦人变得幸福，缺少的只是一个喜剧剧场，所以建议日内瓦政府修建一个剧场。

卢梭是赞同民间节日和反对演戏的，所以写了《致达朗贝尔论戏剧的信》（1758）予以驳斥。他在信中继续发挥了《论科学与艺术》里的思想，否定艺术的教育作用，认为戏剧只是迎合观众的趣味，刺激他们的感情，对于风俗有百弊而无一利，剧场和演出是疯狂和堕落的象征，只会造成骄奢淫逸的风气。他在《新爱洛伊丝》中借圣普乐之口，对巴黎的戏剧进行了猛烈的抨击：

---

① 法国 17 世纪与耶稣会对立的天主教派别，曾被教皇斥为异端。

② 皮埃尔·高乃依（1606—1684），法国古典主义剧作家，以剧作《熙德》著称。

③ 让－拉辛（1639—1699），法国古典主义剧作家，作品有《安德罗玛克》《费得尔》等。

在这个大城市里有五六十万人，但简直谈不到舞台艺术……人们只能演穿金绣服装的人物，令人看了会说法国只有些伯爵和骑士；平民越是不幸和穷困，他们舞台上就越显得辉煌和优美……没有人到戏院去为了看戏感到快乐而是为了看人群，为了让人家看自己，为了在看完戏后听听大家的议论……这里总之都是胡说八道、隐语、空话。在舞台上也象在社会上，听人家说话毫无用处，你没法明白他们所做的。①

卢梭谴责法国为贵族提供的古典主义戏剧，对高乃依、拉辛和伏尔泰的剧本都予以抨击。因为在这些悲剧里，只有王公贵族才能建立丰功伟绩，才会有高尚的感情，而平民只能充当配角或卑贱的角色。他为盛大的民间节日辩护，主张以全民庆祝的健康娱乐来代替不道德的演戏。这封信引起了哲学家和演员们的愤怒和攻击，成为卢梭与百科全书派公开决裂的标志。伏尔泰尤其耿耿于怀，因为他当时是戏剧方面的权威，由于《致达朗贝尔论戏剧的信》的发表，当局禁止他在家里演戏，他从此对卢梭怀恨在心，伺机报复，成了卢梭不共戴天的敌人。

宗教思想也是卢梭与伏尔泰的根本分歧之一，他们都是自然神论者，但是在宗教问题上的观点却是截然对立的。伏尔泰对宗教迷信口诛笔伐，对宗教神学的批判也最为激烈，曾为被教会残酷迫害致死的新教徒卡拉呼吁，使"卡拉事件"②成为法国历史上第一个被平反的冤案，这不仅使他成为当时欧洲进步思想界的领袖和导师，而且在法国开创了作家干预政治的传统。伏尔泰的哲学思想比卢梭进步，是自然神论形态的唯物主义，他虽然承认上帝的存在，却对上帝抱着嘲笑的态度。1755年11月1日，正好是基督教的诸圣瞻礼节，一场大地震把葡萄牙首都里斯本化为废墟，9分钟内死了4万人。他认为发生这样的灾难要由上帝负责，于是在1756年3月写了诗篇《里斯本的灾难》，其中有这么几句：

①　卢梭：《新爱洛漪丝》第2卷，第295—299页。

②　1762年，新教徒卡拉的儿子因负债累累而自杀，教会诬陷卡拉是凶手，目的是阻止儿子信奉天主教，因而判处他车裂的极刑。伏尔泰收容了卡拉的家属，并且为平反这一冤案而呼吁和控诉，迫使政府不得不宣布卡拉无罪。

啊，可怜的人类，悲惨的大地！

尘世上注定要死亡的万物，

永远承受着无穷尽的痛苦，

证明了叫喊"一切皆善"的哲学家的谬误。①

伏尔泰的这首诗宣传启蒙思想，驳斥教会所谓"一切皆善"的谬论，嘲笑莱布尼茨②的天定和谐说，在欧洲产生了很大的影响。但卢梭是主张普遍和谐的，他相信灵魂不灭和上帝的存在，甚至不准朋友们说亵渎上帝的话。他认为上帝安排好了宇宙的秩序，不能因为遭受一点灾难就否定上帝，何况人类自身对这场灾难也有责任。他被这首诗中流露出来的绝望情调所激怒，于是发表了《致伏尔泰论天命的信》予以驳斥：

我的全部不满都是针对您关于里斯本的灾难的诗篇的……您指责蒲柏③和莱布尼茨在宣扬一切皆善的同时无视我们的痛苦，而且您如此夸张我们的悲惨景象，您这种看法就更加严重了；您不但没有给予我所希望的安慰，反而只使我受到折磨。可以说您是惟恐我没有充分看到我是多么不幸；而且您似乎相信，只要向我证明一切皆恶，就会使我平静多了。您不要弄错，先生；事情与您的建议完全相反……您的诗篇加剧了我的痛苦，刺激我呻吟，剥夺了我的一切，使我陷于绝望。④

1759 年 1 月，伏尔泰发表了哲理小说《老实人》。老实人相信老师邦葛罗斯关于"一切皆善"的说教，但是在一生中经历了无数的灾难，几乎没有碰到过一个好人，到处是烧杀掳掠、敲诈勒索，他看到的只是一个满目疮痍的世界。小说揭露了黑暗的社会现实，批判了莱布尼茨宣扬的乐观

---

① 刘扳盛：《法国文学名家》，黑龙江人民出版社 1953 年版，第 64 页。

② 莱布尼茨（1646—1716），德国科学家、哲学家，同牛顿并称为微积分的创始人。他在哲学上持唯心主义观点，认为认识是先验的，是心灵自身固有的潜在观念的显现。

③ 亚历山大·蒲柏（1688—1744），英国诗人，著有《道德论》《人论》等。

④ 《卢梭全集》第 4 卷，七星丛书版，巴黎：加里玛出版社 1980 年版，第 1060 页。

主义，也抨击了卢梭的普遍和谐观念。恰巧就在这个时候，柏林发表了卢梭《致伏尔泰论天命的信》，卢梭怀疑是伏尔泰把信披露给媒体的，于是写了一封语气激烈的绝交信：

> 我一点也不爱你，先生，我是你的门徒，又是你的热烈拥护者，而你却给我造成了许多使我最痛心的苦难……作为我在我的同胞面前为你极力捧场的报答，你把我的同胞跟我离间开了；是你，使得我在本国住不下去；是你，使得我要葬身异乡，即失掉奄奄待毙之人应得的一切安慰，又博得被抛弃到垃圾堆里这样的尊荣，而你却把一个人所能期待的一切尊荣都要在我的祖国享受尽了。总之，我恨你，因为你要我恨你……别了，先生。①

伏尔泰本来就因为关于戏剧的论战怒气未平，接到这封信自然更是恨之入骨。当卢梭的《新爱洛伊丝》大获成功的时候，他不仅讽刺"书中的男主人翁是一个拿女学生的童贞作抵押的家庭教师"，而且"破口大骂'不论婊子口头多么正经，不论勾引少女的仆人装得多么老成，都成不了哲学家'"。② 1764 年，伏尔泰匿名发表了《公民们的看法》，揭露卢梭抛弃了自己的五个孩子，把他说成是一个连最基本的义务都没有尽到的可怜虫，甚至要求将他处以极刑。卢梭在被逼无奈的情况下，只得撰写了著名的《忏悔录》来为自己申辩。

相比之下，伏尔泰的宗教思想无疑要比卢梭进步，然而由于卢梭否定了基督教的教义、奇迹和神秘，对教会的权威构成了直接的威胁，日内瓦的牧师们才与不信教的伏尔泰关系良好，却与信奉新教的卢梭不共戴天，这就是卢梭虽然相信上帝却受到教会迫害的原因。

关于卢梭与伏尔泰的区别，斯塔尔夫人可谓一言破的：

> 卢梭胸中怀着的是一颗被冷漠无情、轻浮浅薄的人们的不公正、忘恩负义和愚蠢的蔑视长期撕碎的受苦的心，他对社会秩序感到厌倦，

---

① 卢梭：《忏悔录》第 2 部，范希衡译，徐继增校，第 668 页。

② 雷蒙·特鲁松：《卢梭传》，李平沤、何三雅译，商务印书馆 1998 年版，第 257—258 页。

所以能诉诸完全合乎人的本性的思想。伏尔泰的命运则是社会、美术和君主制的文明创造出来的一件杰作，他甚至害怕他所攻击的东西被人推翻。他的大部分戏谑之所以有价值，所以有兴趣，正是由于他所嘲讽的那些偏见的存在。①

归根结底，伏尔泰擅长批判现实社会里的黑暗和腐败，而卢梭则在批判现实的同时设计未来。"伏尔泰主要是一个批判家，他的影响将随着他所批判的那个时代的终结而逐渐消失；卢梭则不仅是一个旧时代的批判者，而且更是一个新时代的设计者——他在批判旧宗教的蒙昧野蛮的同时奠定了新道德的基石，在抨击专制制度的黑暗腐朽的同时昭示了共和国的曙光。"②

如果说卢梭与伏尔泰的矛盾可以用不同的阶级利益来解释的话，他与狄德罗似乎就不应该有根本的分歧了。因为他和狄德罗都出身于手工业者的家庭，有过类似的流浪生活的经历，对社会现实都持激烈的批判态度。在狄德罗入狱期间，卢梭不仅常去看望，而且不顾一切地上书要求释放他，声称愿意陪他坐牢，可见他们的友谊非常深厚。但实际上他们的分歧正是卢梭与百科全书派的分歧，因为狄德罗是《百科全书》的组织者和主编，也就是百科全书派的代表。

卢梭是在狄德罗的鼓励下写作《论科学与艺术》的，但是他们在这方面的观点并不一致。卢梭所否定的文明进步和科学艺术的历史作用，正是狄德罗等理性主义者所信奉的理想。百科全书派认为科学越发展、社会就越进步，相信理性和进步会使社会越来越美好，所以他们歌颂科学和艺术、文明和进步，把理性作为衡量一切事物的尺度，《百科全书》本身宣传的也就是科学和理性。而卢梭却把自然与文明对立起来，认为是社会使人堕落，文化是为贵族阶级服务的。他断定科学与艺术的进步只会败坏风俗，主张回复自然和人的本性，甚至嘲笑理性，所以从根本上来说，他的思想是与百科全书派背道而驰的。不过当时狄德罗与卢梭是志同道合的朋友，没有必要为此进行无谓的争论。相反地，他把这篇论文看成一篇檄文，因为他

① 斯塔尔夫人：《论文学》，徐继增译，第 228 页。
② 赵林：《卢梭与浪漫主义》，载《法国研究》2000 年特刊，第 111 页。

自己蹲过监狱,对社会的一肚子火气无处发泄,所以他赞赏卢梭对法国封建社会的批判。

卢梭小时候读过古希腊拉丁的作品,把原始时代看成自由幸福的黄金时代;加上好幻想和酷爱大自然的天性,他容易相信和接受当时从远方归来的水手、商人等对野蛮民族的淳朴风俗和善良天性的赞赏,因而就把自然状态与社会状态完全对立起来。其他启蒙思想家们并不赞成他的观点,例如狄德罗虽然和他一样认识到人类有过数百万年的进化过程,经历过长期的"自然人"的阶段,也和他一样认为人生来是自由的,但是在狄德罗看来,人生来就是社会性的生物,在社会出现以前就过着群居生活了,因此自然状态与社会状态不是完全对立的。不过他们的分歧当时还不算严重,所以狄德罗看了《论人类不平等的起源和基础》之后,只是用调侃的语气评论了一番:"卢梭在继续思考,继续生病,鄙人也在继续思考,身体也不太好……尽管如此,我也不喜欢吃栎实,不喜欢去住洞穴,不喜欢在橡树上掏个窟窿当住房……我用两只脚行走,走得蛮好。"①

卢梭与狄德罗的矛盾,其根源是有神论与无神论的分歧。狄德罗是个无神论者,他在《哲学思想录》(1746)和《怀疑论者的散步》(1747)中宣传无神论,抨击了天主教宣扬的对上帝的迷信,在《论盲人书简》(1749)中论证了上帝是不存在的,因而被捕入狱。卢梭反对狄德罗的主张,他无法理解宇宙运动的规则,认为任何运动都是意志造成的,宇宙的运动必然有着某种外在的原因,简直是有一只手在推动地球旋转。是全能和智慧的上帝在推动宇宙和安排万物的存在,所以才会有宇宙的永恒运动与普遍和谐。卢梭在《致达朗贝尔论戏剧的信》的序言里,引用了一段《圣经》上的话,影射狄德罗是个不信宗教的人,因此不可能有高尚的道德,于是就会污蔑和出卖朋友。狄德罗被这段话气得发昏,大骂卢梭是个虚伪透顶的魔鬼,两人从此彻底闹翻。

狄德罗和伏尔泰一样对开明君主抱有幻想,他在晚年应叶卡捷琳娜二世的邀请来到俄国,他虽然不可能搞什么改革,但是女皇为他在巴黎郊外购置了一所住宅,买下了他的私人藏书,并且聘任他为这些藏书的保管员,

① 雷蒙·特鲁松:《卢梭传》,李平沤、何三雅译,第180页。

预付了 50 年的薪金,使他的生活大有改善。与现实地对待生活的狄德罗相
反,卢梭始终恪守自食其力的信念,态度和他截然相反。1752 年,他的田
园风格的喜歌剧《乡村卜师》为国王和王后演出获得成功,路易十五去剧
场时曾让人通知说散场以后要在包厢里接见他,并且答应给他终身年金。
但是卢梭却故意不修边幅,穿着寒酸的衣服来到剧场,不等散场就溜之大
吉,放弃了获得年金的机会,狄德罗对他这种放着钱不要的蠢举大为不满,
两人为此大吵了一场。但卢梭我行我素,他尽管健康不佳,也决心要靠自
己的劳作来谋生,每天抄写按页付酬的乐谱:

> 我丢开了上流社会和它的浮华;我把所有的装饰品都抛开了:不带
> 佩剑,不揣怀表,不着白袜,不佩镀金饰物,不戴帽子,只有一副极
> 为普通的假发、一套合身得体的粗布衣服;更重要的是,我从心底摈
> 弃了利欲和贪婪,这就使我所抛开的一切都变得无关紧要了。我放弃
> 了当时所占有的、于我根本不合适的职位。我开始按页计酬抄写乐谱,
> 对这项工作,我始终兴趣不减。①

卢梭在成名之后不去利用自己的名声,却满足于抄写乐谱的手工劳动
者的地位,这对于理性至上的百科全书派来说,实在是不可理解的事情,
然而却是卢梭的生活准则。他生就自由的天性,不愿意受任何约束,由于
认识到只有保持人格的独立才能写出有价值的作品,所以他宁可保持劳动
者的本色:"我是一个工匠之子,自己也是工匠;我现在干的是我从 14 岁
开始就干过的活儿。"② 正因为如此,他对上流社会和现代文明的厌恶是发
自内心的,《忏悔录》中的这段议论,充分表明他这种感情决非做作,而是
出自他的天性:

> 我太厌恶那些沙龙、喷水池、人工树丛、花坛,尤其是夸耀这一切
> 的那些讨厌鬼了。我太恨那些织花、钢琴、三人牌、织丝结、愚蠢的

---

① 卢梭:《一个孤独的散步者的遐想》,张驰译,第 42 页。
② 贝纳丹·德·圣皮埃尔:《让-雅克·卢梭的生平》,载《一个孤独的散步者的遐想》,张驰译,
第 213 页。

隽语、乏味的撒娇、无聊的小故事和盛大的晚宴了。以至于当我瞥见一个普普通通的小荆棘丛、一行疏篱、一座谷仓、一片草地的时候,当我走过一个村子,闻到炒鸡蛋的那种香气的时候,当我远远听到那种带有乡土风的牧女之歌的叠句的时候,我就把那些什么胭脂呀,粉黛呀,珊瑚玛瑙呀都一股脑儿叫它们见鬼去了。①

孤芳自赏的卢梭与他人格格不入,所以始终处于孤独的境地。正因为如此,他才寄情于大自然,因为在这个无人的王国里,他可以自由自在地用想象来代替现实。而百科全书派是要改造社会的,因此愿意和人接触,进行宣传。狄德罗在他的剧本《私生子》里有这样一句台词:"好人都生活在社会里,只有恶人才是孤零零的。"卢梭认为这是狄德罗在恶意地嘲笑自己,于是立即写了一封措辞激烈的信与狄德罗绝交,表示不再与百科全书派合作,因此在狄德罗眼里就成了一个逃兵。他们的误解越来越深,最后终于决裂了。

上述种种分歧和矛盾,由于他们性格的不同而显得更加突出。卢梭性格孤傲,热爱自由,疾恶如仇,不会文过饰非或口蜜腹剑,对凡是不同意的观点就公开驳斥,这就使他与伏尔泰、狄德罗、达朗贝尔、霍尔巴赫等的矛盾愈演愈烈。不过平心而论,当时百科全书派的好斗姿态和伏尔泰的刻毒讽刺,恐怕也是造成分歧的原因。因为以卢梭的眼光来看,"他们是热心的无神论的传播者和说一不二的教条主义者,根本不能容忍别人在任何一点上敢和他们持有异议。我十分厌恶争吵……由于我对这些容不得异己、又有自己一套观点的人的反抗,也是引起他们的嫉恨的一个颇为重要的原因"。②

法国批评家勒赛克尔指出了卢梭与百科全书派的矛盾的本质:

资产阶级的批评家一般都把卢梭和百科全书派的决裂说成是由于个人的原因。他们认为卢梭的多疑、敏感和自寻烦恼的怪癖,狄德罗的疏忽,格里姆的阴险都是造成决裂的原因。这些无关紧要的原因,很

① 卢梭:《忏悔录》第二部,范希衡译,徐继增校,第509—510页。
② 卢梭:《一个孤独的散步者的遐想》,张驰译,第44页。

可能反而掩盖了存在于双方思想意识本身中的更深的原因……这本来是阶级的冲突。百科全书派中的前进派（狄德罗、霍尔巴赫）同中间派（伏尔泰）一样，都是发展资产阶级进步纲领的，而卢梭则代表民主大众的利益。民主大众虽更富有革命性，却没有积极的经济纲领，所以只好逃避在乌托邦内。①

　　综观卢梭对现代文明的批判，他的某些观点虽然失之偏激或脱离现实，然而他的基本思想却极大地影响了世界的进程，尤其是在美国的《独立宣言》和法国的《人权宣言》中留下了深刻的烙印。《独立宣言》体现了卢梭的思想，第一次把"天赋人权"和"人民主权"写进了政治纲领，它郑重宣布："人人生而平等，他们都从他们的'造物主'那边被赋予了某些不可转让的权利，其中包括生命权、自由权和追求幸福的权利。为了保障这些权利，所以才在人们中间成立政府。而政府的正当权力，系得自被统治者的同意。如果遇有任何一种形式的政府变成是损害这种目的的，那么，人民就有权来改变它或废除它，以建立新的政府。"② 法国《人权宣言》的全名为《人权和公民权宣言》，它也在前言部分强调指出了"蔑视人权或者人的尊严，乃是一切政治罪恶和腐化的根源"③。当然，雅各宾派也从《社会契约论》里寻找他们用来实行专政的理论根据：既然每个公民都要受到代表公共意志的最高权力的支配，那么最高权力就可以不受任何限制，而在这种名义下进行的镇压和屠杀，都可以在为了国家利益的名义下大张旗鼓地进行。正因为如此，凡是仇恨法国大革命的人都一致谴责《社会契约论》，认为是卢梭的学说造成了雅各宾派的恐怖专政，这显然是对卢梭的人民主权思想的曲解。

　　社会在发展，历史在前进，关于卢梭的争论今天也仍在继续。尽管始终有着激烈的争论，但卢梭思想的深远影响是毋庸置疑的。即使在与法国

---

　　① 勒赛克尔：《让－雅克·卢梭》，载《论人类不平等的起源和基础》，李常山译，东林校，第14页。

　　② 《独立宣言》，载周一良、吴于廑主编《世界通史资料选辑》之《近代部分》上册，蒋相泽主编，商务印书馆1983年版，第93页。

　　③ 《人权宣言》，载周一良、吴于廑主编《世界通史资料选辑》之《近代部分》上册，蒋相泽主编，第123页。

相距遥远的中国，卢梭的名字也"曾是辛亥革命中的一面旗帜，中国资产阶级革命者都曾以他为榜样，向中国封建社会制度进行过冲锋陷阵的斗争"。① 孙中山先生在 20 世纪初提出了"民族、民权、民生"即"三民主义"，在 1924 年又把民权主义重新解释为"要建立一般平民所共有，非少数人所得而私的民主政治"。因此可以说，从戊戌变法到辛亥革命，卢梭的天赋人权、人民主权和自由平等的思想，对中国的资产阶级民主革命产生了巨大的促进作用。而从《人权宣言》问世以来的两个多世纪里，国际上先后通过了大约 30 个相关的宣言、协议和宪章，其中最重要的是 1948 年12 月 10 日，联合国大会在巴黎通过的《世界人权宣言》，共 30 条，其中第一条的第一句话就是："人人生而自由，在尊严和权利上一律平等。"

　　由此可见，卢梭的思想在今天并未过时，他的思想观点尽管不乏幻想的成分，但是对照当代的霸权主义、环境污染、贫富悬殊、风气腐败等种种社会问题来看，他对现代文明的批判并非凭空想象，而是足以供后人借鉴的真知灼见。因此，对卢梭的学说做一番回顾，对于我们进行的现代化建设也不是毫无意义的。

---

　　① 　钱林森:《法国作家与中国》，福建教育出版社 1995 年版，第 106 页。

第二章

巴尔扎克面对转型期的法国

　　19 世纪法国一位作家的卧室里，放着一尊小小的拿破仑塑像，塑像的剑鞘上刻着这样一行字："他用剑未能完成的事业，我要用笔来完成。"下面的署名是：奥诺雷·德·巴尔扎克。

　　巴尔扎克的这句豪言壮语没有落空，他以 20 年的辛勤劳作，创造了《人间喜剧》这一小说史上的奇迹。他以人物重复出现的手法，将九十余部篇幅不等的小说连为一体，构成了一幅完整的、包罗万象的社会风俗画，他使两三千个人物在纸上活跃起来，有声有色地演出了 1789 年法国大革命以后直至 1848 年资产阶级取得全面胜利的这一整段历史。按他自己的说法，这是许多历史家所忽略了的"风俗史"。这种把文学作品系列化、整体化，以反映社会全貌的做法，是巴尔扎克的首创，在他之前，还没有一个作家有过这样的设想，也没有人有这样大的气魄，敢于给自己提出如此艰巨的任务。

　　巴尔扎克和莎士比亚一样，属于文学史上罕见的天才。莎士比亚把戏剧的容量和艺术表现力发展到巅峰；巴尔扎克则把小说的容量和艺术表现力发展到巅峰。巴尔扎克是小说艺术的革新者，在他之前，法国小说一直未能完全摆脱故事的格局，题材内容和艺术表现力都有很大局限。巴尔扎克大胆地突破了传统的艺术领域和艺术方法，拓展了小说的艺术空间，几乎无限度地扩大了文学的题材，社会生活中的方方面面，包括那些仿佛与文学的诗情画意格格不入的东西，都在他笔下得到了富于诗意的描绘；他将戏剧、史诗、绘画、雕塑等多种艺术形式的表现手法熔于一炉，把叙事、描写、造型、抒情、对话……交织在一起，大大丰富和完善了小说的艺术技巧，使之成为一种表现力极强的综合性艺术形式；巴尔扎克创造性地实践和发展了现实主义的典型化艺术理论，创建了19世纪法国最壮观的人物画廊，他透过个性化的形象塑造，剖析带普遍意义的人性本质，并将特定的人物植入特定的社会环境，使之渗透着厚重的历史感和时代感，从而使通常被视为供人消遣的小说具有了深远的文献价值。如果说他的同代人由于离得太近而不能充分估量这些作品的价值和意义，那么，在历史拉开一定的距离之后，再来审视这位作家和他所建造的那座宏伟建筑，也许就能更加公正和客观了。

一

巴尔扎克于1799年出生，1850年去世。这半个世纪正值法国从封建主义向资本主义过渡的历史转轨时期，他亲身经历了拿破仑帝国及其百日皇朝、波旁王朝的两次复辟、七月王朝，直至1848年二月革命后建立共和国的全过程。这是法国近代最动人心魄的一段历史，法兰西从来不曾这样生气勃勃，也从来不曾像这样乾坤颠倒、一片混乱。这是一个既充满罪恶又充满活力，既腐败而又正在向前发展的社会，新旧交替之际错综复杂的矛盾冲突，频繁的政权更迭，急剧而持续的社会动荡，波及每一个家庭和个人，社会各阶层的兴衰沉浮、沧海桑田，比以往任何一个时代都令人触目惊心。法国大革命带来的巨变，不仅冲击了旧制度所维护的封建统治阶级，也冲击着每一个曾对新制度的诞生寄予热望的法国公民。随着资产阶级的日益得势，在社会生产力获得迅猛发展的同时，金钱也取代"神权"和"君权"成为主宰一切的力量，在推翻封建制度的漫长过程中形成的一整套非常"革命"的观念，与革命后建立的新制度形成了尖锐的对立。正当人们试图向新制度索取"理性王国"曾允诺的一切权利时，却发现无比高贵、尊严的"人"正在沦为"商品"；所谓"自由、平等、博爱"，在实践中只能是人与人之间的竞争角逐。幻想破灭了，人们发现自己孤立无援地置身于一个以金钱为杠杆的动荡不安的社会。一方面是资产阶级与封建贵族势力之间持续的冲突和殊死较量；另一方面是伴随社会变革而生的新的失衡和矛盾：资本原始积累时期的血腥暴行、资本主义社会人与人之间冷酷无情的现金交易关系、竞争的残酷、金钱的败坏人心、法律的不公、政客的卑鄙、文化的堕落、天才的被毁灭、恶棍们的胜利……宗法制的从属关系瓦解了，人们只能凭借个人力量在这浊浪滚滚的社会中挣扎、拼搏。每一个被排斥在既得利益集团之外的人都对这个非正义、非人道的社会产生了强烈不满。正是这个处于大动荡中的进步与非正义共存的时代，吸引了巴尔扎克去研究它、认识它，并萌发了充当历史见证人的愿望。

巴尔扎克所走过的道路并不平坦。如果把他的一生写成小说，也许是《人间喜剧》中最可惊可叹的一幕。他的生活充满惊涛骇浪，挟带着多次神话般的破产；他一辈子都在债务中挣扎，永远在为到期的期票发愁。在他同时代的作家中，没有一个人对金钱的统治、物质的迫害有过他那样直接的、深切的痛苦感受。他正像自己所描写的一些天才人物那样，在巴黎这个炼狱里"生活过，搏斗过，感受过"（《幻灭》），在生活体验方面，他比任何人都富有。

他出生在法国都兰地区图尔市的一个市民家庭。父亲是从农民上升到中产阶级地位的国家公务员；母亲是巴黎沼泽区一个殷实的呢绒商的女儿。他是家中的长子，父母的心愿是要把他培养成一名备受市民社会尊敬的公证人。巴尔扎克在学校里成绩平平，常显得迟钝和心不在焉。谁也看不出这孩子有什么出众之处，唯有他本人一直相信自己必将大有作为。

中学毕业后，他按父母的意愿在巴黎大学法学院注册入学。他兴趣广泛，对哲学、文学、自然科学都表现出极大的热情。他一面在法学院学习，一面在文学院听课，同时继续进修数学、物理、化学等自然科学课程，还常去自然博物馆听法国著名的生物学家若夫华－圣依莱尔讲学。当时若夫华－圣依莱尔和居维埃①之间关于动物分类学及其机体有无"统一格局"的论战，曾引起他浓厚的兴趣。圣依莱尔认为动物的有机构成只有一种基本形态，因生存条件不同才演变出千殊万类。巴尔扎克联想到人类更是只有一种基本形态，同样因处境不同而出现千差万别：王公、银行家、艺术家、市民、神甫和穷汉之间，在衣着、住所、言谈、举止、风尚方面的差

---

① 若夫华－圣依莱尔（Geoffroy Saint－Hilaire，1772－1844），法国生物学家，生物学界"思想学派"的创立者，他认为科学不仅是观察和分析，更重要的是推理和判断。居维埃（Cuvier，1769－1832），法国生物学家，自然史教授，生物学界"现象学派"的代表。

异之大，不亚于不同类别动物的差异。他模模糊糊意识到，这种学说如能用于分析社会现象，很可能会建立一种绝妙的思想体系，继而又想到，既然博物学家布丰①能成功地通过一部书来描绘动物世界的全貌，为什么不给人类社会也写一部类似的著作呢？这一联想，后来果然成为他构思《人间喜剧》的契机。

巴尔扎克上大学期间，父亲为了让他尽早熟悉未来的职业，曾先后安排他在一位诉讼代理人和一位公证人的事务所见习。几年的见习生活让他受益匪浅，他非但熟悉了民事诉讼程序，还从这个法律窗口窥见了巴黎社会的种种奥秘，看到了隐藏在金银珠宝之下的罪恶，为他未来的创作积累了大量素材。然而，事务所机械沉闷的生活、发霉的文书案卷令他深恶痛绝，他绝不愿让自己充满活力的生命在这一潭死水中消耗掉。

1819 年 1 月，巴尔扎克从法学院毕业，获法学学士学位。但他断然拒绝家庭为他在公证人事务所安排的前程，贸然选择了毫无生活保障的文学道路。这条路有多远，有多曲折？一开始他并不知道。但在进入《人间喜剧》的创作之前，他整整挣扎了十年。他曾经住在贫困的巴黎圣安东郊区的六层阁楼，常常只靠清水、面包度日，用于照明的费用，有时比用来维持生命的费用还要多。他诙谐且不无夸张地写信告诉妹妹："你那注定应享有伟大荣誉的哥哥，饮食起居着实像一位伟人。这就是说：他都快饿死了。"

为了向父母证明自己的文学才能，巴尔扎克几乎足不出户地奋战了一年多。然而他煞费苦心写出的处女作——诗剧《克伦威尔》，却令人大失所望。一位剧作家——法兰西学院的院士——看过剧本后表示："这位作者随便干什么都可以，就是不要搞文学。"② 这么厉害的当头一棒足以把任何人打趴下，却没能让奥诺雷·巴尔扎克灰心丧气，他一旦选定了目标，便不顾一切地朝这个目标奔去。他在手杖柄上用土耳其文刻了一句苏丹王的箴言："我是粉碎障碍的专家。"这句箴言正是他性格的写照。

当时巴黎有一伙小有文才的青年，专为书商炮制流行小说和各种小册

---

① 布丰（Buffon，1707－1788），法国博物学家，散文家，进化论思想的先驱，著有《自然史》36卷。

② 见洛尔·絮尔维尔《从巴尔扎克的通信看他的生活和作品》，第 64 页。

子。为了摆脱经济上对父母的依赖，巴尔扎克加入了他们的文学作坊，以雷奥诺、圣多班等化名参与或独立写作了十多部流行小说。不能说这个阶段的写作对锻炼技巧毫无帮助，但这类限期完成、粗制滥造的商业性作品，永远不会带来他所期待的荣誉，后来他甚至不肯公开承认这些作品出自他的手笔。

巴尔扎克深感没有稳定的经济来源就很难从事严肃的艺术创造，于是决定暂时弃文经商。从1825年开始，他尝试过图书出版，开办过印刷厂、铸字厂，每次都以为即将财源滚滚，结果却总是债台高筑。四年的商海沉浮，让他尝够了破产、倒闭、清理、负债的苦楚，亲身领略了期票的追逼和高利贷者的盘剥……最后，走投无路的巴尔扎克只好把烂摊子撇给一位表兄去收拾，自己重新一头扎进创作。

这时候，巴尔扎克已经30岁了，从1819年到1829年，他在充满挫折和失败的道路上整整闯荡了十年。表面上看，他走了一大段弯路，又身无分文地回到了原来的出发点；而事实上，此时的巴尔扎克已不是从前的巴尔扎克了。不能低估这十年闯荡在他创作生涯中的地位和作用，正是在这十年里，他的知识积累和生活积累完成了从量变到质变的过程。

正如莫里哀在法国社会闯荡十余年，饱经人世沧桑后才写出他那些经典名剧一样，当巴尔扎克重新拾起羽笔的时候，他不仅已初步形成自己的哲学思想体系，而且对创作方法和艺术风格也进行过深入的思考和探索。

1829年，他完成了长篇历史小说《最后一个舒昂党人或一八〇〇年的布列塔尼》（后定名为《舒昂党人》）。这是他的第一部以"巴尔扎克"署名的作品，意味着他确信已摸索到自己的创作道路。这部近距离反映历史的作品，尽管细节带有传奇色彩，却已是一部具有文献价值的历史小说。巴尔扎克在大量阅读文献资料的基础上，又到叛乱发生的地点——富热尔进行过实地考察。小说不带偏见地再现了舒昂党叛乱的真相，剖析了在该地区发生这一事件的条件和原因，真实地描绘了贵族、僧侣为恢复失去的权力，如何以宗教迷信的手段煽动农民为王党效命……

《舒昂党人》并没有成为畅销书，但在内行人眼中，巴尔扎克已不是等闲之辈了。表面上他还是一个初出道的文坛新秀，事实上已是一位相当成熟的小说家。从1830年开始，巴尔扎克进入创作高潮，他以令人目不暇接的速度，接连发表了篇幅不等的小说数十篇，篇篇引人瞩目。及至《驴皮记》《欧也妮·葛朗台》问世，巴尔扎克已是名满全国、享誉欧洲的大作家了。

巴尔扎克的创作生涯，大体上可划分为三个阶段。从 1829 年至 1834 年，是《人间喜剧》的酝酿阶段，这一阶段发表了篇幅不等的小说 42 篇。巴尔扎克的中短篇精品，大都是这一阶段的收获。如 1830 年发表的《猫打球商店》《苏镇舞会》《高布赛克》《长寿药水》，1831 年的《玄妙的杰作》《红房子旅馆》，1832 年的《夏倍上校》《图尔的本堂神甫》等。长篇小说《驴皮记》（1831）和《欧也妮·葛朗台》（1833）是本阶段最辉煌的成果，一出版便引起极大的轰动。《十三人故事》（1833—1834）、《乡村医生》（1833）、《绝对之探求》（1834），亦属本阶段的力作。巴尔扎克转眼间成为巴黎的当红小说家，上流社会也向他敞开了大门。不过，对作家本人来说，这一时期还有一项意义深远的收获，即《人间喜剧》宏伟规划的酝酿成熟。

1833 年的一天，巴尔扎克满面春风地跑到鱼市街他妹妹家里，一进门就挥舞着他那根镶着玛瑙石的粗大手杖，模仿着军乐演奏和鼓声，兴高采烈地说："向我致敬吧，因为我老实不客气就要成为天才了！"巴尔扎克这么兴奋是可以理解的，因为多年来他早有使作品系列化的打算，但直到此时才找到一个合适的框架将所有的小说组成一个整体。

到 1834 年，这一设想已发展成一个庞大的计划。他在给韩斯卡夫人的信中谈到，他的作品总汇将定名为《社会研究》，下分"风俗研究""哲理研究""分析研究"三个系列，分别表现结果（即现象）、原因和法则。[①]至此，整套巨著的基本框架和立意已告形成。后来，在但丁《神曲》的启发下，巴尔扎克又将总称改为《人间喜剧》，意味深长地把人世间一切纷争角逐、悲欢离合喻为人生大舞台上的一个个场景，一幕幕悲喜剧。

从《高老头》（1835）开始，巴尔扎克进入创作生涯的第二阶段，即有计划地为《人间喜剧》大厦准备构件的阶段。《高老头》就是他为大厦铸造的一根顶梁柱。他要这部小说像拉开《人间喜剧》的序幕一样，全面

---

① 韩斯卡夫人（1801—1882），波兰贵妇，后成为巴尔扎克的妻子。这里提到的信件见巴尔扎克《致外国女子的信》第 1 卷，第 205—206 页。

展示巴黎社会这个光怪陆离的巨型舞台，各个社会阶层的代表人物都在此登台亮相。从拉丁区与圣马尔索城关之间贫穷寒酸的小街陋巷，到圣日耳曼区富丽堂皇的贵族府邸，巴黎社会各个阶层、各种身份的人物，带着各自独特的风貌，在这部小说中组成了一个喧闹的、活动着的、真实的社会。这里有家世煊赫的宫廷贵人，有权势逼人的银行家、高利贷者，有平民公寓贪婪势利的老板娘，有献身科学的大学生，有苦役犯帮口里神通广大的秘密头领，有吃了一辈子公事饭而变成窝囊废的退休公务员，还有来路不明、工于心计的老小姐……在这个为金钱所累的社会里，一个给了两个女儿每人每年四万法郎入息的父亲，自己却穷死在塞纳河左岸①的阁楼上；两个女儿一个当了伯爵夫人，一个当了银行家太太，而每年只剩下几百法郎生活费的老父亲还得千方百计筹钱为她们还债；满头鲜花，打扮得像天仙般的贵妇人，头天晚上在舞会上风头十足，第二天早上却在放印子钱的干瘪老头面前赔笑脸；浑身珠宝的银行家太太，为了摆脱困境竟不得不在赌台上碰运气；气概非凡、才情过人的宫廷贵妇，敌不过 20 万法郎年息的陪嫁的竞争；纯洁无辜的少女，由于父亲要为儿子实现长子世袭财产而被逐出家门；外省来的大学生榨干母亲、妹妹的私蓄，为的是置办一套时髦行头到上流社会去闯出路……这么广阔的画面，这么些形形色色的人物，这么多不可思议的古怪现象，通过一个贫穷的贵族青年做桥梁，天衣无缝地构成一个有机的整体。虽则头绪纷繁，读来却感到紧凑而集中，每个细节，每个人物都紧扣主题——拉斯蒂涅的认识社会。作者以令人惊叹的巧妙构思，部署了拉斯蒂涅所处的典型环境，让他从四面八方，从不同的社会阶层，以不同的方式受到同样的教育，终于使这个来自外省的青年丧失了天真，逐步为这腐败的社会所同化。

从《高老头》开始，巴尔扎克运用人物重复出现的手法，把以往的作品和今后的作品连成了一体。1835 年至 1841 年，巴尔扎克又接连发表了16 部长篇、10 部中篇和 8 个短篇，几乎篇篇堪称杰作。如短篇小说《改邪归正的梅莫特》（1835）、《无神论者望弥撒》（1836）；中篇小说《禁治产》（1836）、《夏娃的女儿》（1838）、《比哀兰特》（1840）；长篇小说

---

① 法国巴黎塞纳河左岸当时是穷人聚居的地区。

《幽谷百合》（1835）、《古物陈列室》（1836—1838）、《幻灭》前两部
（1837—1839）、《卓越的女人》（即《公务员》，1836—1838）、《赛查·皮
罗托盛衰记》（1838）、《搅水女人》（1841）等。《幻灭》是这一阶段继
《高老头》之后最重要的著作，但也正是这部作品中对新闻出版界的批判揭
露使他和报界结下了冤仇，一场围攻和笔战延续了数年之久，自此巴尔扎
克所有的作品都遭到报刊评论的恶意攻讦。

至 1841 年末，尽管有待创作的作品还很多，但现有作品已构成一个井
然有序的世界，可以汇编在一起了。于是巴尔扎克与出版商菲讷、赫哲尔
等正式签订了 16 卷本《人间喜剧》的出版合同。除按原计划将编目划分为
三个系列外，巴尔扎克又根据题材类别，将篇幅最大的"风俗研究"分为
"私人生活""外省生活""巴黎生活""政治生活""军旅生活""乡村生
活"等六个场景，其中分量最重的是前三者："私人生活场景"主要研究婚
姻家庭问题和青年人入世之初面临的人生选择问题；"外省生活场景"以外
省贵族社会和市民社会在政治上、经济上的较量为背景，中心题材是法国
大革命以后社会财富和权力的重新分配，以及整个社会从物质基础到思想
观念发生的深刻变化；"巴黎生活场景"刻画巴黎各社会阶层的众生相，描
绘现代社会的人生百态，着重揭露上层社会的腐朽堕落。

从 1842 年开始，巴尔扎克的创作生涯进入了第三阶段，即系统地出版
《人间喜剧》的阶段。巴尔扎克一面修订、汇编旧作，一面不断补充新作，
如《幻灭》第三部《发明家的苦难》（1843）、描写封建庄园经济解体的
《农民》（1844）等，即本阶段的重要新成果。《人间喜剧》以每年三至四
卷的速度出版，至 1846 年 9 月，16 卷本已全部出齐。1846 年秋至 1847 年
春，《立宪报》又连载了以《穷亲戚》为总标题的两部精彩长篇：《贝姨》
和《邦斯舅舅》。这两部作品艺术上的精湛完美，连巴尔扎克的宿敌都不能
不表示肯定。1848 年，《贝姨》和《邦斯舅舅》补编为《人间喜剧》第 17
卷。至此，一座由 97 部小说构成的《人间喜剧》大厦已宣告落成。

不过巴尔扎克是个不知满足的人，1844 年，他又为《人间喜剧》拟定
了一个包括 144 部作品的更加庞大的计划。遗憾的是，他已经没有足够的
时间来完成这个计划了。从 1829 年至 1849 年，巴尔扎克为他的《人间喜
剧》整整奋斗了 20 个春秋。短短 20 年写出这样一套巨著已经叫人够吃惊

的了；何况每部作品他都要反复修改，更换好几次乃至十余次校样，每次都改得密密麻麻、面目全非；更何况他还曾为好几家报纸杂志撰稿，发表了数以百计的杂文、特写、书评、专论、时政述评……；此外，还创作了6部戏剧和一部仿16世纪文体及拉伯雷风格的短篇故事集《趣话百篇》①。谁也无法想象巴尔扎克的工作效率和工作节奏，他经常晚上6点钟上床，半夜12点起身，披上圣多明俄式的僧袍，点起四支蜡烛，一口气工作14—16个小时，有时甚至还要多。有人说他三天用掉一瓶墨水，更换十几支羽笔。为了保持头脑的清醒，咖啡成了他的生活必需品。经年累月的超负荷脑力劳动和过量的咖啡摧毁了他的健康，巴尔扎克不满50岁便已风雨飘摇了。1849年，他在韩斯卡夫人的领地上是病病歪歪度过的。1850年3月，俄国沙皇终于恩准了他和韩斯卡夫人这桩酝酿了十年之久的跨国婚姻。举行婚礼后，年已半百的新郎新娘启程返回法国。巴尔扎克在途中再次病倒，双目几近失明，5月抵达巴黎时已一病不起。"房屋造毕，死神来临"②，他的"大厦"刚刚落成，梦寐以求的婚姻刚刚缔结，他就像那位到达终点的马拉松长跑者一样，奄奄一息地倒下了。1850年8月18日，巴尔扎克去世，终年51岁。8月21日，在拉雪兹神甫公墓举行葬礼，自发的送葬行列绵延了好几条大街，几乎望不到尽头。

　　巴尔扎克的一生也像是一出悲壮而辛酸的"喜剧"。他虽是举世公认的现实主义小说家，本人却是个最浪漫的幻想家。他的生活由一连串想入非非的梦幻和梦幻破灭的惨痛经历连缀而成。或许可以说，正是他那些梦幻与现实的碰撞，使他获得了对现实的深刻理解。他绝大部分时间都生活在虚构的世界里，结果所有的实际事务都被搅得一团糟。他在《人间喜剧》中描写了无数发财的手段，自己却在债务中越陷越深。1835年和1840年他曾两次创办杂志，结果使原本还不清的债务益发还不清了。巨额的债务拖累了他一生，他只能靠一支笔来偿还。他时刻受着高利贷者和出版商的追逼，房屋、家具不止一次被查封、拍卖，还经常逃到乡下去躲债……他不仅是《人间喜剧》的作者，也是这个巨型舞台上的演员。波德莱尔曾把他称作《人间喜剧》诸多人物中"最奇特、最有趣、最浪漫，也最富有诗意

----

① 实际只写了30余篇，中译本题为《都兰趣话》。
② "房屋造毕，死神来临"，土耳其谚语。

的一个"。他在《人间喜剧》中所描写的，不仅是他的观察，也包括他的体验与感受，正是这些切身的体验与感受，构成了《人间喜剧》中最精彩的篇章。

二

巴尔扎克步入文坛的时候，适逢法国浪漫派向古典主义公开宣战，浪漫主义运动进入高潮。巴尔扎克却游离在浪漫主义运动之外，独树一帜，以风俗史家自喻，决心为这瞬息万变的时代充当历史见证人：

> 法国社会将成为历史家，我只应充当它的秘书。编制恶习与美德的清单，收集激情的主要表现，刻画性格，选取社会上的重要事件，就若干同质的性格博采约取，从中糅合出一些典型；做到了这些，笔者或许就能够写出一部许多历史家所忽略了的那种历史，也就是风俗史。我将不厌其烦，不畏其难，来努力完成这套关于十九世纪法国的著作。（《〈人间喜剧〉前言》）

这段自白一则表明他的创作立足于同步反映当代社会，小说的时代感将是其作品的最大特色；二则说明刻画形象，塑造典型环境中的典型性格，是他概括和提炼生活的主要艺术手段。

巴尔扎克确信："无论什么时代，叙事人都是同时代人的秘书：描写路易十一或大胆查理的故事，班戴洛、纳瓦尔王后、薄伽丘、吉拉尔第、拉斯卡[①]笔下的短篇，古代小说家的韵文故事，无不以其同时代的某一事实为基础。""主题完全虚构，与任何现实不沾边的书，大部分是死胎"；而

---

① 班戴洛（Bandello，1485－1561），意大利作家，著有短篇小说四卷；纳瓦尔王后，即玛格丽特·德·纳瓦尔（Margerite de Navarre，1492－1549），法国女作家，《七日谈》的作者，收短篇小说72篇；薄伽丘（Boccaccio，1313－1375），意大利作家，《十日谈》的作者；吉拉尔第（Giraldi，1504－1573），意大利作家，著有短篇小说130篇；拉斯卡，真名安东·弗朗西斯科·格拉齐尼（1503－1583），意大利作家，讽刺韵文故事集《晚餐》的作者。

"富有独创性且百看不厌的作品，只能产生于作者对生活的深切感受"。①
巴尔扎克将小说称作"民族的野史"，因而"要成为真正的小说家，必须深
入、全面地挖掘社会生活"②。正如他的朋友菲拉莱特·夏斯勒在《〈哲理
小说故事集〉导言》中所阐释的，"《驴皮记》的作者与已故的拉伯雷一
样，想要表现人类的生活，并且将他所处的时代囊括在一部丰富多彩的、
纯属虚构而又熔史诗、讽刺、小说、故事、历史、戏剧、荒诞于一炉的书
中……"

　　所有优秀的作家都程度不同地在作品中反映了自己的时代，巴尔扎克
的与众不同处是力图完整地再现他的时代。他不满足于描绘某一社会侧面，
塑造某几个人物典型，而是要完成一整套"关于十九世纪法国"的著作，
他要像布丰通过一部书表现动物世界的全貌那样，使当代人类社会在他的
作品中得到完整的再现。

　　他曾对韩斯卡夫人口出狂言："世界上有四个大有作为的人：拿破仑、
居维埃、奥康奈尔③，我将成为第四位。第一位曾威镇全欧，他缔造了军
队；第二位通晓地球的奥秘；第三位成为民族的化身！我呢，我将在头脑
里装下整个社会。"④

　　同步地反映当代社会已属不易了，何况还要完整！然而巴尔扎克还不
满足，他的追求比这还要高。他不但想要"踏遍全球，感受一切激情，分
析各种性格，体验所有的风尚习俗"⑤，还要从纷纭复杂的表象中探明事物
的内在联系，追溯这种种现象产生的根源，进而对社会弊端作出诊断和披
露，以达到醒世和匡正世风的目的：

　　　　一位作家只要刻意从事这类谨严的再现，就可以成为绘制人类典型
　　的一名画师，或多或少忠实的、成功的、耐心的或大胆的画师……但
　　是，如果想得到一切艺术家所渴求的激赏，不是还应当研究一下产生

---

　　① 巴尔扎克：《〈古物陈列室〉〈冈巴拉〉初版序言》，《巴尔扎克全集》中译本，人民文学出版社
1984—1988 年版，第 24 卷。

　　② 巴尔扎克：《〈神秘之书〉初版序言》，《巴尔扎克全集》中译本第 24 卷。

　　③ 奥康奈尔（O'Connell，1775－1847），爱尔兰民族运动领袖。

　　④ 巴尔扎克：《致外国女子的信》，1844 年 2 月 6 日。

　　⑤ 巴尔扎克：《〈驴皮记〉初版序言》。

这类社会后果的多种原因或一种原因，把握住众多的人物、激情和事件的内在意义么？此外，在努力寻找（且不提找到）这种原因，这种社会驱动力之后，不是还应当思索一下自然法则，推敲一下各类社会对永恒的准则、对真和美有哪些背离，又有哪些接近的地方？（《〈人间喜剧〉前言》）

显然，在巴尔扎克决定以小说形式来谱写当代历史的时候，便已立足于对整个社会的研究。他不像夏多布里昂那样，把目光转向中世纪，从宗教信仰中寻求慰藉；也不像雨果或乔治·桑那样，致力于弘扬超凡脱俗的精神境界；而是试图深入社会的脏腑，并站在历史的高度，考察、研究和评判这个社会。"我已纵览社会，为的是描绘它；我还要继续勘探社会，为的是对它做出评断。"从他频频使用"研究"一词作为作品总标题的做法亦可看出，写作于他乃是研究和说明世界的一种手段，与其说他是作为小说家来记述历史，不如说他是以哲学家、历史家和社会学家的眼光来写小说。他的作品超越了个人的生活感受和个人情感的抒发，而融入了对社会的总体分析。

19 世纪法国著名文艺批评家泰纳[①]论及巴尔扎克时，曾经说道："对事物有总体观是高级才智的标志。"在 19 世纪群星灿烂的法国文坛，巴尔扎克之所以能立于群峰之巅，正是由于他不单是一位小说家，而且同时是一位头脑中装着整个社会的社会学家，一位纵横古今的历史家和洞察幽微的哲学家。

巴尔扎克在《幻灭》中描写未来的大作家德·阿泰兹时，说过这样一句话："他要像莫里哀那样，先成为深刻的哲学家[②]，再写喜剧。"这句话，可以视为作者本人的艺术追求。

巴尔扎克视思想为艺术的灵魂，他明确提出："最高的艺术是要把观念纳入形象"，"艺术是一种概括，它在小小的空间里惊人地集中了大量思想"，"一件艺术品也是一种强有力的思想"，"一个字包含无数的思想，一

---

① 泰纳（Taine，1828－1893），又译丹纳，法国著名文艺批评家、哲学家、历史学家，《艺术哲学》的作者。下文引自其《巴尔扎克论》，见《文艺理论译丛》1957 年第 2 期，人民文学出版社。

② 这里所说的哲学，并非纯学术意义上的哲学，而是指对生活的哲理思考和对社会的总体认识。

个画面概括整套的哲理"。① 在他心目中,作家对社会的影响非但不亚于政治家,甚至还高于政治家:"有思想的人,才是力量无边的人,帝王统治人民不过一朝一代,艺术家的影响却能绵延几个世纪……"② 他宣称"真正的艺术家应当同时是思想家"③,"伏尔泰代表一种思想,因此他胜利了"④。

思想充溢是巴尔扎克作品的一大特色,在很多人看来,巴尔扎克让小说负荷了过重的思想理论重担:他把历史哲学、形而上学、心理学……各个门类的人文科学乃至自然科学理论统统塞进了小说。他的叙述和描写随时伴以说理和推论,他笔下的人物也随时在说理和推论,每个人都有一整套从自身经验中总结出的生活逻辑,每一种欲望或行为的前因后果都有详尽的交代和分析。然而他的人物确实因思想丰富而形象饱满,他的故事因挟带着巨量思考而格外发人深思。他的作品中动辄出现格言警句,其深刻隽永和风趣俏皮足可和拉罗什富科⑤的《箴言录》媲美。巴尔扎克相信:"一个见信于人的作家,如果能以自己的作品启发读者思考问题,就是做了一件大好事",否则就只是个"逗乐的作家"。⑥

有些人只注意到小说家巴尔扎克,却忽视了思想家巴尔扎克,虽然他不曾创立某种自成体系的学说,却提供了一种有助于洞观事物本质的观察方法,一种能同时把握宏观世界和微观世界,并将种种分散的、貌似无关的事物联系起来思考的思维方式。正是这种赋有天才光辉的思维方式,使他能见旁人所不能见,想旁人所未能想,发现旁人所发现不了的最深层的内核。事实上,巴尔扎克的作品中特别耐人寻味之处,正是他透过形象所阐释的种种奇思妙想,是那些从现实生活中概括出的种种饱含哲理的人生体验。

在巴尔扎克身上,很早就有一种想要"把握一切、认识一切、解说一

---

① 巴尔扎克:《论艺术家》,《侧影》周刊(1830 年 2 月 25 日),《巴尔扎克全集》中译本第 27 卷。
② 同上。
③ 费利克斯·达文:《〈十九世纪风俗研究〉导言》,《巴尔扎克全集》第 24 卷。
④ 巴尔扎克:《论艺术家》,《侧影》周刊(1830 年 3 月 11 日),《巴尔扎克全集》中译本第 27 卷。
⑤ 拉罗什富科(La Rochefoucauld, 1613 - 1680),法国作家,其作品《箴言录》名闻遐迩。
⑥ 巴尔扎克:《致〈星期报〉编辑伊波利特·卡斯蒂耶先生书》,《巴尔扎克全集》中译本第 30 卷。

切"的思想倾向。"只做一个人是不够的，必须成为一个体系"。① 这是巴尔扎克坚定不移的信念。《驴皮记》的主人公拉法埃尔曾经说："我感到自己有某种思想要表达，有某种体系要建立，有某种学说要阐释。"这便是巴尔扎克创作《人间喜剧》时的心情。

为了达到他所企望的高度，他曾如饥似渴地阅读古往今来的大量哲学、社会科学著作和自然科学著作，不断地进行比较、分析和概括；他深入社会生活的各个角落，搜寻人们内心的秘密，他倾听各行各业人物的谈话，参加精英们的聚会，向军人讨教，和刽子手一起吃饭，和苦役犯交朋友，等等；他像哲学家、历史学家、经济学家、社会学家那样观察研究当代社会的政治经济结构、权力和财富的分配、法律的奥秘、宗教的效用等，精细地剖析人们的感情、欲望、各种行为的动因，耐心地探寻各种社会现象的内在联系。正像缪塞所形容的，"他想要抓住一根线索，一根可以收揽一切、汇聚一切的线索。……他的野心是要垄断那把开启时代大门的惟一钥匙……"②

他孜孜不倦，上下求索，终于在这个骚动的、杂乱无章的社会中，发现了一条非人力所能控制的规律，这就是资产阶级的日益得势和贵族社会的解体灭亡。这样一个历史的总趋向，就是支配全部社会生活的本质力量。社会上一切冲突、争斗、动乱、犯罪，发生在家庭和个人生活中的种种悲喜剧，都和这个特定的历史进程紧紧联系在一起。他清楚地看到时代的洪流把某些人推向浪峰，又使某些人沉入水底；金钱取代门第成为权力的象征，财富的多寡成为划分等级的新标准。于是对金钱的贪欲潜入人们的灵魂，许多新的社会矛盾便由此产生。由于对社会形成了这一总体认识，巴尔扎克得以从种种貌似分散、个别、偶然的现象中，把握住了以拜金主义为核心的具有本质意义的历史内容：人们"不再信仰上帝，只崇拜金犊"了，金钱成为整个社会的机制与杠杆。对财富的追求既给社会带来活力，推动了生产的进步，又使人性产生可悲的异化。正是对金钱的贪欲，扼杀了人类的正常感情，断送了无数家庭的幸福，酿成了一幕幕惊心动魄的惨剧……这样，巴尔扎克便站在历史哲学的高度，理解了他的时代。"芝麻，

---

① 费利克斯·达文：《〈十九世纪风俗研究〉导言》。
② 转引自莫洛亚《巴尔扎克传》第30章，艾珉、俞芷倩译，人民文学出版社1993年版。

开门！"他喊出那神秘的口诀，开启了时代的大门。

巴尔扎克拉开舞台的帷幕，让我们看到一个喧腾、动荡的世界。那是他用纸和笔创造的人类世界。这个世界像现实世界一样无所不包。从上流社会到社会底层，从内阁大臣到监狱里的囚犯，各行各业、各社会阶层的人物都带着各自的习俗、风貌登场。形形色色的商人、银行家、高利贷者，身份、性格各异的宫廷贵人、地方贵族和落魄的末代王孙，不同层次的冒险家、骗子、强盗，不同类型的文人、艺术家、法官、律师、公证人、公务员、店员、推销员、手工业者、城市贫民，等等，都在他们的造物主安排下演出了自己的剧目。金钱是这部大剧中没有名姓、没有性别的主人公，激情是所有人物和故事的灵魂，资产阶级的得势和贵族社会的衰亡则是贯穿全剧的主旋律。就这样，巴尔扎克让他的两三千个人物在纸上活跃起来，有声有色地演出了1789年法国大革命以后直至1848年资产阶级取得最后胜利的这一整段历史。

恰如恩格斯所说，巴尔扎克几乎是用"编年史的方式"，逐年描绘出上升中的资产阶级对贵族社会日甚一日的冲击。他描写资产阶级如何发家（《欧也妮·葛朗台》《纽沁根银行》），贵族如何破产（《古物陈列室》），资产者的势力如何深入到每一个城镇、乡村，在一切领域和贵族社会展开政治上、经济上的较量（《老姑娘》《比哀兰特》《图尔的本堂神甫》），贵族的庄园经济如何在资产阶级的进逼下土崩瓦解（《农民》）；他揭露资产阶级政客如何利用手中的权力将没收充公的贵族产业变成自己的私产，如何耍弄权术，在频繁的政权更迭中使自己的权势节节上升（《一桩神秘案件》），指出银行家、杂货商确实当上了贵族院议员（《邦斯舅舅》），贵族有时却沦落到社会底层（《浪荡王孙》）；他记叙巴黎商业从个体商贩、小业主到批发商的历史进程及商业银行、股份公司、证券交易的出现，披露心狠手辣的银行家如何用倒账清理的手段掠夺千家万户的财产（《纽沁根银行》），敦厚的老派商人又如何在金融投机家的算计下被逼破产（《赛查·皮罗托盛衰记》）；他考察资产阶级的得势如何导致整个社会风俗的改变，金钱如何成为"无人知晓的国王"，人们"命运的主宰"（《高布赛克》），文学艺术及一切精神产品如何沦为商品，青年一代在拜金主义新时尚的冲击下又面临何等严峻的人生选择（《幻灭》《高老头》）；他列举金银珠宝下面隐藏的无数罪恶（《红房子旅馆》《禁治产》《夏倍上校》），刻画人的贪欲会使遗产之争达到何等穷凶极恶的地步（《搅水女人》《邦斯舅舅》《于絮尔·弥罗埃》）……

巴尔扎克似乎无所不知：巴黎的每一个区，外省的城市和乡镇，从相互对立的社会圈子之间的钩心斗角，到贵妇人的内心世界；从学术界不同意见的对立，到夫妻间因琐事引起的争吵……他都了如指掌。有人形容他像勒萨日①笔下的瘸腿魔鬼，半夜揭开人们的屋顶，窥探千家万户的秘密。巴尔扎克似乎对一切都要穷其究竟：他研究家庭及婚姻生活中各种矛盾的前因后果，探究资产者和贵族这两大阶级兴衰成败的缘由，推断金融资本即将主宰法国经济的前景，剖析司法行政及选举制度的弊端、官僚体制的危害，探索政府机构的改革，思考农村经济的振兴与改造……谁也无法想象一个人的大脑何以能承担这样巨量的思考。他像考古家、建筑师那样考察外省小镇的房屋建筑、门窗的构造，像经济师一样核算商店的盈利和亏损，像法学家一样研究法律程序，像古董商那样鉴定和估量每一幅名画的价值……总之，当代社会的全部历史、哲学、政治、经济、法律、宗教、财政金融、工商农业、新闻出版、文学艺术，乃至医学论战、科学实验，他都涉猎到了，《人间喜剧》简直就是一部以艺术形式撰写的《百科全书》。恩格斯说他从巴尔扎克的《人间喜剧》里，"甚至在经济细节方面所学到的东西，也要比从当时所有职业的历史学家、经济学家和统计学家那里学到的全部东西还要多"②。

巴尔扎克属于那种思维能力超常发展的天才，他广博的知识和超级的感悟力，使他对一切都产生兴趣，从最概括、最抽象的哲学，到最琐碎、最具体的夫妻纠纷。他在作品中准确无误地使用各门学科的专业词汇，内行地谈论技术上的细节，他对音乐的精辟见解能使乔治·桑大吃一惊……只要他愿意，他可以成为任何一门学科的专家，然而他却不曾全力以赴从事任何学科的研究。他因为想要理解一切而不可能深入到某一个门类，于

---

① 勒萨日（Le Sage，1668－1747），法国作家，著名长篇小说《吉尔·布拉斯》《瘸腿魔鬼》的作者。

② 恩格斯：《致玛·哈克奈斯》（1888年4月），《马克思恩格斯选集》第4卷，人民出版社1972年版，第463页。

是他成为一位前无古人的小说家，一位百科全书式的小说家。

三

　　作为风俗史家，巴尔扎克和真正的历史学家的最大区别在于：历史学家们关注的是历史事件，巴尔扎克关注的则是人。他认为文学艺术应以"借助思想再现人的本性"为目标，艺术家的任务是"把提炼过的思想通过人物体现出来，塑造出让读者感到栩栩如生而又简明概括的艺术形象"①。

　　由此出发，巴尔扎克的社会研究首先着眼于普遍人性在不同时代、不同社会处境下的演变发展，以及人们在生存竞争中的胜败沉浮和心理状态。他一方面从宏观上关注时代的历史进程，同时从微观上审视这一进程在人类心灵中引起的种种反应及变异。因此对巴尔扎克说来，完整地再现一个时代，首先是刻画这个时代两三千个有代表性的人物，亦即生活在当代社会典型环境中整整一代人的种种典型。

　　在这方面，他从英国历史小说家司各特那里获得了宝贵的借鉴。司各特小说里的人物都具有鲜明的社会和历史特色，人物的个人命运和国家的兴衰及重大历史事件紧紧联系在一起。巴尔扎克运用司各特的历史研究方法来研究当代，他将人物的性格塑造和深刻的历史内容结合起来，使人物深深打上了时代的烙印；同时他强调对人类本性及人物内心世界的挖掘，较之司各特又前进了一大步。他要求笔下的人物"孕育在时代的胎腹中，在他们的躯体里，悸动着整个人类的心灵，蕴蓄着整套的哲理"②。他正是要通过谱写人类心灵史来描绘当代风俗和记述时代的变迁。

　　拉斯蒂涅是《人间喜剧》中机灵善变、青云直上的人物典型。作家却不是一开始就让他以老奸巨猾的面貌亮相，而是让他怀着外省青年的几分童心登场，在巴黎社会中逐步完成他的蜕变。《高老头》中对他入世之初这一段思想历程的描写，可以说是通过谱写心灵史来描述当代风俗的精彩范例。拉斯蒂涅是当时纷纷从外省涌入巴黎寻出路的无数青年中的一个，而且是他们当中取得成功的少数幸运儿的代表。他初到巴黎时，还是一个稚

---

　　①　巴尔扎克：《〈驴皮记〉初版序言》。

　　②　巴尔扎克：《〈人间喜剧〉前言》。

气未脱的青年。由于贫穷他不得不住在破旧、寒酸的伏盖公寓；凭着出身又可以出入于金碧辉煌的贵族府邸。一边是锱铢必较的贪婪、吝啬；一边是风雅阔绰的奢侈享乐。两个社会的对比太鲜明了，初出茅庐的青年不可能不受到强烈的刺激。他正像伏脱冷所形容的那样，"嘴里吃着伏盖妈妈的起码饭菜，心里爱着圣日耳曼区的山珍海味，睡的是破床，想的是高堂大厦"。最初他还想用功，靠真学问谋求财富；偏偏面前摆着一个脓包波阿雷，明白告诉他，循规蹈矩只能落个什么样的下场。他眼见金钱的魔力、无止境的享乐的欲望，摧毁了一切人类的感情，毒化了人与人之间的关系，使人变得连禽兽也不如：高老头把全部财产和感情都奉献给女儿，女儿们却只在缺钱时想起父亲；明明知道父亲已被榨干了，女儿为了情人的债务，竟会算计到老父亲赖以活命的最后一笔存款，为了一件金银铺绣的舞衫，竟逼得父亲卖掉最后的餐具；明明知道父亲快咽气了，女儿心中盘算的却只是如何到巴黎名门贵胄的舞会上去出风头，哪怕踩着父亲的身体走过去也在所不惜；……年轻人当时涉世不深，良心尚未泯灭，看见巴黎社会骇人听闻的罪恶，难免感到恐怖和恶心，第一次从母亲和妹子那里搜括积蓄时，还有点儿心惊肉跳、神魂不定。随着他一步步深入到社会的脏腑，日益认清社会的真相，他的是非善恶之心便渐渐淡薄，自私的欲望则越来越强烈。他越来越意识到，要想出人头地，只能埋葬自己的感情和良心，如果不能下决心走苦学成才的道路，就得全盘接受伏脱冷和鲍赛昂夫人传授给他的那套哲理。

高老头之死对拉斯蒂涅来说是最深刻的一课，也是全书情节的高潮。这幕惨剧再形象不过地印证了："资产阶级撕下了罩在家庭关系上的温情脉脉的面纱，把这种关系变成了纯粹的金钱关系。"[①] 被女儿们榨干了财产的老者，奄奄一息地躺在伏盖公寓的阁楼上，不停地呼唤女儿的名字，可是两个女儿一个也不来。老人想起当初女儿出嫁时，他给了她们每人八十万法郎做嫁妆，女儿女婿把他当财神，谁也不敢怠慢他。人们恭恭敬敬地瞧着他，"就像恭恭敬敬地看着钱一样"。可如今他已经一无所有了，谁也不再把他放在心上。老头儿一辈子把两个女儿看得比自己的性命还贵重，临

---

① 马克思、恩格斯：《共产党宣言》，《马克思恩格斯选集》第 1 卷，第 254 页。

死总算睁开了眼：

> 　　唉！如果我有钱，如果我留着财产，没有给她们，她们便会来，会来亲吻我的脸！……钱能给人一切，甚至女儿。啊，我的钱！我的钱在哪里？要是我身后还能留下金银财宝，她们就会来救护我，照料我；我就能听到她们的声音，看到她们了。……做父亲的应该永远有钱，应该紧紧攥住儿女的缰绳，像对付劣马一样。……

> 　　可怜的父亲在破床上一会儿呼唤，一会儿咒骂，甚至要派人去告诉女儿，说他还有几百万家财留给她们，因为"她们为了贪心还是肯来的"。……

> 　　老人咽气了。女儿女婿一个也不来料理后事。大学生典当了怀表，总算勉强使伯爵夫人和男爵夫人的老父亲能够入殓下葬。两户富贵人家却只派来两辆漆着爵徽的空车，随着灵柩到公墓。

> 　　经历了这样的现实，对社会还能存什么幻想呢？拉斯蒂涅在自己周围看见的，只是人世的残酷和人心的堕落：多少人为了金钱而犯罪，多少人由于贪欲而出卖人格和良心，葡萄牙大贵人阿瞿达为了二十万法郎年息的陪嫁背叛爱情，维克托莉的父亲为了致富而谋财害命，伏脱冷为了攫取一笔资本而引诱拉斯蒂涅参与杀人勾当，老小姐米旭诺为了三千法郎出卖伏脱冷……他埋葬了高老头，同时也埋葬了青年人的最后一滴眼泪。他从公墓高处远眺巴黎，欲火炎炎的眼睛射向他不胜向往的上流社会，气概非凡地说了句"现在咱们来较量较量吧！"便以全新的姿态投入了巴黎社会的残酷格斗。

　　围绕拉斯蒂涅这段生活经历，作者将纷纭复杂的巴黎社会纳入了作品的狭小框架，从不同角度刻画出拜金主义社会对青年人的价值取向产生的影响。拉斯蒂涅并无非凡的才具，却有足够的机灵。他一旦窥见社会的真相，懂得了致富的秘密，一旦抛弃了妨碍一个人走上"成功"之路的天真、正直和良心，就能够在这个社会中畅行无阻。后来此人果然飞黄腾达，有钱有势，成为国务秘书，当了部长。显而易见，这样的构思，不仅符合生活逻辑，也体现了作家的艺术匠心。作者远不止是想要刻画一个人物，而且要通过人物的思想历程，来揭露当代社会风俗的腐蚀力度。

巴尔扎克的深刻之处在于，他并没有把高老头的两个女儿写成天下绝无仅有的恶妇，她们为了情人、为了虚荣搜括父亲，和刚开始学步的拉斯蒂涅搜括母亲和妹妹，本质上没有什么两样。她们受欲望支配，给父亲带来种种痛苦，可她们自己也没有得到快乐。在巴尔扎克笔下，以门第和财富为基础的婚姻不过是一种交易，因而绝大部分婚姻毫无幸福可言，雷斯托夫人和纽沁根夫人虽然各有八十万法郎陪嫁，实际上自己并无支配财产的权利。这类女子为了虚荣，为了情人，为了自己的穿着打扮、日常开销，不知要使多少心计，耍多少手段，有的因丈夫供不起她们挥霍便出卖自己，有的不惜让儿女挨饿，对父母敲骨吸髓，好搜括些零钱做衣衫。……作家这样的描写看来是为两个不孝的女儿作了某种程度的开脱，其实是把她们写得更加接近普遍存在的事实，更能代表普遍的社会心理和时代风尚。恰如他在《〈长寿药水〉致读者》中指出的：

> ……当您读到唐璜"风雅"的弑父行为时，请您猜测一下，那些在十九世纪赚取终身年金①，寄希望于重感冒的正人君子，或者那些租房子给一个老太婆度过晚年的人，他们在类似的场合会有什么样的举动，他们会让靠年金收入生活的人复活吗？我希望公正无私的良心裁判者观察一下，在唐璜和那些让孩子攀一门大有指望的婚姻的家长之间，在多大程度上相类似？……你们难道没有看到，在社会上，有许许多多人在法律、风俗和习惯的影响下，时刻想着亲人的死，盼着亲人的死吗？……他们一边说"晚安，父亲"，一边在蓄意谋杀。他们时刻盯着亲人那双眼睛，盼望这双眼睛闭上……天知道人们头脑里犯下了多少弑父之罪！②

塑造形象，刻画典型环境中的典型性格，是巴尔扎克概括和提炼生活的主要手段，也是他对现实主义艺术的首要贡献。巴尔扎克非常清楚，思想固然是艺术的灵魂，但思想并不等于艺术。要使抽象的思想感动读者，

---

① 终身年金是一种利息较高的存款方式，但存款人死后，该款即为付息者所有。

② 巴尔扎克：《〈长寿药水〉致读者》，《巴尔扎克全集》中译本第 22 卷。

必须让它们以生动感人的形象出现："观念化为人物，才能更加隽永。"①
不过，"一台角色多达三四千人的社会戏剧，怎样才能使它兴味盎然呢？怎
样才能既令诗人与贤哲感到愉悦，同时又博得广大群众的青睐呢？要知道
群众所要求的，是诗意和融化成生动形象的哲理。"② 所以，对风俗史家而
言，仅仅对时代、对社会有一个总体看法还不够，"在这之上，还应加上小
说家的品质，高度的想象力、精细的细节、对人类情感的深刻研究⋯⋯"③

什么是艺术？巴尔扎克认为艺术即"现实生活的集中表现"，艺术"源
于生活"，但"艺术的真实"不等于"生活的真实"，生活比艺术更丰富，
但却杂乱无章，往往"不是太离奇，就是欠生动"，某些生活中的实事，
"写进作品反而不像是真的"。所以"作家既不能杜撰，也绝不能照搬生
活"，而应"通过生活中的种种偶然事件，探索对所有人来说都是可能和可
信的东西"。也就是说，令人眼花缭乱的大量生活素材，必须经过作家思想
的炼丹炉熔炼，然后以更集中、更鲜明、更带普遍性，同时也更深刻、更
强烈的形象重新反射出来。这重新熔炼和铸造的过程，便是典型化的过程。

请看巴尔扎克如何描述艺术家冶炼和铸造形象的情景：

> ⋯⋯骤然间，一句话唤醒了一套意念，这些意念滋生、膨胀、发
> 酵，于是诞生了显露匕首的悲剧、色彩斑斓的画幅、轮廓分明的塑像、
> 妙趣横生的喜剧。这是转瞬即逝的一种幻觉，像生与死般一闪而过，
> 像深渊般深不可测，像海涛般壮阔美丽。这是五彩缤纷令人目眩的色
> 彩，这是堪与皮格马里翁④的作品媲美的一组雕像⋯⋯熔炉中烈火熊
> 熊，这是艺术家在劳动⋯⋯终于，孕育创造的极大快乐，淹没了分娩
> 时撕人心肺的痛苦。⑤

很明显，作家在创作过程中，既需要对生活的深入观察，也需要虚构

---

① 巴尔扎克：《贝尔先生研究》，《巴尔扎克全集》中译本第 30 卷。
② 巴尔扎克：《〈人间喜剧〉前言》。
③ 巴尔扎克：《评〈流氓团伙〉》，《巴尔扎克全集》中译本第 27 卷。
④ 皮格马里翁，传说中的塞浦路斯国王。他爱上了自己雕刻的一尊象牙女像。美神阿佛洛狄忒为
他的诚意所动，赐予雕像以生命，使皮格马里翁能娶她为妻。
⑤ 巴尔扎克：《论艺术家》，《侧影》周刊（1830 年 3 月 1 日），《巴尔扎克全集》中译本第 27 卷。

和想象。观察提供素材，是创作的基础；虚构和想象则是熔炼过程中必不可少的添加剂。

在巴尔扎克看来，"不是来自生活的东西，必定是没有生命力的"，虚构和想象也"必须以现实为依据"。因而他强调"观察、体验"在创作中的作用，且认为对天才作家而言，仅有一般的观察还不够，在"真正具有哲学家气质的诗人或作家"身上，还有一种特异的精神现象，即一种超人的视力，一种使他们能"透过表象明察事物真相、测知其过去及未来的洞察力"。①

巴尔扎克无疑具有艺术大师那种精细的观察力和洞察一切的锐利眼光，他能够通过短暂的接触，迅速地捕捉到最微妙的感情，把握住对方心中隐秘的思想。他每到一个城市或乡镇，很快就能对当地的历史、现状、阶级关系、风尚习俗了如指掌，比在当地住了几十年的老人知道得还要多。与此同时，他也拥有最热烈、最丰富的想象。事实上想象力是巴尔扎克最强的天赋之一。他从大量生活素材中抽象出观念和思想，思维的终端却是精彩纷呈的画面。他通过观察和思考形成的种种观念，总是迅速地转化成千姿百态的人物。这些人在作家的头脑里按照生活的逻辑行动着，似乎并不怎样受作家主观意愿的支配。巴尔扎克经常生活在他的虚构世界里，与他虚构出的人物朝夕相处，被这些人搅得寝食难安。他和他的造物一起幻想、受苦、搏斗，常常把虚构的世界与现实世界相混淆。他不时兴致勃勃地向朋友们报告这些虚构人物的消息，仿佛这些人真的生活在他们中间。巴尔扎克笔下的人物之所以比现实中的人物更生动、更逼真、更令人信服，在很大程度上应归功于作家这种特别强健的想象力。

不过，巴尔扎克无论怎样听任想象力展翅飞翔，却从来没有忘记从细节到整体的真实性。也就是说，故事的进展、人物的言行必须符合生活的逻辑、历史的真实，而不能凭空臆造，令人难以置信："小说艺术的关键就是在一切细节上真实可信。"② 他告诉文学上的新手："一部小说，头一条就是要使人感兴趣。而要做到这一点，必须使读者产生一种幻觉，达到使他相信作者所叙述的都确有其事的程度。"因此"要写出一部好的历史小

---

① 巴尔扎克：《〈驴皮记〉初版序言》。
② 巴尔扎克：《关于文学、戏剧和艺术的信》（一），《巴尔扎克全集》中译本第 30 卷。

说，首先必须做许多研究，付出许多劳动，必须具有珍本爱好者那种耐心，认认真真读上一大本书，从中只找到一件史实或者只找到一个字；其次，头脑必须极其灵活，才能够根据无数书籍中分散的细节，创造出一个已经逝去的时代的完整总体"。①

费利克斯·达文在《〈哲理研究〉导言》和《〈十九世纪风俗研究〉导言》中，特别谈到巴尔扎克对细节的高度重视："在他之前，从来没有哪位小说家像他这样深入细致地研究细节和小事。他以高度的洞察力对这些细节和小事加以阐释和选择，以老镶嵌工那种艺术才能和令人赞叹的耐心将它们组合起来，构成充满和谐、独特和新意的一个整体。"而且，"在他笔下，没有任何事物可称为微不足道，他能把一个题材最平庸的细节加以提炼，并且戏剧化"。

请看巴尔扎克是怎样利用高老头的膳宿费这个细节来铺垫这个人物的出场，以增强小说的戏剧效果的：他从高老头在伏盖公寓三迁居室入手，描写高老头如何在三年之中，从一个每年付 1200 法郎膳宿费的备受尊敬的高里奥先生，下降为一个每月付 45 法郎的遭人白眼的高老头。一下子就引起了读者对这个人物的好奇；接着是两位贵妇的四次来访在伏盖公寓引起的轰动和猜测，更进一步给这个人物蒙上了一层神秘的色彩；再接下去是大学生在雷斯托伯爵府的奇遇和探本求源，这才一步步把谜底揭开。经过这一番曲折，再加叙事过程中穿插了对两种社会环境的细节描写，这幕惨剧的背景便惊心动魄地展示在读者面前了。

巴尔扎克善于选择富有特征意义的细节和语言来突出人物的身份与个性，通过人物的行动来强化该典型的心理特征。鲍赛昂夫人出身名门，举手投足都有大家风范，即使满心凄苦地向上流社会告别，也能脸上挂着微笑，安详从容，丝毫不露痛苦的痕迹。伏脱冷闯荡江湖，一言一动都透着绿林气派，《高老头》中伏脱冷被捕一场，写得有声有色，从暴怒到冷静，"仿佛一口锅炉贮满了足以翻江倒海的水汽，一眨眼之间被一滴冷水化得无影无踪"。把这个苦役犯的精明干练、足智多谋，刻画得超群绝伦。

---

① 巴尔扎克：《评〈流氓团伙〉》，《巴尔扎克全集》中译本第 27 卷。

　　像司各特一样，环境及景物描写在巴尔扎克的作品中占有一席相当重要的地位。例如对伏盖公寓的描绘，具体而微，连墙上的石灰，碗碟上的缺口都不放过。在一般读者看来，冗繁的细节描写对情节是一种累赘；而在作者心目中，某些情境对故事的进展、人物性格的演变至关重要，值得用绘画的手法细细描画。如果读者对伏盖公寓的贫穷寒酸没有深刻的印象，怎能使之与圣日耳曼区的奢侈豪华形成鲜明对比，进而又怎能理解这样的对比对青年人的腐蚀作用？所以某些仿佛和情节线索关系不大的细节，从艺术家所追求的艺术效果来考虑却是不可少的。

　　借助精心选择的细节，巴尔扎克笔下从来没有概念化、脸谱化的形象，人物无论主次，个个鲜活生动，血肉丰满，几乎每个人的性格都有多个层面，且与其独特的经历和处境息息相关。花粉店老板赛查·皮罗托，处处透着生意人的浅薄、虚荣，但却具有老字号正派商人诚实敦厚的品格，把信誉看得高于一切；拿半饷的兵痞菲利浦·勃里杜，十足一个禽兽不如的流氓恶棍，可在战场上倒是一员敢打敢拼的猛将，和伊苏屯的流氓头子玛克桑斯较量起来更是身手不凡，然而遇上金融大鳄纽沁根、杜·蒂耶，却只能被玩弄于股掌之上（《搅水女人》）。贝姨阴狠刻毒，工于心计，作者也没有简单化地将她作为纯粹的恶人鞭笞，而是深入地剖析她作恶的心理根源，分析她如何由妒生恨，由恨而生报复之心；写出她既是不公正的受害者，又以不公正的手段去加害于人；写出她既有平民阶层合理的愤懑，又有对金钱、权势、虚荣的渴望。野心、欲望的煎熬，嫉妒心的折磨，加上感情饥渴带来的痛苦，造成她心理上的畸形、变态；她不幸福，不快乐，所以不能容忍堂姐幸福、快乐；她一辈子仰人鼻息，所以巴望自己能凌驾于众人之上……（《贝姨》）。

　　巴尔扎克不曾脸谱化地处理人物形象，也从不按一个模式描写同类人物。商人、律师、公证人也好，医生、公务员、艺术家也好，这一个都不同于那一个，连吝啬鬼都是各式各样的：葛朗台的聚财手段和高布赛克的不尽相同，里谷的吝啬和葛朗台的也大异其趣。葛朗台把一切开支看成浪费，尽管是地方上的首富，过日子却和当地的庄稼人一样，喝的老是坏酒，吃的老是烂果子，连女仆拿侬去店里买一根白烛都会成为当地的新闻；里谷的悭吝却只对付别人，自己则有一套独特的讲究与享受……总之，作家对真实的追求，使他试图在作品中表现出社会生活的全部复杂性和人类心灵的全部复杂性。别林斯基曾惊叹巴尔扎克小说中的众多人物、众多个性竟没有一个完全雷同①。左拉曾钦佩地谈到，在巴尔扎克那些生动逼真的人物形象面前，"古希腊罗马的人物变得苍白无力，浑身颤抖；中古的人物像玩具铅兵般倒伏在地"②。

巴尔扎克是人性的伟大探秘者，他对人类心灵的深入挖掘，使他的人物比产生他们的时代具有更强的生命力。拿破仑帝国、波旁王朝、七月王朝……早已成为历史，而高老头、葛朗台、高布赛克、拉斯蒂涅、吕西安、伏脱冷、贝姨、邦斯、赛查·皮罗托、戈迪萨尔……却至今仍生活在我们之中：高老头还在溺爱子女，葛朗台还在琢磨钱怎么生怎么死的秘密，拉斯蒂涅、吕西安等还在生存竞争中体验成功的喜悦或失败的悲哀，贝姨还在受着嫉妒心和报复心的折磨，赛查·皮罗托还在破产中挣扎，戈迪萨尔正在口若悬河地推销商品……

四

作为法国现实主义文学的一代宗师，巴尔扎克尽管已经形成了一套现实主义的文学理论，却从来不曾给自己冠以现实主义作家的称号。在他的文学评论《贝尔先生研究》中，他将当时的文学分为三种类型：一是以抒发主观感受、咏叹哀思冥想和色彩绚丽的景物描写为主要特色的"形象文学"；二是以理性的观察和思考为主要特色的"观念文学"；他自称属于兼收并蓄的第三类：要事实也要抒情，要行为也要梦想的"文学折衷主义"。

显然，第一类指以夏多布里昂、雨果为代表的浪漫主义文学；第二类指与18世纪的启蒙文学一脉相承，以司汤达、梅里美为代表的写实文学；而他认为，要"按世界的本来面目真实地表现世界"，便应将这二者融为一体——"有形象也有观念，形象中有观念，观念中有形象"③。可见他所谓

---

① 别林斯基：《文学的幻想》，《别林斯基选集》第1卷，满涛译，人民文学出版社1958年版。

② 左拉：《论自然主义戏剧》，引自中国社会科学院文学研究所编著《古典文艺理论译丛》卷3，知识产权出版社2010年版，第1360页。

③ 本段及下两段引号内文字，除特别注明者以外，均引自巴尔扎克的《贝尔先生研究》。

的"文学折衷主义"，其实是艺术上博采众长的主张。而且他认为无论是雨果还是司汤达，都在一定程度上吸取了另一派的长处，所以在艺术上获得了成功。

上述论点表明，巴尔扎克对浪漫主义的看法，大大不同于古典主义者，也不同于同时代的司汤达及后来的许多写实主义文学家。他非但不排斥浪漫主义（许多浪漫派作家都是他的挚友），还有意识地提倡在写实文学中融入浪漫精神和某些浪漫主义的写作方法。

巴尔扎克对以理性为最高审美准则的古典主义和启蒙时代的文学无疑有很高的评价，他认为二百多年来观念文学独霸法国文坛①自有它的道理，因这类文学"事实丰富，简洁凝练，形象质朴，是法兰西民族天性之所在"，特别是伏尔泰式的警句、充满喜剧感和讽刺意味的叙事方式，确实比形象文学"更符合法兰西精神"。但是他"不相信十七、十八世纪文学严格的方法能够描绘现代社会"，在他看来，"现代文学引进戏剧成分、形象、图画、描写、对话，已经势在必行。……《吉尔·布拉斯》的形式已经令人生厌，事件和观念的堆积给人一种贫乏感"。

不过，司汤达的《巴马修道院》令他拍案叫绝，认为堪称当今观念文学的杰作。当时司汤达默默无闻，作品在书店里几乎无人问津。巴尔扎克热情洋溢地为这位素昧平生的同行撰写了长篇书评《贝尔先生研究》，盛赞《巴马修道院》"无与伦比的艺术魅力"，且将司汤达誉为"观念文学卓越的大师"。他对司汤达也有所批评，主要是风格较粗率，语言欠推敲，叙事略显凌乱，景物描写略嫌干涩，主要人物法布里斯的感情世界刻画得不够丰富、细腻……他建议司汤达将作品重新修改润色，"使之具备夏多布里昂先生和德·迈斯特先生所赋予他们作品的那种完美品格及无可挑剔的美感"。

司汤达得到巴尔扎克热情真挚的赞扬，自然深受感动，但他并不打算按巴尔扎克的意见修改自己的作品。作为启蒙时代哲学家们的忠实信徒，他对浪漫主义几乎持全盘否定的态度，尤其不能容忍浪漫派那种华丽、夸张的风格："我从来没能读完哪怕二十页夏多布里昂的作品，从一八〇二年

---

①　17 世纪法国古典主义戏剧和 18 世纪启蒙文学均以理性主义为最大特色，故巴尔扎克称之为观念文学。

就是这样。……德·迈斯特先生的作品我也读不下去。""卢梭、维勒曼或者桑夫人①的风格，在我看来是说了许多不必说的话，往往还是不真实的话。……至于词句的美丽、圆润、和谐，我经常认为是一种缺点。"②

巴尔扎克却钦慕夏多布里昂、雨果等文笔的优美，赞扬浪漫派"以诗意的语言，丰富的形象及与自然的亲密契合"丰富了法兰西文学，抵制了古典主义给法兰西语言带来的枯燥。虽说他对浪漫派文学的远离真实有尖锐的批评，对雨果的《艾那尼》甚至批评得十分严厉，可是他乐于在作品中吸纳浪漫主义的表现手法，包括作为浪漫派文学重要特色之一的自然景物描写，他也做得毫不逊色。巴尔扎克自幼对大自然有敏锐的感受力，加上画师般的艺术天赋，往往使笔下的山川之美像他的人物一样充满灵气与活力。可以说，巴尔扎克是以色彩绚丽的浪漫风格点染法国文学理性精神的第一人。

关于巴尔扎克对待浪漫主义的包容态度，乔治·桑有生动的记述：

> 巴尔扎克使我懂得，依靠多姿多彩的写作手法和丰富的想象力，人们完全可以摈弃主题的理想化，而致力于真实的描写，以及对社会、甚至人类本身的深刻批评。……他是这样对我说的："您寻求的是那种本该如此的人，可我寻求的却是原本如此的人。……我们两个都有道理，因为这两条道路通向同一个目标。我本人也非常喜欢那种非同寻常的人……我也要写一些这样的人，以烘托出那些凡夫俗子的面目。……我出神入化地描绘他们种种丑陋的思想或愚蠢的行径，让他们显得骇人听闻、滑稽可笑；而您是不会这样做的。您对那些令您讨厌的人和事根本不屑一顾，您这样做自有您的道理，在您那儿，美好的人和美好的事物更加理想化了……"③

巴尔扎克不但乐于吸纳浪漫主义的表现手法，而且有意识地从一切艺

---

① 卢梭（Rousseau, 1712–1778），生于日内瓦，法国浪漫派先驱；维勒曼（1790—1870），法国批评家，法兰西学院院士，当时的教育部长；桑夫人指乔治·桑。

② 司汤达读到发表在《巴黎杂志》上的《贝尔先生研究》后，写给巴尔扎克的信。

③ 见《乔治·桑自传》，王聿蔚译，上海译文出版社1987年版，第278—279页。

术形态中汲取营养：他像雕塑家一样研究和表现人的骨相、肌肉、神态和造型，像画家一样透视和处理远景、近景、线条、色彩和明暗对比；他写历史题材（如《舒昂党人》《卡特琳娜·德·梅迪契》等）时，叙事如史诗般波澜壮阔；他的大多数小说的结构犹如莎士比亚戏剧，有一号二号主人公，有场景，有矛盾冲突，有情节的高潮和结局，人物刻画有铺垫，有发展……

　　总之，巴尔扎克在追求艺术真实的同时，给艺术表现手法留下了广阔的发展空间，他的艺术不受任何传统或流派的束缚。在他的作品中，既有细致入微的精确描绘，也不乏浪漫的想象和奇特的构思，乃至荒诞或超现实的成分。他让同时代的两三千个人物活跃在《人间喜剧》的舞台上，同时也不排斥在某些场景中让幽灵出现，鬼魂托梦，撒旦施展威力。不过，无论采用何种艺术手法，巴尔扎克的创作始终扎根于现实生活的土壤，着眼于反映现实世界的真实面貌。他笔下的人物总是按生活的逻辑行动，而不是按作者的思想逻辑去行动。这一点，是他和雨果的根本区别之一。即使是《驴皮记》《改邪归正的梅莫特》《长寿药水》这种带有魔幻色彩的作品，人物和故事的发展也还是符合生活逻辑的。因此普列汉诺夫说巴尔扎克是"最深刻意义上的现实主义者"（《论西欧文学》）。

　　巴尔扎克在艺术上的博采众长，也可说是他本人思想气质的反映。巴尔扎克从来是两个截然不同的人物的矛盾统一体，在他身上既存在一个头脑清晰、思想深邃、能够洞察幽微的观察家，又存在一个激情满怀、想象力无比丰富，有时还难免异想天开的梦幻家。前者使他的作品达到无与伦比的深度；后者使他的作品具有绚丽多彩的面貌和强烈的艺术感染力。这种充满睿智的深刻观察和激情无限的丰富想象的奇妙结合，构成了巴尔扎克现实主义艺术独一无二的魅力。

<h1 style="text-align:center">五</h1>

　　和许多天才人物一样，巴尔扎克的视野涵盖了整个宇宙。从他的自传性小说《路易·朗贝尔》中可以看出，在其他男孩跑跳打闹的年龄，他已开始醉心于探讨宇宙和人的奥秘。他对一切事物都想穷其究竟，他想知道

宇宙从何而来？思维由何而生？世界是被创造的还是自然生成的？人的躯壳和意识是什么关系？精神能否独立于物质世界存在？他想了解世界是否一个有机的整体，想弄清天地万物之间是否有什么因果联系？在学习词语的时候，他探究词语如何产生，人类创造语言始于何时？如何从哲学上解释人的感觉向思维、思维向语言、语言向文字的过渡？他揣摩思想和意志的属性和作用，相信思想或意志力高度集中时会和声、光、电一样产生巨大的能量……在旺多姆学校，他和一个名叫巴舒·德·庞埃①的同学一起关禁闭的时候，曾经就这类问题展开讨论。他兴味盎然地阅读各类哲学著作，唯物论和斯威登堡②的通灵论对他具有同样强烈的吸引力。

巴尔扎克的大脑是个无所不包的多维化的广阔空间，填满了五花八门的学说和理论。在他的作品中，无数的真知灼见和奇谈怪论沓然并存，精辟的分析和荒唐的推理相互映衬。他相信世界的物质性，却又深受神秘主义唯灵论的吸引；他本质上是个无神论者，却热心地宣传宗教；他充分肯定资本主义生产方式和竞争机制对社会繁荣的促进作用，在政治上却倾向保王党……他的思想体现了现代科学与神学、唯物主义与唯心主义之间的矛盾冲突以及人们试图认识整个客观世界的艰苦努力。但不能否认，他芜杂的思想中闪烁着大量智慧的火花。莫洛亚甚至认为他的有些思想"走在了科学之前一个世纪"，例如关于"自然界是个有机的整体"，"宇宙万物的重要奥秘存在于无穷小的物质成分之中"，"人的内在生命力对肉体有重大影响"等见解，都已经或正在为科学所证实。

应当承认，肯定客观世界的物质性是巴尔扎克的认识论的基础，他的宇宙观就建立在世界的"统一性"、"物质性"和"可知性"的原理之上。按照他自己的描述，少年朗贝尔（或者他自己）"最初是通灵论者，但却身不由己地被引向承认思想的物质性。当他的心灵还以充满爱恋的心情注视斯威登堡天地中的云雾时，他就已经被事实的分析所击败了"（《路易·朗贝尔》）。他越来越相信"世界是个有机的统一体"，"天地万物都由一种单一的实体（或本原）嬗变而来"，"整个物质世界，包括声、光、电、热、磁性流体……都来自这一实体在不同条件下的不同组合和变化"（《路易·

---

① 即奥古斯特－伊莱尔·巴舒·德·庞埃，后来成为哲学家。

② 斯威登堡（Swedenborg, 1688－1772），瑞典科学家、哲学家和神学家，"通灵论"的创立者。

朗贝尔》）；他相信"物质具有无限的可分性"，"宇宙万物的重要奥秘就存
在于无穷小的物质成分之中"（《绝对之探求》）。既然物质世界是外在于主
观世界的客观存在，且不断按自身的规律运转，那么人们对外在世界的认
识便只能来源于直接的观察和感受，由此才有了他的"镜子"之说，由此
他才会提出作家在写书之前应"踏遍全球，体验过各种激情，接触过各种
风尚……"

尤其值得注意的是，他的思想中包含了许多辩证法，这一点曾经受到
马克思和恩格斯的充分肯定。他相信运动的永恒法则，相信"万物都处在
运动之中"，"如果上帝是永恒的，你可以相信他也永远在运动中，也许上
帝就是运动，这就是为什么运动像上帝一样不可解释，像他一样莫测高深，
无边无际，不可理解，无从捉摸……"（《驴皮记》）；他相信"万物相互联
系，相互转化"，相信人性的演变"受社会环境和生存条件的制约"。这种
观点，决定了他习惯于从事物的相互联系中去探明各种现象的因果关系，
在时代的发展变化之中去考察人类的共性与个性，普遍性与特殊性；也决
定了他对待任何事物都习惯于采取综合与分析、兼顾宏观与微观的思维方
式。"最高的和谐就在于局部和整体之间的关系"，"艺术家的使命是捕捉
住最不相干的事物之间的联系，就两件极平凡的事情结合在一起使之产生
神奇的效果"。[①] 他之所以能对现实关系获得深刻理解，之所以善于在典型
环境中塑造典型性格，首先是得益于他这种思想方法：他观察某个现象，
必然联想到与此相关的种种现象；他刻画一个人物，必定首先注意这个人
的生存环境，同时回顾他的过去，预测他的未来。更可贵的是，他不仅看
到环境对人的制约，还注意到环境的影响是通过人物自身的内因起作用的：
吕西安从外省来到巴黎，面前分明摆着两条不同的路：一条是德·阿泰兹
和他的小团体所代表的自强不息、苦学成才的道路；另一条是卢斯托所代
表的欺世盗名、急功好利的道路。前一条路艰苦、漫长，然而清白可靠；
后一条路肮脏、危险，然而表面看来是名利双收的捷径。吕西安尽管聪明、
有才华，但他自私、虚荣，野心很大而又意志薄弱，总想抄近路一步登天，
没有毅力在真学问上下功夫，也忍受不了长期清苦生活的煎熬，这就决定

---

① 巴尔扎克：《论艺术家》，《侧影》周刊（1830年3月11日），《巴尔扎克全集》中译本第27卷。

了他必然要脱离小团体而向卢斯托靠拢，从而逐步被巴黎社会改造成出卖灵魂的文痞……这样一来，内因与外因、主观与客观都得到了恰如其分的分析，人物形象的发展演变也就更加真实且有说服力了。

　　巴尔扎克的宇宙观一方面受到当时天文学、物理学探索的启发，另一方面和斯威登堡的自然哲学理论①也有不少相通之处。巴尔扎克像斯威登堡一样以物质运动的观点来理解宇宙的形成，对上帝创造世界的神话早已持怀疑态度。他在旺多姆学校听教理课的时候，曾经问布道师："如果一切来自上帝，为什么世上还有恶？"布道师认为他存心捣乱，关了他两天禁闭（《路易·朗贝尔》）。

　　不过巴尔扎克不相信物质决定论足以解释一切现象。他像斯威登堡一样，既是物质论者，又是精神论者。他认为人具有两重性，即屈服于自然法则的外在的人和支配着生命力的内在的人，尽管科学暂时还不能解释人的这种内在力量，可它的确像物质一样存在着。于是巴尔扎克设想："可能唯物论、唯灵论所阐述的是同一事物的不同侧面。"他倾向于相信"物质和精神是同一实体的两个方面，它们产生于同一实体，且能相互转化"，相信"思想、意志如同声、光、电、磁一样，也是一种流体物质……尽管没有形体，不可称量，却是一种强有力的存在，它派生于肉体又作用于肉体，且能转化为巨大的能量，能够最大限度地调动人体的潜能，活跃其内在的生

---

　　①　斯威登堡以其神秘主义的"通灵论"闻名于世，实际上他首先是一位渊博且有成就的科学家、哲学家。他是瑞典第一份自然科学杂志的创办者，发表过多种有关自然哲学、矿物学、物理学和天文学的论著。斯威登堡的自然哲学理论和笛卡尔一脉相承，他认为物质由无限可分的微粒组成，这些微粒处于永恒的运动之中；而地球行星系统则是从太阳物质团的运动过程中分离出来的。斯威登堡还对生理学和人体解剖学进行过认真研究，特别着重研究了血液和大脑。他提出人的灵魂（或曰思维、智慧）附着于大脑，其位置就在大脑皮层。斯威登堡在一切有机体的生命和精神生活中，都看到了受物质世界规律制约的运动，同时又在一切物质现象中发现了精神贬值的社会后果。因此他晚年投入巨大精力从事神学研究，重新诠释《圣经》，试图使客观存在的物质世界和神灵世界和谐统一。他提出"上帝的存在是不可描述的"，"上帝的本质是精神的太阳；它的温暖是爱，它的光明是智慧"。这种说法实际上回避了上帝的造物主地位，抛弃了"基督是上帝之子"和"三位一体"等基督教传统教义，而只把上帝归结为人们心灵的主宰。所以，尽管他是神学家，却一直被基督教教会视为异端。然而斯威登堡一直致力于维护人们的信仰，他的通灵论竭力让人们相信上天有一个光明的神灵世界，人只要一心向善就能从人变成天使，在精神上与上帝相通，且逐步向上飞升，一直到达永生的境界。

命力，使人类感官的作用超常发挥"。① 就这样，巴尔扎克在肯定世界的物质性的同时，又成为精神力量的信奉者，也许精神的能动作用才真正是他的哲学思想的核心②。他非但肯定"世界的物质性"，甚至肯定"思维的物质性"。正是从这一思想出发，激情（或情欲）在巴尔扎克的作品中占有一席特殊重要的位置。巴尔扎克认为"激情是创造之母"，"是人类一切行为的动力"。它既可以导致人作恶，也可引导人行善；它既能推动人们成就大的事业，也可能使人遭到灭顶之灾。巴尔扎克笔下的所有人物都是某种激情的奴隶，所有的故事都是某种激情的历险，他的"哲理研究"，中心内容便是对激情的研究。《驴皮记》中关于欲和能的思想，几乎贯穿了他的全部作品，所以有的研究者不无道理地指出，《驴皮记》一书是解读《人间喜剧》的钥匙。

巴尔扎克在《人间喜剧》中描写了各种类型的激情，而且任何激情发展到极端不是导致自我毁灭就是走向自己的反面：化学家克拉埃为探求大自然的本原——"绝对"——的奥秘而倾家荡产（《绝对之探求》）；哲学家路易·朗贝尔为寻求绝对真理陷于癫狂（《路易·朗贝尔》）；画家弗朗霍费、音乐家冈巴拉为追求艺术上的"绝对"而断送了自己的艺术（《玄妙的杰作》《冈巴拉》）；葛朗台爱钱成癖而终生受金钱奴役（《欧也妮·葛朗台》）；高老头为溺爱女儿几乎暴尸街头（《高老头》）；于洛男爵因贪恋女色而堕入万劫不复的深渊（《贝姨》）；出于物质欲望将灵魂出卖给魔鬼的梅莫特及其替身卡斯塔涅一旦享有了无限的权力和财富，便意识到了人世的空虚（《改邪归正的梅莫特》），等等。

不过，巴尔扎克对不同的激情显然有不同的评价。在刻画那些为科学、艺术的发展付出惨重代价的崇高激情时，作者没有用黑色的笔调，而是以更加动人心弦的描绘赞颂了"绝对"之探求者悲壮绚丽的一生。克拉埃为科学实验挥霍了祖上六代人积攒的巨大家产，损害了未成年子

---

① 见《路易·朗贝尔》。这种在当时看来十分新奇大胆的想法，有可能是受到旺多姆学校的教师狄赛涅的启发。狄赛涅先生虽是神职人员，却更像一位科学家，他曾写过多篇有关自然科学的论文，还从事过生理学研究。他曾提出一切不可称量的流体，如热、光、电、磁等，都是同一种名叫以太的流体元素受到不同动力作用而产生的物理现象，还打算写一部专著来论述情感与激情和肉体物质运动的关系。

② 18世纪的欧洲唯物论者往往把物质论与精神论完全对立，巴尔扎克意识到这种理论的缺陷，在《路易·朗贝尔》中提出了作用与反作用的论点，但还不能充分论证。

女的利益，几乎是害死妻子的凶手……从家庭的角度看，他自然是个坏丈夫、坏父亲；然而从人类的角度看，他为科学献身的精神确实伟大，尽管他最后没能完成他的研究，但却体现了一代英才为现代科学所作的努力，而且显然走在了科学之前一个世纪。他的研究远远超出了追求荣誉和财富的狭隘目的，许多重大发现（如人工合成钻石）都被他视为区区小事，他的目标比这高得多，他是以有限的生命去探索大自然无限的奥秘，甚至临咽气时，他的智力还没有停止活动，正在为没能留下他最后发现的公式遗憾不已。

巴尔扎克自己就是一个激情无限膨胀的"绝对"之探求者，而且早已意识到将付出怎样的代价。在《驴皮记》中，他用一张驴皮来象征人的欲望和生命的矛盾，尖锐地提出："为长寿而扼杀情欲，或甘愿做情欲的牺牲品而夭折，这就是我们的宿命。"巴尔扎克从自己的生活经历中感受到，人类为了谋求生存尚且需要耗费巨大的精力，如果想要追求某种大的快乐，满足某种强烈的欲望，则无疑要付出生命的代价。你要长寿吗？那就该清心寡欲，这样就能免除一切痛苦、忧愁，避开一切呕心沥血的搏斗和失败的烦恼，然而你的生活也就无所谓欢乐，无所谓幸福；你想快乐吗？那就以你的生命为代价去争取吧！于是他在《驴皮记》中写道："对于某些生不逢时的人来说，他们所需要的不是天堂就是地狱。"小说的主人公拉法埃尔·瓦朗坦，就是人类这种精神矛盾的化身。

巴尔扎克曾经告诉韩斯卡夫人，"在风俗研究里，写的是典型化了的个性，而在哲理研究中，则是写个性化了的典型"。瓦朗坦便是他笔下最引人注目的一个个性化的典型。从这个意义上讲，瓦朗坦甚至比拉斯蒂涅和吕西安具有更广泛的代表性。这是一个痛苦的、挣扎着的灵魂，他不幸身无分文而又不安于贫困。他曾经在治学和思考中耗尽心血，一心想凭才能取得财富和荣誉，然而这种努力几乎保证不了维持生命的最低需要；他继而接受拉斯蒂涅的指引，到上流社会去闯江山，指望娶一个有钱的贵妇，结果受到无情的嘲弄。他日夜受着欲望的煎熬，欲望因得不到满足而变得更加疯狂。他在失去一切希望后走上了自暴自弃的道路，想在纵欲中了此残生。这时瓦朗坦为了一天的快乐，哪怕以生命去换取也在所不惜。所以当古董商告诉他，这张嵌有灵符的驴皮可以满足他的一切愿望，只是每实现一个愿望，驴皮就会缩小一圈，意味着生命也随之缩短时，他毫不犹豫地将驴皮抓过来嚷道："我就喜欢过强烈的生活"。既然他已打算投身塞纳河，怎会惧怕以生命去换取欲望的满足呢！

古董商以自己长寿的秘诀去开导他，劝他以精神上的享受代替物质上的追求，从灵魂深处排除尘世的污垢，瓦朗坦丝毫不为之所动；古董商继而劝说："人类因他的两种本能而自行衰萎，这两种本能的作用汲干了他生命的源泉……那就是欲和能。欲焚烧我们，能毁灭我们，但是知却使我们软弱的机体永远处于宁静的境界。"然而被欲望所控制的人是听不进理智的规劝的。此刻的瓦朗坦，恰似那些把灵魂出卖给魔鬼的浪子，为了获得欲望的满足，不惜以寿命做交易。

但事实上，当瓦朗坦的第一个愿望得到满足，获得了一笔巨额遗产时，他所感受到的却不是快乐而是恐怖，因为他看见驴皮已经明显地缩小了一圈，意味着他的寿命也相应地缩短了若干。人们可以在不知不觉间挥霍自己的生命，丝毫意识不到死之将至；而瓦朗坦却清清楚楚看到了寿命的缩短。死亡的威胁使他对一切都失去了兴趣，"世界已属于他，他可以为所欲为了，但他却什么也不想要，他像在沙漠中的旅行者，还有一点水可以止渴，但他必须计算尚有多少口水，借以衡量他生命的长短……"他不敢再有欲望，不再寻求任何快乐，他只是努力过一种机械的、没有任何欲望的生活。他深居简出，把自己的全部生活需求都托付给仆人去考虑，甚至吃饭穿衣这种最简单的需求，他都竭力回避。他禁止仆人向他提出"您愿意么？""您想要么？"之类问题，这位《意志论》的作者[1]，就这样把自己的意志压缩到几乎等于零。他再也不能享受乐趣，只觉"人生的种种乐趣纷纷在我的死床周围嬉戏，好像美女般在我面前翩翩起舞，要是我召唤她们，我就会死去"[2]。这种死囚刑前所受的精神折磨，这种垂死病人才会体验到的临终痛苦，终于摧毁了他的健康，击溃了他的意志，把他变成了一具活尸。

瓦朗坦的形象，尖锐地提出了人的欲望和生命的矛盾，为了充分揭示这一矛盾的残酷性，作者还进一步告诫读者，你以生命为代价去争取的幸

① 小说中，瓦朗坦花三年时间完成了一部巨著《意志论》。

② 以上引号内文字均引自《驴皮记》，《巴尔扎克全集》中译本第20卷。

福和快乐，也许根本就是一种可望不可即的东西。小说中的波利娜和馥多拉，一个代表理想，一个代表现实。波利娜是一个虚幻的存在，是美的理想，她只存在于人们的想象之中；馥多拉却是现实的，每天都可以在剧院里、客厅中遇见，馥多拉就是社会，具有这个社会的一切特征：自私、冷酷、虚荣、装腔作势，她只知利益，毫无心肝。瓦朗坦在现实中追求，处处碰壁；他舍弃现实而追求理想，却不幸年轻夭折，幸福于他始终是坦塔罗斯身边的清泉和美果①。

《驴皮记》的结论是什么？是通过拉法埃尔·瓦朗坦的形象劝诫世人节制情欲、修养心灵，提倡一种清静无为的人生哲学吗？仿佛如此，其实不尽然。在这部小说中，真正让人产生深刻印象的，究竟是死亡的恐怖，还是那种行尸走肉式的生活的痛苦？也许不同的人会有不同的印象和判断，作者不打算代替读者作正面回答，他只是将矛盾摆出来，而且将它置于最尖锐的对立状态：要么为长寿扼杀情欲，要么成为情欲的牺牲品，这是生命运动的不可抗拒的规律。让每个人自己去选择自己的生活方式吧！

至于巴尔扎克自己，显然是有他自己的选择的。他明知满足欲望需要付出代价，却从来不曾放弃自己的欲望。他像那些纵欲者一样，不能忍受生活的河流缓慢地、死气沉沉地流逝，他要它像激流那样呼啸着向前奔腾，一泻无遗。他不知疲倦地在生活中搏斗，像一个疯狂的赌徒似的以生命为赌注。也许是一种命运的巧合，20 年后巴尔扎克的结局竟与瓦朗坦有惊人的类似。他毕生追求光荣和财富，还梦想和一位有头衔、有财产的贵妇结婚，就在他如愿以偿的时候，死神就召见了他。但巴尔扎克又和瓦朗坦有很大的不同，瓦朗坦慑于死亡的威胁，几乎不敢运用驴皮赋予他的权力，作者显然对此深感遗憾："权杖在儿童手里是玩具，在黎塞留手里是板斧，在拿破仑手中是使世界倾斜的杠杆……权力只是使伟大的人物更伟大。拉法埃尔本来可以无所不为，他却什么也不曾做。"巴尔扎克却是充分运用了生命赋予他的权力的，他的一生在高度浓缩的状态下度过，为了使生命之火增强光度，不惜加速它的燃烧。他在短短 20 年间，完成了《人间喜剧》这一人间奇迹，尽管为此付出了生命的代价，却真正实践了他自己那句名

---

① 坦塔罗斯，希腊神话中天神宙斯之子，因杀子飨神，被罚永世饥渴。他站在上有果树的水中，水深及下巴，口渴想喝水时，水即减退；腹饥想吃果子时，树枝即升高。此典故意谓"可望不可即"。

言："我们在多大程度上恪守对自己许下的诺言，就在多大程度上掌握了自己的命运。"

驴皮是什么？巴尔扎克通过古董商的嘴说得极明白："这件东西便是欲和能的结合，这里面包含着你们的社会观念，你们过分的欲望，你们的放纵行为，你们致人于死命的欢乐，你们使生活丰富的痛苦……"简言之，驴皮是社会生活的象征，是人类生命历程的缩影，甚至是某种不依人的意志为转移的运动规律的体现。所以，尽管小说中有这么一张神奇古怪的驴皮，但小说所反映的矛盾，所提出的问题，却是十分现实的。其实，小说中的驴皮，并不是什么不可或缺的东西。没有它，拉法埃尔·瓦朗坦的经历仍然可以构成一个完整的故事。他的奋斗、失败、纵欲，直至死亡，完全符合现实生活的逻辑；他在走投无路时忽然获得一笔巨额遗产，这并不一定需要什么灵符的帮助；他早年的艰辛和后来过度的纵欲使他未老先衰，过早地接受了死神的召唤，这也不算什么出人意料的结局。但是，有这张驴皮和没有这张驴皮，艺术效果大不一样。驴皮成了瓦朗坦的生命的物质表现，它把生活中某些不易察觉的现象，把人的欲望和生命间的有机联系，用非常具体的物质形态表现出来，它使作家从生活中抽象出来的哲理形象化，那么鲜明，那么直接，不能不产生一种震撼人心的力量。《驴皮记》一书，充分反映了巴尔扎克的人生观和价值观，恰如法国现代评论家加埃唐·皮贡所说："巴尔扎克不是别的，他是一个接一个的欲望，是向着未来的冲刺，这种与一切艰难险阻的较量既是无往不胜的，又是永无休止的。总之，他代表一种永远进取的精神。"[①]

巴尔扎克在自己身上最大限度地调动了精神的能量，同时也将自己的生命力注入了他所创造的人物，于是这些人物也都带有巴尔扎克的印记。他们个个都和他们的创造者一样充满激情和欲望，"上至豪门显贵，下至庶民百姓，无不比现实喜剧中的人物更渴求生活，在斗争中更活跃、机智，享乐中更贪婪，忍受苦难时更坚韧，奉献时也更为伟大崇高……"[②]。因此巴尔扎克笔下的人物色彩格外鲜明强烈，也格外富有艺术魅力。

有意思的是，这样一个欲望强烈、激情无限的人，在理论上倒是极力

---

① 转引自莫洛亚《巴尔扎克传》第 25 章。
② 引自波德莱尔《论泰奥菲尔·戈蒂耶》，《艺术家》1859 年 3 月 13 日。

主张遏制欲望的。正因为他估计到精神的巨大能量,也就更加意识到激情与欲望的负面作用给社会带来的影响:"每个人都有一股生命力,有的人用它干一番事业,有的人则用它犯罪",所以"激情固然是构成社会的因素,却也是摧毁社会的因素"。巴尔扎克把人世间一切悲剧归因于私欲的膨胀及人与人之间利益的对抗,由此产生了他的以宗教抑恶劝善、遏制人欲泛滥的思想。出于同样的考虑,他主张以集权政治来遏制不同社会集团之间的利益纷争。也就是说,他希望用宗教控制人们的思想,以强权来约束人们的行为。

六

巴尔扎克在《〈人间喜剧〉前言》中宣称自己在"宗教和王权"这两种"永恒真理"的照耀下从事写作,这种保守立场给他招来了不少责难。但宗教也好,王权也好,与其说是他的信仰,不如说是一种实用主义的主张。法国现代作家阿兰①说得好:"他虽然拥护王权和宗教,却对这两者都不相信。"他的传记作者莫洛亚也说:"从信仰的绝对意义上讲,他对两者都不相信,但他相信它们的实用价值。"②

事实上,巴尔扎克常有一些对宗教不敬的言论,对宗教偏见、宗教迷信和烦琐的宗教仪式更是嗤之以鼻。他曾告诉妹妹:"天主教教义是一套自欺欺人的谎言。"在《乡村医生》中,他通过医生贝纳西之口尖锐地指出:"一八一四年,我们的爱国主义已经寿终正寝了;而法兰西和整个欧洲却在宗教思想的驱使下,一百年内十二次扑向了亚洲。……如果人们是为了宗教而不停地厮杀,那准是上帝建造的这座大厦有不少缺陷。"

不能说巴尔扎克完全没有宗教信仰,只是这种信仰和虔诚的天主教徒很少有共同之处。早在旺多姆学校时期,巴尔扎克就意识到"宗教也许不是神的旨意,而是人的需要","各地的人民不都是在其发展初期创造出各种教义和偶像的吗?他们匍匐礼拜的神灵不正是他们的感情及需要的扩大

---

① 阿兰,即爱弥尔·夏基埃(Emile Chartier, 1868 – 1951),法国学者,随笔作家,著名的哲学教授。下文引自《和巴尔扎克在一起》。

② 莫洛亚:《巴尔扎克传》第30章。

化和拟人化吗?"(《路易·朗贝尔》)在他的遗稿中,有这样一段涉及宗教的言论:"宗教建筑在人类的一种与生俱来的感觉上,这种感觉的表现非常普遍,从未见过一个部落、部族、未开化的游牧民族,或处于自然状态的人是没有信仰的。这种感觉在最接近所谓洪荒时期那场灾难的民族中间尤为强烈,它设想人类曾经受到一种贬谪,一种惩罚,一场斗争结果的影响,对一位愤怒的至高无上的胜利者的不正确认识招致的斥逐。……同样,赎罪的观念几乎也是普遍存在的。人类这两个普遍的思想,就是基督教的基础。"

巴尔扎克就是这样对宗教持理解的态度,而且并不认为各种宗教之间有什么本质的区别。他心目中的上帝,几乎相当于物质世界的客观运动规律,他所倾心的,毋宁是斯威登堡、圣泰蕾丝[①]、费讷隆[②]等人的信仰,这些被冠以"神秘主义"称号的神学家追求的是心灵与上帝相通,反对形式主义的宗教仪式和宗教戒律。在当时,这些人是被教会视为异端和无神论者的。

但是,面对人欲横流的社会,除了宗教,还有什么手段能够约束恶的发展,阻止人类滑向堕落呢?在巴尔扎克看来,面对飞扬跋扈的邪恶,天主教毕竟建立了一套阻止人类滑向堕落的完整体系。"思想是善恶之本,只有宗教才能培植、驾驭和指导思想。……利欲在助长人类的不良倾向,惟有施行宗教教育,才是减少恶行、增加善举的有效办法"(《〈人间喜剧〉前言》)。巴尔扎克曾经坦言:"宗教是保证富人过太平日子的保守原则的中心环节"(《德·朗热公爵夫人》),可是为了维护社会秩序和遏制人类的不良倾向,宗教的作用无可替代:"要全民族都去研究康德是不可能的,对民众说来,信仰和习俗比研究和论证更有实际意义"[③]。这一思想,在短篇小说《无神论者望弥撒》中有着生动的体现。因此,巴尔扎克认定:"一个无神论的社会,很快就会发明出一种宗教来。"[④]

---

① 圣泰蕾丝(Sainte Thérèse, 1515－1582),西班牙修女,宗教改革家。
② 费讷隆(Fénelon, 1651－1715),神学家,作家,曾任法国康布雷省大主教,路易十四时代曾担任王储勃艮第公爵的教师。
③ 巴尔扎克:《德·朗热公爵夫人》,《巴尔扎克全集》中译本第 10 卷。
④ 巴尔扎克:《社会问题入门》(遗稿)。

　　出于以上考虑，巴尔扎克似乎不打算再深究上帝与物质世界的关系："不论是上帝与世界同在，还是上帝离开他的作品而存在，他是自在自为，还是与他的作品不可分割地成为一体，我们都能理解何以他的作品的一部分会变坏而受到惩罚，何以不是被除掉，而是被判令不断改过自新，……对于人或社会来说，背离这些观点是危险的。这些观点包含着社会的基本思想，即服从。"于是他得出结论："有关来生的教义不仅是一种安慰，而且是用于统治的一种工具。宗教不就是批准社会法则的惟一力量吗？……没有宗教，政府就不得不制造恐怖。""以前我把天主教视为一大堆被人巧妙利用的偏见和迷信……现在我承认了宗教在政治上的必要性和在道德上的用途。"（《乡村医生》）在《德·朗热公爵夫人》中，他通过人物之口更透彻地点明："宗教将永远是一种政治的需要。有头脑的民众，谁敢去统治他们呢？连拿破仑也不敢。所以他要迫害那些研究观念形态的学者……因此，还是让我们接受天主教和它的一切副作用吧。"于是，他写了许多动人的故事来捍卫天主教，虽说他自己并不祈祷，也不去教堂。

　　巴尔扎克不仅是宗教的捍卫者，也是君主制的捍卫者。他认为"天主教和王权是一对孪生的原则……一切有理性的作家都应当努力把法国引导到这两者所体现的必然方向"（《〈人间喜剧〉前言》）。波旁王朝覆灭以后，持这种不合潮流的政治观点对他显然没什么好处，但他从未考虑过改变自己的立场。1848年3月，他被提名为议员候选人，不识时务的作家居然在《立宪报》上发表《政治信仰声明》，公开对质询其政治主张的人表示不屑，并以嘲弄态度批评1789年以后法国政权的频繁更迭，主张建立一种持久的权威的统治。发表这种声明的行动本身，说明巴尔扎克根本无缘问鼎政治，尽管他写过许多精彩的政治杂文，很乐于对法国和欧洲的政治发表这样那样的高见。一个头脑中装着整个社会的人，怎么可能不考察和研究政治呢！

　　不过巴尔扎克显然不是以政治家的头脑，而是以社会学家的头脑判断政治。巴尔扎克对人类社会及其发展进程有他自己的见解。他用若夫华·圣伊莱尔和居维埃研究动物界的方法来研究人类社会，结果发现了无情的等级划分。他一针见血地指出："一个有组织的社会不过是大亨们对付穷人的保险契约。"① 他一方面对社会的不公、贫富的悬殊和竞争的残酷感受至深，慨叹"没有一个讽刺作家能写尽隐藏在金银珠宝底下的罪恶"；另一方面又在追求认识一切、解释说明一切的过程中找到了现实社会存在的理由。他看到人世的不完美，却以客观且理性的眼光来看待这种不完美，所以他"不像莫里哀，陷于忧郁；也不像卢梭，产生恨世之心"（雨果《巴尔扎克葬词》）。他仅仅批判这个社会，而无意于摧毁它。他不相信革命的暴力手段能使社会进步，认为法国大革命提出的各项目标其实是在拿破仑治下"通过逐步改良的措施实现的"。他坚信"除了渐进的改良，没有任何东西能改变人类社会的等级制度，小说家的任务就是揭露这个等级社会的面貌"。所以他的一切社会主张均以改良社会为出发点。他指出贫富的悬殊是造成社会不稳定的重要因素，因此他把发展工商农业、改善人民生活视为根本的治国之道，而且主张将净化灵魂的宗教教化工作与引导民众走勤劳致富道路的务实精神相结合，规劝富者扶贫，引导贫者自救。《乡村教士》《乡村医生》等作品，便集中反映了他这种社会改良思想。

出于上述理念，巴尔扎克将社会的稳定视为社会进步的前提条件，为此极为痛恨当时那个更迭频繁、内耗严重的代议制政府。他曾写过一篇俏皮文章《胸像商》，描写一个想要为不朽的伟人们制作半身塑像的胸像商，紧跟形势先后制作了一系列风云人物的塑像，转瞬之间又被取代他们的对立派砸得粉碎。可怜的胸像商就这样凄凄惨惨度过了砸了又塑，塑了又砸的一生。

巴尔扎克显然不认同资产阶级的议会民主，很可能也不理解民主政治的游戏规则有一个从不成熟到成熟的过程，更没有意识到民主政治的实质是不同社会集团之间包含着斗争的相互妥协。但他并非不知道君主专制的弊端，他在《贝姨》中曾谈道："任何权力若没有平衡它的力量，没有束缚，一意孤行，都会产生弊端，导致疯狂。独断专行必然滥用权力。"只是他认定，经历了1789年革命的法国，当时最需要的是稳定，而任何一种形式的集权政治都比争吵不休的代议制政府有利于法国社会的稳定发展。他认为不同利益集团之间的权力争夺，是造成社会秩序混乱、政权更迭频繁

---

① 巴尔扎克：《风雅生活论》，《巴尔扎克全集》中译本第24卷。

的根本原因，唯有建立强有力的君主制才能维持社会的稳定平衡——"权力是手段，大众的幸福是目的"，"王权不止是一种原则，它是一种需要"。① 和许多因不满现状而缅怀过去的人一样，小说家由于厌恶代议制政府的争吵不休和效率低下，而把君主制理想化了。

确切地说，巴尔扎克的政治主张本质上是一种精英统治的主张。他希望权力集中在聪明且有才干的国君手中，于是极力赞颂路易十四和拿破仑的强有力的统治，宣称拿破仑"代表了有史以来最完美、最集中、最专制、最严厉的权力……极其专横，却又极其公正"。可是他回避了这样一个历史事实：真正目光高远，既充满睿智又具有魄力与才干的明主极为罕见，而祸国殃民的专制暴君或昏君则不乏其人。

对作家巴尔扎克的政治思想如何评价，研究者可以有各种不同的看法，但有一点可以肯定：巴尔扎克主张君主制并不意味着他对波旁王朝情有独钟，更不意味着他希望历史倒退。他对法国大革命中的某些暴力行为的确持反对态度，却同时承认"如果一场革命已经发生在现实生活中和人们的思想上，那它便是无可争议的，应当把它当作既成事实接受下来，历史的演进是不可逆转的"（《一桩神秘案件》）。1830 年推翻复辟王朝的七月革命原未立即引起他的反感，可是七月革命以后，对现实的失望和不满却使他成为七月王朝的反对派。他为《猎鹰报》撰写的《巴黎信札》专栏，起初显得颇中正平和，尽管批评新政权，却还寄予希望。但他很快就从希望变为失望："现在是什么人在统治法国？是七月革命的胜利者吗？根本不是，是杂货商们窃取了胜利果实。"他的一个医生朋友告诉他，七月起义的伤员都是普通百姓。而资产阶级却把七月革命真正的参与者统统排斥在政权之外。于是他嘲讽地写道："喜剧刚刚开始，你可以遇到许多宣称自己在革命中受过伤的时髦人物，其实子弹只射到了他们仆人的衣服上……六百名英雄宣称是自己第一个冲进了卢浮宫。"② 可见巴尔扎克的正统派立场和对贵族社会的某种同情，在很大程度上是来自对资产阶级暴发户的憎恶和对见识浅短的市民阶级的不信任。他不相信一帮"唯利是图的家伙"能管

---

① 巴尔扎克：《社会问题入门》（遗稿）。

② 引自巴尔扎克《巴黎信札》（一），原载《猎鹰报》（1830 年 9 月 30 日），《巴尔扎克全集》中译本第 28 卷。

理好一个国家。

　　然而他对法国的保王党也不抱什么幻想，且经常毫不留情地讥笑他们的愚蠢和短见。他曾写信告诉韩斯卡夫人："敢于自称正统派是需要勇气的，这个党太卑鄙了……"以为巴尔扎克为讨好贵妇人而投入保王党怀抱的猜测是没有根据的。他在《幻灭》中这样描写德·阿泰兹："与其说这个青年属于保王党，不如说他属于君主原则。"这句话恰恰是说他自己。

七

　　总之，巴尔扎克主张君主制却对保王党人并无好感；他反对共和却在作品中歌颂为理想献身的共和党人。以建立欧洲联邦为理想的共和党人米歇尔·克雷斯蒂安①，在他笔下是"法兰西最高尚的一个人"，在 1832 年的六月起义中死在圣梅丽修道院。

　　热心研究和评说政治的巴尔扎克，在现实生活中一直与政党政治保持着距离，特别是不赞成文学创作受党派利益的辖制。从《幻灭》中可以看出他对文人充当党派斗争的工具是何等深恶痛绝。巴尔扎克将"真实地再现世界的本来面目"视为作家的天职，他尊重历史，尊重生活，哪怕生活的逻辑使他得出与自己的信念相反的结论。尽管他浪漫气质极浓，经常生活在幻觉世界里，然而当他研究社会、观察历史时，却能排除一切主观的感情因素，以科学家的客观态度研究种种社会现象的来龙去脉，剖析两大阶级力量对比发生转化的主客观原因。他正是在探究客观事物的内在联系及其运动规律的过程中，达到了对社会各阶级的本质及历史发展趋势的清晰认识。巴尔扎克无疑对随着资产阶级得势产生的种种丑恶现象十分不满，但他有足够清醒的头脑超越反感，充分意识到资产阶级给社会带来的活力与进步，且在作品中明确肯定资产阶级推动了工业化，"给地方带来了繁荣"，以致"君主政体的寿终正寝在百姓中引不起丝毫同情"（《老姑娘》）。

　　同样，尽管他动辄为那个正在衰亡的社会发出叹息，却毫不留情地在作品中把贵族阶级描写成"不配有更好命运的人"。巴尔扎克的卓越之处表

---

　　① 米歇尔·克雷斯蒂安，《幻灭》中小团体的成员，共和主义者。巴尔扎克最亲密的友人中，确有坚定的共和主义者，珠尔玛·卡罗就是一例。

现在，他不仅看到了资产阶级得势和贵族社会灭亡的历史必然性，还通过大量精心选择的细节和精心塑造的人物，深刻地论证了这一历史趋向正是这两大阶级自身的生存条件、生活方式和思维模式在实践中发展的必然结果。在《欧也妮·葛朗台》中，作者通过大量生动的细节刻画了葛朗台精明狡猾的聚财手段和种种吝啬的习惯，绝妙地阐释了资产者的经济实力为何能以令人难以置信的速度增长。在《古物陈列室》中，作者则通过大量具体的事实批判了贵族阶级遗老遗少根深蒂固的特权思想和贵族们游手好闲、养尊处优的生活方式，深刻地分析了贵族阶级为何经济上一蹶不振，政治上也越来越不得人心。请看他在《古物陈列室》中是如何刻画贵族子弟的：

年轻的维克蒂尼安生下来就在"古物陈列室"的一群遗老包围下生活，从他能够接受知识的时候起，人家就把贵族的优越感装进他的脑袋。在他看来，除了和他一样的贵族，其他统统都是"下人"，都应该在他面前毕恭毕敬，他则可以对这些人不屑一顾。在整个童年和少年时代，他的一切意愿从来没有得不到满足，从来没有人违抗他的意志。于是他被培养得"跟王子一样自私，跟中世纪最暴躁的红衣主教一样任性"。而他的肆无忌惮和胆大妄为，则被视为贵族的优点而受到赞赏。特别是一位旧王朝的风流骑士，把18世纪风流王孙们的一套行为准则——灌输进这个年轻人的头脑，让他把放荡、荒唐看成自己的天然权利。

自从维克蒂尼安年满十八在社交场上露面以后，就接连不断地惹麻烦：先是为打猎引起诉讼，多亏管家谢内尔花钱才把官司平息下去；接着是一系列被骑士称作"小小的风流韵事"的越轨行为，害得谢内尔不得不为一些年轻姑娘支付嫁妆；还有一些官司被称为"诱奸未成年女子"，司法对此判刑十分严厉，又是谢内尔及时出面打点，才没让年轻伯爵在法庭上现眼。由于伯爵总是能从麻烦里脱身，胆子便越来越大，他只道法院是吓唬麻雀的稻草人，却没意识到法院对他"无可奈何"是谢内尔以牺牲自己的产业为代价换来的。贵族阶级"唯我独尊"的宗教，促使年轻伯爵为所欲为。而这一切总能得到周围那群老古董的宽容谅解甚至欣赏。"伟大""崇高"的侯爵听到儿子行为不轨的风声时，只说了一句："年轻人到底是年轻人嘛！"谢内尔提到伯爵欠债时，骑士一边搓着鼻烟，一边以嘲弄的神情说：

"……既然法兰西可以欠债，为什么维克蒂尼安不能欠债？亲王们永远欠债，贵族们也永远欠债，现在如此，一向如此。"

"现在如此，一向如此。"这便是古物陈列室里的遗老遗少们的思想逻辑。按作者的看法，尽管王朝复辟，但贵族大势已去，"贵族在半个世纪内必须十分小心谨慎地运用他的权力，才能保住他的权力"。贵族在经济上既已失去优势，政治上就不能不和资产阶级达成妥协。可是古物陈列室里的老古董们始终保持古老姓氏带来的优越感，始终认为贵族子弟理当享有种种特权。他们对维克蒂尼安的教育，概括起来就是一句话："你是一个血统纯粹的卡罗勒，你家徽上的铭文是：这是属于我们的！……我们只在一个主人面前屈膝，那就是王上，还有天主，这就是你享有的最大特权。"凭了这句话，我们不难理解维克蒂尼安何以能心安理得地侵害旁人的利益，挥霍旁人的财产；也不难理解他到巴黎一年多，如何能花掉可供一个普通家庭生活一辈子的 10 万法郎，还欠下 20 万法郎的债务；也不难理解他为何有胆量伪造证券，诈骗 30 万法郎了。

其实，维克蒂尼安谈不上是贵族家庭的不肖子孙，他的不名誉行为仅仅是父辈思维模式的延伸而已。贵族们习惯于别人为他们做出牺牲，"正直可敬"的侯爵和"高贵善良"的阿尔芒德小姐也不例外。当侯爵听说儿子从他过去的仆人那里接受了 10 万法郎时，这位贵族圈子里的圣贤痛苦万分，他以国王训斥廷臣的口吻责备谢内尔："你好大胆，竟敢借钱给埃斯格里尼翁伯爵，你只配让我马上把钱还给你，从此以后不再见你……"但随即又吩咐老公证人和阿尔芒德小姐"安排"一下，让年轻伯爵"有一套合乎身份的行头"上巴黎。然后"作了一个亲切的告辞姿态，庄重地走出了客厅"。为此，谢内尔还由衷地"感激侯爵先生的一番好意"。善良的阿尔芒德小姐明知谢内尔已为维克蒂尼安奉献了自己的全部财产，而她去巴黎时，仍漫不经心地收下了谢内尔送来的最后一袋金币，而且根本没注意到自己收下了什么，"就仿佛她戴上了自己的白帽子和网眼手套一样"。

从这些细节，读者不难领略到，作者在这几位贵族头上堆砌的褒词，含有多么尖刻的讽刺。而另一方面，作者以大量贬词描绘的居心险恶的资产阶级杜·克鲁瓦谢，却义正词严地说出这样一番话：

　　谢内尔先生，事关法兰西，事关整个国家，事关全体人民。问题在于要教训你们这些贵族，叫你们知道还存在着司法、法律和市民。……市民阶级比得上贵族，能够和贵族匹敌！不能再让贵族为了一只野兔践踏十块麦田，不能再让贵族去引诱良家女子，给人们的家庭带来耻辱，不能让他们蔑视实际上和他们地位相等的人，他们嘲弄这些人已经有十年了，这事态不能不扩大起来，产生雪崩，这些雪块不能不滚下来，压死和埋葬贵族阶级的先生们。你们想恢复旧秩序，想撕毁记载着我们的权利的《宪章》这个社会公约……

　　擦亮人民的眼睛，难道这不是神圣的使命吗？当人民看见你们这些贵族像普通人一样走进重罪法庭去受审，他们会睁开眼睛，看清你们的德行……（《古物陈列室》）

　　这段有理有据的精彩演说，难道不是对贵族阶级最好的宣判吗？当作者写下这段掷地有声的讨伐贵族的檄文时，谁能说他不是和资产阶级同仇敌忾呢？

　　总之，恰如恩格斯所指出的，尽管巴尔扎克的伟大作品是"对上流社会必然崩溃的一曲无尽的挽歌"，但当他让那些贵族男女行动时，"他的嘲笑是空前尖刻的，他的讽刺是空前辛辣的。而他经常毫不掩饰地加以赞赏的人物，却正是他政治上的死对头"。[①]

　　曾经有一段时期，我国学术界热衷于讨论巴尔扎克的"反动"世界观和现实主义创作方法的矛盾。其实，笔者认为，这场讨论的前提设定相当荒谬。首先，"世界观"的原意本应涵盖对宇宙万物、社会、人类的总体认识，而不能片面地理解为政治观；其次，巴尔扎克的现实主义创作观也是其世界观的重要组成部分，而不单纯是个方法问题。何况对政治观也要具体分析，有保守观点的人不能笼统地称之为反动；主张君主制不等于反对资本主义生产方式的确立。二百多年的世界历史已经证明，资产阶级革命后的国家政体原本可有多种选择，暴力也不是革命的唯一手段。以是否主张共和、是否赞同暴力革命为依据，轻率地给作家们贴上"进步"、"保

　　①　恩格斯：《致玛·哈克奈斯》（1888 年 4 月），《马克思恩格斯选集》第 4 卷，第 463 页。

守"或"反动"等标签是极不科学的。

　　现实生活是复杂的，人的思想也是复杂的，作家毕竟不是政治家，他们的文学创作也不是政治行为。巴尔扎克是激进派也好，是保守派也好，他都不曾让政见左右他的创作；真正决定他的创作面貌的，是他对客观世界的总体认识和他的创作思想体系。如果说有些作家的作品不一定能全面反映作者的世界观，巴尔扎克的作品却真正是他的世界观的完整表现，他在作品中和盘托出自己对整个世界的全部见解，包括他那些自相矛盾之处。没有人比他的世界观和创作更加统一的了。上述"矛盾"一说之所以产生，原因大约在于把文学创作仅仅看成一种政治行为，以为作家理当以作品来宣传政见。因而无法理解一个"保王派作家"，何以能写出有悖其政治信念且深刻反映现实的作品。

八

　　巴尔扎克在小说史上的地位，今天已经无可怀疑了，而他生前却一直未能得到法国文学批评界的认同。尽管他写了那么多不同凡响的作品，有广泛的社会影响，可是以 19 世纪三四十年代法国权威批评家们的审美标准来衡量，却难登大雅之堂。一则他的文字累赘，拥塞的思想让人感到消化不良，独特古怪的遣词造句和强烈、夸张的形容语经常令人瞠目结舌。巴尔扎克的气质，如同罗丹为他塑的雕像，粗糙笨重，然而深邃、豪壮，具有震撼人心的气势和威力。他的作品仿佛由天才的巨斧劈砍而成，生气勃勃，出神入化，只是还没来得及细细打磨。这与其说他是不重视锤字炼句的功夫（巴尔扎克每部作品都要换七八次乃至上十次校样，每份校样都改得密密麻麻，几乎面目全非），毋宁说是由于他那过分充溢的思想令他的文字不堪重负。戈蒂耶①形容巴尔扎克的写作好似一场思想与形式的格斗，而且比雅各与天使的格斗②更加艰苦。为了尽可能完整地表达思想，他常常难以做到文字的清新洗练。这个缺点在外国读者眼里倒不十分严重，因为文

---

　　①　戈蒂耶（Gautier，1811－1872），法国浪漫派诗人、小说家，后成为唯美派代表。本段文字请参阅戈蒂耶的《巴尔扎克》，《当代人物画像》。

　　②　典出《旧约·创世纪》第 32 章。

字经过翻译，原文的优点固然难以尽传，缺点也可以显得不那么突出。而在他同时代的批评家看来，文学的首要条件是文字美，写不出美文的作家便是不入流的作家。

　　不过，文字不"美"还不是巴尔扎克受责难的主要原因，他最严重的"过错"是破坏了文学的"高雅情趣"。文学本当表现高尚的情感，他却描写庸俗丑陋的物质欲求。他把金钱说成"上帝"，他写缺钱的苦恼，发财的野心，夺遗产的手段……所以，在那些强调"高雅情趣"的批评家眼里，巴尔扎克是个格调不高、"庸俗"且缺乏道德观念的小说家。他们指摘他"对丑恶有特殊爱好"，嘲笑他作品中的账目和法律条款，挖苦他对农业生产和水利建设比对文学更有研究……圣伯夫①甚至刻薄地把巴尔扎克形容成"专治隐病的医生"，"经常从后门出入女商贩、指甲修剪师和小丑们的床笫之间"；《人间喜剧》宏伟的构思、丰富的画面和包罗万象的题材，在圣伯夫看来纯属"杂乱无章的大杂烩"；巴尔扎克让人物重复出现的手法，也被认为违背了审美要求。

　　总之，几乎巴尔扎克所有为后世所称道之处，当时都受到批评家的谴责。直到巴尔扎克去世，圣伯夫才在1850年9月2日的《月曜日谈话》中表示要捐弃前嫌，有保留地说了几句较公允的话，承认巴尔扎克"身处社会底层，在与苦难的挣扎中，以其天赋的锐利目光观察和洞察到人们内心的目标"，肯定他"善于从现实中吸取素材"，并"以惊人的速度取得了巨大成就"。但他仍然批评巴尔扎克的作品代表着一种"堕落的风格"，且坚持说乔治·桑是一位比巴尔扎克更伟大的作家。对此，莫洛亚俏皮地评论："我们希望——并且相信——这种说法会使乔治·桑感到不快。"②

　　圣伯夫是19世纪法国浪漫派很有名望的批评家，以具有精细的鉴赏力著称，但他所竭力赞扬的作家和作品大都已湮没无闻，他所不屑一顾的巴尔扎克和司汤达，声誉倒与日俱增。普鲁斯特③在他未完成的美学论著《驳圣伯夫》中尖锐地指出："圣伯夫规定文学批评的基本任务是识别当代真正

---

　　① 圣伯夫（Sainte‐Beuve，1804－1869），法国批评家、小说家，《月曜日谈话》文学批评专栏的作者。本段文字中的有关引文，引自圣伯夫的《我的毒剂》。

　　② 见莫洛亚《巴尔扎克传》"尾声"。

　　③ 普鲁斯特（Proust，1871－1922），法国名作家，《追忆逝水年华》的作者。

有才华的作家，他自己却永远看不见同时代那些确有独创性的天才。"出现以上这些现象并不奇怪，直到今天，是否所有的人都理解了巴尔扎克呢？似乎很难说。不理解或不想去理解历史和社会的人，理解巴尔扎克是有相当多困难的。

　　然而天才们却更善于识别天才。早在 1831 年，歌德读到了刚出版的《驴皮记》，立刻断定此书"出自一个具有高级智慧的人士之手"，一再称赞"这是一部用全新风格写出的绝妙作品"①。雨果、布朗宁②、别林斯基、陀思妥耶夫斯基，还有马克思和恩格斯，都是率先盛赞巴尔扎克的伟大天才的人。巴尔扎克去世后，参加葬礼的内政部长对雨果说："这是一位杰出的人。"雨果回答："这是一位天才。"不仅雨果，当时法国浪漫派最优秀的一些作家如拉马丁、乔治·桑、戈蒂耶等，稍后还有波德莱尔，都为巴尔扎克的天才所折服。即使他们还没来得及透彻地理解他，却已感受到了他的"伟大、丰富和新奇"。波德莱尔曾经惊呼："巴尔扎克，伟大，了不起，而且深不可测。他以奇特的方式反映出一种文明，还有它的全部斗争、全部抱负和全部疯狂……"③；在巴尔扎克那些最杰出的作品尚未问世时，乔治·桑就已经"被他那新颖而独特的创作手法所深深打动"，并把他视为"堪称表率的大师"（《乔治·桑自传》）；戈蒂耶曾断言，《人间喜剧》的作者刻画人物的特殊天赋，"无论过去或将来，都无人可与之比肩而立"（《巴尔扎克》）；福楼拜称赞巴尔扎克"是一个了不起的人，曾经透彻地了解他的时代"④；左拉曾谈到"小说领域出现了巴尔扎克，小说因而奠定了基础"（《论自然主义戏剧》）；甚至对文体十分苛求的法朗士⑤也承认："他是他那个时代社会洞察幽微的历史家，他比任何人都善于使我们更好地了解从旧制度向新制度的过渡。……从塑造形象和深度来说，没有人比得上巴尔扎克。"

　　法国理论界、批评界的态度从 19 世纪五六十年代开始也有了变化。扭

---

①　见《歌德年鉴》（1980）。

②　布朗宁（Browning，1812－1889），英国著名诗人。

③　波德莱尔：《论泰奥菲尔·戈蒂耶》，《艺术家》（1859 年 3 月 13 日）。

④　福楼拜：《致布耶书》（1850 年 11 月 14 日）。

⑤　法朗士（A. France，1844－1924），法国小说家、评论家，以下引文见《文学生活》。

转局面的带头人是著名学者和评论家泰纳,继而布尔热、法盖、布吕纳介等①批评家也都对巴尔扎克作了较公允的评价。布吕纳介坦率地承认:"……直到五十年来发掘出的种种文献、札记的内容,与大小说家的臆测或归纳不谋而合,大家才对巴尔扎克作品深刻的历史意义惊奇不已。"②

泰纳是将巴尔扎克和莎士比亚相提并论的第一人③,他的《巴尔扎克论》(1858)以生动的文笔评介了巴尔扎克的思想、性格和作品,肯定其对现代社会的深刻理解及其富有独创性的艺术,指出巴尔扎克是一位"独特的,以崭新的方法描写人的艺术家",赞扬他和莎士比亚一样建立了迄今人们见过的"最丰富的人性文献馆"。泰纳肯定巴尔扎克既是观察家,也是一位哲学家、思想家,"思想的丰富成就了他的伟大"。他针对以往批评界对巴尔扎克的贬责,从多方面为他辩护,包括为他的文体风格辩护。泰纳强调随着时代的发展,社会生活的内容和人们的情趣也有了很大改变,企图用某种固定的法则衡量一切作品是不合情理的。泰纳宣称巴尔扎克运用百科全书式的、带有强烈哲理性的奇异文笔自有他的道理,"他的写作习惯与现代人的生活习惯完全吻合,作家得到了读者的批准"④。

巴尔扎克的确得到了读者的批准。不管他有多少可挑剔之处,热爱他的人总微笑着把他的短处和长处一并接受下来。批评者说巴尔扎克缺乏教养,不够含蓄,拉马丁和乔治·桑说这是"孩子般的天真坦率";批评者说他用字怪僻,泰纳说"文字对作家而言不仅是个符号,也是对形象的召唤,不能因某些字义和语法家的字义不同就予以否定";人们责备巴尔扎克是保王派,可是雨果宣称"他事实上已不自知地加入了革命作家的行列"(《巴尔扎克葬词》),乔治·桑肯定"他的天性是非常激进的,因此他书中最优秀的人物都是些共和党人……"(《巴尔扎克》),左拉说"他不知道自己是

---

① 布尔热(Bourget,1852-1935),法国作家、批评家,以对文艺心理学的研究蜚声文坛;法盖(Faguet,1847-1916)、布吕纳介(1849-1906),均系法国学院派文艺批评家。

② 布吕纳介:《巴尔扎克小说的历史意义》,《文艺理论译丛》1957年第2期。

③ 在泰纳之前,法国作家巴尔贝·德·奥尔维利在《时尚》杂志(1850年8月24日)上撰文悼念巴尔扎克时,曾有类似的说法:"在莎士比亚之后,你往下找,很久才发现司各特;在拉伯雷之后,你发现莫里哀;莫里哀之后,你发现巴尔扎克。但再往下看,就后继无人了。……"但郑重研究巴尔扎克,正式将他与莎士比亚相提并论的仍首推泰纳。

④ 本段文字所概括的论点和引文均引自泰纳的《巴尔扎克论》。

个民主主义者，他花了毕生的精力为共和国、为未来的自由社会和自由信仰开辟道路"①。……这些说法也许证明不了什么，但足以证明巴尔扎克的艺术可以赢得何等宽容的热爱。普鲁斯特说得明白："人们了解他的怪僻，知道他的种种毛病，这一切人们也是喜欢的，因为这正是他的性格特征。"②法朗士幽默地说："他是神，你若责备他有时粗糙，他的信徒们会回答：创造一个世界不能过分精巧……"③

　　巴尔扎克赢得热爱的奥秘在于，他的确创造了一种让人耳目一新的、具有独特魅力的文学，这种文学从全新的视角提供了一种发人深省的观察，以前所未有的方式完整地再现了一个无比真实的社会。在法国乃至欧洲文学中，以往还不曾见过这种角度的观察，如此总揽一切而又入木三分地再现。所以波德莱尔说他是"在伟人这个词最有分量的意义上的伟人，他既是小说家又是学者，既是观察家又是创造者，他是通晓各种观念和事物发展规律的博物学家，是其方法值得我们研究的独一无二的创造者"（《评〈尚夫勒里短篇小说集〉》）。

　　19世纪是欧洲文坛群星灿烂的时代，涌现了一大批世界级的文学大师。他们在转轨时期社会动荡的冲击下，怀着对人类不幸命运的深切同情，对种种丑恶的社会现象进行了猛烈的批判。但唯有巴尔扎克是以人的物质欲求为切入点，以社会经济结构为中心来剖析整个社会机制及种种社会现象的内在联系。和所有关注社会问题的作家相比，他的观察研究更接近社会的根部。丹麦文学批评家勃兰兑斯曾引用雨果在《历代传说》中描写森林之神的两句诗来形容巴尔扎克：

　　　　他从根部来描绘一棵树，
　　　　描绘草木互相残杀的生死斗争。④

---

①　左拉：《巴尔扎克》，见法国《号召报》（1870年5月13日）。
②　普鲁斯特：《圣伯夫和巴尔扎克》（《驳圣伯夫》第11节）。
③　法朗士：《文学生活》。
④　转引自勃兰兑斯《十九世纪文学主流》第5分册《法国的浪漫派》第12章，李宗杰译，人民文学出版社1982年版。

有谁比他更清晰地洞察到人类社会的原始动力，有谁比他更透彻地揭示出人类社会无情的阶级划分和弱肉强食的运动法则，有谁对经济力量的消长和权力分配的关系有他那样敏锐的观察，有谁能像他那样准确地预见到分成小块出售给农民的土地最终将落入资产者手中，有谁在证券交易开始出现时就像他那样看出资本迅速集中的趋向？……历来文学家对社会的批判始终未能突破道德批判的范畴，巴尔扎克可以说是唯一的例外。狄更斯是英国平民阶层的痛苦和爱憎的伟大表现者，他以无限的同情描写了小生产者的贫困破产及底层人民遭受的苦难，但他却识不透现代社会的基本结构和人与人之间社会关系的本质，竟天真地将解救苦难的希望寄托在有钱人的善心和施舍上。陀思妥耶夫斯基是世所罕见的心理分析大师，他对人性内涵的挖掘达到无人可及的深度，但他更多地是用心理学家、道德家的眼光来考察社会生活中的丑恶现象，常常过分突出了对人性弱点和病态心理的研究，反而淡化了对社会的观察批判。托尔斯泰同样是一位伟大的现实主义作家，他的作品同样绘制了广阔的社会画面，成功地塑造了众多人物典型，深刻地反映了俄国社会向资本主义过渡时期的重重矛盾。他同样既是小说家，也是思想家，但他的哲理思考带有强烈的"自省"性质，追求道德上的自我完善是他的主要思想特征。托尔斯泰以对人类的全部爱心去探索社会的出路及人生的真谛，就人格的高尚伟大和道德感召力量而言，显然无可非议；但巴尔扎克那种深刻的睿智和清醒的历史感却是托尔斯泰所缺乏的：托尔斯泰把资本主义看成一个可以避免的错误，幻想以博爱和道德修身化解社会矛盾、抵御欧洲文明的入侵，引导人们建立一个安居乐业的宗法制小农社会。19 世纪的伟大作家们在艺术上都各有所长，巴尔扎克并未占尽一切优势，但他观察世界的方法是高人一筹的，对人类社会各种现实关系的理解也是最透彻的。无怪勃兰兑斯会说："他之所以被创造出来，仿佛就是为了预言和泄露社会和人类的奥秘。"[①]

巴尔扎克的思想体系及价值观和许多作家一样来自文艺复兴时期奠定的人本观念，他也和同时代的其他作家一样以人道为武器批判揭露资本原始积累时期的血腥暴行、人与人之间冷酷无情的现金交易关系、竞争的残

---

① 勃兰兑斯：《十九世纪文学主流》，第 5 分册《法国的浪漫派》第 12 章。

酷和金钱的败坏人心……只是他那历史学家和社会学家的头脑使他清楚地意识到当今社会人与人之间的生死搏斗并非博爱的丹方所能缓解，历史的发展受着更加物质的力量所制约。他甚至认为"施舍是一种高尚的错误"，因而较之同情、怜悯，他更热衷于表现人的力量、智慧和奋斗。这一点他和司汤达灵犀相通。他的作品中并非没有行善的人，可这种人不是乐善好施的大富翁，而是致力于推动地区经济改造或创办扶危济困事业的仁人志士。如《乡村医生》中的贝纳西、《乡村教士》中的博内神甫、《禁治产》中以小额贷款的方式帮助穷人创业的包比诺法官、《现代史拾遗》中从事扶危济困工程的拉尚特里夫人等。巴尔扎克从未期待恶人忏悔、赎罪，或因天良发现而自杀。他的作品中常常不是善战胜恶，而是恶人取得胜利；如果恶人有时受到惩罚，那往往是遇上了比他更强的对手。这种描写，是巴尔扎克被目为不道德的重要原因。其实巴尔扎克为人温厚善良，只是在他那里，现实不肯向人们的善良愿望让步，它总是以更普遍、更本质的面貌顽强地显现出来：包比诺法官公正执法，却较量不过整个腐败的司法机构（《禁治产》）；拉布丹锐意改革，最后却落个身败名裂（《公务员》），等等。这样的描写有点像是悲观主义，其实不然，以巴尔扎克那种高卢式的快活天性和进取精神，本质上是和悲观主义无缘的，无论现实多么令人失望，他的作品中总不乏正义追求者、自强不息者，这些人总在为实现某个抱负坚定地走自己的路，不肯与丑恶的社会同流合污。只是巴尔扎克始终坚持自己的现实主义创作原则，他宁愿描写令人寒心但却普遍存在的事实真相，而不愿让读者从假象中求得满足。所以，当雨果为因贫穷而犯盗窃罪的苦役犯鸣不平，为取缔死刑大声疾呼时，巴尔扎克却通过伏脱冷的嘴冷峻地道出："可是那些伪君子明白，法官把窃贼判罪是维持富人与穷人之间的壁垒，那壁垒是推翻不得的，否则社会就要解体；不比闹破产的商人，夺遗产的能手，为自肥而扼杀一家企业的银行家，不过把财产换了个地方罢了。"

巴尔扎克的出现使法国文坛产生了一个新星座，此后的小说家自觉或不自觉都会以他为坐标来寻找自己的位置。法盖尽管对巴尔扎克的文体有严厉的批评，却承认巴尔扎克"创立了现实主义，并使活跃了五十年之久的浪漫主义寿终正寝。……从此，抒情和想象的时期为观察的时期所替代"，而且"自蒙田、伏尔泰、卢梭以降，还没有一个法国作家在精神上和文学上的影响可与巴尔扎克相提并论"。[①]

福楼拜、左拉、莫泊桑、都德、龚古尔兄弟……可以说都是巴尔扎克所开创的现实主义的后继者，但又各有自己的特色和创造。福楼拜是在浪漫主义的熏陶之下成长起来的文学青年，雨果曾是他心中的偶像。而1857年他却以"外省风俗"为副标题发表了现实主义小说《包法利夫人》；左拉创作了包括20部长篇小说的《卢贡－马卡尔家族的自然史与社会史》，全面描绘了法国第二帝国和第三共和国时期广阔的社会生活。这两位大作家都想要发展和超越巴尔扎克的艺术，于是福楼拜创造了"客观性艺术"，左拉创立了"自然主义"理论。其共同点是与浪漫主义彻底决裂，从巴尔扎克式的现实主义中完全排除浪漫主义成分，使作品的真实性更加纯粹和彻底。

福楼拜小心翼翼地从作品中剔除自我，不流露感情，不插入议论，不让一字一句留下作者的观点或意图的痕迹。历来文学作品中，还不曾见过作者的意图隐藏得如福楼拜这般深的。他成功地实现了他的艺术突破，在文坛引起了强烈反响。加之福楼拜是一位精雕细刻的文体家，细腻讲究的文笔更使他那客观、冷漠的艺术风格给人以深刻印象。不过巴尔扎克作品那种饱含智慧和生命活力的强大感染力却是福楼拜所欠缺的。福楼拜常年蜗居庄园，过着有产者的安适生活。这保证了他有足够的精力追求艺术上的完美，却大大限制了他的视野和思维空间。福楼拜不是哲学家、思想家，他知道自己"对生活缺乏明确的、总体的概念"[②]，即使他采用巴尔扎克的方法，也写不出巴尔扎克式的作品。所以"客观性艺术"既是福楼拜的天才创造，也是他能够做出的唯一聪明选择。

左拉一心要继承和发展巴尔扎克的现实主义，但他创造的自然主义理论恰恰抛弃了使巴尔扎克的艺术熠熠生辉的一些最重要的东西。巴尔扎克的伟大智慧首先在于对社会进行了历史的、社会学的研究，左拉却混淆自然科学和人文科学的界限，踏入了"纯科学"的误区。他提倡以生物学的病理研究方法研究人类，试图以生理学、遗传学解释人类的社会行为，这

---

① 法盖：《巴尔扎克》第8章"巴尔扎克身后"。
② 福楼拜：《给乔治·桑的信》（1875年12月）。

就必然会模糊乃至歪曲社会问题的本质。所以恩格斯不无道理地认为巴尔扎克是"比过去、现在和未来的一切左拉都要伟大得多的现实主义大师"①。所幸左拉并未时刻牢记自己的理论，在他最优秀的一些作品中，病理研究常常让位于社会研究，生物学决定论不时让位给社会环境决定论，而左拉正直的品格和人道精神则引导他对社会的不公正和腐败作了无情的揭露和抨击。因此左拉仍不失为一位伟大的醒世作家和风俗史家。但他对现实主义艺术的"革新发展"却是失败的。生物学研究大大冲淡了作品的社会批判意义，"真实性"原则的极端化、绝对化则大大削弱了作品的艺术魅力。给巴尔扎克的作品增添了无穷魅力的丰富想象力，在他看来却有损于巴尔扎克的伟大。由于过分追求细节的精确而忽视想象在创作中的作用，他的许多描写都流于琐细、平庸，以致招来读者的厌倦。像《玄妙的杰作》中那位画家一样，他将某种艺术法则夸大和绝对化，结果走向了艺术的反面。将现实主义推向极端的自然主义浪潮，迎来的是它的另一极——象征主义的兴起。

　　一个半世纪过去了，巴尔扎克在法国小说领域仍然是一座难以逾越的高峰。小说家们既崇拜他又因他而苦恼。就像欧洲古典画派的大师们令他们身后的画家感到"绝望"而不得不另辟蹊径一样，许多小说家只好设法绕过他或彻底摆脱他。19世纪末到20世纪的非理性主义思潮泛滥的年代，倒是福楼拜那种使作者与作品拉开距离的做法，给非理性主义文学指点了一条出路，于是福楼拜在20世纪声名大振，被奉为现代派文学的先驱。20世纪五六十年代的新小说派是公开宣布与巴尔扎克决裂的创新者，从他们每一个人的论著中都可以看出巴尔扎克给他们带来的烦恼，他们于是干脆取消主题、情节、人物塑造、内心分析、情景描述及一切带感情色彩的语言，紧接其后的新新小说派甚至进而废除了标点和段落。这种勇气十足的探索确实产生了一批有新意的作品，但那本质上已是另一种文学形态，不是传统意义上的小说了。这类作品风行一时后又销声匿迹，只能留给文学史家们去研究评价。而法国《快报》于1978年11月公布的一份读书调查报告②却表明，即使是现代派艺术声势最壮的这个阶段，在最受读者喜爱的

---

① 恩格斯：《致玛·哈克奈斯》（1888年4月），《马克思恩格斯选集》第4卷，第462页。

② 见崔道怡编《"冰山"理论：对话与潜对话》，中国工人出版社1987年版，第466页。

作家中，巴尔扎克仍然位居榜首。

　　产生巴尔扎克的时代土壤已经不存在了，但巴尔扎克独特的艺术魅力却青春常在。他留下的这份遗产始终是人们取之不尽的文化宝藏。全世界的作家艺术家都从他的作品中摄取营养，且对他表示极高的敬意。普鲁斯特熟悉《人间喜剧》中的每一个细节，而且对圣伯夫的不公正表示了莫大的愤慨；莫里亚克[①]把巴尔扎克和托尔斯泰誉为欧洲小说的"两大顶峰"，认为20世纪法国每出一本好小说，"首要的一点在于它比较像巴尔扎克的作品"；高尔基将莎士比亚、巴尔扎克和托尔斯泰称作"人类为自己建立的三座纪念碑"；卢卡契[②]将巴尔扎克和莎士比亚、歌德并列为世界上"最伟大的作家"；巴尔扎克还曾对茨威格[③]产生深刻影响，茨威格不仅高度评价巴尔扎克的天才，也深深为他那种吞没全身心的创作激情所折服。

　　和现实社会一样，巴尔扎克虚构的这个人间大舞台也不是十全十美的。人们可以从中挑出种种缺陷或遗憾，可是无人不因这座大厦的宏伟壮观而深受震撼，特别是其艺术中所包含的洞观一切的大智慧，永远值得我们去深入挖掘和思考。即使其中某些东西今人已不完全认同，也能从中获得许多宝贵的启示。巴尔扎克对转型期的法国社会理解得那么透彻，以致所有处在转型阶段的社会都能从他的作品中看到自身的影像；巴尔扎克对人类本性挖掘得如此深入，以致他所写的人间故事经常在不同历史阶段，由不同国籍的人们重新搬演。他的传记作者莫洛亚说得真切："读完这全套著作，人们才会发现这个帝国的疆域如此辽阔，在这片疆土之上，智慧的太阳永不落。"[④]

---

① 　弗朗索瓦·莫里亚克（Mauriac，1885－1970），法国小说家，诺贝尔文学奖获得者。
② 　卢卡契（Lukác，1885－1971），匈牙利文艺理论家、美学家和哲学家。
③ 　茨威格（Zweig，1881－1942），奥地利小说家。
④ 　引自莫洛亚《巴尔扎克传》第29章。

第三章

左拉与巴黎

在过去近一百年的历史中，左拉一直以自然主义大师的形象存在于中国人的记忆之中。20世纪中国有关左拉的研究大多围绕着他的自然主义文艺思想、艺术表现手法以及他对资本主义制度的批判和对无产阶级的同情这些层面展开，而左拉对法国现代化和都市化的个人体验以及对都市本体的思考却被忽略。如果把社会历史批评中的"社会环境"具体化，就会看到左拉独特的个人体验以及他的文艺主张与法国的现代化、都市化进程，特别是巴黎有着密切的关系，他的个人生活和作品都表现出他对这一历史进程不同寻常的激烈反应，他的作品从人性的、日常生活的角度表现了都市化、现代化给人的心灵和精神世界造成的创伤性影响。他以一个独立知识分子的姿态揭示出那些被物质繁荣所遮蔽的痛苦体验、个人为现代化所付出的代价、人文知识分子所经历的种种思想危机和困惑以及价值重建的努力。

左拉（1840—1902）生于巴黎，葬于巴黎，在巴黎生活了大约43年，经历了法国工业化、都市化从起飞到完成的历史时期。在这个六边形国度里，古老的城市、港口在扩张、在转型，新兴的工业城镇在崛起，古都巴黎在大规模的扩建中变成了真正意义上的现代化大都市。到19世纪即将结束的时候，法国已经从一个农业国转变为以城镇为主的国家。左拉的作品大多与这一都市化及现代化进程直接相关，涵盖了这一历史阶段的一系列政治、社会、人性问题。本章把左拉放在法国现代化进程的语境中，从都市的角度探索他在巴黎的体验、对巴黎的想象及其作品对巴黎的再现，以此观照左拉对法国现代化、都市化进程的复杂态度。

一　巴黎体验

与 19 世纪的许多文学家一样，左拉也经历了法国城市化、现代化过程中由乡村到城市、由外省到巴黎的大移民时代，而他自己就是移民大军中的一员。1840 年，左拉出生于巴黎，后随父母移居外省城市埃克斯，在那里度过幸福的童年。这段先在的城市记忆成为他后来巴黎生活经验的对照，潜在地影响着他对巴黎的体验。1858 年，左拉以一个外乡人的身份来到巴黎，经历了求学、失业、与这个大都市进行孤军奋战的辛酸。他在巴黎前 10 年的生活体验对他个人性格气质的形成及创作都具有决定性的影响，他与巴黎那种永远无法弥合的疏离关系，决定了他与现实世界始终处于一种不能缓解的紧张与对立状态，造就了一种边缘者、流亡者的心态以及对一切既定原则的怀疑精神。

就社会地位、性格气质和个性特征而言，左拉都是一个典型的城市"游逛者"。他无疑属于本雅明笔下第二帝国时期巴黎文人的行列。然而，左拉的"游逛"与诗人波德莱尔的游逛有着根本的区别。如果说，12 世纪随着巴黎的复兴产生的"歌利亚德"和 19 世纪巴黎的产儿——波德莱尔，都具有浓厚的颓废主义、虚无主义色彩的话，那么，左拉身上则具有更浓厚的现代知识分子气质。前者只是文人，而左拉则是文人和知识分子的结合。浪漫者的愤世嫉俗、个性主义和超人意识，科学主义者对真理的执着追求，理性主义者的怀疑精神，以及现实主义者积极参与现实、关注弱者的人道主义关怀在左拉身上得到了最复杂的综合。正如勒戈夫所说："在理性背后有对正义的激情，在科学背后有对真理的渴求，在批判背后有对更美好事物的憧憬。"①

在任何社会，固定、安居都是一种常态，而与此相对的"游"则被视为反常和变态，是社会潜在的危险因素。"游逛"不仅是身体意义上的空间移动，更是一种生活境域和生存方式，它也体现了一种精神状态和人格特征，是对"游心"之超越意义的自觉追求。因此，"游逛者"不会附着于

---

①　雅克·勒戈夫：《中世纪的知识分子》，张弘译，卫茂平校，商务印书馆 1996 年版，第 30 页。

任何政治意义或精神意义上的"实体",他也永远不满足于已然获得的东西;他不固守于任何来自外部和个人体验获得的既定理念,也不能在任何既定的或已发现的定点驻足停留。不断探询世界、人性和自我的真实,灵魂永不安宁,精神的探索永不停息,他处在"浮士德式"的永恒的焦虑和不安中。因此,在这个意义上说,居无定所的游荡生活恰恰与他们的精神追求相一致。因此,游逛者注定了是终生的漂泊者、永远的边缘人,在心理上永远不属于他身处的世界。即使身体在某一个物理空间定居下来,或者被固定在一个特定的群体内,但他仍然是一个"潜在的流浪者"。他不属于任何阶层、任何党派,这决定了他的超然、客观和公正。正如西美尔所说,"边缘者""在群体内的地位是被这样一个事实所决定的:他从一开始就不属于这个群体,他将一些不可能从群体本身滋生的质素引进了这个群体"。"他在实际上与理论上都更自由,他较少偏见地看待各种情况,他看待别人的标准是比较普遍的和客观的,在他的行为中,没有习惯、忠诚、先例的约束。"① 西美尔把这种客观性界定为"自由"。在左拉的生活方式、文学观念以及他与巴黎、与世界的关系上,都体现了"游逛"的这种象征意义。左拉身处国家现代化的历史巨变时期,但他看到的不是文明的进步而是人性的退化和堕落,不是现代化的成就而是它的恶果。当人们在赞美一个辉煌灿烂的巴黎时,左拉却描绘了这个都市那些破烂阴暗的角落。他憎恶第二帝国,把它看作是对自由的背叛和出卖,专制是他最大的敌人,但对于民主他又抱有某种怀疑态度。他憎恶资产阶级但也不喜欢无产阶级,丝毫不放过他所同情的弱者身上的缺陷和劣根性。他是最早关心工人和底层命运的作家,因此被视为无产阶级的代言人。但他既不是一个民粹主义者,更不喜欢人们强加于他的社会主义者的标签;他既批评巴黎公社成员的破坏、毁灭行为,也抨击凡尔赛分子屠杀公社成员的残酷。他不从属于任何党派和阶级,好在他也没有被时事逼迫必须做出一边倒的选择,他只是从人道主义和正义的立场,以他认为真理的原则为前提,对法国的政治和社会事件做出他个人的判断和评价。他被看作是最坚定的科学主义者和理性主义者,但他又表现出对科学、理性的巨大怀疑。他所有的作品都渗

① 齐奥尔格·西美尔:《时尚的哲学》,费勇等译,文化艺术出版社2001年版,第110—112页。

透着对整个时代主流意识的批判。他的作品涉及从上层政客、教会、资本家、中产阶级、小市民到工人、流浪汉、乞丐、妓女等社会各阶层,但从教会到政府,从上流社会到底层,无不成为他批判讽刺的对象。因此,他成了世界的敌人和对手,与世界孤军奋战。他终生都是一个孤独者,在一个政客、暴发户占主导地位的时代,他始终固守着自己作为作家的身份,把自己看作社会的边缘者,超然地注视着这个动荡不居的世界。用布吕奈尔的话说:左拉个人和时代的一切努力"都仿佛为了产生一个新的被社会排斥的诗人"。① 而要全面理解左拉这种与世界的疏离关系,超越于一切党派、阶层,不盲目趋同于主流意识形态的独立和自由精神,以及他对人性、对世界的认识与其独特的文学表述方式,就必须回到他早年的巴黎经验中去探寻。

　　从 1858 年到 1868 年的 10 年间,正是左拉心理走向成熟和人生观确定的时期,但这 10 年却是居无定所流浪的 10 年。左拉共搬了 13 次家,有时一年搬两次,最短的居住时间仅两个月,有时因欠房租被赶出住所。他曾经历过物质生活的极度贫困和精神上的深刻危机。左拉在后来的回忆中说:"那时,我显得可怜,那样灰溜溜,以致连挡道的孩子都不愿闪开让我过去……我垮了,甚至于要寸步难行,想到前途,看见的只是黑暗,没有财产、没有职业,有的只是灰心失望,我没有可依靠的人,没有女人,没有朋友接近我,到处遭遇到的都是冷淡和轻视……我怀疑一切,首先是怀疑我自己。……我不知道我将到何处去。我每走一步都觉得害怕,因为我知道我经历的道路,是到处布满了深渊的。"② 左拉把他在巴黎的前 10 年称为游逛的青年时期。他在繁华的巴黎,腹中空空,穷得叮当响,天天在街道上无休止地踯躅闲逛,穿过整个巴黎,足迹遍布巴黎的大街小巷,无数的广场、菜场、商店和公园,从塞纳河左岸到右岸,从圣母院到卢森堡公园。很难想象一个认真、严肃、充满激越情感和执着精神的左拉曾是这样一副形象:在大街上东张西望,沉湎在思绪中,想象丰富活跃,孤独、有点病态的易怒和多愁善感。正如传记作家儒弗内尔所描绘的那样,左拉"走过

---

　　① 皮埃尔·布吕奈尔等著:《19 世纪法国文学史》,郑克鲁等译,上海人民出版社 1997 年版,第 237 页。

　　② 转引自金满成《左拉》,黑龙江人民出版社 1983 年版,第 26 页。

圣殿路，穿过斯德岛，沿着塞纳河，迈着从前那种边走边嗅寻找富人家厨房的流浪儿的脚步，懒懒地走回家，回到母亲的住处。途中在新市场的售货木棚前走走停停，冲着成堆的颜色鲜艳的肉食眨巴眼睛"。① 他看着菜市场堆积如山的贝壳动物，滴着鲜血、令人毛骨悚然的肉旁边巴黎人蜡黄的脸，注视着那不知名的人群、裹着破布的乞丐和神秘的女人、喝得醉醺醺的妓女，嗅着充满浓重蔬菜气味、带着煤粉的巴黎空气，听着男人们大喊大叫的声音、车轴的嘎吱声和人群的喧闹声、教堂的钟声……他总是在街上一边走一边思考，观察着、聆听着巴黎，与陌生的男人和女人相遇或相撞。没钱进咖啡馆的时候，他就没完没了地站在大冷天里沃利大街的连拱廊下闲聊。夜晚两点、凌晨六点的巴黎大街上，人们还可以看到他的影子。而所有他在巴黎的大街上看到的一切日后都变成了他小说中的画面、成为人物活动的场景。他在游逛中捡拾来的所有的东西、看到的一切，都成为他日后创作的灵感源泉，为他提供了无穷无尽的素材。正如左拉所说，在那间幽静的梅塘乡间别墅，他"回想起游荡在巴黎街头的青年时代的十年，在那十年中遇见的形形色色的人物形象一古脑儿从记忆中重新浮现出来"，"所熟悉的那些往事往往是一种奇特的素材，它们比现在发生的事更迫切地喊叫他落笔成文"。② 1868 年以后，左拉不再频繁地搬家，但 1868—1878 年搬家至少 4 次，直到 1878 年因《小酒店》成功而买下郊区梅塘别墅开始有了固定的居所，可以说，他在巴黎的前 20 年一直处于流动之中。但早年为生活所迫不得已的流浪后来就变成了一种习惯。他必须到大街上去寻找创作的灵感，到大街上去观察、记录、跟踪他要表现的人物，不论是卖菜的、酗酒的、洗衣妇还是妓女，他记下所看到的一切，甚至在大街上完成小说的构思。他为了创作《娜娜》，便到大街上，躲在一个幽黑的角落里，全神贯注地观察一群群女人"是如何放慢脚步的，又是怎样让裙子的尾摆庄严地扫着地上的果皮纸屑的，怎样向对坐在咖啡馆里的小伙子暗送秋波"。③ 注重观察，相信自己的所见所闻，成为一种思维习惯。他自己所看到的、所体验的一切成为审视其他文学作品是否真实的标准。他否定一切

---

① 贝特朗·德·儒弗内尔：《左拉传》，裴荣庆译，天津人民出版社 1988 年版，第 10 页。

② 同上书，第 152 页。

③ 同上书，第 157 页。

对现实的粉饰之作，痛恨虚假。因此，在这个意义上说，他注重实地考察、追求真实的科学态度和现实主义文学观与他早年的生活方式密切相关。他像一个"实验员"一样，把他要表现的人物作为实验对象，做仔细的观察，像一个实证主义的科学家一样到现场寻找证据和材料。他把自己形容为"一个警务人员"，"暗地里追踪他的人物"。① 他不停地奔走，收集工厂、车站、实验室、战场、矿井、小酒店和教堂的种种材料并记下它们的画面。在小说的叙述中，左拉通过在大街上行走的观察家为线索表现巴黎的景象和社会，这甚至成为他小说常用的基本框架。大街是他的主人公们活动的场所，他们总是走在街道上，那些游走的人们的观察和思绪甚至影响着小说叙述的节奏。当他们停下脚步静心听、看、思索的时候，正是小说情节停止的时候，景物描写穿插了进来，如果人物驻足过长，景物描写也更冗长；当他们开始行走的时候，景物也便开始活动。小说中人物的个性和心理也常常是在与大街的相互对话和理解中变得清晰起来，而游逛的诗人和画家也成为他小说的主角或配角。他正是通过人物与大街的对话、人物对城市的反映和感情，塑造人物形象和城市形象的。

左拉早年在巴黎的生活经验不仅为他提供了无尽的创作源泉，影响了他小说的叙述方式，而且也影响了他对人性和社会的认识。巴黎大街上那些琳琅满目的橱窗、那些滴着鲜血的动物、散发着臭气的菜市场以及乞丐、妓女，等等，使他联想到人的欲望——食欲、性欲、对财富无穷无尽的攫取欲望和贫苦困乏者对活命之物的渴望。作为一个作家，左拉的理想是："写一本书，一个象巨大的挪亚方舟般的巨著：所有的人、所有的物，一切都讲到、一切都看到、一切都知道。"② 然而，左拉看到的更多的是巴黎这个"世界中心"的邪恶和阴暗面。综观他的全部创作，除了少有的一些作品，大部分的基调是非常阴暗的。"辉煌的巴黎""宏伟的巴黎"通过他的再创造几乎变成了一个地狱般邪恶、淫荡、梦魇的世界，一个破烂的世界，那正是他所探知到的"巴黎的秘密"。因此，有人把他比作"文学上掏阴沟

---

① 金满成：《左拉》，第63页。
② 同上书，第122页。

的人"，"清扫粪坑的人"，"把他的作品比作粪池"。① 左拉是典型的"拾垃圾者"，他在大街上走走停停，捡拾城市的"垃圾"——这文明的最后产品——社会的渣滓、黑暗和恶德败行，并将它们仔细地加以分类、研究，揭露其丑恶，剖析人的生活状况和精神世界，并从中形成了他具有悲观主义色彩的人性观。在他看来，在这个被欲望控制的时代，人类已经退化到了野蛮的动物状态，原始的本能和野蛮的兽性得到了极大的释放，欲的放纵如同原罪一样一代代遗传下去，而人本身又是多么懦弱，他们无法摆脱欲望的掌控，在欲望的孽海里灵魂备受煎熬。左拉在《卢贡—马卡尔家族》小说的构思札记中说："第二帝国激起了人们的贪欲与野心的大放纵。渴望享乐，而且享乐使得精神与肉体都疲惫不堪。对于肉体来说，是商业的大繁荣，投机倒把的狂热，对于精神来说，是思想的高度紧张与近乎疯狂的行为，疲劳过度，然后是坠毁，这个家族就会象某种物质自行毁灭那样燃烧殆尽，不出一代人，他就会因为生活得过度而完蛋。"② 而他也正是把这个家族的命运当作一个时代整个人类的状况来表现的。在经济发展、物质繁荣的背后是极度的精神空虚和人性的毁灭，而巴黎则为人原始动物性的满足提供了存在的土壤，它激发人的欲望、引出人的罪恶并容纳罪恶。迷宫般的巴黎吸引着帝国各个角落里的人来到这里完成欲望的冒险历程，不论是他们服从巴黎的法则沉湎欲海，抑或保持个体的独立与主流价值对抗，最后都难逃被吞灭的命运。

二 巴黎:这座迷宫

在左拉的想象世界里，巴黎是一个危险的、不适宜于人生存和居住的地方。巴黎的这种危险性，一方面是通过与人的生存密切关联的空间和生态环境的恶化来表现的。恶劣的环境是人非人处境的象征。物理环境影响着人的生活，物质生活的极度缺乏，恶劣的居住条件，使一切性别、一切年龄的人都成堆共处，人变得蠢头蠢脑、张牙舞爪。由于物质环境的恶化，

---

① 分别参见左拉《〈黛莱丝·拉甘〉序言》以及莫泊桑《爱弥尔·左拉研究》，见柳鸣九主编《自然主义》，中国社会科学出版社1988年版，第462、526页。
② 柳鸣九主编:《自然主义》，第514—516页。

人退化到了动物境地，懒惰、无生气、生活无意义。① 另一方面，左拉通过迷宫意象，表现了个体与城市之间的疏异关系，大都市对人的诱惑以及个人在其中的迷失、焦虑以及最终被毁灭的命运，反映了大众社会对个体存在的威胁。

在西方文学中，"迷宫"意象最早出现在古希腊神话中，"通常指克里特岛诺撒斯古城的米诺斯王宫，传说系神工巧匠戴达鲁斯为米诺斯王所建"，"用以比喻不掌握线索便无法解释的某种复杂事物或布局"。② 温狄·B. 法里斯（Wendy B. Faris）指出："从古至今的城市写作中，迷宫一直是被作家设计的一个意象和结构形式。探索迷宫形成了迷宫式的思想活动和行动轨迹，形成了迷宫式的文本。无数狭窄的通道，找不到出口的迷宫，完全是作者的构造。……迷宫作为城市形象表明城市潜伏着众多问题。因此，迷宫被看作是一种警告：世俗的城市是危险的。"③ 迷宫蕴藏着宝藏，象征着欲望、诱惑、冒险、混乱和危机，迷宫中的人除了顺着被指定的路线，其命运便是死路一条。靠着个人的力量，没有神助永远走不出去。在19 世纪的欧洲小说中，范围不断扩大和内部结构越来越复杂的城市超出了人的生理、心理和知识范围，城市变成了迷宫一样的神秘存在，吸引着小说家探索城市之谜。正如马克斯威尔·里查德（Maxwell Richard）所说，出现了一种"探密的狂热"，欧仁·苏的《巴黎的秘密》（1842—1843）、G. M. 雷诺德的《伦敦的秘密》（1844—1848）成为风靡一时的"都市探秘小说"。这些小说"表现了人类神秘的创造物——现代城市——与迷失方向的居民之间的关系"。④ 在小说中，叙述者及人物都以探密者的形象出现。迷宫的意象也常常出现在雨果、狄更斯等作家的小说中。

在左拉以巴黎为主题的小说中，迷宫意象作为城市的一种象征形式，同样用以表现都市对人的诱惑以及个人在其中的迷失和深刻的焦虑感。都市激起人的无限欲望，诱惑着人进入其中，但不论是顺应它的原则，还是

---

① 参见拙文《左拉小说中的巴黎空间与神态表现》，《外国文学评论》2003 年第 4 期。

② 靳文翰等主编：《世界历史词典》，上海辞书出版社 1985 年版，第 506 页。

③ Wendy B. Faris, "The Labyrinth as Sign", Mary Ann Caws, ed., *City Images : Perspectives from Literature, Philosophy and Film*, S. A. : Gordon and Breach Science Publishers, 1991, p. 33.

④ Maxwell Richard: *The Mysteries of Paris and London*, The University Press of Virginia, 1992, p. 1.

特立独行对抗其秩序，最后的结局都是被吞噬、被毁灭。迷宫意象在左拉的小说中不仅以纯粹物理空间的形式而且以象征的形式展现。在具体的叙述中，左拉特别注重具体物理空间的选择，并将空间与某些特定人群的生活方式密切结合起来：一方面通过纵横交错的街道和沿街的各种建筑物——教堂、交易所、百货大楼、饭店、妓院、旅馆、剧院、酒店、咖啡馆、厂房、居室等——的展现，构成人物生存的大背景；另一方面，每一部小说又以一个主导性的空间为中心，如《妇女乐园》中的大百货商店、《小酒店》中的酒馆、《金钱》中的交易所、《巴黎的肚子》中的中央菜市场，等等，所有这些地方都成为欲望展示的场所，引诱人堕落并最终被毁灭。

在《巴黎的肚子》中，他选择了有名的巴黎中央菜市场作为小说的中心场景。菜市场本身是巴黎的一个重要"节点"[1]，它是在十字路口的广场上兴起的现代产物，具有节点的一切特征，是一个道路交汇点和巴黎中产阶级市民的汇聚点。它的功能是为整个巴黎提供肉食蔬菜，因此，它联结着乡村与城市，同时也把城市中的各个阶层联系了起来。在小说中，它也具有十字路口的特殊含义。在文学中，十字路口，常常是故事发生的地点，古希腊神话中的俄狄浦斯就是在十字路口与他的生父相遇并杀死了父亲。十字路口作为城市的节点，是人们汇聚相遇的地方，又是形成广场的地方，同时作为不同方向的道路交叉口，也常常是做出选择的地方，因此伴随着迷惑感。正如斯狄文·温斯伯（Steven Winspur）所说："十字路口预示一种选择或新的方向。十字路口的交叉点不是偶然的，是两种方向的相遇。十字街的一边是一个世界，另一边也许是另一个世界。十字路口常常标志着两个不同世界的相遇，但永远不可能走到一起。"[2]《巴黎的肚子》是以主人公弗洛朗从遥远的地方在夜间进入巴黎为开端的，他不是普通意义上的移民。他曾卷入巴黎公社起义，在街垒战中被警察误抓，关进远离巴黎的监狱，现在从监狱中逃出来，是政府通缉的逃犯，来到巴黎寻找他的哥哥，在巴黎寻求避难所。弗洛朗在夜里搭乘运蔬菜的马车进城，小说开始

---

① 凯文·林奇：《城市意象》，方益萍、何晓军译，华夏出版社 2001 年版，第 36 页。

② Steven Winspur："On City Streets and Narrative Logic"，see Mary Ann Caws, ed., *City Images*：*Perspectives From Literature*, *Philosophy and Film*, p. 60.

从他的视角由远而近对巴黎及菜市场进行了细致入微的描写：幽暗的城市，平坦而灰色的大道上树影摇曳，大路交叉的街道上阴暗而冷僻。弗洛朗置身于这个菜的海洋中，感到窒息、恶心，不知自己身处何处而生气、焦虑。中央菜市场庞大、坚固，"是巨大的几何型物体的聚集，象是一部新式的庞大无比的机器，某种蒸汽机，象是全体居民用来消化的大锅炉，它有巨大无比的金属肚子，它是用木料、玻璃和铸铁制成"。①弗洛朗在这里被淹没在车、人、菜的洪流和海洋中，眼花缭乱，仿佛受到灭顶的威胁，被巨大的食欲带来的难以容忍的痛苦折磨着，从内心深处升起一种隐隐约约的恐惧。他想尽快离开，但这里的十字路口有三条街，他不知道走哪条街，这让他恐惧不安。在这一带他总是走错路，迷失方向："（他）无法从这个地狱似的菜蔬圈里挣脱出来，他围着它转圈子，绿色的纤维缠住了他的双腿，他无计可施，又回到中央菜市场，被人潮带回来，每走一步，脚都被绊住。他茫然失措，伫立不前，听任一些人把他推来搡去，另一些人对他破口大骂，在海潮似的滚滚人流中，他简直成了一件挨打的被人踢来踢去的东西。"②小说开端，菜市场作为欲望、迷宫的象征，主人公在其中的迷路、走不出来和厌恶、恐惧、危险、不安全感等都暗示了他与菜市场所代表的市民社会的关系，为以后的叙述埋下了伏笔，也与小说的情节发展和主题和谐一致：表现瘦子与胖子的不和谐，知识分子与大众社会的冲突。主人公或者顺应这个社会被接纳，或者按自己的路线行走而被这个欲望的迷宫所吞噬。弗洛朗与菜市场所代表的这个社会格格不入，他惧怕自己也会像巴黎小市民那样在酒足饭饱之后暖烘烘的房间里，在鼠目寸光和唯利是图的小店主思想侵蚀下，他那坚忍不拔的雄心壮志会消失。因此，他拒绝像菜市场的小市民那样生活，对别人给他安排的市场管理员一职深恶痛绝。他试图改革这个社会，写了一部长篇小说，拟订了一个改革菜市场管理、税收及贫民区分配制度的方案，但却寸步难行。他教菜市场的孩子识字、读书，但却招来了流言蜚语。在肥胖的巴黎市民中，作为瘦子的弗洛朗成为一个他异者，受到市民们的监视、打探，最后被菜市场的人们告密、出卖，交给警察，菜市场依然如旧。

---

① 左拉：《巴黎的肚子》，金铿然、骆雪涓译，文化艺术出版社 1991 年版，第 33 页。

② 同上书，第 32 页。

　　左拉给巴黎中央菜市场赋予了象征意义，使之成为第二帝国时期巴黎市民社会的隐喻。从空间意义上说，如果把卢浮宫、杜依勒里宫比喻为巴黎的头脑，那么，菜市场就是巴黎的身躯。在巴黎的组织结构中，市民社会作为巴黎的中心和支柱，它的独立和自由已经丧失，宫廷成为它的头脑，而它则消化着宫廷的残羹剩饭。小说中也写到菜市场专门有人卖从卢浮宫弄来的残羹剩饭。小说通过菜市场的描写集中体现了作者对第二帝国时期巴黎市民及民间社会精神状态的否定和憎恶。古老的市民社会已经消失了，市民不再关心政治。作者通过莉莎的口说出了市民对政治的态度："我对政府是感激的，我的生意做得顺手，我安安静静地喝着汤，睡梦中不会被枪声惊醒……我们有了帝国，一切都进行得不错，生意做得不错。我们日子过得这么太平，安逸，我们用不着关心政治，我们要操心的是如何抚养好我们的女儿，并且管理好我们的店里的事务"，"为什么要打翻保护你，让你赚钱的政府呢？你有老婆，有女儿，你首先应该想到他们……只有那些没有饭吃的流浪汉才什么也不会丢掉，他们愿意吃枪子儿。大傻瓜，老老实实呆在家里，睡好、吃好、赚钱，别胡思乱想。如果帝国政府给国家带来麻烦，法国自己会摆脱困境的，法国，它用不着你烦神"。"人生在世，稳稳当当地挣钱，到了老年，能平平安安地吃利息，这是最根本的"。① 第二帝国时期的市民社会，成为专制帝国的支持者和维护者，他们为专制制度提供营养，又甘心受政府的统治。他们是鼠目寸光、唯利是图、庸俗卑鄙、精神空虚和粗俗野蛮的市侩，人与人之间勾心斗角、妒忌陷害、流言蜚语、造谣中伤，而一旦出现一个与众不同的人，他们便联合一气或将他改变或将他消灭。原始欲望是其生存的唯一目标。左拉通过菜市场的描写，表现了这个市民阶层只满足于动物般最低限度的欲望——食欲和性欲，这成为他们生活的唯一内容。小说通过详细描写菜市场及沿街橱窗里的各种食品：牛油、鸡蛋、奶酪、各种果脯、各式各样的点心、腌腊味、饭桌、餐馆……以及这些在人心中激起的馋涎欲滴的感觉，描画出一个肠肥脑满、富丽堂皇、酒池肉山的巴黎。置身于堆积如山的食品中间，巴黎市民的胃口得到极大的满足，变得贪婪、放荡、肉感、大腹便便。菜市场不仅是吃

―――――――――

　　① 左拉：《巴黎的肚子》，金铿然、骆雪涓译，第157页。

的场所，而且是纵欲的场所。在菜市场长大的马若兰和加地娜，从六岁开始卖菜，从小睡在一起，像动物般随着本能长大，没有任何的文明教育和约束，野蛮放肆、不知羞耻，完全受本能支配和驱使。大鸟笼、牲口棚、装菜的袋子、羽毛筐……在任何第一眼看到的角落里，无所顾忌地随时随地像鸟儿一样自由交配。左拉认为，这样的市民是没有生命力的，只能使巴黎走向灭亡。菜市场本身也是一个死亡的场所，一个广大的、腐烂的枯骨堆，一切都是奄奄一息，濒临死亡。而那些精神空虚、毫无思想和追求的市民也像被拖来拖去的生物尸体，受欲望控制。左拉在他们身上看到的不是生命而是死亡、毁灭。正如左拉所说："小说的总体构思是肚子；肚子……人类的肚子……市民阶级在宁静中消化、反刍，品味他们的欢乐"，"吃得满满的，美满如意的大肚子在阳光下鼓得胀胀的，向前滚，一直滚到色当堆尸所"。[①]

如同现实中的建筑物蕴涵着丰富的伦理意义，左拉也给他精心选择的地点、场景赋予鲜明的伦理内涵。如果说，左拉通过巴黎菜市场的象征表现，塑造了一个饕餮的巴黎形象，那么，在《娜娜》中，则以妓女为中心，塑造了一个处于狂欢节期的色情巴黎形象。

三　妓女：巴黎的象征

妓女作为都市罪恶的表征，来自贫困的下层，既是贫穷的产物，又是都市中道德沦丧、群体性淫乱的结果。卖淫只有在大都市里才能找到最好的市场。在资产阶级时代，妓女作为一种特殊的职业阶层，与商业利润密切联系在一起。而肉欲的解放，贫穷的逼迫和对奢侈的、高消费生活的向往，传统家庭结构的改变，道德的沦丧，等等，都从各方面催生着妓女作为一个特殊的行业和阶层产生，在现代都市化时期尤为突出。爱德华·傅克斯指出："在资产阶级时代，妓女到处都有。大家都这样那样地与妓女有瓜葛，大家都多少靠妓女而生存，许多工业部门仅仅为她们而工作，和她们做最好的生意，受她们鼓舞去实施最有利的计谋。"[②] 到 18 世纪末，巴黎

---

① 左拉：《巴黎的肚子》，金铿然、骆雪涓译，第 299 页。
② 爱德华·傅克斯：《欧洲风化史》，赵永穆等译，辽宁教育出版社 2000 年版，第 367 页。

的妓女人数达到了 3 万人。① 19 世纪，卖淫业十分盛行，到 19 世纪中期，巴黎有妓女 5 万人。② 妓女甚至受到上层阶级的保护，围绕着妓女又衍生出许多下流的行业。妓女业的繁盛与萧条，某种程度上是一个社会道德状况的晴雨表。正如爱德华·傅克斯所说："在第二帝国时代，群体淫乱的再度加剧是当时众所周知的事实。每一个现在即使是粗浅地从事过这一时代研究的人，都会在文学和艺术方面不断发现新的证据。这一事实因此是很少有争论的。"③ 法国历史学家米盖尔也说："上层名流从前出入侯爵夫人门下，而帝国时期，他们则奔向那些淫妇之家。"④

在 19 世纪的都市文学中，妓女作为欲望的符号和化身，成为表现欲望放纵和群体性淫乱必不可少的角色，只是在不同作家笔下，妓女的形象与内涵有所不同。在欧仁·苏、雨果的小说中，妓女是穷困的产物、男性欲望的受害者、城市罪恶的牺牲品，在小仲马笔下则被浪漫化、理想化，而在左拉的想象世界里，妓女则是充满兽性的诱惑者和毁灭者。在他的小说中，妓女不仅作为一个社会问题来反映，更主要的是作为都市的象征来表现。妓女或妓女式的女人——街头女郎、为了金钱或性欲的满足而与他人通奸者，常常被作为道德堕落、社会淫乱最典型的承载者和体现者，是左拉小说中重要的一种人物类型。在他早期的短篇小说《爱我的那个人》中，主人公"我"到集市的一个十字路口，在一棵老榆树边的高台上，一个魔术家手里拿着一面爱情镜子，男人可以从那里看到自己未来的爱人，"我"和很多男人一样，看到了自己的"爱人"。于是"我"在大街上去寻找那镜中的"爱人"，直到天黑，行人散去，只剩下情人、警察、醉鬼游荡在大街上，"我"依然在寻找着，结果与一个黑影相撞，那正是"我"在镜中看到的未来"爱人"。"我"和她并肩走在大街上，遇到了另一个男人，他呼喊着说，那也是他在镜中看见的未来"爱人"。妓女与大街不可分解的密切关系，她作为男人追逐的目标，是左拉小说中经常出现的情境。肮脏拥

---

① 维尔纳·桑巴特：《奢侈与资本主义》，王燕平、侯小河译，上海人民出版社 2000 年版，第 67 页。

② 菲利普·李·拉尔夫等著：《世界文明史》（下），赵丰等译，商务印书馆 1999 年版，第 277 页。

③ 爱德华·傅克斯：《欧洲风化史》，侯焕宏译，辽宁教育出版社 2000 年版，第 354 页。

④ 皮埃尔·米盖尔：《法国史》，蔡鸿滨等译，商务印书馆 1985 年版，第 393 页。

挤的大街上，被欲望折磨着的、无家可归的男人，在无目的地张望着，心里梦想着得不到的女人，与街头女郎或与自己相似的男人相遇。以集中描写妓女而举世闻名的小说《娜娜》，通过一系列"谢肉节"（狂欢节）式的场面描写，表现了第二帝国时期的巴黎人对肉体的崇拜和原始欲望的放纵，对伦理道德、宗教信仰、艺术的亵渎，人被欲望所控，走向毁灭。

　　与其他小说不同，《娜娜》的场景变化十分纷繁。小说的背景是法国世界博览会，以夜晚的剧院场景开始。正如建筑理论家所说，剧院和教堂是最重要的建筑形式，"两者都是戏剧性的，人们去教堂目睹神的展示，去剧院被人性的展示所打动"。① 在左拉的时代，教堂的地位已被交易所和剧院所取代，左拉在小说中对此变迁做了有意识的表现。《娜娜》开头，剧院的演出内容是古代异教时期神话的现代化改编和对一神教信仰的嘲弄，神话、宗教艺术被亵渎，神话中的众神成为滑稽的、勾引别人妻子、争风吃醋的小丑，忏悔戏在一片嘲笑和嬉笑声中完成。小说中写道："这个众神大化装跳舞的场面，这个把奥林巴士山圣地拖进了泥潭的把戏，这种对整个宗教整个诗歌世界的嘲弄，大家都泰然认为是高雅的娱乐。亵渎神圣之狂热，压倒了其他一切有文艺价值的初演之夜；史诗的传说，被践踏在脚下，古代的影像全被摧残。大神的化装认为是绝妙的。忠心反而成了滑稽，军队成了愚蠢的东西。大神忽然爱上了一个洗衣服的女孩子，就开始即兴跳起一个疯狂的淫舞；扮演那个洗衣女郎的西蒙，就向着她主人的凡人鼻子上一踢，叫着我的肥爸爸。对他戏谑到这么一个程度，引得台下猛地一阵大笑，震动了整个剧场。他们两个跳舞的时候，日神请司才艺的女神吃葡萄酒，海神在一旁坐在七八个女人中间，由她们喂着他吃糕点。话里包含很多隐语，隐语上联系着下流的意义。丝毫无伤大雅的台词，被台下池坐里发出来的怪声一叫，就马上把原来的意义，变成了另外的解释。在这出戏没有演以前，观众们好久没有耽溺在象这样的淫秽里边去了。这使他们很快感。"② 剧院成为亵渎一切的地方和狂欢场所。小说正是通过剧院的淫荡表演，将社会的各阶层不分尊卑地汇聚在这里，拉开了狂欢节的序幕。所有的人被舞台上的淫舞所刺激，仿佛都传染了一种简单的兽性。整个巴黎

---

① 卡斯腾·哈里斯：《建筑的伦理功能》，华夏出版社2001年版，第309页。

② 左拉：《娜娜》，焦菊隐译，安徽人民出版社1982年版，第25页。

似乎都生活在舞台上，观众喧嚣着，闲谈着，售票处拥挤得水泄不通，嗡嗡声中传着娜娜的名字，呼唤着娜娜，要求着娜娜。整个巴黎都跟随着娜娜的脚步移动，娜娜走到哪里，人们跟到哪里，娜娜成了引领巴黎的"王后"。小说的场景也随娜娜的行踪而不断变换，从剧院、咖啡馆，到她的家，到乡村别墅，再到旅馆和大街，最后又回到这个妓女的巢穴。不管是政府的官员、贵族绅士，还是资本家、暴发户、街上的流浪汉，即使是刚瘸了腿的贵族也拉着瘸腿来到娜娜跟前，人们谈论着、观看着娜娜，全巴黎都在为一个女人忙乱着。小说的第三个场景是娜娜家，家变成了广场和大饭店，任何人不论男女，不管娜娜认识不认识，不用事先安排邀请就可以进来，在这里谈性、吃肉喝酒，从夜晚到天明，度过漫长的黑夜。整个巴黎都处在没有道德、礼仪约束的狂欢节期，喧噪、混乱、狂热、好色，巴黎似乎变成了一个大妓院。正如儒弗内尔所说：左拉"用一种狂热的色情笔调活跃起他的人物，把社会描写成一个奢侈淫荡的大集会"。①

与其他妓女小说不同，这些小说同情妓女并把妓女表现为贫穷逼迫下的牺牲品。在《娜娜》中，左拉从人性的角度，从妓女个人和巴黎的淫风两个方面剖析像娜娜一类的妓女生成的原因。左拉对肉体、对人原始兽性的放纵、对妓女充满了憎恶，并通过妓女娜娜将巴黎上层和底层联系了起来，表现了在民主风气昌盛、社会流动不居的时代，社会底层的粗俗、无道德意识对整个社会的腐蚀。娜娜是巴黎的产物，是一种来自下层的最可怕的毁灭力，她在《小酒店》中诞生，在巴黎的街头长大。她是世代酗酒、淫乱、疯癫的卢贡—马卡尔家族的后代，父亲是建筑工人、母亲是洗衣妇，两人同样的淫乱、粗俗、缺乏自制力，最后都堕落为酒鬼。娜娜似乎生来就是作为一个邪恶的毁灭者而存在的。在《小酒店》中，她的喊声使她父亲从脚手架上跌落下来，摔断了腿，从此以后便成了懒惰酗酒的人，这成为全家走向衰败和赤贫的最初原因。即使是她的恶作剧也与死亡有关：她把邻居一位太太的木屐当作一具棺材，里面装上马铃薯皮算是尸体，和一群孩子组成送葬的队伍，唱着悲哀的调子。父母从来不管教她，她就像肥料堆里的病菌一样长大。从母亲的淫乱生活和父亲、亲戚以及工厂女工的

---

① 贝特朗·德·儒弗内尔：《左拉传》，裘荣庆译，第156页。

污言秽语中过早地得到了性的启蒙。家庭的暴力和侮辱使她彻底丧失了羞
耻感,贫穷又使她离开家庭,走向巴黎的大街,15 岁开始了在巴黎大街上
闲逛的危险生活。她从她所出生的那个阶层看到的只有丑恶和贫穷,而她
天生的懒惰和邪恶性格使她自然选择最容易的谋生方式。她那淫荡、爱好
漂亮衣服和不近任何职业的性情,巴黎粗俗、放荡的生活环境,都把她推
向卖淫的道路。她走在大街上,被老商人追踪、调戏。17 岁时就与商人同
居,后又与一个骗子生了一个孩子。在《娜娜》中,她已成为世界闻名的
妓女。娜娜作为性的符号和欲望的化身,在她身上集中了整个巴黎的腐烂,
自己腐化,并向外散发着一种毁灭的气息,使巴黎社会崩溃,被情欲控制
着的贵族、资本家,老人、少年,宫廷官员和军人,为了占有她不惜倾家
荡产、贪污公款、坐牢,甚至自杀。在她的面前,一个贵族几十年的信仰
和他所尊敬的一切都被情欲的洪流淹没。她就像一只野兽,在巴黎这个动
物园中自由自在地毁灭一切、践踏一切。小说中作者用两页篇幅描写娜娜
野兽一样的外形:"她那一大把黄头发,披散在背后,象一头母狮子的茸
毛,把整个脊背遮满"。被娜娜所迷惑的莫法伯爵观看着这个动物般的躯
体,"想到圣书上所讲的野兽来,一想到这里,他心里马上就淫荡而狂野起
来。娜娜周身都是漂亮的汗毛,那种小豆色的汗毛毫毛,使得她遍体都象
丝绒;同时,在她身上,到处都现出那个圣书上所说的兽性:她两边腰窝
几乎象马那样发达,她的身体上,不是丰满的肉,便是凹陷的深穴,这都
在她的性感上,添了一层隐约在影子里边的神秘意味和诱惑的力量。她确
是圣书上那个金黄的动物,象畜生力量一样盲目,只凭她的香味,就可以
把世界毁灭"。① 她在巴黎的住处像后宫一样奢侈淫逸,使来到这里的人懒
散欲睡,"她的家变成了一座灼热的熔炉,她不断的欲望便是炉中的火
焰……这座大房子,仿佛建筑在一片深渊上,一切男人,连同他们尘世间
的所有物,他们的财产和他们的姓名,都一起被这深渊吞下去,连一把尘
土都不给留下"。② 她只需付出一点淫逸和裸体,都具有翻天覆地的力量,
就能使巴黎连根基都动摇。随着小说的发展,娜娜变成了一个自觉的、有
意识的毁灭者,她对自己的生活逐渐表现出一种朦胧的厌恶。当这个巴黎

---

① 左拉:《娜娜》,焦菊隐译,第 239 页。
② 同上书,第 460 页。

女郎偶尔回到乡下时，清新的大自然唤醒了她人的尊严和对爱情的向往，可是巴黎的男人们不允许她住在乡下，也不允许她只属于一个男人，她被迫回到巴黎。她爱上了剧院的一个末流演员，开始喜欢孤独而简单的生活，但却爱错了人，受到这个男人的欺骗和虐待。最后娜娜只好跑到大街上又操起了旧营生，沦于更低级的卖淫者行列，住旅馆，作暗娼，被警察追逐。当娜娜再次进入上流社会，成为公开的妓女时，她不仅受到王公贵族的保护，而且成为巴黎最富裕的贵妇人。她对这个社会充满了仇恨和嘲弄，性只是她利用男人的兽性向社会报复的武器，她让伯爵装扮成马或狗，侮辱他，贬低他，使他觉得自己的渺小。金钱像流水一样流进她的住宅，而她也很快地挥霍掉这些财产，把他们给她的金刚石扔进火炉。她糟蹋一切，并玷污一切。小说中把她比喻为从粪坑子里飞出来的"金蝇"，"吮吸路旁遗弃的腐尸的毒血，像一颗宝石似的闪耀着，只要随便在男人们的身上一落，就会把他们毒死"。这只金色的苍蝇，"四五代祖先都是醉鬼，历代穷困和酗酒的遗传，感染了她的血统，传到她本身，神经上就形成一种性欲本能特别强烈的状态。她在巴黎贫民窟里和大街上流浪着……成长得象粪坑子里的鲜花一样华丽。她是乞丐和流浪者们的最后产物。总算为他们出了气、报了仇。她变成大自然的一种盲目的力量，一种毁灭的酵母，她不知不觉地把全巴黎腐化而解体，把全巴黎夹在她两条雪白的大腿中间，象主妇们积年累月搅牛奶那样搅"。[1] 在左拉的想象中，娜娜如同《圣经·启示录》中象征着罪恶之城巴比伦的"大淫妇和兽"，她坐在象征着万民的"众水"之上，"住在地上的人都喝醉了她淫乱的酒"。[2] 如同预言巴比伦的淫乱将受到惩罚的先知，左拉在小说中也让娜娜受到了具有宗教伦理意义上的惩罚，她得了传染病天花，浑身溃烂，散发出腐臭，被所有人抛弃。《娜娜》的寓意是不言自明的。

四 拯救城市

如果说，《卢贡－马卡尔家族》主要在于解剖社会病态、人性的罪恶，

---

[1] 左拉：《娜娜》，焦菊隐译，第237页。
[2] 《圣经·启示录》第17章1—5节。

那么，左拉后期的几乎所有长篇小说——"三名城"和"四福音书"——都旨在探索人和社会的拯救问题。左拉把这一拯救使命赋予具有基督教使徒精神的新型知识分子。他们是理想人格的化身，富有仁爱、怜悯之心，以公道、正义和真理为追求目标，但又是充满人性、心智健康的普通人，富有博爱精神和使徒式的拯救意识，通过具体的实践活动改变不合理的社会，将人从罪恶的奴役和苦难中拯救出来，将他们带入一种新的、健康幸福的生活方式之中，建立一个由正义、公道、爱所统治的世界。

左拉曾经在谈到《四福音书》（《繁殖》《真理》《正义》《劳动》）时说："我已经解剖了40年了，该让我在晚年做一点梦了。"[1] 在世纪末创作的这四部小说中，左拉描绘了未来理想的世界、国家和城市的图景。空想社会主义小说《劳动》是一部集中描绘未来美好城市的作品。主人公侣克，是集知识者、劳动者与使徒为一体的现代知识分子典型。他是建筑工程师，也是石匠，而且具有人文知识分子的素质，头脑中时常会孕育出新思想，富有博爱精神，梦想着改造城市，建设一个新的社会。焦煤镇"波克莱城"那"人间地狱"的惨境，先前他在巴黎所看到的一切罪恶，都使他的灵魂深受震动。浓烟蔽日的城市中，瘦弱的老人、衣不蔽体的年轻女子和脸色苍白的儿童，上层社会的放纵无度，下层的酗酒、家庭暴力，工人非人的劳动条件，无产阶级与资本家之间的对立所带来的复仇和大屠杀的恐惧，等等，都在外省的城市里上演。外省城市已成为巴黎上层社会金钱的聚集地，人们在这里聚集到大量的金钱，回到巴黎过奢侈、放纵的生活，巴黎的奢华之风直接影响了外省的城市。小说的第一部分重现了《卢贡－马卡尔家族》和《巴黎》中所表现的那些罪恶，这成为侣克改造社会、决心重建一座城的原因。他仿佛被一种神秘的力量感召，去行使拯救的使命，去创建一个爱、公道、幸福、和睦的城市。他渴望有一种超人的力量赋予他，把被"利己主义所腐烂了的城市改变成休戚相关的幸福城市"，这个城市将充满博爱、正义、自由、平等、真理。在朋友曹尔丹（他也是一个科学家）的资助下，侣克在布雷斯山脚下的一块荒地上建了第一个工厂，在它周围建造了新的供工人居住的房屋以及幼儿园、小学、图书馆、游艺室、浴室，

---

① 蒋承勇等著：《欧美自然主义文学的现代阐释》，复旦大学出版社2002年版，第163页。

建造了花园和大公园，把分散在岩石间的泉水引来，沐浴新的城市，用洁净和清凉的水流洗灌工厂，灌溉绿色的花园。利用科学成果和合理的组织，减轻劳动的压力和痛苦，使劳动变成令人愉快的享受。工厂高大明亮，消除了污染，没有烟煤，到处都很清洁。新兴的学校里，不仅教给学生科学知识，让他们在大自然中通过观察，向生活本身求取知识，同时，让他们明白"人道和休戚相关的观念。只有爱是团结、正义和幸福的联系线。不可缺少的和完满的契约就以爱为出发点，因为只有相爱才会产生和平。这种普遍的爱，从家庭扩展到国家，从国家扩展到全人类，将是未来的城市的唯一法则"。[①] 侣克的改革固然招致旧城市和资本家的仇视，而他所创建的没有剥削、人人平等、靠劳动生活的城市体制，也不符合那些习惯于旧体制、懒惰成性的工人的愿望——他们渴望将来成为新资本家和工厂主，侣克成了公众的敌人。左拉暗示了一个先知和使徒的必然命运：他来拯救大众，却遭到大众的迫害；他为了一切人的利益、使一切人都幸福、过上相亲相爱的兄弟般的生活而工作，然而"被谎言领入迷途、被欺骗而变成疯狂的可怜的平民"，"被奴役的、愚昧的工人"却加入了反对他的行列，威胁着他，狂喊着要打死他。[②] 他像耶稣那样，被那些他要拯救的、无知的、不愿得救的群众侮辱，被吐口水。在这里，左拉表现了对群众的彻底失望。大众常常在他的小说中以无知、愚昧、缺乏理性、狂热和放纵的群体形象出现，他们具有人性的一切弱点和邪恶面，如软弱、贪婪、兽性、懒惰、狂暴、野蛮。在早期的小说中，他表现了大众、平民的劣根性；在《劳动》中，他仍然坚持这个观点：大众是些目光短浅、只顾眼前利益、不能明辨是非的人，他们宁愿留在"地狱"里，按照惯性的力量生活，把现在的资本家和商人看作未来的理想。正是从这样的一种平民意识出发，左拉特别强调使徒式的知识分子英雄的重要作用和意义，他们是拯救者和引路人，改变大众生存的环境，并传播爱的福音，把他们引向人道、和平的生活道路。

侣克经过与旧势力、教会以及工人自身劣根性的斗争，终于完成了梦中之城的建造。这个城市与大自然和土地连在一起，从中获取无尽的生命

---

① 左拉：《劳动》，毕修勺译，黄河文艺出版社 1985 年版，第 201 页。

② 同上书，第 245 页。

力和活水，乡村和城市、工人和农民的界限打破了。这是一个花园城市，明亮的厂房和住宅区建立在花园似的绿丛中，周围是一望无际的田野，成了一个肥沃的小绿洲，工厂生产出所需的产品，土地则盖满了丰盛的收获物。一个一个小绿洲不断扩大，连成一片绿色的浪潮。肮脏、阴暗的街道被宽敞的绿荫大道代替，阴沟被覆盖，交通方便。房屋都装饰得很悦目，到处都是浮雕和表现大自然的图画，人们感受到民间艺术的复活，享受着美的愉悦。人剥削人的制度消除了，人人劳动，不再有寄生者，也不再有穷人。科学技术减轻了劳动力，使劳动变成了令人愉快的事情。社会上不再有舞弊、盗窃、谋杀等犯罪，法庭和监狱关闭了，官吏、法官、军人、教士也都不存在了，各种权力和行政机关也逐渐消失了，甚至货币也取消了。巨大的公共建筑，人们可以自由出入，随处有设备良好的医院和为残疾人、老人们居留准备的救济院。教堂崩塌的地方建造了绿色的公园，人道的宗教代替了"镀金的天主教"。在博爱、正义、平等的城市里，人与人之间休戚与共，和谐相处，几世同堂，子孙昌盛。没有一个穷人，也没有旅馆，人们好客地把外来的陌生人带到自己家里，"以好朋友的身份接待陌生人"，他们"会吃饱，睡在一张凉爽的床上"。① 孩子在奔跑、在喊叫，情侣们在欢笑，一切都是那么清洁、明亮、带着永恒的青春气息。孩子和母亲的神圣地位被确立。"人们在树丛底下的一幢幢房屋中间互相祝福。人们感到新城市民众的灵魂已经进入快乐的境界"，"上帝的王国以胜利的正义名义重新建立在大地上"。②

---

① 左拉：《劳动》，毕修勺译，第 505 页。
② 同上书，第 510、498 页。

第四章

诗意的审美与现代化

——19 世纪德语小说中人的和谐发展问题

一

　　德意志作为一个政治经济落后的欧洲地区，到 19 世纪才随着帝国的不断统一，开始了现代化进程。因此，其现代化过程中物质与精神、传统与现代、大城市与田园、对人全面和谐发展的要求与人的异化、市民传统伦理道德与工商业文明之间的矛盾，从 19 世纪上半叶后凸显出来。19 世纪德语文学总体上还笼罩在理想主义之中，试图以文学审美形式保留传统价值，抵制现代化对人精神和人格的异化。

　　19 世纪德语文学中，长篇小说第一次超过诗歌和戏剧成为最发达的文学体裁。启蒙运动将小说从一个不登大雅之堂的"荒诞滑稽故事"推进到一个表达内心情感、外部社会以及人与社会关系的文学体裁，黑格尔称之为"市民的叙事诗"。19 世纪对于德意志政治、经济、社会、文化各个领域都意味着从传统向现代的转型阶段，对于小说也不例外。在一百年时间里，德语小说发展经历了古典、浪漫和现实主义三大阶段，从艺术审美到文学形式，从创作理念到思想内涵，同样显示了从古典文学向现代文学的过渡。

　　所谓人的和谐发展在本章具体指启蒙思想中对人的理想在文学中的表现。从莱布尼茨哲学出发的德意志启蒙运动的核心思想，就是寻求人自身内部感性与理性以及个人与外部社会和谐统一的发展，即寻求人自身的和谐发展以及人与社会关系的和谐统一。感情与理智结合的人性才是完善的人性，人通过道德上的提升才可以达到个人与社会的和谐统一。启蒙运动在开启人的自我意识，强调个性发展的同时，强调了人的社会性，规定人作为个体应该遵守社会秩序，承担社会伦理道德责任。因此，达到人感性和理性之间、个体发展与社会要求之间的和谐统一成为古典德语文学追求的最高目标。而理想的人应该是什么形象，人通过怎样的努力才能达到与社会的和谐统一便成为19世纪小说所共同关注的问题。古典时期歌德的小说《威廉·迈斯特的学习时代》（1796）为德语成长发展小说提供了一个标准模式。从此，德语成长发展小说所探讨的核心问题就是个人如何克服内在与外在的矛盾，寻求自身和谐发展以及个体与社会的和谐统一。晚年歌德的小说《亲合力》则为19世纪德语社会小说开辟了先河。社会小说探讨的核心问题及主导思想与成长发展小说在本质上一致，只是选择爱情婚姻为契机。这两种德语小说形式一直完整地延续到19世纪末冯塔纳的创作。

纵观19世纪德语小说，与英、法、俄等欧洲其他国家小说的不同之处在于，它倡导的核心概念为"诗意"。"诗意"集中体现在浪漫小说中。德语早期浪漫小说是小说史上一个特殊现象，它既体现了对启蒙思想的继承，又受到唯心主义哲学、宗教神秘主义和浪漫诗学的影响，以主观幻想和内在思辨演绎理想主义（唯心主义）的理念。自然和外在事物都演变为个人内心世界的投影。小说创作遵循着浪漫的"世界诗意化"的文学纲领，欲用"诗"的"魔棒"点万物成诗，使外部存在的世界成为理念中童话般的"诗的世界"。而这种理想主义的形而上的对"诗意"的追求，从此就成为19世纪德语小说中抹不去的传统，一直影响着整个现实主义小说的发展。

19世纪下半叶出现在德语文学中的现实主义因此拥有一个特殊称谓，叫作"诗意现实主义"。[①] 现实主义文学产生于向现代工业社会过渡过程中，德语文学用自己特有的方式表达出对资本主义工业化的迷茫、忧虑和恐惧。它们在不得不反映客观现实的同时，却在情感上依附于过去的、即

---

① "诗意现实主义"概念第一次由 Otto Ludwig 提出。见 Otto Ludwig：Der poetische Realismus（《诗意现实主义》），in Otto Ludwig：Werke. Hrsg. v. Arthur Elösser. 4. Teil Dramatische Studien. Berlin（Bong o. J.）1908，S. 319. 此处转引自 Andreas Huyssen（Hrsg.）：Bürgerlicher Realismus. Die deutsche Literatur in Text und Darstellung. Stuttgart（Reclam）1980，第45—46页。

将消逝的精神，依附于德国理想主义（唯心主义）和内在世界。所谓"诗意现实主义"就是要把现实"诗意化"，而且是通过"美化"（Verklärung）达到现实与诗意之间的文学转换。① 也就是说，通过文学把现实存在的不美的、无意义的因素转化为纯洁的、理想的、美的，突出自然、人和艺术的美。德语文学中关于现实主义的理解概括起来就是：现实可以分为深层和浅层、外在与本质。如果说自然主义是对现实表面的复制，理想主义倾向于对深层实质的直观，那么以"美化"为特点的诗意现实主义涉及的乃现象中的内在本质。② 诗意现实主义因试图把诗意反射到现实中，"将现实诗意化"而被认为是现代社会发展中把握传统的最后一次尝试。③

之所以这样说，是因为 19 世纪德语小说中的"诗意化"倾向，除了源于德国古典美学的文学审美本身对小说的要求以外，还有古典美学所赋予文学的道德内涵。文学的诗意与作家的道德诉求紧密相连。19 世纪德语小说家在再现田园般诗意的同时，也在维护和捍卫传统价值和伦理道德观念。歌德小说《亲合力》的女主人公奥蒂莉以"断念"和肉体的死亡，克服了使其偏离道德轨道的自然"魔力"，证明人具有神性的一面，可以通过自由意志和道德选择获得更高一层的自由。诺瓦利斯的小说《海因里希·冯·奥夫特丁根》宣扬"世界诗意化"和"黄金时代"，其实质和基础依然是人的道德完善。在瑞士作家凯勒的《绿衣亨利》中更清晰地回响着"只有道德的才能被美化"的古典美学原则。冯塔纳虽然是法国胡格诺派后裔，又深受英国现实主义影响，但却总是割舍不下对普鲁士贵族和普鲁士国家所代表的伦理道德价值的偏爱。小说《艾菲·布里斯特》在对普鲁士社会秩序和官僚制度进行反讽的同时，始终包含着作者内心对其道德价值的认同。

以诗意的审美对抗现代化过程中传统价值和道德的丧失，以人和谐发展的理想对抗现代化过程中人的异化以及人格的分裂，这一基本思想构成了 19 世纪德语小说发展的主导线索。但另一方面，随着 19 世纪资本主义

---

① 见 E. McInnes/G. Plumpe：Bürgerlicher Realismus und Gründerzeit 1848–1898（《1848–1898 市民现实主义和帝国成立时期》），München（dtv）1996，第 49—50 页。

② 同上书，第 56 页。

③ 同上书，第 83 页。

发展，物质主义和自由化思想泛滥，争取个性自由与维护社会秩序之间产生了巨大张力。人自身中的自然属性与社会属性变得越来越无法调和。彰显个性和情感，追求个人自由的愿望越来越强烈，社会秩序和道德规范被视为束缚和阻碍这一切的因素。在这种历史语境中，对人和谐发展的信念也逐渐为怀疑和反讽所取代。这种怀疑和反讽其实早在歌德晚期作品中就有明显表现，在现实主义小说中则与诗意和理想形成鲜明的对峙状态。正是在这个意义上，诗意现实主义构成了德语文学对传统的最后一次把握。从此以后，对人和谐发展的怀疑和反讽逐渐过渡到现代的悲观和虚无中。

本章在19世纪德语小说中选取古典的《亲合力》、早期浪漫的《海因里希·冯·奥夫特丁根》、现实主义的《绿衣亨利》和《艾菲·布里斯特》四部代表作品，它们按照小说形式又可分为两组：诺瓦利斯的《海因里希·冯·奥夫特丁根》和凯勒的《绿衣亨利》属于成长发展小说，歌德的《亲合力》和冯塔纳的《艾菲·布里斯特》属于社会婚姻小说。以下先通过对两组小说的分析，展示19世纪德语文学如何诗意地表达了人和谐发展的理想，在这种理想背后又隐藏了怎样的道德诉求。之后集中展示文本是如何体现了另一种、与这种理想对抗的力量，即面对现代化进程作家们表现出的妥协无奈以及对自身价值的怀疑和反讽。重点放在他们如何通过艺术形式逾越理想与现实之间的张力，使诗意的审美成为可能。

二

在小说情节结构安排上，诺瓦利斯的《海因里希·冯·奥夫特丁根》、凯勒的《绿衣亨利》都遵循成长发展小说的基本模式，诗意地表现了对人的和谐发展的古典理想。成长发展小说一般把人的发展分为童年、青年和成年三个阶段。与此相应，主人公的成长发展移动在家乡、漫游和回乡之间。童年时代主人公身在家乡，他心地单纯，初步认识自己，体验人生，对自己的未来充满预感和渴望；听从这种预感和渴望的召唤，他在青年时离乡，到市民生活以外的所谓"大世界"中接触社会，在实现理想过程中经受困难和挫折，体验善与恶，经历各种良心上的斗争；第三阶段，主人公进一步认识自我和外面世界，完成成长发展过程而回乡。他成长发展的标志就是达到主观与客观、个人与社会的和谐统一以及道德上的完善。传统成长发展小说以启蒙的、乐观的对人发展的信仰为前提，主人公的成长发展是一个螺旋上升的过程。①

诺瓦利斯的《海因里希·冯·奥夫特丁根》（1802）是德国早期浪漫文学最具代表性的小说。诺瓦利斯遵循浪漫派小说理论，使小说成为作者演绎"诗"的理念的场所和宣扬浪漫的理想主义的媒介。他虽然称自己的小说是"反迈斯特"的小说，但他反对的并非《迈斯特》中对人的和谐发展的理想。恰恰相反，诺瓦利斯所作的是对这种理想的诗意的升华。② 因为他认为歌德的《迈斯特》过于市民化、物质化，自己的小说是要通过神秘体验和感悟达到天人合一、物我合一的境界，表达对"黄金时代"重新到来的向往。也就是说，诺瓦利斯对人和谐发展的理想更加纯粹，更加内在化、精神化。

小说《海因里希·冯·奥夫特丁根》由《期待》和《实现》两部分组成。作者只完成了第一部分和第二部分开头。诺瓦利斯的朋友、同为浪漫作家的蒂克通过整理遗稿，同时根据两人谈话和对作者创作意图的揣摩，对小说第二部分的发展作了一个综述。海因里希出生在图林根的一个市民家庭，梦中的"蓝花"令他心驰神往。他遂与行商为伴到南方漫游。在经历了形形色色的人，听到形形色色的故事后，他遇到了大师克灵斯奥尔，并与其女马蒂尔德相爱。马蒂尔德的面孔就是梦中出现在蓝花中少女的面孔。海因里希因为找到了爱便找到了诗，成为诗人。根据作者的遗稿，小说第一部分谈话涉及的自然、战争、东方、历史和诗，主人公在第二部分都亲身经历。在第二部分中，他告别市民生活，漫游了许多国家和地区，经历了商旅、军旅和政治生涯，最后返乡，"一切都被美化和升华"。小说结尾海因里希成圣，整个气氛从现实世界过渡到神秘的非现实的童话世界。海因里希采到了"蓝花"，"整个人类变得诗意，新的黄金时代到来"。

---

① 成长发展小说定义参照 W. Dilthey：Das Leben Schleiermachers（《施莱尔马赫生平》），Bd. I. 1870，S. 282；Erlebnis und Dichtung（《体验与文学》），1922（8. Aufl.），第 313 页以下；广义上的定义参见 Rolf Selbmann：Der deutsche Bildungsroman（《德语成长发展小说》），Stuttgart（Metzler）1984，第 9—41 页，尤见第 18、22 页。

② 见 Novalis：Werke（《诺瓦利斯作品集》），Hrsg. und kommentiert von Gerhard Schulz，München 1969，第 545 页以下，第 126 号，第 135 号，第 544 号断片。

　　按照诺瓦利斯遗稿设计，小说两部分相互影射，逐级上升。主人公海因里希从一个充满预感的年轻人成长发展为诗人，从一个市民的儿子成长为诗圣。而且与歌德式成长发展小说不同的是，诺瓦利斯小说的主人公在成长发展过程中没有遇到任何内在和外在矛盾，也没有显示过任何心灵和心理上的斗争。小说虽然在开头把市民的日常生活与梦境作对比，显示出主人公对日常生活的不满以及冲破这种生活的愿望；同样，小说虽然一开始也出现父子问题的萌芽——父亲严守市民工作伦理的生活观与儿子沉溺于幻想的诗人气质，父亲实用、务实的要求与海因里希百无一用的梦境和幻想处于强烈反差之中，但小说下文却并没有切入这些问题，而是让父亲讲述了自己青年时代浪漫的梦境。父子之间不但没有产生真正的矛盾，而且儿子上路正是父亲青年时代漫游的重复。诗人与现实生活的矛盾、父子矛盾于是就从本质上的分歧化解为时间上认识先后的问题。随着海因里希的成长发展，他迟早会对父亲市民的世界观和工作伦理持认同态度。何况海因里希就是父亲在梦的启示下，寻找到爱情的产物；是北方的勤劳、虔诚、严肃与南方的阳光、美酒和热情的产物。富有象征意义的海因里希的出身表明他本身就是理性和感性的和谐统一。诺瓦利斯选用的这种南与北、感性与理性、严肃与热情对立统一的比喻模式在歌德时期十分具有典型性。海因里希既然是这两种性格的结合体，那么他的性格从根本上就是和谐统一的，是不存在任何分裂和不和谐的。现代艺术家小说中描写的人格分裂、父子矛盾在诺瓦利斯小说中找不到任何痕迹。按此逻辑，在小说结尾"美化"或"圣化"后的海因里希应该是艺术和实用、梦想和现实、诗人的禀赋与市民的价值观之间的和谐统一。可见，小说作者从根本上对人的和谐发展抱着启蒙式的乐观态度。

　　除此之外，"自然生就海因里希就是要他成为诗人。……他的所见所闻似乎只是在他内部打开一道道门闩，为他开启新的窗子。"[①] 可见，浪漫诗人诺瓦利斯的小说《海因里希·冯·奥夫特丁根》不但把人的和谐发展看作人所追求的最终理想和目标，而且从主观唯心主义出发，把人的天性设定为和谐的。人在成长发展过程中不需要克服内在与外在矛盾，不需要良

―――――――――

　　① Novalis：Heinrich von Ofterdingen（《海因里希·冯·奥夫特丁根》），Hrsg. v. Wolfgang Frühwald，Stuttgart 1997，第 94—95 页。

心的斗争和放弃自我意志，而是借助外在事物的开启直接达到预定的完善。① 这是一种对人和谐发展的纯粹的理想主义的认识。

诺瓦利斯小说中的诗具有两层含义，其一是作为理念的诗，其二是作为文学审美的诗。在浪漫诗人诺瓦利斯的理解中，作为理念的诗取代了神的位置，具有超验特征。它像神一样赋予一切事物以精神，并因着这种精神把一切事物联系起来，使世界趋于和谐统一。诗的理念是诺瓦利斯提出的"魔幻唯心主义"的核心，是"魔棒"，可以点万物成"诗"，可以像神一样化普通为神奇。然而，小说《海因里希·冯·奥夫特丁根》不仅演绎了诗的理念，而且也明确地把诗作为文学审美的范畴进行了探讨。这集中表现在海因里希的老师，诗人克灵斯奥尔对弟子的教诲中。其要旨为：诗要把享受、心绪和理性结合起来，把目的性和自然结合起来。真正的诗不仅仅是对自然的感悟，不仅仅是来自内心深处的感觉——没有理性的激情是"无用的和危险的"。克氏还说道："诗是严肃的艺术，仅仅停留在享受它就不再为诗"；人不能只流连于闲情逸致，跟随幻想和感觉。恰恰相反，人需要行动，需要与各个社会阶层接触。②

这段论述出现在海因里希漫游的终点，是他从大师那里接受的唯一一次教诲。在这些表述中人们惊讶地听到了席勒的声音，又如同歌德自己在宣讲。因为这段诗论的中心就是要把主观感觉、幻想和审美享受与理性、严肃和审美的"目的性"结合起来，克服主观性，达到主观与客观的结合。这是歌德启蒙的人道主义诗学的宗旨，也是席勒美学的核心。③ 然而歌德和席勒在提倡以审美教育来连接感性与理性，提倡以美来塑造心灵和人性时，包含了对文学审美的道德教育作用的要求。所谓目的性就是指艺术独立性要与艺术的社会功能统一起来，宣扬市民的理想和道德。④

与对歌德、席勒古典诗学的继承相应，小说《海因里希·冯·奥夫特

---

① 关于此处明显的预定说结构参照谷裕《诺瓦利斯小说的宗教特征》，《外国文学评论》2000 年第 2 期。

② 见诺瓦利斯《海因里希·冯·奥夫特丁根》，第 111 页以下。

③ 席勒：《审美教育书简》，冯至、范大灿译，上海人民出版社 2003 年版，第 95 页以下，第 111 页以下。

④ 参见 Rolf‐Peter Janz：Autonomie und soziale Funktion der Kunst（《艺术独立与其社会功能——席勒与诺瓦利斯审美研究》），Stuttgart 1973，S. 14.

丁根》所追求的最终目标，即人类的"黄金时代"，对于诺瓦利斯来说更重要的是一个道德概念。小说第二部分成稿的核心内容是希尔维斯特和海因里希的对话。对话在讨论了自然问题后主题转向良心，并在对良心的讨论中中断。因此对"良心"这个伦理概念的讨论成为小说完成部分的结尾。在回答海因里希的问题——什么时候"世间才不再需要恐惧、痛苦、危难和祸害"时，希尔维斯特说道："当只有一种力量存在，即良心的力量存在，当自然变得顺从和符合伦理道德习俗时。"海因里希紧接着向希氏请教"良心的本质"。经过一番思辨后希氏答道："良心是每个人天生拥有的媒介，是神在世间的代表。因此对于许多人来说它是至高的和最终的"，并且"世间只有一个美德，那就是纯洁严肃的意志，它在人作决定的时候直接决定和选择。它作为活跃的、特殊的整体栖居在人温柔的喻体中，把所有精神肢体转化为最真实的行动"。希氏的一番话像光一样照亮了海因里希，他醒悟到："法贝尔（诗）的真正精神便是披着外衣的美德的精神；处于从属地位的诗艺的精神本质便是至高的最本质的存在。"希氏随之总结道："整个自然因着美德的精神而存在，而且会因此变得越来越坚实。美德的精神是点燃一切和给一切赋予生命的光。"① 希尔维斯特对自然的热情与海因里希对诗的热情相同，并且两者无论对待自然还是诗，最后都将之归于良心—美德—神性和最高的存在。

诺瓦利斯这种形象的表述实际上包含了作为伦理本能的良心和作为实际伦理判断的良心。良心是将伦理的广泛规范与原则应用于具体行为的过程，是实践理性的一个判断，是理智、意志和整个人格之间相互作用的结果，并且表现在人的行为中。小说第二部分海因里希与希氏的对话与小说第一部分海因里希与克氏的对话遥相呼应，两者都在探讨作为艺术的诗的真谛。从内容和结构上看，第二部分的谈话可以被视为第一部分的延续和引申，谈话从文学审美层次上升到伦理道德层次，把文学审美中严肃与享受、理性与感性的结合统一到良心的概念中。因为良心是理性和意志自由表现在行为中的结果，因此它也是各种对立在行动中最自由和完美的统一。美和善、诗和道德就这样被结合在一起。

---

① 以上引文见诺瓦利斯《海因里希·冯·奥夫特丁根》，第170页以下。

此言作为艺术的诗。诺瓦利斯小说所要表达的作为理念的诗则更加是审美、精神和道德的统一体。这体现在他为整部小说结尾所设计的"黄金时代"上。诺瓦利斯"黄金时代"的观念来源于荷兰哲学家赫姆斯特豪伊斯（Hemsterhuis，1721 – 1790），这在学界已经成为不争的事实。在诺瓦利斯1797年哲学笔记中关于该哲学家的记录共36页。梅尔对诺瓦利斯的赫姆斯特豪伊斯接受研究指出，这位荷兰哲学家对诺瓦利斯的影响主要表现在道德方面。后者所有关于"道德意识"的思想，关于自然、人以及神的"道德化"观念几乎都可以追溯到赫姆斯特豪伊斯。① 诗人对这位用法语写作的荷兰自然哲学家最感兴趣的地方在于，后者认为在人身上存在"道德器官"，这种道德器官使人与所有事物在本质上处于关联之中。它是将人引向更高级认识的器官，并把人与其他事物和上帝联系起来。但道德器官被片面的理性所驱逐。赫姆斯特豪伊斯的"黄金时代"是试图恢复人最原始的和谐状态，同样具有深刻的道德意义。② 因为拥有了这样的内涵，诗才具有神性的光环，才可能成为世界的本体，世界才需要被诗意化；在这个层面上才能够真正理解诺瓦利斯的断言："诗是哲学的关键、目的和意义"，因为诗塑造了美的社会、美的世界和美的宇宙，万事万物通过诗产生最高的"互感"和"联动"③；也只因为道德意义，诗才取代上帝，和宗教一样具有救世功能。

诺瓦利斯试图用"诗意化"来反对歌德的《迈斯特》，反对市民的中庸，但其小说基本叙事恰恰显示出他启蒙的市民的价值观和道德观。从这点上讲，诺瓦利斯只是主观主义和象征主义文学形式上的先驱，他的作品在价值观念上与现代文学有着天壤之别。他的诗意化并非纯粹审美上的诗意化，而是有着深刻的道德含义。

如果说诺瓦利斯的小说是对即将到来的现代化的预感，是一次以纯粹理想主义的"诗意化"对抗现代社会"散文化"的努力，那么出生于瑞士

① Hans – Joachim Mähl：Novalis：Hemsterhuis – Studien（《诺瓦利斯的赫姆斯特豪伊斯研究》），in Romantikforschung seit 1945（《1945年以后的浪漫文学研究》），Hrsg. v. Klaus Peter，S. 196.

② 同上。

③ 见 Novalis. Schriften. Bd. II. Das Philosophische Werk（《诺瓦利斯全集》第2卷，《哲学作品》[上]），Hrsg. v. Richard Samuel，Stuttgart 1965，第533页以下。

苏黎世的现实主义小说家凯勒（1819—1890）则不得不直面现代化进程，与之展开对话。凯勒一方面意识到，物质和金钱的表象开始规定人本质的存在，另一方面他又不愿放弃对理想人生和伦理乌托邦的捍卫。凯勒的诗意现实主义小说《绿衣亨利》中出现了个体与社会、理想与现实之间的对抗和冲突，但作者仍然继承了古典的人道思想和浪漫的理想主义，以诗意和精神"美化"现实，消解冲突。在小说主人公绿衣亨利发展的成熟阶段，最终以虔诚的道德力量战胜了对个性自由的追求，以行动担当起对集体和社会的责任，达到了个人与社会、理想和现实的和谐统一。

　　小说《绿衣亨利》叙述了一个名叫亨利·雷的年轻人成长发展的过程。亨利在父亲早逝后，由母亲教育和抚养。他因常常穿着母亲从父亲绿色制服改制的衣服而被人称为"绿衣亨利"。在亨利被学校开除后，母亲将其送至乡下。亨利不但在那里认识到自然的美，并决心做一名风景画家，而且也经历了与安娜和尤蒂特的爱情。在安娜死后他与尤蒂特分手，并依靠母亲资助到南德艺术之都慕尼黑学习绘画。艺术之旅失败后亨利回乡，路遇伯爵城堡。此时不但他的作品得到伯爵赏识，而且也得到伯爵养女的爱情。但亨利并未在这里停留，而是继续返回瑞士故乡，做了一名国家公务员。①

　　与歌德的迈斯特相比，凯勒笔下绿衣亨利的成长发展更富有浪漫理想主义色彩。在童年和少年阶段，亨利已经显露出他喜欢思考和富于幻想的气质，但他对自己和周围世界，对社会的认识还是模糊的，他的伦理道德意识还处于萌芽状态。作者诚实地记录了"我"的心理、性格、教育甚至道德缺陷。亨利以后的道路正是不断战胜扰乱自我的幻想和天性中的邪恶，走向道德完善的道路。小说《绿衣亨利》描写的第二个阶段为亨利青年时期的漫游阶段。主人公在所谓大世界中经历了爱情、友谊、事业的危机和失败，在这一过程中不断对自我进行反思。在小说中这个阶段又分为两个时期，一是主人公体验自然和爱情的乡下时期，二是漫游学艺的慕尼黑时

---

　　① 该书德文版参照 Gottfried Keller：Sämtliche Werke. Hrsg. v. Thomas Boening und Gerhard Kaiser u. a. Bd. 2：Der Grüne Heinrich. Erste Fassung. Hrsg. v. Thomas Boening und Gerhard Kaiser；Bd. 3：Der Grüne Heinrich. Zweite Fassung（《凯勒全集》第 2 卷，《绿衣亨利》第一版第 3 卷，《绿衣亨利》第二版），Hrsg. v. Peter Villwock. Frankfurt a. M.（Deutscher Klassiker Verlag）1985，1996；中文版参照田德望《绿衣亨利》（上、下），人民文学出版社 1980 年、1983 年版，以下简称中译本。《绿衣亨利》有两个版本，本章以 1879—1880 年的第二个文本为依据，同时参考 1854—1855 年的第一个版本。中译本为第二个版本。

期。小说主人公经历的第三个发展阶段是回乡。在这个阶段中主人公进入
人生醒悟阶段，达到人格完善和人发展的理想状态。

　　绿衣亨利在慕尼黑经历了艺术上的失败后决定启程回乡。他因得到意
外财产而得以"衣锦还乡"，并在伯爵府经历了"时来运转"。但亨利的成
功并非艺术上的成功，赠送亨利遗产的人表彰的是亨利的"安静"和"勤
奋"，① 伯爵对亨利作品的认同和赞赏是因为它们"体现出一位诚实的力求
上进的人的全部发展过程"。② 可见，两者肯定的实为亨利的人格和道德品
质。因此，亨利仍然放弃了自己对艺术的追求，告别了自己青年时代的激
情，舍弃了与市民存在格格不入的艺术家的生活方式。此为亨利对艺术断
念。与此同时，亨利放弃了与从美国赶回家乡的尤蒂特的结合。此为亨利
对婚姻和家庭断念。亨利对艺术的断念主要为了告别幻想，投身于为国家、
集体和公益的服务，其根本动机在于道德上的自律和选择。亨利对尤蒂特
的断念出于为精神而舍弃肉体的动机。通过断念的思想，主人公表达了与
社会达成和解的愿望，以及为公益服务的人生追求。

　　小说《绿衣亨利》对主人公成长发展的塑造带有浓厚的理想主义色彩，
伴随这一特征的是小说的"诗意化"倾向。凯勒的诗意化不是像诺瓦利斯
所追求的那样，从本体上将世界诗意化，而是具体地通过文学审美将现实
诗意化。这表现在对物质的诗意化，对自然的田园化，对爱情的精神化以
及对政治和公共生活的道德化。小说描写绿衣亨利来到乡下后，感觉自己
投入了"自然母亲"的怀抱。乡下的自然风景、亲人朋友都被赋予了田园
或童话色彩。小说其实只表现了主人公亨利眼中诗意的图像。这与其说是
自然的拓像，不如说是亨利主观理解和想象中的自然。他将自己诗意的理
解投射到现实的自然风景中，用自己的审美"美化"了自然。小说在开始
描写父亲的理想形象时就注入了民主制理想，并特别强调父亲热心于公益
事业。小说结尾绿衣亨利对于国家和公共生活道德上的责任感可以追溯到
父亲的理想。尽管亨利通过童年少年的经历认识到国家和社会制度的缺陷，
或者老年凯勒对瑞士民主制国家产生深刻怀疑，但《绿衣亨利》的主人公
仍然选择了为国家和公益履行责任的结局。这显示出，作者并没有在直接

---

① 见《绿衣亨利》中译本，第849页。
② 同上书，第764页。

探讨现实政治问题,而是以审美的眼光把国家视为维持公益和正义的道德机构。

在小说《绿衣亨利》中经济和物质第一次构成影响主人公成长发展的问题。主人公从童年时代就本能地对物质主义和拜金主义表现出厌恶态度,在青年时代又对经济利益驱使下的劳动给人造成的异化进行了反讽,对精神自由与"由社会结构造成的外在必须"[1] 之间的矛盾表现出无奈。然而,尽管金钱和物质在小说《绿衣亨利》中构成理想与现实冲突的焦点——物质的匮乏直接造成了亨利的失学,母亲禁欲般节俭的生活,慕尼黑学艺的失败以及亨利对母亲和家庭的负罪感——但主人公非但没有否定它们的作用,反而把物质所造成的困境和痛苦视为自己成长发展道路上不可缺少的动力,并最终通过对物质的反思和认识摆脱了幻想,走上市民存在的道路。在"作画卖画","工作和挣钱"中亨利体验了市民的"生活方式";他在为生活所迫变卖笛子和书籍中感觉到了祈祷的力量和上帝的恩宠;母亲的节俭使他认识到对家庭的责任,获得了道德上的提升。从这个意义上讲,凯勒的小说实际上把物质问题文学化、诗意化了。

与卢梭式自传体小说和歌德式成长发展小说一样,女性和爱情在《绿衣亨利》中同样构成主人公成长发展过程中不可缺少的契机,而且凯勒的小说显示了标准的"双重爱情"母题。面色苍白,身体柔弱,有着良好教养的安娜是一位童话般精灵式的人物,是亨利幻想中理想女性在现实中的投影。亨利对安娜的爱是一种纯洁的、理想的、精神上的爱。安娜在一次充满性感和情爱的气氛中给亨利的一个吻,让亨利感到惊愕和"陌生"。因为现实的感官接触似乎破坏了他主观幻想中的完美。另一位乡下姑娘尤蒂特身材高大,健康、性感,是一位现实世界中有血有肉的女性。亨利在尤蒂特身上倾注了"另一半"情感,即感性的爱。亨利的爱情徘徊在两位具有象征意义的女性之间。然而在安娜死后,亨利并没有转向尤蒂特,而是

---

①　Gert Sautermeister: Der Grüne Heinrich (1854 – 1855; 2. Fassung 1879/1880). Gesellschaftsroman, Seelendrama, Romankunst (《〈绿衣亨利〉——社会小说,心灵剧和小说艺术》), in H. Denkler (Hrsg.): Romane und Erzählungen des Bürgerlichen Realismus. Neue Interpretationen (《市民现实主义小说——新的解释》), Stuttgart 1980, S. 114.

"为了保存对精神的记忆"，告别了尤蒂特。① 与尤蒂特的诀别对于亨利来说意味着与激情、肉体和此世的爱情的诀别。这种诀别不是来自任何外在的强制，而是完全来自亨利内心对精神之爱的"忠贞和信仰"，来自内在的自我约束和自我规定。这是典型的凯勒式解决方案，它透露着对精神追求的宗教般的单纯和执着。

因此，小说《绿衣亨利》无论表现自然、艺术、爱情，还是表现经济和政治生活，无一不是将身边日常的现实理想化、审美化、诗意化。作者实际在借助外在客观事物表达自己单纯、静止的内在世界，借助有形的历史的事物表达本质和超验的理念，借助个人特殊的命运表达概括和抽象的价值。对于凯勒来说，小说诗意审美的基础是个体对精神的追求和道德上的完善。而且与其他德语成长发展小说或同时代诗意现实主义小说相比，凯勒的道德意识的特殊之处在于，它与瑞士加尔文教宗教信仰有着紧密联系。加尔文教并不重视严格神学教义，而是强调实用的宗教观和伦理观，注重规范人们的政治、社会责任感以及对国家和集体的义务感，注重培养人们世界观和生活方式中的道德意识。② 小说《绿衣亨利》中的道德观念、断念思想、公益思想都体现出加尔文教特征。

与教育、爱情、艺术、物质等问题平行，对宗教信仰的思考同样构成小说情节发展的线索。德语成长发展小说中几乎没有像《绿衣亨利》这样如此大篇幅、成系统地直接描述主人公对上帝和信仰的思考。亨利来自加尔文教信仰传统浓厚的家庭。母亲是牧师的女儿，虔诚的信徒，她"性情淳朴冷静，绝不是一般人所说的那种表面上热烈虔诚的妇人，而完全是个内心敬畏上帝的人"。③ 因为母亲"持续不断地操心，在我心里奠定了强烈信赖上帝的思想基础"。④ 此外，母亲还教给亨利最基本的宗教生活方式，即祈祷。⑤ 亨利在接受的过程中虽然充满反抗，但他还是在以后需要帮助的时候和困境中通过祈祷寻找安慰，祈祷成为他生活中信仰的自然的和本能

---

　① 见《绿衣亨利》中译本，第450页。

　② 关于加尔文教基本教义及组织形式参见 Lexikon für Theologie und Kirche （《神学教会大辞典》），Bd. 2，Hrsg. v. Josef Höfer und Karl Rahner. Freiburg（Herder）1958（2. Aufl.），第887—897页。

　③ 见《绿衣亨利》中译本，第35页。

　④ 同上。

　⑤ 同上书，第35—36页。

的表露。① 青年和成年的亨利在对教会组织和外在形式的反思和批判中，对
上帝和永生的信仰显示出本质化和内在化特点。② 加尔文教禁欲主义构成了
了解释小说主人公内在思想和外在行为的重要因素，爱情的精神化和断念思
想只有在这种传统中才可以得到进一步理解。在主人公对自身内在的约束
以及对集体和国家的责任感中，瑞士加尔文教宗法传统和伦理道德观念得
到深刻体现。小说结尾把象征生命和感性的尤蒂特塑造成为慈善和"仁爱"
的化身，并使小说最终结束于"上帝的圣坛"的神圣气氛中。③

　　凯勒进行《绿衣亨利》创作的时代，正是 1848 年革命后物质主义兴
起、工业化进程加快、经济生活中形形色色的形式开始进入市民日常生活
的时代。在这种情况下，市民个人或家庭的社会化，社会对个人和家庭的
承认，就不像以往那样更多取决于文化道德因素，而是同时也取决于物质
和经济力量。小说《绿衣亨利》在主人公成长发展的各个时期都设计了与
主人公理想相违背的人物，他们或者沉醉在金钱和物质利益中，或者在交
友时表现不忠，或者在艺术创作时不诚实，而这些道德败坏的迹象在小说
中并非出于人的本性，而是物质主义、怀疑主义和艺术市场化使然。亨利
父亲——在政治、经济思想，艺术理解和道德品质上理想的市民形象——所
代表的和谐统一的市民性在现实中已经无法实现。对现实的美化，对诗意
的挽留本身已经成为主观的幻想和努力。

三

　　19 世纪德语小说除了借助个人的成长发展问题考察人自身和谐发展以
及人与社会和谐统一外，还主要借助爱情婚姻问题。因为一方面，爱情代
表了人的自然情感、本能冲动，是人身上各种"魔力"、各种理性无法解释
的非理性因素的表现。爱情的产生是自由的，它可以超越等级和伦理秩序。
另一方面，婚姻家庭就其本质来说是社会机制。它也许建立在爱情基础上，

---

　　① 见《绿衣亨利》中译本，第 389、394、678—679 页。
　　② 有关凯勒关于费尔巴哈唯物论思想的接受及辩解，参见谷裕《〈绿衣亨利〉与瑞士新教思想行
为模式》，载《西学研究》，商务印书馆 2003 年版，第 292—312 页。
　　③ 见《绿衣亨利》中译本，第 884 页以下。

但作为社会秩序的一个单元，它首先要体现和维护这种秩序。婚姻家庭的存在依赖人的伦理道德意识和社会责任感，它需要理性、克制的支持，有时需要抑制人的自然情感，压抑人的个性。因此，借助爱情婚姻问题可以表现人自然情感的要求和社会规范的约束之间的张力。人自身中存有的自然属性和社会属性之间的张力也会得到细腻的体现。

晚年歌德的小说《亲合力》（1809）就以爱情婚姻为契机，在文学审美层面诗意地探讨了现代化进程中人的和谐发展的可能性问题。歌德在此时选择爱情婚姻为母题，除了通过它可以更细腻、更深入地探讨人性固有张力外，还因为欧洲社会秩序正处于剧烈变革之中。歌德生活和创作的时期正是德意志从启蒙运动晚期向现代社会过渡时期。一方面各种政治、社会、经济秩序保持着原有传统的持续性，另一方面法国大革命、拿破仑战争、宗教世俗化（在德意志大规模始于 1803 年）、自然科学的发展又使社会秩序处于动荡和变革之中。婚姻秩序从一个侧面体现了当时各种社会秩序的变化。

对待婚姻秩序的变化，歌德小说中有一种声音表现出对传统婚姻价值的认同。在传统意识中，婚姻既是宗教圣事，神圣不可侵犯，又是世俗意义上的社会机制。婚姻秩序还从未受到根本质疑。离婚、通奸和跨等级婚姻在当时宗教和社会文化生活中，在贵族和有教养市民阶层的理解中是违反习俗和社会规范的。和谐稳固的婚姻家庭是人追求的理想状态。小说中一位家庭纠纷"调解人"说道："婚姻是所有文化的肇始和顶峰。它让粗鄙的人变得温和，让有教养的人最充分展示自己的温文尔雅。它是不可解散的，它给人们带来那么多幸福，所有不幸与之相比都不足挂齿。"[1] 与此同时，小说《亲合力》又通过自由贵族之口道出了时代的另一种声音。法国大革命后进行了婚姻法改革，加入了允许离婚的规定，这大概就是《亲合力》中自由贵族有关婚姻解放思想的真正来源。小说中的伯爵认为，婚姻的稳固与世界发展的步伐、与世界的瞬息万变不相适应。因此，"所有婚姻应该最多维持五年"，因为这段时间"刚好够两个人相识、生子、分手和重

---

① 　J. W. Gothe：Werke Kommentare und Register. Hamburger Ausgabe in 14 Bänden. Bd. 6（《歌德全集》第 6 卷，汉堡版），München 1981（10. Aufl.），S. 306.

归于好"。① 这些贵族社会餐桌上的闲聊显然暴露了人们已经开始对过去永固不变的秩序产生怀疑，并且预感到它的松动和解体。

歌德为了进一步演绎和探讨这种传统与现代的对抗关系，在小说《亲合力》中设计了一个"闻所未闻"的"双重通奸"情节。这是一场夫妻二人"在婚床上对婚姻的破坏行为"。也就是说，身为夫妻的夏绿蒂和爱德华在婚床上分别无意识地幻想着与自己的情人的结合。"双重"不仅表明了夫妻双方对婚姻的破坏，而且也指涉他们对爱情的不忠。然而事实上，无论根据宗教戒律还是世俗法律，这都不能称其为"通奸"，因为它不是肉体上的、形式上的犯罪。小说作者实际上设计了一场无形的、心灵和精神上的通奸。老年歌德选择了一种似是而非，既界限模糊又错综复杂的状态，让婚姻与爱情、灵魂与肉体、伦理道德与自然情感以及与之相联的社会与个人、传统与现代、保守与激进、秩序与混乱所有这些对抗力量交汇在一起。

老年歌德因此在小说《亲合力》中以婚姻爱情为契机在人与人之间关系上作了一次大胆试验。"亲合力"这个来自自然科学的比喻就成为整部小说结构的基础。歌德把自然科学中化学元素亲合的规律移植到社会中，考察人与人之间的关系，这本身就表明，他认为人的自然属性与自然界的元素之间有共同之处，他们都在某种程度上遵循着"自然的必然"。人和自然元素一样，在"离开原有结合，寻找新的结合"的过程中遵循着"更高一级的规定"，而且"我们的各种官能几乎无法真正感觉它们，我们的理性几乎无法把握它们"。② 小说《亲合力》共有四位主人公：爱德华、夏绿蒂、上尉和奥蒂莉。爱德华和夏绿蒂婚后住在爱德华的庄园里。后来爱德华的朋友上尉和夏绿蒂的养女奥蒂莉来到府上。于是四人之间交叉发生了强烈吸引。爱德华任自己的感情泛滥，奥蒂莉全然不知地被卷入这场亲合力的试验，"在内心中只为爱德华而活"。夏绿蒂和上尉则选择了断念，但又无法真正克制自己。最后，爱德华提出与夏绿蒂离婚，由于奥蒂莉的不慎，那个本是双重通奸产物的小孩落水而亡。奥蒂莉从此保持沉默，拒绝进食，衰竭而亡，爱德华不久也随之死去。两人被合葬在小礼拜堂中，像气体一

---

① J. W. Gothe：Werke Kommentare und Register. Hamburger Ausgabe in 14 Bänden. Bd. 6（《歌德全集》第6卷，汉堡版），S. 309.

② 同上书，第275—276页。

样轻盈地升入天际。至此《亲合力》中的"各种元素"在"相互找寻,相互吸引,相互捕捉、摧毁、吞噬、消耗后,从根本上改变了原有结合,以更新了的、崭新的、出乎意料的形象重新出现"。[①]

很显然,在这样的婚姻悲剧中歌德所要探讨的是人的理性和感性是否以及如何统一的问题。歌德实际上继承了德国启蒙思想传统,把两者均视为人的"自然",即人的天性或本性。也就是说,人不仅有情感的天性,而且也有道德的天性。在这里首先要纠正一种普遍误解,就是把"人的自然"或天性单纯理解为感性、情感或激情,而把其另一面,即人的理性和道德意识,理解为人的自然或天性的对立面,以为两者相互对抗、势不两立。事实上,歌德在狂飙突进时期的作品《少年维特的烦恼》以后,在古典时期的作品中所表现的并非这两方面的对抗,而是寻求它们之间和谐统一的发展。在小说《亲合力》中,歌德不仅通过对理性和道德的反讽来宣扬人的自然情感,同时也展示了失去理性控制的激情如何泯灭人性。比如在观看焰火情节中,理智慈善的夏绿蒂和上尉全身心投入到救人上岸的行动,而泛滥的、盲目的激情却使爱德华置儿童和邻人生死于不顾,仰望夜空进行着浪漫幻想。奥蒂莉也完全改变了自己本性:一向节制、谦卑、悉心侍奉他人的奥蒂莉竟然默许了爱德华为自己举行的铺张庆典,默许了把自己抬高到女主人位置,默许了爱德华观看焰火的要求,视落水人群于不顾。可见,激情中的非理性因素会改变人善良的本性,使人失去理性控制和道德判断。

与此相符,歌德在塑造夏绿蒂和上尉两位人物时自始至终都表现出明确的认同。夏绿蒂的性格特点是慈善、宽容、自律和善解人意,她不但自己内心和谐,而且运用智慧在人与人交往的社交生活中创造和谐。用小说中的比喻,这些性格是人与人交往的"黏合剂",是融洽的社会生活不可缺少的"基石"。上尉冷静沉稳、严肃认真、耐心负责、诚实可靠。他像军人一样讲求秩序和原则,有着军人一样的果断和勇敢,又有着工程师一样的灵活和严谨。歌德并未把上尉塑造成一个感情冷酷和道德僵硬的人。恰恰相反,虽然着墨不多,但小说尽显了他细腻的情感和在社交生活中对他人

---

① J. W. Gothe：Werke Kommentare und Register, Hamburger Ausgabe in 14 Bänden. Bd. 6 (《歌德全集》第6卷,汉堡版),第275—276页。

的理解和宽容。更重要的是，他和夏绿蒂一样是脚踏实地的行动的人。而"行动"在歌德看来是连接感情和理性的理想途径，也是晚年歌德所追求的最高目标。因此夏绿蒂与上尉之间是一种"相互敬重的实践的爱"，这种爱是"崇高"的，隐藏在背后的是理性和道德力量。

　　如果把人身上两种主要对抗力量都推向极致，那它们便是作为原始自然力的"魔力"和作为帮助人克服自我，达到道德提升的"断念"。歌德首次在小说《亲合力》中系统提出和演绎了这两个概念。歌德一方面试图用"魔力"的作用表明人自然情感的无法抗拒，一方面又试图通过"断念"表明人有能力通过道德选择达到人在社会生活中的平衡。小说《亲合力》中几乎每个人物，每种人与人之间的关系都笼罩在一种"魔力"控制之中。小说对人物之间相互接近和产生爱慕过程的描写也显示出"魔力"的作用。但最充分、最集中体现出魔力的还是奥蒂莉这个悲剧人物。在小说《亲合力》的实验中，奥蒂莉先是全然不知地参与了反应，身不由己地被爱德华所吸引，为激情所控制。她在经历了种种可怕事件和命运惩罚后终于认识到，"一种敌意的魔力"战胜了自己，使自己脱离了理智和道德的轨道。于是她试图与激情抗争，希望重新回到从前的轨道。但这种"敌意的魔力"却不顾她内心的意愿，从外面阻止她。她越是竭力遏制，努力避免，后果就越为严重。"魔力"使无辜的人变为导致自己和他人悲剧的罪人。"魔力"这个概念在启蒙运动晚期曾经出现在康德的《实践理性批判》以及席勒的《审美教育书简》中。两者都将其运用到自己的道德或美学体系中。在席勒的理解中，"魔力"等同于"原始自然力"，它是非理性的，带有偶然性和盲目性，是"缺道德"的，也就是说它既可以是道德的，也可以是不道德的，但肯定是不可抗拒的。"魔力"被席勒列入人的感性自然、物理存在和感情本能的范畴，与之相对立的是人的理性自然、绝对存在和形式本能。[①] 无论在人自身之中，还是在人与人之间或人与自然之间，这种原始自然力都无所不在，无时无刻不在起作用。它是任何世俗的、伦理道德的和宗教的戒律都无法调和和阻挡的；它是人身上天生起作用的力量，是盲无目的的激情，并与道德世界和人的理性世界相互作用、相互

---

① 席勒：《审美教育书简》，冯至、范大灿译，上海人民出版社 2003 年版，第 95—101 页。

抗衡。

然而，歌德毕竟不是宿命论者，他同时提出以"断念"来对抗这种"魔力"。"断念"指人放弃个性要求，放弃"自然的必然"中与"道德的必然"产生冲突的东西。它表现人有意识的理性选择和意志，是人的道德本能使然。具体到小说《亲合力》中，断念是为了维护婚姻而舍弃激情。它在小说中构成与"魔力"相辅相成、相互对抗的力量。"魔力"在无意识中对人道德行为造成的侵袭和破坏通过人有意识的断念得到修复和补偿。小说《亲合力》中每一位主人公都一方面受到原始自然力的驱使，一方面又以不同方式在不同程度上进行断念的努力。虽然没有一个人能够达到真正意义上的断念，但不是断念的结果，而是断念的意志和努力充当了道德提升的必要手段。也就是说，对于绝对的道德要求人只能去接近，但永远不可能达到完善。人就是通过不断克服自己的原始冲动趋于道德完善的过程。

在激情和断念的力量对比中，小说主人公演示了三个层次：一是完全为激情控制而缺乏断念意志；二是以理智克服激情，具有断念意志，但最终无法真正断念；三是逾越了理智和意志而完全出于道德本能的断念。这第三层的代表就是奥蒂莉的断念。她没有像爱德华那样完全陷入自己的激情，也没有像上尉和夏绿蒂那样需要克制和挣扎。在小说中，真正阻碍奥蒂莉和爱德华结合的并非外在力量，而是奥蒂莉的道德本能。小孩出生后，奥蒂莉"为了满全她的爱"要求自己必须做到"完全无私"和"断念"。小孩溺水的悲剧把她从魔力控制中唤醒，使她意识到自己偏离了道德轨道，也使她成为有意识的婚姻的捍卫者："我从自己的轨道上滑落出来，上帝以可怕的方式启开了我的眼睛，使我认识到自己的罪过，我决心赎罪。"① 因为有了悔悟和断念的决定，她便感到自己已从过失和不幸的重负中解脱出来。她不需要对自己施加任何强力，而是在内心深处通过"完全的断念"原谅了自己。② 她本能地采取了沉默和禁食的牺牲方式。随着肉体的消亡，她的精神变得从容和愉快。

奥蒂莉的断念从某种程度上说既是对道德犯罪的赎罪，又是对激情的

---

① 《歌德全集》第6卷，汉堡版，第463页。

② 同上书，第464页。

殉葬。因为她是在爱德华生日那天，把自己装扮成一位"新娘"，带着爱德华赠送的象征嫁妆的小箱子逝去的，这表明她在死去的同时与爱人举行了天上的婚礼。这说明奥蒂莉并没有真正对爱和激情断念，但放弃了它们在此世的权利和在此世的实现。从这个意义上讲，她仍然是虔诚的婚姻和道德秩序的维护者，她的死证明人有可能通过断念获得更高一层的精神上的自由。奥蒂莉的断念显示了人性中第三种力量，即一种神性的超越自我的力量，体现了人性中超验的神性的那一部分。它最终使人克服低级的魔力，趋于完美的神性境界。

因此，小说《亲合力》一方面通过奥蒂莉这个人物把人的自然情感塑造为人的理性所不能理解和把握的真实，另一方面又通过她出于道德本能的牺牲表明，人可以超越自身固有张力，超出同类，达到神性的满全。为此歌德不惜把奥蒂莉塑造为纯洁无辜的圣母玛丽亚，并按照圣人形象描写奥蒂莉的遗体具有救死扶伤和护佑儿童的奇迹。歌德于是在小说《亲合力》中既圣化了人的自然情感，也圣化了人超越自我的道德力量。奥蒂莉成为歌德笔下又一位被诗意化了的"永恒女性"形象。

与歌德小说《亲合力》一样，冯塔纳的小说代表作品《艾菲·布里斯特》（1894）也选择贵族作为主人公。对于《亲合力》来说，贵族阶层是一个理想的实验场所。他们有充足闲暇进行纯粹社交活动，仔细品味各种情感和各种关系的微妙之处。此外，选择贵族阶层不仅最大限度排除了经济和物质问题对主题的干扰，而且贵族代表了各种传统理念和价值观。小说因此能够在一种完全审美的层面上展开。对于冯塔纳来说，贵族是现实普鲁士社会文化和伦理道德观念的载体，是普鲁士国家精神和管理上的依靠。19 世纪普鲁士国家的高层政府官员和军事统帅都必须出身贵族，这种情况一直延续到 1918 年第一次世界大战结束。从冯塔纳小说情节的每一个细节中都可以看出，作者对普鲁士国家政策、法律法规、社会秩序、伦理道德规范有着全面而深刻的了解，对于普鲁士贵族、上层市民以及有教养市民阶层的生活方式、等级意识、心理状态和社交技巧体察入微。需要特别指出的是，冯塔纳在晚年许多非文学性表述中曾经对普鲁士现存社会制度表现出激烈的批判，但在文学创作中却没有冲破诗意审美的框架。在冯塔纳的理解中，普鲁士社会连同其价值观和伦理道德规范代表了一种理想的社会模式。他根深蒂固地认为，贵族是普鲁士文化不言而喻的代表。①

冯塔纳开始进行小说创作的时间刚好与德意志帝国统一的时间一致。随着帝国统一，资本主义迅速发展，物质和金钱的地位上升，封建贵族以及市民阶层传统的价值观念受到冲击。理想主义对将逝秩序和价值的留恋与现代物质主义和虚无主义在19世纪末形成前所未有的张力。在这样的背景下各种现代思潮、艺术流派登上历史舞台。面对世纪之交的种种纷杂和混乱，冯塔纳小说一方面在贵族和市民传统中寻找依托，一方面又表现出少有的豁达和开放。小说《艾菲·布里斯特》在家乡田园风光中和解的结尾集中体现了小说的诗意特征。小说结尾没有显露任何激烈的批判，没有表现任何丑陋、平庸和不和谐的情感，而是在从容、温和、友善的与人和世界的和解中结束，因此也是在对现实的美化中结束。《艾菲·布里斯特》作为冯塔纳倒数第三部小说，在诗意与现实、传统与现代的张力中最后一次把握了文学审美的度，达到了和谐的平衡。

冯塔纳的小说继承了老年歌德开创的社会婚姻小说传统。19世纪下半叶普鲁士威廉时代的许多社会问题——从国家政策、社会伦理、等级规范到法律制度都可以在婚姻这一社会存在的基本单位中得到体现。纵观冯塔纳的市民现实主义小说，其最重要特点莫过于社会性特征。首先，冯塔纳的社会小说或称时代小说主要以婚姻为中心问题，考察的是作为社会机制的婚姻，而非人的自然情感；其次，他的社会婚姻小说以普鲁士社会为背景，从具体国家体制、法律制度、等级规范和伦理道德观念出发，考察人的社会属性与自然属性之间的关系；再者，冯塔纳笔下的女性性格各异、命运不同，她们已经不再是某种理念的象征，而是社会中活生生的人。冯塔纳笔下的年轻女性一方面在无意识中透露出人的直觉感受、本能欲望以及理性无法理解和解释的充满魔力的神秘感觉，一方面又在无意识中透露出人的社会化倾向和对社会价值的认同。社会性特征是冯塔纳小说区别于其他德语古典、浪漫和诗意现实主义小说的关键所在。小说不再是作者演绎某种主观理想和理念的场所，而是考察和探讨人的复杂社会存在的文学

---

① 参见 Pierre Bange：Zwischen Mythos und Kritik. Eine Skizze über Fontanes Entwicklung bis zu den Romanen, in Hugo Aust（Hrsg.）：Fontane aus heutiger Sicht（《冯塔纳研究现状》中的《在神话与批评之间——冯塔纳小说创作前的发展》），第17页以下。

手段。

在对待婚姻家庭问题上，老年冯塔纳的社会婚姻小说中除了《茜茜尔》以女主人公自杀的激烈形式结束外，其他婚姻上的矛盾和冲突几乎都以一种从容幽默的语气，结束在温和的和解中。这表明，在人与社会关系问题上冯塔纳并未倡导超越社会存在的人性自然，未对现行社会制度产生根本怀疑。在婚姻问题中，人到底应该听从情感召唤，还是必须无条件遵守社会秩序，只有在小说《阿杜泰拉》中，冯塔纳令笔下女主人公做出了有利于前者的选择。与之相比，在《茜茜尔》中，作者在对现存社会习俗进行质疑的同时，对无节制彰显个性、争取自由的行为进行了反讽。在《迷惘与混乱》中，男女主人公清醒、冷静地遵守了等级社会的"游戏规则"。两者都屈服于等级的约束，在"内心深处"坚信："无论如何，秩序是最好的，是国家和家庭赖以存在的基本条件。谁如果不断违抗它，就会自取灭亡"。小说《珍妮·特莱博尔夫人》涉及婚姻和财产问题，最后仍然是市民社会的游戏规则取胜，大家心照不宣地接受了财产上门当户对的婚姻。小说《包根普尔一家》涉及世纪之交文学作品中的一个普遍问题：贵族在政治和经济生活中不断趋于没落，从事工商业的大市民财产日益雄厚。于是大工商市民阶层希望借助与贵族通婚抬高自己的政治和社会地位，贵族希望通过与大市民联姻获得维持其贵族生活的财产。在这种情况下应该作出怎样的选择，冯塔纳在小说中运用对话的艺术手段回避了自己的态度。

如果说冯塔纳的社会婚姻小说做出了服从社会秩序和习俗的选择，体现了作者在价值观念上的保守倾向，那么这与他自身在普鲁士社会中的存在以及他对普鲁士社会的认识分不开。组成普鲁士社会的图像林林总总，如果寻找一个切入点来认识、考察和剖析普鲁士社会特征的话，官僚制度便是最有代表性的选择。因为它不仅是普鲁士国家政治和历史发展的产物，同时也综合体现了普鲁士的宗教、伦理和文化，构成了普鲁士社会秩序的基础。人们通常所讲的所谓普鲁士精神或美德，诸如勤奋、诚实、理性、讲求原则、强烈的荣誉感和社会责任心，等等，都可以在典型的普鲁士官僚身上找到印证。与此同时，对普鲁士文化负面的指责同样针对其官僚制度。因为以国家和集体利益为重、具有强烈功能性的特征，如被置于婚姻家庭生活中则势必造成理性与感性、原则与自由之间的冲突。小说《艾菲·布里斯特》就同时包含了贵族、官僚、婚姻和情感等各种因素。

小说的中心内容是一场婚姻悲剧。贵族出身的女主人公艾菲·布里斯特在17岁时由父母做主嫁给了38岁的殷士台顿男爵。婚后的两年里丈夫担任普鲁士下波莫瑞凯辛县县长。丈夫按部就班的公务生活和小县的寂寞令艾菲感到"无聊"。女儿的诞生和收留保姆罗斯维塔仍然无法排解她的寂寞和无聊。她终于抵御不住克拉姆巴斯少校的诱惑而"走错一步"。殷士台顿升任部长助理后艾菲举家迁往柏林,结束了这段短暂的关系。在柏林生活近七年后的一个偶然机会,殷士台顿发现了艾菲与克拉姆巴斯的通信。他感到荣誉受损,提出决斗并在决斗中打死对手,同时提出与艾菲离婚。艾菲随后被排斥在家庭、娘家和社会交往之外,靠父母补贴与保姆生活在狭小的租房中。当艾菲经过一再请求而终于得以与自己女儿相见时,却发现女儿在父亲教育下完全排斥自己,她精神彻底崩溃。艾菲生病后被接回娘家,在家乡的田园风光中离开人世,在临终前提出了与丈夫殷士台顿的和解。

小说中涉及男主人公殷士台顿的情节都暗合了普鲁士国家官员的基本性格特征。[①] 这些性格特征同时也构成导致婚姻悲剧的重要原因。公务要求的理智、克制、原则与生活需要的感性、自然、自由,公务要求的勤勉、责任心与家庭需要的"细腻""体贴",这两个层面之间不可避免产生矛盾和冲突。作者将男女主人公的新婚与殷士台顿的就职安排在一起,加之对女主人公艾菲天真、敏感性格的刻画,都使这种矛盾更加了然。

除此之外,普鲁士官僚制度对官员注重国家和整体利益的要求,对官员荣誉感和道德表率作用的要求,进一步构成了小说悲剧的主导动机。小说《艾菲·布里斯特》后半部分的关键情节都围绕"荣誉"这个概念展开。殷士台顿作出离婚和决斗决定的动机是维护整体利益和个人荣誉:"一个人生活在社会上不仅是单独的个人,他属于一个整体。我们必须时时顾

---

① 关于普鲁士官僚制度本章主要参照北京大学历史系徐健的博士论文《近代普鲁士官僚制度研究》(2002)及多篇学术论文。该博士论文是目前国内中文文献中对普鲁士官僚制度唯一全面系统的研究。它充分肯定了这种制度对普鲁士国家发展、强盛所起的积极作用。另参考徐健《十八世纪的普鲁士官僚:地位、责任和选拔方式》,载《北大史学》2001年第8期。以下有关普鲁士官僚制度特征的表述分别参见其博士论文第19、33、36、49—50、52、139、140、142页。

及这个整体的利益。我们根本不能离开它而存在。如果一个人可以离群索居，单独生活，那我可以万事罢休；但如果这样，我就辜负了放在我肩上的重任，真正的幸福将成为泡影。"① 对于一名普鲁士官员来说，这个整体和社会意味着普鲁士国家和社会，在他们所受教育中，只有国家的幸福才是个人真正的幸福。托马斯·曼认为殷士台顿那段有关"整体"的表述"正是冯塔纳本人根深蒂固的信仰"②。为了能够重新回到社会、回到整体，殷士台顿必须首先恢复自己受损的荣誉。而在 19 世纪下半叶的普鲁士，离婚和决斗是他在这种境况中唯一可以挽回荣誉的选择。③ 按照通常理解，殷士台顿决斗的决定本应出于"憎恨"或"复仇"，但事实上他不但还爱着艾菲，而且并不记恨朋友。"荣誉"和"整体利益"的动机使殷士台顿的悲剧从平常意义的婚姻悲剧跨越到另一个层面，表明作者借此探讨的是人的自然情感与社会责任、个人自由与道德要求这样永恒的问题。

对于两者之间的张力，冯塔纳在小说《艾菲·布里斯特》的结尾寻求了一种诗意的解决办法，其标志性情节就是艾菲在临终前提出了与殷士台顿的和解。艾菲在与母亲最后一段对话中说道："他会不会知道我在这儿终于醒悟了他过去的所作所为都是对的。……日后请你告诉他，我是怀着这样的信念死去的。这也许可以安慰他，让他振作精神，跟我取得谅解。"④ 在这里是艾菲自己肯定了殷士台顿的决定，是她希望得到殷士台顿的谅解，与他达成和解。她甚至是"怀着这样的信念死去的"。这说明艾菲贵族意识中忠贞、诚实、荣誉等观念早已内在化，她最终达成了与社会的和解。这同时表明，冯塔纳笔下的女性不仅有着女性自然的情感、直觉的感受，同

---

① 见 Theodor Fontane：Werke，Schriften und Briefe. 2. Aufl. Bd. 4：Sämtliche Romane Erzählungen，Gedichte Nachgelassenes（《冯塔纳作品文论书信全集》第 4 卷：《长短篇小说、诗歌、遗作全集》），Hrsg. v. Walter Keitel u. Helmuth Nürnberger. München（Hanser）1974，第 235 页以下。

② 参见 Thomas Mann：Das essayistische Werk. Bd. I.（《托马斯·曼论说文集》第 1 卷），Frankfurt a. M. 1968，第 106 页以下。

③ 决斗是为争取法律保护所涵盖不到的东西，如尊严或荣誉的自救手段。"一个人犯了罪，如因自己的激情侵犯了他人或他人家庭的荣誉，那他必须以其生命和人格挽回其所作所为"，这是为决斗辩护的传统观念。参见 Walter Schafarschik（Hrsg.）：Theodor Fontane. Erläuterungen und Dokumente（《冯塔纳——解释与相关资料》），Stuttgart（Reclam）1972，其中有关 19 世纪末普鲁士关于决斗的讨论见第 155 页以下。

④ 见《冯塔纳作品文论书信全集》第 4 卷，第 293 页以下。

时也是生活在社会秩序和习俗中的社会化了的人。

对艾菲因为自然情感受到压抑而走向破坏婚姻的行为，作者在小说字里行间透露出同情态度，尤其在小说结尾，作者通过向日葵和洁白的日暑诗意地表达了对人自然情感的肯定。但另一方面，作者又通过艾菲自己的价值判断，尤其通过她的罪恶感表达了她的社会意识。艾菲的婚姻虽然由父母做主，但殷士台顿的出身、外表、性格、教养、地位及仕途前景都符合她贵族的骄傲和爱慕荣誉之心。对于那个毫无责任心又无高贵气质可言的诱惑者克拉姆巴斯，艾菲并没有真正的爱。① 只是她天性中喜欢新奇、偷吃禁果的倾向与克拉姆巴斯性格中的轻浮、散漫不谋而合。为自己的罪过艾菲感到恐惧、羞耻和良心不安。小说中多处自白表现出艾菲不但认识到自己"确实有了过失"，而且为此"感到内疚"。她除了感到"死一样的害怕，永恒的恐惧"外，还为自己的谎言和欺骗感到"羞愧"和"害臊"。② 往日的情景总"像影子一样尾随着她"，令她"痛苦万分"。③ 也就是说，对婚姻的不忠并没有使她获得任何幸福或精神上的安慰和自由。恰恰相反，罪过和自责一直重压在她心里。基于这种负罪感，艾菲对丈夫的决定、父母的"谴责"和社会的拒绝没有提出异议，更没有表现出任何反抗。

至此，普鲁士社会中年轻女性身上不可名状、难以言表，甚至具有神秘色彩的各种自然情感，她们潜意识里对情爱和性爱的渴望，与她们头脑中根深蒂固的贵族意识以及等级、荣誉等社会观念，这两方面特征都在小说中得到细腻的体现和表达，并且由作者以充满理解、宽容和爱意的语气表达出来。小说家冯塔纳一方面充满理解和同情地肯定了年轻女性的自然情感，但这并不意味着他一定把社会作为其对立面，仿佛社会并非她们存在和活动的空间，而只是压抑人性的机制。崇尚人性自然与认同社会规范两个层面的含义都在年轻女性身上得到体现，且都在不同程度上被赋予了存在的理由。

---

① 见《冯塔纳作品文论书信全集》第 4 卷，第 275 页。

② 同上书，第 204 页以下。

③ 同上书，第 220 页以下。

四

上述 19 世纪德语小说的作者本身来源于贵族或市民阶层，他们对个人成长发展，对人与社会关系的考察首先站在市民立场。也就是说，这些现实社会中的良民不可能逾越自己存在的界限，去提倡无限制的自由，或对市民社会的价值进行批判和颠覆。但艺术家的敏感又让他们感觉到传统和社会习俗对人性的压抑，感觉到市民的刻板和狭隘，不断对自身存在产生怀疑，对现实社会中不合理因素进行讽刺或反讽。文学创作不但成为他们达到认识人性和审美追求的途径，同时也成为他们寻求内在精神自由，逾越理想与现实反差的途径。

政治、经济落后的德意志，在 19 世纪拿破仑战争以后才真正开始了工商业发展和现代化进程。因此，德语文学中对现代化问题的描述和思考比英法滞后近一个世纪。作家们自觉或不自觉地以传统、精神、永恒的价值和秩序对抗物质主义、市场经济和人文思想领域中的自由主义、悲观主义和虚无主义，试图以诗意的审美美化现实，达到理想与现实之间最后一次平衡与和解。与 20 世纪现代文学所表现的主观主义、人的异化、人格分裂相比，在 19 世纪自然主义以前的德语小说中，在对待人的自我发展和人与社会关系问题上，作者的态度是两难的、悖论性的。一方面，他们处在启蒙传统之中，对人的和谐发展抱着乐观主义态度，相信人可以克服自身内部以及个体与社会的张力，达到自身内部的和谐统一以及与社会的融合。而达到这一理想的途径就是放弃对个性的张扬，服从社会秩序、认同集体的伦理道德规范、接受具有普遍约束力的价值观念。因此，无论古典、浪漫还是现实主义作品，19 世纪德语小说大多以不同程度的断念思想结束。尤其大师们晚年的作品无一例外显示了断念的态度。成长发展小说中主人公的断念表现在舍弃纯粹精神幻想的艺术追求，从事与社会发生实际关系的市民职业，并结成市民意义上的婚姻家庭。爱情婚姻小说主人公的断念表现在舍弃激情，维护婚姻秩序。"断念"倾向表明了作者对现实的接受，对社会秩序的认同以及对道德的辩护。19 世纪德语小说的诗意审美也正是在道德基础上才得以实现。

另一方面，19 世纪德语小说中对人和谐发展的信念同时受到现代化物质、经济和自由主义的冲击，且对人道理想持怀疑态度。而且这种对自身价值的怀疑和反讽随着时间推移越来越明显。那么，19 世纪小说如何逾越了认同与怀疑之间的张力呢？——通过各自不同的艺术形式。艺术形式使诗意的审美成为文学的可能。

在 19 世纪初，诺瓦利斯的小说意欲通过设立绝对的理念，来对抗法国大革命造成的混乱。而浪漫理念的演绎与小说叙事就势必造成不可逾越的张力。因此，小说《海因里希·冯·奥夫特丁根》中对人和谐发展的追求并未体现在小说基本叙事层面，而是移动在人物充满思辨的对话、插入的童话或作者未完成的庞大的写作提纲中。人的和谐发展成为形而上的口号、理想的蓝图和永恒的目标。德国早期浪漫派提出的"总汇诗"的小说创作纲领，使这种意图成为可能。因为根据这种诗学，小说可以包容一切思想和一切文体，可以随心所欲抒发感情、哲学思辨、演绎理念，可以将诗歌、童话、哲学断片融入小说的基本叙事中。也就是说，早期浪漫派特殊的小说理论，使小说表述人和谐发展的理想成为可能。

在凯勒的《绿衣亨利》中，个人与社会、主观理想与客观物质现实之间的张力是通过幽默的叙事口气表现出来的。幽默因此成为"美化"现实的转换器，成为使现实诗意化的艺术手段。① 凯勒的幽默形式包括幽默、自嘲、反讽、滑稽和怪诞。所有这些形式都缓解了主人公失败的痛苦，使其与社会的和解成为可能。幽默同时构成个人与社会之间交流的媒介，帮助将对立的两极相对化，并营造出一种超然态度。凯勒小说自嘲与幽默的不同之处在于，它表现的是一种"忧伤的幽默"，并不能给人带来真正的笑。它在可笑与滑稽中透露出严肃与忧郁。比如亨利离乡时携带的骷髅便带有明显自嘲性质，他与骷髅形影不离的形象既造成滑稽怪诞的效果，又具有类比意义，预示了亨利艺术生涯的失败。

另一个能够集中显示凯勒式幽默和自嘲的便是作为小说名字和主人公身份象征的"绿衣亨利"。这是旁人对亨利充满滑稽和嘲讽意味的称谓。它首先显示了父亲早逝后雷家母子物质上的匮乏。其次它暗示了亨利在别人

① 见 Wolfgang Preisendanz：Humor als dichterische Einbildungskraft. Studien zur Erzählkunst des poetischen Realismus（《作为文学想象力的幽默——诗意现实主义的叙事艺术》），München 1977，S. 127.

眼中的性格特点：幼稚、单纯。这里面隐含一个文字游戏，德语中称人为"绿色"是幽默地讽刺不谙世事的年轻人。而有意思的是亨利自己也欣然以之自嘲。再者，来自父亲的绿色制服同时代表了父辈身上的市民理想，从而"绿衣"也是亨利对精神和理想追求的象征。因此，这个幽默的称谓成为亨利物质贫乏和精神丰富，世人眼中的不成熟与自傲，父辈理想与市民现实两极之间的转换器，也成为文学审美意义上诗意与现实之间的转换器。

　　比之成长发展小说，在社会婚姻小说中，个性发展与社会秩序束缚之间的对抗似乎更为激烈，对人是否能够达到理想的和谐发展表现出更为深刻的怀疑和反讽。与之相应，古典的叙事形式逐渐为各种现代叙事试验所取代。现代叙事的起因和结果都是消除意义中心，颠覆对理想和谐的建构。晚年歌德的小说《亲合力》从内涵到形式都存在冲破古典格局的倾向。从小说内涵来看，它借助爱情婚姻问题探讨了人性的基本问题。它始终按照自然科学的模式，对人是否能够达到和谐统一进行了一场试验，而自然科学的试验不需要价值判断和道德取向，本身就消除了对意义的建构。小说虽然以断念结束，但这种断念本身就是悖论性的。从叙事形式上，小说第二部分开始变得散漫，作者通过安排社交闲谈和对话，插入了大量对同时代时髦问题的探讨，同时以格言警句形式插入大量生活哲理和至理名言。所有这些意向发散的异质造成小说局部解构。但作者还是通过两项基本古典艺术形式，至少从外部结构上维护了小说叙事的整体性，从而也从形式上建构了一个整体秩序。小说《亲合力》在外部结构上采取古典布局，共分两大部分，每部分各 18 章。小说时间、地点、情节统一，同时使用象征将时间、地点、物品、人物、对话和事件统一起来。意思固定的各种象征符号作为母题不断轮回出现，与那些具有发散性的异质相对抗，对小说的内涵和形式都起到了整合作用。

　　对时代变迁异常敏感的歌德在 19 世纪初开辟了德语社会婚姻小说传统，真正继承了这一传统的是 19 世纪末老年冯塔纳的创作。虽然两人的作品相差了近百年，但在对待人性基本问题的两难态度上却十分相似。生活在普鲁士社会中的老年冯塔纳的断念似乎比歌德的还要彻底。但与此同时，他对时代变迁也表现出更为无奈的态度。歌德在《亲合力》中至少还试图运用古典叙事形式把握整体和意义。在其后出版的《威廉·迈斯特的漫游时代》（1821/1829）则已经试验了具有现代特征的开放性叙事结构。到了冯塔纳这里，开放性叙事已经成为明显的创作意图。冯塔纳的小说采用再现人物对话、信件和社交闲聊的手段来代替叙事。叙事者因此隐退到叙事背后。作者既不采用第一人称叙事，又最大限度消解了全知全能的叙事者。小说因而避免了直接的人物刻画、失去了用叙事语言表达的心理过程，就连情节也借助于对话展开。这样的叙事显示出作者避免直接发表自己观点、表明自己态度的意图。他让各类新旧观点和对立的人物、力量、立场、态度在对话中自由交锋和碰撞，并以此化解作者的话语霸权和意义中心。因此，同时代评论家王德奈（Wandney）不无道理地认为，小说因此"丧失了塑造的力量"。德语小说的思辨性和内在性特征也随之消失，个人的主观玄想或透过个人价值观念对世界的认识为社会的、时代的、多元的图像所代替。小说不再是某种理念的图解或阐释，而是社会生活的登场和演绎。

　　在小说《艾菲·布里斯特》中，诗意的道德建构与对传统价值的怀疑和反讽达到最后一次平衡。在该部小说中，一系列关键性情节都不是通过叙事者的直接叙述，而是通过人物对话、谈话或信件似乎在不经意中暴露出来。针对后来出版的《包根普尔一家》，冯塔纳认为"它不是在解释'为什么'，而是在展示'什么'（即人物和事件本身）"。[1] 冯塔纳的小说再现社交场景和社交对话的艺术形式是其作品迈向现代文学最大胆的一步。它甚至标志了现实主义的终结和现代文学的开始。《艾菲·布里斯特》就已经在艺术形式上被托马斯·曼誉为冯塔纳"最现代的作品"，它"明显超越了市民现实主义阶段，指示了以后的发展方向"。[2] 这同时表明，在19世纪最后20年里，随着资本主义发展，社会和人们的认识都变得多元。生活在普鲁士都市柏林的作者冯塔纳似乎已经敏感意识到，传统的叙事已经无法表达多元、纷杂、散漫的社会图像，作家也很难再像传统文学那样建构起任何具有普遍约束力的意义。冯塔纳的艺术形式化解了以因果关系建构的意义中心，打破了人们传统上，尤其是启蒙以来对文学作品精神指导和教

---

① 　冯塔纳致 Siegmund Schott 函，见《冯塔纳作品文论书信全集》第4卷，第825页以下。

② 　Gerhard Plumpe, Theodor Fontane：Das Ende des Realismus und der Beginn moderner Literatur （《冯塔纳——现实主义的结束和现代文学的开始》），in Edward McInnes/Gerhard Plumpe （Hrsg.）：Bürgerlicher Realismus und Gründezeit 1848－1898, München, S. 678.

化作用的期待。小说叙事的任务从以诗意的审美探讨，展示、建构人的和谐发展的目的，转变为对现代人存在的各种可能性的探讨。古典、浪漫和现实主义文学所倡导的"美化"和"诗意化"也随之瓦解。

第五章

现代化进程中的德国文化

　　德意志民族被称为"迟到的民族"，意谓德国人在进入现代化的时间点上比其西欧邻国慢了一拍。就因为迟到了一步，德国的现代化进程与其邻邦相比，便呈现出极为不同的形态，这又导致一个新的术语的产生，即"德意志的特殊道路"。世界各民族、各地区秉承各自不同的历史、文化与传统，进入现代化的路径也不尽相同，自不待言。走在这条"殊途"上的德国文化与文学，其形态与属性自然也殊于西欧其他各国。所以考察在其"殊途"上行走了两个多世纪的德国文化之前，先回顾一下德国进入现代化的先决条件颇有裨益，这是理解德国为何"迟到"的钥匙。

　　德国自公元 10 世纪建国以来，"神圣罗马帝国"便身处欧洲中央，老帝国基本上没有天然边界。特殊的地理位置注定了德国人必须更多地同其他地区、其他民族产生交往，这一空间上的不利因素也注定了德国问题的解决往往并不取决于德国本身，而是欧洲各国、各种力量角力的结果。如果外部条件有利于德国，德国便得到更大的发展机会，尤其是向东进行扩张；反之德国将会被其邻国钳制乃至控制。

　　长期以来，德国身处强敌环伺的环境之中，所以德意志人陷于一种特殊的政治地理中：一则没有天然屏障，即没有保护地带和缓冲区；二则在遭遇强敌的情况下无路可逃，唯一的退路就是退回内心。这种独特的政治地理参与了对德意志文化特质的塑造，德国文化中颇为引人注目的"内在性"与此不无关系。在现实政治中，德国不得不长期保持一支强大的军事力量，为此付出巨额的军费开支。相比之下，英国作为一个岛国，则少有此顾虑，多数情况下并不需要一支强大的陆军。俄罗斯在其东部也没有被进行军事打击的忧虑，可以把全副精力投入到欧洲事务中。而且历史已经证明，德国人梦寐以求的统一，都是与俄罗斯的盛衰有关，即所谓"克里米亚效应"及其翻版。

自从奥斯曼土耳其人攻占君士坦丁堡以来，欧洲与亚洲的贸易通道被切断，迫使欧洲人不得不越海去寻找新的商路，导致欧洲的经济中西移，过去一直得益于欧亚贸易的德国南部丧失了商业上的优势，把发展的主动权拱手让给大西洋沿岸。

除了空间的不利条件之外，历史也没有给德国以青睐。德意志长期实行皇帝的选举制，结果是各方诸侯坐大，形成了事实上的政治分裂。这种小邦分治、小国寡民的政治格局致使德国无法形成统一的民族国家，错过了17世纪民族国家形成的机会。17世纪初的30年战争尽管不是德国的内战，但却是在德国的土地上进行的，经过这场大战的"洗礼"之后，德国的人口损失了三分之一，致使劳动力长期不足；而且战争给予正在发展之中的市民阶层以毁灭性的打击，不但使许多城市被毁，市民丧失了赖以生存的栖身之地；而且人口的减少、财富的丧失使人们的需求被降到最低限度，城市的手工业和商业失去了大片市场，这场大战的结果是德国的历史发展被延迟了一个世纪。

丧失了先机的国家，为了追上发达国家，不得不以一种强制的方式开始现代化，其表征之一就是出现强有力的"明君"，并以极端手段强制推行现代化，无论是俄国的彼得大帝，还是普鲁士的几个国王，都是如此。这种态势使德国被迫地对现代化作出反应。

一

在开始工业化之前，德国就已经对现代化作出了反应，普鲁士在18世纪的崛起就是一例。普鲁士凭借着从波罗的海到大西洋的海路输出其农产品，借此参与了大西洋沿岸国家经济的快速发展。早在17世纪，腓特烈大帝的祖父、大选侯弗里得里希·威廉已经替普鲁士后来的发展奠下了基石。他汲取法国启蒙运动的理念，按照法国的模式对国家机构进行大刀阔斧的改革，使普鲁士的国家管理机构迅速合理化，普鲁士官僚机构的效率飞速提高。为了富国强兵，他紧紧抓住军队和教育不放。经济政策上他积极发展重商主义，扩大出口，限制进口，增加外汇。

对于地处"三明治"之中的德意志—普鲁士而言，军队是成为强权的支柱。大选侯建立了一支常备军，此后他的后继者继续发展军队，军事因此同普鲁士的现代化结下了不解之缘，所以如同沙俄一样，普鲁士的现代化是经由军事化来完成的。除了整军备战之外，大选侯看到教育乃强国兴邦之根本，所以他重视教育，责令各地兴建学校。弗里得里希·威廉之子、"大兵王"弗里得里希·威廉一世步其父之后尘，狠抓教育和军队。1722年，普鲁士颁布法令，规定每一个乡镇必须建立一所学校。一代人之后，普鲁士在基础教育方面已经把欧洲其他国家抛在身后，跃居榜首。1740年，腓特烈大帝登基，他继续致力于强化普鲁士国家的理性特征，促进经济、军事和文化的发展，普鲁士现代化的速度加快。即便是在拿破仑战争中败北、不得不偿还拿破仑提出的高额赔偿的情形下，普鲁士的国王和改革者们仍然拨出款项发展教育，于是才有了洪堡的教育改革。

在与西欧国家的贸易活动中，输入的不仅是物质，而且也有精神产品。西欧的自由贸易学说、政治学说也通过贸易传入普鲁士，普鲁士的文化因此接种了西方文明的基因乃至产生变异，所以在老帝国内部，普鲁士得风气之先，成为最开明的邦国。只有把这一点纳入考虑的范围，才能解释德意志诸邦国中普鲁士何以率先开始现代化，"开明君主专制"何以在普鲁士这样一个欧洲文明的"化外之地"生根开花，康德、赫尔德等大思想家何以产生在德国的边陲普鲁士而不是富饶的西部。

二

18 世纪肇始于英国的工业革命蓬勃发展，引起了英国社会的变革加速。18 世纪 60 年代，浪漫运动作为对工业革命的回应产生于英国。此时的德国还没有开始工业革命，但是在精神上、意识中已经比在经济上、社会实践中先行一步，对工业文明作出了回应，其表现形式就是始于 18 世纪 90 年代的德国浪漫派。德国早期浪漫文学派津津乐道的一系列概念，诸如"反讽""断片""神话""总汇诗"，等等，都与社会、意识的变迁及其引发的问题有密切联系。新的历史观业已形成，在德国早期浪漫派看来，历史的发展呈直线，世界不再有一个"末日"，而是无穷无尽。针对这种新的历史观，早期浪漫派强调"无限"的观念。针对社会的物质化，他们提出了世界的"诗化"，诺瓦利斯有言曰："这个世界必须浪漫化。"所谓"浪漫化"，就是"诗化"，文学的地位陡然上升，文学被赋予了改造世界的功能。

德国后期浪漫派则呈现出回归历史的趋向，这一转变决不只是一种政治诉求或文学观念的流变，更是一种对工业文明的应答。社会的变迁以加速度的态势发展，导致感觉的形式发生变化，时间的观念日益加强。面对正在从熟悉变得陌生的自我，过去的事物一旦过去，便永远成为往事。在此之前，成年人可以在儿童的身上看到自己的孩提时代。而在飞速发展变化的日常生活中，每一代人的生活都彼此不同，每一个人类个体的童年都变成了一次性的，无法在下一代儿童身上重现，童年变得越来越生疏，因此产生了"童年"的概念。无论是往事还是童年，都只存在于回忆之中，因此又产生了对往事和童年的追忆。德国浪漫派在作品中热衷于"童话"的创作，与对"童年"的追寻有着极大的关系。从这个视角出发来审视德国浪漫派对于童话的情有独钟，可以拓展我们理解浪漫派及其所处的时代的维度，避免仅仅从民族主义和民族意识的方面来考察。

面对渐行渐远的熟悉的精神家园，德国浪漫派文学提出了"乡愁"的诉求，用以追寻正在失去的精神家园，"乡愁"作为一种文明病开始蔓延。德国早期浪漫派在作品中走向内心，通过反思、思辨在精神的层面寻找家园，而后期浪漫派则走到自然中，在"林中孤寂"里去寻求。面对日益分裂的世界和已经开始的异化现象，浪漫派人士也作出了强烈的反应，无论是诺瓦利斯对宗教改革的批判、对中世纪大一统的教会的向往，还是奥·威·施莱格尔对启蒙运动的批判，都不能脱离这个背景来考察。尤其是诺瓦利斯那篇长期极受争议的《欧罗巴是基督教的欧罗巴》里所赞美和追求的欧洲的统一，今天正在假欧洲联盟这个政治、经济实体，在朝向文化共同体的路上跨出关键的一大步。

中世纪的基督教教会大一统早已不复存在。随着民族国家的建立和民族国家理念的兴起，每个地区、每个国家忽然都有了自己的历史，"历史"

从单数变成复数，成为"进步"时代中的主导性概念。在启蒙运动的直线发展观的观照中，历史呈直线发展，不可重复；于是处在历史中的人也是不可重复的，人的个性、独创性变成极具价值的事物。这种观念最清楚地表现在艺术中，艺术从模仿自然变成创造自然，人的价值也得到了提升。随着理性的唯我独尊，人与自然的疏离日益加深，"自然"便成了被找寻的对象。德国后期浪漫派作家沙米索的小说《彼得·施勒米尔奇遇记》从人失去影子这样一个看似无足轻重的事件着手，揭示出人一旦背离自然，会遭到怎样的报复。后期浪漫派作家艾欣多夫创作了中篇小说《一个无用人的生涯》，不但赞美人向自然和自我的回归，而且继承了弗·施莱格尔呼吁的"慵懒"诉求，树立了一个"懒散"的形象，直接同后期启蒙运动倡导的理性、实用的功利主义相对抗。

三

　　19 世纪初的德国，受到现代化的西方邻邦的强烈冲击。尤其是在法国大革命和拿破仑战争的冲击下，作为一个后进国家，为了自我保护，求得生存和发展，德国不得不对西方现代化进程作出回应，进行现代化的尝试，其中最重要的莫过于普鲁士的改革、1848 年的革命和德国的统一。但是现代化在德国不是自然生长起来的，而是由统治阶层为了维护民族利益，并且首先是为了维护其自身的利益而"自上而下"推行的。这种"自上而下"的革命是德国现代化进程的根本特征。统治阶层当然不可能推行一种以消灭自己为代价的现代化，所以普鲁士以及德国的改革有一个基本点，即实现现代化的目的是为了维持旧有的制度，用现代化的手段来维护之前现代化的秩序。这就导致了手段与目的的背离，正是这种背离使普鲁士及德国的现代化陷入了悖论。此外，作为一个"迟到的民族"，德国力争在最短的时间内搭上现代化这趟车，因此必须在付出最小的代价的条件下实现现代化。

　　普鲁士的改革首先着眼于非常不适应社会发展的前现代化体制，力图使国家机器及整个体制适应变化了的或正在变化的现实。19 世纪初的拿破仑战争终于惊醒了德国的有识之士。1806 年，在历史中苟延残喘了一千多年的"神圣罗马帝国"终于寿终正寝；耶拿和奥尔施台特战役失利后，普鲁士被占领，大片领土被拿破仑吞并，普鲁士举国震惊，改革的呼声越来越高昂。1809 年，普鲁士首相封·施泰因男爵在主张改革的国家官僚队伍的支持下，对普鲁士进行了大刀阔斧的改革；封·施泰因被迫辞职后，他的继任者封·哈登贝格完成了他的未竟事业，普鲁士的面貌为之一新；改革给普鲁士在 19 世纪的迅速发展打下了一个坚实的基础。

普鲁士改革的主要内容很广，包括社会、法律、经济、政治、教育、军事等方方面面的改革，其中特别重要的当属解放农奴、赋予农奴以购买土地的权利；城市手工业和商业中自中世纪流传下来的行会制度的垄断被打破，工商业的自由得到了保障；市民有权购买土地；贵族不得从事工商业的禁令被取消；城市管理实行自治；军队的改革则包括 1814 年实行的普遍兵役制，中、高级军官的官职不再为贵族垄断，军队开始了市民化的过程。普鲁士的改革中尤其重要的是威廉·封·洪堡进行的教育改革。洪堡建立了全国统一的教育体制，创建了柏林大学，而且秉承培养全面发展的"新希腊人"的理念，把大学办成不同于英、法的高等专业学校的、科学研究和教学并重的教育机构。洪堡的教育改革成果斐然，19 世纪德国的科学技术和人文科学飞速发展，德国科学家取得令世人瞩目的成就，首先应归功于洪堡的改革。德国的教育理念和体制也得到了国际上的承认，19 世纪中期，美国接受了德国的教育理念，复制了德国的教育体制。

四

受到英、法、美等国政治现代化的示范作用的影响，更由于德国国内经济、社会、文化发展的压力，19 世纪德国面临的一个首要问题就是政治的现代化，1848 年的革命是德国人在全国范围内进行政治现代化的第一次努力。

法国大革命向德国人展示了一个事实，即民族国家是一个国家实行现代化的基本框架。"西方"的经验表明，现代国家的发展离不开个人对国家事务的参与，而个人参与政治的条件是民主，但是民主又必须以一个文化和语言上统一的共同体为先决条件，民主和统一乃是一个整体。所以"自由与统一"成为德国发展的首要目标。为了追寻统一，文学再次被赋予了文学以外的功能。诗人法勒斯莱本创作了《德国人之歌》，充分表现了德国人对于统一的热望。这首诗被不断地传唱，最终成为了德国的国歌。歌德、席勒创造的魏玛古典文学被奉为圭臬，成了"魏玛经典文学"。小城魏玛被塑造成了德意志精神的象征，向德国人昭示着德意志文化的成就和德国文化的统一。

但不幸的是，德意志人拥有共同的文化和语言，却并不是生活在一个统一的国家里。老帝国处于事实上的分裂状态中，其版图被称为"打满补丁的地毯"；此外还有大量的德意志人生活在斯拉夫人的国家里，所以"政治民族"的概念无法适用于德国，德国人只能接受"文化民族"的概念。早在启蒙运动时期，赫尔德就提出了"文化民族"的概念来解决德意志人的民族性的问题。但是当德国的民族主义与专制国家联姻后，文化民族主义对文化、历史特别是对血统的强调，在畸形的民族主义思潮中产生了严重的后果。

维也纳会议制定的新的德国版图仍旧包括三十多个拥有主权的德意志国家，国家的分裂状态已经严重影响了经济、社会和政治的发展，与正在出现的新的国际国内的现实极不相称。但是德国国内各邦国的君主，尤其是多民族国家奥地利决不愿意把自己的主权拱手相让，德国的统一进程受阻，"自由与统一"这个双重目标中统一的理想被邦君们扼杀了。法国大革命和拿破仑战争以强制的方式把现代化塞给德国人，而维也纳会议则又把前现代化的秩序带回德国。当政治改革的要求受到极其严厉的打压时，德国市民们被迫退出政治，退回家庭，退回个人，退回内心，把家庭、家居生活、日常生活发展成了一种特殊的文化，即所谓"彼得迈耶尔"文化。阿达尔贝特·施蒂夫特的作品被看成彼得迈耶尔文学的典范之作。当1848年革命最后以失败告终时，追求统一的民主力量看到"自由与统一"二者不可得兼，于是放弃了民主自由的要求，转而先争取统一的实现，民主与民族分道扬镳。在后来的统一过程中，"小德意志方案"战胜"大德意志方案"，同为德意志人的奥地利被排除在德意志的民族国家之外。在这个政治、社会矛盾空前激烈的时代，德国的文学并未旁观；恰恰相反，德国文学以高度的热情参与了这一过程。德国文学这个时期的特点，是高度的政治化，"青年德意志"文学就是一个文学参与政治的范例。

　　既然德国的统一无法自下而上地发生，就只有自上而下地实现，于是历史就给"自上而下"革命的始作俑者俾斯麦提供了一个绝好的舞台。俾斯麦通过三场对外战争，最终实现了德国的统一，同时把争取民主的力量置于一个两难的境地中：或者要民主，或者要统一。德国的爱国主义者不得不放弃了民主的诉求，转而支持没有民主的统一。这样一来，俾斯麦就把德国人的民族认同争取到了自己一方，从这个时刻起，德国人在民族问题上不是与"Volk"（民族）认同，而是与"Obrigkeitsstaat"即"专制国家"认同。德国的统一是为了对建立民族国家的要求作出回应，到头来却走上了一条不同于西方国家的道路，即所谓"德意志特殊道路"。第二帝国一方面最大限度地保留旧有的秩序，一方面又在现代化进程上实现了跨越式发展，经济、法律、科学、技术获得了长足发展。这种手段与目的的背离再次给后来的发展埋下了不可调和的矛盾。

　　另一方面，德国姗姗来迟的现代化也使本国的社会集团之间的关系错综复杂，呈现出不同于老牌发达国家的面貌。在德国，贵族尚未退场，工人便已登场；市民还未胜利就面对一个新的强大对手无产阶级。作为现代化的主体，市民阶级与贵族的斗争尚未结束就又面临着工人阶级的登场，市民处在两面受敌的状态，不得不同贵族联手与工人角逐。于是市民阶级的斗争性大大减弱，市民在带领民族实现现代化的过程中无法担纲起领头羊的作用，贵族也不得不依靠市民来同无产阶级对抗。市民与贵族的联手，使德国的专制国家愈发强大。

　　在这样一种生存环境中，市民精英走出了一条独特的生存之道：读书做官。为了跻身社会上层，改变自己和家庭的社会地位，让自己的子弟接受尽可能完善的教育，对于出身平民的中产阶级来说具有极大的诱惑力。市民中产阶级也具有这样的经济实力，他们于是热衷于把子弟送去接受教育。国家的统治者、贵族也急需大量的专门人才参与到国家的管理中，以提高国家管理的效率，所以市民的要求与国家的需求一拍即合。德国近代文化中对于"文化教养"（Bildung）的重视进一步增强。

　　1871年打败法国后，第二帝国建立，"德意志帝国"又重现在历史舞台上。靠着法国的巨额赔偿和德国的统一，德国经济进入了一个高速发展期，所谓"创业时代"应运而生。有产阶级普遍忙于挣钱和投资，挣了钱后也开始消费，一时间，吃喝潮、装修潮、收藏热等现象纷至沓来，这个现象同二战后联邦德国的消费热潮颇为类似。生活的节奏越来越快，时代的发展速度太快，对物质的追求压倒了对精神的追求，留给反思的时间越来越少，所以在文化上这是一个颇为乏味的时代："这个时代对于生活在其中的人及下一代人来说，根本就没有一个面貌"①，这个时代的风格就是没有风格。但是这个时代也是一个经济和科学技术长足发展的时代，技术创新接踵而至，石油发动机和汽车的发明表明新的时代业已来临。

<h1 style="text-align:center">五</h1>

　　德国 19 世纪初的改革给社会的结构性变迁提供了基础，等级之间的隔阂逐渐减少，等级制度松动的速度加快，德国社会从等级社会向阶级社会转型，社会的现代化已经势不可当。新的法律保障了婚姻自由，加上医疗条件和营养状况的改善，德国出现了人口爆炸的现象，社会中下层的人口数量大增。迁徙自由保障了人口的流动性，这就打破了人口原有的地域和等级格局，创造了新的、按照经济收入来界定人的社会阶层属性的环境（Milieu）。

　　传统的德国社会是按照地域、职业、等级等原则来组织的，一个人从出生到死亡基本上生活在一个固定的世界中。这种静态的生活世界一方面把人束缚在父辈的职业和等级中，一个人是否能够结婚生子、能否前往他乡寻找发展的机会，都由不得自己，个人的能动性受到了极大的限制。但是另一方面，这种静态的生活世界也给生活在其中的人提供了各种保障，譬如人口的增长得到了控制，个人只要遵守等级、行会、职业的各种规则，就可以生活在一个安全的世界里——例如在这种世界中，饥饿并不是一种常见的现象，不属于日常生活的体验。

　　在现代阶级社会中，一个人的地位不是由血统和出身先天决定的，而是由经济地位所决定。大量的小市民沦为无产阶级，农民进入城市后也加

---

　　①　Egon Friedell, Kulturgeschichte der Neuzeit, C. H. Beck, 1996, S. 1302.

入了无产阶级的行列；市民中的一部分产业精英脱离市民阶层，上升到社会上层。一个史无前例的社会大分化降临到德国，德国社会被重组，开始了"碎片化"。传统的等级、社团等组织纷纷解体，新的组织形式逐渐出现。

作为碎片化的后果，德国社会的两极分化加剧，阶级斗争取代了过去的等级之间的冲突。随着大量农村人口流入城市，城市化的速度也不断加快。哪里有工作就到哪里去，人口的流动把大众从传统的社会机制和宗教组织中分离出来了；来自不同地区、不同等级的移民按照经济状况来居住的，人人都是萍水相逢，传统社会的秩序被割断了。人与人、人与家庭、人与地域、人与教会的联系或被弱化，或被剪断，旧有人身依附在城市化的浪潮中失灵，城市化彻底打破了传统的等级界限。国家和教会的影响力大大降低。尽管教会和国家为传统社会的瓦解而忧心忡忡，采取了种种措施，但是传统社会的解体已经势不可当。

碎片化的另一个后果是社会和文化的多元化。各种利益团体、文化社团纷纷建立。一句德国谚语说："只要有三个德国人在一起，他们就组织一个社团。"各种社团（Verein）一定程度上给碎片化中的人们提供了一个沟通和认同的平台，也提供了一定的安全感，所以德国社会特别突出的"社团文化"也可以从这样一个维度来考察。政治党派作为最重要的利益团体发展迅速，各种政治力量都机构化，组成了代表某个阶层或利益团体的党派。1875年，拉萨尔的"全德工人联合会"与贝贝尔和威廉·李卜克内希的"社会民主党"实现了联合，德国社会民主党诞生，标志着工人阶级在政治上的强大。工人运动的壮大，也催生了一个文学流派——无产阶级文学。

六

1890年，俾斯麦辞去首相职务，俾斯麦时代结束，德国进入威廉时代。威廉时代的德国，综合国力大增，急于要给飞速发展的德国经济寻找市场，而且德国也不再甘于做二等强国，所以要开拓海外殖民地，要同老牌发达国家争夺"阳光下的地盘"。威廉时代的德国，也是德国市民阶级终于掌握了社会的控制权、进入社会主流的时代。皇帝威廉二世本人就被视为这个时期德国市民阶级的代表人物。

经济实力的增长，使贵族与市民阶级之间力量对比的天平向市民一方倾斜。德国市民有史以来第一次感到了自己的力量之强大，沉醉在这种力量产生的眩晕症之中。但是市民和贵族之间既存在对抗，又因同无产阶级的抗衡而合作，所以市民阶级自身的现代化受到了极大的限制。而且一切都来得太快，市民阶级来不及消化这种力量感，来不及创造一套自己的规范，于是就效仿贵族的生活方式和行为规范。鉴于军队在国家中的重要性和军人在社会中的地位，市民们纷纷以穿着军服为荣，从军的市民觉得自己仿佛已经是半个贵族。政府机构、学校、公司的办公室、工厂的车间里充斥着军营里的声调，上级下达指示的口气有如下级军官在发布命令，德国的市民文化中夹杂了许多贵族文化，因而也是前现代化的因子。作家楚克迈尔创作于魏玛共和国时期的名剧《科本尼克的上尉》中，德国社会对于军人的崇尚、军服的魅力和威力被表现得淋漓尽致。

威廉德国的综合国力已跃居世界三强，"建国时期"便已出现的物质主义在威廉时代进一步发展，"诗人与哲人的国度"不得不让位于经济与技术："在柏林，执掌政权的不再是费希特和黑格尔，而是西门子和哈勒斯克，洪堡兄弟让位于布莱希洛德尔兄弟；在耶拿，蔡斯作为席勒的弟子获得了世界声誉；在纽伦堡，丢勒的作品被舒克尔的作品取代。"① 威廉二世本人的话说得更明白："对，在我的帝国里，黑格尔和费希特这样的家伙是没有地盘的。"② "克虏伯钢材"不但是德国工业化的象征，工业巨子克虏伯本人更是 19 世纪德国的当代英雄。

这个时代也是技术腾飞的时代，一系列新发明和新发现如雨后春笋冒出地面，德国在技术手段的现代化方面成就的确非凡。威廉二世本人也迷恋于技术的进步，称得上一个真正的技术迷。技术的发展带来了物质文明的进步，但是也带来了文化的困惑。人们指出这样一个事实：在这个时代，教堂尖顶上的十字架上增添了一根金属棒——那是一根避雷针。这是一个

---

① Egon Friedell, Kulturgeschichte der Neuzeit, C. H. Beck, 1996, S. 1351.

② Christian Graf von Krockow: Die Deutschen In Ihrem Jahrhundert. Rowohlt, Hamburg, 1994, S. 86.

意味深长的事实，实际上是新时代中的一个双保险①。信仰的力量已经不足以给物质时代的德国人提供安全感，理性的力量似乎更加强大，普罗米修斯也被物化了。人类用来征服自然的工具，如机器、仪器、工厂、实验室等，都受到非常的礼赞。

技术进步的速度越来越快，"速度"是用来描述威廉时代特征的一个关键词。在艺术中最能清楚地看到这个现象。社会的巨变往往会导致伟大的艺术作品产生。但是这一次来得太快，留给反思的时间太少，因此没有机会产生伟大的作品。就"大"而言，"创业时代"的作品的体积、篇幅的确称得上"大"，但却不是伟大，正如维也纳的画家汉斯·马卡特的历史画所展现的那样。生活世界的迅速改变，也带来了人的异化。在威廉时代，异化的速度更快。作家穆希尔的小说中，周围的世界变得越来越陌生，生活被切割成无数碎块，人的异化感表露无遗。

技术的进步加强了自然科学的强势地位，自然科学的思维方式闯入了文学。德国文学步法国、挪威文学的后尘，创造了自然主义文学。在豪普特曼的戏剧中，不但是自然科学的观察方式被移植进文学，而且城市生活的阴暗面被暴露无遗，市民阶级的价值观尤其受到了挑战。

随着城市化的发展，城市生活，尤其是大城市生活，成为越来越多的德国人的生活方式。这种现象在德国文化中引起了强烈的反思，乡村与城市构成了一个冲突的主题，从这个主题中也可以解读出"德意志文化"与"西方文明"的冲突。乡村意味着传统、自然、和谐，大城市意味着现代、丑陋、混乱和冲突，"乡土"（Boden）越来越清晰地进入文化视野。城市在不断地蚕食、吞噬着乡村，城市化意味着人们世世代代生存的形式受到质疑，乡村里人与人之间的熟悉在大城市荡然无存。城市生活的"匿名性"、冷漠、无根和不安全感在文学中都有反映，一种新的体裁——"大城市文学"成了德国文学中一个新奇的，也是备受关注的种类。"大城市文学"最杰出的代表作当属阿尔弗雷德·德布林的小说《柏林—亚历山大广场》。

城市化不仅意味着城市的膨胀和乡村的萎缩，也意味着生活在城市里

---

① Wilhelm Bälsche: Das Lebeseleben in der Natur. Eine Entwicklungsgeschichte der Liebe, Leipzig, 1901, S. 6.

的人们正面临着一种从前不曾遭遇到的心理状况，尤其是刚从乡村流入城市的人群对于这种前所未有的心理状况缺乏抵抗力，成为这种焦灼心理的受害者和牺牲品。许多从乡村到城市来淘金并且取得一定成效的人们，急于把他们的子女从乡下送进城里接受最好的教育，而这些本来在乡村里健康、强壮的农民子弟在城市里却特别容易遭受心理疾病的侵袭，经常在紧张、不安、忧郁和激动之中煎熬。现代生活给他们带来的不仅是富裕和舒适，也是心灵的焦灼。这种状况加剧了文化认知中对于现代文明的抵制和批判。

七

20 世纪的德国历经磨难，德国文化也经历了几次巨大的动荡，在 1918 年、1933 年、1945 年三次经历了历史连续性和传统的断裂。此后，60 年代末大学生的抗议运动也对德国文化进行了颠覆；1990 年两德统一，终于实现了几个世纪以来德意志民族要求民族统一的夙愿，终结了德国近代史上统一与自由不可兼得的两难处境。

第一次世界大战以德国的失败告终，魏玛共和国犹如一个难产儿在重重危机和矛盾中出生。国民大会以 1848 年革命中产生的民主宪法为蓝本，制定了一部民主宪法。魏玛共和国也是德国政治文化继 1848 年之后的又一次现代化努力。新成立的共和国仍然被称为"帝国"（德意志帝国），因为国民大会代表们认为，"帝国"一词体现了德国的统一。从后来的历史发展来看，"帝国"实际上也体现了第二帝国传统的历史的延续。

在讨论魏玛民主宪法时，国民大会的会议地点选在了德国文化名城魏玛。这一举动意味深长：选择魏玛作为会议地点，意味着战败后的德国向歌德、席勒的德国古典文学回归的意图，同时也在向人们昭示，德国文化不只有军国主义、威权主义、专制国家，而是还有另一种传统，或曰"另一个德国"，一个文化的、非普鲁士的、非军国主义的、人道的德国，一个"诗人与哲人的国度"的回归。无独有偶，第三帝国灭亡后，德国知识界、文化界也有人大声疾呼，要求回归魏玛精神。自从歌德、席勒的魏玛古典文学被奉为正统以来，每当德国文化面临危机或受到质疑时，魏玛就被呼唤而出，作为"另一个德国"来同"西方文明"抗衡。而魏玛共和国的失败，意味着德国文化向魏玛古典文化传统回归的企图归于失败，也意味着德国政治文化的第二次现代化的企图以失败告终。

凡尔赛条约及 20 世纪 20 年代初的经济危机不但导致经济困难，而且在人们的精神中也带来了冲击。在艰难时世中，失业率高居不下，普通人依靠勤劳诚信难以养家活命，而投机市场的火爆给一些人提供了暴富的机会，于是传统道德观产生动摇，投机活动在蚕食着市民阶级一直视为立身之本和立国之本的美德，勤奋和节俭开始让位于取巧和走捷径。但是对于保守阵营来说，危害最大的莫过于这个时期盛行一时的德国文化的"美国化"。

"美国化"来势凶猛，冲击着德国文化，德国文化在"西化"。所谓"美国化"，可以用一个个关键词来概括：如查理·卓别林、好莱坞、保罗·惠特曼的爵士乐、拳击比赛、大众体育运动，等等。对于当时的许多德国人来说，"美国"是一个"充满无限的可能性"的概念，是一个神话，纽约的摩天大楼本身就是一种现代的象征。"美国生活方式"的快节奏吸引着许多德国人，美国的文化产品更是在他们当中产生越来越大的影响。好莱坞的电影、爵士乐、音乐剧都在柏林等大城市大行其道。

文化的主要载体也在产生变异，传统的文化形式和模式逐渐让位于新的形式。电影、歌舞剧、爵士乐、大众体育等新的娱乐和消遣方式在挑战传统的形式和体裁，视觉和听觉媒体挑战印刷媒体，声音和图像挑战文字，印刷媒体及其衍生物阅读文化作为自启蒙运动以来一直支配着社会舆论的文化第一载体受到严峻的挑战。

体育，尤其是大众体育获得了长足发展。19 世纪"德国国民体操之父"杨号召德国人开展体育运动，增强德国人体质，借体育表达出德意志爱国主义的情怀。而在魏玛共和国时期，体育与爱国主义脱钩，褪去了政治色彩。相反，体育被大众化了，既是一种运动，也是一种娱乐、一种消费。拥有并展示一个健美的身躯，是颇为时尚的事情。当时颇为流行的是自行车"六日竞赛"的赛事，柏林则兴建了规模庞大的"汽车试验与竞赛场"。在 20 世纪 20 年代的困苦中挣扎的人们，随着爵士乐的节奏舞动身躯，借以在舞蹈中暂时忘却现实的苦难。

"美国化"不仅体现在文化和艺术领域，更体现在生产、销售等经济领域。很多德国企业开始对劳动力进行新型的技术培训，让他们迅速掌握现代的生产方式，这种做法在欧洲是史无前例的。标准化、合理化和规模化迅速在德国企业中得以实现，亨利·福特的自传《我的生命和工作》几乎成了魏玛共和国稳定时期的"圣经"。

随着经济和社会的不断发展，过去传统的阶级构成也在分化，无产阶级—资产阶级的二元模式被打破，中间阶层的人数和作用不断增大，职员在社会中成为了一个举足轻重的群体。20年代末期，德国职员的人数已达350万人，其中包括120万女性。职员阶层处于社会中层，有可能上升为中上层，也有可能沦为无产阶级，他们的社会认同是向下划清界限，对上层则怀有一种复杂的心理，构成所谓"中产阶级的尴尬"。无产阶级尽管处于贫困之中，但是他们的政治立场是清晰的，所以正是职员阶层社会地位的不确定性直接影响着德国政治的走向。纳粹运动正是因为成功地争取到了职员阶层的支持，才获得政治权力的。

对于德国文化的"西化"，赞扬者有之，批判者有之，赞美声与讨伐声此起彼伏，奏响了魏玛共和国时期的文化交响曲。一方面，是以美国文化为代表的"西化"浪潮以势不可当之势征服着德国的大众；另一方面，是文化界对此表现出了极度的焦虑，左翼和右翼都对西化进行批评，而强大的右翼知识界对美国化的批判构成了名噪一时的文化悲观论。

在文化思想界，与危机和困苦相伴而来的是文化悲观论。现代化瓦解了传统社会的结构，自19世纪就已开始的社会的"碎片化"随着现代化进程的发展和加剧日益威胁着众多"无根的人"，于是寻求保障的期望在社会中越来越强烈，导致了"共同体"意识浮出水面并且获得越来越高的支持。

面对社会的碎片化，父权社会解体之后，表现主义者期望创造一个人人平等、相互关爱的"弟兄社会"。而持文化悲观论的作家、思想家则企图建立一个"共同体"，来同碎片化对抗。早在1887年，腓迪南·特尼厄斯就出版了一部题为《共同体与社会》的著作。这部书在当时没有引起反响，但是1912年再版时却引起广泛的关注；到1926年，已经连续再版六次，足见该书在当时的风行程度。特尼厄斯在这本书里提出了两个根本对立的概念，亦即人的社会生活的两种基本形式："社会"和"共同体"。所谓

"社会"，是一种人与人之间观念的、机械的联系，其特点是充满各种对立和冲突，缺乏和谐，人与人是分离的；而"共同体"则是一种实在的、有机的生活形式，人与人之间消除了对抗，实现了和谐，是相互关爱的。

"社会"与"共同体"的对抗，实际上是历史更悠久的一对概念的对抗的延伸，即"文明"与"文化"的对抗。所谓"文明"，本来是指在 18 世纪西欧宫廷中达到顶峰的宫廷礼仪形式；在后来的流变中，"文明"在德国逐渐具有了贬义，被视为技术性的、人为的、脱离自然和历史的、可以移植的。而"文化"则是精神性的、自然的、从历史上传承下来的，为一个民族、一个地域所独有的。"文明"是非真实的，"文化"才是真实的。

这场本来是德国市民阶级用以对抗贵族的运动，经常被用来描述德国文化与西方文化之间的冲突，即所谓"德意志文化"同"西方文明"之间的对抗。"共同体"这样一种对前阶级社会的想象，被特尼厄斯当作追求的目标，其所引起的后果是严重的。这种共同体的基础是以血脉和历史、传统为根基的文化民族，而非以对政治体制、民主政体的认同为基础的政治民族，所以对于民族主义、种族主义缺乏免疫力，在第三帝国时期被广泛地滥用。

魏玛共和国先天不足，在经济、政治、外交等方面都陷于重重危机之中，但是这一时期的文化事业却一枝独秀，畸形发展。共和国的国家政权不稳固，国家机器自顾不暇，与帝国时代相比，对于文化艺术实施的干涉大为减少。艺术受到的限制较少，各种流派竞相亮相，你方唱罢我登场，新的艺术形式、新的媒介层出不穷，各种理论、观念都纷纷登台表演，德国文化界成了一个巨大的实验室。在 20 年代里，德国文化中产生了表现主义、达达派、新写实派、包豪斯等创新的流派，以及格罗斯茨、康定斯基、布莱希特等一批大师级的艺术家。这种文化上的活跃主要集中在首都柏林，柏林作为德国城市第一次，也是唯一的一次成为全世界的文化艺术中心。

社会、政治、经济的重重危机，促使作家们积极思考文化的出路。文化，尤其是文学与政治的关系骤然紧密，作家、戏剧家们在作品中积极探讨政治问题，继 19 世纪的"三月前文学"之后，德国文学再次政治化。布莱希特积极创作能够为大众接受的戏剧，期望通过戏剧对大众实施启蒙，创作出了《夜半鼓声》等一批优秀剧作，而《三角钱歌剧》更是成为经典之作，布莱希特的"陌生化效果"的戏剧理念应运而生。无论如何，魏玛共和国所在的 20 年代是一个多元文化大行其道的时代，尤其是文学艺术大放异彩，正是在这个意义上，它被冠以一个美丽的名字："金色的二十年代"。

　　魏玛共和国时期一个突出的现象，就是新媒体或曰大众媒体的崛起。本雅明在《技术可复制时代的艺术品》中指出了大工业时代对文学的影响：在机器再生产和复制的时代，原件正逐渐失去其原有的意义。文化的商业化和市场化，使文化和文学变成消费品，作者正一步步地由自由的创作者沦为单纯的作品供货商，为市民文化提供产品。出版业的日趋集中对艺术家的发展影响也很大。为了生存，艺术家早在 18 世纪就曾为报刊撰稿，或在作品出版之前交由报纸杂志选登或连载。魏玛时期出版业已经比较集中，这对批判性的作家尤为不利，使他们发表作品困难又加了一层。魏玛时期新旧媒体日益集中化，胡根伯格的媒体帝国不但操纵着舆论的走向，而且迫使作家们沦为媒体的附庸，为媒体码字。德国的作家们为了生存，为了能够在强大的媒体产业面前保留一点创作的自由和空间，组成了各种作家团体，其中最重要的当属"德国作家保护联盟"和左翼的"无产阶级—革命作家同盟"。

　　新崛起的大众媒体的广泛传播对文学、包括戏剧等传统的文化载体造成很大冲击，并潜移默化地改变着传统文学的形式。新媒体中，影响最大的当属电影和收音机这两种大众媒介。共和国初期，德国的电影院数量已经达到 2000 多个，而 1930 年则上升到 3500 多家；电影行业制作出了一批具有世界水准的电影作品，如《蓝天使》《三角钱歌剧》《柏林—亚历山大广场》等。收音机在德国的普及始于 20 年代初；到了 1932 年，德国人拥有的收音机数量已经达到 400 多万台。媒体文化的发展、新媒体的普及，不仅给德国人的业余生活带来变化，而且直接影响到了德国的政治文化。收音机的普及，把音乐带进了千家万户，普通人也有了欣赏音乐的机会，音乐文化为之大众化乃至民主化。大众与音乐的零距离接触，从客观上也促进了社会的民主意识的强化。娱乐音乐借着收音机的强劲势头蓬勃发展，占领了大部分的音乐市场，挤压着严肃音乐的生存空间。随着无线广播的大发展，戏剧、活报剧的录音节目走进了家庭，戏剧以另一种形式获得了长足发展，而新的艺术种类广播剧则应运而生。

开始于 20 世纪初的表现主义是当时唯一植根于德国本土的艺术流派，在 20 年代声势壮大起来。表现主义运动初期并未形成一种统一的风格，各个艺术家在艺术表现手法上千差万别，他们的政治观点和审美角度也不尽相同。然而它提出艺术应发挥其社会功能，成为领导民众改变旧世界的精神领袖。此后，表现主义这个名字便很快流传开来。表现主义不单单具有毁灭旧世界的勇气，还充满创造性和建设性，他们的目的是要创造"新人"，但是"新人""新世界"是什么样的，他们却无法描绘出一幅清晰的图像。

魏玛共和国时期，德国社会总体上是保守的，这一点从包豪斯在魏玛的命运便可以看出。"魏玛"意味着回归歌德、席勒古典文学的人道主义精神的企图，但是恰恰是在魏玛，建筑艺术的新流派包豪斯却无容身之地，不得不于 1924 年离开，迁往德骚。包豪斯被迫撤离魏玛的原因，是魏玛的居民不接受艺术家们的光头或奇怪的发型、奇装异服，看不惯来自各国的艺术家不同的肤色，听不惯那些奇怪的外国名字，无法忍受艺术家们热闹的聚会。包豪斯带来的新文化与他们所熟悉的歌德、席勒相距甚远，魏玛居民们对之产生了极大的抵触心理。新当选的图林根州政府属于民粹—保守主义阵营，他们取消了包豪斯享受的国家财政补贴，包豪斯被迫迁往他乡。此外具有讽刺意味的是，纳粹时期遍布全德国的"希特勒青年团"正是成立于魏玛，"第三帝国"这个概念也正是由"乡土诗人"施拉夫在此发明的，第三帝国时期著名的布痕瓦尔德集中营也正是建在离魏玛一步之遥的地方。

魏玛时期保守主义阵营势力之强大，可以从保守主义学者作家的数量及其影响看出来。哲学家阿尔图尔·莫尔勒·范·登·布鲁克、历史哲学家施本格勒及其《西方的衰落》占据了主流话语的地位；作家恩斯特·荣格尔的小说《在枪林弹雨之中》歌颂战争，讴歌死亡，号召青年人接受战争的洗礼，造就一个"英雄民族"。

八

1933 年 1 月 31 日，希特勒当选为德国总理，纳粹运动取得了政治权力，德国历史上最阴暗的一页揭开了序幕。纳粹运动、第三帝国究竟是德国历史进程的必然结果，还是一个偶然——如同一部分保守派史学家所言，是一个"生产事故"，至今没有定论。关于第三帝国时期文化的讨论长期是一块禁地，但是一直不断。一些敏感话题，如屠犹、种族灭绝等人道主义罪行，也有人企图淡化，而关于第三帝国的现代性，则讨论得更加透彻。

早在纳粹运动成功之前，纳粹就已充分展现出了其面貌。总体来说，与传统的德国市民文化相比，纳粹运动显得生气勃勃，是一个年青的运动。纳粹运动的领导阶层也都非常年轻，与俾斯麦帝国、威廉帝国迥然不同。另一个突出的特点，就是纳粹德国无论在经济、科学技术、军事思想和技术、行政管理、交通运输等方面，在当时都是一个极其现代化的国家，纳粹德国在技术层面上的现代性是不容置疑的。但是另一方面，纳粹德国所追求的目的却又是前现代的与反现代的。这样一个巨大的反差被有的学者称为"反动的现代主义"①，实质上是暴力的现代化。手段的高度现代化与目的的前现代化，第三帝国重演了普鲁士立国时便已上演过的一幕。

纳粹运动对于技术的发展给予了特殊的关注和热情，表现出了高度的工具理性。他们也特别善于掌握和运用最新的技术手段来实现自己的目的，高速公路的发展便是一例。高速公路在魏玛共和国时期就已问世，但"阿道夫·希特勒大道"却是在第三帝国时期才获得了长足进展。高速公路的迅速发展不但缓解了当时的失业问题，而且极大地改善了第三帝国的基础设施，使第三帝国的交通运输处于世界的领先地位。与高速公路密切相关的是摩托化，德国拥有的机动车的性能和数量都有迅速的提高和增长。希特勒正是看准了石油发动机将在未来的世界中发挥至关重要的作用，不遗余力地发展石油发动机行业，高速公路和汽车才有了飞速的发展。德国军队初期具有传奇色彩的闪电战频频告捷，根本上有赖于对机动车和道路的重视。

魏玛共和国时期就已经亮相的新媒体在第三帝国时期也获得飞速发展，而且纳粹运动之所以能够成功，有赖于这个运动获得广泛的号召力，并在此基础上普及成为一个群众运动。这一点又是有赖于纳粹运动很早就认识

---

① Herf Jeffrey, in: Hermann Glaser, Kleine Kulturgeschichte Deutschlands im 20. Jahrhundert, C. H. Beck, 2002, S. 194.

到了新媒体的重要和威力，从而积极地掌握新媒体，并最大限度地加以运用。无论希特勒还是戈培尔都不擅文笔，却长于演说。他们极富煽动力的演说以及其他宣传节目正是通过无线电广播进入千家万户。那些阅读量很少、平时对政治不感兴趣的社会中下层、青少年、失业工人、家庭妇女等群体，正是在演说的鼓动下加入到纳粹运动中去的。每周播放的纪录片"本周要闻"所起的作用也不可等闲视之。莱妮·利芬施塔尔拍摄的纪录片《信仰的胜利》《意志的凯歌》《奥林匹克运动会》都大获成功，赢得了大量的观众。

速度是现代生活的一个重要指标。一个国家现代化与否的标志之一，就是是否拥有迅捷的交通工具与设施。对于这一点，纳粹领导层有非常深刻的认识，并且不遗余力地发展各种道路系统和交通工具。他们更是非常善于使用现代交通工具。凭借着便利快捷的交通方式，他们的工作效率得到了惊人的提高。即使是在参加各种会议和群众集会这样似乎非常一般性的活动上，他们也体现出了极其鲜明的现代意识，并且取得了出其不意的效果。他们经常乘坐飞机赶场作秀，往来于各个群众集会之间，一天之内可以参加数个群众集会，在集会上发表演讲。可以想象，如果没有现代化的交通工具，他们的影响力将会大打折扣，纳粹运动的号召力也将会大大降低。

纳粹高层也熟谙心理战的作用。还在魏玛时期，就极其注意调动群众的情绪。他们发动大规模的群众集会，采用一套准宗教的仪式以烘托气氛。他们的集会经常放在夜晚举行，在半黑暗状态中、在火炬的照耀下，人人都可以抛弃白天的伪装，把内心的激情或不良情绪发泄出来，灯光与色彩的运用达到了登峰造极的水准。啤酒馆暴动"殉难者"的纪念活动场面宏大壮观，庄严肃穆，与宗教仪式毫无二致，具有极其强烈的感染力。希特勒明确地指出，民众的理解力低下，无法理解高深的理论，对民众只要不断地重复一些简单的口号就会取得出其不意的效果。同情纳粹运动的失业者一旦穿上统一的纳粹制服、加入纳粹运动，就获得了一种归属感和社会认同感，这样就极大地激发起他们对于纳粹运动的热情和积极性。

总之，除了美国之外，与其他老牌发达国家相比，第三帝国在技术层面上的现代化程度要高得多。技术层面上高度的现代化与纳粹主义极富煽动性的理论宣传一经结合，其所产生的效率和能量是难以估量的。就技术层面而言，第三帝国初期的一系列成功和军事胜利，在很大程度上是依靠其各方面的高技术含量实现的。德国人传统的组织才能，辅之以高度现代化的手段与装备，再加上民众对于"优等民族"意识的狂热，第三帝国社会的动员能力被成倍地提高。

但是第三帝国凭借着最现代化的工具所要达到的目的，却是与现代社会背道而驰的。这种工具理性与价值理性的背离，在德国历史上并非第一次出现，但是在第三帝国却是达到登峰造极的地步。

众所周知，纳粹政权推行的是极端的种族主义政策，"种族灭绝"一直是战后压在德国人头上的一座沉重的十字架。纳粹运动秉承了民族主义的传统，并且使之与种族理论相结合，提出了"血脉与乡土"（Blut und Boden）的口号。"非我族类，其心必异"，这种以血缘为纽带、排斥异族甚至消灭异族的理念，是与现代社会奉为准绳的宽容、包容性、多元性不相容的。

第三帝国的另一个为人所熟知的口号是争夺"生存空间"。1926年，民族主义文学家汉斯·格林出版了一部小说《没有空间的民族》。这是一部为当时德国的扩张意识、建立殖民地造舆论的小说，其标题后来也成为纳粹党进行宣传的口号。人口增长导致土地资源匮乏，这本来是一个源远流长的古老问题。历史上解决这个问题的方式主要是移民和战争，通过武力把别的部落驱逐或征服，夺取其土地以缓解土地和人口之间的紧张关系。现代社会解决这个难题的手段，主要是依靠科技和经济的发展来提供更多的食物、控制人口的数量。战后联邦德国境内容纳的人口比战前更多，但是依靠科技和经济的发展、依靠通商和出口，这个问题得到了成功的解决。在"生存空间"的问题上，第三帝国采用的是从史前时代便已通行的做法，即通过战争来拓展疆土。当然，在现代社会仍然奉行这种古老的解决之道的并非只是第三帝国，但是这种方法毕竟是前现代的。

一个社会总是充满各种矛盾的，在现代社会中，这些矛盾更加复杂。现代西方社会通行的做法是"和而不同"，即取得多数人对于宪法的认同，在这个基础上达成共识，以创造一个全民的认同。只要认同宪法，接受民主政治的规则，每个人都可以与他人不一样。这种所谓"政治民族"的观念在德国一直缺乏根基，不见容于德国人所熟悉的"文化民族"的概念。第三帝国解决这个问题的路数则是威权主义一脉。为了解决现代社会中的"碎片化"问题，创造一个维系全民的认同，纳粹运动及第三帝国采取的是"一体化"策略，通过排斥并压制异己的观念和人员，把整个社会强行推进同一个轨道中。这一点在纳粹提倡"民族共同体"、排斥"社会"的做法中得到了体现，在文化中表现得最淋漓尽致。

　　纳粹上台后，大力打压现代艺术，把现代艺术称为"蜕化的艺术"，提出"宁可不要艺术，也不要非德意志的艺术"的口号。1937 年，第三帝国文化部举办了两个艺术展，一个是"病态艺术"或曰"蜕化艺术"展，一个是"健康艺术"或曰"德意志艺术"展。不仅是现代派艺术，而且所有的现代艺术都是"病态"的，是颓废的。作为一个颇具象征意义的事件，1935 年，第三帝国文化部门下令在所有电台中禁止播放爵士乐，狐布舞、伦巴舞、查尔斯顿舞都被作为"黑佬舞"遭禁。这里又可以看到德国文化史上"文化"与"文明"之争、"德意志文化"与"西方文明"之间的冲突。在这样的高压之下，坚守创作自由的作家、艺术家的生存环境空前恶劣，于是大批艺术家和知识精英被迫选择了出走，流亡海外的知识和艺术精英数量高达数千人。一部分流亡作家在海外仍坚持创作，于是产生了一个新的文学现象："流亡文学"。另一部分坚守自由的作家没有选择离开，但是或者因为作品被禁，或者自愿放弃写作，于是德国文学中又增加了一个新的名词："内心流亡"。

九

　　第二次世界大战结束，德国战败，"千秋帝国"只存在了 13 年便退出历史舞台，但是"德意志特殊道路"仍旧没有走完，德国文化仍然处于探索和实验中。1945 年 5 月 8 日往往被视为一个全新的起点，之前的德国与之后的德国似乎一刀两断，德国从废墟上开始全新的生活。但是实际上所谓"零点"并非零点，在两个德国中许多貌似新生的事物在二战前已经开始，中断 13 年后又重续前缘。战后的头几年里，一个迫切的问题是要替德国的文化寻找一个落脚点。这个落脚点是放在本土和传统中，还是放在外面和今后，是争论的一个焦点。

1946 年，史学家梅尼克出版了《观察与回忆》一书。在这部他称为描述"德意志灾难"的书中，他认为德国经历了种种苦难、走过了条条弯路之后，现在应当建立新的存在，开始新的生活。具有表征意义的是，梅尼克要求在德国每一个城市、每一个村庄都设立"歌德协会"，艺术爱好者应该用歌声、"用最高贵的德国音乐和诗歌"把伟大的德意志精神发扬光大。梅尼克的诉求背后是这样一种思想：德国不仅有军国主义的传统，同样也有人文主义的传统；现在是到了回归德国伟大的人文传统的时候了。其实这样的诉求在魏玛初期也同样出现过，但是在当时未能成功，昙花一现便烟消云散。而流亡美国的台奥多尔·W. 阿多诺则恰恰相反，认为在这场浩劫之后，德国人不可能再"正常地"生活，德国的文化也不可能再"重建"，"奥斯威辛之后不可能再吟诗"；任何认为德国还可以"正常"生活、德国文化可以"重建"的念头都无异于痴人说梦。

在这两种对德国文化的肯定与否定的观念中，梅尼克的肯定性思想明显占上风。"废墟文学"作家博尔夏特在其名作《大门之外》中借一个卡巴莱剧场经理之口说出了当时德国民众的这一态度："要积极些、积极些，亲爱的！您要多想想歌德、想想莫扎特！想想席勒的《奥尔良的少女》！"主流文化意识极力推动向德国古典文化的回归，德国古典文学担当起了文化重建中认同的标尺，再次被立为规范。剧院恢复演出时，歌德的《伊菲格尼亚》、莱辛的《智者纳旦》频繁地出现在剧院的节目单上。当时的音乐生活也是如此，对刚刚过去的历史和当下表现出回避和冷漠的态度，音乐家们在乐器上重新调弦，歌颂德意志文化中普世性的人文传统，"弗尔特文格勒事件"就是一个明证。从这个事实可以看出，尽管遭受了如此巨大的毁灭性的打击，德国的市民阶层文化意识仍然根深蒂固，并未从根本上被动摇。直到 20 世纪 60 年代末的学生运动才从根本上动摇了德国的市民文化。

另一方面，《大门之外》中描述的那一代人在经历了战争和失败之后，从意识形态的狂热中冷静下来，变成了"怀疑的一代"。下级军官贝克曼从战场上回到故乡，他历尽苦辛找到他原来的上级、现在的剧院经理，要求把他当时担负的"职责"交还给上级。这批人不得不过早地担负起了求生存和国家战后重建的重任，使他们过早地成熟。他们回避意识形态问题，反对一切宣传，随时保持清醒的头脑。君特·艾希的诗歌《盘点》准确地传达出了这一代人的生存状况和心态。1947 年由青年作家组成的"四七社"一反纳粹时期文学中意识形态甚嚣尘上、作品语言被泛政治化的情形，表现出了一种"砍光伐尽"的彻底清算态度。"四七社"作家经常聚会，朗读各自的新作。他们奉海明威的风格为范本，作品语言风格冷峻，句子简短，多余的装饰、大话、空话一概抛弃，尤其是对于激情表示出高度的反感；他们用词字斟句酌，决不多用一个可用可不用的词汇，而且反复讨论每一个词汇是否在纳粹时期已经被滥用。

在废墟文学中，诗人哥特弗里德·贝恩的两重性极其符合摇摆不定的青年一代的心态。贝恩一方面看到了德国人意识中的非理性倾向及其后果，另一方面企图用西方文明世界的自由观和理性的世界观寻找出路。青年人在经历幻灭之后不知所措，不知道是应当从困境当中创造出一种新的美德、新的价值观、新的传统，还是投身于现代性的洪流中，摧毁意识形态的堡垒。

从战争结束到民主德国、联邦德国的分别建立这段"战后时期"，占领军在联邦德国进行了西化和再教育运动，并取得了一定成效。西化或曰美国化以及再教育运动之所以能取得一定成效，一是因为战败以及纳粹的罪行逐渐被揭露，使德国人在道德上被彻底打败。此外，许多德国人在美国都有亲戚，纳粹推行的种族主义政策促使很多人都去查家谱，以确认自己的"雅利安"血统。"查家谱"恰恰使许多人找到了自己失散多年的海外亲戚。战后，他们的海外关系的恢复，加强了普通德国人同西方文化的联系。纳粹时期电影的大发展，是建立在大量吸取最先进的电影拍摄技术的基础上的，因此德国人对于大量涌入的好莱坞电影似曾相识，并不陌生，很容易接受。一个具有象征意义的事件是，纳粹时代被禁止的美国爵士乐卷土重来，把第三帝国时期大行其道的进行曲挤出了音乐生活。

十

1949 年，两个德国分别成立。德意志联邦共和国的成立，实际上是德国人在占领军的压力下、在历史的困境中被迫开始了第三次政治现代化的尝试。这一次尝试也是在德国传统的政治文化已经走到尽头、德国人的政治道德因为种族灭绝而全面崩溃的前提下开始的，因而有了与以往完全不同的外部和内部框架条件，最后获得了成功。德国离开了"德意志特殊道路"，重新回归"西方"。

德国的分裂，对于德国文化的重建也是一次全新的考验。阿登纳堪称联邦德国的"国父"。他最大的成就在于巩固了联邦德国的民主政体，建立社会市场经济体系，排除一切阻力全力融入西方；其他的方面阿登纳也取得了重大的成就，譬如不遗余力地推行同法国的和解，把同法国的民族和解立为德国的国策，使德法这对世仇互相解除敌意，成为睦邻。阿登纳执政期间，德国社会稳定，经济欣欣向荣，人民生活水准节节上升，民主意识不断深入人心，民主政体在德国终于扎下了根。阿登纳时代的德国在经济上则走上了一条具有新自由主义色彩的中间道路，即被称为"第三条道路"的社会市场经济。在德国历史上作用非凡的专制国家和反个人主义的传统失去了往日的权威，昔日专制国家的威权不复存在，个体的重要性愈来愈凸现。阿登纳政府引领德国在"西化"的道路上迈出了一大步。

另一方面，整个50年代及60年代初，联邦德国在阿登纳政府的引导下，实行亲美、向西方靠拢和遏制社会主义的政策，走上了一条偏保守的自由主义发展道路。

在政治文化中，阿登纳时期的德国呈现出一种保守倾向。在国家的重建中，阿登纳政府起用了大量纳粹时期的政府官员，因为按照阿登纳一派的说法，德国人当中历史清白的人太少，仅仅靠这些人无法建立一个国家。这些前纳粹官员当中，许多人并未同纳粹观念一刀两断，致使德国人"解决历史遗留问题"的努力受到阻碍。借着冷战的契机，阿登纳推动联邦德国加入北约。德国的重新武装，在许多人心中带来极大的反感。随着阿登纳、赫斯等一批政治家的登场，德国的市民传统得到了延续，"市民"在沉寂多年之后又重返德国。尽管"迟到"了，但是联邦德国还是按照西方的模式，走上了公民社会的道路，完成了从臣民到公民的历史性转变。在文化上，这个时期呈现出一个基本态势，就是追求维护传统，保持现状，对现存的一切持肯定的态度，避免传统的断裂，维护文化的延续性，即所谓的"affirmativ"（肯定性的）。

但是德国人在战争责任和人道主义罪责的重负之下，在价值观的确立问题上，尤其是在本国人的身份认同上底气不足，处境尴尬，没有人敢于理直气壮地说："我是德国人，我为此而自豪"。而这个时期联邦德国在经济建设和竞技体育中取得了辉煌的成就，给德国人带来了认同的对象，帮助德国人重新找回自我、树立自信和自尊。所以德国马克和体育金牌获得了象征性的含义，成了这个时期德国文化的关键词。

联邦德国的民众全身心投入经济建设，创造了德国战后的"经济奇迹"，享受着经济发展带来的富裕，继"吃喝热""装修热"之后又迎来了"旅游热"，电气化、摩托化接踵而至。两个德国的运动员在竞技体育中都是成就非凡，两个德国的国歌一次又一次在体育场中奏响。尤其是1954年，联邦德国国家足球队在伯尔尼击败匈牙利获得世界杯冠军，极大地激励了德国人。面对经济和体育的辉煌，艾哈德说出了一句话："我们又是出类拔萃之辈"，道出了许多德国人的心声。

但是普通民众却不愿意就纳粹和屠犹问题进行反思，尤其是在罪责问题上，通常的心理是对这些问题保持缄默，尽量对这些棘手的问题避而不谈。在总结这段历史时，这种倾向被概括为"没有悲悼的能力"[1]。联邦德国足球队在伯尔尼夺得世界杯冠军时，有大量的德国观众在场。当时他们齐声高唱起了德国国歌，但是他们唱的不是战后确定的联邦德国国歌"统一、法权、自由"，而是"德意志，德意志高于世界上的一切"。尽管有号称"德国人的良心"的哲学家雅斯贝尔斯等人的大力倡导，关于德国人的"集体罪责"的讨论最后还是不了了之。多数德国人把纳粹统治的历史看成一种幼儿时期感染上的传染病，尽可能地回避或淡化这段历史及其影响，仿佛奥斯维辛没有发生过一样。阿登纳的成功，很大程度上得益于他洞悉并迎合了德国人不愿意讨论纳粹这段历史的普遍心理。

这种缄默和排斥，被有些自由派人士称为"第二次罪责"。关于1945年5月8日的意义到底是战败还是解放，人们争执不休，莫衷一是。一派人认为这个日子是解放，它意味着德国摆脱纳粹统治、获得新生的开端，

---

[1]　A. und M. Mitscherlich: Die Unfähigkeit zu trauern. Grundlagen kollektiven Verhaltens, München 1967.

另一派人则认为这是德国战败的日子，不值得庆祝。这个争论直到 1985 年才告一段落。在纪念二战结束 40 周年的庆祝会上，时任联邦总统的里夏尔德·封·魏茨泽克发表演说，认为这个日子既是战争结束日，更是德国摆脱纳粹统治、获得新生的契机，才暂时终结了这场争论。

但是这段历史无论如何是无法回避的，一有机会，关于它的讨论就会冒出来，进入人们的视野。正如里夏尔德·阿勒温所说："在我们和魏玛之间横亘着布痕瓦尔德，我们无法绕开这个地方。"① 战后德国的语汇中也多了一个词："Vergangenheitsbewältigung"，即对这段历史的反思与讨论，可以理解为"在思想上解决历史问题"。

阿登纳时代看起来仿佛非常保守，但是平静的水面下已经是暗流涌动、波涛翻滚，联邦德国社会已经发生了重大的变化。其一，德国传统的普鲁士保守派精英彻底丧失了其赖以生存的经济基础和影响力，德国的中心产生了从东向西的位移，从中可以隐隐约约透视出亲西方的态势；一向处于弱势的天主教力量获得了话语权和政治主导权。其二，军队在国家中的权力和特殊影响力被剥夺；尽管重新武装后的德国战斗力大增，甚至远远超过魏玛共和国的帝国国防军，但是军队再也不可能成为魏玛共和国时期的那种"国中之国"；军装的魅力风采不再，甚至任何制服都不再有吸引力。其三，政治党派真正变成大众党派，普通民众参与政治的积极性提高，政治与"世界观"脱离关系。其四，新宪法—基本法明确地树立个人的尊严，国家和共同体不再拥有对于个体的优先权，义务观让位于权利观，自由、平等、责任自负构成新的价值观。其五，联邦德国确立自身为公民共同体的定位。② 在一些细小的方面，也可以见出变化的蛛丝马迹。在装饰艺术中，在家具、房屋装修中，人们厌倦了第三帝国时期直来直去的线条和棱角，因为这种棱角不但过于生硬，而且还让人不由得联想到纳粹的万字旗，人们于是钟情于曲线，所谓"肾形桌子"应运而生。

进入 60 年代，联邦德国人的生活水准大幅度提高，民主制度的建立使人们可以自由地讨论各种新思想，听新音乐，欣赏新艺术，一切似乎风平

---

① 转引自 Hermann Glaser：Kleine Kulturgeschichte Deutschlands im 20. Jahrhundert，C. H. Beck，2002，S. 155.

② 见 Christian Graf von Krockow：Die Deutschen in ihrem Jahrhundert，Rowohlt，1991，S. 290f.

浪静。但是人们开始觉得缺少某种东西，总有什么事物不对头。特别是在青年人当中，一种对当时的文化氛围不满的情绪在联邦德国社会逐渐浮出水面。这就是在经济和社会重建的热潮以及同西方文明接轨的热潮中，纳粹、第三帝国、种族主义等历史问题被忽略了，尤其是现实政治的需要压倒了精神上对过去的总结，冷战给回避和忽视提供了最有效的借口。1960年前后，德国社会开始讨论战争责任和人道主义罪行的问题。君特·格拉斯1959年的长篇小说《铁皮鼓》可以视为这场讨论的里程碑。西格弗里德·伦茨于1968年发表了名作、长篇小说《德语课》，细致地探讨了第三帝国时期艺术和艺术家的遭遇。其他如瑞士作家马克斯·弗里施的剧作《安多拉》以更为冷静的态度探讨了法西斯主义和反犹主义等敏感问题。此外，德国人基于二战的惨痛经验，产生了特别强烈的反战情绪。而在冷战期间，联邦德国在东西方的两军对垒中充当了西方阵营的桥头堡，战争的阴霾始终笼罩在德国上空。所以和平主义在德国上升为主流意识，很多人对于阿登纳政府重新武装德国、加入北约的行动极其不满。在冷战中，左翼力量受到压抑，政府和媒体追求的是维持既有的机构和意识形态，压制一切要求变革的呼声，更是在青年人中加剧了对于"成人世界"的抵触。

　　1967年至1968年的大学生运动，是一场覆盖西欧的具有普遍性的运动，而在德国则是这种不满情绪的总爆发。学生们不满于课程中陈旧的内容，不满于学术与现实脱节的现状，不满于一切权威，不满于德国社会的保守、压抑和沉闷，要求变革。教育体制对学生们的不满未作出任何反应，加深了要求变革的青年一代与力主维持现状的成熟一代之间的鸿沟。一位高中女生卡琳·施多尔希在毕业论文中直面学校教育中存在的问题，针砭时弊，提出教育不仅是要求受教育者学会服从，而且也要让受教育者学会独立思维，特别是要求社会学会理解青年人的"不听话"。这篇高中生的毕业论文在学生中引起了强烈的共鸣。变革，成了学生心中的主旋律。

　　运动初期，学生的矛头直指学校的机构设置，直指教授。此外，1966年的大选中，德国组成大联合政府。大学生认为两党联合导致政治生活中失去了监督和竞争等民主政治的基本准则，自发组成了"议会外反对派"。越南战争中美国的作用使他们不再像父辈那样承认美国是民主堡垒、人权保障，他们怀疑美国政治的合法性，左派力量大大增强。大学生们走上街头，举行集会和抗议活动。1967 年，伊朗国王巴列维造访德国，受到最高规格的礼遇，激起了学生们的愤怒。在抵制巴列维的抗议活动中，一名大学生被枪击致死，终于引发了声势浩大的全国性的学生示威游行。在这场运动中，法兰克福学派的"批评理论"起到了相当大的作用。

在这一过程中，摇滚乐承担了超出音乐本身的任务。1969 年 8 月在美国纽约州举办的伍德斯托克音乐节在欧美青年人中更是掀起了反抗的热浪，音乐成了抗议的一种路径。摇滚乐与正统文化的格格不入显示出了其叛逆性，青年人和大学生在摇滚乐中找到了宣泄情绪的渠道和表明自己态度的媒介。他们怀疑和抵制社会中一切正统的现象，寻找向正统文化挑战的手段，"挑衅"蔚然成风。从技术的角度来看，学生运动也是由新型媒体带动起来的。电视画面把遥远的地方带进了千家万户，越南遭受美国空军轰炸的场面使人们如同身临其境，对越南的同情越来越强烈。

从长远的角度来看，这场学生运动具有深远的意义，对之后的德国社会产生了巨大的影响。德国市民文化的外在特征向来是"安静和秩序"，"安静"与"和谐"为公民道德之要义。1968 年以前，很少有人敢说民主实际上就是一种争辩文化，就是各种不同的利益和观念相互交锋；如果有人要求在社会中实行"冲突教育学"，教会人们如何争论，必然会引起舆论的愤怒，遭到谴责。学生运动之后，游行示威成了德国人日常生活中司空见惯的一道街头风景线，各种各样的公民自发组织（Bürgerinitiative）如星火燎原一般出现在德国土地上。过去要修建一条道路，只要政府发一个文件就可以施工了，而现在则必须经过当地居民的同意方可动工；国家、"上面"的作用在变小。民主不只是停留在宪法层面上，不仅关乎大选，而且开始深入到每一个角落。

在价值观上，这场运动可以视为一场颠覆德国市民传统道德的运动。它颠覆了正统文化，传统的市民价值观和市民道德受到强烈的冲击，联邦德国社会在这场运动后比以前开放和宽容得多。一方面，正统与叛逆的关系发生了变化，另类文化的生存空间比以前大得多；而且与英、法等国相比，联邦德国社会对于威权和权威的怀疑更加彻底，对于任何压制个性的思想的抵制更加强烈，德国的学生不穿校服。另一方面，运动虽然最后导致"红色旅"等恐怖主义行动的出现，但是德国的社会没有发生动荡，民主制度没有被动摇，而是显示出强大的生命力，因此德国社会对于不同意见、不同文化的接受程度大为提高，真正朝着一个文化多元化的社会发展。作家们也对抗议运动作出了反应，彼得·汉特克、艾丽卡·荣格等人都对事件直接表达了看法。抗议的声浪销声匿迹后，彼得·施奈德的小说《棱茨》则讲述了运动后期，部分大学生下工厂，深入基层、发动群众继续抗议的行动。

　　大学生的抗议运动后期出现了"红色恐怖"事件，围绕关于事件的报道又引发出媒体对于事实真相的操控问题。作家伯尔提出应当与恐怖分子对话，在保守势力控制的媒体中引起轩然大波，伯尔也遭到了强烈的抨击。为此伯尔不得不写了《丧失了名誉的卡塔琳娜·布鲁姆》来自卫和还击。著名导演施伦道夫根据这部小说拍成的电影引起强烈反响，大获成功。关于媒体操纵舆论这个问题，作家君特·瓦尔拉夫也作出了反应。这场大讨论之后，随着一批青年一代进入媒体从业，联邦德国媒体本身也向着多元和宽容迈出了一大步。

　　1969年，社会民主党人维利·勃兰特当选德国总理；1970年，勃兰特在访问波兰时向华沙犹太人纪念碑献花，代表德国人向犹太人和所有被第三帝国迫害的人忏悔，勃兰特突然自发地向纪念碑双膝跪倒，这个历史性的镜头立刻被媒体捕捉并传向全世界。尽管勃兰特的跪拜在德国社会中引起愤怒，被许多人指责为"出卖德国利益"，但还是逐渐被多数德国人接受，成了德国人集体忏悔的象征。而在国外，勃兰特的跪拜则引起了极其正面的反响，极大地改善了德国人的形象。勃兰特政府在教育、社会、经济中实施了一系列改革，加速了德国社会朝向开放、公正的方向发展。著名作家君特·格拉斯在联邦德国的作家群体中是一个颇为特立独行的人物。他号召作家们关心政治，自己则旗帜鲜明地支持社会民主党。在大选中，他为社会民主党奔走、演说，与许多作家和政治保持距离的态度形成鲜明的对照。

　　把德国与同属德语文化区的瑞士做一个比较是饶有趣味的。瑞士没有所谓"历史问题"，瑞士人认为自己不需要对历史进行反思，不需要忏悔，不需要在传统文化中寻找道德罪行的根源，所以瑞士人可以坚守德意志传统的市民道德，因而与德国人相比显得更"德国"。

在德国文化史上，"68 一代"成为一个固定的概念，标志着一种特定的经历、阅历和政治、人生态度。所以在这一意义上，"68 运动"和 1969 年维利·勃兰特当选总理这两个事件，可以视为联邦德国从幼稚走向成熟的标志。

十一

从 1949 年到 1990 年，德国人分别生活在两个政治、经济、社会形态不同的国家里，民主德国在四十年里走上了一条不同于联邦德国的道路。民主德国与联邦德国之间的差别体现在许多方面，但是总体看来，还是有几个显著的特点。

联邦德国在占领军的压力和历史的重负之下，借助西方的经济援助和"经济奇迹"，建立了西方式的议会民主制；在联邦德国，民主概念的强化更强调公民的自由。而民主德国则在苏联的作用下建立起社会主义制度，注重平等甚于自由。通过财富的再分配，民主德国政府致力于尽可能地缩小社会中的阶级差距，所以民主德国社会中，尤其是在早期，贫富差距远远小于联邦德国社会。另外，本着社会主义的平等原则，民主德国社会也尽力抹平人与人之间的性别差异，为了给女性创造就业条件，民主德国政府开办了大量幼儿园，鼓励妇女就业，在职业中，尤其是求职过程中性别差异导致的不公平得到了抑制。各级政府中也规定一定的女性名额，所以民主德国的妇女解放在党和政府的推动下也获得了发展。民主德国的社会主义制度要求政府给公民创造就业机会，提供劳动权利，失业问题在民主德国并不像在联邦德国那样严峻，但是个人选择工作机会的范围也小得多，而且统一社会党在人们择业问题上的影响力也是很大的。

民主德国实施社会主义，自然与苏联的占领有莫大的关系；但是社会主义在德国土地上有深厚的根基，因此民主德国之实施社会主义自有其传统，也并非完全由外力所致。即便在联邦德国，社会民主党也是到 1959 年才放弃了传统的社会主义，放弃计划经济，转入议会民主的轨道。战后的一段时间里，德国的确有很多人还在认真地考虑如何重新开始真正的社会主义，如何消灭阶级差别，怎样进行社会财富的再分配；在特定的社会群体中由来已久的对社会主义的支持是显而易见的。尤其是在反法西斯斗争中，社会主义者的立场是坚定的。在一部分人当中，特别是在知识分子中，社会主义有着相当大的号召力，给许多人提供了认同的客体。苏占区走的社会主义道路，就是企图同这个传统接轨，所以民主德国的社会主义似乎更多地保持了德国历史的延续性，而不像在联邦德国那样，经历了较大的断裂。战争结束后，很多作家、知识分子选择了苏占区而非西占区就是一例。即使到了 1990 年，民主德国的气数已尽，合并到联邦德国已是大势所趋之时，仍旧有多达一百二十多万民主德国人反对民主德国加入联邦德国。

此外，民主德国的所在地正是被解散了的普鲁士，普鲁士的传统以各种形式改头换面被保留下来，并且不知不觉地渗入到了民主德国的文化中。再加上民主德国统一社会党实行的僵化的、绝对的中央集权统治，使得该国与普鲁士之间有许多共性，因此也被称为"红色普鲁士"。只要看一看民主德国覆亡前，东柏林"新哨所"前人民军士兵换岗的仪式，这一点便不难理解。

民主德国实行社会主义的尝试最终以失败告终。人们可以看到，领导层的思想日益僵化、政府机构的官僚主义日益加剧，尤其是强调公平而导致效率下降、计划经济导致的经济失败起到了关键作用；一方面，民主德国的计划经济越来越僵化，生产力越来越低下，1953 年的工人起义就是对于政府提高生产定额不满而爆发的。另一方面，联邦德国的经济发展蒸蒸日上，生活水准扶摇直上，更加使得民主德国相形见绌。经济搞不好，人民的生活水准提不高，是导致民主德国覆亡的主要因素。

当然也要看到，民主德国建立的框架条件一开始远远逊色于联邦德国，民主德国还未产生就处于远为不利的环境中。当联邦德国享受着马歇尔计划的经济支持时，苏联在民主德国实行的是赔偿计划。大量的工业设施被拆卸下来运往苏联，民主德国的工业生产能力受到严重的削弱，与联邦德国相比就已处于下风。与一个同文同种的强大富裕的联邦德国为邻，民主德国不得不时刻与之进行比较，西方的价值观、联邦德国的消费文化透过广播和电视等媒介时时影响着民主德国普通人的心态。联邦德国迅速提高的生活水平对民主德国人民是一个极大的诱惑，大量的民主德国人以各种方式逃往联邦德国，整个 50 年代，共有近三百万民主德国人逃往联邦德国，而且其中大多数是受过良好训练的、富于冒险精神的中青年熟练工人或是高级技术人员，民主德国政府花了昂贵的代价建立起来的国民教育体系等于是为联邦德国服务的，民主德国的医学院实际上是在替联邦德国人民培养医生。但是民主德国领导层未能、也不可能实施改革，于是有了柏林墙的建立，有了出国旅行的限制，有了外汇的强制兑换，有了对一些文化人如沃尔夫·比尔曼等人开除国籍的措施，民主德国的统治越来越僵化，也越来越不得人心。

对于统一社会党的文化控制，文化界、作家群体中也发出了不满甚至抗议的声音。比尔曼被开除国籍后，民主德国的许多作家曾经联名给统一社会党写信，表示抗议。

进入 70 年代，民主德国政府不断加强控制，两种文化的共生现象也越来越明显。与联邦德国相比，民主德国的经济、社会发展速度缓慢，远远落后于联邦德国。民主德国社会强调平均的结果没有导致消费主义的形成，德国市民阶级的价值观得到了更多的保留；高压控制下的民主德国社会没有形成一个公共领域，人们被迫退缩到私人领域。正当联邦德国社会大步跨入读图时代、声音和图像大力挤压阅读的生存空间时，民主德国人却被迫转向文字阅读这种最私密的文化消费，创造了德国 20 世纪的阅读文化，仿佛与德国历史上源远流长的阅读文化续上了前缘，重演了德国传统的"内在性"文化。所以在一部分联邦德国文化人看来，民主德国文化似乎更"德国"，德意志的传统似乎在民主德国得到了更完整的保留，许多联邦德国人到民主德国后的感觉犹如到了往日的德国，在民主德国似乎可以怀旧。但是二者也显示出一些相同之处：在各自的阵营中两个德国的劳动生产率均属极高或最高，而人口出生率都是最低。

但是在现实中，民主德国的"现实的社会主义"与社会主义理想之间的差距日益加大，普通人最终失去了耐心，选择了通过出走促成变化的方式。1989 年，匈牙利政府宣布撤销出国旅行的限制，大量民主德国人假道匈牙利逃往奥地利，经由奥地利前往联邦德国，民主德国全国陷入动荡和混乱。最终民主德国存在了 40 年后覆亡，"更德国"的德国在"不太德国"的德国面前败北，两个德国都加入到了西化的过程中。

1990 年，德意志民主共和国宣布加入德意志联邦共和国，民主德国不复存在，兄弟不再阋墙，两个德国重归一个屋檐下。然而统一十几年后，两个德国之间在四十年间形成的隔阂却未见大幅消减，尽管有数千亿马克从西部流往东部，但是东部的经济也没有大的起色，并未创造增长奇迹。于是联邦德国人抱怨民主德国拖了后腿，认为民主德国人不知道感恩，而民主德国人抱怨联邦德国人以大欺小，吞并、剥削民主德国；东西部之间相互猜疑，甚至敌视。这种状况还要持续多长时间，无人可以预料。

十二

公元 800 年，查理大帝在罗马加冕，查理帝国的疆域构成了后来"西方"的雏形。1954 年，"欧洲煤钢联合体"成立，其成员国恰恰覆盖了查理帝国的范围。不论是在查理帝国还是"欧洲煤钢联合体"或后来的欧洲共同体和欧洲联盟中，德国始终是这个共同体中的一分子；不但身处这个"西方"之中，而且是这一政治构造中的核心成员。但是在后来的历史发展和演变中，这个龙头老大却与该文明离心离德、渐渐疏远，走上了一条"特殊道路"。对于德国的政治和知识精英而言，"西方文明"变成了一种与德国文化异质的文明，于是产生出了"德意志文化"与"西方"文明的对抗，于是有了德国的"西化"。

但是在"德意志特殊道路"蹒跚了二百多年后，德国人终于不得不认识到此路不通，"德意志文化"与"西方文明"的两军对垒最终以前者的失败和后者的胜利告终，德国最终还是离开了德意志的"特殊道路"，回归了"西方文明"的"坦途"。民主德国的失败，从文化的视野来考察，在某种程度上也是"更德国的德国"向"不那么德国的德国"的投降。两德统一后，德国首都究竟是迁回柏林还是继续留在波恩，引起了广泛的讨论。最后在议会表决中，迁都派以微弱多数获得议案通过，德国首都重返柏林，德国议会重新入驻德意志帝国的帝国大厦，德国的政治、文化中心再次东移。从"波恩共和国"到"柏林共和国"，首都的位移、政治地理的嬗变是否意味着西化了的德国在一定程度上向传统的"德意志文化"回归的愿望，现在尚不得知，还要有待于时间和实践来作出评判。

第六章

革命和渐进

——从爱德蒙·伯克的自由观谈起[*]

　　1989 年 7 月 14 日，法国政府为纪念法国革命二百周年，在巴黎举行了盛大游行。一系列官方组织的庆祝活动都围绕着一个神话般的主题：法国革命的理念奠定了当代开放性社会的基础。

　　法国革命爆发后，欧洲文坛极为振奋，德国作家也不例外。宗教史诗《救世主》的作者、狂飙突进运动的先导克洛卜施托克写下了一些热情颂歌，他和席勒一起被法兰西共和国国民议会授予"荣誉公民"的称号。还在图宾根大学就读的黑格尔、谢林和荷尔德林特地赶到图宾根郊外种植自由树，以纪念法兰西共和国成立一周年。随着局势的失控，断头台变为巴黎日常生活中的关键词，德国的理想主义者渐渐倦于暴烈的丕变。克洛卜施托克 1798 年秋在德国接待柯尔律治和华兹华斯，与两位年轻的英国诗人一起庆贺纳尔逊将军在埃及的阿布基尔湾大败拿破仑舰队。柯尔律治在寄往英国的信上写道："有人说德国文人是民主派，这是绝对错误的——他们中不少人原来是，但是就像我，已经公开发誓断绝与法国人的关系。这些人中有克洛卜施托克、歌德（《少年维特之烦恼》作者）、维兰德、席勒和柯兹布。"[①] 恩格斯在《德国状况》（即给《北极星报》编辑的第一封信）中分析过这一转变的原因："整个资产阶级和贵族中的优秀人物都为法国国民议会和法国人民齐声欢呼。成千上万的德国诗人没有一个不歌颂光荣的

---

　　[*] 本章系在《伯克论自由》一文（收入陆建德著《破碎思想体系的残编》）基础上写成。

　　[①] 转引自理查·霍姆斯《柯尔律治：早期的灵视》，企鹅书局 1989 年版，第 208 页。

法国人民。但是这种热情是德国式的，它带有纯粹形而上学的性质，而且只是对法国革命者的理论表示的。但是，一俟无可辩驳的事实把理论排挤到次要的地位……这种德国式的热情就一变而为对革命的疯狂的憎恨了。"这里的"事实"指的就是法国人"那种勇敢地摆脱奴隶制的锁链并向一切暴君、贵族和僧侣挑战的令人颤栗的行动"。[①] 歌德在他的早期剧本《铁手骑士葛兹·封·贝利欣根》（1773）里借同名主人公之口呼喊"天国里的空气呀——自由！自由！"这种"自由"就是带有"形而上学的性质"的。但是歌德早在 1790 年所作的《威尼斯铭言》就表达了对法国前景的担忧："谁来保护民众/去抵御民众？民众是民众的暴君。"当法国革命以它自己的逻辑一步步演进时，歌德式的忧虑发展为深刻的反思，华兹华斯更从"万民骚动"的表象下看出"虚华不实的幻景"：

> 那是个万民骚动的
> 时刻：就连最温和的人也变得燥热
> 不安；各种情绪或观点相互
> 撞击、冲突，让平静的家庭充满
> 激扬的叫喊。那时，普通人生活的
> 土壤都烧得灼人，竟无处落足。
> 当时——其实也不只是当时——我常说，
> "这是何等荒唐的嘲弄，对于
> 历史，对于过去与未来的年代！
> 如今我深切地感到，所有从书本上
> 读悉各民族及其杰作的人们
> 无一不被蒙骗，因为阅读时
> 虽怀有真诚，但真诚总奉献给虚华
> 不实的幻景。唉！该嘲笑那些
> 向未来的人们反映现实面貌的
> 文字！"这片土地到处充溢着

---

① 《马克思恩格斯全集》第 2 卷，人民出版社 1957 年版，第 635 页。荷尔德林是个例外，他始终忠于法国革命的理想，但这也是他昧于世事的证明。

激情，如蝗虫肆虐的原野……①

在欧美学界，迎接法国革命二百周年的并不是一片单调的欢呼声，占主导地位的反而是华兹华斯在这些诗行表达过的惋惜与反讽。史学界一度将这场剧变归根于代表先进生产力的资产阶级对贵族阶级的挑战，是历史进步的标记。但是在 20 世纪五六十年代，所谓的"修正学派"已经出现。早在 1954 年，英国史学家阿尔弗雷德·考本就在伦敦大学作揭穿《法国革命的神话》的演讲。考本在三卷本的《法国现代史》（1957—1963）和《法国革命的社会阐释》（1964）等一系列著作中，根据史料作出一些颇为惊人的结论：18 世纪后期的法国，阶级不一定是分析革命缘起的有效范畴，所谓的一个阶级中其实有丰富的、处于冲突的层次；当时工业资本家为数甚少，几乎处于社会的边缘，他们绝非革命的先锋，一个跨越阶级划分的精英集团才是革命的真正推动力；革命后得益最多的是土地拥有者、有定期收益者和官员，"在他们的鱼塘里有几条大鱼，很多鱼尺寸一般，小鱼极多，他们维持了社会的等级，并且不让国家政府干预个人和家庭的财产权，不然他们局促的、保守的、不变的生活方式就难以存在了。这是一场他们的革命，完全取得了成功"。② 少数人的革命并没有在经济上改变法国，日常生活几乎维持原样，整个社会基本上还是以小农庄为单位的农村社会，城市人口比例很低，工业局限于家庭作坊，没收教会财产、取消什一税等举措摧毁了天主教会的慈善机构，导致城市居民生活更为艰难。考本的法国革命研究是颠覆性的，他甚至得出结论：革命的实质是不让资本主义的胚芽在法国社会生长。法国史学家弗朗斯瓦·孚雷③、德尼·里奇和美国学者乔治·泰勒等人从不同方面为考本的基本论点提供了佐证。而考林·卢卡斯等史学家继承年鉴学派整体史学的传统，采撷并分析了大量原始材料，揭示出二百年前这一历史事件的矛盾性和复杂性④。也有学者用详尽的统计

① 华兹华斯：《序曲》第 9 卷，第 160—176 行，丁宏为译文。

② 阿尔弗雷德·考本：《法国革命的社会阐释》，剑桥，1968 年，第 172—173 页。

③ 孚雷也译成傅勒，他的《思考法国大革命》已由三联书店出版（2005），译者孟明。为纪念法国大革命二百周年，孚雷还编辑了《法国大革命批评词典》（1988）。

④ 雅克·索雷的《拷问法国大革命》（1988）就是这一类著作的代表，该书已由商务印书馆出版（译者王晨，2015 年）。

数字说明,法国革命的成果远远抵不上代价。在英语世界,最有名的就是西蒙·夏马的《公民们:法国大革命记事》(1989)。总体而言,对法国革命的绝对尊崇已不复存在了。

当读者在倾听各种再评价的声音时,自然会想到爱德蒙·伯克(Edmund Burke,1729 – 1797)作于 1790 年的《法国革命论》。近几十年来,我国已翻译出版了多种关于法国革命的著作,伯克的《法国革命论》直到 1998 年才与中国读者见面,说明在很长的一段时期里它受到冷落。潘恩的《人权论》(1792)是对《法国革命论》的回应,早在 1980 年就有中译本,收入商务印书馆的《潘恩选集》(1981),但是《法国革命论》所代表的政治思想在我国极少谈到,或许潘恩和法国革命倡导的"天赋人权""人人平等"早就是"政治正确"的官话,容不得半点的批评。就在伯克这部代表作的中译本问世的时候,三联书店出版了伯克同时代的法国哲学家孔多塞(Condorcet,1743 – 1794)的《人类精神进步史表纲要》(何兆武、何冰译)。孔多塞是启蒙运动的精英之一,曾有法国革命"擎炬人"的美称,他在这部其死后出版的著作里充分体现了启蒙哲学的天真信仰和近乎狂妄的乐观。他相信人类能够无限地完善自身,而法国革命是指向人类终极完善的路标。孔多塞自己在法国革命中被罗伯斯庇尔剥夺公民权,惨死狱中。打开《法国革命论》,我们听到的是另一种声音,一种雄辩但又审慎、成熟的声音。伯克不迷信工具理性和书本教条,他申述了因地制宜、应权通变的必要,拒绝普遍性的话语,即使他在批评法国革命的时候,他也不想把英国经验推而广之。

1789 年 7 月 14 日巴黎市民攻占巴士底狱①,随后的一系列事件惊心动魄。用伯克自己的话来说,这一切引起他的"蔑视和恐惧"。伯克对法国革命的攻击可谓不留余地:"法国革命乃是世界上迄今所曾发生过的最为惊人的事件。最可惊异的事件,在许多事例中都以最荒谬和最荒唐的手段并以最为荒唐的方式发生了,而且显然地是用了最为可鄙的办法。在这场轻率而又残暴的奇异的混乱中,一切事物似乎都脱离了自然,各式各样的罪行

---

① 巴士底狱被攻克后,"旧制度"的罪恶彻底暴露:狱中一共只有七人,两人患有精神病,四人犯了伪造罪,另一位是贵族,有着与德·萨德侯爵类似的性癖好。

和各式各样的愚蠢都搅在了一起。"① 伯克是在 1790 年写下这些感想的。在此后的两三年里，大革命发生了孚雷所说的"侧滑"，嗜血的疯狂取代了美好的理想。不幸的是"恐怖统治"竟被伯克言中了。② 法国革命的起因错综复杂，但是有一点应该提出来：被推翻的国王和他的政府并不是现状的维护者。从托克维尔的《旧制度与大革命》到西蒙·夏马的《公民们》，史学家往往认为，"旧制度"非但没有抗拒变革，而且还非常迷恋变革，路易十六本人就是改革先锋；现代化步伐太快，才导致暴力行动突发。

《法国革命论》一书词锋锐利但又张弛有度，这一语言风格的特点使它成为一部文学史、政治思想史上的经典以及政治家时时翻阅的宝鉴。就在中译本问世不久，北爱尔兰政治家、1998 年诺贝尔和平奖得主之一戴维·特林布尔在当年年底的颁奖仪式上特别提到伯克的政治智慧。他说，政治思想史上有两类人物，一类认为人或人的本性是美好的，可以完善的，一切社会弊端的根源都来自不合理的社会制度，人们可以通过各种手段来创造一个完美无缺的世界；与此相对立的是另一种声音：人性本身有缺陷，因而易犯错误，在由人组成的社会里不能要求一切都尽善尽美。前一类思想家相信，只有彻底摧毁旧世界才能创建天堂，白纸上可以画最美的图画。伯克是另一种声音的代表，他即使对现存秩序有所不满，态度也比较谨慎务实，他将致力于修补和改进，不会让社会为了一个抽象的终极目标而做出惨重的牺牲。在争取完美目标的革命与只求稍有改善的渐进之间，伯克宁可选择后者。

19 世纪中叶，欧洲大陆不断传来社会动荡和政治暴动的消息，英国却相对平安。欧陆激进派以为社会转型可以甚至应该通过极端手段毕其功于一役，英国人则是脚踏实地，不断地修修补补。他们是补锅匠式的改革家，而不是砸锅的革命者。英国工业史家诺拉斯的一段说明是非常有意义的：

现状的完全颠覆（bouleversement）不符英国人的性格。事实上没

---

① 柏克：《法国革命论》，何兆武、许振渊、彭刚译，商务印书馆 1998 年版，第 13 页。这一译本将作者名字译为"柏克"，本书采用国内学界通用的"伯克"。

② 令人惊讶的是伯克也预见到革命的演进方向：所谓的纯粹的民主制"正在沿着一条笔直的道路迅速地变成一种有害而不光彩的寡头政治"（柏克：《法国革命论》，第 164 页）。

有英国字可以解释 bouleversement。英国对于先例是热心附从的，当需要变动时，除了"修补"，便不多作。但他们继续修补，直至锅子的补丁最后变成一个新锅子。虽然它的形式和大小会在修补的进程中完全变更，但它常常保存有最初的锅子形迹。法国是把锅子打破，并将碎片抛开而着手造一个完全不同材料的新锅子。其一般的结果，法国任何变迁是属于智识的，即预先想出的智识计划之果，法国人每每喜欢从最初的地方开始做事。英国的变动，虽然结局也或许是彻底的，但只是渐进地实验的结果；捉住具体的问题，且捉住由此而发生的新问题。这不仅是工场立法的历史，而且是英国十九世纪其他一切工业立法的历史。①

这段文字的最后两句突出了"具体的问题"在英国立法过程中的关键地位，尤其紧要。在 1850 年前后，英国的议会不断针对时弊设立专门委员会展开调查，形成报告，及时立法。所调查的社会问题范围非常广泛，从工人上班时间到限制使用童工，几乎无所不包。由于整个国家机器有强大的执法能力，工人阶级的权益得到保障，渐次发展成英国政治生活中一股重要力量。这些行之有效的新法案又成了各国工业化过程中极有价值的参照。这种渐进的、重视细节的"修锅"模式得益于伯克的政治哲学。1924年 1 月，英国第一届工党政府在自由党支持下成立，日本作家鹤见祐辅由衷地感叹："英国总是不待革命，而秩序整然地顺应着时势的变化，进行下去的样子，我以为是大可羡慕的。"接下来他说的一段话是典型伯克式的："（英国工党组阁）比俄国革命，比德国革命，有更深的意义的。因为和穆勒所说的'不知过去而加以蔑视的新机轴，都容易以反动收梢'的话的意义，可以比照。过去的传统，我们是不能全然脱离它而生存的。蔑视了过去的激变，必遭这过去的力所反噬，拨回到比以前更甚的反动政治去。这是世界历史已经指示过我们许多回的教训。"英国人血脉里有温和的美德，政治上的巨变积久而成，如成熟的果实从枝头落下，不会有激变之后的

---

① 诺拉斯（L. C. A. Knowles）：《英国产业革命史论》，张格伟译，商务印书馆 1936 年版，第 150—151 页。法文 bouleversement 的意思是"混乱、颠倒、动乱"等，其动词形式为 bouleverser。

"反动底后退之忧"。翻译这些文字的，竟是鲁迅。①

爱德蒙·伯克是"18世纪英国经验派美学的集大成者"②，但是在英国文学史上，伯克以《法国革命论》为代表的政论文却比他的美学著作《论崇高和美两种观念的起源》（1756）影响大得多。讨论现代化进程中的外国文学，伯克的《法国革命论》是不能回避的著作。了解一下他的学说不仅能加深我们对英国文学的理解，还能帮助我们看清当今西方哲学界对"启蒙工程"（"The Enlightenment Project"，阿莱斯泰·麦金泰尔语）的批判中某些侧面的来龙去脉。

1864年10月29日，英国维多利亚时期最杰出的批评家马修·阿诺德以牛津大学诗歌教授的身份作了名为《当今批评的作用》的演讲。在这篇英国文学专业学生必读的名作里，阿诺德呼吁批评家以平允执中的努力在一切思想艺术的领域探寻事物的本来面貌，从而使持正之论形成风尚。在谈及法国革命时期的英国时，阿诺德把伯克誉为时代的代言人。他说伯克对法国革命的论述有时偏激过火，但是概而论之它们含有深邃的哲理；当时的伯克不为标语口号和党派之争所吸引，沉浸于思想的世界之中："伯克的伟大之处在于，在英国几乎只有他一人使政治接受思想的砥砺，让思想渗透于政治之中。"阿诺德接着引用了伯克的一段文字，指出伯克在为身不由己的热情所压倒的时候仍能保持一种自我怀疑的精神，那是"英国文学乃至任何文学中最优秀的品质之一"。③

评述伯克的政见可先从他与伏尔泰、葛德汶和潘恩等人的不同自由观开始。18世纪的启蒙派思想家确实喜欢在自己的旗帜上标上"自由"的字样，仿佛那是一个不必深究其意义的驱鬼的符箓，有了它就刀枪不入，攻无不克。伯克则认识到，在一切含义模糊的词语里，"自由"一词的定义最不确切。在《致布里斯托尔两位行政长官的信》（1777）里，他提出每个社会都有各自约定俗成的权利④，社会生活中各种各样的自由或特权不是什

---

① 鹤见祐辅关于英国工党内阁的评语出自《思想·山水·人物》中《断想》部分第19篇《使英国伟大的力》。见《鲁迅译文全集》第3卷，福建教育出版社2008年版，第146页。

② 朱光潜：《西方美学史》（上），人民出版社1979年版，第248页。

③ Matthew Arnold, *Essays in Criticism*, London, 1875, pp. 15–18.

④ 英文"liberty"也有"特权"的意思，故有此说。

么玄奥的抽象理论的产物，不像"几何学和形而上学的命题"那样可以超越文化和历史的差异，放之四海而皆准。这些自由嵌陷于特殊的历史文化之中，互相纠结，不具分明的疆界，"根据每个社会的特点和具体情况形成无限的多样性"，享有的程度也各不相同。① 《法国革命论》中关于人权的一段论述秉承了同样的现实主义和相对主义兼具的精神：

> 人权是一种中间的、不可能界定的东西，但并不是不可能加以分辨的。人在政府中的权利乃是它们的优势所在；而这些往往是各种不同的善之间的平衡；有时候则是善与恶之间，有时候又是恶与恶之间的妥协。政治理性乃是一种计算原则，是在道德上而不是在形而上学上或数学上对真正的道德因素作加、减、乘、除的运算。②

伯克不会像英国辉格派史学观代表人物麦考莱那样为 19 世纪的"进步"所陶醉，但是他会欣赏麦考莱这段不俗的文字：

> 我们的自由既不是希腊式的，也不是罗马式的；它本质上是英国式的。它有特殊的风貌——带有一点骑士时代的情操的风貌。这特色符合我们独有的风俗习惯和岛国的状况。我们的自由有它自己的语言，一套别具风格、独一无二的语言。它对我们富有意味，对外人却几不可解。③

这种与历史、文化和生活方式有机结合的自由或特权是无法移植的，它不是工程师实验室里的一个课题，可以依靠规格统一的器具在世界各地做出同样的结果来。

这英国式自由的"独一无二的语言"具有延续性，但是它在不同时期的意义不尽相同。伯克所理解的自由是君主和贵族统治下历史地形成的自

---

① *The Works of Edmund Burke*, The World's Classics, 6 vols, London, 1906 – 1907, Ⅱ, p. 274.

② 柏克：《法国革命论》，第 81 页。

③ 转引自 *The English World*, edit. by Robert Blake（New York, 1982）, p. 255. "骑士时代的情操"原文为 "the sentiments of the chivalrous ages"。

由或特许的权利。① 以麦考莱 19 世纪自由主义的标准来衡量，当时的选举制度腐败悖理，但是伯克却把贵族享有的特权当作天经地义之事。② 法国大革命的爆发促使伯克全面阐述他的政见和自由观。1789 年 11 月 4 日，在伦敦一个纪念"光荣革命"的集会上，不信奉国教（Nonconformist）教派的牧师普赖斯（Richard Price，1723 – 1791）作了题为《论爱国》的布道。普赖斯受法国革命的鼓舞，为被排斥在英国政治之外的不从国教者大鸣不平。他坚称各新教教派应和所有英国人一起享有三项基本权利：选择统治者的权利，统治者渎职时予以撤换的权利和组织政府的权利。普赖斯的言论是伯克撰写《法国革命论》的直接起因。但是伯克对海峡以南发生的动乱的态度起初还比较微妙。1790 年 2 月 9 日，他在下院的发言中首次公开谴责法国革命，与辉格党领袖福克斯分道扬镳。这种谴责的基调贯穿了 1790 年 11 月 1 日出版的《法国革命论》。这部政治思想史上里程碑式的著作面世后，英国读书界反应热烈，几乎供不应求。同一个月的 29 日，法文本出版，销路也很好，据说路易十六本人也将它从头到尾全部译出。

伯克驳斥了那三项权利，声明英国人将不惜生命和财产坚决予以抵制。随着法国局势的演变，伯克与原来自己所属的辉格派彻底决裂，他支持小皮特政府在这非常时期对英国国内激进派危及社会稳定的活动采取严厉措施（如禁止印行煽动性出版物，禁止谋乱的集会，中止人身保护法和颁布叛国罪惩治条例等）。伯克在论述自由时重视自由的社会效果，就此而言他的自由观在法国革命爆发前后有明显的延续性。英国历史上宗教斗争异常激烈，被排斥在政治生活之外的不从国教者不断争取自己的权益。赞成宗教宽容的伯克对此却不予支持，他在 1775 年一封著名的信件里写道，他不大关心哪一种教义更有说服力，不大关心应该提倡哪一教派的见解。他所关心的是，一旦传统的宗教习惯产生变化，政治上的稳定是否将因此破坏；即使要拒绝对某一教派实行宽容，那也不

---

① 参看"Liberty"词条，载 Raymond Williams, *Keywords*（Glasgow，1976）。

② 伯克曾自比香甜一时的季节性瓜果，而那些声名显赫的贵族则被比为英国乡间绿叶纷披、年复一年地荫庇一方土地的古老橡树。参见 *Letters of Edmund Burke: A Selection*, edit. by Harold J. Laski, London, 1922, p. 155.

是出于宗教上的原因，而是基于社会民事的考虑。不从国教者想在国家内部形成一个小集团，将危及国家的安定。他为此呼吁，对这种小集团不能无原则地宽容。

我们可以通过比较伯克和麦考莱来推进关于自由的话题。麦考莱在成名作《弥尔顿》（1825）一文里提出一个著名论断——要学会游泳必须先下水。他以典型的自信笔调教训当时英国一些担心改革步骤过快的政治家：

> 我们时代的很多政治家习惯于把这当作不言自明的真理，即人民只有在懂得如何运用自由时才能得到自由。这条箴言像是出自那个尽人皆知的故事里的傻瓜之口，他决意学会游泳以后再下水。如果人们要等到在奴役状态下变得有智慧和美德以后再享有自由，那么他们就将永远等下去了。①

正是这一信念使年轻的麦考莱和当时的辉格党致力于伯克在三四十年前竭力阻止的议会选举改革。当然，1832 年的议会选举法修正案远没有使所有英国成人都下水学游泳，虽然大部分腐败选区取消，但是只有约六分之一的成年男子拥有选举权，工人阶级仍被排除在外。经过宪章运动和 1854 年的反选举过程中各种腐败行为法案，情况有所改善。1867 年的第二次改革案中符合参加投票条件的也只有五分之二的成年男子。在英国，不论哪个政党，都是政治改革上的循序渐进派。

麦考莱的巧妙比喻是人们相当熟悉的。持异议者或许会强调，倘使社会自由是人人都能享用的游泳池，那么政府首先必须设立一套严格的安全卫生管理规则，同时必须具有实施这些规则的有效手段。名义上穆勒与麦考莱同属开明派，但是穆勒在《代议制政府》（1861）一书中省察各国实情，指出政治机器不会自行运转，必须由普通的人去操作，因此一国政体不能脱离民族的习惯和性格。民众没有养成克制、服从政府法令（穆勒称"服从"是"文明的第一课"）的习惯，或者极端消极被动、随时准备屈服

---

① T. B. Macaulay, *Critical and Historical Essays*, edit. by F. C. Montague, 3 vols, London, 1903, I, p. 43.

于暴力，那么代议制将是不利的。①

自由派麦考莱讥讽的愚人之见正好是伯克心目中政治家的远见卓识。麦考莱断言下水游泳是人们天生的权利，伯克则比较注重游泳的先决条件。② 封建专制主义的象征巴士底狱被巴黎民众攻克后，不少英国政治家隔岸观火，幸灾乐祸。伯克却在致查尔蒙勋爵的信函（1789 年 8 月 9 日）里表示，面对法国争取自由的斗争他喜忧参半。他钦佩法国民众摧枯拉朽的力量，但是，这种来势猛烈的热情若是偶然的喷发倒也罢了，如果它所暴露的是法国人身上某种固有的根性，"那么法国人还不配享受自由，必须有一只像他们原先的主人那样强有力的手对他们严加管教。人们必须有比较温和的秉性才有资格享受自由，不然自由不利于己且有害于人"。③ 伯克是英国式君主立宪制的拥戴者，专制主义断不是他推崇的善，但是他从法国民众运动得出的结论却是，在专制主义源远流长的国度不能没有徐徐引导的权威之手。伯克并不是改革之敌，他的一句名言是："一个国家没有某种改变的办法，也就没有保全它自身的办法。"④ 不过，他知道改革将是一个艰苦缓慢的开启民智的过程，随着公民社会"内在约束力"的形成，外在的权威作用就可以渐次减弱。1791 年 1 月 19 日，伯克在致一位法国国民大会成员的长信里重述了自由的前提。他向法国人推荐英国不成文法的基本精神时强调，他们必须重视国情，不能奴颜婢膝地照搬

①　"一个未开化的民族，尽管在某种程度上感觉到文明社会的好处，也许不能实行它所要求的克制：他们也许太容易动感情，或者他们的个人自尊心太强，而不能放弃私斗，把对事实上的或者所认为的不法行为的报复留给法律去解决。在这种场合，一个文明政府要对他们真正有利，将必须是在相当程度上专制的，即必须是一个他们自己无法实行控制，却对他们的行动加以大量强制的政府。"见穆勒《代议制政府》，汪瑄译，商务印书馆 1984 年版，第 9 页。穆勒还指出只有一个专制的政府才能在俄国实行农奴解放（同上书，第 61 页）。"文明的第一课"之说见该书第 59 页。

②　笔者为了论述的方便而将麦考莱和伯克对垒，两人对法国革命的态度其实并不是相反的。麦考莱在《英格兰史》里称扬不流血的"光荣革命"，意在否定流行欧陆的暴力手段。

③　转引自 Conor Cruise O' Brien's Introduction to *Reflections on the Revolution in France* (Harmondsworth, 1968), pp. 13 – 14. 现在这部著作最好的版本是 J. C. D. Clark 作序的详注本，斯坦福大学出版社 2001 年出版。

④　柏克：《法国革命论》，第 28 页。伯克对法国革命的批评经常被误解为是对旧制度的称颂。他说，那些煽动家先把已被废黜的政权完全抹黑，然后就论证，"凡是不赞成他们这种新的滥用权力的人，便必定是旧的滥用权力的人的同党；而那些谴责他们残暴的自由计划的人，就应当被当作是奴役制的辩护士"。见柏克《法国革命论》，第 163 页。

英国政治模式或冒险从事社会试验。① 他依然认为，自由对法国有害无益：

> 人们能够享受自由的程度取决于他们是否愿意对自己的欲望套上道
> 德的枷锁；取决于他们对正义之爱是否胜过他们的贪婪；取决于他们
> 正常周全的判断力是否胜过他们的虚荣和放肆；取决于他们要听的是
> 智者和仁者的忠告而不是奸佞的谄媚。除非有一种对意志和欲望的约
> 束力，社会就无法存在。内在的约束力越弱，外在的约束力就必须越
> 强。事物命定的性质就是如此，不知克制者不得自由。他们的激情铸
> 就了他们的镣铐。②

这种以道德为前提的自由几乎接近"礼"或"絜矩之道"，与中文"自由"
一词的本意（按照自己的意愿行事）相去千里。克己才是公德和自由的保
证。既然自由应该有种种社会的限制，"人生而自由"就是一种谬论。伯克
认为先于社会、超越社会的自由是哲学家空想的产物，个人只有充分进入
社会、接受社会盟约的约束才能谈论自由。看起来这种自由观与穆勒偏重
个人的自由观相去很远，但是穆勒也一直强调行代议制的先决条件，即国
民必须能够行使其职责，履行其义务。在中国，严复介绍传播英国 19 世纪
自由主义和进化论作用最大，但是他在《群己权界论》（即穆勒《论自
由》）"译凡例"中的一段文字却与伯克的观点比较接近："自繇之乐，惟
自治力大者为能享之，而气禀嗜欲之中，所以缠缚驱迫者，方至众也。卢
梭《民约》，其开宗明义，谓'斯民生而自繇'，此语大为后贤所呵，亦谓
初生小儿，法同禽兽，生死饥饱，权非己操，断断乎不得以自繇论也。"③
这也是梁启超在文章《十种德性相反相成义》（1901）里论及"自由与制
裁"时所说的"自由之德"或"有制裁之自由"：

> 文明程度愈高者，其法律常愈繁密，而其服从法律之义务亦常愈严

---

① *The Works of Edmund Burke*，Ⅳ，p. 315.

② Ibid.，p. 319.

③ 严复：《译凡例》，《群己权界论》，商务印书馆 1981 年版，第 viii 页。严复的"自繇"也是积极
的自由，善的自由："总之自繇云者，乃自繇于为善，非自繇于为恶。"（同上书，第 x 页）

整，几于见有制裁，不见有自由。而不知其一群之中，无一能侵他人自由之人，即无一被人侵我自由之人，是乃所谓真自由也。不然者，妄窃一二口头禅语，暴戾恣睢，不服公律，不顾公益，而漫然号于众曰："吾自由也"，则自由之祸，将烈于洪水猛兽矣。……法国则自一七八九年大革命以后，君民两党，互起互仆，垂半世纪余，而至今民权之盛，犹不及英美者，则法兰西民族之制裁力，远出英吉利民族之下故也。然则自治之德不备，而徒漫言自由，是将欲急之，反以缓之，将欲利之，反以害之也。①

可惜这种冷静的声音很快就被《革命军》等宣传物的"一二口头禅语"压过。

伯克在《法国革命论》里把"没有智慧和德行的自由"列为"万恶之首"，但这种未经训育、不听管束的自由往往最有诱惑力和欺骗性，那些好煽动而没有实践能力的激进派总把它挂在嘴上。伯克惋叹道，在大多数人身上，他看不到"有德的自由"。他们自命为自由的信徒，直情径行，实际上处于"暴虐而丢脸的奴役状态"。对大众的失望导致伯克怀疑大革命时期的民主竞选是否真正造福于法国人民。他指摘法国国民大会以奉承百姓取代为民立法，成了"人民的工具，而不是人民的指导者"。这类政府的领袖必然是"民心拍卖会上的竞叫者"：有人建议自由应加以限制并附带条件，他那油滑的竞争对手就会报出易得民心的高价——更多的自由。那种时候，"他们就变成为谄媚者而不是立法者了，变成为人民的工具而不是人民的指导者了。如果他们当中有什么人恰好提出了一种要以恰当的标准严格加以限制和界定的有关自由的规划的话，那么他会被那些能炮制出更加漂亮动人的货色的竞争者们马上给压倒的。他对事业的忠诚会受到怀疑。温和被污蔑为是懦夫的德行，而妥协则是变节者的审慎"。②

伯克的自由不是个人的随心所欲，也不是"被剥掉了一切联系、完全

---

① 梁启超：《十种德性相反相成义》，《饮冰室合集·文集》第5卷，中华书局2003年版，第46—47页。

② 柏克：《法国革命论》，第316页。

处于形而上的抽象"之中的赤条条、孤零零的自由。① 他探讨具体的社会经纬中自由的意义，把各种自由的利弊得失与政府、军队、税务、安定和秩序、道德和宗教以及社会习俗等因素联系起来加以考察。在 1789 年11 月致杜邦先生（即《法国革命论》前言里提及的"巴黎一位非常年轻的绅士"）的信中，伯克解释道，他指的自由"不是孤立的、互不相干的、个人的、自私的自由"，而是"社会的自由，它是一种事物的状态，在这状态下自由通过同等的克制得到保障。……这种自由实在是正义的另一名称"。②

伯克所指的自由是善的自由，社会的自由，没有自制力者不得享受。他说，他不会向一个越狱的强盗或摆脱了监护室的约束的疯子祝贺他恢复了天赋人权或自由，出于同样的理由，他不愿意向新获自由的法国表示祝贺，除非他能获悉这种新的自由"是怎样与政府（的治理）相结合在一起的，与公共力量、与军队的纪律和服从、与一种有效的而且分配良好的征税制度、与道德和宗教、与财产的稳定、与和平的秩序、与政治和社会的风尚相结合在一起的"。③ 假如自由与上述的一切不相结合，那么它既非好事，也不会长久。这种以社会效果为重的自由观是 19 世纪初露端倪的个人自由主义哲学的对立面。穆勒在 19 世纪自由主义经典之作《论自由》里详细论述了这一命题：在与他人无关的事务上，个人完全独立自主。比较困难的是如何界说绝对的私事。人们对这问题的见解显然是因时因地而异的。伯克在《法国革命论》中论及人的社会性和社会盟约时表述了这样的思想：个人一到世上就受到社会盟约的保护和约束，只有不受盟约约束之人才有所谓的个人自主之权，可是这类与社会隔绝的人并不存在。法制社会（civil society）为确保社会正义立下一条基本准则："没有人应该是其自身案件的审判官。" 为了获得有限度的自由，个人让社会组织统辖全部自由，"他在很大程度上断然放弃了自我辩护的

---

　① 柏克：《法国革命论》，第 10 页。即当代哲学家查尔斯·泰勒所否定的"不具场景的自由"（unsituated freedom）。详见泰勒《黑格尔与现代社会》，剑桥大学出版社 1979 年版。

　② *Letters of Edmund Burke：A Selection*，p. 269.

　③ 柏克：《法国革命论》，第 11 页。

权利……为了能够获得某种自由，他就以信赖他那全体而做出了投降"。①
在英国议院里与执政的派系周旋、争斗多年的伯克深知政府（或君主）
滥用权力的祸害，他钦佩主张三权分立的孟德斯鸠（唯一受他尊重的启
蒙派思想家），但是他不会否认政府的主要职能——为维护社会整体的福
祉权衡各种互相联系的自由。和某些理想主义者不同，伯克不把政府视
为人类为自己的幸福理应抛弃的累赘。他是绝对君权之敌，但他设想的
政府却与赞成无上君权的霍布斯（Thomas Hobbes，1588–1679）的"利
维坦"（即"the State"）颇为相似："政府乃是人类的智慧为满足人类的
需求而提供的一种设计"，他写道，"这些需要之一……就是人的激情应
该充分抑制。社会不仅仅要求个人的激情应该受到控制，也要求群众和
团体就像在个人中间一样，他们的倾向爱好应该时时受到阻遏，他们的
意志应该得到控制，他们的激情应该驯服。这一点只有由他们自身之外
的力量来完成。这力量在履行其职责时不能屈从于它应当驾驭并使之服
从的意志和激情。在这意义上，人们受到的约束和他们得到许可的种种
自由都应算作他们的权利"。这些自由和限制没有天下一致的标准，它们
"因时势而变，可能变化无穷，不能由任何抽象的规则决定，抽象地讨论
这些自由和限制是极其愚蠢的"。②

伯克的自由观是反个人主义的自由观，与它紧密相关的是伯克的国家
观。伯克理解的国家（the state）不是一个功利主义者边沁所设想的世界，
即各自追求私利和乐趣的个人的集合。他承认，社会确实是一项契约，但
是，有关人类的生物之需的合约可以凭一时的利害签订或解除，"国家却不
可被认为只不过是为了一些诸如胡椒或咖啡、棉布或烟草的生意，或某些
其他不关重要的暂时利益而缔结的合伙协定，可以由缔结者的心血来潮而
加以解除的"。伯克试图赋予历史中有机生成的国家一种道德权威和精神本
质："国家应该受到性质不同的尊崇。……它是一切科学的合伙关系，一切
艺术的合伙关系，一切美德的和一切完美性的合伙关系。这合伙关系的目
标非很多代人不能达到，它不仅仅是生者之间的合伙关系，它是生者、古

① 柏克：《法国革命论》，第 78 页。
② 同上书，第 79 页。译文有改动。

人和来者之间的合伙关系。"① 现在经常有人把政府和国家比为职能有限的守夜人，这是无知加弱智导致的谬见。亚里士多德古典政治学认为，国家是人们为了最美好的道德生活而组成的集团，伯克继承了这一传统，声明国家的形式是人类德行臻于完美的必要手段，对国家本身的奉献"要出之以适度的华贵和真诚的形式，要出之以温和的庄严和肃穆的场面"。这类花费对于培育公共的感情十分必要，"最穷苦的人也在其中发现了自己的重要性和尊严"。② 在这传统的影响下，英国湖畔派诗人将德教作为保证国家健康的基本条件。③ 自由派穆勒不是伯克的追随者，但是他慑于民众的自私和野蛮，也强调政府应对教育负起责任，确保在新的社会里人们将为"公共的社会目标"而不是"狭隘的私利"共同工作。④ 伯克的国家观还不同程度地反映在维多利亚时期思想家、哲学家的著作里。本章前面提到的阿诺德为 19 世纪中期英国文化上的失序状态所震惊，他希望看到国家作为"光明和权威的中心"出现，防止"为所欲为"的市侩私利哲学恶性蔓延。⑤

伯克的国家观和自由观决定了他对剧烈社会变革的保守态度。对法国旧制度的种种不公他不是视而不见⑥，也并不是对有各种理由予以批判的事物大唱赞歌，他所不能容忍的是为追求抽象的自由、未经检验的真理和陌生的政治模式置社会的秩序与稳定于不顾。法国专制主义固然百弊丛生，但由于宗教、法律等社会中介的作用它有时显得徒有专制的外壳，恶中有

---

① 柏克：《法国革命论》，第 129 页。译文有改动。

② 柏克：《法国革命论》，第 131 页。卡尔·波普尔曾称这国家观源于柏拉图的极权主义。波普尔所理解的自由主义的国家是"人们为了理性的目的而结成的联盟"。可以说，这联盟的性质与做一笔烟草生意而达成的协议差不多。K. R. Popper, *The Open Society and Its Enemies*, 2 vols, London, 1966, I, p. 112.

③ 亚里士多德："凡订有良法而有志于实行善政的城邦就得操心全邦人民生活中的一切善德和恶行。所以，要不是徒有虚名，而真正无愧为一'城邦'者，必须以促进善德为目的。"（亚里士多德：《政治学》，吴寿彭译，商务印书馆 1995 版，第 138 页）这思想屡见于骚塞、柯尔律治等人的著作。其实法国启蒙运动先驱孟德斯鸠也称共和国以道德为立国之本。

④ 《约翰·穆勒自传》，吴良健、吴衡康译，商务印书馆 1992 年版，第 136—137 页。

⑤ Arnold, *Culture and Anarchy*, London, 1869, chapter 2.

⑥ 英国作家亚瑟·扬在《法国游记》（1792）一书里反映了法国大革命前法国社会存在的一些痼疾。

善。而且路易十六是一位温和乃至软弱的君主，他御位期间一再向臣民让步，"愿意放松他的权威，减少他的特权，号召他的人民享受他们的祖先所不知道的、或许是所不曾愿望过的自由"。① 伯克多次指出法国旧制度的缺点和错误，但是他从改良而非革命的立场出发，试图维护法国君主制的生存权："难道法国旧政府真的无法改造或不值得改造，以致绝对需要立刻把整个的组织推翻，并为取代它而建立一座理论的和实验的大厦扫清地盘？"② 显然，在琴瑟不调的时候不能以毁琴来达到改弦更张的目的。他为投身法国革命的人们没有意识到国家的神圣性而感到惋惜。他对改革者提出的一个要求是，在探究自己国家的积弊和腐败时应惴惴小心，如履如临。"一个人决不可梦想通过颠覆而发动一场改革；他应该接触国家的毛病，就仿佛是满怀虔诚的畏惧和战栗的态度去接触父亲的创伤一样。在这明智的偏见的教诲下，我们目睹这一景象时不胜惊恐：一个国家的孩子竟然莽撞地把年迈的父亲剁成碎片置于魔锅之中，他们居然指望用带毒的莠草和莫名所以的咒语使父亲的机体复活，使他们的老父得以重生。"③

　　并不是说伯克一味维护现状。伯克是改革家，他只是反对用机械的手段和舶来的理论对社会施行外科手术。因地制宜，这是他的首要原则。"在我冒昧提出任何政治方案之前，我必须亲眼看一看，甚至必须亲手摸一摸，那些长期的和暂时的境况。我必须知道接受、执行和维持的能力与意向。我必须知道，如果需要，方案能否修改。我必须看一看相关的事物，我必须看一看相关的人员。"④ 这种审慎的智慧永远不会过时，它并不附属于什么主义。康有为在戊戌变法时也有鲁莽操切的毛病，但是他在《法国革命

---

　　① 柏克：《法国革命论》，第 109—110 页。当时法国各地被允许建立地方议会。路易十六在革命爆发前（1789 年 6 月）曾说："我决定牺牲一切，我不愿意看到哪怕有一个人为了有关我的争辩而丧生。"但普赖斯竟说路易十六是武断任性的君主。米涅在《法国革命史》（1824）里这样形容路易十六："人们对独断专横的政治感到厌倦了，他就情愿放弃这种专横的做法；人们对路易十五宫廷的荒淫挥霍感到忿恨，而他性行端方，自奉甚俭；人们要求作一些必不可少的改革，他也能体察公众的需要并立意要给予满足。"（北京编译社译，商务印书馆 1997 年版，第 10—11 页）

　　② 柏克：《法国革命论》，第 167 页。

　　③ 同上书，第 128 页。

　　④ 《致国民大会一位成员的信》，转引自 Conor Cruise O'Brien's Introduction to *Reflections on the Revolution in France*, p. 63.

史论》①里的一些言论的宗旨与伯克相合。他说，认识到各国"国势地形迥异"，国家的改革或许与治病可比。"犹医者治病，不审表里虚实，而以验方施之。……夫苟但执验方而可以治病，不待审夫病者之老幼强弱，表里虚实，则天下执一验方新编，人人可以为名医矣。有是理乎？医一身既无是理，况诊一国之病，得其表里虚实，其理尤难。"这是康有为在篇末的浩叹："若法之与中国，其病本易见也，而庸医犹误引之者，则未尝望问诊切，而仅以数万里传闻之一二，遂发方药，其奇谬狂愚不可思议，安得不令服药者发狂而将毙耶！呜呼！"但是这种观点，近百年来却被遮蔽、压制了。多多关注我们文化历史和身处环境的特殊性，这是值得铭记在心的忠告。从某种程度上说，伯克是相信本地现有资源的。他想尽可能利用现有的材料进行改革，在"绝对毁灭"和"不加改造而存在"两个极端之间寻找一条中间的道路。我们曾说"白纸上可以画最美的图画"，然而这在伯克看来是最简单粗暴的手段："我无法想像一个人怎么会使自己狂妄到那种不分黑白的程度，把自己的国家视若无物，只不过当一张他可以在那上面任意涂抹的 carte blanche（白纸）。一个富于热情与思考的好心人，可能希望他那社会并不像他所看到的那样子组织起来的；但是一个好的爱国者和一个真正的政治家则总是在思考他将怎样才能最好地利用他的国家的现实物质状况。保存现存事物的意向再加上改进它的能力，这就是我对一个政治家提出的标准。"②

伯克的观点体现了我国古训"积弊不可顿革"的基本精神。他警告说，我们处置无生命的事物时尚且不能漫不经心，"当我们破与立的对象不是砖木、而是有感觉的生灵时，慎重与细心更成了责任心的一部分。突然改变他们的生存状态、条件和习惯，无数人可能陷入惨境"。因此，一位合格的改革者或"真正的立法者"应有敏感的心，"他应该热爱和尊重他的同类而戒惧他自己。他的资质可以使他凭直觉的一瞥就把握住他最终的目标；但是他对这一目标的行动则应该是慎思熟虑的。政治安排作为是为了社会性目标的一桩工作时，只能是以社会性的手段来铸就的"。这样的改革者不能

① 康有为：《法国革命史论》，载《辛亥革命前十年间时论选集》第 2 卷，上册，张枬、王忍之编，三联书店 1978 年版，第 295—331 页。

② 柏克：《法国革命论》，第 204—205 页。

过于相信自己的宏伟计划，处理任何事务都应本着稳妥的原则步步为营，尽量不因一个优点而牺牲另一个优点。这样，第一步的成败对第二步有所启发，"我们是在补偿，在调和，在平衡"。① 伯克以谨慎为政治上的第一美德，他偏爱零敲碎打、不伤害筋骨的局部改革。既然社会是历史有机演进的结果，国家是"一个延续性的观念"，任何在抽象普遍的原则下使今日之社会和国家与昔日之社会和国家彻底脱离的努力必然伤及社会的本根，从而导致自身的失败。英国激进派对英国社会的猛烈抨击不乏合情合理之处，但是他们急欲全盘重建英国政治体制的强烈欲望使伯克惧怕。激进派代表普利斯特列（Joseph Priestley，1733－1804）宣称要"炸毁建筑在谬误和迷信基础上的老房子"。英年早逝的俄国批评家杜勃罗留波夫在评屠格涅夫的《前夜》时呼唤俄罗斯的英沙罗夫（小说中的保加利亚民族英雄），他说："你坐在一个空箱子里，想从里面推倒箱子，多么费功夫！要是由外面来，一推就翻了。"② 也就是说，必须与整个制度断绝一切根根须须的联系，就像美国军队从外国基地侵入，推翻所谓邪恶轴心国家政权一样。箱子里普通百姓的命运将随着箱子的倾覆而遇难，那就不值得考虑了。一提到这些人物伯克就失去了耐心，他讥笑这些以布道风格见长的新派人物："他们完全不认识他们所那么喜欢加以干预的世界，他们对其中的一切事物都毫无经验，却以那么大的信心在论断它们；他们在政治上一无长处，只有他们煽扬起来的激情。"③ 他甚至把他们比为牧场上几只不停聒噪的蚱蜢，其喧闹声使外人忽略了安静的牲畜。

　　伯克在法兰西学院和法兰西文学院、《百科全书》派与法国大革命之间发现某种联系。他笔下的"政治文人"或"文学家阴谋集团"确实在文学和科学上占有很高的地位，但是他们批判性的思维渴望一致，在反压迫的同时形成新的压迫。他们企图摧毁基督教，自以为热爱自由，实际上追求权力，容不得异己的声音："他们狂热地在追逐这个目标，那种狂热程度迄今为止我们还只在某些虔诚体系的布道者身上看到过。他们沉醉于一种极其狂幻的、要使人改宗的精神；由此很容易地就会执著于按他们的办法迫

① 柏克：《法国革命论》，第219—220页。
② 转引自以赛亚·伯林《俄国思想家》，彭淮栋译，译林出版社2001年版，第325—326页。
③ 柏克：《法国革命论》，第15页。

害异己的精神。……这些无神论的教士们有一种他们自己的偏执，他们学会了以僧侣的精神来抨击僧侣。"① 他们控制一切舆论的渠道，组织起一种文化垄断的体系，热衷争论，把思想变为武力；极力夸大宫廷、贵族和教会的错误，使之令人厌恶。来自民众的暴力如火山爆发，炽热的岩浆吞噬路上的一切生物，这是谁之罪？是"那些革命的精英，他们如同莽撞的地理学家，是他们将文明论辩语言的薄薄的外壳上凿出一个个大洞，让愤怒的物质顺着他们雄辩的管道涌出地面"。②

　　对启蒙派文人的有力批判也来自法国内部。托克维尔指出18世纪中叶法国文人突然变为政治家，占据了前所未有的崇高地位。"他们都认为，应该用简单而基本的、从理性与自然法中汲取的法则来取代统治当代社会的复杂的传统习惯。"③ 他们信任理论，爱好精确对称的法律，蔑视现存事物和枝节上的修修补补，完全没有认识到，作家身上的美德，在政治家身上有时却是罪恶。于是他们那些普遍抽象的话题居然激发了平民百姓的想象，全体国民长期阅读他们的作品，免不了染上作家的情绪气质，整个社会都偏爱大胆的创新和普遍的体系，政治的讨论带有明显的文学特色："那时连政治语言也从作家所讲的语言中吸取某些成分；政治语言中充满了一般性的词组、抽象的术语、浮夸之词以及文学句式。这种文风为政治热潮所利用，渗入所有阶级，而且不费吹灰之力，便深入到最下层阶级。"④ 与英国人不同的是那些奢谈政治的人缺乏具体的经验，空想出来的图景总是最诱人的，而且美丑分明，"假如同英国人一样，法国人也能够不废除旧的体制，而是通过实践来逐渐改变体制的精神，他们也许就不至于心甘情愿地臆想出所有新花样"。他们自以为存在一种非此即彼的选择："似乎要么全盘忍受，要么全盘摧毁国家政体。"⑤ 结果是一种社会覆灭：

　　　　人们所要求的乃是同时而系统地废除所有现行的法律和惯例；……

---

① 柏克：《法国革命论》，第146—147页。
② 西蒙·夏马：《公民们：法国大革命记事》，纽约，1989年，第860页。
③ 托克维尔：《旧制度与大革命》，冯棠译，桂裕芳、张芝联校。
④ 同上书，第182页。
⑤ 同上书，第177页。

那些明天就将成为牺牲品的人对此全然不知；他们以为，借助理性，光靠理性的效力，就可以毫无震撼地对如此复杂、如此陈旧的社会进行一场全面而突然的改革。这些可怜虫！他们竟然忘掉了他们先辈四百年前用当时朴实有力的法语所表达的那句格言：谁要求过大的自由，谁就是在寻求过大的奴役。①

伯克则在"全盘忍受"的态度中看到积极的一面。他的守成有时完全不利于改革。小皮特于 1782 年 5 月 7 日在下院提出下院代表制的改革。英国的选区已经完全不合时代需要，新兴城市既无代表名额，还有所谓的"腐败选区"，但是伯克在 1782 年反对议会改革。他准备在下院发言，写了一份稿子，但是没有正式提交。文稿中有这些文字：

> 我国的政体是约定俗成的体制（a prescriptive Constitution）；这种政体的唯一权威性在于它的存在源远流长。……你们的国王，你们的贵族，你们的法官，你们的陪审团，不论是大陪审团还是小陪审团，这一切都是约定俗成的。……约定俗成是一切权柄中最坚实的……它是支持任何既定方案以反对未经考验的计划的根据，一个国家（nation）正是以此为根据而长期存在并得到繁荣。它甚至是一个国家作出抉择的更好根据，远比通过现实的选举作出突然和暂时的任何抉择为好。因为国家并不仅仅局限于地方范围的观念，也不是个别的暂时的聚合体；它是一个连续性的观念，既在时间方面持续，也在人数和空间方面延伸。这种抉择不以一时或一部分人为转移，也不是乌合之众的轻浮选择；它是经过若干世纪和若干代人的审慎选举。这是一种比选择要优越万倍的政体，它是由特定的环境、条件、性格、气质以及人民的道德、民俗和社会习惯所决定，所有这些只是经过长时间才显示出来。……个人是愚蠢的，群众当未经审慎考虑而行事，一时也是愚蠢的；但人类是聪明的，而且，倘能给他们以时日，人类作为一个

---

① 托克维尔：《旧制度与大革命》，冯棠译，桂裕芳、张芝联校，第 179 页。

物种一向是正确行事的。①

英国的下院代表制改革，还要等半个多世纪，一直到 1832 年。

对全盘革新的伯克式的警觉和反感实际上已成了英国文化或国民性的一个组成部分。乔治·艾略特的政治和宗教观以维多利亚时期的标准来看不是泥古不化的，但是在她的一系列小说里，不那么讲究效率、不那么公平合理的过往的历史通过细腻形象的艺术语言透露出一种凝重而亲切的权威。在小说《菲利克斯·霍尔特》的附录《致工人辞》里，艾略特借霍尔特之口，以浅近的方式表述了她对英国社会改革的看法，文中伯克式的忧虑和审慎处处可见。霍尔特告诫工人，在还不知道未来的灌溉系统究竟如何运作之前，先把沟渠都炸毁是不可取的。伯克说过，政治体制的大厦曾在漫长的岁月中、在某种还差强人意的程度上适应了社会的共同目标，冒险摧毁或彻底重建都可能导致可悲的结局，因为人们眼前并没有什么经过时间考验的有效用的模型与样板。每个国家往往都有某些潜伏的、看不清楚的东西，许多无关重要的东西，但是它们可能在决定着国家的命运。② 左翼作家雷蒙·威廉斯指出，伯克的步步为营的策略不能被简单地形容为"保守主义"：

> 伯克是在描述一种过程，这过程从根本上认识到人类事务必然复杂而困难，所以本质上是一种社会性、合作式的控制与改革过程。没有任何特殊的政策可以不需要这些认识……③

法国大革命爆发于"理性的时代"（潘恩语），很多优秀英国青年在时代精神的感染下倾倒于大革命的自由理想，华兹华斯和柯尔律治也不例外。但是，随着人生阅历的逐渐丰富，特别是进入 19 世纪以后，两位伟大诗人

---

① 伯克：《关于下院代表制改革的演讲》（1782），转引自乔治·霍兰·萨拜因著、托马斯·兰顿·索尔森修订《政治学说史》下册，刘山等译，南木校，商务印书馆 1986 年版，第 682 页。

② 柏克：《法国革命论》，第 80 页。

③ 雷蒙·威廉斯：《文化与社会：1780—1950》，吴松江、张文定译，北京大学出版社 1991 年版，第 28 页。

不再满足于年轻时感情激越的轻信，他们对伯克的评价也随之改变。1794年伯克从英国下院退休，领到一笔年金，当时的柯尔律治在启蒙哲学的影响下与骚塞一起策划到北美建立摆脱旧世界的乌托邦，曾写诗讽刺伯克"渴饮腐败的汤碗"①。但是在《文学传记》（1817）里，柯尔律治数次套用伯克的语言并称在伯克的著作里有一切政治智慧的萌芽。② 据传柯尔律治读了伯克的一篇演说，过目成诵，这与其显示柯尔律治记性超人，毋宁说明他对伯克的思想和风格了如指掌并极易产生共鸣。华兹华斯曾忠实地记载了自己早年如何醉心于葛德汶的学说和"独立的智力"③，自以为"能活在那个黎明，已是/幸福，若再加年轻，简直就是/天堂!"④ 1832 年，华兹华斯修改这部杰作时增补了一些赞颂伯克的诗行。他写道，当不祥的突变扬起"一团团狂热的黑雾"时，老迈但强健的伯克"披着雄文的铠甲"策马应战。但是，

> 当他辛辣地讽刺、抨击并告诫
> 人们警惕所有建筑在抽象
> 权利之上的制度；当他赋予被时间
> 验证的常规与法律至高无上的
> 地位，称习俗中结成的社会纽带
> 具有强劲的生命；当他以蔑视的
> 眼光否定时髦的理论，强调
> 人们生来就有的忠顺，有些人——
> 一大批固执的人们——却同声咕哝着
> 异见……⑤

---

① S. T. Coleridge, *Poetical Works*, edit. by Ernest Hartley Coleridge, Oxford, 1912, pp. 80 – 81.

② S. T. Coleridge, *Biographia Literaria*, edit. by James Engell and W. Jackson Bate, 2 vols, Princeton, 1983, I, p. 217.

③ 华兹华斯：《序曲》第 11 卷，第 244 行。

④ 同上书，第 108—110 行。

⑤ Wordsworth, *The Prelude*：*1799*, *1805*, *1850*, edit. by Jonathan Wordsworth, M. H. Abrams and Stephen Gill, New York, 1979, Book Seventh, ll. 523 – 532. 此处引文译者丁宏为。丁宏为所译《序曲》已由对外翻译出版公司于 1999 年出版。

华兹华斯笔下的伯克是与 18 世纪的流行观念分道而行的伯克,"一大批固执的人们"可以说就是启蒙派思想家和他们的崇拜者。伯克是时代的落伍者,但是他却预示了 19 世纪思想界的某些新动向,甚至对 20 世纪兴起的文化多样性也有所启发。就此而言,他和维柯(Giambattista Vico,1668 – 1744)有不谋而合之处,两人都担心工具理性的抽象曙光将是导致社会分化瓦解的恶兆。启蒙哲学家相信具有"天赋人权"的"自然人",伯克则宣告这种普遍性的、抹杀文化和历史的差异而且与任何社会生活不相关涉的造物(孤岛上的鲁滨孙?)是理论家无聊的虚构。四海为家,但最终几乎死无葬身之地的潘恩(Thomas Paine,1737 – 1809)曾宣布"我的国家是世界",伯克则崇尚根系于一地的政治感情①,并说公德的培养始于家庭,"没有一个冷心的亲戚会成为热心的公民"②。葛德汶坚持,理智要无畏地遵循真理的指引首先必须不受因袭文化的影响,伯克则把那些要与历史一刀两断的"自由思想家"视为博物馆里的禽鸟标本("里面塞上些毫无价值的关于人权的肮脏的废纸"),他不解为什么有人愿对自己开膛剖腹,取出并抛弃父母精血生成的五脏六腑。③ 伯克骄傲地表明不屑与徒有生命外壳的标本为伍,他愿意在汩汩流淌的历史之河里寻求智慧的本源。在"理性的时代"公然为因袭文化和偏见(或先入之见、前知识)辩护确实是逆潮流而动。伯克敢于承认:"我们总的来说乃是具有天然的情感的人们;我们非但不会抛弃古老的偏见,而且还将非常珍视它们。"伯克并不是抱残守缺或为一切积习护短,他指的偏见就是经受了时间检验后留传于世的文化遗产,为偏见正名的目的是彰显孤立无援的个人理性的局限:"我们不敢听任人们依靠个人的理性的本钱处世;我们以为个人一己的积累是有限的,个人如果能够利用民族的和历史的总银行里的资储就会有所收益。"④

---

① 伯克在《关于法兰西事务的思考》里提到"locality of patriotism"和"locality of public affection"。参见 *Works*,IV,pp. 329,331.

② 柏克:《法国革命论》,第 255 页。"依附于自己的同类,热爱我们在社会中所属的那个小集团——这是公共感情的第一条原则(仿佛就是它的胚胎)。这是我们所由以走向热爱自己的国家和热爱人类那条锁链的最初一环。"(柏克:《法国革命论》,第 61 页)

③ 柏克:《法国革命论》,第 115 页。

④ 同上书,第 116 页。

这种偏见包含了理性、热情和本能："偏见可以在紧急情况下迅速得以运用，它事先就把我们的思想纳入一种智慧和道德的稳定行程之中而不让人在决定的关头犹豫不决、困惑、疑虑以及茫然失措。偏见使一个人的美德成为习惯，而不致成为一系列毫无联系的行为。正是通过偏见，一个人的责任才成为他天性的一部分。"①

伯克尊重历史遗产，因而也尊重年长日久的建制。他在弹劾（未成）英国东印度公司总督华伦·哈斯丁（Warren Hastings，1732 – 1818）时指控后者破坏、颠覆印度人民的法律、权利和自由。② 伯克支持北美洲英国殖民者对抗母国的激烈行为，批判法国革命，曾被理解为受到有关方面的好处。但是他关心印度人的权益，毕竟有着一种更广泛的关怀。马克思在《印度的管理》中也指出东印度公司官僚机构的腐臭恶劣的气氛，然后引用了伯克这段文字：

> 这一群卑劣的小政客不折不扣是人类的渣滓。政府工作在他们手中变成了一种最卑鄙、机械的行业。他们根本不做好事。一切仅仅根据良心和人格而做的事都会使他们发火。他们把开阔的、自由主义的和有远见的对国家利益的看法都看做浪漫主义精神，把与这些看法相适应的原则看做精神不正常的呓语。做买卖赚钱的算计使他们失去了思维能力。丑角的诮笑使他们把一切伟大和崇高的事物都当作耻辱。目的和手段的贫乏在他们看来就是思想健全和头脑清醒。③

马克思和恩格斯还在《关于印度的议会讨论》中写道：

> 谁也不曾断言过：印度曾经给英国攻击它的借口，或者对印度进行的战争是为了文明的缘故。一般公认，这些战争的目的是一种凭屠杀来进行的掠夺，——这种掠夺是跟奴隶买卖一样丑恶的，而奴隶买卖是

---

① 柏克：《法国革命论》，第116—117页。

② Burke, "Impeachment of Warren Hastings", in *Speeches and Documents on Indian Policy*：*1750 – 1921*, edit. by A. B. Keith, 2 vols, London, 1922, I, p. 155.

③ 《马克思恩格斯论艺术》第2卷，中国社会科学出版社1983年版，第153页。

在主教们和其他不这样接近祭坛的人们的完全批准和参预下进行的。
对这不可胜数的人民群众的征服，是在如此可怕和如此痛苦的条件下
进行的，要想描述它们，就必须有伯克的天才。[1]

法国革命使法国的天主教组织摇摇欲坠，伯克在《法国革命论》里以
相当的篇幅对此深表痛惜，一方面他借此间接声援在英国殖民统治下的天
主教爱尔兰同胞[2]；另一方面，天主教毕竟是保守传统的坚（顽）固堡垒。
著名自由派人士约翰·莫利是这样描述伯克的立场的：他好古不是出于反
动的多愁善感，在他身上"有一种对一切古老和既定的秩序合理而哲学的
尊崇，不管那是大不列颠的自由议会，凡尔赛为时已久的专制主义，乌德
的世俗奢华还是圣城、上帝的花园巴那勒斯不可亵渎的神圣"。[3]

伯克无意构筑体系，由于种种原因，他的思想未必首尾一贯。在论及
自由时，他强调道德的前提、政府的积极功能以及权利和义务的统一，但
是一旦涉及财产，他就只谈权利不言义务。1795 年，他在写给首相小皮特
的《关于歉收的详情和感想》一文里力主政府不要干预经济事务、调整农
工收入；即使有天灾人祸，政府也只能袖手旁观，寄希望于富人的恻隐之
心。（伯克自己斥资建造磨坊，以成本价向穷人出售面包。他说"一切基督
徒都应义不容辞地接济穷人"[4]。）伯克把经济领域的个人自由奉为一条神
圣不可侵犯的原则，仿佛市场就是至高无上的道德裁判。他在这方面的见
解如此天真，令人遗憾，不过与哈耶克、弗里德曼等人的经济学说遥相呼
应。但是正如自由派政治学家麦克弗森（C. B. Macpherson）所说，欧美
发达国家目前实行福利资本主义，要回到伯克式的纯粹自由放任的市场经
济是极不现实的。[5] 近一百年来，西方国家政府的公共开支从占国民收入的
八分之一增长到占将近一半，实际开支增长近七十倍，这表明政府的职能
不断增多。思想史家考本发现伯克的经济思想与他的政治学说相牴牾。伯

---

[1]　《马克思恩格斯论艺术》第 2 卷，第 153—154 页。

[2]　伯克出生于爱尔兰都柏林，他母亲和夫人的家庭都信奉天主教。

[3]　John Morley, *Burke*, London, 1888, p. 191. 乌德，印度历史地名；巴那勒斯，又称巴腊纳西，
印度教圣地。

[4]　*Works*, Ⅳ, p. 13.

[5]　Macpherson, *Burke*, Oxford, 1980, p. 71.

克未能意识到有产阶级可能在经济事务上邪恶狠毒，或许是因"在他那时候资本大规模积累的问题尚未出现于经济的地平线上，而英国农工正处在有史以来最繁荣的时期之一"。在考本的眼里，伯克的经济自由观表明理论误导了一位生性仁厚的政治家，"他的经济见解是18世纪洛克式辉格主义的顶点，预示了19世纪古典经济最丑恶的一面"。① 但是作为一位精明的政治家，伯克对国家利益极其敏感。他主张贸易自由，条件是在外交和战略上必须有利于英国；削弱对手的实力应是贸易协议的远期目标，不能养虎遗患。弱国无外交，这种性质的"贸易自由"权利弱国是难以得到的。

伯克给后人留下了丰富的思想遗产，其意义远超出了英国的国界。时至今日，他那些有关自由、改革和国家的"伟大旋律"② 仍好像就在近旁回响。当我们在聆听伯克的滔滔雄辩时，或许我们还应该学一学伯克受到阿诺德称赏的一个优秀品质——自我怀疑的精神。伯克反对法国革命不遗余力，但是在《关于法兰西事务的思考》（1791）结尾处，他出人意料地写道："那些坚持抵制人类事务中这股巨大潮流的人们将显得是在与天意而不是人意相违抗，他们不是坚强果断，而是任性固执。"③ 如果法国革命的进程如不可抗拒的历史之轮滚滚向前，伯克本人的一切努力不是螳臂当车吗？不过这只"任性固执"、知其不可为而为之的螳螂有其特殊的贡献。早在1756年伯克就说过："一个透过事物表象看问题的人，可能出差错，但是他为别人扫清了道路，而且还可能碰巧使他的谬误为真理的事业服务。"④

---

① Alfred Cobban, *Edmund Burke and the Revolt Against the Eighteenth Century*, 2nd ed., London, 1960, pp. 195 – 196. 19世纪的中国就是这"最丑恶的一面"的受害者。多年任职于东印度公司的穆勒在《论自由》第5章居然称中国政府干涉鸦片贸易是侵犯了中国吸食鸦片者的自由。早在18世纪下半叶，东印度公司总督哈斯丁就认识到公司急需印度的精壮劳动力，如允许当地农民收用鸦片，即保证他们在这方面的个人选择自由，印度将沦为病夫之国。有鉴于此，哈斯丁坚决主张向中国输出鸦片。中国的白银大大纾缓了东印度公司的财政危机。著名英国自由派史学家普勒姆称赞哈斯丁此举"有远见"。参见 *England in the Eighteenth Century*, by J. H. Plumb (Harmondsworth, 1950), p. 176. 西方自由主义者有时把自己的自由当作自由的定义，这已和强盗哲学相去不远了。至于中国人，也应自问：为什么自己的社会缺少抵制鸦片的能力？

② 叶芝：《七贤哲》，《叶芝抒情诗全集》，傅浩译，中国工人出版社1994年版，第431—432页。奥布莱恩一部伯克文集和传记（伦敦，1993年）就是以此为名的。

③ *Works*, IV, p. 375.

④ *Works*, I, p. 106.

即使伯克的自由观有种种谬误和局限，它还是有助于我们认识关于自由的相对的真理。

伯克其实并不属于某种主义。哈佛学者詹姆斯·恩格尔在《那双洞察一切的眼睛》一文说，伯克处于"文学与权力的十字路口"，他的思想不属于一党一派："伯克是一位超越了人们熟悉的意识形态的政治家、作家，最不适合于我们有限的政治词汇里那些简单化的类目，我指的是从那些老一套的标签'自由'和'保守'、'左'和'右'衍生出来的毫无想象力的翻新花样。如果在我们这个世俗时代还有先知的话，伯克就可以视为一位先知。这位伟大的雄辩家的语言动人，富有远见，凭这一点他也是广义上的诗人，就像柏拉图、以赛亚和以西结是诗人一样。"①

附　录

中国关于法国革命的评论：从晚清到 1990 年

1989 年 3 月 18 日至 21 日，中国法国史研究会在上海举办纪念法国革命二百周年国际学术讨论会，刘宗绪先生从中外学者向会议提交的近百篇论文中选了三十篇，交三联书店出版。② 从论文的准备到纪念论文集的问世（1990 年 12 月），世界上发生了一系列极其重大的事件。与国外学术界相比，中国学者评价法国革命的声音失之单一。百科全书派、抽象的"理性"、普世主义的话语和改朝换代的暴力行为总会赢得机械的掌声。中国学者谈法国革命，主要都是介绍它在中国近代的接受过程，尤其关注自由平等的口号如何用于中国现实，如何服务于汉族排满的"种族革命"以及后来新文化运动的需要，使用法国历史档案的法国革命研究在20 世纪八九十年代还难以见到，这一点已经明显落后于日本学者。而且，中日两国的法国革命接受史如此不同，也是两国不同政治选择的反映。可以说，近百年中国的法国革命史学是中国国内政治鼎革的一部分，其目的就是为国内一些运动提供合法性。这些运动性质不同，不能一概

---

① 转引自奥布莱恩《伟大的旋律》"序言"，芝加哥大学出版社 1993 年版，第 70 页。
② 刘宗绪主编：《法国大革命二百周年纪念论文集》，三联书店 1990 年版。

而论。

　　早在 1890 年，王韬在根据日文著作（如冈千仞的《法兰西志》和冈本监辅的《万国史记》）编写的《重订法国志略》中首先引进了"法国革命"的概念。① 戊戌变法之前，谭嗣同也在《仁学》中表达了他对法国革命的渴慕："法人之改民主也，其言曰：'誓杀尽天下君主，使流血满地球，以泄万民之恨。'"② 专治法国革命的学者注意到 18 世纪后半期开始出现一种"革命的政治文化"（the political culture of revolution），谭嗣同的一些"慷慨"言论与这种文化或有相符之处，只是带有中国式语言暴力的特点。法国革命期间，即使在雅各宾党中，也没人发出"使流血遍地球"之类的壮语。陈天华的《警世钟》满纸杀气："手执钢刀九十九，杀尽仇人方罢手"，"要革命的，这时可以革了，过了这时没有命了！一刻千金，时乎时乎不再来！"③ 邹容的《革命军》影响更大，作者要杀的人也更多。④

　　百日维新期间（1898 年 7 月），康有为（请人从日文？）译编《法国革命记》进呈光绪，希望以明定宪法来防止血腥的朝代更替之祸。他一方面承认，"近世万国行立宪之政，盖皆由法国革命而来"；一方面强调法国革命杀戮变乱之惨，希望以此为戒，顺应时势潮流，行"立宪之政"。他写道，当时的法国为革命付出极大的代价："流血遍全国，巴黎百日而伏尸百二十九万（按：原文如此），变革三次，君主再复，而绵祸八十年，十万之贵族，百万之富家，千万之中人，暴骨如莽，奔走流离，散逃异国，城市为墟，而变革频仍，迄无安息，旋入洄渊，不知所极。"⑤ 虽然康有为与谭嗣同均为变法先驱，在是否采取革命手段问题上，两人的意见是完全相反的。康有为后来又作《辨革命书》与《答南北美洲诸华商论中国只可行立宪不可行革命书》（1902）等文，力主改良。他最担心革命直接导致"各

---

① 陈建华：《"革命"的现代性：中国革命话语考论》，上海古籍出版社 2000 年版，第 30—36 页。

② 《谭嗣同全集》，蔡尚思、方行编，中华书局 1981 年版，第 342—343 页。谭嗣同以为中国复兴的前提就是新旧两党血流遍地，没有调和的余地。

③ 《陈天华集》，刘晴波、彭国兴编，饶怀民补订，湖南人民出版社 2008 年版，第 63、70 页。

④ 详见陆建德《〈革命军〉的风格》一文，收入《思想背后的利益》（中信出版社 2015 年版）。

⑤ 康有为：《进呈法国革命记序》，载《康有为政论集》（上），汤志钧编，中华书局 1981 年版，第 308—310 页。

省相争，即令不争，而十八省分为十八国"，并且以 19 世纪意大利、德国的统一来说明"合则大分则小，合则强分则弱"的道理。中国本是多民族的国家，将少数民族斥为"夷狄异种"，意味着汉族将以十八省立国，更是愚不可及。同室操戈，外侮踵至。果然，辛亥后各省独立，内乱不止，外人乘虚而入，几乎全被康有为言中。所谓的"五族共和"并不能维护统一。康有为实际上已经意识到中国真正的问题是徒有专制之名，治理程度太低。他说，世界各国竞争激烈，革命家引法国革命为证，徜徉自由，煽动全国，反而误国。为证明中国缺少的是社会治理，他引用了"英博士斋路士"（即翟理斯）的一段话："不知中国者，以为专制之国，乃入其境则其民最自由，买卖自由，营业自由，筑室自由，婚嫁自由，学业自由，言论自由，信教自由，一切皆官不干涉，无律限禁，绝无压制之事。"①

　　人们已经习惯于把中国 20 世纪的历史当做法国革命的延伸或深化。实际上法国革命理念对近代中国的影响是有限的。历史事件因人而异，因事而异，因时而异，没有简单的重复，因而不能随便比附。18 世纪后半期的法国与清末中国绝少可比之处，只有最荒唐的梦想家才会指望用

---

　　① 康有为：《物质救国论》，载《康有为政论集》（上），第 570 页。梁启超《十种德性相反相成义》："我中国谓其无自由乎，则交通之自由官吏不禁也，住居行动之自由官吏不禁也，置管产业之自由官吏不禁也，信教之自由官吏不禁也，书信秘密之自由官吏不禁也，集会言论之自由官吏不禁也，（近虽禁其一部分，然比之前世纪法、普、奥等国相去远甚。）凡各国宪法所定形式上之自由几皆有之。虽然，吾不敢谓之为自由者何也？有自由之俗，而无自由之德也。……今所以幸得此习俗之自由者，恃官吏之不禁耳，一旦有禁之者，则其自由可以忽消灭而无复踪影。而官吏之所以不禁者，亦非重人权而不敢禁也，不过其政术拙劣，其事务废弛，无暇及此云耳。"（《饮冰室合集·文集》第 5 卷，第 45—46 页）这里所说的各种自由，其实是因国家统治程度太低造成的。严复在作于 1898 年的《论中国教化之退》一文里称国人"乃以自由而病"，沦为"无政教之民"。这种境况是国家无所作为的结果："吾闻之西人曰：人人皆有自主之权，此彼律法之公理。然以视吾民，谁无自主之权哉！其学也，国家听之；其不学也，国家亦听之。其富也，偕侈逾度，国家听之；其贫也，转乎沟洫，国家亦听之。……观衰世之本源，而施以扶殖，是所望于为父母者矣。"（《严复集》第 2 册，王栻主编，中华书局 1986 年版，第 483 页）章太炎也有类似言论。他在 1908 年致马相伯信中反对代议制，以为代议制不适合于平等社会："中国……秩级已弛，人民等夷。名曰专制，其实放任。故西方有明哲者率以中国人民为最自由。无故建置议士，使废官豪民梗塞其间，以相陵轹。斯乃挫抑民权，非伸之也。"（转引自萧公权《中国政治思想史》下册，商务印书馆 2011 年版，第 845—846 页）梁启超在《开明专制论》将这种"自由"称之为"无意识的放任"，并且警告说，人民久经"放任"，政府骤然准许更多的权利，必陷于无秩序，而且这些民众，因与国家关系浅薄，必不能履行对国家的义务，即使参政，往往判断、处置失当。（《饮冰室合集·文集》第 17 卷，第 37—38 页）

彼时彼地的法国药方疗治此时此地的中国痼疾。康有为以"明夷"为笔名撰写的《法国革命史论》（1906）就充满了误用他国药方的比喻。他指出，美国之方，不能用之法国，反之亦然。然而在20世纪初期的中国，一套"革命"话语突然形成，那样的梦想家也出现了。他们的观点不仅一度成为正宗，还影响到一代又一代中国学人的思维模式。

改良派担心革命引起内乱，激进党人则极力否认，汪精卫发表在《民报》第9号的《驳革命可以生内乱说》即为其中之一。最有名的革命党方面对康有为《法国革命史论》稍具规模的反驳来自"寄生"（汪东笔名）发表在《民报》的《正明夷〈法国革命史论〉》，文章内容差可省略，最后论证革命可行、必行，谈到人才、宗旨、秩序、客势和外象五个方面，无不与康有为相对立。汪东是"心想事成"的乐天派，与他论辩，纯粹是徒耗精神。不妨列出他革命必定成功的五大理由：第一，中国不乏人才。"数年来民智大进，牺牲一身为国请命者，肩望踵接。先民逝矣，后必有继者。彼则动辄曰惜无贤才，曰人才缺乏。此诚轻量天下士。抑吾以为中国人性，率多宁静温和，非法民躁进好动者比，今兹革命，出于事务所迫，可止则止，必无有纵杀为快者。"第二，宗旨。以名利为目的，必然天下逐鹿，群雄相竞，最后大事糜烂，不可收拾。但是在中国，革命后不会大乱："中国今日，则可强分为革命党、立宪党，两者对峙。革命党中，宗旨既无所歧异；立宪党又自称但以救国为归，苟革命势力滔滔进行，决不忍妄加抵御。吾亦甚望之能自践其言也。若然，则中国可以一致而达于和平之域，法之复辙，将不复见已。"第三，秩序。中国革命宗旨正，必能保持秩序。"观于吾国，前之为破坏者，党亦数多，各立名目；今则同心戮力，建设之的，又各指共和，无有错综。"法国革命发难以来，"掠财宝，夺金谷，胁良民，燔烧富家，其横行莫之禁也"。中国不然，推翻满洲政府后，众人"精诚交孚，合谋大举，或有悖德之行，则与众弃之"，秩序必然可保。第四，客势，即对方实力如何。"中国若革命必行蜂起之策，各方响应，云集景附，势必大强于法。"革命军为"主"，对立者为"客"。第五，外象，指的是列国对革命的态度。汪东断言，中国绝无被瓜分的危险，"谓各国之劳师动众必起干涉，何其昧于觇邻国之志哉？"汪东简化了瓜分的意义，十八省之外的疆域不在讨论范围之内。总结下来，"上举五事，实挟可为之资，十倍法人"。①
武昌举事后各省宣布独立，可谓"各方响应"，但是各省不是一个完整的整
体。革命是不是引发内战，可以由民国年间军阀通电全国的檄文来回答。
汪东自己的老师章太炎的一些言论，却证明革命党内争权夺利之心极重，
"无所歧异"不啻梦呓。宗旨不正，必然无秩序。革命党可以暗杀陶成章，
还有谁不能杀？如果说内乱不足畏，那又是另一种思路。

　　康有为文章在《新民丛报》刊出时，梁启超写了一篇比康文更长的
《跋》，汪东在《正明夷〈法国革命史论〉》篇末附有《驳饮冰子跋》。梁
启超担心旧法已废而新法未立之际，社会容易失控，冲突既起，只能以武
力决定是非，结果能杀人者胜。汪东则辩解说，革命势必有条不紊地推行，
"义师所至，民亦箪食壶浆耳"；中国人生性温和，各不相扰，即便有点冲
突，也不会"非至腕力无从解决"。凡此种种莫不说明，不必像吉伦特党人
那样畏缩犹豫，坐失时机。汪东最后词语轻浮，他用康有为、梁启超的笔
名、室号开起玩笑来："呜呼，饮冰其可以折乎？否则明夷既穷治春秋，而
犹不明夷夏之大防，其徒若饮冰者，又尝自以为横览大势，乃如夏虫之未
足与语冰也，不亦重可哀哉！"②

　　汪东如此乐观，然而史家未曾追究他的责任。平心而论，革命派鼓吹
雷霆霹雳的手段，因仇恨太深，往往弱于说理。能同情地理解革命必要性
的反而是梁启超。他通过《新中国未来记》（1902）中的黄克强阐述了重
教育、图渐进的改良派主张。黄克强的对立面李去病为革命辩护，不为情
绪所支配，颇有"费厄泼赖"之风。法国人教育程度不足，是改良派的共
识，但是梁启超在《跋》中写这些批判文字的时候，必定也在想象自己的
国家失控后将面临的后果："法当时举国之民，读书识字者尚少，岂独不知
政学，乃至不能识国会布告之法令。以若斯之人格，而听其握选举之权，
握政议之权，又令司法之官，皆听民举，则又握法权焉。彼惟有纵其悍戾
贪横之性，以仇异己，强者肆其杀戮，贪者肆其劫夺而已。……法人若少
知止，俟全国人皆学，乃渐求进焉，则可免恐怖之大祸。而得陇望蜀，冒
进不止，贪求无厌，不知别择己之宜否，妄慕美国之人参，而法人服之，

---

① 张枬：王忍之主编：《辛亥革命前十年间时论选集》第 2 卷，下册，第 643—646 页。
② 同上书，第 647 页。

化为乌头也。"① 中国病人，还应该对症服药；教育救国，非数十年乃至上百年不可。汪东等人则断定，只要开出法国药方，发动革命，果实立等可取。发生在 1906 年至 1907 年之间关于法国革命是否应为中国楷式的辩论，显示出双方在说理能力上不对称，这是最大的遗憾。

笔者还要带进一位 20 世纪初的革命派人物，他一直被认为是清末革命英雄谱里的一员。但是他在生命的最后一年发生了变化。陈天华的《绝命书》（1905 年 12 月 7 日）是一份珍贵的历史文献。他对留日学生中很多人是失望的，他们误解自由，"以不服从规则、违抗尊长为能"，② 同时又以东瀛为终南捷径。陈天华投海，不是抗议日本方面的学校管理规则，而是以死劝说留学生，不可"放纵卑劣"，大家应该"坚忍奉公，力学爱国"。③

此时的陈天华已经由激进派转变为温和的改良派，由革命者转为渐进主义者。他甚至说，革命"无实行之期，亦不可知"。他寄望于中国社会发展到那样的程度，革命将如瑞典和挪威的分离，"以一纸书通过，而无须流血"。这种瓜熟蒂落式的革命取决于"中等社会"的产生："故今日惟有使中等社会皆知革命主义，渐普及下等社会。斯时也，一夫发难，万众响应，其于事何难也。若多数犹未明此义，而即实行，恐未足以救中国，而转以乱中国也。"④

陈天华将自己的《绝命书》寄给留学生会馆总干事杨度。杨度当时反对激进派的举动，成为众矢之的，有人甚至对他发出死亡威胁，只得冒充别人姓名，到栃木县暂时躲避。可见陈天华在所谓的反对日本文部省管理规则的运动中，他心里站在温和派一边，主张"可了即了"。⑤ 就在给杨度留下遗书的同时，他又给湖南留学生写了一封百余字的短信，其中有这样

---

① 张枬、王忍之主编：《辛亥革命前十年间时论选集》第 2 卷，上册，第 331 页。严复所见非常相似（1917 年致熊纯如信）："而民之愚暗，初不能一蹴而跻休明，而旧法之堤防既隳，忿欲二者必大横决。故法经八十年而始有可循之轨，犹不足以为强盛；……根本救济，端在教育，此即足下今日所勤勤从事者。"见《严复集》第 3 册，第 674 页。

② 《陈天华集》，第 234 页。

③ 同上书，第 231 页。

④ 同上书，第 232—233 页。

⑤ 见孔祥吉、村田雄二郎撰《陈天华若干重要史实补充订正——以日本外务省档案为中心》，载《福建论坛》（人文社会科学版）2005 年第 4 期，第 56—64 页。

的文字："愿我同胞养成尽义务、守秩序之国民。当今之弊，在于废弛，不在于专制。欲救中国，惟有开明专制。呜呼！我同胞其勿误解自由。自由者，总体之自由，非个人之自由也。我同胞其听之耶？呜呼！愿我同胞其听之，其听之。"① 这位昔日的革命鼓动家，这时却往梁启超靠拢。他的自由观，是与开明专制的主张不相冲突的，所谓"总体的自由"也与伯克所说的"社会的自由"比较接近。

梁启超在多个场合表示，中国的大患，莫过于没有国民的资格："故我中国今日所最缺点而最急需者，在有机之统一与有力之秩序，而自由平等，直其次耳"。② 这与穆勒所言（专制政府养成国民）何其相似！（陈独秀一直到1921年还悲愤于国民性中的虚无思想和放任主义，呼吁施行"严格的干涉主义"和"名称其实的'开明专制'"。③）中国国民是否具备共和国民的资格，是否具备参与议院政治的能力，梁启超在《开明专制论》里作了不敢自欺的回答："若就事实上言之，而谓吾国民前此既已有为共和国民之能力，此则吾虽极敬爱吾国民，而万不敢作此语以自欺者也。"④

《开明专制论》发表于《新民丛报》第75号（1906年2月），是晚清最有分量的政治著作，其起因是陈天华遗书中有"欲救中国，惟有开明专制"之语，作者又深有同感，故奋笔发畅其理由。其实革命派也预见到成功后会继续实行开明专制，梁启超比较了在现有政体下推行开明专制与革命后再推行开明专制的差别："吾以为开明专制者，决非新经破坏后所能行也。惟中央政府以固有之权力，循序渐进以实行之，其庶可致。若新经破坏后，则欲专制者，势不可不假强大之武力，以拥护其未定之地位，故舍立君主以外，实无可以得之之理由，否则行武人专制政治而已。……吾谓暴动革命后之开明专制，必须经一度极棼扰极惨酷之结果，如法国之恐怖时代者。及人心既倦之后，有如拿破仑者出焉，然后开明专制，乃可期耳。然此果为国家之福耶？抑国家之祸耶？愿爱国之士，平心察之。"⑤ 答案是

---

① 《陈天华集》，第229页。
② 梁启超：《政治学大家伯伦知理之学说》，《饮冰室合集·文集》第13卷，第69页。
③ 《独秀文存》，安徽人民出版社1987年版，第611页。
④ 梁启超：《开明专制论》，《饮冰室合集·文集》第17卷，第69页。
⑤ 同上书，第73页。

开放的，作者的倾向性也是不加遮掩的。孙中山后来的"军政"已经被梁启超料到了。在1905年、1906年之交，他甚至断言行君主立宪的条件也未成熟（梁启超不久呼吁速开国会，这是他自相矛盾的地方）。文章最后归纳，君主立宪诚为政纲，仍不得实行，一因"人民程度未及格"，二因"施政机关未整备"。梁启超就此详加解释，前一部分与穆勒讨论代议制政府的国民素质大致相符，后一部分指出整个国家治理程度太低。他列出十三条具体内容，而所有这一切，并非拟定条文即可实施。法制未备，谁来维持秩序？税率如何确定？户口如何统计？凡此种种，皆与社会治理相关："以上所举诸端，苟欲其规模粗具者，虽在承平之时，有一强有力之中央政府，网罗一国上才以集其间，急起直追，殚精竭虑，汲汲准备，而最速犹非十年乃至十五年不能致也。而彼持极端破坏论者，乃谓于干戈俇攘、血肉狼籍、生计憔悴、神魂骇丧之余，不数年而可以跻于完全优美之共和，一何不思之甚！呜呼！我青年之眩于空华困于噩梦者，其醒耶未耶？而附和君主立宪者，亦一若于数条宪法正文之外，更无余事，其可怜而可笑，亦正与彼破坏论者相类。使如彼等政策，抄译一二国成文宪法而布之也，则一二小时可了耳，何难之与有？"①

梁启超的《罗兰夫人传》夸大了罗兰夫人对法国革命的作用，但是他将"恐怖统治"时期暴力泛滥归结为法国"民族之缺点"，重复了"程度未及"的论点。英国人能自治，而法国人不能："不能自治之民，则固不可以享平和，亦不可以言破坏。平和时代，则其民气惰而国以敝，破坏时代，则其民气嚣而国以危。孔子曰：为政在人。岂不然哉。故以无公德无实力之人民，而相率以上破坏之途，是不啻操刀而割其国脉也。"② 作于同一年

---

① 梁启超：《开明专制论》，《饮冰室合集·文集》第17卷，第82页。抄译外国成文宪法的青年不是没有。萧公权的《中国政治思想史》恭敬录下邹容《革命军》最后部分的六条立政大纲："一、定名中华共和国。一、中华共和国为自由独立之国。一、自由独立国中所有宣战议和，订盟通商，及独立国一切应为之事，俱有十分权利，与各大国平等。一、立宪法。悉照美国宪法，参照中国性质而定。一、自治之法律悉照美国之自治法律。一、凡关全体个人之事及交涉之事，及设官分职国家上之事，悉照美国办理。"（萧公权：《中国政治思想史》下册，第827页。据1903年香港版《革命军》以及《辛亥革命前十年间时论选集》所收该文文本，最后一条大纲中的"悉照美国办理"为"悉准美国办理"。）这部著作初成于1940年夏天，五年后由上海商务印书馆出版。作者迫切希望美国支持战难中的中国，转录这几条大纲，情有可原。

② 《饮冰室合集·专集》第12卷，第13页。

的《新民说》（1902）中有专论自由的一节，梁启超也是将自由与公德、自治、自尊、合群、国家思想和义务思想等相联系，所讨论的其实也是"自由之德"。他愤然指出，有的人宣扬自由，无非耳食一二学说的片言只语，取便私图，这样的自由实在是"中国前途之公敌"。不明群己权界就不能享自由："人人自由，而以不侵人之自由为界。夫既不许侵人自由，则其不自由亦甚矣。……自由云者，团体之自由，非个人之自由也。……使其以个人自由为自由也，则天下享自由之福者，宜莫今日之中国人若也。绅士武断于乡曲，受鱼肉者莫能抗也，驵商逋债而不偿，受欺骗者莫能责也。夫人人皆可以为绅士，人人皆可以为驵商，则人人之自由亦甚矣。"[①] 野蛮人的自由是文明人自由的蟊贼，而取野蛮人的立场，受法律限制的文明人的自由，则是自由的反义词，最最不自由。法律保护自由的同时约束自由。"故真自由者必能服从，服从者何？服法律也。……天下民族中，最富于服从性质者莫如英人，其最享自由幸福者亦莫如英人。夫安知乎服从之即为自由母也。"[②] 这又回到了体现在社会生活十三个方面的具体问题。缺少以法治为依托的管理，自由还是空言。一个治理程度极为低下的国家能够通过革命建立一个强有力的中央政府，从而切实提高治理水平。这一过程涉及移风易俗和法制社会的建设，必然漫长，其难度以及相应的时间上的跨度大概远远超出当初革命者的预想。

辛亥革命后，中国的政治讨论中仍时常出现与法国革命相关的话题。严复在探讨政党是否适合中国的《说党》（1913）一文中首次提及伯克："（政党）往往操杂公私，以成其团体。近二百年，学者皆晓然于其为民政之同产。自拔尔克（按：即伯克）以后，著论深非之者寡矣，然亦未尝以是为瑞物也。"伯克是政党政治最有力的辩护士[③]，故有严复此说。但是严复却有感于民国初年的乱象，指出中国政界人士为派系利益不惜牺牲公道，

---

① 《饮冰室合集·专集》第 4 卷，第 44—45 页。

② 同上书，第 45 页。美国独立后，十三州的法制基础完整保留。

③ 伯克多次论证政党在代议制政治中的必要性，《论当前之不满情绪的根源》最后部分是最著名的政党政治辩护词。伯克将为了善政而追求权力与为了贪欲而争夺势位分别开来，因此政治上的联合还有道德的基础。见《美洲三书》，缪哲译，商务印书馆 2003 年版，第 292—303 页。章士钊在《政党组织案》（1912）中已介绍过伯克关于政党的论述（《章士钊全集》第 2 卷，文汇出版社 2000 年版，第 415 页）。

政党政治和政党内阁将危害国家（这是他与梁启超不同之处）。他举出法国革命时国民大会中的喧闹为例：

> 当十八稘法民之起为革命也，飙起霆发，举国若狂，聚数百之众于一堂，竟若一夕措注，可以划数千载之不平，而明旦即成郅治。且其志以为吾法成，岂徒法民之利而已，生人之福，胥赖永之。乃论者则谓其民于代议政体毫无经验，而但訹于卢梭诐淫虚造之辞，悯然举其国千余年之政教，摧陷廓清，而无以善其后，名求国利民福，实则六七十稔之中，板荡元黄，所得拨云雾而睹青天者，赖当列强幼稺之秋，而竞争不逮今兹之烈，得轻丧败，危以复安，虽曰人事，亦天助也。

进入 20 世纪第二个十年，再蹈袭当年法国实验模式，"其因果递嬗之所演成，虽有舜、禹之圣，望、旦之才，莫能豫推而前画也"。[①]

还有一个与革命遗产相关的问题。专治辛亥革命史的章开沅在参加上面提到的上海国际学术讨论会上的发言（《法国大革命和辛亥革命》）就有特别的意义。他在肯定暴力革命的同时指出："长期不断的革命斗争，加上深入人心的充满激情的革命宣传，又在不知不觉中形成一种逐渐凝固的传统观念，即革命高于一切，革命是推动社会进步的唯一手段。以后，由于对马克思主义阶级斗争学说的片面理解，革命更成为涵盖一切的神圣，在一些人的心目中，手段变成了目的，似乎历史除了革命便别无其他内容。"一旦革命升华为唯一的标准和规范，反面的效应更加明显："革命成为某些野心家随心所欲的法宝，他们可以用革命的名义满足自己日益膨胀的权势欲望，或则是以反革命的罪行来处置那些可能威胁自己的对手，乃至任意处置那些违抗自己意志的无辜平民百姓。这样，革命便走向自己的反面。"

那么这一现象与法国大革命的关系如何？章开沅的回答是否定的。他认为这种极端扭曲的社会现象产生于中国的历史社会土壤，而且："由于落后的经济、文化条件的限制，法国大革命在辛亥前后对社会影响的广度和深度都是相当有限的。……即令是社会精英群，认识层次也不尽相同，多

---

① 以上引文见《严复集》第 2 册，第 308 页。

数只限于情感激动层次，真正进入理性层次者为数并不甚多，而且理解也并非确切。"章开沅进而又说，与法国不同，中国在漫长的历史中形成了"父家长主义为核心的宗法思想"："革命推翻了旧的家长而往往也就拥立了新的家长；人民在这个新的'家庭'里依然处于从属与依附的地位。人民的福祉多少与社会的进步与否，似乎更多地是取决于家长是否贤明及其采取何种政策，而人民的意愿与实际参与所起的作用是很有限的。令人啼笑皆非的是，在十年浩劫期间，那些标榜马克思主义的'全面专政'论者，恰好是从法国罗伯斯比尔那里'寻根'。与此相联系的是，江青、张春桥之流'路线斗争专家'则往往以雅各宾派自居，唯我独左，唯我独革，力求把异己分子赶尽杀绝。"① 章先生是针对"文化大革命"而言。

---

① 章开沅：《法国大革命和辛亥革命》，刘宗绪主编：《法国大革命二百周年纪念论文集》，第78—79 页。

第 四 编

俄罗斯的经验：本土与西化

第一章

俄国现代化进程中的斯拉夫派和西方派之争

　　俄国作为欧洲一个文明相对后起的民族，谋求与西欧列强比肩地位的努力，始终是这个国家社会和文化发展过程中最为强大的内在驱动力之一。所谓的现代化进程，在俄国大约发端于彼得一世的改革。彼得一世在17、18世纪之交的俄国开展了一系列大刀阔斧的改革，其突出的表现形式就是全盘"西化"。他强迫贵族换上西装，改说法语，将西欧的工业和商业模式引入俄国，并仿照西、北欧列强的做法拼命扩充海军，最终在与瑞典等海上霸主的战争中获取了芬兰湾等出海口，使得俄国终于初步跻身欧洲大国的行列。可以说，在彼得当政的短短二十余年间，俄国迅速地完成了其历史上的一次"现代化跨越"。这一跨越的幅度如此之大，竟使得后世的史学家们或喜形于色，称赞彼得终于使俄国变成了一个地道的"欧洲国家"，或扼腕叹息，说彼得使俄国走上了一条偏离本民族独特传统的不归之路；但无论欣喜还是哀叹，他们却又都承认，彼得在其身后留下了两道深深的鸿沟———是罗斯（即古代俄国）和俄罗斯两个历史阶段之间的断层，一是贵族和平民两个阶层之间的对峙。

　　然而，在回顾彼得时期的改革时，我们却不无惊讶地发现，较之于国力的增强、疆土的扩大、贵族的形成和商业的发达等政治、经济和军事上的成就，俄国的思想、文化和文学却没有在彼得时期获得相应的发展。彼得虽然模仿西欧诸国建立起了科学院和大学，创办了俄国的第一份报纸，其身边也不乏普罗科波维奇大主教等具有思想家性质的谋士，但具有自主意识和独立精神的俄国知识分子阶层的最终形成似乎还尚需时日；彼得时期虽然出现了康捷米尔这样的杰出作家，但俄国文学在整个欧洲还是没有任何影响的，西欧列强能够感觉到俄国的船坚炮利，却暂时还感受不到俄罗斯文学和文化的辐射力；就连彼得个人及其改革，在当时的俄国文学中也几乎没有获得什么反映，对于彼得及其成就的赞颂，是在稍后以罗蒙诺索夫、杰尔查文的古典主义诗歌以及更后一些的普希金的创作中方才出现的。彼得的改革虽然在政治、经济和军事等领域构成了俄国现代化进程的开端，但俄国文学和文化的现代化时代，或者说，文学和文化在俄国的现代化进程中发挥巨大推动作用的时代，还是在他之后一百多年才出现的，这便是俄国历史上著名的斯拉夫派和西方派的思想论争时代。发生在19世纪40年代的这场思想论争，是俄罗斯民族"意识觉醒"和"思想现代化"的一个最为突出的标志。

一 综述:斯拉夫派和西方派的思想对峙

在俄国的文学和文化历史中，斯拉夫派和西方派的思想对峙，就是一根或隐或现、几乎贯穿始终的红线。查阅俄国的相关工具书，关于"斯拉夫派"和"西方派"之定义的第一句大致都是这样的：19世纪40—50年代俄国的一个社会—哲学思想流派。也就是说，均强调这是两股出现于19世纪中叶的社会文化思潮。"斯拉夫派"和"西方派"两个词在19世纪最初十几年间就已相继出现，而作为一个文化、思想史流派的"斯拉夫派"和"西方派"，的确是在19世纪30、40年代之交才正式形成的。卢纳察尔斯基曾指出："四十年代是在斯拉夫主义和西欧主义互相斗争这一标识下过去的。"[①] 然而，斯拉夫派和西方派作为俄国文化史和思想史中源远流长的两种思潮、两种文化倾向，只不过是在19世纪40—50年代发生了最激烈的碰撞，而在此前和此后相当长的历史时间里，这两种思想倾向之间一直都存在着程度不等的对峙。不能把斯拉夫派和西方派的论争看成是俄国历史中一个独立的、短暂的文化现象，这两种思潮的对立和转换、渗透和交融，实际上贯穿了整个俄国历史。

————————

① 卢纳察尔斯基:《论俄罗斯作家》，人民文学出版社1962年版，第36页。

（一）

1836 年秋，恰达耶夫在《望远镜》杂志上发表了著名的《哲学书简》。他在《哲学书简》中提出的主要命题就是：俄罗斯没有自己值得炫耀的历史，对人类和世界没有任何贡献，她必须在一切方面向西方看齐，接受西方的文明，否则就将没有自己的未来。恰达耶夫的书简在俄国社会引起了一场轩然大波，官方对他的理论加以痛斥，宣布《哲学书简》的作者是一个精神不正常的"疯子"，并迅速封闭了《望远镜》杂志；而在知识界和文化界，他的观点虽然激起了包括普希金在内的大多数人的反感，但也赢得了一部分人明里或暗里的喝彩，当时被流放在维亚特卡的赫尔岑就曾称恰达耶夫的书信是"黑夜的枪声"："恰达耶夫的《书简》仿佛是最后的判决，一条界限。这是黑夜中发出的枪声；也许它宣告了什么对象的覆灭和死亡，也许它是信号，求救的呼声，是黎明的消息，或者黎明不再到来的通知，但不论怎样，必须醒来了。"[①] 无论如何，俄国知识界的争论激情是被点燃了。首先是在莫斯科的几家沙龙里，关于恰达耶夫《哲学书简》的两种不同意见针锋相对，互不相让，逐渐形成两大阵营；接下来，两派的活动家们又纷纷发表文章，兴办杂志，举行讲座，阐发、宣传各自的观点，终于形成了俄国文化史上一个罕见的"百花齐放、百家争鸣"的局面。可以说，恰达耶夫的《哲学书简》就是斯拉夫派和西方派思想论争的导火索，是俄国思想分野的开端。赫尔岑说恰达耶夫的《哲学书简》是"黑夜的枪声"，这一枪打出的更像是一颗信号弹，斯拉夫派和西方派之间的攻防战就此拉开了序幕。

《哲学书简》的出现，原本就是一些历史和社会因素综合作用的结果，是与俄国当时的时代氛围密切相关的。1812 年抗击拿破仑的卫国战争的胜利，使得俄国第一次意识到自己是一个欧洲强国，是全欧洲，乃至整个世界的"拯救者"和"解放者"，俄国的民族自豪感和爱国热情空前高涨。但是，在目睹了西欧的生活现状之后，对比俄国的现实，一部分清醒的"解放者"却受到了思想上的触动，这种感情被表达成了这样一句话："我

---

① 赫尔岑：《往事与随想》中卷，项星耀译，人民文学出版社 1998 年版，第 151 页。

们解放了整个欧洲,却把镣铐留给了自己。"需要指出的是,这样一种意识只属于一部分贵族知识分子,而胜利之后的喜悦和自豪则相当长久地存在于俄国统治阶层和很多普通人的大脑里。这就是 1825 年十二月党人起义及其失败的原因,也是斯拉夫派和西方派两种民族情感相互对峙的原因之一。由《哲学书简》引起的争论持续了数年之后,在欧洲发生的 1848 年大革命又为这场争论添加了新的燃料。俄国知识界的激进力量从欧洲大革命中看到了俄国新生的契机和希望,而俄国的保守力量对西方式革命的提防和恐惧则达到了一个空前的程度。

斯拉夫主义和西方主义这两种思潮的对峙在俄国是有其前史的。别林斯基在《答〈莫斯科公国人〉》中就称,斯拉夫主义的倾向由来已久,是有其"始祖"的[1]。赫尔岑也曾指出:"斯拉夫主义或俄罗斯主义,不是作为一种理论,一种学说,而是作为一种被侮辱的民族感情,一种模糊的回忆和忠贞的本能而出现的,这是对风行一时的外国影响的反抗,这种影响从彼得一世割下第一把胡须的时候就开始了。"[2] 也就是说,自从俄国人有了欲与西欧人比肩的愿望之后,向东还是朝西的艰难选择就已经存在了。这使我们意识到,斯拉夫派和西方派这两种思想倾向的长期对峙,无疑有着一些更为深刻的原因。

首先是地理上的原因。在世界民族之林中,俄国虽然是一个相对后起的国家,但由于其所处的位置当时还是一个东、西方文明都尚未充分侵占的区域,且其历代君主都十分热衷于领土扩张,俄国的领土在几百年间不断扩大,迅速成为世界上领土最大的国家,号称占有世界陆地面积的"六分之一"。但是,其文化的辐射力却似乎一时还难以统领如此庞大的疆土,俄国的文化也似乎难以在世界文化版图中形成独立的一"极"。于是,用"欧亚合体"(Евразия)来界定自我的俄国,既感受着一种地域广袤所带来的自得与自豪,同时也遭遇着文化的混杂所造成的迷惘和尴尬。俄国认为自己既是一个欧洲国家也是一个亚洲国家,既是东方也是西方,面对西方世界俄国就是东方,面对东方世界俄国又成了西方,但无论是东方世界还是西方世界,似乎都从未将俄国视为自己文化上的"同类"。所以,长期

---

[1] 《别林斯基三卷集》(俄文版)第 3 卷,莫斯科:国家文学出版社 1948 年版,第 720 页。

[2] 赫尔岑:《往事与随想》中卷,项星耀译,第 145 页。

以来，俄国就像一个巨大的文化钟摆，孤独而又滞讷地在东西两大文化板块间摆动。在文化身份上所面临着的这种艰难的选择或取舍，长期承受着一种文化上的无归属感所带来的困惑，这必然会造成民族意识中的某种分裂。此外，展开俄国的地图，可以看到俄国疆土上的河流大都呈南北走向，不是由北向南（伏尔加河等）就是由南向北（鄂毕河等），在俄国文化发展、融合的过程中，这些河流可能是联系的纽带，同时也可能是阻碍的天堑。从文化的起源上看，俄国文化的南北差异原本也是很大的，作为一个欧洲后起的民族，古代俄罗斯分别受到了来自南方的古希腊罗马文化和拜占庭文化的影响，以及来自北方的日耳曼文化和斯堪的纳维亚文化的影响，并形成了南方的基辅和北方的诺夫哥罗德两个文化中心，然而，连接这两个文化中心的伏尔加等俄国的大江大河，却逐渐地消弭了南北的文化差异，并进而突出了俄国文化的东西对峙。

其次是社会结构上的原因。与西欧诸国相比，俄国的现代社会制度形成较晚，在西欧已经步入工业时代的时候，俄国还保持着农奴制度。这种让人压迫人、人奴役人现象成为合理的不合理社会制度的长期存在，制约了俄国社会的均衡发展，社会中的大多数人得不到接受教育的机会。与此同时，自彼得一世开始实行的全盘西化的国策，却迅速造就了一个"文明化了的"俄国贵族阶层，无论是就富裕的程度还是就教育的程度而言，俄国的这个贵族阶层较之于西欧诸国的贵族阶层都毫不逊色。于是，俄国社会中便出现了"文明的"贵族阶层和相对愚昧的农奴阶层并存的局面。俄国民族构成中这一分裂现象的存在，是其诸多社会矛盾发展、演变的重要内在因素之一，其中，斯拉夫派和西方派的对峙，也是这一分裂状态的一个具体体现。

再次是宗教传统上的原因。罗斯在公元988年的"受洗"，原本被视为一个融入西方基督教大家庭的果敢举动，在此后相当长的一段时间里，它也的确以宗教为中介连通了与欧洲的关系。在"受洗"之后的几个世纪里，罗斯一直承认拜占庭教廷的权威，也一直自认为是拜占庭的"教女"。到了15世纪，拜占庭在受到来自伊斯兰世界的威胁时求助于天主教的罗马教廷，主动提议与天主教合并，于是，便出现了1439年的佛罗伦萨宗教合并协议。由拜占庭派出的莫斯科都主教、希腊人伊西托尔参加佛罗伦萨的会议并签署了协议，但莫斯科教会却不同意东正教会所做出的巨大让步，认为佛罗伦萨协议是对东正教的背叛。不久，拜占庭首都君士坦丁堡于 1453 年被土耳其人攻陷，俄国教会认为这就是上帝对他们的背叛举动进行的惩罚。从这时起，俄国便成了世界上唯一一个独立的东正教国家，俄国教会就开始认为自己才是东正教的世界中心。正是在这个背景下，由菲洛费伊提出的 "第三罗马" 理论得到空前的鼓吹，并深入人心，俄国教会中有一部分人认为，如今希腊人，乃至整个基督教世界，都应该向俄国人学习了，而不是相反。从此，占据着基督教世界的东方半壁江山的俄国教会，就一直坚持着这种宗教上的自我孤立行为，与整个天主教和新教的西方世界格格不入。教会的这样一种立场，也对俄国文化的价值取向产生了长期的、潜移默化的影响。

最后，是民族性格方面的原因。每个民族就像每个人一样，都有着独特的性格，也就是它区别于其他民族的性格识别符号。俄罗斯民族是一个非常情绪化的民族，从别尔嘉耶夫到利哈乔夫，许多俄国思想家都指出过俄罗斯民族性格中的多种 "矛盾"[①] 和 "极端性"[②]：俄国人是勇敢剽悍的，同时也是多愁善感的；是沉思默想的，同时也是躁动不安的；时而虔诚恭顺，时而又蛮横霸道；时而理性冷静，时而又感情用事……一个民族的性格当然不会是单一的，它必然是多种性格因素的组合，但问题在于，俄罗斯民族性格中两个极端间的距离显得太大了，摆幅如此之大的性格在世界其他民族中间是比较少见的。人们曾把陀思妥耶夫斯基一篇小说的题目《双重人格》拿来概括这一现象。俄罗斯民族性格中存在着的这种二元对立，或者说是矛盾性格、双重人格，一方面使他们在面临文化选择时往往表现出更多的彷徨和摇摆，另一方面，它在客观上也为不同倾向的激烈交锋提供了源源不断的主体和话题。

诸如此类的深层原因还可以找出一些：比如俄国皇室的血统问题。由于公元 9 世纪起北欧的瓦兰人应邀入主罗斯，之后俄国和西欧皇族间不断通婚，俄国的统治者常常具有西方血统（北欧或日耳曼血统），也就是 "西方人"。以恭顺、忠君为美德的俄国人所臣服的却往往是这些 "外国人"，

① 别尔嘉耶夫：《俄罗斯命运》（俄文版），莫斯科：苏联作家出版社 1990 年版，第 10 页。
② 利哈乔夫：《思考俄罗斯》（俄文版），圣彼得堡：罗格斯出版社 1999 年版，第 56 页。

其间的隔阂乃至冲突自然难免，俄国历史上的多次农民起义，都是打着驱逐"异族"的口号，这也就不奇怪了。再比如战争的因素，俄国与东、西两个边境上的邻国一直战事不断。战争作为一种独特的"文化交流"方式，会以一种强加的方式提供出对比，每一次战争，俄国无论是战胜还是战败，都会在国内引起激烈的思想反省和社会动荡。在俄国的历史上，战争往往不仅仅是"政治的延续"，而且还是政治的深化，是社会改革的起因。左冲右突的俄国，在与东、西方持续不断的碰撞中不仅没有缩小两者之间的距离，反而因为每每的顾此失彼而加大了选定朝向的难度。

上述这些原因，自身也许就是互为因果的，它们相互之间存在着复杂的互动关系。正是这些直接的导火索和间接的因素、表层的原因和深层的原因的共同作用，导致了俄国人在东西方两种价值取向上长期无所适从。

（二）

恰达耶夫的《哲学书简》发表之后，一些具有强烈民族情感的学者和作家义愤填膺，感到难以接受。但是，他们并没有像官方意识形态的雇佣们那样，简单地将恰达耶夫的观点称为"疯人的呓语"就了事了，而是在传统的文化积淀中寻找根据，对俄罗斯的民族特性进行哲学和神学意义上的思考，以论证俄罗斯民族的独特，甚至优越。从19世纪40年代初开始，在莫斯科僻静胡同中的几个深宅大院里，时常会聚集起一些文化人，他们或心平气和地探讨，或情绪激昂地争论。如果说，西方派的阵地主要是彼得堡和莫斯科的几份政治—文学刊物，那么，斯拉夫派的思想温床就是莫斯科的几家沙龙，其中最著名的就是叶拉金、斯维尔别耶夫、帕夫洛夫和基列耶夫斯基等几个家庭里的沙龙。出入这些沙龙的，都是一些熟读西方著作的知识分子，其中大多数人都曾留学西欧，可是他们却突然放下了手头的谢林、黑格尔等人的哲学著作，转而研习起俄国的古风旧俗和神秘的东方教父学来。他们中间的一些人，如康斯坦丁·阿克萨科夫，甚至还脱去了西服，换上俄国的传统服装，蓄起俄国式的大胡子。对于俄国知识分子来说，这自然是一个相当剧烈的转变。

斯拉夫派大多出身于旧式小贵族、乡村地主家庭，也有一些来自职员、商人和平民知识分子阶层。在斯拉夫派活动家们的身上，有这样几个比较突出的共同特征：首先，他们都是一些具有深刻宗教信仰的人，对东正教的正统和纯洁深信不疑，虽然他们中间很少有职业的神职人员。他们的理论，多呈现为哲学和神学的结合，他们的文学创作也大多渗透着浓重的宗教感。其次，他们都是具有较强宗法制观念的人，很注重俄国乡村的固有秩序，以及传统家庭对于社会的正面意义。谢尔盖·阿克萨科夫的《家庭纪事》以一种充满温情的笔触，描述了伏尔加河畔一个旧式地主家庭70余年的历史变迁，俄罗斯的大自然、家庭里的日常生活和乡村的传统风俗，在作家笔下合成一幅宁静、和谐的画面。斯拉夫派的奠基者之一霍米亚科夫就非常推崇这部作品，称其为俄国文学中"积极流派"的代表作。在斯拉夫派的人员构成中有一个奇特的现象，就是"家族式组合"。阿克萨科夫父子三人，基列耶夫斯基兄弟两个，都是志同道合的斯拉夫主义者，这样一个在西方派那里根本看不到的现象，似乎也可以视为斯拉夫派宗法观念和家庭意识的一个间接表现。第三，他们都是对斯拉夫古代文化怀有深刻眷念的人。彼得·基列耶夫斯基搜集、整理的民谣，瓦卢耶夫的俄国古代门第学研究，别利亚耶夫对古代编年史的研究，吉尔费尔丁格对波罗的海地区斯拉夫文化的研究，等等，为"斯拉夫学"（славяноведение）的创建和发展做出了巨大的贡献。

　　斯拉夫派不是一个组织严密的团体，也没有发表过什么共同的宣言和纲领，严格说来，这只是一个构成模糊的思想阵营。不过在当时，对于俄国文坛和学界的某位知名人士来说，他究竟属于斯拉夫派和西方派的哪一阵营，还是不难界定的，而后世的史家则更容易将他们分门别类了。一般认为，斯拉夫派的代表人物主要是下列这些人：四位重要的理论家，即霍米亚科夫、伊万·基列耶夫斯基、康斯坦丁·阿克萨科夫和萨马林，其中后两位又被称为"新斯拉夫派"，于是前两位也就相应地有了"老斯拉夫派"之称；若干重要的活动家，如彼得·基列耶夫斯基、亚历山大·科舍廖夫、伊万·阿克萨科夫；一些最亲近斯拉夫派立场的作家和诗人，如果戈理、雅济科夫、丘特切夫、谢尔盖·阿克萨科夫、达里、亚历山大·奥斯特罗夫斯基、阿波罗·格里高利耶夫，以及稍后的陀思妥耶夫斯基等人。

　　斯拉夫派开始活动的时期，是俄国历史上一个意识形态控制很紧的时代，由于对农奴制度的批评，以及对国家一些现行政策的抨击，许多斯拉夫派都受到监视，甚至被逮捕。在严格的图书检查制度之下，斯拉夫派很长时间一直没有自己的刊物，他们的文章要么以手稿的形式在地下流传，在聚会上诵读，要么在国外发表，也有部分作者在《莫斯科公国人》杂志上发文。斯拉夫派观点最集中的表达，是19世纪四五十年代先后推出的几本文集：《辛比尔斯克文集》（1844）、《关于俄国及其统一信仰、统一种族之各民族的历史资料和统计资料集》（1845）、《莫斯科文集》（1846、1847、1852）。直到50年代末，在图书检查制度有所放松的情况下，斯拉夫派才创办了自己的报刊，除《俄国丛谈》（1856—1860）和《乡村建设》（1858—1859）两份杂志外，还有两份报纸：《传闻报》（1857）和《帆报》（1859）。

斯拉夫派的理论，表现为一种独特的宗教哲学，其主要来源为东方教父学，同时也包含有谢林的"天启哲学"、19世纪上半期西欧的非理性主义和浪漫主义等成分。斯拉夫派认为，单调的分析理性、理性主义和感觉论，已经使西方人失去了精神的完整性，于是，他们针锋相对地提出了一些新概念，如"统领的理性"和"活的知识"等。他们认为，崇高、完整的真理不是仅凭纯粹的理性思维和逻辑推理就可以获得的，而要依赖于智慧、情感和意志的共同努力，这就是人的精神生活的完整性；而为真正的、充分的认识提供保障的"完整精神"，是与信仰、与宗教结合在一起的。俄国的正教信仰来源纯洁，这就决定了俄国人民独特的历史使命，俄国人民生活中所具有的"聚合性""村社性"和"恭顺"等精神特征，是未来理想社会赖以存在的重要因素。

为了论证俄国人民独特的民族性及其独特的使命，斯拉夫派就必然要在俄国的历史中寻找依据。斯拉夫派的立场，就在于捍卫俄国历史发展的独特道路，一条与西欧的发展路径有着根本区别的道路。在他们看来，俄国历史发展的独特性，首先就在于：其一，俄国历史上没有出现过激烈的阶级斗争和阶层冲突，一直保持着某种和谐的发展态势。其二，俄国人民的生活所独具的村社制度和劳动组合方式，体现了一种和睦的社会关系；天生的协作精神，作为俄国民族特性之主要特征的"聚合性"，是俄国未来的保障和希望。其三，俄国的宗教是世界范围内唯一正统的基督教，这是俄国民族精神生活和道德意识的永恒源泉。于是，在他们的笔下，彼得改革之前的俄国社会便被抹上了一层温馨、浪漫的色调，成了一个理想、和谐的社会，那里没有矛盾，没有动荡，沙皇和人民相互一致，土地和权力相互一致，但从彼得开始，国家凌驾到了人民的头上，国家的有机发展被破坏了，生吞活剥地接受了西方文化的贵族阶层和文化阶层，渐渐地脱离了本土的人民生活和文化传统。如果说，斯拉夫派对俄国历史的描述是不无美化、粉饰之嫌的话，那么，他们对彼得改革以来俄国社会的偏差和顽疾的指责，倒是一针见血的。

（三）

西方派与其敌对阵营斯拉夫派之间存在着某种共生关系，它们出现和存在的时间大体相当，构成和活动方式也很近似，只是观点和立场大相径庭。西方派和斯拉夫派的思想论争都缘起于恰达耶夫那封惊世骇俗的《哲学书简》，然而，恰达耶夫的《哲学书简》虽然率先集中地表达出了西方派的观念，但作为一个思潮的西方派的形成却要稍晚于斯拉夫派。如前所述，《哲学书简》发表后，俄国都市的某些沙龙中开始聚集起一些议论、声讨恰达耶夫观点的文化人士，约在 1839 年前后，这些人士大体上构成了一个文人集团，也就是斯拉夫派。在最早由斯拉夫派人士占据主导地位的这些文化沙龙中，渐渐地出现了一些持不同观点的人士，他们或在沙龙中与自己的思想敌手唇枪舌剑，或在报刊上奋笔疾书，并迅速形成了一个新的思想阵营。这一阵营的形成约在 1841 年。1839 年，年轻的学者格拉诺夫斯基从德国留学归来，开始在莫斯科大学任教，参加了莫斯科斯拉夫派沙龙的活动后，他在给自己仍在国外的朋友斯坦凯维奇的信中不无惊讶地写道："我经常去基列耶夫斯基家……你简直难以想象，这些人有着怎样的哲学。他们的主要命题就是：西方已经腐朽，它已经毫无可取之处；俄国的历史被彼得一世败坏了，我们被迫与自己血脉相连的历史基础失去了联系，我们活得很不成功；我们当代生活的唯一好处，就是具有公正地观察异族历史的可能性；这甚至就是我们的未来使命；人类的全部智慧都已经消耗在了希腊教会圣父们的学说中……那些学说言无不尽，已无需再添加什么，只要去研习就得了。黑格尔被他们指责为对事实不敬。基列耶夫斯基用散文写作这些东西，霍米亚科夫则用诗歌表达这些观点。"① 接受过系统的德国哲学教育的格拉诺夫斯基，自然难以认同斯拉夫派的这些观点；在沙龙中，在莫斯科大学的讲台上，他开始猛烈抨击斯拉夫派。在他的周围，逐渐聚集起了一些思想同仁，如同样从西欧留学回国的克留科夫、库德里亚夫采夫和列德金，历史学家谢·索洛维约夫和卡维林，作家别林斯基、鲍特金、克特切尔和帕夫洛夫；稍后，流放归来的赫尔岑也加入了格拉诺夫斯基的阵营。这些人逐渐构成了一个团体。也就是说，是恰达耶夫的西化说激怒了一批俄国文人，因而催生出了斯拉夫派；而斯拉夫派的文化沙龙，反过来又孕育出了其对立面西方派。

　　"'西方派'（'欧洲派'）这一称谓于19世纪40年代初出现在斯拉夫派论战性的言论之中，后来，这一称谓便稳固地步入了文学生活。"② 这就是说，"西方派"和"欧洲派"的称谓是40年代初才开始在俄国知识界流行的，但是，早在20年代，这种类型的知识分子就已经亮相俄国社会了。在普希金的诗体长篇小说《叶夫盖尼·奥涅金》第二章第六节中，有这样一段关于连斯基的描写：

> 一位新地主也在此时
> 返回了自己的乡村，
> 他的出现也同样引起
> 邻居们挑剔的评论。
> 他名叫弗拉基米尔·连斯基，
> 揣着地道的哥廷根灵魂，
> 他相貌英俊，风华正茂，
> 这康德的信徒，一位诗人。
> 他从朦朦胧胧的德国，
> 把学习的成果带回家乡：

---

① 《百科全书·俄国历史（从宫廷变革到伟大改革时代）》（俄文版），莫斯科：阿旺塔出版社2001年版，第377页。

② A. H. 尼科留金主编：《文学术语百科全书》（俄文版），莫斯科：英特尔瓦克出版社2001年版，第276页。

> 相当奇特而又热烈的气质，
> 热爱自由的种种幻想，
> 总是激烈慷慨的话语，
> 黑色的鬈发披及肩膀。

在普希金的笔下，连斯基的形象带有几丝漫画色彩，但是，作为一位现实主义诗人，普希金对连斯基的描绘又是不无现实基础的，因此，这里的肖像，后来就被人称为"20 年代的西方派"。从"朦朦胧胧的德国"学成归来，胸中揣着一颗"哥廷根灵魂"，是"康德的信徒"，所有这些特征，也的确可以在后来的大多数西方派人士身上找到。日后成为西方派首领之一的格拉诺夫斯基，是一个脚踏实地、勤勉智慧的大学者和社会活动家，自然不是冲动虚荣、无所事事的连斯基所能比拟的；但是，普希金关于连斯基的这段描写，却又几乎就是一幅格拉诺夫斯基的肖像画：热烈的气质，自由的幻想，慷慨的话语，都是格拉诺夫斯基从德国带回的"学习的成果"，而且，站在莫斯科大学讲台上的格拉诺夫斯基，也一直是"黑色的鬈发披及肩膀"。这就是说，"西方派"作为一种社会思潮出现在 19 世纪 40 年代初，但是其思想先驱早在 20 年代就已经从欧洲返回了俄国这"自己的乡村"，在当时的俄国，接受过欧式启蒙教育的青年知识分子，身上都或多或少地具有后来的西方派的某些特征。

俄国思想史上著名的"斯坦凯维奇小组"，在一定程度上也可以被视为西方派的一个雏形。尼古拉·弗拉基米罗维奇·斯坦凯维奇只活了短短的 27 年，他身后也没有留下什么非常著名的文学和思想著作，然而，他却影响了整整一代人。在斯坦凯维奇去世之后，格拉诺夫斯基写下了这样一段深情的文字："他是我们的恩人，我们的导师，我们所有人的兄长，我们每个人都有感激他的理由。对我而言他胜过兄长。十个兄弟也不能替代一个斯坦凯维奇。"随着他的去世，"我的一半，我最好的一半，我最高贵的那一部分，也同时步入了坟墓"。[1] 1830 年，富裕的大贵族之子斯坦凯维奇考入莫斯科大学，成为语文系的一名学生。不久，在既思想活跃又慷慨大度

---

① 《百科全书·俄国历史（从宫廷变革到伟大改革时代）》（俄文版），第388页。

的斯坦凯维奇身边，逐渐聚集起一些志趣相近的同学，最终形成了一个小团体，先后接近过该小组的有别林斯基、康·阿克萨科夫、鲍特金、巴枯宁、格拉诺夫斯基、卡特科夫、萨马林等。1837 年斯坦凯维奇出国治病之后，别林斯基成为小组的实际核心。而在德国的柏林大学，在永远具有凝聚力的斯坦凯维奇的身边，又聚集起了一些老友新朋，如格拉诺夫斯基、涅韦罗夫、斯特罗耶夫和屠格涅夫，构成了一个"境外的"斯坦凯维奇小组。无论是境内还是境外的斯坦凯维奇小组，其思想倾向和活动内容都始终是一致的，即热衷德国哲学，关注俄国现实问题，主张社会的正义和公平，倡导在俄国发展教育和科学事业。斯坦凯维奇小组最现实的一个共同理想，就是废除俄国农奴制，这使它成了 19 世纪 30 年代俄国自由思想的温床。从斯坦凯维奇小组的构成不难看出，其中既有后来的斯拉夫派主将康·阿克萨科夫和萨马林，也有后来的西方派领袖格拉诺夫斯基和别林斯基；从严格的意义上来说，斯坦凯维奇小组应该是斯拉夫派和西方派共同的思想源头，然而，无论是从该小组当时的整体思想倾向上看，还是从大部分小组成员后来的立场演变上看，斯坦凯维奇小组与西方派之间的渊源关系还是要更为直接、更为清晰一些。

和斯拉夫派一样，西方派的中坚力量也是一些出身贵族、地主阶层的知识分子，一些具有反省意识和社会责任感的文化人；但与斯拉夫派相比，西方派中似乎更多非贵族出身的知识分子，即所谓的"平民知识分子"（разночинцы）。和斯拉夫派一样，西方派也不是一个严密的组织或团体，它没有一个公开的宣言或纲领，没有组织过什么统一的行动，其构成也常常是充满变化的，但是，后世的文化史家和思想史家还是能够比较容易地确定该派的主要代表人物以及代表该派思想倾向的相关出版物。一般认为，西方派的代表人物有：作家恰达耶夫、屠格涅夫、冈察洛夫、涅克拉索夫、萨尔蒂科夫 – 谢德林、皮谢姆斯基、格里戈罗维奇、安年科夫、卡特科夫等，学者格拉诺夫斯基、库德里亚夫采夫、卡维林、契切林、索洛维约夫、列德金、克留科夫等。不过，谈到西方派，就不能不提另外三个著名人物，即赫尔岑、奥加廖夫和别林斯基。在苏维埃时期的官方文献中，通常都不把这三人说成是西方派，因为西方派一直被视为一股"唯心主义的"资产阶级自由派潮流，而这三人则被称为革命民主派乃至社会主义理论的杰出代表，说他们是西方派似乎有贬低其思想史地位之嫌。赫尔岑和别林斯基后期的思想发展，的确远远地超出了西方派的范畴，但是在西方派阵营的形成时期，他们都是该阵营的主将，这却是毫无疑义的，读一读赫尔岑的自传体小说《往事与沉思》（又译《往事与随想》），读一读别林斯基当时的文字，就不难意识到这一点。所以说，"在19世纪30年代末和40年代，当民主派和自由主义意识形态之间的矛盾还没有像在后来的50—60年代之交时那样显露出来，在社会思想争论和杂志的论战中，赫尔岑、奥加廖夫和别林斯基都被视为西方派，他们也自认为属于该派"①。在当时，比较集中地体现西方派倾向的出版物有：杂志《祖国纪事》《现代人》《俄国导报》，报纸《莫斯科新闻》和《圣彼得堡新闻》，以及两份影响很大的辑刊《彼得堡风俗》和《彼得堡文集》。

　　西方派的主要观点大致体现在以下几个方面：

　　第一，是对农奴制度的彻底否定。在西方派人士的眼中，俄国的农奴制度是社会不公正的最集中体现，也是俄国与西欧诸国相比显得愚昧和落后的最突出表征，因而，他们从一开始就将矛头直接指向农奴制，并将农奴制的取缔当作其最基本的政治和社会理想。在40—50年代，西方派奋笔疾书，高声呐喊，发出了许多声讨农奴制度的檄文，其中最突出的有扎勃洛茨基–杰西亚托夫斯基的《论俄国农奴制现状》、格拉诺夫斯基的讲座、屠格涅夫的《猎人笔记》、卡维林的《俄国农民解放札记》，以及别林斯基那封著名的《致果戈理的信》。应该说，在俄国思想界和知识界为废除农奴制而进行的斗争中，西方派是立下了汗马功劳的。需要指出的是，作为西方派对立面的斯拉夫派，在否定农奴制这一点上与西方派是态度一致的，但是在用什么样的社会体制取代农奴制这个问题上，两派之间却出现了根本性的分歧：斯拉夫派主张返回农奴制之前的村社制度，而西方派之所以否定农奴制，则是为了建立一个与西方相近的公正、人道的社会。和斯拉夫派一样，西方派对俄国农奴制度持彻底的否定态度，他们把在俄国废除农奴制度、取缔体罚、建立严格的司法制度视为最低纲领，但是，在废除农奴制前夕的一段时间里，较之于斯拉夫派，西方派似乎做了更多的实际

---

① 《苏联大百科全书》（俄文版）第9卷，莫斯科：苏联大百科全书出版社1972年版，第335页。

工作。尼古拉一世的统治在 1855 年的结束，客观上为臭名昭著的农奴制的寿终正寝提供了可能，在俄国上下层和社会各界的共同努力下，农奴制度终于在 1861 年被废除。在此前，西方派的一些人士与其从前的对手斯拉夫派相互呼应，在报刊上发表了大量文章，为农奴制的废除准备了舆论环境，但与斯拉夫派不同的是，一些西方派人士还对统治阶层产生了直接的影响。在 19 世纪 50 年代末，西方派的领袖格拉诺夫斯基和别林斯基已先后去世，赫尔岑等被迫远走他乡，西方派中相对温和、实际的力量逐渐占据了领导地位。他们在尼古拉之后采取了与皇室合作的立场，卡维林和契切林被聘为皇室继承人的老师，前者是废除农奴制草案的起草人，米留金甚至还担任了沙皇政府的内务部副部长，成为所谓的"自由派官僚"，是 1861 年农奴制改革的实际领导人之一。在废除俄国农奴制度的过程中，这些官僚化了的西方派发挥了重要的历史作用。

西方派的第二个核心观点，体现在他们对俄国历史的认识上，他们坚决主张走西欧诸国的历史发展道路，并认为这是俄国唯一行得通的出路。这样的立场，自然会使他们想到俄国历史上主张全盘西化、欧化的彼得一世，对彼得一世的肯定和推崇，就成了西方派言论中最重要的话题，而对彼得及其改革的截然不同的两种评价，则构成了西方派和斯拉夫派思想分歧最主要的内容之一。西方派的历史观，主要表现为由谢·索洛维约夫、卡维林和奇切林等创建的"国家历史学派"（或称"法律历史学派"），这个派别是俄国第一个具有现代史学意义的历史学派。该派认为，在俄国历史的发展中起主要作用的是国家，而国家是氏族生活和家族关系不断瓦解的结果，在这一过程中家庭和个人的权利得到了强化，强有力的统一国家取代了封建割据的松散国家，从而为一个法制社会的建立奠定了基础。在西方派历史学家们看来，俄国的历史发展道路比起西欧诸国并无任何不同，本该遵循同样的发展模式，只不过，一些不利的外部条件，如气候的严酷、出海口的不足、因与草原游牧民族相邻而易受攻击、相对于人口而言过于广袤的领土等，才导致了俄国的落后。对国家的重视，对西欧诸国发展模式的渴求，使得他们非常推崇在他们之前早已实践了这一理论的彼得一世，他们将彼得之前的俄国历史都视为野蛮的历史，而彼得之后的"国家"之所以进步，就是因为它是以自上而下的法令、以严格的司法体制为基础的。

正是在关于俄国历史的认识上，西方派和斯拉夫派产生了最根本的分歧。显然，西方派的历史学家们试图用"国家"（государство）的概念来对峙斯拉夫派的"村社"（община）概念（契切林甚至认为，斯拉夫派所说的"村社"在俄国历史上原本就不存在，因为古代罗斯的农民一直是居无定所的），试图用俄国与西欧诸国的同一性来抗衡斯拉夫派的俄国特殊论。应该说，两派在解释俄国历史方面都有很大的建树，但也都存在着一些不足。如果说，斯拉夫派对俄国历史的回顾不无美化之嫌，是一种带有理想色彩的怀旧，那么，西方派对俄国历史的解读则难免显得有些简单化，让人时有削足适履之感。

第三，是西方派面对整个西方文化的态度。西方派在社会体制方面主张效仿英法，在哲学理论方面却偏爱德国。西欧是西方派人士心目中的理想国度，西方派的大多数人士或留学或侨居或旅行，都曾见识过西欧，将"文明的"西欧与"愚昧的"祖国一对比，自然会使痛心疾首的他们要大声呼吁。值得注意的是，许多西方派人士都写有"国外来信"之类的作品，如安年科夫的《境外来信》和《巴黎来信》，鲍特金的《西班牙来信》，赫尔岑的《法意书简》，屠格涅夫的《柏林来信》，等等。在当时的俄国知识界，以黑格尔为代表的德国哲学的影响是压倒一切的，德国杂志上的每一篇新文章，德国哲学家的每一部新著作，都会在俄国知识分子，尤其是西方派知识分子中间得到热情的阅读和热烈的讨论。就连别林斯基那样的思想斗士，都曾一度折服于黑格尔的"存在的就是合理的"之命题，这是一个很能说明问题的事例。西方派从德国哲学那里获得的，不仅是深刻的思辨态度和强烈的理性精神，甚至还包括对宗教的怀疑。费尔巴哈的《基督教的本质》一书就曾得到许多西方派人士的推崇，鲍特金读后即宣布自己不信上帝，是一个彻底的无神论者。不过，大多数西方派都没有这么激进，他们大多没有越过黑格尔的雷池，赫尔岑曾将黑格尔的辩证法称为"革命的代数学"，而格拉诺夫斯基却始终视其为"改良的代数学"，正是这一思想分歧，导致了赫尔岑和格拉诺夫斯基的分手。总体地看，西方派中间公开宣称自己是无神论者的人不多，但虔诚的教徒则似乎为数更少，这与大多为正教信徒的斯拉夫派形成了一个鲜明的对比。如果说，西方派大都不是严格的信徒的话，那么，他们在面对包括德国哲学、欧式教育和科学时所表现出的虔诚态度，则是地地道道的宗教情感。事后多年，奇切林在他那本具有回忆录性质的《40年代的莫斯科》一书中关于西方派这样写道："在这一流派中聚集起了一些信念完全不同的人，既有虔诚的正教信徒，也有否定一切宗教的人士……既有社会民主派也有温和的自由派，既有国家的崇拜者也有纯粹个性的捍卫者。把大家结合在一起的只有一点：对科学和教育的尊重。无论是科学还是教育，显然只能自西方获得，因此，他们便将与西方的接近视为俄国历史中一个伟大的、幸运的事件。"西方派主张按照西欧诸国的模式兴办教育和科学研究机构、发展工业和交通，并为此做了大量的具体工作。较之于其理论，一些西方派人士在这些领域所做的具体建树，对俄国文化的丰富和发展具有更为重大的意义。

19世纪40—50年代的西方派，分别有两位理论领袖，两个思想中心，这便是格拉诺夫斯基及其在莫斯科大学的历史演讲和别林斯基及其在彼得堡《祖国纪事》《现代人》等刊物上的杂志文章。1843—1844年间，格拉诺夫斯基在莫斯科大学开办了以"中世纪史"为题的系列讲座，学识渊博、风度翩翩、妙语连珠的格拉诺夫斯基借古喻今，将一门中世纪史的课程变成了一个声讨农奴制度的讲坛；1845年，他又开设了"英法比较史"课程，在讲述英法历史的同时，也往往影射到俄国的历史和现实，并同时对斯拉夫派的种种观点给予了抨击。由于他的讲座是公开的，允许一切人旁听，因而产生了广泛的社会影响，赫尔岑在《往事与沉思》中详尽地描写过格拉诺夫斯基的讲座每每大获成功的盛况，有史家称，格拉诺夫斯基的讲座几乎吸引了当时莫斯科每一位有教养的人。与此同时，1839年从莫斯科来到彼得堡的别林斯基，主持《祖国纪事》长达七年之久，在此期间他发表了大量批评文章，如1840—1847年间的年度文学概评、关于普希金的11篇评论、关于莱蒙托夫和果戈理的系列论文等。他的批评在文学层面为俄国现实主义文学奠定了理论基础；在社会政治层面则是抨击俄国现实，尤其是农奴制度的檄文。这些在评论文学作品的同时也鲜明地表达了其政治立场和社会理想的文章，产生了广泛的社会影响，使彼得堡的这份杂志成了备受瞩目的思想圣地。

俄国农奴制废除前夕，西方派阵营出现了较大的分裂。西方派内部的差异和分歧，原本就远远大于斯拉夫派，奇切林甚至说过这样的话："在所谓的西方派人士中间没有任何一致的学说。"[①] 格拉诺夫斯基的儒雅学者形象与别林斯基的激烈斗士风格本身就构成了一个鲜明的对照。中庸和偏激，分寸感和极端性，改良和革命——这样的两极对立元素在西方派中间始终存在。有的时候，西方派"内部的"争论甚至还要大于他们与斯拉夫派的分歧。比如，在西方派的几位主将之间，就不止一次地发生过激烈的争论：在别林斯基接受黑格尔的理论而主张与现实妥协时，赫尔岑曾与之论战；关于上帝和信仰问题的分歧，导致了赫尔岑和格拉诺夫斯基的一度分手；格拉诺夫斯基去世前夕，还在构思反驳赫尔岑理论的文章……农奴制度的最终被废除，不仅使西方派和斯拉夫派共同失去了抨击的对象，也使得西方派内部的分歧进一步凸显出来，最终导致了西方派的分裂，其标志性的事件就是赫尔岑与西方派的决裂。在 1848 年的欧洲大革命之后，出于对西欧的失望，以及对资产阶级意识形态和行为方式的极端痛恨，赫尔岑坚决地放弃了自己先前的西方派立场。此举引起了其好友格拉诺夫斯基的不满，后者决定在赫尔岑所办的《北极星》上与其进行论辩，但突如其来的重病和逝世，使格拉诺夫斯基未及展开争论。他的学生卡维林和奇切林后来替老师写成《致出版者的信》，直截了当地对赫尔岑说道，"您的革命理论在我们这里永远得不到呼应"，"您的血腥的旗帜……只会在我们这里引起不满和厌恶"。1858 年，奇切林专程前往伦敦，试图消弭他们与赫尔岑之间的分歧，但这次努力最后以失败告终。1861 年 2 月 19 日，解放农奴宣言公开发表，自由西方派为之欢呼，将其视为俄国历史上最伟大的事件之一，而赫尔岑却公开宣称"人民被沙皇欺骗了"，他当即写下《学者的莫斯科》一文，对自己先前的同志予以无情的谴责，称他们为"叛徒"。至此，西方派的几位主将或去世或出境，另一些日益官方化的西方派则逐渐丧失了他们自由思想派的在野立场，于是，西方派作为一个统一的思想阵营便已不复存在。

（四）

　　赫尔岑在谈到斯拉夫派和西方派之间的关系时曾说过这样一段名言：

[①]　《百科全书·俄国历史（从宫廷变革到伟大改革时代）》（俄文版），第 379 页。

"是的，我们是对立的，但这种对立与众不同。我们有着同样的爱，只是方式不一。……我们，就像伊阿诺斯或双头鹰，看着不同的方向，但跳动的心脏却是同一个。"① 这是关于斯拉夫派和西方派之关系的绝妙概括。此外，赫尔岑对此还有一个更具体的说法——"友好的敌人，或者确切些说，敌对的友人"。② "友好的敌人"和"敌对的友人"，在这两个说法中间，包含着怎样一种复杂、深刻的内心情感啊。传统文学史和思想史中的叙述给我们留下了这样一种印象，似乎斯拉夫派和西方派是两个你死我活、根本对立的阵营；而赫尔岑在《往事与随想》中充满感情的表述，又似乎能真的让我们把两派之争视为一场"家庭纠纷"③。其实，这两个印象都有可能是某种误读。斯拉夫派和西方派之间的关系，远比我们想象的要复杂。其复杂性至少体现在以下几个方面。

首先，同属自由派的双方相互之间却展开了最为激烈的争论。19世纪中期的俄罗斯知识界和思想界，大致可以划分为三个派别，即靠拢官方的保守派、主张变革现实的自由派和疏远现实的"纯艺术派"。前者以教育大臣乌瓦罗夫在30年代创建的"正教、君主制和民族性"的"三位一体"学说为理论基础；乌瓦罗夫的观点后来在布尔加林、格列奇、森科夫斯基等人的鼓吹中又得到了丰富和发展，成为所谓的"官方人民性"理论体系。"纯艺术派"以旨在对抗"理性世纪"而出现在俄国的"唯美主义"美学为旗帜，在1848年欧洲革命后俄国思想界急剧向右转的时代背景下，又进一步演变为"为艺术而艺术"派，其代表人物有德鲁日宁、鲍特金、安年科夫、迈科夫等。处在官方和在野两大势力之间的，就是自由派；而斯拉夫派和西方派实际上同属于这一派别，差别仅仅在于，一个是"温和的自由派"，一个可以称为"激进的自由派"。斯拉夫派和西方派当然是两个不同的思想派别，但是在面对俄国的农奴制现实时，两派都持坚定的反对立场；作为有良心的知识分子，两派人士都对社会的不平等表示抗议，对下层人民的疾苦表示出深刻的同情。作为俄国知识阶层的中坚力量，无论是斯拉夫派还是西方派，都既反对不问现

① 《赫尔岑十卷集》（俄文版）第5卷，莫斯科：国家文学出版社1956—1957年版，第171页。

② 赫尔岑：《往事与随想》中卷，项星耀译，第143页。

③ 同上书，第191页。

实的"唯美"，也坚决拒绝担当为沙皇及其统治大唱赞歌的官方意识形态吹鼓手的角色。但是，同属自由派阵营的斯拉夫派和西方派，为何相互之间却爆发了最为激烈的争论呢？原因之一，恐怕是他们双方有着最为接近的前沿阵地。如果把当时俄国社会中官方的、保守的意识形态和在野的、消极的意识形态看成是两个圆圈，那么，斯拉夫派和西方派就似乎共同处于这两个圆的相交部位，两种或多种不同的社会态度在这里相遇，并发生激烈的碰撞。另一个原因可能在于，正因为斯拉夫派和西方派拥有某些共同的立场和话语，才恰好使得他们获得了对话的平台，他们棋逢对手，对于双方而言都是值得与之展开对峙和争论的对象；同时，它们也构成了一种相互依存的关系，彼此都是对方展开思想、发出声音的媒介。试想，在当时的社会语境中，他们不可能去与官方意识形态展开旗帜鲜明的抗争，而他们那些关于现实的诸多热切思考，也很难在唯美派那里激起什么热烈的反响。

其次，斯拉夫派和西方派相互之间的阵营并不像我们想象的那么清晰。我们知道，斯拉夫派和西方派都不是组织严密的团体，而只是两个结构松散的思想共同体；他们没有签署过什么纲领，没有颁发过会员证之类，这两个所谓的派别，实际就是各自围绕在某一理念周围的一群思想者。这就决定了，这两个派别的构成必然是非常复杂的，并不总是永远一致，两派之间的界限因而常常是游移不定、模糊不清的。需要说明的是，在1825年十二月党人起义之后，开始了俄国历史上意识形态管制最为严格的一个时期，而1848年的欧洲革命，更使俄国的当权者加强了对整个社会的思想控制；在这样的背景之下，地道的革命派别及其声音是不可能公开存在的，它们被迫改头换面，加入了自由主义的阵营。另一方面，在尼古拉一世当政后期的"昏暗的七年"（1848—1855）中，一些有良知的知识分子也主动地脱离了官方阵营，转而接近了自由派。也就是说，除了死心塌地的御用文人和看破红尘的艺术家，各方高手可能都聚集到了斯拉夫派或西方派的旗帜之下，其构成上的复杂，直接导致了两派之间，甚至两派自身之中观点和立场的斑斓。于是，我们看到了许多游离于两派之间的人物，看到了许多改换门庭的人物，看到了更多修正了观点的人物。我们才会在40年代的文学史中看到，果戈理和迈科夫、陀思妥耶夫斯基和德鲁日宁、赫尔岑和达里，这些立场不同的作家居然都能被归入"自然派"的行列①；我们才会在阅读作家的时候发现，奥斯特罗夫斯基、果戈理、赫尔岑等俄国文学史上的大作家，在斯拉夫派和西方派激烈论争的40年代，其立场都发生过程度不等的变化。从而，当得知康·阿克萨科夫等斯拉夫派理论家的著作都是由赫尔岑在国外印刷出版的时候，当看到首先站出来对果戈理具有斯拉夫主义倾向的《与友人书信选》予以激烈抨击的竟是阿克萨科夫父子的时候，我们也就不应该感到惊讶了。

　　第三，两派构成上的复杂，还导致了各自内在的不一致现象。无论是斯拉夫派还是西方派，都不是铁板一块，其中也都存在着许多争论，有的就其激烈程度而言，似乎并不亚于两派之间的争论。有这样两件小事，能帮助说明斯拉夫派内部的一些纷争：康·阿克萨科夫为了标榜自己的斯拉夫主义立场，不仅留起了胡须，而且还换上了一身俄国古代的民族服装，可是当他以这身装扮走在莫斯科的街道上时，"老百姓都以为他是波斯人"②，他的这种扮相，一直没有得到大多数斯拉夫派人士的肯定和模仿；诗人雅济科夫是斯拉夫派首领霍米亚科夫的亲戚，他从欧洲回国之后不久就加入了斯拉夫派阵营，为了表达自己的政治观点，他写了一首言词十分激烈的诗《致不是我们的人》，没想到，此诗却引起了本方人士如康·阿克萨科夫等人的不满。而在西方派阵营中，有一些分歧则是原则性的，如别林斯基与被视为"自然派"首领的果戈理的书信论战、赫尔岑与西方派的公开决裂等。斯拉夫派与西方派的争论在19世纪60年代初的逐渐平息，固然与他们共同的首要关注对象和争论焦点——俄国农奴制的被取缔有关，但无疑也是两派内部长期积累起来的大小矛盾不断作用的结果。如果"内讧"过多，自然就难以集中精力对付敌人了；如果能在敌对的一方发现许多更为亲近的人或观点，此一阵营无疑就会土崩瓦解。

　　斯拉夫派和西方派之间的这种复杂关系能给我们以这样两点启示：其一，斯拉夫派和西方派之间实际上是有同有异的，但长期以来，人们更关注的是他们之间的异而非同，这是一个自然而然的选择。因为在争论的当时，当事双方关于"同"的表述是没有意义的，只有通过对"异"的强调

① 刘宁主编：《俄国文学批评史》，上海译文出版社1999年版，第221页。
② 赫尔岑：《往事与随想》中卷，项星耀译，第163页。

才能凸显自己之观点的价值和意义;而在争论已成为历史之后,较之于
"同","异"则更能引起注意,也更能激起谈论、研究的兴致。但是,在
关注"异"的同时也应该多少关注"同",否则就有可能误读历史,在这
里,就是有可能在感觉和印象中放大两派之间的鸿沟。其二,在观察作为
一个整体的斯拉夫派和西方派时,我们可以清晰地感觉到一个总的思想倾
向,一个相对一致的理论框架,而当我们面对某一个作家或理论家的时候,
却往往难以把他完整地纳入某一派别的理论框架之中。身为西方派的卡维
林曾说道:"一个真心把祖国利益挂在心头的人,就一定会觉得自己的一半
是斯拉夫派,另一半是西方派。"① 一个作家,尤其是一个大作家,其创作
往往是超越某一流派的,其中也往往呈现出亦此亦彼的思想取向,具有某
种不稳定性和模糊性。这就提醒我们,将某一大家纳入某一流派有可能是
危险的,而仅仅从某一流派的立场出发来解读一位作家,就有可能更加危
险。流派可能相对一致,而流派中每一个个体却常常是无限丰富的。此外,
那场发生在一百五十多年前的争论,是一场真正的君子之争,争论的双方
所体现出的率真和坦诚,捍卫真理的勇气,以及旨在造福民族和后代的责
任感和使命感,都是可以令我们肃然起敬的。斯拉夫派的萨马林在回忆当
年的争论时写道:"两个小组在一切问题上几乎均无共识;与此同时,他们
却又每天见面,和睦相处,似乎构成了同一个社团,他们相互依存,都具
有那种建立在一致的智慧兴趣和深刻的彼此尊重基础上的相互同情。"② 这
里所言的"一致的智慧兴趣"和"深刻的彼此尊重"是很值得我们注意
的。斯拉夫派和西方派之间的关系时好时坏,充满变故,比如,1844 年 4
月 22 日,在阿克萨科夫家中曾举办了一次隆重的午餐会,正式宣布两派和
解,两个阵营的人士相互拥抱,不少人都泪流满面;但是,到了这年年底,
雅济科夫的《致不是我们的人》一诗又让两派摆出了你死我活的战斗姿态,
格拉诺夫斯基和基列耶夫斯基甚至要为此而决斗;1845 年 1 月,康·阿克
萨科夫曾"含着热泪"与赫尔岑和格拉诺夫斯基绝交,但没过多久又重归
于好……"和睦相处"中充满着争吵乃至决斗,绝交和谅解此起彼伏,所
有这一切都说明,斯拉夫派和西方派的争论是一场纯粹的学者之争,是一

---

① 《百科全书·俄国历史(从宫廷变革到伟大改革时代)》(俄文版),第384页。
② 同上书,第378页。

场智者的角力，一场由思想者们上演的精彩戏剧。

（五）

在传统的俄国文学史中，往往可以看到这样一个颇为奇怪的现象：一方面，文学史家们会明确地指出，斯拉夫派和西方派的对峙是 19 世纪中叶俄国文坛最为重大的文学现象之一；另一方面，在提到某些大作家、大批评家在这场思想对峙中的活动时却总有些躲躲闪闪，很不情愿将他们归入这一或那一阵营，比如，从不明说赫尔岑、别林斯基等是西方派，也不直称陀思妥耶夫斯基为斯拉夫派。似乎，将那些 19 世纪俄国文学史中的大人物分别归入两派，就是太抬举了那两个派别。毫无疑问，杰出的思想家和作家往往是超越狭隘的小集团意识和既定的派别纲领的，他们不会为任何理论的框框或团体的利益所束缚。但是，若将这些大家排斥在斯拉夫派和西方派的思想斗争之外，则难以真实地还原文学史的本来面目，也无助于对那些作家创作过程的贴切理解。其实，在这样的文学史态度中，隐含着一种抑此扬彼、一贬一褒的初衷：为了论证在此后出现的革命民主主义美学的高大，就必须让此前的斯拉夫派和西方派的理论显得相对渺小，一如在谈到批判现实主义文学和社会主义现实主义文学的积极和伟大时，总是要谈到之前的文学如浪漫主义文学等的消极和不足。这样一来，我们就感觉到，在对斯拉夫派和西方派思想论争的历史评价中，似乎掺杂进了某些意识形态色彩。我们进而意识到，长期以来，人们关于两派的思想对峙对俄国文学产生的影响，就可能有低估之嫌，对两派文学活动的成就和意义也许同样缺乏足够的认识。

关于斯拉夫派和西方派的思想对峙对俄国文学的影响，至少体现在这样几个方面：

首先，它构成了 19 世纪，乃至整个俄国文学历史上的一个分水岭。有人认为，19 世纪的俄国文学可以划分为两个阶段，一是前 50 年的准备期，是西方文化强烈影响俄国的 50 年，一是后 50 年的腾飞期，是其本土文化复归的 50 年。① 一般认为，真正自立于欧洲文学之林的俄国文学，开始于

---

① 何云波、刘亚丁：《精神的流浪者——关于俄罗斯知识分子的对话》，《俄罗斯文艺》2001 年第 3 期。

普希金。但是于 1837 年初在决斗中死去的普希金,其创作的文学史意义并没有立即被其同胞所广泛意识到,实际上,直到普希金的第一座纪念碑在莫斯科落成时的 1880 年,普希金才被公认为俄国民族文学的奠基者。俄国文学无疑是在 19 世纪 30 年代,也就是普希金及其同时代作家旺盛创作的年代成熟的,但是其公认的成熟时期,或者说是对其成熟的广泛认同时期,还应该是 19 世纪中叶,而这一时期最为重大的文学事件,恐怕就是斯拉夫派和西方派的思想论争了。如果说,在这场争论之前的俄国文学,还多少带有一些模仿西欧文学的痕迹,那么,在这场争论的过程之中,俄国文学却获得某种强烈的自觉意识。谈到俄国文学自觉意识的建立,无论是在斯拉夫派还是在西方派那里,都有一个无心插柳式的情形:斯拉夫派反对西欧的理性主义,主张弘扬东方宗教中的直觉精神,但是,在他们对俄国古代文化的潜心发掘、对俄国文化民族特性的精心归纳和对俄罗斯民族独特的世界使命的论证中,却又处处体现着一种强烈的理性色彩;西方派主张俄国走西欧的发展道路,但他们对西方文明却持有一种清醒的认识,赫尔岑对西欧社会占主导地位的"污浊的市民阶层"的鄙视(他还感叹道:"谢天谢地,市民精神与我们不能相容!"[1]),是具有一定代表性的,而别林斯基对俄国语言的赞美、格拉诺夫斯基对爱国激情的肯定,在西方派中也都并非个别现象。如果说,西方派在社会和政治层面力主俄国走西欧的发展道路,那么,他们在文化和文学层面却都是具有强烈民族情感的人,并将之视为俄罗斯民族在欧洲赢得身份和发言权的首要条件之一。更为重要的是,他们还将一种面对现实的理性精神引入了文学。就这样,两派不约而同地为俄国民族文学的建立出了力,使俄国文学初步具有了自觉的意识和独特的风格。可以说,斯拉夫派和西方派的论争,是俄国文化人追求理性的结果,是俄国文化人思想成熟的标志之一,同时,它也是俄国文学走向理智和成熟的重要象征之一。

　　其次,两派的思想论争对于俄国作家而言无疑构成了一个独特的思想温床。一个不容忽视的事实就是,19 世纪中期几乎所有的文学大家都不同程度地介入了这场争论,换句话说,几乎每位大作家都经受了这次思想风

---

　　[1]　赫尔岑:《往事与随想》中卷,项星耀译,第 117 页。

暴的洗礼。如果说，无论是罗蒙诺索夫的俄语文体改造，还是杰尔查文的诗歌创作，都暂时还没有使俄国文学获得深刻的思想内涵，那么，到了斯拉夫派和西方派激烈争论的时候，俄国文学就开始全面地介入思想斗争了。如果说，普希金像西尼亚夫斯基所言的那样是"一个纯粹的诗人"，[①] 他作为俄国历史上第一位"职业作家"，以其卓越的天赋使文学创作真正成为了一门"手艺"，一个"行业"，那么，只是到了斯拉夫派和西方派摆开对垒的阵势之后，俄国文坛才第一次成为各种社会思潮激烈交锋的中心。俄国文化中独特的"文学中心主义"（литературоцентрализм）传统在此时开始形成。在当时和后来的俄国，文学都不仅仅是文学，而是包容着哲学和宗教、艺术和科学、政治和思想的大文化；文学家也都不仅仅是文学家，而多为集写作者和思想家于一身的哲人，具有社会代言人和未来预言者双重身份的先知。赫尔岑在解释这一现象出现的最初原因时曾写道："一般说来，俄国当时正进入对智力活动发生浓厚兴趣的时期，那时因不能接触政治，文学问题成了生活的中心。一本优秀作品的诞生是一件大事；批评和反批评争论不休，每篇文章都受到密切注意，仿佛从前的英国人或法国人注视议会的辩论一样。社会活动的其他一切领域遭到压制，知识阶层只得在书籍世界中寻找出路……"[②] 也就是说，一方面是发达了的民族智慧在寻求施展天地的场所，一方面是专制制度对精神生活的束缚，于是，文学就成为了一个间接的喷口，一个折射社会正义之声的回音壁。斯拉夫派和西方派的论争，本不是一场纯粹的文学之争，而是关于民族历史和未来发展道路的论争，可是，其争论的主体却大多为作家和批评家，其表达观点的形式也大多为诗歌、小说、戏剧、批评文章和政论文。文学家们并不以文学为一个藏身的象牙塔，他们很关注纯文学之外的社会思潮；而身为哲学家、神学家、历史学家、语言学家、民俗学家，乃至政治家和官僚，也总想到文坛上来一试身手，以图更为广泛地传播自己的"专业知识"。于是，俄国文坛就成了俄国思想的熔炉，成了各种俄国理念的角力场。值得注意的是，这种文学和思想的联姻就发生在俄国民族文学刚刚确立自我之后不久，斯拉夫派和西方派这两种思想倾向的激烈斗争，不仅在 19 世纪中叶的

---

① 刘文飞：《阅读普希金》，人民文学出版社 2002 年版，第 151 页。
② 赫尔岑：《往事与随想》中卷，项星耀译，第 167—168 页。

俄国文学中打下了深深的烙印，同时也为俄国文学之后的发展注入了不竭的思想活力，开辟了俄国文学源远流长的思想文学传统。

最后，斯拉夫派和西方派的思想论争也是俄国文学现实主义传统的重要来源之一。斯拉夫派和西方派激烈论争的时期，也恰好是俄国现实主义文学和现实主义文学批评的形成时期，两派的争论对于俄国现实主义文学传统的形成具有重大的意义。在以往的文学批评史中，对西方派在俄国现实主义文学中的奠基作用多有充分、翔实的论述，详细地描述了别林斯基等以普希金、果戈理、莱蒙托夫等作家的创作实践为基础创建俄国现实主义美学的过程。但相对而言，对西方派的对立面斯拉夫派在俄国现实主义文学传统形成过程中所起的作用却估计不足，甚至将斯拉夫派的美学批评定性为"俄国浪漫主义美学的独特发展"，或"保守的浪漫主义"①。其实，斯拉夫派虽然没有一位别林斯基那样的批评大师（尽管康·阿克萨科夫曾被称为"斯拉夫派的别林斯基"），但该派的批评家们在俄国现实主义文学传统的形成过程中也起到了相当重要的作用。他们的贡献至少体现在这样几个方面：第一，斯拉夫派始终持反对农奴制的立场，渴望建立一个理想的社会，这使得他们也主张一种面对现实的文学，为自己的政治主张服务的文学，因此，霍米亚科夫称"真正的艺术是生活的生动果实"，基列耶夫斯基认为普希金创作的特征就在于"尊重现实"，"在诗中再现现实"②；第二，斯拉夫派关注民众，将古朴的民间生活视为理想的社会结构，这使得他们将"人民性"的概念提到了一个非常高的地位，甚至成了他们衡量文学作品之价值和意义的唯一标准；第三，他们对俄国文学民族特性的强调，对于建立有俄国特色的现实主义文学具有十分重要的意义。在谈到两派关于当时俄国文学的看法时，就不能不提到它们之间曾经爆发的两场激烈的文学争论：一次是基列耶夫斯基和别林斯基关于"自然派"的争论，一般认为，斯拉夫派是反对"自然派"的，但是他们反对的主要是"自然派"在面对现实时的虚无主义态度，以及在面对西欧文学时的"奴性"；一次是康斯坦丁·阿克萨科夫和别林斯基就果戈理的创作展开的讨论，阿克萨科夫在《死魂灵》中读到的是"朴实的、史诗般的直观生活"，而别林斯基

---

① 刘宁主编：《俄国文学批评史》，第200、204页。

② 转引自刘宁主编《俄国文学批评史》，第204、207页。

读到的却是俄国的"生活败坏"和"被否定"。这些争论告诉我们，在关于俄国文学的讨论中，斯拉夫派和西方派的分歧似乎不在于要不要反映现实，而集中在反映现实的不同侧重面上。在面对不完善的现实时，西方派主张以西欧的当代社会模式为样板，而斯拉夫派则主张以俄国的古代现实为归宿；与之相呼应，在主张文学积极介入现实的时候，西方派主张以彻底的社会揭露来促使其变革，而斯拉夫派则主张以善意的道德感化来促使其进化；两派殊途同归，从两个不同的方面论证了现实主义文学的必要性和重要性，从而使俄国的文学从此不仅成为了一种思想的文学、道德的文学，同时也成为一种入世的文学、干预的文学。关于俄国文学的理论争论，是斯拉夫派和西方派之间思想论争的重要组成部分之一，两派在相互争论的过程中，广泛涉猎了与他们同时代的文学创作，提出许多新的文学概念和文学思想，丰富了俄国的现实主义文学理论，不约而同地为俄国现实主义文学大厦奠定了基础。

对历史的解读和评价总是随着时代环境的变化而变化的，对于斯拉夫派和西方派的认识也同样如此。我们感觉到，这场发生在19世纪中叶的思想大论战，如今正在引起人们越来越多的关注，相对而言，对其文化和历史意义的估价也越来越高。而在两派中间，斯拉夫派的立场又似乎得到了较多的认同。作为保守与激进、改良与革命、节制与放纵两种不同社会价值取向的代表，斯拉夫派和西方派在不同的历史时期都会得到不同的待遇，一般而言，在一个社会动荡的时代，西方派的立场往往会赢得较多的喝彩，而在一个相对平静的历史环境中，斯拉夫派的观点则能获得更为广泛的理解。我们相信，随着对斯拉夫派和西方派的研究不断深入，随着斯拉夫派和西方派在俄国思想史和文学史中地位的不断提升，它们与俄国文学之间的复杂关系及其对俄国文学进程的深远影响，都将得到更为深刻的揭示。

二　个案研究：别林斯基和果戈理的书信论战

19世纪中期，在斯拉夫派和西方派的论争还在继续的时候，俄国文坛两位杰出人物之间爆发的一场争论却引起了更多的关注，这便是果戈理和别林斯基的书信论战。曾被别林斯基称为"文学的首领""自然派"之代表的果戈理，其思想在 40 年代末趋向温和与保守，他于 1847 年发表的《与友人书信选》比较集中地体现出他的这一思想转变。眼见己方阵营中最杰出的作家之一脱离了营垒，别林斯基无比愤怒，立即撰文予以抨击，先是在 1847 年第 2 期的《现代人》杂志上发文讨伐果戈理，数月之后，身在国外的别林斯基又写下那封著名的《致果戈理的信》，更为公开、激烈地抨击了果戈理的"变节"行为。作为回应，果戈理写了《作者自白》一文，为自己的思想立场进行了辩护。两位俄国文学伟人之间的这场论争，构成了俄国文学史上的一个著名典故，但是长期以来，对于这一典故的解读却一直是不无偏颇的。

（一）

尼古拉·瓦西里耶维奇·果戈理（1809—1852）出生在乌克兰的一个地主家庭，少年时起，他就受到了富有历史感的家乡环境和充满艺术感的家庭氛围的影响，在涅仁中学学习期间（1821—1828），他在音乐、绘画和戏剧等诸多领域都表现出了出众的天赋，但是，他的主要追求仍在于"服务国家"，因此，中学毕业后他便来到首都彼得堡，在衙门中任职。在彼得堡小公务员的枯燥生活和果戈理"服务国家"的宏大理想之间，看来存在着不小的差距，因为果戈理很快就感到了厌倦，并尝试用文学创作来丰富自己的日常生活。1830 年，他发表了第一篇小说，不久结识普希金、茹科夫斯基等彼得堡文学名流，进入文学界。1831—1832 年，果戈理以他那洋溢着浪漫、神秘色彩的小说集《狄康卡近乡夜话》轰动文坛，1835 年先后出版的两个集子《密尔哥罗德》和《小品集》又进一步巩固了他的声望，果戈理的小说对象也渐渐地由梦幻、甜蜜的"斯拉夫的古罗马"① 转向了"庸俗人的庸俗"（普希金语）。所谓的"彼得堡故事"②，尤其是其中的

---

① 这是俄国批评家纳杰日津在评论果戈理的《夜话》时所提出的概念，意指果戈理的功绩就在于民族文化的寻根意义，转引自 П. А. 尼古拉耶夫主编《俄国作家传记辞典》（俄文版）第 1 卷，莫斯科：教育出版社 1990 年版，第 189 页。

② 所谓"彼得堡故事"，并非果戈理自己使用的题目，而是批评界在果戈理去世之后才流行起来的一个概念，用以合称包括《肖像》《狂人日记》《涅瓦大街》《外套》《鼻子》等作品在内的以彼得堡生活为描写对象的几个中短篇小说。

《外套》《鼻子》《涅瓦大街》等名篇，受到空前好评，别林斯基更是依据果戈理的这些作品宣布了俄国文学中一个新潮流，即"自然派"的诞生。后来，陀思妥耶夫斯基又发展了别林斯基的思想，说出了这样一句名言：我们全都来自《外套》。

1836 年，果戈理的《钦差大臣》一剧在彼得堡亚历山大剧院首演，该剧的剧本也同时出版了单行本。《钦差大臣》所引起的巨大反响使其作者深受震撼，竟然觉得有些难以承受，于是便在 1836 年 6 月出国散心，游历了德、法、意等国，同时继续他自 1835 年秋就开始写作的《死魂灵》。这部长篇小说的主要部分是在罗马写就的。1841 年底，果戈理带着《死魂灵》的手稿返回俄国，并于次年 5 月在俄国出版了《死魂灵》的第一部。这部揭露俄国现实之黑暗的作品，同样受到了批评界和读者的空前关注，赫尔岑在《论俄国革命思想的发展》一文中曾说道："《死魂灵》震撼了俄国。"

完成了《死魂灵》后的果戈理，几乎被公认为当时俄国首屈一指的作家，而别林斯基作为当时俄国文坛首屈一指的批评家，自然不会对果戈理的创作熟视无睹。翻看一下别林斯基的文集，我们不难发现，果戈理是别林斯基关注最多的作家之一，而能得到别林斯基如此重视和厚爱的作家，除果戈理之外也就只有普希金了。早在自己的批评处女作《文学的幻想》中，别林斯基就谈到了果戈理的创作，在后来的几篇年度文学概论中，别林斯基也多次提到果戈理，更为重要的是，别林斯基先后写有数篇专论果戈理创作的批评文章，其中的《论俄国中篇小说和果戈理先生的几部中篇小说》（1835）一文，为别林斯基对果戈理乃至俄国现实主义文学的评论定下了基调。这篇文章是别林斯基对果戈理的《密尔哥罗德》和《小品集》两书的评论，也是他对舍维廖夫的文章《文学和贸易》以及他关于《密尔哥罗德》的评论所做出的反应。舍维廖夫认为，包括果戈理的中篇在内的俄国小说，都还只是对西方文学的盲目模仿，而别林斯基则认为，果戈理的天赋"就在于对生活惊人真实的反映……而这一点却是舍维廖夫先生所不愿理解的"。别林斯基将果戈理的小说创作视为俄国现实主义文学之成熟的重要标志之一，他写道："果戈理先生中篇小说的突出特征，就在于构思的简洁，人民性，完全的生活真实，独创性，以及那总是被深刻的忧伤和苦闷所抑制的喜剧精神。所有这些特色的来源只有一个：果戈理先生是一位诗人，一位真实生活的诗人。"① "这些希望是很大的，因为果戈理先生具有非同寻常的、有力的和崇高的天赋。至少是在当今，他是文学的首领，诗人的首领；他站在普希金留下的位置上。"（第 1 卷，第 146 页）果戈理是"真实生活的诗人"，果戈理为"文学的首领，诗人的首领"，这样的说法从此不胫而走。需要指出的是，别林斯基的一些重要文学思想，如对"理想诗歌和真实诗歌"的区分、"熟悉的陌生人"概念等，也都是在这篇文章中提出来的。

仅在 1842 年一年之内，别林斯基就写作并发表了 5 篇关于《死魂灵》的评论文章，其中就有《乞乞科夫的游历，又名死魂灵》《关于果戈理的长诗〈乞乞科夫的游历，又名死魂灵〉的几句话》《关于果戈理的长诗〈乞乞科夫的游历，又名死魂灵〉的解释的解释》等，给果戈理的创作以崇高的评价。

让人难以置信的是，对果戈理评价如此之高的别林斯基，短短数年之后，竟然会对果戈理给予如此猛烈的痛斥。点燃别林斯基之怒火的导火索，就是果戈理写作并发表的《与友人书信选》（Выбранные места из переписки с друзьями）一书。

（二）

果戈理在《作者自白》② 一文中曾写道，他在《钦差大臣》中"决定把俄国所有坏的东西都集中起来……并加以嘲笑"。③ 在接下来的《死魂灵》第一部中，他更为充分地显示了其"含泪的笑"的本领，把俄国黑暗而又可笑的现实淋漓尽致地展现在人们的面前。在《与友人书信选》（以下简称《书信选》）的第十八篇《就〈死魂灵〉致不同人士的四封信》中，果戈理还曾谈道，普希金曾将果戈理的才华定义为"善于有力地再现庸俗人的庸俗"（第 258 页）。但是，在《死魂灵》发表之后，以别林斯基为代表的民

---

① 《别林斯基三卷集》第 1 卷，第 125 页。本章以下自该书引文只在引文之后的括号中标明卷序和页码。

② 《作者自白》是果戈理为回应关于《与友人书信选》的种种责难而写作的一篇文章，原文无题，《作者自白》的题目为后人所加。

③ 《果戈理七卷集》（俄文版）第 6 卷，莫斯科：文学出版社 1978 年版，第 42 页。本章以下自该书引文只在引文之后的括号中标明页码。

主派批评不断地重申《死魂灵》对现实的批判意义，不断地拔高《死魂灵》及其作者对现存秩序所持的敌对立场，这渐渐地让天性谨小慎微，甚至有些瞻前顾后、胆怯畏缩的果戈理感到有些不安了。本来，在果戈理的世界观中就有着一定的两面性，一方面，他对俄国专制制度下不平等的现象和生活中的种种"庸俗"现象有着强烈的不满，另一方面，自幼就有的宗教情怀、服务国家的抱负和天生的内敛性格，使得果戈理不愿意人们将他视为文坛甚至社会生活中的一位斗士。因此，发表了《死魂灵》第一部之后的果戈理，很为自己的被"误读"而痛苦，因此他决定立即动手创作第二部，在第二部中正面地描写俄罗斯和俄罗斯人，以便与第一部形成一个比照，谋得一次矫正。然而没想到，第二部的写作却进行得非常不顺利，迟迟没有脱稿，其间，果戈理还曾多次焚毁已经写就的一些篇章。为了向人们解释自己写作上的危机，说明《死魂灵》第二部迟迟不能面世的缘故，果戈理决定写作一本直抒胸臆的书。

此外，19世纪40年代后半期的果戈理，身体一直多病，长期在国外疗养，他不止一次地感到过死神的迫近，因而觉得有必要尽早留下一份"遗嘱"性质的作品。在作出去耶路撒冷朝觐的决定之前，他觉得留下遗嘱的工作更是迫在眉睫了。他在《书信选》的《前言》中写道：在出远门去圣地朝觐之前①，将自己的信件加以整理，挑出那些最能代表自己思想的书信来，合为一集，万一自己在旅途中遭遇不幸，这些书信便将是一份能完整代表其思想的"精神遗嘱"。所谓的"精神遗嘱"（духовное завещание，第184页），就是果戈理给自己的《与友人书信选》所下的定义。

大约在1846年的4月，果戈理开始了《书信选》的构思，他在4月21日给雅济科夫的信中谈到过编辑此书的初衷：给那些需要精神帮助的人以答复（第514页）。《书信选》的编选和写作显然是在1846年的夏秋进行的，其素材来源有三个：一是作家自己保留下来的致友人书信的抄件，二是果戈理从友人处索要回来的自己书信的原件，三是果戈理特为此书所写的一些新篇。编写《书信选》时的果戈理，为了治病而身在国外，在7月30日至10月16日之间，他分几次将《书信选》的手稿寄给远在彼得堡的

---

① 果戈理于1848年2—4月前往耶路撒冷朝觐。

好友普列特尼约夫①，由后者负责编辑出版。1847 年初，《书信选》在彼得堡出版，但让果戈理感到痛心的是，书刊检查机关对该书动了很大的手脚，有近五分之一的篇章被完全删去，很多地方遭到了随心所欲的修改。直到作家去世之后，在陆续出版的几种果戈理文集和全集中，《书信选》才得以比较完整地面世，而果戈理所编定的《书信选》完全以其原来的面目出版，则迟至 1952 年，在苏联科学院编辑出版的 14 卷本的《果戈理全集》中，全本的《书信选》被编为其中的第 8 卷。

　　包括《前言》在内，《书信选》共由 33 个篇章构成。从时间上看，有 1 篇写于 1843 年，6 篇写于 1844 年，6 篇写于 1845 年，18 篇写于 1846 年，另有 2 篇写作年代不详。从书信对象上看，有 7 篇是写给托尔斯泰的，3 篇是写给雅济科夫的，写给茹科夫斯基、斯米尔诺娃、舍维廖夫和维夫妇的各 2 篇，有 11 封书信的收信人身份不详，另有 4 篇是专为此书写作的文章。从内容上看，《书信选》大致有这样几个主题：

　　（1）交待代此书的写作初衷和自己的后事，即《前言》和第 1 篇《遗嘱》。

　　（2）就俄罗斯及其社会问题对友人的劝诫，如第 2 篇《一位上流社会的女性》，第 3 篇《疾病的意义》，第 6 篇《论帮助穷人》，第 19 篇《应当热爱俄罗斯》，第 20 篇《应当走遍俄罗斯》，第 21 篇《什么叫省长夫人》，第 22 篇《俄国地主》，第 24 篇《在普通的家庭生活中，在俄国当前的生活秩序中，妻子对于丈夫而言该有何作为》，第 25 篇《乡村的审判》，第 26 篇《俄国的恐惧》，第 28 篇《致一位身居要职的人》，第 29 篇《世上谁的使命更崇高》。

　　（3）关于文学、语言和艺术，如第 4 篇《论何为词》，第 5 篇《俄国诗人作品朗诵会》，第 7 篇《论茹科夫斯基所译〈奥德赛〉》、《论我们的诗人们的抒情》，第 13 篇《卡拉姆津》，第 14 篇《论戏剧，论关于戏剧的片面观点，以及关于片面性的概论》，第 15 篇《一位当代诗人的题材》，第 18 篇《就〈死魂灵〉致不同人士的四封信》，第 23 篇《伊万诺夫的历史绘

---

　　① 彼得·普列特尼约夫（1792—1866），1840—1861 年间任彼得堡大学校长。他是一位诗人、批评家和出版家，他所写的《乞乞科夫，或果戈理的〈死魂灵〉》（1842）一文因为肯定了《死魂灵》中的"正面"色彩而深得果戈理之心，在所有关于《死魂灵》的评论中果戈理最钟爱的就是此文。

画》，第31篇《俄国诗歌的实质和特色究竟何在》。

（4）关于宗教信仰和教会，如第8篇《略谈我们的教会和神职阶层》，第9篇《再谈我们的教会和神职阶层》，第12篇《基督徒向前进》，第32篇《明亮的复活》。

（5）关于社会思想和伦理道德，如第11篇《争论》，第16篇《几个忠告》，第17篇《教育》，第27篇《致一位近视的友人》，第30篇《临别赠言》。

由此可以看出，《书信选》的内容包罗万象，其中虽然有一些可笑的看法和建议，如认为官员之所以接受贿赂就是因为他们的妻子热衷社交生活、建议地主出资以教育农民等，但书中更多的却是果戈理真诚的内心独白、独到的生活和艺术观念。在《书信选》中，果戈理以下三个方面的思想最值得我们注意。

首先，是果戈理的宗教意识。在《略谈我们的教会和神职阶层》一文中，他表达了捍卫东方正教的鲜明立场："我们应该用我们的生命去捍卫我们的教会，整个教会就是一种生命；我们应该用我们灵魂的芬芳去宣扬教会的真理。让西方天主教的传教士捶胸顿足去吧，让他挥舞双手，痛哭流涕，流出那很快就会变干的眼泪吧。东方天主教的布道者应该这样对民众传教：仅仅由于他那宽容的姿态和黯然的眼神，仅仅由于他那发自万念俱焚之灵魂的动人轻音，在他开始解释事理之前，众人便会走上前来，异口同声地对他说：'你不用说话，你不说话我们也能得知你的教会的神圣真理！'"（第213页）果戈理将天主教划分为"西方的"和"东方的"两个部分，并认为东方的正教远胜过西方的宗教，其原因就在于，东方的正教富有深刻的宽容精神和强烈的情感力量。在接下来的《再谈我们的教会和神职阶层》一文中，他又认为，俄国教会人士与人民保持距离，这很好，他们简朴的服饰也很好，就像是救主本人的穿着，而不似罗马天主教那些变得过于世俗的神父们。在《教育》一节中，他又一次论证了东方教会较之于西方教会的优越：

　　然而，在我们的教会里却保留下了当今正在觉醒的社会所需要的一切。在我们的教会中，有正在到来的万物新秩序的舵轮，我愈深地用心灵、智慧和思想步入我们的教会，就会愈常惊讶于它那调解各种矛盾的神奇可能性，而那些矛盾，西方的教会如今已无力调解了。对于先前那种并不复杂的秩序，西方教会还是能应付的，它尚可设法管理世界，让世界与基督和解，其目的是让人类获得片面的、不充分的发展。如今，当人类的各种力量、各种素质（无论好坏）都已经获得最充分的发展，西方的教会只会让人疏远基督：它愈多地张罗和解，就会愈多地带来纷争，因为它无力以它狭隘的光芒完完全全地照亮当今的任何一个对象。所有的人都意识到，由那些主教们制定的世俗决议被大量地引入西方教会，而这些主教自身却尚未通过自己神圣的生活获得充分、多面的基督教智慧，其结果，西方的教会便缩小了自己的生活观和世界观，无法对生活和世界加以把握。充分、全面的生活观，留在了教会的东半部，看来，教会的东半部被留存下来，就是为了人的最终的、最充分的形成。在教会的东半部里，不仅有敞向人的心灵的广阔天地，而且还为人的理性及其各种崇高力量提供了发展的余地；教会的东半部蕴含着一条出路，能把人身上的一切都熔铸成同一首献给最高主宰的和谐颂歌。（第250—251页）

如果说，果戈理对俄国教会的直接吹捧让人感到有些牵强的话，那么，他在《书信选》中其他一些地方"间接地"体现出的某些宗教意识，则是更容易让人接受的，比如，他主张人们相互之间的宽容和友爱，"在对兄弟的爱中获得对上帝的爱"（《应当热爱俄罗斯》）；他主张善待语言，"应该诚实地对待词语"，因为"它是上帝给人的最崇高的礼物"（《论何为词》）；茹科夫斯基的《奥德赛》译文之所以出色，是因为译者的内心充满了爱、善、虔诚等美好的情感，"这位神性的瞎眼老人看到、听到、预见到了一切，因为他具有一般人所不具有的内在的视力"（《论茹科夫斯基所译〈奥德赛〉》）。这种与艺术和创作紧密结合着的宗教意识，是果戈理晚年思想中一个非常重要的内涵。

其次，是作为一位文学批评家的果戈理的美学思想。在俄国文学批评史上，果戈理仅仅凭借他在1835年对普希金作出的预言家式的评价（《关于普希金的几句话》），就已经赢得了杰出批评家的稳固地位。正是在这篇论普希金的文章中，果戈理提出了文学的民族性问题，在发出普希金这样的俄国人也许两百年才能出一个的感慨之后，他进而写道："他（指普希金。——引者按）一开始就是个民族诗人，因为真正的民族性不在于描写俄罗斯的无袖长衣，而在于表现民族精神本身。诗人在描写与本民族完全无关的世界时甚至也可能具有民族性，只要他是用本民族土生土长的眼睛，用全民族的眼睛来观察世界，让他的同胞们觉得诗人的感受和所说的话正是他们自己的感受和所要说的话。"① 这段话曾让别林斯基赞赏不已，被后者多次引用，别林斯基还曾写道："我不知道还有什么别的话，比深印在我记忆中的果戈理的这几句简短的话，能够对诗歌中的民族性作出更好、更明确的评价。"② 普希金发现了果戈理的批评天赋，邀请果戈理做《现代人》杂志批评栏的主持人。果戈理写作的一些批评文章，如《论小俄罗斯的歌谣》（1834）、《论1834年和1835年的杂志文学运动》（1836）、《新喜剧上演后的剧场门口》（1842）等，都在俄国文坛产生过很大的影响。但是，相比较而言，果戈理文艺思想在《书信选》中的体现还是显得更为集中一些，《论何为词》《论我们的诗人们的抒情》《就〈死魂灵〉致不同人士的四封信》《俄国诗歌的实质和特色究竟何在》等文，都是非常重要的文论。在果戈理的这些文章中，有两个观点最值得我们关注：

一是对俄国诗歌（文学）民族性的继续强调，在《俄国诗歌的实质和特色究竟何在》一文中，果戈理给出了俄国诗歌的三个来源，即"我们的歌""我们的谚语"和"教会牧师的词语"。整整一部俄国诗歌史，就是伟大诗人们在诗歌中表达、再现民族精神的历史，而诗歌的实质，就是在一个严重西化的社会中诗人和诗歌如何帮助本民族的人民认识自我的问题。在果戈理看来，他那个时代的语言和诗歌还没有完全从异族文化的影响中解放出来："它（指俄国诗歌——引者按）几乎没有被我们的社会所知晓，我们的社会当时接受的异族教育，——处在法国、德国和英国家庭教师的影响之下，处在来自世界各国、各个阶层的各种人士的影响之下，各种不同的思想、规则和倾向交织在一起。我们的社会生长于自己的土地，却对自己的土地一无所知，迄今为止，任何一个民族都没有发生过这样的事情。

---

① 冯春编选：《普希金评论集》，冯春译，上海译文出版社1993年版，第7页。

② 《别林斯基选集》第3卷，满涛译，第280页。

甚至连语言也被遗忘了,因此,我们的诗歌通向社会的传播途径甚至都被切断了。"(第366页)在这个大背景下,一些具有俄国民族特色的诗人们的创作,就越发地具有民族文化的意义了,因为具有民族特色的文学,就标志着一个民族精神的觉醒。

二是对艺术中的"崇高精神"的强调。果戈理在《论我们的诗人们的抒情》一文中写道:"在我们的诗人们的抒情风格中,有着某种其他民族诗人所不具备的对象,某种近乎《圣经》的风格,这是一种崇高的抒情状态,它与那些激烈的情绪格格不入,这是理性天地中的坚定腾飞,是精神清醒的最高胜利。"他还写道,在俄国,诗人们能看清君主的崇高意义,一说到"沙皇"一词,就带有《圣经》的意味,"我们的诗人在《旧约》中感觉到了对沙皇的充分肯定,与此同时,也如此之近地在我们国家的所有事件中目睹了神的意志,那么,你又如何能指望我们诗人的抒情风格中不会充满《圣经》的回声呢?"最后,果戈理给出了这样的结论:"精神高尚已经几乎是我们所有作家的本性。""某种近乎《圣经》的风格"(第216页),"《圣经》的回声"(第224页),"精神高尚"(第227页),这些概念与其说是果戈理对俄国诗人抒情风格的归纳,不如说是他的艺术理想的一种具体表达。具有《圣经》般的简洁和严谨、安宁和庄严,表达出心境的虔诚和精神的崇高,这就是晚年果戈理心目中最高的艺术境界。然而,如果说,果戈理对艺术中崇高的精神因素的关注是合理的,有启迪意义的,他将上帝作为艺术精神之最高源泉的观念也勉强能赢得人们的赞同,那么,他将对俄罗斯的爱与对沙皇的爱并列,将君主当作尘世的神权来看待,将其视为最高和谐的统帅,并将这种盲目的忠君思想解释为俄国文学的主要特征之一,这就颇有些让人生疑了。问题的关键在于,果戈理没有在他的美学和社会观念中将作为精神理想的宗教性和具体的教会体制区分开来,没有将俄罗斯文化中的国家性传统与现实的统治者及其行为区分开来,结果,果戈理高尚的美学和社会理想便有了堕落为廉价保皇派言词的危险。

较之于果戈理文论中的观念,其文论本身往往更让人喜爱。果戈理的文学天赋,在其谈论文学的文字中也有充分的体现,而其中最突出的一点就是,他善于将抽象的概念拟人化,善于用一连串出人意料的细节构成排比,形象地表达他的感觉和评价。比如,在谈到普希金的时候他写道:"至于普希金，对于他同时代的所有诗人来说，他就像是一团自天而降的诗歌的火焰，而其余那些五光十色的诗人则像是一支支蜡烛，被这团诗火给点燃了。"（第349页）在谈到雅济科夫的时候写道："他的语言如此有力、完美、严谨地屈服于它的主人，这样的情形迄今为止还不曾在任何人的身上见过。'雅济科夫'这个名字是恰如其分的。①他驾驭着语言，就像阿拉伯人在驯服一匹野马，并似乎还在因为自己的控制能力而沾沾自喜"，而他在晚年诗才下降、不断地重复自我的时候，他那优美的语言就反而成了累赘，"他那更加严谨的语言，反而成了他的罪证：他的语言包裹着空洞的思想和贫乏的内容，就像勇士的盔甲被套在侏儒的瘦小身体上"（第350—352页）。再请看果戈理对俄国诗歌史的这样一段描述：

> 此外，我们的诗人把那些前所未闻的悦耳声音传遍四方，做下了善举。我不知道在其他任何一个民族的文学中，诗人们曾显示出这般无限丰富的声响谱系，当然，这一声响谱系的形成也部分地仰仗于我们的诗歌语言自身。每一位诗人都有着他自己的诗句，自己特殊的声音。这便是杰尔查文那金属般的青铜诗句，至今仍回响在我们的耳边；这便是普希金那密实的诗句，就像树脂或百年的琼浆；这便是雅济科夫那闪亮、喜庆的诗句，就像一道充盈的光线射入心灵；这便是巴丘什科夫那充满正午之芬芳的诗句，就像山谷里的蜂蜜一般香甜；这便是茹科夫斯基那轻盈、跳跃的诗句，就像金色竖琴上朦胧的音符；这便是维亚泽姆斯基那沉重的诗句，就像是在大地上跋涉，时而浸透着钻心的、愁人的俄罗斯忧伤，——所有这些诗人，就像是一座座声响各异的大钟，或是同一架宏大管风琴上无数的键盘，把悦耳的声音传遍了俄罗斯大地。（第369—370页）

这样的批评文字，本身就像是诗，因此，人们才说他和普希金一样，是一位"作为艺术家的批评家，批评家的艺术家"。②

最后，是果戈理对当时的斯拉夫派和西方派思想之争所持的态度。从

---

①　"雅济科夫"（Языков）这一姓氏的词根为"语言"（язык）。

②　刘宁主编：《俄国文学批评史》，第113页。

《书信选》中的相关章节来看，置身于斯拉夫派和西方派思想论争之中的果戈理，表面上是保持中立的，他认为争论是年轻人的事情，聪明人和老年人都不应该沾这个边，他对两派常常是各打五十大板的，但实际上，他无论是在情感上还是在理智上无疑都是站在斯拉夫派一边的。在《争论》一文中，他认为争论的双方都各执一词，斯拉夫派只看到整体而未见局部，西方派则相反："关于我们的欧洲因素和斯拉夫因素的争论……仅仅表明，我们已开始醒来，但尚未完全苏醒。"争论的双方，"全都在谈论同一对象的两个不同方面，他们无论如何也未能猜透，他们根本没在彼此争论，抬杠。一方离建筑物太近，因此只能看到建筑物的一个局部；另一方则离建筑物太远，因此能看到整个立面，却看不清各个局部。当然，在斯拉夫派和东方派一边有更多的真理，因为他们毕竟看到了整个立面，因此，他们始终在谈论主要的东西，而非局部"。编写《书信选》时果戈理生活在国外，可置身于"欧洲"的果戈理，却对身边的一切颇为反感，而对"东方的"祖国充满眷恋和赞美。在《致一位近视的友人》一信中，他表达了强烈的反西欧情绪："你的那些金融思想是以对外国书籍的阅读为基础的，是以那些英国杂志为基础的，因此实际上都是些僵死的思想。作为一个聪明人，你应该感到羞愧，因为你至今仍然没有步入自己那可以独自发展的智慧，却让那些异族的粪土填满了你的大脑。""让我们羞愧的是，直到如今，那些欧洲人还在把他们的伟人指给我们看，可是有时，我们的一些并不伟大的人也要比他们的那些伟人聪明。"在《俄罗斯的恐惧》中，他认为较之于西欧，俄罗斯是充满救赎之希望的：不要因为俄国而感到惊慌和恐惧，因为"欧洲比俄国还要艰难"，"在欧洲，如今到处都在酝酿这样的混乱，人类的任何一种手段对之都无济于事，一旦这些混乱爆发出来，那么，您如今在俄国所看到的这些惊慌，与它相比就都不足挂齿了。在俄国还有光明在闪耀，还存在着救赎的道路"。

从以上的叙述不难看出，果戈理《书信选》中所体现出的宗教观、美学观和历史观这三个方面实际上是相互联系着的：只有具有深刻宗教精神的文艺作品才是和谐的，所谓"《圣经》般的和谐"应该是诗人们追求的一种理想境界；基督教世界分裂之后，俄罗斯的东方正教日益显现出了它较之于"西方一半"的优越，俄国因其深刻的宗教精神而具有了救赎的希望和拯救世界的使命；俄国文学以"精神的高尚"为特征和理想，而它的出路就在于对民族性的追求和对西方影响的摆脱。也就是说，在这三个方面的相互关系中，宗教精神是决定性的，它决定了俄国独特的历史发展道路和独特的艺术风格，反过来，俄国的历史和艺术也都是这一宗教精神的不同体现。

（三）

《与友人书信选》发表之后，一向非常关注果戈理创作的别林斯基大为吃惊，他迅即写了一篇长篇书评《尼古拉·果戈理的〈与友人书信选〉》，刊登在 1847 年第 1 卷第 2 期的《现代人》杂志上。在这篇书评的一开始，别林斯基就不留情面地写道："这未必不是一本用俄语写成的最为奇特、最有教喻意义的书！一个公正的读者，一方面会在其中发现对人的自豪的残酷打击，另一方面，也可以使他获得更多奇特的心理事实，能对可怜的人的天性有更为丰富的认识……"（第 3 卷，第 687 页）接着，别林斯基对《书信选》进行了全面的抨击，从全书的立意到某个章节前的引文，从作者的写作态度到作者给地主、官员所提的那些"可笑"建议，从果戈理关于自己先前创作的忏悔到他宣扬的宗教立场，都遭到了别林斯基的一一驳斥。别林斯基还大段大段地引用《书信选》的原文，以彰显果戈理文字的荒谬可笑。别林斯基的这篇书评表明，他对《书信选》是彻底否定的，但由于顾忌到书刊检查机关的审查，别林斯基还难以将自己的所有看法一吐为快，比如，就还没有将果戈理的思想立场说成是与俄国现实的妥协，是对农奴制度、官方教会和现实统治阶层的赞美。别林斯基关于《书信选》最集中、最直接的抨击，还是体现在他稍后在境外写作的《致果戈理的信》（Письмо к Гоголю）中。

1847 年夏天，依靠朋友鲍特金筹集到的经费，身患肺结核的别林斯基得以出国治病。他于 5 月离开彼得堡前往柏林，然后又经德累斯顿、弗莱堡等地来到西里西亚的一处疗养地萨尔茨勃鲁因①。在这里，别林斯基收到

---

①　在一些关于别林斯基的中文传记和工具书中，把"萨尔茨勃鲁因"（Зальцбрунн）误译为奥地利的"萨尔茨堡"（Зальцбург），别林斯基写作《致果戈理的信》的地点萨尔茨勃鲁因现在波兰境内，已更名为夏夫诺兹德鲁伊。

了果戈理写于 1847 年 6 月 20 日的一封信,果戈理在信中抱怨了别林斯基对《书信选》的指责,信中有这样一句话:"您是以一位气恼者的目光来看待我这本书的。"当时陪同别林斯基前往萨尔茨勃鲁因的安年科夫,后来在回忆录中描写了别林斯基接到果戈理的信后写作回信的情形:"在我朗读果戈理的来信时,别林斯基漫不经心地听着,似乎毫不在意,但是,当他自己拿着信又浏览了一遍之后,却发起火来,低声说道:'唉,他还是不明白人们为什么生他的气,应该给他解释清楚,我要写一封回信。'""一连三天,从矿泉旁回来的别林斯基,已经不再到我的房间所在的楼层来走动了,而是直接返回他那间临时书房。在这段时间里,他一直沉默寡言,思想很集中。每天早晨,在书房里喝完那杯每天必喝的咖啡,他便披上一件夏天穿的礼服,坐在一把小沙发椅上,伏案工作。工作一直持续到我们在一点钟开始的午饭,午饭后他不再写作。这封给果戈理的信他一连写了三个上午,这并不奇怪,再加上他还常常因为激动而中断写作,倒在沙发的靠背上休息一会儿。而且,写信的过程也相当复杂。别林斯基先用铅笔写信,在好几张纸上打出草稿,然后仔细认真地抄写清楚,最后又根据定稿为自己抄录了一份留底。"(第 3 卷,第 895—896 页)别林斯基的《致果戈理的信》的末尾所标明的时间是"1847 年 7 月 15 日",根据安年科夫的说法,此信应该是在 7 月 13—15 日这三天之内写成的。

以下就是这封信的主要内容:

您认为我在自己的文章中表现得像一个"气恼的"人,可这个修饰语与我在读到您的书时所产生的情绪相比,就显得太软弱无力了。个人情感的受辱可以忍受,可真理和人类尊严的受辱却难以忍受,"当有人打着宗教的幌子、借着皮鞭的掩护把谎言和不道德当作真理和美德来宣扬时,是无法沉默的"。(第 3 卷,第 707 页)

您的书在所有高尚的心灵里引起了愤怒,却让您先前的敌人欣喜不已,至于您铸成如此大错的原因,我认为就在于,您只是作为一位艺术家来深刻地理解俄国的,而不是作为一个思想的人,在您那本充满幻想的书中,您的思想者角色扮演得很不成功。这并非因为您不是一位思想者,而是因为这许多年来,您一直习惯于从您那美好的远方来看待俄国，可是要知道，没有比从远处看对象更轻松的事情了，从远处可以把对象看成您想看的模样，因为在这美好的远方，您与对象之间完全是陌生的，您完全生活在自我之中，或者是生活在小圈子的片面之中，这个小圈子和您情投意合，无力抵挡您对它的影响。正因为如此您才发现不了，俄国的获救不在于神秘主义，不在于禁欲主义，不在于虔敬主义，而在于文明、教育和人道的成就。俄国需要的不是布道（形形色色的布道她已经听得太多了！），也不是祷告（形形色色的祷告她也作得太多了！），而是千百年来被遗弃在泥泞和垃圾堆里的人的尊严感在民众中的觉醒，是那些呼应健康的目的和公正、而非呼应教会学说的权利和法律，是这些权利和法律尽可能严格的落实。……俄国如今最迫切、最现实的民族问题就是：废除农奴制，取消肉体惩罚，让那些现存的法律得到尽可能严格的实施。（第 3 卷，第708 页）

可是，当俄国正苦恼地面对这些迫切问题的时候——

　　一位伟大的作家，他曾以惊人的、非常真实的艺术创作有力地促进了俄国自我意识的觉醒，让俄国有可能像照镜子一样审视了自我，可这位伟大的作家如今却出了一本书，在书中他借着基督和教会的名义教导野蛮的地主如何更多地榨取农民的金钱，教导他们更多地辱骂农民……这难道还不足以引起我的愤怒吗？……即便您打算谋杀我，我也不会像读了这些可耻文字之后这样的仇视您……在这样的事情发生之后，您还想让人们相信您此书真诚的倾向！（第 3 卷，第 708—709页）

果戈理怎么会写出这样一本书来呢？别林斯基自己似乎也百思不得其解："您要么是病了，那您就应该赶紧去治病，要么……我简直不敢说出我的想法！……"别林斯基的意思大约就是：果戈理是发疯了。接下来，别林斯基就一股脑儿地给果戈理扣上了那堆著名的"帽子"："皮鞭的宣扬者，无知的传播者，蒙昧和黑暗的捍卫者，鞑靼习俗的颂扬者，——瞧您

在干什么！看一眼您的脚下，您的脚下就是深渊……"（第3卷，第709页）

对果戈理提倡的宗教精神，别林斯基写道，基督不等于教会，基督第一个向人们宣传了自由、平等和友爱的思想，可是教会却是不平等的捍卫者、当权者的谄媚者和敌视友爱的人，因此，比起任何一个神父来，伏尔泰都更像是基督之子，因为他点燃了启蒙的火炬，驱除了愚昧和迷信。这是每个中学生都明白的事情，而《钦差大臣》和《死魂灵》的作者难道还要去为腐朽的俄国宗教界唱赞歌吗？"在您看来，俄罗斯民族是世界上最具宗教性的民族，这是一派胡言！"其实，俄罗斯人"就其天性而言是一个深刻无神论的民族"，他们有的只是迷信，而非宗教性，他们对尘世君主的敬重远胜过对天国上帝的信仰。

对于果戈理因《书信选》受到的指责而产生的抱怨，别林斯基毫不留情地给予了驳斥："但是您也许会说：'就算我迷了路，就算我所有的思想都是谎言，可他们为什么要剥夺我迷路的权利呢，为什么不愿相信我的迷误之真诚呢？'我来回答您，这是因为，诸如此类的倾向在俄国早已不是什么新鲜事。"（第3卷，第711页）在承认果戈理的书中比某些人的文字中多一些智慧甚至天赋的同时，别林斯基又立即在括号中加了一句："虽说在您的书中这两者也都不是太多。"（第3卷，第711页）在前面提到的那篇书评中，别林斯基曾不无调侃地写道："同样的话还部分地可以用来针对《与友人书信选》、而绝对不是《与友人书信精选》上：它们的面世，本可以更通顺一些，更体面一些，更整洁一些，总之，比方说……但是，显而易见，比起脚踏实地的劳作来，在语言中夸夸其谈什么恭顺要容易得多……"（第3卷，第705页）在这里，别林斯基用果戈理书名中的"выбранные"一词作了文章，这个形动词是动词"выбрать"的变化形式，与其意义相近的另一个动词为"избрать"，这两个俄语动词都意为"选择""挑选"，但前一个词又有"全部拿出"的含义，而后一个词中则似乎含有更为浓重的"精选"之义（俄国文人出"文选"或"选集"，其中的"选"字通常就用这个词），果戈理的书名中用的是"выбранные"而"绝对不是""избранные"，别林斯基借此讽刺果戈理的书只是一个和盘托出的"拼凑"，而非精雕细琢的"精选"。但是，别林斯基在这封信中又说，这本书并不像是疯人的乱语，因为它也不是在一两天之内写成的，而是写了两三年，因此，在彼得堡流传一个说法，说您写作此书的目的，就在于当上王位继承者之子（指亚历山大三世——作者按）的老师。在这之前，您写给乌瓦罗夫（当时的俄国教育大臣——作者按）的信也在彼得堡流传开来，您在信中抱怨您先前的作品遭到了误读，因而您决心写出一部让沙皇满意的作品来。在这种情况下，"您自己想一想，您的这本书败坏了您在公众心目中的声誉，不仅是作为一个作家的声誉，而且更是作为一个人的声誉，这样的结果又有什么可奇怪的呢？"（第3卷，第712页）别林斯基从作家在当时的俄国社会应该扮演的角色，应该承担的使命这个角度出发，论证了果戈理《书信选》的"不合时宜"：

> 在我看来，您还没有很好地理解俄国的公众。决定俄国公众之特性的是俄国社会的现状，俄国社会中的新生力量在沸腾，在喷薄，但它遭受着严酷的压迫，还没有找到出口，只能带来忧伤、愁苦和冷漠。只有在文学中，尽管有着鞑靼人般野蛮的书刊检查制度，却还存在着活力和向前的运动。正因为如此，作家的称号在我们这里才如此受人敬重，正因为如此，即便天赋不高，在我们这里从事文学写作也可以轻而易举地获得成就。诗人的名分和文学家的称号，在我们这里早已盖过了肩章上的金银线绣和各色各样的官员制服。正因为如此，公众的关注在我们这里会特别地投向各种各样所谓的自由派，即便它天赋平庸，正因为如此，伟大天才的知名度会很快地降低，如果他真心或不真心地转而去服务于正教、君主制和民族性。……公众在这一点上是正确的：他们把俄国作家视为自己惟一的领袖和保护人，视为带领他们摆脱正教、君主制和民族性的救星，因此，他们从来都可以原谅一位作家写出了一本不好的书，却永远不能原谅他写作一本极为有害的书。这表明，我们的社会中还大量存在着新鲜、健康的嗅觉，尽管它暂时还处在萌芽之中，这同样表明，我们的社会是大有希望的。如果您爱俄罗斯，您就和我一起为您这本书的失败而高兴吧！（第3卷，第713页）

换句话说，在俄国，你选择做一名作家，你就是在选择献身于一项庄严的事业，你同时也就失去了眷念小我、放任自我的权利。正是就这一意义而言，别林斯基绝对不能容忍果戈理的退让，而"一本极为有害的书"，就是别林斯基对《书信选》的定性。别林斯基挖苦说，尽管有传闻说政府将大量印制果戈理的这本书，并以最低的价格出售，他还是觉得它不会有什么成就，很快就会被人们淡忘。别林斯基对果戈理打算前往耶路撒冷朝觐的打算也进行了嘲笑，说一个目睹他人痛苦而感到痛苦、看到他人受压迫而心情沉重的人，自己心中就装有了基督，这样的人也就毫无必要徒步前往耶路撒冷了。果戈理对恭顺的宣传，没有任何新意，"如果说，一个打朋友耳光的人会激起愤怒，那么，一个打自己耳光的人则会引起蔑视。不，您是阴郁的，而不是光亮的；您对我们时代基督教的灵魂和形式都一无所知。您的书中散发出来的，不是基督教学说的真理，而是对死亡、魔鬼和地狱的病态恐惧！"（第3卷，第713页）在信的末尾，别林斯基的语气稍有缓和，但立场却毫无松动，他写道：

> 意外地收到您的来信，这使我获得一个机会，得以向您倾吐我心中由于您此书的出版而产生的针对您的所有想法。我不善于吞吞吐吐地说话，不善于耍滑头，这不符合我的天性。但愿您或是时间能向我证明，我这些关于您的结论都是错误的。我自己会首先为此而感到高兴的，但我决不会为对您所说的这些话而悔过。这里所谈的并不是我和您的个性，这里所谈的对象不仅远远高过我，甚至还远远高过您：这里谈的是真理，是俄国社会，是俄罗斯。
>
> 这便是我最后的结论：如果说您曾不幸怀着高傲的恭顺与您那些真正伟大的作品划清了界限，那么如今，您就应当怀着真诚的恭顺来与您的这最后一本书划清界限，用一些足以与您先前那些著作相媲美的新作品来赎罪，以弥补您出版此书的深重罪孽。（第3卷，第714—715页）

综观别林斯基的这封信，可以看出，别林斯基对果戈理《书信选》的否定，主要基于以下几点：首先，面对一个还存在人压迫人等不公平现象的社会，果戈理所倡导的恭顺和宽容是没有意义的，宗教精神和意识拯救不了俄国，更何况，就连果戈理所倚重的俄国东正教会是否具有真正的宗教性都还是一个值得怀疑的问题，宗教不等于教会，沦为统治者帮凶的神职人员就更无法和基督、基督之子、基督之精神相提并论了；其次，面对俄国黑暗的现实，对君主的效忠就意味着与民众的脱离，俄国的现实需要的是改造而非妥协，果戈理对自己先前具有积极社会意义的自然派创作立场的背叛，其根源就在于他不了解俄国和俄国的现实，俄国所面临的最为紧迫的历史课题，就是废除农奴制，背离了这一目标的俄国作家，也就背离了俄国人民的根本利益；最后，在一个文学作为社会良知之体现的国度，作家没有退缩的权利，尤其是像果戈理这样曾写出了《钦差大臣》和《死魂灵》的"伟大作家"，社会"导师"和文坛"首领"的变节，在这样的历史条件下就必然成为一件"可耻""卑鄙"的事件。

别林斯基的《致果戈理的信》写成之后，就直接寄给了当时住在比利时奥斯坦德的果戈理，但这封信的抄本却很快就被传阅开来，据说当时的抄本曾有数百份之多。此信在当时的俄国引起了巨大反响，信中对俄国的现实、官方教会乃至沙皇本人的指责，对"正教、君主制和民族性"的官方意识形态的抨击，对废除农奴制的公开呼吁，在当时的公开言论中都是最为大胆的，这也无疑会招来统治当局的迫害。别林斯基在写完此信后不久回到国内（1847 年 9 月），几个月之后就在彼得堡病逝了，这使他摆脱了因为此信可能遭受的迫害。但在此后的几十年来，此信都一直是官方最忌讳的禁书，陀思妥耶夫斯基就是因为在一次秘密集会上朗诵了这封信而获罪的（1849 年 4 月 15 日，此时别林斯基已去世一年）。别林斯基离开萨尔茨布鲁因回国途中曾路过巴黎，他在巴黎与赫尔岑见了面，并当面向赫尔岑朗读了《致果戈理的信》，赫尔岑对此信大加赞赏，并称之为别林斯基的"遗嘱"（завещание）①。数年之后，在俄国社会矛盾更为激烈、农奴制问题变得更加尖锐的 1855 年，赫尔岑将《致果戈理的信》和果戈理对于此信的答复一同刊登在《北极星》上，这是该信的首次公开发表。赫尔岑在为两封信所加的按语中写道："我们先前从别林斯基本人处就已经了解到了

① 这是当时陪伴别林斯基旅行的安年科夫所转述的话，见《别林斯基三卷集》第 3 卷，第 896 页；另见 П. А. 尼古拉耶夫主编《俄国作家传记辞典》第 1 卷，第 84 页。

这次通信，这次通信在 1847 年曾引起轩然大波。至少，发表这两封信没有任何不敬，它们已经经过了很多人的手，甚至经过了警察之手，我们刊载这两封信，是在发表众所周知的文献。别林斯基和果戈理都已经不在了，但别林斯基和果戈理属于俄国的历史，他俩之间的争论是一份非常重要的文件，因此，我们发表这两封信并非出于怯弱的礼貌。"（第 3 卷，第 896 页）在俄国国内，这封信最早发表于 1872 年，它出现在 B. 奇若夫的《果戈理的最后岁月》一文（载《欧洲导报》1872 年第 7 期）中。关于这封信，还有一个著名的评价，这就是列宁所言的，这是 "未经书报检查的民主主义报刊发表的、直到今天仍具有巨大现实意义的优秀作品之一"①。

（四）

别林斯基和果戈理的这场思想论争，在当时曾让许多人为之叹息不已，在之后则又一直让人思索不断。这场通信是性格的碰撞，更是思想的交锋，是不同生活经历导致的结果，更是不同社会立场引起的对峙。果戈理将《书信选》称为自己的 "精神遗嘱"，而别林斯基的《致果戈理的信》则被赫尔岑视为别林斯基的 "遗嘱"，在这两封 "书信" 之后，两位作家似乎都没有太多的作品面世：果戈理于 1848 年 2—4 月前往耶路撒冷朝觐，朝觐之后平安地返回，但是他的《书信选》却的确成了他的 "遗嘱"，因为在这之后，果戈理就再也没有发表任何一部大型作品，在临终前还焚毁了《死魂灵》第二部的手稿，《书信选》于是就成了他的绝笔之作；仅从发表的时间上看，别林斯基在《致果戈理的信》后还有《答〈莫斯科公国人〉》《1847 年俄国文学一瞥》等文发表，但这些文章的写作时间并不一定全都在《致果戈理的信》之后。面对这两份珍贵的 "遗嘱" 和 "绝笔"，感慨之余，我们也不禁生出几多感触。

首先，两位俄国大作家在各自的书信中所表现出的坦荡和真诚，是足以让后世的文人深感钦佩的。写作《书信选》之前的果戈理，已经因为《钦差大臣》和《死魂灵》等杰作而称雄于俄国文坛，包括别林斯基在内的当时的一些批评家，甚至认为果戈理的创作意义是大于普希金的；然而，

---

① 《列宁全集》第 25 卷，人民出版社 1988 年版，第 99 页。

已经通过自己的创作赢得文学首领地位的果戈理，却不受自己的盛名之累，义无反顾地告别昨日的自我，向世人坦露自己观念的转变，甚至不惜因此而得罪自己的好友和恩人。写作和发表《书信选》前后的果戈理，内心里不是没有过犹豫和痛苦的，这从《书信选》的字里行间不难感觉到，但为了把真实的自我展示给世人，他似乎又别无选择。他坚信，"在我的书信中……可以找到对人更为有用的东西"（第184页）。而别林斯基，作为果戈理文学天赋的发现者，甚至是果戈理这个"文学神话"的制造者，在敏锐地感觉到果戈理的思想变化之后，便毫不犹豫地予以迎头痛击，在他那里，所谓的文坛交情和人际关系，一旦涉及原则性的文学立场问题，似乎都会变得无关紧要。然而，在痛斥果戈理的变节行为的同时，别林斯基却丝毫也没有因此而贬低果戈理《书信选》之前的创作，在《致果戈理的信》之后发表的《答〈莫斯科公国人〉》一文中，他仍在一如既往地捍卫果戈理的文学成就和文学地位。两位文豪之间的书信之争，是一场君子之争，对于他俩而言，寻求并捍卫自己心目中的真理，这比什么都更为重要。别林斯基和果戈理以几乎相同的方式留下了他们的"精神遗嘱"，如今，他们的书信所涉及的内容，让生活在今天的我们已经感觉有些隔膜了，但他们以坦荡、真诚的君子心态书写自己思想遗训的举动本身，却无疑有着更为持久的启迪意义。

其次，两位作家的书信争论，与当时俄国社会中斯拉夫派和西方派两种思想倾向的斗争是紧密结合在一起的。在传统的俄国文学史和思想史中，总是竭力避免把果戈理说成是斯拉夫派，把别林斯基说成是西方派，似乎一旦给他们贴上这样的标签，就是在贬低别林斯基和果戈理这样的大作家。这无疑与苏维埃时代将斯拉夫派和西方派均视为资产阶级自由派的意识形态定论不无关系。说别林斯基或果戈理是超越某一派别的，这种说法固然不会有错，因为所有的大作家、大批评家，总是不会被某一团体的利益所左右，不会被某一派别的条条框框所束缚。然而，若是脱离斯拉夫派和西方派之争论这个大的社会思想背景来看待果戈理和别林斯基的书信之争，就有可能导致对两人思想立场的片面理解，有可能总是纠缠于两人在这场争论中谁是谁非的简单的价值判断。

别林斯基从来都不承认自己是西方派，尽管他曾和格拉诺夫斯基一同被视为西方派的领袖。但是，从《致果戈理的信》中对俄国教会、俄国独特使命论和俄国的"东方"属性等的抨击，以及对西方启蒙主义和理性精神的鼓吹，还是不难看出别林斯基典型的西方派立场来。在稍后的《答〈莫斯科公国人〉》一文中，别林斯基更是对斯拉夫派进行了公开的、直截了当的抨击，在回答对手关于自己观点多变的指责时，别林斯基针锋相对地说道，他自己的反斯拉夫派的立场就未曾改变过："比如，在如此之久的时间里，他（指别林斯基自己——作者按）关于斯拉夫派所说的话就始终没有改变，他可以明确地担保，他的这一态度永远不会改变。"（第3卷，第759页）别林斯基还明确地指出，他与斯拉夫派之间的争论不是个人趣味问题，而是一场"思想斗争"（第3卷，第716页）。如此看来，说写作《致果戈理的信》时的别林斯基，在斯拉夫派和西方派的争论中是站在斯拉夫派的对立面上的，而且，他的这一立场一直持续到他生命的最终，此话恐怕是没什么错的。

再来看一看果戈理。在《书信选》中，果戈理虽然貌似公允地对争论中的斯拉夫派和西方派各打了五十大板，但他的思想倾向无疑是更接近斯拉夫派的，这从前文对《书信选》之内容的转述中可以清楚地看出来。对古代俄国村社制度的眷恋，对俄罗斯民族宗教性以及因此而肩负的世界性使命的认同，对俄国教会的寄予厚望，对英明君主的殷切希冀，所有这些，都是最为典型的斯拉夫派观念。在上面提到的别林斯基的《答〈莫斯科公国人〉》一文中，别林斯基写道："我们知道，莫斯科的斯拉夫派先生们可以得意洋洋地至少给我们指出文学中的两个著名人物，这些人物即便不完全属于斯拉夫派，也或多或少地对斯拉夫派抱有同情，他们特别可以指出来的，就是出版了《与友人书信选》之后的果戈理。"（第3卷，第722页）也就是说，在别林斯基看来，发表了《书信选》之后的果戈理，其思想立场已经倒向了斯拉夫派。

无论是一贯坚持西方派立场的别林斯基，还是在晚年才开始"同情"斯拉夫派的果戈理，其思想倾向都无疑带有那个时代的烙印，他们在19世纪40年代末所进行的这场书信论争，既是斯拉夫派和西方派思想论争的一个具体体现，同时也为两个派别之间的继续对峙提供了新的理由。但是今天，我们又的确不能简单地给别林斯基和果戈理贴上西方派或斯拉夫派的标签，这使我们意识到，那一时代分别持有这一或那一派别之观点的思想家和作家，其数量可能远比我们想象的多，这样一来，那场争论的"隐在"规模，也就可能远比我们想象的大，也就是说，是超出传统文学史和思想史中的描述的。

最后，与上述第二点相关的，就是文学史和思想史上关于别、果争论之评价在不同历史时期的变化。如前所述，《致果戈理的信》写成后，长期被列为禁书，相比较而言，《书信选》则得到了官方的首肯。半个世纪过后，在十月革命之后的苏维埃时代，情况却出现了转变，别林斯基的"革命"功绩受到追认，而果戈理的《书信选》却从此被打入冷宫，甚至也一度遭到了"禁书"的待遇，在文学史教科书中，果戈理的《书信选》也被定性为"反动著作"。苏联解体之后，情况再次发生变化，果戈理《书信选》中的宗教内涵得到了越来越多的阐释，越来越多的认同，而别林斯基的"斗士"姿态却似乎遭到了越来越多的厌弃，甚至嘲讽。对某一位作家的评价常常是随着时代背景的变迁而变迁的，在充满意识形态变化的俄国，情形更常如此。其实，对于一位作家而言，言其"进步"或"反动"，"革命"或"保守"，本身就是一个简单化的标签——这更像是一种政治评判，而非美学评判；如此类的定论，对于任何一位作家都是不公平的。在文学的历史中，似乎只应该有好的作家和不好的作家之分，而不应该有"进步的"作家和"不进步的"作家之分；只应该有被遗忘的作家，而不应该有什么"反动"作家。对一个文学家，不应该有过多的是非功过评价，而应该更多一些美学评价。对于俄国作家，则尤其应该淡化意识形态化的分类，即使非得做出意识形态方面的评价（对于某些思想性极强的作家和批评家，对其进行意识形态和思想评价是不可回避的），也应当尽可能地保持冷静的态度和中立的立场。

第二章

托尔斯泰的精神探索和现代化

百余年来，托尔斯泰反对西方现代化的思想使人们纷纷把艺术家托尔斯泰从思想家托尔斯泰那儿剥离出来，为的是免使前者蒙尘于后者的"鄙陋"和"反动"。殊不知，若对思想家托尔斯泰一生的上下求索一无所知，又怎能理解艺术家托尔斯泰的真谛呢？从托尔斯泰遗嘱中对儿子的不满，我们知道，他最希望人们关注的是他"思想发展的轨迹"。[①] 也许，在世界瞩目和趋鹜于西方现代化的当今时代，这位反对西方现代化的精神求索者"思想发展的轨迹"和他的思想本身一样具有深意。

一　青年托尔斯泰——从对西方现代化思想的践行到反叛

实际上，青年托尔斯泰的精神探索最初是面向西方现代化思想的。许多人在谈到托尔斯泰对西方现代思想的反感时，首先提及托尔斯泰考入喀山大学东方语文系。然而实际上，东方语文系未必对托尔斯泰产生过多少影响。大学一年级期终考试失败之后，1845 年 8 月，他转入了法律系。从托尔斯泰的回忆录和他的各种手记看，这正是他积极接触和思考西方现代思想的时期："我感到思绪泉涌"，"我的脑海中进行着紧张热烈的工作"，甚至常常整夜"在梦里看见和听见一些伟大的真理和法则"。[②]

在 1846 年夏天他写的 9 段哲学方面的笔记（均未完成）中，有一篇

---

① 参见 1895 年 3 月 27 日日记遗嘱。《托尔斯泰全集（纪念版）》第 53 卷，莫斯科，1958 年。
② 转引自《托尔斯泰生平资料》第 1 卷，莫斯科，1963 年，第 196 页。

《关于卢梭言论的哲学笔记》。在这则文本里，托尔斯泰对卢梭的论点一一进行了辩争。针对卢梭否认科学与艺术的观点，他指出，这位"伟大的日内瓦公民"没有想到，如果说科学与艺术的发展会带来危害，那只是在"人的心中的恶根占优势的时候"；科学与艺术的发展的益处已经表现在它们"支持了专制政体"；尽管科学的确对于道德有着恶劣的影响，但是它们毕竟"使人类摆脱了更大的恶"；他指出，卢梭把个人的福利和人类的福利相等同是错误的，并且认为科学造成奢侈的想法也是错误的。①

　　如果说卢梭的反对近代文明，主张回归自然的思想后来强烈地影响过托尔斯泰的话，那么从当年大学时代的传记资料中，我们首先看到的是托尔斯泰对启蒙主义主张，对科学、文明、进步，对资产阶级法治国家的肯定。

　　值得注意的是托尔斯泰在日记中对于叶卡捷琳娜二世《手谕》的评论。这些笔记是为了讨论他的老师迈耶尔教授的题目：比较叶卡捷琳娜二世《手谕》和孟德斯鸠的《法意》一书。托尔斯泰并没有致力于二者的"比较"，而是以启蒙主义精神为武器，来审视叶卡捷琳娜二世《手谕》，讲述自己的启蒙主义的国家信念。看来，作为一个大学生的托尔斯泰还全然没有像后来那样举起反对国家、反对法制的旗帜，而是完全站在西方资产阶级的法制立场上，批判俄国君主专制制度的弊端。他指出："叶卡捷琳娜有许多思想非常奇特，她总想证明，君主虽然不受任何外界因素的限制，却受自己良心的限制。而如果一个君主不顾一切自然法则，认为自己是不受限制的，那么他已经就没有良心了，他是在用自己所没有的东西来限制自己。"② 托尔斯泰写道，"德行可能被作为君主制的基础，不过历史向我们证明，这还从来没有过"。而实际上，"君主可以随意地（甚至是屡见不鲜地违反正义原则）颁布法律，据以行事"，那么"在不仅是司法的判决，而且连法律都在听任独裁者任意专断地改变的国度，还能存在什么法律庇护下的国民安全吗？"③ 这和托尔斯泰后期把社会问题转化为道德、良心问题的思想截然相反。

---

①　《托尔斯泰生平资料》第 1 卷，第 219 页。

②　《列夫·托尔斯泰文集》第 17 卷，谢素台等译，人民文学出版社 1987 年版，第 4 页。

③　《列夫·托尔斯泰生平资料》第 1 卷，第 224 页。

这里，托尔斯泰俨然是一位反对君主专制制度的共和思想的卫士:"专制制度靠什么维持呢？或者靠人民的不够开化，或者靠受压迫的那一部分人民力量不足。"①

他进一步指出人民在君主专制国家里的地位，他们"既没有参加管理，也便不想成为对它有益的人，乃至为社会牺牲个体"，继而托尔斯泰得出结论认为，在这样的国家里，国民没有义务服从君主一人制定的法律:"因为在专制制度下，没有这样一个（君主）一人借以获有权力，而国民得到的是义务的契约，相反，（君主）一人是凭恃力量来掌权的。因此我说，既然在专制制度下不存在这样的契约，那么国民方面也就不可能存在义务。"②由此，可以推导出最革命的结论。

他进一步揭露叶卡捷琳娜的《手谕》充满矛盾和虚伪:

　　"《手谕》中随处可见两个对立的出发点，一个是革命精神，当时整个欧洲都在它的影响之下;一个是专制主义精神，女皇的虚荣心使她不能放弃后者。虽然她意识到前者的优势，而《手谕》中占主导地位的却是后者。她多半是从孟德斯鸠那里拿来的共和思想当作为专制主义辩护的工具，但是多半不成功。因此我们在她的手谕中常常碰到一些需要加以证明的思想。如果没有证明，这些与最专制的思想并存的共和思想，而且多为结论，完全不合逻辑。"他说，"总的说来，我们在这部作品中看到浅薄多于切实，俏皮多于理性，虚荣心多于对真理的爱，最后，爱自己胜于爱人民。最后这个倾向表现在整个《手谕》中，我们只看到公法，即国家关系（作为国家代表的她本人的态度）的决定，而没有看到有关民法，即个别国民的关系的决定。最后我要说，这《手谕》给叶卡杰林娜带来的荣誉多于给俄国带来的利益。"③

从托尔斯泰的这些观点来看，西方法制社会对他是有吸引力的。不过，在任何时候，他都不会忘记道德的意义:"积极的法律要成为完善的，就应

① 《列夫·托尔斯泰文集》第17卷，第4页。
② 《托尔斯泰生平资料》第1卷，第224页。
③ 《列夫·托尔斯泰文集》第17卷，第4页。

该和道德律相等"。虽然他承认惩罚对于预防犯罪的作用，但是他认为更应该诉诸道德戒律："如果善根在人们心中占了优势，那么他们便不再想去犯罪，如果是恶根在人们心中占了优势，那么他们就要去追随它，因为它将成为他们所习有的本性。"①

同时，作为一个世袭贵族的后裔，他不会忘记为贵族设想其在社会变革中的作用。托尔斯泰提出了作为国家栋梁的贵族参与经商的意义："为什么在俄国贵族不应该经商呢？……我们的世袭贵族阶级由于贫困正在消失，贫困之所以发生又是因为贵族耻于经商。愿上帝让当代的贵族明白自己的崇高使命只在于要使自己强大起来。"而且托尔斯泰指出，"只要我国还存在奴隶制度，农业和商业就不会繁荣"。②

1847 年春天，在西方民主思想鼓舞下，托尔斯泰对西方现代化思想进行了第一次践行。19 岁的托尔斯泰辍学返乡，为要"改善自己"而决定进行他生平第一次重大的社会实践：改善自己庄园的管理，改善自己的农奴的处境。

在几年后写出的《一个地主的早晨》（1852—1856）中，19 岁的主人公聂赫留朵夫公爵几乎述说了托尔斯泰当年的全部心思：

"我很想整顿一下。"他在给姑妈的信中说到农民的处境，"太贫困可怜了"，"关心这七百人的幸福，难道不是我在上帝面前义不容辞的神圣责任吗？"③

在投入这一事业的第一个早晨，他满怀青春的憧憬走出家门，为自己的思想感动得眼眶里无缘无故地涌出泪水：爱和善就是真理和幸福……他制定管理章程，全部生活和工作都按钟点、日子和月份作了规定。接见来访，视察贫户，通过村公社给予帮助，而每礼拜日晚上村公社开会讨论决定如何给予帮助……

可是，一年过去了，聂赫留朵夫分明看到他所投入的事业是那样地毫无前景，困难重重，而且看到了托尔斯泰本人当年未必看到的——贵族阶级和农奴阶级间无法沟通的精神沟壑。（这大抵不是那个 19 岁的聂赫留朵

---

① 《托尔斯泰生平资料》第 1 卷，第 223 页。
② 《列夫·托尔斯泰文集》第 17 卷，第 3—4 页。
③ 1852 年 10 月 19 日记。

夫，而是托尔斯泰1856年再次的农村改革时的更为成熟的体验。）

"我的理想在哪里呢？……我白白糟蹋了一生最好的年华。"

这次的"整顿"实际是托尔斯泰受到西方自由主义思想影响，面对俄国农奴制危机所作的具有进步意义的改革尝试，它后来被托尔斯泰从道德上总结经验，认为这种悉心致力于外在的社会改革，是一种"为要改善自己，而却先去改善别人"的错误。

尽管在他这些年的日记里，充满着道德自省的言辞，但是与此同时，也不乏参与社会政治改革的构想和对未来俄国社会制度的设想。西方现代化的理想是他设想的尺度：

> 1852年3月3日……读《政治家篇》①。在我的长篇小说中我要讲一讲俄国政治的弊端，今后，我要拟一个贵族选举制与君主制相结合的治国计划，以现存选举制为基础。……②
>
> 1855年3月4日 这些天我曾经两次连续几个小时写我的军队改革方案③。进展不易，但我不放弃这个想法。……④
>
> 俄国人民有能力过共和制的生活。
>
> 俄罗斯的未来是哥萨克人式的——自由，平等，并且每一个人有义务服兵役。⑤

这种参与社会政治改革的精神冲动，是和西方自由主义思想的影响相联系的。19世纪50年代，托尔斯泰和决心走全盘西化的现代化道路的西欧派有着较密切的交往。他称西欧派的三个代表人物博特金、安年科夫和德鲁日宁为"最宝贵的三巨头"，对另一位西欧派代表人物契切林，也在日记中说是"非常非常喜欢"。和他们信函来往频繁。

托尔斯泰对比同不想走西方现代化道路的斯拉夫派交往时说："我同他

---

① 系柏拉图之著。
② 《列夫·托尔斯泰文集》第17卷，第36页。
③ 这个方案尖锐地揭露了尼古拉一世时代俄军的弊病，分析了失败的原因。
④ 《列夫·托尔斯泰文集》第17卷，第63页。
⑤ 《托尔斯泰全集（纪念版）》第47卷，第212、204页。

们（指斯拉夫派）交往时，感到自己不自觉地变得迟钝、狭隘而又十分痴愚……可是同你们在一起，情况就全然不同。……"①

同时，在这些年的日记和书信里，托尔斯泰多次对斯拉夫派进行过批判：

> 斯拉夫派不仅落后到了失去存在意义的地步，而且落后到了使他们的落后转化为欺诈的地步。……②
>
> 1856 年 5 月 8 日　晚上……同阿克萨科夫、基列耶夫斯基以及其他斯拉夫主义者闲坐。……他们的目光过于狭隘，击不中要害……他们认为正教这个因素在人民生活中十分重要，可是在承认这个观点合理的同时，又不能不承认，倘站得高一点儿来看，正教的表现形式是荒诞的，在历史上是站不住脚的……③

当然，对斯拉夫派的某些观点，比如说对家庭生活的观点，托尔斯泰还是持同情态度的。有时他觉得，这些人比起西欧派毕竟多一些对"自己的"、俄罗斯的东西的爱。

然而，随着农奴制危机的加剧和农奴制改革迫在眉睫，托尔斯泰的宗法贵族立场就越发显露出来。他越来越不能容忍改革后的俄国的资本主义发展前景。这首先表现在他在社会政治问题的困境中，力图回避政治，逃避社会斗争。

于是，随着时间的推移，托尔斯泰和西欧派在思想上的分歧便逐渐显露出来。比如，博特金在给托尔斯泰的一封信（1859 年 5 月 13 日）中指出："问题是，拯救俄国，不在于按人民的方式生活（您多少有点儿奉行人民的迷信），而在于智慧和文明。"④ 而托尔斯泰在给博特金的一封信（1858 年 1 月 4 日）中，则表露出对"政治生活突然包围了所有的人"感到反感："现在人们说的和做的都变得可怕而卑俗"。"……有西欧派，有

---

① 《列夫·托尔斯泰文集》第 16 卷，第 53 页。
② 同上书，第 56 页。
③ 《列夫·托尔斯泰文集》第 17 卷，第 70 页。
④ 《托尔斯泰文学书简》，章其译，湖南人民出版社 1984 年版，第 268 页。

斯拉夫派，但却没有一些能单凭善的力量把人们吸引到自己周围并使他们和睦相处的人。……"①　托尔斯泰不断地改变着对这两派力量的态度。在1860年3月12日给彼·科瓦列夫斯基的信中，他已经明确地表现出对西方文明和西欧派的怀疑和奚落，在谈到"俄国人民最迫切的需要是国民教育"时他说，"俄国进步事业，我看，电报、道路、轮船、德式马枪、文学、剧院、美术学院等等尽管很有益处……但其益处正如英国俱乐部的午餐一样，被管事人和厨师吃光。这些东西是全体七千万俄国人生产的，而享用的只是数千人。斯拉夫派连同他们的人民性、脱离人民、及全部空谈尽管十分可笑，但他们仅仅是不会据实称名而已，不料他们却是对的。……"②

19世纪60年代初，托尔斯泰很快疏远和断绝了与西欧派—自由派，以及与具有革命民主主义思想的人（如涅克拉索夫、赫尔岑等）的来往，而逐渐在斯拉夫派中找到了朋友。在托尔斯泰晚年，斯拉夫派霍米亚科夫的被他称赞为"出色的"小册子，给他留下深刻的印象，他完全同意斯拉夫派关于俄国应该走自己的道路的说法。③

从这个角度来考察60年代初托尔斯泰向一度"非常非常喜欢的"契切林（俄国资产阶级自由派的最主要的理论家）提出断绝以往的"佯装的友谊"④，乃至和屠格涅夫闹到要决斗的地步（1861），就可以看出，其中绝非仅仅由于个人的恩怨。托尔斯泰向契切林提出"我们最好分道扬镳、各走各的路"，其理由是，"彼此轻蔑对方的思维方式和信念"，"我们两人的这种基础完全不同"⑤；而和屠格涅夫的分歧则是反感他身上的西方自由主义的虚伪。在日记中，经常可以看到对屠格涅夫的批评："他的全部生活都是伪装淳朴"，他的"虚荣心好比聪明人的一种习惯……"⑥

有一次，屠格涅夫讲起家庭女教师要他女儿给穷人补衣服，以示对穷人的善心。托尔斯泰不以为然道："一位打扮得漂漂亮亮的姑娘膝上放着又

---

①　《托尔斯泰文学书简》，第251页。

②　《列夫·托尔斯泰文集》第17卷，第77页。

③　亚·列·托尔斯塔娅：《父亲》（下），秦得儒等译，上海译文出版社1985年版，第317页。

④　《列夫·托尔斯泰文集》第16卷，第86页。

⑤　同上书，第85页。

⑥　《列夫·托尔斯泰文集》第17卷，第72、75页。

脏又臭的破衣裳，是一种不真诚的表演。"① 屠格涅夫大为恼火，两人几乎闹到要决斗。应该看到，托尔斯泰的奚落不单单是指向屠格涅夫行为方法的虚华做作，而是针对自由派在俄国改革问题上虚伪的立场的抨击。

促使托尔斯泰拨转西向的船头的一个重要契机是他的两次赴欧旅行（1857、1860）。

西方文明的最初印象令托尔斯泰十分兴奋，1857年4月5日，在给博特金的信中，托尔斯泰写道，"这一向我住在巴黎，快两个月了，还无法预料什么时候我对这个城市会失去兴趣，对这里的生活不再迷恋。……艺术享受，罗浮宫、凡尔赛、音乐学院、四重奏、剧院、法兰西学院和巴黎大学的讲课，而主要的是享受社会自由，对于这种社会的自由，我在俄国甚至一无所知……"②

而就在第二天，托尔斯泰看到了断头台上的"文明"，那一夜"铡头机使我久久不能入睡，促我反思"。③ 在给博特金的信中，托尔斯泰写道："今天这个场面给我留下的印象使我很久无法恢复理智。我在战场上，在高加索看到过很多恐怖场面，但是即使我亲眼看着一个人被撕成碎片，也不会象看到这部精巧的机器这样恶心，用这部机器一瞬间就把一个强壮、健康、充满活力的人杀死了。……"使托尔斯泰反感的是西方文明的法律和整个国家机器：

"人类的法律荒谬之极！的确，国家不仅仅是为了剥削，而主要是为了使公民道德败坏而缔结的阴谋。"托尔斯泰说："我大概今后不仅不再去看（杀人），我将永远不再为任何地方的任何政府服务。"④

如果这次对巴黎的死刑的反思促使托尔斯泰否定了西方的，乃至一切的国家制度，那么，三个月后在瑞士卢赛恩所看到的一个小小的场面则使他对西方文明社会的道德方面无限失望。事情很小：在一家大饭店阳台下，人们欣赏了一个卖艺人的演奏，可是当他举起帽子来要赏钱的时候，竟没有一个人给他一个苏。托尔斯泰把这视同罪恶："为什么在……任何一个乡

---

① 《列夫·托尔斯泰文集》第17卷，第97页。
② 《列夫·托尔斯泰文集》第16卷，第58页。
③ 《列夫·托尔斯泰文集》第17卷，第81页。
④ 《列夫·托尔斯泰文集》第16卷，第59页。

村里不可能有的这个惨无人道的事实，在这儿，在这个文明的国家的最文明的旅行者云集的地方，会有可能呢?"

托尔斯泰处于"可怕的兴奋，由于愤怒而在燃烧之中"，他即刻写就的小说《卢赛恩》对西方文明社会的法律、自由、道德进行了充满政论激情的抨击。

"我决定离开，" 8 月 6 日的日记反映出托尔斯泰回国前的矛盾心理，而同时又说，"俄罗斯令人厌恶。"

他刚刚回到故乡，说了句"你好，我的亚斯纳亚真美啊"，马上就又感到"我的心情既好又悲哀，不过俄罗斯令人厌恶，我觉得自己被这种粗野、虚伪的生活从四面八方团团围住。……"①

对西方的理性王国的失望并不能改变托尔斯泰对俄罗斯祖国现存制度的憎恶。可是，他既不认同西欧派的道路，也不想跟从斯拉夫派走，"恶狠狠，怒冲冲的"革命民主派的暴力革命路线更为托尔斯泰所不容。（1859年托尔斯泰和涅克拉索夫主持的《现代人》杂志的决裂就表现出他和革命民主派的深刻分歧。）他在寻求一条自己的道路。

可是，"我的上帝! 我的上帝! 我怎么办? 要走向何方? 现在又在哪里呢?"② 托尔斯泰这样自问。

就在这种上下求索的精神困境中，托尔斯泰写下了自己后来称之为"令人汗颜的要不得的"小说《家庭幸福》（1859），反映出他在感到一切外在的社会改革全然走投无路的时候，试图"在四周根深蒂固的龌龊和谎言的包围中，建立一个自己的诚实的小天地"③ 的梦想。但是，托尔斯泰很快就否定了这一倾向。他放弃了写作，在亚斯纳亚·波良那为自己开创了新的教育事业。

鲍·艾亨鲍姆认为托尔斯泰在家乡亚斯纳亚·波良那办学，是他攘击群敌、清偿自己近年创作失利的一个机巧的战略。实际上，托尔斯泰创作上的困境不过是他整个精神探索处于转折激变之中的表现。既然否定了西方资产阶级的社会改革之路，他投入教育事业就不仅是为了从哲学的、社

---

① 《列夫·托尔斯泰文集》第 17 卷，第 83—84 页。
② 同上书，第 82 页。
③ 《托尔斯泰全集（纪念版）》第 60 卷，第 272 页。

会的、历史的高度审视教育的作用，而且也使他得以从这一高度思索自己精神探索的出路。

"我正在做一件事，"① 托尔斯泰在给契切林的一封信（1860 年 3 月）中庄严地说，"它对我来说，就象呼吸空气那样自然……老实说，我非常喜欢从它的高度，以一种不能容许的高傲看你们其他人。"②

高高站在亚斯纳亚·波良那的"教育阵地"上，托尔斯泰审视、思考、评说着整个文明社会，也在这里构建着自己的乌托邦。但是这个乌托邦不是指向现代的，而是指向东方的古老生活。在为他一手主持的教育杂志《亚斯纳亚·波良那》所写的论文中，托尔斯泰庄重宣布：

"我们的理想在背后，而不在前面。"③

他在一封信中谈到，他想办一份历史哲学刊物，而"这份刊物可以用名称标志其倾向，我幻想为它取名为《非现代人》"④。

二　对抗西方"科学""进步"观念的世界观的形成

1862 年，就在教育杂志《亚斯纳亚·波良那》上，托尔斯泰撰写了《进步和教育的定义》一文，对西方现代化的一个最根本的观念——进步，进行了彻底的否定。指出，人类在西方所谓进步的道路上不断地改善的主张是没有根据的。他说：

> "人类前进的一般规律是没有的，不好动的东方各民族向我们证明了这一点。而要证明欧洲各民族总是不停地走向繁荣幸福，却不可能，从来没有人证明过这一点。最后，也是最重要的一点——正是仿佛处于进步过程中的欧洲人民的十分之九自觉地憎恨进步，想尽办法来对抗进步，而我们却把文明的进步当作无可置疑的幸福。"
>
> "我可以总结说，进步对上流社会越是有利，对人民就越是不利。"

---

① 指教育。
② 《托尔斯泰全集（纪念版）》第 60 卷，第 328 页。
③ 《托尔斯泰全集（纪念版）》第 8 卷，第 323 页。
④ 《列夫·托尔斯泰文集》第 16 卷，第 117 页。

　　他特别指出,"拥有两亿人口的中国就推翻了我们的进步理论,而我们却一刻也不怀疑,进步是全人类的普遍法则,我们相信进步的人是正确的,而不相信进步的人是错误的",而"我不由得想起中国的战争①,在这场战争中三个强国十分虔诚,而且天真地用火药和炮弹把进步的信仰送进中国"。

　　正是在这一思想的基础上,我们可以理解随后写成的巨著《战争与和平》的最重要的创作主旨——这就是反对西方的现代化和所谓"进步"对俄国的入侵。

　　1861年的农奴制改革,标志着俄国农奴制社会正礼崩乐坏,疾速地向西方文明的资本主义迈进。环顾满目疮痍的俄国社会,能够拿什么来和这滔滔卷来的雄劲西风,和这建立在"科学""进步"观念上的西方现代化潮流相抗衡呢?托尔斯泰最终推出的是《战争与和平》。它是托尔斯泰整个早期精神探索的总结。《战争与和平》这一书名本身便具有深刻的内涵。

　　当拿破仑站在波克朗尼山上俯瞰他即将征服的莫斯科的时候,他决定"要从克里姆林宫的高处"宣告西方的文明:"我一定给他们公正的法律;我一定教给他们真正文明的意义!"② 他说:"如果说欧洲的体系已经奠定基础,那么剩下的便只是使之建立起来。"因此他在一封信里写道,"这场俄国战争是一场明智的战争","完全是为了全人类的福利和繁荣"。③

　　如果说,托尔斯泰是把拿破仑的入侵战争作为滚滚东侵的西方现代文明的象征,那么面对这一"战争",他推出的回击的武器是充满古老东方文明精神的"和平"。要用这东方的"和平"打败西方的"战争"。

　　"和平"(мир)这个字眼在托尔斯泰那里是有着深刻含意的。在晚年写作的《到底怎么办》(1906)一文中,托尔斯泰指出,俄国人自古问好时所说的"вам мир(直译'给您和平')"中"在他们看来,永远是最高的幸福的和平,现已在西方民族中完全消失了,并且岂止是消失,人们还努力借助科学来使自己相信,人的最高使命不是在于和平,而是在于所有

---

　　① 指1856—1860年的第二次鸦片战争。
　　② 见《战争与和平》第3部第11卷第19章,董秋斯译,人民文学出版社1978年版。
　　③ 见《战争与和平》第3部第10卷第38章。

人的彼此斗争"。① 而托尔斯泰正是要用这"永远是最高的幸福的和平"来对抗以战争为象征的西方现代文明。

现代俄语"和平"（мир）一词，还有一个相通的义项，十月革命前写作 mip。这是指广阔的宇宙时空中的物质和力量，也指人类大千世界，它还指俄国农民的古老社会组织——农民村社。现今保存的 1867 年托尔斯泰创作《战争与和平》时期唯一一处亲笔书写的书名《战争与和平》中，和平一词写作 mip。19 世纪 50 年代在与 Д. Н. 勃鲁多夫的通信中，谈到解放农奴问题时，托尔斯泰就有关于"从 mip 到 мир 的回归"的提法。笔者认为，mip 在托尔斯泰的词语含义中，是指人类社会从古老的村社发展至今的人世间，是走向 мир 的出发点，而 мир 则是托尔斯泰所向往的人类的联合、和上帝的融一。托尔斯泰有关"从 mip 到 мир 的回归"的思想，也就是人类摆脱迷误而走向天国、走向天人合一，或用托尔斯泰的话说，走向与上帝的同一，实现人类生命的终极超越——这就是"最高的幸福"的和谐美满的天国的到来。在这与战争相对的和平（mip～мир）里，透露着托尔斯泰对于人类通过战争和苦难，通过人世间的种种迷误，向举世和谐融一的和平安宁的农耕社会回归，向上帝的天国的回归。托尔斯泰正是以自己心目中理想的俄罗斯幸福之路——和平（从 mip 到 мир 的回归）与西方现代化文明——战争相对抗的。而在这部鸿篇史诗的运行中，"永远是最高的幸福"、人类终极的目标——"和平"（мир）终于战胜了战争。而"从 mip 到 мир 的回归"的思想中，可以看到类似中国人的天道运行的思想；在这"和平"（мир）的终极目标中，可以找到与中国人天人合一相一致的终极追求。托尔斯泰把它视为一种不以人的意志为转移的至高天命。在它面前，任何个别人的意志都那么微不足道，都似乎只能无为而有待。西方现代文明的代表拿破仑"自信他的行为动机是造福于人民，自信他能支配千百万人的命运"，而实际上，"天意注定他充当一名屠杀人民的、可悲的、不由自主的刽子手"②，而不是"欧洲类型的英雄"③。库图佐夫之所以无敌而伟大，正是由于他"领悟了上帝的旨意，使个人的意志服从上帝的意志"，由

---

① 《列夫·托尔斯泰文集》第 15 卷，第 553 页。

② 见《战争与和平》第 3 部第 10 卷第 38 章。

③ 《战争与和平》第 4 部第 15 卷第 5 章。

于他"对最高法则的大彻大悟"。①

托尔斯泰指出："我在描述 1805 年、1807 年、尤其是 1812 年（命运的规律在这一年表现得最为突出）的历史事件时，自然不可能赋予那些人的作为什么意义，他们觉得自己在支配着事件，其实与事件的其他参与者相比，他们在这些事件中能够作出的自由活动却最少。这些人的活动之所以使我感到兴趣，只因为它是说明那个命运的规律的例证，我深信，是命运的规律支配着历史……"②

为了反对西方现代文明赖以存在的整个西方现代化思想和虚假的"科学"、臆造的"进步"，托尔斯泰终于在这充满战争与和平的演替、斑斓陆离的人生、心灵求索的欢悲历程和大千世界的史诗般的运行中，在从 мiр 到 мир 的"和平"里，找到了冥冥之中"独立而不改，周行而不殆"的"天道"——"命运的规律"。

在谈到《战争与和平》的情节时，安年科夫当年惊叹不已地说："有一个情况最为奇怪，这里的人们好象是受着某种咒语的控制……那就是永远也达不到自己的任何一种设想、计划和希望。他们好象被一种不可捉摸的怀有敌意的力量驱赶着，从他们为自己设置的目标旁边疾驰而过，即使达到什么，也往往不是向往中的目标。……我们会感到，这个环境之中的人们身边被专门安排了一个报应女神。……人们不禁要问，是哪一只无情的手为了惩罚何种过错才加于这整个环境之上？"③

这种让托尔斯泰苦苦捉摸、着意刻画为带有近乎宿命论色彩的东西，就是"命运的规律"，就是"天道"的运行，它不顾拿破仑战争所象征的所谓"历史的进步"，开辟着自己的道路，按托尔斯泰的思想，即是"道德进步"之路。

于是在《战争与和平》中，推崇西方现代文明的人，从贯穿全书的拿破仑，到情节中闪见一斑的力主全盘西化改革的斯别兰斯基，他们的外观、举止、思想、情感都是虚伪、做作、狂妄的，甚至连斯别兰斯基那双肥胖

---

① 《战争与和平》第 4 部第 15 卷第 5 章。
② 《列夫·托尔斯泰文集》第 14 卷，第 24 页。
③ 倪蕊琴编选：《俄国作家批评家论托尔斯泰》，中国社会科学出版社 1982 年版，第 75—76 页。

的白手①都在托尔斯泰近乎白描的不动声色的"现实主义"刻画中受到揶揄和批评。

不可一世的拿破仑在那高不可测的奥斯特里齐天空所昭示的天道运行的观照下，显出不过"是一个非常渺小的不重要的生物"②；而托尔斯泰让为西方现代文明精神所鼓舞的安德烈·包尔康斯基一度跑到斯佩兰斯基那儿，更是用心良苦——这正是要构成安德烈一生精神求索的悲剧之一部分。托尔斯泰机智地利用了斯佩兰斯基的改革"不论是宫廷还是在茅舍，到处都是怨声载道"，斯佩兰斯基的被贬黜，引起连暴君之死也不会出现的欢欣这一史实。③

在这条"命运的规律"所引导的道路上，东方传统文明思想成为托尔斯泰借以抵抗西方现代化思想的武器。

与象征西方文明精神的人相对照，那些不是"欧洲类型的英雄"，那些具有东方传统思想的人物受到托尔斯泰极高的推崇。首先，托尔斯泰把库图佐夫无为无争、屈忍退让、顺其自然的东方精神与侵略性的西方现代文明的象征——骄横逞雄、妄大贪婪、虚荣粗暴的拿破仑相对照。

对于指挥千军万马战胜了拿破仑的俄军统帅库图佐夫，托尔斯泰别有深意地指出，这不是一位"欧洲类型的英雄"。④ 他有的是东方的传统智慧，所以他能感悟到人民的意愿，"他能对当时的种种事态洞若观火，其根源就在于拥有纯洁而强烈的人民感情"。而也"正是由于承认他有这种感情，才使人民通过如此奇特的方式，违背沙皇的意志，选择了这位不得宠的老头子作为人民战争的代表"。"圣人常无心，以百姓心为心。"⑤ 库图佐夫"知道，决定战争命运的不是总司令的命令，不是军队所占的地形，不是大炮和杀人的数量，而是一种所谓士气的不可捉摸的力量"。所以他的全部努力"正是在注视着这种力量，尽他的权力所及指导这种力量"。这种"被称为士气的东西"，有如"一条不可捉摸的神秘的链条，它使全军同心

---

① 见《战争与和平》第 2 部第 6 卷第 5 章。
② 见《战争与和平》第 1 部第 3 卷第 19 章。
③ 参见姚海《俄罗斯文化之路》，浙江人民出版社 1992 年版，第 111 页。
④ 《战争与和平》第 4 部第 15 卷第 5 章。
⑤ 《道德经》第 49 章。

同德，而构成战争的主要神经"。①"他没有任何个人的东西，他什么也不去发明，什么也不作，但是他倾听着一切，牢记住一切，一切听任自然，不妨碍任何有益的东西，也不容许任何有害的东西"，因为"他知道有某种东西比他的意志更坚强有力，更有意义，这就是事件的必然进程，他善于看到这些事件，善于理解其意义，并且善于放弃自己个人的意志"。②因此，他"从来不说'站在金字塔上瞻望四十世纪'（拿破仑语）"，甚至也不举起手中的望远镜。"忍耐和时间"是他的座右铭，他表面像浑浑噩噩、昏昏沉沉，而实际上在凭着"老年人的智慧"静观默察，等待时机。

而当我们逼近来看，就会发现，库图佐夫不仅仅是在聆听民心和"士气"，他是在听命于隐藏在这民心和"士气"背后的更为深刻而宏大的东西。这种更为宏大而深刻的东西通过世间万象的千变万化，通过民心世道的顺悖演变表现着自己。它贯穿"战争与和平"较量的漫长的历程之中，包罗天地，无形而有势。而它就是库图佐夫"不是靠了智力和科学（西方现代文明的象征），而是靠他作为一个俄罗斯人的整个生命，知道和感觉到"的那种"每个俄国士兵都感觉到的东西"。它就是他那"不是偶然地，也不是一时地，而是始终一贯地，一次也没有改变过"的目标③之所朝向。它使俄罗斯人忍受了痛苦和牺牲，终于又轻易地赶走了法国人；它使不可一世的拿破仑的滚滚大军在占领了莫斯科之后，却又仓皇逃遁。

在库图佐夫身上，托尔斯泰着意突出的是居于万军之上者的静观默察、伺时以动的无为，是对积极进取的现代理性活动的嘲笑：同盟军的指挥维洛德一次次亲自去前哨侦察、去皇帝那儿报告、到司令部去部署，"忙得不能错过一点儿时候"；而库图佐夫却在战前会议上打起了鼻鼾："诸位……在一场战斗前，最要紧的是……睡一个好觉。"

"需要的不是强袭和进攻，而是忍耐和时间。"

"没有比忍耐和时间这两种东西更有力的了，它们可以完成一切。"

库图佐夫默察士气、暗待天时，使人感到一种对命、对时、对势的达

---

①　见《战争与和平》第 3 部第 10 卷第 35 章。

②　同上书，第 16 章。

③　见《战争与和平》第 4 部第 15 卷第 4 章。

观和悟解。"苹果还青的时候，不要去摘它。熟了的时候，它自然会掉下来。"① 而"一团雪不可能一下子融化，存在着一定的时间限度，早于这个限度任何温暖的力量都不能把它融化。相反，气温越高，残雪就越坚固"。②

库图佐夫的言行神态使人不由想起老子所形容的得道境界：

> 致虚极，守静笃，万物并作，吾以观复。（《道德经》第 16 章）

库图佐夫的术略也不由得使人联想起老子的话：

> 道常无为而无不为，侯王若能守，万物将自化。
>
> 用兵有言，不敢为主而为客，不敢进寸而退尺。
>
> 知其雄，守其雌；知其荣，守其辱。……（《道德经》第 37、69、28 章）

俄军统帅库图佐夫正是凭着他的东方的传统智慧，战胜了拿破仑所象征的滚滚入侵的西方现代文明。

而普拉东·卡拉塔耶夫是继库图佐夫之后，托尔斯泰试图为我们刻画的又一位东方型的智者。托尔斯泰试图表明，只有他们的东方式的智慧才能洞识天道。

托尔斯泰把他刻画成"整个身体给人一种柔软灵巧的、特别是坚实耐久的印象"，仿佛是"一切俄罗斯的、善良的、圆满的东西的化身"。他的意义在于成为拯救自传性主人公皮埃尔·别祖霍夫的精神导师。

在《战争与和平》中，西方现代理性主义精神受到揶揄和批判。

《战争与和平》中的两位精神探索主人公——安德烈·包尔康斯基和皮埃尔·别祖霍夫都是在经历了一系列精神危机之后认识到，这种理性不能给他们解决人生的问题。倒是那奥斯特里齐的"遥远的、崇高的永在的天空"向安德烈启示了天道和人生真谛。可惜他悟性不足，比如，这个受西方现代精神鼓舞的"进步"青年，重又走上追随斯别兰斯基全盘西化改革

---

① 见《战争与和平》第 4 部第 13 卷第 17 章。

② 同上书，第 19 章。

积极进取之路。

有人责难托尔斯泰对安德烈过于残忍。实际上，托尔斯泰是以安德烈一生求索的悲剧显示其否定西方现代化走向的思想。安德烈过人的智慧只是使他在战场和官场上狼狈奔突而找不到生命的意义。托尔斯泰让他两次重伤，受到最残酷的精神和肉体的折磨，好使他哪怕在过早的殒命之前，在那可憎的现代理性思维的间断之中，偶或悟出一点人生的真谛：

"难道人生的真理启示给我，就是为了要我知道我错误地度过了一生吗？"①

托尔斯泰让他"用尖利刺耳的声音绝叫着：'……人是不可以品尝智慧之树上的果子的！'"②

这正是托尔斯泰对安德烈一生的批判。

而具有自传性质的主人公皮埃尔，苦苦思索"什么是好的？什么是坏的？我们应当爱什么，恨什么？我们为什么活着、我又是什么、什么是生、什么是死？""这些问题没有一个得到解答"，"好象维系他的生活的主要螺丝钉的螺纹被磨光了，因此那个螺丝钉既不能进，也不能出，只在同一个地方无结果地转下去"。于是他对人的理性智慧得出结论："我们所能知道的不过是我们什么也不知道。这乃是人类智慧的顶点。"

理智所能给予他的只是对生命的绝望和蔑视："他只要一思考自己的处境，在他的脑子里就一遍遍地重复着同样那一整套东西，那千百遍重复过的可恶的思路，把他带向对生活绝望和蔑视的绝境……"③

"如果设想人类生活可以用理性来支配，那么，生活的可能性就被消灭了。"④ 这已是《战争与和平》的《尾声》中的结论。

不过，真正使他获得了人生真谛的是普拉东·卡拉塔耶夫。当他"看到那场由不愿意执行的人们进行的可怕的屠杀的时候"，他的理性再也无法支撑，"他觉得，恢复对人生意义的信仰，不是他的力量所能办到的了"。而就在这个时候，"他没有想到"，"先前他徒然寻求而得不到的那种精神

---

① 《战争与和平》第 4 部第 12 卷第 16 章。

② 《战争与和平》第 3 部第 10 卷第 25 章。

③ 艾亨鲍姆：《托尔斯泰在 70 年代》，列宁格勒，1976 年，第 109 页。

④ 见《战争与和平》第 4 部"尾声"第 1 章。

上的宁静和安乐"，"他曾经靠思想来寻求的那种心情"，竟在一个看上去浑浑噩噩、懵懵懂懂的农民普拉东·卡拉塔耶夫那里找到了。

> 先前使他苦恼的，他经常寻找的那件事情——人生的目的，现在对于他已经不存在了。……因为他现在有了信仰，——不是信仰某种规章制度，或是某种言论、思想，而是信仰活生生的、经常可以感觉到的上帝。他在被俘期间……不是靠语言、推理，而是靠直感认识到保姆早就给他说的：上帝就在眼前，就在这儿，它无所不在。他自觉象一个用尽目力远望、却在脚下找到了所要找的东西的人。……他已经学会从一切东西中看到伟大，永存，无限了。因此，为要看到它，他自然而然地抛弃那架他一直用来从人们头顶上看东西的望远镜……他看得越近，就变得越平静，越快活。那个曾摧毁了他的整个精神支柱的可怕的问题："为什么？"对于他已经不存在了。他的心中经常备有一个简单的答案："因为有上帝，没有他的意志，一根头发也不会从人的头上掉下来。"①

实际上，托尔斯泰在用东方的天道或命运的思想对抗西方的"有为"的进步观的同时，有意地把人描写成在天道或命运规律面前只能无所作为，而把天和人远远地分离。因此值得注意的是，在《战争与和平》的尾声中，暗示了皮埃尔将成为十二月党人，"一个那么重要，社会上那么需要的人"。他重又否定了卡拉塔耶夫的消极无为，举起了"积极德行（деятельная добродетель）旗帜"。当人问道，卡拉塔耶夫"现在会赞成你吗？"他沉思地说："他恐怕不会理解……不，他不会赞成的。"② 这反映了托尔斯泰对人生意义，对人应该和能够做些什么，对人和历史必然性的关系，总之，对天人关系的苦苦思考。

看来，托尔斯泰和他的主人公们还没有能力解答这些问题。既然没有上帝的意志，连一根头发都不会从头上掉下来，人在历史必然性或"天道"面前只能无所作为，那么人生的探索，乃至人生还有什么意义呢？

---

① 见《战争与和平》第4部第15卷第12章。
② 见《战争与和平》第4部"尾声"第16章。

三　对抗现代西方理性的人生观的形成和
对抗西方现代文明之路的抉择

在《战争与和平》中，天道的悟得和坚持精神探索的主人公对人生意义的失落所形成的新的危机，成为促成托尔斯泰精神探索和精神激变的一个内在的契机。

谈到托尔斯泰的精神探索和激变，人们总会提到著名的阿尔扎马斯之夜。那是 1869 年 9 月，托尔斯泰去平扎省置买田产，夜宿在阿尔扎马斯这个小镇的旅馆里的事。"我突然产生了异乎寻常的念头，夜里两点钟，我痛苦，害怕，恐惧起来，这是我从未有过的感受……我坐起来，吩咐套车……"这段给妻子信中谈到的情节，后来被写入一篇没有完成的小说《狂人日记》里：

> "我曾试想，是什么东西占据了我的心灵：是买到的东西，还是妻子。没有什么值得快活的，这一切都是虚无。怕死盖住了一切。……刚一躺下，突然由于惊骇又坐了起来。苦恼，就象呕吐前常有的苦恼一样，不过只是精神上的苦恼。不得了，真可怕。看来，死是可怕的。如果你想起生，那么快要死的生是可怕的。不知怎么，生和死溶为了一体。不知是什么把我的心要撕得粉碎，可又不能撕碎。……"

存在主义的先驱、俄国著名思想家列夫·舍斯托夫特别重视托尔斯泰的这一心理危象，他试图以现代西方个人主义人生观的危机加以阐释，把它视为人们从平常生活的"共同世界"落入"个人世界"的例证。他认为，人们为了混迹在"共同世界"，不能也不敢看到一切有违这个"共同世界"的理性视为常识和公理的东西。但是，死亡却不顾忌这一点，它有自己的真理。它能够把人驱除出那个"共同世界"，使人在"个人世界"之中，用自己独特的非理性的眼光，面对先前不敢正视的一切，认识到生命的真正意义。当然，还有"特殊的人"，能"在精神极度兴奋的罕见时刻"，"会听见和理解神秘的死亡语言"。而托尔斯泰就"获得了这种机会”，这就是以“死亡的疯狂”，“把人们从生活的恶梦中唤醒”的阿尔扎马斯之夜。

舍斯托夫特别看重阿尔扎马斯之夜，他指出，描写这一夜的“《狂人日记》可以被看作托尔斯泰50岁以后所写的全部东西的总标题”。这“‘疯狂’就在于，从前以为是真实的东西，现在看来是虚幻的东西，从前以为是虚幻的东西，现在则以为是唯一真实的东西”。

阿尔扎马斯之夜的象征性的意义在于，人从“共同世界”恍惚间抽身出来，借着生和死的观照，对生命意义的追问。实际上，阿尔扎马斯之夜对于托尔斯泰来说，既不是第一个，也不是最后一个。《战争与和平》中安德烈与皮埃尔不止一次地经历过这种精神的危机和震颤。一心功名的安德烈在奥斯特里齐的崇高的天空的观照下，就看到了拿破仑是个“十分藐小的动物”，不过，时过境迁，安德烈重又“无法理解他怎么会怀疑积极参加人生的必要性”，又为重赴彼得堡从戎想出“入情入理的理由”。①

要把自己逐出这个看上去是唯一的现实的“共同世界”，是多么不容易，从《哥萨克》到《阿尔贝特》，实际上都隐藏着托尔斯泰想要摆脱这个“共同世界”的梦。但是同时，托尔斯泰又在这个“共同世界”上卖劲儿地活着：就是在他创作《战争与和平》和《安娜·卡列尼娜》的时期，“他管理产业十分忙碌，对牛羊的饲养繁殖大有兴趣，照顾他的财产，总之什么都干”。

“伯爵（指托尔斯泰）是自己看管一切的，要求牛棚、猪圈和羊栏十分干净。他特别爱猪，一共有300只，一对一对地分别关在猪栏里，猪栏里决不许有一点脏。每天我和我的帮手们洗净猪栏的地板和墙壁；于是伯爵在清早经过这一群猪猡的时候，就非常高兴，还要说，‘管得多好’，‘管得多好’。可是给他发现了一点脏，上帝慈悲，他立刻大发脾气，又喊又骂……伯爵的收入很大，除了猪猡和小猪仔，他还有80头牛，300只肥羊，很多的家禽。我们时常做出顶好的黄油来，在莫斯科卖到60个戈比一磅。”② 这是当年托尔斯泰家的仆人和管事的回忆。

1871年，即在那次由于阿尔扎马斯之夜而出名的失败的购地之行后两

---

① 见《战争与和平》第2部第6卷第3章。

② 莫德：《托尔斯泰传》，宋蜀碧等译，北京十月文艺出版社1984年版，第320页。

年，托尔斯泰又到萨马拉购买了 2000 俄亩土地。他畜养精良的牛马，种植硕大的果园，还栽了大量有经济价值的树木。

而正如托尔斯泰后来在《忏悔录》（1879）里说的，这样做不过是在"全力以赴，把它作为改善自己的物质条件和抹杀内心存在的关于自己的和一般意义上的生活目的的任何问题的手段"。

但是，托尔斯泰从未停止对人生意义的追问。他 1876 年 4 月 28 日在给费特的信中抄引了贝朗瑞的四句诗：

> 死神自己会来，
> 何用我们关怀。
> 好好生活——这个课题
> 却须就地解开。①

我们可以从 19 世纪 70 年代托尔斯泰的书信中听到他孤独、怀疑、消沉的怨言，看到他的精神处于极度苦闷之中，他几乎把自己完全闭锁起来。从交往和通信中，我们看出他对俄国内外的一切时事兴味索然，②从大量笔记来看，他醉心于阅读一系列西方哲学著作：从柏拉图、笛卡尔、斯宾诺莎、康德、费希特、谢林到黑格尔，当然，看来最有感触的大抵还是叔本华。③

在《战争与和平》的创作后期，托尔斯泰醉心于叔本华，他认真地讨论"自由意志和必然性的法则"，实际上就是在探索天道这一新的背景下，苦苦地求索"天人关系"，求索人生的意义。阿尔扎马斯之夜发生的前五天，即托尔斯泰赴平扎省买地的头一天，他给费特写去了那封狂热推崇叔本华的信。因为在《战争与和平》中，天道的大势粉碎了一切人为臆造的"进步"和"历史科学"，粉碎了一切西方现代理性和科学的高傲。托尔斯泰的精神探索面临了新的危机。这大抵就是阿尔扎马斯之夜的心境，也是这一时期精神孤独中哲学思考的心境。

---

① 《托尔斯泰文学书简》，第 488 页。
② 《托尔斯泰在 70 年代》，第 207—208 页。
③ Л. Д. 奥布尔斯卡娅编：《托尔斯泰传记材料》第 3 卷，莫斯科，1979 年，第 318 页。

因为，看来，"严格合乎理性的认识——象笛卡尔所作的那样，从怀疑开始，抛弃任何一种让人相信的认识，并把一切重新建立在理性和经验规律之上"，只能"提供一个肯定的答案，叔本华的答案，即生命没有意义，它是恶"。托尔斯泰分明看到，理性不能给生命以答案：

> "我有些迷惑不解，生命停顿了，似乎我不知道我该怎么活着，该做些什么，我惶惶不安，心情抑郁。但是这种时候一过去，我还象原来一样活着。后来，迷惑不解的时刻越来越频繁……"①

这种周期性的精神抑郁，实质上就是一次次大大小小的阿尔扎马斯之夜，一次次将自己逐出"共同世界"，在"个人世界"里进行着一次次向死的追问：

> "那么好吧，你在萨马拉省拥有6000俄亩土地，300匹马，那又怎么样呢？"
>
> "好吧，你的声誉比果戈理、普希金、莎士比亚、莫里哀，比世界上所有的作家都高，那又怎么样呢？"
>
> "我似乎是在经历了漫长的生活道路之后，走到了深渊的边缘，并且清楚地看到，前面除了死亡以外，什么也没有。"②

"生活中除了死，前面再没有什么了……"1876年2月他给哥哥也这样写道。

面对日愈加剧的社会危机，宗法贵族阶级的那个"共同世界"中的理性再也不能够为托尔斯泰的精神探索指明出路了！

在这一个个阿尔扎马斯之夜的面死而生中，在托尔斯泰面前或许也闪现过舍斯托夫引以为证的陀思妥耶夫斯基的路。舍斯托夫说，"陀思妥耶夫斯基，如同拯救自己灵魂的圣者一样，一向听到一种神秘的声音：要敢想敢干，要走向沙漠，走向孤独生活。""'一般'是陀思妥耶夫斯基的主要

---

① 《列夫·托尔斯泰文集》第15卷，第41页。
② 同上书，第14—16页。

敌人"，因为"灵魂越分离越孤独，它就越能找到和碰到自己的创造者和上帝"。①

这种以个人为本位的西方现代思维模式认为，人只有在被逐出"共同世界"之后，成为一个否定了"共同世界"之理性的个人，才能清晰地，"本真"地"发现自我"。

而令这位西方现代思想大师舍斯托夫颇为不满的正是，托尔斯泰违背了他所认定的真理之路，即走出人们的"共同世界"、走入"个人世界"而觉悟人生的真谛。在托尔斯泰后来写的小说《谢尔盖神父》里，谢尔盖神父最终不是走入"个人世界"去觉悟人生，而竟是走入另一个"共同世界"：走向人间，去向一个村妇帕申卡寻求真理，"在菜园子里做工，教孩子们读书，还照料病人"。

这些舍斯托夫称为"对古典主义的赏光"的描写，让其大加揶揄。② 然而**正是在这条令这位现代西方思想哲人大惑不解的道路上，托尔斯泰从否定西方个人主义现代理性和现代非理性人生观，而走向了和天地万物融为一体的东方思想。**

也许，在一次次阿尔扎马斯之夜的向死的追问下，托尔斯泰也曾产生过"摆脱所有人和自己"的念头：《安娜·卡列尼娜》里自传性主人公列文，这个"幸福的，有了家庭的，身强力壮的人"，正是"好几次濒于自杀的境地"。但是，或许是人应该走向联合这一俄罗斯传统文化思想（共同性、融合性）的一贯信念使托尔斯泰和他的主人公扭转了方向。在将自己逐出那个使生命成为罪恶的"共同世界"之后，他却转向了另一个"共同世界"。因为他从根本上就不相信有这样一个独立的"个人世界"存在，自然也就不相信这个"个人的世界"可能有到达真理的力量。

也就在这种何去何从的抉择性的对照中，托尔斯泰形成了对抗现代西方个人主义的理性观念，而具有东方集体主义精神的人生观。这样，托尔斯泰就不但和舍斯托夫，和陀思妥耶夫斯基分道扬镳，而且也和整个现代西方思维方式背道而驰了。面对西方现代理性主义的危机，托尔斯泰没有走向现代西方的非理性主义之路，而是回首瞩目东方，特别是向中国的古

---

①　列夫·舍斯托夫：《在约伯的天平上》，董友等译，三联出版社1989年版，第35页。

②　同上书，第123页。

典文化思想投以诚挚的目光。

在 19 世纪 70 年代写作的《忏悔录》和《安娜·卡列尼娜》里，托尔斯泰详细地叙述了自己在抛弃了西方现代理性思维之后，探索认识生活真谛的历程。

首先是宗教的非理性救托尔斯泰于现代理性宣判的一死（像皮埃尔一样，解救其理性危机的是共济会的信仰）："合乎理性的认识否定生命的意义，而大众，整个人类以不合理性的认识承认这种意义。这种不合理性的认识就是宗教"，"我之所以接受宗教信仰是因为除了宗教信仰之外，大概别无出路，只有死亡"。

于是，他必须先承认"世界的生存是依据某个人（自然是指上帝）的意志进行的。为了理解这种意志的意义，首先要服从它，做要求我们做的一切"。

"但是我从承认上帝的存在又转向对他的关系的探索，我又想起那个上帝，我们那位派来了圣子，即救主的三位一体的造物主。于是，这个与世隔绝，与我无关的上帝就像冰块一样在我眼前溶化了……我陷入绝望中……"（《忏悔录》）

然而这种对于虚妄的绝望，正促使托尔斯泰走向新的认知的微明。那个"三位一体的造物主"的化解终于给托尔斯泰带来一个类似中国人的"德性之天"的活在人心中的上帝。

如果说，在《战争与和平》中，恢宏的天道还是完全外在于人，只是在偶或间给无可作为的人们以一线宿命般的天启——人在上帝面前是卑微的；那么在《安娜·卡列尼娜》中，已经开始了从"天在外"向"天在内"的转变。对于不是执迷于理性的人，天的启示便显现在人的心中。列文的经历再现了托尔斯泰的精神探索。

在那愈来愈绝望于西方现代理性主义的精神危机时期，托尔斯泰只有靠非理性的信仰主义，将上帝塞入处于精神危机的列文心里：

推究把他引入疑惑，但是当他不用思想，只就这么活着的时候，他就时时感觉到他的心灵中有一个毫无错失的审判官……

"是的，神力的明确无疑的表现，就是藉着启示（откровение）而向人们显示的善的法则，而我感觉到它就存在我的心中……"

"为了上帝而活着，他略一暗示我我就领悟了……"

"他们对我说的是已经在我心灵中存在的东西……"

"思想却不给予我的问题一个回答——这种知识我用什么方法也得不到，但是却赐给了我……"

"我什么也没有发现，我不过是发现了我所知道的东西。"①

1870 年 7 月 21 日，托尔斯泰在笔记上谈到从笛卡尔以来的哲学家的缺点，认为即在于他们仅承认"个体（即所谓主体）的自我意识"。他认为，人既可以意识其自身是"一个人，一个个体"，但也可以"非个体性地"意识到自身是整个世界。他写道，"一个人或多或少地意识到是'一切'，还是'我'，依年龄不同而使然"。托尔斯泰认为，人之出生，便是一种个体化，即"获得个体性地看待一切的能力"。他认为，这出生是"从总的生命转向个体性的迷误"。而在生命的过程中，人不断地"涤除自己的个体性，渐渐地不再作为单一的人，而是和整体相融合"。而死，有时是缓慢的（表现为衰老的）死，就是停止个体性的生存，摆脱"以个体性的眼光看待一切的迷误"。当然，人到中年，当他感到自己"正值生命旺盛之时"，他"也能够看到自己个体性的迷误，而意识到总体生命的真理"。②

既然不承认脱离总体生命的个体性，那么，托尔斯泰也就自然不承认个体性的认识能力：

"无数的人和其它生物大概构成着一个完整的生命，这个生命是我们不能理解的，就象一个细胞不能理解整个机体的生命一样。" 1876 年 4 月 14日，托尔斯泰在给 A. A. 托尔斯塔娅的信中写道。③

"我是什么？是永恒的一部分。"④ 只有把自己融于人群，走入"共同世界"，生命才有意义，也才能理解生命的意义：

① 《安娜·卡列尼娜》第 8 部第 19 章，周扬、谢素台译，人民文学出版社 1978 年版。
② 《托尔斯泰全集（纪念版）》第 48 卷，第 126—128 页。
③ 《托尔斯泰全集（纪念版）》第 62 卷，第 266 页。
④ 《列夫·托尔斯泰文集》第 15 卷，第 44 页。

人们只有在整个人类的心中见到自己，才能把握自己的生命。①

而对于个人的修养和完善，也是如此：

独自一个人或是一些人是无法达到洁净的。要洁净就得大家一起洁净。把自己隔离开来不染污泥。这是最严重的不净。②

这些都是托尔斯泰从 19 世纪 70 年代以后日愈坚定的观点。相反，从"个人世界"，托尔斯泰没有看到生命的真实意义：

"'我的生命是什么？'——'是罪恶。'——完全正确。错误仅仅在于，我以只适用于我个人的答案去看待一切生命。"是的，"谁也不会妨碍我们和叔本华一起去否定生命"。③　然而——

"可是农民们是怎么死去的？"④　托尔斯泰这一直到临死还在追问的话，竟把他带向越来越远的东方。他正是在农耕的、古老东方的"共同世界"找到了生命的意义。

与人生观的抉择相对应，19 世纪 70 年代托尔斯泰最重要的著作《安娜·卡列尼娜》也展示了他的道路抉择：是走西方现代化之路还是走东方宗法农村生活之路。

在《安娜·卡列尼娜》里展示了一个随着俄国现代化进程而出现的沙俄帝国礼崩乐坏、社会变革的动态画面。"现在我们这里一切都翻了个身，一切都刚刚开始安排。"（列文）正如列宁说的，对于 1861—1905 年这个时期，很难想象得出比这更恰当的说明了。那"翻了个身"的是摇摇欲坠的农奴制，而那"刚刚开始安排"的是托尔斯泰模模糊糊感觉到的资产阶级制度。⑤　对这"刚刚开始安排"的资产阶级制度，托尔斯泰投以憎恶的目光。这里充满虚伪矫饰和罪恶。正如安娜临死时说的，"全是谎言，全是

① 《生之道》第 3 章，见《托尔斯泰全集（纪念版）》第 45 卷。
② 《列夫·托尔斯泰文集》第 17 卷，第 144 页。
③ 《列夫·托尔斯泰文集》第 15 卷，第 49 页。
④ 《父亲》（下），第 455 页。
⑤ 见列宁《托尔斯泰和他的时代》（1911）一文。

虚伪,全是欺骗,全是罪恶"。

《安娜·卡列尼娜》书前的题词"伸冤在我,我必报应",由于它对理解小说是至关重要的,所以也成为许多评论者的话题。比如米·赫拉普钦科所代表的一种意见,或许是为了给安娜·卡列尼娜伸张正义,反对把题词和安娜的形象联系起来,他认为:

"这个题词是在小说写作的初期阶段出现的。当故事围绕着三个人物的相互关系展开,而遭到毁灭的女主人公又是一切不幸的罪魁祸首时,这个题词无疑首先是针对她的。"而后来"小说的内容发生了根本改变","这个题词已不能'安到'"安娜身上了。因为:"一个简单的原因就是:对安娜的描写,整个来说,是与题词的谴责性思想完全抵触的。"对于"这个题词在小说的最后完稿里保留下来",他只轻描淡写地认为仅"需要把它看作是作家创作中的一个事实"。①

而实际上,这句题词恰恰不是"谴责性"的。这不仅是因为"不要论断(не судить,也即不要评判、指责、谴责)人",这一《圣经》中的教条②也是托尔斯泰一贯的思想③。托尔斯泰曾经说过,在小说里,"我不评判(谴责)人们。我要描写的只是肉体和良心之间的斗争"④;而且这句题词的出处:"亲爱的兄弟,不要自己伸冤,宁可让步,听凭主怒,因为经上记着:主说,伸冤在我,我必报应。"(《罗马书》第12章第19节)本身也正包含着"不要谴责"的含义。

因此,不是用米·赫拉普钦科所说的谴责,而只能用托尔斯泰在题词中使用的"报应"一词,才能圆满地解释题词和这部小说构思的关系。在托尔斯泰那里,上帝的报应、惩罚决不再是基督教义中的末日审判,秋后算账。引用《圣经》上"伸冤在我,我必报应"的格言,恰恰不是创作过程的一种不敢恭维的遗迹,而是作家自己颇为得意的点睛之笔。因为他寓于其中以新的思想,"报应"一词蕴含着托尔斯泰对命运、对冥冥中的天道规律的思考。托尔斯泰之婿 M.C. 苏霍金在致 B. 魏列萨也夫的一封信

---

① 米·赫拉普钦科:《艺术家托尔斯泰》,刘逢祺等译,上海译文出版社1987年版,第203页。

② 如《路加福音》第6章第37节:"你们不要论断人……你们不要定人的罪。"

③ 如《复活》第3卷第24、26、27章。

④ 《托尔斯泰全集(纪念版)》第17卷,第229页。

（1907 年 5 月 23 日）中转述托尔斯泰谈到这段题词时说：

> "是啊，这很机智，很俏皮。不过我应该再说一下，我选用这个题词（指'伸冤在我，我必报应'），用意很简单，我已经解释过，是为了表达这样一种思想：一个人作出了坏事，这个坏事总要有自己的后果的，这就是种种苦果。这苦果不是来自人们，而是来自上帝。而安娜·卡列尼娜就是尝到了这苦果。是的，我记得，我正是想表达这个意思。"①

人们常常从安娜不能见容于原来的上流社会，而她又没有勇气真正摆脱这个上流社会，以及沃伦斯基不能理解安娜的爱情等这些"来自人们"的"惩罚"，寻找安娜毁灭的原因，而托尔斯泰则不赞成。他引导人们看到，安娜的惩罚来自上帝。这上帝不是别的，就是托尔斯泰心目中一种类似天道的冥冥之中永存的法规。人们一旦背离，就会误入迷津，走投无路。这就是法则"报应"。而这个天道的法则认定受到西方文明感染的都市文明是罪恶的。对这罪恶的惩罚不是来自最后审判的地狱火坑，而是每一个违背这永恒法规的事情本身，当下就孕育成为苦难的地狱。安娜就是在这冥冥之中的天道运行中，悲剧性地一步步走向灭亡，卷入天道运行的轮下。

安娜的悲剧是受到西方现代化感染的"都市文明"所不可避免的：在都市文明的背景下不可能有真纯的生活；在不能摆脱这种现代化都市文明生活的条件下，一切努力都是徒然的。

托尔斯泰没有去"谴责"安娜，也没有想为安娜指引应该"怎么办"，因为她无论何去何从——无论是"坚守"自己的爱情追求，还是回到自己原来的丈夫家去，都是走投无路的悲剧。安娜的悲剧是现代都市文明毫无出路的表征。既然这种受到西方现代化感染的都市文明生活本身就违背了宇宙的永恒法则，在这种现代化的都市生活中根本不可能追求到幸福的生活。

而与安娜葬身于感染西方现代文明的都市生活相对照，《安娜·卡列尼

---

① 艾亨鲍姆：《70 年代的托尔斯泰》，列宁格勒，1960 年，第 197 页。

娜》的另一主人公列文却在宗法制的农庄生活中得到新生。列文在宗法制的农庄生活中求索、思考和得救的经历正反映了托尔斯泰人生探索的轨迹。尽管这一条线索往往被忽视。

比如,小说从刚一发表,就有人指摘它的两条情节线索缺乏联系,甚至在小说情节发展中,两位主人公之间也是迟迟才发生那么一次不一定非有不可的见面。

托尔斯泰则对这一指摘全然否定。他说:

> 我恰恰为(小说的)建筑学而感到骄傲——拱门的联接可以说是天衣无缝。我致力以求的也正是这一点。建筑物的联接不是靠情节和人物之间的关系(交往),而是依靠一种内在的联系。[1]

这里所谓的"内在的联系",就是指这部长篇小说的主旨——被西方现代化污染的都市文明中的死路和宗法制的农庄生活的新生的鲜明对照。

的确,在阿尔扎马斯之夜的死的观照下,托尔斯泰的面前摆着两条路:或是像安娜·卡列尼娜那样,借着那支理性的烛光,"浏览过充满了苦难、虚伪、悲哀和罪恶的书籍",在死的观照下,看透并决心摆脱那个"全是虚伪,全是谎话,全是欺骗,全是罪恶"的"共同世界","摆脱所有的人和自己"[2];或是像列文那样,抛弃这个"共同世界"公认的理性答案,而全身心地投入另一个"共同世界",去向"挖出了铁、传授了伐木、驯养了牛马、传授了播种、传授了如何共同生活、安排好了我们的生活"[3] 的人们,去向他们的那个"共同世界",寻求关于生命意义的信仰和知识。托尔斯泰毅然地选择了列文的道路。这成为之后托尔斯泰全部平民化实践的内在动因。

---

① 《列夫·托尔斯泰文集》第 16 卷,第 158 页。
② 《安娜·卡列尼娜》第 7 部第 31 章。
③ 《列夫·托尔斯泰文集》第 15 卷,第 37 页。

四　托尔斯泰直接从中国古典文化思想
寻求抵御西方现代化的武器

俄国从 19 世纪 60 年代开始的农奴制改革，以及随后进行的一系列社会结构和政治结构的变革（如地方自治机关改革、司法改革等），使沙俄传统社会礼崩乐坏，迅速走向西方资本主义的道路。托尔斯泰既已否定了西方现代化的道路，面对俄国的丑恶现实和社会动荡，他更加自觉地把苦苦求索的目光转向东方——西方人心目中永远宁静的东方。从 70 年代后期，托尔斯泰进入了激剧的思想转变时期。他认定西方现代哲人的思想无法解答他对人生意义的求索，精神探索的东方走向终于使他感到需要直接研究包括中国在内的东方文化思想。

1877 年，托尔斯泰曾请求 H. H. 斯特拉霍夫为自己从彼得堡设法收集一切能找到的有关中国哲人思想的译作。斯特拉霍夫完成了托尔斯泰的委托，并在给托尔斯泰的信（1878 年 1 月 20 日）中，提到了斯·朱利恩（St. Julien）的《老子，道德经》（巴黎，1841）。[①] 从托尔斯泰给斯特拉霍夫的信（1882 年 6 月 8 日）中，可以得知，1882 年夏天，托尔斯泰已经得到了关于孔子的书。[②] 不过，托尔斯泰研究中国古典哲人思想的最初记载是在 1884 年。

值得注意的是，在 1884 年日记的开篇，托尔斯泰就抄录下几十则"中国谚语"，其中包括老子、孔子的语录。

在 3 月 29 日的日记里，托尔斯泰把老子和孔子抬高到基督教经典之上的地位：

> 读孔子。越来越深刻，越来越好。没有他和老子，《福音书》就不全了。而没有《福音书》，他却过得去。

托尔斯泰一连译写了三篇文章：《孔子的著作》《大学》《中国先哲老

---

① 舍夫曼：《托尔斯泰与东方》，莫斯科，1960 年，第 56 页。
② 《托尔斯泰全集（纪念版）》第 63 卷，第 98 页。

子所著道德经》，收在《托尔斯泰全集（纪念版）》第 25 卷中。

值得指出的是，在《孔子的著作》开篇，托尔斯泰谈到了他对中国民族的看法和热心研究中国的初衷和思路。

首先，他指出了中国人的四个"最"："中国人是世界上最古老的民族。中国人是世界上最大的民族。中国人是世界上最爱好和平的民族。"而第四个"最"最使托尔斯泰关注："世界上没有任何一个民族在劳动中比得过中国人：吃得那么少，干得那么多。而且世界上没有任何一个民族比得过中国人那么善于耕种土地并靠土地养活自己。"

托尔斯泰赞服中国人的生活方式，目的在于用来否定欧洲人的现代文明："中国人按照他们自己的生活方式生活。不象我们欧洲人。他们知道我们如何生活，但是不仿照我们的生活。他们认为自己的生活方式更好些。"

"中国有三亿六千万居民。这些有着古老传统的、最富有的、幸福、和平的人民按某种原则生活着。我们嘲笑这些原则，而且我们以为，我们这样就支配了中国。"

20 年后，在 20 世纪初的世界帝国主义对东方各国架起现代文明的大炮的动乱年代，托尔斯泰宣说的救世良策就是让世人实践中国人农耕的和平的生活方式。托尔斯泰心目中的中国，不仅成为他反驳西方现代化的证据，而且日后更成为他拯救世界于现代化之迷途的旗帜。

19 世纪 90 年代，托尔斯泰努力借鉴和推崇老子"无为"思想，实际上是他多年来所坚持的否定现代化的社会改革、否定"进步"学说、否定人的无益的"外在"的活动——"为"的思想的发展。不仅马克思主义的暴力革命学说、俄国民意党人的恐怖活动（如刺杀亚历山大二世）他反对，而且资产阶级自由主义的社会改良运动他也认为徒劳无益。对自己当时（90 年代初）参加救济饥民活动的反思和论证，也成为他思考老子无为思想的一个重要原因。

如果说 80 年代初参加莫斯科人口调查时，托尔斯泰最关注的是贫富的对立和自己阶级生活的罪恶与不合理；那么现在，他进一步思考的是：这种救济贫困民众的活动毫无意义。

托尔斯泰在日记（1889 年 9 月 1 日）里，分析了当时的时代，他认为，走向西方现代化的"外在的事业"（应该也包括他所参加的救济活动）"只剩下一条路"，就是"继续促进由多数人屈从于少数人而产生的共同劳动，同时对分配得少的人隐瞒他们同幸运的人之间存在不平等的事实，阻止他们发动进攻，帮助和赈济受压迫者。现在的人们就是这样做的"。①

正因此，托尔斯泰陷入十分矛盾的心态，一边参加救济饥民的工作，一边又感到这种工作"真是使我厌恶透了"（1892 年 4 月 3 日，日记）②。这不但是因为面对人民，他时时感到那种一直存在的"来自内心的一种自觉惭愧的感情"，而且还在于他越来越"并不认为在这些事情上，我们对农民有什么真正的用处"。他研究了各种社会学说，都不以为然，面对俄国社会的苦难现实，他找不到出路。这使托尔斯泰更加坚定地继续走向企图靠个人道德完善解救人类的道路。而对于"外在的事业"，他则主张"无为"。

托尔斯泰注重老子的无为的思想，既是从宇宙观的角度，更是从社会观的角度。如果说老子的无为之论，是在从讨论社会问题而引发对天道的思考，旨在谈"道常无为而无不为"而应顺乎天道自然；那么，托尔斯泰讲无为则重在指出，要无为于外在的徒劳无益之事（西方现代化的"外在的事业"），而有为于内在的自我完善。

1893 年 5 月 15 日，在给 Д. А. 希尔科夫的信中，托尔斯泰又一次谈论"无为"：

> 对于真正的生命的运动，外在事业的碌碌奔忙不仅无用，反而有害……您读过老子吗？他有一个绝妙的思想，就是他所提出的最高德行，就是"无为"（原文是法文）。他，我是说老子，直截了当地得出结论认为，世界上的一切恶来自"为"（原文是法文），来自对自己的和他人的臆想出来的福利的关注。而这一思想不论怎样奇怪，却不能不同意它：我们的饥饿是由于我们太关注吃食——于是人人开垦；我们的疾病是由于我们太关心健康——所以我们变得软弱无力了；我们生活的危机和没有保障是由于我们太关心安全了——于是有了我们的政府、警察和军队；我们的奴役制是由于我们太关心自由——于是我们参予治

---

① 《列夫·托尔斯泰文集》第 17 卷，第 151 页。
② 莫德：《托尔斯泰传》，第 781 页。

理的责任；我们的野蛮是由于我们太关心教育——于是就有了我们的教会的谎言和迷信的宣说。

托尔斯泰的"无为"说又有着比老子的无为说更鲜明的社会批判性，其矛头直指现代化的进步之"为"，外在的社会改革之"为"。这也就使他的作品具有撕毁一切假面具的深刻的社会批判性。

在这里，讲一下托尔斯泰对左拉和小仲马之间的一次争论的反应是颇有意义的。

1893 年 5 月，左拉在巴黎的一次大学生联盟举行的宴会上，站在资产阶级现代化观念的立场，发言号召青年们抛弃过时的旧信仰，主张崇信"科学和劳动"的理想。而小仲马就此讲话给一家杂志写信，认为左拉关于劳动的号召是庸俗的事务主义，只能使体力和脑力满足，而不能使心灵得到满足。他认为，更有益的号召应该是："相爱吧，不要管这是谁说的：是上帝还是人。"

在这场争论中，托尔斯泰自然站在了小仲马一边。他认为，左拉的基本立足点是科学和进步，而为了"科学"和"进步"的劳动正是托尔斯泰所极力反对的"无益的外在活动"。他马上撰写了题为《无为》（1893）①的文章。其中论道：

> 人们的一切灾难，按照老子的学说，与其说是因为他们没有做需要做的事情，不如说是因为做了不需要去做的事情。因此，人们如果能遵循无为之道，就能够摆脱一切个人的，尤其是社会的灾难，（这位中国哲人主要是指的这种社会的灾难）……而我想，他是完全正确的。

接着托尔斯泰列举了一系列"有害的劳动"，都是现代西方进步文明的体现：发行报纸，组建军队，建造埃菲尔铁塔，筹办芝加哥博览会，开凿巴拿马运河……他论道，"人们只是靠用这些徒劳的，多半是有害的劳动，来掩盖他们生活于其中的矛盾，人们只是靠了这个，才能够象现在这样生

---

① 《托尔斯泰全集（纪念版）》第 29 卷，第 173 页。

活"。

托尔斯泰的论点中的弱点是显而易见的。而同时应该指出的是，他批判的目标却是鲜明地指向当时统治阶级，特别是高举"科学与进步"大旗的资产阶级，指向他们对人民的无所不为的暴力，指向他们强迫人民用血泪和汗水建造自己的天堂的"为"和"劳动"。托尔斯泰又把这种尘世中无益而有害的"为"，碌碌奔忙，视为一种利令智昏的无明：

"所有的人都奔忙无暇，没有时间猛醒、反思，没有时间看看自己，看看世界，并且扪心自问：我在做什么？为的是什么？"①

实际上，从19世纪60年代托尔斯泰走上反对西方现代化之路起，就对西方现代科学，对现代科学的关注和作为（"有害的劳动"），进行了持久的批判。因为西方现代科学和文明不是指引人们去进行道德自我完善，不关心人类的终极追求，而"把人们的注意力从真正重要的事物上引开，使他们转而注意那些微不足道的事情"。② 托尔斯泰首先认定科学不能解决生命意义的根本问题，不能"研究生命总和的课题"，但是它却"企图从自己的角度去抓住全部的生命现象，于是陷入混乱"，而"把人类的思维活动引向错误和空洞的道路"。总之，他否定"用外部的手段来研究人的需求"，以试图"解决关于生命的主要的唯一的问题"。③

他在谈及"科学的骗局"时说：

> 而他（老百姓）所期望于科学的，是科学能够解决他的和一般老百姓的福利所依赖的问题。他期望科学能够教他怎样去生活、怎样对待家庭、怎样对待亲友、怎样对待外国人、怎样和自己的情欲作斗争、应该信仰什么、不应该信仰什么……
>
> 然而，我们的科学……却兴高采烈地对他解释：太阳离地球有几多百万英里，光线以什么速度掠过空间，就光来说每秒钟有几多百万次以太的振动，就声来说有几多次空气的振动；科学又谈到天河的化学构造，谈及新的元素——氦，谈及微生物和它的排泄物，谈及电能所集

---

① 参见《托尔斯泰全集（纪念版）》第29卷，第185、187、199页。
② 《列夫·托尔斯泰文集》第14卷，第316页。
③ 刘宁主编：《托尔斯泰散文集》，中国广播电视出版社1997年版，第81—84页。

中的两极点，谈及 X 光，如此等等。……①

托尔斯泰要为科学的真正使命正名，他说：

> 我们把科学这个概念大大地歪曲了，以至当我们提到科学能做到没有儿童死亡率、没有卖淫现象和梅毒、没有一代比一代堕落的现象、没有大屠杀的时候，当代人就感到奇怪。在我们看来，似乎只有当一个人在实验室里把液体从一个瓶子倒到另一个瓶子，或者分析光谱，或者解剖青蛙或海豚，或者用科学上的特殊用语来编织花纹模糊的、连他本人也不完全理解的神学、哲学、历史、法律学、政治经济学的花边（目的在于证明现有的情况正是应有的）的时候，这才是科学。
>
> 但是要知道，科学，真正的科学，的确值得受到尊重的科学（最不重要的科学部门中的人在要求这种尊重），绝不是上面所说的科学。真正的科学在于懂得应该相信什么，不应该相信什么，应该怎样和不应该怎样建立起人类的共同生活，怎样建立性关系，怎样教养儿童，怎样利用土地，怎样自己耕种田地而不压迫别人，怎样对待外国人，怎样对待动物，以及人们生活中其他许多重要的事……而当代科学避开了它的真正使命。②

于是，托尔斯泰揶揄道："认为并且宣称世界是进化产生的，和认为并且宣称上帝用六天创造了世界一样愚蠢。前者更愚蠢些。只有说，我不知道，无法知道，而且无需知道，才是聪明的。"③

在他编写的《识字课本》的一个注解中，托尔斯泰写道："请躲开那些关于科学的异乎寻常的结果的最为可爱的信息吧，什么地球有多重，太阳有多重；太阳是由什么物质组成的；树和人都是由细胞构成的，人们又想

---

① 《现代科学》的序文，转引自高尔基《俄国文学史》，缪灵珠译，上海译文出版社 1979 年版，第 484 页。

② 《列夫·托尔斯泰文集》第 14 卷，第 318 页。

③ 《列夫·托尔斯泰文集》第 17 卷，第 364 页。

出什么样的不寻常的机器……"①

　　既然科学知识是不济生命的大事业的，所以，它再有创建，也只能属于闻见小知，而托尔斯泰也就是向科学要求这些闻见小知：

　　"我不否定科学"，托尔斯泰说，科学应当向人民讲解"用什么样的斧子更好砍东西；什么样的锯子最顺手；用什么样的面粉，怎样和面才能做成好面包，怎样生炉子，怎样砌炉台，什么样的吃食用什么样的食皿，什么样的蘑菇能吃，怎样做更好"。②

　　更进一步说，托尔斯泰既然认为人生的头等大事是通过道德自我完善走向和上帝的融一，是"生命的精神化"，是精神生命对肉体生命的不断否定，人生的事业就是"以你的生命多多少少促进普遍的精神化，即完善"，③而科学的知识却只带来"外部条件"的改善，按照基督教的语言来说，只是在"体贴肉体"，所以对科学这种仅仅体贴肉体的闻见小知，托尔斯泰也就不能不采取极为怀疑的保守态度了。

　　正是从这一立场出发，托尔斯泰对现代医学报以怀疑的目光。

　　有这样一件颇有意味的小事。在1902年那场重病后，托尔斯泰对医生幽默地说："好啦，先生们，我一向是说医生的坏话的，可现在我对你们更加了解了，你们确实是非常好的人，你们的科学教给你们的东西你们全都知道，唯一可惜的是，科学什么也不知道。"④

　　他也曾揶揄医生说："你们把一块肉切开，你们就以为了解了本质，也了解了整个世界。真是过于洋洋得意：好象一个拆毁玩具的小孩！你们就是些盲人，盲人！你们还不如盲人！"⑤托尔斯泰所指的是，医学的分析不能理解生命意义的真知。所以，在1906年的一篇日记里，他谈到科学不是智慧，而仅仅算是聪明，任何反对死亡的斗争，如医学等，都是不愉快的，不好的。⑥

　　也正是从这一立场出发，托尔斯泰对现代科学技术的进步采取了极保

①　《托尔斯泰全集（纪念版）》第22卷，第192页。
②　M. A. 阿尔达诺夫：《托尔斯泰之谜》，柏林，1923年，第13页。
③　《列夫·托尔斯泰文集》第17卷，第355页。
④　莫德：《托尔斯泰传》，第904页。
⑤　《同时代人回忆托尔斯泰》（上），冯连驸等译，上海译文出版社1984年版，第621页。
⑥　《托尔斯泰全集（纪念版）》第55卷，第577页。

守的态度。这就是为什么托尔斯泰再三呼吁"中国人民……应该发展自己的精神力量,而不是完善技术。如果精神力量被扭曲了,技术的完善只会带来毁灭性的后果"。

一位法籍家庭教师安娜·舍隆曾记下这样一件令她奇怪的事:

> 一天,我看见一个老妇人用棍子掘马铃薯,我劝她用锹来掘。她说,"我们全村只有三把锹。"我对伯爵(指托尔斯泰)说起这件事。他说,这样很好:彼此借用一把锹,可以训练农民们有基督徒的友爱![1]

安娜·舍隆夫人的大惑不解是因为不理解托尔斯泰的一个基本立场:一切为了精神的完善。而"训练农民们有基督徒的友爱"在托尔斯泰看来才是最重要的。

这正和老子提出的"使有什佰之器而不用"(《道德经》第80章)是一个道理,就是要杜绝有了闻见之知的"功利机巧",而"必忘夫人之心"(《庄子·天地》)的恶果。为的是使自己备有一颗纯白的"人之心",以载德性之知,以载人生的大道。

正是在这种思想的指导下,他不止一次地表示了对作为现代文明传播工具的报纸的"憎恶":"我憎恶报纸和杂志",因为它们"是白白耗费智力土壤甚至艺术土壤的肥力的设施"[2]。他认为报纸起着最能腐蚀人的作用[3],使人"蔽于物"而忘却德性真知。

也正是在这种思想的指导下,他攻击现代教育。"我认为学校里灌输的知识和分类法是儿童游戏,不能满足我对真理的热爱"。[4]他甚至说,"不应该嘲笑识字有益还是无益的争论。这是非常严肃而又令人沮丧的争论,我会毫不犹豫地站在否定的立场上。识字,也就是读和写,是有害的"。他

---

[1]　莫德:《托尔斯泰传》,第600页。
[2]　《列夫·托尔斯泰文集》第16卷,第124页。
[3]　《同时代人回忆托尔斯泰》(上),第396页。
[4]　《列夫·托尔斯泰文集》第16卷,第84页。

认为当时的教育在"对智力造成巨大的荒芜和对学生精神气质造成破坏"。①

托尔斯泰深深失望于现代西方科学理性，甚至达到了宁肯对理性认知闭目塞听的地步。安德烈（《战争与和平》）的过人的理性智慧只是使他在战场和官场上狼狈奔突而找不到生命的意义；皮埃尔"抛弃了那架他一直用来从人们头顶上看东西的望远镜"②的时候才悟出人生的真谛；百思不得其解的列文（《安娜·卡列尼娜》）分明感到，"我在人类知识之林中，在数学和试验科学的光照下，在思辨科学的昏暗中彷徨……出路是没有的，也不可能有"。而当他停止了理性的思考，"当他不用思想，只就这么活着的时候，他就时时感觉到他的心灵中有一个毫无错失的审判官……"③

托尔斯泰反复论证理性不可能认识上帝，不可能认识人生的意义。那些具有严密思辨能力的人，不是变成官僚"机器"（如《安娜·卡列尼娜》中的卡列宁），就是如"有学问的"赛尔吉·伊万诺维奇（列文的异父哥哥）那样，把旺盛的精力徒然耗费在毫无结果的思辨和议论中。托尔斯泰在否定西方现代理性的同时，希望建构一种类似东方传统的情感化、道德化的理性。早在1867年6月28日给费特的信中，托尔斯泰就谈道，"我们彼此珍爱，正是因为如您所称的，我们同是用心灵的智慧看问题。（……头脑的智慧和心灵的智慧的说法使我大开眼界。）"④

对生命意义的真知托尔斯泰希望从截然相反的另一种认知途径得到。在《论在我们所知道和了解的生命之外的灵魂及生命》（1875）⑤中，托尔斯泰指出：

> 生命对于生命的关系，我们不能靠理智理解，而能从内省直接地充分认识它，认识生命自身。

---

① 《列夫·托尔斯泰文集》第16卷，第78页。
② 《战争与和平》第15卷第12章。
③ 《安娜·卡列尼娜》第8卷第10章。
④ 《列夫·托尔斯泰文集》第16卷，114页。
⑤ 《托尔斯泰全集（纪念版）》第17卷，第340页。

这种试图对生命进行内省直观的体认的见解，就使托尔斯泰走近了中国知论的道德直觉。

重伤的安德烈躺在战场上，仰望奥斯特里齐那高不可测的天空所引发的道德直觉就是一个例子。

《战争与和平》中，库图佐夫对战局的把握，也不是靠着"以目接物"的这些体现现代理性精神的调查、分析、推断，而是凭着"以心接物"的直觉，体悟着士气、民心和整个时局的演变。在普拉东·卡拉塔耶夫身上，特别能体现出托尔斯泰所追求的那种随感而应、得意忘言的直觉体悟的认知心态。那段对他满嘴的俗语，"不看上下文，似乎没有什么意义，但是用得得当的时候，就突然取得深邃的智慧的意义"的精彩描写，也充满了和愚蠢的现代西方理性精神相对照的意图。

托尔斯泰不仅对现代西方科学思想、理性精神，而且对西方现代文艺思潮也持着深刻的批判态度。他反对文学艺术中的西方现代主义思想，反对为艺术而艺术的取向；而对道德完善的人生理想的追求和审美伦理化，使托尔斯泰不能不对没有道德理想的西方自然主义文艺观、对"丧失了审美羞耻感"①的颓废派、对"象征派的、印象派的和新印象派的"作品"感到困惑"，"感到愤怒"②。他指出"这个运动是病态的"，"在他们的艺术中只剩下一个东西——形式"③。他正是站在他的"平民化"的立场上，批判"上层阶级的艺术""因为脱离了全民的艺术而变得内容贫乏、形式鄙陋"，"越来越不可理解"④。总之，托尔斯泰没有跟随西方文艺思潮在否定西方科学理性之后，进而走向非理性主义，而是在东方的，主要是中国古典文艺思想中找到了共识。

---

① 《列夫·托尔斯泰论创作》，戴启篁译，漓江出版社1982年版，第117页。
② 同上书，第112页。
③ 同上书，第102—103页。
④ 同上书，第114页。

五 用东方传统文明抵抗西方现代文明
——托尔斯泰晚年的重要精神事业

托尔斯泰最后一部长篇巨著，被誉为批判现实主义顶峰之作的《复活》，正如列宁指出的，对现代的一切国家制度、教会制度、社会制度和经济制度作了激烈的批判，撕下了一切假面具，达到了"最清醒的现实主义"。这一批判的矛头不是指向传统的沙皇俄国，而是指向正在向西方现代化"努力进步"的俄国。他把这一走向视为可怕的灾难。

任何论证都不及托尔斯泰在《复活》开篇的这一段描写，更清晰、更雄辩地阐明托尔斯泰对迅速走入现代化的俄国的思考和憎恶：这里，天人关系发生着可怕的冲突、天道人道间形成了荒谬的背离——

> 尽管好几十万人麇集在不大的一块地方，千方百计把他们聚居的那块土地毁坏得面目全非，尽管他们把石头砸进地里去，不让任何植物在地上长出来，尽管出土的小草一概清除干净，尽管煤炭和石油燃烧得烟雾弥漫，尽管树木伐光，鸟兽赶尽，可是甚至在这样的城市里，春天也仍然是春天。太阳照暖大地，青草在一切没有锄尽的地方死而复生，不但在林荫路的草地上，甚至在石板的夹缝里长出来，绿油油的。……植物也罢，鸟雀也罢，昆虫也罢，儿童也罢，一律兴高采烈。唯独人，成年的大人，却无休无止地欺骗自己，而且欺骗别人，折磨自己而且折磨别人。人们认为神圣而重要的不是这春天的早晨，也不是上帝为造福众生而赐下的这世界的美丽，那种使人趋于和平、协调、亲爱的美丽；人们认为神圣而重要的却是他们臆想出来借以统治别人的种种办法。

托尔斯泰从生态危机背后看到的是人性的危机。正是透过西方文明对生态环境的蹂躏，托尔斯泰揭示了它对人类心性的扭曲，揭示了人类社会的危机，天人关系破裂的危机：西方现代文明给人们指示的道路根本违背了天道，是一条死路。而主人公聂赫留朵夫在全书中走遍被现代化进程扭曲蹂躏的俄国大地,对"现代的一切国家制度、教会制度、社会制度和经济制度作了激烈的批判"之后,作者为他准备的出路,是到西伯利亚去过非现代化的农村生活。这也就是托尔斯泰精神探索最后的出路——**用东方传统文明抵抗西方现代文明。**

在托尔斯泰生命的最后十年,即 20 世纪最初十年,正是西方资本主义社会从政治经济到思想文化各方面危机重重的时期。他们借着西方现代文明的面目向全世界,特别是向东方国家伸出侵略的魔掌。同时,随着马克思主义的迅速传播,俄国和全世界都充满了革命危机的暴风雨来临前的气息。托尔斯泰虽然力主个人道德完善和社会活动方面的无为,但是却不能不紧张而严肃地关注着天下大势,思考着俄国和全人类的前途和命运。

托尔斯泰在晚年的一些重要文学作品和论著中,对西方现代文明给人类社会带来的灾难性后果进行了深刻的揭露和批判。如同前文所引,在论证世界危机源自西方现代文明时,托尔斯泰指出,"古人用'вам мир'①这句话来相互问候,那种在他们看来永远是最高幸福的和平,现已在西方民族中完全消失了,并且岂止是消失,人们还努力借助科学来使自己相信,人的最高使命不是在于和平,而是在于所有人的彼此斗争"。他分析并指出,正是西方现代文明孕育着战争:

> 事实上也是如此,西方民族一刻不停地进行着工商业斗争和军事斗争,国与国在斗争,阶层与阶层在斗争,工人与资本家在斗争,党派与党派在斗争,人与人在斗争。
>
> 但这还在其次。人人都参加政权所造成的主要后果还在于,人们在越来越脱离直接的农业劳动、越来越希望千方百计地占有他人劳动的同时,已经丧失了自己的独立性,他们的地位就决定了他们的生活必然是不道德的。西方民族不乐意也不习惯在自己的土地上自食其力,必定要从其他民族那儿取来自己的生存资料。而要得到这些生存资料,他们只能通过两种途径:一是欺骗,即用大多是毫无用处的腐蚀性物品,诸如酒精、鸦片、武器之类,去换取各种必不可少的食物;二是

---

① 直译"给你和平"。

暴力，即对亚洲人民、非洲人民和凡是他们觉得可以不受惩罚地进行掠夺的那些地方的人民大肆掠夺。

随着代议制的长期存在和不断扩大，西方民族一天天地废弃了农业，把自己的智力和体力都用在工商业活动上，以便满足富裕阶级的穷奢极侈，以便进行民族与民族的斗争，并使没有被腐化的人们腐化起来。

这些民族若要生存，就必然要行使欺骗手段和暴力，这些东西用他们的语言来说，叫作开辟市场和殖民政策。他们也正是在这样做，同时十分自然地，竭力把自己那张奴役的大网越来越远地撒向世界各地，撒向还在那里过着合理的劳动生活的人们。所有这些民族都在相互竞争，把自己武装得越来越强大，变得越来越狡猾，想出了种种借口去夺取那些过着合理生活的人们的土地，强迫他们来养活自己。

正是这种信仰和这种信仰的科学，使得西方人走着死路。既不愿意看到也不愿意承认走这条路的人将被它带往无法逃脱的灭亡。他们中间那些所谓最先进的人还洋洋自得，以为他们寸步不离地沿这条路走下去，就会得到最大的福利而不是遭到毁灭。①

同时，托尔斯泰把社会主义也列入他所抨击的现代文明之列。他指出：

他们努力使自己相信，通过这种已使他们陷入绝境的暴力，还会发生这样的情况：在那些贪得无厌地追逐物质福利，即动物式福利的人们中间，自然而然地不知怎么一来，在社会主义学说的影响之下，突然会出现一些掌握政权但又不受它腐蚀的人来，他们将建立起另一种生活，可以使习惯于为谋私利而进行利己主义贪婪争夺的人突然变成富于自我牺牲精神的人，使人人都会为共同利益而齐心协力，平分共享。

但是这种信念也不具有任何合理依据。最近以来，它在有头脑的人

---

① 《论俄国革命的意义》，《托尔斯泰全集（纪念版）》第36卷。

们中间越来越失去信赖，只在工人群众中间还保有市场，它把他们的视线从当前的灾难上引开，使他们把不着边际的希望寄托在美妙的未来。①

托尔斯泰指出："为什么你们会这样设想，以为那些将要组成新的政府的人，那些将要占有工厂和土地的人，他们不会象现在一样，找出种种办法，象狮子一样，为自己占有最大最好的一份，而只剩给无知无识的芸芸众生必不可少的一点儿呢？""如果这政府能够组织生产，那自然好极了。不过为此他们先应该成为无私的圣人。而这些圣人现在在哪儿呢？"②

托尔斯泰总结说："正在把西方大多数民族引向灭亡的他们的共同信仰就是这样一套货色。"③

而对于俄国，托尔斯泰更是指出前面是死路一条：

欧洲政治家们现在邀请俄罗斯民族去走的正是这条死路，他们为又有一个新的民族即将同陷于他们的绝境而兴高采烈。那些轻率的俄国人也正在把它往这条路上推，他们认为奴隶般地追随几百年前的西方民族曾经在还不知道后果将会如何的情况下做过的事，要比用自己的头脑思考来得方便得多和简单得多。西方民族除了有种种内部灾难和由于参加政权而造成大部分人口的腐化之外，已经到了为求生存就必须使用欺骗和暴力夺取东方民族的劳动果实的地步，只要东方民族还没有学会这样的做法，他们就不断通过他们发明的某些被称作文明的、给他们提供了这种可能性的手段来达到这个目的。

而当西方民族的道路已经清楚无遗地表明了是一条死路的时候，俄国人再去步其后尘就更加不理智了。

大多数西方人在走上这条道路时，主要靠工业、交换、商业和直接奴隶制（奴役黑人），或者像当今欧洲殖民地中那种间接奴隶制来获取自己的生存资料。而俄罗斯民族主要是一个农耕民族。俄

---

① 《论俄国革命的意义》，《托尔斯泰全集（纪念版）》第36卷。
② 转引自苏联刊物《星火》第45期，第10页。
③ 《论俄国革命的意义》，《托尔斯泰全集（纪念版）》第36卷。

罗斯民族今天再去走西方民族的老路，就意味着有意识地制造政府要求它去制造的那一类暴行，就是说去抢掠、放火、扔炸弹、杀人、打内战，只不过这样干不是为了支持政府，而是为了反对政府，并且在制造所有这些暴行的同时，它知道现在这样干不是出于别人的意志，而是出于自己的意志。最后，它将得到的东西仅仅是和西方民族一样，在无休无止的斗争之后重新遭受目前使它叫苦不迭的一切主要灾难，即失去土地、日益加重的苛捐杂税、国债、不断扩充的军备、惨无人道的疯狂战争。更严重的是，与此同时它将和西方民族一样失去自己的主要幸福，即失去符合自己习惯和爱好的农耕生活，还将陷入依赖于他人的劳动的绝境。更何况，它将是在最不利的情况下陷入这种绝境，也就是说，它与西方民族的工商业斗争必败无疑。这条路是死路。①

在对现代世界危机的思考中，他更加深信，危机的根源在于西方现代文明，而危机的拯救要靠传统的东方。光从东方来，人类解救的希望在东方，或者说，在中国。因此，托尔斯泰的晚年对于中国传统文化，对于中国的现实更加关注。中国古典文化思想已经成为托尔斯泰反对俄国沙皇农奴专制的黑暗统治、揭露西方资本主义制度的丑恶现实、抨击世界列强的横行霸道，特别是对东方民族的罪行的武器。

值得提出的是，在托尔斯泰生命的最后十年，他给中国人写了3封信。表达了他欲用东方传统文明对抗西方现代文明、拯救世界的拳拳之心。

1900年，八国联军攻进北京，烧杀抢掠无恶不作的罪行，是当时托尔斯泰最关心的问题，每议时事必当提及。当时托尔斯泰正在研读孔子，这一时期他对中国古典文化思想的研究的热情正是和对中国现实社会的关注紧密相关的。在他了解到八国联军对中国人民的罪行时，这位年逾七十高龄的老人的心里，油然生起一种渴望，要和自己多年崇仰的东方文化的故乡的中国人民剖心而谈。他在日记和信函中都谈到这一心愿。

1900年10月30日，这篇酝酿良久的书信动笔了。托尔斯泰在日记里

---

① 参见《论俄国革命的意义》，《托尔斯泰全集（纪念版）》第36卷。

记道:"早上开始写《告中国人民书》,开头写得又少又不好。"直至次年2月,托尔斯泰三次改写致中国人民书,但却终竟没有定稿。足见其沉重的心意。

托尔斯泰提起笔来,先是要以千百万民众代言人的名义,写一篇庄严的宣言。所以文章一稿的标题叫《全世界兄弟友好联盟的参与者告中国人民书》。

一开始,托尔斯泰首先描述他想象中"永远静止不动的东方"的中国人的合理的生活怎样被欧洲侵略者打破,而托尔斯泰正是要在这"永远静止不动的东方",为危机中的现代社会寻找出路。所以托尔斯泰写《告中国人民书》的根本意旨是要捍卫中国人固有的生活方式。

托尔斯泰把矛头正面地指向在那些侵略者之上的统治者——

"他们的上司们、议员们、部长们、国王和皇帝们,他们坐在宫室之中,沉溺于荒淫腐化之中,而制造着那些在你们中发生的可怕的事情。"而他最关注的,是中国人民精神上(而不是肉体上)正在和将要遭受的伤害。文中重复出现了"腐蚀"这个词。而对于中国人以牙还牙的暴力反抗,托尔斯泰则认为正是这种腐蚀的结果,他在最后一稿中又增加了一句:"他们——指欧洲侵略者——需要的正是这个(指暴力反抗)。"

托尔斯泰进而阐述了自己的反对西方现代化的根本思想:"你们面临的危险在于,你们一旦一方面,被那一伙强盗通过杀人来鼓吹和表现出来的对暴力的崇尚所迷惑,一方面,被他们称为文化的那些淫技器物的华彩(即现代化的华彩)所迷惑,你们就会离开自己的领袖们,离开伟大的孔子,是他教导着真正德行,及获得这种真正德行的内在努力之方。这样,你们就会在不知不觉中失去你们的美好德行:爱劳动,爱和平,敬重尊严,而沦落到那种可怕的势力之下,那种势力会渗入人的灵魂的最隐秘的角落,现在的欧洲人就是在这种可怕的势力之下奄奄待毙。"

由此,托尔斯泰把两种文明的冲突——西方现代化的伪文明和东方固有传统文明的冲突——鲜明地突出出来。托尔斯泰最痛心的是中国传统文明备遭蹂躏,他把对中国人民的同情和支持明朗化为对中国固有传统文明的捍卫,对农耕文明传统的捍卫。

实际上,托尔斯泰和中国人直接对话的渴望是在1905年才第一次实现的。1905 年 12 月，托尔斯泰头一次收到一个中国人张庆桐①的来信和随寄来的一本梁启超写的《李鸿章，或中国近 40 年政治史》的俄译本。这本书远不如张庆桐的信使托尔斯泰感兴趣，因为正是这封信给了托尔斯泰和中国人直接对话的契机。而且和中国人的这头一次对话，实质上正是一次关于两国人民携手基础的论争——是共赴欧洲现代化文明的"进步"之途，还是捍卫传统的农耕文明！

张庆桐的信的实质就是谈，中俄两国人民应该并可以在共赴欧洲现代化文明的"进步"的道路上携手共进。他说：

> 中日战争（指甲午战争）之结果深深触动了我，所以我致力于学习俄文。其激发我的因由是，世界上的主要民众属于俄国和中国，比于欧洲，俄国之进步较慢，而在中国，进步较俄国还慢，由此可见，俄国生活的现象比于欧洲，更近于中国，而现在俄国所实现的国家体制的改革，会在更大程度上影响到中国，而非欧洲。所以这两个民族的友好应该比其他民族更牢固。

显然，张庆桐对于中俄两国关系的思考的基础是以欧洲为尺度的"进步"。他认为中俄两国都属"落后"，所以两国人民在"进步"的道路上因先后接踵而可以相互提携。张庆桐在其后来写的《俄游述感》一书中用中文重述给托尔斯泰的信时，更指出其倾慕彼得大帝"强力变政，勃兴国事"，认为"天不欲兴中国则已，苟欲兴之，必有如彼得者以为主"，而他自己"愤国势骤落，乃弃旧文求新学"，为详闻彼得遗事而"决意习俄文"的字句。这充分表现出维新派的立场。张庆桐在信中还讲述了中国近年社会思想方面发生的巨大变化，并言及民众对西方科学及各种现代化知识日益神往而求索的精神倾向，而同时，对于亘古不变的儒学教条产生了怀疑心理。张庆桐送给托尔斯泰《李鸿章，或中国近 40 年政治史》一书，正是为的"展示"这种"中国人民的道德风貌"，并希望托尔斯泰"对该书稍加评论"。

---

① 张庆桐（1872—?），上海人，1899 年由北京同文馆派至彼得堡政法大学留学，后任驻恰克图都护副使。

这些显然恰恰是托尔斯泰不以为然的。所以托尔斯泰在信中不仅说《李鸿章，或中国近 40 年政治史》一书自己"还未拜读"，而且旗帜鲜明地表示"从你的来信加以判断，我怕我不会同意它的倾向"。这是因为"从您的来信看，您是赞同（我想在书里也一样）中国的国家和社会制度的改革的"。

道不同不相为谋。本来，托尔斯泰可以对张庆桐的书信置而不顾，但是看来，托尔斯泰不肯放弃这样一次和中国人直接对话的机会。实质上，托尔斯泰给张庆桐的复信可以视为托尔斯泰和中国改良派进行的一次思想交锋，以此来阐述自己积年而成的珍贵思想。在复信中，托尔斯泰对中国文化的倾慕之情，落实到力劝中国人坚守自己的传统文明，以抵御从西方强劲袭来的现代化之风。

从复信（1905 年 12 月 4 日）中可以看出，托尔斯泰实际上仅仅认同了张庆桐的一个思想，这就是两国人民应该建立一种民间的而非政府间的友好联系。但是，这种联系的基础是什么？

托尔斯泰只字不提张庆桐侃侃而谈的中俄在那条"进步"路上的缘分，而开篇即谈对孔子、孟子、老子乃至墨子的景仰，指出自己"对中国人民向来怀有深厚的敬意，由于日俄战争的种种事件而在极大的程度上加深了"。因为在这场战争中中国人表现出传统文明熏陶下形成的"忍耐精神"。

在托尔斯泰看来，俄中人民的联系的基础，绝不在张庆桐所说的"进步"之途上，而在于他们传统的生活方式上，在于基于其上而形成的"俄中两大民族之间""有一种内在的精神上的联系"上，在于他们应该寻求一种区别于欧洲进步的"新的生活方式"上。托尔斯泰看来，在欧洲进步的历史大势中，"我认为俄国，它的大多数的农业人口是个例外。我期待从它那里出现新的生活方式，我也这样期待着中国农业人口的大多数"。这里托尔斯泰是在说，俄中两国人民的确"必须携手并肩前进"，但不是共赴欧洲现代化的"进步"之途，而是捍卫东方农耕文明的传统。

针对中国改良派力图仿效西方、改革社会的走向，托尔斯泰语重心长地说，"愿上帝保佑中国不要走日本的道路！"进而他论述了自己关于社会发展和社会改革的思想：

对于成长，发展、完善意义上的改革，是不能不表示同情的。但仿效式的改革，把那些在有识之士眼里已然在欧美完全站不住脚的形式输入中国那就会是一个致命的大错。改革应该是从一个民族自身的特质中自然而然生长出来，不同于其他民族的形式的崭新的东西。

结论就是："中国人，也正象所有的人一样，应该发展自己的精神力量，而不是发展技术上的完善。精神的力量被歪曲了，技术上的完善只会起破坏作用。"

一年之后，1906年3月，托尔斯泰又收到俄国驻上海总领事小博罗江斯基转来的辜鸿铭用英文写的《尊王篇》① 和《当今，皇帝们，请深思！论俄日战争道义上的原因》两部书。辜鸿铭在书中深刻地指出，列强之侵凌中国，意义不单在掠取，而且是两种生活方式、两种文化——腐朽的西方资产阶级文化和基于道德基础上的独立生成的东方文化的冲突。在指责欧洲列强的东方政策的同时，辜鸿铭看到中国政治、经济的落后而主张从政治、经济、社会生活各方面进行根本变革：建成独立自主的国家工业，使落后的农业现代化，利用新的科学技术成果，在君主立宪制下的国家体制的资产阶级化改革……

这些设想，自然是托尔斯泰万难同意的。而直至1906年9月13日，托尔斯泰才动手给辜鸿铭写回信。从托尔斯泰的信函和回忆录中，可知他为给辜鸿铭回信做了认真的准备。看来这封信绝不仅仅是写给辜鸿铭的。因为托尔斯泰立即请求切尔特科夫把信译成各种外文，并在欧洲报刊上发表，一时引起世界关注。可以断言，托尔斯泰极为重视这封信，他是把这封信作为论述和宣说自己思想的武器。难怪托尔斯泰临终前还记起这封信，当有人称赞他的文学作品的永恒价值时，他清醒地摇头说，"我的这一切，皆属不足道也。余以为最有价值者，当为复中国人某一书也"。②

托尔斯泰写《给一个中国人的信》，显然不是仅为了应和辜鸿铭在书中表现出的站在政府立场的改良道路，而是要提出自己的反对西方现代化文明的社会人生理想。他以捍卫中国传统的"和平的、农耕的生活""'道'

---

① 实际上英文书名是《总督衙门论文集》，《尊王篇》是辜鸿铭题的中文书名。

② 参见李玉刚《狂士怪杰》，华夏出版社1999年版，第322页。

的生活" 的名义，针对包括洋务派在内的改良路线指出：

> 中国的轻率的人们，所谓的改良派认为，这一改变应该是去做西方
> 各民族已经做了的事情，即用代议制政府去替代专制政府，去建立西
> 方各民族的那种军队，那种工业。这一决定初看起来是最简单和自然
> 的。而根据我知道的中国的一切，这决定不但是轻率的和非常愚蠢的，
> 而且完全不符合聪明的中国人的本性。①

托尔斯泰指出："我想，中国、波斯、土耳其、印度、俄国，可能的话
还有日本（如果它还没有完全落入欧洲文明的腐化罗网之中）等东方民族
的使命是给各民族指明那条通往自由的真正道路，如您在您的书中所写的，
在汉语中用来说明它没有别的词，只有'道'，即道路，也就是符合人类生
活永恒基本规律的活动。"这"对全人类都是真正的和唯一的道路"。②

他给中国人指出的道路就是：

"只要你们坚持遵循合理的生活道路，即'道'的自由"，"只要中国
人继续过以前所过的和平的、勤劳的、农耕的生活，遵循自己的三大宗教
教义。这三种宗教的教义是相符合的，就是要从一切的人的权力统治下解
放出来（儒教）；做到己所不欲，勿施于人（道教）；实行自我牺牲，温
顺，对一切的人和一切的生物都要慈爱（佛教）。这样，他们现在所遭受的
一切灾难便会自行消亡，任何力量都不能战胜他们。"

"我认为，在我们的时代，在人类的生活中正发生着伟大的转变，在这
个转变中，中国应该在领导东方民族中发挥伟大的作用。"③

这正是托尔斯泰期望于中国人民的。

在晚年，托尔斯泰更加努力地把译介中国古典文化思想、诸子的学说，
作为寻找具有全世界普遍意义的思想、寻求一种能为全人类所共识的宗教
思想的重要组成部分。

在亚斯纳亚·波良那的图书馆里，收藏着很多托尔斯泰做过笔记和标

---

① 《给一个中国人的信》，《列夫·托尔斯泰文集》第 15 卷。
② 同上。
③ 同上。

记的有关中国文化和社会生活的书籍、报刊。它们证明着这位八旬老人直到生命的最后一年仍在关注着中国。① 关于中国人民勤劳、诚实、待人善良的论述，使他对中国心神向往。在饭桌上，他向大家讲述从报刊上读到的有关中国的情况，说，要是他还年轻，那他会去中国的。

"中国人让我神往，四亿人口，而现在人们要给他们嫁接欧洲文明。"②

1909 年，当他得知一位俄国著名的人种学院士 B. 拉曼斯基在自己的讲授中，对中国人表现出轻慢态度时，他写信对他说：

"我总是觉得，欧洲人更应该，也确有东西向中国人学，而非相反。我对中国人民的本性及其生活方式总是怀有极大的尊敬。"③

1910 年 2 月 20 日，亚斯纳亚·波良那来了一位挪威《莫根勃拉特》报记者，M. 列文。他在谈话之间啧啧赞美起挪威首都的美好生活，看来是现代文明的典范。据说是警察在恪尽职守地维护着居民的财产和安宁。托尔斯泰说，对这"靠最高一级的暴力——警察来支撑"的现代文明，他实在"不太感兴趣"，他说：

"瞧您夸得，样样都好。而在上海，那里的居民大概比你们全国人口都多，而中国人生活的那半个城④根本没有警察，也生活得很好。"⑤

1910 年 8 月 31 日，托尔斯泰还饶有兴味地聆听了一位刚从中国归来的加拿大政治经济学教授詹姆斯·马沃尔讲他对中国的印象。对中国的经济状况，特别是中国的农村、农民的劳动、农业，托尔斯泰十分感兴趣。

在自己生命的最后的一些日子里，托尔斯泰和撰写关于中国哲学著作的作者布兰热谈论过中国。这一次，他谈到不同于给辜鸿铭的信里的观点。他看到中国发展资本主义的不可避免性。他谈到，无论普通的中国人是在

---

① 亚斯纳亚·波良那图书馆保存的托尔斯泰在生命的最后几年看过的关于中国的书有，A. Верещагин Воспоминания и рассказы СПб. 1903；*Lectures of Col. R. Q. Ingersoll*，*Including His Letters on the Chinese God*，Chicago，1897（书上有托尔斯泰的笔记）；H. Taylor，*Pastor Hsi*（*of North China*）；*One of China's Christians*，London，1905；U. Gohier，La Guerre de Chine. Assasinat，incendies，viols et pillages，commis et racontes par les officiers，les soldats Francais aux ordres des missionnaires（S. i.）（S. a.）.

② 瓦·布尔加科夫：《托尔斯泰的最后一年》，莫斯科，1957 年，第 185 页。

③ 《托尔斯泰全集（纪念版）》第 80 卷，第 90 页。

④ 大抵指上海非租借地的部分。

⑤ 瓦·布尔加科夫：《托尔斯泰的最后一年》，第 112 页。

怎样对抗着金钱的胜利和西方文明的影响,但是他们却没有力量抵御住它,因为在他们的四周都架起了大炮。

但是,托尔斯泰不屈不挠地擎起东方传统文明的旗帜,用以反对西方现代化文明。他对中国古典文化思想所包含的真理是坚信不疑的。在托尔斯泰执着的参与和支持下,中国三位伟大的思想家孔子、老子、墨子的专著单行本,终于在他临终前问世了。

值得一提的是,1908 年 8 月 28 日(俄历),托尔斯泰 80 岁生日之际,很多中国文人聚会上海,决定致电托尔斯泰,(由辜鸿铭签字)庆贺他 80 华诞。这一贺电,正表明在东方,也有对托尔斯泰抵制西方现代化文明,欲以东方传统文明拯救人类思想的应和。它可谓是托尔斯泰思想的回声。

贺电首先谈及当代西方社会精神危机,"盖自伪学乱真刍狗天下,致使天下之人汩没本真,无以率性而见道"。而泰西各国宗教也已传衍失真,以致"非特无以为教,且足以阻遏人心向善之机"。看天下,"今天所崇尚者势利耳,不知道之所在",又"各国专以势利相倾,竞争无已,匪独戕贼民生,其竟也,必至互相残杀,民无噍类"。面对这种现实,贺电提出:"欲使天下反本归真复其原性,必先开民智以祛其旧染之痼习"。于是把希望寄托在托尔斯泰身上:

"维先生学有心得,直溯真源,祛痼习而正人心,非所谓人能宏道,非道宏人者与!""故欲救今日之乱,舍先生之学之道,其谁与归?"

最值得注意的是,贺电指出:

"今之所谓宗教,如耶,如儒,如释,如道,靡不有真理存乎其中,维是瑕瑜互见","如能采其菁华,去其芜杂,统一天下之宗教,然后会极归极,天下一家,此真千载一时之会也!"这正道出托尔斯泰"一片丹忱维持世道人心,欲使天下同归于正道",欲图用东方传统文明抵抗西方现代文明的拳拳之心。①

托尔斯泰抵制西方现代化文明,欲以东方传统文明拯救人类的思想的确"就其内容来说是反动的(就反动一词的最正确最深刻的含义来说)"②。然而,在世界进入后现代的今天,我们可以从托尔斯泰反对现代化的、东

---

① 《托尔斯泰与东方》,第 148 页。
② 《列宁全集》第 17 卷,第 32—36 页。

方走向的精神求索的"迂阔"中发现一些值得深思和警醒的深邃的东西，可以作为当今人文精神危机的一种反拨，来针砭人生意义的失落、道德价值的沦丧所导致的一系列"现代社会病症"，来纠正人与大自然间愈演愈烈的对立和危机，使当今中国现代化建设不重蹈西方现代化过程中的弊症的覆辙，使人类社会走上一条可持续发展的道路。对于在全世界范围内人文精神危机的拯救，都有着现实的意义。

第三章

契诃夫与现代化

一

契诃夫出生于 1860 年，和比他小三岁的大戏剧家斯坦尼斯拉夫斯基是同时代人。斯坦尼斯拉夫斯基的著名自传《我的艺术生活》的开篇，便鲜明地描述了他们降世时的俄罗斯社会情状——

> 我于 1863 年出生于莫斯科，那正是两个时代交接的时期。至今我还记得农奴制残留的痕迹，脂油灯、卡谢尔式灯、带篷马车、备有卧铺的旅行马车、驿邮、燧发枪、小得像玩具一样的炮。我亲眼看到在俄国出现了铁路，特别快车、轮船，出现了电灯、汽车、飞机、军舰、潜水艇、有线电话、无线电话、无线电报和十二吋口径的大炮。①

在"亲眼看到在俄国出现了铁路"的斯坦尼斯拉夫斯基出生之后的一年——1864 年，最富革命民主主义精神的俄国诗人涅克拉索夫创作了长诗《铁路》，诗人怀着对于劳苦大众的深深同情，着力渲染参与修建贯通彼得堡与莫斯科的这条铁路的劳动者的苦难——"狭窄的路基，铁轨、桥梁、一根根路标，／而铁路两边，俄国人的白骨累累……／"——多少铁路工人倒毙沟壑，那真是"一路修通万骨枯"！

19 世纪 60 年代，铁路在俄罗斯的土地上不断延伸。铁路是俄国现代化

---

① 《斯坦尼斯拉夫斯基全集》第 1 卷，中国电影出版社 1979 年版，第 7 页。

的先导，是最引人注目的"新鲜事物"，也成了俄国作家关注的对象。

奥斯特洛夫斯基的剧本《智者千虑必有一失》（1867）里的那位名叫高尔杜林的政客有句著名的台词："事情忙，事情忙，一会儿赴宴，一会儿参加铁路通车典礼！"

高尔基的戏剧处女作《小市民》（1901）里有位名叫尼尔的著名的剧中人物，之所以著名是因为他是世界戏剧史上第一次出现的产业工人，而他恰恰是火车司机。

契诃夫在19世纪80年代写的幽默小品里，也有不少涉及铁路的故事。

如《站长》（1883）的主人公就是某火车站站长谢普土诺夫。这位火车站站长与附近庄园总管的妻子玛霞在车站上月夜幽会，被总管撞见。站长没命地逃跑，几乎被火车撞死，但还是被总管追上，站长准备让总管"打得死去活来"，总管却乐于和他"订个合同"私了："请您费神跟我订个合同，因为我是丈夫……我收您一张25卢布的钞票好了……另外，我想求您一件事，您能给我的侄子在您的车站上谋个差事吗？"

在现代化的铁路车站里，上演的还是旧年间的风流韵事，施展的还是小人伎俩。

再如《意见簿》（1884），故事也发生在一个火车站里，起头的一段文字，就意味深长——

> 它，那簿子，放在火车站上专为它设置的写字台抽屉里。写字台抽屉的钥匙"由车站宪兵妥为保管"，其实钥匙根本用不着，因为写字台抽屉永远开着。

火车站的站长想做点"民主"的姿态，专设"意见簿"，请过路旅客发表宝贵意见，却又把这"民主"的象征锁进了抽屉，而且把钥匙交给最不讲民主的"宪兵妥为保管"。契诃夫敏锐地发现了文明中的不文明。

再如《香槟》（1887），小说主人公依旧是一个火车站的站长。这位站长生活得怎么样呢？站长说："我什么事也做不来，在这年富力强的时候却被分配到这个小火车站来做站长。"火车本来是现代文明的果实，但这位站长认为在这火车站工作毫无乐趣，"总之，生活无聊极了"。于是用酒浇愁，结果呢？香槟浇愁愁更愁。

而到契诃夫生命的最后一年——1904 年，契诃夫又把俄国铁路的情状写进了他的绝命作《樱桃园》的开头——

> 罗伯兴：感谢上帝，火车到了。现在几点？
> 杜尼雅莎：快两点了。（吹灭蜡烛）天亮了。
> 罗伯兴：火车晚点了几小时？至少两小时……

契诃夫与涅克拉索夫的着眼点不同，他关注的是现代化与农奴制残余的互相牵扯带来的尴尬。铁路本来是文明的使者，但火车站里发生了多少不文明的故事，铁路本是快捷的现代化交通工具，但火车"至少晚点两小时"……

契诃夫对于俄国现代化过程中的奇形怪状是很敏感的。他有一则读了让人哭笑不得的札记：

> 区衙门里也安了一架电话机，可是不久那架电话机就给臭虫和蟑螂爬满，打不通了。①

后来契诃夫把这从生活中观察到的颇有象征性嘲讽意味的细节写进了他的小说《在峡谷里》（1900）。

就像铁路晚点一样，爬满臭虫和蟑螂的电话机更是生动地说明了现代科学文明如何在俄国被扭曲的，契诃夫观察时代的矛盾与文明的冲突的视角既独特也深刻。

火车和电话，是陆地上的现代文明的成果，轮船则是水上的现代文明的象征。

19 世纪末，契诃夫为了养病的需要移居南方的海滨城市雅尔塔，轮船便时时进入他的视野。他常常到堤岸去散步，看到"轮船开进开出"。②

---

① 《百年契诃夫——札记与书信》，中国文联出版社 2004 年版，第 75 页。以下引自本书的信件只在注释中注明日期。

② 契诃夫 1898 年 11 月 28 日信。

其时，雅尔塔是个发展中的海滨旅游城市。豪华的轮船每天都将有闲又有钱的游客送进雅尔塔。

居住在雅尔塔，最难让契诃夫释怀的，是他几乎天天要面对这样的矛盾——"大海很美，轮船很美，但人没有文化，很丑陋。"① "哎嘿，这里的面包圈多好吃！但这里的人何等乏味！"② "雅尔塔日新月异……但没有生活的元气。"③

根据在雅尔塔得到的生活体验，契诃夫创作了小说《带小狗的女人》（1899）。契诃夫在小说里告诉我们他发现了"没有文化"的人中包括这样两类人的特点："一个特点是上了岁数的太太们穿戴如同年轻妇女一样，另一个特点是有许多将军。"

所以这些发现都可以归结为物质与精神的脱节和冲突。于是他发出了将物质与精神和谐起来的呼吁。他把这个呼吁写进了《海鸥》（1896）的那段充满理性精神的独白里——

> 我只知道要和一切物质之父的魔鬼进行一场顽强的殊死搏斗。我注定要赢得这场战斗。只有在取得这个胜利之后，物质与精神才能结合在美妙的和谐之中，宇宙意志的王国才能降临大地。

然而，契诃夫深知，物质与精神"结合在美妙的和谐之中"，不过是一种向往。在人类的现代化的过程中，物质与精神的冲突乃至物质对于精神的压迫，将是永恒的，因此，人类的精神痛苦也将是永恒的。

二

契诃夫所说的"物质之父的魔鬼"是否也有明确的所指呢？这在他的两篇以工厂为背景的小说——《女人王国》（1894）和《出诊》（1898）中可以窥见其端倪。

---

① 契诃夫 1894 年 3 月 27 日信。
② 契诃夫 1898 年 12 月 4 日信。
③ 契诃夫 1898 年 12 月 27 日信。

在小说《女人王国》里，契诃夫笔下的女主人公安娜·阿基莫芙娜——一个拥有两千工人的女工厂主——对于工厂车间产生了"地狱般的印象"，"她觉得轮子啦、杠杆啦、滚热而嘶嘶响的气缸啦，仿佛极力要从拴住它们的地方跑掉，去砸死那些工人似的"。工厂像地狱，机器像魔鬼。

而在小说《出诊》里，医生柯罗辽夫当真对于李亚里科夫太太的工厂产生了"魔鬼"的印象——

> 医生柯罗辽夫又听见另外一座厂房旁边传来："绒……绒……绒……"于是所有的厂房旁边全有了声音……这些声音好像是那个瞪着红眼的怪物发出来的——那怪物是魔鬼，他在这儿既控制着厂区，又控制着工人，同时欺骗他们双方……他想着他不相信的魔鬼，回过头去眺望那两扇闪着火光的窗子。他觉得，魔鬼仿佛正在用那两只红眼睛照着他似的——他就是那个创造了强者和弱者相互关系的来历不明的力量……

契诃夫也是用冲突的眼光来看待现代文明的一个成果——工厂的。但他写的不是工厂主与工人的冲突，他写的是工厂主与工人为一方，"既控制着厂主，又控制着工人"的那个称之为工厂的魔鬼与怪物为另一方之间的冲突。

工人自然是受难者，他们半饥半饱地生活着，精疲力竭地劳作着，"只有偶尔进了酒店才会从这样的恶梦里醒过来"。可是工厂主安娜·阿基莫芙娜（《女人王国》）与李亚里科娃和她22岁的女儿丽莎同样地生活在痛苦之中。契诃夫发现了一个当时还很少有人讲明白的真理：在这个世界上，有人因为没有财富而痛苦，有人因为拥有财富而痛苦。

《女人王国》就是写了女工厂主安娜·阿基莫芙娜的莫名的痛苦。这个26岁的女人继承了父亲的拥有两千工人的大工厂。她父亲先前也是个普通人，但后来发家了。父亲去世了，安娜当了工厂主，但安娜一点也不觉得幸福，就是过圣诞节她也觉得索然无味，"跟一切节日总会有的情形一样，她开始寂寞得难受，有一个固执的思想折磨着她：她的美丽、她的健康、她的财富，仅仅是一种欺骗"，于是她生出了要"躲开这个工厂"的想法，要返回到以前的过普通人生活的环境里去，甚至说出了"再照我现在过的生活这样过下去……那就是罪过"这样激愤的话。她也想用嫁给一个普通工人的方法来使自己获得新生，但她后来又觉得这样的想法是可笑的，虚伪的，于是她不得不承认："如今想望幸福已经太迟……再回到她跟母亲睡一个被子里的时代去，或者筹划一种特别的新生活，都已经办不到了。"

《出诊》写了这样一个故事：青年医生柯罗辽夫应工厂主李亚里科娃之邀"出诊"，来给她的女儿丽莎看病。丽莎得了一种很奇怪的病，医生先前开的药方都无济于事。柯罗辽夫医生到了这个有五座厂房的大工厂之后，感觉到这个有五座烟囱冒着黑烟的工厂，宛如一个"瞪着红眼的怪物"，而这个"怪物"成了使工厂主与工人一起受苦的"跟人类不相干的支配力量"。于是柯罗辽夫找到了解除丽莎病痛的唯一办法："赶快丢下五座厂房和日后会继承到的百万家财，离开这个夜间出巡的魔鬼才成。"

《出诊》除了医生柯罗辽夫外，病人丽莎也是重要人物。契诃夫把医生与病人设计成两个能实现心灵沟通的人，好像丽莎就是期待着一个像柯罗辽夫这样的医生出现在她的病床前，好像医生希望她赶快丢下五座厂房与百万家财的想法就是她本人的想法，"只等着一个她信任的人来肯定她的想法罢了"。

小说中一段最最要紧的话，是医生柯罗辽夫对于丽莎的临别赠言——

　　"您处在工厂主人和富足的继承人地位，却并不满足，您不相信您有这种权利。于是现在您睡不着觉了。这比起您满足，睡得酣畅，觉得样样事情都顺心当然好得多。您这样失眠是引人起敬的；不管怎样，这是个好兆头。真的，我们现在所谈的这些话在我们父母那一辈当中是不能想像的。他们到晚上并不谈话，而是酣畅地睡觉；我们，我们这一代呢，却睡不好，受着煎熬，谈许许多多话，老是想判断我们做得对还是不对。然而，到我们的子孙辈，这个对不对的问题就已经解决了。他们看起事情来会比我们清楚得多。过上五十年光景，生活一定会好过了；只是可惜我们活不到那个时候了。要是能够看一眼那时候的生活才有意思呢。"

这是一段非常重要的、能体现契诃夫对于时代发展的基本看法的叙述。

一是指出现在像丽莎这样的"睡不着觉"、为生活而痛苦的情状,"是个好兆头",是比她的父辈胜出一筹的地方。契诃夫继续发挥他的进化论的观点,判定再过50年后,新一代能够明白他们痛苦的缘由,而且能够找到解决问题的办法。契诃夫的不少他喜欢、同情的人物都善于做这样的乐观地展望未来的倾诉。他相信现代化的高级阶段能克服现代化的初级阶段呈现的病态。

然而,契诃夫同时也清醒地意识到,即使到了现代文明的更高的发展阶段,物质与精神的冲突仍然是要存在的,那些有更高的精神追求的人,还会因为物质与精神的同步发展的不可能而感到困惑与痛苦。

《三姐妹》(1901)的第二幕里,维尔希宁和图森巴赫有这样的对话——

> 维尔希宁:让我们幻想一下……比如我们死后,再过二三百年,生活会是个什么样子。
>
> 图森巴赫:什么样呢?以后人们都坐了汽球在天上飞,衣服也改了样儿,也许第六感觉被发现了,并且发达起来,但生活还是一样艰辛,一样充满神秘与幸福。并且再过一千年,人还是这样叹息着:"唉,生活真艰难啊!"

契诃夫写出这句台词是1901年,距今已有一百多年,我们今天读来还是感到亲切,甚至相信了他的预言,可能真会是这样的:"再过一千年,人还是这样叹息着:'唉,生活真艰难啊!'"

契诃夫生活在工业现代化的初级阶段,他能感受到工业化过程中有一种陌生的、异己的力量在支配着,在异化着人。契诃夫可能自己也知道,他对工业文明的异己力量的认识是超前的,或许是过于悲观的。他知道对于这个问题可以有一种更乐观的、更罗曼蒂克的展望来缓解对于现代化的恐惧。他把这另一种观念写进了小说《带阁楼的房子》(1896)里,放到了小说人物画家的口里说了出来——

"要是我们全体，城里人和乡下人，没有一个例外，一齐同意：凡是人类用来满足生理方面的需要而要耗费的劳动由大家来平均担负，那我们每个人一天也许只要工作两三个钟头就行了。想想看：我们全体，富人和穷人，一天只工作三个钟头，其余的时间全是空闲的。再想想看：为了少依靠我们的体力，少劳苦起见，我们发明机器来代替工作……"

这个"我们发明机器来代替工作"的想法自然也是能为契诃夫认可的，因为他也愿意享受工业文明给人的生活带来的便当。他曾经说过，他与托尔斯泰的一个不同点，是他不愿意做苦行僧，他乐于享受现代物质文明。1891 年春，契诃夫第一次到西欧旅游，到了威尼斯他被远远高于俄罗斯的西方物质文明吸引住了，他写信给弟弟说：

"可以说一句这样的话：到现在为止，我一生还没有见过比威尼斯更美妙的城市。……一个可怜的俄罗斯人来到这个美丽、富裕和自由的世界，是很容易发狂的。"①

三

俄罗斯的现代化是从修建铁路开始的。修铁路需要枕木，就需要砍树，铁路修到哪里，树便砍到哪里，俄罗斯的森林遭受到了前所未有的劫难。而契诃夫最早地看到了现代化的代价，通过自己的文学作品，发出了生态危机的警告。

1887 年契诃夫创作了小说《笛子》，这原本不是一个很引人注目的作品，但在生态危机成为世界性灾难的今天，人们就会惊讶于契诃夫的敏锐的先见之明。

《笛子》的情节很简单，田庄总管梅里特在树林子里与一个会吹笛子的老牧人相遇。他们在一起你一言我一语地诉说自然环境的不断恶化。会吹

---

① 契诃夫 1891 年 3 月 24 日信。

笛子的老牧人尽管是个文盲,但他知道:上帝"赐了我们太阳,天空,树木,河流,动物……彼此适应配合起来。各有各的特定工作,各守各的本分",但现在这些全都往毁灭的路上走。小说最后以悲凉的笛声作结——

> 梅里特朝河边郁郁地走去,听着身后的笛声渐远渐淡。他仍旧想诉一诉自己的苦。他无精打采的望四下里看一看,忽然替天空、替大地、替太阳、替树林难过得要命;这时,笛子的顶高的音,萦绕不断,摇摇抖抖的从空中飘来,活像哭泣的声音,他觉得伤心极了,痛恨大自然的行为不得当。

再看看,契诃夫怎样让他的小说人物痛说"鸟儿少了,野兽少了,树木少了"的大自然的衰败情景的——

> "真是怪,我记得二十年前这儿有的是鹅啊,仙鹤啊,鸭子啊,松鸡啊——一大群一大群的!……它们是怎么回事啊?我们现在连大鹰也看不见。山鹰啦,苍鹰啦,猫头鹰啦,全没有了……各种野兽也少见。就连狼和狐狸也少见……你知道,早先是连鹿都有!……"
>
> "不光是鸟儿啊……每个老年人都会告诉你现在的鱼一点也不跟从前一样。海里也好,湖里也好,河里也好,鱼是一年比一年少下去……一年比一年糟,过不多久就一条鱼也没有了。再拿河来说吧……河也在干涸,真的。"
>
> "当然啦,我正是这么说啊。河道一年年的浅下去,不像从前那样深了。"
>
> "树林子也一样,有的给人砍掉,有的起了火,有的枯死了,没生出新树木来。凡是生长起来的,立刻就给砍掉——照这么下去,没完没了,总有一天一棵树也留不下了事……我看了一辈子,现在我把那些树木也看熟了,依我的看法,一切生长着的东西都在走下坡路。"

《笛子》里的两个小说人物都是粗人,他们只能根据自己的生活观察发现上帝创造的万物"都在走下坡路"。原因是什么?他们说不出来,所以只得惊讶地问："它们是怎回事啊？"但契诃夫可以说出造成这种局面的一个重要原因——现代化的代价。

在世界各国的民间文学中，大概都会有关于山鬼、水妖之类的传说，但在俄罗斯的神话里还有"林妖"一说。这当然是与俄罗斯拥有极为富饶的森林资源有关。

契诃夫就在 1888 年到 1889 年之间写过一个叫作《林妖》的剧本。1897 年他把《林妖》改写成了《万尼亚舅舅》。这是一次脱胎换骨的改写，但是《林妖》中有两段台词几乎原封不动地移植到了《万尼亚舅舅》里。

一段是在第一幕里沃依尼茨基对于谢列勃里雅可夫教授的评论："一个整整二十五年一直做艺术讲座写艺术论文的人，对艺术一无所知。整整二十五年，他学着别人的腔调大谈现实主义、自然主义和其他无用的学问；二十五年讲一些写一些聪明人早已知道而蠢人根本不感兴趣的话题，这就是说，他整整讲了二十五年的无聊的废话。"

一段是第一幕中关于森林的大段台词——

　　阿斯特洛夫：……我可以退一步承认出于需要而伐木，但为什么要毁灭森林？俄罗斯森林在斧头下呻吟，几十亿树木遭到毁灭，野兽和鸟类也要失去栖身之地，河流在涸竭，美丽的风景将永远消失，而这全因为懒惰的人不肯弯一弯腰，从地底下掘取燃料。只有丧失理智的人，才会在自己火炉里把这个美丽烧掉，才会去毁灭我们无法再造的东西……森林越来越少，河流涸竭，野兽绝迹，气候恶化，土地一天天地变得贫瘠和难看……可能我这人真有点怪异，但当我走过那些被我从伐木的斧头下救出的农村的森林，或者当我听到由我亲手栽种的幼林发出美妙的音响的时候，我便意识到，气候似乎也多少受到我的支配了，而如果一千年之后人们将会幸福，那么在这幸福中也有我一分微小的贡献。当我栽下一棵白桦树，然后看到它怎样地慢慢变绿，怎样地在风中摆动，我的心就充满着自豪。

《林妖》中的赫鲁舒夫（即《万尼亚舅舅》中的阿斯特洛夫）在这篇独白的最后只是多了一句——"因为我意识到，我是在帮助上帝创造世界。"

契诃夫的剧中人物的这段长篇独白说明，契诃夫之所以如此严峻地提出森林在面临毁灭的生态危机，是因为他热爱森林。

契诃夫像《万尼亚舅舅》里的阿斯特洛夫医生一样，不仅钟爱树木，而且自己也身体力行地去栽树，并把这看成一种生命的欢乐。他在卜居梅尔霍沃庄园期间就植树不止，营造过一片森林，19 世纪末移居雅尔塔后，他照样在自己的住地栽树。他曾在一封给妹妹的信中讲到了他的植树之乐——

　　昨天和今天我都在种树，真让人陶醉，既美好，又温暖又有诗意，简直是一种享受。[①]

在此后写出的两个剧本《三姐妹》（1901）、《樱桃园》（1904）里，树木的话题仍然保留着。

凡是契诃夫不太喜欢的人物，他（她）肯定也是不喜欢树木的。

《三姐妹》里的凶悍的娜塔莎把三姐妹从家里排挤出去之后要做的第一件事就是砍树——

　　娜塔莎：就是说，明天这里就我一个人了！我先得叫仆人把小路两边的云杉都砍了去，然后再砍槭树……

而忠实的图森巴赫在准备去决斗赴死之前，望着树木深情地对他心爱的伊林娜说："我很快乐。我好像第一次在生活中看到这些云杉、槭树和白桦树，它们都好奇地看着我，好像在等待着会有什么事情发生似地。多么美丽的树啊，实际上，在它们身旁的生活也应该是何等美丽啊！……瞧这棵树已经死了，可它还是像其他树一样随风摇摆。我觉得即使我死了，我还是会以某种方式加入到生活里去的。"

《樱桃园》是契诃夫的绝命作。剧情发生在一处地主庄园的樱桃园里。

---

① 见契诃夫 1899 年 3 月 14 日信。

也有俄国的学者提出过质疑，理由是在 19 世纪的俄罗斯地主庄园里是没有大片樱桃园的。然而他们显然是把生活与艺术混同起来了。

契诃夫之所以需要樱桃园这个物质环境，是因为他需要这样一个美丽的象征，来强化这样一个人类面临的困顿：难道物质主义的现代化非得要以砍伐美丽的樱桃园作为代价？就像安尼雅天真地提出的这个问题："我为什么不像从前那样地爱樱桃园了呢？"

契诃夫的困惑是有时代意义的，即使到了今天，我们还在困惑，因为被毁坏和将要被毁坏的"樱桃园"无处不在。如果我们举自己的例子，那么北京的旧城墙难道就不是"樱桃园"？在 20 世纪五六十年代，北京的"樱桃园"——北京城墙——不就是在城市现代化的过程中逐渐萎缩最终完全消失的吗？

因此，我们完全可以把《樱桃园》视为一部现代启示录。因为它触及了人类在现代化过程中的两难抉择。

因此，《樱桃园》最后传出的"斧头砍伐树木的声音"永远会让我们揪心。

四

如果从现代化进程的背景下，考察俄罗斯文学的两大作家——托尔斯泰与契诃夫的微妙的观念差异，也是很有意义的。

契诃夫非常尊敬托尔斯泰，一直认为托尔斯泰是 19 世纪后叶俄罗斯文化的第一号人物，而且他在青少年时代受过托尔斯泰的强烈影响。但当现代化的科学之风强劲地吹拂俄罗斯大地时，契诃夫的观念发生了变化。

1894 年 3 月 27 日，契诃夫给他的好友苏沃林写了封信，谈到了他与托尔斯泰的分歧——

> 托尔斯泰的哲学曾经强烈地感动过我，它控制了我有六—七年之久……现在有一种东西在我的内心里骚动着。理智与常理告诉我：电力与蒸汽比禁欲和吃素给人更多的爱……我不想停步不前，我发现周围很多人都有这样的情绪，好像大家以前爱过什么，现在不再爱了，

都在寻求新欢。很可能，俄罗斯人又对自然科学发生了浓厚兴趣，唯物主义的思潮又将成为时尚。

禁欲与吃素是托尔斯泰的信条。在现代化的背景下，契诃夫认为这些自我约束的禁欲主义已经不合时宜。契诃夫认为拒绝物质享受是没有必要的，拒绝科学技术对于人类社会的恩赐是愚蠢的。

但与此同时，契诃夫也尖锐地意识到沉溺于世俗的物质享受而偏离精神生活的危险。

1898 年，契诃夫创作小说《醋栗》，写一个名叫尼古拉·伊凡内奇的庸人，他一生的理想就是能吃到自己庄园里长出来的醋栗。最后他如愿以偿了——

　　　　尼古拉·伊凡内奇笑着，对那些醋栗默默地瞧了一分钟，眼睛里含着一泡眼泪；他兴奋得说不出话来。然后他拿起一颗醋栗送进嘴里，瞧着我，现出小孩子终于得到心爱的玩具时候那种得意的神情，说：
　　　　"多好吃啊！"
　　　　他狼吞虎咽地吃起来，不住地反复说道：
　　　　"啊，真好吃！你尝一尝吧！"

契诃夫给这个以"狼吞虎咽地"大嚼醋栗为最大满足的尼古拉·伊凡内奇嘲讽地赐予了"幸福的人"的帽子，然后通过小说叙述人之口说道："不知什么缘故，往常我一想到人的幸福，就不免带一点哀伤的感觉；这一回亲眼看到了幸福的人，我竟生出一种跟绝望相近的沉重感觉了。"而且进一步要求："每一个幸福而满足的人的房门背后都应当站上一个人，拿一个小锤子不住地敲门，提醒他：天下还有不幸的人。可是拿小锤子的人却没有，幸福的人无忧无虑地生活下去，日常的小烦恼微微地激动他，就跟微风吹动白杨一样——真是天下太平。"

"拿小锤子的人"其实是有的，他就是契诃夫，他就在用小锤子敲打着房门向人们提醒，不要过碌碌无为、小富即安、坐井观天的生活。《醋栗》里一段最昂扬嘹亮的话，是契诃夫通过尼古拉·伊凡内奇说出来的——

"人们通常说:一个人只需要三俄尺的土地。可是要知道,三俄尺是死尸所需要的地方,而不是人需要的。……人所需要的不是三俄尺土地,也不是一个庄园,而是整个地球,整个大自然,在那广大的天地中人才能够尽情发挥他的自由精神的所有品质和特点。"

而契诃夫的这一段话也是有针对性的,他针对的是托尔斯泰1885年写的一篇小说《人需要很多土地吗?》。小说主人公巴霍夫对土地有异乎寻常的占有欲,最后竟然因为对于土地的过度追求而倒毙于途,客死他乡。小说的结尾是这样的——

工人举起铁锹为巴霍夫挖墓,从头到脚长度恰好三俄尺,埋葬了他。

托尔斯泰的说法遭到了契诃夫的质疑。

1897年3月下旬契诃夫因病住进莫斯科一家医院。3月28日托尔斯泰去医院探望契诃夫。在交谈中两人就人死后是否永生的问题也有一番争执。契诃夫在出院之后的一封信中讲到了这件事——

我住院期间列夫·托尔斯泰来看过我,我们有过一次非常有趣的谈话……我们谈论了永生。他相信康德意义上的永生;他认为,所有的我们(人和动物)都将生存于本原(理性,爱情)中,这种本原的本质和目的对于我们还是一个谜。而在我看来,这个本原或力量好像是一团没有形状的胶体。我的我,即我这个人,还有我的意识——它们都将用这一团没有形状的胶体融合,这种永生我并不需要,我也无法理解它。而列夫·托尔斯泰对我的不理解感到惊讶。①

对于这样的歧见,我们可以理解为契诃夫的思想意识在科学文化越加昌明的19世纪末,更加趋近于唯物主义。

---

① 契诃夫1897年4月10日信。

经过 1897 年这场大病，契诃夫已经不适合在莫斯科过冬。1898 年的冬季，契诃夫是在南方的雅尔塔度过的，在那个温暖的海滨城市他创作了小说《宝贝儿》。

小说女主人公奥莲卡是"老得爱一个男人"的女人，因此得到了"宝贝儿"的称呼。托尔斯泰特别喜欢契诃夫的这篇小说，欣赏"宝贝儿""能为她心爱的男人献出自己整个身心"。

但托尔斯泰对于《宝贝儿》的赞扬却让契诃夫感到了失望。因为契诃夫写《宝贝儿》的本意，恰恰是对奥莲卡的"嫁鸡随鸡"式的盲目的爱有所批评。契诃夫认为女人应该拥有自己的独立人格，不能充当男人的附庸。因此，宝贝儿的爱即使无私，也不足为训。宝贝儿的爱尽管不无可爱之处，但也委实可笑可怜。

契诃夫与托尔斯泰的最后一次会面是在 1902 年 3 月 31 日，地点在卡斯普里，参加这次会见的还有高尔基。高尔基在回忆录里记录了托尔斯泰一句对当代文学新潮不以为然的话："我已经是个老头子了，也许已经无法理解今天的文学。"

对待 19 世纪末出现的欧洲范围的文学新潮，契诃夫与托尔斯泰也存在着不同看法。契诃夫对在现代化过程中应运而生的象征主义等文学流派是持欣赏态度的，他对这一流派的代表人物、比利时剧作家梅特林克有相当高的评价，而且契诃夫也把这种文学流派的积极因素纳入到自己的创作实践中去，以至于高尔基在 1898 年写给契诃夫的一封信中指出："《万尼亚舅舅》和《海鸥》是新的戏剧品种，在这里现实主义提升到了激动人心的、深思熟虑的象征。"[1]

事实上，在 1897 年 3 月 28 日这一天，契诃夫在病房里与来探望他的托尔斯泰不仅讨论了有关"永生"的问题，也讨论了有关"艺术"的问题。我们从契诃夫 1897 年 4 月 17 日写给俄国作家艾特尔的信中，知道他与托尔斯泰在"艺术"问题上的观点分歧在何处——

　　托尔斯泰正在写一本关于艺术的书。他到医院来看过我，他说他把

---

[1] 《百年契诃夫——札记与书信》，第 208 页。

自己的小说《复活》放下了，因为不喜欢它。他现在只写关于艺术的书，为此他读了六十本书。他的想法并不新鲜，许多世纪以来所有聪明的老人都以不同方式重复过这类想法。老人们总是倾向于看到世界的末日，并且说，道德坠落到了极低点，艺术变得渺小了，退化了，人类变得虚弱了，等等，等等。列夫·托尔斯泰想在自己的书中让人相信，艺术现在已经进入了它的最后阶段，进入了一条死胡同，没有出路。

契诃夫愿意用比托尔斯泰宽容的态度对待文学新潮，是因为他不愿意像托尔斯泰那样把 19 世纪的现实主义文学看成文学的无法超越的最后阶段。

然而，尽管契诃夫与托尔斯泰有这样一些分歧，却并不影响契诃夫对于托尔斯泰的崇敬。1900 年初，托尔斯泰生了一场病，契诃夫得知这个消息给一位友人写信说："我怕托尔斯泰死去。如果他死了，我的生活中就会出现一个大空洞……如果没有了他，文坛就会变成一群没有牧羊人的羊群或是一锅乱糟糟的稀粥。"①

五

现代化过程的推进必然地造就新的阶级分野与新的社会矛盾。到了 19 世纪末叶，契诃夫必须对这样的社会问题表明自己的立场。从这个角度看，发表于 1899 年 1 月的小说《新庐》是很值得注意的。

《新庐》的基本情节是这样的：桥梁工程师库切罗夫到离奥勃鲁卡诺佛村六里地的河边造一座大桥，有一回工程师的妻子艾丽娜·伊凡诺芙娜来看望丈夫，爱上了这里的美景，便恳求丈夫买一块土地盖个别墅。丈夫答应了，很快盖起了一座两层楼的带有一个阳台和走廊的别墅。工程师夫妇都是心地善良的正派人，都想跟这里的村民搞好关系，但村民不相信他们，总是和他们作对，最后工程师的妻子不得不带着几个孩子离开此地上莫斯

_____

① 契诃夫 1900 年 1 月 28 日信。

科去，工程师也把新的别墅出让给了别人。

契诃夫知道绝大多数的村民是厚道的，他还写了善良的铁匠夫妇的古道热肠，但影响与控制"社会情绪"的却是几个带头与工程师夫妇作对的"刁民"。

契诃夫写了工程师夫妇因为得不到村民理解而产生的困惑。

工程师对村民们说："为什么你们处处跟我过不去？我碍了你们什么事？看在上帝的份上，告诉我！……你们不地道，我的朋友们。想想看，我诚恳的求你们想想看。我们待你们和和气气；希望你们也同样还报我们。"

工程师的妻子对村民们说："我诚心诚意求你们，我求你们信任我们，跟我们和和气气的相处下去……我求你们当我们是好邻居那样看待，我们大家太太平平过下去！"

可是工程师夫妇的愿望没有实现，他们与村民们终于不能"和和气气的相处下去"。

到小说结尾的时候，契诃夫写了过了几年之后奥勃鲁卡诺佛村民又一次走过那个新别墅时的反思：

> 他们累透了，磨蹭着往前走，一面走一面寻思……他们暗想：村里的人，大家都是善良、本分、清醒、敬奉上帝的人，艾丽娜·伊凡诺芙娜呢，也沉静、厚道、温和；瞧她一眼，都会叫人心里不好过，可是他们为什么会处不下去呢？为什么他们分手的时候跟仇人似的？

这是村民的沉思，也是契诃夫的沉思。

有的契诃夫研究者把《新庐》定位为"预言式的小说"，说在这篇小说中，"展现了契诃夫预见到的将在俄罗斯出现的悲剧性的社会震荡"。[1]

但我以为《新庐》的更重要的价值在于它展示了契诃夫对待社会对立与冲突的立场——他主张消弭而不是激化这种冲突。

19 世纪末 20 世纪初，学潮也在俄罗斯各地爆发，政府当局试图把包括

---

[1] 《契诃夫和二十世纪》，莫斯科：遗产出版社 1997 年版，第 14 页。

学潮在内的各种社会风潮镇压下去，契诃夫虽然不是社会风潮的鼓动者，但他对一切压制民众的自由意志表达的做法都是不以为然的。这可以从他1899年4月2日一封写给苏沃林的书信中看出这种自由主义的立场——

> 在哈尔科夫，当地民众在火车站向路过此地的大学生发出欢呼；也是在哈尔科夫，斯吉茨基案件引发了社会风潮。把自然的力量赶进门里，它会飞出窗外，不给民众自由表达自己意见的权利，民众就会用更火爆的、愤怒的方式把自己的意见表达出来，就会用以官方的观点来看是出奇的反常方式表达出来。请给民众出版言论自由和表达良知的自由，那样，热切期望的社会安定就会来临，当然，这样的安定不可能持续很久，但对于我们这个世纪是足够的了。①

信中提到的斯吉茨基案件，是1899年3月在哈尔科夫审理的一起案件，斯吉茨基兄弟被指控谋杀了当地一个官员，但当地民众却起来声援他们认为受了冤屈的斯吉茨基兄弟。

契诃夫主张社会安定，他不是急进主义者，不鼓励老百姓揭帜造反，但他鲜明地反对行政当局压制民主，而且认为压制民主的手段一定会更加激起民众的反叛。因此，契诃夫说："不给民众自由表达自己意见的权利，民众就会用更火爆的、愤怒的方式把自己的意见表达出来。"在这里，契诃夫主张社会公正与和平渐进发展的社会改良主义立场表达得很清楚。

契诃夫曾经对达尔文主义产生过兴趣。他认为人类社会同样也是在不断地一天比一天向好的方向发展的，新世界不可能一蹴而成。所以在《三姐妹》里，维尔希宁会说出这样一句有名的戏剧台词——

> "我觉得，世界的一切都是要慢慢改变的，甚至您都能亲眼看到那些改变。再过二百年、三百年以至一千年以后——时间是没有关系的——幸福的新生活就来了。当然，参与这生活，我们是来不及了。然而我们现在就来为它而活着，为它工作，嗯，为它受苦，也就是在创

---

① 《百年契诃夫——札记与书信》，第232页。

造着它了。——只有这才是我们生存的唯一目的，也就是我们的幸福。"

"世界的一切都是要慢慢改变的"，因此，无论是他契诃夫本人，或是他的心爱的剧中人物，都只能渴望"幸福的新生活"，但参与这新生活，他们都来不及了。真正的幸福的新生活可是"二百年、三百年以至一千年以后"的子孙们才能享受的。

但即使人类到了那样的物质高度丰富的新时代，人又将如何呢？契诃夫在《三姐妹》中又通过另一个心爱的剧中人物——图森巴赫之口说出了他的思考——"……再过一千年，人还是这样叹息着：'唉，生活真艰难啊！'"

初级阶段的现代化已经给了契诃夫一个提醒：在人类社会的前进过程中，精神与物质的矛盾与冲突是不会停息的，因此，人的痛苦——特别是具有更高的精神追求的人的痛苦也是不会停息的。人类要永不停息地追求物质与精神的和谐，因此，他生命最后几年写作的小说或戏剧都有一个潜在主题——要做一个有精神追求的人。这个主题对于物质生活不断提高着的现代社会永远具有现代意义。

第四章
现代化及 19 世纪的俄国文学

一　19 世纪现代化进程中的俄国文学思想

对于俄国现代化的起源问题，史家有诸多评说。有的将其延伸到彼得大帝改革时期，有的则是以 19 世纪初期亚历山大一世继位为开端，也有的将之定位为 1861 年前后的农奴制改革，即从 1861—1917 这段时间为俄国的现代化时期。要弄清俄国现代化的时间问题，必须对现代化及俄国现代化的特征做一个粗略的描述。

根据目前史学界的习惯看法，所谓"现代化"便是"以现代工业和科学技术为推动力，实现由传统的农业社会向现代工业社会的大转变，它包括经济、政治、文化、思想各方面"。① 这是一种综合性的说法。根据侧重点的不同，又可分出两种不同层次的现代化，即中国学者所谓的"器"的现代化和"道"的现代化。前者重在改革国之物质层，如设备、体制，后者则重在革新国之精神层，如文化、思想。"道"的现代化中根据其强调重点之异，同样亦可分出两种现代化："启蒙现代化"和"审美现代化"。前者鼓吹理性，宣扬法国大革命之自由、平等、博爱精神；后者则是对理性束缚之逆反，重在通过艺术审美弘扬个性，宣泄情感。通常说来，后者是前者的延续和否定之否定。本章所要论述的，其实是"道"即思想现代化中的两个阶段。

美国史学家马克·拉耶夫（Marc Raeff）曾指出："从彼得一世统治到

---

① 刘祖熙：《改革和革命——俄国现代化研究（1861—1917）》，北京大学出版社 2001 年版，第 2 页。

1917 年革命之间的俄罗斯帝国历史主要是由两大基本主题构成：西化（现代化）和革命的动乱。"① 无论是西化（现代化）还是革命，其最终指向都是以英法为师，打造一个现代化的俄国。然而，彼得大帝所进行的改革主要侧重于政治、经济和军事上，而对于文化思想方面触及极少，更多的是一种欧化或者全盘西化。作为"欧洲的野蛮人"，俄国一直到了 18 世纪在西欧人看来仍然是落后与野蛮的代名词。著名的叶卡捷琳娜二世初到俄国时候，便对其落后的设施及一些野蛮的习俗大为不适。此后一个时期，由于法国历经太阳王路易十四，以及随后的拿破仑帝国统治，国威日盛。法兰西的启蒙思想在俄国开始逐渐流行开来。但这种"启蒙现代化"只是以零散几个人为代表，没有在社会上形成一种趋势。可以说，从彼得一世到 19 世纪 40 年代之前，俄国所经历的都是一个西化与反西化的过程。

19 世纪 40 年代之后，以别林斯基为代表的俄国知识阶层诞生，他们对西方理论求知若渴，竭力鼓吹法国启蒙思想及德国理性主义，最终在多方面的努力下，促成了俄国社会的第一次大变革——农奴制改革。1861 年俄国废除农奴制，在走向现代化的道路上大大迈进了一步。俄国社会各界皆以自由平等为荣，虽然其实质并无多大变化，但自由等观念已深入俄国社会。如此，标志着以启蒙为特征的"道"的现代化此刻达到了一个高潮。

改革之后，现实贫困依旧而启蒙热情不减，两者相抵触必然导致社会矛盾激化，从而使得俄国现代化之路从立宪开始走向革命。从 1861 年到 19 世纪 90 年代，俄国社会矛盾虽有激化的趋势，但当局和社会反对派仍有多次握手言欢、合作共存的机会。直到 1905 年革命爆发。革命失败之后，以知识阶层为首的反对派发生分裂，有的坚持启蒙思想，流亡海外，誓与罗曼诺夫血战到底；有的则转向文化创造，大搞寻章摘句之事，将一腔热情化于审美创造之中，此即为世纪初俄国"审美现代性"之诞生。从历史趋势看，现代化的改良之路被彻底葬送，社会民众在一片沉默中再次酝酿革命的激情。当然，在某种意义上，革命同样是现代化的一种极端形式。

在这漫长的过程中，文学作为俄国知识分子唯一的讲坛，自然伴随着现代化的步伐，宣讲现代化的主张，塑造现代化的新人，并由此引发了诸

---

① Marc Raeff, *Origins of the Russian Intelligentsia: The Eighteenth Century Nobility*, New York, 1966, p. 3.

多的文坛争论。其中，何谓"现代化的新人"，或者说，在现代化大潮之下，社会的"当代英雄"何在，这是19世纪俄国现代化进程中文学所关注的中心问题。这个问题的解决又是与俄国知识分子对文学背景、文学功能的认识紧密相连的。

由于受1825年十二月党人起义的影响，尼古拉一世除了严厉镇压起事者外，还加强了对俄国社会思想的控制。古典中学大力灌输所谓"正教、专制制度和民族精神"的官方民族性思想；莫斯科大学的教授们受到第三厅的严密监视，举行任何一个演讲都是困难重重；作家们只有用极为隐晦的寓言式的话语才可能躲过书刊检查官的眼睛使作品得以出版，甚至连"农奴制度"一词也只能以"义务地租"代言之。赫尔岑后来评价说："尼古拉皇朝是消灭精神的时期，它不仅用矿坑和皮鞭消灭它，而且用使它感到窒息和屈辱的气氛，用所谓否定的铁拳消灭它。"[①] 极端的年代是国家的不幸，但在后世看来却是诗人和作家的幸运。压迫之沉重决定了文学创作的丰富与多产、人性与道德。赫尔岑说："凡是失去政治自由的人民，文学是唯一的讲坛，可以从这个讲坛上向公众诉说自己的愤怒的呐喊和良心的呼声。"[②] 这种"唯一性"自然形成了知识阶层对文学的过分倚重：知识分子本身的成长离不开文学的教诲、熏陶；知识分子的内心也需要以文学来抒发。正是在这个时期出现了天才评论家别林斯基，以其独特而又激进的见解为俄国文学的创作奠定了基调。他对普希金的诠释，对果戈理的评论，树立了战斗性文学评论的典范。文学在此推动之下，满怀革命气息，培育了一代又一代的革命者；后者又创作出更为激进的革命文学。两者互为促进，后浪推前浪，终于导致了沙皇政权的垮台。亨利希·曼曾说"伟大的百年俄国文学是革命前的革命"[③]，诚哉斯言！

文学作用的加强，一方面源于社会残酷的现实使思想之发泄别无他途；另一方面也是出于知识分子内心强烈的责任感。这种不断增强的政治责任心时时压过对形而上问题的关注，也时时迫使俄国知识分子采取一种较为功利的姿态来看待文学作品，要求人物形象的塑造富于现实性。在这种社

---

① 赫尔岑：《往事与随想》（中），项星耀译，人民文学出版社1998年版，第637页。

② 《赫尔岑论文学》，辛未艾译，上海文艺出版社1962年版，第58页。

③ *Образ в русской художественной культуре*/Г. Гачев. Москва. Искусство 1981，с. 7.

会文化背景下，19世纪中后期的文学形象理论基本上经历了"人物反映环境，人物批判环境，人物改变环境"这三个阶段。围绕着具体的，也是最根本的"如何"反映、批判、改造的这个问题，出现了各种文学流派及观点。较有代表性，也较为知名的是由别林斯基创建，由车尔尼雪夫斯基、杜勃罗留波夫等人丰富和发展的革命民主主义文学理论，他们对文学形象的探索主要体现在文学形象的社会性、典型性和时代性。也正是在这些方面，他们不仅和屠格涅夫、鲍特金、安年科夫等自由主义知识分子产生了对立，也与陀思妥耶夫斯基、迈科夫等为首的"根基派"（或称"土壤派"）发生了冲突。而这种冲突，正如车尔尼雪夫斯基指出的："在本质上，敌我双方与其说是关心纯美学的问题，毋宁说主要是关心社会发展的问题。"① 应该说，这种分歧在别林斯基时期显得还不是那么明显，而在他去世之后（1848），随着欧洲革命形势的急剧转变，也随着俄国现实生活的发展以及各方代表人物在思想观念上的日益成熟，种种矛盾开始发展甚至激化。

在别林斯基等人看来，文学形象的问题并不是单纯的文学问题，还是一个涉及批判、启蒙、进步的政治问题。他曾说："艺术和文学，在我们今天又比在从前更加变成了表现社会问题的东西。"② 他认为，这种对社会问题的关注，与社会生活的紧密联系，正是新兴现实主义艺术的力量所在。在《1842年的俄国文学》一文中他又说："和生活接近，和现实接近，这便是我们文学最后一个时期所以会有雄伟成熟的直接原因。"③ 社会现实在别林斯基看来，既是文学的力量源泉，又是文学最终的服务目的。因此，文学形象来源于社会，必然也要真实反映社会才能充满生命力。不过鉴于沙皇的高压统治，当时的俄国不可能出现代表西方先进思潮的典型人物。因此，别林斯基在《1846年俄国文学一瞥》中承认，目前还不是出现正面人物的时期。然而，文学还是必须描写现实，因为当时出现的"小人物"或者"多余人"，虽不是值得肯定的正面人物，无法承担社会理想人物之重任，但却能作为批判社会之有力工具。

---

① 《车尔尼雪夫斯基论文学》（上），辛未艾译，上海译文出版社1978年版，第38页。
② 《别林斯基选集》第2卷，满涛译，时代出版社1952年版，第421页。
③ 《别林斯基选集》第3卷，满涛译，上海译文出版社1980年版，第699页。

车尔尼雪夫斯基和杜勃罗留波夫对别林斯基的典型理论做了进一步发挥，但其强调现实的基调没有也不可能改变。再后的皮萨列夫更是把文学的现实意义强调到了极端，不仅因此要否定浪漫主义，甚至提出贬低普希金的主张，认为至多"普希金的名字已经成为不可救药的浪漫主义者和文学庸人们的旗帜"，他不过是一个"缺乏深邃思想的杰出的修辞家"。① 之后以米哈伊洛夫斯基为首的民粹派批评也是坚持俄国文学的这一现实主义传统，赋予文学极大的功利色彩。米哈伊洛夫斯基曾因契诃夫创作的客观性而颇有不满之言，在《论〈父与子〉兼论契诃夫先生》（1890）中，批评家指责契诃夫在题材选择上的"偶然性"，指出"对契诃夫来说一切都是一致的，无论是人、他的影子、铃铛，还是自杀者"，② 这是由于作家对所反映现实的冷漠所造成的。

在这种貌似革命、正义的批评之中，我们不难发现一种危险的倾向，即原本对现实意义的强调只是俄国特殊国情赋予文学额外的一种功能，但到了世纪末，这似乎成了文学的本质特征。文学若不反映现实、批判现实便不是所谓的"进步文学"。反抗暴力的文学本身有变成文学暴力的倾向，原本控诉非正义的文学成为被象征主义者所控诉的对象。这无疑是世纪末俄罗斯文学一种历史性的吊诡。这种历史的吊诡其实同样体现在俄国思想界文学界对"现代化"的看法上。长期以来，谈到现代或现代化，最保守的人也不得不承认那是历史发展的必然。而事实上，现代化带来的负面效应却往往为人所忽略，比如，作为现代化一部分的工业化给人所带来的"异化"、理性的束缚，等等。他们太多地沉溺于现代化的美梦之中，一心以为现代化的实现便是大同世界的来临，殊不知若这一天真的到来，人类不过是用自由换得了温饱，蜕变成无力思考的蚁群。难怪卢梭叹言："人是生而自由的，但却无往不在枷锁之中。"③

当然，作为"俄国革命的先知"（梅列日科夫斯基语），睿智如屠格涅夫、陀思妥耶夫斯基者自然早已洞其前因，知其后果，因此有《处女地》或"宗教大法官"以为警世之语。具体到文学创作上，他们这批文学家则

---

① 转引自刘宁主编《俄国文学批评史》，上海译文出版社1999年版，第364页。

② Литературно – критические статьи. Михайловский Н. К. М. 1957，с. 598 – 600.

③ 卢梭：《社会契约论》，何兆武译，商务印书馆1997年版，第8页。

在关注现实的同时，也注重文学人物本身所具有的文学特点。与革命民主主义作家、批评家相比，屠、陀等人更为侧重人物塑造中的艺术性、永恒性。譬如，车尔尼雪夫斯基在《约会中的俄国人》一文里，在同屠格涅夫争论时指出，中篇小说《阿霞》的主人公的不幸，其罪责不在于自然力量，而在于他自己的懦弱，这种懦弱是生活的社会条件造成的。屠格涅夫则认为，其原因在于爱情是一种无法预测的、不可抗拒的无意识力量，主人公的懦弱很大程度上是因为对爱情的无能为力。就是说，并非主人公不愿努力，而是爱情这种自然本性本身的不可捉摸，与社会条件无关。这既突出了人的社会属性，但也没有忽略人的自然属性。

和他的性格一样，屠格涅夫在有关人物典型的问题上来得相对温和。他有关人物形象的论述散见于各种杂谈、书信之中，较有代表性的则是他的《哈姆雷特与堂吉诃德》（1860）。该文原是为某次赈济会准备的讲稿，谈的是外国文学中的两个人物，实际却是对当时俄国文学中知识分子形象所做的概括和阐释。但作家的着眼点不仅在于19世纪的俄国，而且将之提升到文学中永恒人性的高度："我觉得在这两个典型中体现了人的天性的两种根本的、对立的特点——即人的天性赖以转动的轴的两端。"[1] 具体到人物分析，当俄国文学界津津乐道于俄国式哈姆雷特（即"多余人"）的悲惨命运，并以此对所谓"社会黑暗"大加鞭挞时，曾经塑造过一系列"多余人"形象的屠格涅夫却逆流而上，指出了哈姆雷特的自私，沉溺于幻想之类的特点。他还一反当时评论界对堂吉诃德的嘲笑态度，认为俄国目前就是缺乏这种勇于实践的尝试精神。但屠格涅夫的眼光并不局限于这两类人物的优劣之争，也并不把这种偏好明显地流露到文学形象的塑造上。比如，在《父与子》中对巴扎罗夫的描写就是这样。

在诸多版本的俄国文学史中，似乎存在着一条发展的主线：从古典主义到浪漫主义，再到批判现实主义，后来者似乎总是居上，总是显得更为进步和革命。"60年代人"也是如此，他们总是象征着激情，孕育着新的希望。作为平民出身的知识分子，他们不同于此前贵族出身的那批人，他们对启蒙思想接受得更彻底，甚至更狂热。他们是当时俄国启蒙思想界所

---

① 屠格涅夫:《文论·回忆录》，张捷译，河北教育出版社1994年版，第188页。

描绘的理想人物。他们在俄国文学中有个另外的名字："新人"。然而，屠格涅夫却是公正而客观的，他并不因为他们身负的现代化使命而将其描写得完美无缺，也不把代表过去的老一代知识分子写成极端保守、愚昧无知。巴扎罗夫有激情，有爱心，他厌恶旧制度，也怜悯底层普通人并愿意和他们打成一片。不过他的激情有些盲目和极端，他的爱心往往流于空泛，他对父母的冷酷，他对艺术的偏见等种种不足使之成为一个令人既爱又恨的对象。但正是这种矛盾性使他比起革命民主派笔下那些纯善良超可爱的"新人"来更多了几分真实感。

也许屠格涅夫未必听说过"现代化"这个名词，但艺术家的直觉使之觉得这种纯理性的思想不对头。他没有指出那么到底该如何是好，因为这不是他的任务。他只是通过巴扎罗夫这样的时代人物来提醒他那些狂热的友人，使之知其不足而戒之，慎之。

总体来看，正如当代自由主义思想家以赛亚·伯林所指出的，屠格涅夫"作为一个人，作为一个作家，都善于自我批评、善于隐身幕后，更因为他不急于以己见束缚读者、不急于说教、不切切使人改变信念"。① 这就是屠格涅夫不同于其同时代的陀思妥耶夫斯基和托尔斯泰之处。但这同时也是屠格涅夫这一类作家面临的困境：既试图把握时代精神，又不能违背艺术家的独立原则，为了后者他不惜与涅克拉索夫等《现代人》编辑部同人们分道扬镳。

双方决裂的导火索是杜勃罗留波夫对《前夜》的阐释。批评家认为随着时代的进步，原先那些思想先进的人物现在已不具有往日的鼓动性，罗亭们所宣扬的先进思想已经成为俄国社会的共识，现在的问题是如何去实现。因此批评家呼吁："总之，我们需要实践的人，而不是抽象地、永远是伊壁鸠鲁式地议论的人。"应该说，这种解释和上文屠格涅夫对堂吉诃德的看法有异曲同工之妙。然而，接下来的问题是，杜勃罗留波夫居然把小说所塑造的人物和俄国的现实联系起来了。他认为俄国式的英沙罗夫很快就要出现，革命的高潮也即将兴起，言词之激烈以至于屠格涅夫不得不声明：作者不赞成该文的基本论点，尤其是不同意对英沙罗夫形象的阐释。在作

---

① 以赛亚·伯林（Isaiah Berlin）：《俄国思想家》，彭淮栋译，台北：联经出版事业公司1987年版，第344页。

家看来，文学只是文学，文学不能充当宣传单，也不能把文学人物和现实原型做简单的挂钩。两者理解之差异最终导致了作家与《现代人》编辑部的决裂。这也昭示着俄国知识阶层中自由主义分子与激进主义分子在 19 世纪 60 年代的分道扬镳。从现代化的角度来看，这也是俄国现代化性质发生变化的一个注脚，即革命作为现代化另一种可能性的出现。

　　几乎在屠格涅夫塑造"时代英雄"的同时，陀思妥耶夫斯基也提出了自己的新人观，并身体力行地塑造了一些典型人物。而这些人物，如地下室人、拉斯科里尼科夫、斯塔夫罗金等，与巴扎洛夫等文学形象却有着极大的差异。其中缘由，除了两人的个性特征之外，更主要的还是要从作家的现实观上去发掘。①

　　陀思妥耶夫斯基在彼得拉舍夫斯基案发前，在文学的现实观问题上与别林斯基等人颇有相近之处。他在被捕后的供词中还承认："……文学是人民生活的一种表现，是社会的一面镜子。……谁能够将这些新思想纳入为人民所理解的形式之中？只有文学，非它莫属！"不过，作家同样强调他与别林斯基等人的分歧："我指责他竭力为文学规定一项特殊的、对它有害的使命，把它贬低为仅仅是写些新闻报导（着重号为原文所有——引者注）或者奇闻逸事。"综合以上两者，作家最后认为："艺术本身便是目的，作家只应该为艺术而操心，思想是自然而然会产生的。因为思想是艺术性的必不可少的条件。"② 优秀的文学是思想性与艺术性的完美结合。这是 19 世纪 40 年代陀思妥耶夫斯基对文学本质的认识。纵观整个创作历程，作家都很好地体现了思想性与艺术性的结合这一原则。③

　　他前期创作的主要人物大多以彼得堡的底层人物为主，通过其不幸遭遇来抨击社会的某些阴暗面。当然，有别于果戈理等自然派作家的是，陀

---

　　① 苏联评论家比亚雷（Г. А. Бялый）曾从上述两方面来专文对比过陀思妥耶夫斯基与屠格涅夫创作中的人物："多余人"与"地下室人"，"新人"与"虚无主义者"。请参见 Бялый Г. А.：Две школы психологического реализма（Тургенев и Достоевский）. – В кн.：Бялый Г. А. Русский реализм конца ХIХ века. Л. 1973, c. 31 – 53.

　　② 《陀思妥耶夫斯基论艺术》，冯增义、徐振亚译，漓江出版社 1988 年版，第 450—451、452 页。

　　③ 笔者认为，陀思妥耶夫斯基的作品今日给人以说教和累赘的印象，仿佛思想性超过了其艺术性，但这主要源于其创作时的环境：他满怀激情，下笔千言，但又不得不以文谋生，缺乏精雕细凿的机会。从作家的书信中可以很明显地感受到这种无奈。

思妥耶夫斯基的小人物虽说在现实中是渺小的，但在精神上却是崇高的。如《穷人》中的杰弗什金等人，都有着一颗善良热情的心。其实小人物的这种两重性，其中也暗含了陀思妥耶夫斯基刻画人物的深度，而不仅停留在抨击和批判的水准上。这个时候陀思妥耶夫斯基的风格应该说和屠格涅夫还是比较接近，都是怀着同情心关注社会现实。

　　自西伯利亚流放归来后的陀思妥耶夫斯基，在思想上已经脱胎换骨。1874 年他对朋友弗·谢·索洛维约夫谈起这段经历时说："命运帮了我，苦役拯救了我……我成为一个全新的人……在那儿我认识了自己，亲爱的……懂得了上帝……我懂得了俄罗斯人，并且感到自己是个俄罗斯人，是俄罗斯民族的一分子。"① 20 世纪宗教哲学家赫克（J. Hecker）也认为，陀思妥耶夫斯基"是通过客西马尼园找到上帝的"，通过死刑、流放"他学会了怎样鉴赏悲痛的宗教、耶稣之死的奥秘，以及为了天国的缘故将自己钉在十字架上"。但作家并不否定"俄罗斯灵魂为了生活的富贵和幸福而进行的斗争"，② 换言之，宗教所带给他的，不是消极地等待和忍耐，而是需要如基督般的奉献以及无畏的斗争，这仍然离不开对现实的关注。

　　问题是：文学要反映什么样的现实？文学要塑造什么样的"当代英雄"？陀思妥耶夫斯基的《一波夫先生和艺术问题》（1861）可以看作是他重回文坛后的一篇创作宣言，在阐明作家现实主义文学观方面具有重要意义。该文旨在与杜勃罗留波夫《俄国平民的特征》一文展开论争，杜勃罗留波夫突出强调乌克兰女作家马尔科·沃夫乔克创作的社会意义，对其艺术上的一些薄弱之处不予置评，尽管也有所认识。陀思妥耶夫斯基则旗帜鲜明地指出，不能为了倾向性而牺牲艺术性，艺术中的任何思想都必须以艺术本身的手段来表达。作家同时指出："我们自己如饥似渴地追求良好的倾向性，并且高度珍惜它"，但是只有在坚持以艺术为先的前提下，倾向性才能得到有效的保证。因为"艺术不仅永远忠于现实，而且不可能不忠于当代的现实，否则它就不是真正的艺术"。③ 显然，较之于杜勃罗留波夫的评论，陀思妥耶夫斯基对艺术的看法和屠格涅夫一样，来得较为全面和

①　Ф. М. Достоевский в воспоминаниях современников. М. 1964，Т. 2. с. 199 – 200.

②　赫克：《俄国革命前后的宗教》，高骅、杨缤译，学林出版社 1999 年版，第 146 页。

③　《陀思妥耶夫斯基论艺术》，冯增义、徐振亚译，第 38 页。

中肯。

　　然而具体到描写对象，两者又出现某些分歧。作家曾说:"我对现实和现实主义的理解与我们的现实主义作家和批评家完全不同。我的理想主义比他们的现实主义更为现实。"① 这就牵涉到俄国的现实问题。1860 年以后，俄国正式迈入现代化时期，在社会阶层构成方面，平民知识分子已经取代了贵族成为社会的主流。社会所面临的矛盾，一方面是社会与沙皇政府之间的对立，另一方面，却是新兴的资本主义生产关系对人的多重束缚，理性的弊端逐渐暴露。换句话说，作为俄国现代化学习典型的西方资本主义文明本身出了问题。在此背景下，文学再去一味地谈论反抗沙皇统治，抨击社会黑暗，这样做不是不可以，但实质上却不过是对 19 世纪 40 年代"启蒙现代化"的重复。

　　因此，当屠格涅夫把视线集中在"中上层贵族圈子"的时候，当车尔尼雪夫斯基聚焦于所谓"新人"或者"革命者"的时候，陀思妥耶夫斯基却从另一个方面去探究时代的正面人物问题了。这就是人本身的问题:理性与信仰，道德与荣耀，所有这一切都在陀思妥耶夫斯基的笔下展开无休止的争论，构成极富特色的"复调小说"。从社会与人的冲突到人与自己的冲突，这是陀思妥耶夫斯基对俄国现实主义的一种拓展，也是他对现代化问题的初步反思。正是从这个意义上，作家才被称为"最高意义上的现实主义者"。如果说屠格涅夫只是隐约感觉到了新人天生的某些缺陷的话，那么陀思妥耶夫斯基则是十分明确地指出了他们在理论上的致命之处。对于新人，屠格涅夫安排了夭折或者自杀作为他们的悲剧性结局;而陀思妥耶夫斯基则是以摒弃西方思潮，皈依宗教来作为拉斯科里尼科夫们的最终归宿。这不是卢梭的"自然人"，这是在经历反思之后对现代化思潮的一种理性反省，或者说是"更高意义上的现代化"。

　　然而，无论是屠格涅夫还是陀思妥耶夫斯基，他们对时代典型人物的看法在 19 世纪 80 年代之前都没有为大多数俄国读者所理解，他们的个人努力并不能改变越发尖锐的社会冲突状态。整个 19 世纪的俄国文学自始至终未曾摆脱控诉与请命的正义色彩，从文学批判到批判文学，写作日益成

---

　　① О Русской Литературе/Ф. М. Достоевский. . М. Современник，1987，с. 343.

为表达正义的直接手段。换言之，作家不仅是靠文字来控诉专制与黑暗，而且要求创作本身就是区分正义与邪恶、黑暗与光明的行动。而这种文学化的暴力，一直延续到了1905年前后才得到知识分子理性的思考。

二 19世纪现代化进程中的俄国文学

就知识分子小说主题而言，"谁之罪？"和"怎么办？"既是19世纪俄国文学在现代化进程中必然出现的两大主题，也是时代理想人物塑造上两个不同阶段的侧重点。"谁之罪"是现代化的依据，因为落后的社会阻碍了人的发展和社会的进步，所以必须走现代化之路；"怎么办"则是现代化的途径，为摆脱非现代化状态而提出的方法。由此诞生了俄国文学中的"多余人"及"新人"这两大形象系列。

1840年以后的"当代英雄"主要由两部分构成，即类似于别林斯基的平民子弟和赫尔岑式的贵族青年。前者出身贫寒，以自身努力获得高等教育，跻身社会文化精英之列；后者虽衣食无忧，但在农奴制家庭中能保持独立思维和自由精神，不随波逐流，也完全有赖于自身的奋发不息。他们之所以成为那一时期俄国社会之精英，的确和自身奋斗分不开。尽管他们中很多人因时代条件所限，未能举大业、成大事，但其独立异于民众之处是显而易见的，也是为民众所承认的（如《罗亭》的最后部分众人对他的评价）。普希金的奥涅金，莱蒙托夫的毕巧林，屠格涅夫为数众多的"俄国哈姆雷特"形象：从罗亭（《罗亭》）到拉夫列茨基（《贵族之家》）、李特维诺夫（《烟》）等，大多都是这样的人物。主人公卓然不群，才华横溢，胸怀大志，只因社会环境的落后及自身的某些弱点而无所作为。这个时期涌现出的大量孤独者或精神流浪者形象事实上已使孤独者就像贵族的徽章一样，成为脱俗、为"先觉善斗之士"的标志。他们是在享有孤独的优越感的同时，咀嚼孤独的痛苦，这是一种高处不胜寒的滋味，是现代化之初时代先驱者所必然要面对的既悲且喜的矛盾状态。

从文学形象整体来看，该时期的知识分子形象无论是类型还是内涵都显得相对单纯。这一方面当然是由于知识阶层本身诞生较晚，现实人物本身就单纯的缘故；另外也是由于19世纪初期的俄国文学刚刚起步，各种文学技巧尚处在摸索探讨之中，因而也不能塑造出较为复杂、多面的人物形象。

　　这一时期文学创作的特征之一是通过性格形成和发展的那些具体环境来达到对现实的批判目的。现代化首先是人的现代化，文学必须以社会先进人物的毁灭来探究"前现代化"的问题，从而为现代化提供前提。因此小说情节大多有种固定模式，即"拯救与被拯救"的故事模式。拯救者通常是小说主人公，他才华横溢，满怀救国之志，却为环境所限而抱恨终生。被拯救者一般是贵族少女或陷于贵族圈子中的少妇，她们对现状有清醒的认识，向往自由的爱情和伟大的事业。拯救的工具就是来自西方的所谓"先进思想"，它以爱情的方式传播。但这种拯救是双向的，知识分子同样要求女性的爱情来摆脱沉重社会环境的压迫，爱情在这里起到了某种裁判的作用：它既体现女主人公对身边环境的抗争，又是检验男主人公决心的试金石。此类作品较有代表性的是《叶夫盖尼·奥涅金》《当代英雄》以及《谁之罪？》等。

　　但19世纪60年代之后，随着西方思潮的日益涌入及对俄国历史命运的不同思考，知识阶层本身发生了变化，其倾向有自由主义和激进主义、保守主义等各种类型，因此体现在文学中的知识分子形象也日趋复杂。这个时期文学所要解决的不仅是"谁之罪"，还要指出"怎么办"；不仅要揭露现实的黑暗，还要探索如何用更完善、更和谐的未来取代当今黑暗罪恶的社会；不仅要个人的现代化，还要社会的现代化。时代理想人物的使命已由对自身的拯救扩展到对民族、对世界的拯救，不同倾向的作家以不同的知识分子形象体现出对"怎么办？"这一问题的不同解答。这其中，屠格涅夫的《前夜》（1861）和车尔尼雪夫斯基的《怎么办？》（1863）所塑造的新人形象就体现了两种不同社会思潮对同一时代问题的回答。此后在19世纪70年代，随着革命斗争的进一步激化，民粹派"到民间去"运动的失败，陀思妥耶夫斯基（《群魔》，1871—1872）、屠格涅夫（《处女地》，1877）等以现实为基础，通过人物形象的塑造，从思想高度探索了革命运动的极端以及对现代化问题的初步反思。

（一）

　　拉季舍夫在《从彼得堡到莫斯科的旅行记》里以第一人称塑造了一个

初步觉醒的贵族知识分子形象。他在旅途中揭社会之弊端，言民生之疾苦，最终发出"人人争用沙皇的鲜血/把自己的耻辱洗清"①的革命主张。通过他的视角，我们看见俄国社会之落后、官吏之腐败以及早期知识分子强烈而又模糊的暴力革命意识。但对于主人公形象塑造，作者反而言之寥寥。从开头到最后，"我"的情绪总是为所见所闻所左右，性格上基本看不出有什么变化。与其说作者塑造的是一个人物，还不如说是一个观察社会的工具，一种不平之气的体现。在《俄国知识阶层史》中，奥夫相尼科－库利科夫斯基之所以把《聪明误》中的恰茨基作为俄国文学所塑造的第一个知识分子形象，是着眼于他作为"那一时期思索中的先进人物之典型形象"②，是"恰达耶夫情绪"的第一个表现者。剧中的恰茨基针砭时弊，愤世嫉俗，俨然一出淤泥而不染的浊世佳公子。无论是"我"还是恰茨基，虽然很好地表达了作者的思想倾向，但就艺术性来说都显得有些粗糙。就其实质来说，前者作为拉季舍夫人生体验的表现者、自由意志的抒发者，基本上没有表现出主人公自身的特性。恰茨基更是如此，在剧中他只为向索菲娅求婚而来，不成之后大发偏激之论。他既无心推翻沙皇专制，也没有试图理解或接受某种信仰，只是个社会的冷嘲热讽者。别林斯基甚至说他"是个叫嚣之徒，词令家，理想的小丑，他每做一件事都把他所说的神圣的话给亵渎了"。③恰茨基们的出现暗示着俄国文化阶层的一种边缘化倾向，原先得宠于宫廷的精英们已经不再安于现状，西欧文明的传播打开了他们的眼界，在鲜明的对比之下俄国的现状令他们大失所望，最终满怀不满之心退出了权力中心。恰茨基们的结局已经暗示出今后奥涅金、毕巧林等人物被边缘化的命运，他们的遭遇为完全意义上的知识分子的诞生提供了最好的温床。这时候的形象塑造还是停留在概念化的程度，正如拉季舍夫的长诗和格里鲍耶陀夫的剧本所展示的一样，人物艺术性还不是那么明显。

《谁之罪?》虽然不是俄国文学中第一个描写"多余人"的作品，但它

---

① 拉季舍夫：《从彼得堡到莫斯科旅行记》，汤毓强等译，外国文学出版社 1982 年版，第 236 页。

② *Литературно - критические работы в двух томах*/Д. Н. Овсянико - Куликовский Москва. Художественная литература，1989，с. 11.

③ 《别林斯基选集》第 2 卷，满涛译，上海译文出版社 1979 年版，第 163 页。

却是对如奥涅金、毕巧林、罗亭等多余人的总结。在别里托夫身上，集中
体现了之前多余人的诸多特点，也体现了知识分子在这一时期的追求目标，
即现代化人格的自我塑造，包括对纯真爱情的渴望和对服务于社会的向往。

该书虽出版于 1859 年，但其构思和创作却是在 1841—1846 年，即赫
尔岑被流放至诺夫哥罗德时期，那正是有"普鲁士警察典型"（别尔嘉耶夫
语）之称的尼古拉一世统治最为黑暗的时候，作家后来回忆说："尼古拉皇
朝是消灭精神的时期，它不仅用矿坑和皮鞭消灭它，而且用使它感到窒息
和屈辱的气氛，用所谓否定的铁拳消灭它。"[①] 知识阶层处于这样的社会中，
欲有所为而不可得，只能寄情于文学或者爱情之中消磨年华。

小说情节并不新鲜：别里托夫年少才高，但事事无成，反给他人造成
家庭不幸。类似模式在 19 世纪极为流行，但赫尔岑在结构上又别有特色：
作者设计了两次拯救，其一是医科大学生克鲁采弗尔斯基和将军私生女柳
波芙结婚，使之脱离了散发着"无穷无尽的空虚气氛"[②] 的将军家庭。这
是女主人公在身体上的解放，彻底获得了人身自由。柳波芙作为私生女，
仅因将军夫人的伪善方得以寄人篱下。但她天性敏感多思，感受到了自身
地位的尴尬："……我虽然有父母，但是我却成了一个孤儿，在这茫茫大地
上，我是一个孤独的人。"（第 42 页）她幻想着美好的生活："我相信即使
在乡间也有比这更好的生活。"（第 43 页）作为一个富家小姐，她却更喜欢
与农民来往，并且不明白："为什么这村子里的农民，看起来总是比那些从
省城或近村来的客人好得多，而且比他们聪明得多，虽然那些客人都是有
知识有教养的地主和官吏，可是他们却讨厌和愚蠢……"（第 44 页）这是
一个被拯救的典型，和普希金笔下的塔吉扬娜，屠格涅夫笔下的娜塔利娅、
叶琳娜等一样，具有一定的思考能力，但仍需借助某种外力的帮助，方能
走出那个小庄园。于是出现了刚毕业的大学生克鲁采弗尔斯基，他出身军
医家庭（与别林斯基一样），属于典型的平民知识分子。他认真好学、单纯
幼稚，对未来生活充满幻想。他在告贷无门后被迫到外省做家馆。就考虑
问题的深度而言，克鲁采弗尔斯基并不比柳波芙来得高明，他在大学所受

---

① 赫尔岑：《往事与随想》（中），项星耀译，第 637 页。

② 赫尔岑：《谁之罪?》，楼适夷译，上海译文出版社 1979 年版，第 32 页。以下引用该书仅在文中
注明页码。

的教育更多的侧重西方技术知识。但他毕竟是通过自己努力才获得知识和文化，有能力将柳波芙带离那个专制的家庭。作者说得很明显，他们俩之所以结合，是"因为他们两个都是孤独者，两个同是天涯沦落人……"（第45页）

婚后的生活是幸福的，因为这是彼此努力的结果。但小说若到此为止了，那么它不过是一篇陈旧的说教故事，虽指出知识分子的努力，但大团圆的结局却并不能完全反映出现代化背景下俄国社会典型人物的特点。所以作者在此声明："还只是新故事的开端。"（第67页）并通过老医生克鲁波夫对婚姻生活的预言："您好比把所有的钱都押在一个注上，一定会弄得精光的……"（第63页）暗示只有所谓的"家庭幸福"是不够的，从而引出后面的重点，即别里托夫的不幸故事。

在介绍别里托夫出身时，赫尔岑通过各种人物的眼光一再强调其异于常人处。譬如他的母亲从小"在孩子的身上也看出了卓越的才能和强烈的性格的确实的特征"（第86页）。在教育孩子时"他们专心一意，不使这灰色世界上所发生的一切落进伏洛佳（即别里托夫——引者注）的眼中，不使他尝到现实生活的痛苦，而只给他描述辉煌的理想"（第92页）。他的家庭教师则长年对别里托夫寄予了莫大的希望："这个青年会做出伟大的事业来！"（第159页）柳波芙在遇见别里托夫之后也在日记中写道："他是负有伟大的使命，是个不平凡的人，他的眼中闪着天才的光。"（第190页）

在叙述主人公生活经历的时候，作家则更多地强调了他与社会环境之间的冲突。别里托夫在大学毕业后自信满怀，对未来充满种种幻想。与一般人相比，别里托夫的确更善于思索，更富于热情，他周游列国，见多识广，完全有能力为社会做出大贡献。然而别里托夫不愿和无能的官僚们共处一室，也不能以百折不挠之决心埋首医学研究，更无灵感火花以从事绘画艺术研究。他的梦想是治国平天下，是"对过去那种官职、政治活动的幻想"，他要"投身在时刻变化的工作"，"投身在正在目前成长起来的历史进行的过程中"（第107页）。这不就显示出知识阶层的远大理想吗？他们要参与历史的创造，要以实际行动证明自己的高明之处。但这是笼统的说法，具体到现实里，他所追求的其实只是成为统治精英的一分子，正如罗亭等所追求的也不过是以自己之才智为国效力而已。如何效力，作者可没有细说，但肯定不是以暴力形式将现行政府取而代之。不难想象，假如他们遇到好机会，他们会成为什么：庸庸碌碌的官吏，还是有个意中人（譬如说，丽莎和拉夫列茨基）相伴终身的农奴主老爷？

然而，作为颇具才华的精英分子，别里托夫偏偏既没有合适的官职证明自己，也没有纯真的爱情聊以自慰。他最终一事无成，意志消磨。他回NN城试图通过参选来为民服务，但又遭人抵制而不成。他欲借柳波芙的爱情之火重新点燃对生活的信心与希望，却无意中破坏了一个美满的家庭：克鲁采弗尔斯基因受感情打击堕落成无可救药的酒鬼；柳波芙终日陷于思念而不能自拔，他本人也备受良知谴责而仓皇遁去。这实在是一次失败的追求。

事实上，第二次的追求既是别里托夫对柳波芙爱情的渴求，也是柳波芙企图通过别里托夫的思想来启蒙自身的努力。这是一种相互的追求，然而都未能成功。为什么不能成功呢？别里托夫和克鲁采弗尔斯基一家的毁灭是"谁之罪"呢？作者说，"要解释这个问题时，如果求之于人的复杂的心理构造，还不如求之于人之所处的氛围、环境以及与外部世界的接触、影响等等"（第105页）。就是说，知识阶层之所以无所作为，其原因不在于自身，而是因为外界的压制。由此，俄国现代化改革的必然性呼之欲出。难怪半个世纪后《路标》说："知识阶层中的社会观点如此强烈，以至于使人断然相信：生活中所有的负担都源于政治原因，一旦摧毁了警察政体，健康、生机与自由便会立刻降临。"① 社会的现代化在这里显然已经成为一种神话，一种可解决各种问题的完美之途。

然而他们只是意识到了这一点，却还不能为自己的困境找到一条出路，"怎么办？"是他们问得最多的问题。柳波芙在日记里写道："我不知道我怎么办。"老医生克鲁波夫也问别里托夫："该怎么办呢？"答案是："不知道。"甚至别里托夫的"多余人"兄弟们在类似情况面前也是如此。娜塔利娅在决定性的时刻也是这样问罗亭的："您看，咱们现在该怎么办？"而后者的回答除了劝她服从命运之外，还说了一句："怎么办呢？"就是在《前

① *В поисках пути：Руссая интеллигенция и судьбы России/* Сост.，вступ. ст.，коммент. И. А. Исаева. М.：Русская Книга，1992，с. 101.

夜》里，叶琳娜在给亲人的最后一封信里也说，她不能回到祖国，因为她不知道她在那里该怎么办。杜勃罗留波夫在《真正的白天何时到来》中对此感叹："我们老是探求、渴望、等待……等待总会有什么人来向我们解释可以做些什么。"① 之所以如此，是因为贵族知识分子个人现代化的局限性所致，他们过于关注自身事业上的成败，感情上的得失，他们在强调自身完善的同时，却忽略了更为广阔的社会天地，局限于小小的沙龙之间欲有所为而不得。社会问题对多余人来说是生疏的；他们过着狭隘的个人生活，并非缺乏能力，并非没有条件，但却不能为自己找到社会地位。在《罗亭》和《贵族之家》里，屠格涅夫也以其细腻的笔触塑造了两个壮志未酬的时代先进人物：罗亭和拉夫列茨基。其主题基本上和《谁之罪？》相仿。

随着时代的发展，这种多余人将逐渐被平民知识分子所取代。安·屠尔科夫在评价这一时期的知识分子文学形象转向时说："当初的'多余人'是一种反对派，一种深入人心的对于尼古拉一世的农奴制俄国持反对立场的、实际上存在于生活之中的（也是文学上的）反对派。这个反对派有它的崇高之处，但也有其悲剧性的软弱一面。当俄国酝酿着一场巨大的社会变动、可能威胁上层统治集团的新布加乔夫运动的时候，当平民知识分子对政治生活的兴趣蓬勃高涨的时候，'多余的人'头顶上的光轮就明显地黯淡下来，因为生活要求有一种更为积极的社会活动家。"②

（二）

1859年的《前夜》是理想人物形象塑造上的一个转折，正如研究者指出的："《前夜》的特别重要的意义在于：它是描写为争取人民福利而献身的平民知识分子英雄、革命者英雄的第一部长篇小说。"③ 对于屠格涅夫而言，对《前夜》的不同理解甚至导致了作家最终与《现代人》杂志的决裂。但需要指出的是，《前夜》中所塑造的英沙罗夫虽然体现了时代的风尚

---

① 《杜勃罗留波夫选集》第2卷，辛未艾译，上海译文出版社1983年版，第296页。杜氏在表达"做些什么"的时候，用的同样是那个词组：Что делать？（意为"怎么办？"）

② 安·屠尔科夫：《安·巴·契诃夫和他的时代》，朱逸森译，中国社会科学出版社1984年版，第91页。

③ 鲍戈斯洛夫斯基：《屠格涅夫》，冀刚、慧芬等译，上海译文出版社1983年版，第295页。

和社会的需求，但他毕竟是保加利亚人而非俄国的新人，在艺术上也有些公式化，显得有些模糊。作家后来谈到当时的现实时说:"在当时俄国生活中还是一种新的典型的女主人公叶琳娜的身影已在我的想象中相当清楚地显露出来了;但是还缺少一个男主人公，缺少一个这样的人物，使得有一种对自由还比较模糊的、但很强烈的渴望的叶琳娜可以委身于他……在当时的俄国人当中还没有这样的人。"① 由此杜勃罗留波夫才在文章中呼吁俄国的英沙罗夫早日到来，前夜过去就是俄国的黎明!叶琳娜在《前夜》中完全占了中心地位，一开始的舒宾和伯尔森涅夫就是围着叶琳娜打转并引出英沙罗夫。英沙罗夫在感情上若不是叶琳娜主动大胆的示爱，最后也只能是一走了之。因此《前夜》与其塑造的是英沙罗夫，还不如说是叶琳娜这个俄国文学中的新女性形象。而叶琳娜在小说中原是属于被启蒙被拯救的对象，她的婚姻体现了知识分子追求自由生活的向往，她的理想是到亡夫的家乡为解放事业效力，但以后究竟怎样，作者没说，读者也不能妄自揣测。

　　因此，《前夜》尽管在人物形象塑造上有前驱意义，但在俄国知识分子形象的塑造上却并不比稍后的《父与子》来得更早。就这个意义来说，美国学者理查德·弗里鲍姆（Richard Freeborn）把《父与子》列为俄国第一本革命小说，把巴扎罗夫列为"第一个俄国革命人物"②，也在情理之中。一言以蔽之，《贵族之家》和几乎同时发表的《奥勃洛摩夫》一起结束了俄国文学中"多余人"的历史，《前夜》是一种预言性的过渡，《父与子》和《怎么办?》一起以塑造的虚无主义者和"新人"形象为俄国社会揭示了未来的发展方向。巴扎罗夫和拉赫梅托夫就是应时代的要求而诞生的。

　　《父与子》创作于1860年至1861年，纳博科夫称之为"不仅是屠格涅夫最好的小说，而且也是19世纪俄罗斯最优秀的作品之一"。之所以做此评价，是因为在今天看来，这部小说揭示的不仅是某个具体阶段的某些人物之间的事情，而是整个19世纪俄国的创作主题:父辈与子辈、保守与革新、革命与改良，等等，无不由此而生。对于其中主人公，纳博科夫则说:

---

① 屠格涅夫:《文论·回忆录》，张捷译，第446页。

② Richard Freeborn, *The Russian Revolutionary Novel*: *Turgenev to Pasternak*, Cambridge: Cambridge University Press, 1982, p. 3.

"屠格涅夫成功地体现了自己的思想：他塑造了年轻俄罗斯人的勇敢形象，完全不像当时报刊上那种丧失一切反省的社会主义样式的木偶。"① 透过这个"年轻俄罗斯人的勇敢形象"，作家传递了一种从未有过的精英意识。这种意识，既是作家通过敏锐的感知从社会风气中捕得，又是作家作为一个知识分子内在所具有的。内外的相应使得作家创作出了这个既为个人心声，又是时代之声的知识分子形象。

　　巴扎罗夫出身军医家庭，依靠自己努力上了大学获得现代知识，这几乎和别林斯基类似。他深以自己出身农民为荣，因为从一个耕田者的孙子成长为能与贵族老爷侃侃而谈的大学生，获得独立后的这份骄傲和自豪是无法用言词来表达的。自我奋斗的成功大大地助长了他的自信心，也强化了他的独立意识："我不赞成任何人的意见，我有我自己的。"② 出于这种考虑，当阿尔卡狄要求他考虑到教育和时代的差异而谅解自己伯父的处境时，巴扎罗夫却说："教育吗？每个人都应该教育自己，譬如就象我这样……至于时代呢，我为什么要依靠时代？还不如让时代来依靠我。"（《前》，第 241 页）英雄造时势，巴扎罗夫说这话时底气十足，针对 40 年代人把自身不足归咎于环境和时代，他轻蔑地说："不，老弟，那全是浅薄，空虚！"在自身完善的前提下，巴扎罗夫树立了自己生活的目标：要往人生这个"箱子"塞点东西进去，"我们要压倒别的人！我们要去改变别的人的性格！"（《前》，第 432 页）他将目光投向了外界，首先是否定："我们应该先把地面打扫干净。"（《前》，第 262 页）

　　于是，在巴扎罗夫看来，普希金的诗是"没有一点儿实际的用处的"（《前》，第 256 页）；而西方那些所谓的先进思想："贵族制度、自由主义、进步、原则，只要您想一想，这么一堆外国的……没用的字眼！对一个俄国人，它们一点儿用处也没有。"（《前》，第 261 页）人类之所以生病，原因在于社会："社会一改造，病就不会有了。"（《前》，第 306 页）一切复杂的东西在这个文化精英眼里都是那么简单，包括爱情："那都是浪漫主

---

① Лекции по русской литературе/ Набоков В. В. М. Издательство Независимая Газета, 2001, с. 147.

② 屠格涅夫：《前夜　父与子》，丽尼、巴金译，人民文学出版社 1996 年版，第 287 页。以下简称《前》，引用该书仅在文中注明简称及页码。

义、荒唐无稽、腐败和做作"（《前》，第241—242页）。本来他连爱情都
否定的，但理性毕竟抵挡不住感性的诱惑，他陷入了对奥津左娃的单恋。
可是，简单化的爱情观在深不可测的女性心理面前大败而回，尽管他承认：
"我没有毁掉我自己，所以一个女人也不会把我毁掉。"（《前》，第362页）
但这无疑是他精英意识的第一次失败，这个失败直接暗示了他日后的命运。
虽然他后来在乡村也做了些启蒙工作：譬如对家仆的孩子谈解剖，对费涅
奇卡谈病理，甚至要求和农民谈谈人生观以及"开创历史的新纪元"之类
的大道理，但在那些农民的眼里，巴扎罗夫"不过是一个逗人发笑的小丑"
（《前》，第437页）。更可悲的是，巴扎罗夫还自以为他是最善于与俄国农
民交谈的，这种十足的自以为是就是知识分子精英意识的外在表现。当他
真正遭遇到挫折的时候，便如皮球一泄不可鼓了。不能不说，巴扎罗夫的
偶然死亡带有某种自杀的意味。直到临终前的那一刻他才敢于说出自己真
正的愿望：对奥津左娃的思念。爱情的失败永远是他心中的一个伤疤，精
英意识的缺口就是从这里开始。巴扎罗夫形象的真实性也正好体现在这里：
他的不近人情，他的冷漠和坚强透过爱情这个窗口得到了最人性化的解释。

　　巴扎罗夫在临死前说："俄国需要我……不，明明是不需要我。那么谁
又是俄国需要的呢？"（《前》，第451页）这种肯定与否定的问答恰恰反映
出作者对社会现代化意识的犹豫不定：巴扎罗夫式的"虚无主义者"是俄
国现代化所需要的吗？知识分子是现代化的领路人？仿佛是对这一问题的
肯定，车尔尼雪夫斯基的《怎么办？》以一种文学乌托邦的方式给当时的俄
国青年指出了前进的道路。他自豪地把以主人公拉赫梅托夫为代表的俄国
知识阶层称之为"这是优秀分子的精华，这是原动力的原动力，这是世上
的盐中之盐"。[①]《怎么办？》和之前诸多有关知识分子小说不同之处在于，
它塑造了一批新人形象，甚至还有一个杰出的未来革命领导者形象。小说
基调是乐观而欢快的，有别于屠格涅夫、赫尔岑作品中的那种无所事事的
哀愁和壮志未酬的遗憾。但需要指出的是，后者所描写的至少还是当时的
真实情况，主人公也是社会所公认的文化精英人物，《怎么办？》在立足现
实的基础之上却带有更多的幻想性，它是在俄国现实基础上对未来的一种

---

　　① 车尔尼雪夫斯基：《怎么办？》，蒋路译，人民文学出版社1990年版，第326页。以下简称
《怎》，引用该书仅在文中注明简称及页码。

展望或者构想，后人把这部作品纳入 19 世纪乌托邦小说不无道理。正是在这种幻想和虚构中，知识阶层作为时代斗争的最直接代表、最先进领导的形象得到了鲜明的展现。

《怎么办？》发表于 1863 年《现代人》杂志，时值农奴制改革后不久，改革的不彻底性令社会有识之士大为失望。"俄国往何处去？"这一问题成为整个知识界关注的中心。《怎么办？》虽然是以问题为标题，但其中所体现的是对时代的呼应，是知识分子对自身和对改造社会的十足信心。其副标题"新人的故事"明确揭示了本书主旨：塑造新一代的知识分子文学形象，以此为俄国的发展寻找新的道路。因此有评论家指出：这是一部"为改造社会、为祖国和人民的幸福未来而斗争的百科全书"。[①] 小说主人公是韦拉、洛普霍夫、基尔萨诺夫和作为更高意义上的思想者、革命者拉赫梅托夫。小说对以上四位人物的形象塑造主要是通过以下三个方面体现出来的：对社会的批判，对民众的启蒙以及对未来社会模式的设想。在这三个方面中，我们可以看到 19 世纪 60 年代知识分子的启蒙思想和现代化意识得到了从未有过的高涨，并且由此导致了此后激进主义的革命传统。

农奴制改革后的现状令人大失所望，用小说中的话说："这个国家象土耳其似的愚昧无知，象日本似的孤立无援。"（《怎》，第 488 页）作家在小说里用了很多笔墨描绘一个性格古怪的革命家拉赫梅托夫。此人就外表看来是"一个阴沉的怪物"，对人对己都极为苛刻。难怪当时小说出版后，拉赫梅托夫形象受到的攻击和误解最多，且不论来自敌对阵营的抨击，连高尔基也认为车尔尼雪夫斯基描写拉赫梅托夫是"把一种最荒唐的虚构放在俄罗斯面前"[②]。但小说通过韦拉之口以及作者的议论笔锋一转：其实他是个"又可爱又愉快的人"（《怎》，第 336 页），原因何在呢？拉赫梅托夫说："看到的总是些不愉快的现象，怎能不变成阴沉的怪物？……我自己也不高兴做一个'阴沉的怪物'，可是环境如此，象我这种强烈地爱善疾恶的人，就不能不变成'阴沉的怪物'……"（《怎》，第 336、350 页）这就把

---

① 尼·鲍戈斯洛夫斯基：《车尔尼雪夫斯基》，关益、杜颖译，黑龙江人民出版社 1986 年版，第 309 页。

② 高尔基：《俄国文学史》，缪灵珠译，上海译文出版社 1979 年版，第 396 页。

对个人性格的分析转到对社会的隐性批判上去了①。表面上作者看起来只是在分析人物的性格形成，但实质上作者在这里试图揭示的主要还是社会环境的丑恶，由原因的剖析展示了拉赫梅托夫们对沙皇专制的批判意识。另一方面，国之不振、民之不幸导致了主人公的阴郁性格，知识分子以天下为己任的精英意识也得到了宣扬。正如他自己说的："老百姓偶然能吃到的，有机会我也不妨吃吃。老百姓永远吃不到的，我也不应该吃！我需要这样做，这至少能让我稍稍体会到，他们的生活跟我相比是多么穷困。"（《怎》，第314页）法国启蒙运动时期所鼓吹的平等、博爱思想跃然纸上。

按照作者在小说第二部里的构思，革命胜利之后，拉赫梅托夫将有充分机会去享受爱情的幸福和生活的欢乐，将成为一个愉快的人。除了对社会的批判意义外，拉赫梅托夫还具有改造社会的任务，他在小说中成了高于"新人"的革命先驱者、领导者。小说中描写的种种以天下为己任的言行足以表明拉赫梅托夫身上潜在的精英意识。尽管他一再要向人民学习，但这种区别本身就证明了他的与众不同之处：愿意为解放事业自愿受苦，愿意承担天下之苦难。与《谁之罪？》里的别里托夫相比，拉赫梅托夫的成长除特殊之外更具有亲和力，更能看出其走向民间的倾向。这是精英意识的膨胀，他们已经不再满足于自身的自怜自爱，而是考虑到逐步将自身知识优势转化为引导民众的武器了。C. H. 布尔加科夫在后来的《英雄主义与自我牺牲》一文中深刻揭示了这一特性："作为英雄的知识分子并不满足于普通劳动者的角色（甚至当他不得不局限于此的时候），他的幻想是成为全人类的拯救者，或至少是俄国人民的拯救者。"②普列汉诺夫说："每个杰出的俄国革命家身上都有许多拉赫梅托夫作风。"③正是因为在他的身上再鲜明不过地体现出了知识阶层的为民众师的优越意识。

小说讲述了韦拉·帕夫洛夫娜的爱情故事，但这不是普通的爱情故事，而是她政治思想上的成长故事。她叛离自己的旧家庭，先与洛普霍夫，最

---

① 这里要考虑到车尔尼雪夫斯基是在彼得保罗要塞里创作《怎么办？》一书这一背景。详见该书译本序。

② *В поисках пути*: *Руссая интеллигенция и судьбы России*/ Сост.，вступ. ст.，коммент. И. А. Исаева. М.：Русская Книга.，1992，с. 56.

③ 车尔尼雪夫斯基：《怎么办？》"译本序"，蒋路译，第6页。

终与基尔萨诺夫组成了幸福的家庭，自己也成长为一个坚定的革命知识分子。这一过程无疑具有很强的象征意义。韦拉出生于一个小官僚家庭，家中弥漫着浓重的市侩气息。在小说开始前，韦拉只是一个具有初步反抗意识的单纯少女，也看过一些书，但用她的话说，书上写的东西："仿佛是幻想，好固然好，就是没法实现。"（《怎》，第 85 页）在真正的启蒙者出现之前，她对社会的反抗还是属于自发性质的，未曾上升到理论的高度。而家庭教师洛普霍夫的出现，给她的生活带来了新的希望和光明。韦拉兴奋地把两人初识的那天称之为"她的生日"（意即在精神上的新生）。洛普霍夫以先进的西方思想来开导她，但又绝非高高在上、夸夸其谈，而是以极为通俗易懂的语言来接近和启发她。正如书里所说："洛普霍夫这类人掌握着一套有魔力的语言，能够把一切苦恼的、受屈辱的人吸引过去。"（《怎》，第 84 页）从中我们不难看出"新人"形象对罗亭这一类人（"语言的巨人"）的继承。但区别于后者的是，洛普霍夫不仅能说还善于做，他勇敢地帮助韦拉逃离了家庭的控制，使其追求自由的理想化为了现实，这就是他们这些"新人"之不同于"多余人"的地方。

但我们可以看到，与洛普霍夫的结合并不意味着她在思想上的完全成熟，她对后者还有某种感恩心理，明知性格不合，但还是强迫自己爱他。这在作者来看，并非是完全的、真正意义上的解放。所以她又爱上了基尔萨诺夫，直到这时她勇敢地追求自己的所爱时，她才算是达到了完全的思想解放。无独有偶，基尔萨诺夫也曾有过同样的经历。他在求学期间认识一名沦为街头妓女的女子，他以知识分子的精神开导她，使她认识到自己处境的可悲性，她因此成为一名具有初步解放意识的新女性。韦拉自己在从家庭逃出之后，也通过创办缝纫工场及开展文化教育活动，唤醒了其他女性的自立意识，使之成为具有潜力的"新人"。

韦拉的成长在这里并不是一般意义上的成熟，而是代表着俄国妇女的觉醒，这种觉醒不是自发的，而是通过外在帮助达到的。这是 19 世纪俄国文学中常见的"拯救与被拯救"模式，即思想先进的大学生（贵族或平民知识分子）偶遇贵族或小市民家庭中的少女，前者以其雄辩的口才、激进的思想打动了为庸俗环境所苦的年轻少女，令后者无限崇拜。但两者关系最终表白之际，也是其终结之时。男主人公（知识分子）的态度此时就显得极富时代特点。从普希金的奥涅金到屠格涅夫的罗亭，包括《谁之罪?》里的别里托夫在内，基本上属于同一个类型，即长于言词，止于行动。但洛普霍夫显然打破了这种模式，小说不再限于以知识分子自身的沉沦来发泄对社会的不满，而能将其先进思想付诸行动，最终赋予小说一个圆满的结局。这也证明小说的主旨并不在于对现实的批判，而在于塑造知识分子的光辉形象，为现实中的人们指明奋斗的方向。

"娜拉出走以后怎么办?"同样的问题摆在知识分子面前。所以，一种对未来生活模式的构想便油然而生。作者安排了一个乌托邦式的"裁缝工场"，在那里人人平等，个个劳动，集体住宿，共同消费，大家过着幸福而又安宁的生活，不仅在物质上有所保障，而且精神上还有机会接受艺术的熏陶，可谓达到了精神物质双丰收的圆满境界。"裁缝工场"的主要人物是接受启蒙之后的韦拉，以及她背后的基尔萨诺夫。他们夫妇两人成为这一乌托邦实体的灵魂，种种美好幻想皆出自他们。韦拉甚至还有那么多的关于未来的梦，尤其在她的第四个梦中充分表达了作者在文中不便直说的意思。光明美人似乎就是一种新思想、新宗教的主宰，她揭示了未来的美好画卷:"这儿有各种各样的幸福，个人可以享有自己所需要的幸福。在这儿，个人可以选择自己所喜欢的生活，在这儿，人人都享有充分的自由、无拘无束的自由。"(《怎》，第437页)但作者的这种构想在当时的俄国简直是不能实现的，虽然小说里也说:"我们先前指给你看的一切不会很快地充分发展起来，不会一下子变成你现在见到的样子。你预感到的前景要经过好几代人的更迭才能全部实现。"(《怎》，第437页)但从全书来看，通篇洋溢着的一种乐观主义显示出作者对未来设想的简单化、乐观化倾向。

正是有鉴于此，屠格涅夫才在《烟》(1867)中通过否定性人物、女地主苏汉奇科娃对此种幻想加以嘲讽("缝纫机，缝纫机。应该使全体，全体妇女都有缝纫机，而且组织一些社团。这么一来，他们就能赚钱自给，马上就独立自主了。否则，她们永远无法解放自己。"①)。语虽尖刻，却不无道理。指望一个工场并将之作为一种模式加以推广以便改变俄国人民的命运，这和欧文的公社没什么区别，只能说是一个美好的乌托邦。这种现

---

① 屠格涅夫:《烟》，王金陵译，人民文学出版社1991年版，第20页。

代化的幻想完全建立在人的理性之上。它相信人是理性的动物，应该而且必然能够合理安排自己的生活。而事实已经证明，这一切显然是过于乐观了。

应当承认，《怎么办？》就艺术性而言并不突出，很多地方都显得粗糙，对人物形象的刻画也略嫌不足，但正如象征主义小说家瓦·勃留索夫所说："无论别人怎么评价它，我还是认为这是一本不同寻常的小说，很值得一读。"① 《怎么办？》的出版使俄国的激进青年感到无比的兴奋，因为他们从中看到了自己效法的榜样以及为之奋斗的目标，"哈姆雷特"开始转变成"堂吉诃德"。以赛亚·伯林在《俄国民粹主义》一文中论及此书说："这部说教小说描写自由、道德纯净、合作式的未来社会主义共和世界；其动人的诚挚用心与道德热情，使理想主义与满怀罪恶感的富农子弟目迷心醉：此书提供了一个理想模范，一整个世代的革命家奉此模范为圭臬而教育、坚强自己，反叛现有法律与习俗，以近乎崇高之姿，将放逐与死亡全然置之度外。"② 革命导师列宁后来曾经说："在接触马克思、恩格斯、普列汉诺夫等人的著作之前，惟有车尔尼雪夫斯基对我具有首要的、压倒一切的影响，而这种影响是从《怎么办？》开始的……这部作品能使人受用一辈子。"③ 从车尔尼雪夫斯基开始，拯救人类就成了俄国知识分子革命家们自封的使命。历史的讽刺是：只有在尝到了被他们"拯救"的滋味后，人们才会期待真正的拯救。

俄国知识阶层不再是社会的"多余人"，而是民众的导师和拯救者、未来俄罗斯的缔造者。他们走出了贵族沙龙和书斋，满怀精神贵族的优越感和对人民的无限热爱这种矛盾的心情，投入到启蒙教育民众的工作中去。这种身份的变化，事实上也是俄国现代化从理念走向实践的一种深入。现代化已经不再是纸上的蓝图，而是逐渐转变成一种经过努力可以实现的梦想。不过巴扎罗夫的英年早逝为这种梦想增添了一点悲壮的基调，而"新人们"则经过奋斗成为勇敢坚定的启蒙战士，准备迎接即将到来的革命高潮。但这种现代化的神话正如车尔尼雪夫斯基的《怎么办？》一样，是知识

---

① 《勃留索夫日记钞》，任一鸣译，百花文艺出版社 1992 年版，第 123 页。

② 以赛亚·伯林：《俄国思想家》，彭淮栋译，第 298 页。

③ 《列宁文艺思想论集》，董立武、张耳编选，中国社会科学出版社 1986 年版，第 50 页。

分子自身的臆想，未必经得起实践检验。因此当 19 世纪 80 年代沙皇统治加强，革命民粹派受到民众和政府两方面打击的时候，"伤心失望的俄国知识分子陷入了沉思，进入了文化的隐修院，或者呢，对美学和形式的态度变得特别任性，赌气地要求'新的美'。"① 对于这一梦想的反思，直到 1905 年革命失败之后才真正开始，那也是知识阶层立足现实，以审美的现代化来取代启蒙现代化的时候。

（三）

　　1860 年之后，无论是"小人物"还是"多余人"，都不能满足俄国现代化进程的需要。俄国社会需要的不但是能批判的典型人物，更需要能付诸行动的时代英雄。在屠格涅夫塑造了《前夜》中的叶琳娜、《父与子》中的巴扎罗夫之后，车尔尼雪夫斯基等革命民主派也在《怎么办？》里塑造了所谓"新人"形象。甚至连那个来自高加索的军官，年青的列夫·托尔斯泰伯爵也开始创作《战争与和平》，通过歌颂卫国战争年代的古老贵族来阐明自己对时代英雄的看法。陀思妥耶夫斯基对此等人物大不以为然。1864 年的《地下室手记》便是作者试图参与论争的最初尝试。

　　作者在开头注释中就说："我想在读者面前用比以往更其鲜明的笔触，描绘消逝不久的那个时代中的一个人物。他是至今还活着的一代人中的一个代表。"② 这表明地下室人是作者心目中的"新人"典型。他的所作所为恰好与车尔尼雪夫斯基的新人背道而驰，最明显的就是他以动听的言词吸引了妓女莉扎，但当后者真正希望得到拯救时，他却以刻薄的言词把她骂出了门。这和《怎么办？》中基尔萨诺夫的行动正好相反，表明了作品的论战性质。

　　根据列·格罗斯曼的看法，1866 年《罪与罚》的发表，其目的在于进一步与《怎么办？》论战。作家塑造了拉斯科利尼科夫这样一个"不幸的虚无主义者"形象（尼·斯特拉霍夫语），提出了一系列的问题：像拉斯科利尼科夫这样的新人，即使成了俄罗斯的拿破仑，能够拯救俄国，能够给人民带来幸福吗？由此进一步构成了作家后期的创作主题：上帝不在了，人

---

① 柯罗连科：《文学回忆录》，丰一吟译，人民文学出版社 1985 年版，第 9 页。
② 陀思妥耶夫斯基：《赌徒》，满涛等译，上海译文出版社 1991 年版，第 138 页。

是否可以为所欲为？弱肉强食，世界是否只是为强者准备的？放高利贷的老太婆是否也有生存的权利，哪怕她的死将换来更多对人类更有用处的人的生？人之生存是否只取决于这种物质利益的计算，人道何在？拉斯科利尼科夫后来的结局众所周知，这归宿不但暗示了作者对唯物主义的反对，也暗含了作家对俄国现代化的反思。究其实质，陀思妥耶夫斯基是以宗教的、民族的弥赛亚意识取代了西方纯理性主义、功利主义思潮，从而动摇了启蒙现代化的理论基础。《群魔》便是此种创作实践之一。

创作于 1871—1872 年的《群魔》在知识分子形象史上具有转折意义。在此之前，知识分子在小说中大多是以才华横溢、对社会充满批判精神的形象出现，对这种人物的描写往往倾注了作者自己的精英意识。且不论拉赫梅托夫、洛普霍夫之类的新人，即便是罗亭之类的知识分子，虽有敏于言而拙于事的可笑一面，但还是属于虽败犹荣的悲剧英雄形象，他的名字一直为人追忆，认为"他不但善于使你震动，他还会推动你，不让你停顿，他还会使你彻底改变，让你燃烧起来！"[1] 但到了陀思妥耶夫斯基笔下，这些"使人燃烧"的知识分子似乎"燃烧"得有点过头了，成了不但可笑而且可恨的"群魔"了。在《群魔》中他把这种对虚无主义者个人的否定扩展到了对整个接受西方思想的激进知识阶层群体（所谓"虚无主义者"）的否定，不仅暗喻了当时的涅恰耶夫谋杀案，并从哲学的高度对普遍的激进革命思潮做了追根溯源的反驳。

在 1873 年 2 月致罗曼诺夫（即后来的亚历山大三世）的信中，陀思妥耶夫斯基如此说到创作《群魔》的缘由："假如有人对我们的别林斯基和格拉诺夫斯基之流说，他们是涅恰耶夫分子的亲身父亲，他们是决不会相信的。我在作品中想表达的就是这种思想的血缘关系和代代相传的继承关系。"[2] 不难看出，小说中以斯塔夫罗金和彼得·韦尔霍文斯基为代表的 19 世纪 60 年代人，是 40 年代别林斯基等人的直接继承者。作者希望通过对这些人的否定来对 60 年代之后兴起的知识阶层精英意识提出质疑，因为正是这些源自国外的、自以为是的理论破坏了俄国原有的正教传统，令淳朴

---

① 屠格涅夫：《罗亭 贵族之家》，磊然译，人民文学出版社 1996 年版，第 107 页。

② 陀思妥耶夫斯基：《书信选》，冯增义、徐振亚译，人民文学出版社 1993 年版，第 209 页。

的俄国人民如醉如痴，仿似着魔一般。① 小说发表之初遭到了自由派和民主派的几乎一致的否定，社会进步人士一致谴责陀思妥耶夫斯基脱离了"西方的进步潮流"，谴责他完全加入了"卡特科夫的大合唱"，谴责《死屋手记》的作者竟然转而去写新型的反虚无主义的小说。一直到世纪之交，高尔基仍把它看作是比《卡拉马佐夫兄弟》"更富有淫虐狂色彩、更病态的作品"②，"是所有企图中伤七十年代革命运动的无数尝试中最有才能也最恶毒的一个"。③ 长期以来，诸多论者大多纠缠于作品性质的革命或反动之争，常常忽略了作家对其中人物所赋予的现代性理解，即对盛行俄国半个多世纪以来的西方唯理主义思潮做了尖锐的抨击，而后者正是启蒙现代化所倚仗之理论根源。

　　小说的核心人物是有"伊凡王子"之称的斯塔夫罗金。1870 年 2 月，作家在致卡特科夫的信里谈到了这个人物。他认为："另一个人物（尼古拉·斯塔夫罗金）也阴森可怕，也是一个恶棍。但我以为他是悲剧性的人物，虽然许多人读完以后想必会说：'这是怎么一回事？'我着手写作关于这一人物的长篇作品，因为我早就想描绘这一人物了。我以为，这是俄国的典型人物。如果他在我的作品中不成功，那我将感到非常、非常伤心。如果我听到这是一个矫揉造作的人物的评语，那就更要伤心了。我描写这一人物是出于真情实感。当然，这类人物很少以充分典型的面貌出现，但这是俄国的性格（属于一定的社会阶层）。"④ 这里的"社会阶层"指的就是俄国知识阶层。后来的阐释者们把斯塔夫罗金理解为激进知识阶层在精神上的代言人，而不仅是所谓"堕落到了极点的人物"，这是不无道理的。并且作家在那时就已经将其定位为"悲剧性人物"，这就明显地和彼得·韦尔霍文斯基等人区别开来。1872 年 3 月 18 日作家在致柳比莫夫信中进一步解释了该人物悲剧性的原因："这是一个完整的社会典型（我确信），我们俄国人的典型，这种人无所事事而又不甘心于无所事事，与本民族的一切东西

---

① 《群魔》英文本译名有两种，一为"The Devils"，为直译；其次为"the Possessed"，便是取此意，可译为"中邪者""着魔者"。

② 高尔基：《论文学·续集》，冰夷、满涛等译，人民文学出版社 1979 年版，第 177 页。

③ 高尔基：《论文学》，孟昌、曹葆华等译，人民文学出版社 1978 年版，第 168 页。

④ 陀思妥耶夫斯基：《书信选》，冯增义、徐振亚译，第 260 页。

失去了联系，主要是失去了信仰，由于无聊而放荡不羁，但天良尚未泯灭，痛苦地挣扎着要求获得新生并且重新皈依宗教。由于存在着虚无主义者，这个现象就显得十分重要。"① 在退休的大主教季洪那里，斯塔夫罗金坦然承认了自己的一桩桩罪行：打架、偷窃、诬蔑、下毒、奸淫，最重要的是冷漠——明知那个被其侮辱的小女孩就在隔壁要悬梁自尽，却还是静静地等着这一幕人间悲剧的发生。《启示录》中说："你也不冷，也不热，我巴不得你或冷或热，你既如温水，也不冷不热，所以我必从我口中把你吐出去。"（《启示录》，3:15—16）

因此，斯塔夫罗金的冷漠在作者看来是最大的罪恶。而这种冷漠主要又是来源于西方理性主义的影响，无限地相信人的主观能动性，因为自己是优秀的，所以才敢于一次次地证明自身能力的无限，包括对惨剧的无情。斯塔夫罗金是当时知识分子吸收西方思潮的集大成者，在他身上，对思想的追求、对现存一切的否定已经发挥到了极致。他做了一切能做的事情，以证明自己在精神上的无限自由，包括强奸幼女并任由其自杀；与一个疯女子结婚以羞辱自己的贵族出身；对沙托夫的耳光泰然自若，他简直做到了古人说的"有容为大，无欲则刚"。斯塔夫罗金之死，死于纯理性思考，他以为上帝不在了，知识分子有精力有知识，物质上几乎无所不能，精神上也应该有完全的自由。上帝算什么？个人自己就可以是上帝。他是否定一切的导师，这也难怪为什么彼得·韦尔霍文斯基一直将其视为精神导师。然而人终究不是上帝，自由虽然无限，人却总是要逃避，总是要为自己找一处精神的依托。因为他总是面临着自由所带来的"生命中不能承受之轻"，正像基里洛夫所说的："斯塔夫罗金如果信神，他就不信他信神。如果他不信神，他就不信他不信神。"② 言语看似拗口，但揭示的就是这种思想者在逻辑上的困境。就道德上而言，对于种种罪恶的回忆（尤其是那个小女孩那恐吓又无助的小拳头）始终是其挥之不去的阴影，尽管并不构成生命的重压。他是彻底自由的，自由得没有任何东西可以借以依靠，无论是精神上还是生活中。母亲视同路人，朋友隔阂重重，无人理解他。他陷

---

① 陀思妥耶夫斯基：《书信选》，冯增义、徐振亚译，第 288 页。

② 陀思妥耶夫斯基：《鬼》，娄自良译，上海译文出版社 2001 年版，第 587—588 页。为统一称呼，本书皆以《群魔》命名之；另，引文皆出此书，下仅注明书名及页码。

于无限的虚空之中。斯塔夫罗金最后选择了自杀，或许像他这样的上帝似的人物本来就不该苟活于庸俗人世。

在斯塔夫罗金之后引申出三个主要信徒，各自代表着其否定思想的三个趋向。其一是基里洛夫：他代表着理性思潮在形而上层面上的继续发展，即以生命为代价追求绝对的自由。他相信上帝是不存在的，人有绝对的自由，但需要证明这一点，就必须自由地选择死亡（"最充分地表现一意孤行"）。这种了无生趣的自由究竟有什么现实意义，却值得怀疑。但在基里洛夫身上也体现出了俄国知识分子舍生取义的一面。他最后这么做，是为了让后来者不再重复这样的试验。他说："在全部世界史上，我是不愿意臆造神的第一人。让人们永远记住我吧！"（《群魔》，第587页）并且说："由我开头，也由我结束，于是我敞开了得救之门。我将使世人得救。"（《群魔》，第589页）这些言论鲜明地展现了俄国知识分子伟大的一面。当然，基里洛夫的着眼点已经是全人类的精神自由问题，难怪加缪在《西西弗的神话》一书中第一句话就是："真正严肃的哲学问题只有一个：自杀。"[1] 并专门论及基里洛夫的自杀。

其二是彼得·韦尔霍文斯基。他和利普京等五人小组成员虽将斯塔夫罗金奉为精神领袖（"伊凡王子"），但实际上却曲解了他的思想，只是简单地将之理解为对传统和现状的颠覆，并贯彻到实践中去，由此引出了类似闹剧式的所谓阴谋。《群魔》还以所谓"希加廖夫主义"揭示了这种虚无主义思潮的未来，即："割掉西塞罗的舌头，挖掉哥白尼的眼睛，把莎士比亚乱石砸死，——这就是希加廖夫主义！奴隶应当是平等的；没有专制还既不曾有过自由，也不曾有过平等，而在畜群中应当是有平等的，这就是希加廖夫主义！"（《群魔》，第395页）这里所说的显然就是极权主义的未来前景，正如英国的乔治·奥威尔在《一九八四》里所说的"战争即和平；自由即奴役；无知即力量。"[2] 作家还借希加廖夫之口说："您可以杀了我，但或早或迟终究会回到我的思想体系上来。"（《群魔》，第573页）换言之，只要坚持把这种虚无主义思潮付诸实践，那么后果必然是如此。这和半个世纪之后的扎米亚金等人反乌托邦小说里的现实有着惊人的相似。

---

① 加缪:《西西弗的神话》，杜小真译，三联书店1987年版，第3页。

② 乔治·奥威尔:《一九八四》，董乐山译，辽宁教育出版社1998年版，第5页。

其三是沙托夫，原先也是斯塔夫罗金的信徒，但最终发觉了其学说的荒谬性，思想上发生转向，由单纯的否定开始肯定国家民族的利益。他代表了一批觉悟了的知识分子，他们不但要追求精神上的自由，更要考虑国家民族的未来，这比作家心目中一味否定现实的激进革命者显然要来得更为可取。这才是沙托夫被害的根本原因，但他的道路却是作家所推崇的知识分子所应该走的道路。

作品虽以《群魔》为名，但任何一个人物都称不上是魔鬼，斯捷潘·特罗菲莫维奇的迂腐单纯，莉莎维塔的真挚纯洁，彼得虽有阴险之面，但摆脱不了滑稽可笑的形象，甚至连无恶不作的斯塔夫罗金在作者笔下也是一个"悲剧性人物"。开头的那段题词告诉我们，真正的魔是来自西方的理性主义思潮，只要将他们赶出人的身体，那些着魔者就会霍然而愈。那么如何做到这一点呢？作家的着眼点落在宗教解脱之上。知识分子必须放弃原先的那种精英意识，必须与俄罗斯民族的传统相结合，回归到宗教上去。小说结尾斯捷潘·特罗菲莫维奇的出走被赋予了强烈的宗教意义，它很容易让人联系起俄罗斯大地上漫无目的的流浪者和朝圣者，尤其是当他和传播福音书的人相遇之后，这种色彩就更为明显。

在 1880 年那次著名的演讲中，作家不但对俄国知识分子发出了呼吁："屈服吧，骄傲的人，首先要打掉自己傲气。屈服吧，无所事事的人，首先在故土上耕耘"，而且还指出"未来的下一代俄国人会毫无例外地懂得，成为一个真正的俄国人也就是意味着：力图彻底地调和欧洲的矛盾，以自己一般人的和联合一切的俄国心为欧洲的苦闷指明出路，通过兄弟般的爱将所有我们的兄弟都放在自己心上，最后，可能，会根据基督经书的条文讲出伟大的普遍和谐，各民族兄弟般的彻底一致的确定意见！"[①] 在这里，启蒙现代化的乌托邦为宗教乌托邦所取代。尽管小说通篇充满着对虚无主义革命者的否定，但同样透视出作家对他们的辩证认识，即他们是一个极好的反面教材。早在 1868 年作家就在写给迈科夫的信中提出："眼下正在为全世界准备着一场通过俄国思想（它与正教紧密相连，您这方面是正确的）进行的伟大革新，它一定会在某个世纪内完成，这是我的狂热的信念。"[②]

---

① 《陀思妥耶夫斯基论艺术》，冯增义、徐振亚译，第 273、285 页。

② 陀思妥耶夫斯基：《书信选》，冯增义、徐振亚译，第 195 页。

彻底的无神论者基里洛夫愿意以自己的死亡来证明上帝的不存在,从而证明人的彻底自由。对作家而言,俄罗斯是虚无主义思潮的一个试验地,通过它的灭亡证明虚无主义的荒谬,从而使整个欧洲社会乃至人类不再重蹈覆辙。当然,俄罗斯必将从灰烬中再度崛起。这就是作家想通过《群魔》传递的一个信息。

　　在他去世四分之一个世纪之后,梅列日科夫斯基在 1906 年的追悼会上把他称为"俄国革命的先知",并认为他是"被反革命遮盖了的革命"。①这种内在的革命性正在于作家对整个俄罗斯民族追求多年的现代化模式的反思。当然,我们也需要看到:尽管作家批判了革命民主主义知识分子的启蒙现代化,但反现代化本身就说明了启蒙现代化对作家的强烈影响。陀思妥耶夫斯基的现代化,虽然有人将其列入保守乃至反动的行列,但考虑到后来俄国的历史现实,不能不说其中包含了太多的真知灼见。

　　民粹派无疑是 19 世纪俄国历史上值得大书特书的一部分,因为正是从他们开始,俄国的现代化走入了一个新的阶段,俄国知识阶层的革命理论在行动中得到了体现,正如高尔基在《克里姆·萨姆金的一生》里所描述的:"正直的人们理所当然地憎恶沙皇政权,不约而同地诚心诚意地爱上了'人民',前去唤醒他们,拯救他们。"②他们从纯粹的思考、激烈的社会批判过渡到直接的介入生活,"到民间去"。这一转向在文学中同样得到了生动再现。格·乌斯宾斯基、斯捷普尼亚克(《安德烈·科茹霍夫》,1889)以及尼·费·巴任(《斯捷潘·鲁列夫》,1864;《伏尔加河畔的小房子》,1892—1893)都塑造过一些性格鲜明的革命知识分子形象。值得一提的是迦尔洵《红花》(1883)中的那个与"恶"之代表红花作斗争的主人公。主人公虽处精神病院中,但仍"觉得自己处在一个摄取了天地精灵的神奇的魔力圈中,而且高傲地、固执若狂地认为自己就是这个圈子的核心。所有他的那些病友之所以汇集到这里,是为了完成一桩事业,在他朦胧的意识中,那是一件旨在消灭人世间一切恶的壮举"。③主人公把美丽的罂粟花看作是恶的代表,并甘愿牺牲自己而去消灭这种恶。这种壮烈的举动不仅

---

① 德·谢·梅列日科夫斯基:《先知》,赵桂莲译,东方出版社 2000 年版,第 1 页。
② 高尔基:《克里姆·萨姆金的一生》,靖宏译,人民文学出版社 1983 年版,第 4 页。
③ 《迦尔洵小说集》,冯加译,外国文学出版社 1983 年版,第 278 页。

是当时民粹派知识分子从事革命斗争的真实写照，也是其渴求实现现代化的最充分体现（主人公自认为是"忠诚的战士，人类的第一个战士"）。这些人物形象就其现实意义而言已高于此前车尔尼雪夫斯基创造的洛普霍夫甚至拉赫梅托夫等人物，因为他们已经是行动中的拉赫梅托夫。

19 世纪 70 年代中期之后，如火如荼的"到民间去"运动的高潮已经过去，以拉夫罗夫为代表的启蒙主义逐渐为巴枯宁所宣扬的暴力革命所取代，暗杀等极端手段已成为新生力量谋求社会进步之唯一良方，民粹派的活动重点由乡村又回到了城市。启蒙现代化的神话在残酷的现实面前被击得粉碎，屠格涅夫的《处女地》（1877）便深刻体现了这种转变。

虽然在《处女地》面世之初，民粹派对作品人物形象的真实性不无怀疑，如洛巴金等人甚至认为这是屠格涅夫对革命者的诬蔑之词。但时间证明，作品至少在表现初期的民粹运动时是真实的、准确的。民粹党人雅库包维奇在论及《处女地》时，曾称作家"也许是不自觉地以他那敏感而善良的心灵同情甚至是服务于俄国革命"。① 文学虽然不是历史，但有时却比历史来得更真实。因此，对于 70 年代民粹派运动斗争方向的转换，《处女地》或许能为我们提供某种更真实也更富有深度的解释。

较之于《群魔》对革命者形象的彻底否定，《处女地》仍然延续了屠格涅夫一贯的知识分子形象：主人公们质朴纯洁、满怀理想、勇于为拯救人民而不辞劳苦，但作家又刻画了他们在接触农民时的可笑可悲之处。从小说本身来看，作家强调的是知识分子从事革命方式的问题，马尔凯洛夫被捕后的反省、涅日达诺夫的心理冲突以及多年后巴克林对他的评价（"他是个了不起的人！只是他没有走对路！"②）都证明了这一点：事业是没有错的，错的只是服务于事业的方式。以往研究者，如屠格涅夫研究专家比亚雷、普斯托沃依特等大多将之归结为自由主义的渐进思想与革命民主主义的激进思想之争，这当然不无道理。但从更深层面上看，这也是启蒙现代化神话破灭的体现。这种破灭在作品中有两个侧重点：对现代化幻想的破灭（传播者）和对民众幻想的破灭（接收者），这两者一个是知识分子本

---

① 普斯托沃依特：《屠格涅夫评传》，韩凌译，人民文学出版社 1983 年版，第 181—182 页。

② 屠格涅夫：《处女地》，巴金译，人民文学出版社 1982 年版，第 341 页。下文引用此书时简称《处》，仅注明简称及页码。

身问题，一个是民众的素质问题，分别由两个代表人物即涅日达诺夫和马尔凯洛夫来体现。

《处女地》之中，给人思索余地最多的是其主角之一——涅日达诺夫的悲剧。他是彼得堡格－公爵与其家庭教师之私生子，幸得格－公爵暗中资助，顺利完成大学学业。自小的尴尬境地养成了他的敏感、易怒的脾气，私生子的社会地位与其天生拥有的贵族仪表使他处于异常尴尬的处境。更不幸的是，作为一个跃跃欲试的革命者，竟在暗中迷恋着他那无用的"美学"——诗，这一切都使他无比恼怒又无可奈何。然而这还不是最主要的。涅日达诺夫有勇气对西皮雅京之流的小恩小惠不屑一顾，有胆量与卡洛美依采夫当场辩论，有决心与心爱的姑娘挣脱贵族家庭的束缚，但却没有力量战胜自己内心的批判意识，不能全心全意地投入到人民中去。知识分子与生俱来的批判性使他们在潜意识中对农民充满怀疑乃至鄙视，而事业却要求他们丢掉批判意识，完全与之融合。

这种批判天性与社会使命感的对立才是涅日达诺夫所遇到的最大障碍。知识分子的理性意识就像主人公与生俱来的那副贵族式的容貌，并不会因为换上了农民的几件土布衣服而不复存在，反而会有种高贵与粗俗相拼合的滑稽感。涅日达诺夫试图抹杀这种异于常人的感觉，真正地融入人民中去，但当他真的和农民打成一片（被农民们灌得酩酊大醉），却也是他伤心欲绝之时。小说这样描写他遭人戏弄，醉酒大归："他结结巴巴地说，'你老是在讲什么简……简单……简单化的人；我现在是一个真正的简单化的人。因为老百姓是爱喝酒的……所以……'……在他的惨白的脸上有一种凝滞的紧张的表情，象一个垂危的病人一样。"（《处》，第279页）涅日达诺夫的笑，是一个思想精英在丧失理性后最绝望的笑。他向玛利安娜承认："……农民并没有揍我，他们还同我一块儿喝酒，还敬我的酒……可是他们弄伤了我的灵魂，比弄伤马尔凯洛夫的肋骨还厉害。我生下来就有怪脾气……我想把我自己弄好，可是我越弄越坏。"（《处》，第328页）这里，与其说是农民们弄伤了涅日达诺夫的灵魂，还不如说是他的批判意识（"生下来就有"的"怪脾气"）在农民的不解和嘲笑声中受到了挫伤。在遗书中，他更是直言不讳地披露了自己在革命要求面前的无能为力："可是我怎么办呢？我找不到别的出路。我不能够使我简单化（着重号为原文所有——引者注）；所以我只有把我自己整个涂掉。"（《处》，第 335 页） 由此到他自杀之前的那段时间里，他变得毫无自信，"他站立不稳"，"有气无力，带着迟钝的眼神茫然望着他们"（《处》，第 290 页）。他不但丧失了奋斗的目标，甚至连玛利安娜的爱情都无力去接受，自认为"配不上"她。作家从玛利安娜的角度深刻地刻画了这种变化："那个时候她愿意把整个自己交给他，她顺从他，只等待他对她讲什么话。现在她怜悯他，并且只是想着，她怎样安慰他。"（《处》，第 292 页） 从一个意气风发的启蒙者变为被怜悯的对象，这是知识分子丧失原有批判意识之后的必然结果。涅日达诺夫处于人生的两难境界：知识分子的道德感要求他放弃启蒙所要求的批判意识，要"简单化"；而一旦放弃了这种批判意识，他就有可能失去启蒙导师的地位，自身沦落为被怜悯、被拯救的对象，所谓"事业"更是何从谈起？ 涅日达诺夫在遗书中写到事业："不；监牢本身并不可怕；可是为了自己并不相信的事业坐牢，却是毫无意义了。"（《处》，第 336 页） 因为他实在是难以把那些闹剧似的演讲和心目中伟大的解放事业联系起来，实在没法相信与人酗酒、遭人耻笑——这就是自己在城里、在西皮雅京家里时所朝思暮想的革命——轰轰烈烈的现代化之路；他实在没有想到，革命首先是要革他自己的"命"——抛弃那知识分子特有的批判意识，要求他不再是他自己！涅日达诺夫在彼得堡时是以一种拯救者的姿态来定位自我的。这其中蕴涵着对民众的轻视，以及对自身的期许，当现实与这种自我想象不相符合的时候，随之而来的便只有绝望与毁灭。

他的内心是火热的，对事业充满种种幻想，而所从事的工作却需要他们有一种现实主义的眼光，不但从行动上，而且从精神上真正放下精神贵族式的矜持去理解俄国最底层的人民。而这，恰恰是涅日达诺夫所无法做到的。"现实主义的浪漫主义者"（《处》，第 341 页） 这个称呼最恰当不过地体现出知识分子的这种矛盾心态：沉重的客观现实与浪漫的主观幻想。诚然，正如当时民粹派领袖米哈依洛夫斯基、洛巴金等人指出的，涅日达诺夫的个人命运未必能代表当时绝大多数深入民间的知识分子，但是他所遇到的困境显然带有典型性。民粹党人之一的斯捷普尼亚克在他那本《地下的俄罗斯》（1882）中这样描写知识分子走入民间的心态："人们之所以加入这运动，不仅是为着要实现一个显明的、具体的目标，而且为的是要满足他们内在的感情，要满足他们的义务的观念，促进他们的人格的完全。然而这种高贵的运动一旦与残酷的实际情形相遇，就好像精美的瓷器碰着沉重的石块那样，自然会破碎了。"[1] 因此，涅日达诺夫之死虽有个人因素，体现的却是青年知识分子、小贵族在大变动时代氛围之中对自己所掀起的这场"到民间去"运动的普遍绝望感。

在知识分子的想象中，他们是必然的民众的导师。他们爱人民，一心为了人民做牺牲。反过来，人民也必然爱他们，拥护他们。革命只需知识分子振臂一呼，便有千万人响应，赴汤蹈火，紧随不辞。因为现代化——这是人民自己的事业，知识分子如此热衷于此，并不是某种物质利益的吸引，而是一种道德上的义务，是知识分子天赋的使命。然而，现实是残酷的，俄国农民的落后、愚昧远远出乎知识分子的意料。当这种革命的幻想在现实面前彻底破灭时，知识分子的绝望情绪自然也就不可避免了。沃罗夫斯基据此把这些人称之为"因人民的不开化而遭到毁灭的思想家""死于春寒的第一批春燕"[2]。马尔凯洛夫出身贵族，具有类似俄罗斯宗教徒似的狂热情绪，他粗暴而坚定，将迫害与牢狱视之为升华自己的义举。和涅日达诺夫不同，他并不介意自己的知识分子身份，也能毅然割舍自己对玛利安娜纯真的感情。但精英意识的膨胀使这一派人不愿等待历史时机的成熟，等待在他们看来就是黑暗的同义词，面对无边暗夜不做正面迎击而消极等待，绝不是他们应当所为的，他们的信念是"革命"，"革命"是他们整个人生的目标。"走入民间"这一口号对于他们来说是要立即唤醒民众，揭竿而起，来一次彻底的清算。涅日达诺夫也持这激进派的观点，而不幸正在于他们新供奉的神——农民——全然不听他们的劝说。当涅日达诺夫面对他渴慕已久的拯救对象大声呼吁："喂，你们为什么还在睡觉？起来！到时候啦！取消捐税！打倒地主！"农民以惊愕的眼神望着他，他们的内心对这一切茫然不解，对他们中的绝大多数来说，不可能明白这个发音不准的"法国人"到底说的是什么意思，更有甚者，怀疑他的宣传是否又要重来一次改革，将本已落进深渊的他们逼入不可见底的绝境之中。一幕正剧以闹剧落幕：马尔凯洛夫被农民们扭送进了

---

① 《巴金译文全集》第 8 卷，人民文学出版社 1997 年版，第 29 页。

② 沃罗夫斯基：《论文学》，人民文学出版社 1981 年版，第 121 页。

当地的警察局，他在牢狱之中，正气凛然。然而，他怎么也想不通为何他为之奔波、不惜切身利益而为之服务的农民最后竟会背叛他，将他送往西伯利亚；涅日达诺夫在马尔凯洛夫之后也感到这脚下的土地丝毫不可靠，对现代化的信仰全部崩溃，最终饮弹自尽，这便是唯一可寻之路。一年之后，屠格涅夫在他的散文诗之一《干粗活的工人同白手的人》中，从被拯救者的角度再现了工人对知识分子的冷漠和隔阂，通篇渗透着的沉重绝望感令人不禁想起鲁迅的名著《药》。

激进派所不愿走的第二条道路，却是屠格涅夫期待的道路。《处女地》中另一主角索洛明在涅日达诺夫看来是不"信仰事业"的，而在屠格涅夫眼中，索洛明所走的路却是唯一坚实可靠之途——当然，是否存在一个如此坚强的人物实在值得怀疑。他们宁愿将他们的力量用于脚踏实地的实干，切实地为人民的利益服务。《处女地》中对索洛明的刻画不多，在激进派声势浩大的"到民间去"运动失败之后，小说就结束了。不过，屠格涅夫留给我们一个可想象的结局，索洛明办了一个以合作为原则的工厂，以实干来拯救俄罗斯。他用实际的成果而非激烈的言词来展示现代化。恰如卢那察尔斯基指出，索洛明这一形象是超前的，是属于 19 世纪 80 年代的人物。19 世纪中后期恰好是俄国资本主义以原始资本积累逐渐兴起的时期，且不论索洛明的工厂能否不以剥削而存在，即使是生存下来后，估计也摆脱不了庸俗的小工厂主的命运。而对于这一点，高尔基在后来的《阿尔达莫诺夫家的事业》一书中有着更为详尽的描写。身不由己地成为一个以工人劳动为生的资本家，这肯定不是索洛明所愿意的，也不是屠格涅夫所希望看见的。但从历史的角度来看，这却是大势所趋，除非索洛明选择放弃。

在作家看来，人民是没有错的，现代化理想也必须坚持，问题在于当这两者结合起来，当知识分子要把现代化的美梦传播给人民的时候，他们该做些什么：是自我欣赏、自怨自艾、自恋自傲以至于自以为是，用一些美丽然而空洞的话语来描写现代化的蓝图，还是正视民间的不足，像索洛明那样以实际行动证明现代化的优越，从而真正地赢得民众尊敬？作家所推崇的显然是后者。任何现代化之最终实现不在于政治的空洞宣传，而在于实践的有力证明。这也是为什么作家开篇便说："要翻处女地，不应当用

仅仅在地面擦过的木犁，必须使用挖得很深的铁犁。"① 诚然，这需要一个
很长的时期，但这恰恰是最能改变民众本质的事业。与陀思妥耶夫斯基相
比，屠格涅夫不过是在劝导的方式上具有更多的温和性，而这恰恰是 19 世
纪末期解放运动所极为缺乏的。梅列日科夫斯基曾形象地说："我们的革命
不成功不就是因为其中蕴含着太多俄罗斯的极端、太少欧洲的度吗？太多
列夫·托尔斯泰和陀思妥耶夫斯基而太少屠格涅夫吗？"②

三　世纪之交的俄国文学及其现代化

俄国的现代化，在经历了 19 世纪 80 年代的所谓"黑暗时期"之后，
到了 90 年代又出现了复兴。这种复兴在文学艺术上，主要是审美现代化的
崛起。关于这一点，波德莱尔解释"现代性"的时候曾加以强调。他在
1863 年《现代生活的画家》一文中提出："现代性就是过渡、短暂、偶然，
就是艺术的一半，另一半是永恒和不变。"③ 艺术是矛盾统一的：蕴涵着绝
对与特殊，永恒和过渡。"构成美的一种成分是永恒的，不变的，其多少极
难以确定，另一种成分是相对的、暂时的，可以说它是时代、风尚、道德、
情欲、或是其中一种，或是兼容并蓄……我不相信人们能发现什么美的标
本是不包含这两种成分的。"④ 波德莱尔在此所说的"永恒与不变"便是启
蒙的基础——理性，在几个世纪以来以启蒙为口号的理性主义笼罩下，作
家一方面强调艺术中变化的因素，同时也强调两者共存、互为依靠的关系。
因此，现代性就是对非理性因素的突出，对"兼容并蓄"的审美姿态的呼
唤。这种对主流思想的姿态，按福柯的话说便是现代性问题，确切地说是
审美现代性问题。如果说 19—20 世纪之交俄国现代化的基本模式是以西欧
为范本的话，那么占主流的无疑是为别林斯基等所宣扬的启蒙现代化，而
丘特切夫、费特等通过文学表达的审美现代化则是一种支流。美国学者卡
利内斯库曾对这两种现代性做了如下定义：启蒙现代性是文明史的现代性，

---

① 屠格涅夫：《处女地》，巴金译，第 1 页。
② 德·谢·梅列日科夫斯基：《先知》，赵桂莲译，第 285—286 页。
③ 《波德莱尔美学论文选》，郭宏安译，人民文学出版社 1987 年版，第 485 页。
④ 同上书，第 475 页。

它体现为对理性的崇拜；审美现代性主要表现为对中产阶级这种理性价值观的摒弃。① 尽管卡利内斯库所谈多为西欧现代化过程中的问题，但如此区分对于我们理解世纪之交俄国文学状况也不无借鉴意义。

在俄国，长期以来占主流地位的是前者，后者常常处于被斥之为"颓废""唯美"的边缘状态。随着 19 世纪 80 年代的到来，以推翻专制为目的的启蒙现代性遭到沉重打击，别林斯基时代知识阶层与政府两厢对立的意识形态格局基本上被打破。而审美现代性在西欧叔本华、尼采等非理性主义的盛行背景下，恰因其与政治牵涉甚少而得以高涨。因此，世纪之交俄国知识分子需要反思的问题其实包含两个方面，一是对启蒙现代性的反思，对传统精神导师地位合法性的颠覆；二是知识阶层为自身寻觅合适的岗位，即以文化创造为代表的审美现代性之路。两者之间事实上是同时进行的，知识分子在转向文化创造的同时已经开始反思别林斯基、车尔尼雪夫斯基、杜勃罗留波夫以来的启蒙理性传统，并通过对索洛维约夫宗教哲学的推崇来寻找新的理论资源。通过上述两方面，最终解决知识阶层在现代社会的定位问题②。文学作为审美现代化的直接承担者，是俄国现代化问题由启蒙向审美转变的突破点。

从文学角度看，审美现代化就是对 19 世纪批判现实主义这一传统模式的反思，通过文学形式的革新来把握现实，解决文学在新世纪中何去何从的问题。这其中，主要的出发点是对传统文学模式的厌倦，主要目的是对创新的渴望。杰出的文学史家 C. A. 文盖罗夫在三卷本的《20 世纪俄国文学史》（1914）中指出：把高尔基、巴尔蒙特、布宁、别雷、索洛古勃等诸多流派的作家联系起来的是对平庸的传统的挑战，是"对高、远、深的追求，这追求只是要远离令人厌恶的平淡无味、单调平凡的无所作为"。③ 如果说，19 世纪 80 年代只是一个准备或者提出问题的时期的话，那么 90 年代，尤其是 1893 年梅列日科夫斯基《论现代俄国文学衰落的原因及新流

① 梅泰·卡利内斯库：《两种现代性》，顾爱彬译，《南京大学学报》（哲学·人文·社科版）1999 年第 3 期，第 50—52 页。

② 知识分子寻找社会定位的企图自然还反映在哲学、宗教等多方面，但考虑到文学对俄国知识阶层的特殊意义，兼篇幅所限，本书对此一律存而不论。

③ 转引自弗·阿格诺索夫主编《白银时代俄国文学》，石国雄等译，译林出版社 2001 年版，第 2 页。

派》一文的发表，就直接表明了俄国知识分子解答问题、反思传统（以文学为突破点）的开始。

卢那察尔斯基曾谈到20世纪初文学艺术的变化："俄国在十九世纪，其文学有某些特殊性，到十九世纪末，便完全受西欧各种时髦和潮流的统治。这种情况始于文学上的象征主义和绘画上的表现主义等的兴起。原来极富独创性的文学和造型艺术发生这样明显的欧化，其原因……在于俄国知识分子的状况发生了急剧的变化，而我们的几乎所有艺术家都出身于这一阶层。"这种变化，卢氏归结为"私人资本主义和国家资本主义的扩大，产生了一大批富裕的知识分子"[1]，因而导致其审美趣味的变化。从阶级学说来看，这当然不无道理，但却未必全面，至少知识分子的富裕问题就值得推敲。从文化角度来看，这其实是知识分子所遇到的现代性问题使然：如何对待传统，如何定位自己在社会中的角色，这些问题直接影响了文学的发展方向。19世纪末的俄国知识分子处在一种两难的境地：一方面沙皇专制仍然束缚着社会的整体发展，农民和小市民阶层仍然处于愚昧、庸俗的状态。知识分子对传承多年的道德至上及精英主义传统尚有难舍之意，其鼓吹的启蒙及革命思想仍是多数人的努力目标。但另一方面，自别林斯基以来俄国思想界无不以启蒙理性为马首是瞻，理性从斗争的武器异化成思想的束缚。19世纪80年代民粹派运动的失败使得部分知识分子开始反思这种精英传统，进而推及其哲学根源。这种两难表现在文学中就是：既要继续启蒙主题，为解放事业呐喊，又要打破理性主义的束缚，还文学以本来面目，总之，是要以一种多元、宽容的姿态来面对19世纪以来的现实主义传统。正是在此种背景和动因下，世纪之交的俄国文学在美学和小说观念上发生了一场"大裂变"。这种裂变首先以文学为突破口，在文学上则以现实观为突破口。因为，现实的变化引起了文学中"现实"概念的变化，进而促使作家必须在表现形式上做出相应的调整，这种调整直接影响到了知识分子人物的塑造。

问题又回到了出发点：什么是现实？这个问题如果在别林斯基等人看来是不言而喻的：现实就是沙皇的专制，就是人民的苦难。所以别林斯基

---

[1]　《十月革命前后苏联文学流派》（下编），张捷编选，上海译文出版社1998年版，第254页。

一开始把果戈理的创作方法命名为"自然派",其意义更在于俄国的社会实际。陀思妥耶夫斯基则从另一个角度拓展了传统的现实观念,他理解的现实除了客观现状外,还有人心和人性,因此他往往被后来的现代主义者视为现代文学之先驱。当 1857 年福楼拜在《包法利夫人》第一章中喋喋不休地描绘那顶帽子时,很多读者在疑惑的同时可能没有想到这顶帽子对传统现实观的颠覆意义。帽子不再是构成小说情节的重要道具——就像屠格涅夫所提到过的那杆著名的猎枪一样,帽子既非前因,亦非后果,仅仅是现实的一个片断。这种片断,在一个并不充满故事的世界中才显得尤为真实。但对 19 世纪的绝大多数作家来说,世界,包括陀思妥耶夫斯基所说的人性、人心都是可以被认识的(陀思妥耶夫斯基的名言是:"人是一个谜,需要解开它"),世界在上帝的安排下,尽管有诸多不解之处,但至少是一个理性的整体。这种对认知能力的自信便来源于对现实概念的理解,也是 19世纪经典文学与 20 世纪现代文学在观念上的重大区别之一。

发生在 19 世纪末 20 世纪初的一场科学革命不但从根本上冲击了旧的现实,也冲击着旧的现实观念。列宁在谈及这一时期的俄国时说:"农业资本主义首先打破了我国农业数百年来的停滞状态,大大地推动了我国农业技术的改造和社会劳动生产力的发展……木犁与链枷、水磨与手织机的俄国,开始迅速地变为铁犁与脱谷机、蒸汽磨与蒸汽织布机的俄国……上述一切由资本主义所造成的旧经济制度的改变,必然也会引起人们精神面貌的改变。"① 诸多新思想、新理论、新发明的出现大大地改变了人们的生活。过去一个时代的终结也许需要几百年,上千年乃至万年,现在却压缩到了一百年甚至几十年。现实再也不是一个充满戏剧性事件的圆满的线性结构(在这样一个结构里,世界似乎每秒钟都在上演因果相承、悲欢离合的戏剧),而是布满了偶然性的松散现实断片。在这种情况下,对于"现实"定义的改变成为必然。

首先对此做出响应的是象征主义。1893 年梅列日科夫斯基发表了《论现代俄国文学衰落的原因及新流派》,首次对传统现实主义文学及其哲学依据提出质疑。梅氏在文中回顾了 19 世纪文学的现实主义传统,认为始于康

---

① 《列宁全集》第 3 卷,第 277、547、549 页。

德的理性主义曾为人类思想提供了认识现实的坚实基础,但今天这种基础已经不可靠了:"现在,教条主义的最后一层幕布被永远揭开了,最后的神秘精神正在熄灭。"① 因此,作为"理念之感性显现"(黑格尔语)的俄罗斯文学,也因其过度的公民性和倾向性逐渐走向没落。新一代作家面对今后文学所应该坚持的是:一切价值的相对性和艺术家无上的个人主义。1900 年巴尔蒙特在《象征主义诗歌浅谈》中比较了现实主义与象征主义的异同:"具体的生活象激浪一样,把现实主义者卷走,他们在这种生活之外什么也看不见;而与实际生活隔绝的象征主义者,则仅仅把生活看作自己的幻想,他们从窗口向外观察生活。"② 巴尔蒙特认为,传统的现实主义者看到的只是生活的碎片,是不完整的真实,因而并未把握住真正的现实,而象征主义者已跳出了纷繁琐事的束缚,能从更高更广的角度来审视生活。应该说这种说法在 20 世纪初社会极为动荡的背景下是有一定道理的,后来20 世纪 60 年代兴起的法国新小说派在某种程度上就是对这种说法的回应。

　　1901 年象征主义的又一主将瓦·勃留索夫干脆直接宣称:什么是真实?"我所承认的东西,我现在、今天、这一瞬间承认的东西就是真的东西。"③这就将个人内心的体验作为了判断现实与否的标准,陷于某种相对主义的误区。这也是象征主义者强调个性的一种极端表现。如果说勃留索夫对现实还有主客观之分的话,那么别雷则干脆取消了这种区分,把文学创作过程看作是象征过程,象征即现实。"……形式的各种元素的总和是作为我们的意识的内容出现。因此,内容与形式的形而上的矛盾是一种一时的矛盾。对我们来说,艺术的自身便是内容的结果。内容并非存在于形式之外。"④别雷所谓的"现实"不仅包括了现象世界的真实情况,而且也涵盖了作家本人的体验和感受。换言之,别雷取消了传统现实观的二元对立而以象征统而代之,象征既是现实,亦是世界观,还是文学创作手法。可见,文学对现实的把握在象征主义者这里最终归结到对文学本身的把握和理解。文学的"现实"问题,正如罗曼·雅各布森在 1921 年总结的:"难道我们能

① 《十月革命前后苏联文学流派》(上编),翟厚隆编选,上海译文出版社 1998 年版,第 1—2 页。

② 同上书,第 16 页。

③ 同上书,第 15 页。

④ Символизм. Андрей Белый. - Muchen,Wilhelm Fink Verlag,1969,c. 222.

提出诗歌的某种比喻的真实程度问题吗？难道我们能说这种隐喻或换喻从客观上说比另一种隐喻或换喻更为现实吗？"① 事实上已不成为问题。然而，象征主义作家对"现实"的质疑原本是要揭露历史决定论的虚妄，扭转19世纪批判现实主义过于浓重的社会性和功利性。另外，通过对文学形式的强调也能为知识分子在启蒙之外找到相对缓和的生存之地。但过犹不及，无论是别雷还是勃留索夫，他们不仅否定了"必然如何"的认识方式，而且连被认识的对象——"现实"本身也化为乌有，个人对"意义"的探寻只局限于探寻本身，而价值判断自然落入完全主观之中。既然"意义"和"价值"都不存在，那么，象征主义作家标榜的个人经验的独特性也只能局限在天才的白日梦之内，它与现实失去了联系，知识分子遭到了自我放逐的命运。这显然不是试图为自身定位的知识阶层所希望看到的。

　　现实内涵的发展必然导致文学创作形式的变化。别林斯基早在1834年就说："今天，整个我们的文学都变成了长篇小说和中篇小说……在什么书里记述着人类生活、道德规律和哲学体系，总而言之，一切的学问？在长篇小说和中篇小说里。"② 长篇小说逐次取代诗歌，成为文学创作的主要形式。在大致勾勒俄国现实主义长篇小说的发展纲领时，别林斯基向俄国小说家提出的任务是：小说家要"以生气勃勃的激情"和"主观态度"来表明他对社会所作的描绘的倾向，同时强化长篇小说所固有的冲突因素。所有这些都是建立在欧洲社会整体的相对稳定性之上的，当时的社会心理、生活节奏都来得从容不迫，作家有充裕的时间去观察、揣摩、塑造。可以说，19世纪90年代之前的俄国长篇小说基本上就是按照这样的要求、这样的模式来完成的，其中的几个必备因素便是沙龙及庄园、贵族及平民、思想斗争、爱情，等等。尽管涉及到具体作家，他们对具体作品的处理有所差异，出现了所谓的"普希金流派"和"果戈理流派"。但其中涌现出的如果戈理、屠格涅夫、陀思妥耶夫斯基等大家，他们驾驭全局的技巧和文本之中的内在意蕴都鲜明地体现出一种松弛有度、总揽大局的知识分子精英心态，因而将长篇小说的发展推向了顶峰。

---

　　① 茨维坦·托多罗夫编选：《俄苏形式主义文论选》，蔡鸿滨译，中国社会科学出版社1989年版，第81页。

　　② 《别林斯基选集》第1卷，满涛译，上海译文出版社1958年版，第141—142页。

　　顶峰从某种意义上意味着艺术更新的停滞。时代在不断地变化，小说家再也不像巴尔扎克那样为社会生活充当"书记员"了。小说要展现更多的生活信息，要"真实"地描写生活，而传统的"写实"原则，只会使作品更多地陷入形式陈腐和内容贫弱的误区。长篇小说庞大完整的框架结构无法适应多变的现实，只能以主观性较强的诗歌和中短篇小说去试图抓住现实的碎片，或者干脆只以心灵感应的方式同现实进行某种程度的沟通。对于传统小说的危机，世纪之交的现实主义大师们已深有体会。托尔斯泰本人曾多次谈到长篇小说在新世纪中的衰落。他在 1893 年 7 月 18 日的日记中写道："长篇小说的形式不仅不是永恒的，而且它会过时。"在 1906 年 9 月 15 日致 И. Ф. 纳日温的信中再次提到："我早就认为，作为一种重要的东西，这形式已经过时……"契诃夫则在《海鸥》（1896）里借主人公的口说："新的形式是必不可少的，如果没有的话，那就索性什么也不要。"①一时之间，诗歌和戏剧大行其道，小说，尤其是长篇小说在杂志上似乎销声匿迹了。当然，正如巴赫金指出的，"长篇小说是唯一的处于形成中而还未定型的一种体裁"②，它在世纪之交的危机只是在新形势下暂时的不适应。它所发生的革新也是小说本身的一种拓展，并不会真正危及其生存，这一时期中短篇小说的勃兴便是长篇小说为此所做的努力。20 世纪的苏联文学史也证明：以高尔基创作为代表的长篇小说又恢复了 19 世纪的光荣，出现了如《克里姆·萨姆金的一生》《静静的顿河》《大师与玛格丽特》等诸多经典之作。

　　现实主义和现代主义对形式的革新各有侧重，前者重在小说情节的不完整性（"无情节小说"）和小说教导性功能的淡化。其一，传统的现实主义小说通常以叙事为中心，按照恩格斯的话说，要表现"典型环境中的典型人物"，这其中，描写环境为的是表现人物，"叙"必须为"事"服务，必须强调情节性，而世纪之交的小说却反其道而行之，突出了环境的描写，人物的形象反而呈现出中立化、模糊化。作家淡化了事的因素，强调叙的过程，并加入了诸多个人的主观感受。这种变化不能不说是对现实主义的极大发展，比较有代表性的如契诃夫、布宁等人的作品。纳博科夫谈到

① 《契诃夫文集》第 12 卷，汝龙译，上海译文出版社 1997 年版，第 130 页。
② 巴赫金:《小说理论》，白春仁等译，河北教育出版社 1998 年版，第 505 页。

《带小狗的女人》（1899）时说："所有传统的叙事规则在这个大约 20 页的绝妙故事中被打破了。"① 因为最后男女主人公相聚，本来是一段恋情的开始，正如文中说的："一种崭新的、美好的生活就要开始了，不过这两个人心里明白：离着结束还很远很远，那最复杂、最困难的道路现在才刚刚开始。"② 按照传统小说，这正是开始对这种新生活浓墨重彩加以描绘的时候，然而故事到此却悄然而止。布宁的《乡村》（1910）在这点上更多的是以一种衰败、没落的气息代替了曲折的情节和鲜明的形象。其二，传统长篇小说教导性功能的丧失。作者不再轻易表态，更多时候采取的是客观中立的语气，没有高高在上的导师意识，也没有真理在握的先知口吻。意大利作家阿·莫拉维亚在比较短篇小说与长篇小说的区别时说："长篇小说的共同特性中最至关重要的，乃是我们称之为思想意识的存在，或者说，即叙述的骨肉围绕其而凝聚成形的主题骨架。"③ 当批判现实成为一种主流意识的时候，契诃夫、布宁等人偏偏致力于对平凡生活画面的客观描绘，这实际上也是作者对传统小说形式的一种改变。发展到后来如列米佐夫等人作品中，出场的不再是"有意义的人""有意义的事"，它故意将人物和事件的意义取向消融在无休无止的琐碎日常活动和日常场景中，日常感知和日常生活流程淹没了一切理性思考。

后者以象征派作家为例，勃留索夫、梅列日科夫斯基等人的很多小说虽仍采用长篇小说的形式，但应该看到，这种形式较之于批判现实主义小说，也有了很大的变化。且不说其倾向转向了多元化，而且在写作手法上也运用了象征、戏仿、意识流等多种形式，有的甚至在行文上仿效古人。譬如，在勃留索夫等人的历史小说中，与其说他们注重宏大场面的再现，历史人物的塑造，还不如说他们着迷于历史细节的勾勒，以及对历史时代写作风格的模拟。《燃烧的天使》（1907）在一定意义上被人看作是一部德国人写的类似考古的作品，便是例证。此外，在象征主义者看来，历史正

---

① Лекции по русской литературе／ Набоков В. В. М. Издательство Независимая Газета，2001，c. 337.

② 《契诃夫文集》第 10 卷，汝龙译，上海译文出版社 1993 年版，第 362 页。

③ 《小说的艺术——小说创作论述》，中国社会科学院外国文学研究所世界文论编委会编，社会科学文献出版社 1995 年版，第 195 页。

如多棱镜，具有变幻莫测的多种潜在话语的可能，小说的创造在某种意义上也是对历史的重塑。19世纪90年代以来，象征主义作家创作了大量的历史小说，这与其说是文学对历史的好感，不如说是文学向历史讨要话语权力的一种方式。因为从这些人的创作成果来看，他们的兴趣除了对历史本身的钩沉索隐，还要立足于现代性的要求来表达重新书写历史的欲望，表达自己的某种历史理念。这一点较为明显的就是梅列日科夫斯基，他的"基督与反基督三部曲"（1895—1904）描写的是人类思想史上的三个转型期：从希腊多神教到基督教（《背教者尤利安》），从中世纪到文艺复兴（《列奥纳多·达·芬奇》），彼得改革（《彼得与阿列克谢》）。虽叙古事，但意义直指世纪之交的俄国社会，从而提出自己整个的宗教观念。这种价值指向的多元性，不但标志着部分知识分子从现实批判转向学术探索或宗教探索的开始，同时也表明他们希望通过创作之路争夺话语权力、重塑历史的企图。无论是现实主义的自我更新还是现代主义的异军突起，他们的创作理念都可以看作是对传统现实主义文学的积极回应，这种回应必然鲜明地体现在文本中的人物（以知识分子为例）身上。

　　显然，别林斯基在提出长篇小说及其使命的时候，希望看到的是那些自觉的、积极为人民利益而奋斗的先进人物成为长篇小说的中心人物。从这个意义上说，车尔尼雪夫斯基在自己的小说中最鲜明不过地表达了批评家的指导思想，因而成为别林斯基最具资格的接班人。但在此之后，到了世纪之交，民粹派等运动的失败已经证明了知识分子与民众之间的隔阂，以及知识分子在服务于民时的无力。虽然19世纪80年代出现的民粹派小说中仍然塑造了一个个的英雄人物形象，但其真实性以及对现实的影响有多大，实在值得怀疑。因此，受80年代政治气氛的影响，90年代文学中更为流行的是非英雄，甚至是反英雄的主人公。这种反英雄的知识分子，一方面属于绝望的徘徊者类型，在理想破灭之后既不愿自甘堕落，又不知该往何处去，往往以自杀来逃避现实；一方面属于反对革命之类的"伟大事业"，为生活琐事所困，看似平庸化，但偶尔也有理想主义之闪光。契诃夫、高尔基等作家笔下的知识分子便是处于上述此等困境之中。

　　现实主义作家很早就开始了对传统知识分子文学形象的反思与重塑。且不说19世纪80年代契诃夫作品中一个个形态各异的知识分子，魏列萨耶夫 1895 年发表的《无路可走》就是对这些人的最好素描。高尔基在《小市民》（1900）中，以其粗犷却嘹亮的声音抨击了知识分子的碌碌无为和堕落蜕化。剧中，作为知识分子的塔吉雅娜、彼得姐弟俩根本就没体现出知识分子的任何优越性。他们自己都承认是没有希望的人，需要别人的拯救。塔吉雅娜作为中学教师，却需要尼尔的爱情才能唤起对生活的信心，不成之后便以自杀来逃避；彼得在游行失败之后便一蹶不振，甘心成为一个候补小市民。其后的《避暑客》《太阳的孩子》等作品仍然延续了作家这一批判调子。此外，并非特别著名的作家波达宾科在长篇小说《不是英雄》（1896）中塑造了地主拉切耶夫的形象。他住在乡下，管理庄园，赈济农民。除此之外，他不愿向往任何"伟大的事业"，而这一点却给他带来了精神上的安宁。主人公自我评价说："我是个中庸的人，远不是英雄人物，而且相反，我具有常人所有的一切弱点。"这样的人"不能从事伟大的事业，不能建树伟大的功勋，不能做出伟大的牺牲……我有健康的天性，它要求在一切方面都很谐和……我的全部活动就是由此出发的，我可以把自己的活动总括成这样一句话：我不费任何努力地做一些好事，永远感到自己的精神是安宁的。"[1] 毋庸讳言，在此等"小事论"支配下塑造出来的知识分子形象，确实存在着时代的局限性和社会影响的消极面，容易误导人们放弃更为重要的解放斗争，而满足于眼前蝇头小利。但不能否认，相对于那些"语言的巨人，行动的矮子"来说，这批知识分子还是有自己的特色，不能予以完全否定。契诃夫在《决斗》《海鸥》等作品里就生动描绘了这种安于本职岗位，以建设性的姿态来面对种种艰难不幸的知识分子形象。但总体来说，这类人物在 1905 年前尚不多见，苏联《简明文学百科全书》中在谈到象征主义文学主人公形象时曾这么说："两面性和动摇性，悲剧性的自相矛盾，对人具有克服生活中邪恶能力的怀疑，以及对资本主义现实和小市民的、资产阶级的生活方式的不妥协的和彻底的否定，所有这些都是象征主义主人公的特点。"[2] 可以说，这也是 1905 年之前知识分子主人公的一个普遍特性。

---

① 转引自耶里扎罗娃《契诃夫的创作与十九世纪末期现实主义问题》，杜殿坤译，上海文艺出版社 1962 年版，第 150 页。

② 《十月革命前后苏联文学流派》（上编），翟厚隆编选，第 54 页。

　　1905 年作为一个转折点，不仅表现在知识分子思想上，也反映在其文学形象中。此后作品中除了原先的颓废者外，还出现了知识分子新人，这种"新"其实有两种类型：一是传统知识分子的自我更新；二是来自底层的知识分子的崛起。前者以《萨宁》最为著名，后者以高尔基笔下人物为代表。1905 年革命之后俄国思想界、文学界出现分流，有的激进左转，但更多的是倾向于明哲保身，退缩到文史哲的象牙塔里去。对于俄国社会的前途，多数人持悲观态度，高尔基称 1907—1917 年间为"俄国知识界历史上最卑鄙无耻的十年"①，并指责说："出现在文坛上的是形形色色的偏执狂患者、施虐淫者、好男风者以及各种各类的精神病患者，如卡孟斯基、阿志巴绥夫一流的人们。可以看到精神的混乱、思想的杂乱以及病态的神经质的忙乱。"② 尤其在《路标》文集出版之后，多数知识分子放弃解放事业的使命，转而关注自身建设问题。别雷在《彼得堡》中塑造的大学生尼古拉形象最后转向学术研究便是一个证明。在这种情况下出现的"萨宁"式人物，讲究精神解放，个性独立，实属对时代的响应。但长期以来，《萨宁》因主人公的特立独行而被冠之于"个人主义""纵欲主义"之类的标签，长期束之高阁。高尔基等革命作家、评论家从现实斗争的需要出发，得出了对萨宁的负面评价，斥之为不负责任的颓废之风而大加指责。但今天我们所处的文化环境和生存需要都已迥然不同，完全可以重新审视萨宁这个人物。事实上，真正的知识分子必须自身身心健康，思想独立，修身齐家方可治国平天下。若如小说中的尤里，整日思前想后，身心俱疲，又怎能担负起为民众服务之重任？在新的世纪，知识分子需要新的形象。小说最后作家这么描写萨宁："萨宁轻松地呼吸着，用充满喜悦的眼睛望着大地的无边无际的远方，迈着有力的大步，朝着明亮而愉快的朝霞，越走越远……于是太阳在萨宁对面冉冉升起，熠熠生辉，宛如萨宁迎着朝阳走去。"③ 这一切令人不难想象，萨宁的前途将是多么充满希望，又何来所谓"颓废厌世"之感？

　　如果说萨宁属于传统知识分子再生的话，那么高尔基笔下的知识分子

---

①　高尔基:《论文学》，孟昌、曹葆华等译，第 119 页。

②　《高尔基文学书简》(上卷)，曹葆华等译，人民文学出版社 1962 年版，第 253 页。

③　阿尔志跋绥夫:《萨宁》，王之译，外国文学出版社 1988 年版，第 432 页。

则是文学中的新生儿。在此之前，很少有这种巴维尔、辛卓夫式的工人知识分子作为主人公展现在文学中①。他们的出现标志着一种新型知识分子走上了俄国舞台，而其中的转折点，便是众所周知的1905年。总体来说，世纪之交的文学不仅是思想斗争的领域，也是文人墨客遣词弄句的天地。文学不再仅仅强调批判意义，不再仅仅以作品的社会价值衡量其文学价值，文学本身的审美特性得到重视，形式问题在象征主义作家那里得到充分探讨。俄国现代主义文学在20世纪初的世界文坛上堪与西欧一试高低，出现了《彼得堡》之类的经典之作。此等百家争鸣之局面，概源于知识分子对文学价值的多元化理解。这种理解体现了知识分子对现代性问题的多重解答，象征着一个阶层成熟的开始。当然，知识阶层真正从理论上进行反思与总结，还是始于1905年后的《路标》（1909）。

苏联成立后，自然有为革命呐喊高呼者。此等文学或限于创作者之修养，或因形势之需要，往往未必追求形式之精雕，语言之细凿，然而却以其火热激情和生动个性深深打动无数后来者。此之谓"红色经典文学"。其中的时代英雄，基本上可分为两类：一是国内战争中的布尔什维克英雄，如"穿皮夹克的人"、草莽英雄般的恰巴耶夫；二是社会主义建设中的"劳动英雄"，最著名的如保尔·柯察金。此等人物塑造之中，依然可见苏维埃人对现代化的不懈追求之意。

---

① 《小市民》中的尼尔，虽然看似和巴维尔、母亲一样富有反抗精神，但全剧缺少社会斗争的背景，尼尔可以被当作是觉醒中的新知识分子，但也可看作是普通的家庭叛逆者形象。当时的评论家将该剧理解为家庭冲突剧也不是没有道理。并且"小市民"这一标题也说明了尼尔还不是剧作的主人公。

"十二五"国家重点图书出版规划项目

国家出版基金资助项目

中国社会科学院A类重大项目

现代化进程中的
外国文学 （下 册）

陆建德◎ 主编

中国社会科学出版社

目　　录

（下　册）

第五编　美国文学与社会发展的互动

第六编　殖民主义和第三世界国家现代化

第七编　社会和语言、文化

第八编　城市·乡村·速度·生态

第 五 编

美国文学与社会发展的互动

第一章
爱默生与现代性

爱默生通常被看作是美国文艺复兴、19 世纪超验主义哲学的代表人物。他首先以布道牧师的身份出名，然后是演讲者、散文家、诗人，同时也是出色的批评家。爱默生促进了 19 世纪美国浪漫主义时期文学风格的形成，而真正独立的美国文学就是在这个后来被称为美国文艺复兴（American Renaissance，1835 – 1865）的时期才产生的。玛格丽特·富勒、惠特曼、梭罗、麦尔维尔、狄金森等美国作家都深受他的影响。爱默生曾三次访问欧洲，与当时许多重要作家都有来往，托马斯·卡莱尔和他保持了近四十年的通信，乔治·艾略特会见过爱默生并且是他热诚的崇拜者，尼采也曾对他佩服得五体投地。他还被看作是美国最有特色的哲学传统——实用主义的前驱者，杜威、桑塔亚纳、威廉·詹姆斯等人都承认深受其影响。今天的美国人讨论个人主义、崇尚自然、乐观主义等概念，源头都可以追溯到爱默生那里，用哈罗德·布鲁姆的话来说，"爱默生的心灵已经成了美国的心灵"。① 我们在两百年后的今天来重读爱默生，对他的看法与张爱玲在 1947 年的观点相去并不太远："爱默森的作品即使在今天看来，也仍旧没有失去时效，这一点最使我们感到惊异。"② 克朗弗奥特说得更直接："不论从形式上、批评上还是哲学上来说，现在看来爱默生都始终在我们的前头———一个现代人中的现代主义者。"③

---

① Harold Bloom，"The Sage of Concord"，*The Guardian*，May 24th，2003.

② 《爱默森选集》"译本序"，张爱玲译，哈尔滨出版社 2003 年版，第 1 页。

③ Gustaaf Van Cromphout，Preface to *Emerson's Modernity and the Example of Goethe*，University of Missouri Press，1990，p. ix.

19 世纪上半叶本来就是一个十分强调其现代性的时代，旧社会制度的瓦解，工业革命的传播，浪漫主义思潮的兴起，历史主义以及进化论的影响，都使得这个时代具有全新的激进时代的感觉。用英国批评家马修·阿诺德的话来说，这个时代见证了"旧欧洲主导思想与事实系统的崩溃"。[1] 旧世界无疑已经死去，但新世界还没有完全诞生。19 世纪是"第一个把现代性作为永恒危机的状态来经历并将其看作自我界定永不停歇的时代"。[2] 美国革命是人类历史新时代的开始，美利坚合众国作为一个刚诞生的崭新国家，却孕育了似乎是全人类的希望："如果它失败了，那将是最后的失败。再也不会发现什么新世界了。"[3] 美国果然不负众望，它在 19 世纪上半叶的发展速度是近代史上无双的。这个发展包括三个方面：领土、人口和经济，在这三个领域里，没有任何一个国家在其中一个领域里的发展比得上美国。在 19 世纪中叶的数十年间，美国在城市化、工农业、教育文化和大众传播方面是"世界上现代化速度最快的国家"。[4]

一　哲学：思想的解放者

美国人不像欧洲人那样墨守妨碍变革的传统和陈规陋习。革命的传统和共和主义思想使他们感到自己是新型的、与众不同的人。他们有意识地使自己向前看，而不是向后看；他们重视变革而轻视传统。[5] 爱默生就在这样的背景下于 1803 年出生于波士顿一个清教背景的牧师世家，他 1817 年从波士顿拉丁学校毕业后考入哈佛学院，靠为校长当差抵学费的开支，最终完成学业。在与哥哥威廉合作教了一段时间书以后爱默生进入哈佛神学院，并于 1829 年被任命为波士顿第二教堂牧师。不久他与艾伦·塔克小姐结婚，但婚后不到两年艾伦就因肺病去世。此时爱默生对自己的宗教信仰

---

① *The Complete Prose Works of Matthew Arnold*, 3：109 – 110，转引自 Gustaaf Van Cromphout, Preface to *Emerson's Modernity and the Example of Goethe*, p. 13.

② *Emerson's Modernity and the Example of Goethe*, p. 14.

③ 萨克凡·伯克维奇：《惯于赞同》，钱满素等译，上海译文出版社 2006 年版，第 58 页。

④ 詹姆斯·M. 麦克弗森：《火的考验：美国南北战争及重建南部》，陈文娟等译，商务印书馆 1993 年版，第 6、19 页。

⑤ 同上书，第 18—19 页。

和职业产生了怀疑，辞职赴欧洲寻找思想出路。1833 年返国后开始了他的演讲和写作生涯，1834 年爱默生与莉迪娅·杰克逊小姐结婚并移居波士顿西边的小乡村康科德。

爱默生是欧洲美学与哲学思想传进美国的中间人，也是欧洲浪漫主义在美国的分支超验主义的发言人。然而所谓的超验主义流派其实并没有真正的运动纲领，而且不论是置身其中的作家还是后来的批评家对超验主义的定义都是众说纷纭。按照后来爱默生自己的看法，不过是这批活跃的知识分子"带着喜悦与共鸣发现了柯尔律治，华兹华斯，歌德，然后是卡莱尔"①，才逐渐结成友谊的。他们从 1836 年起不定期聚会，并于 1840 年创办《日晷》，作为宣扬他们观点的阵地。他们不论作为个人还是群体对美国当时的哲学、宗教、文学状况都不满意，于是转向欧洲，特别是德国寻找希望，如康德的哲学、斯莱尔马赫的宗教、歌德的文学，等等。②

超验主义运动产生于思想开放理论，这种思想开放是唯一神论（Unita-rianism）的核心。唯一神论削弱了教条对清教徒思想上的束缚，拓宽了阅读与思考的领域。它坚持人性中最基本的准则——人不是上帝的后代，但也肯定不是恶魔的子孙；它号召人高尚的本性与自然和谐共存。超验主义标志着新英格兰文艺复兴的繁荣，是新英格兰对革命浪漫主义召唤的本能响应。超验主义代表着人类不可剥夺的品质，它是人的本能中神性的内化，是植入人类自然法则的一种超自然属性。③

实际上，从某种程度上说，超验主义更像是一种信仰而不是哲学，是一种预言而不是理论。④ 这种全新的超验主义信仰是良知与意愿的美化。唯一神论者已经宣称人类本性是美好的，超验主义者则认为是神圣的。世间最大的奇迹就是每天每个人灵魂里上帝的再生，每一天都是新的一天，每一个行动都是一个新的奇迹，信仰、希望、信任伴随着人类所有的探险旅程。所以爱默生曾总结说："宇宙中唯一有价值的是活的灵魂。" 超验主义

---

① 爱默生 1866 年 7 月的日记，见 Joel Porte and Saundra Morris, eds., *Emerson's Prose and Poetry*, Norton, 2001, p. 529.

② Robert D. Richardson, Jr., *The Mind on Fire*, University of California Press, 1995, p. 249.

③ 沃侬·路易·帕灵顿：《美国思想史：1620—1920》，陈永国等译，吉林人民出版社 2002 年版，第 676—677 页。

④ 同上书，第 678 页。

者是彻头彻尾的浪漫派——怀着新信仰的诗人，是给予新希望和颠覆性革命时代的后代。①

1836 年爱默生出版了《自然》，立刻被推崇为"超验主义的《圣经》"，波士顿甚至流行一个笑话："谁是《自然》的作者？""上帝和爱默生。"《自然》是爱默生浪漫主义信条的概括，也是他理想主义的最高体现，他后期的作品几乎都是这本书中提出的观点的延伸、补充或者修正。约瑟夫·科洛尼克认为，爱默生的《自然》不仅是新英格兰超验主义最重要的源头，而且也是美国现代主义的根源。②

1837 年爱默生在全美大学生荣誉协会作题为《美国学者》的演讲，这场演讲轰动一时，后来被霍姆斯称为"美国在文化上的《独立宣言》"。"美国学者"的影响长盛不衰，是因为它解放的不仅仅是美国——不光是美国文学或者美国知识界——而是个体的人。所以有评论家曾说，所谓的"美国学者"其实并不只跟"学者"有关，也不仅仅是"美国"的，实际上是爱默生个人信仰（或者也可以说是所有人的信仰）的陈述③。詹姆斯·罗素·洛威尔说，"我们在社会和学术的层面上一直停泊在英国人思想的港湾里，是爱默生斩断了绳索，使我们有机会见识海洋上的风险与壮阔。"④《自然》、"美国学者"以及后来的"神学院演讲"、"自助"是爱默生最常被引用的代表作。这些作品本身可以看作是一个有机整体，伯克维奇就说过："爱默生所谓的美国学者，是以超验主义为中心成长起来的，从自然到书本，再到自我的属性，一圈一圈地向外扩大。"⑤换句话说，它们都可以用爱默生散文中的一个中心意象"圆"统领起来。

作为超验主义旗手的爱默生最有代表性的应该是他的"超灵"理论。"在灵魂的每一个行为中都有人和上帝的统一，这是不可言喻的。最单纯的人真心诚意崇拜上帝时就变成了上帝；然而这种更好的、普遍的自我的流

---

① 沃依·路易·帕灵顿：《美国思想史：1620—1920》，陈永国等译，第 679 页。

② *Emerson's Modernity and the Example of Goethe*，p. 11.

③ Robert D. Richardson, Jr., "Ralph Waldo Emerson", *Dictionary of Literary Biography*, Volume 59：*American Literary Critics and Scholars，1800 - 1850*, Gale Research, 1987, pp. 108 - 129.

④ Robert D. Richardson, Jr., *The Mind on Fire*, p. 266.

⑤ 萨克凡·伯克维奇：《惯于赞同》，第 5 页。

人是万古常新、无法探究的。"① 因为每个人的灵魂都与宇宙灵魂相通，所以每个人都具有直觉的领悟力，都是潜在的诗人，但唯独诗人发挥出了这些潜力。因此别人都是局部的人，而诗人则代表了完整的人，是超越局限的人，是"解救万物的诸神"。② 在爱默生看来，"诗人"并非只是会写诗或者精通音律的人，而是拥有全新经验的"思索着的人"（Man Thinking）③。有趣的是，去听爱默生讲演的人离开时惊奇地发现他们理解、钦佩、衷心地赞成超验主义，尽管有时他们当中有些人并不太明白爱默生所指的究竟是什么。霍桑的儿子朱利安回忆道，一天晚上离开康科德的演讲厅时听到杂货店老板与鞋匠的对话，一个问："你明白啥是超灵吗？"另一个摇头说："去想他是啥意思没有用的，我们知道他说的是最好的东西就行了。"④

　　除去理想主义的措词、华美和热情，爱默生哲学的主要观点是个体神圣的自我满足。他认为宇宙是一个神圣的整体，每个人都是他自己的中心，并从这中心流出生命，永远新鲜的新生物。⑤ 爱默生的思想之所以能保持其生命力，很大一部分原因是他摆脱了神学企图一劳永逸地解决问题的模式，他并不想给予思想，也不想构架体系。⑥ 因此他更多的是一个思想的解放者而非创造者。布莱克曾说："爱默生把一系列当代事物放在他那广阔的视野之内，可以说在非国教徒中间是与众不同的，因此他在观察敏锐和表达充分这一点上，无疑是首屈一指的。他象歌德一样，并不是个哲学家，因为他没有按照康德或黑格尔的方式建立起哲学体系；但是，正如卡莱尔常说

① 《爱默生集》，赵一凡等译，三联书店 1993 年版，第 439 页。以下引爱默生作品译文均出自这个译本，几处译文略有改动。

② 《爱默生集》，第 511 页。此外玛格丽特·富勒曾说："我们一致认为，我的上帝是爱，他的上帝是真。"见 Harry R. Warfel, "Margaret Fuller and Ralph Waldo Emerson", *PMLA*, vol. 50, No. 2, Jun. 1935, p. 593.

③ 《爱默生集》，第 498 页。

④ 转引自 Merton M. Sealts, Jr., "Emerson as Teacher", *Beyond the Classroom: Essays on American Authors*, University of Missouri Press, 1996, p. 9.

⑤ 沃侬·路易·帕灵顿：《美国思想史：1620—1920》，第 686 页。

⑥ 钱满素：《爱默生与中国——对个人主义的反思》，三联书店 1996 年版，第 42 页。

的，他用闪烁的光照亮了这个黑暗山谷的一切角落。"①

二　宗教：从神助到自助

超验主义运动在哲学、文学和社会各方面都有表现，但其根源却在神学与宗教。新英格兰清教徒宣称他们独立于旧世界的过去，将自己描述为被选之民，来实现上帝唯独赐予美利坚的承诺。他们赋予"美利坚"以神圣的意义，赋予作为"美利坚人"的自己以神圣的目的。② 到了爱默生的时代，清教加尔文主义已经变得过于僵固空洞，人们逐渐转向意在改良的唯一神论，而实际上唯一神论就是理性人文主义的制度化。③ 唯一神论的上帝没有清教徒的上帝那么可怕，信徒们更愿意相信上帝不是高高在上而是与人平等的。爱默生则更进一步，反对把上帝人格化，他宁可把宗教看作是人的灵魂对道德情操的追求。用理查森的话来说："爱默生的情绪从来就不是加尔文式的。他没有奥古斯丁派那种被忏悔、罪恶感所驱使的，以自我为中心、立法式的宗教情感，而更像伊拉斯谟派，宽容，信仰自由意志，持改良（而不是革命）的态度，拒绝形式第一，热爱文学，尊敬学问，实际性地强调人文与人性的事物。"④

爱默生努力摆脱基督教的影响而试图超越传统，不仅否定正统的加尔文教义，同时也否定唯一神论所维护的传统教义及仪式。爱默生其实是钱宁所代表的自由神学传统最有影响的继承者，他所有独到的作品都是这一传统的延续。⑤ 爱默生试图把宗教解释为纯粹精神的、个人的、伦理的。所有宗教都是人的灵魂对道德情操的追求，所以基督教和别的宗教在本质上都是一样的。"宇宙只有一个上帝一种意志，任何存在于某一事物中的力量

① 纳尔逊·曼弗雷德·布莱克：《美国社会生活与思想史》，许季鸿等译，商务印书馆1994、1997年版，第748页。

② 萨克凡·伯克维奇：《惯于赞同》"中译本前言"，第2页。

③ Robert Penn Warren, et al., Introduction to *Romanticism*: *Essays in Criticism of American Literature*, Garland Publishing, p. 11.

④ Robert D. Richardson, Jr., *The Mind on Fire*, p. 291.

⑤ David M. Robinson, Introduction to *Apostle of Culture*: *Emerson as Preacher and Lecturer*, University of Pennsylvania Press, 1982, p. 2.

与特权都存在于其他所有的事物之中。……摩西、孔夫子、蒙田和莱布尼兹，他们与其说是一个单一的个体，毋宁说是人类和我的一个部分，而我的智慧就可以证明他们就是我自己。"① 实际上，这种宗教观与无神论也已经相去不远了。对钱宁来说，精神自由意味着独立——摆脱权威——也是摆脱物质主义的束缚，但钱宁还能固守在唯一神论传统的界限之内，而爱默生则越来越感受到需要脱离所有的教会了。②

1832 年的《圣餐仪式》是爱默生在波士顿第二教堂所作的最有名的一篇布道，这篇布道的主题跟他一贯坚持的"宗教不是形式而是生活本身"这种观点是一致的，圣餐仪式只不过是他找到的与教会分离而不至于引起太大分歧的理由而已。他后来写信给哥哥威廉就说："割断我与教会之间本来就勉强的联系对双方都是一种解脱。"③ 1838 年哈佛神学院学生邀请爱默生去讲演，这次演讲引起了轩然大波，因为爱默生批评了死气沉沉的基督教传统，尤其是唯一神论。他强调人可以通过道德本性和直觉认识真理，不必通过《圣经》、教会等媒介。保守派指责他宣扬"无神论"，是对耶稣和教会的"大不敬"。爱默生没有参与，也拒绝为自己辩护或解释。他不习惯被如此大张旗鼓地宣扬，又为自己不能置之不顾而烦恼。④ 他在日记中表示，这些攻击只是增强了他自己的信念。

对爱默生来说，上帝只是纯粹精神，象征着原始真理和终极真理，对掌握了上帝理念的个人来说，"它本身就是一个活着的灵魂；是生命中的生命"。爱默生把自然、文学和伟人生平看作是宗教的三大替代物，它们都意在激活人的灵魂。⑤ 他曾说自己在所有的演讲里只教了一项法则，那就是个人的无限性，而"灵魂的无限性"正是钱宁的中心原则。爱默生相信钱宁的头脑是"上帝用火触摸过的"。从钱宁的演讲"与上帝相似""精神自由"和"自我培养"到爱默生的散文，显然有一条连续的线索。⑥ 爱默生

① 《爱默生集》，第 1038 页。

② Brian Harding, *American Literature in Context II 1830 - 1865*, London and New York：Methuen, 1982，p. 35.

③ Gay Wilson Allen, *Waldo Emerson：A Biography*, New York：The Viking Press, 1981, p. 193.

④ Robert D. Richardson, Jr., *The Mind on Fire*, p. 299.

⑤ 钱满素：《爱默生与中国——对个人主义的反思》，第 18 页。

⑥ Brian Harding, *American Literature in Context II 1830 - 1865*, p. 29.

领悟到上帝其实就生活在自己心中，而个人在一心虔诚侍奉上帝的时候就成了上帝。这是他"自助"概念的基础。爱默生认为人与自然在精神上存在着联系，他称自己是"诗人，是个观察者，深爱灵魂和事物中的种种和谐"。他认为诗人兼具先知、叙述家的身份，应当以文字捕捉并传达他所认识到的真理。劳伦斯·布尔认为："宗教和艺术之间的联系在作家爱默生出现之前的二十年间变成了唯一神论的一个重要命题，最终在爱默生关于诗人—牧师的身份的思想那里达到了顶峰。"①

强调个人内心神圣的重要性当然也就意味着瓦解身外的权威，《圣经》就是一个典型的例子。爱默生认为内心的光明，而不是《圣经》，才是宗教最后的权威，因为"《圣经》也不过是每一个人的灵魂当中活跃着的精神的一种表现而已"。② 每个人都有自己的宗教，有自己的上帝，"人们从上帝赋予的、每一个人都可以触及的自然和自己的心灵那里所学到的，不论是摩西、撒缪尔、以赛亚，还是泽迦利亚、耶稣、保罗、约翰都不能比这说得更多"。③ 因此每个人都必须按照自己的信仰轨迹选择自己崇拜的方式，而这样"我们每一个人都可以成为宇宙（cosmos）而不是混乱（chaos）"，正是在这个意义上，布鲁姆称爱默生是"美国自助宗教的神学家"。④ 克朗弗奥德认为，爱默生采用散文这种形式是因为它本身的属性使得它成为摧毁教条、传统或者既定思维模式的理想工具。因为他的演讲当中每句话都包含工具性而不是内在性的价值：它的作用不是要限定而是要引发新的内容。⑤

爱默生的思想混杂了唯一神论的观点、柏拉图的学说与新柏拉图主义，通过柯尔律治和卡莱尔的作品还渗入了德国理念主义，同时他对华兹华斯的浪漫主义、蒙田的怀疑主义、斯维登堡的神秘主义也十分熟悉。由于他结合了个人主义、乐观主义与民主的世俗化的信仰，引导人们的生活，因

① Lawrence Buell, "Unitarian Aesthetics and Emerson's Poet – Priest", *American Quarterly 20* (Spring 1968), p. 3. 另可参看 Lawrence Buell, *Literary Transcendentalism: Style and Vision in the American Renaissance*, Cornell University Press, 1973.

② Robert D. Richardson, Jr., *The Mind on Fire*, p. 160.

③ *Waldo Emerson: A Biography*, p. 416.

④ Harold Bloom, "The Sage of Concord", *The Guardian*, May 24th, 2003.

⑤ Gustaaf Van Cromphout, "Literature", *Emerson's Ethics*, University of Missouri Press, 1999, p. 160.

此使不再相信传统宗教的人也能够接受。布尔说爱默生和他的学说是美国最重要的世俗宗教，布鲁姆的一篇评论文章就直接以《爱默生：美国的宗教》为题①，而在《康科德圣者》一文中，他直截了当地说："我们非官方的宗教与其说是基督教不如说是爱默生教。"②

三 文学:美国的独立宣言

在文学方面，超验主义认为人的本性就是要表达自己，而表达自己与自我发展一样，是生活本身的目的之一。19 世纪的美国人对民族身份的认同与高涨的理想主义和浪漫激情，孕育了这一时期的文学。1835 年到 1860 年间美国的领土从大西洋扩张到了太平洋，同时人口也翻了一番。这一时期人口的地理中心从西部的弗吉尼亚州转移到了俄亥俄州。③ 在美国文艺复兴这个杰出的时代，同时出现了许多重要的发展：出现了第一代职业作家；出现了美国文学中生命力持久的作品；出现了把美国作品看作是独立类型而不是英国文学的发展的批评。④ 其中最有影响的成就是爱默生号召美国人致力于创造本国特有的文学与批评，而他自己就率先把这一理想付诸实践。

爱默生的散文大都是从演讲的基础上发展而来的，虽然听众有时抱怨他的风格不够热烈或者令人太费脑筋，但他却特别受严肃认真、受过良好教育、对美敏感的年轻人的欢迎。由于爱默生并非系统性的思想家，他经常被指责为肤浅而杂乱。阿尔科特甚至曾说他的散文顺着读固然可以，倒着读也无妨。⑤ 然而他在历史上的重要性不容置疑，其中最好的作品所表现出来的生命力反而使诋毁他的人显得迂腐可笑。海明威曾说马克·吐温是第一位写美国语言的作家，在小说的范围也许是对的，但在非虚构的散文里，爱默生已经捕捉到了美国语言的节奏、词汇以及创造力。⑥ 阿诺德也说

① 见 Harold Bloom, ed., *Modern Critical Views*: *Ralph Waldo Emerson*, Chelsea House Publishers, 1985.

② "The Sage of Concord", *Guardian*, May 24th, 2003.

③ Brian Harding, *American Literature in Context II 1830 – 1865*, p. 2.

④ David Kirby, *What Is a Book*? University of Georgia Press, 2002, p. 94.

⑤ Lawrence Buell, "Ralph Waldo Emerson", Joel Myerson, ed., *Dictionary of Literary Biography*, Volume 1: *The American Renaissance in New England*, Gale Research, 1978, pp. 48 – 60.

⑥ *Waldo Emerson*: *A Biography*, pp. 371 – 372.

过，19世纪英文作品当中最重要的是华兹华斯的诗歌和爱默生的散文。总的来说爱默生的思想与当时大多数超验主义者并没有太大的不同，但他阐述思想的能力却无人能及。他行文的最大特色是洗练、格言式的警句，他的散文有时被描绘成一串珠宝，每颗宝石都光彩夺目，每个句子都代表涵盖着所有真理的洞察力，是全部真理的缩影①。

首先，爱默生的批评理论扎根于他的唯心主义哲学思想："我相信物质世界是精神或者真实的表现"，而"人在创造和欣赏艺术的时候是最接近精神与物质的理想统一的时候"。② 爱默生认为，如果把文学所要描写的客体看作自然的象征，通过"眼睛"（eye）与"我"（I）结合的客体就是美的，就能达到"有机的同一"，体现宇宙或者"上帝的心灵"的奥秘。然而，从根本上说，爱默生更加关注的是生活，而不是文学。生活本身的艺术是与抒情诗或史诗一样崇高的艺术："人生不仅可以是一首诗或一部传奇，而且可以是抒情诗或史诗。"③ 爱默生说过："人生就是真正的传奇。倘若他的一生表现得刚勇雄健，那就会给想象提供比任何小说还要强烈的快乐。"④ "最浪漫的爱情故事——人所编织的最崇高的小说——纯粹的美——原本存在于人类的生活之中。它本身具有超越的价值，它还是人类创作所依赖的最丰富的素材。"⑤ 因为如此，"所有的人在内心都是诗人"⑥，而且"每个人在某种程度上都应当是一位艺术家"⑦。

其次，在爱默生看来，文学的目的在于表现真理，只有自我能够形成真理的概念并发出声音，可以实现最充分的自我表达，同时也是真理最充分的表达。"纯粹天才的每一件作品都不仅充满了美，而且充满了善与真。"⑧"美把所有的智慧和力量都藏在它那平静的天空里。一切崇高的美

---

① 《大美百科全书》（*Encyclopedia Americana*）第10卷，台北：光复书局1990年版，第52页；珠串的比喻可参见"怀疑主义者蒙田"。

② Vivian C. Hopkins, Introduction, *Spires of Form*, Russell & Russell, 1965, p. 7.

③ 《爱默生集》，第485—486页。

④ 同上书，第670页。

⑤ 同上书，第118—119页。

⑥ 同上书，第114页。

⑦ 同上书，第497页。

⑧ *Emerson's Ethics*, pp. 154–155.

都在自身中包含有某种道德元素。"① 最高的文学类型是教给人类道德智慧的那种。最伟大的诗歌应该是朝向道德的，最高级的诗人毫无例外都是道德法律的制定者。② "在它最广大、最深厚的含义上说，美即宇宙的一种表达。上帝是最公正无私的。真、善、美都是同一种东西的不同侧面。"③ 当然，在这三者之中，"真"永远是第一位的："真实是第一位的，也是永恒的。Rien de beau que le vrai（除了真没有美）。"④

再次是文学与语言的关系。爱默生的职业要求他必须时刻注重修辞，玛格丽特·富勒曾对爱默生说他最好的作品是演讲，爱默生自己也意识到了这一点⑤。马西森则认为爱默生之前没有美国作家对自己的语言工具如此重视⑥，这恐怕就不仅仅是职业的要求而已了。爱默生认为："语言是大自然用以帮助人类的第三种工具：词语是自然事物的象征，而具体的自然事物又是具体的精神事物的象征，大自然又是精神的象征。"由于"语言直接依赖自然的这种属性，以及它把外部现象转化为人类生活中某一部分的能力"，所以它"永远也不会失去它感染我们的力量"。⑦ 因为对语言是否能够准确地传达真理抱有怀疑的态度，所以他才说："思想是不能够贮存的哪。"⑧ 他还说过："光有才华不能造就作家。书的背后必须有一个人。"⑨ 换句话说，仅靠语言或形式上的技巧不能造就文学，作家更应当关注的是如何表达真理、传递真实。

最后则是文学的功能问题。爱默生通常把文学看作是作者自我的一种表达，看作是对听众达到某种效果的手段。文学是人为了保障自己不受恶劣条件限制的努力，诗人或者学者应该为普通人带来希望、安慰与快乐。

---

① 《爱默生集》，第 1250 页。

② *Emerson's Ethics*，p. 157.

③ 《爱默生集》，第 20 页。

④ 同上书，第 1242 页。

⑤ David Robinson，Introduction to *Apostle of Culture*：*Emerson as Preacher and Lecturer*，p. 1.

⑥ F. O. Matthiessen，*American Renaissance*：*Art and Expression in the Age of Emerson and Whitman*，Oxford University Press，1968，p. 30.

⑦ 《爱默生集》，第 21、24 页。

⑧ Barbara L. Packer，*Emerson's Fall*：*A New Interpretation of the Major Essays*，The Continuum Publishing，1982，p. 1.

⑨ 《爱默生集》，第 834 页。

"在疾病中，在郁闷中，如果给我们一首诗，或一个深沉的语句，我们便精神焕发；或者给一卷柏拉图或莎士比亚的著作，或者使我们想起他们的名字，我们便顿时产生了一种长生不老的感觉。"① 因为他们是"鼓舞人心的人"，"自己快乐也能给别人快乐的人"，所以"伟大的文学是我们进入一个人的本质能接触到的纯粹快乐的领地"。② 传递快乐是诗人希望感化他的读者的第一种方式。诗歌通过审美的力量、魅力和赋予快乐的能力对人性的道德教化也起到作用。

文学的功能在伟大作家的身上体现得最明显："伟大的诗人使我们感到我们自己的财富，于是我们便不大想起他们的作品。他跟我们心灵的最好的交流就是教导我们蔑视他所做的一切。"③ 因此，"文学的功用就是给我们提供一个高台，我们从上面可以俯瞰我们的现实生活……从狂放的大自然中，从纷杂的事务中，从一种高尚的宗教中，我们可以把文学看得最明白。"④ "艺术接近大自然的伟大：艺术应当使人高兴……它的最高效果就是造就新的艺术家。"⑤ 或者更进一步，"文学在此时此刻所深思熟虑的和努力表达的思想，是人类要通过它所有的才能，依循着真理的楷模，建立起人类生活的准则"⑥，从而"把我们从自己的旧我中解放出来，帮助我们成为新的生命"⑦。布鲁姆曾说，没有其他任何批评家像他那样卓有成效地强调文学的作用，这无疑是十分中肯的。

马西森认为爱默生在文学批评方面的成就可以跟柯尔律治相媲美⑧，实际上包括爱默生在内的整个超验主义流派受柯尔律治的思想影响极深，作为批评家的柯尔律治的独到见解对爱默生的影响也很大。持这种观点的人为数不少，弗兰克·汤普森也是其中之一："柯尔律治触及了爱默生的理

---

① 《爱默生集》，第428页。
② *Emerson's Ethics*，pp. 164 – 165.
③ 《爱默生集》，第437页。
④ 同上书，第451页。
⑤ 同上书，第484—485页。
⑥ 同上书，第1320页。
⑦ *Emerson's Ethics*，p. 159.
⑧ *American Renaissance：Art and Expression in the Age of Emerson and Whitman*，Oxford University Press，1968，p. 27.

智……华兹华斯触及了他的灵魂，从柯尔律治那里爱默生学到了文学批评的艺术，而从华兹华斯那里则学到了抒情诗的艺术。"① 如果我们从文学批评史的角度来看，爱默生还有不少闪光点值得挖掘。比如爱默生对诗人的权力的看法与雪莱在"为诗一辩"中的看法十分接近；爱默生所谓"写作中总是有个准确的词，除了这个词其他都是错的"②，无疑会令读者想起福楼拜的"准确的那个词"（le mot just）；爱默生提出的"创造性阅读"（creative reading）在 20 世纪七八十年代的读者反应批评中又重新出现；而由于爱默生号召一种美国特色的、现代的文学，有时他听起来很像是 20 世纪文学现代主义的主要理论家和实践者。比如艾略特和庞德就会同意爱默生关于诗人使事物变得新颖的观点："诗人通过一种秘而不宣的智力知觉，赋予事物一种力量"。但是爱默生论点的浪漫主义气质最终使他更像现代主义者的敌人而非朋友，当然也有重要的例外（比如斯坦因和弗罗斯特）。③

四 社会批评:现代精神

帕灵顿曾说："超验主义者不管愿意与否，都是他们所处时代的敏锐批评家。他们为缺乏理想而焦躁，他们的生活也因此而成为对致力于物质的扬基世界的公开批判。"④ 作为理想主义者，超验主义者们对社会现实的批评既是情势使然也是他们自觉承担的责任，马西森就说美国文艺复兴作家们的"公约数"是他们对民主潜在价值的贡献。⑤ 帕灵顿称爱默生是"美国当代最敏锐的评论家"，这指的是爱默生除了文学批评以外对社会现实的批评以及他所采取的实际行动，或者换句话说，是爱默生在"用生活体现批评"，因为"新英格兰从未被观察得如此透彻，衡量得如此公正"。⑥

---

① Frank T. Thompson, "Emerson's Theory and Practice of Poetry", *PMLA* 43 (1928): 1174, 1184, 见 *Emerson's Literary Criticism*, ed., Eric W. Carlson, University of Nebraska Press, 1995, p. 197.

② *The Mind on Fire*, p. 115.

③ Vincent B. Leitch, ed., *The Norton Anthology of Theory and Criticism*, W. W. Norton, 2001, p. 720.

④ 沃侬·路易·帕灵顿：《美国思想史：1620—1920》，第 681 页。

⑤ 转引自 Russell J. Reising, *The Unusable Past: Theory and the Study of American Literature*, Methuen, 1986, p. 3.

⑥ 沃侬·路易·帕灵顿：《美国思想史：1620—1920》，第 683、687 页。

　　19 世纪中期的美国是一个"分等级的、冲突的社会，充满了民族冲突和阶级分化。每五个美国人中就有一个是黑人或印第安人；每八个白人中就有一个新来的移民；在城市中心，每年一千美元是中产阶级的平均收入，只有百分之一的人口年均收入超过八百元"。① 爱默生 35 岁时给卡莱尔的信上就说，"我这个收入在我家这儿就是个富有的人了"。② 从小时候在大冷天不得不与兄弟爱德华合穿一件外套，到固定年收入一千多美元，爱默生的经历足以使他对财富和地位的实际作用有清醒的认识。这一时期美国向西部推进，科技的进步、都市化的进程，都使它以日益强大的姿态出现，然而其发展并不均衡，甚至阶段性出现严重倒退。1837 年的恐慌最为典型，新英格兰农业歉收，布鲁克农场、福禄地（Fruitlands）等集体农庄体现了空想社会主义者们试图摆脱困境的努力。超验主义者们一度曾对它们寄予厚望，而爱默生却从一开始就谨慎地与它们保持距离，这不是因为他没有类似的理想或者对此毫不动心，而是他觉得改革应当先从个人而不是社团开始。

　　1836—1856 年是爱默生文学生涯的顶峰时期，他先后出版了《随笔》（1841）、《随笔：第二集》（1844），获得了世界性的声誉，同时接替玛格丽特·富勒成为《日晷》的主编和主要撰稿人之一。这一时期爱默生在学园运动中的影响也日渐突出。学园运动（Lyceum Movement）兴起于 19 世纪 20 年代，由组织者邀请文人、学者举办面向公众的系列讲座，实际上是新英格兰文化世俗化的一个舞台，起到了启蒙与教育民众的重要作用。爱默生是其中一个杰出的代表，差不多每个冬天他都为学园作巡回演讲，先是在新英格兰和纽约，后来范围逐渐扩大到南方的圣路易斯和北方的蒙特利尔，演讲的话题包括"英国文学""哲学史""当前的时代"等。有时候这种演讲给他带来的收入并不多，但演讲给他提供的发展他的思想的机会却是无法估价的。③ 此后在爱默生活跃的四十多年里，他总共作了 1500 次

---

　　① 萨克凡·伯克维奇：《惯于赞同》，第 44 页。

　　② 1838 年 5 月 10 日致托马斯·卡莱尔，见 Joel Porte and Saundra Morris, eds., *Emerson's Prose and Poetry*, p. 545.

　　③ 埃默里·埃利奥特主编：《哥伦比亚美国文学史》，朱通伯等译，四川辞书出版社 1994 年版，第 324 页。

左右的演讲。演讲成了他生活中的主要部分，也是他作为公众知识分子发挥社会影响的一种方式。

1847 年，爱默生再度访问英国，第二年还到当时正在革命的法国作了短暂的停留。回到美国后，爱默生开始作关于英国之行的演讲，后来这些演讲经过修改之后收入《英国人的性格》（1856）一书中。1850 年政府出台了《逃亡奴隶法》，爱默生发表言辞激烈的演讲谴责当时的国务卿韦伯斯特，甚至后来韦氏的死也不能让他的态度有所缓和。爱默生为自由领土党候选人奔走，呼吁同胞尽快推翻这项"肮脏的立法"。同年爱默生出版了《代表人物》，该书收集的是他 1835 年以来所作的关于伟人传记的演讲。1860 年爱默生出版了《生活的准则》，这是爱默生成熟期的作品，实际上也是根据 1850—1852 年的一系列演讲写成。到了 1863 年，爱默生已经深深卷入了战争，成为美国公众生活中不可缺少的一部分了。[①] 他演讲的主题大多是反战的，他认为除非北方明确宣称战争的目的是解放奴隶，否则战争就不是正义的，保持联邦完整并不是战争的充分理由。他坚定不移地认为应当废除奴隶制："我不知道一个野蛮的社会和一个文明的社会怎么能组成一个国家。我觉得我们必须去掉奴隶制，否则我们就要去掉自由了。生活在自由国家和奴隶国家里是不会有同等价值的。"[②]

由于爱默生的正义感和责任感，也由于他当时在新英格兰的地位和影响力，他的演讲无疑起到了振聋发聩的作用。帕灵顿对他的评价是："在那一代人中，他是美国的良知，刺破膨胀气球的人，度量国人的自夸、伪善和欺骗的人。……他的洞察力是不可思议的"，"在变革中，爱默生无声地表达了他对那个时代的新偶像……对黑人奴隶制度和白人，对墨西哥战争和逃亡奴隶法，对麻木的穷人和无情的富豪的看法。他的判断是严厉的，但一直是公正的。他后来的日记储藏了大量的批判性评论，对所有伪善和欺诈的分析都是锐利的，发人深省的。"[③] 爱默生在 1865 年竟然一共作了 77 次讲演，他的传记作者之一艾伦也说："人们这么需要他的原因之一是

---

① *The Mind on Fire*, p. 551.

② *Waldo Emerson: A Biography*, p. 585.

③ 沃侬·路易·帕灵顿：《美国思想史：1620—1920》，第 687 页。

他已经被称为国家的良心——至少在北部和西部是如此。"①

　　爱默生曾说："亚洲、非洲和欧洲，是古老，腐败，邪恶。……我出生在美国，比之在大地上呼吸的任何其他民族的荣誉，这是更值得选取的一件礼物。""我对美国的评价"，他坦白说，"既是一切又一无所有"。在美国之外，一无所有：那是内化了的使命，被塑造成自我的化身。而由于爱默生拒绝放弃希望，因为对他来说，自我是精神的中心和圆周，他把一切给了美国。"抱怨美国生活单调的人，"他断言，"都没有认识到它的命运。他们不是美国人。"他们没有看到美国是"一个丰富的花园……一个力量的储藏库……这就是伊甸园里的人；这就是创世记和出埃及记"，这也将是启示录。② 由此可见，布鲁姆称爱默生是"美国的摩西"不是没有道理的。"他对那轻率的一代人所说的话是最明智和勇敢的。他从未动摇，从未妥协；这个理想的预言家以冷静和敏锐的洞察力面对现实，并解说现实的真谛。"他当之无愧是"新英格兰人中的新英格兰人，是清教徒中的清教徒"③。

五 "认识你自己"：爱默生的影响

　　布鲁姆在1993年的一次访谈中说"爱默生就是上帝"，这显然是走了极端，不过，爱默生之后的美国文学史上真正有影响的作家要么热烈地崇拜他，要么极力地反对他，而前者恐怕占了绝大多数，理查德·波里尔甚至宣称"在许多方面爱默生就是美国文学"。④ 布鲁姆说，每次他跟诗人、小说家罗伯特·潘·沃伦一起吃午饭，沃伦都要把爱默生指责为"魔鬼"。⑤ 然而，有些批评家认为，爱默生之前没有真正的美国文学，而他的存在影响了他之后所有美国作家的写作，这倒并没有夸大其词。⑥ "爱默生

---

① *Waldo Emerson*：*A Biography*，p. 626.

② 萨克凡·伯克维奇：《惯于赞同》，第59页。

③ 沃侬·路易·帕灵顿：《美国思想史：1620—1920》，第696页。

④ Richard Poirier，"Is There an I for an Eye?"，Lawrence Buell，ed.，*Ralph Waldo Emerson：A Collection of Critical Essays*，Prentice - Hall，1993，p. 134.

⑤ "The Sage of Concord"，*The Guardian*，May 24th，2003.

⑥ *The Norton Anthology of Theory and Criticism*，p. 720.

之后还没有人能担起刻画美国人的美国特质的重任而不回到爱默生那里的，尽管他们经常并没有意识到这一点。"① 伯克维奇也说："爱默生也许是最清楚的一个例子。没有人能比他为个体提出更大的要求；没有人能比他对美国文学传统发生更大的影响；没有人能比他更核心地体现美国浪漫派的这个性质；没有人能比他更激烈地痛斥美国的非正义；没有人能比他更坚决地捍卫文化的形而上学。"②

也许《不列颠百科全书》对爱默生的评价可以说是恰如其分的："一度光芒四射的超验主义随着时光的流逝而暗淡，他以个人为中心的精神基础也大部分让位于现代的存在主义，他陶冶内心世界的主张则已被集体主义和物质主义的社会所忽视，但他的人文主义理想却永远使人感到新颖。他曾探讨过的重大问题也继续在向我们挑战，而他设想过的解决办法从历史角度来看也令人肃然起敬。他的作品广泛流传，影响极大。19 世纪和 20 世纪的文化名人如尼采、梅特林克、柏格森等就公开承认从他那里得益匪浅。总之，他是美国超验主义运动所产生的具有世界性影响的作家。"③

不论生前还是身后，爱默生的影响都是深远的，从"上帝"到"魔鬼"这两个极端的评价当然也能够说明这一点。詹姆斯·克拉克曾说起他与玛格丽特·富勒一起去听爱默生的布道："我们都惊讶于他话语中流露的宁静、甜美和纯净的思想之流。"富勒写给哈里特·马蒂诺的信中也谈到了爱默生对 19 世纪三四十年代年轻的超验主义者们的影响："你问我爱默生先生的布道给我带来了什么样的好处。我的回答是，他的影响比任何美国人对我的影响都大，在他的身上我第一次明白了什么叫作内心的生活。"④ 年轻的索非亚·皮博迪在给姐姐的信里说："我觉得爱默生是最伟大的人，是活着的最完整的人……他是真正的'超越的景象'。我常想上帝和天使们看着他一定很高兴。"⑤

---

① "The Sage of Concord", *The Guardian*, May 24th, 2003.

② 萨克凡·伯克维奇：《惯于赞同》，第 57 页。

③ 《不列颠百科全书（国际中文版）》第 6 卷，中国大百科全书出版社 1999 年版，第 52—53 页。

④ David M. Robinson, "The Sermons of Ralph Waldo Emerson: An Introductory Historical Essay", *The Complete Sermons of R. W. Emerson*, Albert J. Von Frank, et al., eds., vol. 1, Columbia: University of Missouri Press, 1989, p. 16.

⑤ *The Mind on Fire*, p. 524.

　　爱默生的另外一些朋友则完全是他的信徒，他们在阅读爱默生作品的过程中找到了自我。约翰·阿尔比在某个书店里打开《代表人物》读了几页，"变得越来越激动，直到再也读不下去……那几页打开了一场完全的革命，我不再是原先进入书店的那个我了"。蒙丘尔·康韦在读"历史"的一个刹那间想知道"我到底是谁？"他说不清是什么使得他如此感动，但无疑他已经经历了一次启示，"瞥见了熟悉的天空外的苍穹"。于是，他开始认真研读爱默生的作品，他决心要成为一名牧师。① 路易莎·阿尔科特回忆说她曾收到一封遥远的西部来的信，一位女孩问她该读些什么书来养成自己高贵的性格。而当路易莎问她最想要什么书的时候，她回答说，"爱默生的全部书籍，他对我的帮助最大"。②

　　乔治·桑塔亚纳说得好，爱默生一直是"那些住在心灵中的人的朋友和帮助者"，"如果他不是最亮的那些星星中的一颗，那他肯定也是哲学天空中的一颗恒星"。③ 爱默生自己有一次曾说，尽管他宣教了三十年，却没有一个追随者，因为他的目的不是使人们转向他，而是使人们转向他们自己；他的学生对他的最大恭维就是最终离他而去。正如惠特曼所说："爱默生主义的最大优点就在于它培养出最终会摧毁它自身的巨人。"④ 不过，也许布鲁姆对爱默生阅读蒙田等人的方式的评价算得上是真正领会了爱默生的意图："我最喜欢的是爱默生的方式，不论在哪里找到，把属于你自己的找回来。"⑤

---

①　*The Mind on Fire*, pp. 511 – 512.

②　Ronald A. Bosco & Joel Myerson, eds., *Emerson in His Own Time: A Biographical Chronicle of His Life, Drawn from Recollections, Interviews, and Memoirs by Family, Friends, and Associates*, University of Iowa Press, 2003.

③　George Santayana, "Emerson", Joel Porte and Saundra Morris, eds., *Emerson's Prose and Poetry*, p. 639.

④　埃默里·埃利奥特主编：《哥伦比亚美国文学史》，朱通伯等译，第 312 页。

⑤　"The Sage of Concord", *The Guardian*, May 24th, 2003.

第二章

《汤姆叔叔的小屋》与南北方问题

本章研究美国政治话语中宗教语言和意象的渗入。这种渗入，使本来纯粹世俗的利益冲突被描绘成上帝与撒旦、正义与不义、光明与黑暗之间《圣经启示录》般的善恶大决战。笔者将这一渗透过程的起始点追溯至1862 年，即南北战争第二年。在这一年，林肯邀请了《汤姆叔叔的小屋》的作者斯陀夫人访问白宫；也是在这一年，林肯签署了《哥伦比亚特区解放法案》（1862 年 4 月）《初步解放宣言》（1862 年 9 月 22 日）和《解放宣言》（1863 年 1 月 1 日）。斯陀夫人的小说对南方的描绘，非常有利于此时林肯开始从宗教上把南方定义为上帝的敌人的社会动员策略。在林肯1862 年前后所签署的联邦政府文件和所发表的演说中，宗教语言和意象越来越明显。这与自独立战争以来美国国家政治文献和总统就职演说中的那种具有 18 世纪世俗理性主义特征的语言非常不同，例如 1776 年的《独立宣言》、1781 年的《邦联条例》、1787 年的《美利坚合众国宪法》等。南北战争期间国家政治话语之所以发生这种微妙的变化，是因为北方感到这场针对南方的战争在合法性上遇到了危机，而北方军队此时在战场上的接连失利也说明了这一点。北方必须为这场战争找到一种更有宗教色彩的合法性，为此，就必须把这场本来以维护联邦统一为目标的内战转变为一场至少名义上以解放黑奴为目标的圣战。《汤姆叔叔的小屋》在北方取得对南方的胜利后，就随即失去了作为国家神话一个组成部分的价值，甚至只能唤起南方和北方之间的痛苦记忆和仇恨。不过，1862 年到 1865 年间的那种《圣经启示录》般的国内政治话语却残留了下来，沉淀在美国的国际政治话语的深处。

一

　　哈里特·比彻·斯陀于 1862 年应总统亚伯拉罕·林肯之邀访问白宫。她从北方新英格兰地区一路南下，前往位于交战线附近的首都华盛顿。这一年她 51 岁，是一个满身病痛的小个子北方妇人。她可能会把总统的这次召见理解为总统的一时心血来潮。使她名传遐迩的那本小说，不过是她十年前的作品；何况，此时，与南方的战争已进入第二个年头，本来占尽军事优势的北方军队自开战以来却连遭败绩。在白宫，总统皱着眉头翻看着前线的战况报道和后方的骚乱消息，围绕在他身边的，是一大群一筹莫展的将军和参谋人员，而在白宫外，在那些自迁都以来一直来不及铺设砖石路面的泥泞街道上，熙熙攘攘地行走着开往南方的北方军队和从南方逃来的黑奴，全都显得疲惫不堪、精神涣散。在这种并不轻松的时刻邀请一位女作家来白宫，显然不是为了在茶桌上谈谈文学。林肯正在酝酿一个后来使他获得了"伟大解放者"的美誉的计划，一个将改变眼前这场打得颇不顺手甚至颇为难堪的战争的性质的计划。

　　当斯陀夫人被迎进白宫时，正在为战事发愁却仍不失幽默感的总统对她说的头一句话是："原来你就是那位写出那本引发了这场战争的书的小妇人！"他指的是 1852 年出版的《汤姆叔叔的小屋》。把一场已经打了一年多的残酷内战的起因归结为一个小妇人十年前出版的一本小说，这看起来是一种言不由衷的恭维，尽管后来的文学史家一谈到这本小说，必定引用这句说得非常漂亮的话。但这句话决不是林肯灵机一动随口说出来的，它的真实用意远比恭维或者幽默复杂得多。实际上，它是林肯为改变这场已经在战场上和合法性上面临双重危机的北方对南方的战争的性质而进行的一系列意识形态策划中的一环。1862 年的林肯考虑的不是文学，而是如何取得战场上的优势，要达到这一目标，就必须为这场战争找到一个神圣的理由，而不仅仅是"维护联邦的统一"。换言之，必须将这场世俗的内战转变成一场具有宗教意味的圣战，才能动员北方的一切社会力量和南方数目庞大的黑人，以此来瓦解南方政权的群众基础和经济基础。林肯邀斯陀夫人来白宫，与他签署《哥伦比亚特区解放法案》《初步解放宣言》和《解放宣言》是在同一时期，这并非偶然。

这场在 1862 年后被称为"解放战争"的南北战争，在战争爆发的 1861 年，并不以解放南方黑奴为目标，甚至根本没有将解放黑奴列入战争议程。林肯政府不想触动自 17 世纪以来就已形成并且被 1787 年《美利坚合众国宪法》所确认的南方奴隶制。他考虑的是如何维护这部宪法所取得的政治成就，即一个建立在联邦法律至上主义基础上的统一的联邦国家。宪法史家查尔斯·比尔德和 J. 艾伦·史密斯分别在著作《美国宪法的经济解释》和《美国政体的实质》中，把 1787 年的宪法看作是有产者维护自身经济利益的政治行为，是对民主理念和体现于 1776 年《独立宣言》中的自由精神的反动。作为国家多事之秋时期的总统，林肯的情感是一个联邦党人的情感。他像 1787 年费城制宪会议上的联邦党人一样，把维护联邦统一和联邦政府权威当作自己的职责，甚至为此不惜断送反联邦党人通过《权利法案》（宪法修正案前十条）所取得的公民个人自由权，如中止"人身保护令"，逮捕对其政策持异议的人。当他于 1861 年 4 月宣布对南方开战时，他是为了以武力把分裂出去的南方重新纳入联邦的版图，而不是黑人的自由。对他来说，自由这个字眼过于微妙，南方不正是以自由为旗帜宣布从联邦脱离的吗？使林肯由汉密尔顿主义者（国家分裂时期的总统必定是一个国家至上主义者或联邦主义者）在 1862 年突然间变成一个表面的杰弗逊主义者的原因，是这场本来以联邦重新统一为战争目标的内战从一开始就遭遇到了始料未及的合法性危机。

南方与北方之间的分裂并非始于 1861 年，因为早就存在南方与北方两个不同的美国。至少在战争爆发前的四十年，北方与南方就已形成一条泾渭分明的经济和政治分界线，大致沿 1820 年《密苏里妥协案》第八款所注明的北纬 36°30′一线划定，其北边为自由区，以工商业经济为主，其南边为蓄奴区，以种植园经济为主。经济史家吉尔伯特·C. 菲特和吉姆·E. 里斯在他们合著的《美国经济史》一书中谈到南方与北方不同的经济形态时说："在南北战争以前，双方基于各自的经济发展类型滋长了相当强烈的地区意识。南部的农业占优势，把奴隶制视为种植园经济必要的组成部分。在北部，农业是主要经济活动之一，但工业和贸易也愈来愈重要。南北双

方沿着不同的经济道路向前发展。"① 实际上，南方和北方不同的经济形态
和地方意识从 17 世纪初最早的两批英国殖民者分别在北美大陆东海岸的北
边和南边登陆的那一刻起，就已经体现出来：1607 年在南方的詹姆斯敦登
陆的英国殖民者建立了南方第一块殖民地，主要以种植业为主，而 1620 年
在北方的普里茅斯登陆并建立北方第一块殖民地的那批英国清教徒则由于
当地土地贫瘠而转向发展工业和贸易。种植业需要大量廉价劳动力，南方
很快就开始使用从非洲西海岸或西印度群岛贩运来的黑奴，形成了与南方
经济形态相适应的奴隶制生产关系。北方决不会错过利用奴隶贸易赚钱的
机会，它的造船厂很快就制造出北美大陆第一艘大型贩奴船（"希望号"），
为南方的奴隶市场提供货源。南方制造不出这种贩奴船，因为它不像北方
那样具有雄厚的制造业。到南北战争爆发前的 1860 年，北方的制造业已占
全国制造业的 90%。但这些粗糙的北方工业制品却难以进入欧洲市场和南
方市场，因为那时西欧各国的制造技术（尤其是精工产品）远远领先于美
国，而且成本价格更低，而南方的大种植园主要以手工劳动为主，也不怎
么需要北方的机器。就日常消费品而言，南方贵族化的种植园主不屑于使
用北方粗劣的制品，宁可远道从欧洲购买服装、瓷器、家具、书籍以及其
他高质量奢侈品，甚至直接从欧洲（主要是德国和意大利）雇手艺人来修
建别墅、布置庭院、装饰房间，等等，② 而种植园出产的大量茶叶、棉花和
烟叶则主要销往英国。

　　北纬 36°30′ 这条无形的线，使北方成了一个几乎封闭的市场。此外，
这条线还是一条具有均衡意义的政治分界线，北方是共和党的天下，而南
方是民主党的天下。南北双方各有数目相等的州，这意味着它们在参议院
拥有数目相等的席位，尽管人口更多的北方在众议院的席位要多于南方。
对于南北战争的起因，美国史研究者们一向众说纷纭，但把它说成是南方
奴隶制的邪恶激起了北方的普遍道德义愤，却可能非常勉强。实际上，对

---

① 吉尔伯特·C. 菲特、吉姆·E. 里斯：《美国经济史》，司徒淳等译，辽宁人民出版社 1981 年
版，第 330 页。

② 这方面的材料，参阅如下著作：Thorstein Veblen, *The Theory of the Leisure Class: An Economical
Study of Institutions*, New York: Vanguard Press, 1935; Gordon S. Wood, *The Radicalism of the American Revo-
lution*, New York: Knopf, 1991; 维尔纳·桑巴特：《奢侈与资本主义》，王燕平等译，上海人民出版社
2000 年版。

北方的决策层来说，到 1862 年，也就是战争已打了一年多而北方却胜少负多的时候，奴隶制问题才作为北方试图扭转战场局势而采取的一种策略进入林肯政府的议程。如果把南方奴隶制理解为对北方工业经济的一种市场限制，而不是一种邪恶，即理解为一个经济问题，而不是道德问题，那么奴隶制一说才站得住脚。北方没有建立奴隶制，是因为北方的工业经济需要自由流动的廉价劳动力，而奴隶制却把劳动力终身拴在土地上。北方从自身经济的考虑反对奴隶制，但这并不意味着奴隶制不以变相的形式存在于北方的政治生活和社会生活中。并非偶然的是，在 1787 年费城制宪会议上讨论未来的众议院席位分配时，南方代表坚决要求把黑奴计算在选区人口中，而北方代表则坚决反对给予黑奴以这种哪怕是名义上的公民权：由于南方的总人口少于北方，而且黑人在南方人口中又占很大一部分，因此，若把黑奴计算进选区人口，南方在众议院里就能获得与北方大致均衡的席位，而这正是北方所担心的。南方与北方在这一问题上的妥协结果，变成了 1787 年宪法的第一条第二款的内容，即每个黑人被折算成 3/5 个白人计算进选区人口。这种奇怪的折算方式，说明黑奴问题对这个时代的南方和北方来说都不是一个道德问题，而是一个经济和权力问题。实际上，除了南方实行奴隶制经济而北方实行自由经济制度外，在社会生活、道德生活和政治生活中，南方与北方对待黑人的态度并没有什么太大的不同。如果说南方对黑人是一种制度性歧视的话，那么北方对黑人就是一种社会性歧视。T. W. 阿多诺和其他流亡美国的法兰克福学派成员在 20 世纪 30 年代对美国的反犹主义进行研究后得出了一个与此相似的结论（见《权威人格》），认为美国的反犹主义甚至超过纳粹德国的反犹主义。①

至少，1862 年前的林肯对南方奴隶制采取的是一种不干涉政策，例如他在 1861 年 3 月的就职演说中再次明确表示自己无意干涉南方奴隶制。因此，南方诸州迅速作出的对立反应，宣布脱离联邦，就不是因为作为南方经济支柱的奴隶制受到了威胁，而是因为刚刚取代民主党布坎南政府的林

---

① Martin Jay, *The Dialectical Imagination*, Boston：Little, Brown, 1973, p. 162. 法兰克福学派成员对美国的反犹主义的看法，基于他们自己在美国的日常体验以及经验性研究得出结论，如庞大的"偏见研究"计划，其中阿多诺主编的《权威人格》（T. W. Adorno, *The Authoritarian Personality*, New York：Harper & Brothers, 1950）占最重要的分量。

肯共和党政府根据《莫里尔法案》宣布提高关税税率，对进出口商品课以高额关税。南方经济虽然是奴隶制农业经济，却高度依赖进出口，而北方经济虽是以工商业为主的自由市场经济，其市场却局限于北方本地。这就是北方的共和党政府为什么执行一项有悖于自由主义市场经济原则的关税政策的原因。提高关税税率，增强了北方工业制品的市场竞争力，但却直接损害了南方各州的经济利益，因为这意味着南方的出口商品的竞争力的降低和进口商品的价格上升。南方种植园主们有充分的理由把这种政策视为"北方佬儿"对南方的经济入侵。最南部的南卡罗来纳州是南方各州中最早预感到南方经济命运的州，所以当林肯当选的消息在1860年11月间传到该州时，当地分离主义者就开动组织机器，于次月20日使该州脱离联邦。紧随其后，在1861年头两个月里，有六个州宣布脱离联邦，后来又接连有六个州采取了相同的行动，并在蒙哥马利城设立一个与联邦政府分庭抗礼的南方邦联政府。作为脱离联邦的一个具有象征意味的军事步骤，南方军队于1861年4月派兵包围联邦军队把守的萨姆特要塞，对它进行炮击。

　　林肯在1861年3月4日正式就任总统时，面临的就是这种南北开始分裂、联邦政府权力已遭极大削弱的局面。作为共和党温和派人物，林肯一开始想以牺牲南方黑奴的利益来与南方蓄奴州达成妥协，以保住联邦的统一。虽然林肯坚决反对种植园主把蓄奴制扩散到尚未加入联邦的西部和西南部的新领地去，但很难说他这个时候是一个废奴主义者。历史家小阿瑟·施莱辛格在他主编的《美国共和党史》中引用了林肯谈到种族问题时的一句非常出名的话，来说明林肯在这个问题上"不可能走得更远，时代的一般偏见使他不可能超越这个限度"。这句在不该幽默的问题上也不放过幽默的机会的话是：虽然黑人也许不是在所有方面都与白人平等，"但在把他亲手赚来的面包塞进自己嘴里的权力上，他与任何人都是平等的，不管是白人还是黑人"。[①] 这种有限度的平等观，使他在就职演讲中再次向南方白人保证，他对他们并不怀有敌意，只是宣称南方脱离联邦是非法的。问题似乎归结到南方脱离联邦的行为是否合法或者合宪上了。林肯依据的是

---

　　① 小阿瑟·施莱辛格主编：《美国共和党史》，复旦大学国际政治系编译，上海人民出版社1977年版，第107页。

基于联邦主权说的 1787 年宪法，但主张州主权说的南方分离主义者则完全可以依据 1781 年的第一部美国宪法，即被费城制宪会议于 1788 年废除但此前却获得了南北所有各州立法机关批准的《邦联条例》（*Articles of Confederation*），不仅认为联邦政府无权干涉各州的内部事务，而且从州主权说和契约说的角度认为各州有权自行决定是否留在联邦。仅仅从宪法上争论孰是孰非，肯定得不出一个结果，因为存在着两部宪法，而从合法性或合宪性来说，1787 年宪法本身就令人质疑，它废除了一部当初为所有各州所认可的宪法，而它自己在成为联邦宪法时只获得了九个州的同意。

此外，南方和北方的分裂，虽然在 1862 年前并不明显表现为宗教上的分裂，但宗教在南方与北方各自的社会生活中所占的分量却极不相同。北方（尤其是新英格兰地区）是宗教情感浓郁的地区。1620 年乘坐"五月花号"船从英国移民到北方的那一批"朝圣之父"（Pilgrim Fathers）早就塑造了新英格兰地区严厉的清教主义气质。作为"美洲第一份绝对民主"①的政治文献，他们所订立的《五月花号公约》具有浓厚的宗教气息，开头就祷告道："以上帝的名义，阿门。"自那以后，两百多年来，在这片教堂林立、到处是宗教团体的北方土地上，总是时不时地爆发出一阵阵宗教狂热，例如烧死女巫、驱逐宗教异端，等等。新英格兰人把自己的尘世生活当作是一次漫长的充满考验的朝圣之旅，这使得他们的宗教想象力非常接近于 17 世纪英国清教徒作家约翰·班扬《天路历程》（*The Pilgrim's Progress*）中的朝圣者，其思维是隐喻性的，如该书开头部分的《辩辞》所说，充满了"隐喻""黑色的意象和寓言"以及"光亮和光线"，以此来"陈述真理""把黑沉沉的夜变成白昼"。②这种黑白色调尖锐对立的宗教想象力，如果局限于内在宗教生活，可能会造就一些即便性格狭隘然而高尚的人，倘若进入社会生活，则会引发零星的宗教迫害事件，而若进一步渗进政治生活，则必定导致《圣经启示录》中那种具有善恶大决战色彩的血与火的大灾难。清教的这种严厉性，在于它执意于自己所定义的那种尽善尽美，但政治和社会生活若以"尽善尽美"为目标，而不容忍历史、现实或无论

---

① Harold Underwood Faulkner, *American Political and Social History*, New York: F. S. Crofts, 1943, p. 28.

② John Bunyan, *The Pilgrim's Progress*, New York: Airmont Publishing, 1969, p. 12.

什么因素导致的不完美状态的存在，反以激烈的方式加以"清洗"（"Puri-tan"这个名称本身就来自动词"purify"），那势必引发社会性的迫害、不义和动乱。

好在最初塑造美国政治生活和政治格局的那些人，不是北方新英格兰地区的清教徒，大多是具有18世纪启蒙时代理性主义精神的南方人。他们是一些冷静的现实主义者，而这个群体中来自北方的那些政治家，如马萨诸塞州的约翰·亚当斯、费城的本杰明·富兰克林、纽约的亚历山大·汉密尔顿，也具有同样的冷静气质。不管美国建国之父们之间对国家政治结构的见解有多大差异，他们都没有把宗教因素和宗教狂热带入这一时期的政治生活。1787年费城的制宪会议大厅不是一个教堂，更像是一座民事法庭。代表们更乐于就技术细节问题进行讨论、争辩，而避免过多地涉及原则问题。《联邦党人文集》和《制宪会议记录》中收录的论辩文字，都体现了这一风格。

从某种意义上说，主要是南方，而不是北方，更不是北方新英格兰地区，才真正塑造着1862年前美国的政治生活特征。尽管位于马萨诸塞州的哈佛大学在后来的校史上强调"先有哈佛，后有美国"，但时间上的"先"并不等于它在当时国家政治生活中的分量；此外，从时间上看，南方的詹姆斯敦的建立，也比北方的普里茅斯的建立早13年，而弗吉尼亚的威廉—玛丽学院的建校时间也仅比哈佛学院晚57年。我们应该习惯于把诸如哈佛校史中的这类夸大北方历史作用的描述，看作是北方在业已取得对南方的政治优势后对美国历史的一种有利于北方的重写，而北方的政治优势恰恰是在1862年后开始获得的，到战争结束的1865年，北方已经把南北美国的整个经济资源、政治资源和文化资源悉数垄断在自己手中了。从南方的历史起源看，1607年从英国移民弗吉尼亚殖民地的那一批英国人，主要是英国弗吉尼亚公司的商人，他们从一开始就使南方的世俗色彩远胜于宗教色彩。历史家丹尼尔·布尔斯廷在描绘了新英格兰地区严厉的清教气质后，谈到弗吉尼亚的精神风貌，说完全是另一番景象，这里没有理想主义的激情，没有主教，没有宏伟的规划，"有的只是为移植各种机构和制度所作的平凡的努力……弗吉尼亚人头脑里想的是按照正常运行的社会的实际特征糅合而成的模式：这个模式就是英国，特别是17、18世纪田园式的英国"，但当他说"只有事后的阴差阳错才使殖民地时代弗吉尼亚的政治体制成为美国民主平权的萌芽"时，就显示出这位曾任国会图书馆负责人的历史家对北方的历史偏爱了，尽管他是一个南方人，一个不再存在南方意识的时代里的南方人。①

殖民地时代南方人的务实的现实主义气质，使他们能够成为政治家，而不是宗教狂。很难想象一大群新英格兰牧师会以怎样一种方式创造美国政体。签署 1776 年《独立宣言》、领导美国独立革命、制定 1781 年《邦联条例》和 1787 年《美利坚合众国宪法》的人，主要来自南方，如弗吉尼亚州的乔治·华盛顿、托马斯·杰弗逊和詹姆斯·麦迪逊，他们三个后来都先后当了总统，形成了所谓"弗吉尼亚王朝"。此外，更能体现这一代"建国之父"（Founding Fathers）的冷静气质和理性主义色彩的是他们的职业。这是北方清教徒最反感的一种职业。据罗伯特·A. 弗格森的统计，"《独立宣言》的 56 位签名者中，有 25 名是律师；制宪会议的 55 位代表中，有 31 位是律师。"② 这多少能够说明他们所撰写、签署和颁布的那些政治文献何以具有如此突出的律师文本风格，几乎看不到一丝宗教色彩。例如，当杰弗逊将《独立宣言》的草稿交给亚当斯过目时，后者只改动了第一句，把"我们认为这些真理是神圣而不可否认的"改成"我们认为这些真理是自明的"，大概他觉得在这篇严肃的文献里夹杂一个"神圣"，只会有伤于它的现实主义风格，而且令人起疑。

这些建国者在塑造国家政治生活格局时特别提防宗教狂热和语言暴力的渗入，以致《独立宣言》这部宣示脱离英国统治的文献看起来更像是英国国王乔治三世的一份政治负债表，而不是一篇战争檄文。它不借助于隐喻、夸张、明暗对比以及宗教意象，而是干巴巴地一项项罗列乔治三世的实际罪状。苏珊·邓恩在对美国独立革命和 1789 年法国大革命进行对比研究时发现，"法国煽动性的革命语言不仅震动了社会，最后甚至还震动了理性本身的根基……然而，对大多数美国人来说，美国革命的推动并非来自

---

① 丹尼尔·布尔斯廷：《美国人：开拓历程》，中国对外翻译出版公司翻译，三联书店 1993 年版，第 109、124 页。

② Robert A. Ferguson, *Law and Letters in American Culture*, Cambridge：Harvard University Press, 1984, p. 11.

于对力量的信仰，而是来自于对严密的甚至是冗长乏味的国会程序的忠诚"。① 卡尔·贝克尔也持这种观点，例如他谈到杰弗逊的文风时说："人们很难想象，杰弗逊会举起手臂用颤抖的声音激动地喊出'不自由，毋宁死'的壮语来。我能想象他会说：'勇敢的精神让我们宁为自由人而死，不为奴隶而生。'这种句子不大会让我们激动地从座位上站将起来，尽管我们可能会夸赞演讲措辞的巧妙。"② 按约瑟夫·J. 埃利斯的说法，作为"苏格兰人的私生子"的汉密尔顿（出生于西印度群岛）是这一代人中唯一喜欢使用人身攻击的恶毒语言的人，这直接导致当时的副总统、饱受他的人身攻击的亚伦·伯尔与他在 1804 年进行决斗（虽然他们之间并无好感，但交恶的政治原因却是汉密尔顿极力以联邦政府接管各州债务为诱饵来强化联邦政府权力，得罪了南方那些主张州主权的人）。在纽约哈德逊河对岸一处悬崖的狭窄平台上，汉密尔顿中了伯尔射来的致命一枪，不日死去。埃利斯把汉密尔顿与伯尔最终走向决斗，看作是"美国独立战争那一代中占主流的非暴力对抗模式的一次短暂崩溃"（套用此说的话，那南北战争可以说是这种传统模式在国家政治而非私人交往上的一次短暂的总体崩溃），而对那一代人的绝大多数人来说，则"找到了持续的辩论或对话的方式，以这种方式包容了他们之间的争论的爆炸性能量，而且，此种辩论或对话最终因政党的创建而被制度化了，而且变得安全了"。③ 这些律师甚至在成为政治家之后，也没有忘怀自己的律师本能。既然是辩论或者对话，那么就会使用一种非隐喻性的语言，而这个时期以及稍后的时代，在北方清教主义盛行的新英格兰地区，却滋生着一种极大地影响着当地精神生活的文学和政治上的浪漫主义，它的语言风格是隐喻性的，不是律师的语言，而是诗人、道德家和宗教狂的语言，或者说是一种乌托邦语言，但它还尚未进入国家的政治话语。

　　《独立宣言》的现实主义风格在 1781 年《邦联条例》和 1787 年《美

---

　　① 苏珊·邓恩：《姊妹革命：美国革命与法国革命启示录》，杨小刚译，上海文艺出版社 2003 年版，第 131—132 页。

　　② 卡尔·贝克尔：《18 世纪哲学家的天城》，何兆武译，三联书店 2001 年版，第 306 页。

　　③ 约瑟夫·J. 埃利斯：《那一代：可敬的开国元勋》，邓海平等译，中国社会科学出版社 2003 年版，第 46、16 页。

利坚合众国宪法》中得以延续。这些政治文献的起草者和签署者都遵循托马斯·潘恩 1776 年说过的一句话："在美国，法律才是国王。"所以，1781年《邦联条例》只在结尾处出现一句"世界的主宰"，似乎是指上帝，而其开头部分则像一份契约："新罕布什尔、马萨诸塞湾、罗德岛及普罗维登斯种植园、康涅狄克、纽约、新泽西、宾夕法尼亚、特拉华、马里兰、弗吉尼亚、北卡罗来纳、南卡罗来纳以及佐治亚，上述各州结成邦联和永久同盟，兹订立条例如下。"① 而 1787 年宪法则以完全世俗的风格写道："我们合众国人民，为建立一个更完善的联邦，树立正义，确保国内平安，提供共同防御，增加公共福利，并保证我们自身和子孙后代永享自由的幸福，特制定美利坚合众国宪法。"

二

1781 年《邦联条例》的目的是把独立后的十三州组成一个松散的联合体，但强调"各州均保留其主权、自由与独立"（第二款），总统和中央政府的权限受到极大限制，几乎成了挂名的象征，致使中央政府在处理危机时显得极其无力。这份条例充分考虑了殖民地当初处于英国控制下的无权状态，不愿看到另一个强大的政府来过分干涉自己的自由。该条例第十三款以法律的形式把用鲜血换来的自由主权固定起来："各州必须遵守邦联条例的全部条款，不得违反，联合体必须永久存在；除非联邦议会批准，并随后由各州立法机构予以认可，否则任何时候都不得改动其中任何条款。"1787 年的宪法之所以被认为违宪，正在于它违反了《邦联条例》第十三款的规定，也违反了作为该条例灵魂的州主权理论。联邦政府要维护联邦的统一，就必须以联邦主权说取代州主权说。

南北战争期间的北方政府（联邦政府）与南方政府（邦联政府）分别把自己的合法性源头追溯到 1787 年《美利坚合众国宪法》和 1781 年《邦联条例》。南方邦联议会甚至在南方脱离联邦的当年还以《邦联条例》和《美利坚合众国宪法》为蓝本颁布了一部新宪法（《邦联宪法》），其开头部

---

① James Bryce, *The American Commonwealth*, New York：The MacMillan, 1912, p. 700.

分与1787年宪法雷同，但出现了"上帝"字样："我们，邦联之国民，基于主权和独立，为创立一个永久政府，维护正义，确保国内和平，并谋求国民及其子孙后代永享自由，今在万能上帝的帮助和指导下，郑重宣布制订邦联宪法。"出任邦联总统的杰夫逊·戴维斯在1862年就职演说中为南方脱离联邦提供了法律上的说明："合众国政府已经落到部分地区的大多数人手中。那些人将会滥用万众最神圣的信仰，毁灭他们曾经宣誓保卫的各种民主权利。我们的人民已经意识到继续留在合众国，便意味着将要长期忍受无意义的偏袒，将要被迫屈从与他们利益不相一致的东西，而一个自尊的民族是无法忍受这一切的……革命先辈们开创了一个独立自主的各州自发组成的合众国，庄重地用法律条文写下了他们的目标。如今这一切都已经被那些人滥用。他们只要独断的权力而不要民主的权力，他们只尊重自己的意愿而不遵循法律。那个政府已不再为它受命之初的目标而奋斗了。"① 显然，对南北双方来说，不论它们各自依据的是哪一部宪法，它们都不具备充分的合法性。

甚至连"自由"这个字眼，也难以成为合法性的依据。要是我们看到这个字眼如此密集地出现在《邦联宪法》、戴维斯的演说以及南方作家们的著作中，那我们不必惊讶，因为同一个字眼也同等密集地出现在林肯的演说、废奴主义者的小册子以及诸如斯陀夫人《汤姆叔叔的小屋》等作品中。当同一个本来激动人心的词语出现在对立的两种意识形态话语中，尤其是当这个词语具有同等抽象的意义时，就产生了一种自我抵消的作用。这恰恰是南北战争开始第一年的情形。1862年前的林肯还没有意识到赋予"自由"以某种具体含义时这个词所具有的巨大社会动员能量，甚至为了维系联邦的完整还在1861年就职演说中保证"无意干涉奴隶制"，温情脉脉地对南方人说"我们不是敌人，而是朋友"。就职演说的如下一段文字最能显露林肯对北方发动的这场战争在合法性上的不自信："在我们目前的分歧中，难道双方都没有信心认为自己是站在正确的一边？如果代表永恒真理和正义的全能上帝站在你们北方一边或者站在你们南方一边，那么，经过美国人民这个大法庭的裁决，真理和正义定将普照天下。"尽管这一段话并

---

① J. 艾捷尔主编：《美国赖以立国的文本》，赵一凡等译，海南出版社2000年版，第283页。

不像它乍看上去那么具有实际意义（实际上，它显得非常空洞），但其中出现了一种重要的表述方式，即"站在正确的一边"。虽然对哪一方究竟站在正确的一边，他还没有十分的把握，但这种表述方式具有一种潜在的可怕的隐喻力量。到 1862 年，当北方在战事上处于不利局面时，林肯突然感到自己不得不使用这种力量，把此前一直不怎么为他关心的黑奴问题置于南北战争合法性的最前沿，使一场本来为维护联邦统一而发动的世俗战争转变为一场针对南方奴隶制的具有基督教色彩的"圣战"（crusade）。在一种以隐喻为特征的宗教想象力的作用下，北方白人的福音教派终于与南方黑人的基督教达到了象征上的契合。

这种转变与北方当时面临的战场形势有关。在此之前很长一段时间，林肯对黑奴的态度摇摆不定，例如他在 1858 年芝加哥竞选演说中对听众大谈"所有人生而平等"，可两个月后，当他来到南方的查尔斯顿作竞选演讲时，却立刻变了一副调子："我声明，我从来不赞成白种人和黑种人以任何方式获得社会和政治上的平等（听众鼓掌）；我从来不赞成给黑人以投票权。黑人不得成为陪审员，不具备担任公职的资格，不得与白种人通婚……同其他人一样，我赞成将高人一等的地位给予白种人。"① 历史家霍华德·津恩把林肯的这种摇摆态度看作是政客竞选时惯用的花言巧语，其目的是为了同时获得北方和南方的选票。在战争开始后不久，林肯在答复《纽约论坛报》主编霍勒斯·格里利一封提醒他关注黑奴问题的公开信时，阐释了他的真实立场："在这场战争中，我的最高目标既非挽救奴隶制度，亦非摧毁奴隶制度，而是拯救联邦。如果无需解放一个奴隶就能拯救联邦，那么我将不会解放一个奴隶；如果必得解放所有的奴隶方能拯救联邦，那么我将会解放所有的奴隶。"② 正是这种考虑，使林肯在战争第一年在黑奴问题上极其谨慎，不仅拒绝黑人参加北军，而且指令北军哨卡阻拦从南方逃亡来的黑奴，不使其进入北方，对那些已进入北方的南方黑奴，则甚至默许南方奴隶主越过北军防线把他们重新领回去。这无疑大大挫伤了北方废奴主义者的积极性，也使南方黑人处于更为糟糕的状况。林肯本以为凭着北方远多于南方的人口、制造业和铁路，就能立刻打败南方，可是，在

① 霍华德·津恩：《美国人民的历史》，许先春等译，上海人民出版社 2000 年版，第 162 页。
② 同上书，第 164—165 页。

相继展开的半岛战役、第二次布伦河战役以及西部的几次战役中，北军连遭重创。北方士兵不清楚自己为何而战，而南方士兵对战争的目标倒非常明确，那就是"主权"、"独立"和"自由"。这多少可以解释南方士兵在战场上的勇敢远胜过北方士兵。

在北方速胜无望的战场形势下，林肯才被迫重新考虑战争的合法性问题。看来，只有把解放黑奴当作北方的社会动员策略，才能有效瓦解南方的道德基础（即他当初所说的"如果必得解放所有的奴隶方能拯救联邦，那么我将会解放所有的奴隶"）和战时经济基础（南方军队的军需物品主要由南方黑人生产，所以当南北方军队在南北分界线一带进行拉锯战时，侵入南方的北方军队在撤退时总要顺便带回大批南方黑人，以削减南方的劳动力数量）。这样，1862 年的林肯多少有些出人意料地突然以"伟大解放者"（the Great Emancipator）的形象出现在白宫的窗口，向云集在外面的由废奴主义者、北方士兵、南方来的黑奴组成的呼喊人群颔首致意。为了使美国的废奴主义者和黑人相信这个新形象的真实性，他采取的头一个行动就是于当年 4 月宣布废除首都所在地哥伦比亚特区的奴隶制，紧接着于 6 月在联邦属下的准州采取了同样的措施，到 9 月 22 日，则发表《初步解放宣言》，声明自 1963 年 1 月 1 日起，"凡届时尚在反叛美利坚合众国的任何州或州内特定领土，其境内所有奴隶将从此永远获得自由"。这份文件在 1863 年 1 月 1 日以《解放宣言》的正式名称颁布。但该文件仍局限于南方叛乱各州。到次年 4 月，参议院通过第十三号宪法修正案，宣布在联邦境内结束奴隶制。

既然北方对南方的这场战争似乎已开始从一场本来以统一为目标的内战转变为一场以解放黑奴为目标的圣战，那就意味着，北方不必再围绕南方脱离联邦的行为是否合法或到底哪一部宪法更具合法性这些棘手的法律问题与南方进行旷日持久而又毫无结果的争论。战事的僵持不决，只会对南方有好处，因为持久战不仅会使南北之间的仇恨和地方意识激化，而且可能造成一种南北分离的既定事实。林肯当然知道把内战变成一场圣战，会带来众多潜在的可怕的危险，但 1862 年的局势使他不得不选择这种按他的本性来说不愿选择的方式，这样，在战争胜负难决的阴霾中，他突然抛出了一个崭新的道德理念，把北方对南方的战争描述为一场正义对非正义的战争，使南方立刻处在道德上非常尴尬的位置。换言之，带有技术色彩的法律话语不再适合南北战争的要求，必须有一套新的充满乌托邦色彩的话语，一套将正义、道德、人性、博爱等概念融合在宗教象征里的话语。这套话语能够使北方获得一种巨大的道德优势，仿佛北方一直站在上帝的一边，而南方，由于它施行可恶的奴隶制，无可救药地站在魔鬼的一边。林肯当然不是虔诚的教徒，从来就不是，而且从未加入任何教会。毋宁说他是一位自由思想家，与独立革命时期那一代人的世俗的理性精神非常接近，例如他在1842年的一次演说中大谈"万能的理智"，并说"为理智支配一切而呼唤吧"，以致几年后，当他竞选国会议员时，民主党的一位竞争对手并非毫无根据地谴责他不信基督教。[1] 但自1862年起，宗教语言和意象开始越来越频繁地出现在他的演说中。

这套充满宗教词语和意象的北方正义神话，必须以南方的邪恶神话作为反衬。南方的不利之处在于，奴隶制本来是与南方特定的种植园经济相适应的一种经济制度，却被北方非历史地从道德的角度看成一种野蛮而落后的制度。在这种情况下，南方无法为自己的传统制度进行道德上和宗教上的辩护，尽管这种制度本身受到1787年宪法的保护和林肯1861年就职演说中的口头担保。一旦这个问题成了一个道德或者说宗教问题，那么南方和北方的形象就开始发生微妙而深刻的变化，于是，北纬36°30′以北成了光明之地，以南则笼罩在可怕的黑暗中。从南方逃向北方的黑奴，是在奔向光明；而朝南方开进的北方军队，则是去消灭黑暗。但要让整个北方都相信南方是邪恶的、黑暗的，让整个南方的黑人相信北方是正义的、光明的，还必须先把南方和北方从文学上进行这种象征编码。政治鼓动语言必须被翻译成一套作用于情感而不是理智的隐喻符号，才能变成集体神话。

因而，斯陀夫人于1862年应邀前往白宫接受林肯的召见，就不是一种文学行为或者个人行为（她可能这么认为），而是一种政治象征行为。林肯需要动用斯陀夫人的巨大象征资本来构造北方政府的正义神话。对林肯来说，没有什么比《汤姆叔叔的小屋》更有利于在普通美国人的想象中塑造南方邪恶、北方正义的神话。由于斯陀夫人在大西洋对岸也享有不小的文

---

① 艾德蒙·威尔逊：《爱国者之血》，胡曙中等译，上海外语教育出版社1993年版，第86页。

学名声（《汤姆叔叔的小屋》发表的次年，她曾访问过苏格兰和英格兰，所到之处受到热烈欢迎），那么还可以通过她，把北方正义、南方邪恶的神话传播到大西洋对岸的外国人的想象中，为这场残酷的内战获得国际支持。这本1852年出版的小说，在出版当年仅在美国就售出30多万册（当时美国人口才3000万），早就激起了北方人和南方黑人的想象力。在这部小说里，南方的皮鞭、黑人的血泪和惨死、通往自由北方的地下交通线、宗教的祷告，等等，描绘出一南一北两个美国的神话；此外，根据宗教情感非常虔诚的斯陀夫人自己的回忆，她当初在餐桌上写作这部小说时，感到上帝的手在指导她。"是上帝写的。"她说。的确，《汤姆叔叔的小屋》具有与19世纪50年代的一般精神风貌形成一定反差的浓厚的宗教气息，只可能是北方新英格兰地区某个信仰虔诚而性格狂热的牧师的作品。关于上帝与她的小说之间的神秘关系，斯陀夫人或许并没有撒谎，因为对于一个宗教想象力异常发达的人来说，上帝是一种真实的体验，真实到产生幻觉的程度。沃侬·路易·帕灵顿说斯陀夫人无法摆脱内心深处的清教主义道德家的特征，她父亲是牧师，丈夫是牧师，兄弟们和儿子们也都是牧师，她整个一生都生活在这种浓郁的宗教氛围中，她对宗教历史知识的了解甚至胜过许多专业神职人员。帕灵顿把斯陀夫人称作"清教的女儿"①，尽管其他一些评论家（如艾德蒙·威尔逊）可能不得不顺便指出，斯陀夫人同时也是一个出色的生意人，而卷帙浩繁的《美国文学作品选集》的编者们在谈到她的时候，则显得更为尖刻："哈里特·比彻·斯陀是位精明的女商人，在与出版商讨价还价上，远比库柏、麦尔维尔和欧文成功。"② 这两种身份出现在同一个人身上，并不矛盾，实际上，自韦伯《新教伦理与资本主义精神》这部开创性的著作问世以来，没有人怀疑北方新英格兰地区的清教徒内心同时受着宗教驱动力和经济驱动力的左右。不能怀疑斯陀夫人的诚实，但并不能因此就说，《汤姆叔叔的小屋》是南方的一副真实形象，正如南方作家以田园诗风格描绘的"南方美好生活"可能只是种植园主眼

---

① 沃侬·路易·帕灵顿：《美国思想史：1620—1920》，陈永国等译，吉林人民出版社2002年版，第669页。

② George McMichael, ed., *Anthology of American Literature*, Volume Ⅱ, *Realism to the Present*, New York: Macmillan Publishing, 1980, p.178.

中的南方一样。不少批评家指出《汤姆叔叔的小屋》对南方的描绘失之片面。说这样话的人不见得都是不诚实的人，或都是奴隶制的支持者。但神话所依赖的那种隐喻性思维的特征恰恰在于，把一种东西说成是另一个东西（亚里士多德《诗学》对隐喻的经典定义是："以他物之名名此物。"）：先把奴隶制等同于南方，再把南方等同于基督教的敌人。

因此，最能激发读者宗教想象力的倒不是该小说对南方的描绘，而是小说把南方与基督教对立起来的那种隐喻方式。这种或显或隐的比较在小说中俯拾即是。在小说最后一章中，斯陀夫人从描写中走出来，一步登上高耸的布道台，以一个新英格兰牧师的狂热语调呼唤道："北方基督教的男人和女人们！"尽管到了小说最后一页，她似乎又想淡化她在前面几百页里所描绘的那条北方与南方之间的善恶分界线，以免激发南方与北方之间的仇恨。在这一点上，她与林肯太像了。她说："北方和南方在上帝面前都是有罪的。"① 我们记得林肯也说过类似的话。但新英格兰的宗教想象力中的罪的概念，主要是与"他者"（天主教、殖民地早期的印第安人、新英格兰的女巫以及南北战争期间的南方，等等）联系在一起的，这正是它之所以显得如此阴森严厉的原因。如果一种宗教想象力总是转向自身内部，那它就总在自身内部发现罪孽，以致难以对他人遽下判断，像四福音书所说："不要评断人，免得你们被评断。你们怎样评断人，也必这样被评断。你们用何种尺度衡量人，也必被用同样尺度来衡量。"不过，新英格兰的宗教想象力似乎不受反省性和精确性的影响，它总是一笔带过北方自身的种种罪恶（对印第安人的杀戮、对黑人的歧视等），然后将南方的罪恶与基督教对立起来，构成一种《圣经启示录》般的善恶大决战神话。

以这种方式抹黑南方，使其处于道德和正义的另一边——这种宗教想象力影响了并没有多少真实宗教情感的林肯的表达方式。应该说，林肯直到1865 年被南方的刺客击中身亡时，作为当初的一位律师，他一直是一个自由思想家和非教会中人，但他 1862 年以后的文件和演说却突如其来地开始越来越多地使用宗教语言和意象。这对国内政治来说，是非常危险的，因为它极易激发非理性狂热和无名仇恨，反过来使国家政治生活处于无政府

---

① Harriet Beecher Stowe, *Uncle Tom's Cabin*, New York：Bantam Books, 1981, p. 446.

状态。在 1861 年的就职演说中，林肯还只把"上帝"当作一个空洞的称呼，整个演说倒像是律师的一篇雄辩文章，因而当他谈到南方与北方究竟谁"站在正确的一边"时，他并没有从宗教的意义上借题发挥。但自 1862 年北方遇到一连串战场失败后，他的文章风格迅速由律师的辩护状变为牧师的布道辞，如他在这一年秋对报上一篇文章所加的一段按语："上帝的意志普遍存在。在重大的争夺中，双方都称自己在按上帝的意志行事，有可能双方都是错的，但有一方必定是错的。上帝不可能同时既支持又反对同一件事情。就目前的南北战争而言，很可能上帝的用意与任何一方的意图都不相同……是上帝决心要我们打这一仗，并且决意不让战争现在就结束。上帝以其无比的威力影响着参战者的头脑，他本可以不让凡人打一战便能拯救或消灭这个合众国。然而战争打起来了，而且既然已然开始了，上帝可以于任何时候让任何一方赢得最后的胜利。"他甚至开始频繁地与教会中著名的女教徒们通信，如他在 1864 年北方快要赢得胜利时给贵格会的一位女士写信道："我们曾希望这场可怕的战争早在这以前就圆满地结束，可是上帝知道得最清楚，上帝作出的裁决是另一个样……无疑，上帝想使这场大灾难带来更大的益处。"[1] 很难想象林肯居然虔诚到在一句不长的话里接连喊出好几声"上帝"，就像这位律师、政治家、自由思想者果真相信是上帝在亲自操纵这一切似的。

　　最典型的要算 1865 年他连任总统时的就职演说。与四年前具有理智和论辩色彩的第一篇就职演说不同，1865 年的就职演说像是一篇出自某个狂热的新教牧师之手的布道辞（很像《汤姆叔叔的小屋》最后几页的风格），字里行间充满了宗教意象和词语，而且大段大段直接搬用《圣经》中的句子，以情感而不是理智的方式让美国人相信北方站在上帝一边（而不仅仅是 1861 年就职演说中以世俗的语言所说的"站在正确的一边"），其中写道："双方念诵同样的圣经，祈祷于同一个上帝，甚至于每一方都求助同一上帝的援助以反对另一方，人们竟敢求助上帝，来夺取他人以血汗得来的面包，这看起来是很奇怪的。开始我们不要判断人家，免得别人判断我们。我们双方的祈祷都不能够如愿，而且从没全部如愿以偿。上苍有他自己的

---

① 艾德蒙·威尔逊：《爱国者之血》，第 90 页。

目标。'由于罪恶而世界受苦难，因为罪恶总是要来的；然而那个作恶的人，要受苦难。'假使我们以为美国的奴隶制是这种罪恶之一，而这些罪恶按上帝的意志在所不免，但既经持续了他所指定的一段时间，他现在便要消除这些罪恶；假使我们认为上帝把这场惨烈的战争加在南北双方的头上，作为对那些招致罪恶的人的责罚，难道我们可以认为这件事有悖于虔奉上帝的信徒们所归诸上帝的那些圣德吗？……'主的裁判是完全正确而且公道的。'我们对任何人都不怀有恶意，我们对任何人都抱好感，上帝让我们看到正确的事，我们就坚定地信那正确的事。"①

　　林肯在 1862 年左右突然出现的宗教色彩，当然与斯陀夫人的来访无关。从宗教虔诚而不是宗教话语和意象的密集程度来说，林肯远不如斯陀夫人。一个自由思想家要皈依宗教，远比一个宗教徒成为自由思想家要困难得多，因为失去的天真不可能重新获得。此外，对于一个政治家来说，过于浓厚的宗教性格也可能造成国家政治生活中的狂热。艾德蒙·威尔逊在谈到林肯 1862 年后的宗教语言时说："我们在此远离了赫恩登，而与哈里特·比彻·斯陀离得较近。作为社会活动家的林肯需要用合乎公众胃口的话表达自己的思想，如果这种需要可能在导致他加强和体现他对 18 世纪自然神论的信仰方面起了某种作用，如果战局的延续真的引起了人们越来越多的不满情绪，那么乞求传统所说的万军之主的保佑对他的好处就越来越多……他本人看待这场冲突的态度越来越宗教化，措辞越来越圣经化，样子也越来越启示录化了。"② 把一场内战转变为一场圣战，就可能把它转化成了善与恶的大决战，使双方军队在战场上的对垒扩大为一场遍及整个地区的毁灭性大杀戮。1862 年前，南北战争还不具备善恶大决战的宗教色彩，但随着正义/邪恶的神话的形成和渗透，盲目的仇恨像瘟疫一样扩散开来。由于战场主要在南方，南方遭到的毁坏比北方更可怕，可南方由于背上了邪恶的罪名，南方人的残酷就显得更无人道，十恶不赦，而北方的残酷则由于沾上了正义的光辉，似乎变得情有可原。北方军队在南方广大地区的烧杀掳掠、胡作非为，都被认为是正义之神对邪恶的惩罚。

　　与这种大规模毁灭和杀戮相一致的，是北方参谋人员提出的一种十分

---

① 　J. 艾捷尔主编：《美国赖以立国的文本》，第 291—292 页。
② 　艾德蒙·威尔逊：《爱国者之血》，第 90—91 页。

现代而且自此以后一直是美国战略思想核心的策略，即以摧毁敌军战略资源为主的"国民生产总值战"，而所谓"战略资源"，既可以包括桥梁、房屋、公路、铁路、庄稼，又可以根据需要包括平民、城市以及任何一种东西（从二战后期盟国空军对德国后方城市的狂轰滥炸，到21世纪的伊拉克战争，都是这种以消耗敌方国力来拖垮敌人的战争模式的翻新，即战争不局限于交战线附近，而在交战线的后方，即敌方的资源）。此外，北方的制造业此时也开始大量生产与这种大规模杀戮和大规模破坏为特征的现代战争相匹配的自动火器（如格林机关枪和远距离杀伤的线膛炮）。既然把南方描绘成了邪恶之地，那么北方将军们根据上面那种现代战争理论并以现代火器大规模毁灭南方，就并不用有太多道德顾虑。他们相信自己站在上帝和正义一边，把他们在南方土地上燃起的熊熊大火看作是一种洗涤："我用水给你们施洗，"《马太福音》上说，"但在我后面来的那个人，将用圣灵与火给你们施洗。"1864年，北方的格兰特将军就南方谢南多亚河谷的那些农场给手下谢里登下达了一份指令，进一步发展了这种打击敌人资源的战略思想。指令说："如果战争还要延续一年的话，我们就需要谢南多亚河谷继续成为颗粒不收的荒原。"① 格兰特的思想在他的手下谢尔曼将军那里得到了最惊人的发挥和实践，他说："我们不仅是在和敌对军队作战，而且是在和敌对人民作战。我们必须使他们不分老幼、无论贫富都感到战争以及有组织的军队的无情力量。"② 他率领一支部队穿越佐治亚州和南卡罗来纳州，进入南方腹地，给予南方致命的一击。"这支复仇之师所到之处，炸桥梁，烧仓库，把铁轨扭曲到无法修复的地步，"历史家纳尔逊·曼弗雷德·布莱克说，"再把工厂、谷仓和大楼付之一炬，毁掉庄稼，屠宰牲畜，把60英里宽的一条狭长地带夷为平地。这次对南方最富饶地区的破坏在其他地方又重复了几次，终于加速了邦联的崩溃。"③ 实际上，不少黑人之所以逃离南方，不是为了虚幻的自由，而是为了食物。与北方军队的现代战

---

① 拉塞尔·F. 韦格利：《美国军事战略与政策史》，张孝林等译，解放军出版社1986年版，第180页。

② 同上书，第182页。

③ 纳尔逊·曼弗雷德·布莱克：《美国社会生活与思想史》下册，许季鸿等译，商务印书馆1997年版，第9页。

略相反，南方军队的军官们（他们身上有浓厚的贵族气）大多仍抱着 18 世纪的那种军人荣誉观点，认为战争就是两支穿得漂漂亮亮的军队在野外战场进行的较量，其总司令李将军甚至认为军队不应该在敌方土地上就地取材，解决军需物资。从气质上说，李将军是拿破仑时代的军人，军事史家拉塞尔·F. 韦格利说他"太拿破仑化了"："与拿破仑一样，由于他对歼灭战略以及名副其实的高潮型、决定性战役的热情，他最终所毁灭的不是敌军，而是他自己的部队。"① 李将军一直渴望与敌军进行一场面对面的决战，但北方军队却经常采取机动穿插的作战，深入南方各地，对南方的资源进行大规模毁坏，使交战线上的南方军队得不到后方补给，失去战斗力。

在北方战略家看来，"解放黑奴"是资源战的一个组成部分（这正好可以解释林肯 1862 年 9 月 22 日发布并从 1863 年 1 月 1 日开始实施的《解放宣言》只针对南方黑人，而不包括联邦境内一切黑人），因为黑奴尽管不是前线战斗力，却是南方经济的支柱，是南方的一种重大战略资源。通过地下交通线鼓动黑人离开南方，或指令深入南方的北方军队在北撤时卷走大批南方黑人，并使部分身体强壮的黑人加入北方军队，就可以有效地削弱南方的战略资源。南方只是到了内战后期，才意识到黑人是一种战略资源，李将军甚至还像北方军队一样征招了几支黑人军队。但这一切已于事无补。南方的战争观念停留在 18 世纪，认为唯有"公民"（黑人不在此列）才有资格拥有武器，保卫国家。

林肯在 1862 年后感到的苦恼，不再是北方军队在战场上的接连失利，而是北方军队在战争范围和残酷程度上的失控。这应验了当初他的担心，但他又自辩道："要预见所有可能伴随发生的事件以及所有可能随之而来的破坏是不可能的。"② 北方的圣战从制度上瓦解了南方，从经济上彻底摧毁了南方，还造成南方黑奴和白人平民的大量死亡。菲特和里斯在他们的书中说："财产损失，主要在南方，是无法估计的。战争结束时，南部的经济实际上被摧毁了。"③ 与此相反，自 1862 年后，北方经济在战争拉动下迅速发展。这场战争在把一个忍辱屈服的南方重新拼接到联邦的版图上时，把

---

① 拉塞尔·F. 韦格利：《美国军事战略与政策史》，第 155 页。

② 同上书，第 166 页。

③ 吉尔伯特·C. 菲特、吉姆·E. 里斯：《美国经济史》，第 334 页。

一个敞开的庞大南方市场交到了北方工业家和商人的手里。

必须看到 1862 年宗教语言和意象对政治话语的侵入与这场战争的扩大化和残酷性的内在关系。乔治·弗里德里克·霍尔姆斯曾批评斯陀夫人的宗教风格语言，在《南方图书信报》上撰文道："它是一个道德绝对性问题，如果它被当作政治哲学，只会导致无政府主义。"① 林肯在 1862 年开始以宗教语言和意象来构筑北方正义、南方邪恶的神话时，本是为了动员战争力量，然而，一旦充满宗教色彩的神话渗入国家政治话语中，就可能危及作为政治核心含义的"妥协"，导致绝对的善和绝对的恶的概念，从这里滋生出绝对可怕的政治狂热主义。就这种意义而言，南北战争与法国大革命是同一类的激进革命，与美国独立战争的那种精神气质大不相同。领导独立战争的那一代人是 18 世纪的理性主义者，是一大群律师，他们谨防宗教狂热对政治领域的渗透，所以不会求助于宗教语言和意象来使冲突蜕变为善恶之战。他们与其说是牧师—政治家，还不如说是律师—政治家。最能反映他们的这种气质的是 1787 年的宪法，这不仅是一部以妥协和制衡为政治原则的文献，而且从一开始就以宪法修正案第一条的形式确定了价值中立的原则，防止任何一种价值评判（善恶）处于垄断地位。1862 年的林肯试图保住 1787 年那一代人的政治成就，却采取了一种与 1787 年宪法精神格格不入的制造神话的方式。

南方绝对不是这种神话所反映出的那种邪恶面目，正如北方绝对不是正义的化身。南方有三分之二的白人并不拥有奴隶，而且约有数百万白人是生活贫困的农民。此外，南方的种植园主与奴隶的关系并不都是鞭子与背的关系，而南方经济的凋敝导致的普遍贫困也与北方联邦政府提高关税税率有关。但虚构的神话总具有一种可怕的渗透力，它是一种隐喻，把人从现实带向宗教，带向一种道德狂热，使人成为上帝实现其神秘意图的无意识工具，也因此消除了人的犯罪感。神话并不诉诸人的理智，而是情感和想象力，如佩里·米勒在《新英格兰的心灵》一书中谈到清教的虔诚时所说的："虔诚不是辩证的，人们内心所信仰的东西不必合乎逻辑。"② 正

---

① Harriet Beecher Stowe, *Uncle Tom's Cabin*, p. XIII.

② Perry Miller, *The New England Mind: The Seventeenth Century*, Cambridge: The Belknap Press of Harvard University Press, 1982, p. 17.

因为它既不辩证，又缺乏逻辑，所以当它渗入政治话语中时，就会造成可怕的灾难。林肯所塑造的那个神话，在多大程度上应该为南北战争的残酷性负责？它激起的仇恨，远比它许诺的东西更有害；并且，它与它所反对的东西实际上处在同一种思维水准上：拒绝给予黑人以自由的种族主义者往往把黑人描绘成魔鬼，正如北方把南方描绘成同一种形象。林肯塑造的这个神话如此成功，以致它所激起的仇恨使他本人成了牺牲者，但这却反倒使他更像一个殉道者，以致被宗教幻觉所包围的约翰·海伊把他称为"耶稣基督以来最伟大的人物"。理查德·霍夫斯塔德在《美国政治传统》一书中也评论道："林肯传奇逐渐占据了美国人的想象力，使其他的政治神话相形见绌。这是一场戏剧，在其中，一个伟大的人肩负着一个盲目的、有罪的民族的苦难和道德压力，为他们而受难，使他们赎罪，重获基督教的美德。"① 这是北方制造的神话，对这个神话来说，林肯的死似乎是必要的，正如耶稣基督被钉上十字架是那个重大戏剧情节的预定的结局，因为他们的死可以最终赦免众人的罪。在宗教想象力的幻觉中，林肯被刺的场景与基督被钉上十字架的场景意味深长地重叠在了一起。

南方丢掉的不仅是一场战争，而且是一种文化传统，一套象征体系。从此，北方或者新英格兰地区的宗教气氛就渗进了此前一直以世俗理性主义为特征的国家政治话语中。南北战争的一个直接后果，是美国政治传统由南方转移到了北方，由 1607 年嫁接到了 1620 年，仿佛美国史不是始于1607 年，而是 1620 年。美国的历史教科书，诸如布尔斯廷这样的历史学家的大部头著作，甚至诸如丹尼尔·贝尔这样的社会学家的见解深刻的论著，在谈到美国史时，都把 1620 年而不是 1607 年作为起始点，而近四百年的北美—美国史仿佛就等于"五月花号"登陆—哈佛学院创立—独立战争—南北战争等十来个"事件"。就像当初印第安人不仅输掉了一场战争，而且失去了本民族的语言和集体记忆一样，南方在输掉一场战争的同时，也丧失了那种用来再现自己的象征能力，变成了一个沉默的"老南方"。"Yankee"一词不再是"北方佬儿"或者新英格兰人的特指，它成了美国人的代称，正如英格兰是不列颠的代称，所以当美国社会学家 C. 怀特·米尔斯决

---

① Richard Hofstadter, *The American Political Tradition*, New York: Vintage Books, 1973, p. 118.

定写一本书，反驳美国政客对古巴革命的邪恶描绘时，他想到的最贴切的书名是《听着，美国佬儿》（*Listen，Yankee*）。① 南方不再能再现自己，成了一个落后的、流血的、阴郁的、怀旧的、女性的南方，躲藏在进步的、乐观的、男性的北方的阴影里。

三

在斯陀夫人访问白宫后的第三年，即北方军队以多路反攻的方式向南方各地长驱直入的 1864 年，一个名叫索约尔娜·特鲁丝的又高又瘦的 67 岁黑人妇女，从林肯自 1862 年 4 月到 1863 年 1 月接连签署的那三份地理覆盖范围越来越大的解放宣言中，看到了"美国历史的新曙光"，于是决定由孙儿萨缪尔·班克斯陪伴，踏上了前往遥远的华盛顿的朝圣之旅，要亲眼见一见"第一位反奴隶制的总统"。特鲁丝并非等闲之辈，她是一位早期的女权主义者，一位反奴隶制的行动分子，还以花甲之年一度担任北军的侦察兵。她与斯陀夫人和著名的废奴主义者加里森在共同的事业中一直互相支持。她满口的方言曾使斯陀夫人觉得十分有趣，并写了一篇有关她的文章，但特鲁丝粗哑而富于节奏感的歌喉却具有打动人的力量。她是怀着一颗自由心唱着歌去华盛顿的。在她自己创作的一首歌曲里，林肯被描绘成了"吾父亚伯拉罕"（"Father Abraham"），而像她一样的自由黑人则成了"黑皮肤的北方战士"（"We are colored Yankee soldiers"）。前面提到林肯在被刺身亡后被看作殉难的耶稣，但在 1864 年他还活着时，他的形象在北方人和南方黑人的宗教想象力中常常重叠在《创世记》中的一个古老形象上，那个被神称作"众国之父"（"a father of many nations"）的亚伯拉罕，当神要用硫黄和火毁灭所多玛与蛾摩拉这两座被罪恶所笼罩的城时，他徒劳地恳请神不要那样做，因为那会把善人和恶人一起化为灰烬。以这种宗教想象力的联想逻辑，所多玛和蛾摩拉势必成为南方的隐喻。但 1864 年的"亚伯拉罕"似乎不像《旧约》中的那个同名者那样慈悲，他只是冷淡地"朝所多玛和蛾摩拉的方向望去，朝那片平原望去，看见烟从那地方

---

① C. Wright Mills, *Listen，Yankee：The Revolution in Cuba*, New York：McGraw – Hill Book，1960.

升起来，如同火炉冒出的烟"，把这当作是上天的惩罚。这首歌的每一阕歌词后，都有一段雄壮的宗教合唱，像是十字军东征歌：

Glory, glory, hallelujah! Glory, glory, hallelujah!
Glory, glory, hallelujah! As we go marching on.
光荣，光荣，哈利路亚！光荣，光荣，哈利路亚！
光荣，光荣，哈利路亚！我们正在前行中。

在另一首歌曲中，她把华盛顿描绘成"光明之城"，尽管华盛顿的马车夫们全都拒绝为一位黑人驾车，气得她站在泥泞街道上，大喊"我要坐车！我要坐车！！我要坐车！！！"并不由分说地跨上一辆马车。① "战前，华盛顿是一座死气沉沉、尚未完工的村子，街道泥泞不堪，街道上到处是四处搜寻食物的猪、动物的尸体以及下水道的污物。"特鲁丝的传记作者内尔·厄尔文·佩特描绘道："不过，当索约尔娜·特鲁丝和萨缪尔·班克斯于1864 年秋天到达华盛顿时，它已成了一个人流熙来攘往的战争中心。两年里它的人口增加了不止两倍，而从马里兰州和弗吉尼亚州逃来的成千上万的前奴隶则在它冷漠的怀抱里避难。"② 战争给这座城市带来了繁荣。1790年众议院通过的《建都法案》之所以决定把首都从北方的费城迁到波托瓦克河的这片荒无人烟之地来，是考虑到它恰好位于北方与南方的中间地带（处在北方政治中心费城与南方政治中心里士满市的中间点上）。费城的那些政治家是些搞平衡的老手，这从 1787 年宪法的权力制衡就可以看出来，甚至后来划定的南北分界线，也是一条政治平衡线。但现在平衡被打破了，南方开始经历其痛苦而漫长的"北方化"。

特鲁丝要进白宫见林肯，并不特别困难。那时的白宫无非是一座屹立在一大片木板房和帐篷中间的白色小楼，而且，要在街道上遇见总统也并非不可能。但把一个黑人妇女迎进白宫，却具有重大的象征意义，而且她并非一个普通黑人妇女。林肯当然明白这一点。若在《解放宣言》发表的次年，总统（在当时一些黑人看来，他不过是白人的总统）就在白宫会客

---

① Nell Irvin Painter, *Sojourner Truth*, *A Life*, *A Symbol*, New York：W. W. Norton, 1996, p. 209.
② Ibid., p. 210.

厅里接见一位充满传奇色彩的黑人妇女，只会使北方正义神话显得更为神圣。林肯不仅亲自接见了她，还破例把她介绍给了第一夫人和自己全家。特鲁丝与总统一家愉快地度过了几个时辰。事后，她在废奴刊物上发表一封赞美信，说林肯对她的来访既热情，又礼貌。本来对她的华盛顿之行充满疑惑的另一个名叫哈丽雅特·塔布曼的黑人妇女（坚定的反奴隶制行动分子，曾与约翰·布朗密谋起义，并多次潜入南方带领黑人逃往北方），在看到这封信后，改变了对林肯的看法。此前，她目睹解放的黑人仍遭北方白人的歧视，甚至北方军队中黑人士兵的军饷也少于白人士兵，不相信白人真会把黑人当作平等的人相待。特鲁丝的公开信使她感到自己错了。"是的，"多年后，她回忆早已被刺身亡的林肯时说，"我现在感到很难过，我当初没有去见林肯，向他表示感激。"①

但比特鲁丝小 24 岁的塔布曼当初对南北战争、林肯的黑人政策、战后种族主义的回流的观察，其实远比特鲁丝深刻。南北战争的真正受益者，是北方，是北方的工商业，它发达的战时经济使其在战争尚在进行的 1863 年就开始呈现一派繁荣景象，而南方经济则被大举侵入的北方军队彻底摧毁了。获得解放的南方黑人大批流向北方工业城市，在那儿成了资本家的廉价劳动力。种植园的奴隶变成了工厂的无产阶级。黑人在南北战争中为此付出了沉重代价：在 1862 年到 1864 年间，约 18 万黑人参加了北军，其中约 7 万名战死，而跑到北方军营中避难的南方黑奴则因饥饿和疾病，死亡率高达 25%。此外，在战乱中死亡的黑人更是不计其数。菲特和里斯的书中写道："战争在北部产生了'新富人'阶级，他们以摆阔气挥霍浪费来炫耀其财富。"也正是在 1863 年，托马斯·克劳福德当初设计的那尊巨大的"自由雕像"在仓库里堆放了几年后，终于被吊装到国会大厦的圆顶上，她手持一柄长剑，在南北分界线上俯瞰着繁荣的北方与破败的南方在血与火中重新走向统一。不过，这尊雕像的自由帽（象征获得解放的奴隶）却被换成了一顶头盔。黑人有理由对南北战争的结局感到失望，他们的解放还要经过一百多年。

《汤姆叔叔的小屋》在南北战争之后逐渐不那么流行了，不久"终于绝

---

① Nell Irvin Painter, *Sojourner Truth*, *A Life*, *A Symbol*, p. 203.

版了。一直到 1948 年，此书列入《现代图书馆丛书》时才得以重印。在那以前，除了在旧书店以外，事实上已很难寻觅到它的踪影了"。艾德蒙·威尔逊接着说："在美国，《汤姆叔叔的小屋》通常被认为是一部带有宣传色彩的小说，仅此而已。一旦目的达到，也就失去继续存在的必要了。"① 但威尔逊并不认为时代性是这本从文学角度来说显得粗糙的小说失去吸引力的唯一原因，实际上，它让人回忆起南方与北方都不愿意再去回忆的那场战争："北方人一提起那场战争就感到不安。对于这场战争，他们并非问心无愧。在北方，早在战前，人们就心照不宣，在公共场合下避免谈论黑奴问题。到了战后，就更不愿意重提北方对战前情况的评论了。20 世纪初，要是南卡罗来纳州的教员叫学生们举起右手，发誓永远不读《汤姆叔叔的小屋》，这并不奇怪。南北双方在经历了那场可怕的战争后，都希望能把这部有名的小说打入冷宫。"② 1865 年后的美国不再需要这种激发北方与南方之间冲突的小说，它必须小心翼翼地遮盖或遗忘北方与南方各自的伤痕和相互的仇恨，因此它更愿倾听瓦尔特·惠特曼的歌声。战争期间惠特曼并没有报名参军，而是在华盛顿的伤兵医院里义务照料伤兵，不管是北方的伤兵，还是南方的伤兵。他身上有一种无所不包的气质，当他唱出"我听见美利坚在歌唱"的诗句时，给人的感觉是北方与南方似乎从来就没有分裂过，而是一直和谐地并躺在美国的版图上。

但神圣正义的北方与邪恶不义的南方的神话，在战后并没有从美国的政治话语中消失，只不过从国内政治话语转变成了国际政治话语（如"东西方""南北方"）。它毫无道理地认为，美国永远站在上帝、正义、正确或者与历史方向一致的那一边，而地理上处在东方、南方的国家和地区，则永远站在邪恶、无赖、魔鬼或者与历史相悖的那一边。从罗纳德·里根的"邪恶国家"概念，到克林顿的"历史的对立面"的说法以及白宫谋士亨廷顿的东西方文明冲突论，再到小布什的"无赖国家"概念，美国的政治想象力似乎一直没有离开过林肯 1862 年到 1865 年间的宗教化的政治话语窠臼，仍像幽灵一样纠缠在《圣经启示录》的意象上。

---

① 艾德蒙·威尔逊：《爱国者之血》，第 3 页。
② 同上书，第 4 页。

第三章

《白鲸》:工业现代化的文学见证

    资本主义工业的兴起和发展,依赖于商品生产与商品销售,它是社会的经济基础,决定了与之相适应的社会关系、价值系统以及语言文化,社会学家与经济学家对此均有真实的记载,但在文学作品中,枯燥的事实变得生动鲜活起来,形成了强烈的视觉与情感冲击力,《白鲸》就是这样一部作品。

    美国著名浪漫主义作家赫尔曼·麦尔维尔的小说《白鲸》于1851年问世。作为美国文学宝库的一部经典之作,它在出版之初却备受冷落,因为喜欢猎奇的美国读者实在难以理解它所体现的深奥哲理,认为它枯燥乏味,对它不乏批评之词:"它确切地说既不是小说也不是浪漫传奇……因为谁听说过一部小说或浪漫传奇会没有女主人公,也没有一个恋爱场面呢?"① 然而自19世纪末开始,小说《白鲸》的魅力逐渐显现,随着阅读与阐释的深入,读者发现它不仅重现了作者的捕鲸生涯与超验追求,而且前瞻性地预见了当今社会的普遍心态。在创作风格上,这部小说还显示了后现代写作的特点。这一切都让我们对麦尔维尔肃然起敬。除了以上提到的诸多方面,小说的主要情节是通过在海上捕杀鲸鱼来体现的,从这个局部折射出的是工业现代化对美国社会产生的影响,即依靠实力的自由竞争,商业主义精神对传统价值的冲击,以及工业全球化带来的文化交流现象。

---

    ① Watson G. Branch, *Melville: the Critical Heritage*, London and Boston: Routledge & Kegan Paul, 1985, p. 260.

一 工业化进程中的捕鲸产业

马克思在《资本论》中说过："资本主义生产方式的前提是为贸易而生产，是大规模的销售，而不是面向一个个顾客的销售。"[①] 为了满足大规模的销售，就要进行大规模的商品生产，商品成了资本主义社会财富的基本元素，所以马克思在《资本论》的第一章就研究商品，而且他的第一句话就是："资本主义生产方式占统治地位的社会的财富，表现为'庞大的商品堆积'。"[②] 商品在严格的意义上并不等同于普通的产品，它们在马克思的著作里是有着不同性质的，对此《资本论》有精辟的论述："一个物可以有用，而且是人类劳动产品，但不是商品。谁用自己的产品来满足自己的需要，他生产的虽然是使用价值，但不是商品。要生产商品，他不仅要生产使用价值，而且要为别人生产使用价值，即生产社会的使用价值……要成为商品，产品必须通过交换，转到把它当作使用价值使用的人的手里。"[③] 以上定义有助于我们认识《白鲸》表现的捕鲸产业的性质，也就是说，在小说出版的年代，捕鲸业早已是资本主义工业的一部分，经历了工业现代化的进程。虽然海上捕鲸已有相当长的历史，但是早期的捕鲸船基本在近海活动，捕获的鲸鱼主要用于食用。到了 18 世纪，由于工业的进步，捕鲸船安装了提炼炉，能够把鲸鱼脂肪提炼成油并储存起来，不必马上运回陆地加工，这使船只的续航时间延长至数年之久，足迹遍布世界各地。在麦尔维尔写作《白鲸》的时代，捕鲸产业已经成为资本主义工业生产的一部分，呈现出蓬勃发展的态势，以满足与日俱增的销售需要。麦尔维尔在《白鲸》中多次提到鲸鱼作为"非常重要的商品"，可以加工成香料、蜡烛、发粉和润发油等用于销售，甚至为出席加冕仪式的国王和女王提供涂在头上的抹香鲸油。鲸鱼的贸易利润如此丰厚，以至于当裴廓德号的水手

---

① 马克思：《资本论》第 3 卷，中共中央马克思恩格斯列宁斯大林著作编译局译，人民出版社 2004 年版，第 364 页。

② 马克思：《资本论》第 1 卷，中共中央马克思恩格斯列宁斯大林著作编译局译，人民出版社 2004 年版，第 47 页。

③ 同上书，第 54 页。

追赶它们时，耳边回响着三副的狂啸："你们难道不喜爱鲸脑油吗？瞧，那可是三千美金啦，伙计们！——一家银行！——整整一家银行！英格兰银行！"①

　　在 19 世纪中叶，美国的捕鲸产业位居世界第一。18 世纪下半叶取得了独立战争胜利的美国，摆脱了英国主子的政治束缚与经济压迫，开始了突飞猛进的工业化革命，到《白鲸》问世之日，已经取得了令人瞩目的成就。小说出版后仅仅十年便爆发了南北战争，了解美国历史的人都知道，这场内战的真正原因，莫过于南方的农耕经济妨碍了资本主义工业在全国范围的推进，而北方的胜利意味着美国最终选择了资本主义工业化的经济模式，结束了国内自独立之后在走工业化还是农业化道路问题上的持续争论。捕鲸业的扩张历程正是 19 世纪美国工业飞速发展的缩影，对于当时美国捕鲸业的规模，麦尔维尔在小说中有着类似史书般的描述："为什么我们美国的捕鲸人在数目上会超过世界其他地方捕鲸人数的总和；捕鲸船多达七百条，配置人员有一万八千之多，年耗资四百万美元；现役船只总值两千万元；每年入港的总产值达七百万元？要不是捕鲸业魅力无穷，怎么会有这一切呢？"② 这是什么样的魅力呢？这是恃强凌弱的魅力，这也是攫取巨额利润的魅力。

　　随着工业机器的加速运转，资本家丧心病狂地赚取剩余价值，毫无廉耻地占有社会财富，美国在捕鲸产业的霸权地位显然是在全球范围内疯狂竞争的结果。19 世纪中叶是自由竞争的资本主义发展的顶峰，列宁曾经指出，自由竞争占统治地位的资本主义，发展到顶点是 19 世纪 60 年代至 70 年代。在激烈的竞争中，资本家通过巧取豪夺将财富集中在少数人手中，马克思说过，"实行这种剥夺是资本主义生产方式的目的……这种剥夺在资本主义制度本身内，以对立的形态表现出来，即社会财产为少数人所占有……"③关于这种竞争与掠夺的过程，麦尔维尔有着逼真的描述。在一次捕杀鲸鱼的过程中，裴廓德号船的水手与德国捕鲸船处女号水手展开了生死搏斗，美国水手勇往直前，甚至不惜以小艇撞击对方，最终以实力战胜

---

① 麦尔维尔：《白鲸》，刘宇红、万茂林译，北京燕山出版社 2002 年版，第 316 页。
② 同上书，第 93 页。
③ 马克思：《资本论》第 3 卷，中共中央马克思恩格斯列宁斯大林著作编译局译，第 498 页。

了德国人，捕获了那条鲸鱼。在小说中我们看到野蛮占有俨然成了捕鲸产业堂而皇之的法规。在缚住鲸与非缚住鲸这一章里，我们看到美国捕鲸行业两条法规：缚住鲸（身上插有浮标或其他标志的鲸鱼）属于给它插上标志的一方；非缚住鲸则属于最终捕获它的一方。但是麦尔维尔用一个法庭审判的实例告诉读者，其实所谓的缚住鲸与非缚住鲸根本没有区别，那两条法规完全可以合二而一为鲸鱼只属于有力量占有它的一方，所以他才语重心长地写道："仔细一想，总觉得这两条关于'缚住鲸'与'非缚住鲸'的法律条文，应该是人类一切法律制度的基础"，也就是说，"所有权等于一半法律，这难道不是人人挂在嘴边的口头禅吗？这就是说，不管东西是怎样搞到手的。不过经常是，所有权就是全部法律。"① 麦尔维尔甚至认为这条有关鲸鱼的法律，其实是放之四海而皆准的真理，因为俄罗斯的农奴、美国的黑奴，甚至世界上的人权与自由都成了缚住鲸或非缚住鲸，他们作为弱势的一方只能被强者剥夺或占有。强者代表法律，这不仅是捕鲸业的行规，而且是全部资本主义工业，甚至是整个私有制度的唯一真理。

二 工业化进程中的价值取向

马克思与恩格斯在《共产党宣言》里一针见血地指出："资产阶级在它已经取得了统治的地方把一切封建的、宗法的和田园诗般的关系都破坏了。它无情地斩断了把人们束缚于天然尊长的形形色色的封建羁绊，它使人和人之间除了赤裸裸的利害关系，除了冷酷无情的'现金交易'，就再也没有任何别的联系了。它把宗教虔诚、骑士热忱、小市民伤感这些情感的神圣发作，淹没在利己主义打算的冰水之中。它把人的尊严变成了交换价值，用一种没有良心的贸易自由代替了无数特许的和自力挣得的自由。总而言之，它用公开的、无耻的、直接的、露骨的剥削代替了由宗教幻想和政治幻想掩盖着的剥削。"② 过去，宗教信仰尽管只是幻想，但它还披着"神圣"的外衣，还企图麻痹欺骗它的信徒。但是冷酷无情的商品经济根本不

---

① 麦尔维尔：《白鲸》，刘宇红、万茂林译，第357页。

② 马克思、恩格斯：《共产党宣言》，中共中央马克思恩格斯列宁斯大林著作编译局译，人民出版社1997年版，第30页。

屑于再羞羞答答地掩盖自己，它无耻地炫耀着手中的王牌——财富，它所带来的丰厚利润足以腐蚀虔诚道德的基督教信仰者。此外，商品经济物化了资本主义时期的社会关系，使人与人之间纷繁复杂的人情纽带变成了简单明了的交易关系。

　　在一个以商品生产和交易为经济基础的时代，社会关系完全物化，马克思在《资本论》中多次谈到这种物化了的社会关系，资本主义生产方式"把在生产中由财富的各种物质要素充当承担者的社会关系，变成这些物本身的属性（商品），并且更直截了当地把生产关系本身变成物（货币）"。① 那么为什么会发生这样的物化呢？这是因为人类的劳动是由劳动产品这种物的形式来实现的，劳动产品通过在社会上出售而具有了社会属性，这个带有社会属性的物将人与人之间的社会关系，转变成物与物之间的社会关系。正因为如此，马克思尖锐地指出："劳动产品一旦作为商品来生产，就带上拜物教性质，因此拜物教是同商品生产分不开的。"② 因为商品使劳动产品彼此发生关系，并同人发生关系。在《白鲸》这部小说里，人与人之间的关系——特别是资本家与劳动者之间的关系——就被如此物化了。裴廓德号捕鲸船的股东比勒达，曾经是一条捕鲸船的船长，他在生产过程中是人格化的资本，他所面对的水手将自己的劳动当作商品出卖，而他作为资本承担者的唯一职能就是残酷地榨取剩余价值，因此每次出海他都最大限度地压迫自己的水手，逼迫他们超额超时承担繁重的工作，以至于他的船一返航，"船上的捕鲸人，也就是水手，大多是被抬上岸直奔医院的，一个个筋疲力尽，浑身瘫软。作为一个虔诚的人，尤其是一个贵格教派信徒，说的好听一点，他也够铁石心肠的了"。③ 这个例子证明"资本是不管劳动力的寿命长短的。它唯一关心的是在一个工作日内最大限度地使用劳动力。它靠缩短劳动力的寿命来达到这一目的，正像贪得无厌的农场主靠掠夺土地肥力来提高收获量一样"。④ 其实捕鲸人经历的不只是船主惨无人性的剥削，他们还时刻面临葬身鱼腹的危险，对此有着切身体会的麦尔维尔说：

　① 马克思：《资本论》第3卷，中共中央马克思恩格斯列宁斯大林著作编译局译，第936页。

　② 马克思：《资本论》第1卷，中共中央马克思恩格斯列宁斯大林著作编译局译，第90页。

　③ 麦尔维尔：《白鲸》，刘宇红、万茂林译，第65页。

　④ 马克思：《资本论》第1卷，中共中央马克思恩格斯列宁斯大林著作编译局译，第306页。

"看在上帝的份上，点灯点蜡烛可千万要省着些！因为不到一加仑的鲸油里，就至少有一滴人血在里头。"① 马克思也说过，人们每天吃的面包中含有一定量的人汗，并且混杂着脓血。由于资本家与劳动者只是商品所有者与商品的关系，所以他们只关心商品价值的高低。裴廓德号上有一个名叫皮普的黑人水手，他是个看船人，平时并不需要划着小艇追赶鲸鱼。但是一个水手受了伤，他只得去顶替，当鲸鱼撞船时，皮普吓得往海里跳，船上的二副告诉他："老实告诉你，如果你跳下去，我绝不会把你捞起来；记住这一点。我们不能为了你这样的人而承受放走大鲸不要的损失；皮普，在亚拉巴马州，一条鲸卖出去的钱将比你的身价高出三十倍。"在这里作者评论说："人虽然爱他的伙伴，但人毕竟是一种贪财谋利的动物，这种嗜好也会跟他的仁慈之心发生冲突的。"② 结果当皮普再次跳进海里时，他的二副狠心地转过身去，听任他成为一个孤独的被抛弃者。

除了物化了的社会关系，资本主义工业的经济基础，也使整个社会的意识形态发生根本性的改变。在小说中我们看到产生于交易活动的商业精神渗透了社会生活的方方面面，作家以他敏锐的观察力捕捉到了唯利是图的商业精神是如何取代世代传承的基督信仰，成为社会唯一的价值取向。前面提到的拥有裴廓德号捕鲸船最大股份的股东比勒达，是贵格教派的信徒，接受过严格的教会教育，而且三十年《圣经》不离手，用心研读。然而具有讽刺意味的是，尽管贵格教派以维护和平，反对战争为宗旨，他却毫无顾忌地参与杀戮，当然不是杀人而是屠杀鲸鱼。对此麦尔维尔这样写道："尽管是由于良心的责备，他不愿意拿起武器抵御来自陆地上的入侵者，但自己却毫无节制地入侵了大西洋和太平洋：他对人类的自相残杀深恶痛绝，可他自己却身穿紧身短袄杀得大鲸血如泉涌。"③ 这就是为什么比勒达这样的人被称作凶狠好斗的贵格教信徒、有仇必报的贵格教信徒。其实这个文质彬彬的信徒也是杀人的，只不过没有用真刀真枪。麦尔维尔的小说向我们揭露了处在那个时代的基督教信徒的虚伪，他们表面上做出一副恭敬虔诚、笃信上帝、慈悲为怀的模样，而且时常会朗诵《圣经》中的

---

① 麦尔维尔:《白鲸》，刘宇红、万茂林译，第181页。
② 同上书，第372页。
③ 同上书，第64页。

句子"不要为自己积攒财宝在地上……"但是只要为了追逐财富，他们马上脱下仁慈的伪装，暴露贪婪的本性。捕鲸船的水手没有固定的工资，他们的报酬是靠分红付给的，船主会根据他们的工作经历、身体条件等决定他们可以得到的份额。资本家会尽量压低水手的报酬，以榨取更多的剩余价值。伊希米尔在被雇用时，就自己应得的利润份额与比勒达讨价还价。尽管自己出海多年，经验丰富，但考虑到在捕鲸行业还是新手，伊希米尔只要求了二百七十五分之一这个极小的份额，仅仅比没有强一点，但是那位一直在阅读《圣经》的船主非但不同意，而且觉得就算给他七百七十七分之一还太多了，为此这位道貌岸然的长者还与另外一个股东大打出手。这充分表现了商品经济与资本竞争对美国社会的价值体系产生的深刻影响。在当时的社会背景下，比勒达那种人的所作所为不难理解，他的信仰决不可能超越他的生存环境。难怪书中的叙述者伊希米尔这样评价比勒达："很可能他早就得出了一个明智实际的结论：一个人的宗教信仰是一回事，而现实的世界则完全是另外一回事，这个世界可是支付股利的。"①

三　工业化进程中的文化渗透

在《共产党宣言》里，马克思和恩格斯关注到由于大工业的发展而建立起来的世界市场，"资产阶级，由于开拓了世界市场，使一切国家的生产和消费都成为世界性的了。……新的工业的建立已经成为一切文明民族的生命攸关的问题；这些工业所加工的，已经不是本地的原料，而是来自极其遥远的地区的原料；它们的产品不仅供本国消费，而且同时供世界各地消费。……过去那种地方的和民族的自给自足和闭关自守状态，被各民族的各方面的互相往来和各方面的互相依赖所代替了。物质的生产是如此，精神的生产也是如此。各民族的精神产品成了公共的财产。民族的片面性和局限性日益成为不可能，于是由许多种民族的和地方的文学形成了一种世界的文学"。② 这里讨论的是两个问题：第一个是现代工业的发展与商品的流通必定会冲破国家的疆界，将世界变成一个互相依赖的地球村；第二

---

① Herman Melville, *Moby Dick*, Penguin Popular Classics, 1994, p.87.
② 马克思、恩格斯：《共产党宣言》，中共中央马克思恩格斯列宁斯大林著作编译局译，第31页。

个是工业的全球扩张，必然引起各民族文化的互相交流与彼此渗透。关于这两点，《白鲸》这本小说都以实例给予了证明。

首先麦尔维尔记述了捕鲸产业在开拓世界市场方面所起的作用，他是这样写的："恕我直言，这个世界上最有权威的哲学家无论如何也不能找出那么一种和平力量，在过去六十年里像强劲发展的捕鲸业那样对这个世界产生过强大的影响。……在过去许多年里，捕鲸船在发现地球上最偏远、最不为人知的地域方面一直是先锋队。捕鲸船探寻过在海图上没有标记的海域和群岛，那些地方连库克和范库弗这样的大航海家也未曾涉足过。如今欧美的兵舰可以平安地航行于曾一度是野蛮人占据的海港，是的，的确应该向捕鲸船鸣礼炮致意，因为是捕鲸船最先给他们带路，最先在他们和野蛮人之间做了沟通。"[①] 他还提到，在捕鲸业兴盛之前，欧洲大陆只是以殖民的形式与外界交往，而商业交往则是由于捕鲸业的发展才开始的。这种商业交往就是马克思和恩格斯所描述的在世界市场进行的交易，用以交易的商品原料来自世界各地，交易的对象也遍及世界各地，这是现代工业发展的必由之路，表现了资本流通的必然趋势，它使我们看到，工业进步、商品流通与经济全球化是如何逐步实现的。尽管小说涉及的只是美国捕鲸产业的状况，但是作为整个工业机器的一部分，它的成长轨迹折射出资本主义工业化发展的广阔图画，如果追溯经济全球化的历史，《白鲸》这本小说给我们提供了真实生动的研究个案。裴廓德号捕鲸船就像个世界工厂，船上除了美国人以外，还有荷兰水手、法国水手、葡萄牙水手、英国水手、丹麦水手，等等，"在受雇于当今美国捕鲸业的数千名水手当中，在美国出生的占不到一半，不过，捕鲸船上的头目却几乎是清一色的美国人。美国捕鲸业的情形，跟美国陆军、海军和商船队以及受雇修建美国运河、铁路的工程队情形一样。我说情形一样，是因为在所有这些场合美国大肆提供脑力，而世界其他地方的人们则同样慷慨地提供体力。"[②] 世界范围内的工业扩张，除了剥削当地的廉价生产力，还要攫取当地丰富的资源，美国的捕鲸业为了达到这些目的，有时恃强凌弱公开地掠夺，有时坑蒙拐骗卑鄙地占有。有一次裴廓德号看见法国捕鲸船玫瑰蓓蕾号拖着两条臭气熏天的

---

① 麦尔维尔：《白鲸》，刘宇红、万茂林译，第 94 页。
② 同上书，第 103 页。

死鲸，二副斯塔布知道，死于消化不良的鲸鱼，其肠胃里有非常值钱的龙涎香———一盎司值一枚金币，他就骗法国船长说死鲸无利可图，还会传染瘟疫，当法国船把死鲸放掉后，美国人兴高采烈地"收获那凭着狡诈的手法而得来的果实"，取出了价值不菲的龙涎香。

　　除了资本主义工业全球扩张在经济层面产生的影响，《共产党宣言》更是注意到随着各地区、各民族闭关自守状态的结束，人们不仅在经济上互相依赖，而且在精神上互相影响，在文化上互相渗透，由此造就了一种世界文学。这种文学首先呈现出明显的强势文化的特点，先进生产方式的拥有者在推行自己物质文明的同时，也把自己的精神文明传播到世界各个角落，"资产阶级，由于一切生产工具的迅速改进，由于交通的极其便利，把一切民族甚至最野蛮的民族都卷到文明中来了。它的商品的低廉价格，是它用来摧毁一切万里长城、征服野蛮人最顽强的仇外心理的重炮。它迫使一切民族———如果它们不想灭亡的话———采用资产阶级的生产方式；它迫使它们在自己那里推行所谓的文明，即变成资产者。一句话，它按照自己的面貌为自己创造出一个世界"。① 过去西方国家曾以传教的方式，在世界各地播撒自己的文化，随着工业的发展，随着对剩余价值的贪婪追逐，它们又用金钱至上的价值观取代了对上帝的信仰，而资本的扩张也就意味着此种拜物教的扩张，这在《白鲸》中是显而易见的。例如亚哈船长利用一枚金币当诱饵，告诉水手们谁先看到白鲸，这枚金币就归谁所有，使得他们个个摩拳擦掌，欲罢不能。这种资产阶级拜物教甚至还玷污了神圣的教堂与宗教信仰，因为牧师布道时尽管还在讲《圣经》的约拿书，但其故事中已经处处体现新的价值取向。当约拿企图搭乘一条船逃跑时，船长首先考虑的是他是否有钱，至于他犯罪与否倒无所谓，这位牧师是这样说的："约拿的船长当初还是多少能识别罪恶的，但他的眼力只能从身无分文的人群中辨出善恶。在这个世界上，船友们，只要以钱开道，罪犯就可以通行无阻，无须护照。而正直的人，如果身为乞丐，就会寸步难行。"② 这位船长还趁火打劫，叫约拿付三倍的钱买船票，"只要有金钱铺路，就决心助他远

----

① 马克思、恩格斯：《共产党宣言》，中共中央马克思恩格斯列宁斯大林著作编译局译，第31页。
② 麦尔维尔：《白鲸》，刘宇红、万茂林译，第37页。

走高飞"。① 由此可见，物质文明对于精神文明的侵蚀，如果连神职人员都被腐化至此，普通人又如何能幸免呢？

马克思所提到的工业扩张带来的多种文化互相渗透，主要表现在西方世界的强势文化蚕食弱势民族的边缘文化。这是当代后殖民主义批评的论述重点。对于文化帝国主义的霸权行径，赛义德在其著作中多次提到。在讨论欧洲与东方的关系时他说："……欧洲总是处于强势地位，更不用说是统治地位……那种以政治、文化，甚至宗教为基础的至关重要的关系——在西方，这是我们在这儿所关注的——被看作是一个强大的和一个弱小的合作者的关系。"② 由于二者地位悬殊，强者便拥有话语权，他是观察者，他也是言说者，而那个沉默的他者只能被观察、被言说，没有任何表达自己的权利。这种欧洲中心主义的叙述视角，毫无疑问会体现在《白鲸》的叙述者伊希米尔与异教徒隗魁的关系中。在伊希米尔眼里，隗魁只是个野蛮人，他没有文化，缺乏教养，不洗脸，不喝热咖啡，向一个畸形的小木偶顶礼膜拜，行为古怪，最可怕的是，他还是一个食人生番，走街串巷贩卖死人脑袋。其实将有色人种和非基督徒类型化、恐怖化是欧洲中心主义者的一贯做法，他们把自己的文化描写得开明人道，把肮脏龌龊的特性与异教徒联系起来。在他们的笔下，他们自己是"理性的、道德的、成熟的、正常的"，而他们的异己则是"非理性的、堕落的、幼稚的、异类的"，③"是我们西方人决定谁是好的谁是坏的土著居民，因为所有的当地人只有经过我们的认可，才能像样地生存下去。我们造就了他们，我们教会他们如何讲话，如何思考，假如他们起来造反，那恰好证明了我们对他们的看法是正确的，即他们只是些愚蠢的孩子，受到了某些西方主子的迷惑"。④ 他们这样做的目的是让全世界都承认一个事实：只有欧洲文明才是先进文化的代表，所以理应成为世界的主宰，其他非欧裔人种的所谓无知、懒惰、邪恶只能作为欧洲人长期统治他们的借口，让他们永远匍匐在欧洲人脚下当牛做马。

---

① 麦尔维尔：《白鲸》，刘宇红、万茂林译，第38页。

② Edward W. Said, *Orientalism*, Routledge & Kegan Paul, London and Henley, p. 40.

③ Ibid. .

④ Edward W. Said, *Culture and Imperialism*, Vintage Books, New York, 1993, p. xviii.

　　然而，让欧洲文明永远主宰世界，只不过是欧洲中心主义者的一厢情愿，因为即便在西方作家的作品中，我们仍然可以感觉到边缘文化对中心文化的解构作用。在《白鲸》这部小说里，伊希米尔一方面厌恶陂魁的野蛮无知，另一方面则喜爱他的正直善良。比如伊希米尔深夜投宿大鲸客店时，如果不是厚道的陂魁同意跟他合住一床，他就只得露宿街头了。陂魁虽然是个所谓的野蛮人，但却善解人意，有时举止非常文明。因为同寝一床，在早上起床时，他怕伊希米尔感到尴尬，便自己匆匆先穿上衣服出去，让伊希米尔独处房中，慢慢穿衣。最令伊希米尔感动的是陂魁的率直淳朴，他在与伊希米尔分享了自己的一袋烟后，宣称和伊希米尔已经是夫妻了，也就是成为好朋友了。为此，他拿出自己的全部家当三十块钱，执意要分给伊希米尔一半，并不容伊希米尔推辞，他还说为了朋友他可以两肋插刀。与虚伪冷酷的基督徒相比，陂魁这个异教徒是更加强大的救赎力量，难怪伊希米尔会说："我觉得全身都在消融。我那破碎的心和发狂的手不再反抗这个虎狼的世界。眼前这个让人得到慰藉的野人已经救赎了整个世界。"①陂魁的人格魅力渐渐融解伊希米尔的欧洲中心主义偏见的坚冰，使他这个基督徒经过思想斗争，最终同意参与崇拜那个古怪的小木偶的仪式，因为他觉得上帝的旨意，是让人类平等相待，那么参加彼此的宗教仪式就体现了双方的平等，所以他勇敢地走出了这一步。其实伊希米尔的成长故事是麦尔维尔这部小说的主要内容，他的成熟过程，就是他对世界重新认识的过程，其中陂魁起了至关重要的作用。是陂魁这个异教和边缘文化的代表，使他看到世界文化的多样性，看到他者文化的闪光之处，同时意识到欧洲文化的狭隘与偏激。当伊希米尔与陂魁彼此宽容、以诚相待时，读者禁不住为这人类心灵的碰撞而感动，体会到边缘文化对中心文化的解构力量，憧憬着多元文化的相互包容。赛义德精辟地论述了文化的多元性，他说："一切文化的历史都是文化借鉴的历史，多文化之间不是不能渗透的；这正如西方科学曾借鉴于阿拉伯人，阿拉伯人也曾向印度和希腊借鉴，文化从来就不仅仅是所有权的问题，没有绝对的只借贷的债务人和只放贷的债权人。文化是不同文化间的彼此适应，共同经验，互相依存。这是全球通行

---

　　①　麦尔维尔：《白鲸》，刘宇红、万茂林译，第44页。

的道理。"①

　　文学批评家通常认为麦尔维尔不属于现实主义作家，鉴于他的写作内容与风格，他被归类于浪漫主义流派。但是，人们很难超越自己的生存环境，特定时期的经济基础与意识形态，一定会养育出相应的文化阶层。麦尔维尔是工业现代化时期的美国作家，他用自己手中的笔，向我们描绘了那个时代的美国社会。与同时代的许多作家相比，他具有更加敏锐的观察力和社会责任感。当他们还在为美国式的民主与平等纵情高歌时，麦尔维尔已经看到了资本主义工业化的种种利弊；在痛斥物欲横流的价值观念的同时，他也觉察出多种文化并存，互相取长补短的可能。浩瀚的人类历史，正因为有了他这样的作家，才得到丰富的文学验证。

---

① Edward W. Said, *Culture and Imperialism*, p. 217.

第四章

大众化杂志、进步知识分子和公众舆论的形成

——美国黑幕揭发运动研究

20 世纪初，美国社会从农业文明向工业文明的转型接近尾声。它也毫无例外地出现了一个发展的悖论：经济腾飞，国力位居世界第一，但伴随而来的金钱至上、社会道德堕落、官商勾结、滥用童工等种种不公正的腐败现象仍然肆虐美国。一批新闻记者和作家为了社会正义，利用大众化杂志为传播媒体，借助深度解析的报道和鞭辟入里的言论，对此等社会现象进行了长达十年的揭露和抨击。史称"黑幕揭发运动"。该运动的兴起，标志着美国社会批判理性的成熟，充分体现了现代知识分子参与社会并监督其正常发展的规模效应和历史责任感。黑幕揭发者的笔触深入到了美国社会的各个黑暗角落，他们犀利尖刻的笔锋不断刺激着美国人麻木的神经，使他们逐渐意识到问题成堆的社会现状，从而产生了渴求变革的心理。20 世纪初美国社会改革的舆论环境由此而形成。黑幕揭发运动与美国进步主义改革运动几乎相始终。它们之间的因果关系不容忽视。

路易斯·菲勒教授被认为是研究美国黑幕揭发运动史的最权威的美国历史学者。[①] 他把黑幕揭发运动与 19 世纪末 20 世纪初的自由主义思潮和进步主义运动有机地结合起来，并认为"黑幕揭发需要一个强大的进步主义运动来贯彻和推动"。[②]

---

① Peter Conn, *The Divided Mind*：*Ideology and Imagination in America*，*1898 - 1917*，Cambridge，1983，p. 50.

② Louis Filler, *The Muckrakers*：*Crusaders for American Liberalism*，Stanford，1993，p. xix.

不过，最早一部研究黑幕揭发运动的专著是 C. C. 热吉尔 1932 年发表的《黑幕揭发者时代》。作者认为，黑幕揭发者及其作品没有得到足够的历史评价，黑幕揭发虽然不是新鲜事，但 20 世纪初十年中所不同之处在于大量作家齐心协力，利用大众化杂志的渲染而发起了一场黑幕揭发运动。① 某种程度上可以说，"黑幕揭发运动"（the muckraking movement）的提法是热吉尔最早提出来的。此外，在学界普遍持黑幕揭发者们只"重揭露问题而非解决问题"的观点时，大卫·马克·查默斯认为，黑幕揭发者们不仅揭露问题而且对问题还提出了相应的解决方案。② 罗伯特·米拉尔迪则从新闻学角度探讨了黑幕揭发新闻的性质及其衰落的原因。③ 1970 年在华盛顿召开的美国历史协会年会上举办了一个名为"黑幕揭发与社会危机"的专题讨论会，由此而出现了一系列讨论美国历史上的黑幕揭发现象的论文，1973 年由约翰·M. 哈利森和哈里·H. 斯泰因编辑出版，题为《黑幕揭发：过去、现状和将来》。④ 该文集包括了对 20 世纪初和 70 年代美国历史上两大黑幕揭发高潮的研究。会议的召开和文集的出版，凸显出黑幕揭发在社会发展中的历史地位。

相对而言，国内关于美国黑幕揭发运动的研究较为贫乏。李剑鸣教授率国内学界之先，把黑幕揭发运动融入 20 世纪初美国进步主义运动进行研究，认为黑幕揭发者们所揭露的社会问题为进步派改革指明了方向。"不少黑幕揭发著作成为改革的重要依据，而不少黑幕揭发者本人，则是坚定的改革派"⑤。展江教授则围绕组织翻译美国黑幕揭发报道经典作品和黑幕揭发报道先驱林肯·斯蒂芬斯自传，阐述了一些译后体会。他认为，黑幕揭发运动历时不久，然而它的影响的深广度是新闻和文学史上罕见的，它在动荡而复杂的社会变革中帮助国人形成共识，为最终完成社会转型进行了全民族的心理调适。黑幕揭发报道也成为美国当今威力最为强大的新闻舆论监督样式——调查性报道的先声。⑥

---

①　C. C. Regier, *The Era of the Muckrakers*, Chapel Hill, 1932, p. 195.

②　David Mark Chalmers, *The Social and Political Ideas of the Muckrakers*, New York, 1970.

③　Robert Miraldi, *Muckraking and Objectivity*, New York, 1990.

④　John M. Harrison and Harry H. Stein, *Muckraking: Past, Present and Future*, Pennsylvania, 1973.

⑤　李剑鸣：《大转折的年代——美国进步主义运动研究》，天津教育出版社 1992 年版，第 72 页。

⑥　林肯·斯蒂芬斯：《新闻与揭丑》（I、II），展江、万胜主译，海南出版社 2000 年版。

一

　　黑幕揭发运动产生的条件主要有两个：社会问题盛行和大众化杂志的兴起。前者为黑幕揭发者们提供了揭露素材，后者为运动的传播创造了条件。①

　　19世纪下半叶巨大的经济变化导致美国社会两极分化，"强盗大王"们（robber barons）恣意妄为，连带引发一系列社会问题，为揭发者们广泛揭露提供了丰富的素材。②"如果企业和政治真正是服务于人民，黑幕揭发者就不可能吸引这么多人相信他们的指控"。③

　　美国人经过南北内战洗礼之后变得更加现实世俗，崇尚物质主义和拜金主义，关注物质进步，追求金钱财富，使人沦为经济动物、金钱的奴隶。"美国在创造财富的过程中，似乎正面临失去灵魂的危险"④。美国人的道德观念开始沦丧，社会生活一派混乱，出现了李剑鸣教授所形容的"工业文明综合症"⑤：

　　1. 经济结构上非法垄断

　　垄断是19世纪下半叶主要西方工业国家的经济现象。美国从19世纪70年代开始数十年，先后出现过垄断程度不一的三种组织形式：合伙经营（pool）、托拉斯（trust）和控股公司（holding company）。⑥其中以"托拉斯"为主，故美国有"托拉斯帝国"之称。事实上，美国历史上第一次企业合并运动的高峰期就在1897—1903年。⑦约翰·穆迪在1904年出版的《托拉斯实录》一书中表明，这段时间里，大大小小318家工业托拉斯合并

---

① 肖华锋：《美国黑幕揭发运动研究》，博士学位论文，复旦大学，2000年，第101页。

② 参见肖华锋《论19世纪下半叶美国"强盗大王"们的财富学说》，《江西师范大学学报》2000年第3期；《19世纪末20世纪初美国公司化运动》，《江西师范大学学报》2002年第1期。

③ Walter Lippmann, *Drift and Mastery*, New York, 1917, p. 4.

④ Harold Underwood Faulkner, *The Quest For Social Justice*: *1898 – 1914*, New York, 1931, p. 81.

⑤ 李剑鸣：《大转折的年代——美国进步主义运动研究》，第24—42页。

⑥ 肖华锋：《论19世纪末20世纪初美国公司化运动》，《江西师范大学学报》2002年第1期，第34页。

⑦ Samuel P. Hays, *The Response to Industrialism*: *1885 – 1914*, Chicago, 1995, p. 72.

了几乎5300家不同的工厂。① 最终是，在50个不同的行业里，产量的60%以上分别被50家不同的公司垄断。譬如，杜邦和通用电器分别垄断化工产品和电力市场的85%。② 1895—1904年，美国钢铁公司吞并了170家公司，控制65%的市场；美国烟草公司吸收了162家公司，结果赢得了90%的市场。至1901年底，美国运输业务繁忙的铁路线实际上95%集中在6家强有力的集团手里。

公司合并虽然有利于企业做大做强，朝大规模发展，某种程度上也有利于经济稳定，但无疑加剧了垄断、遏制了市场竞争，最后使市场经济产生变异。当时美国大部分社会问题是美国企业垄断、公司化的结果，是这一运动的负面效应。黑幕揭发者们关注于此是情理之中的事了。

2. 社会结构上两极分化

财富分配的两极化在19世纪末趋于登峰造极。仅占美国家庭总数0.016%的最富之户，在1860年占有全国财富的比例是3.6%，到1890年上升为9.6%。1891年，《论坛》杂志刊登托马斯·G. 希尔曼撰写的文章《随之而来的亿万富翁》，预测美国至少有120名资产超过1000万美元的富翁；1892年，《纽约论坛报》列出了4047位有名的百万富翁；据国情普查局统计员1893年披露的材料，估计当时9%的家庭占有全国财富的71%。据统计，在19世纪40年代，整个美国的百万富翁不足20位，但到1910年，仅坐在美国参议院的百万富翁就可能超过20位。③ 另一说是，1860年美国百万富翁只有3位，但40年后已增至3800位左右。全国十分之一的人口控制了全国十分之九的财富。④ 由于工业化和机械化，削弱了庞大的农民队伍，代之而起的是一支城市无产阶级大军。1900年，美国工业委员会报道说，全国人口中60%—88%都是穷人和赤贫者。⑤ 1896—1910年间，

① Cited from *The Quest for Social Justice*：*1898 - 1914*，written by Harold Woodman Faulkner，p. 28.

② Sean Dennis Cashman，*America in the Age of the Titans*：*the Progressive Era and World War I*，New York University，1988，p. 40.

③ Richard Hofstadter，*The Age of Reform*，New York，1955，p. 136.

④ Arthur and Lila Weinberg，*The Muckrakers*：*the Era in Journalism that Moved America to Reform—the Most Significant Magazine Articles of 1902 - 1912*，New York，1961，p. XIII.

⑤ John J. Broesamle，*Reform and Reaction in Twentieth Century American Politics*，New York，1990，p. 33.

最富的 1% 人口所掌管的国民财富从 8% 增长到 15%。同一时段，美国国民生产总值翻了三番，但工人总工资只翻了两番，这反映工人的经济地位相对下降。城市的发展带来了机会和自由，但同时也带来了危险和冲突。①

3. 官商勾结，腐败行径层出不穷

美国民主制日益受到严峻考验。政治腐败在美国并不新鲜，但至 20 世纪，该问题变得越来越严重。人口的飞速增长、国家的工业化和城市化加剧了各级政府行政管理的困难，这是政治腐败严重化的客观原因。而政府官员挡不住金钱的诱惑，利用手中权力，官商勾结、权钱交易，是政治腐败的人为因素。结果是，上至国会，下至市政府，都成了贪污腐败分子聚会的场所。世纪之交的美国参议院被称为"百万富翁俱乐部"。克利斯托弗·P. 康诺利发现，"怀俄明州的弗兰西斯·E. 沃伦经营企业失败，但当上参议员后却成了百万富翁"。② 整个参议院除拉福莱特、贝弗里奇、蒂尔曼等以外，大多数参议员都是有权有势的政党老板或公司老板。"几乎没有一个参议员不代表公司"。③ 因此，在整个改革过程中，参议院一直扮演一个最保守最反动的角色。无论是纯净食品问题、铁路问题，还是关税问题，参议院都是顽固不化，一切进步的立法总在参议院被扼杀。为此，参议院遭到了各派进步人士的谴责和攻击。其中抨击最激烈的当属黑幕揭发者大卫·格雷厄姆·菲利普斯，他在其系列文章《参议院的背叛》里，开门见山地写道："……背叛是一个强硬措辞，但用来概括现在的参议院特点，却一点都不算强硬，甚至还非常弱。……参议员都不是人民选出来的，他们都是由'利益集团'选出来的。"④ 而黑幕揭发运动的先驱林肯·斯蒂芬斯则不遗余力地揭露美国市政腐败问题。⑤ 1907 年，他声称："我的特殊职业就是揭露贪污、贪污分子和总的美国政治不公正的情况。"⑥

---

① Otis Pease, *The Progressive Years: the Spirit and Achievement of American Reform*, New York, 1962, p. 5.

② David Mark Chalmers, *The Social and Political Ideas of the Muckrakers*, p. 29.

③ Louis Filler, *The Muckrakers*, p. 247.

④ Cited from Arthur and Lila Weinberg, *The Muckrakers*, p. 69.

⑤ 肖华锋：《林肯·斯蒂芬斯与美国市政腐败》，《江西师范大学学报》2001 年第 1 期，第 3—10 页。

⑥ Otis Pease, *The Progressive Years: the Spirit and Achievement of American Reform*, p. 131.

　　诸如此类问题，都是有识之士值得揭露的黑幕。"面对一个弊病丛生的社会，冬眠已久的社会批判意识开始觉醒了"。

　　出现上述问题，主要是因为社会立法严重滞后于经济发展所致，经济腾飞与社会进步没有同步进行。一个社会只有物质文明建设与精神文明、政治文明建设并举，才能保证社会的健康运行。社会管理一旦落后于经济发展，继续放任自由，那些所谓的"能人"就会钻法律的空子，非法发展，牟取暴利，影响社会的安定。而当时的美国人大部分仍然陶醉于"美国例外论"的浪漫思想中，过分强调个人的自由和成就，以至于个人与社会的冲突达到极点。美国社会到了不得不调整的地步了。20世纪初由西奥多·罗斯福总统发起进行的一系列社会立法和改革可以说是政府的积极反应，为美国健康和谐地发展起到了力挽狂澜的作用。而这场改革实际上是罗斯福总统尊重当时社会各方，尤其是由新闻记者、文学家组成的"黑幕揭发"共同体对社会的不满和揭露所致。但是，在19世纪下半叶，美国人抨击社会问题的方式主要是通过一些工人运动和农民运动，如格兰其运动、人民党运动、工人大罢工等。比较而言，虽然新闻记者和文学家积极揭露社会黑幕，但此时的新闻出版界同样摆脱不了社会大环境的影响，以追求经济利益为圭臬，内容风格以不负责任的煽情新闻、黄色新闻为主。① 黑幕揭发未成规模。

　　廉价的大众化杂志的兴起，为黑幕揭发文章的普及进而形成一场全国性运动创造了良好的传播条件。可以说那些大众化杂志是黑幕揭发者们自我宣传的阵地，是黑幕揭发运动的喉舌，由于大众化杂志的兴起，"黑幕揭发"才有能力吸引全国范围的受众。② 故而大众化杂志有"黑幕揭发杂志"（the muckraking magazines）之称。

　　经过1865年至1914年的发展演变，美国报刊业完成了大众化过程。③从时段上来说，美国杂志的大众化比报纸晚了十多年，但毫无疑问，站在黑幕揭发运动最前线的是那些大众化杂志而非报纸。④ 黑幕揭发新闻之所以

---

① 肖华锋：《美国黑幕揭发运动研究》，博士学位论文，复旦大学，第74—93页。
② Arthur and Lila Weinberg, *The Muckrakers*, p. xviii.
③ 肖华锋：《论美国报刊媒体的大众化：1865—1914》，《史学月刊》2001年第11期。
④ 肖华锋：《美国黑幕揭发运动研究》，博士学位论文，复旦大学，第74页。

能在杂志上流行，主要是因为杂志与报纸相比，有很大的优势：（1）报纸
篇幅小、时效短，其黑幕揭发新闻大多是关于报社所在地的新闻，只能刺
激一些地方抗议行动；而杂志篇幅大，能容纳信息量大、分析全面、大范
围地揭露全国性问题的黑幕揭发文章，且面向全国发行。正因为如此，20
世纪初的黑幕揭发者们很容易地就形成一股全国性的揭发运动。（2）黑幕
揭发新闻的文学性更强，许多黑幕揭发者介于新闻记者和文学家之间，由
于其新闻报道的时效性要求不如报纸那么强，有些黑幕揭发文章要经过杂
志记者几个月甚至数年的往返奔波和调查才能撰就。因此，他们的文章篇
幅大、可读性强，作者可言情并茂、栩栩如生地揭露某一问题的细节从而
达到震撼读者灵魂的目的，杂志容量大的特点正好满足了这一要求。① 从黑
幕揭发新闻来讲，"大众报纸只能充当那些伟大的黑幕揭发杂志的副手"。②

　　1890—1915 年被认为是美国杂志史上的黄金时期。③ 之前，美国有影
响的杂志有四家：《哈泼氏》《世纪》《大西洋月刊》《斯克里布纳氏》。它
们主要是高级文艺性杂志，旨在培养读者的文化品位，对当代的政治经济
尤其是与普通美国人生活密切关联的问题少有刊载④；而且价格昂贵，除
《斯克里布纳氏》定价 25 美分外，其余均为 35 美分。无论从内容上还是价
格上，都不利于杂志的普及。其发行量都有限，一般在 13 万册左右。⑤

　　我们可以从定价和内容风格的变化来看美国杂志的大众化。与传统的
文艺性杂志相比，新杂志明显带有现代社会的市场气息：价格低廉、内容
通俗并具有现实性。它们的主编"不是文人而是企业发起人"，把杂志作为
企业来办，而不是把它们看作纯粹的文化事业。故主编们的市场竞争意识
强烈。为争取更多读者，在 19 世纪 80 年代末 90 年代初，以塞缪尔·S. 麦
克卢尔、约翰·布里斯本·沃克和弗兰克·A. 芒西为代表，在美国杂志界
掀起了一股竞相降价的风潮。1893 年，芒西率先将其《芒西氏》降至 10
美分。沃克的《世界主义者》甚至在 1898 年调整为年定价 1 美元，一直持

---

① 肖华锋：《论美国报刊媒体的大众化：1865—1914》，《史学月刊》2001 年第 11 期。

② Louis Filler, *The Muckrakers*, p. 30.

③ Peter Lyon, *Success Story: the Life and Times of S. S. McClure*, New York, 1963, p. 114.

④ C. C. Regier, *The Era of the Muckrakers*, pp. 11 – 12.

⑤ Richard Hofstadter, *The Age of Reform*, p. 192.

续到 1911 年。①

　　把杂志价格降为 10 美分，满足了普通收入读者的文化消费，最直接的效果是杂志的发行量急剧上升。《麦克卢尔氏》《世界主义者》《芒西氏》《柯利尔氏》《人人杂志》《妇女家庭杂志》等月发行量均在几十万份以上。数十万的发行量于当今而言，也许不算大刊物，但相对于 20 世纪初只有7800 万人口的美国来说，就是销量非常大的杂志了。平均来讲，1893 年后，10 美分杂志使得整个美国的杂志读者增加了 4 倍。② 芒西估计，1893年至 1899 年，10 美分杂志使购买杂志的人从 25 万增加到了 75 万。③ 同时，更严肃的非小说类杂志也一直在培育读者对政治和经济问题的兴趣。由此，热吉尔认为，三大新的因素进入了美国生活：至少有 50 万从未买过杂志的人正在购买杂志，这标志着杂志读者可能增加两百万人；相当数量的人以前读报纸，现在转向看杂志；以营利为目的，满足读者所需，尽量激发读者兴趣的大众化杂志已经出现。④

　　某种程度上，我们可以说，降价促使了杂志发行剧增，形成了 19 世纪末 20 世纪初杂志发行的第一高峰期。杂志发行的第二高峰期是在"黑幕揭发时代"。这是杂志内容改革的结果。

　　查默斯认为，1903 年至 1912 年的黑幕揭发时期，大众化杂志的月均发行量超过 300 万册，有时当《星期六晚邮》和《妇女家庭杂志》努力追求规模的时候，总发行量会高达 500 多万册，其影响深入到 2000 多个美国家庭当中⑤。《人人杂志》1903 年的发行量是 15 万册，1904 年 25 万册，而至 1905 年又翻了一番，其直接原因是因为托马斯·W. 劳森的"疯狂的金融"的连载⑥。可见"黑幕揭发"成为新杂志主编用来提高发行量而使用的最成功的手段。以前，激起公众舆论由报纸完成，而现在都由各家杂志

---

　　① Frank Luther Mott, *A History of American Magazines*（*1885 – 1905*）, Massachusetts, 1957, pp. 484 – 485.

　　② Russel B. Nye, *Midwestern Progressive Politics: A Historical Study of its Origins and Development*（*1870 – 1958*）, Michigan, 1951, p. 170.

　　③ C. C. Regier, *The Era of the Muckrakers*, p. 20.

　　④ Ibid., p. 21.

　　⑤ David Mark Chalmers, *The Social and Political Ideas of the Muckrakers*, New York, 1964, p. 11.

　　⑥ Louis Filler, *Muckraking and Progressivism in the American Tradition*, New Brunswick, 1996, p. 335.

"接管"过来了。① 这种现象与杂志的大众化和通俗化是分不开的。借助黑幕揭发推动改革，这方面没有谁的影响比那些大众化杂志大。②

综上所述，我们可以看出，从 19 世纪下半叶开始，美国出现了一个文化商品市场。这一市场推动了美国大众文化的发展。作为大众文化的一部分，大众媒介的出现实际上就是文化商品化和市场化的结果。哈贝马斯认为，市场在推动新闻媒介大众化上主要体现两大功能：首先创造条件使公众有能力获得文化商品（指报刊），然后，通过降低产品价格，从经济上增强更多公众的获取能力；根据自己的需求，调整文化商品的内容，从心理上增强各个阶层民众的获取能力③。根据哈贝马斯的理论，再反观美国大众媒介出现的历程，我们可以看出，从经济上或心理上增强公众获取文化商品的能力，实际上就是大众媒介产生的两大必要条件：其一，降低价格；其二，内容通俗化并贴近普通人的现实生活。大众化杂志的出现无疑为美国黑幕揭发运动的出现创造了一个广阔的公共讨论的空间。不容否认，这些杂志也成为 20 世纪初黑幕揭发运动最有力的宣传媒体，为同时期的美国进步主义改革做出了伟大贡献。如果没有这些大众化杂志，黑幕揭发记者的努力几乎会付诸东流。④

二

黑幕揭发运动主要是美国新闻界发动的一场社会批判运动，是一场文化运动而非政治运动。⑤ 黑幕揭发者们"希望通过劝勉和道义上的规劝来刺激其同胞参加一场道德改革运动"⑥。实际上，他们是在通过批判进行社会转型阶段的文化重建。

由此，我们不能否认黑幕揭发运动的自下而上性。这就自然提出了一

---

① Harold Underwood Faulkner, *The Quest For Social Justice*: *1898 – 1914*, p. 257.

② Ibid., p. 112.

③ 哈贝马斯：《公共领域的结构转型》，学林出版社 1999 年版，第 191—192 页。

④ C. C. Regier, *The Era of the Muckrakers*, p. 11.

⑤ 肖华锋：《美国黑幕揭发运动评释》，《世界历史》2003 年第 3 期，第 12—20 页。

⑥ Stanley K. Schultz, "The Morality of Politics: The Muckrakers' Vision of Democracy", *The Journal of American History*, vol. 52, Sept. 1965, p. 530.

个必须要考虑的命题：黑幕揭发运动要达到其预期效果和目的，就必须要有广泛的社会支持。我们可以用一个倒"金字塔"线式（中产阶级—黑幕揭发者—西奥多·罗斯福总统）来描述该运动广泛的社会支持。

（一）

19世纪下半叶，随着美国经济的"腾飞"和工业化，美国社会阶级对抗加剧，这从当时大规模的工农组织和工农运动可见一斑。值得注意的是，美国工业化不仅仅制造了两大对抗阶级——工业资产阶级和工业无产阶级，而且使中产阶级异军突起，成为美国社会的中坚力量。在社会贫富两极分化加剧、社会骚动和阶级冲突越来越激烈的情况下，中产阶级积极倡导改革，成为19世纪末20世纪初美国社会改革的动力。可以说，中产阶级是美国社会的黏合剂，是他们保证了美国社会和平而稳定地从无序向有序转型。[①] 美国黑幕揭发运动获得的最有力的社会支持就是当时新兴的中产阶级。

一般来讲，只有在工业社会里，中产阶级才能成为社会主流。[②] 关于中产阶级的定义，学界见仁见智，莫衷一是。[③] 笔者认为，划分中产阶级，必须强调两个条件：中间地位（经济地位与社会地位）和较好的素质（文化素质与社会责任感）。中产阶级都是脑力劳动者，工作相对固定，收入较高。他们不为生活发愁，且有一定闲暇，故有时间和精力去参加社会活动和献身于公益事业。[④] 根据这些特点，我们可以把中产阶级归为两大类：专业技术人员（医生、律师、教师、新闻记者、建筑师等）和公司、政府里从事脑力劳动的白领阶层（公司非生产性雇员和政府公务员等）。

以前学界为论证帝国主义的腐朽性和垂死性而过分强调资产阶级和无产阶级的对抗性，忽略了对中产阶级的研究。事实上，在帝国主义时期的整个西方，恰恰是中产阶级的力量促进了一系列社会进步改革，保证了资

①　肖华锋：《19世纪后半叶美国中产阶级的兴起》，《文史哲》2001年第5期，第120页。

②　李庆余、周贯银：《美国现代化道路》，人民出版社1994年版，第3页。

③　张友伦：《当代美国社会运动和美国工人阶级》，天津人民出版社1991年版，第243—249页；陈恕祥主编：《美国贫困问题研究》，武汉大学出版社2000年版，第209—215页。

④　肖华锋：《19世纪后半叶美国中产阶级的兴起》，《文史哲》2001年第5期，第121页。

本主义社会的稳步发展。中产阶级在某种程度上起到了社会"安全阀"的作用。

在美国进步主义时代，虽然劳资冲突依然激烈，但是中产阶级人数突飞猛涨。1870年，有75万人分别担任经理、带薪水的专业技术人员、推销员和办公室工作人员等，至1910年，增至五个人中就有一个担任这些工作①。霍夫斯塔德认为，新中产阶级的人数不论是绝对数还是相对数都在快速增长。1870—1910年，美国总人口增长两倍多，其中工人阶级增长3倍，农民增长1倍，旧中产阶级只增长2倍，但新中产阶级增长了8倍，人数从75.6万人增至560.9万人，成为中产阶级中的多数，占63%②。他同时认为，20世纪初的进步主义有别于19世纪末人民党主义之处是"城市中产阶级不仅参加了反抗潮流，而且还担负了运动的领导责任"。③

中产阶级中职业性最强、社会地位最高的是属于知识分子阶层的专业技术人员，如医生、律师、建筑师、教师和新闻记者等。1900年，美国专业技术人员已达到120多万人。④人数虽然少，但他们的思想传播对当时的改革舆论导向作用却非常大，⑤为20世纪初在美国形成一个健康的公众舆论环境起到了至关重要的作用。

如前所述，中产阶级尤其是知识分子具有一种神圣的社会责任感，他们所发表的意见对社会是一种监督。知识分子的天职就是批评。笔者曾就"（大众）意见"和"（公众）舆论"进行区别，⑥认为"大众"是一物质现象，可能为一，指"全体人口"，"大众意见"往往是随意的、无组织的，甚至是狂热的，其盲从性很强，可以说都是些"乌合之议"；而"公众"是一社会心理概念，往往随问题而生，有多少问题就有多少公众，"公众舆论"中总是有一些舆论主导人在通过印刷文字进行舆论诱导，其批判性和政治目的性非常明显，即为了发现问题、解决问题，是较为理性的意

---

① Steven J. Diner, *A Very Different Age：Americans of the Progressive Era*, New York, 1998, p. 156.

② Richard Hofstadter, *The Age of Reform*, p. 218.

③ Ibid., p. 131.

④ Alan Dawley, *Struggle for Justice：Social Responsibility and the Liberal State*, Massachusetts, 1991, p. 20.

⑤ 肖华锋：《19世纪后半叶美国中产阶级的兴起》，《文史哲》2001年第5期，第124页。

⑥ 肖华锋：《美国黑幕揭发运动研究》，博士学位论文，复旦大学，第1—20页。

见。从中可见"大众意见"到"公众舆论"的递进关系。"公众舆论"是公共领域意见交流的结果，是大众意见经过中间媒介提炼的产物。所以，"公众舆论"的形成过程本身就是一个舆论导向过程。

不容否认，大众化杂志的兴起为20世纪初美国"公众"公开讨论社会问题创造了一个较为民主而透明的公共领域。正是这些杂志把黑幕揭发者们的批判精神和批判信息传播给全国受众，从而产生了一场颇有声势的黑幕揭发运动，无论是从新闻监督抑或文化批判角度看，都达到了令人满意的改革效果。但是，若没有黑幕揭发者的支持，《麦克卢尔氏》等自然无法承担"黑幕揭发"的重任。[①] 两者的关系是相辅相成的。菲勒教授认为，黑幕揭发杂志的力量最终在于"公众要求揭露。它们是因为刊载了抨击力最强的文章才变得强大，而非那些毫无攻击性的文章。所以，继续满足公众需求的是黑幕揭发者本身而不是杂志的编辑们"。[②] 因为这些杂志的主编们不仅是文化人，更大程度上是企业家。"黑幕揭发"只是他们牟利的手段。如此目的自然决定了主编们的事业必定会受到各垄断公司的钳制，或被吞并或以撤走广告相威胁，黑幕揭发事业难以持久。[③]

（二）

黑幕揭发运动的参与者遍及各行各业，大学教授、改革家、环境保护主义者、牧师和政府官员，等等，兼而有之。[④] 他们积极撰文揭露社会黑幕。1903—1912年，仅在《麦克卢尔氏》《世界主义者》《美国人杂志》等10多家大众化杂志上就刊登了2000多篇黑幕揭发文章。但其主要发动者和参加者是一批新闻记者。查默斯认为，堪称职业黑幕揭发者的是12位男记者和1位女记者[⑤]，他们撰写了600多篇黑幕揭发文章和90本著作，

① John M. Harrison and Harry H. Stein, *Muckraking：Past，Present and Future*, p. 29.

② Louis Filler, *The Muckrakers：Crusaders for American Liberalism*, p. 342.

③ 肖华锋：《试析美国黑幕揭发运动衰落的原因》，《史学月刊》2000年第3期，第79—85页。

④ David Mark Chalmers, *The Social and Political Ideas of the Muckrakers*, p. 15.

⑤ 他们是萨姆尔·H. 亚当斯、雷·S. 贝克、C. P. 康诺利、伯顿·J. 亨德利克、韦尔·欧文、托马斯·W. 劳森、阿尔弗烈德·H. 路易斯、大卫·格莱汉姆·菲利普斯、查尔斯·E. 拉塞尔、厄普顿·辛克莱、林肯·斯蒂芬斯、埃达·塔贝尔（女）、乔治·K. 特纳。

几占黑幕揭发文章总数的三分之一。① 他们是运动的核心共同体，专门从事黑幕揭发体裁的新闻写作，且所揭露的领域各有分工，几乎涵盖了 20 世纪初主要社会问题，如政府腐败、托拉斯非法垄断、假药和食品不卫生状况、使用童工和种族歧视等。每个人在某个特定领域都能挖出秽闻，成为公认的权威。

黑幕揭发者大致分为两派：一是记者出身，其报道客观严肃，被称为"学者型"黑幕揭发者，代表人有林肯·斯蒂芬斯、埃达·塔贝尔等。斯蒂芬斯平均每年写 4 篇报道，对政府腐败进行了鞭辟入里的揭露。② 塔贝尔花了 5 年时间调查，只写了 15 篇报道，最后汇编成《美孚石油公司史》。在其宏篇巨著里，塔贝尔已暗示两大论点：垄断毁灭了健康的个人主义；且其手段是非法和不道德的。"美孚石油公司史"实际上是一部非法行为史，是这只"大手"如何攫取同行"战利品"，"扼杀其未来发展"的历史。③另一派是以大卫·格莱汉姆·菲利普斯和厄普顿·辛克莱为代表的"作家型"黑幕揭发者。前者通过《参议院的背叛》系列报道来揭露美国参议员的腐败行径，因其煽情味太浓而被西奥多·罗斯福总统奚落为"肮脏的、嘴臭的流氓"。④ 后者虽然只花了 7 周的实地调查，但凭借其妙笔生辉的才华，写出了揭露芝加哥屠宰场不卫生状况的《屠场》，影响巨大，直接推动《纯净食品及药物管理法》的出台。⑤

上述两派虽有客观与煽情之分，但其出发点都是严肃的。与"黄色新闻"歪曲事实，纯为满足读者的感官需求不同，黑幕揭发者之揭露是为了社会责任，其作品事实有据，他们运用煽情手法是为了更深入地唤醒公众良知，对塑造有利于社会改革的"民主公众"起到了很大的作用。⑥

这些黑幕揭发记者被菲勒教授称为"自由主义斗士"。他们一般出生于美国南北内战前后，林肯是他们从小所崇拜的偶像。他们大都来自美国西部或中西部地区，从小受到民主氛围的熏陶，而且家境富裕，多数人接受

---

① David Mark Chalmers, *The Social and Political Ideas of the Muckrakers*, p. 8.
② 肖华锋：《林肯·斯蒂芬斯与美国市政腐败》，《江西师范大学学报》2001 年第 1 期。
③ Ida M. Tarbell, *The History of the Standard Oil Company*, vol. 1, Massachusetts, 1963, p. 37.
④ Robert Miraldi, *Muckraking and Objectivity*, New York, 1990, p. 27.
⑤ 肖华锋：《〈屠场〉与美国纯净食品运动》，《江西财经大学学报》2003 年第 1 期，第 90—96 页。
⑥ 肖华锋：《美国黑幕揭发运动评释》，《世界历史》2003 年第 3 期，第 17 页。

过良好的早期教育和高等教育，有的还留学欧洲，吸收了科学的调研方法。作为新闻记者，他们综合了中产阶级的特点：有文化，有事业心，社会责任感强，崇尚资本主义价值观念，对前程充满乐观主义精神。他们光明磊落、信仰民主。他们认为，如果了解到弊病，就应该起来对它们采取行动。他们"耙粪"，是因为他们钟爱这个世界。尽管他们对不公平现象生气，但心中并没有仇恨。① 虽然对社会弊端揭露得淋漓尽致，但他们并不想推翻美国制度，而是希望通过揭露唤醒民心、推动改革、实现正义。每人都有一颗爱国心，深爱自己的国家。他们既是个人主义者又是民族主义者。② 对他们而言，美国虽然"丑陋不堪"，但仍然是他们的家乡，他们仍然是美国人，通过改革，美国终究会变好。③ 其根据就是美国人一时失落了的"自尊心"。④ 只要唤醒了这种自尊心，"流弊终会革除，美好时代终会到来"。由此，呼唤公民自尊心成了黑幕揭发者们揭露的主要目的。阿尔伯特·B.哈特在1912年写道："在这么繁荣和舒适的国家，居然有严重的问题，成千上万的美国人感到难以想象。……（但是）相当一部分人感到不满意和愤怒并将要改变面貌。"⑤ 黑幕揭发者就是这"相当一部分人"中的成员。他们并未受美国社会的表面繁荣蒙蔽，意识到世风日下、社会矛盾日益尖锐，必须作出适当的调整。"黑幕揭发运动"就是他们所作出的相应反应。

上述特点决定了黑幕揭发运动是一场改革运动而不是革命运动，与同时期政府发动的进步主义改革运动融为一体。前者是自下而上的民间推动，后者为自上而下的政府行为。两者殊途同归，均在追求社会公正和进步，这是20世纪初美国社会改革成就斐然的主要原因。

（三）

不可否认，黑幕揭发者的努力，若没有政府改革的呼应，其历史影响不可能如此大。而西奥多·罗斯福作为在任总统，对美国社会改革功不可

---

① Arthur and Lila Weinberg, *The Muckrakers*, p. 431.

② Louis Filler, *The Muckrakers: Crusaders for American Liberalism*, p. 4.

③ Ibid., p. 7.

④ Lincoln Steffens, *The Shame of the Cities*, New York, 1957, p. 18.

⑤ John J. Broesamle, *Reform and Reaction in Twentieth Century American Politics*, New York, 1990, p. 39.

没。他是美国进步主义改革运动的总舵手。他非常重视舆论的力量，并充分利用公众舆论来推行他的进步主义改革事业。某种程度上可以说，黑幕揭发运动之所以开展得如此有规模且有声势，与罗斯福总统的"支持"和"宣传"是分不开的。①

但是，作为政治家，罗斯福对待新闻的态度与作为知识分子的黑幕揭发者的看法有本质上的不同。后者认为，他们的工作价值就在于通过媒体揭露和监督，而罗斯福却希望通过媒体来宣传其改革成就和社会和谐。

所以，当1906年菲利普斯在《世界主义者》上连载《参议院的背叛》时，罗斯福阅后非常气愤，认为这是不负责任的新闻，并在1906年4月14日众议院办公大楼奠基典礼的演讲中，严厉指责揭发者是一些不谙世事、只注意"地上的污秽"而从不仰看"头上的皇冠"的"耙粪者"（muckrakers）。"如果他们继续认为整个世界只是污秽一片，那么他们手中有用的权力（指监督权）也将没有了"。

罗斯福的公开谴责在全国引起轩然大波。黑幕揭发者们一开始非常愤懑，但随后却顺水推舟，利用罗斯福的批评为自己造势，干脆以"耙粪者"的身份，到处去搜寻污点。而那些大众化杂志也抓住发行的契机，积极鼓励揭丑，并为黑幕揭发者们提供固定的发表园地。黑幕揭发队伍也因此扩大，除记者和作家外，其他行业的改革派也纷纷加入，同时，关心社会的热心读者积极响应。一场颇有声势的"黑幕揭发运动"（the muckraking movement）由此展开。

可以说，1906年是黑幕揭发运动的高潮。之前虽然一直有黑幕揭发传统，但"muckrake"术语的使用却是从罗斯福开始的。所以，罗斯福对黑幕揭发起到了推波助澜的作用。菲勒教授认为"他对黑幕揭发运动的出现具有不可推卸的责任"。② 这是罗斯福本人所始料未及的。

"知屋漏者在宇下，知政失者在草野"。作为一位开明的改革总统，罗斯福也能恰当地尊重并利用黑幕揭发舆论。他不仅经常邀请记者朋友到白宫做客谈心，征求他们对一些问题的看法，而且，对黑幕揭发者揭露的问

---

① 肖华锋：《西奥多·罗斯福与美国黑幕揭发运动》，《江西师范大学学报》2003年第1期，第73页。

② Louis Filler, *The Muckrakers: Crusaders for American Liberalism*, p. 44.

题总是尽量认真考虑。市政腐败、非法垄断、劳工等黑幕揭发者们所揭露的问题都是在罗斯福的关照下进行了不同程度的改革，尤其是《纯净食品及药物管理法》的通过，纯粹是罗斯福在相信厄普顿·辛克莱的《屠场》所揭露的肉食品行业不卫生的事实之后极力促成的。①

从上述可以看出，黑幕揭发者是黑幕揭发运动的旗手、宣传员。他们充分利用大众化杂志作为宣传阵地，运用记者和作家的得天独厚的条件和智慧，在全国掀起了一场黑幕揭发运动。而从传播学角度看，中产阶级是美国黑幕揭发运动的群众基础，是黑幕揭发者和大众化杂志传播的民主受众。他们才是20世纪初美国社会改革的主力。但从制度上实现改革，还得仰仗罗斯福发动的政府行为。罗斯福对黑幕揭发运动的"支持"和"宣传"是一种巧合、歪打正着，但不能否认的是，罗斯福凭借自己的狡猾和大度，巧妙地把黑幕揭发运动同他的进步主义改革运动结合起来，美国社会因此而顺利转型。

三

由此可见，黑幕揭发运动在实现19世纪末20世纪初美国社会大转型的过程中起到了一定的作用。学界传统认为，一个社会从农业文明和乡村文明过渡到工业文明和城市文明，即标志着社会转型顺利完成。其衡量标准往往以GDP增长指数、农业和工业的生产份额、乡村与城市的比例以及社会成员的教育水平等为主。按上述标准，康马杰认为，19世纪"90年代是美国历史的分水岭。在分水岭的一边，主要是一个农业的美国；在分水岭的另一边，是现代的美国，它主要是一个城市化的工业国家"。②

但是，我们评价社会"转型"，不能简单地以量化指标来衡量。社会转型不光是指由贫困社会向富裕社会的转变，所谓的经济增长指数和社会成员教育水平提高指数只是社会发展"转型"的外显，某种意义上，社会转型强调的是一种观念，是对传统的断裂和分离，是一种现代公民意识和民主公众的成长，即公民的权利意识和责任意识的成长。"一个强大的、活跃

---

① 肖华锋：《西奥多·罗斯福与美国黑幕揭发运动》，《江西师范大学学报》2003年第1期，第77页。

② H. S. 康马杰：《美国精神》，光明日报出版社1988年版，第63页。

的、参与型的公众社会将使国家更加负责任地行动"。在这一行动中,新闻媒体和记者可以而且应该发挥积极的作用。媒体可以通过它的舆论诉求,培植公众的权利意识和责任意识,开辟社会权力话语体系之外的"公共领域",建立社会意见充分交流的"公共空间",在社会和政府之间构建一种相互制约、相互交流的平衡关系。① 就此而言,黑幕揭发者在美国社会转型过程中完成了这一历史使命。

为解决世纪之交美国的社会危机,实现社会公正和民主的预期目标,以黑幕揭发者为代表的美国进步知识分子一致认为,一个"民主公众"是关键。只有这样,才能实现公众判断和透明决策。"真正的民主就是在政治生活中发展一个民主公众"。② 而提高公众的判断力是制造"民主公众"的关键。马特森认为,只有当公民们聚在一起对影响他们生活的地方性和全国性问题进行商议并作出公共判断的时候,"民主公众"才会形成。通过这样的公共讨论,公民们能掌握那些发展"民主公众"所必需的技能:听、劝、辩论、妥协并寻找共同点。而这些技能的习得过程正是公民们自我教育以做出明智决策的过程③。

但是,如何塑造"民主公众"并使之有威力?笔者认为,关键取决于两大要素:一是公民的素质;二是公民"公共性"讨论的机会。这是"民主公众"能否形成的两个基本条件。进步知识分子皆认为:"公共性是公正的真正灵魂"。④ 杜威说过:"如果知识是交流和传播的一种功能,而非形式主义的抽象物的话,那么,从基层的教育机构到政治决策,公共领域的自由和活力始终是一个社会成就的最高尺度。"⑤ 笔者认为,大众化杂志是20世纪初美国公共领域塑造"民主公众"的有力媒介,为公众展开"公共性"讨论提供了一个绝好的论坛和机会。在这里,"每一个人都是站在一个不同的位置上来看和听的"⑥,充分体现了公共生活的意义。而公众具备一

---

① 王雄:《新闻舆论监督研究》,新华出版社 2002 年版,第 279—280 页。

② Kevin Mattson, *Creating a Democratic Public*, Pennsylvania, 1998, p. 5.

③ Ibid., pp. 4 – 5.

④ Leon Fink, *Progressive Intellectuals and the Dilemmas of Democratic Commitment*, Cambridge, 1997, p. 14.

⑤ Ibid., p. 17.

⑥ 汪晖、陈燕谷主编:《文化与公共性》,三联书店 1998 年版,第 45 页。

定的文化素质是进行和完成"公共性"讨论的必需条件。

在进步知识分子心目中，"公众"与"大众"的区别是很严格的。前者追求民主、理性和科学，是有教养的人。"如果大众是指那些随随便便、'未经雕琢的'人，那么，民主公众就是指那些被培养成具有公民责任意识的人"。如果极少数特权阶级随时准备为自私目的而利用大众之麻木或狂热的话，那么，民主自治的成功与否从根本上取决于有教养公众的自觉而理性的参与。查尔斯·朱布林认为："一个人只有通过参与才能成为公民，且不仅仅参加每年一度的投票，还必须履行日常的公民权利和义务。"① 在知识分子的引导支持下，"公众"将能控制"大众"。②

为培养民众的公共精神，黑幕揭发者做出了两点努力：其一，大范围的揭露，借此让民众了解国情，刺激他们麻木的神经，从而达到启蒙效果，他们认为"知情的公众舆论将使进步成为可能"③。历史昭示，在震撼美国人良心上，黑幕揭发具有其无与伦比的力量④。其二，呼吁改革以扩大民众参政议政的权利和机会，如公民创制权、公民表决权、罢免权、直接预选和参议员直选等。唯其如此，民主制度才能得以维护。

当时的社会科学和黑幕揭发新闻的经典作品都注重事实而非笼统的解释，这无疑对读者了解社会现状颇有帮助。黑幕揭发者们想通过揭露鼓励受过教育的"公众"（指了解情况的人——引者注）去改变工业资本主义的不公正。著名黑幕揭发者雷·斯坦纳德·贝克就曾多次写下这样的誓言：我的工作就是启蒙，"教育、教育、再教育"。很明显，他的"教育"不是指学校教育，而是指其揭露文章给人们所提供的教育素材。黑幕揭发者们相信，只要让人们知道腐败，他们就必定会采取行动。他们想激发一种公众的理念来作为改革的基础⑤。在《麦克卢尔氏》刊登系列揭露文章后不久，贝克写道：各种各样的揭露文章"比其他任何出版物都更能震撼美国人的灵魂"。⑥ 黑幕揭发者们给自己确定了一个清晰而朴素的议事日程：发

①　Kevin Mattson, *Creating a Democratic Public*, p. 14.

②　Leon Fink, *Progressive Intellectuals and the Dilemmas of Democratic Commitment*, p. 16.

③　David Mark Chalmers, *The Social and Political Ideas of the Muckrakers*, p. 105.

④　John M. Harrison and Harry H. Stein, *Muckraking: Past, Present and Future*, p. 22.

⑤　Kevin Mattson, *Creating a Democratic Public*, p. 7.

⑥　David Mark Chalmers, *The Social and Political Ideas of the Muckrakers*, p. 67.

现事实，把事实传播给人民，然后让人民去改变世界①。正如此，大多数黑幕揭发者一开始都只停留在"揭发事实"上，并没有对如何解决问题进行过多的探讨。他们的目的是"教育"、提供信息，其作品虽然带有作者的批评观点，但终究是以事实为主。它们主要是针对美国的社会良心。其目的是揭露而非解决②。具体怎么做，应该由公众自己去判断。正是这样，黑幕揭发者在产生一个"民主公众"和形成一个宜于改革的"公众舆论"上的作用非常大。沃尔特·李普曼认为，黑幕揭发运动最重要的发现就是找到了人们要听的事实。他强调说："没有其他方法来解释黑幕揭发者们为什么能这么快赢得赞许。他们并不是原野所传来的声音，也不是被石头砸死的孤独的先知。他们需要人听，就有人听，需要人相信，就有人相信。……人们对社会不满一定有真正的原因，否则，那片以崇拜成功而闻名的国土就不可能对那些已获成功的人那般凶狠。"③

当然，对待"公众舆论"的威力，我们应该辩证地看，不能过分夸大其作用。作为民主社会公共领域的重要内容，"公众舆论"所体现的民主实际上是一种"话语民主"。在平等交往的前提下，公众以话语方式形成意见和意愿，从而对社会产生影响。科恩对"话语民主"作了如下定义：

> 话语民主这一概念植根于民主交往的直觉理想中，根据这一理想，交往的条件是否合理，通过平等公民的公共辩论和批判来决定。这样，在解决集体事务的过程中，公民凭借公共批判，承载了一定的责任。因为基础机制建构了自由公共讨论的框架。④

但是，话语并不具有统治功能。它产生一种交往权力，并不取代管理权力，只是"以围攻的方式"对其施加影响⑤。从这里，我们可以说，"公众舆论"的真正威力和价值体现在道德约束力上，因为只有从道德视角出

---

① Leon Fink, *Progressive Intellectuals and the Dilemmas of Democratic Commitment*, p. 25.
② Arthur and Lila Weinberg, *The Muckrakers*, p. xviii.
③ Walter Lippman, *Drift and Mastery*, pp. 4 – 5.
④ 转引自哈贝马斯《公共领域的结构转型》，第24页。
⑤ 同上书，第28页。

发，人们才能够不掺有任何党派色彩，对什么是共同利益作出判断。

　　20 世纪初，美国公众舆论界思潮林立，有社会主义、激进主义、自由主义、进步主义和实用主义等。归根结底，实际上就是"自由主义"和"激进主义"两派分庭抗礼。而从大多数美国人只是在不推翻现行资本主义制度的前提下进行改革这一点看，"自由主义"的市场胜于"激进主义"。尤其是在知识界，"自由主义最终成为它的官方信条"。某种程度上，"自由主义者"成了知识分子的代名词。其部分原因是"因为自由主义者能够吸收激进主义追求现实政治的主张"，让自己呈现出"强硬和实用"的形象，如此正好迎合了知识分子的需求。知识分子一直自认为是世界上"意志坚强、追求实际"的人，他们不仅仅想做时事的观察者而且想做一个积极的参与者①。然而，自由主义知识分子所追求的实际上就是一种"话语民主"。其参与方式也以"话语"为主。就自由主义而言，它"不是一项计划而是一种语言，它之所以能存在，纯粹是因为自由主义者们能使激进主义的方式和态度为自己所用"②。20 世纪初的美国知识分子认为，"政治上的解救"不在于某一方案，而在于人们解决问题的心境，即斯蒂芬斯所言的"心智"③。对他们来说，心理学是政治的关键，教育是社会变革的契机，而文化革命像社会革命一样重要。

　　就此而言，黑幕揭发者们时时刻刻强调"公众舆论""公民精神"等，实际上就是通过"话语"宣传强调道德和文化的力量。很大程度上，他们是出于一种社会责任感而去揭露，其道德影响和威慑力不可小觑。但只是"影响"而非"左右"。正因为如此，黑幕揭发者们的呼吁最终退化为一种道德规劝。假如没有有力的权力行动机构支持，面对黑幕揭发者们揭露的腐败现象，公众仍然是非常被动。在关键时刻，"公众舆论总是显得无能为力"④。因此，要真正实现社会的现代转型，建立一个科学民主的现代社会，还必须法治和德治同步进行。

---

　　①　Christopher Lasch, *The New Radicalism in America* (*1889 - 1963*)：*The Intellectual as a Social Type*, New York, 1965, p. 289.

　　②　Ibid. , p. 290.

　　③　Ibid. , p. 286.

　　④　Kevin Mattson, *Creating a Democratic Public*, p. 15.

第五章

小说对社会的干预

——《屠场》与美国纯净食品运动

我们已经介绍过，黑幕揭发运动之发动者主要是新闻记者。但是其中也不乏一些小说家热衷于此。美国历史上新闻与文学联系最紧密的时期就是在"黑幕揭发时代"①。事实上，这是新闻记者与文学家某种程度上的共同特点使然。他们都操文字业，均是以文字反映社会。尤其是从19世纪下半叶开始，美国批判现实主义文学繁荣，而该文学思潮强调创作素材取决于现实生活，特别是要批判地去反映现实。发展到20世纪初，该文学思潮已经到了登峰造极的地步，发展成为自然主义。此时的文学更加注重对现实的绝对客观描述。这与新闻界的事实报道不失异曲同工之效。许多黑幕揭发作品实际上算得上是好的自然主义文学作品。厄普顿·辛克莱（1878—1968）的《屠场》就是这样一部颇具揭露性的文学作品。它是描写人之剥削和自救最典型的黑幕揭发小说②。

一 《屠场》面面观

20世纪初，美国不少现实主义小说家受到自然主义尤其是达尔文进化论的影响，力图从遗传和环境的角度解释人类行为，并寻求解决社会问题

---

① John M. Harrison and Harry H. Stein, *Muckraking: Past, Present and Future*, Pennsylvania, 1973, p. 81.

② Alan Dawley, *Struggle for Justice: Social Responsibility and the Liberal State*, Massachusetts, 1991, p. 100.

的方法。其中不少作品流露出悲观失望和无所作为的情绪。《屠场》可算其中之一。具体而言，《屠场》在相当程度上体现了托尔斯泰悲观主义和 19 世纪其他俄国作家文学创作风格及法国自然主义作家左拉的影响，反映了一种完全悲观、绝望的情绪，其主人公时刻被一种无法解除的悲剧性氛围笼罩①。

《屠场》以立陶宛农民朱尔吉斯充满悲剧的人生为主线，以美国屠宰行业为基点，反映 20 世纪初方方面面的美国社会问题。受美国工业公司和轮船公司一则招贴广告的诱惑，朱尔吉斯来到芝加哥，并在牲畜围场（stock-yards）② 找到一份工作。在屠宰场，朱尔吉斯接触到了美国工业与政治生活中所包含的一切罪恶：要工作必须行贿；一间宿舍被出租给两拨人，"白天上班的晚上住、晚上上班的白天住"；购买房子时又因语言不通，被房地产商蒙骗；他与他的家人生活在道德败坏、肮脏的环境中，最后染上了恶疾；而他本人每天都被领班追来赶去超负荷地工作；他还发现他所在公司安有秘密水管从市里偷水；他还看到邻居如何成为市政腐败的帮凶，而终究自食其果；他被讹诈必须高价购买掺假啤酒，因为"酒店老板同该区所有大政客'勾结'在一起"；与别人一样，他也经历了被"开除"、罢工、上黑名单、被"密探"起诉；因银行倒闭，他一夜间变得一无所有；最后因忍无可忍"殴打"工头之时，他却发现法院与公司"沆瀣一气"，不公正地被判入狱。朱尔吉斯所遇到的任何美国现实、制度或个人几乎没有一个不欺骗他、剥削他、残酷地对待他。结果，朱尔吉斯及其同来的乡亲整个被压垮：老人被扔到垃圾堆里去找食物；妇女被逼为娼；朱尔吉斯的妻子因接生婆无知而死于难产；而其初生的婴儿最后又被淹死在屋后那臭气熏天的池塘里。作家在此所描绘的牲畜围场的污秽、恶臭及残酷等无不让读者感到恶心呕吐③。

一斑窥全豹。作家以芝加哥屠场和贫民窟为背景、以主人公为辐射源，

---

① Robert B. Downs, *The Afterword of* the Jungle, New York, 1960, p. 346；Mark Sullivan, *Our Times* (*1900 - 1925*), *America Finding Herself*, New York, 1927, p. 472.

② 在小说中，辛克莱称 stockyards 为屠宰场（牲畜屠宰加工厂），这也是芝加哥当地用过的一个术语。《屠场》一书的发表使得"屠宰场"一词数十年来在全美国家喻户晓。

③ Mark Sullivan, *Our Times*, p. 473；Robert B. Downs, *The Afterword of* the Jungle, p. 347.

从他身上，不仅看到了下层人民低劣不安全的劳动条件和贫困潦倒的生活，而且还暴露了美国广泛存在的贪婪、尔虞我诈和腐败等社会现象。可以说，《屠场》实际上就是一幅 20 世纪初美国社会的万象图。主人公背井离乡、满怀希望来到美国，谁知从一个旧陷阱掉到一个新陷阱。到了芝加哥，才是进入了一个充满血腥味的名副其实的"丛林"①。外国移民们，甚至来自美国乡下的本国人也不例外，皆在这片城市"丛林"中垂死挣扎。在这里，达尔文的"适者生存"游戏规则表现得淋漓尽致。在这里，辛克莱就像后来斯坦贝克在《愤怒的葡萄》里塑造乔德一家一样，轮廓分明地说明在巨大的公司权力前农民式个人主义之无能为力。"朱尔吉斯本来是一个力大无比意志顽强的人，但他在比他强大得多的制度面前仍然是无能为力"，因为牛肉托拉斯不仅控制了他本人而且还操纵了法律②。如今孤独与自我更生成了软弱和自我毁灭的同义语。唯有"社会主义才能战胜它"，工会的团结一致才能给予工人们以经济上的自立。

辛克莱在小说中对下层人民表示了深切的关心与同情，对社会不公正现象表示强烈不满和抗议，对 20 世纪初芝加哥那无法忍受的工作与生活条件进行了无情的揭露。然而，与其他大多数小说家不同，辛克莱表示抗议并没有牺牲小说的故事情节和逼真活现的人物。作为一位自然主义小说家，他强调小说的社会性，把小说作为他宣传思想反映社会的工具。

自然主义强调客观地描述生活，反映社会现象。美国文学创作中的自然主义倾向是在社会矛盾不断激化的情况下产生的。所以，美国的自然主义作家更加注重作品的社会功能。他们主张客观地揭露社会的种种弊端，从而帮助人们了解和认识社会，唤醒人们的社会良知，促使公众舆论对社会不公正的注意。辛克莱一直把小说作为批判资本主义和改造社会的工具。《屠场》一书集中揭露美国屠宰业极不卫生的现象和工人的悲惨命运，在美国朝野上下引起震动，从而使《纯净食品及药物管理法》顺利出台。

---

①　辛克莱以 The Jungle 作为小说名，实际就是暗示这里是一个弱肉强食的世界。The Jungle 本义即"丛林"。我们译成"屠场"，属引申义，既反映了小说是以屠宰业为背景，又体现了弱肉强食、"适者生存"的丛林规则。

②　David Mark Chalmers, *The Social and Political Ideas of the Muckrakers*, New York, 1970, p. 91.

《屠场》之所以能引起这么大的轰动，很大程度上是因为辛克莱言之有据。小说有三分之二的篇幅都是非常具体非常生动的描述。辛克莱非常善于驾驭材料。他在研究与访谈过程中，搜集了大量材料，无论是生产一线的车间或工人的生活条件还是关于机器、交通运输、盈利、排污、卫生、监狱、医院、法庭、政治俱乐部等，几乎一座现代城市运转过程中所必需的方方面面资料他都能掌握。他不仅在小说中展现肉食品行业和钢铁行业如何运行，而且还展示权力机器如何运转。其中既有关于贪污受贿的情况，又展示了那些"老板"、政客、合同商、罪犯、警察和地方官员是如何沆瀣一气的。整个就是一幅活灵活现的现代都市画面。这除了证明辛克莱知识渊博外，还可说明他创作严谨。他整整花了七个星期前往芝加哥实地考察，与工人们同吃同住，了解以上情况。他自己这样说道："我到那里，在人们中间整整住了七周。……我总是晚上坐在他们（指屠宰场的工人）家里，与他们促膝谈心。而到白天，他们又总是愿意放下手中活，带我四处参观，不管我要到哪里他们都愿带我去。（由此）我了解了他们生活的每一个细节。……我不仅仅与工人及其家人交谈，同时还与老板、监工、巡夜人、酒店老板、警察、医生、律师、商人、政客、牧师及社会福利工作者等都有所接触。……《屠场》里的材料就像一部统计册一样拥有权威性。"①

在创作过程中，注重创作材料之精确一直是辛克莱感到骄傲自豪的地方。在1962年出版的《自传》里他吹嘘道，（作品中的）史料不曾有人提出过任何修改。由于辛克莱观察入微，这保证了小说的绝对客观描写。正因为绝对客观，主人公在这样一个混浊无序的社会里显得无能为力。

同样是描写20世纪初的芝加哥城市生活，辛克莱的《屠场》即显得比德莱塞的《嘉莉妹妹》更宿命。德莱塞站到了一定的高度来塑造小说主人公。虽然他们的计划经常夭折，但他们根本不是城市生活的受害者。反而城市帮助他们"激发欲念、充实他们的大脑、满足他们的愿望"。刚从乡下小镇来到芝加哥、一时又找不到工作，嘉莉穷得就像一只教堂老鼠。但是，她并不悲观。反而当她从人们身上和商店橱窗里看到那些漂亮衣服时，姑娘内心本能的但在家乡从未有过的那种求美之心油然而生。"一股嫉妒之焰

---

① Arthur and Lila Weinberg, *The Muckrakers*, New York, 1961, p. 204.

在她心中燃烧。她隐隐约约地认识到这座城市所拥有的东西：财富、时装、安逸以及女人的每一件装饰品。她全身心地渴望装饰和美丽"。所以，在德莱塞笔下，芝加哥让嘉莉妹妹充满幻想、塑造了她的现实观。然而，辛克莱笔下的人物就不曾有过这些愿望。他们生活节俭，从不敢有丝毫非分念头。性生活无法给他们以愉悦，唯有酒能让他们暂时麻木，忘却一时痛苦。"密歇根湖离他们仅4—5英里，但对他们来说就像太平洋一样遥远，（从未去玩过。）他们只有星期天休息，而等到那一天，人都疲倦得走不动。他们整天围着机器转，一辈子被那巨大的加工机器拴住"。整个身心都被机器摧残。他们生活在贫困的边缘，聚居在屠宰场，因语言和贫困而与社会其他阶层或团体格格不入，整个命运被工业巨头主宰。他们就像"陷阱里的老鼠""巨大的加工机器上的齿轮"。一切都是"命中注定"①。

在辛克莱笔下，悲剧不仅仅局限在人身上，他还通过拟人的手法生动描述动物的悲惨命运。人兽相比正是辛克莱在小说中经常使用的修辞手法。这更进一步衬托出屠场里的残酷：人操作机器屠宰动物，反过来，机器又扼杀人性，吞噬他们整个身心。结果，人兽相比其命运别无二致。

辛克莱写道：

　　……如何相信地球上或地球之外有猪的天堂，使他们要遭如此报复和痛苦？每一只猪都是一独立个体。从颜色来看，白猪、黑猪、棕色猪、斑点猪一目了然；老猪、小猪、瘦猪、肥猪泾渭分明。并且每一只猪都有他的个性，有他自己的意愿、自己的希望、自己的心思和念头；每一只猪都有他的尊严、信心十足、非常自重。（然而）就在他满怀信心地生活时，一个黑影（指杀猪的机器）开始笼罩他，可怖的"命运"正在等待他。黑影突然朝他猛扑过去，抓住他的大腿。它是那样的麻木无情以致他再叫再反抗它都无动于衷。它对他就是这般残酷，好像他的愿望他的感情根本不存在似的。它割断他的喉咙，看着他慢慢死去。现在，人们是不是该相信猪根本没有上帝呢？若有猪的上帝，那么猪的个性会得到尊重，猪的尖叫和愤怒就会得到理解。谁会去拥

---

① Morris Dickstein, *The Introduction of* the Jungle, New York, 1981, pp. xiv – xv.

抱这头猪、抚摸他，夸奖他所作的一切，从而显示他牺牲的意义呢？

对辛克莱来说，在这些猪的喉咙被割断的一刹那他们的尖叫声犹如一部悲剧交响乐[①]：

> 一声非常恐怖的尖叫之后……又是一声更大更抽心的尖叫，因为他（指猪）这一走就永远回不来了。他经过输送机，最后送入屠宰间。接着一头一头吊起来，直到两排猪同时输送。每头猪都是一只脚被吊，另几只脚伴着尖叫声在空中蹬来蹬去，他们发出骇人听闻的叫声，使人担心这个房间是否受得了，担心墙壁是否会震塌或天花板是否会震掉下来。叫声高低不等，既有低沉浑厚的哼哼声又有愤怒的嚎啕声。

人们不禁要问，作者为何花这么大篇幅刻意在此渲染猪的叫声？难道乡下人杀猪与芝加哥屠宰场杀猪有什么不同？事实并非如此。辛克莱在此除了因为他惯用的绝对客观的自然主义创作手法使然外，还有更深层的目的，那就是，他希望通过猪那刺耳的尖叫声来震撼人的灵魂，激起人们的同情心，"使人们每天早晨在早餐桌旁吃咸肉时第一感觉就是耳旁总是回荡那很不和谐的高音符"。让人真正体会屠场之残酷、"丛林"之野蛮、弱者命运之悲惨。美国人一直沾沾自喜于美国是一个大"熔炉"。但是，当时欧洲这些农民被诱骗到美国，因语言和贫穷而进入不了社会主流。他们并没有找到心中所向往的那充满希望的"机会之地"，反而像矿石或其他原材料那样被生搬硬套扔到美国那工业熔炉里去了。所以，用"丛林"来形容当时美国的工业生活一点也不夸张，不仅屠宰业如此，煤矿、钢铁厂及其他许多行业都是大小不一的"丛林"。

为此，对《屠场》的读者来说，他们就把握不住这部小说多大程度是为艺术而多大程度是为宣传而作。依笔者看来，这部小说艺术性并不强，但所表现出来的思想却非常深刻。作者主要目的是利用这部小说进行政治宣传。辛克莱是一位社会责任感非常强的人，一位多产作家。至 1968 年 11

[①] Mark Sullivan, *Our Times*, p. 474.

月 25 日去世时，他已写完 80 多部各种文体的书籍、20 部戏剧及许许多多的文章，内容涉及美国每一个或每一类社会问题。他时刻把他的作品作为改造社会的工具。1962 年，他曾写道："你不必满足美国现状，你能改变它。"在说到他的作品时，他又说道："我在努力发现世上之正义并实践它，同时帮助别人实践它。"他不仅这样说，而且这样做，为自己崇尚的改革事业躬行实践。他帮助人们建立工业民主联盟、为维护自由言论和矿工的权利而蹲监狱，最辉煌的是创办美国公民自由联盟加利福尼亚支盟，并几乎在 1934 年以"结束加利福尼亚的贫困"为纲领赢得该州州长职位。

从宣传改革来讲，辛克莱希望他的《屠场》能展现工人们的觉悟过程。而按他本人的判断，工人要真正改变自己的命运，就应该成为社会主义者，实现社会主义。因为他本人就是一位信仰社会主义的作家。当朱尔吉斯走投无路时，他找到了社会主义。事情居然奇迹般地好转。他的生活开始感到充实，开始学文化，整天出入各种社会主义者的集会或演讲会，并阅读社会主义周刊《诉诸理性》。整个人似乎生活在另外一个世界。他开始感觉到"一旦事情变糟，他可以全身心投入社会主义运动来寻找精神寄托。既然他已投入社会主义大潮，以前对他最重要的东西现在都显得无足轻重了。其兴趣已经转入那充满思想的世界里去了"。

著名社会主义作家杰克·伦敦即为这部小说的出笼出过大力气，也为它一举成名兴奋异常，认为它是一部"完全的无产阶级作品，是一部由一位无产阶级知识分子为无产阶级而创作的作品。同时也是由一家无产阶级出版社出版，其读者也将是无产阶级"。杰克·伦敦认为这部小说是在呼吁社会主义、抗议"工资奴隶制"。他写道："同志们：……这么多年来我们期盼已久的书终于出来了！它将使无数的人了解社会主义，使成千上万的人改信我们的事业（指社会主义事业——引者注）。它披露了我们国家的真实情况：压迫与不公正的渊薮、痛苦的深渊、苦难的地狱、人间魔窟、充满野兽的丛林。……《汤姆叔叔的小屋》描述的是黑奴，那么，《屠场》很大程度上是揭露今天的白奴制。"①

作为社会主义者，杰克·伦敦上面一通议论无非是想借助《屠场》来

---

① Mark Sullivan, *Our Times*, pp. 471 – 472.

推波助澜，激发美国无产阶级的社会主义觉悟。故而他再三强调《屠场》是一部宣扬社会主义思想、代表无产阶级利益的小说。他最担心的是《屠场》很可能会遭遇到"资方的沉默抵制"，以致该书最终引起不了人的注意，没有读者，自然就产生不了宣传社会主义的舆论效应。因此，杰克·伦敦再次警告他的社会主义同胞："请记住，这本书必定会遇到敌人。他所遭遇的厄运将是（敌人的）沉默。置之不理是资本家惯用的伎俩。同志们，别忘了他们这一伎俩。这就是该书必须面对的最致命的危险。"①

事实上，《屠场》一发表就得到了广泛的舆论支持，弄得资本家们焦头烂额、不知所措。他们不仅不敢沉默，还得穷于应付②。因为《屠场》不仅仅是一部宣扬社会主义的作品，更主要的是一部黑幕揭发作品③。只有在这场轰轰烈烈的黑幕揭发运动中，《屠场》才能如此一举成名。更何况，食品行业的不卫生状况以及假药盛行现象早已为一些有识之士注意。他们一直在为纯净食品、清除假药而奔波呐喊。这也是《屠场》能迅速引起朝野上下注意的原因之一。

二　问题的来龙去脉

早在美西战争期间美国肉食品商就出现过"用防腐剂保存猪肉"的丑闻，为此，当时在农业部工作的化学家哈维·W. 威利博士即向国会提交了一份《纯净食品法》草案。虽然有美国医学会和其他许多杂志的支持，并且先后两次在众议院通过，但最后总是被参议院否决④。对这一丑闻，西奥多·罗斯福总统本人深有感触。他在参议院为此而举行的调查听证会上作证说，当 1898 年他率领美国第一义勇骑兵团在古巴圣胡安山作战时，"与

---

① Mark Sullivan, *Our Times*, p. 472.

② Robert B. Downs, *The Afterword of* the Jungle, p. 347.

③ 当时人马克·萨利文在《我们的时代》中对《屠场》之黑幕揭发性提出了怀疑。他认定《屠场》不是一部黑幕揭发作品，因为黑幕揭发指的是对当前弊端的揭露而且必须材料丰富，以事实说话，但《屠场》不仅是小说而且"过分夸张"。萨利文的结论是，辛克莱只是一位业余作家、"性情中人"，他以反对"专家"而出名。

④ George E. Mowry, *The Era of Theodore Roosevelt and the Birth of Modern America*（1900－1912），New York，1958，p. 207.

其叫他吃那些在政府合约下运来的罐装食品，他倒宁愿吃他那旧帽子"①。这可见当时食品之劣质程度。罗斯福如此切身体验，自然坚定了他上台后力促《纯净食品法》通过的决心。

美国当时的食品尤其是肉食品之所以如此低劣又不卫生，其原因主要有以下两条：

其一，资本家之道德沦丧。对美国资本主义发展阶段来讲，19世纪末20世纪初属于原始积累阶段。而对原始积累阶段的资本家来说，最大特点就是为发财不择手段，不顾道德束缚、不顾社会后果，都抱一种缺乏社会责任心的暴发户心态。这正是美国拜金主义盛行、社会达尔文主义存在的社会基础，也是当时假药、不卫生食品等各种伪劣产品流行的原因之一。此外，针对黑幕揭发者的揭露，资本家们进行了精心设计的反宣传以掩饰那些被暴露出来的瑕疵。而发动这场纯净食品运动的这些杂志恰恰是刊登斯威夫特、阿默尔、摩利斯及其他肉类垄断公司广告的媒体。这都是一些颇有权势、社会上颇有影响的公司。他们甚至请人捉刀，替他们写一些歌功颂德、充满溢美之词的文章粉饰脸面、坑蒙消费者。全国罐头食品公司成立时即在《成功》杂志上发表了一篇由约翰·吉尔默·斯皮德写的文章，说肉类加工商们正在为消费者提供最好服务并将继续如此。曾经非常激进的文人、出版商艾尔伯特·哈伯特就曾专为大公司撰写颂文。《屠场》问世后他随即发表了一篇维护肉类加工商利益的文章，说《屠场》是在诽谤，歪曲诬蔑了事实报道的原则。对这样一根"救命稻草"，加工商们合伙把它登在报纸上，印发一百多万份，发行全国，并辅以大量广告。② 一开始，他们的宣传攻势非常猛，也"取得很大的成功以致只有少数人没有受到欺骗"。即使有人要到现场去参观，对加工商来讲也是非常安全的，因为整个参观路线都是他们预先安排好了的。③ 所以，对那些想揭露他们罪恶的黑幕揭发者来说，要真正了解他们的内幕还得费一番周折。当时身为芝加哥《美国人》城市编辑的查尔斯·爱德华·拉萨尔本来有足够的机会了解加工商们最恶劣的行径，但在那时只能凭道听途说，模模糊糊地知道他们的一

---

①　Louis Filler, *The Muckrakers*, California, 1993, p. 157.

②　Mark Sullivan, *Our Times*, p. 483.

③　Louis Filler, *The Muckrakers*, pp. 157—158.

点劣迹。整天劳作于实验室的威利博士就更根本无法了解芝加哥的肉制品是在什么卫生条件下加工出来并推向市场的①。黑幕揭发者们一时抓不到他们的真凭实据，某种程度上也就无法遏制他们的嚣张气焰。

其二，政府无法可依且姑息养奸，纵容资本家们为非作歹，以次充好，坑害消费者。当时官商勾结最显著的行为就是政府检查敷衍了事。其时社会大众模糊地认为政府检查是理所应当的事情，而所谓"用防腐剂保存肉"事件并不具有代表性，只是由个别无耻狡诈的公司所干的坏事。实际上美国人根本不知道，美国肉制品仅仅是出口时才会被检查，而国内消费的肉根本没人管。即使威利博士所倡导的《纯净食品法》草案也根本没提到政府对成品肉的检查。

《成功》杂志曾派默温亲自到芝加哥考察肉类加工情况。他由此写了一篇文章叙述死猪如何从围场里拖出来并把它们"熬成"油（出售）。他说，政府检查纯属子虚乌有的事情。所谓政府检查的表面工作均由加工商们蓄意安排好了。这些"检查官"实际上都是一些政治爪牙，他们看到的只是活牲畜，并没有看到也不屑去看加工过程中的肉，成为成品肉之后他们也不会去检查。报纸杂志上的广告说这些托拉斯产品均已经"政府检查"纯属欺骗②。

在《屠场》中，辛克莱也反映了政府检查官玩忽职守、与奸商沆瀣一气的现象。"一位作为政府官员的猪肉检查员正与一位参观者兴高采烈地谈论食用带结核菌肉的危害性和致命性，但是十数只死猪从他身边过去，他根本就没有检查"。"另一位检查员显得更细致更有良心。为防止那些节俭的加工商们利用坏猪肉，他建议给那些带结核菌的猪肉注入煤油。如此，这位官员很快被莫名其妙地撤职"③。由此看出，当时美国猪肉的卫生状况绝对难以保证，而且这一事件本身也说明加工商们拥有强大的政治后台，以致那些颇具良知的检查员可被他们随时撤换。

在辛克莱之前，还有一位热心于芝加哥屠宰场的黑幕揭发者。他就是拉萨尔。拉萨尔曾经效力于赫斯特的一家报纸，但他并不了解工人们所认

---

① Louis Filler, *The Muckrakers*, p. 157.

② Ibid. , p. 161.

③ Mark Sullivan, *Our Times*, pp. 476 – 477.

为的劳工恐怖，也不知晓消费者方面的恐慌。当时，拉萨尔最不愿做的事情就是黑幕揭发。他认为斯蒂芬斯、塔贝尔、菲利普斯、赫斯特等会去做①。但因两件事使他唯独对牛肉托拉斯感兴趣。也正因为如此，他的态度发生逆转，很快成长为一名坚定的信仰社会主义的黑幕揭发者，写出150多篇黑幕揭发文章以及许多相关的著作②。这两件事是：（1）他曾记得，芝加哥水源越来越少，最后发现居然是那些肉类加工商们一直在通过秘密管道偷用城里的用水，这使他对那些肉类加工商颇有看法；（2）更让他气愤的是，有一次到州际商务委员会办事，正赶上委员会开会，他因此听到一些由那些遭受加工商们虐待的农场主诉说的亲身经历。听后他非常气愤以致决定亲自写文章揭露肉类加工商的卑鄙行为。他开始在屠宰场和产品储存库之间来回奔跑，"仅仅10天就成了屠宰场一个人人怀疑的对象"③。搜集到大量材料之后他才开始撰写文章。他非常聪明，知道只有把所有材料弄清楚之后才能发表，否则，一旦打草惊蛇，一篇文章发出来，其他文章就会因材料被封锁而无法继续。他最早的系列黑幕揭发文章名为"世界最大的托拉斯"，就是揭露牛肉托拉斯如何利用回扣和垄断冷冻车厢来积累无穷的财富和权力。具体来说，该托拉斯最后拥有"工厂、商店、屠宰场、地产和房地产公司、仓库、政客、州议员及国会议员"。因为它控制了食品价格，"美国人每日三餐都感觉到它的权力"。拉萨尔认为，这个社会错就错在它信仰"适者生存"，过分崇拜成功，以致"强者有权消灭弱者，对公司来说利润是最公正的"④。他认为人民更多地参与政治生活将会结束这种公司巨头统治的局面。

与大多数黑幕揭发者一样，拉萨尔的文章一发表即受到广泛注意。他也受到了邮件的恐吓，甚至有人想把他卷入私人丑闻当中。保守主义者肆意攻击他。肉类加工商们在西部报纸上购买大块版面反驳拉萨尔的指控。

拉萨尔的文章产生了相当的社会效应，以致迫使罗斯福总统委派詹姆斯·鲁道夫·加菲尔德（前任总统加菲尔德之子）前去芝加哥调查。但加

---

① Louis Filler, *The Muckrakers*, p. 160.
② David Mark Chalmers, *The Social and Political Ideas of the Muckrakers*, p. 97.
③ Louis Filler, *The Muckrakers*, p. 160.
④ David Mark Chalmers, *The Social and Political Ideas of the Muckrakers*, p. 97.

菲尔德的调查报告整个是在美化托拉斯，即使当时最保守的杂志也承认这份报告"令人失望"①。但报告一度影响了罗斯福总统的看法。他认为拉萨尔的描述"要么不真实要么夸大其词"。

拉萨尔的文章虽然没有对当时屠宰业的改革整顿起决定作用，但对后来辛克莱之成功做了很好的铺垫，产生了相当的舆论攻势。

1904年9月，当屠宰场工人正在罢工之时，辛克莱为《诉诸理性》写了一篇稿子向罢工工人致辞。这一致辞在工人阶级当中被广泛散发。之后当辛克莱写一部有关屠宰场工人生活的小说时，《诉诸理性》赞助他500美元的生活费，要他亲自住在那里一段时间。辛克莱去了并在工人中生活达七个星期，之后回到新泽西家乡，开始把他在那里的所见所闻撰写成册。从芝加哥回来，辛克莱完全变了一个人，他内心感到疼痛且充满反叛，满脑子都是屠宰场的臭气与可悲的场面。这些场景与他所弘扬的社会主义乌托邦相比形成强烈反差。由此，他开始以他那诗人的激情和一位受伤害者的感情奋笔疾书。他要把那激动人心的故事告诉读者，结果便是《屠场》的出台。

三 《屠场》的反响

《屠场》一发表，即在社会上引起了很大的震动。当然，在当时，"比《屠场》更伟大、思想更深刻的作品有的是，但没有任何作品像《屠场》那样抒情"。在这部小说里，辛克莱不仅描述他在芝加哥之所见，而且把他痛苦的内心感受和生活经历都容纳进去了②。比如，朱尔吉斯与乌娜的不幸福和不自由的婚姻，实际上就是作家本人当时痛苦婚姻的真实写照；而在书的末尾提出的规劝和政治主张，实际上辛克莱在向罢工工人的致辞中已经表达过：唯有社会主义才是工人改变命运的唯一出路。

正因如此，这部小说很快引起了强烈反响。如报纸所言，"一天早晨辛克莱醒来，像拜伦一样，突然发现自己举世闻名"③。书一出来，大卫·格

---

① Louis Filler, *The Muckrakers*, p. 163.

② David Mark Chalmers, *The Social and Political Ideas of the Muckrakers*, p. 91.

③ Louis Filler, *The Muckrakers*, p. 162.

莱汉姆·菲利普斯即写信给作者说道："……我现在正在拜读《屠场》，我很难说它对我影响有多大。这是一部伟大的作品。我有一种感觉，有一天你会因那部书带来的成功与激动弄得眼花缭乱。这种力量是不可能不感觉到的。它是那样简洁明了而又真实、悲壮而富有人情味。"甚至当时英国著名作家、后来当上首相的温斯顿·丘吉尔在读完这部小说后也颇有感慨。他说道："这本可怕的书……刺穿了最厚的头颅最尖韧的心脏。"① 杰克·伦敦更是为这部书大肆喝彩，称它是"揭露工资奴隶制的《汤姆叔叔的小屋》"②。该书确实立刻获得巨大成功，很快在英美及英国殖民地成为"畅销书"，并迅速被翻译成17种文字③。全世界都知道终于有一本书反映工业之美国的苦难与希望。

对于这样一部畅销书，黑幕揭发者及广大人民自然是欢呼雀跃，但肉类加工商们却视之为洪水猛兽。因为《屠场》的影响，联邦政府先后给最大的17家肉制品公司"找麻烦"，指控他们非法垄断，甚至要诉诸法律判其（法人）入狱。为此，被弄得晕头转向的加工商们动用所能动用的一切力量，调动律师为自己辩护，雇用媒体为自己制造舆论。其中最闻名的加工商 J. 奥格登·阿默尔就在《星期六晚邮报》上发表了一系列辩护文章，"反驳拉萨尔、默温与辛克莱（对他们）的指控"。这些文章实际上是请人捉刀的。据调查是由《星期六晚邮报》自家的职员福里斯特·克里西代写④。肉类加工商们甚至卑鄙无耻想贿赂拉拢辛克莱。在辛克莱写的另一本专门揭露新闻界腐败现象的《金元控制》（the Brass Check）一书里，他写道，一群资本家来找他，"建议我建立一个模范肉类加工厂。并答应若以我的名义的话，他们愿意给我三万美元的股份"；他继续写道："如果我接受了那笔贿赠并当上这家公司的老总，在报纸上大肆登广告的话，那么，我可能已经成为美国商会和全国市民联合会的主要演讲人，而且我的演讲将会刊印成册。……我的名字也将上名人册，满载赞美之辞。同时，我可能

① Arthur and Lila Weinberg, *The Muckrakers*, p. 206.

② Floyd Dell, *Upton Sinclair, A Study in Social Protest*, California, 1927, pp. 105 – 106.

③ 根据60年代一个统计，《屠场》最后被翻译成47种文字，有772个译本，在39个国家出版发行。引自 Robert B. Downs, *The Afterword of* the Jungle, p. 343.

④ Louis Filler, *The Muckrakers*, p. 166.

也在里弗赛德·德里弗拥有一幢或更多的别墅，想要多少美女就有多少美女，而且根本不会有人批评我，报纸上也不会影射说这是什么'爱巢'"。①但是，辛克莱并没有接受资本家的贿赂。他是一位事业心责任感非常强的人、当时最激进的社会主义者之一。新闻出版界普遍把他誉为"一位虽固执己见但才华横溢的作者"。

虽然《屠场》使辛克莱名声大振，但由于他不太注重小说的艺术而强调它的思想宣传，尤其是他一直热衷于黑幕揭发，故而"作为小说家，他在当时美国文学界几乎没有什么地位"②。那时的文学批评界仅把他说成是一个"专事煽情的人"。以至于当时被誉为世界最伟大的批评家的乔治·勃兰兑斯看到辛克莱作为最伟大的小说家之一在美国文学界居然没有地位甚感惊奇。1914 年他访问了美国，当在轮船上接受记者采访时，他再三提到美国有三位小说家的作品值得一读，辛克莱即是其中一位。但这句话一上报，却只提到弗兰克·诺里斯和杰克·伦敦，一字未提辛克莱③。辛克莱的文学地位一直到一战后在以辛克莱·刘易斯、H. L. 门肯为主导的美国文学界才得到确认。

但是，不管怎样，我们不能否认，在激起大企业集团的恐慌和愤怒上，《屠场》事实上已经达到了文学运动的顶峰。同时，它还自下而上逐渐引起了以罗斯福总统为首的改革政府的高度重视。

一开始，由于罗斯福本人在美西战争期间深受不卫生肉食品之害，以军人的果断性格，他曾坚决要求解决不卫生食品的问题。但后来真正当上总统之后，态度反而有所暧昧。因为美国总统尤其是共和党总统都是在大财团大资本家的支持下上台的，代表的自然是他们的利益。所以，罗斯福虽然意识到美国社会问题之严重，也曾雄心勃勃想通过自己的"铁腕"来拨乱反正、纠正这些社会不公正现象，但面对现实他经常陷入一种两难：完全屈服于大资本家的利益，其改革宏图自然实现不了；而若完全按照中下层阶级利益进行改革，则会得罪资产阶级，其政权也就难以巩固。这样一来，在他执政期间，罗斯福的政治手腕玩得非常高超：对垄断组织他明

---

① Floyd Dell, *Upton Sinclair, A Study in Social Protest*, pp. 114 – 115.

② Ibid. , p. 113.

③ Ibid. , pp. 113 – 114.

恨暗保；对黑幕揭发者明保暗恨。他善于利用黑幕揭发者所煽起的公众舆论来要挟垄断组织，为他温和的社会改革服务。所以说，最后，罗斯福既未得罪垄断组织，而黑幕揭发者们还把他看作知心朋友。由此，我们可以说罗斯福总统虽是一位伟大的政治家，但未免也是一位非常狡猾的政客。这一点在纯净食品运动中表现得尤为明显。

当拉萨尔和默温揭露芝加哥肉类加工状况以致公众舆论闹得沸沸扬扬之时，要求调查的压力自然落在罗斯福总统身上。其实，罗斯福对芝加哥的形势非常了解，但他不想自己亲身卷入这种事情里去①。当时，他正好与库克县共和党"老板"、牛肉托拉斯之拥护者威廉·洛里默关系非常好，由此委派其分管公司的特派员詹姆斯·鲁道夫·加菲尔德去调查。罗斯福看到加菲尔德那颂扬托拉斯反驳拉萨尔的调查报告后、外加相信洛里默"芝加哥一切正常"的话，最后也就敷衍了事，做个顺水人情，把整件事丢之脑后。他这样做主要是因为当时时机还未成熟，此时改革肯定会得罪肉类加工商。可见罗斯福虽然对托拉斯的非法行为颇有微辞，但总的来说他是能关照则关照。

然而，在《屠场》的煽动下，"全国各地的信件犹如雪片似的飘进西奥多·罗斯福的办公室"，要求他立即采取行动。一开始罗斯福仍然想模棱两可地对付一下。但当他自己把《屠场》读完后态度就不一样了。"他对书中细节描写表现得像已经非常怀疑那'肉类加工托拉斯'的普通读者一样激动"②。其态度开始坚决起来。在他的支持下，参议员贝斐里奇为《农业拨款条例》准备了一份修正案，要求实行真正能起到保护作用的肉食品检查。之后交由国会参众两院讨论。同时，他亲自召见辛克莱，并接受其建议，另派了一个调查委员会前去芝加哥进一步调查，调查委员中包括纽约两位社会工作者查尔斯·P. 尼尔和 J. B. 雷诺兹。

后来该委员会提交的报告不仅确证了《屠场》所揭露的事实，而且还外加了调查者们自己亲眼所见及其体会。为激起人们的极端愤慨，该报告措辞非常激烈。罗斯福读后"勃然大怒"。但他并没有把这份报告公之于

---

① Louis Filler, *The Muckrakers*, p. 161.

② George E. Mowry, *The Era of Theodore Roosevelt and the Birth of Modern America* (*1900 - 1912*), p. 207.

众。此时他那高超而圆滑的政治手腕就表现出来了。因为他知道，这份报告远比《肉类检查法》危险得多。里面所反映的事实足以使肉食品加工商们声名狼藉。这是他们无法面对的。由此他要把这份报告作为自己的政治筹码，迫使国会通过《肉类检查法》。或许这个时候罗斯福认为纯净食品改革的时机到了。

他给众议院农业委员会保守派主席詹姆斯·沃兹沃思写信说道，这份报告"骇人听闻"，其中所披露的情况必须"马上改善"。在另一封给沃兹沃思的信中，罗斯福语气非常尖锐。他说，非常遗憾，沃兹沃思对《纯净食品法》草案的每一项修改意见只会把事情弄得"更糟而且总的来说会坏大事"。为了说服国会，他威胁说，如果国会不采取行动的话，他将把整个"令人恶心的报告"公布于众。后来为了进一步敦促国会，他把报告的第一部分送到国会，并威胁说若再不采取行动，他将把更损人的部分公布出来并附上他自己的评语。罗斯福虽然这样说，但他一直没有把这份报告公布出来，即使大家都知道有这么份报告而且其内容新闻界已经推测出个子丑寅卯了。不但如此，罗斯福还规劝贝斐里奇别再坚持要求加工商们必须在每一块肉上打上加工日期①。

在罗斯福的努力下，《纯净食品及药物管理法》和《肉类检查法》终于在 1906 年 6 月 30 日获得国会通过，成为国家法律。从此食品和药品必须配戴商标，禁止贴假标记或掺假；所有肉类食品必须要接受检查；可卡因供应商因此而被邮政局和农业部清除殆尽。同时，各州也纷纷制定相应法律支持联邦法律。一场旷日持久的纯净食品运动终于告一段落。1907 年 12 月 3 日，罗斯福在给国会的咨文中感喟道："纯净食品法遭到如此激烈的反对以致它的通过整整延搁了 10 年。"②

然而，这一结果令辛克莱啼笑皆非，"失望至极"。为什么呢？因为辛克莱作为一位信仰社会主义的作家，他发表这部小说的本意是希望全国上下关心并改善工人的生活条件和社会地位。最后，由于举国上下都在关心不卫生的食品，而屠场工人的绝望生活丝毫没有引起人们的注意，自然也

---

① George E. Mowry, *The Era of Theodore Roosevelt and the Birth of Modern America* (*1900 – 1912*), pp. 207 – 208.

② Robert B. Downs, *The Afterword of* the Jungle, p. 348.

没有什么改变。辛克莱说道："我原本想击打人们的心脏，没想到碰巧击中
了他们的胃。""我对剥削问题之兴趣甚于对这些'可恶的肉'之兴趣。我
痛苦地认识到我之出名并非因为人们关心工人而只是因为他们不想吃那些
带有结核菌的牛肉"。① 对普通美国人而言，《屠场》之影响更多的是卫生
方面而不在精神或社会上。如此说来，纯净食品运动之发动者真正来讲是
社会大众而非黑幕揭发者们。对黑幕揭发者们来说只是歪打正着。

　　由此，辛克莱认为这是可悲的失败，内心感到非常痛苦。在《金元控
制》一书中，他写道："回顾这三年我劳心又劳力所发起的这场运动，扪心
自问，我不知道真正得到了什么。"他说，他使得肉食品加工商们损失了数
百万的消费者，使他们损失大量钱财，"把他们（指消费者——引者注）推
向东普鲁士的容克们及那些在阿根廷投资办肉食品加工厂的巴黎银行家们"
（据说这部小说使得美国肉食品消费数十年都上不去）；他让一本通俗杂志
（指《诉诸理性》，小说先在上面连载然后才在出版社出版——引者注）增
加了十多万读者，可这家杂志却很快背叛它的黑幕揭发事业而成为大公司
的应声虫；他让出版商们发了一笔横财，可他们却马上变得保守并用《屠
场》所带来的利润出版一些与辛克莱的信仰作对的书籍②。

　　但是，很明显，《纯净食品及药物管理法》和《肉类检查法》的通过是
《屠场》直接催化的结果。从这点来看，《屠场》的历史地位就不容忽视。
正如作者自己在该书序言中写道："《屠场》类似于哈里特·比彻·斯陀的
《汤姆叔叔的小屋》、查尔斯·狄更斯的《奥列弗·特维斯特》。他们都影
响了社会立法并有助于改善下等人的状况。"③ 况且辛克莱在美国社会改革
中的历史地位一直受到尊重。在他一生中除先后因改革事务受到罗斯福叔
侄召见外，1967 年当他 89 岁高龄时还被林登·约翰逊总统亲自邀请到白宫
看他签署《卫生肉法》。作为一个文人，这是一种难得的厚待。所以有人认
为，"与其说辛克莱是一个有创造性的作家和社会主义先锋，还不如说他是

---

① David Mark Chalmers, *The Social and Political Ideas of the Muckrakers*, p. 91; Mark Sullivan, *Our Times*, p. 480.

② Floyd Dell, *Upton Sinclair, A Study in Social Protest*, p. 108; Louis Filler, *The Muckrakers*, p. 168.

③ Mark Sullivan, *Our Times*, p. 480.

一位黑幕揭发者"①。笔者认为辛克莱作为作家和黑幕揭发者的双重身份是并行不悖的。与新闻宣传相比较，文学通常以微妙而间接的方式影响生活。通过作家的言情并茂，人们对现实的看法多少会受到影响，由此而影响公众舆论，唤醒读者的良知。当然，为了追求社会效应，作品的文学艺术性难免会受到影响。辛克莱的《屠场》即是这样一部有争议的作品②。《屠场》绝妙地结合了文学与新闻的特点，它实际上是一部类似于报告文学类的新闻体小说（journalistic novel）。

---

① Morris Dickstein, *The Introduction of* the Jungle, p. xvii.

② 当时人马克·萨利文即认为《屠场》不是黑幕揭发作品。他认为《屠场》只是一部小说、一部容纳作者许多个人想象的小说。虽然其社会背景是以芝加哥屠宰场为主，但其人物是虚构的；再者，作者在现场调查时间仅仅七周，调查手段也是以采访为主，他本人并没有亲自去证实，也没有查阅官方正式档案。所以，小说反映的是事实，但不能说它描写得绝对精确。这与黑幕揭发作品的特征和黑幕揭发者的工作风格是不同的。所以，《屠场》不是一部黑幕揭发作品，辛克莱也不是一位黑幕揭发者（Mark Sullivan, *Our Times*, pp. 478 – 479）。对此，路易斯·菲勒教授认为这是一个不容争辩的事实。揭露肉类加工商，辛克莱有第一手材料。他不仅与工人们促膝交谈，而且还研究过有关法律；在屠宰场，他不仅是一位消费者，而且是一位居住在那儿长达七个星期的居民。说作品描写有"过分夸张"之处，那是因为作者对主人公充满感情、对其遭遇倍加关心的缘故（Louis Filler, *The Muckrakers*, p. 163）。笔者基本同意路易斯·菲勒的看法。小说所描写的事实已经过各调查组证实，唯其如此，《纯净食品及药物管理法》和《肉类检查法》才能获得通过。此外，萨利文对黑幕揭发的定义太狭隘。实际上，黑幕揭发运动是一场拥有广泛群众基础的运动，其参加者除杂志新闻记者外，还有文学家等各类知识分子。

第六章

诗人的天真之思:庞德的政治经济思想

对于美国诗人庞德的研究,国内一般关注其诗歌创作及翻译,而对他的政治经济思想鲜有涉及。事实上,庞德的政治经济思想是他整个思想体系中非常重要的组成部分。庞德一生中大约有四十年的时间投入对经济学的研究,并将研究成果写入其诗歌和散文之中,所以要研究庞德的创作,我们必须了解他的经济思想。同时,庞德的经济思想又是从属于其政治思想的,他对于经济制度的理解是其政治思想的重要组成部分之一。

一

诗人涉足政治经济领域,庞德并非个例,应该说这是相当普遍的现象。英国浪漫派诗人华兹华斯和柯尔律治就是典型例子。华兹华斯在研究了英国社会现实之后撰写了经济学论文,讨论英国手工业的发展、工资收入和生活需求之间的比例失调等问题,他还建议采用更广泛更合理的物质财富分配方式,所议持之有据,论之有理。柯尔律治则根据当时棉花种植区十万名工人同时失业,依靠教区救济以及硬心肠的监工们的施舍的现实,指出救济和施舍只是权宜之计,解决失业问题的最终办法应该是建立一套合理的原则和制度。柯尔律治还不无忧虑地指出,权力不断渗入经济领域,不出几年英国要么将由贵族阶层来统治,要么将由可鄙的伶牙俐齿的经济学家、寡头政治集团来统治,而后者比前者更糟糕。

与前辈诗人相比,庞德自有一套政治经济思想,这套思想可以用"驳杂"二字来概括。庞德在早期创作《诗章》时,开始试图把知识的各个不同方面整合在一起,纳入一个统一的思想体系内。在《诗章》中,庞德把欧洲文艺复兴时期的城邦政治历史、美国建国历史及思想史、中国文字及思想史等都纳入其思想体系。他几乎很少孤立地谈论政治问题,而是将政治和其他题材联系在一起加以考察,如教会法、柏拉图主义、音乐、亚里士多德经济理论,等等。他研究政治的最终目的是要"矫正"人类社会,而要"矫正"人类社会,首先要做的是金融货币改革。可见,庞德的政治思想和经济思想是一体的,而这两者同时又混杂在他的整个思想体系中,难以剥离。

庞德试图将一切都纳入一个统一的思想体系中,就难免鱼龙混杂,也使得他的政治思想很难付诸实践,而他又追求"直接行动",于是在不知不觉间,陷入了无尽的矛盾。庞德的思想无法付诸行动,这一点比起那些"左派"知识分子来(特别是在20世纪30年代)有过之而无不及。而不无讽刺意味的是,庞德向来喜欢攻击"左派"知识分子阶层,振振有词地称他们远离现实,理论与实践完全脱节,其实"左派"们的思想理论比庞德本人的更接近现实。明乎此,我们就可以理解庞德的矛盾了:他自以为在国家现实政治中起着一定的作用,而实际上他甚至根本不懂政治,不懂得思想该如何付诸行动,因而他很少或几乎没有对现实政治产生什么影响(这恐怕也是后来美国政府迟迟难以给他定刑的原因之一吧)。需要指出的是,恐怕连庞德自己也难以相信,他是一个无可救药的理论家,他所谓的"思想付诸实践",至多不过是将理论进一步理论化而已,正是这一点使得人们很难对他的政治思想做出精当分析和公正对待。

庞德充其量不过是一个对政治感兴趣的书生,他不可能成为政治家,因为他缺乏政治家的那份对现实政治的敏感和对政治如何运作的判断。他很多时候发表的政治见解要么是根本无法付诸实践的政治口号,要么与他所生存的世界格格不入。所以,他的政治和经济思想常给他带来麻烦,而他几乎不知道这麻烦因何而起。

(一)

庞德很早就对政治问题发生兴趣,早在侨居伦敦时期所写的论文,就多少让人感到他的政治敏感性。在那些早期文章中,他虽然清醒地认识到在一个高度文明的社会里，人们最需要的是悠闲和宁静，但为了保持这份悠闲宁静不被干扰，人们必须采取一些直接行动，与社会中的道德规范和传统习俗进行毫不妥协的抗争。这大抵就是青年庞德的政治姿态。

庞德在一战前后为《新时代》所写的文章虽然大多是围绕文学艺术的话题，但也无不涉及政治。比如在 1919 年 8 月 21 日那一期上，庞德写道："立法机关（众议院）试图制定有关煤炭的法律，而只有一个人知道煤须从石中采得。我们现在的'思想'中的主要观念很少关注某些特殊的、已知的物体，这真是令人遗憾的事情。"他还写道："西班牙失去了民主，在查理五世时期，西班牙议会失去了自由。轻而易举得到的自由已经轻而易举地失去了——总是因为贿赂或狂信。美国人为了苏打水和胡桃圣代而出卖了他们的自由；每个种族都以自我拯救为名出卖了自由。"在同年 9 月 11 日那期的《新时代》上，庞德写道："善良的人们总觉得自己一会儿在这一边，一会儿又在那一边，左右为难；一会儿被集中到一起，一会儿又自由自在或不需要集中了。"庞德这里指的是受政府控制或管理的人游离于自由和不自由之间的尴尬。庞德还在 1920 年 1 月 8 日的《新时代》上发表了对国际联盟（the League of Nations）的看法："一个靠武力支持的国际联盟是危险的；其主要的危险在于每一场地区争端都有可能导致世界性的冲突。国际联盟的权力掌握在由每个国家内部集团任命的少数人组成的委员会成员手中，这同样也是危险的。"① 庞德对于国际联盟的实质分析得相当透彻，后来的事实也证明了他的观点。他还对《凡尔赛和约》发表过评论，认为协约国和参战各国虽然都签订了对德国的和约，但那只是一种可能的和平，对德国的敌视、怀疑和恐惧几乎流露于和约的每一行，这充斥于字里行间的仇恨令和平难以真正实现，因为人们不可能将"公正的和平"建立在"仇恨的和平"之上，眼下的和平之柱肯定会朽坏、坍塌，世界还会发生一场大战。不出庞德所料，时隔二十年，又一场世界规模的大战爆发了。庞德所表现出的政治敏锐性还是令人钦佩的。

大约在 1919 年期间，庞德起草《诗章》"地狱篇"（即《诗章》14、15），所涉及的内容几乎全是政治、经济、新闻和公共事务。"地狱"里的

---

① 上述引文均见 Earle Davis, *Vision Fugitive*, The University Press of Kansas, 1968, pp. 46 – 48.

主角是形形色色的政客、大发战争财的吸血鬼，以及那些为得到工作而投机钻营的骗子。"地狱篇"是一幅当代英国的肖像画。虽然以但丁为叙述者，效仿《神曲》"地狱篇"的形式，但庞德所写的并非天主教堕落的地狱，而是 20 世纪政治、"大买卖"、文学和新闻等各界人物的地狱。具体而言，庞德写的是"人间地狱"——战后英国伦敦的方方面面。当时许多炙手可热的公众人物在《诗章》中都有所影射，都被描述成因腐败而堕落。虽然没有指名道姓，但明眼人一看便知是谁。其中有当时的英国首相劳合·乔治、美国总统威尔逊，庞德说他们"通过屁眼向大众讲话"，而时任"战时秘书"的丘吉尔，被形容为"隆起的胎儿"。这些侮辱性的语言，还有一些明显带有淫秽色彩的词语，如果指名道姓公开用在那些公众人物身上，庞德的这两首诗不可能公开发表，即使发表也会遭到"诽谤"起诉。但庞德并非有意哗众取宠，如当时《笨拙》杂志那样把英国的罪恶当作笑料，而是借此针砭当时的政局及政界人物。

庞德于 1920 年 5、6 月间发表在《小评论》杂志上的文章《诗人误入科学歧途》，提出了在他刚刚涉足的政治新领域和诗歌领域之间寻找某种平衡的想法："在我们这个伤风败德的时代，只有以往的伟大艺术才能令人相信人种还值得继续繁衍；希望听到'已灭亡王朝音乐'的考古学家和对野兽充满激情的人之间不可能存在任何争论……趾高气扬的高利贷、胆小啜泣的政治、令人讨厌的经济制度、基督教残忍的诅咒，共同构成了现代社会……"[①]

第一次世界大战对于庞德早期政治思想的形成影响颇大，其好友、雕塑家戈蒂埃-布热斯加在大战中的阵亡，令庞德对战争作了深刻的反思。他为布热斯加撰写的传记《戈蒂埃-布热斯加》一书的序言中写道：

> 我们可以此为道德箴言：任何国家都不再有权向其他国家发动战争。我们甚至可以想象，一个欧洲国家向另一个欧洲国家发动战争，就像肯特郡向威塞克斯郡发动战争一样，是一种令人厌恶的暴行……
> 文艺复兴时期意大利文明达到最高阶段的标志，就是威尼斯拒绝向

---

① Noel Stock, *Poet in Exile*, Manchester University Press, 1964, p. 166.

米兰宣战。但丁认为："买卖双方的战争对于任何一方都是不利的。"……①

庞德的反战思想或许也和他的"教友会"（Quaker；Society of Friends）宗教倾向有关。"教友会"是无条件反战的，人们不会忘记，日本人偷袭珍珠港后，美国国会以388票对1票通过对日宣战，这唯一的反对票就来自教友会的议员，而反对理由是："捍卫世界和平的一方和首先破坏世界和平的一方同样可鄙。"

庞德对战争的看法是睿智而谨慎的，他在1914年11月致《诗刊》杂志主编哈丽特·门罗的信中这样评论一战：

> 这场战争是两派同样令人憎恶的势力之间的冲突，是人类返祖现象和平庸精神的体现。人们都不知道；事情本身也很复杂。我不知道德国人被打败后，英国会不会陷入长达十年的内战中。极有可能看到军队从英帝国的四面八方汇聚过来。这将是很壮观的一幕。但是，但是，但是，文明，内战结束后帝国内人人都开始叫对方"贼"或"骗子"。人们不知道战争是否只是填补空白（因为在此十年左右布尔战争［the Boer War］刚刚结束），只是疾病的征兆。②

四年后，庞德还在给好友约翰·奎因（John Quinn）的信中再次谈及战争，他认为，由于英国和美国都习惯像鸵鸟那样将自己的头埋进小沙洞，一战的规模越来越大，国际局势也越来越恶化。他在信中还谈到，战争中必须集中权力，这是为控制战争规模、赢得战争，不得已而为之。③

（二）

庞德一生没有加入过任何党派组织。但他对于理想的政府形式自有其看法，那就是：不管是什么政党掌权，也不管政府实行什么样的管理形式，

---

① Ezra Pound, *Gaudier – Brzeska*：*A Memoir*, New Directions, New York, 1970, p. 5.

② Noel Stock, *Poet in Exile*, 1964, p. 166.

③ Ibid. , p. 165.

只要结果是一个"好的"政府就行。那么怎样的政府才称得上"好"呢？首先，一个"好的"政府应该保证经济的繁荣，如他在《经济学原理》一书中所写的："当所有东西的潜在生产（可能生产）足以满足每个人的需求时，政府的任务就是保证生产和分配的顺利实现。"其次，"好的"政府应该尽量"少去侵犯公民的领域"（impinges least upon the peripheries of its citizens），政府的职能是"使交通得以顺畅，使货物、空气、水、供暖、煤（无论是黑的还是白的）、权力，甚至思想都得以流通；并且防止公民之间互相侵犯"①，比如有公民通过控制或操纵手中的金钱来"侵犯"其他公民，那么政府就应该体现其功能，阻止这种"侵犯"。在庞德看来，这样的政府就是不管理或少管理的政府，也才是真正关注和保护民众利益的政府。而组成这样的政府的，是一些"好"人："很显然，没有最优秀的人物，甚至没有好人，统治阶级就可能显得优柔寡断，没有骨气；这也适用于行政管理阶层，或那些管理经济的人。'好'这个词不论在什么情况下都应该包括'行动的能力'这层意思；包括行动和思维或语言之间关系的某种意思。"②而生活在这样一个功能有限的政府下的人，所要做的就是照顾好自己，也就是说，人应该自律。

　　有关庞德对于政府形式的看法，一个有趣的话题可能就是：庞德究竟是不是一个"法西斯主义者"？当然，人们可以举出庞德的许多旨在为法西斯主义张目的言行，作为证据，比如他在二战期间主动要求去意大利罗马广播电台发表了一系列演说。那么这些演说是否表明了他亲法西斯主义的政治立场和观点呢？

　　我们首先要弄清庞德为什么会主动要求发表电台演说。庞德坚信墨索里尼、希特勒是听信了谄媚者之言而被资本主义列强拖入战争的，这些谄媚者包括罗斯福和丘吉尔。庞德千方百计说服了意大利当局，于1940年在罗马作定时广播演说，以期将自己的信仰，特别是经济学观点灌输给广大听众。庞德后来在接受记者采访时，谈起了发表广播演讲的目的。他自称多年来努力想阻止战争，最后却见到了意大利和美国交战的愚蠢行为。他说："我当然不是煽动军队叛变。我以为自己奋斗的对象是立宪政体的内在

①　Eustace Mullins, *This Difficult Individual*, New York：Fleet Publishing, 1961, p. 221.

②　Ezra Pound, *ABC of Economics*, Faber and Faber, 1933, p. 12.

问题。如果有哪一个人因为我在人种、教条或肤色方面的见解而受苦，请他站出来说个清楚。我的《文化导论》是献给朋亭和朱科夫斯基的——他们一个是基督教教友派信徒，一个是犹太人。"①

那么他的演讲效果如何呢？据那些听过他当时广播演讲的人以及读过演讲整理稿的人讲，庞德的广播演讲大部分内容前言不搭后语，甚至包含了歇斯底里大发作。看来，庞德的演讲口才实在不怎么样。不过，庞德的确在演讲中表达了一些自己的政治经济观点，主要有以下几个方面：

> 西方文明完全受制于国际银行家们，即高利贷者们的阴谋。
>
> 战争的发生是国际银行家们大放高利贷的结果，高利贷者为了使国家陷入债务，为自己创造操纵货币的机会而发动战争。
>
> 最令人不堪的高利贷者是犹太人，特别是那些掌握巨大财富的犹太人。
>
> 高利贷降低了艺术的价值，歪曲了历史，并使文学作品沦为说谎的新闻报道。
>
> 只要对货币进行改革，高利贷制度就可以被废除。
>
> 这样的改革应该由像墨索里尼和中国皇帝那样仁慈的君主来完成。
>
> 儒家思想为秩序井然的社会规定了原则。
>
> 美国文化在约翰·亚当斯和杰斐逊时代是了不起的，1830 年后开始衰微，南北战争期间彻底毁灭，这一切都是由银行家造成的。

从以上列举可以发现，庞德的政治观点是和其经济观点密切相连的，其中最重要的两点恐怕就是：高利贷的经济制度是政治危机的最根本原因，以及改革罪恶的经济制度需要依靠政治精英。

说庞德是法西斯主义者，这样的结论未免显得武断而片面。据庞德研究者指出，庞德不喜欢穿法西斯制服，也不赞成使用武力解决任何问题。相反，他是一位和平主义者，曾经嘲笑过尼采的权力意志学说；他憎恨暴力行为，一生也从未为解决矛盾而诉诸暴力；他不相信建立第三个罗马帝

---

① 晓柳编：《历史深处的对话》，海南出版社 1999 年版，第 49 页。

国的梦想可以实现;他热爱自己的祖国（他认为自己是真正的爱国者），尽
管他反对美国参加二战，等等。

毋庸讳言，庞德确实支持在意大利推行法西斯主义，特别在 20 世纪 30
年代和 40 年代早期，他至少在一些方面赞同法西斯主义，比如说他一直寄
希望于墨索里尼能在货币金融改革上有所作为，尽管他也知道当时的墨索
里尼政府已经陷入僵局，对任何改革都有些勉为其难。可与此同时，庞德
也坚定地支持其他一些与法西斯主义迥不相侔的思想。这样的例子在庞德
写于 20 世纪 30 年代的文章中俯拾皆是。如庞德在《杰斐逊和/或墨索里
尼》（*Jefferson and / or Mussolini*，1935）一书中，就反对在美国推行法西斯
主义。他认为，根据当时的实际情形，法西斯主义在意大利是一种合适的
政府形式，而在美国却全不适用。他在 1936 年写的一篇题为《我们自己的
政府形式》的文章中探讨了美国的制度:

> 我们自己的政府形式是我们自己的。在我看来，伍德罗·威尔逊
> （Woodrow Wilsion，1856 – 1924，第 28 任美国总统）比任何其他人对
> 这一政府形式的破坏都要大。由一代建国者们创立的这一政府形式，
> 不论它有多少优点或缺点，都能使我们清楚地认识到它到底是什么，
> 他们想要干什么。
>
> 总统之位首先应给予成熟的人、有判断力和经验的人，国家的立法
> 机构是建立在一个代表性组织上的。一个议院反映民意乃至人民的情
> 感，另一个议院则带来成熟的经验和熟悉的传统。
>
> 在下议院可以也应该发生一些思想上的骚乱。这就是设立下议院的
> 目的。……
>
> 总统不参与立法。他行使的是成熟的判断力。……
> 英国的习惯法可以在任何没有明确制定法律的地方实施。①

不必引用太多，上述言论足以说明庞德赞同美国的国父们决定采用
"行政、司法、立法"三权分立的政府形式。这至少说明了两点:一是早在

---

① Noel Stock，*Poet in Exile*，pp. 168 – 169.

庞德对意大利法西斯主义作为一种政府形式发生浓厚兴趣之前，他已经充分肯定了美国自建国以来实行的政府形式；二是他想看到的在美国实行的唯一的政府形式就是那古老的美国式民主，并希望看到这一政府形式能够更好地实行，但他同时认为美国自 1830 年以后就已中断了这一政府形式。尤其是在大萧条以来，美国政府对于社会经济问题的束手无策，令庞德失望，于是他把目光逐渐转向了法西斯主义。

如果再换一个角度，或许更能看清庞德支持意大利的法西斯主义和墨索里尼政权的原因。这可以从庞德发表在 1914 年 4 月 23 日《新时代》（*New Age*）杂志上的一篇题为《艾伦·厄普伍德伦理思想》的文章说起。厄普伍德（Allen Upward，1863 - 1920）是爱尔兰诗人、律师、政治家，其诗作曾入选庞德编订的《意象派》一书。文中说：

> 我要为他（厄普伍德）所代表的——或者说，在我看来是他所代表的——一些东西作一个不全面的总结；我所得出的一些结论多多少少来自他的著作。
>
> 1. 一个民族的文明程度，就其认识而言，是以个体的特殊才能来衡量的，并且利用个体的特殊才能。你不能用检验员的秤来衡量煤的重量。
>
> 1a. 推论。工团主义。当一个社团认识到了一群人的特殊才能并利用了这些特殊才能时，社会秩序就得到了很好的平衡。
>
> 2. 厄普伍德先生的理论是宣扬知识界，包括思想家、作家和艺术家的团体精神的。
>
> 2a. 这样的行会是和工团主义的原则完全一致的。和其他行会一样，随着掌握娴熟技能的技师越来越多，它将拥有自己的地位。①

从上面引文不难看出，庞德赞成厄普伍德的工团主义思想，即强调个体的特殊才能，强调知识阶层的作用，也就是强调精英治国，这可以说是庞德一贯的重要思想。如果从这个角度来理解他对于意大利法西斯主义的

---

① Donald Davie, *Ezra Pound*, New York：The Viking Press, 1975, p. 95.

支持,或许更符合逻辑。庞德在《诗章(31—41)》中也同样主张政府应由杰出的人才,即有特殊才能的个体来统治;墨索里尼的工团主义是一种理想的治国模式。

对于"精英治国"的提法,庞德还多次重申过。比如他在1933年4月出版于伦敦的《经济学基础》一书中这样写道:

> 经济学也罢,经济制度也罢,都容易受到政治制度的影响,尤其容易受到隐含于政治制度中的成见、偏见或倾向及态度的影响。
>
> 民主的偏见,比如说最理想的民主思想,即存在于最优秀的人物如杰斐逊和范布伦头脑中的民主思想,这些最优秀的人物会不厌其烦地将其思想和政策展现在大众面前,他们说得如此清晰,如此具有说服力,人们心甘情愿地接受他们的指导,认为他们说得"正确"。
>
> 再比如说亚当斯们的偏见,或者说贵族式的民主党的偏见是:特权,哪怕是一点点特权,都会产生责任感。
>
> 又比如说,保王主义的偏见:最优秀的人物应该得到侍候。
>
> 实际上,据说那些最优秀的人物已不愿意或不能够再尽到他们该尽的努力了。
>
> 这似乎也已证明特权没有产生责任感。少数人,特权阶级里的极少数人还坚持这种责任感,而大多数人,即特权阶级里百分之九十五的人则认为特权的主要作用在于避免承担责任,避免承担每一种责任。
>
> 经济特权和政治特权都是如此。
>
> 显而易见的例外也许会在新的特权阶级产生之际出现,也就是说,新的经济阶级应该由一些例外之人构成,或至少是一些更有能力的人,因而比其他人更适合成为统治阶级。
>
> 知识界的渣滓们,缺乏统治才能,总是想让人相信他们是"最优秀的人物"。①

以上关于"特权人物"的看法,是庞德政治观念的一个重要方面,或

---

① Ezra Pound, *ABC of Economics*, p. 12.

者可以说，他对墨索里尼的支持，正可从中找到根据。庞德继续论述道：

  民主，即由大多数人"做决定"的民主，一旦它学会了区分健全的和不健全的经济制度，大概就会选择健全的经济制度。独裁统治下的国民会服从并且继续服从他们的统治者所做出的经济决策，只要统治者的决策在经济上是健全的，而且他们在相当长一段时间里会服从统治者的决策，直到这些决策不健全了。

  关键在于，就其对国家经济的主体所产生的影响而言，无所不知的暴君的决策和聪明的民主政体的决策是十分相似的。无论是独立自主的民众、个体等，还是驮子驮畜，吃好喂饱都是很重要的。

  对于特殊的国家而言，应该选择一条最适合自己的路走，这条路从这个国家当时的实际情况开始……①

这里所谓的"统治者的健全的经济决策""无所不知的暴君"，或许就是他对墨索里尼的期望和嘉许。庞德在《经济学基础》的第三章第五部分中这样评价墨索里尼：

  独裁者深受大众欢迎，看起来像路易二世一般的街头小贩，这说明他是普通人，他拥有意志力，他喜欢钱财。对我们来说，他所表现出的"睿智"更有意思。聪明人墨索里尼比权势者墨索里尼更有意思。"领袖"说过的格言警句和他那敏锐的洞察力也可以研究研究。②

综上所述，庞德对于意大利法西斯主义的支持，并非证明他就是法西斯分子。这完全是基于其政府形式的观点，即认为不同的国家可以采用不同的政府形式，比如法西斯主义政府适合意大利，却不适合美国。

庞德之所以在 20 世纪 30 年代成了意大利法西斯的支持者，有太多的理由。庞德认为，30 年代初那些根本不了解意大利国内情况的外界人士肆意攻击墨索里尼的意大利政府，这是很不公平的，于是他写了《杰斐逊和/

---

① Ezra Pound, *ABC of Economics*, p. 12.
② Ibid., p. 224.

或墨索里尼》一书,公开为墨氏辩护。如果庞德先仔细留意一下国外反意大利的宣传攻势,并将这些宣传与他所知所觉的意大利国内的实际作一番比较,然后写一部旨在向美国人和英国人说明实情的态度友好的书,那么这部书或许会是一部合情合理的、几乎没有任何政治倾向的研究性著作,也许会取得意想不到的效果,使英美人相信自己得到的关于意大利的信息是错误的。遗憾的是,庞德没有那样做。书中非但没有向世人传递出他所知道的实情,反而将法西斯主义用让人读来既有趣又觉古怪更感天真的文字写来,而且将它和杰斐逊的民主相比较,仿佛法西斯主义也是一种民主政体。因此,这本书就在读者中,尤其在英美读者中起了误导作用。

其实,对于那些已然了解庞德书中所写的很多事的人而言,他们会认为这部书很有价值,他们理解庞德的信仰,欣赏庞德的才华;但对于那些对书中所写之事不甚了了的人而言,他们则觉得这部书毫无价值,他们不理解庞德,只觉得他写的纯属一派胡言,又怎能相信墨索里尼是一位"创造者兼艺术家"呢?

《杰斐逊和/或墨索里尼》一书是庞德这位完全置身于国际政治领域之外、对政治一无所知的文人的天真之作。而这样的天真之作,庞德一生实在写了不少。庞德在《诗章》中虽然对当代文化和社会作了否定性的分析,但他坚持人类最终会走向"天堂",这也是一种天真的表现。他天真地认为墨索里尼及其政权能够推动社会历史的进程,就像美国的那些建国者们一样。

且不说庞德对墨索里尼的看法是否正确,单就他的政治见解而言,可以说是相当无知。政治不像文学批评,不能如人所愿随心所欲地使用你自己的一套术语。在政治上,个人就像在茫茫大海上航行的一叶扁舟上的水手,只有当你学会了利用风向和波浪,才能够航行到你想去的地方,但你必须得耐心地把握风向、注意波浪,而不是逆风浪而行,否则只会葬身大海。

二

庞德基于自身对当时政治现实的看法,提出了一套经济思想,其中心观念就是高利贷是毁灭文明的腐蚀剂。现代社会的高利贷者就是银行家，他们通过手中掌握的金钱和权力来支配其他人。在庞德看来，人类历史就是一部斗争史，斗争的双方就是：文明的核心力量——生产者和各种各样的高利贷者和垄断资本家。随着双方斗争的不断加剧，政治危机乃至战争就会爆发。无论是美国的南北战争，还是拿破仑战争，或是西班牙内战，以及凡尔赛和约背后，都存在着这样一种经济现象。制造战争是高利贷者的最终目的，因为战争可以产生债务。

1937 年，庞德的挚友南希·卡纳德（Nancy Cunard）给他寄了一份关于西班牙内战的问卷调查表，内容涉及发动西班牙内战的独裁者、长枪党首领佛朗哥。这份问卷调查属反佛朗哥性质，分别寄给"英格兰、苏格兰、爱尔兰和威尔士的作家和诗人们"。庞德收到后给南希回了封信表明自己的态度：他不想卷入关于共产主义或其他任何"主义"的争论。他说："就我个人而言，我反对在虚假的对立双方之间选择自己的立场。"1938 年，在伦敦的一个叫"西班牙民族之友"的支持佛朗哥的组织也写信给庞德，希望得到他的支持。庞德同样回信拒绝表明立场，并称"西班牙民族之友"必须正视处于斗争中的国际政治和经济现实。庞德之所以如此保持"中立"立场，是因为他相信：西班牙内战不是交战双方信仰不同导致的结果，而是由国际经济金融和兵器工业幕后操纵而造成的。

庞德的经济观在很大程度上是受了"社会信贷论"的创始人 C. H. 道格拉斯少校的影响。道格拉斯在一战前曾是一名工程师，还一度担任英国驻印度一家公司（the British Westinghouse Company）的经理。随后，他被英国政府任命为一项铁路建筑工程的负责人。一战期间，道格拉斯被派往法恩伯勒（Farnborough）的皇家空军基地服役。庞德第一次在《新时代》的编辑 A. R. 奥瑞奇的办公室里见到道格拉斯，就对其货币和信贷理论产生了兴趣。他曾经说过，听了道格拉斯的一番有关信贷的理论，没有人会对此置之不理的。当时，庞德不仅是《新时代》的作者，也是它的忠实读者，尤其喜欢读奥瑞奇撰写的有关时事的评论和道格拉斯的《经济民主》一书的连载。他经常和道格拉斯、奥瑞奇在《新时代》编辑部聚会，讨论共同感兴趣的话题，而道格拉斯有关货币和社会信贷制度的思想也是在这些交谈中逐渐形成的。道格拉斯认为，应该控制银行和信贷，将工业利润分配给全社会消费者,通过利润分配来弥补社会购买力不足,竭力反对高利贷制度。这些思想对庞德一生都有巨大的影响。同时,道格拉斯因反对高利贷制度而表现出较强烈的反犹倾向,这些对庞德也并非没有产生作用。

庞德自 1918 年与 C. H. 道格拉斯相识之后,越来越相信高利贷是破坏社会秩序和各种艺术的罪魁祸首,国际银行家们利用金钱、信贷和高利贷来维持对其他人剥削的权力。人类必须受到保护,商品必须进行合理分配;而当英国和美国看来难以完成这些任务时,庞德开始将希望首先寄托于意大利,其次寄托于德国。所以当二战爆发后,美国人对德意宣战,庞德自然就站在德意一边而反对美国了。

庞德认为,造成社会秩序混乱和经济不平等的主要原因是资本家,特别是银行家囤积居奇,聚拢大量货币后放高利贷,这种以钱生钱的方式不能创造任何社会物质财富,这是庞德所竭力反对的。他在其"毕生诗作"(life work in verse)《诗章》(*The Cantos*)中不遗余力地反对银行的权力和做法,反对放高利贷的政府政策。

(一)

我们还是通过庞德的作品来了解一下他在不同时期对于高利贷制度的看法。《诗章》中的"高利贷者"篇,即第 31 首至 35 首是庞德经济思想的集中体现。他抨击了资本主义的信贷和货币金融政策,认为各国对金钱的重视,势必导致对艺术、道德和信仰的贬低,而现代出版制度对于经济效益的过分注重、主管部门对于作品的苛刻审查,均使一些优秀艺术家的优秀作品难以问世,或历经艰难才得以问世,这无疑也是对文艺、对人才的扼杀。这一"资本扼杀文艺"的思想大约也来自道格拉斯。《诗章》中随后的 20 首,即第 52 首至 71 首则是对中国历史及约翰·亚当斯伟大成就的简要分析,这些分析几乎完全是建立在他的货币和信贷理论基础上的。

在《诗章》第 45 首中,庞德认为高利贷是一种强力的腐蚀剂,它腐蚀并毁掉了文明和美好生活。但他对高利贷的认识仅仅停留在获取超额利润上,也不知道如何确定"超额"。他认为放高利贷就是用钱作商业投机并根据盈亏按比例分成;如果投机成功,高利贷者分得利润,如果投机失败,他就拥有合作者其他财产的股份。庞德以"分红"为参照,对"高利贷"

作了这样的解释：

> 我们分享一艘船的成本；我们分享船上货物的成本；我们按比例获取利润——这是不错的运动和不错的交易：分红（partaggio）。
>
> 但是，我们承担开支；如果盈利了我拿利润；但如果船沉了他就拿你的房子。
>
> 这就是不同的安排了：高利贷（usura）。[①]

到了 20 世纪 40 年代初，庞德对高利贷的理解有了改变。他将"高利贷"和"生产"视为一对矛盾的概念。庞德在一篇文章中将"资本"定义为"生产性事业"（productive undertaking）或这种事业的债券，这种债券"以物质基础为前提，可以按期分红，支付利润（利润以货币形式支付）而不致引起通货膨胀，而通货膨胀即指相对可用物品而言纸币流通过多"。这种"资本"和"利润"建立在绝对的物质产品基础之上，庞德认为是完全公正的，不像资本主义制度下的通货膨胀和经济危机。两年之后，庞德的经济思想有了变化，他认为生产和放高利贷（以钱生钱，不事生产）之间的区别消失了，高利贷成了一种利率，它超过了人们所投入资金的事业的生产增长率。最后，到了 20 世纪 50 年代，庞德又将高利贷定义为"对使用购买力而收取的费用，征收这项费用时不考虑生产，有时候甚至不考虑生产的可能性"。

庞德曾这样谈论通货膨胀："你借一笔钱时，用这笔钱只能买到一普式耳谷物；当你要还同样数额的这笔钱时，它可以买到五普式耳甚至更多的谷物。对此，人们谈论得更多的是贬值、通货膨胀、升值、通货收缩和恢复金本位制。通过恢复金本位制，丘吉尔先生强迫印度农民支付二普式耳谷物的税和利润，而不久前他只需支付一普式耳。"[②]

在《诗章》第 74 首中，庞德这样写道：

> 而地方上放债的寄生虫借助外国银行

---

① Earle Davis, *Vision Fugitive*, p. 66.

② Ezra Pound, "Gold and Work", *Poet In Exile*, Noel Stock, p. 184.

> 从印度农民身上榨取
> 以丘吉尔式辉煌上升的高利
> 如当他，尤其是当他
> 恢复腐败的金本位制时
> 如在 1925 年左右……

丘吉尔任英国财政大臣时，于 1925 年恢复金本位制，造成严重的经济危机。

在《诗章》第 77 首中，庞德重提这一话题，不过说法略有不同：

> "随着金本位制的恢复，"蒙塔古爵士写道，
> "每个农民要用双倍的谷物
> 支付税和利息。"
> 确实现在的利息在法律条文上是低了一些
> 可是银行贷款给高利贷者
> 这样后者可以贷更多款给他们的受害者……

诗中提到的蒙塔古爵士（Sir Montagu Webb）是英国商人，曾在印度生活多年，著有《印度的困境》一书，书中写到金本位制给印度经济和印度人民造成的巨大影响。

只要高利贷制继续存在，战争就不可避免，庞德在《诗章》第 77 首中写道：

> 正义的和平并不一定
> 会消除未来的战争
> 以和约签署后对弗拉斯卡蒂的轰炸
> 为证。

在《诗章》第 78 首中，庞德阐述了自己对于货币的一番见解：

　　"不再需要。"老式的税收已不再

　　需要，如果它（货币）在一个制度里

　　以完成的工作为基础，以人们的需要为准绳

　　在一个国家或制度里

　　　　　道

　　按照使用和磨损的程度

　　　　　　定量消除

　　如在维戈尔。据说/他对此得/考虑一下

　　却被倒挂着吊死了，在他对此建议的想法

　　有效地付诸实施之前。

　　庞德认为，货币并无内在价值，只不过是在财富交换方面的一个更有效率的工具。如果发行的货币精确地衡量某个国家的总财富，而且不允许被囤积而是保持经常的流通，那么该国的财富在至少愿意干最低定额工作的大众之中的分配是差不多平等的。庞德把汉字"道"放在诗行的旁边，表明这样的经济情况才是自然的、公平的，与整个秩序的进程保持了和谐的关系[1]。这一节诗的最后几行暗示庞德在会见墨索里尼时劝他采取这个办法，而墨索里尼可能答应他会加以考虑。但是，在庞德看来，墨索里尼还来不及将这个好主意付诸行动，就上了绞架。因此，不难看出，庞德对法西斯主义寄予了希望，认为法西斯掌握了经济大权，严格限制了银行家的自由，如此确保了经济繁荣和分配公平，社会秩序和社会福利也将正常运转，这才是一个好的政府。

　　庞德以为，金钱（或货币）的"控制者"已经拥有巨大的权力控制了整个社会，他们所利用的是大多数人对于金钱本质的误解。通常人们误以为金钱是商品，可以在"市场条件"下自由买卖。而实际上，金钱是或应该是：（1）一种交换方式；（2）衡量价格的标准；（3）未来交换的保证，即在你不想马上用钱时，它能保持相当长时间的购买力。但事实上，庞德的这一定义完全忽视了这样一种观念，即金钱具有创造力，它在物品的实

---

　　① 参见杰夫·特威切尔－沃斯《灵魂的美妙夜晚来自帐篷中，泰山下》，张子清译，载《庞德诗选·比萨诗章》，漓江出版社1998年版，第280页。

际生产和服务过程中起着一定的作用。庞德认为这种观念是对金钱的误解。一艘轮船、一架飞机或一幢房子由自然提供的原材料制作而成，人的智能将这些原材料变成了产品。在庞德看来，"我们没有足够的钱，我们难以建造起这幢房子"的说法是站不住脚的，因为金钱在建造房子的过程中不起任何作用，它既不能敲一枚钉子也不能设计出建造方案。庞德的这种金钱观显然是不符合货币从产生到使用的一些基本规律的。当然，庞德并没有否认货币的重要性，他只是觉得生活在一个过于重视金钱的社会里的人是难以逃脱物质至上的噩梦的。

（二）

反对高利贷制度，引出了另一个问题，即庞德对于犹太人的态度，因为在西方传统中，犹太人总是和高利贷联系在一起。在指责庞德"反犹"之前，有必要了解一些西方传统观念中对于犹太人的看法。早在天主教会占统治地位的中世纪，放高利贷就被认为是有罪过的、非法的（见《诗章》第 45 章），而不信仰天主教的犹太人却一直将高利贷作为自己重要的谋生手段。这部分地解释了西方长期以来的反犹主义的历史原因。犹太人自 16 世纪以来就是文学作品中的恶棍典型，也常常被指责为了私利通过其手中掌握的金钱的力量操纵政府。

德国人就有憎恨犹太人的传统。在十字军东征期间，那些向耶路撒冷进发的武士们屠杀了莱茵河以西地区城市中的犹太人：既然身边就有杀害基督的人，就没有必要非得等到了圣地才去杀那里的犹太人。在黑死病期间，斯特拉斯堡大约 2000 名犹太成年男女和儿女在 1349 年圣瓦伦廷节（即 2 月 14 日情人节）这一天被投进一个大坑活活烧死。在 16 世纪早期，柏林附近一个小犹太社团的成员被活活烧死。新教创始人马丁·路德在 16 世纪发表了一份对犹太人充满仇恨的檄文，痛斥犹太人，要求烧掉犹太人的会堂，摧毁他们的房屋，没收他们的财产，必要的话，还要把他们流放。1750 年，普鲁士的腓特烈大帝颁布了一部管制普鲁士犹太人生活和活动的法令，被时人称为"一部给食人者制定的法令"。到了 19 世纪晚期，德国人发展出一种被称为反犹主义的种族理论：犹太人作为闪族人毫无可取之处，他们在现代社会中没有位置。一个反犹太人的政党开始形成，一大批反犹太人的文献在欧洲大地上被炮制出来。这就是希特勒继承的传统。在1933 年至 1945 年纳粹法西斯统治德国期间出现了史无前例的"纳粹屠犹"（Holocaust）事件，成千上万的犹太人惨遭杀害。据学者和统计学家统计，有 500 万到 600 万犹太人被德国人以各种方式杀害；另有 500 万到 600 万非犹太人也被作为犹太人处决；到二战结束前，估计有 3500 万犹太成人和儿童或死于战争或死于谋杀。①

号称民主国家的美国，对希特勒的屠犹行为作出了什么反应呢？罗斯福总统完全了解在德国人控制的土地上犹太人的遭遇，但他和他的政府并没有帮助欧洲犹太人的打算。领事馆官员在给犹太人发放签证时卡得非常之严，甚至连允许发放的名额都没有满。1939 年，当"圣路易斯号"船载着约 900 名犹太难民靠近美国海岸时，美国不允许他们登陆。直到 1944 年，总统才设立了一个战事难民委员会，拯救了一些犹太人。总之，美国人在对待犹太难民问题上的行为并不怎么光彩。

什么是反犹主义（anti – Semitism）呢？这个术语的意义通常非常含糊。反犹主义是一种伪科学理论，它认为犹太人——他们在古代说闪米特语——在文化上和道德上不中用，不能对社会做出贡献，最终他们应当被彻底消灭。美国人其实也有一个反犹传统，确切地说是憎犹（Jew – hatred）和恐犹（Judeophobia）的传统。在美国人眼里，犹太人富有而强大，都是危险分子。在 19 世纪和 20 世纪早期的美国文学中也有反犹主义的反映，霍桑、麦尔维尔、德莱塞、H. L. 门肯、庞德和艾略特都有过攻击犹太人的言论。

说庞德是反犹主义者，与说他是法西斯主义者同样的不确切，因为按照上述反犹主义的定义，庞德只能算是憎犹主义者，他并没有要彻底消灭犹太人的想法。相反，不少犹太人还是他的好朋友，如犹太诗人路易斯·朱科夫斯基，就一直得到庞德的支持和提携。但是我们无须讳言，庞德部分地接受了西方（包括美国）的反犹思想和传统，比如他坚信犹太人的道德价值观助长了私利从而违反了整个社会的利益。这是他的致命弱点。

虽然庞德喜欢对经济制度发表议论，但事实上他的大多数经济学观念都没有立足现实，而是或得自书本或源于想象，常被评论家讥为滑稽可笑。

---

① Jacob Katz, *From Prejudice to Destruction: Anti – Semitism, 1700 – 1933*, Harvard University Press, 1980, p. 324.

他仅根据不完整的货币历史和货币原则的某些方面来立论,他的所有经济学知识也仅限于对货币历史和原则的认识,而且这种认识也不像有些传记作家所说的是全面系统的,而是零碎随意的。他主要根据自己的偏见和一时的热情去研究经济学,以为全面系统地研究经济学史是浪费时间。比如,他认为货币改革是当务之急,那么证明他的观点正确且能为他所用的经济学历史和知识才是有用的。他的这种研究方法有时候能碰巧让他找到丰富的矿脉,但更多的时候则是失大于得,遗珠之憾是常有的事。

他首先试图通过对货币和银行史上一些特殊现象和片面事实的有限研究获得对经济学本质的认识,进而得出高利贷者和银行家是世界的万恶之源的结论。他对银行的研究,常常仅停留于对这些银行早期历史的研究,而对其发展史置之不理;他对文艺复兴时期意大利经济史、对19世纪美国经济史以及对20世纪工业国家经济史的研究,更是断章取义,以自己的偏见和一时的爱好而占有材料、使用材料,而且对掌握的材料也不加甄别,常常是学术界公认错误的、废弃不用的材料,他却如获至宝,信以为真,这样得出的结论,其可信度是颇可怀疑的。

以他对意大利一家银行(Monte dei Paschi)的研究为例,他根本不是像一位历史学家那样去处理历史文献和档案材料的;最基本的一点是,他没有对这些文献和材料的真伪做任何鉴别就全盘照用,也不参考相关文献和材料以及其他历史学家的研究成果。而他对美国历史的研究也采用同样的方法,他从杰斐逊书信集和范·布伦的自传中找到了想要的材料,根据他自己预先的设想,将这些材料不加鉴别就用来证明阐述自己的观点。杰斐逊和范·布伦提供的材料正确与否,夸大其辞与否,与同时代的历史资料吻合与否,庞德并不关心;他关心的只是,这些材料能为他所用,能证明高利贷和银行制度的腐败堕落。

庞德认为,现代工业社会解决了生产的问题,充足的资源至少保证每个人过上合理的最低标准的生活,因此物质享受的不平等问题必定出在分配上。庞德在分析时所使用的语言几乎和马克思(他同情马克思)及其他社会主义者所使用的完全相同。可以说,庞德的经济思想部分受到了马克思经济学思想的影响,这主要体现在两个方面:首先,世界的文化、人类的健康和日常所遇到的各种麻烦都是由经济力量引起的;其次,社会问题的出现是由于一个享有特权的阶级从劳动产品中获得了"剩余价值"，劳动者受到了剥削，劳动者的报酬被克扣。庞德完全同意马克思的剩余价值理论，而他和马克思的区别在于：马克思希望能彻底消灭利润，这样经济才能保持持久繁荣；而庞德并不反对利润，他也不认为应该消灭利润。庞德也不认为占有生产资料是调节生产关系的关键。根据庞德的经济理论，只要通过合理控制货币就可以实现更公平的分配。这方面的讨论，还是远远不够。

第七章
现代化进程中的德莱塞

一　现代消费社会和消费文化的兴起

许多研究都表明，西方工业革命后，尤其到了 19 世纪，随着经济的蓬勃发展和产品的日益丰富，消费时尚和消费风气开始弥漫于社会之中。我们过去一直误认为在资本主义或具体地说工业革命初期，人们正如韦伯（Max Weber）所认为的那样，都是清教徒，都奉行节俭。历史表明，17 世纪和 18 世纪实用经济学家和理论经济学家已广泛关注消费在经济发展中的作用。他们得出的结论是："奢侈促进了当时将要形成的经济形式，即资本主义经济的发展。正因如此，所有经济'进步'的支持者，同时也是奢侈的大力倡导者。他们唯一担心的是害怕奢侈品的过度消费会损害资本积累。但是，就像亚当·斯密那样，每当他们想到总会有足够数量的节俭者在保障必要的资本再生产和积累，就会聊以自慰。"① 在这样的理论支撑下，欧洲各国在 17 世纪就纷纷颁布法律取消对奢侈的禁令。例如，法国于 1629 年取消了最后一个限制使用奢侈桌子的法令，1708 年取消了服装法禁奢令。与此同时，英国也流行了同样的观点。他们认为"挥霍是一种有损于人却无害贸易的恶习。甚至以道德取向著称的休谟也得出如下结论：'有益的'奢侈是好的，'有害的'奢侈虽是'许多不幸的根源，但通常较懒惰和闲散更可取些，即便没有奢侈，懒散和闲散也会取而代之'"。② 有论者

---

① 维尔纳·桑巴特：《奢侈与资本主义》，王燕平等译，上海人民出版社 2000 年版，第 150 页。
② 同上书，第 151—152 页。

说，"文化和经济发展是相连的，一方面的变化就会反过来影响另一面"。①
这种观点当然有其道理，但任何思想都有一个渐进发展的过程。如果说19
世纪以前欧洲出现奢侈消费的习惯，那也只能说它仅局限于上层贵族和统
治阶级。对美国19世纪末兴起的消费热潮的研究论述首推美国学者索斯
坦·凡勃伦（Thorstein Veblen）。在其1899年出版的《有闲阶级理论》中
他提出了"摆阔性消费"的概念。② 他认为人们把消费和休闲看成是区别
不同阶级的一种重要手段。即使在人类初始阶段，那些身强体壮、能力超
群的男人们就开始利用对物的消费之不同来区别与弱势的女人之间的不同。
女人们是消费品的生产者，为强者们提供消费品。一般认为区分的形式多
表现在饮食中的酒类和毒品上。这些消费品的昂贵足以显示出他们的荣誉
和地位。到了工业革命早期，这种消费开始局限于休闲阶级，只是到了后
期，随着工业制度开始以工资为基础，开始出现物品私有者，以及物品的
增加和收入的提高，这种局限于休闲阶级的挥霍消费才开始消失。休闲阶
级的消费品不仅体现在满足于生活必需以外，还体现在生活品的质量上。
他们自由地消费，且消费的是最好的食品，最好的物品。也就是说，能够
消费起高质量和一定数量的物品的人才标示出他的高贵，而不能够消费者
则表明他的低下身份。挥霍的消费和休闲还由消费者的生活方式和风度表
现出来。例如，他们的财富表现在由仆人和妻子家人消费上，他们拥有仆
人的多少，妻子家人闲暇的多少可以决定他们的声望的高低，因此休闲阶
级和挥霍消费的出现是伴随着浪费而产生的。维布伦指出，休闲阶级的生
活方式可以逐渐成为其他下层阶级的行为标准，竞相模仿的对象。维布伦
认为人们竞相攀比消费主要缘于工业制度和城市的发展导致了人们交往广
泛，迁徙频繁。这样，人们要想让别人对自己有所认识，有所尊重，就必
须通过自己的消费来达到。结果，人们，尤其是居住在城市的人们，为了
将对方比下去就把挥霍消费的标准拔高到最大承受度。

　　尽管维布伦承认美国19世纪末开始出现有闲阶级挥霍消费现象，但他

---

　　① 塞缪尔·亨廷顿等主编：《文化的重要作用——价值观如何影响人类进步》，程克雄译；新华出
版社2013年版，第28页。

　　② 参见 Thorstein Veblen, *The Theory of the Leisure Class: An Economic Study of Institutions*, New York:
Macmillan, 1902, pp. 68 – 101.

明确指出，那仅局限于有闲绅士阶层，因为摆阔性消费还没有普及到大多数民众或者社会的整个层面。除了维布伦外，科林（Colin Campbell）在《浪漫伦理和现代消费主义的精神》（*The Romantic Ethic and the Spirit of Modern Consumerism*）[1] 一书中更是批评韦伯（Max Weber）在《新教伦理和现代资本主义的精神》[2] 中所说的新教伦理是现代资本主义兴起和发展的核心因素。他认为主张禁欲的新教伦理与兴起的消费绝非水火不相容，而应是并行不悖。[3] 他甚至认为美国殖民地时期一直处于帝国交换经济的影响之下。[4] 这方面影响比较大的著作是由两位历史学家编撰的《消费文化》[5]。这些学者认为消费不仅在进一步促进生产方面起到了作用，而且在社会的各个方面都产生了举足轻重的作用，包括人们的行为，人们对事物的看法，甚至人们身份的建构。他们这些结论在最近一些学者的研究中也可以得到印证。有学者认为大众消费社会现象的广泛出现大约在 1913 年，即以福特生产线的出现为标志。如英国后现代社会学家费瑟斯通（Featherstone）曾引用埃文的话说，"资本主义生产的扩张，尤其是世纪之交的科学管理与'福特主义'（Fordism）被广泛接受以后，建构新的市场、通过广告及其它媒介宣传来把大众'培养成为消费者'，就成了极为必要的事情"。[6] 法国思想家勒费弗尔（Henri Lefevre）在其《现代世界的日常生活》中则提出不同的看法。他将二战后的法国社会冠之以"工业社会""技术社会""富裕

---

[1]　Colin Campbell，*The Romantic Ethic and the Spirit of Modern Consumerism*，Oxford：Basil Blackwell，1987.

[2]　Max Weber，*The Protestant Ethic and the Spirit of Capitalism*，translated by Talcott Parsons，London：Unwin University Books，1930.

[3]　Tom Pendergast，"Consuming Questions：Scholarship on Consumerism in America to 1940"，*American Studies International*，June 1998，vol. 36，Issue 2，p. 23.

[4]　这方面研究的主要成果有：T. H. Breen，"An Empire of Goods"，*Journal of British Studies* 25（1986），pp. 467 – 499；"'Baubles of Britain'：The American and Consumer Revolutions of the Eighteenth Century"，*Past & Present* 119（May 1988），pp. 73 – 104；"The Meaning of 'Likeness'：American Portrait Painting in an Eighteenth – Century Consumer Society"，*Word & Image* 6，No. 4（1990），pp. 325 – 350；"Narrative of Commercial Life：Consumption，Ideology，and Community on the Eve of the American Revolution"，*William and Mary Quarterly* 3d. ser.，50（July 1993），pp. 471 – 501.

[5]　Richard Wrightman Fox and T. J. Jackson Lears eds.，*The Culture of Consumption*，New York：Pantheon，1983.

[6]　迈克·费瑟斯通：《消费文化与后现代主义》，刘精明译，译林出版社 2000 年版，第 19 页。

社会""闲暇社会""消费社会""引导性消费的官僚社会"等命名。勒费弗尔指出，这个时代已经被消费所控制，消费者已经将自己的情感投射到符号/物品上，自我认同成了符号认同，成了消费意识形态的认同。美国当代重要马克思主义批评家詹明信也认为二战后的社会阶段与以前的社会阶段出现了断裂，出现了一种新型社会。他认为这个社会的特征是：新的消费类型；有计划的产品换代；时尚和风格转变方面前所未有的急速起落；广告、电视和媒体对社会迄今为止无与伦比的彻底渗透；市郊和普遍的标准化对过去城乡之间以及中央与地方之间紧张关系的取代；超级高速公路庞大网络的发展和驾驶文化的来临。[①] 詹明信所谈的社会特征显然与消费社会有关。大卫·哈维在其《后现代性的条件》里认为在消费社会阶段，人们所消费的不仅包括物质商品，而且还包括非物质商品，如"教育、健康、信息服务，也包括娱乐、休闲服务"等。更有甚者，这种消费品还包括"商品的外观设计、包装、广告等"。他还提到了符号和视觉形象的生产在影响消费方面的作用。哈维了不起的地方是他道破了任何一个社会，包括消费社会的特征都是在不断丰富和发展的，而远非人们所想象的固定不变的模式。他这一明断就给其他理论家以诸多启迪。

　　如果说上述思想家都还没有确切地将消费社会加以定义的话，那么法国当代最重要的思想家之一鲍德里雅就非常明确地指出60年代以来的西方社会进入了消费社会，出现了一个新的社会秩序。他说，"过去的道德规范希望个人去适应社会整体，但这是生产时代已过时的意识形态：在一个消费时代，或是一个自称如此的时代里，是整个社会前来适应个人。不只它超前了个人的需要，它还花出心血，不只是适应他这样或那样的需要，而是适应他本人"。[②] 在研究中，鲍德里雅发现，在人们的消费行为中，消费的性质日益与人的本性、文化和社会建构之间产生了密切的关系。商品这种作用的产生与大众媒介、电视等现代信息技术是密切相关的。他在对广告媒介等做出一番审视之后指出，广告商利用广告的幻象和人的潜意识之间互动的关系而对消费者进行操纵。无意识和幻象之间形成了一种循环论证，"与从前意识层次中主体与客体之间的循环论证，是同样的。两者互为

---

① 詹明信：《晚期资本主义的文化逻辑》，三联书店2003年版，第418页。
② 尚·布希亚：《物体系》，林志明译，上海人民出版社2001年版，第191页。

索引、互相规定，无意识被规定为个体功能，而幻象则是广告公司的成品"。[1] 鲍氏一方面看到了现代社会的产品必须存在于广告的论述和形象向度里，而且它必须要"呈现于一组模范的可能范围中（选择）"，另一方面他又看到了现代消费者离不开广告和个人选择的两个向度。否则他们将不再自由。[2] 尤其到了他的后期，他更是将影像和实在之间的区别取消，而偏重于游离物品的记号、影像和仿真的研究。

鲍氏将无比丰富的物看成是一个符号系统，系统里面的符号本身既是能指，又是所指，"具有对等、可替代和可互换等性质"，并受制于系统内部的规则、符码和符号逻辑的支配。在此，"符码是起决定作用的：它是能指和交换价值相互作用的规则。在政治经济学的大系统中，是符码还原掉所有的象征的模糊性，为价值的理性循环和它们在价值平等的规则下的交换奠定基础"。鲍德里雅还将物的符号意义又推广到社会意义。他指出，物一旦具有符号功能和符号意义，它便代表着人的声誉、欲望、社会地位、身份等。我们应该指出的是，物具有符号性已被前人谈及，但鲍氏的论述是集系统与明晰于一体的，且更具理论性。他说，物品/广告体系将人的个性指定和分级，将社会关系分割为一个等级分明的目录。"它将自己形式化，成为社会身份标位的普遍体系：'地位'的符码。"[3] 物的符号价值理所当然地成了消费社会的伦理标准和价值标准。如果说以生产为主导的社会以宣传生产英雄为主导的话，那么消费社会则宣传以电影明星、体育明星等为主导的英雄们。鲍德里雅认为，消费社会的根本任务就是生产或者培养出一代代新的消费者。鲍德里雅极端地指出，消费者不仅被无形的消费意识形态所控制，而且根本就不存在消费者的自然需要。

由此可见，广告媒介以及其他媒介不再以真实的物品和世界为参照物，而是依据自身的信息系统来制作画面，所以我们其实生活在一种"伪事件、伪历史、伪文化"的世界之中。也就是说，我们通过媒介所消费的是那些经过传媒技术加工，经过编码技术组合后的符码材料。他显然认为这就是消费社会的新逻辑、新的实践和新的心理。例如，观众愿意接受劝导和神

---

① 鲍德里雅：《消费社会》，刘成富等译，南京大学出版社 2001 年版，第 162 页。

② 尚·布希亚：《物体系》，林志明译，第 195 页。

③ 同上书，第 214 页。

话，愿意被骗上当，而不在乎所宣传的是否真实。"正如时尚是超越丑和美的，正如当代物品就其符号功能而言是超越有用和无用的一样。"其实，鲍德里雅这里所言就是前面所说的，广告商及媒介都是利用人们的潜意识做文章。人们在广告的艺术包装下置身于一个艺术想象和审美世界，忘却了自己的真实身份与真实世界，而任凭潜意识的召唤和勾引。表面上自己是在主宰着自己，而实际上被别人牵着鼻子走。他们认为自己是在理性地消费，是在独立地张扬自我，而实际上非理性处于上风，自我被剥离。这是消费社会作为所谓主体的人的悲哀，也是现代制度控制主体人的狡猾所在。我们不得不承认鲍德里雅观察得仔细，分析得透彻，批判得深邃！

上面表述揭示了消费社会的兴起、特征，同时还揭示了消费社会的意识形态性。为了刺激消费，扩大再生产，媒介已经在很大程度上被企业垄断，因为它已经成为企业发展的必不可少的一个重要环节。消费广告通过心理技巧使消费者产生出欲望和需求，这些需求和欲望最后表现为对商品的需求，对代表符码、地位、等级的商品的需求。更为诡诈的是，在消费意识形态的操纵下，消费者觉得自己是主动的，[①]觉得自己就是上帝，就是资本主义的驱动力。消费者们在五花八门、琳琅满目的商品面前觉得自己必须要做出决定，以显得自己是自由的，有自主权的。而他们的自由就表现在"挑选的是更能满足自己的还是较少满足自己的……"他们的错觉就是自己从购买的商品中获得了享受，从直接品尝了鲜美的食品，闻到了美妙的香味，到亲自驾驶了汽车，等等。[②]因此，消费品不仅给人提供使用价值，而且更重要的是，它使人产生更多虚幻性，似乎给人带来了自由和解放，它的"兴奋性就是选择的兴奋性，就是从单一乏味中解脱出来，品尝由生活的多汁多味带来的振奋"。[③]

消费意识形态的利弊姑且不谈，但随着消费社会的到来和消费文化的

① V. Packard, *The Hidden Persuaders*, Harmondsworth：Penguin, 1977, 转引自 Conrad Lodziak, "On Explaining Consumption", *Capital & Class*, Autumn 2000, Issue 72, p. 111.

② Zygmunt Bauman, *Intimations of Postmodernity*, London：Routledge, 1992, p. 50（转引自 Conrad Lodziak, "On Explaining Consumption", *Capital & Class*, Autumn 2000, Issue 72, p. 111）.

③ William R. Leach, "Transformations in a Culture of Consumption：Women and Department Stores, 1880-1925", in *Journal of American History*, vol. 71（Sept. 1984）, pp. 326-327, 转引自朱刚《重读〈麦琪的礼物〉》，《外国文学评论》2001 年第 2 期，第 46—52 页。

兴起以及它们的诸多特征的不断丰富，人们的思想发生了根本性的变化却是不争的事实。韦伯在《新教伦理和现代资本主义的精神》一书中所推崇的清教伦理在这个时期已普遍遭到人的唾弃，"放荡不羁"，大肆炫耀财富，尽情享受的消费思想成了时髦。值得指出的是，人们不仅通过消费满足自己身体方面的需要，而且认为消费可满足自己的虚荣心，给自己带来身份和声望。在这场社会变革中，对女性意识的冲击也是空前绝后的。她们的角色在消费时期发生了根本性的变化。她们出入社交场合，重视自己的社会身份和地位，而她们的身份和地位在很大程度上由她们的消费活动和消费能力所决定。她们所购买的不仅是物本身，而是物所象征的虚幻的东西。结果，她们对物的喜爱，甚至是贪恋乃成为时尚。如果说消费文化使女性失去了理智，仅凭感觉行事并不夸张。卢森伯格（Emily S. Rosenberg）[1] 认为在西方和美国的文化中妇女的作用历来都标志着社会的文明程度。他认为到了第一次世界大战后美国进入批量生产和消费主义时代，妇女也成为这个新时代突出的象征。"'新女性'象征着消费的扩大，更多的独立，以及有权掌握相对无人监管的休闲时间。"这时的新女性不再待在家里缝制衣服，操持家务，生养孩子，而是要扮演上街购物的角色，在家里安置和享用刚刚购来的商品。除了拥有选举权，在法律面前与男人平等，更多的性自由和活动范围等，她们在消费领域可谓独领风骚。她们一改过去显露女子气质的形象，变成了消费时代的"更具有运动员特征、更独立、更灵活、更坦率"的性别群体。[2]

二　存在就是道德：传统道德的终结

尽管理论家们对于美国现代消费社会到底何时出现有所争论，但消费社会的总体特征开始出现应该始于美国内战后。内战之后，尤其从 19 世纪末至 20 世纪前 20 年，美国的文化价值取向随着经济的高速发展发生了前所未有的变化，明显进入了消费社会。历史表明，美国在 19 世纪末 20 世

---

① Emily S. Rosenberg, "Consuming Women: Images of Americanization in the 'American Century'", *Diplomatic History*, Summer 99, vol. 23 Issue 3, p. 479.

② Ibid. .

纪初已将工业化、城市化和现代化推向了峰巅。美国社会从日常物质生活到思想意识的深处，以及社会制度诸方面都在发生剧烈的变化。一般认为美国的工业革命始于 1790 年①，经由第二次对英战争，美国开始转向工业制造业和贸易。政府从英国引进纺纱机、织布机等，还引进了英国的纺织技术和工厂管理技术。与此同时，美国的发明创造也蔚然成风。到 1860 年，美国总共已拥有 1700 家毛纺厂，织机 1.6 万台，从业人员 6 万多人。纺织业的发展带动了其他轻工业的迅速发展，如面粉加工、肉类罐头厂、皮革厂、卷烟厂、酿酒厂等此时也遍布全国。其他行业如石油、采冰、采矿、交通、通信也如雨后春笋在各处出现。据统计，到 1890 年，美国"标准"煤油已销往世界各地，生产出价值 12.4 亿美元的黄金和 9 亿美元的白银。1858 年，第一条横跨大西洋的海底电线铺设完毕，并投入使用。1878 年，第一部电话面市。到 1900 年，美国铁路总长已达到了 19 万英里，制造业总产值首次超过了农业的总产值。这时的美国已成为世界上最富有的国家。"巨大的工业力量不仅使美国在物质上变得极为强大，而且使它从以乡村为主的农业国过渡到了以城市为中心的工业国。美国完全实现了工业化。"②

伴随工业化发展的是美国的城市化。虽然美国建国初期就存在一些市镇，但真正意义上的城市化发展还有待于 19 世纪的到来。史料表明，美国从 1800 年迄至内战出现了城市化的第一个高峰期。"这期间，城市化的速度最快，地区中心爆炸性的发展达到了前所未有的程度，城乡区别明显体现出来，劳动方式重新组合，民族化的影响不断加强。"③ 城市化的出现使城市成了重要的交通枢纽、商业和文化中心；城市数目的增长和规模的扩大使其容纳美国人口的绝大多数，"而城镇的扩大，城镇人口在衣食住行诸方面的消费便快速增长，这反过来又促使工业、商业、交通、城市管理等方面的快速发展。科学技术的进步又为工业化和城市化的腾飞插上了翅膀"。④ 当然，城市化也带来了诸多负面的影响。如贫富差异拉大，种族矛

---

① 参见冯泽辉《美国文化综述》，四川人民出版社 2002 年版，第 251 页。
② 同上书，第 271 页。
③ 同上书，第 275 页。
④ 同上书，第 291 页。

盾激化，享乐腐败的滋生等。人们竞相建筑摩天大楼和豪华奢侈私宅，"被称为'强盗老板'的工业巨头和商业富豪推翻了旧有的传统与道德观念，把庸俗低级趣味强加给人民大众。"① 个人主义、物质主义、拜金主义和享乐主义风行一时。与摩天大楼和耗资几百万甚至上千万美元建造的华屋形成鲜明对比的是贫民窟。那里是贫困、犯罪、卖淫和疾病的渊薮。

另外，美国经济在这个时期表现出越来越多的托拉斯垄断特征。财富和机会大多集中在少数大公司的手里，而众多的小型公司则面临被挤压和倒闭的惨境。例如，"至 1904 年大约有 2000 个美国最大的公司只占全国商业总额的 1%，但却生产出全国工业产品总额的 40% 的价值。"② 与此同时，工业技术不断引进，生产飞速发展，工人的待遇随之提高，物质产品不断丰富，生活质量也持续提升。据统计，从 1910 年到 1920 年美国产品总值从 30 亿美元升至 71 亿美元。③ 物质的极大丰富使美国的中产阶级得以过上享乐的生活，在生活中切实感受到了 19 世纪阿尔杰神话真的实现。例如，1908 年一种 T 型福特汽车的售价是 850 美元，而在 1916 年则降至 360 美元；1909 年的汽车产品数是 8 万辆，而在 1923 年则增至 400 万辆。许多中产阶级成了十足的消费者。他们用分期付款的方式购买小汽车。大众化生产与分期付款方式的结合使拥有汽车成了非常普通的现象。除了汽车消费的迅猛增长，电影娱乐也蔚然成风。1910 年后，电影成了美国消闲娱乐的主要形式之一。据数据统计，1916 年美国每天有 2500 万人涌入剧院。在 1920 年之前，电影业的利润已经超过了汽车业的利润。值得注意的是，"电影不仅给人们提供娱乐，使人们暂时摆脱日常的烦恼，而且是诱发人们更加绚丽多彩激动人心的梦想的源泉"④。进入 20 世纪 20 年代的美国经济继续飙升，产品进一步增长，服务更为缜密，消费激情喷发，这些因素导致了"广告"这个新行业的产生，并立即成为人们生活的中心。"与电影一

---

① 参见冯泽辉《美国文化综述》，第 283 页。

② Bernard Bailyn, R. Dallek, D. B. Davis, D. H. Donald, J. L. Thomas, and G. S. Wood, *The Great Republic: A History of the American People*, 3rd ed., Lexington, Mass.: D. C. Health, 1985, p. 552. See Paul A. Orlov, *An American Tragedy: Perils of the Self Seeking "Success"*, London: Associated University Presses, 1998, p. 28.

③ Ibid..

④ Ibid., pp. 28 – 30.

起，突然间无处不在的广告对战后的美国生活产生了不可忽视的影响，因为这两个因素都成为潜在的快乐和占有的范例的源泉——这些范例促使一般的个人不断将自己的生活与其他人的生活相比较，常常引发了对目前现实的不满，渴望得到未来更好的物质生活。"① 在追求享受、攀比财富的过程中，人们还争相建筑豪宅。代替过去绿草成茵、茂林修竹、清流急湍的地方的是鳞次栉比、繁华似锦的雕梁画栋、超级市场和星级宾馆。美国现代著名作家托马斯·沃尔夫曾对美国南方在工业化和现代化过程中所发生的变化而表示震惊和遗憾。② 在沃尔夫的描写中，我们发现 20 世纪 30 年代的美国南方的小山村已经面目全非，过去街上行人稀少，现在却人声鼎沸；过去生活懒散，现在却生龙活虎；过去街上所见皆故人至交，现在却是陌生宾客。总之，这里给人留下的印象乃似醉似狂，精力充沛，不断进取。除此之外，人们环顾左右所见，则是人人皆购房置地，无论是"理发师，律师，蔬菜商，屠夫，建筑师，还是服装师无不沉溺于这一唯一兴趣和爱好。似乎只有一个规则，一个放之四海而皆准的规则，那就是购买，总在购买，无论什么价钱都要购买，两天内又以任何价格卖出去"。这在叙述者看来简直就是一种疯狂的浪费与破坏。最让人难以忍受的是，一座绿色葱茏的美丽山丘上原来铺满了草坪和气派的树木，还有花床和忍冬菊，山顶上是一家木结构旅馆，它是全镇最令人愉悦的地方，但现在这片绿地已被铲为丑陋的平地，并在其上盖上了商店、车库和办公大楼、停车场等。作者显然对现代化进程中的破坏自然、浪费资源，挥霍消费、超前享受感到义愤填膺了。他借叙述者之口说："他们把一生的积蓄都浪掷一空，还把下一代人的积蓄也抵押出去。他们毁坏了城市，而在这样的毁坏过程中也毁了自己，他们的孩子和他们孩子的孩子们。"③

总之，20 世纪开始，随着美国现代化进程的加快，美国的经济生活发生了天翻地覆的变化。这些变化的利弊我们暂且不谈，但经济生活的变化

---

① Bernard Bailyn, R. Dallek, D. B. Davis, D. H. Donald, J. L. Thomas, and G. S. Wood, *The Great Republic: A History of the American People*, p. 552. See Paul A. Orlov, *An American Tragedy: Perils of the Self Seeking "Success"*, p. 30.

② Paul D. Escott and David R. Goldfield, ed., *Major Problems in the History of the American South: Documents and Essays*, D. C. Heath, 1990, pp. 470 – 473.

③ Ibid., p. 272.

必然导致文化及精神生活的变化已是不争的事实。战后的美国自然出现了主流道德伦理方面的变化。战争中的无情杀戮使美国人倍感幻灭，蔚然成风的消费思想，加上汽车和电影的影响导致了一代年轻人的叛逆。驾驶着汽车，自由出入电影院，年轻人享有了前所未有的自由与独立。他们的行为无所顾忌，随心所欲。他们渴望冒险，体验性自由，听爵士乐，在舞厅狂舞，饮酒作乐，道德松懈。一个典型事例就是他们对1920年宪法第十八条关于禁酒的修正案的态度。因为当时饮酒已经成为人们取乐的一种重要方式，因此，禁酒令非但没有产生效果，反而使他们觉得违法饮酒更加刺激。"美国年轻人的跳舞与饮酒之后就是更令人吃惊的新的道德上的'现代'行为，那就是性的开放与实验。"[1] 传统美国的性道德在20世纪20年代几乎到了崩溃的地步。一改昔日对性问题的羞羞答答的态度，人们——包括颇有地位和文化层次的人——开始在公共场合讨论性的问题，阅读色情小说和杂志，观看渲染色情的电影，如当时家喻户晓的"美国情人"玛丽·壁克馥和艳丽的克拉拉·鲍等。当然，那些大学生和年轻人还在实践中身体力行性的新风尚。可以说，他们的性生活达到了混乱的地步。一般认为，当时美国出现性道德的新转向有诸多原因，其中主要的原因有：首先，第一次世界大战的爆发破灭了美国人的幻想，上帝死了，一切与之相关的传统道德也随之站不住脚；其次，现代交通工具如汽车的普及给人们的行动距离增加了广度，更加便于人们离家娱乐；再次，心理学家弗洛伊德的理论传入美国，人们对性本能和性压抑等的概念有所理解，也找到了自己性发泄的理论依据；最后，当然还有美国的工业化、城市化和现代化过程到了20世纪20年代已趋于完成，人们的物质水平和经济水平都达到了历史上前所未有的地步。从中获益最大的还有众多的妇女。她们随着经济地位的上升，政治地位也有很大的提高，这为她们争取性解放和性地位提供了非常好的借口和机会。凡此种种的原因使美国的传统性道德出现了天翻地覆的变化，几乎把旧道德颠覆殆尽。[2]

---

① Bernard Bailyn, R. Dallek, D. B. Davis, D. H. Donald, J. L. Thomas, and G. S. Wood, *The Great Republic: A History of the American People*, p. 552, See Paul A. Orlov, *An American Tragedy: Perils of the Self Seeking "Success"*, p. 31.

② 庄锡昌：《二十世纪的美国文化》，浙江人民出版社1993年版，第81—83页。

　　生活在这个转型期，德莱塞也难逃社会生活和思想的影响，并且以艺术的形式反映了这个时期人们的思想及文化冲突。《发现现代美国之根》的作者伯杰（Peter Berger）在谈到 19 世纪末那些能够反映美国新社会与新现实的作品时，就将德莱塞列为其中一位重要作家。他认为伴随工业化、城市化和现代化的是交通、通信等的现代化，而与此同时则是人们思想和意识上的微妙变化，那就是消费主义和大众文化的到来。表面看来，美国在很长时间内已经是商品的生产者和消费者，其实不然，因为从生产和消费生活必需品到剩余产品的变化对美国历史的影响是不可估量的。劳动机械化，垄断制度的形成，交通和通信水平的提高，美国中产阶级和富裕阶级便有了更多的闲暇和金钱。而他们消耗掉多余时间和金钱的出口就是消费文化。因此，赚钱购买成了工作的目的。纽约出现了第一家广告公司，美国也于 1876 年和 1893 年分别举办了博览会。①

　　研究一下他的小说和其他作品，我们无疑能够发现，德莱塞以饱含激情的笔触在作品中以艺术形式的真实再现了当时的社会，表达了人们在新现实中的困惑，他们的思考和挣扎。不论是他的处女作《嘉莉妹妹》，还是他在中期完成的扛鼎之作《美国悲剧》，抑或是封笔之作《堡垒》，都透视出德莱塞对美国工业化、城市化和现代化的强烈反应。他在小说中表现了人无法摆脱的悲剧意识和悲剧感，但他显然将这种悲剧归咎于美国现代化过程中所产生的压倒一切但又无形的压力。如果说在他之前的作家如豪厄尔斯以他们年轻时的农村理想境界来衡量新兴城市并发现城市的丑陋和种种不足的话，那么德莱塞则"认识到怀恋农庄的生活是一种背时的情感，他用一种近乎粗暴的鄙视态度摒弃了这种情感"。② 不过我们要注意的是，德莱塞在长达几十年的创作中，经历了多个历史时期，接触过多种哲学和社会思潮，所以他的创作思想和态度也是复杂多样的，不能一概而论。

　　美国文学史家罗伯特·斯皮勒称德莱塞为"贪婪的物质主义者"。③ 德莱塞从斯宾塞的衣钵中接受了"不可知论"，而且接受了机械论和享乐主义

---

① 参见 http：//home. earthlink. net/ ~ juliekrose/anthology/preface. html.

② 拉泽尔·齐夫：《一八九〇年代的美国》，夏平等译，上海外语教育出版社 1996 年版，第 361 页。

③ 罗伯特·斯皮勒：《美国文学的周期》，王长荣译，上海外语教育出版社 1996 年版，第 181 页。

等思想。"不可知论"的观点强调最终的知识对人类是不可知的，相信人类生活是一个永远也解释不了的谜，所以，他后来的哲学思想中便包含了绝望、混乱和模糊。德莱塞一生都相信宇宙中的事件是偶然的、超自然的。悲观的生活观导致了德莱塞自然地接受了斯宾塞的享乐主义思想。按照斯宾塞的说法，"好"的行为应能够实现生存的目的，而且可以带来快乐，因为快乐最终可以强化生命，而痛苦可以减少寿命。不仅如此，这样的行为还被遴选来传宗接代。还有论者指出，斯宾塞的《伦理学原理》对德莱塞的影响是双重的：即使他认识到道德伦理是人为的，并非上帝命定的，也在他的心里种下了享乐思想的种子①。德莱塞在生活中确实追求享受。他一生追求感官刺激与满足，富裕以后追求奢侈的生活与物质享受。他购买乡村别墅，到欧洲旅游，拜倒在无数年轻貌美的女性石榴裙下。在德莱塞塑造的各种作品中的主人公身上，我们再也看不到弗兰克林和霍雷肖所倡导的那种满足于箪瓢屡空、衣衫褴褛，仍能诚实奋进、追求财富以示己志的人物了。相反，我们所发现的皆是戚戚于贫贱，汲汲于富贵的人物。他们都被享乐的冲动所驱使，视约束他们的伦理道德为羁绊，将追求生活享受视为人生重要的行为和伦理新标准。

既然在理论上对传统道德产生了质疑，并有了更能适应现实与自己的新的理论航标，那么展现在读者面前的德莱塞和他所塑造的人物们理所当然地在摒弃旧传统、旧习俗，尝试新风尚、新思想，适合新发展的现实。受新现实和新理论双重影响的德莱塞敏锐地发现，传统道德和习俗显然侧重对人性和本能的压抑，对理性和秩序的张扬。他尤其感受到婚姻制度对人性的摧残和压制。在《自我之书》中他声称，他怀疑一千多年来世界将人们严格固定在一夫一妻制上的标准是否完全错了，不相信"基督教不加思考地压抑性的做法"，而公开欣赏性冲动在正当人的生活中的重要性，认为"认识不到无处不在的性压抑和性刺激"就不可能有"真正的或者完整的人类活动"。紧接着他还说："因为有性满足——也许更好一点的是，对性的热诚追求而遭失败——才会产生多数或者是全部最出色的艺术、文学和社会经济成就，在每个成功后面都毫无例外地有对女人深沉的追求和渴

---

① Louis J. Zanine, *Mechanism and Mysticism—The Influence of Science on the Thought and Work of Theodore Dreiser*, Philadelphia: University of Pennsylvania Press, 1993, p. 24.

望。'爱情'或者'情欲'促使着人在各个领域奋发。"① 但这只是德莱塞很极端的说法，因为在他的作品中我们将发现他对消费，尤其是挥霍性消费兴盛的矛盾模糊的态度。从他对上面提到的禁酒案的暧昧态度上我们可以很明显看出他这种矛盾心态。德莱塞于 1920 年夏天——即美国宪法第十八条禁酒修正案颁布 6 个月后——给朋友的信中②对禁酒问题就表现得态度暗昧、复杂。虽然 20 年代其他作家及知识分子如门肯都对禁酒案表现出明确的谴责，但德莱塞却一方面表示自己喜欢饮酒，因为饮酒可以表达自己的个性，另一方面又支持禁酒案，因为他把酒精与大的社会问题如腐败的政治和家庭的解体联系起来看。德莱塞认为，千万个家庭因为一个孩子或父母、亲戚酗酒而反对饮酒，但那并不是因为他们是道德分子或宗教分子，而是因为他们受到了伤害和折磨。他举例说："我妈妈就因为一个男孩——我一个哥哥因酒偷窃、进监狱，最后实际上是醉死掉的。我一个姐姐因为丈夫是个酒鬼而贫困悲惨了三十年。"③ 但他话锋一转说道："这些情况使道德分子和宗教分子及与罪恶斗争的志士们——都是带薪水的——走上了战争的道路。正如你所指出的，商业最终要保证它可以把酒精的钱转到鞋子的钱，等等，那就是潮涨潮落。我个人是喜欢宜人的咖啡和杜松子酒及利克酒。酒从没有伤害过我。我喜欢它，因为它使你度过美妙快乐的夜晚。我并不认为人类的弱点或追求快乐和慰藉的渴望能被律法永久地禁锢。"④ 从这里我们看出德莱塞的矛盾态度。从理性的角度看，他认为法律应该禁止饮酒，对身体和社会都有好处，但从情感角度看，饮酒则是个性的表达，情感的表达，人性的表达。

而他在思想上的矛盾体现在其小说中所表现出的扬多元性，抑单一性。细心的读者肯定能发现德莱塞小说中表现出来的二元对立，如贫与富，妻子和情妇，守法与违法，而他建立这些正是为了表明对立双方事实上是互相依赖并在一定条件下可以互相转换。这种观察和论断透出德莱塞对复杂

---

① Alfred Kazin and Charles Shapiro ed. , *The Stature of Theodore Dreiser: A Critical Survey of the Man and His Work*, New York: Indiana University Press, 1955, pp. 249 – 250.

② Jonathan Auerbach, "Dreiser on Prohibition", *Dreiser Studies*, vol. 30, Number 2, Fall 1999, pp. 35 – 38.

③ Ibid. , p. 38.

④ Ibid. .

和丰富人性的理解，但他对传统思想赖以存在的理论基础则是釜底抽薪。传统思想对界限的划分和倚重目的在于排斥他者，任何颠覆和越界就意味着对社会上层构成了严重的威胁，所以被认为是不道德的、无效的或者是有害的。这种二元对立的思想与生产时代物质的不丰富显然是相辅相成的，其目的是要限制一部分人不得享受有限的物质产品，并显示出上层或者优越阶级的特殊地位。同时，这种传统思想代表少数人控制的上层利益，因此强调的是集体和制度，专利和克己。毫无疑问，这种思想在以资本积累和生产为主的时期对于捍卫和巩固西方资本主义起过重要作用，但在资本主义面临着扩大再生产，需要极大刺激消费的时期便显得力不从心了，因为扩大消费需要的是大众的卷入和参与，而他们的参与就需打破过去由少数人垄断的消费局面。这种矛盾的解决必须经历两种文化、思想和体制的碰撞，而且首先要在理论上予以澄清和明辨。德莱塞对社会划分的二元对立的抨击是明确的和坚定的。这种对上层社会和下层社会，富人和穷人之间的划分的愤慨和反对构成了他小说的整体张力。德莱塞认为这种界限并非是与生俱来的，因此在界限两边的人可以通过努力互相转换。《金融家》主人公柯帕乌渴望从低一级阶层进入高一级阶层，但他不时地受到来自上层社会的阻挠和打击。和柯帕乌形成典型双元对立的人物——市财政部长斯丹纳是费城一位举足轻重的政治家，自认为比柯帕乌优越。然而，斯丹纳利欲熏心，"挪用了公共的钱财"，这"在当时是犯了不赦之罪"，因为如果不及时坚决地得到遏制，将最终毁掉了社会的文明。结果，柯帕乌和斯丹纳两个都受到了起诉，被判罚5000美金充公。这一转变预示着好和坏、正义和罪孽之间界限的根本颠覆。在《嘉莉妹妹》中，女主人公从一个乡下妹一跃成为一个大红大紫的影星，而男主人公却由一位殷实之士一落千丈，最后因贫困而自杀。《"天才"》中，尤金从一个穷困潦倒的艺术家，在选择能给他带来金钱和物质以及地位的职位后，年薪一度高达25000美金，他甚至投入了土地经营。家财万贯、出人头地的他毫无疑问地加入到了上层人的行列。

德莱塞通过这些事件的处理解构了传统意义上的二元论，质疑了传统道德赖以存在的基础，因为他深知，传统道德规则是在以农业和手工业为基础的社会中建立起来的，只能适合以生产为主、满足人的基本生存的社会。而到了 20 世纪，随着现代化的到来，新现实与旧现实呈现出各方面迥然相异的特点。那么生活其中的人应该如何行为，作为人的集合体的社会应该制订什么样的规则供人们仿效？要想改变或者推翻几十年，甚至上百年遗留下来的道德规则和文化思想并非易事。正是认识到这样的艰巨性和困难性，德莱塞才企图从根本上揭示传统道德和文化思想的虚构性和荒诞性。他的方法之激进，揭露之彻底实乃前所未有。例如，他在塑造人物时使用了一系列动物意象，在更深层次上解构了人与动物、人与人之间的界限，将传统道德置于中性地位。柯帕乌在做第一次生意时被描绘为"一只嗅到猎物的年轻的猎犬"。他和情妇艾琳"就像两只豹子一样臭味相投地跑到一起"。股票市场上的人就像"许多海鸥或者搏击风浪的海燕"。这样的比喻俯拾即是。最具代表性的比喻是当柯帕乌从恐慌中翻过身时的那则："就像一条在星空灿烂的夜晚轻轻行走的狼一样，他注视着一些简单人的羊栏，想发现他们的无知和不小心给他们带来什么样的后果。"总之，动物比喻层出不穷，举不胜举，使人具有动物般的特性。既然人的特质和动物的特质是可以转换的，那么他们之间的界限也就不复存在，结果，这种动物和人同一的现象一方面对人是个稳定的、自我封闭的实体提出了质疑，另一方面，人和动物之间界限的打破让人想到社会对人的某些卑鄙的动物性特质进行压制是不符合自然的。因此，这些动物的意象在根本意义上质疑了人和动物、上层社会和下层社会之间的界限，当然，那些为人制订，旨在约束和限制人的行为的道德标准更是人为的和可以不断应需要改变的东西。德莱塞对传统伦理道德的质疑在现代话语中得到了详尽的反映。像尼采、福柯、德里达等都否定二元对立的概念，以此对传统道德发出挑战。在他们看来，西方文明和等级制度得以建立正是基于这种形而上的命题。"每组词汇中总有一个比另一个好，结果好坏皆是因为不同于另一个而界定，因此，二元对立思想总是将纷呈变化的复杂问题简单化为黑白、好坏，将对立的一方视为他者、邪恶，从而为对立一方的被压制提供了理由。"①尼采将道德分为主人道德和奴隶道德。他认为道德的存在是为了区分统治者和被统治者。他指出，"道德的价值区分或者发生在一个统治类型中间，

---

　　① M. Keith Booker, *Techniques of Subversion in Modern Literature—Transgression, Abjection and Carnivalesque*, Gainesville: University of Florida Press, 1991, p. 66.

它满意地意识到自己同被统治者的区别；或者发生在被统治者、奴隶以及各种等级的依附者之间"。① 这种道德区分了"善"与"劣"、"高贵"与"卑鄙"等，就是为了表明"受鄙视的是阴险小人、懦夫、吝啬鬼、唯利是图之辈；还有目光畏缩顾虑重重的人，自轻自贱的人，任人虐待的走狗，摇尾乞怜的谄媚者，尤其是说谎者。这是所有贵族的基本信念：老百姓是爱说谎的"。② 尼采不仅对道德的相对性和人为性进行了分析，而且他还对真理本身也进行了解构。他的论点就是根本就没有真理可言。他提出"真理在最初的时候是如何作为一个观念而存在的；也提及柏拉图的话：'我，柏拉图，就是真理。'不过这些都随时间而发生了变化。真理变成了这样的一个问题，即真理——就是女人——根本没有现实性。现在只有'轻信的和教条的'哲学家才会相信真理和女人"。③ 德里达则比尼采走得更远。他不仅消解了真理存在的可能性，甚至连是否有真实的尼采和尼采的作品真相也表示了怀疑，因为他认为尼采在进行内心独白的时候，真理就是复数形式的，"并且那还只是他'自己的真理'"；他还否定了男性与女性之间差异的存在。他说，"不存在有性别差异本身的什么真相，也没有男人自身或女人自身的本来面目"。④ 另一当代思想家福柯也对道德问题进行了研究。他认为人们一直以来都过于重视对构成道德外在和静态的方面，即规范、价值以及人们的行为与之相符的程度，而忽视了动态的和内在的道德主体问题。因此，他更侧重于对后者的研究，注重探讨"自我关系的形成以及与此相联系的自我实践是如何受到确定、更改、彻底改造以及多样化的"。⑤ 他通过对古希腊和古罗马性道德的研究发现，这种道德实践标准是在不断变化和演变的，并非天生如此，恒定如此。他发现，由于婚姻实践的变化和政治游戏规则的变更，希腊人的"使自己更强"的原则演变成古罗马人的"保持自我"的原则。也就是说，如果希腊人能够以本身为目的的话，那么罗马人则针对个体的"虚弱性"和"脆弱性"而将目标兼顾到人之外

① 尼采：《疯狂的意义》，周国平译，陕西师范大学出版社2002年版，第142页。

② 同上书，第142—143页。

③ 转引自刘小枫等选编《尼采在西方——解读尼采》，上海三联书店2002年版，第572—573页。

④ 同上书，第575页。

⑤ 转引自吴猛等著《文化权力的终结：与福柯对话》，四川人民出版社2003年版，第378—379页。

的"自然"。① 那样一来，行为准则和道德标准也随之发生变化。总之，这些理论家和思想家们从理论上深层次地消解了传统的伦理道德及真理的合法性。克里斯蒂娃（Julia Kristeva）指出，这种对二元对立和权威的否定，特别是对传统逻辑形式的否定导致了"对整个相关概念的否决；身份、实质、原因和定义等都被颠覆，而另一些却被采纳：类比、相关、对立，结果出现了对话和模糊"。②

作为作家的德莱塞，鉴于对美国 20 世纪真实生活的强烈体验和自己观察生活的敏锐，通过对婚姻道德观念的仔细审视表明了时代的变迁和思想的变化。自文明伊始，婚姻就被视为文明的磐石般的后盾和基础，社会网络的基本单位，它的稳定无疑可保证整个社会与文明的有序存在和发展；相反，它的任何动摇都会导致整个社会乃至文明的破坏和倒塌。可以毫不夸张地说，社会的变迁与文明的变化在很大程度上体现在婚姻态度和婚姻状态的变化上。德莱塞在他的创作中，尤其在《嘉莉妹妹》《珍妮姑娘》及"欲望三部曲"中，从婚姻的角度探索了时代的变迁、思想的微妙变化和道德的合法性问题。

有趣的是，德莱塞小说人物在对传统婚姻道德等进行颠覆时采取了别具一格、前所未有的方式。这也许是当时的现实的真实反映，更可能是德莱塞借助一定的理论对此进行的艺术再现。例如，柯帕乌的性乱行为在"欲望三部曲"中被解释为他对美的敏感，而后来和艾琳之间的偷情关系又被解释为化学和物理反应。艾琳被柯帕乌所吸引就"像飞蛾被光所吸引"，行星被太阳所吸引一样。很显然，"用化学来解释人的心理状态是一种取消道德评判的做法，将视点从道德冲突引向冷静观察生活"③。德莱塞显然在探索是否存在的就是道德的，就是合理的。批评家们都注意到德莱塞在《嘉莉妹妹》中讨论达尔文的进化论思想和"适者生存"的思想。他塑造的嘉莉、德鲁埃、赫斯伍德等人物形象面对社会大丛林，在自己享乐本能

---

① 转引自吴猛等著《文化权力的终结：与福柯对话》，第413—416页。

② M. Keith Booker, *Techniques of Subversion in Modern Literature—Transgression*, *Abjection and Carnivalesque*, p. 67.

③ Alfred Kazin and Charles Shapiro ed. , *The Stature of Theodore Dreiser*: *A Critical Survey of the Man and His Work*, p. 253.

的驱使下，无法顾及社会伦理的约束，任由无法控制的外在力量和自己本能的推动，寻求感官的满足。拉泽尔·齐夫（Larzer Ziff）曾对德莱塞这种"异端怪论"做出中肯评价：德莱塞以一种稳健、镇静、几乎是天真的探索态度让嘉莉在下面两者之间做出合理的抉择：是继续把自己当作芝加哥无特殊技能劳力市场上的商品，以处女之身穿着雪水透入的廉价靴子在大风横扫的街道上跋涉呢，还是满足德鲁埃的肉欲，成为身价稍高一些的商品呢？在后一种情况下贞操虽然失去了，但衣装却足以御寒。德莱塞并没有促使嘉莉做出她的选择，不过是以忠实描绘她的体验的客观笔法，继续详细描述她随后所获得的物质舒适和尚未满足的精神渴望。① 嘉莉的"堕落"使她平步青云，成为红极一时的明星演员；而勾引嘉莉的德鲁埃虽然是个花花公子，以自我为中心，感觉迟钝，拈花惹草，没有道德约束，但被刻画成心地善良，在本性上并不邪恶；有妇之夫赫斯伍德勾引嘉莉并和她同居、结婚，但那似乎不是他自己的错，而是一种他难以控制的力量使然。更为让人震惊的是，代表传统道德的明妮和丈夫与这些和传统道德格格不入的人物相比显得如此苍白无力。他们为了维持捉襟见肘的家，勤俭操持，任劳任怨。他们反对嘉莉和德鲁埃交往，尤其反对她和他非法同居，认为她是"堕落"之人，但那在嘉莉听起来苍白无力，不堪一击。德莱塞这种倾向显然与传统婚姻伦理道德格格不入，甚至背道而驰。因为它"否定婚姻等原则，因此作品赞成将性行为看成是一种可供交易的商品的观点就显得令人反感"，另外，作者同时表明"上帝们都已寿终正寝"，而且"没有了神祇，没有了人类社会的一种相应的观念，生活还是一样在继续下去"。②

　　德莱塞虽然因为《嘉莉妹妹》中的性道德问题而被封杀十余年，经历了心理上无法想象的磨砺和痛苦，但在1911年完成的第二部小说《珍妮姑娘》中，仍然将未婚与人同居的女主角塑造成为让人顿生同情和怜悯的女性。珍妮不仅没有给读者留下是个堕落之女人的印象，反而使人觉得她简直就是天使一般纯洁和高尚，美丽和动人。德莱塞1904年重新写《珍妮姑娘》时决定不了到底要不要让莱斯特和珍妮继续在罪孽中同居下去还是让他们结婚。我们今天读到的这个版本实际上比初稿含蓄了很多，因为德莱

---

① 拉泽尔·齐夫：《一八九〇年代的美国》，夏平等译，第356页。
② 同上书，第359页。

塞太太贾格在修改时将所有提到生理上或者性行为方面的内容都处理得很隐晦，很间接，有的甚至被删除了。客观地说，这部小说在当时确实对传统社会习俗与婚姻道德进行了间接但强烈的质疑。当然，鉴于当时的社会舆论及文学创作规律的要求，作者并没有赤裸裸地、毫无顾忌地对传统社会道德与习俗进行明目张胆的颠覆，而是把布兰德塑造为对珍妮确实是出自内心地爱怜的，绝对没有玩弄的意思。所以，他在小说的定稿中是决定要和她结婚的。作者在这里显然不是突出男主人公的阴险和淫荡，而是要突出男女之间那种相互吸引，那种说不清道不明控制着书中的主人公的外在力量和内在力量。作者这样安排无非是要为他们的苟合做解释和开脱，使读者能宽容和理解他们对道德和习俗的颠覆，从而也说明道德与否实在是人为限定的，只要是存在的就是道德的。

　　德莱塞在塑造莱斯特这个人物时显然也是本着同情的态度的，但在质疑和颠覆传统道德与习俗方面却更为激进与典型。主人公的反叛是多方面的。首先，他对传统的婚姻观念是持反对意见的。在他看来，与自己喜欢的女人未婚同居那是出于人的天性，是天经地义，没有必要在乎别人的指指点点，说三道四；其次，他对于传统婚姻制度中讲究门第观念也是嗤之以鼻，不以为然；再次，他对整个上层社会的优越地位和出生决定论是表示质疑的，因为他只相信生活证明了的东西，没有证明的，在他看来都得以宇宙的力量去验证。很显然，他无论对宗教信仰、婚姻道德，还是阶级界限等都采取了强烈质疑和背叛的态度。他在开始和珍妮接触的时候确实"出于一己之私"。他发现珍妮既能满足他身心的需要，而他又不必和她结婚，因此他"不会给自己戴上社会习俗的枷锁"。但随着时间的推移，莱斯特和珍妮确实深深爱上了对方。珍妮的"聪明伶俐，她的温柔婉约，她的机智圆熟，创造了一种令人非常愉快的气氛，尤其是她的青春和美，更使他黯然销魂。仿佛顷刻之间他自己也觉得年轻了；如果说莱斯特心中还有什么隐衷的话，那就是生怕自己就要成为风中之烛了"。莱斯特后来在考虑要不要遗弃珍妮时也不得不承认，"他是喜欢她的——他是爱她的"。要他将珍妮抛弃在他看来那是可鄙的事，也是使他感到非常痛苦的事。在他的眼里，珍妮"是一个宽宏大量的女人，一个天性善良的女人。将她遗弃了简直缺德透顶，何况她的容貌长得又很好看"。正如上面所说，莱斯特对于美国传统的道德准则和习俗是不屑一顾的，不喜欢人为的，重形式的东西。
这种思想反映在婚姻问题上就是不愿意随俗，讲究形式上的婚姻。

通过以上文本分析，我们发现，虽然主要人物布兰德、莱斯特和珍妮
都没有按照传统的道德习俗来行动，甚至在很大程度上是对它们的僭越，
但作者并没有把男主人公塑造成拈花惹草、十恶不赦的坏蛋，女主角也没
有被塑造成道德败坏的娼妇。他的态度当然是不表自明的。起码在一定意
义上说，他敏锐地观察到了工业化、城市化和现代化过程中的美国社会和
美国婚姻观正在发生急剧变化。他似乎在向人们发问：美国社会走向何处？
美国婚姻走向何处？美国传统价值观是否应做出调整？值得指出的是，作
者在原稿中确实曾经把布兰德和莱斯特刻画成蓄意要勾引和占有珍妮。原
稿中的布兰德："他与女人染指频繁，对性很在行"，但该句在第三章里被
删去了。另外，德莱塞开始写珍妮去找参议员布兰德救弟弟出狱这个场景
时，布兰德在把巴斯弄出监狱后诱奸了珍妮。而在最后的修改稿中则强调
了布兰德的好心肠，强调了他是由于难以控制的激情才使珍妮失身的。例
如，德莱塞将"正在这个时候，（参议员布兰德）知道珍妮已经处于他的掌
握之中了"删去了。① 同样，莱斯特在原稿中的形象是个不择手段的马基雅
维利式的人物。他不仅好色，而且狡诈。② 德莱塞在小说中做出这样的修改
到底用意何在呢？我们认为，德莱塞不仅仅在刻画一个城市人，而是要以
他为典型反映出处于工业化、城市化和现代化过程中美国人的新风貌、新
特征和新思想。勒翰曾说："如果说德莱塞重复一个思想的话，那么这个思
想就是：社会企图把人变成他不该是的东西。在社会习俗体面的表面下，
还存在一个生活领域：充满活力、化学冲动和原始的领域，而这个领域是
那些文明的心灵所不能也不愿意享受的。"③ 但我们认为勒翰还没有完全把
握住德莱塞的整体思想脉搏，因为他只是点中了他的一个深层次思想。美
国思想家拉泽尔认为："像德莱塞那样把新兴城市看成是一个有其本身道德
准则的新世界，这种道德准则来自建造这类城市的社会强调商业态度，而

---

① Richard Lehan, *Theodore Dreiser: His World and His Novels*, Carbondale & Edwardsville: Southern Illinois University Press, 1969, p. 84.

② Ibid., p. 85.

③ Ibid., p. 87.

不是来自农村中的那种道德型范，那么就被人们视为伤风败俗了。"① 拉泽尔从宏观的社会大背景上看出了德莱塞的整体思想脉络，从而为我们理解德莱塞的思想与当时的社会大潮流之间的复杂关系奠定了基础。

德莱塞对传统道德的质疑不仅依赖他所塑造的别具一格的艺术形象，更是依据一定的社会理论。19 世纪、20 世纪之交，进入美国思想界的文化理论主要有达尔文的进化论和弗洛伊德的精神分析理论等。达尔文所强调的是"物竞天择，适者生存"，即认为生物是在不断变化的，且是由低级向高级演变。他否定了上帝创造世界的神学思想，从而肯定人与动物之间的亲密关系，动物性和人性之间的微妙关系，同时也否定了道德存在的合法性。② 弗洛伊德的作品是何时传入美国虽还难以确定，但 1909 年他应马省位于武斯特的克拉克大学的邀请作了一系列有关他的理论的学术讲座倒是可以确定的。另外，1913 年纽约的格林卫治村的一群作家们开始对他的理论进行尝试。据说他们认为弗洛伊德理论可以为他们反叛老一代人对待性的拘谨态度提供系统和科学的依据。③ 我们都知道，弗洛伊德提出了"本我""自我""超我""意识""潜意识"等概念。他认为"本我"是本能力量和源泉，"力比多"的巨大储存库。在"本我"领域，占据主导的是激情、本能及习惯倾向。这里没有道德原则，没有逻辑，只体现快乐原则；在"自我"领域，我们所看到的是有组织的一致的精神生活。凡是从本我那儿来的东西都要在外围世界的条件下得到修正和改变。自我面临着来自内部的本我的冲动的压力，还面临着来自意识和外部社会道德的压力。"超我"的概念相当于意识的概念。其主要功能就是在自我里创造出一种非意识的罪孽感，因为它这里储存了诸如父母、教师、牧师及社会理想等要素。④ 弗洛伊德的理论透露出他对唯快乐原则的赞同，不满足自我、超我等对本我的压抑。在他看来，文明并不能增加人的快乐，徒然增加人的痛苦。例如，他在《文化及对文化的不满》中问道："人生有什么目的呢？"他的

---

① 拉泽尔·齐夫：《一八九〇年代的美国》，夏平等译，第 361—362 页。

② 参阅白玄《动态的进化世界的发现者——达尔文》，中央文献出版社 2000 年版，第 55 页。

③ Rod W. Horton & Herbert W. Edwards, *Backgrounds of American Literary Thought*, New York：Appleton - Century - Crofts, 1967, pp. 350 - 351.

④ Ibid., pp. 340 - 341.

答复是："寻求幸福：他们要得到幸福，而且要永保多福。"①

在德莱塞的小说中，我们很容易找到达尔文和弗洛伊德思想的影子。例如，他强调人与兽之间模糊的界限，强调人的本能，强调人被欲望控制，追求享乐等。即使我们不能确定他直接受到这两位思想家的影响，但至少可以断定，他的思想与他们有很大程度的相通之处。在《嘉莉妹妹》中他把人比喻成"风中一束草而已"，认为人还处在兽性和人性之间，"自由意志"还不足以取代本能，因此，人有时受本能控制，有时又受意志控制，始终在摇摆不定。嘉莉目睹芝加哥这样的大城市里华灯闪烁，人的衣着争奇斗艳，便按捺不住自己的欲望，因为"在嘉莉身上，本能与理智、欲望与理性一直在交战着——我们这些世俗之人，有几个不是这样的呢？她的欲望走到哪儿，她便跟到哪儿。她更多的是被动而不是主动"。在嘉莉等几个主要人物身上，我们看到了很强的享乐本能，对物的欲望，对性的欲望以及对权力的欲望。嘉莉早在开往芝加哥的火车上，脑子里充满的便是对物的梦想，而德鲁埃则像伊甸园中的蛇一样，扮演了勾引人的角色。他的绵绵絮语引起了嘉莉对物的欲望。赫斯特伍德家里每天的时髦话题就是谁家买了蒸汽游艇，谁家发了财，谁家又买了大楼。作者对于被本能欲望控制的人物的分析是从两个方面展开的。首先他认为嘉莉对金钱和物的欲望一部分缘于她的本性，"小时候，她梦想过童话里的宫殿和各种豪华气派的地方"，另一方面又是环境使然。德鲁埃则对性充满了欲望。代表性对象的漂亮年轻女性就如每天必不可少的饭食一样重要。叙述者指出，德鲁埃追女人并非"出于冷酷、邪恶而狡诈的心思，而是受了自己天生的欲望的驱使，把追女人当作一种乐趣"。他还借叙述者之口讨论了道德的首要原理问题。叙述者认为，"尽管斯宾塞以及我们的现代自然科学家对道德问题已做出了宽容的分析，但我们对道德的认识还是幼稚的"，因为道德问题是十分复杂的，它"并不会自动进化"，它也不会"随着万物的发展变化而变化"。也就是说，道德是不能用理智来分析的，因此，它也是任意性的。他的言下之意就是存在就是真理，就是道德。道德在现代语境中的终结已是不言之事实。

---

① 转引自弗洛伊德《精神分析引论》，高觉敷译，商务印书馆 1984 年版，第 xii 页。

　　德莱塞在小说中对传统道德的质疑和颠覆显然与他对美国现实的敏锐观察和所接受到的社会思想理论是分不开的。但他的思想也有一个渐进和缓慢变化的过程。如果说《嘉莉妹妹》中的赫斯特伍德被通奸一事搅得心神不宁，因为那时明显有责任和欲望之间的冲突，那么"欲望三部曲"中的柯帕乌对待这样的事情就像对待生意上的事一样已经毫不在乎。例如，柯帕乌做出婚外安排时丝毫不考虑妻子的利益和感受，因为在他看来，世上唯有强弱之分，没有好坏之分。也正因如此，"当代评论家指责那些卑鄙龌龊的内容和取消道德评判的态度，因为他们发现里面没有建议任何对颠覆的惩罚"。① 嘉莉妹妹的水性杨花和"自我中心"与这个男性投机家的座右铭"我行我素"如出一辙。德莱塞还声称所谓的道德标准是根据不同的环境而发生变化的，因而道德标准并不像人们所想象的那样稳定不变，我们也就无法得出结论说道德标准之间有何高低之分。德莱塞小说中的人物，特别是柯帕乌、嘉莉、珍妮等都是作者的艺术创造，用来形象深刻地探讨处于现代化过程中的社会道德和习俗的变革，志在寻求打破婚姻的枷锁的方式，不顾任何旨在约束和限制越界的道德标准。

　　理查德·勒翰在《西奥多·德莱塞：他的世界和他的小说》中认为珍妮和嘉莉"代表了德莱塞自己心理以及美国心理两个不同状态"，因为德莱塞一方面对工业巨头耶克斯感兴趣，另一方面对亨利·大卫·梭罗感兴趣。耶克斯代表的是物质主义和强权政治，而梭罗则代表了"否定以律法和物质为目的的一个更高的现实"。② 勒翰还发现德莱塞对自然美的追求和对精神的高度重视。他指出，珍妮的生活动机并不单单是对好生活的向往，而是感受到了生活之"歌"，被自然之美所感动，徜徉在自然的大花园和森林里而倍感幸福。因此，勒翰认为，在这个意义上说，《珍妮姑娘》前可承《嘉莉妹妹》，后可继《堡垒》，因为德莱塞自己身上物质主义和理想主义的斗争在他塑造的人物身上也体现出来了。③ 勒翰分析得不无道理，即德莱塞所强调的是：生存与追求人世间的幸福，为此抛弃任何禁锢自己思想的

---

　　① Alfred Kazin and Charles Shapiro ed. , *The Stature of Theodore Dreiser: A Critical Survey of the Man and His Work*, p. 252.

　　② Richard Lehan, *Theodore Dreiser: His World and His Novels*, pp. 86 – 87.

　　③ Ibid. , pp. 85 – 86.

制度和习俗等固然重要，但最重要的当然是能与自然融为和谐的一体，在精神上达到一种共鸣，追求世界中的永恒意义。

但这种观点应是针对德莱塞整体创作而言，因为德莱塞在《嘉莉妹妹》及其他几部早期创作的小说中所表达的观点确实很激进，甚至很极端，而遭受到了禁书和冷遇之苦，加上现代化所带来的负面影响越来越明显，德莱塞似乎在后面的创作中多了些稳健，少了些浮躁，多了些成熟，少了些幼稚。历史表明，大众工业文化的发展带给人们的是模糊的混乱思想。他们对于发展过快的生活感到烦恼异常，因为生活变得混乱无序。"在某种程度上说，维多利亚人沉溺于对秩序的爱好反映了心理上对 19 世纪迅速发展过程中稳定的需求"。美国人似乎两方面都需要：进步与稳定，令人兴奋的变化与秩序。① 在 1900 年创作《嘉莉妹妹》时，德莱塞的态度是，"美国已经彻底变了样，其彻底的程度使得再谈论什么过去的理想已经不合时宜了。城市不等于原来的一批人进行新的组合；它还产生一种新型的人"。② 而从 1911 年创作《珍妮姑娘》起表现出了上述的双重思想，即既要现代化带来的实惠，又渴望稳定和精神追求。他的人物虽然面对强大的社会道德伦理和习俗的压力，但他们仍然坚持自己对美和精神的寻求。或者在象征的层面上说，美国的工业化、城市化和现代化进程在夜以继日地往前推进，带给人们的是舒适、利益和满足，同时也带给人们压力、挫败和困惑。无论人们接受与否，那都是历史的事实和历史的方向。

三 文化符码：现代形象的塑造

在进入 20 世纪及现代化进程中，美国的现实曾经引起了不少艺术家的关注和反应。他们在作品中描写了社会变化对人产生的影响。与这些先辈以及同时代作家相比，德莱塞不仅直率地将性乱交提升为小说中的突出主题，而且他在无畏、真实地重新塑造美国 20 世纪上半叶妇女的形象时选择了文化符码的形式，即把情妇和艺术品、服装、大厦、轿车等消费品等同起来，创造出一种商品文化及文化氛围，用这些文化符码来代替社会地位、

---

① 参见 http：//home. earthlink. net/ ~ juliekrose/anthology/preface. html.
② 拉泽尔·齐夫：《一八九〇年代的美国》，夏平等译，第 361 页。

社会权力和社会威望等。因此，在德莱塞的小说中，女人既是一个能消费的主体也是一个美的被消费的客体。例如，德莱塞在《金融家》里解释了柯帕乌奋发向上的动机，并预言了他将要得到的是"大厦、车辆、首饰和美女；整个大都市都被一个人的权力所惹怒了；整个国家因为一股难以控制的力量而义愤填膺了；大厅里装满了无价的名画；一个无以比拟的辉煌宫殿；整个世界都在惊奇地阅读着一个名字"。有人指出，"德莱塞的《嘉莉妹妹》（1900）和伊迪斯·沃顿《幸福之家》（1905）中美国人处理性活动时更多地是强调性活动是一种社会差别的标志：资产阶级的性活动比无产阶级的性活动典雅和艺术。"① 因此，在德莱塞的许多作品中，女性及身体等同于消费品和文化符码。

在贯穿他一生时间所创作的"欲望三部曲"中，主人公的妻子和情人是作为地位的象征而塑造的："对女人的征服必然成为柯帕乌这样人活动的一部分，因为在渴望更多的占有和更多的权力刺激下，他所征服的芳心的数目对他来说就是不断的满足和放心——女人是他权力的象征，可以看得见的成功的证据。"② 拉斯科虽然意识到女性对主人公意味着权力和征服，但他当时并没有意识到女性已经成为了商品时代的文化符码，而文化符码本身已具有了体系和运作规则。可以说，柯帕乌生活中的女性不仅代表着他生活于不同时期的美的标准，而且代表的是不同时期的符码，这些符码在他一生中形成一个符号体系，个体符号遵循着整体规则运作。因此，他生活中三个重要的女性依次符合了19世纪美国的美的标准，而她们的成败则依赖于符号运作规则。第一个妻子，莉莲，拥有"花瓶般的美"，使人想起19世纪50年代美的偶像——柔弱的、贵妇人似的美。但这种温室里的百合在19世纪下半叶受到了挑战，代之而起的是丰满艳丽型的美的偶像。柯帕乌第二个女人艾琳·巴特勒就正好符合了这个美丽偶像。她天生给人以美感的享受。但到了1890年前后，运动员式的、"天生丽质"的女性成为美国美的偶像，代替了丰满艳丽型的女性。白丽尼斯·佛拉芒运动型的形体正好符合了柯帕乌这个新标准。由此可见，现代的女性和消费品已经

① Irene Gammel, *Sexualizing Power in Naturalism: Theodore Dreiser and Frederick Philip Grove*, Galgary: University of Galgary Press, 1994, p. 4.

② Burton Rascoe, *Theodore Dreiser*, New York: Robert M. McBride, 1926, p. 49.

等同，并成为了一种文化符码。作为文化符码，它们除了满足基本的需求之外，还须能表明人的社会地位、社会权力、社会威望等。正如我们前面所说，进入现代社会以后，人们居住在现代都市里难以互相认识，很难引起对方的注意，于是，人们不得不使用象征和文化符码来标识自己，显现身份，以区别他人。

当然，文化符码不仅可以由女人来充当，而且在不同时代根据不同的趣味也可由其他物品来代替。例如，柯帕乌在不同的时期和地方购买了大量的艺术品，房子里所容纳的艺术品就如博物馆里一般，因为他还希望他收藏的画和建造的豪宅会提高他的社会地位。豪宅和那些画显然不能给他带来直接的和实际的用处，但它们却可以表明他的身价和地位。有意思的是，他建造的每一座豪宅里都有一个图书馆。德莱塞曾经说过几次，柯帕乌从来不读书。因此，他的艺术收藏和豪宅代表了维布伦说的"挥霍性消费"。鲍德里雅所言可能更能集中表达其中蕴涵的意味——他引用马丁诺的话说："人是由一群庞多的心理动机组成的复杂体，而这些动机之间可以有无可胜数的组合。但是我们可以接受，不同的品牌和模范可以帮助人们表达他们自己的个性。"① 由此看来，柯帕乌也只是觉得他所拥有的艺术品和豪宅，并不真的可供他"使用"，也不被他真的"理解"，只是一系列生意讨价还价中进行交换的商品，只是能表达他的个性，满足他的心理的东西，也就是说，可以代表他的社会地位。② 他的这种心理在他一系列的购买活动中体现得淋漓尽致。他就是"以他们拥有的物来定义自己"。③ 在《金融家》中，柯帕乌为自己和妻子建筑了一幢豪宅。整个住宅明亮通风，和谐宜人，配备了美国名家具，房里塞满了各色各样金钱所能买到的奢侈品——挂毯、雕刻和绘画等。《巨人》中，柯帕乌在芝加哥建了一幢新古典式的，又在纽约建了一幢文艺复兴式的宫殿。随着柯帕乌在经济上和社交上的成功，他便不满意已经建起的这些房子，不论是"修改了的歌德式的（他费城的房子）"，还是模仿了密歇根大街的风格建起的都难以令他满意，

---

① 尚·布希亚：《物体系》，林志明译，第210页。

② Ralph H. Hoppe, *The Theme of Alienation in the Novels of Theodore Dreiser*, Ann Arbor: University Microfilm, A Xerox Company, 1969, p. 195.

③ 尚·布希亚：《物体系》，林志明译，第210页。

因为它们都无法再代表他进一步提高了的社会地位和新聚集的财富。我们发现，他的每一次经济地位上的升迁都相应地用不同的物或不同的豪宅来表示。宅子之间到底有什么实质性的变化他自己都不清楚，他只是要用它们之间的些微差别来表示自己的身份差异和进一步的身份认同。除了要表达上述的潜意识愿望外，小说人物还企图满足自己的购买的欲望，因为每一次购买似乎都让自己实现了一次自我，都体现了自己的能力，释放了自己的能量。鲍德里雅认为，专门研究人的动机的哲学家们总是在向人们表明，"物品的王朝是通往自由的最佳捷径"。"他们的证据是需要和满足惊人的混合、选择的充沛、供需之间的大市集，其中热闹鼎沸的状况是给人一种文化的假象。"因此他劝告人们不要上当："物（在此）便是物的范畴，由其中暴君式地引导出人的范畴——它们的功能是充当社会警察，由它们所产生的意义构成则是在控制之下。它们既随意（arbitraire）又一致的繁衍便是一个既随意又一致的社会体制的最佳承体，而这个社会体制，在一种丰产的气氛中，也在其中有效地物质化了。"①

　　在 1925 年出版的《美国悲剧》中，作者煞费心机地对比了克莱德所生活的贫穷家庭与格林－戴威逊旅馆以及莱柯格斯富人们奢侈挥霍的生活方式之间的区别。德莱塞显然想用这两个不同场景作为文化符码表达出不同的价值。格林－戴威逊旅馆和莱柯格斯叔叔家及其他富人家的豪宅显然象征着上层社会，而克莱德一家沿街卖唱、布道却正好相反地象征着他们低下的地位。格林－戴威逊旅馆这样的地方作为象征社会地位和等级的文化符码是在作者的不经意间表现出来的。他借叙述者之口说，大凡来这里的人多是"一些热衷名利而又野心勃勃的男人"，他们来这里的目的要么是"树立声望，表示他是上流社会名人，或是豪放不羁，或是拥有巨富，或是情趣高雅，或是善于博取女人欢心的男人，或则干脆说，他就是以上种种特点皆备于一身的人"。旅馆显然不单是供他们居住的，更重要的是代表社会身份的文化符码。当然，作者凸显酒店的文化符码性质并非是他的最终目的，而是要借此表明该文化符码对人和社会产生的不可估量的影响。叙述者不无感慨地说：这里的一切"就足以使任何一个既没有经验、又没有

---

① 尚·布希亚：《物体系》，林志明译，第 211 页。

判断是非能力的人相信：对于任何一个有了一点儿钱，或者一点儿社会地位的人，一生中最要紧的事情，莫过于上剧院、看球赛，或是去跳舞、开汽车兜风、设宴请客，或是到纽约、欧洲、芝加哥、加利福尼亚去玩儿"。在所有这些因素的作用下，克莱德本身就有的弱点终于抵御不了外界的影响，因此，"几乎对任何一种寻欢作乐的形式，他都跃跃欲试"。

德莱塞还倾注了大量的笔墨描写服装。在德莱塞的小说中，衣服、女人、宅邸一起构成了一系列文化符码，暗示人的气质、举止和社会地位。"欲望三部曲"中的艾琳购买了一套又一套价格昂贵的服装，请的是最著名、最有艺术鉴赏力的女能人为她准备，"她的闺房里可谓是丝绸、缎子、花边、贴身内衣、头发装饰品、香水、首饰的海洋———一切可能衬托出女性美的东西应有尽有"，她"穿着银光闪烁的绸缎，戴着项链和耳坠，她头发上镶嵌的钻石几乎闪烁着奇异的光芒，她简直是容光焕发"。一个客人赞美她说："你真美——简直是一个梦！"另一个客人评价说："柯帕乌太太是我在很长时间内见到的最美的女人之一。她简直太美了。"我们可以下结论说，商品既是物品又是斗争的战场，所以，"公开享乐或者公开炫耀已经不是资产阶级男性的特权，而变成了竞争斗争的目标，快乐原则本身已经被政治化了"。[①] 在《美国悲剧》里服装的符码作用也如其他地方一样明显。和嘉莉一样，克莱德随着自己经济收入的增加，对服装的追求也相应变化。"像其他人一样，克莱德把款式看成符号和向上爬的手段，他企图'以着装取得成功'。成功对于克莱德来说简直就是由改变衣服来象征的。"[②] 因为人们在很大程度上的确是根据人的衣着来判断对方的修养和地位的。这一点在芝加哥和莱柯格斯都得到了很充分的印证。正是因为克莱德能在芝加哥那样时髦的俱乐部里觅到一个职位，尤其因为他衣冠楚楚，风度翩翩，他的伯父才看中了他，从而在自己的厂里给他分配了一个职位。也正是因为克莱德衣着讲究，举止得体，他才被桑德拉和其他上流社会的人误认为是吉尔伯特，把他接纳为自己阶级中的一员，桑德拉更是向他投去了丘比

---

① John Brewer, Ray Porter, ed., *Consumption and the World of Goods*, London: Routledge, 1993, p. 29.

② Roark Mulligan, "From Low – Cost, Detachable Collars to American High Culture: Dreiser's Rhtoric of Cloth", *English Language Notes*, 1997, Issue 35, vol. 2, p. 24.

特之箭，决定嫁给他为妻。这足以说明服装在区分人的等级和地位中所起的重要作用。

从上面的论证我们可以发现生活于现代化进程中的德莱塞最终想表达的却是当代思想家罗兰·巴特所强调的物的符号意义，鲍德里亚所谈的符号价值的消费，以及布尔迪厄所阐述的消费实践预示着社会等级等思想。巴特认为，现代社会将物以及文化的东西赋予自然和合理的功能。① 鲍德里亚认为"这种为了某种社会地位、名望、荣誉而进行的消费"就是"符号消费"。② 道格拉斯认为，"在现代社会我们主要通过物的使用来确定意义。我们通过对物进行比较、分类，通过赋予我们所拥有和使用的物以秩序，来组织我们的社会关系"。③ 布尔迪厄则认为，"人们在日常消费中的文化实践，从饮食、服饰、身体直至音乐、绘画、文学等的鉴赏趣味，都表现和证明了行动者在社会中所处的位置和等级"。④

德莱塞虽然生活在 20 世纪上半叶，但他在小说里所展现的正是上面这些当代理论家所阐述的思想。小说里的豪宅、服装和女人都已经被赋予了强烈的象征和符码意义。人的主体性已经被剥空，被一再重建，最后彻底拜倒在拜物教下。用詹明信的话说，"这样的社会充满了记号、信息与影像"。⑤ 当然，德莱塞在这里一方面表现了女人、艺术品、建筑和服装等的符码作用，另一方面也揭示出它们的虚幻性和误导性。但资本主义商业社会的性质决定了他们的一切商品都具有艺术特性，从而在不知不觉中给你的感性带来愉悦，同时也带来了约束和控制。考虑到商业文化具有的审美诱惑性，有人把一些大的购物中心称为"梦幻世界"。⑥ 然而，德莱塞对克莱德追求表面的时髦，追求金钱、社会地位等虚幻的美国梦是抱着深深的同情的，同时，对霍拉肖·阿尔杰神话所宣扬的人人平等，只要有才智和劳动就能获得成功，就能尽情地享受，就能提高自己的地位的观念显然是持批评意见的。

---

① 罗钢等主编：《消费文化读本》，中国社会科学出版社 2003 年版，第 28 页。
② 同上书，第 32 页。
③ 同上书，第 37 页。
④ 同上书，第 39 页。
⑤ 迈克·费瑟斯通：《消费文化与后现代主义》，刘精明译，第 79 页。
⑥ 周小仪：《唯美主义与消费文化》，北京大学出版社 2002 年版，第 369 页。

前面我们已经说过，德莱塞在小说中表现出了对消费思想的关注，但在不同时期所关注的侧重点和所表现出的态度都有所不同。嘉莉对物的渴望程度不下于克莱德，但她最终并没有因为追求物质享受和地位而遭到惩罚，而是成为大红大紫的演员；在《珍妮姑娘》中，珍妮虽然对情人们赠与的物和宅子表现出兴趣，对赠与人也心怀感激，但她并没有成为物的奴隶，身上表现出的是高贵的品质，善良的心地。同样，在《巨人》和《"天才"》中，主人公在不顾一切地追求财富和物质的过程中都梦想成真，不是成了富翁，权力如日中天，便是富甲一方，随心所欲。而在《美国悲剧》里，作者对美国当时盛行的挥霍性消费和其中对文化符码的追捧表现了极大程度的否定态度。这为他后来在《堡垒》和《斯多葛》中的思想转变留下了铺垫。德莱塞在《美国悲剧》里竭力展现构成那个时代挥霍性消费环境的泛滥的文化符码以及对人的毁灭性影响。有论者说过，"德莱塞暗示，这种迷恋金钱和物质的文化为我们理解象吉勒特案件提供了上下文"。[1]德莱塞在《美国悲剧》中一篇题为《犯罪与原因》的文章中指出，"即使繁荣兴旺本身，使少数人聚敛得太多，而使大多数人拥有得太少的繁荣兴旺，都引起犯罪。对物质的疯狂（多数的物质都没有艺术品位，然而在美国却被各种各样的销价和分期付款等方式所鼓励）使人胡作非为，一窝蜂地占有越来越多的物质，大多数毫无价值，不论是合法的还是不合法的"。[2]

德莱塞在《美国悲剧》结尾部分表明，主人公及书中其他人物正是因为追求享受，追求虚幻的商品符码和虚假的身份才落得人财两空，甚至丢了卿卿性命。和在《"天才"》中一样，德莱塞也企图为人们指出一条正确人生之路。他似乎给我们暗示，只有把宗教观建立在个人信仰之上，而且接受的人必须在气质上有这种倾向，宗教教育才可望为我们减轻生活之苦。问题是，什么样的人才有这种倾向呢？而对于这样的人，基督教能起到什么样的作用呢？摆在人们面前的难道就只有宗教教义上所说的拯救方式吗？我们应该怎样对待宗教信仰和现实生活中出现的一切呢？或者说宗教信仰何以引导人们的生活呢？对此德莱塞在逝世前完成的两本小说《堡垒》和

---

① David Guest, *Sentenced to Death*: *The American Novel and Capital Punishment*, Jackson: University Press of Mississippi, 1997, p. 56.

② Ibid. , p. 58.

《斯多葛》中有较为成熟和系统的阐述。

四 苦难的精神和普天共有的爱: 道德价值体系的重构

德莱塞的创作生涯如果从 1900 年出版《嘉莉妹妹》算起应该有 45 年之久,他的作品不仅包括 8 部长篇小说,还包括自己的传记、剧本、短篇小说及散文集等。而他洋洋洒洒几百万字的艺术作品更是包容了多姿多彩的丰富思想内涵。遗憾的是,我国学术界长期以来往往把德莱塞简单化,给他贴上一个进化论者或者自然主义者的标签。随着改革开放,与美国思想文化交流日益增多,我们所能掌握到的有关美国作家的材料日益丰富,也随着今天世界大同强调多元文化的到来,我们如今再研究德莱塞就有可能从多个方面看到不同的面相。无论是从德莱塞自己的作品看,还是从第二手资料看,他都呈现出迥异于我们以前所理解的作者形象。他的思想不仅丰富杂芜,而且在不同时期侧重点也有所不同。

如果说德莱塞在早期出版的小说《嘉莉妹妹》《珍妮姑娘》《金融家》《巨人》中表现出进化论和挥霍消费思想的话,那么《"天才"》则是德莱塞思想上明显变化的转折点。在这里他探索了物质享受与艺术美追求之间的冲突,表明了这两者调和和链接的失败。主人公尤金发现了"物质成功和精神拯救难两全"。[1] 麦卡利尔说,《"天才"》中表现了德莱塞思想上的发展,在威特拉身上我们看到了进化论对他的极大影响。他认为自己什么都不是,只是一个贝壳,一个声音和一片叶子。在他处于最低潮的时候甚至认为生存的主要特征是"邪恶"的。但他在小说临近结尾时却开始思考更为广泛的问题。他接受了英国自然主义者阿尔佛雷德·R. 华莱士宇宙是由"某种广泛的智力"统治着的思想。"这虽然使当时的读者甚为诧异,但却为我们后面对他关注宗教意义的理解奠定了基础。威特拉企图调和华莱士的思想与基督科学的思想。"[2] 德莱塞对宗教思想的关注是很明显的。在尾声里,德莱塞借叙说者之口说,"尤金在精神和肉体的痛苦中,有一时期

---

[1] Ralph H. Hoppe, *The Theme of Alienation in the Novels of Theodore Dreiser*, p. 118.

[2] F. O. Matthiessen, *Theodore Dreiser*, Westport: Greenwood Press, 1973, p. 160.

竟然会爱好各种宗教性的玄想，这似乎有点文不对题。可是生活在大风大浪中是会这样。这种玄想就成为逃避自己，逃避他的疑惑与失望的避难所，所有的宗教思想也都是这样的。"不过，这个叙述者又强调了宗教的虚构性，是人类自己创造出来用以"保护被环境弄得血淋淋的心灵的绷带；一个把他从不可逃避的渺茫不定中包起来的套子"。叙述者还强调了宗教只适合于某一段时间，"一个心灵恢复了健康以后，它很容易又回到以前的幻想上去"。不管怎么说，作者使我们相信尤金心灵重新归于平静是他相信宗教的结果。即使那种信仰是短暂的、虚构的或者自己创造的，他那被现实摧残的心里确实承认："的确有个上帝。他在他的宝座上。这些强大、神秘、不变的力量不是没有用意的。"

美国现代著名文艺批评家、德莱塞的挚友门肯说过："在他的一生当中，宗教以各种各样的异想天开的迷信形式在他身上表现出来，如唯灵论、偶然论、庸医艺术，等等。在他的晚年，又以共产主义的形式使他为之着迷。如果他再多活十年的话，或许再多活五年，他便会重新回到圣堂，以前曾有许多可怜的人走过这样的道路……他最后一部小说整个篇幅都是以同情的笔触刻画这样一个信仰上帝的人的。索伦·巴恩斯，就像他自己一样，对宇宙间明显缺乏常识和正派而感到目瞪口呆，但最后他感激地向曾经这么严厉折磨过他的上帝屈服。"① 门肯真是一语道破德莱塞的心理历程，但我们还是要说，在《"天才"》一书中，德莱塞对待宗教的态度仍然很暧昧。他虽然认为基督教精神疗法可以暂时医治受伤的心灵，但并没有明确地肯定人们要皈依基督教。即使在 1925 年完成的《美国悲剧》中，他对宗教的态度仍然不是我们想象的那么明朗。

如前所述，德莱塞在 1925 年出版的《美国悲剧》里竭力展现构成那个时代的挥霍性消费的环境和文化符码以及它对人的毁灭性影响。无论是主人公克莱德还是其他次要人物都无法幸免。克莱德在堪萨斯的女朋友霍丹斯·布里格斯诱使克莱德为她买一件皮装，戴威逊大酒店的侍应生们在昂贵的饭店、妓院狂饮欢宴，无不是在寻求财富的标志。克莱德的未婚妻罗伯达同样为了寻求财富，提高自己的社会地位，才离开父母来到莱柯格斯

---

① *Dreiser – Mencken Letters*：*The Correspondence of Theodore Dreiser & H. L. Mencken 1907 – 1945*，ed. by Thomas Riggio，Pennsylvania：The University of Pennsylvania Press，1986，pp. 805 – 806.

打工。而她对克莱德一见倾心在很大程度上也是因为她想到克莱德是老板塞缪尔的侄子，将来可能会飞黄腾达，给她带来财富和地位。"在所有这些例子当中，兴旺富裕的诱惑总使年轻人采取某种越界的形式。"① 更具讽刺意味的是，就是那些自认为在主持公道，维护法律尊严的法官和律师们也无不沾染上社会中对财富和地位的疯狂追求的习气，以至于在审理克莱德的案子时都表现了这种倾向。在这个意义上说，克莱德是无罪的。最应该对此悲剧负责的是美国的社会制度，美国当时追求极大的物质占有和物质享受的思想。然而，德莱塞虽然对新兴的消费道德观表示出了怀疑和不满，但对传统的清教道德观做了一番审视之后似乎觉得它们也适应不了新的时代。这时，德莱塞想到了宗教。

虽然相距《"天才"》已过了十多年，德莱塞在《美国悲剧》中仍然没有提出要皈依宗教，相反，他在小说开始就指出了传统基督教教育的偏颇之处，认为基督教的教义和周围世俗之影响格格不入，并且显示出基督教教育的失败。主人公克莱德在小说的开头就对基督教持抵触情绪，对父母从事这项传教事业感到是种耻辱。如果说他最后被周围消费享乐思想所俘虏是在情理之中的话，那么他姐姐爱思达不顾基督教教义的教化，敢冒天下之大不韪，跟情人私奔，并且生下私生子，就是作者对基督教教育的严重质疑和嘲讽了。作者似乎认为基督教教育的失败之处是其不顾接受者的感受，不管听者是否能够理解，是否能够或者愿意接受。在小说的结尾处作者对基督教教育存在的偏颇和不足进行了入木三分的批判。克莱德在死囚室里开始了新的价值观的探索。被囚禁在狱中，他所遭受的痛苦并不止于肉体上的折磨，而更多的是精神的困境。他需要别人对他的理解和帮助，也要"寻求至少是一种超人或者超自然的存在或者力量，它可以以某种方式来帮助他"②。克莱德在收到所爱慕的富家小姐桑德拉的绝交信后，他在尘世间最后一束阳光，一线希望也就随之消失。对于落入这样境地的克莱德来说，"宗教是他唯一的安慰"。③ 令人遗憾的是，克莱德母亲为其找的牧师麦克米伦是个宗教狂，不理解克莱德在法律意义上是无罪的，硬是使

①　David Guest, *Sentenced to Death*: *The American Novel and Capital Punishment*, p. 58.
②　John J. McAleer, *Theodore Dreiser—An Introduction and Interpretation*, p. 144.
③　Ibid. .

克莱德承认自己是有罪的。麦卡利尔不无感慨地说："麦克米伦毕竟没有体验过罗伯达执意要他和她结婚，毁了他一生那种痛苦；他心中也没有像克莱德那样燃起过对美丽梦想中的桑德拉那难以熄灭的欲望；他们也没有被早期的灾难所烦恼、折磨和嘲弄，而那时他全身心地呐喊着要改变命运。"①

作者通过作品透露的信息是明确的：摆在人们面前的难道就只有宗教教义上所说的吗？我们应该怎样对待宗教信仰和现实生活中出现的一切呢？或者说宗教信仰何以引导人们的生活呢？如果说德莱塞在这里对基督教的认识还是模糊的，疑惑的，那么他在《斯多葛》和《堡垒》中则有较为明确的表露。

1944年德莱塞重新写《斯多葛》和《堡垒》时在思想上也已经历过曲折的转变和挣扎，从早期背离天主教教义，转而信仰进化论，默认风靡二三十年代的美国的挥霍性消费思想，再到同情和信仰苏联共产主义，并在逝世前加入了美国共产党。但正如上面所述表明，贯穿德莱塞整个生命的一直是对人性和生命意义的思考和探索。多方面迹象都证实，在生命终结前的德莱塞明确地表明了对基督教精神的理解和在很大程度上的接受。他第二个妻子海伦在谈到《堡垒》时说过，德莱塞在写这部小说时经常广泛地引用《圣经》中的句子。她认为德莱塞是在用心理学解释主人公苏伦这个有局限性的宗教狂。② 德莱塞的情人，也是在写作上和精神上竭力协助他完成《堡垒》的玛格利特证实，德莱塞1944年到纽约领奖时对她说过："我现在相信上帝了——一个创造力……并不是一个盲目的力量，而是一位伟大的艺术家，他用爱小心翼翼地创造了所有这一切。"③

德莱塞在《斯多葛》中企图将三部曲的前两部着重渲染的挥霍性消费思想归入一个普天共有的"能"或者神的爱。在小说结尾处，德莱塞说，柯帕乌在死亡来临之际，感到自己太渺小，"孤寂，精神上的孤寂"。他"在精神上怀疑生活的意义本身"。为了强调尘世生活的虚无，造物主的重要，德莱塞把生活看成是一场游戏，"生活就是一个超自然的造物主的财产

---

① John J. McAleer, *Theodore Dreiser—An Introduction and Interpretation*, p. 144.

② 转引自 John J. McAleer, *Theodore Dreiser – An Introduction and Interpretation*, New York：Holt, Rinehart and Winston, 1968, p. 148.

③ Ibid. .

或者工具"，"生活的目的就是为这个造物力量提供欢乐"。① 柯帕乌的一个助手告诉他：生活"就是我在这里要玩的游戏。我想那就是答案：总要一直做着什么。游戏总是在进行着，我们无论喜欢与否，我们必须要扮演我们的角色"。但我们必须谨记的是，晚年的德莱塞只是将消费和享乐上升到精神与宗教层面。因此，无休止的爱情纠葛，早先被认为是自然宿命论的结果，现在被升华为"神的爱"的吸引。柯帕乌的情妇白丽尼斯从印度宗教老师那儿所学到的新知识使她得以为柯帕乌的性乱交做辩护。例如在柯帕乌的墓穴旁，她蓦然悟出了他浪漫偏好的原因："他的崇拜和不停地追求每一种形式的美，特别是女人形式的美只不过是在寻找所有这些形式背后上帝的设计图案。"德莱塞自己也在《生活笔记》中声称："如果这个生活游戏不是为了享乐的话，那么我就搞不清那是为了什么了。"② 德莱塞已经认可生活就是一个游戏，在这个游戏里，每个人都要扮演一个角色，这个游戏是造物主的反映，追求享乐是对神的崇拜。

由此可见，德莱塞对基督教的态度在《斯多葛》中表现得非常明显，但又不是简单意义上的基督教。在这里，最高的权力是上帝。"他把上帝等同于原子以及原子能里的力量，这样的上帝不仅可以创造宇宙而且对于普通的眼睛是不可见的，不可毁灭的……在宇宙里无处不在，但在很大程度上又是不可知的。"③ 但德莱塞心目中的上帝既是无处不在的又是超然的。柯帕乌在坎特伯雷和罗切司特的大教堂和历史遗址感慨时光的无情流逝和生活的无望，但他被那山山水水，田野，农村和那儿的人所构成的"自然的艺术"所打动。他想造物主创造这些东西没有其他目的，唯有美的目的。在他赴北欧恢复身体的旅途中，他叹道，"自然！多么地奇怪……多么纷繁多样！多么不可预测！"他在反思中发现他对生存——植物、动物和昆虫等的理解是多么无知。他想知道"在所有这些背后是否有一个巨大的创造力——生命或者上帝"。虽然历史真实中的大亨巨头耶克斯——柯帕乌式的人物——英勇无畏地、极力地想出人头地，然而就像德莱塞其他小说中的

---

① Louis J. Zanine, *Mechanism and Mysticism—The Influence of Science on the Thought and Work of Theodore Dreiser*, pp. 185, 186.

② Ibid., p. 187.

③ Ibid., p. 180.

人物和德莱塞自己一样，他们仍然被周围比自己强得多的力量所征服。"既然是个大人物，他处于更加复杂的力量之中；但这些力量他的深谋远虑又难以发现，也不听他指挥，暂时剥夺他的自由和财富。"① 德莱塞在这里暗示——上帝是崇高的、强大的。因此，当柯帕乌死后，尽管陵墓"高高地""傲慢地"耸立在那儿，但在周围高耸入云的榆树阴影下还是显得那么"渺小"。与他的楷模耶克斯生活不同的是，柯帕乌的生活并没有证明是无意义的。他通过他的"艺术成就"白丽尼斯而无形地活着，因为她对美的敏感唤醒了我们对精神生活的价值的认识。她的存在说明上帝是无处不在的，充满爱意的，上帝和人之间，人和人之间是"不可分的"。"他认为人不是孤独地存在的；人是整体的一部分，如果整体不存在，那么人也就没有理由存在了。"②

如果说德莱塞在晚年完成的《斯多葛》中一改在早期和中期对上帝模糊的认识而坦言自己对上帝的信仰的话，那么他在几乎同时完成的《堡垒》中在更大的程度上表现了自己对生命意义的肯定，对最高权力上帝的赞扬，对上帝子民芸芸众生的爱。不论是从这部小说的人物塑造上看，还是从事件的安排上看，它都与《圣经》有着渊源关系。麦卡利尔就说过，《堡垒》展示了"信仰与物质主义的冲突，小说结尾处肯定了通过基督之爱而抵达的自然是超越一切的"。③ 小说中描写了两次偷盗行为：一次是埃达偷了母亲的首饰去典当，另一次是斯蒂华特偷了哥哥奥维尔和同学杰宁斯的钱。他们一个是为了摆脱家庭的束缚，到外面世界追求自由和理想，另一个也是为了追求"更大自由的自由的生活方式"，追求女色和物质享乐。这两个细节都在很大程度上与《圣经》里是平行的。在《新约·马可福音》中，当耶稣被犹大出卖，经彼拉多审讯后被定了死罪，钉了十字架，与他同时钉十字架的就有两个强盗。④ 另外，斯蒂华特沉溺于享乐挥霍与《圣经》里《路加福音》第十五章第 11 节至第 32 节叙述的"浪子的比喻"也有异

---

① Charles Child Walcutt, *American Literary Naturalism：A Divided Stream*, Minneaplis：University of Minnesota Press, 1956, p. 203.

② Howard Fast, ed., *The Best Short Stories of Theodore Dreiser*, Chicago：Ivan R. Dee, p. 9.

③ 转引自 John J. McAleer, *Theodore Dreiser—An Introduction and Interpretation*, p. 149.

④ 《圣经启导本》，中国基督教协会印发，1997 年，第 1424 页（《马可福音》：15：27, 28）。

曲同工之处。耶稣通过这个比喻告诉他的门徒以及听众的是，人犯了罪，只要悔改，就值得他们欢喜，就应该饶恕。《堡垒》中的斯蒂华特与那个浪荡子十分相像。他开始违背了父亲的意愿，在学校里放浪形骸，挥霍享乐，但在被控犯有谋害罪之后，懊悔不已，幡然悔悟，后悔自己没有按照"神之光"的引导，觉得"永远也逃不掉他自己良心的判决，他父亲心里的判决，'神之光'的判决"。结果，他在轻声请求母亲宽恕声中，将刀子插到了心脏。同样，小说中的父亲苏伦也和《圣经》中的那个父亲一样，他对儿子的犯罪表现出来的不是痛恨，而是对这个儿子的宽恕，对自己的自责。

德莱塞除了在小说中运用《圣经》中的事件和人物作为参照和框架，还极力表现了书中人物对有信生活的追求。通过对他们的信仰、生活、变化等的描写，试图证明：过有信的生活，便得福，求上帝给予的尽得以满足，没有求的也视需求皆赐给了他们。他还以对比的方式，通过描写物质主义的影响，表现孩子们背离了宗教的教诲，在追求享乐过程中尽皆吞咽苦果，而最终受神之光的照耀，受父亲虔诚有信生活的感化，也都重新与自然和谐一致，认识到上帝的存在和在他们生命中的地位。

我们认为，德莱塞在《堡垒》这部小说里借基督教教友派主人公的心路历程，表现他自己对宗教的态度，体现出他坚持了一种以人道主义为核心的宗教观。他的这一思想受到了美国最坚定的教友派、激进主义者教义的核心约翰·乌尔曼的影响。乌尔曼是"苏伦迟到发现的基督之爱的名正言顺的使徒"。① 因为乌尔曼强调灵魂的拯救，强调人的手足之情，强调要释放、废除奴隶，强调经济平等。重获神之光的照耀的苏伦，过去那些经历"现在有了新的意义。而且意义如此重大，似乎在号召他采取确切的行动"。苏伦的精神在升华，因为他终于从本质上理解了自己一直所信仰的教友派教义，从重视其外在的纪律和约束，转向其对人内心的审视和感动，尤其是寻求神之光的照耀，注重对上帝之爱，并引发为对人的爱。

德莱塞对宗教思想理解上的曲折波动以及他最终发展出一套以人道主义为核心的宗教观已经毋庸置疑，但人们对他到底为何会回归宗教的原因却众说纷纭。美国著名德莱塞批评家勒翰认为德莱塞回归基督教是他个人

---

① F. O. Matthiessen, *Theodore Dreiser*, p. 248.

的需要使然。这种观点虽然有很强的说服力，但也只能从一个侧面说明该问题。也许我们还可以说，德莱塞回归宗教与当时的历史及主流意识形态有关。早在20世纪30年代，著名思想家芒福德、杜威等就企图调和集体主义和个人主义之间的关系，因为他们意识到，"美国需要有更多的井然有序的制度，这样，美国公民才能有发挥主观能动性和自由行事的余地。社会制约是需要的，这样，个人的怪僻行为才不致失控"。① 他们还明确地发现，人的"苦难是精神上的，不是肉体上的，生活最终是悲惨的，因为人是有人性的"。② 除了美国思想界大背景和政治的影响外，更直接的原因是，德莱塞在20世纪40年代写《斯多葛》和《堡垒》时，正值二战时期。一向持人道主义观点的德莱塞是绝对容忍不了日本和德国军国主义所犯下的滔天罪行的。在他看来，军国主义的出现是强烈个人主义的结果。避免这样的悲剧和暴行重演，就要遏制人们这种自私的欲望，而要做到这一点，人们就要有一个更高的自我，或者上帝。他的这一思想很符合美国战前和战后的政府的政治需要。例如，战后美国政府开始强调教育要突出语法、数学和古典文学及历史的学习，其目的是"传授显示文明人特征的，在智力、道德和美学上的宝贵财富"。③ 另外，美国的宗教组织和人数在此期间有了突飞猛进的发展。1940年信仰宗教的总人数是6450万人，而到1960年达到了11450万人。更为引人注目的是，"宗教活动已经不再局限于在教堂中进行，它开始渗进人们的日常生活"。④ 而为此推波助澜的却是美国的新闻媒介。宗教复兴的原因我们在此不必深究，但政府的政治需求肯定是主要的。当时艾森豪威尔总统的一席话很能说明这一点。他说："我们的政治制度如果不是建立在一种深刻的宗教信念之上的话，它就失去了意义，至于是哪一种信念我倒不在乎。"⑤

　　这一历史背景至少能够说明德莱塞为何在晚年有皈依宗教的迹象，说明他为什么在小说中构建一个超验的新现实。在这个新的现实里，造物主

---

　　① 理查德·H. Pells：《激进的理想与美国之梦——大萧条岁月中的文化和社会思想》，卢允中等译，上海外语教育出版社1992年版，第178页。

　　② 同上。

　　③ 庄锡昌：《二十世纪的美国文化》，第146页。

　　④ 同上书，第153页。

　　⑤ 同上书，第154页。

是最高的统治者，他的精神无处不在，无所不能，而作为凡夫俗子的小说人物则只能是"寄蜉蝣于天地，渺沧海之一粟"，哀叹人生之须臾，宇宙之无穷。读者能不被此大贤笃志打动吗？难道我们读后体会不到天地万物本有主，并非我等所能真正拥有？作为匆匆过客的我们能否体察造物者的用心，在有限的生命之中做到陶渊明所颂扬的"聊乘化以归尽，乐夫天命复奚疑"？德莱塞的作品虽非词彩精拔，跌宕昭彰，但却能以情动人。我们可以不夸张地说，他是在用真情呼唤，用生命书写。读者岂能不为之动容？

五 结论

综观德莱塞的一生，他经历了美国的机械工业化、城市化和现代化的全过程，从内战后的重建到第二次世界大战的结束，从以农业生产为主的社会转变为以工业机械化和现代化为主的消费社会，从以传统道德家庭伦理为主的社会逐渐变成宣扬个性、自由、享乐等的现代社会。在广阔的社会大背景下，他在跌宕起伏的社会流变中搏击，在随波前行中没有被冲上河岸、搁浅出局，且能在激流中稳住阵脚，冷眼欣赏周围沁人心脾的美景；在个人生活的小背景下，他历经家庭的由盛及衰、分崩离析的变故，既体验过人间的世态炎凉和寂寞潦倒，也享受过奢华侈靡和风光无限的陶醉生活。夹杂在对理想生活的向往和禁锢人的习俗之间，他虽然往往选择前者，但却又表现出暧昧的犹豫；在尽情享受物质丰富的同时，他却没有瞬间忘记自己精神上的观照；在强调个人主义和个性时，他没有湮灭自己悲天悯人的天性；在质疑和颠覆传统道德的同时，却又显示出对主流社会的依赖和妥协。他对宣扬"物竞天择，适者生存"的达尔文主义曾心醉痴迷，而一度背弃父亲一再强迫他尊奉的基督教；他也相信过自然主义并在作品中着意进行表现，但又难以摆脱神秘主义的羁绊；他对资本主义的弊端深恶痛绝，但对苏联的共产主义也并非完全心仪。总之，德莱塞作为美国文学界的一代宗师，表现出了复杂的人格，在作品中展现了令人扑朔迷离的丰富思想内涵。这既源于各种时代和思潮对他的影响，又出于他自己敏感的个性和独特的经历。

我们前面说过，德莱塞度过的少年时期到青年时期正是美国经历内战后的重建以及工业化、城市化和现代化时期。科技的发展、工业化的普及、城市化和现代化的推进，给美国带来了无限生机，包括丰富的物质生活和舒适方便的工作条件；同时，社会的道德准则也由过去注重节俭、勤奋、节制等清教伦理变成了现代的倡导个性、自由、竞争和享乐的准则。科技和物质方面的变化导致了人们思想上的悄悄变化。美国理论界似乎认为，在这场由旧道德向新道德的转变中，格林威治村的艺术家们起到了推波助澜的引领作用，因为他们的行为和思想到了一战后，尤其是 20 世纪 20 年代，形成了较为系统的体系，"在商业的推助下，格林威治村的道德标准传遍全国"。① 他们强调从儿童时期起就要发展他们的个性，任其自由成长，长大后要让他们得以充分表现自己的思想；在生活中宣扬得过且过，纵情生活，"花开堪折直须折"，因为人体就是圣洁的神殿。他们还强调男女平等的思想，认为两性应有同样的机会饮酒、吸烟、找情人，因为在他们看来，"你不愉快，因为你心理失调；你心理失调，因为你受到压抑"。② 简单地说，格林威治村的新道德观就是现代美国的消费道德观。

　　这种新道德观出现的主要原因当然就是美国科技发展引起的工业化和现代化。诚然，我们并不否认，任何一种新的道德伦理观都是复杂多样的因素共谋的结果，消费道德观也不例外。美国人当初毅然离弃故土、另辟家园足以说明其骨子里的放荡不羁。正如我们前面所言，其实在殖民地时期消费现象就没有绝迹过，只不过鉴于当时的艰苦条件和牧师们的严厉讲道，消费思想才没有被推而广之。但随着物质的极大丰富，各种诱惑纷至沓来，清教主义已成了强弩之末，岌岌可危。第一次世界大战爆发后，人们在"激荡而狂热的气氛中"完全放弃了理智和克制，纵情享受性爱和物质生活。另外，"弗洛伊德心理学提供了哲学依据，使得受压抑成为不时髦的事；更晚一些时候，色情杂志、电影、甚至讲坛都宣传那种已经悄悄发生，并且无须斗争便已取得胜利的革命"。③

　　总体上说，科技的发展，工业化、城市化和现代化的推进，对美国产

① 马尔科姆·考利：《流放者的归来：二十年代的文学流浪生涯》，张承谟译，上海外语教育出版社 1986 年版，第 57 页。

② 同上书，第 53—54 页。

③ 同上书，第 56—57 页。

生的影响是巨大的，也是广泛的。但科技和现代化给美国带来的到底是福还是祸并没有众口一词的定论。例如，在罗伯特和海伦·林德所著的《米德尔敦》一书中就提出如下的困惑：美国人民的生活正变得越来越机械化和使人感到迷惑不解。自 19 世纪后期以来，作家们对科学的进展意味着什么一直茫无头绪，他们不知道它为人类带来的究竟是一个新的黄金时代抑或是毁灭的威胁。在整个进步主义的时代，自由主义的信念占了优势，认为科学方法可以有效地应用于解决社会问题，从而使这种种疑虑不为人们所注意。但当战争表明人类可以毫不费力地把技术用于破坏性用途的时候，当实用主义者为仍然无视日益增多的证据表明人类行为的不合理性这个事实并坚信智能和技术的力量而受到抨击的时候，对科学还持有一些保留态度的人现在又多了起来。① 20 世纪 20 年代的知识分子中有不少人也懵懵懂懂、心安理得地享受现代化带来的便利，但也有不少人明确指责其弊端。例如，他们批评技术凌驾于理想之上，实用主义"因为它强调智力和实践性是至高无上的'创造价值的实体'而忽视想象力"。② 这些批评家认为美国人只沉溺于实用主义，为积累财富而疯狂竞争就是因为他们"对'纯智力价值准则'的典型性的轻视"。③ 没有了智力，没有了理想，人们只剩下金钱可以追逐。维布伦早就说过："在现代社会中财富就代表荣誉与声望；理应为我们的同时代人所接受。我们为了地位就需要钱，没有地位就没有自尊。"④ 而一个人是否有钱还要看他能否在消费中体现出来，他的家人是否具有不劳动而能大肆消费的特权。很显然，金钱被赋予了至善至美的崇高地位，它变成了衡量成功和权势的重要手段，而人以赚钱为目的也就天经地义。⑤ 刘易斯·芒福德在批评现代大都市时认为，"它只着眼于工商业而忽视了居民的生活；在摩天大楼、工厂林立的市区里，在专为人们消费金钱而不是消磨时光的大街通衢中，有什么共同的目的或集体感可言？一

---

① 理查德·H. Pells：《激进的理想与美国之梦——大萧条岁月中的文化和社会思想》，卢允中等译，第 32—33 页。

② 同上书，第 26 页。

③ 同上书，第 28—29 页。

④ 谢尔登·N. 格雷布斯坦：《辛克莱·刘易斯》，张禹九译，春风文艺出版社 1994 年版，第 70 页。

⑤ 同上。

个国家的物质增长产生了思想空虚的人民"。① 由于人们忙于赚钱和疯狂消费，他们的生活是乏味的，空洞的，也是盲目、粗俗和愚蠢的。不错，随着大规模工业生产的实行，充斥人们生活的是电力、电话、电报、广告、汽车、无线电和电影，人们有了便利和自由，但另一方面，自动化带给人们的也有失业的危机和人类的不幸。

从深层次上看，工业化、城市化和现代化更使人与人之间的关系疏远隔离，使个人的感觉变得迟钝，失去了对事物的敏感和美感享受。蔡斯担心地说，随着社会越来越依靠科学的抽象概念，她担心追求直接的个人知识和感觉的机会将会消失，"由于这些都是艺术赖以繁荣的基础，机器有可能在文学开始萌芽时便使之窒息"。② 另外，个人的习惯、思想、价值观等再次标准化。现代化的结果正应验了托马斯·亨利·赫胥黎的结论：文明的惩罚就是厌倦和无聊。美国第一位获得诺贝尔文学奖的作家路易斯在《巴比特》中所表达的正是人们在日益商业化和金钱化的过程中变得麻木、僵化和无聊的思想。他塑造的人物为了金钱，生活中没有了欢乐和自由，豪宅中虽然充斥着阔气的物质设备，但那只是个"蔽身之处而不是家"。他们发现，辛劳一场，自己并没有得到妻子和孩子的理解和喜爱，"体会到自己的生活、工作是一场空"，"全'都是机械式的'"。即使当他想搞出点风流韵事，"便不仅担心别人会说闲话，而且因常规的抑制已大大丧失了动感情的能力"。③

当然，对现代工业技术持褒扬态度的也大有人在。例如，约翰·杜威就认为，"妨碍人们创造性地利用科学的主要是'金钱时代的复苏'，而不是'机器时代'"。所以，他虽然也承认现代工业主义有丑恶面，但还是乐观地希望"艺术和技术、人文主义和科学、人和机器其实是可以共存的"。④ 遗憾的是，他及其他知识分子虽然力图将工业技术和现代化与富有人情味的生活和谐一致，但他们无法提出改革吏治，整顿经济秩序，重建

---

① 理查德·H. Pells：《激进的理想与美国之梦——大萧条岁月中的文化和社会思想》，卢允中等译，第28页。

② 同上书，第34页。

③ 谢尔登·N. 格雷布斯坦：《辛克莱·刘易斯》，张禹九译，第77页。

④ 理查德·H. Pells：《激进的理想与美国之梦——大萧条岁月中的文化和社会思想》，卢允中等译，第38页。

道德伦理的价值体系。这种伦理重建的可能性随着 20 世纪 30 年代经济危机的到来和第二次世界大战的爆发更是形格势禁。因为人们在这动乱时期的心理是"渴望复原而非革命，渴望稳定而非变化，渴望一致而非矛盾"，表现在哲学上和政治上就是"保持现状而不是改革，谋求团结而不是分裂，谋求适应而不是反叛"。① 罗斯福的新政得以通行无阻就是因为他抓住了美国人当时渴望"维护秩序、安全和社会制约"的心理，利用"美国文化传统的修辞、意象和口号，从而把人民团结在信仰和行动的最低共同标准周围"；还因为他"既不向美国富有历史意义的价值观念与习惯挑战，又不显得过于激进"。② 如果说经济危机的冲击使美国人幡然醒悟，意识到美国的存在需要所有美国人的合作和牺牲，需要巩固现有的价值观念，那么德国和日本军国主义的崛起和威胁更使他们万众一心，使个人适应社会和国家，开始重视家庭、集团和国家的地位。美国人的这种思想状况可以说一直持续到二战爆发以及之后的冷战年代。过去各派知识分子由于观点不同、政见不同而论战不休，但在这些年代中，他们都"加入到这场反阿道夫·希特勒的战斗大军中来，而且在 1945 年以后的冷战岁月中继续保卫美国"。③

德莱塞也和其他思想家一样对美国的机械工业化、城市化和现代化做出了必然的反应，但作为一个文学艺术家，他的反应又表现出独特的模糊性和复杂性。他一方面觉得美国的科技发展和现代化是历史的必然，是一种进步，带给美国人民的是物质生活的保障和丰富，即明显的物质文明，但另一方面他又隐约觉察到这种高度的物质文明的负面影响，那就是赫胥黎、蔡斯等所指出的，"厌倦，无聊"，感情的迟钝，精神的空虚等。难能可贵的是，德莱塞不仅意识到问题的存在，他还能出于悲天悯人的天性积极地思考人的存在意义，探索人的出路。这些努力表现在他一度投身美国政治，关心西班牙人民的反法西斯斗争，中国人民的抗日斗争，高度赞扬俄罗斯人民的社会主义改革，参加美国共产党，皈依宗教等之中，更表现在他将自己的困惑、彷徨、思考、感想等寄托在所塑造的栩栩如生的人物

---

① 理查德·H. Pells：《激进的理想与美国之梦——大萧条岁月中的文化和社会思想》，卢允中等译，第 379 页。

② 同上书，第 387 页。

③ 同上书，第 392 页。

形象上。他的作品从一个侧面形象地展现了他一生的心路历程。它们间接但生动地反映了他在各个时期的思想流变，再次向我们表明，一个人的主体在与现实和外界文化的不断冲撞中流动不止，因此没有一成不变的主体，也没有一成不变的伦理道德，更没有脱离于集体和社会而存在的纯粹个人自由。世间的事何其纷繁复杂，所谓剪不断，理还乱，但有一点却是明白无误：人类作为一个整体，为了生存下去，就应该团结在一个基本共同的信仰和体制下，在一定限度内克服自私和褊狭，弘扬爱心和宽厚，协同各方势力和观点，完善人类，以避免恐龙般的命运。因为现代文明是一把双刃剑，既是福音也是灾祸，能在短时间内建立一座城市，更能在一个晚上毁灭一个地球。我们可以毫不夸张地说，德莱塞作品的警世作用是艺术形象的、深刻的、意味深长的！

第 六 编

殖民主义和第三世界国家现代化

第一章

从殖民主义到帝国主义

——现代化进程中的西方小说

一

人类社会在发展的过程中，产生了大致相近的古代文明。然而，当新时代的第一缕阳光在亚、非大陆的地平线上喷薄而出之时，西方的欧罗巴却还是一片沉沉黑夜。在世界史上，欧洲文明只是一种晚出的文明。然而，文明的晚熟并没有让欧洲人气馁，而是使他们很早就热衷于营造白色神话，宣扬种族扩张。西方文学中这种与生俱来的扩张倾向，源于一种根深蒂固的尚武意识和海盗精神。经过了漫长的积淀之后，14 世纪的欧罗巴终于迎来了资本主义的曙光。从此，伴随着"地理大发现"和新航道的开通，欧洲文明迅速崛起。

近代西方的殖民扩张，可以追溯到 1336 年葡萄牙与意大利的混合探险队重新发现加那利群岛。半个世纪以后，卡斯蒂王国开始向加那利群岛殖民，并从那里运回奴隶。1415 年，葡萄牙攻克了北非摩尔人的重要据点休达。1436 年，葡萄牙船队首次在西非海岸登陆。此后 50 年间，葡萄牙人深入非洲腹地，用小麦、布匹和马匹换取或者直接抢掠非洲的奴隶和黄金（在此后 4 个世纪的黑奴贸易中，非洲一共损失了一亿多人口），并进而向东方大举扩张，获得了印度洋的霸权，迅速成为殖民大帝国和海上商业强国。

西班牙的地理大发现，比葡萄牙几乎晚了一个世纪，但从哥伦布"发现美洲"始，它就急起直追，通过向新大陆的扩张和征服，很快成了第一个日不落的殖民帝国，同时在西方引发了新的远航、探险、发现、殖民的高潮。

地理大发现使近代西方人以海洋代替了草原，以劈波斩浪的船舰代替了迅急驰骋的战马，最终完成了草原上的游牧民族几千年来始终未能完成的征服世界的事业。斯塔夫里阿诺斯指出："前古典时期和中世纪时期都是以游牧民的陆上侵略为开端的；这些游牧民利用其优越的机动性，趁帝国衰弱之际，闯进文明中心。对比之下，近代是以西方人的海上侵略拉开序幕的；西方人以同样的机动性在世界的海洋上活动，并进而无阻碍地开始全球规模的活动。"①

地理大发现的壮举，大大激活了西方人的扩张热情：征服世界的梦想不仅激动着上至王公贵族、下至平民百姓的神经，而且广泛弥散到了文化圈层之中。正如彼得·胡尔姆指出的那样："欧洲列强在世界上大部分地区的征服和殖民之前和期间，都有它们的哲学文本为其歌功颂德，同时给'他者'贴上标签。哥伦布'发现'了新大陆，与其说是发现，不如说是对国内档案的重新撰写。在此类档案中，英国与他者的'差别'已经得到解释和定位，那就是俘虏和征服。探险者的杂志，那些从没有离开过家的中世纪旅行家们想象中的描述，哈克卢特的航海，以及其后的探险和征服等都加速了世界上其他地区的'他者化'，支持了欧洲为世界文明中心的观点，认为欧洲在精神上和物质上都优于其他地区，因而，他们有神圣的权力和宗教义务去改变和摧毁世界。在整个殖民主义领域，欧洲人的文本和他们的小说，犹如他们的枪一样起着决定性的作用。"② 置身于这样浓厚的殖民主义文化语境之中，那些生活在这个前帝国主义发展阶段的欧洲小说精英们，从卜迦丘到乔叟，从拉伯雷到塞万提斯，都毫无例外地沉醉于海外殖民的迷梦之中。

短篇小说是欧洲近代小说创作的第一个浪潮，《十日谈》（1348—1353）则是欧洲近代小说殖民叙事的开山之作。小说一开始就进行欧洲基督教文明卓尔不群的陈腐说教。"杨诺劝教"中的犹太商人到罗马实地

---

① 斯塔夫里阿诺斯：《全球通史——1500年以前的世界》，吴象婴、梁赤民译，上海社会科学院出版社1988年版，第525页。

② 吉尔伯特：《后殖民批评》，杨乃乔等译，北京大学出版社2001年版，第290页。

考察，发现基督教已经腐败到了极点，"神圣的京城"乃是藏污纳垢之地，教皇、主教无恶不作，无非叫基督教早些垮台，有一天从地上消失。但最后，他还是听从基督教商人杨诺的劝告，到教堂里接受了基督教的洗礼。这是因为"不管他们怎样拼命想把天主教推翻，它可还是屹然不动……这么说，你们的宗教确是比其它的宗教更其正大神圣"。① 这种强烈的种族自负，使作者在《三只戒指》中将埃及苏丹萨拉丁打扮成为奸诈无信的小人，在《埃及公主》中把公主阿拉蒂描写为几乎给所有接近她的人带来杀身之难的祸水，在《愚女修行》中把异教姑娘阿莉白丑化成愚蠢透顶的荡妇。

在卜迦丘看来，弘扬欧洲武士的冒险精神古代不可少，当今更需要。所以，欧洲的十字军东侵被作者诗化为一项英勇豪迈的事业，第 10 天故事之九中的托勒罗虽然因基督教骑士兵败埃及陷身为奴，但是仍能在萨拉丁的帮助下与妻子破镜重圆。与此同时，海盗也依然是社会上人人趋之若鹜的行当。意大利富商兰多福在塞浦路斯岛经商失败，决定改弦更张，"存心做个海盗，截劫海上的商船，尤其是那土耳其人的船只"。② 结果不到一年就大获成功。尽管他在归途中又遭到热那亚人的抢劫，但却在海上漂流过程中意外地得到了一箱宝石。比萨法官理查的少妻巴托罗米霞被海盗帕加尼奴抢去，理查好不容易在摩纳哥找到了她。但是巴托罗米霞坚决不跟丈夫回家，在丈夫死后和海盗结了婚。塞浦路斯贵族青年加莱苏愚钝无比，类同白痴，被人呼为"西蒙"（畜生之意）。后来，他在对伊菲金妮亚的爱情的激发之下，学会了绅士派头，练就了一身武艺，"陆战海斗，无一不能"。然而，西蒙开窍后的所作所为，只是在海上劫夺别人的情人，从婚筵上抢走他者的新娘。在以上这些短篇小说中，作者以抒情的笔调肯定兰多福的海盗行径，以赞颂的口吻认同西蒙的天下横行，书写出来的是弱肉强食的海盗法则。

英国作家乔叟的《坎特伯雷故事集》（1387—1400）步卜迦丘之后尘，安排时代宠儿武士首先粉墨登场，让他一开口就极力渲染古代雅典国王希西厄斯征服东方亚马逊女人国后的凯旋壮观，从而给全作定下了基调。在

① 　卜迦丘：《十日谈》，方平等译，上海译文出版社 1989 年版，第 50 页。
② 　同上书，第 123 页。

《僧士的故事》中，作者一方面用夸饰的笔调颂赞古代欧洲君主亚历山大、朱理厄斯·恺撒在亚洲和非洲建立霸业的赫赫武功，另一方面又耸人听闻地编造古代东方的巴比伦王尼布甲尼撒、波斯女王齐诺比亚、叙利亚王恩替渥格斯在文明的冲突中惨败于西方的文化寓言。小说还表现了近代西方人垂涎东方世界的财富的殖民企图，描写中国元朝时的成吉思汗拥有铜马、魔镜、神戒、宝剑等稀世珍宝，以期激活西方早期殖民主义者的无穷想象和冒险激情。作者还通过一些故事张扬了基督教文明的巨大威力和神奇效应。在《律师的故事》中，罗马帝国公主康丝顿斯的艳名传遍天下，叙利亚的苏丹为了和她结婚，"宁可毁灭穆罕默德的宗教，显耀基督教的信仰"。① 然而，他的母后乃"罪恶之泉"。在婚筵上，苏丹和所有的基督教徒悉数被杀，康丝顿斯被驱逐到一只无舵的小船之上。从此，她在茫茫大海和蛮荒之国到处漂泊，不仅处处受到上帝的救护，而且使很多野蛮的民族接受了基督教的洗礼。《女修道士的故事》描写在亚洲的一个都市，基督教小学有一个 7 岁的唱诗童无端地被犹太人杀害。然而，这个小殉道者死后竟能在圣母的帮助下高唱赞美曲。②

　　法国作家纳瓦尔王后的《七日谈》（1559），其影响不及卜迦丘和乔叟的创作，但是仍然不乏殖民叙事的诗情。《与人为善的少妇》中的男主人公曾是一位帆桨战船船长，"过去常常参加战斗，为法兰西国王去打土耳其人，每次都攻城夺寨，势如破竹，为基督教国家捞到很多战利品"。③ 最后为了"扩建基督教国家"，他不幸陷入了四千多土耳其人的重围之中，"战斗到生命的最后一息"。《荒岛上的孤女》描写一位妇女在一次向海外"移民"的过程中因故流落到一个荒岛，与凶残的野兽为邻，但她靠"反复的祈祷"活了下来，直到得救。④ 这位女杰，无疑是 18 世纪建立海外父权帝国的鲁滨孙的文学先祖。

　　16 世纪中、后期，拉伯雷和塞万提斯登上了文坛。他们的长篇小说开始使当时欧洲的殖民主义思想具有了更大的叙事张力。拉伯雷的《巨人传》

① 乔叟：《坎特伯雷故事集》，力重译，上海译文出版社 1983 年版，第 93 页。
② 同上书，第 263 页。
③ 纳瓦尔王后：《七日谈》，梅斌等译，四川文艺出版社 1989 年版，第 119 页。
④ 同上书，第 438 页。

（1532—1562）全书几乎都由无穷的笑谈组成，描写不甚精确，而且往往自相矛盾，因而内容扑朔迷离。但是，只要我们深入剖析，还是可以雾中看花，从小说的字里行间感受到浓厚的殖民主义气息。

小说第一部叙述卡冈都亚不同凡响的出生和经历：他在成年后游学巴黎时，邻国国王毕可肖大举入侵乌托邦，卡冈都亚星夜驰回，在若望修士协助下打败了强敌。毕可肖何许人也，作者始终没有交代，只是在小说第一部第33章通过他与大臣的谈话点出他来自海外，要"建造所罗门庙"，暗示这是一个异教徒。[①]

第二部叙述庞大固埃在巴黎求学时收留了巴奴日。此人曾参加1502年法国远征土耳其的战争，兵败被俘，要被土耳其人用叉子架着烧烤后吃掉。但他制造了一场大火，居然趁乱脱逃回国。此后，渴人国侵入乌托邦。为了反击，庞大固埃的舰队从翁花镇港口起航，沿着非洲大陆航行，经马德拉群岛、塞内加尔、冈比亚、好望角，直到非洲东海岸的美朗都才停泊下来向北进发。初次交战，渴人国的六百多名骑兵全军覆灭，只有一个"骑土耳其马的逃了出去"。渴人国的军队组成，作者说有亚马逊人，还戏称有里昂人、巴黎人、诺曼底人、德意志人。然而，当庞大固埃与国王安那其麾下的主力、由"狼人"率领的300巨人决一死战时，这些不可一世的野人一到关键时刻，就向穆罕默德祈祷。[②] 所以他们必定是伊斯兰教徒。最后，拥兵百万的庞大固埃征服了渴人国，任命巴奴日为全权总督，开始大规模地向渴人国移民，建立了欧洲近代小说中最早的海外殖民地。

小说后三部的中心情节是巴奴日想结婚，但又犹豫不决，于是遍访诗人、术士、医生、神学家、女巫、哲学家、法官。最后一个疯子指点他们去寻找"神瓶"。于是，庞大固埃、巴奴日、约翰僧们便打着寻找神瓶的旗号，进行了一场声势浩大的"特洛亚"军事远征。他们从塔拉萨港口出发，其船队数目刚好是古代希腊人远征特洛亚的数目，还有数量相等的一个舰队，其目标，则直指神瓶所在地——"印度以北的中国附近"的一座地下神殿。[③] 最后，他们终于找到了神瓶，并在安放神瓶的圣殿里仔细观看了描

---

① 拉伯雷：《巨人传》，成钰亭译，上海译文出版社1981年版，第127页。

② 同上书，第380页。

③ 同上书，第681页。

绘希腊酒神大胜印度人、君临古埃及的战争壁画。如果说，拉伯雷在前面的描写中还只是"犹抱琵琶半遮面"的话，那么这最后一笔，则使作者主张用暴力手段扩张西方文明的殖民意识暴露无遗。

西班牙作家塞万提斯的一生，经历了"日不落帝国"由盛转衰的全过程。其前半生传奇般的经历与西班牙的殖民扩张如影相随：16世纪70年代参加西班牙与土耳其争夺地中海霸权的"勒班多海战"；80年代曾到北美临时当差，同时担任军需官，为即将出征的"无敌舰队"采购粮食；90年代上书国王，谋求一个在美洲殖民地的职务。这种生活经历和精神体验，以一种潜在的意识渗入了《堂吉诃德》。

作为一部典型的殖民主义文本，《堂吉诃德》产生在西班牙的"黄金时代"盛极将衰之际。在小说中，堂吉诃德与桑丘二人的出游带有强烈的征服未知世界的欲望，其中比较现实的可能性是占领个把海岛，在那里建立殖民统治。堂吉诃德首次出游失败后，在家养伤期间游说街坊的一个老乡，就是用这种神话诱使穷乡僻壤的农人参与作者一手导演的殖民冒险闹剧的。从此，极为务实而又深受殖民神话之害的桑丘就堕入了一个虚拟世界，整天沉醉于总督的光荣与梦想之中。

在堂吉诃德的观念中，帝国的海外殖民地是靠"火与剑"维持的。与堂吉诃德建立实际上的殖民统治相较，桑丘的目光显然要浅显得多，其海岛总督之梦的核心是发财致富。桑丘的痴人说梦，说明殖民主义狂想已经进入普通西班牙人的日常生活。所以，他们能够不受任何谴责地将贩卖黑奴视为快速致富的一条捷径。这样的描写，无疑是在为欧洲早期的殖民主义行径立法。

堂吉诃德和桑丘二人的总督狂想，显然是日不落帝国公民挥之不去的白日之梦，是欧洲殖民主义者侵略美洲的强大后方支援。因此，为了给征服美洲的冒险家正名，作者对西班牙的殖民历史进行了重构，从而使《堂吉诃德》充满了浓厚的殖民语境。在小说中，我们发现美洲或印度的镜像几乎无处不在，社会上处处游荡着海外扩张的幽灵：贵妇驱车随丈夫到美洲任职，西班牙人在秘鲁发了大财，学士到美洲去执法，阿尔及利亚总督用大车装着凶猛的狮子进贡给皇上，百万摩尔人被驱逐出境，军人为突尼斯的弹丸之地成为殖民炮灰，等等。所有这些，都表现了塞万提斯作为当时最大殖民帝国公民的一种占有欲望。他们无视自己手中的黄金、白银是疯狂掠夺和杀戮的结果，认为殖民地的财富理所当然地属于帝国资产，而西班牙人，则有权心安理得、随心所欲地支配和使用它们。

16 世纪，伴随着地理大发现，西班牙逐渐成为当时欧洲最大的殖民帝国。然而，西班牙的强盛为时十分短暂，16 世纪中叶就开始走向衰落。为了转嫁矛盾，当局又驱赶占全国人口五分之一的二百万摩尔人出境。在这种情况下，西班牙的资本主义原始积累始终没能完成。然而，面对海上霸权的丧失和国内的通货膨胀，哈布斯堡王朝仍然沉醉于帝国之梦，企图高举宝剑和十字架征服全球，因而社会上冒险风气盛行。《堂吉诃德》中的游侠骑士，就是在这样的文化背景中姗姗出场的。

欧洲社会中的骑士，乃是统治阶级的下层。到了 16 世纪，王权的强大和配备枪炮的军队的崛起，使游侠骑士永远地成为了历史的遗迹。堂吉诃德无视时代的变迁，着迷于骑士小说，崇拜熙德和火剑骑士。在堂吉诃德的幻想王国里，整个世界都由巨人、恶魔和强徒组成，轮番映现出挥舞着一千条长胳膊的巨人、蒙面的骑骆驼的魔法师、痴情的公主、落难的女皇、受魔法禁魔的堡垒，和一霎时变为羊群的军队，而他的任务就是走遍天涯海角，把害人的妖魔一一找出来，与之拼死搏斗以救助落难的男女。为此，他勇斗风车、力战群羊、释放囚徒、剑劈酒袋，誓为荡平人间不平而肝脑涂地，万死不辞。

不过，只要我们对小说主人公的冒险稍作分析，就可以发现，堂吉诃德的游侠，与其说是弘扬一种骑士精神，倒不如说是基于一种种族责任。因为小说中所有的假想之敌，几乎都明白无误地指向摩尔人，指向黑色非洲，指向东方世界。

在作者的潜意识里，帝国骑士的天职就是铲除异教的妖孽。作为专为剿灭东方异类而生的现代骑士，堂吉诃德坚信自己必能青史留名，功盖法兰西十二武士，世界九大豪杰，而他的每一次冒险，差不多都与征讨摩尔人有着不解之缘。由于时时沉溺于大败摩尔人的虚拟历史之中，所以旷野里的风车和群羊无不引起堂吉诃德征讨东方异类的无穷遐想。可以说，在小说中，堂吉诃德为摩尔人大发其狂的描写，构成了一种经典的叙事。在作者的理念中，摩尔人神秘莫测，异教徒奸诈狡猾。他们常常幻化为魔法师，或剥夺堂吉诃德虚拟战斗的快感，或阻碍游侠骑士去夺取胜利的锦标。所以，为了根除这样的噩梦，堂吉诃德不仅要在本土"替天行道"，而且志在跨海远征。堂吉诃德对黑色非洲的征服欲望，在当时的西班牙决不是一个偶然的文化现象，因为小说中的公爵夫妇表现得比堂吉诃德还要疯狂。他们白天打猎，晚上不惜调集数以百计的仆从摆下迷魂阵，以摩尔人为假想之敌进行演习。公爵夫妇的演习构想与堂吉诃德的疯癫如此的合拍，这难道是偶尔的巧合吗？

塞万提斯鄙视他者文明，源于西方文化中根深蒂固的种族扩张思想。哈佛大学教授亨廷顿曾直言不讳地说："西方扩张的直接根源是技术：发明了到达距离遥远的民族的航海工具，发展了征服这些民族的军事能力。正如杰弗里·帕克所观察到的，'西方的兴起在很大程度上依赖于使用武力，依赖于下述事实：欧洲人及其海外对手之间的军事力量对比稳定地倾向于有利于前者……西方人在1500—1750年期间成功地创造出第一个全球帝国的要诀，恰恰在于改善了发动战争的能力，它一直被称为军事革命'。西方军队的组织、纪律和训练方面的优势，以及随后因工业革命而获得的武器、交通、后勤和医疗服务方面的优势，也促进了西方的扩张。西方赢得世界不是通过其思想、价值或宗教的优势（其他文明中几乎没有多少人皈依它们），而是通过它运用有组织的暴力方面的优势。"①

在小说中，正是这种"有组织的暴力"激活了堂吉诃德的游侠狂想，唤醒了他那帝国军人的天职意识，因为他的创造者亲身参加过为皇上效忠的"正义战争"。勒班多海战，对于塞万提斯来说，可谓一段刻骨铭心的记忆，以致在四十多年之后，他还在小说中通过被俘的军官维德玛上尉寻梦勒班多。在作者笔下，维德玛上尉是雷翁山区一个世家的长子，先是在地中海打仗，参加了勒班多海战。此战以欧洲联合舰队获得全胜而告终，塞万提斯不禁为此欢欣鼓舞；维德玛上尉的追述，使塞万提斯的海战经历通过《堂吉诃德》由瞬间变成了永恒，也使作者痛苦的北非俘虏生涯得到了一种宣示。

凡此种种，使塞万提斯自然地形成了关于战争的种族主义倾向。据作

---

① 塞缪尔·亨廷顿：《文明的冲突与世界秩序的重建》，周琪等译，新华出版社2002年版，第37页。

者叙述，1574 年，土耳其人攻打果雷塔及突尼斯附近的一座才建成一半的堡垒，当时西班牙守军只有 7000 人，土耳其正规军有 7.5 万人，从非洲各地来的摩尔人和阿拉伯人则有 40 万之众。敌人大举进攻 22 次，亡 2.5 万人，西班牙人全军战死，只有 300 人因为受伤而被俘。这场战争，对于摩尔人而言，是收复失地；对于西班牙来说，则是一场为保卫海外殖民堡垒而进行的不义之战。然而，作者却假借堂彼得罗之口作了两首十四行诗，凄凄惨惨地为殖民炮灰招魂。

欧洲基督教文明作为一个独特的文明最早出现于 8 世纪和 9 世纪。11 世纪至 13 世纪之间，欧洲人热情而系统地借鉴了"来自更高的伊斯兰文明和拜占庭文明的适当因素，同时使这一遗产适应于西方的特殊条件和利益"，在此推动下，欧洲文明开始发展。① 晚出的欧洲文明在走向殖民主义的过程中，经过无数的航海探险、地理发现、贸易和战争，在许多世纪的漫长岁月中逐渐形成了东方和西方之间的绝对区分，认为欧洲文明高于其他文明。从此，欧洲开始漠视东方文明的成就。在他们的视域中，"作为原始，作为欧洲古老的原型以及作为欧洲理性发展源泉的富饶之夜，东方的现实存在无法挽回地退缩为一种典型的化石作用"。②

这种对于东方文明的空位描写，同样表现在《堂吉诃德》中。塞万提斯假托小说的原作者乃一个阿拉伯人，说："假如有人说这个故事不真实，那无非是因为作者是阿拉伯人，这个民族是撒谎成性的。……我知道这部历史以最有趣的方式，具备了一切应有的条件。如果有什么美中不足，我认为都是那混蛋作者的过错，决不是题材的毛病。"③

自认为高人一等的欧洲文明，一方面设定自己有权利统治其他民族，另一方面又假想自己有义务拯救其他文明。为了抚慰自己的种族情感，表现文明欧洲的召唤张力，作者特地在小说中虚构了摩尔姑娘索赖达和李果姐先后皈依基督教文明的故事。这些描写，夸赞了欧洲文明的使命，张扬了欧洲的救赎力量，形象地表现了塞万提斯的种族主义和殖民主义思想。

---

① 塞缪尔·亨廷顿：《文明的冲突与世界秩序的重建》，周琪等译，新华出版社 2002 年版，第 35 页。

② 罗钢、刘象愚主编：《后殖民主义文化理论》，中国社会科学出版社 1999 年版，第 8 页。

③ 塞万提斯：《堂吉诃德》上册，杨绛译，人民文学出版社 1978 年版，第 64 页。

二

欧洲资产阶级登上历史舞台之后，从一开始就表现出强烈的殖民倾向。诚如德里克所说，欧洲文化帝国的建立是以资本主义的发展为基础的。所以，不能孤立地将欧洲中心主义仅仅看作一个文化或意识形态问题，"如果没有资本主义作为欧洲权力的根本基础和欧洲权力的推动力，欧洲中心主义与其他任何一种种族中心主义便没有什么两样"。[①]

如果说，"地理大发现"时期的西班牙和葡萄牙还只是热衷于掠夺海外财富的话，那么，到了18世纪，欧洲就迎来了资本帝国殖民统治的第一个浪潮。英国和法国从17世纪末就开始统治东地中海地区。此后，它们开始征服世界，重新命名地点，重组经济、社会和政治，把在此之前非欧洲人对时空的认识和许多其他东西一笔勾销或者驱逐到边缘地带。在这个过程中，他们以前所未有的方式用其自身的形象统一历史，即凭借欧洲启蒙主义所建立的模式，以文化超人自居，以虚假的从未实行过的理性和人文主义的主体作为历史的主体，以普遍理性与科学的名义消解时间和空间，从而为他们大肆施于世界的痛苦找到了一个理性化的借口。

英国是一个老牌的殖民帝国。它在16世纪成为世界贸易中心，1588年击败西班牙"无敌舰队"，1612年击败葡萄牙舰队，从此夺占海上霸权，并以此获得了广阔的海外殖民地，在爱尔兰、美洲、加勒比和亚洲都确立了自己的海外利益。一时间，这个岛国成了地球灾难的策源地，海上骑士的游乐园。在远洋炮舰的掩护之下，冒险家们争先恐后地从这里出发去远征世界。与此同时，英国的航海小说浪潮也应运而生。这种称霸海洋的帝国激情理所当然一成不变地重复出现，形成了英国语言和文化实践结构中最为活跃的一部分。从笛福、斯威夫特到斯摩莱特，18世纪英国的航海小说繁盛了半个世纪，涌现出《鲁滨孙漂流记》《格列佛游记》《兰登传》这样一批小说作品；而在理查生的《克拉丽莎》和菲尔丁的《汤姆·琼斯》这样的家庭小说和路上小说中，也有明显的帝国视角。

---

① 阿里夫·德里克：《后革命氛围》，王宁等译，中国社会科学出版社1999年版，第133页。

　　寻找或航海的主题在欧洲文学中屡见不鲜，但只有在白人种族沉溺于航海的乐趣时——作为其知识优势的标帜——殖民扩张才可能发生。赛义德认为："海外统治的想法……无论其表现形式如何，无论是在小说中，地理中还是在艺术中，都与自内向外的投射很有关系。它通过实际扩张、行政、投资和承诺而获得长久的存在。"①

　　18 世纪早期，大器晚成的笛福创作了《鲁滨孙漂流记》（1715）、《辛格顿船长》（1720）、《杰克上校》（1722）等一批航海小说。《鲁滨孙漂流记》描写一位英国海洋骑士在一个远离欧洲的荒岛上为自己建立了一块殖民地，一方面确立了欧洲中产阶级的价值观和工作伦理，另一方面又建构了最初的欧洲殖民话语。因为如果没有殖民使命允许鲁滨孙在荒野之地去创造自己的新天地，那么他的行为就是不可思议的。小说主人公热衷于到非洲经商，结果第二次就失手被卖身为奴。脱逃后他在巴西置办了庄园，准备到非洲去贩卖黑奴，终于遇难，漂泊到一座荒岛上苦度 28 年方被人救出。在孤岛上，鲁滨孙以令人难以置信的毅力，利用自己的双手为生存而劳动和斗争，终于成为荒岛的所有者、全权统治者和立法者。最后，鲁滨孙将目光投向了东方，第五次航海向印度和中国进发，时为 1695 年。

　　《鲁滨孙漂流记》作为 18 世纪英国现实主义小说的开山之作，明确地表达了资产阶级征服非西方世界的思想，从而给大英帝国的向外扩张披上了美丽的童话外衣，为欧洲资产阶级进击海洋的全球战略开辟了航道。英国学者马丁·格林写道："在《鲁滨孙漂流记》诞生后的两百多年里，作为消遣来阅读的有关英国人的冒险故事，实际上激发了英帝国主义的神话。从总体上来说，这些故事都是英国讲述自身的故事。它们以梦想形式赋予英国力量、意志，以便使英国人走出国门，探寻世界、征服世界和统治世界。"②

　　爱德华·W. 赛义德认为，欧洲小说的体制性特点与资产阶级社会有着根本的联系。这种小说伴随着，而且的确成了"资产阶级征服"西方社会

---

① 爱德华·W. 赛义德：《赛义德自选集》，谢少波等译，中国社会科学出版社 1999 年版，第 176 页。

② 马丁·格林：《冒险的梦想，帝国的需求》（*Dreams of Adventure，Needs of Empire*），伦敦：路特利支出版社 1980 年版，第 3 页。

的一部分。"《鲁滨逊漂流记》为这种小说开了先河。小说的主人公是一位新世界的开创者，他为基督教与英国占领并开拓了这个新世界。的确，鲁滨逊使一种海外扩张的思想得以明晰，——叙事的风格与形式都与16到17世纪的探险旅行这种奠定大殖民帝国基础的东西，有直接的联系。"①

在西方殖民史上，鲁滨孙可以说是帝国文化培育出来的第一代典型的殖民者。对于这些冒险家，美国人瓦特不无自豪地说："那些航海探险家在16世纪功劳卓著，他们提供贸易扩张所需的黄金、奴隶和热带植物，从而推动了资本主义的发展；17世纪时，他们通过开发资本主义进一步发展所依赖的殖民地和国际市场，依然继续保持既定进程。"②

正如瓦特所言，小说主人公鲁滨孙离乡背井是出于经济人传统的原因，此乃改善他的经济条件的必由之路。在小说中，驱使主人公五次航海的动力就是一个英国人对于海外财富的渴望和对陆上权力的神往，即"疯狂的、不切实际的发横财的欲念"和"追求不切实际的一夜暴富"的幻想。

初出茅庐，鲁滨孙还只是一个不折不扣的英国商人，依靠欺骗性的商品交换在非洲海岸进行贸易掠夺。后来，摩尔少年休瑞帮助鲁滨孙从奴隶主的手中逃脱出来，鲁滨孙遇到葡萄牙船长出价60个金币的机会时，便马上把休瑞卖作了奴隶。尝到了甜头，他就干起了贩卖黑奴的海盗勾当，开始参与书写早期殖民史上最黑暗的一章。尽管鲁滨孙贩卖黑奴的梦想还未实现就破灭了，然而他的行为却不折不扣地代表着使英国成为世界上最富有的国家，并导致她建立一个庞大的海外帝国的那种精神。所以，在流落荒岛之后，鲁滨孙就转而运用殖民主义者的逻辑，开始建立一个前所未有的父权帝国。小说作为当时英国前帝国主义时期殖民小说的范式，展示了鲁滨孙建立海外殖民地的全过程。

鲁滨孙建立海外帝国的前提是要将海上游侠变成实际上的地理占有。因此，当他怀着"君临天下般的神秘力量"踏上一座荒岛之后，就立刻对历史进行了重构，自封为岛国的主人。为此，鲁滨孙决定采取一切手段来维护自己的统治，必要时大开杀戒，用火枪血洗敢于侵犯他的领地的土人。就这样，帝国主义小说中的殖民先锋登上了历史舞台。这种探险英雄的产

①　爱德华·W. 赛义德：《赛义德自选集》，谢少波等译，第229页。
②　伊恩·P. 瓦特：《小说的兴起》，高原等译，三联书店1992年版，第69页。

生，是由于那些编造和鼓吹这种故事的人对土著人的存在熟视无睹而造成的。

在小岛立足之后，鲁滨孙建立父权帝国的第一步是通过奴役野人将小岛文明化。在 24 年的漫长岁月中，鲁滨孙已不再满足于在小猫、小狗、小羊和鹦鹉组成的动物王国中称孤道寡，而是梦寐以求地希望驱使一个奴隶，在人类社会中独享帝王的权力。一年半后，鲁滨孙的幻想奇迹般地变成了现实。救出了星期五，鲁滨孙"强烈地、不可抗拒地感到，这下子能弄到一个仆人"。而被枪声和火光吓得呆若木鸡的星期五也心甘情愿地匍匐在鲁滨孙面前，认同了后者的权力。通过设置星期五这个人物，笛福将鲁滨孙的殖民狂想，转化成一种虚拟的存在。他们共同享受着没有女性恩泽的田园牧歌，主与仆的宗法关系构成了文明社会的最初形式。鲁滨孙与星期五之间的"自由"神话和父权制帝国主义就是这样被书写出来的。

笛福在荒岛推行欧洲文明的策略是将古老的美洲文明——语言、文字、宗教一笔抹杀，然后用自己的文明去重新统一历史。在作者笔下，他者文明统统患了失语症，处于不在场的位置。在小说中，鲁滨孙甚至不屑于询问土人的名字，而将他重新命名为星期五。在成功地颠覆了他者的语言之后，鲁滨孙便进而彻底摧毁美洲文明，从星期五的思想中清除了关于美洲造物主贝纳莫柯的信仰，然后用基督教文明来填充他的头脑。经过了 3 年的教化，鲁滨孙终于把星期五改造成了一个出色的基督教徒。

鲁滨孙在岛上稳固地确立了基督教文明之后，便开始加速自己王国的殖民化，对小岛的资源进行掠夺性的深度开发。最后，鲁滨孙不仅在岛上建立了殖民秩序，而且还推动它迅速资本主义化。8 年后，当他重返小岛时发现西班牙人已经按照自己设计的蓝图建立了一个海外帝国。

《鲁滨孙漂流记》的野性思维，典型地表现在作者对土著他者的野蛮化书写之中。在世界史上，各地的文明固然有高下之分、早晚之别，但是美洲文明并不逊色于欧洲文明。然而，欧洲白人在征服全球的过程中，从未将有色人种引为同类。在早期殖民者要使土著人开化的宏伟蓝图中存在着明显的文化"僵化"，笛福则通过对"吃人生番"的描写，率先在其他文化不在场的裂谷里填上了欧洲对他者"妖魔化"的符码。

笛福一生蛰居英伦三岛，从未到过美洲，但这并不妨碍他别有用心地凭空虚构美洲野人以食人为生的神话。在作者笔下，鲁滨孙一踏上荒岛，就认定西班牙美洲和巴西之间的野蛮人"是最坏的野蛮人，吃人肉为生，从不放过落到他们手中的任何人"。在小说中，笛福如此喋喋不休地侈谈美洲的土著人不啻为"食人生番"，是在诠释人类文明进化的遗传密码，还是为了让谎言变成真理，抑或借机宣泄一种潜在的野性思维？

在世界文明的蒙昧时期，祭神、杀神、吃神的习俗确实遍布全球。作为历史文化巨川的折射，吃神肉这种圣餐仪式经历了人牺——动物——偶像（模拟人）——植物这样一个全过程。在世界近代文明史上，用人牺祭神的野蛮陋习已经随着一个混沌的时代消逝在人类文明的地平线上了。然而，笛福置身于欧洲资本帝国殖民统治的第一个浪潮之中，其小说作为前帝国主义时代欧洲历史叙事的一部分，却刻意返祖，肆意虚构美洲的土人吃人的天方夜谭，从而格外引起我们的文化沉思。

笛福对美洲土人的野蛮化书写，同时也包藏着转嫁灾祸的深层文化心理。在欧洲文明中，深潜着一种替罪人原型，即把一切瘟疫邪恶都附集在一个人身上，然后将其驱逐，借以避邪。在笛福笔下，美洲的土人就是欧洲白人的替罪羊。作者把人类划分为文明的欧洲和野蛮的他者，将人类文明中丑陋的一面全部附集到那些异类身上，似乎使自己远离了野蛮而洋洋自得。难怪鲁滨孙第一次看到印第安人的食人现场后，十分庆幸"上帝把我安排在有别于这帮禽兽的社会"，从而满足了自己高人一等的幻想。

此外，笛福对美洲土著食人成风的杜撰也满足了自己的某种通灵幻想。鲁滨孙意识深处潜在的这种野性，形象地诠释了欧洲文明的二重性。通过鲁滨孙的心理演示，欧洲人的野蛮得到了认可，白人殖民主义者本性中的野蛮性在被欧洲殖民主义者看作他者的人身上折射出来了。尼尔·海姆斯指出，在《鲁滨孙漂流记》中，这一点是以作为核心的同类相食主题反映出来的，"通过这种叙述，笛福证明了欧洲人对人类野兽般吞噬的幻想"。①

《鲁滨孙漂流记》明确地表达了欧洲资产阶级征服非西方世界的思想，为英国的航海小说建构了一种范式。它使海外扩张的思想得以明晰，其叙事风格与形式都与当时的探险旅行这种奠定大英殖民帝国的基础的东西有

① 尼尔·海姆斯：《〈鲁滨孙漂流记〉与对被噬食的恐惧》（*Robinson Crusoe and the Fear of Being Eaten*），载《科尔比图书馆季刊》（*Colby Library Quarterly*），1983 年冬季号，总第 19 期，第 191 页。

直接的联系。在它的影响下，英国海外冒险小说的余波继续荡漾。斯威夫特的《格列佛游记》（1726）依次描写外科医生格列佛游历小人国、大人国、飞岛国和智马国的离奇遭遇。小说固然不时地向英国的现实讽刺性地回归，但是我们透过全书那异想天开的描写，仍然可以捕捉到一个重要的范式转变，即欧洲殖民主义的战略中心已经由美洲转向东方。英国从17世纪初期开始染指印度，1600年成立了"东印度公司"。1757年，英国击败法国，"东印度公司"成了印度的实际统治者。所以，格列佛的4次远航，其最初目的地不是东印度群岛，就是南太平洋。作者还天真地相信，英国的海外殖民主义者手上并没有沾染殖民地居民的鲜血，"英国人在开辟殖民地这件事上所表现的智慧、小心和正义，在促进宗教、学术的发展方面所表现的充分才能都可以成为全世界的典范。他们选派虔诚、干练的教士传布基督教义；他们审慎地把本国的生活正派、谈吐清楚的人民移居各地；他们派出最能干、廉洁的官员去担任各殖民地的行政官吏，苦心孤诣地在各地施行仁政，尤为重要的是他们委派的总督都是精力充沛、极为有德的人物，一心一意只考虑治下人民的幸福和他们国王的荣誉"。① 如此直露地往英国殖民主义者脸上贴金，斯威夫特当属文坛第一人。

　　笛福和斯威夫特的殖民叙事，引发了斯摩莱特的创作热情，后者于1748年发表了英国第一部"海洋小说"《兰登传》。小说主人公罗得里克·兰登的祖父是苏格兰一位富有的法官，他不满意小儿子的婚姻，逼得媳离子散，还取消了他们的独生子兰登的继承权。兰登的舅舅鲍林是一个海军中尉，曾资助外甥求学。后来，鲍林随舰出海，中断了对兰登的供给。兰登遂给一个医生当助手，后到伦敦，通过了海军部助理医生的考试，在鲍林曾经待过的战舰"霹雳号"上服役，在西印度群岛参加了与西班牙舰队的海战。此后兰登时运不济，潦倒不堪，不是在决斗中丢失钱财，就是被宗教骗子偷窃一空。此时鲍林当了贩卖黑奴的商船长，兰登之父在南美经营十六载，亦成为巨富。靠着父亲和舅舅的大笔遗产，兰登过上了幸福的生活。作者在这里告诉我们，欧洲绅士们的体面生活，有赖于海外财富的强力支撑。

---

① 斯威夫特：《格列佛游记》，张健译，人民文学出版社1979年版，第280页。

　　18 世纪法国小说的扩张描写较之英国小说不那么锋芒毕露，但也绵里藏针。普雷沃的《曼侬·莱斯戈》（1731）自述贵族青年格里欧与出身不明的少女曼侬·莱斯戈一同私奔。但是，格里欧经济拮据，所以到巴黎后，曼侬只对他忠实了 12 天，便与一位富商私通。此人为了长期占有曼侬，设法让老格里欧将儿子软禁起来。后来，格里欧成了一个杰出的神甫。但他重见曼侬时，又不能自已，再次与她结伴出走，四处行骗，事发后被判流放美洲。曼侬在途中病逝，格里欧只身返回巴黎。伏尔泰的《老实人》（1759）写老实人漫游全球，在南美殖民地因为误杀了两个姑娘的"猴子情人"而差一点被印第安人活烤吃掉。这些说明，当时法国的知识精英们也热衷于随心所欲地在创作中安排世界秩序，把非欧洲当作了环绕帝国的排水管，或将宗主国的罪犯作为另类驱逐海外，或将殖民地的土人异化为野蛮的"他者"。

三

　　19 世纪的欧洲资本帝国，以前所未有的速度膨胀着。与此相适应，欧洲小说亦步亦趋，逐渐形成了一种文化霸权。如 W. A. 威廉斯所说，在 19 世纪，"帝国的扩张必然要发展一种合适的意识形态"，与军事、经济和政治方式相配合。这一切使"帝国得以保持和扩展，而又不破坏其精神、文化和经济的实体"。①

　　解读 19 世纪前期英国的文化档案，我们发现帝国事业的描写铺天盖地。在简·奥斯丁、玛丽、夏绿蒂·勃朗特、狄更斯、萨克雷、盖斯凯尔夫人、乔治·爱略特这些主流作家的文本中，帝国作为一个主要的背景或镜像几乎无处不在。霍米·芭芭指出："一边是欧洲'超理论化'的偷窃和歪曲，一边是第三世界创造性生动投入的积极体验，这就使人们看到划分成东方西方的两极镜像（尽管是内容和意图倒置的镜像）；这种非历史的划分发生在 19 世纪，它以进步的名义使排外性的区分自我和他者的帝国主义

---

① William Appleman Williams, *Empire As A Way of Life*, New York and Oxford: Oxford University Press, 1980, p. 113.

意识形态得以出笼。"①

来自 18 世纪的奥斯丁基本上属于前帝国主义时期的小说家，其作品更多地隐含着对帝国主义扩张的理解。她的沙文主义小曲《曼斯菲尔德庄园》（1814）的主人公从殖民地获取了特定的财富与利益，从而奠定了他在国内外的地位。在小说中，奥斯丁把托马斯·伯特伦的海外财富视为合法，把平静、有序、美丽的曼斯菲尔德花园看成它的自然延伸，看作边缘资产对中心资产的一种经济支持。小说作为帝国主义扩张的一部分，尽管不明显，却是稳步地为帝国主义文化开拓出广阔的道路；没有这种文化，英国随之的海外掠夺就不可能进行。

奥斯丁比任何其他小说家都更为清楚地使国内的权力与国际的权力同时产生。她让人们看到，与等级、法律、财富联系在一起的价值，必然根植于对土地的实际占有与统治。如果没有奴隶买卖、食糖以及殖民地的种植阶级，就不可能有伯特伦一家，托马斯爵士也就不会成为读者所熟悉的 19 世纪初的一种阶级类型。根据奥斯丁的描述，我们会得出这样的结论：英国城乡任何地方无论如何与世隔绝和闭塞，都需要海外的支持与维护。在英法竞争之前，西方殖民帝国（如罗马、西班牙和葡萄牙）只是一味掠夺，只是忙于把财产从殖民地运往欧洲，而很少注意殖民地自身的组织或系统。而英国，其次是法国，它们都想建立起长久的、有利可图而不断发展的帝国。

奥斯丁证实并重复了包括贸易、生产及消费的扩张中的地理过程，这一过程为道德设定确立了基础，并做出了保障。正如加拉赫提醒我们的："无论人们喜欢不喜欢殖民统治，这种或另一种形式的扩张在总体上是被接受了，所以，到头来，在扩张问题上很少有来自国内的压力。"②

与奥斯丁关注帝国的向外扩张不一样，玛丽·雪莱于 1818 年创作的《弗兰肯斯坦》则是一个古老的种族主义寓言。它在表面上探讨关于社会中人的起源和发展问题，但在不经意中也流露出不少帝国主义的情感。在这部具有多重结构的书信体小说中，怪物的叙事就是偷偷地学着做人的过程。

---

① 罗钢、刘象愚主编：《后殖民主义文化理论》，第 180 页。

② John Gallagher, *The Decline*, *Revival and Fall of the British Empire*, Cambridge：Cambridge University Press, 1982, p. 76.

然而，"雪莱笔下那个'日内瓦法官'为了维护社会公正，说话时那种十足的例行公事的语气，不由让我们想起绝对的他者是无法变成自我的"。① 所以，当怪人要求弗兰肯斯坦为自己造一个异性同类以伴余生，并保证他们不再杀人，而且远离人类文明，到南美的荒原去安家落户时，弗兰肯斯坦担心他们会繁衍出一代怪人起而造反，断然拒绝。

玛丽的种族主义思考在当时并不是一个孤立的文化现象，直到 20 年代中后期，它在英国文学中也仍有袅袅余音。司各特历史小说的背景在中世纪，他的小说《护身符》（1825）写肯尼斯爵士在巴勒斯坦沙漠的某个地方与一个萨拉辛人打成平手，事后他却这样评论："你们这个蒙昧的民族是邪恶的魔鬼的后代，没有它们的帮助你们不可能抵挡上帝勇敢的战士们如此猛烈的进攻而仍然坚守巴勒斯坦这块被赐福的土地。我并不是特指你们萨拉辛人，而是泛指你们的民族和宗教。然而，使我感到奇怪的并非你们是魔鬼的后代，而是你们竟然不以为耻，反以为荣。"②

萨拉辛人的民族确实可以上溯到埃布里斯，这位穆斯林的卢西弗（撒旦）。"但真正令人感到好奇的不是司各特将故事场景设置在'中世纪'所体现出来的历史意识，——他让基督教徒以一种 19 世纪的欧洲人根本不会采用的方式从神学的角度去攻击穆斯林；而是那种居高临下的傲慢态度：从'总体上'谴责整个民族，同时又以一句冷冰冰的'我并不是特指你们萨拉辛人'，试图对这一谴责进行某种程度的缓和。"③

19 世纪 30 年代之后，英国小说创作进入了高度写实的发展阶段，而现实主义小说所达到的一个极其重要的目的，就是不声不响地获得了社会对海外扩张的赞同。夏绿蒂·勃朗特、狄更斯、萨克雷的创作中有关殖民扩张、劣等种族或"黑鬼"的看法，也就成了帝国历程的一部分。

在 19 世纪欧洲小说走向文化帝国的过程中，夏绿蒂·勃朗特（1816—1855）的《简·爱》（1847）是西方帝国文化叙事链中举足轻重的一环。通过这部小说，我们不难看到，奥斯丁、玛丽·雪莱笔下那些在英国本土"植物性生长"的、不失优雅之风的伦敦绅士形象已经过时，而一种具有动

---

① 吉尔伯特：《后殖民批评》，杨乃乔等译，第 242 页。

② Jonah Walter, *The Talisman*, reprinted, London：J. M. Dert, 1914, p. 38.

③ 爱德华·W. 萨义德：《东方学》，王宇根译，三联书店 2000 年版，第 132 页。

物性扩张特点的、鲁滨孙式的帝国鹰派人物却在蓬蓬勃勃地生长。在夏绿蒂笔下，正是罗切斯特、约翰·爱、圣约翰这类帝国之鹰翱翔加勒比，窥探亚细亚，才使盎格鲁·撒克逊人保持了海外扩张的强劲势头，迅速拓展了日不落帝国的广阔疆域。

夏绿蒂一生几乎足不出户，但她作为一个具有狂热的帝国意识的公民，其目光不仅聚焦于英伦三岛的资本主义快车，而且鸟瞰着东、西印度群岛的帝国经济前沿。早在少女时代，她就被一种扩张的地理意识所吸引。出于对英国海外霸权的关注，作者必然鄙视里德家族里那些大腹便便的绅士、无病呻吟的贵妇、挥金如土的伦敦阔少和搔首弄姿的闺房淑女。在需要大批帝国猛禽出猎的血与火的世纪，他们却只能抱残守缺，养尊处优，坐食祖产，自生自灭，在英国本土的阳光下植物性地生长。结果里德夫妇失意早死，少爷约翰破产自杀，伊丽莎遁入空门，乔奇安娜则像藤蔓一样地攀爬到上流社会一棵高大但已衰老的朽树身上。

夏绿蒂认为，以上这些摄政时代的遗老遗少已经成为病态人物，帝国需要新一代冲劲十足、孔武有力的殖民骑士。所以，她在《简·爱》中赞叹罗切斯特家庭宴会中那些做派庄严、颇具"军人气概"的绅士们；她把简的表妹黛安娜嫁给了一个海军上校，因为他是一个"英勇的军官"；她让帝国之鹰爱德华·菲尔费克斯·罗切斯特横空出世，振翅高飞在帝国那无垠的天穹。

根据作者的描述，罗切斯特出身于一个"强暴的家族"，他长相粗野丑陋，性格暴烈无常，全然没有传统小说主人公所具有的翩翩风度。然而，在简·爱看来，斯人独具强力之美。所以她在一见钟情的同时不由自主地发出了偶像崇拜者的谵语。作为一个鲁滨孙式的极具扩张性和侵略性的帝国之鹰，罗切斯特大学一毕业，就远征西印度群岛，到了牙买加，其目的，是为了猎食伯莎·梅森这样的"肥鹅"和"绵羊"。在这场精心策划的跨国骗婚行动中，由于伯莎·梅森这位绝色少女拥有 3 万英镑陪嫁，这才驱使罗切斯特与其父兄共谋掠得这笔不义之财，然后像一个高等绅士那样地生活，心安理得地挥霍掠自西印度群岛的殖民财富。

与罗切斯特一样，小说中的简·爱开始也是一贫如洗，因而毫无例外地强烈渴望财富，企求殖民地边缘财产对中心财产的支持。于是，为了把这种虚拟的梦想变成现实，作者在小说中又虚构了另一只帝国之鹰，简的叔叔约翰·爱。此人把自己的一生经历和全部激情都献给了殖民事业。他早年作为酒商，终年旅居西印度群岛，经过多年的掠夺，他积累起了巨额的财富。正是他在西印度群岛马德拉掠得的 2 万英镑遗产，一举改变了小说中 4 个人的命运。由此可见，在夏绿蒂的全球视野中，帝国之鹰们应该步罗切斯特和约翰·爱的后尘，像候鸟一样地定期横跨大西洋，将西印度群岛变成大英帝国的经济前沿。

英国的殖民扩张，是要建立一个白色的帝国。这个高秩序的社会必然有着自己的统治规则，即绝不允许一个异类混迹于帝国的心脏地带，尤其不能容忍一个混血儿成为富有的英国贵族世家的继承人。所以，罗切斯特与殖民地女性的结合显然不符合帝国的根本利益。为了帝国的自洁，必须颠覆这场婚姻，将异类清除出去。帝国之鹰理应匹配一位好斗的同类，以共同推进英国的海外扩张事业。在小说中，这场短兵相接的搏击，以简·爱闯入桑菲尔德府开始，而以伯莎·梅森的毁灭告终。

在隐匿疯妻事发之前，罗切斯特似乎一度钟情于英格拉姆小姐。然而，作者认为，英格拉姆小姐也不适合罗切斯特，因为她只是一只羽毛丰满的"鸽子"，全无苍鹰的青云之志。所以，作者将她排除在这场闹剧之外，执意将简·爱配置给罗切斯持。简虽然其貌不扬，身世卑微，但她与罗切斯特在精神上是相通的。她那姿色平平的外表下掩藏的是一颗异常不平静的心灵。她爱幻想，渴望激情，脸上有着"力量的痕迹"，其动物性的本能使她能够像猛禽一样，追随帝国之鹰作跨越洲际的征战和劫掠。

与简·爱一样，罗切斯特也是一个敢作敢为、深奥莫测、雄强有力、风暴般的有吸引力的人物。然而，小说开始时，他的生命已经萎缩，精神已经疲惫。这位"愁容"骑士倦于经营帝国的产业，将自己的庄园作为客栈，游荡于欧洲大陆，一度沉溺于声色犬马之中，几乎忘却了飞翔。正是简·爱的到来，激活了这只老鹰振翅奋飞的欲望和献身帝国大业的斗志。从此，他执着地朝着清除伯莎·梅森的目标前进，即使受到谴责与命运的责难也从不放弃。在这个话语场中，夏绿蒂采取了一种渐进的叙事策略，首先把罗切斯特伪装成为一场欺骗婚姻的受害者，不厌其烦地渲染罗切斯特上当受骗的过程，然后再对伯莎·梅森出生的西印度群岛进行野蛮化书写。

在简·爱眼中，伯莎·梅森人兽难辨，乃是一头"披着衣服的野兽"。作者塑造这一貌丑刻毒、阴险刁钻、贪婪自私的悍妇，在某种程度上维护了欧洲种族主义的男权政治对性别诠释的权威性和垄断性。这种话语方式把殖民地女性生活中的物质和历史异质性殖民化，认为西印度群岛就是野蛮与淫荡的象征，于是生产（或者不如说"生造"）出一个复合的、特殊的"第三世界女性"。在小说中，简以人与兽来区分她自己、罗切斯特与伯莎·梅森，罗切斯特则以人间与地狱来区别英国和英属殖民地。由此可以看出。西方知识分子在建构自己的文化体系过程中，均有意无意地压迫那个"相对于欧洲的无名异己"，并对异己作同质性空间处理。这种殖民地女性被建构成一个"无权的"同质团体，她们只能充当殖民地特殊文化和社会经济体系潜在的牺牲品。

在小说最后，作者放飞了另一只帝国之鹰，强迫圣约翰·里弗斯抛弃迷人的奥立弗小姐，并为他找到了一个"神圣的"职业——传教。在作者眼中，东方殖民地毫无权利地被分派扮演本体论的、政治的、经济的以及文化中的"他者"，是需要被教化的劣等民族。这种描写，增强了文本的殖民主义说教，体现了作者对贯穿于社会传教团过程中的文明社会的帝国主义事业的肯定与推崇。对此，法国人皮埃尔·布迪厄写道："教士们总是倾向于认为，没有教会，就没有了救赎——尤其当他们成为一个文化复制机构的高级教士之后，就更是这样认为，这个机构将他们神圣化，由此也就把他们对任何别的文化世界的主动的无知以及更重要的被动的无知神圣化了。"①

这些描写意味着，作者不仅并不满足于大英帝国对西印度群岛的经济榨取，而且还肆意掠夺东方的文化资源，希望帝国神鹰在广袤、神秘的亚细亚去播撒基督教的圣火，将迷途的羔羊从异教魔鬼手中拯救出来，最后在那里建立西方的文化帝国。所以，作者在最后让已为人母的简给圣约翰奉上了袅袅颂歌，认为他为前仆后继的帝国之鹰窥探亚细亚的巨大秘密、完成自己的朝圣之旅开辟了一条道路。

---

① 布鲁斯·罗宾斯：《全球化中的知识左派》，徐晓雯译，中国社会科学出版社2000年版，第135页。

夏绿蒂幻想的产儿圣约翰虽然被加尔各答的烈日烤焦了，但是英国作家们的东方热情丝毫不减。狄更斯的创作撒播有关帝国自由贸易的话语，表现了19世纪中期英国小说家所特有的自负。他在《董贝父子》（1848）的开始部分，让董贝用自我主义的方式唤回嘲讽，特别强调了董贝之子出生的重要性：地球是为董贝父子的买卖而造；太阳和月亮为他们的照明而生；江、河、海洋只为他们行船而流动；长虹许诺他们风和日丽；风儿随他们的事业运行；所有的星星都围着他们旋转，形成一个永远以他们为中心的系统；连常用的缩略语在他们眼中都具有了新的、只有他们能够理解的意义，比如：A. D，已不代表"公元"，而是指"董贝"与"儿子"。在《大卫·科波菲尔》（1849—1850）、《远大前程》（1861）等长篇小说中，狄更斯纵情指点白色殖民地澳大利亚，展示了作为大英帝国臣民的一种殖民情结和当时最大殖民宗主国公民的全球帝国观。

西方在建立文化帝国的过程中，不仅要"教化"那些野蛮的有色人种，而且还要不时地清理门户，将那些白色异类逐出帝国的心脏。但是，美国"独立战争"之后，英国丧失了最大的一块流放殖民地，因而急需建造新的帝国下水道。于是，它们将目光投向了东方，投向了澳大利亚。

澳洲被发现之初，人们还想让它取代在美洲失去的领土，后来英国却在这里建立了新的流放殖民地，其主要作用是容纳那些死有余辜、不受社会欢迎的重罪犯。追逐利润、建立帝国以及如休斯所称谓的"社会隔离"，这些都加起来就造就了现代澳大利亚。

出于大英帝国殖民战略的考虑，在澳洲土著人的领土上定居的首批欧洲人，实际上是被英国社会遗弃的流亡者和囚犯。因此，澳大利亚的白人在19世纪前期英国的文学作品中不过是罪犯、小偷、蛮横的拓荒者、粗俗无知的移民和流浪汉而已。澳大利亚是一个用来流放那些不受欢迎的人，那些难以相处的亲戚的国土——是地球的"尽头"。

狄更斯虽然出生在英国社会的底层，但他经过个人奋斗，还是进入了上流社会。所以，他希望有一种比较稳定的社会秩序，认同于帝国的社会隔离政策，认为澳大利亚是发配作奸犯科的英国人的地方，被送往那里的人只能在那里重新做人，而不能指望日后再回到英国本土。后来，有感于这些白色渣滓屡屡非法潜回国内，对帝国的稳定构成威胁，狄更斯创作了

《远大前程》。小说描写罪犯马格维奇被流放澳大利亚后很快发迹，但他不安于本分，不仅奢望用自己的金钱将有恩于自己的匹普培养成一个真正的英国绅士，而且还秘密地潜回国内，结果被判处死刑。最后，他在上绞架之前染病身亡。这部小说编造这个耸人听闻的故事，显然是有一种社会警示意义的。作为一个种族主义者，狄更斯是赞同英国的社会隔离政策的。这种心态驱动他在小说开始时将马格维奇打扮成一个罪有应得的囚犯，通过匹普的眼睛对他进行了十足的蛮化。这些画面告诉我们，马格维奇被流放到澳大利亚，完全是咎由自取。总之，在马格维奇这个人物身上，狄更斯融合了英国人眼中好几种送往澳洲的罪囚的命运。他们可以成功，但实际上几乎不可能返回英国。他们可以在技术和法律意义上悔过自新，但他们在澳洲的遭遇却把他们扭曲为永久性的局外人。

在传统的殖民叙事中，东方往往被描写成为蛮荒之地，那里远离现代文明，不啻为人间地狱。然而，在殖民地复制资本主义秩序，是西方帝国的最终战略目标。为了吸引更多的殖民骑士远渡重洋，到澳大利亚去建立帝国的前沿，英国小说开始重构一种帝国叙事，有意识地将澳大利亚描绘成为移民天堂。从此，澳洲由帝国的排水管进而发展成为快速致富的场所，并形成一种"自由制度"，在那里劳工们不管以前是否作奸犯科，只要一经允许，便可安分守法，重新做人。在这股文化潮流中，狄更斯也不甘寂寞，在《大卫·科波菲尔》（1850）中虚构了种种海外移民飞黄腾达的殖民神话：辟果提先生是个善良正直的打鱼人，后来家中频生变故，便决定移居澳大利亚，以改变自己的处境；10年后，辟果提先生飘然回到英格兰，向大卫报告了自己在澳洲暴富的经济奇迹。无独有偶，小说中的另一个人物密考柏先生受人陷害，家道中落，亦移居澳大利亚，居然平步青云，进入了上流社会。就这样，狄更斯运用诗人的彩笔，描写一个普通的渔夫，一个在英格兰终身落魄的穷律师，竟然在澳大利亚这个东方乐园中双双走向了成功。这样的神话无疑会引发现代海盗们的无穷遐想，推动大英帝国海外殖民的战车持续向前。

掠夺财富是西方帝国殖民扩张的经济基因，19世纪的西方列强基本上都是为控制领土以开发天然资源而战，这就从根本上孕育出了西方文化帝国的叙事策略：海外殖民地乃是帝国的经济前沿，应该让海外资产源源不断地为帝国输血，以促进宗主国的社会发展和生活进步。赛义德曾经指出："利益与进一步获利显然是西方帝国扩张中最为重要的东西，几个世纪来他们对香料、食糖、奴隶、橡胶、棉花、鸦片、锡、金与银的欲望就是充分的证明。此外还有惯性，这些已运行的投资、再投资、市场和社会机构的力量，使得帝国的事业持续发展。"①

狄更斯和当时的大多数英国作家一样，显然也全盘接受了这种帝国政治经济学。《大卫·科波菲尔》中的密考柏太太怀着征服澳大利亚的一腔豪情远涉重洋，是渴望有朝一日能够发迹，而后增强帝国的经济实力。她在临行之前对大卫说："我不能忘记本根；当我们一族达到显贵和财富的时候，我承认，我愿那财富流入不列颠的金库呢。"②此时此刻，狄更斯把他的小说置于疆土扩大了的英国，让密考柏太太为自己代言，表现了一种新的帝国叙事。

按照狄更斯的理念，澳大利亚不仅可以为欧洲帝国赢得可观的财富，而且可以为宗主国公民造就"远大前程"。他的《远大前程》（1861）大体上是一部关于自我欺骗的小说：匹普出身贫寒，父母和5个兄弟因而早逝，长其20岁的姐姐带着他嫁给了穷铁匠乔·葛里奇。7岁时他有意帮助马格维奇逃亡。此后，马格维奇被流放到澳大利亚，很快成为巨富，在新南威尔士某个银行里有了大笔存款，还有几处价值可观的地产。此时他便通过律师一心栽培这位小恩人，以作为对他的报答。在他的资助下，匹普13岁时到伦敦去接受上等人的教育，21岁成年后开始继承他的部分遗产。

不过，匹普的绅士之梦最后还是通过自己对东方他者的掠夺完成的。马格维奇病故之后，其财产被没收充入国库，匹普因而负债累累。此后他到非洲，经过10年奋斗，终于获得了丰厚的财富。通过匹普的非洲生涯，狄更斯又回归到了传统的帝国叙事之中，即欧洲白人对有色人种的统治。赛义德指出："狄更斯处理好了澳洲问题，又出现了另一态度和涉指结构，这种结构暗示了大不列颠帝国与东方的贸易和旅游来往。匹普在殖民地做生意，表现得不算特别出色，因为几乎所有狄更斯笔下的那些商人，那些一意孤行的亲戚和耸人听闻的局外人都与大英帝国保持着一种相当规范和

---

① 爱德华·W. 赛义德：《赛义德自选集》，谢少波等译，第191页。
② 狄更斯：《大卫·科波菲尔》，董秋斯译，人民文学出版社1980年版，第932页。

稳定的关系。但是这些关系直到最近才引起批评界的重视。新一代的学者和批评家——如非殖民化教育培育出来的后代，那些得益于本国自由人权事业的人，如性生活、宗教和种族方面的少数派——他们在这些西方文学经典中看到了对所谓次大陆的经久不衰的兴趣，那里的居民是有色的劣等种族，有待许许多多鲁滨逊去改造他们。"①

与狄更斯一样，萨克雷也接受了一种全球化世界观，不曾忽略英国霸权在海外的拓展，认为英国国内秩序的定位离不开特定的英国海外秩序。他的《名利场》（1848）对印度的暗示到处可见，作品中有许多与海外有关的想象：约瑟夫·塞德勒是一位行为粗野、家财万贯的印度地方长官，约瑟夫·多宾在安详地写着旁遮普省的历史。

到了 19 世纪中叶，西方帝国不再是一种模糊的存在，实际上的地理占有成为帝国的最终目标。先后担任过英国驻印度总督和英国外交大臣的库尔森勋爵曾经志得意满地说："我时常喜欢向自己把这个伟大的帝国构造描写成一个巨大的结构，就像丁尼生的'艺术宫殿'，它的基础就在这个国家，必定由英国人奠基和维修，但是，殖民地却是它的支柱，而高高在上的是浮动的硕大的亚洲穹隆。"② 此期，西方列强以帝国的都市为中心，以年平均 8.3 万平方英里的速度扩张，到 1878 年占有了地球上 67% 的土地；到了 1914 年，年扩张面积已达到 24 万平方英里，欧洲以殖民地、保护国、属国、自治领地以及共同财富等各种名目所占有的庞大疆域，已占地球总面积的 85%。在 19 世纪末的欧洲本土，几乎没有任何一个角落能够脱离帝国，经济的发展急需海外市场、原材料、廉价劳动力以及一本万利的土地。对东方的合并和同化，在 19 世纪末变成了真正可怕的欧洲文化、政治和物质企业了。

在此期间，英国的强权得到了经久不断的加强，英国小说则对强权进行了详尽而具体的描写，在 1880 年以后越来越露骨地表现普遍和大胆的帝国情感。小说作家们从不提出放弃殖民地，而是随心所欲地根据描写的需要来使用那些周边的疆土，以致英帝国主义的殖民描写成为一种连续性的叙事风格。在康拉德、吉卜林这样一些作家的作品中，帝国成了人们关注

---

① 爱德华·W. 赛义德：《赛义德自选集》，谢少波等译，第 168 页。
② 爱德华·W. 萨义德：《东方学》，王宇根译，第 272 页。

的中心。

在英国文坛，康拉德（1857—1924）是一位出生于波兰的文坛奇才。他在近三十年的创作生涯中，一共出版了31部中、长篇小说以及短篇小说集和散文集。在19世纪、20世纪之交，他先后完成了《"白水仙号"上的黑家伙》（1898）、《吉姆老爷》（1900）、《黑暗的心脏》（1902）、《诺斯特罗摩》（1904）等长篇小说。这些作品，乃是19世纪英国小说连续性帝国叙事的重要文化档案。

帝国超人是19世纪欧洲小说中一类特殊的形象，同时也是康拉德等作家创作的心理原型。康拉德的小说沉醉于种族神话，充满强烈的白人自恋情感。在《吉姆老爷》中，作者把小说主人公初到马来岛国帕图桑的亮相渲染成为不同凡响的历史性场面，"在这群脸膛黝黑的人当中，他那身穿白衣的英武的身材，他那闪亮丛生的金黄色的头发，好像把从那席子围墙、茅草盖顶的幽暗大厅里关着的窗子缝隙里透进来的阳光全部接住了似的。看上去，他完全是另外一种动物，不仅种类不同，而且本质也相异。要是他们看见他乘一只独木舟前来，他们满以为他是从云端里降临到他们中间的"。① 通过这样的描写，作者明白无误地告诉我们，吉姆这个西方白人与东方他者是两个族类，不仅肤色有别，而且本质迥异，黑白对照，泾渭分明。这些说明，在康拉德的创作中，白色不仅内蕴着一种视觉美学，而且深藏着能够激活作者创作冲动的精神激情。正是这种与生俱来的心理原型激动着作者在小说中连续不断地塑造出一个个白色超人形象。

康拉德长年浪迹海外，其小说亦对大海情有独钟。这种对于海洋的激情，也正是西方文化帝国的叙事策略所在。欧洲殖民主义者是在中古后期走向海洋的。在西方小说史上，从《鲁滨孙漂流记》开始，大海就成了殖民扩张的象征，成为一条通向全球帝国的海上高速公路。西方马克思主义批评家詹姆逊认为："大海这个非地点也是传奇和白日梦、叙事商品和'轻松文学'纯粹娱乐的堕落语言的空间。……大海是工作和生活的具体地点之间的空旷空间，但它本身也无疑是一个工作地点。也是帝国主义资本主义借以将其分散的立足点和前哨聚集在一起的因素，通过这些立足点和前

① 康拉德：《吉姆老爷》，蒲隆译，译林出版社1999年版，第186页。

哨，它能慢慢地实现有时狂暴有时安静而恶毒地向地球上前资本主义外围地带的渗透。"①

事实上，"白水仙号"的东方之旅是一次"不体面的、目的隐晦的奋斗"。不过，康拉德的小说对此讳莫如深，一开始便视欧洲的殖民主义掠夺为一项英勇豪迈的事业。在《吉姆老爷》最后，马洛对自己祖先的东方冒险神往不已。在《黑暗的心脏》中，马洛回到了帝国的中心，站在巡洋艇上眺望泰晤士河，一股扩张激情不禁油然而生："有什么样的伟大的事物，不曾随着这条河的退潮，向着一个未知世界的神秘中漂流而去啊！……人们的梦想，共和政体的种子，帝国的萌芽。"②

马洛的感慨，传导出一个强烈的文化信号，即具有强权和暴力，就可以征服野蛮民族；19世纪的盎格鲁·撒克逊人是上帝特选的子民，所以有权君临天下。基于这样的帝国意识，马洛便在《吉姆老爷》中喋喋不休，编造了一个远离本土的西方人在东方的浮士德传奇。小说主人公吉姆从小迷恋海外冒险，经过两年的职业培训之后当了水手，渐次成为千吨海轮"帕特那号"的大副。一次，该船载着800名东方朝圣者从孟加拉湾出发驶往麦加，在阿拉伯海触礁将沉。关键时刻，吉姆却抛下近千名乘客，随其余4个白人弃船而去。令人不可思议的是，这样一个在沉船事故中没有采取任何补救措施和发出海难警报的当班大副，一个心比天高但最终还是临阵脱逃的懦夫，一个为了欧洲的自洁而被放逐然又苦苦寻觅自己身份和精神统一的末等公民，一个用左轮手枪对准爪哇船夫脑袋的西方征服者，居然在处于马来群岛崇山峻岭中的帕图桑成就了一番事业，建立了一个神奇的帝国飞地。

这样的海外奇谈之所以能够出笼，是因为在欧洲的文化辞典中，那些世代为奴的"东方贱民"，需要无数像吉姆这样的现代鲁滨孙们去重建秩序和权威。所以，尽管吉姆的东方殖民以失败而告终，但作者还是在《黑暗的心脏》中重温了另外一个帝国之梦：马洛在东方大洋巡航6年之后回到伦敦，马上又迷上了非洲。于是，他受聘于比利时的一家商会，启程去就

---

① 弗雷德里克·詹姆逊：《政治无意识》，王逢振等译，中国社会科学出版社1999年版，第199页。

② 康拉德：《黑暗的心脏》，胡南平译，译林出版社2001年版，第5页。

任该公司在刚果的内陆河汽船船长。一路上，马洛在各个贸易站总是听人说到一个内陆站的头头库尔茨。他通过收集、交换、骗取、偷窃或者抢劫搞到的象牙，相当于其他各站的总和，因此被人们称为"一流的公司代理人"和"万能的天才"。然而，当马洛驾船逆行几百英里，到达目的地时，库尔茨已经身患不治之症。后来，马洛将他的遗物带回了欧洲，交给了他的未婚妻。

与吉姆不一样，库尔茨作为一个丛林统治者，完全是靠暴力续写白色神话的。事实上，他之所以能够搞到大批象牙，就是因为他明火执仗地抢劫。库尔茨在"国际禁止野蛮习俗协会"委托他写的一份报告中开宗明义地说：我们白人，按照我们已经达到的水平，"必须以神人的名义出现在他们（野蛮人）面前——我们要以类似神一样的威力去和他们接触"，"我们只要用我们的意志，就可以永远行使实际上是无限的权力"。最后，他发出了带有启示和恐怖的宣言："把这些畜牲统统消灭掉"。①

欧洲人如此狂妄自大，是因为他们在殖民征服的过程中，以前所未有的方式用其自身的形象统一历史，以普遍理性的名义征服时间和空间，从而为他们大肆施于世界的痛苦找到了一个理性化的借口。"康拉德的优越禀赋使他意识到那种无处不在的黑暗可以被殖民化或教化——《黑暗的心脏》里到处都提到文明的使命，仁慈的和残酷的文明计划，这些计划企图通过意志行为和权力将光明带给这个世界的黑暗角落和人民。"②

与此相对照，和19世纪的大多数欧洲作家一样，康拉德也接受了一种全球化帝国观，脑子里深藏着憎恶有色人种的意识残余。"白水仙号"的磨难，是因为在一个白色世界里，不合时宜地闯进了身上有一种地狱般魔力的水手韦特这个黑鬼。希腊神话中的水仙花，寄托着欧洲白人种族自恋的原始情结。康拉德所刻意描写的"白水仙号"，则是资本主义文明的杰作，是美的化身。这样一艘希望之船，岂容一个黑鬼的爪子来玷污它，于是，天怨人怒，回国的航程几乎成为地狱之旅。于是，韦特成为英国小说中继星期五、伯莎·梅森之后又一个"替罪人"，被关在底舱里，4个月不见天日，直至最后作为"人牺"谢罪死去。

① 康拉德：《黑暗的心脏》，胡南平译，第68页。
② 爱德华·W. 赛义德：《赛义德自选集》，谢少波等译，第217页。

　　如果说，在《"白水仙号"上的黑家伙》中，康拉德还只是把有色人种当作一个个体来书写，那么，在他以后的创作中，他就开始从总体上去否定整个有色种族了。"帕特那号"海难发生之后，马洛竟说沉船是"一件无关紧要的事件，就像大水淹了一座蚁冢一样"。的确，西方人冷眼烛世，东方人在他们的视域中只不过是一群蚁蝼而已。对于这样的东方幽灵，作者是不屑于引为同类的。于是，在《吉姆老爷》中，对于800个来自东方边缘地带的朝圣者，船长呼之为"牲口"，二管轮称为"害虫"，其他白人谓之"粉红色的癫蛤蟆"。

　　在尽情地辱骂了黄色人种之后，康拉德又将自己的目光转向了黑色非洲。在《黑暗的心脏》中，作者明白无误地告诉我们，非洲是"另外一个世界"，即欧洲的对立面。在那里，不可一世的兽行嘲弄着人类的智慧和教养。当我们随着作者进入已被殖民主义欧洲征服的黑色非洲时，发现历史惊人地倒退了千万年。这里没有历史，没有现在，没有文明，欧洲的殖民主义者似乎成了这片黑色土地上的第一批居民。于是，在小说中，比欧洲文明更为悠久的非洲文明就这样被作者一笔勾销了。在康拉德看来，非洲这个辽阔的大陆是野人出没、迷信和狂谵盛行的地方，是个注定让人鄙视、让上帝诅咒的"食人生番"横行的蛮夷之地。在这饱受异族蹂躏的刚果热带丛林中，在地狱的角落里，游荡着一群麻木不仁、濒临死亡的野蛮人。他们不是麻木透顶，就是疯狂至极。

　　就这样，经过精心的整合，康拉德将整个非洲描写成了一个动物世界，证实了西方对于拉丁美洲、非洲和亚洲的习惯看法，表现了极其根深蒂固的帝国主义世界观的线性发展，使读者和作者的视野都遭到了扭曲。美国学者布鲁斯·罗宾斯指出："在克利福德对康拉德的寓言式解读中，《黑暗的心脏》变成了写作的另一种模式，比起马林诺斯基职业性质的人种论来说，丝毫也不缺乏职业性质。二者之间决定性的不同在于，康拉德包罗了塑造和自我塑造的经验以及选择和摈弃的行为，而这些则早已深入到人种论的写作中，他的小说包含排除成分——对未婚妻撒谎，从官方报纸上撕下库尔茨的那句'消灭这群野兽！'"[1]

---

　　[1]　布鲁斯·罗宾斯：《全球化中的知识左派》，徐晓雯译，第53页。

康拉德不仅强化了英国的文化帝国，而且在文坛上四处播撒帝国意识，使吉卜林（1865—1936）的小说将 19 世纪的帝国叙事推向了极端。在吉卜林的意识中，大英帝国存在着一个从西到东的虚拟的统治链，正如骡、马、象、牛听命于车夫，车夫听命于中士一样，中士、中尉、上尉、少校、上校、准将、上将都形成了一种相应的统治关系，最后是"上将听命于总督，总督听命于女王"。①

19 世纪八九十年代，吉卜林先后出版了短篇小说集《山中的平凡故事》《盖茨皮一家的故事》《人力车怪影》《在喜马拉雅杉树下》《三个士兵》《小威利·温基》。这些作品以印度的大自然为背景，描述了英国士兵、军官、官僚以及其他英侨的形形色色的生活，流露出白种人强烈的优越感，赞美帝国的扩张精神。他的短篇小说构思新颖，文笔简洁，引人入胜，这就使他的作品宛如热带森林中一丛色彩鲜艳的毒菌，美丽，然而有毒。他影响最大的作品是 90 年代写的《丛林故事》（1894—1895）和《丛林故事续篇》，描绘印度丛林中的人与兽，叙说了狼孩莫格列由母狼抚育、和野兽一起生活在莽林中的故事。吉卜林的帝国主义思想在这两部作品中也有曲折的反映，他企图表明生活就是掠夺，动物在生存斗争中需要强力、勇气和纪律，书写出来的是弱肉强食的丛林法则。

他的长篇小说《吉姆》（1901）建立在英国长期以来对印度的看法的基础上，即认为印度需要，甚至乞求英国的保护。小说主人公凯姆巴·奥哈拉，绰号吉姆，是驻印爱尔兰士兵的孤儿，幼年流落街头，遇到从西藏来的喇嘛太虚，就随他一起旅行，后来又被他父亲的老同事英国上校克莱顿收养。吉姆一方面对喇嘛百般顺从，另一方面也完成了克莱顿交给他的侦察任务和情报工作，从而沦为英国侵略东方的马前之卒。

四

19 世纪初期的法国，经历了大革命与拿破仑时代，政策变换，属地失尽，这一切意味着在法国文化中，法帝国的同一性与存在将受到影响。不

---

① Jonah Raskin, *The Mythology of Imperialism*, New York: Random House, 1971, p. 40.

过，此期的法国小说也不乏帝国历史的回声。在夏多布里昂的《阿达拉》（1800）等作品中，我们可以听到对基督教欧洲和法帝国宏伟壮丽的赞歌。雨果的《布格·雅加尔》（1826）描写殖民地海地的奴隶起义，表现的却是一个黑奴对白种女主人的虚假的爱情。他还在《拿破仑颂》中极力颂扬拿破仑远征埃及的文治武功。

在西方殖民史上，非洲一直是欧洲帝国的边疆。从古到今，先后有古希腊人、马其顿人、古罗马人、西班牙人、英吉利人君临这块炎热的土地，而这个帝国的最后统治者则是法兰西人。1798 年拿破仑远征埃及和叙利亚。到了 19 世纪，法国于 1830 年发动对阿尔及利亚的侵略战争，1844 年起开始屡屡侵犯摩洛哥，1881 年从阿尔及利亚入侵突尼斯。至此，它逐渐在北非建立起一个庞大的殖民帝国。与此同时，从 19 世纪初期开始，法国从西部非洲沿海向内陆扩张，到 1895 年将塞内加尔、马里、几内亚、象牙海岸合并为法属西非殖民地。此后，这个殖民帝国不断膨胀：1904 年并入贝宁，1909 年并入布基纳法索，1912 年并入毛里塔尼亚，1917 年并入多哥东部；还于 1910 年将中非的乍得、中非共和国、刚果共和国、加蓬四国拼组为法属赤道非洲。在世界史上，法国对以上这些国家的统治一直延续到 20 世纪 60 年代。

作为帝国事业的文化镜像，在一个多世纪的岁月中，法国小说始终在思想上支持着法属非洲帝国的运转，在梅里美、巴尔扎克、福楼拜、莫泊桑、纪德、加缪、罗伯－格里耶等人的创作中，关于帝国的描写比比皆是，以致形成了一种关于非洲的特定的写作类型，不可避免地产生了一种关于非洲的自由弥散的神话。这场法国对非洲的"集体白日梦"，"以法兰西的名义"，以白人的价值、传统和文明的名义管制非洲，形成了一种知识和道德权威。他们认为西方的神圣使命是统治、指引和领导非洲这些落后的民族，将其作为文明的依托，所以在殖民地重整山河、行使权力是天经地义的；他们认为西方的义务是要利用世界的自然和资源以促进国际进步，因而随心所欲地使用殖民地的一切，包括自然资源和人文资源，以造福于宗主国的工业阶级，喂养它的饥饿的民众。所有这些，都构成了法国文化帝国的一条特殊的叙述链。

法国在 19 世纪动辄对地中海南岸实施军事远征，全力拼凑非洲帝国。

然而，横行非洲的法帝国先头部队仍然是一批来自前帝国主义时期的南欧海盗，他们通过非法的黑奴贸易谋取暴利以进行原始积累。这种野蛮的贸易，我们通过梅里美（1803—1870）于 1829 年创作的短篇小说《塔芒戈》可见一斑。

小说中的勒杜在 1805 年法、西联合舰队与英国进行的特拉法尔加海战中失去了左手，随后只得到一艘私掠船上去闯荡，终于成为一条沿海航行的三桅私掠船"希望号"的船长，专门从事当时已被禁止的黑奴买卖。小船在一个星期五从南特港启程，直达非洲海岸，在塞内加尔西部小港若阿勒河口从著名武士与人贩子塔芒戈手中买下了 183 名黑奴。

塔芒戈的一个老婆艾谢因违抗了丈夫的旨意，被塔芒戈送给了勒杜。塔芒戈酒醒之后，欲向勒杜讨回老婆艾谢，却被擒为奴。在航行途中，艾谢给他偷来了一把锉刀，帮助以他为首的黑人们发动了一场暴动。黑奴们杀死了 60 名白人，夺取了"希望号"，但却无法驾驭海船。对此，黑奴们一筹莫展，而被他们奉若神明的塔芒戈怀着因无知而交织在一起的恐惧和自信，猛力转动舵轮，却折断了船上的双桅。几天后，黑奴成批死去，已经绝望的塔芒戈提议弃船，仅有的两只小船根本容纳不了约 80 个还活着的黑人，只得抛弃所有受伤和生病的人，结果，救生艇上的人全部淹死，小舟上的人坐以待毙。

最后，小舟上只剩下塔芒戈一个活人，但他已骨瘦如柴，干瘪得活像木乃伊。一艘英国三桅战舰"女战神"号救起了塔芒戈并航向牙买加首府金斯敦。在总督的关照下，塔芒戈获得了自由，当了一名铙钹手，死于肺炎。

通过这个传奇般的故事，作者似乎在告诉我们：第一，欧洲白人贩卖奴隶是一场"公平贸易"，而非洲武士遵从的只不过是一种野蛮的丛林法则；第二，没有白人的领导和统治，世界其他地方就没有秩序，也不能够掌握自己的命运，并无出路可言；第三，黑奴远离现代文明而又举行暴动是导致全船黑奴全部葬身大海的主要原因；第四，非洲黑人需要白种人的拯救和宽恕。

梅里美的创作充满了浪漫主义的想象和虚构，而作为现实主义者的巴尔扎克居然也在小说中精细地描写和认同黑奴贸易，这就说明，黑奴买卖在当时的法国小说中已经成为一种叙事风格。诚如赛义德在《叙事与社会空间》一文中所说："在所有的例子里，帝国的事实都与支撑它的帝国财富有关，与遥远、甚至不为人所知的空间有关，与那些古里古怪、不被接受的人类有关，与一些异想天开的致富活动有关，如移民、赚钱、猎艳等。不争气的年轻儿子们被送到殖民地，年长一些的穷亲戚去那儿想重新获得失去的财富（如《贝姨》），有冒险精神的年轻旅行家去那儿放荡和寻求异国情调。殖民疆土是可能的王国，那里的一切可能又总是与现实主义小说有关。"①

在巴尔扎克笔下，海外殖民不失为一条快速致富的坦途。《纽沁根银行》中的纽沁根投资美洲，获得了巨额利润。《欧也妮·葛朗台》中的巴黎商界巨子葛朗台，因亏空 400 万而自杀。其子查理当时仅有 22 岁，便怀揣 2 万法郎，到东方去冒险。查理"一过赤道，便丢掉了许多成见，发觉在热带地方的致富捷径，像在欧洲一样，是贩卖人口。于是他到非洲海岸去做黑人买卖，同时在他为了求利而去的各口岸间，拣最挣钱的货色贩运。他把全副精神放在生意上，忙得没有一点儿空闲，唯一的念头是发了大财后回到巴黎去耀武扬威，爬到比以前一个斤斗栽下来的地位更阔的地位"。②

就这样，查理在 7 年间捞到了 190 万法郎。而在《高老头》中，黑奴买卖不仅是一种经济活动，而且成为了一种生活哲学。小说中的伏脱冷是资本主义原始积累时期的一个凶狠的冒险家，是不受任何道德观念束缚的、为所欲为、骇人听闻的恶魔，是用征服、奴役、抢劫、杀戮等暴力手段进行掠夺的野心家。对此，他不以为耻，反而振振有辞，企图游说拉斯蒂涅合谋劫夺银行家泰伊番的数百万家产，然后到美洲去冒险："我想过一种长老生活，在美国南部弄一大块土地，就算 10 万阿尔邦吧。我要在那边种植，买奴隶，靠了卖牛、卖烟草、卖林木的生意挣它几百万，把日子过得像小皇帝一样。……此刻我有 5 万法郎，只够买 40 名黑人。我需要 40 万法郎，因为我要 200 名黑人，才能满足我长老生活的瘾。黑人，你懂不懂？那是一些自生自发的孩子，你爱把他们怎办就怎办，决没有一个好奇的检察官来过问。有了这笔黑资本，10 年之内可以挣到三四百万。我要成功了，

---

① 爱德华·W. 赛义德：《赛义德自选集》，谢少波等译，第 222 页。

② 巴尔扎克：《欧也妮·葛朗台》，傅雷译，人民文学出版社 1954 年版，第 167—168 页。

就没有人盘问我出身。我就是四百万先生，合众国公民。"①

不过，买卖黑奴只是法国殖民者的殖民前奏；实际上的地理占有，才是法属非洲帝国的最终目标。美国哈佛大学教授亨廷顿说："虽然殖民由来已久，但是作为姐妹概念，殖民主义则是一个后起的术语。殖民是一个技术术语，在原始意义上，仅仅用于描述人们迁移到世界其它地方并在那里展开新的定居生活的现象。正如帝国主义一样，殖民主义源起于法国。殖民主义指统治其他国家的人们。"② 19 世纪后期，法国从西部非洲沿海不断地向非洲内陆进行殖民扩张，到 1895 年已将塞内加尔、马里、几内亚、象牙海岸拼凑为法属西非殖民帝国。

在漫长的岁月中，法国小说作为帝国事业的号筒，一直在舆论上支持着法属非洲帝国的运转。莫泊桑从 19 世纪 70 年代开始长期在海军部供职，所以熟知法国在北非扩张的黑幕。在他的创作中，关于帝国的描写不胜枚举。在长篇小说《漂亮朋友》（1885）中，非洲已经在政治、经济、文化上与法国连为一体，互相依存，成为法兰西帝国的军事前沿和经济前沿。因此，在帝国的心脏炒作北非问题甚至可以在法国现实社会中产生神奇的文化泡沫和经济泡沫。小说开始时，主人公乔治·杜·洛瓦梦想到巴黎发迹，虽然出师不利，但却生逢其时。当时法兰西全国正为阿尔及利亚而疯狂，所以在北非服过军役的杜·洛瓦终于成了时代的宠儿。凭着北非军旅生活的随笔，他不仅在《法兰西生活报》飞黄腾达，而且有望敲开国会的大门。

与此相较，杜·洛瓦的老板瓦尔特更胜一筹。从 19 世纪开始，欧洲列强西班牙、法国、英国、德国等在北非展开了激烈的争夺。为了寻找平衡，欧洲 14 国于 1880 年 7 月 3 日签订了《马德里公约》，规定各缔约国不得在摩洛哥谋求特殊地位。然而，公约并未阻止法国在摩洛哥的继续扩张。众议员拉罗舍－马蒂厄授意杜·洛瓦大炒摩洛哥，发起了一场巧妙而又凌厉的攻势，终于导致了现内阁的倒台。新内阁成立之时，瓦尔特勾结外交部长拉罗舍－马蒂厄，封锁新政府一上台就决策占领摩洛哥的消息，骗过了公众和当时欧洲最有名的银行世家罗斯察尔家族银行，逐渐把价格已落到

---

① 巴尔扎克：《巴尔扎克全集》（5），傅雷等译，人民文学出版社 1986 年版，第 109 页。

② 塞缪尔·亨廷顿：《文明的冲突与世界秩序的重建》，周琪等译，第 35 页。

64 法郎或者 65 法郎的摩洛哥公债通过一些可疑的、不正当的经纪人全部买下来，因为一旦法军到了摩洛哥，国家就会保证偿还公债，使之暴涨。不久，法国占领了摩洛哥，成了丹吉尔的主人，控制了地中海沿线直至的黎波里的整个非洲海岸。就这样，拉罗舍－马蒂厄等部长们转眼间捞到了两千多万法郎，瓦尔特在炒公债时还暗中紧锣密鼓地经营着摩洛哥的铜矿、铁矿买卖和地产，因而在 6 个星期里赚了五千万法郎。"仅仅几天功夫，他便成为世界的主宰之一，万能的金融巨头之一，比国王的权力还大。"①

法国对非洲的殖民统治延续了一个多世纪。到了 20 世纪中期，非洲各国先后掀起了轰轰烈烈的民族解放斗争，法兰西的非洲帝国处于风雨飘摇之中。当时有一批法国作家顺应历史的潮流，支持非洲各国的民族独立运动。然而仍有一些作家凭借姗姗来迟的殖民感觉，在创作中为殖民主义者招魂。在这种晚期帝国叙事中，加缪的未竟之作《第一个人》格外引人注目。

加缪曾经长期侨居北非，其创作基本上以阿尔及利亚为背景。如果说，他的名作《局外人》（1942）、《鼠疫》（1947）主要是为了证明世界的荒谬的话，那么《第一个人》则用相对传统的笔法，聚焦北非的南欧移民，对法国一个多世纪的非洲殖民做出了自己的诠释：南欧移民是北非现代文明的创造者，正是由于他们的艰苦开拓，才促进了阿尔及利亚的繁荣。

小说一开始，就通过天上的行云巡礼了北非帝国："大朵大朵厚重的云正向东疾驰。三天前，这些云团还在大西洋上空涌涨，等待着西风，随即慢慢移动，后来越来越快，掠过秋日下鳞光闪闪的水面，直奔大陆而去，被摩洛哥的山脊扯成丝缕，又在阿尔及利亚的高原上重新聚拢，现在它们已临近突尼斯边界，企图抵达第勒尼安海后消失在那里。"②

在作者笔下，正是一代一代的南欧移民使北非由不毛之地变成了沙漠绿洲：阿尔及利亚的北部本来是一片荒原，然而，"一小群一小群的马翁人"拖儿带女，辛勤开发，终于"使阿尔及利亚的沿海地带富裕起来"。③阿尔及尔是一座海湾城市，中学周围一带过去是一个死气沉沉的街区，"后

---

① 莫泊桑：《漂亮朋友》，周国强等译，北京燕山出版社 1995 年版，第 254 页。

② 《加缪文集》，郭宏安等译，译林出版社 1999 年版，第 7 页。

③ 同上书，第 195 页。

来西班牙移民的美德使它成了阿尔及尔人口最多、最富有生机的地区"。①
所以，南欧移民理应成为这块土地的当然主人。然而，这个殖民之梦以迁
移开场，却以移民撤离阿尔及利亚告终。为此，作者在小说中无限伤感地
追溯了四次移民浪潮。

1831 年，首批近 600 名移民被送到阿尔及利亚，其中有 150 名倒在了
帐篷里，阿尔及利亚大量的孤儿院就由此而诞生。作者认为，正是这些移
民，特别是那些孤儿，在北非开创了一个新的纪元。

1848 年革命之后，巴黎失业人数很多，民众怨声载道。为此，制宪会
议决定投入 5000 万法郎，打发一批人去殖民地，许诺给每人一套住房和一
块两到三公顷的土地。结果志愿者超过一千人。"人人都梦想着那块乐土，
尤其是男人。"他们充满幻想，相信圣诞老人的存在。他们于 1849 年出发，
1854 年就在索尔费里诺盖起了房子。

为了宣扬一种帝国意识，作者用抒情的笔调，将第二次移民描写成了
一次史诗式的历史进军。与此相较，法国的第三次移民则是一次不折不扣
的抢劫。1871 年阿拉伯人暴动，受到法国殖民当局的残酷镇压，造反者或
被处死，或是坐牢。于是，该年因抵抗德国统治而加入法国籍的阿尔萨斯
人占领了阿拉伯暴动者的土地，取代了他们余温尚存的位置。

20 世纪初期，南欧移民第四次踏上了阿尔及利亚的土地。他们在同样
的秋日天空下，沿着祖辈的足迹，由博那走向索尔费里诺，其中就有主人
公亨利。

20 世纪中期，法国的非洲帝国行将崩溃。1952 年，欧洲移民被迫撤
离，省长告诉大家必须重新考虑殖民地问题，历史的一页已经翻过去了。
面对不可抗拒的历史潮流，亨利的儿子、40 岁的雅克却在横渡地中海的轮
船上睡得迷迷糊糊，打着寻父的名义去出席法国的非洲帝国的葬礼。一路
上，雅克对即将失去的阿尔及利亚不胜留恋："一想到又要看到阿尔及尔，
看到郊区那座简陋的小房子，他感到幸福，同时又感到焦虑。他每次离开
巴黎去非洲时，心里就像打开了新天地，感觉像一个越狱成功的犯人，想
到看守的那副模样时暗自好笑，有说不出的狂喜和满足。"②

---

① 《加缪文集》，郭宏安等译，第 116 页。
② 同上书，第 31 页。

事实上，雅克的感慨所反映的也就是激动着加缪的那种迟暮的帝国情结。因此，作者不胜伤感地为欧洲移民献上了自己的挽歌："一个世纪以来，一批又一批的人来这里耕种。这些人生儿育女，然后死去，他们的儿辈也是如此。子子孙孙在父辈们生活过的土地上生活着，没有过往历史，没有伦理道德，没有前车之鉴，没有宗教信仰，因在光明之中生活而幸福，因面临黑暗和死亡而焦虑。来自天南海北的几代人，消失在预示着薄暮黄昏的美好天空下，未曾留下一丝痕迹，与世隔绝，永远地被人遗忘。"①

总之，对于非洲帝国的倾覆，对于有色人种的崛起，加缪传导了一种世界末日式的看法。作者通过南欧移民在北非垦殖的百年沧桑，诉说了一个虚假的帝国神话。在这个神话中，来自南欧的移民成了北非文明创造的主体，而那些世世代代生长于斯、劳动于斯的阿尔及利亚人却成了北非经济繁荣的局外人。最后，几代移民不仅一无所获，而且还要将自己的劳动成果拱手让人。作者为此痛心疾首，小说也就响彻着不平之鸣。用这种姗姗来迟的殖民感觉来追寻法兰西的世纪之梦虽然不合时宜，但也发人深思。

五

20 世纪，民族独立运动风起云涌，第三世界迅速崛起，帝国主义的战线分崩离析。特别是第二次世界大战之后，世界历史真正进入了后殖民主义时期，西方的帝国主义迷梦终于无可奈何地破灭了。然而，面对世界多极化的全新格局，仍有不少西方人还沉醉于晚期殖民的幻想之中。为了重构白色神话，帝国主义的晚期叙事生发出了新的文本激情，其典型表现，一是将非西方边缘化，二是将白种人神圣化。

在迈向文化多元化的进程中，西方文化处于强势地位。因此，西方小说可以继续编造关于东方的自由弥散的神话，可以由传统的对于非欧洲的野人的指斥发展成为对整个有色人种及其文明的全盘否定，然后随心所欲地对之进行无穷无尽的重构和书写。所有这一切，只是为了证明一个观点：殖民地人民道德的堕落，是招致西方镇压和惩罚的主要原因。

---

① 《加缪文集》，郭宏安等译，第 129 页。

1910 年，英国著名小说家约翰·布肯推出了一部殖民主义的经典之作《普雷斯特·约翰》，书中写道，"先天的面对责任的不同态度，正显示了白人与黑人的不同"。① 此后，英国作家福斯特、T. E. 劳伦斯等，在创作中一再重复了这个殖民主义的谎言，将一种离经叛道、道德败坏、麻木不仁、没有自己的文化家园而热衷于血腥复仇和恐怖活动的漫画式形象强加给东方的"哑言主体"。

福斯特（1879—1970）曾于 1912 年至 1921 年两次游历印度，1924 年创作了《印度之行》。在小说中，英国姑娘阿德拉和莫尔太太在游历印度期间与印度医生阿齐兹建立了友谊，便接受他的邀请，和政府学院院长菲尔丁一起去参观马拉拜山的洞穴。而后阿齐兹被指控在洞中污辱了阿德拉而被捕。在审讯过程中，阿德拉努力回忆当时的情景，最后承认洞内受污只是在闷热潮湿环境中产生的一种幻觉。在小说中，阿齐兹审判的独特性在于福斯特承认"法庭不足信的诬陷"不能成立，因为那只是调和英国强权与对印度不公的一种"幻想"。

T. E. 劳伦斯早年曾到非洲考古，后来作为帝国的代理人被派往东方，担当专家—探险家—怪人和殖民权威的双重角色，第一次世界大战期间担任过阿拉伯人反抗土耳其统治的游击队领导人。他从 1919 年开始创作有关阿拉伯战役的小说，1926 年发表《七根智慧之柱》。这是一个用英国军官的视点讲述阿拉伯民族主义者反抗奥托曼帝国的故事。在小说中，劳伦斯毫不含糊地贬斥阿拉伯人，认为闪米特人"固执己见、鄙视怀疑，是如今令我们最头痛的民族……他们是一个思想局限，狭隘的民族"，叙利亚人则是一个"具有日本人的快捷，但肤浅，像猿一样的民族"。② 很显然，《七根智慧之柱》是站在西方霸权的世界秩序内部从特权和权威的角度写的一部著作，劳伦斯作为帝国臣民的主体，也就成了欧洲种族总体论话语的代言人。

法国作家马尔罗的创作，与英国作家如出一辙。他在 20 世纪 20 年代曾到东方的柬埔寨、越南和中国进行探险活动，与越南、中国的革命者有过一些接触。回国后，他在不到 10 年的时间里创作了三部以亚洲为背景的

① 罗钢、刘象愚主编：《后殖民主义文化理论》，第 303 页。
② 同上书，第 51 页。

小说:《征服者》（1928）、《王家大道》（1930）、《人的状况》（1933）。其中《征服者》以 1925 年爆发的省港大罢工为背景，刻画了革命营垒中的几个人物。作者虽然同情革命，但根深蒂固的种族偏见，使他仍然把瑞士人加林和俄国人鲍罗廷置于叙事中心，而把年轻的中国工人领袖洪写成一个恐怖主义者。《人的状况》以 1927 年的上海为背景，处于主导地位的是欧洲人吉奥，中国人陈某还是一个恐怖主义者，充满与生俱来的东方宿命感。很显然，这是从西方意识形态角度所叙述的东方他者。

在 20 世纪中、后期，糟蹋他者文明的喧嚣在西方小说中仍然不绝于耳。英国作家戈尔丁的小说《蝇之王》（1955）杜撰了一个橘生淮南为橘、生淮北为枳的地域神话：在未来的原子战争中，一群英国儿童流落到一个荒岛上，由于脱离了文明社会的理性约束，竟然变成了残杀同类的野蛮人。在美国作家品钦的短篇小说《维也纳的生与死》（1961）中，主人公克林斯·西格尔是一个英国驻华盛顿的低级外交官，一天，他应邀出席一个宴会。在聚会中，他几次发现那个来自安大略、属于欧吉布韦部落的古怪的印第安猎人欧文·卢恩流露出从他们的祖先那里继承下来的杀人、吃人的冲动。最后，这个聚会像品钦笔下所有的聚会一样，终于逐渐走向嘈杂和混乱。小说结束时，欧文·卢恩开始枪杀来参加宴会的人，然后再把他们吃掉。小说描写的受弱肉强食的丛林原则支配的王国，无疑是作者对处于白色王国边缘的印第安他者的重新书写。

这种对于有色人种的非人化指涉，弥散在西方的精英文化之中，泛滥于西方的媒体和公众的头脑："世界性的畅销作品为了每一点空泛的轰动效应而尽力利用异国政治和国际恐怖主义，狡诈的中国人、半裸的印度人被描述成为贪觊西方慷慨心性的秃鹰……懒怠的阿拉伯人被构想为骑在骆驼上、专门制造恐怖、长着鹰钩鼻的好色之徒。"①

在随心所欲地丑化东方他者的同时，当代西方知识精英还致力于重构白色神话，让传统西方小说中那些在东方世界从事冒险活动的征服者摇身一变，成为世界的救世主、人类的精神英雄和新世纪的自由骑士。1910 年6 月 13 日，英国保守党领袖贝尔福在英国众议院发表题为《我们在埃及所

---

① 爱德华·W. 萨义德:《东方学》，王宇根译，第 142 页。

面临的急迫问题》的演说，大肆诋毁东方文明，将之视为专制、野蛮、落后的同义词，认为东方的落后证明了以知识和权力为前导的西方帝国主义的合理性，正是英国殖民主义者"在过去四分之一个世纪的努力工作将埃及从社会和经济堕落的深渊里拯救了出来，现在它已经站立在东方民族之林，我相信，无论是经济上还是道德上，它的繁荣都是独一无二的"。① 这种弥天大谎，一度激动着劳伦斯、格林、加缪、海勒、沃克等具有强烈种族自恋倾向的西方小说作家们的创作。

早在1926年，T. E. 劳伦斯就在《七根智慧之柱》中宣扬了这样的神话，即有色人种要追求民族的独立，那么一个处于领导地位的欧洲白种男性是关键的因素。英国小说家格林曾在20世纪40年代从事外交工作，足迹遍布非洲、亚洲和拉美，第二次世界大战之后创作了一批以国际政治为题材的小说。其《沉静的美国人》（1955）写的是抗法战争期间的越南，其时老殖民主义者法国面临彻底失败，美国名校高才生派尔作为美国"经济援助代表团"的一个"帝国技师"，企图纠集一伙土匪建立"第三种势力"，通过恐怖活动对越南进行"外科手术"。小说揭示了这个杀人如麻的恐怖分子的真面目，使派尔那套捍卫民主、拯救世界的话语显得虚假空洞。这位到越南为所谓自由而战的"沉静的美国人"实际上是美国军界和情报部门的一只黑手。

两次世界大战，特别是第二次世界大战，是西方文明史由欧洲中心转向美国中心的一个分水岭，而美国关于第二次世界大战题材的小说则是以美国为首的西方文化帝国形成的重要标志。它们通过对战史的美国式阐释，在宣扬强权文明观的同时，刻意将美国装扮成为全人类的救世主和新世纪的领路人。在这些作品中，约瑟夫·海勒的《第22条军规》（1961）和赫尔曼·沃克的《战争风云》（1971）及其续集《战争与回忆》（1978）风格迥异，但都不遗余力地为美国君临世界鸣锣开道。可以说，在他们的创作中，20世纪末期在美国思想文化界被炒得沸沸扬扬的"大西洋主义"已经初现端倪。

《第22条军规》描写第二次世界大战后期，美国有一个空军联队驻扎

---

① Denis Judd, *Balfour and the British Empire: A Study in Imperial Evolution*, *1874 – 1932*, London: Macmillan, 1968, p. 286.

在地中海的皮亚洛扎岛，联队中有一个小小的中队伙食管理员迈洛。此人利用高明的手腕，将一批高级将领拉下水，以承揽部队的伙食，由此要每一个中队出一架飞机供他进行商业投机，从而组成了一个拥有几十架飞机的运输公司，大搞投机倒把。由于赚取了巨额的利润，加之手中握有战时奇缺的物资，迈洛俨然成为一个救苦救难的现代耶稣，一尊呼风唤雨的丛林神灵，征服了东方和西方，成为巴勒莫、卡里尼、蒙奥利、巴格里亚、特尔米尼、切法卢、米斯特雷他和尼科西来的市长，以及马耳他的副总督、奥兰的王储、巴格达的哈里发、大马士革的教长和阿拉伯的酋长，所到之处无一不受到凯旋般的欢迎。当他到达巴勒莫，坐着敞篷汽车疾驰而过时，城郊已挤满了欢呼的人群。汽车进城后，欢呼声四下雷动。学校里的男女学生都放了假，排列在人行道两旁，手里挥动着小旗子。街道当中高悬着带有迈洛肖像的巨大横幅，所过之处，总有人被挤倒踩死。在非洲丛林深处，随处可见迈洛的巨大雕像，他被那些落后地区的人们奉为能呼风唤雨、主宰五谷丰登的神灵。这个以掠夺利润为最高目标的美国大亨，蕴含着美国人作为世界上最富裕国家公民所特有的一种救世主情结，形象地诠释了当代西方文化帝国的本质。

与此相较，沃克描写第二次世界大战的巨著《战争风云》（1971）及其续集《战争与回忆》（1978），以美国海军高级军官帕格·亨利一家的经历为线索，对遭受法西斯蹂躏的国家和民族的卫国战争三缄其口，却用大部分篇幅描写了美国主导的《租借法案》的出笼和诺曼底登陆，以及珍珠港、新加坡、中途岛、莱特湾等太平洋海战，把美国军人打扮成为拯救了自由欧洲和五亿亚洲人的英雄，从而虚构出新的救世神话，将美国书写成为上帝再世，基督重临。第二次世界大战爆发后，美国在前三年严守所谓的中立，是东方的中国和欧洲的英国、苏联在抗击着德、意、日的野蛮侵略，捍卫了人类文明的尊严。沃克对此视而不见，却在小说中大肆渲染所谓《租借法案》的无穷威力，认为正是美国人的这一发明拯救了全世界，从而营造出如果没有租借物资，反法西斯战争必败无疑的文化镜像。

关于第二次世界大战的关键一战，一般的战史专家都聚焦于斯大林格勒战役。1942 年夏季，希特勒纠集了 150 万德军，企图攻占斯大林格勒，切断伏尔加河，夺取高加索油田，然后向北包抄莫斯科。苏军依托这座坚城，经过半年的浴血奋战，歼灭、俘虏德军主力近50万人。纳粹德国从此丧失了战场上的主动权，一蹶不振。

然而，为了突出美国的济世作用，沃克不惜对历史进行重构，竟然通过引用德国将军冯·隆的著作，竭力淡化斯大林格勒战役，将太平洋战争的爆发当作第二次世界大战的转折点。沃克对其表示了无条件的赞同，因而在书中加了一个译者按：引用了丘吉尔所说的一段话："要是我宣称，有美国站在我们一边对于我是最大的快乐，我想没有一个美国人会认为我是说错了。我不会预言事件的进程，我不能自称已经准确地衡量了日本的军事力量，但是现在，在这一刹那，我知道美国已经投入了战争，而且全力以赴。准备决一死战。所以我们终于取得了胜利！"①

美国远征欧、亚，参与第二次世界大战，从一开始就有着自己明确的战略目标。早在战争初期、战局尚不明朗之时，罗斯福就提出过两个著名的口号，一个是"德国第一"，第二个是"无条件投降"。这两个口号公开表明了美国要谋求全球霸权并彻底重建世界秩序的决心。

为了实现这个目标，美国在战争期间采取了一系列策略，第一步则是隔洋观火，等待时机。因此，第二次世界大战爆发后，在当时的大国中，唯有美国严守所谓的中立，直到1941年12月，还与德国打得一片火热。其时欧罗巴烽火连天，亚细亚风烟滚滚，唯有美利坚还是一片歌舞升平。

与此同时，面对世界霸主宝座遥遥在望的巨大诱惑，美利坚的战争机器也在不动声色地悄然开动。到了战争爆发后的第三个年头，迫于世界舆论的强大压力，美国参战已不可避免。但是，罗斯福为了保存实力，又虚晃一枪，避开强敌，利用一切手段逼迫日本率先发动太平洋战争。在日本军人政府的战争机器高速运转之时，罗斯福竟然异想天开，企图兵不血刃地通过石油禁运打败8000万日本人，这显然是一个圈套。结果，日本人掉进了这个精心设计的陷阱，偷袭了珍珠港。然而，罗斯福在发表宣战演说时，却只字不提同盟国的头号强敌德国。在当时，太平洋战场每役几千人的战斗规模与800万武装人员（苏德战争初期，德军参战部队为350万人、苏军为450万人）在血海中生死搏斗的苏德战区相较，实在是相形见绌。

---

① 赫尔曼·沃克：《战争风云》，施咸荣等译，人民文学出版社1979年版，第1115页。

此后，美、英居心叵测，配合默契，迟迟不在欧洲开辟第二战场，任苏联在东线孤军奋战。但是，到了1944年，当德国已经毫无还手之力，只能进行垂死挣扎之时，美国一见有利可图，便不失时机地发动了"诺曼底登陆战役"，以进军欧洲去夺占胜利果实。

在欧洲开辟第二战场之前，为了既赢得太平洋战争的胜利，又避免美军的重大伤亡，罗斯福曾多次强烈要求苏联承诺在战胜德国后参与对日作战；及至发明了两颗原子弹后，杜鲁门又坚决拒绝苏联染指日本，直至抢先使用核武器，以占领日本，独霸亚洲。

对于美国在第二次世界大战期间的这些表演，连冯·隆也佩服得五体投地，"罗斯福操纵这次战争的本领是如此高强，以致别的国家都几乎流尽了鲜血，却把世界统治权放在一个大银盘上奉送给他的国家"。①

因此，在沃克看来，第二次世界大战虽然以同盟国的胜利而告终，但是欧洲帝国已经日趋没落，世界帝国的霸主已非美国莫属。鉴于美国在西方文明发展史上的这种使命，战争尚未结束，罗斯福就在德黑兰会议上，通过大打苏联牌，成功地"把大英帝国从世界事务的领导地位上排除出去"。这一具有历史意义的权力转移，在苏联大使馆内的一张桌子周围，通过几个小时彬彬有礼的会谈，就获得了成功。在取代丘吉尔成为新的世界霸主之后，罗斯福便进而着手规划战争的进程，重组战后的世界秩序了。

作为白色人种，沃克在小说中描绘的、由美国人重建的世界秩序，包含着深刻的种族主义思想：美国版的世界帝国，理应给战败后的德国一席之地。在作者看来，欧洲诸强之间的战争只是祸起萧墙，同室操戈，战后必定还要共处一个世界。

美国人对德国人如此宽容，却对日本人嗤之以鼻。在作者笔下，东西对抗是最根本的全球性的文明冲突，西方白人一定要在这场冲突中压倒东方的有色人种。因此，太平洋战争被作者夸大成为一场东、西方文明的冲突，是一场不折不扣的种族之间的战争；日本则被沃克高度抽象成为一般意义上的亚洲人，他们的侵略暴行被作者解释成为有色人种对白色人种的冒犯。出于这样的理念，作者在小说中多次重弹"黄祸"的老调。读到这

---

① 赫尔曼·沃克：《战争风云》，施咸荣等译，第687页。

里，我们也就洞悉了作者为什么要把太平洋战争视为第二次世界大战的转折点的真正原因。在他的视域中，欧洲大战只是白种人的内部纷争，而太平洋战争则是全体白色人种对有色人种的战争。所以，他才深有用心地安排华伦在中途岛战役中阵亡，然后将他擢升成为一位超凡入圣的种族英雄。

至此，西方传统的白色神话已经悄悄地完成了一种范式的转变，即由欧洲中心主义转化为以美国为首的西方中心主义。这种格局以美国的权力结构为基础，伴随着全球化的喧嚣把它的影响扩散到世界的每一个角落。从此，全球化取代了现代化，创造了新的政治经济权力中心和帝国公司，重构了新的经济剥削和政治边缘形式。

沃克的小说创作于 20 世纪 70 年代，却似乎是在为 90 年代的"大西洋主义"立法。事实上，他在《战争风云》和《战争与回忆》中流露出来的强烈的种族情绪，也就是后来徘徊在美国哈佛大学教授塞缪尔·亨廷顿脑海中的文化幽灵。后者在《文明的冲突与世界秩序的重建》（1996）一书中指出，当今世界文明之间的均势正在发生变化，西方文明的影响正在下降，亚洲文明正在扩张，伊斯兰世界正在出现人口爆炸，这些都将给世界的稳定造成巨大的威胁。因此，鉴于东方文明的日渐崛起和东、西方文明冲突的不可避免，为了抑制亚洲文明和伊斯兰文明，西方文明在经历了持续几个世纪之久的欧洲阶段和 20 世纪的美国阶段之后，应该进入第三个发展阶段，即欧美阶段，以全面推行大西洋主义。其核心内容是由美国这个最强大的西方国家担负起组建一个大西洋联盟的任务，将北美、欧洲、拉美合众为一，组成一个表现形式为邦联、联邦和其他复合体系的世界帝国，在西方文明的层面上推行民主和多元政治。① 这种北大西洋对西方文明的召唤，构成了美国文化帝国全球叙事的基本模式。另一位西方学者保罗·约翰逊说得更为直露，他于 1993 年 4 月 18 日在《纽约时代杂志》上发表题为《殖民主义卷土重来——压根儿不为时过早》的文章，认为"文明的国家"应该担负起对第三世界国家进行重新殖民的责任，因为"这些国家已经失去了文明生活的最基本条件，而实现这一点的途径是对其进行强制托管"。②

---

① 塞缪尔·亨廷顿：《文明的冲突与世界秩序的重建》，周琪等译，第 349 页。
② 爱德华·W. 萨义德：《东方学》，王宇根译，第 448 页。

亨廷顿等美国学者们的强权文明观说明，当代帝国主义是一种霸权帝国主义，最大限度地实施着一种比以前更高水平的合理化暴力——不仅通过火和剑，而且企图去控制心和脑，其内容可以定义为军队—工业联合企业和西方为中心的霸权文化的联合行动。这种对第三世界人民和地区的独立自主不屑一顾的新帝国主义架势表明，西方正在把形形色色的帝国主义叙事带进 21 世纪，一种新的欧美民族主义正在迅猛壮大，它的政治行为越来越宣示着它的经济和军事实力。值得注意的是，在这种霸权文化中，占主导地位的是内蕴双重乃至多重标准的美国人权大棒。阿萨德·拉蒂夫认为："人权成了美国部分看法的一件便利武器，当他们不管出于什么原因不喜欢某些制度时，他们就拿起这件武器去攻击它们……人权实际上是占主要地位的国家努力在压制上升的新强国，他们禁止这些上升国家走进繁荣的市场，除非这些上升的强国同意遵守外部批准的人权标准。"①

今天，全世界的许多知识、历史和派别都在寻找一个开放性的协商空间。叙事必须来自世界各地，这样一来，多民族聚居空间就可能不会僵化为都市中心空间。"一切文化都是你中有我，我中有你，没有任何一种文化是孤立单纯的，所有的文化都是杂交性的，混成的，内部千差万别的。"②所以，德里克号召"创造一种新的全球文化，这种文化必须既不是西方的，也不是过去的……只有创造一种既普遍又特殊的新文化，才能克服文化主义霸权"。③ 由此可见，要彻底颠覆西方文化帝国，重建真正意义上的全球文化，还有待于第三世界自强于民族之林，有待于东方文明的复兴。

① 布鲁斯·罗宾斯：《全球化中的知识左派》，徐晓雯译，第 89 页。
② 爱德华·W. 赛义德：《赛义德自选集》，谢少波等译，第 179 页。
③ 阿里夫·德里克：《后革命氛围》"编者前言"，王宁等译，第 4 页。

第二章

转型中的社会

——奈保尔文本中的第三世界国家现代化问题

　　第三世界国家的所谓现代化同西方国家的现代化比起来要晚不少。人们曾认为，一般而言，当这些国家摆脱殖民地位、争取到民族独立后，现代化进程应该大大加快。第二次世界大战结束后，殖民地纷纷独立。然而，帝国主义已经被赶走半个多世纪，这些国家在现代化的道路上却遇到了许多问题，贫困依然是它们挥之不去的痛。它们不但没有赶上西方发达国家，而且还被人家远远地甩在后面。2005年6月，八国集团还召开会议，讨论减免非洲国家债务的问题。那么，造成这些国家贫穷和落后的原因究竟是什么？它们现代化建设失败的根源在哪里？又是什么使有些第三世界国家排拒现代化？一位对第三世界和西方都很了解的英国小说家奈保尔以艺术的形式对这些问题进行了探讨。

　　印裔英国小说家、2001年诺贝尔文学奖得主维·苏·奈保尔（V. S. Naipaul，1932 - ）出生于特立尼达，18岁时就离开了自己的出生地，去英国留学，并且最终成为英国女王的臣民。但是，他的20余部小说和游记，只有两部是专门以英国为背景的，其余绝大部分都写第三世界国家。毫无疑问，这与他的背景不无关系。奈保尔笔下的第三世界版图宏大，从在世界地图上只用一个小圆点标示出的特立尼达扩张到亚洲、非洲和拉丁美洲的许多国家。而同如此宏大的版图相对应的，是这些作品集中反映的一个非常重大的问题，即那些刚刚摆脱殖民统治、处在从传统向现代转型的第三世界国家，在国家建设过程中所面临的困境——由于领导者无能、严重腐败、不顾具体国情照搬西方国家发展模式、人民缺乏公德意识和凝聚力等诸多因素，导致了这些国家局势动荡、社会发展处于停滞状态。

　　仅仅从第三世界国家内部寻找他们发展失利的原因，对殖民者的罪责避而不谈，这使奈保尔受到许多批评。印度本土作家、后执教于美国加州伯克利大学的 C. J. 沃利亚认为他是在为英国殖民主义做辩护，说他是"最受英国人喜爱的 19 世纪英国人"。① 尼日利亚作家乞努阿·阿契贝说他是"令人舒服的白种人神话的恢复者"。② 已故后殖民主义批评家爱德华·W. 萨义德在评论他的《超越信仰》时说他已经"变得没头没脑"，成了一个"代人写作的捉刀人"。③ 伊什梅尔·李德说他"属于有色人种，却想当白人"。④ 这些人是绝没有耐心花很长时间著书来控诉奈保尔的。不过，赛义德的学生罗布·尼克松（Rob Nixon）好像得到了导师真传，用后殖民理论写就《伦敦在呼唤：V. S. 奈保尔，一位后殖民要员》（*London Calling*：*V. S. Naipaul*，*Postcolonial Mandarin*，1992）一书，通过对奈保尔非小说作品中殖民主义话语的分析，痛快地给他贴上了殖民主义者和种族主义者的标签，认为奈保尔之所以在英美社会获得较高的声誉，是同他对前殖民地社会的"负面再现"⑤ 分不开的。

　　仔细研读奈保尔的作品，不难发现，奈保尔的第三世界文本是十分复杂的。它既蕴含着殖民主义话语，又揭示了一些关于第三世界国家所面临问题的真相，尽管他的有些看法我们不敢苟同。这是以往奈保尔研究常常回避或者忽视的地方。单纯地强调其中任何一方面都有可能为了得出一个"非此即彼"的结论而导致对奈保尔的误读。尽管他作品中对第三世界的讽刺实在令人难堪，但是，作为生活在第三世界国家的中国人，笔者还是无意把笔墨浪费在对奈保尔的指责上。笔者只想面对他作品中许多第三世界

---

　　① See Scott Winokur, "The Unsparing Vision on V. S. Naipaul", *Conversations with V. S. Naipaul*, ed. Feroza Jussawalla（Jackson：University Press of Mississippi, 1997），p. 122.

　　② Chinua Achebe, "Viewpoint", *TLS*, 1 Feb. 1980, p. 113.

　　③ 爱德华·W. 萨义德：《智力灾难》，《天涯》2002 年第 1 期，第 149 页。

　　④ See Scott Winokur, "The Unsparing Vision on V. S. Naipaul", *Conversations with V. S. Naipaul*, ed., Feroza Jussawalla, p. 121.

　　⑤ Rob Nixon, *London Calling*：*V. S. Naipaul*, *Postcolonial Mandarin*（New York：Oxford University Press, 1992），p. 6.

读者不愿面对的一些事实（truths），看看其中是否有些东西真的对他笔下的第三世界国家，包括当下正在进行现代化建设的中国所遇到的某些问题有所裨益，因为仅仅指责奈保尔无益于第三世界自身问题的解决。本章共分两大部分：第一部分以奈保尔的代表作《河湾》为个案，来分析非洲国家现代化建设中遇到的问题，这一部分重点分析现代化建设中人的因素的重要性；第二部分是对奈保尔的游记"印度三部曲"中的《黑暗地带》和《印度：一种受伤的文明》的分析，主要探讨印度文明，旨在揭示，文明是如何成为一个民族进步和发展的桎梏。

一

1936 年 10 月 5 日，在临终前十四天，鲁迅先生发表在《中流》杂志上的一篇文章中有这样一段话：

> 不看"辱华影片"，于自己是并无益处的，不过自己不看见，闭了眼睛浮肿着而已。但看了而不反省，却也并无益处。我至今还希望有人翻出斯密斯的《支那人的气质》来。看了这些，而自省，分析，明白哪几点说得对，变革，挣扎，自做工夫，却不求别人原谅和称赞，来证明究竟怎样的是中国人。①

鲁迅先生向国人推荐的这本《中国人的素质》（旧译《支那人的气质》）的中译本最早见于 1903 年，如今已经有好几个现代译本，该书作者的名字在现代译本中是明恩溥（Arthur H. Smith）。② 明恩溥为美国传教士。他在华传教 22 年，生活于社会底层，对中国民间的习俗观察细致。1894 年出版的这本书，将中国人的素质归纳为 26 条，其中贬多褒少。对于这样一本书，鲁迅先生之所以如此郑重推荐，有他的良苦用心，因为他想让当时

---

① 鲁迅：《且介亭杂文末编·"立此存照"（三）》，《鲁迅全集》第 6 卷，人民文学出版社 1981 年版，第 626 页。

② 该书的第一个现代中译本见于 1998 年，学林出版社的译本《中国人的素质》（秦悦译）自 1999 年面世以来，如今已经再版两次。

的国人意识到自身的弱点，进而反省并克服。同《中国人的素质》一样，奈保尔的第三世界文本中对第三世界国家的看法也是贬低有余，褒扬不足。我们能否也对照一下他的第三世界文本，看看"哪几点说得对"，并且能对国人有所触动？下面，先让我们以他的代表作《河湾》为例分析非洲国家现代化的情况。

《河湾》从第一人称叙述者萨里姆的视角写非洲内陆的一个河湾小镇独立后的变迁。① 小镇上发生的事揭示了一个刚刚摆脱殖民统治的非洲国家独立后的混乱状态和对现代化的排拒。它的一个重要主题就是非洲无法摆脱欧洲而独立存在。

在《河湾》的开始，奈保尔就向我们展示了一个分崩离析的社会：

> 这个国家，同非洲的其他国家没有什么两样，独立后就麻烦不断。处在内地、坐落在大河湾上的小镇已经几乎不复存在了；纳扎努丁说，我得从头开始。②

小说并没有具体说明"这个国家"是哪个国家，因为，它已经不太重要。反正它是非洲国家的典型代表，"同非洲的其他国家没有什么两样"；并且，小说的目的是写非洲，并非某一非洲国家。非洲国家"独立后就麻烦不断"才是小说家最想表达的，小说中发生的事件也证明了这一点。而这句话的言外之意就是：刚刚独立的非洲国家经常处于一种失控状态，它们无法自治。虽然奈保尔没说它们需要由外国/西方来统治，但是这句话的殖民主义痕迹是无法否认的。③《在一个自由的国度》中，奈保尔几乎是用

---

① 小镇的变迁大体经历了混乱、复苏、混乱三个阶段，这在很大程度上反映了这个国家，也是整个非洲独立后的发展状况：从混乱走向混乱，一切又回到开始，一切又需要重新开始，总体说来是原地踏步。耐人寻味的是，这三个阶段构成了一个循环结构。如果说，这个国家的内战处于这一循环结构的两端——第一部分和第四部分，其标题分别为"第二次反抗"和"战斗"，那么，其现代化建设则被包裹在中间的第二部分。这似乎在暗示，这个非洲国家不管发生多大变化，最终它仍将回到混乱的丛林状态。现代化可能只不过是它的一个插曲。在小说中，现代化是奈保尔关注的一个重点，他特意给它开出一块地，叫"新领地"——也是占小说篇幅最多的第二部分的标题——来谈它的建设和失败。

② V. S. Naipaul, *A Bend in the River* (New York: Vintage, 1989), p. 3. 分析《河湾》这一部分的引文均出自此书，由笔者自译，随文注出页码，如引译文则另加注释说明。

③ 奈保尔也把这一观点用于他对刚刚独立的第三世界国家的描写中。

一种写童话故事的口吻把那个也是没有说出名字的，刚刚独立的非洲国家①的"麻烦"——两个部落的宿仇——直截了当地抖搂出来了。小说的第一句话：

The world is what it is；men who are nothing，who allow themselves to become nothing，have no place in it. （p. 3）

许多人从这句话里看出了印度教对作者的影响。小说的中译本译者似乎也支持这种观点，把这段话译成："世界如其所是。人微不足道，人听任自己微不足道，人在这世界上没有位置。"②这种理解很值得商榷。它的意思应该是："世界如其所是。微不足道的人，听任自己微不足道的人，在这个世界上没有位置。"而如果我们回想这段开场白与非洲国家之间的联系，乍看起来好像有些牵强。但是，仔细体会，它也是在指非洲人，他们"什么也不是"，他们所梦想的自由国度就像童话一样脆弱而不真实。

那么，小镇的"不复存在"又指什么呢？它不禁使人想到奈保尔与《河湾》创作密切相关的一篇文章《刚果的一个新国王：蒙博托和非洲的无政府状态》（"A New King for the Congo：Mobutu and the Nihilism of Africa"，1975）中的一段话。在那段话中，奈保尔提到康拉德的短篇小说《文明的前哨》（An Outpost of Progress）中一个白人对非洲的展望：一百年后这里可能会有一个城镇，会有文明。奈保尔把城镇当作文明定义的一个部分，并且说："这样准确定义的文明来了；然后……又消失了。"③这篇文章所描写的刚果这个刚刚独立的非洲国家为《河湾》的创作提供了重要的参考框架，它所传达的思想也大都为《河湾》以艺术的形式表现出来了。其中较为重要的观点之一就是非洲人拒绝文明，固守着"丛林"生活方式。在《河湾》中，欧洲殖民者曾在河湾上建起了一个小镇，他们走后，这个小镇

---

① 奈保尔自称《在一个自由的国度》所描写的国家是乌干达，兼及肯尼亚。
② 引文见 V. S. 奈保尔《河湾》，方柏林译，译林出版社 2002 年版，第 3 页。
③ V. S. Naipaul，"A New King for the Kongo：Mobutu and the Nihilism Africa"，*The Return of Eva Peron with the Killings in Trinidad*（New York：Vintage，1981），pp. 206 – 207.

正在被丛林所吞噬。"皮特，如果我死了，你就要挨饿，你就得回到丛林中去。"①《在一个自由的国度》中的上校——一个典型的殖民主义者——对他的黑人仆人这样说。对非洲人来说，这是典型的"殖民主义者的谎言"。②而奈保尔在他的作品中所要表达的似乎可以归结为这样一句话："不，这是实话。"《在一个自由的国度》中，殖民者离开后（他并没有死，也没有真正地离开），这个非洲国家的混乱状态（部落战争、对国王和他的族人的杀害、对国王拥护者的折磨以及鲍比被打等）就说明了这一点。在《河湾》中，奈保尔则是用整部小说来证明。

"非洲是一片丛林"③——这是奈保尔对非洲所下的定义。在《河湾》中，我们看到的，就是被丛林覆盖的非洲，他好像是在用整部小说来给非洲下定义。他对丛林好像着了魔，总是不厌其烦地提到它，丛林已经成了非洲的借代。而这定义中也含有不该忽略的潜台词，它是指殖民者离开后的非洲。他好像是在说，无论非洲怎么变化，它依然是野蛮落后的非洲，它将永远是一片丛林。

小说开始后不久，丛林就出现在读者的视野之中。尽管是开车，而不是像康拉德笔下的马洛那样乘船，通往非洲中心的旅程也是同样艰难的，需经过"越来越多的灌木丛"（第3页），同马洛一样置身"令人疯狂的荒野"（第4页）。在非洲中心，欧洲人在大河湾上建起来的小镇，在欧洲人走后④几乎被毁掉了。"废墟上长出灌木"，强大的欧洲文明的痕迹被丛林覆盖，欧洲人建立起来的"街道和花园已经难以分辨"（第4页），"回到丛林状态"（第25页）。即使是在小镇复苏以后，村里人也在其中搭帐篷。

尽管同《黑暗的中心》中的非洲相隔已有80年，但是，《河湾》里的那个想象中的非洲国家依然是一片黑暗。不论是经过阿拉伯人还是欧洲人

---

① V. S. Naipaul, *In a Free State* (England Penguin, 1977), p. 181. 在《全世界受苦的人》中，法侬引了一句殖民者经常说的话，与上校所说的话相似："如果我们离开，一切都将不复存在，这个国家就会回到中世纪。" See Franz Fanon, *The Wretched of the Earth*, trans., Constance Farrington (New York: Grove Press, 1967), p. 51.

② Franz Fanon, *The Wretched of the Earth*, trans., Constance Farrington, p. 211.

③ See Bharati Mukherjee and Robert Boyers, "A Conversation with V. S. Naipaul", *Conversations with V. S. Naipaul*, ed. Feroza Jussawalla, p. 77.

④ 着重号为笔者所加。

的殖民，现在的非洲还是一片丛林。在这里，时间永远被定格在原始时代。奈保尔用反讽的手法把这一点表达得淋漓尽致。公立中学的校训"总有新东西"（第 61 页）是对非洲的最大反讽，原文为拉丁文（semper aliquid novi），出自普林尼的作品，被这个非洲国家用来概括其现代化建设。其实，"总有新东西"是奈保尔对西方文明的理解。1990 年，他在纽约曼哈顿学院做了一次题为《我们的普世文明》的著名演讲。可以说，该演讲就是奈保尔对西方文明"总有新东西"所做的脚注。而在这部小说中，奈保尔反讽地把不断创新用于非洲，则暗含一种对比，即只有西方才会有新东西。

奈保尔在"新"字上做足了文章，他写了许多"新东西"，如水葫芦、新领地、新总统、新军队和非洲新人等。许多人，如对奈保尔颇有研究的《联邦文学杂志》主编约翰·希姆（John Thieme）①等，都只注意到了校训的反讽含义，但是似乎没有注意到它是小说内在结构的一部分，是这一结构表现出了较强的主题性。它传达出这样一个观念：独立后的"现代化"非洲表面上焕然一新，实质上依然如故，没有什么本质上的变化和飞跃。②

最早出现的新东西是水葫芦。在谈及《河湾》时，论者一般都免不了要对它说几句③，因为它的象征含义是耐琢磨的。对萨里姆来说，它在不同的时期象征不同的东西：

> 在叛乱的日子里，它们（水葫芦）诉说着流血；在沉闷、炎热、

---

① See John Thieme, *The Web of Tradition*: *Uses of Allusion in V. S. Naipaul's Fiction* (Hertfordshire: Dangaroo, 1987), p. 185.

② 法侬在《全世界受苦的人》中也有相似的论述："（非洲）宣布独立后，没有发生任何新事物，一切都从头开始。"（第 76 页）另外，他在该书其他地方对非洲的"新"也非常注意。《河湾》中有许多东西同《全世界受苦的人》相似，笔者认为，这部小说的创作受到了《全世界受苦的人》的影响。他曾经在一个研讨会上说到蒙博托拙劣地模仿法侬思想的事。See V. S. Naipaul, preface, *East Indians in the Caribbean*: *Colonialism and the Struggle for Identity*: *Papers Presented to a Symposium on East Indians in the Caribbean*, *The University of the West Indies*, June, 1975 (Millwood, New York: Kraus International Publications, 1982), p. 7.

③ See, for example, John Thieme, *The Web of Tradition*: *Uses of Allusion in V. S. Naipaul's Fiction*, pp. 185 – 186; Peggy Nightingale, *Naipaul*: *A Materialist Reading* (Amherst: the University of Maswsachusetts Press, 1988), pp. 212 –213; Lynda Prescott, "Past and Present Darkness: Sources for V. S. Naipaul's *A Bend in the River*", in *Modern Fiction Studies*, 30 (1984), pp. 558 – 559.

阳光耀眼的下午，它们诉说着了无趣味的经验；在皎洁的月光下，它们与某一特定夜晚的情调相交融。（第58页）

　　但是，对于土著非洲人来说，虽然水葫芦出现已经有几年了，可他们依然称它为"新东西"①，他们可能永远这样称呼，本地的方言里没有词可以称呼它。它不是外来货，是生态灾难的结果，"是这条河自己的产物"（第46页）。这个"新东西"尽管花开得好看，却像霍桑的短篇小说《拉帕契尼的女儿》中花园里的美丽花朵一样充满着危险，并没有给当地人民带来什么好处，反而起着束缚和羁绊的作用。"它能缠住汽船的螺旋桨。即使汽船不被缠住，即使不再有战争，就是刚果的水葫芦也会把河上的人永远禁锢在丛林生活之中。"② 河流、船和螺旋桨这些词组合在一起，构成了国家和国家发展动力的象征。有了水葫芦，国家的发展将举步维艰。对环境问题没有关注，这是许多后殖民国家在立国初期的一个大问题。奈保尔在这一问题上略施笔墨，让水葫芦和小镇上堆积如山的垃圾反复出现，使那些革命热情过高的新国家在致富路上犯下的急于求成，急于现代化，不惜以毁坏自然为代价的通病得以凸现。这个问题在西方现代化的早期也同样出现过，但是西方用他们的教训告诉我们，现代化的一个重要指标，恰恰就是人对环境问题的充分关注。在很大程度上，我们似乎可以这样说，对于水葫芦，即使不是像评论家那样象征地看，而是干脆就谈它所揭示的环保问题，也未必不是一个有效的解释。对于奈保尔这样来自高度现代化西方国家的人来说，第三世界国家现代化初期的环境问题是显而易见的，也是大问题。

　　而作为第三世界读者，看到水葫芦被称作"新东西"（the new thing），我们总是难免要想到另一个具有时代印痕的词："新生事物"。或许这才是对"the new thing"的正确翻译。所谓的新生事物在他看来，注定会成为这些国家发展的障碍。如果我们把水葫芦和小说中后来陆续出现的"新"东西联系起来，会

---

　　① 萨里姆认为非洲土著人"对新东西感兴趣……但是，他们的口味固定在他们第一次接受的东西上"（第5页）。这其实也就是说他们不愿意接受新事物。

　　② V. S. Naipaul, "A New King for the Kongo: Mobutu and the Nihilism of Africa", *The Return of Eva Peron with the Killings in Trinidad*, p. 197.

得出这样一个启示："新"是危险的，新领地就是一个明证。

新东西（水葫芦）、新领地、非洲新人和新总统等在《河湾》中是奈保尔精心设计、用"新"字串起来的一条结构线。新领地是这个国家出现的一系列新东西中最惹人注目的。迄今对《河湾》的研究不仅忽视了这一重要结构的存在，而且对新领地在小说中所占的分量重视也不够，还没有人对它进行过认真的研究。它距小镇不远，是新总统大人物在殖民地时期欧洲人居住的废墟上建造的一座新城，是国家的新领地。它代表现代化新非洲，标志着对"由丛林和村庄所组成的非洲"的抛弃。领地豪华的建筑令人惊异："水泥的天窗、巨大的水泥高楼、色彩斑斓的玻璃"。它的目的是要比欧洲人建的城市"更壮观"（第100页）。

奈保尔在"新领地"这一部分刚开始不久就把它建起来，可谓有的放矢，他的目的就是对这一现代化工程进行批判。他的批判或明或暗，贯穿整个部分。刚刚描写完象征非洲现代化的参天大楼，他就迫不及待地通过叙述者萨里姆敏锐的眼睛告诉读者，这是大人物和许多第三世界国家装大和爱大这一不成熟心理的外在投射。[①] 这片新领地属于盲目建设，建设之初还不知道用它来做什么，没有被派上合适的用场。它只是"为了满足总统个人的某种需要"（第101页），是彰显他业绩的"形象工程"（第260页），是总统政治的一部分，后来变成了大学和研究中心，速成了一批费迪南式的未来政府管理者。"这些楼就是为了满足总统个人需要和增加民族自豪感吗？但是它们可是花掉了无数的钱啊！"（第101页）奈保尔借萨里姆之口这样慨叹道。[②] 类似的形象工程又岂止存在于非洲国家?！新领地建得过快，质量不过关，已经有裂痕，注定要倒塌。萨里姆走进领地上的雷蒙德住处时，发现它在灯光下很耀眼，这暗示了它昙花一现的性质。在奈保尔的小说和非小说作品中，闪光的东西多半是有欺骗性的，它们要么象征短暂易逝，要么象征幻想和幻想的破灭。萨里姆在谈到领地的家具时用了

---

① 在《河湾》中，马赫什开的大汉堡连锁店充满"大"的广告词，句句不离"大"："Bigburger——The Big One——The Bigwonderful One."（第97页）这是对那些爱"大"的第三世界国家民族心理的捕捉，也是对他们的反讽。

② 萨里姆作为第一人称叙述者，除了讲述故事，还肩负着为奈保尔代言的重任。表面上是他在说话，实际上是隐藏在他背后的奈保尔在言说。所以，在这部小说中，他的许多话都传递着奈保尔的价值观念。

"flashy"（第 101 页）这个词。它使人们想到 a flash in the pan（昙花一现）这个英语成语。在《一个刚果新国王》中，奈保尔描述蒙博托的"总统领地"也用了同样一个词，并且说它"虽华丽，却暗示着死亡"。①

在此，我们不应该疏漏的是，奈保尔在描写领地的楼房时，用一段话有意让读者联想到他的《毕司沃斯先生的房子》："领地的楼房建得过快，从前灯光掩饰的缺陷现在在正午的强光下显露出来了。墙上的石膏有许多地方已经裂缝……"（第 172 页）领地的房子同《毕司沃斯先生的房子》中毕司沃斯先生所买的法务官文书的房子何其相似！毕司沃斯先生第一次去看房子时，是个下雨的下午，他被"厚重的红色窗帘映衬着光可鉴人的地板"所吸引，认为它"使得整个房间华丽温馨得就像广告里的场面"！②他从来没有在有阳光的下午去看过那房子，结果房子刚一买下，它的问题就暴露出来了。奈保尔曾经说过，他的每一本书都基于以前的写作，都包括以前写的所有作品。③ 这不仅意味着他的每一本书都是一部未完成的作品，也暗示着任何一本书的意义生成都有赖于以前的作品。而从新领地的房子指涉毕司沃斯先生的房子来看，毕司沃斯先生的房子的象征意义是我们必须要考虑的。毕司沃斯先生想拥有一间属于他自己的房子，不仅仅表明他个人想获得独立，而且还被奈保尔赋予了民族独立这层象征含义。在这部小说中，房子是一个很重要的象征。不同的房子有不同的象征含义，但是它们大都与独立、自由等概念相关。毕司沃斯先生离开特尔西家，可以被看作是殖民地人民或者是特立尼达人企图摆脱帝国统治，争取独立的象征，因为奈保尔对这一家族的描写就像是在写处在末日的大英帝国：他把汉努曼（Hanuman）大宅写成一个坚固的城堡，把其中的女主人比作女王。而毕司沃斯先生在绿谷所建的房子则可以被看作是殖民地人民还不具备独立的条件，房子建筑材料短缺就暗示了这一点。而那场强大得足以使人想到莎士比亚的悲剧《李尔王》的暴风雨，摧垮了房子，这暗示着离开

---

① V. S. Naipaul, "A New King for the Kongo: Mobutu and the Nihilism of Africa", *The Return of Eva Peron with the Killings in Trinidad*, p. 202. 小说中许多描写带闪光的东西都被奈保尔赋予了易逝的特点。如写马赫什 sitting room 中东西时用了"shiny"（p. 200）；在临别时，描写河流用了"dazzled"（p. 276）。

② V. S. 奈保尔：《毕司沃斯先生的房子》，余珺珉译，译林出版社 2002 年版，第 4 页。

③ V. S. Naipaul, "Two Worlds: The 2001 Nobel Lecture", *World Literature Today* 72. 2（2002），p. 5.

了宗主国，殖民地人民就像房子里的昆虫那样无助。从整个小说，我们看到，在《毕司沃斯先生的房子》中，房子总是被建起又倒塌，这暗示着盲目、没有成就和没有历史。而毕司沃斯先生的房子与新领地的房子之间的最大相似之处还在于，它也是"现代的"房子，是这房子"现代的前门"①令他昏了头。也正是因为现代化问题在该书中没有得到充分的讨论，所以在《河湾》中奈保尔用"新领地"一章来探讨这一话题。

领地的周围"独木舟依旧、溪流依旧、村庄依旧"。②而这片领地也只不过"是河流和灌木丛之间仅存的一块空地。这个世界上除了灌木与河流之外好像什么也没有"（第138页）。领地的空地上，村里的人支起了帐篷。在小说临近结尾时，它完全失去了现代化形象工程的特点，越来越像非洲人的居住地，领地上长起了高高的玉米和酷似灌木的木薯叶子。"这片土地——在它上面发生了多少变化！河湾旁的森林、人群聚集的地方、阿拉伯人的定居点、欧洲的前哨、欧洲的郊区、像死亡文明那样的废墟、新非洲的领地，现在又是这样。"（第260页）新领地是非洲的缩影，它无论怎么变化，都会回到开始——丛林，不会给文明留下空间。对萨里姆来说，纳扎努丁的话——它只是一片丛林——应验了，它"几乎没有什么新东西"（第118页）。就连首都在萨里姆从欧洲回来之后，看上去也只不过是森林尽头的一个"假象"（第247页）。

在小说中，奈保尔还指出了新领地或者非洲现代化建设失败的原因。他多次借萨里姆之口明确指出，失败在于建设速度过快。在领地建设之初，萨里姆就说："这事进行得非常快……推土机震耳欲聋的响声在和急流的声音竞赛。"（第100页）领地建成后，针对其建筑质量问题，他又说："快速建起来的领地，当然毁得也快。"（第102页）在大人物看来，现代化是可以速成的。他试图"在2000年把这个国家变成世界强国"（第138页）。按照他的逻辑，建成一个世界最大的什么东西就会迅速成为世界第一。"在急流附近的灌木丛中清出一块地"（第99页），在上面建几座高楼就能实现现代化。新领地建成后，关于它的照片出现在欧洲出版的、宣传新非洲的杂志上。这些照片传达出这样的讯息："在我们新总统的统治下，奇迹出现

---

① V. S. 奈保尔：《毕司沃斯先生的房子》，余珺珉译，第4页。
② 引文见 V. S. 奈保尔《河湾》，方柏林译，第105页。

了：非洲人已经变成现代人了，他们也可以建成用水泥和玻璃组成的大厦，也能坐在有仿天鹅绒坐垫的椅子上。"（第 101 页）不过，后来领地的失败和非洲又走回传统与这段引文形成了情境反讽，表达了奈保尔对"速成"的看法。在奈保尔看来，现代化和人才的培养是一个长期的过程，是不能"速成"的。在西方国家，这些"要花好长时间"（第 102 页）。第三世界国家的现代化尽管有西方国家现成的模式可以借鉴，会少走许多弯路，但是，也绝非一夜之间就能"大跃进"，它至少也需要几代人的努力。奈保尔曾经回忆说："当我在东非时，我到处都能听到非洲的时代这种说法，好像非洲突然在技术、教育、文化上变得先进，在政治上变得强大了。"

新领地的失败，还在于把物质现代化作为现代化的全部内容。现代化不能速成，也并非宣传新非洲杂志上的几幢高楼所能代表。高楼大厦只不过是现代化的幻象，在物质层面的体现。而现代化是一个巨大工程，它还包括许多其他方面的内容。按照塞缪尔·亨廷顿（Samuel Hungtington）的总结，现代化"涉及到人类思想和行为所有方面的变迁。其内容至少包括：工业化、城市化、社会动员、分化、世俗化、大众传播媒介的发展、识字率的提高和教育的普及、政治参与的扩大"。[1] 这些恐怕是大人物们不知道的。因为他们只知道"秩序和金钱"（第 86 页）是现代化的保证。非洲人把现代化和金钱画等号。"每个人谈的只有钱。"（第 25 页）人们"尽可能地戴金饰物——金边眼镜、金戒指、金笔套、金表"（第 119 页）。只追求物质现代化，并且简单地将它视为现代化的全部内容，现代化工程的畸形与失败就在所难免。因此，只搞经济建设是不行的。萨里姆在首都机场看到的不和谐景象就印证了这一点：国内航班候机区的布告栏是"现代的电子设备"，与他在伦敦和布鲁塞尔看到的没有什么区别；但是，布告栏下面的检票口和行李称重处却"仍旧是一片混乱"（第 250 页）。就这样，现代化只流于形式，作为现代化主体的人仍然是传统的。

在现代化的诸多因素中，起决定作用的是人。没有人的现代化，一个社会从传统到现代的转型就是徒劳的。奈保尔无疑意识到了这一点，所以在《河湾》开篇，他就通过"微不足道的人（men who are nothing），听任

---

① 塞缪尔·亨廷顿：《关于现代化的几个基本理论问题》，谢立中、孙立平主编：《二十世纪西方现代化理论文选》，上海三联书店 2002 年版，第 204—205 页。

自己微不足道的人，在这个世界上没有位置"这句话加以暗示，尤其是其中的 nothing 这个单词，从相反的意义上表达，只有举足轻重的人（men who are something）才能在这个世界上占有一席之地。这句话同时也暗示人们要"使自己有用"（make something of yourself）。在奈保尔看来，非洲在世界上没有位置，就是因为非洲人听任自己微不足道。具体地说，他把矛头指向对非洲人国民性的批判。非洲人的性格弱点使他们在思想和行为方式等方面仍然是传统的，没有为现代化做好准备。

非洲人性格中最大的弱点就是没有个性。这从处在"新"字链上、极力张扬"个性"的非洲"新人"善于模仿这一点可约略窥见。非洲"新人"也是速成的。奈保尔不无讽刺地说："把一个孩子从丛林里带出来，教他读书和写字；把丛林铲平，建成大学，把孩子送到那里去。好像就这么容易。"（第102页）这样速成出来的新人是什么样子呢？奈保尔在《在一个自由的国度》中也提到了非洲新人。他们泡酒吧，梳英式发型，喝鸡尾酒。《河湾》中的非洲新人跟这些人在骨子里是一样的。公立学校的学生们除了空洞的语言之外，没有学到什么有用的东西。他们以非洲新人自居。从武士部落来的那些学生看不起其他地区来的人，他们模仿欧洲人的贵族气派。费迪南是这些学生中的典型。他在奈保尔塑造的众多模仿者形象之中也是比较典型的一个。他的脸长得就"像一张面具"（第48页）。并且总是在模仿不同的人，做出不同的姿势。他先是在举止上模仿他的欧洲老师，然后，又同来自武士部落的那些学生一起模仿欧洲贵族。好像模仿"会变为成就似的"。[1]

需要指出的是，非洲"新人"的模仿，与霍米·巴巴的模仿（mimicry）是不同的。很难说巴巴的模仿概念是来源于法侬还是奈保尔（巴巴的博士论文写的就是奈保尔），这一概念在《关于模仿与人：殖民主义话语的矛盾性》一文中被用作殖民地的一种权力策略，它的模仿过程是对模仿对象的颠覆。模仿者对白人形象的重复实际上是对权威表征的转换，是一种再创造。一种不易察觉，却又有着明显不同的新东西被创造出来了。它扭曲了殖民者眼中的世界，又返还给他。同时，模仿者也想成为一个"再生

---

① Cathleen Medwick, "Life, Literature, and Politics: An Interview with V. S. Naipaul", *Conversations with V. S. Naipaul*, ed. by Feroza Jussawalla, p. 59.

的、可识别的他者，一个不同的主体，样子几乎相同，又不尽相同"。① 但是，奈保尔笔下的费迪南们是没有颠覆企图的，他们没有西方人的创造精神，只是为强调自己的主体地位而机械地模仿和复制。如果说他们有什么创造性的话，那就是表现在制作面具上。面具是不能重复的，否则就失去魔力了。萨里姆发现，费迪南的个性中"什么也没有"（There was nothing there）（第48 页）。这与莎士比亚的悲剧《李尔王》中的一句话形成了上下文："没有只能换到没有"（Nothing will come of nothing）。② 奈保尔刻画这些模仿者，意在表明，他们总是在模仿很容易模仿到的东西，如衣着、举止、口音等。他认为，成功是努力和奋斗创造出来的，模仿还远远换不来成功。③

　　非洲新人表面上焕然一新，但是骨子里却与过去没有什么两样。他们依旧相信迷信，不相信科学，这是他们性格中的另一个弱点。尽管有阿拉伯人和欧洲人的殖民，但是，非洲人还是抱着原始宗教不放。原始宗教和祖先崇拜在他们心中依然根深蒂固。非洲的原始宗教因地区和种族的差异而呈现多样性。然而，在整个非洲，人们一般都对万物有灵论坚信不疑，相信所有自然物中都有神灵，这些神灵在自然物死后依然存在。同时，它们还存在于物之上，这就是物神崇拜。此外，在非洲宗教中，还有祖先崇拜。传说中的英雄或者部落首领先是作为祖先受到崇拜，然后被列入神祇。非洲人祖先或者神祇不但能向他们显灵，而且还可以占有他们。所以，他们要举行各种宗教仪式祭拜祖先，以求保护。对非洲人来说，不管发生什么，"祖先都会呵护他"（第 9 页）。所以，他自己无须再做什么。渔夫的船头依旧画着大眼睛以求好运，他们禁止别人给他们拍照，因为这会把他

---

① Homi K. Bhabha, "Of Mimicry and Man: The Ambivalence of Colonial Discourse" (*The Location of Culture*, London and New York: Routledge, 1994), p. 86.

② 莎士比亚：《莎士比亚全集》第 5 卷，朱生豪等译，人民文学出版社 1978 年版，第 430 页。

③ Cathleen Medwick, "Life, Literature, and Politics: An Interview with V. S. Naipaul", *Conversations with V. S. Naipaul*, ed. Feroza Jussawalla, p. 61. 奈保尔还把模仿延伸到国家建设上，他认为像新领地那样的速成的现代化工程也是不可取的。它只能使非洲"用现代工具走回老路"（第 201 页）。模仿缺乏创造，不会激起人们的原创性意识，去考虑电话是怎样制成的，更不会去考虑发明新电话，只能被动地接受一切现成的东西。"没有人愿意走出他的界限。"（第 9 页）这样，构成西方世界的思想、哲学和法律就只能照搬，而不会考虑到与具体的国情相结合。模仿是第三世界国家落后的一个主要原因。在这一点上，奈保尔同法侬的看法是一致的。在《全世界受苦的人》中，法侬用"令人作呕"（第 311 页）来表述。在这部书的结尾，他告诫第三世界国家的人抛弃模仿。

们的灵魂偷走。公立学校教室的墙上依旧挂着大人物的肖像。大人物的
"新军队""把自己既当作非洲新人，又当作新非洲的人"（第91页）。他
们大肆宣扬国旗和总统肖像，但是，这并不代表他们对历尽磨难之后新国
家的自豪感，国旗和总统肖像只不过是用来壮大自己声势的神物。作为非
洲新人，他们看不出自己国家有什么可以建设的。奈保尔断言，非洲要实
现现代化，"根除巫术比民主和选举更重要"。[①]

　　心术不正是非洲人的另一个劣根性。他们赚钱的方法不是通过劳动，
而是挖空心思耍花招。他们在计谋上是颇富创造性的。尽管他们不会"三
十六计"和"七十二变"，却也令人生厌，奈保尔用 malin（害人精）这样
的法语词来称呼他们。为了从萨里姆身上骗钱，公立学校的学生编着各种
瞎话。即使在现代化建设过程中，非洲新人也还在猎象牙，偷黄金，"如果
再加上奴隶，和古老的非洲就没有什么两样了"（第91页）。萨里姆个人的
体验是，仍"有士兵愚弄我，有海关官员为难我，我的心态陡然一变，回
到原来的感觉"（第101页）。萨里姆的非洲腹地丛林之旅举步维艰，不仅
受到沙丘和被毁坏道路的阻隔，还有道道关卡需撒下银两，给出"更多的
钱，更多的听装食品"（第3页，着重号为笔者所加）。那些"卡油"者同
狄更斯笔下的奥利弗一样，"要得更多"。制度和法律形同虚设，被执法者
所践踏。"除非付钱，否则这些官员就会证明你是错的。"（第58页）在经
济增长时，"每个人谈的只有钱"（第25页）。至于对国家应尽的责任和义
务，这些对他们来说，奈保尔也只能用"陌生"（new）这样的不充分叙述
（understatement）来表达了。金玉其外，败絮其中。这些人的内心深处，有
的只能是"垃圾"（第54页）。

　　心术不正的人难免缺乏公德意识。奈保尔仅通过下面两个句子就把非
洲人的没有公德意识表现得淋漓尽致：

　　　　（欧洲人留下来的）房子被放火——烧掉。放火前后只有本地人需
　　　要的东西遭到了洗劫。

　　　　The houses had been set alight one by one. They had been stripped —be-

---

　　① Bernard Levin, "V. S. Naipaul: A Perpetual Voyager", *Conversations with V. S. Naipaul*, ed. by Feroza Jussawalla, p. 97.

fore or afterwards—only of those things that the local people needed. ①

从这两句话中，我们可以看出奈保尔对非洲人性格的洞察力实在是令人叹为观止。他对缺乏公德的本地人的行为方式在原文中做了精细的表现："one by one"说明本地人在放火的时候表现得出人意料的冷静，这种冷静是为他们洗劫服务的，他们仿佛想找到所有该要的东西；"stripped"和"only"被隔开非常有趣，先见到前者，人们愿意想到"洗劫一空"这个词，但是"only"一词的使用和被隔开突出了作者想表达的缺乏公德的人"仅仅"是为了一己私利；而插入语"before or afterwards"则好像是在暗示，他们没有趁火打劫，也不用这样做，因为火是他们自己放的。缺乏公德的丑陋就这样被展示出来了。

通过对非洲（新）人的性格分析，我们发现，非洲新人乏"新"可陈。他们只是表面上现代，实质上依然是传统的。其中的原因令人深思。它与这个非洲国家的制度有着密切关系。这从大人物的统治上可见一斑。大人物是一位军人出身的"新总统"（第68页）。② 但是，他并没有给他的国家带来什么新气象。他的名字容易使人想到奥威尔小说《1984》中的"big brother（大哥）"。③ 奈保尔用"创造（create）现代非洲"和"创造奇迹"（第100页）来描述他，其实是对他的反讽。在奈保尔的作品中，"创造"一词被用来赞美欧洲人。他的总统不是经选举产生的。他连跟人打招呼都模仿法国总统戴高乐，却不了解法国的政治体制；因为搞个人崇拜，他的肖像遍布全国各地。当然，他更不知道现代化建设也有政治文化方面的内容。他还出了本书，一本绿色的小语录，以便把他的思想传遍全国。这种做法其实是在模仿亚洲某位第三世界国家领导人。在管理国家方面，他没有自己的想法，用从欧洲留学归来的人来培养未来国家的管理者。他自己也依赖西方人当顾问。当时，许多第三世界国家都是如此。来自欧洲某个

---

① V. S. Naipaul, *A Bend in the River*, p. 27.

② 大人物的原型是扎伊尔国王蒙博托。See V. S. Naipaul, "A New King for the Kongo: Mobutu and the Nihilism Africa", *The Return of Eva Peron with the Killings in Trinidad*, pp. 183 – 220. 他的名字容易使人想到奥威尔的"Big Brother"。笔者认为，奈保尔使用这个名字在于讽刺大人物装大、狂妄自大。

③ Timothy F. Weiss, *On the Margin: The Art of Exile in Naipaul* (Amherst: The University of Massachusetts Press, 1992), p. 189.

国家的历史学家雷蒙德就是他的"红人"（white man）（第 125 页）。总统稳定政局也要靠白人士兵，他们的枪声是"秩序和稳定的承诺"（第 79 页）。他的服饰大体反映出他的本质：他并不着西装，而是身穿非洲传统酋长服装，头戴豹皮酋长帽，手拄一根雕着图案象征酋长身份的拐杖，口操部落方言演讲。但是，演讲这种来自西方的舶来品，被他引进，是为了把非洲带回到老路上去，就连演讲中不断使用的法语词"公民"（citoyens and citoyennes），也只是为了增加音乐效果。这种"用自己的方式来使用外国东西"（第 252 页）的方法，使我们想到萨里姆在机场大厅看到的一个非洲旅客，他的西服上面罩着一个蓝色浴衣。民主就是这样被游戏和践踏。这位大人物也并非现代化总统，而是地地道道的"非洲酋长"（第 138 页）。大人物的统治没有任何民主，每个人都必须对他顶礼膜拜。这样的政治环境下，在民众的思想中，大人物永远是高高在上的神，他们自己微不足道。因此，他们把一切都寄托在大人物身上，自己对国家也就不再负有任何责任和义务。那么，现代化又如何去建设呢？对奈保尔颇有研究的卡乔（Sel-wyn Cadjoe）认为，奈保尔用不少篇幅描写大人物，在于揭示制度对人的潜能的扼杀。[①] 看来他是理解奈保尔的创作意图的。

　　现代化建设要成功，人的现代化要先行。奈保尔对这一点也有含蓄的表达。人的现代化是现代化的前提。没有人的现代化，从西方国家引进的政治体制就会变形和扭曲，遭到大人物们的践踏，从国外引进的先进技术和设备也就没有人来操作。在《河湾》中，奈保尔让我们看到，某外国政府赠送的六辆拖拉机只能"在空地上整齐地一字排列，生锈"（第 101 页），变成废钢烂铁；模范农场也要由外国人来建。社会的进步和发展受到了人的因素的制约。美国学者英格尔斯就曾经明确指出，如果一个国家的人民还没有"从心理、思想、态度和行为方式上都经历了一个向现代化的转变，失败和畸形发展的悲剧结局是不可避免的。再完善的现代制度和管理方式，再先进的技术工艺也会在一群传统的人手中变成废纸一堆"。[②] 这

---

① Selwyn R. Cudjoe, *V. S. Naipaul: A Materialist Reading*, Amherst: University of Massachusetts Press, 1988, p. 187.

② 英格尔斯：《人的现代化：心理·思想·态度·行为》，殷陆君编译，四川人民出版社 1935 年版，第 4 页。

种转变实质上属于精神文化建设范畴。有趣的是，鲁迅在 20 世纪初针对中国的现代化，也提出了国民劣根性和改造国民性问题。他清醒地意识到，人在精神方面的变革是困难的，但是，他同时又一针见血地指出，如果国民性不改变，中国的现代化就如"沙上建塔，顷刻倒坏"。① 国内对奈保尔的研究已经注意到和鲁迅的比较，如把《米格尔大街》同鲁迅的短篇小说进行对比。但是，两位小说家为什么谈到现代化时都注意到了国民性，这应该是值得比较文学学者关注的。

当然，大人物也不会意识到人的现代化是现代化的终极目的。因为他进行现代化主要是为了巩固自己的统治，而不是为了人民的福祉。为了巩固自己的统治，他什么都可以做。而一旦对西方的东西借鉴失败，就走向对西方的憎恨，从而固守传统文化。在小说的后半部分，我们看到，面对另一种文明时，大人物的非洲无政府主义思想暴露无遗，尽管它不是流血，而是强调本真（authenticity）。在此我们简单地解释一下非洲无政府主义。它是指"原始人苏醒过来，发现自己被欺骗和冒犯所表现的愤怒"。② 一提到这个词，人们便会想到刚果的前教育部长皮埃尔·穆莱（Pierre Mulele），他就是一个无政府主义者。他在斯坦利维尔挑起动乱，据说杀死了九千个能读书写字的人和戴领带的人。这是同西方对抗所表现出的愤怒。而奈保尔则把蒙博托当成不流血的无政府主义者，但他的"非洲性"仍然完全排拒西方，这一点从他塑造的大人物身上就可以看出来。

萨里姆从欧洲回来后发现，第一个发现从欧洲到刚果航线的英国探险家斯坦利的雕像已经被表示战争姿态的、手持长矛和盾牌的非洲雕像所取代。③ 这说明，从维吉尔的诗《埃涅阿斯》（Aeneid）中篡改的码头上的

---

① 《鲁迅全集》第 4 卷，人民文学出版社 1981 年版，第 224 页。

② V. S. Naipaul, "A New King for the Kongo: Mobutu and the Nihilism of Africa", *The Return of Eva Peron with the Killings in Trinidad*, p. 208.

③ 中译本在此对原文理解有误，把 "chartered the river" 译成"把大河承租下来"，参见 V. S. 奈保尔《河湾》，方柏林译，第 265 页。其实 "charter" 一词在原文中是 pioneer 的意思，它与布莱克诗《伦敦》中的 "chartered Thames" 是不一样的。See V. S. Naipaul, "A New King for the Kongo: Mobutu and the Nihilism of Africa", *The Return of Eva Peron with the Killings in Trinidad*, p. 203.

那句格言："各族融合，团结合一，深合他意"（第 63 页）①，真的变成了一句空话，成了对狭隘的民族主义的强调。他对这一点看得更透：它表现出了一个来自丛林中的人想使自己变大的一种"粗暴方式"，他把它当作一声尖叫（第 248 页）。这声尖叫使人想到奈保尔在他的《普世文明》中谈到的康拉德笔下的马来人面临另一种文明时发出的尖叫，表现出了两个文明②的冲突——先进文明与原始文化的对抗，一个弱小文明对一个强大文明的憎恶。在《一个刚果的新国王》中，奈保尔说大人物原型蒙博托的话同样也大体适用于大人物本人：

> 对康拉德来说，斯坦利维尔——1890 年在斯坦利福尔斯（Stanley Falls）站点——是黑暗的中心。在康拉德的小说中，库茨是在那里进行统治。这个象牙代理人从理想主义堕落到野蛮状态，被荒野、孤寂和权力带回到了人类最初的时代，他的房子被钉着人头的木桩包围着。七十年后，在这个河湾，类似康拉德的幻想的某种东西变成了现实。但是，那个"没有约束、没有信仰、没有恐惧，有着神秘而不可思议的灵魂的人物"是黑人，而不是白人；并且他不是由于同荒野和原始主义的接触而发疯，而是由于同那些拓荒者建立起来的文明接触而发疯的……③

所以小说最后一章的标题"战斗"既指带着萨里姆离开的汽船上发生的战斗，也指非洲文明与西方文明的冲突。而更有趣的是，这部小说以战斗结尾，奈保尔别有意图：这使小说又回到了它的开始——动乱，好像这个国家一直在原地踏步。

---

①　译文见 V. S. 奈保尔《河湾》，方柏林译，第 62 页。在《一个刚果的新国王》中，在金莎萨，它是"Open the Land to the Nations"。

②　自 1874 年 E. B. 泰勒发表《原始文化》一书以来，英美人类学家倾向于用"文化"这一概念来描述他们所研究的原始社会，用"文明"来描述与原始文化相抵触的现代社会。见布罗代尔《文明史纲》，肖昶等译，广西师范大学出版社 2003 年版，第 26 页。本书则用"传统文明"一词，与原始文化同义。

③　V. S. Naipaul, "A New King for the Kongo: Mobutu and the Nihilism of Africa", *The Return of Eva Peron with the Killings in Trinidad*, pp. 209 – 210.

　　经过对西方现代化的模仿又走回到传统的非洲不也是在原地踏步吗？模仿没有创造，因而也就没有历史。非洲是没有历史的，这是奈保尔对非洲的看法。在他看来，"历史是建立在贡献和创造基础之上的"，① 而非洲人对世界根本就没有做出过什么贡献，他们依旧过着原始的生活。人们在外表上模仿欧洲人，但是骨子里仍然是原始的，他们的原始思维还没有改变。他们在建设和毁坏中生活，结果什么也没有做成。这个想象中的国家的建设就是这样，不管它做了什么，最终都要毁坏它，因为非洲总爱回到开始，循环往复，没有进步。

　　奈保尔在表达非洲人没有历史这一点上做得非常含蓄。对于非洲人仅仅会简单的技艺，他通过萨里姆之口这样说："这里的人们会很多技艺；他们能够自给自足。他们会鞣皮革，织布，打铁；他们能够把大树掏空做成独木舟，能够把小树掏空做成研钵。不过，要是想要个不沾水不沾食物也不漏的容器，拥有一个瓷釉盆子，该多福气啊！"② 言外之意，非洲人根本就只会雕虫小技。小说中有一段描写了非洲白天和夜晚对比的情景，在那段对比中，夜晚的非洲是真实的非洲。在夜晚，你会觉得这片土地把你带回到一百年前的那种"熟悉""亘古未变"（第9页）的状态。这同《黑暗的中心》中的一段描写是一样的。这种相似并不是简单的模仿，而是构成了互文性，增加了文本的张力。这也就意味着非洲至今还是那么"熟悉"，什么也没有发生。这同他的评论散文《康拉德的黑暗》中的一段文字何其相似："对我来说，康拉德的价值在于，他六七十年前就思考着我的世界，今天我认出的世界。"③ 隔了半个多世纪他还能认出康拉德的世界，这暗示着非洲的历史没有变化，非洲人没有取得任何成就。这同黑格尔的观点如出一辙。黑格尔曾经说过："非洲不是世界历史的一部分，它没有运动或发展可以呈现。"④ 奈保尔在《在一个自由的国度》里也表达了同样的想法："也许这里什么事情也没有发生要比发生的任何事情都更有趣。也许在这样

---

① V. S. Naipaul, *The Middle Passage* (Middlesex: Penguin, 1985), p. 29.

② 引文见 V. S. 奈保尔《河湾》，方柏林译，第5页。有改动。

③ V. S. Naipaul, "Conrad's Darkness", *The Return of Eva Peron with the Killings in Trinidad*, p. 236.

④ 黑格尔：《历史哲学》，王造时译，三联书店1956年版，第145页。译文有改动。

一个地方不会有什么新闻。"① 这部小说与康拉德的非洲世界近得几乎不用分析，他不但直接提到了康拉德的名字，而且还多次描写了丛林中赤身裸体奔跑或者围着篝火跳舞的黑人。非洲社会不断地"构建和拆解自己，没有目的"。②

时间在非洲的土地上是不流动的，《在一个自由的国度》里的同名中篇小说中，鲍比的表被非洲人给砸碎似乎也说明，时间在他们眼里没有什么用处。"过去与现在没有区分。过去所发生的一切都被冲洗掉了，永远只有现在……人们生活在永久的黎明。"（第 12 页）萨里姆有了欧洲经历之后，从伦敦回到首都，在首都高空看到了这样的景象：

> 黎明突然来临，西方的天空是淡蓝色，东方的天空是红色，被道道厚厚的黑云遮盖着。（第 247 页）
>
> The dawn came suddenly, in the west pale blue, in the east red with thick horizontal bars of black cloud.

难道仅仅是字面意义上的东方和西方？在写东方时，bar 这个意象和那厚厚的乌云叫人感到束缚和压抑，它似乎在暗示，非洲的大地还将是一片黑暗，"那里的黎明还没有到来；森林和溪流仍将是非常黑暗的，被森林覆盖的大地绵延不绝。"（第 247 页）小说还有一处提到"封建主义的结束和一个新时代的黎明"（第 29 页），而这话又易使人们想到黑格尔关于非洲的那段评论："非洲一直是童年的土地……它被夜的黑斗篷包裹着，没有自我意识到历史的白天。"③

在回答《河湾》中对非洲的看法时，奈保尔说："非洲没有未来。"④这种悲观的想法"来自在丛林中的生活"，"来自对被丛林吞掉的恐惧，来自对丛林中的人的恐惧，他们是我所珍爱的文明的敌人。这种恐惧至今在

---

① V. S. Naipaul, *In a Free State*, p. 143.

② V. S. Naipaul, "Conrad's Darkness", *The Return of Eva Peron with the Killings in Trinidad*, p. 233.

③ 黑格尔：《历史哲学》，王造时译，第 156—157 页。译文有改动。

④ See Elizabeth Hardwick, "Meeting V. S. Naipaul", *Conversations with V. S. Naipaul*, ed. , Feroza Jussawalla, p. 49.

我身上还没有完全消失"。① 奈保尔说，他是带着很多"辛酸"说非洲又回
到丛林状态的，因为在那里，制度没有了，再也没有什么可以参照的；法
律的观念、公用资金的诚实，或者所有人的权利都无从参照，因为种族政
治拒绝所有这些价值。他希望人们能够懂得，人类价值崩溃真的令人伤
心。② 在《河湾》中，奈保尔把他的恐惧投射到萨里姆身上。作为一个想
闯出一番事业的外国人，在一个动乱频仍、正在被丛林吞没的国家，他多
半时候内心充满了恐惧。这种恐惧在小说的最后一段有所表现：

> 这时候，我们能看到汽船上的探照灯，灯光照在河岸上，照在驳船
> 和乘客身上。驳船已经和汽船脱开了，正在河边的水葫芦丛中斜着漂
> 流。探照灯照亮了驳船上的乘客，他们在栅栏和铁丝笼子后面，可能
> 还不知道自己脱离了汽船独自在漂。后来，又传来了枪声。探照灯关
> 上了，驳船再也看不到了。汽船又发动了，所有灯都关上，汽船在一
> 片黑暗中沿河而下，离开了打仗的区域。空气中肯定满是蛾子和各种
> 飞虫。探照灯还开着的时候，能看到成千上万这样的虫子，在白色的
> 灯光下，白茫茫一片。③

探照灯像照相机一样拍下两幅快照。一个是驳船，在此它是殖民地的
象征，离开了汽船（宗主国）就只能处于漂泊状态。船上的乘客象征着殖
民地人民，他们得到自由后又失去了自由，他们对自己和国家的现状丝毫
不了解。而那在白色的灯光下白茫茫的蛾子和各种飞虫就是恐惧的意象。
这一意象在《在一个自由的国度》里的同名中篇小说中就出现过，在那部
小说中它是危险的象征。鲍比在精神崩溃时对白色充满了幻想，他觉得这
种颜色是安全的。但是，当他被打后就遇上了"白色风暴"。④ 数以百万计
的白蝴蝶从林中飞来，无序而混乱，它们多么像暴君统治下的暴民。在

① Michiko Kakutani, "Naipaul Reviews His Past from Afar", *New York Times*, 1 Dec. 1981, C5.

② See Bharati Mukherjee and Robert Boyers, "A Conversation with V. S. Naipaul", *Conversations with V. S. Naipau*, ed. Feroza Jussawalla, pp. 83 – 84.

③ 引文参见 V. S. 奈保尔《河湾》，方柏林译，第 295 页。有改动。

④ V. S. Naipaul, *In a Free State*, p. 234.

《河湾》中，白蛾子也使人想到与船只发生战斗的青年，他们愚昧而不自知。但是他们的无知同知识一样，也是一种力量，可以带来灾难。是对被压迫者的恐惧使萨里姆最终离开。奈保尔在写《效颦者》时，对美国作家瑟罗说："憎恨压迫者，但是永远害怕被压迫者。"①

在小说中，奈保尔对殖民者是持有同情的。他用"单纯"来形容他笔下的那些欧洲的代理人，说他们是"单纯的人，从事着简单的职业，卖着简单的商品"（第249页）。在这种词语的描述下，掠夺和杀戮被完全遮盖了。在他看来，他们的坟冢是"小小的无生命的聚居点，一切都由此而生，我们小镇的种子就是在这里种下的"（第249页）。字里行间渗透着凭吊的口吻。当他在恐惧中最后离开小镇时，他的目光首先就落在了殖民时代修建的庄园和豪华别墅上。奈保尔在为殖民者唱挽歌。他为第三世界的读者留下了批评的依据，然而，他所描写的第三世界国家的问题会不会也同时留在他们心中，让他们自省呢？

二

在《河湾》中，英达尔说了这样一段话："我到那时还不了解，我们的文明在很大程度上也会是我们的桎梏。我也不了解，在很大程度上我们生长的地方形成了我们的性格，非洲和海岸的简单生活形成了我们的性格，使我们无法了解外面的世界。"（第142页）人的性格是由它所处的文化环境决定的，它的行动也受他所处社会文化的制约。英达尔成了奈保尔的代言人。在一次接受《时尚》（Vogue）杂志采访时，奈保尔道出了他的第三世界文本以艺术的形式表达的内容："为什么有些国家和民族允许自己被别人剥削和凌辱？……他们错在哪里？你会发现，他们的错误仍然在他们自身，错误并非总是来自外部，外部的抵制。错误可能来自内部，来自那些民族的局限，他们文明或者文化的局限。"② 事实上，奈保尔的这一观点在他的许多作品中都有体现。当然，他的印度和伊斯兰国家游记表现得更明

---

① Paul Theroux, *Sir Vidia's Shadow* (New York: Houghton Mifflin, 1998), p. 61. 着重号为笔者所加。

② Cathleen Medwick, "Life, Literature, and Politics: An Interview with V. S. Naipaul", *Vogue*, August 1981, *Conversations with V. S. Naipaul*, ed. by Feroza Jussawalla, p. 60.

显和直接。下面，就让我们看看在奈保尔的印度游记《黑暗地带》（*An Area of Darkness*，1964）、《印度：一种受伤的文明》（*India：A Wounded Civilization*，1977）中，古老的印度文明是如何束缚印度人的思想，如何成为印度发展的羁绊的。

文明是一种有组织的、确立的社会生活状态。由于"宗教是文明的最强有力的特征，始终是过去和今天的文明的中心问题"，[①] 所以，世界上几个主要的宗教常常被用来借代它们所属的文明。同理，当奈保尔在他的印度游记中谈到印度文明时，他指的就是印度教。

印度教是印度文明的核心。它大体包括种姓制度、非暴力主义、再生和因果报应等主要内容。这些构成了印度文明的基础。在梵文中，种姓即肤色的意思。由于雅利安人种族优越感很强，强烈排斥跟他们肤色不同的印度土著人混合，因此他们把社会成员逐渐发展成了四个世袭的种姓制度。这四个种姓分别是婆罗门（由祭司组成）、刹帝利（包括国王、王公大人、士兵等）、吠舍（小地产主、艺匠和商人）和首陀罗（开始时是处于奴隶地位的土著居民）。后来，由于行业增多，印度社会竟然在这四个等级内有数千个种姓。现在，在印度社会中，地位最低的是贱民，即"不可接触者"。他们只能经商或者从事"不洁"的职业。种姓制度规定，婆罗门才是宇宙中的最高精神，是具备一切知识和知觉的生命体。其他一切都只不过是一种幻觉。个人灵魂——"自我"——只不过是上帝的一束火花。它通过轮回不断地变换状态，直到经重新被吸收为婆罗门才能获得解放。献身于宗教的人通过修行、反省和退出感觉世界而试图达到的最终目标是识别个人灵魂和宇宙灵魂。因而，印度教信徒中追求真理的人能够抛弃世界。此外，种姓制度还有关于法、因果报应和再生等方面的规定。实际上，这些规定是婆罗门控制人们的心灵的不可或缺的依据。[②] 奈保尔对它们一一加以批评。在《黑暗地带》中，奈保尔主要批判了种姓制度，在《印度：一种受伤的文明》中他对非暴力主义、再生和因果报应进行了批判，这在接下来的分析中我们就会看到。

---

① 费尔南·布罗代尔：《文明史纲》，肖昶等译，第42页。

② 见斯塔夫里阿诺斯《全球通史——1500年以前的世界》，吴象婴、梁赤民译，上海社会科学院出版社1999年版，第254—264页。

《黑暗地带》是奈保尔1962年首次去印度考察后写出的带有一定自传性的游记。在这部游记中，他惊讶于印度的贫穷和安于贫穷。他对印度既爱又恨的矛盾情感总是不时自然流露。但是，与感性的流露相伴随的，还有理性的分析。他直视印度的贫穷，试图为印度寻找它贫困的根源，也为印度指出摆脱困境的办法。

印度贫穷的根源在哪里？奈保尔试图在印度教中找寻。他的目光投向《薄伽梵歌》所倡导的等级观念："做你分内的事，即使你的工作低贱；不做别人分内的事，即使别人的工作很高尚。"（第51页）[①] 不管印度历史怎么变化，无论印度人怎么模仿西方，骨子里的等级观念丝毫没有改变，各人自扫门前雪。由于种姓制度把印度人禁锢在他所属的那一等级当中，每个人都是一个孤岛（第83页）。而劳动则是下等人干的事。因此，在印度，它是受鄙视的。面对这种状况，奈保尔说："只有外国人才不这么看。"（第77页）此处的外国人是哪国人，作者没有明确指出。但是，从奈保尔本人通过勤劳获得成功的例子，我们可以看出，他说这话是以西方人为参照的。而他为什么说得这样模糊，也有他自身的道理，因为说得具体，人们就会给他站队，说他不客观。[②] 有时，他还不得不借用别人的眼睛。当然，甘地是他很乐于求助的。

甘地从西方角度看印度问题："将思想与体力劳动分离开来，使我们（印度人）成为世界上寿命最短、最缺乏智慧、最受剥削的民族。"（第77页）印度人对自身的问题视而不见，但是，奈保尔认为甘地是个例外。"没有任何一个印度人的看法，没有任何一个印度问题能够逃过他的眼睛。"（第77页）甘地这样独具慧眼，在奈保尔看来，是得益于西方基督教的影响。他对甘地所说的充满基督教伦理的这句话大加赞赏："我们将要在上帝的宝座前受到审判。审判的依据不是我们吃了什么，也不是被谁触摸过，而是我们帮助过谁，以什么方式帮助了他。"（第78页）这句话之所以得到赞赏，是因为其中渗透着西方的观念和对印度教等级制度的消解。后来，

---

① 引文见 V. S. 奈保尔《幽黯国度：记忆与现实交错的印度之旅》，李永平译，三联书店2003年版，第41页。

② 虽然奈保尔对第三世界的描写一开始就采取了西方的立场，但是，在早期的作品中，他总是爱把这一立场隐藏起来，这是同他20世纪80年代以后的作品有明显区别的。

在《印度：一种受伤的文明》中，即使奈保尔对甘地持批评态度，但是他称赞甘地面对印度教徒和伊斯兰教徒之间的宗教冲突所说的那句话："我将做什么？"① 也是出于同样的理由。他在那一时刻想到的是行动，而不是非暴力（nonviolence）。

在奈保尔看来，种姓制度就是一种野蛮的社会分工。在《黑暗地带》中，奈保尔把这种分工写得细致入微。他发现，在印度，表面上，人们看到的是混乱人群，实际上，这些人是按照等级，像地图一样精密测绘过的。界定（definition）和区分（distinction）已经成了印度人的心理需求。他们总是把自己从印度的混乱中区分出来，确立自己精确的位置。至少，他们要把自己同处于贱民地位的清洁工区分开来。一个人的衣着、服饰、肤色、职业和他所吃的食物都标记着他所属的等级。在种姓制度规定的森严等级约束下，每个人都做着他分内的事：旅馆的铺床服务生只管铺床，如果让他扫地，那就是对他的冒犯；即使有人落水，河岸上的人还是照样野餐；即使你晕倒在地，机关职员也不会给你倒杯水；建筑系的大学生不会去画图纸，因为那是制图员干的事；如果上司要求他的速记员把他速记的材料用打字机打出来，同样会遭到拒绝；政府要奖励见义勇为的孩子，却面临找不到人的危险，因为勇敢是士兵的责任，孩子不敢让父母知道他冒着生命危险去救人。

种姓制度把人禁锢在他的"作用"上，人就成了他所属种姓的符号或标记，只与他所膜拜的神发生契约关系，而生活本身也就成了仪式。所有事物都固定化、神圣化，这样，属于人的创造力、思考能力等也就丧失殆尽了。人们不会有改变现状的要求。面对这种情况，奈保尔说："在开始的时候，种姓制度无疑是农业社会的一种有用的劳动分工，现在，它已经把作用和社会责任，地位和义务分开了。它不便利，并且有破坏性……它导致印度人对夸夸其谈（speech-making）、做姿态和象征性行为的热衷。"（第83页）当一个人被简化到只剩下他的"作用"的时候，他对自己作为"作用"会是多么夸张，多么在乎。他的夸夸其谈就只剩下空洞的词语，而他的做姿态和象征性行为从本质上也就是做表面文章，走形式了。当官仅

---

① V. S. Naipaul, *India: A Wounded Civilization* (Middlesex: Penguin, 1985), p. 111.

仅是因为它体面，坐在官的位置上就行了，不用干实事。结果在中印边境1962 年的冲突中，整个体制的弊病就暴露出来了：讲话、献血、挖战壕等这些象征性行为被无情的现实击得粉碎。没有准备，仅仅靠空话鼓舞起意志的士兵溃不成军。"植树周""灭蝇日""儿童日"等象征性行为也都遭到了奈保尔的讽刺。报纸头版发表尼赫鲁总统关于儿童问题的动人报告，最后一版揭露了为贫困儿童提供的免费牛奶已经在加尔各答市场被人贩卖；"大家齐动员消灭疟疾"的口号在多数是文盲、操印地语的村庄是用英语写出来的。这一切都成了仅仅是形式化，为了象征而象征的东西。① 当象征性行为仅仅成为象征，行动就没有了。而印度社会需要的是行动、劳动和服务精神。奈保尔看到，当甘地强调服务精神和勤劳工作的重要性的时候，他不得不同象征打交道。他拿起了纺车。但是，他的行为马上就被吸入印度庞大的象征体系。它唤醒了人们在德行高尚的人面前应该自贬的美德，根据《爱经》（*Kama Sutra*），这可以确保他们来世有远大前程。人们把甘地当作神来膜拜，他成了传说中的人物，而他所传达的讯息被忘得一干二净。劳动照样得不到尊重，清洁工依旧被看不起。

印度人对象征的热衷，使奈保尔感到窒息。在阿玛纳什洞，朝圣的人虽然没有看到洞中的阴茎图腾林伽（lingam）——创造和毁灭之神湿婆神的象征，在返回的途中依然狂喜不已，因为对他们来说，"事物的精神"（第179 页）更重要。奈保尔说："只不过一个自然成长物，由于不同寻常，成为精神的象征。而当成长失败时，它又成了象征的象征！"（第 180 页）阿玛纳什洞，奈保尔把它的神秘同德尔斐神庙相比时说，它只不过记录了印度人的宗教意识。他还顺便说了一句："无始无终的印度教简直就不是宗教！"（第 163 页）奈保尔此处没有对德尔斐神庙进行评说，然而那座神庙并不仅仅以神秘著称，庙前石碑上镌刻的"认识你自己"那句名言也是举世闻名的，它表明西方文明一开始就是关注自我的，此刻奈保尔是在暗中把西方文明同自我不在场的印度文明作对比。

奈保尔还从文艺复兴之后的欧洲和印度的冲突中得出了这样一个结论：在任何一次对抗中，印度总是输家。他把这种对抗当作两种价值观的对抗：

---

① 奈保尔把这种对象征性的热衷仅仅看成是印度种姓制度的产物，其实，它在其他社会也可以找到。

积极价值（positive principle）和消极价值（negative principle）。不过他更喜欢用加缪的术语。他觉得加缪的"反抗能力"（capable of rebellion）比他的积极价值更好。他特意加注释对此进行说明，并且引了加缪关于反抗的一段话。在那段话中，加缪主要是说，只有西方人才具备反抗能力，因为他们有自由和自我意识。而印度人和印加人则不具备这种能力，这是他们的宗教使然。他说："在一个把事物当作神圣的世界里，不会有反抗的问题，因为在这样的世界里，不会有什么真正的问题。所有的答案都已经给出了。"（第220页）看来，奈保尔是认同加缪的观点了。在《第二次参观》（"A Second Visit"）一文中，奈保尔说过类似的话："印度与西方的距离不仅是在财富、技术和知识上在加大，更有警示性的是，在感悟力（sensibility）和智慧上也在加大。西方机灵，特色多，并且富于变化。它的作家和哲学家不断改变和增强感悟力，以便对事物和复杂性做出反应；没有任何艺术和态度是不变的。印度只具有它从未被审视的过去和它差劲的感悟力。印度的哲学家专攻注释学；圣人只希望发现已经被发现的东西……印度简单，西方更聪明。"①

而作为印度人，他们总是能够吸纳征服者，因为对他们来说，不管发生什么，印度都会继续下去。从构成印度性的"继续"概念中，奈保尔看到了停滞。它主要反映在印度人的心理上。从废墟中印度男女无欲的交媾图里，从俱卢之野石雕上雕刻的死马和不动的战车中，他看出印度人已经失去了内驱力。"湿婆神不再跳舞。"（第229页）

1975年6月，印度高等法院判定当时的总理英·甘地夫人在大选中舞弊。甘地夫人随即宣布印度进入紧急状态，冻结宪法，解散国会，审查出版。到1977年，这一状态才被解除。紧急状态刚刚开始，奈保尔就赴印度考察，以论文集的形式写就《印度：一种受伤的文明》（*India：A Wounded Civilization*，1977）。在此需要指出的是，该论文集中还包括奈保尔以前写的关于印度的文章。对这次动荡，奈保尔认为，其原因来自内部而不是外部。古代印度无法提供代替出版、议会和法院之类的东西。这次危机使一种古老的文明终于意识到自身的不足，并且缺少前进的思想手段（第18

---

① V. S. Naipaul, "A Second Visit", *Overcrowded Barracoon* (Middlesex：Penguin, 1987), pp. 104 – 105.

页）。这一危机背后隐藏的是更大的、印度文明的危机。随着工业化在印度的展开，越来越多的农民涌进城市，有些农民开始对土地提出了要求，不再受宿命论的束缚。奈保尔较全面地剖析了印度文明同面对现代化的印度之间的矛盾，并且指出，印度要想发展，就必须抛弃它古老的文明。

以往的评论一般倾向于认为，奈保尔对印度文明的全面剖析是因为印度政府的"紧急状态"，它暴露出了印度这一古老的文明面对新的形势是多么无能为力。这一点我们是大体同意的，不过，我们也不要漏掉《印度：一种受伤的文明》开篇的描写，它本身就已经渗透着对印度文明的严肃思考。滞留在孟买机场的阿拉伯人使他敏感地看出了另一种强大的文明衰落后的再度崛起。他们又一次"幸运"（第7页）地扩张到沙漠以外的地方，对印度构成威胁，把印度变为它的势力范围。"幸运"一词难掩奈保尔对伊斯兰文明借石油经济，而不是靠实力复苏的鄙视，但是，伊斯兰文明控制世界的野心足以叫他反思印度文明。同阿拉伯世界的强大相比，印度则是一天天地在缩小，信德当初被阿拉伯入侵之时还是印度的一个省，现在已经变成了巴基斯坦的领土。印度文明如此不堪一击，信德在公元8世纪时竟然败于一个年仅17岁的孩子率领的阿拉伯军队。"没有任何一种文明会这样没有准备，无法同外部世界竞争，没有任何一个国家这样易受袭击和掠夺，并且从它的灾难中几乎无所学。"（第7页）甚至直到20世纪晚期，印度仍固守于自身的文明，短视而不自知。

在"过去的平衡"一章，奈保尔对纳拉扬的小说《桑帕斯先生》（*Mr. Sampath*）进行了分析，反映出了印度教的平衡。1961年，在去印度之前，纳拉扬对奈保尔说，印度会继续下去。他是指印度文明将是持久的。可是这部小说的主人公斯里纳瓦斯之所以失败，正是因为他相信了这一点。他相信生活和世界都只不过是"过眼云烟"（第22页），世界中的事物自己会找平衡，用不着人们去插手。他想起了甘地的非暴力不合作思想，认为从中能产生清静（calm）。他的一个朋友疯了，他也觉得无所谓。奈保尔做出了如下评论："出于相信印度是永恒并且永远会再生，就对它持漠然态度，因为它反正会照顾自己，这样个人也就不需要对它负责，对他朋友的命运也一样。"（第25页）斯里纳瓦斯歪曲了甘地的非暴力不合作思想，他没有把它当作行动。奈保尔在他无为（nondoing）的背后看出了他对因果报应（karma）的接受：由于我们今生所欠的债，所以我们所看到的每一件事都是公正和平衡的，我们所看到的痛苦则提醒着我们对自己的责任和对未来生活的责任。

现实是破败的。但是印度人会用对过去的辉煌的幻想来寻找平衡。一提到民主，他们就会说印度早于西方，他们在几千年前就有了小村庄共和国（panchayate）。没有历史的国度是稚嫩的，而历史悠久文化灿烂的国度也可能会为怀旧情结所拖累而裹足不前。

在"紧急状态"中，印度文明为挫折和退却提供了哲学上的准备，而不是积极寻求问题的解决。它引导人进入无为状态：现代化的有为世界是冒险的，最终还是选择退却为好。

在奈保尔看来，印度人的自我专注（self－absorption）也是很致命的。他们不关注外面世界的变化。甘地在他的自传中只写自己，没写英国一个字，尽管他在英国待了三年；在南非待了二十年，也没怎么写南非，这足以说明他"沉迷于自我",① 也说明他失去了观察力。他在这方面是印度人的代表。奈保尔对印度人在印度教支持下的退避习惯借用了印度心理学家卡卡博士（Dr. Sudhir Karkar）的话进行分析：种姓制度扼杀了印度人自我意识的发展。在印度社会中，自我是由详细的社会组织构成的，要靠等级和宗族来规定。既然个体是社会中的一员，就有一系列的规则、仪式和禁忌来制约他，宗教和宗教实践固定一切，因此无须个人的观察和判断，只需要本能地生活。他也不可能有国家（state）观念，因为他的脑子里只有主人。所以，印度人的思想水平是二流的，对世界除了神圣的贫穷之外什么也贡献不了。印度人在退避中没有分析。奈保尔用性行为来说明印度人与西方人的区别，他说西方人即使是在性高潮中也能"观察自己"（第103页），印度人则不具备这种能力。退隐的哲学在知识上使印度人微不足道，也剥夺了他们回应挑战的能力，这使得印度历史总是不断地在"脆弱、挫败、退隐"（第53页）的循环中重复自身。

然而，印度必须面对现代化。随着工业化、民主、五年计划等在印度的实行，宗教不可避免地要与政治觉醒发生碰撞，以前印度教中的某些被

---

① V. S. Naipaul, " Indian Autobiographies", *Overcrowded Barracoon*, p. 62.

当作民族自豪感的东西与新的进程总会出现冲突，冲突的结果必定是印度文明的破裂。独立后的印度把贫困奉为神圣的，尼赫鲁先生曾经注意到它的危险性。他的女儿英迪拉·甘地1971年把贫困列为政治问题，以"远离贫困"为竞选口号。但是，印度的现代化步伐总是不免受到印度文明的阻挠。

科学技术本是用来推动社会向前飞跃发展的。但是，印度人爱把它与印度社会的具体实际相结合，这种具体实际指的就是印度的怀旧式的感伤主义。所以，奈保尔发现，在印度，高科技被用来改良牛车。外来的东西，一旦借鉴过来即在与印度本土的实际相结合过程中遭到扭曲，变得毫无用处。

印度的新闻，作为另一种外借而来的机制，对自身功能的认识有限，并且浅薄，成了印度无政府状态的一部分。它主要报道讲话，把印度减缩成了各种各样的立法院。它滥用它的自由，擅长"炒作"，把那些心怀叵测的政客变成了全国名人。印度报纸也以一种印度方式发挥着它的作用，它像技术一样，被塑造成印度需要的样子。在新闻自由的年代里，它毫无监督作用，把印度作为背景来关怀，报导印度像报导外国，而不是努力让印度触及其自身的问题。远离社论版的政治火海，它再无关心的事情。在"紧急状态"之后，报纸被要求远离政治，集中关注社会问题，新闻连同它炒作的人物一道失去了自由。

而法律也要求服从于德法。如果法律要承担"主动角色"，就必须同这个"德法"（dharma）①一争高下。在过去，德法适用于寡妇自焚。现在它凌驾于基本的人权和社会公正之上。法律在尊崇德法的社会中也难有作为。

科学技术、报纸、法律，等等，这些外来的东西本来是为了适应现代化的新形势，然而，它们却起不到相应的作用，"不再是对现代性的一种贡献"（第134页）。

就连在"紧急状态"下，国会这一来自另一文明的民主机构被解散，也是意味深长的。奈保尔看出了它与印度内部结构、信仰和陈规陋习格格不入和它在印度的失败。民主本身在最后也变成形式上的东西，成了数人

---

① 奈保尔对这一概念的解释是："它可以指信仰、虔敬，所有被感知是具有正确性、宗教性和约定俗成的东西。"（第132页）

头的活动。政府机构与社会组织的对立，使贫穷问题无法解决，有没有甘地夫人，印度都会走向"紧急状态"的。奈保尔指出："是 20 世纪末期的机构、立法和经济体制——不是信仰——能够提供解决问题的答案。"（第398 页）

极端的话语往往容易招惹批评的眼光，然而，在极端的偏失中，也常有可以令批评者回味的地方。有时，他甚至可以在回味中得到补益，只要批评者不仅善于批评，还善于自我批评——这是问题的关键所在。冯友兰在他的《中国现代哲学史》中有这样一段话涉及中国人自我批评的问题：

> 胡适认为，中国之所以贫穷、落后，完全是由于自己的错误，不承认如果没有帝国主义的束缚，中国完全可以自发地进入资本主义社会。他要求中国人完全承认自己的错误，不要把错误推到别人身上。他说："我们全不肯认错。不肯认错，便事事责人，而不肯责己。我们到今日还迷信口号标语可以打倒帝国主义。我们到今日还迷信不学无术可以统治国家。我们到今日还不肯低头去学人家治人富国的组织与方法。所以我说，今日第一要务是选一种新的心理：要肯认错，要大彻大悟地承认我们自己百不如人。"①

这段话也有些极端。奈保尔把第三世界的贫穷和落后全归于他们自己，胡适则把中国的贫穷和落后完全归于中国自身。但是，他的初衷则在于根据我国当时的一种不良倾向，强调我们要有自我批评的精神，我们不要只责怪别人，也要从自己身上找原因，因为仅仅停留于责怪无益于问题的解决。从这一意义上说，胡适的这番话是非常有意义的。

同样作为第三世界国家，中国的情况与印度和非洲不尽相同。在五四运动期间，中国就有了关于"德先生"和"赛先生"的讨论。今天中国的经济发展已经取得了举世瞩目的成就。反思过去，省视现在，奈保尔作品中的那些第三世界国家犯过的某些错误我们也曾经犯过，并且有些也是我们现代化建设中必须解决的问题。中国也有古老的文明——儒家文明。过

---

① 冯友兰：《中国现代哲学史》，香港中华书局 1992 年版，第 81—82 页。

去它为中国做出了巨大贡献，今天它是否像印度文明一样，已经成了现代化建设的桎梏，还是像新儒学研究所表明的那样，同样可以为现代化做贡献？总之，在阅读奈保尔作品时，今天有足够自信的中国人，如果能够反省自身，一定会从中有所收获。

第三章

从村社到乡土

——印度文学中的现代性过渡

一 村社

印度传统的村社曾经是引起马克思、英殖民者、西方学者和印度民族主义知识分子高度重视的社会问题。在《不列颠在印度的统治》一文中，马克思引用了英国下议院关于印度事务的一份官方报告来说明印度的村社：

> 从地理上看，一个村社就是一片占有几百到几千英亩耕地和荒地的地方；从政治上看，它很像一个地方自治体或市镇自治区……从很古的时候起，这个国家的居民就在这种简单的自治制的管理形式下生活着。村社的边界很少变动。虽然村社本身有时候受到战争、饥荒或疫病的严重损害，甚至变得一片荒凉，可是同一个村社的名字、同一条边界、同一种利益、甚至同一个家族却一个世纪又一个世纪地保持下来。居民对各个王国的崩溃和分裂毫不关心；只要他们的村社完整无损，他们并不在乎村社受哪一个国家或君主统治，因为他们内部的经济生活是仍旧没有改变的。①

英国下院的报告发表于 1812 年，到了 1830 年，查尔斯·T. 梅特卡夫也说过与上述引文颇为相似的一段话："印度的村社基本上是自给自足……

---

① 《不列颠在印度的统治》，见《马克思恩格斯选集》第 2 卷，人民出版社 1976 年版，第 66 页。

他们生生不息地延续在自己的土地上，一个个王朝崩溃了，革命接着革命，印度教徒、帕坦人、莫卧儿、马拉特人、锡克教徒、英国人轮换着成为他们的主人，但村社依旧……如果掠夺与毁坏直接威胁到他们的头上而他们又无力抗拒时，他们会逃到远处某个对他们友好的村社，但灾难一过去，他们会回到自己的老地方，重新开始自己的一切。……整整一代人可能会逃避而走，但下一代人还会回来，子孙们会回到先辈们生活的村庄和房子之中。"①

梅特卡夫在此将英殖民者与印度历史上的外来入侵者相提并论，实际上是将英殖民入侵等同于印度历史上一场接着一场的革命，并不会给印度的村社带来什么本质性的变化，村社在经历了"革命"之后依然会回归于自己的老样子。与梅特卡夫的看法不同，马克思在《不列颠在印度的统治》一文中认为，英殖民统治者与以前的外来征服者完全不一样了。从遥远的古代直到 19 世纪最初十年，无论印度的政治变化多么大，可是它的社会结构却始终没有改变，因为先前的征服者并不代表先进的文明，所以他们都被印度同化并融入了印度文化之中，而英国人是第一批发展程度高于印度的征服者，因此印度就无法使之同化了，这必然导致印度传统社会的解体和传统文明的破坏。

为什么说"英国人是第一批发展程度高于印度的征服者"？显然，马克思在此是将印度的村社看成是印度传统农业社会和农业文明的代名词，而英国则是工业文明或说是先进文明的代表。

从政治和经济的角度来看，马克思和恩格斯最早认识到西方现代城市是资本主义的社会结果，《共产党宣言》明确地写道："资产阶级在它已经取得了统治的地方把一切封建的、宗法的和田园诗般的关系都破坏了……资产阶级使乡村屈服于城市的统治。它创立了巨大的城市，使城市人口比乡村人口大大增加起来，因而使很大一部分居民脱离了乡村生活的愚昧状态。正像它使乡村从属于城市一样，它使未开化和半开化的国家从属于文明的国家，使农民的民族从属于资产阶级的民族，使东方从

---

① Sir Charles T. Metcalfe, "Minute on the Settlement in the Western Provinces", in Rumina Sethi, *Myths of the Nation*, Oxford University Press, 1999, p. 24.

属于西方。"①

《共产党宣言》发表于 1848 年，它对于当时世界的描绘是极其真实的。尽管当时的西方资产阶级把共产主义看成是正在欧洲徘徊的"幽灵"，但是他们包括英殖民统治者实际上也是按马克思对社会历史的分析来看待东方和西方的。如，亨利·萨姆纳·梅因（Henry Sumner Maine）1871 年发表的《东西方的乡村社会》（*Village Communities in the East and West*），巴登 – 鲍威尔（B. H. Baden – Power）出版于 1896 年的《印度的村社》（*The Indian Village Community*），虽然对印度村社也怀有浓重的感情，但他们强调的则是从政治、经济以及管理的角度对这些村社进行改造，以使印度的社会结构能够从属于西方社会的发展。② 在他们看来，主要由各个村社组成的印度社会与进步的、现代的英国或西方社会是相对立的，现代社会必将支配古代社会，因此，英国对印度的统治是天经地义的，因为印度传统的村社制社会在本质上是封闭的、专制的，这与现代社会的开放、竞争以及对人自我个性的张扬等性质正好对立。传统的印度村社具有家族制的典型特征，经济上相互合作、自给自足，没有什么现代社会的法制观念，而是以传统的道德维系着社会。英殖民者之所以会在印度造成一场巨大的也是亚洲仅有的真正的社会革命，按马克思的看法，是因为它破坏了印度传统村社制的经济基础并进而导致了整个社会的解体。马克思说："从纯粹的人的感情上来说，亲眼看到这无数勤劳的宗法制的和平的社会组织崩溃、瓦解、被投入苦海，亲眼看到它们的成员既丧失自己的古老形式的文明又丧失祖传的谋生手段，是会感到悲伤的；但是我们不应该忘记：这些田园风味的农村公社不管初看起来怎样无害于人，却始终是东方专制制度的牢固基础；它们使人的头脑局限在极小的范围内，成为迷信的驯服工具，成为传统规则的奴隶，表现不出任何伟大和任何历史首创精神。"③

在马克思看来，印度等亚洲国家专制制度的形成与发展与其传统的农业生产方式密切相关，这种生产方式马克思称之为"亚细亚生产方式"，它追求的是自给自足、封闭保守且稳定不变的经济和社会组织状态——田园

---

① 《共产党宣言》，见《马克思恩格斯选集》第 1 卷，人民出版社 1976 年版，第 253—255 页。

② Rumina Sethi, *Myths of the Nation*, pp. 23 – 24.

③ 《不列颠在印度的统治》，见《马克思恩格斯选集》第 2 卷，第 67 页。

风味的村社与残酷的宗法制的结合体。尽管田园风味令人留恋，但从人类历史发展和社会革命的角度来看，随着印度的现代化，印度传统的农业文明及其社会组织必将瓦解，因此，尽管马克思对英国的殖民掠夺深恶痛绝，尽管他对印度在殖民统治下所遭受的苦难深感同情，但马克思依然认为，英国在印度的殖民统治在客观上也促成了印度的社会革命，充当了历史的不自觉的工具。19世纪50年代，当英殖民者为了降低他们的工厂所需要的棉花和其他原料的价格而在印度开始修筑铁路时，马克思认为，铁路在印度将成为现代工业的先驱，因为如果英殖民者要在印度维持一个铁路网，那么伴随着铁路交通，日常所需的各种生产过程都不可避免地要建立起来。交通的发展会使印度各地在近现代商业贸易的气氛中得以相互联系，传统的村社、自给自足的小农经济社会和印度几千年来农业文明的生产方式便会在列车的轰鸣声中土崩瓦解。

在英国的殖民统治下，印度的村社制社会注定要瓦解，但是，与传统的乡村英格兰的解体不同，英殖民统治者在印度破坏了一个旧世界的同时却没有使它获得一个新世界，这使得印度在英殖民统治下所遭受的灾难具有了某种特殊的悲剧色彩。一方面，印度逐步沦为英国工业的原料输出国和英国工业制品的输入国，从而加大了工业英国与农业印度之间的差别，使印度变成了英国的农业附庸国；另一方面，从文化思想和意识形态上看，英殖民统治者虽然也试图改造印度社会，但在他们的心目中，印度和英国之间完全不是一种平等的关系，这正如马克思所说，如果说西方资产阶级在他们自己的文明故乡还是道貌岸然的话，那么到了殖民地之后，资产阶级文明的极端伪善和它的野蛮本性就赤裸裸地、丝毫不加掩饰地暴露出来了。

所以，当古老的世界已经丧失，印度的知识分子不得不寻求一个别样的、新的社会形态时，很奇怪地，他们寻求的并不是英殖民者为他们所设想的西方文明。从客观现实的角度而言，印度是沿着马克思所描绘的社会道路在向前发展，国内各地在近现代商业贸易的气息中逐步打破了村社式的闭塞局面。然而，尽管印度社会也渴望着进入现代文明世界，但是英殖民者对印度在经济上的掠夺和政治军事上的奴役使得印度的知识分子深刻地认识到东方和西方之间的不平等，他们在心理上宁愿回归到印度农业文明的传统之中，在印度村社式社会中构筑自我神话式的理想。这正是在现代印度产生了广泛而深入影响的甘地主义的社会基础。

在甘地主义产生之前，印度的民族主义知识分子如拉摩罕·罗易、般吉姆钱德拉·查特吉、辨喜等都强调印度文明的精神性，肯定印度家庭和印度乡村的价值观念，认为体现了印度精神文明的乡村代表着印度文化的本质特征。这样，西方包括英殖民者从印度村社制社会中看到的只是丑陋落伍、僵滞不动的东西，而印度却从传统的村社制社会中寻求到超越时空的永恒精神和理想家园；印度是精神文明、西方是物质文明的说法一时间成为当时印度谈论的广泛话题。这种话题的出现不仅使印度和英国处于对等的文化地位，而且使印度在精神和文化心理上高出了英国和西方。20 世纪初，也就是 1909年，甘地发表《印度自治》一书，最终将这种话题推向了极端。

甘地的"印度自治"思想，主要表现为农村的自治，他将非暴力与坚持真理的哲学思想与印度纯朴的乡村生活联系在一起，认为只有印度传统的村社可以抗拒现代西方的资本主义。《印度自治》一书的出发点和目标，与其说是反对英殖民统治者，不如说是反对西方近代文明。在甘地看来，西方近代文明狂热地追求物质享受从而使精神堕落到了极点，因此它是魔鬼撒旦的文明，它试图以武力征服世界；而印度古代文明则是在上帝引导下的精神文明，它向世界传播的是爱与真理。马克思认为，铁路的铺设将把印度引向现代文明，而甘地则将铁路比喻为鸦片，它毁灭人的精神和心灵，将印度社会引向了物质享受的深渊。印刷业的发展是西方现代文明的重要标志之一，但甘地则认为，从前只有少数精英为我们留下了有价值的书籍，而现代印刷业的发展则产生了过剩的书籍来毒害人们的心灵。现代医学的诞生与发展是西方文明的一个重要成果，但甘地却认为现代医学医治的只是人的肉体，它使人在肉体上的痛苦得到暂时的缓解的同时，也使人在精神上进一步堕落了。

尽管甘地的思想看起来违背了世界历史的进程，建立在未必十分标准、正确的理论基础之上，但它并不是凭空捏造的，实际上，它很大程度上也来自西方文化。在《印度自治》一书中，甘地明确说明，爱德华·卡彭特（Edward Carpenter）的《文明：其起因与治疗》（*Civilization：Its Cause and Cure*）一书极大地影响了他有关科学尤其是现代医学之思想的形成；约翰·罗斯金（John Ruskin）对现代工业化生产进程所造成的不良社会后果的批判以及托尔斯泰对西方文明的道德批判对其思想的形成都产生了直接的影响。正是这些来自西方文化的自我批评，使甘地从现代文明"进步"性质的幻觉中走出来：现代文明把人看成了无限的消费者，它试图打开工业生产与消费的防洪闸门，从而成了人类历史上闻所未闻的不平等、压迫和暴力的根源。

《印度自治》较为典型地体现了甘地的社会理想，此后他虽然在一些观点上有所变化，但基本思想则没有什么改变。1934年前后，甘地进一步提出并开展了印度的乡村建设工作。他的乡村建设目标看似要全面复兴印度的农村工业，实际上是要恢复被英殖民统治破坏的印度村社式社会，使印度重新回到自给自足的乡村生活。恢复传统的手工纺织是中心任务，与此同时，也要全面复兴农村的碾米、磨面、榨油、制糖、印染，等等，以真正实现印度农村的自给自足，并进而实现各个乡村的自治。

针对甘地小农经济社会思想，当时印度国大党成员多持不屑一顾的态度，认为它荒唐好笑，违背了世界历史的发展潮流，是一种复古和倒退的思想。即使是意图为甘地辩护的贾瓦赫尔拉尔·尼赫鲁，也对甘地反对发展大工业的主张进行了间接的、婉转的批评："有些人认为复兴手工纺织和其它乡村工业违背这个国家的进步方向，这是错误的。印度的拯救当然只能通过工业化……但是我们决不能仅仅通过发展大工厂就使农民群众的印度前进，这只能通过发展手工纺织和其它农村工业达到。让我们尽一切力量增设大工厂以生产我们的农村不能生产的产品，让大工业和小手工业者各得其所。两者之间并没有固有的冲突。"[1] 甘地将发展农村工业看成是当时印度的根本出路，尼赫鲁则认为乡村工业只是城市大工业的必要补充，二者不啻天壤之别，但尼赫鲁却以非冲突的方式化解了其中的差别，如此，甘地和尼赫鲁携手并进，共同领导着印度的民族独立运动向前发展。尤其是甘地，他的小农经济思想是显而易见的历史倒退，但他却不仅深得印度广大农民群众的喜爱，而且在印度资产阶级精英中也赢得了广泛的尊重。他成功的奥秘在什么地方呢？

阿希斯·南帝形象化地指出：甘地的成功在于他是一个"戏子"

---

[1] 转引自林承节《印度近现代史》，北京大学出版社1995年版，第579页。

（showman）。这里的"戏子"一词，并无贬义，而是恰当地形容了甘地在特殊的历史背景下所扮演的特殊角色：甘地并不是一个顽固不化的"印度佬"，他对印度本土文化的维护和张扬实际上只是一种策略和伪装。抛开他在历史舞台上的面具，甘地实际上是一个非常灵活、对世界有着敏锐观察力的政治家。他之所以把自己的工作重心放在农村，是因为他认识到印度的力量深深隐含在农民身上，正像中国革命走的是农村包围城市的道路一样，他清醒地知道将农民发动起来的伟大意义，为此他不惜一切地要回到印度传统的村社式社会，这既是他的"荒唐"之处，也是他在特殊的历史背景中所做出的最为高明的选择。在南帝看来，甘地有时就像是喜剧演员卓别林或是动画故事中"米老鼠"一样的滑稽人物，不仅可笑，而且荒唐；不过，他的独到功夫恰恰在于他能以极其"荒唐"的方式将东方和西方以及宗教、文化、种姓和阶级等方面看似不可调和的东西巧妙地糅合在一起，就像是一个变幻不定的魔术师一样，一切都无定规也无定法。①

在宗教上，他并不是一个纯正的印度教徒，而是立足于印度教，广泛地接纳了基督教、佛教、耆那教、伊斯兰教的思想和教义，认为这些不同的宗教体现的是同一的上帝意志。他的非暴力思想，看似来自印度古代不杀生的教义，实际上他这种思想的根源也与基督教思想密切相关，而且他在这方面最初的灵感更多地来自西方。他不仅在印度是一个"圣人"，而且在西方也是一个基督式的人物，早在20世纪30年代，美国百老汇剧院在 *Anything Goes* 等戏剧的演出中，已将他奉为蒙娜·丽莎式的崇高人物。在文化上，他采取的也是折中主义，他认为真理是一种多面体的存在；尽管拒绝西方的现代性，但他毫不隐讳自己从西方思想家那里吸取了很多东西；他倡导的是文化多元主义。在种姓问题上，他是矛盾的，一方面他认为贱民的存在是印度社会的一大耻辱，另一方面他又不愿打破印度传统的社会结构从而使贱民和种姓问题从根本上得到解决，他将这种矛盾掩饰起来，使种姓问题以不了了之的方式得以处理。他具有政治家的一切优秀品格，同时他又是一个"圣雄"，具有宗教"圣人"般的精神力量，这两方面的结合充分体现了甘地作为一个"戏子"的成功本领，而这不仅是他深得印

---

① Ashis Nandy, *Intimate Enemy: Loss and Recovery of Self under Colonialism*, 1983, p. 104.

度大众喜爱的原因，也是值得我们进一步深思的地方。

我们依然从甘地所谓的自治和印度村社式社会的角度来分析这个问题。"甘地先生经常说，'自治'（Swaraj）的意思就是'神治'（Ramraj），自治就是每一个村庄都有自己的制度，每一个村庄，每一个城镇都能管理自己的事务。"① 自治本来是一个政治问题，但当甘地将"自治"等同于"神治"时，政治问题也就转化成为了宗教问题。如此一来，回到村社式社会实际上已经不是一种政治构思，而是神话般的理想了。因为甘地的自治思想主要表现为一种社会理想，所以即使它不切实际，它也能和传统的马克思主义、尼赫鲁式的社会主义在印度独立运动中并行不悖。如果说马克思主义、尼赫鲁式社会主义关注的是社会历史现实的话，那么甘地主义则主要是一种精神、一种神话，他主张将政治精神化，认为精神支配着人们的各种生活，包括政治和经济在内；非暴力运动主要是一种精神力量的体现。

反殖民主义可以有多种形式。马克思主义理论包括时下兴盛的后殖民主义文化批评主要是建立在西方文化自我批评的传统上，是从资本主义内部进行自我批判；而甘地主义对殖民主义采取的主要是心理反抗的形式，它不同于西方的话语形式：如果说马克思主义的立足点是西方文化的话，那么甘地主义可以说是立足于印度文化，他的小农经济思想看起来有点像是"倒骑毛驴"，不过在阿希斯·南帝看来，即使甘地主义主张回到纯朴的村社式社会，但这种理想也不再可能是印度古代生活的再现，而只能是古代与现代、东方与西方的融合。

在《印度自治》中，甘地认为，印度是个多民族、多宗教的国家，外国人包括英国人的到来并不会摧毁印度民族，他们将会被融入印度社会和文化之中，印度有这种同化的能力，它从来都是这样的一个国家。这种观点完全立足于印度文化，反映了印度文化的传统心理，这与上文我们所引用的马克思的观点是有很大区别的，马克思强调的是英殖民者给印度社会所带来的本质变化，而甘地则强调印度文化将在精神上同化英殖民主义者。这里甘地所用的"同化"一词（samas，印度古吉拉特语）本指语言的杂融，意谓两个旧词放在一起从而形成了新词，这与西方语言学中所谓的

---

① Prakash Tandon, *Punjabi Century*, *1857–1947*, London：Chattoand Windus, 1961, pp. 120–121.

"杂融"是很相似的，与后殖民主义从语言杂融谈到文化杂交的思路也是很相似的，霍米·巴巴主要是从巴赫金语言杂融的说法中引申出了后殖民文化理论中的"杂交"说。"杂交"这一术语是由巴巴和拉什迪引入后殖民话语之中的，它与甘地的思想并没有直接的联系。但甘地主义，正如我们在上文所说的那样，本身即是多种宗教思想不成体系地杂融而成；正是在这种杂融中，甘地使东方与西方、高贵与低下、古典与现代统摄在他所谓的印度的精神文明之中。马克思主义和后殖民主义是从西方文化、从社会历史发展的角度出发，认为殖民主义的入侵使印度进入了现代文明的历史进程之中，而甘地则从印度文化的同化功能上强调印度的自主性。换言之，"杂交"或"同化"在现代世界既已不可避免，那么就存在着谁"同化"谁的问题，在这个问题上，甘地显然不愿意让印度被动地"杂交"于西方现代文明之中，因为在他看来，只要你在人家制定的规则中、跟着人家玩游戏，你永远也玩不过人家。

1947 年印度独立后，尼赫鲁式的社会主义逐渐支配了印度的政治和经济领域以及印度中产阶级知识分子的思想，甘地主义无论是作为一种小农经济思想还是作为一种反抗英国殖民统治的斗争策略都早已成了过眼烟云。尽管甘地竭尽全力试图恢复被英殖民统治所毁坏了的村社，但伴随着大英帝国在印度殖民统治的结束，印度传统的村社制社会，正像马克思所预言的那样，已经消亡了。

二 乡村

在工业革命之前，英国显然也是一个农业文明国家，雷蒙德·威廉斯在《乡村与城市》一书中说："在英语中，'country'一词的意思既是一个国家（a nation），又是一个乡村；'the country'既可以指整个社会，也可以指农村地区。在人类社会的漫长历史中，我们深深感知到我们生生不息的土地与人类社会的伟大成就之间的联系。这些伟大成就的表现之一便是城市的出现——大城市是人类文明的一种独特的形式。"① 大城市的出现使

---

① Raymound Williams, *The Country and the City*, the Hogarth Press, 1985, p. 1.

人类文明产生了巨大的变化，在工业革命之前，尽管城市早已存在，但人们对城市与乡村之间的差别与对立并没有突出的感受，乡村与城市虽说属于不同的天地，但在整个英国社会生活的比重中，乡村一直占据着主要的地位，城市和城市生活对农业社会形态并没有直接的影响。但工业革命之后，现代大城市的出现，则使英国传统的农业社会形态发生了根本的变化，在这种变化中，人们突出地感受到了城市与乡村之间的差别与对立：从差别上说，乡村代表着宁静平和、纯朴自然的生活方式，城市是表现人类成就的知识和文化的中心；而从对立和敌意的角度看，城市是嘈杂、世俗、野心、混乱和欺诈的集散地，乡村是落后、贫穷、愚昧、无知、狭隘的代名词。显然，这种分类或对立将城市与乡村都简单化、脸谱化了。威廉斯认为，在英国工业革命后出现的现代大城市不同于传统英国社会中的城市，工业革命不仅改变了乡村，同时也改变了传统的城市；"革命"虽说是"工业"性质的，但实际上它却是从"农业"资本主义发展而来并使农业从属于工业的社会转型过程，农业社会向工业社会转化的过程实际上是使传统的农业生产方式逐步消失，传统的农民、农业社会的风土人情不再存在的过程；至今英国社会中只有不到四分之一的人从事着农业"劳动"，而且实际上他们也不再是传统的农民了，因为现代工业技术已经改变了他们的生产和生活方式，他们与城市人口并没有根本的差别。但与此同时，威廉斯也认为，即便在现代城市生活已经支配了整个英国社会的情形下，文学在相当一段时间内却很难都市化，乡村"因素"——老式的观念与体验——在都市文学的创作中依然会占据着突出的地位。

　　早在 1911 年，乔治·斯图特（George Sturt）就在《乡村的变化》（*Change in the Village*）等书中宣称："传统的英国乡村现在已经死亡了。"这种观点在当时及后来一段时间内很有代表性。1932 年，利维斯（F. R. Leavis）和汤普森（D. Thompson）在他们合著的《文化与环境》（*Culture and Environment*）一书中也进一步描述了英国古老乡村的消失。学界较为普遍的看法是，英国社会的这种变化发生在 19 世纪上半叶：哈代的小说大体创作于 1871 年至 1896 年间，但他的小说反映的却主要是 19 世纪 30 年代英国乡村生活所发生的变化——农业与四季古老而永恒的节奏被扰乱了，它正处于毁灭之中。英国散文家理查德·杰弗里斯（Richard Jefferies）也认为自 19 世纪 20 年代始，乡村英格兰已处于急剧的变化之中。乔治·爱略特《弗洛斯河上的磨房》（1860）等作品也是从 19 世纪下半叶来反映上半叶的英国乡村的变化。乡村代表的历来是宁静淳朴的自然生活方式，但伴随英国工业革命而出现的资本主义生产方式改变了我们的生活，哈代、乔治·爱略特和杰弗里斯早已为乡村英国唱出了最后的挽歌。

但威廉斯并不认同这些看法。他认为，关于英国乡村消亡的说法可以顺着历史一直往前追溯到 18 世纪、16 世纪甚至更早的时代，而往后则可延伸到他自己生活的时代也就是当下的英国社会。威廉斯本人除了在学术上对城市与乡村的变化做出深入的探究之外，也创作了一系列以乡村生活为基调的小说。① 英国作家和学者时不时地会感叹乡村的"死亡"，一方面乡村世界好像早已死去，另一方面它又好像刚刚死去，"古老的英格兰"（Old Englands）常常会在人们的意识中隐隐出现又很快消失，作家们对现代文明的不断"进步"并没有表现出多少的好感，它是文学的怀旧情结或说是作家们的"思乡"情愫？威廉斯认为，怀旧与思乡是文学中普遍而永恒的主题，但文学在都市社会中一定程度上并没有都市化是一个复杂难解的现象。文学更多地表现为某种记忆，正像作家的童年生活常常对作家一生的创作具有特殊意义一样，古老的英格兰作为历史已经过去了，但它在现代英国社会中正像是抹不去的童年记忆，在不同时期不同作家的心灵之中永远具有不同的、常新而复杂的意义。②

当英国入侵印度并对印度进行殖民统治时，很长一段时间内，虽然印度的知识分子认识到英国代表的是不同的文明，但他们很少直接从现代城市文明的出现与发展上来认识印度乡村世界将要发生的巨大变化；当然，在英国的殖民统治下，以加尔各答、孟买等现代大城市为代表的文明虽然已经在印度出现了，但城市主要是英殖民者的活动中心，相对于印度的广大乡村而言，印度的城市化时代远远没有到来，印度的知识分子对城市所带来的真正讯息以及城乡之间不同的文化意义并没有多少真实的感受。

在《印度自治》一书中，甘地第一次明确地将乡村与城市对立起来。

---

① 这些小说主要有：*Border Country*；*Second Generation*；*The Volunteers*；*The Fight for Manod*；*Loyalties*；*People of the Black Mountains*.

② Raymound Williams，*The Country and the City*，pp. 9 – 12.

他说，我们由农业文明发展而来，乡村消失了，印度也就不存在了，乡村的存在代表着印度的真理和尊严；而城市则是殖民主义的产物，是城市破坏了印度社会的基础，因此，城市是印度社会的毒瘤和罪恶的渊薮。尽管甘地思想本身是一个矛盾体，表现出复杂多变的特性，但他对城市、对"进步"的看法基本上是一成不变的。甘地于 1909 年以古吉拉特语写成《印度自治》，但被当时的殖民统治者禁止出版，只是到了次年才在约翰内斯堡出版了一个英文译本，所以，此书出现的时间虽然比较早，但在当时的印度社会中并没有得到广泛的流传。对《印度自治》一书较早、较为重要的评论来自西方。罗曼·罗兰也是一位对资本主义社会持批判态度的作家，同时，他也是甘地的朋友，与甘地一直保持着较为密切的联系，并在 1923 年写作出版了《甘地传》，但即便如此，读了《印度自治》之后，他对甘地关于现代城市文明的观点也觉得难以理喻，认为甘地的思想完全建立在"对进步，其中包括对欧洲科学的否定"的基础之上。

当资本主义处于原始积累时期，西方的知识分子对资本主义的残酷性也多有谴责，对所谓的人类文明的进步也不时流露出怀疑的情绪，但他们也没有像甘地这样将城市看成是社会的毒瘤和罪恶的渊薮。甘地思想的形成实际上与加尔各答等城市生活没有什么联系，他并没有多少印度城市生活的切身体验，但他对城市的谴责也并非凭空臆想，换句话说，甘地主义并不是文化学说，它不同于西方知识界从文化上对资本主义的"进步"所进行的质询，而不过是借助于"文明"来谈政治，是一种切合于印度社会生活实际的政治学说。因此，他对现代城市、对历史进步的看法等并不像堂吉诃德大战风车那样富于荒诞而滑稽的悲剧意义，相反，他实际上是站在时代的前列为印度民族革命"指点江山"，尽管他的良苦用心常常不为时人理解，但他却"一意孤行"地要保护、恢复被英殖民统治者所毁坏了的印度传统的村社式社会。

20 世纪 20 年代，甘地在印度民族革命运动中逐步成为领袖人物，与此同时，甘地主义对二三十年代的印度文学创作也产生了巨大的影响。甘地主义主要是一种政治学说，而文学并不是政治的传声筒，因此，尽管甘地竭力恢复印度传统的村社式社会，但作家们对乡村生活的描写，即使在甘地时代，也没有被政治化。当然，在一定条件下，政治也会对文学创作产生支配性作用，但当一种政治学说对作家的创作产生某种自觉而非强迫性的影响时，并不是政治学说在引导着文学的创作，而是政治学说适应了作家的心态、吻合了文学的精神，这其中有着复杂的文化背景——笔者以普列姆昌德为例对此做出进一步的阐述。

在印度现代文学史上，普列姆昌德（1880—1936）是一位深受甘地思想影响的印地语小说家。他曾以理想主义的创作热情讴歌乡村，谴责城市，试图以对印度传统农业文明的回归来抗拒现代西方城市文明的侵袭。受甘地思想的影响，他极为推崇印度传统的农村公社模式，在小说《仁爱道院》（1922）中他曾对这种社会结构模式进行了理想化的描写，而这正是马克思所深刻批判的村社社会。也是在甘地思想的影响下，普列姆昌德的创作常常将城市与乡村对立起来，长篇小说《舞台》（1925）最为直接地表现出他对城市的憎恶："城市是有钱人生活和商人做生意的地方。市郊是他们寻欢作乐、挥霍享受的去处。市中心则是他们子女的学校和他们在公正幌子下为欺压穷人进行诉讼的场所。"[①] 从现实的角度说，普列姆昌德虽然在贝拿勒斯、阿拉哈巴德等城市读书并生活过，但他对城市和城市生活只是有所接触而并没有真正感受，他的创作是在民族独立运动的感召下产生的，常常表现为为摆脱英国的殖民统治而进行的"战斗"；甘地对印度传统村社和现代城市的看法之所以能对普列姆昌德的创作起到直接的引导作用，是因为普列姆昌德基于社会责任感而在心灵深处自觉自愿地接受了甘地主义。

但作为一个成功的作家，普列姆昌德的创作也并非甘地主义的文学图解，这尤其表现在他对印度乡村世界的描绘上。普列姆昌德出生于印度文化传统深厚的北方邦（文化上有点类似于我国的中原地区）贝拿勒斯（印度教圣城）近郊的拉莫希村，他一生大多生活在乡下，对乡村生活有着深厚的感情。纯朴的乡村及村民曾给早年的普列姆昌德留下深刻的记忆，小说《舞台》的真正魅力在于作家以饱含感情的笔触描写了充满奇趣的旧时代生活以及这种田园生活的逐渐消失：教育的发展以及印刷业的普及使人们的交流方式发生着迅速的变化；乡村与城市沟通起来以后，乡村原有的价值与魅力正在逐渐地丧失，盘代普尔村眼看着要变成旧时代的遗址了。

① 普列姆昌德：《舞台》第 1 章，庄重译，广东人民出版社 1980 年版。

尽管普列姆昌德对印度传统农业文明充满了深厚的感情，但在他笔下，小说主人公苏尔达斯面对城市文明的入侵而在进行着的不过是一场命定要失败的战役。在对印度村社社会、对印度乡村世界的观察和思考方面，他并没有盲从于甘地主义，一定程度上，他的小说创作也生动细致地刻画出乡村世界在城市文明的侵袭下所发生的变化。从反映乡村生活的魅力、乡村社会的变化以及乡村世界的即将消亡等方面来看，普列姆昌德的创作与印度独立后出现的乡土小说（下文将有详细的论述）有着同样的旨趣。

普列姆昌德的创作并不是一种孤立的文学现象，而是存在于同时期印度文学创作中的普遍景观。我们很容易将这一时期农村题材作品的出现以及文学乡村与现代城市的对立等归属于甘地主义的影响——因为甘地主义正是在这一时期开始在印度社会产生巨大而直接的作用；但进一步思考，我们也会发现，即使没有甘地主义，乡村也会以独特的面貌在这一时期的印度文学创作中表现出来——比较一下同时期的中国文学，我们就会玥白其中的道理。中国和印度在近现代历史的发展中有着相似的命运，颇有乡土气息的文学创作也大致是在 20 世纪二三十年代出现并不断得到发展的，对于鲁迅等作家的文学创作而言，并不是哪类政治学说使他们去关注农村和农民，而是作家们的一种自觉选择，是历史的必然趋势。

为什么这种历史必然性会在 20 世纪二三十年代变成文学的现实呢？在威廉斯看来，资本主义的历史是城市对乡村的逐步胜利；马克思也早在1848 年《共产主义宣言》中就指出，资产阶级使乡村从属于城市的统治，使农民的民族从属于资产阶级的民族。自 1840 年鸦片战争之后中国逐步沦为殖民与半殖民地，而印度在 1849 年前后就已经全面沦为英国的殖民地了。与此同时，城市对乡村的"征服"便在中国和印度开始了，但在将近百年的时间内，人们更多感受到的是政治、军事和经济上的"征服"，而对现代城市的出现以及它给乡村世界所带来的变化，作家们在文学上的感受并不明显。何以如此？中国现代文学评论家严家炎先生曾说："乡土文学在乡下是写不出来的，它往往是作者来到城市后的产物。"① 只有当伴随着城市生活的城市意识或隐或显、或多或少地出现时，乡村才能在特殊的环境

---

① 严家炎：《中国现代小说流派史》，人民文学出版社 1989 年版，第 74 页。

中凸显出其现代文化意义来。因此，乡土文学的出现实际上与东西方之间的文化冲突有着密切的同构关系，在这种同构关系中，乡村与城市都不再停留于单纯的地理意义上的差异，而更多地反映出不同文化之间的接触与碰撞。南帆先生曾从城市和现代性的角度来分析中国现代文学中的乡村是如何出现的：

> 乡村不仅是一个地理空间，生态空间；至少在文学史上，乡村同时是一个独特的文化空间。对于作家说来，地理学、经济学或者社会学意义上的乡村必须转换为一套生活经验，这时，文学的乡村才可能诞生。……通常乡村是一个相对于城市的区域；但是，二者之间的差别开始纳入传统与现代的对立。人们习惯地将乡村视为一个前现代的文本，一块令人头痛的现代性的绊脚石。五四新文化以来，文学卷入了乡村与现代性复杂的历史纠葛，卷入了二者之间的疏离、格格不入甚至激烈的冲突。①

在南帆先生看来，尽管早在战国时期，中国的城市已经成型，但对于中国古典文学来说，城市与乡村之间的二元对立并未形成，文学的乡村覆盖了城市，文学之中并未出现另一种相异的文化空间，人们无法根据框架之外的内容察觉框架的存在，"他者"的阙如必然导致"自我"的模糊。而到了20世纪30年代，当城市从《子夜》中迅雷不及掩耳地闯入文学时，久居乡下的吴老太爷突然意识到，声光电化的上海原来是一个可怕的魔窟——他信奉了几十年的《太上感应篇》顷刻之间完全失灵。② 与此同时，茅盾的《春蚕》、叶紫的《丰收》、叶圣陶的《多收了三五斗》开始涉及乡村与城市的结构性冲突，沈从文则以对湘西边区民风、民俗、民性的深入而细致的描写来对抗所谓的"近代文明"，恢复被"近代文明"污染了的纯朴的人性。

尽管存在着很大的文化差异，但城市生活给乡村社会所带来的结构性冲突却是中印两国现代作家在一定时期内所面临的共同问题。普列姆昌德

---

① 南帆：《启蒙与大地崇拜》，《文学评论》2005年第1期。
② 同上。

的小说，正像鲁迅、茅盾的小说一样，也是在城市与乡村、西方与东方之间不同的文化冲突中自然而然地出现的，甘地主义对他产生了很大的影响，但他对自己所生活的时代和社会问题的思考又不局限于甘地主义，他的思想随着时代的变化而在不断地发展，到了 30 年代，他在思想上更多地接受了马克思主义，这在他的最后一部小说也是他的代表作《戈旦》中表现得较为突出：社会关系建立在经济基础之上，经济上的不平等导致了社会上的不平等；社会关系并不是由宗教决定的，宗教只是贴在人身上的一块死皮，祭师、地主与高利贷者从心灵到肉体上无时不在压榨着农民——这些思想认识显然已超越了甘地主义。① 20 世纪 30 年代后期，"进步主义"文学运动在印度文坛上蓬勃兴起。1936 年 4 月，在全印进步作家协会（性质上类似于中国的"左翼作家联盟"）成立大会上，普列姆昌德被选为大会主席；这并不是一个偶然的事件，它与普列姆昌德生命后期对马克思主义的接受有着密切的关系。

在城市与乡村的社会结构性冲突中，普列姆昌德始终关注的主要是印度农民的现实生活、处境和命运，而不是乡村的风土人情和田园风光，这也从另一个侧面说明，他的创作倾向与甘地主义试图回归村社式的社会理想是大相径庭的。正因为如此，尽管普列姆昌德的创作一直围绕着农村和农民生活题材，而且《舞台》等小说也表现出一定的乡土生活气息，但评论界一般不从乡土文学的角度来考察他的创作；印度现代文学史上真正富于乡土文学特色，而且评论界也从乡土文学的角度加以认知的作家，是孟加拉语文学中的毗菩提菩山·班纳吉（1894—1953），但颇令人深思的是，在毗菩提菩山的创作中，我们很难发现受甘地主义影响的痕迹。

20 世纪二三十年代，当菩塔代沃·巴苏等城市现代派诗人与泰戈尔就传统与现代的问题发生公开而激烈的论战时，毗菩提菩山像中国作家沈从文一样"一尘不染"地从事着自己的创作。他出生于贫穷的村庄，在加尔各答利浦恩学院获得艺术学士学位之后，一直默默无闻地当着贫穷的乡村教师。无论从哪个角度说，他都是一个极其寻常的人，既没有什么刊物作为他强有力的后盾（当时的孟加拉语作家主要以《绿叶》《帕罗蒂》《怒

---

① 可参阅 Ram Darash Mishra 所著 *Modern Hindi Fiction*（德里，1983）中有关《戈旦》（*Godana*）的论述。

潮》三种文学刊物为中心，形成三个文学圈），也没有什么时髦的现代派艺术情趣，换句话说，他只是一个下里巴人。但他却以非凡的胆识行进在自己开创的文学道路上，给 20 年代末的孟加拉语文坛引入了清新的乡土文学的气息。

毗菩提菩山以一种较为奇特的方式步入文坛。在长篇小说《路的传说》发表之前（先是在一家不太著名的刊物《奇异》上于 1928 年至 1929 年连载，1929 年出版单行本），他只有个别的短篇小说如《被忽视的》（1922）曾经问世，而《路的传说》的发表，则一下子使他进入文学创作的巅峰阶段，随后他接连不断地创作了十余部中长篇小说和不少的杂著。《路的传说》以作家小时候的亲身经历为基础，描写主人公阿布的童年生活和成长史，是一部带有自传色彩的小说。但这部小说在印度现代文学史上的意义远远超出了自传文学，它的真正价值并不在于塑造人物，而是通过人物形象的穿插，将现代小说的叙事笔法与印度传统的木偶戏法结合起来，细致逼真地描绘出一幅幅真情动人、色彩鲜明的乡村风俗画。在这些画面中，除了一系列儿童、妇女、男人的形象之外，自然界中的树、花、果、草药、灌木丛、田野、村庄、道路、天空等也都成为乡村生活的有机组成部分，人与自然合二为一。乡村生活本来是质朴而单调的，但在作者的笔下，尼齐迪普尔村被四季的变化装点着，同时宗教节日、乡风乡俗、民间传说与笑话、家庭琐事及争吵所引发的人之间的感情变化与冲突等又使乡村生活充满了诗意与情趣：乡间小道上歌声响起，伴着这歌声，孩子们的生活充满了迷人的色彩——尽管他们的生活与乡间道路一样崎岖不平，尽管他们的生活中也难免令人心碎的哀伤，如因蒂尔·达克露哀婉感人的死亡以及杜尔迦夭殇而去的残酷情景。在毗菩提菩山的笔下，乡村生活似乎没有受到城市文明的"污染"，他们依然过着"鸡犬之声相闻"、老死不与城市往来的村社式的美好生活，但实际上，现代城市文明已经深深地侵袭了乡村世界的每一个角落，在毗菩提菩山的笔下，乡村中一切美好的东西都已是回光返照了。小说末尾，阿布的父亲带领着全家人去圣城贝拿勒斯另谋出路了，阿布在列车上望着窗外不断飞驰的一切，心中默默地哀悼着死去的姐姐，家乡离他越来越远了，而未来的贝拿勒斯城既使他感到陌生，又是他唯一的希望。

《路的传说》中，人生活于家乡，就像树扎根于土地一样，乡村生活的和睦与宁静建立在人与自然的和谐关系上，而城市文明的入侵则使人最终离开了他生生不息的大地，变成了无根的漂浮物。自《路的传说》开始，毗菩提菩山小说描写的实际上是人与自然的关系，这是他观察现代文明社会的切入点，也是他全部小说创作的基本主题。《林地》（1939）最终将这个主题的表现推向了极致：以诗意的笔触描写森林自然的万千气象，宏远的意境与作家内在心理上的神圣感受想象性地融为一体，隐现出造化的神秘与崇高，但这种亘古及今的神秘与崇高却在横扫一切的现代文明中步步走向了死亡。小说取材于作家在戈拉特·高斯庄园的工作经历，它貌似旅行志或日记，但实际上却是作家有意尝试的小说艺术形式，目的在于突出大自然作为主角的主体作用。① 小说采用第一人称叙事的方式，以一个名叫莎迪亚恰岚的年青孟加拉人的视角来观察、对比现代文明与原始自然之间的"较量"。莎迪亚恰岚是一个经纪人，他从加尔各答来到帕格普尔森林，任务是在森林中开拓处女地。城市中长大的他起初对森林充满了恐惧感，但逐渐地他开始对森林产生了浪漫主义的依托之情，以至最后产生了神秘主义的感悟：人类不可能彻底征服自然，自然的最终毁灭也是人类的末日。他有意忽略自己的职责以挽救自然，但他认识到人类对金钱的欲望过于强烈，对这种欲望的任何抵抗，无论是来自大自然还是来自个体的力量，都显得无济于事。莎迪亚恰岚最后又回到了加尔各答，就像《路的传说》中阿布为了谋生而离开自己热爱的家乡、去往贝拿勒斯城一样，城外的人要挤进城中，从城中出来的人最终也只能回到城中，在现代文明社会，任何人都无法使自己"迷失"于城外，城市不仅在吞噬着乡村，而且在吞噬着自然。这部小说没有中心故事或情节，全部内容只是主人公对于自然的观察和思考以及他作为见证人的日志性记录，其中出现的人物如教师戈力·代瓦利、舞女贡达、土邦王杜伯鲁·盘那等都只是大自然的陪衬或背景式的装点，反映了原始森林造就出的粗犷而豪迈的人物性格或是人相较于大自然而在天性上表现出来的卑琐和自私。

在农业文明时代，人与自然和谐相处，对自然保持着敬畏的心理，但

---

① *Comparative Indian Literature*, ed. by K. M. George, Kerala Sahitya Akademi, vol. 1, 2001, p. 617.

伴随着工业革命之后的城市文明改变了人与自然的关系，人类开始"征服"自然，在大自然节节败退的同时，到了21世纪人们忽然发现生态问题的严重性，以至于文学批评也大谈起生态问题来。文学生态问题的出现实际上和乡土文学密切相关，因为农业文明中的乡村在文化意义上常常等同于自然，"田园"的意义更多地蕴藏在"山水"之中，从《路的传说》到《林地》，毗菩提菩山的创作发展道路也正好印证了这种道理。

在毗菩提菩山的笔下，文学"乡村"由田园风光一直延伸到具有原始色彩的自然森林，其中反映出来的不仅是印度与西方文明之间相互交错的空间感，而且更重要的是现实打破历史、现代驱逐远古的时间感。因此，毗菩提菩山笔下的乡土完全不同于普列姆昌德笔下的农村，很大程度上，它已不再是现实生活中真实的乡村，而是作家将现实生活沉淀到富于远古色彩的记忆之中后的产物——不仅是叙事的对象，而且也是美学的对象，乡村由此而被赋予了神话般的色彩。在此，我们再联系前文甘地有关村社的看法，不难发现，毗菩提菩山笔下的乡土与甘地所谓的村社在精神上可谓惺惺相惜。尽管我们在毗菩提菩山笔下寻找不到甘地主义影响的明显痕迹，但毗菩提菩山的创作比普列姆昌德的小说更为接近甘地的精神和气质，因此也更显得富有生机和魅力。甘地主义并不是一种科学的社会发展观，但它却以一种精神力量对现代印度社会的发展产生了巨大的影响；同样道理，毗菩提菩山的小说的魅力也不在于它真实地反映了乡村生活，而在于它将乡土和自然作为一种艺术或美学对象进行了升华和改造，从而使乡村和自然变成了某种精神性的存在即精神家园。作为精神的载体，乡土小说的要义并不在于厚古薄今地与现代性发生对抗，而在于如何将外来的现代性乡土化、本土化。从本土与乡土的意义上说，文学之中"乡村"的语义，正如英语中的"country"一样，变成整个民族和民族文化传统——"国"与"家"联系在一起，而"家"与"乡"又是分不开的。

受毗菩提菩山创作的影响，乡土文学在20世纪三四十年代的孟加拉语文学创作中出现较为普遍的兴盛，不过乡土文学的创作随之也变得更为复杂了。马尼克·班纳吉（1908—1956）、达拉巽格尔·班纳吉（1898—1971）是与毗菩提菩山齐名的孟加拉语乡土小说家，然而他们的创作已不再像毗菩提菩山那样注重人与自然以及乡村的田园景象了。

《木偶戏的传说》（1936）是马尼克创作的一部富于乡土色彩的长篇小说，这部小说像毗菩提菩山的小说一样富于地域文化的色彩，人物对话以方言土语，乡风乡俗依旧，小说中活动着的也是些习以为常的乡下人，但小说给人留下的却不再是诗情画意般的景象了。主人公夏什医生是一个有理想的青年，他想以医药、科学来消除波迪亚村民身体上的痛苦和精神上的疾病：迷信与麻木，但他很快就发现，他不仅无法以自己的理想来改造波迪亚村，而且乡村的一切正在一步步地吞噬着他，村里发生的一切都与他的愿望背道而驰。他想把自己创办的医院转手给新来的医生，自己则计划永远离开波迪亚村，但他发现自己已越来越深地被卷入了波迪亚村的生活之中，他没有改造成波迪亚村，反而失落于波迪亚村而逃脱不出了。他想操纵着木偶，按自己的理想去演戏，但结果却是众多的木偶操纵了他，使他不得不加入木偶戏的演出。到底是谁在操纵着木偶，这似乎是一个难以解开的谜。《帕德玛河上的船夫》（1936）写的也是这样的一个谜。帕德玛河是东孟加拉境内的最大河流，千百年来她像母亲一样养育着两岸的渔民，但在雨季洪水泛滥时，帕德玛河又无情地吞噬着一切，谁都琢磨不透帕德玛大河的神秘。帕德玛河岸边渔民的生活也像帕德玛河一样，既美丽动人又神秘可怕。小说的中心人物是穷苦的渔民库瓦尔。在故事刚刚开始时，他是个单纯而朴实的渔民，但随着故事的发展，在生活与精神痛苦的折磨中，他的心理变得愈益复杂。一方面，由于妻子麦拉的残废（跛脚）及小姨子迦比拉对他的爱恋，使他在感情上处于两难的境地：他爱着妻子，但迦比拉对他也产生了难以抗拒的吸引力；另一方面，他对侯赛因·米阿充满了恐惧的心理。侯赛因·米阿先前也是一个渔民，但他现在富有了，当穷苦渔民需要钱时，他借钱给他们，但最终的目的是让借钱的渔民们放弃他们的渔民职业，到他买下的、被认为是他的王国的荒岛上去为他服务。库瓦尔对妻子及渔业的爱、对迦比拉的欲望以及侯赛因·米阿给他的邪恶诱惑（到荒岛上从事贩毒等罪恶活动）在小说中自始至终地较量着。最后，库瓦尔为了逃避别人对他的栽赃陷害，选择离开了他的妻子和家庭以及帕德玛河，在迦比拉的陪伴下，驶向了摩依纳德荒岛。

达拉巽格尔的小说《迦楞迪河》（1940）、《群神》（1942）、《五个村庄》（1943）、《翰苏里河湾的传说》（1947）、《诊所》（1950）等非常逼真地描写出印度传统农业方式在现代西方文明的影响下逐渐消亡的过程，作家着力从城市工业文明对印度传统农业文明的渗透与摧毁中表现乡村生活的变迁与人们在价值观念上的变化以及精神追求中的困惑。《翰苏里河湾的传说》讲的是一个名叫哥赫尔的印度教低种姓阶层的生活故事，印度教传统中，哥赫尔种姓要么当轿夫，要么在高等种姓的印度教徒家中当仆人。故事的背景是盘斯帕迪村，村里住的全是哥赫尔，他们过着有些类似于部落民的生活。一方面是工业文明的浸入，另一方面是哥赫尔人的内在弱点，盘斯帕迪村最终消亡了。《诊所》的故事发生在比尔普姆地区的一个村庄里，写主人公基班·摩沙伊，一个印医，毕生与死亡及西医抗争的故事。小说借印医与西医的冲突以及印医被击垮的命运，展示印度传统文明在西方现代文明冲击下的厄运。整部小说笼罩着浓郁的死亡气息。

如果说，乡土小说中的"乡土"代表着印度民族和民族文化传统的话，在马尼克和达拉巽格尔的笔下，这种传统更多地表现为重负。马尼克和达拉巽格尔的小说对于传统更多表现出来的是一种批判的精神，严格地说，他们的创作已不再是纯正的乡土小说了。如果说毗菩提菩山的小说更多表现的是一种感情的话，马尼克和达拉巽格尔的小说更多体现出来的则是一种理性的分析，乡村或是由乡村扩展开来的民族文化既有让人留恋的品质，但同时也有顽固的劣根性。时代发展到 20 世纪 30 年代末期和 40 年代，伴随着印度传统的村社式社会的逐步解体和印度的独立，甘地主义式的神话也在不断地消解。

三　乡土

1947 年，印度摆脱了英国的殖民统治，贾瓦赫尔拉尔·尼赫鲁在印度独立日的演讲中壮志凌云地说道，要把印度建设成为一个政治民主、经济发展的伟大国家。但 1964 年尼赫鲁去世时，他的梦想也基本上落空了，印度的经济一直发展缓慢，政治上也徒有民主大国的虚名。

印度的独立，看似给印度民族带来了自由选择发展道路的权利和机会，但实际上，独立后的印度并没有别的选择，它只能走以西方为代表的先进文明所指引的道路，而且在经济、政治等各个方面都要学习或说是依赖于西方。甘地主义伴随着印度的独立，应该说是已经完成了它的历史使命，但在客观上，英殖民者"退出"印度之后，新印度国家政府不仅没有使印度富强起来，反而由于管理经验的缺乏等诸方面的原因而使印度社会处于比殖民统治时期更为混乱、更为糟糕的状态之中。在这种情形下，甘地的小农经济思想虽然不合时宜，但伴随着独立后梦想的破灭与对新价值观念的迷惘，一些有社会责任感的作家便重新开始从印度的乡村寻找印度民族的文化之根，于是在 50 年代兴起了乡土小说的创作热潮：传统的村社消失了，但乡村仍在；甘地主义过时了，但甘地的精神却依然对独立后的印度社会产生着不可低估的影响。

　　在印度文学批评中，"乡土小说"（regional novel）一词实际上来源于英语，"regional novel"更直接的对应词是"地域小说"。在英国文学批评中，地域小说常常与乔治·爱略特和哈代等作家反映乡村生活的小说创作联系在一起，雷蒙德·威廉斯在《乡村与城市》一书中也是在这种意义上使用"regional novel"一词的。① 不过，在威廉斯看来，地域小说是一个较为复杂的概念，它既是乡村小说的延续，又是乡村小说的发展。在中国，周作人的乡土文学观特别强调"风土人情"和"地域色彩"，在此意义上，"地域小说"成了"乡土小说"的别名。但实际上，以乡村某一地区的生活为描写对象的小说并不都是乡土小说，比如印度英语小说家阿·克·纳拉杨在他的小说中虚构出一个南方小城，他笔下所有的故事基本上都发生在这个小城中，有明显的地域色彩，但他的小说创作却无法归类为乡土文学，因为他的创作更多反映的是城镇生活。因此，地域性只是乡土小说的一个特色，而不是乡土小说本身。茅盾在乡土文学观上多强调"特殊的风土人情描写"之外的"普遍性的与我们共同的对于命运的挣扎"，② 他的创作也更关注农民的现实命运，但这种乡土文学观常常被归类为"农民文学"，普列姆昌德的小说就属于这类文学创作。鲁迅的乡土文学观则带有"侨居文学"的色彩："蹇先艾叙述过贵州，裴文中关心着榆关，凡在北京用笔写他们胸臆来的人们，无论他自称用主观或客观，其实往往是乡土文学。在北京这方面说，则是侨寓文学的作者。但这又非勃兰兑斯所说的'侨民文学'，侨

---

① Raymound Williams, *The Country and the City*, pp. 248 – 254.
② 茅盾：《关于乡土文学》，见《茅盾全集》第 21 卷，人民文学出版社 1991 年版，第 89 页。

寓的只是作者自己，却不是这作者所定的文章，因此也只隐现着乡愁，很难有异域情调来开拓读者的心胸，或者炫耀他的眼界。"① 鲁迅在此强调的是离开家乡的知识分子对家乡的某种观察、某种感情和某种思念，这在乡土文学的创作中常常是带有普遍性的倾向，印度的很多乡土文学创作也是如此，但"侨寓"只是道出了乡土文学与城市、与知识分子特性之间的联系，无法涵盖乡土文学的复杂性。实际上，乡土文学在中国现当代文学中早已成了一个难以界定的泛化了的概念，这与印度现当代文学中"regional novel"一词的复杂性正相吻合，笔者也正是从广义的角度来使用"乡土小说"一词的。在《乡村与城市》一书中，威廉斯在分析英国的乡村文学时，"田园小说"（pastoral novel）、"乡村小说"（rural novel）、"乡村小屋小说"（country – house novel）等常常与"地域小说"（regional novel）复杂地纠缠在一起，既相互区别，又相互联系。

乡土小说的创作，在印度独立之前和独立之后，还是很不相同的。在甘地时代，由于政治斗争的需要，乡村在地理上虽然也是边缘地区，但作为印度民族运动主要力量的来源地，乡村在政治甚至在经济上并没有被边缘化；而在印度独立之后，随着国大党的工作重心由乡村转移到城市，印度的乡村社会实际上处于无序的"发展"状态，乡村不仅在地理上处于边缘，而且在政治、经济、文化意义上也是名副其实的边缘地区——被社会忽视的角落。乡村不断地受到城市生活、城市文明的侵袭，但城市并没有将乡村纳入现代文明之中，而是将乡村排挤到了既依赖于城市又分离于城市的边缘地带。回到甘地所谓的传统的村社式社会已不可能，不仅自给自足的小农经济状态已经被打破，而且传统村社的"五老会"和种姓制等也都名存实亡了，传统的价值观念处于分崩离析的状态。在金钱和权力的腐蚀下，现代"文明"像贼风一样无孔不入，乡村社会在"土地革命"的浪潮中被推来搡去。在城市的诱惑下，在人口的流动中，乡村世界在何去何从的迷茫中失去了它古老的生活节奏和特有的乡村韵味，既躁动不安，又无所适从。印度独立以后，美化乡村并以乡村来对抗城市的倾向在乡土文学创作中虽然也时有表现甚至一定程度上得到了进一步的发展，但作家们

① 鲁迅：《中国新文学大系·小说二集导言》，见《鲁迅全集》第 6 卷，人民文学出版社 1981 年版，第 247 页。

在创作中回归于乡村生活的主题，其意图则主要在于，从对乡村生活的描写、展示上来揭示传统文明在当今社会中的命运与前途。这时期乡土文学中反映出来的并不单单是乡村世界的风俗人情画面，而更多是一种文化心理的积淀式分析，作家笔下的乡民形象凝聚着印度民族的苦难与希望，乡土文学中广泛出现的乡民们的对话最能反映出现代印度社会在西方文化侵袭中所经历的惊奇、恍惚以及无所适从的心理。再者，与普列姆昌德、毗菩提菩山等作家美化乡村世界的创作倾向相反，印度独立后出现的乡土小说更多致力于对乡村社会的愚昧、麻木等丑恶现象的揭露与批判。因此，乡土文学远不像普列姆昌德等作家的创作那样是甘地主义的颂歌，而更像为甘地主义和印度村社唱出的最后一曲挽歌。

帕尼什沃尔纳特·雷奴（1921—1977）是当代印地语文学中最著名的乡土小说作家。他生于比哈尔邦普尔尼亚地区奥拉黑·英格纳村，家中有土地，收入也不错，属于地主阶层。"雷奴"这个名字意为"泥土"，他的一生也基本上是在乡村度过。他曾在贝拿勒斯印度教徒大学读过一年书。1942年因参加民族独立运动而坐了三年牢。出狱后，他成为一个社会主义者，在乡下组织、开展农民运动，与此同时也开始了创作。1946年起开始在社会主义党派杂志上发表反映农村生活的短篇小说及速写，并在比哈尔邦首府巴特纳城的文学圈子中引起广泛的注意。1954年长篇小说《肮脏的边区》①发表后，名声远扬，德里及阿拉哈巴德等印地语文学中心也受到这部小说的巨大冲击。在此之前的50年代印地语文学基本上是城市作家占据主导地位，而雷奴的出现却将作家的目光引向了农村。《肮脏的边区》采用方言俗语，将民歌、民间传说、民间故事、民间戏剧等地方文化习俗有机地融于小说的创作之中，叙事方式、情节结构上均进一步传统化。伴随着50年代印度作家对印度文化多面性的探索，这部小说极大地震动了读者心中潜在的回归本土文化的心理情结：复苏传统文化，重现童年时代的梦幻。

雷奴小说所写的边区是比哈尔邦东部的普尔尼亚地区。比哈尔邦是印度古代文明的发祥地之一，佛教曾经在这个地区得到广泛发展，著名的佛教圣地菩提伽耶（佛陀悟道的地方）、那烂陀寺院、王舍城、华氏城等均位

---

① 中译本名为《肮脏的裙裾》，刘国楠、薛克翘译，上海译文出版社1994年版。

于比哈尔邦，但在当代，比哈尔邦却是印度最为贫困落后的省区之一。雷奴将印度传统文明在现代西方文明冲击下的境遇形象地展示在读者的面前。在《肮脏的边区》的初版"序言"中，雷奴写道：

> 这里是《肮脏的边区》，一部乡土小说。背景是普尔尼亚。普尔尼亚是比哈尔邦的一个地方，一边是尼泊尔，另一边是巴基斯坦①和西孟加拉邦，南边位邻桑塔尔族地区，西边靠着米提拉地区，这样划分一下，普尔尼亚地区的轮廓便完整了。我选择这个地区的一个村庄——这个村庄是落后乡村的象征——来构造我这部小说中发生的一切。

雷奴在此首先将一种地理方位感传送给读者，其意义在于说明普尔尼亚坐落于不同语言、不同伦理道德、不同文化圈的交叉路口。它是比哈尔邦的一个部分，因此归属于印度教传统文化。但同时它又被尼泊尔人、孟加拉人、部落民等代表的不同民族的文化②所包围着，各种文化在冲突中相互渗透。雷奴在小说中塑造出很多不同种姓、不同伦理道德及文化习俗背景中的人物，以他们充满方言土语色彩的对话来表现各自的文化特征，因此，地理文化的多元性使普尔尼亚成为印度整个民族文化的缩影，每一个小小的文化圈都在面临着被同化的压力中努力保持自己的文化特色。

普尔尼亚不仅是多种地方文化交融的地带，而且也是远离德里、巴特纳等都市文化中心的边区——地理与心理位置上的边区——这正是雷奴构造的"落后乡村"的象征意义：

> 玛丽村就是这样一个有着悠久历史的村庄。它坐落在罗德哈特车站以东十四英里地方：到那里去要渡过古老的科西河。科西河两岸有一大片茂密的棕榈树和野枣林，本地人管它叫"那瓦比·达尔班纳"，意思是那瓦布（穆斯林统治时期的省长——译者注）培育的棕榈树。过了棕榈树林，便是一望无垠的大平原。这个大平原辽阔，坦荡，从尼泊尔山麓一直绵延到恒河岸边，有几十万英里的土地，是一片荒凉的

---

① 指东巴基斯坦，1972 年独立成为孟加拉国。

② 尼泊尔更多受佛教的影响，东巴基斯坦（即现在的孟加拉国）则以伊斯兰教为中心。

不毛之地，像一块不能生育的妇女的裙幅。在这一大片土地上，只有很少几处生长了一些沙漠植物和酸枣林。①

这样的描写要将读者引进的不仅是一个地理位置，而且也是某种精神或心理上的空间。实际上，雷奴笔下的大平原是印度主要的产粮区之一，小说中也常常描写到这片土地的肥沃，并非什么荒凉的不毛之地。雷奴所谓的"沙漠""不能生育"等，一方面说明生活在这片土地上的农民在物质生活上的贫穷落后，另一方面也揭示出他们在心理和精神生活方面的贫乏与麻木。

小说的题目取自苏米德拉南登·本德的诗《印度母亲》："印度母亲，您居住于乡村／田野中散开的是您黝黑的泥土裙。"② 本德是印地语现代文学史上著名的浪漫主义诗人，《印度母亲》一诗表达的也是诗人对印度乡村所寄托的浪漫主义情怀。但到了雷奴笔下，这种浪漫的情调却已经丧失殆尽，因此，"泥土裙"变成了"肮脏的裙裾"。小说题目中"Anchal"一词兼有"裙裾"与"边区"的意思，《肮脏的边区》中文本译作《肮脏的裙裾》；而"Maila"一词虽然多多少少还与"泥土"联系在一起，但它已经散发不出诱人的芳香了，乡村在精神上受到各种外来的侵袭已变得"肮脏"不堪了。这里有疟疾、黑死病、霍乱、旱涝等的侵袭，也有比自然灾害更为可怕的病毒性危害，即来自以腐败政治和金钱利益为典型代表的所谓现代文明。小说中的医生要在玛丽村建立一个医院并进行医学研究，以发现当地人中间一种奇怪的疾病产生的原因。通过对乡村生活的感受以及与病人、村民们的接触，医生对玛丽村产生了感情，既感受到了乡村生活的美丽，又目睹了它的丑陋与"肮脏"。他深刻地认识到，城里的政客为了个人的利益跑到农村，为了政治选举或是经济利益，以各种手段欺骗农民，对于村民们的心理和生活来说，这才是最为可怕的传染病病毒。

雷奴的第二部小说《荒地的传说》（1957）描写的是普尔尼亚地区帕岚普尔村的生活。小说以隐喻笔法描写帕岚普尔村大片的荒地，这片荒原

---

① 雷奴：《肮脏的裙裾》，刘国楠、薛克翘译，第 7 页。

② Kathryn Hansen, "Dimensions of a Rural Landscape: Renu's Purnea District", in *Journal of South Asian Literature Study*, 1990, Number I.

上发生的悲剧性故事是由乡村的种种矛盾促成的：个人的利益、社会的习俗，以及"崇高理想"与改变乡村面貌的种种计划背后隐藏着的卑鄙与贪婪，等等。作家从社会、历史、政治、经济、文化、地理、生态学等方面来观察、分析农村生活，形象地写出了乡村生活结构所不断发生着的变化以及这种变化给人带来的迷思：现代化及社会政治的高调到底给农村带来了什么真正的变化？帕岚普尔村的大片田野都变成了荒芜的土地，这象征性地表现出现代化及工业化将体现印度传统农业文明的乡村变成了一片废墟的现实。从本质上看，雷奴心系印度古老的传统与信仰，恐惧现代的官僚体制对乡村的腐蚀。

20 世纪 60 年代之后，受雷奴的影响，印地语文学中的乡土文学得到了进一步的发展。希里拉尔·修格尔的小说《德尔巴利曲调》（1969）以辛辣的讽刺大胆地揭示出腐败的政治给乡村生活带来的价值毁灭以及由此而产生的奇怪而可怕的道德行为。希瓦·帕勒萨德·辛赫的《各有解脱之道》（1968）写的也是印度独立后乡村价值体系的解体与崩溃：该崩溃的，如种姓制等落后的习俗，却没有崩溃；不该崩溃的，如勤劳、善良、纯朴等传统美德，却在迅速地消失；与此同时，吸烟喝酒、道德败坏等问题又构成农村生活的"新景观"。

20 世纪五六十年代的乡土文学创作并不限于印地语文学，而是存在于印度各语言文学创作之中的普遍现象。马拉雅拉姆语、马拉提语、阿萨姆语、古吉拉特语、卡纳达语、孟加拉语、奥里萨语及泰米尔语等文学中，乡土文学的创作都形成了一定的规模。这时期的乡土小说像雷奴《肮脏的边区》一样，描写的常常是整个村庄，并以村庄来隐喻整个印度。

马拉雅拉姆语小说家 O. V. 维杰衍（1931— ）是印度现代小说的一位代表性作家，他最著名且引起广泛争议的长篇小说是《格赛克村史》（1969），这部小说描写的是主人公拉维对"存在"以及人与人之间关系所作的追根究底式的探索过程。小说开篇写的是主人公拉维在长途跋涉之后，在格赛克村外的一个公共汽车站下了车，他来格赛克村是要开办一所只有他一个人做教师的学校。小说结尾处又回到起点：拉维准备离开格赛克村，在公共汽车站等车时，他被一条眼镜蛇咬伤致死。这是一个偶然事件，但回想一下，正是偶然事件构成了拉维在格赛克村的全部生活。拉维的父亲和蔼慈祥，但在父亲生病卧床不起时，拉维与继母发生了性关系。由于乱伦的罪恶感，拉维来到了偏僻的格赛克村。格赛克村是个穆斯林居住区，但同时也有印度教徒。格赛克村史、拉维个人经历的回忆、格赛克村民的生活习俗等各方面的内容组合成一幅幅画面和插曲，使《格赛克村史》既有神话般的魔幻色彩，又有现实生活的浓郁气息。格赛克村风景秀丽，村民中间流传着很多迷人的民间故事；同时格赛克村作为印度的象征，它又是贫穷落后的代名词。瘟疫一下子能使几千人丧失生命，这很可怕，而人们的道德沦丧则比瘟疫更为可怕地腐蚀着人的心灵。拉维来到格赛克村原是为了寻找自我及生活的价值，但随即他就沉迷于酒味与女色之中，格赛克的经历使他进一步认识到生活的荒诞不经与道德的无聊与虚伪，这样，当他最后要离开格赛克村时，他在心灵上已是一个死去的人了："拉维好奇地看着眼镜蛇伸展着头冠，蛇的毒牙在爱恋之中咬着他的脚，一口又一口……他躺倒在地等着公共汽车。"小说如此结尾，以象征寓意的手法写出了拉维精神追求的悲剧性结局。小说写得似真似幻，悲剧故事中交织着喜剧的色彩，乡土文学的创作中融入了一些都市情调和都市笔法。

马拉提语小说家戈帕尔·尼尔甘特·丹代尔克尔（1916— ）的长篇小说《帕德迦瓦利》的题目是一个村庄的名字。小说主要描写的也不是什么田园风光，而是一套正在衰落的价值体系，作家对这种衰落与消亡的过程进行了质朴、冷静的描写，民间文学叙事传统中的感情色彩在这部小说中化为乌有，乡村人物形象也不再是纯朴的象征，而多表现为粗犷不羁。维衍迪格什·默德古尔克尔（1923— ）也是一位著名的马拉提语乡土小说家。他的长篇小说《本格瓦迪村》（1965）虽然也是以乡村为描写对象，但他却有意尝试新的创作风格：将乡村人物的素描置于乡村风景的工笔画之中，他不像一般的乡土小说家那样侧重于乡村道德价值方面的描写，而更注重乡村风俗人情的现代化和艺术化的描写。20世纪七八十年代，马拉提语乡土文学的创作声势进一步扩大，较为有名的作家主要有阿南达·亚德沃、R.R.鲍拉代、莎卡·格拉尔及默赫代奥·摩莱等作家，他们进一步将反映乡村生活的乡土文学与当代文学中各种实验性的文学技巧结合起来，企图从社会底层人物的不安和追求中，以觉醒的时代、文化意识来改造乡村社会，为乡村世界构造前景。

　　进入 90 年代之后，乡土文学或说受乡土文学传统影响的作家进一步活跃于印度文坛，孟加拉语和马拉雅拉姆语文学中的反现代主义小说家抗拒现代主义及后现代主义的荒诞、异化、唯我等都市文学情调，再次走向农村去体验生活，竭力在乡村世界里为现代人寻找出路。而阿萨姆语、泰米尔语作家则一直以反映乡村生活为主，他们经历了现代主义及后现代主义的风风雨雨之后，再次从非信仰走向信仰，从孤独走向社会，抛却现代主义隐晦、象征等颇具形而上色彩的语言习惯，追求乡村日常生活中朴实、形象的民间语言风格。可以说，乡土文学在 90 年代颇有再次复兴的趋势。古吉拉特语中，乡土文学的复兴被称为"返回乡村运动"。像 50 年代的文学一样，当代印度文学进一步走向乡村，小说中的主人公大多来自乡村，而且不乏低种姓角色。在作家的笔下，无论是落后愚昧的象征，还是纯朴自然的典型，乡村总是作家们努力加以重新塑造的对象。或可认为，印度文学之"根"恰在于"乡土"之中。

　　不过，印度作家虽然将文学之"根"置于"乡土"之中，但与独立前的乡土文学创作相比，文学之中的乡村作为一个文化空间，其复杂程度已远远超出了传统与现代、乡村与城市的二元对立结构。印度目前正处于经济大转型时期，印度知识分子也面临着文化大转型的问题，乡土小说更多表现出来的是鲁迅所谓的"侨寓"色彩：在城乡之间、在西方与印度文化冲突之中的文化漂泊与文化定位的问题上，印度的作家表现出既不能不认同西方文化但又难以完全认同的思想困惑与情感失衡状态。乡村虽依然是乡村，但作为一种文化乡村与精神家园，乡村实际上承载着作家们有"家（本土文化）"难回或是无"家（西方文化）"可归的无限"乡愁"。

　　早在 19 世纪中叶时，英国的城市人口已经超出农村人口，到了 19 世纪末，城市人口已占总人口的四分之三。[①] 而印度至今依然是一个农业国家，其社会结构还没有逾越前现代的农耕文明向工业文明过渡的历史阶段，正处于前现代向现代转换的历史时期。印度目前正在经历的是英国社会在百年前所发生的变化，从乡村人口与城市人口的比例上说，印度城市化的发展程度还远远没有达到 19 世纪中叶的英国，因此，反映乡村生活及其变

---

　　①　Raymound Williams, *The Country and the City*, p. 217.

迁的小说依然会层出不穷。

西方的现代化本身有其文化和历史的延续性，英国的乡土小说往往表现为同一民族随着时代生活的巨变而产生的新旧两种文化之间的内部矛盾。而对于印度来说，现代化更多表现为文化移植、文化断裂、文化碰撞等复杂的现象。随着印度和西方文化冲突的深入，乡土小说也越来越被知识分子（而不是农民）所青睐。它逐渐由乡村向城市的胡同和里弄渗透，着力展现的是东西方文化冲突境遇下知识分子自身多样复杂的精神状态；作家们或是将西方现代派、后现代派的各种文学技巧运用于乡村文学的创作之中，或是追求乡村生活中朴实、形象的语言风格，竭力恢复失落的印度文学传统的叙事方式。

在西方，城市与乡村曾经代表两种不同的生活方式，现在这两种方式已合二为一，国家正在变为城市。但在乡村被边缘化的同时，威廉斯也发现，现代都市社会也有回归于乡村的倾向，这并不是个别人的雅兴，而是一种社会发展趋势。威廉斯在《乡村与城市》一书常用"边界"（border）或"边缘"（marginal）等词来形容现代英国乡村社会的处境，他的第一部反映乡村生活的小说名为《边村》（*Border Country*），反映的也正是这种情形：乡村在现代都市社会中确实已经被边缘化。但在《乡村与城市》的最后一章，威廉斯也认为，城市与工业使环境、生态等问题变得日益突出，在当今的世界格局中，发展中国家即农业社会为主的国家依然占据着多数，未来社会的发展，并不是资本主义战胜社会主义或社会主义战胜资本主义的问题，也不是谁拯救谁的问题，乡村与城市在现代社会的发展也是如此。由此观之，即使印度、中国等发展中国家的现代化完成了由农业社会向工业社会的转型，其社会形态和社会构成也还是会自有特色的，这不仅是人与人的社会关系问题，同时也是人与自然和谐相处的问题。印度和中国现当代文学史上兴盛的乡土小说，在乡村与城市、传统与现代格格不入甚至激烈冲突中所意图构建的正是一个和谐的精神家园，从一定意义上，这种家园也正是甘地的理想和心理信托。

第四章

从种姓制问题看现代化进程中印度
社会结构的变迁

——兼谈奈保尔的相关看法

　　种姓制度已有二千多年的历史，它是印度社会中存在的一个极其复杂的问题。传统印度教认为，种姓制度起源于神，这种说法与印度现存最古老的宗教典籍《梨俱吠陀》中一首诗有密切的联系。这首诗说，印度的四个种姓是由生主（创世者，也被说成是大梵天）创造的，生主死后，他的嘴和头部化成了婆罗门，他的双臂化成刹帝利，他的双腿化成了吠舍，他的双脚化成了首陀罗。但学者们大多认为，这首诗并非产生于原始"吠陀"时期，而是后来的婆罗门将它添加到《梨俱吠陀》本集的。从历史研究的角度说，种姓制是印度进入阶级和国家社会后才产生的。起初，种姓制中并不存在贱民，到了吠陀后期，贱民即不可接触者才出现：先是被征服的原始部落，后来有些首陀罗甚至是高等种姓者因违反婚姻或印度教的教规等也会沦为贱民。种姓制认为，一个人的种姓是天生的、固定不变的，他的职业、婚姻、社会交往、饮食习惯、生活方式等都只能局限于自己的种姓，不得越出雷池一步，否则就会被驱除于种姓和宗教，被社会所抛弃，而被种姓和宗教所抛弃的人不仅在现实中没有任何权利，而且要在生死轮回中不断受到惩罚，成为地位更卑贱的人或是牲畜。种姓制既是一种经济分工体系，也是一种社会组织形式，它将印度上下各个阶层相互隔阂开来，形成一个封闭但稳定不变的结构。尽管自种姓制出现以来，印度教以外所有的印度宗教教派（如佛教、耆那教、伊斯兰教等）都对其加以反对，但每一次反对却反而使它进一步稳固。

英国的殖民入侵和殖民统治，使近代印度发生了天翻地覆的变化。按马克思的说法，英殖民统治破坏了印度传统的经济基础，它必将使"带着种姓划分和奴隶制度的标记"的印度社会发生一场真正的革命，使印度整个社会结构发生重大变化。① 事实也确实如此，正是英国的殖民统治以及由此引发的社会变革，使印度进入了现代化的历史进程之中。但在这样的历史进程之中，种姓制的问题却始终是印度社会中存在的难以解决的问题，它并没有随着印度进入现代社会而销声匿迹，相反却成为印度社会中越来越复杂的问题。

罗姆莫罕·罗易（1772—1833）是近代印度启蒙思想运动的先驱，受自由平等、民主和法制等西方思想和观念的影响，他开始重新思考并认识印度的社会、宗教和生活，为了使印度教现代化或说是西方化，他积极配合英殖民政府对印度进行的改革政策，猛烈抨击印度教的童婚、寡妇殉葬和种姓制等陈规陋习。他认为，印度的种姓制与宗教蒙昧主义、封建专制主义结合在一起，是导致印度社会分裂、落后的一个根本原因。他从西方"天赋人权"的思想观念出发，谴责种姓制对人所进行的机械分类以及由此导致的地位差异和身份歧视。他说，"神"并没有制定什么各种姓之间不平等的法则，是印度人自己将印度社会分裂为许多等级森严的种姓，印度教在二千多年来的宗教仪式中不断巩固和发展了种姓制，使它成了一种根深蒂固的社会习俗和宗教信仰，严重阻碍了印度社会的发展，应当彻底废除种姓制。为此，罗易于1830年，将他所创办的梵社庙堂对外开放，不分种姓和信仰的差异，只要信奉大梵（一种无形无体的、纯粹的精神象征），均可不受任何歧视地加入其中。尽管罗易创造的梵社在当时的印度社会产生了广泛的影响，但在他有生之年，他常常受到印度教正统教派的攻击，被斥为印度教的异端邪说。在他身后，尽管他受到印度社会的广泛尊重，被誉为现代印度之父，但是，随着当时印度宗教改革的深入，人们虽然接受了他关于印度宗教和社会改革的许多思想，但在至关紧要的种姓制问题上，他的后继者并没有沿着他开辟的道路走下去，相反，在这一问题上他还常

① 马克思：《不列颠在印度的统治》，见《马克思恩格斯选集》第2卷，人民出版社1976年版。

常受到无端的指责。

辨喜（即维韦卡南达，1862—1902）是现代印度宗教改革运动后期的一个代表人物，他继承了罗易关于印度传统的精神主义的说法，却篡改了其关于种姓制的思想。罗易认为，种姓制是印度教宗教仪式的产物，应当废除，但辨喜却认为，种姓制只是一种社会习俗和社会结构，它不存在于印度教之中。他将罗易对种姓制的批判改换成了对贱民制度的谴责，并认为贱民制度不属于印度教，而是一种传统的迷信，是一种精神疾病，是非宗教和反宗教的，它导致印度的分裂和不团结，使印度人变得自私、懦弱、无知。在辨喜生活的时代，印度社会关于种姓制产生了广泛的争论，辨喜认为这些争论毫无意义，因为从根本上说，没有一个国家没有种姓，人不是孤立的人，他总要生活在一定的社会圈子之中，无论你走到哪里，都会碰到等级；印度的种姓制正是建基于这种普遍的社会原则基础之上，它是一种自然的秩序，它的存在使人各司其职，保持着印度社会的稳定。他认为取消种姓制的说法无疑是一派胡言，但对种姓制作出适当的调整却是必需的。解决种姓制问题并不是要推翻高种姓的婆罗门，相反，他认为，要想解决这一问题必须依靠婆罗门，因此，他特别强调婆罗门的职责：追求精神生活的崇高性，提升自己周围非婆罗门的精神生活，以服务的行为使梵的精神充满印度大地。印度之所以沦落到今天这样悲惨的境地，主要是因为婆罗门的精神衰败了，而婆罗门精神衰败的必然结果便是整个印度精神的衰败。①

以辨喜为代表的印度现代思想家关于种姓制的看法直接影响了甘地对种姓制的态度和思想，而甘地关于种姓制的思想至今仍在影响着印度社会生活，按 V. S. 奈保尔的说法，印度今天的一切实际上是甘地早在 20 世纪初就已经预见到的：

> 就像一个小说家往往把自己分割开来，灌输到各个角色中去，无意识地建立了一种和谐共存，给予其主题一种封闭的紧凑感，多面向的甘地也扩散于现代的印度。他是隐匿的……不为人知的；但印度今天

---

① 见网址：http://www.dlshq.org/messages/caste.htm.

上演的这一幕一幕，是他在 60 年前就已经安排好了的，那时候他结束了在南非的种族斗争，刚刚回国。创造者不必了解他执迷的根源，他的责任是将局面调动起来。甘地给印度带来了政治，又唤起了古老的宗教情感。他令两者互为助益，产生了觉醒。但在独立的印度，这一觉醒的元素却令两者相互否定。没有政府能靠甘地的幻想生存；被甘地转化为一种民族主张的灵性，那被征服人民的慰藉，已经明显变质，成了一如从前的虚无主义。

……如果他（指甘地）为印度规划出另一种生存法则，他就可能给印度留下一种意识形态，有了它，印度可能已产生真正革命性的变化，产生大陆的种族意识和印度人特有的归属感，甘地全部的政治目标可能已经借此实现，甚至实现得更多：它们不但动摇"不可接触者"制度、淹没种姓制度，而且唤醒个人，让人在一种更广义的认同中自立，建立起关于人类之卓越的新概念。

如今，曾为他而争执的人不知为什么而争执；不论甘地还是老印度都没有解决当前危机的办法。他是老印度最后的表达；他把印度带到了路的尽头。[1]

在奈保尔的"印度三部曲"[2] 中，甘地主义以及种姓制是反复涉及的话题，这里所引的一段话出自《印度：受伤的文明》，写于 1975 年至 1976 年。奈保尔在此所说的 60 年前，指的是甘地 45 岁时从南非回到印度的时间，意思是说，甘地此时虽然刚刚回国，但他的思想实际上在南非时已经形成了。说得更为具体一些，我们也可以将甘地思想的形成追溯到更早一点的 1909 年，因为在这一年甘地写成了《印度自治》，他的思想在这本小册子中已经形成了基本不变的框架，以后只不过是向这个思想框架中不断地添加材料而已。

甘地在南非生活达 20 年之久，其中的经历和感受极其复杂，非三言两语所能说清；再者，甘地的思想也从来不成什么体系，而是开放性、分散

---

① V. S. 奈保尔：《印度：受伤的文明》，宋念申译，三联书店 2003 年版，第 211—212 页。

② 指奈保尔三部反映印度当代社会生活的作品：《幽黯国度：忘记与现实交错的印度之旅》《印度：受伤的文明》和《印度：百万叛变的今天》。

性的，他自己曾说："我的言论是格言式的，它缺乏精确性。因此可能有多种解释。"① 在这种情形下，我们要想就甘地主义对当时印度社会所做出的设想进行分析并不是一件容易的事情。即使是在当代，在"庶民研究"（Subaltern Studies）领域颇有成就的学者帕尔特·查特吉对甘地的著作进行了仔细的研读之后，也只是说："尽管《甘地全集》已编了厚厚的80多卷，但其中很少有文本能被理解为系统地阐述他关于国家、社会和民族的思想。最早也许是最详尽的一本名为《印度自治》，于1909年以古吉拉特语写成……它包括了对甘地政治思想的大部分基本内容的陈述。"② 虽然《印度自治》较为集中地表达了甘地思想的基本内容，但该书的批判矛头更多指向西方现代文明，对印度的贱民制则基本上没有什么涉及；换句话说，《印度自治》在印度如何才能自治的问题上显得比较空洞，只是在回到印度之后，他才发现自治的问题远不是他在《印度自治》一书中所设想的那么简单。因此，在认识到问题复杂性的同时，甘地的思想也进一步复杂化。如果说《印度自治》尚表现出甘地思想体系的大致特征的话，他回到印度之后的思想则是在不停的变化中呈现出开放、分散的特征——不是什么定型的结构或体系，而是在不停地变化、吐纳。

　　甘地于1915年从南非回到印度，在对印度社会进行了一年左右的考察之后，他便在贝拿勒斯和马德拉斯分别发表演讲，强烈反对贱民制度。贱民制度从属于印度的种姓制，甘地回国后不久，便在贱民制问题上大做文章，这是个颇令人深思的问题。显然，对于种姓制的分析，实际上是对印度社会各阶层力量的分析，正是为了最为充分地调动起印度社会的力量，他才在种姓制和贱民制问题上大做文章，这是甘地考察和剖析印度社会的切入点——这既是印度社会构成的关键，也是它的症结所在。按照奈保尔的说法，印度人在甘地之前，并没有真正的种族意识，是甘地首先使印度有了种族意识；而甘地思想中种族意识的形成又与他在南非的经历密切相关，正是南非的经历使甘地发现了印度社会结构的奥秘以及其中蕴含的

---

　　① 《与Dharmadev的讨论》，《甘地全集》第53卷附录3，第485页；转引自刘健芝、许兆麟选编《庶民研究》，中央编译出版社2005年版，第79页。

　　② 帕尔特·查特吉：《甘地及其对市民社会的批判》，见刘健芝、许兆麟选编《庶民研究》，第83页。

意义。

我们不妨依然遵循奈保尔的说法，寻找一下甘地在南非的经历与他对印度社会的观察、剖析之间的联系。奈保尔认为，甘地在南非受到的最大刺激或者说对他心灵产生创伤的是白人的种族歧视政策，而心灵上的这种创伤是甘地思考印度问题的原动力和出发点。这种说法不无道理，从《甘地自传》①中，我们也可以发现，正是南非的种族歧视促使甘地进行斗争，并在斗争中形成了自己的思想；与此同时，南非的种族歧视也很自然地使甘地联想到印度的贱民制：

> 有一些对于我们的社会具有最大贡献而被我们这些印度教徒认为"不可接触"的阶级，都被赶到远远的一个城镇或乡村去住，这种地方古吉拉特语叫做"德瓦度"（dhedvado），含有侮辱之意。就是在基督教的欧洲，犹太人也曾一度被当作"不可接触者"，而划给他们住的地区也有一个讨厌的名称，叫做"隔度"（ghettoes）。同样地，今天我们也成为南非的不可接触者了……

> 古时候的犹太人自认为是上帝的选民，以别于其他一切民族，结果呢，弄得他们的后代遭受了一个奇异的甚至是不公平的报复。印度教徒差不多以同样的情况自认为是雅利安人，即文明的人，而把自己的一部分同胞当作非雅利安人，即不可接触者，结果呢，不但在南非的印度教徒遭受一种奇异的或者是不公平的天谴，就连穆斯林和波希人也受到同样的歧视，因为他们同属于一个国家，同他们的印度教弟兄有着同样的肤色。

> 读者现在多少可以明白这一章的题目（题目是"苦力区还是'隔度'?"——引者）是什么意思了吧。我们在南非得了一个臭名声，叫做"苦力"，"苦力"这个字在印度是指挑夫或雇工说的，但在南非，它有侮辱的含义，就像我们所指的不可接触者的意思一样，而划给"苦力"居住的地方便叫做"苦力区"。②

---

① 《甘地自传》是从1925年12月开始在甘地主编的《青年印度》周刊上连载的。

② 《甘地自传——我体验真理的故事》，杜危、吴耀宗译，商务印书馆1995年版，第250—251页。

在此，甘地特别指出，犹太人这个曾自认为是"上帝选民"的民族在现代欧洲却变成"不可接触"的阶级，这是因果报应式的天谴；而古代印度雅利安人，也曾自诩为"文明的人"，并将被征服的印度土著变成了"不可接触者"，结果却使整个印度民族在现代世界上都变成了"苦力"；西方现代种族主义者也自认为肩负着"白人"的使命，是上帝要他们征服并统治其他种族，谁知道他们会不受到天谴？不过，甘地这段话除了谴责西方的种族主义政策之外，尚有更深一层的意义：它以悖论的形式显示出，印度贱民制将一部分印度人视为不可接触者，而在南非种族主义者的眼中，整个印度民族都被看成了贱民，在这样的视野之中，贱民制的荒唐与可悲自然是不言自明了。在南非，"苦力"（coolie）一词的原意渐渐失去了，它成为对所有印度人的一个普遍的带有侮辱性的称呼，就像非洲黑人被称为negro一样。与历史上对犹太人的歧视不同，现代西方的种族歧视多表现为肤色的歧视，尽管穆斯林（自称是阿拉伯人）、波希人（自称是波斯人）不是印度教徒，但因为肤色相同，又同是印度人，所以他们被统称为"苦力"。有意思的是，印度的"种姓"（即"瓦尔那"，Varna）一词，其原意恰恰是"肤色"。在印度最古老的典籍《梨俱吠陀》中，雅利安人自称是"雅利安瓦尔那"，雅利安人被认为是与波斯、欧洲人同源的白种人，"雅利安瓦尔那"就是白种人的意思，他们将被征服的当地黑皮肤印度人称为"达斯瓦尔那"，"达斯"意为"奴隶"。所以从起源上说，印度的种姓制与现代欧洲的种族歧视可谓如出一辙，而且比起印度的贱民制来，欧洲的种族歧视甚至会显得相形见绌：印度的种姓制、贱民制不仅历史悠久，而且残酷至极。

英国的种族歧视使整个印度民族受到了不公正的待遇，而印度的种姓制则又使约占印度人口四分之一的贱民受到了极不公正的待遇。按常理说，就像反对英国的种族歧视政策一样，甘地也会反对印度的种姓制，但并非如此，甘地反对的是从属于种姓制的不可接触制度即贱民制。他试图废除种姓制中不合理的成分，而不是废除种姓制。因此，我们可以简单地做出这样的推论：在甘地看来，种姓制的存在有其正当性，但贱民制却在毁坏这种正当性。如此便出现了甘地式也可以说是印度式的关于种姓制和贱民制的矛盾思想："贱民阶级一旦清除，种姓制度就会净化。"

针对甘地的这种说法，后来学者可谓众说纷纭，莫衷一是。大多数的学者认为甘地在种姓制的问题上自相矛盾甚至是自欺欺人，但是，也有不少学者认为他反贱民制而不反种姓制实际上是一种高明的政治策略。典型的是奈保尔，他在这个问题上像甘地一样摇摆不定。在写于 1962 年至 1964 年间的《幽黯国度：忘记与现实交错的印度之旅》中，奈保尔说：

> "贱民阶级一旦清除，种姓制度就会净化。"乍听之下，这句话仿佛是甘地式或印度式的矛盾思想，甚至可以被理解为承认种姓制度的正当性。但事实上，它是一种革命性的评估和看法。土地改革并不能说服婆罗门阶级，他们可以把自己的手放在犁上，亲自耕田，并且不会丧失他们的尊严。……把政府的职位保留给贱民，对谁都没有好处。这样做，不啻是将重大的责任交由不适任的人承担；出身贱民阶级的公务员，很难安于其位，因为一般民众对他们早已存有成见。需要改革的是制度本身；应该被摧毁的是种姓阶级心态。所以，甘地不怕别人嫌他唠叨，一再提到印度人到处丢弃的垃圾和粪便，一再提到厕所清洁工的尊严，一再提到服务精神和勤劳工作的重要性。从西方的观点来看，甘地的讯息不免显得过于狭窄、琐碎，甚至有点怪诞，但事实上，他是透过一个在西方殖民地长大的印度人的眼光，把西方的一些简单理念应用于他的祖国。①

仔细阅读这一段话，可以看出，至少从言辞上说，奈保尔远没有甘地那样对贱民怀有同情之心，他对贱民实际上是很不放心的，因此，他觉得将政府的职位（公务员）保留给贱民是一种不负责任的表现。他放心的实际上依然是婆罗门，但他又对婆罗门的失职和缺乏服务精神、丧失勤劳品质感到痛心，他认为印度并没有理解甘地的良苦用心，实际上甘地反贱民制而不反种姓制是使印度发生革命性变化的有效策略：通过取消贱民制而达到改造种姓制的目的，并最终摧毁各种种姓阶级的心态。因此，甘地反

---

① V. S. 奈保尔：《幽黯国度：忘记与现实交错的印度之旅》，李永平译，三联书店 2003 年版，第 94—95 页。

对贱民制并不是一种机械的行为，并不是要将多少公务员名额分配给贱民这样一个简单的比例问题。但可悲的是，印度却使甘地变成了一个悲剧性的人物，"身为印度人，甘地不得不跟象征打交道。于是乎，清扫厕所变成了一种神圣仪式，因为它受过'圣雄'——伟大的灵魂——的赞许，但厕所清扫工人还是跟以前一样被人轻视、践踏"。这有点像是中国成语"买椟还珠"所表明的意义一样，甘地清扫厕所的行为就像是制作了一个华贵的匣子，而这种行为所寓含的意义则是无价的珍珠，但印度人从甘地那里学到的却恰恰是无意义的象征性的仪式，至今他留给印度的只是一个崇高而缥缈的名字，在当代印度社会中，虽然他还是不断地被人提起，但他对印度现实生活似乎早已没有任何意义了。奈保尔不无悲哀地说，是"印度毁了甘地。他变成了'圣雄'。印度人敬仰他的人格；至于他一生所传达的讯息，则无关紧要"。[1] 在《幽黯国度：忘记与现实交错的印度之旅》一书中，奈保尔对肮脏、不卫生的印度进行了不厌其烦的描写，其用意实际上并不在于揭露印度的丑陋、阴暗，而更深的意义恐怕还是在重复甘地数十年前的良苦用心。

十多年后，当奈保尔创作《印度：受伤的文明》时，他免不了还要对甘地主义、种姓制、贱民制问题做出思考。不过，这一次，与"印度毁了甘地"的说法适成对比，他或隐或显地要表明的是，甘地毁了印度，这就是本章开头所引用的那段话的真正寓意，是甘地"把印度带到了路的尽头。所有有关'紧急状态'的争论，所有涉及他名字的东西，都反映了印度智识的真空，反映了他试图赋予其新生的那个文明的空虚"。[2] 我们可以引用《印度：受伤的文明》中的另一段话来对本章开头一段引文做出注解，这样可以更好地把握奈保尔对甘地和种姓制的看法：

> 甘地活得太久了。1915 年，45 岁的他从南非回到印度后……迅速在 1919 年到 1930 年间把整个印度搅入一种新型的政治生活中。
>
> 不是所有人都赞同甘地的方式。他听任"内在声音"明显专断的命令，这点令很多人惊愕。一些印度人仍把 20 世纪 30 年代的政治僵

---

① V. S. 奈保尔：《幽黯国度：忘记与现实交错的印度之旅》，李永平译，第 95 页。

② V. S. 奈保尔：《印度：受伤的文明》，宋念申译，第 212 页。

局怪罪于他，他们说，甘地不可预测的政策，以及对释放出来的力量
之无能管理，无谓地延长了独立斗争，把自治推迟了25年，浪费了许
多优秀人物的生命和才能——印度政治的管理权在20世纪30年代转到
了别人手里。

　　甘地自己沉沦于更长期更私人化的圣雄事迹。……所以即使活着，
"他也已成为自己的崇拜者"。他成为自己的象征，他模仿自己的圣行，
他成了争相膜拜的对象。人之为人的知性缺失了；圣雄事迹淹没了他
早年所有可作多种解释的行为、所有的政治创造力、他那么多的（印
度的）现代性思想。①

　　从这段话中可以看出，甘地的圣雄化，按奈保尔的看法，很大一部分
责任在于甘地自己，他在20世纪30年代之后逐渐变成了自己的崇拜者。
如果说在1919年到1930年，甘地思想中充满了现代性的活力，那么在这
之后，他的思想便处于退化之中。这是奈保尔对甘地的说法，我们不去争
辩这种说法的是非曲直，我们感兴趣的是奈保尔对甘地思想的评价——从
"印度毁了甘地"转变为"甘地毁了印度"——的前后变化。

　　奈保尔之所以发生这种变化，在笔者看来，并不是甘地本人或甘地的
思想在1930年前后便停滞不前甚或是退化了，而是奈保尔所处的时代发
生了变化。在1962年写作《幽黯国度：忘记与现实交错的印度之旅》
时，奈保尔以为甘地主义在当代印度已经名存实亡了，因此他重提甘地，
认为甘地的思想在当时依然有现实意义，而印度人却并不理解甘地思想
的这一真正意义；但到了1975年，在印度"紧急状态"的新形势下，奈
保尔突然发现甘地主义以最不可思议的方式鲜活地存在于印度社会中，
这使他大为诧异：在现代文明社会中，不少印度人依然渴望甘地所描述
的"罗摩之治"的幻境，希望回到简朴的乡村社会之中。虽然奈保尔像
以前一样认为，印度人为甘地而发生争执但又不知道为什么争执，他们
并不真正理解甘地，但奈保尔不再从民族斗争的策略上去评说甘地了，
而是从文明发展的角度对印度这个"受伤的文明"进行了彻底的否定：

---

① V. S. 奈保尔：《印度：受伤的文明》，宋念申译，第187—188页。

"印度的危机并不是政治性的：那只是德里方面的看法。独裁或军人统治不会改变任何事情。危机也不仅仅是经济上的。所有这些不过是从不同方面反映着更大的危机，其惟一的希望就在于更迅速地衰败。"① 否定了印度文明，必然要否定甘地，因为甘地所谓的印度文明虽然具有很多现代性内容，但无论如何他是传统印度文明的现代化身，他强烈反对西方文明，试图在现代社会中回归于印度的过去；而到 20 世纪 70 年代，印度人居然依旧陶醉于甘地主义的幻境之中。有鉴于此，奈保尔强调指出，甘地主义早已成为历史，它是过去年代发生的事；进一步说，即使在过去的年代里，甘地主义复兴印度的方式也是要回归到更远的过去，因此，甘地主义是过去的过去，从本质上说，它实际上是拿过去来扼杀了未来。奈保尔说，"甘地活得太长了"，早在 1930 年左右，他虽然还活着，但他的思想实际上已经"死去"了；1947 年印度独立时，甘地恰逢其时地被人刺杀了，甘地作为一个时代至此就应该彻底结束了；但将近 30 年后，在 1975 年进入"紧急状态"的印度社会中，甘地居然鲜明地活在印度的政治生活以及日常生活之中，这使奈保尔深有感触地发现：甘地毁了印度，至今还在毁灭着印度。奈保尔认为，甘地在历史上的作用只是把印度调动起来，团结成强大而坚固的力量来对抗英国的殖民统治，在这方面，他很成功，但也正是他的成功使他逾越了不该继续的历史作用："'古代情感'、'怀旧记忆'：当这些东西被甘地唤醒的时候，印度便走向自由。但由此创造出来的印度必将停滞。甘地把印度带出一种'黑暗年代'；而他的成功则又不可避免地将印度推入另一个黑暗年代。"②

　　奈保尔说，假如甘地为印度规划出另一种生存法则，印度可能已经发生了真正的革命性的变化，不可接触者制度和种姓制都将被淹没，但他并没有为印度制定出新的生存法则，他不过是老印度的最后一声哀叹，老印度在他的引领下已经走投无路了。奈保尔在此并没有说明甘地应该为印度制定出什么样的生存法则从而使印度发生一场真正的革命性变化，从《幽黯国度：忘记与现实交错的印度之旅》到《印度：受伤的文明》，奈保尔始终强调的是印度人没有真正的种族意识，是甘地首先使印度人

---

① V. S. 奈保尔：《印度：受伤的文明》，宋念申译，第 213 页。
② 同上书，第 184 页。

这方面的意识真正觉醒了，正是种族意识的觉醒和实践使印度摆脱了英国的殖民统治。我们只能从甘地的成功中分析他对独立后印度的意义和影响。

甘地的成功，确如奈保尔所说的那样，是将整个印度作为一个民族的力量给调动起来了。从甘地的政治和社会活动中，我们可以明显地发现，甘地一方面针对英殖民统治而开展"不合作运动"，另一方面也不失时机地反对贱民制，前者可以说是抵御外来的力量，后者则是印度自身的完善，这是印度自治运动相互补充、缺一不可的两个方面。1920 年 8 月，甘地发动了第一次不合作运动，数月之内，不合作运动在印度全国轰轰烈烈地展开了。与此同时，甘地于 1921 年宣传社会改革，改革的一个主要问题便是印度社会中贱民制的问题；1925 年，甘地开展抵制洋货的同时，大力宣传废除贱民制；1932 年，他为抵制英殖民统治者关于贱民阶级的选举法而绝食 7 天，最终迫使英殖民政府修改选举法案。同一时期中，印度全国各地寺庙均为贱民开放，反英运动一时转变为要求废除贱民运动。此后，甘地还进行过多次绝食，不是针对英殖民主义，便是要求取消贱民制。1933 年，他创办《哈里真》周刊；"哈里"是印度教大神的称号，"哈里真"意为"神（上帝）的子民"，这是甘地对贱民的尊称；由此一方面反英，另一方面在全国开展哈里真运动。1941 年 12 月，甘地发表"建设纲领"，就穆斯林与印度教徒之间的团结、取消贱民制、解决农村问题、教育问题以及提高妇女的社会地位提出了一系列的设想。他将贱民制的取消与整个印度民族国家的建设结合在一起，认为这是印度独立后依然面临的一个重要的社会问题。

甘地为什么要在反对英国殖民统治的同时又不遗余力地反对贱民制呢？从他本人的话中我们或许可以得到一点启示：

> 不要让我们被那些从西方输入的时髦口号和诱人的词语所迷惑。我们难道没有自己独特的东方传统吗？我们难道无力找到自己的解决资本和劳工问题的方案吗？……让我们以科学探索的精神来研究我们东方的传统，我们将发现一种比这个世界曾经梦想过的更加真实的社会主义和共产主义。设定西方的社会主义或共产主义是解决大众贫困问

题的最好的东西，这肯定是错误的。

　　　　阶级战争是不适合印度的本质特征的，印度能够发展一种广泛的基于所有人的基本权利和所有人的平等公正的共产主义形式。①

　　在此，甘地主义借用了马克思主义的基本用语，但其实质内容却大相径庭，与马克思主义的暴力学说和阶级斗争理论正好相反。针对英殖民统治，甘地采取的是非暴力斗争方针；针对印度传统的封建社会制度即种姓制，它采取的不是阶级斗争，而是阶级调和的政策，这就是甘地反对贱民制而不反对种姓制的根源，是甘地适应他所谓的"印度社会的本质特征"（爱好和平、不爱斗争）而做出的战略性的选择。在印度现当代的政治和文学实践中，甘地主义和马克思主义常常结合在一起，印度现代很多作家常常从甘地主义转向了马克思主义或是从马克思主义转向了甘地主义。这看起来有点奇怪，实际上却是一种合乎常理的现象，因为从本质上说，甘地总是想方设法地根据印度的社会状况来调动最广大的人民反抗英国的殖民统治。谁能将最广大的农民群众发动起来，谁就能引导着印度走向独立，这与马克思无产阶级革命理论在目的上是一致的。甘地主义也可以说是马克思主义与印度民族革命运动相结合的产物，只不过是它并没有打出马克思主义的旗帜而已。在这方面，"庶民研究"专家帕尔特·查特吉对甘地主义的分析可谓入木三分：

　　　　从《印度自治》的乌托邦开始，途中又拣起了民族主义政治的意识形态行囊，甘地主义成功地开辟了它的历史可能性，通过它而得以在新印度国家的政治发展中挪用了该民族最普遍的成分，即农民。尽管甘地的"罗摩之治"中道德观念与当代农民社群意识中的政治公正要求和方式是极为一致的，而农民社群意识则是使这些要求得以转变为"圣雄的启示"的意识形态前提之一，但事实上，甘地的非暴力政治的历史结果为这一挪用过程提供了道德合理化和其独特的意识形态形式。尽管正是甘地对印度民族精英政治的介入才第一次表明，一场

　　① 《甘地全集》（新德里，1958 年）第 58 卷，第 219、248 页，转引自帕尔特·查特吉《甘地及其对市民社会的批判》，见刘健芝、许兆麟选编《庶民研究》，第 128 页。

真正的民族运动只能依靠农民的有组织的支持，可非暴力政治的结果也充分表明，农民政治动员的目标根本不是甘地所声称的那样，是"为了培养群众的自我意识及取得权力"。而更毋宁说，农民本来就被看成是一场完全由别人计划和导演的斗争的志愿参加者。……

当统治阶级的民族性组织还能继续在新印度国家的机制结构中汛固自己时，"农民和劳动者"却从未"在全印度的基础上"被组织起来。

这样，从作为一个整体的甘地主义意识形态统合中，我们获得了一种民族政治结构的概念（在这种结构中农民是被鼓动起来而非参与进去的），获得了一个民族的概念，农民是民族的主要组成部分，但他们却远离民族（国家）。现代印度历史研究的一个基本任务仍是解释这种特定的历史进程，通过这个进程，甘地意识形态中内在的各种政治可能性都成了印度资产阶级手中的意识形态武器，他们试图在一种其统治地位不断受到挑战、其道德领导永远不完整的阶级斗争进程中创立一种切实可行的国家机构。

然而乌托邦的逻辑本身即是模糊不清的。托马斯·莫尔的著作被视为是为一个正在上升的但远未取得胜利的资产阶级的政治要求奠定了道德基础。他也被认为是乌托邦社会主义的先驱，这种乌托邦社会主义是对早期无产者反抗精神的朦胧的表达。因此，毫不奇怪，在当代印度社会形成过程中正在进行的、尚未化解的阶级斗争中，反对派运动仍能从圣雄的启示中寻求他们的道德认受合法性。[①]

查特吉这里所谓的"阶级"和"民族"与奈保尔作品中的"种姓"和"种族"实际上是可以互换的概念。与奈保尔所谓的"种族意识"的觉醒相对应，查特吉说甘地主义是在"途中又拣起了民族主义政治的意识形态行囊"；与奈保尔所谓的"没有政府能靠甘地的幻想生存"的说法相呼应，查特吉实际上是从乌托邦社会主义的角度来考察甘地主义的；与奈保尔在分析甘地主义、种姓制时反复强调的"德法观"相联系，查特吉在此也多次提到"道德"二字，认为甘地主义主要表现为一种道德力量，这种力量

---

① 帕尔特·查特吉：《甘地及其对市民社会的批判》，见刘健芝、许兆麟选编《庶民研究》，第129—131 页。

在印度独立后依然发挥着作用和影响。虽然查特吉与奈保尔两人对甘地主义意识形态和政治结构有着相似的看法，但很显然，查特吉是从马克思主义的角度来剖析甘地主义的，而奈保尔则是从西方现代文明和现代性的角度对其加以分析，因此其间存在着虽说微妙但又是本质性的差异。

查特吉没有像奈保尔那样对甘地主义的政治结构（较为具体地表现在种姓制和贱民制问题上，当然也包括宗教、家庭、妇女地位等相关问题）持摇摆不定的态度，也没有像奈保尔那样认为是印度毁了甘地或是甘地毁了印度，而是一语破的：甘地政治的成功在于它"挪用"了印度民族中最普遍最重要的成分即农民。这一挪用不仅使旧印度摆脱了英国的殖民统治，而且也使甘地主义作为政治"遗产"，依然会在新印度国家的社会发展中产生作用。查特吉清楚地认识到，甘地主义实际上并没有真正解决也不可能解决农民、农村以及阶级（种姓、贱民）等涉及印度社会结构的复杂问题，它不过是一种乌托邦社会主义式的表达，甘地主义不成任何体系的方式正好在印度的历史条件下吻合了乌托邦式的逻辑：模糊不清。比如，下面一段话表现出甘地对种姓制的看法，它既不容置疑，同时又含糊其辞：

> 种姓制度和宗教无关。它是一种习俗，它的起源我不清楚，我也不需要为了满足我的精神上的渴望而去知道它，但我的确知道，它对精神和国家的发展都是有害的。[①]

这是甘地针对他人的指控而写下的一段话，它不是以理性思维的逻辑来进行论争的，而是基于个人的道德感悟和道德认同，在不与人争辩、武断性的话语方式中蕴含着无须争辩和不容争辩的精神力量。因为对种姓制问题说不清楚，他便对其中种种有悖于人之常情与常理的贱民制进行了猛烈的抨击。反对贱民制既是一种方针，又是一种策略。正像托马斯·莫尔的著作"是对早期无产者反抗精神的朦胧的表达"一样，甘地主义实际上也只不过是印度农民社群意识和反抗精神的模糊不清的表达，无论是针对西方文明的不公正还是针对新印度资产阶级的统治地位，它都是一种精神

①　《Ambedkar博士的指控》（II），《甘地全集》第63卷，第153页，转引自帕尔特·查特吉《甘地及其对市民社会的批判》，见刘健芝、许兆麟选编《庶民研究》，第100页。

上的反抗力量，而不是真正的、具体的施政措施。真正掌握社会意识形态的是印度的资产阶级而不是农民，甘地主义式的意识形态貌似表达印度农民的心声，实际上则不过是为"正在上升但远未取得胜利的"印度资产阶级民族精英的政治要求"奠定了道德基础"，因此，甘地主义意识形态"内在的各种政治可能性都成了印度资产阶级手中的意识形态武器，他们试图在一种其统治地位不断受到挑战、其道德领导永远不完整的阶级斗争进程中创立一种切实可行的国家机构"。

印度虽然取得了民族的独立，但印度的资产阶级却面临着比独立前更加复杂、更难以解决的种种社会转型问题。如何建立健全一套切实可行的国家政治机构，是使印度资产阶级统治地位不断受到严峻考验的难题。这不仅是经济发展的问题，同时也是道德领导权的问题，用我们习惯了的语言来说便是物质文明与精神文明之间的关系问题。当代印度社会结构的改变和发展取决于国家的经济发展以及与之相适应的政治结构，种姓制与贱民制在印度当代社会中早已不再表现为残酷的、森严的等级壁垒，但种姓意识的消失则是一个长期的过程，或许它已变成了查特吉所说的"当代印度社会形成过程中正在进行的、尚未化解的阶级斗争"。早在1932年，英殖民政府就承认了印度贱民阶级的选举权，并为贱民保留一定的席位，同时规定贱民须自立选区。但甘地对英殖民政府给贱民保留的过少席位以及选举法对贱民的歧视颇为不满，并为此绝食，迫使印度国大党与贱民代表就议席和选举法问题取得协议，同时英殖民政府也同意并修改了选举法。然而将近60年后，印度取得独立也已有40多年了，贱民在选举中应该有多少议席依然是个社会问题，甚至比以前更为严重。1990年8月，印度北部曾爆发大规模的种姓冲突。当时的印度总理维什瓦那特·帕拉德帕·辛赫曾许诺将争取27%的国家公职人员的工作给低种姓的人，结果200余名高种姓的印度教徒以自焚进行抗议，有12人因此死去，这导致德里高种姓印度人的大规模抗议活动。与此同时，低种姓印度人与贱民也在自己党派领袖的号召下，大规模地集会抗议政府所谓公民平等的虚伪性。

所谓"公民平等"，大多数情况下都是一种象征或理想的说法，具体到当代印度社会，也可以说，"公民平等"既是西方民主社会的象征，又是甘地主义——乌托邦社会主义——的理想。当代印度既是所谓的西方式民主制社会，同时又是带有印度传统色彩的种姓制社会，二者并行不悖，这是西方学者感到困惑的矛盾现象。英联邦学者威廉·沃尔什对印度英语文学颇有研究，他在《印度英语文学》一书的序言中说：

> 印度种姓的起源已迷失于神话传说之中，它与雅利安人的种族意识和印度教的德法观密切相关。它既是残酷的社会等级划分，又是维系整个印度教社会的根本力量，它使人各得其所，同时又各司其职，从而使整个社会处于某种平静安宁的状态——恒定的印度。这是一种矛盾的现象。延续二千多年的种姓制，在当代民主制印度社会中依然根深蒂固，这主要表现于饮食习惯、婚姻、社会习俗、妇女在家庭和社会中所处的地位和扮演的角色，等等。①

如果读者大致浏览一下奈保尔《印度三部曲》尤其是《印度：受伤的文明》中有关种姓制的描述，不难发现，沃尔什关于印度种姓制的看法承袭于奈保尔。当然这并不是说，沃尔什的说法直接来自后者，而是认为，奈保尔和沃尔什关于种姓制的说法反映了西方学者对印度种姓制进而是当代印度社会结构的较为普遍的共同性的认识，这其中，像奈保尔这样有印度文化背景的侨民作家的著作对西方认识当代印度或许起到了关键的引领性的作用。

无论是奈保尔还是沃尔什都认为，种姓制与印度教社会的"德法观"密切相关。"德法观"使印度各个社会阶层安于现状，各得其所又各司其职，从而使印度社会长期处于僵化不变的状态之中。显然，这种状态与现代社会的发展很不协调。因此，沃尔什说："延续二千多年的种姓制，在当代民主制印度社会中依然根深蒂固"。如果说民主制是一种健全的社会组织形式的话，种姓制则以畸形的方式寄生于印度社会，损害着印度社会的正常发展，因为从根本上说，现代社会的民主制与印度传统的种姓制是对立的。

现代民主制强调每一个个体的存在及其作用，而种姓制则不然。奈保

---

① William Walsh, "Introduction", in *Indian Literature in English*, Longman, 1990.

尔说："种姓、宗族、安全、信仰以及肤浅的认知力全混在一起；如果不毁坏其余的，其中之一也不能得到改变或发展。一个人如果从婴儿时期起就习惯于群体安全，习惯于一种生活被细致规范化了的安全，他怎能成为一个个体，一个有着自我的人？"①

现代民主社会强调民族国家的利益，但"具有讽刺意味的是，独立后印度涌现的政治家们与甘地在当时缺少西方成熟政治家的情况下引入政坛的人物们相差不远。他们都是出自小城镇的地方主义者，他们保持着偏狭特点，因为其权力基础是对种姓与地区的效忠。……所以即使是马克思主义也仅仅剩下口号，一种模仿形式：'人民'经常被置换为某一地区的人民或某一种姓的人民"。②

公共卫生是现代文明社会的一个重要标志，但贱民制和种姓制的存在却使印度变成了一个肮脏不堪的世界。为此，奈保尔颇有点义愤填膺地一路推理下去："公共卫生牵扯到种姓制度；种姓阶级制度造成印度人的麻木不仁、欠缺效率和勇于内斗；勇于内斗使印度积弱不振；积弱不振导致列强入侵，印度沦为殖民地。"③ 这是奈保尔自认为的"西方人那种直接的、单纯的眼光"所观察到的印度，是仅仅生活于印度社会的人所不能理解的。

现代社会注重妇女的权利和地位，但种姓制却将妇女牢牢地束缚起来："'不义的混乱一旦在社会蔓延开来，女人就会犯罪，变得不贞洁；女人一旦失贞，克里什纳啊，种姓就会混乱，社会就会紊乱。'这句话出自《薄伽梵歌》。但你大可不必担心，即使在今天的印度，也不可能发生种姓混乱、社会紊乱的现象，更不可能让老百姓恣意越轨、冒险犯难。"④

各得其所、各司其职、各尽其能体现的本来是一种良好的社会分工，但奈保尔认为，当这种分工与种姓制结合在一起时便变得僵化呆板，并使印度人在各自的"职能"中变得懒散甚至是畸形："在旅馆负责整理床铺的服务生，若被客人要求打扫地板，他肯定会觉得受到侮辱。在政府机关办公的文员，决不会帮你倒一杯开水；就算你昏倒在他面前，他也无动于衷。

① V. S. 奈保尔：《印度：受伤的文明》，宋念申译，第 131 页。
② 同上书，第 194 页。
③ V. S. 奈保尔：《幽黯国度：忘记与现实交错的印度之旅》，李永平译，第 84 页。
④ 同上书，第 54 页。

你如果要求一个建筑系学生画图，他肯定会把它当作奇耻大辱，因为在他看来，身为建筑师却从事绘图员的工作，不啻是自甘作践。"①奈保尔在他"印度三部曲"中举出很多这方面的例子，讲了很多颇有讽刺意义的故事，意在说明这样的道理："在这样的社会中，人人都是一座孤岛，人人只为自己的'功能'负责，而功能是每个人和上帝之间的私人契约。实现一己的功能，就是实现《薄伽梵歌》所倡导的无私精神。这就是种姓阶级制度。毫无疑问，刚开始时，它是农业社会的一种有效的分工，但如今它却分隔'个人功能'和'社会义务'、分隔'职位'和'责任'。它变得欠缺效率，充满破坏性；它创造一种心态，阻挠所有的改革计划。"②

在《印度：受伤的文明》中，奈保尔说，现代印度人奇怪的"职能"观源自于古老的《薄伽梵歌》中的一段话："尽你该尽之责，哪怕其卑微。不要管其他人的责任，哪怕其伟大。在自己的职责中死，这是生；在他人的职责中活，这才是死。"③在《幽黯国度：忘记与现实交错的印度之旅》中，奈保尔也引用了这段话，但中文翻译略有不同："做你分内的事，即使你的工作低贱；不做别人分内的事，即使别人的工作很高尚。为你的职守而死是生；为别人的职守而生是死。"④中国梵语文学专家黄宝生先生从《薄伽梵歌》原文直接翻译过来的译文是："自己的职责即使不完美，也胜似圆满执行他人的职责；从事自己本性决定的工作，他就不会犯下什么罪过。"⑤《薄伽梵歌》这段话确实是说不同种姓之人做的工作各不相同，他们都应该做好自己的本职工作。但从上下文看，这段话强调的并不是"职能"，而主要是为了说明，工作无高低贵贱之分，人也是如此，人人都要热爱自己的本职工作，人人都要平等地看待众生。

这种说法本来也无可厚非，但为什么它和种姓制结合在一起时会使印度社会变得越来越腐朽、僵化呢？奈保尔主要从印度教传统的"德法"观上来分析《薄伽梵歌》中这段话：

---

① V. S. 奈保尔：《幽黯国度：忘记与现实交错的印度之旅》，李永平译，第41页。
② 同上书，第91页。
③ V. S. 奈保尔：《印度：受伤的文明》，宋念申译，第207页。
④ V. S. 奈保尔：《幽黯国度：忘记与现实交错的印度之旅》，李永平译，第41页。
⑤ 毗耶娑：《摩诃婆罗多——毗湿摩篇》，黄宝生译，译林出版社1999年版，第192页。

印度教关键性的"德法"概念——根据其本性，所有人都必须遵循的正确的、被许可的方式——是一个灵活的概念。最高境界的德法，结合了自我充实，结合了行动是责任、行动在精神上回报自身、人是神器等对个人的真理。于是这种概念不再神秘；它触碰到了其他文明（指的是西方文明——引者）的高级理想。……不过作为个人真理理想、或者在自己身上活出真理来的"德法"概念，也可以用来使人安于现状，让他们在麻木不仁的驯服状态中找到至善的精神。①

人们对《薄伽梵歌》这部印度教圣典从来都是见仁见智，各有各的说法和理解。甘地的非暴力学说的基石是《薄伽梵歌》，同时甘地也认识到，主张暴力和恐怖的人也把《薄伽梵歌》奉为行动的指南，在印度民族运动中主张暴力革命的铁拉克就是如此。这里，奈保尔对《薄伽梵歌》"德法"概念的分析也表明，"德法"本身有两面性或多面性，实践"德法"的人会走向各种不同的方向，而现代印度接受并发展的恰恰是其腐朽、僵化的一面：以安于现状、麻木不仁的心态阻挠着印度社会的变革。

客观上，奈保尔并不否认当代印度社会发生了很大的变化，但他依然认为，印度所有变革所导致的结果却使印度人进一步安于现状：

在这个国家，你也许找得到自从莫卧尔时代以来就不曾改变过的印度，但事实上，它已经改变了，而且改变得非常彻底。你也许会认为，印度模仿西方所取得的成果是积极正面的，直到你发觉（有时感到很焦躁，有时感到很不安）：东西方之间的全面沟通和交流，是不可能的；西方的世界观是无法转移的；印度文化中依然存在着一些西方人无法进入的层面，可以让印度人退守其中。在今天的印度，消极的东方世界观和积极的西方世界观都已经得到稀释、冲淡了，两者相互制衡。西方文化对印度的渗透不够彻底；英国人试图改变印度人的信仰和文化，结果却知难而退。印度的力量、印度的生存能力，来自消极的世界观、来自印度人特有的生命延续感。这种人生观一旦被稀释，

① V. S. 奈保尔：《印度：受伤的文明》，宋念申译，第206—207页。

就会丧失它的力量。过分强调"印度民族性"的结果，生命延续感肯定会丧失。创造的欲望和动力消退了，印度人得到的不是生命的延续，而是生命的停滞。这种现象，反映在"古代文化"建筑中；反映在许多印度人感叹的生命元气的丧失（其实，这主要是心理上的，而不是政治经济上的）；反映在邦提和他那群朋友的政治闲谈中；反映在"俱卢之野"寺庙的石雕里———群死气沉沉的马儿和一辆静止不动的战车。湿婆神早已不再跳舞了。①

奈保尔这段话典型地反映了他对印度的矛盾心理和看法：印度好像是没有任何变化，而实际上它却发生了非常彻底的改变；但与此同时，印度也一直在以消极的方式不停地"稀释"着所有的变化。这种"稀释"的结果使印度既无法向前走向真正的社会改革，也无法向后退回到自己的传统之中。如此，现代印度在不尴不尬的境遇中跌入停滞不前的状态。显然，奈保尔渴望看到一个真正变化了的印度世界，但印度现实生活中的一切都使他感到焦躁和不安，并最终导致他在《印度：受伤的文明》中得出结论：对于处于衰败和危机之中的印度文明，唯一的希望就在于让它更迅速地衰败。

奈保尔对印度文明的悲观失望，让人联想到对印度怀有深刻同情心的英国作家 E. M. 福斯特。在小说《印度之行》（1924）中，福斯特虽然表现出英国在印度的殖民统治已处于堕落和无法挽回的失败之中，但印度自身却又像无法参透的谜一样让人觉得不可思议，似乎是无限的时空赋予印度以无所适从的特性，推迟了政治或社会改革的任何可能性。也许是对印度的改革依然寄托着希望，大约十年之后，看到印度作家 M. K. 安纳德创作的反映印度社会变革的小说《不可接触的贱民》时，福斯特欣然为之作序。在他的推荐下，这部小说也得以在英国出版。

安纳德是在甘地领导的民族运动的感召下写成了《不可接触的贱民》。这部小说以一个贱民为主人公，表现正处于变革时期的印度社会生活；在小说的结尾，贱民薄卡对生活充满了希望："现代化"正在改变着印度的一

① V. S. 奈保尔：《幽黯国度：忘记与现实交错的印度之旅》，李永平译，第317—318 页。

切。但时隔二十余年后，当安纳德在小说《道路》（1961）中重新回到贱民问题上时，他发现，印度虽然已经独立14年，但贱民制的问题依然像以前一样存在着，情形并没有什么改观。

在安纳德创作《道路》时，奈保尔也在观察印度，创作《幽黯国度：忘记与现实交错的印度之旅》。小说《不可接触的贱民》的两个中心场景是城门外连带着三排厕所的贱民区与城内以寺庙为中心的高种姓居住区；在安纳德笔下，具有强烈对比效果的是，前者成为清洁与净化心灵的所在，后者，尤其是印度教寺庙则成为败坏人类尊严和道德的场所。但具有讽刺意味的是，二十多年过去之后，在《幽黯国度：忘记与现实交错的印度之旅》中，整个印度似乎都变成了随地大小便的场所，这样的环境如何净化人的心灵？奈保尔说的都是事实，让人没法不相信。印度社会虽然在《不可接触的贱民》中就显示出改革将会给人们带来的希望，但这种改革的希望却在希望的希望中变成了奈保尔式的绝望。

奈保尔虽然与印度文明有着血缘关系，但他对印度文明的悲观看法实际上与吉卜林、福斯特等作家有着一脉相承的关联，因为他们都是从西方文化、从外部世界的立场来观察印度社会的。尽管这种观察不乏深刻，但印度社会本身是一个具有多重性格和复杂心理的多面体，它自身也从来不会像奈保尔那样充满悲观和绝望。

在《印度自治》中，甘地曾说，英殖民统治者常常认为印度人是如此的蒙昧、无知和麻木，以致不可能引导他们接受任何的变革。甘地认为，这是对印度美德的指责，并强调不变性恰恰体现了印度和印度文明的永恒性。甘地此话虽然虚空，但它同样是在谈印度文化的不变性，从奈保尔的角度说是停滞，但从甘地的角度说则是永恒；也可以说，从西方文化的角度看，印度总是停留在后面赶不上来，而从印度文化的角度说，印度却时时刻刻以自身的生存法则来看待并适应周围世界的变化。

奈保尔是一个作家，"流亡"生活赋予他对印度文化特有的观察视角，能够看到印度作家所难以发现的东西；但反过来说，印度作家也在不停观察并反省着自我，他们不像奈保尔那样对印度文化充满失望和愤懑的情绪，无论"变"也好，"不变"也好，他们总是对印度文化寄托着自己的希望。或许我们可以将这种差别表述为"内"与"外"的不同，观乎其外与入乎其内，得到的感受与认识总是不同的，对比一下，两者或许可以互补。

我们依然从种姓制的话题上说起。现当代印度文学中，涉及种姓制题材的作家作品很多，这里仅以几部在文学史上产生了较为广泛影响的作品为例，来分析一下印度社会在西方文化的影响下是如何变化或说现代化的。

维什瓦纳德·沙迪亚那罗衍（1895—1976）是印度泰卢固语文学中最重要的现代作家。他生于一个传统的婆罗门家庭，在马德拉斯接受大学教育，此后长期在大学任教。他在现实生活及文学创作中都竭力主张维护印度教传统文化价值，一生用泰卢固语、梵语、英语创作了100多部作品，代表作是长篇小说《千头蛇》（1935）。

《千头蛇》的故事发生在派德城，这座城市原来不过是一个小小的村镇。350年前，苏帕拉马尼亚大神化作千头蛇在梦中向密林旁小屋里住的农夫责令：为活着的苏帕拉马尼亚家族的圣人建立神庙，神庙的地址选为苏巴纳派德。神庙建成后，村镇也随之出现，三百年来，这个村镇受到神的保护，村民们也过着自足、平和的生活。但斗转星移，进入20世纪之后，派德村的一切都发生了变化，不仅派德村变成了较为热闹的现代化城市，而且伴随着村镇的消失，以种姓制、神庙、家庭、农田为典型特征的印度传统农业文明的价值体系也在迅速崩溃。派德村镇在作者笔下显然是印度传统农业文明的缩影，而派德城则代表着现代西方工业文明。小说通过派德村以祭师、地主与星象学家为代表的三种典型家庭在三四百年间的沧桑变化反映出印度传统、历史以及现代所面临的选择。

这部小说共17章，长达1000多页，它细腻逼真地将印度的种姓制以小说形式表现出来，从而成为印度传统文化的活教材。评论界对它的思想内容曾有较多的争议，中心问题是小说中所反映出来的种姓制问题，指责这部小说的批评家多认为它是对印度种姓的美化：倡导婆罗门种姓优越论。但也有不少批评家认为这部小说着力表现的是印度传统宗教文化的精神优越论，是以精神主义抗拒西方的物质文化，寻求印度民族文化在新的历史条件下的更生。种姓制注定要瓦解了，但作者希求种姓制作为一个崩溃变化中的概念，在社会功能关系意义上能积极地存在于世俗的世界之中。[1]　显

---

① A. V. Krishna Rao, "The Concept of Caste in Veyi Padagalu (The Thousand Hoods)", in *Indian Literature*, Sahitya Akademi, New Delhi, Jan. – Feb., 1996.

然，这部小说反映了现代印度社会所发生的变化，但在这种变化中，作家依然希望传统的种姓制能在新的社会条件下产生新的功用，借以维持印度社会的稳定，这实际上是变化中的不变，表现出作家对婆罗门精神和传统印度社会结构依然寄托着模糊不清的希望。

U. R. 阿南塔穆尔迪（1932— ）是印度卡纳达语著名小说家。他生于卡纳塔克邦马拉纳德地区的一个村庄里，毕业于迈索尔大学，曾任迈索尔大学的教授、喀拉拉甘地大学的副校长。他创作有三部长篇小说、四部短篇小说集、四本文艺批评集、一部戏剧、两卷诗稿。他像沙迪亚那罗衍一样以小说的形式反映了印度的种姓制问题，在当代印度文学的发展中产生了很大的影响。

长篇小说《葬礼》（1965）是阿南塔穆尔迪的代表作。小说刻画出汤加河岸边一个小小的印度教徒居民区的颓废情景，反映出真正婆罗门生活价值的存在危机。小说的主人公帕拉耐什查里雅是一个真诚的婆罗门，他与一个病女人结婚，借以抑制自己的欲望。他不到40岁就已赢得了教民们的普遍敬重。与此同时，纳拉那帕则是一个堕落了的婆罗门，他吃肉喝酒，沉醉于声色犬马，公开与妓女钱德丽生活在一起。纳拉那帕的死给帕拉耐什查里雅出了个难题：是否为他举办印度教的葬礼？纳拉那帕的所作所为大大背离了婆罗门的精神，但他并没有被开除印度教教籍，他依然是个婆罗门。按照印度教的规定，只有婆罗门才能为死去的婆罗门举行葬礼，但像纳拉那帕这样一个受到玷污的婆罗门，婆罗门社团是否应该为他举行最后的祭仪？举行这样的祭仪是否会使婆罗门社团受到玷污？而让低种姓的人或穆斯林为他举行葬礼是否会使婆罗门社团的名誉受到损害？因为死去的人毕竟属于婆罗门社团。当钱德丽拿出她的首饰作为安葬费用时，有两家婆罗门争着要为纳拉那帕举行葬礼，只差教区的精神领袖帕拉耐什查里雅的点头同意。帕拉耐什查里雅细读经书，也没有发现解决问题的任何答案，最后，他决定走向神庙，求马鲁迪大神①显灵，但结果却一无所获。当他疲惫不堪地在夜色里走过一片丛林时，一直跟踪着他的钱德丽忽然出现在他的面前，并装作要摔倒的样子抱住了帕拉耐什查里雅。帕拉耐什查里

---

① 印度教神猴哈努曼的别名。

雅居然"堕落"了，从钱德丽怀中醒来后，他开始反省自己以前的生活及存在的价值，深感自己的所作所为有耻于自己作为"精神导师"的身份。葬礼的问题最后自行消解了，夜里，钱德丽在一位穆斯林的帮助下，把死者火化了。之后，当妻子死于瘟疫之后，帕拉耐什查里雅离开了自己的居住区，开始了没有目的的漫游。途中，他遇到布德，布德向他讲述性与暴力的故事，带着他看斗鸡（属于贱民的职业和爱好）及年轻漂亮的妓女。帕拉耐什查里雅在漫游中摘掉了"精神导师"的面具，过上一种真正属于自我的生活，同时他也对自我有了新的认识，新的责任感因此油然而生。他匆匆搭乘马车，返回自己的居住区。

《葬礼》出版之后曾受到强烈的非议，印度教徒认为这部小说是对印度教婆罗门精神的玷污。1970 年，据这部小说改编成的电影的公映，使作家再次受到印度教社会的普遍指责。1976 年，著名的印度英语作家 A. K. L. 拉姆奴舍将这部小说译成英文出版，进一步扩大了它的影响。当这部小说的英译本出现时，奈保尔正在写作《印度：受伤的文明》，他带着颇有点兴奋的心情阅读了这部小说，认为它是一部很出色的作品："译本并不总是清晰的；而很多印度教概念也不容易转译成英语。尽管如此，其叙述还是令人入迷，可以想见以卡纳达语写成的原著，会多么精彩绝伦。"奈保尔在他的"印度三部曲"中很少赞美印度作者，甚至将印度人公认的大作家普列姆昌德说成是不怎么样的二流作家。他对阿南塔穆尔迪赞美有加，一方面反映了这部小说确实具有非凡的艺术魅力，又一方面则是因为它投合了他个人的口味，因此，他在《印度：受伤的文明》中对这部小说的情节内容进行了较为具体的介绍和分析。

在英译本的后记中，拉姆奴舍认为，尽管以写实的风格出现，但《葬礼》实际上是一部有着深刻宗教寓意的小说，帕拉耐什查里雅的漫游应和着印度文学传统中的"分离"，只有经过了这种"分离"，才有真正意义上的新的融合。分离是一种痛苦，但只有经过了痛苦的分离，才有真正幸福的融合。① 奈保尔也从"分离"的角度来分析这部小说，不过他不像拉姆奴舍那样从印度文学传统的角度来看问题。他独出心裁，认为帕拉耐什查里雅

---

① "Afterword", in U. R. Anantamurti, *Samskara*, trans., A. K. Ramanujan, Oxford University Press, 1987.

的漫游类似于甘地 1888 年去英国求学的恍惚经历；但甘地在西方文明中进一步坚定了自己的文化使命感，相反，帕拉耐什查里雅则是被他的已死亡的文明所囚禁，他不会像甘地一样意识到某种方式可以让这个世界臻于完善，因此在颓废的时代他也跟着颓废了。但实际上，这部小说写的并不是奈保尔所说的"颓废"，它是将高贵与低贱、婆罗门与贱民的世界打破了，当帕拉耐什查里雅与低种姓的妓女钱德丽发生性关系时，小说如此写道：

> 这是个神圣的瞬间——此前什么也没有发生，此后什么也没有。这个瞬间生成从未有过的存在，随即又离开了存在。此前无形，此后无迹。两者之间，呈现，瞬间。这意味着，我绝不承担和她做爱的责任，不为那个瞬间负责。但那个瞬间却改变了我——为什么？

帕拉耐什查里雅的真正改变正是从他与钱德丽肉体上的接触那一瞬间开始的，此后他对世界的"漫游"，不过是这一瞬间的充分展开罢了，直至最后他发现了真正的自我。奈保尔也注意到了小说中描写的这一瞬间，不过他的结论和视角却是匪夷所思和另类的："印度人更不容易进行反思和分析。印度人和西方人认知方式的差别，最明显地体现在性行为上。西方男人可以描述性行为；即使在高潮时也能观察自身。卡卡尔（奈保尔作品中写到的一位印度心理学家——引者）说他的印度病人无论男女，都不具备这种能力，他们不能描述性行为，只能说'它发生了'。"奈保尔说，《葬礼》中对帕拉耐什查里雅和钱德丽的性爱描写就是这样的瞬间。奈保尔的分析注重此一瞬间前后的"无形无迹"，而不是这一瞬间在心理和精神上给帕拉耐什查里雅带来的改变。奈保尔对印度种姓制社会的分析也是如此，他的注意力集中于其僵滞不变的特性，如果说其中有变化，则不过是进一步"颓废"了。因此，他并不像这部小说的英译者拉姆奴舍那样，认为帕拉耐什查里雅的"漫游"过程是一种对印度文化的"分离"式的痛苦体验，也不认为帕拉耐什查里雅最后"更生"了，而是认为他在颓废中彻底走向了堕落。

或许我们可以说，进一步的"堕落"在当代印度英语作家阿伦德哈蒂·罗易的小说《卑微的神灵》（1997）中得到更为露骨的表现，因为这部小说在情节上虽然分散、游离，但其中最重要的情节或说小说的主线却是分明的，它写的是高种姓女主人公阿母与低种姓木匠维路沙之间发生的桃色事件。与《葬礼》中描写的有关高低种姓之间的性爱关系不同，阿母与维路沙之间产生的是真正而热烈的性爱。按照印度传统的文化观念，高种姓男子与低种姓女子发生性爱关系尚属可以理解的犯罪行为，而高种姓女子与低种姓男人发生性爱关系则是不可思议且难以饶恕的弥天大罪。《卑微的神灵》描写的恰恰是这种印度社会中难以启齿的性爱关系；而且在罗易的笔下，这种性爱得到了或许在奈保尔看来应该属于西方文化范畴的浓墨重彩式的描写：

> 朦胧的眼睛对着朦胧的眼睛，久久地凝视着，一个神采奕奕的女人向一个神采奕奕的男人敞开了她自己。她就像是一条洪水泛滥期的又宽又深的河流。他在她的波浪中航行。她能够感觉到他向她的身体挺进得越陷越深，越陷越深。狂暴地。盛怒地。他要求被允许更加地深入。深入。仅仅是在她的状态和他的状态协调的时候，或者他遇到拒绝的时候，他才有所停顿。仅仅是在他已经深入到了她的最深的深度，以一种抽噎和震颤为标记，他被淹没了。
>
> 她贴在他的身上。他们光滑的身体上渗出了汗珠。她感觉到他的肉体一点儿一点儿地离开她。他的呼吸慢慢地变得正常了，她看到他的眼睛变得清澈了。他抚摸着她的头发，他察觉到，这次结合，在他已经平息了，她却仍然处于亢奋和震颤之中。轻柔地，他给她翻转身体，用他的白色的湿布头给她擦去身上的汗珠和沙砾。他轻轻地覆盖在她的身体上，细心地不把他的重量压在她的身上。细小的石头子钻进他的胳膊和皮肤里。他亲吻她的眼睛，亲吻她的耳朵。亲吻她的胸脯。她的腹部。她的由于她的孪生子而得到的七条银色的妊娠纹。她的从肚脐往下到她的黑色三角形的线条，它告诉他她需要他到哪里。她的双腿内侧最柔嫩的肌肤。然后，木匠的双手托住了她的臀部，一条不可接触的舌头接触着她的最隐秘的部位。在她的酒杯中长久地啜吸而且沉醉。①

---

① 阿伦德哈蒂·罗易：《卑微的神灵》，张志忠、胡乃平译，南海出版公司1998年版，第383—384页。

这是小说中对阿母与维路沙野合场景的描写，其中表现的不单是性，同时也是爱。在这次野合之后，阿母与维路沙还有多次幽会，直到事情败露、维路沙被警察借口打死为止。从一开始，阿母与维路沙都明白他们之间发生性的关系对他们意味着什么，但他们还是为爱铤而走险。但这部小说写的也不是爱情悲剧，而是与种姓制密切相关的社会悲剧。西方读者阅读这部小说时，常常会将它所描写的故事划归于西方习以为常的"主仆之爱"，实际上，如果我们明白种姓制在印度社会中的特殊性时，也就不难明白小说中所描写的一切远远不止于此，当"不可接触的舌头接触着她的最隐秘的部位"，它打破的不仅是可接触与不可接触之间的界限，而且是整个印度的社会结构和心理结构。或许是受到后殖民理论的影响，罗易很热衷于"杂交"，不仅是高低种姓之间的肉体杂交，而且将一切可以杂交的东西都杂交到她的小说中去了，所以有评论家说：

> 体系、结构、等级和科学分类等不仅是认识论方面的问题，也是小说语言结构方面的问题，它是福柯以及霍米·巴巴等理论家探讨的重要课题，也是罗易在小说中着力表现的问题。阿母与低种姓木匠之间发生的性关系，正是对社会等级和体系的破坏。
>
> 从文本反抗性的角度看，《卑微的神灵》暴露了西方自启蒙时代以来的思想中无处不在的种族中心结构，它对这种分类和结构的质询会摧毁当代理论的阐释企图（使之无法阐释）。小说对语言的拆拼像是在玩杂耍，雕琢得像是阿拉伯风格化的图案。拉什迪的语言表现的是随意的政治漫画，罗易的语言则是将政治、社会和文化童真化、童趣化，不仅灵活生动，而且无羁无绊也无忌讳。①

如此一来，罗易的小说写的虽然依旧是种姓制问题，但它却通过霍米·巴巴的"杂交"理论而与福柯以及后现代联为一体了，不可思议地将印度教的种姓制问题与整个西方文化的体系、结构都挂起钩来。种姓问题

---

① Alex Tickell, "The God of Small Things: Arundhati Roy's Postcolonial Cosmopolitanism", in *Journal of Commonwealth Literature*.

至此已不再是印度教森严的等级差异问题，而是超越了印度教且普遍存在的阶级、等级、体系等社会问题，它似乎真的被纳入自辨喜以至甘地所说的社会习俗和生活习惯范畴了：

> 在爸爸的葬礼上，妈妈痛哭失声，把她的隐形眼镜从眼睛里滑落出来。阿母告诉她的孪生子，妈妈的痛哭，与其说是她爱他，不如说她已经习惯于他。她习惯于他懒散地围在罐头厂转圈，习惯于他一次又一次地殴打她。阿母说，人们是被习惯所创造出来的，它往往令人吃惊，人们竟然会习惯于如此这般的事情。①

《卑微的神灵》主要是以阿母的一对孪生子的视角来观察、描述一切的。儿童天真无邪，且富于想象和浪漫的情调，他们还没有被成人世界结构化，但生活中发生的一切都在对他们的心灵产生着影响。社会习惯通过社会生活而作用于人的大脑和心灵，天长日久，随着一对孪生兄妹（艾沙和拉赫）的成长，他们不知不觉地已经被结构于社会习惯之中，变得沉默了：

> 沉默一旦来临，它就呆在艾沙身上，并且不断地扩展。它像一条章鱼，到达了艾沙的头脑里，并且用它柔软的脚爪拥抱他。它用古老的韵律抚慰他，使他的心跳得欢快。它隐秘地，像会吮吸的根须，渐渐深入到艾沙的头脑里，清洁他的记忆的山丘和峡谷，拭去旧的意念，从他的舌头尖上去除它们。它消除那些描述事物的词语，让事实无遮无掩地存留下来。只留下不可言说和麻木。这样，事物或许赤裸裸地来到一个观察者面前，或许留在原处。慢慢地，经过许多年，艾沙从世界中撤退出来。他逐渐习惯于伺奉他身体里那个不安分的章鱼，听从它黑暗中的沉默。逐渐地，他沉默不语的理由越藏越深，埋葬在事实深处的什么地方，镇静地折叠得很好。②

---

① 阿伦德哈蒂·罗易：《卑微的神灵》，张志忠、胡乃平译，第56页。
② 同上书，第13—14页。

维路沙是艾沙最要好的朋友，但阿母与维路沙的一场爱情悲剧，不仅使维路沙走向死亡、阿母走向沉沦，同时也使艾沙在成长中变得日益麻木：以种姓制为基础的印度社会结构就像"章鱼"一样将它的根须深入到每一个人的心灵深处，使人们在社会生活中环环相套、链链相扣：

> 这对孪生子好奇地问，链扣是做什么的，"把袖口链在一起，"阿母告诉他们——他们都被激动起来，在一种非逻辑性的语言中，这个逻辑性的片断走得那么远！"扣＋链＝扣－链"。对于他们，这足以与严密的数学逻辑相抗衡。[①]

链扣是从英国传入印度的，是阿母的丈夫死后的遗物：昂贵的服装和装满了一个巧克力筒的链扣。阿母的丈夫是个崇英派，孪生子并不明白崇英派的含义，他们在《读者文摘大百科词典》中查找到的"崇英派"词条的解释是：person well disposed to the English，即"完全倾向于英国（方式）的人"。他们对 disposed 的含义感到模糊，继续查找这个词的意思：

> 1.（将人或物）安排到适当的位置。
> 2. 把思想放进确切的状况里。
> 3. 做一个人愿意做的，摆脱某人的控制，隐藏起来，拆毁、推翻，结束，安置，吃光（食物），杀掉，卖掉。[②]

小说在此不厌其烦地引用 disposed 的词条解释，一方面说明了"崇英派"这个概念对于理解这部小说有重要意义，另一方面，从词条的三种释义中，我们也可以看到作家对体系与结构的强调：种种结构不仅外化于社会生活之中，同时也内藏于人的思想和心灵深处。小说中的人物，无论是被"安排"或是"放进"于某种结构之中，还是意图"摆脱""拆毁、推翻"某种结构，实际上他们都要有自己的适当位置。因此，小说写道，无论他们喜爱还是仇视"崇英派"一词，无论他们愿意还是不愿意，实际上

---

① 阿伦德哈蒂·罗易：《卑微的神灵》，张志忠、胡乃平译，第57页。
② 同上书，第58页。

他们都是崇英派。英国通过殖民征服而侵占了印度，它侵占的不仅是印度的国土，更重要的是印度人的意识：

> 查科告诉孪生子，虽然他自己不愿意承认，甚至还敌视这个词，事实上，他们全是崇英派。他们是一个崇英派的家族。他们被指向错误的方向，陷落于他们自己的历史之外，无法收回他们走错了的脚步，因为他们的足迹已经被抹煞了。……
>
> "……我们的意识已经被一场战争所侵占。这场战争，我们打赢了，又丢掉了。这是最坏的战争。这场战争俘获了梦想又改造了梦想。这场战争使得我们崇拜我们的征服者，蔑视我们自己。"
>
> ……
>
> "我们是战争俘虏。"查科说道，"我们的梦想被毁灭了。我们无家可归。我们在喧嚣的海面上行驶，却没有锚。我们可能永远得不到靠岸的准许。我们尽管遗憾，却永远没有足够的痛苦。我们虽然快乐，却永远没有足够的幸福。我们的梦想永远不够充分。我们的生命永远没有足够的分量。这就是事实。"①

"我们是战争俘虏"，"我们无家可归"，这些话语形象化地表现出现代印度的历史处境。尽管现代印度极力张扬民族主义，但实际上，印度人的现代梦想是被"俘获"又被"改造"过了的梦想，它已经陷落于自己的历史之外，无法回归自己的传统了。

即以现代印度的建筑为例。奈保尔说，印度独立四十多年来的建筑，基本上都是在呆板、肤浅地模仿国际风格，他们太执迷于模仿现代风潮，一切都是方方正正、单调乏味的钢筋和水泥混合在一起的怪物，它们不但没有给人以美丽、雄伟的视觉享受，反而使印度的丑陋和拥挤显得更为突出了。相比之下，殖民时代的英式建筑如加尔各答的维多利亚纪念堂、勒克瑙和新德里的议会大厦等，至今仍不失为南亚次大陆最好的非宗教建筑。如此，尽管我们反对英国的殖民统治，但在内心世界，我们不能不是崇英

---

① 阿伦德哈蒂·罗易：《卑微的神灵》，张志忠、胡乃平译，第58—59页。

派。英国人建造了加尔各答，当时，他们满怀信心，把欧洲的古典风格移用到印度，借以标志外来文明的胜利——宽阔的大道、广场，善加利用的河流和开放空间，妥善配置的宫殿和公共建筑，等等。但二百年风雨过后，在印度人手里，加尔各答里里外外都是衰败："白天里，街道上或草木干枯的大公园里根本没有空间；没有可以散步的地方。你可以开车，非常缓慢地经过东挖西挖的马路和水泄不通的人群，前往托里衮吉俱乐部，在那里的高尔夫球场上散步。但是，这趟路开得你筋疲力尽；然后，回程还得忍受的煤油汽油也会叫你败兴。"① 英国人早已使印度走进了现代化的进程之中，但在印度人手里，现代化给人带来的并不是一个明亮的空间，而是水泄不通的人群和浓重的汽油味。

但是，无论城市如何拥挤，乡下人总渴望着"进城"，因为他们正一天一天明白，城市尤其是大都市才是他们的梦想和希望所在。尽管印度社会一如既往地保持着平衡与稳定，但却因为传统的种姓、乡村、大家庭的不断解体而处于不停的流动状态，它像是在喧嚣的海面上进行着无目标或说目标不明的航行：

> 由于工业化及乡村地区的绿色革命，一个由暴发户构成的新阶级正在崛起。这些人现在才开始接受大学教育，接触到舒适的都市生活、时髦的生活方式、西方的影响——种种物质享受。在这段过渡时期，我们慢慢抛弃掉祖父辈们的道德精神，但我们却没有西方人的纪律和社会正义概念。目前这里的事态很混乱。②

这是出自奈保尔《印度：百万叛变的今天》中一位政府官员的话，当代印度的社会结构正在因为经济生活的变化而发生着变化。奈保尔此书写于 1990 年，随着岁月的流逝，作者对印度的感觉和观察方式也在发生着变化。在这部书中，甘地主义和种姓制虽然依旧是他观察和讨论的一个重点问题，但他不再像以前那样"义愤填膺"了，而是更多地记录下一些印度社会生活中发生的故事和印度人对一些问题的看法："新世界真是新得很：

---

① V. S. 奈保尔：《印度：百万叛变的今天》，黄道琳译，三联书店 2003 年版，第 305—306 页。
② 同上书，第 207 页。

对一些人来说，它是从他们祖父的世代开始的，对大部分人则是从他们父亲的世代开始。而且，人们的移动那么大、那么快，因此许多在社会中活跃的人都有成功的故事可以谈——有时候是他们自己的，有时候是他们家人的。"① 在奈保尔所记述的众多故事和人物中，一位名叫普拉瓦斯的工程师以自己的亲身感受，就婆罗门和种姓制话题对印度现代社会结构的变迁进行了如此剖析：

> "变迁是持续的过程。在一个世代期间，你只看得出一次变迁，因为一旦你看出变迁，变迁便已经在你的身上发生了。……转变必须历时一段时日，对越往后的世代，转变的过程历时越久。"

> "我儿子会在许多方面经历环境的巨大变迁。家庭、学校环境、就业市场，所有各方面。我在还多多少少注重仪式的环境中长大，在我儿子的环境中仪式将没有什么重要性。不过，纵使我儿子在仪式方面失去了更多，他还是不会完全失去了根，他可以在同侪群体中找到生根的土壤。会有许多人跟他一样，整个社会正朝着那个方向移动。"

> "……如果你过分依附以往所强调的根，你可能会没有根，变得像化石。至少在形式上，至少在风格上，你必须随着新潮流走，寻找新的根。越来越多印度人正在这样做，在一个世代之间，风格就会变成实质。你为了随波逐流而做的事——例如，对我父亲来说，穿长裤这件事——到了下一代就变成了天经地义了。"

> "对你来说，那变迁并没有颠覆性。"

> "那变迁不是来自内部，而是外的。在这里，变迁是渐进的。我四周都看得到变迁——我父亲、我弟弟、每个人都在转变。我已经分辨不出什么是新奇的东西。"

> "有一些基本原则将会保留下来。在个别行为方面——吃饭、睡觉等等——大家对细节都不会在意了。这些都会消失掉。但在集体记忆里，有一些东西将会川流不息。信仰以及信仰的表达方式是这些基本川流之一。尽管相关的细节会变得模糊。"②

---

① V. S. 奈保尔：《印度：百万叛变的今天》，黄道琳译，第189页。
② 同上书，第186—187页。

奈保尔在叙述中特别注意到普拉瓦斯所说的"颠覆性",实际上,他在《幽黯国度:忘记与现实交错的印度之旅》和《印度:受伤的文明》中一直试图对印度文明进行一个彻底的"颠覆";但到了90年代,或许他也默认了普拉瓦斯的看法:一场"颠覆性"的革命不可能发生于印度。奈保尔注意到,对于现代印度生活中所遭遇到的一切令人不快之事,普拉瓦斯有时也会感到绝望,但最终他看得开了。比如印度当前的产品质量问题,虽然很差劲,远不如西方的好,但与50年前相比,它们也算是不错了;因为印度起步晚,50年前日本的产品也是低劣的。试图让印度一下子赶上日本或是美国,如果说在经济生活中不可能,那么在政治生活和社会结构的变化中同样也不能。而且,按奈保尔笔下普拉瓦斯的说法,即使在不断的渐变中发生了质的变化,印度社会依然会保留下属于自己的信仰和信仰的表达方式等内容。

经济大潮必然会淹没种姓制,但与创作《幽黯国度:忘记与现实交错的印度之旅》和《印度:受伤的文明》时的心情不同,当种姓制真的要瓦解、贱民也像婆罗门一样表现出自己的尊严时,奈保尔又有点忐忑不安,《印度:百万叛变的今天》开章就描写了这样的一个场面:

> 过去被称为贱民的人在拥挤的马路上排了一英里多长的队伍;他们前来向他们那位早已过世的圣人致敬——那位在其圣像中穿西服、打领带的安贝卡博士。他们所表现的尊严是过去看不到的。可以说,这是甘地等人致力实现的东西;可以说,这验证了自由运动的正当性。但是,这也可能被视为威胁到许多印度人习以为常的稳定;一个中产阶级成员可能顿时陷入焦虑,而觉得这个国家真是每况愈下。[1]

一场颠覆性的革命真的在印度社会发生的话,印度便会失去习以为常的稳定状态并进而陷入混乱之中,所以从辨喜到甘地以及印度很多作家虽然都强烈地反对贱民制,但与此同时他们又都在倡导、弘扬子虚乌有的所

---

[1]　V. S. 奈保尔:《印度:百万叛变的今天》,黄道琳译,第12页。

谓的婆罗门精神即印度传统的精神主义。印度民族主义者包括甘地实际上并不是真的要回到印度的传统和过去,对现代性和西方文明的反对常常表现为某种外在的姿态,这种姿态的主要意义不过在于掩饰某种内在的心态,从而使自我和社会不至于失衡罢了。

"我们都是崇英派",由此出发,我们姑且也可以将印度等东方国家的现代化看成是西方化。东方的西方化显然不同于西方的现代化,当我们在"西方"二字的后面加上一个"化"字时,便不可能是西方本身,而只不过是表明东方国家社会变迁要有一个复杂、痛苦甚至是无所适从的过程而已。种姓制在现代印度注定要瓦解了但又没有完全消失,反映的正是这样的一个过程。当代印度政府制定的国家政策对所有种姓都一视同仁,贱民在选举、就业、入学、公共医疗等各个社会领域享有与其他种姓同等的权利。在现实生活中,人们可能感觉不到种姓制的存在了,但种姓观念对人们心理上的影响并没有完全消除,包括像奈保尔这样有着印度教徒血统的西方人,种姓意识或说是潜意识作为"基本的川流"依然流淌于他的血液之中。再者,从地域上说,印度南方历来存在着反婆罗门、反种姓制的传统,英殖民文化的渗透也是从东南沿海向北方和内陆地区不断发展,而北方则是印度教文化的中心,历来倡导婆罗门精神文化,印度南北之间存在着文化差异和文化发展的不平衡;从时间上说,用阿伦德哈蒂·罗易的话说,"印度(同时)生活于好几个世纪之中"。① 极其现代与极其传统的东西常常奇特地共生共存,传统的种姓制包括贱民制依然会在个别地方繁衍生息,但无论如何,种姓制早已不会再成为印度现代化发展过程中不可逾越的障碍了。

---

① *The Week*, Oct. 26, 1997, p. 45.

第五章
从殖民和后殖民的角度看西方的现代性

现代性不仅是西方的问题，也是东方的问题，二者通过殖民主义而发生了无法割裂的联系。不仅殖民时代如此，后殖民时代也是如此。正是由于殖民主义，西方的现代性变成了某种悖论性的存在——本章主要从"秩序"的角度对此加以分析。

按学界通常的看法，印度的现代化开始于英国对其进行的殖民统治，从1612年东印度公司成立到1849年征服旁遮普，英殖民者从南到北全面控制了印度。在印度完全沦为英国的殖民地之后，也就是19世纪初，加尔各答的知识分子已在不断体悟着现代性给他们带来的种种思考，他们将现代性看成是一种普世的状态，无论你是英国人、印度人还是非洲人，都将进入现代性这样一种生存状态。但是，时隔二百年，到了21世纪初，齐格拉巴迪却在小心谨慎地探寻着这样的话题：19世纪初，孟加拉知识分子就在谈论现代性的问题了，为什么他们的梦想在将近二百年之后依然只是梦想，为什么"现代性"依然只属于欧洲？①

印度独立前十余年，对印度民族主义怀有同情心的英国历史学家爱德华·汤普森和G. T. 格拉特在他们回顾英国在印度殖民统治历史的书中这样结尾：

西方对印度的影响看来正逐渐减退，但不管将来如何，想象英国对印度生活不会留下长久的印记将会是荒唐的。单就物质的一面而言，

---

① Dipesh Chakrabarty, *Provincialising Europe: Postcolonial Thought and Historical Difference*, Princeton University Press, 2000.

新的联邦政府（印度政府按 1935 年立宪安排进行了重组）将接管世界上最大的灌溉系统：三四千亩土地间数千英里长的运河和水渠；约 6 万英里的公路；42000 多英里长的铁路，其中三分之一为国有；有着 1200 万学生的 23 万所学校教育机构，大批包括政府机关、检察机关和立法机关的办公大楼。印度的大片地区都被勘察过，土地大都被估算过。有定期的人口普查。在东北边界建立了有效的防御体系，有一支有百年历史的印度军队，有一支堪与除了少数西方国家以外任何国家相比的警察力量。邮政部门每年处理 1.5 亿的邮件，林业部门不仅阻止了森林的毁坏，而且有二三千万的纯利润收入。这些伟大的政府行为都是由训练有素的官员完成的，今天它们差不多就要归属于印度了。[1]

英国的殖民统治确实给印度带来现代化的种种好处，公路和铁路以及邮政系统的建设使印度连成一片，教育的发展使印度的人口素质不断得到提高，政府机关的建立使印度社会逐步走向规范化，土地的勘察、运河和水渠的开发打破了印度传统的小农经济格局，军队和警察力量的建设有助于社会秩序的稳定。显然，英国对印度的殖民统治与印度的现代机构设施和科技力量的发展是同步进行的，但与此同时，我们从上面这段话中也可以发现，无论从技术还是管理上，英殖民统治者都是在"训练"印度人进入现代社会的秩序之中，从中表现出来的是典型的福柯所谓的现代权力观念：在这种统治中，权力并不是禁止，而是利用和生产。英殖民主义者利用印度的资源来扩展并强化殖民主义世界秩序，它虽然也给印度带来了现代化的各种好处，但在本质上，印度的现代化在世界殖民体系中将永远处于边缘地位，宗主—殖民关系在本质上是资本和劳工之间的关系。[2] 因此，也可以说，印度与英国，或者说是东方和西方，其现代性因殖民主义而联

① Edward Thompson and G. T. Garratt, *Rise and Fulfilment of British Rule in India*, 1934, p. 654. 转引自 Partha Chatterjee, *The Nation and Its Fragments: Colonial and Postcolonial Histories*, Princeton University Press, 1993, pp. 14 – 15.

② Abdul R. JanMohamed, *Manichean Aesthetics: The Politics of Literature in Colonial Africa*, The University of Massachusetts Press, Amherst, 1983, p. 2.

系在一起，但它们在本质上却不是对等的，西方的现代性基本上是资本的产物，而东方的现代性则是劳工的梦想。

这是从经济的角度来看殖民主义与现代性问题。经济常常和政治联系在一起，从政治和社会的角度来看殖民主义与现代性时，问题会更加明朗。现代性不仅使东西方在空间上表现出中心与边缘的差异，而且在时间上也表现出先进与落伍的不同，而落伍意味着的恰恰是历史的错位。亨利·佩恩对印度古老文明颇有同情之心，在他看来，欧洲和印度虽然走着同一条发展道路，但处于不同的阶段，印度正处于欧洲文明的早期阶段，当时的印度正是欧洲古代的活化石。[①] 后来，西方学者如威廉·琼斯、马克斯·穆勒等经过研究，发现了印度古代文明的伟大成就，但在他们看来，无论如何，那早已是过去时代的事情了，所以福斯特在《印度之行》中说，印度文明的辉煌时代已经过去，目前它正处于低谷之中，它曾经是一条巨龙，如今却变成了一只蠕虫。即使是当代印度英语小说家夏西·特鲁尔在《伟大的印度小说》中也只能叹息：印度并不是一个不发达的国家，它是一个已经衰败的高度发达的国家。

马克思在《不列颠在印度的统治》和《不列颠在印度统治的未来结果》[②] 等文章中，深刻地分析了英国在印度的殖民统治给印度社会所带来的双重变化：它使印度失掉了一个旧世界，但却没有使印度获得一个新世界；它破坏了印度社会的整个结构，但却没有改建印度社会的真正意图；殖民主义只是在客观上充当了历史的不自觉的工具——将印度拖入了现代化的历史进程之中。

因为印度是被拖入了现代化的进程之中，所以从一开始它除了是英殖民统治的对象之外，还是英国殖民主义改造的对象或说是实验品。英殖民统治虽然发展了印度的港口、城市、交通等现代文明必备的物质基础，但这些基础设施的建设不过是为了将他们在印度的经济利益扩大化，与早期的殖民掠夺相比，它更为突出地表现了殖民主义对资本的贪婪本性；而配合着经济、政治利益，资产阶级文明对印度社会所进行的"改造"虽然促成了印度近现代的宗教和社会改革运动，但殖民主义使印度社会基督教化、

---

① 　Rumina Sethi, *Myths of the Nation*, Oxford University Press, 1999, p. 25.

② 　《马克思恩格斯选集》第 2 卷，人民出版社 1976 年版。

西方化的目的则不过是为了使印度更好地服务于英国的殖民统治。早在1792年，格兰特（Charles Grant）就撰文谈论对印度社会进行改革，他认为印度社会野蛮落后，如果英国想在印度建立长久的殖民统治，就要对印度进行社会和政治改革。格兰特意图在印度建立英国式的教育体系，一方面是为了在印度进行与宗教改革联系在一起的政治改革，另一方面也是因为他意识到随着东印度公司的壮大，也需要对印度进行道德和行为方式的改造。陷入对"改革"美好前景的希望和对印度可能会争取自由的担心这两方面的矛盾，格兰特主张将西方的基督教与印度的种姓制结合起来对印度实行局部性的改革，以使印度对英国的模仿只是一种空洞的形式，这样，印度就能更好地被置于英帝国的保护之下。① 杰姆士·密尔（James Mill）深受格兰特思想的影响，在《印度的历史》（*History of India*）等著作中，他认为，印度社会是一个野蛮落后的社会，只有英帝国才能向它提供有效的社会改革，但他又是一个实用主义者，不主张给予印度以真正的改革，这样，英国就可以长期在印度实行殖民主义：主张在印度发展现代化，但只是围绕着英帝国的殖民统治而对印度进行有限的发展。J. S. 密尔（John Stuart Mill，1806 – 1873），继承了其父杰姆士·密尔的思想，在《论自由》（*On Liberty*）和《论代议制政府》（*On Representative Government*）二书中，他都声称自治是最高的政府形式，但他又反对给予印度和非洲人自治，因为根据密尔的看法，印度人和非洲人"尚未"（not yet）文明到能够管好他们自己的地步。

　　阿米德·乔杜里发现，"尚未"（not yet）的说法，在殖民主义话语体系中基本上形成了思维定式。它像吉卜林所谓的"东方就是东方，西方就是西方，二者永远融合不到一起"的说法一样，在东西方之间划定一个看不见但又无处不在的界限；只不过吉卜林的说法停留在空间意义上，而"尚未"（not yet）的说法则从时间上使之固定下来。不仅殖民主义思想家格兰特、密尔父子、麦考莱认为印度"尚未"（not yet）进入现代文明，而且连 E. M. 福斯特这样对印度民族主义怀有深厚感情的作家也认为，印度

---

① Charles Grant, "Observations on the State of Society Among the Asiatic Subjects of Great Britain" (1792)，转引自 Homy K. Bhabha, "Of Mimicry and Man: The Ambivalence of Colonial Discourse", in *The Location of Culture*, London: Routledge, 1994, p. 86.

和英国文明之间存在着不可逾越的鸿沟。尽管《印度之行》中的英国人，如奎斯特小姐、莫尔太太、菲尔丁等，常常怀着真诚之心想了解、理解印度，但到最后他们却都是一无所获。在小说的结尾，菲尔丁与印度人阿齐兹之间似乎建立起了真正的友谊，他们二人并马走出了山谷，但山谷外城市的景象看上去与他们的友谊极不相称，城市中的一切都在呼喊"尚未"（not yet），苍天也在呼喊"尚未"（not yet）。从格兰特、密尔父子到福斯特，"尚未"（not yet）的内容虽然有一定的变化，但不可否认的是，"尚未"（not yet）的观念变得越来越根深蒂固了，它使英国和印度之间的关系定型化了。因此，乔杜里说，密尔们早已将印度等民族国家置于"历史的候车室"之中，从那以后，这些国家一直在"等待"或说是处于"发展"之中，似乎永远进入不到发达的西方文明状态。在"历史的候车室"中，非西方的印度或非洲，要么永远无法现代化，要么只能具有相似于现代性的一些特征。如果说现代文明就是西方文明的话，那么欧洲之外的现代文明便不可能是真正的现代文明。① 印度等非西方国家只是也只能是现代文明的追随者或效颦者，或用麦考莱的说法，是"翻译者"。麦考莱试图通过英国式的教育体系使印度出现一个"翻译"阶层：他们在血统和肤色上是印度人，但在兴趣、见解、道德和知识上却都是英国式的。继承格兰特和密尔父子的改革思想并有所发展，麦考莱的教育思想对英殖民者在印度的统治产生了直接而深远的影响，而他的"翻译"理论在后殖民文化批评中更是被广泛引证，可谓"臭名昭著"。不过，麦考莱的教育思想在当下还被广泛议论，也从另一个侧面说明他揭示了与殖民主义密切相关的非西方国家的现代性问题。霍米·巴巴认为，麦考莱所谓的通过英式教育而培养出来的正是效颦者（mimic man），在吉卜林、福斯特、奥威尔、奈保尔等作家的作品中，出现了一系列这样的效颦者。② 效颦者不单是个人，而且是一个阶层；不单是一个阶层，而且是整个社会。因此，奈保尔在《效颦者》中

---

① Amit Chaudhri, "In the Waiting – Room of History", *London Review of Books*, 24 June, 2004. 此文是乔杜里对 Dipesh Chakrabarty 所著 *Provincialising Europe: Postcolonial Thought and Historical Difference* 一书的书评。

② Homy K. Bhabha, "Of Mimicry and Man: The Ambivalence of Colonial Discourse", in *The Location of Culture*, p. 86.

说，"我们"都是新世界的效颦者；"我们"效仿、学习西方，力图使自己现代化，但现代化不仅是科技和现代文明的象征，它更重要的一面在于它是力量和地位的象征，换句话说，它是一种权力，而权力或说领导权实际上是不可模仿的；所以，印度的现代性只是一种空洞的形式：追随着西方，但永远赶不上西方。

马克思说："历史中的资产阶级时期负有为新世界创造物质基础的使命：一方面要造成以全人类互相依赖为基础的世界交往，以及进行这种交往的工具，另方面要发展人的生产力，把物质生产变成在科学的帮助下对自然力的统治。资产阶级的工业和商业正为新世界创造这些物质条件，正像地质变革为地球创造了表层一样。"① 殖民主义打破了印度等亚洲国家小农经济的传统和社会结构，并使全人类在世界交往中互相依存，但在殖民主义所构建的世界秩序中，非西方国家一直处于被奴役的地位，这使得印度等落后国家既看到了现代性的曙光，又使自己永远戴上了镣铐。这种情形不仅在殖民时代如此，而且在后殖民时代也没有得到根本改观。印度早已独立了，但它依然无法加入到现代化的行列，而是处于历史与现代之间不尴不尬的境遇之中。用奈保尔的话说，印度等非西方国家的现代化最终只能是"半途而废"（half-made）。在奈保尔笔下，现代性在非西方国家表现为不伦不类，且是自我毁坏的：一方面，"我们痛恨压迫"，因为压迫者使"我们"失去了一切；另一方面，"我们也恐惧被压迫者"，"我们"无法也"不再在卑微者和受压迫者的生活中寻求什么美好的东西"。② 浪漫主义的奇情异想在现代社会中正变得越来越不切实际，甚至异化为丑陋不堪的东西；而失却了想入非非的浪漫主义，"我们"又变得无所适从。《河湾》的开头对非洲描写道："世界是它应该是的样子，人什么也不是，他们知道自己什么也不是，在这世界上他们没有自己的位置。"③ 奈保尔的这种悲观语调并不是源于什么宗教感情，而是源于本雅明所谓的"历史的同质的空白时期"，在现代历史的发展或说是现代化的进程中，非洲和印度文明

---

①　马克思：《不列颠在印度统治的未来结果》，见《马克思恩格斯选集》第2卷，第75页。

②　V. S. Naipaul, *The Mimic Men*, Penguin Books, 1980, p. 11.

③　中文版译作："世界如其所是，人微不足道，人听任自己微不足道，人在这世界上没有位置。"见奈保尔《河湾》，方柏林译，译林出版社2002年版，第3页。

已变成了无用的、废墟的文明，但他们又摆脱不掉自己身上沉重的包袱，"我们假装真实、有学问、为我们的生活做好了准备，我们，新世界的模仿者，从一个不为人知的角落，迅速接近新世界，带着一切都是腐败的东西"。① 显然，"一切都是腐败的东西"不仅与"我们"的传统文化相关，也与"我们"的处境和地位相关。面临着西方现代文明，"我们"对自己的文化传统恨也不是爱也不是。或许西奥多·阿多尔诺的话是对的，"我们"只能"适当地恨传统"（hating tradition properly）②。无论是全盘西化还是国粹主义，也无论是西方派还是东方派，争来争去，最后都是不了了之或是只能适当地加以中和。之所以如此，按奈保尔的说法，是因为在殖民主义世界新秩序中，非西方国家没有自己的新位置，它们不仅落伍，而且处于无所适从的无序状态。不仅殖民时代如此，后殖民时代也是如此。这正如《效颦者》中拉尔·辛赫所说："我们缺乏秩序。最重要的，我们缺乏权力，对此我们并不知道。我们错把言语和言语的欢呼当作权力。需要我们最后摊牌时，我们一下子就不知道该怎么办了。"③

拉尔·辛赫的困惑与无奈反映的正是非西方国家的现代性处境：现代秩序中的无序状态。现代性是一个歧义丛生的词语，这里笔者主要从"秩序"的角度对它作出一点认知。这个角度的选择更多地与印度等非西方国家的现代性问题联系在一起。当殖民主义客观上为这些国家带来了世界性的交往活动时，东方与西方从此便不可分割地联系在一起，在世界扩大的同时，世界秩序的构建问题显然就不可避免地出现了。印度等非西方国家本来也有自己的社会秩序，但殖民主义列强的到来，将它们原有的秩序打破了，它们被拖入西方现代文明所试图建立的新秩序之中；在这种新秩序中，它们被迫处于从属和附庸的地位，而它们又不甘心于此。这样，英国与印度、西方与非西方常常处于对立的状态，从而使现代性问题充满了各种矛盾。

西方的现代性问题本来是从西方文化传统中自然产生的，但由于它很

---

① V. S. Naipaul, *The Mimic Men*, p. 8.

② Neil Lazarus, "Introduction: Hating Tradition Properly", in *Nationalism and Cultural Practice in the Postcolonial World*, Cambridge University Press, 1999.

③ V. S. Naipaul, *The Mimic Men*, p. 8.

快就与殖民主义发生了关联，从而使现代性变成了东西方共同面临的问题。西方给非西方国家带来了现代性，非西方国家的现代化建设显然离不开西方；而西方的现代性同样也离不开印度等非西方国家，生产的扩大需要广泛而持久的资源供应。这样，西方的现代性便面临着非自我的他者问题。现代性的种种矛盾，从根本上说，是自我与他者之间的对立和冲突。

若只是从西方文化自身来考察现代性时，它的种种问题常常是单一的，比如自由、民主、人权、科技的发展，等等，在西方社会可以作为共同的目标加以追求和完善，即使西方文化内部存在各种矛盾，但其成员之间基本上是一种平等的关系，至少是将平等作为共同追求的目标。而现代性与殖民主义联系在一起时，因为涉及西方之外的他者，西方的现代性便有了参照物和对立面，正是由于对立面的存在，西方的现代性自身也变得有点扭曲：自由、民主如果真的能从欧洲本土扩展到殖民地，那么，殖民主义便不存在了，政治自由、民主、平等似乎只适宜于欧洲本土，而殖民地人民似乎只能在镇压和压制中才能"开化"。西方向印度等非西方国家传递了现代文明，但同时又使现代文明在非西方国家变成了一纸空文，这是西方现代思想的悖论。

西方"现代思想与现代实践两个方面的中心结构就是对立，更准确地说，就是一分为二（dichotomy）"。① 这种对立性的中心结构渗透到现代西方各种意识形态之中，比如在 20 世纪西方文学批评中占据着重要地位的叙事学，便深受二元对立性的结构主义的影响："结构主义认为，不论在自然的范畴还是在社会的范畴里都存在着二元对立，例如常见的男/女、昼/夜、阴/阳等，在人类思想中，如主体/客体、天使/魔鬼、正义/邪恶等等。在结构主义看来，二元对立似乎是无所不在的，它是人类认知与交流的基础，也是语言的基础。因此，'在处理文化现象时，重要的是从多元关系中找出基本的二元对立，作为文化价值的架构或意义的来源。'"② 从现代文化和现代性的角度说，结构主义体现的也是一种秩序观，它与西方宏大叙事理论等都可归入西方现代思想和现代实践的中心秩序或结构之中。现代西方在多元关系中找出了基本的二元对立关系，从而将复杂的问题一分为二，

---

① Zygmunt Bauman, *Modernity and Ambivalence*, Polity Press, 1991, p. 14.

② 罗钢：《叙事学导论》，云南人民出版社 1995 年版。

这看似找到了文化价值的构建框架，实际上不但没有解决现代化中的问题，反而使现代性充满了无尽的矛盾，因为"好"与"坏"的二元对立与区分——

> 既是权力的实践，又是权力的伪装。一分为二总要借助于权力，它创造了对称的幻象。结果，它以表面意义上的虚假对称掩盖了真正意义上权力的虚假对称。……它的存在是权力差异的存在，正是由于权力的支持，这种差异才得以存在。……在一分为二的结构中，对社会秩序和社会想象至关重要的是，制造差异的权力作为一种规则掩盖了成员之间的对立关系。第二个成员只是第一个成员的他者，是第一个成员的对立面（低下的、压制的、流放的）和第一个成员的创造物。因此，反常是正常的他者，犯法是守法的他者，疾病是健康的他者，野蛮是文化的他者，动物是人类的他者，女人是男人的他者，陌生人是本地人的他者，敌人是朋友的他者，"他们"是"我们"的他者，神经错乱是理智的他者，外国人是本国人的他者，普通大众是专家的他者。两个方面相互依存，但其依赖性却不是对称的。前者是被后者所制造出来并依赖于后者，后者虽然也依赖于前者，但却是自觉保持着这种关系。①

保持着所谓的依赖或对称的关系，实际上是保持着权力，因为按照这种二元对立的思想逻辑，没有了敌人也就没有了朋友，没有了被殖民者也就没有了殖民者，因此，萨特说，殖民体系既想消灭又想发展被殖民者。②要"消灭"被殖民者，是因为在西方殖民者看来，被殖民者不仅落后、愚昧，而且无知、野蛮；要"发展"被殖民者，是因为正是被殖民者的低下反衬出殖民者的高贵，被殖民文化的落后正好反衬出现代西方文明的先进，缺少了一方的反衬，另一方也就不存在了。

爱德华·萨义德发现了西方现代文明的悖论性的奥秘，他的《东方学》

---

①　Zygmunt Bauman, *Modernity and Ambivalence*, p. 14.

②　See the preface by Jean‐Paul Sartre to Albert Memmi's *The Colonizer and the Colonized*, Boston：Beacon Press, 1969, p. xxvii.

实际上正是基于西方文化的二元对立而对殖民话语做出了"结构"性的分析。萨义德通过大量的实证性例子揭示了殖民话语的定型化结构，认为古老的东方是欧洲文化中定型化了的他者形象，西方的东方学"不仅认为东方乃为西方而存在，而且认为东方永远凝固在特定的时空之中。东方学家描述东方取得了如此巨大的成功，以至东方文化、政治和社会历史的所有时期都仅仅被视为对西方的被动回应。西方是积极的行动者，东方则是消极的回应者。西方是东方人所有行为的目击者和审判者"。① "'欧洲'和'亚洲'或'东方'与'西方'之间古老的区分将所有可能的人性聚集在一个非常宽泛的标签之下，并且将其简单化为一二个终极的、一般性的抽象形式。"② 在萨义德看来，殖民话语牵连、编织、镶嵌于西方现代思想体系之中，处于西方文化公共游戏场内；决定这一游戏场的是某种共同的历史、传统和话语体系，它并非哪位学者的独自创造，但所有学者都对它加以接受并因而在其中找到属于自己的空间；每个学者的贡献都首先使这一游戏场发生变化然后又使其达到一个新的稳定的状态，就像一个平面上有20根磁针，第21根磁针的加入首先会使其他磁针发生摇颤，然后又和这些磁针一起形成一个相互协调的平衡。因此，萨义德认为，西方话语包括殖民话语"是一种建构物（formations），或者如罗兰·巴特在论语言的运行机制时所言，是一种变构物（deformations）。东方作为欧洲的一种表述，建构——或变构——在对被称为'东方'的这一地理区域越来越具体的理解和认识的基础之上"。③ 在萨义德看来，西方现代思想的建构和变构（对结构的破坏）实际上是一回事，变构不会从根本上改变二元对立的思维模式，变构加强了建构，每一次变构都以新的因素使建构变得更为稳定。《东方学》并不单单停留在对殖民话语或殖民时代的分析，更重要的是，它针对的是当下西方的政治和思想实践，认为后殖民时代的一切实际上都定型于殖民时代，是殖民时代的延续和发展。萨义德的理论本来是一种常理性的认识，但由于它来自西方文化内部批评，对西方产生了某种"陌生化"效果，因而在西方学界引起了较大反响。

---

① 爱德华·W. 萨义德：《东方学》，王宇根译，三联书店1999年版，第142页。
② 同上书，第200页。
③ 同上书，第349—350页。

霍米·巴巴深受萨义德的影响，不过，他在分析西方文化中的他者问题时，却将"变构"转化成了"解构"。霍米·巴巴像萨义德一样也接受了福柯关于权力与话语的思想，但在巴巴看来，二元对立的组成部分——自我/他者，主人/奴隶——之间的变构，并不总是像萨义德所说的那样是20根和21根磁针的关系，它并不是越来越稳定，而是在不停地解构，解构的结果也会是自我与他者的关系发生颠倒。[①]

霍米·巴巴关于殖民话语二元对立的解构性分析，与西方学者对现代性的分析是相互吻合的：对二元对立关系的"解构"，反映出的正是西方现代性自身的矛盾性和混乱性。殖民话语并不是一种孤立的现象，它与西方现代性、后现代性的思想实践密切相关：从自我与他者、朋友与敌人的对称中派生出真理与谬误、善与恶、美与丑等关系，并出现有序与无序、合适与不当、正确与错误、有品位与不体面等差异，但所有这些价值判断都是从权力关系中延伸出来的：

> 在思想的实践和实践的思想之中，现代领导权体现的是权力的区分、归类和分配。悖论性地，正是由于这个原因，矛盾成为现代性的主要依附物……对称显示世界好象是对称的，但是世界并非如此，它不能被强制成为一个对称的框架图。
>
> 如果说现代性是关于秩序的生产，那么，矛盾性（混乱性、荒诞性）则是它的产物。没有什么事物不受现代实践的影响，秩序和矛盾性同样都是现代实践的产物……二者都具有现代性之偶然性和无基础性，矛盾性是现代最为关心和忧虑的问题，因为它不像别的敌人，它伴随现代权力的成功而壮大着自己的力量。……它是自我的失败。[②]

为什么现代性又是一种"自我的失败"呢？主要是它的矛盾性所致。随着现代性所建立的秩序的不断扩大，它的矛盾性也日益突出，从而使现

---

① Homy K. Bhabha, "The Other Question: Stereotype, Discrimination and the Discourse of Colonialism", in *The Location of Culture*, p. 72.

② 同上书，第15页。也可参阅石海峻《关于殖民和后殖民模仿》中的相关论述，见《外国文学评论》2002年第3期。

代性变得越来越混杂。现代西方思想所构造的智力图景就像是一个不断分权的大树一样，一方面它在不停地壮大着自己，另一方面它又在不断地分裂着自我，原来所设想的匀称结构会变得越来越不匀称，直至最后变得无法匀称，而匀称的破坏最终会打破结构或秩序；这样，"结构"的扩大所导致的结果恰恰是不断的"解构"，直至最后变得四分五裂。因此，世界范围内殖民体系的解体实际上是西方现代性自身不断解构的结果：

> 现代性自身最大的成就在于它使世界（思想、准则等）破碎化了。破碎化是现代性力量的主要源泉。世界碎裂于成堆的问题之中，同时世界也是一个可加管理的世界，或者说，问题是可以处理的——世界的可管理性问题从来都没有提到议程上来或至少它是被无限地推迟了。由权力的破碎化而引发的领土自治首先并且是最重要的构成在于不超越疆界（一方面它是不干涉，另一方面它是不被干涉），自治的权力就是决定什么时候睁一只眼什么时候闭一只眼的权力，是聚分离合的权力。
>
> ⋯⋯
>
> 对秩序的宏大幻想已经逐渐演变成可解决的小问题，说得更准确一点，对秩序的宏大幻想让位于问题的波动性解决——像"看不见的手"或类似的"形而上学的道具"。⋯⋯
>
> 但是，破碎也使得问题的解决变成了徒劳⋯⋯它无法制造秩序，本土的自治和运转只不过是通过法令而进行实施的虚构而已。⋯⋯破碎的只是权力，世界本身并不破碎。人变成了多面体，言辞具有了多义性。或者说是，因为价值破碎化了，所以人成了多面体；因为意义破碎化了，所以言辞具有了多义性。[1]

全球范围内殖民主义体系的崩溃，使西方关于世界秩序的宏大幻想破灭了，世界由此碎裂化为一片片不受干涉的疆土，现代性也因此碎裂并具有了多义性和混乱性。这一切都在促使着现代主义向后现代主义演变。这

---

[1] Zygmunt Bauman, *Modernity and Ambivalence*, pp. 12 – 13.

一方面证明了西方现代性本身存在着矛盾性和含混性，另一方面也说明西方现代性的对立面——反殖民主义和现代性的效颦者——都不断地加深了现代性本身的矛盾性和含混性。

巴巴认为，现代性的效颦者对西方的现代性存在着双重的威胁，它既暴露殖民话语的矛盾性，又毁坏它的真实性。因此，埃里克·斯特罗克斯很早就说："印度在塑造英国文明好的品质方面并没有扮演重要角色。在很多情况下，它是一种扰乱的力量，它是在边缘发生的一种有力的力量，趋向于扭曲不列颠性格的正常发展。"① 当今世界的恐怖主义实际上也是来自现代"边缘"社会的"扭曲"性力量。

正是来自边缘的"扭曲"性力量，对资本主义工业（或后工业）社会所设想的文明提出了种种质疑，不仅是博爱、平等、真理这样的理想，而且是民族主义、人权、全球化、世界主义这样的历史进步思想，都在不断地受到"解构"。全球化试图在现代世界建立起新的秩序，在这种秩序的建构中，中心进一步中心化，而边缘也更加边缘化。萨义德、霍米·巴巴、斯皮瓦克为此而"忧心忡忡"，他们与福柯、德里达携手并进，试图解放"边缘"的力量来"解构"西方文化中心，使世界呈现出多元的色彩。但"解构"理论来自西方，是西方学者的新发现，一些亚裔西方学者不过从这些新发现中进行再发现，看似关注了"边缘"社会，实则多是其"生存"的策略。它似乎在对现实进行着重大的干涉，但实际上，斯皮瓦克自己早已深刻认识到：解构主义不关细节，它在忍饥挨饿的人当中什么也没有制造，它制造出来的只是哲学和学术界的高谈阔论。②

---

① Eric Strokes, *The English Utilitarian and Indian*，转引自 Homy K. Bhabha, "Of Mimicry and Man: The Ambivalence of Colonial Discourse", in *The Location of Culture*, p. 89.

② 《盖娅特丽·斯皮瓦克谈庶民政治》，见刘健芝、许兆麟选编《庶民研究》，中央编译出版社2005年版，第246—247页。

第六章
阿拉伯文学：全球化语境中的机遇与挑战

　　全球化对阿拉伯文学的影响是多方面的。无论是从文化一体化还是多元化的角度来看，全球化都对阿拉伯文学产生了积极的影响，使其得到了极大的发展，文学的体裁、创作的手法都变得丰富多彩。但是，全球化对阿拉伯文学的负面影响也是显而易见的，它在一定程度上妨碍了阿拉伯文学对民族传统文化的发掘与表达，尤其是经济一体化模式对阿拉伯民间文学的侵蚀，很容易使阿拉伯人民失去民族集体记忆。面对全球化的浪潮，阿拉伯文坛必须思考应对的策略。

一

　　东方和西方在总体上对待文化全球化的态度是不同的（当然在东方和西方的内部也都出现了不同的声音），即分别主张全球文化的多元化和一元化。持一元化态度的人（主要是西方人）积极倡导西方文化的普遍主义模式在全球的推广，这样一来，文化全球化在东方国家和其他发展中国家那里必然趋向于文化的西化。持文化多元化之说的人则认为文化全球化应是多种文明、多种模式和不同主体的交流合作、同存共荣。①

　　无论是把文化全球化理解为全球文化的多元化发展趋势，还是把它理解为以西方文化模式为标准的一元化，它对阿拉伯文学的影响都有积极的一面。从多元化角度看，它同样为阿拉伯文学提供了广阔的生存空间，使

---

① 参见孙晶《从文化哲学的角度认识"全球化文化"》，《长春市委党校学报》2001 年第 1 期，第 69 页。

得阿拉伯文化传统能够借助阿拉伯文学作为载体向世界人民展现其价值。尤其是当世界文化市场特别是西方文化市场对阿拉伯文学和文化表现出兴趣的时候，对阿拉伯文学和文化产品的需求就会增加，从外部推动阿拉伯文学的发展。另一方面，它还有利于对阿拉伯文学遗产的发掘和整理，因为在人们领略了当代阿拉伯文学的面貌及其魅力以后，自然会产生探寻其根源的愿望，希望能够更多地了解阿拉伯古代那些更加原汁原味的民族文学瑰宝。我们从西方和中国对阿拉伯民间文学的翻译、介绍情况就可以得到印证。自18世纪初法国人迦兰将《一千零一夜》译成西方语言以后，很快就传遍欧洲，对欧洲的文学、艺术创作产生了深远的影响。一些东方学家广泛、深入地收集阿拉伯的民间故事，伯顿的《天方夜谭》英文译本后来又加进了补编的部分。有些西方翻译家实际上把能够收集到的阿拉伯民间故事通通纳入了《天方夜谭》（*The Arabian Nights*），把它们说成是《一千零一夜》中未发表的故事，或《一千零一夜》的续编或姊妹篇，比如，把波斯故事集《一千零一日》当成《一千零一夜》的姊妹篇。[①] 这种动向也鼓励了阿拉伯本土的作家和学者去收集各地的民间故事，如海湾地区的民间故事，马格里布地区的民间故事，等等。

而从一元化的角度看，西方文学对阿拉伯现代文学的发展也产生了深远的影响，使得阿拉伯现代文学从文艺思潮到创作手法、从形式到内容都得到了极大的丰富。在文学形式方面，阿拉伯文学受到了西方文学的极大冲击。古代的阿拉伯文学以诗歌为主，兼有一小部分散文，但不存在戏剧文学这种体裁；只有到近代才从西方引进戏剧的表演，翻译西方的剧本，逐渐从西方剧本的"埃及化"和"阿拉伯化"这类翻译、改编的活动走向阿拉伯自己的剧本创作。同时小说的观念也在大量翻译西方作家作品的过程中为阿拉伯读者所接受，传统的故事模式被西方的现代小说形式所代替。原先被视为不登大雅之堂的、处于边缘地位的小说对处于中心主导地位的诗歌产生了巨大的冲击，逐渐由边缘向中心移动。

诗歌本身的发展也受到了西方诗歌的影响。以邵基为代表的新古典派诗人在很大程度上承袭了古典诗歌的题旨，在形式上则几乎完全照搬古诗

---

① 参见郅溥浩《神话与现实——〈一千零一夜〉论》，社会科学文献出版社1997年版，第298—299页。

格律。但新一代的浪漫主义诗人们则注重感情的传达,既要表现内心的梦想、忧伤、沉郁、失望和悲观,也要表现欢乐与理想,要能反映时代的气息,抓住时代的脉搏,抓住大自然和生命的本质,颂扬真善美,贬斥假恶丑。这在很大程度上是受到了西方浪漫主义文学的影响。在诗歌的形式上,新一代的浪漫主义诗人们打破了传统格律诗的桎梏,抛弃了传统格律诗一诗多题旨的习惯,而代之以一诗一题,从而使主题凸显出来;摒除了古典格律诗一韵到底的限制,而采用一诗多韵的形式;不再拘泥于以一个联句表达一个完整意义,而喜欢以一节作为表达一个完整意义的单位。二战以后,又出现了一大批自由体诗人。他们在诗歌的形式上更加大胆。他们的诗歌语言质朴通俗,贴近生活,能通过多变的尾韵和不同音步的巧妙组合,呈现一种迥异的音韵美,具有交响乐般多音部效果,与传统格律诗所表现出的均衡单调的美不可同日而语。自由体诗人还普遍重视想象的感情色彩与视觉效果,喜欢运用隐喻、象征的手法,引入大量的东西方神话和历史原型,从而使诗歌富于深沉的文化意蕴,往往反映现代全球性的生活体验,要求对宇宙、社会和人进行重新想象以获得整体认识,通过对人和世界关系的再发现和重新认识构建一个新世界。

在小说领域,阿拉伯文坛也是跟在西方后面亦步亦趋。19世纪末20世纪初的阿拉伯文坛借助旅美派作家的桥梁作用以及本土作家对西方文学和文化的关注,深受西方浪漫主义文学的影响,创作出了许多以反帝反封建、妇女和爱情为题材的浪漫主义风格的作品,如纪伯伦、努埃曼创作的爱情故事,乔治·宰丹的历史小说等。20世纪二三十年代,一些作家受到西方现实主义文学的影响,密切关注阿拉伯的社会现实,创作出一批优秀的现实主义小说。

就在阿拉伯现实主义小说勃兴、浪漫主义转型的时候,西方的现代主义——广义的浪漫主义被悄悄地引入阿拉伯文学界。40年代后期,一批苦闷彷徨的年轻作家和从欧洲归国的作家注意到西方文学的变化,把目光投向以乔伊斯为代表的意识流小说,萨特和加缪的存在主义,弗洛伊德的精神分析法,以及超现实主义、表现主义等。这些文学、文艺思潮让阿拉伯作家看到了一片文学的新天地,逐渐地加以接纳、吸收。其中意识流、存在主义、超现实主义尤其受到一些作家的喜爱。

　　对西方现代主义小说技巧的借鉴与传统的现实主义的巧妙结合，最终导致了阿拉伯当代小说一个新的创作群体——"六十年代辈"的出现。他们所秉承的创作思想与马哈福兹的"新现实主义"暗合。马哈福兹写完他的三部曲之后，也就是埃及革命后，埃及社会发生了很大的变化。他认为应该用新的文学艺术去表现变化的社会，为此他辍笔六年上下求索，探寻新路。他深思熟虑的结果就是与传统的现实主义既有联系又有区别的"新现实主义"。① 他指出："传统的现实主义的基础是生活：你要描述生活，说明生活的进程，从中找出其方向和可能包含的使命；故事从头到尾都要依赖生活、活生生的人及其详尽的活动场景。至于新现实主义，其写作的动机则是某些思想和感受，面向现实，使其成为表达这些思想和感受的手段。我完全是用一种现实的外表形式表达思想内容的。"② 在具体的写作技巧上，他的"新现实主义"还借鉴了意识流、自由联想、内心独白、时空交错等现代主义的表现手法。他在这一阶段创作的"新现实主义小说"《我们街区的孩子们》（1959）、《鹌鹑与秋天》（1963）、《道路》（1964）、《乞丐》（1965）、《卡尔纳克咖啡馆》（1974）、《平民史诗》（1977）等作品中，从人类发展的角度思考人类的命运，探寻通往理想境界的途径。这些作品一改往昔的风格，以前作品主人公命运所受到的来自外部现实力量的决定性作用已经荡然无存，取而代之的是人物内心的运作，具体而言就是人的精神危机。作家注重的不再是具体的外部事件，而注重它在人物意识中的反映，注重的是人物的心路历程。

　　马哈福兹对"新现实主义"的探索为"六十年代辈"作家群创新起了带头羊的作用。当然更重要的是社会形势的急剧变更对他们的触动。这一代年轻作家成长在国家独立后的稳定环境中，接受了社会主义的价值观，对个人前程和国家未来充满信心。而在他们逐渐长大成熟的时候却看到社会主义进程在各国的倒退，令他们失望。更有甚者，1967 年阿以战争中所遭到的惨败犹如一场噩梦使他们的内心受到强烈的震动，笼罩心头的是耻辱、失望、沮丧、迷茫的情绪。但所有这些都没有使他们颓靡下去，反而激起了他们的历史使命感。他们以极大的勇气直面人生，从历史和文化的

---

① 马哈福兹的这种"新现实主义"实际上是现代主义与现实主义融合的产物。
② 转引自季羡林主编《东方文学史》（下册），吉林教育出版社 1995 年版，第 1453 页。

高度思考国家、民族和个人的命运，反思过去，设计未来。在这些"六十年代辈"作家的影响下，70 年代以后不断又有更加年轻的作家加入到"新现实主义"的创作行列中来，共同推进了阿拉伯小说在当代的发展与繁荣。

　　值得注意的是，与西方现代主义文学紧密关联的后现代主义文学观念也对一部分阿拉伯当代作家产生了一定的影响。在这方面，马哈福兹不愧为宗师巨匠，走在了同时代作家的前列。他在后期创作的某些作品和西方的后现代小说一样削平了深度模式，"自我消解了叙事成为非小说"，[①] 体现了消解中心意识、无中心性、无体系性、无明确意义性的后现代主义美学特征。"后现代主义小说提出有许多情节（有时是不连贯的情节），有许多同等的意识中心，有许多叙述场合，而不只有一个主要情节，不是像在多数现代主义小说里那样（如詹姆斯、普鲁斯特、纪德、伍尔芙、穆齐尔和斯维伏等作家的小说）只有一个主要的意识中心，也不只是有一种主要的聚焦手段和一个主要的叙述者。"[②] 这些特征在马哈福兹的《镜子》（1972）、《日夜谈》（1986）等小说中多有所体现。《镜子》里出场的三教九流、形形色色的人物共有五十余人，《日夜谈》里有名有姓的人物超过百人，但就是没有一个中心人物；故事情节若有若无，平平淡淡，有时还很不连贯，让人看不出有什么明晰的主题，一个个人物毫无秩序地出场，构成了一个由随意性、偶然性和破碎性支配着的世界。由于阿拉伯社会与西方的后工业社会尚有很大的差距，尚不具备整体的后现代文化精神，因此不仅普通读者难以接受，就连评论家们也无法理解，对这类作品视而不见，不予评说。马哈福兹对后现代主义小说技巧的运用还体现在《千夜之夜》。[③] 他在这部小说中采用了复制和增殖的手法，把阿拉伯民间故事集《一千零一夜》中的人物和情节进行重新演绎。

---

① 王岳川：《后现代主义文学与写作》，见张国义主编《生存游戏的水圈》，《中国后现代主义文学丛书·理论批评选》，北京大学出版社 1994 年版，第 68 页。

② 厄勒·缪萨拉：《重复与增殖：伊塔洛·卡尔维诺小说中的后现代主义手法》，见佛克马、伯顿斯编《走向后现代主义》，王宁等译，北京大学出版社 1991 年版，第 165 页。

③ 中译本更名为《续天方夜谭》。

二

　　全球化在对阿拉伯文学发生积极影响的同时，也产生一些消极的作用。一方面，那种一元化的西方文学模式的压倒性影响必然妨碍阿拉伯民族文学模式的发展，遏制阿拉伯文坛创新的动力；另一方面，欧美文化市场对阿拉伯文学消费在长期的运作中所形成的定式与机制对阿拉伯本土文学产生一定程度的负面影响。这方面已经引起第三世界学者和西方一些有识之士的重视。他们注意到欧美文化市场对阿拉伯文学／文化的消费已形成了一种单一性的机制：被译成英文的阿拉伯作品只以欧美审美主体的审美情趣与鉴赏品位作为唯一的标准，它们必须符合欧美语境中特有的"阿拉伯主题"，符合欧美政界和媒界所塑造的"阿拉伯形象"。①

　　这种特殊的"阿拉伯主题"和"阿拉伯形象"被好莱坞电影发挥得最为淋漓尽致。美国影片中涉及阿拉伯题材的仅在 20 年代就有 87 部之多，而在 60 年代共有 118 部中东题材的影片。好莱坞生产的这类影片在表现阿拉伯的异国风情和东方情调的同时，绝大多数突出的是一些负面的主题，从 20 世纪早期表现阿拉伯人的诱拐、偷盗、妒嫉、土匪和复仇等主题，到 60 年代增加了谋杀、背叛、折磨、爆炸、卖淫、造反、走私和叛国等主题，后来又在此基础上增添了恐怖活动的内容，把阿拉伯世界塑造成一片邪恶之地。②

　　其实，"阿拉伯主题"和"阿拉伯形象"由来已久，西方的东方学家们几个世纪以来一直在以他们自己的眼光建构包括阿拉伯在内的东方形象。他们津津乐道地把东方描绘成荒诞、野蛮、落后之地。而当代西方人不仅没有随着对东方越来越多的了解而改变他们对东方的看法，反而由于政治的和文化的因素而深化他们心目中固有的东方形象。

　　这种奇怪的心理更多的是出于对东方崛起并向西方发起挑战的担心。尤其是当代伊斯兰复兴运动在中东和全球的蔓延之势，使得以亨廷顿为代表的一些西方人深感不安和忧虑，因为"伊斯兰正在作为西方政治体制深

---

① Edward Said：*Orientalism*，London：Routledge，1978，p. 1.
② 参阅张辉编译《美国电影中的阿拉伯人形象》，《环球银幕画刊》1998 年第 1 期。

刻的文化挑战而起作用"。① 伊斯兰的挑战在他们看来是显而易见的，具体表现在 "伊斯兰世界普遍出现的伊斯兰文化、社会和政治复兴，以及与此相伴随的对西方价值观和体制的抵制"。② 正是由于这种设防的心理，西方的东方学家们长期以来在对异族文化怀有一种敬重之情的同时，又保持着一种极为深刻的 "他者" 的感觉。③

于是，在接受东方文学时，他们自然而然地以 "自我" 的标准来审视来自 "他者" 的作品，作出有意识的选择。这种选择经常置原文化主体的文艺美感于不顾。如阿拉伯作家赛利姆·巴拉卡特（Salim Barakat）的一部与拉什迪《撒旦诗篇》（*The Satanic Verses*）在主题和魔幻现实主义风格方面都极为相似的小说《黑暗中的圣人》（*Sages of Darkness*），讲述一个毛拉（Mullah）④ 的新生儿超自然成长，在出生的当天就提出结婚的要求，而他的傻老爹也居然安排这位 "婴儿" 与痴呆的堂妹成亲，他们之间有多次怪诞的性遭遇。这部对阿拉伯读者来说没有多少文学美感，甚至读后生厌的作品，从一个完全外在的、与阿拉伯经验无涉的角度叙述一个荒诞的故事。许多阿拉伯读者对之不屑一顾，而它却竟然被译成英文在西方世界流传，原因就在于西方读者认为这样的作品体现了阿拉伯世界的野蛮、荒诞和变态色情诱惑，它符合西方读者心目中的 "阿拉伯形象"。

为了抵御东方价值和美感的渗透，西方的有些东方学家甚至在介绍、翻译作品时有意抹杀原作内容的复杂性。阿拉伯女作家哈南·谢赫（Hanan ash-Shaykh）的处女作《宰哈拉的故事》（*The Story of Zahra*），英译者将其介绍为一部描述 "封闭的中东社会" 里否定阿拉伯妇女之人类天性的小说，却故意回避作品中对西方妇女的冷嘲热讽。⑤ 阿拉伯女作家奈娃勒·赛

---

① Bryan S. Turner, *Orientalism*, *Postmodernism & Globalization*, London and New York: Routledge, 1994, pp. 183–184.

② Samuel P. Huntington, *The Clash of Civilizations and the Remaking of World Order*（《文明的冲突与世界秩序的重建》），周琪等译，新华出版社 1998 年版，第 102 页。

③ Bryan S. Turner, *Orientalism*, *Postmodernism & Globalization*, pp. 183–184.

④ "毛拉"，突厥族对伊斯兰学者的尊称。

⑤ Jenine Abboushi Dallal, The Perils of Occidentalism: How Arab Novelists Are Driven to Write for Western Readers, See *The Times Literary Supplement*, April 24th, 1998, pp. 8–9.

阿达薇的代表作之一《女人与性》（1972）① 在 1980 年译成英文后，西方评论界和读者只对作品所描述的阿拉伯妇女的身体与性感兴趣："首要的是，她对'阴蒂切割术'的描写才是所需要的，没有人想去倾听她对伊斯兰的辩护、带有社会主义色彩的评论和对不符合西方原型的阿拉伯妇女的透视。"②

西方这种按照自己的审美标准对阿拉伯文学进行的选择性引进，本来无损于阿拉伯本土文学，但由于现代科技与信息的发展，世界范围内的交流日益方便发达，西方的这种单一性消费机制得以迅速反馈到阿拉伯本土，从而驱动一些唯西方马首是瞻、急欲得到承认的阿拉伯作家为了自己的作品被翻译成英文或法文而转向面对西方读者的创作。这样的创作必然置阿拉伯读者的审美趣味于不顾，放弃对阿拉伯语言、文学美感的追求，从而对阿拉伯文学的生产造成一种潜在的危险。

这种"为翻译而写作"（Writing for Translation） 的现象虽然在阿拉伯世界还只是少数作家所为，但个别有影响的作家也加入了这一行列则显得格外引人注目。前文提及的女作家哈南·谢赫就是一个明显的例证。她后来创作的小说《沙与没药的女人》（*Women of Sand and Myrrh*） 虽然是用阿拉伯语写成的，却完全是以西方人作为假想读者。作品中出现的阿拉伯文化特有的所指和阿拉伯人所司空见惯的传统习俗，作者不惜花费笔墨大加阐发。如小说中解释进口的布娃娃等玩具被当局销毁的理由，在于不允许生产真主创造物的变形物体。而这点对于所有信仰伊斯兰教的阿拉伯人来说都是再清楚不过的，根本无须解释。相反地，小说中出现了不少西方文化特有的所指，如芭比娃娃（Barbie Doll）、史努比（Snoopies）、伍德斯托克音乐节 （Woodstocks） 等事物对于绝大多数的阿拉伯读者来说是陌生的，但是作者却丝毫不做解释。如此作派对于阿拉伯文学的发展有损无益。

从经济一体化的角度来看，全球化对阿拉伯文学特别是阿拉伯民间文

---

① 英文版易名为 *The Hidden Face of Eve*。

② Jenine Abboushi Dallal, The Perils of Occidentalism: How Arab Novelists Are Driven to Write for Western Readers, See *The Times Literary Supplement*, April 24th, 1998, pp. 8 – 9.

学的消极影响也是显而易见的。这引起了阿拉伯学者的重视。① 由西向东、由北向南而来的全球化浪潮席卷了整个世界，试图改变一切，把一种单一的模式强加在一切事物之上。这种模式就是商业化。正是商业化彻底地改变了阿拉伯民间文学的面目，将其置于一种危险的境地。阿拉伯学者认为，民间文学本来属于口头文学，它不同于土语文学，因为土语文学也可以是书面的。民间文学具有口头文学的一切特征：自行出现、劝恶行善、具有丰富的文化内涵和预言性、寓言性，其作者通常不为人所知，其发展演变具有灵活性。民间文学不囿于文字记载和物质性遗迹，它的口头文本和故事通过接受、记忆和重复的方式从一个人传给另一个人，从一代传向下一代，从一种环境传到另一种环境。神话、传说、史诗、民歌、格言、谚语和谜语等民间文学形式不仅仅是一种脑力活动，而且是古代人民思考和质疑的延伸，是一个民族的历史记忆，代表一个民族的价值，反映一个民族的文化属性。正是由于民间文学的存在，一个民族才拥有了一种群体性的文化。

在现代科技的帮助下，越来越发达的文字技术、录音技术、传播媒体和电子技术正在日益改变民间文学的生态。由于商业利益的驱动，民间传奇被录制成磁带、刻成光盘，大批量地生产、复制、销售，民间传说被人以包装的名义缩写、扩写，甚至改写。他们给这种行为冠以保护文化遗产的冠冕堂皇的名义，但说穿了就是为了商业的目的。

虽然也有少数作家如杰马勒·黑塔尼（Jamal al - Ghaitani）、麦哈穆德·米斯阿迪（Mahmud al - Mis adi）、沃西尼·爱阿拉吉（Wasini al - a ra-ji）和黑利·阿卜杜·贾瓦德（Khairi Abd al - Jawade），意识到民间文学的可贵之处，注意到民间文学独特的互文性、重复性、含蓄性和包容性，别具一格的叙事方式和巨大的想象空间，在努力弘扬民间文学的优良传统。但是民间文学的商业化、物质化趋势犹如滚滚而来的洪流，根本无法抵挡

---

① 2000 年 1 月底，埃及《金字塔》报国际版举办了一个关于全球化与文学的研讨会。会上讨论了诸如全球化背景下的现代主义、后现代主义、时间的双重性、新的文化冲突、时间与语言、翻译与形象等各种问题，但最为引人注目、争论最激烈、影响最强烈的却是全球化对民间文学的冲击。民间文学的议题是临时加上来的，没想到却引起了阿拉伯本土学者和移居西方国家的海外阿拉伯学人的共鸣。Mus-tafa Abd al - Ghani：“Mathqaf al - ‘Awlamah wa Tasli ’al - Adab ash - Sha' bi”, see Al - ahram, Jan. 31, 2000.

住。以杰马勒·黑塔尼为代表的作家毕竟人数太少，无法力挽颓势。由于种种原因，他们的力量不足以抗拒全球化背景下的民间文学的商业化，只能任由传播媒体取代民间文学，去攫取民族的记忆。

有鉴于此，一些充满忧患意识的阿拉伯学者呼吁大家关心民间文学的命运。他们希望政府设立专门的机构来保护民间文学，希望更多的学者对这一问题给予深切的关注，并思考解决的策略和办法，应对全球化的挑战。

在新的世纪，全球化的趋势会比20世纪更加明显，它不是哪一个国家或民族可以遏止的，因为自我封闭只能导致社会发展的停滞甚至倒退。伊拉克被制裁十年后的社会状况已经确凿地证明了国际交流与合作的必要性。面对全球化的浪潮，阿拉伯文学和文化必须要有自己明确的策略，才能获得进一步的发展。

第七章

嘉黛·萨曼的女性主义思考:
"从女人中解放出来"

　　嘉黛·萨曼（1942—　）是叙利亚当代著名的女作家。她从 20 世纪 60 年代开始创作，已发表小说和其他作品近三十部。初期的作品多表现阿拉伯社会对女性的歧视，表达了作家对传统的反思与反抗。代表作《75 年贝鲁特》《贝鲁特的梦魇》《百万富翁之夜》三部曲，转向宏大的叙事，以独特的风格描写黎巴嫩发生内战以后贝鲁特的风云变幻，充溢着爱国主义的热忱，表达了女作家热爱和平、反对战争和暴力的立场，展现了爱情和责任的主题。但从她的作品整体来看，嘉黛·萨曼和其他的许多阿拉伯女作家一样，"用自己笔下的女性体验勾勒出了阿拉伯妇女争取自由解放的心路历程"。[①] 这里将着重从她的短篇小说《你的眼睛是我的命运》和散文《从女人中解放出来》论述她对妇女解放运动的思考。

　　在嘉黛·萨曼这篇重要的短篇代表作《你的眼睛是我的命运》中，女主人公泰莱阿特的经历基本上显示了作者对女性主义的思考，反映了阿拉伯妇女运动的发展轨迹。泰莱阿特是个特别的女孩子。她从小就被家里人取了一个男孩的名字：泰莱阿特。她像别的男孩一样去上学，并执拗地坚持完成了她的学业，获得了大学的文凭。然后她找到了很好的职业：早上在机关上班，下午到公司办公室兼职，晚上去夜校授课。她用头巾包起长

---

　　① 李琛：《阿拉伯文学中的女性与女性意识》，《外国文学评论》1995 年第 3 期，第 93 页。

长的秀发，穿上男式的宽敞大衣，还煞有介事地在鼻子上架着一副墨镜。
她不像有的女孩子那样浓妆艳抹、忸怩作态，而俨然一个"堂堂男子汉"。
她要让自己成为一个不让须眉的女强人。"她想同太阳战斗，想要让太阳从
西边升起；她想让海浪沉默，让城市在黑夜中消失。"① 但是在和她学生的
哥哥依马德接触以后，泰莱阿特开始重新审视自己，发现自己遮在墨镜之
后的那双眼睛里含有饥渴、欲求和柔情，发现解开头巾之后盘着的头发散
开来的美丽，还发现脱下男式大衣之后露出纤细的腰身"像茉莉花般"富
有魅力。她开始怀疑自己以前的男性化形象，发现自己对于男女结合的婚
姻和充满温馨气息的家庭生活是多么羡慕，从而也看到了自己的命运所在。
她要去找爱她的依马德，并对他说："你的双眼是我的命运。没有一个人能
从他的命运逃开。"

泰莱阿特的经历不只是一个阿拉伯普通女性的经历，而是整个阿拉伯
社会近代以来妇女解放运动的象征。一般认为，西方的女权运动经历了带
有浓厚政治色彩的"女权"阶段，以差异性为名否定男性象征秩序的"女
性"阶段和强调男女文化话语互补关系的、将"女权"与"女性"加以整
合折衷的重"女人"的女性主义阶段。阿拉伯妇女运动虽然开始得比较晚，
直到 20 世纪初才萌芽、生发，但基本上也经历了与西方女权运动相似的发
展历程。

一　男女平权

女性解放运动的缘起是妇女极其低下的地位和悲苦命运。"父权制社
会的发展摧毁了女性那不可复得的伊甸园，并将女性压入社会的底层。"②
阿拉伯近代社会的女性状况尤其如此。妇女没有受教育的权利，更谈
不上政治权利。一夫多妻制和休妻制使妇女在婚姻上只能处于被动的
地位。她们几乎只是服从丈夫、侍候丈夫的家奴，生儿育女的机器和

---

① 嘉黛·萨曼：《你的眼睛是我的命运》，见李琛选编《四分之一个丈夫》，《蓝袜子丛书·阿拉伯
卷》，河北教育出版社 1995 年版，第 382 页。以下所引《你的眼睛是我的命运》及《从女人中解放出
来》均出于此。

② 王岳川：《后现代主义文化研究》，第 384 页。

供男人泄欲的工具。泰莱阿特一出生就遭到父权意识的压制和威胁。"她是冒着父亲对母亲的威胁,戴着护身符、祈求和惊恐来到人世。"父亲在得知刚生出的第 5 个孩子仍然是女婴时,竟然"怒气上冲,唾沫四溅,挥舞着刀子"扑向初生的婴儿。要不是被别人挡住,"活埋女婴"的悲剧将再次发生。泰莱阿特的父亲想要个男孩,为的是"使他的商店在大街继续保持荣耀,以使他死后他那管水烟筒里的烟火不会熄灭"。传统的观念认为只有儿子而不是女儿能够继承并维护家庭的存在与繁荣。泰莱阿特的父亲自然不能免俗。女主人公被取了一个男孩子的名字,显然反映了父亲强烈的男权意识,寄托了他的求子愿望,同时也表现了他得子无望的遗憾与无奈。正是这种愿望驱使他把泰莱阿特塑造成一种男性的角色,而她本人也乐于扮演这样的角色,因为她要借此实现自己女性的梦想:"她要为母亲争一口气,女孩子不输给男儿,也能读书和取得文凭。"她像男孩子一样上完小学继续上中学,直至大学毕业,获得了她所梦想的成功。

嘉黛·萨曼把泰莱阿特的这段生活描写得有色有声、生动逼真,可能与她自己幼年的经历很有关系。母亲在女作家 3 岁时便撒手归天,留下幼女与严厉的父亲生活在一起。她父亲是位教授,曾任大学校长和教育部长,从小培养她坚强的性格,寄托于她身上极高的期望,希望她能像男孩子一样长大后有所成就。因此,小嘉黛的童年不是作为一个普通女孩那样被教育,而更多是像一个男孩子那样逐渐成长的。她的童年经历很可能正是《你的眼睛是我的命运》的女主人公泰莱阿特的原型。

阿拉伯女权运动在初始阶段同西方一样着重于争取教育权、就业权、参政权、离婚权,要求与男子同样平等的地位。泰莱阿特不仅获得了受教育的权利,还争得了就业权,找到了理想的工作。无论是在机关,还是在公司,抑或在学校,她都是和男同事平起平坐,有时甚至凌驾于男子之上。报酬优厚的工作同时也为她的经济地位奠定了基础(她攒了一个月的工资就能买得起一辆汽车)。有了这样的资本之后,她试图让父亲感到他们是平等的。实际上她也在向社会上所有的男性要求平等,要求在现存的象征秩序中获得同男人平等的机会和权利。有人认为"政治平等、经济平等、职业平等以及精神解放是初级阶段女权主义的重要标志"。① 依此看来，泰莱阿特基本上实现了女权主义初级阶段的内容和目标。尽管小说中没有明确谈到泰莱阿特的参政权问题，但是她每天晚上同父亲的话题却往往是关于政治的。这在一定程度上表现了她参与政治生活的意识。

二　差异性和女性独特性

女权主义的第二阶段一反初期要求平等的策略而强调"性别差异和独特性"，因过分注重"性话语"和"性差异"而导致逆向性歧视，否定男性而重设了中心/边缘的二元对立模式，使女权运动陷入了困境。对于妇女解放本来就进展得很缓慢、很不彻底的阿拉伯妇女而言，她们要么偏激地接受西方性解放、同性恋那样激进的方式，要么就完全予以摒弃。尽管在阿拉伯国家也曾有过嘉黛·萨曼称为"妇女解放的明星"的激进狂热的女权主义者，极力宣扬"妇女解放是反对男人的命运的搏斗"，声称"男人是阴险的恶人，女人是无辜的受害者"，制造出"阿拉伯男人是女人灾难渊源的错觉"（《从女人中解放出来》），试图建立以女性为中心的新的象征秩序，但是这样激进的女权主义者在阿拉伯世界毕竟没有什么市场。可以说女权主义的第二阶段在阿拉伯社会是极其短暂的。这不仅是因为阿拉伯女权运动的薄弱基础和既有的禁锢太严太深使阿拉伯妇女很难接受过激的思想和行为，更重要的还在于这个阶段的女权运动从一开始就误入歧途。

在这方面，嘉黛·萨曼的《你的眼睛是我的命运》中或者说在泰莱阿特这个人物身上没有太多具体的描述，但亦有所涉及。作家在小说中一再提到泰莱阿特要同太阳作战，要拖住它的尾巴，要让它从西方升起。这隐喻着女主人公对现存的男性象征秩序的颠覆意图，力图确定女性的主体性，恢复那一度失去的母系社会美丽的伊甸园神话。她不仅要取得与男性平等的地位，而且要超过男性，居于男性之上。她在办公室讲话

---

① 王岳川：《后现代主义文化研究》，第385页。

时同事们毕恭毕敬地洗耳恭听,她经常旁若无人、放任自由地出入办公室却没有人敢过问。她不仅像阿拉伯男人那样去抽水烟筒,甚至学会了男子颐指气使的习气,在家中冲着母亲发脾气,对母亲做的饭菜乱加挑剔,母亲迟一些端上晚饭便会遭到她无端的指责。她自己作为一个女性曾经受到压迫,这时又加到别人的身上,由受压迫者变成了压迫者。

　　在其他阿拉伯作家的笔下也常常可以看到女权主义者这种表现偏激的现象。如黎巴嫩女作家丽拉·芭阿莱贝姬(1936—　)的《我活着》中的女主人公就误以为妇女解放就是像男人那样抽烟、喝酒,进电影院,泡咖啡馆,误认为妇女解放就是不理红妆、不守妇道,就是要勇于献身。叙利亚女作家库雷特·扈莉(1936—　)的中篇小说《日月穿梭》中写到女性解放和女性同性恋问题,有的女性在自己的女同胞中寻找发泄性欲的对象,有的年轻姑娘则只为了证明自己是"解放的"女性而跌入匆匆过客的怀抱,"在没有情爱,甚至根本不可能爱的情况下"与之发生性关系。

　　像这样显示女性独特性与差异性的做法显然是错误的。泰莱阿特用以显示独特性的方法也是不少女性曾试过的。她最经常地用以显示其女性差异性和独特性的是她那种怪里怪气的打扮。遮住双眼的墨镜、包住飘逸秀发的头巾、掩住女性全身曲线的男式大衣使她"鹤立鸡群",显得与众不同。然而,她的墨镜与男式大衣同时也使她显得像个怪物,一个非男非女的怪物。西方的女性主义批评家肖姗娜·费尔曼对换装的问题进行了分析:"如果仅仅是衣服,也就是说,一种文化符号,一个惯例,在决定着男性和女性,并确保性别的对立成为一种井然有序、等级分明的两极分化;如果真的只认衣衫不认人——男人或女人,那么,性别的角色就其本身而言,岂不成装模作样的滑稽表演了吗?性别角色不就只是现实的性别以及性别差异中模糊不清的复杂状况所演出的滑稽戏吗?"①嘉黛·萨曼也注意到这样的问题,所以浓墨重彩地渲染了女主人公换装的情节。泰莱阿特起初为自己换装后的独特形象而洋洋自得,但随着时间的推移,她越来越感到不自然。在年轻小伙子依马德的目光注视下,她甚至感到非常窘迫,发现自己看上去更像一位"穿着可笑服饰的演员"。这种感觉正是肖姗娜·费尔曼

---

① Sandrana Felman, "Rereading Woman", p. 28. 转引自张京媛主编《当代女性主义文学批评》,北京大学出版社 1992 年版,第 31 页。

分析妇女换装所得到的印象。

　　泰莱阿特抛弃原有的女性服装而穿上具有鲜明男性特征的服装，其目的正像另一位女性主义批评家桑德拉·吉尔伯特所描述的那样，是试图"粉碎与性别等级相联系的统治与被统治的制度，并恢复原始的男女换装或无性别的混沌状态"。① 换装只是创造出一种表象，而衣服底下却遮盖着与表现截然相反的性别，由此而产生的复杂、混乱的心态让她感到烦躁不安。无论女人或男人都必须保持或不保持其性别，才有可能把自己看成是主体。而换装这种被压抑的性别摇摆（或性别的不稳定性）造成了主体性的模糊不清，甚至有丧失主体性的危险。

三　两性的互补与和谐

　　泰莱阿特由换装引起的混乱心态在观察已婚女友的家庭生活时不但没有得到缓和，反而大大加剧了。她以某种"女权主义者"的角度去想象婚姻和家庭生活的状况，想象她那位女友赛勒娃婚后的处境。她原以为自己与赛勒娃会面将"看到她胖胖的糙裂的双手，她与丈夫激烈争吵得鼻子红红的，她迎风擦着一扇窗户，她的儿子在冷风中啼哭"。泰莱阿特急切地想通过与赛勒娃的会面来证明其观点的正确性，证明婚姻是一道限制女性自由的枷锁，是一座葬送女性幸福的坟墓。然而，真实的情景完全打碎了她的主观幻想，让她大失所望。她来到赛勒娃的家里没有听到夫妻的吵架声和孩子的啼哭声，相反地却听到轻柔的乐曲和醉人的笑声从室内传来；她看到的不是女友憔悴的脸色，却是一张透着玫瑰红的鲜艳的脸蛋；弥漫在居室每一个角落的温暖与温馨，令她想起办公室、公司和会议室里冷冰冰的气氛，把她在工作场所所取得的成就感与满足感一扫而空。

　　泰莱阿特的成就感就是女强人获得"成功"后必然产生的一种喜悦。然而，"对那些掌握和利用了男性朋友的力量在男性社会里成功的女性来说，她的成功意味着双重的负担和双重的失落：她必须同时是男人和女

---

　　① Sandra Gilbert, "Costumes of the Mind: Transvestism as Metaphor in Modern Literature"，转引自《当代女性主义文学批评》，第 22 页。

人却又同时不能被男人和女人接受"。① 泰莱阿特此时所处的正是这样的一种尴尬境地。与女友相比,她失去了女人的独特魅力和家庭温馨的享受;与女友的丈夫叙谈不仅没有激起她成功女性的喜悦,反而觉得极不自在。她开始觉得女友家中那"温暖的气氛在冲击她",觉得墨镜夹得她不舒服,男式的衣领子也紧紧地匝着她的脖子,让她简直透不过气来。她进而怀疑"谁能同太阳作对?同夜晚、道路与永恒抗争?"作为单独的个体,她是无法同大自然抗衡,也无法同强大的传统势力相抗争的。

于是,对"女权"与"女性"加以调和的新观念出现了,进入妇女运动的新阶段成为发展的必然。不再强调男女的对立,而强调男女互补的和谐,使女人不再成为与男性对立的"准男性",而是女人成为女人,男人成为男人,女人与男人共生、共存。经过疑虑、思考,泰莱阿特逃离原先为自己所设计的形象和空间,而去寻找她所向往的那个"家"。在一段时间的迷惘与徘徊之后,"一种毁灭的奇妙的力量在她身体里滋生。她想创造,创造一个家、组成一个家庭,营造一片气氛"。在这里,"家"被赋予了新的意义。"家"不再是传统意义上男人主宰的,由男人发号施令、女人当牛作马的社会单位,而是由女人和男人共同组成、共同操持并使之运作的,充满爱与温馨的命运之归宿。女性在家庭的地位不再被否定,女性的价值必须得到充分的体现。女性在"家"中不再处于配角地位,不再是"能干的主妇"和"绝对忠诚的奴隶",而是主体性回归了的女人。对女性的贬抑与规范亦不复存在,取而代之的是男性的尊重与亲敬。对话、互补与共识将取代矛盾、对抗与冲突,从而把"家"推进到友爱、关怀和温情的具有新生意义的世界。

四　"从女人中解放出来"

嘉黛·萨曼所要强调的就是这种女性与男性和谐共存而又不失女性特征的女性主义新观念。这种新观念是符合世界潮流、符合妇女运动的发展方向的。妇女运动由"女权"到"女性",又由"女性"到"女人"

---

① 裘其拉:《脑想男女事》,《读书》1995年第12期,第44页。

的发展，显示出由求同到求异，再由求异到求谐的轨迹，表现了女性主义"让世界充满爱"的善良愿望和对理想社会的向往，同时也表明女性主义意识形态和理论话语的成熟。嘉黛·萨曼自幼受到磨炼，既了解阿拉伯传统的文化思想，又受到现代教育的陶冶，这使她能和其他一些阿拉伯当代女作家一起"深入到妇女解放的自身障碍之中"，"把对爱情婚姻的探讨引向纵深，揭示爱的误区，倡导构建合理的家庭格局和健康和谐的夫妻生活"。① 而在欧洲亲历其境地接触了西方文化，看到西方女权主义者的运动，了解到她们的思想，也在一定程度上影响了萨曼对女性问题的看法，使她能站在历史的高度作出自己的判断，不自觉地达到与世界潮流的吻合。

此外，阿拉伯女权运动独特的经历显然也对嘉黛·萨曼的女性主义思考产生了影响。阿拉伯女权运动是在男性的启蒙、倡导和支持下进行的。一些阿拉伯国家的妇女获得的权利"在很大程度上是进步政治家的赐与"②，而不完全是女权运动自身的结果。男性政治家的态度有时是妇女地位提高的先决条件。利比亚领导人卡扎菲就是个典型的例子。卡扎菲早年居然公开宣称"女人的作用是生孩子……如果女人不想生孩子，那么除了自杀别无其他选择"。③ 但后来他的态度急剧转变，转而大力提倡妇女解放，使利比亚妇女地位大大提高。阿拉伯妇女解放运动在男性的引导下进行，其不彻底性是显而易见的，但不可否认也为妇女争得了一定的权益，在某种程度上提高了她们的地位，改善了她们的处境。因此，大部分阿拉伯妇女不仅少有对男性和父权制社会的批判，不像西方女权主义者那样猛烈批判以男性为中心的历史传统，发动彻底的婚姻革命，向父权和夫权挑战；相反地，阿拉伯妇女更多的是把男性看成是妇女解放的盟友。嘉黛·萨曼就曾说过："我从不把自己置于男人的对立面，视其为最大的灾难。""我欢迎阿拉伯男人有关妇女解放的清醒言词。"一些大人物支持妇女解放的言词更是赢得了妇女的认同和赞美。嘉黛·萨曼就曾对法赫德·艾哈迈德谢

---

① 李琛选编：《四分之一个丈夫》，《蓝袜子丛书·阿拉伯卷》"前言"。
② 范若兰：《阿拉伯女权运动与西方女权运动的比较研究》，《西亚非洲》1992 年第 2 期，第 71页。
③ 穆阿迈尔·卡扎菲：《绿皮书》，世界知识出版社 1984 年版，第 121 页。

赫的话大加赞赏,认为"他以骑士的公允和高贵责备了阿拉伯男人",因为法赫德说过这样的话:"我认为阿拉伯妇女是世界上最好的妇女,他们被剥夺了为阿拉伯社会进步有效地创作和贡献的机会。"(《从女人中解放出来》)

在嘉黛·萨曼看来,要实现男女和谐共存的新思想,最重要的是要"从女人中解放出来"。而最需要解放的是居于两个极端的两种女人。一种是旧意识仍然十分浓厚的女性。她们仍停留于男性为中心的传统意识之中,维护封建礼教和传统规范,充当旧传统的卫道士,反对解除传统礼教对女性的禁锢与束缚,反对离婚,反对自由恋爱,反对妇女公开露面。退而居其次,她们无力抗拒旧传统,不想做反传统的先锋,但也不让自己的儿女去进行反抗。她们可以允许自己的儿子和别家的女孩保持暧昧关系,但自己的女儿绝不可以自由恋爱。她们同时扮演着牺牲品和刽子手这两种角色。因此,必须把这一部分妇女从深深地根植于她们思想深处的陈腐观念中解放出来,要从这些女人中解放出来。

另一种女人就是嘉黛·萨曼所说的"妇女解放的明星"。她们极端地认为"男人是统治者、利己的冷酷的暴君"(《从女人中解放出来》),是残害妇女的敌人,是摧毁女人的灾难渊源。她们也许是出于好意,出于从男人那里拯救女性的目的,但是这种过度的言行不仅不能对妇女解放运动有所助益,相反地将阻碍妇女解放运动的发展。有一些"明星"则走得更远,把西方的某些女权主义者所提倡的性解放和同性恋作为妇女获得解放的标志。殊不知,性解放"是一种由压抑的副作用而产生的堕落"[1],实际上只是加重了妇女的奴隶性;而同性恋则偏离了人类正常爱情生活的轨道,是陷入歧途的可怕尝试。

只有真正从这两种女性的极端思想中解放出来,妇女解放运动才能正常发展,人类才能实现"世界充满爱"的美好理想,实现男性与女性平等而又不失各自特征的和谐共处,过上幸福、美满的人间生活。正像阿拉伯妇女解放运动的先驱、埃及女作家梅·齐雅黛构想的那样:未来的文明不是男性或女性单一的文明,而是整个人类的文明。只靠一个性别构建的畸

---

[1] 库雷特·扈莉:《日月穿梭》,见李琛选编《四分之一个丈夫》,第171页。

形文明并非实现理想的模式。①

阿拉伯一位评论家对嘉黛·萨曼的文学创作作过这样的评论："她在天空翱翔之后，触摸到了幽深的思想：她触摸到了隐藏在进步背后的落后之新义，也触摸到了隐藏在落后之中的进步之新义。"② 这句话也正好可以用来为嘉黛·萨曼的女性主义思考作一结语。

---

① 梅·齐雅黛：《女人与文明》（女作家于 1914 年 6 月在开罗俱乐部的演讲辞），见李琛选编《四分之一个丈夫》，第 6 页。

② 加利·舒克里：《没有翅膀的哈黛·萨曼》，贝鲁特：托利阿特出版社 1970 年版，第 200 页。

第八章

阿拉伯的女性话语与妇女写作

——以苏阿德·萨巴赫为中心

　　无论在历史上，还是在现代社会，许多国家里都曾出现过优秀的女性诗人和文学家，但她们在文学史上的地位远不如与之才华相当的男作家那么显赫，"因为女性文学在文学史家看来始终是处于边缘地位的"。[1] 这种情况在阿拉伯社会也不例外，甚至可能表现得更为突出。诗人苏阿德·萨巴赫对此深感不满，同时努力探究造成这种状况的原因，思考应对的策略，以改变这种不合理的现实。

一　从女性失语状态中走出

　　在为数不多的阿拉伯女诗人行列中，苏阿德·萨巴赫意识到妇女在文艺创作领域仍然处于极端的弱势。这种弱势的实质在于妇女被剥夺了说话的权利。她明确地指出："在漫长的各个历史阶段里，女性的声音总是与羞耻、体面和贞节的思想联系在一起，以至于有些偏激的老古板甚至认为女性声音都是一种耻辱，不可以暴露给听众。……禁止女性出声，并把它置于监护之下，使阿拉伯社会仅以一种声音说话。那就是男人的声音，粗哑、咸涩、金属般的声响。"[2] 直至现代社会，妇女被强迫噤声，被剥夺写作权利的现象仍在延续。

---

① 王宁：《后现代主义之后》，中国文学出版社 1998 年版，第 151 页。
② 苏阿德·萨巴赫：《爱的诗篇》"序言"，苏阿德·萨巴赫出版社 1994 年版。

虽然现代社会对女性话语与妇女写作的压力多为隐形的压迫，但对女性创作欲望和创作能力的发挥所产生的打击作用却是巨大的。公开、明确地剥夺女作家写作权利在现代社会简直是骇人听闻，然而这种事情的的确确在阿拉伯社会发生了。埃及女作家艾莉法·里芙阿特（Alifah Rif'at, 1930 - ）的遭遇便是一个明显的例证。她从 1947 年起开始发表短篇小说，如《两个女人的事》《夏娃把亚当带回天堂》《我的隐秘世界》等，描述了女性同性之间痴迷与疯狂的情感历程。小说在《解放》《文化周刊》《花》等期刊上发表以后，引起很大的反响，但是她的出名却激怒了自己的丈夫。他不能忍受自己的妻子在社会上抛头露面，更不能忍受妻子超过自己（起码在文学方面比他强），便粗暴地禁止她再写任何一个字，不让她的作品发表。从 1955 年到 1974 年丈夫去世，她没能发表任何东西。然而丈夫能禁止她发表作品，却无法禁止她偷偷地写作。每当她产生要创作的强烈愿望的时候，她就只好跑进洗手间，把自己锁在里面，趴在地上，迅疾挥笔顽强地写啊写。1974 年，她的监护人丈夫去世以后，对她发表作品的"禁令"随即解除，她一口气发表了 18 个短篇（大多刊发在《文化周刊》上）。① 如果说这种明目张胆的压制在现代阿拉伯社会只是少数，那么对女性作家、女性诗人的冷嘲热讽或恶毒攻击等隐形的、间接的压迫则比比皆是。苏阿德·萨巴赫本人就曾为此遭受精神上的伤害。这其中有一个很重要的因素，就是对话语权的争夺。男性对话语权的控制导致了女性的失语症及其他种种不良后果。因此在苏阿德·萨巴赫看来，阿拉伯历史乃至世界的文明史都只是男声乐队独自演奏的"交响乐"，这样的交响乐是不完整的，是一种"残缺的交响乐"。

女性的噤声和失语，是男性权力话语压迫的结果。在男性权力话语的一统天下中，女性因丧失说话的机会而无法显示其女性意识，从而掩盖了女性的真实存在，掩盖了女性的本质所在。男性牢牢地把话语和写作的权力控制在手中，把写作看作男性的特权。苏阿德·萨巴赫在她的诗中对这种现象予以大胆的揭露：

---

① See Miriam Cooke, "Arab Women Writers", M. M. Badawi, ed., *Modern Arabic Literature*, Cambridge University Press, 1992, p. 458.

他们说：

言论是男人的特权，

你不要说！

调情是男人的艺术，

你不能卿卿我我！

写作是深不可测的大海，

你不要自我淹没！（《女性的否决》）①

"他们说"构成了男性建构主体文化的语境。他们在这一语境中把妇女的声音拒于千里之外。他们同样在这一语境下，"说诗人是男性的同义语，/怎么会有一个女诗人诞生在部落？"并搬出神权的尚方宝剑悬在妇女的头顶上，告诫她们：如果女性从事写作，会使真主生气，也会使先知对她们感到厌恶。对那些执意不从、立志写作的妇女，他们甚至发出了欺骗性的威胁：

写作是一大罪恶，

你不要写作！

拜倒在文字前也是罪过，

你别那样做！

诗的墨水有毒，

你千万别喝！（《女性的否决》）②

男性作家及其所延伸的以男性为中心的社会对妇女写作的限制在文化领域彻底地排挤了妇女，延续了男性权力话语对女性的压迫，法国女性主义评论家在分析这种现象时指出："迄今为止，写作一直远比人们以为和承认的更为广泛而专制地被某种性欲和文化的（因而也是政治的、典型男性的）经济所控制。我认为这就是对妇女的压制延续不绝之所在。这压制再三重复，多多少少是有意识的，而且以一种可怕的方式。因为它往往是藏

① 见苏阿德·萨巴赫《女人的悄悄话》集，第19页。

② 同上书，第17页。

而不露的或者被虚构的神秘魅力所粉饰。我认为在这里粗暴地夸大了一切性别对立（而不是差别）的标志。在这里妇女永远没有她的讲话机会。"①

阿拉伯女性也面临同样的状况。她们在文学领域没有多少讲话的机会，直到如今，她们试图打破男性权力话语的禁锢时，总是一再受到封杀。苏阿德·萨巴赫对此是深有感受的。她的声音在阿拉伯世界出现的时候，受到许多女性读者的欢迎，也得到一些具有民主意识的男性评论家和读者善意的接受；但与此同时，对她的写作进行非难的声音也以巨大的压力包围了这一颗刚刚升起的"明星"。在她刚走上创作道路的初始阶段，她得到的反馈更多的是讥笑、嘲讽、谩骂和攻击。"他们说：／女性就是软弱，／最好的妇女总是知足满意。／自由是万恶之首，／最美的妇女是驯顺的奴婢。／他们说：／女人舞文弄墨是标新立异，／原野没有这种草的立足之地。／女人若是写诗，／岂不成了歌伎。"② 当种种手段都不能迫使诗人放弃写作时，"他们"甚至给诗人罗织了一系列破坏社会道德与社会秩序的罪名，"说我砸碎了自己墓穴的石板"，"说我杀死了自己时代的蝙蝠"……其实这不只是对苏阿德·萨巴赫一个人的指控，而是对所有特立独行的知识女性发出的威胁信号。

男性权力话语对开始冲破束缚大胆演说的阿拉伯知识女性进行的围剿，反而使苏阿德·萨巴赫和许多阿拉伯女性作家认识到妇女写作和建构女性话语的重要性，认识到争夺文学这一阵地的必要性。法国著名的女文学家和女权主义批评家西蒙·德·波伏娃曾说："文学这个领域是那些反女性主义者们似乎掌握着诸多王牌的领域。"③ 在阿拉伯世界同样如此，争夺文学这个领域实质上就是为了获得话语的权力。

长期以来，意识形态话语权赋予了男性在文化领域的话语理论创造权、文化符号体系操纵权和语言意义解释权。"在这个庞大的封建伦理体系中，女性要么在'孝女节妇'和'女妖祸水'之间进行选择和角色认同；要么自造一座精神炼狱，因沉默而蒙昧，因蒙昧而'失语'，最后彻底丧失主体

---

① 埃莱娜·西苏（Héléne Cixous）：《美杜莎的笑声》（*The Laugh of Medusa*），见张京媛主编《当代女性主义文学批评》，北京大学出版社1992年版，第192页。

② 《女性的否决》，《女人的悄悄话》，第23页。

③ 《妇女与创造力》，见张京媛主编《当代女性主义文学批评》，第151页。

地位——'人'，而成为异化之'物'；要么进入男性话语领域，失却女性独特的体验和言说方式，运用男性的口吻、词汇、意向、立场和符号去言说，以丧失女性特性而成为木口木面的'准男性'进入理论话语，分享一点窃来的话语权；要么，以中心话语的'补充'形式运载女性独特的情思，并以男性可以接受的方式'言说'，在本文的空白、缝隙及错位处，透露几丝女性体验的信息（中外女诗人、女作家大抵如此）。这样，女性的话语权的拥有以女性本质的失落为代价，文化压抑的外在律令被转换成女性内在的自觉，对女性的剥夺变成赐予，对女性的排斥变为接纳。父亲社会终于使女性作为能指纳入社会谱系等级中，而女性的真正性别和精神内涵却被剔出在文化语境之外，并逐渐消隐在历史盲点之中。"① 而写作恰恰可以改变阿拉伯女性失语的历史。"写作永远意味着以特定的方式获得拯救。"② 阿拉伯知识女性可以通过妇女写作去锻造反理念的武器，去改造现行的社会和文化结构，使之成为反叛思想的跳板，以争取阿拉伯女性的"天赋人权"。

苏阿德·萨巴赫一直在执着地寻找阿拉伯女性自由解放的道路，寻求对策。在寻找的过程中，她逐渐认识到女性要获得彻底的解放首先必须建立与男性话语平行的女性话语，必须找回女性那曾一度迷失的主体。但是如何重新获得女性的主体性呢？萨特说："没有什么真理能比得上我思故我在了，因为它是意识本身找到的绝对真理。"③ 对于女性诗人来说，"诗之思"是可以构建女性话语，揭示女性意识，找回女性迷失的本真，促成女性主体性的回归，从而获得女性的存在的关键。对于诗人萨巴赫来说，写作是一件十分有意义的工作。她把写作当成改变阿拉伯人、改革阿拉伯社会的最有效的工具和手段。如前所述，她认为写作可以在很大程度上改变阿拉伯人的身心和民族性，从而进一步改变阿拉伯社会的落后面貌。

① 王岳川：《后现代主义文化研究》，北京大学出版社 1992 年版，第 384—385 页。

② Héléne Cixous，"From the Scene of the Unconscious to the Scene of History"（《从潜意识场景到历史场景》），in *The Future of Literary Theory*，New York and London：Routledge，1989，p. 8.

③ 萨特：《存在主义是一种人道主义》，上海译文出版社 1988 年版，第 22 页。

二　妇女写作的策略

　　萨巴赫对女性话语和妇女写作策略的理解，与西方女性主义者的观点虽然不完全相同，但也有重合的地方。埃莱娜·西苏等西方女性主义批评家认为，妇女必须写作，必须写自己、写妇女，通过出自妇女并且面向妇女的写作，向一直由男性崇拜所统治的言论发起挑战，而后才能确立妇女自身的地位。妇女写作的行为将解除对其性特征和女性存在的抑制关系，从而使她接近其本原力量。写作的行为还将恢复女性的能力与资格，恢复她那锈迹斑斑的嗓子的言说，恢复她的欢愉，重现她那一直被封锁的内在情思。美国的女性主义批评家苏姗·古芭（Susan Gubar）通过《空白之页》的故事叙述者自称讲过一千零一个故事分析了"女性话语"的功能：阿拉伯民间故事集《一千零一夜》的叙述者山鲁佐德，正是以其非凡的叙述能力延续了自身的生命，推迟了死亡的降临，她的文学才能不仅使自己幸免于难，同时也拯救了这块土地上所有受到生命威胁的年轻姑娘们。[①]　相比之下，苏阿德·萨巴赫除了承认女性话语对于妇女的特殊意义以外，更加重视写作的普通职能。在这一点上，她与阿拉伯世界的女性作家和诗人们的观点更加接近。沙特女作家法姬娅认为只有通过写作才能"超越一切"，而埃及女作家奈娃勒·萨阿达薇则认为"写作能代替公正，而公正是美，是爱"。[②]

　　在《爱的诗篇》（其一）中，苏阿德·萨巴赫表白了她对于妇女写作的理解：

> 我要书写，
> 以保护我女性特质的每一寸土地，
> 是殖民者将它建起，

---

　　①　"'The Blank Page' and the Issues of Female Creativity"（《"空白之页"与女性创造力问题》），in Elaine Showalter, ed., *The New Feminist Criticism*, New York：Pantheon Books, 1985. 又见王逢振等编《最新西方文论选》，漓江出版社 1991 年版，第 295—296 页。

　　②　程静芬：《阿拉伯女作家谈人生和文学》，《外国文学动态》1993 年第 8 期。

至今仍未走出去。
书写就是我的方式，
要摧毁我曾无法摧毁的
中世纪的城堡，
摧毁禁城的墙壁，
和检察院的断头台。

我要书写，
从他们绕着我的脑袋圈画的
千万个方圆中解放出来，
从毒化了所有河流
和所有思想的
安全隔离带走出去；
它隔离了千万本书，
和千万个知识分子。

我要写给你，
写给别人，
写给任何一个自由的男人。
我要对着信纸说出
不能对他者讲的东西。
十五个世纪以来的
他者
一直谋害女性特质。
我要给天空的肉体凿开一个洞。
我所居住的城市，
唱出的只有公鸡的啼叫，
萧萧的马鸣，
和斗牛的喘息。

　　　我要书写，

　　　要去掉我的面纱，

　　　放下我母亲自束胸之日起

　　　就顶在头上的奶酪袋和橄榄串。①

　　　以便稍作休息……②

　　在认识到写作对于女性的重要性以后，苏阿德·萨巴赫作为一位有着强烈的责任感和重大使命感的女诗人，虽然看到前行的路上荆棘丛生，困难重重，但她仍然选择了要"面对话语"，希望将自己"种植在话语中"③，她在写作的尝试中所表现出的决心是十分令人敬佩的。"从思想的、民族的和文化的角度看，她拥有一种男性作家与思想家可能不具备的刚毅与勇气。她越来越多地涉入各种敏感的和困窘的社会问题、女性问题，甚至文明与进步的问题，毫不犹豫，毫不退缩。"④ 她不顾一切地投入诗歌创作，欲为女性代言。她不怕保守势力对她的种种攻击，不怕因此而成为一只"受伤的羚羊"，不怕他们把她"钉在十字架上"，果真如此，她觉得"那倒要感谢他们"，因为这样的待遇"同待基督一样"，起码说明社会已经不得不面对女性，注意到女性问题的重要性。⑤ 而这正是她的写作所要达到的初步目的。而后，她才可以向更深远的目标迈进：唤醒女性也唤醒男性，以女性的解放促成人类整体的解放。

　　阿拉伯的男性评论家们也渐渐地为苏阿德·萨巴赫的顽强毅力所感动，对她的创作勇气感到佩服，终于认同萨巴赫自己的说法，认为她的诗歌创作是在狂暴的飓风、猛烈的暴雨中向着激流游去。我们从她的诗中涉及许多敏感的问题也的确可以看到诗人面对"飓风""暴雨"和"激流"时所充满的信心和勇气。

　　苏阿德·萨巴赫的诗歌创作历程，实际上也是争取为女性讲话而打破

────────

①　阿拉伯妇女习惯把重物放在头顶上，而不是手提肩扛或背负。

②　苏阿德·萨巴赫：《爱的诗篇》，第21—25页。

③　苏阿德·萨巴赫：《将我种植在话语中》，《本来就是女性》，第45页。

④　转引自阿卜杜－穆哈辛·纳缓尔·居安《科威特女诗人苏阿德·萨巴赫的诗歌历程》（该文为1995年12月在北京举行的"第二届阿拉伯文化研讨会"上发表的论文，作者为科威特驻华大使）。

⑤　苏阿德·萨巴赫：《女性的否决》，《女人的悄悄话》，第22页。

关于妇女写作之种种禁忌的过程。她"喝了很多墨水"，但她发现自己并没有中毒。她写了很多诗歌，"在每颗星球上都点燃大火"，却并没觉得获罪于真主和先知。她没有像男性权力话语宣示的那样，因涉入创作而受到来自人类主宰的惩罚，没有因此而损伤一根毫毛，她还是原来的她。她在所谓"深不可测"的会淹死人的写作之大海中"已经畅游过很多"，"与一切大海拼搏而未被淹没"，反而锻炼成一位"游泳的能手"。她"舞文弄墨""标新立异"，却并不像男人们当初所预言的那样将无"立足之地"。① 恰恰相反，她在文学创作上取得了丰硕的成果，扬名科威特文坛，并逐渐扩大影响，在当代海湾文坛、整个阿拉伯文坛占有了一席之地。

　　在妇女写作究竟要写什么的问题上，苏阿德·萨巴赫也只是在有限的程度上接受西方女性主义者的观点。西方的女性主义理论家强调妇女写作应集中于一切关于女性的东西，写妇女的性特征及其无穷尽的变动着的错综复杂性，写她们的性爱，她们身体中某一微小而又巨大区域的突然骚动，写妇女某种内驱力的奇遇，她们的旅行、跨越和跋涉，写妇女的觉醒——突然和逐渐地觉醒，写妇女在某个曾经视为畏途然而将会是率直坦白的领域的发现……而所有这一切都与她们的身体有关。所以，妇女写作的重点应放在她们的身体上。在埃莱娜·西苏看来，"妇女的身体带着一千零一个通向激情的门槛，一旦她通过粉碎枷锁、摆脱监视而让它明确表达出四通八达贯穿全身的丰富含义时，就将让陈旧的、一成不变的母语以多种语言发出回响"。② 苏阿德·萨巴赫亦曾在她的作品中写妇女的身体：

　　　　在你的双手中，
　　　　我第一次发现
　　　　我身体的地质图：
　　　　一座又一座的山冈，
　　　　一个又一个的源泉
　　　　一朵又一朵的白云
　　　　一处又一处的丘陵

① 苏阿德·萨巴赫：《女性的否决》，《女人的悄悄话》，第 24 页。
② 《美杜莎的笑声》，张京媛主编：《当代女性主义文学批评》，第 201 页。

我是你的一座城市，

附带我所有的

扁桃、

苹果、

和李子。

我是你的一座城市

附带我所有的

区域里这许多东西，

和我水果的甜蜜。

我是你的一座城市，

附带着

长在我眼睑上的每一颗麦粒

和每一颗神话般的珍珠，

在我的海湾闪光熠熠。

……①

　　但是，这类作品在苏阿德·萨巴赫的作品整体中所占的比例极小。其他的阿拉伯女性作家也写到女性身体和她们的性爱，如莱拉·芭阿莱贝姬的长篇小说《我活着》、奈娃勒·赛阿达薇的《不求赦免的女人》和库雷特·扈莉的《日月穿梭》等，但她们都不喜欢过分地渲染女性的隐私，表现出了她们与西方女性主义者巨大的分野。即便是写妇女身体及其性爱，阿拉伯女性作家们也不像一些西方女作家那样重视感官的和物欲的刺激，而是体现出了东方女性优雅含蓄的美学特征，反映出东方女性独特的品位与品格。

　　总体上看，苏阿德·萨巴赫和大多数的阿拉伯女性诗人和女性作家一样，侧重于对纯真爱情和平等婚姻的追求，从存在的角度描写女性的命运，以私人性生活凸显现代女性的自我意识和独立愿望。这也就决定了阿拉伯

---

① 《爱的诗篇》（其二），苏阿德·萨巴赫：《爱的诗篇》，第32—34页。

女性话语建构的独特性，再一次显示了阿拉伯女性的温和、柔婉的东方特性，与西方女性主义者所表现出的那种强调女性差异性的咄咄逼人的写作策略有着明显的不同。尤其是法国的女性主义者主张以一种基于女性躯体的女性语言进行文体上的试验式的写作。这种被解构主义大师德里达（J. Derrida）称为"女性话语"的特殊的言语方式着重表达女性躯体和妇女生理的独特性尤其是女子性欲。"这种语言赞美多元化和语义上的不确定性、由矛盾引起的语义滑移，以及问题式的变化无常，因为这些现象'类似'复合的而不是单一的女性生殖器。"① 依利格瑞对这种特殊的话语方式进行阐释："妇女永远与自身相异。毫无疑问，这就是她为什么被形容为变幻无常的、不可理解的、烦扰人的、任性的——更不要提'她'那伸向四面八方的语言，在这种语言中'他'无法找到任何意义的连贯逻辑……在她的陈述中——起码当她敢于发言时——女人时常重新接触自身。她仅仅从自身分离出一些闲言碎语、一个感叹号、半个秘密、半吞半吐的一句话——当她返回自身时，只能从另一个快乐或痛苦的角度再次出发。人们必须不同地倾听她的谈话，以便觉察出'另一个意思'，这个意思经常处于编织着自己的过程中，不停地接纳言词，却又抛弃言词以免变得固定不动，因为'她'说话时，她的话已经不再与她想要表达的意思相同。她的陈述不再与任何事物相同，其显著特征是相邻状态……当她的陈述从相邻状态游荡得太远时，她停顿和重新从零开始：从她的躯体/性别器官开始。"② 在这样的写作策略指导下的女性话语必然具有极大的破坏性，对社会历史惯常的框架造成极大的震荡，对男性权力话语的"真理"和法律都将造成剧烈的冲击。

苏阿德·萨巴赫和一些阿拉伯女性作家虽然也期望打破男性意识形态的一统天下，但她们作为东方女性，更倾向于温和地对待男性。她们不希望把自己作为"第二性"与另一性别隔离开来，把自己孤立起来，而是期望得到男性的理解，让男性接受以往被遮蔽的女性内在意识及其价值体系。她们注意到，并不是所有的男人都压迫女人、反对女人的事业，"在这个无

---

① Mary Poovey, "Feminism and Deconstruction", in *Feminist* Studies, vol. 14, No. 1, Spring 1988.

② Luce Irigaray, "This Sex Which Is Not One", 转引自张京媛主编《当代女性主义文学批评》，第338 页。

序的时代，挖苦女人的居多，支持女人的也不少。他们是那些心胸宽广有头脑的人，是我们时代最高尚的男人。他们尊重女人的努力，承认她的权利，肯定她的引人注目的改变，钦佩她的勇气和坚定，从她的奋起看到了减轻灾难有益人类的新的有效力量"。① 因此我们看到，苏阿德·萨巴赫和绝大多数阿拉伯女性作家所构建的女性话语与欧美世界的女性话语是有区别的。阿拉伯女性作家敞开自我，坦露女性个体经验和个人历史记忆的女性话语，既保持一定的独立性，又和主流话语有重合和相通的地方，在一定程度上显示出女性话语的鲜明特征。就苏阿德·萨巴赫而言，她常常选择富有象征意义的语汇营造形象，激起读者的想象能力，从中得到美的感受。那些人们十分熟悉的、简洁朴素、平平常常的词语在她的笔下汇成动听的旋律。"苏阿德·萨巴赫所有诗歌成就的基本目标，是重新拆解阿拉伯世界，在把它拆解之后，通过在象征这个世界的碎片和成分的语汇和想象之间建立起一种新的关系来重建阿拉伯世界。而这些碎片和成分通过互相之间的崭新关系获得了全新的意义和价值。"② 也就是说，苏阿德·萨巴赫十分巧妙地使古老的语言通过重新的组合变成清新的语言。这样的女性话语自然吸引了众多的读者。

---

① 梅·齐雅黛：《女人与文明》（1914 年 6 月在开罗东方俱乐部的讲话），引自李琛选编《四分之一个丈夫》，河北教育出版社 1995 年版，第 7—8 页。

② 奈比勒·拉希布：《弹奏紧绷的琴弦——苏阿德·萨巴赫诗歌研究》，埃及图书总局 1993 年版，第 359 页。

第九章

现代化进程中的伊朗文学

一　伊朗社会的现代化进程

与中国近代史相仿，由于国力的衰落，从 19 世纪开始伊朗逐渐成为英俄等西方列强争夺的势力范围，并一步步地沦为半殖民地半封建的国家。凯伽王朝（1794—1925）的纳赛尔丁国王（1848—1896 年在位）登基后，在一批思想比较开明的大臣的支持下，决心"师夷之长补己之短"，开始在政治、军事、经济、文化等多方面向西方学习，并进行改革，类似中国清王朝的洋务运动。这是伊朗第一次正式与西方接触，由此，西方现代工业文明的曙光照进了伊朗这个古老的封建国家。纳赛尔丁国王在文化方面进行的改革，诸如兴办现代西式教育、创办报纸等，在伊朗思想文化领域起到了重要的现代启蒙作用。其直接后果是为立宪运动做了思想和文化上的准备。1905—1911 年的立宪运动是伊朗现代史的开端，它对促使伊朗社会向现代社会转型所起的作用是巨大的，在一定程度上改变了伊朗人的传统风俗习惯、思想和思维方式。但同时我们也应该看到，立宪运动并未使伊朗社会发生根本性的质的转变。

1925 年，巴列维王朝建立之后，第一代国王礼萨王虽然由于在政治上的专制，一直被伊朗人视为暴君，但他致力于将伊朗从落后的封建社会推进到 20 世纪的现代社会，并为此做了种种改革和巨大的努力，其功绩也是不应当抹杀的。礼萨王当政后，对外国列强采取强硬态度，毫不妥协，废除领事裁判权，实行关税自主，在各个领域逐步收回了国家主权，并且利用强权实行君主集权，镇压各地的民族分裂主义。实行君主集权固然与 20

世纪人类社会的发展趋势相悖，但礼萨王以此完成了整个伊朗的大统一，使伊朗结束了长期以来因中央权力懦弱导致的地方政权各自为政的亚分裂局面，具有一定的积极意义的。大权在握的"礼萨王决心使波斯'西方化'，把它推进到 20 世纪去，因为他看到了西方一派生机、繁荣和强大"。① 礼萨王全面师法西方（主要是法国和德国），开始了经济和社会领域的大力度改革，包括建立国家银行，建设现代化的民族工业以及通信网络和交通网络，压制宗教势力，全力发展现代教育，解放妇女，全民改西式着装，等等。用短短十几年的时间，使伊朗完成了西方社会用几百年的时间才完成的进化过程，从中世纪进入到现代社会。礼萨王的改革使伊朗社会发生了巨大的变化，伊朗基本上成为一个世俗主义的国家，人们的生活方式在一定程度上西化。但是，礼萨王在如此短的时间内完成如此大力度的改革完全依靠的是强权政治和武力手段，"在某种程度上说，他是以野蛮的手段冲击强大而保守的传统社会，推行现代化的改革"。② 因此，礼萨王是用强权手段压制了改革带来的伊朗社会的种种矛盾，而不是解决或消除了这些矛盾，这为巴列维王朝的覆灭埋下了祸因。

　　1941 年，盟军为了开辟一条从苏联高加索地区经伊朗通往波斯湾和阿拉伯海的运输通道，出兵占领了伊朗，迫使奉行亲德政策的礼萨王退位。礼萨王的儿子穆罕默德·礼萨·巴列维（中国学界称为巴列维国王）在盟军的扶持下登基。由于巴列维国王完全是英美势力扶植起来的，因此采取的是亲英美的政策。盟军的军事占领，促使伊朗社会进一步西化，"这座城市（指德黑兰——引者注）的生活步调加快了。我们生活在外国语言、外国音乐、外国习惯和外国观念的包围之中"。③ 美国这时也认识到中东在战略上的重要性，开始全力向中东渗透，伊朗作为中东地区的大国自然成为主要对象。在 1953 年"八月政变"④ 之前，美国与苏联在伊朗的利益角逐中基本上势均力敌，苏联更多地控制了伊朗的意识形态领域，而美国和英

---

① 阿什拉芙·巴列维：《伊朗公主回忆录》，许博译，新华出版社 1984 年版，第 24 页。

② 王新中、冀开运：《中东国家通史·伊朗卷》，商务印书馆 2002 年版，第 276 页。

③ 阿什拉芙·巴列维：《伊朗公主回忆录》，许博译，第 47 页。

④ 巴列维国王在被美国中央情报局买通的保王派军官支持下，镇压了石油国有化运动和人民党，从首相摩萨台手中夺回权力，重新实行君主集权。

国更多地控制了伊朗的经济领域。

在美国经济顾问的参与下，伊朗政府制定了第一个七年发展规划（1949—1955），制定了详细的利用石油资源发展国民经济的目标。但由于石油国有化运动和"八月政变"对伊朗局势的影响，第一个七年发展规划的目标没有实现。1953 年，巴列维国王依靠美国的力量，镇压了石油国有化运动和人民党之后，再次采取其父亲的做法——在实行君主集权的同时，推行大力度的经济和社会改革。巴列维国王又制定了第二个七年发展规划（1956—1962），该计划总投资 12 亿美元。由于石油收入的迅速增长，第二个七年发展规划期间，伊朗经济飞速发展，基本上完成了战后伊朗经济的重建。有了一定的经济基础之后，雄心勃勃的巴列维国王意图振兴波斯帝国昔日的雄风，开始了第三个七年发展规划（1963—1969；后来改为十年发展规划：1963—1972），该规划的目的是"把伊朗建成独具特色、君主专制政体的资本主义发达国家"。[①] 该规划即著名的"白色革命"（该命名是为了与人民党的"红色革命"和宗教阶层的"绿色革命"相区别，绿色是伊斯兰教的代表色）。这是一场由国王发起的自上而下的社会经济方面的革命，巴列维国王为"白色革命"制定的具体目标是使伊朗成为"世界第五强国"（排在美国、苏联、日本、联邦德国之后）。

"白色革命"的第一个主要内容是土地改革，使伊朗农业实现现代化。土地改革取得了较大的成效，使伊朗农村地主与农民的关系改变为资本主义的生产关系。农村人口大量流入城市，使伊朗的城市规模迅速扩张，城市经济飞速发展，城市人口超过了农村人口。但巴列维国王也为土地改革付出了沉重的代价：由于伊朗有相当大的一部分土地是清真寺的地产，掌握在宗教阶层手中，这些地产使伊朗的宗教阶层具有独立的经济体系；土地改革损害了宗教阶层的利益，而巴列维国王又对宗教阶层采取强权压制的政策，因此二者之间的矛盾冲突日益尖锐，并最终导致了伊斯兰革命的爆发。"白色革命"的第二个主要内容是实现伊朗工业的现代化。伊朗的支柱工业是石油化工，20 世纪六七十年代伊朗的石油产量迅速提高，而巴列维国王利用中东战争期间中东地区石油减产而抬高伊朗的石油价格，使石

---

① 王新中、冀开运：《中东国家通史·伊朗卷》，第 308 页。

油美元滚滚而来，为伊朗经济的全面现代化提供了充足的资金保证。工业化的目标也基本实现，建立起了门类齐全的工业经济体系。工业现代化和农业现代化的成就结合在一起，使伊朗从一个农牧业国家转变为工业国家。"白色革命"的内容是多方面的，除了农业和工业的现代化以外，还有森林国有化、水利资源国有化、教育现代化、医疗卫生现代化、妇女社会地位法律化等内容。六七十年代伊朗经济的近乎疯狂的飞速发展在当时是世界上的奇迹，巴列维国王虽然没有实现"世界第五强国"的梦想，但在70年代初，伊朗人均国民收入已列世界第9位，综合国力大大加强，国际地位大幅提升。

巴列维国王的"白色革命"使伊朗社会发生了根本性的质的变化，伊朗成为一个发展迅速的资本主义国家。但是，与其父亲礼萨王一样，巴列维国王过快的发展计划，使其无法从容而有效地处理和解决现代化过程中在社会、经济、政治方面所出现的种种问题，尤其是无法妥善解决与宗教阶层的矛盾。飞速发展的现代化导致各种社会矛盾白热化，结果是巴列维国王无论如何也想不到的——经济的飞速发展使巴列维王朝迅速地走向灭亡。因此，"白色革命"虽然表面上取得了较大的成就，但实际上违背了伊朗社会的发展规律，是一次失败的经济革命。

伊朗在经济上全面实现现代化的同时，在社会生活和文化思想方面也走向全面西化。一时间，西方的文化艺术、价值观念、生活方式很快替代了古老的东方传统，大街上到处是着迷你裙、露背装的时髦女郎，清真寺旁边开起了灯红酒绿的酒吧和夜总会，社会文化生活方面的所谓繁荣几乎让人眼花缭乱。针对伊朗文化日益西化的问题，巴列维国王采取的应对措施是追溯伊朗伊斯兰化前波斯帝国的古老传统，为此他取消了伊斯兰历法，而代之以波斯帝国历法，即以阿契美尼德王朝建立波斯帝国（公元前550年）作为纪元开始；巴列维国王还举办了极尽豪奢的庆祝波斯帝国建立2500周年大典，邀请了近70个国家的贵宾出席。巴列维国王认为，此举既可弘扬伊朗古老的文化传统，又可消减伊斯兰教在伊朗的影响，可谓一举两得。但实际上，巴列维国王既严重低估了已经统治伊朗人精神生活一千多年的伊斯兰教力量，也低估了西方文化对伊朗的强力渗透。资本主义社会是人类社会发展的一个极为重要的阶段，而西方在较早的时间里，就进入了资本主义，其价值体系到 19 世纪末 20 世纪初已发展得相当完备。西方列强利用强大的国力将自己的价值体系作为一种绝对价值体系强行推向东方社会。因此，20 世纪东方社会的现代化在很大程度上毋宁说就是西化。伊朗宗教阶层"把所有现代化措施看作是牺牲老的价值观去换取颓废和不信真主的西方国家的那些东西"①。对此伊朗公主也说："美国人搞出了一个奇怪的援助方式，即文化援助，具体地说就是要使这些国家的文化尽可能'美国化'。"② 这是每一个意欲实现现代化的东方国家都面临的问题。的确，经济上的飞速现代化将伊朗这样一个具有古老伊斯兰传统的东方国家强行拉进了西方文化的价值体系中，两种悬殊的价值观在伊朗这块古老的土地上发生了强烈的冲突。

面对两种价值观的冲突，伊朗知识分子阶层的心态是十分矛盾的。作为伊朗社会的精英群体，他们的思想是走在时代前列的，他们渴望自己的祖国实现现代化，走向繁荣富强，渴望新思想新价值；但同时他们对伊朗传统文化又有着强烈的眷恋和尊崇，对现代化过程中传统价值和传统文化的失落感到痛心疾首。在两种价值观的强烈冲突中繁荣起来的伊朗现代文学，对所谓现代化表现出复杂的反应。一方面，是对国家现代化政策的顺应，对西方价值观的一定程度的认同，其主要表现是：在文学形式上以欧美现代主义文学作为价值标准，在文学内容上则是对传统文化和传统道德观念的叛逆；另一方面，又表现出对国家全面西化政策的逆动，抵制西方文化的价值观，其主要表现是：在文学内容上对以全面西化为实质的所谓现代化进行深刻的反思和批判，主张回归伊朗自身的文化传统。

伊朗是一个诗歌王国，诗歌在民众文化生活中具有其他任何文体皆不能及的崇高地位。20 世纪伊朗诗歌的发展与伊朗社会的现代化进程基本上是同步的。因此，我们以伊朗诗歌的状况为例去考察伊朗文学在现代化进程中的反应。

---

① 阿什拉芙·巴列维：《伊朗公主回忆录》，许博译，第 186 页。
② 同上书，第 88 页。

二 伊朗诗歌在形式发展上对现代化进程的顺应

(一) 立宪运动时期的诗歌改良主义

伊朗古典诗歌是一种格律诗,具有严格而复杂的格律形式。20世纪初,在欧洲现代诗歌的影响下,伊朗诗歌开始了从古典格律诗走向现代自由诗的进程。但是,伊朗当时的情况是:古典格律诗一千多年来一直具有不可动摇的至尊的文学地位,可以说是一种文学权威,作为一种素养在伊朗文化人心中根深蒂固。人们作诗、读诗、听诗首先注意的就是诗的格律。"人们对古典诗歌的格律已经谙熟于心。当听诗歌时,只要有一个词与这格律不合,就能立刻听出来:这个词出格了!"① 在凯加王朝后期,随着西方势力的入侵,西方的科学技术也随之传入。电报、现代印刷、报刊、铁路、技术学校等伊朗从未有过的新生事物,没有遭到任何抵抗就顺利地进入,并且得到很快发展。然而在诗歌方面,伊朗人无论如何也不能把欧洲那种"奇怪的文学体裁"称为他们心目中至尊而神圣的诗歌。"因为所有的伊朗人都是在古典诗歌的浸淫中成长的,在他们的头脑中已经形成不可动摇的诗歌审美观念。"② 因此,在立宪运动之前,即使是思想最为开明的诗人也没有产生颠覆古典诗歌秩序的想法;最终,是立宪运动喷薄而出的激情动摇了伊朗古典诗歌的秩序。

在诗歌方面,尽管立宪运动的诗人们已经感到古典格律诗不能适应如火如荼的斗争需要,严重地束缚了新思想的自由表达,但他们基本上奉行的是改良主义路线。首先,这种改良主义表现为以民间俚曲创作的诗歌在报纸杂志上大量涌现和传播。这些非正式诗体在格律、韵律以及用词方面都比较自由,句子也可长可短。诗人们在这些民歌体诗歌中大量使用活泼的口语,使广大群众读起来格外亲切。这些非正式诗体的大量普及和流行,在一定程度上动摇了古典格律诗的至尊地位。其次,以当时诗坛领袖人物

---

① 阿赫旺·萨勒斯:《尼玛的革新和创新》,德黑兰土卡出版社1978年版,第66页。

② 夏姆士·兰格鲁迪:《伊朗新诗编年分析史》第1卷,伊朗玛尔卡兹出版社1999年版,第35页。

巴哈尔（1886—1951）为首的一些学院派诗人，从内容上对古典格律诗作了适应于时代发展需求的改良性变革。巴哈尔认为古典格律诗在形式上是完美的，只需在这完美的形式中装入新时代的内容。在立宪运动之前，伊朗古典格律诗的内容主要有以下几个方面：歌功颂德、宗教劝诫、宴饮郊游、男女爱情。巴哈尔突破了古典格律诗一千多年以来一成不变的主题，用传统形式创作了大量具有新时代内容的诗歌。这些诗歌充满了反帝反封建的思想，充溢着对外国入侵势力的愤慨，为灾难深重的祖国感到的忧伤，以及唤醒民众的激情。巴哈尔一生致力于这种"旧瓶装新酒"的诗歌，不能算作新诗诗人，但他的诗歌冲破了古典格律诗在内容方面的森严壁垒。不论其主观意向如何，客观上，巴哈尔对古典格律诗内容的革新使后来的诗人们认识到这一诗体并不是神圣不可动摇的，从而使他们冲破古典格律诗在形式上的枷锁成为可能。

立宪运动对促进伊朗社会现代化所起的作用是巨大的，并且在一定程度上改变了伊朗人的传统风俗习惯、思想和思维方式，这一点毋庸置疑。但是立宪运动对伊朗新文学的促进作用未必如此显著。后来的文学史家们也比较清楚地认识到这一点。如伊斯玛仪·哈克米在《伊朗现代文学史》中说道："尽管立宪运动使伊朗的社会生活和文化发生了显著的变化，然而在诗歌和文学领域所产生的变化则是比较和缓的，以至于有不少人并不认为在这方面开始了一个新的时代——新的诗歌。"[1] 叶海亚·阿林普尔在《从萨巴到尼玛》中也如此说："立宪运动尽管有着诸多缺陷，但对伊朗社会的物质和精神的状况都不无影响，而且在文学领域也随之不可避免地出现了变化，但并非深刻的变革，没有出现可与政治和社会变革方面比肩的显著的质的变化。"[2]

立宪运动时期之所以在文学领域没有出现自觉性的质的变革，原因是多方面的。笔者认为，其中一个重要的原因是，伊朗最先觉醒的一代文化人更多的是着眼于欧洲国家的政体与进步的关系，认为正是腐朽落后的封建帝制造成了伊朗愚昧落后、处处受欧洲列强欺侮的状况，于是将国家富强的希望寄托在政体的改变上。伊朗文化人积极投身于立宪运动，用自己

---

① 伊斯玛仪·哈克米：《伊朗现代文学史》，伊朗阿萨体尔出版社1996年版，第18页。
② 叶海亚·阿林普尔：《从萨巴到尼玛》第2卷，伊朗扎瓦尔出版社1996年版，第121页。

的笔作武器，写出了一篇篇抨击封建帝制、对国家积贫积弱状况痛心疾首、呼唤民众觉醒的充满爱国激情的诗文。正是这些具有崭新思想内容的诗文，开启了伊朗现代文学的新篇章。但是，伊朗文化人缺少对传统文化弊端的整体性的反思。在伊朗，巴哈尔、德胡达等都是当时文化界的领袖人物。巴哈尔主办的《新春》和《早春》、德胡达主笔的《天使号角》等是当时影响最大的文学杂志。他们在这些杂志上发表诗文，猛烈抨击封建政体，宣传西方的民主新思想，对伊朗社会和文化中的某些弊端也有一定程度的批判，并且认识到文学应当适应如火如荼的斗争需要，从而大力提倡文学表现新时代的内容。对于文化守旧派来说，他们无疑是新文化的倡导者。但是，他们并没有认识到古典文学形式对新时代精神的妨碍作用，因而他们提倡的新文学具有浓厚的改良主义色彩。巴哈尔在自己创立的文学协会的成立宣言中就明确地说："协会的宗旨在于：在古典诗歌和散文的制服下传播新精神。"[①] 巴哈尔的这种"旧瓶装新酒"的思想充分反映了当时伊朗文化界上层的新文学理念。由于缺少对传统文化与文学的深层次反思，更缺少对 20 世纪世界文学走向的高瞻远瞩的目光，因此，当时伊朗的文化人在文学已经出现自发性变化的情况下，并没有自觉提出文学变革的主张，更没有在理论上对新文学有所建树，从而没有形成一个如同中国五四运动那样的声势浩大的"反对旧文学，提倡新文学"的文学运动。

（二）新古典主义诗歌和"尼玛体"诗歌替代旧诗的诗坛地位

伊朗诗坛上第一首真正的现代新诗是尼玛·尤希吉（1897—1960）于1922 年创作的新体抒情长诗《阿夫桑内》。《阿夫桑内》从形式到内容都与之前的诗歌有本质的区别：诗人自创新格律，运用新韵律，整首诗具有较强的内在统一性，从而在外在形式和内在结构上冲破了古典格律诗的堡垒；在思想内容上则揭示了 20 世纪现代人的精神状态，展现了现代人的内心冲突。《阿夫桑内》开创了伊朗现代新诗的两大主要形式之一：新古典主义形式。其主要特点是：采用新的格律和韵律，有章可循；句式整齐，段落整齐。但是，尼玛的《阿夫桑内》的出现在当时不仅没有给伊朗诗坛带来任

---

① 夏姆士·兰格鲁迪：《伊朗新诗编年分析史》第 1 卷，第 45 页。

何变化，反而受到普遍的抨击和责难。

1938 年至 1939 年，尼玛在《音乐杂志》上相继发表了《渡鸦》和《凤凰》两首具有划时代意义的作品。《凤凰》和《渡鸦》句式有长有短，完全打破了伊朗古典诗歌整齐划一的样式；在格律上第一次打破了一种格律用到底、不能换格的限制，格律和韵律都完全自由化。这种自由化的格律被尼玛称为"涟漪律动"。水面的涟漪随风而起，每一次都不同于前一次，但这每一次的涟漪都有着其自身的律动，这律动是自然形成的，没有规律。《凤凰》和《渡鸦》所运用的正是这种"涟漪律动"，一句诗如一次起伏的涟漪，句子的律动随思想情感的需要而形成。《凤凰》和《渡鸦》开创了伊朗现代新诗两大重要形式中的另一种形式："尼玛体"，即自由体形式。在艺术表现手法上，《凤凰》和《渡鸦》将象征的艺术手法和诗人想要表达的思想内容紧密而完美地融合在一起，成为伊朗现代诗坛象征主义诗歌的开山之作。这使"尼玛体"诗歌在一开始就与象征主义密不可分，乃至在伊朗现代诗坛"尼玛体"诗歌即指象征主义诗歌。

然而，尼玛极力倡导的新诗在当时并未被诗界接受，直至 40 年代初，整个诗坛几乎只有尼玛一人进行这种新诗创作。正如著名新诗诗人阿赫旺·萨勒斯后来所说："在许多年以前，只有一个人用这种格律作诗。人们对之嘲笑、讽刺，甚至愤怒，认为这位诗人偏离了正道，或是认为他没有诗才。因为只有他一个人从事这项工作，没有志同道合者。人们认为他的工作就如同孩子玩的焰火，闪烁几下就会被风吹灭。"[1] 但尼玛具有高瞻远瞩的目光，对 20 世纪现代诗歌的发展方向有着清醒的认识，对自己的诗歌革新之路坚信不疑。他坚信他倡导的新诗将在数年后引导伊朗诗歌的发展。

1941 年，第二代巴列维国王在盟军的扶持下登上王位，迫于同盟国的压力在政治和文化上采取了相对宽松的政策。之后，文坛开始迅速繁荣起来。人们的思想越来越解放，视野越来越开阔，对现代诗歌的发展形势也越来越了解，日益认识到必须改革古典诗歌，才能使具有辉煌历史的伊朗诗歌在新的时代走向世界诗坛。

1943 年，诗坛上出现了以著名学者罕拉里博士（1903—1990）为首，

---

[1] 阿赫旺·萨勒斯：《尼玛的革新和创新》，第 62 页。

以伊朗学院派人士为中坚的新古典主义流派。新古典主义流派在诗歌改革方面虽倾向于保守，但该流派的形成在伊朗新诗发展史上具有十分重要的意义。因为该派人物大都是高等院校中的知名学者，属文化界的高层，在当时代表着文学的主流。而当初激烈反对尼玛诗歌革新的，正是所谓的文化界的高层人士们。伊朗的学院派人士往往既是伊朗社会中思想最开明的一个阶层，在诗歌改革方面却又是最保守的一个阶层。现在，文化界的高层人士们接受了诗歌改革的主张，接受了尼玛的《阿夫桑内》所创造的新古典主义形式，其意义是深远的。它结束了尼玛只身擎帜的新诗长征，形成了一个与旧体诗诗人抗衡的新诗诗人群。尽管这个流派反对尼玛所倡导的"尼玛体"诗歌，但毫无疑问，他们与尼玛都属于"新诗诗人"这个范畴。另一方面，"新古典主义流派"的诗人的确创作出了许多优秀的新诗篇章，他们的诗歌成就在客观上促成了"新古典主义形式"诗歌的兴盛，成为伊朗新诗的一种重要形式，对伊朗现代新诗的发展做出了重要贡献。由于以罕拉里为代表的伊朗文化界上层人士极力倡导新古典主义形式的诗歌，使得这一诗歌形式在当时迅速繁荣起来，为其他诗人所普遍采用，连尼玛本人也用新古典主义形式创作了不少作品。更为重要的是，在 40 年代后期，日益繁荣的以新古典主义形式为主、以"尼玛体"为辅的新诗终于取代了旧诗占据一千多年的诗坛统治地位，这是伊朗诗歌史上具有重大意义的转折，其中以罕拉里为代表的"新古典主义流派"功不可没。后来，该派新一代的领军人物纳德尔·纳德尔普尔（1929—2000）在继承"新古典主义流派"典雅隽永风格的基础上，力求使诗歌的内在精神贴近现代人的内心世界，使新古典主义诗歌成为伊朗新诗百花园中一朵灿烂的鲜花。

1941 年之后，随着"诗歌改革"成为伊朗文化界的共识，越来越多的人开始认识到尼玛诗歌革新的重要意义，认识到"尼玛体"诗歌的价值。1945 年，伊朗诗坛上出现了第一本"尼玛体"新诗集——曼努切赫尔·希邦尼（1924—1991）的《星火》。希邦尼是追随"尼玛体"新诗的第一人，在他之后出现了一批"尼玛体"诗人，逐渐形成了"尼玛体"诗人群。1946 年 6 月 25 日至 7 月 3 日，在"伊苏文化关系协会"的主办下，伊朗文化界召开了第一届"伊朗全国文学家大会"。这是伊朗文化界的一大盛事，也是伊朗新诗发展史的重要转折点。在这次大会上，"尼玛体"诗人正式登上舞台，第一次在如此隆重盛大的场合朗诵自己的新诗。"伊朗全国文学家大会"在伊朗新诗发展史上具有划时代的意义，它是旧体诗最后的挽歌，旧体诗在之后的几年内迅速退出在伊朗诗坛占据的统治地位，被以新古典主义为主的新诗所取代；它标志着"尼玛体"诗歌正式在伊朗诗坛拥有了自己的地位，并在之后的几年内，以惊人的速度发展。至40年代末，"尼玛体"诗人群的阵营已经蔚为壮观，逐渐成为诗坛的中坚。1951年，伊朗文坛领袖、著名作家阿尔·阿赫玛德发表了关于尼玛诗歌及其诗歌改革的重要讲话《尼玛的难题》，对尼玛做了全面和公正的评价。由此，尼玛"伊朗现代新诗之父"的地位得到正式确立。尼玛诗坛地位的确立在伊朗新诗发展史上具有重要意义，它不仅直接促成了五六十年代伊朗新诗繁荣昌盛局面的出现，更标志着经过近半个世纪的艰难历程，伊朗新诗终于取代了旧诗占据一千多年的诗坛统治地位，使伊朗诗歌完成了从古典格律诗到现代自由诗的现代化过程。

（三）象征主义诗歌的兴盛

1953年"八月政变"之后，伊朗诗坛出现了短暂的沉寂。但在国门洞开的1955年以后，伊朗新诗很快重新繁荣起来，仅1955年就有三十多部新诗诗集问世，这之后几乎每年都有几十部诗集诞生，由此开始了伊朗新诗最为辉煌灿烂的20年。随着国家政策的全面西化，人们在文化方面的需求和认识也随之变化。为了适应新形势下人们的文化需求，从1955年开始在伊朗文化界出现了一个声势浩大的翻译热潮。由于伊朗人有着崇尚诗歌的优秀历史传统，在翻译热潮中欧美现代主义诗歌得到了最为广泛的翻译和介绍。其中最引人注目的是《今日文学艺术》在1955年创刊号上全面介绍了艾略特及其《荒原》，并对该诗加以翻译和详细分析，给伊朗诗坛带来巨大震动，诗人们受到强烈的内心震撼，对现代诗歌有了全新的认识。一时间，艾略特成为最受伊朗人喜欢的外国诗人，他的其他诗歌也相继被翻译和介绍。被翻译介绍得较多的诗人还有波德莱尔、魏尔伦、马拉美、兰波、瓦莱里、艾吕雅、阿拉贡、庞德、叶芝，等等。另外一部在伊朗产生巨大影响的著作是哈桑·胡纳尔曼迪编著、1957年出版的《从浪漫主义到超现实主义》，该书详细探讨和研究了法国诗歌，收录了26位法国诗人的

141 首诗，并介绍了这些诗人的诗歌理论。在 50 年代的翻译热潮中，从法国滥觞的象征主义诗歌，由象征主义发展而来的后象征主义、意象主义，以及表现主义和超现实主义作品成为最主要的介绍对象，伊朗新诗深受其影响。欧美现代主义诗歌的大量翻译和介绍强烈刺激了伊朗新诗的发展，它不仅促使新古典主义诗歌走向没落，象征主义诗歌兴盛，而且还是 60 年代"新浪潮"诗歌诞生的催化剂。

　　尽管尼玛早在 1938 年就在《凤凰》和《渡鸦》中将象征主义引入了伊朗新诗，尼玛的诗坛地位在 50 年代初也已经确立，但是在当时"尼玛体"诗歌仍然频频受到守旧者们的攻击，加之纳德尔普尔又在 50 年代中期掀起了一阵新古典主义诗歌的热潮，对于大多数诗歌爱好者来说，新古典主义诗歌更受欢迎，因此，在相当长的一段时间内，"尼玛体"诗歌中的象征主义并没有得到充分的发展。但 50 年代后期，随着阿赫旺·萨勒斯（1928—1990）和阿赫玛德·夏姆鲁（1925—2000）这两位杰出的象征主义诗人在诗坛的崛起，象征主义诗歌随之兴盛，诞生了一批伊朗新诗史上最优秀的诗歌作品。比如，阿赫旺的《寒冬》（1956）、《〈列王记〉的结束》（1959）、《从这本〈阿维斯塔〉》（1965）、《狱中之秋》（1969）等；夏姆鲁的《新鲜空气》（1957）、《镜花园》（1960）、《镜中的阿伊达》（1964）、《阿伊达：树、匕首和回忆》（1965）、《雨中凤凰》（1966）、《泥土哀歌》（1969）、《雾中绽放》（1970）等；福露格·法罗赫扎德（1934—1967）的《再生》（1963）、《寒季虽临我们当心怀信念》（1965）等；苏赫拉布·塞佩赫里（1928—1980）的《背井离乡的太阳》（1961）、《悲悯的东方》（1961）、《水的脚步声》（1965）、《行者》（1966）、《绿色空间》（1967）等；瑟亚乌什·卡斯拉伊（1927—　）的《神射手阿拉什》（1959）等。可以毫不夸张地说，是象征主义成就了伊朗现代新诗。新古典主义诗歌在象征主义诗人的攻击下，结束了辉煌，走向了没落。

　　1960 年，尼玛因病去世，接过尼玛新诗旗帜的旗手是夏姆鲁。在夏姆鲁的猛烈攻击下，新古典主义诗歌在这一年走向崩溃。同年，纳德尔普尔的诗集《太阳明眼剂》出版，作者在序言中称自己的诗歌是全面反映时代生活的镜子。夏姆鲁在一篇题为《关于威廉·福克纳荣获诺贝尔文学奖致辞的匆忙记录》（以下简称《记录》）的文章中对纳德尔普尔的自负和新古典主义诗歌发起了猛烈的攻击，纳德尔普尔进行还击，两人展开了激烈的笔战。

夏姆鲁在《记录》一文中说，某些把自己认作"时代的明镜"的人，其实只不过是自己"卧室中厚颜无耻的镜子"而已。在当今这风云变幻的时代，新古典主义诗人们的呓语就如同"集市中的孩子的话"。夏姆鲁认为："这种自我吹嘘毫无价值毫不可信，在我看来，诗人精神的堕落正是从这开始：在他的'我'中，除了自己没有他人。可惜的是，在无数的时代之镜中，我们只看到水银和玻璃，或者一些属于下部和内部结症的变形图像！"夏姆鲁还进一步指出诗歌应该具备一种精神："流逝的每一天对于孱弱的人的躯体都是一次新的打击。每一打击都足以引发一次呐喊。在我们的时代，毫无疑问，诗就是呐喊。"① 然后，夏姆鲁在《菲尔多西》杂志1960年第4—10期上发表了以《旅行纪念品》为题的一系列文章，进一步抨击新古典主义。在第6期上，夏姆鲁将新古典主义贬作劳动者在劳作中发出的号子，齐整且节奏鲜明，抨击新古典主义"将落伍的爱情故事穿上格律的华丽外衣，戴上韵律的昂贵首饰，或者是在自己记忆的笔记本中，将一些不怎么样的东西装在一种貌似诗歌的框架内"。纳德尔普尔进行还击，抨击夏姆鲁的诗歌毫无美感和技巧可言。夏姆鲁在《菲尔多西》第7期上引了一首拙劣的新古典主义抒情诗，然后挖苦说，对于该诗的作者来说，该诗并不算失败之作，因为其作者是一位新手，而"一些老手也不会比他高明到哪里去，事实上，那些老手们的诗歌，即使在外表上比这位新手多彩一些，但其思想内容不会比这位新手更厚重"。夏姆鲁进而抨击新古典主义审美力的孱弱："理解一件艺术品是一件艰苦的工作，就如同创作一件艺术品一样艰苦。理解一件艺术品的美需要思维力和理解力，与创作一件艺术品所需的思维力和理解力是等同的。"② 与此同时，另一位杰出的新诗诗人福露格·法罗赫扎德也在《阿冉格周报》上发表了以《今日诗歌之我见》为题的连载文章，支持尼玛、夏姆鲁、阿赫旺的诗歌方向，抨击新古典主义的无病呻吟。

---

① 贾瓦德·玛加比：《阿赫玛德·夏姆鲁资料汇编》，伊朗伽特勒出版社1998年版，第415页。

② 夏姆士·兰格鲁迪：《伊朗新诗编年分析史》第2卷，第604—609页。

这场论争虽然经人调停平息下来，但实际上却是以夏姆鲁为代表的象征主义诗歌打垮了纳德尔普尔所代表的新古典主义诗歌。由于西方文化在20世纪成为强势文化，在相当大的程度上西方文学的发展趋势即代表着世界文学的发展趋势；伊朗的新古典主义诗歌主要秉承的是欧洲浪漫主义诗歌的特征，而"尼玛体"诗歌则秉承了欧美象征主义、后象征主义和意象主义诗歌的特性，因此，伊朗新古典主义诗歌的崩溃是象征主义对浪漫主义的胜利，是符合现代诗歌的发展趋势的。从伊朗国内的形势来看，伊朗新古典主义诗歌的崩溃是伊朗社会全面西化过程中对西方艺术的价值观、对西方现代主义诗歌形式的认同和顺应的必然结果。

在诗歌形式上，夏姆鲁接过了尼玛关于诗歌形式自由化的大旗，使伊朗诗歌完全走向现代无格律的自由诗。夏姆鲁创立的这种完全无格律的自由诗被伊朗诗界称为"白诗"。"白诗"全面更新了诗歌观念，一洗铅华，祛除了各种附加因素，使诗歌成为纯粹的情感表现载体。夏姆鲁将诗歌创作比喻为情感的洪流从山上奔涌而下，本来应该是汪洋恣肆地奔腾流淌，而格律就如同给情感的洪流挖了个河床，让洪流顺着这人为的河床走。他还认为诗歌创作如同大洋中的火山爆发，火山自由尽情喷发，自行成为各具风情的座座美丽岛屿，不需要任何人为的外在因素的约束来使它成为某种规定性的式样。归根结底，在夏姆鲁眼中，"格律——甚至'尼玛体'的自由格律——是一座牢笼，限制了诗人的展翅飞翔"。[1]他还说："我从不将格律看做诗歌必备的本质性的东西，格律也不是诗歌的特权。相反，我认为，格律将诗人的思维引上歧途。因为为了格律，不得不在有限的几个相符合的词中进行选择，而将其他很多词抛弃，而实际上很有可能正是这些不符合格律的词才更符合诗人的创造性思维。"[2]可以说，夏姆鲁斩断了伊朗现代新诗与旧体诗的最后一丝外在联系，是伊朗现代新诗的又一大变革。在伊朗社会全面开放的50年代后期，国内诗界对诗歌变革的接受能力已经大大强于尼玛时代。夏姆鲁的"白诗"在遭遇了最初的反对之后，很快被诗坛接受。鉴于夏姆鲁卓越的诗歌成就，伊朗诗界最终将夏姆鲁视为伊朗

---

[1]　贾瓦德·玛加比：《阿赫玛德·夏姆鲁资料汇编》，第80页。
[2]　恩·帕沙依：《阿赫玛德·夏姆鲁的生活和诗歌》（上），伊朗萨勒斯出版社1999年版，第425页。

现代诗歌的第二位伟大的变革者和开创者。

（四）"新浪潮"诗歌

伊朗是一个诗歌王国，古典文学史基本上就是诗歌史。诗歌在相当大的程度上担负了伊朗社会中教化民众的使命和责任，因此人们对诗歌的理性思维历来十分重视，看重诗歌的社会功用和逻辑性。伊朗新诗在自己的发展过程中，虽然在形式上已发生了很大变化，但重视诗歌的理性思维、逻辑思维和承担社会教化责任的观念并没有发生改变，因此，伊朗诗坛对西方非逻辑性的、荒诞性的诗歌流派一直持抵制的态度。可以说，在"新浪潮"诗歌出现之前，西方 20 世纪各种现代主义文学思潮中，只有象征主义以及由象征主义发展而来的意象主义被伊朗诗界接受。

但 60 年代伊始，伴随着社会的迅速西化，伊朗本身的传统道德观念土崩瓦解，整个社会面对的是"价值重估"，这种情况颇似一战后的欧洲社会所面临的信仰和传统价值崩溃的状况。因此，20 世纪上半叶在欧洲出现的具有荒诞性、非逻辑性特征的一些现代派文学思潮在伊朗有了滋生的土壤。在巴列维国王 1941 年登基前后出生的一代人，这时正是 20 岁左右的青年。这一代青年可以说是伴随着巴列维国王的全面西化政策成长起来的，他们的思想观念和思维方式都是西式的。他们叛逆，颠覆传统，蔑视责任，渴望新观念新价值。在诗歌观念上，这一代年轻人厌倦了浪漫主义和象征主义，厌倦了重复不断的比喻、象征和忧伤，他们希望从此以后，"夜"在诗歌中不再象征暴虐和社会黑暗，而就是"夜"本身，太阳就是太阳，不再象征光明和希望，一切事物都是它本身。这些青年从各方面与传统相对抗，打碎了一切旧的和新的标准，将格律、韵律、文学性、感情、想象、朦胧、比喻、象征，甚至意义和逻辑通通抛弃。他们创作的诗歌与在他们之前的诗歌没有任何相似。第一本这种"新新诗歌集"就是当时年仅 21 岁的阿赫玛德·礼萨·阿赫玛迪（1940— ）在 1962 年出版的《印象》。

《印象》出版后，遭遇了截然相反的两种态度：一方面，受到了传统主义者和具有社会责任感的人们的嘲笑、憎恶和抗议，他们认为为教化民众而服务，才是艺术的最高境界；另一方面，受到反传统的年青一代的广泛而热烈的欢迎，他们在社会、文化、艺术等各个方面都是自由化和西化的彻头彻尾的拥护者，憎恶具有政治色彩和社会功用的隐喻性诗歌，认为艺术就是艺术本身。《印象》的出版引发了伊朗诗坛新新诗歌的浪潮。当时正值法国"新浪潮"电影兴起，并在伊朗产生了较大影响，因此伊朗诗界将《印象》引发的新新诗歌浪潮取名为"新浪潮"。

"新浪潮"诗歌不仅反对浪漫主义和象征主义，而且从根本上反对一切逻辑和意义在诗歌中出现。可以说，"新浪潮"诗歌抛弃了语言的实际功能，赋予语言一种特殊功能，使诗歌成为一种完全是个人的主观的抽象艺术。这种诗歌是用作品的整体去展现某种观念，而不是用语言去阐释这种观念。"新浪潮"诗歌是伊朗新诗在伊朗社会全面西化的大潮中对欧美现代主义诗歌形式的认同和顺应的极端表现，力图通过形式上的荒谬和怪异来达到实质上的全面反传统的目的。它主张为艺术而艺术，拒绝责任，反对"使命诗歌"，受到新一代青年的热烈欢迎，在60年代成为伊朗诗坛上十分重要的流派。实际上，"新浪潮"诗歌在发展过程中一直在不断分化。一部分标榜完全忠于"新浪潮"诗歌创作原则的诗人，他们的诗歌蜕化为不知所云的呓语，最终受到人们的厌恶和唾弃。"新浪潮"诗歌流派中有所成就的诗人，在他们的写作中几乎都或多或少地对"新浪潮"诗歌的创作原则进行了修正。"新浪潮"诗歌是60年代伊朗社会全面西化的产物，是与当时意识形态的需求相合拍的。70年代，随着现代伊斯兰复兴主义在伊朗的兴起，伊朗社会出现回归传统的思潮，"新浪潮"诗歌的消亡就成为其必然的命运。

三 伊朗新诗在思想内容上
对现代化进程的顺应

20世纪50年代开始的伊朗社会的全面开放和西化对伊朗人固有的价值观与认识观形成了强烈的冲击，使他们的传统观念发生改变。这时期的文学作品通过对新旧价值观的褒贬，反映出对国家现代化进程的一种顺应，这种顺应主要体现为对传统的反叛。

然而，反传统的内涵是多重的。笔者总结为以下几个方面。

第一，是有针对性地反抗传统中愚昧落后的思想意识和道德观念，这主要表现为以福露格·法罗赫扎德为代表的倡导妇女解放的诗歌。

福露格 1934 年出生于德黑兰，从 14 岁起就开始写诗，16 岁结婚，嫁到伊朗西南部大城市阿赫瓦日，一年后生了个儿子。在人们看来，他们的婚姻家庭生活是幸福美满的。福露格是一位早慧的女孩，虽然没有受过高等教育，但有很高的天赋，酷爱诗歌，很早就开始诗歌创作。结婚后，尤其是生孩子之后，热爱诗歌的福露格忽然之间创作的激情喷涌，几近于疯狂的状态。她沉迷于读书和诗歌写作，无暇顾及家务和孩子，与丈夫之间的矛盾由此而生。但福露格有着强烈的自我意识，并不甘愿将自己局限在男权社会对女人规定的社会角色中，做男人眼中的贤妻良母，为丈夫和孩子牺牲自己的人生价值，"……那样的话，世界就是一间小屋子。我将满足于参加舞会，穿漂亮时髦的衣服，同邻居女人瞎聊天，同婆母吵嘴，总之成千种毫无意义的肮脏琐事。我将不会认识到更广阔更美丽的世界，就如同一只蚕在一个狭窄黑暗的天地，在自己的茧中蠕动、生长、结束自己的生活。然而，我不能也不曾能这样生活。当我认清楚自己，我就开始了针对这种愚蠢生活的反抗和叛逆。我始终希望能成为一名伟人，我不能像千百万其他人那样生活——在某天来到世上，又在某天离开世上，而在他们的来往之间没有留下任何痕迹。"[1] 从 1954 年开始，福露格便主动提出要同丈夫离婚，几经家人调停未果，1955 年法院判决离婚，儿子被判给父亲，福露格被剥夺了对儿子的探视权，这对她是一个沉重的打击。离婚后，福露格回到了德黑兰。1955 年夏天，福露格的诗集《囚徒》出版，在该诗集中女诗人倾吐了对自由的强烈渴望："我要你，而我明知不可能，／我无法如愿地将你拥抱。／那澄净明亮的天空即是你，／我是鸟儿，囚禁在这牢笼一角。／／在冰冷而漆黑的栏栅中，／我痛楚的眼光迷茫地望向你，／我向往有只手伸过来，／我能忽然张开翅膀飞向你。……"（《囚徒》）为了自由女诗人不惜抛家别子，表现出强烈的叛逆精神。

伊朗在 1967 年才正式在法律上赋予妇女主动提出离婚的权利，而福露格在 50 年代初就主动执意离婚。这种叛逆出自一个保守的伊斯兰社会中的妇女，在世俗眼光中被看作是极不守妇道，在伊朗引起了轩然大波，遭到

---

[1] 沙赫纳日·莫拉迪·库奇编：《福露格·法罗赫扎德资料汇编》，伽特勒出版社 2000 年版，第440 页。

了卫道士们的猛烈抨击和媒体的纷纷谴责。对于媒体的谴责，福露格以沉默对之，将自己心中的话都倾注到了诗歌中。对于家人的责难，福露格在给父亲的信中说："我不是一个坏女孩，我从不愿意我的生活引起家人抬不起头来。我走上这条路，正是为了我的家人能因我的存在而引以为自豪。我就是如此想的，我相信我有一天会达到自己的目标。"① 福露格还说："诗歌改变了我的灵魂……我不能忍受千百万人所过的普通生活，我不再考虑结婚，我想过一种与众不同的生活，在我们的社会中成为一名出色的女性。"② 由此可见，福露格心中的自我意识是多么强烈，其离婚完全是一位自我意识业已觉醒的女性的必然选择。

法国著名女权主义批评家西蒙·波伏娃在《第二性》中说："艺术、文学和哲学的宗旨都是让人自由地发现个人创造的新世界。要享有这一权利，首先必须得到存在的自由。女人所受的教养至今仍限制着她，使她难以把握外在的世界，为在人世上给自己找到位置而奋斗实在太艰辛了，要想从其中超脱出来又谈何容易。倘若她要再次尝试把握外在的世界，她首先应当挣脱它的束缚，跃入独立自主的境地。这就是说，女人首先应该痛苦而骄傲地学会放弃和超越，从做一个自由的人起步。"③ 波伏娃的这段话仿佛就是特地为福露格说的。"放弃"也许凭借一时的勇气尚且容易做到，而"超越"却非易事。冲出牢笼的福露格一时间还承载着深深自责的心理负担，在社会传统为女人规定的角色与自己想要成为的角色之间的冲突中痛苦挣扎。这在她的诗歌中有清楚的反映。《逃避和痛苦》描述了福露格离开丈夫时的痛苦和自责，这说明二人并非感情完全恶化破裂："……啊，胸膛在灼热的高温中燃烧，/别再向我询问烈焰的情况。/我曾希望是烈焰，昂起叛逆的头，/却成为鸟儿关在笼一角，囚徒。//我是不安分的灵魂，夜晚对自己一无所知，/我在沉默中痛苦地哭泣，/对所做不安，对所说后悔，/我知道我配不上你和你的爱情。"④ 尽管福露格有着极度的痛苦和自责，但

---

① 沙赫纳日·莫拉迪·库奇编：《福露格·法罗赫扎德资料汇编》，伽特勒出版社 2000 年版，第441 页。

② 同上书，第439 页。

③ 转引自康正果《女权主义与文学》，中国社会科学出版社 1994 年版，第81 页。

④ 《福露格·法罗赫扎德诗歌选》，伊朗珍珠出版社 1993 年版，第66 页。

她还是毅然离去了。《被抛弃的家》将福露格内心的痛苦和自责表露得更为深刻：失去了母亲的孩子在哭泣，失去了妻子的丈夫守着空床，那遥远的家因失去了女主人而凌乱不堪，读来真是让人无比心酸。在诗的最后，福露格坦言自己是为了诗而舍弃了家庭和幸福："然而，我已精神疲惫而惶然，/我正在夙愿之路上旅行，/我的朋友是诗，我的情人是诗，/我要去把他抓到手中。"① 福露格强烈的诗歌创作愿望、强烈的事业心与求知欲，使她感到家庭生活局限了她的发展，限制了她的事业空间。她是一只渴望在浩瀚的天空中自由翱翔的苍鹰，狭小而精致的牢笼怎能囚禁得住她？也曾彷徨，也曾迷惘，但最终还是冲破笼子，展翅高飞了。

离婚后的福露格相继出版了诗集《囚徒》（1955）、《墙》（1956）、《叛逆》（1958）。《囚徒》表现的是福露格对传统社会和家庭的叛逆，以及由此而生的面对亲人的自责，但诗人对自己所选择的道路坚定不移。《墙》体现出福露格对自己所选择之路的迷惘与彷徨，是一种内心挣扎。《叛逆》则表现了福露格对宿命的反抗。这些诗集为福露格既赢得了诗名，也招来了骂声。甚至有人恶意曲解她的诗歌，对她进行人身攻击。福露格的诗歌和人格都受到极大的侮辱。

媒体的流言蜚语，家人的责难，加上自己内心的痛苦和迷惘，福露格的精神几近崩溃。1956 年，她为了逃避新闻媒体的追踪，只身到欧洲旅行，以期能获得某种精神上的安宁和解脱。14 个月的意大利和德国之行对于福露格来说是富于成效的。欧洲之行打开了她的眼界，拓展了她的知识结构，深化了她的思想层次，促使福露格走向精神上的超越，为她的后期诗歌向哲理化发展奠定了坚实的基础。

1958 年，24 岁的福露格接触到电影制作，并对之产生了强烈的兴趣。在从事电影制作期间，福露格在诗歌上沉默了几年。这沉默的几年也是福露格砥砺思想的几年。在这段时期，福露格如饥似渴地阅读了许多欧洲哲学著作和文学作品，重新研读了《古兰经》和《圣经》，以及波斯古典哲学和文学著作。另一方面，从事电影事业进一步开拓了福露格的视野，增加了她的人生阅历，对她的后期诗歌向深度发展起到了极大的促进作用。

---

① 《福露格·法罗赫扎德诗歌选》，第 74 页。

这些阅读和阅历打开了福露格的视野和思想视界，使她从只看见自己头上一片天的井蛙变成一只遨游天际、俯瞰人生的苍鹰。一个人站得高，势必就看得远，因而也就想得深。福露格在几年的沉默之后，又突然绽放，出版了两部诗集《再生》（1963）和《寒季虽临我们当心怀信念》（1965）。这两部诗集中的诗歌虽然也大部分是描写个人情感，但福露格对这种情感改变了审视的角度，将自己的这种情感与开阔的眼界和思想结合在一起，努力使自己从有限的小"我"去审视人的生命本身，从而使这种情感具备了形而上的普遍意义。福露格也因这两部诗集获得了一种再生，完成了精神上的"超越"。之前，她更多地局限于一己之情感，关注的是女性自我人生价值的实现，而现在福露格超越了性别问题的困扰，更多地关注"人"本身，其诗歌走向哲理化，意蕴变得深邃。这时，在思想情感上已经成熟的福露格，在诗歌语言艺术上也达到了一种纯熟的境界。《再生》和《寒季虽临我们当心怀信念》赢得了极高的赞誉，福露格终成伊朗现代诗坛一大家。1966 年，德国、瑞典、英国、法国相继出版了她的诗集。这时，福露格达到了事业的巅峰，在诗歌和电影制作方面都取得了非凡的成就。可以说，福露格首先实现了女性自我意识的觉醒，为了实现自我价值，她勇敢地做了一名无畏不屈的叛逆女性——对男权社会和男性价值认识体系的叛逆，做了一名在社会角色上与男人平等的女人；继而福露格实现了从具有自我意识的女人到具有独立人格意识的女人的飞跃，成为一名与男人在人格上平等的女人。

福露格是伊朗现代女性主义诗歌的奠基人，她的诗歌道出了伊朗妇女渴望走出家庭、走向社会、与男性平等的心声，是对传统中男尊女卑的落后愚昧观念的反叛。像福露格这样的叛逆女性在 20 世纪前半期的伊朗是不可能出现的，只能是在 20 世纪后半期，在伊朗社会全面走向现代化的大潮中，妇女解放成为社会主流意识的条件下，才可能产生福露格这样无畏不屈的女性。

第二，是最大程度地寻求标新立异，这主要表现为"新浪潮"诗歌。尽管"新浪潮"诗歌普遍地拒绝"思想"和"意义"，但其标新立异的诗歌形式本身就反映出了反传统的"思想"和"意义"。

第三，是笼统地将传统视为老古董，落伍于时代，认为应该统统淘汰。

这种思想在 50 年代后期的伊朗青年中具有相当广泛的普遍性。

由于西方资产阶级自由民主平等的价值观与东方传统社会封建集权下的等级森严的价值观相比，的确是一种进步，但这种相对的进步性掩盖了其价值观中的诸多缺陷和虚伪性，而西方世界却把这种相对的进步当作一种绝对的正确强行推向东方社会。长期生活在东方封建集权社会中的渴望自由民主平等的人们往往被这种相对的进步性所迷惑，并在迷惑中将之绝对正确化，从而佩服得五体投地，全盘接受。青年往往是一个社会中思想最活跃的群体，最易接受新观念；而青年人的思想往往又具有不成熟性，他们通常不会理性地去分析和深思这种新观念的内在成分的利弊，也不会理性地去辨别和判断自己传统文化中的精华与糟粕。接受了西方新观念的伊朗新一代青年理所当然地成为反传统的急先锋，在他们的眼中，一切传统的东西都是陈旧的、过时的、落伍的，应当统统抛弃。这时期步入诗坛的年轻诗人们几乎都以反传统为荣，以标榜反传统来显示自己思想的进步，曼努切赫尔·内斯坦尼（1936—1981）是这批年轻诗人的代表之一。内斯坦尼的诗集虽不多，但他仅仅靠《老朽》（1958）和《昨天，一段距离》（1971）这两部诗集就奠定了自己的诗坛地位，尤其是《老朽》的反传统精神在广大青年中赢得了热烈的反响。内斯坦尼的诗歌多以口语入诗，平白晓畅且易上口，在青年中流传很广，有些诗句成为青年们的口头禅。我们来看《老朽》中很著名的两首诗：

劝告

老苦行僧！走回头路吧
不要再念叨"真主啊真主"
为我的小巷拿一盏灯来吧
在这小巷中月亮早已死去

不要在此路上徒劳耗费脚力
不要将祷词和咒语念个不停
由于害怕为黑暗的毒针所伤
蝙蝠也不在这里飞行！

谷垛只剩下一堆灰烬
老苦行僧啊，走回头路吧！
灰烬总是在风的手中
对影子的摇曳也害怕

你要与风抗争吗？算了吧，
我的谷垛连尘埃也没留！
好好拽紧你的黄色僧袍吧
以免风儿将它刮走！

给我的小巷拿一盏灯来吧
别在我的小巷中似蝙蝠穿行！

该诗讽刺宗教文化的愚昧和黑暗，以风比喻扫荡旧传统的力量，以灯比喻新思想。诗人认为旧传统"只剩下一堆灰烬"，必然被风扫荡干净。

老古董

古琳姨妈！你总是兴冲冲地四处奔波
似乎一年到头都在准备年货
老猫和玩儿的乐趣？——都不正经。
你已经过时了！
……
在房间的角落，依靠着炉子，是啊
打打瞌睡
读读故事书
算算命运如何
——用你手中的那本旧书——
古琳姨妈！死亡可是存在的苦果？
那旧书上可写有关于死亡的话？
……

　　她说："我们这愚昧中有着快乐。"

　　我说："那是毒药，尽管我也与之息息相关！"

　　直到我双眸中的烛光熄灭

　　我也无法从这无益的愚昧中获拯救。

　　该诗认为老人已过时落伍，应靠边站，并且希望老一辈对青年一代放开手，突出地表现了新老两代人的价值观冲突。在老姨妈的眼中，"愚昧"的传统中也有着"快乐"。其实，这"愚昧"一词是诗人强加给老姨妈的，"快乐"一词才是老姨妈的内心话。在年轻人眼中，愚昧的传统是"毒药"，只会戕害又一代的年轻人。

　　第四，是在社会中做浪荡子，以刻意为之的"恶"与"丑"去反抗传统价值观中的"善"与"美"。这方面的代表诗人是诺斯拉特·拉赫曼尼（1929—　）。

　　一般来说，每个社会中都会有一些浪荡子青年。但浪荡子内部的人员构成可能相去甚远：一些是因没有受到良好的教育而滑出了正常轨道，而另一些则是身具才能，心有追求，但因愤世嫉俗找不到出路，只有通过自我沉沦来宣泄精神上的苦闷。前一种人在此并非我们讨论的对象。"八月政变"之后的50年代中后期的伊朗社会，既是国家在政治经济领域的转型期，也是伊朗人，尤其是伊朗知识分子精神上的转型期。失去了政治信仰和精神支柱的一代年轻人内心有着泣血般的痛苦和深深的迷茫，精神上找不到出路和寄托，于是不少人走向了自我沉沦，整天沉湎在酒吧、鸦片和妓院中，放浪形骸。应当说，这些浪荡子式的叛逆，主观上主要是对社会现实政治的反抗（当然也有反传统的因素），但在客观行为上却是完全的对传统或曰正统道德的反叛。正如诺斯拉特·拉赫曼尼说他的诗歌既是理想破灭的哀歌，"当然也伴随着对正统道德的叛逆"。① 这种反叛行为与伊朗社会现代化进程中出现的反传统浪潮结合在了一起，在客观上成为对现代化进程带来的生活方式和价值观改变的顺应。

　　拉赫曼尼是在德黑兰的胡同和市集中长大的，本身就是一个浪荡无羁

---

① 《诺斯拉特·拉赫曼尼诗歌选集》，伊朗珍珠出版社1991年版，第25—26页。

的城市青年，可以说对城市浪荡子的生活十分熟悉，他的诗歌因喊出了浪荡子青年们的心声而一鸣惊人。他的诗作充满了市井词汇和诸如污血、淤泥、尸体、死亡、棺材、坟墓之类的黑色词汇，并以此著称，被称为"黑色诗歌"，与纳德尔普尔精美华丽的诗歌一起成为 50 年代诗坛上风格迥异的两面旗帜。这些市井词汇和黑色词汇与其诗歌中的浪荡子们的放浪生活结合在一起，相得益彰，使得拉赫曼尼的诗歌不仅不粗俗，而且还呈现出一种显著的无所畏惧的黑色的另类叛逆风格。毫无疑问，这种叛逆是对社会和传统的反叛。正如拉赫曼尼的《迁徙》出版后，伊朗《卡维扬》杂志评论说："他在诗中做的是画家的工作，短短的几行诗就把生活中的场景呈现了出来。……这些都是现实中的活生生的场景，不是虚构的。这种现实主义使拉赫曼尼的诗歌内涵深刻。他的《鸦片》《母亲》《沉默的城市》《传令官》等诗歌如同宣言书，反对束缚着我们年青一代的旧观念和旧秩序，宣告他们的痛苦和不幸。"①

的确，拉赫曼尼的《迁徙》（1954）、《盐碱地》（1955）和《披肩》（1957）等诗集既是一曲曲理想破灭的哀歌，一行行的诗句如将痛苦的十字架扛在肩上，也是一篇篇的宣言书，轻蔑地将传统道德置于脚下蹂躏。《臭名昭著》一诗描写了浪荡子们整天与女人调情纵欲的放浪生活："……曾几何时我焦渴的唇是女人的鸦片和酒/我已变得顺服，这是另外的故事/我希望能拥抱希望之身躯/我在城里出了名，是臭名昭著的诗人//敌人给我套上锁链/朋友们嘲笑我：走开，纵欲者！/须走正道。我似木头两端燃烧/某天人们搜寻此屋却找不到一人。"② 放浪生活中的内心隐痛却是那么深刻！《另一个神》一诗形象地写出了浪荡子青年的内心状态："易卜劣斯是无头无脚的神/在行为不端上臭名昭著/……被赶离了天堂和地狱/在炼狱中找不到出路/……易卜劣斯就是我，没有王冠的神/尽管我骄傲的翅膀被烧/一样能用额头撞击苍天。"③ 易卜劣斯是伊斯兰教中的最大魔鬼，犹如基督教中的撒旦。浪荡子们有着易卜劣斯的恶行，也有着易卜劣斯的叛逆，还有着易卜劣斯的既定命运："在炼狱中找不到出路。"《鸦片》是拉赫曼尼十分

---

① 夏姆士·兰格鲁迪：《伊朗新诗编年分析史》第 2 卷，第 88 页。

② 《诺斯拉特·拉赫曼尼诗歌选集》，第 75 页。

③ 同上书，第 73 页。

著名的一首诗，在该诗的题记中诗人写道："我们的年轻的艺术家们的灵魂之明镜因往事的尘埃生了绿锈，那么并不奇怪假若我们听说他们躲进了鸦片和酒精的遗忘的怀抱。……"该诗不仅昭示了浪荡子的放荡生活，更为重要的是写出了浪荡子们渴望振作的心声：

鸦片

诺斯拉特！你在这深深的悬崖边要做什么
你在用自己的脚把身体拖向泥土的心脏！
你彷徨在生活的黑暗的广场
诺斯拉特！我听说你抽鸦片！
……
三个多月了你未作一诗
声音动听的鸟儿啊，为何变得沉默？
当有一天你回过神来，会看见，唉，多可惜
你将所有的艺术忘记
……
昨晚邻居姑娘玛利赫讽刺说：
"我们城中臭名昭著的诗人又来了！"
……
我心中有一种痛而我的舌头已被割掉
我忍受的这种痛何时能够坦言？

诺斯拉特！你自身不属于自己而属于人民
警惕吧！黑暗并不会使你名声毁坏
每只耳朵都在等着听你的吟唱！
诺斯拉特！别把死亡之毒倒进你的酒杯！

拉赫曼尼的诗歌表达了"八月政变"之后政治信仰破灭、精神支柱倒塌、思想混乱不清的一群年轻人内心的痛苦挣扎、叛逆和反抗。这群青年找不到方向，看不到希望，干脆就自我放逐沉沦，做浪荡子，"失败导致我们这群那个时代的斗争青年——一心一意为理想而斗争，一下子转变为街头、酒吧、咖啡厅中的浪荡子！"①《迁徙》出版于"八月政变"之后不久，是知识青年痛苦心声的突出反映，之后的《盐碱地》和《披肩》也主要是"黑色诗歌"。正如拉赫曼尼自己所说："我们是绝望、痛苦、失败、浪荡无羁的一代人。我喊出了这代人的心声。"②拉赫曼尼毫无遮掩地反映知识青年浪荡生活的诗集《迁徙》《盐碱地》和《披肩》在知识青年中赢得了强烈的反响，为他带来了极高的声誉，使他成为50年代与纳德尔普尔齐名的重要诗人之一，影响很大。

第五，是错误地将西方价值观中丑的东西当作一种"美"来追求，以此来显示作者思想上的所谓前卫性，这里主要指色情诗歌。色情诗歌与"浪荡子式"的黑色诗歌的区别在于：前者主旨在渲染颓废堕落的生活情调，刺激读者的感官；后者主旨在以颓废堕落来反抗社会和传统。二者表面近似，但内在精神却完全不同。社会主义信仰的破灭、伊斯兰宗教信仰的淡漠、西方价值观的涌入，使50年代中后期伊朗社会的思想状况极其混乱。在性问题上，伊斯兰文化传统是相当保守的；但随着社会的全面西化，西方性解放的观念进入，使伊朗社会一时间色情泛滥，并影响到文学创作，出现了色情文学。诗坛也未能免疫，色情诗歌涌动，形成一股不小的浊流。

法罗赫·塔米米（1933— ）出生于尼沙普尔，长于德黑兰，其父曾积极投身于立宪运动。受父亲影响，法罗赫·塔米米在青少年时期就热衷于社会政治，在50年代初的石油国有化运动中，加入了"民族阵线"组织。在激烈的政治斗争退潮后，他完成了学业，获得经济学学士学位。他的主要诗集有：《怀抱》（1956）、《纯洁的国土》（1962）、《会见》（1971）、《从镜子和石头的国度》（1977）。法罗赫·塔米米在诗歌创作早期，由于政治信仰破灭，思想一时间无所归依，陷入色情诗歌创作的泥潭，出版了具有色情成分的诗集《怀抱》。后来，他走出了青年时期的迷茫与躁动，转入严肃诗歌创作，并取得了一定的成就，在诗坛上产生了影响。也许正是由于他后来的诗歌成就，使得当别的色情诗歌都被扫进了历史垃圾堆、被人们遗忘之时，而法罗赫·塔米米的《怀抱》却被记住，成为50年

---

① 《诺斯拉特·拉赫曼尼诗歌选集》，第27页。
② 同上书，第28页。

代中后期色情诗歌浊流的代罪作品，尽管这部诗集并不全是具有色情成分的诗歌。该诗集从封面包装到内容都极富性的挑逗意味，封面是"一个女人半张着嘴微闭着眼，迫不及待地投入一个男人的怀抱，男人的手箍在女人的细腰上。整个画面充满挑逗性和色情意味。仿佛那女的多年没有享受过性爱，男的也多年在缺性的沙漠中欲火燃烧！"[①] 其中的诗歌也充满了诸如"拉上窗帘/吹灭蜡烛/脱光衣服……"之类的赤裸裸的色情语言，十分低级趣味。客观地说，色情诗歌诗人们的本意在于标榜自己思想上的"新锐"和"进步"，但遗憾的是他们错误地理解了性解放。笔者认为，性解放的正确含义应当是：坦然地科学地认识性，不要将性神秘化。但很多人（东西方人皆如此）都将性解放理解为性自由，这种理解的错误是导致性乱和色情的根源。人类自从走出了原始社会的群婚制以后，对性的忠贞无疑代表着人性的进步，而性的自由无疑是释放人的兽性的一种倒退。

四　伊朗新诗对以全面西化为实质的现代化的反思和批判

19 世纪以来，西方列强兴起，东方各文明古国相继遭到列强的入侵。伊朗这个曾经雄霸西亚地区的古老国度也没能逃脱这一劫数，在西方殖民主义者的枪炮声中，伊朗成为半殖民地半封建的国家，国力日渐式微。进入 20 世纪，东方各文明古国遭受到更可怕的厄运——西方殖民主义者用机器和技术作开路先锋的文化入侵。

西方殖民主义者对东方文明古国的文化入侵，其打击和损害的程度超过了以往任何一次蛮族对这些国家的侵略。可以这样说，历史上蛮族的入侵只是使这些文明古国受了一些皮肉伤；19 世纪西方殖民主义者的武力淫威，给东方各国以伤筋动骨的打击，但这些文明古国的传统文化根系还在，血脉还在，思想还在；然而在 20 世纪，尤其是 20 世纪后半叶，西方殖民主义者将大炮置换成机器和技术，将士兵置换成文化大军，滚滚而来，在非武力化的强势胁迫中，强行替换这些文明古国的血脉和思想，致使这些

---

① 夏姆士·兰格鲁迪：《伊朗新诗编年分析史》第 3 卷，第 91 页。

国度的传统文化根系断裂枯萎。一个人被打倒了，自己爬起来，仍是原来那条好汉；而若是被替换了血脉，置换了思想，虽然站起来了，他还是原来那条好汉吗？

西方列强的经济掠夺和文化入侵使伊朗的文化传统全方位失落，在蛮族侵略面前从未发生根本性变化的伊朗文化逐渐异化，在以全面西化为实质的所谓现代化大潮中犹如断了线的风筝，看似向前飞奔，实则无所归依。巴列维国王实行的现代化，完全照搬西方模式，并意欲一蹴而就。超速发展之下，表面上国家经济发达了，人民生活水平得到提高，但实质上现代化过程中出现的一系列问题和矛盾根本无法得到解决。社会生活表面繁华的光环掩盖之下的实际上是混乱——社会秩序的混乱、人心的混乱。传统失落，道德沦丧，一个民族赖以立足于世的精神支柱濒于崩溃的边缘。对全面西化带来的民族精神危机，伊朗知识阶层开始从不同的角度去审视、反思和批判这场现代化运动，揭露全面西化带来的种种弊端，将现代化的华丽面纱撕破给人看，让人们看到其下掩盖的种种贫穷和罪恶。

反思和批判之一，是叹息传统文化的失落。伊朗是一个文明古国，有着几千年的文化传统，虽然在历史上屡遭异族入侵，但其文化基本上未发生过异化，而是一脉相沿地传承了下来，这是伊朗人最引以为骄傲和自豪的。然而，全面西化带来的最直接的恶果就是伊朗传统文化的失落和异化。面对传统文化的失落，伊朗的文化人无不痛心疾首。福露格的《星期五》堪称一曲叹息伊斯兰文化传统失落的挽歌："沉默的星期五/被抛弃的星期五/像陈旧的小巷又忧伤的星期五/病人思想懒惰的星期五/伸着令人讨厌的懒腰的星期五/非期待的星期五/顺从的星期五。"星期五是伊斯兰教的礼拜日，象征了伊斯兰文化传统。然而，现今这"星期五传统"已被抛弃。"空空的家/郁闷的家/向蜂拥而来的年轻人关上门的家/黑暗并幻想着太阳的家。"传统已经失落，空空如也，传统已向年轻人关闭。失去了传统的家就如同失去了太阳，陷入黑暗中。"唉，为何宁静和骄傲总是转瞬即逝/我的生活如同奇异的小溪/在这被抛弃的沉默的星期五的心中/在这郁闷的空空的家心中/唉，为何宁静和骄傲总是转瞬即逝……"[1] 一个国家、一个民族

---

① 《福露格·法罗赫扎德诗歌选》，第 162 页。

失去了传统，就失去赖以骄傲和自豪的资本。这首诗曾让无数的伊朗文化人心酸动容。

传统的失落在诗人们的诗歌中还普遍地表现为树木花园凋零败落的象征意象。阿赫旺是一位具有执着的民族文化信念的诗人，面对伊朗在20世纪的风云变幻中发生的文化异化和传统失落，他痛心疾首，深深叹息："我如同一棵树在冬天没有云朵的寒冷中/我所有的树叶所有的果实/所有的春天的遗产和盛夏成熟的辉煌/我所有的回忆和纪念/全都凋落//我如冬天里的一棵树/看起来从未有过也将不会有春天/现在可还会有老鸟或瞎鸟/在我如此浓重的光秃秃中筑巢？/可还会有进行装饰的工具/寄希望于将来绿色的日子/将我这边那边地修整？//我是冬天里的一棵树/已凋零了很久/我有的一切记忆，我有的所有树叶。……"（《信息》）① 曾经根深叶茂的伊朗文化这棵大树现在已全部凋落，诗歌中充盈的无比的失落和巨大的忧伤让人动容。由此，"凋零"或"败落"成为阿赫旺诗歌中一个主题象征意象反复出现在很多诗歌中："我的庄稼地枝叶繁茂长出了果实/突然袭来猛烈的狂暴的血腥的暴风雨。"（《遗产》）② 伊朗传统文化遗产的果实在一次又一次的异族入侵的暴风雨中凋零殆尽，"无叶的花园，/白天黑夜都很孤独，/带着悲伤的纯洁的沉寂。//它的琴是雨，它的歌是风。/它的衣裳是光秃秃的外套。/若除此外，它必须有衣裳/便是风给它编织的横七竖八的金色光芒。//……没有园丁和过路人。/绝望的花园，/盼不到春天。"（《我的花园》）③ 该诗题记为"纪念那美好的'过去'"。"过去"一词被诗人打上了引号，其象征寓意不言而喻。"过去"曾无比辉煌，枝叶繁茂，而今却成了光秃秃的无叶之园。"无叶之园"也成为一个典型的象征意象，象征了伊朗传统文化的全面凋零，蕴藏着诗人内心深沉的叹息、愤怒、控诉、忧思、探索、希望、绝望，成为阿赫旺诗歌思想主旋律的代名词。

阿赫旺在长诗《第八关与小人》第一部分"第八关"中对说书人进行了细致的刻画："说书人的头上/以最漂亮的方式缠绕着/细布头巾，如天鹅

---

① 莫尔塔扎·卡赫依：《无叶之园——阿赫旺·萨勒斯纪念文集》，热梅斯坦出版社1991年版，第464页。

② 同上书，第454页。

③ 同上书，第446页。

羽毛般雪白/以霍拉桑乡下人的方式缠着/古老生活的纪念，属于往昔的美好岁月……"表达出诗人对传统的迷恋之情。说书人是一种传统职业，是传统的象征。但在第二部分"小人"中，欧洲人的魔盒（电视）这机器抢夺了说书人的中心地位："现在讲故事的那人/出自欧洲的魔盒里面/狼——偷窃手法奇特，会魔法/……是欧洲的种，出自欧洲奶妈的方式/这个魔鬼秉性的魔术师般的小偷。/尽管那群人知道这些/然而依旧/聚在他那花样无穷的魔盒周围——是他们宗教与信仰的偷窃者——/仍那样喧哗吵闹。"① 咖啡馆里，人们都围着电视，不再围着说书人，说书人被遗忘在角落，象征了传统被抛弃。该诗抓住说书人与电视这两个意象，抨击了现代化对传统的破坏，表达了诗人对西方文化入侵的愤慨。

夏姆鲁的《独行者之歌》（一）也写道："此刻站在房间墙边期待着最后的流浪的男人/从草舍低矮的窗户凝视着干枯的白杨树，/干枯的白杨树，一只黑色的鸟在上面筑起巢。"② 传统之树凋零，只有罪恶在上面筑巢，因此绝望的诗人要离开，要去流浪，要去寻找光明。米·阿扎德（1933—　　）也有不少诗歌以花园的凋零象征了传统的失落，《春天已从我们花园逝去》是其中具有代表性的一首："春天已从我们花园逝去，而我们讲着传说故事！/燕子们并不知晓，结果在吊灯上僵死。//春天已从我们花园逝去。"藤蔓唱着："你们徒劳地讲，我们徒劳地长。"③ 米·阿扎德是一位具有明显苏非神秘主义思想的诗人，"花园"在他的诗歌中往往指苏非神秘主义玄理之园。这一思想在伊朗中世纪十分兴盛，并积淀为伊朗的传统文化。然而，苏非神秘主义的春天在 20 世纪的伊朗早已逝去，只有杂草在园中疯长，人们引以为骄傲的文化传统已成为一种遥远的传说。

福露格的长诗《我为小花园心焦》堪称全面反映伊朗人对传统失落所持不同态度的史诗："没有人为花儿着想/没有人为鱼儿着想/没有人愿意相信/小花园正在死去/小花园的心在太阳底下发炎/小花园的脑海正渐渐地/消失了绿色的记忆。"全诗以小花园象征传统。小花园中花儿凋零，池中鱼儿死去，象征了传统正在死亡消失。"父亲"代表了老一辈，面对传统的消

---

① 莫尔塔扎·卡赫依：《无叶之园——阿赫旺·萨勒斯纪念文集》，第 544 页。
② 《阿赫玛德·夏姆鲁诗歌集》第 1 卷，第 2 册，伊朗时代出版社 1999 年版，第 579 页。
③ 米·阿扎德：《诗集：洞悉之园的花》，科学出版社 1999 年版，第 56 页。

失，他们既感到痛心，也感到无可奈何："我的时代已逝/我的时代已逝/我带走我的果实/我做了我的工作。/……我死的时候/有何区别——小花园存在/或不存在/对我来说退休金已足够。"于是父亲，只好独自躲在传统中："在他的房间里，从早晨到黄昏/或读《列王记》/或读《历史典抄》"，享受自己的"退休金"——自己的传统文化修养，寻得一点心灵的慰藉。"母亲"代表了伊朗社会中具有淳朴信仰的民众，"她整个的生活/就是一张铺开的拜毯"，她将全面西化带来的道德沦丧，归结为"小花园将一异端之罪沾染"，所以才腐臭颓败，并试图通过虔诚的祈祷来挽救小花园，盼望真主的宽恕。"兄弟"则代表了年青一代，他们蔑视传统，将传统视为"坟墓"，"认为治愈小花园的办法/就是彻底消灭小花园"。这些青年成天叫唤着痛苦绝望，而实际上"他的绝望/是那样的微不足道，每天晚上/在酒吧的人群中消失"。"妹妹"则代表了对现实漠不关心的一群人，只专心过自己的小日子，"她的家在城的那一端/她在她那假模假样的房子里/与她那些假模假样的红金鱼/在她那假模假样的配偶的爱情庇护中/在假模假样的苹果树的树枝下/唱着假模假样的歌/制造真的孩子"。而"我"为小花园无比心焦："我对那/弄丢我心之时刻害怕/我对这所有一切的徒劳的设想/对这所有陌生形象的呈现感到害怕//……我在想可以将小花园送到医院/我在想……/我在想……/我在想……/小花园的心在太阳底下发炎/小花园的脑海正渐渐地/消失了绿色的记忆。"① 面对传统文化的异化，诗人感到了一种莫名的恐惧，诗人想医治"小花园"，但又苦于找不到药方，只好痛苦地、眼睁睁地看着小花园凋零颓败。

面对传统的失落，面对年青一代普遍地蔑视传统，阿赫旺在《遗产》一诗中大声疾呼应当珍视传统，珍视民族的宝贵遗产。在该诗中，诗人以一件祖先传下的旧皮袄象征了伊朗文化遗产："我有一件旧皮袄/是对落满灰尘的岁月的纪念/是祖先留给我的遗产，负载着岁月。"这件旧皮袄历经暴风雨的袭击，但"皮袄内智慧的光芒充盈而绽开"，伊朗传统文化具有深厚的历史底蕴，充满了智慧之光。诗人呼唤年青一代要具有责任感，应该担负起历史赋予的使命，成为传统文化的承继者和捍卫者："喂，我的孩子

---

① 《福露格·法罗赫扎德诗歌选》，第 199 页。

啊/听着，警醒吧/在我之后，这与永恒一样的年迈者/将由你的肩头来负担/但你千万不要为此犯愁/你可知道哪件彩色金丝线的斗篷/比我这打补丁的旧皮袄更纯洁？/或能用哪件礼服来替代它/而不会使我在这交易中蒙受损失？/哎，我亲爱的女儿啊！/就那样让它保持纯洁远离被污染的记载。"① 可以说，在一片叹息声中，阿赫旺的《遗产》一诗发出了更为积极的声音。

反思和批判之二，是对贫富两极分化的抨击。飞速发展的伊朗经济，造就了一批暴发户，正是这些暴发户撑起了伊朗经济的表面繁荣。而在表面繁荣之下，是城市下层人民的贫困。城市经济的迅速发展，使大量的农民进入城市，他们失去了赖以生存的土地，又在城市中居于最下层。对于这些人来说，现代化带来的不是富裕，而是赤贫。对现代化带来的贫富两极严重分化，诗人们进行了无情的揭露，对下层人民寄予了深深的同情。

夏姆鲁的《我不愿你似蓝色烟雾般舞蹈》一诗用一连串象征意象指出了巴列维国王的现代化不切实际，无根基，如烟雾的舞蹈般轻飘，如肥皂泡般虚幻，转眼即破裂飘散："我不愿你似蓝色的烟雾般舞蹈/我不愿你在渺小的思想的天鹅绒的梦中滑倒/当狭窄的小溪中/无色的欢笑的泡泡绽裂，在秋哭泣的夜晚//……我不愿你在毫无根基的思想之天鹅绒上滑倒/我不愿你在不切实际的幻想之温柔榻上翻滚。"而严重的贫富分化使穷人家的孩子们挨冻受饿，最后死在冰冷的石子路面上："此刻，两个孩子在房前的空地上已经死了/三个孩子在冰冷的石子路之宝座上/百个孩子在潮湿的死亡的泥土上。"② 对下层人民的苦难的关注是夏姆鲁诗歌的重要内容，在他的很多诗作中都有反映。在《从寒冷的城市》中诗人写道："父辈们从坟地返回，/女人们，饿着在芦苇席上睡着了。/一只鸽子从陈旧的塔向天空飞得看不见了，/一位男人，把一具死婴的尸体放在黑暗的门槛。"③ 在现代化的华丽面纱掩盖之下的，却是下层百姓过着饥寒交迫的日子。毫无办法的人，只好等死，而稍有点办法的人，则拼命囤积。在《三支唱给太阳的歌》（三）中诗人写道："城市/胆战心惊地/从自己纷乱的梦中/醒来/从头开始/为永不满足的囤积而奔波/囤积/尽可能多地囤积/是啊/一无所有的手/只

---

① 莫尔塔扎·卡赫依：《无叶之园——阿赫旺·萨勒斯纪念文集》，第454页。
② 《阿赫玛德·夏姆鲁诗歌集》第1卷，第2册，第583页。
③ 同上书，第801页。

能/击打自己的头。"① 夏姆鲁深受宗教经典的影响，他的诗歌充满了对平等博爱的呼唤，在《法版》中诗人写道："耶稣们都有同样的命运/同样的耶稣们/穿着同样的衣服/同样的鞋和裹脚——以那样的方式/平均分配面包和粥/是啊，平等，是人类的宝贵遗产。"② "法版" 本指上帝在西奈山上为摩西所降的 "十戒"，伊斯兰教认为《古兰经》记载在真主的 "法版" 上，后通过天启传给穆罕默德。这里，诗人用 "法版" 一词来说明平等是上帝（真主）所降的神谕，是神赋予人的权利。对平等的呼唤，正是对贫富两极分化的抨击。

阿赫旺在长诗《突然，是哪颗星星坠落?》中描写了在数九寒冬，一个衣衫褴褛的青年，为了乞得一点果腹的面包而假装癫痫，在地上翻滚，跌入沟中，摔破了眉角，流出鲜红的血。然后，诗人又写了西方国家对伊朗石油资源的大肆掠夺。两相对照，揭示了巴列维政府靠卖石油的资金支撑的现代化带来的实际上是伊朗人民的贫穷。阿赫旺的另一首长诗《骑士与坐骑》以隐喻的方式对巴列维国王的 "白色革命" 进行了辛辣的讽刺。阿赫旺在该诗的末尾标注的写作日期是 1 月 26 日（却未标年份），这正是巴列维国王宣布进行 "白色革命" 的日子，诗人的用意显而易见。该诗题记引用了菲尔多西的两句诗："你从来就不是一位能征善战的勇士/我所看见的只不过是幻术和胡闹。" 借此讽刺 "白色革命" 是一场闹剧。该诗讲述了两个工人在述说自己的辛苦和不幸，其中一个说，在荒野中尘土飞扬的地方，将会有一位行侠仗义的骑士出现，一个所谓帮助受苦大众的骑士，人们都传着喜讯说一个男人将会出现，一个 "男人中的男人"，能够治疗各个阶层的所有痛苦。但是，"那广阔战场上的捕狮英雄/勇士中的勇士/男人中的男人/……取出他那胡闹的破口袋/里面装的东西已经丢落，并正在丢落/……骑上刀枪不入的拉赫什，冲向战场。" 这位所谓的救星在盲目向前冲的同时，其自身口袋里的东西却在不断地失落，象征了现代化过程中传统的遗失。"原野上/一只老鼠对另一只老鼠说：/我所拥有的货物在仓库中糜烂/我所有的一切，唉，都正在糜烂/零七八碎的东西，麦子，肥皂等，很多很多的东西。" 另一只老鼠说："我们也是这样，算了吧/也许这就是那

---

① 《阿赫玛德·夏姆鲁诗歌集》第 1 卷，第 2 册，第 651 页。
② 同上书，第 628 页。

个男人所说的道理/在他之后有大量的强有力的消费者。"两只老鼠象征了
那些暴发户。这些暴发户正是像老鼠一样靠窃取别人的财富而起家。骑士
与坐骑四处冲闯，一边向前冲一边不断地丢落东西。这时一个乡下人对妻
子说："你知道什么？老婆，这只是演戏/那条黄狗，这只豺狼，唉/你难道
没有听说过不是每个圆东西都是核桃？"①这里，诗人对巴列维国王进行了
辛辣的讽刺和抨击。那骑士骑着坐骑冲来闯去，忽然看见自己的影子，惊
吓得步步后退，最后跌入深谷。最终人们明白了这个骑士并不是值得大家
等待的人，并不能够拯救大众，只是一个可笑的小丑般的角色，他自称救
世主，却实际上连自己的影子也害怕。该诗揭示了所谓的现代化不仅解决
不了广大下层百姓的困苦，而且正是贫富两极分化越来越严重的根源。

　　反思和批判之三，是对道德失范的抨击。全面西化带来的另一个恶果
就是社会道德沦丧：人们丧失了精神信仰，整个社会色情泛滥，物欲横流，
唯利是图，不惜采取坑蒙拐骗等一切卑劣手段暴敛横财，政府官员贪污腐
败极其严重。倘若说传统文化的失落更多的是让伊朗文化人感到悲哀的话，
那么社会道德的沦丧则使每一个有良知的伊朗人触目惊心。这正是广大民
众在享受着现代化带来的生活水平普遍提高的同时，也诅咒现代化的关键
原因。阿赫旺在《〈列王记〉的结束》第一版序言中说："我叹息为什么在
这时代精神变得是那样陌生？人们为什么不守卫古老传统中的圣洁？人们
为什么要蹂躏花朵？为什么……"②一连串的"为什么"表达了诗人对社
会道德沦丧的痛心疾首。

　　夏姆鲁在《鲁莽之举》中抨击了伊朗社会的色情泛滥："我们尊重/
爱//在雨中，在夜晚/在我们的双耳边/在我们贞洁之榻上的短短距离/妓女
们/用口哨/吹着/古老的曲子/宣告着自己的出现/（在哪桩事件面前/你可
曾/看见/人/耻辱的汗/在他额上流淌？）//那时，最标致漂亮的胴体可以用
银币买到/而我/——可惜啊可惜——/对爱情之炼金术/失去/欲求的感觉/全
在那一刻/全在那一刻。"③"鲁莽之举"一词本身即是对巴列维国王的现代
化举措的质疑。爱情本应是神圣而贞洁的，但西方性自由的观念瓦解了伊

---

①　《阿赫旺·萨勒斯诗歌选》，伊朗珍珠出版社1991年版，第185—189页。

②　阿赫旺·萨勒斯：《〈列王记〉的结束》"序言"，伊朗珍珠出版社1991年版，第3页。

③　贾瓦德·玛加比：《阿赫玛德·夏姆鲁资料汇编》，第232页。

朗传统道德中对性的珍视，色情行业越来越生意兴隆。当性可以用金钱随意买到时，爱情中性的神圣就被瓦解了。同样的内容还在《从寒冷的城市》一诗中出现："笑声，似干枯的青饲料，带着致命的沙沙声，/醉醺醺的士兵在死胡同里寻衅生事，/一名妓女从黑夜深处用她病态的声音唱一曲哀歌。"① 色情泛滥是最能代表社会道德沦丧的一个侧面，因为性关乎着一个人之所以为人的尊严，当人将自身的尊严都置于自己脚下蹂躏时，标志着人性的完全堕落。

夏姆鲁的《报应》一诗描写了监狱里的几位囚犯："这些戴锁链者中，有一位，在谣言的黑色狂潮中用匕首杀死了妻子。/这些男人中，有一位，在灼热的夏天的正午，/使自己孩子们的面包，在街头，浸染上极其吝啬的面包铺老板的血。/在他们中，有几个，在一个雨天的僻静处，坐等放高利贷。/一些人，在寂静小巷中，从矮墙上跳到房顶。/一些人，在半夜，在新坟中，敲下死者的金牙。//……罪过即此！"② 暴力、凶杀、吝啬、贪婪、偷盗……这些构成了当时的社会风气。该诗将社会上普遍出现的道德沦丧、人性的种种罪恶暴露无遗。夏姆鲁还在《小册子》中指出贫穷往往引发道德堕落："可惜啊可惜/贫穷/多么轻易地让美德沦丧/当你为活命/别无它路之时//……当同性恋者和屠夫/因瓜分尸体/彼此用匕首刺进对方的喉咙之时/我将自己的尸体扛在肩上/疲惫而绝望地/寻找坟场。"③ 面对普遍的道德危机，诗人感到无比的绝望。对现代化过程中发生的普遍的道德沦丧和人性堕落的抨击是夏姆鲁诗歌的主要思想内容之一。

福露格的长诗《大地的经文》以《古兰经》中人所犯下的种种罪恶，以及真主的惩罚为依托，描绘出现代社会的一幅罪恶画卷："彼时/太阳变冷/福祉从大地消失//荒野中的绿草都枯萎/大海中的鱼儿都干死/此后，大地不再将众尸体/包容接纳。" 人的罪恶使太阳变冷，福祉消失，干旱降临。这里运用了《古兰经》中阿德人的故事。阿德人恣意为恶，被真主惩罚，在遭了三年的干旱后，被七夜八昼的风暴所灭。"怀孕的女人们/生下没有头的婴儿/摇篮为躲避耻辱/钻进了坟墓。" 这又是一桩受真主惩罚的罪恶，

---

① 《阿赫玛德·夏姆鲁诗歌集》第 1 卷，第 2 册，第 802 页。
② 同上书，第 594 页。
③ 同上书，第 671 页。

在这样的罪恶中人类丧失了未来。"多么苦涩黑暗的岁月啊/面包，将使命的神奇力量/打败。""面包"指原罪，《古兰经》没有说明亚当和夏娃偷食的禁果为何物，经注为"小麦"。这里，诗人用原罪的典故说明了人的一切罪恶皆因欲望而起，欲望使人性陷入黑暗中，找不到方向，由此犯下种种罪恶。"人们/倒下的人群/了无生气，靠着，惊愕/在他们尸体不吉的包袱之下/从一种异化走向另一种异化/犯罪的痛苦的欲望/在他们的手中膨胀起来。"这里运用了《古兰经》中赛莫德人的故事。赛莫德人为恶，为真主所惩罚。《古兰经》（11：67）说："呐喊袭击了不义的人们，顷刻之间，他们都僵卧在自己的家里。""有时一点星火，微不足道的星火/将这些死气沉沉的人群/一下从内部摧毁/他们冲向对方/男人们用刀/将彼此的喉咙割开/在血铺就的床榻中央/与未成年少女/一起睡觉。"这又是一桩罪恶：男人们为争抢女人，并且是未成年少女，大动干戈。"未成年少女"说明当时社会风气的败坏已影响到青少年。"他们淹没在自己的恐怖中/可怕的犯罪欲望/使他们盲目愚昧的灵魂/变瘫痪/接二连三地在处决的仪式上/绞架的绳索/使罪犯紧张不安的双眼/在压力下从天灵盖中流出来/他们进入到自我/用淫荡的想象/刺激他们疲惫而苍老的神经。"刑法解决不了道德的沦丧，拯救不了人性的堕落，罪犯们至死也执迷不悟。"先知们/从神的启示之地逃掉/迷失的羔羊/在惊慌的原野中再也听不到/牧羊人'嘿嘿'的吆喝。""牧羊人"本指摩西，这里泛指先知。在现代社会中，没有了先知，没有了牧羊人，人性犹如迷途的羔羊，找不到回家的路。"酒精之死水潭/及其有毒的酸涩的蒸气/将密集不动的知识分子们/拖向自己的深渊/令人讨厌的老鼠们/在陈旧的宝库中啃咬着/书籍涂金的书页。"而社会的精英——知识分子们面对伊朗社会如此糟糕的现状却无能为力，只好在绝望中借酒消愁。"太阳死了/太阳死了，而明天之意义/在孩子们的脑海中/变得迷失不清/他们将这陈词的陌生感/在自己的课文中/显示为/一团大大的黑斑。"孩子们没有了明天，没有了未来。没有了未来的民族还能有希望吗？"怎样的没有尽头的空啊/太阳已经死了/没有人知道/那已从心中逃掉的悲伤的鸽子的名字/就是信仰。"这里，诗人一针见血地指出道德沦丧、人性堕落的根源在于人失去了精神信仰。"唉，囚犯的声音啊/你绝望的抱怨是否会/从这令人憎恶的夜的任何方向/挖一条通向光明的地道？/唉，囚犯的声音啊/声音中的最后声音啊……"① 人因失去信仰，陷入种种罪恶之中。人能否有通向光明之路？能否获得拯救？全诗沉痛而厚重，堪称抨击道德沦丧的史诗性作品，是伊朗现代新诗的经典篇章。

福露格不仅痛斥人性的堕落，而且对人们的另一种精神状态也毫不留情地抨击。《上弦的洋娃娃》抨击了没有自己的思想、人云亦云地为全面西化唱赞歌的一类人："……可以如同一个上弦的洋娃娃/用两只玻璃眼珠看自己的世界/可以在一呢绒的盒子里/拥有一个装满稻草的身体/长年在网线和金属片中沉睡/可以因手的一次胡乱按动/毫无缘由地叫喊说：/啊，我多么幸福。"②《鸟只是一只鸟而已》描写了浑浑噩噩、只知寻求刺激的一类人："鸟很小/鸟不会思考/鸟不会读报/鸟没有债务/鸟不认得人类//鸟在天空中/在危险的灯的上方/在未知的高处/疯狂地体验/水的瞬间。"③ 缺乏思想与浑浑噩噩本身虽然算不上罪恶，但也是人性的一种缺陷，是对罪恶的一种纵容。福露格不愧为伊朗新诗一大家，其诗歌具有很深的思想力度。

反思和批判之四，是对西方文化本身的审视，指出这种文化非但不能拯救人类，反而使人类自身走向异化和灭亡。

伴随着国家全面西化政策成长起来的年轻的诗人们，以他们掀起的"新浪潮"诗歌，显示出对传统的叛逆。但是，从另一个角度来看，"新浪潮"诗歌与西方现代派诗歌的内在精神是相符合的，他们以荒诞的形式揭示了现代社会的荒诞，是对西方以理性主义为标志的现代工业文明的一种反思。比如，"新浪潮"诗歌代表诗人阿赫玛德·礼萨·阿赫玛迪的《信差》一诗，描写了现代社会中机器挤占人的利益的现象，展现了现代社会的光怪陆离，揭示了现代文明的荒诞性。在西方现代派文学中，荒诞是对理性主义的反思和审视，审视的结果是理性主义成了荒诞，而文本的荒诞反而成为一种对理性主义的理性反思。杰出的现代派文学作品无疑是人类精神的宝贵财富。但是，伊朗的"新浪潮"诗歌没有涌现出思想深刻的大家，他们的诗歌缺少深厚的内在蕴涵，因而他们对荒诞性的揭示也显得轻飘，缺少一种促人深思的内在感染力。

---

① 《福露格·法罗赫扎德诗歌选》，第 178—184 页。
② 同上书，第 164 页。
③ 同上书，第 194 页。

在伊朗现代诗坛上，对西方文化透视得比较深刻的是阿赫旺。阿赫旺关注的焦点无疑是在本民族自身，但是，他并没有将眼光局限在本民族，而是进一步表现出对人的生存和人类未来的关注。诗人在《〈列王记〉的结束》中写道："啊，何在／这信仰扭曲的疯狂的世纪的都城？／其明亮的夜晚似白天／其昏暗局促的白天，似神话中洞底的黑夜。／其固若金汤的可怕的城堡，／其城门吝啬的微笑，冰冷又陌生。"这是现代社会的写照，夜晚因霓虹灯闪耀而似白天，白天却似神话中洞底的黑夜，人们生活在城堡中，这城堡又何尝不是人的监狱，人们都把自己包裹起来，人与人之间是那样的冷漠和陌生。这里诗人质问导致现代社会一切颠倒、信仰扭曲的中心何在，问题的症结在哪里？"啊，何在？／这邪恶的充满骚乱的世纪的都城？／一脸怪相的世纪。／从月亮的轨道经过，／然而离太阳的处所还很遥远。／吸血的世纪，／更加可怕的信息的世纪，／其中有远飞的鸟的空想的粪便／将真主的四大支柱七个国家一时间搅得骚动不堪。／所有存在的，所有卑贱的，所有高贵的／全都狠狠蹂躏。／清扫干净。"① 现代社会的一切都被扭曲，人类登上了月球，却远离了太阳神的光芒。这里太阳（mehr）一词还具有"爱"的意思，象征了人类虽然科技迅速向前发展，而"爱"却萎缩，这是信息时代的灾难。科技进步带来的武器现代化，远程飞机投下的炸弹（鸟的粪便），将世界搅得骚动不堪（伊朗神话传说中世界分为七个国家，伊朗位于世界的中心。这里"七个国家"指整个世界）。西方的现代工业文明以理性为本，推崇科学至上，以为科学技术可以解决人类的一切问题。然而事实上，科学技术的高度发展在相当大的程度上导致了人类的自我毁灭，能够毁灭人类的核武器是科技发展的直接结果，人性异化、精神沦丧是这一发展带来的副产品。人类社会是否真的会如同巴列维国王的现代化一样——飞速发展的结果却是迅速走向灭亡？

在对西方科技文明进行质疑的基础上，阿赫旺进一步认为不仅仅是科学技术体现了人类行为的荒诞性，也许人类追求发展这一行为本身的终极结果就是荒诞的。长诗《狩猎》讲的是一个猎人在经过了种种努力之后，最终却是一场空，自己反而成了野兽的猎物。整首诗以无比理性的诗句揭

① 莫尔塔扎·卡赫依：《无叶之园——阿赫旺·萨勒斯纪念文集》，第 474 页。

示了人类命运的荒诞性。对人类终极命运的关注在阿赫旺的长诗《碑铭》中表现得尤为深刻："一块石头落在那边的远端，仿佛一座山/我们坐在此端浓浓的疲倦/男女老少/大家都彼此连接在一起，是在脚上/用链子/如果你意欲走向心之所往/你可以爬向它，然而只能到链子允许的范围内。"人类是自己命运的囚徒，唯一可以自主活动的范围也是命运之链所限定的范围。人类渴望挣脱被束缚的命运，在冥冥之中似乎有个声音在说："一块石头落在那边，出自苍老的前人/上面写有秘密。"于是，被缚的人们跌跌绊绊地爬到那石头所在的地方，"我们中的一个，他的链子松一些，走上去，读道：/'谁想知道我的秘密/就把我从这面转到那面。'"人们看到咒语，以为找到了获拯救的希望，兴奋不已，便去转动石头。经过千辛万苦的努力，终于将石头转了过来，"我们中的一个，他的链子轻松一些/祝福我们的努力，他走上前去/将字迹上掩盖的尘土掸去，暗自读道……/他悄不出声/他看了我们一眼，悄不出声/又读一次，震惊不已，仿佛他的舌头已僵硬/他的目光飘落到看不见的远方，我们咆哮：/'读啊！'他依旧沉默/'快给我们读！'他呆呆地望着我们沉默不语/片刻之后/在他的链子发出声响之时/他瘫倒在地，我们扶起他，他仍仿佛要摔倒/我们扶住他/他诅咒我们的手和他自己的手。/'你读到了什么，嗯？'他咽了下口水，缓缓地说：/'写的就是/那句话：/谁想知道我的秘密/就把我从这面转到那面。'"① 这里，诗人以深厚的笔力营造了一种极为恐怖的气氛，让人为自己的命运心颤恐慌，然而石头的另一面写着同样的咒语，荒诞致极。人类的种种努力都是徒劳，这种努力本身就是荒诞的，根本无法解脱自己被缚的命运，从终极上来说，人类没有获拯救的希望。全诗充满了浓厚的荒诞感和虚无感。这是阿赫旺对不断追求发展的人类的终极命运的审视，既充满了悲观绝望，也富于理性。《碑铭》是伊朗现代新诗的经典篇章，也是20世纪世界诗坛上的杰作，其对人类命运的深刻审视使每一位读者沉思。如果说现代派是以荒诞的形式去审视现代文明中的荒诞性，那么，阿赫旺则是以冷峻的理智去审视现代文明中的荒诞性。

---

① 莫尔塔扎·卡赫依：《无叶之园——阿赫旺·萨勒斯纪念文集》，第491页。

五　寻求新的民族拯救之路

（一）主张回归古波斯帝国的传统

面对伊朗社会在以全面西化为实质的所谓现代化过程中出现的传统文化异化和失落、道德沦丧等诸多弊端，伊朗的知识分子纷纷开始寻求新的民族拯救之路。由于一千多年的灿烂辉煌的伊斯兰文化传统在伊朗社会中已经根深蒂固，因此很多知识分子将回归伊斯兰传统看作是伊朗唯一的拯救之路。但是，阿赫旺的思想在伊朗知识分子阶层中显得十分卓尔不群，他把目光投向了更加遥远的古波斯帝国时代，认为那才是真正的伊朗，并认为只有恢复伊朗民族自身的民族性，伊朗才有出路。

伊朗是世界文明古国之一，历史悠久，文化灿烂，古波斯帝国的辉煌是伊朗民族的骄傲和自豪。阿赫旺主张回归伊朗民族自身的传统——琐罗亚斯德教、摩尼教和马资达克教的传统，恢复伊朗自身的民族性。他认为倘若将琐罗亚斯德教、摩尼教和马资达克教的思想结合起来，将是一种非常完美的思想体系，能够拯救伊朗。外来的东西拯救不了伊朗——阿赫旺将马克思主义、西方自由主义都视为外来的东西，他说："我将琐罗亚斯德教和马资达克教融合在了一起，将马资达克教的社会结构与琐罗亚斯德教的信仰、教义、神话传说，将摩尼教和佛教中的禁欲修身和一部分伦理道德结合在了一起。这些在我看来是足够的崇高、伟大、智慧，根本就不需要伊朗之外、《阿维斯塔》之外的东西，不需要将沙俄、普鲁士的欺凌强加给她。我上面提到的这些崇高而尊贵的信仰也不需要什么马克思、恩格斯、列宁、斯大林，甚至也不需要中国的毛泽东。愿琐罗亚斯德、马资达克、佛陀、摩尼的思想永存。"[①] 这种同时否定西方之路和东方之路的思想也同样反映在阿赫旺的诗歌中："这边通向太阳和月亮沉睡的地方，无路可走/只有无言的荒漠和无情的荆棘丛生的山峦/那边通向月亮和太阳升起的地方，没有人的庇护所/只有一片汹涌恐怖的大海和暴风雨的咆哮/第三条通

---

① 麦赫迪·阿赫旺·萨勒斯：《从这本〈阿维斯塔〉》"后记"，伊朗珍珠出版社1991年版，第156页。

向充满火焰的灼热的地狱/那另一条是漫漫的严寒和冬季/若有获拯救之路/那只有这条长满鲜花、荆棘、野草的道路……"（《石头城的故事》）① 在阿赫旺看来不仅东西方都无路可走，而且除了走向寻找古波斯帝国荣光之路外，其他的路不是地狱就是严寒。而重寻荣光之路是一条"长满鲜花"的道路，但也有"荆棘"和"野草"，需要有披荆斩棘的勇气。阿赫旺还在《第八关与小人》中塑造了一位老说书人的形象，这位代表着伊朗古老传统的老说书人毋宁说就是阿赫旺自己。老说书人用"他那粗杖指向西方，恫吓着，咒骂着/指向东方，蔑视地/摇晃了片刻"。诅咒西方、蔑视东方的态度是阿赫旺的思想在经历"八月政变"之后的突变，也是阿赫旺在重寻民族拯救之路时，走向古波斯传统的思想基础。

面对伊朗的败落、全面西化带来的文化异化，阿赫旺没有像现代伊斯兰复兴主义者那样，意图用伊斯兰的宗教激进精神来拯救伊朗，而是将伊斯兰主义也视为一种如同马克思主义和西方自由主义一样的外来的东西，认为伊朗的败落正是始于阿拉伯人的入侵。阿赫旺在《遗产》一诗中明确否定了伊朗的伊斯兰血缘："我确信在我的血管中没有使者和伊玛目的血液/也没有任何大汗和国王的血/我这老朽的宠臣昨夜对我说/这当中缺乏荣光也不是啥罪过。"这里的"使者"指伊斯兰教创始人穆罕默德，"伊玛目"是伊斯兰教十叶派精神领袖，也是十叶派特有的崇拜体系，这二者指代了伊朗的伊斯兰十叶派文化传统；"大汗"和"国王"指代了蒙古人和突厥人的文化传统。因此，在阿赫旺的诗歌中出现的典故和故事，几乎全是伊朗伊斯兰化前波斯帝国时期的典故和神话传说，很少出自伊斯兰时期。

阿赫旺将马资达克的宗教思想与琐罗亚斯德的宗教思想结合在一起，创造出一个新词"马资达斯德"（mazdasht），并以此来命名自己的理论。他十分迷恋古波斯的文化传统，自称"琐罗亚斯德和马资达克思想的教育已经与乳汁融为一体，与生命结合"。② 阿赫旺的一位朋友在一篇回忆文章中说，当谈到古波斯的传统文化时，本来精神萎靡不振的阿赫旺一下变得眼睛闪亮，十分兴奋；当讲到琐罗亚斯德时，阿赫旺激动得声音颤抖，同

---

① 莫尔塔扎·卡赫侬：《无叶之园——阿赫旺·萨勒斯纪念文集》，第495页。

② 麦赫迪·阿赫旺·萨勒斯：《从这本〈阿维斯塔〉》"后记"，第148页。

时也异常高亢地说："琐罗亚斯德是一个从未杀戮过也从未下达杀戮命令的人。"① 的确，从未杀戮过也从未下达杀戮命令的琐罗亚斯德的"三善"思想，以及追求人人平等的马资达克思想在阿赫旺的思想理念中代表着一种完美。为此，阿赫旺在诗集《从这本〈阿维斯塔〉》的尾诗中深情写道：

> 这本《阿维斯塔》是另一种故事，充满了另一种诉怨。……
> 这本《阿维斯塔》是半夜的咆哮，是唇边沉默的叹息。……
> 是马资达克与琐罗亚斯德的融合，是温柔与粗犷共存。……
> 这本《阿维斯塔》是古老的神话，焕然一新重新讲述。
> 它告诉你岁月并没有熄灭掉，琐罗亚斯德纯洁而明亮的火焰。……
> 那晦气的《石头城的故事》，是对繁荣国土蒙受耻辱的憎恨。
> 尽管拥有千般风采却在这个时代，在欧洲人的掠夺下堕败。
> 阿拉伯人带来的耻辱更记忆犹新，这陈旧的巨痛更具毁灭性。
> 宗教、国土、诗歌、琴与歌，欢乐、信仰、创造和幸福
> 所有的真、善、美，马资达克的光芒和纯洁
> 全被这个老阿黑里曼已夺走正夺走，已杀害正杀害，已吞噬正吞噬。
> 这本《阿维斯塔》是愤怒的乐章，控诉突厥、阿拉伯和欧洲。……
> 驼队的铃声一家挨一家传递，一直回到父亲的家园。

伊朗这个文明古国曾数次在自己发展的巅峰时期被异族入侵打断，阿赫旺满怀痛恨地将这些侵略者称作阿黑里曼（《阿维斯塔》中的黑暗魔王）。他希望能重新回到"父亲的家园"，重塑琐罗亚斯德教的文化传统，伊朗才会有再现荣光的希望。在伊朗知识分子普遍的"寻路"之旅中，阿赫旺所走的路无疑是独特的，正是这种走自己的路的信念使阿赫旺转向伊朗自身民族性的探索。阿赫旺非常看重"伊朗性"（Irāniyat）而排斥"非伊朗性"（Anirāniyat），在他的谈话和文章中经常出现这两个词。他将琐罗

---

① 莫尔塔扎·卡赫依：《无叶之园——阿赫旺·萨勒斯纪念文集》，第275页。

亚斯德教文化传统看作是伊朗真正的民族文化传统，而其他的文化（包括伊斯兰文化）都是"非伊朗性"的。在阿赫旺看来，伊朗现今的文化完全是"非伊朗性"的，因此他将现今的伊朗看作一个废墟，将一切非伊朗因素看作是导致伊朗败落的原因。

阿赫旺渴望恢复伊朗自身的民族性，恢复琐罗亚斯德教文化传统。他的爱国情怀和民族忧患意识无疑是令人十分感佩的。但阿赫旺在执着的追根溯源中缺少一种对伊朗传统文化的全方位的审视和反思，对伊朗已经有了一千多年的伊斯兰文化传统这一事实完全视而不见，意图用已经被伊朗人遗忘了一千多年的琐罗亚斯德教的文化传统来拯救现代伊朗，只是阿赫旺一厢情愿的乌托邦式的幻想。

（二）主张回归伊斯兰传统

面对西方的强大和伊斯兰国家的衰落，19世纪末20世纪初以来伊斯兰世界的世俗主义者们掀起了全面向西方学习、效法西方的现代化方向的热潮，这股思潮成为20世纪伊斯兰世界的主流思潮。另一方面，面对西方基督教世界的强大和伊斯兰世界的衰落，伊斯兰世界的宗教学者们也开始积极寻求复兴伊斯兰之路。因此，现代伊斯兰复兴主义和世俗主义者们的改革主义几乎是同时产生的。现代伊斯兰复兴主义在20世纪前半期力量较弱，但在该世纪后半期则发展迅猛，对世俗主义产生了强烈冲击，对世界政治局势也产生了极大的影响。伊朗的宗教思想家成为这场声势浩大的伊斯兰复兴主义思潮的领路人。

阿里·夏里阿提（1933—1977）是伊朗现代非常重要的一位宗教学者和理论家，他继承了著名宗教学者阿富汗尼的思想，主张用以现代视野重新阐释的伊斯兰精神来治理社会。面对伊朗新一代青年对西方文化的热切向往，夏里阿提并未对年轻人的价值取向本身进行过多指责，而是认识到年轻人的特点就是容易接受现代新价值观，而往往不问这种新价值观的属性如何，他们不是不认同自己的文化，而是对自己文化的陈旧保守的解释感到厌倦。夏里阿提认识到只有给伊斯兰传统以新的阐释才能符合现代社会的需要，才能比较容易得到生活在现代条件下的青年人的认同，因而在自己的理论著述中，他力求以一种现代的视角去重新阐释伊斯兰教的传统价值，使伊斯兰教的传统教义焕发出新的精神。夏里阿提的重新释义对沟通伊斯兰原初教旨与伊斯兰现代社会的政治、经济和文化起到了重要的促进作用，为伊斯兰的现代复兴提供了理论保障。

在用新方法阐释伊斯兰教的同时，夏里阿提也建构起自己的理论体系。他认为西方的自由民主意识形态和东方的马克思主义意识形态都不适用于伊斯兰世界，只有伊斯兰教才能拯救伊斯兰世界，因为伊斯兰教是一种具有活力的宗教，是一种先进的革命理论，融宗教与政治为一体，适用于现代社会；伊斯兰世界只有用伊斯兰教来武装自己，才能复兴和强大。夏里阿提认为伊斯兰世界最大的危险就在于思想的殖民化，而西方经济模式的输入，其根本意图正是在于使穆斯林们的思想逐渐殖民化，从而使整个伊斯兰文化发生异化。在这种思想指导下，夏里阿提认为，巴列维国王实行的所谓现代化实质上就是抛弃伊斯兰根本精神的西化，使具有悠久历史和传统的伊朗文化发生异化，在广大青年当中制造文化认同危机，因此必须推翻巴列维政府，重建伊斯兰秩序。20 世纪六七十年代，夏里阿提的思想在伊朗产生了极为广泛的影响，不仅为伊朗民众逐渐接受，而且赢得了伊朗知识界上层的青睐，很多著名作家、诗人和学者都与他有深交。他被巴列维政府视为大敌。1977 年 6 月，夏里阿提被迫流亡英国伦敦，6 月 19 日突然死亡，官方说是心脏病突发致死，人们猜测是被萨瓦克特务所害。夏里阿提的突然死亡更加激起了广大群众对巴列维政府的痛恨，以及对伊斯兰精神的皈依之情。

伊朗是一个以十叶派为国教的伊斯兰国家，十叶派内部的教职等级制使其宗教阶层组织严密，其最高精神领袖被视为真主在人间的代理人，在宗教阶层内部具有绝对权威，在民众中间具有强大号召力。另一方面，伊朗的宗教阶层拥有自己的庞大地产，不依靠政府资助，从而在经济上不受制于政府。因此，伊朗的宗教阶层力量格外强大，常常影响伊朗的政局。巴列维国王的现代化政策由于损害了宗教阶层的利益，触犯了宗教阶层的价值观，从一开始就遭到这一阶层的激烈反对。而巴列维国王始终不能妥善解决与宗教阶层的矛盾，只是一味地采取强权压制政策，使双方的矛盾愈演愈烈。在这场斗争中，宗教领袖霍梅尼（1902—1988）走上了伊朗的政治舞台。霍梅尼的前半生是在伊朗十叶派圣城库姆的经学院中度过的，他刻苦学习和钻研伊斯兰经学,一步步地升任到高级神职阿亚图拉。1961年,大阿亚图拉(即最高精神领袖)博鲁杰尔迪去世,霍梅尼继任最高精神领袖,成为与巴列维政府进行斗争的旗手,在各种场合的讲话中对政府进行公开强烈抨击。1964年,霍梅尼被巴列维政府流放,被迫离开伊朗,先后在土耳其、伊拉克和法国度过流亡生活。霍梅尼在国外继续遥控伊朗国内的斗争,他的讲话录音和著作经过各种秘密渠道进入伊朗,成为伊朗伊斯兰革命的领袖。1979年1月31日,面对全国范围内的要求推翻巴列维专制政权的大规模群众示威游行,巴列维国王感到大势已去,弃国出走。2月10日,霍梅尼回到伊朗。3月31日,在霍梅尼领导下,伊朗伊斯兰共和国正式宣告成立,标志着伊斯兰革命取得成功。

霍梅尼是一位思想家,更是一位政治家。在他的思想体系中吸收了阿富汗尼和夏里阿提的"用以现代视野重新阐释的伊斯兰精神来治理社会"的思想,但他比他们更进一步地认识到,如果没有用伊斯兰教作为执政工具的伊斯兰政府的保证,要用伊斯兰教来治理社会只是空谈,因此霍梅尼的思想具有更强烈的政治色彩。早在1941年撰写的《揭露秘密》一书中,霍梅尼在强烈抨击伊朗现行的政治、经济、文化方面的弊端的同时,就提出了建立以《古兰经》的原初教旨为指导原则的伊斯兰国家的设想。在他后来的《伊斯兰政府》《教法学家政府》《伊斯兰教与革命》等著名作品中,更是建构了一套完整的建立伊斯兰政府的理论,并在自己的政治生涯中将这些理论付诸实践,成功地领导了伊朗伊斯兰革命,掀起了现代伊斯兰复兴的高潮。

伊朗有着一千多年的伊斯兰教文化传统,普通民众(主要包括农民、城市平民和小商人)的思想意识始终处在宗教的有效控制之下。尽管飞速发展的现代化使伊朗人民的生活水平普遍提高,但贫富分化严重,社会道德失范,普通民众在享受现代化的同时也诅咒现代化。因此,当宗教领袖们将伊朗现行社会的种种弊端归咎于巴列维政府的全面西化政策时,普通民众自然而然地响应宗教领袖的号召,站起来反对巴列维政府。

伊朗的这一阶层是一个能够影响伊朗政局和掌握民众思想的重要阶层。著名的西方当代马克思主义理论家弗雷德里克·詹姆森(又译作詹明信、詹姆逊)在《处于跨国资本主义时代中的第三世界文学》一文中,对第三世界国家的知识分子的特征作出了十分精辟的论述，他说："在第三世界的情况下，知识分子永远是政治知识分子。……文化知识分子同时也是政治斗士。"① 詹姆森更多的是从文本的角度去阐释第三世界国家知识分子的"政治性"的。对于伊朗知识分子来说，其"政治性"不仅仅表现在他们所创作的作品中，同时也表现在他们对现实政治的参与中。因为政治参与寄托了伊朗知识分子阶层的民族振兴的梦想。他们进行了一次又一次的政治选择，遭受了一次又一次的失败和挫折，但忧国忧民的政治参与意识使他们总是不屈不挠地行进在寻找民族振兴之路的途中。伊朗的知识分子阶层早在立宪运动中就起了十分重要的领导作用，立宪运动受挫之后，这一阶层逐渐接受了社会主义思想，曾力图使伊朗走社会主义道路，但几经挫折之后，最终失败。巴列维国王的全面西化政策，使伊朗知识分子阶层遭受了更为严重更为致命的重创——伊朗传统文化的沦丧。倘说前两次打击尚可谓是政治信仰上的挫折，而这次却是对知识分子赖以生存和骄傲的文化精神支柱的打击。面对社会主义运动的失败，面对全面西化带来的伊朗文化异化和社会道德失范，伊朗的知识分子阶层开始进行深层次的思索。这时，霍梅尼和夏里阿提的"伊斯兰是唯一的拯救之路"的思想正好契合了知识分子阶层的内心探索，他们开始将眼光转向伊斯兰本身，重新审视伊斯兰，并逐渐接受了霍梅尼和夏里阿提的这一思想。伊朗文坛领袖阿勒·阿赫玛德（1923—1969）的思想转变，颇能代表相当一部分知识分子的心路历程。阿勒·阿赫玛德先信仰社会主义，是人民党的高层领导人，后来虽然退出人民党，但在退党之后的若干年内思想上仍倾向左翼。在这一时期，阿勒·阿赫玛德在思想上是鄙视和嘲讽宗教愚昧的，这在他的小说集《走亲访友》（1946）、《我们的苦难》（1947）、《三弦琴》（1949）中有突出反映。伊朗社会主义运动失败之后，阿勒·阿赫玛德曾一度转向存在主义。从50年代后期起，他转而对传统进行探索，重新认识到宗教的力量。在其最有影响的著作《西化瘟疫》（1962）中，在深刻剖析伊朗文化发生异化的根源的同时，阿勒·阿赫玛德明确认识到宗教阶层能够在抵制和消除西化瘟疫中起重要作用。1964年，他拜访了宗

---

① 张京媛编：《新历史主义与文学批评》，北京大学出版社1993年版，第242页。

教领袖霍梅尼；1966 年又结识了夏里阿提，并与其成为好友。1966 年出版的朝觐游记《戒关微尘》显示出阿勒·阿赫玛德已经完成了思想上向伊斯兰传统的回归。在《知识分子的效忠与背叛》（1965 年完成，1966 年部分章节发表，1977 年全书出版）中，阿勒·阿赫玛德更是明确提出知识分子阶层应当与宗教阶层结盟，反对巴列维政府的全面西化政策，用伊斯兰精神拯救伊朗，拯救伊朗文化。知识分子阶层普遍向伊斯兰精神的回归，有力地促进了伊斯兰复兴主义在伊朗的发展，并对伊斯兰革命的胜利产生了十分重要的影响。

阿勒·阿赫玛德是知识分子阶层共同拥戴的领袖人物，具有非凡影响力。1977 年，在伊斯兰革命的前夜，他主张知识分子阶层应当与宗教阶层结盟的著作《知识分子的效忠与背叛》出版，对前者在伊斯兰革命中站在后者一边起了重要作用。知识分子阶层是一个社会中最理性的阶层，伊朗知识分子阶层的"背叛"，意味着巴列维政府已经彻底失掉民心，焉有不亡之理？

与知识分子阶层普遍回归伊斯兰精神相呼应的是，主张复兴伊斯兰文化传统的诗歌成为 70 年代席卷整个伊朗诗坛的"使命诗歌"的重要组成部分。这个阵营中的代表诗人有沙菲仪·卡德坎尼（1939—　）、内玛特·米尔扎扎德（1936—　）、阿里·穆萨维·伽尔玛鲁迪（生年不详），可以说他们是伊斯兰复兴主义诗人阵营中的三驾马车。主张复兴伊斯兰的诗人们的诗歌与"使命诗歌"中的左翼诗歌一样，歌颂游击战争和游击队员，描写枪林弹雨，反对巴列维政府，但他们是以现代伊斯兰复兴主义为其政治使命，其与左翼诗歌的不同之处在于以下两方面。

第一，强烈的反西方立场。左翼诗人们当然也是反西方反西化的，但他们的诗歌更多地表现出以推翻巴列维政府为主要目的，而较少立足于意识形态层面的思考，因此并没有把西方作为主要攻击对象。主张复兴伊斯兰的诗人们将西方意识形态作为伊斯兰意识形态的对立面，他们的诗歌表现出对西方的强烈敌对情绪。

我们来看沙菲仪·卡德坎尼的《会见（2）》："我对你有一千个找不到答案的问题/新基督的传播福音的队伍！/……在这所有的盲目、荒芜、焦渴、干枯中/廉耻和尊严何在？/……该死的掠夺的基督！/虚伪的基督！/

能涤净你的脸孔/你虚情假意的做派/你奸诈的阴影的雨水在何处啊?"① 该
诗表达了诗人对西方基督教世界强行将自己的价值观推向伊斯兰世界的愤
怒。在《恐惧之祈祷》中,卡德坎尼对将西方体制嫁接到伊斯兰社会的方
式提出了质疑:"……我与你什么也不知道/在这尘埃中/夜在何方,昼又在
何处/太阳的本色/花和水又是什么//人们把树木嫁接在一起/于是/在巴旦
杏的枝上你看见苹果/在甘菊丛中/看见蔚蓝的郁金香//……在东西方之间
有一垂死的呼号/时不时叫道: /'我害怕彗星。'/那是真主愤怒的惩罚/让
我们做恐惧之祈祷吧/恐惧之祈祷!"②"恐惧"在伊斯兰宗教语言中专指人
对真主和末日审判的恐惧,它使人时刻保持一种敬畏心理,以约束平日的
言行。该诗也表达了应当重树伊斯兰信仰的思想。这种强烈的反西方情绪
在主张复兴伊斯兰的诗人们的诗歌中十分普遍。

内玛特·米尔扎扎德诗集《斋食》(1970)中的《自由女神像》一诗
可以说是反西方的扛鼎之作,常常在群众集会上被朗诵,十分具有鼓动性。
我们来看其中的片段:

> ……
> 那里
> 一个粗暴的鬼魅
> ——以纯洁无瑕的女士的形象出现
> 站在美元做的基石上
> 高举一只手,擎着一只火炬
> 然而在她的另一只袖筒里
> 却不知道是什么
> 这身躯是自由的报喜者
> 掠夺的自由
> 侵略的自由
>
> 她站在美元做的基石上

① 《沙菲仪·卡德坎尼诗歌选集》,伊朗珍珠出版社1998年版,第82页。
② 同上书,第62页。

手中的火炬熊熊燃烧

粗暴的鬼魅——以圣洁的面目出现

攀着巨大的火炬，那火炬

将玻利维亚的丛林深处

照亮

那时

用她的另一只手将匕首

捅进切·格瓦拉的心脏

……

攀着巨大的火炬，那火炬

召唤着掠夺归来的强盗们

如同召唤领路人

——他们站在大船高昂起头的甲板上

刚从石油之海的远岸

从钻石和橡胶林的那边归来

……

喂，鬼魅！你这虚伪的圣洁者！

　　　　　喂，火炬！

你这海盗们的夜航灯！

我要用东方的风

　　　　　将你

　　　　　　熄灭。

　　第二，浓厚的伊斯兰色彩。主张复兴伊斯兰的诗人们将倡导恢复伊斯兰传统作为自己的使命，因而他们的诗歌在歌颂游击队员的同时更抒发对先知、圣徒的崇敬之情，也表达自己对回归伊斯兰的理性思考。这是与左翼诗歌最大的区别。

　　阿里·穆萨维·伽尔玛鲁迪的具有浓郁宗教气息的诗集《穿越》与内玛特·米尔扎扎德的《斋食》同在 1970 年出版，并在群众中广为流传，掀起了伊斯兰复兴主义诗歌的热潮。我们来看其中最著名的《圣光升起》一诗的片段：

一个十分令人忧伤的黄昏

我坐在这里，在山洞旁，茫然沉默，独自一人

人们说：某日，某段时光，有真主的天启降示

其名称叫做"哈拉"

这里是克尔白和麦加所在之地

我们穆斯林纯洁的朝觐日子中的一天

……

在山洞旁，从一块石头，一块岩石

不断地探寻，一个男人的印迹

——也许留在某地的印迹，很久以前，很久很久——

我与自己的思维之鸟，在洞中漫步

似乎我找到了我一直在寻找的印迹：

就是它，就是他！

山洞旁，这里，他的脚印，我看见了

我深深地嗅闻他的气息

就是它，就是他！

麦加的孤儿、牧童、少年、小伙子，出自哈希姆家族

麦加与叙利亚之路上的经商族

忠诚、正直、纯洁、那个男人

最优秀的丈夫，赫迪彻的丈夫

同样，就是那个人他只说真主的话语

只寻找真主

绝不赞美偶像

这就是他，这就是那男人中的男人

他就是穆罕默德。

……

该诗抒发了诗人对伊斯兰教创始人穆罕默德的膜拜之情，以及诗人在

迷惘中的寻求与皈依。这篇作品为诗人赢得了极高的声誉，它被多种报纸杂志转载，还经常在各种宗教集会中被朗诵，成为现代宗教赞美诗的代表作。

　　沙菲仪·卡德坎尼是知识界皈依伊斯兰宗教传统的先行者，在他的诗集《用叶片的语言》（1968）中，"伊朗新诗中伊斯兰文化的象征第一次在卡德坎尼的诗歌中出现，如果我们说该诗集是新诗与宗教文化传统之间的和解，并不是太离谱"。① 浓厚的伊斯兰色彩是卡德坎尼诗歌的重要特征，在各本诗集中都有显著表现。在《哈拉智》一诗中，诗人写道："镜中，再次，映现出：/蓬乱的头发在风中/那红色的进行曲'我即真主'/仍在他口中喃喃而出。/……你在爱的祈祷中念些什么？/多少年来/你早已奔赴绞架高处，而这老督察/仍然躲着/你的尸体//……在尼沙普尔花园的小径上/半夜的沉醉者们，依然喜欢依着曲调/将你红色的进行曲/哼唱//你的名字依然挂在人们口中。"② 哈拉智（858—922）是伊斯兰教历史上著名的苏非教徒，他在修行的狂热状态中自称真主，被正统教徒视为异端，被处绞刑。该诗的着眼点并不在于哈拉智的叛逆，而是在于歌颂哈拉智对真主的热爱和对真理的追求，表现出诗人坚持伊斯兰精神、视死如归的战斗气概。《光明章》一诗更是表达了诗人对伊斯兰精神的皈依，并认为伊斯兰才是正确的拯救之路："今夜，一颗星星的灵魂/附着在了我体内，如此地/使我从感觉和方向的维谷中/获得拯救/那是觉醒、光明、翅膀和巅峰/……一颗似乎早已陨落的/星星的灵魂/现在，再次，突然/照亮天际/它附着在了我体内。"③ 原文中的"章"（sureh）一词是《古兰经》的"章"的专有名词，诗人在这里用该专有名词而不用其他表示"章节"意义的词汇，其内在深刻含义是不言而喻的。《另一盏灯》一诗明确地表达了诗人主张用伊斯兰激进主义精神重建伊朗文化的愿望：

另一盏灯

在这些夜晚中

---

① 夏姆士·兰格鲁迪：《伊朗新诗编年分析史》第 3 卷，第 545 页。
② 《沙菲仪·卡德坎尼诗歌选集》，第 79 页。
③ 同上书，第 96 页。

由于没有油，我们的灯

在干烧它的灯心

焦糊味和烟雾在四周升腾

智慧的辟尔啊，快说，琐罗亚斯德啊，友人啊！

请重新点燃另一盏灯

在这不论如何都走向孤独的夜啊

在这寰宇的穹顶，请点燃另一盏灯

将另一种崭新的

文化

建立，智慧的原旨。

　　"辟尔"是苏非派长老的称谓，"琐罗亚斯德"本是古波斯宗教琐罗亚斯德教（即拜火教）的创始人，这里指代先知或宗教领袖。诗人希望宗教领袖们能够站出来，为民众重新点燃伊斯兰传统文化之灯。该诗可以说是当时回归伊斯兰传统的思潮的集中体现。深厚的古典文学底蕴、深邃的伊斯兰思想、强烈的战斗精神使卡德坎尼的诗歌在文艺界、学术界、宗教界和充满革命激情的大学生中都享有很高威望。这是同时代的其他政治性诗人所不能比的。可以说，卡德坎尼的诗歌代表了70年代整个"使命诗歌"的最高成就。

　　通过以上对伊朗文学在现代化进程中的反应的考察，可以看出，伊朗之所以在20世纪后期发生伊斯兰革命并取得成功，而且政权稳固——并非像当初西方政治家们所预测的那样短命，是伊朗人民自己选择的民族发展之路，有着深厚的民众基础。伊朗伊斯兰革命的成功，标志着以全面西化为实质的现代化在伊朗的失败。在风云变幻的现代国际环境中，一个国家要立于不败之地，必须求发展，求富强，这是毋庸置疑的；同样，在风云变幻的现代社会中，一个民族要屹立于世界民族之林，必须保持、捍卫和弘扬自己的民族性——自己的民族传统和文化精神，这也是毋庸置疑的。因此，如何兼顾经济现代化与保持民族性这个问题，是每一个意欲实现现代化的具有古老民族文化传统的国家所必须认真思考的。伊朗的例子，值得深思。

第 七 编

社会和语言、文化

第一章

卡莱尔的"社会理念"

一 重诠"社会"

工业革命、政治改革和科学进步改变了 19 世纪英国社会的面貌，维多利亚时代的文人对此感受深刻，并不断反思社会的变革，以致很多现代学者将"社会"看作是维多利亚时代的一大"发现"。① 托马斯·卡莱尔（Thomas Carlyle）在维多利亚时代早期就已经发现，"社会"（society）这个词与它所表征的外在世界，与它所指的概念出现了脱节。他认为人们对社会的认识，尤其是当时一些颇有影响力的哲学和政治思想对社会的阐释，已经背离了社会原初的含义。对社会概念的重新诠释便成了贯穿他作品的一个主题。

卡莱尔诠释的重点是如何维系社会。当时关于社会的思考大致可分为两派。一派强调自然的乃至有机的社会关系，认为社会靠忠敬、孝悌和责任来维系；另一派则将社会看作个人为实现个体目标而构成的群体，反对集权或家长式的社会秩序。② 后者的社会模式源自古典自由主义，主张社会以市场为基础，而社会关系只能靠个人利益来维系。这种解释显然符合维多利亚时代英国社会的发展趋势，但卡莱尔却认为，以个人利益为纽带的社会恰恰是"社会"的反面，只能导致社会分裂。他试图重新诠释"社

---

① Simon Dentith, *Society and Cultural Forms in Nineteenth Century England*, London：Macmillan, 1998, p. 9；H. S. Jones, *Victorian Political Thought*, London：MacMillan, 2000, p. 74.

② Simon Dentith, *Society and Cultural Forms in Nineteenth Century England*, H. S. Jones, *Victorian Political Thought*, p. 2.

会"概念，认为社会的维系不仅需要前一派所强调的伦理纽带，还需要精神或信仰的纽带。这都反映在他所提出的"社会理念"（Social Idea）中。这个理念并非柏拉图的"理念"或康德的"纯粹理性概念"，而是类似柯尔律治（Coleridge）在《论教会和国家的体制》中的用法①，或后来艾略特（T. S. Eliot）在《基督教社会理念》中的用法②，蕴含着社会所应实现的目标，并非对外在世界或社会现状的抽象概括。在卡莱尔看来，这种理念也是社会的精神原则，社会便是该原则的载体。③ 他认为，社会的生命力就来自于它所承载的理念④，而当时英国社会已经没有了这种理念，因而病入膏肓。

卡莱尔的社会理念将社会视为一个整体。他认为人类社会和自然一样，并非一个"集合"（Aggregate），而是一个"整体"（Whole）。⑤ 他反复强调人与人之间有"无形的纽带"（bonds），构成了一个相互关联的整体（Union）。⑥ 他在《旧衣新裁》（1836）中指出，这种纽带有两种：⑦ 一是将人类拴在一起的"铁链"，是人类存在的必要条件，也即他后来在《过去与现在》（1843）中所解释的："人无法孤立地生活。我们聚成一个整体，或追求共同的善，或忍受共同的悲哀，就像同一具身体内的活的神经。"⑧ 另一种是"软"的纽带，也即爱。不过，这种爱比基督教伦理所说的"爱邻人"更进一步，将邻人视为"兄弟姐妹"，把社会当作"家"。它虽然也是强调情感，似乎与早先的浪漫派有共通之处，但如评论家科克沙特（Cockshut）所说，维多利亚时代早期的作家所强调的情感乃是"社会"情感，

---

① 关于柯尔律治的用法，详见 Basil Willey, *Nineteenth - Century Studies*, Harmondsworth: Penguin, 1964, p. 53.

② T. S. Eliot, *The Idea of a Christian Society*, London: Faber & Faber, 1939, p. 8.

③ Thomas Carlyle, *Critical and Miscellaneous Essays*, vol. 3, pp. 13 - 14.

④ Ibid. , p. 15.

⑤ Thomas Carlyle, *Sartor Resartus*, Oxford: Oxford University Press, 1987, pp. 55, 186.

⑥ Ibid. , p. 48.

⑦ Ibid. , p. 185.

⑧ Thomas Carlyle, *Past and Present*, ed. by Henry Duff Traill, Centenary Edition, 1897, Cambridge: Cambridge University Press, 2010, p. 286.

由最基本的家庭亲情，延伸到社会底层的陌生人。① 而且，这种爱除了作为情感纽带，还是一种信仰纽带。卡莱尔在《论伏尔泰》一文中称之为"神圣、神秘而又牢不可破的"纽带，是"无所不包的爱"②；在《歌德的著作》一文中又称之为"手足之情的神秘纽带"③。人与人的灵魂便靠这种纽带相系在一起，构成了一个神秘的整体。④ 这是卡莱尔社会理念的一个突出特色，即始终与并非基督教的"信仰"相连。

卡莱尔认为社会不仅是一个整体，还是一个"有机体"⑤，一个有生命力的个体（collective individual）⑥。他在《时代特征》（1831）一文中解释说，以前（而非现在）的社会是一个整体，社会中的个人本身就是一个整体，又能与其同胞联合成为一个更大的整体并作为其中有生命力的成员。⑦ 由是，卡莱尔的社会理念便包含着一种动态的发展，他关于社会的忧思也因而带有了一种乐观的期待。首先，社会有着兴衰交替的发展。他在《时代特征》中解释说，"整体"（whole）在某些语言中也有"健康"的意思。⑧ 现在的英国成了"病人"，但还会获得新生，重新成为一个有活力的整体。其次，个人作为整体中的"整体"，不能作壁上观，应该完善自我，才能实现社会这个大的有机体的新生。

卡莱尔对社会理念的界定，也就是对导致该理念消失的那些因素的批判。他认为，导致"现代"工业社会解体的因素主要有两个：一是对他人的责任已经减缩为金钱；一是对上帝的责任堕落成言不由衷的假话（cant）和怀疑。⑨ 这两种责任分别是维系社会所需的伦理和精神纽带。在卡莱尔看来，政治经济学和功利主义思潮以及它们的影响正在从根本上扯断这些纽

---

① A. O. J. Cockshut, "Victorian Thought", in Arthur Pollard, ed., *The Victorians*, London: Sphere, 1970, p. 14.

② Thomas Carlyle, *Critical and Miscellaneous Essays*, ed. by Henry Duff Traill, Centenary Edition, 1899, vol. 1, Cambridge: Cambridge University Press, 2010, p. 424.

③ Thomas Carlyle, *Critical and Miscellaneous Essays*, vol. 2, p. 388.

④ Thomas Carlyle, *Critical and Miscellaneous Essays*, vol. 3, p. 11.

⑤ Thomas Carlyle, *Past and Present*, p. 249.

⑥ Thomas Carlyle, *Critical and Miscellaneous Essays*, vol. 3, p. 12.

⑦ Ibid., p. 18.

⑧ Ibid., p. 2.

⑨ Thomas Carlyle, *Past and Present*, p. 67.

带。统治阶级统而不治，教会失去了精神权威，社会正在"迅速地土崩瓦解"。① 这正是卡莱尔《法国大革命》一书中所描述的革命前的"堕落时代"的主要特征。② 要将社会融聚起来，重生活力，就要恢复这些纽带，为新的社会制度重构理念。

二 维系社会的伦理纽带

卡莱尔反复用"家"这个隐喻来描述社会，与维多利亚时代人们赋予家的特殊情怀不无关系。工业化和城市化极大地增加了社会流动性，出现了"陌生人社会"③，导致了劳动的"异化"以及劳动场所与家的分离，使家成为人们情感和心理的避风港。狄更斯《远大前程》中的威米克刻意把自己的家打造成一个与外界隔绝的"城堡"，就是为了在情感和心理上保留一块与社会相对的区域，在这个小天地里获得人性的自由。④ 卡莱尔正是要消除这种对立，将社会变成家，使社会成员之间有家人般的爱，形成一种情感的"共同体"。19世纪晚期，德国社会学家滕尼斯（F. Tönnies）区分过"有机的"共同体（Gemeinschaft）和"机械的"社会（Gesellschaft）：在共同体中，人与人相互依存；而社会虽也是人的群体，其基础却是人与人的分离。⑤ 卡莱尔所强调的正是这种相互依存的关系，但他论述的侧重点"家"不是个体之间的相互关联，而是不同的社会群体或阶级之间的相互依存。他在《宪章运动》（1839）和《过去与现在》中将19世纪三四十年代英国工业化进程中出现的社会问题归纳为"英国状况问题"，其核心便是社会关系。他认为政治经济学所界定的维系社会的纽带非但没有使社会形成一个整体，反而要将英国社会分裂成贫富两个相互敌对的群体。

卡莱尔早在《时代征兆》（1829）中就谈到，英国的工业化提高了生

① Thomas Carlyle, *Critical and Miscellaneous Essays*, vol. 2, p. 58.

② Thomas Carlyle, *The French Revolution*, London: Chapman and Hall, 1903, pp. 9 – 15.

③ 可参见雷蒙德·威廉斯对"knowable community"的讨论。见 Raymond Williams, *The English Novel: from Dickens to Lawrence*, London: Chatto & Windus, 1970, pp. 14 – 18.

④ Charles Dickens, *Great Expectations*, ed. by Margaret Cardwell, Oxford: Clarendon, 1993, p. 208.

⑤ Ferdinand Tönnies, *Community and Civil Society*, ed. by Jose Harris, trans. by Jose Harris and Margaret Hollis, Cambridge: Cambridge University Press, 2001, pp. 17, 19.

产力，这将导致"社会制度"发生何种变化，积聚的大量财富又是"如何奇怪地改变旧有的关系，拉大贫富之间的差距"，是政治经济学家所面临的一大问题。① 他随后在《旧衣新裁》中提出，英国已经出现了"花花公子"和"贫穷的奴隶"两大阵营，社会将被分裂成两个"相互对立、互不交流的群体"；穷人因饥饿和劳累而死，富人则因闲散餍足而亡。② 这就是狄思累利（B. Disraeli）后来在小说《西比尔》（1845）中所说的贫富"两个国家"。正是由于看到英国已经分裂为两"国"，卡莱尔并没有将"国民身份"（nationality）看作维系社会的纽带。穆勒（J. S. Mill）对此显然也有所警觉，在以此作为社会维系的三原则之一时，不得不做出澄清："我们是指一条同情而非敌对的原则，一条团结而非分裂的原则"；"我们是指，一部分国民不认为自己相对于另一部分国民来说是外国人；他们珍惜彼此的关联；觉得他们是一个民族，他们的命运是拴在一起的，对同胞所做之恶也是对自己所做之恶；他们并不想自私地割断彼此的关联，以卸掉本应承担的共同的责任"③。卡莱尔认为导致分裂的原因主要是英国统治阶级没有尽到责任。土地贵族放任自由（laissez-faire），已经不适合统治现代社会；而有望取而代之、成为"真正贵族"的工业领袖却又被拜金主义所奴役，认为做到了"现金支付"（cash-payment），就不必再为工人的苦难负责。卡莱尔由是提出了他的核心观点："'放任自由''供求关系''现金支付乃唯一关系'，等等，从来就不是、现在和以后也不会成为人类社会行之有效的团结法则。穷人和富人、被统治者和统治者，不可能按照这种法则长久相处下去。"④

在上述三个"法则"中，卡莱尔主要批判的是第一个和第三个，但他将"供求关系"与它们并列，并非只是为了嘲讽亚当·斯密的《国富论》，而是在暗示这种明显属于经济领域的法则已经渗透到社会领域，并被当成了社会法则。"放任自由"就属于这种情况。卡莱尔在《宪章运动》中指出，贵族阶级统而不治，奉行"无所事事主义和放任自由政策"，是导致英

---

① Thomas Carlyle, *Critical and Miscellaneous Essays*, vol. 2, p. 60.

② Thomas Carlyle, *Sartor Resartus*, pp. 216, 176–177.

③ J. S. Mill, *Mill On Bentham and Coleridge*, intro. by F. R. Leavis, London: Chatto & Windus, 1950, p. 124.

④ Thomas Carlyle, *Past and Present*, p. 33.

国状况出现"问题"的根源。① 统治者把市场交由"看不见的手"来调控，却不应该在社会问题上也放任自由。这种袖手旁观是不正义的，因为让并非处在同一起跑线上的社会成员靠相互竞争来生存只能是弱肉强食。让放任自由成为"主要的社会原则（如果还有原则的话）"② 就是一种"自杀"，因为社会是一个整体，当成千上万的人活不下去的时候，其他成员也无法独存。③ 卡莱尔进而指出，自由如果是指"被饿死的自由"，那么自由就需要重新定义。④

　　卡莱尔在《宪章运动》中还希望土地贵族能够担起统治之责，但在《过去与现在》中已经开始主张由新兴的"工业贵族"取而代之。他给工业家马歇尔（J. G. Marshall）写信说，英国社会需要的是"工业领袖"而非"闲人领袖"。⑤ 工业家首先要自我革新，抛弃拜金主义，因为一个人的财富是他所爱并因而被爱的人和物。⑥ 他认为当时的"生产过剩"现象充分反映了工业领袖的"不正义"，棉布堆积如山，工人却衣不遮体。⑦ 社会被玛门这个魔鬼所驱使，"现金支付"原则正在令社会走向解体。

　　卡莱尔在《宪章运动》中认识到，"现金支付已经成为人与人之间唯一的关系"⑧，破坏了人类的团结。厂主认为自己雇用了工人并支付了工资，就不再与工人有任何关系，工人是否挨饿与他无关。卡莱尔在《过去与现在》中明确提出，厂主不是与工人没有关系，而是没有不正义的关系；而且，现金支付并非人与人之间唯一的关系，任何社会都不可能用现金支付作为唯一的纽带："爱是无法靠现金支付获得的；而没有爱，人们就无法生活在一起。"⑨ 评论家罗森贝格认为，19 世纪思想界的一个典型特征，便是认识到经济模式正在取代社会和政治生活范畴；卡莱尔对"金钱纽带"的

---

① Thomas Carlyle, *Critical and Miscellaneous Essays*, vol. 4, p. 167.

② Thomas Carlyle, *Critical and Miscellaneous Essays*, p. 131.

③ Thomas Carlyle, *Past and Present*, p. 21.

④ Ibid., pp. 212 – 213.

⑤ Charles Richard Sanders, Kenneth J. Fielding and Clyde de L. Ryals, ed., *The Collected Letters of Thomas and Jane Welsh Carlyle*, Durham, North Carolina: Duke University Press, 1970 – 1995, vol. 16, p. 39.

⑥ Thomas Carlyle, *Past and Present*, p. 281.

⑦ Ibid., p. 193.

⑧ Thomas Carlyle, *Critical and Miscellaneous Essays*, vol. 4, p. 169.

⑨ Thomas Carlyle, *Past and Present*, pp. 286, 146 – 147, 272.

论述说明他已经认识到，英国社会问题的根源不仅在于上层阶级认为自己与工人无关，更重要的是，现代社会的基础就在于那些传统纽带的消失。①不过，卡莱尔在《过去与现在》中并不承认这一点，他认为现代社会只是"暂时"被金钱纽带所统治："现金支付从来就不是、今后也不会成为人与人之间联合的纽带（union - bond），它只是暂时统治若干年而已。"②

卡莱尔反复用"家"来比喻社会，因为血缘是人类共同体最基本的纽带。他提出社会成员应如兄弟姐妹，而不仅仅是"邻人"。邻人只是地域上的关联，而亲人则是血缘上的关联。他在《过去与现在》中分别借用了《圣经·创世记》（4：9）中该隐杀弟的例子，以及爱尔兰寡妇无助病故的事实，说明统治阶级已经忘记了亲情和责任，漠视自己"兄弟"和"姐妹"的生命。卡莱尔将工厂主比作杀死胞弟的该隐。该隐杀死弟弟亚伯后，上帝问他亚伯在哪里，他却回答说："我岂是看守我兄弟的吗?"③ 卡莱尔又举了现实中的例子，有一个贫穷的爱尔兰寡妇，带着三个孩子，求遍了爱丁堡的慈善机构，没有得到任何救济，最后得斑疹伤寒而死，导致一条街上17人受传染而死去。卡莱尔愤怒地说道，这些人否认她是自己的"姐妹"，拒绝帮助她，而她便以这种方式"证明"了他们的错误。④ 他进而指出"社会"这个词已经不能表达社会这个概念："我们称之为社会，却四处证明这是最极端的分裂和孤立。"人与人之间没有相互帮助，只有"公平竞争"，其结果便是相互的仇视。⑤ 卡莱尔在《宪章运动》中就说过，这个社会对工人来说已经不是一个"家"，而是一座"监狱"。⑥ 但上层阶级也同样因为社会的瓦解而陷入最为悲惨的境地："割断了与他人的关系，只剩孤家寡人：一个陌生的世界，不是你的世界；整个社会对你来说只是一个敌对的阵营；根本就不是一个家。"⑦ 他认为下层民众的悲惨境地会像传染病

---

① Philip Rosenberg, *The Seventh Hero*：*Thomas Carlyle and the Theory of Radical Activism*, Cambridge, Massachusetts：Harvard University Press, 1974, pp. 142, 171.

② Thomas Carlyle, *Past and Present*, pp. 188 – 189.

③ Ibid. , pp. 146 – 147.

④ Ibid. , p. 149.

⑤ Ibid. , p. 146.

⑥ Thomas Carlyle, *Critical and Miscellaneous Essays*, vol. 4, p. 144.

⑦ Thomas Carlyle, *Past and Present*, p. 274.

那样传播到上层社会。① 当时的工业化和城市化的迅猛发展导致了生活和工作环境的恶化，加剧了传染病的危害性，文学作品（如狄更斯的《荒凉山庄》）便常用传染病来"证明"人与人的相互关联，也即卡莱尔所说的，"没有哪个最高层的人能与最底层的人分开"②。

为了改变这种状况，卡莱尔提出了中世纪的"household"模式（即领主与其仆从、隶农等形成的小共同体），主张工业家应效仿古代领主，既要尽领袖之责，又要善待仆从。他引用司各特（W. Scott）的小说《艾凡赫》中的人物，说明中世纪的贵族能够尽到统治之责并关爱仆从："那时候，没有人孑然一身，没有人与他人没有关联；没有人会在放任自由的政策下，无助地迈进巴士底狱；没有人需要通过死于斑疹伤寒，来证明自己与他人是相互关联着的！"③ 他建议"工业领袖"要有更高尚的追求，不要只追求最低价格，还要追求更公平的分配，组织劳动，关爱工人，改变社会的混乱无序状态。④ 不过，卡莱尔与许多追慕中世纪社会模式的同代人也有不同之处。他已经认识到，现代民主社会已经消除了封建时代的依附关系，不可能再回到中世纪，但可以将中世纪的责任感和亲善情谊引入到现代社会。⑤ 卡莱尔认为，除了形成这样一种情感的共同体，还应该构造一种利益的共同体。他认为人类社会的组织原则应该是"永久而非临时的契约"，工厂主应给工人一部分"永久利益"，从而形成"合作"的企业，如此则社会将由"荒原"变为"家园"。⑥

三 维系社会的精神纽带

卡莱尔格外看重宗教在社会维系中的作用，认为"宗教是社会的唯一

---

① Thomas Carlyle, *Critical and Miscellaneous Essays*, vol. 4, p. 168.

② Thomas Carlyle, *Past and Present*, p. 286.

③ Ibid., p. 245.

④ Ibid., pp. 271, 272 – 275.

⑤ Ibid., pp. 250 – 251. 有评论家指出，卡莱尔的这种思想是受了法国思想家圣西门（Saint – Simon）的影响。圣西门将历史分为古典时代、中世纪和工业时代，工业时代需要延续中世纪的信仰、秩序和责任观念，却不是要复兴中世纪。参见 Alice Chandler, *A Dream of Order: The Medieval Ideal in Nineteenth – Century English Literature*, London: Routledge & Kegan Paul, 1970, pp. 132 – 133.

⑥ Thomas Carlyle, *Past and Present*, pp. 277, 282, 286.

纽带和生命"。① 他在《旧衣新裁》第三篇第二章中详细阐述了宗教与社会的关系：社会乃上帝的可见的象征，是上帝神性的显示；宗教是社会的神经系统和心包组织，没有它，社会将无法存在，人们失去了相互的关联，只能算是"群居"，并将很快陷入不和、憎恨、孤立和离散的状态；因为唯有人们的灵魂相互融为一体，才有可能出现所谓的"团结、相互的爱和社会"。② 他在该篇第五章中指出，作为"社会的生命力"的宗教已经遭到重创和刺穿，几成碎片，社会也因而名存实亡，并提出了他的著名论断："你们把它叫作社会，却没有了社会的理念；现在的理念不再是一个共同的家，而是一个共同的、拥挤不堪的寄宿舍"。③

　　为了强调精神纽带的重要性，卡莱尔区分了社会的物质存在（Body – politic）和精神存在（Soul – politic），这种区分也是他作品中一以贯之的思想。他在《时代征兆》一文中指出，现代人生活在机器时代，人们关心的是物质存在，即物质的、实际的、经济的状况；而不再关心精神存在，即道德、宗教、精神状况。④《时代征兆》一文认为，"社会物质现状的狂乱，乃是其精神状况的体现和作用"。⑤《旧衣新裁》则明确强调精神存在更为重要，当社会的精神存在衰落时，其物质存在也无法久存，而通过摧毁精神存在来"肢解社会"的正是功利主义。⑥ 卡莱尔认为功利主义与 18 世纪的经验主义同属一脉，而 18 世纪英国"社会的每一根纤维都被扯断了"，精神与物质已经分裂⑦；英国人开始将社会比作"机器"⑧。他在《英雄与英雄崇拜》（1841）中特意对比了有生命的"树"和无生命的"机器"。功利主义者把社会看作"没有生命的钢铁机器"，只需调节"齿轮"就可使之运转；而真正的社会却像生命之"树"，是有机体，并有其不可见的内在

①　Charles Richard Sanders, Kenneth J. Fielding and Clyde, de L. Ryals ed. , *The Collected Letters of Thomas and Jane Welsh Carlyle*, vol. 5, p. 136.

②　Thomas Carlyle, *Sartor Resartus*, pp. 162 – 163.

③　Ibid. , p. 176.

④　Thomas Carlyle, *Critical and Miscellaneous Essays*, vol. 2, p. 67.

⑤　Ibid. , vol. 3, p. 22.

⑥　Thomas Carlyle, *Sartor Resartus*, 1987, p. 177.

⑦　Thomas Carlyle, *Critical and Miscellaneous Essays*, vol. 3, pp. 104 – 105.

⑧　Ibid. , vol. 2, p. 75.

精神，无法按照"动机"的齿轮和私利来"调整"。①

卡莱尔关于宗教与社会关系的论述，与柯尔律治、托马斯·阿诺德、莫里斯（F. D. Maurice）等 19 世纪的文人有许多契合之处，强调精神层面，认为社会乃神意的象征。不过，卡莱尔与他们的区别也恰恰在此，他更多在强调抽象的"信仰"或"宗教"（Religion，Faith，Belief）而非基督教，对英国国教更是颇多微词。卡莱尔的宗教思想带有超验主义和神秘主义的色彩，和柯尔律治一样，受了德国哲学和文学的影响，评论家阿什顿认为这是为了摆脱休谟和功利主义者的物质主义。② 卡莱尔在《约翰·斯特林传》（1851）中对柯尔律治的观点表示赞同："教会自身已经消亡，陷入了不信神的机械状态"，"人的灵魂已经被蒙蔽，变得迟钝，被无神论和物质主义、休谟和伏尔泰所奴役；现在的世界是一个破灭了的世界，没有上帝，无力做有意义的事，直到它改变心灵与精神。"③ 但他也认为，柯尔律治要"使这个已经死了的英国教会获得重生"只是一种"妄想"。④

对信仰的怀疑和人生方向的迷失，令青年时代的卡莱尔备受煎熬，而他又把这种境况视为当代欧洲文明病入膏肓的征兆。⑤ 因此，《旧衣新裁》中那位"德国教授"的精神煎熬，既有卡莱尔自身的影子，又是一个关于时代的寓言。从不相信基督教（The Everlasting No），到认识到应该做什么却不知道怎样做（Centre of Indifference），最后找到新的信仰（The Everlasting Yea），是一种蜕变和升华，是地狱、炼狱和天堂三部曲。他的新信仰是一种超验主义，如巴西尔·威利在《十九世纪研究》中所说，他将永恒等同于上帝，将宇宙等同于教会，将劳动等同于祈祷。威利认为卡莱尔保留了宗教情感，却不再相信"宗教"，属于 19 世纪的一个典型现象。⑥ 难怪乔

---

① Thomas Carlyle, *On Heroes*, *Hero - Worship and the Heroic in History*, ed. by Henry Duff Traill, Centenary Edition, London: Chapman and Hall, 1893, pp. 171 - 172.

② Rosemary Ashton, *The German Idea: Four English Writers and the Reception of German Thought 1800 - 1860*, Cambridge: Cambridge University Press, 1980, p. 71.

③ Thomas Carlyle, *The Life of John Sterling*, ed. by Henry Duff Traill, Centenary Edition, 1897, Cambridge: Cambridge University Press, 2010, p. 58.

④ Thomas Carlyle, *Critical and Miscellaneous Essays*, vol. 3, pp. 59 - 60.

⑤ John Morrow, *Thomas Carlyle*, London: Hambledon Continuum, 2006, p. 12.

⑥ Basil Willey, *Nineteenth - Century Studies*, pp. 127, 114.

治·艾略特说，对于当时的很多人来说，"读《旧衣新裁》是他们思想史上的一个划时代的事件"。① 卡莱尔不再相信基督教的上帝，却不会像乔治·艾略特那样直言上帝是"无法令人相信的"②。有评论家发现，卡莱尔写信时仍喜欢以"God be with you"（上帝与你同在）来收笔，尽管他给虔信的母亲写信时用"God"，给其他人写信时大都将"God"改为"Good"，但这两个词在卡莱尔眼里本就是同义词。③ 尽管这只是一家之言，但卡莱尔的确改变了上帝这个词的所指，仍然用它来寄托其宗教情感。

　　尼采在《偶像的黄昏》中说，"卡莱尔是一个英国无神论者，却希望自己因为不是无神论者而得到人们的尊敬"。④ 但卡莱尔并不是真正的无神论者，无神论者反倒一直是他抨击的对象。尽管他在爱丁堡大学读书时对休谟和吉本（Gibbon）很是钦佩，却无法认可他们的无神论思想。⑤ 哈罗德·布鲁姆认为卡莱尔虽非"虔信之人"，却试图成为一个"虔信的作家"。⑥ 这个论断略显苛刻。卡莱尔并非仅在使其被称作作家的那些作品中强调信仰的重要性，他也坚信信仰是人存在的根本："信仰是唯一的需要……对于纯正的有德之士，失去了宗教信仰，也就失去了一切。"⑦ 直到1870年底，卡莱尔还在日志（而非公开发表的作品）中写道，希望能把自己关于"上帝"的信仰解释清楚，以便让那些胆敢尝试"无神论"的人能够发现回头是岸。⑧ 尼采在谈到卡莱尔时说："渴求坚定的信仰不能证明就有坚定的信

---

① Geroge Eliot, "Thomas Carlyle", in A. S. Byatt and Nicholas Warren, ed. , *George Eliot: Selected Essays, Poems and Other Writings*, Harmondsworth: Penguin, 1990, pp. 343 – 344.

② 乔治·艾略特1873年对迈尔斯所说的话。参见 Basil Willey, *Nineteenth – Century Studies*, p. 214.

③ Ruth apRoberts, "Carlyle's Religion: The New Evangel", in P. E. Kerry and J. C. Crisler, ed. , *Literature and Belief*, vol. 25: 1&2, Provo, Utah: the Center for the Study of Christian Values in Literature, Brigham Young University, 2005, p. 117.

④ Friedrich Nietzsche, *Twilight of the Idols* and *The Anti – Christ*, trans. by R. J. Hollingdale, London: Penguin, 1990, p. 86.

⑤ Fred Kaplan, *Thomas Carlyle*, Cambridge: Cambridge University Press, 1983, pp. 48 – 49.

⑥ Harold Bloom, "Introduction", *Thomas Carlyle*, ed. and intro. by Harold Bloom, N. Y. : Chelsea House Publishers, 1986, p. 9.

⑦ Thomas Carlyle, *Sartor Resartus*, p. 124.

⑧ J. A. Froude, *Thomas Carlyle: A History of His Life in London*, vol. 2, London: Longmans, 1902, p. 423.

仰，而恰恰是没有坚定的信仰。"① 这句话道出了当时许多人的精神状态，也与卡莱尔的论证逻辑相吻。例如，卡莱尔在《时代特征》中阐述过"自我意识"：健康的人不知道自己健康，只有病人才会意识到健康的宝贵。② 因为没有，所以渴求。但尼采的话只适合来描述卡莱尔精神历程的前半部分。卡莱尔后来又找到了新的信仰（并非基督教），实现了"旧衣新裁"。他试图通过写作为人的存在寻找一个神圣的、超验的维度。他文字间流露出来的"渴求"，不再是因为他自己没有坚定的信仰，而是希望时人能像他这样找到新信仰，走出迷惘和怀疑的困境。③ 更重要的是，他所渴求的信仰也是社会维系和重生的前提。

　　卡莱尔认为，工业时代需要重新成为有信仰的时代，否则"将继续处在混乱、苦闷和精神错乱之中，必将走向狂乱的自杀式的解体"。④ 他同意圣西门主义者的观点，即"社会的重构，甚至是社会的继续存在"都要求出现一个有信仰的时代。⑤ 而现代社会却是一个"矫揉造作"（artificial）的社会，是机械的、自觉的、不自然的社会。⑥ 他借用柯尔律治的话来形容时人的迷失："你并无信仰，你只是相信你有信仰。"⑦ 他认为，这就是道德失效的开端，人们已经不再真诚；而且，没有了精神权威，会导致精神上的无政府状态。⑧ 精神领域的混乱是最为关键的，对道德、知识和社会的种种破坏便都由此而生。⑨ 这便是卡莱尔在《英雄与英雄崇拜》中所表述的思想："社会建立在英雄崇拜的基础之上"；因为"信仰"就是忠诚于精神

---

① Friedrich Nietzsche, *Twilight of the Idols* and *The Anti-Christ*, trans. by R. J. Hollingdale, p. 85.

② Thomas Carlyle, *Critical and Miscellaneous Essays*, vol. 3, p. 1.

③ 卡莱尔反复强调通过"行动"（Action）或"劳动"（Work）来获得信仰，这属于一种由外及内的信仰"养成"，尽管影响过很多人，但也有质疑之声。例如，诗人克劳（A. H. Clough）就怀疑这样得到的是否是"真正的"信仰。详见 Philip Davis, *Why Victorian Literature Still Matters*, Chichester, West Sussex: Willey-Blackwell, 2008, pp. 40-42.

④ Thomas Carlyle, *Past and Present*, p. 250.

⑤ Charles Richard Sanders, Kenneth J. Fielding and Clyde de L. Ryals, ed., *The Collected Letters of Thomas and Jane Welsh Carlyle*, vol. 5, p. 136.

⑥ Thomas Carlyle, *Critical and Miscellaneous Essays*, vol. 3, p. 13.

⑦ Thomas Carlyle, *On Heroes, Hero-Worship and the Heroic in History*, p. 122.

⑧ Ibid. .

⑨ Thomas Carlyle, *Critical and Miscellaneous Essays*, vol. 2, p. 435.

英雄，而忠诚"作为社会维持生命的呼吸"，本就源自对英雄的崇拜；社会体现了对真正的伟人和智者的崇敬和服从。① 有了信仰，自然会产生敬畏之心和敬仰之情，从而形成等级有序的社会，使已经瓦解的社会获得重生。他在《旧衣新裁》中已经说过，现代人的问题就在于没有了服从观念。② 诚如霍顿（Houghton）所言，英雄崇拜能在维多利亚时代流行，就在于它能够满足那个时代的许多深层的需求。③

卡莱尔始终认为，重生信仰是消除当时的宗教"巴别塔"和社会重生的必由之路。从现实的角度来说，维多利亚时代宗教派系林立，卡莱尔提出的宽泛的"信仰"，也有利于社会融聚，而不至于像力图重兴英国国教的思想那样排斥不从国教者。当然，卡莱尔所强调的"信仰"也有其局限。如果说他对放任自由和现金支付的批判，以及对中世纪社会理念的倡导，还有助于为英国后来建立福利制度创造文化氛围，那么他对宗教的强调只是发现了现代社会的问题，却未能将这片精神荒原变成家园。

四 社会新生之路

从卡莱尔对社会维系纽带的批判不难看出，他认为社会复兴主要依靠个人的道德和信仰革新。统治阶级应成为"高尚"的英雄，使社会带有"英雄主义"色彩④；工人阶级则要学会崇拜英雄，养成敬畏和服从的品德。道德革新的根本还在于精神革新。一方面要有眼和心，培养想象力和同情心，真正"看到"（see）隐于表象之下的"公开的秘密"（open secret），领悟到遍布宇宙之中的"神圣理念"（Divine Idea），从而形成敬畏和崇仰之心⑤；另一方面，要丢开疑虑，行动起来。如果不知道做什么，就践行离你最近的责任，因为理想世界（Ideal World）就在你身边，只需要去

---

① Thomas Carlyle, *On Heroes, Hero – Worship and the Heroic in History*, p. 12.

② Thomas Carlyle, *Sartor Resartus*, p. 189.

③ Walter E. Houghton, *The Victorian Frame of Mind*, New Haven: Yale University Press, 1957, p. 310.

④ Thomas Carlyle, *Past and Present*, p. 271.

⑤ Thomas Carlyle, *On Heroes, Hero – Worship and the Heroic in History*, pp. 36, 105, 116, 156 – 157, 163.

"劳动，信仰，生活，获得自由"。①

　　《旧衣新裁》还从社会作为一个有机整体的角度论述了其发展趋势，并使用了两个比喻。一是认为社会是由"有机的细丝"（organic filaments）连缀起来的。② 这比乔治·艾略特用"网"来比喻社会有更深的含义，不仅强调了关联，还预示了动态的发展。③ 卡莱尔在《论伏尔泰》（1829）一文中就已经提出，社会是由无数的线织成的编织物（tissue）。④ 这些有机的细丝不断拆散，又不断重新编织起来，使社会处在一种无始无终的运动之中。从这个意义上说，"旧衣新裁"应该是"旧衣新织"。"创造"与"破坏"同时进行，在吹走旧丝线灰烬的同时，也在编织着新丝线。⑤ 卡莱尔还用凤凰涅槃来形容这种变化。社会处在不断"变形"之中，死掉的只是它的旧壳，而旧壳下面已经在编织新衣。病入膏肓的旧社会将被焚灭，如凤凰一般，在灰烬中获得新生。⑥ 他认为变化是"不可避免的"，但信仰以及社会都不会消失，消失的只是其躯壳（body），而内在的灵魂（soul）已经传承到了新壳之中，也即说，"过去"都积聚到了"现在"之中。⑦ 人类的活动和成就大都保存在无形的传统之中，世代传承。⑧ 卡莱尔写作《过去与现在》，不仅是要对比古今，更是强调古今的传承和延续。这也是他为什么认为虽然无法回归到中世纪，但可以使中世纪的某些理念在现代社会中延续。卡莱尔的社会发展观体现了一种乐观的态度，这种乐观有利于人们接受社会不断变化的现实，摆脱信仰失落和社会巨变导致的绝望心情。如他所说，"有信仰的时代与无信仰的时代交替出现"，后者是通往前者的必由之路，人应该靠着希望活下去。⑨ 有评论家认为《过去与现在》预想了英国社会

---

① Thomas Carlyle, *Sartor Resartus*, pp. 148 – 149.

② Ibid. , p. 187.

③ 卡莱尔在《论历史》一文中将历史比作"网"，也包含着动态的发展。（Thomas Carlyle, *Critical and Miscellaneous Essays*, vol. 3, p. 175.）

④ Thomas Carlyle, *Critical and Miscellaneous Essays*, vol. 1, p. 399.

⑤ Thomas Carlyle, *Sartor Resartus*, p. 185.

⑥ Ibid. , pp. 179 – 180.

⑦ Thomas Carlyle, *Critical and Miscellaneous Essays*, vol. 3, pp. 38 – 39.

⑧ Thomas Carlyle, *Sartor Resartus*, p. 131.

⑨ Ibid. , pp. 87, 123.

的道德与社会新生，是卡莱尔最为乐观的社会批评①，但如上所述，这种乐观的态度在之前的《旧衣新裁》和他的一系列文章中就已经有了明显的体现。卡莱尔尖锐的社会批评常使读者感到一种悲观的语调，但他社会批评的出发点恰恰是一种乐观的自信。

卡莱尔重新诠释"社会"，不仅是为了指出该词和它所指的概念、它所表征的外在世界的脱节，也是为了纠正人们认知社会的方式。他像浪漫派那样强调用综合（synthesis）而非分析（analysis）的方式来理解社会，这样才不致忽略情感和精神在社会维系中所起的作用。他反复提到要培养"看"的能力，既是指借助文学的想象力看到表象背后的"神圣理念"，也是指用综合的方式来认识社会，把社会看作一个有机的整体，而不是像边沁的功利主义那样成为只会把社会当作机器来分析的"瞎眼的"巨人②。这也是对当时另一种认知方式的批判和补充。关于社会的思考并非19世纪独有的现象，所谓这一世纪"发现"了社会，更多的是在描述社会学的形成。孔德（Auguste Comte）、穆勒、刘易斯（G. H. Lewes）、勒南（Renan）和斯宾塞（H. Spencer）等英法思想家都主张通过科学地分析社会来实现社会秩序的重生。③ 但卡莱尔关于社会"变型"的描述，是将社会视为一个有生命力、有精神内核的整体，无法用一种"科学的"或"实证的"理论来进行分析。他所阐述的不是关于社会的"理论"，而是关于社会的"理念"，并论述了没有"理念"的"理论"何以会瓦解社会。

---

①　Chris R. Vanden Bossche, "Introduction" to *Past and Present*, by Thomas Carlyle, Berkeley: University of California Press, 2005, p. xix.

②　Thomas Carlyle, *On Heroes, Hero - Worship and the Heroic in History*, pp. 172 - 173.

③　Peter Allan Dale, *In Pursuit of a Scientific Culture: Science, Art, and Society in the Victorian Age*, Madison, Wisconsin: The University of Wisconsin Press, 1989, p. 14.

第二章

现代希伯来语的复兴与以色列国家的建立

> 犹太民族要建造一个家园，没有共同的语言，是非常困难的，所以必须要有共同的语言，这个语言就是希伯来语。希伯来语经历了一个从死亡到复兴的过程。它的复兴甚至比重建以色列家园还要独特。国家可以重建，但是创造一种语言非常困难。
>
> ——阿摩司·奥兹：2007 年 9 月 3 日中国社会科学院演讲

自公元前 586 年新巴比伦王尼布甲尼撒围攻耶路撒冷，火烧圣殿，掳去大批王公贵族、手工业者、建筑师和男女歌唱家，酿成著名的"巴比伦之囚"事件后，古代犹太民族所使用的古希伯来语便逐渐衰微。到公元 135 年，巴尔·科巴赫领导的反对罗马人统治的武装起义被镇压下去，犹太人再度被赶出家园，开始散居世界各地。在漫长的流亡过程中，犹太人日渐采用居住国的语言进行交流，并从 10 世纪开始，创立了以希伯来语、德语、波兰语和斯拉夫语为基础的意第绪语，用于犹太人之间的日常生活交流。希伯来语只被用来研习《圣经》《塔木德》等古代经典，举行宗教仪式或祈祷，当然，也有个别学者用希伯来语进行书信往来，乃至宗教题材的诗歌创作。到了 18 世纪，希伯来语实际上已经失去了口头交际功能，与古代希腊语和拉丁语一样，成了一门"死的"语言。

现代希伯来语的复兴发轫于 18 世纪中后期的犹太启蒙运动。当时，欧洲的犹太知识分子马斯基里姆（Maskilim）由于受到欧洲启蒙运动的影响，响应德国犹太思想家摩西·门德尔松（Moses Mendelssohn，1729 – 1786）及其门生的倡导，首先在德国发起了犹太启蒙运动，即希伯来语所说的

"哈斯卡拉"（Haskala），亦被称为希伯来启蒙运动。其宗旨在于，让囚禁在"隔都"（Ghetto，指犹太人居住的隔离区）的犹太学生在研习宗教文化之际，在思想视野受到《塔木德》的禁锢与压抑之时，接受一些世俗文化与科学教育，甚至学一些欧洲语言，以便犹太人走出"隔都"后能适应现代文明社会。

　　教育的目的在于启蒙思想：用知识战胜愚昧，用理性战胜迷信，用现代文明之光驱走中世纪的黑暗。① 但是，究竟用何种语言向犹太人进行启蒙教育，确实是个非常严峻的问题。因为对一部分早期犹太启蒙运动倡导者来说，他们所追求的目标从本质上看具有两极对立性：一方面试图冲破"隔都"的禁锢，把犹太人改造为真正的欧洲人，实现同化；另一方面，又希望犹太人继续保持自己的民族特性。② 在他们看来，意第绪语虽然是当时犹太人的口头交流语言，但那不过是德语的"俚语"，丝毫也不典雅，与《圣经》希伯来语相形见绌，且加剧了犹太人与世隔绝的生活。而德语虽然是通往现代文明的中介，但它毕竟不是犹太民族的语言。因此，希伯来语成了他们唯一可以支配的文字或者说文学语言。从这个意义上说，复兴希伯来语也是犹太人步入现代化进程的手段与标志之一。

　　而马斯基里姆所要实现的自我启蒙愿望，就要求把大量的哲学、科学、地理、历史等书籍翻译成希伯来文。门德尔松身体力行，把希伯来语的《摩西五经》《诗篇》《雅歌》《传道书》等翻译成德文，并撰写评注或者注释，以此为大批犹太人架设了一条通往德国文化的桥梁，逐步融入世俗文化、文学、哲学和科学的广阔天地。③ 借用西塞尔·罗斯评论门德尔松《摩西五经》译本的话说：正是由于门德尔松的这一成就，才使得到当时为止人们一直普遍使用的"犹太德语"这种方言分化为各种各样的成分。这一伟大的译作开创了德国犹太人的乡土文学，从而在下一个世纪的整个过程中赢得了经典式的重要地位。其中的各种评注突破了过去曾一直禁锢着

---

① David Patterson, *A Phoenix in Fetters*: *Studies in Nineteenth and Early Twentieth Century Hebrew Fiction*, Maryland: Rowman & Littlefield Publishers, 1990, p. 4.

② 大卫·鲁达夫斯基：《近现代犹太宗教运动：解放与调整的历史》，傅有德等译，山东大学出版社 1996 年版，第 68 页。

③ 同上书，第 64 页。

德国犹太生活的《塔木德》研究的学术圈子，因而为现代希伯来文学提供了一种强大的发展动力。①

显然，早期的犹太启蒙思想家是把希伯来语当成媒介，借此接触欧洲，向犹太人传播欧洲文化，进而实现同化的目的；但同时，又对《圣经》和希伯来语言充满炽爱。正是在这种张力中，现代希伯来文学作为犹太启蒙运动的直接结果露出了端倪，而早期的启蒙思想家则在某种程度上可以被视为宣传民族主义思想的先行官。

犹太人在欧洲的流亡经历，恰巧在某些方面印证了德国学者赫尔德（Johann Gottfried von Herder）的见解："两族人类起初因地理与气候上的特质而分别起来；后来各有其特殊的历史传统——一种适当的语言、文学、教育、习尚、风俗；因此它们便各成为一个完备的民族，具有一种'民间性格'，一种'民族魂'和一种真实的民族文化后，个人便以他们的民族'性格'为特征；这种性格是很有永久性的，所以在他们迁居他国数代之后，它还没有消灭。"② 对于犹太人来说，在这种没有消逝的民族性格中，包括对锡安山脚下先祖曾经生活过的那片故土的怀恋，孜孜研修《圣经》《塔木德》《密西拿》等古老经卷，恪守"安息日"与"割礼"等传统犹太节日与礼仪，总是面东而祷，唱颂"明年耶路撒冷"。在所履行的一系列与宗教有关的神圣活动中，只使用希伯来语。随着门德尔松的门徒于1783年创办第一份希伯来语杂志《采集者》（Me'asef），希伯来语真正成为文学工具，开始创作现代散文、诗歌和戏剧。门德尔松的好友，素有现代希伯来诗歌之父之称的威斯利倡导包括基础科学、数学、历史、地理和德语在内的世俗教育，尽管遭到拉比和民众的攻击，但是为启蒙运动倡导者奠定了基本的教育模式。③

充满悖论的是，《采集者》并没有在文学创作上取得太大成功，相反，某些融入世俗文化的人放弃了对希伯来语的兴趣，对历史、科学、德文比

---

① 西塞尔·罗斯：《简明犹太民族史》，黄福武等译，山东大学出版社1997年版，第105页。

② 卡尔通·海斯：《现代民族主义演进史》，帕米尔等译，华东师范大学出版社2005年版，第23页。

③ Nathaniel Kravitz, *3000 Years of Hebrew Literature: from the Earliest Time through the 20th Century*, Chicago: Swallow Press, 1972, p. 437.

较热衷，并想通过改宗等手段为德国文化所认同。门德尔松去世不久，德国犹太人与德国文化融为一体，实现了他的一个心愿，但他试图保持本民族文化的愿望却付诸东流。在门德尔松去世后不到一个世纪里，他所有的直系亲属纷纷改宗，背离了犹太教。但是，这些改宗者又没有被他所痴心向往的欧洲文化接受，一旦具备了某种政治、社会、文化条件，他们会在反犹声浪中遭到欧洲社会的无情抛弃。因此，早期启蒙思想家试图借助希伯来语引导犹太人走出"隔都"、融入欧洲文明、实现民族自身现代化的主张遭到后来许多犹太复国主义思想家的无情攻击，认为这是对犹太世界的毁坏。

现代希伯来语真正得以复兴，成为后来的犹太国家语言，并创作出反映新兴民族意识的民族世俗文学，是在民族主义、犹太复国主义、以色列国家建设的系列进程中完成的。

19 世纪的欧洲，民族自治、民族统一、民族认同等观念已经深入人心。西班牙、俄罗斯和德国反抗拿破仑，塞尔维亚和希腊反抗奥斯曼帝国，波兰反抗沙皇帝国，比利时独立，拉丁美洲各省成功地脱离西班牙帝国，建立系列独立国家。"即使当时的这些反抗和起义在多大程度上具有民族主义的成分是有争议的，但是它们无疑都拥有自 19 世纪 20 年代以后不断升温炽热的民族主义……"[①] 这一切无疑对 19 世纪的犹太思想家产生了很大的影响。犹太民族主义与犹太复国主义的概念在某种程度上可以说是相辅相成的。身为犹太民族主义复兴者的摩西·赫斯（Moses Hess，1812 – 1875）同样又是犹太复国主义先驱，在《罗马和耶路撒冷——最后的民族问题》中，摩西·赫斯主张犹太人应当为争取民族的生存而斗争，认为犹太人"不是一个宗教团体，而是一个独立的民族，一个特别的种族"，提出返回故土——巴勒斯坦的犹太国的主张，并且首次为未来犹太国家的性质做出了明确设想。当"犹太复国主义之父"西奥多·赫茨尔（Theodor Herzl，1860 – 1904）首次读到赫斯的作品时，不禁写下："我们力图要做的一切，

---

① 安东尼·史密斯：《民族主义：理论、意识形态、历史》，叶江译，上海世纪出版集团 2006 年版，第 121 页。

都已经在他的书中。"①

诚然，这些犹太民族主义复兴者与犹太复国主义先驱者珍视希伯来语在复兴民族进程中的作用，他们学习，使用，乃至推广这门语言，但是未曾憧憬将希伯来语定为即将建立的新兴犹太国的语言，甚至想借鉴瑞士等国家的经验保持多语共生的局面。赫茨尔在《犹太国》一书中指出："我们想要有一种共同的语言会有不少困难。我们互相之间无法用希伯来语交谈。我们当中有谁掌握了足够的希伯来语，能靠说这种语言去买一张火车票？这样的事情是做不到的。然而，困难却是很容易被克服的。每个人都能保持他可以自由思考的语言。瑞士为多种语言共存的可能性提供了一个具有说服力的证明。我们在新国家中将保持我们现在这里的这种情况，我们将永远保持对我们被驱赶离开的诞生之地的深切怀念。"在犹太复国主义者看来，将犹太人团结在一起的是信仰，而不是语言，隔离区语言在他们看来蹩脚而发育不全，因此不会强制性地把某种对一般交往最有用的语言作为民族语言。②

但是，理论上看，在民族建立的过程中，语言在意识形态和政治领域至关重要，堪称民族的支点与标志之一，在塑造民族身份、民族性格方面起着重要作用。赫尔德在谈到民族问题时曾经宣称，每个民族"有它自己的文化，例如它的语言"。在民族主义理论家安德森眼中，"这个绝妙的纯属欧洲的和语言的私有财产权结合的民族概念在19世纪的欧洲有广泛的影响力，并且，在一个较狭窄的范围内，对后来关于民族主义性质的理论化也发挥了相当的影响作用"。③ 以欧洲的经验为例，19世纪20年代，对芬兰语和芬兰的过去"逐渐觉醒的"兴趣，逐渐由方言显现出来。当时刚萌发的芬兰民族主义运动的领导群，"大多是由以处理文字为专业的人所组成的：作家、教师、教士和律师。民俗研究以及民间史诗的重新发现与拼凑成篇，和文法书写与字典的出版齐头并进，导致了种种促成芬兰文学（即

---

① 沃尔特·拉克：《犹太复国主义史》，徐方、阎瑞松译，上海人民出版社1992年版，第57—68页。

② 西奥多·赫茨尔：《犹太国》，肖宪译，商务印书馆1993年版，第81—82页。

③ 本尼迪克特·安德森：《想象的共同体：民族主义的起源与散布》，吴睿人译，上海世纪出版集团2005年版，第66页。

印刷）语言标准化的期刊；如此，为了维护这个标准化芬兰语的生存发展，（民族主义者）遂得以提出更强烈的政治要求。而在和丹麦共同用一种书写语言——尽管发音完全不同——的挪威这个个案当中，民族主义则是随着伊瓦·阿森的挪威语文法（1848）和字典（1850）的出版而出现的……"①在语言标准化与民族主义化的过程中，印刷语言奠定了民族意识的基础。

相形之下，希伯来语从复兴到被确立为以色列国家语言有其独特之处，经历的是从印刷语言发展为口头语言、最终被确认为民族书面语言的复杂过程。最早的希伯来语印刷业始于15世纪70年代的意大利，希伯来语图书是世界上最早的印刷出版物之一。随着犹太启蒙运动从柏林东渐到加利西亚和俄国等地，到19世纪中叶出现了最早的现代希伯来语长篇小说，即亚历山大·玛普（Abraham Mapu，1801－1867）的《锡安之恋》；诗歌、文学批评、翻译文学等其他体裁的作品也有所发展，并且出现了大量的希伯来语期刊和书籍，其中一些由非犹太人资助出版。而在当时的希伯来现代文学中，已经融进了那个时代正在勃兴的犹太复国主义思想。比如，描写历史题材的长篇小说追叙《圣经》时代的辉煌，以唤起一股民族主义热情；诗歌创作表达了一代代流亡者的愤怒与绝望；文学批评团体执着地追求精神与文化复兴。文学与思想齐头并进，相互支撑与滋养②，具有强烈的载道色彩。

希伯来语口语化的过程是在犹太民族主义与复国主义的语境之下由本－耶胡达等人倡导、实施并实现的。本－耶胡达不仅天资聪颖，而且思想超前，对希伯来文拥有烈火般热情，并且深受欧洲民族主义运动的吸引。本－耶胡达1858年出生在立陶宛的一个村庄，与同龄的犹太孩子一样，3岁便开始学习希伯来语言和《托拉》，又过几年便学习《密西拿》和《塔木德》，13岁后被送到附近小镇上的一所经学院学习宗教。在那里，他开始接触犹太启蒙思想，并得知希伯来语可以被用来表达世俗思想，阅读《锡安之恋》等新文学作品，与同学用希伯来语交谈，体味书中男女主人公

---

① 本尼迪克特·安德森：《想象的共同体：民族主义的起源与散布》，吴睿人译，第72页。

② Michael W. Grunberger, "Publishing and the Rise of Modern Hebrew Literature", in *A Sign and a Witness*: *2000 Years of Hebrew Books and Illuminated Manuscripts*, ed. by Leonard Singer Gold, New York & Oxford: The New York Public Library and Oxford University Press, 1988, p. 115.

的感受。家人得知此事后，便把他从镇上召回，让他到当地的经学院学习。本－耶胡达一方面公开阅读传统的正统派文学，另一方面则暗地里继续学习希伯来语语法，阅读世俗文学。后来，他又去到 Glubokia 城市，在那里的犹太会堂结识了一位家境殷实的启蒙犹太人施罗莫·约拿斯，约拿斯亲切地把耶胡达请到家中，让女儿德沃拉（本－耶胡达的第一任夫人）教他俄语、法语和德语等多种语言，并经常阅读希伯来文期刊《黎明》（Hasha-khar），里面反映东欧启蒙运动发展情况的内容令其深受感动。① 1874 年，本—耶胡达又到德国都纳堡求学，在一位年轻启蒙主义者的引领下，接触到俄国的革命运动。在那一阶段，他的思想一度陷于虚无。但是，他在阅读《黎明》杂志时，那热爱希伯来语的余火，尽管已经在虚无主义的土灰中开始变得苍白，但没有殆尽，只需要一阵不同寻常的风就能使之复燃。②

1877 年到 1888 年之间的俄、土战争犹如"一阵不同寻常的风"点燃了本－耶胡达的民族主义情绪，在他看来，巴尔干的斯拉夫人反叛土耳其，借助俄国势力摆脱奥特曼帝国统治、赢得解放的民族主义运动在他看来无可非议，因此犹太民族主义也无可非议。③ 一年之后，本－耶胡达在《黎明》杂志上发表了自己的第一篇希伯来语文章《一个举足轻重的问题》（A Weighty Question，也可翻译作 An Important Question），他在文章中追述了欧洲民族主义的起源，认为 19 世纪下半叶的重要标志就是民族主义，而民族主义的真正起因在于被压迫民族奋起反抗。而他所谓的举足轻重的问题便是一个民族国家必须拥有的特点。其答案便包括需要一门共同语言。在他看来，犹太人不仅要拥有土地，而且要一门民族语言。显然，这片土地便是巴勒斯坦，这门语言便是希伯来语。

但是，正如前文所述，即使犹太复国主义先驱者赫茨尔也未曾奢望在即将建立的犹太国里把希伯来语定为国语，本－耶胡达的想法被视为梦想和幻象，非常不现实。19 世纪末 20 世纪初，大多数犹太作家进行创作时既使用意第绪语，也使用希伯来语，有时将两种语言交替使用。意第绪语作

---

① Ron Kuzar, *Hebrew and Zionism: A Discourse Analytic Cultural Study*, Berlin, New York: Mouton de Gruyter, 2001, p. 46.

② Ibid., p. 60.

③ Ibid..

为一种充满活力的能动语言，具有丰富的民间习语；希伯来语可提供感人的文字经典，但与时下周围的世界关联甚少。即使希伯来语可以适用于文学创作，表达哲学理念，但难以找到足够的词汇来适应日常生活中的交流，希伯来语现代化问题因而变得至关重要了。19 世纪的犹太人中是否有人真正能讲希伯来语值得怀疑。而且当时巴勒斯坦的犹太居民来自世界各地，他们讲意第绪语、拉迪诺语和阿拉伯语，若想让他们放弃自己的母语去使用并非熟练的希伯来语绝非易事。

从另一方面来看，正是因为犹太复国主义理念的影响，加上欧洲反犹主义浪潮的加剧，尤其是在 1881 年俄国发生"集体屠杀"后，大批犹太移民从东欧移居到巴勒斯坦，居住到巴勒斯坦的犹太人居住区，他们之间没有一门统一的语言进行交流和贸易往来。就像以色列作家阿摩司·奥兹在访问中国社会科学院所作的演讲中所说："120 年前，许多犹太人从欧洲来到巴勒斯坦，在耶路撒冷相遇，没有一种共同的语言。东方犹太人讲拉迪诺语、阿拉伯语、土耳其语，有时甚至讲波斯语，但是不能讲欧洲犹太人的语言；欧洲犹太人讲意第绪语、波兰语、俄语、匈牙利语，有时讲德语，但是不能讲东方犹太人的语言。这两大人群是无法交流的。要进行交流，就必须有一种共同的语言，来做生意，来谈话，进行买卖，即便他们当时讲的是祈祷书中的希伯来语，但希伯来语作为东方犹太人与西方犹太人交流的语言，也开始在日常生活中恢复了生命。"①

也正是在 1881 年，本－耶胡达和妻子来到巴勒斯坦。他抱定复兴希伯来语言的信念，不仅在家里讲希伯来语，走到大街上碰到任何孩子都讲希伯来语。但很快，他便意识到自己的希伯来语远远达不到进行流畅交流的水平。于是便借助手势表情达意，而后发明一个相应的希伯来语词汇。在这样一个只用磕磕绊绊希伯来语进行交流的家庭里，本－耶胡达的儿子，即后来的伊塔玛·本－阿维在 1882 年出生。由于身边的语言环境含混不清，伊塔玛直到 4 岁才会说话。但是，他发出的第一个词竟然是希伯来语单词，于是，伊塔玛·本－阿维被视为第一个以现代希伯来语为母语的孩子。② 其他犹太家庭也开始仿效本－耶胡达在家里讲希伯来语。当然，本－

---

① 阿摩司·奥兹 2007 年 9 月 3 日在中国社会科学院的演讲《以色列：在爱与黑暗之间》。

② Lewis Glinert, *Modern Hebrew : An Essential Grammar*, New York：Routledge, 2005, p. 189.

耶胡达既不是语言学家，也不是社会领袖。他在"集体屠杀"之前到了巴勒斯坦，严格地说他是"移民"，而不是"难民"。在他看来，移居巴勒斯坦可以长久解决犹太人的生存问题。从这个角度看，本－耶胡达也应该被算在犹太复国主义先驱者之列。①

的确，巴勒斯坦犹太人需要希伯来语进行交流不仅是交流的需要，而且也是犹太复国主义政治理念的需要。尽管犹太复国主义领袖来自讲意第绪语的东欧世界，但在他们眼中，意第绪语代表着犹太人在欧洲的流亡体验，是德语与希伯来语杂交后的产物，否定意第绪语就等于否定犹太人的流亡体验，因而从未想过把意第绪语当成巴勒斯坦犹太人使用的国语。② 相反，选择希伯来语就等于支持犹太复国主义，在观念上确定一种崭新而真实的民族身份。启蒙思想家试图在流散地复兴希伯来语只是在现代社会里保持犹太人民族身份的权宜之计，无法改变犹太人被同化的命运。而在犹太民族国家复兴希伯来语既可以保证民族生存，又可以保存民族文化。在语言世俗化的过程中，犹太国家的政治与文化上的民族主义得以进一步确认。1890 年，巴勒斯坦成立了希伯来语言委员会，即以色列建国以后经过议会立法更名的希伯来语言学院，意在复活日常生活用语，并对语言现代化进行裁定。本－耶胡达是希伯来语委员会的奠基人之一，从 1910 年开始，本－耶胡达在该委员会的支持下开始出版《古代和现代希伯来语大辞典》，里面不仅收入古词，而且并入新词，使得希伯来语能够更好地表达传统与现代价值。这项工作直至本－耶胡达去世之后还在继续。复兴语言的运动由少数精英们的自发活动，变得越来越组织化，渐趋成为整个以色列国家建国框架中的一部分。1911 年，在巴塞尔举行的第十届犹太复国主义大会上，代表们用希伯来语作为会议语言，讨论巴勒斯坦问题和希伯来文化，希伯来语由是成为犹太民族的官方语言。

在复兴希伯来语的过程中，本－耶胡达发挥了巨大作用，但教育家们的作用同样不可忽视。自 1904 年第二次犹太复国主义运动起，一些希伯来

---

① John Myhill, *Language in Jewish Society Towards a New Understanding*, Clevedon, Buffalo, Toronto: Multilingual Matters, 2004, p. 82.

② Alain Dieckhoff, *The Invention of a Nation: Zionism Thought and the Making of Modern Israel*, trans., Jonathan Derrick, London: Hurst, p. 102.

语教育家、教师开始置身于复兴希伯来语言的工作中，并就采取何种教育进行教学而展开论争。1898 年，巴勒斯坦建立了第一个希伯来语幼儿园，1906 年又建立了第一所希伯来语中学，此乃复兴希伯来语进程中的革命性阶段，最终导致了 1913 年至 1914 年在海法工学院究竟使用德语还是使用意第绪语进行教学的语言之争。其结果，希伯来语战胜德语，成为以色列第一所国家级大学的教学语言。1922 年，英国统治巴勒斯坦时期，决定把希伯来语和阿拉伯语、英语一同定为官方语言。希伯来语之所以战胜德语和意第绪语，成为英国托管巴勒斯坦地区的官方语言，当然还与第一次世界大战中德国战败、第二次世界大战中欧洲意第绪语犹太世界崩溃有关。正是在这种国际环境下，巴勒斯坦新移民数量不断增加，19 世纪末，巴勒斯坦已经有大约 5 万犹太人，到 1907 年第二次阿里亚移民浪潮开始之际有大约 7.5 万人。第一次世界大战期间，当地有大约 8.5 万犹太人，但是战争造成人口数量减至 6.5 万人。1922 年再次形成第三次阿里亚移民浪潮，以伊舒夫著称的犹太社区再度增大。到 1930 年，已经有大约 16.5 万犹太人居住在巴勒斯坦。这些移民多来自东欧和俄国，希伯来语基础教育也变得非常重要了。教育的目的不是一个单纯传授语言的过程，而是传授思想的过程。从事希伯来语教育的工作者，同时也是教育家，这样的"教师有义务教授民族主义、爱祖国、爱人民、爱自己的语言"。①

　　犹太复国主义先驱者在履行民族教育使命时采用的一个重要步骤就是要把树立本土人的理念贯穿在日常生活中，按照奥兹·阿尔莫格的归纳则是，犹太孩子在举行成人礼、宣誓仪式、尊重民族"先贤"、参加节日仪式、植树的过程中，了解到本土人应该对国家、对民族、对土地承担什么义务。教育系统当然是犹太复国主义者有效传播犹太复国主义思想的重要所在。早期犹太定居点和以色列学校把犹太历史课当成传播犹太复国主义思想的组成部分。更有意思的是，课程的名字不叫犹太历史，而是叫作以色列民族史。即使教授《圣经》，也不是教授信仰，或者哲学，而是要大力渲染《圣经》某些章节中的英雄主义思想，讴歌英雄人物，使学生熟悉以色列人祖先的辉煌和不畏强暴的品德。这样一来，犹太民族富有神奇色彩

---

① Yael Zerubavel, *Recovered Roots: Collective Memory and the Making of Israeli National Tradition*, Chicago: The University of Chicago Press, 1994, p. 81.

的过去与犹太复国主义先驱者推崇的现在便奇异般地结合起来了。在当时的教育背景下，有的以色列年轻人甚至把整个人类历史理解成"令犹太人民感到骄傲的历史，犹太人民殉难的历史，以及以色列人民为争取生存永远斗争的历史"。①

当时在文坛大显身手的希伯来语作家和艺术家，也成为犹太复国主义思想和本土以色列新人思想的传播者，许多作品被教育家们放到民族主义的语境下阅读，强调作家与民族复兴和犹太复国主义的联系，强调社会主义与拓荒者精神，同时否认大流散时期的价值。否定大流散文化的目的在于张扬拓荒者——犹太复国主义文化。要让新移民懂得，为了让希伯来文化接纳自己，就必须摒弃，或者说轻视他以前的流散地文化和信仰，使自己适应新的希伯来文化模式。

总之，现代希伯来语的复兴发轫于18世纪的欧洲犹太启蒙运动，乃犹太启蒙思想家试图保持民族传统并走向现代化进程所采取的重要手段，后来成为犹太民族主义和犹太复国主义运动中的组成部分。现代希伯来语，严格地说，指在巴勒斯坦完善起来的希伯来语，既不同于《圣经》时代的希伯来语，也不同于流散地的希伯来语。它不仅是连接古今犹太人的纽带，而且服务于民族，传达犹太复国主义理想和先驱者价值，在塑造新型民族身份过程中担负着重要使命，造就着一批批以色列国家的建设者。

---

① Baruch Ben - Yehuda, *Foundations and Ways: Towards Zionist Education in the School*, Hebrew, Jerusalem, 1952, p. 23.

第三章
马修·阿诺德论教育和文化

国邦之所以真正伟大，其原因不仅赖于拥有为数众多、无拘无束、积极活跃的个人；而在于能将这些个人、自由与活跃服务于较常人自己所选的更远大的理想。我们的社会或许注定会变得更加民主，到那时又将由谁，由什么来赋予国家一个高格调呢？这是个严峻的问题。

阿诺德：《法国的国民教育》序言，1861 年①

就职业而论，马修·阿诺德是英国政府督学，可他的 11 卷散文集表明他也是伟大的文学家和社会批评家，他最喜欢的主题是教育与文化对新兴的英国民主的重要性。他还是 19 世纪英国的最佳诗人之一，作有《埃特纳火山口的恩培多克勒》《学者吉卜赛》《被埋葬的生命》和纪念华兹华斯的《悼诗》。维多利亚时期的诗歌很少能像极具感染力的《多佛海滩》这样，令人难忘地响彻 20、21 世纪：

啊，亲爱的，让我们对彼此
忠贞！因为眼前梦园般铺展的世界
似乎如此多姿、美丽、新奇，
其实却没有欢乐、没有爱和光明，
没有安宁、和平和对苦痛的慰藉；

① 出自《马修·阿诺德散文全集》（下文中简称 *CPW*，随文注出卷数和页码），R. H. 苏珀主编，11 卷本（安阿伯：密歇根大学出版社 1960—1977 年版），卷 2，第 18 页。

> 而我们置身其中正如身处昏黑的平原
> 无知的军队在夜色里冲杀
> 纷争与溃退的惊惧四处蔓延

　　这样的诗句说明亨利·詹姆斯赞扬阿诺德是"表现我们现代性的……诗人"是恰如其分的，詹姆斯还说阿诺德具有在文学批评家中罕见的"开阔眼界"。阿诺德的传记作者帕克·霍南干脆称他为"对维多利亚时代而言最有意义的人"①，但他并未指明阿诺德对谁而言最有意义。笔者在本章中大量引用阿诺德的言论，指出他对于当代中国的意义不容忽略。

　　1883年阿诺德乘船前往美国，他在该国的几座城市做了三个讲座，后来汇编为《美国演讲录》（阿诺德在自己的书中最喜爱的一本）。对西方知识分子而言，19世纪到美国去就相当于如今访问中国。它使人能够在单个国家里比较过去、现在和未来，还能将从显赫的当前大国中吸取的教训像礼物那样馈赠给将要崛起的大国。阿诺德一年前在剑桥大学做这篇最著名的《文学与科学》演讲时，就重申了他熟悉的主题，即勃兴的现代国家需要"了解世界产生过的**最优秀的思想和言论**"（黑体字为译者所加，下同），包括"古代希腊、罗马和东方的知识"与本国的文化背景（*CPW*，10：56）。演讲以此为题部分是为了回应赞同其文化思想的友人 T. H. 赫胥黎1880年的演讲，赫胥黎在以《科学与文化》为题的演讲中强调自然科学教育。赫氏是在新创办的伯明翰科学学院作此演讲的，学院创办者乔赛亚·梅森曾强烈反对自然科学专业的学生学习文学。赫胥黎认为，对他们来说，"古典文学教育是不恰当的"（梅森此前已要求他的学院不要"为'纯粹的文学教育'提供经费"），"那些真正以自然科学为职业的人"应该专注于自然科学教育，而免学粗略的"拉丁语和希腊语的皮毛"。"不过"，他还说，"我本人是最不可能去质疑纯文学教育的重要性、设想文化知识缺少纯文学教育依然完备的"。

　　在《文学与科学》中，阿诺德重申了早在1868年的报告《欧陆的中、

---

　　①　霍南：《马修·阿诺德：一生》（纽约：麦克格罗－希尔出版社1981年版），第424页；詹姆斯：《马修·阿诺德》，选自《文学评论》，利昂·埃多与马克·威尔森主编，2卷本（纽约：美国图书馆1984年版），卷1，第727、723页。

小学和大学》的结论中就表明过的立场："一个全面、自由的教育的理想是要使我们了解自己和世界。与生俱来的特长使我们受到这种知识的召唤……这个人有了解人类的天资——就研究人文；那个人有了解世界的天资——去研究自然。知识的领域兼具二者，我们大家至少该对整个知识领域有点概念。无论是实用主义者排斥人文学科的学习，还是人文学者排斥自然学科的学习，都同样愚蠢无知。"（*CPW*，4：300）在学校课程中的自然学科似乎要取代人文学科的时代，阿诺德主张需要两个领域的知识。不过他断言，能提供"让人振奋、提高、进步，予人启发的力量，能极好地帮助我们将现代科学成果与对品行和美的需要联系起来的"，是"或许生活在很久以前的人的艺术、诗歌和修辞术"（*CPW*，10：68）。

人们不仅要从古人那里寻找启示。在美国的第二次演讲《爱默生》中，阿诺德赞扬了这位新近过世的康科德贤哲，"西方的佛陀"（奥利弗·温德尔·霍姆斯语），"愿过精神生活者的朋友和帮助者"。尽管阿诺德强调了"自助"哲学的潜在危险性，他还是认为只有信任自己，爱默生才能"突破他发现自己面对的狭隘、僵死的观念形成的坚固樊篱，为新思想赢得进入权"［20年前，阿诺德就做过一次类似的辩护讲话，支持歌德对"欧洲旧秩序依赖的基础"持怀疑态度（*CPW*，3：110）］。阿诺德所赞扬的爱默生是提倡过"更高层次"生活的哲学家，他宣扬"劳动、正直、诚实的幸福"这一鼓舞人心的"福音"（*CPW*，10：178，184）。

阿诺德常常想到追求"更高层次"的生活并非大多英、美人的心愿。在《美国演讲录》的第三讲《民数记：或多数派与少数派》中，阿诺德针对当代进行民主化的所有国家面临的问题做了讲话，论述了如何将大众从上、中层阶级立下的坏榜样和大众自身的恶劣本能中解救出来。

阿诺德曾在他最著名的散文《批评的当代功用》中写道，"大多数人永远不会渴求以事物的本相看待事物，他们总是满足于极其贫乏的思想"（*CPW*，3：274）。在全面考察了美国的民主实践以后，他在末期的一篇文章里推断，美国人依赖本能和从报纸上获取的信息，"并不以事物的本相，而是以他们希望事物具有的面目来看待事物"。美国大众不幸缺乏社会修养与鉴赏美所必需的"敬与畏的信条"（《美国的文明》，*CPW*，11：367，360）。19世纪早些时候，亚历克西斯·德·托克维尔和约翰·斯图亚特·

穆勒曾分别在《美国的民主》和《论自由》中为"多数人的暴政"感到担忧。作为一名历史研究者，阿诺德很清楚希腊是如何落进煽动家的掌心，他们卑劣地投合了"'公民品行中的弱点，靠逢迎其天性、竭力满足其劣根性产生的愿望来赢得人心'"（引文出自恩斯特·库尔提乌斯所著之《希腊史》，阿诺德完成《文化与无政府状态》后写了此书的书评）。但阿诺德与担忧"个性"面临的危险、强烈反对"导致千人一面的中式理想"① 的穆勒不同，他相信劳工阶级获得权力是不可避免的。出于教育行政官员的禀赋，他强调在民主国家里必须坚持标准，不能以高就低，1861 年他就已经指出"民主的难点在于如何发现并保持理想"（*CPW*，2：17）。

他在《平等》（1878）一文中写道："随着时间的流逝，多数人的福利越来越显得是我们必须追求的目标。仅仅为自己的福利而努力的个人或阶级都只会给他人和其他阶级，本人和本阶级招致麻烦。正如奥伯曼② （阿诺德钦佩的一位法国作家）所言，在苦难者中度过的个人生活不可能是真正幸福的。"（*CPW*，8：289）

因此，穆勒所说的有才能的个人独立于大众，而阿诺德的"少数派"为了他人利益而操劳。在《民数记：或多数派与少数派》一讲中，阿诺德列举《文化与无政府状态》（1869）中作为两极对立的希腊精神与希伯来精神的代表来描绘的柏拉图和以赛亚，来支持他的论题，即各国均有一个热诚、无私的少数群体，一个"拯救国家"的"正直的少数派"（*CPW*，10：150，148）。阿诺德这一有关拯救性的少数派的观念在中国和希腊－希伯来是有先例可循的。因为尽管柏拉图的哲人治国之梦在西方只是个梦想，在利玛窦、威廉·坦普尔、伏尔泰等人颂扬的中国，儒教哲学家似乎确实统治着国家，事实当然未必如此。托马斯·卡莱尔在演讲《论英雄、英雄崇拜和历史上的英雄事迹》中对中国人"使文人成为执政者的努力"③ 表

---

① 《马修·阿诺德散文全集》卷5，第279页；穆勒：《论自由》，第3章（《论作为幸福一要素的个性》）。

② 奥伯曼（Obermann）即艾蒂安纳·皮韦尔·德·塞南古（Étienne Pivert de Senancour，1770－1846），18 世纪法国浪漫派作家，著有小说《奥伯曼》（1804）广为人知，作者亦被称为艾蒂安纳·德·奥伯曼（Étienne de Obermann），此外还著有《关于人类原始本性的遐想》（1799）、《伊莎贝尔》（1833）等。

③ 卡莱尔：《论英雄、英雄崇拜和历史上的英雄事迹》，第五讲（《作为文人的英雄》）。

示了极大的兴趣。

　　阿诺德在《民数记：或多数派与少数派》中评论道："在这样的世界上我们当然必须预料到目前大多数人的目标和做法是非常错误的，这在人数众多的团体（如美国）和较小的团体中都是一样的。我认为，我们当然必须在很大程度上臣服于贤哲和圣人。"（*CPW*，10：145）在（介于《文学与科学》与《民数记：或多数派与少数派》之间准备的）《利物浦讲话》中他恰当地告诫说，"那些属于多数派的人往往将生活标准订得……过分低下"。因此少数人有责任指出较"挣钱"或追求令人心胸狭窄的宗教更有远见的生活方式，而这二者正是当时统治英国的中产阶级所喜爱的消遣（*CPW*，10：81）。在阿诺德看来，使国家免于庸俗与无政府状态是"文化"人的职责。

　　毫无疑问，阿诺德将一直作为《文化与无政府状态》的作者而最负盛名，但这部杰作不会使他之前创作的诗文和此后的演讲、著作失色。阿诺德少时的诗人之梦由于经济原因搁浅了。1851 年他结了婚，同年又担任极为繁忙的督学一职，29 岁的他此后几乎就没时间写诗了。诗歌爱好者始终为这种干劲一去不回感到遗憾，因为它曾生发了《再致玛格丽特》这样的诗行：

> 是啊，在人生的海上我们孤立无援，
> 咆哮的海峡横亘在我们之间，
> 我们千千万万芸芸众生，
> 就孤独地散布在这无垠的水域。
> 潮起潮落，扑打着水岛，
> 望不断这不尽的波涛。
>
> 可当月华照亮空谷，
> 和煦的春风将群岛轻拂，
> 繁星布满的夜晚，夜莺
> 天籁般的啼叫在幽谷回荡，
> 甜美的音腔，越过大海，

透过海涛的喧嚣，飞到彼岸——

啊！随后那无法遏制的切盼，
传到他们最遥远的岩洞；
只因岛民都想，他们
无疑曾在一块土地上成长，
而眼前却是浩渺烟波——
唉，何时才能再接壤！

他们炽热的愿望刚刚点燃，
是谁让它即刻熄灭，
叫人心梦碎空余伤？——
一个天神，一个天神使他们分离，
令两岸间阻隔着莫测的苦海万丈。

　　阿诺德本人逐渐意识到写作这样悲观的作品是不对的，这在英国发生重大政治变动的时候更甚。1832 年通过的第一改革法案扶持得益于工业革命的中产阶级掌权，1867 年的第二改革法案授予（男性）劳工阶级成员选举权，在这段时期英国已经成了富强的国家。但在阿诺德看来，它还缺乏幸存到未来所需的远见卓识。

　　1879 年他写道："在英国中产阶级文明的背景下，什么才好歹可称诗文呢？"（*CPW*，9：328）在 1853 年出版的《诗集》序言中，他解释说，之所以决定不重印最能表现其才华与个性的诗作《埃特纳火山口的恩蒂多克勒》，是因为此诗太过沉郁了。他弃绝再写类似仅能表现"思想与自身对话"的诗（*CPW*，1：1）。阿诺德早期是第二代浪漫派超脱诗人，用诗歌动人地悲叹个人在岛屿般的孤立状态中生活，并渴望成为"同一块陆地的组成部分"的命运（"我们千千万万孤独生活的众生"），后来转变为伟大的散文家、评论家①，以国内、国际的休戚相关和对话性沟通为主题。

----

　　① 引自唐纳德·斯通《沟通未来——对话中的马修·阿诺德》（安阿伯：密歇根大学出版社1997 年版），特别是第 5 章（《阿诺德与实用主义者：作为民主的文化》）。

在首次重要公开讲话，即题为《论文学中的现代因素》（1857，1868年发表）的牛津演讲中，阿诺德举佛教和希腊、罗马文学为例来论证自己的观点：英国急需的思想"解救"有赖于意识到"从别人的情况就能了解我们自己的情况。了解了自己的情况，就能改正错误获得解救"。他告诉牛津大学的学生，我们必须从本国历史和"人类的共同生活"中学习，"联系无所不在，例证无处不存：无论是哪个事件、哪种文学，脱离了其他事件、文学就无法被人充分理解"（CPW，1：20-21）。牛津演讲表面是谈文学，但在阿诺德看来，文学和生活必然是相互依存的。20年后他写道，"任何认真从事文学工作的人很快就会觉察到它与其他专业极其重大的联系"（CPW，8：370）。在他看来，比较、联系世界上各种文化的需要是和他对英国各阶级团结一致的愿望携手并进的。在汇编为《评论集》（1864）的多篇演讲稿和散作中，他为听众和读者指出了拓宽知识面的途径——"了解世界上最优秀的知识和思想（他的一贯呼吁），随后传播它们以创造真正的、新鲜的思潮"（CPW，3：270）。批评（"批评"即努力去清晰、客观地看世界）的"功用"不仅在于拓宽个人的眼界，更重要的是为国家的思想健康和政治福利做贡献。

阿诺德有许多优秀的文章最初都是以演讲的形式出现的。他最早的听众是牛津大学的学生，他在《评论集》（CPW，3：286）的《序言》中提到自己为他们提供了多种（试图"从各方面接近真理的"）鼓励性的、截然不同的声音。它们来自斯多葛派罗马皇帝马可·奥勒留、基督教圣人弗朗西斯、异端神学家巴鲁克·斯宾诺莎、激进的德国诗人海因里希·海涅，还有法国保守派文学评论家约瑟夫·儒贝尔，所有这些伟大作家和思想家都理所应当地提供了"对生活的批评"（CPW，3：209）。他在牛津做了演讲，论述需要国家学术发挥壁垒作用抵制"小家子气"的问题。"文化"能威慑国人的个人主义放任心理，其进步性受到热情赞扬。想学习的学生和想发展的国家都应该超越自身的局限。他在《评论集》最重要的文章《批评的当代功用》中告诫说，"说到底，英国不等于全世界，世界上最优秀的知识和思想大多并不出自英国，而必定来自国外……因此，英国的文学（还不仅是文学）评论必须很大程度地依靠国外思想"，"除了本国文学，至少还应掌握一种伟大的文学，它和本土文学的差异越大越好"

（*CPW*，3：282－284）。在赞扬（在英国大半被忽视的）凯尔特文学的牛津讲座中，阿诺德痛斥了同胞们的沾沾自喜、自以为是："众所周知，我的撒克逊兄弟们有种可怕的癖性，即要改良世上自己之外的一切。发现处处除自己之外一无所有，我对此毫无热情，我想让多样化存在下去并向我展现，我绝不想让凯尔特的卓异消失。"（*CPW*，3：297－298）（叶芝曾感激地追忆，是阿诺德的演说促发了凯尔特文学的复兴。）英国人在变化迭出之际对外来和本土思想的一概排斥，这令阿诺德感到担忧。1865 年，阿诺德曾向妹妹弗朗西丝悲叹英国"由于缺乏我仍须称之为思想的事物，对世界目前和将来的走向缺乏认识以及相应的准备，其衰落无可避免……只要时间允许，我要竭尽全力阻止这种情况发生……我明白只有兼顾了各个方面才能赢得胜利"（*CPW*，5：361）。

　　阿诺德在英国看到的最大变化是费边主义的出现和劳工阶级参与政治。在这方面，阿诺德和在美国与他相当的人物约翰·杜威①一样，相信良好的教育对指导、支持一个民主国家的重要性，但两人都认为只有公办体制才能保障良好的教育。作为学校巡察员，阿诺德的职责之一就是比较欧洲大陆的国民教育和英国的教育制度（更确切地说是学校制度）。在根据实地巡察写出的重要著作《法国的国民教育》（1861）中，他开篇就提出了"民主即矢志维护其菁华，如之前的贵族制曾尝试、并获得成功的那样，云体验、享受、拥有世界"（*CPW*，2：7）。阿诺德十年前曾向密友阿瑟·休·克拉夫表示，他确信"世界往往会变得使大众更舒适，而使那些有任何天赋或卓异之处者更难受——或许确实应该如此——因为迄今为止这些有才能的人震惊、娱悦了世界，却不曾培养、启发它，也不曾切实地改变它"。②阿诺德对法国的小学（以及法国人的总体生活）、法国人以"某种不容置疑的荣耀与成功"（*CPW*，1：11）组织民主制的能力印象尤为深刻。英国人别具特色地视教育为私事（例如反对公办教育者穆勒），而法国人则视教育为充实全民、提供团结意识的途径。他承认"为多数人准备的好东西诚然

---

　　① 约翰·杜威（1859—1952），美国哲学家、教育家、心理学家，实用主义哲学学派创立者之一，著有《心理学》（1887）、《学校与社会》（1899）、《民主与教育》（1916）等。——译者注
　　② 《马修·阿诺德书信集》，塞西尔·Y. 兰主编，6 卷本（夏洛特茨维尔：弗吉尼亚大学出版社 1996—2001 年版），卷 1，第 233 页。

不如为少数人准备的那么赏心悦目，但只要它的施予者拥有丰富的资源和广泛的权力，它就能轻而易举地远远胜过多数人独力为自己提供的东西"（*CPW*，2：21）。身为英国政府教育督察，阿诺德时常抱怨"至少在我们这里国民教育没有被赋予任何崇高之处"。① 但教育具有成为所有人"通向文化之路"的潜力（*CPW*，5：527）。在《欧陆的中、小学和大学》中，阿诺德称赞了教育所有阶级、在瑞士还使所有阶级"共同"得到教育的国外制度（*CPW*，4：26，15）。他在总结中倡议改革英国教育，包括向处于统治地位的中产阶级成员宣传真正的科学（即使之能看清世界何去何从的"系统知识"）。他在《序言》中指出，"他们受教于质量低劣的学校，没有领导能力，缺乏管理人民的……资质。由于接受的是空洞、片面的教育，他们缺乏凭思想理性走出困境的科学知识与能力"（*CPW*，4：28）。在这个方面和其他方面，阿诺德生活的英国都类似于 21 世纪的其他国家。他还倡议任命一位教育部长（"一个责任所系的中枢"），在英国各地建立高校（*CPW*，4：309，314，322）。他宣称，"对权威的反感和对科学的怀疑"已不可能容许我们"使我国教育制度像其他民政机构那样，在尽其所能自顾自时效率最高"（*CPW*，4：313）。

在其末期的作品之一，据刚结束的巡察撰写的欧陆《初等教育特别报告》（1886）中，他赞扬国外以人文学科为核心的中、小学使学生人文化了。他抱怨说英国初等教育的弊端在于"对人的成长几乎毫无帮助。它教儿童看报、写信、算账和一定数量的琐屑知识（倘若眼下来写这份报告，阿诺德会说学生得到的是零星信息），根本没有触及他们向善的天性，也谈不上塑造他们"。阿诺德问，为何不是所有英国儿童都有权获得迄今为止保留给特权阶级的"更全面的品位教育和情感教育"？（*CPW*，11：28）可在阿诺德的时代，这样的观念还未能普及：使人热爱美与智并对其标准有所感受的良好教育是人人应该享有的权利，国家（the state）负有提供义务教育的责任。19 世纪的英国人与 21 世纪的多数美国人一样害怕政府干预。阿诺德在解释他所说的"国家"时引用了埃德蒙·伯克的经典定义："具有集合体共同体性质的国家。"（*CPW*，2：26）几年后，他在《文化与无政府

---

① 引自《沟通未来——对话中的马修·阿诺德》，第 128 页。

状态》中扩充了这种国家概念，将其等同于"我们最优秀的自我"。他坦率承认"作为日常生活中的人……我们是分散的，个体的，互相摩擦冲突的（这是悲观的《多佛海滩》的作者的声音）；要想不受他人的气，除非谁都没有权力，可这种安全感并不能使我们避免无政府状态……然而，有了最优秀的自我，我们就是集合的，非个人的，和谐的。将权威交给这个自我不会危及我们，它是我们大家能找到的最忠实的朋友；当失序状态造成威胁时，我们尽可以放心地求助于这个权威"。① 阿诺德断言，文化理念本身就"提出了国家的概念。平常的我们不能构成国家权力的坚实基础，文化则启迪说，基础应在最优秀的自我"。②

阿诺德在《文化与无政府状态》中雄辩地论证，文化人提出了这一"社会性主张"，他们是"平等的真正使徒"。③ 他断言真正的文化，并不企图去教育包括社会底层阶级在内的大众，也不指望利用现成的看法和标语口号（即阿诺德眼中西方政客用以保住权柄的"夸夸其谈"）将大众争取到自己的这个或那个宗派组织中去。④ 文化寻求消除阶级，使世界上最优秀的思想和知识传遍四海，使普天下的人都生活在美好与光明的气氛之中（*CPW*，5：113）。⑤ "美好与光明"——按乔纳森·斯威夫特在《书之战》里的说法是"两件最高尚之物"⑥ ——是《文化与无政府状态》第一部分的标题，它表现了阿诺德对能够恰当欣赏"美与智"的理想化英国的想象（*CPW*，5：99）。但在撰写这部维多利亚版《理想国》时，阿诺德还写了令人愉快的《友谊的花环》（1866—1870），一本具斯威夫特、伏尔泰和海涅风格的讽刺性英国综述。他没有直接攻击英国的弱点，而是借普鲁士游客阿米尼乌斯（据他说是伏尔泰的《老实人》中描写的贵族家庭之后）之口来进行批评。阿米尼乌斯还有另一个文学上的祖先：奥利弗·哥尔德斯密斯的《世界公民》里的中国人，他游览了18世纪的英国，谴责了所见的商业主义、偏狭和普遍存在的粗俗无礼。哥尔德斯密斯的书的结尾引用了

---

① 《文化与无政府状态》，韩敏中译，三联书店2002年版，第62页。
② 同上。
③ 同上书，第31页。
④ 同上。
⑤ 同上。
⑥ 同上书，第16页。

一句被认为出自孔子又带有阿诺德口吻的话："不息则久，久则徵。"

在《友谊的花环》里，阿诺德借一名出自法国小说、又类似于哥尔德斯密斯的中国"公民"的德国人，来向英国读者指出"外国人因而批评我们的毛病"。阿米尼乌斯以英国笨拙地陷入国外战争（遭到国外战争的威胁）为例，称这些毛病——"冒冒失失的参战、毫无节制的威胁、有损尊严的退却、不合时宜的友好"——为"富裕中产阶级的毛病——暴躁、顽固、不了解外国事务，又有些可鄙，贻笑大方还冥顽不知"（CPW，5：11）。在阿诺德的外国游客看来，执政的中产阶级（阿诺德仿效海涅，按《圣经》中对启蒙之敌的叫法称之为"非利士人"）由于接受的教育不健全，既缺乏思想又不尊重美。"一个人的爱好反映出他精神上的细腻与禀赋"，阿米尼乌斯说，"你们的中产阶级有做生意的爱好，这我们承认，并且生意兴隆财源广进。可除此之外呢？你们的中产阶级沉湎于生意之中，除了宗教对别的东西都麻木不仁；它是有宗教，而这个宗教狭隘、愚昧、令人生厌"（CPW，5：19）。

英国人对自己拥有"自由"的吹嘘又如何呢？这名外国游客对此驳斥道，"你们以为说：'我们是自由人！我们是自由人！我们的报纸畅所欲言！'就万事俱备了。自由和工业一样，是匹非常好骑的马，——但也总得有个目的地吧"（CPW，5：22）。阿米尼乌斯指出了英国贵族（"野蛮人"）的无能与懒散，还指出群氓又可再分为两种：好一些的"正被训练为像你们的中产阶级那样的非利士人，次一些的……是暴民"（CPW，5：45）。与德国和法国不同的是，英国没有"国家"，只有"三个各不相同又互不相融的群体，——野蛮人、非利士人和群氓"（CPW，5：329）。他因此断定德国的国家纲领倡导"用文化提高全民素质"，而英国却鼓吹"借夸夸其谈美化全民"（CPW，5：333）。阿米尼乌斯倡议不仅为下层阶级，而且要为"未来的执政者"提供"义务教育"。他大胆地要求英国的统治阶级只有具备了合格的心智才能统治。"只要是生活"，阿诺德告诉他的德国友人，"哪怕是过最低层次的生活，都离不开教育"。当阿米尼乌斯复之以"只要是管理，哪怕从事最低层的公共管理，都少不了教育"时，阿诺德遗憾地指出在英国"我们从未发现情况如此"（CPW，5：74）。

阿诺德最著名的书开篇就为拥护"文化"发挥拯救作用的少数人——

以"探究完美"① 为目的，希望普及理性的人（*CPW*，5：91）——申辩。该书所成之际社会动荡不安，最值得一提的是1866年的海德公园骚乱，骚乱发生时英国暴民们"身体力行（阿诺德嘲弄为）英国人随心所欲的、各行其是的权利，愿上哪儿游行就上哪儿游行，愿上哪儿集会就上哪儿集会，愿从哪儿进去就从哪儿进去，想起哄就起哄，想恫吓就恫吓，想砸烂就砸烂"② ——这一切都具有"失序状态"的倾向（*CPW*，5：119）。《文化与无政府状态》罗列了维多利亚时代英国存在的一些冲突因素：权威与无政府状态，三个阶级间的争斗，以及希腊精神与希伯来精神两种力量的对峙。阿诺德的大胆目标就在于将文化作为解决这一切冲突的办法加以高扬。他并不是不明白这些启发性的抽象术语（"文化""完美""理性"）模糊不定。他并不打算为政府写一本"资治"入门，而是要设想一种与柏拉图的模式比肩的维多利亚时代的"理想国"，某种启发读者，敦促他们采取行动改造社会、改造自身的东西。

　　阿诺德用来描述其（不亚于柏拉图的）伟大设想的术语是形成中的理念，认识到这一点是很重要的。以"完美"为例，它指的不是某种来自过去的东西，而是促使我们不断学习的目标。"文化所构想的完美不是只拥有，只原地踏步"，他解释说，"而是不断成长、不断转化"③。作为个人和国家而言，生存不是为了装满自己的腰包，而是为了充实思想，为了将同情心发扬光大。在《批评的当代功用》中，阿诺德谴责英国人"自我满足"的癖性：认为英国已经臻于完美了，而实际上为了解救他人的苦难要做的事还很多。他在那部书里引用了歌德的话：展望未来时看到没做的事还有那么多，已经做了的一点就变得不足挂齿了（*CPW*，3：271－272）。只要列举《批评的当代功用》中提到的可怜的拉格——一个贫困潦倒、杀死亲骨肉的年轻母亲——就足证英国劳工阶级并非正在享受英国领导者吹嘘的"无以伦比的幸福"（*CPW*，3：272－273）。"因此"，阿诺德断言，当我们向其他国家和历史学习的时候，"如若我们真像嘴上说的那样，想做完美的人，那么朝完美前行的时候，我们必须带上所有的同类，不论他们

---

① 《文化与无政府状态》，第11页。
② 同上书，第45页。
③ 同上书，第10页。

是伦敦东区还是别的地方的人"。①

如果想改善英国，想跟上历史的步伐，她的公民就必须尊重所有阶级都团结一致的改良过的理想国家：那种"文化，也就是对完美的学习，试图在我们身上培养的最优秀的自我……要取代之前的老的自我，那个自我只知道随心所欲、我行我素最是快活，殊不知这样一来就随时会有同他人冲撞的危险！"② 同时，阿诺德还竭力主张英国人应该更加关注他们的"希腊精神"传统——"以事物的本真面目"看事物的希腊训谕——而不是仍然囿于在正确坚持"严正的良知"③ 的同时也阻碍英国思想进步的"希伯来精神"传统（CPW，5：165）。因为希腊精神鼓励人们"让鲜活的思想之流自由地冲击既定的观念与习惯"④，而希伯来精神的影响却使我们局限于过时的、缺乏社会责任感的惯例。阿诺德此前曾在多篇文章中评论过英国中产阶级信奉的清教。在有关海涅的文章中，他谴责英国非利士人"疲敝无能，对思想一窍不通"，还遗憾地追忆了这个产生过莎士比亚的国家是怎样"陷入清教的囹圄，将开启灵魂的钥匙弃置了两百年之久"（CPW，3：120 – 121）。在《评论集》的别处，他将"大多数人的宗教"描绘成"倾覆理性……注定要毁掉所有逾越者"（CPW，3：168）。阿诺德担心这样的愚昧和偏狭只会弄垮英国。在《文化与无政府状态》的序言中，他预见了以信仰为基础的美式政府的危险。他指出，美国的"社会改革者到摩西或圣保罗那里找教义，他们根本不知道还能从其他地方得到指引"⑤。他断言"现在应是崇尚希腊精神、好好讲讲思想认识的时候了，这是因为我们崇尚希伯来精神已太久"⑥。

阿诺德并非没有宗教信仰，但他确实发觉清教扭曲了基督教，"极其荒谬地、怪诞地歪曲了圣保罗……的真意"。⑦ 在完成《文化与无政府状态》之后的十年里，他写了几篇文章区分基督教的本质和对它的"歪曲"：《圣

---

① 《文化与无政府状态》，第 179 页。
② 同上书，第 62 页。
③ 同上书，第 130 页。
④ 同上书，第 146 页。
⑤ 同上书，第 219 页。
⑥ 同上书，第 233 页。
⑦ 同上书，第 136 页。

保罗与新教》（1870）、《文学与教条》（1873）、《上帝与圣经》（1875）、《论教会与宗教的最后文集》（1877）。阿诺德一贯肯定希伯来精神对鼓励正直行为的重要性。但作为新教不从国教者的学校巡察员，阿诺德谴责该团体缺乏"更开阔的存在"意识，即缺乏"公共责任感"。① 因此他决定向不从国教者阐明，他们对《新约》的解读是如何建立在对圣保罗的误解之上，而那种解读业已侵袭了他们的生活方式。在《文化与无政府状态》中，阿诺德断言"一个除了《圣经》什么都不懂的人，是连他的《圣经》也不懂的"。② 他坚持认为应视《圣经》为启发性的"文学"而非铁定的"教条"。圣保罗著名的教义"道成肉身"——强烈影响了新教思想对复活的信念——目的在于促成"现世的复活和公义的重生"（CPW，6：52）。简而言之，基督教的真正用意在于在世间改造自己并改造世界，而非设想今生仅仅是为来世所做的准备。

这就重申了歌德的《威廉·迈斯特的学习年代》中（由于曾被卡莱尔引用而在维多利亚时代的英国广为人知）的名言："美国不在其他地方，就在我们脚下。"③ 对歌德和卡莱尔来说，"美国"象征着我们仅有的世界。在阿诺德那代人看来，美国还预演了西方世界的未来走向。试想阿诺德被移置到21世纪，访问最新的世界大国中国并评价其问题与优势是非常有趣的。笔者只能靠引用其作品中或许有关现代中国的段落来推测阿诺德在访问中可能产生的想法。

他无疑会鼓励中国人珍视其"最优秀的"传统，还要关注其他国家的问题与优势。阿诺德和歌德都坚信，"从思想与精神方面看，所有文明国家都属于一个伟大联邦，它们致力于共同行动，追求共同目标，所有成员对共同的历史和彼此都具备应有的了解"。④ 阿诺德问道："还有什么比这更有助，更有利？对最优秀事物的关注推进了世界，在此有一个摒弃了所有国家、地方偏见、怀疑的委员会，在最优秀的事物上打了标记，推荐大家

---

① 引自《马修·阿诺德散文全集》卷6，第417页。

② 《文化与无政府状态》，第138页。

③ 例见卡莱尔的《旧衣新裁》，第9章（《永久的肯定》）。

④ 引自阿诺德1880年有关华兹华斯的文章。见约翰·彼得·埃克曼之《歌德谈话录》（1827年1月21日）。

珍视它们、尊重它们。"（*CPW*，9：38）他在《学院对文学的影响》中指出学院维护了标准。他肯定会为中国社会科学院这样的机构感到高兴，因为其成员构成了致力于扶植"高层思想、品位"（*CPW*，3：235）的热忱的少数派。

正如所见，阿诺德本人所持的标准从文学延伸到了整个社会。完成杰作《论诗》的同年（1879），他还写了《自由主义的未来》，谴责新富起来的"实业英雄太急于发财，求财时厚颜无耻，又没为他们招致来提供生产劳动的成群男女谋求财富"（*CPW*，9：146）。在责任感方面也和在文学上一样存在人性标准。由于传统宗教形式已不再可信，他在《论诗》中宣称或许"人类将发现我们必须求助于诗歌来为我们诠释生活，给予我们安慰与支持"（*CPW*，9：161）。倘若情况如此，我们必然需要"最优秀的"诗歌，它才"具有其他任何事物所缺少的塑造人、支持人和娱悦人的力量"（*CPW*，9：163）。

阿诺德在《论华兹华斯》一文中说，在不完美的世界上，诗歌是"人类所能说的最接近真理的语言"（*CPW*，9：39）。如果阿诺德来到中国，他肯定会为中国人尊重本国伟大诗人感到高兴。

阿诺德无论到哪儿都以热忱教育家的眼光观察事物。例如，他访问美国时就为"劳动者唾手可得的"（*CPW*，11：354）高度物质享受和普及的政治、社会"平等"（*CPW*，10：21）意识感到高兴。［他也注意到美国普遍存在的政治"腐败"（*CPW*，10：198）现象］但他认为那里的思想修养水平还过于低下。"如果说美国人还缺少什么信条的话"，他评论说，"那就是缺敬与畏的信条了"。他将此大部分归咎于美国媒体的影响："倘若有谁想寻找最佳手段来抹杀一个国家的尊敬信条和对崇高事物的感情，利用美国报纸是再好不过了。它们缺乏事实和节制，缺少严肃兴趣，追求隐私和轰动效应，简直叫人难以置信。"（*CPW*，11：361）阿诺德的批评对21世纪的美国同样适用，不过令人恼火的媒体现在还多了电视、电影和音乐产业。阿诺德将这种可悲局面归咎于追求累积财富的统治阶级。为了寻找解决办法，他转而求助于学校。他承认美国确实具备"哈佛这样的"一流院校，可"真正质量良好，能够培养适当比例的12—18岁的年轻美国人，每年将一定数量培养好的人投入流通领域的中等院校——在我看来是美国和我国同样需要而又同样缺少的"（*CPW*, 10：23）。

阿诺德一个多世纪前在美国作的三个演讲只需更新少许便可适应中国听众的需要。例如，在《文学与科学》里，启发灵感的柏拉图［和他那似乎"不现实也无法实现的理念"（*CPW*, 9：52）］可以同与他同时代的中国人孔子一道，成为品行和批判思维的导师。没有哪个大国足以忽视自己的祖先。关于爱默生的演讲则从相反角度鼓励我们满怀希望展望未来，以具有"劳动、正直和诚实之乐"的生活为志向（*CPW*, 9：184）。不过这也是中国特色之一。最后是第三个演讲《民数记；或多数派与少数派》，它提醒我们，虽然没有天堂来给他们报偿，甚至连认可也谈不上，热忱的少数派仍须始终致力于为大多数人谋幸福。维多利亚时代"最有分量的"小说家乔治·艾略特在《米德尔马契》的结尾赞扬了这些"忠诚地过着遁世的生活，在无人凭吊的坟墓里安息的人""有悖历史潮流的做法"。如果没有这种热忱，人类永远不会去思考，更别提致力于阿诺德在最后发表的文章（《美国的文明》）中描述的目标："在世间实现改良的、臻于完美的人类社会"（*CPW*, 11：369）。

第四章

雷蒙·威廉斯论英国工业革命与文化

工业革命以降，现代化及其后果成为人们关注的热门话题，众多学者从各自不同的学术背景出发，对此进行了深入的探讨和分析。不过，我们更多看到的是批判，尤其是对工业革命之后的民主和大众文化的批判。在这方面，英国以利维斯和艾略特为代表的精英文化理论和德国法兰克福学派的文化工业批评尤为突出。

工业革命是人类历史上具有重要意义的一场革命，它极大地促进了生产力的发展，改变了既存的现实关系，对社会产生了巨大的冲击作用，引起了巨大的震荡。工业革命使资产阶级获得了真正胜利，使资本主义制度得以真正地确立起来。毫无疑问，工业革命极大地改变了世界历史的进程，带来了翻天覆地的变化，彻底改变了人类的面貌，其进步意义，不言而喻。然而，其负面作用也值得反思。

一　精英的态度

英国是世界上率先进行工业革命的国家，因此工业革命的影响也较早地显现出来。工业革命不仅极大地促进了英国生产力的发展，改善了人们的生活，使英国迅速成为世界中心，而且对英国的精神文化生活也产生了重要的影响。在此过程中，完整的人被简化成了零碎的"手"，"宇宙的精华和万物的灵长"沦落为可怜的"肉体机器"、赚取利润的工具。随着工业革命的进一步发展，把人变成机器的工作全面铺开，向社会的各个领域渗透，最终推进到了精神领域。从事崇高的精神工作的人最终也被专门化为精神生产的工具，成为知识机器；曾经如此崇高的精神变成了商品，服从于同商品生产大致相同的规律，曾经自视为人类指路明灯的精神生产者沦落为商品生产者。英国著名作家菲尔丁的朋友詹姆斯·拉尔夫在《作家的状况》中写道：

> 　　写书是书商必须使其繁荣的制造业——交易规律迫使他尽可能地贱买贵卖……已知的最佳商品种类将会适合市场的需要，他相应地也就会将其列入订货单。而对出版时间规定的绝对严格，是与所得报酬相对应的。①

　　这种变化在文学艺术领域表现得异常明显，这是当时仍旧高高在上的文学家和思想家无法接受但又不得不接受的现实。19 世纪初期，随着封建贵族的彻底没落，艺术家失去了封建时代特有的贵族资助制度的保护，生存问题立刻摆上议事日程。② 为了生计，艺术家被迫屈从于无情的市场规律，在市场的惊涛骇浪中拼杀搏击，想方设法兜售和推销自己的"产品"，以换取微薄的生活资料。亚当·斯密说，"如同鞋袜，人们向制造并为市场供应这类货物的货主购买"③。亚当·斯密此处所说的"这类货物"指的就是艺术家的作品。市场成了文学艺术领域内的决定因素，无形的手开始指挥和操纵艺术家有形的笔。出于生存的考虑，艺术家不得不痛苦地适应市场订货的要求，尽力满足市场的需要，以挣得自己的生活。艺术家那种人类精神导师的崇高地位一落千丈，过去笼罩在艺术家头上的那层灵光消失殆尽。对于这种状况，马克思和恩格斯在《共产党宣言》中有过精辟的论述："资产阶级抹去了一切素被尊崇景仰的职业的庄严色彩。它使医生、律师、牧师、诗人和学者变成了受它雇佣的仆役。"④ 在此情况下，艺术家只

---

　　① 伊恩·P. 瓦特：《小说的兴起》，高原、董红钧译，三联书店 1992 年版，第 53 页。
　　② 关于英国贵族对文化的庇护与资助情况，请参阅威尔·杜兰《世界文明史》第 7 卷，东方出版社 1999 年版；及 J. Dewald, *The European Nobility 1400 – 1800*, Cambridge：Cambridge University Press, 1996.
　　③ 威廉斯：《文化与社会》，吴松江、张文定译，北京大学出版社 1991 年版，第 64 页。本章以下只注页码未注出处者皆引自该书。
　　④ 《马克思恩格斯全集》第 4 卷，人民出版社 1965 年版，第 468—469 页。

得无奈地用市场给予他们的"自由"去换取冷酷的现金。在市场经济的大潮中，他们常常貌似高傲地步入市场，仿佛是为了深入生活，寻找创作的灵感，实际上他们只是在寻找潜在的顾客和买主。用波德莱尔的话来说，艺术家只不过是"为钱而干的缪斯"，与街头流莺并无多大的区别：

> 为了一双鞋她卖掉了灵魂
> 但在卑鄙者身旁，我扮出
> 伪善的小丑般的高傲，老天爷耻笑
> 为当作家我贩卖我的思想。①

　　面对这种状况，原本养尊处优的思想家和艺术家们纷纷从各自的角度亮出了自己的看法，提出自己的应对措施。无独有偶，他们几乎无一例外地打出了精英文化的旗帜。

　　从词源意义上来说，"精英"（elite）一词是与选择相联系的，起初指的是上帝的选择，带有浓厚的神学意味。18 世纪以后，精英开始指世俗生活中一些被挑选出来担当一定职务的人。到了 19 世纪，精英一词在英国流行起来，早在 1823 年，拜伦就在他的长诗《唐璜》中运用了精英这个词："和高贵的布莱克伯爵夫人一样，他既是人群中的骗子又是精英。"在拜伦的用法中，精英一词显然还不是一个褒义词，而是一个贬义词。但是，到了 19 世纪后半叶，精英一词开始与"最好的"（the best）联系起来，更多地表示精锐部队或上层贵族。

　　"文化"则是一个意义非常复杂的词语，对于什么是文化，不同的学科有着不同的解释。据威廉斯考证，文化原来指的是"培养自然的成长"，与土地有着紧密的联系。在工业革命这个关键时期，文化的含义发生了变化。到了浪漫主义时代，文化的意义发生了巨大的改变，成为了市场的对立物，开始与教养联系起来。出于对艺术商品化的愤慨，浪漫主义艺术家把艺术与社会特别是经济对立起来，文化变得高于事件的实际进程，成了优秀的真正标准。这是文化观念的一次飞跃，文化从此开始具有了精英主义的

---

① 沃尔特·本雅明：《发达资本主义时代的抒情诗人》，张旭东、魏文生译，三联书店 1989 年版，第 51 页。

意味。

出于对工业文明所导致的机械主义、财富积累、功利主义和现金交易的深恶痛绝，柯尔律治把文化与人类精神生活联系起来，在他手里，文化获得了高于其他一切人类活动的高尚地位，成为一切社会安排必须服从的上诉法庭。他在《教会与国家政体》中写道："国家的长久存在……国家的进步性和个人自由……依赖于一个持续发展、不断进步的文明。但是，这个文明如果不以教养为基础，不与人类特有的品质和能力同步发展，那么文明本身如果不是一种具有很大腐化作用的影响力，就是一种混乱低劣的善，是疾病的发热，而不是健康的焕发，而一个以这种文明著称的国家，与其说是一个完美的民族，不如称之为虚饰的民族。"（第95—96页）柯尔律治此处所称的教养实际上指的就是文化。在他看来，文化应该成为文明的基础，这样文明才能保持"健康"，走向"完美"。这里，教养，即文化正式地与文明或者说社会联系起来，成为完美的标准，具有特殊的功能，不仅可以用来影响社会，而且可以用来判断社会。不过，柯尔律治也意识到，由于具有解体作用的工业革命的进程，教养比以往任何时候都迫切需要得到国家的保障，因此，有教养的"知识阶层"应该凌驾于"暴民"之上，因为他们"是为学问培养的，并将学问成果传播于社会中"，这个阶层的保存和扩大必须得到国家的保护和资助。既然这个阶层需要国家的供养，那人数自然不能太多，只能由"一切所谓大学文科和科学的贤能之士与教授们"（第90页）构成，他们的职责是维持艺术的标准，防止裁判圈扩大到让公众参与投票。从此，文化开始与少数有特权的阶层联系起来，这为后来的少数派文化或者说精英文化埋下了种子。当然，作为一个文学家，柯尔律治心目中的文化更多指的是诗歌与艺术，他赋予文学艺术至高无上的地位，视之为建设文化的尺度，文学艺术成为文化中的文化。

在整个19世纪，对英国的文化研究做出最重要贡献的是马修·阿诺德。他明确地把文化与完美等同起来。《文化与无政府状态》开宗明义地写道：

　　提倡文化能极大地帮助我们摆脱目前出现的困境；文化就是追求我们的整体完美，追求的手段是通过了解世人在与我们最为有关的一切问题上所曾有过的最好的思想和言论，并通过这种认识，将源源不断的新鲜自由思想输入我们固定的概念与陈旧的习惯，现在我们仍然忠实而机械地遵循着这些概念与习惯，徒劳无益地认为忠实地遵循会有益处，并能弥补机械地遵循这些概念与习惯所造成的危害……文化即是对完美的研究，引导我们把真正的人类完美看成是一种和谐的完美，发展我们人类的所有方面；而且看成是一种普遍的完美，发展我们社会的所有部分。（第 160—161 页）

阿诺德明确地把文化与完美联系起来。什么是完美呢？在封建时代，完美总是与上帝联系在一起，上帝就是完美的理想，为了达到完美，人类必须虔诚地信奉上帝，把上帝的理想当作自己的理想，把自己完全地奉献给上帝。到了 19 世纪，神学传统已经日渐衰微，阿诺德自然不会愚蠢到再把完美归结为上帝的荣光的地步，于是他推出了"曾经有过的最好的思想和言论"作为完美的代表，这种论调有着强烈的怀旧情结，肯定"过去"的美好。这为后来的艾略特和利维斯蔑视当代文化的价值，只承认过去的美好开了先河。

作为一个富有建树的作家，阿诺德和柯尔律治一样高度评价文学艺术的作用，在他的眼中，文学艺术是"天才对生活的批判"，"曾经有过的最好的思想和言论"也是最好地保存在文学艺术中，因此，通过文学艺术，我们就能更好地把握真理。在阿诺德提倡的文化中，文学艺术占有重要的地位，科学则作为文化的对立面受到贬黜。文学家、诗人和艺术家对于文化负有重大职责，他们提供给他人研究材料和标准，以便他人能够根据这些材料和标准检视自己的思想和观念，洗涤自己的灵魂。文学知识分子是文人的代表，是社会的楷模，为人们树立了一个追求完美的榜样。所以，他们应该成为社会舆论和权威的源泉，时代社会问题的向导，人类灵魂的导师和捍卫者。不过阿诺德也认识到，他们的地位在当时已经受到了来自根本不关注优秀标准的现代工业社会的严重威胁。

值得注意的是，阿诺德所定义的完美是一种"整体完美""普遍的完美"，他意识到"只要个体仍然孤立，文化就不可能孕育完美。个体必须协同他人一起向完美迈进，必须不断地尽他所能，扩大并增大那涌向完美的人流的规模。如果不遵循这个道理，他自己的发展将受到阻碍和被削弱"（第165页）。这就是说，对于完美的追求不是一种个体行为，而是一种社会行为，是一种普遍的活动，这种普遍性是个人完美的有效保证。在这里，阿诺德进一步把文化与社会联系起来。

如何实现完美呢？阿诺德首先想到的是国家，他把国家当作达到普遍完美的媒介。然而，在他所生活的时代，国家只是各个阶级利益冲突的舞台，充满矛盾和斗争，根本无暇顾及普遍的完美。于是阿诺德想到了少数免受本阶级的一般概念和习惯的腐蚀和蒙蔽的精英人物。在他看来，这些人物的心中潜藏着"最佳的自我"，只要通过教育、诗歌（实际上就是广义的艺术）和批评等手段唤醒他们心中的"最佳自我"，使他们获得普遍的人性和对人类完美的无限热爱，他们就能引导芸芸众生走向普遍的完美，达到拯救众生、拯救社会的目的。

阿诺德研究和追求完美的另一个重要出发点是要借完美的观念重新审视"固定的概念和陈腐的习惯"，为之输入新鲜自由的思想，为当今时代树立一种楷模。在《文化与无政府状态》中，阿诺德着重批判的固定观念和陈腐习惯是财产、自由、工业、生产和中产阶级的平庸生活，一句话，工业文明的所有产物。他认为，这些概念和习惯往往把人类的理想缩小为单一的目的，抹杀了人类生活的丰富性，把人转变为单一的功能甚至是工具，造成了精神的和社会的无政府状态，严重地阻碍了"发展我们人类的所有方面"，最终妨碍了普遍完美的实现。阿诺德的批判与法兰克福学派的批判有着异曲同工的妙处，切中工业文明的要害，今天看来依然具有警世作用。

作为19世纪英国思想界的一位伟大而重要的人物，阿诺德把文化提高到世俗宗教的地位，极大地推动了英国文化研究的发展，预示了未来一百多年英国知识分子争论不休的许多问题，如文化的概念、知识分子的地位和作用、科学的冲击等。但是，他的文化理论过分地夸大了文学文化的作用和功能，把文化局限于少数精英人物手中，具有浓厚的精英主义意味和贵族倾向。

自阿诺德之后，对英国精英文化做出突出贡献的当属20世纪的 T. S. 艾略特和 F. R. 利维斯。

艾略特是英国著名的诗人，以长诗《荒原》享誉世界，在建构文化理论方面也颇有建树，"把文化讨论推上一个重要的新舞台"（第294页）。作为一个敏感的知识分子，艾略特清醒地意识到"在任何为了利润，为了降低艺术与文化的标准而组织起来的社会在悄悄起着那种稳定的影响的作用。不断增加的广告和宣传组织——通过人的智力以外的任何手段来影响群众的东西——全是与艺术和文化的标准完全对抗；大规模的群众教育中存在的观念混沌和思想的混乱与这些标准相对抗；与这些标准对抗的还表现在认识到公众和私人都有责任支持制造和写作出的最好艺术品的那种人类中的任何阶层消失了"（第298—299页）。因此，他大力批判大众社会，极力维护少数人的权利以及他们所代表的标准。他在《对文化定义的笔记》指出：

> 如果那些条件与读者任何狂热的信念冲突，例如，如果读者对文化与平均主义居然会发生冲突感到震惊；或者如果他对有些人竟然会有"出身的优先权"感到荒谬，那么我不会要求读者改变信念，我只会请他们不要再在口头上高谈文化。（第301页）

这段话比较完整地表述了艾略特的文化精英主义思想。在他看来，文化必然与平均主义产生冲突，文化注定是拥有"出身的优先权"的少数人的专利，大众对此不应有任何的异议，那些拥有"出身的优先权"的人也不必感到耻辱，而应感到骄傲。谁不承认这点，那就等于承认自己对文化漠不关心，那也就不配谈论文化，最好免开尊口，保持缄默。这无异于剥夺了大众创造文化、享受文化的权利。

受20世纪人类学、社会学的文化研究的影响，也可以说是继承了英国文学传统的文化观念，艾略特把在阿诺德那里并不非常明显的这种文化含义明确化，认为"文化这个术语……包括一个民族所有的独特活动和兴趣"（第303页）。在这里，他把文化与"整个生活方式"联系起来。因此，一个民族、一个社会并不只有一种文化，而有可能存在多种文化。整个生活方式有一大部分是属于无意识的，而我们通常所称的文化——一种宗教、法律体系、艺术品——只是整个生活方式的文化的一部分，即有意识的部分。艾略特提出了文化分层的理论，他区分了"有意识的文化"和"无意识的文化"的概念，但这并不表明他愿意真诚地对待各种不同的文化，这只不过是他用于欺骗读者的一个幌子，目的是为了使读者相信他的分析具有社会学的基础，避免可能受到的直接批判。骨子里，他重视的是有意识的专门化的高级文化，即大写的精英文化，大众文化则被贬为"文化代用品"，因此高级文化，或者说精英文化应该成为整个社会风尚和趣味的楷模。这种专门化的高级"文化"是"不应该由其他所有阶级来平等分享的东西"（第305页），它总是某种程度地与社会特权联系在一起，往往掌握在少数有教养的人手中。这些统治阶级的优秀代表在继承了财富和地位的同时，也继承了创造、保护和享受高级文化的责任和特权；普通人没有能力也没有权利对高级文化指手画脚。如果让任何人都参与对有意识的高级文化代表人物的成果进行评价的话，那只能是糟蹋文化。显然，这种高级文化是与统治阶级的特权紧密相连的，对于维护这个阶级的利益起着重要作用。因此，艾略特极力反对"文化扩散"理论，认为文化扩散包含着"掺杂"和"贬值"，必然会降低高级文化的标准和质量，"因为少数人文化质量的根本条件，是今后仍旧把文化保持为少数人的文化"。[1]

艾略特的高级文化是以他的精英主义理论为基础的。在探讨精英问题时，艾略特甚至反对20世纪广为流行的精英流动理论，坚持精英只能固定在上层阶级中，因此高级文化也就只能掌握在少数人手中，实际上是掌握在统治阶级和上层阶级的手中，使之成为上层阶级的特权。面对20世纪更为错综复杂的社会现实，艾略特没有赤裸裸地鼓吹精英文化，他采取了迂回战术，企图用文化分层理论在一个民主浪潮高涨的时代里继续维护少数人的高级文化，以期达到使统治阶级的文化控制合法化的目的，用心良苦，手法巧妙。

在20世纪依旧明确提倡少数人文化的是F. R. 利维斯。对于20世纪流行的大众文化，利维斯提出了坚定的批判。他认为伴随着大规模生产带来的是标准化和"深度抹平"（leveling down），引起的是人们廉价的反应，赚取的是人们廉价的眼泪。应该说，他的批判某种程度上确实揭示了大众文化的负面后果，在急剧变化的社会里，有时确实能够起到警戒世人的作用。

---

[1] 莱斯莉·约翰森：《文化批评家：从马修·阿诺德到威廉斯》（伦敦和波斯顿：罗特里奇·保罗·基根，1979年），第128页。

但是，利维斯不是积极地面对现实和问题，致力于改善大众文化的质量，而是祭起少数人文化的旗帜。

他在《大众文明与少数人文化》一书的开头就明确地表明了自己的少数人文化立场：

> 在任何时代，具有洞察力的艺术欣赏与文学欣赏依赖于极少数人；只有少数人才能够作不经提示的第一手判断（除了简单的和大家熟悉的作品外）。能以真正个人的反应并被认可的这种第一手判断的人，虽然人数略多了些，但仍然是很少的少数派……依靠这少数人们，我们才有能力从过去人类经验的精华中得到益处；他们保存了传统中最精巧和最容易毁灭的那些部分。依赖他们，一个时代才会有安排更为美好的生活的固定标准，才能意识到这个价值胜于那个，这个方向不如那个方向更为可行，那个中心是在那里而不是在这里。在他们的保存中……是语言，是随着时代而变化的习语，美好的生活以这些语言和习语为基础，没有这些语言和习语，精神的特性就会受到阻碍而变得不连贯，我所说的"文化"指的就是对这样一种语言的使用。（第326页）

前面我们看到，阿诺德强调要通过了解和研究"曾经有过的最好的思想和言论"去追求整体的完美，利维斯则把文化与"具有洞察力的艺术欣赏与文学欣赏"等同起来，这实际上是把"曾经有过的最好的思想和言论"的范围进一步缩小和专门化为文学和艺术，最后，这种文学文化和文学研究的中心又落到了语言上面。因为通过语言，我们的精神的、道德的和感情的传统才得以传递下去。而最好的语言则保留在文学中："如果当代的用法不是倾向于提高而是贬低语言的话，那么我们就只能指望文学了，这样才能有希望与我们的精神传统、与'各个时代精选的经验'保持联系，因为文学中保存了最为精妙优美的语言用法。"①

显而易见，利维斯的少数人文化中的这个"少数人"实际上是一个文

---

① 莱斯莉·约翰森：《文化批评家：从马修·阿诺德到威廉斯》，第103页。

学少数派，"一个不但能够欣赏但丁、莎士比亚、邓·多恩、波德莱尔、哈代（仅举重要的例子），而且能够认识这些作家最近的继承者的那个少数派"（第326页），其职责是保存文学的传统和最优秀的语言能力，为更为美好的生活设定标准。利维斯主张以文学少数派作为中心，这部分地是出于对自己个人专业的偏好，是文学研究专门化的结果之一，但更多的是由于社会的变化，尤其是文学研究和文学知识分子在大学和整个社会中的作用和地位受到的冲击。由于科学研究及其他新兴文化形式（如广播、电影、电视）的挑战，纯粹的文学研究失去了中心的地位，日益走向边缘，曾经有过的荣光和辉煌已成为明日黄花，它的作用日趋降低，它所代表的传统价值也已失去了耀眼的光环。文学研究者不再是人类精神生活的导师和社会生活的指导者和评判者，这是利维斯不愿接受的事实。

现实的无奈迫使他无助而伤感地回忆过去，抨击现实，徒劳地维护精英和精英文化。因此，他的抗议不免带上了愤世嫉俗和歇斯底里的味道。这是一种历史的必然。我们承认，文学的确非常重要，它准确地记录了人类的经验，在保存语言方面也确有独到之处，但若要让文学或者说文化担负起保证全部个人与社会经验的品质的重任，那显然是有点勉为其难。

综观英国工业革命后文学家、思想家对于工业革命以及由此导致的城市化、现代化、民主、大众文化等新的现象的批判与反思，我们发现，始于伯克一直延续到20世纪的文化传统多采取一种精英立场，藐视和攻击大众文化，对科学的发展、社会技术的进步持一种抵触情绪，总是感慨今不如昔，哀叹古老英国的有机社会已经逝去，黄金时代已经不复存在，对田园牧歌式的社会持一种赞美激赏的态度，期望回到"有机的英国"。

值得注意的是，在这场文化与现代化的论争中，无论是保守主义的伯克等人，还是具有社会主义倾向的科贝特，甚至是20世纪的霍伽特，都采取了一种否定现实社会、在"美好的过去"寻找出路的态度。面对工业革命和现代化的弊端，他们选择的解决方法不是遵循历史的发展规律，面向未来，而是选取"过去"作为参照体系，一味地慨叹人心不古，今不如昔，怀着无限的眷恋回忆逝去往昔，梦想能够重返遥远的黄金时代。普金痛感"今日教会建筑的堕落状态"，极力提倡哥特式建筑风格，企图以此体现"真正的基督教感觉"，恢复教会的自然状态：安宁和谐的自然关系、仁慈

的院长、衣着舒适的平民、庄严的宗教葬礼、简朴的饮食。罗什金则大力
提倡"有机社会"的观念，认为这种社会能够促成生物功能的巧妙实现，
尤其是人类完美生命的喜悦与正常发挥。遗憾的是，工业革命无情地摧毁
了"有机社会"，罗什金无法在现存的社会里找到他心目中的期待，只有在
回顾中才能发现理想的"有机社会"，于是他高呼"回到中世纪"。卡莱尔
在《过去与现在》中，声情并茂地描绘了过去的参孙修道院及中世纪的社
会，用以暴露和抨击现在的工业社会。科贝特则极力美化中世纪，以为今
天的出路就在于根据中世纪的标准，建立一个公社式的社会。对有机社会
最强有力的寻求表现在 20 世纪的利维斯的一系列论述中。面对 20 世纪的
现代工业社会，利维斯深表不满，在他看来，此时人的工作已变得毫无意
义，人们的价值观念已经商品化了。于是他提出以工业革命前有机的乡村
社会来进行对比：

　　　　斯图尔特谈到"旧英国已经死亡，一个有组织的现代国家已经取
　　代了那个比较原始的国家"。旧英国是有机的共同体的英国，必须认真
　　思考的是，旧英国是在何种意义上比取代它的那个英国更为原始。但
　　是，现在我们必须考虑的事实是，那个有机的共同体已经一去不复返
　　了；它已经从人们的记忆中完全消失了，要让人们（不论其受教育的
　　程度有多高）了解它是什么样的事物，是一件普遍公认的难事。它
　　（在西方）的毁灭是近代历史最重大的事实——确实是非常近的历史。
　　这个重要的改变——这个巨大而惊人的解体——是如何在那么短暂的时
　　间中发生的呢？这个改变过程就是这样，通常被当作进步被描述。（第
　　331 页）

　　这个有机的共同体带给人们的是自给自足、天人合一的和谐宁静的自
然乡村风貌，这实际上是对过去的一种神化。对此，威廉斯尖锐地指出，
"如果对'有机的共同体'有什么结论的话，那就是它已经一去不复返了"
（第 333 页）。工业革命不仅创造了现代大都市，而且改变了乡村的面貌，
使乡村屈服于城市的统治。20 世纪，发达资本主义国家目睹了城乡差别的
缩小，边缘的消失，城市与乡村的融合，人们已经很难区分何处是城市何

处是乡村了。对此，利维斯无法熟视无睹，他也清醒地意识到了这个问题，无奈之余他不得不痛苦地承认，"只靠复旧并不可行，对旧秩序的缅怀必须主要是促进走向一个新秩序"（第334页）；但他无法告诉人们如何才能走向新秩序，也无法在现实社会中按照"有机社会"的样板来构建新秩序，他唯一能做的事情就是为他心目中的"有机社会"唱一曲无尽的挽歌。

二　威廉斯的观点

在梳理了英国的文化批判传统之后，威廉斯在一片批判斥责声中发出了另类的声音，对以利维斯为代表的文化精英进行了反驳和批判。

威廉斯首先检视的是"大众"的观念。历史地看，英国的"大众"这个概念可以从三个方面来确定其含义：人口向工业城镇的集中，工人向工厂的集中，"由工人阶级派生出大众行动"。所谓的"大众"指的是人口的聚集，尤其是工人的聚集，因此，"大众"在很大程度上是英国精英分子有意识地制造出来的一个概念，是精英们看待人们的一种便利方式，指的是精英们的统治、控制、教诲、取乐的对象，这种大众无异于群氓无赖。这个概念反映了社会的等级差别，它在词义中保留了乌合之众的传统特征：容易受骗、反复无常、群体偏见、趣味低级、习惯丑陋。这样一来，大众便成了文化的威胁、对精英文化捍卫者的威胁。因此，在整个精英主义文化观念中，"大众"一词带有明显的贬义；与之相联系的许多词，如大众文化、大众教育、大众文明、大众传播、大众思想、大众民主……无不带有贬义。这种"大众"的用法实际上是精英阶层用以证明少数人文化的合法性，维护精英文化和现行体制，对大多数人实行控制的一种手段。对此威廉斯深表愤怒，并且提出了挑战，他写道：

　　实际上没有大众；有的只是把人看成大众的那些看法。在一个城市工业社会里，有许多机会使人们产生这些看法。重要的不是重申客观条件，而是个人地、具体地考虑这些条件对我们的思考产生了什么影响，事实当然是，看待其他人的方式已经成为我们这种社会的特征，是为了政治剥削或文化剥削的目的而受到重视的。折中地看，我们看到的是其他人，许多其他人，我们不了解的其他人。实际上，我们根据某种方便的公式把他们聚合起来并加以诠释，在它的条件中，这个公式是成立的。但是，我们真正应该检验的是这个公式，而不是群众。如果我们记住我们自己也直接被其他人聚合成群，将会有助于我们进行这种检验。只要我们发觉这种公式不足以诠释我们自己，我们也可以承认它不足以诠释那些我们不了解的人。（第 379 页）

这段话读起来似乎有点饶舌拗口，但威廉斯决不是为了玩弄文字游戏或者卖弄学问才写下这段话的，他的目的是要揭示"大众"一词所隐含的意识形态功能和控制功能。在他看来，大众不是群氓，而是多数人，所谓的"大众"只是工业革命导致的一种自然的聚合或组合。精英们杜撰并广泛使用"大众"这个概念，目的是显示自身的优越性，贬低大多数人，以便进行政治的剥削和文化的剥削，成功地把多数人排除在"文化"之外。

通过揭示"大众"一词所蕴含中的意识形态功能，威廉斯批判了"精英文化"与"大众文化"之间的对立。他指出，"从本质上来说，文化是整个生活方式"（第 403 页），包括机构、习俗、思想习惯、意图、知识和想象的作品。虽然他的文化观念受到了阿诺德等人的影响，但这种观念极大地扩展了文化的范围，某种程度上消解了"精英文化"和"大众文化"之间的对立。

威廉斯的第二个批判策略是解构"有机共同体"。我们知道，威廉斯本人出生于威尔士和英格兰接壤的边境乡村潘迪（Pandy），借此他可以观察到以土地为本的乡村、以工业为主的城镇，以及以采矿和钢铁制造为主的城镇、集市和城市。这种独特的生活经历给他留下了深刻的印象，使他热爱乡村生活。但与利维斯不同的是，他并不一味批判工业革命，美化乡村生活。

如同许多学者一样，威廉斯后来离开自己熟悉的乡村，来到陌生的城市求学、工作，慢慢地了解和熟悉了城市。这种特殊的经历使他有可能站在乡村的角度观照城市，站在城市的角度观照乡村，避免就城市与乡村作出简单静态的对比，更加反对"把过时的统治阶级的农业制度的价值理想化的错误企图"①。在《乡村与城市》中，他通过还原英国乡村文学创作的历史语境，深刻地揭示了"有机社会"吁求中隐含的意识形态功能。

威廉斯在研究乡村文学时发现，在许多诗人的笔下，乡村总是充满了宁静祥和的气氛，与自然界浑然一体，似乎是永恒不变的圣地。但真实的情况究竟是怎样的呢？就在许多乡村文学创造的 16 世纪末 17 世纪初，英国封建社会濒临崩溃，残酷的圈地运动已经开始，正好又赶上英国农业歉收，大批的农民失去了赖以生存的生产资料和生活资料，流离失所，苦不堪言，甚至沦为乞丐。但诗人对这些熟视无睹，反而给我们描述了一幅歌舞升平的景象，仿佛乡村是世外桃源。之所以出现这种描写，原因很简单，诗人笔下的乡村多与宫廷有着密切的关系，是达官贵人休憩和娱乐的场所。从某种意义上来说，乡村可以为贵族提供一个理想的活动场所，显示主人的好客和权威，客人表达自己的尊敬和友好；乡村同时可以让贵族在大自然中开展各种文娱活动，如散步、骑马、狩猎、野炊、跳舞、游戏……充分体会和享受回归自然的幸福和喜悦。这种生活当然是人人都羡慕不已的。但是，这种生活并不是人人都有资格享受的，它需要异常雄厚的财产作为保证，别的不说，光是维持一座这样的乡村别墅，其费用就是非常惊人的。1826 年，一位德国客人在造访一座英国乡村别墅后写道：

> 要保持一套乡村住宅需要相当可观的财产，因为风俗要求主人提供许多奢华的娱乐和消遣！……风格优雅的住宅，配套考究的家具，壁画，餐具，穿着新衣的漂亮健壮的仆役，丰富的食物，外国的葡萄酒，罕见与昂贵的甜食，所有的一切都显得过于丰盛——正如英国人所说的"丰富"。②

在考察了英国描绘乡村的文学之后，威廉斯提请人们注意，"这些乡村别墅是在他人的毁灭和劳动的基础上取得的'可见的胜利'"，他要求"我

①　Raymond Williams, *Politics and Letters*: *Interviews with New Left Review*, London: Verso, 1981, p. 313.

②　钱乘旦、陈晓律：《在传统与变革之间——英国文化模式溯源》，浙江人民出版社 1991 年版，第 385—386 页。

们通过劳动来思考这种社会效果，并且弄清为了建起这些别墅，这种剥削和掠夺到底要花多长的时间和多么精密的计划"①。因此，我们不应该仅仅看到曲径通幽的回廊、富丽堂皇的大厅、庄严雄伟的铁门，更应该理解这一切背后隐含的剥削、掠夺和欺诈。这些描述乡村的文学之所以美化乡村，正是为了掩盖贵族阶级的剥削和掠夺，企图把一切都消融于自然中，以自然的名义掩盖社会的矛盾。同时，威廉斯指出，在英国贵族渐渐走向没落的时候，他们极力美化乡村还隐含着一种莫名的恐惧和期盼，他们意识到了临近的威胁，但又无力抗拒，因此他们企图"以暂时的情景，以对稳定的强烈渴望，来掩盖和回避当时实际存在的尖锐矛盾"②，期盼贵族统治能够永久地存在下去，这可以说是这类文学潜藏的意识形态功能。

威廉斯就是这样以自己的研究揭开了蒙在乡村文学之上的那层美丽的面纱，打破人们的幻想，让人们更加清醒地看到社会真相和本质。

为了进一步阐明乡村眷恋情结的本质，威廉斯还研究了"定居"（settlement）的概念。在威廉斯看来，"定居"这个问题同样与美化过去和把社会当作有机的或"自然的"观点相联系。从表面上看，"定居"显然更多地与农业社会相联系，表现的是乡村的生活特征，带有稳定、安宁的韵味。但威廉斯告诉我们，从历史的角度来说，定居并不是一种自然的行为，也不像文人墨客描写的那样美好。虽然在文人墨客的眼中定居是轻松惬意的，但那是有条件的，必须以特权和财产作为保证，实际上定居很大程度上是贵族和富人的特权。而对另外一些人来说，定居常常是强制性的，雇农、老人、寡妇、孤儿和穷人就是这种强制的直接受害者，他们迫于无奈定居下来，但他们无法享受"田园生活"带来的愉悦，却饱尝生活的艰辛和困苦，必须忍受无尽的痛苦和挫折。一旦他们为改变境遇而离开定居地，被迫离乡背井的时候，他们却常常受到谴责：不安分守己、背叛故土。不难理解，多移居出去一个，那就少了一个剥削和奴役的对象。需要指出的是，移居者的命运往往是才出虎口又入狼窝，可以想象，他们很快就会受到新的剥削和奴役，只是程度不同而已。因此，这种定居根本不是建立在平等的基础上的，而是受到了特权和财产的严格控制，其背后大量存在的是经

---

① R. Williams, *The Country and the City*, St. Albans: Palatin, 1975, p. 132.

② Ibid. , p. 60.

济和社会的不平等。那份安宁舒适、怡然自得的前提是建立在多数人的痛苦的基础上的。显然，这种定居生活是无法建立真正的共同体或者说"有机社会"的，就算在远古时代曾经有过，但是，随着封建经济体系的瓦解、圈地运动的发展和农业资本主义的扩张，共同体也无可避免地受到无情的挤压，终有一日会被根除。在这里，威廉斯再次驳斥了乡村共同体的神话，揭开了"有机社会"的面纱，让人们看到了鼓吹和维护"有机社会"的那些理论家的意识形态目的。

威廉斯区别于文化精英的第三个方面是他对于大众文化的态度。与利维斯和法兰克福学派不同，威廉斯不是坐在象牙塔里一味指责工业革命后兴起的大众文化，更多的是以开放的 20 世纪心态对其加以研究。他从五六十年代起就开始研究爵士乐、各种视觉艺术、广播、电影、电视、报纸、杂志、广告等大众文化形式，充分肯定它们在创建共同文化过程中的重要作用和巨大价值。与此同时，他本人还曾经积极参与电影创作（虽然那是一次失败的经历），后来他还当过英国 BBC 电台的特约评论员。这些活动为他的研究提供了第一手的资料，加深了他对大众文化的了解，这也使他有别于那些坐在学术圣殿里高谈阔论的西方马克思主义理论家。

之所以如此，一是因为他的出身。作为边境乡村铁路工人的儿子，威廉斯从小就对工人阶级和下层阶级的生存境况和文化状态有着深切的了解，他深知"上层文化人士"对工人阶级文化的蔑视，对工人阶级文化权利的剥夺，其结果是工人阶级被排斥于"文化"之外，因而显得粗俗鄙陋，并因此形成一种恶性循环。在剑桥大学求学期间，他更深切地体会到了文化的隔阂和歧视，深感自己与剑桥大学流行的精英文化的格格不入。因此，一旦获得说话的权利，他便自然而然地站在自己阶级的立场大声疾呼，要求给予自己所属的阶级应有的权利，消除高级文化/低级文化的对立，抹平它们之间的鸿沟，扩大文化的范围。二是因为威廉斯的工作经历。我们知道，威廉斯的第一份工作是为牛津的工人教育协会（WEA）成人班讲授文学。在实际的教学过程中，威廉斯了解到了工人阶级对文化的迫切需求。

当然，这并不意味着威廉斯完全认同大众文化，或者说威廉斯没有看到大众文化的负面影响。威廉斯重视大众文化的根本原因还在于他在大众文化的兴起中看到了新的可能性。

与利维斯不同，威廉斯始终坚持"文化是普通的"（Culture is ordinary）。在他的眼中，文化是人类的共同财产，是人们共同创造的，而不是像利维斯等人所认为的那样是由少数杰出的艺术家和思想家创造的。同时，文化也是共享的，它不是少数精英人物的专利，而应该为全体社会成员共同享有，接受全体成员的批判。威廉斯在大众传播与大众文化的发展中看到了文化扩展、进而惠及大众的可能性。

在《漫长的革命》中，威廉斯以学者的严谨，根据翔实的材料研究了自8世纪起直到20世纪英国"阅读公众"（reading public）的发展历史，尤其是最近三个世纪里英国阅读公众的状况，并据此探讨文化的普及与发展。经过研究，他发现，阅读公众的范围一直在不断地扩大。"只有在我们这个世纪，经常地阅读报纸的行为才波及大多数人；只有在我们这一代，经常地阅读书籍的行为才波及大多数人。在19世纪，阅读有了重大的有时是壮观的扩张，而在18世纪，阅读已有了重要的扩张，它既创造了正规的新闻业，又改变了文学的社会基础。"① 这种扩张表现在几个方面。首先，从人员构成来说，阅读不再局限于教士、学者、医生、律师和学生的狭小范围，而是延伸到了中产阶级、下层阶级、普通大众；尤其值得注意的是妇女读者群的出现，她们极大地刺激了小说创作的繁荣。其次，从读物构成来看，人们的阅读范围逐步由报纸、杂志、期刊扩大到各种书籍。

"阅读公众"的扩张起因于8世纪印刷技术的发展。以前，各种书籍主要是以手抄本的形式存在，限于数量，书籍大多掌握在教士、学者、医生、律师和学生等少数人的手中，广大的普通百姓很难有机会接触到这类"神圣的东西"，因而他们对于这类知识的了解更多地来源于上述少数人，这进一步加剧了他们的文盲程度和被控制状态。印刷技术的发展，从物质上、技术上保证了出版物的增多，各种出版物因此得以走出庙宇和大学，走进商店和铁路，走进千家万户，普通人因此容易接触到各类读物，这在客观上促进了"阅读公众"的形成和壮大。同时，技术的发展使得人们手中可支配的资金日益增多，也使得印刷业的竞争更加激烈，出版者被迫降低各类读物的价格，这使得各类读物不再是奢侈品，而是普通人购买能力范围

① R. Williams, *The Long Revolution*, London: Chatto & Windus, 1961, p. 156.

内的"商品",后来更是演变为人们生活的必需品。

　　当然,阅读公众的成长与发展并不是一帆风顺的,其间经历了多次的曲折和反复、争论和斗争。在这整个历史中,出现过两种主要的反对意见,一是认为随着读者群体的扩大,标准必然降低,文学和文化将受到"拙劣文学"(blotterature)的严重威胁;与此相关的是一种政治恐惧,认为如果普通人也能阅读的话,那么正常秩序也将受到威胁。这种反应实际上是少数精英在自己的权力和特权受到可能的威胁时做出的本能反应。以前,他们控制着各种读物,掌握着解释权,因此他们有力地控制着话语权,那些无缘获得读物的普通人则往往处于失语状态,因而在很大程度上必须服从他们的话语统治。一旦普通民众能够进行阅读,统治者的愚民政策不可避免地要宣告破产,精英阶层的文化垄断也将被打破,结果是"正常"的秩序不可避免地受到挑战,精英阶层的特权地位也变得岌岌可危。面对威胁,这些统治者和精英阶层有的不只是恐惧,他们甚至动用各种力量来阻止和限制阅读公众的增长:1538 年开始对英文书籍实行审查制度;声讨和贬低新兴文学形式(尤其是小说),斥之为低级的体裁;增加税收。当然,少数人的一切努力终归是徒劳,不争的事实是,阅读公众的数量一直在稳步增长。

　　阅读公众的发展引发了"标准"和"质量"的讨论。威廉斯指出:"在我们的文化史中,没有哪个问题比这个问题更重要的了,因为有关质量和民主的争论紧密相连,不可分割,这一次又一次地导致了文化论争中的僵局,既让人深感沮丧又让人迷惑不解。"① 对于这个问题,威廉斯的回答是,趣味和判断标准不是固定不变的,随着时代的发展和人们认识的提高,有些被当作低劣产品的文化完全可以得到后人的认可和接受,登上大雅之堂。他告诫我们:"我们必须记住,当时被谴责为低级和无聊的两种文学形式——伊丽莎白时代的通俗戏剧和18、19 世纪的小说——今天已经成为我们的标准文学的重要代表。因此,质量的保持决不完全取决于传统认可的形式的保留。"② 没准哪一天,如今受到全面攻击和围剿的爵士乐和摇滚乐也将和古典音乐一样,正式走进神圣的艺术殿堂,成为真正的艺术品类,

---

①　R. Williams, *The Long Revolution*, p. 158.

②　Ibid., p. 171.

为后人所接受和欣赏。

在这里，威廉斯已经看到了大众文化的发展对于既有审美标准和经典的颠覆作用，初步涉及到了文化领导权的问题。实际上，在人类历史的发展过程中，在每一个新的历史发展时期，总会有与这个历史时期的总体特征相适应的新的艺术形式出现。马克思在论述艺术的时候就曾指出："在罗伯茨公司面前，武尔坎又在哪里？在避雷针面前，丘必特又在哪里？在动产信用公司面前，海尔梅斯又在哪里？"① 马克思的论述表明，古希腊罗马人的艺术形式是生产力水平低下时代的产物，它必然要借助想象来征服自然力，支配自然力。随着生产力的发展，人们不断地在更广阔的范围内，更深刻的程度上认识了客观世界的发展规律，因此，古希腊神话虽然在今天仍能给予我们艺术上的享受，并且就某些方面来说还是一种规范和高不可及的范本，但对于人类物质发展与精神发展的历程而言，它已经属于过去的时代了；在新的历史时期，必然出现新的艺术形式。因此，固守旧有的文学形式和标准是毫无意义的，也是无助于文化的发展的。小说的发展历史印证了马克思和威廉斯的观点。小说兴起的时候，它显然不属于广为接受的"文化"之列。小说服务于广大的中产阶级，尤其是赋闲在家的妇女，工人大众也是小说的热心读者；可以认为小说就是当时的大众文学，只要读读伊恩·P. 瓦特的《小说的兴起》就很容易明白这点。当时的文化精英对此也是义愤填膺，口诛笔伐。小说家被描绘为"最低档的文学技匠"②，小说则被贬为不触及人的内心世界的低级体裁。19 世纪最具权威的文化和文学批评家马修·阿诺德公开宣称："阅读小说有害无利，充其量也只能使人自我放纵。"③ 然而，经过一个多世纪的发展，今天，谁也无法否认，小说——曾经的大众文学——已经名正言顺地跨入神圣的艺术殿堂，成为公认的艺术门类。从小说的发展演变中我们可以发现，文化不是静态的，而是动态发展的，在历史的发展过程中，文化应该而且能够不断地吸收人类的优秀成果，丰富自己的宝藏。

---

① 《马克思恩格斯选集》第 2 卷，人民出版社 1972 年版，第 383 页。
② 安东尼·伯格斯：《今天的小说》，佩格卡斯，1970 年，第 13 页。
③ 韦勒克、沃伦：《文学理论》，三联书店 1984 年版，第 236 页。

　　威廉斯对工业革命之后的现代化及大众文化的态度源于他的出身和政治理想。他一生都致力于把原来由少数人创造和欣赏的"文化"还给大众，给大众以创造和享受文化的权利，变大写的"文化"（Culture）为小写的"文化"（culture），使之成为民主生活之必不可少的组成部分。这种态度体现出了一个社会主义者的文化平民主义倾向，这种倾向不仅表现在理论上而且贯彻在实践中，这在精英传统浓厚的英国尤显难能可贵。

　　当然，威廉斯的观点多少有点过高估计了文化的力量和价值。把文化当作社会健康的保证，当作社会改良的力量，依然存在文化乌托邦的倾向，同时带有一种文化渐进主义（gradualism）的色彩。对于这点，E. P. 汤普森和特里·伊格尔顿曾有过批判。

　　尽管有着这样的不足，威廉斯的观点对于今天的中国来说还是非常具有启发意义的。随着中国现代化进程的推进、社会民主化的发展和科学文化的兴起，中国的传统精英同样遭遇到了前所未有的严峻挑战，他们不再是社会的中心，而是日趋走向边缘，于是他们发出了无奈的抗议。不少"精英"痛感大众文化的流行，高声疾呼精英文化陷入了前所未有的困境，有的焦虑、有的愤慨、有的甚至绝望，于是我们读到了这样的诗句："万人都要将火熄灭/我一人独将此火/高高举起/此火为大/开花落英于神圣的祖国/和所有以梦为马的诗人一样/我藉此火得度一生茫茫的黑夜。"[①] 仿佛中，我们看到了远古时代的普罗米修斯举着天火前来拯救苦难的人类，不幸的是此火非但没能拯救人类，连诗人自己也未能"藉此火得度一生茫茫的黑夜"。

　　面对困境和危机，我们到底应该如何举措呢？威廉斯的态度也许是一种值得我们借鉴的选择。

---

　　① 海子：《祖国》，载谢冕、唐晓渡主编《以梦为马（新生代诗卷）》，北京师范大学出版社1993年版，第52页。

第五章

从《霍华德别业》看文化与"现代的挑战"

1946 年，E. M. 福斯特在一篇广播演讲《现代的挑战》中说：

　　我属于维多利亚自由主义的末梢，还能够回首一个时代，那时挑战的调子还比较温和，天边的乌云还不过一个巴掌那么大。从很多方面来看，它都是一个令人尊崇的时代。它谨行仁厚和慈善，富有人性，心智上有好奇心，主张言论自由，没有什么种族偏见，相信个人是且应该是不同的，真诚地笃信社会的进步。世界会越变越好，推广宪政（parliamentary institutions）是改良世界的主要途径。我在那些遥远而美妙的日子所受的教育使我变得很柔软，我很高兴是这样，因为自此以后我看到太多的强硬，我知道这样得不偿失……然而，虽说这种教育很人性，但还是有缺陷的，因为我们无一人意识到我们的经济地位。丰厚的股票分红（fat dividends）进入我们囊中，从中生长出高贵的思想，而我们没有意识到，我们一直在剥削穷人，不仅是我们本国的穷人，还有境外的落后民族，我们的投资所得远远大于我们应当得到的。我们拒绝面对这一令人不快的真相。我记得小时候大人们告诉我，"乖乖，不要谈钱，很丑"——维多利亚式防御机制的一个好例子。

　　20 世纪以来，所有这一切都改变了。分红缩水到差强人意，有些干脆化为乌有。穷人反抗了。落后民族也正在反抗——他们出拳更重。这些意味着，维多利亚自由主义者们的生活没那么舒适了，令我肃然起敬的我们的那些观念，已经失去了赖以生发的金钱基础，正在深渊的边上徘徊。我沉湎于这些怀旧中，因为我想说的问题由此而来。

如果我们想要成功回应我们现时代的挑战，就必须做到将新经济和旧道德结合起来。自由放任的信条不适用于物质世界。它通向的是黑市和资本主义丛林。我们必须有计划、配额和控制，否则成千上万的人将没地方住，没东西吃。另一方面，自由放任的信条却是适用于精神世界的唯一通则；如果你对人的思想进行计划和控制，就会阻碍其生长，就会出现审查制度，秘密警察，通往奴役之路，奴隶社会。①

此处，福斯特清晰地提出了"现代的挑战"这一概念。这篇演讲作于二战之后，"现代的挑战"的灾难性后果已成事实。作者却似乎还沉浸在悠远的过往中，他的思考似乎还停留在第二次世界大战之前，在他写作《霍华德别业》②之时。那时"挑战"的战鼓已隐约可闻，《霍华德别业》即是对"现代的挑战"在社会生活中种种表现的敏锐体认，甚而试图在作品中寻找一条应对挑战、规避危机的途径。

《霍华德别业》的大背景是紧跟在维多利亚时期之后的爱德华时期（1901—1910），表面看是一个社会秩序井然、祥和平静、物质繁荣的时代。但平静水面下却暗流涌动，危机重重。延续的惯性和剧变的冲动在暗暗角力。新技术、新工具——比如小汽车、飞机的出现——在改变人们的生活形态。国家也正面对前所未有的内忧外患：内有种种要求变革的呼声，妇女和劳工要求更多政治权利而引发的运动；外有德国军国主义的威胁，殖民地和受压迫民族的反抗。英国被拖入耗资巨大的军备竞赛。国内民族主义和沙文主义盛行，自由派的帝国主义者在国内外事务中处于主导地位。城市贫民的状况越来越凸显为严重的社会问题；社会主义思潮为此提供一

---

① E. M. Forster, "Challenge of Our Time", *Two Cheers for Democracy*, New York：Harcourt, Brace & World, 1951, pp. 56 –57.

② 《霍华德别业》首次由爱德华·阿诺德有限公司（Edward Arnold Ltd.）于 1910 年出版。本章中凡引自该小说的引文均只在括号里标注页码，依据版本为：E. M. Forster, *Howards End*, New York：Bantam Books, 1985.

定的解决方案，却也隐含诸多危险。① 凡此种种，均在冲击、挑战福斯特一类自由人文主义者的信念。以上提到的所有问题，《霍华德别业》中都有反映。威多森甚至将此小说与 C. F. G. 马斯特曼（Masterman）的社会学著作《英国的现状》（1909）并照齐观，认为前者是后者的文学表达。② 安妮·赖特将这部"英国现状"小说列为她所称的"危机文学"的典范，认为它是一个"文化宣言"，一部"现代启示录"。③

一

　　强烈的忧患意识，掩盖在风俗喜剧的形式下④。这是一个"当施莱格尔们遇到威尔考克斯们"的故事。小说的情节主线是两个家庭之间的交往。两个家庭颇具代表性：施家为典型的爱德华时代闲适知识分子家庭，威家为当时典型的工商人士家庭。两个家庭同属中产阶级，所以有平等交往的可能；两家之间的差异有如云泥，所以在他们的交往中喜剧场景不断。小说中一段威家长子查尔斯和施家幼子蒂比见面的情节喜剧很有代表性。叙述者评论说这两个人除了说的都是英语外，再无相通之处。即便说的都是英语，也互不能理解。关键还在"文化"一事上。屈瑞林说文化使中产阶级汇聚，又将他们分开。比如施莱格尔姐妹认识威尔考克斯夫妇，就在德国一处文化古迹。⑤ 施家人自然是百分百的文化人，但威家人实在很轻视文

---

　　①　关于时代背景问题，研究福斯特的专著中，威多森（Widdowson）、达克沃斯（Duckworth）、考尔默（Colmer）都有精辟详尽的表述。参见 Alistair M. Duckworth, Howards End: *E. M. Forster's House of Fiction*, New York: Twayne Publishers, 1992; John Colmer, *E. M. Forster: The Personal Voice*, London: Routledge & Kegan Paul, 1975; Peter Widdowson, *E. M. Forster's* Howards End: *Fiction as History*, London: Sussex University Press, 1977.

　　②　Peter Widdowson, *E. M. Forster's* Howards End: *Fiction as History*.

　　③　Anne Wright, *Literature of Crisis, 1910 – 1922*, London: MacMillan Press, 1984, pp. 4, 7.

　　④　《霍华德别业》用轻松诙谐的口吻来探讨严肃的社会问题，形式和内容似乎是彼此抵消，而非彼此加强，这一点为某些批评家所诟病。如 F. R. Leavis, "E. M. Forster", *E. M. Forster: A Collection of Critical Essays*, ed. by Malcolm Bradbury（New Jersey: Prentice – Hall, 1966）; Frederick C. Crews 则体察出作者是有意为之，用喜剧色彩来冲淡小说中被赋予的太多意义：一方面作者有要张扬自己价值观的冲动，一方面作者的现实感又抵制这种冲动，要与读者取得一个可沟通的立足点，参见 Frederick C. Crews, *E. M. Forster: The Perils of Humanism*, Princeton University Press, 1962.

　　⑤　Lionel Trilling, *E. M. Forster*, Norfolk, Connecticut: New Directions, 1943, p. 128.

化，也几乎没什么文化素养，是不带半点掩饰的非利士人。两家人的差异反映了爱德华时代的一个重要社会问题：非利士风气和文化之间的分裂①。

　　威家的非利士习气渊源有自。在他们发家致富的过程中，文化并没有起什么作用。与能继承一笔可观遗产的施家姐弟不同，威尔考克斯们的财富需要自己去打拼。家族唯一一处可称是祖传家产的，还是威夫人露丝从娘家继承的霍华德别业②——一幢不起眼的乡间房舍，后来成了威尔考克斯们食之无味、弃之可惜的一处房产。对他们而言，这幢房子的意义只在于是他们的私有财产，是长子查尔斯将从母亲处继承到的遗产。父亲亨利·威尔考克斯年轻时除了经营头脑外，不名一文。解救了处于经济困境中的霍华德家族，娶了露丝·霍华德后，他有充分理由成为霍华德别业的主人。然而在现代社会，一处乡间产业已不可能使人发家致富。亨利的财富主要靠在塞浦路斯等海外殖民地赚得。他的两个儿子也得走同样的道路，先后都去过海外殖民地，以赚取人生事业的第一桶金。到故事发生时，亨利已是"帝国和西非橡胶公司"的老板。他经营很成功，两年内收入翻番，快成为一个百万富翁，"终于成了一个重要人物，公司招股说明书上一个有说服力的名字"（第103页）。当施家姐妹惊叹于大自然的神秘时，他能看到自然现象后面资本的运作：他的资本甚至能改变泰晤士河的潮期。他代表着维多利亚和爱德华时代的物质主义最成功的方面。有了这实际的兴旺发达，他真切地感觉到"他的双手掌握了生活的方方面面，他所不知道的东西，就是不值得知道的"（第103页）。他的这种想法，流露出他的自满、自信和自以为是。他的三个孩子在商业才能上逊色于他，但都继承了他性格中功利、机械、市侩和商贾气的方面。他们精力旺盛，喜爱各种运动，特别是开汽车。他们把所有东西都派上用场。他们在处理实际事务时有效率，有能力，头脑清楚。他们对于政治、帝国和社会制度的理论很强硬。他们嘲笑妇女争取投票权运动，蔑视平等和民主，对艺术和文学嗤之以鼻，厌恶社会主义和社会改革者，害怕思想和情感。他们一点都不关心人，对

---

　　①　Anne Wright, *Literature of Crisis*, 1910 – 1922, p. 26.
　　②　霍华德别业这处乡间地产是小说的一个中心意象，有重要的象征意义。论者普遍认为它象征着传统英国，它的过去和将来昭示英国的命运。霍华德别业的继承权是小说的一条主要线索。这个问题也就是："谁将继承英国？"

别人缺乏真诚的同情和理解。

威尔考克斯们过的是"外在生活",而施莱格尔们看重的是"内在生活"。施家人"生来就是有文化的"(第 42 页)。施家父亲是个德国哲学家①,"黑格尔和康德的同胞,是个唯心主义者,天性耽于梦想,他的帝国主义是空中楼阁的帝国主义"。年青时,他"曾与丹麦、奥地利、法国勇敢作战②。但是他当时没有预见到胜利的结果"。战后他意识到,"有些品质消失了,整个阿尔萨斯—洛林都赔不回来"。商业精神和帝国主义在国内肆虐。由于厌恶这种主导一切的物质主义,他离开德国,在英国定居下来,当上了大学教授,娶了一个富有的英国妻子。"他希望翳障祖国的物质主义的浓云到时会散开,柔和的智识光芒会重现。"(第 21 页)施莱格尔姐妹伴着这样一套特殊的教育成长,崇尚心智、自由和人性,思想开明,重视精神生活,反对物质主义,反感帝国主义。自小她们就知道,"任何个人都要比任何组织更接近精神世界"(the unseen)(第 22 页),理所当然地将"精神世界"(the unseen)置于"物质世界"(the seen)之上,认为"粗鄙的物质主义扼杀想象","私人关系"(personal relationships)是重要的,私人生活不可侵犯。

到故事发生时,施家姐弟已父母双亡多年,依靠母方留下的遗产,过着独立而宽裕的生活。施家幼弟蒂比基本上由两个姐姐带大,在故事中是个边缘人物。施家姐妹玛格丽特和海伦③博学多才,爱好文学和艺术,但她们的学识并非孤立如高高在上的神龛,而是和生活联系起来,见于她们面对的每一个人,每一件事。她们关注社会问题,支持社会改革。她们思考,和他人讨论感兴趣的问题。在她们参加的小圈子聚会上,姐妹俩都能言善辩。小说第十五章描述了这样一个讨论社会问题的辩论会。她们期望能通过她们的思考来干预社会:"她们以自己的方式深切地关心着政治,虽然不是政治家们要我们关心的方式;她们渴望内在生活中的一切美好能在公共

---

① 施莱格尔兄弟是德国两位著名的哲学家和文学批评家:A. W. 施莱格尔(1767—1845)和其胞弟 F. 施莱格尔(1772—1829),后者是德国浪漫派运动的主要创始人。

② 屈瑞林讨论过施莱格尔先生既是战士又是哲学家,暗合柏拉图《理想国》中的理想君主。

③ 有论者说施莱格尔姐妹的原型是 G. L. 迪金逊(Goldsworthy Lowes Dickinson)姐妹与后来成为弗吉尼亚·伍尔夫(Virginia Woolf)和瓦内莎·贝尔(Vanessa Bell)的斯蒂芬(Stephen)姐妹。

生活中得到映照。克制，宽容，两性平等，对她们来说都是真切的呼吁；但是她们对我们在西藏的扩张政策（Forward Policy）却不甚感冒，不明白它有什么好处。有时候她们会对整个大英帝国付诸困惑而崇敬的叹息，再将之抛诸脑后。历史的宏伟场面都不是她们这类人建设的：如果世界全由施莱格尔姐妹这样的人组成的话，将是个灰色的、毫无血色的地方。但是，世界能够成为现在这个样子，也许是因为有她们在其间闪耀如星。"（第21页）

可见施莱格尔姐妹是一种通才型的知识分子。她们懂得文化的真义，是真正受益于文化的文化人。她们的文化生活不仅有智识锋芒和审美情趣，还有人文关怀。文化并不仅仅是书籍、绘画、音乐以及欣赏它们的能力，不仅仅是一种要传承最优秀传统的热望[1]，更是一种要将在文化生活中培养起来的鉴别能力和道德情操作用于社会的实践行动，"她们渴望内在生活中的一切美好能在公共生活中得到映照"。她们的个人行为，更带有一种社会使命的意味。比如她们去接近威尔考克斯一家和巴斯特一家，并滋生出种种故事来，其间无不透出她们自觉的努力和不懈的思考。

施莱格尔姐妹的这种文化观，上接维多利亚时期的文化干将马修·阿诺德。阿诺德觉察到当时社会一些混乱失序的状况，忧心于非利士风气的盛行，深患于传统宗教力量的削弱，而提出文化的"新宗教"[2]，以纠时风。他发表于1869年的《文化与无政府状态》，是集中体现其思想的文化宣言。阿诺德给文化的定义是："通过阅读、观察、思考等手段，得到当前世界上所能了解的最优秀的知识和思想，使我们能做到尽最大的可能接近事物之坚实的可知的规律，从而使我们的行动有根基，不至于那么混乱，使我们能达到比现在更全面的完美境界。"[3] 这种完美境界，是将"美好与光明"，亦即美与智，结合起来的完美。文化人要做的，不仅是对自身完美的追求，还要致力于传播"美好与光明"，让世界臻于完美。文化人要对整个社会生活有所担当："有一种观念将特别可称为'社会性'的动机列为文化的基础，而且视之为文化根基中主要的、卓著的部分，这些动机包括对

---

① E. M. Forster, "Does Culture Matter?", *Two Cheers for Democracy*, p. 100.

② 论敌讥讽阿诺德信奉文化如同宗教，阿诺德索性承认自己就是"信仰"文化。

③ 马修·阿诺德：《文化与无政府状态》，韩敏中译，三联书店2002年版，第147页。

邻人的爱心，纠错解惑、排忧解难的愿望，以及让世界变得更美好、世人更幸福的高尚努力。……文化即对完美的追寻。它的动力并非只是或者首先是追求知识的科学热情，而且也是行善的道德热情和社会热情。"① 文化所"构想的真正的人类完美，应是人性所有方面都得到发展的和谐的完美，是社会各个部分都得到发展的普遍的完美"。② 可见，阿诺德的"文化"，不仅仅是知识和思想，更是行动和实践，但一定要是经过"鲜活的思想之流"濯清的审慎明辨的行动。

"文化"（culture）一词的词义，从最初的栽种、农耕，对动植物的照料，演变为对人类心灵的陶冶，乃至整个人类发展的历程③，耐人寻味。齐格蒙·鲍曼对此有很好的阐发："文化这个概念长期以来总是与耕耘联系在一起，拿它来作为新的社会维持机制的基本的隐喻，可谓妙不可言，恰如其分，它既意味着一种构想，又意味着一种实践（以后者为主）。文化在用于表达对土地的耕作和管理活动时，意味着一种活动、努力和有目的的行为。……现在，人类生活和行为成为了一种有必要去塑造的东西，以便防止产生出一些不愿接受的、有害于社会秩序的形式，就好像一块农田，如果无人看顾，野草就会疯长，田主也将颗粒无收。"④ 当文化运用于对社会生活的耕耘和管理时，便自然带上了政治功能。阿诺德将文化作为救世良方提出来时，虽然表述上很超然，实则有现实的政治诉求。他试图通过将人们的关注引向内在的蓄积和转变，从而不会一味轻率鲁莽地在社会上掀起纷扰不息的政治风波。文化是阿诺德针对当时的"挑战"提出的救世良方。半个世纪后，福斯特在小说中展现"现代的挑战"时，也举起了"文化"的盾牌。只是福斯特已经不可能像阿诺德那样，对文化抱持相当乐观的态度。福斯特不仅看到了社会所面临的时代的挑战，也看到了文化本身所面临的时代的挑战。他不再像阿诺德等前贤那般毫无保留地颂扬文化，而能运用文化所具有的批判眼光，不仅审视社会国民，也审视文化自身。

---

① 马修·阿诺德：《文化与无政府状态》，韩敏中译，第7—8页。
② 同上书，第210页。
③ 雷蒙·威廉斯：《关键词》，刘建基译，三联书店2005年版，第101—102页。
④ 齐格蒙·鲍曼：《立法者与阐释者：论现代性、后现代性与知识分子》，洪涛译，上海人民出版社2000年版，第126页。

在热情倡导文化的同时，也深知文化的局限，乃至弊端。

二

  这个敏察挑战、勇举盾牌并反思文化的任务，落在了文化人玛格丽特·施莱格尔身上。玛格丽特提出了"只要联结"的主张。"联结"的主张针对"分裂"的现状而起——玛格丽特意识到最严重的挑战即是分裂。她所辨察到的"分裂"有两种主要的形式：一为个人心性的分裂，一为社会力量的分裂。个人心性的分裂，最可为代表的是玛格丽特在亨利身上察觉到的分裂：理智与情感的对立，身体与灵魂的不容，浪漫与现实的割裂。亨利会爆发出强烈的激情，但这激情发生得笨拙而突兀，似乎与生活全无关系，过后他还会为这激情感到羞愧。玛格丽特对此的"全部布道"便是："只要联结！……只要将平常心境与火热激情（the prose and the passion）联结起来，两者都将得到提升，人之爱将达到制高点。不再生活在碎片中。只要联结，（人心中的）野兽和僧侣，失去了他们赖以生存的隔绝孤立后，将寿终正寝。"（第147页）

  心性的分裂又造成认识的割裂。亨利标榜自己的"座右铭是集中注意力"（第147页）。他只注意、只活在眼前的十分钟，即刚过去的五分钟和即将来到的五分钟（第196页）。他没有深层的认识和思考，看到的只是单个的表面的事实，没有将事件与事件、过去与现在、自己与他人相关联的能力。这种认识缺陷最终成了一种道德缺陷。看不到关联，便看不到己之过，也看不到自己的责任。海伦指出威尔考克斯们的根本缺失是：他们头脑中缺少一个说"我"的小东西。他们从不说"我"，就不用考虑"我是谁""我是怎样的"此类的问题，也就是缺乏自省精神。没有自省，就认识不到自己的局限、缺点、错误。他们忽视任何有关个人的东西，比如个人责任等。他们也因为没有那个"我"可以依赖，内心只有惶恐和空虚。他们是"超人"，自我中心，自以为是，但没有主体性（subjectivity）。有理论说这种人将来会统治世界，那将是一个没有"同情和公正"可言的世界（第185页）。他们自己没有主体性，也就不会尊重别人的主体性。比如在亨利眼里，莱昂纳德·巴斯特不是个体的人，而是"那一类人"。这种说法是冷冰冰的、非人性的机械语言，个人在此中缺乏安全感，有时还会引发绝望和无助感。道德属于个人范畴。只有活生生的个人，才能引发人内心的柔软、关爱和责任感。所以海伦针对威尔考克斯们，一再强调自己的信念："个人关系是真正的生活，永远永远。"（第20页）一切事物都只有在个人关系中才能受到真正的检验。

威家人不重视个人关系，或者将个人关系完全理解为利益关系："爱意味着婚姻财产契约，死亡意味着遗产税。"（第20页）无论在家庭生活还是社交场合，他们都很少诉诸感情，而更多依赖常规习俗。所以即便是在他们内部也是一盘散沙，若非习俗和利益使他们在一起，他们之间没有什么真正的维系。他们从来没有试图理解过自己，当然也不打算去理解别人。他们对自己的局限从无自觉，满足于表面的那种精力旺盛和乐观自信。他们很在意自己一贯正确的形象，而这形象靠推卸责任、指责他人来树立。任何一桩错误，他们都只是找借口，而不老老实实找自己的原因。不承认错误，更加不会承担责任。他给莱昂纳德·巴斯特提供的择业建议被证明是错误的之后，他拒绝给莱昂纳德提供工作机会；在他和巴太太杰姬曾经的关系暴露后，他不仅没想到要对她承担一部分责任，没想到这是对已故威太太的背叛，而且没有真正的忏悔，只从当时境遇中找理由。

威尔考克斯们的性格缺失和道德缺失，并不只是他们个人的缺失，更是英国社会的缺失。《笨拙》杂志一篇评论风趣地说，介绍我们认识"了不起的威尔考克斯一家"的作者，可以一功抵百错，"因为威尔考克斯们就是英国；他们身上最彰显英国的本质"。[1] 他们代表现代英国最强势的社会力量。他们的心性分裂，也造成了社会的分裂状况。他们没有心性和谐的概念，没有社会融聚的理念，所以也不会忧心于这种分裂，不会努力弥合分裂，反而让分裂愈加严重。比如他们拒绝承担责任的态度，令贫富差距愈大，穷人和富人间的对立冲突愈演愈烈。

小职员莱昂纳德·巴斯特是小说中的穷人，虽然还不是社会中最穷的人。第6章开篇即说："我们不谈那些很穷的人。他们不可想象，只有统计专家抑或诗人才可能接近他们。本故事说的是一些体面人士（gentlefolk），

---

[1] P. N. Furbank, *E. M. Forster: A Life*, New York and London: Harcourt Brace Jovanovich, 1981, p. 188.

抑或那些被迫装作是体面人士的人。"（第34页）这番话透露出作者福斯特面对穷人时自嘲自责与忧虑恐惧交织的心态。莱昂纳德·巴斯特现象只是社会贫困人口问题的冰山一角。巴斯特们也是现代社会的坚实组成。莱昂纳德·巴斯特祖上是乡下自耕农，他这一辈则被工业化大潮卷到了城市。莱昂纳德受过一些教育，受雇于一家火险公司，是个底层的小职员。他的薪资微薄，生活条件低劣。由于不成熟和善良，很年青时便被大他许多岁的过气妓女杰姬套牢，后与她结婚。在他看来，唯一能"提升"或慰藉他的卑微现状的，是他对文化的追求。他坚持阅读"名家作品"，出入画廊、音乐厅和博物馆①。他曾经如孔乙己排出几个大钱般在施家姐妹面前排出一大堆他读过的作家名字。他的做法让玛格丽特既尴尬又担忧。他的迫切"显摆"，恰恰表明他的匮乏，而且是在物质和精神上的双重匮乏。他的经济状况一直很危险地悬在"深渊"边缘，一不留神就会掉进去。这个"深渊"就是福斯特这样的文化人不可想象也不敢想象的真正的贫穷。即便是莱昂纳德·巴斯特，也足以见证社会差距之巨：巴斯特夫妇容身的地下室和威家闲置的多处豪宅；杰姬·巴斯特的饥饿眼神和依薇·威尔考克斯的奢华婚宴；莱昂纳德脑子里半生不熟的零星"文化知识"和施家姐弟们浸淫其中自在舒展的文化氛围。

莱昂纳德现象不仅令人同情，更令人不安。屈瑞林将莱昂纳德界定为下层中产阶级。英国社会的阶级意识非常强，但也留有一定的空间让下层阶级"往上爬"。特别是19世纪以来，"民主"成为一个推动社会"进步"的口号，"民主"和"平等"的概念深入人心。莱昂纳德便笃信这些概念。福斯特在小说中半带讥讽半为无奈地评说道：

> 这个男孩，莱昂纳德·巴斯特，站在体面的最最边缘。他不在深渊里，但他能看到深渊，时不时就有他认识的人掉进去，从此湮没无闻。

---

① "自由主义的贡献便在于它呼吁将这种精英文化加以普及，使一般大众都可随时接触到。博物馆和免费图书馆便是它典型的成绩。"艾瑞克·霍布斯鲍姆：《帝国的年代：1875—1914》，贾士蘅译，江苏人民出版社1999年版，第9页。1896年国会通过法案，提供周日博物馆免费开放，1899年面向劳工阶级的牛津罗斯金学院成立，这些都是试图改变巴斯特们的文化状况的社会举措。Norman Page, *E. M. Forster*, London: MacMillan Education, 1987, p. 85.

他知道自己穷，对此他不讳言；但他宁死也不会承认自己会比富人差。这也许是他的闪光点。但他实在比大多的富人差，这点毋庸置疑。他不如一般的富人知礼，聪明，健康，可爱。他的头脑和身体一样营养不良，因为他穷，也因为他是现代人，所以他的身心总是在渴望更好的食粮。设若他生活在几个世纪前，在过去那些色彩鲜艳的文明里，他会有一个确定的身份，有与之相应的地位和收入。但在他生活的今天，"民主"天使腾空而起，它的皮质翅膀荫庇着所有的阶级；它宣布："人人平等——所有人，就是说，所有有伞的人。"于是他被迫称自己是体面人，以防滑进深渊里，那里面什么都不管用，民主的宣言是听不到的。（第 35 页）

福斯特此处的讥讽，针对的不是民主本身，而是民主在当时表现出的局限性、欺骗性，乃至更严重的社会后果。民主制度的外表掩盖了资本社会的剥削实质，让穷人相信自己和富人是平等的，然而实际上的经济地位的不平等限制了所有其他方面的平等，穷人并不能得民主之实。"民主""平等"这样的现代概念却助长了下层阶级民众的虚饰、贪心和不安分心理。"平等"的谎言还为富人开脱了责任，上层阶级无须像过去那样要对下层民众负责。亨利·威尔考克斯就相信自己的发达是靠自己的能力成就的。出人头地后，他对依旧滞留在底层的人毫不同情，充满蔑视，甚至抱持敌对的态度。他的强者心态中没有对弱者的恻隐之心。莱昂纳德·巴斯特则用要强的外表掩藏其十足的弱者心态。他对文化的追求，更多的是一种攀附心理，希望能借由文化让自己在精神世界里达到更高的境界，这可以看作是对现实世界里更高地位的一种替代追求。

屈瑞林说《霍华德别业》是一个发生在中产阶级内部的阶级斗争的故事；称之为斗争，因为故事里果真有剑出鞘，有人死亡[①]。或许更确切地说是对中产阶级内部的分裂状况的警觉与思考。小说中各人物、各阶层之间，并没有自觉的争竞之心，而更多的是差异、冷漠和隔绝。而施家姐妹则一直在自觉地为各阶层之间的联结、融合作出努力。施家姐妹对这一问题的

---

① Lionel Trilling, *E. M. Forster*, p. 118.

关注和行动，其背后是作者福斯特对"英国现状"的诊断。福斯特同阿诺德一样，将注意力集中在中产阶级，既肯定其成就，也指斥其缺失。所谓"成也萧何，败也萧何"，英国的兴盛和衰颓，似乎全系于中产阶级。因为"英国的心脏是中产阶级"："自从 18 世纪末以来，中产阶级在我们的社会中，一直是统治力量。他们靠工业革命聚敛财富，借 1832 年的投票改革集中政治力量。他们与不列颠帝国的形成和崛起紧密相连；他们促成了 19 世纪的文学。"① 而从福斯特对中产阶级的描述——"稳固，谨慎，富有效率，缺乏想象力，伪善"——来看，中产阶级指的主要是威尔考克斯们。施莱格尔们和巴斯特们都只能算是些边缘力量，但也是不容忽视的力量。在英国现代化进程的历史上，这两支力量都曾经被威尔考克斯们所组成的中产阶级中坚"统战"或利用过。现在却被抛弃了，威尔考克斯们非常自信和自足，睥睨一切。文化人施莱格尔们作为社会的观察者和思考者，看到了社会力量的分裂，看到了中产阶级的缺失。各力量之间相互隔绝，互不理解，也互不关联。这些力量彼此冷漠，各朝各的方向往前奔，没有一个共同着力点，不仅会加大社会的分裂状况，也浪费了各自的很多精力和禀赋。一方面，如果各力量之间不自觉合作，则无法有一个整一完满的社会；另一方面，如果各力量之间不能取长补短，彼此纠正，则都有可能走下坡路，各自缺失的情况会更严重。

三

文化是文化人在面对挑战或危机时举起的盾牌。传统意义上的文化是一种促成社会秩序和社会融聚的理念。然而到了现代，文化的力量越来越薄弱，文化人在社会中越来越边缘化。文化和文化人群体能否担当匡时救世的大任，也是一个问题。福斯特在标举文化盾牌的同时，也在不断叩问：文化在现代社会到底遭遇什么了？文化人何以在社会中越来越边缘化？文化以及文化人自身存在什么问题？文化人还有没有存在的必要？文化人如何看待现代社会的危机和挑战，如何立足于现代社会，并担当起看护其发

---

① E. M. Forster, "Notes on English Characters".

展的责任？

　　福斯特在其小说中塑造了形形色色的文化人。比较出彩的是被作者暗含讥讽、因而创造出喜剧效果的那一类。以《看得见风景的房间》里的塞西尔为最。塞西尔是个对"文学和艺术"有精良知识的文化鉴赏家。但他对生活缺乏真正的敏察，对生命缺乏真正的体会。他的未婚妻露西在提出要和他解除婚约时，对他这类人有一番击中要害的揭露："你是那种不会亲近任何人的人……你也许知道哪些是美的东西，却不知道怎么运用它们；你把自己裹在艺术、书籍和音乐里面……但人要比这些美妙得多……"① 塞西尔对美、对文化的知识，是死的知识。在他那里，知识没有和生命体验融汇。人，在人文主义者看来，应该是所有人类活动，包括审美活动、求知活动的中心。但塞西尔这样的审美鉴赏家却对人没有兴趣，缺乏同情心，有时还会促狭地捉弄人，刻薄地讽刺人。《天使惮于涉足之地》中的菲利普，其形象在英国文学中可谓渊源有自，好说些冷嘲热讽、标新立异的聪明话，对眼前发生的事情抱事不关己、冷眼旁观的态度，说话比行动多，光有知识没有热情，看不上中产阶级老妇人们对习俗规矩的僵硬恪守，然而自己却也是不折不扣因循守旧的人。这些人视品位高于一切，福斯特却让人看出他们骨子里的俗气。《霍华德别业》中的蒂比即是未成年的塞西尔和菲利普。从施家人听《贝多芬第五交响曲》一节中可知，蒂比对音乐的理解，不像海伦那么富有想象和激情，而是纯技术性的。由此可见，他对其他艺术类型的掌握也大抵如是。重技术的蒂比，不过是重技术的威尔考克斯们在文化领域的同类。蒂比和威尔考克斯们一样会得干草热——远离土地、与生命之根本相隔绝的表征。蒂比和威尔考克斯们一样，对人毫无兴趣，对社会问题漠不关心。蒂比选择不要职业，不打算通过劳动来承担个人的社会责任，在这一点上，他甚至不如威尔考克斯们。蒂比对人情冷淡，即便对自己的姐姐们也没有真正的关心和同情。除了诚实外，他对道德没有什么坚持。他会同意亨利的诱捕海伦的计划，意识不到这样的计划体现的是"狼群的伦理"。玛格丽特对蒂比一直很担心，认识到蒂比身上体现了文化人的负面特征："他的生活态度闲适但缺乏同情——这种态度和拼

① E. M. Forster, *A Room with a View*, New York: Bantam Books, 1988, pp. 167–168.

命的工作狂一样致命：一种屑小的冷冰冰的文化也许会在此中培育，但绝不是艺术。"（第245页）

　　文化被误解误用①——不仅被非文化人误解误用，也被文化人自己误解误用。文化人对文化的错误态度，亦即上面所说，将文化视为纯技术性事物，或纯粹自娱，与生活隔离，没有生命力，忽略人之本源。还有一种更俗气的对待文化的态度，即施家茱莉姨妈的态度。茱莉姨妈自认为是文化人，面对威尔考克斯们的优越感很显见，但其实他们有非常雷同的观念和行为特征：同样"多疑而愚蠢"，对习俗规矩看得比个人感情要重，会把所有事情都当成"事务"（business），喜说"事实"（facts）、"计划"（plans）等字眼，缺乏理解力和同情心，又极为自信，认识不到自己的错误，容易将过去扭曲以对自己有利。茱莉姨妈"收集思想就像松鼠收集坚果"，这让人想起威尔考克斯们"收集房子就像某人收集蝌蚪"。对于茱莉姨妈来说，文化是她据以自傲的资本，无意用来造福他人，所以同威尔考克斯们一样是非利士人。也许茱莉姨妈可以说是个强作风雅的伪文化人，可等同于非文化人。

　　非文化人对文化的误解，更是肤浅而可笑。威尔考克斯们总的来说对文化很蔑视，对文化人很轻视，唯一的肯定也是表面的，认为文化是一种不错的附丽。威家子女对施家姐弟抱有怀疑甚至敌视的态度，认为他们古怪，怀疑他们和威家交往是为了从威家得到什么，担心他们会让威家蒙羞。亨利虽然对他们有好感，后来还爱上了玛格丽特，但他对玛格丽特代表的文化的认识，仅限于想着身边有个聪明有文化有思想的太太会让他显得与众不同。第十五章中施家姐妹路遇亨利的场景很有暗示性。玛格丽特和海伦还沉浸在讨论会上未解决的问题中，遂把问题向亨利提出来，亨利的答复却是："这种消遣很独特！我希望依薇也会去参加这类活动。可惜她没有时间。她正忙着养苏格兰粗毛猎狐犬……"当海伦因为气愤而含讥带讽地说辩论会确实不如养狗时，亨利忙说辩论好："辩论最能教人敏捷。……在

---

　　① 佛班克（P. N. Furbank）指出，"文化被误用"是福斯特小说中的一个重要主题："他辨识出好几种不同的误用法：把文化用作逃避，比如菲利普·赫里顿；用来支撑自己的优越感，比如塞西尔·维斯；用来装点门面，比如《天车》中的邦斯先生。所有这些都是滥用……"参见 P. N. Furbank，*E. M. Forster：A Life*，p. 173.

和人争论时能快速还击。……哦,我相信这样的讨论。"亨利把手段当成目的,极为轻视思想本身,对她们关心的辩论内容,如社会问题、人的命运等,他毫不理会,看不出关心人和热衷于养狗之间的道德差异。

还有另外一种对文化的错误态度。小职员莱昂纳德是一个对文化非常向往的人①。他认为通过获得文化(acquire culture)能够使自己得到提升:"他觉得自己正在受益,如果他坚持读罗斯金,坚持参加女王大厅的音乐会,坚持欣赏瓦茨的几幅画,就会有一天能够将头抬出灰色的水面,看到广阔的世界。"(第38页)他膜拜文化如同宗教,相信突然得道的那个时刻一定会到来,让他脱离苦海,抵达文化的福地。他对文化的汲汲求取,又带有现代功利社会的印记,同商人"敛财聚富"(acquisition)的心态是一样的:急于求成,并试图通过文化达到某些实际目的。他以为获得了文化,就能掌握世界。作者福斯特忍不住要跳出来评论一番:"他相信突然的脱胎换骨(sudden conversion),这种信念也许是对的,但它对那些半生不熟的头脑特别有吸引力。它是非常大众化的宗教的基础:在商业领域,它主宰着股票交易市场,'一点运气'能解释所有的成功和失败……莱昂纳德比这些人还要强点;他确乎相信努力和坚持不懈的准备,以达到他所渴求的转变。但是对一份慢慢积累增多的遗产,他没有概念:他希望能突然撞上文化……"(第38—39页)他把施莱格尔姐妹当成文化女神来崇拜,但他所艳羡的女神的神异之处,只是能说出外国名字,时髦的术语,和漂亮的句子。"他的脑袋里也可以堆满了名字,他可能也听说过莫奈和德彪西;问题是他不能把这些东西连缀成一个句子,他没法让它们'说话',他不能忘却他那把被偷的伞。是的,伞是真正的问题所在。在莫奈和德彪西后面,那把伞执拗地挺立着,伴着持续不断的鼓点。"(第30页)伞是他的现实状态的象征。伞与文化扞格不入,不全是客观使然,更多是主观使然。莱昂纳德不理解文化的真义。文化本是一种融聚整合的力量,莱昂纳德却孤立隔绝地看待它。他不能将文化与生活联系起来,而是刻意将二者隔离、对立。

---

① 福斯特曾在伦敦的工人学院(Working Men's College)任教达二十多年之久。他和那里的学生交朋友,对他们很有了解。虽然他一直坚持在那儿教学,对学生非常诚恳,但他对这份工作的意义还是有所保留。他不确定"文化"是否真的有益于莱昂纳德们。参见 P. N. Furbank, *E. M. Forster: A Life*, pp. 174 - 175.

他自己生活在深渊的阴影里，把文化当成可望不可即的星月。他不愿意让星月的光芒照进他灰色的日常生活。那么文化对他又有什么意义呢？如果文化不能作用于他的现实生活，就不是真正的文化，真正的美和浪漫。如果文化不能作用于他的现实生活，他也会很容易就丧失对文化的信念。当他真正面对深渊的威胁时，不能从书本中汲取力量，于是转向金钱，认为它才是唯一的现实。

玛格丽特对文化被误解误用的现象很是忧心。她是真正懂得文化也真正受益于文化的人。她从文化中获得了一种批判眼光，更汲取了一种反思精神。她反思的不仅仅是个人的缺失，而是整个文化人的缺失。首先是对她们的文化生活的反思。在威尔考克斯夫人①的比照下，玛格丽特意识到，施莱格尔们的"机智的谈话"，不过是"小汽车在社交中的对等物"，有很多急刹车，让人"纤弱的想象"枯萎。她和同伴们的智识生活像一群叽里呱啦的猴子，也是浮躁的现代文明的表征。她们关于思想和艺术的热烈讨论，脱离日常生活，也与她们信奉的私人关系无关。威尔考克斯夫人默默无闻的一生，主要内容就是相夫教子，所懂得的和关心的就是人与人之间的关系。"她的品位简单，对文化的了解很微薄，对新英国艺术俱乐部不感兴趣，对新闻和文学的区别没有想法"（第66页）；和代表现代文明的小汽车和聪明话相对应，她是一把干草，一朵花。玛格丽特从威尔考克斯夫人身上看到，她的不含智识内容的日常生活常常不被人关注，但给人伟大的感觉。威尔考克斯夫人在玛格丽特眼中，是一个上升的、超越的形象。在她俯瞰众生的眼里，玛格丽特们和查尔斯们都是一样的："我们大家都在同一只船上，老的也好，年青的也好。"（第61页）

玛格丽特通过观察威尔考克斯们的长处，来审视自身的弱点。她辨明文化人的最大弱点是散漫（sloppiness）。有两件事让她特别意识到自己人的弱点和威尔考克斯们的优点。一是依薇婚礼上，威家人表现出的良好组织

---

① 威尔考克斯夫人这个人物深具象征意味。霍华德别业即是她继承的祖传家产。在小说前半部她便去世了，象征老一辈英国人的离去，将英国这份家产留给了现代人。但直到小说最后，她的精魂似乎还不时出现在故事中，暗中主宰着几家人的聚散，及霍华德别业的归属，亦即英国的命运。她是个带点神秘色彩的人物，似乎一种超越的存在，一种历史精神。她象征着传统，和霍华德别业，和英伦大地合二为一，象征母性的包容、生发和延续。

能力。她感慨，她的亲友永远无法把事情安排得这么井井有条。另一件是她家的人在为自己找房子一事上表现出的无能和不决断。她对此作出很严厉的评论："我想我们这种人在退化。我们甚至不能处理这样的小事，又如何去处理大事呢？"（第 124 页）缺乏决断和行动能力，或许是文化人一个根深蒂固的缺失，哈姆莱特的犹豫不决成了一种象征。文化人也许能够"摆脱蒙昧状态、看清事物真相"，对现实有深刻洞察，但他们没有根据自己的认识采取行动的决心或能力。或者由于过于明辨和思虑事物的方方面面，反而无法采取干脆果断的行动。这一缺点的后果，小到一个家庭的荣辱，大到一个国家的兴亡。《傲慢与偏见》中，贝内特先生对几个小女儿只知冷嘲热讽，不加管束纠正，终成大错。哈姆莱特让我们看到，个人的悲剧会成为国家的悲剧。当面对法西斯入侵这样的大事时，文化人的"不作为"就是大错了。在其《慕尼黑之后》（1939）中，福斯特对这个问题有了更痛彻的体会：

> 纵观国际风云，他们（知识分子）比政客们更清楚地看到，如果法西斯赢了，我们就完蛋了，我们必须像法西斯们那么强悍，才能赢。……所以无论他们做什么，在他们看来，都是对一些好的东西的背叛；他们觉得没有什么值得尝试，他们垂下双手，尖叫着中途而废，身心俱颓。如果他们能够出卖自己，他们可能会寻得平和……但是他们太文雅了，卖不了自己；那是他们的荣耀，也是他们的麻烦……他们对现实的了解使他们瘫痪。足以成悖论的是，他们变得越来越消极和没有效率，直到领导权落到比他们差的人手中。[1]

由于越来越缺乏行动能力，文化人也越来越少地对现实世界施加影响。他们的准确观察和深刻洞见，也逐渐为人所忽略。他们发现自己离现实世界越来越远。他们越执着于内在生活，就越与外在生活相隔离。然而他们又意识到，是外在生活在创建历史，在改变地貌，使一切成为可能。这个他们很少染指的外在生活，似乎是更真实的存在。但文化人对这个世界，

---

[1] E. M. Forster, "Post-Munich", *Two Cheers for Democracy*, pp. 23-24.

并没有控制能力。如施莱格尔姐妹这般有人文关怀的文化人，有行善的热
情，有让世界更完美的愿望，但由于对现实世界里的具体事务没有了解，
她们的热情和愿望往往造成灾难后果。比如她们要帮助巴斯特夫妇的热情。
她们对亨利提供的信息没有判断能力，以致莱昂纳德最终丢掉工作；她们
自己没有能力给莱昂纳德提供工作，只能乞灵于亨利；当亨利拒绝给莱昂
纳德工作后，她们能做的便只有把自己的钱拿出来了。这一系列行动，实
在有违她们的理性原则。

当文化人意识到自己与现实脱节，而试图改变自己，让自己变得更
"现实"些时，由于并不了解现实，往往会使自己陷入混乱（muddle），甚
至导致灾难性的后果。玛格丽特和《最漫长的旅程》中的里基，都在试图
变得更"现实"的过程中，放弃自己原本坚持的原则，隐忍自己的个性，
对自己明知不合理的事情妥协，直至把自己逼到某种绝境。玛格丽特最后
只能决定放弃和亨利的婚姻；里基最终放弃了自己的生命。他们没有把理
想和现实真正联系起来，他们对现实的进入是一种虚假的进入。一旦陷入
现实的泥沼，他们任由现实把自己往下拽，没有运用理想的超拔力量。把
握现实，并不需要放弃理想。里基最终把实现梦想的希望寄托在同母异父
兄弟斯蒂芬身上。这个 D. H. 劳伦斯似的人物，既有高贵的理想，又有原
始的生命活力，而且他生来就在现实之中，无须像里基这样的文化人要特
地进入现实。①

玛格丽特更重要的发现是，她们这样的"文化人"（the literary people）
对工商人士的经济依赖。玛格丽特认识到："如果没有威尔考克斯们千百年
来在英国的辛勤劳作，你我就不可能完好无缺地安坐此地。不会有火车、
轮船载我们这些文人周游各地，也许连田野都不会有。只有一片蛮荒。没
有——也许连那个都没有。没有他们的精神，生命也许永远脱不出原生质。
我越来越不愿意一面提取我的进项，一面嘲笑那些保证这些进项的人。"
（第 137—138 页）她们这些文化人是双重意义上的寄生虫。首先，他们闲
适的文化生活是建立在"优渥丰厚的股红"上的，而这股红来自过着"外
在生活"（the outer life）的人们所经营和保证的工商业。其次，这些工商业

---

① 斯蒂芬这个人物寄托了福斯特的浪漫主义想象。福斯特赋予他的希望其实还是不现实的。这一
点屡为批评家诟病。

有一些建立在对"我们本国的穷人和国外的落后民族的剥削上"。这就是文化人尴尬然而真实的经济地位。它揭示了自由文明及其所有价值观的金钱基础。一旦他们的金钱基础开始缩减，文化人就发现，他们一直享受和认为理所当然的种种舒适和闲暇都随风而逝，他们也面临"深渊"的边缘，要面对从四面八方袭来的毁灭的力量。他们一直珍视的价值渐渐失去了在世上的立足之地，因为被褫夺了能够推进的力量。

小职员莱昂纳德的存在，让玛格丽特闻到深渊的气息，看到金钱的重要，认识到文化人的尴尬处境。尽管施家人和威家人在各方面都如此不同，但他们仍然能够自然平等地交往，甚至能够谈婚论嫁。而且，当他们在面对巴斯特夫妇时，两家人会自动站在一起，彼此认为是同类。莱昂纳德对文化的追求并不能让施家人认同其为自己人。他们和巴斯特夫妇之间不可能平等交往。金钱的多少造成了这样的分野。对此玛格丽特不断地强调：

> 你我和威家人都站在金钱堆成的岛上。我们脚下的岛是那么牢靠，以至于我们忘记了它的存在。只有当我们看到有人在我们近旁的水中挣扎，我们才意识到一份独立的收入是多么重要……我开始认为，世界的灵魂是经济的，最深的深渊不是爱的缺失，而是钱的缺失。
>
> ……
>
> 我的脚下每年有六百镑，海伦有一样多，蒂比将有八百镑，当我们的钱一滚进海里，很快就会有新的钱添上来——从海里，是的，从海里。所有我们的思想，我们的言谈，都是一个年收入六百镑的人的思想和言谈；因为我们自己不需要偷伞，就忘了海下面的确有要偷伞而且会偷伞的人……（第47页）

文化人除了要正视他们的文化是建立在金钱基础之上，还要正视这些金钱来自对穷人的剥削。他们没有资格做威尔考克斯们和巴斯特们的"恩人和朋友"。

文化人既反省到自己的种种缺点，也意识到自己在社会上越来越边缘化。他们所持的价值观越来越不被人知晓或看重，而且他们自己对这些价

值观的坚持也不再那么理直气壮：这些价值观是建立在寄生和剥削基础上
的经济现实，抽离了它们引以为自豪的道德支撑。即便文化人依然有行善
的热情，有对社会担当的勇气，也会发现自己的力量越来越微弱，付出的
努力往往没有效果，有时甚至适得其反。他们对自己的身份产生焦虑，他
们需要找到继续立足于社会的理由，需要改变这种被边缘化的现状。于是
他们注意到已然成为社会中坚的中产阶级工商人士。对他们的观察和靠近，
既是文化人自我反省的过程，也引导他们最后走向自我肯定。文化人希望
借由这些中坚力量，找到自己影响社会的途径。

四

在两家的交往中，施莱格尔姐妹更显主动。她们的主动，包含三层动
机：一为文化人要传播文化的"福音"①，发挥社会作用；一为她们忧虑于
社会的分裂状态，觉得中产阶级内部彼此隔绝的这两群人应当强强联手；
一为她们敏感到自身遭遇的挑战或危机，需向社会寻求答案。

海伦出征威尔考克斯世界的遭遇，以爆发的强度展现了这一危机。故
事开篇即是海伦只身前往霍华德别业后写给玛格丽特的几封信，描述她在
一群与己迥异的人中受到的冲击，她的短暂爱情。海伦对这一家子一见钟
情，正是她对自身缺失的强烈反应。他们的精力充沛和阳刚之气，对她来
说是一种新鲜的体验，在她心中形成全新的美和快乐的光环。与威家的男
人相比，她的弟弟没有男人气概，她们交往的男性朋友都娘娘腔。在威家
人颇具进攻性的围攻下，海伦很快缴枪卸甲，放弃自我：

> 她喜欢投降给威先生，或是依薇，或是查尔斯；她喜欢他们说她对
> 生活的看法是没经过风雨的，太书呆子气；喜欢他们说平等是胡说八
> 道，妇女投票权是胡说八道，社会主义是胡说八道，艺术和文学，除
> 了那些能强化性格的，其他也都是胡说八道。施家人所崇信的东西一

---

① 阿诺德和福斯特都明白宣称自己信仰文化，福斯特在《文化重要吗?》（1940）一文中，为文化
人规定的主要工作，同阿诺德提出的一样，除了自己浸淫于文化中外，还要传播文化，宣讲文化的福音。
E. M. Forster, "Does Culture Matter?", *Two Cheers for Democracy*, p. 106.

个个被推翻了，她虽然也会起而辩护，心里却是高兴的。当威先生说，一个好生意人对世界的好处要多过十来个你们那些社会改革者时，她眼都不眨就吞下了这种奇怪的说法，然后很享受地躺靠在他的豪华汽车垫子里。当查尔斯说："对佣人干嘛要有礼貌？他们又不懂"时，她也没有用施家人的反驳："就算他们不懂，我懂。"没有；她反倒决定以后对佣人不再那么客气。"我身上裹了太多的口号教条"，她想道："能脱掉也好。"（第17页）

此一情境既表明文化人自己的心虚，也象征文化在现代社会强势力量围攻下的窘境。所以这危机既是内在的，也是外在的。放弃自我是爱情开始的第一步。在威家少子保罗回家的第二天，玛格丽特就接到了海伦和他相爱的消息。海伦爱上保罗，其实是爱上威家人所代表的"活力"的理想象征。然而就在次日早晨，海伦看到一个醒悟到自己做了错事后惊慌失态的保罗。海伦即刻遭遇幻灭。她不能忍受一个显得那么强壮的人会害怕。继而她彻底否定了威家男人的一切："威尔考克斯一家是个骗局，不过是报纸、汽车和高尔夫俱乐部搭建起的一堵墙，如果那堵墙坍塌了，我在它背后将找不到任何别的，只有惊惶与空虚。"（第19页）海伦的反应固然走极端，但作为一种爆发式的揭示，不乏其力量。

威尔考克斯太太在两家的"联结"过程中一直如一神秘力量，或明或暗地起着作用。她的作为不像施氏姐妹那般是自觉行动，但直觉给了她更明智的指导[1]。她在生前多次主动尝试与玛格丽特建立友谊。叙述者暗示，最初从威家发往施家的邀请便是威太太的主意，而威太太更希望在霍华德别业见到的是玛格丽特。在海伦—保罗事件后，玛格丽特认为两家的关系应该中断，而威太太责备她的这种想法，坚持二人继续交往。玛格丽特在威太太身上体认到一个超越而伟大的人格，威太太则在玛格丽特身上找到了自己的接班人。她在这个单身知识女性身上看到了能创新地继承旧传统的可能。她感慨于玛格丽特能将她想说的话很好地表达出来。玛格丽特还能体贴并分享她对旧居霍华德别业的深情。威太太临终

---

[1] 福斯特强调"直觉"。

前用铅笔写下要将霍华德别业赠予玛格丽特的遗嘱，这份很不正式的遗嘱被威家人撕毁。

　　玛格丽特进入威尔考克斯世界的过程，是稳重成熟的推进和不屈不挠的坚持。威太太去世后，两家的交往一时中断。但威尔考克斯们依旧是玛格丽特思考的一个重点，因为在她看来，他们是现实世界里的现实力量，他们的比照让她看到文化人的不足。即便妹妹海伦彻底否定威家人，玛格丽特还是倾向于肯定他们的长处。对玛格丽特而言，威家的男人，特别是亨利，体现了她们这类人所缺乏的品质。她崇拜威尔考克斯们的精力，他们发号施令、组织掌控的能力，他们对待艰苦工作的才赋和勇气：

　　　　他们不是"她的同类"，他们常常多疑而愚蠢，她所长之处，他们很不足；但是和他们的交锋令她思索，她对他们，甚至对查尔斯，产生兴趣，甚至有些喜欢。她渴望保护他们，也经常觉得他们能够保护她，在她不足的方面胜过她。只要越过了感情的拦路石，他们就很清楚知道要做什么，要找谁来做；他们的双手掌握着一切，他们既有勇气决心又坚忍不拔，而她对此极为看重。他们过的生活她无法企及——"电报和愤怒"的外在生活，海伦和保罗六月份引爆过一次，上个星期又爆炸了一回。在玛格丽特看来，这种生活将继续是一种真正的力量。她不能像海伦和蒂比那样蔑视它。它培养了这样一些美德，比如利索，决断，服从，无疑是第二等的美德，但它们形成了我们的文明，它们还锤炼性格。玛格丽特不能怀疑这一点：它们挽救灵魂不至于太散漫（sloppy）。施莱格尔们怎么敢轻视威尔考克斯们？世界是各种各样的人组成的。（第81页）

　　玛格丽特敬佩威家男人不畏艰难、踏实工作的态度（施家少爷蒂比选择了不要工作，过纯粹闲适的生活），佩服他们在处理现实事务时的有效利索（施家人在面对实际问题时总是显得很无能）。

　　两年后，两家的交往因一次邂逅而再续前缘，并引发出另一段爱情。这次的主角是亨利和玛格丽特。玛格丽特接受亨利突兀的求婚时，自然有喜欢的感情因素在内，但似乎更出于理性的思考和要"联结"的愿望。抱着对威尔考克斯们的优点的喜欢，也抱着"我们要做的，不是对立、而是调和两者"的信念，玛格丽特试图通过婚姻，进入威尔考克斯世界，并实现两个群体的"联结"。玛格丽特对困难有所准备，但真的面对时，还是招架无方。订婚后的第一场谈话很有意思：

"你还记得在切尔西堤防边的那次吗？还不到十天呢。"

"记得，"他笑着说："当时你和令妹满脑子都是什么堂吉诃德式的计划。"

"我当时真没想到。你呢？"

"我不知道；我不想说。"

"什么？还要更早？"她叫道："你在之前就对我有这样的想法吗？真有趣。亨利！告诉我吧。"

可是亨利并不想告诉她。也许他本来就不能谈这些，因为一想到这些，他的脑子就糊涂起来。他不喜欢"有趣"这个词，认为那是浪费精力，甚至有些病态。对他来说，真确事实就够了。

"我没有想到，"她继续说："没想到。你在客厅跟我说的时候，那才是第一次。好像跟想象中完全不一样。在舞台上，或是在书本里，求婚是——我该怎么说呢？——一件大事，一把花束，失去了它字面上的意思。可是在现实生活里，求婚其实就是求婚——"

"对了——"

"——就是一个建议，一颗种子。"她把话说完了；思绪飞进了黑暗。

"我在想，如果你不介意的话，我们今晚应该谈点正事；有太多正事要处理。"

"我也这样想。首先，告诉我，你和蒂比处得怎么样？"

"跟你弟弟？"

"是的，在你们一起抽烟聊天的时候。"

"啊，很好啊。"

"我真高兴。"她回答说，有点意外："你们谈些什么呢？我想是谈我吧？"

"也谈到希腊。"

"希腊是张很好的牌。亨利，蒂比还只是个孩子，跟他谈话得挑选一个话题。这样做很好。"

"我告诉他说我在卡拉玛塔附近一个种醋栗的农场有股份。"

"有股份真好！我们能去那里度蜜月吗？"

"去做什么？"

"去吃醋栗，那里的景色一定很美吧？"

"一般般，可那不是一个可以陪女士去的地方。"

"为什么呢？"

"没有旅馆。"

"有些女士也可以不住旅馆的，你知不知道海伦跟我曾经背着行李爬过亚平宁山脉？"

"我不知道，如果我做得到的话，决不会让你再做那种事。"（第139—141页）

这样的强烈反差创造出绝妙的喜剧效果，但嬉笑中更见辛酸和不安。亨利不愿谈感情，甚至不想真实表露感情；然而在浪漫主义哲学家后代玛格丽特看来，"真实"和"感情"都是最值得追究的概念，而且"真实"不等于"真确事实"。对玛格丽特来说，婚姻附带的"正事"是配偶与家人的融洽相处，而对亨利来说则是家庭财产的处理。希腊对威尔考克斯们来说是一片投资的土地，而对施莱格尔们来说则是激发文化认同和想象的圣地。施莱格尔女性要坚持自己的独立行动的能力，而威尔考克斯男性则要坚持自己按照传统习俗保护女性的权力。玛格丽特对威尔考克斯世界有所准备，但亨利对施莱格尔世界却一无所知，也不想知道。玛格丽特的"思绪飞进了黑暗"，似乎是一个强烈的象征。一旦进入威尔考克斯世界，她的一切话语和行动，都将消解在这浓郁的黑暗中，既照亮不了任何事物，也得不到任何反应。这黑暗的势力非常强大。最大的障碍在威尔考克斯们的愚钝。他们注意不到任何东西，看不到事物更深层的真相。福斯特在别处好几次谈到过商业头脑的愚蠢。在《最漫长的旅程》中，福斯特对赫伯特·彭布罗克的分析适用于这一类人："不是普通意义上的愚蠢——他有一个商人的头脑，很容易就能获取知识——而是更重要意义上的愚蠢：他的整个生活的特点就是蔑视智识。他有自己的还过得去的智识，但这不是要点：对我们的考验不在于我们有什么，而在于我们珍视什么。"① 在《霍华德别业》里，施莱格尔先生给出一个更简洁的定义："你使用你的心智，但你不再在乎它。这种情况我称之为愚蠢。"（第 22 页）因为威尔考克斯们的愚蠢，使得真正的"联结"异常困难。

玛格丽特在与威尔考克斯们的共同生活中，还逐渐发现了他们的其他缺点。他们多疑而不诚实，没有同情心，生活家居等方面除了奢侈外并无品位。他们有活力、爱运动也是只重外表不重内容。玛格丽特一次目睹查尔斯因为找不到跳板而放弃晨泳的整个过程。她发觉他们过于依赖外在的东西，比如配备、技术、设施、规矩、习俗等。他们的运动并不等于身体的真正活力。到后来我们还会不无讽刺地发现，即便是在他们应该擅长的方面，比如经营和投资，他们也是错误连连，在商业判断上他们也会犯错，只是他们自己不承认罢了。似乎威尔考克斯们的种种形之于外的优点，在玛格丽特价值观的审视下——消解。依薇的婚礼上，巴太太杰姬认出亨利，暴露出他们十年前在塞浦路斯的非正当关系。事后亨利面对玛格丽特时，用一种夸张的悲情姿态来解释当时所犯的道德错误，并迅速重新建立堡垒来保护自己不受责备，还准备好谎言来应对可能发生的敲诈勒索或名誉受损。玛格丽特看到亨利的各种姿态背后并没有真正的忏悔，也没有意识到事情的真正本质所在。他把事情吐露出来后，就以为良心清白了，很快就把事情抛在了脑后。以这种态度，人生无论经历多少事情，多少危机，他都不会有真正领悟，遑论改善。所以几个月后，神秘消失许久的海伦回到英国，亨利想出点子来"诱捕"海伦。海伦在霍华德别业被"逮到"，被发现她规避亲友的原因是自己未婚先孕。海伦希望能在霍华德别业内和姐姐过一夜。亨利以海伦的不道德会影响霍华德别业的声誉为由，拒绝这个请求。巴太太危机发生之后，玛格丽特虽然察觉到亨利内在的隐患，但还有足够的耐心谅解他。此后他们的婚姻生活中，玛格丽特依旧细心观察，明于判断，但从不诉诸说教，只希望用自己的爱和耐心来帮助他。她自嘲

① E. M. Forster, *The Longest Journey*, New York: Bantam Books, 1997, p. 161.

地称自己在用"闺闱方式"（the methods of the harem）影响亨利。到海伦危机时，她绝望地发现，自己以前的所有努力都没有效果，她那种隐忍的影响方式无法触及亨利内心的黑暗。玛格丽特最后激越地痛陈亨利的认识缺陷：

> 不能再这样了！就算会要了你的命，你也该看到其中的关联，亨利！你有过一个情妇——我原谅了你。我妹妹有个爱人——你却把她从房子里赶出去。你看出其中的关联了吗？愚蠢，假道学，残忍——哦，真可鄙！——一个男人，当他妻子还活着时羞辱她，在她死后却标榜对她的记忆。为自己的快乐毁了一个女人，又甩了她，让她去毁别的男人。给人家一个馊主意，害人丢了工作，然后说他没有责任。这些，这个人，就是你。你意识不到这些，因为你不懂得联系。我已经受够了你那些不纯净的仁慈。我把你宠得太久了。你这辈子都给宠坏了。威太太以前也宠坏了你。从来没有人说你的不是——你糊涂，糊涂得该死。像你这样的人都拿忏悔来做挡箭牌。所以不要忏悔。只要对你自己说："海伦所做的事，我也做过。"（第243页）

也许由于玛格丽特之前的铺垫做得不够，亨利此时并无足够理解力来面对这段话中揭示的真理，反而激发了他近乎卑劣的对抗，声称他绝不受此恫吓。玛格丽特的幻想破灭，决定到霍华德别业和海伦共度一夜后，一起离开英国。事后回想起这段话，玛格丽特信念依旧坚定："她对他说的那段话很完美。无须更改任何一个字。这些话这辈子是一定要说一次的，要修正这个世界的倾斜。这些话不仅是对她丈夫说的，也是对千千万万像他那样的人说的——是对商业时代所伴生的高层人士的内心黑暗的抗议。"（第262页）

五

安妮·赖特使用弗兰克·克默德的概念，称《霍华德别业》为"结尾导向"（end-directed）的小说。整部小说的情节构造，似乎都在为这个结尾做准备，而且能看出对结尾的焦虑①。福斯特赋予结尾的意义，已不仅仅是一个故事的结局，更像是一部"文化宣言"，或是一部"现代启示录"②。这个结尾象征性多于现实性。所以结尾中的很多情节，显然不是现实逻辑使然，而是作者的意志使然。我们知道事情不太可能这样发展，但体谅到作者需要给前面提出的问题一个解决方案，而提出解决方案或昭示某种前景，又是作者写这部小说的意义所在，那么我们不妨来看看这个结尾所传达的信息。

一般会认为结尾从莱昂纳德·巴斯特之死开始。但从第三十章海伦临出国前向蒂比交代"后事"起，结尾的意味就越来越浓了。小说从此需要不断使用"交代"的口吻，交代一连串事件的前因后果，而这一切都是为最后的结尾做准备。而且此后发生的几乎所有事情，都带着浓厚的象征意味。而这一系列的象征，似乎始于海伦与圣母玛利亚像的重合。在第三十章结尾处，蒂比送走海伦后往回走，恍惚中将脑海中浮现的海伦的影像，与眼前的圣母塑像（全称是 St. Mary the Virgin）重叠起来。这一象征，既是预言，也是解释。海伦此次见蒂比，是在她和莱昂纳德发生性关系后，仓促逃离"现场"（仓促间忘了给巴斯特夫妇留下回家路费，导致他们彻底沦落，陷入贫困深渊），并决定逃离英国。她想让蒂比替她将她个人财产的一半以上（5000 英镑）转给莱昂纳德：一为要帮助他们，一为弥补她对莱昂纳德的缺乏爱。她引诱了他，是出于一种赎罪般的献身冲动，并没有真正的爱（虽然作者前面小心铺垫了她一直对他有好感）。用钱来替代爱，是福斯特小说中常有的情节。

海伦对莱昂纳德的关注和玛格丽特对亨利的关注是文化作用于社会的两条并行线索。然而文化到底能起什么作用，福斯特在小说中的态度非常犹豫。以海伦对莱昂纳德的作用来说，几乎是毁灭性的失败。玛格丽特在莱昂纳德对文化的热望中看到的是文化的误读，是文化对这些物质上匮乏的人并不能起到好作用的忧虑。莱昂纳德把文化视为一个"向上爬"的阶梯，他的攀附文化的心态折射出下层民众不安分的情绪。这种情绪积攒起来会爆发骚动，而骚动无论是对整个社会还是对下层民众本身，都没有什

---

① Anne Wright, *Literature of Crisis*, 1910 – 1922.

② 分别用赖特和克默德的说法。

么好处。莱昂纳德肉体和精神上的双重匮乏，不切实际、不着边际的热望反倒加重了这匮乏。玛格丽特明鉴这一点，所以她主张先给莱昂纳德们钱，有了钱后，他们会自己选择适合的文化。莱昂纳德自己在失业后也对文化产生幻灭，说"人得有钱"，"钱才是真实的，其余的一切都是梦"（第188页）。海伦却绝不甘心让物质占上风，坚持文化和精神的终极意义。她对陷于绝望边缘的莱昂纳德热情地宣讲："死亡……让我看到金钱的空虚。死亡和金钱是永远的敌人。不是死亡和生命。……死亡毁灭人，对死亡的认识却能拯救人。"（第188页）

海伦塞给莱昂纳德的金钱被他高尚地拒绝，海伦塞给莱昂纳德的文化被他囫囵吞下却消化不良。莱昂纳德走向那个"伟大的"结局时，在物质上更匮乏了，万劫不复地掉进了深渊；在精神上却有一些朦胧的光亮，诚实的忏悔心把他带向了死亡的宿命。他来到霍华德别业，要向玛格丽特忏悔。"及时"赶到的查尔斯用施莱格尔家祖传的剑击打他，恐惧引发了他的心脏病，他倒下并拽倒了施莱格尔家祖传的装满书的书柜，书籍纷纷砸落在他身上，他的生命便彻底地落幕了。威尔考克斯们的缺乏怜悯、伪道学和暴力，施莱格尔们的妇人之仁、无效的救助和文化，莱昂纳德自己的先天不足、心力虚弱和带有绝望意味的自杀冲动，共同导致了这个死亡悲剧。作者却并不在这个象征意味强烈的死亡场景上停留，几乎不再对它表示关注，似乎刻意要削弱其悲剧性，甚至要削弱莱昂纳德的人格性。正如在预备莱昂纳德最后出场时，叙述者评说："莱昂纳德似乎不是个人，而是一个事由（cause）。"（第246页）莱昂纳德死后，没有人对他倾注太多的同情，似乎真的只是一桩事因的结束。这种刻意疏离的态度，既是玛格丽特乃至海伦对这个小人物潜在的态度，也是作者福斯特对他的态度①——有种纡尊的意味在里头，表明作者对"民主""平等"等概念的适度保留态度，对文化的作用的实际效果的怀疑。

再看玛格丽特对亨利的关注的结果。玛格丽特怀着对亨利的爱和要保护、帮助威尔考克斯们的心愿，和亨利结合，进入威尔考克斯世界。自结婚后，我们看到的，只是这两种人之间交流的困难，玛格丽特试图让这两

---

① 有论者比较小说的手稿和修订稿，发现作者在处理这个人物时是在刻意拉开距离，比如常常将指代词"他"改成"它"。

个世界融合所遭遇的挫折；看到的只是玛格丽特自己的隐忍和改变，而没有看到亨利或其他威尔考克斯们的任何改善。玛格丽特没有像海伦那样宣讲文化，而是试图在自己的具体行动中体现文化的价值观，来影响威尔考克斯们。然而威尔考克斯们愚钝而自满，根本注意不到这些。到玛格丽特请求亨利让姐妹俩在霍华德别业过一夜的高潮情节时，亨利的顽梗终于让玛格丽特绝望了。她决定放弃亨利，和海伦一起离开英国。这一放弃可以看作是对一个阶级、一个国家的放弃——文化人对由中产阶级所主宰的英国的放弃。

多方面的危机以同一面目爆发。一是中产阶级内部文化人与工商人的彻底决裂，社会融聚成为不可能。一是文化人对自己力量的失望和自己目标的放弃。一是以工商人士为主流的中产阶级面对外来危机的冲击而引发内在危机。查尔斯因使用暴力被判处 3 年监禁。亨利承受不了这个打击，身心崩溃。威尔考克斯家貌似坚固的堡垒顷刻间坍塌。由于自身系统的外强中干，一遇打击便整个崩塌了。当他们用自信和物质撑起的门面坍塌后，也被他们所依仗的社会习俗所唾弃，被他所制定的不考虑人情的法律所惩罚，于是他们再也无可倚赖。只有惊惶和空虚。玛格丽特顺势恢复原来的希望，重新承担起她的使命。在一个新的起点上，用爱来拯救她的丈夫，用文化来拯救危机中的工商人。

且不论亨利的精神崩溃有无说服力[①]，作者福斯特在此处的情节设置不免透出"以暴易暴"的无奈和痛快。福斯特发现无法通过玛格丽特的言传身教来影响亨利，无奈只能用一种暴力的方式来突兀地改变双方的力量对比，用一种非自然的方式来组建、实现其文化乌托邦。虽说威尔考克斯家的变故和崩塌有其内在的原因可解释[②]，但毋宁说这样的结局是作者对社会中坚——中产阶级实干家们——的诊断和预测。书中结尾部分更像发生在其想象中的一系列对未来的希望和预见。玛格丽特将亨利和海伦这两个病人

---

① 诺曼·佩奇说福斯特在这儿不过用了一个 19 世纪小说家爱用的策略：用生理或精神危机来净化一个不那么品质高尚的人，使之能用新眼光看世界。Norman Page, *E. M. Forster*, p. 93.

② 可以如此解释为何亨利能够承受前妻去世，却不能承受儿子的入狱。他（这类人）一直都太重视外在的一些东西，比如社会习俗和规矩。儿子入狱是有辱门庭的事情，从此他们家的社会声誉会蒙难，而他们把这个看得比亲人间的感情要重，所以是亨利不能承受的打击。

安置在霍华德别业。这幢几乎被弃的朴实乡间房舍里，早已摆上施家原来的家具。在玛格丽特的照料下，这个小小共同体开始过上平静的生活。海伦的孩子在这里出生，成长。亨利和玛格丽特的爱更加深厚，亨利和海伦开始互相喜欢。亨利向子女宣布遗嘱，将霍华德别业留给玛格丽特，而玛格丽特日后会将别业传给海伦的孩子。

所以最后的乌托邦，不是一个方方面面势力均衡的乌托邦，而是一个文化乌托邦。一些势力被排除了。代表下层的莱昂纳德·巴斯特死了，散发深渊气息的巴斯特夫人不复被提起。代表中产阶级非利士人的庸俗、粗暴的查尔斯不仅锒铛入狱，也失去了霍华德别业这份家产，"了不起的威尔考克斯家族"的后代不再是这个乌托邦的成员。亨利还被留在这个乌托邦里，也许因为他正在改善，更重要的也许是因为他身上还有一些正面品质，他可以留下来担当对这个文化乌托邦的真正继承人的部分教育工作。在这个文化乌托邦里最终实现的真正联结，是一个倾向克制理性、一个倾向浪漫诗意的施莱格尔姐妹间的联结，是霍华德别业所象征的传统乡村文化与施莱格尔姐妹所代表的自由人文智识文化的联结。这个乌托邦的真正力量在玛格丽特身上，也就是以健全理性为特征的文化的力量。这个乌托邦的真正希望在海伦和莱昂纳德的私生子身上。

《最漫长的旅程》中最终将继承英国的斯蒂芬也是个私生子。福斯特似乎对这种身份不明的身份颇感兴趣。私生子往往是反叛正统的产物，其生存境遇也多少会在社会主流之外。福斯特拣选私生子作为一个国家的继承人，大概是认为这个国家的主流势力已经腐朽混浊，需另寻清流来取代或濯涤之。屈瑞林说这个孩子是"此小说中所有阶级的无阶级后裔……他不仅是无阶级社会的象征，而且也是'只要联结'的象征"。[①] 这个孩子将在乡野田间长大，不会得干草热，能葆有自然活力，将继承土地所蕴含的最丰富的品质。这个孩子将在施莱格尔姐妹的看护下长大，会得到优秀的人文教育，会有美好的价值观。这个孩子也许还会受到亨利的影响，培养高效、利索、果断、勤奋、乐观的品质。没有任何暗示他将来会是个道地的文化人，还是个有文化的工商人，抑或一个有文化的农夫。他将是个整全

---

① Lionel Trilling, *E. M. Forster*, p. 116.

的人，继承一个整全的社会。

　　然而，即便在这个极具象征意味的伊甸园般的乡间别业的诗意图景里，也能看到现代化的象征——小汽车和大公路——如同毒蛇般，吐着废气或毒液，不可抵挡地逼近。这就是文化面对现代的挑战时的两难心境：一方面想坚持和建立，一方面又怀疑和忧虑。《霍华德别业》在这种两难情绪中发展着自己的故事，创建自己的梦想，又拆解着自己的梦想。就像玛格丽特的婚姻，从希望到失望到绝望，再到最终的重建，而这重建，依然不能给人十足的信心。

　　福斯特的文化乌托邦和阿诺德的文化乌托邦一样，到最终也只提出了一个希望的方向。且福斯特的希望还那么犹疑不定。仿佛作者已知希望的渺茫，还忍不住要说出自己的希望。《霍华德别业》的扉页题词"只要联结……"（Only connect...），具有昭示性的意义。"只要"二字表明了作者的强烈意愿，几乎把这当成唯一的救治良方。"只要"引导一个祈使句，把"联结"提出来，作为人的一种义务，一个努力方向。[1]"只要"也引导一个假设的条件从句，表明这只是作者的设想，而其后紧随的省略号，更加重了犹豫的语气，说明作者很清楚"联结"的困难。刚刚建立，旋即消解，其间能见作者福斯特的赤子之心兼审慎明辨，也能见现代的挑战构成怎样狂澜倾覆的威胁。

---

　　[1]　Norman Page，*E. M. Forster*，p. 80. 佩奇（Page）还指出，福斯特的"联结"主题不同于维多利亚小说中相同主题的处理即在于此，后者只是展现命运和天意，前者则还要求人的主观努力。

第六章

奥尔特加－加塞特与"大众社会"理论

　　丹尼尔·贝尔在《意识形态的终结》（1960）第一章中介绍说：在当今西方世界，除了马克思主义之外，最有影响的社会理论也许就要算"大众社会"理论了。虽然它没有冠以某个人的名号，没有像把资本主义条件下商品化人际关系的理论归于马克思，或把非理性与无意识理论归于弗洛伊德那样。但是，贝尔认为，这种"大众社会"的理论，与一批带有贵族倾向和天主教背景的批评家们有着密切的关系——奥尔特加－加塞特、保罗·蒂利希、卡尔·雅斯贝斯、加布里埃尔·马塞尔、爱弥尔·利德勒、汉娜·阿伦特等。① 这些人有一个比较共同的想法，那就是由于 19 世纪资本主义工业革命的高速发展，欧美许多发达国家的教育、科技、通信、交通等都有了突飞猛进的进步，社会物质财富激增，民众的生活水平有了很大的提高，而这一切引出了一个后果——欧美社会进入了一个以"大众的反叛"为标志的时代。然而，贝尔指出，奥尔特加之辈都是一些"贵族批评家"，他们对社会自由的一般状况并不关注，他们更关注的是个人的自由。在他们看来，大众群体的崛起，并在社会生活的各个方面开始占上风的情况，改变，甚至摧毁了自古以来形成的传统观念和信仰，使得往日养尊处优的贵族精英们风光不再（"优越的衰败"），使得他们不再能对人们的意见和趣味产生主导性的影响。于是，对于这批贵族精英来说，"大众"就成了他们向现代社会发泄所有的怨恨的出气筒。"大众"成了一个相当贬

---

　　① 参见 Daniel Bell, *The End of Ideology*（Cambridge：Harvard University Press，1988），第 20—38 页，尤其是第 21、23 页。亦可参见中文译本：丹尼尔·贝尔《意识形态的终结——五十年代政治观念衰微之考察》，张国清译，江苏人民出版社 2001 年版，第 3—25 页。

义的术语，它可以指一个没有任何明显特征的群体，也可以指"现代文明中的落魄者"，也可以指一个机械化、官僚化了的群体，甚至也可以指对社会产生威胁的"暴民"。而按照贝尔的说法，"大众"（mass）和"群众"（masses）这些贬义性的概念，最先都是由奥尔特加－加塞特引介的，在奥尔特加的书中，"人们可以找到他对于'现代性'的所有最猛烈的攻击"。①

　　贝尔所说的这番话着实有点吊诡：一方面说奥尔特加的理论对"现代性"发起了"最猛烈的攻击"，而另一方面，则又说这种理论是当下仅次于马克思主义的"最有影响的社会理论"。这两种说法似乎有点矛盾，但仔细想来，却又觉得透出点道理。按说这现代化的进程乃大势所趋，"现代性"简直可说是"前途一片光明"的同义语，然而，为什么恰恰是向现代性发起挑战的看法却愈加影响卓著、发人深省呢？若深想开去，这样的吊诡还真有点普遍性：越是对大势所趋的潮流唱反调，提出质疑的，越是比那些诺诺应和之声能流传得更加久远。马拉美说："人总想白里挑黑。"大概就是这个原因吧。

　　显然是为了回击奥尔特加的"攻击"，《意识形态的终结》的第一章以醒目的"大众社会的美国：一个批判"作为标题。但这样又使贝尔的立论陷入了一个矛盾，或至少说，他没有讲清楚——究竟是"大众社会"理论从总体上说是一个错误，必须予以批判，还是仅仅是"大众社会理论"不合美国的情况，不能用来对美国社会作出说明和解释？因为按照贝尔自己所说，大概应该是后者。如果是这样，那么人们就要问，至今仍然影响极大的这个"大众社会"理论，还能给我们以什么有益的启示呢？至于贝尔试图以美国为例来对"大众社会"理论进行批判，若细究起来，则又会产生另一个问题。我们都知道，美国其实是一个特殊性很大的国家——从贝尔自己在本书的阐述中就可以清楚地看到这一点。无论是从它的历史文化传统、公民人口构成、地理环境条件，还是从它的社会结构和政法体制等方面作单一的或通盘的考虑，它与世界上其他的国家，几乎都没有什么可比性。从历史上说，美国是世界上历史最短的大国，虽说没有沉重的传统包袱，却也造成了文化底蕴的浅薄；从自然条件来说，美国地域辽阔、物

----

① Daniel Bell, *The End of Ideology*, p. 7.

产丰富、两面临海，无比优越的自然条件使它成为世界上最富裕、恐怕也最不懂别人是如何过日子的国家；而从意识形态上说，美国作为一个完全由移民组成的国家，从最早的"五月花号"木桅船带着第一批欧洲的移民在普利茅斯登陆之时算起，就基本上不存在欧洲民族国家中那到处可以感觉到的阶级意识。① 凡此种种，从而贝尔若仅仅以美国为例，对欧陆衍生出的"大众社会"理论来进行批判，也就未必能有很大的说服力了。相反，他对于奥尔特加－加塞特等提出的所谓"大众反叛"论的批判性的阐释，反倒会愈发引起人们的好奇——人们至少不禁要问，这个奥尔特加提出的"大众社会"理论，究竟在哪些方面与美国人所奉行的根本价值观发生了抵牾，居然连贝尔这样本来就已经相当保守的学院派精英也不能见容？

贝尔把奥尔特加划归为"贵族批评家"，若从他的"气质""知识"和"趣味"上说也许有一定的道理。而就血统而言，奥尔特加则与"贵族"根本无缘。他出生于西班牙马德里的一个报刊发行人的家庭，父亲是个记者，间或写点小说，报馆则属于他母亲家族传下的产业。奥尔特加儿时的摇篮就吊在滚动印刷机的上方；而他很小就撰写一些短小的报刊文章——难道也可归因于遗传的因子？奥尔特加早年接受过耶稣会的教育，酷爱文学，博闻强记；他在马德里大学毕业并获得博士学位后，又于 1905 年负笈德国，在柏林、莱比锡，后主要在马尔堡游学了两年。在此期间，他广泛接触了从康德到尼采的德国哲学思想，其中对狄尔泰的哲学、美学思想最感兴趣，此外，对德国浪漫派的思想观点也颇有钻研。而正是这些，奠定了他回国以后在哲学和世界观方面的基本立场。

奥尔特加经历了西班牙历史上最动乱的年代。阿方索十三世的末期是长达八年的里维拉军事独裁统治；1931 年的全国普选迫使王室退位，西班牙成为一个共和国；然而，在共和国政府内部，激进派与保守派之间又剑拔弩张，纷争不已；不久，保守派联合了以佛朗哥为首的国家主义派，在

---

① 当年第一批殖民者登岸的普利茅斯，现已辟为美国历史名胜游览地。五月花号停泊在港湾里，船上有专职人员装扮成水手和赴新大陆的殖民者，回答参观者的询问。笔者曾去那里参观，在问及当年殖民者中男女性别比例时，未加斟酌便使用了"lady"（女主人、贵妇）一词，装扮成殖民者的女讲解员立刻敏感而又非常有礼貌地解释说："我们不是贵妇，我们是朝圣者。"（"We're no ladies, we are pilgrims"）对踏上新大陆的这些上帝的选民来说，"lady"显然是一个饱含着上层阶级意味，因此听上去很刺耳的词语。

意大利和德国法西斯势力的支持下，纠集全国的保守势力策动政变，引发了内战。在这一系列的社会政局变动中，奥尔特加站在共和派一边，投身于反对君主制、反对独裁统治的斗争。在西班牙走向共和期间，他不断地追寻、不断地捕捉最敏感的社会话题，发表了一次又一次激动人心的演讲，他的哲学见解大多是在这种即兴的演讲和在大学的巡回讲座中表达的。

有人曾试图把奥尔特加一生的哲学思想划分为四个发展阶段——古典主义的以文学批评为主的阶段（1907—1913），古典主义与透视主义相结合、现世的现象学阶段（1914—1920），摒弃过分的理性主义、部分吸收了尼采的生命哲学阶段（1921—1927），以及受海德格尔和狄尔泰的影响，最终又回到了原先那种"历史理性哲学"的阶段（1927—1950）。① 这一划分似乎想要强调他的哲学是一个带有很明显的目的论意图的完整体系，但实际情况并非如此，而且他所处的客观条件也根本就不允许他这么做。奥尔特加的《什么是哲学》一著的译者曾这样告诉我们："奥尔特加并不是一个为写书而写书的人……他写了许多的长论文，经常为别人的著作写评介，还有好多他自己的演讲，他想把它们整理成书，但是都没有来得及付排。……人家一直都在催他，让他赶快翻译好了到美国去出版，他也应承了，却没有真正动手。说得好一点，他会在将来的某个时候出版，若搞得不好，那他就会以工作无定为借口而不再碰它了。"② 他现存的这些著作——包括已经翻译成英语出版的著作，也包括他这部最负盛名的《大众的反叛》，都明显带有这种即兴演讲的特点。

从 1910 年起，他长期担任马德里大学哲学系主任、形而上学教授，应该说他对西班牙思想界产生了几乎是长达半个世纪的影响。最初，这一影响主要体现在文学艺术领域，他在内战之前撰写了大量的美学、文艺学和文学批评的著述，《堂吉诃德沉思录》（1914）、八卷文集《观察者》（1914—1934）、《没有脊梁骨的西班牙》（1921）、《我们时代的主题》（1923）等，使他当之无愧地成为当时刚刚形成风气的现代主义文艺思潮的

---

① Patrick H. Dust, "Ortega y Gasset", in *The Johns Hopkins Guide to Literary Theory & Criticism*, eds. by Michael Groden and Martin Kreiswirth, Baltimore: The Johns Hopkins University Press, 1997. 另见：http://www. press. jhu. edu/books/hopkins_ guide_ to_ literary_ theory/jose_ ortega_ y_ gasset. html.

② José Ortega y Gasset, *What is Philosophy*? New York and London: W. W. Norton, 1964, p. 7.

最出类拔萃的代言人：是他率先把普鲁斯特和乔伊斯介绍到天主教统治的西班牙，又是他最早对现代主义文学艺术给予深入浅出的理论化阐说——1925 年，他发表了《非人性化的艺术》。尽管这部专论直到 1948 年才被译成英文而得到更广泛的流传，然而，即使在英译本问世二十年之后，它仍被认为是整个西方文坛上关于现代主义思潮的一部最全面、最深刻的理论总结，它所提出的那些关于现代主义的种种认识假设，甚至在今天仍被认为是我们在思考这一问题时的一些范式和指南。① 而就在他在全西班牙越来越受到瞩目的时刻，他于 1929 年发表了《大众的反叛》，此书提出的一系列极具当下相关性和挑战性的论点，立刻引起了当时思想理论界的广泛关注和争议，把奥尔特加从一个区域性公共知识分子的思想领袖推到了整个欧洲理论舞台的聚光灯下。

在奥尔特加之前，当然也有不少思想家、哲学家、社会学家曾对"大众"在整个社会中的地位和作用作过非常精辟的论述。但不可否认的是，从古希腊的先哲柏拉图、亚里士多德，到中世纪的马基雅弗利或启蒙时期的孟德斯鸠，一直到 19 世纪的卡莱尔和尼采，他们所有涉及"群众"的论述，大多是他们在对以君主和英雄为主体的"统治学"研究过程中的一些副产品。在他们的研究中，"大众"从来都不可能是主体。法国人勒庞的《乌合之众》或可算作是以"群众"为主体的最早的专论之一，奥尔特加也曾读过此书，并给予高度的评价，但《乌合之众》的着力点主要是在"大众的心理"，而不像奥尔特加那样，把"大众的反叛"作为一个时代标识，对一个正在发生结构转型的社会，以及对这个"大众"的社会文化特征进行深入的研究。也正是在这个意义上，奥尔特加可算是宣告了"大众社会"正式来临的第一人。②《大众的反叛》正文第一段是这样开始的：

不论是好还是坏，当前的欧洲公共生活中已经出现了这样一个极其

①　关于这一点，可参见 Renato Poggioli, *The Theory of the Avant - Garde*, Cambridge: the Belknap Press of Harvard University Press, 1968, p. 2.

②　法国的勒庞在 1895 年出版了《乌合之众》（*Psychologie des foules*），其"导言"的标题就是"群体的时代"，但该著的主旨是研究作为一个群体的大众的心理，而不是像奥尔特加这样，把"大众的反叛"作为一个时代特征，来对这一社会进行研究。

重要的现象，即大众已全面获取了社会的权力。就其定义而言，"大众"本不应该、亦无能力把握其个人的生存状态，更不用说统治整个社会了。因此，这一事实意味着欧洲正面临着一个空前巨大的危机，它将给人民和国家带来苦难，并导致文明的倒退。这种危机在历史上曾不止一次地发生，其特征和后果早已为人所熟知，并为此而获得命名：我们称之为"大众的反叛"。①

"大众的反叛"作为一个术语，响亮是响亮，但肯定要犯众怒。稍微圆滑一点的人或许就会换一个更加委婉的说法。但是，奥尔特加就这么脱口而出，无遮无拦，他不仅径直将它作为书名，而且描绘了一个相当可怕的前景：社会将面临空前巨大的危机，人民和国家将经受苦难，乃至整个人类文明都将发生倒退。而更不能让人容忍的是，奥尔特加毫不掩饰自己的极端精英主义的立场。他在书中明确地宣布，他本人向来就对历史持一种"极端贵族化的解释"，认为"人类社会按其本质来说……就是贵族制的"。② 显然，也就是凭着这些，贝尔便认为他抓住了奥尔特加对现代社会的"贵族式"批判的要害。他不仅认为这一理论对现代社会的判断是错误的——它"似乎是对当前的社会有力而真实的描述，是对现代生活性质和情感的精确的反映……但是，它除了给我们留下一个轮廓以外，从来没有在总体上提供更多的东西……"而且，贝尔认为这一理论对现代人的判断也是错误的。所以，尽管奥尔特加的"大众"指的不是工人群众，而是指"现代文明的一种低迷状态——这种状况则是因为昔日的精英不再处于主宰的地位所造成的"，然而，贝尔说，奥尔特加将"现代趣味都等同于门外汉的判断"，认为现代生活就是"把一切经典都化为空白"，而过去的任何东西都"不再允许作为样板或标准"，甚至"那著名的文艺复兴时代"，也被认为是"一个庸俗狭隘的乡巴佬时代"。所以，贝尔得出结论说，奥尔特加的《大众的反叛》是对人文主义、对科学，一句话，是对"所有'现代性'的最猛烈攻击"。③ 那么，贝尔为什么会对奥尔特加如此地大动肝

---

① José Ortega y Gasset, *The Revolt of the Masses*, New York：W. W. Norton, 1960, p. 11.

② Ibid., p. 20.

③ Daniel Bell, *The End of Ideology*, p. 23.

火呢？

　　我们只要把他的这一章再接着念上几页，一切也就迎刃而解了。原来，是贝尔自己已先行假定50年代的美国已经成了一个"大众社会"——他心目中的美国没有封建传统，却有着实用主义精神的文化；在这里，上帝也被看成是一个"劳动者"；这里充满着乐观主义和对新生事物的无限渴求，它不断发生着变化，而"大众社会正是这变化的产物——而且它本身又是一个变化"。显然，贝尔对美国这样一个"大众社会"心里充满了自豪。①然而，奥尔特加以及其后一大批欧陆的思想家，却偏偏有言在先地对"大众社会"一波接一波地加以谴责和批判。这样，在贝尔看来，如果不对"大众社会"这一理念彻底正名，那么，不仅美国当下社会的"存在的理由"（raison d'étre）会被动摇，而且，他自己这本书的全部立论——"意识形态的终结"——也将被釜底抽薪。

　　可是，读过奥尔特加这本著作的人则大概都会同意，在这个问题上，显然是贝尔在自讨没趣，是他硬把奥尔特加对于现代"大众社会"所做的笼统的批判，套到了自己的头上，而且把它狭隘地理解为具体针对美国的一个攻击。他这样的一种联系，本身就不合乎逻辑。奥尔特加在《大众的反叛》中的确在一些地方点到了美国，但那都是在谈到生活水平问题时对欧洲与美国所做的一个笼统的比较，在当时的语境下，他并没有，也不可能有把美国作为大众社会的典型来批判的意思——如果真的是针对美国这样一个具体的国家，那反而把这本书所提出问题的意义缩小了。"大众社会"对于当时的奥尔特加来说，更多的还是一个理念层面的建构。

　　但是，贝尔所做的这一番具体的联系，反倒产生了一个意外之功效——为我们开启了一个思路，或可说给了我们一个理由，让我们干脆就把美国拉出来当一次"大众社会"的典型，这样我们在对奥尔特加当年对"大众社会"的批评重新进行审视的同时，也不妨来看一看他的一套说辞对于今天我们都身在其中的"大众社会"，或对于美国这样一个典型的"大众社会"——当然仍然不是针对这个社会本身，而是针对构成这一社会的各种基本的机制和理念——是否依然具有质疑和批判的效力。

---

　　①　Daniel Bell, *The End of Ideology*, pp. 37–38.

　　《大众的反叛》发表那一年，第一次世界大战后的十年繁荣期刚刚结束，世界经济大萧条则已经开始。按说奥尔特加当时根本不可能预见到人类还将经历第二次世界大战的浩劫，更别说预见战后世界的格局竟会是他书中所描述状况的成倍、成十倍的放大。然而今天我们重读他对于"大众"和"大众社会"的一段段描述，那不都是我们今天所处世界的活生生的写照？"大众"如何崛起，又如何上升到主导的阶层，"大众当道"使社会价值观发生了怎样的变化，"大众"价值观对文明传统将造成什么样的威胁，以及"民主"的机制在"大众社会"中的两难窘境等，他对所有问题所做的分析，几乎无须作任何的变通，就立刻能嵌入我们今天对于同样的这些问题的讨论。在这里说奥尔特加是多么的有先见之明，其实是毫无意义的。这只能说明，当年他提出的问题今天仍然还是问题，而且是我们感同身受的问题。你尽可以不同意他所提出的观点，但你却绝对无法回避对他所提出问题的思考——"民主"的运用和滥用，"个人自由"与"自我约束"如何平衡，"精英主义"与文明的传承，这些问题，既是对现代性的挑战，其实又是现代性本身的内容。人们往往以为，"现代化"只是一个物质建设、科技发展和社会财富积累的过程，然而奥尔特加关注的这些问题，则从社会体制、文化心态和道德修养等无形的方面，触及了所谓"现代性"的核心。从这个意义上说，奥尔特加的《大众的反叛》在今天的重要性，恐怕就远不在于它提出了怎样一种"大众社会"的理论了，它真正的力量之所在，恰恰就在于它的这种挑战性——不断激励我们对那些依然具有紧迫性的重大问题做新的思考。

　　在奥尔特加看来，"大众"的崛起和"大众社会"的出现，首先与欧洲人口（主要是城市人口）的急剧增长有关：从 6 世纪到 1800 年，欧洲的人口总数从未超过 1.8 亿；然而从 1800 年到第一次世界大战前的 1914 年，它竟超过了 4.6 亿。① 奥尔特加认为，"大众"以这样一种速度的汇聚，并造成到处人满为患的现象，是 19 世纪工业革命及城市化发展的结果，这是一个"现代文化"现象。虽说组成"大众"的个人过去也存在，但那时候他们是以小群体的形式散布于世界的各个角落，没有汇聚到一起，那时候

---

　　① Daniel Bell, *The End of Ideology*, p. 50.

他们相互隔绝，老死不相往来。而只是到了 20 世纪以后，大众则好像突然从天而降似的汇聚起来，形成了一个凝聚体。奥尔特加在谈论这一现象时，始终把它与"我们这个时代""现代历史""现代文明"等联系在一起，很明显，他是把"大众的崛起"看成现代化社会的一个伴生物，这样，"大众的反叛"当然便成了今天我们所谓的"现代性"的题中之意。

但是，正如今天的一些批评家所指出的，奥尔特加的"大众"定义过于宽泛，成了一个指代不够清楚，甚至还相互矛盾的代码——贝尔在他的批评中就列举了"大众"的五种可能的所指。英国牛津大学的约翰·凯利教授对 1880—1939 年的欧美知识分子与大众的关系作过一个专门的研究，他在该专论中提出，所谓"大众"这个术语只是一种"虚构"，一种"语文手段"（linguistic device），其作用是为了"将'大多数人'的人格去除，或将其各种清晰可辨的特征统统抹杀，从而使得使用这一术语的人心里产生一种优越感"。① 凯利的批评对于奥尔特加来说多少有点冤枉——他使用"大众"一词是否有优越感，我们不得而知，但他所谓的"大众"，其所指的确太宽泛，故而也难辞其咎。不过，奥尔特加似乎对定义问题也不想纠缠，他只是很简单地认为，"社会就是由两部分人——少数精英与大众——所构成的一种动态平衡：少数精英是那些具有特殊资质的个人或群体，而大众则是指没有特殊资质的个人之集合体"。至于为什么少数精英天生就有这种特殊资质，而大众就生来没有这种特殊资质，他并不觉得有必要做出回答和解释。他比较担心的是有人会把"大众"理解为一种政治的或阶级的界定，所以他反复强调说，"大众和少数精英的划分不是一种阶级的或政治的划分，只是两类人的划分"，"不可将这种区分与基于阶级出身的'上层'阶级和'下层'阶级的划分混为一谈"，"……在这两个社会阶级中都存在大众与真正的精英之分，不能把大众简单地理解或主要地理解为'劳动阶级'，大众就是普通人"，等等。②

在奥尔特加看来，"大众"与"精英"只是一种客观的社会存在，纯粹就是一个数量多寡的划分，但是，这种数量的多寡在这里却变成一种质量

① John Carey, *The Intellectuals and the Masses*：*Pride and Prejudice Among the Literary Intelligentsia*, *1880 - 1939*, Chicago：Academy Chicago Publishers, 1992, Preface.

② Ibid. , pp. 13, 15.

的标志，成为他将社会分为两拨人的理由：这两拨人如果说有差别，那只在一点——是否具有某种特殊资质。什么特质？奥尔特加说："一种人对自己提出严格的要求，并赋予自己重大的责任和使命；另一种人则放任自流——尤其是对自己。"① 他认为："在任何一个公共秩序良好的国家里，大众本应该是安分守己、从不自行其是的……因为大众生来就应该是被指导、被影响、被代表、被组织的……它来到这个世界上，不是单靠自己就可以做任何事情的，它必须把自己托付给一个由少数精英组成的更高的权威。"② 而当大众不断地聚集，渐渐变得不再顺从，不再尊重和追随少数的社会精英，终于有一天，它宣称自己有权自行其是了，它要取而代之了，于是就出问题了——发生了奥尔特加所谓的大众"猛烈的道德反叛"。

很明显，奥尔特加所谓的"大众"与"少数精英"的分野，完全是由先天决定的。少数人有特殊资质，能严格要求自己，有责任感和使命感，于是就成为精英；大多数人没有，所以为"大众"。然而，这样的划分实际上等于没有划分。因为所谓"严格"的自我约束，"重大"的责任感和使命感等，其实都是些相对而言的变量：自我约束到什么地步算"严格"？多大的责任感、使命感才可以达到"重大"？都只能相对而言，根本无法成为将某一个人划入大众或精英的具体标准。而且，即使按奥尔特加的划分，"精英"也是因时、因地、因人而变的，因为在现实生活中，你又如何能划定某人是否有使命感，责任感是高还是低的确切分野何在。

由于"大众"的定义不清，奥尔特加列举的一系列"大众反叛"的现象，是否应该都算在"大众"的头上，恐怕就要存疑或大打折扣了。再者，他所说的大众占据了先前只为少数精英人物保留的地方，如艺术审美活动、政府功能、公共事务的政治判断等这些原先为少数有资格的人所掌握的领域，现在统统都被"大众"占领了，等等，这些所谓的"大众"取代了少数精英的现象，实际上与他所说的现代社会中大众人数剧增，大众的汇聚而造成了"人满为患"等，都没有太大的关系。他所说的这些现象都是存在的，我们每个现代社会的人也都有亲身的体会，但他把这些现象都笼统

---

① John Carey, *The Intellectuals and the Masses: Pride and Prejudice Among the Literary Intelligentsia, 1880－1939*, p. 15.

② Ibid., p. 115.

地归结为"大众的反叛",则还是让人觉得没有说到点子上。为什么这么说呢？上面我们在提到"大众"二字时都特意加了引号，为的就是要说明，这里的"大众"实际上已不再是"大众"。因为真正的大众——占人口总数大多数的大众，其实永远都是一个"沉默的大多数"（a silent majority）。马克思在《路易·波拿巴的雾月十八日》中有这样一句经常被人引用的话："他们不能代表自己，一定要别人来代表他们。"① 而奥尔特加自己也说过，大众总要将自己托付给某个更高的权威。在他心目中，这个更高的权威毫无疑问应该是他所谓的"少数精英"。然而，现在的麻烦则在于，大众居然开始不再把自己托付给这些精英了，他们有了新的代言人。奥尔特加把这一切称为"大众的反叛"，然而，从大众向来是无言的这个角度看，为何不可能是有人盗用了大众的名义？为此，对于奥尔特加所谓的"大众的反叛"，我们显然可以变换一个角度提问：大众为什么不再把自己托付给你所谓的精英人士，而是托付给了一群"平庸无能的人"？而一批根本不具备特殊资质的僭越者，却为什么能够冒充大众的名义来上演一出现代社会的"鸠占鹊巢"，占取了原本应属于社会精英们享有的位置？

其实，奥尔特加对这个问题做出了他自己的回答。他说这一切都是因为所谓的"超民主"（hyperdemocracy）所致。应该说奥尔特加基本上还是找到了问题的症结，他对这一社会疾患所做的诊断和分析，也算比较准确到位。的确，我们都知道，任何一种形式的民主制度，都必须建立在人对自由和自我约束有一种平衡认识的基础之上。奥尔特加也的确注意到了这一点。他说，"在过去，人们在充分享受自由的同时，也对法制约束充满热情，而民主制度需在这两者之间进行调节，个人在遵守这些原则的同时，也必须对自己严加约束。……民主和法律——在法律之下的共同生活——是同义词"。然而，在当今现代社会里，这种民主却发展成了"超民主"——"大众变得恣意妄为，无视法律，直接采取行动，把自己的欲望强加于社会"。② 说到这里，我们则感到有点不对劲了，奥尔特加的分析似乎都没有大错，然而，偏偏就在要他开方抓药之时，他却话锋一转，反过来责怪患

① 马克思：《路易·波拿巴的雾月十八日》，《马克思恩格斯选集》，人民出版社 1972 年版，第 693 页。

② José Ortega y Gasset, *The Revolt of the Masses*, p. 17.

者说："这病生在你身上，所以应该由你自己负责。"奥尔特加所表现出的逻辑不就是这样吗？

在他看来，所有这一切灾难——所谓"欧洲公共生活向蒙昧野蛮的蜕变"，所谓"最严格意义上的野蛮"，甚至所谓"野蛮人的垂直入侵"，等等，① 其根源，一言以蔽之，都是由于大众的堕落所致。奥尔特加对"民主"滑向"超民主"的过程作了这样一个描述：首先，我们不要忘记，"人权"这个概念是少数精英的认识和发现，当然在一开始，它只是少数人的特权。在 18 世纪的时候，他们开始逐步普及"天赋人权"的思想；在整个 19 世纪，大众虽开始把这一权利视为崇高的理想，对它表现出越来越大的热情，但还没有真正行使这一权利。而进入 20 世纪以后，这一理想在欧美民主国家中变成了现实，这一思想深入到每一个人的心中，"人作为一个人而享有无限的主权"这样的思想，"由昔日的一种法学理念变成了一种普通人的心态"。在这样一种情况下，希望充分实现民主的平均主义要求，便把过去所追求的理想转变成了渗透到人的潜意识中的种种认识假设。这样一来，现在的"大众"就再也不是过去的"大众"了，它变得什么都想要，什么都敢要，而这一发就不可收拾了。②

奥尔特加对"人权"和"民主"思想发展过程的描述无疑是正确的。但我们都注意到了，这个理念的构想和普及，则完全都是由少数的精英群体完成和推动的。而现在，当大众的人权意识和自主意识被唤醒之后，他们却脱离了精英们原先设想的发展轨道，变得越来越自行其是了。那么，这个责任应该由谁来负呢？奥尔特加自己不是声称说，精英之所以为精英，乃因为他们具有特殊的资质，具有责任感、使命感，那么，他们此时此刻面对着这一新的情况又该表现出怎样的使命感、责任感呢？

其实，我们都知道，所谓"民主"的最简单的定义，就是把管理民众的权力交给民众自己。但是，"民主"作为一个完整的理念是有其前提和条件的。比方说，民主必须以社会为前提，以理性为前提；所谓条件，则包括物质的条件、法制的条件、智力的条件、心理的条件，等等。③ 当然，对

---

① José Ortega y Gasset, *The Revolt of the Masses*, pp. 53, 70 – 72.

② Ibid., pp. 22 – 23.

③ 参见 Carl Cohen, *Democracy*, Athens：University of Georgia Press, 1971, 第8—12章。

这些前提和条件的认识也有一个过程，但推行民主的社会精英人士和群体，始终不断地在努力，当然首先是在认识上，同时也在具体机制的落实和完善方面，一直在努力着。民主制度的建立和扎根，是制度与实行制度的民众之间反复磨合商讨、相互适应的过程，这是一个有机的进化过程，而不是简单的移植或嫁接。坦率地说，在这个问题上，大众能够做的事情是非常有限的。这一过程的不断进展和完善，应该说就是社会精英的使命和责任。这一使命和责任不仅包括原则的制定，更大量的工作是把制定的原则通过教育的方式，使之在社会大众中得到普及，不仅要让大众都知道，而且要转化为大多数大众的自觉行动。在实现民主的诸多条件中，对公民的教育就是很重要的一个智力条件。民主制度把治理权交给了民众自己，如果要其正确地治理，教育在其中将起着非常重要的作用。要让民众了解自己的根本利益所在，让民众了解和掌握反映自己利益的各种材料和信息，做出正确的分析和判断，并运用正确的程序达到自己的目的，等等，所有这些都需要教育；而且，这种教育不仅仅是狭义的实用教育、技术教育、基本的文化教育，而且还应该包括广义的人文素质教育，以使至少占多数的社会成员拥有较高程度的人文教育的陶冶。这实际上是使大众具有基本的认识判断、使民主制度得以正确有效地实行的一个非常重要的保证。因为篇幅有限，我们不可能在这个问题上做更多的展开，但我们在这里想说的是，奥尔特加显然不应该把社会大众完全置于社会精英的对立面，不应该把大众的"脱轨"看成是大众本性使然。在这个问题上，如果要问责，其实更应该唯社会精英是问。

　　然而，奥尔特加却把批评的矛头指向了"大众"。他这么做，当然也不是完全没有道理。在他看来，是19世纪的工业革命造就了欧美国家庞大的中产阶级队伍，而进入20世纪以后，工人中也有越来越多的人获得了相对稳定的生活。这些人便加入并成为所谓"大众人"的主体。随着自由民主政体和科学技术的发展，人类生活进入了一个新的历史时期，无论在物质的层面还是在社会的层面。生活在这一新时代的人与以往最大的不同，就是他们基本上摆脱了生活的压力——对他们来说，未来意味着更加充足、富裕和完美。然而，身居这一新时代的"大众人"，却把这一切的获得视为当然。他们从未考虑过，这个新世界之所以会诞生，首先是因为一些天分极高的个人所付出的努力，所以，奥尔特加说他们就像"被宠坏了的孩子"一样，不但不对造福者心存感激，反而是听任其生命的欲望无限膨胀。他们为所欲为，毫无节制，不知义务为何物。而奥尔特加最为反感的，就是他们养成了一种唯我独尊，从不考虑、顾及他人，尤其是不相信别人比自己优秀这样一种荒谬无比的心态。① 在对"大众人"进行剖析和批判的同时，奥尔特加为贵族时代的一去不复返而扼腕长叹。他认为"贵族"本应是一个令人鼓舞的字眼，但不幸的是，它在日常语言中被曲解和滥用了。它并不仅仅意味着世袭的"高贵血统"，而是"勤奋努力"和"卓越"的同义语。为此，奥尔特加把"贵族"重新定义，认为它更应该是"一种不懈努力的生活，把不断超越自我、不断迈向新的目标作为自己的一种责任和义务"。②

奥尔特加其实也看到了"大众人"的缺陷首先是智识方面的一种缺陷。但是他认为，大众的这种"智性的闭塞"（intellectual hermetism）是冥顽不化、无可救药的，因为大众有一种与生俱来的"自我封闭"的机制，他总是自以为完满无缺，从来不怀疑自己，总以为自己是最明智的，他们对自己的愚蠢永远是怡然自得、安之若素。所以他们认为"愚顽之人终生愚顽，无路可逃"。而"大众的反叛"，说到底就在于大众人的这种"心灵的闭塞"。③

奥尔特加这种把大众视为文明堕落的根由，并要大众对此负责的态度，其实并不完全是他个人的一种偏激之见。这似乎可以从两个方面作进一步的说明。一方面，他表现出的这种无遮无拦的精英主义，在 19 世纪末 20 世纪初的欧洲知识分子当中，是一种相当普遍的思潮；而另一方面，我们在下面还将作详细的分析，他们这一批人基本上都属于现代主义文学营垒中的知识精英，他们之所以不约而同地都把"大众"作为批判的靶子，恐怕更多的是这样他们就找到了一个名正言顺的借口，可以更加有效地张扬自己独步天下、不与任何人有染的个性主义。在这个问题上，我们前面提到的 J. 凯利，在他的《知识分子与大众：1880—1939 年文坛的傲慢与偏见》一书中，提出了不少可供我们作进一步思考的看法。

---

① José Ortega y Gasset, *The Revolt of the Masses*, pp. 55 – 60.

② Ibid., p. 65.

③ Ibid., pp. 68 – 70.

通常人们谈及 19 世纪 20 世纪之交的精英主义，往往都只是把尼采挑出来作为这股思潮的主要代表。然而，凯利指出，我们其实更应该看到当时这股思潮的普遍性。他认为，我们或许更应该把尼采看成是"大众文化的一个最早的产物"——当然不是那种顺应大众文化的产物，而是叶芝所说的那样，是"抵制正在蔓延的庸俗民主的制动力"。① 说到尼采，人们当然会想起他的《查拉斯图拉如是说》（1883），想起他的代言人——那天马行空般的超人查拉斯图拉，想起查拉斯图拉那口若悬河般的对大众的训斥和教诲。在查拉斯图拉的眼中，大众只是一群蝼蚁般的"贱众"，"比任何的猿猴还像猿猴"；他们"就饮泉水，便将泉水毒化"；他们的"灵魂贫乏、污秽，充斥着可怜的自满"；在他看来，大众就像那太多太多秋末仍悬在树枝上的酸果，所以，他希望刮起一阵飓风，将"这树上的已腐烂已虫伤的一切"统统扫落在地！②

像尼采这样完全属于憎恶人类的思想和言论，当然只是极少数甚或是个别的案例。但在当时欧洲现代主义文艺的先驱者中，与尼采的思想产生共鸣的，却又真的不在少数。早在 1872 年，福楼拜就表示，他坚信"群氓、大众和草民都可鄙之极，你永远也别指望他们能有所造就"；而在查拉斯图拉下山之前，易卜生就发表了他的《人民公敌》（1882），剧中正直的主人公反被宣布为"人民公敌"，成为世上最孤立的人。还有今天已不大提及，但也是现代主义文学先驱的挪威小说家兼剧作家克努特·汉姆生③，此

<hr />

① John Carey, *The Intellectuals and the Masses: Pride and Prejudice Among the Literary Intelligentsia, 1880 - 1939*, p. 4.

② 尼采：《查拉斯图拉如是说》第一部，尹溟译，文化艺术出版社 1987 年版，第 4、6、84、114、116 页等。

③ 当年鲁迅曾对汉姆生有过一些介绍和评价。他除了在 1925 年和 1927 年的两篇文章中简短地提及他读过的汉姆生的一篇小说之外，还在 1929 年 3 月 24 日出版的《朝花》周刊第 11 期上发表了一篇两千字左右的杂感，题目为《哈谟生的几句话》，其中主要谈了几点对哈谟生的有限的了解：第一是提到日本将他算作左翼的作家，但他觉得哈谟生"贵族的处所却不少"；第二，说到哈谟生在俄国的影响很深，鲁迅本人对他作品读得却很少。但鲁迅读过日本片山正雄的《哈谟生传》，对其中有关托尔斯泰与伊孛生（易卜生）的比较有点想法，便抽空翻译了出来，介绍给国人。他说哈对托尔斯泰的批评犹如"在中国的一切革命底和遵命底批评家的暗疮上开刀"，而对伊孛生的批评则划清了"革命文学和苫命、革命文学家与革命家"之间的区别。也许因为这一点，鲁迅倒也不反对将哈谟生划为"左翼"。最后，鲁迅为哈谟生的作品在国内介绍不多而感到"可惜"。参见《鲁迅全集》第 7 卷，人民文学出版社 1981 年版，第 328—334 页。

人曾对托马斯·曼、赫尔曼·黑塞和安德鲁·纪德等现代派文学大家产生过不小的影响，而就是这位汉姆生，他曾让笔下的主人公疾声厉号，希望世界再出现像恺撒大帝那样的令大众恐怖的统治者。[①]

但不言而喻，这种情绪的背后则又隐含着一种对于大众的莫名的恐惧。而敌视与恐惧这两种情感错综复杂地交织在一起，法国的勒庞（Gustave Le Bon）便从问题的另一端，对大众深埋于潜意识中的暴力喷发出来之时所产生的后果，做了淋漓尽致的展示和分析。他的一本《乌合之众》（*The Crowd*，1895），到 1925 年为止，法文版印了 26 次，英文版印了 16 次，被翻译成包括阿拉伯语、土耳其语、印地语以及日语在内的 13 种文字，其影响之大可见一斑。而对勒庞的这本书大为激赏的知识精英中，就有奥尔特加－加塞特。[②] 在该书的导言中，勒庞留下了这样的忠告："群众势力的出现很可能标志着西方文明的最后一个阶段，它可能倒退到那些混乱的无政府时期"，"……当文明赖以建立的道德因素失去威力时，它的最终解体总是由无意识的野蛮群体完成的，他们被不无道理地称为野蛮人"[③]。我们不知道奥尔特加在读到这些文字时会作何感想，但我们可以完全有把握地说，他已经在他的《大众的反叛》中表达了对勒庞的"选择性的亲和"（elective affinity）。

而按照凯利的说法，在奥尔特加的同代人中，包括叶芝、萧伯纳、劳伦斯、E. M. 福斯特、T. S. 艾略特、弗吉尼亚·伍尔夫、H. G. 威尔士等这些我们所熟悉的现代主义文学大师在内的许多知识精英，都对尼采的超人形象，对他呼唤英雄而贬斥大众的精英主义表示过程度不等的赞同。然而，凯利有一个观点是不能让人同意的，那就是他把出自这些知识精英笔下的一切文字，不论是自己的书信，与某个朋友的谈话，还是小说中的某个人物，或是从某一首诗歌中摘出的诗行，也不论具体的语境，不论讲话人的场合，当然更不论其中是否包含文学性的修辞，一律算作是作者本人的观点。而更让人认同的是，他把这些所谓的"证据"都上纲上线，与 20 世纪

---

① John Carey, *The Intellectuals and the Masses*: *Pride and Prejudice Among the Literary Intelligentsia*, *1880 - 1939*, pp. 4 - 5.

② Ibid., pp. 4, 26.

③ 古斯塔夫·勒庞：《乌合之众》，冯克利译，中央编译出版社 2004 年版，第 5 页。

30 年代日渐抬头的法西斯纳粹思潮有意无意地挂上钩，于是，人们毛骨悚然地看到，H. G. 威尔士、叶芝、D. H. 劳伦斯等，似乎都在某个场合表示过，希望用战争、瘟疫，甚至毒气室或爆炸原子弹的方式，将这个世上的大众彻底灭绝，而萧伯纳、乔伊斯、E. M. 福斯特、弗吉尼亚·伍尔夫、T. S. 艾略特等，也因为曾经对尼采表示过程度不等的赞同，因而被认为是在心灵上都和希特勒法西斯主义有某种沟通。

关于世纪之交的欧洲文学精英是否都与法西斯主义沆瀣一气，已超出本章的讨论范围，我们在这里也不可能用大量的篇幅来为上述这些作家诗人正名。但就奥尔特加而言，却并不是像凯利所说的那样。对于当时正在抬头的法西斯主义，他不仅是有所警惕，而且是坚决划清界限的。历史地说，法西斯主义在当时还只是一股思潮，其反人类的面目还没有像 30 年代后期那样昭然若揭，所以在当时欧洲的一些国家中，特别是在当时陷入了动乱的西班牙，这股思潮的确还有着不可小觑的迷惑力和影响力。然而，奥尔特加已经敏感地意识到，这股思潮蕴含着极大的危险性。他在《大众的反叛》中反复强调说，当大众情绪被煽动起来的时候，就非常容易被法西斯主义、工团主义之类的极端思潮所利用，追新求异的大众就会受到蒙骗，误将"蛮不讲理""无理之理"当作标新立异之举，甚至还会诉诸暴力，采取"直接的行动"，那就将酿成人类的浩劫。在《大众的反叛》的第十三章中，奥尔特加对已经被法西斯势力攫取过去的"国家主义"口号进行了批判，揭露了墨索里尼"一切为了国家；国家之外一无所有；任何东西都不能反对国家"的叫嚣的欺骗性，对大众将受到法西斯分子利用的可能性发出了明确的警告。[1]

但凯利有一点说得还是对的，那就是他多次强调的，所谓"大众"只是一个想象的构建物。借助这样一个术语，它便取代了人类生活中本来无法把握的"汇聚""充盈""多元"等集合性的概念。不仅如此，它又可以不断地被其他人为的集合性概念随意地替换。我们在《大众的反叛》中就看到，不仅"大众""群众""民众""公众"可以互换，它的所指还可以转换为"大众人""现代人""新型人"，甚至，还可以指他心目中那些只

---

① John Carey, *The Intellectuals and the Masses: Pride and Prejudice Among the Literary Intelligentsia, 1880 – 1939*, pp. 73, 122.

有技术却没有人文素养，因而仍然停留在野蛮状态的技术人员——物理学家、化学家、生物学家、医生、工程师，等等。说到底，他无非就是要把他自己或像他这样的哲学家剔除在外，而所有其他的人，则都被他划入所谓"大众"的范畴。凯利说，像奥尔特加这样对"大众"不断地进行改写和再创造，是20世纪初知识精英普遍采用的一种做法。他们所要达到的目的只有一个，那就是把知识精英和大众分隔对立，从而使知识精英能够通过语言的方式来对大众实行控制。① 但是，笔者则认为，这句话的前一半不错，而后一半的结论恐怕有点问题了：对于这些知识精英们来说，他们即使采取这样的做法，也根本没有要对大众加以控制的意思。情况恐怕是恰恰相反，他们是要把自己从任何可能与大众有染的地方区别出来，自觉自愿地走上了一条与社会隔绝的不归路。关于这一点，奥尔特加早在他的《非人性化的艺术》中，就有颇为独到的见解。他认为现代派艺术家并不像有些人所理解的那样，似乎是要通过对他们的艺术品的讲解来对它们进行普及，使它们为大众所接受。他说，恰恰相反，现代艺术从来就是为大众所反对的，因为它在本质上就是不能普及，甚至还可以说它是反对普及的。与在《大众的反叛》中所表达的观点一样，他从来就认为人分为两类：一类是极少数的精英，另一类是占大多数的大众，这在艺术的品位问题上也不例外。这种分类完全是因为秉性的不同，没有道理可讲。所以，对于极少数的现代先驱者来说，他们就是天生的独行者，这是本性使然。为了忠实于自己独特的个性，他们是绝对不会与大众同行，也不屑于去赢得大众、控制大众的。

　　与大多数所谓的"公共知识分子"一样，奥尔特加从来就认为，自己应该充任社会的良心、承载起为社会进行思考的责任。他对社会各种重要问题的确具有一种特殊的敏感，但他仍属于那种更善于发现问题、而非解决实际问题的最严格意义上的思想家。1960年，美国已故著名社会学家罗伯特·墨顿（Robert K. Merton，1910－2003）曾为勒庞的《乌合之众》英文版写过一篇前言，对勒庞和他的这本大众心理学专论的得失作过深刻的评析。其中，墨顿就提到，奥尔特加是勒庞的一位后继者，并说《大众的

---

① John Carey, *The Intellectuals and the Masses: Pride and Prejudice Among the Literary Intelligentsia, 1880-1939*, p. 23.

反叛》是一部"学习勒庞而又改进了勒庞"的著述。勒庞在《乌合之众》中明确宣布说，"我们就要进入的时代，千真万确将是一个大众的时代"——大众将是未来这个时代中一股"新的力量"，一股"至高无上的力量"或"唯一的、无可匹敌的力量"。他认为，大众现在已经进入历史，进入政治生活，而且正日益成为一个统治阶层，他们过去几乎不起任何作用的意见，现在受到了重视，并开始发挥作用，等等。但是，勒庞在做出这样的宣布之后就告别了这个话题，他没有继续对这个"大众的时代"和这个时代的"大众"再做分析，而是径直转入了对"大众心理"的研究。墨顿说，是勒庞之后的一些具有不同意识形态的作家——奥尔特加－加塞特、纽曼、弗洛姆和阿伦特等，对他的这一观点作了更为深入的阐述。①

　　而"大众的时代"和这个时代的"大众"，恰好是奥尔特加的关注所在。在他看来，这个大众时代最典型的特征只要用两个字即可以概括，那就是"平庸"，而这种平庸则是由"大众人"的秉性所决定的——"平庸的心智尽管知道自己平庸，却仍理直气壮地要求平庸的权利，所到之处，概莫能外。"② 他们自己放弃卓越，甘于平庸。他们总是随波逐流，对自己的状况通常心满意足，凡是他自己的东西，看法、欲求、偏好、趣味等，都是好的。而且，"大众人"还非常习惯于唯我独尊，他们从来不相信别人会比自己优秀，所以除了他们自己以外，从来不会向任何外在的权威求教。因而，在社会态度上，他们反对一切等级，提倡一种平均主义的要求，正因为如此，大众时代就是将一切削平，成为一个平均化的时代（a leveling period）。而且，这种"源于充分民主之理想的平均主义要求，已从向往和理想变成了种种欲望和潜意识的假设"③。在审美问题上，他们则崇尚直觉，往往将快感等同于美感；他们以自己的认知水平为标准，而根本不相信鉴赏力是一种后天的训练，一种文化的修养，所以，他们对一切自己无法理解和欣赏的东西，都有一种出自本能的厌恶……

----

　　① Robert K. Merton, "The Ambivalences of Le Bon's *The Crowd*", Introduction to the Compass Edition of Gustave Le Bon, *The Crowd*, New York: Viking Press, 1965, pp. v – xxxix, xxvii – viii. 参见冯克利译《勒庞〈乌合之众〉的得与失》，见《乌合之众》，第24—25页，导言。

　　② José Ortega y Gasset, *The Revolt of the Masses*, p. 18.

　　③ Ibid. , p. 23.

奥尔特加对"大众人"秉性特征的这些批评，人们其实并不陌生。如果它仅限于对这个大千世界中某一部分人的描述和批评，那倒也好理解。然而，奥尔特加所强调的是，这些是占这个社会绝大多数的"大众人"的一个普遍倾向，而且，这个"大众人"已经不由分说地在采取行动，借助各种物质力量，把这一倾向强加给整个社会。这样，就不再是个别人的问题，也不是一部分人的问题，而是整个社会的问题，严重性当然就非同一般了。为此，他使用了"野蛮""退化"这样一些非常激烈的字眼来描述这一迫在眉睫的危机，将它称为"野蛮人的垂直入侵""一场人类命运之旷世罕见的浩劫"，等等。而显然是因为奥尔特加对这个问题说得特别早，特别重，特别透，所以，他对大众社会的这些论述便带上了某种经典性，这种经典性，使他的名字在时隔七八十年后的今天，还不断地被人提起。不过，这又像当年马克思在他的《路易·波拿巴的雾月十八日》一文中所说的那样，一切伟大的历史事变和人物，都会出现两次，第一次是作为悲剧出现，而第二次则是作为笑剧出现。人们今天再重新提起他们的名字的时候，其实多半是请出他们的亡灵来给自己以帮助，借用他们的名字、战斗口号和衣服，以便穿着这种久受崇敬的服装，用这种借来的语言，演出世界历史的新场面。奥尔特加在今天的命运也是这样。他其实早已被定格为"精英主义"或"反大众主义"这样一个抽象的代码。人们今天如果还要提起他，多半是要把他作为一条思想的跳板，用以阐发自己对当下的一些重大社会问题的看法。

20世纪六七十年代以来，美国主流文化传统受到各种激进思潮的挑战，一场空前激烈的"文化战"席卷了美国的大学校园以及整个思想理论界。这场"文化战"通常被人们描述成好像是整齐划一的双方之间的一场交战，其中的攻方通常被认为是由解构主义、女权/女性主义、黑人和亚裔等少数族裔鼓吹的多元文化主义等汇合而成的激进势力；而守方，则被认为是由"毒黄蜂"（WASP）组成的所谓的文化保守派。[①] 然而，实际的情况却远非人们想象的那么简单。激进与保守的划分，在某种意义上可以说是以校园为界：上述激进势力的活动范围主要在大学校园和教育领域，而一迈出校

---

① 　这场文化战中，处于守势的由"白人、盎格鲁－撒克逊后代和新教势力"为主力的保守派，其英文词的首字母分别为"W，A，S，P"，正好组成了"wasp"（意为"毒黄蜂"）一词。

园走进美国社会，则基本上成了所谓保守势力的天下。可是，笔者希望提请注意的是，这里的所谓"激进"或"保守"并不是一个正确与错误的划分标准，更不是"赢家通吃"——在某一个问题上得理便可以一俊遮百丑。事情的复杂性表现在这场争论并不展示一个对错分明的结果，而是一个不断提出问题，不断展开交锋，你夺取山头，我合围夹击，各股势力此涨彼消，最终也未必能有一个定解的过程。

其实我们只要看一下对垒的双方及所争论的问题，也就会明白这个道理。文化激进派发起挑战的理由自不待言，我们都已经非常熟悉，而被冠以"文化保守派"势力的主要代表，也并非等闲之辈，这些人大都是围绕在诸如《党人评论》（*Partisan Review*）、《公众利益》（*The Public Interest*）、《评论》（*Commentary*）、《新标准》（*The New Criterion*）等刊物周围的报人和评论家。要知道这些刊物都是在美国思想文化史上发挥过重要影响的左倾"纽约知识分子"的喉舌。当年他们的代表人物之一莱昂内尔·特里林（Lionel Trilling），生前一直被奉为美国自由主义知识分子的良心。然而，正是这样的一批知识精英，现在却站到了美国大学左倾激进势力的对立面。[①]他们的批评意见远不局限于当今大学中人文教育的现状、教学内容的变革、文学典律的构成等具体的教学问题，而是涉及一系列与社会的根本价值观有着密切关系的重大问题，如：关于公民教育的理念；人文教育在整个社会中的地位和作用；办学应秉持什么样的人文标准；学校是否应该实行平权主义的政策，对少数族裔和弱势群体在政策上给予倾斜；乃至再进一步延伸出去——关于当下实行的政策是否是一种极端平等主义的政策；平等的原则在一个民主制度中的适当位置，等等。在这场既涉及人文信仰，又牵扯各类人群的社会地位和相关利益的"文化战"中，我们看到，奥尔特加-加塞特被一次又一次地请了出来。很显然，他是被当作精英主义和反大众化（亦即平庸化）的主要代言人被请出来的。

1994年8月，美国《时代周刊》的文化专栏撰稿人，两次普利策奖获得者威廉·A.亨利（William A. HenryⅢ，1950-1994）出版了他的《捍卫精英主义》（*In Defense of Elitism*）。在这本书中，亨利对当前美国的教育和

---

① C. F. P. Brooks, "False Alarms?" in *Times Literary Supplement*, 1995. 5. 26.

人文状况发起全面的攻击。在他看来，美国这些年来对少数族裔在上学、就业等方面实行"平权法案"，在学校实行多元文化的教育等政策，效果适得其反。他认为美国人总是死死抱着平等的神话不放。诚然，他完全认同民主制就应该让所有民众有平等的机会，但是现在的平等主义者们却走得太远了——平等应该是法律面前人人平等，而不是像他们所要求的那种最终结果的平等。他认为，现在的美国大学教育从政治正确的原则出发，推行的是一种"噪声"的课程设置，反智性的民粹主义大行其道，少数英才根本无法忍受，而这种教改最终也没有使那些应该得益者得到好处。他认为，现行美国教育的标准在全面下降，教师不再要求学生对权威和学问表示起码的尊重，学校只是一味地迁就差生，而不对优秀学生提出挑战，在这里听到的是"每一个人都是差不多的"，"个人的努力比客观的成就更为重要"，"一个公平的社会就要使所有的民族、阶级和性别的人都获得成功"，"普通人总是对的"等，结果，学校成了为低能者开设的康复中心。他认为，是妒嫉贤能的"红眼病"而不是金钱使得"精英"二字变成了贬义词，这种普遍存在的妒嫉贤能，反对在智性上划分差别，不认可一种思想、贡献或成就比另一种好。亨利认为，上述种种反精英主义、反智性主义的表现，正把美国拖入一个新的黑暗时代。①

让人遗憾的是，威廉·亨利于 1994 年 6 月因为心脏病突发而撒手人寰，他甚至没能看到他这部书的出版，当然更无法想象这本书所引起的巨大而持久的反响。根据亚马逊书网提供的信息，直到此书出版十年后，仍有许多读者对亨利在"精英主义与平等主义"话题上的坦诚直言表示由衷的感佩。读者对此书所发表的评价，在网页上所占篇幅之大也是极为少见的。在对五项比较正面的评价发表意见的 44 人中，有 34 人持赞同的态度，而对该书的一项比较负面的评价，在 40 位受访者中则仅有 7 位表示赞同。网上所登载的这些信息和数据，其局限性显而易见，但从另一个角度说，却也多少能说明普通美国读者（发表意见者中也有不少是学者）中，响应亨利的号召，呼唤"卓越"、反对"平庸"，要求在"平等"与"精英"的理念之间维持一种平衡者大有人在。

---

① William A. Henry III, *In Defense of Elitism*, New York: Doubleday, 1994.

像威廉·亨利这样对于精英主义的呼唤，当然还算不上是严格意义上的学术批判。他主要是通过列举大量事实，来诉诸一般读者的良知，唤起他们对这些事实所反映出的种种社会弊病进行思考。他与奥尔特加的精英主义和反大众主义之间，充其量还只是一种直觉的沟通。这些年来，更深理论层次上的探讨和批判似不多见，但也不是一点也没有。美国的《现代》（*Modern Age*）季刊是 20 世纪 50 年代创立的一份以文化守成为己任的社会评论刊物，它刊登了一篇题为《奥尔特加的"反叛"与大众统治问题》的理论批判性的文章。作者小罗伯特·斯泰瑟姆（E. Robert Statham, Jr.）似乎并不是很有名气，但文章写得有棱有角，无论是对奥尔特加论说的理解，还是对美国现实状况的把握，都颇具理论深度和冲击力。与威廉·亨利不同，他一起笔就点到了美国民主制度的痛穴——"民主制度基本的优点就是给平等的人以平等，但它的最大的缺点，却又是给了不平等的人以平等。"从这一句话就可以看出，作者对奥尔特加的精英主义和反大众立场是完全赞同的。接下来，作者从奥尔特加的《大众的反叛》中抽取了五方面的论述，对涉及美国民主与法治的五大关系——"由谁掌权？大众还是精英""自由与平等""理性、文明教养与执政""自由与责任"，以及"智慧与民治"等所发生的偏差，逐一进行对症下药的诊治。①

在斯泰瑟姆看来，一个社会，就应该像奥尔特加所说的那样，毫无疑问应该由少数高素质者执掌权力。而美国现在成了一个超民主和绝对平等主义的国家，社会的智性机制被破坏，大众在社会各个方面，尤其在社会舆论方面，占据了主宰的位置。他认为，当下美国的大专院校实行彻底的民主，结果变成了庸俗而毫无品质保证的中心，政治正确和多元文化的推行，使课程设置失去了标准，族裔/性属和性学研究使智性的卓越成为凤毛麟角，大众化的教育使学生书越读越少，学院原本是为人的理性和公民性的养成提供标准的，但这样的学院已不复存在。而从另一方面看，美国宪法所确定的民主与法治机制原本就有缺陷，需要补充和完善。例如，现在在自由、平等与法治关系上出现的种种问题，都是在向个人提供自由的各种机制制定之后才产生的，因为这些机制不能保证获得了自由的个人都会

---

① E. Robert Statham, Jr. , "Ortega y Gasset's 'Revolt and the Problem of Mass Rule'", in *Modern Age*, Summer, 2004.

在所提供的自由幅度中负责任地生活。如现在人们都把"言论自由"理解为自由地表达自己，而且以为，人人都可以自由发表意见，就等于每一种意见都有同等的价值。斯泰瑟姆认为，这其实完全是误解。言论自由的目的不仅要让大家都能自由地表达，而且还要支持那接下来的对不同观点作出的评价，为的是要确定一种最好的观点。关于平等的误解就更明显了，他认为美国宪法所谓的人生来平等，那是当法律施用于他们的时候说的，人在法律面前是平等的。但作为个人，斯泰瑟姆指出，人在各个方面都是不平等的，他因此而认为，社会应该，也必须反映出这一点，尤其在由谁掌权的问题上更是这样。与奥尔特加一样，他这里所说的掌权能力，主要还是指智慧和才学。

罗伯特·斯泰瑟姆的观点想必又会引起读者新一轮的争议，但有一点我们是可以同意的——在贝尔的意识形态终结论发表40年后，关于美国社会究竟是否符合奥尔特加所批判的那个"大众社会"的争论，是可以画上句号了。斯泰瑟姆的文章至少在这一点上已向我们充分证明：当下的美国就是奥尔特加所批判的那个"大众社会"，而奥尔特加对"大众社会"和"大众人"的分析，也完全可以适用于当下的美国。在这个意义上，《大众的反叛》作为一部为历史所证明了的经典，大概是没有问题的了。

第七章

从《太阳照常升起》看美国商业消费文化与现代性的悖论

　　消费文化的理论研究是在 20 世纪 60 年代发展完善起来的，但作为一种社会生活现象，消费享乐的价值取向在 20 世纪 20 年代的美国就已经蔚然成风。康马杰在《美国精神》一书中是这样说的："20 世纪 20 年代那十年是经济繁荣、讲究物质享受和玩世不恭之风盛行的十年。"① 文化史上更是把这个时期称作"爵士时代"。海明威的成名作《太阳照常升起》（1926）就是在这个时期问世并受到美国大众欢迎的一部小说。很多评论者认为，该小说之所以受到美国大众的欢迎，是因为它反映了一战给年轻人造成的精神创伤，以及他们在战后迷惘幻灭的生活。海明威因此被人们冠名为"迷惘的一代"代表作家，《太阳照常升起》则是"迷惘的一代"的代表作。但是，如果我们对文本做一番仔细的阅读，并且对 20 年代的美国社会现实与文化构成做更多层面的考察，就会发现，《太阳照常升起》与产生和接受它的 20 年代美国文化之间的关系，远非战后幻灭情绪这一简单的逻辑关联所能涵盖。事实上，在商业繁华如梦的 20 年代，消费享乐的价值取向与传统的清教文化积淀，共同构成了美国文化现代化过程中的现代性悖论。生活在上述文化结构中的年青一代，一方面在日常生活实践中尽享消费文化带来的感性解放快乐，另一方面又面对着在转型空间中确认自我形象时的失意和伤感。在此意义上，笔者试图从以下三个方面挖掘《太阳

---

　　①　H. S. 康马杰：《美国精神》，南木等译，光明日报出版社 1988 年版，第 634 页。

照常升起》显在和隐含的文化的、文学的、审美的复杂意蕴：其一，该小说反映了20年代美国社会日常生活实践中的消费文化；其二，小说揭示了美国社会向工业化、城市化的现代消费社会转型过程中消费享乐的价值取向与传统的清教文化观念之间的现代性价值悖论，以及这种价值悖论所导致的年青一代在寻求社会认同时的身份焦虑；其三，该小说透视出海明威的现代艺术话语建构的双重性。

一

很多美国文学研究者把海明威及其"迷惘的一代"作家在第一次世界大战中的经历与他们战后的文学创作实践挂起钩来。他们认为，"迷惘的一代"青年是战争的受害者，帝国主义战争摧毁了他们信奉的传统价值观，他们对战后的现实感到失望，失去了生活的目标，陷入迷惘幻灭的生存状态中。毋庸置疑，一战给所有的参战青年带来了不同程度的心理阴影，但他们在欧洲战场上的收获并非仅仅限于创伤。很多像海明威一样在战后成为作家的美国青年只是被编在救护车队中。海明威本人就经常抱怨他离战斗太远，等到有机会在看得到敌军阵地的战壕中分发巧克力时，他就光荣地负伤了。接下来，海明威在米兰的医院里开始学习爱情。马尔科姆·考利在《流放者的归来》一书中说，战争"为一代作家提供了大学补习课程"，"这些课程把我们带到一个外国，对我们中的大多数人来说，这是第一次见到的外国；这些课程教我们谈恋爱，用外国语言结结巴巴地谈恋爱。这些课程供给我们吃住，费用由一个与我们毫无干系的政府负担。这些课程使我们变得比以前更不负责任，因为生活不成问题；我们极少有选择的余地；我们可以不必为将来担忧，而觉得将来肯定会给我们带来新的奇遇。这些课程教给我们的是勇敢、浪费、宿命论，这些都是军人的美德；这些课程教我们把节约、谨慎、冷静等老百姓的美德看成是恶习；这些课程使我们害怕烦闷胜过害怕死亡。所有这些在军队的任何部门都能学到"。①

------

① 马尔科姆·考利：《流放者的归来——二十年代的文学流浪生涯》，张承谟译，上海外语教育出版社1996年版，第33页。

从考利的叙述来看，未来的年轻作家们在欧洲学会了一种追求现时的刺激、满足、快乐的新"美德"。这种新的生活美德正是战后美国的工商业发展所需要的消费道德。一战结束后，从欧洲归来的年轻知识分子回首观望自己的祖国时，发现它不但没有直接遭受战争之害，反倒获利于战争工业，一跃成为世界经济格局中的第一强国，并因其快速膨胀的国力和商业成功而洋洋自得。工商业经济的飞速发展，使得商品的大众化成为可能。广告商在尊重吃苦耐劳的传统美德的同时，也在以越来越丰富的传播媒介向大众推销越来越丰富的消费用品，尽其所能地将大众培养成为消费者。他们将商品说成是"好日子"的象征，把汽车、家用电器、各种名目繁多的生活用品、旅游与新的生活方式和社会成功、地位联系起来，使人们感到若不购买汽车、电器等商品，不去做一次旅游，生活就没有长进。分期付款的消费方式也在鼓励着人们去花钱消费。总之，各种行业的企业法人想方设法地把讲究消费享乐的风气扩散到人们的日常生活实践中去。在此意义上，断言一战后美国大众中普遍存在着一种悲观迷惘情绪，似乎与20年代的消费享乐气氛不尽相符。

20年代的商业消费风尚导致包括文学艺术在内的美国文化也染上了商业化色彩。尽管参战作家在欧洲培养起了与消费时尚相合的消费道德，但他们却鄙视庸俗的、没有灵魂的商业文化。再加上他们快乐的消费自由总是受到清教徒父母的束缚，于是，他们在失意和伤感中，做出了个性化反叛和艺术拯救的选择。海明威本人从战场上归来后，一度也生活在父母提供的好日子里，抽烟、喝酒、聚会、钓鱼。直到有一天，他的母亲给他写了一封信：

> 亲爱的厄内斯特，我的儿子，你如果还不醒悟过来，停止过那好吃懒做的浪荡生活，停止靠他人为生的生活，大吃大喝，赚多少吃多少，挥霍浪费，停止用所谓俊俏的脸蛋去勾引容易上当的姑娘或者你仍然对救世主上帝，耶稣基督不虔诚，不尽教职。一句话，你如果不自觉到自己已长大成人，应该有男子汉的堂堂气魄，那你将一事无成，招致自我毁灭……当你恍然大悟，有了生活的理想和目标，你将仍然看

到你的母亲在等待着你，欢迎你……①

海明威的父亲也给他写了一封主题类似的信。结果是，海明威在与哈德莉结婚后，就带着自己的作家梦和妻子那每年大约有 3000 美元的生活费，于 1921 年底去了巴黎。

考利对 20 年代美国年青一代的巴黎流放之旅做出了解释。他说，在那个时代，知识分子普遍认为，"艺术家只要离开本国，去住在巴黎、卡普里岛和法国南部，就能打碎清教主义的枷锁，就能畅饮，就能自由地生活，就能充满创造力"。②事实上，对于 20 年代去巴黎寻求新生活和艺术拯救的知识分子来说，他们在巴黎首先找到的却是由祖国的经济强国地位决定的美元坚挺的兑换值。1925 年，1 美元可以兑换 25 法郎。在写作《太阳照常升起》的日子里，海明威声称，每年只需 2500 美元，一个人就可以在巴黎住舒适的旅馆，每周在很好的地方喝两三次咖啡，到佛罗伦萨或四季如春的海滨过冬，到瑞士避暑。以此为参照，虽然海明威在晚年写作的回忆录《不固定的圣节》中称自己贫穷，但靠着哈德莉每年 3000 美元的基金，他们在巴黎从不进肮脏的咖啡馆，在巴黎坏天气的时候去瑞士滑雪，狂欢节期间去西班牙看斗牛。海明威在回忆录中称这段日子为"不固定的圣节"。这样一种远离清教伦理约束的休闲、消费、娱乐的生活体验，是海明威创作《太阳照常升起》的生活源泉。反映在小说中，休闲、消费、娱乐成为小说人物日常生活实践的基本内容。

消费文化渗透在《太阳照常升起》的不同结构层次中。首先，从小说中的叙事场景来看，除了杰克工作的写字间以外，皆是咖啡馆、餐馆、酒吧、舞厅、挤满游人的火车、汽车、海滨度假休闲胜地、山间垂钓的河流、狂欢节的街道、广场和斗牛场等休闲、娱乐空间。杰克带比尔到位于塞纳河中央小岛上的一家餐馆去吃饭，由于有人把这个餐厅写进了美国妇女俱乐部的导游小册子，称它是塞纳河边一家尚未被美国人光顾的古雅饭店，结果，杰克和比尔在这家挤满了美国旅游者的饭馆等了 45 分钟才等到一张

①　贝克：《迷惘者的一生——海明威传》（上），林基海译，湖南文艺出版社 1992 年版，第 125—126 页。

②　马尔科姆·考利：《流放者的归来——二十年代的文学流浪生涯》，张承谟译，第 54 页。

桌子。在前往西班牙看斗牛的火车上，也挤满了来自美国的新教徒旅游者。海明威的朋友内森·阿施第一次读到《太阳照常升起》时，对海明威说他写的是一本旅游小说。[1] 著名的海明威研究专家迈克尔·雷诺兹在《〈太阳照常升起〉：一部 20 年代的小说》中也指出，从地理和历史文化的角度来看，读者可以把海明威的《太阳照常升起》当作参观巴黎、观看西班牙斗牛的旅游指南来读，因为该小说提供了与旅游公司的旅游手册相似的信息。[2] 细读文本，上述说法不无道理。如同乔伊斯在《尤利西斯》中详尽地描绘了 1904 年 6 月 16 日这一天都柏林的都市生活风貌，以至于人们可以依照小说中所提供的细节还原一个真实的都柏林一样，读者也可以追随着杰克的脚步，按图索骥地游览巴黎。下面的描写就证明了这一点：

> 我们在康特雷斯卡普广场上向右拐，顺着平坦、狭窄的街道走去，两侧的房子高大而古老。有些房子突向街心。另一些往后缩。我们走上铁锅路，顺着它往南走，它一直把我们带到南北笔直的圣雅克路，我们然后往南走，经过前有庭院、围着铁栅栏的瓦尔德格拉斯教堂，到达皇家港大街。
>
> 我们走上和皇家港大街相衔接的蒙帕纳斯大街，一直朝前走，经过"丁香园"、"拉维涅"、"达穆伊"和另外那些小咖啡馆，穿过马路到了对面的"洛东达"，在灯光下经过它们门前的那些桌子，来到"雅士"。[3]

同样，海明威对杰克一行人的西班牙之旅，描写也十分详尽。那远离都市喧嚣的寂静山谷，充满异教意味的斗牛竞技，服装绚丽的斗牛士，斗牛过程中每一个环节的引人入胜之处，质朴热烈的西班牙风情，口味独特的西班牙饭菜，这一切都是令人神往的旅游看点。伴随着《太阳照常升起》的畅销，西班牙斗牛成为美国年轻人争相购买消费的旅游文化产品。

---

[1]　迈克尔·S. 雷诺兹：《〈太阳照常升起〉：一部 20 年代的小说》，波士顿：美国传文出版社 1988 年版，第 46 页。

[2]　同上。

[3]　海明威：《太阳照常升起》，赵静男译，上海译文出版社 2000 年版，第 86 页。

　　其次，从小说人物的日常生活实践来看，他们过的是一种典型的现代都市青年的消费生活。20 世纪 20 年代，老一辈中产阶级创造的财富已足以为他们的子女提供一种与丰富的消费品同在的现代好日子：饮用美酒咖啡，享受美食，穿着个性化的服装，出入跳舞、赛马等有闲有钱阶层组成的俱乐部，到风景名胜地区度假，去山间垂钓，赴西班牙看斗牛。小说中来自英美的这一群青年人，除了杰克是在巴黎工作的新闻记者外，勃莱特、科恩、迈克都生活在娱乐闲散的状态中，比尔刚出版了一本书，赚了一大笔钱，也来到欧洲休闲度假。叙述人杰克对各方面的消费知识都十分在行。他通晓各种牌子的美酒，掌握海外旅游度假的相关知识，是垂钓高手，还是欣赏斗牛艺术的内行，俨然一个海外旅游生活的专家。小说共有 19 章，每一个章节都有青年男女喝酒的生活场景描写，他们在一个地点喝过后，再到下一个地点继续喝。而此时美国本土却在推行禁酒令，大众不得不伴随着违法的罪感、抵制的风险去体验饮酒的快感。相比之下，杰克和科恩却坐在巴黎著名的那波利咖啡馆里，悠闲地喝着开胃酒，观看黄昏时分林荫大道上散步的人群。如此自由闲散的消费生活与老一辈新教徒节俭克制的生活形成了鲜明对比，自然令人神往。在此意义上，《太阳照常升起》吸引美国大众的不只是自由畅饮的快乐，更重要的是小说人物置身于其中的消费生活方式。

　　小说中的女主人公勃莱特更是现代女性消费生活的榜样。勃莱特是以个性化的装扮出场的："她穿着一件紧身套衫和一条苏格兰粗呢裙子，头发朝后梳，像个男孩子。这种打扮是她开的头。"[1] 勃莱特的个性化装扮还有：戴一顶男式毡帽，在酒吧间里不穿长筒袜，大秀性感长腿。她竭力追求舒适、优雅的生活：只能品美酒，不能忍受品质低劣的白兰地；像男子一样手夹香烟，吞云吐雾；出入乘坐汽车，"只要能想法不走路，我就不走"。[2]海明威借助勃莱特的装扮风格和行为方式，成功地打造出一个身体自由、生活舒适、优雅的现代女性形象。在《太阳照常升起》问世后，勃莱特的发型、服装、行为方式成为年轻女性效仿的个性化模型。广告商最先捕捉到了女性现代生活方式的商业化价值。在 20 年代一则新奇大胆的香烟广告

---

① 海明威：《太阳照常升起》，赵静男译，第 24 页。

② 同上书，第 26 页。

中，解放了的女性对衣着考究的男伴说："吞吐任逍遥。"① 这一类广告的催眠作用就在于它让女性相信，只要像男人一样地吞云吐雾，你就是你自己的，你的生活就可以像男人一样逍遥自在。由于女性加入到香烟消费者队伍中来，20 年代美国香烟的消费量增加了一倍。

法国社会学家让·波德里亚认为，追求差异的个性化表达方式实则是一种消费变体。他指出："'您所梦想的身体，就是您自己的。'这种令人钦佩的反复叙事，其出处显然是这样或那样一种胸罩，它集中了'个性化'自恋的一切悖论。正是在您接近您的理想参照之时，在您'真正成为您自己'时，您最服从集体命令，也最与这样或那样一种'强加'的范例相吻合。"② 依照波德里亚的消费变体逻辑，女性解放的诱惑和打造个性的自恋式行为已经预先被某些范例替代了，而这些范例，就是由包括广告在内的大众传媒工业生产出来的，并由那些可以定向的符号组成。比如，美国的年轻女性喜欢勃莱特，是因为她那与众不同的发型、装扮、行为方式，正是她们所需要的自我的个性化表达方式。因此，在现代消费社会中，每个人都可以借助自己选择的某些范例兑现自己的个性。但是，正是通过这种符号化的个性表达，个人在生产—消费的资本主义经济体制中发挥着消费者的功能。"把本属于女性的提供给女人们消费、把本属于青年的提供给年轻人消费，这种自恋式解放成功地抹煞了他们的真正解放。或者还可以这样做：把青年规定为叛逆（青年＝叛逆），这种做法可谓是一石二鸟：通过将青年规定为特殊范畴以避免叛逆向全社会扩散，并且此范畴由于被控制在一个特殊角色即叛逆之中而被中和。"③ 在此意义上，在欧洲的消费、休闲空间中打造自我的杰克、勃莱特们，在美国本土上模仿杰克、勃莱特们的另类穿着和谈吐的年轻人，还有后来的嬉皮士、雅皮士等，不过是美国商业消费社会生产出来的、追逐时尚前卫的消费个性的象征性或形式化的叛逆者而已。在现实的生产—消费的社会机制中，这些象征性的叛逆者却在为资本主义经济发展推波助澜。

---

① 迈克尔·埃默里、埃德温·埃默里：《美国新闻史》，展江、殷文等译，新华出版社 2001 年版，第 310 页。

② 让·波德里亚：《消费社会》，刘成富、全志钢译，南京大学出版社 2001 年版，第 90—91 页。

③ 同上书，第 151 页。

　　考利曾经指出："流放在国外的艺术家也是贸易上的传教士，他们使国外对自来水笔、长统丝袜、柚子和手提打字机的需求增加。艺术家们引来接踵而至的旅游者入侵大军，这样就使轮船公司和旅行社的赢利大增。所有一切和这幅商业的画面接合得天衣无缝。"① 因此，将《太阳照常升起》放回到它得以生产出来的消费文化语境中，我们也可以说，海明威自我流放到远离美国商业文化的巴黎寻求艺术拯救，他的成名作却成了牵动 20 年代美国年轻人个性化消费行为的文化符码。

二

　　显而易见，海明威写作《太阳照常升起》的目的毕竟不是为美国的工商业发展促销消费伦理。他更关心的是，在美国由传统的清教文化向现代的消费文化转型的历史进程中，年青一代在建构自我时所遭遇的价值冲突、身份焦虑，以及由一系列矛盾冲突而导致的现代性价值悖论。

　　20 世纪 60 年代，在反社会、反文化、反政治的青年运动中，美国激进的年轻人一度把《太阳照常升起》看作是一部拒绝一切来自传统的虚伪价值观念的小说。迈克尔·雷诺兹指出，那些将这部小说看作是享乐主义者放纵夜生活和两性关系的生活指南的年轻读者，如同海明威的母亲在 1926 年对小说中流露出来的不道德倾向的指责一样，都是误读了这部小说。② 实际上，仔细倾听小说中流露出来的多重声音就会发现，海明威在处理美国现代化进程中的劳动与消费、个体价值与社会认同、传统道德与感性自由等问题时，其价值取舍态度并非简单地弃传统取现代，而是呈现出一种由传统向现代转型时期的矛盾复杂性。

　　在劳动与消费问题上，海明威在展示美国年轻人在欧洲的休闲、消费生活的同时，并没有完全抛弃老一辈新教徒所信奉的劳动美德。从小说的叙述者杰克认真敬业的工作态度中，我们可以看到传统的劳动美德在像杰克一样的年轻人身上得以保留下来。作为一名新闻记者，杰克总是在尽职尽责地完成自己的工作任务后才去休闲、娱乐。小说中，杰克先后有四次

① 马尔科姆·考利：《流放者的归来——二十年代的文学流浪生涯》，张承谟译，第 55—56 页。
② 迈克尔·S. 雷诺兹：《〈太阳照常升起〉：一部 20 年代的小说》，第 59 页。

叙述了自己的工作情况：第 2 章，杰克在编辑部紧张地工作了两个多小时，将所有的稿件都发走后，才与一直等候着他的科恩去喝酒；第 4 章，勃莱特在清晨四点半来找杰克一起去吃早饭，并且倒上德国穆默名酒佐餐，杰克说，"上午我还得工作"，"跟你比，我太落后了，追不上了，和你们玩不到一块去"；第 5 章，清晨，杰克步行去编辑部上班，一路上，行人都是上班去的，杰克觉得"上班是件令人愉快的事情"；第 8 章，勃莱特去圣塞瓦斯蒂安度假，科恩也不再来打搅，杰克为了能在 6 月末去西班牙度假旅游，每天勤奋工作，并且经常到写字间加班。事实上，海明威本人并不认同塞纳河左岸那些反传统、行为放荡的伪艺术家的生活方式。此时的他正处在为当一名作家而努力习艺的阶段。在小说第 12 章，比尔模仿当时美国国内某些流行话语对杰克说："你是一名流亡者。你已经和土地失去了联系。你变得矫揉造作。冒牌的欧洲道德观念把你毁了。你嗜酒如命。你头脑里摆脱不了性的问题。你不务实事，整天消磨在高谈阔论之中。你是一名流亡者，明白吗？你在各家咖啡馆来回转游。"[①] 有很多研究者引用这段话证明杰克是一个无所事事的"迷惘者"。但是，持这种观点的人却忽视了这段话在文本中的上下文语境。在小说中，杰克和比尔到西班牙的布尔戈特去钓鱼。清晨醒来，两个人互相说一些俏皮又怜悯的话。杰克称比尔关于流亡者的一番话是一套胡言乱语，并回应他说，"照你这么说，这种生活倒满舒服嘛"，"那么我在什么时候工作？"[②] 杰克的言外之意是他并不把自己归入无所事事的流放者之列。

　　虽然海明威将叙述人杰克与无所事事的塞纳河左岸流放者区别开来，但是他所坚守的劳动伦理与老一辈新教徒的观念已明显不同。老一辈资产者的劳动观念与清教信仰密不可分，"一方面，他必须为了上帝的荣耀而竭力劳作，谦卑地接受从中获得的财富，然而在另一方面他又继续将这个世界仅仅看作是一个痛苦和眼泪的峡谷，是每个走向天堂的获罪者的惟一必经之路"。[③] 但是，20 世纪初，工业化的高速发展已经把受苦流泪的现世峡

---

① 海明威：《太阳照常升起》，赵静男译，第 125 页。

② 同上书，第 125 页。

③ 罗德·霍顿、赫伯特·爱德华兹：《美国文学思想背景》，房炜、孟昭庆译，人民文学出版社 1991 年版，第 49 页。

谷变成了生活用品丰富多样的俗世温床。康马杰称，在这个时期，美国人"从曾经耗尽他们祖先精力的繁重体力劳动中解放了出来。工作时间从每周60小时减为40小时，年休假从一周延长为一个月和一个多月"，"自有史以来，如何安排空闲时间第一次成了大问题"。① 在这样的历史语境中，一方面，在新教徒的劳动伦理中注入休闲、消费的现代性内容是美国的现代化生产发展所需要的；另一方面，个人的休闲消费生活又处处打上了商业化的烙印。杰克在欧洲的生活就是这种历史性变化的反映。小说中提到了杰克的银行结账单。杰克的银行账户上余额为 2432.60 美元，扣除已经支出的费用，尚有存款 1832.60 美元。以海明威本人所提供的数据为参照，一个人每年花 2500 美金就可以在巴黎过很舒适的生活，杰克在巴黎过的是舒适的中产阶级小康生活。生活舒适的中产阶级，是美国经济现代化的产物。作为中产阶级的一员，杰克在勤奋工作的同时，对个人的生活经济运营十分在行。他已经悟出了一套现代商品交换社会中的生活哲学："享受生活的乐趣就是学会把钱花得合算，而且明白什么时候正花得合算。你能够把钱花得很合算。世界是个很好的市场，可供你购买。这似乎是一种很出色的哲学理论。"② 在巴黎，杰克知道在哪家咖啡馆可以享用价格适宜的美酒美食。去西班牙旅游，他了解哪里可以找到舒适便宜的旅馆。甚至包括给不同服务行当的侍者付多少小费购买多少服务热情，杰克都应对自如。结构主义马克思主义理论家阿尔都塞曾经指出："艺术之所以是艺术，是因为它脱离开意识形态，同时暗指着意识形态。"③ 在此意义上，海明威虽然鄙视商业主义，但我们从他的小说中还是看到了 20 年代美国人生活的商业化表征。

在面对个体价值与社会认同、传统道德与感性自由等问题时，《太阳照常升起》同样显示出一种社会转型时期的价值悖论。海明威在以保守的中产阶级为主的橡树园小镇上长大。清教徒严格的宗教意识和种种清规戒律在小镇上拥有绝对的权威地位。海明威的父母都是恪守清教规则的新教徒。

① H. S. 康马杰：《美国精神》，南木等译，第 621 页。
② 海明威：《太阳照常升起》，赵静男译，第 163 页。
③ 拉曼·塞尔登编：《文学批评理论——从柏拉图到现在》，刘象愚、陈永国等译，北京大学出版社 2000 年版，第 498 页。

他的父亲完全按照清教徒的道德准则来管教孩子。海明威虽然成年之后离开了橡树园，但是来自橡树园的宗教道德传统却在他的内心深处留下了深刻的烙印。在《太阳照常升起》中，他将美国青年杰克等人安排在欧洲，在与橡树园拉开距离的现代生活场景中重新审视其宗教道德传统的价值，在传统观念与现代价值的冲突和整合中建构自我的主体生命意义。具体说来，传统与现代的价值冲突集中在小说人物对待饮酒、两性关系、主体价值的取舍态度上。一方面，海明威内心深处的传统观念积淀决定了他的小说人物与传统之间有割舍不断的内在牵连；另一方面，他们又试图挣脱清教传统的束缚，追求个体的生命自由和感性解放。这两方面的价值冲突构成了小说人物的内心困惑，有时候，这种困惑表现为一种无奈的伤感，甚至是意义漂浮的虚无。

首先，在饮酒问题上，美国的中产阶级白人绝大多数把禁酒看作是一场伟大的道德运动。早在 19 世纪末期，美国就成立了各种禁酒团体。其中，成立于 1895 年的反酒吧社提出，酒吧会助长社会的腐化之风，使工人走向堕落，影响工作效率。因此，他们一边在教堂和公共选举中向大众倡导禁酒节制，一边在家里的私人酒吧中继续饮酒，丝毫不认为这是假道学。同样的情形也出现在海明威的故乡橡树园镇。1919 年，36 个州通过了《第十八条宪法修正案》，使销售和批发含酒精饮料在全国范围内成为非法行为。作为一场崇高的拯救道德的试验，禁酒法案一开始实施，那些曾出于道德原因而拥护禁酒的人便后悔地意识到，他们为了拯救美国人的道德，却丧失了喝酒的权利。事实上美国的饮酒人数并没有因为禁酒令的实施而有所减少。相反，由于饮酒行为由中央政府来进行裁决，各个州政府对私下里的饮酒行为视而不见，结果是，酒走私商以杂货商、药商、各种帮会专职代理人的身份倒卖私酒，年轻人则视随身携带小酒壶、饮酒酗酒为时髦之举。在菲茨杰拉德出版于 1925 年的小说《了不起的盖茨比》中，主人公盖茨比就是靠贩卖私酒发家致富的。在盖茨比府上，相识不相识的人们夜夜聚在一起饮酒作乐。到 20 年代末，即使是最坚定的理想主义者也开始承认，这一场伟大的禁酒运动已经失败。1933 年，罗斯福上台后，美国国会废除了禁酒令。姑且将海明威本人与酒精的亲密关系撇开，把《太阳照常升起》与这场旨在拯救道德的禁酒运动联系起来，我们就不难理解为什么美国国内的道德理想主义者喜欢以小说人物的饮酒行为为把柄来质疑海明威的道德立场，也可以理解为什么社会上的放浪青年将模仿海明威的人物饮酒视作是时髦的叛逆自由举动。也就是说，20年代正处身在禁酒运动实施进程中的美国大众，在对《太阳照常升起》的接受问题上也存在着两种倾向性，一种将饮酒看作是年轻人道德上的堕落，另一种则将饮酒看作是抵制不合理的清教束缚、追求自由的标志。

其次，就两性关系问题来说，在小说的整个叙事进程中，杰克和勃莱特始终摆脱不了自己的生理性别和社会性别的角色困惑，他们的困惑折射出20年代美国中产阶级白人男性和女性在经历性别角色转换时的身份焦虑。在这个问题上，有的批评者只看到了杰克的招妓女和勃莱特的性放纵行为，就由此断定小说中的年青一代在处理两性关系时放荡成性，没有道德责任感。笔者认为，这种批评过于简单和武断，没有将20年代青年人正在经历的自我性别角色转换这一复杂的时代因素考虑在内。从小说中所呈现出来的杰克和勃莱特的性别角色表征来看，两个人的性角色内涵皆趋向于复杂多样性。黛布拉在《阅读欲望：追寻海明威》一书中指出："海明威的小说将人物的生理性别和社会性别置于不断变换的状态中。尽管现代社会试图将男性的或女性的外表和表达方式，以及同性恋、异性恋或双性恋的欲望等范畴固定下来，但是，到目前为止，将人的欲望和行为划类定型仍是难以做到的。在《太阳照常升起》中，人物的行为、外表和欲望已经超出了'正常的'身份和身份认同的边界，原有的男性和女性的生理性别和社会性别范畴被动摇，并且互相交织在一起。"[1] 黛布拉的著作是在1999年出版的，从中不难看出20世纪90年代兴起于美国的"酷儿"理论对她的影响。

所谓"酷儿"（queer）[2] 指称的是那些在性倾向方面与主流文化和占

---

① 黛布拉·A. 茉迪尔莫：《阅读欲望：追寻海明威》，伊萨卡：康奈尔大学出版社1999年版，第99页。

② "酷儿"是queer一词的音译，其原本的词义是"古怪""怪异"，是西方主流文化对同性恋者的贬称。后来被性的激进派借用来概括他们的理论，其中含有反讽意味。国内社会学学者李银河采用了港台的音译词"酷儿"来翻译它，以表达其反讽意味。见李银河《酷儿理论·译者前言》，文化艺术出版社2003年版。

统治地位的社会性别规范或性规范不符的人。"酷儿"理论原本起源于对男女同性恋、双性恋等边缘性性别身份群体的研究，表达的是一种外在于主流文化的身份政治立场，至今已发展成为一种包容了马克思主义、女性主义、解构主义、精神分析等理论在内的身份政治理论。酷儿理论为我们跳出传统的两性道德评价标准制囿，深入剖析《太阳照常升起》中杰克和勃莱特的内心困惑提供了有益的启示。在此意义上，将杰克的性机能创伤与勃莱特的爱情创伤置于 20 年代美国社会正在经历着的现代化进程中来考察，就不会将他们的角色困惑和焦虑仅仅归咎于战争。

当然，勃莱特和杰克的自我性别角色转变并非是战后两性关系领域里出现的突然裂变，而是在战前美国社会中的性别角色结构基础上逐渐演变而来的。

第一次世界大战以前，美国社会的主流文化传统在很多方面都是在英国主流文化传统的基础上形成的，在男性和女性的角色认同问题上也不例外。依照传统的性别角色规定，男性和女性分别属于社会公众空间和婚姻家庭空间这两个不同的活动领域。但是，在一战以后，男性和女性角色空间之间的界限不再是绝对不可逾越的。一方面，一战的灾难导致"神圣""光荣""牺牲"等主流社会评价标准的权威性丧失，男性对由少数政治家和大财团操纵的社会价值体系生出一种幻灭感，对自己在社会公众空间里的角色自信大打折扣。这种社会共同意识的幻灭感和男性主体自信的退缩在《太阳照常升起》里表现在杰克身心两方面的伤痛中。在《太阳照常升起》出版三年后问世的《永别了，武器》（1929）中，社会共同意识的幻灭感则通过亨利表达出来：

　　我一言不发。神圣的、光荣的和牺牲等等这些字眼，以及徒劳无益的豪言壮语常常使我困惑。我们听到过这些字眼，有时站在雨中，在耳朵几乎听不见的地方，以致传来的只是那些大声喊叫出来的字眼，我们也曾在张贴布告的人漫不经心地一张叠一张地张贴的公告上读到过这些字眼。如今经过一段很长的时间，我没有见到过任何神圣的东西，光荣的东西并不光荣，牺牲像芝加哥屠宰场的牲畜围场，要是肉无法处理只有把它埋掉了事。①

一战后，在男性的权威地位和主体自信丧失的同时，女性却向传统的社会角色规定发起了挑战，具体表现为她们的社会角色开始向公众空间渗透。1920年，美国的妇女获得了选举权。这标志着妇女开始以合法的身份参与到社会公众活动中来。妇女社会角色的这种变化不仅发生在美国，在欧洲，女性的角色也发生了相应的变化。像巴黎的西尔维亚·比奇，就是现代主义文学艺术发展史上的重要人物。她经营的莎士比亚书屋在巴黎的图书出版界和文学界都享有盛名。经典的意识流名著——乔伊斯的《尤利西斯》就是由西尔维亚最先出版发行的。在伦敦，弗吉尼亚·伍尔夫也是当时伦敦的文学艺术精英小团体"布卢姆斯伯里团体"的成员。1917年，她与她的丈夫还开设了霍加斯书局。一战结束后，介入公众空间活动中来的女性不仅限于像西尔维亚和伍尔夫这样的杰出女性，而是一种普遍的社会发展趋势。不管是在美国，还是在巴黎，都有越来越多的妇女走出家门，参加到公众活动中来。这种女性争取民主权利的女权意识在20年代早期的巴黎尤其突出。那时巴黎有八十多个女权主义团体，共有六万多成员。由于社会公共空间在传统上是属于男人的活动领域，妇女常常被视为闯入者而不配受到尊重和保护，所以离家的妇女很自然地就被看作是名誉不好的，或者是危险的。也就是说，介入公众空间中的女性不再受制于传统的性别角色制囿，做纯洁、温柔、顺从的天使，而是不断地争取自由、自我表现和在公共生活中的发言权，反抗男权社会那种根深蒂固的社会性别规定。因此，在20年代，走出家门的妇女被看作是时髦的、放荡的、对既有社会秩序构成威胁的女性。她们在告别家庭的同时，也失去了既有的、稳定的生活庇护，显得脆弱、敏感，甚至会伴有因自我焦虑而导致的歇斯底里症状。《太阳照常升起》中的勃莱特就是这些走出家门的女性之一。

从上述20年代女性的角色变化可知，像勃莱特一样留短发、抽烟、喝酒、谈恋爱的"放浪女子"并非个别现象。在美国，这种情况也十分普遍，海明威的姐姐玛斯琳就剪了短发。温迪·马丁在《勃莱特·阿施利：〈太阳

① 海明威：《永别了，武器》，汤永宽译，浙江文艺出版社1992年版，第158页。

照常升起〉中的新女性》中援引了这样一则消息来说明当时美国女性的着装开放程度。在 1925 年的春天，《纽约时报》报道了一则有趣的消息，一位妇女穿了一件袖子是透明的衣服，竟在伦敦引起了很大的骚动。当这个妇女因过分暴露和扰乱社会秩序的罪名而被捕时，她抗议说这种衣服是纽约流行的样式。① 同样的，当勃莱特在潘普洛纳裸露着双肩走进蒙托亚的酒吧时，也大大地触怒了蒙托亚，因为她暴露的皮肤让人觉得她是一个堕落的女人。温迪从女权主义的批评立场出发，将勃莱特看作是 20 年代新女性的代表。她在文章中指出："从勃莱特·阿施利身上可以看到新女性对传统社会秩序的激烈挑战。她已经走出房门并开始漫游世界。她毫无愧色地进出公共领域，敢于经常出入从前限制她出入的地方，如酒吧和斗牛场，再也不穿长裙和那些带着裙撑并得将腰身束紧的服装了，而是科科·香奈尔和埃尔特为便于女性活动而专门设计的新式服装：短裙子，轻柔的质地，这种女式服装的新款式简直令传统主义者震惊不已。"② 但是，不应忽视的历史事实是，20 年代的新女性都是从像娜拉（易卜生《玩偶之家》）一样没有自我的历史中离家出走的。在勃莱特已有的婚姻生活经验中，她的丈夫阿施利总是叫她睡在地板上，睡觉时身边总是放一把装有实弹的左轮手枪，总是说要杀死她。这样一种男性霸权的暴力压制，给勃莱特留下了痛苦的记忆。在她的历史经验中，长发、端庄、顺从的女性化气质是与被压制、丧失自我的痛苦与恐惧联系在一起的。因此，我们看到，走出阿施利的家门，以新女性姿态出现在现代生活中的勃莱特在外表装束和行为方式上都偏离了传统的女性气质，并在某种程度上已经跨越了传统的男性、女性的两分界限。她留着短发，戴着一顶男式毡帽，不穿长筒袜，一手夹着香烟，一手端着酒杯，与不同类型的男子约会，出入于各种公众休闲娱乐场所。通过这一系列偏离传统的女性性别角色的表达方式，勃莱特独立的自我形象得以建构起来。评论者则分别以传统或现代的评价标准为参照，给勃莱特贴上"放浪女子"或解放了的"新女性"标签。但是，笔者认为，在勃莱特的"放浪"或"解放"行为背后，深藏着一种越界后的自我

---

① 温迪·马丁：《勃莱特·阿施利：〈太阳照常升起〉中的新女性》，见琳达·瓦格纳－马丁编《海明威的〈太阳照常升起〉》，牛津：牛津大学出版社 2002 年版，第 50 页。

② 同上。

性别身份确认的焦虑。她总是徘徊于自我克制与自我放纵之间，显得摇摆不定。她同她前任丈夫以及迈克、科恩，甚至和杰克的关系都充满了矛盾的情感，既渴望他们却又常常疏远他们。这种变幻不定的情感状态皆源自她在社会性别角色转型过程中重建自我时的身份焦虑。具体看来，这种身份焦虑表现在两个方面：

其一，勃莱特走出阿施利的家门后，仍然生活在男权政治控制下的社会结构中。她的跨越传统淑女界限的个性化着装、饮酒、抽烟、看斗牛等时尚消费，仍然要由阿施利之外的某个男人为她付账。小说中还提到，如果没有男人的陪伴，勃莱特一个人还不能进入这些越界的自我表达空间中。也就是说，在20年代的美国和巴黎，像勃莱特这样的新女性，其叛逆和解放的触角还只能在男权社会允准的空间中伸展。在此意义上，没有独立的经济支付能力的勃莱特，其社会性别角色实则是传统的家庭妇女与现代高级交际花的混合体。

其二，勃莱特在追求性爱快乐的同时又怀有一种异性恋恐惧心理。从勃莱特的性爱表达方式来看，她已经偏离了传统女性被动接受的性角色界定，她的性欲求也不再局限于唯一的性伴侣。为了满足自己的身体欲望，勃莱特可以与自己不爱的科恩去圣塞瓦斯蒂安约会。她与斗牛士罗梅罗的私奔事件也是由她本人的主体欲望牵动的。她毫不掩饰地将自己对罗梅罗那富有阳刚魅力的身体的爱欲表达出来，但是她又惧怕在罗梅罗的男性力量面前重新沦为没有自我的"女性化"角色。因此，当罗梅罗要求她为了自己留长发，变得更女性化一些时，她就离开了罗梅罗。勃莱特的异性恐惧还不仅限于此，在勃莱特那曾经被男性文化霸权殖民过的内心深处，还有一种红颜祸水的道德罪感。离开罗梅罗后，勃莱特对杰克说："我不愿当一个糟蹋年轻人的坏女人。""我现在感到很好。我感到很坦然。"[1] 但是，她在做出如此表白的同时，却又在杰克怀抱里哭泣。从勃莱特的异性恋恐惧心理中，我们可以看到20年代的新女性在建构自我的主体性时普遍存在的性别身份焦虑。也许，正是因为内心深处的异性恋恐惧，勃莱特才总是在最痛苦的时候选择与丧失了阳具霸权能力的杰克在一起。同杰克在一起

---

[1]　海明威：《太阳照常升起》，赵静男译，第265页。

的时候，勃莱特有一种安全感。也正因为如此，在勃莱特之后，更激进的新女性才选择了彻底与男性霸权决裂的性爱姿态——同性恋。问题是，勃莱特在与杰克相拥的同时，对男性的爱欲又在她的体内涌动。在勃莱特看来，压制对异性的爱欲"是人间地狱般的痛苦"。据此来看，勃莱特的性别欲望取向实在是复杂多样，也只有 20 世纪 90 年代诞生的"酷儿"政治能为她提供身份认同的理论依据。而在 20 年代的美国，勃莱特的未婚夫、盎格鲁－撒克逊种族的有闲阶层成员迈克警告说："她要是跟犹太人和斗牛士这号人一起招摇过市，她准会碰到麻烦。"① 在小说的最后，勃莱特还是选择回到迈克身边。因为在她看来，"他是那么可亲，又那么可畏。他正是我要求的那种人"。② 但她又对杰克说："我们要能在一起该多好。"③ 此时，海明威安排一个警察在勃莱特和杰克坐的出租车前面举起了警棍。警察和警棍是否暗指主流社会的道德律令？海明威向来追求只在文本中说出八分之一，勃莱特的性别身份认同最终指向哪里，依然是暧昧不明。迈克尔·雷诺兹仔细研究了保存在肯尼迪图书馆中的小说手稿，他发现原稿中有这样一段在正式出版时被删掉了："至于说以前发生的事情对勃莱特产生了怎样的影响，勃莱特感觉如何，我不是心理分析学家，我只是把她做的和说的记录下来，由你自己去思考这一切。"④ 这段话表明，作为一个正致力于建构自己的小说技艺的年轻作家，海明威既不能算作是与传统两性道德彻底决裂的新道德斗士，也无意于对新女性的解放行为挥动主流文化的律令警棍，他只是为读者解读包括性别政治在内的 20 年代美国文化，提供了一幅着色不一的文化拼图。

如果说我们透过勃莱特的快乐、困惑、痛苦可以洞察 20 年代新女性的性别身份焦虑，那么，我们同样不能忽视杰克的性机能创伤所具有的时代文化符码隐喻意义。在此意义上，杰克的性机能创伤不仅是第一次世界大战的灾难性后果的实证，而且更是工业化时代中产阶级白人男性权威衰落的危机感的表现。其一，从工业化时代的两性关系来看，新女性的解放自

---

① 海明威：《太阳照常升起》，赵静男译，第 222 页。
② 同上书，第 266 页。
③ 同上书，第 270 页。
④ 迈克尔·S. 雷诺兹：《〈太阳照常升起〉：一部 20 年代的小说》，第 23 页。

由与新男性阳具霸权的受挫是相伴而行的。在海明威的短篇小说《我躺下》中，尼克回忆起他们在祖父去世后搬进母亲设计的新房中去的情境。尼克的父亲收集了一些印第安制品，放在地下室里。母亲趁父亲外出打猎期间，将其收集的印第安制品都当作废弃不用的东西烧毁了。父亲打猎归来后，从灰烬中又拣出了石斧、剥兽皮的石刀、做箭头的工具等残片，并小心地包裹起来。这个细节与杰克的性机能创伤的隐喻意义是一致的。时代不同了，受过教育的母亲自己不仅能够设计住房，而且敢于公开挑战父亲的男性权威。美国的海明威研究专家皮特指出，印第安制品"代表着一种文化，也许是一种以阳具崇拜为标志的男性气概。他的妻子将他的印第安制品烧毁，标志着她对印第安人，尼克的父亲，他的个人兴趣，他的财产都缺乏崇敬之情"。① 同样的，在《太阳照常升起》中，科恩一心一意要扮演一个守护在美人身边的浪漫骑士。结果是，在新女性勃莱特的自主意识面前，他那英雄救美的责任感连同他大学时代练就的一身好拳技，统统都废于一旦。与科恩不同的是，杰克在小说的叙事进程中，自始至终都要直面自己阳具受挫的现实。他的性无能意味着男性力量、男性权威以及男性进行社会控制权力的丧失。对这一点杰克具有清醒的认识。他一方面为自己的男性权威丧失而感到痛苦；另一方面，正是由于白人男性文化霸权意识的缺席，杰克对勃莱特的欲望、科恩的犹太身份才都能够同情并包容。也许，正是因为这一点，黛布拉才在杰克身上辨认出了与后现代社会中的"酷儿"相类的特性。

其二，从中产阶级白人男性在美国文化现代化进程中的角色变化来看，杰克的创伤传达出他们在社会转型时期追求自我认同时的失意和伤感情绪。在工业化、都市化的现代社会中，与经济生活中的组织化管理和整体性操控相一致的标准美国公民形象是刘易斯塑造的只有商业头脑而没有个性的巴比特。从永远憧憬着未来的商业利益，但又永远木然平庸的巴比特们身上，我们可以看到美国现代社会生活的同一性、同质化发展趋向与个体自由、自我理想之间的矛盾。在此意义上，杰克无法恢复的性机能创伤即来自主流社会的同一性操控对个体生命自由的压制和异化。

---

① 皮特·L. 海斯：《论海明威创作中的自然素材：印第安人》，罗伯特·E. 弗莱明编：《海明威与大自然》，波卡特洛：爱达荷州立大学出版社1999年版，第4页。

其三，在主体价值和自我生命意义的终极归属问题上，《太阳照常升起》透视出一种与美国"爵士时代"的价值追寻相一致的世俗化道德取向和终极归属的虚无感。这种世俗化道德与指向来世拯救的清教道德不同，是以现世的、现时的、个体的感觉为价值判断标准的。正如海明威在《死在午后》中所说的，"关于道德问题，我只知道所谓道德的就是你事后感觉好的，所谓不道德的就是你事后感觉坏的"。[1] 以个体在特定情境下的感受作为评判道德与否的依据，这是一种相对主义的情境伦理。这种个人主义、相对主义的价值观和道德观与美国社会由农业社会向消费社会转型过程中的道德需求是一致的。发生在美国社会的价值观和道德观方面的这种变化突出体现在学校的道德教育理念中。学校的道德教育经历了一个从服务宗教到服务世俗生活的转变。这一时期，道德教育的主要特征是强调进步、发展，强调道德教育的个人目的，重视教育对个人需要的满足。具体来说，杜威的教育思想在美国的道德教育中占据了主导地位。他认为，"一切都是变化、发展的，根本不存在绝对的、固定不变的道德真理，任何道德准则都随社会文化的发展而变化。所以道德实质上是一种解决问题的过程，而不是某种固定观念和习惯"。[2] 这种道德教育思想与战后消费生活实践中出现的反清教压抑的自主性、现时性、相对性道德取向是一致的。

在《太阳照常升起》中，上述反清教传统的自主性道德态度既体现在伯爵和迈克沉浸于其中的完全世俗化了的享乐主义生活方式中，也渗透在杰克和勃莱特的自我感性解放行动中。

在小说中，伯爵和迈克分别出现在书的第一部、第二部和第三部中。他们是两个完全适应，并投身于消费社会的享乐生活中的人物。因此，对于他们来说，传统道德的困扰已经不复存在。伯爵的身体也留有战时的伤疤，但是，他的伤疤与杰克的性机能创伤不可相提并论。杰克在战争中经历了神圣、光荣、牺牲等传统价值信念受创的痛苦，而伯爵早已经完成了由与旧秩序同在的贵族身份向与金钱同在的现代商业社会中掌握资本的商人角色的转变。他的伤疤是在战时做买卖时留下的。伯爵声称，在现代社会中，"必须对生活价值形成一套看法"。伯爵的看法就是在生活中尽情

---

① 海明威：《死在午后》，金绍禹译，上海译文出版社1999年版，第4页。
② 鲁洁、王逢贤主编：《德育新论》，江苏教育出版社2000年版，第594页。

享乐。名牌白兰地、香槟酒、葡萄酒，巴黎上等饭店里的美食，收集一屋子既能装点生活又有投资价值的古董，经常跟美女谈恋爱，这就是伯爵的日常生活实践。勃莱特说："你没有任何对生活价值的看法。你已经死去了，如此而已。"① 中国的海明威研究者也大多采用了与勃莱特一致的判断来评价伯爵这个人物。但是，应该指出的是，勃莱特之所以认为伯爵已经死去，是因为她在伯爵身上看不到任何与传统观念相联系的价值取向。实际上，在现代商业消费社会中，伯爵是一个与现代资本主义的物化文化完全对接合拍的资产者、消费者。除了他的头衔以外，伯爵与旧时的等级秩序已经毫无瓜葛。作为一个有贵族头衔的资产者，伯爵在经商的各个行当都有朋友，他本人在美国开了好多家糖果联号店。他还在艺术界投资，资助一个叫作齐齐的希腊画家，因为他认定他将来会很有出息。这有点像资助乔伊斯的西尔维亚·比奇，看好的是现代艺术的市场升值潜力。由此来看，以商业生产、消费社会的逻辑来推断，伯爵才是一个与资本主义社会的发展节奏合拍的人物，只不过在这类人物的价值准则中，传统的道德关怀、永恒的意义追问都被现时的个体享乐、资本的商业利润所取代了。

与伯爵相比较，迈克则是一个地道的现代都市生活中的消费者。他的生活内容完全是在现时快乐牵引下的一系列消费行为。波德里亚在《消费社会》一书中概括了这样一个消费神话："一个人具有需求，需求促使他走向给予他满足的物。由于人毕竟永远无法得到满足，因此，同样的故事便能够无限制地重复出现，当然同时也伴随着旧寓言的消亡。"② 在《太阳照常升起》中，海明威安排迈克给在潘普洛纳过狂欢节的一行年轻人讲了一个勋章的故事。迈克讲述的故事与波德里亚概括的消费神话有异曲同工之处。有一次，迈克应邀参加一个有王子出席的盛大宴会，请柬上写明赴宴者要佩戴勋章。但是，迈克没有勋章。于是，他就与他的裁缝做了一笔交易。他出钱，裁缝给他弄来了一盒子勋章。结果，宴会那天，由于临时变故，王室的人没有到场，所以与会的人就没有佩戴勋章，戴上的也都摘了下来。迈克花钱租来的勋章装在衣服口袋里，始终没有拿出来。后来，他感到宴会极端无聊，就提前离开到夜总会去找姑娘寻开心。在夜总会里，

① 海明威：《太阳照常升起》，赵静男译，第69页。
② 让·波德里亚：《消费社会》，刘成富、全志钢译，第57页。

迈克将一盒子勋章都散发给了姑娘们，感到自己十分威风。更令他感到滑稽的是，此后，裁缝连续几个月写信向他讨要勋章，因为这些勋章的主人是一个身经百战的军人，勋章就是他的命根子。迈克讲述的故事将一群年轻人逗得哈哈大笑。在他们的笑声中，传统的价值体系被他们的现时快乐消解掉了。

迈克的勋章故事出自海明威1923年12月8日发表在《多伦多星报周刊》上的一则通讯。通讯的题目是《战时奖章贱卖》。这则通讯通过战时各种奖章在巴黎贱卖的报道，说明战时表彰的"英勇"其时已经是一钱不值。通讯的开篇写道：

> 现在英勇在市场上卖多少钱？在阿得雷德街上一家奖章与硬币铺子里，一个店员说："我们不收购奖章。没有人要。"①

在通讯的结尾处，海明威在考察过巴黎的许多店铺后得出结论：在20年代的巴黎，"破闹钟卖得掉，可是'十字勋章'卖不掉"。在这则通讯中，还渗透着一种旧时荣誉贬值的悲哀和对待战争的复杂态度。可是，在《太阳照常升起》中，当迈克讲述勋章的故事时，在他的现时享乐感受中，旧时荣誉不再的悲哀之情已荡然无存。值得注意的是，迈克的享乐生活是靠借债来维持的，但是他从来不把债务的压力当真，他的快乐也从来不会因为借债兑现而打折扣。以此来看，迈克已经成为一个抛弃了一切传统价值观念、道德责任，只关注个体的现时享受的消费者。

在伯爵和迈克的现时个人享乐主义道德观念中，透露出一种上帝、永恒、终极关怀不在场的虚无感。与伯爵和迈克相比，勃莱特和杰克虽然也追求个人自由和感性解放，但是，传统和永恒的价值观在他们的心灵中却依然魂魄不散。正因为如此，勃莱特才会说完全舍弃传统和永恒的伯爵已经死去，才会一边追求自主的性欲望表达，一边在放纵的罪感中向往着一种灵与肉和谐交融的理想化爱情。同样地，橡树园的道德责任和宗教拯救意义也始终纠缠在杰克的内心深处：其一，杰克在认同金钱购买消费快乐

---

① 董衡巽编选：《海明威谈创作》，三联书店1986年版，第58页。

的同时，又为商业化消费时代通行的交易关系所带来的人性的物化表达而失意伤感。因此，我们看到，在小说中，杰克既具备商业算计的精明头脑，有一套购买、享乐的交换理论，同时，又会仅仅出于温情和某种责任感而掏腰包——出钱帮助潦倒的穷艺术家，与朋友、同事吃饭时总是主动扮演埋单者，为勃莱特付账单等。其二，杰克在追求个体的感性自由的同时，又不时地陷入个体享乐价值观与社会共同的责任担当之间的内心冲突中。在勃莱特与罗梅罗的两性关系问题上，杰克一方面将勃莱特的行为理解为她摆脱被剥夺被压抑的痛苦过去的感性解放需求，因而做了撮合二人的"皮条纤"；另一方面，他又觉得此举不仅背叛了自己的爱情，也出卖了西班牙的斗牛事业，无法正视斗牛迷们带有谴责意味的目光。其三，杰克不是一个继承了橡树园的新教传统的虔诚教徒，但他却自称是一个天主教徒，超越世俗价值的永恒和拯救问题还在困扰着他。在海明威的生活中，他的父母都是虔诚的新教徒，也按照新教教规来约束子女。但是，海明威在与第二任妻子波琳（Pawline）结婚前却接受了天主教的洗礼。目前，还没有令人信服的实证材料说明海明威选择天主教是出于虔诚的信仰，依照贝克在海明威传记中提供的材料来看，海明威是为了与波琳结婚才接受了天主教的洗礼。他还对牧师说，哈德莉根本不信教，所以他们在美国的教堂里举行的婚礼不算数。此后，海明威就成了一个"名义上的天主教徒"。① 如同海明威本人有争议的天主教信仰一样，《太阳照常升起》中的杰克也不是一个虔诚的天主教徒。他很少进教堂，他在教堂里的祈祷内容也与来世的拯救无关：

　　我跪下开始祈祷，为我能想起来的所有人祈祷，为勃莱特、迈克、比尔、罗伯特·科恩和我自己，为所有的斗牛士，对我爱慕的斗牛士单独——为之祈祷，其余的就一古脑儿地放在一起，然后为自己又祈祷了一遍，但在我为自己祈祷的时候，我发现自己昏昏欲睡，所以我就祈求这几场斗牛会是很精彩，这次节期很出色，保佑我们能钓几次鱼。我琢磨着还有什么别的事要祈祷的，想起了我需要点钱，所以我

---

① 贝克：《迷惘者的一生——海明威传》（上），林基海译，第328页。

祈求能发一笔大财，接着我开始去想该怎样去挣，……想到自己在忏
悔，就感到有点害臊，为自己是一个糟糕透顶的天主教徒而懊悔，但
是意识到我自己对此毫无办法，至少在这一阵，或许永远，不过，怎
么说天主教还是种伟大的宗教，但愿我有虔敬之心。①

从杰克祈祷的内容来看，杰克的这段内心独白透视出海明威本人对终
极信仰问题的矛盾态度：一方面追求与现世的、现时的、个体的世俗化享
乐主义道德同在的主体自由和个体生命的感性解放；另一方面，传统宗教
信仰的积淀又使他趋向一种超越世俗层面的永恒意义。但是，经历过一战
的挫伤后，海明威已经不再信任包括宗教在内的传统价值体系的永恒拯救
意义，与许多现代艺术家一样，在上帝不在场的现代商业消费社会中，他
试图创造一种不会衰败的艺术话语，来承载超越和拯救的永恒意义。正如
迈克尔·贝尔所指出的，"美学在那个时代承担着某种伟大的重负"。②

三

对永恒意义的召唤，是 19 世纪末 20 世纪初西方现代主义作家共同的
艺术追求。但是，与传统文学不同的是，现代艺术家不再乞灵于上帝，或
者是某种社会政治的乌托邦，而是转向了自律的艺术世界。海明威能否划
入现代主义作家之列，在学界尚有争议。在此，姑且不论现代主义和现实
主义哪个标签更适于海明威，在赋予自己的文学创作活动以某种永恒意义
这一点上，海明威与现代主义作家是一致的。他于 20 年代前往巴黎，就是
要摆脱清教伦理的束缚，超越美国国内越来越物质化的现实对人性的异化，
创造一种指向超越和拯救的现代艺术话语。正是这样一种指向超越和拯救
的意义召唤，奠定了海明威文学写作活动的现代英雄主义姿态与文学精英
立场。

首先，海明威的艺术话语表现为一种最大限度地留住个人主体尊严的
生存方式。具体地说，针对商业消费生活实践的同质化所造成的男性权威

---

① 海明威：《太阳照常升起》，赵静男译，第 105—106 页。
② 迈克尔·莱文森编：《现代主义》，田智译，辽宁教育出版社 2002 年版，第 36 页。

衰退，海明威试图寻求一种将男性身体的能量、个人意志与一门现实技艺结合起来的硬汉子生存方式。在《太阳照常升起》中，他的叙述人杰克在斗牛士罗梅罗身上找到了这种理想的人生形态。在小说一开篇，杰克就对科恩说："除了斗牛士，没有一个人的生活算得上是丰富多彩。"① 在小说的第二部，海明威不厌其详地描绘了罗梅罗斗牛的每一个细节，让他的阳刚魅力在直面公牛的危险中，在从容优雅的一招一式中放电闪光：

> 罗梅罗从不故意扭摆身躯，他的动作总是那么直截了当、干净利落、从容自然。另外两位把身子像螺丝钻那样扭着，抬起胳膊肘，等牛角擦过去以后才挨着牛的腹部，给人一种虚而不实的惊险印象。这种虚假的动作后来变得越来越糟，使人感觉很不愉快。罗梅罗的斗牛使人真正动情，因为他的动作保持绝对洗练，每次总是沉着冷静地让牛角紧靠身边擦过去……自从何塞利托去世之后，斗牛士都逐渐形成一套技巧，表面上故作惊险，以期造成扣人心弦的虚假效果，而实际上他们并不担风险。罗梅罗表演的是传统的技巧，就是通过身躯最大限度地暴露在牛面前来保持洗练的动作，他就是这样把牛控制住，使它觉得他是难以接近的，同时做好准备，给他以致命的一击。②

海明威还写到了罗梅罗拒绝美国大使的宴请，不在公众空间中说英语等细节。如此一来，罗梅罗就成了拒绝一切现代权力诱惑、操控，坚守永不衰败的主体生命原则的化身。但是，海明威在张扬罗梅罗不被现代社会败坏的生命力的同时，却将斗牛士与现代化消费社会的冲突悬搁了起来。在小说中，我们已经看到，罗梅罗要求勃莱特为自己留长发，嫁给自己，变得更女性化一些，做一个与他的斗牛士身份相般配的妻子，而不是一个让他在斗牛士同行面前丢脸的时髦女郎，结果，遭到了勃莱特的拒绝。如果说，罗梅罗与勃莱特的分裂表明，以罗梅罗的男性气概为表征的男性权威在现代女性的主体意识面前遭到了挫败，那么，在现代旅游经济的冲击下，斗牛士的斗牛技艺能否永远留住西班牙古老民俗的文化本真意义？在

---

① 海明威：《太阳照常升起》，赵静男译，第 11 页。

② 同上。

海明威的文学文本之外，伴随着世界经济的现代化发展进程，旅游业也越来越发达。随之有越来越多的游人涌进西班牙观看斗牛这一古老的文化奇观。问题是，当斗牛士的斗牛技艺成为牵动旅游工业的文化奇观时，他是捍卫民族文化本真意义的文化英雄，还是以被看的他者身份换取经济利益的商业化民俗表演者，抑或两者兼而有之？

自从《太阳照常升起》使海明威成为欧美文坛上的著名作家之后，他越来越专注于在自己的文学世界中打造罗梅罗式的硬汉英雄：一个带着这样或那样现代伤痛的男人，在远离美国主流社会的权力操控和都市商业文明污染的边缘异域空间中，在打猎、斗牛、钓鱼、拳击、战争等行动中，勇敢地直面一切重压，以自己强有力的生命能量书写出一个又一个硬汉传奇故事，兑现个体生命的主体意义。而海明威本人也人如其书，在现实生活中，将自己打造成一个行走在美国的主流商业文明世界之外的边缘异域空间中，集猎猛兽、钓大鱼，斗牛迷、拳击冠军、战争英雄、情场酷男，以及独树一帜的现代叙事技巧等诸多现代技艺于一身的美国英雄。然而，由于海明威总是刻意打磨硬汉的男性光晕，在他后来以硬汉为主人公的叙事文本中，硬汉身后原本复杂厚重的现实在硬汉光晕的照耀下却越来越稀薄（詹姆逊称之为 downthin）了。詹姆逊在评价海明威时指出，海明威的男性主人公所从事的打猎、斗牛、钓鱼、战争等技艺"投射出关于人类主动地和无所不包地在技术上参与外部世界的总体意象。关于技术的这种意识形态，清楚地反映出更为普遍的美国劳动状况，在这种状况中，处于疆界开放和阶级结构模糊的语境下的美国男性，从传统上说是按照他所从事不同职业和他拥有技艺的多寡来进行评价的。海明威对男性气概（machismo）的崇拜，正是同美国在第一次世界大战后巨大工业变革相妥协的那种企图：它满足了新教的劳动伦理，同时又颂扬了闲暇；他使趋向于整体性的最深刻、最能赋予生命力的冲动，同只有运动才能使你感到生气勃勃、没有受到伤害的现状调和起来"。① 也就是说，海明威在自己的文学文本中，通过塑造在压力下以现代技艺赋予自己的生命以主体意义的硬汉英雄，弥合了传统的男性权威与现代工业化社会对个体生命的异化之间的裂痕。但

---

① 詹姆逊：《马克思主义与形式》，李自修译，百花洲文艺出版社 1997 年版，第 349—350 页。

是，在美国社会的现代化历史进程中，经由海明威的文学文本弥合起来的裂隙却始终存在。具体表现为：第一，个体生命的主体自由与工业化社会中劳动的异化之间的冲突是现代社会内部固有的张力，在此意义上，处身于这一张力中的海明威式主体英雄总是要面对现代世界中"胜者无所得"①的苍凉与无奈。一战后，美国资本主义经济的现代化已经渗透到社会生活实践的各个领域。伴随着经济领域的现代化发展进程，出于技术上和经济上的需要，社会生活越来越趋向于组织化管理与控制。在这样的现代生存语境中，每一个现代人施展个人技艺的职业空间都被纳入资本主义经济的生产管理机制和市场运行机制的支配、控制范围之内，由此形成了社会的统一性操控与个体自由、主体意义之间的现代性悖论。也许，正是因为无力改写这种现代化与人的主体性之间的悖论，海明威才始终与美国主流社会的操控保持疏离姿态，安排他的硬汉英雄在边缘或异域的空间中凭借个人技艺和意志，建构主体生命的尊严和意义。

第二，海明威式英雄的个人技艺与新教徒的劳动技艺的意义指向是不同的。在前工业化时代，新教徒在新大陆上创造财富的劳动与他们对上帝的信仰是和谐的。他们相信，现实的勤俭劳动与永恒意义的获得是一致的。他们劳动的目的是为了增加财富，置办产业，获得永恒的拯救。因此，传统的劳动伦理指向的是一种趋向上帝的永恒意义。然而，在现代商业消费社会中，除了战争以外，海明威的硬汉英雄赖以建构主体生命意义的传统技艺，诸如钓鱼、打猎、拳击、斗牛等活动，已经转换为日常消费实践中的休闲运动。当现代人释放被压抑的感性生命冲动的自由解放必须借助钓鱼、打猎、拳击、斗牛、旅游等休闲运动来表达时，个体的感性自由和解放就又被收编到资本主义的市场、消费运转机制中去了。因此，在海明威的文学文本中，海明威式英雄总是在重压下凭借自己的传统技艺和不屈不挠的斗争来建构自我的主体意义；在文本之外的现实生活实践中，海明威本人则是一个凭借个人声誉和财富（海明威与第二任妻子波琳结婚后即成为富有的文化名人），游走在不同的个人运动冒险空间中打造自我形象的美国消费文化英雄。不容忽视的是，海明威的小说与他本人的生活体验有着

---

① 1933 年，海明威出版了一部短篇小说集，题名为《胜者无所得》。

许多相似之处。而在现代消费社会中，大众对文学文本的接受不同于学院和研究机构的精英评论家，他们不是以拉开距离的审美判断来欣赏文学文本的，而是在文本中发现与自己的日常生活体验的相关性，并加以应用。①在此意义上，大众对海明威文本中的硬汉英雄的接受与现实生活中海明威本人的休闲运动和冒险体验是联系在一起的。阳刚气质、冒险运动，这一切都是摆脱资本主义同一性操控的感性解放文化符码。如此一来，在大众的接受活动中，海明威的硬汉英雄在重压下通过不妥协的抗争建构起来的主体生命意义，转换成了美国大众体验感性快乐的休闲消费运动；硬汉英雄与主流商业社会保持的疏离姿态，转换成了被资本主义的生产—消费逻辑收编的文化工业。实际上，对杰克和勃莱特等人的个性化时髦消费行为的模仿，与对硬汉们富有阳刚气质的运动形式的模仿，在其共同的大众文化属性上，没有什么根本的差异，区别仅在于感性解放形式和消费领域的不同。正因为如此，即使是在海明威去世后，海明威仍然是商家促销旅游文化、餐饮文化、体育休闲运动文化时的广告明星。

其次，海明威的现代叙事艺术既是一种独树一帜的散文风格，同时又是一种不能适应现代社会的复杂性、变化性的艺术限制。

学界对海明威散文风格的独创性已经形成定评。英国作家赫·欧·贝茨称海明威引发了一场文学革命。中国的海明威研究专家董衡巽先生将海明威的散文风格概括为：第一，简约、质朴的文体。他引用了贝茨的评价，说海明威是个拿着一把板斧的人，"一锤子捣烂了按照花哨图案描绘的所有作品；随着亨利·詹姆斯复杂曲折的作品而登峰造极的一派文风，被他剥下了句子长、形容词多得要命的华丽外衣；他以谁也不曾有过的勇气把英语中附着于文学的乱毛剪了个干净。"② 董衡巽称海明威的语言艺术为"省字惜句"，认为他缩短了"作者—形象—读者这三者之间的距离"。③ 第二，凝练含蓄的"冰山原则"。毋庸置疑，海明威的艺术话语是一种伟大的艺术创造。实际上，对于一战后集聚在巴黎的现代艺术家来说，赋予艺术以某

---

① 约翰·费斯克：《理解大众文化》，王晓珏、宋伟杰译，中央编译出版社2001年版，第155页。

② 赫·欧·贝茨：《海明威的文体风格》，赵少伟译，见董衡巽编选：《海明威研究》，中国社会科学出版社1980年版，第131页。

③ 董衡巽：《美国现代小说风格》，中国社会科学出版社1997年版，第111页。

种神圣的拯救意义，以对抗资本主义的物化现实和人性异化，此乃他们的共同追求。正是在此意义上，阿多诺给现代艺术下了一个著名的定义："艺术是对社会的否定的认识。"也就是说，"艺术既是自律的整体又是社会的事实"。① 阿多诺所谓艺术的自律性是指艺术日益独立于社会的特性，所谓艺术的社会性是指艺术站在社会的对立面，保持批判的立场。他认为，艺术只有走向一种反艺术的艺术，才能反抗资本主义的同一性对人性的异化。因此，阿多诺特别推崇由外部世界转向内心世界，并且风格破碎、陌生、艰涩、审丑的现代主义艺术，并为之辩护。在异化成为普遍现象的现代工业社会中，现代艺术存在的使命即是担当起拯救的责任。因此，现代主义艺术家堪称是现代社会中最后一批具有英雄主义精神气质的艺术家。但是，当他们将自己定位为反资本主义现代化、反工具理性的现代启蒙英雄，并以形式荒诞、破碎、陌生、艰涩、审丑的现代主义艺术对被文化工业操控、欺骗的大众启蒙时，他们的拯救意图却很难为大众接受。像阿多诺所推崇的卡夫卡、乔伊斯、勋伯格等现代主义艺术家的艺术影响仅局限在一个文化精英的小圈子里。

海明威的艺术话语与现代主义艺术有很多相通之处。比如，与工业化社会疏离的写作立场，宗教般虔诚的艺术态度等。但是，与文本世界向内转、艺术风格艰涩难懂的现代主义作家不同的是，海明威的艺术话语既没有艾略特、乔伊斯的渊博学识，普鲁斯特、弗吉尼亚的细腻、微妙的诗性传达，也没有卡夫卡式的荒诞想象；正如伯吉斯所指出的，"他把叙事散文打造成剃去知性和空想的具体媒介，适合承载所谓的海明威英雄——强悍、坚毅、受苦，展现出海明威式的勇气，那种'压力下的风范'"。② 伯吉斯的评价道出了海明威艺术话语的双重性。一方面，海明威的叙事风格是一种伟大的艺术创造；另一方面，这种伟大的艺术独创又是一种反知性、反空想的艺术媒介，长于表现硬汉子的行动技艺和外部生活体验，拙于装载现代生活的复杂构成和人性的丰富多样性。正是在此意义上，詹姆逊称海明威的文学文本中"最深刻的题材只是书写某种类型的语句，只是某种确

① 阿多诺：《美学理论》，王柯平译，四川人民出版社1998年版，第385页。
② 安东尼·伯吉斯：《海明威》，余光照译，百家出版社2001年版，第1页。

定文体的实践"。① 董衡巽先生也认为："海明威是一个重复自己的小说家。他笔下的版图不小，从美国写到法国、意大利，从南美洲写到非洲，然而他的世界却不大，他始终没有超越自己的精神经历。他每一部作品几乎都是拔高了的自传。他新颖的小说作法，包括最有特色的对话，一经固定，就成了风格化的模式。"② 因此，海明威越是以宗教般的虔诚来坚守他自己的艺术话语，他的艺术话语与越来越趋向于变幻复杂的现实世界之间的裂隙也就越来越大。最后，在写作了一部寓言式的《老人与海》后，他就只有靠撰写回忆录《不固定的圣节》来修补完善自己的伟大艺术家形象了。当他再也无力从事他的艺术拯救事业时，一声响亮的告别，也许是海明威所能找到的最后的、唯一的艺术修辞。正如英国人保罗·约翰逊指出的："海明威是一个被自己的艺术杀死的人，而他的一生所留下的教训，所有的知识分子都值得借鉴：仅有艺术是不够的。"③ 或许，还可以说，对于错综复杂的现代性，甚至后现代性而言，仅有一种艺术的话语、权力的话语、知识的话语、伦理的话语，等等，都是不够的。

---

① 詹姆逊：《马克思主义与形式》，李自修译，第 347 页。
② 董衡巽：《海明威的启示》，见海明威《永别了，武器》附录，第 438 页。
③ 保罗·约翰逊：《知识分子》，杨正润等译，江苏人民出版社 2000 年版，第 219 页。

第八章

海潮大声起木铎

——林纾的译述在转型期社会的意义

　　2007 年 5 月 3 日，为纪念话剧中我国的百年诞辰，中国文化界、话剧界人士在北京人民大会堂演出交响诗《吁天》。整个节目以话剧《黑奴吁天录》为主线，回顾了一个世纪中国话剧走过的历程。1906 年冬，李叔同、欧阳予倩等留日学生在日本东京组成中国第一个话剧艺术组织"春柳社"①，并于 1907 年 6 月 1 日和 2 日在东京上演话剧《黑奴吁天录》，剧本系曾孝谷根据林纾、魏易的中译本改编。演出由日本著名戏剧家藤泽浅二郎指导，大受欢迎。剧本今已不存，但编者曾孝谷的本意是借黑奴汤姆的故事来"警醒国人民族独立之魂"，这恰恰也是林纾翻译这部小说的用意。东京的演出比较正规，当地主要报刊上都登载了演出预告，话剧的宣传海报上还录有林纾译本序言上的一段文字。② 1904 年，留学日本的鲁迅收到国内友人寄来的中文《黑奴吁天录》，"乃大喜欢，穷日读之，竟毕"。他在给蒋抑卮信中说："曼思故国，来日方长，载悲黑奴如是，弥益感喟。"③鲁迅和其他很多中国读者一样，是在林纾所给定的语境里来理解这部 19 世纪中叶的美国小说。也正是在这一年，鲁迅弃医从文。外国文学在转型期

---

　　① 该社受早稻田大学坪内逍遥主持的文艺协会影响，也称"春柳社文艺研究会"，但专设"演艺部"。"春柳社"首次登台亮相是于 1907 年 2 月 11 日在东京的中华基督教青年会馆演出《茶花女》第三幕。

　　② 详见刘平《中日现代演剧交流图史》，三联书店 2012 年版，第 1 章。

　　③ 转引自张俊才《林纾年谱简编》，载薛绥之、张俊才编《林纾研究资料》，福建人民出版社 1982年版，第 27 页。

中国的独特作用，由此可见一斑。

一

　　庚子年冬至，林纾在杭州为新创办的《译林》杂志（1901 年第 1 期）作序。这年义和团和八国联军相继进京，拳民交哄之际，林纾友人、浙江衢州府西安县知县吴德潇与一些家人遇难；夏天北京沦陷，他的好友寿伯茀、仲茀自杀殉国。林纾在文中形象地点明了义和团必败的道理："今欲与人斗游，将驯习水性而后试之耶？抑摄衣入水，谓波浪之险，可以不学而试之，冀有万一之胜耶？……亚之不足抗欧，正以欧人日励于学，亚则昏昏沉沉，转以欧之所学为淫奇而不之许，又漫与之角，自以为可胜。此所谓不习水而斗游者尔。"① 不习水性，却要与善泳者"斗游"，结果可想而知。林纾把译书、兴学作为"习水"的一个主要环节。熟知外面的世界，并以比较的眼光来认识自我，转移风俗，改造社会，是一个长期的过程，容不得投机取巧。这一信念在以后数十年中也一再出现在胡适等人的著述之中。林纾与几位朋友编辑《译林》，目的是启蒙并与邪说为敌："昔巴黎有汪勒谛②者，于天主教汹涌之日，立说辟之，其书凡数十卷，多以小说启发民智。"以伏尔泰自励，不论是否得当，毕竟是开明思想的标记。当时清廷迁往西安，林纾不免担忧国家的未来："今日神京不守，二圣西行，此吾曹衔羞蒙耻，呼天抢地之日，即尽译西人之书，岂足为补？虽然，大涧垂枯，而泉眼未涸，吾不敢不导之；燎原垂灭，而星火犹爝，吾不能不燃之。"面对即将译竣的作品，他将掬一溜清溪，"洗我老眼，尽昼夜读之为快耳"。③ 那一年，逃往海外的康有为和革命派都乘外人入侵之机对自己的

---

　　① 陈平原、夏晓虹编：《二十世纪中国小说理论资料》第 1 卷，北京大学出版社 1997 年版，第 42 页。《纪西安县知县吴公德潇全家被难事》指出同样的问题："自义和团讧于畿辅，天下汹汹，争以党杀西人为能。一二当路，复养成其毒，藉以祛除外患。不知吾华虚实，已为所觇。军无后继，合列强之力，以掊一国，举以乱民为责言，以理则绌，为势则龃。祸机至明，而懵懵者仍用快一时之意。"《畏庐文集》，商务印书馆 1990 年版，第 65 页。吴德潇被难的缘由，郭道平未刊博士论文《庚子事变的书写与记忆》（北京大学，2011 年）论述甚详，见第 133—164 页。

　　② "汪勒谛"当指伏尔泰。

　　③ 《二十世纪中国小说理论资料》第 1 卷，第 42—43 页。

祖国发难。林纾立足本土，有拳拳君国之心，虽然对"那拉氏"不满（或许受到康党戊戌话语的影响），仍能顾全大局。他对武汉和惠州那些被人利用的武装行动，极度厌恶。

　　林纾本来打算译介拿破仑、俾斯麦等英雄人物的传记，请人合作，"均谢非史才"，却译出了茶花女的故事。年近半百的林纾没有想到，他从1899 年开始至 1923 年，竟然翻译了来自 11 个国家的一百余位作家的作品共 187 种（其中 24 种未刊），另外还在 1912 年至 1913 年为北京的《平报》译外刊评论 59 篇。[①]他的译作打开一个观察外部世界政俗民情的窗口，也为国人竖起一面自我认知的镜子，其沟通中外的巨大作用，是后来者难以企及的。林纾自负于他的古文，多少沾有一点传统文人逞能争胜的毛病，但是如果据此暗示他不甚看重自己的翻译事业（如陈衍），则忽视了他的救时之心，是对他的极大不公。

　　然而这位翻译家却不懂外文。他在为狄更斯的《孝女耐儿传》所作"序"（1907）中写道："予不审西文，其勉强厕身于译界者，恃二三君子为余口述其词，余耳受而手追之，声已笔止，日区四小时，得文字六千言。"[②]他的弟子陈希彭如此形容他"手追"的速度："运笔如风落霓转，而每书咸有裁制。所难者，不加点窜，脱手成篇。"[③]林纾落笔虽快，却是全身心投入，或喜或悲，颜色无定，"吾身直一傀儡，而著书者为我牵丝矣"（《书话》，第 120 页）。这种奇特的译法自然会有很多不合标准之处，他当然抱有愧疚。[④]为了照顾合作者的声誉，林纾还主动承担责任。[⑤]对林

---

　　① 详见张俊才《林纾评传》，附录二，中华书局 2007 年版。

　　② 《林琴南书话》，吴俊标校，浙江人民出版社 1999 年版，第 77 页。收集、整理林译小说的序跋，朱羲胄功劳最著。详见朱羲胄述编《林畏庐先生学行谱记四种》（世界书局 1949 年版）之二《春觉斋著述记》卷 3。阿英编辑的《晚清文学丛钞·小说戏曲研究卷》（中华书局 1960 年版）和林薇选编的《畏庐小品》（北京出版社 1998 年版）中林译小说序跋基本上以《春觉斋著述记》为本，《畏庐小品》以《伊索寓言》跋语 130 则见长。《林琴南书话》使用比较方便，故用之。本章后面简称此书为"《书话》"，引用时不再作注，页码用括弧随文注出。

　　③ 陈希彭：《十字军英雄记·叙》，《晚清文学丛钞·小说戏曲研究卷》，第 289 页。

　　④ "其间疵谬百出，乃蒙海内名公不鄙秽其轻率而收之，此予之大幸也。"《孝女耐儿传·序》（《书话》，第 77 页）。

　　⑤ 《荒唐言·跋》（1908）："至于谬误之处，咸纾粗心浮意，信笔行之，咎均在己，与朋友无涉也。"（《书话》，第 116 页）

译的所谓错译和删改，邱炜萲曾为之辩护："（林先生）讲时务经济之学，尽购中国所有东西洋译本读之，提要钩元，而会其通，为省中各后起英隽所矜式。……若林先生固于西文未尝从事，惟玩索译本，默印心中，暇复暱近省中船政学堂学生及西儒之谙华语者，与之质西书疑义，而其所得力，以视泛涉西文辈，高出万万。"① 胡适在 1922 年回顾半个世纪以来中国文学演变历程时，不但大大肯定了林译在古文应用方面的巨大成绩，而且称赞他对原著的理解，并说"粗能读原文"的诘难者不具备批评他的资格。② 此说实际上勾销了钱玄同和刘半农在《新青年》上对林纾的攻讦。

硬伤当然可以举出很多，但是吹毛求疵的检查没有必要。现在的翻译理论家认为，异域文本要得到理解，必须通过本土既有的形式，甚至被打上本土特定群体所习惯的语言和文化价值的印记，否则交流的目的无法达到。因此，翻译是一个不可避免的归化过程。③ 或者用钱锺书的话来说，翻译也是一种创造性的改写，是带有"讹"的"媒"。钱锺书称林纾的"篡改"往往有过人之处，他的"大胆放手"的发挥甚至还使很多译者羡慕不已，而他的古文弹性十足，灵活通变，一般都比原著生动简洁。钱锺书年幼时喜爱外国文学，就是林纾的"媒"做得好。④ 在当时的语境下，诚如郑振铎所言，林纾称得上"忠实的译者"。⑤

林纾不仅是翻译家，还是中国现代文学、比较文学的奠基人之一。他的小说创作取材于时事，打破传统章回小说格式，开风气之先。严家炎、

---

① 邱炜萲：《挥麈拾遗》卷3，光绪二十八年（1902）本。

② 胡适：《五十年来中国之文学》，载《胡适古典文学研究论集》，上海古籍出版社 1988 年版，第105—107 页。紧接下来胡适竟然写道："但这种成绩终归于失败！"或许他又想起了自己在白话运动中"首举义旗之急先锋"（陈独秀语）的身份。两年后，胡适对林纾在白话诗方面的贡献也予以认可。林纾逝世后不久，胡适在 1924 年 12 月的《晨报六周年纪念增刊》上发短文《林琴南先生的白话诗》，并从《闽中新乐府》选诗 5 首，以志纪念，见《胡适学术文集·新文学运动卷》，中华书局 1993 年版，第460—461 页。1912 年至 1913 年，林纾在《平报》上发表大量白话诗（《讽喻新乐府》），用语不避俚俗，"屎尿"和"王八旦"也入诗。相比之下，胡适的白话诗太文绉绉了，"革命"的功劳应该打一个大折扣。据郭道平查考，林纾还在 1901 年的《杭州白话报》（旬报）上至少发表过 5 篇白话道情，用的是笔名"竹实饲凤生"，见《庚子事变的书写与记忆》，第 278—285 页。这些白话道情和讽喻新乐府一样，几乎都符合《文学改良刍议》中所说的"八事"，可惜胡适没机会读到。

③ 转引自郝岚《林译小说论稿》，天津社会科学院出版社 2005 年版，第 180 页。

④ 钱锺书：《林纾的翻译》，载钱锺书等著《林纾的翻译》，商务印书馆 1981 年版。

⑤ 郑振铎：《林琴南先生》，载《林纾的翻译》，第 15 页。

陈平原、杨联芬等学者曾指出林纾小说有范式转换的作用。这方面的内容，此章不拟涉及。林纾为自己所译的六十余种小说作序跋（有的序跋兼而有之），共计七十余篇，长则三千余言，短则二三行，另有大量评点和识语，有的堪称完整的文章。这笔批评遗产丰富多姿，其原创性远在鲁迅的《摩罗诗力说》①之上，又因其细腻的具体性与王国维批评理论上比较抽象的建树互相映照。

　　1924 年 10 月 9 日，林纾在京病逝。一个月后，郑振铎在《小说月报》上发表《林琴南先生》一文，对他做出较为全面的评价。他先指出林纾守旧的不足，然后从三方面总结他对中国文坛的贡献。首先，林译小说填平了中西文化之间的深沟，读者可近距离观察西方社会，"了然的明白了他们的家庭的情形，他们的社会的内部的情形，以及他们的国民性。且明白了'中'与'西'原不是两个绝然相异的名词"。总之，"他们"与"我们"同样是人。其次，中国读书人以为中国传统文学至高无上，林译小说风行后，方知欧美不仅有物质文明上的成就，欧美作家也可与太史公比肩。②再者，小说的翻译和创作深受林纾译作影响，文人心目中小说的地位由此改观，自林纾以后，才有以小说家自命的文人。③

　　郑振铎所归纳的林纾的贡献，尤其是第一个贡献，还值得进一步评说。在 1924 年的中国，知识界还是有不少人喜欢用本质主义的语言来界说中西文化和价值观上的截然对立，如，全面否定或肯定中国文化的人士（陈独秀和梁漱溟等）。林纾则不然，他一直相信，中外各国，各有传统，但是中国很多价值具有普适性，超越文化与宗教的疆界，"与万国共也"。他早在《闽中新乐府》中就发表了在当时几乎是有点大逆不道的言论："奉告理学人，不必区夷夏"；"铸铁为墙界中外"。④他在多篇序跋里怀疑中国在道德伦理上优于欧西的说法究竟是否成立。他拒绝将欧美文化视为"他者"，并用所谓"东方主义"的对立面（或曰孪生兄弟）"西方主义"来强化国人

---

　　①　鲁迅留学日本时主要通过日本明治时期介绍西洋文学的著作以及勃兰兑斯的《波兰》（英文）和利特耳的《匈牙利文学史》（英文）编写《摩罗诗力说》。详见北冈正子《摩罗诗力说材源考》，何乃英译，陈秋帆校，北京师范大学出版社 1983 年版。

　　②　林纾的同辈陈衍、樊增祥等老派文人并不同意此说。

　　③　钱锺书：《林纾的翻译》，第 15—17 页。

　　④　林纾：《闽中新乐府》，光绪二十四年（1898）邱炜蒌刻本，第 2、22 页。

对"非我属类"的成见。这样的觉悟，即便在洋务派之中，也非常少见。清末多数士人抱残守缺，严拒外国，自以为中华道德高尚，林纾在《英孝子火山报仇录》（1905）的"序"中批评了井蛙的妄自尊大："封一隅之见，沾沾以概五洲万国，则目论者之言也。"这些"目论者"认定欧洲为"不父之国"，林纾讽刺他们为"宋儒"："宋儒严中外畛域，几秘惜伦理为儒者之私产。……五伦者，吾中国独秉之懿好，不与万国共也。则学西学者，宜皆屏诸名教外矣。"（《书话》，第 26 页）译介域外小说，恰恰是要打破人为制造的"中外畛域"，让国人看到，欧美人士也珍视人伦亲情，不能"右中而左外"。英国小说《鹰梯小豪杰》于 1915 年出版，林纾在《序》中说，他翻译时经常为书中"蔼然孝弟之言"所打动。小说作者夏洛特·玛丽·杨支（1823—1901）属于英国国教会中的保守派，好宣扬克己为人、自我牺牲的美德，她的作品现在读者很少，但是在维多利亚时期，甚至受到著名作家丁尼生等的推崇。林纾称赞小说里的屈雷斯替娜和她儿子"操行过于中朝之士夫"，可见外国人在忠孝友悌上丝毫不逊于中国人。他在为自己的翻译事业做一小结时说："计自辛丑入都，至今十五年，所译稿已逾百种。然非正大光明之行，及彰善瘅恶之言，余未尝着笔也。"（《书话》，第 120—121 页）同样的观点也见于他 1919 年春致蔡元培的信中："外国不知孔孟，然崇仁、仗义、矢信、尚智、守礼，五常之道，未尝悖也，而又济之以勇。"[①]

林纾并非一意美化外国，"黜华伸欧"。他强调，寡廉鲜耻、背义忘亲的人不会择地而居。林纾在福州做塾师时曾请当地巨豪出资办学，被拒。在外国小说里他同样发现"钱房"（《橡湖仙影》的"序"、《滑稽外史》的"短评"），中外相似可比之处远远多于人们想象。他在《鱼雁抉微》（即孟德斯鸠的《波斯人信札》）的"序"里写道："余于社会间为力，去孟氏不啻天渊。孟氏之言且不能拯法，余何人，乃敢有救世之思耶！其译此书，亦使人知欧人之性质，不能异于中华，亦在上者能讲富强，所以较胜于吾国；实则阴霾蔽天，其中藏垢含污者，固不少也。"（《书话》，第 118 页）他尊重女权，主张婚姻自由，虽然以"律之以礼""济之以学"为

---

① 林纾：《答大学堂校长蔡鹤卿太史书》，载《畏庐三集》，商务印书馆 1924 年版，第 26 页。

条件，在当时的语境下是非常开明的。且看他在《红礁画桨录》（第1906页）的"序"中比较了中西女性："西人婚姻之自由，行之亦几三百年，其中贞者固多，不衷于礼者亦屡见。谓其人贞于中国，不可也；抑越礼失节逾于中国，又不可也。惟无学而遽撤其防，无论中西，均将越礼而失节。"（《书话》，第58—59页）"无论中西"是他的基本出发点。

域外小说可以有他山之助，为此林纾强调"不分夷夏"。他指出外国人爱国，目的是让读者认识到爱国这一价值的普世性，从而既爱自己的国家，又理解别国人的爱国。[①] 他一再提倡尚武冒险的精神，同时让国人看到西方探险小说中的英雄总是以劫掠外国为能事。因此，"不分夷夏"鼓励睁眼看世界的勇气，绝不是要抹去中国读者独特的历史记忆，泯灭他们的主体意识和集体认同。他在《雾中人》（1906）的"序"中对主人公的赞叹背后另有一层用意。黎恩那为得赤玉，"九死一生，一无所悔"。他由此联想到历史人物哥伦布劫美洲，"其赃获盖至巨也"。然后他从历史回到小说："'若鲁滨孙'者，特鼠窃之尤，身犯霜露而出，陷落于无可行窃之地，而亦得赍以归"。这种人的特点不可不知："吾支那之被其劫掠，未必非哥伦布、鲁滨孙之流之有以导之也。……今之厄我呎我挟我辱我者，非犹五百年前（英国）之劫西班牙耶？"林纾并非鼓励国人劫掠。他说："彼盗之以劫自鸣，吾不能效也。"重要的是必须"求备盗之方"，盗的性质不同，对付的手段相应不同。"备胠箧之盗，则以刃，以枪；备灭种之盗，则以学。学盗之所学，不为盗而但备盗，而盗力穷矣。"（《书话》，第45—46页）防范的本事学好了，为盗者就无从着手。这些文字充分体现了他的全球视角。正因意识到殖民主义的威胁，林纾担心共和掩盖内讧的实质，未必就是有效防盗的良方，感叹中国读者的识别力低下，容易上当。林纾在1913年2月2日《平报》的"社说"栏发表《译叹》一文，深痛国内读者愚昧可欺："外人蔑我铄我蹂我践我吞并我……至托言爱我而怜我，谋遂志得。言之无检，似我全国之人均可儿侮而兽玩之。"[②]

---

① 日本小说《不如归》结尾处中将片冈毅之女不幸病逝，中将劝女婿川岛武男不要难过："老夫与君别久矣，今且同行至老夫家，论台湾事业。"林纾评道："虽属情恨，结穴仍说国忧，足见日本人之爱国。"德富芦花：《不如归》，商务印书馆1981年版，第112页。

② 转引自薛绥之、张俊才编《林纾研究资料》，第37页。

借域外小说做比较文化的文章，是林纾的擅长，而在比较的过程中，他再三留意于本国文化中的盲点与欠缺，这是林译序跋的主要功能之一。这方面的论述很多，再举几个容易为人忽略的例子。

说到林纾对于宗教，往往想到他和合作者魏易如何压缩《黑奴吁天录》里的基督教的内容，而且有的删节并无损于小说的完整。① 其实林纾对宗教的认识更加复杂。福州是最早开放的通商口岸之一，他长期生活在福州，对基督教并无恶感。当地的教会学校（英华书院，成立于1881年）中英文并重，他甚为欣赏。甲午战争后傅兰雅等传教士投身于种种改革时弊的事业，赢得开明士人由衷的尊敬与好感。林纾译出《鲁滨孙漂流记》后，从鲁滨孙充实的生活中悟出"制寂与御穷之道"。他在该"序"（1905）中探讨为什么宗教信仰会有安妥人心、激发潜能的神力。鲁滨孙独处孤岛，如同未判决的重犯，终日惶惶，知道死期，反而是一种解脱：

　　顾死囚知决日之必至，则转坦易，而泽其容。正以无冀无助，内宁其心，安死而心转得此须斯之宅，气机发充，故容泽耳。鲁滨孙之困于死岸，初亦劳扰不可终日，既知助穷援绝，极其劳扰，亦无成功，乃敛其畏死之心，附丽于宗教。心既宅矣，遂大出其力，以自治其生。须知生人之必有所寄，则浸忘其忧。鲁滨孙日寓心于锹锄斧斤之间，夜复寓心于宗教，节节磨治，久且便帖，故发言多平恕。② ……至书中多宗教家言，似译者亦稍稍输心于彼教，然实非是。……彼书有宗教言，吾既译之，又胡能讳避而铲锄之？故一一如其所言。（《书话》，第114—115页）

---

① 女奴意里赛与汤姆叔叔都是虔诚的教徒。在小说第三章，意里赛怕丈夫做出凶悖的事来，劝他"归心上帝，或有感应"。哲而治的回话极其敏锐："此语第当出之安乐窝中人耳！若处吾境地，当不知如何怨黩上帝！"斯土活：《黑奴吁天录》，林纾、魏易译，商务印书馆1981年版，第11页。可见哲而治是不信上帝的，并把"归心上帝"之类的言辞当欺人语。斯陀夫人故意安排他在小说最后信奉上帝，也是当时流行的做法。

② 林纾后来又在《修身讲义》（1916）中以"平恕"来诠释平等自由的观念："须知尔欲自由，当为人保其自由；尔欲平等，当为人保其平等。"转引自张俊才、王勇《顽固非尽守旧也》，山西人民出版社2012年版，第148页。这一说与胡适的名言"容忍比自由更重要"神似，颇得自由主义精义，恐怕并不是"儒化西学"。

有所寄托，就积极投入生活，不再长日悸动，悲号痛哭。林纾不是基督徒，如此认识宗教的作用，在一般同辈读书人之上，但是确实有点犯忌，故而需要解释自己并非“稍稍输心于彼教”。一年多以后，林纾又以戏谑恣肆的笔法嘲笑那些凄然无所投附、不能“自治其生”的诗人、名士。笔者以为，两者之间是有联系的。

英国小说《双孝子噀血酬恩记》以19世纪末无政府党人反社会的暴力活动为背景，中译本出版时（1907），李石曾、刘师培等人正在巴黎和东京鼓吹无政府主义。此前四年，张继故意混淆无政府主义的理想与法国革命时期的一些恐怖言论，使之服务于一套带本土造反特色，将正常健康的政治讨论、思想交锋导向末路的血腥话语。① 他在自己编译的《无政府主义》（1903年末出版）一书的“序”中发愿，要杀尽满洲人、君主、政府官吏、财产家资本家、结婚者、孔孟教之徒。② 张继和他的同道（包括一位翰林）在中国掀起一股连绵起伏的暗杀之风，但是刘师培更善于从本国的历史与文化中发掘无政府主义的内容。比如中国人缺少国家观念，治理松散，儒家主性善，又在经济上实行放任的政策，凡此种种都是转入无政府的有利条件。③ 林纾自从甲午战争后急切要求变法，尤重改革的中枢即政府的作用；不论是在晚清还是民国，他眼中所见都是一盘散沙，因此希望通过国

---

① 张继：《无政府主义及无政府党之精神》，载葛懋春、蒋俊、李兴芝编《无政府主义思想资料选》上册，北京大学出版社1984年版，第25—40页。

② 张继：《无政府主义及无政府党之精神》，第23页。比较吴樾的《暗杀时代》（初刊《民报》，1907年）与刘道一的《驱满酋必先杀汉奸论》（初刊《汉帜》，1907年），见张枬、王忍之编《辛亥革命前十年间时论选集》第2卷下册，三联书店1963年版，第714—733、856—860页。刘文中必杀的“汉奸”甚至包括张之洞等新政重臣、立宪党和“假新党”。《汉帜》于1907年1月在东京创刊，章太炎作发刊序。1903年的《苏报》大力宣传邹容《革命军》，又疾呼效法俄国虚无党，虽至“杀人如麻、血流漂杵、惨酷之气暗无天日”而“一击再击”。《辛亥革命前十年间时论选集》第1卷下册，第697页。杜亚泉在发表于1919年4月《东方杂志》（第16卷第4号）的《中国政治革命不成就及社会革命不发生之原因》一文中将中国知识阶层的恶习分为“贵族性质”与“游民性质”两种：前者“夸大矫慢，凡事皆出于武断，喜压制，视当世之人皆贱，若不屑与之齿者”；后者“轻佻浮躁，凡事皆倾于过激，喜破坏，常怀愤恨，视当世之人皆恶，几无一不可杀者”。见许纪霖、田建业编《杜亚泉文存》，上海教育出版社2003年版，第183—184页。可以说，两种性质的恶习起于晚清激进派，它们其实是一枚硬币的两面，或者是同一种气质在顺境、逆境的不同表现方式。

③ 详见震（何震）与申叔（刘师培）合作文章《论种族革命与无政府革命之得失》，载张枬、王忍之编《辛亥革命前十年间时论选集》第2卷下册，第947—959页。

家与"公"的观念来统合社会。他反对地方专权、军阀割据，而且将那些旨在削弱中国政治统一性的言行理解为列强瓜分之助。在这一社会脉络中，《双孝子噀血酬恩记》就多了一层意义。他在该书的"评语"《评语》（第1907页）中说，无政府党人从事暗杀，意在扶弱抑强，但不计手段，终归不合正道，而这部作品，"用无数正言，以醒豁党人之迷惑"（《书话》，第81页）。林纾年轻时好以侠客自比，《荆生》里那位"伟丈夫"是他夫子自道。他用《史记·刺客列传》里的聂政比较这本英国小说里的主人公，指出他们都是出于孝道而酬恩，"不类而类"。但是两者之间又有着区别。严仲子与韩相侠累（名傀）结仇，不知为公为私："仲子之仇傀，不必出于直道，聂政之仇傀，亦未必本诸义愤。"他赞扬英国两孝子，意在质问严仲子、聂政的动机："两孝子仇虚无党人，平乱也。其死正，其义正，即其孝亦正。吾读聂政传，吾益服此两孝子矣。"（《书话》，第80—81页）易言之，聂政虽孝，林纾却看出他的报恩之举未必正当公道，并提出"贫贱受知"的危险在于受恩者可能会不计曲直。中国史籍里一些著名故事公私不分，有财力者的"百金之馈"巧立名目，掩盖了收买、贿赂所谓勇士侠客的实质。人们只记得林纾维护"马班之书"，恐怕不会想到他居然以一部平庸的英国小说为参照，从自己读得烂熟的《史记》故事里读出新的而且是让他心里不安的内容来。

法国小说《利俾瑟战血余腥记》及其续篇《滑铁卢战血余腥记》讲述的是拿破仑战争中一位普通士兵的遭遇。林纾以他特有的艺术与伦理敏感性注意到，中国史籍或历史题材的小说，只要涉及战争，总是采用以将军、军师或"英雄"为中心的叙述模式，下层士兵的感受极难见到。他在为前者写的"叙"（第1904页）里感叹："余历观中史所记战事，但状军师之掳略，形胜之利便，与夫胜负之大势而已，未有赡叙卒伍生死饥疲之态，及劳人思妇怨旷之情者。盖史例至严，不能间涉于此。虽开宝诗人多塞下诸作，亦仅托诸感讽，写其骚愁，且未历行间，虽空构其众，终莫能肖。"（《书话》，第14页）"卒伍"来自民间，他们在史籍和小说中无名无姓，就像吴起之妻，经常被用作可以随意弃取的工具。意识到普通士兵战时的"生死疲惫之态"，意识到从他们的视角和切身感受来描写战争同样乃至更有效，意味着平等思想的萌发。这两部著作的翻译，也对林纾日后的小说创作有所启发。几年后，他翻译狄更斯的《孝女耐儿传》，发现他"扫荡名士美人之局，专为下层社会写照"（《书话》，第77页）的特点，并且在短篇小说《洪嫣篁》末尾称扬狄更斯善于"于布帛粟米中述情，而情中有文，语语自肺腑中流出"。① 经常有人谴责林纾蔑视人民群众②，其实五四以后的翻译界注重劳工问题，只是延续了林纾的平等思想以及他对"下层社会"的关心。概言之，林纾的贡献远非郑振铎列举的三点所能概括。

郑振铎在前面提及的纪念文章里有一个很具代表性的观点，即林纾以先进始，以落后终。他以林纾早期的白话诗《闽中新乐府》为例，说明这位福州的前辈同乡在戊戌变法之前就是"一个先进的维新党"，但是后来"他的思想却停滞了——也许还有些向旧的方向倒流回去的趋势"，"共和以来，他渐渐地变成了顽固的守旧者了"。③ 郑振铎语气温和的责备暗含着这样的逻辑：如果林纾早年接受了西方启蒙思想而批判弊俗，呼吁变法，那么他进入20世纪后，眼界应该更加开阔，应该就排满革命，欢迎共和，然后再与五四时期的《新青年》派并肩全面冲击，扫荡旧文化，"打倒孔家店"。④ 但是这种推理还难以服人。学衡派诸公有留学美国一流大学的背景，西学深湛，思想未必符合《新青年》版本的"先进"。他们的西学功夫未见得浅于《新青年》同人，为什么他们也有继承传统、新旧接续一说？批评林纾落伍的人们或许忽略了一个事实，即林纾的顽固守旧未必是因为他服膺儒家学说、泥古不化所致。他对欧西文学与文化的了解，不为社会科学或哲学的抽象概念所左右，因具体而可靠，同样可以成为反对激进主义的学理资源。

林纾从事译述二十余年，一直有一种维新、改革而不弃旧的关怀。他渴望文化上的旧枝绽发新芽，但是获致新我的道路漫长曲折，那是一个与旧我接续、调适的过程。可以说，他的翻译事业加深了他折中渐进的思想。他在《黑奴吁天录》"序言"中表示要在排外和媚外两端取其中道："方今

---

① 《畏庐漫录》与《畏庐琐记》合订本，上海文艺出版社1993年版，《畏庐漫录》，第183页。
② 文学史作者常用的例子是林纾致蔡元培信上提到"都下引车卖浆之徒"和"京津之稗贩"。但是林纾在信上提出的问题（即只会说白话的普通百姓能不能做北大文科教授）仍未得到回答。
③ 钱锺书：《林纾的翻译》，第8页。
④ 现代文学史一般都以辛亥革命为界将林纾的一生分为两截。张俊才在新著《顽固非尽守旧也》一书中质疑了这种做法。

嚣讼者，已胶固不可喻譬，而倾心彼族者，又误信西人宽待其藩属，跃跃
然欲趋而附之，则吾之书足以儆醒之者，宁云少哉！"① "胶固"不可取，
"倾心彼族"也是救亡之道。林纾并不主张中学为体，西学为用，中西的简
单对立是不存在的。他在《洪罕女郎传》（1906）的"跋语"中发出了十
年后《东方杂志》调和论的先声："予颇自恨不知西文，恃朋友口述，而于
西人文章妙处，尤不能曲绘其状。故于讲舍中敦喻诸生，极力策勉其恣肆
于西学，以彼新理，助我行文，则异日学界中，定更有光明之一日。或谓
西学一昌，则古文之光焰熸矣。余殊不谓然。学堂中果能将洋汉两门，分
道扬镳而指授，旧者既精，新者复熟，合中西二文，镕为一片，彼严几道
先生不如是耶？译此书竟，以葡萄酒自劳，拾得故纸，拉杂书之。"（《书
话》，第 41 页）结尾一句，作者有意将"葡萄酒"与"故纸"并列，可见
两者不是二元对立、互相排斥的，完全可以调适共存，互相发明。②

　　辛亥革命后，康有为回国，向林纾索画，林纾作"万木草堂图"，康有
为酬诗云："译才并世数严林，百部虞初救世心。"严复和林纾两人很早就
有志维新，他们的译述都有救世之心，但是早期的严复有"全盘西化"之
嫌，林纾则一直坚持中西调适。严复在《与〈外交报〉主人书》（1902）
中强调的是中学与西学之间不可调和的本质性差异，而林纾则否认中学西
学水火不容。严复曾断言，中学西学，体用不一，"分之则并立，合之则两
亡"③；西学就是尊民叛君之学，尊今叛古之学。这种偏激之论，加上所谓
的"物竞天择，适者生存"的社会达尔文主义，实为后来文化激进主义的
嚆矢。

　　英国 19 世纪下半叶多冒险小说，林纾在这些作品里发现，英国人时刻
惦念新世界，"斥去陈旧不言"。（《书话》，第 31 页）但是"斥去陈旧"也
是有选择性的，不必全以本国文化为非，比如英国人求新而不弃古。他在
《英国诗人吟边燕语》的"序"中举例，英国文学中也有超自然现象，莎

---

① 斯土活：《黑奴吁天录》，第 1 页。

② 这一年（1906），以翻译侦探小说出名的周树奎（桂笙）在上海发起成立"译书交通公会"，该
会《宣言》中一段精彩文字表达了同样的精神："新之于旧，相反而相成！苟能以新思想新学术源源输
入，俾跻我国于强盛之域，则旧学亦必因之昌大，卒收互相发明之效，此非译书者所当有之事欤！"转引
自黄霖《近代文学批评史》，上海古籍出版社 1993 年版，第 623 页。

③ 《严复集》第 3 册，王栻编，中华书局 1986 年版，第 558—559 页。

士比亚、哈葛德皆然，文明之士坦然不以为病，为什么不能以同样的态度看待自身文化？"吾国少年强济之士，遂一力求新，丑诋其故老，放弃其前载，惟新之从。余谓从之诚是也，顾必谓西人之凤行凤言，悉新于中国者，则亦誉人增其义，毁人益其恶耳。……英人固以新为政者也，而不废莎氏之诗。"（《书话》，第20—21页）华盛顿·欧文的《拊掌录》（今译《见闻札记》）中多怀旧轶事，林纾在《耶稣圣节》的"跋尾"里评道："天下守旧之谈，不尽出之顽固。"（《书话》，第63页）《耶稣圣节前一日之夕景》讲的是一位英国老人如何以地地道道的传统方式过圣诞夜，深得林纾喜爱："老人英产，力存先英轨范……凡人惟有感念祖国之心，则举事始不忘其故。若漫无抉择，见异思迁，此成为何等人者，亦降人耳。"（《书话》，第63页）这句话显然是针对当时已然冒现的文化虚无主义而发。辛亥以后，他看到外国政府和民间保护文化遗产尽心尽力，不免联想到中国团体涣散，历史感缺席。他叮嘱民国留日学生，晚清时日本静嘉堂重金购买湖州皕宋楼藏书（1907），可见嗜古之心与社会进步可以并行不悖。以此为激励，中国学者更应该"无忘中国之所有，取东人之爱国者用以自爱吾国，并以自存吾学"。[1] 一战时欧洲不少城市的建筑损毁严重，战后各国政府出资恢复这些建筑的原貌，比利时首都布鲁塞尔亦不例外。北洋政府派魏注东出使比利时，林纾以文赠别，他写道："今天夺雄渠之魄，而比之君长得复完其国。魏君适于此时奉使入其都，觇其残烬之余将一一复其旧观，必有慨乎。"[2] "复其旧观"就是历史感的切实体现。林纾以一个容易为国人所忽视的欧洲实例说明，眷恋于有纪念意义的旧物，无非是世界通则。

　　林纾确如郑振铎先生所言，早期是"先进的维新党"，但是他与康梁等维新党又有着不可轻视的差别。他对戊戌变法期间的峻厉措施，绝不认同。邱炜萲为戊戌政变作说部的计划流产，倒是林纾在《剑腥录》（1913）中的几个章节处理了这一题材（小说的主题是庚子之乱）。作者借小说主人公邴仲光之口说出了他对激进路线的怀疑。社会的变迁，自有其自身特点，少数人结为小集团，发号施令，容易招致大祸："今以孤立之国，虱于列强之间，人方眈眈，我乃梦梦，积习已锢，二三君子必欲救之，祸发且不旋

---

[1]　林纾：《畏庐三集》，第12—13页。
[2]　同上书，第13页。

踵矣。"① 在小说第十四章，仲光从报上读到谭嗣同等四人被任命为专办新政的军机章京，连连顿足："用人太骤，大非国家之福。" 那段时期改革的诏敕接二连三，天下称快，仲光却"参以疑信，然终以不躁进为上策"。礼部主事王照上书请光绪出游日本，酿成事端，光绪一怒之下将怀塔布、许应骙等礼部六堂黜免，仲光预料到此事将引起连锁反应，大呼"败矣"。② 百日维新期间所谓的"帝党"缺少政治经验与现实感，不善合作、妥协，沦落为企图发动政变的阴谋集团，并非偶然。光绪本人用人失策，也应问责。

清末民初的不少维新、革命人士，都抱有文字治国、一部宪法救天下的幻想。他们的兴趣局限于抽象的统治形式，以为确定了一个徒有其名的"体制"，配以宪法条文，社会将由大乱走向大治，于是热衷于拼凑宪章，规划方案，仿佛美政寓于一道道上谕或层层叠叠的条文之中。③ 林纾也向往过宪政，但是深知统治形式更换名号，未必具有实质性的意义，因而更加属意于社会治理的程度。不论是鼓民力、开民智、新民德，还是集国力、办学堂、倡实业，都是缓慢的过程，不能期之以骤，成功与否，并不取决于一个漂浮在纸面上的国号。

<h2 style="text-align:center">二</h2>

福州船政局（也称马尾或马江船政局）是由左宗棠在 1866 年创办的新式造船厂，在全国规模最大，严复以及多数晚清海军人才都是该局附属学堂的毕业生。福州船政局因此也是晚清中外思想交通的重要场地之一，当地读书人时常与学堂学生以及一些曾在海外学习的船政局工程师或管理阶

---

① 《林纾选集·小说卷》下册，林薇编选，四川人民出版社 1987 年版，第 43 页。

② 同上书，第 49—50 页。

③ 1921 年，在湖南的倡导下各省推行联省自治，当时浙江也成立省宪法起草委员会，全省十一府提交宪法草案多达 101 部，委员会又选出审查员 110 席。审查会筛选草案持续三个月，"亲友官僚之酬酢，几于无日无之。……醉饱以后，遗珍山积，一席之费，不下万金"。徐映璞：《两浙史事丛稿》，浙江古籍出版社 1988 年版，第 296—317 页。联省自治的实质是使军阀割据合法化。"湖南首先制定省宪，浙江诸省从而效之，制宪各省均由武人主持，含有政治作用，不过利用民意自治之名，避免中央干涉，巩固其地位而已。"陈恭禄：《中国近代史》，商务印书馆 1941 年版，第 751 页。

层议论国政，指摘时弊。福州士人在近代中外文化交流上的卓绝贡献，是与福州船政局分不开的。林纾与船政局和初创的中国海军事业有深厚感情。1884年夏，福建海军覆灭于马尾之战，船政局又遭炮击，损毁严重，林纾听闻消息，与友人伫立街头，抱头痛哭，稍后又与友人拦马告状，向左宗棠揭发主持军务者掩盖败绩。[①] 中方在这次海战中的惨败，对他触动极深。林纾的爱国主义是务实而低调的，晚清某些官员则不然，一举一动都重气节，博取了个人的美誉，但是不顾实力的激烈行为只能得到最恶劣的结果。林纾在他的译述事业起始之初就强调"国仇"，希望国人清醒面对列强野心，从来没有突出价值观上的本质对立或文明的冲突。《闽中新乐府》中有这样的见解：士人必须理解国家的难处，不宜轻易挑战欧西，自己留下了声名，却不给国家留下交涉的余地。《蜀鹃啼传奇》里几个泄私愤的士绅率暴徒杀"小洋童""老洋婆"，只图痛快。这些人本应为国家分忧，但是却说："自有朝廷担此大任，我辈且行吾事"；"尽有朝廷作主"。[②]"朝廷"与"我辈"上下隔绝，责任心又何从谈起？强硬派不惧一战，凛然作效死报国状，林纾却看出他们骨子里有私念，未能真正怀国家之想。

林纾的国家意识是与他洞晓西人的爱国主义以及列强间的激烈竞争分不开的。弱国自强，"纵有国仇仇在心，上下一力敦根本"[③]，切切实实从一针一线做起。[④] 因此，他对任何可能导致改革过程出轨的运动、党争和旨在颠覆政府的造反都是畏惧的。他一生曾经执教于多个学校，不论在晚清还是民国，他都教育学生，凡事必以国为先。他与一般保守派不同就是他很少讲"圣朝"或"君上"，而像共和派那样常讲国家，但是他又拒绝使用在中华民族内部制造分裂的狭隘民族（或种族）主义语言。

《伊索寓言》是林纾1901年自杭州到北京后不久与严培南、严璩合译的。译文完成后，他见缝插针，借题发挥，写了很多评注，其中不少论及个人（或地方）与国家的关系。清廷于1901年1月29日宣布实行新政，但是举国失治，民情暗野，秘密会党撕裂社会，伺机而动。中国人共同体

---

① 张俊才：《林纾评传》，第35页。
② 阿英编：《庚子事变文学集》下册，中华书局1962年版，第876、878页。
③ 林纾：《渴睡汉·讽外交者勿尚意气也》，《闽中新乐府》，第2页。
④ 林纾：《谋生难·伤无艺不足自活也》，《闽中新乐府》，第13页。

意识淡漠，团体涣散，国家徒有其表，人各自谋，无心于国家，对政府也随意轻慢。改良事业没有强有力的统筹、协调中心，一切设想还是海市蜃楼。林纾的《伊索寓言》识语比较全面地反映了他对个人与国家的关系的认识。有一则寓言，讲的是一条失去尾巴的狐狸妄言短尾或无尾之美，引诱同伴去尾。评语不甚相关，强调私心为害，可见林纾心情急迫："一事不便，小人之私，虽亡国覆军，亦甘心行之。"① 出于"小人之私"求庇于外国、对抗自己国家的例子举不胜举。戊戌年一些事例隐隐浮现。

晚清中国省界森严，派系林立，疆域虽大，国力分散，清廷缺少综合调配的能力。林纾在《伊索寓言》中骡驴负重登坡、不肯互助的故事后评道："怀国家之想者，视国家之事，己事也，必为同官分其劳。若怀私之人，方将以己所应为委之人，宁知是为公事，固吾力所宜分者。故虽接封联圻，兵荒恒不相恤援，往往此覆而彼亦蹶，则虽有无数行省，直无数不盟之小国耳。哀哉！"② 不论是个人（一盘散沙）还是地方各级政府（无数不盟之小国），都需要在国家共同体的观念下同心协作。寓言中"萃则成，暌则败"的故事（老人临死前以捆扎起来的小木棒为喻要几个儿子团结）是十分有名的。林纾又拈出晚清改良话语中的关键词"合群"："夫欧群而强，华不群而衰。病在无学，人图自便，无心于国家耳。故合群之道，自下之结团体始。合国群之道，自在位者之结团体始。"③ 华人需要上下结成开放性的民间自治组织（而非歃血为盟的会党），并以这些团体为经纬，培育建设法制社会（civil society），拓展公共空间，编织出一个连接家（宗族）与国的社会整体，这是经过中西比较才会产生的现代性思想。④ 后来一些大人物醉心于"纯粹个人主义之大精神"（陈独秀语），或尼采式的"主我扬己而尊天才"（鲁迅语），完全退回到李白歌颂的"大鹏"理想，反而无益于"合群之道"。

---

① 《伊索寓言》，林纾译，商务印书馆1938年版，第19页。林译《伊索寓言》初版时间不确，序文作于"壬寅花朝"（1902年春），当年应该可以印行。国家图书馆有商务印书馆1903年版。

② 《伊索寓言》，林纾译，第24页。

③ 同上书，第4页。

④ 传统的乡土中国缺少超越血缘与村落、自愿结合的组织，著名旅美人类学家许烺光讨论过这一问题。许烺光：《美国人与中国人：两种生活方式比较》，彭凯平等译，华夏出版社1989年版，第340—345页。

　　《伊索寓言》里还有一个农夫欲请邻人帮助割麦的故事，林纾因此又想到，一个国家要致强，不能没有自力更生的独立精神："为国家而藉助于人，虞心因之而滋，斗志因之以馁。一不得助，则举国张皇，若敌患非其国所应有者。病在恃人助而不自助也。自助之云，先集国力；国力集，则国群兴。无论敌患，可以合力御之，即大利亦可以合力举之。……人能时时存争命之心以趋事，则求助于人之心熄，事集而国强矣。"① 晚清"以夷制夷"的外交政策，有其不得已的原因，但是弊害之一是时常"恃人助而不自助"。甲午战争正式爆发前，清廷决定租用英国商船高升号运送士兵与军械，被日舰击沉。事后英方接受日方解释，清廷不免张皇失措，"若敌患非其国所应有者"。林纾这些文字也是对政府的批评。其实内政不修的国家根本就谈不上什么外交政策。

　　晚清中国还没有发展而为一个现代意义上的国家，"散乱"可以形容一切。各地资源被地方或豪门巨室控制，中央政府要想调动、支配，受到诸多限制；地方上零零星星的改革实践，清廷也难以协调，面对外国势力无所不在的渗透，苦无办法。② 全国没有统一财政，没有统一货币，没有国家银行，国家无法利用税收和财政政策来从事基础建设、推进工业化并进行一系列改革以强化中央控制，社会组织化程度极低，秘密会社切割、封闭公共空间，公德心缺失。由于盛宣怀等人的精心谋划，电报、航运、铁路和邮政（即"四政"）等领域已经出现总汇、统辖的国家主导迹象，但是一些趋向于藩镇（如各省自建铁路）而不利于"事集"的言论，进一步削弱国家，致使地方专权，政治统一体很快就在"共和"的名义下瓦解。林纾提出"事集而国强"，模模糊糊地呼唤一个强大有效的中央政府，这在当时乃至以后很长时期，可以说是前瞻性的思想。

　　林纾并无宦情官职，但是他不在其位，仍谋其政，这是他无私高尚的一面。他尤其痛心的是大难临头，各路豪杰却出于私利拉帮结派，发起无

──────────

　　① 《伊索寓言》，林纾译，第 82 页。林纾还在《西湖诗序》中指出南宋"泛散无统"的弊病："南渡以一百余郡之力，乃赡二万四千余员之冗官，泛散无统，其不能一力于国家之事，固不宜哉。"《畏庐文集》，第 3 页。

　　② 海外汉学家在这方面做过透彻的研究。详见《剑桥中国晚清史》（中国社会科学出版社 1993 年版）下卷中由费维恺执笔的第 1 章，参看 T. 斯科克波尔《国家与社会革命》，剑桥大学出版社 1987 年版。

休无止的内斗，让外人坐收渔翁之利，有的甚至公开以租界和外国为靠山，挑战、颠覆国家。正如他不在意自己诗文发源于某家，瓣香于某氏，反对"侈言宗派，收合徒党"，① 他对于公共生活中的党派，也不以为然。可叹的是他这方面的言论，民国时期竟然不能容忍。下面两条重要识语在1938年商务印书馆版的《伊索寓言》被删。

林纾借用寓言中"二仇共载，分船之首尾而居"的故事抨击党争：

> 凡树党而攻人者，党中之人久之必自攻。盖不争则无党，党成则争益烈。始尚合党以攻人，继则反戈而自攻，气已锐发，不可遽敛，且耳目闻见，均争事也，遂以能争为党人之职，亦不择其党中党外之人，触则必争。

他接着举宋朝元祐年间的党争为例说明内斗之害。三个反对王安石变法的保守党（蜀党、洛党、朔党）在新法废罢后互相争斗愈烈，究其原因，"此皆不明于种族之辨者也。天下所必与争者，惟有异洲异种之人，由彼以异洲异种目我，因而陵铄侵暴，无所不至"。他转而愤愤发问："今吾乃不变法改良，合力与角，反自戕同类，以快敌意，何也？"② 此时的中国，面对国仇，应该不分彼此，合力对外，但是康党和另一些依赖种族主义话语的会党却投靠日本或其他任何愿意施以援手的国家，发动武装叛乱，而上海租界也成了向中央挑战的基地，一旦事发，还可以利用治外法权。"党中之人久之必自攻"，也被林纾说中。③ 在很多场合，林纾明于国际竞争的大势，总是以大中华的观念来看国家的复兴，评论时政时坚拒仇满排满的话语，想不到时代移易，他这番出于公心的言论反而不合潮流了。

另一条被删的评论又涉及内乱导致外侮的主题。《伊索寓言》里还有一个故事对林纾极有启发："匠者求材，得一巨橡，意斧力不能劈。乃削其旁

---

① 《郭兰石先生增默庵遗集序（代）》，《畏庐文集》，第6页。

② 林纾：《畏庐小品》，林薇选编，第123页。

③ 康党毕永年、王照到了日本后与康梁反目。见杨天石《从帝制走向共和》（社会科学文献出版社2002年版）中《毕永年生平事迹钩沉》一文，第49—61页。孙中山领导的革命党人内部也常用暗杀手段。陶成章之死早已真相大白；宋教仁被杀，谁是最大的得益者？

枝为椓杙，入其裂纹，因而椎之。橡既裂而叹曰：斧伐吾干，固也。乃即用吾枝为杙以裂我，此其犹可哀者也。故自伐其国，其伤心甚于见覆于敌。"① 伊索的时代还没有国的概念，最后一句想必又是林纾手痒，为中国读者"锦上添花"。他在这则寓言后评说道："嗟夫！威海英人之招华军，岂信华军之可用哉？亦用为椓杙耳。欧洲种人，从无助他种而攻其同种者。支那则否，庚子以后，愚民之媚洋者尤力矣。"② 这里说的"华军"指的是"华勇营"，系英国 1898 年强租威海卫后在当地招募的一支部队。八国联军攻打天津和北京时"华勇营"出了大力。当时的英军主要来自中国香港、新加坡和印度等殖民地，德国远征部队中也有一支"华勇连"。这些服务于入侵部队的中国军队，长期以来是我国现代史上回避的话题。林纾熟谙历史，长于比较，在他眼中，庚子年的国内发难者尽管打出光明正大的旗号，还是列强砍伐中国这棵巨橡的工具，逃不出"华勇营"的性质。从"匠者"来说，以巨橡的旁枝为楔子，打入主干，使之轰然倒地，自然是方便实惠的手段。③

政党政治的各方，只要怀国家之想（或者像美国人那样宣示效忠），同时又珍视一国政治独立性，未必会无止境地攻人、争事，甘为外国"匠者"的"椓杙"。但是林纾的忧惧起于耳闻目见的无数事实，也不过分。美国独立后，新的邦联制度百弊丛生，中央衰微。华盛顿在致联邦党人领袖汉密尔顿的信上切望各州抛弃"一州之见"。他也反对党争，担心英国或法国会利用美国内部的不团结"拆散邦联"，使各州沦为"欧洲列强手中的工具"。④ 华盛顿在著名的《告别演说》中把维护全国的团结统一奉为"最神圣的宗旨"，号召同胞加强连接各州的纽带。他担心党派政治将使国家动荡不宁，国外的敌人将在美国内部物色利益代言人，制造分裂，强迫美国屈服于别国的政策和意志。⑤ 华盛顿和林纾都没想到，政党政治只要运作得

①　《伊索寓言》，林纾译，第 64 页。

②　林纾：《畏庐小品》，林薇选编，第 118 页。商务印书馆 1938 年版《伊索寓言》删去此句。

③　1902 年，梁启超在《新中国未来记》的摘要里写道："外国人借口平乱，行瓜分政策；各国复互相纷争，各驱中国人从事军役，自斗以糜烂。"《中国唯一之文学报〈新小说〉》，载《二十世纪中国小说理论资料》第 1 卷，第 61 页。

④　华盛顿：《华盛顿选集》，聂崇信等译，商务印书馆 1983 年版，第 208—209 页。

⑤　同上书，第 311—326 页。

当，不容外部势力插手，也能大利于国，大利于民。《告别演说》是美国圣典，难怪美国以《外国代理人登记法》监管外国势力在美的一举一动，细致全面，无以复加。自己防范森严，却要求别国大门洞开。

辛亥之后，林纾最感失望的就是国人分毫必争的是有位无位，而不是有心无心。他对民国，并不是简单绝对地反对。武昌事发，他如此记载当时的感觉："余自辛亥九月，侨寓析津，长日闻见，均悲愕之事。西兵吹角伐鼓，过余门外，自疑身沦异域。"（《书话》，第108页）辛亥年十一月，他在寄吴敬宸信上说，"共和之局已成铁案，万无更翻之理"，自己将继续"自食其力，扶杖为共和国老民"。两个月后（壬子年正月），他又表示："仆所望者，吾乡同胞第一节以和衷不闹党派为上着。弊政已除，新政伊始，能兴实业，则财源不溃；能振军政，则外侮不生；能广教育，则人才辈出；此三事者，为纾日夜祷天所求，其必遂者也。……南台五瘟之祀，尚宜一一铲铢，方免愚民迷信。此间自逊位诏下，一带报馆各张白帜，大书革命成功万岁，见者欢呼，此亦足见人心之向背矣。"① 可惜这里略带一丝乐观的语气很快就消失殆尽。

辛亥革命后袁世凯当政，这是比较而言最妥善而且能够得到国际认可的安排。既然袁世凯为（临时）总统②，各方就应该给他一个机会。但是激进派议员却拒绝哪怕是些微的必要妥协，事关权力分配，只照顾到自己党派的利益，致使议会政治步入死路。③ 迁都的建议以及内阁制、总统制的设计，处处表露一个私字，即便不是明眼人也能立即识破。"共和"之后，激烈的党争让林纾彻底心冷。段祺瑞、袁世凯请他出山，均坚辞不就。他也未曾真心盼望清廷借重武力东山再起。恰恰相反，他怀疑卷入张勋复辟的人士动机不纯："如刘廷琛、陈曾寿之假名复辟，图一身之富贵，事极少衄，即行辞职，逍遥江湖。此等人以国家为孤注，大事既去，无一伏节死义之臣。"④ 戊戌以来，"以国家为孤注"者所在多有，祸首张勋事败后躲

①　《林纾诗文选》，李家骥、李茂肃、薛祥生整理，商务印书馆1993年版，第319—320页。
②　袁世凯于1912年2月15日被南京临时参议院选为临时大总统，3月10日在北京就职。1913年10月，袁世凯当选大总统。
③　详见严泉《失败的遗产——中国首届国会制宪：1913—1923》，广西师范大学出版社2007年版。
④　林纾：《答郑孝胥书》，《林纾研究资料》，第101页。

进外国使馆，几乎成为一种模式。林纾从 1913 年 4 月 12 日至 1922 年清明节 11 次谒崇陵，主要是因为民国后国家分裂，没有任何一位政治家、军阀能让他由衷敬重，也没有哪一个政府机构能让他的"国家之想"有所寄托。他的首次谒陵发生于宋教仁在上海被暗杀之后，[①] 孙中山借宋案发酵之际谋划讨袁，发动"二次革命"，可见他是在绝望中将光绪视为国家政治统一体的象征。

　　经常见到这样一种现象：对国家的忠诚往往为自己或自己所属小团体的利益所决定，即便自称主张"共和"的人士，也不例外。林纾则不然，不论在何时何地，处于何种"政体"之下，他都以爱国为宗旨。光绪三十三年（1907），京师大学堂师范生毕业时他作画书文致贺，在文中他表示，国家办学乃有所望，"故国家日励士而盛资其学，即欲以所学淑天下"。作为学生，责任也重："天下惟有国之人，始伸眉与强者耦。愿诸君诏学者念国，毋安其私"。[②] 五城学生毕业，一部分升入天津大学堂，他嘱咐学生爱国合群："国者，吾命所系属。……天下之蔼蔼裔裔者皆吾群也。仁吾群并仁天下之群。知弗群弗学咸不足以支国。"能合群（即"团队精神"）方能"肆力学问，以甦国困"。[③] 林纾的国家观念在辛亥后尤其可贵。陈任先出使哈克图，与俄国谈判外蒙地位，他撰文（《送陈任先之哈克图》）送别，对当局颇有讽喻之意："今政府知内讧重于边患，必安边始足以全内。"但是他对陈是深表敬佩的："余所以崇陈君者，正所以崇吾国也。"[④] 民国过去几年了，林纾已经意识到表面上的"共和"掩盖不了军阀割据的现实。他的《唐藩镇论》一文写的是唐代，想到的是民国头几年的国家涣散。中央太弱既是藩镇的原因，也是结果。一个国家必须有常备军，才有震慑之力：

　　　　弭藩镇之祸，唯有行征兵之一法。合秀颖鲁钝者，悉用为兵。兵必

---

　　① 暗杀发生于 1913 年 3 月 20 日，宋教仁两天后逝世。梁启超在 3 月 27 日的《与娴儿书》上凭直觉猜测，刺宋"真主使者，陈其美也"。丁文江、赵丰田编：《梁启超年谱长编》，上海人民出版社 2009 年版，第 431 页。

　　② 林纾：《大学堂师范毕业生纪别图记》，载《畏庐文集》，第 54 页。

　　③ 林纾：《送五城学生入天津大学堂序》，载《畏庐续集》，商务印书馆 1916 年版，第 19 页。

　　④ 林纾：《畏庐续集》，第 26—27 页。陈任先即陈篆，1939 年被军统暗杀于上海。

识字而向学，日耸之以爱国之诚，使知国与身并，卫国即所以全身，割据窃发之事，咸丑魄而不为，而后乱始可弭。若唐代宗之多所含宥，愈要结而愈不逊。……故长于远略者，务使兵心视国犹家，然后始知外侮之万不可容，内乱之毫无所济，则虽有骄将僭竖，亦胡从出而扇诱之耶。①

林纾仿佛试图解决当时的难局，但是没有行之有效的中央财政，法国式的全国性义务兵役制以及中小学强制性教育如何实行？

1915 年，林纾应到青年会作演讲，题目是《青年人宜尊重国家》。林纾曾自称"清处士"，对败絮其内的"共和"厌恶尤甚，但是他绝不会因"政体"不合己意就煽动学生造反，或看到国家的挫折幸灾乐祸。有的异见人士专逞意气，政府倾覆，酿成灾难，但只要结果应验他早先所言，他反而洋洋得意；哪怕社会付出巨大的财富与生命的代价，他也不会生出些许不忍之心——"我早就说过了！"这就是林纾与某些革命党人最大的不同。他在演讲的第一段讲到了英法德日等国士兵在战争中"丈夫死国，一瞑不顾"的气概。此前他为哈葛德小说《黑太子南征录》所作的"序"中已经指出，数百年前的英国人就"以国为身，不以身为身"（《书话》，第 102页）。但是在前清，纳贿招权之事不断，人们学会了一套虚伪，"好言我国家，何曾是我国家，特用为巴结朝廷之词，正可于是中觅己利耳"。林纾接着鼓励青少年去私爱国，人人都说"我即国家"，将"我"字溶入国家之中，与之共休戚。以往梁启超与陈独秀曾将青年与老年对立起来，而林纾则不然。他以为，凡是有国家思想、能为国家出力的，即使八九十岁，也是少年；若无国家思想，步步徇私为己，即使年富力强，官阶荣显，也是无用而夭死。他不断向学生灌输的就是为国家同心同德。比如一家失火，应合力救火，如果人人各自携带贵重逃出，火势蔓延，大家就无家可归。他将"学问"比为"东洋车"，少年也要讲学问："无此车，不能致远，故少年即必坐车之人。国家思想者，拉此车者也。必用国家思想，方能引车而前，则仗此一颗赤心，一张苦口，在少年车后尽力往前而推之，到中华

---

① 林纾：《畏庐续集》，第 4 页。

民国平安之地，遂吾愿。"即使自己已老，"一定贾我余勇，极力推车，请诸君稳坐其上，看我老骨头出许多血汗也"。① 即使作为遗老，他也希望学生在国家思想的引领下学习欧美长处，大到行政，小到一针一线。

他在演讲中引用了"西哲"亚里士多德、斯迈尔②、亚只逊以及（大概与青年会有关的）艾迪先生与艾德敷先生，读者明显意识到这方面本土资源不足。林纾强调的是义务与责任，较少涉及权利，比如他看中了亚只逊这句话："生人无论所处何地，皆有当然之义务。"③ 通过集体认同来实现自己，这在当今大略可以称作黑格尔主义。其实，19 世纪的自由派人士从来没有无条件地将个人置于社会之上，他们用周密的语言讨论秩序和自由、责任与权利究竟何者为先。穆勒始终看重社会道德、公共精神和社会（或曰共同体）的福祉，他的经典之作《论自由》（严复译为《群己权界论》）第四章讨论的就是"社会驾于个人的威权的限度"。④ 法国启蒙思想家或许会抽象地处理"人"的话题，穆勒则是一位典型的维多利亚时期人士，或因边沁的影响，很少脱离现实泛论权利。他厌恶赌博、酗酒、随地便溺、游手好闲、不讲清洁等种种恶习，坚持个人享受任何权利，须以遵守一系列必不可少的行为准则为前提，认为对那些疏于自治或"不配指导自己的人"，社会和舆论必须有力干涉。一国积弱，国家机器不完备，无执法之人，也无守法之人，老百姓还不具备一些使得代议制能顺利运转的习惯，"而对于这些习惯的养成，代议制政府可能是一种障碍"。⑤ 陈天华《狮子吼》所描写的"民权村"学生，"弗群弗学"，从中或许可以看到 20 世纪初一些中国学生的精神面貌。⑥

鲁迅因杭州雷峰塔的倒坍（1924 年 9 月）感叹民国后"寇盗式的破

① 《林纾诗文选》，第 100—104 页。

② 即英国通俗作家斯迈尔斯（1812—1904），《自助》《品格》和《责任》等书作者。

③ 《林纾诗文选》，第 103 页。亚只逊身份待考。19 世纪英国伦理学家布拉德利（F. H. Bradley, 1846－1924）的《伦理研究》（1876）中有一章专论"我在社会上的地位与责任"（"My Station and its Duties"）。在英国的功利主义和自由主义背景下，布拉德利的黑格尔主义引人瞩目。

④ 约翰·密尔（即穆勒）：《论自由》，程崇华译，商务印书馆 1996 年版，第 81—101 页。

⑤ 约翰·密尔：《代议制政府》，汪瑄译，商务印书馆 1982 年版，第 59 页。

⑥ 陈天华：《陈天华集》，刘晴波、彭国兴编，饶怀民补订，湖南人民出版社 2008 年版，第 120—121 页。

坏"和"奴才式的破坏"只留下一片瓦砾，他呼唤新人与建设，但是又讳言去私、克己等带有旧学色彩的伦理概念。有理由担心，后者不能确立，"革新的破坏者"无非还是打了"鲜明好看的旗子"的寇盗、奴才。① 林纾则相信有的伦理价值是普遍性的，不背于时。1922 年底，他在北京尚贤堂（美国传教士李佳白发起重建的尊孔团体）发行的《国际公报》开"畏庐痴语"专栏，栏目第一篇"痴语"就是《克己篇》（另有《尚耻篇》和《主信篇》等）。他一再借用王阳明"山中贼""心中贼"的比喻，提出克己如克敌，只是克己更难。克己首先必须树立公心，"公字是官军，私字是贼寇"；能克己，公事即能畅行，公益光披，"我之一身"即可以做"太平百姓"。林纾恨不得将私字"铲除净尽"，有点过分。② 一个公共精神主导的成熟社会，还应该给英国哲学家、自由派思想家罗素所说的"文明合理的自利"留出空间。

　　1922 年，罗素的《中国的问题》在伦敦出版，这本书是根据作者 1920 年 10 月至 1921 年 7 月在中国讲学时的见闻写就的。在书的最后一章"中国的前途"，罗素把自己设想为一位"进步的、具有公共精神的中国人"，希望同胞热爱祖国，自救自强："中国首先应当注重的是爱国主义思想。这种思想当然不是像义和团那样盲目排外，而是秉着开明的态度，向他国学习但又不受其支配。"但是要在政治上独立，还必须做到以下几点：（1）建立一个有秩序的政府；（2）在中国人支配下发展工业；（3）普及教育。考虑到中国特殊的国情，罗素还提议中国的工业不妨多搞"国有工业"。但是社会的转型是否成功，最终必须"用公共思想取代旧时的家族伦理观念"。③ 林纾如果能读到此书，定会对这些建议连连称善，他其实称得上"进步的、具有公共精神的中国人"。

---

① 《鲁迅全集》第 1 卷，人民文学出版社 2005 年版，第 203—205 页。美国社会学家小马里恩·J. 列维（Marion J. Levy, Jr., 1918-2002）在他著名的论文《中日现代化因素之比较》里指出，日本能控制其社会成员行为的方向，而中国却毁坏了控制社会成员越轨行为的整个系统。而且，对现代化后发国家来说，先行国所曾倡导的个人主义，尤其是那种被歪曲的个人主义的作用，很可能是破坏性的，因为后发国家需要更多的协调与控制。五四时期，胡适等人在"群"的观念依然淡薄的中国宣扬个人主义，而且很可能是被歪曲的个人主义。列维将如何评说？

② 《林纾诗文选》，第 105—106 页。

③ 罗素：《中国问题》，秦悦译，学林出版社 1996 年版，第 191—195 页。

三

甲午战争时期，日军为分裂中国还打了一场宣传仗。《开诚忠告十八省之豪杰》号召汉族英雄"唱义中原，纠合壮徒"，组织"革命军，以逐满清氏于境外"。此后的中国历史进程不时显现出日本所设计的关键概念。

林纾认为，要团结，避免分裂就必须走一条和缓的改良之路。狄更斯"以至清之灵府叙至浊之社会"，最让林纾佩服。他的笔法，也让这位译者感叹。① 狄更斯笔下的昔日伦敦点燃了林纾对当下中国的一点信心，原来社会可以通过和平的方式演进。他在《块肉余生记》"前篇序"（1908）中借英国经验为改良主义张目："英伦半开化时民间弊俗，亦皎然揭诸眉睫之下。使吾中国人观之，但实力加以教育，则社会亦足改良，不必心醉西风，谓欧人尽胜于亚，似皆生知良能之彦。"（《书话》，第84页）易言之，英国的强盛非一日之功，是一个缓慢渐进的历史过程。假如惊于眼前中英之间的反差，就以为欧洲人生而优良，亚洲处处不堪入目，必须脱胎换骨才有前途可言，那就大错了。同一年，他又在《贼史》（《雾都孤儿》）的《序》中强调，百年前的英国与中国大有相似之处："英伦在此百年之前，庶政之窳，直无异于中国，特水师强耳。迭更斯极力抉摘下等社会之积弊，作为小说，俾政府知而改之。每书必竖一义。此书专叙积贼，而意则在于卑田院及育婴堂之不善。……英伦之强盛，几谓天下观听所在，无一不足为环球法则。非得迭更斯描画其状态，人又乌知其中尚有贼窟耶？顾英之能强，能改革而从善也。吾华从而改之，亦正易易。"他肯定晚清谴责小说揭露腐败、改良社会的意义，希望中国多出几位狄更斯，呈现社会底层的真相，指陈政治得失。李伯元早逝，他为之惋惜，还盼曾朴和刘鹗来揭露"地狱变相"，使社会受益（《书话》，第86页）。

林纾因此认为小说家要有积极入世的态度。他从英国小说看出了英国演变的轨迹，这种历史的眼光也反映在他的《海外轩渠录》"序"中："葛（利佛）著书时……去今将二百年。当时英政，不能如今美备，葛利佛侘傺

---

① 林纾曾在《撒克逊劫后英雄略》序中与"伍昭扆太守"（伍光建）谈狄更斯小说八妙。（《书话》，第34—35页）

孤愤，拓为奇想，以讽宗国。言小人者，刺执政也。试观论利里北达事，咸历历斥其弊端，至谓贵要大臣，咸以绳技自进，盖可悲也。其言大人，则一味称其浑朴，且述大人诋毁欧西语，自明己之弗胜，又极称己之爱国，以掩其迹。然则当时英国言论，固亦未能自由耳。嗟夫！屈原之悲，宁独葛氏？葛氏痛斥英国，而英国卒兴。而后人抱屈原之悲者，果见楚之以三户亡秦乎？则不敢知矣。"（《书话》，第43—44页）[1] 没有一个国家是完美的，言论或多或少受到限制，作家只能"拓为奇想，以讽宗国"，但是英国居然渐次进步发达，这里何尝没有作家之功！对"三户亡秦"，林纾是怀疑的。他更愿意中国作家像作者斯威夫特那样淋漓痛快地讽刺、痛斥自己国家的阴暗面，沉浸在个人的悲切之中而不能自拔（"抱屈原之悲者"），于事无补，还不如快快振作，投入社会生活。

诚然，改良缺少强烈的心理刺激，又因与现实妥协而不能让人产生道德优越感，但是它的要求可能更高、更苛刻，甚至牵涉到人格的改造、心灵的革命。《爱国二童子传·达旨》（1907）在林纾序跋中是最长的，三千余字。他一如往常地寄望于青年学生，称他们为"至宝至贵、亲如骨肉、尊若圣贤之青年有志学生"。他说，外交和节义文章都无法真正强国，如果学生去绝"竞枬响，张浮气"的时髦，人人有所专精，国家才能强盛。他称这部19世纪后期的法国通俗小说为"实业之小说"，希望中国学生云除私念，像小说主人公恩特、舒利亚兄弟那样深入社会，从事一业，虽平凡而不嫌不弃，既能谋生，又有益于困厄中的国家："试问法国此时为何时？非师丹大败之后乎？兄弟二人，沿路见法民人人皆治实业，遂亦不务宦达，一力归农。"林纾心里明白，中国学生未见得看得起两位法国少年，以他们为楷模，更难指望。他在《达旨》里又将批评的锋芒指向上下一致的官本位的文化："中国积习，人非得官不贵，不能不随风气而趋。后此又人人储为宰相之才，以待撰席。"以往修齐治平之类的八股授人以"宰相之实业"，废除科举制度后，朝廷取士专重"法政"，学生唯此一门是鹜，同样

---

[1] 《海外轩渠录》即斯威夫特所著《格利佛游记》。原书四部分，林纾仅译出小人国、大人国两部分。小人国中的两个党派以鞋跟高低为差别。"自明己之弗胜，又极称己之爱国，以掩其迹。"这是敏锐成熟的观察。

是追求"宰相之实业"。① 以《爱国二童子传》自镜，林纾发现中国一些传统小说、戏剧跳脱不出读书做官的套路，男主人公"始由患难，终以得官为止境，乐一人之私利，无益于国家"。说到中国贱视工农商医，他无限感慨：读书人只存"三台之望"，实业交付给无知无识的"伧荒"，而西方各国的实业精益求精，还有着专业学堂的支持。这就回到了《闽中新乐府》里《谋生难：伤无艺不足自活》一诗的主题。在林纾的眼里，没有什么比高品质的经济贸易发展和保有市场更加急切，他甚至说出这样的话来："宁丧大兵十万于外，不可逐岁漏其度支令无纪极。"② 这就需要各行各业的人才，而他自己的实业就是翻译小说，使学生读后"归本于实业"（《书话》，第 67—70 页）。辛亥前后很多人倡言"革命"，图的是富贵与官位，连孙中山也察觉到了他们"功成利达"的私心。

　　林纾惧怕内乱使得外人可以从容拨弄，这在一定程度上是受了域外小说的影响。他的翻译活动加深了他对西方国家取胜之道的理解，比如他对英国人如何驾驭非洲人有了具体的认知。哈葛德的《斐洲烟水愁城录》（*Allan Quatermain*，1887）讲的是几个英国人到非洲寻找失落已久的部落，请当地土著"狼侠洛巴革"③ 为"导引之人"的故事。林纾从这一细节中读出丰富内容。他在该书"序"（1905）中作了精到的评点，其眼光高出

---

① 蔡元培在就任北大校长的演说词里如此批评学生："合乎污世，有做官发财思想，故毕业预科者，多入法科，人文科者甚少，入理科尤少。盖以法科为干禄之终南捷径。"1917 年底，北大本预科在校生为 841 人，文科为 418 人，理科为 422 人，工科仅 80 人。转引自周天度《蔡元培传》，人民出版社 1984 年版，第 90—91 页。在《冤海灵光》里有这一句："今日学法政者，在林满林，在谷满谷。"《林纾选集·小说卷》下册，第 292 页。对法政的批评还见于《离恨天》（即《保尔和维吉尼》）的"译余剩语"："前清晚期，纯实者讲八股，佻滑者讲运动，目光专注于官场。工艺之峀，商务之靡，一不之顾。"革命之后，运动之术不亡，"代八股以趋升途者，复有法政。……而工艺之峀，商务之靡，仍弗之顾也。譬之赁舆者，必有舆夫，舆乃可行。今人咸思为坐舆之人，又人人恒以舆夫为贱，谁则为尔抬此舆者？工商者，养国之人也。聪明有学者不之讲，俾无学者为之，欲其与外人至聪极明者角力，宁能胜之耶？不胜则财疲而国困。徒言法政，能为无米之炊乎？"（《书话》，第 111 页）

② 比较严复 1906 年 7 月 2 日在上海商部实业学校的演说，见《〈严复集〉补编》，孙应祥、皮后锋编，福建人民出版社 2004 年版，第 74—82 页。梁启超在 1922 年 8 月应上海中华职业学校之请作演讲《敬业与乐业》（《饮冰室文集》之三十九，第 25—29 页，载《饮冰室合集》第 5 册，中华书局 1989 年版）。这篇文章常见于中学语文课本，其"职业神圣"的基本精神恰是林纾、严复十五六年前所提倡的。

③ 这个"狼侠"也是哈葛德小说《鬼山狼侠传》（*Nada the Lily*，1892）中的人物，吉普林的经典之作《丛林之书》中的狼孩即来源于此。林纾也想以洛巴革的形象来唤醒中国人的"死气"："洛巴革者，终始独立，不因人以苟生者也。"（《书话》，第 32 页）

时人许多："书中语语写洛巴革之勇，实则语语自描白种人之智。……哈氏此书，写白人一身胆勇，百险无惮，而与野蛮拼命之事，则仍委之黑人，白人则居中调度之，可谓自占胜着矣。"（《书话》，第30—31页）又如他担忧中国内乱有遭瓜分之虞，因此在《英孝子火山报仇录》"译余剩语"（1905）中如此介绍小说内容："是书本叙墨西哥亡国事。墨之亡，亡于君权尊，巫风盛，残民以逞，不恤附庸。……外兵一临，属国先叛，以同种攻同种，犹之用爪以伤股，张齿以啮臂，外兵坐而指麾，国泯然亡矣。呜呼！不教之国，自尊其尊，又宁有弗亡者耶！"（《书话》，第28页）他对"外人"居中调度、坐而指挥的本事领教太深，唯恐出现中国版本的"狼侠洛巴革"们，他们有意无意地成为受雇于外国势力的"导引之人"，[①] 其角色与威海华军并无二致。年轻学生稍有国家观念，就不至于生在中国而仍是无国之民，随时准备受雇于"华勇营"。林纾为哈葛德的《古鬼遗金记》作"序"（1912）时也发出了同样的感叹：哈氏小说常言蛮荒，"所述均在未开化以前事，其中必纬之以白种人，往往以单独之白种人，蚀其全部，莫有能御之者。……举四万万之众，受约于白种人少数之范围中，何其丑也。"（《书话》，第106页）白人孤胆英雄有领导力，而蛮荒之地的土著居民缺少群体的权利意识，于是就帖然服从。如果一个国家好内斗，还只配与"野蛮"为伍。

林纾在《爱国二童子传》"达旨"（1907）的最后，将学生和国家分别比为"基"和"墉"（城墙）："基已重固，墉何由颠？所愿人人各有国家二字戴之脑中，则中兴尚或有冀。若高言革命，专事暗杀，但为强敌驱除而已，吾属其一一为卤，哀哉，哀哉。"（《书话》，第70页）也就是说，无政府主义者的恐怖活动无非是强敌对付中华民族的"椓杙"。他既警惕殖民主义的野心，又深知国家之间的竞争不计手段，因而国家的安危远比共和、君宪等不着边际的概念重要。他翻译的英国小说《藕

① 印裔英国作家奈保尔在"印度三部曲"之三《印度：百万叛变的今天》（黄道琳译，三联书店2003年版）中转述了19世纪中叶英国记者威廉·罗素在1857年印度兵变发生后对驻印英军的采访。英军向叛军所据的拉克瑙进发，所过之处，不断有印度人应聘仆佣与挑夫等职位。在英国人指挥下，锡克人上阵作战，勇猛无比，但是他们不到几年前曾被英军领导的印度兵击败，现在却站到了英国一边。"他们仍然跟其他印度人一样凭本能过日子，"奈保尔写道，"仍然打着印度的内部战争，而对他们所效力的外来帝国体制几乎毫无理解。"

孔避兵录》（1909）讲述的是两位英国人破获旅英德侨阴谋配合德国颠覆英国政府的故事。林纾长期以来对种族革命的语言，深为戒惧，认为手足相残的蠢行必将为窥视中华的势力利用，而孙中山背后的日本势力，也彰彰在目。①

　　如果一国实力取决于学生与教育，那就不是一时的巨变所能成就。林纾对法国革命式的社会变革也是十分警惕的。近百年中国的法国革命史学是"革命政治文化"的一部分。早在 1890 年，王韬根据日文著作（如冈千仞的《法兰西志》和冈本监辅的《万国史记》）编写的《重订法国志略》首先引进了"法国革命"的概念②；戊戌变法之前，谭嗣同在《仁学》中表达了他对法国革命的渴慕："法人之改民主也，其言曰：'誓杀尽天下君主，使流血满地球，以泄万民之恨。'"③专治法国革命的学者注意到 18 世纪后半期的法国出现了一种"革命的政治文化"，而谭嗣同的一些"慷慨"言论与这种文化十分相符。康有为与谭嗣同都是变法先驱，然而他们在是否采取革命手段的问题上立场是完全相反的。百日维新期间，康有为请人译编《法国革命记》进呈光绪，希望以明定宪法来防止革命之祸。流亡后，康有为又作《辨革命书》《答南北美洲诸华商论中国只可行立宪不可行革命书》（1902）等文，坚持改良。他最担心的是革命直接导致国家分裂，并且以 19 世纪意大利、德国的统一来说明一个明了的事实："合则大，分则小；合则强，分则弱。"④ 中国是否需要法国式的革命，林纾的回答是否定的，就此而言，他与康梁等改良派有不少共识。而且，域外小说强化了他对法国革命以及暴力的反感，或者可以这样说，他从来没有读到过一本正面描写法国革命的欧美小说。在他心目中，革命是内战的另一种说法，是

---

①　"日本对华之一贯政策，为煽动内乱，破坏中国之统一。清末之排满革命，日本实援助之，助款济械，历有年所。然彼非同情中国革命，其真正目的，系欲中国长久分裂，彼可坐收渔人之利。在辛亥革命时，日本一面援助黄兴，一面又帮助满清反抗民党，而彼于首鼠两端之际，各取得其操纵与干涉之代价焉。"王芸生编著：《六十年来中国与日本》第 6 卷（共 8 卷），三联书店 2005 年版，第 1 页。

②　陈建华：《"革命"的现代性：中国革命话语考论》，上海古籍出版社 2000 年版，第 30—36 页。

③　谭嗣同：《谭嗣同全集》（增订本），蔡尚思、方行编，中华书局 1981 年版，第 342—343 页。谭嗣同以为中国复兴的前提就是新旧两党血流遍地，没有调和的余地。带了强烈的敌我意识投入变法运动，结果可想而知。

④　参看金重远《〈民报〉和康有为有关法国革命的争论》，载刘宗绪主编《法国大革命二百周年：纪念论文集》，三联书店 1990 年版，第 29—39 页。

政治上尚未觉醒的野蛮人"用爪以伤股，张齿以啮臂"的蠢行，坐在后台指麾的，还是外人。

大仲马的小说《玉楼花劫》（1846）同情地记载了路易十六一家被拘禁直至遇难的经过。林纾写道："法国初变共和，昏乱之事，亦惨无天日。"（《书话》，第 82 页）1908 年，他与魏易合作，翻译出版奥克奇男爵夫人（1865—1947）的《英国大侠红蘩蒣传》。这部小说同样是描绘法国革命后原上层社会的不幸遭遇。他在译本序中称这本小说"斥自由平等，至矣，尽矣"。法国斩刈贵族，"然古无长日杀人而求其国之平治者"。认为法国革命的错误即在简捷："天下太快意事，万非吉祥之事。法国之改革，怀愤者多以为是，而高识者恒以为非。此务在有国者上下交警，事事适乎物情，协乎公理，则人心自平，天下自治。"如果他曾批评戊戌变法时的"躁进"，痛斥庚子年的群体性的疯狂，并且苦口婆心地劝国人走一条看起来平缓、实际上更加艰难的"上下一力敦根本"之路，那么他对前途未明的巨变当然可以说不。这部流行的英国小说于是就被他用作对国人的警示："至红蘩蒣之有无其人，姑不具论。然而叙法人当日之咆哮，如狂如痫，人人皆张其牙吻以待噬人，情景逼真，此复成何国度！以流血为善果，此史家所不经见之事。吾姑译以示吾中国人，俾知好为改革之谈，于事良无益也。"①

在林译小说中，直接描写法国革命的还有他与毛文钟同译的《双雄义死录》（1918）。②虽然雨果是共和派，他对法国大革命的态度却是暧昧的。在小说第二章，巨剑号巡洋舰遇风浪，剧烈颠簸，一门固定在甲板上的大炮脱开铁链，撞击船体，压死水兵，击碎任何出现在它不规则突进之路上的物件。雨果称它是"永恒的奴隶"，借此喻指 1789 年革命爆发后一系列

---

①　小说讲的是一个英国秘密会社"红蘩蒣团"（"一人指挥，十九人服从"）救助落难法国贵族的故事。领袖是风流倜傥的准男爵佩西·布莱克尼爵士（Sir Percy Blakeney），他暗中以"红蘩蒣"的名义带领 19 名英国贵族和上层社会人士组成"红蘩蒣团"，出生入死，与法国恶徒"沙弗林公民"斗智斗勇，将法国大革命"恐怖统治"时期的法国贵族救出虎口。佩西爵士看起来风流倜傥，不问政治，连他的夫人也被他的外观所蒙蔽。小说在 20 世纪初非常流行。"红蘩蒣"是佐罗、蝙蝠侠和蜘蛛侠等无名侠客英雄的前身。

②　当时已有东亚病夫（曾朴）的译本《九十三年》，上海有正书局 1913 年版。

无法控制的事件。① 小说卷二第一章是西穆尔丹的画像。这位昔日的神父推崇绝对性，科学摧毁了他的信仰，于是他对宗教的狂热转变为对暴力革命的狂热："他盲目自信，像箭一样，眼中只有箭靶，直直奔向箭靶。在革命中，最可怕的莫过于笔直的路线了。"② 摸索而行的改良道路，迂回曲折；直线只是不审地势的铁路规划者在城市之间画出的最短连接线，在现实中是行不通的。③

四

一战结束后，中国政府决定拆掉庚子赔款后修建的克林德碑，大快人心。抱病在家的陈独秀听闻消息，反而生出无限忧愁。以他之见，义和团闹事的根源未去，拆碑岂非多事？于是他作文探讨拳乱的主因，首先严责道教前文已及，然后扩大打击面，将中国文化（儒释道三教合一）、旧戏和守旧党全强拉到被告席上，并指明今后世上的两条道路："一条是向共和的科学的无神的光明道路，一条是向专制的迷信的神权的黑暗道路。"④ 陈独秀拒绝"洪钧老祖"式的迷信，但是他反对的原因更多是理论的、抽象的，而两条道路说基于简单的二分法，更显草率。⑤ 林纾在《剑腥录》和《蜀

---

① 雨果：《九三年》，桂裕芳译，译林出版社1998年版，第28—37页。

② 雨果：《九三年》，第103页。严复1916年3月31日信："法哲韦陀虎哥有言：'革命时代最险恶物，莫如直线'。"孙应祥：《严复年谱》，福建人民出版社2003年版，第460页。"法哲韦陀虎哥"就是指法国小说家维克多·雨果。严复在同一封信里也批评梁启超的理想中人"常行于最险直线者"。

③ 孙中山辞去临时大总统之职后寓居上海，常在一张大地图上"设计"雄心勃勃的铁路建设方案，自娱自乐。众多中国城市以一条条直线相连，即便是云贵高原的山川也不能让这些方便的线路稍稍弯曲。英籍澳大利亚人端纳见过这张宏图，他在1912年7月4日致莫里循的信上写道："这幅地图大约有六尺见方，当孙把它铺在地板上的时候，我看到了最能说明一个人的性格的证据，说明孙不仅是个疯子，而且比疯子还要疯。……孙所绘制的这幅地图只不过是一幅怪诞的中国之谜。…… 在吉伯特和沙利文的任何滑稽歌剧或任何其他人的歌剧里，都没有比这个更荒唐的手法了。……这幅地图堪称为孙逸仙之梦，但是如果能够由我来为它题名，我将采用美国式用词称之为'一丛同花顺的梦魇'。"骆惠敏编：《清末民初政情内幕：莫里循书信集》上卷，刘桂梁等译，上海知识出版社1986年版，第970—971页。

④ 《独秀文存》，安徽人民出版社1987年版，第241页。

⑤ 陈独秀后来出于"反帝"方针的需要改变了对义和团的态度，称其为"中国民族革命史上之悲壮的序幕"。见陈独秀《我们对于义和团两个错误的观念》，载《向导》1924年9月3日第81期。

鹃啼传奇》里对义和拳的刻画，同样有警示国民的意思①，但是作者并没有将庚子年怪异的想象固定为中国文化的本质，必须全面彻底更革。按照陈独秀的二元对立思维，林纾反对义和团就有点说不通了。陈独秀或许没有想到，林纾在戊戌变法之前，已经在乐府诗中对"洪钧老祖""神僧济颠"所代表的弊俗痛加针砭，而且一生未曾松懈。

　　任何改革，不论是社会的还是政治的，其过程必然是迂曲渐进的，但是从康有为开始的改革者，往往"就便而夺常"，"取快而滋弊"，② 他们勇进而不退转，就如《蜀鹃啼传奇》里的罗楠鼓动众人时所说，"一力进前，勿计祸害。天下事畏首畏尾，断无成事"。③ 不像陈独秀，林纾没能找到中国积弊的原委，他无法劝说自己相信国号的变更就能包治百病，因此他从来不敢"一力进前，勿计祸害"。一国学问、实业如何，是否具备保证治学与兴业的价值根基，才是复兴崛起的真正本钱。清末民初的中国一直有人哗众取宠，号称找到了万恶之源。林纾在致蔡元培的信上指出新文化运动与晚清激进主义的联系：两者都是"侈奇创之谈，用以哗众"。以往的革命者要驱除满人，推翻"专制"，以为有了"共和"之名，中国必强。目标都已达到，中国依然困难重重，于是又有过激之论，提出"覆孔孟、铲伦常"。林纾问道："因童子之羸困，乃追责其二亲之有隐瘵，逐之，而童子可以日就肥泽，有是理耶？"④ 五四之前，舆论界为一些粗率的"追责二亲隐瘵"的言论所主导。1919 年 3 月 13 日，张奚若从美国致函胡适，表达了

---

　　① 周作人觉得《剑腥录》（又名《京华碧血录》）好的是第十九章至二十五章："林先生在这寥寥十五页里记了好些义和拳的轶事，颇能写出他们的愚蠢和凶残来。……想借符咒的力量灭尽洋人，一面对于本国人大加残杀，终是匪的行为，够不上排外的资格。"结果是"于夷人并无重大的损害，只落得一场骚扰，使这奄奄一息的中国的元气更加损伤"。周作人《读京华碧血录》，载《雨天的书》，河北教育出版社 2002 年版，第 185—187 页。

　　② 这是林纾批评新文化运动主将的用语。林纾：《答大学堂校长蔡鹤卿太史书》，《畏庐三集》，第 27 页。

　　③ 阿英编：《庚子事变文学集》下册，第 873 页。

　　④ 林纾：《畏庐三集》，第 26 页。这一说与伯克在《法国革命论》中的比喻有点相像："一个国家的孩子竟然莽撞地把年迈的父亲剁成碎片置于魔锅之中，他们居然指望用带毒的莠草和莫名所以的咒语使父亲的机体复活，使他们的老父得以重生。"柏克：《法国革命论》，何兆武、许振渊、彭刚译，商务印书馆 1998 年版，第 128 页。

他的忧虑："一知半解、不生不熟的议论，不但讨厌，简直危险。"① 林纾的《妖梦》发表于《新申报》（1919 年 3 月 18—22 日），文中有一句话与张奚若的警告极为相似："善乎西哲毕困腓士特之言曰，智者愚者，俱无害，唯半智半愚之人，最为危险。"② 学生领袖傅斯年在运动后意识到，作为学生，最终必须厚积实力，不轻发泄。胡适后来建议大家拿出镜子来照照自己，丝毫不客气地断言，标语口号和街头政治还无法立人立国："我们必须学人家怎样用教育来打倒愚昧，用实业来打倒贫穷，用机械来征服自然，提高人的能力与幸福。我们必须学人家怎样用种种防弊的制度来经营商业，办理工业，整理国家政治。"③ 林纾一生没有宏伟蓝图，他担心"临大事行以简易"，最终危害社会，并将损害目的的正当性。巨变或许能取快于一时，但是能否成功，毕竟取决于实业与学问的储备。

20 世纪初的中国危机四伏。陈天华早在 1905 年底就对出于功名心（即私心）的"取巧"的革命有所意识。他一度为个别人士的名声所惑，但是一旦发现问题，也能直言无畏。他在《绝命书》中表示，为了推翻自己国家政府不惜利用会党和外国势力，断不可取："己力不足，或至借他力，非内用会党，则外恃外资。会党可以偶用，而不可恃为本营。……至于外资则尤危险，菲律宾覆辙，可为前鉴。"而且，"社会开化未足，恐未足以救中国，而转以乱中国也"。年轻人必须"坚忍奉公，刻苦求学，徐以养成实力，丕兴国家"。在这条崎岖曲折的道路上没有任何捷径："凡作一事，须远瞩百年，不可徒任一时感触而一切不顾。一哄之政策，以后再不宜于中国矣！如有问题发生，勿轻于发难。"④ 这种思想，虽然不利于造反夺权，却有利于长治久安。《绝命书》刊发在只在海外流通、公开宣称其首要"主义"为颠覆政府的同盟会杂志《民报》（第二号），林纾大概是看不到的。陈天华在日本大森海湾蹈海的同时，另一位留日学生潘英伯在韩国仁川港投海"殉国"。林纾的《公祭潘烈士文》可能就是为他而作，祭文中的

① 转引自耿云志《傅斯年对五四运动的反思——从傅斯年致袁同礼的信谈起》，载《历史研究》2004 年第 5 期。

② 转引自薛绥之、张俊才编《林纾研究资料》，第 85 页。"毕困腓士特"当为"毕困士腓特"，即邱炜萲在《挥麈拾遗》中提及的政治小说《燕代鸣翁》的作者"皮根氏"（本杰明·狄思累利）。

③ 转引自胡明《胡适传论》，人民文学出版社 2010 年版，第 700 页。

④ 见陈天华《绝命书》，载《陈天华集》，第 230—235 页。

"悯势知衰，惟学是蓄"八字，同样表达了厚积学问、丕兴国家的意思。①

一个国家的过去与现在必须接续，将来才有保障。接触并翻译外国文学更强固了林纾渐进的接续主义信念，就此而言，他是《东方杂志》杜亚泉的先行者。19 世纪俄国激进文学批评家杜勃罗留波夫在评论屠格涅夫的《前夜》时以这样的语言呼唤翻天覆地的革命："你坐在一个空箱子里，想从里面倒翻箱子，多么费功夫！要是由外面来，一推就翻了。"② 杜氏所鼓励的是"不在其位，不谋其政"的态度。假如空箱子是社会，那么连这个社会也是他的敌人，至于箱子里无数普通的人民，包括老弱病残，以及祖上传下来的精美的瓷器，会不会因剧烈震动而受到伤害，他是无暇或者说无心计及的。也许，维持箱子不倒才是最重要的。一个国家改变的过程，就像旧房翻新，是一项需要细心筹划的复杂工程，最难的是改建期间还得维持秩序，保证房屋使用者安居乐业。林纾喜欢归有光的文章《项脊轩志》。项脊轩是归有光的书斋，那座"尘泥渗漉"的百年老屋，光线太暗，但是稍为修茸，使不上漏，又"前辟四窗"，于是"日影反照，室始洞然"。经过一番改造，庭里"杂植兰桂竹木"，一有风来，小院子里"风移影动，珊珊可爱"。③ 这也体现了真正的复兴精神，人们曾因彻底推翻重来或白纸上画图画的热情，将旧房翻新的艺术遗忘。项脊轩的不断修缮、改建呈开放形态，从没有一个"最终版本"。安装自来水管道和排污系统，铺设电线乃至宽带入户，种种科技新发明使之与时俱进，更加舒适。

废弃科举后一年，即光绪三十二年（1906），全国各地成立负责教育的"劝学所"以及宣讲所，同年 7 月 29 日，清廷学部为了"开通民智，启遵通俗"，悉心选择 40 种"纯正浅易之书"供宣讲所使用，其中林译小说有三种（《鲁滨逊漂流记》《美洲童子万里寻亲记》《黑奴吁天录》）。④ 林纾

---

① 林纾：《畏庐文集》，第 74 页。清末改良京剧《潘烈士投海》写的是通州人潘英伯的事迹。祭文中潘烈士名子寅，林薇认为恐即潘英伯。见林薇选注《林纾选集·文诗词卷》，四川人民出版社 1988 年版，第 124 页，注 1。当时流行的烈士故事其实也多虚构笔法。

② 转引自以赛亚·伯林《俄国思想家》，译林出版社 2001 年版，第 325—326 页。

③ 归有光：《震川先生集》卷 17，上海古籍出版社 1981 年版，第 429—430 页。

④ 东尔：《林纾与商务印书馆》，载《商务印书馆九十年》，商务印书馆 1987 年版，第 537—538 页。

选评的《中学国文读本》10 册被学校广为采用。① 就在林纾逝世之年（1924），商务印书馆出版《畏庐三集》和《后山文集选》等《林氏选评名家文集》共十四种。同年，《撒克逊劫后英雄略》由茅盾校订注释，收入商务印书馆的"新学制中学国语科补充读物"系列。② 商务印书馆在民国期间究竟印行了多少本林译小说，并无确数，但有一点是肯定的，那就是林纾以切实的工作制衡了某种激烈的趋势，即便没有取得胜利，也多少保证了新旧文化的接续。1981 年商务印书馆重出林译小说丛书，共 10 种，每种印数不一，多则 10 万册以上，少则 3500 册，可见喜爱林译小说的还大有人在。胡适断言林纾的翻译事业终归是失败的，实在为时过早。现在，林纾遗言"古文万无灭亡之理"已经是全社会的共识。

重读近现代中国文学史，往往感到林纾的译述与改良思想中，仍有一些重要的内容未被认识。他不仅是沟通中外的翻译家和卓有建树的评论家，也是对本国文化传统有着深刻反省意识的捍卫者。他在比较文化方面的文字，他对激进主义的批判，对实业和学问的反反复复的强调，对欧洲殖民国家和日本如何利用、挑拨别国内讧的认识，今日读来仍未觉过时。他所翻译的域外小说和阅读的欧美报章、著作，也为他的务实渐进的思想着上了底色。林纾从未出过国门，但是他的"西学"以数量巨大的译稿为基础，细腻具体，绝非个别自以为明了世界大势、心醉于几个抽象名词而又"以吾辈所主张者为绝对之是"的新派人物能比。他曾感叹，有的人（如伍光建）"为学率整而趣端"，他们精于西学但又"绝口不言西学"，于是"譊譊者乱西学之真，矵立祖说，为国凶蠹"。③ 重新认识古典文学到现代文学的转型，不妨先从检讨"譊譊者"的西学开始。

在晚清，林纾译作的序跋曾如"叫旦之鸡"警醒国人。④ 辛亥以后，学

---

① 长洲：《商务印书馆的早期股东》，载《商务印书馆九十五年》，商务印书馆 1992 年版，第 653 页。

② 1947 年，这部译作又作为"新中学文库"出过三版。据东尔核实，这部小说还有商务印书馆的说部丛书版、万有文库版，在林译小说中"恐怕是版次、印刷量最大的一种"。《商务印书馆九十年》，第 537 页。

③ 林纾：《赠伍昭扆太守序》，《畏庐文集》，第 16 页。

④ 《不如归·序》里有这一名句："纾年已老，报国无日，故日为叫旦之鸡，冀吾同胞警醒，恒于小说序中撌其胸臆，非敢妄肆嗥吠，尚祈鉴我血诚。"（《书话》，第 94 页）

界往往受制于朝代思维模式①，奉民国为正朔，对辛亥前后不利于"共和"或民国领袖的言论，难以容忍。时间一久，思维就僵化板滞，思想资源也偏于剧变与"简易"的一端，面对新的历史挑战，显得单一，甚至贫瘠。"忼爽叫呶"和"傲兀凌轹"虽给人以绝对正确的美好感觉，但却是破坏性的，不利于认识自我和社会的复杂性，不利于只能行之以渐的建设和学问。林纾行走在中国现代化进程的历史迷雾之中，未能预见到政治上的成败，但是这并不影响他的译述和渐进改良的思想在一个已经与清末民初全然不同的时代的新价值。今天，他的"忠恳之诚"和"抑遏掩蔽"的风格②或将引起沉郁而徐缓的回响，宛如远处的海潮大声。

---

① 2001年8月1日，中国国际广播电台和《扬子晚报》等媒体报道了韩国金船公司打捞高升号沉船的消息，提及韩方发现七名中国士兵遗骸。中国没有任何部门过问此事，仿佛那些士兵只是"清兵"，而"清朝"是另一个朝代，与己无关。

② 《清史稿》卷486《林纾传》中有"忠恳之诚发于至性"之句（中华书局1998年版，第3442页）。吴汝纶称林纾古文"抑遏掩蔽，能伏其光气者"，见《赠马通伯先生序》，《畏庐续集》，第25页。

第八编

城市·乡村·速度·生态

第一章
19世纪空想社会主义小说中的理想城市

19世纪是西方城市的伟大世纪，也是社会问题、城市弊病百出的世纪，因此被历史学家称为"城市的黑夜"时期。同时，这也是空想社会主义、共产主义思想空前繁荣的一个世纪。在文学领域，一方面，反映现实城市问题的城市暴露文学及表现未来可怖图景的反乌托邦小说繁荣；另一方面，出现了正面描绘未来理想城市的乌托邦小说，如法国空想社会主义思想家埃蒂耶内·卡贝（1788—1856）的《伊加利亚旅行记》（1839）、美国作家爱德华·贝拉米（1850—1898）的《回顾——公元2000—1887年》（1888）、英国作家威廉·莫里斯（1834—1896）的《乌有乡消息》（1890）和法国自然主义代表作家左拉的《劳动》等。这些文学作品常常被当作政治思想的附庸，只受到政治家、思想家的关注，却被文学研究所忽略，在文学史上占据的地位也很小。

埃蒂耶内·卡贝，作为法国著名的空想社会主义思想家，更是一个政治活动家，参加过烧炭党，在巴黎创办报纸，猛烈攻击政府。他坐过牢，在流亡英国期间，系统研究了16世纪以来的空想社会主义学说，于1838年以通俗民间小说的形式创作了乌托邦小说《伊加利亚旅行记》，把他心目中的未来共产主义理想国——伊加利亚描绘成"福地""乐土""伊甸园""人间天堂"。卡贝的"新耶路撒冷"实现了绝对的平等，也消除了一切差异。卡贝设想国家作为唯一的管理者，不仅对土地划分、房屋样式，而且对室内家具和衣服都有明确的规定，所有人的家具一样，服装款式和布料相同，因为都是由国家发给的。国家对新闻、教育制度、宗教信仰有严格的控制。"国家对书刊的检查是万无一失的，甚至烧毁了所有被认为是危险而无益的古籍……每一个公社、每一个省以及整个国家只发行一种报纸，即一种商业性报纸、一种省报、一种全国性报纸。"① 在这里，我们看到了绝对的激进主义和绝对的保守主义相混合的乌托邦思想，其中隐含着中世纪的某种元素。然而，19 世纪 40 年代，在西方，"卡贝的信仰者有近 50 万人，在法国兴起了大规模的伊加利亚运动"。"1849 年，卡贝率领他的信仰者，在美国伊利诺斯州建立了一个不足 1500 人的'袖珍版的新的耶路撒冷'——伊加利亚公社"。但于 1856 年宣告失败，卡贝也于同年逝世。②

与这种将乌托邦理想变为现实的实践主义不同的是，美国作家爱德华·贝拉米把理想与现实进行了明确的区分。他的幻想传奇小说《回顾——公元 2000—1887 年》通过梦境的形式，即叙述一个 19 世纪的波士顿人在 2000 年新波士顿的梦游，表现他关于未来美好社会的梦想。主人公韦斯特于 1857 年生于波士顿，于 1887 年，即他 30 岁时，与一漂亮女子订了婚，只等新居落成就可以完婚。他要在波士顿最理想的区域——富翁居住区盖所房子。但是，经济恐慌、工人大罢工使新房不能如期竣工。1887 年 5 月 30 日这一天，也是"阵亡将士纪念日"，主人公离开未婚妻回到自己的住处。这是一所住过三代的古老木构建筑，古色古香、宽敞精致，但周围新出现的公寓和工厂，使这个地区已经不宜于居住，更不适宜于接待一位千娇百媚的新娘。彻夜不眠的市声使主人公无法入睡，他只好把地下室改造成坚固而封闭的卧室和库房。但他已经得了失眠症，为了防止精神失常，常请一位医生为他实行催眠术。这一天，在实行了催眠术之后他就昏昏沉沉地睡去了。主人公醒来时，已经是公元 2000 年 9 月 10 日，他足足睡了 130 年 3 个月又 11 天。一切都发生了变化，小说以主人公看到的 2000 年的情景与 1887 年的情景作为比较。2000 年的波士顿是一座庞大美丽的城市，不像 19 世纪的波士顿那样烟雾弥漫、污秽杂乱、简陋不堪，烟囱和浓烟已经完全不见，"宽阔的街道一眼望不见尽头，两旁绿树成荫，排列着精致玲珑的房屋。每个建筑群都有广场，满栽树木，树丛中的铜像和喷水池在落日余晖中闪闪发光。四周尽是宏伟壮丽的公共建筑物，一层层高楼巍然耸立"，蜿蜒的查尔斯河碧蓝如带穿过城市，"凡此都是我那个时

---

① 乔·奥·赫茨勒：《乌托邦思想史》，张兆麟等译，商务印书馆 1990 年版，第 200—201 页。
② 山东大学等编：《空想社会主义学说史》，浙江人民出版社 1981 年版，第 331 页。

代不能相比的"。① 城市内外都非常幽雅舒适、干净整洁。在下雨天，"沿街都放下了连接不断的防雨篷，人行道全被遮了起来，变成了一个灯光明亮、地面干燥的走廊……在19世纪，波士顿人遇到下雨天，在三十万人的头上撑起了三十万把伞，而在20世纪，我们只张开一把伞，就可使大家不致淋湿"。② 城市里不再有广告，也没有陈列商品的大橱窗。过去充满竞争、诱惑的大商店也不见了。富丽堂皇、环境幽雅的公共建筑负责给每个公民分配他所需要的物品。这些物品都是直接从生产厂家运来，因此，不再有批发零售业务。这个城里的人也都热情好客，充满友爱。主人公受到他们的热情欢迎和殷勤照顾。他们听了主人公的经历后都猜测他曾经居住的地方也许发生了火灾，他的老住屋已经化为废墟，后来他被带到他过去居住的地方，房屋及周围的一切都已经彻底消失，连一片瓦砾也没有了，上面建造了新的建筑。

　　新的波士顿不仅实体环境彻底改观，而且本质也发生了变化，困扰着过去的所有问题都得到了解决。激发人劳动的动力是荣誉、爱国心和责任感而不是金钱。人人劳动，物质繁荣，但不追求过度的奢侈，室内装饰追求舒适简洁，摆设简单。没有贫穷和对贫穷的恐惧，没有饥饿、寒冷、垃圾、破房子、妓女，也没有生活的紧张和心理的忧郁。工厂里没有童工和老人，青年时期是不可侵犯的受教育时期。每个人按照自己的天赋才能选择职业，体力衰竭时则是不可侵犯的休息和享受时期。每个公民在45岁以后就不再工作，这段时期用以培养各方面的爱好和特性，从事各种各样可能的消遣、旅游，悠闲而宁静地欣赏世界上美好的事物。所有的产业工会都有规模宏大的俱乐部，在乡间和山上、海滨都盖了别墅，供大家在假期里消遣和休养。过去人们竞相挥霍浪费，现在则把节余用在公共事业和娱乐上，建造公共大礼堂和美术馆、雕塑，发展交通，举办大型音乐演奏会和戏剧表演，广泛为人民提供休养条件。动荡的时代已经一去不复返，政府里没有贪污腐败，成为人民信得过的管理者；经济由国家统筹规划，国家成为最大的企业公司。这是一座没有银行、监狱，没有政客，不造谣生

---

① 爱德华·贝拉米：《回顾——公元2000—1887年》，林天斗等译，商务印书馆1963年版，第35页。

② 同上书，第115页。

事，无腐化堕落，没有盗窃、夜不闭户的城市。伟大作家、艺术家、工程师、医生以及发明家们的荣誉比担任总统的荣誉还高。期刊和报纸由国家经营，它的制度倾向于鼓励真正的文学创作事业，防止粗制滥造的作品。与早期的乌托邦著作相似，音乐艺术在《回顾——公元 2000—1887 年》中同样得到强调。在 2000 年的波士顿，所有的房间都装有音乐电话机和时钟设置，清晨你被音乐唤醒，鼓舞人们情绪的音乐伴着你起床、早餐。

在这个城市里，博爱是最崇高、最完整的智慧，是因和果。上帝存在于人们心中，人人互相友爱。"在人类历史上似乎出现了一个时刻，一个最神圣的时刻，这时，新发现的相互拥抱着的兄弟们的世界中的友爱热情和对上帝降福的那种难以描述的激动交织在一起，好象上帝的手紧握着人们互相握着的手一样"。① 而博爱、自由、平等是以物质繁荣为基础的。在作者看来，尽管"单纯的物质繁荣不值得作为一种社会理想去奋斗"，但物质福利的平等，却"是实现人类真正精神上的发展的必要条件"。② 因此，经济平等是一切平等的基础，而"资本集中就像一个暴政那样威胁着人类"，人被奴役，"被束缚在没有灵魂、没有精神活动，然而却贪得无厌的机器上"。③ 贝拉米在《平等》中说：

> 国家的基础是经济平等，难道这不是对于三个权利——生活、自由、幸福——所提出的明显的、必需的和惟一可靠的保证吗？没有物质基础的生活还成什么生活？除了对于生活的物质基础享有平等的权利以外，还有什么生活的平等权利？什么是自由？如果人们必须向他们的同胞要求劳动和生活的权利，必须从别人手里去找面包，他们怎么能够自由？④

他认为只有实现了普遍的平等、自由、幸福，个人的自由、幸福才能真正实现：

---

① 爱德华·贝拉米：《回顾——公元 2000—1887 年》，第 10 页。
② 同上书，第 5 页。
③ 同上书，第 45 页。
④ 同上书，第 7 页。

如果我们必须处在愚昧、粗俗、卑劣而且毫无教养的男男女女当中，我们就会觉得生活没有多大意思了。难道一个人处在臭不可闻的人群中，仅仅因为他自己是香的，就会感到满足吗？即使一个人在宫殿似的房子里，如果四面窗户都朝马厩开着，那么他在踌躇满志之余，不是也会感到遗憾吗？有教养的人生活在肮脏粗野的人群当中，正象一个掉在泥潭里的人一样，污泥已经没到脖子，还拿着一个香水瓶来安慰自己。①

小说最后，主人公被唤醒后发现，"一切关于二十世纪的事情只是一场梦。我只是梦见了那个进步的和无忧无虑的人群，以及他们匠心独具的简单制度；梦见了壮丽的新波士顿，它的圆屋顶、高耸的尖塔、花园和喷泉，以及一片安乐景象"。他所梦见的可爱的家庭，充满批判精神的医生、自己的未婚妻的美好形象"同样只是一些零碎的幻景罢了"。② 这个世界仍然处在战争和道德败坏的威胁中，那一天的报纸告诉他，纽约发生侵吞公款事情，遗嘱执行人挪用委托基金，银行职员盗窃钱款，芝加哥政界贪污腐化，诈骗之风盛行，偷盗案层出不穷，一失业男子自杀……他看到的这一天，是 19 世纪的缩影。但是因为他已经梦游了 20 世纪，那个奇异的梦使得一切都有所不同，他成了唯一一个愤世嫉俗的人。大多数的人虽然身处绝境却仍忍受且迷恋着人生，他在这个城市生活了 30 年，也从未觉得有什么奇怪或不合理的地方。但是，栩栩如生的梦境世界，新波士顿简朴舒适的私人住宅和豪华的公共建筑的幻景，与他周围那些傲慢、献媚、嫉妒、贪婪、忧心忡忡或野心勃勃的人形成鲜明的对照，使得现实的波士顿显得奇怪不合理了。③ 他在自己的城市里，突然变成了一个陌生人，他像一个外国人那样观察着这个城市里的一切。走在大街上，他再也无法忍受这个城市的污秽、恶臭、悬殊的穿着、铺天盖地诱使别人的广告以及贫民区非人的生活。他不再把地狱里的悲惨居民不当人看待了，他把他们看作自己的父母、兄

---

① 爱德华·贝拉米：《回顾——公元 2000—1887 年》，第 161 页。
② 同上书，第 222 页。
③ 同上书，第 225 页。

弟姐妹、孩子、骨肉亲人，他们惨绝人寰的处境令他心如刀割。面对现实的波士顿，他发出先知一样的谴责和预言，他把波士顿比作"各各他"——基督被钉死的地方。他说："我看见人类被钉在十字架上！难道你们没有一个人知道太阳和星星在这个城市中看到的是什么景象？"①

贝拉米的《回顾——公元 2000—1887 年》在西方有广泛的影响，"十年间在英美销售一百万册，并译成德、法、俄、意、阿拉伯、保加利亚以及其他一些文字和方言"。② 英国作家威廉·莫里斯③的代表作《乌有乡消息》就是在《回顾——公元 2000—1887 年》的影响下完成的另一部表现社会主义、共产主义思想的幻想小说。同贝拉米的《回顾——公元 2000—1887 年》一样，莫里斯也采用梦境、对话辩论、新旧对比的方法，一方面描写未来共产主义社会的幸福生活，另一方面揭露、抨击 19 世纪末叶资本主义社会的罪恶。小说的背景是伦敦，时间是寒冬，叙述者主人公"我"是一个社会主义者，参加了一次社会主义问题的辩论会之后，回家上床就寝，带着"一种希望，一种过着和平、安宁、清净、友好的日子的糊涂的希望"④ 进入了梦乡。他在梦中，游历了 21 世纪的伦敦。他梦见自己在早晨醒来，房间里非常温暖，新鲜的空气、和煦的微风使他的心中产生了一种非常舒适的快感。接着他又发现自己昨夜入睡是冬天，现在却是一个美丽明朗的夏日的早晨。泰晤士河在阳光下波光闪烁，奔流的河上散发着香气，河中充满了沙门鱼，人们在河上泛舟、游泳，两岸河滨原先的制造厂和吐着浓烟的烟囱不见了，也听不到造船厂钉打锤击的声响了。雅致而又坚固的石造拱桥横跨泰晤士河两岸，伦敦城里的建筑古雅精致，和谐舒适，每家屋前的花园一直伸展到水边，园中百花齐放，河边树木葱郁高耸，密

---

① 爱德华·贝拉米：《回顾——公元 2000—1887 年》，第 235 页。

② 西尔威斯特·巴克斯特：《〈回顾〉作者的生平》，见爱德华·贝拉米《回顾——公元 2000—1887 年》，第 7 页。

③ 威廉·莫里斯深受中世纪艺术、建筑和 19 世纪浪漫主义诗人如拜伦、雪莱的影响，崇尚自由平等、个性解放，憎恶资本主义制度和资产阶级的文化品味。他的作品也表现出强烈的浪漫主义色彩。他与朋友组织了"古代建筑物保护协会"，为保护具有民族风格、历史意义和艺术价值的建筑物而奔走呼号。参见黄嘉德为威廉·莫里斯的《乌有乡消息》中译本撰写的前言《威廉·莫里斯和他的〈乌有乡消息〉》，见威廉·莫里斯《乌有乡消息》"前言"，黄嘉德译，商务印书馆 1981 年版。

④ 威廉·莫里斯：《乌有乡消息》，第 5 页。

密层层，泰晤士河宛如是给森林环抱着的一面湖。主人公遇见一船夫，为他划船却不要报酬，并说只有过去时代的人才喜欢钱。船夫把"我"带到一座建筑宏伟、装饰精美的大宾馆，这里的服务员个个美丽殷勤。他们在女人们殷勤的服务中吃了精美的早餐，接着船夫带领他游历了整个伦敦。伦敦发生了翻天覆地的变化，主要的大街、市场、广场依然保留着从前的名字，舰队街、皮卡迪利街、史密斯费尔德市场、特拉法尔加广场依旧，但是破败的房屋已经不见踪影，所有的房屋都漂亮结实，雅致华丽，或者被花园和树木环绕着，或者就建在精心栽培、鲜花盛开、结满了果实的花园里，画眉在枝头婉转鸣唱着。事实上，整个城市就是一个大花园，到处是乡村田野风光。

优雅的环境，自由、合情合理的制度，使人的容貌也发生了变化，人们生活在美之中。街上的行人个个都非常漂亮、健康，女人穿着华丽的服装，新生活在人们的脸上发出光辉。人人都热情地帮助陌生人，人与人之间以邻居相称。尽管这个 19 世纪的来客服装奇异、举止言谈古怪，引起路人的好奇，但仍然受到所有遇见的居民亲切友好的问候。他来到了伦敦东区，昔日的贫民窟已经被彻底扫除，五月一日，人们"在过去最恶劣的一个旧贫民窟的遗址上奏乐，唱歌，跳舞，快乐地游戏，举行欢乐的宴会"。[1]布卢姆斯伯里以东的商业区，过去被称作欺骗的巢穴；码头，过去曾经是沼泽地带，穷人的居住地；制造区，过去以阴郁、肮脏、混乱著称，现在都变成了花园、牧场。由于消除了对土地的浪费和破坏，郊区只有必要的住宅、小屋和工厂，整齐漂亮。人们成群结队地涌向农村，在农村找到了工作，城乡之间的差别很小。人"自由幸福，生气勃勃，身体健美，创造的周围的一切也是美好的，大自然跟人类接触以后变得更好了，而不是更坏了"。[2]"世界获得了重生"，"新时代的精神是热爱尘世生活，强烈地、充满了骄傲地爱人类所居住的这个地球的外壳和表面"。[3]

莫里斯的乌托邦城市，不再是中世纪式的千篇一律和事无巨细地严格控制的世界，风景、建筑、食品、娱乐和服装都是多样化的。他认为，社

---

① 威廉·莫里斯：《乌有乡消息》，第 83 页。

② 同上书，第 164 页。

③ 同上书，第 163 页。

会的和谐存在于博爱、自由、平等，合理的社会制度和理性的行为，而不是取消差异的一致。社会保证个人的自由，个人又不能为所欲为，每个人在需要为集体利益服从的时候，都心甘情愿做出让步，不存在意见分歧。最后，当主人公醒来发现这一切都只是一个美梦时，他并不那么绝望。在他看来，梦中的一切是一种新生活的预见，世界终究有一天会获得宁静，压迫会变成友爱。在小说中，莫里斯表现了暴力斗争的必要性，他把梦中的理想城市看作是工人阶级武装斗争并取得胜利的产物。在他的另一篇表现梦境的幻想小说《梦见约翰·鲍尔》（1886—1887）中，他描写一个英国社会主义者梦见自己生活在 14 世纪的英国，参加了农民反抗贵族的起义。尽管莫里斯强调暴力革命对实现未来共产主义社会的必然性，但他的乌托邦社会中，爱却占据着非常重要的地位。

总体而言，19 世纪的思想家对未来美好社会的设想并未超出 16—17 世纪乌托邦思想家的想象视野。就社会政治思想和城市理念方面，19 世纪与16—17 世纪乌托邦思想在精神上是一脉相承的，如都把未来美好社会的实现寄托在社会主义、共产主义、集体主义、人道主义的理想之上。国家作为唯一的管理者代替私有制和企业的竞争，消除了城乡差别、阶级差别和文化差异，人人劳动，人人享受闲暇，实现了普遍的平等、自由和博爱，建立了有序和谐的社会——所有这些问题都是资本主义发展和城市化过程中一直无法解决的问题，因此，在宽泛的意义上说，19 世纪的思想家所面对的主要问题仍然是 16—17 世纪的思想家曾经面对并试图解决的。但是 19 世纪的乌托邦国家和城市不再是远离现代文明的异域孤岛，不是一个自给自足、严加防范的半封闭社会。16—17 世纪的乌托邦设想强调的是空间、地域的差异、共时性和异国情调，把希望寄托在远离本土的异国。而 19 世纪的希望寄托于未来，强调的是历时性。乌托邦是在时间的进程中，经过对现实的改革甚至暴力革命而完善化的社会。乌托邦与现实之间存在着的是时间的距离而不是空间的距离。未来与现实的比较代替了本土与异域的对照，现在与未来、现实与幻想的图景并置交错，表现出强烈的历史意识和忧患意识。在 19 世纪的乌托邦中，宗教人士和教会不再占据重要地位，起作用的是具有使徒精神和先知角色的、具有现代知识和人文主义精神的、世俗化了的知识分子。正如赫茨勒所说："空想社会主义者当中没有一个人是其他人想要帮助的无产阶级的直接代表，他们是一些伟大的具有社会思想的编辑、记者、政治家、科学家或实业界人士，这些人感到'世界问题的紧迫'，因而提出自己的看法，但说法大致相同。""他们当中的每一个人都厌恶他们那个时代所呈现的混乱而又痛苦的景象，把希望寄托在未来的理想共和国"，设想了"一个使劳动与欢乐、富有与善良、德行与幸福在尘世间结合起来的社会"。①

　　19世纪的乌托邦城市之间，尽管存在着差异，但在精神上和内容上也是基本一致的。它们是作为19世纪现实城市的对立面而出现的，是由表述现实城市形态词汇的"反义词"构成的。人性的美、善、光辉与荣耀都升华到最高境界，代替了罪恶、人的屈辱和异化，团结互助代替了竞争，消除了财富分配不均带来的阶级、文化等差异。人的性格、感情也变得单纯。爱、快乐、幸福代替了忧郁、紧张、痛苦、焦虑、恐惧等情感的复杂性，没有欲望的放纵和不能满足的煎熬，节制代替了放纵和奢靡，和谐代替了冲突、摩擦、对比，秩序代替了混乱，闲暇安逸代替了对速度的追求和劳役，精神生活代替物质主义和拜金主义，田园情调代替商业主义，反对机构化。乌托邦城市甚至只有白昼没有黑夜，在乌托邦小说中很少写城市的夜生活，一切都是明亮的、透明的，没有黑暗、隐秘。乌托邦城市与现实城市的多元开放和世界性相反，是单一的、民族性的，那里除了本民族的居民没有来自其他民族的人民。乌托邦城市缺乏变化，基本是静止的。20世纪的建筑学家凯文·林奇对莫里斯所设想的乌托邦做了这样的评价：

　　　　莫里斯所描述的是一个保守的世界，是一个规模很小的、均衡的、有次序的社会，在这里，人和自然环境、人与人之间都有着直接的关联。这种城市的规模被缩减到很小……强调社会细胞的有序、不同类别之间的平衡、良好的健康条件、亲近性、稳定性、相互依赖以及重返自然等。②

　　被工业革命造成的生态破坏和环境污染问题所困扰的思想家，其乌托

---

① 乔·奥·赫茨勒：《乌托邦思想史》，张兆麟等译，第215页。

② 凯文·林奇：《城市意象》，方益平、何晓军译，华夏出版社2001年版，第42页。

邦更加强调实体环境的重要价值，他们的乌托邦都是把物质体系和社会体系的乌托邦结合在一起的典型，体现了社会乌托邦与生态乌托邦的结合。他们的"花园城市"为19、20世纪城市规划之"花园城市"和"广亩城市"理论提供了话语资源。空想社会主义的城市设想"从更广阔的角度，联系整个社会经济制度来看待城市，把城市建设和社会改造联系起来；主张城市规模不宜太大，尽可能接近农村，以促进城市和乡村的结合，消除原有城市的各种矛盾和弊端，重视城市居民的公共生活和集体活动，提出建设各种新型的公共建筑和设施等。这些主张对于后来城市规划思想颇有影响，成为霍华德'田园城市理论'的思想渊源"。①

乌托邦，作为一种理想化的设想，也许仍然存在着不可行的性质，但是，它对城市规模控制、社区感、秩序感以及和谐社会的理念却对现实城市的建设有着借鉴意义。

---

① 《中国大百科全书·建筑 园林 城市规划》，中国大百科全书出版社1988年版，第290页。

第二章

从城市经验到诗歌经验

——波德莱尔与巴黎

　　城市进入诗歌的历史同城市本身的历史一样久远。然而，具有独立个性和身份的"城市诗歌"的出现却是比较晚近的事情，其历史不会早于波德莱尔创作一系列巴黎诗篇的 19 世纪中叶。波德莱尔生活和从事创作活动的时代最显著的特征就是所谓"现代性"，其之所以为现代，是因为它在诸多方面明显区别于传统的以农业文明为基础的田园牧歌式的时代。进入现代，大工业生产方式的广泛运用和城市文明的兴起，在改变人们生活环境和生活方式的同时，也对现代人的情感生活和思维活动产生了巨大的冲击，并由此深刻改变了人类精神成果赖以呈现的方式和面貌。由此看来，"现代"一词显然不仅仅是一个历史性的时间概念，它更是对一种全新的文明类型的指称。本雅明正是在这层意义上理解"现代性"的含义，称波德莱尔为"发达资本主义时代的抒情诗人"①。

　　法国诗人兼评论家皮埃尔·让·儒孚有一句论述波德莱尔的名言："波德莱尔的境况是现代世界的境况；波德莱尔的问题是现代诗歌的问题。"②这句话颇值得玩味，它将"现代世界"与"现代诗歌"并举，暗示在诗人的境况和他的诗歌成果之间存在着某种密不可分的关联，而且在这种关联中，"现代"一词成为最能体现其独特性的标识。在一般人眼里，现代生活

---

①　Walter Benjamin, *Charles Baudelaire, un poète lyrique à l'apogée du capitalisme*, Payot, 1979. 该书中文版《发达资本主义时代的抒情诗人》由张旭东、魏文生翻译，三联书店 1989 年版。

②　Pierre Jean Jouve, *Tombeau de Baudelaire*, Éditions du Seuil, 1958, p. 11.

的流行伴随着抒情诗的衰落，仿佛现代生活和抒情诗构成一对矛盾命题。然而，真正的诗人却能够发现现代生活为诗歌灵感提供的新的机缘，并借此改造诗歌语言和诗歌意象，创作出一种与现代生活相符合的全新的抒情诗类型。波德莱尔基于对现代生活的关注而创作的大量歌咏巴黎的诗篇在这方面为我们提供了成功的范例。

一　走向城市诗歌

虽然自公元 9 世纪起，法国文学史上就存在一种以巴黎作为诗歌题材的传统，但直到 19 世纪城市文明大规模勃兴之前，这种传统似乎并未造就出真正意义上的城市诗人和可以称为城市诗歌的作品。作为诗歌题材的巴黎从未真正成为诗歌的主角，它往往以片断的方式充当诗歌的背景、点缀或引发议论的契机。这些作品把城市引入诗歌，仅此而已，从中完全看不出城市生活独具的诗意和魅力。

进入 19 世纪，特别是在 1830 年前后，城市面貌的巨变和城市生活方式的深刻变化刺激着诗人们的创作灵感，巴黎以前所未有的方式成为诗人们争相追逐的对象。任何稍有一点影响的诗人都在自己作品中留下了有关巴黎的文字，谁都不甘落于人后，仿佛谁要是不写巴黎，就会被认为是无能之辈而名誉扫地。现代世界的方方面面在诗歌中得到全面展示，有人歌唱技术进步带来的最新成果，有人描绘新近落成的大型建筑，有人表现不同社会阶层人物的生活。波舍恩（Beauchesne）的诗歌《巴黎》是第一首以巴黎为篇名的作品，标志着巴黎可以成为诗歌的主要对象。拉马丁在《影像》中用相当长的篇幅对巴黎作了史诗性的描述。雨果创作了大量反映城市日常生活场景的诗篇。圣 - 伯夫对市郊衰颓破败的面貌表现出极大兴趣。戈蒂耶善于从夜幕笼罩的巴黎引发令人惊悚的思考。维尼喜欢登高俯瞰巴黎，抒发浪漫诗人的高迈情怀。如果单从数量上看，今天已经不太为人所知的巴特雷米（Barthélemy）是当时表现巴黎场景最多的诗人。仅在他的诗体讽刺作品《涅墨西斯》中就涉及巴黎各处地点一百多处，其中不少是第一次被提及。各种与城市生活有关的语汇大量涌进诗歌，拓宽了诗歌语言的表现能力和可能性。从那时起，巴黎的任何细节，任何街道，任何建筑都可以入诗，巴黎的形象在诗歌中开始变得越来越具体、清晰和丰富。

不过需要指出的是，这种题材方面在数量上的激增并不表示一种现代意义上的城市诗歌已然形成。要创作出现代的城市诗歌，还必须在城市生活的细节背后，捕捉住统摄现代生活的本质性因素，发掘出其包含的灵魂和隐秘的诗意，也许这才是城市对于现代诗歌的真正灵感之所在。这一点可以通过考察波德莱尔关于巴黎的诗篇而特别明显地看出来。

对现代社会的关注贯穿了波德莱尔的一生。早在青年时代，他就通过《1845 年沙龙》和《1846 年沙龙》讨论艺术的现代性问题，呼吁认识"现代生活中的英雄主义"，发掘当代城市生活中包含的众多史诗性和抒情性因素，创作出无愧于时代的经典作品。这种对艺术家的要求也指导着他自己的诗歌创作实践。1852 年，他在将一些诗作寄给母亲时，不忘说明"这些诗是非常特别的巴黎诗歌，是关于巴黎和为巴黎而作的"，并且还进一步指出："如果脱离其巴黎背景而能读懂它们，我对此表示怀疑。"① 1857 年《恶之花》的出版，以惊人的方式展现了抒情诗的现代可能性。后世学者认为，正是这部诗集开启了现代诗歌的新纪元。

《恶之花》的出版标志着一种全新的城市诗歌开始形成。不过，诗人也许觉得在这个版本中城市因素还没有得到足够的强调，因而他在《恶之花》初版发行不久即着手准备诗集的第二版。1861 年发行的第二版打破了原来诗歌篇目的编排顺序，并新增了几十首新近创作的作品。其最显著的变化就是，诗人借用 8 首旧诗，连同 10 首新作，专辟一章，取名《巴黎图画》。诗人由此明确表达了其在抒情诗中对"巴黎性"（parisianité）的诉求，几乎在这同时，他还开始大量创作被称为《巴黎的忧郁》的散文诗。

考察波德莱尔的城市诗歌，会发现一个有意思的现象：在这位被认为是最伟大的城市诗人的巴黎诗歌中，真正涉及专属于巴黎的地点、场所之处为数不多。虽然《恶之花》中有《巴黎图画》这一专门章节，但在整部诗集中，"巴黎"一词仅仅在 5 首诗中出现过 6 次：《告白》（第 8 行），《天鹅》（第 7、29 行），《小老太婆》（第 26 行），《黄昏》（第 27 行），《拾垃圾者的酒》（第 16 行）；"塞纳河"出现过 3 次：《致一位克里奥尔夫

---

① 《波德莱尔书信集》（Baudelaire, *Correspondance*, 2 vol., coll. Bibliothèque de la Pléiade, 1973）第 1 卷，第 191 页。

人》（第 47 行），《骷髅舞》（第 53 行），《黎明》（第 28 行）。广场、街道、建筑物等往往被看成是城市区别于乡村的标志，然而《恶之花》中却只有一次明确提到在 19 世纪 50 年代初巴黎城市化大潮中建成的"新卡鲁塞尔广场"（《天鹅》，第 6 行）。除此之外，诗人再没有提及巴黎任何其他的广场、街道、建筑物的名字。他所涉及的一些场景往往粗略而模糊，如城市近旁的白色小屋（《我不曾忘记……》），城市的河岸及河岸两旁的旧书商（《七个老头》《耕耘的骷髅》《骷髅舞》）等，似乎诗人在写巴黎的同时，又在有意识地回避对过于具体的巴黎场景的描写，仿佛他只有通过粗略的线条才能在个别性与普遍性之间寻求一种平衡。能够通过如此少的物质材料而又让读者在诗歌中感受到城市的无处不在，见识到城市生活的真相，这是波德莱尔的天才之处，他的这种天才包含着一种对于城市和对于诗歌的全新眼光与见解。

与传统的巴黎诗歌不同，波德莱尔不是通过对地点和场景的描写获得城市诗歌，相反，他的诗作体现了一种消解巴黎物质外观的愿望。据他自己在《巴黎的忧郁》前言中的说法，他的目的是要通过诗歌"描写一种现代的更为抽象的生活"，深入到"大都市无数错综复杂的关系"中，创作出"适应心灵的抒情冲动、梦幻的波动和意识的跳跃"的抒情作品①。可以说，保证他诗歌"巴黎性"的，是巴黎的抽象面貌，是折射在都市人的面容上和心灵中的巴黎生活。批评家蒂博岱对此有深刻体会，他在《内在》一书中评论道：

> 几乎所有这些诗歌都可以用《恶之花》中《巴黎图画》一章的标题冠名，这是一些生动别致的图画，但尤其是一些内在的图画，是一个灵魂在大城市中的真情表白，是一个大城市的灵魂的真情表白。这不仅是新的战栗，而且是波德莱尔为诗歌开辟的新的局面。②

此言不虚。在波德莱尔的城市诗歌中，巴黎是一个人格化的存在，它

---

① 参见《波德莱尔全集》（Baudelaire, *Œuvres complètes*, éd., Claude Pichois, Bibliothèque de la Pléiade, t. I, 1975 ; t. II, 1976），第 1 卷，第 275—276 页。

② Albert Thibaudet, *Intérieurs*, Librairie Plon, 1924, p. 7.

以隐性的方式存在于人的情感生活和精神生活之中。在波德莱尔看来，城市的本质不在于它所呈现出来的外在形态，而在于造就这种外在形态的现代人的激情、梦想和能力，因而对他来说，发掘现代大都市背景下人们"新的激情所固有的特殊的美"①便成为城市诗人的历史使命。

二　城市诗歌的审美趣味和现代感受方式

在现代城市诗歌出现之前，城市在诗人们的想象中大致以两种类型出现，这两种类型都来源于《圣经·启示录》对两种城市类型的划分。诗人们要么把城市视为圣城耶路撒冷一般的理想之都、人间福地，是光明和知识的源泉；要么视之为巴比伦一般的淫乱之地、罪恶渊薮，是诅咒和惩罚的对象。就连雪莱这样的诗人对城市的看法也没有摆脱传统的窠臼，他在《彼德·贝尔三世》（*Peter Bell the Third*）中将伦敦和地狱并称：

> 地狱是一座像伦敦一样的城市，
> 一座人口稠密、烟雾弥漫的城市，
> 这里有各种各样被毁损的人，
> 极少或者没有快活的事情，
> 公正不多，怜悯更少。②

在法国浪漫主义鼎盛时期的 19 世纪 30 年代，诗人们看待城市的眼光开始发生变化。维尼于 1831 年创作的长诗《巴黎—高翔》具有标志意义。诗人站在高处，对城市进行全景式的把握。从高处俯视城市是浪漫主义诗人惯于采取的姿态。不过，这首诗让人感兴趣之处不在这里，而在于诗人在诗中的角色。在诗中，诗人并不是简单地扮演诅咒的道德家或乐观的赞颂者，而是用他诗人的眼光搜寻城市独特的美。诗中对巴黎的顿呼是相当有名的：

---

① 波德莱尔：《1846 年沙龙》，《波德莱尔全集》第 2 卷，第 495 页。
② P. B. Shelly, *The Complete Poetical Works*, London, 1932, p. 346.

> ……地狱！世界的伊甸园！
>
> 巴黎！起始和终结！巴黎！阴影和火炬！①

　　诗中三组矛盾词语的组合（地狱—伊甸园，起始—终结，阴影—火炬），不是简单的关于德行与罪恶、奢华与苦难的对比，而是涉及到现代都市一切事物在其本质中的深刻矛盾。都市的这种本质性矛盾促使诗人对城市产生一种超越善恶判断的非道德性的观念。对他来说，只有审美判断，而不是价值判断，才能够帮助我们在总体上把握城市这个新的对象：

> 我不知道这一切是否是恶；但这是美，
>
> 但这是盛大！可以在它灵魂的最深处
>
> 感觉到一个全新世界正在这烈焰中铸就。②

　　用"熔炉"这个主题意象对城市的整体进行定义，这本身显示了诗人对现代都市多重价值的认可。巴黎这个熔炉铸就的"全新世界"会是一个更好的世界呢，还是一个充满苦难的废墟？诗人在此悬置了他的解答。这位对人类未来命运始终有着强烈关注的诗人，在他的审美姿态中流露出来的感慨和忧心，在真实性和强度上远胜过一味吹捧进步的人士欢悦的叫喊和悲观道德家愤世嫉俗的怨艾。无论是善还是恶，巴黎这座现代都市为人们提供了一种独一无二的经验，同时也为诗人提供了诸多充满诗意的暗示。

　　波德莱尔的城市诗歌是从浪漫主义的传统中生发出来的。如果说其他浪漫派诗人如圣－伯夫、雨果、戈蒂耶等引发了他对城市题材的关注，维尼则为他启发了一种对于城市的开阔眼界和在抒情诗中进行更多精神运思的可能。他在自己的巴黎诗歌中发挥了对于城市任何事物固有的多重价值的感悟和思考，而这种充满悖论的情感和思考成为他巴黎诗歌的独特魅力之一。他为《恶之花》所写的两首跋诗的草稿，充分表现了他的这种情感和思想的趣向。像维尼一样，诗人登高俯瞰巴黎，怀着一颗欣悦的心，搜索城市各个角落如鲜花般盛开的丑陋和罪恶。他在对自己生活的城市表达

---

① Alfred de Vigny, *Œuvres complètes*, 2 vol., coll. Bibliothèque de la Pléiade, t. I, p. 109.

② Ibid..

深切的失望和诅咒的同时，也表现出对这个城市深切的热爱和依恋，因为正是这个城市让他在新奇和意味深远的发现中享受到凡夫俗子不能了然的快意，激发他意识上的震荡，并由此成就他的诗才和诗艺。在题为《你要把全宇宙纳入你的闺房》的诗中，诗人将自己对城市的那种带有憎恶和暴虐特征的爱恋发挥得淋漓尽致。作为全诗结句的顿呼——"呜呼，污秽的伟大！崇高的卑鄙！"——以矛盾修辞的方式，为诗人的矛盾情感作了明白无误的注释。[1]

对诗人来说，现代的都市生活在为人们提供生存经验和信息资源方面，比历史上的任何时候都更为丰富、迅捷、复杂和尖锐。旧有的情感和观念、价值体系、感受和表达的方式显然已经无助于统摄瞬息万变、乱花迷眼的都市经验。在对于城市的审美态度上，要求诗人不仅仅驻足于城市生活的表面结构，而要深入城市生活的核心，勾勒出城市迷宫一般的血管、神经、肌理网络，发现并捕捉其中的深邃本质。波德莱尔显然不满足于停留在浪漫主义诗人那种从高处对巴黎的全景式把握。面对现代都市这个迷宫式的存在，价值判断的企图在让位于审美体悟的同时，也让位于诗人在城市迷宫中梦幻般的游走。《巴黎图画》的结构方式为我们清楚地呈现了这一走向。

在《巴黎图画》中，诗人通过第一首诗《风景》对城市进行纵向的全景式静观后，立即在第二首诗《太阳》中转入描写在城市街巷中的横向行走。在这里，漫游的诗人放弃了雨果式的浪漫主义先知或人类导师的角色，他走进街巷，融入大众之中，不仅仅是现代生活的观察者，更是现代生活的体验者和历险者。碎片式的现代都市生活对他来说是一场需要用极大勇气应对的挑战：

> 我将独自演练我剑术的奇妙，
> 在各个角落嗅寻偶然的韵脚，
> 绊在字眼上，一如绊在路石上，

---

[1]　矛盾修辞是最能够体现波德莱尔的气质、情感取向、审美趣味和思想意识的语言手段。关于波德莱尔在作品中运用矛盾修辞的情况，请参见刘波《"矛盾修辞"与文明的悖论》，《外国文学评论》2005 年第 2 期。

有时候碰着梦想已久的诗行。①

  波德莱尔在这里为穿街越巷的诗人找到了"斗剑士"这一隐喻。"剑术"一词形象地体现了抒情诗人与城市之间富有挑战性的新型关系。他在另一首诗中就巴黎写道："你的石子路耸立如要塞。"② 城市成为斗剑场，诗歌创作成为碰撞和角力的过程，词语、韵脚和诗行成为诗人艰难的战利品。正是这种挑战关系寄托着城市诗人的梦想并成就他的艺术。

  从纵向的静观到横向的行走标志着一种更为身体力行的、更具活力并更富冒险性的感受方式，成为城市诗人的需要。这种新的感受方式是同诗人被贬黜的经验紧密联系在一起的。作为诗人象征的"太阳"从天上降临街市，意味着深入城市街巷中的诗人必须与社会上苦难、卑微和暧昧的人群（如乞丐、老人、妓女、盲人、酒鬼、拾垃圾者、赌徒、罪犯等）为伍，与他们休戚与共。在诗人眼中，这些被边缘化了的人群实则是现代生活中真正的"英雄"；同时，诗人自己通过捕捉他们在都市生活中的屈辱、悔恨、怀想、爱情等，实践自己的"英雄主义"③。承受现代人的生存困窘，并从中发掘诗歌的要素，这成为城市诗人的特权。

  作为现代城市经验的表现，城市诗歌的生成过程本身也必定充满了危机、困窘、冒险和不适应感。在现代环境中，诗歌灵感不再像以前那样来自于对一种超验的自然秩序的发现，而是来自于偶然的事件、意外的碰撞或暧昧不明的活动。这里涉及的不仅仅是诗歌题材的改变，更涉及生活经验、感受方式以及写作方式的深刻转变。在波德莱尔引为同类的人物中，"拾垃圾者"在某种意义上成为他所理解的现代城市诗人的化身。他在这个具有代表性的现代"贱民"的生存状态和生产方式中，发现了同现代城市诗人的生存状态和生产方式之间惊人的一致性。《人工天堂》中一段描写"拾垃圾者"的著名段落自然会让我们联想到《太阳》中的诗人形象：

---

① 《波德莱尔全集》第 1 卷，第 83 页。
② 《跋诗》，见《波德莱尔全集》第 1 卷，第 192 页。
③ 参见《1846 年沙龙》第 8 章"论现代生活的英雄主义"（《波德莱尔全集》第 2 卷，第 493—496 页）。

　　眼前这个人，专门收集都城每日的碎屑。大都市丢弃、遗弃、鄙弃、碾碎的任何东西，他都分门别类加以收藏。他翻检荒淫生活的档案——那杂乱堆积的废物。他进行挑选，加以精明的取舍；他像吝啬鬼聚敛财宝一样收集各种垃圾，而这些东西经过工业之神的重新咀嚼，将变成有用的或可供享乐的物品。你看他，在夜风摇曳的昏暗街灯下，沿着圣热纳维埃芙山一条弯弯曲曲、人烟稠密的街道向上行走。……他远远走来，摇晃着脑袋，脚绊在石子上，活像成天到处闲逛寻觅诗韵的青年诗人。他自言自语；他把自己的灵魂倾注到夜晚寒彻昏沉的空气中。这是一种华丽的独白，直令人对一切最为抒情的悲剧起恻隐之心。①

　　"拾垃圾者"的形象深深扎根在波德莱尔的文学想象中，以致他在稍后完成的《拾垃圾者的酒》中又用诗歌语言对上面这段文字进行了转述：

> 古老城郊的街巷，泥泞的迷宫，
> 人口拥挤，如云翻浪卷般汹涌，
> 风吹火苗摇曳，灯罩嘎吱作响，
> 常常，借着路灯那红色的光亮
>
> 可看到一位拾荒者，步履踉跄，
> 摇头晃脑，活像诗人撞在墙上，
> 毫无戒心地把密探当作部属，
> 敞开心胸吐露他宏大的抱负。②

　　在波德莱尔的时代，拾垃圾者的大量出现是一个伴随着大工业文明和城市化进程而生发的社会问题。不过，波德莱尔在他对拾垃圾者的描写中，不仅仅是将其作为特定社会中的一种病态现象来加以考察。虽然可以说他的描写中的确包含有某种意义上的社会批判因素，但其最令人感兴趣的还

———————————

① 《波德莱尔全集》第 1 卷，第 381 页。
② 同上书，第 106 页。

在于他在此以隐喻的方式进行的对城市诗人创作技巧方面的思考。无论是拾垃圾者还是诗人，他们都是在日落之后从事自己的行当，带着相同的举止和步履在城市的各个角落巡行，捡拾城市"丢弃、遗弃、鄙弃"的一切，将最不起眼的物件视为财富并加以分类和珍藏，由此成为现代生活具有特殊意义的收藏家和档案员。同拾垃圾者一样，诗人有着独特的功利观，诚如瓦雷里指出的那样：

> 诗人是最功利的人。那些被最现实的人遗失、丢弃、瞧不起、淘汰、遗忘的一切，如懒散、失望、出人意表的言语、古怪的眼神，诗人将它们采集，并通过自己的艺术赋予其某种价值。①

在诗人眼中，那些表面上一无是处的"垃圾"是都市人生活和激情的片断和样板。与拾垃圾者不同之处在于，他发掘的不是这些物件"现实"的价值，而是其中包含的"象征"或"寓托"的价值。那些作为现实已经死灭的事物，对他来说，却成为富含意义和教益的符号。

波德莱尔将诗人同拾垃圾者作比，这反映了他"将粪土变成黄金""从丑恶中发掘美"的美学理想。通过对现代生活中低贱卑微之物的神奇转化，诗人成为现代社会的弥达斯和炼金术士。我们可以注意到这样一个意味深长的事实，正是那些在城市生活中地位卑贱、状况窘迫的人，而不是那些高高在上的优越者，最容易领受这种神奇转化的经验。城市诗人的使命就是要在内心的运思和文字的写作中再造在城市时空中游历的冒险经验。他首先要成为一个"街头游荡者"，他搜寻"字眼"和"诗韵"的过程使他的诗歌创作活动更像是一次需要付出极大的体力去完成的举动。在这里，心理活动与体力活动一气相通，或者说，它就是体力活动的结果。我们看到，从波德莱尔开始的现代文学艺术的创作，在总体上越来越强调创作者自己身体经验的参与。

波德莱尔时代的巴黎在时间、空间和精神活动三个方面使人在经验层面感受到同传统经验方式的深刻断裂。震惊、碰撞、复杂的交通和社会关

---

① 转引自 Jean Prévost, *Baudelaire, essai sur l'inspiration et la création poétiques*, Paris: Mercure de France, 1953, p. 207.

系网络以及由此导致的惊慌失措的危机感成为人们日常经验的常态。走进城市，就仿佛走进迷宫，走进没有出口的死胡同，走进找不到答案的疑难。这使得人们已有的经验结构在同现实的碰撞中瓦解成碎片，这也使以表现人们现实经验为目的的诗歌似乎永远处于一种摸索、试探、找寻的过程之中。现代文学在艺术形式方面的先锋性、冒险性和实验性之所以成为一种普遍的趋势，究其原因，与现代人充满震惊的日常经验常态紧密相关，是人们独特现实经验在艺术经验中的反映。

三　从城市经验到诗歌经验

一件作品不仅仅是再现一种经验，它也是这种经验赖以存在的形式。在作品中，重要的不仅仅要看作品表现了作者在生活中经历过怎样的经验，同时也要看作者通过怎样的创作活动和艺术形式使这种经验得以传达。一首诗是现实经验的呈现，同时它本身也是一种语言经验，或者说它是通过语言达成的经验。

波德莱尔不是某些评论家所认为的那种绝对的唯美主义者。他不满足于将诗人的使命局限于组织字词、安排诗句、设计韵脚。在他的诗歌经验中，外部世界始终处于他的视线之内，始终作为一种底色或参照存在于他的作品之中。根据他的"应合论"美学思想，"自然"被他看作一个意蕴生动的活物，它发出的"模糊隐约的话音"正是诗人需要加以索解的内容，这使得诗人的作品成为"自然"的"应合"。

作为巴黎诗人，波德莱尔懂得现代都市对于激励新型文学所具有的神奇力量。现代诗人的使命就是要倾听他所处环境的"话音"，从每一件事物中提取"精萃"，让诗歌涌动与生活相同的节奏，以其独特的形式诠释生活，成为"对外部生活传奇般的迻译"[①]。

波德莱尔的诗歌经验是特定历史条件下的产物，带有历史赋予的鲜明特征。虽然在他诗歌中明确指称巴黎的词语并不多见，但他的《恶之花》却通篇洋溢着巴黎的气息，跃动着巴黎的光晕。他的诗歌世界往往在经验

[①]　《现代生活的画家》，《波德莱尔全集》第 2 卷，第 698 页。

层面显现出一种诗意的"现实主义"。这里所谓的"现实主义"并非传统意义上那种要求对外部生活进行镜像式精确模仿的现实主义，而是指通过创造性想象，在诗歌经验与生活经验之间建立一种等价的关系，在这种等价关系中，"现实主义"因素超越了两者外在形貌的相似，而达成它们在体验和精神上的一致。正是在这层意义上，波德莱尔强调说：

　　诗歌是最具现实性的，它是那种只有在另外一个世界才会完全真实的事物。①

这里的"另外一个世界"指的就是那种被精神统摄的深层的现实。波德莱尔的"现实主义"可以说是一种"精神现实主义"，其中总是蕴含着诗意的观照。诗人笔下的"巴黎图画"往往消解了现实巴黎的物质外观，但同时又包含着诸多针对现实巴黎的意味深远的寓托。波德莱尔实践的是一种"深层的模仿"，他诗歌的精妙就在于通过诗歌经验对城市经验进行创造性的置换，用诗歌将驱动现实的动能传达出来。

《巴黎之梦》是波德莱尔最重要的作品之一，在诗人用诗歌置换外部现实方面，这首诗为我们提供了一个经典的范例。全诗由并不均衡的两个部分组成：第一部分包括13个诗节，写梦中城郭流光溢彩、瑰奇壮丽的景观；第二部分包括两个诗节，写大梦觉醒、重见凡俗的颓丧。除标题中的"巴黎"之外，全诗再无一词直指这座城市。如何理解"梦"与"巴黎"（外部世界）的关系，如何解释这首诗的"巴黎性"（现代性），这是任何阅读这首作品的人都会提出的问题。

皮埃尔·拉法格认为，梦中的仙境华屋本身谈不上什么巴黎性，"这只不过是诗人关闭门窗隔绝与外部世界的联系后看到的景致"，是诗人"纯然想象的产物"②。马塞尔·A. 吕福也认为，"令人惊异的梦中景致没有任何可以归于巴黎或其他任何城市之处"，如果说这首诗被冠以"巴黎"之名，那主要是来自于第二部分，因为这一部分"展示了主要存在于城市的苦

---

　　① 《既然有现实主义》，《波德莱尔全集》第2卷，第59页。

　　② Pierre Laforgue, "Note sur les 'Tableaux parisiens'", *L'Année Baudelaire*, I. Paris, *l'Allégorie*, Paris, Klincksieck, 1995, pp. 82 - 83.

难"，"美梦破灭重返现实的过程是在大城市的特殊条件下发生的"①。两位评论家的解说都倾向于否认神奇梦境本身的巴黎性，而把它看作是与低劣平庸的现实巴黎相对应的一个想象中的理想世界，具有修辞学上的反衬功能。然而，诗人执意用"巴黎"一词作为"梦"的限定，这似乎是在有意强调想象世界与现实世界的关系，从而也就否定了将这首诗看作纯粹幻想产物的阐释。

从心理学角度看，《巴黎之梦》中超现实的图像确实记录下了梦境中荒诞不经的幻觉经验。诗人自己也承认梦境的奇异："沉酣睡乡遍布奇观"（第4行）。睡梦具有某种如同兴奋剂的效果，让梦中的人遍历未知的国度，见识奇妙的景物。然而，这不足以让我们认定巴黎诗人的幻觉经验仅仅来自于睡梦王国的偶然经历。梦中的幻觉也许是导致创作这首诗歌的直接起因，但这解释不了诗人何以要特意指出这是一首"巴黎"诗篇。实际上，梦幻的感觉是《巴黎图画》一章的主导动机之一，出现在好几个篇目中。在《七个老头》中，巴黎这座"拥挤如蚁之城"也被称作"充满梦幻之城"。诗人时时刻刻感到自己生活在巴黎就仿佛置身在如梦似幻（有时也是充满噩梦）的环境中。这自然让我们猜想，梦中的幻觉同现实中的梦幻感也许并非全然没有关系。我们甚至会这样猜想，现代都市巍然耸立的大型建筑也许是启发《巴黎之梦》中布局严整、晶莹剔透的梦中景观的诱因。为了廓清这首具有突出现代特征诗作的深意，看来有必要将这首诗与它得以产生的环境做一比照。

探讨特定的社会因素和生活内容如何为特定时期的文学艺术提供风格及其赖以形成的实质，这是瓦尔特·本雅明的一条重要的学术路线。《拱廊街》是他对19世纪的巴黎进行全方位研究的巨著。在这部并未最终完成的著作中，有一段关于《巴黎之梦》的谜一般的文字："闲荡者与大众：波德莱尔的《巴黎之梦》在这方面可谓启示良多。"② 至于这些启示究竟是什么，本雅明并未做进一步的说明。不过，结合本雅明一贯的研究思路，我们在这段话的字里行间可以感觉到，他在此处意欲将作为城市闲荡者的诗

---

① Marcel A. Ruff, *L'Esprit du mal et l'esthétique baudelairienne*, Paris, Armand Colin, 1955, p. 343.

② Walter Benjamin, *Paris, capitale du XIXe Siècle: le livre des passages*, Paris, Les Éditons du Cerf, 1997, p. 445.

人的经验同城市大众的经验加以比照，从而揭示在个人偶然的梦幻经验背后，涌动着一个时代必然的集体经验。

蒂博岱在谈论波德莱尔这首诗时指出，用石头和金属做成的梦境标志着从自然景观到人工景观的转变。他看出梦境是对一个理想世界的建造，同时，他把诗人的理想世界置于与历史世界的关系之中：

> 他的理想世界呈现为一种建筑图像，因为他所处的现实世界就是一种建筑格局，是一种都市的自然，也就是一种不再是自然的自然。①

从自然景观到人工景观的转变同历史发展的进程是相符合的。随着城市化的兴起，人们的主要活动领域从乡村转移到城市。19 世纪工业文明的扩张和城市化大潮以极其迅猛的方式改变了人们生存环境的面貌，并由此引起人们心理和精神上的巨大变化。在现代工业魔力的驱动下，规模庞大的城市突然间从地平线升起，广厦林立，道路宽阔，灯火耀眼，舟车繁忙，财富涌流，这一切使人们仿佛置身于梦境，见证梦想已久的理想世界一夜之间在人间变成现实。

《巴黎之梦》中"令人惊骇的景观"可以说正是用诗意的"仙境"对这种城市梦幻的置换。诗中构成"仙境"的材料和色调大都取自用以构成城市景观的材料和色调：

> 阶梯拱廊的巴别塔，
> 巍峨的官殿大无边，
> 池水和喷泉映广厦，
> 闪光的飞流落金潭；
>
> 还有些瀑布何沉雄，
> 若剔透水晶做帘幕，
> 在辉煌耀眼光华中，

---

① Thibaudet, *Intérieur*, *op. cit.*, p. 13.

悬挂于金属绝壁处。

不是树，是森森廊柱
围抱着沉睡的池塘，
高大的水神如美妇，
顾恋池水中的模样。

……

这是些稀世的宝石
和神奇流水；这是些
明晃晃的巨大镜子
映出万象风姿卓绝！

……

景中一切，包括黑色，
光滑铮亮，灿烂如虹；
流体将荣耀的光泽
嵌入结晶的光线中。

天上没有星星踪影，
也看不见一丝残阳，
为照亮眼前的奇景，
全凭自身发出光芒！

这些诗句描绘的梦幻图景正是理想中巴黎的诗意图景。这是现代的梦想家们作为理想形态构想的现代都市。诗人创作他的梦幻图画，一如城市的建筑者建造现代的仙境华屋。前者运用词语，后者运用物质材料。他们两者具有相同的意愿，他们都固执于可以通过自己的方法使梦想变为现实的坚定信念：

> 率意而为的怪念头，
> 让我从这片景观中
> 芟除不规则的植物，
>
> 我像画家恃才自傲，
> 在自己画作中欣赏
> 用金属、水还有石料
> 构筑的单调的景象。
>
> ……
>
> 我，这仙境的建筑师，
> 让大洋服从我意愿，
> 流进隧道不再恣肆，
> 这隧道用宝石镶嵌。

诗人在其诗句中不仅借用了现代都市中的楼阁、雕塑、拱廊、灯火等标志性形象，同时还借用了城市化过程中那种向大型化发展、无度扩张的效果。现代化进程中的"巨大症"（le gigantisme）可以部分解释波德莱尔对大城市的偏爱，因为这符合他的气质和美学趣味。他在一篇作品中表达过自己对于求"大"的趣味：

> 无论在自然中还是在艺术中，假定事物具有同等价值时，我会比较偏爱其中宏大的一类，巨大的动物，宏大的景观，巨大的轮船，高大的男人，高大的女人，雄伟的教堂，等等，我把自己的趣味变成原则，认为事物的规模在缪斯眼中并不是一个无足轻重的考量因素。①

---

① 《1859 年沙龙》，《波德莱尔全集》第 2 卷，第 646 页。

《巴黎之梦》中的这种嗜"大"趣味，我们还可以在波德莱尔的其他篇什（如《女巨人》《理想》《美神颂》《七个老头》）中见到。在这里，我们很难说诗人的这种美学趣味纯然出于天生而与后天的习得无关。应当说，历史经验在诗人美学趣味的形成过程中扮演了一个举足轻重的角色。美学上对于求"大"的迷恋其实是现实中对于求"大"的迷恋的回响。对于"大"的追求统摄着整整一个时代的精神。我们可以注意到，在19世纪资本主义发达时期，像巴尔扎克、大仲马、德拉克罗瓦这样的文学家和艺术家都在他们的作品中表现出对于"宏大"的追求。"巨大症"是这一阶段历史发展的特征，它成为资本主义和城市化的内在价值根据。巴黎的城市建设和改造工程使城市的面貌越来越朝着无节制的扩张方向发展。把艺术上的嗜"大"趣味和城市化的"巨大症"加以比照，这绝非毫无意义。它们两者之间应该存在某种关联。这两种经验在现实的操作上可谓南辕北辙，但在情感和精神层面，它们两者却又如此相似、如此相通。创造"仙境"的诗人在情感和精神上成为现代世界建设者的写照。

自法国大革命后，巴黎开始了现代城市化的进程。资本主义财富的增长、新技术的发明和对新型建筑材料的运用，使这一进程在波德莱尔创作一系列城市诗歌的第二帝国时期达到最高潮。大片杂乱的古老街区被拆除，代之以宽阔笔直的街道、开阔的视野、标志性大型建筑、外表对称整齐的民居。主持这项浩大工程的奥斯曼男爵自称是"拆旧建新的艺术家"（artiste – démolisseur）。他在自己的《回忆录》中志得意满地谈到对巴黎的改造是他创作的伟大作品，谈到他如何像艺术家一样通过"切割""迁移""开凿""拓宽""对齐"寻求"美丽的布局"。这一时期的城市建筑布局严整，不同建筑物之间互相观照，形成整体风格的统一。这种方式同波德莱尔用以设计《恶之花》整体结构的方式有着惊人的相似。作为奥斯曼的同时代人，波德莱尔将同样的方式运用到诗歌创作中。《恶之花》的整体结构带有奥斯曼式的理智主义和古典情趣，这使得它不再是通常意义上的诗歌集，而是将不同诗作进行精心编排后构成的一部具有完整结构的作品。①

城市面貌的改变，以及由此带来的人们生活方式的改变，在诸多方面

---

①　关于波德莱尔如何设计诗集结构以使其成为具有高度统一性的作品，可参见刘波《论〈巴黎图画〉的"隐秘结构"》，载《外国文学评论》2003年第2期。

推动了现代诗歌的形成。

煤气灯的广泛运用像一个人造的太阳将城市的夜晚照得通明，不仅开辟了城市的夜生活，而且让人在感官上体验到一种前所未有的惊奇和欢悦。自古以来，光明就是构成理想世界图景的一个不可或缺的因素。《圣经·启示录》中的圣城耶路撒冷就是一个光明朗照的地方："那城内又不用日月光照，因有神的荣耀光照，又有羔羊为城的灯。"[①] 波德莱尔诗中"结晶的光线"也是一种荣耀的标志，不过，这不是神的荣耀。诗句"全凭自身发出光芒"所指的，是人工的光线，是现代人发明的人造太阳。将神的荣耀归于自身，现代人僭越了神的地位，成为人性化的上帝或神性化的人，掌握了在人间建造天堂、实现梦想的能力。

僭越了神的地位的现代人修建各种大型建筑，让它们成为自己的神殿。证券交易所、大商场、拱廊街、展览厅等一切方便商业活动的建筑如雨后春笋般遍布城市，巍峨雄伟，富丽堂皇，让人置身其中有恍若隔世、如临梦境之感。本雅明将巴黎的拱廊街称作"19 世纪最重要的建筑"[②]，其重要性在于它提供了资本主义世界的一个缩微图景，既代表了这个世界的建筑外观，也代表了这个世界的梦想。拱廊街出现于世纪之初，到 19 世纪中叶发展到一百多条，主要是用作豪华和新式商品的买卖。一本 1852 年的《巴黎插图导游册》对拱廊街的描述与《巴黎之梦》中的图景极为相似：

> 这些拱廊街是豪华工业的新发明。它们是一条条通道，用玻璃作顶，用大理石作廊檐，将属于不同房主的建筑连成一片共谋商机。光线从上面照射下来，通道两侧排列着最豪华的店铺。可以说这样的拱廊街就是一座城市，一个缩微的世界。[③]

玻璃和钢铁等新型人工材料的运用带来了建筑上的所谓"现代风格"（modern style），这使得建筑物更趋通透和光亮，并由此使梦幻般的神奇效果更为强烈。为 1851 年伦敦万国博览会建造的"水晶宫"（Crystal Palace）

---

① 《圣经·启示录》22：23。

② Walter Benjamin, *Paris, capitale du XIXe Siècle：le livre des passages*, p. 832.

③ Ibid., pp. 65，869.

是这类建筑的典范，它在白天的阳光下晶莹剔透，在夜里借助人工的灯火向外发射光芒。

对于进步和美好未来的信念是资本主义社会的基础。对这种信念的狂热在 19 世纪与 20 世纪相交的那段时期达到高峰，而这段时期恰好在历史上被称作"美好年代"。从那时起，城市建筑的奇迹越发充满想象（幻想）。埃菲尔铁塔成为最高的人工建筑，标志着摩天大楼时代的来临。从那时起，开始了一场追求高度的角逐。纽约帝国大厦击败埃菲尔铁塔，但随后又被具有更大高度的建筑击败。直到今天，这种角逐没有停息，相反倒有愈演愈烈的趋势。

长久以来，人们对城市未来图景的设想总是落脚在梦幻般的想象中。无论是文学艺术家、未来主义的建筑家还是普通人，他们心目中的未来城市一定是那种消弭了现实与梦想、现实与神化、现实与科幻之间界限的世界。在奥斯曼改造巴黎时期，就出现过许多离奇而宏大的计划：有人建议将位于城中心的一段塞纳河完全覆盖，并将西岱岛上的建筑全部推倒重建；有人提出为蒙马特高地覆盖一拱顶，并配以一个巨大的电钟，让人远远就能看见和听见，以便全城调校时间之用。① 当时一些关于未来巴黎的著作更是充满了对未来的这座城市痴人说梦般的描述，人们设想中的空中楼阁比巴比伦的空中花园还要荣耀。②

建筑风格的变化标志着时代风气的变化。出于商业目的建造的一系列大型建筑，在满足其实用功能的同时，也寄托着资本主义对于梦幻生活的希冀，即波德莱尔在《风景》一诗中所说的"牧歌中最童真的一切"③。人们生活在现实中如同生活在梦境中，同时也把梦境作为现实来生活。对于进步的信念是 19 世纪的一个迷梦，这一迷梦一方面包含着诗意的和理想主义的神圣因素，但另一方面，它也包含着窒息诗意的、具有拜物主义倾向的物质因素。波德莱尔对资本主义迷梦固有的暧昧性进行过思考，他在

① Victor Fournel, *Paris nouveau et Paris futur*, Paris: Lecoffre, 1865, pp. 235 – 241, 384 – 386.

② 关于未来巴黎的描述，可参阅以下著作：Tony Moilin, *Paris en l' an 2000*, Paris, sans éditeur, 1869；Albert Robida, *Le XXe siècle*, Paris, Decaux, 1883；*Paris à travers l' histoire*, Paris, Librairie illustrée, 1896.

③ 《波德莱尔全集》第 1 卷，第 82 页。

《1859 年沙龙》中就这个问题写道：

> 工业闯入艺术，成为它的死敌，功能的混淆使任何一种功能都不能很好地达成。诗歌和技术进步是两个本能地相互仇视的野心家，在它们狭路相逢时，其中一方必须为另外一方服务。①

波德莱尔自己的创作就是探讨技术进步服务于诗歌的典范。他的《巴黎之梦》脱胎于历史性的梦幻。作为具有艺术敏感的诗人，他很可以通过现代建筑仙境般的图像去发掘和探讨人类对于梦幻现实的痴迷，并用这些历史性的奇观来滋养自己词语的魔术。同时，历史梦幻的暧昧性也决定了诗人自己对于现代世界的暧昧态度："对于生活的陶醉"和"对于生活的厌恶"。

诗人有理由"陶醉"于现代生活。作为现代技术奇迹出现的城市化新景观，为诗人启发了梦想所具有的创造能力，同时也通过为诗人提供新的材料、新的诗歌意象和隐喻，让他得以实践艺术的更新，找到表现理想世界的新方式。《巴黎之梦》中描绘的梦境只可能存在于波德莱尔这样的现代城市人的精神和想象中。生活在城市中的人远离田园牧歌式的原野风光，习惯于街道纵横、房舍严整的人工景象，善于体会用金属、大理石和像结晶的水一样剔透的玻璃构造的建筑中包含的美和情调。诗中的梦境处于诗人的掌控之下，具有复杂建筑的构造，是诗人根据诗歌意识的要求对城市景观加以改造和重构的结果。我们很难说诗中的描写是对城市外观面貌的直接模仿，但可以肯定的是，这些描写的确包含着造成城市景观的逻辑因素，表现出了现代生活中充满理想和梦幻的方面。

诗人有理由"厌恶"现代生活。现代"梦想"对于物质因素拜物教式的依赖，现代人对于所谓"进步"的盲目信仰，资本在实现"梦想"过程中神话般的张狂，这一切又不可避免地引起诗人的反感和忧心。当"进步"不是为"艺术"服务，而是成为物质崇拜的担保者时，无论充满何等诗意的"梦想"到头来都必定是物质的附庸，一定会转变为让梦想者不堪其苦

---

① 《波德莱尔全集》第 2 卷，第 618 页。

的噩梦。本雅明在《拱廊街》中将巴黎称作"梦幻之城",并辟专门章节加以解说。他通过一系列"辩证图像"意欲说明"资本主义是这么一种自然现象,通过它,一种新的充满酣梦的睡眠带着重新激活的神话力量扑袭欧洲"①。蒂逊德曼在为《拱廊街》作序时对本雅明的意图作了引申阐释:"19 世纪是人们必须从中觉醒的梦幻,只要它的魅力不被击破,它就会是压迫现实的噩梦。"② 这也是《巴黎图画》的作者通过自己诗人的直觉意会到的历史的辩证意义。这首诗通过对比结构,展示了"梦幻"与"觉醒"的关系,这使得美好梦幻本身被赋予了某种具有反讽性的效果,同时也使全诗成为一种警醒,让人透过现代的"仙境华屋",对以拜物主义为基础的梦想发出思考和追问。

四　"恶劣趣味"的工巧

城市诗歌的出现冲击了既往的关于诗歌的观念,传统抒情诗的语汇和意象已经不能满足现代的审美感受。现代生活的英雄主义包含的特殊的美以及现代人特殊的审美经验,需要诗人发现和创造出相应的抒情形式来加以表现,用波德莱尔的话说,就是借助诗歌活动"到未知世界深处去发现新奇"③。在此条件下,城市诗歌成为一种在未知领域的历险,成为构建新的审美类型过程中一种前卫的艺术经验。像一切前卫的实践一样,对于"新奇"的探索往往在一些人眼里被看作伟大光荣的功勋,而在另一些人眼里则被视为恶劣无耻的哗众取宠。

波德莱尔是那种在一切地方,甚至在最不可能具有诗意的地方发掘诗歌的诗人。他致力于寻找将最平庸的现实内容同诗歌的艺术形式加以结合的途径。他的一些看似趣味低劣的比喻、意象、韵律等,实则包含着一种独到的创意,具有无可比拟的表现力。圣-伯夫认为波德莱尔是"用彼得

---

① Walter Benjamin, *Paris, capitale du XIXe Siècle: le livre des passages*, p. 408.

② 参见霍尔夫·蒂德曼(Rolf Tiedemann)为《巴黎,19 世纪的首都》一书所作序言,同上书,第 17 页。

③ 《波德莱尔全集》第 1 卷,第 134 页。这行诗是为《恶之花》全集结的最后一句。

拉克的方式讴歌丑陋"①；戈蒂耶指出波德莱尔在其诗歌的经纬中"将丝线与金线同粗糙生硬的麻绳编织在一起"②；克罗岱尔看出波德莱尔诗歌中"神奇地融合了拉辛的风格和自己所处时代新闻记者的风格"③；本雅明注意到波德莱尔的创作中存在一种"用巴洛克风格表现平凡对象"的倾向，认为他在最美的诗文中也不鄙弃最平庸、最被视为禁忌的字眼，并强调说他的这种技巧是"暴动的技巧"④。本雅明还用"衣衫褴褛的大兵"来形容实践暴动技巧的诗人带给他的印象。⑤

在波德莱尔致力于城市诗歌创作的过程中，特别是在他准备《恶之花》第二版的 1859 年至 1860 年间，他也意识到自己走上了一条新的道路。1859 年 5 月底，他在将《巴黎的幽灵》（当时只有《七个老头》一首诗）寄给《法兰西杂志》主编时附有一短信，他在信中指出：

> 这是我意欲尝试的新系列中的第一首，我怕是已经着实成功跨越了为诗歌设定的界限。⑥

同年 9 月，这份杂志在《巴黎的幽灵》这一总标题下发表了《七个老头》和《小老太婆》两首诗。波德莱尔计划中的"新系列"大概还应当包括他后来专门为《巴黎图画》一章新创作的一些诗歌，如《天鹅》《盲人》等。至于对"跨越了为诗歌设定的界限"一语作何解释，作者自己并未言明。波德莱尔的话既表白了坚决的雄心（"我意欲尝试"），也带有腼腆的保留（"我怕是"），以及某种不无自嘲意味的自我庆贺（"已经着实成功跨越了"）。这段话将波德莱尔在大胆与矜持、尊重传统与寻求新奇之间的踌躇态度形象生动地呈现出来。透过字面的踌躇，我们可以感到诗人的那份

---

① 圣-伯夫 1857 年 7 月 20 日致波德莱尔信，见 *Lettres à Baudelaire*, éd., Claude Pichois, Neuchâtel, À La Baconnière, 1973, p. 332.

② Théophile Gautier, " Charles Baudelaire ", recueilli dans *Baudelaire par Gautier*, Paris, Klincksieck, 1986, p. 146.

③ 转引自 Walter Benjamin, *Charles Baudelaire*, p. 143.

④ Ibid. .

⑤ Walter Benjamin, *Paris, capitale du XIXe Siècle: le livre des passages*, p. 374.

⑥ 《波德莱尔书信集》第 1 卷，第 583 页。

满足感，他显然已经意识到自己的诗歌在表现方式和感受性方面带来了某种新的东西。

所谓"跨越了为诗歌设定的界限"，首先大概指跨越了格律诗形式和技巧方面的界限。诗人在许多诗句中运用了大量散文化的节奏因素：重音移位，顿挫弱化，不合常规的断句，频繁的跨行，细碎的罗列，等等。《七个老头》的第一节将读者带入一种介于现实与噩梦之间的情景。在第 2 节和第 3 节中，诗人用一系列不稳定的图像来具体描写这一情景：被晨雾拉长的房屋，像涨水的河道一样的街巷，像布景一样充满空间的雾气，震动街区的重载车，等等。这两节诗由一个句子构成。这个具有散文化倾向的句子结构复杂而松散，既有并列结构，又有主从结构，其间还穿插多个状语和同位语，这使得习惯于传统格律调式的读者不可能进行连贯的朗读。在这里，句子的结构像是用碎片进行的拼贴，呈现出支离破碎的效果，就像笼罩城市的雾气一样，足以让想透视它背后玄奥的人气馁。正是在这样的背景下，一个幽灵般的老头突然出现：

> 突然，一个老头，——黄黄的破衣服
> 模仿雨云密布的天空的颜色，
> 若不是他的眼中有凶光射出，
> 那模样会引来雨点般的施舍，——
>
> 出现在我眼前。仿佛他的眸子
> 在胆汁里浸过；目光冷若冰霜，
> 长长胡须硬得如剑一般锋利，
> 刺向前方，像犹大的胡须一样。

在这两节描写老人外表的诗句中，亚历山大体格律诗的传统稳定结构被打破。诗人通过一些错位的顿挫谋求某些特殊的表现力：将"突然"置于句首，突出强调效果；对"出现在我眼前"和"刺向前方"的跨行处理，表面上破坏了诗句韵律和节奏的完美，实际上诗人以这种方式使视觉形象同音响配置达到了惊人的统一，通过突兀的节奏实现对突兀视觉效果的模仿。"出现在我眼前"不仅是一个跨行，而且是诗节间的跨行，形象地呈现出老头在雾气弥漫的街巷中幽灵般的闪现。"刺向前方"仿佛让人看到举剑出击的动作、听到呼啸而出的剑锋，绝妙地表现出饱受城市摧残的老人身上带有的愤恨和攻击性。诗人在接下来的描写中运用了同样的方法：

> 他腰不是弯，而是已折断，脊梁
> 和大腿形成一个完美的直角，
> 他倚扶的木棍补足他的形象，
> 举止和笨拙的步伐像是仿效
>
> 残废的四足兽或三足犹太人。

诗人用断裂的诗句模仿老人毁损的形象，两个跨行（"脊梁/和大腿形成一个完美的直角"，"仿效//残废的四足兽或三足犹太人"）使老人僵硬的和近乎溃散的身架变得具体可感。在这些诗句中，诗歌形式完全配合字面的意义，形成两者间完美的应和关系。波德莱尔在其他一些巴黎诗歌——如《小老太婆》《天鹅》《盲人》等——中也尝试了对亚历山大体严格形式规定的突破。

诗人在感受性方面也跨越了传统诗歌的抒情趣味。这表现为诗人通过诗歌来传译现代生活的方方面面，甚至包括其中最散文化的、最缺乏诗意的方面。要表现出"现代生活独特的美"，诗人就必须于传统的路数之外另辟蹊径，创造出能够带来新感受和新观念的诗歌语言和诗歌意象，使以前不能入诗的材料和不太"诗意"的手法成为表现现代诗意的因素。诗歌形式的散文化正是诗歌内容散文化的结果。在《七个老头》和《小老太婆》中，诗人通过冷峻的观察，将得来的材料用以进行对老人形象的现实主义式的精确描写，使得很多诗行呈现出散文般的细碎。同时，诗人在描写中又融合进一种带有调侃和讥讽语气的笔调，以此赋予所描写的对象某种悲怆的效果，使人在这种略显生硬的抒情中体会交织着残忍与悲悯的深度情怀。诗人对老人形象近乎滑稽的描写显然不仅仅是为了满足个人化谐谑的美学趣味，不仅仅是为了呈现人身体的毁损，他还力图通过这些描写呈现现代世界的特征，让人看到人的肢体的扭曲、折断实际上是现代生活在他们身上留下的痕迹，仿佛人的身体本身成为城市这台现代机器制造的产品，必须服从于城市格局中几何走向的逻辑，服从其对于曲折蜿蜒、棱角分明特点的规定。这使得被摧残的身体成为被摧残的命运的写照。

雨果凭着诗人的敏感意识到波德莱尔的创新。他在读到《巴黎的幽灵》后，致信波德莱尔，写下了后来被广为引用的著名评价：

> 你迈动脚步。你向前行进。你赋予艺术的天空一种莫名的令人恐怖的光芒。你在创造一种新的战栗。①

维利埃·德·里尔－亚当也致信波德莱尔，称自己非常喜欢《七个老头》等诗篇。他在信末写道：

> 你看，这些作品真是堂堂正正。人们迟早必须绝对承认其中的人性和伟大。而那些不懂得尊重的人发出的嘲笑实则是何等的赞誉。②

但并不是所有人都像雨果一样认识到波德莱尔带来的"新的战栗"，而里尔－亚当所说的"不懂得尊重的人"也的确存在。

一位叫布塔利埃的先生在《法兰西杂志》上读到《巴黎的幽灵》后大为光火，愤愤然致信波德莱尔，指责他玷污了法兰西语言：

> 要想做诗，先生，先得成为诗人，最要紧的是得会讲法语……再则，对一位以《时尚》杂志编辑自居的人来说，事情就更加严重了，你真是大逆不道……你可曾读过布瓦洛？"醉鬼""破鞋子"这些词从来没有玷污过阿波罗女儿们的嘴唇……③

从文中举出的两个词来看，这位先生的忿詈是针对《七个老头》的。

---

① Victor Hugo, lettre à Baudelaire, 6 octobre 1859, *Lettres à Baudelaire*, p. 188.

② Villiers de l'Isle－Adam, lettre à Baudelaire, printemps 1861, *Lettres à Baudelaire*, p. 389.

③ Ibid., p. 65. 书中收录了这封信的片段。

波德莱尔从未加入过《时尚》杂志，他在信纸上批注道："我不知道《时尚》杂志是否还存在。我从来与它没有关系。"他稍后把这封信寄给一位喜爱收藏手稿的朋友时还作了如下说明：

> 我把这份手稿送给你。
> 我不知道这位先生是否希望同我打架。
> 杜冈先生有一次不知从谁那里收到一封相同意思的信，派出证人，要跟这位陌生人决斗。——多么不同的性格呀，我却保持了沉默。①

亚历山大·库威针对《巴黎的幽灵》的另一首诗《小老太婆》发出他的指责：

> 该说说你了，夏尔·波德莱尔先生。我们就局限于选自《巴黎的幽灵》中《小老太婆》的一个片段：……（按：这里引用了该诗最初五节）。不一而足。在这些乱七八糟的东西中，人的尊严何在？语言的尊严何在？②

埃德蒙·舍雷也指责波德莱尔用词不当、意象含混：

> 同当今好多其他作者一样，这不是从事创作，而是玩弄文字。他的意象几乎总是不贴切的。他会说人的眼光"尖利如锥"……他会把悔恨叫做"最后的客栈"。……波德莱尔写散文比做诗更糟糕……他甚至不懂语法。……错误明显不说，而且简直是匪夷所思。

他甚至恶语相向，对波德莱尔发起人身攻击，说"波德莱尔是一只猴

---

① 《波德莱尔书信集》第 1 卷，第 605 页。

② Alexandre Couvez, " De la poésie au XIXe siècle. Pourquoi la révolution littéraire n'a pas abouti complètement", *La Belgique*, IX, 1860. Cité par Henk Nuiten, William T. Bandy et Freeman G. Henry dans leur livre, *Les Fleurs expliquées. Bibliographie des exégèses des " Fleurs du mal" et des " Épaves" de Charles Baudelaire*, Amsterdam, Rodopi B. V., 1983, pp. 70-71.

子，不仅在文学方面颓废堕落，而且在智力方面全面退化”①。

如果用法国诗歌严格的传统格律规定来衡量，波德莱尔的好些诗句都说不上完美。在那些所谓具有“良好趣味”的人眼中，它们甚至会显得极为平庸。然而，许多真正具有敏锐艺术眼光的人士却发现，在这种表面“平庸”的背后，隐藏着更深意义上的巧妙。针对有人指责波德莱尔“趣味恶劣”，魏尔伦站出来为诗人辩护。他说有一次在比利时读到一篇文章，这篇文章的作者“带着完美的优雅和肤浅”嘲笑《小老太婆》中对一个句子进行诗节间的跨行处理（“她们被 // 折断了腰，她们眼光尖利如锥”）。魏尔伦用辛辣的讽刺进行回击：

> 看来，这位比利时评论家不知道 onomatopée（按：用声音暗示事物）为何物，会把这个了不起的字眼当作化学术语。唉！法国的好多评论家，包括那些最“重要的”，在这些方面都是比利时人。

魏尔伦进而为波德莱尔的技巧进行辩护：

> 激怒那些受难会修士，或用优雅的法语说，那些幼稚天真的人，这至少难道不是艺术的一个重要方面吗？
> ……一个有足够强的能力和意愿实现这些转变并创造出一些如此强烈对比的诗人，一定在涉及他职业的任何方面都会被奉为大师。因此，无论其结构显得多么怪异，无论其外表看上去多么不合规矩，我看未必能在整部《恶之花》中举出一行诗——哪怕就一行！——不是有意为之并在落笔之前推敲再三。②

在这里，魏尔伦不是像其他人那样把波德莱尔诗句中的“恶劣趣味”和表面的“不协调”归结为其作者在诗艺方面的无能，相反，他显然看出

---

①　Edmond Scherer, *Études sur la littérature contemporaine*, Paris, Calmann Lévy, t. IV, 1886, pp. 288－289.

②　Paul Verlaine, "Charles Baudelaire", *Œuvres en prose complètes*, éd., Jacques Borel, Bibliothèque de la Pléiade, 1972, p. 610.

这是诗人为追求特殊效果而刻意实践的特殊技巧，其中包含着诗人的良苦用心。

　　波德莱尔改变了人们对于诗歌完美形式的观念。在他看来，格律的工整，音律的和谐，一气呵成的流畅，悦人眼目的图画等只不过是传统诗学和修辞学对于做诗的一些基本要求，但不可以把它们当作一些绝对化的规定。真正完美的形式往往出自作者独特的创造，以适应新的表现内容、新的感受方式、新的审美趣味，给人带来新奇的发现。在他的城市诗歌中，波德莱尔力图使诗歌经验符合于城市经验，使诗歌中传达的感受符合于人们在城市生活中的感受。作品形式的"不完美"对应着现实生活中的丑陋，诗句设计上的"失衡"是由于被表现对象本身已经失去了固有的稳定，音律的"不和谐"往往借用了生活中不协调的音符。可以说，现代诗歌的"危机"不过是展示了现代人在现实经验的感受方面更为普遍的危机。当诗人要表现的是生存中的窒息感、压迫感、紧张感、孤独感、落魄感时，作品表面的优美形式和流畅节奏反倒成了他的大忌。波德莱尔的过人之处——这也是他的惊人之处——在于他敢于和善于利用不准确来达到准确，利用不和谐来达到和谐，利用看似拙劣的手段来强化诗歌的表现力和暗示力，以极为自觉和深思熟虑的方式超越普通诗学和修辞学意义上的完美，在诗歌中达成安德烈·纪德所称赞的"隐秘的完美"①。波德莱尔在一份为《恶之花》所撰前言的草稿中提出"深层修辞"的观点，而纪德提到的"隐秘的完美"大概应当是"深层修辞"所希望追求的目标之一。作为诗人，波德莱尔最大的光荣也许就在于他用诗歌绝妙地模拟了凡庸事物的恶俗，表现了残损人体的苦难、狰狞以及对它的同情，传达出超越了人的日常感受经验界限的体验，而这一切，他是通过突破为诗歌设定的界限来达到的。

结　语

　　许多诗人在波德莱尔之前已经开始创作关于城市的诗歌。然而，以完

---

　　①　André Gide, "Baudelaire et M. Faguet", *Essais critiques*, éd., Pierre Masson, coll. Bibliothèque de la Pléiade, 1999, p. 253.

全自觉的方式意识到现代都市在激励诗歌灵感和改造诗艺方面的重要作用，波德莱尔是第一人。他通过自己的创作，使城市诗歌成为一种具有独立身份和价值取向的文学类型。

波德莱尔是少数对巴黎有着全面而深刻体验的诗人之一，在他血肉和灵魂最深处涌动着对于这座现代都市爱恨交织的情愫。不过，一个具有悖论性的现象是，这位被普遍认为是最具代表性的巴黎诗人呈献给我们的巴黎却又在外在形态上与现实中的巴黎相去甚远。诗人似乎并不在意现象描绘的忠实，也极少直接提及现实中的巴黎场景。对他来说，艺术的现代性绝不仅仅局限于要求表现现代题材，它更主要地体现为新的感受方式和表现方式。作为诗人，他力图通过作品达到对于现代生活更为深层的模仿。他不满足于对于城市的"地理学"研究，而是在"生理学""心理学"和"精神现象学"层面发掘城市复杂隐秘的机能和质感，思考城市文明对人的存在、情感和心灵状态的潜在影响。在创作中，他的兴趣在于将现实材料加以变形和改造，从而构拟出自己的图画和景观，并用它们对现实进行置换。从他的一系列巴黎诗篇可以看出，他的艺术追求不是现实主义式对生活现状的模仿，而是通过对现实的置换实现经验层面的模仿和重组，实现艺术经验与生活经验在质量上（而不是在内容上）的等值，由此达成艺术对于生活的迻译和诠释。

波德莱尔从巴黎这座现代都市获得诗歌创作的动力，获得改造诗歌意象和诗歌形式的灵感。就其内在动力和心理强度来说，很难设想他的诗歌创作活动能够在现代大都市的环境之外完成。他将巴黎内化为自己身体的一部分，同时也将自己外化为巴黎的一部分，从而使巴黎成为诗人的巴黎，也使自己成为巴黎的诗人。当波德莱尔通过诗歌创作活动把城市置换为图画之际，他其实是把物的价值置换为了精神的价值，把属于城市生活的日常经验置换为了具有普遍价值的美学经验。城市和诗歌，城市经验和诗歌经验，这是两个不同的但又有着相互应和关系的世界。这两个世界各自呈现出不同形态，但它们又有着经验价值的相通，它们具有相同的强烈感官震撼，相同的复杂性和矛盾性。它们令人振奋，也令人迷惘；让人欣悦，也让人沉郁；向人们发出启示，也向人们提出问题。它们的灵魂中跃动着相同的节奏。

第三章

19世纪俄罗斯文学与城市

城市与乡村，构成了人类生存的基本空间。而现代化，往往是与工业化、城市化联系在一起的，所谓城市化，被认为就是"变传统落后乡村社会为现代工业社会"。① 就俄国社会的城市化进程而言，一般认为经历了三个阶段：第一阶段从18世纪彼得改革至1861年农奴制改革；第二阶段从1861年农奴制改革至1917年十月革命；第三阶段为苏联时期，即1917年十月革命至1991年苏联解体。而俄国的现代化进程经历了两个阶段：1861—1917年是资本主义现代化阶段，1917—1991年是社会主义现代化阶段。事实上，彼得改革以来西方思想的传播，城市的发展壮大，为现代化提供了多方面的条件。可以说，俄国社会的现代化与城市化进程基本上是同步的，而文学对城市的透视、想象与塑造，也就从一个独特的角度体现了这一进程。

一 在城—乡与东—西之间

俄罗斯被称作一个半欧半亚、不欧不亚的国家，地理上横跨欧亚大陆，文化上也兼具西方与东方的色彩。而当西方被当作现代文明的象征的时候，古老的俄罗斯又与乡村有着更多的亲缘关系。因而，在俄罗斯的城市化过程中，城市与乡村、西方与东方纠结在一起，呈现出更为复杂、多变的色彩。

---

① 张宗华：《苏联时期俄国城市化的特征及历史渊源》，《史学月刊》2005年第5期。

公元6世纪，居住在第聂伯河右岸的东斯拉夫人建立了一座都城叫作基辅。公元8世纪，因为斯拉夫人与拜占庭帝国的东方贸易，沿第聂伯河出现了一些古老的城市。不过，与西方发达国家相比，俄国城市完全是在特殊的社会政治、经济、文化条件下形成的。中世纪西欧城市的产生是由于经济原因，由宗教中心、政治中心、军事堡垒、手工业的集居地发展而来，城市成为拥有自治权的手工业、商业中心。而俄国由于周边游牧民族的不断骚扰，疆域辽阔，人口密度低，出于军事需要，形成了一条自西向东，由中心向周边辐射，以军事、行政为主要职能的城市发展之路。罗斯"城市"古称"格勒"，就是防御工事之意。① 多数城市不是以手工业、商业为主，而是政治、军事堡垒，这种状况一直被延续下来，在19世纪的都城圣彼得堡、莫斯科中仍打下深深的烙印。

公元988年，基辅大公弗拉基米尔从拜占庭接受基督教（东正教），史称"罗斯受洗"，俄罗斯被纳入统一的欧洲文明之中。但东正教的君权神授观念，东正教伦理中蔑视民主传统和扼杀个性的群体意识，与俄罗斯的宗法伦理传统结合起来，又成了俄罗斯在日后的现代化过程中的阻碍之一。而13世纪随着蒙古的征服，更开始了罗斯社会和文化的东方化时期。蒙古征服而导致的专制主义、农奴制度、亚细亚生产方式，使其政治、经济结构带有浓厚的东方色彩。

俄罗斯面向西方，可以说是在17世纪。经历了数个世纪的东方化发展之后，在17世纪初，开始了它的历史转折。一方面，俄罗斯的社会内部结构，随着"混乱时期"的结束，罗曼罗夫王朝的建立，中央集权得到巩固，君主专制走向成熟，农奴制不断强化；另一方面，俄罗斯为扩张自己领土、获得直接的出海口，在16世纪，不断与欧洲国家发生冲突，在这种冲突过程中，欧洲文明的优越性与俄罗斯的落后构成了强烈的反差，成为欧洲大国的强烈愿望使俄罗斯开始了面向西方的历程。西方军事工业技术不断涌入俄罗斯，与西方的贸易往来也不断增加。到18世纪彼得一世改革，俄罗斯更全面开始了"西化"的历程。彼得一世还是王储时，就曾隐姓埋名游历欧洲，学习造船，研究海军事务，参观工厂、学校和博物馆，旁听议会

---

① 张宗华：《苏联时期俄国城市化的特征及历史渊源》，《史学月刊》2005年第5期。

会议。1698 年彼得从西欧回来，为了改变俄国人生活中的陈规陋习，竟亲自动手剪掉了前来迎接他的贵族们的大胡子。东正教会把胡子视为"上帝赐予的饰物"，它是俄罗斯人引以为自豪的标志，不留胡子即被视作亵渎神明。因而彼得一世的这一举动有着不同凡响的意义，它成了彼得着意实行新政策、进行改革的一个征兆。彼得一世大力兴办工厂，改造军队，出版报纸，建立公共剧院、博物馆、公共图书馆，改良风俗，推行生活方式的变革。圣彼得堡，这座在涅瓦河口的荒岛沼泽上建起的都城，便成了彼得一世欧化政策的纪念碑。普希金在《青铜骑士》中曾这样吟咏彼得大帝及以彼得的名字命名的这座都城：

> 他在碧浪无际的河岸上，
> 心中满怀着伟大的思想，
> 向着这方瞩望。……
> 他在这样想
> 我们从这里威吓瑞典人。
> 这里要建立起一座城市
> 来震慑那些傲慢的四邻。
> 这里大自然让我们决定
> 把通向西欧的窗户打通；
> 要我们在这海岸上站稳。
> 各种旌旗的船舶将沿着
> 这新的波浪向这里驶来，
> 我们将款待我们的上宾。
>
> 百年过去了，年轻的城市，
> 它是北国的精华和奇迹，
> 从黑暗的森林、从沼泽地，
> 华丽地、傲然地高高耸起；
> ……

年轻的彼得堡焕发着它的活力,青铜骑士彼得大帝亦巍然耸立于涅瓦河口,成为国家意志、人民命运的象征。但彼得一世利用西方先进技术、推行西化政策归根结底是为了强化俄国的专制制度和农奴制度。对于可能动摇腐蚀俄国社会制度基础的西方思想,却采取了排拒的态度。这颇有些近似于中国19世纪洋务派面对西方列强的挑战提出的"中体西用"的对策。然而,另一方面,寻求西方物质文明的努力又必然导致西方思想对俄罗斯的渗透。崇欧与排外,构成对待"西方"的两种倾向。18世纪下半期俄国的启蒙运动将西方的自由主义思想引进了俄国社会。而西方思想的渗入,本质上乃是西方城市文明对乡土罗斯的一种介入,是西方资产阶级文化对俄罗斯封建专制传统的冲击。正像马克思、恩格斯在《共产党宣言》中所说:

> 资产阶级,由于一切生产工具的迅速改进,由于交通的极其便利,把一切民族甚至最野蛮的民族都卷到文明中来了。它的商品的低廉价格,是它用来摧毁一切万里长城、征服野蛮人最顽强的仇外心理的重炮。它迫使一切民族——如果它们不想灭亡的话——采用资产阶级的生产方式;它迫使它们在自己那里推行所谓文明制度,即变成资产者。一句话,它按照自己的面貌为自己创造出一个世界。
>
> 资产阶级使乡村屈服于城市的统治,它创立了巨大的城市,使城市人口比农村人口大大增加起来,因而使很大一部分居民脱离了乡村生活的愚昧状态。正象它使乡村从属于城市一样,它使未开化和半开化的国家从属于文明的国家,使农民的民族从属于资产阶级的民族,使东方从属于西方。[①]

如果说资本主义文明首先孕育于中世纪的城市——崇尚自由、个人主义、世俗主义,反对封建主义、禁欲主义,市民社会中所奉行的这一系列原则直接引发了文艺复兴和宗教改革运动,所谓"人文主义"和"新教伦理",在本质上乃是一种市民精神;而文艺复兴以来,资产阶级所奉行的科

---

① 《共产党宣言》,见《马克思恩格斯选集》第1卷,人民出版社1976年版,第255页。

学、理性、民主、自由，本质上代表了一种城市文明。对于俄罗斯的自由主义知识分子来说，他们首先面临的就是以这种民主、自由精神启蒙教育民众，但俄罗斯新文化的贵族性质决定了它与民众的脱节。正像亚历山大一世时期自由主义改革的主要设计者、国务活动家斯贝兰斯基试图用西方最先进的思想来改造俄国，结果却被当作了"西方瘟疫"的化身，不仅遭到保守贵族的反对，亦受到在宗法制文化之下的普通民众的排拒。斯贝兰斯基被贬黜的消息，激起的竟是类似于暴君之死所带来的欢欣。斯贝兰斯基的命运，可以说颇为意味深长。

到 19 世纪 30 年代，面对西方的冲击，俄罗斯民族的出路问题，更尖锐地摆在俄罗斯人面前。是走西方化的道路还是走俄罗斯民族的独特发展之路？西欧派强调俄国只有学习、仿效西方，走西方文明发展之路，才是唯一的出路；而斯拉夫派则强调俄国历史的独特性，在"公社原则"的基础上，俄罗斯完全可以走一条不同于西欧的发展道路。斯拉夫派强调俄国社会的混乱，在某种程度上恰恰源于西方文明的影响。正如庇宁在《二十年代至五十年代文学意见（特征史略）》中所说："俄罗斯生活已陷入迷途。彼得大帝的改革，破坏了古老俄罗斯生活的自然的过程，对外国文明之因袭又引起了生活上的混乱。这种因袭得来的文明，既然使有教养的阶级同人民疏远，遂令他们对于民族发展不但无益，甚至有害，因为他们的教育所从生的根源，不但跟俄罗斯民族灵魂格格不入，而且它本身就站在错误的路上，并且濒临崩溃了。"既然如此，只有回归俄罗斯民族传统精神，才是俄罗斯的真正出路。面对西方文明的冲击，这种关于俄罗斯出路的选择的争论，随着革命民主主义、民粹主义及赫尔岑式的将西欧空想社会主义与俄国村社传统相结合的农民社会主义的出现，更显得复杂。直到1861 年农奴制改革，俄罗斯已经事实上走上了西方资本主义的发展道路，但随着资本主义而来的整个社会的混乱，无秩序，传统道德的沦丧，个人主义、金钱至上原则的盛行，又使一些作家、思想家拿起了批判的武器。俄罗斯的东正教、人民性、村社传统，成了拯救堕落的西方的良药。

俄罗斯虽然从彼得改革开始就走上了城市化的发展道路，但城市化的进程却颇为缓慢。18 世纪 40 年代到 19 世纪 60 年代，由于工业革命的滞后，稳定的农村社会结构制约着将农民推向城市的进度，俄国城市人口虽然也在不断地增多，但在国家总人口中的比重却反而呈下降趋势。据统计，1742—1870 年俄国城市人口的绝对数从 136.3 万人增至 357.4 万人，同期城市人口的相对数却从 11%—13% 降至 6.9/%。① 到 19 世纪末 20 世纪初，俄国虽然加快了工业化的进程，但就城市的数量来看，到 1897 年的人口普查时，俄国拥有百万人口的大城市还只有两个——莫斯科（103.9 万人）和彼得堡（126.5 万人）；就城市人口数来讲，1897 年俄罗斯帝国的总人口为 1.162 亿人，城市人口为 1470 万人，城市人口在总人口中的比重为 12.7%；1913 年总人口为 1.554 亿人，城市人口为 2330 万人，在总人口中的比重为 15%。也就是说，十月革命前，俄国仍是个农业占主导的国家。②

苏联时期，城市化取得了令世人瞩目的成就。首先，从城市人口数量及其在总人口中所占比例来看，苏联早在 20 世纪的 30 年代末 40 年代初就已经超过了 1950 年 29.3% 的世界城市化的平均水平。到 1990 年，苏联城市人口为 1.9 亿人，占到总人口的 66%。但这是苏联 20 世纪 20 年代开始大规模发展工业特别是重工业的结果，城市化仅仅是工业化的副产品，是为工业化提供劳动力的场所。由于农民大量涌入城市，农业居民点变为城市，导致了整个国家迅速城市化，但城市本身却在"农村化""农民化"。如果说，城市是商品货币关系的产物，城市的发展又促进商品货币关系的繁荣，然而，苏联时期因超工业化而导致的迅速城市化并未带来发达的商品货币关系。③

有学者强调，现代化并不等于工业化，现代化意味着发达的社会化的商品经济、民主与理性，归根到底是人的自由个性的发展（即人的现代化）。④ 而俄国封建社会的专制主义、村社传统，却并没有为之提供这种现代化的合适的土壤。被斯拉夫派所美化的"村社"，固然以其宗法共同体对人的保护，而营造了一个内部"和谐"的世界，但它同时也将农民紧紧地束缚在土地上。在俄语里，"村社"与"世界"是同一个词，村社就是一

---

① 张广翔：《俄国封建晚期城市化缓慢的直接原因》，《世界历史》2002 年第 6 期。
② 刘显忠：《苏联的城市化：成就和问题》，《中国社会科学院院报》2003 年 7 月 15 日。
③ 同上。
④ 金雁：《苏俄现代化与改革研究》，广东教育出版社 1999 年版，第 141 页。

切，村社就是"世界"。它与俄国专制传统共同构建了一种独特的民族文化。有学者将其主要特点概括为：（1）在经济上是自给自足的宗法共同体内部的简单协作传统，如劳动组合、共耕地，等等。（2）在价值观念上轻视自由个性，强调整体和谐，把个人视为共同体的附属物而否定其独立人格。（3）在民族性格上，村社生活使俄国人重视邻里关系的和谐，这使俄国人成了一个重感情的民族。因此，俄国人性格外向，浪漫主义有余，理性精神不足。（4）民族性格中理性精神的缺乏是权威崇拜和群众性歇斯底里得以产生的文化土壤。（5）严重的轻商抑商传统。①

十月革命摧毁了旧的制度，但村社制度、民粹主义、俄罗斯传统文化，却又在另一种意义上得到复兴。工业化使苏联迅速成为一个工业大国，但工业化、城市化又是以"农民"的方式完成的，它并没有带来真正意义上的现代化，也最终没能形成一个独立于国家权力之外、具有监督机制、有利于市场经济健康发展及社会整合的市民社会。有学者据此分析苏联时期城市化发展缓慢、水平低下的历史渊源：第一，地理环境特殊，海上贸易不发达，萎靡不振的大陆性贸易，阻碍了俄国城市化的进程。第二，俄国欧亚特殊文明造就了根深蒂固的专制主义集权统治。第三，东正教伦理造就了俄罗斯人的救世意识，泛爱的平均主义思想，蔑视民主传统和扼杀个性的群体意识。第四，村社宗法文化的长期存在，农奴制改革的短期效应，赶超型的军事工业化战略，延缓了俄国城市化进程。②

俄罗斯作家，处在这样一种社会文化背景中，他们在传统与现代之间的文化选择，他们透视乡村、城市、西方的视角，便既有各自的独特性，又打下了民族文化、精神价值观念的深深烙印。在19世纪俄罗斯作家中，我们仅以果戈理、陀思妥耶夫斯基两位作家为个案，探讨其与城市的关系，从这一角度追踪俄国文学的现代化进程。至于20世纪二三十年代苏联文学与城市的关系，则为我们提供了另外的一种风景。

---

① 金雁：《苏俄现代化与改革研究》，第 139 页。
② 张宗华：《苏联时期俄国城市化的特征及历史渊源》，《史学月刊》2005 年第 5 期。

二　果戈理:乡村抒情与城市批判

"小俄罗斯的夏天多么令人陶醉,多么色彩绚烂啊!……小俄罗斯的夏天充满着多少情欲和倦怠啊!"这是果戈理在《狄康卡近郊夜话》中对乌克兰乡村的描绘。果戈理出生于乌克兰波尔瓦省密尔格拉得罗庆采镇一个破落的农庄主家庭。当他从乌克兰的乡村来到彼得堡这个大都市,不得不面临城市生存的危机。艰难的城市生活不断地刺激果戈理对故乡乌克兰的田园生活和美好童年的回忆和眷念。面对冷酷的混凝土钢筋森林,臭气冲天的楼梯,穷徒四壁的房间,还有每天永无止境的抄写,失望的果戈理把笔触伸向了遥远的、逝去的乡村记忆。而《狄康卡近郊夜话》第一部出版后,获得了很大的成功,果戈理也从此获得了那个异己的城市的通行证。这似乎成了文学的一个通例:来自乡村的作家,总是以其对乡村的"回忆",取悦于城市的大众,以此获得城市的认同。

《狄康卡近郊夜话》是果戈理多年来对乌克兰乡村生活和风情习俗的浓厚兴趣的结晶,展示了他记忆中所独有的小俄罗斯大自然的清新图画:乌克兰纯朴的民风民俗,青年男女神奇浪漫的爱情故事,荒诞怪异的神话传说。它给沉闷压抑的文坛带来了一股清新的乡间泥土气息,为此果戈理自诩自己完全是个平民趣味的作家。这成了不屈不挠的果戈理进攻城市所采取的一种策略。

在《狄康卡近郊夜话》中,果戈理通过一系列的讲述者——养蜂农红毛潘柯、教堂执事、"爷爷"等,讲述了一个个带有神秘色彩的民间传说和现实生活杂糅在一起的故事。可以说这本小说集是果戈理在城市压迫下所做的白日梦。通过与彼得堡的生活场景作比较,果戈理发现并想象了他的"乌克兰"世界。

就民族属性而言,果戈理是乌克兰人,内心具有浓厚的"乌克兰情结"。他十分了解故土的语言文化、风俗人情,并且他本人热衷于乌克兰民间文学的采集。他最初的文化底蕴来自这遥远而僻静的乡村世界,自然也就打上了"乡村文化色彩"的烙印。身居城市的果戈理常常生活在那片热土留给他的"印象"里。在这个理想的世界里，乌克兰乡村既是艺术想象的也是现实存在的。乌克兰的生活既是记忆的又是真实的。通读《狄康卡近郊夜话》，读者将感受到一种完全不同于城市的生活品质：自然、清新、直率、粗放、幽默、逗乐。久居城市的人在精神上需要这份惬意、开怀的笑。故事大多数以大团圆为结局，善有善报，恶有恶报。社会生存法则很简单，没有尔虞我诈，没有利益之争。作家用抒情的笔调描绘了一个人间天堂。

然而美好的东西终已逝去。果戈理在《米尔戈罗德》———部以城镇生活为背景的小说集中写到了乡村生活落后的、闭塞的、庸俗的一面。这是作家不得不面临的现实。古朴的、悠闲的、缓慢的乡村生活逐步被物化的、眩晕的城市生活所取代。过去我们曾在乡村里梦想城市，现在我们在城市里梦想乡村。这是像果戈理这样从乡村走进城市、具有双重文化背景的作家们不得不面临的境遇。美好的已不复存在，存在的不再美好，构成了两难的困境。

由此，当果戈理把眼光转向城市，打量他身边的这个城市时，他便换了另外一种笔调。1828年涅仁中学毕业后，从离开乌克兰乡村土地的那一刻起，果戈理就开始了他后半生漫长的城市旅居生活。在国内，他主要住在彼得堡，间或去莫斯科等其他城市小住。在彼得堡，果戈理也是租房住，没有固定的地址。在1836年出国前，他曾住过彼得堡的豌豆街、小市民大街、军官街、海军部二区、海洋小街等地。对于未曾谋面的首都，果戈理曾充满了无限的向往和憧憬。一方面，彼得堡有着完全不同于乌克兰乡村的闭塞、落后、野蛮的城市生活方式和图景：拔地而起的高楼，车来人往的大街，喧嚣热闹的都市夜景。城市所展现的永不枯竭的生命力，全新的生活样式不断地吸引着这颗年轻的心。在果戈理的想象世界中，它是新生事物的表征，是新生力量的源泉，是一个完全不同于陈旧保守的乡村的世界。另一方面，果戈理认定只有彼得堡才能为他提供施展才智、实现理想的大舞台。一切美好的生活似乎触手可及。这种对新生活的急切心情在给一位先他去彼得堡的同学的信中毫无掩饰地表达出来了："往往在上课时，我的思想飞往彼得堡：同你在房间里闲谈，同你在林荫道上散步，同你一起欣赏涅瓦河、大海，这是我一大快事。"① "林荫道" "涅瓦大街" "大海"，这就是果戈理所想象的彼得堡。

但是现实和美好生活理想总是有一段距离的。当果戈理满怀希望地来到彼得堡时，迎接他的是冷酷无声的城市现实：住房要租金，吃饭要伙食费，穿衣要缝制费，尤其是比以前所设想的要贵，更不用说去剧院、沙龙等休闲娱乐之地。仅靠家里有限的资助还是无法满足城市这头怪兽越来越多的"索求"。无论在物质上还是在精神上，果戈理都陷入了极度的贫乏状态。但他还是不死心，还想在城市中作最后的挣扎。于是他孤注一掷，自费出版了中学时代写就的长诗《汉斯·古谢加顿》。它不仅未引起足够的重视，而且还招来了评论界不少的嘲讽和批评。这对进退维谷的果戈理来说无疑是雪上加霜。生活上的危机感和精神上的幻灭感接踵而来。果戈理被排挤到了城市生活的底层。正是这段艰辛的生活让他亲身体验了"小人物"度日的艰难和工作的乏味。严酷的现实生活使他渐渐地从梦幻中清醒，也终于从美丽的光环和幻影中看到社会真实的一面：黑暗专制、腐败不公、庸俗无聊。所有这些同时也为作家以后的创作打下了坚实的生活基础，城居生活使他有了另外的一些故事，这就是《彼得堡故事集》。

《彼得堡故事集》由五个中篇小说组成：《涅瓦大街》《鼻子》《肖像》《外套》《狂人日记》，均以帝俄京都彼得堡为故事发生的地点。如果说在《狄康卡近郊夜话》里，作家用抒情的笔调描绘了一个人间天堂，那么在《彼得堡故事集》中，美的、善的最终被城市毁灭吞噬，人与人之间的脉脉温情被森严的官位等级制度所取代，人成了城市大机器的一部分，生活被机械化、程式化。没有激情与灵感的喷发，有的只是人性的不断被压抑和扭曲，果戈理由此用批判的态度刻画了一个人间地狱。

在果戈理的彼得堡故事中，第一篇就是《涅瓦大街》。在果戈理的小说中，涅瓦大街不仅仅是故事情节的发生地，并且具有了独立存在的意义。它是彼得堡城市内在的组成部分，人物无目的无方向地行走于大街之中，本身就是一个隐喻，它暗示着一种生存状态。

涅瓦大街，因穿城而过的涅瓦河得名，是这座城市现代性的最佳体现

---

① 《果戈理书信集》，李毓榛译，安徽文艺出版社 1999 年版，第 38 页。

者。马歇尔·伯曼在《一切坚固的东西都烟消云散了》一书中谈道，"涅夫斯基大街在许多方面都明显是现代城市环境。首先，街道是笔直的。它的宽度、长度和铺砌得很好的路面都使得它成为人们来往和搬运东西的理想通道，是一个完美的、适合当时正在浮现的快速度、重荷载交通模式的主干道。……其次，涅夫斯基大街是展示现代批量生产刚刚开辟的新消费经济的各种奇迹的橱窗：家具与银制器皿，各色织物与服装，高靴与书籍，都陈列在街道两侧鳞次栉比的商店里，引得人目不暇接。……再者，涅夫斯基大街是彼得堡的一个不受国家管制的公共空间……是作为一个自由区浮现的，各种社会的和心理的力量都可以在这里得到自然地展露。最后，涅夫斯基大街在彼得堡（也许在整个俄罗斯）是一个现存各个阶级汇聚的场所。从贵族阶层到贫穷的工匠、妓女、流浪汉与不拘传统的艺人。"① 果戈理笔下的涅瓦大街，似乎也印证了这一点：

> 让我们先从清早说起吧。那时整个彼得堡弥漫着一股热乎乎的、刚烤出来的面包的香味……那时的涅瓦大街空空荡荡的……十二点钟，各种国籍的家庭教师带领自己的、穿着细麻布硬领的学生们涌上了涅瓦大街。……这时的涅瓦大街是教育界的涅瓦大街。但越接近两点钟，家庭教师、老师和孩子们的数量就越少，他们最终被孩子们温文尔雅的父亲们所替代了……在下午两点到三点的这段时间里，涅瓦大街可以被称作活动的陈列馆，在这里举办着人类最优秀作品的展览会。……三点钟的时候出现了新的变化。春天突然降临到涅瓦大街上：整条街上到处都是身穿绿色制服的官员们。……从四点钟起，涅瓦大街变得空荡荡的了，在街上恐怕一个官员也碰不上了。……但是，只要暮色一落到房子上和街上，守夜人身披粗席，爬上梯子去点着路灯……涅瓦大街上就又热闹起来了，又开始活动起来了。②

从清晨到午夜，各个时间段来往着不同的人群，包括社会的各个阶层：

① 马歇尔·伯曼：《一切坚固的东西都烟消云散了——现代性体验》，徐大建、张辑译，商务印书馆 2003 年版，第 251—252 页。

② 果戈理：《彼得堡故事集》，刘开华译，安徽文艺出版社 1999 年版，第 2—8 页。

从上流社会的贵族、高级军官、贵妇到生活在底层的小公务员、妓女、教师、画家、手艺匠、乞丐，无所不包，就像一个大熔炉，一个人生大舞台，你方唱罢我登场，来也匆匆，去也不留痕迹。

在城市现代化进程中，城市人群的密集反而带来人群内聚力的减弱。人与人之间虽擦肩而过却彼此陌生，虽共享城市却有种强烈的孤寂感和疏离感。于是人们便会在夜幕降临之际不约而同地来到热闹、喧嚣、人群集中的涅瓦大街，试图驱逐心中莫名的孤独，希望能在无数陌生的面孔中寻找些许陌生的熟悉感，试图寻找乡村生活那种和谐的温存。然而脱离了土地的城市人根本就不可能在城市中找回精神的家园，只有在大街上不断地游走。被黑暗笼罩的涅瓦大街变得扑朔迷离，虚幻如梦境，这掩饰了人群中弥漫的紧张焦虑、烦躁不安等情绪。在果戈理的笔下，这条充满夸耀、堕落、罪恶、鄙视、"腐臭味"的涅瓦大街既形象化又抽象化了，是彼得堡最具意味的公共意象。

城市侵蚀了乡村的土地，剥夺了乡下人生存的基础，消解了有关土地的神话。为了填补这些精神的失落和心灵的空白，城市编造了有关街道的人工神话：涅瓦大街就是这样一个梦幻之地，是全城人的精神乌托邦。在这里，人们暂时忘记了真实的自我，虚构、想象着另一个自我，真实与梦幻融为一体。

而在表面繁华的文明之下，仍掩盖不了华美与庸俗、高尚与卑下的冲突。《涅瓦大街》讲述了两个不同类型的青年在涅瓦大街的邂逅。画家皮斯卡廖夫，一个艺术美的创造者，在涅瓦大街遇上并爱上了一位年轻美貌的妓女。他希望通过自己的真爱唤醒沉睡的、堕落的美，但最终遭拒。美的被毁和希望的破灭也最终毁掉了他的生命。涅瓦大街让他做了一个美梦，但梦醒之后，就是生命的终结。与此形成对照，低等军官皮罗戈夫，一个生活美的破坏者，趁月色朦胧之际，因一己之情欲无耻地追逐平民妇女，虽遭大骂和侮辱而未果，但生活照旧。清醒、理性的头脑不能适应涅瓦大街的游戏规则，"一切都是欺骗，一切都是幻影，一切都不是表面上看到的那样！"① 梦幻的涅瓦大街没有真实可言，因为它本身就是城市编造的神话。

---

① 果戈理：《彼得堡故事集》，刘开华译，第49页。

而画家皮斯卡廖夫的悲剧在于没有分清涅瓦大街的梦幻生活与小巷胡同的真实生活之间的界限，把梦幻当真实，把理想当现实，最终赔掉了自己的性命。但是皮罗戈夫却能把涅瓦大街的游戏规则运用自如，面对咒骂和侮辱，仍然能像阿Q一样自我安慰，取得精神上的胜利。

除了众人自由享用的涅瓦大街，小说中的"小人物"还有他们各自独特的活动空间或场所：喀山大教堂、广场和疯人院。《鼻子》中八等文官柯瓦廖夫，有一天，一觉醒来发现鼻子不见了，脸上应该凸起的地方变成了平板板的。在寻找的途中，沮丧的他在涅瓦大街发现鼻子变成了官职比他还高的五等文官走进了喀山大教堂。于是在教堂里发生了一场闻所未闻的、荒诞不经的对话："……要知道，您是我的鼻子呀！""您弄错了，仁慈的先生，我是独立的一个人。而且我们之间也不可能有任何密切的关系。"自己的鼻子突然间变成了一个独立意义上的个体，不再依附于他而存在。这不仅让他经历了一场"非人"的侮辱，更使他错失了与美丽姑娘邂逅和牟取高官的良机，后者才是他真正关心和介意的。即使在圣洁、神圣的教堂，生活的荒诞无孔不入。随后他又去了报馆广告处试图刊登"寻鼻启事"，这一情节把故事的荒诞性推向了高潮。

《狂人日记》以日记的形式记录了伊万诺夫如何变成一个狂人的心灵史。他企图讨好司长及其女儿，幻想得到她的青睐和爱情。由于彼此地位相差悬殊，只能注定是幻想。司长女儿要嫁给一位宫廷侍卫这一事件彻底地摧毁了他理性的底线，使他变成了完完全全的幻想狂，并由此被关进疯人院。他自认为自己是西班牙国王斐迪南八世，为此似乎就有足够的资本获取她的爱情。在这里等候病人的不是心理治疗和安慰，而是木棍和冷水。绝望中的伊万诺夫想起农村的家乡和仁慈的母亲，那里才有他所渴望的温暖与爱，而疯人院不过是活生生的人间地狱。

梦幻般的涅瓦大街、怪诞的教堂、徘徊着幽灵的广场和地狱般的疯人院，共同组成了真实而完整的彼得堡城市空间：从外到内、从表到里。它们既是城市的客观存在，但发生其中的故事又显得荒诞、可笑、可悲。城市空间的"双重性"正映照了彼得堡居民真实的生存状态。

从果戈理的作品中，我们可以看到彼得堡的城市居民，在物质上处于贫困状态，在精神上处于亚健康状态。他们的人生都是梦一般的、悲剧性的。

先看一个场景：楼梯上，满是污水，点缀着狗猫屎尿，散发出一股刺鼻的酒味。屋内灯光昏暗，家具简单，窗纸破旧……这就是普通市民们的家居环境。在《外套》中作为一名普通的抄写文官，添置一件普通的新外套，似乎成了阿卡基耶维奇整个生活的理想，要通过过分的近乎残忍的节衣缩食的方式来实现：每晚上的茶点免掉；晚上不点蜡烛；在街上走路时踮起脚来走，这样鞋底就不会很快磨破；尽量地少把衣服拿到洗衣女士那儿去洗；在家只穿一件旧棉布长衫。在城市中，他们最基本的生存权利随时都可能会被天灾或人祸剥夺。

尽管彼得堡的房屋和街道看似混杂，但有一点却分得很清楚：最好和最坏的街区泾渭分明。在去舞会的路上，"一开始阿卡基·阿卡基耶维奇得走过几乎灯光黯淡的、空旷的街道，但快到官员的住宅时，街道就变得热闹些了，人也多了，路灯也明亮了"，"总碰上些头戴深红色丝绒帽、赶着快马、拉着上了漆的、铺着熊皮的雪橇的马车夫"。① 在都城中，旧贵族、高级官员、手工业者和贫民都按照经济实力分别居住在各自的区域和街道，过着各自独立的生活，全然不相干。若是贫民区的哪个人想向那个热闹的地方稍靠近，便会碰壁、遭殃，甚至像阿卡基耶维奇那样送了命。那个闹区是不容易闯入的。若要像伊万诺夫那样强行进入，结果只能被当作疯子关进精神病院。

除了物理空间的这种不可逾越的障碍外，人为的社会气氛更让人窒息。由于生活状态的缺陷和环境状况的恶劣，往往导致心理机制的严重失调，所有这些人都不同质、不同度地出现偏执的性格倾向。《涅瓦大街》中的皮斯卡廖夫和皮罗戈夫在情感上大相径庭：前者追求的是一种虚幻的、理想化的爱情，他天真地认为凭自己的真情能将一个红尘女子转变成一位纯洁贤惠的妻子；在遭拒后又在绝望中进入了天国。后者则堕入色欲的迷狂之中，为此不惜忍受凌辱和人格尊严的丧失。又如阿卡基耶维奇对现存生活与工作的沉醉、对抄写的痴狂、为制外套而表现的执着："人们总是看到他坐在一个老位置上，始终是那同一个姿势，担任那同一种职务，始终是个

---

① 果戈理：《彼得堡故事集》，刘开华译，第199页。

文书官。"① "除了抄写之外，对于他来说，一切仿佛都不存在。"② 恰尔特科夫虚荣心的极度膨胀和对别人才华的超常嫉妒，《狂人日记》中"我"简直就是一个幻想狂，柯瓦廖夫对官职极度的兴趣和偏爱——所有这些形象的人格特征都是有缺陷的、病态的。

在果戈理看来，这不单单是某个人的一生，也是彼得堡城市所有人的一生。在这熟悉而又陌生的，几乎是禁闭的城市中苦苦挣扎的人群，他们是孤独的。阿卡基耶维奇每天的生活除了抄写还是抄写，也没有可与之交心的朋友。同事们只有在取笑他的时候才会想起他，工作的地方也是一个容易让人遗忘的角落。在失去任何激情和生命力之后，人生只剩下庸俗和无聊。他们不是坏蛋，不做坏事，愚蠢地活着而没有任何意义，但这更可悲更可怕。无论从物质上还是精神上，他们都是彼得堡都市的"边缘人"，不得不面临都市生存的困境。

梦幻的城市孕育了梦幻般的人生：皮斯卡廖夫自从在涅瓦大街遇上了"美人"后，终日沉溺在鸦片所带来的幻觉之中；柯瓦廖夫幻想着鼻子丢失并变成了一个五等文官与他对视；恰尔特科夫富丽奢华、风光荣耀的一生仿佛一场梦；阿卡基耶维奇死后化作幻影仍游离在他丢失外套的广场附近；更不用说伊万诺夫生活在自我想象的世界中不能自拔，最终精神失常遭受迫害。生活的贫穷、地位的卑下造就了人性的畸形、精神的幻化、性格的偏执。这就是彼得堡居民真实的生存状态。

城市既是人类欲望的象征，也是人类欲望的结果。彼得堡就像一个被人类所宠坏的巨兽不断地吞噬着人性，扭曲着人格。处在这种怪物的魔掌下，人很难成为真正的人，也不可能得到充分的发展。与其说果戈理真实地描摹了旧俄时代的帝都，不如说创造了一个梦魇的世界，"一点也不奇怪，俄国最古老的人走在它的街道上，圣彼得堡当然会显示出它的古怪来"③。在非理性非逻辑的城市里，人与人之间没有任何实际的联系，他们漂浮在梦一般的世界里，以读者意想不到的形态出现又无足轻重地消失，无影无踪，无声无息，人生也就由此被虚化了。

---

① 果戈理：《彼得堡故事集》，刘开华译，第 177 页。
② 同上书，第 181 页。
③ 同上书，第 296 页。

彼得堡像一个梦魇的世界，使人绝望，令人窒息，果戈理又把目光转向了国外。果戈理曾先后四次出国：1832 年 7—9 月，赴德国；1836 年 6 月—1839 年 9 月旅居国外，穿梭于德国、瑞士、法国、意大利、奥地利等国的名城；1840 年 5 月—1841 年 9 月又旅居国外，大部分时间在罗马；1842 年 6 月—1848 年 4 月最后一次出国，客居罗马，也不时出游佛罗伦萨、尼斯、巴黎、法兰克福、杜塞尔多夫、威斯巴登、汉堡等城市。但是，无论在国内还是国外城市中，果戈理从来没有一个真正意义上的"家"——一生没有谈过恋爱，更没有结婚，也没有固定的居住地。没有"家"，意味着一种飘忽不定、四处流浪的生活。果戈理这颗孤寂的灵魂穿梭在欧洲各大城市中，不断地游览、观光、沉思，追寻着文学生命的本真意义。"家""定居"意味着一种一成不变、日复一日的固定生活模式。显然，这对于热衷旅行并在旅途中构思创作的作家来说是不能适应的。于是，他拒绝了"定居"的同时也拒绝了"家"，"旅居"构成了他生命的主要生活方式。因而他形成了以旅游者的身份和姿态来打量、观察所经过的每个城市的思维习惯，也就有了他另一部重要的小说《罗马》。

完成于 1842 年 2 月的《罗马》孕育于果戈理的国外印象以及这些印象所引发的有关历史、文化、哲学思考。通过主人公罗马公爵的出国经历和回国后的感触，向读者呈现了两种完全异质的城市生活——现代巴黎和古都罗马。

罗马公爵出生于意大利，他的童年是在罗马度过的。他接受了衰败的罗马贵族家庭所能给予的那种教育。当他 21 岁时，他父亲想让他去法国修完大学学业，这是当时许多意大利，甚至是欧洲其他各国的新一代年轻人所梦想和祈求的。到巴黎后，首先映入公爵眼帘的是奇异的景象："车水马龙，五光十色的街道，奇形怪状的房顶，密密麻麻的烟囱，不讲究建筑风格的、鳞次栉比的房屋和掺杂其中的七零八落的商店，难看的、光秃秃的侧壁，墙上、窗户上、屋顶上、甚至烟囱上数不尽的各式各样的金色字母，只由大块透明厚玻璃构成头几层墙壁的金碧辉煌的建筑物……"[①] 这颗年轻的心很快被到处洋溢着激情、变幻莫测的都市生活和场景所吸引，于是全

---

① 果戈理：《彼得堡故事集》，刘开华译，第 292 页。

身心地投入到这新奇的世界中去。在巴黎，他感受到了一种全新的生活方式：9点多钟从床上爬起，转眼间到了华丽的咖啡馆里，其中到处充满了激情的争辩，唇枪舌剑、针锋相对。然后又到大街上闲逛，成了一个地地道道的游手好闲之人。这与现代巴黎街道的设计不无关系：奥斯曼和拿破仑在取消一米高的街垒问题上不谋而合。因为连绵不断的街垒对战所引起的城内硝烟让他们看到了街垒对这些城市统治者是多么的不利，取而代之的是豪华靡丽的咖啡馆，琳琅满目的商店，摆设各种杂志、书籍的书店以及被城市饕餮者守候的门庭若市的店铺。在这样五彩斑斓的大街上，人与人之间互不干涉打扰，尽情地享受这份闲逛的自由，公共空间的任何东西都一览无遗地呈现在眼前，让人眼花缭乱，人们可以随处参观而不付任何代价。公爵就像左拉《妇女乐园》中的妇女们被品种多样的商品大街所吸引，像波德莱尔诗中的花花公子一样在大街上四处游荡。

晚上他又可以选择去各种各样的戏院：轻松喜剧、正剧、悲剧，还可以去听著名的教授和时髦的作家热情洋溢的讲演。总之，在同一天里他尽情地享受丰富、惬意的巴黎生活。这种变化不定的生活很容易让人产生幻觉：巴黎是世界上最好的城市。

然而幻觉总会要破灭的，火热的四年也很快就过去了。公爵逐渐感觉到了幻觉破灭后的失望。在政治统领一切的巴黎，每个人都被卷进政治的旋涡，不停地忙碌着、焦虑着，没有一点空闲时间，盲目地跟从政治运动。"政治"一词成了他们生活的主旋律。狂热的信仰，狂妄的自信，过分地追求创新，透露了他们内心的空虚，内在的虚无。没有实际行动，只有一味地空谈空想、街头的呐喊和咖啡馆里的争辩。"到处都有思想的印记，却没有思想；到处都有类似激情的东西，却没有激情。"[①]一切都处于一种"过"的状态。公爵眼中的巴黎确实拥有了现代气派的、豪华的城市外形，但它又是骚动的、缺乏理智的、不和谐的。巴黎"每个人都充满狂妄的自信"，人与城都沉浸在政治争辩的硝烟之中，没有日常生活的平静，一切似乎都处在沸腾的火山口上。

经历了现代城市"历劫"的公爵终于回归了罗马。有了巴黎生活印象

---

① 果戈理：《彼得堡故事集》，刘开华译，第299页。

作为参照，公爵开始学会了用一种新的眼光和角度来观察和审视罗马，从而发现了这个城市许多以前未曾发现的魅力：古典美、自由神和安静态，这也是在现代巴黎不能感受到的。通过巴黎与罗马的再一次对照，主人公找回了心灵的平静。

《罗马》运用插叙的叙事方法，开篇描述了一个美丽的意大利女子安努齐阿塔，"她身上的一切都让人想起那雕刻刀闪闪发亮、大理石雕像复活的古希腊罗马时代"。[①] 因而也吸引了众多的眼球，由此引出了作品主人公年轻的公爵，进而穿插了他的过去：无忧无虑的童年和梦一般的巴黎生活。最后重心是公爵通过古代遗迹追寻罗马的历史和发现隐藏其中的伟大文明，并在这个探索经历中获得精神的解脱和新生。

罗马有着完全不同于巴黎的文化氛围和品格。罗马城庄严的古典美无所不有，无处不在，它既表现在人的精神上又体现在客观存在上。第一个出场的人物，安努齐阿塔是古典美的化身，是古罗马神话中的"美惠三女神"之一，是浮士德眼中的海伦，也是这座古城美的象征。无论在平常生活还是在盛装的节日里，她都是一颗耀眼的明珠，唤醒了公爵对古老文明的希望，并吸引他用一生去追寻这个梦。另外，罗马的古典美还体现在这些斑迹点点、默默无声的古老建筑里。从狭窄的胡同走进，将看到灰暗的拱门，嵌在墙里的大理石飞檐，暗淡无光的圆柱……在平原上回望古罗马城，科洛希姆斗兽场、凯旋门、宫殿遗迹、皇家浴场、庙宇及散布在田野里的林木，一切尽收眼底。此时昔日叱咤风云的帝王和硝烟弥漫的战场都沉寂了，化为一种无法言说的力量支撑着这寂静的城市。这座被古典艺术品包围的城市培养了城内居民较高的审美判断力，即使一个普通的女人也可以向画家指出他画中的缺陷。城市的装饰和色彩的搭配无不体现了他们的艺术天性。无论是生活还是艺术，他们都追求古典式的美，古典式的真。罗马城到处都是关于艺术的谈话，艺术和生活融为一体，艺术成为他们生命、生活不可或缺的一部分。罗马虽旧犹美，这种美经历了惊涛骇浪、沧海桑田之后，被定格在城市生活里，化为一种永恒的精神力量。这就需要一双善于发现它的眼睛和一颗体会它的心灵。

---

① 果戈理：《彼得堡故事集》，刘开华译，第 286 页。

　　然而这种古典美之所以能久存于城市中还应归功于自由神对罗马的庇护。自由的社会气氛孕育了崇高的艺术和城市居民们宁静的心态。古式的狂欢节也在自由中保持了旺盛的生命力。城市居民的思想状态主要是通过科索尔大街的狂欢节表现出来。无论显贵还是平民都来参加这个象征自由、欢快的节日。有的人几乎花掉一年中所有的积蓄参与其中，在这个虚拟的世界里，一切都是平等、自由、酣畅淋漓的，没有高贵与低俗、贫穷与富有之分。它与沸腾的、无秩序的巴黎或笼罩在阴霾沉重的灰色天空下的彼得堡，在格调上大相径庭。它追求自由平等，反叛官府和一切社会道德规范，讴歌充满生命力的创造精神，形成了与官方文化、精英文化相对立的俗文化和大众文化。

　　欢庆之后，城市便又显露出它的另一个特征：宁静。"沉寂的空旷的罗马田野上点缀着古代庙宇的遗迹，四周是一片不可言喻的幽静，令人心旷神怡。"① 充满了厚重感和沧桑感的城市仍然让人感觉到这份坦然的、庄严的宁静。在果戈理笔下，罗马是安静而祥和的。

　　如果说由乌克兰奔向彼得堡，果戈理只体验到了一种梦幻般的城市生活，那么由俄罗斯走向欧洲，果戈理不仅开阔了视界，而且体验到了更多不同类型的城市生活：美丽的法兰克福，舒适的巴登巴登，沸腾的巴黎，幽静的罗马……每段经历都给果戈理留下了不同的城市印象。在《彼得堡故事集》和《罗马》中，果戈理把对其中三个城市的想象付诸笔端：彼得堡、巴黎、罗马。这三个城市分别代表了 19 世纪欧洲城市发展的三个阶段的基本形态，很具有典型性。巴黎经过工业革命的洗礼已经发展成了现代化国际都市，无论城市外部建筑还是居民的精神状态无不彰显出现代性特征：物欲的无限膨胀，精神的无政府状态。它代表了高度发达的资产阶级都市文明。罗马较少受工业革命的熏染，也较少沾染资产阶级的庸俗气，顽强地保留了许多传统的生活习惯和方式，代表了衰落的古典城市文明。而彼得堡虽有了城市现代化的萌芽，但由于政治上的农奴专制统治，在某种程度上抑制了资本主义的发展；因而彼得堡介于现代巴黎和古城罗马之间，处于城市发展的过渡阶段。可以说，在欧洲，罗马代表了城市的过去，

---

　　① 果戈理：《彼得堡故事集》，刘开华译，第 309 页。

巴黎预示着城市发展的未来，彼得堡展示了城市发展的一般现状。它们共同构筑了果戈理笔下的城市总体景观。

城市的场景和外观是最能直接体现一个城市的发展变化的，而街道——人工的神话，是城市文化精神的最佳载体。"在那里，全部现代的物质和精神力量都能相遇、碰撞、融合并产生出它们的最终意义和命运。"① 各个城市的主要街道在果戈理的城市想象中占有重要的一席之地，如彼得堡的涅瓦大街、巴黎的香榭丽舍大街、罗马的科尔索大街。这三条大街是小说人物的主要活动地点，代表了所属城市文化精神的显著特征，暗示了不同的城市生存状态。涅瓦大街是梦幻城市的中心，具有双重功能：一方面和普通的街道一样，为居民提供自由散心、随意购物及娱乐的场所；另一方面又是一个让人产生幻想，充满欺骗、虚伪的梦幻之地。文本中的"小人物"的悲剧命运都直接或间接地与之有关，人物的性格也形成了畸形的、病态的、偏执的特性。俄国城市居民的思想状态还停留在相对落后封闭的社会中，因而在现代的涅瓦大街显得极不协调，极不适应。城市生活处于真实与幻想交织中，真真假假，虚虚实实，谁也无法辨清。

巴黎宽阔的香榭丽舍大街是专门制造游手好闲者的大街。琳琅满目的商店陈列、五颜六色的商品广告、谈笑风生的青年男女，到处都提供了可免费观看的场景和对象。无论昼夜，全街都沸沸扬扬，人群从未间断过。刚到巴黎的意大利公爵，很快就成了地地道道的游手好闲者。波德莱尔是第一个以文学的形式开始关注都市游手好闲者的人。他们无所事事，在城市中闲荡。他们不仅仅是巴黎城市生活的参与者，在很大程度上更是城市生活的观察者和城市本质的质疑者。他们随时跳出了城市的中心，体察到整个城市处处潜藏着的危机。人心浮躁，思想不稳定，无目的的忙碌，构成了现代城市生活的主要内容。

然而罗马的科尔索大街是居民们自由的狂欢圣地，在这里人们无拘无束，悠闲自在，到处都是一片欢快的、令人陶醉的气氛。他们充分地享受着自由、平等、从容的生活。每个人都有各自独立的品格和尊严，即使乞丐也有一种豁达的感觉。无疑果戈理是带着非常欣赏的眼光来看处于相对

---

① 马歇尔·伯曼：《一切坚固的东西都烟消云散了——现代性体验》，徐大建、张辑译，第 422 页。

和谐状态的罗马与居民的关系。彼得堡和巴黎的居民就像困在笼子里的动物一样。前者完全受制于城市，没有反抗与呐喊，只有无声的泪水和病态的呻吟。城市生活没有真实可言。每个城市人都不是真正的自己，而是梦境中的自我想象，一个个不断被压抑、禁欲的自我。因而自我个体精神的变形异化也就不足为怪了。后者则不断地咆哮，不断地制造噪音以宣泄内心因信仰的失落而产生的恐惧、焦虑、彷徨，并以歇斯底里的方式表现自我的存在。城与人处在一种相互对抗挣扎的状态。罗马较多地保留了人类最初建造城市的理念和思想，古城居民也不断地传承着古代城市的生存方式和生活理念，经历了几千年后的寻找和相识，城与人终于相互找到了彼此理想的表达对象，因而也就能和平相处，其乐融融。罗马体现了欧洲传统的城市精神。

　　"形象就是对一个文化现实的描述，通过这种描述，制造了（或赞同，宣传）这个形象的个人或群体，显示或表达出他们乐于置身其间的那个社会的、文化的、意识形态的、虚构的空间。"[①] 巴黎和罗马就是带有民族主义色彩的果戈理所虚构的城市空间。集政治、经济、文化中心于一体的首都最能体现一国的总体文化精神和内涵。巴黎所在的法国和罗马所在的意大利同属于日耳曼－拉丁文明体系，也同属于俄罗斯人眼中的"欧洲—西方"范畴，与俄罗斯构成了"自我—他者"的关系。只是前者属于现在，是欧洲社会发展的主导力量，代表了欧洲现代文明；后者属于过去，是欧洲文明的发源地，昔日灿烂的辉煌已成如烟的往事，体现了欧洲传统的文化。这两个城市对于世界的意义，正如别尔嘉耶夫所说，"巴黎——是世界的城市，是新欧洲和整个新欧洲的人类的世界的城市。……罗马——是旧人类的世界的城市，对新人类而言，它是神圣的纪念碑。……而只有罗马和巴黎的受创，才是整个欧洲和整个人类的痛苦。"[②] 无论旧世界还是新世界，在果戈理的笔下，共同构筑了欧洲文化的总体想象：过去与现在，传统与现代。"欧洲总体想象"是源于果戈理周游欧洲后引发的对俄罗斯民族文化与欧洲文化关系的思考。他在审视和想象"他者"的同时，也在进行着自我审视和反思。

---

① 孟华主编：《比较文学形象学》，北京大学出版社 2001 年版，第 156 页。
② 索洛维约夫：《俄罗斯与欧洲》，徐风林译，河北教育出版社 2002 年版，第 128 页。

在 19 世纪三四十年代，俄罗斯思想中争论得最激烈的问题是关于俄罗斯命运归属以及其在世界上的使命。因观点和论据的分歧大致可分为斯拉夫派和西欧派。在这两派争论中果戈理的思想明显倾向于斯拉夫派："现在欧洲到处都是一片混乱，一旦出现这种混乱，那就不可收拾。……俄国还有一线光明，还有挽救的道路……"① 他看到欧洲自身已卷入"革命动乱的旋涡"之中，资本主义的弊端昭然若揭。正因此俄罗斯民族不应该盲目跟从现代化欧洲，而应从自身的现实问题出发探索适合国情的摆脱落后局面的政策。他对体现现代欧洲文化的巴黎的态度完全是斯拉夫主义的。在斯拉夫派眼里，巴黎是新人类文明的心脏和发源地，资产阶级文明就像瘟疫一样传向欧洲其他国家，甚至世界各地。俄罗斯的中心彼得堡也正面临着这样的侵袭和挑战。根据曼海姆的观点，意识形态和乌托邦具有不同的功能。前者在于维护和保存现存秩序，后者在本质上是质疑现存秩序的，具有"社会颠覆"的功能。巴黎漫画化的形象隐喻了果戈理对现代欧洲的态度：反感、排斥。其主要的意图是维护和保存本土文化现存的秩序和规范，即俄罗斯独特的民族性和斯拉夫精神，试图打破西欧派对现代欧洲繁华、进步、文明的幻想，进而消解欧洲中心主义，重建民族自尊心和自信心。另一方面，果戈理也认识到俄国社会现实存在落后的一面，社会制度也有许多不合理性。尤其在都城彼得堡，现代大街与古老的居民构成了极不和谐的音律。罗马形象的乌托邦质疑了俄国现存社会的人与城这种虚幻的关系，为彼得堡城市的发展提供了果戈理式的理想范本，进而肯定了传统的欧洲文化。

虽然果戈理长期居住国外，但无论在欧洲哪个城市停留，果戈理都是魂系俄罗斯。"我的思想，我的名字，我的著作永远属于俄罗斯。"② 即使在国外，他也与俄罗斯人组成的生活圈有密切的联系。身在国外，心系祖国。无论流浪在哪里，旅行中每到一处他都会情不自禁地把本地的气候、生活习惯、社会环境与彼得堡相比较，即使是季节的变化或天空的颜色都会激起他对彼得堡的回忆，虽然彼得堡的天空似乎永远是灰色的。果戈理对彼得堡的谴责、批判越强烈，对城市本质的揭示越生动逼真，对城市本

① 尼·斯捷潘诺夫：《果戈理传》，张达仁、刘健鸣译，黑龙江出版社 1984 年版，第 378 页。
② 《果戈理书信集》，李毓榛译，第 156 页。

身的理解也就越深刻。果戈理与彼得堡的关系也就在这种爱恨交织的嘲讽中显现出来。正如他自己所说，"我呆在俄国的整个日子里，俄罗斯在我的脑海中渐渐地淡漠并且消逝而去。我无论怎么也无法把她收集成一个整体……然而我只要刚刚走出俄国，俄国在我的思想里马上重新聚成一个完整的图像……"① 果戈理只有远离这个梦幻般的城市和国度，才能真实地完整地感受它的存在。这注定了他的一生是漂泊的一生，只能站在异国他乡的楼房上为忧郁的俄罗斯发出无奈的悲叹。

果戈理与巴黎、罗马的关系，不仅是表现与被表现的关系。果戈理在与两者的接触中，本民族固有的传统文化与外来文化在冲突中相互印证。果戈理对他们的理解不仅来自其社会现实和自身的城市体验，而且还来自于一种先在的思维惯性。小说中的城市观照与想象，与其说是对城市的真实再现，不如说更多地蕴涵着果戈理的情感倾向和思想困惑。在果戈理的思想艺术体系中呈现为多元对立的状态：乡村与城市、传统与现代、俄罗斯与西方。《狄康卡近郊夜话》是果戈理被城市拒绝后的精神产物，与《彼得堡故事集》形成鲜明的对照，传达了都市人的乡村梦，也寄托了果戈理对那片自由热土的眷恋。《罗马》中的古城罗马寄托了果戈理的城市理想。经历了欧洲文化旅程的果戈理最终还是魂系俄罗斯传统文化。在这三组对立中，果戈理的文化选择又有着内在一致性，那就是对传统的、古典的、民族的精神文化价值的认同和追求。

三 陀思妥耶夫斯基：都市叙事与欲望狂欢

如果说果戈理还是一个介于乡土与城市、贵族与平民之间的作家，陀思妥耶夫斯基则是一个典型的都市平民小说家，他在城市中为生存所作的挣扎与奋斗，几乎构成了他生活与艺术的全部内容。而他对城市的审视，在传统的现实主义的视角之外，又更多了些现代主义的倾向。

阅读陀思妥耶夫斯基的小说，我们最感惊异的是，在他的小说中很少有对俄罗斯大地自然风光的描写。他的大部分作品都以彼得堡为背景：彼

---

① 果戈理：《与友人书简选》，任光宣译，安徽文艺出版社1999年版，第315页。

得堡的大街、市场、各式灰色的房子、橱柜式的斗室、尘土、阴雨、风雪……构成了他小说基本的城市景观。而他笔下的人物，大多是生活在大都市社会中的穷困潦倒的市民。即使那些以外省小城、乡村庄园为背景的小说，其作品的主人公也大多是些具有市民气质的、与大都市有着思想血缘联系的人，如《群魔》中的"斯塔夫罗金们"、《卡拉马佐夫兄弟》中的伊凡。如果说屠格涅夫、托尔斯泰等作家，他们再现的大多是都市贵族和乡村庄园的地主生活，充满了贵族客厅的豪华优雅和乡村庄园的纯朴宁静，大自然常常构成了他们小说中的动人景观——普希金以纯朴的充满泥土气息的达吉雅娜呼唤着那颗在流浪中永远找不到归宿的心灵；果戈理驾着他的三驾马车奔驰过俄罗斯大地；屠格涅夫以他的那支充满灵气的笔描摹出大自然的诗情画意；托尔斯泰以其对土地的挚爱深情唱出了一支支动人的乡村之歌。而陀思妥耶夫斯基再现的却永远是资本主义社会中的市民社会的悲剧。正如卢卡奇所说："他成了现代资本主义大城市的第一个和最伟大的作家。"① 这似与他的城市血缘及其市民身份有关。父亲作为军医，退役后成了莫斯科马里英济贫医院的一名医生。陀思妥耶夫斯基的传记作者格罗斯曼描述过这所医院及周边的环境：

这是"古老莫斯科最凄凉的地方之一，早在19世纪初，苏舍沃区的这个边缘地带就有一片墓地，埋葬在这里的大多是一些被社会摒弃的人：流浪汉、自杀者、罪犯以及无人认尸的被杀者。当时，人们都管这片特殊的地方叫做'穷人之家'，而守护那些穷人坟墓的老人则被称为'看家神'。此外，这里还有一个弃婴的收留所和一个疯人院。未来的艺术家从这里观察到大城市下层人民的生活"②，"急诊室和病房周围的椴树林荫道、枝叶茂密、绿荫如盖的马里英小树林——这便是未来都市主义派艺术家最早看到的自然景色"③。

这一切也便构成了陀思妥耶夫斯基的童年记忆。生活在几乎与外界隔绝的医院大院内，视野的狭窄，对俄罗斯自然风光的隔膜，注定了他无法像其他许多作家一样——"乡村—童年"构成他们的一份温馨的记忆，也

---

① 《卢卡契文学论文集》，中国社会科学出版社1980—1981年版，第440页。
② 格罗斯曼：《陀思妥耶夫斯基传》，王健夫译，外国文学出版社1987年版，第3页。
③ 同上书，第15页。

成了他们人生及艺术生涯中的一笔宝贵的精神财富。当父亲积攒了一些钱，在图拉省购置一份地产，10 岁的陀思妥耶夫斯基才第一次接触到俄国农村的自然风光及农村的生活与风俗习惯，但这又是一种怎样的自然风光啊！"不过，比起看家神大街来，达罗沃耶田庄并未给他带来多少快乐。庄园上那座用泥砌墙，干草铺顶的矮小房舍，看上去颇像乌克兰的土房，花园后面是一片相当荒凉的旷野，到处是沟壑"①，既无潺潺流水也无茂密的森林，农民一贫如洗，这便成了作家最早接触的俄罗斯自然风光，他带给作家的是悲苦凄凉的印象而无法激起他更多的诗意想象。

　　自然，这仅仅是我们探索陀思妥耶夫斯基与城市的关系的起点。陀思妥耶夫斯基的城市血缘，仅仅只能说明为什么他把作为小说家的笔触主要指向了城市。而他在城居生活中所经历的种种生存焦虑，为生存所做的奋斗，他对城市在物质上的依赖与精神上的厌弃，他的最终回归土地，在"土地根基"中寻找自我与俄罗斯的出路……这一切将为我们在探讨俄罗斯作家与城市、乡村的关系时提供一个颇具价值的例案。

　　对于陀思妥耶夫斯基来说，彼得堡可说在他的生命历程中起着最重要的作用。彼得堡，它的特殊的建造史及地理位置，使欧洲文明（特别是其物质文明）首先通过它进入俄罗斯，从而改变着俄罗斯的社会风气。用陀思妥耶夫斯基《冬天记的夏天印象》中的话说，长襟外衣、硬袖、假发、吊带、发粉、宝剑等这些代表欧洲文明的物质方面的东西通过彼得堡侵入俄罗斯国内，"总而言之，这整个上下竞效的欧洲，当时和我们相处怡然，从彼得堡开始——从这个最怪异的，有着地球上一切城市中最怪异的历史的城市开始"。陀思妥耶夫斯基从彼得堡军事工程学校毕业，先在军事工程绘图处工作，对文学的痴迷，又使他毅然退职，决定以小说为职业，为其谋生手段，这一点对他的一生影响可谓甚为重大。如果说像屠格涅夫、托尔斯泰一类作家，他们首先是土地贵族，小说不过是他们介入社会的一种方式，那么对陀思妥耶夫斯基来说，他的立志于献身小说，使他成为城市的一个自由职业者，成为一个真正的城市市民。从这个角度来说，屠格涅夫、托尔斯泰从事小说创作的目的首先是为了拯救社会，而对陀思妥耶夫

---

① 格罗斯曼：《陀思妥耶夫斯基传》，王健夫译，第16页。

斯基来说，小说首先是他的一种谋生手段，一种自我拯救，其次才能言及其他。

小说可以说是城市文明的产物。诗歌可以完全只是自我的表达，而不顾及受众的反应，传统诗人很少有期望赖于自己的诗谋生的。而小说的产生在某种程度上则有赖于城市商业文明的发达。小说作为一种特殊商品，它的流行，有赖于作为小说主要阅读者的广大市民的青睐。从这个角度来说，小说不属于乡村，它本身便是城市文化的一个组成部分，它受制于城市商业精神。对陀思妥耶夫斯基来说，《穷人》的巨大成功，对他无疑是个极大的鼓舞。作为崭露头角的小说家，他的名字到处被人提及。上流社会的客厅也向这位贫寒的小说家频频发出了召唤。陀思妥耶夫斯基也便尝试着由"边缘"走向城市的"中心"（在那个特殊的彼得堡社会里，上流社会在某种意义上便代表了城市的"中心"，宝马香车、户盈罗绮的风景只属于城市上层），但这种"僭越"带给小说家的却是难堪的失败。有一次，《穷人》的作者与上流社会的一位淑女谢尼亚温娜晤面，由于过分激动和震慑于上流社会隆重的接见礼仪，这位一向不善交际且又羞怯腼腆的文学家感到一阵头晕，竟昏了过去。这件事一时成为上流社会的笑谈。从文化的角度说，陀思妥耶夫斯基的这次"昏厥"可说深有意味。这次失败经历加深了他对上流社会的恐惧感及想跻身于其中而不得的憎恶感，同时也诱发了他在心理上与城市的疏离。这番经历后来也被不断地复现于他的小说中，《孪生兄弟》《白痴》等小说中的主人公跻身于上流社会的中心时都曾体验过类似的尴尬。

《穷人》以其对小人物的不幸遭遇的揭示表现了一种古典人道主义精神，客观地说，这种"小人物"的主题只不过为俄罗斯文学的"小人物"家族增添了一个新的形象而已，并没有为俄罗斯文学带来真正的变革，也正因为如此，它为社会大众毫无保留地接纳了。而当陀思妥耶夫斯基在其第二部小说《孪生兄弟》中，以其对双重人格的深层透视真正融进属于陀思妥耶夫斯基的独特东西，无论是批评家还是普通读者，却不同程度地拒绝了它，这便是作为小说家的艺术探索与作为一种文化商品所受到的商业制约之间的矛盾（为艺术还是为金钱而写作，事实上也构成了陀思妥耶夫斯基一生的苦恼），加之与革命民主主义者的阵地《祖国纪事》的决裂，更加重了陀思妥耶夫斯基作为自由小说家的城居生活的苦恼与焦虑。他在1846年给兄长的信中曾诉说过这种情绪："在我看来，彼得堡简直是一座地狱。我在这儿感到非常非常苦恼！""我却不知何时才能逃离这座地狱。"①

那么，陀思妥耶夫斯基在苦役、流放生活中转向"人民"，转向土地"根基"（陀氏曾在一封信中说，"农民，东正教罗斯——这几个字实际上是我们的根基"），是否与他的城居生活的挫折感有关呢？19世纪俄罗斯所面临的矛盾，一为东方与西方的矛盾，一为上层与下层的矛盾。从文化的角度来说，西方代表了一种现代文明，成为城市的象征，而东方则更接近古老的乡村。俄罗斯的专制主义、宗法制度，使它更接近于具有田园诗式的文明的东方，更具有乡村文化色彩。有论者指出："城市不仅是有地域上的意义，而且更具有时间上的意义：城市以它崭新的景观、秩序和生活方式而成为时间进化的纪念碑，城市之外的乡村和乡镇则象征着遥远的过去和古老的历史。"② 从这个意义上说，西方文明对乡土罗斯的侵入，在本质上乃是城市文化对乡村的一种入侵。"一切，我们这里可以称得是发展、科学、艺术、公民权、人性的一切，一切，一切，几乎毫无例外地都是从神圣奇迹之国来的！要知道，从童年起，我们的整个生活就是按照欧洲的方式安排下来的。"③ 代表一种理性精神的科学和以个性自由与解放为指归的民主精神，本质上都是近代城市文化的产物。陀思妥耶夫斯基对来自西方的科学理性、个性主义的拒斥，也便意味了他对城市文化的拒绝。而在俄罗斯，对西方城市文明的传播更多的是由社会上层的贵族阶级承担的，社会的下层，代表社会大多数的农民，他们却与这种文明格格不入。在流放岁月中，他第一次真正接触到俄罗斯的大地、接触到俄罗斯的普通人民，他从苦役犯中痛感到俄国社会中富有文化教养的上层人士与普通人民的疏远，从中发现"人民的主题"，从而完成他信念的转变：转向人民根基，回到俄罗斯古老传统，回归土地，回归东正教信念，从而完成了他精神上与

---

① 《陀思妥耶夫斯基选集·书信选》，冯增义等译，人民文学出版社1986年版，第45页。
② 李书磊：《都市的迁徙》，时代文艺出版社1993年版，第32页。
③ 陀思妥耶夫斯基：《冬天记的夏天印象》，满涛译，载《赌徒》，上海译文出版社1988年版，第61—69页。

城市的疏离、与乡土文明的认同的历程。

为了谋生而写作，注定了陀思妥耶夫斯基在生存中不得不永远依附于他所憎恶的城市。而城市，作为他的生存之所，同时又时刻赋予了他写作的灵感。还是在童年时代，住在医院一侧厢房的穿堂里给孩子们隔出的小单间中，那阳光几乎照射不到的阴暗的小屋，长大后，作为一个童年记忆，便不断地刺激着作家的想象，一次次化作了主人公们像橱柜一样狭小，甚至连思想都不能自由驰骋的阁楼、斗室。而当流放岁月结束后重回彼得堡，债务、疾病、第一次婚姻的不如意、居住环境的恶劣，这一切在他的关于城市的小说中打下了深深的烙印。"沉闷的、令人讨厌的，充满恶臭味的彼得堡夏天，正好符合我的心情，甚至还赋予我一些写小说的虚假的灵感"，①陀思妥耶夫斯基在紧张写作《罪与罚》时曾如是说。城居生活的不如意刺激了作家的创作灵感，使他写下了一个个在城市中发生的悲剧故事。反过来，这些因为作家自我的困境而激发出来的悲剧故事又成了作家赖以谋生、以此改变自己处境的一种手段。不得不以玩味痛苦（陀思妥耶夫斯基笔下的那些在痛苦的自我折磨中甚至感到了某些快感的主人公常常带有作家自己的影子）来获取金钱，获取生存的快乐，这真可谓一个奇特的讽刺，它注定了作家的尴尬处境。

作为一位都市主义小说家，陀思妥耶夫斯基把他在城居生活中的挣扎、尴尬、矛盾都倾注在了小说中。他的绝大部分小说都是以城市为背景，再现城市中的芸芸众生的生活。而在这些城市小说中，彼得堡又成为了大部分小说的人物的基本活动空间。《穷人》《孪生兄弟》《白痴》《地下室手记》《被侮辱与损害的》《罪与罚》《白夜》《少年》……简直构成了一组组彼得堡风景画。画面虽多，基本背景、色调却是惊人地相似：

> 街上热得可怕，又闷又拥挤，到处是石灰、脚手架、砖块、尘土和夏天所特有的恶臭，这是每个无法租别墅去避暑的彼得堡人闻惯了的臭味……从那些酒店里飘来一阵阵难闻的臭味，在城市的这个地区里，这样的酒店开设得特别多。虽然是工作的日子，但时刻可以碰到喝醉

① 转引自格罗斯曼《陀思妥耶夫斯基传》，王健夫译，第 466 页。

的人们，那难闻的臭味和喝醉的人们把这个景象令人厌恶的阴郁色彩烘托得无比浓郁。①

　　这是可怕的十一月之夜，潮湿、有雾、有雨，又有雪，孕育着牙龈炎、鼻炎、间歇热、咽喉炎和各式各样的热病，一言以蔽之，彼得堡十一月的各种赏赐。风在无人的街上呼啸，把方坦卡河里的黑水掀得比喷水柱还高；风吹刮着河边细弱的路灯柱，路灯也发出尖细、刺耳的吱吱声与长啸声相和鸣，这样，就形成了一个没完没了地奏出尖细的颤声的音乐会，这是每一个彼得堡市民都熟悉的。②

　　这便是典型的彼得堡城市景观：灰色的大街、楼房、尘灰、臭味、潮湿、风雨、迷雾……灰暗构成了彼得堡的基本色调。陀思妥耶夫斯基正是在这样一幅背景上，展开了城市中各类小官吏、小职员、失业者、大学生、妓女、高利贷者、无家可归者的悲剧故事。

　　美国社会学家帕克在其《城市：对于开展城市环境中人类行为研究的几点意见》一文中认为："城市，从本文的观点来看，决不仅仅是许多单个人的集合体，也不是各种社会的设施——诸如街道、建筑物、电灯、电车、电话等——的聚合体；城市也不只是各种服务部门和管理机构，如法庭、医院、学校、警察和各种民政机构人员等的简单聚集。城市，它是一种心理状态，是各种风俗和传统构成的整体，是这些风俗中所包含，并随传统而流传的那些统一思想和感情所构成的整体。换言之，城市绝非简单的物质现象，绝非简单的人工构筑物。城市已同其居民的各种重要活动密切地联系在一起，它是自然的产物，而尤其是人类属性的产物。"③ 这也就是说，城市的文化意义不只体现为外在的建筑设施，而作为"人类属性"的产物，反映着城市居民的道德、心态、价值观念、文化规范，从而构成其内在的城市精神。城市，作为一种保护性的城廊，它首先为城中之人提供了一种

---

　　① 陀思妥耶夫斯基：《罪与罚》，岳麟译，上海译文出版社1979年版，第2页。
　　② 陀思妥耶夫斯基：《李生兄弟》，种觉译，见《陀思妥耶夫斯基作品集·中短篇小说》（一），上海译文出版社1983年版，第179—180页。
　　③ R. E. 帕克、E. N. 伯吉斯、R. D. 麦肯齐：《城市社会学》，宋俊岭等译，华夏出版社1987年版，第1页。

安全保障；而"市"，作为一种商品交换场所和工业聚集地，为人们的生活需要提供便利的条件。城市，在作为文明人类的基本生活空间、精神皈依地发挥它的作用的同时，人类也就把自己的属性揉进了城市冰冷的石头之中，使城市成为人类欲望、文化的物质符号。城市与人，构成了相辅相依的紧密联系。而在陀思妥耶夫斯基的小说中，城市与人却常常处于相离相违的状态。他小说中的人物，大多处在社会的底层，处在风雨飘摇、惶惶不可终日的状态，时刻被侮辱、被欺凌的痛苦现实，使他们常常陷入某种疾病状态或精神焦虑之中。《孪生兄弟》的主人公戈利亚德金的精神分裂症，《被侮辱与损害的》中的小涅莉的热病、谵妄症，《罪与罚》的拉斯柯尔尼科夫的忧郁症，《白痴》中梅诗金公爵的癫痫症，以及在许多女主人公身上或多或少存在的歇斯底里症，这些病症都有一个共同特点：就是大多属于心理精神上的疾患，而非生理上的病变。有时连他们自己也无法确定自己是否患了"病"。正像"地下人"，在其《手记》中一开始就宣称："我是一个有病的人……我是一个凶狠的人。一个不讨人喜欢的人。我认为我的肝脏有病，但我对我的病却一无所知，也吃不准我究竟哪儿有病。"这种精神病症或者干脆吃不准究竟有没有病的似病非病状态，很大程度上源于城市作为人生存环境的外在压迫、刺激。正是又热又闷又拥挤，充满尘土、恶臭的大街使拉斯柯尔尼科夫"本来已经不健全的神经又受到了令人痛苦的刺激"。① 这几乎成了陀思妥耶夫斯基的许多人物面对拥挤、灰暗、冷漠的彼得堡时的一种共同状态。那么，逃离开大街，逃离大众，回到自己蜗居之地又如何呢？那又是怎样的一番景象啊！

　　一条长长的走廊，黑漆漆的，龌龊透顶。靠右边是一堵光秃秃的墙，没有门也没窗；在左边是一扇扇门排成的长列，像旅馆里一楼一样。开门进去是一间小房间，就是这一间间房间出租给房客，有的房间住两个人，有的挤三个人。杂乱无章，根本谈不上秩序，活像挪亚的方舟！②

① 陀思妥耶夫斯基：《罪与罚》，岳麟译，第 2 页。
② 陀思妥耶夫斯基：《穷人》，周朴之译，见《陀思妥耶夫斯基作品集·中短篇小说》（一），第 4 页。

用不着多引了,《穷人》中的杰符什金所住的公寓,便成了陀思妥耶夫斯基小说中所有的小人物们立身之处的写照。橱柜、棺材一般的斗室、"地下室"便成了他们的生活空间,也成了他们精神皈依之所。"我不跟任何人来往,甚至避免同他们说话,越来越孤独地躲进了自己的角落里"。① "他毅然决然地不跟一切人来往,好比乌龟缩入了自己的硬壳里"②。但逼仄的空间并不能为他们提供精神的庇护,反而不断加剧了他们的精神性病患。拉斯柯尔尼科夫多次用"憎恨"的目光打量自己的斗室。《被侮辱与损害的》中的青年作家凡尼亚感叹"住在狭窄的寓所里,就连思路也会变得狭隘的"。③

陀思妥耶夫斯基小说中的不少主人公,他们都是来自乡村。瓦尔瓦拉(《穷人》)、凡尼亚、娜达莎(《被侮辱与损害的》)、拉斯柯尔尼科夫(《罪与罚》),甚至包括"白痴"公爵梅诗金。乡村—童年,也便常常代表了他们的美好的过去。"我的童年是我一生中的最幸福的时期。童年的开始不是在这里,而是在遥远的、外省一个十分偏僻的地方。爸爸是 Т 省 Д 公爵大庄园的管家。我们住在公爵的一个村子里,生活是那么安宁、清静、幸福……一大清早,我就跑到池塘去,到小树林去,到刈草场去,到割麦的庄稼人那儿去……我觉得,假如我能够一辈子不离开乡村,老是待在一个地方,该有多么幸福呀"。④

幸福的童年又往往是短暂的。无论是瓦尔瓦拉,还是凡尼亚,因为种种的原因,他们又不得不"禁不住流着眼泪"与乡村告别,来到陌生的城市。过去的一切是那样亲切,未来所将要面对的却是可怕的疑虑、惶惑与恐惧:

> 要我们习惯这里的新生活,那是多么困难呀!我们是在秋天搬到彼

---

① 陀思妥耶夫斯基:《地下室手记》,顾柏林译,见《陀思妥耶夫斯基作品集·赌徒》,上海译文出版社 1988 年版,第 173 页。

② 陀思妥耶夫斯基:《罪与罚》,岳麟译,第 31 页。

③ 陀思妥耶夫斯基:《被侮辱与损害的》,李霁野译,上海译文出版社 1984 年版,第 3 页。

④ 陀思妥耶夫斯基:《穷人》,周朴之译,第 20—21 页。

得堡来的。我们离开乡村的那一天，天气是多么晴朗、暖和、美好，农活快要结束，打谷场上堆放着一大垛一大垛谷物，一群群叽叽喳喳的鸟儿聚在一起，一切都喜气洋洋。可是我们一搬进城里，就碰上了阴雨绵绵、秋气肃杀，看不到晴空，只见满地的泥泞，一群陌生人爱理不理，怒气冲冲，满脸的不高兴！我们马马虎虎住了下来。……我在新地方过了第一夜，第二天清早起身就觉得伤心。我们窗户的对面是一堵黄色的围墙。街上经常是遍地泥泞。行人稀少，他们把厚实的衣服裹紧，看来都感到冷。①

乡村与城市，构成鲜明的对比。如果说乡村、土地代表了人与自然的亲和关系，大地以其滋养、保护的特点成为母性的象征，成为人的生命之源——它既为人类提供了休养生息所必需的一切，也为其提供了巨大的精神屏障，从而成为人类的精神家园；而城市，却是人类欲望无限膨胀的结果。当人类不再满足于基本的休养生息，而需要舒适享乐，需要多方面的欲望的满足，于是便有了城市。而城市的建立，同时也就意味着人与自然的疏离，人将自己的意志强加于大自然的秩序之中，而由于欲望的无限膨胀又带来种种罪孽的滋生。欧洲神话中许多城市都是由凶手建造的，并且在建城时必须要有一种庄严的仪式，表示对神的赎罪。事实上，人们居住在城市之中，同时也就开始了它的精神流浪与寻求、赎罪与拯救的历程。在陀思妥耶夫斯基的小说中，当这些来自乡村的人走进城市，他们也便被抛入了苦难，抛入了罪恶的渊薮，经受灵魂的煎熬，一个个悲剧性的故事也便产生了。"这是一个惨绝人寰的故事，在彼得堡的阴暗天空下，在大城市的黑暗隐蔽的角落，在令人头晕眼花的乱糟糟的生活中，在人们不易觉察的利己主义和利害冲突中，在可怕的淫乱和隐秘的罪行中，在毫无意义和反常生活的人间地狱里，经常地，无法避免地，几乎是神秘地发生着这种悲惨而令人难堪的故事……"② 城市总在对人实施不动声色的谋杀，小涅莉的故事便不过成了在彼得堡的穷人区里经常发生的悲惨故事的其中之一而已。

① 陀思妥耶夫斯基：《穷人》，周朴之译，第 21 页。
② 陀思妥耶夫斯基：《被侮辱与损害的》，李霁野译，第 217 页。

　　陀思妥耶夫斯基小说中的这些主人公，无论是从乡村来到城市，还是本来就身居城市的，他们在城市生活中因为其小人物的身份，使他们永远只能处于城市的边缘，成为城市的边缘人。他们往往没有家庭（或者即使有家庭，也是偏离生活常态的不幸家庭、偶合家庭）。家，在某种意义上构成了城市日常生活的象征，衣食住行、生老病死，都是以"家"为基本空间的。而陀思妥耶夫斯基小说中人物的"无家"，或没有真正意义上的能发挥家庭正常功能的"家"，也便意味着他们远离了日常生活。他们的住处大多不过是暂时的蜗居之地，简陋得不能再简陋，主人公在其间根本谈不上按照其传记时间过平凡人的普通生活。门坎、过道、走廊、街道、广场反而成了主人公的基本活动空间。正像巴赫金所指出的：陀思妥耶夫斯基"超越了房宅住室中那种住得舒适而又坚固的远离门坎的空间，因为他所描绘的生活，不是出现在这个空间里。陀思妥耶夫斯基最不像那些写庄园、写家事、写住室、写家庭的作家。在远离门坎的住得舒适的内部空间里，人们是在传记体的时间里过着传记式的生活：怎样诞生，怎样度过童年和少年，怎样结婚，生孩子，怎样衰老病死。"① 由此。巴赫金以《罪与罚》为例指出，边沿及它的替代物构成了小说情节中的几个基本"点"。拉斯柯尔尼科夫生活在边沿上，因为他那狭小的棺材般的房间，紧挨着楼梯口，且从来不锁。马尔美拉陀夫一家也生活在边沿上，在紧挨着楼梯的过堂屋里。小说中的许多情节也是发生在门坎边。"门坎、过道、走廊、楼梯口、楼梯、梯阶、朝着楼梯敞开的屋门、院子大门，而在这些之外，还有城市：广场、街道、建筑物的正墙、小酒铺、罪犯窟、桥梁、排水沟……这些便是这部小说的空间。同时，实际上却完全没有那种忘记了门坎的室内空间，如实现传记体生活的客厅、饭厅、大厅、书房、卧室的内部。"② 如果说屠格涅夫、托尔斯泰一类作家，他们在描绘城市日常生活事件时，大多在客厅、饭厅、书房、卧室等地展开，详细写出人物的日常起居、待人接物及各类社交活动，而陀思妥耶夫斯基小说中的人物则大多活动于边沿。门坎作为内与外的交接点，一方面它处于房间的边沿，远离家庭温暖；另一方

---

　　① 米哈伊尔·巴赫金：《陀思妥耶夫斯基诗学问题：复调小说理论》，白春仁、顾亚铃译，三联书店1988年版，第237页。

　　② 同上书，第238页。

面它又跟外面的世界相接，离开门坎便是走廊、楼梯、大街。当主人公处于这样一个内外交接点上，便决定了他们身份的尴尬，既不属于家庭，也不属于外面的世界。首先，他们远离了家庭日常生活。如果说食、色乃是人类两大基本生存需要，陀思妥耶夫斯基却极少写到人物发生于房间内部的吃与性。《罪与罚》中拉斯柯尔尼科夫寄居在简陋的斗室，"两星期来，他的女房东没有给他送饭来。他直到现在还没有想去跟她交涉，虽然他没有午饭吃"。拉斯柯尔尼科夫便是过着这种生活。至于谈情说爱及男女之欢，则更是说不上了。连床都只是一个"沙发榻"而已，他常常和衣睡在沙发榻上，没有被单，就拿自己那件穿破了的从前做大学生时穿的大衣盖在身上。

　　陀思妥耶夫斯基小说的主人公，这些处在城市"边沿"的人，当他们试图走向外面的世界，由"边沿"向"中心"挺进（由灯红酒绿、歌舞升平构成的城市生活在某种意义上代表了作为人类欲望的象征的城市的"中心"），以表示自我的存在，证明自我的价值，亦常常以彻底的失败而告终。当"地下人"突然心血来潮，想要摆脱"忧郁不欢、离群索居、落落寡合"的状态，去参加送别一位去外地做官的老同学的晚宴，这种违背他人意愿的强制性介入，最终的结果不过自取其辱而已。《孪生兄弟》中的戈利亚德金去参加他上司的女儿的生日舞会，先被拒之门外，他在一个门堂里又冷又暗的地方"待时而动"，站了差不多三个小时，后经餐具室、茶室，终于"像从半空中掉下来似的在舞厅中出现了"，"他借弹簧之力闯进舞会，他仍旧被弹簧推动着，向前去，向前去，再向前去；一路过去，他撞在一个大官身上，踩痛了他一脚；凑巧他又踩在一个高龄老太太的裙边，把裙子撕下一小块，他又推了一个捧着茶盘的人，此外还推了什么人，这些他都没有发觉……"① 此时的戈利亚德金"失魂落魄地把愁苦的目光向四下看去"，极力想趁此机会在惶惑的人堆里寻找立足点和社会地位。这里却并无他的立足之地，连想重新回到门堂里，小楼梯旁边，都已经不可能了。"地下室""门堂""过道"本来是"地下人"及戈利亚德金们该待的地方，他们向"饭厅""舞厅""客厅"的僭越，最终只能蒙受羞辱，徒增

① 陀思妥耶夫斯基：《孪生兄弟》，种觉译，第173页。

痛苦。

内心与外界、人物与环境的剧烈冲突构成了陀思妥耶夫斯基小说中主人公生存的基本模式。处在"内"与"外"的交接点上，他们永远找不到自己的位置。"这是一座半疯子的城市……很少有地方像彼得堡那样使人的精神受到这么大悲观的、强烈的和奇怪的影响"。① 彼得堡这个城市只属于那些有权有势的显贵，属于那些流氓、无赖、恶棍式的人物。诸如《罪与罚》中的斯维德里加依洛夫，一到彼得堡便如鱼得水，"从头几个钟头起，这座城市就使我闻到了一股熟悉的气息"。② 妓院、游乐场、康康舞、小酒店……但这一切不过构成了城市表面的轻浮的奢华。陀思妥耶夫斯基小说中的主人公们时时体会到的更多的是彼得堡的阴沉晦暗，给他们的生存带来的无形的压力。此时，对那些有乡村血缘的人来说，相对于那些身处城市，处在痛苦与屈辱中连精神都无所皈依的人，乡村回忆作为一种心理慰藉便成了他们难得的幸福。就像《死屋手记》中的主人公，不断地回忆他的童年时代，那八月的乡村……回忆，对于一个苦役犯人来说，成了他苦难历程中的一种心理皈依。漂泊羁旅，不如归去。"我总觉得我最后一定会死在彼得堡。春天快到了，我想，假如我能冲出这个破壳似的地方，到外面去，呼吸呼吸田野和森林里的新鲜空气，我相信我是可以复原的。我好久没有看见过田野和森林了！"③《被侮辱与损害的》中的凡尼亚痛感到蜗居之地的狭窄、憋闷，使人精神萎靡、衰竭，时时渴望着田野里的自由空气。而对于"白痴"公爵梅诗金来说，当他从瑞士的山庄来到彼得堡，对环境的不适应使他时时生出一种冲动："他忽然渴望撇下这里的一切，自己回到所自来的地方，前往一个遥远、偏僻的去处，立刻动身，甚至不向任何人告别。""有几次他在瞬息间也梦想着峰峦山岭，特别是他始终喜欢回忆的山中一个熟悉的小点儿，他生活在国外的那几年，经常喜欢到那里去，从那里俯瞰村庄，眺望山下恍如白练的瀑布，天上飘浮的白云，远处废弃的古堡。"④ 这个"混沌与铁路"的时代，这个"一切都酥化了"的时代，

---

① 陀思妥耶夫斯基：《罪与罚》，岳麟译，第 543 页。

② 同上书，第 560 页。

③ 陀思妥耶夫斯基：《被侮辱与损害的》，李霁野译，第 64 页。

④ 陀思妥耶夫斯基：《白痴》，荣如德译，上海译文出版社 1986 年版，第 419 页。

与回忆中的"村庄"，构成了两个截然不同的世界。

于是，历劫—回归，成了陀思妥耶夫斯基一些小说的基本情节模式。《罪与罚》中的拉斯柯尔尼科夫在犯罪并饱受负罪感的煎熬之后，终于走向十字街头，伏倒在地上。"他跪在广场中央，在地上磕头，怀着快乐和幸福的心情吻了这片肮脏的土地。"当他来到西伯利亚，他重新见到了"阳光""森林"，以及梦中的"冷泉"。在劳动工地上，拉斯柯尔尼科夫眺望着那条宽阔、荒凉的河流："从高高的岸上望去，周围一片广大的土地尽收眼底。一阵歌声远远地从对岸飘来，隐约可闻。那儿，在一片沐浴在阳光里的一望无际的草原上，牧民的帐篷像一个个隐约可见的黑点。那里是自由的，居住着另一种人，他们同这儿的人完全不一样，在那儿时间仿佛停滞不前，仿佛亚伯拉罕的时代和他的畜群还没有过去。"①

如果说城市是历史进化的一种象征，城市也意味着时间节奏的加快、生活的变幻不定，而西伯利亚的那片牧区，却代表了过去、历史、传统，停滞的时间同时也就象征着一种永恒。拉斯柯尔尼科夫正是在这种"永恒"中找到了他生命的归宿。

巴赫金曾经指出："陀思妥耶夫斯基的主人公，是脱离了文化传统，脱离了土壤和大地的平民知识分子，是偶合家族的代表。"② 正是这些失去"根基"的城市中的边缘人、精神上的流浪汉，他们或者因为"没有过去"而走向精神分裂，或者最后终于回到他们曾经拥有的"乡土""过去"，找到精神的归宿。而在《荒唐人的梦》中，陀思妥耶夫斯基以梦幻的形式为整个人类设计了一个理想的世界，"荒唐人"（他人眼中的"疯子"）以自杀来表现对这个世界的反抗，来到了另一个地球：

> 原来是个晴朗的日子，阳光普照，像天堂一样迷人……温驯的大海碧波荡漾，拍岸无声，带着坦然外露的，几乎是衷心属意的柔情亲吻着海岸。树木挺拔俊俏，秀丽葱茏，无数叶片发出轻柔的簌簌声，我觉得它们好像在倾吐情愫，欢迎我的光临。繁茂的青草地上，盛开着

---

① 陀思妥耶夫斯基：《罪与罚》，岳麟译，第636页。

② 米哈伊尔·巴赫金：《陀思妥耶夫斯基诗学问题：复调小说理论》，白春仁、顾亚铃译，第51页。

芬芳的鲜花。成群的小鸟在空中飞翔，一点也不怕我，纷纷落在我的肩头和臂上，鼓起可爱的翅膀，欢快地拍打着我。最后，我终于发现和看清了这快乐土上的人们。……这是太阳的孩子们……也许只有在我们的孩子身上，在孩子们的襁褓时代，才能发现这种美的隐约的、细微的痕迹。……这是没有被人类罪恶所玷污的一片干净土，住在这里的人全是清白无罪的人，他们好像生活在我们整个人类的多种传说中谈到过的，我们有罪的始祖居住过的那种天堂里，而区别仅在于这里的大地处处都是那样的天堂。①

　　阳光、大地、鲜花、绿草，孩童般的人们与自然的亲和关系，仿佛回到了人类曾经拥有又失去了的那片"乐园"中，回到了人类的童年时代。由此，陀思妥耶夫斯基小说中经常写到的孩童形象，作为天真纯朴的象征，也就具有了另外一种意义。乡村、大地、孩童、时间上的"过去"，它们共同拥有了相似的文化内涵。而城市常常与人工制造物，与时间上的"现在"，人心灵的"罪孽"联系在一起。于是乡村—童年与城市—成年模式，在陀思妥耶夫斯基小说中，便具有了非同一般的象征意味。回归，构成了生存意义上的本体象征。陀思妥耶夫斯基，作为自小生活在都市的都市主义艺术家，最终走向了反都市的历程。

　　文学理论家派克认为可以从三个角度描绘城市：从上面，从街道水平上，从下面。从下面观察是发现城市的文化本能，发现城市人的潜意识和内心黑暗，发现在街道上禁止的事物，这是现代主义的观察立场。从街道水平观察更切近城市生活的复杂性和丰富性，有一种视城市为同类的认同感，把城市当作一种正常存在，因而能够比较客观地表达出城市人生的隐衷、委曲和真实含义，是写实主义的观察立场。从上面看则是把城市当作一种固定的符号，在这种眼光下城市是一种渺小的而且畸形的人造物，被包围在大自然和谐而美妙的造化之中，这是浪漫主义的观察立场。② 如果说果戈理对涅瓦大街的描写是典型的写实主义的态度——他严格地按照日常

　　① 陀思妥耶夫斯基：《荒唐人的梦》，见《陀思妥耶夫斯基选集·中短篇小说选》，人民文学出版社1982年版。
　　② 李书磊：《都市的迁徙》，第116页。

生活的传记时间，记录下城市大街从早到晚的变化过程，勾勒出一幅城市风俗画，从而为人物活动提供一个现实背景，那么陀思妥耶夫斯基对城市的观察更倾向于现代主义的角度。他很少客观具体地描绘人物所处的环境，而是把外部世界置于主人公的意识中，以主人公的视角去描绘他们所见到的一切，从而外部的客观的世界全部变成了主人公意识中的世界。当陀思妥耶夫斯基小说中的主人公处在生存的焦虑中，而走上精神衰竭、分裂、梦呓之路，他们所身处的城市往往也就染上了强烈的主人公的内心色彩，从而构成了独特的陀思妥耶夫斯基式的彼得堡，陀思妥耶夫斯基的城市小说也便具有了一种典型的"城市形式"。

　　城市中的这些寄居者处在内心与外界、人与环境的尖锐冲突中，由此导致他们的心理失控、焦虑、精神错乱及其命运的变幻无常，这本身便决定了陀思妥耶夫斯基那些城市小说故事情节的起伏变幻，冲突的高度紧张，混乱、错杂、变幻不定。正像格罗斯曼在分析《少年》时谈到的：俄国在农奴制改革后，社会毫无秩序、混乱不堪，陀思妥耶夫斯基以相应的杂乱无章的手法去描写这一现实，那种常见的情节内容和手法——诸如主要人物行为的统一性与稳定性以及他们的行为和内心感受在时间上合乎逻辑的因果关系被合并了，而代之以一些离奇古怪的情节和浮光掠影的、能引起读者好奇心的插曲……所有这一切就形成一种特殊的风格，这种风格是高度律动的、狂热的、虚无缥缈的、像涡流一样急剧变动的，或者用陀思妥耶夫斯基的绝妙说法，是"梦幻般或被云雾遮掩着的"，在这种风格中，小说的风俗画性质以及清晰明确的史诗法则隐而不见了，仿佛消融在一些稍纵即逝的幻觉或朦胧的概念之中，摆脱了进化规律和有机发展的束缚。①

　　这是一种典型的城市小说，故事情节高速度发展和变化无常，它本身便代表了一种城市节奏。如果说乡村往往与古朴、宁静联系在一起，乡村小说的节奏、情调也相对来说显得较为舒缓、抒情，那么城市小说时间节奏显得大大加快了，小说本身更具有变幻不定的色彩。特别是在陀思妥耶夫斯基的小说中时空结构都是处在主人公意识的支配之下。主人公每一天的生活往往都是动荡不安的，充满了意外的事件、突然的转折、离奇的插

---

① 格罗斯曼：《陀思妥耶夫斯基传》，王健夫译，第 664 页。

曲、剧烈的冲突。小说中的时间都是高度浓缩了的。陀思妥耶夫斯基常常从现实生活中选取非凡的、特殊的，充满紧张感、危机性的事件，置于高度浓缩了的小说时间中。《罪与罚》的事件时间才十四天半，《白痴》则为七个月（实际上第一部事件发生在十一月，事件时间仅为一天半，后面几部是在半年之后，即次年的六七月份），《恶魔》中不到一个月，《卡拉马佐夫兄弟》每一部的情节时间不过几天。在这高度浓缩的时间里，生活往往在转瞬间就发生了天翻地覆的变化。就拿《白痴》来说，情节开始，主人公梅诗金从早上来到彼得堡，到晚上娜斯塔霞·菲利波夫娜生日宴会结束，这期间发生了多大的变化啊！早晨仅带着一个小包裹，一无所有的梅诗金，晚上却成了百万富翁，以致让曾把他视为穷人而借给他二十五卢布的叶潘钦将军惊叹："这真是一篇童话。"娜斯塔霞的命运在这一天里因为梅诗金、罗果金的出现而发生巨大的变化。早上梅诗金还仅仅看到她的照片，中午在茄纳家他还被娜斯塔霞误认作仆人，被她骂作"白痴"，晚上他们之间却已有了非凡的情感交流，相互间充满了爱意。而茄纳因为发财的欲望想娶娜斯塔霞，早上还满怀希望，晚上却熬受着施给他的意外的"苦刑"晕倒在地……

　　陀思妥耶夫斯基就是这样在浓缩的时间里将各种人物、事件集中在一起，舍去传记性时间中的许多中介环节，将情节集中在某个充满紧张冲突、充满危机感与灾难性的点位上。正如《荒唐人的梦》中的荒唐人所说："一切都和往常一样，越过时间和空间，超过存在的理智的规律，只在心灵向往的点位上停顿下来。"由此，在陀思妥耶夫斯基的小说中，城市与人的冲突便化作了一种心灵冲突。外在世界的急剧变化，人物内心的紧张感、冲突感乃至由此导致的精神谵妄、错乱，常常构成了陀思妥耶夫斯基小说中的一种梦幻结构。"我对现实（艺术中的）有自己独特的看法，而且被大多数人称之为几乎是荒诞的和特殊的事物，对于我来说，有时构成了现实的本质。事物的平凡性和对它的陈腐看法，依我看来，还不能算作现实主义，甚至恰好相反。"[①] "有什么能比现实更荒诞和更出乎意料呢？甚至有时候有什么能比现实更不可思议的呢！"[②] 俄国社会生活（特别是城市生活）的

---

① 《陀思妥耶夫斯基选集·书信选》，冯增义等译，第223页。

② 同上。

急剧变幻、梦幻色彩构成了陀思妥耶夫斯基荒诞的现实主义的直接社会根源。正像陀思妥耶夫斯基所说："难道我的荒诞的《白痴》不是现实，而且是最平凡的现实？"①

陀思妥耶夫斯基小说中经常出现的词汇，一个是"梦"，一个是"突然"。"梦"不仅指主人公往常做的"梦"及陷入的"梦境"状态，同时也包含这些人物对他们所身处的城市世界的感知。在《罪与罚》中，彼得堡的晦暗大雾，本身便使这个城市带有了一种如烟如幻、似真似梦的感觉。而人物命运的起伏多变、把握不定，也让他们时时仿佛身处梦幻世界。正像《白痴》中主人公的爱情，像一阵风，一道电光，"瞬间的美"，"一分钟的欣悦"，一切都像一场梦一样，无影而来，转眼即逝，这就是陀思妥耶夫斯基小说中的人物经常的感慨，也是读者阅读陀思妥耶夫斯基小说经常产生的感觉。我们读他的作品，似乎他的作品在梦境中，而我们自己也处在了梦境中。

狂欢化，构成了陀思妥耶夫斯基小说一大特点。巴赫金在谈到陀思妥耶夫斯基对彼得堡的"狂欢式感知"时曾强调，"这首先是对彼得堡连同它那尖锐的社会对立的独特感觉；仿佛那是一个奇异的幻想，是一场梦，是介乎于现实与幻觉虚构之间的某种东西"。陀思妥耶夫斯基小说中再现的常常是脱离常轨的狂欢式的生活，他描绘的一切都像是一场"假面舞会"，这里面充满了游戏、哄笑、梦幻、加冕与脱冕仪式、神圣与粗俗、崇高与卑下、伟大与渺小、愚蠢与聪明、诞生与死亡、祝福与诅咒的混合。②

如果说灰暗成了彼得堡的底色，那么它的鲜艳的色彩，便常给人一种戴上了面具似的不真实的感觉。索尼雅初见拉斯柯尔尼科夫时的打扮——穿着"花缎衣服"，戴着"插着一根色泽鲜艳的大红色羽毛的令人可笑的圆草帽"，这是索尼雅作为妓女的典型的打扮，但她只代表虚假的"索尼雅"，而不代表索尼雅的本质。而斯维德里加依洛夫那张"白净、红润、两片嘴唇鲜红"的脸，那"色泽光亮的淡黄色大胡子"，一头"相当浓密的淡黄发"，也被看作像是一个"假面具"。处在这种狂欢式的"假面舞会"

① 《陀思妥耶夫斯基选集·书信选》，冯增义等译，第 223 页。

② 米哈伊尔·巴赫金：《陀思妥耶夫斯基诗学问题：复调小说理论》，白春仁、顾亚铃译，第 225 页。

中，世界像是翻了个个儿。人物的命运变得变幻不定，一切都走向了边沿，就像狂欢仪式中的加冕与脱冕仪式，有时哪怕是人物突然降临的幸福，也变得不真实。正像《白夜》《脆弱的心》等小说中主人公的幸福的爱情，最终不过是一场美梦而已。"狂欢化把一切表面上稳定的、已经成型的、现成的东西，全给相对化了；同时它又以自己那种除旧布新的精神，帮助陀思妥耶夫斯基进入人的内心深处，进入人与人关系的深层中去。事实证明，狂欢化对于艺术地认识发展中的资本主义关系，是惊人地有效。"① 更准确地说，在陀思妥耶夫斯基的小说中，狂欢式构成了处在资本主义日甚一日冲击下的彼得堡的内在本质，处于这种狂欢式中，有时连彼得堡本身都变得不真实了。

也许我们可以用"城市写意"来概括陀思妥耶夫斯基透视城市的视角及其表达方式，以区别于巴尔扎克、果戈理等传统现实主义作家的"城市写实"。而当陀思妥耶夫斯基将视线转向乡村的时候，仿佛突然变得心境宁和悠闲，充满一种脉脉的温情。当他把乡村、土地当作了人的心理依托、人生理想归宿时，他对乡村、土地的描绘，也就构成了一种乡村浪漫主义。

如果说陀思妥耶夫斯基常把城市"魔幻"化了，那么，其乡村抒情则往往具有"童话"的特点，且看《被侮辱与损害的》中凡尼亚对他童年生活的回忆：凡尼亚出生在一个"遥远的省份"，父母早逝，在小地主伊赫缅涅夫家长大，与比他小三岁的娜达莎兄妹般一起成长。"啊，我那幸福的童年！……在那些时日，天上的太阳是多么明亮，和彼得堡的太阳毫不相同，我们幼小的心灵是那么活泼而欢快地跳动。那时候我们的周围都是田野和树林，不像现在全是一堆堆死气沉沉的石头……那是一个多么幸福的黄金时代啊！生活第一次神秘而诱人地展现在我眼前。和它初次接触是多么甜蜜啊！在那些日子里，每丛灌木和每株树木后面，似乎都有人生活着，他们是那么神秘，我们的肉眼是看不到的；似乎与现实融为一体了；有时深谷中凝聚着一片浓密的晚雾，像一缕缕灰白色的发辫缠绕在深谷底部石头上生长的灌木丛，这时候，娜达莎和我手携着手，又胆怯又好奇地站在深谷的边上向下面深处窥探，期待着随时会有人从谷底的雾中出现或应答我

---

① 米哈伊尔·巴赫金：《陀思妥耶夫斯基诗学问题：复调小说理论》，白春仁、顾亚铃译，第233页。

们的呼喊；那时我们的乳母所讲的童话就会变成合情合理的事实了。"①

如果说童年的乡村记忆构成了凡尼亚、娜达莎所梦想的"童话"，同时，对于从小身居城市的陀思妥耶夫斯基来说，他对乡村的描述，也就构成了一个"成人童话"。事实上，陀思妥耶夫斯基的笔触并没有真正地深入到乡村。他小说的乡村背景大多是地主庄园中的花园，或者遥远的西伯利亚、"瑞士山庄"。陀思妥耶夫斯基一生都生活在城市，他对乡村的了解仅仅限于父亲后来购置的庄园及西伯利亚流放与苦役生涯，他的小说对乡村、大地的描写，也仅仅是为了构架一个与城市相对立的世界，从而为处在城市与人的冲突中的主人公提供一条精神出路。如果说陀思妥耶夫斯基的城市血缘使他不仅描摹出一幅幅城市风景画，更使他深入到城市与人的心灵内部，透视出其中隐含的内在意义，构成"从下面"看城市的视角，那么他对乡村则是"从上面"将其当作了某种固定的文化符号。在他的"乡村抒情"中，乡村往往被模式化、童话化了。乡村成了一个面貌模糊的轮廓，一种缺乏个性的模式，"阳光普照""鲜花盛开""树木葱茏"等便构成了陀思妥耶夫斯基关于"乡村"的基本想象。比照一下屠格涅夫、托尔斯泰他们对于乡土自然的精细的、充满个性色彩的描绘，陀思妥耶夫斯基乡村、自然描写的"模式"化特点，也就不言自明了。陀思妥耶夫斯基毕竟是个都市主义小说家，他的"乡村"想象乃是在对都市的透视与批判时的一种艺术策略。他对城市的"叛逆"，对土地的钟情，归根结底，是属于城市文化的一个组成部分，构成了城市人惯做的一个"乡村梦"。

结　语

与果戈理一样，陀思妥耶夫斯基也曾三次游历西方。那"神圣奇迹之国"，却常常留给他无比悲伤的印象。如果说对那些倾向于西方的自由主义者来说，当他们侨居西方，他们很快也就适应了欧洲的生活，而陀思妥耶夫斯基，这位带有斯拉夫主义倾向的"根基论"者，却始终是带着批判、怀疑的眼光看待欧洲的一切。正像陀思妥耶夫斯基第一次出国时去拜访侨

---

① 陀思妥耶夫斯基：《被侮辱与损害的》，李霁野译，第17页。

居伦敦的赫尔岑，"陀思妥耶夫斯基被博览会的印象、城市风光、居民的精神风貌弄得忧心忡忡、颓唐不堪。他几乎怀着惊恐的心情谈论着这座城市以及笼罩着这座有魔力的可恶城市的沉闷气氛"。赫尔岑却"已经爱上了伦敦。如同谈论任何事物一样，他谈着自己对这座大城市的爱，时而吐露出一些完全出人意料的、生动而又令人感奋的字眼"。① 赫尔岑与陀思妥耶夫斯基对待伦敦的不同态度，在某种意义上也就代表了俄国自由主义与斯拉夫主义者对待西方的不同态度。陀思妥耶夫斯基在西方的喧闹、熙攘、竞争、个人主义面前所表现出的排拒态度，在很大程度上又代表了乡土罗斯对作为城市文明的象征的西方的恐惧与拒斥。

陀思妥耶夫斯基的许多作品，表现的都是俄罗斯及俄罗斯人民的苦难，而一旦客居异地，俄罗斯社会的种种缺陷，俄罗斯城市的阴暗与俄罗斯人民的悲苦，都被对祖国的绵绵的思念所取代。如果说陀思妥耶夫斯基看欧洲带有浓厚的主观色彩，而他在欧洲看俄国，同样带有很强烈的情绪化倾向。对代表现代资本主义文明的欧洲的拒绝，使他彻底地回归俄罗斯传统。"我在国外成了俄国彻头彻尾的君主主义者了。"② 同时也成了彻底的大俄罗斯民族主义者。面对堕落的西方，俄罗斯担负着神圣的东正教使命："向全世界显示从未见到的俄罗斯基督，而俄罗斯基督的根基就存在于我们亲切的东正教之中。我认为，我们未来文明的传播和全欧洲的复活，以及我们未来生活的实质全在这里得到体现。"③ 陀思妥耶夫斯基由此完成了他反西方的民族主义历程。

如果说果戈理、陀思妥耶夫斯基的城市批判与乡村抒情，包括他们对西方、对作为西方现代文明象征的巴黎、伦敦的苛刻审视，都体现了俄国作家的乡土主义、斯拉夫主义倾向；十月革命，则掀开了俄罗斯历史的新的一页。内战结束后，苏联开始走异于资本主义发展道路的全新的工业化、城市化之路。使乡土罗斯尽快成为社会主义工业化强国，成了国家的基本目标。而俄国革命，本来就是城市化的革命，正像托洛茨基在《文学与革命》中所强调的："布尔什维克主义是城市文明的产物"，"城市生存着，

---

① 格罗斯曼：《陀思妥耶夫斯基传》，王健夫译，第 338 页。
② 《陀思妥耶夫斯基选集·书信选》，冯增义等译，第 197 页。
③ 同上书，第 229 页。

并起着领导作用。如果抛开城市，也就是让城市在经济上被富农肢解……那么，剩下的将不是革命，而是一个暴烈的、血腥的倒退过程。一个丧失城市领导的农民的俄罗斯，不仅到达不了社会主义，而且支撑不到两个月，并将化作粪肥或泥炭供世界帝国主义利用"。① 俄国革命与中国革命相反，走的是城市包围农村的道路。从这个意义上说，在苏联文学发展的初始阶段，对待代表革命的城市的不同态度，便决定了作家的艺术分野。正是在这个意义上，托洛茨基把对待城市的态度不光看作一个政治问题，也是"世界观的问题"，"大艺术的问题"。

于是，城市抒情，便构成了20世纪二三十年代无产者文学的基本旋律。那些工业题材的小说，再现的往往是轰轰烈烈的劳动场面，在机器的轰鸣声中，歌颂人改造自然的巨大力量。而无产阶级文化协会的诗人们，同样把"钢铁"带进了诗歌中。他们大量地描写工厂、车间、铁路、机车、车床、烟囱、高炉、汽笛……因此被称为"钢铁诗人"，他们的诗歌被称为"钢铁诗歌"。走向"机器的天堂"，走向由汽笛，由千万个劳动者用锤子合成的"团结一致的晨歌"中（阿·加斯捷夫：《工人突击之歌》），成为无产阶级的必由之路。萨马倍特尼克有一首诗《给一个新同志》：

> 看那旋转的轮子
> 看那这儿舞蹈着的疯狂的皮带……
> 同志，同志，不要怕！
> 让钢流呼啸吧，
> 虽然钢花消失了，
> 被眼泪的苦海熄灭了——
> 不要怕！
>
> 你已经从安静的地方
> 和平的乡村和清爽的溪流边来了。
> ……

① 托洛茨基：《文学与革命》，刘文飞等译，外国文学出版社1992年版，第77页。

> 像一个雕在石上的巨人，
> 站在疯狂的皮带边把舵……
> 让轮子继续转下去，
> 现在队伍拉得更近了——
> 你是熔在这里面的一节链条——
> 不要怕！

一个从乡村来的新来者，在他的同志的引导下，汇入钢铁的洪流，成为熔在里面的一节"链条"，成了一个意味深长的隐喻。在小说《钢铁是怎样炼成的》中，保尔的生命历程，便是这样一个日益融进城市的钢铁的"链条"中的过程。城市以其雄伟的景象，勃勃的生气，川流不息、喧闹的人群，以及电车的轰鸣、汽车的喇叭声使他为之神往，而最具吸引力的还是那些巨大的石头厂房、煤烟熏黑的车间、机器以及滑轮发出的轻微的沙沙声。他向往那巨轮急速旋转、空气中散发着机油气味的地方，向往那早已习惯的一切。

这一切，构成了一部城市工业文明交响曲。为此，保尔不惜把他跟故乡小城的联系"连根拔掉"。但是，保尔心目中的"城市"，又是排除了"市"的纯粹工业化的"城"。小说中有一段关于城市中的集市的描写：

> 城里的生活一如既往。五个集市上充满喧嚷嘈杂的人声，在这里的人只有两种愿望：一是漫天要价，一是落地还钱。形形色色的骗子都在这儿大显身手。几百个眼尖手快的人像跳蚤一样在市场上跳来窜去。这里就像是一个大粪堆，聚集着城里所有的蛆虫，他们都一心想哄骗坑害那些初出茅庐的新手。班次极少的火车从车厢内放出成群结队扛着口袋的人，这些人全都涌向集市。[①]

充满"骗子、跳蚤、粪堆、蛆虫"的集市，成了滋生"小资产阶级自发势力"的温床。只有机器的轰鸣，才能真正代表城市的声音，也许，这

---

① 尼古拉·奥斯特洛夫斯基：《钢铁是怎样炼成的》，宋青林译，中央编译出版社 2005 年版，第210 页。

正是苏联模式的反市民文化、反个性的"农民特点"，构成了一种独特的"都市中的农民文化"。

马克思曾在《政治经济学批判大纲》中谈到一个社会从传统农民社会向现代市民社会的演进："我们越往前追溯历史，个人，从而也是进行生产的个人，就越表现为不独立，从属于一个较大的整体：最初还是……在家庭和扩大成为氏族的家庭中；后来是在……各种形式的公社中。只有到十八世纪，在'市民社会'中，社会联系的各种形式，对个人说来，才只是表现为达到他私人目的的手段，才表现为外在的必然性。""在这个自由竞争的社会里，单个的人表现为摆脱了自然联系等等，而在过去的历史时代，自然联系等等使他成为一定的狭隘人群的附属物"。①

马克思在这里强调，现代市民社会与传统农民社会的最大区别在于，"不独立"的、"从属于一个较大的整体"的人，变为独立的"单个的人"。是否以共同体压抑个性、以依附关系取代契约关系，乃是其中的关键所在。传统农民社会的最大特点在于个人依附于共同体，而现代市民社会中的个人则摆脱这种依附性，取得独立人格、自由个性、公民权利。20 世纪初的俄国城市，本来就具有浓厚的乡村气息，绝大部分市民（是作为无产者主体的工人）出生于农村，进城后仍与乡村保持着千丝万缕的联系。而斯大林的集体化运动，以集体农庄取代小生产，它在政治上取消了村社的自治形式，用一个中央集权的"全俄大公社"取代无数的分散的小公社，在经济上把村社的"公有私耕"变成公有公耕，强迫种植制变成指令计划制，以"集体主义"彻底取代"个人主义"，事实上又构成了一场村社复兴运动。而在城市中实行的以工业化为主要标志的现代化运动，又是以反现代（反自由、个性、竞争）的方式完成的。斯大林模式表现出对农民和传统社会的病态仇恨和追求"现代化"的歇斯底里的狂热，事实上在某种意义上又是向传统农民文化的回归。这也许一方面跟斯大林的乡村血缘有关，另一方面也是源于整个俄罗斯社会的文化传统。正如有论者指出的，"俄国不少革命者虽然对农奴制与沙皇专制都十分仇恨，然而对公社却十足欣赏。在他们看来，俄国的罪恶仿佛不在于共同体（通过它的人格化代表）压迫

---

① 《马克思恩格斯全集》第 46 卷上册，人民出版社 1972 年版，第 20 页。

了个人（人的个性与权利），而在于'个人主义'腐蚀了神圣的共同体，玷污了俄罗斯传统的'公社精神'"。① 我们从苏联20世纪二三十年代表现城市的文学中，也就听到了俄罗斯文化传统的悠远的回声。

---

① 金雁、卞悟：《农村公社、改革与革命》，中央编译出版社1996年版，第316页。

第四章

家园与土地：文化传承中的《告别马焦拉》

一

在当代俄罗斯文学中瓦连京·拉斯普京（Валентин Григорьевич Распутин，1937－2015）的创作是有广泛影响的，他对土地、家园与科学技术关系的富有艺术感染力的表现，应该成为今天人们关注反思类似问题的宝贵的财富。拉斯普京 1937 年出生于乌斯奇—乌达镇的一个农民家庭，该镇刚好位于安加拉河从伊尔库茨克到布拉茨克的中间。1954 年考进伊尔库茨克大学历史—语文部，当时他的理想是当教师，没有料想在文学方面会有所发展。为挣钱他到地方报纸《苏维埃青年》打工。1959 年大学毕业后，在大的建设工地做特派记者。1961 年开始写小说，从此走上文学创作道路。代表作有《为玛丽娅借钱》（1967）、《告别马焦拉》（1976）、《活着，可要记着》，《失火记》（1985）、《农舍》（1999）等。他先后获得过苏联国家奖、莫斯科—彭内奖的头奖、索尔仁尼琴奖等奖项，是当今俄罗斯硕果仅存的大师级的作家。1976 年拉斯普京在《我们同时代人》第 11、12 期连载中篇小说《告别马焦拉》。

《告别马焦拉》讲述马焦拉岛和岛上居民在一个夏天的命运。马焦拉村是西伯利亚安加拉河上的一个小岛，三百年来岛上的农民祖祖辈辈靠种庄稼为生。饱经风霜的马焦拉本来像奔腾的河水一样永无休止，将永世长存下去，可是在小说开始时它进入了最后一个春天：国家计划在安加拉河下游修建一座大型水电站，大坝挺立，大河小溪水位都将提高，溢出两岸，要淹没许多土地。马焦拉岛首当其冲。听到最初的传闻后过了一年，估价委员们乘汽艇来了，他们确定房屋损坏的情况，定出折价费。右岸的某个地方已经为国营农场建起了新镇。原来的村落则决定放火烧掉。现在只剩下最后一个春天和夏天了：秋天水位就要提高了。拉斯普京讲述了马焦拉岛上几辈人在搬迁前的情绪、心理和行为。

一天在达丽娅老太太的家里，她与好邻居纳斯塔霞和西玛喝茶闲聊，寄居在村外营棚里的流浪汉鲍戈杜尔突然跑来报告坏消息：村外坟地里有人在砍十字架。达丽娅立即带着老姐妹赶到坟地，看到有两个人将坟墓的坟桩、栏杆和十字架全都锯下，正准备一把火烧掉。达丽娅使出浑身力气冲上去，拣起棍子击打其中一人，她哭号着咒骂"掘别人祖坟"的人。鲍戈杜尔从村子里叫来了好些人。他们一起将这两人押到了村子里，原来的村苏维埃主席、现在的新镇苏维埃主席沃龙措夫和政府代表茹克向他们解释道：他们是在执行关于水库库底卫生清理的决定，放水前要清理好水淹地区的地面。他们遭到村民们的围攻，最后狼狈离开。达丽娅带着姐妹们把坟地的十字架和坟桩重新竖起，一直忙到深夜。

达丽娅有三个孩子：长子巴威尔在国营农场工作，现在住在新镇；一个女儿在伊尔库茨克工作；一个儿子原来在远方的一个林场工作，现在转到了附近的林场。巴威尔回家来取土豆，达丽娅希望他能迁走爷爷、奶奶的坟，巴威尔说他累得精疲力竭，以后有空再迁。母子俩还商量了去新镇以后如何养奶牛的事情。达丽娅尽管没去过新镇，但对新镇的一切都持否定态度：又没有牲口棚啦，大伙合用一个澡堂啦，地下室里冒水啦。

纳斯塔霞和丈夫叶戈尔决定在三一节搬到新镇去，纳斯塔霞又拖了三天，终于定好星期四出发。她一夜没睡，一大清早迎着太阳起床，生了最后一次炉子，喝了茶，达丽娅、巴威尔和西玛及其他邻居来给他们送行。叶戈尔大叔对着马焦拉岛向左、右、中三面深深鞠躬，然后把船一推跳了上去。

年轻人很容易跟马焦拉分手。克拉芙卡·斯特丽古诺娃说："早该淹了。没点活气……都不像人了，都成了臭虫和蟑螂。"[1] 她一直等着却没有等到时机烧掉自己祖传的房子，好领到国家的折价费。她的房子两面都连

---

① 瓦连京·拉斯普京：《告别马焦拉》，王乃倬、沈治、石国雄译，见《拉斯普京小说选》，外国文学出版社 1982 年版，第 56 页。

着其他人住的房子，因此人们制止了她，她咒骂马焦拉村和那些死抱着村子不放的马焦拉人，威胁要点火烧房子。卡捷琳娜老太太的儿子彼得鲁哈早就是个不成器的光棍，一天夜里他喝醉了酒，逼着母亲搬走，母亲只好到达丽娅家去住。她安顿下来，刚刚才入睡，鲍戈杜尔就来敲窗户：卡捷琳娜家着火了。等到卡捷琳娜赶回时，房子已经被烈焰吞灭。彼得鲁哈在人群里窜来窜去，竭力想告诉大家，他睡觉时被烟呛醒了，差点被烧死。大家心里明白，就是他自己放火烧的。

在割草季节开始的时候，马焦拉村的生活再度沸腾起来。已搬走的半个村子的人都回到了马焦拉。人们干得兴高采烈，热火朝天，好久没有体会这样的情绪了。每到晚上大家总是到街里聚在一起，知道这样的夜晚所剩无几了。彼得鲁哈也回来了，他领到了一大笔折价费，却只给了纳斯塔霞 25 卢布。达丽娅家也来了客人，巴威尔的儿子安德烈回来了。安德烈原来在部队当兵，复员后进了一家工厂，现在从工厂辞了职，准备找新的工作，如今回来看祖母。正好下起了大雨，不能出去割草，巴威尔和安德烈在家里喝酒。安德烈说他打算到安加拉河的筑坝工地去工作。达丽娅很生气地责备他：你要放水来淹我们？

两个外来人奉命清理库区地面，他们到处放火烧房子。一天傍晚他们来到"树王"——巨大的松树跟前，其中一人想试试它，抡起板斧用斧背猛然一击，斧子被猛烈弹开了，险些飞出手去。他想用斧头砍些树屑下来，无奈斧滑溜得出奇，徒然铮铮作响，丝毫不能伤及树基，只是在表面留下了一道道斧痕。另一人则将汽油泼在树干上，擦着一根火柴，火立刻燃起来，火舌包围了树干。他们以为完成了任务，放心回去吃饭睡觉。可是第二天他们发现大树安然无恙。中午来了五个人，他们用斧头，用油锯，用火，都奈何它不得，只好悻悻离去。

放火的来到达丽娅家门口，达丽娅赶走了他，让他明天再来。达丽娅找来石灰浆把房子粉刷了一遍。这座她自己在里面住了一辈子的房子，怎么能够不给以像样的装裹就让它死去呢？她达丽娅可不是不懂人情世故的。临到自己的房子被烧之前，达丽娅坚持要粉刷一遍，就像与亲人永别一样，不能让家衣冠不整。粉刷完了自己的房子，离开时她告诉放火的只准在外面烧，不能进屋。

　　岛上的房子全部烧光了，只剩下了鲍戈杜尔栖身的营棚。达丽娅、卡捷琳娜、西玛和她的小外孙，他们都不愿离去，只好借住到鲍戈杜尔的营棚遮风避雨。放火的人临离开时让鲍戈杜尔自己烧营棚。巴威尔见母亲达丽娅不肯离开，只好答应过两天来接他们。纳斯塔霞从新镇回到了马焦拉，她也到了营棚。她对达丽娅她们说，叶戈尔到新镇后天天不出门，把自己关在家里听收音机，就这样无声无息地死了。

　　巴威尔回到新镇的家里，彼得鲁哈和沃龙措夫来找他。沃龙措夫听说达丽娅他们还没离开马焦拉岛，营棚还没烧，他立刻慌了神：国家委员会明天就要来检查，难道他给他们看没烧的营棚，看拖延撤离的人？他决定自己带着巴威尔和彼得鲁哈星夜返回马焦拉岛，去处理遗留问题。他们三个人找到汽艇，让司机加尔金驾驶着向马焦拉岛驶去。汽艇在夜间的浓雾里迷了路，无论如何也找不到马焦拉岛。彼得鲁哈大声呼喊母亲和达丽娅大婶，没有回应。加尔金终于失去了驶出迷途的希望，熄灭了汽艇的马达。

　　在营棚里达丽娅他们有一句无一句地对答着："这是什么，是黑夜？""反正不是白天。""咱们再也过不上白天啦。""咱们还是活人不是？""不，不是活人啦。"鲍戈杜尔把门打开，浓雾涌进房门。不知从哪儿，仿佛从地下，传来隐隐约约的马达的微鸣，接着马达的突突声听得更清楚了，随即又远去了，沉寂了。

二

　　《告别马焦拉》在苏联和俄罗斯的评论界有过较大的反响，现在也已引起中国学者的关注。

　　在20世纪70年代，《告别马焦拉》在苏联的反响是比较热烈的。作品发表后立刻在读者和批评界引起了强烈兴趣。《文学问题》编辑部1977年组织了圆桌会议来讨论这部作品。是年第2期《文学问题》在《瓦连京·拉斯普京的新小说》的总题目下发表了 O. 萨雷茨基的《家园和道路》、B. 奥茨科斯基的《告别是否太久长》、Ю. 谢列兹廖夫的《土地，还是领地？》、A. 奥甫恰连科的《问题的真实性》和 E. 斯塔里科娃的《我们关注生活》等5篇文章，就拉斯普京创作中农村题材作品主题的演变，以及小说《告别马焦拉》的思想意义等问题展开讨论。在那几年中被《文学问题》杂志作为集中讨论的对象的，还有邦达列夫、贝科夫、利帕托夫、特里丰诺夫等的作品，这表明《告别马焦拉》在当时产生了比较大的影响。

О. 萨雷茨基的长篇论文（32 页！）《家园和道路》对《告别马焦拉》是持保留态度的。该文在苏联农村题材文学的大背景下，全面回顾了拉斯普京的创作道路，分析了他《最后期限》中的主人公安娜的形象的价值。他认为"家园是拉斯普京近年来小说创作中的最重要的主题之一，拉斯普京的力量和弱点都集中表现在家园主题中"。[①]《最后期限》中的安娜体现了家园的主题。在这里我们明显地感到，在思想观念和术语运用中，萨雷茨基借用了列宁评托尔斯泰一组文章的基本精神。后来的具体分析更是如此，萨雷茨基认为，在安娜的生活中不但体现了平静的特点，而且体现了"不动性"。这也隐含了列宁对托尔斯泰的"不动的东方"的不赞同的态度。这已经隐含着某种政治批判的意味。文章转到《告别马焦拉》时一开始分析达丽娅面对马焦拉被毁命运的深深自责，"干吗没有希望？干吗没有未来？是不是因为达丽娅认为自己是人类最后的一位？是不是因为在她看来马焦拉祖宗之外的，在马焦拉之后余下的都是不人道的，毫无希望的？在达丽娅的想象中，良心、记忆、家园随着马焦拉人的迁移，将不复存在。"马焦拉人的"不动性"体现在他们的语言中，"移居"——就意味着"趋向死亡"。于是萨雷茨基明确表态："死亡？也许不是死亡，而是新生。在这里不能同意《告别马焦拉》的作者，他很容易自我排除在任何价值进步的支持者之外，而限于个人的命运而不能自拔。"[②] 他指出，达丽娅在"世界末日"发现的"真理"不是人民的智慧，而仅仅是对人民智慧的模仿。

B. 奥茨科斯基的《告别是否太久长》与萨雷茨基的倾向基本一致。萨雷茨基更注意开导达丽娅们，使他们不至于被时代彻底抛弃，奥茨科斯基则更关注科技革命的意义。他写道："拉斯普京是足够严肃的作家，显然不需要对他说明：在当今的科技革命时代计算机是人类所必需的，正如在第

---

① О. Салынский. Дом и дороги. Вопросы литературы, 1977, №2, стр. 29. （萨雷茨基：《家园和道路》,《文学问题》1977 年第 2 期, 第 29 页。）

② 同上书，第 30 页。

一次工业转折时代蒸汽机之必需，电总是优越于煤油灯，更不用说优于松明了。当然在这部中篇小说中涉及的不是应不应该建水电站，值不值得淹掉马焦拉岛，涉及的是建设所付出的是什么样的代价，有没有无须论证的永恒的崇高价值等问题。"①奥茨科斯基引用马克思关于进步的辩证法的观点，然后谈道："在生活的所有领域，进步都不仅意味着获得，也意味着失去——这一历史辩证法加强了艺术思考的哲学潜力，促使艺术思考达到极大丰富的途径。可是拉斯普京的中篇小说恰恰是在艺术思考的哲学基本方面暴露了其弱点。"②他认为，在小说中统率一切的是达丽娅对事件的认识，对生活的把握，它们又是很有局限性的。作家没有设定可以同达丽娅对比、可以突破她的局限性的人物，她的儿子巴威尔也好，孙子安德烈也好，都不能与之并立，因而无法突破其局限性。

在审美效果上，奥茨科斯基也指出了《告别马焦拉》的"局限性"：他首先转述了小说中达丽娅粉刷老屋以永别死者的郑重告别自己的家、她悲伤地告别父母孩子的坟墓、村子里的人们对坟地遭辱的强烈反应等情节，然后指出："在这些场景中，悲剧气氛达到了相当的高度，几乎达到了沸点，但在小说的全局中，悲剧性是不足的。不得不支持这样的看法：悲剧的人为色彩是明显的——马焦拉被毁被设定为某种与全球大洪水和宇宙大火相似的形象。同时神话学和象征诗学不符合拉斯普京的天赋，它们使作家转向对他来说陌生的、非天性使然的因素，甚至以文学相似物来充当文学。"③他的这一段否定性评价，是针对小说中被作家称为"岛主"的那只猫，"树王"，以及大雾掩盖一切的象征性的结尾。思想意义的批判性评判完成了，审美风格的否定性分析也大功告成，奥茨科斯基以一个问题来结束自己的发言："达丽娅同马焦拉的告别是不是太久了？"④回应了他自己的题目，实际上也就给出了自己的答案。

Ю. 谢列兹廖夫的《土地，还是领地？》的倾向与前面两篇不同，对于

---

① В. Оскоцкий. Не слишком ли долгое это прощание. Вопросы литературы, 1977，№2，стр. 40. （奥茨科斯基：《告别是否太久长》，《文学问题》1977年第2期，第40页。）

② 同上书，第42页。

③ 同上书，第44页。

④ 同上书，第49页。

《告别马焦拉》的首肯与赞扬溢于言表。谢列兹廖夫首先同前一位发言人奥茨科斯基争论道：如果仅仅把拉斯普京的小说看成是叙述具体的现实事件的艺术纪实——如某块地段，某个村落，某个岛子之类，那么可以同意奥茨科斯基的说法，作家从非悲剧的情境中勉强挤榨出了悲剧。可是谢列兹廖夫从普希金的叙事诗《青铜骑士》入手讨论了国家（以彼得大帝为代表）和个人（以叶甫盖尼为代表）的矛盾。他认为，在那部作品中，被十一月的大洪水冲毁了家的彼得堡小官吏叶甫盖尼，迁怒于倡导建立彼得堡城的彼得大帝，他对纪念彼得大帝的青铜雕像发泄不满。突然间青铜骑士雕像怒不可遏，策马追赶已然发疯的叶甫盖尼，后来叶甫盖尼死于非命。谢列兹廖夫指出，在这样的框架中可以看出《告别马焦拉》的悲剧性，但是在拉斯普京的小说中结构完全不同，因为他的小说中既没有"国家意志"（它已被"干部"掩盖了），也没有主人公的个性。不是因为作品中没有个人，而是因为作品的一号主人公是马焦拉。他认为："如果按照体现全民福祉的国家的目的要求淹没马焦拉岛，要将马焦拉人迁往其他城镇——自然对马焦拉的老居民中的多数人而言正剧或许是有的，但还不是悲剧。淹没父辈和祖辈的坟墓的必要性自然也是正剧性的。自然，从国家的利益出发，从这件事也还是看不到悲剧性。然而当着亡故者儿辈孙辈的面毁坏坟地呢？还是个人性的事件？固然是个人性的，恰恰是透过这种个人性的东西，拉斯普京看到了悲剧性因素，这种悲剧性因素已远远不是个人性的东西了。"①
　　谢列兹廖夫提出了最重要的问题：土地与人的关系。他指出："土地与我们是什么关系：是生身母亲还是后娘？是土地养育了我们，还是它仅仅是'领地'？我们记得恰恰是拉斯普京提出了这个问题：'我出生在马焦拉，我爸爸也生在马焦拉，我爷爷也是，我是这儿的主人'，叶戈尔老爹这样说；'这土地是属于大家的，属于在我们之前的人，也属于在我们之后的人，你能创造什么？'——这是达丽娅大婶的声音，更准确地说，这是人民——土地的主人和捍卫者的声音。这声音不会'悖逆'国家的意志，因为它体现了他们的利益。这声音反对的是体现'旅游者式的'对土地的冷漠态度。对持这样态度的茹克来说，湖——并不是湖，而是'库区'，

---

① Ю. Селезнев. Земля или территория. Вопросы литературы, 1977，№2，стр. 50－51.（谢列兹廖夫：《土地，还是领地?》，《文学问题》1977年第2期，第50—51页。）

岛——并不是岛，而是'水淹地区'，土地——并不是土地，而是'领地'……因此人——并不是人，而是'水淹区公民'……因此我们面前展开的不是'小个茹克'同人民之间的悲剧性冲突，而是两种意识、两种世界观的冲突。假如将土地视为领地，就会对它采取相应的态度。对土地，亲爱的土地、祖国，可以解放她。对领地，可以占领它。面对土地可以做主人；面对领地，却只能做征服者、占领者。那个持'这土地是属于大家的，属于在我们之前的人，也属于在我们之后的人'的态度的人不会说：'我身后哪管它洪水滔天。'那个视土地为领地的人，不会对在他之前或之后的东西感兴趣，他必定会采取任何手段来完成既定的任务，哪管它'洪水滔天'。"① 因此谢列兹廖夫不同意萨雷茨基和奥茨科斯基的说法，认为《告别马焦拉》取得了真正的成功。今天看来，谢列兹廖夫提出的对待土地、对待人的两种态度，依然具有非常鲜明的现实针对性，值得我们深刻反思。

资深批评家、美学家 A. 奥甫恰连科发表了《问题的真实性》，与谢列兹廖夫相似，他也对《告别马焦拉》持肯定态度。他指出："我觉得，拉斯普京的新小说是一部非常严肃、复杂的作品，其某些局部甚至会引起争论。她促使人们深思。她证明作家的才能在继续发展和巩固。"② 这就在一定程度上冲淡了前两位发言人对这部作品的责难。他认为不能简单地将拉斯普京等作家归属于"农村题材作家"。有才能的作家都会形成自己始终追寻的核心问题，有肖洛霍夫问题，有列昂诺夫问题。"忠实于自己的问题，这就是瓦连京·拉斯普京最重要的品质。他以执着、狂热的执着将这一问题一次又一次推到我们面前，对该问题的解决也日益深广，愈来愈具有价值。"③ 拉斯普京试图将列昂诺夫在半个世纪以前提出的文学中的哲学思路加以继续。奥甫恰连科还进一步分析了这个问题："拉斯普京对生活的认识有不同于肖洛霍夫和列昂诺夫的地方。他在生活中看到了挥之不去的美和毋庸置疑的严峻。也许正因为如此，作家的心因从生活中感受到的忧郁的温柔而抽搐。一个航天员在回答什么是他在地球上看到的最有力的东西的问题时

① 谢列兹廖夫：《土地，还是领地?》，《文学问题》1977 年第 2 期，第 55—56 页。

② А. Овчаренко. Верность своей проблеме. Вопросы литературы, 1977, №2, стр. 63.

③ 同上书，第 69 页。

说，我们的地球是美丽的，我们应该关心她，爱护她。拉斯普京也努力从这样的高度来看待我们的生活，并坚持不放过任何巩固人在地球上的地位的善行。这也许是一种迷信。就算是迷信吧，只要它是好的，就不要放过。"① 在当时，在拉斯普京的名气还不够大的时候，像奥甫恰连科这样的资深批评家的首肯，是他继续从事创作，坚持自己为保持家园、为捍卫传统而写作的精神支撑。

这次圆桌会议形成了两派：萨雷茨基和奥茨科斯基以当时政府和主流媒体倡导的科技革命的精神来看待问题，而且援引列宁批评列·托尔斯泰的"不动的东方"作为精神资源，否定的气势是足够的。但是他们的批评毕竟抓住了拉斯普京创作中最要害的问题——家园，尽管萨雷茨基认为在拉斯普京的创作中包含着某种"保守因素"。② 谢列兹廖夫则从肯定的角度分析了拉斯普京提出的最重要问题——土地与人的关系。因此，20 世纪 70 年代的这次圆桌会议已经涉及拉斯普京《告别马焦拉》中的核心问题：家园与土地。

在 20 世纪 90 年代的文学批评和文学研究中，《告别马焦拉》同样受到关注，但似乎在研究的深度方面，并未超过 70 年代《文学问题》的那一组文章。1999 年，莫斯科大学出版社的"重读经典"丛书中《重读"农村题材"散文》一书，其中关于《告别马焦拉》写道："广泛宣传的科技进步毁坏了人与自然的世代联系，恶化了环境。在受损的贝加尔湖岸边兴建的工业项目可能导致它的进一步污染。作家起而捍卫贝加尔湖。在拉斯普京看来，不但人与自然的理想世界开始被毁灭，而且人民的道德传统也在蜕化。"③ 作者指出，拉斯普京看到了生态的恶化与人的精神道德的恶化是同步的现象，这算是独具只眼。但总的来说，《告别马焦拉》在《重读"农村题材"散文》中并没有占应有的位置，该书评价《告别马焦拉》的文字只有两页，除去转述他人观点的部分，作者的评价性文字只有半页。

---

①　А. Овчаренко. Верность своей проблеме. Вопросы литературы，1977，№2，стр. 71.

②　萨雷茨基:《家园和道路》《文学问题》1977 年第 2 期，第 9 页。

③　В. Недзвецкий и В. Филиппов. Русская деревенская проза. Издательство москоаского унвеситета，Москва，1999，стр. 136 – 137.（В. 涅德维茨基、В. 菲利波夫:《俄罗斯"农村题材"散文》，莫斯科大学出版社 1999 年版，第 136—137 页。）

　　类似的情况也出现在一本大型的文学史著作中——H. 列伊杰尔曼和
M. 利波维茨基的三卷本《当代俄罗斯文学史》第2卷"'悄声细语抒情
诗'和'农村题材散文'"一章中有拉斯普京专节，但评论他的《最后期
限》和《失火记》的文字比较多，评论《告别马焦拉》只有短短的一段。
该书的作者以明智的生活态度与不明智的生活态度作为贯穿拉斯普京全部
作品的基本冲突，在谈到《告别马焦拉》时，作者只是指出，拉斯普京将
达丽娅的孙子安德烈看成是急于告别旧的世界而进入未知的新的世界的人，
那里还有毁坏乡村坟地的人、充满恶意的焚烧队。除此而外，不置一评。①
可以感觉到，文学史的作者并不认为《告别马焦拉》在拉斯普京的创作中
占有多么重要的位置。

　　近些年《告别马焦拉》在中国引起了一些学者的注意，将它作为俄罗
斯生态文学的一个重要文本，认真加以阐释。梁坤在《当代俄语生态哲学
与生态文学中的末世论倾向》中，指出《告别马焦拉》表现了末日论倾向，
说小岛的毁灭使人想起《圣经》中的大洪水意象，她还分析了该作品与末
日论的关系。② 她对《告别马焦拉》的讨论将问题推向了一个新的维度，
从生态批评的角度看作品，具有较强的学术新颖性。

三

　　家园存亡和土地损益的主题在《告别马焦拉》中是通过艺术文本来建
构的，在这些文本中拉斯普京更多地赋予了这个主题宗教—哲学的意义。
通过对俄文原作的认真阅读我们可以发现：创世圣乐与末日悲音的交响，
既是《告别马焦拉》的强劲的主旋律，更是其内在的生命悸动，作品的悲
剧性在于末日悲音压倒了创世圣乐。

　　在《告别马焦拉》中拉斯普京坚守着家园，以深厚的传统文化为根基
来抗拒毁损家园的粗鲁行径。在作品中作家有意识地运用了传统文化中的

---

　　① 　H. Л. Лейдеман и М. Н. Липовецкий. Современная русская литераетура. УРСС, Москва, 2001,
Книга 2. стр. 53. （H. 列伊杰尔曼、M. 利波维茨基：《当代俄罗斯文学史》第2册，УРСС 出版社 2001
年版，第53页。）

　　② 　梁坤：《当代俄语生态哲学与生态文学中的末世论倾向》，《外国文学评论》2003 年第3期。

字句和文本来赞美马焦拉岛。小说的第 4 节中有达丽娅静观马焦拉岛的场面，这里的丰富蕴涵迄今未被读者和学者很好地领悟——

> И тихо, покойно лежал остров, тем паче радная, самой судьбой назначенная земля, что имела она четкие гранцы, сразу за которыми началась уже не твердь, а течь. Но от края до края, от берега до берега хватало в ней и раздолья, и богатства, и красоты, и дикости, и всякой твари по паре—всего, отделившись от материка, держала она в достатке—не потому ли и назвалась громким именем Матёра?①

> 岛子，尤其是命运所亲自指定的这故乡的土地，沉寂、宁静地横卧着。它界限分明，界限之外就不是大地，而是水流了。但是岛上从这端到那端，从水边到水边，有足够的平原、财富、美景、野趣、一切含灵之物——虽然它身离大陆，却是一切都成双作对——不正是因为这样，才有马焦拉的响亮名字吗？②

这是静穆的圣乐（sacred music），它实际上就是拉斯普京浓彩重墨书写的拟创世纪：这里的词汇和意象大都来自于《圣经·创世记》，首先，将岛子称为"土地"（земля），这就与《创世记》第一章首句联系在一起了——"起初神创造天地"（В начале сотворил Бог небо и землю），③ 这是开天辟地的大地。"它界限分明，界限之外就不是大地，而是水流了"（имела она четкие гранцы, сразу за которыми началась уже не твердь, а течь），这里的"大地"（твердь）用了一个古词，恰好也是俄文本《创世

---

① Прошание с Матёрой. В. Распутин. Избранные произведения. Т. 2, Художественная литература, Москва, 1990, стр. 229 – 230.（瓦连京·拉斯普京：《告别马焦拉》，王乃倬、沈治、石国雄译，第 229 – 230 页。）

② 瓦连京·拉斯普京：《告别马焦拉》，第 45 页。此译文不尽准确，没有把"一切都成双作对"这个体现挪亚典故的关键词译出，故引文略有改动。

③ Библия. Христианское общество "Библия для всех", Санкт – Петербург, 1997, стр. 1.（《圣经》，大家读圣经基督教协会，圣彼得堡，1997 年，第 1 页，《创世记》1：1。）

记》1：7 中用的"上帝造出大地"（И создал Бог твердь .①），这就是拉斯普京塑造的伊甸园。"但是岛上从这端到那端，从水边到水边，有足够的平原、财富、美景、野趣、一切含灵之物——虽然它身离大陆，却是一切都成双作对。"（Но от края до края, от берега до берега хватало в ней и раздолья, и богатства, и красоты, и дикости, и всякой твари по паре）这里包含《创世记》的潜文本，它来自于耶和华对义人挪亚的吩咐："凡有血有肉的活物，每样两个，一公一母你都要带进方舟，好在你那里保全生命"（《创世记》6：19，Введи также в ковчег из всех животных и от всякой плоти по паре, чтоб они остались с тобою в живых: мужеского пола и женского пусть они будут）。② 至此可以发现，《告别马焦拉》中达丽娅眼前的马焦拉岛，既是光明幸福的伊甸园，同时已经暗含危机：由于与《创世记》中的挪亚典故的内在联系，小说的这段文本隐含了对人犯罪后挪亚所存身的危机四伏的世界的影射。在这幅拟创世纪的图景中，最深刻的象征是：修建水电站大坝前的蓄水，与《创世记》中上帝惩罚不义的人类的大洪水联系起来。这里不光有形象之间的直线联系。从拉斯普京反复审思当代人道德状况的持续写作来看，两种相似形象之间，带出了作家的深刻道德批判意识：土地和家园不仅被外力毁灭，更毁于人自身道德的沦丧。同时一个更富有悲剧意味的问题也渐渐凸现：大洪水到来前，保种图存成了最迫切的使命，在《创世记》中挪亚担当了这一使命，在《告别马焦拉》中这个拟创世纪的发现者——达丽娅奶奶承担了挪亚的功能，肩负起保种图存的神圣使命。

苏联的学者已然注意到"马焦拉"这个名称的含义。谢列兹廖夫指出："岛子和村子的名称叫'马焦拉'，在拉斯普京的笔下这并非偶然。马焦拉（Матёра）在思想和形象方面自然是同亲缘的概念相联系的，如母亲（有大地母亲 мать – Земля 和祖国母亲 мать – Родина 等）。"③ 这样的联想当然很有理由，所以阿格洛索夫的《20 世纪俄罗斯文学》实际上援引了这个说

---

① Библия. С – П., 1997, стр. 1（《圣经》第 1 页，《创世记》1：7，俄文《圣经·创世记》1：7），英文本、中文本此处略有不同。

② Библия. С – П., 1997, стр. 6.

③ 谢列兹廖夫：《土地，还是领地?》，《文学问题》1977 年第 2 期，第 56 页。

法。我们甚至可以这样判断，在如此熟悉基督教历史的拉斯普京的笔下，关于圣父、圣子、圣灵三位一体的位格演变的争论不休的历史，在达丽娅与马焦拉的关系中得到了有意识的再现。达丽娅首先是一位母亲（мать），这就与马焦拉（Матёра）有了天然的联系。另外 Дарья 这个名字可以析出词根 дар，这就是一个含义非常丰富的词，它的复数形式 дары 有这样一些义项值得注意：（1）"大自然的赐予"；（2）"基督教神职人员在仪式中准备的象征基督的血和肉的圣餐——面包和水"。① 母亲达丽娅与马焦拉岛一样，都是大自然的赐予，同时她又与马焦拉岛一道，同基督一样成了为人类赎罪的牺牲。因此达丽娅与马焦拉岛是同一精神的两种外化形态。唯其如此，达丽娅才会与马焦拉同呼吸，共命运。或许这是作家营造的"有意味的形式"，或许仅仅是我们的主观推断，在这里提出，就正于方家。

作品的悲剧性从两方面表现出来：一是创世记的静穆的圣乐实际上一开始就被末日的悲音所压倒。二是保种图存的艰巨使命本来应该由年轻力壮的安德烈们来承担，但是这里却只好让行将入土的达丽娅奶奶来承担。

末日悲音在《告别马焦拉》中有如下一些循环往复的奏鸣。在第 3 节中出现了小说中唯一的戏剧性冲突场景，在这里人物情绪达到了一个高潮：达丽娅和她的姐妹们听说，她们祖辈的坟地正在蒙受侮辱——"外来人""魔鬼"正在盗尸。她们跑去一看，怒不可遏：原来是有人奉命在清理坟地，将坟墓的坟桩、栏杆和十字架全都锯下，正准备一把火烧掉。《新约·启示录》第 20 章有大海、地狱交出死者，死者第二次受审，他们都被抛进火湖里。这是小说中缺席的地狱之火，真正的火很快就要烧起。为了早日拿到补偿金，不肖之子彼得鲁哈第一个放火烧了自己赖以生存的房子。后来又大规模地烧村子里的房屋，达丽娅不准放火的人随意烧自家的房子。这个细节受到了关注。"小说的第 20 章，达丽娅努力把明天就要烧毁的老屋涂白，装饰上杉树。这是准确反映了基督教为死者涂圣油（临死前求得精神解脱和接受不可避免的死亡）、洗身、唱圣歌和出殡的一套仪式。"②

---

① А. Кузнецов. Большой толковый словарь русского языка. Норинт，Санкт‐Петербург，2001，стр. 239.（А. 库兹涅佐夫：《俄语详解词典》，圣彼得堡：Норинт 出版社 2001 年版，第 238 页。）

② 符·维·阿格诺索夫主编：《20 世纪俄罗斯文学》，凌建侯等译，白春仁校，中国人民大学出版社 2001 年版，第 523 页。

　　在作品中，末日悲音挥之不去，甚至在表现马焦拉岛上的人们劳作喜悦的场景中，也是如此。人们回到马焦拉割饲养牲口的草，搬到新镇去的人回来了，兴高采烈地在岛上的草场上割草，嬉戏打闹，大家都觉得年轻了十岁。这是小说中唯一的有点暖色调的场景。即使是在这里，悲怆的情绪也不知不觉席卷人们的心头。"割草的人们收工回村不慌不忙地走着……其余的人唱着歌跟在大车后面。一会儿唱这支，一会儿唱那支；一会儿唱支老歌，一会儿唱支新歌，但唱得更多的是那支老歌，永别的葬歌；原来人们都记得、都熟悉的这支歌，似乎正是为了这个时刻来唱的，才把它一直藏在心里……唱歌的人心里倒轻松些，可是他们唱的那意想中的葬礼上的歌像齐声发出的绝望的哀求，听来令人悲痛、难熬，连心都鲜血淋漓了。"① 离开了家园，生命将不再有意义，在纳斯塔霞的描述中，意志坚强的叶戈尔老爹迁到新建的镇上后，很快就无疾而终。

　　作为对人物内心话语的描写，在达丽娅的意识中多次出现不如一死了之的念头。前面我们说过，作为母亲的达丽娅与马焦拉是同一精神的两个外化实在，因而当她无力完成捍卫马焦拉的使命时，她暗中选择了与马焦拉共命运、同生死。她的姐妹们也心甘情愿这样做。小说的结尾非常巧妙。马焦拉村已经全部被烧毁了，其他人也全部撤离了，达丽娅、她的姐妹们、鲍戈杜尔，还有西玛的外孙柯利卡一起，留在已经彻底清场的马焦拉。在漆黑的深夜的鸡窝式的房中，他们之间有这样的对话："'都在一块，就算不错了，还有什么想头呢？''就是这个孩子，得想法推出去，孩子得活下去。'西玛惊恐地、坚决地说道：'不，柯利卡我可不放。我跟柯利卡在一块儿。''在一块就在一块吧。倒也是，离开咱们他上哪儿去呀？'"② 从这里可以看出，达丽娅和她的姐妹们、鲍戈杜尔与马焦拉共存亡的心迹已表达得明白无误了。当然作家对他们最后的结局做了模糊处理，到这里戛然而止。达丽娅们与马焦拉共存亡的决心体现了俄罗斯旧教徒式的殉难精神。所谓旧教徒指不承认尼康主教在 17 世纪中叶推行宗教改革的信徒，他们以

---

① 瓦连京·拉斯普京：《告别马焦拉》，王乃倬、沈治、石国雄译，第 115 页，译文略有改动。
② 同上书，第 226 页。

徒步朝圣和集体自焚等形式，坚决抵制官方支持的这场宗教改革。[①] 作品中的达丽娅们既然不能捍卫马焦拉岛，他们就选择与其共亡。创世的圣乐终于被末日悲音所掩盖，作品至此显现出神学意义上的悲剧意味，作者也就完成了对人与技术关系的深刻反思。

四

　　土地、家园存亡问题在拉斯普京的笔下是个恒久不变的题材。实际上我们可以梳理出他的家园存亡主题的三部曲。第一部是他的长篇随笔《顺流而下，逆流而上》（Вниз и вверх по течению），该作品发表在《我们同时代人》1972 年第 6 期上。随笔的主人公维克多是位年轻作家，他已经 5 年没有返回安加拉河边上的家了。此次乘船返乡，家乡和他自己都发生了巨变。在船上目睹浩浩河面，他感慨万千："突然维克多不无惊恐地想起：家乡的周围的几个岛子可全没啦。再也没有赫列勃尼克岛，没有别列佐维克岛，在那些岛子上，他可曾经摘过醋栗，拔过蒜头、野洋葱，他还放过马，耕过地，打过草。说淹就都淹了。大水滔天而来，高过在那些世代长存的岛上见过的最可怕的洪灾。大水以挟石裹砂、你挤我压、直冲白日的全部威势，将那些岛子吞没，压榨在水底。水量又不断增加，增加，席卷若干村庄，达到最高点。而今自己那曾经长满庄稼和青草的土地早已被大水久久冲刷，裹挟抛洒到四面八方，那些岛子早已在水底被夷为平地了。再没有岛子了，它们那孤儿般的空洞的名称，渐渐不再有人提到，已经去到了不可回归的远方。"[②] 值得注意的是，维克多提到的两个岛子的名称，第一个岛叫赫列勃尼克岛（Хлебник），它是由 хлеб 加后缀变来的，хлеб 的义项有：（1）面包，（2）粮食，（3）庄稼；第二个岛叫别列佐维克岛（Березовик），它也是由一个名词 береза 加后缀而来的，береза 的意思是白

---

　　①　Советский энцеклопедический словарь. М., 1980，стр. 1277. 另参见刘亚丁《苏联文学沉思录》，四川大学出版社 1996 年版，第 99 页。

　　②　В. РаспутинВниз и вверх по течению，в сборнике《Век живи，век люби》，Молодая гвардия，Москва，1988，стр. 259 – 260.（拉斯普京：《顺流而下，逆流而上》，载《活一辈子，爱一辈子》，莫斯科：青年近卫军出版社 1988 年版，第 259—260 页。）

桦树。拉斯普京不会兴之所至随便写下这样两个名称。在作家的笔下，两个岛的象征意味是可以想象的，前者或许暗示俄罗斯的物质存在，后者不妨理解为对俄罗斯的精神生活的隐喻。它们被滔天而来的大水淹没。它们的彻底消失，具有深刻的悲剧意味。维克多在船上还回忆起搬迁前那个夏天他回家乡的情景："在那个夏天，维克多什么故事没听过，什么场面没见过呀……战争爆发以来村子里没有出现过这样的场面。男人们喝了告别的酒；女人们哭泣着，泪眼婆娑，最后一次铺排牲口圈和菜园子的活；孩子们既机警又怯生生地你来我往，扎着堆。"① 在这篇随笔里拉斯普京为沉默者发出了声音，那些在电视或报纸的新闻报道里为建设水电站、搬迁新居而兴高采烈的人们，在这里发出了痛彻肺腑的心声。

更值得关注的是，《顺流而下，逆流而上》里的一些主题，在《告别马焦拉》中得到了充分发挥。维克多回到新建镇上的家后，同亲人谈起水淹时的情形，奶奶愤愤不平地说："唉，那些被淹在水里的死人可怎么办呀，他们反正死都死了，无论怎么着都行，是不是？"维克多的父亲打断她的话头，她更加气愤："干吗不能说死人，你的奶奶也在那里躺着，我们的先人都在那里躺着。现在到哪里去寻他们，在哪个岸边？"② 这个主题在《告别马焦拉》中成为了小说中唯一的富有戏剧性冲突的场面：在第3节中达丽娅、纳斯塔霞、维拉同清理坟地的茹克和沃龙措夫发生了直接冲突，迫使他们离开了坟地。

如果说土地、家园存亡主题在《顺流而下，逆流而上》只是一次比较直白的现实主义的呐喊的话，那么在《告别马焦拉》中就得到了现实与象征相交织的深度再现，这在上文中已做了详细分析。在世纪交替的时候，拉斯普京又推出了一篇短篇小说《农舍》（Изба）。这是家园存亡主题的又一次深刻再现。如果说在《告别马焦拉》中神性的主题是以神话寓言的方式来表达的话，那么在《农舍》中则将阿加菲娅大婶的木屋写成了一个具有人的生命和情感的存在，作家用隐喻的方式表达了俄罗斯文化传统旺盛的生命力。世代居住的土地因修水库要搬迁了，阿加菲娅大婶按照上级的要求将自己住了一辈子的老木屋拆下，并在新镇搭建这个木屋，这就是小

① В. РаспутинВниз и вверх по течению, в сборнике《Век живи, век люби》, стр. 263.
② 同上书，第290页。

说故事的主体。这就与《告别马焦拉》有了根本区别，在那里马焦拉岛上的一切，乃至整个村子"决定都放火烧掉，免得再为倒腾那些破烂费事"。① 而《农舍》则是要将老屋搬到新镇复建。在新的地点重新搭建起来的阿加菲娅的老木屋，经历了考验。它的主人阿加菲娅撒手人寰，它也曾有过孤儿般的凄惨。它也曾被"不肖子孙"糟蹋过，被酒鬼玷污过，但它最终毕竟重新抖擞精神，焕发生机。② 这篇小说似乎表明，拉斯普京已经从对生态灾难和对传统文化日渐消弭的悲观情绪中走了出来。拉斯普京的土地、家园存亡主题三部曲有了一个略显乐观的结局。

五

《告别马焦拉》所关注的家园、土地等的问题并不是拉斯普京独具慧眼的发现。因为家园、土地在俄罗斯文化中是一个比较大的母题，在俄罗斯文学艺术中涉及此问题的诗人、作家、画家更是不乏其人。拉斯普京是这个母题的最有力的传承者。

13 世纪出现了俄罗斯著名的历史文献《俄罗斯土地毁灭记》（Слово о погибели русской земли），与俄罗斯其他众多的以"记"（Слово）为题的作品不同，它的主人公不是帝王将相，而是"俄罗斯光明、美丽的土地"，作品以充满激情的颂诗般的语言赞美俄罗斯土地上的一切，它的湖泊、河流、山川、动物、飞鸟，以及城市和教堂，等等。可是后来"在这样的日子里，从亚罗斯拉夫大公，到弗拉基米尔大公，再到当今的亚罗斯拉夫大公，连同他的兄弟尤利亚——弗拉基米尔的大公——全都蒙受了基督世界的灾难……"③ 由于《俄罗斯土地毁灭记》是残篇，到这里就中断了。本该喊出蒙古鞑靼人入侵古俄罗斯之际人民痛苦的呼天吁地，本该出现对蒙古鞑靼蹂躏俄罗斯土地的更详尽描绘，本是题中应有之义的俄罗斯土地"毁灭"的悲剧性场景，等等，都无缘与后世的读者见面。但这仿佛是一个悲

① 《拉斯普京小说选》，第 7 页。

② 拉斯普京：《农舍》，载拉斯普京《幻象》，任光宣、刘文飞译，人民文学出版社 2004 年版。

③ Литература древней руси. Хрестоматия. Высшая школа. Москва，1990，стр. 174—176.（《古罗斯文学选本》，莫斯科：高等教育出版社 1990 年版，第 174—176 页。）

剧性的前兆:《俄罗斯土地毁灭记》以土地为主人公,《告别马焦拉》也以马焦拉岛为主人公;《俄罗斯土地毁灭记》应该以国土的沦陷为结局,《告别马焦拉》也以马焦拉岛的淹没为结局。是宿命式的相似把相隔七百多年的两部作品联系在一起,还是拉斯普京有意识地以自己的作品回应这个历史文本,还有待进一步研究。

15世纪前半叶,俄罗斯杰出的圣像画家安德列·鲁勃廖夫在莫斯科北面著名的谢尔基圣三一教堂完成了《圣三一圣像画》(1422—1427)。画面上从左到右依次是圣父、圣子、圣灵。在画的左上方,圣父的头上绘有房子。不少人认为,这是俄罗斯东正教信仰体系中对家园的人性化的表现。①在俄罗斯的传统文化中家园的形象借宗教的载体而长久与人们相呼应。

1839年,H. 奥加廖夫写了浸润着深挚情感的《老屋》 (Старый дом):"老屋,我的老友,我来造访你,/悲伤地望着你,/过去复活在我心里。……老朽的你颓唐呆立,/四周的灰泥层层剥落,/铅灰的云层低垂,哭泣,/好像俯视老屋在叹息。……我突然心痛,浑身战抖,/犹如我在墓地伫立。/我将亡故的亲人呼唤,/已逝者中没有谁把我搭理。"②当时26岁的奥加廖夫在这首诗中表达了复杂的个人情感。但我们如果抛开传记式的追根溯源解读法,可以感受到某种形而上的关怀,即面对家园败落或家园被毁油然而生的悲剧情怀。1842年他的一首《农舍》(Изба,注意拉斯普京的《农舍》与之同题)则显得平和而抒情,全然是一幅贫苦农家的写实主义的素描画。

Г. 乌斯宾斯基在《祖国纪事》杂志1882年第1—3期连载了一组题为《土地的统治》的随笔,有《土地的统治》《乡间日历》《现在和从前》等。且看发在第1期上的《土地的统治》:"我觉得,这个巨大的秘密就在于,俄罗斯人民最广泛的大众至今能够在不幸中保持忍耐和强壮,至今能够保持心灵的年轻,保持既强壮而又孩提般的温顺,总之一句话,人民——能够肩负起一切的人民,我们深爱着的人民,我们从他们身上寻求

① Русская живопись Ⅹ Ⅳ－Ⅹ Ⅹ веков. Энцеклопедия. Олма－пресс, Москва, 2002, стр. 246－247. (《14—20世纪俄罗斯绘画艺术百科全书》,莫斯科:Олма出版社2002年版,第246—247页。)

② Русская поэзия Ⅹ Ⅸ－начала Ⅹ Ⅹ в., Художественнáя литература, Москва, 1987, стр. 313－314. (《19—20世纪初的俄罗斯诗歌》,莫斯科:文学艺术出版社1987年版,第313—314页。)

治愈心灵创伤的良药的人民——至今保持着自己的坚强和柔顺,恰恰是因为土地统治着他们。"① 这个气势磅礴的句子,将土地与俄罗斯人民的亲缘关系和盘托出。乌斯宾斯基接着转述了一个壮士歌（былина）,借此讲述土地统治俄罗斯人民的历史渊源:基辅罗斯壮士斯维亚托戈尔（Святогор）骑着宝马漫游天下,想测测自己的力量究竟有多大——假使我找到一个大国,我能把整个土地扛起来。斯维亚托戈尔在路上没有碰到任何大国,倒是碰到了一个肩扛口袋的农夫,他催动宝马,可无论如何都赶不上他。最后他叫住了农夫,农夫停下来,将口袋放在地上。斯维亚托戈尔想扛起口袋,可是他双手环抱口袋,使尽壮士的全部力气,血脉贲张,只能让口袋离地毫发,自己却当即跪到地上接受了土地母亲的泥浴治疗。他高声问农夫:"你告诉我,口袋里究竟装着什么东西?"农夫回答:"口袋里的重物是母亲的生土。""你是何许人也,姓甚名谁?""我叫米库拉,农夫,姓谢利亚诺维奇,母亲的生土爱我。"② 乌斯宾斯基认为,在这个壮士歌里包含了人民生活的全部秘密。乌斯宾斯基描写这样一个特写具有非常强的现实针对性。1861 年俄国沙皇亚历山大二世颁布了废除农奴法令,其中有关于土地的规定:农民缴纳赎金后可以得到一份土地。至于份地的面积,法令规定了最高和最低定额,如果份地超过最高定额,地主可以割去多余部分,这就是所谓的"割地"。这条规定就为地主掠夺农民的份地制造了借口。经过这次改革,地主平均割去了改革前农民份地的 18%。到了 19 世纪 80 年代,失去土地的农民日益增加,因此乌斯宾斯基如此隆重地书写土地的统治,就不仅仅是发思古之幽情,而是在为失去土地的农民请命。

平民作家乌斯宾斯基如此,贵族作家也有为土地和家园而呼吁的。列夫·托尔斯泰在《复活》中通过贵族聂赫留朵夫的视点转述了失去土地的农民的不幸命运。在《复活》第二部第 12 章中,聂赫留朵夫雇了一辆马车去监狱探视玛丝洛娃,车夫对他说城里的农民多得很,老板把农民丢来丢去,简直像扔刨花一样。聂赫留朵夫问他们为什么不呆在乡下,他说:"呆在乡下没活干。没有土地呀。"他家自己的土地很少,原来的地主老爷又把

---

① Г. Успенский. Власть земли. Советская Россия, Москва, 1988, стр. 213. （格·乌斯宾斯基:《土地的统治》,苏维埃俄罗斯出版社 1988 年版,第 213 页。）

② 同上书,第 214—215 页。

地卖给了商人，农民根本租不到地。① 聂赫留朵夫对自己占有土地导致农民赤贫多有忏悔之心，"他十分清楚，儿童、老人纷纷死亡，因为他们没有牛奶吃，因为他们没有土地放牧牲口，又收不到粮食和干草。他十分清楚，老百姓的全部灾殃，或者说老百姓灾殃的主要原因，就是他们赖以生存的土地不在他们手里，而在那些享有土地所有权因此靠老百姓劳动过活的人手里。"因此他决定将土地无偿分给农民。② 我们知道，小说里表达的是托尔斯泰自己的心声，他自己做出的类似的决定，导致了他和妻子的矛盾，也导致了他晚年的出走。

1878 年，B. 波列诺夫完成了《莫斯科小院》。画面上，春天的阳光下，一座被木栅栏围起来的木质的农舍，紧挨着它的是歪歪斜斜的牲口棚，院子里长满了青草和野花，只有从小房子门口延伸开两条被脚踏出的小径露出黄土，没有长草。一辆套好马的大车停在院子里；一个农妇打扮的妇人，提着桶从屋子里出来；四个小孩在嬉戏：两个似乎趴在地上逗昆虫，一个正欣赏摘到的野花，另一个坐在草地上号啕大哭。背景有高耸的教堂和整齐的楼房。③ 究竟是城市侵占了农舍的地盘，还是农民在城市的挤榨下竭力保全自己的家园？这幅作品是耐人寻味的。该画作现收藏于莫斯科特列季亚科夫美术馆。1902 年，B. 波列诺夫又画了一幅同样题目的作品，整个构图也完全一样，与 1878 年的《莫斯科小院》相比只有一点区别：农妇和小孩没有了，马车也没有了，牲口棚似乎更倾颓了。④ 这幅画现被圣彼得堡俄罗斯博物馆收藏。这就更让人产生遐想：在城市的扩展中，农舍似乎已不能坚守自己的地盘。事隔 24 年后，农舍前人物的消失，似乎意味着家园的丧失成了更确切的事实。

土地的吸引，家园的召唤，就这样构成了俄罗斯的文脉，拉斯普京在接续着这文脉。在《告别马焦拉》中对家园的恋恋不舍，对土地的眷恋，与传统文学息息相通，甚至连表述方式都非常相近。在乌斯宾斯基的《土

---

① 列·托尔斯泰：《复活》，草婴译，上海译文出版社 1983 年版，第 285—286 页。

② 同上书，第 256 页。

③ Шедевры государственной третьяковской галереи. Трилистник, Москва, 2001, стр. 98 – 100. (《国立特列季亚科夫斯基美术馆馆藏精品》，三叶草出版社 2001 年版，第 98—100 页。)

④ 100 лет сокровище национального исскуства. Русский музей, Санкт – Петербург, 1998, стр. 144. (《100 年民族艺术珍品》，圣彼得堡：俄罗斯博物馆 1998 年版，第 144 页。)

地的统治》中突出了一个意象，这就是土地的吸引——那个壮士斯维亚托戈尔说："口袋里的重物是母亲的生土（Тяга в сумочке от матери сырой земли）。"① 在这里"重物"（тяга）这个词有多个义项，其中包括"向往、想望、渴望等"。在《告别马焦拉》中达丽娅也两次发出了这样的感慨："土地在拽人哪，今天比哪天都更有力（Тянет，тянет земля，седни，как никогда，тянет）。"② 这里的动词 тянет，也有向往、想望、渴望等意思。对即将失去的土地、家园的向往、留恋使拉斯普京与深厚的俄罗斯文学传统相联系，但他在回归传统的同时，又容纳了时代的新气息，所以有了《农舍》的稍显乐观的结局。

　　《告别马焦拉》将土地、家园毁损与《圣经·启示录》中的末日警示相联系的手法，在后来的俄罗斯作家那里得到了延续。1987 年德籍俄裔女作家尤丽娅·沃兹涅先斯卡娅在纽约出版了俄文版长篇小说《切尔诺贝利星》，这部以切尔诺贝利核电站泄漏为题材的小说，将《圣经·启示录》与切尔诺贝利灾难相联系。在事故发生后，核电站附近，一个叫卢基扬尼什娜的老太太说："伊戈尔老爹有本祷告的书，书上讲到了切尔诺贝利，只有那些老书上有真理。那书上说，在末日到来之前对人们会有许多预言。当中有个预言书上这样说：天使烧燃了地球上面的茵陈星。用我们的话说，'茵陈'就是'切尔诺贝利'。瞧瞧，连词语都不是偶然的。火花从那个切尔诺贝利星落到所有河流的源头，它们马上就变成有毒的水了。我们从楼梯爬到阁楼上，你就会看见，他们在城里吵吵些什么，要洗房子，冲地，就像冲死牛皮一样。房子里的灰尘倒是冲走了，但是有毒的水就渗到地下了，流入地下汇成溪流把周围的一切活物都毒死。瞎忙一气，就像蚂蚁一样，上帝的愤怒用水是洗不掉的。"③ 其实在小说的扉页上，沃兹涅先斯卡娅已经把这个意思说了一遍。作家选择了两条题词，第一条是《圣经·启示录》8：10—11："第三位天使吹号，就有烧着的大星，好像火把从天上

---

① Г. Успенский. Власть земли. М.，1988，стр. 215.（《土地的统治》，第 215 页。）

② В. Распутин. Избранные произведения. Т. 2，М.，1990，стр. 342.（《拉斯普京作品选》第 2 卷，第 342 页。）

③ Ю. Вознесенская. Звезда Чернобыль. Liberty Publishing House，New York，1987，pp. 192 – 193.（Ю. 沃兹涅先斯卡娅：《切尔诺贝利星》，纽约：自由出版社 1987 年版，第 192—193 页。）参见刘亚丁《苏联文学沉思录》，第 280—284 页。

落下来，落到江河和众水的源泉上（这星名叫茵陈）；众水的三分之一变成茵陈，因水变苦，就死了许多人。"在这部小说里，土地、家园的毁损，似乎与神的惩罚有某种联系。沃兹涅先斯卡娅原来一直在苏联从事创作活动，1980 年被驱逐出国，她应该对拉斯普京的作品很熟悉。她的《切尔诺贝利星》在某些方面受《告别马焦拉》影响，这不是没有可能的。

家园、土地的主题在俄罗斯文化中延续，拉斯普京作为这个主题最有力的传承者，他提出了自己的一系列新解，俄罗斯文化中的知识分子对这个主题的探索还将继续下去。

第五章

夏目漱石《三四郎》中现代性
与速度的意味

本章以夏目漱石代表作《三四郎》[①] 为中心，考察火车这一近代新式交通工具的出现给明治时代日本人精神世界带来的巨大转型。首先，通过火车上三四郎的感受，概括论述速度对传统社会视觉习惯的冲击，分析三四郎主体性视觉选择背后隐含的文化意义。其次，进一步探讨视觉裂隙与近代速度之间的关系，指出小说主人公三四郎即便离开了火车这一具体空间，仍然为日常生活中各种或隐或显的速度问题而焦虑、苦恼。最后，对三四郎的个性化行为——经常出入画家的画室，观看画家作肖像画——做细致解读，并从这一行为模式中进而提炼出小说的象征性主题——如何在速度不断提升的近代性时期，应对越来越多的视觉裂隙；是否该将丢失的碎片打捞回来，如果需要，又该用何种方式才能有效地打捞？

一　老汉与女子：近代化进程中的速度与反速度

懵懵懂懂睁开睡眼，身旁的女子不知何时已经和老爷子聊开了。这老爷子是前一站才上来的乡下人。记得刚要发车那会儿，就是他边跑边高声叫嚷着冲了上来，三下五除二褪去贴身小褂，袒露出布满灸点的脊背，望去很是扎眼。再以后，三四郎仅记得老爷子擦过汗，重新

---

① 小说《三四郎》写于1908年，最初在东京·大阪《朝日新闻》上连载，翌年由春阳堂出版单行本。本章引用部分均由笔者据《漱石全集》第 4 卷所收原作译出（岩波书店 1966 年版），并随文标注页码。

穿了褂子，在女子旁边坐下一节，别的则没什么印象了。（第5页）

　　这一段车厢内的场景描写，录自小说《三四郎》篇首。近代初期，火车刚一出现，就引起夏目漱石极大关注。早在两年前即1906年出版的《草枕》一书结尾，读者已经领略过作家有关火车的精彩议论[①]。如今这笔触又再次深入车厢内部，把高速运行中的火车在主人公内心世界引发的认知变化，细致入微地展示在读者面前。这样一种对近代技术的关注与写作策略，即便在火车的速度已经被飞机所超越的当代，也没有理由可以等闲视之。每一种新式交通工具——包括火车在内——的出现，都意味着速度的改变。小说主人公三四郎眼里波澜不惊地映照出来的，正是两种时间—空间形式（车内时间—空间与车外时间—空间）的戏剧性冲突。小说描绘的三四郎这一心理体验，可谓日本近代文学中对速度引发的焦虑以及防御性应对的最早揭示。唯其如此，这一场面才会成为贯穿全书的一个主题，并进而上升为明治日本近代处境的隐喻。

　　自从有了火车这种非同寻常的速度参照，世界景观的视觉性体验便随之出现了明显分化。人坐在高速运行的火车上，视线在车内与车外两种不同性质的图像之间可以随意切换。从小说开篇一段描写来看，三四郎的眼中所见虽然不排除"沿途女子的肤色越来越白皙"这样的窗外一瞥，但他对车厢内部的关注显然远远甚于窗外风景。这一姿态背后隐含着怎样的象

---

　　① 试引《草枕》（明治39年，1906年9月）中一段相关议论，以窥一斑："象火车那样足以代表20世纪的文明的东西，恐怕没有了。把几百个人装在同样的箱子里蓦然地拉走、毫不留情。被装在箱子里的许多人必须大家用同一速度奔向同一车站，同样地熏沐蒸气的恩泽。别人都说乘火车，我说是装进火车里。别人都说乘了火车走，我说被用火车搬运。象火车那样蔑视个性的东西是没有的，文明用尽种种手段来发展了个性之后，又想用种种方法来摧残这个性，给每个人几尺几寸见方的地面，对他说：你可以在这范围里自由起卧——这便是现今的文明。同时在这几尺几寸见方的周围立起铁栅来，威吓道：不许越出这铁栅一步，希望在这铁栅以外也能自由行动，这是自然之势。可怜的文明国民日夜攀住了这铁栅而咆哮着。文明给个人以自由而使他变成力大如虎之后，又把他关进铁槛里，借以维持天下的和平。这和平不是真的和平，是和动物园的老虎睥睨着看客而辗转地躺着同样的和平。只要把槛上的铁条拔去一根，世界就一塌糊涂。第二次法国革命便是在这时候发生的吧。个人的革命，现在已经日夜地在那里发生了。北欧的伟人易卜生曾经就可能引起这革命的状态给我们提出种种例证。我每次看到火车猛烈地、玉石不分地把所有的人看作货物一样而一起载走的状态，把关在客车里的个人和毫不注意个人的个性的这铁车比较一下，总是想道：危险！危险！一不小心就危险！现代的文明中，随时随地都有此种危险。不顾一切地横冲直撞的火车，是危险的标本之一。"（引自《夏目漱石选集》第2卷《旅宿》，丰子恺译，人民文学出版社1958年版，第228页。）

征意义？对于初次乘坐火车的三四郎来说，或许起初他并未明确意识到速度的改变对自己的生活来说意味着什么。然而，"懵懵懂懂"从昏睡中醒来，这一细节已经透露了当下他心理的"无意识"状态。首先三四郎"记起"这老爷子是"前一站"才上的车，并且是"刚要发车那会儿"才赶过来的。老汉"边跑边高声叫嚷着冲上来了"的身姿，不啻于一种隐喻，让三四郎朦胧察觉到了这一时代的人在新式文明的高速裹挟之下显现出的慌乱与无奈。如果说速度象征着西洋的近代性，那么追赶火车的老汉则可说正是明治时代整个日本社会价值取向的表征——在火车将要开动的一刹那才勉强踏了上来，并暗自庆幸毕竟没有错过这一关键时机。

在切分成内部与外部的车厢这一特殊空间中，速度造成的认知裂隙就这样伴随着上车之后的看与被看而悄然扩展。三四郎将目光固执地锁定在车厢之内，在这一看似寻常的视觉方式背后，隐藏的无疑是一种对窗外飞掠而过的景致抱有的本能警惕。从以上的引文中可以看出，速度的威胁大概在三四郎从朦胧中醒来之前就已出现了苗头。醒来之后，三四郎继续将视线锁定在车厢内部，则意味着他所感觉到的那种威胁并没有消除，因而不能不继续将视线投射在身边的老爷子与女人身上。或许正是从他们的身姿中，三四郎捕捉到了他原本最为熟悉的"图景"，并借助这一"图景"的缓冲来抵挡窗外图景带来的威胁感。小说中老爷子和女子虽然只在第一章中匆匆亮了个相，后来再没出现，充其量只能算走了个过场，然而，其形象中蕴含的明治社会文化变迁信息十分丰富。这从另一个侧面说明，夏目漱石作品中出现的人物，不管表面上如何微不足道，小人物其实并不小。

在处于相对静止状态的车厢内部空间里，三四郎从老汉与女人聊天的身影上所感觉到的无疑是一种原风景一般的东西，也即他最为熟悉的乡村共同体中常见的那种亲和性。那是一种在乡下田间行走，视觉以及所有感官都可以得到放松的自由自在。置身于这样的氛围中，人与视觉对象之间更容易取得相对的平衡与和谐，所以三四郎才会昏昏然忘记了火车这一异质时空，沉浸到共同体安谧的梦境里。不过，既然近代的速度已经渗透到生活的各个层面，因而要想从根本上避免遭受速度的侵凌只能是一种幻想。此前老汉赶赶列车以及上车后脱衣擦汗等一系列动作，已悄然向三四郎发出了预警。等到老汉离去之后，高速运行中的火车速度，很快又给三四郎招来了麻烦。这麻烦的起因就是三四郎投向车窗外的那个空饭盒。

小说里描述，三四郎吃过站台上买的盒饭之后，便顺手将空饭盒掷向窗外。正是这个按照地面生活习惯投掷出去的饭盒，出乎三四郎的意料，竟被火车高速运行带起的风头吹得兜转回来，且正好砸在了邻座那个将头探出窗外的女人脸上。假若没有这一令三四郎倍感尴尬的偶然事件，或许列车停靠在名古屋时，女人就不会硬缠着让三四郎带她去附近找旅馆，更不会有蚊帐里那幕象征着日本明治近代观念演进的轻喜剧了。在速度面前提防了又提防，对车窗外的风景抵御了又抵御，孰料三四郎最终还是栽在了近代速度的不二法则上。如此看来，速度的威胁真可谓无孔不入，避无可避。从这个意义上说，饭盒事件或许可理解为作者的一个小小调侃，意在提醒那一时代的读者，近代性速度并不总是充满善意，稍不留心，就会惹来麻烦，让人陷入意想不到的尴尬境地。

小说中并没有交代女人当时向窗外探头张望些什么，因为在这里女人张望什么已不重要，至为关键的倒是她对窗外风景的关注姿态恰好与三四郎形成鲜明对照。从车窗向外看到的景观，在视觉上具有一种可以无限扩张的特性，绝非车厢内的有限性所可比拟。由于火车、轮船等近代交通工具的出现，彼此原本显得十分遥远的空间距离，此时被骤然压缩、拉近了。京都、东京、满洲……这一连串相隔甚远的地理空间，在女人和老爷子的口中汇聚到了一起，充当了速度带来的空间压缩的最好标识。空间视域的扩展唯有伴随着火车这一近代性速度才有可能。由此可见，火车网络的扩张在世界图景重组方面具有决定性的意义。值得留意的是，随着老爷子、女人相继离去，再度乘车赶往东京的三四郎隐约察觉到，虽然他的视线仍旧和原来一样锁定在车厢内，但却很难保持曾经的那种相对的安全感了。造成这一心理感觉变化的重要因素，大概与车厢内部的他者视线——被他人凝视有直接关系。三四郎的眼睛所以会在偶然翻开的培根那本文集的"二十三页"上逡巡不已，很大程度上也正是由于意识到了这一视线。①

---

① 小说中设定的"二十三页"这一细节，本质上也可以视为近代性速度的表征符号。作为近代西方启蒙思想家的培根这本书，在明治这样一个时刻进入一个日本大学生三四郎的视野，这本身就是近代速度由西向东扩展的结果。不过，三四郎仅仅是眼睛盯着纸页上，似乎并没有真的读进去。这一姿态或可理解为三四郎此时在心理上尚未能完全与近代速度符号之间达成精神上的平衡。

这视线发自同车厢里一个留着浓须的男人。他的目光中带有一种三四郎从未领略过的压迫感。如果说此前同乘的那个女人的短暂凝视，已然让三四郎感觉到了些许的不自在，那么，等女人也下车之后，这一视线则被浓须男人那更富于挑战性的凝视所取代了。来自女人的视线压迫，还可以通过女人身上那种似曾相识的乡土亲和性来加以分解。然而，浓须男人的视线中却透着一种三四郎所不熟悉的东西，就连悟解都显得困难，更不必说从精神上导入化解了。在看与被看过程中，三四郎内心世界图景上出现的裂隙越来越多，越来越显豁。不光有迷惑，在迷惑中还伴随混乱。如此看来，作家让那个对三四郎进入大学后的精神成长影响至深的浓须男人（也即广田先生），以如此特别的形式先行出现在列车上，出现在三四郎面前，这一构思不能不说是深思熟虑的结果。广田先生的形象以及对明治社会西化的批判性话语，映在三四郎眼里，无异于另一种形式的速度。其中蕴含的震撼力或远在火车这一机械速度之上。

二　电车与家书：速度引发的生存体验之裂隙

当原本丰富且又模糊的城乡生活以二元对立形式集中突显在前时，三四郎防御性的视觉策略对于理解日本近代社会文化的转型就具有了特别意义。借助火车的高速运动，三四郎眼中看到的景观使一个同时既在又不在，既熟悉又陌生的世界变得醒目了。这个世界的生活所有方面如今无不直接或间接地为近代性速度所控制。作为近代性标志之一的高速运行的火车，以缩略图的形式把更大空间范围内的世界提示出来的同时，又抹消了人行走于大地之上时能体验到的景观世界的大部分中间性环节。正是借助火车高速运行中的速度，三四郎眼前展示的世界图景出现了明显的分化。三四郎投向车厢里的视线所见图像，当是老家熊本所见周身环境在火车内部空间里的自然延伸。与此相对，透过车窗向外看到的沿途景致，则是一种全新的视觉形象，远远超出了三四郎过去体验所形成的认知域。如果说前者是一种充分的视觉体验，后者则无疑是一种压缩了的、充满认知裂隙的新式体验。从火车上三四郎的视觉性选择中，不难窥见他的自我主体性建构中隐含的秘密。

　　火车抵达东京，三四郎在车上体验到的高速度景观也随之暂时敛去。然而，这并不意味着速度的威胁就此彻底消失。因为此时的日本，"正用四十年时间搬演着西洋三百年间的历史嬗变"。由此看来，剧烈变动的东京俨然就是一列高速行驶的"火车"。三四郎落足于东京之后感到的速度的困扰，说明了图像与视觉的关系并非凝固不变，而两种图像的辩证交织在明治这一现代性时期，不断改变着包括三四郎在内的人与外部世界的关系。正是在这一视觉与图像的关系转换实践中，那种原本隐蔽的东西在三四郎眼中逐渐变得清晰而醒目了。火车上的三四郎已经隐约察觉到了这一点。只不过当时那种特别的东西尚停留于一种极为朦胧的，难以清晰分辨其内在特质的萌芽状态。直到三四郎走上东京闹市街头，近代速度所带来的心理内在冲突，才开始以另外一种形式集中爆发出来：

　　　　三四郎在东京见了许多令人惊奇的东西。先是见了会叮当作响的电车而惊异，见到居然那么多人从叮当作响的电车走上走下而惊异。尔后在丸之内也惊奇不已。最让他感到惊奇的是，无论怎么走，都走不出东京这个圈子。并且不管走到哪儿，都能看到随地散放的木材、成堆的石头，还有离路边三五米远的地方盖起的新屋。正拆迁中的破仓房摇摇欲坠，看了不由人提心吊胆。似乎一切都处于破坏中，又处于建设中。无处不在动荡。（第23页）

　　照理，三四郎在东京就算是第一次看到电车，也不该表现得如此"吃惊"。因为他不久前刚刚坐火车来到这座城市，而火车无论速度还是体积都比电车有过之而无不及。可他还是吃惊了。这不是他过于健忘，而是所处空间位置不同使然。如前所述，在火车上三四郎的视线多半都有意或无意地锁定在车厢这一内部空间，而这一空间因为相对静止，所以速度造成的视觉性威胁尚不那么明显。反倒是如今站在街头，也就是人在车外，再来看这电车，虽然速度远不及火车，但在视觉上引发的震撼却远远超过了彼时。无论是"叮当叮当"的响声还是上上下下的乘客，都眼花缭乱地演绎着近代的速度。在速度构成的都市交响曲中，大概也少不了语言的旋律。近代语的确立与火车的开通同样基于对速度的追求，二者都是都市近代性的标志。虽然初至东京的三四郎未必能马上就改掉一口熊本方言，然而可以预见，只要他不离开东京，迟早都会在近代标准语的挟裹下与之同化。至于拆除的旧房，待建的新居，木料、石材……也无不构成一种象征，以提示明治时代的日本近代性的速度：“一切都处于破坏中，又处于建设中”——

> 　　三四郎完全惊呆了。要言之，那情形绝不亚于一个乡巴佬初次伫立在京城中心时所感到的强烈震撼，且性质也完全相同。迄今为止的学问在预防震撼方面，全然丧失了效力。伴着这种震撼，三四郎的自信消减了一大半。这让他感到极度不快。（第 23 页）

　　三四郎的震惊正是出于对近代速度造成的视觉裂隙的震惊。这是他想要离开老家到东京求学时所没有想到的。在老家那会儿，三四郎想象的近代性当是一幅以传统乡村时空为背景编织而成的图景，一个通向外部的令人憧憬的乌托邦影像。其后，火车上窗外的风景将这一近代性的内质初次展示在三四郎面前时，他开始隐约感受到了威胁，并借助车厢将自己的视线锁定在一个相对静止的内部空间，由此来延缓外部那种近代性速度的侵凌。不过与在火车上不同，如今置身剧烈变动中的东京闹市，就算他找到了新的相对静止的内部空间，也无法像在车厢内一样将自己的视觉彻底屏蔽起来。① 速度带来的时空扩张，不可抵挡地立体交叉着向他全身心渗透，因而他感到震惊是极为自然的。对这种震惊的感觉，三四郎只能向自己内心的理性寻找根据与说明。正如下面这个段落所显示的那样，若是承认速度是合理的，那么，无异于对自己过去的生活进行全盘否定：

---

　　① 在三四郎的视线中，野野宫所在的实验室就是这样一个与外界几乎完全隔绝的寂静世界。地穴里野野宫过着仿佛出家人一般的生活，与活生生的现实全无干系。然而，即便在这样一个世界里，仍然未能完全屏蔽速度的威胁。野野宫让三四郎看天文望远镜，可三四郎什么也看不见，原来是镜盖还没取下来，遮住了视线。等镜盖取下来了，三四郎眼中看到的也只有调焦距时显示的数字刻度，真正该看什么、如何才能看到，他反而茫然不知。如此说来，所谓观看并不是无师自通的本能，随着近代技术向观看的渗透，“观看之道”也同样面临着不断提升的速度的威胁。（相关描述可参见夏目漱石《三四郎》，第 25—26 页。）

　　假如这种剧烈的变动本身是不折不扣的现实世界，那么自己从前的生活简直可说是与现实世界一点都不沾边。就好像白日里躺在洞岭山巅睡大觉。如此说来，让自己从即日起就清醒过来，所缺功课是否就可以全都补上？那也未必。自己如今是置身于变动的中心了。可自己不过是被抛置在这个位置上，睁眼旁观自己周围发生的变动而已。至于作为学生的生活和以前并没有什么异样。（第 23 页）

　　人只要仍旧靠双脚在大地上行走，就无可避免地要在越来越快的速度面前呈现出滞后状态。所谓滞后指的正是一种视觉印象的部分"缺失"。在飞机取代了火车，人所面临的速度日益加快这一近代状况面前，无论是谁都很难像过去步行时代那样随时将速度调整到与主体感觉和谐互动的稳定状态。对于被速度驱赶着往前走的人来说，他并不是在享受中充分体验对象，而是一直在紧张感状态中熟悉并尽可能为对象建构一个相对完整的形象。由于现实的速度太快，人还没有充分熟悉一个对象，新的对象又出来了。于是，原有的对象中有些状态、特质就随着时间之流彻底丢失，并且永远来不及再去回味了。正如小说所描述的那样，只要承认"这种剧烈的变化本身就是现实世界"，那么但凡想要停留下来对这个高速图景做一番审视的人，势必都会出现三四郎那种惶惑，觉得自己好像与这个现实世界之间出现了脱节。在东京的每一天三四郎都觉得发生了很多变化，但却又觉得好像什么都没有发生。那种脱节或者说缺失感恰如在站前旅馆中与女人在同一蚊帐中睡了一夜，却又什么都没有发生一样。三四郎面对着速度造成的丧失，既焦虑却又无可奈何，女人在火车站分手时说的那句话便是他此时心态的概括："你这人胆子实在太小。"这句话的潜台词无非就是：该把握住的时机，你却失之交臂。

　　由此不难理解，为何直到与火车上那个萍水相逢的女人分别许久之后，三四郎仍然时不时会想起这句话并为此耿耿于怀。当然，三四郎内心的耿耿于怀绝非针对蚊帐那一宵错失良机的追悔。这一心理纠结正可视为对速度与空间之关系以及由此造成的裂隙的反思。此时出现的自疑心理与对乡村共同体生活的怀恋心结，恰如一枚硬币的正反两面。纠结是源于不甘心让那些未及品味的状态就此消失，因而拼命回过头想要重温一下。这种反省或者说批判的基础，正建立于三四郎对心灵感受的"充分性"的追求。也就是说，人采取怎样的生存方式才能让自己的体验与对象之间在速度上达于平衡？如果像在老家熊本时那样生活，固然可以有充分的时间去感受、品味对象，但那面临的是另一种消失：新事物总是在已经变旧时才来到眼前。正如三四郎在图书馆里看书时的那个意味深长的发现：哪怕再生僻的一本书，拿到手上一翻，总能看到上面已经有了勾画阅读的记号。这意味着必是有人先于他读过这本书，同时也意味着他在速度上的滞后。原本属于一种心理时间的阅读中也同样有外部速度问题渗透进来。

> 世界如此动荡。自己目睹这种动荡，却不能厕身其中。自我世界与现实世界尽管处在同一平面上，却没发生任何交集。照此看来，现实的世界如此动荡，自己则被抛置一旁。这让他感到非常不安。（第23页）

这段话揭示的正是由三四郎这一形象体现出的近代丧失感，或者说滞后感。三四郎从老家熊本来到东京求学，原本就是为了要缩短与新时代新事物之间的距离，弥补对新事物的体验缺失。但这一极为单纯的愿望，却遭遇到了近代速度造成的意想不到的困扰。从这一点看，家乡母亲的来信具有一种特殊的意义。家书里面讲述的乡下琐事，给惶惑中的三四郎提供了一种感受速度间性的维度，使他借此可以多多少少找回车厢里的那种感觉，找回自己熟悉的那个速度。[①] 消失的图像经由母亲的来信被重新唤回，意味着三四郎已将当下的都市生活纳入了他所熟悉的传统乡村时间。在这一时间流中，速度显现出了某种程度的延缓。随着近代性实时之流一路漂浮的三四郎，唯有借助母亲的来信才能暂时沉浸在自我的小世界中。这个小世界里充盈的尽是从家乡田园回流过来的图景。可以预见，倘若没有这个由家乡老母来信构成的"安全岛"，栖身于日本"变动中心"的三四郎，大概很难将他那种游离在近代速度边缘的人生姿态维持下去，很难应对东京乃至世界范围内火车飞驰一般的速度。

---

① "如果说自己与现实还有所接触的话，眼下除了母亲之外再无其他。"（夏目漱石：《三四郎》，第24页）

三　碎片的召回：夏目漱石对日本近代文明的批判

速度将一幅又一幅新的视觉画面带入近代社会空间，接连闪现的画面令人感到目不暇接，从而导致视觉深度的丧失。面对源源不断的视觉裂隙形成的空白，仅仅依靠人自身原有的传统解释体系，已经无法一一填补。这种空白越积累越多，遂引发出一个重要的近代性课题：消逝在时间之流中的这些碎片是否有必要重新打捞上来？如果确定要打捞，那么用什么样的方法才能打捞上来？小说《三四郎》中有关碎片打捞的思考，主要是围绕明治少女美祢子这一形象展开的，她身上存在着许多令人不解的"谜团"，令三四郎一而再，再而三地感到愕然。问题的关键恐怕并不在于谜团本身的破解，寻究那些谜团的谜底究竟是什么。不管这谜团本身如何千差万别，都有其共同的形成机制与本质特征，也即都是伴随着近代性速度而生成的认知裂隙或认知碎片。广田先生评价美祢子时所说的"野"（野性）以及"易卜生笔下的女性"等，或许正可从这个意义上理解。三四郎虽然对美祢子心向往之，但总是觉得难以和美祢子保持速度上的同步。这种由速度差异生成的碎片在三四郎眼中不断叠加，来不及破解，于是就自然内化成一个又一个的谜团。① 由此看来，三四郎几次三番出入画家原田的画室，就不是偶然的了。

正如小说所描述的那样，三四郎对绘画艺术没有太多的鉴赏力，他喜欢去观看绘画展览，喜欢在油画前沉思，完全是出于另外的理由。三四郎对绘画的投入与其说是出于绘画自身的艺术魅力，不如说他是为了寻找视觉上裂隙的解脱之道。正是从这常易被误读为三四郎对美祢子的爱慕之情

---

① 对于三四郎来说，美祢子身上总是有太多不解之谜。小说描写美祢子曾给三四郎寄过一张明信片，上面画了两只迷羊和一个恶魔般的男人。小说结尾，三四郎口中仍念念不已的，也是美祢子常提到的"迷羊"。不妨说美祢子身上的谜团本身就相当于速度造成的裂隙。其中一个最为典型的裂隙，或许就是美祢子的婚姻了。三四郎本以为她会和野野宫结婚，却不料最后竟嫁给了一个陌生男人。值得注意的是，所谓"迷羊"，不但是美祢子提示给三四郎的一种象征性图像，美祢子也用这个说法来谈论自己。如此看来，她也同三四郎一样要面临着速度带来的困扰。"迷羊"或许正是处于这一困扰状态的隐喻。

的细节中，隐隐升起了一个颤动不已的主题。① 画面上的世界与现实的世界，隐喻的正是两种不同的速度图景。小说在描述画家原田为美祢子绘制肖像画时，用了"第一个美祢子""第二个美祢子"这样的说法来提示三四郎内心的感受。所谓"第一个美祢子"是指在场的美祢子，而"第二个美祢子"则象征的是一种不在场的存在。也就是说，由肖像画所象征的不在场这种形式的存在，正可谓丢失碎片的凝集。不妨说三四郎在美祢子肖像前的陶醉行为，无异于对已经丢失的碎片的一种打捞。小说中用"低徊家"来指称三四郎也正可以从如此的角度来理解。所谓"低徊"一语，是作家自造的一个词汇，最早出自夏目漱石为高滨虚子《鸡头》所作的序言，且经常出现在作家的其他文章中。② "低徊"，体现的或正是不为速度所牵制，甚至对速度完全无视，只重视充分品味眼前的人生与现象的主体性姿态。这一趣味与火车上的三四郎对待空间裂隙的主体性心境无疑存在着深刻的联系。

> 三四郎与其说是个爱用功的学生，不如说是个具有低徊趣味的青年，所以他不大读书。每每遇到触及心灵的情景，就一遍又一遍地在头脑中琢磨，陶醉在一种新鲜的感觉之中，仿佛探索着命运的奥秘。（第83—84页）

---

① 夏目漱石在为《三四郎》撰写的新书预告中说："毕业于乡村高等学校，来东京上大学的三四郎接触到了新的空气，并在与同龄人以及先辈、女性的接触中随性而动。笔者所做的不过是将这类人物置入这种空气之中而已。至于其后则全凭人物自在游动，自生波澜。"（《漱石全集》第11卷，岩波书店1966年版，第499页）

② 夏目漱石为高滨虚子《鸡头》所作的序言中说："文章中有种趣味可称之为低徊。这是我为便于理解生造的一个词，初见者未必能理解。简言之，就是指这般趣味——对一事一物十分投入，引发出独特或联想的兴味，左观右看，不愿离去。因而，不用低徊趣味，换作其他说法亦可，比如依依（不舍）趣味或恋恋（不舍）趣味。不过此种趣味正如字面所示，属于那种尽可能长时间驻足于一地一处，故而有不易进行之一面。换言之，若非有余裕者断无望养成此种趣味。闲人外出购物，途中却流连起来。见街头有顽童拎只老鼠，或听天狗连表演吹打，反忘了至为关键的购物。若是忙人，决无这等闲情。外出购物，心思全在欲购之物上。东西买到了，目的就达成了。小说亦然。若将兴味全放在篇中人物的命运，特别是死生的命运上，自然就没了余裕。因而显出窘迫，自然少了低徊趣味。"（《漱石全集》第11卷，第555页）

　　小说描述原田作画，仿佛是"在凝神地从具有纵深感的画面上剔除纵深，使美祢子重现在平面的画板上"。并且借助画家原田之口说，除了绘画之外，"将活动着的美加以定型化的手段已经没有了"。此处的画家之手，或可视为三四郎视觉的延长。正是借助原田的画家之手，三四郎眼中的美祢子呈现为两个既相互重叠又相互分离的形象：作为人物肖像模特的美祢子与画像上的美祢子。两个形象实质上表征的正是两种不同的时间与速度。特别是当原田作画时，在场的美祢子（作为模特）与不在场的美祢子（作为肖像）同时在场（画家写生），时间与速度的辩证交织显得比任何时候都更为错综复杂。"在这两个美祢子之间似乎包蕴着一种与钟表的计时别样的、宁静而又漫长的时间。"如果说第一个美祢子（作为模特）总是处于变动之中，令人难以捕捉，那么第二个美祢子（作为肖像）无疑是一闪即逝的美祢子碎片的定格。三四郎的眼睛在两幅美祢子图像之间往返游移，看得如醉如痴，"映在他眼中的女子身姿，宛如是从自然生活过程中将最美的那一瞬间捕捉下来并加以固化而成。不变之中有恒久的慰藉。"此时三四郎的观看过程，正可理解为他对印象碎片奋力进行打捞的过程。

　　　　这种时间悄然流逝，甚至就连画家本人也未意识到。随着时间的流逝，第二个美祢子渐次追了上来。两者眼看着差点就要合为一体了，这当儿，时间之流却突然变换方向，注入到"永久"之中。原田先生的画笔就此止住不前。三四郎的眼睛本来一直被画笔牵着走，这时方才醒过神来，看了美祢子一眼。美祢子依然纹丝不动。三四郎的头脑在一片静谧中不觉又转动起来。心里如醉如痴。（第249页）

　　至此，三四郎或许已经接近了他极力要寻找的答案。这个答案其实在小说中的另外一个人物——广田先生身上已绽露了一些线索。早在与三四郎乘坐同一车厢时，作品就描述了他对明治日本近代速度的质疑与批判。后来他又同三四郎谈起过莎士比亚戏剧中"哈姆雷特"身上的犹疑。所谓犹疑，大概并不是广田先生的信手拈来。因为犹疑本身同样可以理解为一种抗争，让时间和速度延缓下来。对常人很少问津的那些偏僻冷门的东西，广田先生多有涉猎并沉醉其中。这本身便给追求低徊、寻找"充分"之体验的三四郎树立了一个活生生的榜样。小说中有一段描述,通过三四郎的视角来写广田先生的"落伍",颇耐人寻味。三四郎眼中映出的广田先生之所以会显得有些"落伍",大概与三四郎尚未参透速度问题不无关系。不过,由于三四郎自身也是一个具有低徊趣味的人,所以他眼中的"落伍"反倒像是含有一种认同的称颂意味。①

> 来到大街上,路上走的全是学生。众人都朝同一方向,步履匆匆。寒冷的街道上充溢着青年男子的朝气。其中能看到身穿雪花呢外套的广田先生那颀长的身影。这位先生夹杂在青年人的队列里,步法上已经滞后。相较于前后左右同行者,颇显迟缓。先生的身影消失在校门里了。门内有棵高大的松树,枝桠伸展开来,宛如一把巨伞横伸在校门口。三四郎走到校门前时,早不见了先生的踪影,映在眼中的唯有松枝以及从松枝上方探出的钟楼。楼上的时钟很少正点报时,有时索性停住了不走。(第 271—272 页)

在三四郎的主体性建构过程中,作为他者的广田先生形象无疑是一个极为重要的参照。不过,在广田先生、美祢子以及家乡老母所构成的三个象征性世界图式中,很难断言三四郎究竟归属于哪个世界。更可能的情形或许是,直到小说结尾,三四郎仍旧带着速度问题徘徊在三个世界之间。已经失去的碎片具有何种性质,是否值得再次打捞上来?三四郎为此而困惑。并且,就算那些逝去的碎片能打捞上来,其实三四郎也不知道究竟将

---

① 三四郎眼中映出的广田先生,主要是通过身体动作的迟缓来表现其"滞后"性的。此处,大学校园里钟楼上那个时钟的隐喻意义也值得关注。吉登斯《现代性的后果》一书中,曾提到过机械钟的发明对现代生活的影响:"机械钟(最早出现在 18 世纪后半期的计时方式)的发明和在所有社会成员中的实际运用推广,对时间从空间中分离出来具有决定性的意义。……直到用机械钟测定时间的一致性与时间在社会组织中的一致性相适应以前,时间都一直是与空间(和地点)相联系的。时一空转换与现代性的扩张相一致,直到本世纪才得以完成。它的主要表征之一是日历在全世界范围内的标准化。"(吉登斯:《现代性的后果》,田禾译,黄平校,译林出版社 2000 年版,第 15 页)如此说来,此处描写的时钟的走时不准甚或停摆,似乎蕴含了更深一层的象征意义。有关时钟的描写,实际上在第一章中已经出现了,站前钟楼上的大钟就是这样一种近代化的标杆:时钟向每一个站前乘客(当然也包括三四郎在内)提示,如果不甘为列车时刻表所约束,必然会遭到现代性的"惩戒":被甩在车站,无法前往所要去的地方。

其安置于三个世界之中的哪个位置才好。而广田先生则显然对这些问题已经有了相对深入的思考。如前所述，作者将三四郎与广田先生的初次相逢设定在火车上绝非偶然。广田先生在车上所发的一通议论，作为明治社会的文明批判无疑大有深意。从广田先生的话语中，不难感受到他对近代社会中速度与碎片的理解。当碎片被重新纳入当下时间流之后，该如何处理碎片的时间与当下时间流之间的关系，让二者和谐共处？这个课题大概早在三四郎思考之先，广田先生就一直在不停地思考、探索。小说中插入的那个梦，或许就是广田先生给自己，同时也是给三四郎提示的一种解决之道：

> 做梦，梦中看得自然清楚。就因为是梦，所以才感觉分外奇妙。我像是走在大森林里，身上穿的是那件褪色的西式夏装，戴的是那顶旧帽子。——对了，那会儿我好像在考虑一个难题：宇宙规律全然不会改变，不过受这种规律支配的世间万物却必定要变。如此看来，这规律必是存在于物外了。——醒来再想，这个问题很无聊，可在梦中却想得十分投入。边想边从林下走过，突然就撞见了那个女子。不是对头碰，我在走，她却是一直立在原地。眼中所见仍然是过去那副相貌，穿的还是过去那身衣裳。留的还是过去那种发型，黑痣当然也是原来的老样子。跟我二十年前看到的那个十二三岁的女子一模一样。我对这女子说：你一点都没变。她则对我说：你倒是很见老。接下来我又问她：你怎么会一点都没变呢？她答说：我最喜欢那年的这副容貌，那月的这身衣裳，那天的这种发型，所以才一直保持到现在。我问：那是哪年的事了？她说：二十年前和你初次相会时。我说：那我怎么会变得这样老？连我自己都感到奇怪。女子告诉我说：那是因为你总想比那个时候变得更美。我听了就对她说：你是画。她则对我说：你是诗。（第281页）

或许早在讲这番话之前，广田先生就已经认定三四郎也是一个不甘为近代速度驱策的人，所以广田先生才会将三四郎引为同道，并把自己内心隐藏了二十年的秘密说给这个年轻人听。梦境中出现的广田先生与他念念不已的女孩之间有着二十年的时间跨度。二十年前与二十年后，一个变化了，一个没有变。唯在梦中才能睹见的这一场景，构成了小说中另一种形式的实时速度与理想速度的辩证交织。从上述画面中不难悟出，当人面对着不断提升速度的近代性时，要回归到某个先验的理想状态或许仅仅是一种天真的幻想。图画唯有凝固静止了才成其为图画，而诗歌则恰好相反，诗歌的灵魂全在变动不居。广田先生身上投射了作者本人太多的影子，可说是作者的理想之寄托。当然，这却并不意味着作者要将广田先生的认知作为普世价值，强加于游走在三个世界之间的三四郎。可以预见，三四郎的精神建构肯定不会沦为广田先生的简单复制。因为小说中虽然能看到三四郎对绘画怀有相当的热情，但他对诗歌是否同样投入，则属未知。未来的三四郎究竟如何在实时速度与视觉裂隙的共同作用下来描画自我的本真性，引人无限遐想。无论是诗还是画，本质上都彰显了人对已消逝的碎片进行打捞的愿望。① 正是在这个意义上，两个梦中人的对语——"你是画""你是诗"——构筑了小说《三四郎》中最富于精神张力的空间。两条能指链交汇处所指向的正是那个冥冥之中的天启：人，诗意地栖居。

---

① 诗与画也是《草枕》中反复回旋的主题。不妨说，《草枕》描述的那种乡间体验，正是《三四郎》呈现的裂隙中所失去的。至于"梦"之主题，则可与夏目漱石另外一部作品《梦十夜》并观。

第六章

《无名的裘德》中的"铁路时间"

步入维多利亚晚期以后，英国小说家们对"进步"话语的质疑仍然在持续着。托马斯·哈代（Thomas Hardy）可以看作这方面的一个代表人物。雷蒙德·威廉斯曾经有过一句切中肯綮的评论："应该怎样描述他（哈代）的作品？这一问题是理解整个英国小说发展史的关键问题。"① 同样，要理解英国小说中针对"进步"的推敲史，就必须理解哈代对"进步"话语的批评。

英国社会于 19 世纪经历了一次观念上的重大转变，即带有"速度"含义的"进步"概念开始普遍流行，而这一情形跟火车/铁路的崛起有着直接的关系。像哈代这样敏感的作家，不可能不对这一情形做出反应。然而，在哈代研究史上，很少有人从铁路所象征的速度这一角度来从事比较深入的作品分析。

事实上，铁路作为意象多次出现在哈代的作品中。《无名的裘德》（*Jude the Obscure*，1895）是这方面的一个典型。无论是从其出现的频率，还是就其与主题的相关性而言，火车/铁路意象在《无名的裘德》中的重要性都是有待于深入发掘的。

这种重要性从我们试图破解小说题目的一刹那起就开始体现了：《无名的裘德》中的"无名"究竟是什么意思？火车/铁路意象是否能为打开其意义之门提供一把钥匙？

我们知道，该题目英文原文中的"obscure"一词其实远远不止"无名

---

① Raymond Williams, "Thomas Hardy and the English Novel", in *The Raymond Williams Reader*, (ed.) John Higgins, Oxford: Blackwell Publishers, 2001, p. 126.

的"这一层意思，它至少还有"隐匿的""微贱的""被忽视的""遭冷落的""受歧视的""晦涩的"等多层含义。这最后一层意思——"晦涩的"——新近受到了较多的关注。对古德（John Goode）和伊格尔顿等学者来说，小说的题目可以被解读为"（裘德）是一部很难读懂的文本的主人公"，而该书难懂的原因之一则是它"恶作剧似地拒绝停留在现实主义框架之内"。① 用霍灵顿（Michael Hollington）的话说，该书从总体上可以被视为一部"寓言"（allegory），而促使它的性质从现实主义作品向寓言转变的原因在很大程度上与"小时光老人"这一人物有关，因为后者身上"带着如此之多的、与抽象的寓言语域相关的显著特征"。② 确实，"小时光老人"这一人物的刻画常常让批评家们感到费解。更确切地说，这一人物常常是哈代遭到指责的起因之一。如瓦茨（Cedric Watts）所说，"批评界长期以来有一个明显的共识，即关于'小时光老人'——裘德和艾拉贝拉的儿子——的描写是灾难性的败笔"。③

依笔者之见，"小时光老人"的"无名"（作者没有给他取名字）以及他乘着火车在书中首次露面这一事实是我们破解小说题目的关键之一。因此，我们将从"小时光老人"谈起。

"小时光老人"是搭乘火车来到书中的。

在小说第五部第三章中，裘德突然收到艾拉贝拉的来信，从中得知后者在移民澳大利亚以后曾产下一个男孩儿（据艾拉贝拉称，这孩子系裘德所生）；艾拉贝拉要求由裘德来抚养他。善良的裘德答应了这一请求，于是就有了下面这一幕情景：

> 第二天晚上，有一列按计划要在十点钟驶进奥尔布里坎站的火车。在那列火车的一个昏暗的三等车厢里，坐着一个身材瘦小、面色苍白的小孩儿。他有一双大眼睛，眼神里带着惊慌的样子。……

---

① Terry Eagleton, "Flesh and Spirit in Thomas Hardy", in *Thomas Hardy and Contemporary Literary Studies*, (ed.) Tim Dolin and Peter Widdowson, New York: Palgrave Macmillan, 2004, p. 20.

② Michael Hollington, "Story, History, Allegory: Some Ironies of *Jude the Obscure* from a Benjamin Perspective", in *Thomas Hardy and Contemporary Literary Studies*, (ed.) Tim Dolin and Peter Widdowson, pp. 99 – 112.

③ Cedric Watts, *Thomas Hardy*: Jude the Obscure, London: Penguin Books, 1992, p. 87.

有的时候，车停住了，车掌就往车厢里看一下，对那孩子说："你放心吧，小朋友，你的箱子稳稳当当地放在行李车里哪。"那时候那孩子就死板板地说一声"啊"，想要笑，却又笑不出来。

他就像装成"童年"模样的"老年"本体，但是装扮得并不好，所以时时由衣缝里露出了本相。有的时候，好像洪荒以来人类所有的愁苦，都压在年龄像朝日初生的这个孩子的心头，使他心里浪卷云涌，同时他脸上的样子，就好像是他正回顾一片汪洋浩淼的时光，而对于他所看到的东西，都得听天由命地接受。①

这个老气横秋的男孩儿就是"小时光老人"。当淑·布莱德赫问起他的名字时，他这样回答："大家叫我小时光老人。这是个绰号，因为大家都说我看上去像个老头儿。"② 小小年纪就异常的老成，而且首次露面就搭乘火车，这象征着"小时光老人"是速度的产物。换言之，他是那个狂热追求"进步"速度的时代的产物。

确如许多批评家们（如前文提到的伊格尔顿和霍灵顿等人）所说，"小时光老人"带有诸多寓言特征，然而他首先是一个富有现实感的活生生的人物。那些对《无名的裘德》的批评往往有一个立论基础，即"小时光老人"这一人物——尤其是他杀死弟弟、妹妹和他自己这一情节——不够真实。③ 然而，这些批评总是忽略这样一个事实："小时光老人"并非"凭空出世"，并非毫无理由地变得少年老成。在给他下定论之前，我们需要深究一下这样一个问题：在他露面以前，他生长在什么样的家庭和社会土壤里？

虽然小说没有做正面交代，但是我们仍然可以根据上下文做出这样的推断："小时光老人"早年的生长环境过早地戕杀了他的童年和少年。从艾拉贝拉的那封信中我们知道，他在成为裘德的家庭成员之前一直被寄养在外公外婆家里——艾拉贝拉理由十足地写道："我当时正在寻找好的生活境

---

① 托马斯·哈代：《无名的裘德》，张谷若译，人民文学出版社1995年版，第356—357页（笔者对部分译文作了文字更动）。

② Thomas Hardy, *Jude the Obscure*, Toronto：Bantam Books, 1969, p. 293.

③ 例如，斯图尔特就曾批评哈代人为地把"小时光老人"送上了死路："与其说是他（'小时光老人'）有效地谋杀了自己的手足，不如说是他的创造者用致命的文字谋杀了他。"见 J. I. M. Stewart, *Thomas Hardy：A Critical Biography*, London：Longman, 1971, p. 189.

遇，因此我父母收养了这孩子，从此他一直跟他们生活在一起。"① 也就是说，"小时光老人"从小就没有受到过母爱，而是被当作包袱甩给了外公外婆——被甩的理由是"寻找好的生活境遇"。更糟糕的是，艾拉贝拉的父母也不见得有多大的爱心——假如他们有爱心，就不会迫不及待地把外孙往裘德那里赶。他们只要稍稍花些工夫，就会了解到裘德的境况非常糟糕，外孙到了那里必然跟着吃苦。然而，他们对此不闻不问，或者说根本就不在乎。跟艾拉贝拉一样，他们为了自己有"好的生活境遇"，只求把"小时光老人"这个包袱卸掉，卸得越快越好。这种行为对他们来说已经是"老方一帖"：当初他们曾经协助艾拉贝拉引诱裘德，其目的就是尽早把女儿当成包袱嫁出去。裘德初次上门时曾经跟艾拉贝拉的父亲有过简短的遭遇，从中可以瞥见笼罩这一家人的价值氛围：

> ……一个男人（艾拉贝拉的父亲）的声音说：
>
> "艾拉贝拉！你的那位年轻人跟你搞对象来啦！快去吧，我的孩子！"
>
> 这样的话真让裘德想打退堂鼓。用做买卖似的腔调谈论搞对象，这可是他万万没有想到的。②

无论是艾拉贝拉的父母亲，还是艾拉贝拉本人，他们对人际关系的理解都沾染着铜臭（详见下文分析）。可想而知，"小时光老人"在这样的价值氛围中不可能得到真正的关爱。在一次跟淑的对话中，"小时光老人"说过这样一句话："我本来不应该到你们这里来——真的不应该来。在澳大利亚，我是一个累赘；在这里我又成了累赘。我真希望我没有出生。"③ 就主观意愿而言，裘德和淑并没有把"小时光老人"当作累赘（是他们的贫困生活让"小时光老人"产生了误解），但是如上文分析所示，在澳大利亚他确实被当作了累赘。就是这种被当作累赘的滋味使"小时光老人"过早地丧失了童真，使他养成了郁郁寡欢的性格，使他有了悲观厌世的念头。

---

① Thomas Hardy, *Jude the Obscure*, p. 287.

② Ibid., p. 47.

③ Ibid., p. 350.

也就是说，在艾拉贝拉及其父母快速"进步"、快速改善物质生活条件——甩包袱是达到目的的有效手段——的同时，"小时光老人"快速地"上了年纪"。

当火车载着"小时光老人"驶入奥尔布里坎车站月台时，它带来的不只是一个男孩儿，还带来了对世人的警告：火车所象征的速度有可能带来悲剧性后果。这种后果不仅体现于"小时光老人"的未老先衰，体现于他的畸形发展，还体现于他后来所采取的极端行为——他为了帮助处于颠沛流离状态中的裘德和淑减轻负担，竟然杀死了弟弟和妹妹，然后又自尽身亡。从某种意义上说，他的暴行本身就是一种速度：他想快速地解决父母亲（淑是唯一给过他母爱的人，因而可以算作他的母亲）的困难。

火车和"小时光老人"之间还有一根无形的纽带，即"小时光老人"的无名状态。虽然后来裘德和淑称他为"小裘德"，但是他自始至终都没有正式的名字。哈代作出这样的安排，并非出于草率，而是要向我们传递这样一个信息：艾拉贝拉及其父母追求"进步"的速度奇快，连给孩子正式取名都来不及。不仅如此，"小时光老人"这一绰号中的"时光"一词也可以跟火车搭上关系："小裘德"产生于以"铁路时间"为特征的年代。

确实，《无名的裘德》整个故事都是在"铁路时间"的背景下演绎的。

小说第 1 部第 1 章中有过这样的描述：某个来玛丽格林村设计新建筑的人"大老远地从伦敦赶来，并且当天又赶回了伦敦"。① 这里虽然没有直接出现"火车"或"铁路"这样的字眼，但是旅行速度显然标志着"铁路时间"。

在第 3 部第 1 章中，裘德曾经向淑提议去大教堂坐一会儿，可是淑却表示"情愿坐在火车站里"，其理由很简单："它（火车站）如今是城市生活的中心"。②

在第 3 部第 7 章中，淑突然写信给裘德，通报了自己即将和菲洛特森结婚的消息。淑在信中这样写道："你可能会觉得这决定是加速度的产物，就像铁路公司说他们的火车要提速那样。"③

---

① Thomas Hardy, *Jude the Obscure*, p. 12.
② Ibid. , p. 141.
③ Ibid. , p. 178.

第 5 部第 5 章以叙述者的声音直接强调了时代的变迁，而这变迁的标志就是铁路："……在铁路时代以前，车轮上的旅行者们一旦面临岔路口，就会产生该选择哪条道路的疑问；这类疑问总是无穷无尽。然而，如今这样的疑问已经像按规矩纳税的地产保有者、赶大车的车夫和邮车车夫那样销声匿迹了……"①

事实上，书中的火车/铁路意象几乎是数不胜数，而且往往伴随着不祥的征兆。

在前文引用的有关"小时光老人"乘火车出现的那一段中，"昏暗的三等车厢""面色苍白的小孩儿""眼神里带着惊慌""洪荒以来人类所有的愁苦""装成'童年'模样的'老年'本体"等描述都预示着不吉祥的结果。我们还看到列车员每到一站就会走进车厢，跟"小时光老人"谈论行李的安全问题，而后者在回答时总是"死板板地说一声'啊'，想要笑，却又笑不出来"。这样的描写表明"小时光老人"已经被异化得如同机械一般。可以说，他跟火车和铁路这样的机械几乎融为了一体。

类似的例子还可以在裘德和淑的直接经历中找到许多。

例如，在梅勒塞时，裘德和淑曾经乘坐火车出去游玩，其间有这样一个小插曲（此时他们还未正式确立恋爱关系）：

> ……列车员以为他们是一对恋人，因此把他们单独安排在一间车厢里。
>
> "他的一番好意全浪费了！"淑说道。②

淑的评论看似一句戏言，但是后来事态的发展却被她不幸言中：裘德和淑是一对有情人，但是他们最终未能成为眷属，因而火车上的一幕可以看作一个伏笔。此外，那次游玩以后他们误了回程的火车，只能在外地借宿了一个晚上，结果导致淑受到了校方的严厉惩罚（此时她还在梅勒塞培训学校念书）。

又如，裘德有一次和淑约好在阿尔夫锐屯火车站相会，但是此前裘德

---

① Thomas Hardy, *Jude the Obscure*, p. 303.
② Ibid., p. 144.

跟刚从澳大利亚回来的艾拉贝拉不期而遇，结果误了火车，违背了对淑的诺言。更糟糕的是，裘德还糊里糊涂地跟艾拉贝拉坐火车去一家小旅馆过了夜——此时艾拉贝拉已经犯了重婚罪（她在未结束跟裘德的婚约的情况下，又嫁给了卡特利特），但是她直到第二天早晨才向裘德坦白了真相。裘德受到打击以后又回到了火车站，并且在等火车时"机械地溜达"（这其实暗示火车及其象征的速度具有异化作用——人被异化成了机械）。① 在这一幕情景的前前后后，火车/铁路意象十分频繁地出现，而且总是夹杂着阴差阳错的事件。

　　火车和铁路在 19 世纪的英国常常被用作"进步"的标志，或者说是当时极为流行的"乐观主义"的标志。然而，《无名的裘德》中的火车/铁路意象却总是渗透着一丝悲凉，这其实是对"进步"神话的讽刺。哈代曾经多次在公开场合遗憾地表示，他那个时代的多数哲学家都"无法摆脱这样的偏见，即世界必定是人类的安乐窝"。② 同时，他还批评"那些乐观主义者……对现实中的弊端视而不见"。③ 我们在阅读《无名的裘德》时有必要参照哈代的这一立场。

　　换言之，小说中凸显的"铁路时间"提醒我们应该对上文所说的"进步"神话予以足够的关注。

　　即便不讨论别的，光是小说主人公裘德的人生道路就足以构成对"进步"神话的讽刺。小说序幕拉开时，裘德生于斯、长于斯的玛丽格林村及其代表的传统农业社会正处于迅速瓦解的过程之中。书中有一段具有象征意义的描述："当地的历史遗物中唯一没有发生任何变化的可能只剩下了那口古井。近年来，许多树木遭到了砍伐。意义尤其深刻的是，原来那座弯腰曲背的塔楼式的教堂也被拆除了……"④ 这里描述的景象实际上暗示了整个农业社会的经济结构和文化结构的解体；随着工业革命的胜利和"进步"话语的高歌猛进，传统农业社会那种单一的经济结构以及村民之间淳朴的、互相依存的关系已经变得支离破碎；像裘德这样的贫苦村民完全丧失了生

---

① Thomas Hardy, *Jude the Obscure*, p. 195.
② Florence Emily Hardy, *The Life of Thomas Hardy*, Hong Kong: The Macmillan Press, 1982, p. 179.
③ Ibid., p. 383.
④ Thomas Hardy, *Jude the Obscure*, p. 12.

产资料，失去了他们原先赖以生存的自足自给的自然经济。他们所剩下的只有可以出卖的劳动力。

裘德离开故乡玛丽格林村以后，来到了克里斯特敏斯特城。此时的他已经积累了多年的自学经验，因而希望能够成为大学中的一员，以追求他所向往的精神生活。然而，他很快便发现，除了靠做石匠为生，他根本无法在克城待下去了。当上石匠以后，他的遭遇十分悲惨。除了常常遭到解雇以外，裘德还因跟淑的结合而受到来自教会方面的迫害——这些迫害使他和淑饱受颠沛流离之苦，最终还导致了他们三个孩子的死亡（前文已经提到，"小时光老人"杀死了弟弟、妹妹和他自己，是为了帮助裘德和淑减轻负担）。淑承受不住打击，结果离他而去，最后他在孤独和病痛中死去。

简言之，19 世纪英国统治阶级吹嘘的"进步"是以牺牲无数个裘德的幸福乃至生命为代价的。这是一种畸形的进步，它的产儿是"两个民族"这样的怪胎。① 我们只要稍加分析，就不难发现在克里斯特敏斯特城中也存在着"两个民族"：一个由享有特权的老板、学阀和神父们组成，另一个的成员则是挣扎在贫困线上的工人们。这样的世界，对有闲阶级而言是天堂，对劳苦大众而言却是地狱。像裘德这样的穷人，不但被剥夺了物质生活方面的基本权利，而且还被剥夺了话语权。裘德有一次在克里斯特敏斯特城对一群人动情地讲述自己的梦想及其幻灭的故事，很快就有一个警察过来对他进行了干涉："伙计，闭上你的嘴……"② 显然，这个社会的"进步"是以一部分人——而且是大多数人——的失语症为前提的。

哈代用对比的手法和辛辣的笔调揭示了"进步"外衣下的丑恶。裘德刚到克里斯特敏斯特城时，曾经向往那里的大学和教堂，但是他不久便发现，在学识与圣徒的精美光环的背后，充满着骚动、野蛮和令人汗颜的龌龊。事实上，他在去克里斯特敏斯特城之前就曾经向一位车夫询问那里的情况，后者的回答耐人寻味："噢，这是个思想很正统的地方喽。可别见

---

① 狄思斯累利（Benjamin Disraeli，1840 – 1881）在小说《西比尔》中曾用"两个民族"来比喻贫富悬殊的现象。详见 Benjamin Disraeli, *Sybil or The Two Nations*, Oxford and New York: Oxford University Press, 1981, pp. 65 – 66.

② Thomas Hardy, *Jude the Obscure*, p. 345.

怪，到了夜里，街上一样有坏娘儿们转悠呢！"① 让裘德和淑费解的是，克里斯特敏斯特城容得下满地的妓女和乞丐，却容不下他俩那真诚的爱情——世俗的偏见和教会的清规戒律一步一步地把他们逼上了家破人亡的绝路。

面对社会的畸形"进步"，裘德曾经不止一次地发出过"社会出了毛病"这样的呼喊。例如，在故事进行了大半之后，我们看到裘德做出了这样的断言："我看我们的社会准则一定是出了毛病！"② 更值得注意的是，裘德有一次在作同样的断言时还直接发表了对"进步"的见解："……社会准则出了毛病。在这样的社会中，一个人即使花费许多年的脑筋，付出许多年的辛勤劳动，即使订立了周密详尽的计划，到头来一切仍然会付诸东流。即使一个人想表明自己优于低等的动物，即使他有为自己这一代人的共同进步献出劳动成果的心愿，他也不可能有任何机会……"③ 此处，"共同进步"一语点出了"进步"神话的要害：备受吹嘘的"进步"并非人类的共同进步；像裘德这样的普通劳动者就根本沾不上进步的边儿。

我们的分析表明：解读《无名的裘德》，离不开"铁路时间"这把钥匙；它烘托的"进步"神话，在裘德的悲惨故事中不攻自破。

---

① Thomas Hardy, *Jude the Obscure*, p. 26.
② Ibid., p. 344.
③ Ibid., p. 66.

第七章

生态视角的现代化批判

外国作家从生态视角对现代化进行的批判，从工业革命兴起的时代就已经开始。卢梭对破坏自然的工业文明和扭曲自然、违背自然规律的科学技术提出了严厉的批评。他的现代化批判和他系统的生态思想对后来的生态思潮产生了深远的影响。承袭了卢梭之自然观的19世纪浪漫主义诗人把现代化批判推向一个高峰。20世纪60年代直至当今，生态文学家的现代化批判达到史无前例的深度和高度。

生态文学家对现代化发出的质疑和激烈的批判，虽然有走向极端、矫枉过正的倾向，但却有着良好的动机，那就是期盼人类重建与自然和谐相处的关系，希望人类安全、健康、长久、诗意地生存在这个星球上。生态文学对现代化的批判并不是要完全否定现代化本身，而是要突显现代化的弊端乃至致命缺陷，促使人类思考和探寻健康生存与适度发展的正确道路。

外国作家从生态视角对现代化进行的批判，大体上可以分成现代化弊端批判和造成这些弊端的思想基础批判两个方面。

一　现代化弊端批判

（一）工业文明弊端批判

18世纪以来，工业化的浪潮迅速席卷全球。然而，工业的发展并不都表现为合理地利用自然、在自然能够承载的限度内增加人类的物质财富和改善人类的物质生活；在很多情况下，工业化的突出表现却是：干扰自然进程、违背自然规律、破坏自然美和生态平衡、透支甚至耗尽自然资源。

工业文明对自然的征服和破坏，在 20 世纪达到了危及整个生态系统和包括人类在内的所有生物生存的程度。

卢梭是一个伟大的生态思想家。利物浦大学教授贝特称卢梭是"第一位绿色思想家"①，因为卢梭是生态思想形成了系统的第一人。卢梭在西方生态思想史和生态文学史上占有承上启下的、里程碑一般的重要地位。卢梭对工业文明的批判，很多都是从自然的角度、生态的角度进行的。包括自然人和自然的人生在内的大自然，构成了卢梭的现代化批判的主要标准。卢梭提出，要遵守自然规律，把工业的发展限制在自然所能承载，即自然规律所允许的范围内。他呼吁道："人啊！把你的生活限制在你的能力，你就不会再痛苦了。紧紧地占据着大自然在万物的秩序中给你安排的位置，没有任何力量能够使你脱离那个位置；不要反抗那严格的必然的法则，不要为了反抗这个法则而耗尽了你的体力……不要超过这个限度……"②

卢梭列举了许多人类引以为自豪的"成就"——填平深渊、铲平高山、凿碎岩石、开垦荒地、挖掘湖泊、弄干沼泽、江河通航、大厦耸立、船满大海，然后质问道：所有这些给人类带来的幸福与给人类带来的灾难究竟哪个方面更大？在卢梭看来，工业文明的潜在之弊和长远之弊远远大于其眼前之利，人们总有一天"会惊讶这两者之间是多么不相称，因而会叹息人类的盲目。由于这种盲目，竟使人类为了满足自己愚妄的自豪感和无谓的自我赞赏而热烈地去追求一切可能受到的苦难"！卢梭还断言，只要人们注意到"各种食物的奇异的混合，有害健康的调味法，腐坏的食物……配置药剂所用的各种有毒的器皿……污浊的空气而引起的流行疫疬，由于我们过分考究的生活方式、由于室内室外温度的悬殊……引起的疾病"，就一定会得出与他相同的判断。③ 卢梭时代的自然环境虽然遭受了相当大的工业化破坏，但还没有达到生态危机的程度，然而他却高瞻远瞩地看到了现代化的可怕未来。

德国的第一条铁路于 1835 年 12 月 7 日通车。此后不久，浪漫主义诗人凯尔纳就写出著名诗作《在火车站》，对火车这个工业文明的标志发起了激

① Jonathan Bate, *The Song of the Earth*, Cambridge MA：Harvard University Press, 2000, p. 32.
② 卢梭：《爱弥儿》，李平沤译，商务印书馆 1991 年版，第 79 页。
③ 卢梭：《论人类不平等的起源和基础》，李常山译，商务印书馆 1958 年版，第 159、162 页。

烈的批判：

> 你听到粗暴刺耳的汽笛声，
> 这野兽在喘息，它在准备
> 急速行驶，这一头铁兽，
> 飞驰起来，简直像惊雷。
> ……
> 看大家奔跑，一片骚乱，
> 车厢里挤得水泄不通！
> 于是叫道"开了"！天和地
> 一齐飞驰，像恶魔的梦。
>
> 喷气的巨兽！自从你出生，
> 旅行的诗意完全消逝。
> ……
> 不会有帮工再冒着风雨，
> 在路上高高兴兴地流浪，
> 或是疲倦地躺下，在草中
> 想他故乡的美丽的姑娘。
> ……
> 也不会再有亲爱的伉俪
> 在路上舒适地乘坐马车，
> 丈夫跳下车，从草地里
> 采一朵鲜花给妻子佩带。
>
> 不会有旅人在高处停留，
> 再去欣赏上帝的世界，
> 一切都将从大自然身旁
> 奔驰得像闪电一样飞快。

我悲叹：人类，凭着你的技术

把天地搞得多么冷寂！

我真想生在荒山老林里，

看不到你们玩弄蒸汽！

……

哦，人类，继续登峰造极吧，

把汽船、飞船全部造出！

随老鹰同飞，随闪电同飞！

一直奔赴你们的坟墓！①

凯尔纳的这首写在一百多年前的诗，博得当今生态思想家和环境主义者的高度赞赏，他们用各种语言、各种方式重复着这位具有惊人的超前意识的诗人的预言：人类以飞速发展的工业生产，剥离了自然同自己的密切联系与和谐关系，使得诗意的生存一去不复返了。

俄国诗人巴拉丁斯基早在19世纪30年代就意识到工业革命所潜藏的内在危机，那就是导致人的物质欲望恶性膨胀，同时使人越来越多地失却精神和诗意的存在。在《最后的一个诗人》里巴拉丁斯基写道：

时代沿着钢铁之路迈进，

人心贪财，欲壑难填，

幻想越来越明显、越来越无耻地

专注于迫切需要的、有利可图的东西。

诗歌的幼稚的幻梦

在教育的光照下消逝了，

人们不再吟风弄月，

却操心办工业。②

别林斯基曾因此诗批评过巴拉丁斯基，并声称人类进入"为了铁路，

---

① 《德国浪漫主义诗人抒情诗选》，钱春绮译，江苏人民出版社1984年版，第354—257页。

② 徐稚芳：《俄罗斯诗歌史》，北京大学出版社2002年版，第171—172页。

为了轮船"的时代"恰恰是它的伟大胜利！"即便人们"过分卑下地向黄金拜倒"，那也"仅仅是意味着，人类在 19 世纪进入了自己发展的过渡阶段"。① 我们虽然无须强求别林斯基超越时代的局限性，但却应当充分评价巴拉丁斯基了不起的预见性。巴拉丁斯基所反感和忧虑的并不是工业化本身，而是它导致的恶果。他对人类欲望膨胀和诗意生存萎缩的关注，显示出一种超越时代并被以后的社会发展所证实的远见。

俄罗斯诗人叶赛宁和鲁勃佐夫对铁路和火车也怀有强烈的恐惧和忧虑。他们担忧的主要是工业化所导致的自然美的消失和灾难性的污染。叶赛宁写道：

> 吹吧，吹吧，灾难的号角！
> 怎么办，我们现在该怎么办，
> 在这肮脏不堪的铁轨上？
> 霜雪就像石灰一样，
> 抹白这村庄和草场，
> 你们再无处逃离敌手，
> 你们再无处躲避祸殃。
> 瞧它，正腆着铁的肚子，
> 向原野的喉头伸出魔掌……②

鲁勃佐夫在《我的静静的故乡》里写道：

> ……在铁路线的后面
> 我看见一个隐蔽的、洁净的角落。
> 请时代原谅我的无益的唠叨，
> 但是我恳求，但愿这个荒僻的景观
> 不要被火车站的烟笼罩。③

---

① 《别林斯基选集》第 3 卷，满涛译，上海文艺出版社 1963 年版，第 537 页。
② 吴泽霖：《叶赛宁评传》，浙江文艺出版社 1999 年版，第 164 页。
③ 许贤绪：《20 世纪俄罗斯诗歌史》，上海外语教育出版社 1997 年版，第 566 页。

梭罗也反对无视自然保护地滥造铁路。他把穿过瓦尔登湖畔森林的铁路称作一支飞箭，而瓦尔登湖就像一个靶子"被一支飞箭似的铁路射中"。他又把火车比作一匹铁马："如雷的喘声回响在山谷，脚步震撼得大地颤抖，鼻孔喷烟吐火……看上去仿佛大地现在有了一个配得上在此居住的新种族。……人类把自然环境变成了奴仆"，"玷污了'宝灵泉'，吞噬了瓦尔登湖边所有的树木"！① 瓦尔登湖在梭罗心中就是自然美的代表，而铁路和火车又是破坏了自然美的工业文明的象征。

梭罗还激烈抨击了阻断河鲱溯游产卵必经之路的水坝建设："可怜的河鲱啊！哪里有给你的补偿啊！……你依然穿着多鳞的盔甲在海中漫游，到一处处河流入海口谦恭地探询，看人类是否可能已让其畅通允许你进入。……你既无刀剑作武器又不能击发电流，你只是天真无邪的河鲱，胸怀正义的事业，你那柔软的、哑口无言的嘴只知朝向前方，你的鳞片很容易被剥离。拿我来说，我站在你一边。有谁知道怎样才能用一根撬棍撬动那座比勒里卡水坝？……这种鱼乐意在产卵季节之后为人类的利益被大批杀死。人类肤浅而自私的博爱主义见鬼去吧！……有谁听见了鱼类的叫喊？"② 这样的工业建设所带来的绝不仅仅是生态伦理危机，更为严重的是生态系统的紊乱和由此导致的物种灭绝。

利奥波德是 20 世纪上半叶最伟大的生态文学家和生态思想家。他使人类的生态思想发展迈进一个新阶段。《沙乡年鉴》这部大地伦理学和生态整体主义思想的开山之作，"是环境运动中最经典的著作"，也是绿色思想的圣经，更是生态文学的杰作。③ 利奥波德指出"我们迷恋工业在供给我们的需求，却忘记了是什么在供给工业"，忘记了地球资源正在被"越来越傲慢和越来越完美的社会榨取殆尽"。他质问道："人们总是在毁灭他们喜爱的东西……当地图上没有一个空白点的时候，40 种自由有何用途？"④

---

① Henry D. Thoreau, *Walden*, Princeton University Press, 1971, pp. 115 – 117, 192.

② 罗伯特·塞尔编：《梭罗集》，陈凯等译，三联书店 1996 年版，第 31 页。

③ 贾丁斯：《环境伦理学——环境哲学导论》，林官明等译，北京大学出版社 2002 年版，第 208 页。

④ 利奥波德：《沙乡年鉴》，侯文蕙译，吉林人民出版社 1997 年版，第 168 页；英文版"序言"第 6 页。

美国诗人杰弗斯在《大拉网》一诗里把现代工业文明和城市文明比作巨大罗网，把人类一网打尽：

> ……我们开动了一台台机器，把它们全部锁入
>
> 相互依存之中；我们建立了一座座巨大的城市；如今
>
> 在劫难逃。我们聚集了众多的人口，他们
>
> 无力自由地生存下去，与强有力的
>
> 大地绝缘，人人无助，不能自立。圆圈封了口，网
>
> 正在收。他们几乎感觉不到网绳正在拉……①

工业文明将人类一网打尽！多么可怕的比喻！又是多么令人警醒的意象！

T. S. 艾略特不仅描写了现代文明的"荒原"，还分析了工业文明的未来："建立在私人利益原则和破坏公共原则之上的社会组织，由于毫无节制地实行工业化，正在导致人性的扭曲和自然资源的匮乏，而我们大多数的物质进步则是一种使若干代后的人将要付出代价的进步。"②

劳伦斯认为，工业文明不仅严重摧残自然，同时也严重摧残人类美好的天性。《恋爱中的女人》里有这样一个细节：煤矿主杰罗德骑着一匹母马在铁道旁等待火车驶过，巨大的轰鸣声吓得母马拼命后退，习惯于控制一切的杰罗德残忍地用靴刺狠夹母马，直到刺出血来。机器般无情的意志力强加在代表自然生命力的母马身上，象征着机器文明对自然的扼杀。面对这一场景，不同的人有着不同的反应。女主人公厄秀拉对杰罗德痛恨至极，而艺术家古德伦却佩服之至。通过这一场景劳伦斯要传达的是，人不尊重自然、凌驾于自然之上、征服自然的连带后果是，人与人的关系也必然异化，人世间也必然充满暴力和血腥。《查特莱夫人的情人》揭示出：工业文明把自然当作材料，把人当作机器，既把自然破坏得满目疮痍，也使人的精神世界瘫痪，使人丧失了生命活力。

---

① 彭予：《20 世纪美国诗歌——从庞德到罗伯特·布莱》，河南大学出版社 1995 年版，第 171—172 页。

② 彭克巽主编：《欧洲文学史》第 2 卷，商务印书馆 2001 年版，第 72 页。

雷切尔·卡森是 20 世纪最著名的生态文学作家，是生态文学史上里程碑一般的人物。她的划时代作品《寂静的春天》不仅标志着当代生态文学浪潮的到来，而且产生了广泛而深远的社会影响，"改变了历史进程"①，"扭转了人类思想的方向"②，使生态思想深入人心，直接推动了世界范围的生态思潮与环保运动的发生和发展，"引发了世界范围的发展战略、环境政策、公共政策的修正"和"环境革命"③。作品以大量的事实和科学依据揭示了滥用杀虫剂对生态环境的破坏，激烈抨击了化学工业给人类带来的长远危害。滥用化肥和农药严重污染了地球的整个水系，损害了包括人在内的所有生物的健康——连南极企鹅血液里的 DDT 都超标。这样的工业化生产、这样的现代化生活绝对不是正确的选择。

卡森的作品大大开罪了化工公司等利益集团，他们发动了持久的、声势浩大的诽谤卡森运动，诬陷卡森的著作是"共产党的旨在摧毁美国农业、工业和整个经济的阴谋"④，蓄意歪曲卡森的原意，说卡森要把人类带回"没有科学的黑暗的中世纪，使害虫和疾病重新肆虐于人间"，声称"宁可住在没有鸟儿和动物的现代化城市，也不愿回到虎啸狼嚎、人穿兽皮的原始社会"。⑤然而卡森并没有屈服，她"明知会引发一场另一种形式的战争还义无反顾地写出真相"⑥，以大无畏的勇气和坚忍的意志，一边与她的已经扩散到全身的癌细胞争夺十分有限的生命时间，一边与破坏生态、污染环境的工业化及其背后的利益集团做殊死的搏斗。她出席总统科学咨询委员会和国会的听证会，她在哥伦比亚广播公司的电视节目上与生产 DDT 等农药的厂商发言人公开论战，她四处奔波发表演讲。她告诫人们："陶醉于自身巨大能力的人类，看来正在毁灭自己和世界的实验道路上越走越远。"她大声疾呼："我们现在已经来到一个岔路口，究竟是选择另一条艰难的拯救之路，还是继续加速度地在这条看来平坦的超级公路上奔跑，直到灾难

① Philip Sterling, *Sea and Earth: The Life of Rachel Carson*, New York: Thomas Y. Crowell, 1970, p. 187.

② Paul Brooks, *The House of Life: Rachel Carson at Work*, Boston: Houghton Mifflin, 1972, p. 227.

③ Carol B. Gartner, *Rachel Carson*, New York: Frederick Ungar Publishing, 1983, pp. 1, 87.

④ H. Patricia Hynes, *The Recurring Silent Spring*, New York: Pergamon Press, 1989, p. 18.

⑤ Paul Brooks, *The House of Life: Rachel Carson at Work*, pp. 295–298.

⑥ Frank Graham, Jr., *Since Silent Spring*, Boston: Houghton Mifflin, 1970, p. 40.

性的尽头？"①

　　爱德华·艾比是一位对生态思潮和环境运动影响很大的美国生态文学家。他的作品"吸引了千百万热情的读者，推动了当代环境运动引人注目的发展"，他的许多环保建议"被'地球优先！'、绿色和平等环保组织写进行动纲领"并具体实施②。艾比是工业文明的激烈的批判者。他描述了现代化所导致的人与自然的隔绝：发电机虽然给活动住房带来了光明，但同时也使人无法与美妙的沙漠之夜融为一体："我被关在自然界之外，封闭起来，装进一个充斥着人造的光线和霸道的噪音的盒子。""沙漠和黑夜被阻挡在外，我不能再融入或观察它们；我用一个巨大而无限丰富的世界，换来一个又小又贫乏的世界。"关掉发电机，走出人造的魔盒，"我期待着。接着，黑夜流回来了，浩大的寂静把我拥抱将我包容；我又能看到星星和这个星光灿烂的世界了"。③

　　艾比严厉抨击了现代化对人的异化。"我们忍受了多少不可思议的狗屎般的东西啊！……商人狡诈的欺骗和令人讨厌的广告……污浊、病态和丑陋至极的都市和城镇，自动洗衣机、汽车、电视和电话对我们繁琐而持续不断的专横控制（按：艾比有一张著名的照片：倚着他的来福枪站在一台刚被他一枪打穿的电视机旁）……日复一日地把我们自己埋没在难以忍受的垃圾和完全没用的废物当中……"④艾比感到，在这种既蹂躏自然又异化人类的现代帝国里，"我们几乎都是奴隶。我们是奴隶，因为我们感受到我们每一天的偷生都不得不依赖这个不扩张就要死亡的农业和工业帝国——一架发了疯的机器，一架专家不能理解、经理不能管理的机器。更为严重的是，这架巨大的机器正在迅速地将世界的资源吞噬殆尽"。⑤

　　艾比特别反感甚至仇恨到处铺公路。听说又要在拱石国家公园铺路，

---

　　① Carol B. Gartner, *Rachel Carson*, p. 125.

　　② Daniel G. Payne, *Voices in the Wilderness*: *American Nature Writing and Environmental Politics*, Hanover, NJ: University Press of New England, 1996, p. 153.

　　③ Edward Abbey, *Desert Solitaire*, *A Season in the Wilderness*, New York: Simon & Schuster, 1990, pp. 13 – 14.

　　④ Ibid. , p. 155.

　　⑤ James Bishop, Jr. , *Epitaph for A Desert Anarchist*, *the Life and Legacy of Edward Abbey*, New York: Maxwell Macmillan, 1994, p. 36.

艾比愤而质问道："你们为什么不把整个公园都用沥青和水泥封盖住，然后把它叫做'拱石国家造币厂'呢？"① 20 世纪初，诺里斯曾把到处延伸的铁路比作巨大的章鱼；半个多世纪之后，艾比感到急速扩张的公路比铁路四处延伸的触角更为可怕，那些疯狂的公路建设投资者恨不能把整个大地全用水泥和沥青覆盖住。"造币厂"一词道破了公路疯狂扩张的实质：这种疯狂扩张已经远远超出了人们健康和正常生活的需要，其内在的推动力是金钱，是获利冲动，是要"满足工业的需要——但绝对不是人的需要。这真是一种无所畏惧的想法，其无知和强权简直要令人钦佩，支撑它的是整个现代历史"。② 艾比在这里提出了一个非常重要的观点：人类的需要绝对不等于现代化或工业化需要，更不等于经济的需要；人类真正的需要是在获得了基本的生存条件，并在自然所能承载的范围内适度和有限地改善物质生活的基础上，在与自然和谐相处的环境里，更加人性化，拥有更多的社会领域里的自由，人与人的关系更加和谐、平等、亲切，精神生活更加充实，人格更加完善。

在《沙漠独居者》里艾比特别严厉地批判了汽车工业和整个汽车社会："汽车最初是作为方便交通的工具来使用的，可是现在它已经变成嗜血的暴君（每年夺去五万条生命），发动一场抵制汽车的运动，不仅是公园管理机构的责任，也是每一位关注荒野保护和文明保护的公民的责任。汽车产业几乎成功地使我们的城市窒息，我们一定不能让它再毁了我们的国家公园。"③ 汽车这个嗜血恶魔不仅吞噬了大量的生命（包括人类和动植物），而且穷尽性地消耗着这个星球经过数百万年，甚至数千万年演化才生成的有限的石油资源。它不只是人类的恶魔，更是整个生态系统的恶魔。汽车社会使得汽车的工具性越来越多地被它的奢侈性所取代，越来越多地被汽车工业的利益最大化和汽车社会的自足性所取代。决定着汽车急剧膨胀的主要原因，已经不是人类基本和适度的（指在生态系统可承载限度内）交通需要，而是汽车工业的需要和汽车社会的奢侈生活的需要。这个需要以几何级数迅速地恶性膨胀，并且即将超越不可再生能源的供给极限。在

---

① James M. Cahalan, *Edward Abbey: A Life*, Tucson: The University of Arizona Press, 2001, p. 69.

② Edward Abbey, *Desert Solitaire, A Season in the Wilderness*, p. 47.

③ Ibid., p. 52.

《海都克还活着！》里艾比甚至极尽其言道："所有对汽车工业不利和石油工业不利的事，都对美国有利，对人类有利，对地球有利。"①

艾比在其著名文章《生态防卫》里指出，"美国的荒野，已剩不多，如今仍蒙受着同样的侵犯。动用推土机、挖土机、链锯和炸药，国际性的木材业、采矿业和牛肉工业正侵入我们的公有地——所有美国人的财产，劈开道路冲进我们的森林、山区和牧场，洗劫他们能够洗劫的一切。为的是那些公司部门的短期利益……"，"工业大机器……正在吞噬着美国的荒野；而荒野是我们祖先的家园，是包括人在内的所有生物的发祥地，还是很多高贵生命在当今美国最后的栖息地"。②

艾比详细描写了修建巨型水坝（格兰峡谷大坝）的恶果：不仅把世界上最美的峡谷淹没，而且彻底污染了整个水体——蓄积在巨大水库（人称"鲍威尔湖"）里的是"不流动的、肮脏的、墨绿色的废水，是一潭暗淡无光的死水，水面上漂着浮油。峡谷石壁接近水面的地方覆盖着一层干涸的淤泥和无机盐，像浴缸壁上的污垢，标示着高水位线。这就是鲍威尔湖：蓄水池、蓄沙坝、蒸发槽和淤泥潭。……几条死鱼肚皮朝上地漂在满是油污的水面，旁边还有橙子皮、快餐盘……到处都是腐烂的气味"③。人的尊严包含着健康生存的尊严；人的生存权包含着环境权。在高度污染的环境里，在各种各样的致病物质乃至致命物质的围攻下担惊受怕地苟活的人没有尊严；在干净、安全的环境里健康生存的权利，是无论多少奢侈品，无论多少金钱也不能取代的。正因为如此，艾比才近乎绝望地说："如果一个人在饮用自己国家的河水和溪水时都会担心害怕，那么，那个国家无论如何都不适合它的国民生活了。移民的时刻到来了，去找另一个国家吧，或者——以杰弗逊的名义——去创造另一个国家吧。"④

格兰峡谷大坝是艾比心中永恒的痛。艾比一生都在对这个大水坝进行猛烈抨击。在艾比的影响下，越来越多的人认识到：修建巨型水坝、大规

---

① Edward Abbey, *Hayduke Lives !* Boston：Little, Brown, 1990, p. 107.

② 此文最早是为"地球优先！"领导人戴夫·福尔曼的书《生态防卫：有意破坏帮导引》写的序言，发表于1984年，后收入 Edward Abbey, *One Life at a Time, Please*, New York：Henry Holt, 1988, pp. 31－32.

③ Edward Abbey, *The Monkey Wrench Gang*, Philadelphia：J. B. Lippincott, 1975, p. 112.

④ Edward Abbey, *Desert Solitaire, A Season in the Wilderness*, p. 162.

模改变水体的自然流动必然对生态造成无法挽回的重创，就连以前赞成修建水坝的内政部官员也不得不承认修建这个大坝是个短视的错误决定，承认美国将为大坝创造的廉价电能付出高额和惨重的代价。内政部格兰峡谷环境研究小组的负责人韦格纳指出，大坝使格兰峡谷处于被彻底摧毁的边缘，因为它的免疫系统被破坏了，就像艾滋病人的免疫系统被破坏了一样，伤风感冒一般的小打击都随时可能要了它的命。"如今在格兰峡谷大坝下，环境的免疫系统极其脆弱，而且越来越脆弱，而且也许永远不能恢复原来的生态了。"当年曾坚持大坝上马的一位官员忏悔道："格兰峡谷大坝是一个悲哀的闹剧。……一个真正美丽的峡谷被淹没了……而库区也淤积了。修建这个大坝的目的再也不敢公开陈述了……艾比是对的。"①

著名生态思想家麦克基本在《自然的终结》一书里把当今世界称为"后自然世界"（postnatural world），因为自然已经终结了。"后自然世界"的一个突出特点就是什么东西都用光了或者就要用光了。美国小说家厄普代克"兔子"系列小说的最后一部《兔子安息》就表现了这样的世界。生态文学研究者戴特林评论道，"兔子"系列反映了美国 20 世纪 50 年代（《兔子跑吧》）、60 年代（《兔子归来》）、70 年代（《兔子富了》）和 80 年代（《兔子安息》）的社会状况，象征着美国人为现代化的、富裕的生活而奋斗的过程。然而，这种奋斗是以破坏自然、耗尽有限资源为代价的。"兔子"哈里奋斗的最后阶段，"反映了这个国家的腐朽和衰落，美国已经是后自然的土地"，用小说里的话来说就是："我们把它全部用光了——世界！"接下去的只能是灾难。②

德里罗的长篇小说《白噪音》获得了美国国家图书奖，使他声名大振。作者解释说："'白噪音'也泛指一切听不见的（或'白色的'）噪音，以及日常生活中淹没书中人物的其他各类声音——无线电、电视、微波、超声波器具等发出的噪音。"③ 结合小说所叙述的故事（显然并不局限于声污

---

① James Bishop, Jr., *Epitaph for A Desert Anarchist, the Life and Legacy of Edward Abbey*, pp. 134 – 138.

② Cheryll Glotfelty & Harold Fromm, ed., *The Ecocriticism Reader: Landmarks in Literary Ecology*, Athens: The University of Georgia Press, 1996, p. 199.

③ 德里罗：《白噪音》，朱叶译，译林出版社 2002 年版，"唐·德里罗致译者的信"，第 2 页。

染），我们也可以把"白噪音"更宽泛地理解为现代工业所造成的所有污染的象征。

《白噪音》的第二部分"空中毒雾事件"具体生动地叙述和描写了一次毒气泄漏事件所导致的可怕的灾难。一列火车出轨，装载着剧毒化学物质的罐车被撞破，三万五千加仑的毒气泄漏，浓黑的烟雾直冲天空，巨大的黑烟在空中随风飘移。"那个巨大的雾团的中央正在翻腾，它的两端在照明灯光下闪着银光。它在夜空中像鼻涕虫那样蠕动，令人毛骨悚然。""那个巨大的黑团犹如斯堪的纳维亚传说中的死亡船只，由一群穿戴盔甲、长着螺旋形翅膀的怪物（指跟踪它的直升机——引者注）护送，在黑夜中向前飘移。我们不知该怎样做出反应。这是一团看起来可怕的东西：这么近，这么低，携带着氯化物、挥发油、苯酚、碳氢化合物，或者任何实际有毒的物质。"那毒雾叫"尼奥丁 – D"或称"尼奥丁衍生物"。它本是生产杀虫剂的副产品，粉末状态下无色无臭，但若暴露在空气中则极其危险，"万亿分之一的量就能让一只耗子进入永恒状态"。人接触了这种毒雾，轻则会导致恶心、呕吐、气喘、幻觉、痉挛、昏迷、孕妇流产，重则致命。这种有毒物质可以在人体内潜伏三十年，甚至能"渗透人的基因，在尚未出生的人体内显示出来"。"它一旦渗透到土壤里去，将会在土里存活四十年，比很多人的寿命都长。五年之后，你们将在自己的衣服和食物中，也在你们家的窗户和老虎窗之间，发现长出多种多样的菌类。十年之后，你家的金属纱门纱窗将会锈蚀，并开始变得坑坑洼洼和腐烂。壁板弯曲翘起；玻璃脆裂；宠物受伤。二十年之后你可能不得不把自己关在阁楼上，只能等待静观。"①

在驾车逃难的过程中，主人公杰克不幸在毒雾中暴露了两分半钟。"吸入小剂量的尼奥丁，已经在我体内植入了死亡。……死亡就在我的体内。问题只是我能否活得过它。它有自己的寿命：三十年。即使它不直接杀死我，它在我体内也许比我活得长。我可能在飞机坠毁时死亡，那么我的遗体入土安息后，尼奥丁衍生物也会茁壮成长。"怪异的见解显示出生活的荒诞：化学污染物甚至产生污染的工业文明本身已经成为一种自足的存在，

---

① 德里罗：《白噪音》，朱叶译，第 174、140、153、128、144、142 页。

成为人类所创造的异己力量。作品进一步解释道："这就是现代死亡的特征。它有独立于我们的生存方式。它的名声和规模在增长。它具有从未有过的气势。……它不断发育，获得宽度和规模、新的出口、新的途径和手段。我们知道得越来越多，它也越来越发育成长。……知识和技术的每一个进步，都会有死亡的一个新种类、新系统与之相匹配。死亡就像病毒那样会适应。"正因为如此，即使在如此巨大的灾难过程中，人们仍然没有深刻地总结教训，依然热衷于扭曲自然进程的科技发展和工业生产。报纸还在继续刊登这样的广告："斯坦福大学使用直线加速器生产的粒子粉碎减肥法食品，只需三天就有效。"①

小说详细描写了人们躲避毒气的逃难情景。挤满公路的汽车，惊慌失措的人群。这是以往从来没有过的、后现代社会的生态逃难。在狂舞的大雪中，无数"被剥夺了一切的悲剧人物，携儿带女、肩挑食品和家当、步履艰难地行进"。"伴随着我们恐惧的是一种近乎宗教的敬畏感。对于威胁你生命的东西，你肯定会产生敬畏之感，并且把它看作比你自身庞大得多、更加有力、由本质和执拗的节律所创造的一种宇宙力量。这就是实验室里制造出来的死亡。""有一家人用一张巨大的透明聚乙烯薄膜将他们自己全部罩了起来。他们步伐一致地在他们的罩子下前进，夫妻俩前后各一人，中间是三个孩子，他们都裹在闪闪发亮的雨衣里，作为第二保护层。"人们"怀着悲怆坚定的神色行进着。又一轮警报声响起。前行者并未加快沉重的步伐。他们既没有低头俯瞰我们，也没有抬头仰望天空去寻找随风飘荡的烟雾的踪影。他们只是在狂舞的大雪和斑斑的光亮之中，不停歇地过桥前行。他们身处旷野，紧挨他们的孩子，携带一切可能携带的物品，好像是某种古老的命运的一部分，在厄运和毁灭中，与人类在荒原上苦难跋涉的整部历史相联系。他们身上有一种史诗的品质，使得我第一次对于我们困境的规模感到迷惑"。②作者在具象性描写（既有特写又有全景）中穿插进人物的联想和抽象思考，从而揭示了生态灾难的根源：不仅是工业文明的产物，而且还与人类的整个历史——思想史、文化史和社会发展史有着密切的联系，甚至可以说是人类数千年发展的必然结果。

---

① 德里罗：《白噪音》，朱叶译，第165—166、159页。
② 同上书，第140—141、134—135页。

勒克莱齐奥是个生活方式与众不同的法国小说家。他反感城市文明、物质文明、电子化世界，向往自然，向往原始人朴素的生活。他每年在美国新墨西哥州执教三个月，却更愿意与那里的印第安人为伍，过钓鱼打猎、吃水果树根的生活。他认为印第安人是人类最后一群幸福的人。这个不参加任何文学界活动的游离作家，却以他独特的作品一鸣惊人。《诉讼笔录》是勒克莱齐奥的第一部小说，描写了一个处于原始状态的、不断"寻找与大自然的某种交流"、与文明社会格格不入的人物"亚当"。亚当对现代文明公开提出了激烈的批判，却被当作精神病患者关进精神病院。让我们听听亚当对文明的控诉：

> 在地球上，我们没有做过任何有益的事……我们在使用一切，因为我们是主人，是世界上唯一聪明的创造物。电视……是把我们的力量给予了一个金属、电木体，以使它有一天回报我们……拴住了我们，进入了我们的耳目。有一条脐带将这一物体与我们的肚子联结在一起。是这一多彩的无用之物致使我们不由自主地向它靠拢……终于将重新把我们塑造成一个种类。谁知道我们是否会因此而遭受最可怕的报复——永远处在分割的境地。我们，这些被埋没的人。①

勒克莱齐奥对电视的控诉，值得人们深思。电视，这个人造物现在已经具有了自主性，已经迅速膨胀成一个超级巨人。它以及它所代表的权势集团和利益集团已经把人们的生活、趣味、消费、追求、认识、思想、判断牢牢操纵，死死地拴住我们，却又巧妙地让我们觉得我们还有自由，误以为是我们自己主动地向它靠拢。

君特·格拉斯1982年在一次演讲中指出："对自然资源的过度利用正在增加；空气和水污染被可耻地合理化。""我们的现在制造了（要知道我们尤其学会了制造）贫困、饥饿、空气污染、水污染、被酸雨摧毁的森林或砍伐森林、似乎是自动堆积起来并且可以把人类摧毁好几次的军械库。""人类以各种方式制造的人类的毁灭已经开始！"②

---

① 勒克莱齐奥：《诉讼笔录》，许钧译，上海译文出版社1998年版，第217、187—188、192页。
② 君特·格拉斯：《人类的毁灭已经开始》，黄灿然译，《天涯》2000年第1期。

　　瑞士女作家格特露德·洛腾埃格尔的小说《大陆》讲述的是一个小山村的故事。由于铝制品厂的建立，生态环境遭到了严重破坏；然而，山村种葡萄的农民为了自己的生活更加富裕，情愿被铝厂收买，情愿生活在有害的环境里，无理和无耻地剥夺了子孙后代生活在青山绿水之中的权利。作家厌恶这种被物质利益左右的文明，羡慕遥远的东方大陆那种天人合一的生活方式。然而她哪里知道，东方大陆上的人们早已忘记了祖宗的精神遗产，在短短的二十几年里，无数的造纸厂、化工厂、缫丝厂、水泥厂、金属冶炼厂……在青山绿水间拔地而起，污水横流、浓烟笼罩、沙尘滚滚。

　　莫厄特的生态作品不仅在加拿大非常著名，而且有着世界性的声誉和影响。尖锐地批判工业文明造成的生态灾难和社会灾难，是莫厄特生态作品的主要成就。在《被捕杀的困鲸》里，莫厄特愤怒地谴责了无视生态环境的工业化。在当局不惜一切代价推行工业化的政策引导下，尽管"工业文明进一步取得了令人眼花缭乱的进步"，但是"格兰迪岛变成一片蛮荒的垃圾场，到处扔满了锈罐头筒、破玻璃瓶……附近水域受到进一步严重污染……不仅原来自然而富有生气的环境受到腐败，而且集中化还败坏了人民的精神，他们自己也成了受害者。原先微妙的互通有无相互依存的关系瓦解了"。[①]

　　在长诗《吊车》里，俄罗斯诗人赫列勃尼科夫用巨大的吊车代表机械文明，象征性地描述了工业文明创造物变成了人所不能控制的异化力量后的可怕情景：烟囱飞了起来，铁钩沿河飞奔，钢铁建筑物着火燃烧，铁轨离开了路基，等等。这些假定性很强的形象，艺术地预示了核泄漏、生化灾难等工业文明畸形发展所带来的可怕威胁。

　　拉斯普京的小说《告别马焦拉》写的是安加拉河上的马焦拉岛以及岛上的马焦拉村因为下游修建水坝即将被淹没及其所引发的故事。主人公是岛上年纪最大的老太太达丽娅。她坚决反对将导致马焦拉岛淹没的水坝工程。达丽娅老太太对迷信机器文明的孙子说："你说有机器，机器为你们干活儿。唉，唉，早就不是机器为你们干活儿咯，是你们为机器干活儿呢……可这机器得费多少东西呀！这不是马，喂点燕麦，再往牧场一轰就

<hr/>

　　①　莫厄特：《被捕杀的困鲸》，贾文渊译，北岳文艺出版社1998年版，第20—21页。

行了。机器要榨干你们的血汗，要糟蹋土地。……你们的生活要吃多少供啊：把马焦拉端给它吧，它饿得皮包骨了。光吃一个马焦拉就够啦!？他要伸手去抓，哼啊哈的，还要拼命地要呢。还得再给它。有什么办法呢，你们还得给。不然你们就要倒霉。你们已经给它放松了缰绳，如今就再也勒不住它了。怨自己吧。"① 达丽娅老太太的话虽然很土、很口语，却代表作者提出了一系列深刻而重大的问题：究竟是人利用机器还是机器控制了人？高速发展的工业文明需要吞噬多少自然资源，其中又有多少是不可再生的？包括土地、石油、原始森林在内的这些需要千年、万年、数百万年才能形成的资源还够工业文明挥霍多少年？登上了工业化、现代化甚至后现代化的快车是否犹如骑虎难下？究竟是谁造成了这快车不可控制地、加速度地驶向灾难？咎由自取的人类是否还有可能拯救自己也拯救这个星球？

（二）科技文明弊端批判

科技发展很可能给自然和人类带来毁灭性的灾难，这是生态文学家最为关注的问题之一。从19世纪玛丽·雪莱的《弗兰肯斯坦》到2003年阿特伍德的《羚羊与秧鸡》，许许多多的作家通过作品对这个问题发表了看法并提出了警告。

玛丽·雪莱的小说《弗兰肯斯坦》堪称优秀的生态文学作品，也是第一部反乌托邦生态小说。它预示了人类企图以科技发明主宰自然却反过来被自己创造的科技怪物所主宰的悲剧。小说主人公维克多·弗兰肯斯坦是个科学家，把自然科学当作支配他"一生命运的守护神"。在科学探索的狂热和获得巨大声誉的渴望的推动下，他用死人骸骨创造了一个巨人般的怪物。那个怪物很快就成为无法控制的力量，它以残杀弗兰肯斯坦的弟弟、好友、妻子和其他无辜者的方式胁迫科学家满足它的要求。它恶狠狠地对它的创造者说："你这无赖……你给我记住，我是强有力的。你以为你够倒霉了，可我要叫你雪上加霜倒大霉……你创造了我，可我才是你的主人。服从我的命令！"② 生态文学研究者克洛伯尔认为，这个怪物完全可以比拟为20世纪的原子弹或未来的基因怪物。克洛伯尔因此而断言："这是有关

---

① 《拉斯普京小说选》，王乃倬等译，外国文学出版社1982年版，第155—157页。
② 玛丽·雪莱：《弗兰肯斯坦》，刘新民译，上海译文出版社1998年版，第34、205页。

科技摧毁整个人类之可能性的第一次文学描写。"①

　　玛丽·雪莱在小说导言里明确提出了她的基本思想:"发明创造的先决条件在于一个人能否把握某事物潜在的作用","任何嘲弄造物主伟大的造物机制的企图,其结果都是十分可怕的。"用今天的生态话语来说就是:科学发明和科学创造必须把尊重并恪守自然规律、严禁干扰或扭曲自然进程、准确预测并有效控制创造物的副作用作为根本前提。作者描写了弗兰肯斯坦深刻的忏悔和反思:"可现在,我已幡然醒悟。我第一次认识到……黑了良心。我将遭到子孙万代的诅咒,骂我引狼入室,骂我自私自利……将可能导致整个人类的毁灭。"这样的反思,值得所有科学家深思。他的反思不只局限在造出怪物这一具体事件上,还扩展到人类应当怎样改善与自然的关系等更大的问题:"我甚至折磨活生生的动物","我对大自然的魅力视而不见,对周围的景致无动于衷"。当发现有人正在步他的后尘、企图"征服自然这一人类的顽敌,并使子孙万代成为大自然的主人"时,他痛苦地劝告道:"不幸的人啊,你怎么也和我一样发疯了?难道你也喝了那种令人痴迷的蒙汗药吗?"他叙述了自己可怕的经历,目的是使后来人从他的"遭遇中汲取某种适当的教训"。② 这也正是玛丽·雪莱创作这部小说的目的。

　　贝特认为,《弗兰肯斯坦》这部批判"违反自然规律"的作品,对人类正确认识当代科技发展的潜在危险,具有特别重大的意义。他提请读者特别关注弗兰肯斯坦这个自称为"现代普罗米修斯"的科学家,注意他企图成为"一个新人种的创造者",成为"更幸福、更美妙的自然"的创造者。他与当今正在为克隆而日夜奋战的那些科学家何其相似!贝特明确地指出:弗兰肯斯坦简直"就像发现 DNA 之前一个半世纪的基因工程师"!③

　　英国作家邦德也抨击了可能导致生态灾难和人类灾难的科技创造,他指出:"科学和智慧作为工具为人性中最原始、最荒谬的成分所操纵和利用,这不仅导致浪费资源和毁灭我们的生态环境,而且也造出了足以摧毁

---

① Karl Krouber, *Romantic Fantasy and Science Fiction*, New Haven: Yale University Press, 1988, pp. 14 – 20.

② 玛丽·雪莱:《弗兰肯斯坦》,刘新民译,第 13—14、203、54—55、20—21、23 页。

③ Jonathan Bate, *The Song of the Earth*, p. 51.

全人类的氢弹。"①

　　威尔斯的反乌托邦小说《时间机器》预言了建立在掠夺自然基础上的现代文明的可怕未来：在公元802701年人类已经退化成两种生物，一种是饱食终日、无所事事、身体萎缩的埃洛伊，另一种是在地下劳作、怕见光明又凶猛残忍的莫洛克；而在更远的未来，人类已经灭绝，世界是一片荒芜。

　　赫胥黎的《奇妙的新世界》不仅是政治批判小说，也是科技文明批判小说。滥用科学技术给人类带来的不是幸福而是灾难。在他的另一部作品《猿与本质》里，核战争爆发了，幸存的人都退化成了猿。

　　1999年，英国女作家多莉丝·莱辛发表了她的新作《玛拉和丹恩》。这是一部反乌托邦小说，描写的是人类遭受毁灭性生态灾难的未来情景。那时，地球处于新冰河时代，整个北半球都被数百英尺厚的冰雪覆盖，只有地球的南端还存在一块叫"爱弗里克"（Ifrik）的陆地，玛拉和她的哥哥丹恩就住在那里。然而，那里的生态状况并不比冰封万里的北半球好多少，旱灾和水灾肆虐，巨大的蜥蜴、蝎子、飞虫、狗一般大小的甲虫和其他猛兽经常袭击这些为数不多的幸存的人类。为了争夺一点干果，人们相互切开对方的喉咙。兄妹俩饱受磨难，同时也学会了如何在恶劣气候和凶猛野兽的威胁下生存。后来，他们加入向北方移民的人群中，希望能在北方找到一个有充足的水源和食物的地方。玛拉和丹恩历经了种种磨难，支撑他们的只有一个梦想：水、树和美丽的大自然。他们身心疲惫不堪，但却始终没有放弃寻找一个爱他们的自然环境，然后献给自然他们全部的爱。评论家诺拉·文森特说这是"一部儿童的奥德修纪"，然而这部史诗的主题却是未来人类对美好和谐的生态环境的苦苦追寻，是对由于人类的作孽而永远不再的伊甸园的深深怀念。小说的结局是悲凉的，玛拉和丹恩并没有找到他们的乐园；相反，更大的灾难可能很快就要到来：或是北方的冰雪把南方覆盖，或是那冰雪融化把这仅存的陆地淹没，或是南方的酷旱向北方推进……②

　　苏联作家布尔加科夫的小说《不祥的蛋》情节近似于《弗兰肯斯坦》。

---

① 王佐良等编：《英国20世纪文学史》，外语教学与研究出版社1994年版，第724页。

② http：//lessing. redmood. com/mara. html；http：//www. salon. com/books/sneaks/1999/01/08sneaks. html.

莫斯科大学动物学教授的科研成果被国营农场主席抢走，那成果是一种神奇的红光，被那红光照射后的生物会以惊人的速度迅速繁殖。农场主席用红光照射了一批种蛋，没想到孵化出来的竟然是大批巨型爬虫。那些可怕的怪物吃掉了农场主席的妻子，吓疯了主席，蔓延到各地农村，吞噬、蹂躏一切，并以不可抗拒之势向包括莫斯科在内的大城市逼近，而那位发现了红光的教授则被绝望和狂怒的民众打死。最终的获救还得靠大自然的伟力和恩赐：生死关头，一场罕见的特大寒流从天而降，冻死了所有的怪物。与玛丽·雪莱的目的一样，布尔加科夫也用高度假定性的故事来抨击干预自然进程、违背自然规律的科学研究，揭示这样的研究所带来的可怕后果。

2000 年，俄罗斯女作家达吉亚娜·托尔斯泰娅发表了小说《斯莱尼克斯》（英译本于 2003 年 1 月在美国出版）。小说描写的是未来核爆炸之后的荒原，那时的莫斯科成了废墟一片。幸存的人们开始异变，有的长出了鸡冠，有的变成了三条腿，还有长尾巴的、一只眼的，另一些退化成狗的模样。老人居然再也不衰老了，他们不停地哀叹过去较原始的文明，不停地抱怨："为什么所有的东西都变了？ 所有的东西！"人们吃的是老鼠，还将老鼠作为货币进行商品交换。已经发黑的干兔子肉也可以吃，吃法是"好好泡一泡，然后煮 7 次，再放到太阳下晒一两个星期，最后蒸一下——吃了你不会死。"斯莱尼克斯（Slynx）是神话里的一种可怕的生物，它常常从后面跳上人的后背，用锋利的牙齿咬住人的脊骨，并用尖爪挑出人最大的血管把它扯断。托尔斯泰娅用斯莱尼克斯象征人类中的一部分，他们彻底摧毁了这个星球的生态系统，比神话里的怪物还要凶猛。①

瑞士作家迪伦马特的剧作《物理学家》里的主人公叫默比乌斯，他的发明创造比玛丽·雪莱和布尔加科夫的怪物更为可怕：一种能创造出把世界全部毁灭的能量的方法。为了防止这种技术被滥用，这个良知尚存的物理学家焚毁了发明手稿，抛弃了事业和前程，离开了妻子和孩子，装疯躲进疯人院。然而，垄断托拉斯的大股东、疯人院的女院长早就偷拍了默比乌斯的发明手稿，并且已经利用这项发明开始生产比核弹更加危险的武器，

---

① http：//search. barnesandnoble. com/booksearch/isbninquiry. asp？ userid = 2UAOGTJ32Z&sourceid = &isbn ＝ 0618124977； http：//mostlyfiction. com/world/tolstaya. htm； http：//www. bookslut. com/reviews/0303/slynx. htm.

企图以此统治人类、控制一切。剧本沉痛地写道："我们已走到了我们道路的尽头……我们的科学已变成恐怖，我们的研究已变成危险，我们的认识已变成致命。"①

在另一位瑞士作家弗里施的小说《技术人法贝尔》里，主人公原本认为一切都可以规划、设计和计算，技术可以解决一切问题。经过一系列的人生剧变，他终于获得了新的感悟：技术终究不能代替人间的一切，人类不得不服从更伟大的法则——自然法则的制约。

瑞士诗人马尔蒂被80年代以后以切尔诺贝利核电站爆炸泄漏为代表的一系列灾难性事故所震撼，进而对科技文明和工业社会的发展提出了强烈质疑。在《复活节前的星期六》里，诗人写道：

> 我们的命运
> 走上了
> 这样的轨道：
> 技术
> 反过来
> 把人吃掉？②

瑞典诗人马丁逊的长篇叙事诗《阿尼阿拉》也预测了人类的愚蠢最终导致地球毁灭的那一天：全球只有8000人侥幸逃上了阿尼阿拉号宇宙飞船，然而飞船的导航仪却失灵了，最后的幸存者也死去。具有深刻讽刺意味的是，具有了自主性并主宰着人类的技术仍然在发挥作用：阿尼阿拉号飞船载着8000具尸骸向天琴星座方向飞去。

德布林的长篇小说《山、海与巨人》对2700—3000年间的景象做了预测：由于科学技术的神速发展，人类获得了过去梦想不到的巨大力量，同时也表现出前所未有的狂妄。人毫不动摇地相信自己能够完全征服自然。他们把格陵兰的冰山融化了，以获得未被污染的水源。谁知深埋在冰山下的千万具古生物遗骸也因此复活。压坏的、断裂的肢体交叉地长在一起，

---

① 李明滨主编：《20世纪欧美文学史》第4卷，北京大学出版社1999年版，第160页。
② 罗芃等主编：《欧洲文学史》第3卷，商务印书馆2001年版，第840页。

变成奇形怪状的巨大怪物。眼睛的窟窿变成了嘴巴，上下颚长出了两条腿。活的和死的，有机的和无机的，在自然界已分辨不清。一大堆怪物向人扑来，伴随着山崩地裂、暴雨洪水，迅速地吞噬着人类。地球上永恒的对立面——人与自然，终于到了公开决战的时刻！

德国作家穆艾勒的剧作《死亡筏》也预言了人类工业文明和科技文明的未来景象：严重的化学污染和核污染使地球变成一个死亡星球，只剩下 4 个残疾和异变的人同乘一个竹筏驶向死亡，即使在生命即将完全灭绝的时刻，这几个人仍然不能患难与共，依然相互为敌，直至互相残杀。

冯尼格特的小说《猫的摇篮》（Cat's Cradle，1963）是一部批判对科学技术的迷信和揭示科技界黑暗的生态预警性作品。原子弹的发明者霍尼克博士是个毫不关心人类和人性的科学家，从不看书读报，没有正常的情感生活。原子弹第一次试爆成功时，一位年轻的科学家感叹道：“科学现在知道罪孽了！”而霍尼克博士竟然反问：“什么是罪孽的？”广岛原子弹爆炸那一天，霍尼克完全无动于衷，他像小孩一样在家里玩橡皮筋，把橡皮筋绷成“猫的摇篮”形状，以此自娱。霍尼克在临终前又发明了一种更为可怕的东西：“九号冰”（溶点为摄氏 45.7 度的冰）。只要把这种冰放在普通水中，它就能马上把所有的水凝固成晶体，而且能引发连锁反应，把所有带水分的物体都冻成冰。霍尼克的三个子女继承了“九号冰”。大儿子弗兰克凭此在加勒比海的圣劳伦佐共和国买了个科技发展部长的职位。该国总统因患癌症痛苦不堪，吞服了“九号冰”结束了自己的生命。弗兰克在处理总统的冻尸时，遇到飞机坠毁事件，尸体落入大海，“九号冰”迅速扩散到地球的每一个角落，世界末日来临了。[①]

美国诗人杰弗斯在他的名诗《科学》里也描述了科学怪物。他写道：

> 人创造了科学巨怪，但却被那巨怪控制
> 就像自恋和灵魂分裂的疯子不能管束
> 他的私生子。
> 他造出许多刺向自然的尖刀，本想

---

① 参见刘海平、王守仁主编《新编美国文学史》（第 4 卷，王守仁主撰），上海外语教育出版社 2002 年版，第 159—160 页。

　　用它们实现无边的梦想，而噬血的刀尖

　　却向内转刺向他自己。

　　他的思想预示着他自己的毁灭。①

　　在《星光照耀着孤独的大海》里，杰弗斯所预测的科技文明走向极点之后的景象是这样的：两极的冰山融化，世界上绝大多数国家都被淹没，只有少许人还活在马尔帕索山（Mal Paso Mountain）山顶，靠菖蒲根、橡树子、蝾螈和甲虫维生，身体退化得近似野猪的模样；而星光则嘲弄地照耀着孤独的汪洋大海。

　　世界走错了路，我的人类，

　　而且还将更糟，在它被修好之前；

　　唯一不错的选择是躺在这山顶上

　　等待四百或五百年，

　　瞧着那些星星照耀孤独的大海。②

　　这真的就是科技文明和工业文明发展的最终结局吗？这样的文明还能算做文明吗？

　　美国小说家博伊尔于 2000 年发表了他的生态小说《地球之友》。故事发生在 2025 年的南加州。那时的生态已经无可救药。热带雨林已被夷为平地，地球上已经看不到大面积的森林。气候只有两种：要么久旱无雨，要么暴雨成灾。肉类和鱼类食物极其稀有。动物只剩下十几种。这十几种濒于灭绝的动物，被人们小心翼翼地保存在绵延几十英里的巨大的建筑物里，它们成为比 20 世纪的迈克尔·杰克逊还受欢迎的超级明星。然而，就是在如此恶化、如此危机的环境里，人类依旧不能联合起来有效地拯救自然。不可再生资源和水资源的匮乏、生化污染、气温上升、两极融化、海平面升高、臭氧层空洞扩大、核武器威胁……所有这些在上个世纪就已相当严

---

　　① Oscar Williams, ed., *The Pocket Book of Modern Verse*, New York: Pocket Books, p. 331.

　　② Oscar Williams, ed., *The Golden Treasury of the Best Songs and Lyrical Poems*, New York: The New American Literary of World Literature, pp. 459 – 460.

重的生态问题没有一样得到缓解。主人公泰尔瓦特尔在深受污染之害并因此失去了爱妻之后，成为与滥用资源、污染环境的工业化为敌的人。然而，沉迷于现代化工业文明的人依然占多数，工业化依然以牺牲环境为代价；于是泰尔瓦特尔们便面临着令他们极其困惑的两难选择："做地球的朋友，你就不得不做人类的敌人"，不得不做工业文明的敌人！① 工业文明与自然文明的对立竟然到了如此之程度，保护环境、拯救地球竟然在很大程度上就意味着与工业文明开战。多么可怕的文明异化！

2003 年，加拿大著名女作家阿特伍德发表了她的最新生态小说《羚羊与秧鸡》。这又是一部反乌托邦小说，也是一部生态灾难预警作品，描写的是科技畸形发展所带来的灭绝性灾难。小说一开篇，已经是人类灭绝之后的未来时空了：废墟和荒原上，只有人类的一个幸存者——叙述者"雪人"，其他生物都是大灭绝之前生产的生物工程产品——器官猪、狼犬兽以及人造人"秧鸡人"。通过叙述者对往事的回顾，读者了解到，造成人类灭顶之灾的原因是生物技术的畸形发展和滥用。

灾难发生前的时代是生物技术、基因工程领导整个人类科技、控制人类发展的时代。基因研究专家、器官移植专家、微生物专家是那个时代的精英。他们所进行的研究完全是扭曲自然、违背自然规律的，他们根本"不信自然，或者说不信大写 N 的自然"。他们培养出没有脑袋没有眼睛没有嘴巴、只有一根可以往里面倾倒营养饲料的进食管、去掉了所有与消化吸收和生长无关之功能的海葵模样的"鸡肉球"———一大堆肉体，四周伸出 20 根肉质粗管、每根管子末端两周就能长成一块鸡胸脯或者鸡腿肉。他们靠这种生物怪物迅速垄断了肉食品市场。他们合成的狼犬兽极其凶狠好斗，却永远显示出友好的神态，见了人尾巴摇个不停；可一旦人伸出手去拍拍它，它便将人的手一口咬下来。他们合成了器官猪，"目的是在良种转基因宿主猪体内培植各种安全可靠的人体组织器官"，如"一只器官猪一次可以长出五六只肾"——人的肾。他们甚至还"可以在器官猪里植入真正的人类大脑皮层组织"，进而可以通过大脑皮层移植彻底控制人类的思想，制造出"更多有猪脑子的人"。这些高智商的科学技术专家丧失了最起码的

---

① T. Coraghessan Boyle, *A Friend of the Earth*, New York：Viking, 2000, p. 133.

良知和道义感，甚至对人类生命本身也没有最基本的尊重。面对批评他们"干涉构造生命的基础材料"的谴责，他们的回答是那样的轻薄可恶："不就是蛋白质么，你知道呀！细胞核组织没有什么神圣可言……"①

基因工程走向毫无节制的疯狂阶段的标志是人造人。《羚羊与秧鸡》详细描写了人造人：他们"可以具有任何体貌、心智或精神上的特征，供顾客挑选"；他们不仅美丽，而且温顺——"一些世界领导人对此表达了兴趣"；他们具有对粗制食料的消化能力，"只吃树叶、草、根以及一两种浆果"；他们还具有强大的免疫力，具有"抗紫外线皮肤、内嵌式驱虫体味"，能够充分适应最严酷的生存环境，因此"永远也不必修建房屋、制造工具和武器，连衣服也不需要"；"他们可以将自己的粪便再回收利用"；他们的性生活只是"定期发情，像大多数哺乳动物那样"，他们被设计成三年发情一次，发情后生殖器或者小腹、臀部呈现蓝色，男女杂交，"性交不再是一件神秘的事……更像一种体育表演，一种轻松自在的游戏"。最重要的是，这些人造人完全没有人类的思想，没有等级观念、种族观念，没有爱情和家庭观念，没有野心和理想，他们的大脑已经被改造得"跟古猿的大脑差不多落后"。②

导致人类末日骤然降临的直接原因，是科学狂人"秧鸡"研制的"剧腐"病毒在全球范围迅速传播。"秧鸡"合成了"剧腐"病毒，同时研制出对付这种病毒的疫苗。为了使全世界都来购买他的疫苗，他暗中将"剧腐"病毒嫁接在一种人们普遍服用的维生素胶囊里，还在病毒里植入控制病毒发作时间的"延时因子"，使病毒的"爆发呈现出一系列快速交叠的波浪形式"，人类社会出现最大程度上的混乱局势，以便他高价向全球推销疫苗。然而，在病毒爆发后，这个科学狂人却意外身亡了，而且在临死前将只有他一人知道的疫苗毁掉了。于是，来不及研发出有效的治疗手段的人类，就这样被一种人造病毒灭绝了，剩下的只有事先接种了疫苗的"雪人"以及具有免疫力的"秧鸡人"（由这个科学狂人制造并以他命名）、器官猪

① 阿特伍德：《羚羊与秧鸡》，韦清琦、袁霞译，译林出版社 2004 年版，第 213、209—210、212、24、58—59 页。

② 同上书，第 315—316、169—170 页。

和狼犬兽了。①

　　由于小说出版时正值沙斯（SARS）病毒在世界流行，这部作品引起了人们强烈的关注。知名批评家伯克茨在 2003 年 5 月 18 日的《纽约时报》上发表文章，对该小说的意义做了如下评价："当今科学在生物工程、克隆、组织再生和农业杂交等方面的新进展，使得阿特伍德这部小说的情节获得了很大的吸引力和针对性，她提出了与玛丽·雪莱的《弗兰肯斯坦》一样明确和切中要害的警告。这部小说的意图是：通过使我们脑海里出现一些震撼性的画面，促使我们思考科技发展是否超出了限度走向疯狂。阿特伍德没有料到的，也是更令人警醒和更使人危机感顿生的是，她小说的毁灭全球的灾难情节与当今正在全世界流行的沙斯病发生了强烈的交响和共鸣。看看这部小说再看看报纸，看看报纸再看看这部小说，读者会惊醒般地意识到，眼下几个月里的情况与小说里未来灾难的差距已经缩小了。阿特伍德的想象的力量与我们的忧虑同时在增强，而她的毫无保留的警告的重要性也同样在增强。"② 让我们看看这部小说对病毒肆虐全球、人类走向末日情形的描写吧！从中能够看到很多似曾相识的情景：

> ……城市里发生着骚乱，因为交通已陷入瘫痪，超市也遭哄抢……大批人口流向小城镇和乡村，而这些地方的居民则拿起禁用的火器或棍棒或干草叉竭力把外来的难民赶走。
>
> ……把水煮开和不要外出的警告在第一周就已发布了，人们还被劝说不要握手。在同一周里人们还抢购橡胶手套和锥形过滤口罩。
>
> ……整个村镇，接着是整个城市被隔离。但随着医护人员自己也感染了病或者仓皇逃跑，这些努力很快便化为泡影。
>
> 英国关闭港口、机场。
>
> 与印度的一切交通中断。
>
> 医院禁止进入，何时开放另行通知。如果感到不适，饮用足量的水……
>
> 网站和频道一个接着一个没了声息。有两个新闻节目主持人把本职

---

① 阿特伍德：《羚羊与秧鸡》，韦清琦、袁霞译，第 359 页。
② Sven Birkerts："'Oryx and Crake': Present at the Re-Creation", *New York Times*, May 18, 2003.

工作搁在了一边，而用摄像机对准自己，播出了自己的死亡——尖叫、皮肤溶解、眼球破裂等全部过程。①

阿特伍德的这部"后启示录小说"（post – apocalyptic novel）是迄今为止当代生态文学向人类发出的最新警告；然而，从整体上来看，人类还没有对这类警告给予应有的重视。生态文学的现代化批判之路还有很长、很长；但也许并不太长，因为它将随着人类一起毁灭！

二 现代化思想基础批判

对于现代化进程中的种种错误现象的揭示和批判，最后的落脚点是导致这些现象的错误的思想文化基础。生态批评家乔纳森·莱文说得好："我们的社会文化的所有方面，共同决定了我们在这个世界上生存的独一无二的方式。不研究这些，我们便无法深刻认识人与自然环境的关系，而只能表达一些肤浅的忧虑。②著名的环保组织"塞拉俱乐部"的前任执行主席麦克洛斯基认为："在我们的价值观、世界观和经济组织方面，确实需要一场革命。因为，文化传统建立在无视生态地追求经济和技术发展的一些预设之上，我们的生态危机就根源于这种文化传统。工业革命正在变质，需要另一场革命取而代之，以全新的态度对待增长、商品、空间和生命。"③政治学家奥菲尔斯强调："现代工业文明的基本原则是……与生态匮乏不相容的，从启蒙运动发展而来的整个现代意识形态，特别是个人主义一类的核心信条，也许不再可行了"。④著名生态思想家、生态女性主义者麦茜特在她的《自然之死》一书里强调："唯有对主流价值观进行逆转，对经济优先进行革命，才有可能最后恢复健康。在这个意义上，世界必须再次倒转。"⑤深层生态学的核心也是文化批判，其批判的主要重点除了征服性和

---

① 阿特伍德：《羚羊与秧鸡》，韦清琦、袁霞译，第352—356页。

② Jonathan Levin, "On Ecocriticism" (A Letter), *PMLA*, 114. 5（Oct. 1999），p. 1098.

③ Donald Worster, *Nature's Economy：A History of Ecological Ideas*, Cambridge University Press, 1994, p. 355.

④ Ibid. , p. 356.

⑤ 麦茜特：《自然之死》，吴国盛等译，吉林人民出版社1999年版，第327页。

控制性的人类中心主义世界观，还包括技术性思维、工具理性和经济发展至上等。所谓深层，就是要深入审视作为环境危机之根源的那些最基本的思想文化原则。其代表人物奈斯强调："深层生态学运动力图探明那些支撑着我们的经济行为的以价值观、哲学和宗教的方式表现出来的基本假设。"[①]约翰·希德明确提出，深层生态学"重视的已不仅仅是对环境危机的具体症状的治理，而更多的是对当代文明最基本的前提和价值的质疑"[②]。生态神学家莫尔特曼认为："如果把人类社会和周围自然界联系起来的这种生活系统发生了危机，亦即自然界的死亡，那么，合乎逻辑的是，这个系统就遇到了整个生活态度、生活方式，还有决非次要的基本价值观和信条的危机。"[③] 著名生态思想家唐纳德·沃斯特也明确指出："我们今天所面临的全球性生态危机，起因不在生态系统自身，而在于我们的文化系统。要渡过这一危机，必须尽可能清楚地理解我们的文化对自然的影响。……研究生态与文化关系的历史学家、文学批评家、人类学家和哲学家虽然不能直接推动文化变革，但却能够帮助我们理解，而这种理解恰恰是文化变革的前提。"沃斯特富于激情地断言："整个文化已经走到了尽头。自然的经济体系已经被推向崩溃的极限，而'生态学'将形成万众的呐喊，呼唤一场文化革命。"[④]

生态文学作家在现代化思想基础批判方面做出了重大贡献。

（一）征服自然观批判

卢梭指出：人类"强使一种土地滋生出另一土地上的东西，强使一种树木结出另一种树木上的果实；他将气候、风雨、季节搞得混乱不清；……他扰乱一切，毁坏一切东西的本来面目；……甚至对人也是如此，必须把人像练马场的马那样加以训练；必须把人像花园中的树木那样，照他喜爱的样子弄得歪歪扭扭"。在这里，卢梭将人对自然的控制、扭曲和征

---

① 何怀宏主编：《生态伦理——精神资源与哲学基础》，河北大学出版社 2002 年版，第 379、487 页。

② John Seed, *Thinking Like A Mountain*, Philadelphia: New Society Publishers, 1988, p. 9.

③ 刘小枫主编：《20 世纪西方宗教哲学文选》下卷，上海三联书店 1991 年版，第 1759 页。

④ Donald Worster, *Nature's Economy: A History of Ecological Ideas*, pp. 27, 356.

服与人对人的控制、扭曲和征服联系起来了。①

柯尔律治的长诗《古舟子咏》咏叹的是人对自然的随意摧残以及由此导致的"天罚"。老水手在一次航行途中，射杀了一只信天翁，接着，恐怖的事情发生了：

> 连海也腐烂了！哦，基督！
> 这魔境居然显现！
> 黏滑的爬虫爬进爬出，
> 爬满黏滑的海面。
> ……
> 那大片阴影之外，海水里，
> 有水蛇游来游去：
> ……
> 水蛇游到了阴影以内，
> 淡青，油绿，乌黑似羽绒。
> 波纹里，舒卷自如地游动，
> 游过处金辉闪闪。②

整船的水手，除了这个肇事者，全都死去，尸首横陈甲板，到处是瘟疫般的漫长的沉寂，到处是黏糊糊的形状和残缺的生命。大自然没有让老水手死去，是要更严厉地惩罚他——让他用一生来忏悔、来承受精神折磨：拦住过路人，向人讲述自己的遭遇，告诫人们永远要尊重、爱护自然万物。"对人类也爱，对鸟兽也爱，/祷告才不是徒劳。//对大小生灵爱得越真诚，/祷告便越有成效"。③ 英国著名的生态文学研究者贝特评价道，柯尔律治在《古舟子咏》里咏叹的不是命运悲剧，而是自然伦理或大地伦理的伦理悲剧，批判的是人类的骄妄和毫无"物道"的残暴。杀死无辜的鸟儿，标志着人类与其生存环境里的其他生命彻底决裂和完全对立，从此便成为

---

① 卢梭：《爱弥儿》，李平沤译，第5页。
② 《华兹华斯、柯尔律治诗选》，杨德豫译，人民文学出版社2001年版，第297、305页。
③ 同上书，第321页。

生物界的局外人，成为被大地母亲所抛弃的孤儿，就像那个整夜徘徊在黑暗森林里的老水手。① 生态文学研究者罗伯茨和吉福德认为，《古舟子咏》是英语文学中"最伟大的生态寓言"。②

　　华兹华斯的叙事诗《鹿跳泉》叙述了古代贵族为了自己的享乐纵情猎杀野生动物、肆意破坏自然本来面目的故事。在瓦尔特爵士的疯狂追赶下，一只美丽的公鹿走投无路纵身跳下高高的山崖，死在一汪美丽的泉水边。"鹿摊着四条腿侧身横倒在地，/一个鼻孔碰着山脚旁的清泉，/它最后那沉重哼唧呼出的气，/仍使清泉的水面微微地颤抖。"面对着这个任何还有一点爱心和同情的人都会感伤的情景，瓦尔特爵士却"高兴得顾不上休息"，为他的"光荣业绩"兴奋得坐立不安。然而他还不满足，为了炫耀他征服自然的成就和今后的继续作乐，他又决定在鹿死的地方"造个作乐的所在"。他建起"享受乡野乐趣的小凉亭"，竖起"纪念性的"大石柱，盖起奢华的大厦，带来情人和舞女，"在这逍遥的地方尽情地开怀"。更令人无法忍受的是，他还把那汪美丽的清泉改建成一个人工的伪自然的"艺术品"——一个水池！并取名为"鹿跳泉"，希望后来的人世世代代都像他一样，以动物的死难为乐，以征服自然激发人类的狂妄。肆意改造自然带来的是可怕的灾难，无情的时间把人造的艺术景观变成了废墟，然而生态的美丽与平衡也不复存在。鹿跳泉一带变成最荒凉的地方，白杨树死气沉沉，"泉水发出凄凄切切的呻吟"，"再也没有狗和羊或者马和牛/肯在那只石杯中湿自己的嘴唇"。"春天从不在这地方露面"，"自然界自愿死亡"！诗人"为那不幸的公鹿鸣冤"，警告后人千万不要再以征服和改造自然为乐，"别以哪怕最卑贱生灵的痛苦/换取我们的洋洋得意和欢畅"③。

　　英国作家刘易斯发表于 1947 年的散文《人之废》是生态文学的杰出篇章。他在《寂静的春天》问世十几年前就深刻阐明了人类征服自然的必然恶果，遗憾的是当时二战刚刚结束，几乎所有的注意力都被战后重建和经济复兴所吸引，没人关注他的了不起的预言："人类对自然的征服常常被用

　　① Jonathan Bate, *The Song of the Earth*, pp. 49 – 50.

　　② Patrick D. Murphy, ed., *Literature of Nature: An International Sourcebook*, Chicago: Fitzroy Dearborn Publishers, 1998, p. 169.

　　③ 《华兹华斯抒情诗选》，黄杲炘译，上海译文出版社 1986 年版，第 128—137 页。

来描绘应用科学的进步"，然而，正是这种征服性的进步"使自然不堪重负"。"人类对自然的征服在其功德圆满的时候却是自然对人的征服。每一次我们似乎是胜利了，却一步步地走近这一结果。自然所有表面的退却，原来都是战术撤退。当它诱敌深入的时候，我们却认为它节节败退。在我们看来它是举手投降的时候，其实它正张臂擒伏我们。""人类对自然的征服实际上已是征服的最后一幕，剧终也许为时不远了。""人的最后的战利品到头来却是人类之废。"① 著名的生态经济学家戴利说他最崇敬的作家有两位，一位是卡森，另一位就是刘易斯，他特别强调刘易斯比卡森更早意识到征服自然的灾难。他评价道："刘易斯让人们看到：控制自然一旦越过界点就会变成危险的举措，如果达到极限，那么我们将眼睁睁地看着全部业绩毁于一旦——人类征服自然大功告成之日正是自然征服人类之时。"②

卡森指出："我们总是狂妄地大谈特谈征服自然。我们还没有成熟到懂得我们只是巨大的宇宙中的一个小小的部分。人类对自然的态度在今天显得尤为关键，就是因为现代人已经具有了能够彻底改变和完全摧毁自然的、决定着整个星球之命运的能力。" 人类能力的急剧膨胀，"是我们的不幸，而且很可能是我们的悲剧。因为这种巨大的能力不仅没有受到理性和智慧的约束，而且还以不负责任为其标志。征服自然的最终代价就是埋葬自己"。③

卡森的话令人想起俄罗斯诗人舍夫涅尔的一首诗《箭》。诗人说，那支飞向猎物的箭"射的不是鸳，/不是森林密菁里的猛兽，/……我射出去的恶箭，/在田野上飞呀飞进。//穿越森林的一排排树木，/……把一簇簇浪花带起/……也把座座大山钻透/……我那有罪过的箭，/飞呀飞进我的谷地——/它环绕着地球飞来，/为的是扎进我的背脊。"④

列昂诺夫的小说《俄罗斯森林》里的一个"暴虐的大自然的征服者"这样说："我喜欢水啊。我愿意制服它。又多又懒的家伙……我要使它变成

---

① 戴利、汤森编：《珍惜地球——经济学、生态学、伦理学》，马杰等译，商务印书馆2001年版，第259、266、262、264页。

② 同上书，第181页。

③ Linda Lear, *Rachel Carson*, *Witness for Nature*, New York：Henry Holt, 1997, p. 407.

④ 王守仁：《苏联诗坛探幽》，社会科学文献出版社1990年版，第253—254页。

白沫飞溅的狂暴的力！"让大自然"听命于我，怎么样？唉呀，幸福都使我头晕了，大自然……需要我们给它注入多么大的力啊！……要让它乖乖地献出自己的金钥匙。'拿来，全拿来，背后还藏着什么哪？'怎么样，你不头晕吗？……啊？"① 多么可怕的狂妄！然而又是古往今来多少人曾津津乐道的狂妄啊！

瓦西里耶夫在《不要射击白天鹅》里叙述了这样一件事：一群游客到森林里游玩，准备野餐时发现在他们选定的野餐地旁边有一个巨大的蚂蚁窝。他们完全可以稍稍挪动一下，到另一块林中空地去。然而他们没有，不仅没有，还要把那"大自然的奇迹"——两米多高的大罐子状的蚂蚁窝烧毁。"火焰……盘旋着冲向天空。哀号声，咕咕声，顷刻间吞噬了整个巨大的蚁穴。……蚂蚁在烟熏火燎之中抽筋……它们藐视死亡，顽强地抵抗，怀着哪怕能救出一个生者的微弱希望，赴汤蹈火，在所不惜。眼看着一座宏伟的建筑——成百万个小生命耐心的劳动成果化为乌有；看着老云杉的枝梢由于灼热而卷曲；看着成千只蚂蚁大军从各路朝篝火奔来，无畏地投身于烈焰之中，"那放火者不仅丝毫没有怜悯之情，反而残酷而狂妄地喊道："这不就全完啦！……人，是大自然之王……是王……是征服者，占领者。……收复了阳光下的一块土地……现在不会有谁妨碍我们了，不会有谁打搅我们了。……应该庆祝一下这个小小的胜利！"②

艾特玛托夫是苏联成就最高的生态文学家。他的著名小说《死刑台》（一译《断头台》）以大量的篇幅描写了母狼阿克巴拉在人类对野生动物灭绝性的掠夺过程中的悲惨命运。母狼阿克巴拉一家原本生活在人迹罕至的莫云库梅荒原，那里是羚羊、狼、沙鸡、苍鹰等野生动物的乐园。但好景不长，人类的魔爪连他们自己并不居住的地方也不放过。人类动用飞机、越野车、快速步枪，在荒原上展开了血腥的大围猎，灭绝性地杀害了荒原上的野生动物。母狼和公狼死里逃生，但她的3只狼崽全都死于人类的屠杀。作者感叹道：

人们，人们——地上的神灵啊！……把莫云库梅荒原上的生活搅得

① 列昂诺夫：《俄罗斯森林》，姜长滨译，黑龙江人民出版社1984年版，第378页。
② 瓦西里耶夫：《不要射击白天鹅》，李必莹译，湖南人民出版社1984年版，第51页。

天翻地覆！

　　只有人，才能破坏莫云库梅地区的这一万世不移的事物进程。

　　这些人自己活着，却不让别的生灵活下去，特别是不让那些不依赖他们而又生性酷爱自由的生灵活下去！①

　　母狼和公狼逃到阿尔达什湖滨，在湖边芦苇丛中生下第二窝5只小崽。可是，灾难又一次降临。人们在那一带发现了稀有金属矿藏，为修路把成百上千公顷的古老芦苇一把火全部烧光。"芦苇算得了什么"，为了人类自己的利益，"可以把地球像西瓜那样开膛剖肚！"可怜了那5只小狼，它们无一幸免。

　　两只狼又开始了逃难，一直跑到伊塞克湖滨山区。"再往下走就没路了。前面是海……"阿克巴拉又生下一窝4只小狼，在山岩下一个洞穴里安了家。为了哺育狼崽，母狼和公狼不得不整天远出猎食，因为周围地区野羊、盘羊等动物都绝迹了。牧民中的恶棍巴扎尔拜发现了狼窝，趁大狼不在把4只狼崽偷走，打算卖掉它们捞上一把。觅食而归的母狼和公狼发现后奋起直追，巴扎尔拜在危急之中躲入牧民鲍斯顿家。从此以后，两只狼就整日整夜、锲而不舍地守在鲍斯顿家周围，夜深人静时发出凄惨的哀号。它们并不知道，小狼崽早就被巴扎尔拜偷偷带走卖掉。最后，两只绝望的狼开始报复，袭击牧民的畜群。牧民则开始猎捕这对哀狼。母狼逃脱了猎杀，但她的伴侣却为了保护她献身。孤零零的、悲痛欲绝的母狼最后把牧民鲍斯顿一岁半的小男孩肯杰什叼走。她并不想杀害孩子，只是想做这孩子的妈妈。人类已经杀了她8个孩子，又抢劫了她最后的4个孩子，难道她就不能向人类要一个孩子？十二比一，多么不公平的交换！然而，即使是如此不公平的交换，人也绝不会同意。鲍斯顿持枪猛追母狼，并在眼看无法追上、孩子就要被抢走时开了枪。子弹击中了母狼，也打死了孩子。

　　鲍斯顿打死自己的孩子是一个深刻的象征，它意味着：人类灭绝性地开发和掠夺自然，把应留给子孙后代享用的自然资源提前挥霍一空，这就

---

　　①　艾特玛托夫：《断头台》，冯加译，外国文学出版社1987年版，第10、12页。

是杀害后代的行径，就是为子孙掘墓！几乎发疯的鲍斯顿冲到害得他家破
人亡的巴扎尔拜的家中，枪杀了那个恶棍。鲍斯顿实际上是代表自然惩罚
巴扎尔拜的。完成这一惩罚后，他清醒了："这世界完了！……是他个人的
巨大悲剧，这也是他的世界的末日！"① 世界的末日将会来临。人自己走上
了死刑台！

　　阿斯塔菲耶夫的小说《鱼王》描写了人们在叶尼塞河灭绝性的疯狂捕
捞。作者感叹道：鱼儿"要是会喊叫的话，整条叶尼塞河，而且何止是叶
尼塞河，所有的河流和大海岂不都要吼声如雷"！偷渔者伊格纳齐依奇终于
用排钩捕到大自然伟力的象征、硕大无比的鱼王。鱼王拼死报复，猛地向
渔船撞去，把伊格纳齐依奇掀落在水里，使他也被排钩勾住。鱼王又在排
钩上疯狂翻滚，好让自己身上扎入更多的钩，然后带着那些钩下潜，试图
把排钩上的敌人拉入深水淹死。"河流之王和整个自然界之王一起陷身绝
境。守候着他俩的是同一个使人痛苦的死神。""他们是系在同一根死亡的
缆绳上的。"人类如果继续这样永无休止地掠夺下去，结局只有一个：与万
物同归于尽。伊格纳齐依奇经过殊死搏斗，暂时逃脱一死；而鱼王也挣脱
了排钩，身上的肉被钩子一块块撕了下来，而且还有几十个脱了渔线的钩
子深深地、必将置它于死命地扎入体内。"暴怒的鱼虽然身披重创，然而并
未被征服，它在一个地方扑通一声，杳然而逝，卷起了一个阴冷的旋涡"②，
那是一个可怕的征兆——自然惩罚的征兆。那征兆在小说里就已经应验：
偷渔者最心爱的女儿莫名其妙地被汽车撞死。那征兆又是对所有还活着的
人的严厉警告。险些丧命的伊格纳齐依奇醒悟了，从此吃素行善，力戒杀
生，愿以余生来为自己的掠夺行为赎罪。其他的人呢？是否也要到了险些
丧命的时刻才能醒悟？

　　阿斯塔菲耶夫告诫人类："不知安静为何物的人类，总是凶狠倔强地想
把大自然驾驭、征服。然而大自然是不会被你玩弄于掌股之间的。""我们
只以为，是我们在改造一切，也包括改造原始森林在内。不是的，我们对
它只是破坏、损害、践踏、摧残，使它毁于烈火。"与卢梭一样，阿斯塔菲
耶夫也指出，人对自然的征服和控制反过来又强化了人对人的征服和控制。

　　① 艾特玛托夫：《断头台》，冯加译，第273—274、404 页。
　　② 阿斯塔菲耶夫：《鱼王》，夏仲翼等译，上海译文出版社1982 年版，第139、213、214、226 页。

在戕害自然的同时"人的心理在变化，不知不觉地在变化"："人人都中了蛊毒，大伙儿都病入骨髓。为一支猎枪，为一条小船，为一点弹药和食物，都可以拼命！""一个人一旦见了血不再害怕，认为流点儿热气腾腾鲜血是无所谓的事，那么这人已在不知不觉中跨过了那条具有决定意义的不祥之线，不再是个人了，而成了穴居野处、茹毛饮血的远古时代的原始野人，伸出那张额角很低，獠牙戳出的丑脸，直勾勾地瞪着我们的时代。"①

　　生态文学家对征服自然观的批判，令人联想到毕达哥拉斯、洛克、普鲁东、马克思、胡塞尔、霍克海默、海德格尔等人对征服自然与征服人之关系的探讨，联想到生态思想家们的精彩论述。在《自然的控制》里莱斯指出，"'征服'自然的观念诱发了虚妄的希望，在这种虚妄中隐藏着现代最致命的历史动力之一：自然的控制和人的控制之间有着难以解脱的联系。"于是，"整个自然界（包括人在内）都被当作满足人的永不知足的欲望的材料来理解和占用"；于是，"奢望征服自然的人类自己也被其人性中的精神本性所奴役"；于是，必然导致"两种相互联系的灾难：全面威胁生物圈的生态平衡、所有生命的支撑系统，以及在全球一体化大背景下的不断扩大的人类的暴力冲突。这两种灾难或其中一种，都会导致现在命定居住在这个星球上的所有生命的毁灭或者剧烈变异"。② 米尔布拉斯以浅显的语言明确指出："我们的文明是一种统治者的文明；这种文明被定向于允许一些人去征服另外一些人。我们虽然不再同情露骨的奴隶制度，但是很多统治集团都具有让弱小生物屈服于自己并向强力欲望俯首称臣的倾向。强权在我们的思维中是如此的根深蒂固，以至于许多人相信他们具有某种权力甚至具有某种责任去统治自然。许多男人与女人都确信男人支配女人是正确的；许多民族与国家则相信他们应当努力去统治对方——吃掉别人或者被他人吃掉。而美国人则相信，他们必须保持他们在世界中的强者地位。这种对于统治的强调是我们文明中的一种重要的罪恶。它导致我们相互伤害。为了与他人竞争，我们被这些罪恶驱使着去获取权力——我们相信我们绝不可能做出不去竞争、不去强大自身、不去追求控制权与统治权力的

① 阿斯塔菲耶夫：《鱼王》，第379、84—85页，"序言"第10页，第251—252页。

② William Leiss, *The Domination of Nature*, Boston：Beacon Press, 1974, preface, pp. xiii – xvi.

决定。但是正是这种不断的获取行为，推动去毁坏我们的生物圈。"①

（二）欲望动力论批判

欲望动力论主要有三层意思：人为满足自己的各种欲求而生活；为了满足欲望，人就必须努力劳动、工作、创造、探索、占有，于是，在满足了个人的欲望和开发了个人潜能的同时，也推动了文明和整个人类的发展；人的欲望是永无止境的，因而人类的发展也就永无止境。欲望（passion）包含各种各样的强烈需求，但主要指人对物质财富、功名地位的强烈需求和作为物质的人在生理上的种种需要。古往今来，许多思想家都认为，人的欲望是推动社会发展的巨大动力。康德说："这种无情的名利追逐，这种渴望占有和权力的贪婪欲望，没有它们，人类的一切自然才能将永远沉睡，得不到发展。"② 黑格尔也说过："假如没有热情（指的就是 passion，即各种欲望——引者注），世界上一切伟大的事业都不会成功。"③ 经济学家凯恩斯指出："资本主义的根本特征就是把对个人爱钱、想赚钱的本能的强烈刺激作为经济机器最主要的原动力……资本主义如果运用得当，能比现在的任何其他制度更有效地达到经济目的。"④ 马克斯·韦伯认为获利的欲望不仅仅是资本主义精神的实质，他特别强调，占有欲或对财富的贪欲，几乎从私有制一开始就"一直存在于所有的人身上"，并一直推动着人的追求和发展。⑤ 尽管欲望动力论迄今为止仍然占据着主流思想的地位，但生态文学家对它的批判从未间断，而且日趋增强。

卢梭承认欲望是人格的一种自然倾向，是人类"保持生存的主要工具，因此，要想消灭它的话，实在是一件既徒劳又可笑的行为，这等于是要控制自然，要更改上帝的作品"。但是，卢梭所认可的欲望是有限的自然欲望，而绝不是消费社会所诱发的无限的奢侈享受的欲望。他指出："我们的自然的欲念是很有限的，它们是我们达到自由的工具，它们使我们能够达

---

① 库尔茨编：《21 世纪的人道主义》，肖峰等译，东方出版社 1998 年版，第 91—92 页。
② 李泽厚：《批判哲学的批判：康德述评》，人民出版社 1979 年版，第 333 页。
③ 黑格尔：《历史哲学》，王造时译，商务印书馆 1963 年版，第 62 页。
④ 王佐良等编：《英国 20 世纪文学史》，第 840 页。
⑤ 马克斯·韦伯：《新教伦理与资本主义精神》，于晓等译，三联书店 1987 年版，第 7—8 页。

到保持生存的目的。所有那些奴役我们和毁灭我们的欲念，都是从别处得来的；大自然并没有赋予我们这样的欲念，我们擅自把它们作为我们的欲念，是违反它的本意的。"① 他分析了文明社会强加给人类的欲望的由来：人们"首先是满足必不可少的需要；其次是追求更多的东西；继之而来的就是追求逸乐、无边的财富、臣民和奴隶，为了这一切，社会的人片刻也不肯松懈。更奇怪的是，越是不自然的、迫切的需要，欲望反而越强烈。"②

卢梭清楚地看到，如果欲望无限膨胀，它不仅"终于要并吞整个自然界"，而且还成为"使得我们要为非作恶的原因，也就这样把我们转化为奴隶，并且通过腐蚀我们而在奴役着我们"。"奢侈或者是财富的结果，或者是使财富成为必须；它会同时腐蚀富人和穷人，对于前者是以占有欲来腐蚀，对于后者是以贪婪心来腐蚀；……使他们这一些人成为那一些人的奴隶，并使他们全体都成为舆论的奴隶。"③ 卢梭不仅看到了欲望无限膨胀所必然导致的生态灾难，而且深刻地指出了：满足或诱导人去满足无尽的奢侈欲望，给人的或许诺给人的决不是越来越高档的享受，而是对人的腐蚀、控制和奴役！卢梭还特别强调了传媒、舆论在这种腐蚀和奴役中所扮演的可恶角色和所发挥的巨大又可怕的作用。

正因为如此，卢梭坚决主张限制人的欲望，至少把欲望限制在自然界所能承载的限度内；最好能在满足基本生存需要的基础上，最大限度地限制人的物质欲望。卢梭反复强调，必须"按你的条件去限制你的欲望"，"把你的心约束在你的条件所能许可的范围"，这里的条件主要是指自然的条件或自然环境。人类欲望的无限膨胀和物质文明的无限发展，必然与自然环境的有限承载发生矛盾。"真实的世界是有限的，想象的世界则没有止境；我们既不能扩大一个世界，就必须限制另一个世界"——想象中的能满足更大欲望的世界。人们绝对不能"忘记我们做人的环境，而臆造种种想象的环境"。④ 只有把人的欲望和发展严格控制在自然环境所能供给、接受、消化和再生的限度内，人类才能长久地存在。值得注意的还有，在限

---

① 卢梭：《爱弥儿》，李平沤译，第288—289页。
② 卢梭：《论人类不平等的起源和基础》，李常山译，第161页。
③ 卢梭：《社会契约论》，何兆武译，商务印书馆1980年版，第189、89页。
④ 卢梭：《爱弥儿》，李平沤译，第681—682、75页。

制欲望说基础之上，卢梭还对经济学提出了自己独特的见解："'经济学'与其说是取得人们所无之物的方法，不如说是对人们已有之物的深谋远虑的管理方法。"① 这实际上已经为充分考虑资源供给限度和环境成本的 20 世纪生态经济学奠定了基础。

法国诗人戈蒂耶在《朗德的松》里也从欲望批判的角度谴责了人类对树木的摧残："为了榨取松木的油脂，/人，就像暴殄天物的屠夫贪财成性，/唯有杀戮才能生存，/他在苦难的树干上留下了宽宽的伤痕！"②

波德莱尔把欲望比作重重地压在人们身上的巨大的怪物，可是，诗人惊讶地发现，人们竟然都心甘情愿地背着那个怪物前行：

> 他们每个人的背上都背着一个巨大的怪物，其重量犹如一袋面粉，一袋煤或是罗马步兵的行装。
>
> 可是，这怪物并不是一件僵死的重物，相反，它用有力的、带弹性的肌肉把人紧紧地搂压着，用它两只巨大的前爪勾住背负者的胸膛，并把异乎寻常的大脑袋压在人的额头上……
>
> ……他们被一种不可控制的行走欲推动着。
>
> ……没有一个旅行者对伏在他们背上和吊在他们脖子上的凶恶野兽表示愤怒，相反，他们都认为这怪物是自己的一部分。这些疲惫而严肃的面孔，没有一张表现出绝望的神情。……他们行走着，脚步陷入尘土中，脸上呈现着无可奈何的、被注定要永远地希望下去的神情。③

波德莱尔形象地写出了芸芸众生追求欲望满足的生存状态。明明是那么可怕、那么压迫人的怪物，可人们却把它当作自己的一部分，它真的是人性中最可怕的一个部分、一种本能吗？明明知道欲壑难填，可人们还要不断追求，永不停息。

随着人类社会的发展，人们对物质的需求急剧膨胀，人的无限欲望与有限的自然供给的矛盾越来越尖锐。英国小说家哈代痛苦地指出了这个

---

① 卢梭：《论政治经济学》，王运城译，商务印书馆 1962 年版，第 29 页。
② 《法国历代诗歌选》，江伙生译，武汉大学出版社 1996 年版，第 234 页。
③ 波德莱尔：《巴黎的忧郁》，亚丁译，漓江出版社 1982 年版，第 17—19 页。

"悲哀的事实——人类在满足其身体需要方面的发展走向了极端……这个星球不能为这种高等动物追求不断增高生活需要的幸福提供足够的物质。"①

斯蒂文森在《尘与影》里也发掘了人类蹂躏自然的内在驱动力："他杀戮着、吃喝着、生长着……他心里充塞了许多互相矛盾的欲望……无可救药地只能靠残害其他生命来维生。"②

在梭罗笔下，欲望恶性膨胀的人是这样的："贪婪攫取的长期习惯使他的手指变成钩状的、骨节突出的鹰爪……他所想的只有金钱价值；……他榨干了湖边的土地，如果愿意他还可以榨干湖水；……他可以抽干湖水出售湖底的淤泥。……农场里的一切都是有价的，如果可以获利，他可以把风景，甚至把上帝都拿到市场出卖。"他根本就不知道，"所有生物都跟他一样有生存的权利。野兔子临终前哭喊得像一个小孩！"③

在《自然历史散文》里，梭罗进一步指出："大多数人，在我看来，并不关心自然，只要他们活着，能得到一笔钱，他们就出卖自己拥有的大自然的那份美丽——并且许多人还只不过是为了一杯朗姆酒。谢天谢地，人还不会飞，还不能使天空像大地一样荒芜！"④ 然而，梭罗低估了欲望的破坏威力。在梭罗身后一百多年里，人类不仅把天空弄得乌烟瘴气，不仅造成了面积大到2800万平方公里的臭氧层空洞，而且还飞向太空，在那里大量抛弃垃圾，甚至布置武器。

海明威在他的短篇小说《一个非洲故事》里也描写了人类的贪欲所造成的非洲大象被残酷猎杀的惨剧。猎杀者朱玛把猎枪几乎塞进了受伤大象的耳孔，连开两枪。"第一声枪响时那大象的眼睛还睁得大大的，可是随即就失去了神采，耳朵里冒出血来，两道鲜红的血顺着布满皱纹的灰色象皮直往下淌。……大象原有的那种尊贵威严的气概、那种堂堂的风度，都顷刻化为乌有，只剩下了皱瘪瘪的一堆皮肉。"作者感人地表现了大象之间的真挚感情：那只大象常在它被猎人打死的伙伴的尸体旁徘徊，即使尸体变

---

① Laurence Coupe, ed., *The Green Studies Reader – From Romanticism to Ecocriticism*, New York: Routledge, 2000, p. 269.

② 罗尔斯顿：《哲学走向荒野》，刘耳等译，吉林人民出版社2000年版，第440页。

③ Henry D. Thoreau, *Walden*, pp. 195 – 196, 212.

④ 米尔德：《重塑梭罗》，马会娟等译，东方出版社2002年版，第344页。

成了骷髅，大象还经常来探望。叙述者是个孩子，孩子能够将心比心地理解大象：大象"孑然一身，可我就有基博（孩子的狗——引者注）做伴。基博也有我做伴。那大象并没有危害到谁，可我们却对它穷追不舍，它来这儿看望它死去的伙伴，我们也追到这儿，而且眼看就要去杀死它了。"孩子最重要的一句话，也是这篇小说最关键的一句话是："要是我和基博也长象牙的话，他们连我和基博都会杀了的"！[①] 是的，人类蹂躏自然和人与人相互杀戮的历史已经充分证明了这一点，在无穷尽的、恶性膨胀的贪欲的驱使下，没有任何物种——包括人——能够幸免于难。

杰弗斯在《被打破的平衡》一诗里直截了当地指出人类这样由欲望推动着发展下去的结局，诗中的"文明"以满足欲望为主要发展动力：

> 他们唯一的作用是
> 维持和效力于人类之敌——文明
> 怪不得他们活得神神经经，舌尖的
> 欲望：进步；眼里的欲望：欢乐；心底的欲望：死亡。
>
> 世界在变化中病倒，雨变成毒药，
> 大地是一个坑，该毁灭了。[②]

俄罗斯作家普利什文的《人参》里有一个片断，充分显示了占有欲在人类蹂躏自然的进程中发挥的驱动力作用。一次，"我"在森林里遇到了一只有着美丽的花纹、美丽的眼睛、玲珑的蹄子和流着奶的大乳房的母鹿，即将下手捕获母鹿之际，"我"突然住了手，不忍心了。"是的，我是强有力的人，我想只要两手使劲抓住蹄子根，我便会降服它，用腰带把它捆绑起来。任何猎人都会理解我想抓住鹿，把它据为己有的这种几乎抑制不住的欲望。但是在我的身上还有另外一种人，他没有抓鹿的意思，相反，要是有了美妙的瞬间，他倒想保持这瞬间的纯洁，把它永远铭记在心中。……我身上两个人在打架。一个说：'你要是失去这瞬间，它会一去不

---

① 《海明威短篇小说全集》（下），蔡慧等译，上海译文出版社 1995 年版，第 304、300、302 页。
② 彭予：《20 世纪美国诗歌——从庞德到罗伯特·布莱》，第 171 页。

复返，你会为此伤一辈子心。快动手吧，抓吧，你会得到一只雌花鹿，动物界最美丽的动物。'另一个声音说：'老老实实地坐着！美妙的瞬间可以保留下来，千万不要用手去碰它。'……我也这样和自己作斗争，连大气都不敢出。但是这叫我付出了多大的代价啊，这番自我克制的功夫真要了我的命！"面对自然，是占有、毁灭还是审美、感悟？作者可以在林中停下车来，只为了"想听听蜜蜂的声音"，对大自然抱有"一种非务实的态度"[①]；他还对那些"走进森林，心里只盘算着有多少立方米的木材"的人很不以为然[②]；但一旦涉及自己的强烈欲望，这就变成了一个艰难的选择。

列昂诺夫在《俄罗斯森林》里这样描写人类对森林的残暴行径及其后果：斧头"带着挑战的意味朝古松的根部砍了下去。那正是树脂凝聚、青筋嶙起、向树干输送血液的要害部位。伊凡觉得，马上就会鲜血四溅……"林子被砍光了，"老太婆们一个星期了，哭了一场又一场，当姑娘时就在林子里捉过迷藏，编过花冠……"而今，那一切美好的景象一去不复返了！"造福于人类的自然之宝——森林，一旦遭到虐待，既不能凌空逃逸，也不能潜入海底，像童话里愤怒的金鱼一样，更不会向上级部门呈送控告信。""大自然就是这样地失去了往日的光辉，呈现出衰微的景象。泉眼在壅塞，湖泊在沉积，河湾长满了慈姑草和苇丛。失去绿色的大地丑陋了。总有一天人们会从实践中得知，为了恢复被轻率地破坏掉的草土层，为了使盐沼地重新长起柞树，需要花费多大的力气。""进步搂抱着利润闯进浓密的针叶林，一路上留下的是残根倒木。"[③] 最后一句话显示出列昂诺夫的深层思考：所谓的"进步"，其根本动力就是贪欲，就是获利冲动。这种欲望动力论是人类竭泽而渔地掠夺自然的又一深层原因。

（三）唯发展主义批判

学界一般认为，对唯发展主义的批判最早出现在 20 世纪 70 年代的罗

---

① 普利什文：《叶芹草》，见《林中水滴》，潘安荣译，百花文艺出版社 1984 年版，第 57—58、156 页。

② 普利什文：《大地的眼睛》，见《普里什文随笔选》，非琴译，百花文艺出版社 1992 年版，第 44 页。

③ 列昂诺夫：《俄罗斯森林》，姜长斌译，第 102、204、321、341、334 页。

马俱乐部，但事实上，文学家的批判更早，也更为生动具体。

利奥波德批判了经济第一、物质至上的发展观。他把这种发展形象地比作在有限的空地上拼命盖房子，"盖一幢，两幢，三幢，四幢……直至所能占用土地的最后一幢，然而我们却忘记了盖房子是为了什么。……这不仅算不上发展，而且堪称短视的愚蠢。这样的'发展'之结局，必将像莎士比亚所说的那样：'死于过度'"。利奥波德指出，要缓解和消除生态危机，人类必须抛弃发展决定论，必须挣脱"经济决定主义者套在我们脖子上的"绳索；必须"把人类在共同体中以征服者的面目出现的角色，变成这个共同体中的平等的一员和公民"；必须尊重并保护地球上每一个物种"继续存在于一种自然状态中的权利"，"不论它们是否对我们有经济上的利益"。①

肯明斯有一首非常著名的诗：《可怜这个忙碌的怪物，残酷的人类》。在诗里肯明斯对人类的"发展癖文化"进行了严厉的批判，这种批判比罗马俱乐部至少要早 20 年：

> 可怜这个忙碌的怪物，残酷的人类，
> 不，发展是一种令人舒服的疾病；
> 你这个牺牲品（把生死置之不顾）
> 玩弄这把芝麻变作西瓜的把戏
> ……
> 人造的世界
> 决非天然的世界——可怜那动物
> 和植物，可怜那星辰和岩石，但绝不可怜
> 你这魔法无边、无所不能的
> 人类。我们的医生们或许能明白这是
> 一种没指望的绝症，如果——听：隔壁有一个
> 地狱般的好宇宙；让我们往那里走。②

---

① 利奥波德：《沙乡年鉴》，侯文蕙译，第 213、194、200 页。

② Oscar Williams, ed., *The New Pocket Anthology of American Verse*, New York：Washington Square Press, 1961, p. 129.

经济发展和物质需要的满足是一个具有超级魔力的指挥棒，它指挥人类彻底毁坏生态环境。"发展是一种令人舒服的疾病"（这一名句广被引用），而且是一种不治之症；然而人们正是因为眼前的舒服而看不到未来的灾难。现代至极和奢华至极的人造世界看上去好像是个好宇宙，然而实际上它是地狱！难道我们真的要兴高采烈地、踩着鼓点唱着赞歌、热热闹闹地一齐奔向那个地狱？

艾比对发展至上的怀疑，早在 50 年代他读研究生的时候就产生了。在其硕士论文里艾比就指出："这样的进程竟然被叫做'发展'。我们的黑手党一般的寡头政客们根本不关心我们的子孙后代的命运，他们所考虑的全是其短期利益。"① 他还提出，"为发展而发展"（the growth for the sake of growth）是"癌细胞的意识形态"，并且指出这种癌细胞正在迅速扩散。② 艾比开始批判为发展而发展的时代正是大多数美国人为"美国梦"而打拼的时代。这个具有预见性和超前性的思想，是他对世界生态文学和生态思想乃至整个环境运动的重要贡献。

对唯发展主义的批判，贯穿了艾比的整个创作生命。在《沙漠独居者》里，艾比揭示道："那些发展主义者，当然指的是那些政治家、实业家、银行家、管理者、工程师，他们从另外的角度看问题，所以才会极强烈和无休止地抱怨西南部等地区水资源严重匮乏。他们提出了雄心勃勃的规划，要以水坝工程和水渠工程把哥伦比亚河甚至育空河的水引向犹他、科罗拉多、亚利桑那和新墨西哥州。""为的是什么？为的是未来的需要，为的是满足工业和人口在西南部持续增长的需要。"艾比斩钉截铁地下了一个断言："为发展而发展是癌细胞的疯狂裂变和扩散！""一个只求扩张或者只求超越极限的经济体制是绝对错误的！"③ 这个断言明确指出了当代社会为发展而发展的实质，并将这种无视极限和超越极限的增长与致命的癌细胞扩散和疯长相类比，毫不留情地揭示出这样发展的毁灭性的未来。

1975 年，艾比在《回归家园之旅》里写道："这样的发展将会怎样？

① James Bishop, Jr., *Epitaph for A Desert Anarchist, the Life and Legacy of Edward Abbey*, p. 110.
② Ibid., p. 20.
③ Edward Abbey, *Desert Solitaire, A Season in the Wilderness*, pp. 126 - 127.

去问任何一个癌细胞。"① 在《有意破坏帮》里，他又指出："工业主义遍及全球。发展就像癌症。为发展而发展。为权力而权力。"唯发展主义者"用了不到三十年，就使西南部的所有城市空气质量全部超标"，以至于"在阿尔布开克市，孩子们下午放学后都不能在露天玩耍"，因为有毒气体会更严重地"伤害他们弱小的肺部"。食品同样有毒，成千上万的人已经受到毒害。艾比揭示出：如此"促进和确保持续发展和经济的最高速度增长"，其实质则是"给我更多满足"，是短视的、不计远期后果、不顾后人利益的欲望满足。因此，当务之急是"想方设法阻止或减缓技术统治的强化，阻止或减缓为发展而发展，阻止或减缓癌细胞意识形态的扩散"。② 在散文集《请珍惜生命》里艾比进一步论述道："为了更大的发展，我们必须放弃一些最重要的品质，而正是那些品质保证了我们高水准的文明生活成为可能。……为了更大的发展，我们将我们所珍惜的价值……转化成有权势的少数人膨胀的银行账户，那个少数群体包括土地投机商、掠夺土地的开发商、银行家、汽车经销商和大型商场贪婪的老板，他们眼里只有利润。……为发展而发展是癌细胞的意识形态。"③ 在他去世的一年前，艾比听说亚利桑那州州长布鲁斯·巴比特要竞选美国总统，立即公开进行了抨击：巴比特"只是发展主义者和工业主义者的奴才，而正是他的主子们，正在加速摧毁亚利桑那州剩下不多的荒野"。④ 在他最后一部小说《海都克还活着!》里，艾比进一步描绘了唯发展论者的真实面目：

> 发展。我们要发展。我们要往前走并发展，永远发展，继续发展、向上发展、向前发展、永远向前发展……可他们却说核工业很危险，说铀对人有危害，而我要告诉你们一些完全不同的看法：对我来说，铀闻起来就像金钱，铀闻起来就像工作……我爱这种味道……是的，先生们，我爱金钱的味道。我们不需要更多的所谓荒野，那只能招来

① James Bishop, Jr., *Epitaph for A Desert Anarchist, the Life and Legacy of Edward Abbey*, p. 213.

② Edward Abbey, *The Monkey Wrench Gang*, Philadelphia: J. B. Lippincott, 1975, pp. 61, 214, 2, 207.

③ James Bishop, Jr., *Epitaph for A Desert Anarchist, the Life and Legacy of Edward Abbey*, pp. 189 – 190.

④ Ibid., p. 18.

更多环境主义分子，就像死马招来绿头苍蝇。①

　　艾比的许多朋友都把他比作又疯又傻的堂吉诃德，一些人还经常提醒他，没有人能够独自阻挡社会的发展，而"发展又是美国万事万物的中心"。艾比的回答是：发展不能仅仅以经济数据来衡量判定，如果那样的话就不是真正的发展。假如把导致环境恶化、污染加剧、生态危机的恶性膨胀称为发展，不出几十年，人们一定会意识到这是一个悲剧性的笑话。② 艾比还为唯发展主义预示了未来结果：现代文明灰飞烟灭，又经过千百万年的进化，人类重返与自然相和谐的原始文明。"如果工业社会的人继续扩大工业的数量和规模，他将取得表面上的成功，却把自己封闭在大自然之外，用他自己筑就的人造监狱将自己孤立于其中。他将使自己流亡于地球之外，那时他终将认识到——如果他还能感知的话——终极丧失的最后痛苦。"③"时间和风沙迟早会把西博拉七城市——凤凰城、图森、阿尔布开克及其他所有城市——埋葬在流动的沙丘下，浩劫之后，蓝眼睛的纳瓦霍贝都因人将在那些沙丘上放羊牧马，冬天沿河，夏天进山，有时还会转向沙漠，横跨荒漠走向犹他州的红色峡谷，那里有一些大瀑布从被泥沙淤满的、古老而神秘的大水坝倾泻而下。"④ 未来的人类也许会对那些违反自然规律而建的大水坝百思不得其解，也许会嘲笑我们致命的愚蠢和狂妄，最不幸的是，也许他们还会再一次踏上这条开拓发展—消费享受—再开拓再发展……恶性循环直至生态极限和人类毁灭的不归路。

　　如果我们一直上溯，就会发现，早在原始时代，人类的祖先就已经认识到，人类必须限制自己的发展。许多原始部族的神话传说里都有限制人类打破生态平衡的过度增长的故事。莫厄特在长篇纪实文学作品《鹿之民》中就叙述了一个原始部落为重建生态平衡而主动地、惨烈地限制自身发展的悲壮故事。

　　世世代代居住在加拿大北部腹地的伊哈尔缪特人，是因纽特人的一个

---

①　Edward Abbey, *Hayduke Lives！*, p. 22.

②　James Bishop, Jr., *Epitaph for A Desert Anarchist, the Life and Legacy of Edward Abbey*, p. 88.

③　Edward Abbey, *Desert Solitaire, A Season in the Wilderness*, p. 169.

④　Ibid., p. 127.

部族，他们的衣食住行全都依赖北美驯鹿，因而有了"鹿之民"的称号。19世纪末他们还有两千多人，而到20世纪中期，却突然锐减为40余人。为什么会这样？原因是唯利是图的商人带来了具有强大杀伤力的狩猎武器，并大规模地猎杀驯鹿。过去，伊哈尔缪特人一直严格限制着猎取量，他们对驯鹿的需要量与驯鹿的繁殖增长量一直保持着自然的平衡。而现在，原有的平衡被彻底打破。倒在现代武器枪口下的驯鹿，堆成了堤坝，阻断了河流，也切断了鹿之民的命脉。浩劫过后，文明人走了，扔下伊哈尔缪特人独自面对死亡。为减少食物消耗，或为了向所爱的人提供自己的躯体作为食物，他们中的许多人竟从鹿皮棚走出，让北极圈的冰雪严寒结束自己的生命。"老太太跨出雪屋，走进漆黑之中。飘来的积雪包围了她，漆黑吞噬了她。她只穿一条毛皮裤，赤身露体地站在那儿。现在，她解开了裤子，让它无声地滑落在雪地上。风如受伤的野兽般哀号。黑暗困扰着她的肢体，任凭狂风使劲地鞭打。"这是何等惨烈、何等悲壮的选择与决定！"在伊哈尔缪特族人看来，自杀是伟大的，是非常勇敢的自我牺牲"，因为他们用自我消灭与所剩不多的驯鹿达成新的生态平衡！因为他们直觉地懂得生态系统的稳定才是最高的价值。①

伊哈尔缪特人是真正的鹿之民，是真正的自然人。他们敢于牺牲自己来维持他们与驯鹿的不可分割的联系。不惜付出生命的代价，也要维护和重建自然与人的和谐关系。这是最惨烈的限制发展，也是最壮美的限制发展。这就是鹿之民的精神，这就是真正的自然人的精神！《诺顿自然书写文选》对他们的评价是：这是一种"美丽而有尊严的生存方式"。② 注意，这里说的是生存的方式，而不是死亡的方式。这样的死恰恰是为了更长久的生，这样的限制发展恰恰是为了更长久的发展；而且不仅是为了他们自己的长久生存的发展，也为了驯鹿和整个自然的长久生存和发展。与伊哈尔缪特人相比，文明人显得多么渺小、多么自私、多么短视。有的文明人甚至连为保护草地免遭践踏绕道而行这么一点代价都不愿付出，难道还能指望他们主动限制自己的需求、欲望和发展吗？还能指望他们为了生态平衡做出大一点的牺牲吗？以生态平衡作为尺度来评判，伊哈尔缪特人才是真

① 莫厄特：《鹿之民》，潘明元等译，北岳文艺出版社1998年版，第46、174页。

② Finch & Elder, ed., *The Norton Book of Nature Writing*, New York: W. W. Norton, 1990, p. 622.

正的英雄——大自然的英雄！生态英雄！在面临严重生态危机的今天，人类是多么需要这样的英雄啊！多么需要敢于为保护濒临绝境的物种、为阻止灭绝性掠夺、为制止污染环境、为重建生态系统的平衡而献出鲜血和生命的英雄！莫厄特赞美鹿之民，意在呼吁整个人类为保护生态平衡付出应有的代价、做出应有的牺牲，彻底抛弃发展至上、物质需要满足至上的唯发展主义，把人类的需求严格限制在生态系统所能承载的限度之内。

（四）消费主义批判

人对待自然，决不能只是消费和利用。物质主义、消费主义、功利主义地对待自然，是铸就现代化之误的又一思想根源。

卢梭提倡物质生活的简单化，特别反感"文明人"汲汲于物质利益。他说："野蛮人仅只喜爱安宁和自由；他只愿自由自在地过着闲散的生活……相反地，社会中的公民则终日勤劳，而且他们往往为了寻求更勤劳的工作而不断地流汗、奔波和焦虑。"① 他循循善诱地告诫人们，消费主义的享乐其实并非真正的快乐："乍看起来，好像玩乐的次数和花样一多就可以增加人的幸福，而平淡单调的生活将使人感到厌倦；但仔细一想，事情正好相反，我们发现心灵的甜蜜在于享乐适度，使欲望和烦恼无由产生。"更进一步说，物质生活的简单化其实并不是最终目的，最终目的是精神生活的丰富。在卢梭看来，只要热衷于追逐物质生活越来越舒适和奢侈，人的精神生活就一定不可能获得完善和提高。"身体太舒服了，精神就会败坏。"欲海无边，追逐无涯，很多人"一生中只不过是活了他的生命的一半，要等到肉体死亡的时候，他才开始过灵魂的生活"。②

巴赞在《绿色教会》里指出，为满足欲望而生存必然造就一个占有的文化，消费至上的文化，而不是健康存在的文化。巴赞笔下的主人公说："可是现在，生存再也不是主要问题，而是所有。推着你消费，你才是完人；属于你的财产将你占有。"③ 巴赞的主人公挑战的是当今最时尚的消费文化和占有文化，这种文化是欲望动力推动的文化，也是进一步刺激更大

---

① 卢梭：《论人类不平等的起源和基础》，第 147 页。
② 卢梭：《爱弥儿》，第 317、84、405 页。
③ 巴赞：《绿色教会》，袁树仁译，漓江出版社 1990 年版，第 207 页。

欲望的文化。

另一位法国当代作家加里在《天根》里详细描写了消费主义的无尽需求所导致的非洲大象濒于灭绝的惨象：子弹的创伤"招来一群群壁虱和苍蝇，愈烂愈深"，大象在漫长的痛苦中等待死亡。"一头小象侧卧在那里，长鼻子软绵绵地拖在地上，望着你，这时，在这双眼睛里，人类那些备受赞扬的优点好像都躲了起来，其中的浓厚人情味也消失殆尽。"如此残酷的猎杀，其目的竟然只是为了满足发达国家的那些衣食无忧的富人奢侈和病态的消费、为了那庸俗和可恶的时尚：把大象膝盖以下部分砍下，经过镂空、鞣制等加工工序，做成工艺纸篓、伞架、香槟酒桶。"八十只已镂空成成品的大象蹄子和同样数量的犀牛与河马蹄子……立在库房里。就像一群巨大的幽灵！"① 这是一个震撼人心的场景，看到这个场景，任何良知尚存的人都应当重新反思造就如此恶果的消费主义。

在《缅因森林》里，梭罗抨击了只知道占有和利用自然的态度，呼吁人们诗意地对待自然，在自然中寻找诗意，并在自然里诗意地生存。他指出，如果人类抱持"能利用它就利用"的态度，那么，"人类是不会和地球联系在一起的"。"通常将人们带进荒野的动机是多么卑鄙粗俗……他们的目的就是尽可能多地杀死麋和其他野生动物，但是，请问，难道除了干这些事外一个人来到这荒凉的广阔荒野度过几周或几年就不能干其他的事吗？——干一些极为甜蜜、清白和高尚的事？有一个人带着铅笔来这里素描或唱歌，就有一千个人带着斧子或枪来的。""几乎没有过什么人来到森林里看松树是怎么生活、生长、发芽的，怎样将其常青的手臂伸向光明，——看看它完美的成功。但是大部分人都只满足于看到松树变成宽大的板，运到市场上，并认为那才是真正的成功！""诗人不会用斧子抚弄松树，不会用锯子来轻轻碰它，也不会用创刀在他身上轻轻掠过……"。诗人知道那些都"不是松树的最高用途"，他"爱的不是它们的骨头，不是皮毛，也不是脂油"，而是"树的活的精神"。"树的活的精神将与我一样永生，也许会高入云天，而且还会胜过我。"②

消费主义不仅犹如恶狼一般地追逐着人们，促使他们为了更多的消费、

---

① 加里：《天根》，宋维洲译，北京师范大学出版社 1996 年版，第 167、64、168 页。

② 罗伯特·塞尔编：《梭罗集》，陈凯等译，第 720、760—762 页。

更多的占有去疯狂地、超限地掠夺自然，同时也把人生异化成沉重的长途跋涉。为了过上越来越奢侈的生活，人们推动着所有的重负前行。梭罗感叹道："我曾遇见过多少个可怜的、始终不变的灵魂啊，他们几乎被重负压垮，喘息着爬行在生活的道路上。""大多数人……被人为的生活忧虑和不必要的艰苦劳作所控制，而不能采摘生活中的美果。……一天又一天，没有一点闲暇来使得自己真正地完善；……他没有时间使自己变得不只是一架机器。""他们把所有时间都花在获得一种生活并保持那种生活之上"，而那种生活并非必需的而是日趋舒适和奢侈的。他们不是住房子，而是"房子占有了"他们；"房子是那么庞大而且不实用的财产"，他们"不是住进去而是被关进去"。同样，"不是人看管牧群而是牧群制约了人。""看哪，人已经变成他们的工具的工具了。"①

梭罗对追求物质享受的消费主义生存方式提出了严厉批判："这个国家及其所有所谓的内部的改进……全是物质性和表面上的改进，全是不实用和过度发展的建构，到处乱糟糟地堆满各种设备，被自己设置的种种障碍绊倒，毁于奢侈华贵和愚蠢的挥霍，毁于缺乏长远打算和有价值的目标，而生活在这片土地上的数百万家庭，情况也和他们的国家一样。对于这个国家和它的人民来说，唯一的治疗方法就是厉行节约，厉行比斯巴达人更为简朴的生活方式并同时提升生活目标。"在梭罗看来，所谓有价值和高尚的生活目标，除了与自然万物和谐相处之外，就是精神生活的丰富。他指出："世间万物并没有变；是我们在变。卖掉你的衣服（指奢华而不必要的服饰——引者注），保留你的思想。……即便是像蜘蛛那样整天待在阁楼的角落里，只要我还能思想，世界对于我还是同样辽阔。"②

梭罗是简单生活的著名的提倡者。从 1845 年 7 月 4 日开始，梭罗在康科德郊外瓦尔登湖畔的一座小木屋里隐居了 26 个月，每年为最基本的物质需要而劳动的时间，加在一起，总共才六个星期，其余时间全部用于阅读和与大自然沟通。他这样做的目的是要证明：人完全可以活得更简单、更质朴；人如果在物质生活方面只求满足最基本的需要，他可以活得幸福快乐，活得更从容、更轻松、更充实、更本真；人完全不必，也完全可以做

---

① Henry D. Thoreau, *Walden*, Princeton University Press, 1971, pp. , 5, 6, 153, 33 – 34, 56, 37.
② Ibid. , pp. 91 – 92, 328.

到不在物质的罗网里苦苦挣扎，异化成工具或工具的工具。简单生活本身并不是目的，目的是以物质生活的尽量简单换来精神生活的最大丰富。反之，即使人占有了全世界，但却输掉了自己的灵魂，又有何益？在《瓦尔登湖》里梭罗反复地呼吁："简单，简单，简单吧！……简单些吧，再简单些吧！""根据信仰和经验我确信，如果我们愿意生活得简单而明智，那么，生存在这个地球上就非但不是苦事而且还是一种乐事。"如果我们能够使生活简单化，那么，"宇宙的规律将显得不那么复杂，寂寞将不再是寂寞，贫困将不再是贫困，薄弱将不再是薄弱"。"我们为什么要生活得这样匆忙，这样浪费生命呢？"我们为什么不能把我们的生活变得"与大自然同样简单呢？"①

倡导简单生活的生态文学家期盼着人类彻底改变其生活方式，并进而改变人们的价值观。他们由衷地希望能看到这样一种美好的未来：金钱、财富、奢侈生活不再是光荣标志，相反却成为消耗和浪费了更多自然资源的耻辱标记；过度的和高档的消费将不再令人羡慕，相反却因造成了更多的污染而令人反感或受到指责。

缪尔是 19 世纪末 20 世纪初美国最著名的生态文学作家。他很早就接触了梭罗的作品并深受影响。缪尔非常反感人们纯粹实用性地对待自然。他以响尾蛇为例阐明他的看法："其实响尾蛇是十分善良的动物，尽管它背着这样的黑锅已经很久，即使是出于误解或偶然发生的意外，它也很少对人构成危害。……尽管如此，无论是在有蛇的季节，还是在无蛇的季节，这样的问题总是一遍又一遍地提出来：'响尾蛇有什么益处？'似乎凡是对人类没有明显益处的东西都没有存在的权利；似乎我们的利益就是造物主的利益。很久以前，有一个法国游客向一个印第安人提出这个老生常谈的问题，那个印第安人回答说：它们的尾巴可以治牙痛，它们的脑袋可以退烧。当然，它们的一切，无论是头还是尾，都只对它们的自身利益有益。"②在另一部作品里缪尔批评了牧羊人对待自然的功利主义态度："饲羊人把杜鹃花称为'羊的毒药'，而且纳闷造物主为什么要创造这种植物……这些可怜的金钱奴隶眼前所见就只有剃下的羊毛，反而看不清或甚至看不到真正

---

① Henry D. Thoreau, *Walden*, pp. 91, 70, 324, 93, 88.

② 约翰·缪尔：《我们的国家公园》，郭名惊译，吉林人民出版社 1999 年版，第 41 页。

有价值的事物。"① 功利主义地对待自然，是人类的一个通病，也是生态文学批判的主要对象之一。在《我们的国家公园》里缪尔指出："利令智昏的人们像尘封的钟表，汲汲于功名富贵，奔波劳顿，也许他们的所得不多，但他们却不再拥有自我。""成千上万心力交瘁生活在过度文明之中的人们开始发现……过度工业化的罪行和追求奢华的可怕的冷漠所造成的愚蠢的恶果……"②

《大地的眼睛》是普利什文带有生态色彩的作品。在这部由后人将他的日记结集出版的散文集里，普利什文对功利主义地对待自然的态度进行了反思："天哪！难道松鸡就只是供人打猎的吗？""如果有水，而水中无鱼——我就不相信这是水。即使空气里有氧，可是燕子不在其中飞翔——我就不相信这是空气。森林里没有野兽，而只有人——那不是森林。"面对一条小河，"会有各种不同的想法：有时想要钓鱼，有时想洗个澡……在岸上散散步，甚至想划一会儿船。不管会想什么，或者在自己的生活里重新安排什么：一切都是关于自己，一切都是为了自己！可是，如果……看到从院子里流出去的污浊的小河，你就会想起真正的河流……一切都是为了河，没有任何事情是为了自己。"他认识到，"在'自己身上'，我们是不能了解大自然的"，仅仅从人类自身的利益出发，仅仅把自然看成宝藏、当作利用和消费的对象，不可能认识到大自然的真正价值。③

许多加拿大生态作家对为满足富裕阶层的奢侈需要而大肆屠杀动物制造裘皮愤怒不已。麦克尔·奥塔杰在他主编的动物诗集《破碎的方舟》里对读者说：不要以对待宠物的态度看这本诗集，"我们想让你们想象自己怀孕了、被追踪，直至被机动雪车碾死。我们想让你们感觉一下牢笼的滋味，同时也感觉一下你们肩上贵重的裘皮。"爱尔·珀迪在《动物之死》一诗里描写了为人类的高消费——购买昂贵的裘皮服饰——而付出生命的野生动物，引导读者设身处地地体会那些被杀害的野生狐狸的感受：

---

① 约翰·缪尔：《夏日走过山间》，陈雅云译，三联书店 1999 年版，第 19 页。
② 约翰·缪尔：《我们的国家公园》，郭名倞译，第 1—2 页。
③ 普利什文：《大地的眼睛》，见《普里什文随笔选》，非琴译，第 284、80、221—222、213、85、306—307 页。

深穴中狐狸突然想象，
一个裸女深入它红色的皮毛中
涂着油的指甲推它出穴。
于是它朝着大地，大叫一声。①

在《被捕杀的困鲸》里，莫厄特描写道，与陷入严重的、全方位的污染同时，"人们还染上了当代社会的通病——强制性消费。以前对物质拥有从来不在乎的男人、女人和孩子们，现在变成贪婪的拥有狂"。作品中76岁的伯特大叔是岛上少有的清醒者之一。他激愤地批评道："全都昏了头！我的孩子们，他们全都傻得像没头猫！可笑的是……他们自己还不清楚！一切该死的事情他们都想到了……可他们想的一切都出了乱子！就这，我亲爱的伙计，他们就把这叫做进步！""他们买汽车、电视机、机动雪橇！这帮家伙都不知道自己姓啥了……他们就知道想要东西！像头吹鼓的死猪，最后非吹爆不可。……他们啥都想要！……老天在上，他们最后非得噎死不可！""他们说要把这片土地变成天堂。可实际情况呢……咱们全给踩进地狱，还急不迭往前赶。漂亮吧？"②

（五）人类中心主义批判

英国浪漫主义诗人亨特的名诗《鱼、人和精灵》揭示了人类中心主义的荒谬。诗作告诉人们，任何一种生物的优劣都是相对的。以不同的角度观察事物，用不同的价值尺度评判事物，便会有不同的认知。以人为尺度看鱼是这样：

你这希奇古怪、面带惊讶、大海里的可怜虫，
三角眼，耷拉着口角，张着大嘴，
你无止无休地吞进大海中的盐水；
你冷酷，虽然你的血有幸被染成鲜红，

---

① M. 艾特伍德：《生存——加拿大文学主题指南》，秦明利译，中国文联出版公司1991年版，第68—69页。

② 莫厄特：《被捕杀的困鲸》，贾文渊译，第23—24页。

你沉默，虽然你长住在咆哮的海涛中。

……有的圆，有的扁，有的细长，都象鬼怪，

没有腿，不懂得爱，声名狼藉地清清白白。

如果换成鱼的尺度来看人，则是这样：

奇异的怪物！……啊，扁平的、丑恶不堪的面孔，

阴森森地和下面的胸膛截然分离。

你总是在旱地上阴沉沉地走来走去，

岔开身躯，迈着荒谬可笑的步子，

一叉又一叉，辱没了一切优美的风韵，

你那废置无用的长鳍——毛茸茸，直挺挺，

干巴巴，好不迟钝！

你成天吸进那刀剑似的、不堪呼吸的空气，

……白浪碧波的水中生活，你丝毫也不能分享？

有时我看见你们成双成对地走过海滩，

你的鳍挽着她的鳍，多难看，多不体面！①

鱼对人的看法固然有些滑稽可笑，那么，反问一下：人对鱼以及其他生物的看法就不可笑吗？为什么偏偏要以同样可笑的人为尺度来评判一切呢？如果站在牛的立场上给人下定义，人算个什么东西？人，牛的寄生物！如果站在树的立场上给人下定义，人又是个什么东西？人，砍树的刀斧手！难道说这些不同于人的尺度的判断就没有一定的道理吗？万物存在所依赖的生态系统是一个不可分割的整体。整体利益是最高的价值。以其中任何一个物种为中心，都是荒唐的和危险的。人类应当学会多从其他生物乃至非生物的立场看问题，并进而学会从生态整体的观点看问题，才有可能摆正自己在自然万物中的位置，打消虚妄的高傲。

君特·格拉斯质问道："人类可以停止只顾想到他们自己吗？他们——

---

① 黄宏煦主编：《英国浪漫主义诗人抒情诗选》（上），江苏人民出版社1988年版，第241—242页。

这些神一样的创造性的生命，拥有理性，成为越来越多的发明的创造者——敢于对他们的发明说不吗？他们能……对残存的自然表示一定程度的谦逊吗？"[1] "我们对人类的事情谈得太多了。这个世界挤满人类，但也挤满动物，鸟、鱼和昆虫。在我们出现之前，它们就已存在了……我们必须明白，地球上并不是只有我们。《圣经》说人支配鱼、鸟、畜生和一切爬行动物，这是很坏的教导。我们试图征服地球，结果却很糟糕。"[2]

艾特玛托夫的生态小说《白轮船》讲述的是自然的不肖子孙对他们的拯救者恩将仇报的故事：在很久很久以前，有个麻脸瘸腿婆婆要将吉尔吉斯族的祖先——一男一女两个小孩扔到爱耐塞河里淹死。她对爱耐塞河说："请你接受自己的两粒小砂子——人的两个孩子。……如果星星都变成人，它们也不会把天空挤满；如果鱼都变成人，它们也不会把河和海挤满。还用得着我对你说嘛，爱耐塞？把他们拿去吧！把他们带走吧！让他们带着没有被诡计和暴行所污染的纯洁的童年的心灵，离开我们这个令人厌恶的世界，为了不让他们知道人间的苦难和不使别人遭受痛苦。把他们拿去吧，把他们拿去吧，伟大的爱耐塞！"就在此时，一只美丽的长角母鹿救了这两个孩子。母鹿要把孩子养大。麻脸瘸腿婆婆警告母鹿，孩子长大会杀害小鹿，但母鹿不相信："我是他们的母亲，而他们是我的孩子，难道他们会杀死自己的兄弟姐妹吗？"麻脸瘸腿婆婆摇摇头道："鹿母，你不了解人。他们连林中的野兽都不如，他们之间是互不怜惜的。"但是母鹿还是收留了那两个孩子，并把他们抚养成人，帮助他们繁衍后代——吉尔吉斯民族。然而，结局是："鹿的覆灭命运终于来到了"！两个孩子的后代把山林里的鹿捕杀一空，最后连那自然神力化身的母鹿本身也未能幸免于难。[3]

小说以一个7岁男孩的目光，观察了人类贪婪野蛮的暴行。他们是这样杀害男孩最心爱的长角鹿母——自然界善与美的象征的：

> （小男孩简直）不相信自己的眼睛。他面前居然放着长角鹿母的
> 头。他想跑掉，但两脚却不听使唤。他站着，痴痴地望着白鹿的难看

---

① 　君特·格拉斯：《人类的毁灭已经开始》，黄灿然译，《天涯》2000 年第 1 期。

② 　同上。

③ 　艾特玛托夫：《白轮船》，许贤绪等译，上海译文出版社 1986 年版，第 49—55 页。

的、毫无生气的头。这就是那只昨天还是长角鹿母，昨天还从对岸用善良的、专注的眼光看着他的白鹿。这就是他在心里同它说话，求它在鹿角上带来一只有铃铛的神奇的摇篮的那只白鹿。可是现在，所有这一切忽然变成了不成样子的一堆肉、一张剥下来的皮、斩断了的腿和丢得远远的头。①

可是，那个醉醺醺的林区土皇帝阿洛斯古尔连母鹿已被割下的头都不放过，又抡起斧头向它劈去。

　　孩子哆嗦着，每劈一下他都不由自主地把身体向后一仰，但他又无力使自己离开这儿。就像在恶梦中一样，他被一种可怕的和不可理解的力量钉在地上，惊异地看着。长角鹿母那玻璃球一样的、不再眨动的眼睛，竟一点也不怕斧头。既不眨，也不吓得眯起来。它的头早就在污秽和灰尘里打滚了，但眼睛还是洁净的，而且看上去还在带着临死前的惊奇看着世界。孩子担心，醉醺醺的阿洛斯古尔会劈中这双眼睛。
　　鹿头骨裂开了，碎骨片向四面飞溅开来。……小孩尖叫了一声。他看到翻转的鹿眼珠里迸射出黑色的、浓浓的液体。眼睛不见了，消失了，空了……②

多么可怕的场景！多么残酷的人类！代表了与自然和谐相处的童年时代人类的小男孩再也忍受不了掠杀万物的残酷的人类。他决定离开人间，融入自然：

　　"我还是变成鱼好。我要从这个地方游走。我还是变成鱼好！"
　　小孩子继续向前走去。走到河边，迈步跨进了水里……
　　谁也不知道，小孩像鱼一样在河里游走了……

---

① 艾特玛托夫：《白轮船》，许贤绪等译，第126—127页。
② 同上书，第127—128页。

游到自己的童话中去了。①

　　阿洛斯古尔这个残忍的猎鹿者有几句话充分表现出人类蹂躏自然的思想基础——人类中心主义："鹿是在我们的土地上打死的。凡是在我们领地上跑的、爬的、飞的，从苍蝇到骆驼都是我们的。我们自己知道我们应当如何对待自己的东西。"② 这种辩解的逻辑是：人类是自然中心、是万物之主，人类早就获得了上帝的授权，可以对自然万物随意处置。在这种思想基础之上，人类渐渐养成了一种习惯：以征服自然为荣，以征服自然取乐，以征服自然来彰显自身的力量和价值，而且越是难以征服的对象就越能给人带来自信、乐趣和荣耀。

　　缪尔对人类中心主义发出了质疑："造物主创造出动植物的首要目的是要使它们中的每一个都获得幸福，而不是为了其中的一个幸福而创造出其余的一切。为什么人类要将自己这一小部分利益凌驾于万物的整体利益之上呢？"③

　　女诗人穆尔在歌咏大海的诗歌《坟墓》里也告诫骄傲的人类：人的那点狂妄骄横，与大自然的代表之一——大海相比，显得极其可怜：

　　　　人们凝望着大海，
　　　　带着和你有同样权力的人的目光，
　　　　以我为中心是人的天性，
　　　　可你却不能站在大海的中心；
　　　　大海无所赠与，只有一座挖好的坟墓。④

　　人类不是地球的中心，更不是宇宙的中心。人类对自然的不敬，终将导致他们葬身于大自然为他们准备的坟墓。

　　第一个对人类中心主义发起直接批判的作家是卡森。卡森认为，人类

---

① 艾特玛托夫：《白轮船》，许贤绪等译，第136—137页。
② 同上书，第49页。
③ 约翰·缪尔：《我们的国家公园》"前言"，郭名倞译，第3页。
④ 彭予：《20世纪美国诗歌——从庞德到罗伯特·布莱》，第183页。

竭泽而渔地对待自然，其最主要的根源就是支配了人类意识和行为达数千年之久的人类中心主义。她指出，"犹太—基督教教义把人当作自然之中心的观念统治了我们的思想"，于是"人类将自己视为地球上所有物质的主宰，认为地球上的一切——有生命的和无生命的，动物、植物和矿物——甚至就连地球本身——都是专门为人类创造的"。①

艾比在《沙漠独居者》里倡导与人类中心主义相对的大地主义："大地主义是对地球的根本性的忠诚，对我们、家庭和朋友生命的尊重，以及对我们周围所有动植物的生命的尊敬。"②"人类有其权利，但我们还必须尊重其他生物按照它们自己的生存方式、在他们自己的空间里生存的权利。"③

在卡森的影响下，许多人文与社会科学学者也加入了批判人类中心主义的阵营。美国史学家林恩·怀特在他那篇被誉为"生态批评的里程碑"的名篇《我们的生态危机的历史根源》里再次指出，"犹太—基督教的人类中心主义"是"生态危机的思想文化根源"。它"构成了我们一切信念和价值观的基础"，"指导着我们的科学和技术"，鼓励着人们"以统治者的态度对待自然"。④

生态思想家帕斯莫尔指出，西方对自然的态度是狂妄自大的，"这种狂妄自大在基督教兴起后的世界里一直延续，它使人把自然当作'可蹂躏的俘获物'而不是'被爱护的合作者'。《创世记》就是我们的起点。""基督教鼓励人们把自己当作自然的绝对的主人，对人来说所有的存在物都是为他安排的。""基督教的这种对待自然的特殊的态度在很大程度上来自它的人类中心。"⑤

另一位生态思想家马歇尔在《自然之网：生态思想探索》一书里也指出："《创世记》1：28 里最重要的词语 kabas 和 rada 在整部《旧约》里都有使用，意思是残酷的殴打或压制。这两个词都被用来描述征服和奴役的

---

① Carol B. Gartner, *Rachel Carson*, p. 120.

② James M. Cahalan, *Edward Abbey*: *A Life*, p. 278.

③ James Bishop, Jr., *Epitaph for A Desert Anarchist, the Life and Legacy of Edward Abbey*, p. 17.

④ Lynn White, "The Historical Roots of Our Ecologic Crisis", Cheryll Glotfelty & Harold Fromm, ed., *The Ecocriticism Reader*: *Landmarks in Literary Ecology*, pp. 6 – 14.

⑤ John Passmore, *Man's Responsibility for Nature*: *Ecological Problems and Western Traditions*, London: Gerald Duckworth, 1980, pp. 5, 13.

行为，都给人这样一种意象：征服者获得了完全的统治，并把脚踩在被打败的敌人的颈项上。因此，出现这样的结果就不足为奇了：基督教徒把《创世记》里这些话传统地解释为神对人的授权，允许人为了自己的目的征服、奴役、开发、利用自然。"①

著名的生态神学家、哈佛大学神学院教授考夫曼 1998 年在哈佛召开的、有 80 多位世界一流基督教神学家参加的"基督教与生态学"研讨会上指出，"我们所接受的大多数关于上帝的概念和形象所蕴含的拟人观（指赋予神、人、动物和其他事物以人形或人性的思想——引者注）——深深地根植于犹太教、基督教和穆斯林教传统中的人类中心主义并残留至今——需要被解构。"因为唯有这样才可能消除人类征服和统治自然的思想根源。②

社会学家威尔森甚至愤然断言："没有任何一种丑恶的意识形态，能够比得上与自然对立的、自我放纵的人类中心主义所带来的危害！"③

人类是否真的可以做到超越人类中心主义进而站在整个生态系统的高度考察问题呢？人类是否真的能够做到把生态系统的整体利益放在首位，是否真的可以做到以生态系统的平衡、稳定、美丽及其规律来约束自己呢？持怀疑和否定态度的大有人在。生态哲学家罗尔斯顿认为不仅可能而且必要，并且刻不容缓。他指出，人类必须建立以生态系统"整体意识为基础的责任感"，必须承担起"对生态系统的义务"——从最根本的意义上说，这种义务"是终极性的义务"。他承认人像其他生物一样，具有从自己的角度认识事物并为自身的利益攫取生态资源的本性；但是这并不能成为人类不能，也不该为生态系统整体利益考虑的理由。因为，人是唯一有理性的物种，人"是这个世界中惟一能够用关于这个世界的理论来指导其行为"④的物种。人是高贵的物种，正如莎士比亚所说，人之所以高贵就在于他的理性；但"高贵的身份使人有更多的义务"。⑤ 人的理性曾经使得他超越了

---

① Peter Marshall, *Nature's Web: An Exploration of Ecological Thinking*, London: Simon & Schuster, 1992, p. 98.

② Hessel & Ruether, ed., *Christianity and Ecology: Seeking the Well - Being of Earth and Humans*, Cambridge MA: Harvard University Press, 2000, p. 26.

③ Edward O. Wilson, *On Human Nature*, Cambridge MA: Harvard University Press, 1978, p. 17.

④ 罗尔斯顿：《环境伦理学》，杨通进译，中国社会科学出版社 2000 年版，第 312、217、96 页。

⑤ 罗尔斯顿：《哲学走向荒野》，刘耳等译，第 444 页。

万物，把自己视为世间唯一能够获得道德关怀的物种；而今，理性也可以而且必须使他超越自身的局限性，站在生态系统整体的高度去关怀自然万物。

人类还是有同情心的物种，同情心使人类能够超越自身的视野、经验和利益的局限去认识和关怀万事万物。澳大利亚哲学家普鲁姆伍德在《人类中心之外的道路》里说得好，同情心能够"将我们置于他者的立场上，在一定程度上从他者的角度看世界，考虑他者的与我们自己相似和不同的需要和体验"。这里的他者不仅可以是其他人，也可以是其他物种，甚至是整个地球。正是有了这种同情，我们才可能"扩大自我，超越自身的地位和利益"。① 生态社会学研究者布克钦也有类似观点，他指出，人类"用概念思考和深深的同情感来认识和体验整个世界生命的能力，使他能够在生态社会里生存，并恢复、重建被他破坏了的生物圈"。② 如果人不能超越自身的局限，不能设身处地地为他者考虑，那么，即便在人类社会的范围里，人们也不可能做到超越个人中心、男性中心、白种人中心、欧洲中心。否认人类能够超越人类中心主义的逻辑与否认人类应当抛弃极端个人主义、种族主义和性别歧视的逻辑是完全相同的。把世界连同它所有物种从生态危机中解救出来，只有人类可以完成这个使命，更何况生态危机原本就是人类造成的。人类无论如何也不能以任何理由来开脱自己的罪责，无论如何也不能以任何理由放弃他必须履行的义务。只有勇敢地承担起自己对重建整个生态系统平衡稳定的责任，人类才真正堪称我们这个星球上的最高贵、最有价值的生命。如果说人类只能像猪羊那样只为满足自己欲望而生存，那才是对人类最大的不敬。

人是有局限的物种，也是还在演进和变化的物种，在他的演化进程中，他曾经犯过无数的错误，走过许多弯路。从生态危机和生态思想的角度来看，人类几千年来所犯的最致命的错误，就是以自己为中心、以自己的利益（而且主要是眼前利益）作为尺度，没有清楚而深刻地认识到与人类的

① Anthony Weston, ed., *An Invitation to Environmental Philosophy*, New York: Oxford University Press, 1999, pp. 75 – 77.

② Murray Bookchin, *The Philosophy of Social Ecology: Essays on Dialectical Naturalism*, Sydney: Black Rose Books, 1990, p. 187.

长久存在生死攸关的生态系统的整体利益和整体价值。这个错误导致了无数可怕的、难以挽救的灾难。今后，如果人类还要继续以自己的意愿为唯一判断标准，则必将犯更多、更可怕的错误，甚至自己走向灭亡。抛弃人类中心主义，跳出数千年来的旧思路，努力去认识自然规律、认识生态系统，进而将认识到的生态系统的整体利益和内在规律作为人类一切观念、行为、生活方式和发展模式的根本出发点，人类才有可能缓解乃至最终消除生态危机。

但是在现实中，国家之间的利益并不一致，而追求国家利益则是各国政府存在的理由。1997 年 12 月，联合国气候变化框架公约签字国在日本京都举行会议，制定并通过《京都议定书》（Kyoto Protocol，全称为《联合国气候变化框架公约的京都议定书》)，其目标是"将大气中的温室气体含量稳定在一个适当的水平，进而防止剧烈的气候变化对人类造成伤害"。该议定书于 1998 年 3 月 16 日至 1999 年 3 月 15 日间开放签字，从 2005 年 2 月 16 日开始生效。发达国家从当年开始承担减少碳排放量的义务，而发展中国家则从 2012 年开始承担减排义务。看来在联合国的协调下世界各国有望通过理性、协商的手段共同解决环境问题，但是分歧仍然存在——目前绝大多数国家是《京都议定书》签字国，而全球温室气体排放量最大的国家美国却没有承担减排的责任。美国在 1998 年象征性地签署了该议定书，实际上早在 1997 年 6 月 25 日美国参议院就以 95 票对零票通过了"伯德·哈格尔决议"，要求美国政府不得签字同意任何"不同等对待发展中国家和工业化国家的，有具体目标和时间限制的条约"，因为这会"对美国经济产生严重的危害"。

2001 年 3 月，当时的布什政府以"减少温室气体排放将会影响美国经济发展"和"发展中国家也应该承担减排和限排温室气体的义务"为借口，拒绝批准议定书。看来美国并不想改变自己的生活方式，而制造业的转移又使高度依赖出口的中国成为高污染、高能耗、高排放的国家。要真正将生态文学的理念付诸实施，各国要走的路何其漫长！

参考文献

阿多诺:《美学理论》,王柯平译,四川人民出版社 1998 年版。

阿尔贝·加缪:《加缪文集》,郭宏安等译,译林出版社 1999 年版。

阿里夫·德里克:《后革命氛围》,王宁等译,中国社会科学出版社 1999 年版。

阿尼克斯特:《英国文学史纲》,戴镏龄等译,人民文学出版社 1980 年版。

阿什拉芙·巴列维:《伊朗公主回忆录》,许博译,新华出版社 1984 年版。

阿英编:《晚清文学丛钞·小说戏曲研究卷》,中华书局 1960 年版。

埃默里·埃利奥特主编:《哥伦比亚美国文学史》,朱通伯等译,四川辞书出版社 1994 年版。

艾德蒙·威尔逊:《爱国者之血:美国南北战争时期的文学》,胡曙中等译,上海外语教育出版社 1993 年版。

艾尔默·莫德:《托尔斯泰传》,宋蜀碧等译,北京十月文艺出版社 1984 年版。

艾瑞克·霍布斯鲍姆:《帝国的年代:1875—1914》,贾士蘅译,江苏人民出版社 1999 年版。

爱德华·傅克斯:《欧洲风化史:文艺复兴时代》,侯焕闳译,辽宁教育出版社 2000 年版。

爱德华·傅克斯:《欧洲风化史:资产阶级时代》,赵永穆、许宏治译,辽宁教育出版社 2000 年版。

爱德华·W. 萨义德:《东方学》,王宇根译,三联书店 1999 年版。

爱德华·W. 赛义德:《赛义德自选集》,谢少波等译,中国社会科学出版社 1999 年版。

爱德蒙·柏克:《美洲三书》,缪哲译,商务印书馆 2003 年版。

安·屠尔科夫：《安·巴·契诃夫和他的时代》，朱逸森译，中国社会科学出版社 1984 年版。

安德鲁·桑德斯：《牛津简明英国文学史》，谷启楠、韩加明、高万隆译，人民文学出版社 2000 年版。

安东尼·伯吉斯：《海明威》，余光照译，百家出版社 2001 年版。

安东尼·吉登斯：《现代性的后果》，田禾译，黄平校，译林出版社 2000 年版。

安东尼·史密斯：《民族主义：理论，意识形态，历史》，叶江译，上海世纪出版集团 2006 年版。

巴尔扎克：《巴尔扎克全集》，傅雷等译，人民文学出版社 1984—1998 年版。

巴赫金：《小说理论》，白春仁等译，河北教育出版社 1998 年版。

巴金：《巴金译文全集》，人民文学出版社 1997 年版。

巴特·穆尔－吉尔伯特等编：《后殖民批评》，杨乃乔等译，北京大学出版社 2001 年版。

白玄：《动态的进化世界的发现者——达尔文》，中央文献出版社 2000 年版。

保罗·约翰逊：《知识分子》，杨正润等译，江苏人民出版社 2000 年版。

鲍戈斯洛夫斯基：《车尔尼雪夫斯基》，关益、杜颖译，黑龙江人民出版社 1986 年版。

鲍戈斯洛夫斯基：《屠格涅夫》，冀刚等译，上海译文出版社 1983 年版。

贝克：《迷惘者的一生——海明威传》，林基海译，湖南文艺出版社 1992 年版。

贝特朗·德·儒弗内尔：《左拉传》，裴荣庆译，天津人民出版社 1988 年版。

本杰明·富兰克林：《本杰明·富兰克林自传》，诠申译，河北人民出版社 1985 年版。

本尼迪克特·安德森：《想象的共同体：民族主义的起源与散布》，吴睿人译，上海世纪出版集团 2005 年版。

本雅明：《发达资本主义时代的抒情诗人》，张旭东、魏文生译，三联书店

1989 年版。

保罗·库尔兹编：《21 世纪的人道主义》，肖峰等译，东方出版社 1998 年版。

别林斯基：《别林斯基选集》，满涛译，上海译文出版社 1980 年版。

波德莱尔：《波德莱尔美学论文选》，郭宏安译，人民文学出版社 1987 年版。

柏克：《法国革命论》，何兆武、许振渊、彭刚译，商务印书馆 1998 年版。

布鲁斯·罗宾斯：《全球化中的知识左派》，徐晓雯译，中国社会科学出版社 2000 年版。

曹天予主编：《现代化、全球化与中国道路》，社会科学文献出版社 2003 年版。

车尔尼雪夫斯基：《车尔尼雪夫斯基论文学》，辛未艾译，上海译文出版社 1978—1982 年版。

陈恭禄：《中国近代史》，商务印书馆 1941 年版。

陈建华：《“革命”的现代性：中国革命话语考论》，上海古籍出版社 2000 年版。

陈平原、夏晓虹编：《二十世纪中国小说理论资料》第一卷，北京大学出版社 1997 年版。

陈恕祥主编：《美国贫困问题研究》，武汉大学出版社 2000 年版。

陈天华：《陈天华集》，刘晴波、彭国兴编，饶怀民补订，湖南人民出版社 2008 年版。

大卫·鲁达夫斯基：《近现代犹太宗教运动：解放与调整的历史》，傅有德等译，山东大学出版社 1996 年版。

戴斯·贾丁斯：《环境伦理学——环境哲学导论》，林官明等译，北京大学出版社 2002 年版。

丹尼尔·贝尔：《意识形态的终结——五十年代政治观念衰微之考察》，张国清译，江苏人民出版社 2001 年版。

丹尼尔·贝尔：《资本主义文化矛盾》，赵一凡等译，三联书店 1992 年版。

丹尼尔·布尔斯廷：《美国人：开拓历程》，中国对外翻译出版公司翻译，三联书店 1993 年版。

丹尼尔·笛福：《笛福文选》，徐式谷译，商务印书馆1997年版。

邓小平：《邓小平文选》，人民出版社1983年版。

丁文江、赵丰田编：《梁启超年谱长编》，上海人民出版社2009年版。

董衡巽：《美国现代小说风格》，中国社会科学出版社1997年版。

董衡巽编选：《海明威研究》，中国社会科学出版社1980年版。

董立武、张耳编选：《列宁文艺思想论集》，中国社会科学出版社1986年版。

杜勃罗留波夫：《杜勃罗留波夫选集》，辛未艾译，上海译文出版社1983年版。

杜亚泉：《杜亚泉文存》，许纪霖、田建业编，上海教育出版社2003年版。

恩格斯：《英国工人阶级状况》，人民出版社1956年版。

菲利普·李·拉尔夫等著：《世界文明史》，赵丰等译，商务印书馆1999年版。

费尔南·布罗代尔：《文明史纲》，肖昶、冯棠等译，广西师范大学出版社2003年版。

费正清、刘广京编：《剑桥中国晚清史》，中国社会科学院历史研究所编译室译，中国社会科学出版社1993年版。

冯春编选：《普希金评论集》，上海译文出版社1993年版。

冯友兰：《中国现代哲学史》，香港中华书局1992年版。

佛克马、伯顿斯编：《走向后现代主义》，王宁等译，北京大学出版社1991年版。

符·维·阿格诺索夫主编：《20世纪俄罗斯文学》，凌建侯等译，中国人民大学出版社2001年版。

弗·阿格诺索夫主编：《白银时代俄国文学》，石国雄等译，译林出版社2001年版。

弗雷德里克·詹姆逊：《马克思主义与形式》，李自修译，百花洲文艺出版社1997年版。

弗雷德里克·詹姆逊：《政治无意识》，王逢振等译，中国社会科学出版社1999年版。

弗里德里希·A. 哈耶克：《科学的反革命：理性滥用之研究》，冯克利译，译林出版社 2003 年版。

弗里德里希·席勒:《审美教育书简》,冯至、范大灿译,上海人民出版社 2003 年版。

弗洛伊德:《精神分析引论》,高觉敷译,商务印书馆 1984 年版。

福楼拜:《福楼拜小说全集》,李健吾等译,人民文学出版社 2002 年版。

高尔基:《俄国文学史》,缪灵珠译,上海译文出版社 1979 年版。

高尔基:《高尔基文学书简》,曹葆华等译,人民文学出版社 1962—1965 年版。

高全喜:《休谟的政治哲学》,北京大学出版社 2004 年版。

格罗斯曼:《陀思妥耶夫斯基传》,王健夫译,外国文学出版社 1987 年版。

葛懋春、蒋俊、李兴芝编:《无政府主义思想资料选》,北京大学出版社 1984 年版。

古斯塔夫·勒庞:《乌合之众》,冯克利译,中央编译出版社 2004 年版。

果戈理:《果戈理书信集》,李毓榛译,安徽文艺出版社 1999 年版。

哈贝马斯:《公共领域的结构转型》,曹卫东等译,学林出版社 1999 年版。

海明威:《海明威短篇小说全集》,蔡慧等译,上海译文出版社 1995 年版。

海斯:《现代民族主义演进史》,帕米尔等译,华东师范大学出版社 2005 年版。

何怀宏主编:《生态伦理——精神资源与哲学基础》,河北大学出版社 2002 年版。

赫茨勒:《乌托邦思想史》,张兆麟等译,商务印书馆 1990 年版。

赫尔岑:《赫尔岑论文学》,辛未艾译,上海文艺出版社 1962 年版。

赫尔曼·E.戴利、肯尼思·N.汤森编:《珍惜地球——经济学、生态学、伦理学》,马杰等译,商务印书馆 2001 年版。

赫克:《俄国革命前后的宗教》,高骅、杨缤译,学林出版社 1999 年版。

黑格尔:《历史哲学》,王造时译,商务印书馆 1963 年版。

亨利·特罗亚:《不朽作家福楼拜》,罗新璋译,世界知识出版社 2001 年版。

侯维瑞:《现代英国小说史》,上海外语教育出版社 1985 年版。

华兹华斯:《华兹华斯抒情诗选》,黄杲炘译,上海译文出版社 1986 年版。

黄宏煦主编：《英国浪漫主义诗人抒情诗选》，江苏人民出版社 1988 年版。

黄梅：《推敲"自我"：小说在 18 世纪的英国》，三联书店 2003 年版。

霍顿、爱德华兹：《美国文学思想背景》，房炜、孟昭庆译，人民文学出版社 1991 年版。

霍尔姆斯·罗尔斯顿：《环境伦理学》，杨通进译，中国社会科学出版社 2000 年版。

霍华德·津恩：《美国人民的历史》，许先春等译，上海人民出版社 2000 年版。

J. 艾捷尔编：《美国赖以立国的文本》，赵一凡等译，海南出版社 2000 年版。

吉尔伯特·C. 菲特、吉姆·E. 里斯：《美国经济史》，司徒淳、方秉铸等译，辽宁人民出版社 1981 年版。

吉尔伯特·罗兹曼主编：《中国的现代化》，国家社会科学基金"比较现代化"课题组译，江苏人民出版社 2005 年版。

吉欧·波尔泰编：《爱默生集：论文与讲演录》，赵一凡等译，三联书店 1993 年版。

季羡林主编：《东方文学史》，吉林教育出版社 1995 年版。

迦尔洵：《迦尔洵小说集》，冯加译，外国文学出版社 1983 年版。

江伙生译：《法国历代诗歌选》，武汉大学出版社 1996 年版。

蒋承勇等著：《欧美自然主义文学的现代阐释》，复旦大学出版社 2002 年版。

金雁：《苏俄现代化与改革研究》，广东教育出版社 1999 年版。

金雁、卞悟：《农村公社、改革与革命》，中央编译出版社 1996 年版。

靳文翰等主编：《世界历史词典》，上海辞书出版社 1985 年版。

卡尔·贝克尔：《18 世纪哲学家的天城》，何兆武译，三联书店 2001 年版。

凯文·林奇：《城市意象》，方益平、何晓军译，华夏出版社 2001 年版。

康德：《历史理性批判文集》，何兆武译，商务印书馆 1990 年版。

康正果：《女权主义与文学》，中国社会科学出版社 1994 年版。

考德威尔：《考德威尔文学论文集》，陆建德等译，百花洲文艺出版社 1995 年版。

柯罗连科：《文学回忆录》，丰一吟译，人民文学出版社 1985 年版。

拉曼·塞尔登编：《文学批评理论——从柏拉图到现在》，刘象愚、陈永国
　　等译，北京大学出版社 2000 年版。

拉斯普京：《拉斯普京小说选》，王乃倬等译，外国文学出版社 1982 年版。

拉泽尔·齐夫：《一八九〇年代的美国》，夏平等译，上海外语教育出版社
　　1996 年版。

雷蒙·特鲁松：《卢梭传》，李平沤、何三雅译，商务印书馆 1998 年版。

雷蒙·威廉斯：《关键词：文化与社会的词汇》，刘建基译，三联书店 2005
　　年版。

雷蒙·威廉斯：《文化与社会：1780—1950》，吴松江、张文定译，北京大
　　学出版社 1991 年版。

理查德·H. Pells：《激进的理想与美国之梦——大萧条岁月中的文化和社会
　　思想》，卢允中等译，上海外语教育出版社 1992 年版。

李剑鸣：《大转折的年代——美国进步主义运动研究》，天津教育出版社
　　1992 年版。

李健吾：《福楼拜评传》，湖南人民出版社 1980 年版。

李庆余、周贵银：《美国现代化道路》，人民出版社 1994 年版。

李泽厚：《批判哲学的批判：康德述评》，人民出版社 1979 年版。

梁启超：《饮冰室合集》，中华书局 2003 年版。

列奥·施特劳斯：《自然权利与历史》，彭刚译，三联书店 2007 年版。

列宁：《列宁全集》，中共中央马克思恩格斯列宁斯大林著作编译局编译，
　　人民出版社 1984—1990 年版。

林承节：《印度近现代史》，北京大学出版社 1995 年版。

刘海平、王守仁主编：《新编美国文学史》，上海外语教育出版社 2002
　　年版。

刘健芝、许兆麟选编：《庶民研究》，中央编译出版社 2005 年版。

刘宁主编：《俄国文学批评史》，上海译文出版社 1999 年版。

刘文飞：《阅读普希金》，人民文学出版社 2002 年版。

刘小枫：《现代性社会理论绪论——现代性与现代中国》，上海三联书店
　　1998 年版。

刘小枫主编：《20世纪西方宗教哲学文选》，上海三联书店1991年版。

刘亚丁：《苏联文学沉思录》，四川大学出版社1996年版。

刘意青主编：《英国18世纪文学史》，外语教学与研究出版社2005年版。

刘宗绪主编：《法国大革命二百周年：纪念论文集》，三联书店1990年版。

刘祖熙：《改革和革命——俄国现代化研究（1861—1917）》，北京大学出版社2001年版。

柳鸣九主编：《自然主义》，中国社会科学出版社1988年版。

卢卡契：《卢卡契文学论文集》，中国社会科学出版社1980—1981年版。

鲁迅：《鲁迅全集》，人民文学出版社1981年版。

陆建德：《破碎思想体系的残编：英美文学与思想史论稿》，北京大学出版社2001年版。

陆建德：《思想背后的利益：文化政治评论集》，广西师范大学出版社2005年版。

罗伯特·米尔德：《重塑梭罗》，马会娟等译，东方出版社2002年版。

罗伯特·斯皮勒：《美国文学的周期》，王长荣译，上海外语教育出版社1996年版。

罗芃、冯棠、孟华：《法国文化史》，北京大学出版社1997年版。

罗芃等主编：《欧洲文学史》，商务印书馆2001年版。

罗钢、刘象愚主编：《后殖民主义文化理论》，中国社会科学出版社1999年版。

罗钢、王中忱主编：《消费文化读本》，中国社会科学出版社2003年版。

罗经国编选：《狄更斯评论集》，上海译文出版社1981年版。

罗荣渠：《现代化新论——世界与中国现代化进程》，商务印书馆2004年版。

M.艾特伍德：《生存——加拿大文学主题指南》，秦明利译，中国文联出版公司1991年版。

马尔科姆·考利：《流放者的归来——二十年代的文学流浪生涯》，张承谟译，上海外语教育出版社1986年版。

马克思：《资本论》，中共中央马克思恩格斯列宁斯大林著作编译局译，人民出版社2004年版。

马克思、恩格斯：《马克思恩格斯论艺术》，米·里夫希茨编，程代熙编辑，中国社会科学出版社 1982—1985 年版。

马克思、恩格斯：《马克思恩格斯全集》，中共中央马克思恩格斯列宁斯大林著作编译局译，人民出版社 1956—1985 年版。

马克思、恩格斯：《马克思恩格斯选集》，中共中央马克思恩格斯列宁斯大林著作编译局编译，人民出版社 1972 年版。

马克斯·韦伯：《新教伦理与资本主义精神》，于晓、陈维纲等译，三联书店 1987 年版。

马歇尔·伯曼：《一切坚固的东西都烟消云散了——现代性体验》，徐大建、张辑译，商务印书馆 2003 年版。

马修·阿诺德：《文化与无政府状态》，韩敏中译，三联书店 2002 年版。

玛里琳·巴特勒：《浪漫派、叛逆者及反动派：1760—1830 年间的英国文学及其背景》，黄梅、陆建德译，辽宁教育出版社、牛津大学出版社 1998 年版。

迈克·费瑟斯通：《消费文化与后现代主义》，刘精明译，译林出版社 2000 年版。

迈克尔·埃默里、埃德温·埃默里：《美国新闻史》，展江、殷文等译，新华出版社 2001 年版。

迈克尔·莱文森编：《现代主义》，田智译，辽宁教育出版社 2002 年版。

毛泽东：《毛泽东文集》，人民出版社 1993—1999 年版。

毛泽东：《毛泽东选集》，人民出版社 1991 年版。

孟华主编：《比较文学形象学》，北京大学出版社 2001 年版。

米·赫拉普钦科：《艺术家托尔斯泰》，刘逢祺、张捷译，上海译文出版社 1987 年版。

米哈伊尔·巴赫金：《陀思妥耶夫斯基诗学问题：复调小说理论》，白春仁、顾亚铃译，三联书店 1988 年版。

米涅：《法国革命史》，北京编译社译，商务印书馆 1997 年版。

米歇尔·福柯：《规训与惩罚：监狱的诞生》，刘北成、杨远婴译，三联书店 2003 年版。

穆阿迈尔·卡扎菲：《绿皮书》，世界知识出版社 1984 年版。

纳尔逊·曼弗雷德·布莱克：《美国社会生活与思想史》，许季鸿等译，商务印书馆 1994—1997 年版。

尼·斯捷潘诺夫：《果戈理传》，张达仁、刘健鸣译，黑龙江出版社 1984 年版。

倪蕊琴编选：《俄国作家批评家论托尔斯泰》，中国社会科学出版社 1982 年版。

诺拉斯：《英国产业革命史论》，张格伟译，商务印书馆 1936 年版。

诺斯洛普·弗莱：《现代百年》，盛宁译，辽宁教育出版社、牛津大学出版社 1998 年版。

彭克巽主编：《欧洲文学史》，商务印书馆 2001 年版。

彭予：《20 世纪美国诗歌——从庞德到罗伯特·布莱》，河南大学出版社 1995 年版。

皮埃尔·布吕奈尔等著：《19 世纪法国文学史》，郑克鲁等译，上海人民出版社 1997 年版。

皮埃尔·米盖尔：《法国史》，蔡鸿滨等译，商务印书馆 1985 年版。

普斯托沃依特：《屠格涅夫评传》，韩凌译，人民文学出版社 1983 年版。

齐奥尔格·西美尔：《时尚的哲学》，费勇等译，文化艺术出版社 2001 年版。

齐格蒙·鲍曼：《立法者与阐释者：论现代性、后现代性与知识分子》，洪涛译，上海人民出版社 2000 年版。

契诃夫：《百年契诃夫——札记与书信》，童道明译注，中国文联出版社 2004 年版。

契诃夫：《契诃夫文集》，汝龙译，上海译文出版社 1980 年版。

钱乘旦、陈晓律：《在传统与变革之间——英国文化模式溯源》，浙江人民出版社 1991 年版。

钱春绮译：《德国浪漫主义诗人抒情诗选》，江苏人民出版社 1984 年版。

钱林森：《法国作家与中国》，福建教育出版社 1995 年版。

钱满素：《爱默生与中国——对个人主义的反思》，三联书店 1996 年版。

钱青主编：《英国 19 世纪文学史》，外语教学与研究出版社 2006 年版。

钱锺书等著：《林纾的翻译》，商务印书馆 1981 年版。

乔治·华盛顿：《华盛顿选集》，聂崇信等译，商务印书馆 1983 年版。

R. E. 帕克、E. N. 伯吉斯、R. D. 麦肯齐：《城市社会学》，宋俊岭等译，
　华夏出版社 1987 年版。

让·波德里亚：《消费社会》，刘成富、全志钢译，南京大学出版社 2001
　年版。

让－保罗·萨特：《存在主义是一种人道主义》，周煦良、汤永宽译，上海
　译文出版社 1988 年版。

萨拜因：《政治学说史》，索尔森修订，刘山等译，商务印书馆 1986 年版。

萨克凡·伯克维奇：《惯于赞同：美国象征建构的转化》，钱满素等译编，
　上海译文出版社 2006 年版。

塞缪尔·亨廷顿：《文明的冲突与世界秩序的重建》，周琪等译，新华出版
　社 2002 年版。

塞缪尔·亨廷顿、劳伦斯·哈里森编：《文化的重要作用——价值观如何影
　响人类进步》，程克雄译，新华出版社 2013 年版。

莎士比亚：《莎士比亚全集》，朱生豪等译，人民文学出版社 1978 年版。

山东大学等编：《空想社会主义学说史》，浙江人民出版社 1981 年版。

尚·布希亚：《物体系》，林志明译，上海人民出版社 2001 年版。

施莱辛格主编：《美国共和党史》，复旦大学国际政治系编译，上海人民出
　版社 1977 年版。

斯塔尔夫人：《论文学》，徐继增译，人民文学出版社 1986 年版。

斯塔夫里阿诺斯：《全球通史——1500 年以前的世界》，吴象婴、梁赤民
　译，上海社会科学院出版社 1988 年版。

斯坦尼斯拉夫斯基：《斯坦尼斯拉夫斯基全集》，郑雪来等译，中国电影出
　版社 1958—1986 年版。

苏珊·邓恩：《姊妹革命：美国革命与法国革命启示录》，杨小刚译，上海
　文艺出版社 2003 年版。

梭罗：《梭罗集》，罗伯特·塞尔编，陈凯等译，三联书店 1996 年版。

索洛维约夫：《俄罗斯与欧洲》，徐风林译，河北教育出版社 2002 年版。

托多罗夫编选：《俄苏形式主义文论选》，蔡鸿滨译，中国社会科学出版社
　1989 年版。

托尔斯泰:《列夫·托尔斯泰论创作》,戴启篁译,漓江出版社1982年版。

托尔斯泰:《列夫·托尔斯泰文集》,谢素台等译,人民文学出版社1987年版。

托尔斯泰:《托尔斯泰文学书简》,章其译,湖南人民出版社1984年版。

托尔斯泰娅等著:《同时代人回忆托尔斯泰》,冯连驸等译,上海译文出版社1984年版。

托克维尔:《旧制度与大革命》,冯棠译,桂裕芳、张芝联校,商务印书馆1992年版。

托洛茨基:《文学与革命》,刘文飞等译,外国文学出版社1992年版。

陀思妥耶夫斯基:《陀思妥耶夫斯基选集·书信选》,冯增义等译,人民文学出版社1986年版。

陀思妥耶夫斯基:《陀思妥耶夫斯基论艺术》,冯增义、徐振亚译,漓江出版社1988年版。

瓦列里·勃留索夫:《勃留索夫日记钞》,任一鸣译,百花文艺出版社1992年版。

汪晖、陈燕谷主编:《文化与公共性》,三联书店1998年版。

王逢振等编:《最新西方文论选》,漓江出版社1991年版。

王宁:《后现代主义之后》,中国文学出版社1998年版。

王守仁:《苏联诗坛探幽》,社会科学文献出版社1990年版。

王曙光:《理性与信仰:经济学反思札记》,新世界出版社2002年版。

王新中、冀开运:《中东国家通史·伊朗卷》,商务印书馆2002年版。

王雄:《新闻舆论监督研究》,新华出版社2002年版。

王岳川:《后现代主义文化研究》,北京大学出版社1992年版。

王芸生编著:《六十年来中国与日本》,三联书店2005年版。

王佐良等编:《英国20世纪文学史》,外语教学与研究出版社1994年版。

威尔·杜兰:《世界文明史》,台湾幼狮文化公司译,东方出版社1998—1999年版。

维尔纳·桑巴特:《奢侈与资本主义》,王燕平、侯小河译,上海人民出版社2000年版。

韦格利:《美国军事战略与政策史》,张孝林等译,解放军出版社1986

年版。

韦勒克、沃伦：《文学理论》，刘象愚等译，三联书店 1984 年版。

沃尔特·拉克：《犹太复国主义史》，徐方、阎瑞松译，上海人民出版社 1992 年版。

沃罗夫斯基：《论文学》，程代熙等译，人民文学出版社 1981 年版。

沃侬·路易·帕灵顿：《美国思想史：1620—1920》，陈永国等译，吉林人民出版社 2002 年版。

吴猛等著：《文化权力的终结：与福柯对话》，四川人民出版社 2003 年版。

吴泽霖：《叶赛宁评传》，浙江文艺出版社 1999 年版。

西奥多·赫茨尔：《犹太国》，肖宪译，商务印书馆 1993 年版。

西塞尔·罗斯：《简明犹太民族史》，黄福武等译，山东大学出版社 1997 年版。

夏目漱石：《夏目漱石选集》，胡雪等译，人民文学出版社 1958 年版。

萧公权：《中国政治思想史》，商务印书馆 2011 年版。

萧乾：《菲尔丁——英国现实主义小说奠基人》，上海译文出版社 1984 年版。

谢尔登·诺曼·格雷布斯坦：《辛克莱·刘易斯》，张禹九译，春风文艺出版社 1994 年版。

谢立中、孙立平主编：《二十世纪西方现代化理论文选》，上海三联书店 2002 年版。

休·塞西尔：《保守主义》，杜汝楫译，商务印书馆 1986 年版。

徐稚芳：《俄罗斯诗歌史》，北京大学出版社 2002 年版。

许烺光：《美国人与中国人：两种生活方式比较》，彭凯平、刘文静等译，华夏出版社 1989 年版。

许贤绪：《20 世纪俄罗斯诗歌史》，上海外语教育出版社 1997 年版。

薛绥之、张俊才编：《林纾研究资料》，福建人民出版社 1982 年版。

亚当·斯密：《国民财富的性质和原因的研究》，杨敬年译，陕西人民出版社 2001 年版。

亚里士多德：《政治学》，吴寿彭译，商务印书馆 1995 年版。

雅克·勒戈夫：《中世纪的知识分子》，张弘译，商务印书馆 1996 年版。

严复:《严复集》,王栻编,中华书局1986年版。

严复:《〈严复集〉补编》,孙应祥、皮后锋编,福建人民出版社2004年版。

严家炎:《中国现代小说流派史》,人民文学出版社1989年版。

严泉:《失败的遗产——中国首届国会制宪:1913—1923》,广西师范大学出版社2007年版。

阎照祥:《英国政治制度史》,人民出版社1999年版。

杨天石:《从帝制走向共和》,社会科学文献出版社2002年版。

姚海:《俄罗斯文化之路》,浙江人民出版社1992年版。

耶里扎罗娃:《契诃夫的创作与十九世纪末期现实主义问题》,杜殿坤译,上海文艺出版社1962年版。

伊恩·P. 瓦特:《小说的兴起》,高原、董红钧译,三联书店1992年版。

以赛亚·伯林:《俄国思想家》,彭淮栋译,译林出版社2001年版。

殷宝书选编:《弥尔顿评论集》,上海译文出版社1992年版。

殷陆君编译:《人的现代化:心理·思想·态度·行为》,四川人民出版社1985年版。

余开祥:《西欧各国经济》,复旦大学出版社1987年版。

约翰·费斯克:《理解大众文化》,王晓珏、宋伟杰译,中央编译出版社2001年版。

约翰·穆勒:《约翰·穆勒自传》,吴良健、吴衡康译,商务印书馆1992年版。

约翰·斯梅尔:《中产阶级文化的起源》,陈勇译,上海人民出版社2006年版。

约瑟夫·J. 埃利斯:《那一代:可敬的开国元勋》,邓海平等译,中国社会科学出版社2003年版。

翟厚隆、张捷编选:《十月革命前后苏联文学流派》,上海译文出版社1998年版。

詹明信:《晚期资本主义的文化逻辑》,张旭东编,陈清侨等译,三联书店2003年版。

詹姆斯·M. 麦克弗森:《火的考验:美国南北战争及重建南部》,陈文娟等译，商务印书馆 1993 年版。

张京媛主编：《当代女性主义文学批评》，北京大学出版社 1992 年版。

张京媛主编：《新历史主义与文学批评》，北京大学出版社 1993 年版。

张枬、王忍之编：《辛亥革命前十年间时论选集》，三联书店 1960—1977
年版。

张亚东：《重商帝国：1689—1783 年的英帝国研究》，中国社会科学出版社
2004 年版。

张友伦：《当代美国社会运动和美国工人阶级》，天津人民出版社 1991
年版。

章士钊：《章士钊全集》，章含之、白吉庵主编，文汇出版社 2000 年版。

郅溥浩：《神话与现实——〈一千零一夜〉论》，社会科学文献出版社 1997
年版。

周小仪：《唯美主义与消费文化》，北京大学出版社 2002 年版。

周一良、吴于廑主编：《世界通史资料选辑·近代部分》，蒋相泽编，商务
印书馆 1983 年版。

朱光潜：《西方美学史》，人民出版社 1979 年版。

朱虹：《英国小说的黄金时代：1813—1873》，中国社会科学出版社 1997
年版。

朱虹选编：《奥斯丁研究》，中国文联出版社 1985 年版。

庄锡昌：《二十世纪的美国文化》，浙江人民出版社 1993 年版。

左晓岚：《特罗洛普：动态社会与小说世界》，上海交通大学出版社 2009
年版。

美国不列颠百科全书公司、不列颠百科全书编辑部编著：《不列颠百科全
书》（国际中文版），中国大百科全书出版社 1999 年版。

《大美百科全书》，光复书局《大美百科全书》编辑部译，台北光复书局
1990—1991 年版。

《中国大百科全书》编辑委员会编：《中国大百科全书·建筑 园林 城市规
划》，中国大百科全书出版社 1988 年版。

Allen, Gay Wilson, *Waldo Emerson: A Biography*, Viking, 1981.

Altick, Richard D. , *Victorian People and Ideas*, Norton, 1973.

Andrews, Charles McLean, *The Colonial Background of the American Revolution: Four Essays in American Colonial History*, Yale University Press, 1931.

Armstrong, Isobel, *Victorian Poetry: Poetry, Poetics and Politics*, Routledge, 1993.

Arnold, Matthew, *Culture and Anarchy*, Smith, Elder, 1869.

Arnold, Matthew, *Essays in Criticism*, Macmillan, 1875.

Arnold, Matthew, *The Complete Prose Works of Matthew Arnold*, ed. by R. H. Super, University of Michigan Press, 1960 – 1977.

Arnold, Matthew, *The Letters of Matthew Arnold*, ed. by Cecil Y. Lang, University Press of Virginia, 1996 – 2001.

Ashton, Rosemary, *The German Idea: Four English Writers and the Reception of German Thought 1800 – 1860*, Cambridge University Press, 1980.

Austen-Leigh, J. E. , *A Memoir of Jane Austen*, Clarendon, 1926.

Badawi, M. M. , ed. , *Modern Arabic Literature*, Cambridge University Press, 1992.

Bakhtin, M. M. , *The Dialogic Imagination*, trans. by C. Emerson & M. Holquist, University of Texas Press, 1981.

Barbauld, Anna Laetitia, ed. , *The Correspondence of Samuel Richardson*, Richard Phillips, 1804.

Bareham, Tony, ed. , *Anthony Trollope*, Barnes & Noble, 1980.

Bate, Walter Jackson, *Samuel Johnson*, Counterpoint, 1998.

Battestin, Martin C. , *A Henry Fielding Companion*, Greenwood, 2000.

Battestin, Martin C. & Battestin, Ruthe R. , *Henry Fielding: A Life*, Rutledge, 1989.

Bauman, Zygmunt, *Modernity and Ambivalence*, Polity Press, 1991.

Bell, Daniel, *The End of Ideology*, Harvard University Press, 1988.

Bell, Ian A. , *Henry Fielding*, Longman, 1994.

Ben-Yehuda, Baruch, *Foundations and Ways: Towards Zionist Education in the School*, Hebrew, Jerusalem, 1952.

Bhabha, Homy K. , *The Location of Culture*, Routledge, 1994.

Bishop, James, Jr. , *Epitaph for A Desert Anarchist, the Life and Legacy of Edward Abbey, Maxwell Macmillan*, 1994.

Black, Eugene C. , ed. , *Victorian Culture and Society*, Walker, 1974.

Blake, Robert, *The Conservative Party from Peel to Thatcher*, Fontana Press, 1985.

Bloom, Harold, ed. , *Jane Austen*, Chelsea House, 1986.

Bloom, Harold, ed. , *Modern Critical Views: Ralph Waldo Emerson*, Chelsea House, 1985.

Bloom, Harold, ed. , *Thomas Carlyle*, Chelsea House, 1986.

Bookchin, Murray, *The Philosophy of Social Ecology: Essays on Dialectical Naturalism*, Black Rose Books, 1990.

Booker, M. Keith, *Techniques of Subversion in Modern Literature-Transgression, Abjection and Carnivalesque*, University of Florida Press, 1991.

Bosco, Ronald A. & Myerson, Joel, eds. , *Emerson in His Own Time: A Biographical Chronicle of His Life, Drawn from Recollections, Interviews, and Memoirs by Family, Friends, and Associates*, University of Iowa Press, 2003.

Boswell, James, *Life of Johnson*, Oxford University Press, 1980.

Bradbrook, Frank W. , *Jane Austen and her Predecessors*, Cambridge University Press, 1966.

Bradbury, Malcolm, ed. , *E. M. Forster: A Collection of Critical Essays*, Prentice-Hall, 1966.

Branch, Watson G. , *Herman Melville: the Critical Heritage*, Routledge & Kegan Paul, 1985.

Brewer, John, *The Pleasures of the Imagination: English Culture in the Eighteenth Century*, Farrar Straus Giroux, 1997.

Brewer, John & Porter, Ray, ed. , *Consumption and the World of Goods*, Routledge, 1993.

Briggs, Asa, *Victorian People: A Reassessment of Persons and themes, 1851 – 1867*, The University of Chicago Press, 1965.

Briggs, Asa, *The Age of Improvement*, Pearson, 2000.

Broesamle, John J. , *Reform and Reaction in Twentieth Century American Politics*,

Greenwood, 1990.

Brooks, Paul, *The House of Life*: *Rachel Carson at Work*, Houghton Mifflin, 1972.

Brooks, Peter, *Reading for the Plot*: *Design and Intention in Narrative*, Knopf, 1984.

Brown, Julia Prewit, *Jane Austen's Novels*: *Social Changes and Literary Form*, Harvard University Press, 1979.

Brown, Laura, *Alexander Pope*, Basil Balckwell, 1985.

Brown, Laura, *Ends of Empire*: *Women and Ideology in Early Eighteenth-century English Literature*, Cornell University Press, 1993.

Brown, Laura, *Fables of Modernity*: *Literature and Culture in the English Eighteenth Century*, Cornell University Press, 2001.

Bryce, James, *The American Commonwealth*, MacMillan, 1912.

Buell, Lawrence, *Literary Transcendentalism*: *Style and Vision in the American Renaissance*, Cornell University Press, 1973.

Burke, Edmund, *Letters of Edmund Burke*: *A Selection*, ed. by Harold J. Laski, Oxford University Press, 1922.

Burke, Edmund, *The Philosophy of Edmund Burke*: *A Selection from His Speeches and Writings*, ed. by Louis I. Bredvold and Ralph G. Ross, The University of Michigan Press, 1967.

Burke, Edmund, *The Works of Edmund Burke*, Oxford University Press, 1906 – 1907.

Bush, Douglas, *Jane Austen*, Macmillan, 1975.

Butler, Marilyn, *Jane Austen and the War of Ideas*, Clarendon Press, 1975.

Cahalan, James M., *Edward Abbey*: *A Life*, The University of Arizona Press, 2001.

Campbell, Colin, *The Romantic Ethic and the Spirit of Modern Consumerism*, Basil Blackwell, 1987.

Caplan, Jay, *Framed Narratives*, University of Minnesota Press, 1985.

Carey, John, *The Intellectuals and the Masses*: *Pride and Prejudice Among the Literary Intelligentsia*, *1880 – 1939*, Academy Chicago Publishers, 1992.

Carroll, David, ed., *George Eliot*: *The Critical Heritage*, Routledge, 1971.

Cashman, Sean Dennis, *America in the Age of the Titans: the Progressive Era and World War* I, New York University Press, 1988.

Castle, Terry, *Masquerade and Civilization*, Stanford University Press, 1986.

Caws, Mary Ann, ed. , *City Images: Perspectives from Literature, Philosophy and Film*, Gordon and Breach, 1991.

Cazamian, Louis, *The Social Novel in England 1830 – 1850*, trans. by Martin Fido, Routledge & Kegan Paul, 1973.

Chakrabarty, Dipesh, *Provincialising Europe: Postcolonial Thought and Historical Difference*, Princeton University Press, 2000.

Chalmers, David Mark, *The Social and Political Ideas of the Muckrakers*, Citadel Press, 1970.

Chandler, Alice, *A Dream of Order: The Medieval Ideal in Nineteenth-Century English Literature*, Routledge & Kegan Paul, 1970.

Chapman, R. W. , ed. , *Jane Austen's Letters*, Oxford University Press, 1952.

Chartier, Roger, ed. , *A History of Private Life*, trans. by A. Goldhammer, The Belknap Press of Harvard University Press, 1989.

Chatterjee, Partha, *The Nation and its Fragments: Colonial and Postcolonial Histories*, Princeton University Press, 1993.

Chen, Jia, *A History of English Literature*, The Commercial Press, 1988.

Clark, J. C. D. , *English Society, 1660 – 1832: Religion, Ideology, and Politics during the Ancien Regime*, Cambridge University Press, 2000.

Clifford, James L. , *Young Sam Johnson*, McGraw-Hill Book, 1955.

Cobban, Alfred, *Edmund Burke and the Revolt Against the Eighteenth Century*, George Allen & Unwin, 1960.

Cobban, Alfred, *The Social Interpretation of the French Revolution*, Cambridge University Press, 1968.

Cockshut, A. O. J. , *Anthony Trollope: A Critical Study*, Collins, 1955.

Cohen, C. F. Carl, *Democracy*, University of Georgia Press, 1971.

Coleridge, Samuel Taylor, *The Complete Poetical Works of Samuel Taylor Coleridge*, ed. by Ernest Hartley Coleridge, Clarendon Press, 1912.

Collini, Stefan & Winch, Donald & Burrow, John, *That Noble Science of Politics*, Cambridge University Press, 1983.

Collins, Arthur Simons, *Authorship in the Days of Johnson*, Augustus M. Kelley, 1973.

Colloms, Brenda, *Charles Kingsley*, Constable, 1975.

Colmer, John, *E. M. Forster: The Personal Voice*, Routledge & Kegan Paul, 1975.

Conn, Peter, *The Divided Mind: Ideology and Imagination in America, 1898 - 1917*, Cambridge University Press, 1983.

Copeland, Edward & McMaster, Juliet, ed. , *The Cambridge Companion to Jane Austen*, Shanghai Foreign Language Education Press, 2001.

Coupe, Laurence, ed. , *The Green Studies Reader: From Romanticism to Ecocriticism*, Routledge, 2000.

Crews, Frederick C. , *E. M. Forster: The Perils of Humanism*, Princeton University Press, 1962.

Cromphout, Gustaaf Van, *Emerson's Ethics*, University of Missouri Press, 1999.

Cross, J. W. , ed. , *George Eliot's Life as Related in her Letters and Journals*, Crowell, 1884.

Cross, Wilbur L. , *The History of Henry Fielding*, Yale University Press, 1918.

Cudjoe, Selwyn R. , *V. S. Naipaul: A Materialist Reading*, University of Massachusetts Press, 1988.

Cunnington, Phillis, *Costume of Household Servants: From the Middle Ages to 1900*, Adam and Charles Black, 1974.

Dale, Peter Allan, *In Pursuit of a Scientific Culture: Science, Art, and Society in the Victorian Age*, The University of Wisconsin Press, 1989.

Davie, Donald, *Ezra Pound*, Viking, 1975.

Davis, Earle, *Vision Fugitive: Ezra Pound and Economics*, The University Press of Kansas, 1968.

Davis, Lennard J. , *Factual Fiction: The Origin of the English Novel*, Columbia University Press, 1983.

Davis, Philip, *Why Victorian Literature Still Matters*, Willey-Blackwell, 2008.

Dawley, Alan, *Struggle for Justice*: *Social Responsibility and the Liberal State*, The Belknap Press of Harvard University Press, 1991.

Decker, Clarence R. , *The Victorian Conscience*, Twayne, 1952.

Dell, Floyd, *Upton Sinclair*, *A Study in Social Protest*, George H. Doran, 1927.

DeMaria, Robert, Jr. , *The Life of Samuel Johnson*: *A Critical Biography*, Blackwell, 1993.

Dentith, Simon, *Society and Cultural Forms in Nineteenth Century England*, Macmillan, 1998.

Dewald, Jonathan, *The European Nobility*, *1400 – 1800*, Cambridge University Press, 1996.

Dieckhoff, Alain, *The Invention of a Nation*: *Zionism Thought and the Making of Modern Israel*, Hurst, 2003.

Diner, Steven J. , *A Very Different Age*: *Americans of the Progressive Era*, Hill and Wang, 1998.

Dolin, Tim & Widdowson, Peter, ed. , *Thomas Hardy and Contemporary Literary Studies*, Palgrave Macmillan, 2004.

Duckworth, Alistair M. , Howards End: *E. M. Forster's House of Fiction*, Twayne, 1992.

Dumont, Louis, *From Mandeville to Marx*: *The Genesis and Triumph of Economic Ideology*, University of Chicago Press, 1977.

Eagleton, Terry, *Literary Theory*: *An Introduction*, University of Minnesota Press, 1985.

Eagleton, Terry, *The Rape of Clarissa*, Basil Blackwell, 1985.

Earle, Peter, *The Making of the English Middle Class*, University of California Press, 1989.

Eaves, Ducan & Kimpel, Ben D. , *Samuel Richardson*: *A Biography*, Oxford University Press, 1971.

Elias, Norbert, *The History of Manners*, trans. by Edmund Jephcott, Basil Blackwell, 1982.

Eliot, Geroge, *George Eliot*: *Selected Essays*, *Poems and Other Writings*, ed. by

A. S. Byatt and Nicholas Warren, Penguin, 1990.

Ellis, Markman, *The Politics of Sensibility: Race, Gender and Commerce in the Sentimental Novel*, Cambridge University Press, 1996.

Emerson, Ralph Waldo, *Emerson's Literary Criticism*, ed. by Eric W. Carlson, University of Nebraska Press, 1995.

Emerson, Ralph Waldo, *Emerson's Prose and Poetry*, ed. by Joel Porte & Saundra Morris, Norton, 2001.

Escott, Paul D. & Goldfield, David R. , ed. , *Major Problems in the History of the American South: Documents and Essays*, D. C. Heath, 1990.

Fast, Howard, ed. , *The Best Short Stories of Theodore Dreiser*, Ivan R. Dee, 1989.

Faulkner, Harold Underwood, *The Quest for Social Justice: 1898 – 1914*, Macmillan, 1931.

Ferguson, Niall, *The House of Rothschild: Money's Prophets, 1798 – 1848*, Penguin, 1999.

Ferguson, Robert A. , *Law and Letters in American Culture*, Harvard University Press, 1984.

Filler, Louis, *Muckraking and Progressivism in the American Tradition*, New Brunswick, 1996.

Filler, Louis, *The Muckrakers: Crusaders for American Liberalism*, Stanford University Press, 1993.

Finch, Robert & Elder, John, ed. , *The Norton Book of Nature Writing*, Norton, 1990.

Fink, Leon, *Progressive Intellectuals and the Dilemmas of Democratic Commitment*, Harvard University Press, 1997.

Flaubert, Gustave, *The Letters of Gustave Flaubert, 1830 – 1857*, ed. by Francis Steegmuller, The Belknap Press of Harvard University Press, 1980.

Flaubert, Gustave, *The Letters of Gustave Flaubert, 1857 – 1880*, ed. by Francis Steegmuller, The Belknap Press of Harvard University Press, 1982.

Flynn, Carol H. , *Samuel Richardson*, Princeton University Press, 1982.

Franklin, J. Jeffrey, *Serious Play: The Cultural Form of the Nineteenth-Century Real-*

ist Novel, University of Pennsylvania Press, 1999.

Foucault, Michel, *Madness and Civilization*, trans. by Richard Howard, Vintage, 1973.

Fox, Richard Wrightman & Lears, T. J. Jackson, eds., *The Culture of Consumption*, Pantheon, 1983.

Freeborn, Richard, *The Russian Revolutionary Novel: Turgenev to Pasternak*, Cambridge University Press, 1982.

Fritzer, Penelope Joan, *Jane Austen and Eighteenth-Century Courtesy Books*, Greenwood, 1997.

Froude, James Anthony, *Thomas Carlyle: A History of His Life in London*, Longmans, 1902.

Furbank, P. N., *E. M. Forster: A Life*, Harcourt, Brace & Jovanovich, 1981.

Gallagher, Catherine, *The Industrial Reformation of English Fiction: Social Discourse and Narrative Form, 1832 – 1867*, University of Chicago Press, 1985.

Gallagher, John, *The Decline, Revival and Fall of the British Empire*, Cambridge University Press, 1982.

Gammel, Irene, *Sexualizing Power in Naturalism: Theodore Dreiser and Frederick Philip Grove*, University of Galgary Press, 1994.

George, K. M., ed., *Comparative Indian Literature*, Kerala Sahitya Akademi, 2001.

Ghent, Dorothy Van, *English Novel: Form and Function*, Rinehart, 1953.

Gill, Stephen, *William Wordsworth: A Life*, Oxford University Press, 1989.

Gilmour, Robin, *The Idea of Gentleman in the Victorian Novel*, George Allen & Unwin, 1981.

Glendinning, Victoria, *Anthony Trollope*, Alfred A. Knopf, 1993.

Glotfelty, Cheryll & Fromm, Harold, ed., *The Ecocriticism Reader: Landmarks in Literary Ecology*, The University of Georgia Press, 1996.

Godwin, William, *An Enquiry Concerning Political Justice*, Penguin, 1976.

Gold, Leonard Singer, ed., *A Sign and a Witness: 2, 000 Years of Hebrew Books and Illuminated Manuscripts*, The New York Public Library and Oxford University

Press, 1988.

Goldman, Lawrence, ed. , *Oxford Dictionary of National Biography*, Oxford University Press, 2004.

Greene, Donald, *The Politics of Samuel Johnson*, University of Georgia Press, 1990.

Guest, David, *Sentenced to Death: The American Novel and Capital Punishment*, University Press of Mississippi, 1997.

Haight, Gordon S. , *George Eliot: A Biography*, Oxford University Press, 1978.

Haight, Gordon S. , ed. , *A Century of George Eliot Criticism*, Methuen, 1966.

Haight, Gordon S. , ed. , *The George Eliot Letters*, Yale University Press, 1954.

Hall, N. John, *Trollope: A Biography*, Oxford University Press, 1991.

Halperin, John, *Trollope and Politics: A Study of the Palliser and Others*, Macmillan, 1977.

Halperin, John, *Trollope Centenary Essays*, Macmillan, 1982.

Harding, Brian, *American Literature in Context II 1830 – 1865*, Methuen, 1982.

Hardy, Barbara, *A Reading of Jane Austen*, Athlone, 1979.

Hardy, Florence Emily, *The Life of Thomas Hardy*, Macmillan, 1982.

Harris, Jocelyn, *Samuel Richardson*, Cambridge University Press, 1987.

Harrison, Bernard, *Henry Fielding's "Tom Jones": The Novelist as Moral Philosopher*, Sussex University Press, 1975.

Harrison, John M. & Stein, Harry H. , *Muckraking: Past, Present and Future*, Pennsylvania, 1973.

Hartman, Geoffrey, *The Unremarkable Wordsworth*, Methuen, 1987.

Hays, Samuel P. , *The Response to Industrialism: 1885 – 1914*, The University of Chicago Press, 1995.

Hazlitt, William, *The Complete Works of William Hazlitt*, ed. by P. P. Howe, J. M. Dent & Sons, 1933.

Hennessy, James Pope, *Anthony Trollope*, Jonathan Cape, 1971.

Henry, William A. , III, *In Defense of Elitism*, Doubleday, 1994.

Hessel, Dieter T. & Ruether, Rosemary Radford, ed. , *Christianity and Ecology:*

Seeking the Well-Being of Earth and Humans, Harvard University Press, 2000.

Higgins, John, ed. , *The Raymond Williams Reader*, Blackwell, 2001.

Hofstadter, Richard, *The Age of Reform*, Knopf, 1955.

Hofstadter, Richard, *The American Political Tradition*, Vintage, 1973.

Holloway, John, *The Victorain Sage*, Norton, 1965.

Holmes, Richard, *Coleridge: Early Visions*, Penguin, 1989.

Honan, Park, *Matthew Arnold: A Life*, McGraw - Hill, 1981.

Hoppe, Ralph H. , *The Theme of Alienation in the Novels of Theodore Dreiser*, University Microfilm, 1969.

Horton, Rod W. & Edwards, Herbert W. , *Backgrounds of American Literary Thought*, Appleton-Century-Crofts, 1967.

Houghton, Walter E. , *The Victorian Frame of Mind: 1830 – 1870*, Yale University Press, 1957.

Hudson, Nicholas, *Samuel Johnson and the Making of Modern England*, Cambridge University Press, 2003.

Hunter, J. Paul, *Before Novels: Cultural Contexts of Eighteenth Century English Fiction*, Norton, 1990.

Jan Mohamed, Abdul R. , *Manichean Aesthetics: The Politics of Literature in Colonial Africa*, The University of Massachusetts Press, 1983.

Jay, Martin, *The Dialectical Imagination*, Little, Brown, 1973.

Johnson, Lesley, *The Cultural Critics: from Matthew Arnold to Raymond Williams*, Routledge & Kegan Paul, 1979.

Johnson, Samuel, *Selected Poetry and Prose*, ed. by Frank Brady and W. K. Wimsatt, University of California Press, 1978.

Johnson, Samuel, *The Yale Edition of the Works of Samuel Johnson: Political Writings*, ed. by D. J. Greene, Yale University Press, 1977.

Jones, H. S. , *Victorian Political Thought*, Macmillan, 2000.

Judd, Denis, *Balfour and the British Empire: A Study in Imperial Evolution, 1874 – 1932*, Macmillan, 1968.

Jussawalla, Feroza, ed. , *Conversations with V. S. Naipaul*, University Press of Mississippi, 1997.

Kaplan, Fred, *Thomas Carlyle*, Cambridge University Press, 1983.

Katz, Jacob, *From Prejudice to Destruction*: *Anti-Semitism*, *1700 – 1933*, Harvard University Press, 1980.

Kazin, Alfred & Shapiro, Charles, ed. , *The Stature of Theodore Dreiser*: *A Critical Survey of the Man and His Work*, Indiana University Press, 1955.

Keymer, Thomas & Sabor, Peter, ed. , *The Pamela Controversy*: *Criticisms and Adaptations of Samuel Richardson's* Pamela, *1740 – 1750*, Pickering & Chatto, 2001.

Kingsley, Fanny, *Charles Kingsley*, *His Letters and Memories of His Life*, Cambridge University Press, 1962.

Kinkead-Weekes, Mark, *Samuel Richardson*, Methuen, 1973.

Kravitz, Nathaniel, *3*, *000 Years of Hebrew Literature*: *from the Earliest Time through the 20th Century*, The Swallow Press, 1972.

Krouber, Karl, *Romantic Fantasy and Science Fiction*, Yale University Press, 1988.

Kuzar, Ron, *Hebrew and Zionism*: *A Discourse Analytic Cultural Study*, Mouton de Gruyter, 2001.

Langford, Paul, *A Polite and Commercial People*: *England*, *1727 – 1783*, Oxford University Press, 1989.

Lasch, Christopher, *The New Radicalism in America* (*1889 – 1963*): *The Intellectual as a Social Type*, Knopf, 1965.

Lazarus, Neil, *Nationalism and Cultural Practice in the Postcolonial World*, Cambridge University Press, 1999.

Le Bon, Gustave, *The Crowd*, Viking, 1965.

Lehan, Richard, *Theodore Dreiser*: *His World and His Novels*, Southen Illinois University Press, 1969.

Lerner, Laurence, ed. , *The Victorians*, Methuen, 1978.

Letwin, Shirley Robin, *The Gentleman in Trollope*: *Individuality and Moral Conduct*, Macmillan, 1982.

Levinson, Marjorie, *Wordsworth's Great Period Poems*: *Four essays*, Cambridge University Press, 1986.

Lucas, John, ed., *Literature and Politics in the Nineteenth Century*, Methuen, 1971.

Lund, Roger D., ed., *Critical Essays on Daniel Defoe*, C. K. Hall, 1997.

Lyon, Peter, *Success Story*: *the Life and Times of S. S. McClure*, Charles Scribner's Sons, 1963.

Macaulay, Thomas Babington, *Critical and Historical Essays*, ed. by F. C. Montague, Longmans, Green, 1903.

Macpherson, C. B., *Burke*, Oxford University Press, 1980.

Marshall, Peter, *Nature's Web*: *An Exploration of Ecological Thinking*, Simon & Schuster, 1992.

Marshall, P. J., ed., *The Oxford History of the British Empire*, Vol. II: *The Eighteenth Century*, Oxford University Press, 1998.

Matthiessen, F. O., *American Renaissance*: *Art and Expression in the Age of Emerson and Whitman*, Oxford University Press, 1968.

Matthiessen, F. O., *Theodore Dreiser*, Greenwood, 1973.

Mattson, Kevin, *Creating a Democratic Public*, Pennsylvania, 1998.

Mayer, Robert, *History and the Early English Novel*, Cambridge University Press, 1997.

McAleer, John J., *Theodore Dreiser—An Introduction and Interpretation*, Holt, Rinehart and Winston, 1968.

McFarland, Thomas, *Romanticism and the Heritage of Rousseau*, Clarendon, 1995.

McKeon, Michael, *The Origins of the English Novel*, *1600 – 1740*, The Johns Hopkins University Press, 1987.

McKillop, Alan D., *Samuel Richardson*: *Printer and Novelist*, University of North Carolina Press, 1935.

McKillop, Alan D., *The Early Masters of English Fiction*, University of Kansas Press, 1956.

Memmi, Albert, *The Colonizer and the Colonized*, Beacon Press, 1969.

Mews, Hazel, *Frail Vessels: Woman's Role in Women's Novels from Fanny Burney to George Eliot*, Athlone, 1969.

Mill, J. S. , *Mill On Bentham and Coleridge*, ed. by F. R. Leavis, Chatto & Windus, 1950.

Miller, D. A. , *Jane Austen, or The Secret of Style*, Princeton University Press, 2003.

Miller, Henry Knight, *Essays on Henry Fielding's Miscellanies: A Commentary on Volume One*, University Press, 1961.

Miller, J. Hillis, *The Form of the Victorian Fiction*, Arete, 1979.

Miller, Perry, *The New England Mind: The Seventeenth Century*, The Belknap Press of Harvard University Press, 1982.

Mills, C. Wright, *Listen, Yankee: The Revolution in Cuba*, McGraw-Hill Book, 1960.

Mishra, Ram Darash, *Modern Hindi Fiction*, Bansal, 1983.

Moddelmog, Debra A. , *Reading Desire: in Pursuit of Ernest Hemingway*, Cornell University Press, 1999.

Monaghan, David, ed. , *Jane Austen in a Social Context*, Macmillan, 1981.

Montagu, Lady Mary Wortley, *The Selected Letters of Lady Mary Wortley Montagu*, ed. by Robert Halsband, St. Martin's Press, 1971.

Morgan, Kenneth O. , ed. , *The Oxford History of Britain*, Oxford University Press, 1999.

Morley, John, *Burke*, Macmillan, 1888.

Morrow, John, *Thomas Carlyle*, Hambledon Continuum, 2006.

Mott, Frank Luther, *A History of American Magazines (1885 – 1905)*, The Belknap Press of Harvard University Press, 1957.

Mowry, George E. , *The Era of Theodore Roosevelt and the Birth of Modern America (1900 – 1912)*, Harper and Row, 1958.

Mullen, Richard & Munson, James, *The Penguin Companion to Trollope*, Penguin, 1996.

Mullins, Eustace, *This Difficult Individual, Ezra Pound*, Fleet Publishing, 1961.

Murphy, Patrick D. , ed. , *Literature of Nature*: *An International Sourcebook*, Fitz-roy Dearborn, 1998.

Myerson, Joel, ed. , *Dictionary of Literary Biography*, *Volume* 1: *The American Re-naissance in New England*, Gale Research, 1978.

Myhill, John, *Language in Jewish Society Towards a New Understanding*, Multilin-gual Matters, 2004.

Nandy, Ashis, *Intimate Enemy*: *Loss and Recovery of Self under Colonialism*, Oxford University Press, 1983.

Nash, Mary, *The Provoked Wife*: *the Life and Times of Susannah Cibber*, Little, Brown, 1977.

Nietzsche, Friedrich, *Twilight of the Idols and The Anti-Christ*, trans. by R. J. Hollingdale, Penguin, 1990.

Nixon, Rob, *London Calling*: *V. S. Naipaul*, *Postcolonial Mandarin*, Oxford Uni-versity Press, 1992.

Novak, Maximillian E. , *Economics and the Fiction of Daniel Defoe*, University of California Press, 1962.

Novak, Maximillian E. , *Eighteenth Century English Literature*, Macmillan, 1983.

Nussbaum, Filicity & Brown, Laura, ed. , *The New Eighteenth Century*, Methuen, 1997.

Nye, Russel B. , *Midwestern Progressive Politics*: *A Historical Study of its Origins and Development* (*1870 – 1958*), Michigan State College Press, 1951.

O'Brien, Conor Cruise, *The Great Melody*: *A Thematic Biography of Edmund Burke*, University of Chicago Press, 1992.

Orlov, Paul A. , *An American Tragedy*: *Perils of the Self Seeking "Success"*, Associ-ated University Presses, 1998.

Ortega y Gasset, José, *The Revolt of the Masses*, Norton, 1960.

Packer, Barbara L. , *Emerson's Fall*: *A New Interpretation of the Major Essays*, Con-tinuum, 1982.

Page, Norman, *E. M. Forster*, MacMillan, 1987.

Painter, Nell Irvin, *Sojourner Truth*: *A Life*, *A Symbol*, Norton, 1996.

Passmore, John, *Man's Responsibility for Nature: Ecological Problems and Western Traditions*, Gerald Duckworth, 1980.

Patterson, David, *A Phoenix in Fetters: Studies in Nineteenth and Early Twentieth Century Hebrew Fiction*, Rowman & Littlefield, 1990.

Paulson, Ronald, *The Life of Henry Fielding*, Blackwell, 2000.

Payne, Daniel G. , *Voices in the Wilderness: American Nature Writing and Environmental Politics*, University Press of New England, 1996.

Pease, Otis, ed. , *The Progressive Years: the Spirit and Achievement of American Reform*, George Braziller, 1962.

Perry, Ruth, *Women, Letters, and the Novel*, AMS, 1980.

Plumb, J. H. , *England in the Eighteenth Century*, Penguin, 1950.

Plumb, J. H. , *Georgian Delights*, Little, Brown, 1980.

Plumb, J. H. , *The American Experience: the Collected Essays of J. H. Plumb*, Harvester Wheatsheaf, 1989.

Plumb, J. H. , *The Making of an Historian: The Collected Essays of J. H. Plumb*, University of Georgia Press, 1988.

Poggioli, Renato, *The Theory of the Avant-Garde*, The Belknap Press of Harvard University Press, 1968.

Polhemus, Robert M. , *The Changing World of Anthony Trollope*, University of California Press, 1968.

Pollard, Arthur, ed. , *The Victorians*, Penguin, 1993.

Pool, Daniel, *What Jane Austen Ate and Charles Dickens Knew*, Touchstone, 1993.

Poovey, Mary, *The Proper Lady and the Woman Writer*, University of Chicago Press, 1984.

Popper, Karl R. , *The Open Society and Its Enemies*, Routledge, 1966.

Porte, Joel & Morris, Saundra, eds. , *Emerson's Prose and Poetry*, Norton, 2001.

Price, Martin, *To the Palace of Wisdom: Studies in Order and Energy from Dryden to Blake*, Doubleday, 1965.

Primer, Irvin, ed. , *Mandeville Studies*, Martinus Nijhoff, 1975.

Raeff, Marc, *Origins of the Russian Intelligentsia: The Eighteenth Century Nobility*,

Harcourt, Brace & Jovanovich, 1966.

Rascoe, Burton, *Theodore Dreiser*, Robert M. McBride, 1926.

Raskin, Jonah, *The Mythology of Imperialism*, Random House, 1971.

Rawson, Claude Julien, *Henry Fielding and the Augustan Ideal Under Stress*, Routledge & Kegan Paul, 1975.

Regier, Cornelius C. , *The Era of the Muckrakers*, Chapel Hill, 1932.

Reising, Russell J. , *The Unusable Past: Theory and the Study of American Literature*, Methuen, 1986.

Richard, Maxwell, *The Mysteries of Paris and London*, The University Press of Virginia, 1992.

Richardson, Robert D. , Jr. , *Emerson: The Mind on Fire*, University of California Press, 1995.

Richetti, John J. , *Popular Fiction Before Richardson*, Clarendon, 1992.

Riggio, Thomas P. , ed. , *Dreiser-Mencken Letters: The Correspondence of Theodore Dreiser & H. L. Mencken, 1907 – 1945*, The University of Pennsylvania Press, 1986.

Roe, Nicholas, *Wordsworth and Coleridge: The Radical Years*, Clarendon Press, 1988.

Rosenberg, Philip, *The Seventh Hero: Thomas Carlyle and the Theory of Radical Activism*, Harvard University Press, 1974.

Sadleir, Michael, *Trollope: A Commentary*, Oxford University Press, 1961.

Said, Edward W. , *Culture and Imperialism*, Vintage, 1993.

Said, Edward W. , *Orientalism*, Routledge & Kegan Paul, 1978.

Sanders, Charles Richard & Fielding, Kenneth J. & Ryals, Clyde de L. , ed. , *The Collected Letters of Thomas and Jane Welsh Carlyle*, Duke University Press, 1970 – 1995.

Schama, Simon, *Citizens: A Chronicle of the French Revolution*, Knopf, 1989.

Schor, Naomi & Majewski, Henry F. , eds. , *Flaubert and Postmodernism*, University of Nebraska Press, 1984.

Sethi, Rumina, *Myths of the Nation*, Oxford University Press, 1999.

Shelley, Percy Bysshe, *The Complete Poetical Works of Percy Bysshe Shelley*, ed. by Thomas Hutchinson, Oxford University Press, 1932.

Sherman, Sandra, *Finance and Fictionality in the Early Eighteenth Century: Accounting for Defoe*, Cambridge University Press, 1996.

Showalter, Elaine, ed. , *The New Feminist Criticism*, Pantheon, 1985.

Shuttleworth, Sally, *George Eliot and Nineteenth-Century Science: The Make-Believe of a Beginning*, Cambridge University Press, 1986.

Sill, Geoffrey, *The Cure of the Passion and the Origins of the English Novel*, Cambridge University Press, 2001.

Simpson, David, *Romanticism, Nationalism, and The Revolt against Theory*, the University of Chicago Press, 1993.

Skilton, David, *Anthony Trollope and his Contemporaries*, Longman, 1972.

Skocpol, Theda, *States and Social Revolutions: A Comparative Analysis of France, Russia, and China*, Cambridge University Press, 1987.

Smalley, Donald, ed. , *Anthony Trollope: The Critical Heritage*, Routledge and Kegan Paul, 1969.

Spacks, Patricia Meyer, *Desire and Truth: Functions of Plot in Eighteenth-Century English Novels*, University of Chicago Press, 1990.

Speck, W. A. , *Society and Literature in England, 1700 – 1760*, Gill & Macmillan, 1983.

Spencer, Jane, *The Rise of the Woman Novelist: From Aphra Behn to Jane Austen*, Basil Blackwell, 1986.

Stephen, Leslie, *History of English Thought in the Eighteenth Century*, John Murray, 1927.

Sterling, Philip, *Sea and Earth: The Life of Rachel Carson*, Thomas Y. Crowell, 1970.

Stewart, J. I. M. , *Thomas Hardy: A Critical Biography*, Longman, 1971.

Stock, Noel, *Poet in Exile: Ezra Pound*, Manchester University Press, 1964.

Stone, Donald D. , *Communications with the Future: Matthew Arnold in Dialogue*, The University of Michigan Press, 1997.

Strachey, Lytton, *Eminent Victorians*, Garden City, 1918.

Tandon, Prakash, *Punjabi Century, 1857 – 1947*, Chattoand Windus, 1961.

Tanner, Tony, *Jane Austen*, Macmillan, 1986.

Taylor, Charles, *Hegel and Modern Society*, Cambridge University Press, 1979.

Thieme, John, *The Web of Tradition: Uses of Allusion in V. S. Naipaul's Fiction*, Dangaroo, 1987.

Thompson, E. P. , *Customs in Common*, New Press, 1993.

Thompson, E. P. , *The Making of the English Working Class*, Penguin, 1968.

Thompson, James, *Between Self and World*, Pennsylvania State University Press, 1988.

Tillotson, Geoffrey et al. , ed. , *Eighteenth-Century English Literature*, Harcourt, Brace & Jovanovich, 1969.

Tomalin, Claire, *Jane Austen: A Life*, Vintage, 1997.

Tompkins, J. M. S. , *The Popular Novel in England: 1770 – 1800*, Methuen, 1961.

Tönnies, Ferdinand, *Community and Civil Society*, ed. by Jose Harris, trans. by Jose Harris and Margaret Hollis, Cambridge University Press, 2001.

Trilling, Lionel, *The Opposing Self*, Viking, 1959.

Trollope, Anthony, *An Autobiography*, ed. by Michael Sadleir and Frederick Page, Oxford University Press, 1980.

Trollope, Anthony, *The Letters of Anthony Trollope*, ed. by N. John Hall, Stanford University Press, 1983.

Turner, Bryan S. , *Orientalism, Postmodernism & Globalization*, Routledge, 1994.

Turney, Jon, *Frankenstein's Footsteps*, Yale University Press, 1998.

Veblen, Thorstein, *The Theory of the Leisure Class: An Economic Study of Institutions*, Macmillan, 1902.

Von Frank, Albert J. et al. , eds. , *The Complete Sermons of R. W. Emerson*, University of Missouri Press, 1989.

Wagner-Martin, Linda, ed. , *Ernest Hemingway's* The Sun Also Rises: *A Casebook*, Oxford University Press, 2002.

Walcutt, Charles Child, *American Literary Naturalism: A Divided Stream*, University of Minnesota Press, 1956.

Waldron, Mary, *Jane Austen and the Fiction of her Time*, Cambridge University Press, 1999.

Watson, J. Steven, *The Reign of George* III, *1760 – 1815*, Oxford University Press, 1960.

Watt, Ian, *Myth of Modern Individualism*: *Faust*, *Don Quixote*, *Don Juan*, *Robinson Crusoe*, Cambridge, 1996.

Watt, Ian, *The Rise of the Novel*, University of California Press, 1967.

Watt, Ian, ed. , *Jane Austen*: *A Collection of Critical Essays*, Prentice-Hall, 1963.

Watts, Cedric, *Thomas Hardy*: Jude the Obscure, Penguin, 1992.

Weber, Max, *The Protestant Ethic and the Spirit of Capitalism*, trans. by Talcott Parsons, Unwin University Books, 1930.

Weinberg, Arthur & Weinberg, Lila, *The Muckrakers*: *the Era in Journalism that Moved America to Reform—the Most Significant Magazine Articles of 1902 – 1912*, Simon and Schuster, 1961.

Weiss, Timothy F. , *On the Margin*: *The Art of Exile in Naipaul*, The University of Massachusetts Press, 1992.

Weston, Anthony, ed. , *An Invitation to Environmental Philosophy*, Oxford University Press, 1999.

Widdowson, Peter, *E. M. Forster's* Howards End: *Fiction as History*, Sussex University Press, 1977.

Willey, Basil, *Nineteenth-Century Studies*, Penguin, 1973.

Willey, Basil, *The Eighteenth Century Background*, Ark Paperbacks, 1986.

Williams, Raymond, *Culture and Society*: *1780 – 1950*, Chatto & Windus, 1959.

Williams, Raymond, *Keywords*: *a Vocabulary of Culture and Society*, Fontana Press, 1976.

Williams, Raymond, *Politics and Letters*: *Interviews with New Left Review*, Verso, 1981.

Williams, Raymond, *The Country and the City*, Oxford University Press, 1973.

Williams, Raymond, *The English Novel*: *from Dickens to Lawrence*, Hogarth, 1984.

Williams, Raymond, *The Long Revolution*, Chatto & Windus, 1961.

Williams, William Appleman, *Empire as a Way of Life*, Oxford University Press, 1980.

Wilson, Edward O. , *On Human Nature*, Harvard University Press, 1978.

Wimsatt, William K. , ed. , *Alexander Pope: Selected Poetry and Prose*, Holt, Rinehart & Winston, 1972.

Wood, Gordon S. , *The Radicalism of the American Revolution*, Knopf, 1991.

Worster, Donald, *Nature's Economy: A History of Ecological Ideas*, Cambridge University Press, 1994.

Wright, Anne, *Literature of Crisis, 1910 – 1922*, MacMillan Press, 1984.

Wu, Duncan, *Wordsworth's Readings 1770 – 1799*, Cambridge University Press, 1993.

Wu, Duncan, ed. , *Romanticism: An Anthology*, Blackwell, 1994.

Young, G. M. , *Portrait of an Age: Victorian England*, Oxford University Press, 1977.

Zanine, Louis J. , *Mechanism and Mysticism—The Influence of Science on the Thought and Work of Theodore Dreiser*, University of Pennsylvania Press, 1993.

Zerubavel, Yael, *Recovered Roots: Collective Memory and the Making of Israeli National Tradition*, The University of Chicago Press, 1994.

Zirker, Malvin R. , *Fielding's Social Pamphlets*, University of California Press, 1966.

Бялый Г. А. *Русский реализм конца XIX века* Издательство Ленинградского университета Санкт-Петербург 1973.

Белый Андрей*Символизм* Wilhelm Fink Verlag Muchen 1969.

Дмитриев Л. А. *Литература Древней Руси: Хрестоматия.* Высшая школа Москва 1990.

Достоевский Ф. М. *О Русской Литературе* Современник Москва 1987.

Гачев Г. *Образ в русской художественной культуре* Искусство Москва 1981.

Исаев И. А. (Сост. , вступ. ст. , коммент.) *В поисках пути: Русская интеллигенция и судьбы России* Русская Книга Москва 1992.

Кузнецов А. *Большой Толковый Словарь Русского Языка* Норинт Санкт-Петербург 2001.

Лейдеман Н. Л. и Липовецкий М. Н. *Современная русская литература* УРСС Москва 2001.

Михайловский Н. К. *Литературно-критические статьи* Москва 1957.

Набоков В. В. *Лекции по русской литературе* Независимая Газета Москва 2001.

Недзвецкий В. и Филиппов В. *Русская Деревенская Проза* Издательство Московского университета Москва 1999.

Калашникова Т. Б. *Русская живопись* XIV - XX *веков* Олма-пресс Москва 2002.

Овсянико-Куликовский Д. Н. *Литературно-критические работы в двух томах/* Москва Художественная литература 1989.

Русская поэзия XIX-*начала* XX *в.* , Художественная литература Москва 1987.

Русский музей. 100 *лет сокровище национального искусства* Palace Editions Санкт-Петербург 1998.

Шедевры государственной Третьяковской галереи Трилистник Москва 2001.

Baudelaire, Charles, *Correspondance*, Paris, Bibliothèque de la Pléiade, 1973.

Baudelaire, Charles, *Œuvrescomplètes*, éd. , Claude Pichois, Paris, Bibliothèque de la Pléiade, t. I, 1975 ; t. II, 1976.

Benjamin, Walter, *Charles Baudelaire, unpoètelyrique à l'apogée du capitalisme*, Paris, Payot, 1979.

Benjamin, Walter, *Le Livre des passages*, Paris, Les Éditons du Cerf, 1997.

Borel, Jacques, éd. , *Œuvres en prose complètes*, Paris, Bibliothèque de la Pléiade, 1972.

Fournel, Victor, *Paris nouveau et Paris futur*, Paris, Lecoffre, 1865.

Jouve, Pierre Jean, *Tombeau de Baudelaire*, Paris, Éditions du Seuil, 1958.

Masson, Pierre, éd. , c*Essais critiques*, Paris, Bibliothèque de la Pléiade, 1999.

Moilin, Tony, *Paris en l'an* 2000, Paris, [sans éditeur], 1869.

Pichois, Claude, éd. , *Lettres à Baudelaire*, Neucâtel, À La Baconnière, 1973.

Prévost, Jean, *Baudelaire, essai sur l'inspiration et la créationpoétiques*, Paris, Mercure de France, 1953.

Robida, Albert, *Le XXe siècle*, Paris, Decaux, 1883.

Ruff, Marcel A. , *L'Esprit du mal etl'esthétiquebaudelairienne*, Paris, Armand Colin, 1955.

Scherer, Edmond, *Études sur la literature contemporaine*, Paris, CalmannLévy, 1886.

Thibaudet, Albert, *Intérieurs*, Paris, LibrairiePlon, 1924.

Bölsche, Wilhelm, *Das Lebeseleben in der Natur. Eine Entwicklungsgeschichte der Liebe.* Leipzig 1901.

Denkler (Hrsg.), H. , *Romane und Erzählungen des Bürgerlichen Realismus.* Neue Interpretationen. Stuttgart 1980.

Fontane, Theodor, *Werke, Schriften und Briefe.* 2. Aufl. Bd. 4. Sämtliche Romane Erzählungen, Gedichte Nachgelassenes. Hrsg. v. Walter Keitel u. Helmuth Nürnberger. München: Hanser 1974.

Friedell, Egon, *Kulturgeschichte der Neuzeit.* C. H. Beck 1996.

Glaser, Hermann, *Kleine Kulturgeschichte Deutschlands im 20. Jahrhundert.* C. H. Beck 2002.

Gothe, J. W. , *Werke Kommentare und Register.* Hamburger Ausgabe in 14 Bänden. München 1981.

Graf von Krockow, Christian, *Die Deutschen In Ihrem Jahrhundert.* Hamburg: Rowohlt 1994.

Höfer, Josef/Rahner, Karl, *Lexikon für Theologie und Kirche.* Freiburg: Herder 1958.

Huyssen, Andreas, *Bürgerlicher Realismus.* Die deutsche Literatur in Text und Darstellung. Stuttgart: Reclam 1980.

Janz, Rolf-Peter, *Autonomie und soziale Funktion der Kunst.* Studien zur Ästhetik von Schiller und Novalis. Stuttgart 1973.

Mann, Thomas, *Das essayistische Werk.* Frankfurt a. M. 1968.

McInnes, E. /Plumpe, G. , *Bürgerlicher Realismus und Gründerzeit 1848 – 1898.* München (dtv) 1996.

Mitscherlich, A. und M. , *Die Unfähigkeit zu trauern.* Grundlagen kollektiven Verhaltens, München 1967.

Novalis, *Schriften*. Bd. II. Das Philosophische Werk. Hrsg. v. Richard Samuel, Stuttgart 1965.

Novalis, *Werke*. Hrsg. und kommentiert von Gerhard Schulz. München 1969.

Preisendanz, Wolfgang, *Humor als dichterische Einbildungskraft*. Studien zur Erzählkunst des poetischen Realismus. München 1977.

Selbmann, Rolf, *Der deutsche Bildungsroman*. Stuttgart: Metzler 1984.

Schafarschik, Walter (Hrsg.), *Theodor Fontane*. Erläuterungen und Dokumente. Stuttgart: Reclam 1972.

后　　记

　　"现代化进程中的外国文学"是中国社会科学院外国文学研究所申报并获批准的院级 A 类重大课题，2011 年年底结项，走完程序已经是 2012 年了。在承担这一项目的过程中，我转到文学研究所工作。没有外国文学研究所黄宝生所长、陈众议所长和所里很多朋友的大力支持，课题的完成是无法想象的。在此我首先要向昔日的同事，尤其是当时英美室主任黄梅研究员，说一声亲切的"谢谢"。2013 年，中国社会科学出版社的编辑罗莉女士与我联系，希望能将课题的成果出版。经过两年时断时续的努力，书稿终于准备就绪，我可以对工作上精益求精、交往中宽厚待人的罗莉女士表示由衷的感谢了。过去的一年里，我这方面的进程不如人意，原因说来颇有反讽的意味：梁启超所指出的有碍现代化的毛病——"器物不置定位""作事不勒定课""约束不循定期"——在我的身上表现得尤为特出。罗莉女士不时提醒我交稿的日期，友好而坚定。没有她的督促，这本书不知何年何月才能问世！中国社会科学出版社社长赵剑英先生对"现代化进程中的外国文学"很感兴趣，慷慨为书的印制出版提供各种方便，我也值此机会向他致谢。与此同时，我也要向关注本书的广大读者表达一点歉意，因为我深深意识到，"现代化"的话题太大（几乎无所不包），切入点也太多，而且略显陈旧，要做出新意和特色并不容易。重读全书，确实时时有羞愧难当的感觉：很多非常合适的作家、作品和主题，竟然被遗漏了；很多对中国读者来说有启发意义的切入点，没有得到应有的强调；而我没有认识到的欠缺，必然更多。有的疏忽真是令人遗憾的，比如美国 18 世纪作家、政治家和科学家富兰克林。"时间即金钱"是富兰克林的妙语，我国南方某地曾借来用作半张城市名片（另半张为"效率即生命"）。我曾经在国内的英语文学界物色合适的作者，久久未能成功，于是只得放弃这位勤勉而有德的生意人。类似的例子还有一些，在此就不一一列举了。

　　为帮助解决本书在编辑过程中出现的体例和文字方面的问题，中国社会科学院文学研究所的郭道平博士、郑海娟博士与罗莉女士密切配合，在通读全书的基础上提出很好的建议。

　　这是一个多人合作的课题，各章交稿时间不一，但是不出所料，最拖沓的还是我自己。为此我向各位作者致歉。以下是各章作者名单：

序言　陆建德
第一编
　　第一章、第三章：韩加明；
　　第二章、第六章：黄梅；
　　第四章：吕大年；
　　第五章：龚龑；
　　第七章：丁宏为；
　　第八章：杨英军；
　　第九章：乔修峰；
　　第十章：赵炎秋；
第二编
　　第一章：陈姝波；
　　第二章、第三章：殷企平；
　　第四章：王钦峰；
第三编
　　第一章：吴岳添；
　　第二章：艾珉；
　　第三章：陈晓兰；
　　第四章：谷裕；
　　第五章：李伯杰；
　　第六章：陆建德；
第四编
　　第一章：刘文飞；
　　第二章：吴泽霖；
　　第三章：童道明；
　　第四章：朱建刚；

第五编

    第一章：范圣宇；

    第二章：程巍；

    第三章：孙红洪；

    第四章、第五章：肖华锋；

    第六章：吴其尧；

    第七章：蒋道超；

第六编

    第一章：蹇昌槐；

    第二章：杜维平；

    第三章、第四章、第五章：石海军；

    第六章、第七章、第八章：林丰民；

    第九章：穆宏燕；

第七编

    第一章：乔修峰；

    第二章：钟志清；

    第三章：［美国］唐纳德·斯通，翻译者：邵雪萍；

    第四章：付德根；

    第五章：萧萍；

    第六章：盛宁；

    第七章：于冬云；

    第八章：陆建德；

第八编

    第一章：陈晓兰；

    第二章：刘波；

    第三章：何云波、王琳；

    第四章：刘亚丁；

    第五章：李征；

    第六章：殷企平；

    第七章：王诺。

陆建德于 2015 年 12 月